LIEV TOLSTÓI
GUERRA E PAZ

TRADUÇÃO REVISTA, APRESENTAÇÃO E NOTAS
Rubens Figueiredo

POSFÁCIOS
Liev Tolstói e *Isaiah Berlin*

10ª reimpressão

COMPANHIA DAS LETRAS

Grafia atualizada segundo o Acordo Ortográfico da Língua Portuguesa de 1990, que entrou em vigor no Brasil em 2009.

Título original
Война и мир

Capa e projeto gráfico
Kiko Farkas e Ana Lobo/ Máquina Estúdio

Ilustração de capa
Kiko Farkas/ Máquina Estúdio

Crédito da guarda
Manuscritos de Liev Tolstói, Tomo 3, Terceira Parte, capítulo XVII, do volume 16 das *Obras Completas* em 90 volumes. Moscou: Editora estatal de literatura artística, 1955.

Mapas
Sonia Vaz

Revisão
Huendel Viana
Jane Pessoa

Dados Internacionais de Catalogação na Publicação (CIP)
(Câmara Brasileira do Livro, SP, Brasil)

Tolstói, Liev, 1828-1910
Guerra e paz / Liev Tolstói; tradução revista, apresentação e notas Rubens Figueiredo ; posfácios Liev Tolstói, Isaiah Berlin. — 1ª ed. — São Paulo : Companhia das Letras, 2017.

Título original : Война и мир.

ISBN 978-85-359-3004-7

1. Romance russo I. Figueiredo, Rubens. II. Berlin, Isaiah III. Título.

17-07975 CDD-891.73

Índice para catálogo sistemático:
1. Romance : Literatura russa 891.73

EDITORA SCHWARCZ S.A.
Rua Bandeira Paulista, 702, cj. 32
04532-002 — São Paulo — SP
Telefone: (11) 3707-3500
www.companhiadasletras.com.br
www.blogdacompanhia.com.br
facebook.com/companhiadasletras
instagram.com/companhiadasletras
twitter.com/cialetras

GUERRA E PAZ
VOLUME UM

Volume 1

Volume 2

Tomo III

Tomo IV

Epílogo

APRESENTAÇÃO
Rubens Figueiredo

Tolstói escreveu *Guerra e paz* entre 1863 e 1869, em sua propriedade rural. Havia se casado no ano anterior e tinha 35 anos quando começou a redigir o livro. Seu plano inicial era um romance sobre os chamados decembristas, grupo de oficiais e nobres revolucionários, influenciados pelo Iluminismo francês, que em dezembro de 1825 desencadearam um movimento contra o tsar Nicolau I.

Como de hábito, Tolstói pesquisou a fundo o assunto, não só em textos como por meio de testemunhos orais colhidos pessoalmente. Concluiu que, para tratar dos decembristas, era preciso recuar no tempo e remontar ao ano de 1812, quando a invasão napoleônica foi rechaçada do solo russo. Todavia, num desdobramento bem expressivo de seu ânimo questionador, Tolstói se convenceu de que era necessário ainda retroceder até 1805, ano em que as tropas napoleônicas derrotaram de forma arrasadora as forças austro-russas na batalha de Austerlitz.

Durante os primeiros anos de trabalho, o título do livro foi *1805*. À medida que o romance incorporava novos temas e ampliava sua abrangência histórica, o título passou a desagradar ao autor. Em sua busca de outro título, Tolstói topou com a solução na obra do sociólogo anarquista francês Proudhon intitulada *La Guerre et la paix* (1861), e adotou-a de imediato. Foi esse o título da primeira edição em livro, em 1867, que trouxe a público as partes iniciais do romance, ainda em andamento.

Planejar um livro sobre um importante movimento revolucionário russo e incorporar o título do tratado de um teórico anarquista contemporâneo, a quem aliás visitou na França, não são acasos. O pai de Tolstói tinha amigos que participaram ativamente do movimento dos decembristas. A feição anarquista das críticas de Tolstói ao capitalismo, que era então introduzido na Rússia, remonta à sua mocidade, e, enquanto compunha *Guerra e paz*, ele escreveu nos cadernos em que sempre anotava suas reflexões: "A fórmula *propriedade é igual a roubo* permanecerá verdadeira por mais tempo do que a Constituição inglesa".

É importante ter em mente que a servidão tinha sido abolida na Rússia pouco antes, em 1861. Os pesados ônus impostos aos servos, porém, geraram uma grave crise social e uma grande agitação no país. Os debates políticos adquiriram um teor mais radical, tendo à frente os intelectuais conhecidos como os "homens dos 60". Entre eles se destacavam figuras de tenacidade heroica, como Tchernichévski.

Na universidade de Kazan, em sua adolescência, Tolstói se impressionara com as aulas do professor D. I. Meyer. Além de ter exercido influência direta sobre Tchernichévski, que o tinha como ídolo, Meyer foi estreitamente ligado a Bielínski, o principal mentor dos intelectuais russos da primeira metade do século XIX, sobre os quais pairava a sombra constante do movimento decembrista.

Ao longo de toda a vida, as preocupações de Tolstói estiveram muito longe de se restringir a suas atividades de escritor. Basta observar que, anos antes de começar a escrever *Guerra e paz*, ele se dedicara a fundo a atividades educacionais com os camponeses. Criou escolas, lecionou, estudou e debateu com pedagogos, viajou para fazer pesquisas e em 1862 publicou um livro cujo título não deixa dúvidas quanto à sua orientação geral: *Quem deve aprender a escrever com quem: as crianças camponesas devem aprender conosco ou nós, com as crianças camponesas?*

Para lecionar em suas escolas, chamou estudantes expulsos das universidades por conta de uma rebelião estudantil contra uma lei que exigia uma espécie de cadastro policial com dados pessoais dos alunos. Nessa ocasião, a casa de Tolstói foi invadida e vasculhada pela polícia, em busca de panfletos e manifestos. Em tais circunstâncias, e a exemplo dos demais escritores russos, a atividade literária de Tolstói não constituía uma ocasião de retiro ou de isolamento do mundo histórico. Ao contrário, a ficção representava um ambiente mental em que o ânimo inquieto e questionador de Tolstói se projetava com uma desenvoltura especial, em condições propícias para alargar continuamente seu horizonte.

É o que se pode perceber nessa fase de seu romance ainda em projeto. Pois o deslocamento de um tópico especificamente nacional — os decembristas — para outro de alcance internacional — as guerras napoleônicas e a invasão da Rússia — permitiu que Tolstói direcionasse suas indagações para temas mais vastos e complexos, temas no mínimo incomuns na literatura da época. A mesma visão crítica com que ele examinava as relações sociais nacionais podia agora incidir, de forma direta, sobre o sistema de relações internacionais — assunto, de resto, crucial para a Rússia. Ao se colocar nessa perspectiva, e enquanto redigia o romance, Tolstói viu as questões, mesmo as mais pessoais e cotidianas, ganharem um significado e um alcance histórico cada vez mais largos.

Assim, desde os rascunhos, os personagens são encarados não só no plano pessoal e familiar, mas também em função da maneira como viam Napoleão e a posição da Rússia no mundo. Noutras palavras, eram encarados em relação ao contexto internacional. A presença ostensiva da língua francesa no cotidiano das famílias nobres e instruídas funciona no romance como um dos muitos índices das pressões externas sobre a vida social russa. A rigor, o peso da língua francesa desde as primeiras páginas do romance mostra que a Rússia já era um país invadido antes mesmo da chegada das tropas de Napoleão.

Ressalte-se que talvez o principal personagem de *Guerra e paz* é chamado de Pierre, tradução francesa de seu nome russo, Piotr. A certa altura ele mesmo admite a "falta de costume de falar em russo a respeito de temas abstratos". Mas é esse mesmo Pierre que, ao final do romance, surge como a imagem de um decembrista em embrião. Por outro lado, quando soldados e altos oficiais das tropas de Napoleão chamam as igrejas e catedrais russas de mesquitas e de pagodes chineses, fica claro não só o desconhecimento a respeito da Rússia e a equiparação do país a nações tidas como bárbaras, como também o fundo falso das pretensões de superioridade dos invasores.

O dinamismo com que a narrativa de Tolstói muda de perspectiva, abandonando os pressupostos de uma visão de mundo para adotar outros, com uma simples mudança de parágrafo, constitui um dos pontos fortes de sua técnica. Assim o leitor passa do soldado russo para o francês, do camponês para o senhor de terras, da filha para o pai, e até animais são envolvidos nesse deslocamento incessante. O efeito inicial é desfazer as hierarquias e anular as distâncias. O sentido mais duradouro, porém, consiste em pôr em dúvida crenças e postulados mentais tidos como naturais, universais e eternos.

Nesse aspecto, uma passagem marcante se encontra no tomo III, segunda parte, capítulo VII, quando um servo russo é capturado pelos franceses e acaba travando uma conversa com Napoleão. Tolstói extraiu o episódio da obra do historiador francês Thiers, que enaltece o poder e a suposta genialidade de Napoleão. Tolstói, em troca, mostra a cena e seus desdobramentos do ponto de vista do servo russo, perspectiva em que tudo adquire um sentido bem diverso. Ganham relevo a debilidade do poder, os preconceitos e a estreiteza do suposto gênio e também a complexidade e a força das razões de uma sociedade que o dominador quer ver como inferior.

Num comentário a *Guerra e paz*, Tolstói ponderou que as obras mais relevantes de autores russos não se subordinavam ao formato dos modelos literários europeus. Ele mesmo admitia que seu livro não era um romance, nem um poema, nem uma crônica histórica, mas "aquilo que quis e pôde expressar seu autor, na forma em que foi expresso". Desde jovem (e não só na velhice, como tanto se repete), Tolstói teve sérias reservas quanto à literatura e à arte prestigiosas entre a elite russa — cujo modelo estava configurado na arte europeia. Como escreveu na época de *Guerra e paz*, não lhe agradava a forma canônica do romance, "com começo intrigante, crescente complicação do interesse e desfecho feliz ou infeliz, depois do qual o interesse da história desaparece". Em detalhes de composição dessa ordem, Tolstói enxergava na arte a presença de um profundo compromisso com as relações sociais vigentes.

Também por isso é preciso pensar duas vezes antes de acatar as ressalvas de muitos críticos acerca das digressões sobre os historiadores e a historiografia que Tolstói enfeixou nos dois epílogos de *Guerra e paz*. Flaubert, que leu a tradução francesa enviada por Turguêniev, admirou-se muito com o romance, porém se mostrou escandalizado com essa face de Tolstói: "Mas ele filosofa!". O fundo da questão é que Tolstói rejeita exatamente o padrão flaubertiano do romance, bem como a noção de arte que aquele padrão implica. Ou pelo menos, e com perfeita consciência do que está fazendo, Tolstói tenta encontrar um meio de resistir às normas daquele padrão.

Quanto ao conteúdo da polêmica com que o livro se encerra, cabe frisar que algumas preocupações de Tolstói são bem mais pertinentes e atuais do que gostariam de admitir aqueles que preferem ver no escritor russo um gênio das letras mas um pensador simplório. Por exemplo, Tolstói mostra como os países dominantes se empenham em apresentar como verdades universais ou naturais aquilo que não passa de conceitos históricos locais e particulares, convenientes a suas pretensões de domínio. Nas palavras do autor: "[...] o bem da civilização de toda a humanidade, palavras com que em geral se designam os povos que ocupam um pequeno recanto a noroeste do grande continente". O "pequeno recanto a noroeste do grande continente" coincide com Inglaterra, França e Alemanha. O "grande continente" parece ser a Europa e a Ásia tomadas como um só bloco geográfico — o que faz da separação entre Europa e Ásia uma mera convenção imposta por quem tinha poder para tanto.

Esta tradução, feita diretamente do original russo, teve o propósito de preservar, o mais possível, os traços linguísticos relevantes para o autor. Entre eles estão as repetições de palavras, expressões e estruturas sintáticas. Por exemplo, no tomo I, segunda parte, capítulo VIII, a palavra "ponte" é repetida com proposital insistência, durante uma batalha que ocorre numa ponte. É o caso também dos períodos de longo fôlego, que por vezes beiram o truncamento da sintaxe — como se a prosa reproduzisse as hesitações do próprio pensamento. Ou a maneira como Tolstói às vezes distribui a fala dos personagens e a intervenção do narrador nos diálogos, optando por caminhos bem diversos dos que usaríamos hoje em dia. Além disso, há o cuidado em marcar as diferenças sociais por meio do linguajar dos personagens. Também nesses aspectos, Tolstói se esforça para não se submeter à norma estilística dominante de seu tempo, tanto a que vigorava nas chamadas belas-letras quanto aquela que prezava a escrita funcional e eficiente.

Pois tanto na linguagem como na forma de ver a sociedade, Tolstói parecia ter certo prazer em se mostrar um pouco bárbaro — um bárbaro na casa dos civilizados. Se ele gostava de caminhar descalço na terra, de andar a cavalo sem sela, e se preferia conversar com mujiques analfabetos a falar com pessoas nobres e instruídas — preferência de que tanto se queixava sua esposa, ainda pouco depois de se casar —, talvez não caiba a nós, nas condições históricas que nos rodeiam, fazer pouco dos momentos de possível falta de civilidade e de fineza literárias desse escritor russo.

TOMO UM

PRIMEIRA PARTE

I

— *Eh bien, mon prince. Gênes et Lucques ne sont plus que des apanages, des* propriedades, *de la famille Buonaparte. Non, je vous préviens, que si vous ne me dites pas, que nous avons la guerre, si vous vous permettez encore de pallier toutes les infamies, toutes les atrocités de cet Antéchrist (ma parole, j'y crois), je ne vous connais plus, vous n'êtes plus mon ami, vous n'êtes plus* meu fiel escravo, *comme vous dites.* Bem, boa noite, boa noite. *Je vois que je vous fais peur,*[1] sente-se e conte-me as novidades.

Assim falou em julho do ano de 1805 a famosa Anna Pávlovna Scherer, dama de honra e favorita da imperatriz Maria Fiódorovna, ao receber o ilustre e eminente príncipe[2] Vassíli, o primeiro a chegar à sua recepção. Anna Pávlovna tossia um pouco havia alguns dias, estava com *gripe*, como ela dizia ("gripe" era então uma palavra nova, só raramente empregada). Nos bilhetinhos, enviados naquela manhã por um lacaio em trajes de gala, estava escrito para todos, sem distinção:

> *Si vous n'avez rien de mieux à faire, M. le comte (ou mon prince), et si la perspective de passer la soirée chez une pauvre malade ne vous effraye pas trop, je serai charmée de vous voir chez moi entre sept et dix heures. Annette Scherer.*[3]

---

1 Francês: "Bem, meu príncipe. Gênova e Luca não passam de apanágios, *propriedades* da família *Buonaparte*. Não, eu o advirto que, se me diz que não teremos guerra, se o senhor se permitir ainda abrandar todas as infâmias, todas as atrocidades desse Anticristo (palavra de honra, creio nisso), eu não o reconheço mais, o senhor não é mais meu amigo, não é mais meu fiel escravo, como diz o senhor. [...] Vejo que eu o assusto." Como em todas as passagens em francês nesta edição, reproduz-se o texto tal como está no original de Tolstói, respeitando a mesma pontuação, que pode não seguir as normas do francês, mas segue as do russo. [Esta e as demais notas são do tradutor, exceto quando indicado de outro modo.]

2 Na Rússia, príncipe era um título de nobreza, equivalente ao de duque. Não tem relação com a família real. O filho do tsar não era chamado de príncipe, e sim de tsarévitche.

3 Francês: "Se o senhor não tiver nada melhor a fazer, sr. conde (ou meu príncipe), e se a perspectiva de passar a noite em casa de uma pobre enferma não o assusta em demasia, ficarei encantada de receber o senhor em minha casa entre sete e dez horas. Annette Scherer".

— *Dieu, quelle virulente sortie!*[4] — respondeu o príncipe que chegara, sem perturbar-se em nada com tal acolhida, num uniforme bordado de cortesão, com meias, sapatos, medalhas em forma de estrela no peito, uma expressão radiante no rosto chato. Falava naquele francês requintado em que não só falavam como também pensavam nossos avós e com as entonações suaves, protetoras, próprias de um homem importante que envelheceu na sociedade e na corte. Ele aproximou-se de Anna Pávlovna, beijou sua mão, mostrando-lhe a calva perfumada e reluzente, e sentou-se com tranquilidade no sofá.

— *Avant tout dites-moi, comment vous allez, chère amie?*[5] Tranquilize um amigo — disse ele, sem alterar a voz e o tom em que, por trás do decoro e da simpatia, transpareciam a indiferença e até a zombaria.

— Como é possível estar saudável... quando se sofre moralmente? Acaso é possível estar calma em nosso tempo, se a pessoa tem sentimentos? — disse Anna Pávlovna. — O senhor vai ficar em minha casa a noite toda, espero.

— E a festa da embaixada inglesa? Hoje é quarta-feira. Tenho de comparecer — disse o príncipe. — Minha filha virá me buscar e me levará.

— Pensei que a festa de hoje tinha sido cancelada. *Je vous avoue que toutes ces fêtes et tous ces feux d'artifice commencent à devenir insipides.*[6]

— Se soubessem que a senhora assim o desejava, teriam cancelado a festa — respondeu o príncipe, que por hábito, como um relógio em que tivessem dado corda, dizia coisas em que nem mesmo ele queria que os outros acreditassem.

— *Ne me tourmentez pas. Eh bien, qu'a-t-on décidé par rapport à la dépêche de Novosilzoff? Vous savez tout.*[7]

— Como vou dizer à senhora? — respondeu o príncipe em tom frio e enfadado. — *Qu'a-t-on décidé? On a décidé que Buonaparte a brûlé ses vaisseaux, et je crois que nous sommes en train de brûler les nôtres.*[8] — O príncipe Vassíli sempre falava com languidez, como um ator que representa um papel numa peça antiga. Anna Pávlovna Scherer, ao contrário, apesar de seus quarenta anos, era cheia de animação e arrebatamento.

---

4 Francês: "Deus, que investida virulenta!".

5 Francês: "Antes de tudo, diga-me, como tem passado, querida amiga?".

6 Francês: "Confesso ao senhor que todas essas festas e todos esses fogos de artifício começam a tornar-se insípidos".

7 Francês: "Não me atormente. E então, o que ficou resolvido com relação ao despacho de Novossíltsev? O senhor sabe de tudo".

8 Francês: "O que ficou decidido? Ficou decidido que *Buonaparte* queimou seus navios, e creio que estamos em via de queimar os nossos". A expressão "brûler ses vaisseaux", ou "queimar seus navios", significa que é impossível recuar ou desistir de determinada situação.

Ser entusiasmada tornara-se o seu papel social, e às vezes, quando nem ela mesma o queria, mostrava-se entusiasmada, a fim de não frustrar a expectativa das pessoas que a conheciam. O sorriso contido que brincava constantemente no rosto de Anna Pávlovna, apesar de não combinar com seus traços animados, exprimia, como nas crianças mimadas, a plena consciência de seu adorado defeito, do qual ela não queria, não podia e não julgava necessário corrigir-se.

No meio da conversa sobre as atividades políticas, Anna Pávlovna exaltou-se.

— Ah, nem me fale da Áustria! Talvez eu não entenda nada, mas a Áustria jamais quis e não quer a guerra. Ela nos atraiçoa. A Rússia sozinha deve ser a salvadora da Europa. Nosso benfeitor sabe da sua elevada missão e será fiel a ela. É a única coisa em que acredito. Nosso bondoso e admirável soberano desempenha um papel colossal no mundo e ele é tão virtuoso e bom que Deus não vai abandoná-lo e ele há de cumprir a sua missão de esmagar a hidra da revolução, que agora está ainda mais horrenda na pessoa desse assassino e celerado. Só nós devemos redimir o sangue dos justos... Em quem vamos depositar esperanças, pergunto ao senhor... A Inglaterra, com seu espírito comercial, não compreende e não consegue compreender toda a estatura do espírito do imperador Alexandre. Ela negou-se a evacuar Malta. Ela quer ver, procura uma intenção oculta em nossas ações. O que eles disseram a Novossíltsev?... Nada. Não compreendem, não conseguem compreender a abnegação do nosso imperador, que nada quer para si e quer tudo pelo bem do mundo. E o que eles prometeram? Nada. E mesmo o que prometeram não vai se realizar! A Prússia já declarou que Bonaparte é invencível e toda a Europa nada pode contra ele... E eu não creio em nenhuma palavra nem de Hardenberg, nem de Haugwitz. *Cette fameuse neutralité prussienne, ce n'est qu'un piège.*[9] Creio no único Deus e no destino elevado do nosso querido imperador. Ele salvará a Europa!... — Parou de repente, com um sorriso de zombaria do seu ardor.

— Creio — disse o príncipe, sorrindo — que se mandassem a senhora em lugar do nosso querido Wintzingerode, a senhora teria conquistado a concordância do rei prussiano. A senhora é tão eloquente. Pode me servir um chá?

— Agora mesmo. *À propos* — acrescentou, calma outra vez —, hoje teremos duas pessoas muito interessantes, *le vicomte de Mortmart, il est allié aux Montmorency par les Rohan*, uma das melhores famílias da França. É um dos bons emigrantes, dos autênticos. E depois *l'abbé Morio*:[10] o senhor conhece essa inteligência profunda? Foi recebido pelo soberano. O senhor conhece?

---

9 Francês: "Essa famosa neutralidade prussiana não passa de uma cilada".

10 Francês: "A propósito [...] o visconde de Mortmart, ele é aparentado aos Montmorency pelos Rohan [...] o abade Morio".

— Ah! Vou ficar muito contente — disse o príncipe. — Diga — acrescentou, como se só então tivesse lembrado algo, e de modo especialmente desatento, quando de fato aquilo que falava era o objetivo principal da sua visita —, é verdade que *l'impératrice-mère* deseja a nomeação do barão Funke para o cargo de primeiro--secretário em Viena? *C'est un pauvre sire, ce baron, à ce qu'il paraît.*[11] — O príncipe Vassíli desejava nomear o filho para aquele cargo, para o qual outros, por intermédio da imperatriz Maria Fiódorovna, empenhavam-se em nomear o barão.

Anna Pávlovna quase fechou os olhos em sinal de que nem ela nem ninguém podia julgar algo que era do agrado e do desejo da imperatriz.

— *Monsieur le baron de Funke a été recommandé à l'impératrice-mère par sa sœur*[12] — limitou-se ela a dizer, em tom triste e seco. No momento em que Anna Pávlovna mencionou a imperatriz, seu rosto mostrou de repente uma expressão profunda e muito sincera de dedicação e respeito, misturada à tristeza, que nela surgia toda vez que, em conversa, lembrava a sua eminente protetora. Disse que sua majestade havia se dignado a demonstrar *beaucoup d'estime*[13] pelo barão Funke e de novo o seu olhar se encobriu de tristeza.

O príncipe, com ar de indiferença, ficou calado. Anna Pávlovna, com sua habilidade feminina e sua rapidez de tato própria de uma pessoa da corte, quis alfinetar o príncipe por ter ousado referir-se de tal modo a uma pessoa recomendada à imperatriz, e ao mesmo tempo consolá-lo.

— *Mais à propos de votre famille* — disse ela —, caso o senhor ainda não saiba, sua filha, desde que frequenta a sociedade, *fait les délices de tout le monde. On la trouve belle, comme le jour.*[14]

O príncipe fez uma reverência em sinal de respeito e gratidão.

— Penso muitas vezes — prosseguiu Anna Pávlovna, após um minuto de silêncio, aproximando-se do príncipe e sorrindo para ele com afeição, como se com isso indicasse que as conversas políticas e mundanas estavam encerradas e que agora tinha início a conversa íntima —, penso muitas vezes como a felicidade da vida é repartida às vezes de forma injusta. Por que o destino deu ao senhor dois filhos tão excelentes (excluo Anatole, o seu caçula, dele eu não gosto) — interrompeu ela em tom peremptório, e ergueu as sobrancelhas —, filhos tão encantadores? E o senhor, francamente, preza os seus filhos menos que todos e por isso não os merece.

---

11 Francês: "a imperatriz-mãe [...] É uma figura lamentável, esse barão, ao que parece".

12 Francês: "O senhor barão Funke foi recomendado à imperatriz-mãe pela irmã dela".

13 Francês: "muita estima".

14 Francês: "Porém, a propósito da sua família [...] faz as delícias de todo mundo. Acham-na bela como o dia".

E ela sorriu, com o seu sorriso de triunfo.

— *Que voulez-vous? Lavater*[15] *aurait dit que je n'ai pas la bosse de la paternité*[16] — disse o príncipe.

— Pare de brincar. Quis falar a sério com o senhor. Sabe, estou insatisfeita com seu filho menor. Aqui entre nós (seu rosto assumiu uma expressão triste), falaram a respeito dele com sua majestade a imperatriz e lamentaram pelo senhor...

O príncipe não respondeu, mas ela, em silêncio, fitando-o de modo significativo, aguardava a resposta. O príncipe Vassíli franziu as sobrancelhas.

— O que a senhora quer que eu faça? — disse, por fim. — A senhora sabe, fiz pela educação deles tudo o que um pai pode fazer, e ambos saíram *des imbéciles*.[17] Hippolyte, pelo menos, é um imbecil quieto, mas o Anatole é inquieto. Essa é a diferença — disse ele, sorrindo de modo mais artificial e animado do que de costume, exprimindo além disso, de maneira especialmente incisiva, nas rugas que se formaram nos cantos da boca, algo inesperadamente triste e desagradável.

— E para que pessoas como o senhor têm filhos? Se não fosse pai, eu nada teria a censurar no senhor — disse Anna Pávlovna, levantando os olhos com ar pensativo.

— *Je suis votre* fiel escravo, *et à vous seule je puis l'avouer*. Meus filhos... *ce sont les entraves de mon existence*. Essa é a minha cruz. Assim explico para mim mesmo. *Que voulez-vous?...*[18] — Calou-se, exprimindo com um gesto a sua submissão ao destino cruel.

Anna Pávlovna ponderou um pouco.

— O senhor nunca pensou em casar o seu filho pródigo, Anatole? Dizem — prosseguiu ela — que as solteironas *ont la manie des mariages*. Ainda não sinto em mim essa fraqueza, mas sei de uma *petite personne* que vive muito infeliz com o pai, *une parente à nous, une princesse*[19] Bolkónskaia. — O príncipe Vassíli não respondeu, porém, com a rapidez de compreensão e de memória própria a pessoas da sociedade, demonstrou com um movimento de cabeça que levaria em conta aquela informação.

— Não, a senhora deve saber que aquele Anatole me custa quarenta mil por ano — disse ele, visivelmente incapaz de conter o rumo tristonho dos seus pensa-

---

15 Johann Kaspar Lavater (1741-1801), médico suíço que associava a fisionomia a características mentais.

16 Francês: "O que quer a senhora? Lavater diria que não tenho a vocação da paternidade".

17 Francês: "uns imbecis".

18 Francês: "Sou o seu fiel escravo, e só à senhora posso confessar [...] são os entraves da minha existência [...] O que quer a senhora?...".

19 Francês: "têm mania de casamentos [...] pequenina pessoa [...] uma parente nossa, uma princesa".

mentos. Calou-se um pouco. — O que será dele daqui a cinco anos, se continuar assim? *Voilà l'avantage d'être père.*[20] É rica, a sua princesa?

— O pai é muito rico e avarento. Mora no campo. Sabe, é o famoso príncipe Bolkónski, aposentado ainda no tempo do imperador falecido e chamado de rei prussiano. É um homem muito inteligente, mas difícil, e tem as suas extravagâncias. *La pauvre petite est malheureuse, comme les pierres.*[21] Tem um irmão, casou-se há pouco tempo com Lise Meinen, ele é ajudante de ordens de Kutúzov. Virá hoje à minha casa.

— *Écoutez, chère Annette* — disse o príncipe que de repente segurou a mão da sua interlocutora e, por algum motivo, inclinou-a para baixo. — *Arrangez-moi cette affaire et je suis votre* fiel escravo *à tout jamais, escrafo*, como o meu estaroste *m'écrit des*[22] relatórios: com *f*! Ela é de boa família e é rica. É tudo de que eu preciso.

E, com os movimentos desenvoltos, familiares e graciosos que o distinguiam, segurou a mão da dama de honra, beijou-a e, após beijá-la, apertou a mão da dama de honra e refestelou-se na poltrona, enquanto olhava para o outro lado.

— *Attendez* — disse Anna Pávlovna, enquanto refletia. — Hoje mesmo falarei com Lise (*la femme du jeune Bolkónski*). E talvez dê certo. *Ce sera dans votre famille, que je ferai mon apprentissage de vieille fille.*[23]

II

A sala de visitas de Anna Pávlovna começou a encher-se aos poucos. Compareceu toda a nobreza de Petersburgo, pessoas das mais variadas pela idade e pelo caráter, mas iguais pela sociedade em que viviam; veio a filha do príncipe Vassíli, a bela Hélène, para buscar o pai a fim de irem juntos à festa do embaixador. Estava de vestido de gala e com o seu emblema de dama de honra. Veio também a jovem e pequena princesa Bolkónskaia, conhecida como *la femme la plus séduisante de Pétersbourg*,[24] que casara no inverno anterior e que agora não aparecia no *grande* mundo por causa da sua gravidez, mas ainda frequentava as reuniões pequenas.

---

20 Francês: "Eis a vantagem de ser pai".

21 Francês: "A pobre pequena é infeliz como as pedras".

22 Francês: "Escute, querida Annette [...] Cuide desse caso para mim e serei seu fiel escravo para sempre [...] me escreve nos relatórios".

23 Francês: "Espere [...] a mulher do jovem Bolkónski [...] Será na família do senhor que farei o meu aprendizado de solteirona".

24 Francês: "a mulher mais sedutora de Petersburgo".

Veio o príncipe Hippolyte, filho do príncipe Vassíli, com Mortmart, a quem apresentou, veio também o abade Morio, além de muitas outras pessoas.

— O senhor ainda não viu? — Ou: — O senhor não conhece *ma tante*?[25] — dizia Anna Pávlovna às visitas que chegavam e com toda a gravidade as levava até uma velhinha miúda, com grandes laços de fita, que surgira de um outro cômodo assim que os convidados começaram a chegar; dizia o nome deles, enquanto lentamente passava os olhos do convidado para *ma tante* e depois se afastava.

Todos os convidados cumpriam o ritual de cumprimentar aquela tia que ninguém queria conhecer, pela qual ninguém tinha interesse e da qual ninguém tinha necessidade. Anna Pávlovna, com uma atenção tristonha, solene, acompanhava aqueles cumprimentos, aprovando-os em silêncio. *Ma tante* dizia a todos as mesmas palavras sobre a saúde deles, sobre a sua própria saúde e sobre a saúde de sua majestade, que agora, graças a Deus, estava melhor. Todos os que se aproximavam, embora por decoro evitassem demonstrar pressa, separavam-se da velhinha com um sentimento de alívio, por já terem cumprido uma obrigação penosa e por não ser preciso aproximar-se dela mais nenhuma vez durante o resto da noite.

A jovem princesa Bolkónskaia trouxe um trabalho numa bolsa de veludo bordado em ouro. Seu bonito labiozinho superior, com um bigodinho preto quase imperceptível, era curto demais para os dentes, porém assim ficava mais gracioso quando se abria e ainda mais gracioso quando se esticava para baixo, ao encontro do lábio inferior. Como sempre acontece com mulheres em tudo atraentes, as suas imperfeições — o lábio curto e a boca entreaberta — pareciam ser a sua singularidade, o traço especial da sua beleza. Todos se alegravam em ver aquela futura mãe bonita, cheia de saúde e de vitalidade, que suportava com tanta leveza a sua condição. Os velhos e os jovens entediados, soturnos, depois de vê-la, depois de ficar ao seu lado e conversar com ela por um tempo, tinham a impressão de que eles mesmos se tornavam semelhantes à princesa. Quem falava com ela e via, a cada palavra sua, o sorriso radiante e os dentes brancos e reluzentes, que se punham à mostra sem cessar, logo pensava que nesse dia estava especialmente amável. E assim pensavam todos.

A pequena princesa, virando-se com esforço, contornou a mesa em passinhos ligeiros e miúdos, com a bolsinha de trabalho na mão, e ajeitando alegremente o vestido sentou-se no divã, ao lado de um samovar de prata, como se tudo o que ela fazia fosse *part de plaisir*[26] para ela e para todos os que a rodeavam.

---

25 Francês: "minha tia".

26 Francês: "motivo de prazer".

— *J'ai apporté mon ouvrage* — disse ela, abrindo a bolsinha e dirigindo-se a todos ao mesmo tempo. — Veja, *Annette, ne me jouez pas un mauvais tour* — disse para a anfitriã. — *Vous m'avez écrit, que c'était une toute petite soirée; voyez, comme je suis attifée.*[27] E abriu os braços para mostrar-se no vestido elegante, cinza, de rendas, cingido por uma fita larga um pouco abaixo do peito.

— *Soyez tranquille, Lise, vous serez toujours la plus jolie*[28] — respondeu Anna Pávlovna.

— *Vous savez, mon mari m'abandonne* — continuou ela no mesmo tom, dirigindo-se a um general —, *il va se faire tuer. Dites-moi, pourquoi cette vilaine guerre?*[29] — disse para o príncipe Vassíli e, sem esperar a resposta, voltou-se para a filha do príncipe Vassíli, a bela Hélène.

— *Quelle délicieuse personne, que cette petite princesse!*[30] — disse o príncipe Vassíli, em voz baixa, para Anna Pávlovna.

Pouco depois da pequenina princesa, entrou um jovem gordo e corpulento, cabelo bem curto, de óculos, calça clara, como era moda então, colarinho alto e fraque marrom. Esse jovem corpulento era o filho ilegítimo de um famoso grão-senhor do tempo da imperatriz Catarina, o conde Bezúkhov, que estava moribundo em Moscou. Ele ainda não havia trabalhado em parte alguma, acabara de chegar do exterior, onde fora educado, e pela primeira vez estava numa reunião social. Anna Pávlovna recebeu-o com a inclinação de cabeça que dirigia às pessoas da mais baixa hierarquia em seu salão. Porém, apesar daquele cumprimento, no rosto de Anna Pávlovna, ao ver Pierre entrar, estampou-se uma inquietação e um medo semelhantes ao que se manifestam quando se está diante de algo grande demais e inadequado ao lugar. Embora Pierre fosse, de fato, um pouco maior do que os outros homens no salão, aquele medo só podia se referir ao olhar inteligente e, ao mesmo tempo, tímido, observador e natural, que o distinguia de todos os demais naquela sala.

— *C'est bien aimable à vous, monsieur Pierre, d'être venu voir une pauvre malade*[31] — disse Anna Pávlovna, enquanto trocava um olhar assustado com a tia, para junto de quem estava levando Pierre. O jovem resmungou algo incompreensível e

---

27 Francês: "Eu trouxe o meu trabalho [...] Annette, a senhora quis pregar uma peça em mim [...] A senhora me escreveu que era uma pequena reunião; veja como estou malvestida".

28 Francês: "Fique sossegada, Liza, a senhora será sempre a mais bonita".

29 Francês: "Sabem, o meu marido me abandona [...] ele vai se fazer matar. Diga-me, para que essa guerra horrível?".

30 Francês: "Que pessoa encantadora essa pequenina princesa!".

31 Francês: "É muita gentileza da sua parte, senhor Pierre, vir ver uma pobre enferma".

continuou a procurar alguma coisa com os olhos. Sorriu com alegria e satisfação ao cumprimentar a pequena princesa com uma reverência, como se fosse uma pessoa muito próxima, e seguiu para junto da tia. O medo de Anna Pávlovna não era infundado, pois Pierre deu as costas para a tia antes de ouvir até o fim as palavras dela sobre a saúde de sua majestade. Anna Pávlovna deteve-o, assustada, com as palavras:

— O senhor não conhece o abade Morio? É um homem muito interessante... — disse ela.

— Sim, ouvi falar do seu projeto de uma paz perpétua, e isso é muito interessante, mas pouco viável...

— O senhor acha?... — disse Anna Pávlovna, para falar alguma coisa, e quis voltar-se de novo para suas ocupações de anfitriã, mas Pierre cometeu uma indelicadeza inversa. Antes, ele se afastara sem ouvir até o fim as palavras da interlocutora; agora, com a sua fala, reteve a interlocutora, que precisava deixá-lo. Pierre, de cabeça baixa e com os pés grandes afastados, pôs-se a demonstrar a Anna Pávlovna por que ele acreditava que o plano do abade era uma quimera.

— Conversaremos depois — disse Anna Pávlovna, sorrindo.

E, após separar-se do jovem que não sabia como se conduzir, voltou-se para as suas ocupações de anfitriã e continuou a escutar e a observar, pronta a prestar socorro onde quer que a conversa esmorecesse. A exemplo do patrão de uma oficina de tecelagem que, depois de instalar os operários em seus lugares, anda de um lado para o outro pela fábrica e, ao notar alguma trava ou anormalidade num fuso, que range com um som alto demais, vai até lá rapidamente, prende ou solta o mecanismo para girar na velocidade devida, assim também caminhava Anna Pávlovna em seu salão de visitas, aproximava-se de um círculo que emudecera ou que falava em excesso e, com uma palavra ou com uma troca de posições, restabelecia mais uma vez a regular e decorosa máquina de conversação. Mas, em meio a tais cuidados, via-se nela o tempo todo um medo especial em relação a Pierre. Observou-o com cuidado no momento em que ele se aproximou para ouvir o que diziam em redor de Mortmart e afastou-se rumo a um outro grupo, onde quem falava era o abade. Para Pierre, educado no exterior, aquela noite em casa de Anna Pávlovna era a primeira reunião social de que participava na Rússia. Sabia que ali se achava reunida toda a intelligentsia de Petersburgo e, como uma criança numa loja de brinquedos, não sabia o que escolher. O tempo todo, receava deixar escapar as conversas inteligentes que ali poderia escutar. Olhando para as expressões compenetradas e elegantes dos rostos ali reunidos, esperava a todo momento qualquer coisa de especialmente sábio. Por fim, aproximou-se de Morio. A conversa lhe pareceu interessante e ali Pierre se deteve, esperando uma oportunidade para expressar seus pensamentos, como os jovens gostam de fazer.

III

A festa de Anna Pávlovna corria às mil maravilhas. De todos os lados, os fusos zumbiam de forma regular e sem emudecer. Além da *ma tante*, perto da qual estava sentada apenas uma senhora de certa idade, de rosto magro e consumido por lágrimas, um pouco estranha àquela sociedade radiante, a festa se dividia em três círculos. Num deles, mais masculino, o centro era o abade; no outro, de jovens, eram a bela princesa Hélène, filha do príncipe Vassíli, e a pequenina princesa Bolkónskaia, bonita, corada, um pouco cheia demais para a sua idade tão jovem. No terceiro, eram Mortmart e Anna Pávlovna.

O visconde era um jovem bonito, de feições e maneiras suaves, que obviamente se considerava uma celebridade, mas por cortesia e modéstia se punha ao dispor da sociedade em que se encontrava. Anna Pávlovna, obviamente, o servia aos seus convidados. Assim como um bom *maître d'hôtel* oferece como algo excepcionalmente admirável um pedaço de carne que ninguém ia querer comer se o visse na cozinha imunda, também naquela noite Anna Pávlovna servia a seus convidados primeiro o visconde e depois o abade, como algo excepcionalmente refinado. No círculo de Mortmart, logo começaram a falar sobre a execução do duque d'Enghien.[32] O visconde disse que o duque d'Enghien perecera por causa da sua magnanimidade e que existiam motivos particulares para o rancor de Bonaparte.

— *Ah! voyons. Contez-nous cela, vicomte*[33] — disse Anna Pávlovna, sentindo com alegria que naquela frase ecoava algo à la *Louis XV*. — *Contez-nous cela, vicomte.*

O visconde fez uma reverência com a cabeça em sinal de submissão e sorriu com cortesia. Anna Pávlovna formou um círculo em redor do visconde e convidou todos a escutar o relato.

— *Le vicomte a été personnellement connu de monseigneur* — sussurrou Anna Pávlovna para um. — *Le vicomte est un parfait conteur* — afirmou para outro. — *Comme on voit l'homme de la bonne compagnie*[34] — disse ela para um terceiro; e o visconde foi servido à sociedade sob a luz mais elegante e vantajosa para ele, como um rosbife numa travessa bem quente, guarnecido com verduras.

O visconde queria começar logo o seu relato e sorria de modo sutil.

---

32 O duque d'Enghien foi morto em 1804, acusado de conspirar contra Napoleão.

33 Francês: "Ah!, vamos. Conte-nos isso, visconde".

34 Francês: "O visconde conheceu pessoalmente o monsenhor [...] O visconde é um ótimo contador de histórias [...] Vê-se logo que é um homem da boa sociedade".

— Venha cá, *chère Hélène*[35] — disse Anna Pávlovna para a bela princesa, que estava sentada mais distante e ocupava o centro de um outro círculo.

A princesa Hélène sorriu; levantou-se com o mesmo sorriso imutável de uma mulher bela em tudo, com o qual havia entrado no salão. Com um leve rumor do vestido branco de baile, enfeitado com hera e musgo, e radiante com a brancura dos ombros, o lustro dos cabelos e dos brilhantes, ela passou em linha reta no meio dos homens, que lhe abriram caminho, sem olhar para ninguém, mas sem parar de sorrir e como que concedendo amavelmente a todos o direito de admirar a beleza do seu talhe, dos ombros fartos, do peito e das costas muito descobertos, como então era moda, e, parecendo levar consigo o brilho do baile, aproximou-se de Anna Pávlovna. Hélène era tão bonita que não só não se percebia nela o menor traço de coquetismo como, ao contrário, ela parecia ter vergonha de sua beleza incontestável, que produzia um efeito forte e triunfante demais. Hélène parecia querer e não conseguir atenuar o efeito de sua beleza. *Quelle belle personne!*,[36] diziam todos que a viam.

Como que espantado por algo fora do comum, o visconde encolheu os ombros e baixou os olhos no momento em que ela sentou à sua frente e o iluminou também com aquele mesmo sorriso imutável.

— *Madame, je crains pour mes moyens devant un pareil auditoire*[37] — disse ele, curvando a cabeça com um sorriso.

A princesa apoiou o braço farto e desnudo sobre a mesinha e não julgou necessário falar nada. Sorrindo, aguardava. Durante todo o tempo do relato, ficou sentada bem reta, de vez em quando olhava ora para o seu braço farto e bonito, que pela pressão da mesa mudara de feitio, ora para o seu peito, ainda mais bonito, onde ajeitava o colar de brilhantes; volta e meia ajeitava as pregas do vestido e, quando o relato causava mais impressão, olhava para Anna Pávlovna e prontamente assumia a mesma expressão que estava no rosto da dama de honra, e depois de novo se acalmava num sorriso radiante. A pequenina princesa também havia deixado a mesa de chá e viera atrás de Hélène.

— *Attendez-moi, je vais prendre mon ouvrage* — disse ela. — *Voyons, à quoi pensez-vous?* — Voltou-se para o príncipe Hippolyte: — *Apportez-moi mon réticule.*[38]

---

35 Francês: "querida Hélène".

36 Francês: "Que pessoa encantadora!".

37 Francês: "Senhora, temo por meu talento, diante de tal plateia".

38 Francês: "Esperem, vou pegar o meu trabalho [...] Ora, o que o senhor está pensando? [...] Traga a minha bolsa".

A princesa, sorrindo e falando com todos, provocou um súbito rebuliço e, após sentar, ajeitou-se alegremente.

— Agora estou bem — disse e, pedindo ao visconde que começasse, pegou o seu trabalho.

O príncipe Hippolyte trouxe-lhe a bolsa, passou por trás dela, puxou uma cadeira para perto da poltrona da princesa e sentou-se ao seu lado.

Le charmant Hippolyte[39] impressionava por sua extraordinária semelhança com a bela irmã, e mais ainda porque, apesar da semelhança, era de uma feiura chocante. Tinha os traços do rosto iguais aos da irmã, mas ela era sempre iluminada pelo sorriso imutável, satisfeito, jovem, cheio de alegria de viver, e também pela extraordinária beleza clássica do corpo; no irmão, ao contrário, o mesmo rosto era ensombrecido por um idiotismo e exprimia, de forma constante, um azedume presunçoso, ao passo que o corpo era franzino e fraco. Olhos, nariz e boca — tudo se comprimia como que numa careta única, imprecisa e aborrecida, enquanto braços e pernas assumiam sempre uma posição artificial.

— *Ce n'est pas une histoire de revenants?*[40] — perguntou ele, sentando ao lado da princesa e ajeitando o lornhão na altura dos olhos, como se na falta daquele instrumento não pudesse começar a falar.

— *Mais non, mon cher*[41] — respondeu o surpreso narrador, contraindo os ombros.

— *C'est que je déteste les histoires de revenants*[42] — disse ele, num tom que mostrava que havia falado aquelas palavras para só depois entender o que significavam.

Pela presunção com que falava, ninguém podia saber ao certo se o que ele dizia era muito inteligente ou muito estúpido. Vestia um fraque verde-escuro, calças da cor de *cuisse de nymphe effrayée*,[43] como ele mesmo chamava, meias e sapatos.

O visconde contou de modo muito gracioso uma história então em voga, na qual o duque d'Enghien viajara em segredo para Paris a fim de encontrar-se com Mlle George[44] e na casa dela encontrou-se com Bonaparte, que também goza-

---

39 Francês: "O encantador Hippolyte".

40 Francês: "Não é uma história de assombração?".

41 Francês: "Ora, não, meu caro".

42 Francês: "É que eu detesto histórias de assombração".

43 Francês: "coxa de ninfa assustada".

44 Pseudônimo de Marguerite Joséphine Weimer, atriz francesa de tragédias, amante de Napoleão por um tempo e que, entre 1808 e 1812, apresentou-se na Rússia, onde introduziu novas formas de representação e obteve grande sucesso com *Fedra*, de Racine. Púchkin se referiu a ela como "atriz francesa sem alma".

va dos favores da atriz famosa, e lá, ao encontrar-se com o duque, Napoleão por acaso tombou num daqueles desmaios a que era sujeito, e assim ficou à mercê do duque, circunstância de que este não quis tirar proveito; mais tarde, no entanto, Bonaparte vingou-se dessa magnanimidade com a morte do duque.

O relato foi muito gracioso e interessante, em especial no momento em que os rivais de repente se reconhecem um ao outro, e as senhoras pareceram ficar emocionadas.

— *Charmant*[45] — disse Anna Pávlovna, olhando com ar interrogativo para a pequenina princesa.

— *Charmant* — murmurou a pequenina princesa, enfiando a agulha no trabalho, como em sinal de que o interesse e o encanto do relato a impediam de continuar o trabalho.

O visconde apreciou esse elogio mudo e, sorrindo agradecido, quis continuar; mas nesse momento Anna Pávlovna, que observava o tempo todo aquele jovem para ela tão assustador, notou que ele falava com o abade num tom ardoroso e alto demais e apressou-se em ir ao local do perigo para prestar socorro. De fato, Pierre conseguira entabular com o abade uma conversa sobre o equilíbrio político, e o abade, visivelmente interessado pelo entusiasmo ingênuo do jovem, explanava para ele a sua tese predileta. Os dois escutavam e falavam de modo excessivamente vivo e espontâneo, e isso não agradava a Anna Pávlovna.

— O caminho é o equilíbrio europeu e o *droit de gens*[46] — disse o abade. — Para um Estado poderoso como a Rússia, com fama de bárbaro, basta colocar-se de forma desinteressada à frente de uma aliança que tenha por objetivo o equilíbrio da Europa, e assim salvará o mundo!

— Como o senhor vai encontrar tal equilíbrio? — Pierre fez menção de começar, porém, nesse instante, Anna Pávlovna se aproximou e, após lançar um olhar severo para Pierre, perguntou ao italiano como ele vinha suportando o clima local. O rosto do italiano modificou-se de repente e assumiu uma expressão ofendida, simuladamente doce, que, via-se bem, era nele habitual nas conversas com mulheres.

— Estou tão fascinado com os encantos da inteligência e da cultura da sociedade, em especial da sociedade feminina, em que tenho a satisfação de ser recebido, que ainda não tive tempo de pensar no clima — respondeu ele.

Sem largar o abade e Pierre, Anna Pávlovna trouxe ambos para o círculo principal, onde podia exercer sua vigilância com mais comodidade.

Naquele momento, entrou na sala uma pessoa nova. Essa pessoa nova era

---

45 Francês: "Encantador".

46 Francês: "direito dos povos".

o jovem príncipe Andrei Bolkónski, marido da pequenina princesa. O príncipe Bolkónski era um jovem bonito, de baixa estatura, feições marcadas e secas. Tudo em sua figura, desde o olhar cansado, aborrecido, até os passos silenciosos e cadenciados, apresentava um contraste brutal com sua esposa pequenina e vivaz. Via-se logo que o príncipe não só conhecia bem todos os presentes no salão como já estava farto de todos, de tal modo que só olhar para aquelas pessoas ou escutá-las era muito aborrecido para ele. Entre todos os rostos que o aborreciam, o da sua esposa bonita lhe parecia o mais maçante de todos. Com uma careta que estragava o seu belo rosto, deu as costas para ela. Beijou a mão de Anna Pávlovna e, contraindo os olhos, correu um olhar por toda a sociedade ali reunida.

— *Vous vous enrôlez pour la guerre, mon prince?*[47] — perguntou Anna Pávlovna.

— *Le général Koutouzoff* — disse Bolkónski, acentuando a última sílaba *zoff*, como um francês — *a bien voulu de moi pour aide de champ...*[48]

— *Et Lise, votre femme?*[49]

— Ela irá para o campo.

— Não é um pecado da parte do senhor nos privar da sua esposa encantadora?

— *André* — chamou a esposa, dirigindo-se ao marido com o mesmo tom coquete que usava para se dirigir a estranhos. — Que história nos contou o visconde sobre Mademoiselle George e Bonaparte!

O príncipe Andrei semicerrou os olhos e lhe deu as costas. Pierre, que desde o momento da entrada do príncipe Andrei no salão não desviava dele os olhos alegres, amistosos, aproximou-se e segurou-o pelo braço. O príncipe Andrei, sem olhar para o lado, franziu o rosto numa careta que expressava irritação contra aquele que tocara em seu braço, mas ao ver o rosto sorridente de Pierre, deu um inesperado sorriso bondoso e simpático.

— Ora, veja só!... Você, na alta sociedade! — disse para Pierre.

— Eu sabia que você estaria aqui — respondeu Pierre. — Irei jantar na sua casa — acrescentou em voz baixa, para não atrapalhar o visconde, que continuava a sua história. — Posso?

— Não, não pode — respondeu o príncipe Andrei, rindo, e, com um aperto de mão, deu um sinal para Pierre de que nem precisava perguntar tal coisa.

Ainda queria falar mais, porém nesse momento o príncipe Vassíli aproximou-se com sua filha, e os dois jovens levantaram-se para lhes dar passagem.

---

47 Francês: "O senhor se alistou para ir à guerra, meu príncipe?".

48 Francês: "O general Kutúzov [...] teve a bondade de me aceitar como ajudante de ordens".

49 Francês: "E Liza, a sua esposa?".

— O senhor me perdoe, meu caro visconde — disse o príncipe Vassíli para o francês, segurando-o delicadamente pela manga para que ele não se levantasse da cadeira. — Essa malfadada festa na casa do embaixador me priva de um prazer e interrompe o senhor. Lamento muito deixar a sua festa maravilhosa — disse para Anna Pávlovna.

Sua filha, a princesa Hélène, segurando com leveza as dobras do vestido, passou entre as cadeiras, e o sorriso brilhou ainda mais luminoso em seu rosto lindo. Pierre olhou com olhos quase assustados, admirados, para aquela beldade, quando ela passou por ele.

— Muito bonita — disse o príncipe Andrei.

— Muito — disse Pierre.

Ao passar, o príncipe Vassíli tomou a mão de Pierre e voltou-se para Anna Pávlovna.

— Domestique para mim este urso — disse ele. — Veja, faz um mês que mora em minha casa, e esta é a primeira vez que o vejo em sociedade. Não existe nada mais necessário para um jovem do que o convívio com mulheres inteligentes.

IV

Anna Pávlovna sorriu e prometeu cuidar de Pierre, que, ela sabia, era parente do príncipe Vassíli por parte de pai. A senhora de idade que estava sentada perto de *ma tante* levantou-se apressada e alcançou o príncipe Vassíli na saída. Do rosto da mulher, desapareceu todo o fingimento de interesse que antes havia. O rosto bondoso, consumido por lágrimas, exprimia apenas inquietude e medo.

— O que o senhor me diz sobre o meu Boris, príncipe? — perguntou a mulher, ao alcançá-lo na saída. (Pronunciou o nome Boris com um acento especial no *o*.) — Não posso ficar mais em Petersburgo. Diga, que notícias posso levar para o meu pobre menino?

Apesar de o príncipe Vassíli escutar a senhora de idade a contragosto, quase de modo indelicado, e de até manifestar impaciência, ela sorria para ele com um ar afetuoso e comovente e, para que não fosse embora, segurava-o pelo braço.

— O que custa ao senhor dizer uma palavra ao soberano, ele seria transferido diretamente para a guarda — pediu.

— Creia, princesa, farei tudo o que posso — respondeu o príncipe Vassíli. — Mas para mim é difícil pedir ao soberano; eu recomendo à senhora que procure Rumiántsev, por intermédio do príncipe Golítsin: seria mais sensato.

A senhora de idade chamava-se princesa Drubetskaia, uma das melhores famílias da Rússia, mas ela era pobre, havia muito que se afastara da sociedade e perdera os contatos influentes que tinha antes. Viajara até ali para obter a nomeação do seu filho único para a guarda. Havia comparecido à festa de Anna Pávlovna só para encontrar o príncipe Vassíli, e só por isso escutou a história do visconde. Assustou-se com as palavras do príncipe Vassíli; o seu rosto, bonito no passado, tomou uma expressão de ofensa, mas isso durou só um minuto. Sorriu de novo e apertou o braço do príncipe com mais força ainda.

— Escute, príncipe — disse ela. — Nunca pedi ao senhor, e nunca pedirei ao senhor outra vez, nunca invoquei a amizade que o meu pai tinha pelo senhor. Mas agora, em nome de Deus, suplico, faça isso pelo meu filho, e terei o senhor como meu benfeitor — acrescentou às pressas. — Não, o senhor não fique zangado, mas me prometa. Pedi ao Golítsin, ele recusou. *Soyez le bon enfant que vous avez été*[50] — disse ela, esforçando-se para sorrir, enquanto em seus olhos havia lágrimas.

— Papai, vamos chegar atrasados — disse a princesa Hélène, que esperava na porta, virando a cabeça bonita sobre os ombros de linhas clássicas.

A influência na sociedade é um capital que é preciso poupar, para que ele não acabe. O príncipe Vassíli sabia disso e, assim que se deu conta de que se começasse a pedir por todos os que lhe pediam em pouco tempo não poderia mais pedir por si mesmo, raramente fazia uso da sua influência. No caso da princesa Drubetskaia, porém, ele sentiu, após o seu novo apelo, uma espécie de dor na consciência. Ela lembrou-lhe uma verdade: seus primeiros passos no serviço público, ele devia ao pai da princesa. Além disso, por suas maneiras, via que era uma dessas mulheres, sobretudo mães, que depois que enfiam uma ideia na cabeça não dão sossego enquanto não alcançam o que desejam e, em caso de uma recusa, estão prontas a importunar dia após dia, minuto após minuto, e até a fazer escândalos. Esta última consideração o abalou.

— *Chère* Anna Mikháilovna — disse ele, com sua habitual familiaridade e enfado na voz. — Para mim é quase impossível fazer o que a senhora deseja; mas, para lhe mostrar como gosto da senhora e em memória do seu falecido pai, farei o impossível: o seu filho será transferido para a guarda, tome aqui, aperte a minha mão. Está satisfeita?

— Meu querido, o senhor é um benfeitor! Não esperava outra coisa do senhor; sabia que o senhor era bom.

Ele quis ir embora.

---

50 Francês: "Seja o bom menino que era antigamente".

— Espere, só mais duas palavras. *Une fois passé aux gardes...*[51] — Ela hesitou. — O senhor tem boas relações com Mikhail Ilariónovitch Kutúzov, recomende Boris para ser seu ajudante de ordens. Então ficarei tranquila, e então...

O príncipe Vassíli sorriu.

— Isso eu não prometo. A senhora não sabe como assediam Kutúzov desde que ele foi nomeado comandante em chefe.[52] Ele mesmo me disse que todas as senhoras de Moscou conspiraram para lhe oferecer seus filhos para o posto de ajudante de ordens.

— Não, prometa, não vou largar o senhor, meu querido, meu benfeitor...

— Papai! — repetiu a beldade, no mesmo tom. — Vamos chegar atrasados.

— Bem, *au revoir*,[53] adeus.

— Então amanhã o senhor vai falar com o soberano?

— Sem falta, mas quanto a Kutúzov, eu não prometo.

— Não, prometa, prometa, *Basile* — disse, atrás dele, Anna Mikháilovna, com um sorriso de jovem coquete que, em outros tempos, lhe ficava bem, talvez, mas que agora não combinava com o seu rosto exaurido.

Parecia ter esquecido sua idade e, pela força do hábito, punha em ação todos os velhos expedientes femininos. Mas assim que ele foi embora, seu rosto assumiu a mesma expressão fria, fingida, que tinha antes. Ela voltou para o círculo em que o visconde continuava a falar, e de novo fez de conta que escutava, enquanto esperava a hora de sair, uma vez que sua tarefa ali já estava cumprida.

— Mas o que o senhor acha de toda essa recente comédia *du sacre de Milan*? — perguntou Anna Pávlovna. — *Et la nouvelle comédie des peuples de Gênes et de Lucques, qui viennent présenter leurs vœux à monsieur Buonaparte assis sur un trône, et exauçant les vœux des nations! Adorable! Non, mais c'est à en devenir folle! On dirait, que le monde entier a perdu la tête.*[54]

O príncipe Andrei deu um sorriso, fitando diretamente no rosto de Anna Pávlovna.

— "*Dieu me la donne, gare à qui la touche*" — disse ele (palavras de Bonaparte,

---

51 Francês: "Uma vez transferido para a guarda...".

52 O general Kutúzov foi nomeado, em 1805, para comandar um exército de 50 mil homens para socorrer a Áustria.

53 Francês: "Até logo".

54 Francês: "Da coroação de Milão [Napoleão se fez coroar rei da Itália em 1805, em Milão] [...] E a nova comédia do povo de Gênova e do povo de Luca, que acabam de prestar votos ao senhor *Buonaparte*, sentado num trono, e de receber os votos das nações! Adorável! Não, mas é de enlouquecer! Dir-se-ia que o mundo inteiro perdeu a cabeça".

ditas na sua coroação). — *On dit qu'il a été très beau en prononçant ces paroles*[55] — acrescentou e mais uma vez repetiu aquelas palavras, em italiano: "*Dio mi la dona, guai a chi la tocca*".

— *J'espère enfin* — continuou Anna Pávlovna — *que ça a été la goutte d'eau qui fera déborder le verre. Les souverains ne peuvent plus supporter cet homme, qui menace tout.*[56]

— *Les souverains? Je ne parle pas de la Russie* — disse o visconde, com polidez, mas sem esperança. — *Les souverains, madame! Qu'ont-ils fait pour Louis XVI, por la reine, pour madame Elisabeth? Rien* — prosseguiu, animando-se. — *Et croyez-moi, ils subissent la punition pour leur trahison de la cause des Bourbons. Les souverains? Ils envoient des ambassadeurs complimenter l'usurpateur.*[57]

E ele, depois de dar um suspiro de desprezo, mudou novamente de posição. O príncipe Hippolyte, que havia observado demoradamente o visconde através do lornhão, ao som daquelas palavras virou todo o seu corpo para a pequenina princesa, pediu a sua agulha e passou a lhe mostrar, num desenho feito com a agulha sobre a mesa, o brasão dos Condé.[58] Explicou aquele brasão para a princesa com uma fisionomia tão séria como se ela lhe tivesse pedido tal explicação.

— *Bâton de gueules, engrêlé de gueules d'azur... maison Condé*[59] — disse ele.

A princesa escutava, sorrindo.

— Se Bonaparte continuar no trono da França durante mais um ano — prosseguiu o visconde, com o aspecto de um homem que não escuta os outros, apenas segue o fio dos próprios pensamentos, num assunto que conhece melhor do que ninguém —, essa história terá ido longe demais. Por meio da intriga, da força bruta, dos exílios, das torturas, a sociedade francesa, eu me refiro à boa sociedade, será aniquilada para sempre, e então...

Encolheu os ombros e abriu os braços. Pierre fez menção de dizer algo: a conversa o interessava, mas Anna Pávlovna, que o vigiava, interrompeu:

— O imperador Alexandre — disse ela com a tristeza que sempre acom-

---

55 Francês: "'Deus me deu a coroa, ai de quem a tocar' [...] Dizem que estava muito bonito quando pronunciou essas palavras".

56 Francês: "Espero enfim que essa tenha sido a gota d'água que fará transbordar a taça. Os soberanos não podem mais tolerar esse homem, que a todos ameaça".

57 Francês: "Os soberanos? Não falo da Rússia [...] Os soberanos, madame! O que fizeram eles por Luís XVI, pela rainha, por Madame Elisabeth? Nada [Referência ao rei da França Luís XVI, à sua esposa, Maria Antonieta, e à sua irmã] [...] Creia-me, eles estão sofrendo o castigo por sua traição à causa dos Bourbon. Os soberanos? Eles enviam embaixadores para saudar o usurpador".

58 Família da nobreza francesa, aparentada aos Bourbon.

59 Hippolyte confunde as palavras em francês e sua descrição não tem sentido.

panhava suas palavras sobre a família do imperador — declarou que deixará que os próprios franceses escolham sua forma de governo. E eu penso não haver dúvida de que a nação inteira, uma vez livre do usurpador, se lançará nos braços do rei legítimo — disse Anna Pávlovna, tentando mostrar-se amável com o emigrante realista.

— Isso é duvidoso — disse o príncipe Andrei. — *Monsieur le vicomte*[60] tem toda a razão ao supor que essa história já foi longe demais. Creio que será difícil voltar ao que era.

— Pelo que ouvi dizer — interveio Pierre de novo, ruborizando-se —, quase toda a nobreza já passou para o lado de Bonaparte.

— É o que dizem os bonapartistas — respondeu o visconde, sem olhar para Pierre. — Neste momento é difícil saber qual a opinião pública na França.

— *Bonaparte l'a dit*[61] — disse o príncipe Andrei, com um sorriso.

(Era visível que não simpatizava com o visconde e que, embora não o fitasse, era contra ele que dirigia suas palavras.)

— "*Je leur ai montré le chemin de la gloire*" — disse, depois de um breve silêncio, repetindo mais uma vez palavras de Napoleão: — "*ils n'en ont pas voulu; je leur ai ouvert mes antichambres, ils se sont précipités en foule*"... *Je ne sais pas à quel point il a eu le droit de le dire.*[62]

— *Aucun* — retrucou o visconde. — Depois do assassinato do duque, até as pessoas mais parciais pararam de ver nele um herói. *Si même ça a été un héros pour certaines gens* — disse o visconde, voltando-se para Anna Pávlovna —, *depuis l'assassinat du duc il y a un martyr de plus dans le ciel, un héros de moins sur la terre.*[63]

Anna Pávlovna e os outros mal tiveram tempo de sorrir para mostrar sua apreciação das palavras do visconde, quando Pierre irrompeu de novo na conversa e Anna Pávlovna, embora pressentindo que ele ia dizer algo inconveniente, já não pôde detê-lo.

— A execução do duque d'Enghien — disse M. Pierre — foi um imperativo de Estado; e vejo exatamente nisso uma grandeza de espírito, por Napoleão não haver temido assumir sozinho a responsabilidade de tal ato.

— *Dieu! Mon Dieu!*[64] — exclamou Anna Pávlovna, num sussurro apavorado.

---

60 Francês: "O senhor visconde".

61 Francês: "Bonaparte o disse".

62 Francês: "'Eu lhes mostrei o caminho da glória' [...] 'eles não o quiseram; eu lhes abri minhas antecâmaras, e eles avançaram em multidão'... Não sei até que ponto ele tem o direito de falar assim".

63 Francês: "Nenhum [...] Se mesmo assim ele era um herói para certas pessoas [...] após o assassinato do duque existe um mártir a mais no céu e um herói a menos na Terra".

64 Francês: "Deus! Meu Deus!".

— *Comment, monsieur Pierre, vous trouvez que l'assassinat est grandeur d'âme*[65] — disse a pequenina princesa, sorrindo e aproximando de si o seu trabalho de costura.

— Ah! Oh! — exclamaram várias vozes.

— *Capital!* — exclamou em inglês o príncipe Hippolyte e deu umas palmadinhas no joelho.

O visconde apenas encolheu os ombros. Pierre olhou com ar de triunfo para os ouvintes, por cima dos óculos.

— Falo assim — continuou ele, com audácia — porque os Bourbon fugiram da Revolução, abandonando o povo à anarquia; só Napoleão soube entender a Revolução e derrotá-la, e por isso, para o bem geral, ele não podia deter-se diante da vida de um homem.

— O senhor não gostaria de ir para aquela mesa? — disse Anna Pávlovna.

Mas Pierre, sem responder, continuou sua fala.

— Não — disse, cada vez mais entusiasmado. — Napoleão é grande porque se colocou acima da Revolução, reprimiu seus abusos, preservou tudo o que havia de bom, a igualdade dos cidadãos, a liberdade de expressão e de imprensa, e só por isso chegou ao poder.

— Sim, se ele, depois de tomar o poder, não o usasse para cometer assassinatos e o devolvesse para o rei legítimo — disse o visconde —, então eu o chamaria de grande homem.

— Ele não poderia fazer isso. O povo lhe deu o poder exatamente para livrar-se dos Bourbon e por isso o povo viu nele um grande homem. A Revolução foi um acontecimento grandioso — prosseguiu M. Pierre, mostrando com essa afirmação atrevida e provocativa a sua extrema juventude e o desejo de dizer tudo de uma só vez.

— A Revolução e o regicídio são acontecimentos grandiosos?... Depois disso... o senhor não gostaria de ir para aquela mesa? — repetiu Anna Pávlovna.

— *Contrat social*[66] — disse o visconde, com um sorriso dócil.

— Não estou falando de regicídio. Estou falando de ideias.

— Sim, ideias de pilhagem, de assassinato e de regicídio — interrompeu de novo uma voz irônica.

— Esses foram excessos, é claro, mas a importância não está toda nisso, a importância está nos direitos do homem, na emancipação dos preconceitos, na igualdade dos cidadãos; e Napoleão sustentou todas essas ideias com todas as suas forças.

---

65 Francês: "Como, senhor Pierre, pode achar que um assassinato é uma grandeza de espírito?".

66 Francês: "Contrato social".

— Liberdade e igualdade — disse o visconde, com desprezo, como se tivesse afinal resolvido mostrar a sério para aquele jovem toda a tolice de suas palavras. — Palavras retumbantes que há muito já se comprometeram. Quem não gosta de liberdade e de igualdade? Já o nosso Salvador pregava a liberdade e a igualdade. Será que depois da Revolução as pessoas se tornaram mais felizes? Ao contrário. Queríamos a liberdade, e Bonaparte a destruiu.

O príncipe Andrei, com um sorriso, olhava ora para Pierre, ora para o visconde, ora para a anfitriã. No primeiro minuto da investida de Pierre, Anna Pávlovna horrorizou-se, apesar de estar habituada à sociedade; mas quando viu que, apesar das palavras sacrílegas ditas por Pierre, o visconde não se mostrava alterado, e quando ela se convenceu de que já não era possível abafar aquelas palavras, reuniu suas forças, aliou-se ao visconde e atacou o orador.

— *Mais, mon cher monsieur Pierre*[67] — disse Anna Pávlovna —, como o senhor explica que um grande homem possa executar um duque, afinal, um homem comum, sem julgamento e sem culpa?

— E eu perguntaria — disse o visconde — como o Monsieur explica o Dezoito de Brumário. Por acaso não foi um embuste? *C'est un escamotage, qui ne ressemble nullement à la manière d'agir d'un grand homme.*[68]

— E os prisioneiros na África que ele matou? — disse a pequenina princesa. — É horrível! — E contraiu os ombros.

— *C'est un roturier, vous aurez beau dire*[69] — disse o príncipe Hippolyte.

M. Pierre não sabia a quem responder, olhava para todos e sorria. Não era, como nas outras pessoas, um sorriso que se confundia com uma feição séria. Ao contrário, quando lhe vinha um sorriso, instantaneamente desaparecia o rosto sério e até um pouco lúgubre e aparecia um outro, infantil, bondoso, e até tolo, que dava a impressão de pedir desculpas.

Para o visconde, que o via pela primeira vez, ficou claro que aquele jacobino não tinha nada de tão temível quanto suas palavras. Todos ficaram calados.

— Como os senhores podem querer que ele responda a todos de uma só vez? — disse o príncipe Andrei. — Além do mais, nos atos de um homem de Estado, é preciso distinguir os atos da vida privada, os de chefe militar e os de imperador. É o que me parece.

— Sim, sim, é claro — apoiou Pierre, alegre com a ajuda que recebia.

---

67 Francês: "Mas, meu caro senhor Pierre".

68 Francês: "É um embuste que não parece nem um pouco com o modo de agir de um grande homem".

69 Francês: "É um vilão, diga o senhor o que disser".

— É impossível não reconhecer — continuou o príncipe Andrei — que Napoleão agiu como um grande homem na ponte de Arcola, no hospital em Jafa, onde apertou a mão dos contaminados pela peste, mas... mas há outras ações difíceis de justificar.[70]

O príncipe Andrei, que visivelmente pretendera atenuar o desconforto causado pelas palavras de Pierre, levantou-se, preparando-se para ir embora, e fez um sinal para a esposa.

De repente o príncipe Hippolyte levantou-se, deteve todos com gestos da mão e, pedindo que sentassem, falou:

— *Ah! Aujourd'hui on m'a raconté une anecdote moscovite, charmante: il faut que je vous en régale. Vous m'excusez, vicomte, il faut que je raconte en russe. Autrement on ne sentira pas le sel de l'histoire.*[71]

E o príncipe Hippolyte começou a falar em russo tal como o pronunciam os franceses depois de viver um ano na Rússia. Todos aguardaram: tamanha foi a animação e a insistência com que o príncipe Hippolyte exigiu a atenção para a sua história.

— Em Moscou há uma certa fidalga, *une dame*. E ela é muito avarenta. Precisava de dois *valets de pied* para acompanhar a carruagem. E precisavam ser bem altos. Era o gosto dela. E tinha uma *femme de chambre*,[72] também alta. Ela disse...

Nesse ponto o príncipe Hippolyte parou para pensar, com uma visível dificuldade para organizar as ideias.

— Ela disse... sim, ela disse: "Menina (*à la femme de chambre*), vista a *livrée* e venha comigo na carruagem *faire des visites*".[73]

Aqui o príncipe Hippolyte bufou e soltou uma gargalhada muito antes que seus ouvintes, o que produziu uma impressão desfavorável para o narrador. Contudo alguns sorriram, entre os quais a senhora de idade e Anna Pávlovna.

— E lá foi ela. De repente, bateu um vento forte. A mocinha perdeu o chapéu e os cabelos compridos se soltaram...

Aqui ele já não conseguiu mais se conter e pôs-se a rir em espasmos e, no meio daquela risada, falou:

— E todo mundo soube...

---

70 Na ponte de Arcola, perto de Verona, Napoleão venceu os austríacos, em 1796; e tomou o porto de Jafa, na Palestina, em 1799.

71 Francês: "Ah! Hoje me contaram uma anedota moscovita encantadora: tenho de lhes contar. O senhor me desculpe, visconde, tenho de contar em russo. Do contrário a história vai perder o sal".

72 Francês: "uma senhora [...] lacaios [...] criada de quarto".

73 Francês: "Libré [...] fazer algumas visitas".

Assim terminou a anedota. Embora fosse incompreensível por que ele a contara e por que precisava tanto contar em russo, Anna Pávlovna e os outros apreciaram a cortesia mundana do príncipe Hippolyte, que assim encerrara a desagradável e descortês investida de M. Pierre. Depois da anedota, a conversa se dispersou em comentários miúdos e insignificantes sobre bailes futuros ou passados, sobre algum espetáculo, sobre quando e onde encontrariam esta ou aquela pessoa.

V

Depois de agradecer a Anna Pávlovna por sua *charmante soirée*,[74] os convidados começaram a ir embora.

Pierre era um desajeitado. Gordo, de estatura mais alta do que o habitual, largo, com imensas mãos vermelhas, ele, como dizem, não sabia como entrar num salão e menos ainda como sair, ou seja, dizer algo especialmente agradável antes de se retirar. Além disso, era distraído. Ao levantar-se, em vez do seu chapéu, pegou um chapéu de general, com três pontas e um penacho, e ficou com ele na mão, sacudindo o penacho, até que o general veio pedi-lo de volta. Mas toda a sua distração e incapacidade de entrar num salão e ali travar conversas era compensada por sua expressão de benevolência, simplicidade e modéstia. Anna Pávlovna voltou-se para ele e, com uma brandura cristã que exprimia perdão à sua investida na conversa, cumprimentou-o com um meneio de cabeça e disse:

— Espero ver o senhor de novo, mas espero também que mude de opinião, meu caro Monsieur Pierre — disse ela.

Quando ela lhe falou assim, ele nada respondeu, apenas fez uma reverência com a cabeça e mostrou a todos, mais uma vez, o seu sorriso, que nada dizia, senão isto: "Opiniões são opiniões, mas vocês estão vendo como sou um rapaz bom e simpático". E todos, inclusive Anna Pávlovna, sentiram isso espontaneamente.

O príncipe Andrei saiu para o vestíbulo e, de costas para o lacaio que punha em seus ombros uma capa, ouvia com indiferença o tagarelar da esposa e do príncipe Hippolyte, que também viera para o vestíbulo. O príncipe Hippolyte estava ao lado da bela princesinha grávida e a fitava obstinadamente através do lornhão.

— Vá logo, *Annette*, a senhora vai se resfriar — disse a pequenina princesa, despedindo-se de Anna Pávlovna. — *C'est arrêté*[75] — acrescentou, em voz baixa.

---

74 Francês: "festa encantadora".

75 Francês: "Está resolvido".

Anna Pávlovna já tivera tempo de trocar algumas palavras com Liza a respeito do casamento que planejava realizar entre Anatole e a cunhada da pequenina princesa.

— Conto com a senhora, minha querida amiga — disse Anna Pávlovna, também em voz baixa. — Escreva para ela e diga-me *comment le père envisagera la chose. Au revoir*[76] — e retirou-se do vestíbulo.

O príncipe Hippolyte aproximou-se da pequenina princesa e, curvando o rosto para perto, pôs-se a falar algo em sussurros.

Dois lacaios, um da princesa e outro de Hippolyte, esperavam que terminassem de falar, postados um com o xale e outro com o redingote, e ouviam a conversa em francês, para eles incompreensível, com ar de quem entendia o que estava sendo dito mas não queria demonstrar. A princesa, como sempre, falava sorrindo e escutava rindo.

— Estou muito contente por não ter ido à embaixada — disse o príncipe Hippolyte. — É um tédio... Que festa maravilhosa, não é verdade? Maravilhosa.

— Dizem que o baile vai ser muito bom — respondeu a princesinha, levantando o lábio com um bigodinho. — Todas as mulheres bonitas da sociedade estarão lá.

— Nem todas, porque a senhora não estará lá; nem todas — disse o príncipe Hippolyte; rindo com alegria, tomou o xale das mãos do lacaio, a quem até empurrou, e tratou de vestir com ele a princesinha.

Por um descuido ou de propósito (ninguém poderia decidir isso), ele demorou muito tempo para baixar o braço, depois que o xale já estava vestido, e parecia abraçar a jovem.

Mas ela, de maneira graciosa, sempre sorrindo, afastou-se, deu-lhe as costas e lançou um olhar para o marido. Os olhos do príncipe Andrei estavam fechados: parecia muito cansado e com sono.

— A senhora está pronta? — perguntou para a esposa, desviando dela o olhar.

O príncipe Hippolyte vestiu às pressas seu redingote, que ia até os calcanhares, como ditava a moda, e, tropeçando nele, correu pelo alpendre no encalço da princesinha, que o lacaio ajudava a subir na carruagem.

— *Princesse, au revoir*[77] — gritou ele, tropeçando na língua, como nos pés.

A princesinha, puxando o vestido, sentou-se na sombra da carruagem; o marido ajeitou o sabre; o príncipe Hippolyte, sob o pretexto de ajudar, atrapalhava todos.

— Com licença, senhor — falou em russo o príncipe Andrei, em tom seco e de-

---

76 Francês: "como o pai vai encarar a questão. Até logo".

77 Francês: "Princesa, até logo".

sagradável, para o príncipe Hippolyte, que impedia a sua passagem. — Espero você, Pierre — exclamou a mesma voz do príncipe Andrei, em tom amigável e afetuoso.

O boleeiro deu a partida, e as rodas da carruagem começaram a retumbar. O príncipe Hippolyte ria de maneira espasmódica, parado no alpendre, à espera do visconde, a quem ele prometera acompanhar até sua casa.

— *Eh bien, mon cher, votre petite princesse est très bien, très bien* — disse o visconde, após sentar-se na carruagem com Hippolyte. — *Mais très bien.* — Beijou a pontinha dos dedos. — *Et tout à fait Française.*[78]

Hippolyte bufou e soltou uma risada.

— *Et savez-vous que vous êtes terrible avec votre petit air innocent* — continuou o visconde. — *Je plains le pauvre mari, ce petit officier, qui se donne des airs de prince régnant.*[79]

Hippolyte bufou de novo, em meio ao riso, e falou:

— *Et vous disiez, que les dames russes ne valent pas les dames françaises. Il faut savoir s'y prendre.*[80]

Pierre, que chegou antes do casal, como era uma pessoa de casa, seguiu direto para o escritório do príncipe Andrei e, sem demora, como de hábito, deitou no divã, pegou na estante o primeiro livro que lhe caiu na mão (eram os *Comentários* de César) e começou a ler do meio, apoiado num cotovelo.

— O que você aprontou com a Mademoiselle Scherer? Ela agora vai ficar doente de uma vez — disse o príncipe Andrei, ao entrar no escritório, esfregando as mãos pequenas e brancas.

Pierre virou todo o corpo, de tal modo que o divã soltou rangidos, e voltou para o príncipe o rosto animado, sorriu e acenou com a mão.

— Não, aquele abade é muito interessante, só que não entende do assunto... Para mim, a paz perpétua é possível, mas, não sei como dizer... Não vai vir por meio do equilíbrio político...

O príncipe Andrei, visivelmente, não estava interessado naquelas conversas abstratas.

— Não podemos, *mon cher*, dizer sempre e em toda parte aquilo que pensamos. Bem, e o que você resolveu, afinal? Vai ser cavaleiro da guarda ou diplomata? — perguntou o príncipe Andrei, após um minuto de silêncio.

---

78 Francês: "Ora viva, meu caro, a sua pequenina princesa é muito bonita, muito bonita [...] Mas muito bonita [...] E totalmente francesa".

79 Francês: "E sabe que o senhor é terrível, com esse seu arzinho de inocente [...] Tenho pena do pobre marido, um reles oficial que se dá ares de príncipe regente".

80 Francês: "E o senhor ainda diz que as damas russas não valem as damas francesas. É preciso saber lidar com elas".

Pierre se pôs sentado no divã, com as pernas dobradas sob o corpo.

— Pois é, eu ainda não sei. Não gosto nem de uma coisa nem de outra.

— Mas é preciso tomar uma decisão, não é? O seu pai está esperando.

Pierre, aos dez anos, tinha ido para o exterior em companhia de um abade, que era o seu preceptor, e lá vivera até os vinte. Quando voltou a Moscou, o pai despediu o abade e disse ao jovem: "Agora você irá para Petersburgo, vai observar e vai escolher. Concordarei com tudo. Tome aqui uma carta para o príncipe Vassíli, e também algum dinheiro. Escreva-me e conte tudo, lhe darei toda ajuda". Já fazia três meses que Pierre estava escolhendo sua carreira e nada decidia. Era sobre tal escolha que falava o príncipe Andrei. Pierre esfregou a testa.

— Mas ele deve ser um maçom — disse, referindo-se ao abade que encontrara na festa.

— Tudo isso são loucuras — interrompeu-o de novo o príncipe Andrei. — É melhor falarmos de assuntos sérios. Você esteve na cavalaria da guarda?...

— Não, não estive, mas veja o que me veio à cabeça, eu queria dizer a você. Agora há uma guerra contra Napoleão. Se essa fosse uma guerra pela liberdade, eu entenderia, seria o primeiro a ingressar no serviço militar; mas ajudar a Inglaterra e a Áustria contra o maior homem do mundo... isso não está certo...

O príncipe Andrei apenas encolheu os ombros ante as palavras infantis de Pierre. Deu a entender que era impossível responder tamanha tolice; mas na verdade era difícil responder àquela questão a não ser da forma como respondeu o príncipe Andrei.

— Se todos fossem para a guerra só por causa de suas convicções, não haveria guerras — disse.

— E isso seria maravilhoso — disse Pierre.

O príncipe Andrei deu um sorriso.

— É muito provável que seria maravilhoso, mas nunca vai acontecer...

— Bem, e então para que o senhor vai para a guerra? — perguntou Pierre.

— Para quê? Não sei. Porque é preciso. Além disso eu vou... — Parou. — Vou porque esta vida que levo aqui, esta vida... não me serve!

VI

No cômodo vizinho, soou o rumor de um vestido de mulher. Como se voltasse a si, o príncipe Andrei teve um sobressalto, e seu rosto adquiriu a expressão que tinha no salão de Anna Pávlovna. Pierre baixou as pernas do divã. A princesa entrou. Já estava com outro vestido, de uso doméstico, mas igualmente elegante e fresco. O príncipe Andrei levantou-se, oferecendo educadamente uma cadeira.

— Muitas vezes eu fico pensando — disse ela em francês, como sempre, enquanto, afoita e agitada, sentava na cadeira —, por que será que a *Annette* não casou? Como todos os senhores são tolos, Messieurs, por não terem casado com ela. Desculpem, mas os senhores não entendem nada de mulheres. E como o senhor gosta de discutir, Monsieur Pierre.

— Pois eu estava justamente discutindo com o seu marido; não entendo para que ele quer ir para a guerra — disse Pierre, sem o menor constrangimento (tamanha era a familiaridade nas relações entre o rapaz e a jovem), dirigindo-se à princesa.

Ela se agitou. Era evidente que as palavras de Pierre tinham tocado num ponto sensível.

— Ah, pois eu falo a mesma coisa! — exclamou ela. — Não entendo, positivamente eu não entendo por que os homens não podem viver sem a guerra. Por que nós, mulheres, não queremos nada, não precisamos de nada? Veja bem, o senhor será o juiz. Eu sempre digo para ele: aqui ele é ajudante de ordens do titio, tem uma posição formidável. Todos o conhecem muito bem, todos o estimam tanto. Há alguns dias, na casa de Apráksin, ouvi uma senhora perguntar: "*C'est ça le fameux prince André?*". *Ma parole d'honneur!*[81] — Riu. — É assim que o recebem em toda parte. Poderia muito facilmente ser ajudante de ordens do imperador. O senhor sabia, o soberano falou com ele com grande atenção. Eu e *Annette* conversamos e seria muito fácil conseguir isso. O que o senhor acha?

Pierre fitou o príncipe Andrei e, ao notar que aquela conversa não agradava ao seu amigo, nada respondeu.

— Quando vai partir? — perguntou.

— *Ah! Ne me parlez pas de ce départ, ne m'en parlez pas. Je ne veux pas en entendre parler* — disse a princesa no tom caprichoso e jocoso que usara para falar com Hippolyte no salão de festa e que, obviamente, não combinava com o ambiente familiar, onde Pierre era quase como um parente. — Hoje, quando pensei que será preciso interromper todas essas queridas relações... E depois, sabe, *André*? — Piscou os olhos de modo significativo para o marido. — *J'ai peur, j'ai peur!*[82] — sussurrou, com um tremor nas costas.

O marido fitou-a como se tivesse ficado surpreso ao notar que alguém mais, além dele e de Pierre, estava presente; e voltou-se para a esposa num tom interrogativo e com uma polidez fria:

---

81 Francês: "'Esse não é o famoso príncipe Andrei?' Palavra de honra!".

82 Francês: "Ah! Não me fale dessa partida, não me fale. Não quero ouvir falar disso [...] Tenho medo, tenho medo!".

— Mas o que receia, Liza? Não consigo entender — disse.

— Aí está como todos os homens são egoístas; todos, todos são egoístas! Só pelos seus caprichos, Deus sabe para quê, vai me abandonar, vai me deixar trancada no campo, sozinha.

— Com o pai e a irmã, não esqueça — disse o príncipe Andrei, em voz baixa.

— Mesmo assim, sozinha, sem as *minhas* amigas... E ele ainda quer que eu não tenha medo.

Seu tom de voz agora já era mal-humorado, o lábio se erguera, o que dava ao rosto uma expressão não de alegria, mas de um animal, de um esquilo. Calou-se, como se achasse inconveniente falar a respeito da gravidez diante de Pierre, pois era esse o âmago da questão.

— Mesmo assim, não entendi *de quoi vous avez peur*[83] — disse o príncipe Andrei, lentamente, com os olhos fixos na esposa.

A princesa ruborizou-se e balançou as mãos em desespero.

— *Non, André, je dis que vous avez tellement, tellement changé...*[84]

— O seu médico quer que você vá se deitar mais cedo — disse o príncipe Andrei. — Era melhor ir dormir.

A princesa não disse nada e, de repente, o labiozinho curto e com um bigodinho estremeceu; o príncipe Andrei levantou-se, encolheu os ombros e pôs-se a andar pelo escritório.

Pierre, com ar surpreso e ingênuo, olhava através dos óculos ora para ele, ora para a princesa, e começou a se mexer, como se também quisesse levantar, mas mudou de ideia outra vez.

— O que me importa se Monsieur Pierre está aqui — disse de repente a pequenina princesa, e seu rosto bonito se desmanchou de súbito numa careta chorosa. — Faz muito que eu queria lhe dizer, *André*: por que você mudou tanto comigo? O que foi que eu lhe fiz? Você vai para o Exército; você não tem pena de mim. Por quê?

— *Lise!* — disse apenas o príncipe Andrei; mas nessa palavra havia um pedido e uma ameaça, e acima de tudo a convicção de que ela mesma iria se arrepender de suas palavras; mas a princesa continuou, afobada:

— Você me trata como uma doente ou como uma criança. Eu vejo tudo. Por acaso você era assim meio ano atrás?

— *Lise*, peço que a senhora pare — disse o príncipe Andrei, em tom ainda mais eloquente.

---

83 Francês: "de que a senhora tem medo".

84 Francês: "Não, Andrei, eu acho que você está tão mudado, tão mudado...".

Pierre, cada vez mais perturbado com aquela conversa, levantou-se e aproximou-se da princesa. Ao que parecia, ele não conseguia suportar a visão de lágrimas e estava também à beira de chorar.

— Acalme-se, princesa. Assim parece à senhora, porque, eu lhe asseguro, eu mesmo experimentei... para que... porque... Não, perdoe, minha presença não é conveniente... Não, acalme-se... Peço à senhora...

O príncipe Andrei segurou-o pelo braço.

— Não, espere, Pierre. A princesa é tão boa que não vai querer privar-me do prazer de ter a sua companhia esta noite.

— Não, ele só pensa em si mesmo — exclamou a princesa, sem conter os olhos zangados.

— *Lise* — disse o príncipe Andrei, em tom seco, levantando a voz a um nível que demonstrava que a paciência havia esgotado.

De repente, a zangada expressão de esquilo do rostinho bonito da princesa transformou-se numa expressão de medo que despertava e pedia compaixão; olhava de esguelha para o marido, com seus olhos lindos, e em seu rosto mostrava-se a expressão tímida e agradecida de um cachorro que abana depressa, mas de leve, o rabo caído.

— *Mon Dieu, mon Dieu!* — exclamou a princesa e, segurando com a mão as dobras do vestido, aproximou-se do marido e beijou-lhe a testa.

— *Bonsoir, Lise*[85] — disse o príncipe Andrei, levantando-se e, educadamente, como a uma estranha, beijou sua mão.

Os amigos ficaram em silêncio. Nem um nem outro começava a falar. Pierre lançava olhares para o príncipe Andrei, o príncipe Andrei esfregava a testa com a mão pequena.

— Vamos jantar — disse, com um suspiro, levantando-se e dirigindo-se para a porta.

Entraram numa sala de jantar recém-decorada de maneira elegante e luxuosa. Tudo, dos guardanapos à prataria, da faiança aos cristais, trazia em si aquela marca do novo que se vê na residência dos recém-casados. No meio do jantar, o príncipe Andrei apoiou os cotovelos sobre a mesa e, como um homem que há muito tempo traz algo no coração e de repente resolve contar, com uma expressão de irritação nervosa que Pierre nunca tinha visto em seu amigo, começou a falar:

— Nunca, nunca se case, meu amigo; eis o conselho que lhe dou: não se case senão depois que você disser a si mesmo que fez tudo o que podia, senão depois que

---

85 Francês: "Boa noite, Liza".

tiver deixado de amar a mulher que escolheu, depois que a tiver visto com toda a clareza; do contrário, vai enganar-se de modo cruel e irremediável. Case velho, quando não prestar para mais nada... Senão perderá tudo o que há de bom e elevado em você. Tudo vai ser consumido em ninharias. Sim, sim, sim! Não me olhe com essa cara de espanto. Se espera algo de si no futuro, então a cada passo vai sentir que tudo está acabado para você, tudo está fechado, exceto o salão de festas, onde você ficará em pé de igualdade com os lacaios e com os idiotas... É isso mesmo!...

Sacudiu a mão num gesto enérgico.

Pierre tirou os óculos, o que transformava o seu rosto, revelando ainda mais bondade, e olhou admirado para o amigo.

— Minha esposa — prosseguiu o príncipe Andrei — é uma mulher excelente. É uma dessas raras mulheres com quem podemos ficar tranquilos quanto à nossa honra; mas, meu Deus, o que eu não daria hoje para não estar casado! Você é o primeiro e o único a quem digo isso, pois gosto muito de você.

O príncipe Andrei, ao dizer isso, parecia-se ainda menos que antes com o Bolkónski que ficara refestelado nas poltronas do salão de Anna Pávlovna e, entre os dentes, de olhos semicerrados, falara expressões em francês. Seu rosto seco não parava de tremer com todos os músculos, numa excitação nervosa; os olhos, em que antes parecia apagado o fogo da vida, agora cintilavam com um brilho claro e radiante. Via-se que, quanto mais sem vida ele parecia nos períodos de rotina, tanto mais vigoroso se mostrava nesses minutos de irritação quase doentia.

— Você não entende por que digo isso — prosseguiu. — Pois é a história de toda uma vida. Você fala de Bonaparte e da carreira dele — disse, embora Pierre não tivesse falado de Bonaparte. — Você fala em Bonaparte; mas Bonaparte, quando trabalhava, caminhando passo a passo rumo ao seu objetivo, era livre, não tinha nada a não ser o seu objetivo... e o alcançou. Mas amarre-se a uma mulher e, como um condenado preso em grilhões, vai perder toda a liberdade. E tudo o que houver em você de força e de esperança, tudo será só um peso, e o arrependimento vai torturá-lo. Salões, mexericos, bailes, vaidade, futilidade... eis o círculo vicioso do qual não consigo sair. Agora vou partir para a guerra, para a maior guerra que já existiu, e não sei nada e não presto para nada. *Je suis très aimable et très caustique* — prosseguiu o príncipe Andrei —, e na casa de Anna Pávlovna me dão atenção. E essa sociedade estúpida, sem a qual minha esposa não pode viver, nem essas mulheres... Se você pudesse ao menos ter uma ideia do que são *toutes les femmes distinguées*[86] e as mulheres em geral! Meu pai tem razão. Egoísmo, vaidade,

86 Francês: "Eu sou muito amável e muito cáustico [...] todas as mulheres distintas".

estupidez, futilidade em tudo: isso são as mulheres, quando se revelam por inteiro, tais como são. Quando a gente as observa na sociedade, parece existir alguma coisa, mas não há nada, nada, nada! É isso, não case, meu caro, não case — concluiu o príncipe Andrei.

— Acho até graça — disse Pierre — que o senhor, que o senhor se considere um incapaz, que considere a sua vida fracassada. O senhor tem tudo, tudo à sua frente. O senhor...

Pierre não disse *você*, mas seu tom de voz demonstrava a alta estima que tinha pelo amigo e o quanto esperava dele no futuro.

"Como pode dizer isso!", pensou Pierre. Ele considerava o príncipe Andrei o modelo de todas as perfeições, justamente porque o príncipe Andrei reunia, no mais alto grau, todas as qualidades que Pierre não tinha e que podem ser mais bem definidas como força de vontade. Pierre sempre se admirava com a capacidade que tinha o príncipe Andrei de manter a calma diante de todo tipo de gente, com a sua memória extraordinária, com a sua erudição (lia tudo, conhecia tudo, tinha ideias a respeito de tudo) e, principalmente, com a sua capacidade de trabalhar e de aprender. Se muitas vezes Pierre ficava impressionado com a ausência, em Andrei, da capacidade de reflexão filosófica (para a qual Pierre tinha uma inclinação especial), outras vezes também via nisso não um defeito, mas uma força.

Mesmo nas melhores relações, nas mais amistosas e simples, a lisonja e o elogio são necessários, assim como a lubrificação é necessária para que as rodas sigam adiante.

— *Je suis un homme fini*[87] — disse o príncipe Andrei. — Para que falar de mim? Vamos falar de você — disse ele, após calar-se um minuto e sorrir com seus pensamentos consoladores.

Aquele sorriso, no mesmo instante, refletiu-se no rosto de Pierre.

— Mas, sobre mim, o que há para dizer? — perguntou Pierre, relaxando a boca num sorriso alegre e despreocupado. — O que sou? *Je suis un bâtard.* — E, de repente, ficou muito vermelho. Via-se que fazia um grande esforço para dizer aquilo. — *Sans nom, sans fortune...*[88] E afinal, na verdade... — Mas não disse *o que era verdade*. — Enquanto isso, estou livre e para mim está tudo bem. Só que não consigo saber o que devo começar. Queria, com seriedade, pedir o conselho do senhor.

O príncipe Andrei fitou-o com olhos bondosos. Mas no seu olhar, amigável, afetuoso, exprimia-se, apesar de tudo, a consciência da sua superioridade.

---

87 Francês: "Sou um homem liquidado".

88 Francês: "Eu sou um bastardo [...] Sem nome, sem fortuna".

— Gosto muito de você, sobretudo porque é a única pessoa viva em todo o nosso meio social. Para você, está tudo bem. Escolha o que quiser; tanto faz. Em toda parte você estará bem, mas tem uma coisa: evite ir à casa daquele Kuráguin e pare de levar essa vida. Não combina com você: todas essas farras, esses costumes de hussardos, e todas...

— *Que voulez-vous, mon cher* — disse Pierre, encolhendo os ombros. — *Les femmes, mon cher, les femmes!*[89]

— Não entendo — respondeu Andrei. — *Les femmes comme il faut*, isso é outra coisa; mas *les femmes* de Kuráguin, *les femmes et le vin*,[90] não entendo!

Pierre morava na casa do príncipe Vassíli Kuráguin e participava da vida de orgias de seu filho Anatole, o mesmo que pretendiam endireitar casando-o com a irmã do príncipe Andrei.

— Sabe de uma coisa? — disse Pierre, como se lhe tivesse ocorrido naquele instante uma ideia feliz. — Sério, tenho pensado nisso há muito tempo. Com esta vida, não consigo decidir nada, não consigo refletir. A cabeça dói, o dinheiro some. Hoje ele me chamou, mas eu não vou.

— Você me dá a sua palavra de honra de que não irá?

— Palavra de honra!

Já passava de uma hora da madrugada quando Pierre saiu da casa do amigo. Era uma noite petersburguesa de junho, sem nuvens. Pierre sentou numa carruagem de praça com a intenção de ir para casa. Mas quanto mais se aproximava, mais sentia que era impossível dormir numa noite como aquela, que mais parecia uma tarde ou uma manhã. Viam-se as ruas vazias até bem longe. No caminho, Pierre lembrou que naquela noite, em casa de Anatole Kuráguin, devia reunir-se o grupo de jogadores de costume, em seguida iriam para a bebedeira de costume, que se encerrava com um dos divertimentos prediletos de Pierre.

"Seria bom ir à casa de Kuráguin", pensou.

Mas logo se lembrou da palavra de honra que dera ao príncipe Andrei, de não ir à casa de Kuráguin. Mas logo, como acontece com as pessoas ditas sem caráter, sentiu uma vontade tão forte de mais uma vez experimentar aquela vida desregrada, tão conhecida dele, que decidiu ir. E logo lhe veio à cabeça a ideia de que a palavra dada não significava nada, porque, ainda antes do príncipe Andrei, ele dera também ao príncipe Anatole a sua palavra de honra de que iria à casa

---

89 Francês: "O que quer, meu caro [...] As mulheres, meu caro, as mulheres!".
90 Francês: "As mulheres decentes [...] as mulheres [...] as mulheres e o vinho".

dele; no fim das contas, pensou Pierre, o que são todas essas palavras de honra... coisas convencionais, não têm nenhum significado definido, ainda mais se levarmos em conta que amanhã, quem sabe, eu posso estar morto, ou pode me acontecer algo tão extraordinário que já não contará mais nada, nem a honra, nem a desonra. Esse tipo de raciocínio, que aniquilava todas as suas decisões e projetos, ocorria a Pierre com frequência. Ele foi à casa de Kuráguin.

Ao chegar à entrada do grande prédio do quartel da guarda de cavalaria, onde morava Anatole, Pierre subiu a escada para a varanda iluminada e entrou pela porta aberta. No vestíbulo, não havia ninguém; garrafas vazias caídas no chão, capas, galochas; um cheiro de vinho, ouviam-se vozes e gritos distantes.

O jogo e o jantar já haviam terminado, mas as visitas ainda não tinham dispersado. Pierre tirou a capa e entrou no primeiro cômodo, onde estavam os restos do jantar e um lacaio que, achando que ninguém olhava para ele, terminava de beber furtivamente os copos que não tinham sido esvaziados. Do terceiro cômodo, vinha uma algazarra, gargalhadas, gritos de vozes conhecidas e rugidos de urso. Uns oito jovens se aglomeravam, com ar preocupado, junto a uma janela aberta. Outros três brincavam com um filhote de urso, que um deles puxava por uma corrente e assustava os demais.

— Aposto cem no Stevens! — gritou um.

— Olhe que não aguenta! — gritou outro.

— Eu aposto em Dólokhov! — gritou o terceiro. — Separe, Kuráguin.[91]

— Está bem, larguem o Michka, vamos fechar a aposta.

— De um só gole, senão já perdeu — gritou um quarto.

— Iákov, traga uma garrafa, Iákov! — gritou o dono da casa, um rapaz alto e bonito, no meio do bando, vestindo apenas uma camisa fina, aberta no peito. — Esperem, senhores. Vejam quem está aqui. Petrucha, meu grande amigo — disse para Pierre.

Uma outra voz, de um homem baixo, de olhos azul-claros, que por sua expressão sensata causava um assombro especial no meio de todas aquelas vozes embriagadas, começou a gritar da janela:

— Venha cá... separe a aposta!

Era Dólokhov, um oficial do regimento de Semiónov, famoso jogador e duelista, que morava com Anatole. Pierre sorriu, olhando alegre à sua volta.

— Não estou entendendo nada. Do que se trata?

— Esperem aí, ele não está embriagado. Tragam uma garrafa — disse Anatole, pegou um copo na mesa e aproximou-se de Pierre.

---

91 Os russos, para fechar uma aposta, apertavam as mãos, e uma terceira pessoa as separava.

— Antes de tudo, beba.

Pierre começou a beber um copo depois do outro, olhando de esguelha para os visitantes bêbados, que de novo se aglomeraram junto à janela, e pôs-se a escutar a conversa deles. Anatole servia-lhe vinho e contava que Dólokhov havia apostado com o inglês Stevens, da Marinha, ali presente, que ele, Dólokhov, beberia até o fim uma garrafa de rum, sentado na janela do terceiro andar, com as pernas penduradas para o lado de fora.

— Vamos, beba logo tudo! — disse Anatole, dando para Pierre o último copo. — Senão eu não largo você!

— Não, eu não quero — disse Pierre, empurrando Anatole, e aproximou-se da janela.

Dólokhov segurava a mão do inglês e pronunciava com clareza e precisão os termos da aposta, dirigindo-se sobretudo para Anatole e Pierre.

Dólokhov era de estatura mediana, cabelo crespo, olhos azul-claros. Tinha uns vinte e cinco anos. Não usava bigode, como todos os oficiais da infantaria, e sua boca, o traço mais marcante do seu rosto, ficava sempre visível. As linhas daquela boca eram curvadas com uma finura notável. O meio do lábio superior descia com energia, como uma cunha pontuda, sobre o forte lábio inferior, e nos cantos formava-se o tempo todo uma espécie de sorriso duplo, um para cada lado; e tudo isso junto, em especial somado ao olhar firme, insolente, inteligente, criava tal efeito que era impossível não notar aquele rosto. Dólokhov não era rico, não tinha conhecidos importantes. E, apesar de Anatole gastar dezenas de milhares de rublos, Dólokhov morava com ele, e soube arranjar as coisas de tal maneira que Anatole e todos aqueles que os conheciam tinham mais respeito por Dólokhov do que por Anatole. Dólokhov jogava todos os jogos e quase sempre ganhava. Por mais que bebesse, nunca perdia a clareza das ideias. E tanto Kuráguin como Dólokhov, naquela época, eram famosos no mundo dos pândegos e libertinos de Petersburgo.

Trouxeram a garrafa de rum; o caixilho da janela, que impedia que alguém sentasse no declive da amurada externa, estava sendo arrancado por dois lacaios, visivelmente apressados e intimidados pelas recomendações e pelos gritos dos cavalheiros em redor.

Anatole, com seu aspecto triunfal, aproximou-se da janela. Tinha vontade de quebrar alguma coisa. Empurrou os lacaios para trás e deu um puxão no caixilho, mas o caixilho não cedeu. Anatole quebrou o vidro.

— Tente você, atleta — disse para Pierre.

Pierre segurou a travessa da janela, deu um puxão e, com um estalo, arrancou o caixilho de carvalho.

— Tudo para fora, senão vão pensar que estou me segurando — disse Dólokhov.

— O inglês está se vangloriando... Hã?... Está direito?... — disse Anatole.

— Tudo certo — respondeu Pierre, olhando para Dólokhov, que, com a garrafa na mão, aproximou-se da janela, onde se via a luz do céu, na qual se confundiam o crepúsculo da manhã e o da noite.

Dólokhov, com a garrafa de rum na mão, saltou para a janela.

— Prestem atenção! — gritou, de pé no parapeito e voltado para dentro. Todos se calaram. — Eu aposto (ele falava em francês, para que o inglês compreendesse, e não falava muito bem essa língua). Eu aposto cinquenta imperiais,[92] ou quer que aposte cem? — acrescentou, virando-se para o inglês.

— Não, cinquenta — disse o inglês.

— Muito bem, cinquenta imperiais... que vou beber uma garrafa de rum inteira, sem afastar o gargalo da boca, sentado para fora da janela, neste lugar aqui, olhe só (debruçou-se e apontou para a amurada em declive do lado de fora da janela), e sem segurar em nada... Está certo?

— Está certo — respondeu o inglês.

Anatole voltou-se para o inglês, segurou-o por um botão da casaca e, olhando-o de cima (o inglês era de baixa estatura), começou a repetir em inglês os termos da aposta.

— Espere aí! — gritou Dólokhov, batendo com a garrafa na janela, para que lhe dessem atenção. — Espere aí, Kuráguin, preste atenção. Se alguém mais fizer a mesma coisa, eu pago cem imperiais. Está entendido?

O inglês balançou a cabeça, sem indicar se tinha ou não a intenção de aceitar essa nova aposta. Anatole não largava o inglês e, apesar de este, balançando a cabeça, sugerir que tinha entendido tudo, Anatole traduziu-lhe as palavras de Dólokhov em inglês. Um jovem magricelo, um hussardo da guarda imperial que perdera tudo no jogo naquela noite, subiu na janela, inclinou-se e olhou para baixo.

— Oh!... Oh!... Oh!... — exclamou, olhando da janela, na direção da calçada de pedra.

— Cale a boca! — gritou Dólokhov e puxou para fora da janela o jovem oficial, que, tropeçando nas esporas, desceu para dentro com um pulo.

Depois de colocar a garrafa sobre o parapeito, numa posição em que fosse fácil pegá-la, Dólokhov subiu na janela com cuidado e com calma. Pôs as pernas para fora, segurou-se com as duas mãos na beira da janela e ajeitou-se, bem sentado, soltou as mãos, virou-se para a direita, para a esquerda, e pegou a garrafa. Anatole trouxe duas velas e colocou-as no parapeito, embora já estivesse bastante claro. As costas

---

92 Um imperial equivalia a dez rublos.

de Dólokhov, na camisa branca, e sua cabeça crespa ficaram iluminadas de ambos os lados. Todos se amontoaram junto à janela. O inglês ficou na frente. Pierre sorria e não falava nada. Um dos presentes, mais velho do que os demais, com o rosto assustado e irritado, de repente adiantou-se e quis puxar Dólokhov pela camisa.

— Senhores, isso é uma estupidez; ele vai se matar à toa — disse aquele homem, mais sensato do que os outros.

Anatole o deteve.

— Não toque nele, você vai assustar o Dólokhov, e ele vai se matar. Hã?... E aí?... Hã?...

Dólokhov virou-se para trás, corrigiu sua posição e de novo segurou-se com as mãos.

— Se mais alguém vier se meter na minha vida — disse ele, soltando as palavras espaçadamente através dos lábios finos e cerrados —, vou agarrar e jogar por esta janela afora. Está bem?...

Ao dizer "está bem", virou-se de novo para trás, soltou as mãos, pegou a garrafa e levou-a até a boca, inclinou a cabeça para trás e ergueu a mão livre para equilibrar-se. Um dos lacaios, que começara a juntar os cacos de vidro, curvado sobre o chão, deteve-se, sem desviar os olhos da janela e das costas de Dólokhov. Anatole estava parado, ereto, de olhos arregalados. O inglês, com os lábios contraídos, olhava meio de lado. O homem a quem haviam rechaçado fugiu para um canto da sala e deitou-se num sofá, com a cara virada para a parede. Pierre cobriu os olhos, e um débil sorriso, por esquecimento, continuava em seu rosto, que apesar disso exprimia medo e horror. Todos ficaram em silêncio. Pierre tirou as mãos dos olhos: Dólokhov continuava sentado na mesma posição, só que com a cabeça inclinada para trás, e assim seus cabelos crespos da nuca roçavam no colarinho da camisa, enquanto a mão com a garrafa se erguia cada vez mais, estremecia e fazia força. A garrafa se esvaziava visivelmente, à medida que era levantada e a cabeça se inclinava para trás. "Por que demora tanto?", pensou Pierre. Parecia-lhe que tinha passado mais de meia hora. De repente, Dólokhov fez um movimento para trás, com as costas, e sua mão começou a tremer nervosamente; esse tremor foi o bastante para todo o seu corpo se deslocar, na amurada em declive onde estava sentado. Deslocou-se inteiro, e as mãos e a cabeça, ao fazer esforço, passaram a tremer com mais intensidade ainda. Uma das mãos se ergueu para agarrar-se no parapeito, mas soltou-o de novo. Pierre fechou os olhos outra vez e disse para si mesmo que não os abriria mais. De repente sentiu que tudo em volta começara a se agitar. Deu uma espiada: Dólokhov estava de pé no parapeito, seu rosto estava pálido e alegre.

— Vazia!

Atirou a garrafa para o inglês, que a agarrou com habilidade. Dólokhov desceu da janela com um pulo. Vinha dele um cheiro forte de rum.

— Excelente! Bravo! Isso é que é aposta! Que o diabo os carregue! — gritavam de todos os lados.

O inglês pegou sua carteira e contou o dinheiro. Dólokhov fechou a cara e ficou calado. Pierre pulou para a janela.

— Senhores! Quem quer apostar comigo? Farei a mesma coisa — gritou de repente. — E olhem, nem é preciso apostar. Mandem trazer uma garrafa. Vou fazer... tragam logo.

— Deixe, deixe! — disse Dólokhov, sorrindo.

— O que deu em você? Ficou doido? Quem é que vai deixar você fazer isso? Sua cabeça já fica rodando só de subir a escada — começaram a falar de vários lados.

— Eu vou beber até o fim, me deem uma garrafa de rum! — desatou a gritar Pierre, batendo na mesa com um gesto resoluto e embriagado, e passou as pernas por cima da janela.

Seguraram-no pelo braço; mas Pierre era tão forte que empurrava para longe quem dele se aproximava.

— Não, assim não vão convencer o Pierre de jeito nenhum — disse Anatole. — Esperem, eu vou enganá-lo. Escute, faço uma aposta com você, mas amanhã. Agora, estamos todos indo para ***.

— Vamos lá — gritou Pierre. — Vamos!... E vamos levar o Michka com a gente...

Pegou o urso e, depois de abraçá-lo e levantá-lo, pôs-se a correr com ele em redor da sala.

VII

O príncipe Vassíli cumpriu a promessa feita na casa de Anna Pávlovna, naquela noite, para a princesa Drubetskaia, que lhe pedira um favor para o seu filho único, Boris. O soberano foi comunicado a respeito dele e, em caráter excepcional, o jovem foi promovido para a guarda do regimento de Semiónov, com o posto de sargento-mor. Porém, para o posto de ajudante de ordens ou subordinado direto de Kutúzov, Boris não foi indicado, apesar de todas as solicitações e intrigas de Anna Mikháilovna. Pouco tempo depois da festa em casa de Anna Pávlovna, Anna Mikháilovna voltou para Moscou e foi direto para a casa de seus parentes ricos, os Rostóv, onde se hospedava quando estava em Moscou e em cuja casa, desde pequeno, fora criado e morava, fazia muitos anos, o seu adorado Borienka, que mal havia ingressado no Exército e logo fora promovido para o posto de sargento-mor da guarda. A guarda já partira de Petersburgo no dia 10 de agosto, e o seu filho, que ficara em Moscou para providenciar a farda, devia alcançar seus companheiros na estrada, em Radzivílov.

Em casa dos Rostóv, era o aniversário das Natálias, a mãe e a filha caçula. Desde a manhã, sem cessar, chegavam e partiam carruagens com várias parelhas de cavalos, trazendo as felicitações para a grande casa da condessa Rostóv, conhecida em toda a Moscou, na rua Povarskaia. A condessa, a sua bela filha mais velha e os convidados não paravam de rir uns para os outros, sentados na sala de visitas.

A condessa era uma mulher de rosto magro, de tipo oriental, uns quarenta e cinco anos, visivelmente esgotada pelos filhos, em número de doze. A lentidão dos movimentos e da fala, consequência da diminuição de suas forças, dava-lhe um ar de importância, que inspirava respeito. A princesa Anna Mikháilovna Drubetskaia, como pessoa de casa, estava ali também, ajudando na tarefa de receber as visitas e manter a conversa em andamento. A juventude ficava nos cômodos de trás, julgando desnecessário participar da recepção das visitas. O conde recebia e conduzia as visitas para a sala, convidava todos para o jantar.

— Agradeço-lhe muito, muito, *ma chère* ou *mon cher* (dizia *ma chère* ou *mon cher* a todos, sem exceção, e sem a menor nuança que indicasse que a pessoa se situava abaixo ou acima dele), agradeço por mim e pelas queridas aniversariantes. Por favor, venham para o jantar. O senhor assim me ofende, *mon cher*. Sinceramente, peço à senhora em nome de toda a família, *ma chère*. — Falava tais palavras a todos, sem exceção e sem variação, com a mesma expressão no rosto farto, alegre e totalmente barbeado, com o mesmo forte aperto de mão e com repetidas e breves reverências. Após acompanhar uma visita até a saída, o conde voltava-se para outra, que ainda se achava na sala; puxava uma cadeira e, com o ar de um homem que gosta de gozar a vida e sabe como fazê-lo, separava as pernas de modo jovial, punha as mãos sobre os joelhos, balançava o corpo com ar importante, dava palpites sobre o tempo, pedia conselhos sobre a saúde, às vezes em russo, outras vezes num francês muito ruim, mas presunçoso, e de novo, com o aspecto de um homem cansado mas firme no cumprimento das suas obrigações, levantava-se para acompanhar uma visita, ajeitando os raros cabelos grisalhos sobre a calva, e de novo a convidava para jantar. Às vezes, ao voltar do vestíbulo, passava pelo jardim de inverno e pela ala de serviço, até a grande sala de mármore onde preparavam uma mesa de oitenta talheres e, olhando para os criados que levavam a prataria e a porcelana, armavam as mesas e desenrolavam as toalhas de damasco, chamava Dmítri Vassílievitch, um fidalgo que cuidava de todos os seus negócios, e lhe dizia:

— Muito bem, Mítienka, cuide para que tudo fique direito. Isso, isso — dizia, examinando com satisfação a imensa mesa desdobrada. — O importante é a mesa bem-posta. Certo, certo... — E, suspirando com ar satisfeito, saía de novo para a sala de visitas.

— Mária Lvóvna Karáguina e sua filha! — anunciou com voz de baixo o enorme lacaio a serviço do conde, chegando à porta da sala. A condessa refletiu um momento e aspirou numa tabaqueira de ouro que trazia o retrato do marido.

— Essas visitas me cansaram muito — disse ela. — Bem, ela será a última que vou receber. É muito afetada. Mande entrar — disse para o lacaio, com voz tristonha, como se dissesse: "Bem, faça como quiser!".

Alta, farta, aspecto orgulhoso, a senhora de rosto redondo e sua filha sorridente entraram na sala, com vestidos farfalhantes.

— *Chère comtesse, il y a si longtemps... Elle a été alitée la pauvre enfant... Au bal des Razoumovsky... Et la comtesse Apraksine... J'ai été si heureuse...*[93] — ressoaram as vozes femininas animadas, interrompendo-se umas às outras e misturando-se com o rumor dos vestidos e com o arrastar das cadeiras. Teve início aquele tipo de conversa que transcorre tão isenta de perturbações que, logo na primeira pausa, as pessoas se levantam, os vestidos farfalham, e elas dizem: "*Je suis bien charmée; la santé de maman... Et la comtesse Apraksine*",[94] e de novo com um farfalhar dos vestidos, elas seguem para a saída, vestem os casacos de pele ou as capas, e vão embora. A conversa tratava da principal novidade da cidade naquela ocasião, a doença de um célebre ricaço, o conde Bezúkhov, um dos mais belos homens nos tempos da imperatriz Catarina, e o seu filho ilegítimo, Pierre, que se comportara de forma tão inconveniente na festa em casa de Anna Pávlovna Scherer.

— Tenho muita pena do pobre conde — falou a visita. — Sua saúde anda tão ruim, e agora com o desgosto desse filho, isso ainda vai matá-lo!

— Mas o que há? — perguntou a condessa, como se não soubesse do que falava a visita, embora já tivesse ouvido falar umas quinze vezes da causa do desgosto do conde Bezúkhov.

— É o que dá essa educação de hoje em dia! Ainda no exterior — falou a visita —, deixaram o rapaz viver a seu bel-prazer, e agora, em Petersburgo, dizem que ele fez tais horrores que até chamaram a polícia para expulsá-lo.

— Não me diga! — exclamou a condessa.

— Ele escolheu mal suas companhias — intercedeu a princesa Anna Mikháilovna. — O filho do príncipe Vassíli, ele e um tal de Dólokhov, os dois, dizem, fazem

---

93 Francês: "Cara condessa, faz tanto tempo... Ela esteve de cama, a pobre criança... No baile dos Razumóvski... E a condessa Apráksina... Fiquei tão feliz...".

94 Francês: "Estou muito encantada; a saúde de mamãe... E a condessa Apráksina".

coisas de que até Deus duvida. E os dois pagaram por isso. Dólokhov foi rebaixado no Exército, e o filho de Bezúkhov foi banido para Moscou. Quanto ao Anatole Kuráguin, o pai abafou o caso. Mas também foi banido de Petersburgo.

— Mas, afinal, o que foi que fizeram? — perguntou a condessa.

— São uns verdadeiros bandidos, sobretudo Dólokhov — disse a visita. — Ele é filho de Mária Ivánovna Dólokhova, uma senhora muito respeitável, mas, veja só! Imagine que os três arranjaram um urso, ninguém sabe onde, levaram o bicho numa carruagem junto com eles e foram para a casa de umas atrizes. A polícia acudiu para sossegá-los. Pois bem, eles capturaram um inspetor e amarraram-no ao urso, de costas um para o outro, e depois soltaram o urso no canal Moika; o urso saiu nadando, e o inspetor nas costas dele.

— Com que cara deve ter ficado esse inspetor, *ma chère* — exclamou o conde, morrendo de rir.

— Ah, mas que horror! Do que está rindo, conde?

Porém as senhoras, involuntariamente, riram também.

— A muito custo salvaram aquele infeliz — continuou a visita. — E pensar que é o filho do conde Kiril Vladímirovitch Bezúkhov que se diverte assim de modo tão intelectual! — acrescentou. — E ainda dizem que ele é muito instruído e inteligente. É isso o que dá toda essa educação no estrangeiro. Espero que aqui ninguém mais o receba agora, apesar de sua riqueza. Quiseram me apresentar esse jovem. Eu recusei com toda a firmeza: tenho filhas.

— Por que a senhora diz que esse jovem é tão rico? — perguntou a condessa, inclinando-se para longe das moças, que prontamente fingiram que não estavam escutando. — Afinal, ele só tem filhos ilegítimos. Parece... Pierre também é ilegítimo.

A visita abanou a mão.

— Ele tem uns vinte filhos ilegítimos, eu acho.

A princesa Anna Mikháilovna interveio na conversa, com o evidente desejo de mostrar suas relações e seu conhecimento de todas as circunstâncias mundanas.

— Trata-se do seguinte — disse ela, em tom de entendida, e também a meia-voz. — A reputação do conde Kiril Vladímirovitch é conhecida... Ele perdeu a conta de seus filhos, mas esse Pierre é o seu favorito.

— Que belo aspecto tinha o velho — disse a condessa —, ainda no ano passado! Nunca vi um homem mais bonito.

— Agora está muito mudado — disse Anna Mikháilovna. — Mas eu estava dizendo — continuou ela — que o herdeiro direto, por parte de mãe, de toda a propriedade, é o príncipe Vassíli, mas o pai gostou muito de Pierre, cuidou da sua educação e escreveu para o soberano... por isso ninguém sabe, no caso de ele morrer (e está tão mal que se espera isso a qualquer momento, e Lorrain já veio de Petersburgo), a quem caberá a imensa fortuna, a Pierre ou ao príncipe Vassíli. Quarenta mil almas e milhões de rublos. Eu sei disso muito bem, porque o próprio príncipe Vassíli me contou. Além do mais, Kiril Vladímirovitch é meu tio em terceiro grau por parte de mãe. Ele é o padrinho de Boris — acrescentou, como se não atribuísse nenhuma importância a tal detalhe.

— O príncipe Vassíli chegou ontem de Moscou. Vai fazer uma inspeção, me disseram — declarou a visita.

— Sim, mas, *entre nous*[95] — disse a princesa —, isso é um pretexto, ele veio especialmente para ver o conde Kiril Vladímirovitch, ciente de que está muito mal.

— Apesar de tudo, *ma chère*, foi uma brincadeira excelente — disse o conde e, ao notar que a visita mais idosa não lhe dava atenção, voltou-se para as senhoritas. — Eu só imagino com que cara ficou o tal inspetor da polícia.

E, imitando os gestos do inspetor com os braços, desatou a rir outra vez, com uma gargalhada sonora e em tom de baixo que fez sacudir todo o seu corpo farto, como riem as pessoas que sempre comeram bem e, sobretudo, beberam bem.

— Então, por favor, jante conosco — disse ele.

VIII

Seguiu-se um silêncio. A condessa olhou para a visita, sorriu de modo agradável, na verdade sem esconder que agora não se ofenderia de maneira alguma se a visita se levantasse e fosse embora. A filha da visita já estava ajeitando o vestido, olhando para a mãe com ar interrogativo, quando de súbito, do cômodo vizinho, ouviram-se passos femininos e masculinos que corriam rumo à porta e o estrépito de uma cadeira chutada e derrubada, e, correndo, uma menina de treze anos entrou e parou no meio da sala, com alguma coisa envolvida na saia curta de musselina. Era evidente que ela não esperava que, em sua corrida descontrolada, fosse parar tão longe. No mesmo instante, surgiram na porta um estudante de colarinho cor de framboesa, um oficial da guarda, uma menina de quinze anos e um garoto gordo, corado, com uma japona de criança.

O conde levantou-se de um salto, bamboleando-se, abriu muito os braços e abraçou a menina que entrara correndo.

— Ah, aí está ela! — gritou, rindo. — A aniversariante! *Ma chère*, a aniversariante!

---

95 Francês: "entre nós".

— *Ma chère, il y a un temps pour tout*[96] — disse a condessa, fingindo severidade. — Você vai deixar a menina mimada, *Elie* — acrescentou para o marido.

— *Bonjour, ma chère, je vous félicite* — disse a visita. — *Quelle délicieuse enfant!*[97] — acrescentou, dirigindo-se à mãe.

De olhos pretos e boca grande, a menina, que não era bonita, mas cheia de vida, com seus ombrinhos infantis descobertos, que, contraindo-se, mexiam-se em seu corpete por causa da correria, com suas madeixas pretas que se embaraçavam nas costas, com os braços fininhos e nus, as perninhas miúdas em pequenas calças rendadas, e de sandálias, estava naquela idade meiga em que a menina já não é criança, mas a criança ainda não é moça. Depois de escapar do pai, ela correu para a mãe e, sem prestar nenhuma atenção à sua repreensão severa, escondeu o rosto ruborizado nas rendas da mantilha da mãe e começou a rir. Ria enquanto falava, com a voz entrecortada, sobre uma boneca que retirou de dentro da sua saiazinha.

— Estão vendo?... A boneca... Mimi... Olhem.

E Natacha[98] não conseguiu mais falar (tudo lhe parecia engraçado). Caiu sobre a mãe e desatou a gargalhar de modo tão alto e sonoro que todos, até a visita afetada, contra a própria vontade, começaram a rir.

— Agora vá, vá embora com o seu monstro! — disse a mãe, fazendo-se de zangada e repelindo a filha. — É a minha caçula — voltou-se para a visita.

Natacha, afastando o rosto do xale rendado da mãe por um instante, olhou-a de relance, de baixo para cima, através das lágrimas de riso, e escondeu o rosto outra vez.

A visita, obrigada a admirar aquela cena doméstica, achou que era necessário participar de alguma forma.

— Diga, minha querida — perguntou, dirigindo-se a Natacha —, essa Mimi é sua parente? É sua filha, não é mesmo?

Natacha não gostou do tom de condescendência com a conversa infantil usado pela visita. Não respondeu nada e olhou para a visita com ar sério.

Enquanto isso, toda a geração jovem: Boris — oficial, filho da princesa Anna Mikháilovna; Nikolai — estudante, filho mais velho do conde; Sônia — sobrinha de quinze anos do conde, e o pequeno Petruchka — o filho caçula, todos se instalaram na sala de visitas e, visivelmente, esforçavam-se para conter nos limites da decência a animação e a alegria que ainda exalavam em todas as suas feições.

---

96 Francês: "Minha querida, há hora para tudo".

97 Francês: "Bom dia, minha querida, meus parabéns [...] Que criança deliciosa!".

98 Apelido de Natália.

Era evidente que lá, nos cômodos dos fundos, de onde todos vieram correndo de forma tão precipitada, estavam travando uma conversa bem mais alegre do que ali, sobre os mexericos da cidade, o tempo e a *comtesse Apraksine*. De vez em quando eles se entreolhavam e mal conseguiam conter o riso.

Os dois jovens, o estudante e o oficial, amigos de infância, tinham a mesma idade e eram bonitos, mas não se pareciam. Boris era um rapaz alto, louro, de feições finas e regulares no rosto calmo e bonito; Nikolai era um jovem baixo e de cabelo crespo, com um rosto de expressão franca. No lábio superior já se viam uns pelinhos negros, e em toda a sua pessoa se exprimiam a impetuosidade e o entusiasmo. Nikolai ruborizou-se assim que entrou na sala. Era óbvio que procurava, e não encontrava, o que dizer; Boris, ao contrário, prontamente encontrou, e pôs-se a contar com calma, e em tom jocoso, que conhecera aquela boneca Mimi quando ainda era uma menininha pequena e seu nariz não estava estragado, e que, se bem lembrava, nos últimos cinco anos ela havia envelhecido muito, e agora a cabeça estava rachada em toda a extensão do crânio. Após dizer isso, lançou um olhar para Natacha. Ela deu as costas para Nikolai, voltou os olhos para o irmão caçula, que, de olhos semicerrados, se sacudia num riso silencioso, e Natacha, já sem forças para conter-se, levantou-se de um pulo e correu para fora da sala tão depressa como só seus pezinhos eram capazes de levá-la. Boris não riu.

— A senhora também queria ir, não é, mamãe? Precisa de uma carruagem? — perguntou ele, com um sorriso, dirigindo-se à mãe.

— Sim, vá, vá e mande preparar — respondeu ela, derramando-se num sorriso.

Boris saiu em silêncio pela porta e foi atrás de Natacha, o menino gordo correu zangado atrás deles, como que irritado por terem perturbado suas atividades.

IX

Dos jovens, sem contar a filha mais velha da condessa (que era quatro anos mais velha do que a irmã e já se portava como adulta) e a filha da visita, restaram na sala Nikolai e a sobrinha Sônia. Esta era uma moreninha em miniatura, fininha, com um olhar suave, sombreado pelas pestanas compridas, com uma trança negra e espessa que dava duas voltas na cabeça, e um matiz amarelado na pele do rosto e, em especial, no pescoço e nos braços magricelos e desnudos, mas graciosamente musculosos. Pela harmonia dos movimentos, pela suavidade e flexibilidade dos membros pequeninos e por sua maneira contida e esperta, ela fazia lembrar uma gatinha ainda não crescida de todo, que um dia se tornaria uma pequena gata encantadora. Era óbvio que Sônia julgava conveniente participar da conversa geral com um sorriso; mas, contra a própria vontade, seus olhos, por baixo das pestanas compridas e densas, fitavam o *cousin*[99] de partida para o Exército com tal adoração apaixonada de menina que o seu sorriso não conseguia enganar ninguém, nem por um segundo, e era óbvio que a gatinha estava ali parada só para pular e brincar com o *cousin*, com mais energia ainda, assim que eles dois, a exemplo de Boris e Natacha, conseguissem sair daquela sala.

— Sim, *ma chère* — disse o velho conde, voltando-se para a visita e apontando para o seu Nikolai. — O amigo dele, o Boris, foi promovido a oficial e, por amizade, não quer separar-se; vai abandonar a universidade e abandonar também a mim, o velho: vai partir para o serviço militar, *ma chère*. E já tinha um emprego e tudo o mais garantido para ele no Arquivo Público. Está vendo no que dá a amizade? — disse o conde, com ar interrogativo.

— Sim, a propósito, dizem que a guerra foi declarada — observou a visita.

— Dizem isso há muito tempo — retrucou o conde. — Vão dizer de novo, e vão dizer outra vez, e tudo vai ficar na mesma. *Ma chère*, veja no que dá a amizade! — repetiu ele. — Vai alistar-se nos hussardos.

A visita, sem saber o que dizer, balançou a cabeça.

— Não tem nada a ver com amizade — retrucou Nikolai, exaltando-se e defendendo-se, como que envergonhado com uma calúnia. — Não tem nada a ver com amizade, eu apenas sinto a vocação do serviço militar.

Virou-se para a prima e para a filha da visita: as duas olhavam para ele com um sorriso de aprovação.

— Hoje vem jantar conosco o Schubert, coronel do regimento dos hussardos de Pávlograd. Esteve aqui de férias e vai levá-lo consigo. O que fazer? — disse o conde, encolhendo os ombros e falando em tom de brincadeira sobre um assunto que, visivelmente, lhe causava muito desgosto.

— Eu já disse ao senhor, papai — falou o filho —, que, se o senhor não quiser me deixar ir, eu ficarei aqui. Mas sei que não sirvo para nada, senão para o serviço militar; não vou ser diplomata, nem funcionário público, não sei esconder o que sinto — disse, lançando o tempo todo, com a beleza sedutora da mocidade, olhares para Sônia e para a filha da visita.

A gatinha, devorando-o com os olhos, parecia pronta para, a qualquer segundo, começar a brincar e a demonstrar toda a sua natureza felina.

— Ora, está bem, está bem! — disse o velho conde. — Sempre fica exaltado. Esse Bonaparte deixou todo mundo de cabeça virada; todos ficam pensando

---

99 Francês: "primo".

como é que ele pulou de tenente para imperador. Bem, seja o que Deus quiser — acrescentou, sem notar o sorriso de zombaria da visita.

Os adultos passaram a falar sobre Bonaparte. Julie, filha de Karáguina, voltou-se para o jovem Rostóv:

— Que pena que o senhor não esteve na quinta-feira na casa dos Arkhárov. Fiquei entediada sem a sua companhia — disse ela, sorrindo com ternura.

O jovem, lisonjeado, com um sedutor sorriso juvenil, sentou-se mais perto dela e entabulou com a sorridente Julie uma conversa à parte, sem notar nem de longe que aquele seu sorriso involuntário, como uma faca de ciúme, cortava o coração de Sônia, que se ruborizou e sorria de maneira fingida. No meio da conversa, Nikolai virou-se para ela. Sônia lançou-lhe um olhar apaixonadamente irritado e, mal conseguindo conter as lágrimas, mas ainda com o sorriso fingido nos lábios, levantou-se e saiu da sala. Toda a animação de Nikolai desapareceu. Ele esperou a primeira pausa na conversa e, com o rosto aflito, saiu da sala à procura de Sônia.

— Como esses jovens escondem mal os seus segredos! — disse Anna Mikháilovna, apontando para Nikolai, que saíra. — *Cousinage dangereux voisinage*[100] — acrescentou.

— Sim — disse a condessa, assim que desapareceu o raio de sol que penetrara na sala junto com aqueles jovens, e como que em resposta a uma pergunta que ninguém fizera, mas que a preocupava o tempo todo. — Quanto sofrimento, quanta aflição suportamos para poder, agora, ter alguma alegria com eles! E agora, na verdade, o medo é maior do que a alegria. Estamos sempre com medo, sempre com medo! É exatamente a idade em que o perigo é maior, para as meninas e para os meninos.

— Tudo depende da educação — disse a visita.

— Sim, a senhora tem razão — prosseguiu a condessa. — Até agora fui, graças a Deus, uma amiga dos meus filhos e conto com toda a confiança deles — disse a condessa, repetindo o erro de muitos pais, que supõem que os filhos não têm segredos para eles. — Sei que serei sempre a primeira *confidente* de meus filhos e que se Nikólienka, com seu caráter impetuoso, fizer alguma travessura (os rapazes não conseguem evitar), não será como aqueles senhores de Petersburgo.

— Sim, são crianças maravilhosas, maravilhosas — confirmou o conde, que sempre resolvia as questões complicadas para ele dizendo que achava tudo maravilhoso. — Veja só, quer alistar-se nos hussardos! O que se vai fazer, *ma chère*?

---

100 "Primos são vizinhança perigosa".

— Que encantadora é a sua filha caçula — disse a visita. — É como pólvora!

— Sim, como pólvora — disse o conde. — Puxou a mim! E que voz: não é por ser minha filha, mas, verdade seja dita, ela será uma cantora, uma nova Salomoni.[101] Contratamos um italiano para lhe dar aulas.

— Não será muito cedo? Dizem que é ruim para a voz estudar canto assim tão cedo.

— Ah, não, que cedo nada! — disse o conde. — As nossas mães não se casaram com doze ou treze anos?

— E ela já está apaixonada pelo Boris! Imagine! — disse a condessa, sorrindo de leve, enquanto olhava para a mãe de Boris, e, obviamente em resposta a um pensamento que sempre a preocupava, continuou: — Pois é, vejam só, se eu a reprimir com severidade, se eu a proibir... Só Deus sabe o que eles fariam às escondidas (a condessa subentendia: eles se beijariam), mas agora eu tenho conhecimento de todas as palavras deles. Ela mesma virá falar comigo, à noite, me contará tudo. Talvez eu esteja mimando demais a minha filha; porém, na verdade, isso parece melhor. A mais velha eu criei com severidade.

— Sim, eu fui criada de um modo muito diferente — disse a filha mais velha, a bela condessa Vera, sorrindo.

Mas o sorriso não embelezou o rosto de Vera, como acontece em geral; ao contrário, seu rosto tomou um aspecto artificial e portanto desagradável. Vera, a filha mais velha, era bonita, não era nada tola, aprendia com muita facilidade, era instruída, tinha a voz agradável, aquilo que dizia era justo e sensato; mas, coisa estranha, todos, a visita e a condessa, voltaram os olhos para ela como que surpresos de que ela tivesse dito aquilo e sentiram-se embaraçados.

— Sempre temos ideias exageradas com os filhos mais velhos, queremos fazer alguma coisa fora do comum — disse a visita.

— De que adianta esconder os erros, *ma chère*! A minha querida condessazinha complicou as coisas com a Vera — disse o conde. — Bem, o que importa? Mesmo assim, tornou-se uma filha maravilhosa — acrescentou, piscando o olho para Vera, com ar de aprovação.

As visitas se levantaram e saíram, prometendo vir para o jantar.

— Mas que maneiras! Parecia que nunca mais iam embora! — disse a condessa, pelas costas das visitas.

---

101 Atriz e cantora de um grupo teatral alemão, famoso em Moscou na época.

X

Quando Natacha saiu da sala e correu, só chegou até o jardim de inverno. Naquele cômodo, parou e pôs-se a escutar a conversa na sala, enquanto esperava que Boris saísse. Já estava ficando impaciente e batia com o pezinho no chão, como se estivesse prestes a chorar porque ele estava demorando a vir, quando de repente ouviu os passos silenciosos, mas ligeiros, respeitosos, do jovem. Natacha precipitou-se rapidamente, em meio aos vasos de flores, e escondeu-se.

Boris parou no meio do cômodo, olhou em redor, sacudiu um cisco da manga do uniforme com um gesto da mão e aproximou-se de um espelho para olhar o seu rosto bonito. Natacha, quieta, espiava do seu esconderijo, à espera do que ele iria fazer. Boris ficou algum tempo diante do espelho, sorriu e seguiu para a porta de saída. Natacha quis chamá-lo, mas depois pensou melhor: "Deixe que ele me procure", disse consigo. Assim que Boris saiu, Sônia entrou toda vermelha pela outra porta, murmurando algo com raiva, entre lágrimas. Natacha conteve o seu primeiro impulso de correr ao encontro dela e ficou no esconderijo, como se estivesse sob um chapéu de invisibilidade, observando o que acontecia no mundo. Experimentava um prazer novo e especial. Sônia murmurava algo e olhava para trás, na direção da porta da sala. Da porta, veio Nikolai.

— Sônia! O que há com você? Mas será possível? — disse Nikolai, enquanto acorria a ela.

— Não foi nada, nada, fique longe de mim! — Sônia pôs-se a soluçar.

— Não, eu sei o que é.

— Então sabe, que ótimo, vá lá para junto dela.

— Sôôônia! Deixe-me dizer só uma coisa! Será possível que você torture a si mesma e também a mim por causa de uma fantasia? — disse Nikolai, segurando a mão de Sônia.

Ela não retirou a mão e parou de chorar.

Natacha, sem se mexer e sem respirar, com os olhos brilhando, observava do seu esconderijo. "O que vai acontecer agora?", pensou.

— Sônia! Não preciso de mais nada no mundo! Para mim, você é tudo — disse Nikolai. — Vou provar para você.

— Não gosto quando fala assim.

— Então não falo mais, mas me perdoe, Sônia! — Puxou-a para si e lhe deu um beijo.

"Ah, que bonito!", pensou Natacha, e quando Sônia e Nikolai saíram juntos ela foi atrás deles e chamou Boris.

— Boris, venha cá — disse ela, com um ar astuto e importante. — Preciso falar uma coisa com você. Venha cá, venha cá — disse e levou-o para o jardim de inverno, no mesmo lugar, entre os vasos, onde ela ficara escondida. Boris, sorrindo, andava atrás dela.

— E que *coisa* é essa? — perguntou.

Natacha perturbou-se, olhou em volta e, ao ver sua boneca largada sobre um vaso, pegou-a.

— Beije a boneca — disse.

Boris, com um olhar atento e afetuoso, fitou o rosto animado de Natacha e nada respondeu.

— Não quer? Bem, então venha cá — disse, dirigiu-se mais para o meio das flores e largou a boneca. — Mais perto, mais perto! — sussurrou ela.

Segurou com as mãos a ponta da manga do oficial e, no rosto ruborizado de Natacha, viam-se a seriedade e o medo.

— E a mim, quer beijar? — sussurrou num tom quase inaudível, olhando-o de esguelha, enquanto sorria, à beira de chorar de emoção.

Boris ruborizou-se.

— Como a senhora é engraçada! — exclamou, curvando-se na direção dela, mais vermelho ainda, porém sem tomar nenhuma decisão, aguardando.

De repente, Natacha pulou sobre um vaso para ficar mais alta do que ele, abraçou-o com os dois braços de modo que os bracinhos finos e nus se fecharam acima do pescoço do rapaz e, depois de jogar os cabelos para trás com um movimento da cabeça, beijou-o bem nos lábios.

Ela esgueirou-se para o outro lado das flores, entre os vasos de barro, e ali, de cabeça baixa, ficou parada.

— Natacha — disse Boris —, a senhora sabe que eu a amo, mas...

— O senhor está apaixonado por mim? — Natacha o interrompeu.

— Sim, estou, mas, por favor, não vamos fazer assim, agora... Ainda faltam quatro anos... Então vou pedir a sua mão.

Natacha pensou um pouco.

— Treze, catorze, quinze, dezesseis... — disse, contando nos dedos fininhos. — Ótimo! Está combinado?

E um sorriso de alegria e de tranquilidade iluminou o seu rosto animado.

— Combinado! — respondeu Boris.

— Para sempre? — perguntou a menina. — Até a morte?

E, depois de pegar a mão dele, Natacha andou ao seu lado, com um rosto feliz, para a sala de estar.

XI

A condessa ficou tão cansada com as visitas que deu ordem para não receber mais ninguém, e o porteiro foi instruído a apenas convidar para o jantar todos os que ainda viessem dar os parabéns. A condessa queria ter uma conversa particular com a sua amiga de infância, a princesa Anna Mikháilovna, a quem ela mal tinha visto desde a sua chegada de Petersburgo. Anna Mikháilovna, com seu rosto agradável e consumido pelas lágrimas, acomodou-se mais perto da poltrona da condessa.

— Com você, eu vou ser completamente sincera — disse Anna Mikháilovna. — Já restam poucas amigas dos velhos tempos! Por isso prezo tanto a sua amizade.

Anna Mikháilovna olhou para Vera e parou de falar. A condessa apertou a mão da amiga.

— Vera — disse a condessa, dirigindo-se para a filha mais velha, que obviamente não era sua favorita. — Como é que vocês não percebem? Não está sentindo que sua presença aqui é importuna? Vá para o quarto das crianças, ou então...

A bela Vera sorriu com desprezo, obviamente sem sentir a menor ofensa.

— Se a senhora tivesse dito mais cedo, mamãe, eu já teria saído — disse, e foi para o seu quarto.

Mas, ao passar pela sala de estar, notou que ali, sentados em duas janelinhas simétricas, estavam dois casais. Parou e sorriu com desprezo. Sônia estava sentada bem juntinho de Nikolai, que copiava uns versos para ela, os primeiros criados por ele. Boris e Natacha estavam sentados junto à outra janela, em silêncio, quando Vera entrou. Sônia e Natacha, com rosto feliz e culpado, olharam de relance para Vera.

Era divertido e comovente olhar para aquelas meninas apaixonadas, mas seu aspecto, era evidente, não despertava em Vera um sentimento agradável.

— Quantas vezes eu já pedi — disse ela — que não peguem as minhas coisas, vocês têm o seu próprio quarto. — Tomou o tinteiro de Nikolai.

— Já vai, já vai — disse ele, molhando a pena.

— Vocês sempre dão um jeito de fazer as coisas na hora errada — disse Vera. — Entraram todos correndo na sala de tal modo que todos ficaram com vergonha por vocês.

Apesar de ter dito algo totalmente justo, ou exatamente por isso, ninguém lhe respondeu, e os quatro apenas se entreolharam. Vera ainda demorou a ir para o quarto, mesmo com o tinteiro na mão.

— E, na idade de vocês, que segredos pode haver entre Natacha e Boris, ou entre vocês? Tudo isso é uma bobagem!

— Bem, e o que você tem a ver com isso, Vera? — falou Natacha, em voz baixinha, para se defender.

Era evidente que, naquele dia, ainda mais do que sempre, sentia-se boa e afetuosa com todos.

— É muito bobo — disse Vera. — Sinto vergonha por vocês. Que segredos?...

— Todo mundo tem seus segredos. Nós não nos metemos com você e o Berg — disse Natacha, começando a se exaltar.

— Acho melhor não se meter — disse Vera —, porque nas minhas ações nunca houve nem pode haver nada de ruim. E agora vou contar para mamãe como você se comporta com o Boris.

— Natália Ilínitchna se comporta muito bem comigo — disse Boris. — Não tenho nenhuma queixa.

— Pode deixar, Boris, o senhor é tão diplomata (a palavra "diplomata" estava muito em voga entre as crianças, no sentido especial que atribuíam a ela); que coisa maçante — disse Natacha, com voz ofendida, trêmula. — Por que ela fica no meu pé? Você não vai entender isso nunca — disse, voltando-se agora para Vera —, porque nunca amou ninguém; você não tem coração, é só uma *madame de Genlis*[102] (Nikolai dera a Vera esse apelido, considerado muito ofensivo), e o seu maior prazer é fazer coisas desagradáveis para os outros. Vá, pode se fazer de coquete com o Berg o quanto quiser — exclamou Natacha, depressa.

— Mas eu não fico correndo atrás de um rapaz na frente das visitas...

— Bem, já conseguiu o que queria — interveio Nikolai. — Já disse a todos coisas desagradáveis, magoou todo mundo. Vamos para o quarto das crianças.

Os quatro, como um bando de pássaros assustados, levantaram-se e saíram.

— A mim é que disseram coisas desagradáveis, eu não falei nada — disse Vera.

— Madame de Genlis! Madame de Genlis! — falaram, rindo, vozes por trás da porta.

A bonita Vera, que exercia sobre todos aquele efeito desagradável, irritante, sorriu e, obviamente nem um pouco afetada pelo que haviam dito, aproximou-se do espelho e ajeitou a posição da echarpe e do penteado. Enquanto olhava para o rosto bonito, parecia tornar-se mais fria e mais calma.

Na sala, a conversa prosseguia.

— Ah! *Chère* — disse a condessa. — Também na minha vida, *tout n'est pas rose*. Por acaso não estou vendo que *du train que nous allons*[103] nossa fortuna não

---

102 Félicité de Genlis (1746-1830), escritora francesa, autora de obras sobre a educação dos jovens e as normas de etiqueta da alta sociedade.

103 Francês: "nem tudo são flores [...] do jeito que estamos vivendo".

vai durar muito? E tudo por causa do clube, e por causa da bondade dele. E quando estamos no campo você acha que temos sossego? Teatros, caçadas, e Deus sabe o que mais. Bem, mas para que falar de mim? Escute, como foi que você conseguiu isso? Muitas vezes, fico espantada com você, *Annette*, como você, com a sua idade, se mete numa carruagem e viaja para Moscou, Petersburgo, procura todos os ministros, todos os fidalgos, consegue falar com todos, eu fico espantada! Bem, diga, como conseguiu? Eu não seria capaz de nada disso.

— Ah, minha querida! — respondeu a princesa Anna Mikháilovna. — Deus queira que você nunca venha a saber como é duro ficar viúva, sem amparo e com um filho a quem ama até a adoração. Aprende-se tudo — prosseguiu, com certo orgulho. — Aprendi com o meu processo na Justiça. Se preciso falar com algum desses figurões, redijo um bilhete: "*Princesse une telle*[104] deseja ver fulano" e vou eu mesma num coche de praça, uma, duas vezes, três vezes, mesmo quatro, até conseguir aquilo de que preciso. Não me importa o que pensem de mim.

— Pois bem, a quem foi que você pediu no caso do Borienka? — perguntou a condessa. — Afinal, o seu filho já é oficial da guarda, enquanto Nikóluchka continua um *junker*.[105] Não há ninguém que interceda por ele. E você, a quem foi que pediu?

— Ao príncipe Vassíli. Foi muito gentil. Na mesma hora concordou com tudo, procurou o soberano — disse a princesa Anna Mikháilovna, com entusiasmo, tendo esquecido completamente todas as humilhações por que havia passado para alcançar o seu objetivo.

— Envelheceu muito o príncipe Vassíli? — perguntou a condessa. — Não o vejo desde o tempo de nossas apresentações teatrais na casa dos Rumiántsev. E acho que se esqueceu de mim. *Il me faisait la cour*[106] — lembrou a condessa, com um sorriso.

— Está o mesmo — respondeu Anna Mikháilovna —, desfaz-se em amabilidades. *Les grandeurs ne lui ont pas tourné la tête du tout*. "Lamento que seja tão pouco o que posso fazer por você, querida princesa", disse-me ele, "dê-me suas ordens." Não, ele é uma pessoa formidável e um ótimo parente. Mas você, *Nathalie*, sabe do amor que tenho pelo meu filho. Não sei de nada que eu não faria pela felicidade dele. E meus negócios andam tão mal — continuou Anna Mikháilovna, com tristeza e abaixando a voz —, tão mal, que agora me encontro na pior situação possível. O meu infeliz processo na Justiça está comendo tudo o

---

104 Francês: "Princesa fulana".

105 Militar voluntário, sem posto de oficial, oriundo das famílias ricas.

106 Francês: "Ele me fazia a corte".

que possuo, e não anda. Imagine você, não tenho *à la lettre*[107] nem um tostão e não sei com o que vou pagar o uniforme de Boris. — Pegou um lenço e começou a chorar. — Preciso de quinhentos rublos, mas só possuo uma nota de vinte e cinco rublos. Estou numa situação que... Minha única esperança é o conde Kiril Vladímirovitch Bezúkhov. Se o conde não quiser amparar o afilhado, pois ele é o padrinho de Boris, e não destinar alguma renda para o sustento dele, todos os meus esforços irão por água abaixo: não terei meios de pagar o uniforme.

A condessa derramou algumas lágrimas e refletia sobre alguma coisa.

— Muitas vezes fico pensando, e talvez isso seja um pecado — disse a princesa —, mas muitas vezes penso assim: o conde Kiril Vladímirovitch Bezúkhov vive sozinho... aquela fortuna imensa... e para que ele vive? A vida para ele é um fardo, enquanto o Boris está apenas começando a viver.

— Com certeza vai deixar alguma coisa para o Boris — disse a condessa.

— Só Deus sabe, *chère amie*![108] Esses ricaços e magnatas são tão egoístas. Mas mesmo assim eu irei agora visitá-lo com o Boris e direi francamente do que se trata. Podem pensar de mim o que quiserem, para mim na verdade tanto faz, quando o destino de um filho depende disso. — A princesa levantou-se. — Agora são duas horas e às quatro vocês vão jantar. Tenho tempo.

E com os recursos de uma experiente dama petersburguesa, que sabe aproveitar o tempo, Anna Mikháilovna mandou chamar o filho e junto com ele saiu para a antessala.

— Até logo, minha querida — disse para a condessa, que a acompanhou até a porta. — Deseje-me sucesso — acrescentou num sussurro, para o filho não ouvir.

— Vão à casa do Kiril Vladímirovitch, *ma chère*? — disse o conde, que, saindo da sala de jantar, veio também para a antessala. — Se ele estiver melhor, convide o Pierre para vir jantar aqui. Afinal, ele já esteve em minha casa, dançou com minhas filhas. Não deixe de convidar, *ma chère*. Bem, vamos ver como o Tarás vai se destacar hoje. Anda dizendo que nem o conde Orlóv[109] deu um jantar como o que vamos ter hoje aqui.

---

107 Francês: "A grandeza não subiu à cabeça dele [...] literalmente".

108 Francês: "querida amiga".

109 Conde Aleksei Grigórievitch Orlóv (1737-1808), militar e político, lutou na Guerra Russo-Turca (1668-1774) e era célebre pelas festas e pelos banquetes que promovia, na virada do século XVIII para o XIX.

XII

— *Mon cher Boris* — disse a princesa Anna Mikháilovna para o filho, quando a carruagem da condessa Rostova, na qual estavam, passou por uma rua atapetada de palha e entrou no amplo pátio do conde Kiril Vladímirovitch Bezúkhov. — *Mon cher Boris* — disse a mãe, retirando a mão de dentro do velho casaco e, com um movimento tímido e carinhoso, colocando-a sobre a mão do filho —, seja amável, seja atencioso. O conde Kiril Vladímirovitch, apesar de tudo, é o seu padrinho e dele depende o seu destino. Entenda isso, *mon cher*, seja gentil, como você sabe ser...

— Se eu soubesse que disso sairia alguma outra coisa além de humilhação... — respondeu o filho, com frieza. — Mas prometi à senhora e farei isso pela senhora.

Apesar de saber de quem era a carruagem junto à entrada, o porteiro, após observar a mãe e o filho (os quais, sem mandar que os anunciassem, entraram direto no vestíbulo envidraçado, entre duas fileiras de estátuas, dentro de nichos), examinou com um olhar significativo o velho casaco feminino e perguntou quem eles desejavam ver, as princesas ou o conde, e informado de que era o conde, falou que sua excelência estava pior naquele dia e que sua excelência não estava recebendo ninguém.

— Podemos ir embora — disse o filho, em francês.

— *Mon ami!*[110] — disse a mãe com voz de súplica, tocando de novo na mão do filho, como se tal contato pudesse acalmar ou levantar o ânimo dele.

Boris calou-se e, sem tirar o capote, fitou a mãe com ar indagador.

— Meu caro — falou Anna Mikháilovna, em voz baixa, voltando-se para o porteiro —, eu sei que o conde Kiril Vladímirovitch está muito doente... por isso mesmo eu vim... sou parente... Não vou incomodar, meu caro... Eu só preciso falar com o príncipe Vassíli Serguéievitch: pois ele está aqui. Anuncie-nos, por favor.

O porteiro, carrancudo, puxou uma campainha no andar de cima e deu meia-volta.

— A princesa Drubetskaia em visita ao príncipe Vassíli Serguéievitch — gritou para um empregado que descera correndo e, de meias, sapatos e fraque, espiou do patamar da escada.

A mãe arrumou as pregas do seu vestido de seda tingida, examinou-se num espelho veneziano de corpo inteiro, preso na parede, e subiu confiante pelo tapete da escada, com seus sapatos de sola gasta.

---

110 Francês: "Meu amigo!".

— *Mon cher, vous m'avez promis*[111] — disse ela mais uma vez para o filho, animando-o com um toque da mão.

O filho, de olhos baixos, foi atrás dela tranquilamente.

Entraram na sala, de onde uma porta levava para os aposentos reservados do príncipe Vassíli.

No momento em que mãe e filho, chegando ao centro do cômodo, tencionavam perguntar, para o velho empregado que se erguera de um salto ao vê-los, que caminho deviam tomar, a maçaneta de bronze de uma das portas girou, e o príncipe Vassíli, num casaco de veludo, com uma só estrela no peito, como costumava vestir-se em casa, saiu em companhia de um bonito homem moreno. Esse homem era Lorrain, o famoso médico de Petersburgo.

— *C'est donc positif?*[112] — disse o príncipe.

— *Mon prince, "errare humanum est", mais...*[113] — respondeu o médico, com um erre gutural e pronunciando as palavras do latim com um sotaque francês.

— *C'est bien, c'est bien...*[114]

Ao reparar em Anna Mikháilovna e seu filho, o príncipe Vassíli dispensou o médico com uma saudação e, em silêncio, mas com um aspecto interrogativo, aproximou-se deles. O filho notou que, de repente, uma amargura profunda se exprimiu nos olhos da mãe e sorriu de leve.

— Sim, em que circunstâncias tristes viemos nos encontrar, príncipe... Bem, e o nosso querido enfermo? — perguntou, como se não notasse o olhar frio, ofensivo e fixo sobre ela.

O príncipe Vassíli fitou-a com ar interrogativo, e até perplexo, e depois olhou para Boris. Este fez uma reverência respeitosa. O príncipe Vassíli, sem responder à reverência, voltou-se para Anna Mikháilovna e respondeu à sua pergunta com um movimento da cabeça e dos lábios que indicava os piores prognósticos para o doente.

— Será possível? — exclamou Anna Mikháilovna. — Ah, que horror! É terrível pensar... Este é o meu filho — acrescentou, apontando para Boris. — Ele queria agradecer pessoalmente ao senhor.

Boris, de novo, fez uma reverência respeitosa.

— Creia, príncipe, um coração de mãe nunca esquecerá o que o senhor fez por nós.

---

111 Francês: "Meu querido, você me prometeu".

112 Francês: "Então, é seguro?".

113 Francês e latim: "Meu príncipe, 'errar é humano', mas...".

114 Francês: "Está bem, está bem...".

— Estou contente de poder ter feito algo de bom para a senhora, minha querida Anna Mikháilovna — respondeu o príncipe Vassíli, ajeitando as pregas do colarinho e demonstrando, no gesto e na voz, ali em Moscou, diante da sua protegida Anna Mikháilovna, um ar de importância imensamente maior do que em Petersburgo, na festa em casa de *Annette* Scherer. — Tente ser um bom militar e mostrar-se digno — acrescentou, dirigindo-se para Boris, com ar severo. — Estou contente em vê-lo... O senhor está aqui de licença? — ditou ele, no seu tom impassível.

— Aguardo ordens, sua excelência, para encaminhar-me ao novo posto — respondeu Boris, sem demonstrar nem irritação com o tom brusco do príncipe, nem desejo de entabular conversa, mas com tanta calma e respeito que o príncipe olhou-o com atenção.

— O senhor está morando com sua mãe?

— Moro com a condessa Rostova — respondeu Boris e, de novo, acrescentou: — Sua excelência.

— Trata-se da casa de Iliá Rostóv, que casou com *Nathalie* Chinchiná — explicou Anna Mikháilovna.

— Sei, sei — disse o príncipe Vassíli com sua voz monótona. — *Je n'ai jamais pu concevoir, comment Nathalie s'est decidée à épouser cet ours mal léché! Un personnage complètement stupide et ridicule. Et joueur à ce qu'on dit.*[115]

— *Mais très brave homme, mon prince*[116] — observou Anna Mikháilovna, sorrindo de forma tocante, como se ela também soubesse que o conde Rostóv merecia aquela opinião, mas pedisse piedade para o pobre velho. — O que dizem os médicos? — perguntou a princesa, após um breve silêncio e de novo expressando grande tristeza no rosto consumido pelas lágrimas.

— Há poucas esperanças — respondeu o príncipe.

— E eu tinha tanta vontade de agradecer mais uma vez ao titio por todos os seus favores, para mim e também para o Boris. *C'est son filleul*[117] — acrescentou ela no tom de quem acreditava que tal informação havia de alegrar muito o príncipe Vassíli.

O príncipe Vassíli pôs-se a pensar e franziu o rosto. Anna Mikháilovna entendeu que ele temia encontrar nela uma rival no testamento do conde Bezúkhov. A princesa apressou-se em acalmá-lo.

— Se não fosse o meu amor sincero e minha dedicação ao titio — disse ela,

---

115 Francês: "Jamais pude entender como Natália resolveu casar com aquele mal-educado! Um personagem completamente estúpido e ridículo. E um jogador, pelo que dizem".

116 Francês: "Mas um homem de grande valor, meu príncipe".

117 Francês: "É o afilhado dele".

pronunciando essa palavra com uma convicção e com uma espontaneidade peculiares. — Eu conheço o caráter dele, nobre, franco, mas só tem ao seu lado as princesas... Ainda são moças... — Ela inclinou a cabeça e acrescentou num sussurro: — Ele já recebeu o último sacramento, príncipe? Como são preciosos os últimos momentos! Afinal, isso não vai piorar a situação; é indispensável prepará-lo, se está tão mal assim. Nós, mulheres, príncipe — ela sorriu com ternura —, sempre sabemos como dizer essas coisas. É indispensável vê-lo. Por mais que seja triste para mim, mas já estou acostumada a sofrer.

O príncipe obviamente entendia, e entendia, como também ocorrera na festa de *Annette* Scherer, que era difícil livrar-se de Anna Mikháilovna.

— Mas não seria muito penoso para ele esse encontro, *chère* Anna Mikháilovna? — disse ele. — Vamos esperar até a noite, os médicos garantiram que virá uma crise.

— Mas nessas horas não se pode esperar muito, príncipe. *Pensez, il y va du salut de son âme... Ah, c'est terrible, les devoirs d'un chrétien...*[118]

Dos cômodos internos, abriu-se uma porta e saiu uma das princesas, as sobrinhas do conde, com um rosto triste e frio, e um tronco alto, numa chocante desproporção em relação às pernas.

O príncipe Vassíli voltou-se para ela:

— E então, como está ele?

— Na mesma. E o que se pode esperar, com todo esse barulho... — disse a princesa, virando-se e olhando para Anna Mikháilovna, como se fosse uma estranha.

— *Ah, chère, je ne vous reconnaissais pas* — disse Anna Mikháilovna, com um sorriso feliz, aproximando-se da sobrinha do conde com uns passinhos ligeiros. — *Je viens d'arriver et je suis à vous pour vous aider à soigner mon oncle. J'imagine, combien vous avez souffert*[119] — acrescentou, rolando os olhos com simpatia.

A princesa nada respondeu, nem sorriu, e retirou-se logo depois. Anna Mikháilovna tirou as luvas e, ocupando a posição que havia conquistado, instalou-se numa poltrona, convidando o príncipe Vassíli a sentar-se a seu lado.

— Boris! — disse para o filho e sorriu. — Vou ver o conde, o titio, e você, *mon ami*, enquanto isso, vá ver o Pierre, e não esqueça de transmitir a ele o convite dos

---

118 Francês: "Pense bem, disso depende o bem-estar da alma dele... Ah, são terríveis os deveres de um cristão...".

119 Francês: "Ah, querida, eu não reconheci a senhora [...] Acabei de chegar e estou ao dispor da senhora para ajudá-la a cuidar do meu tio. Imagino como a senhora tem sofrido".

Rostóv. Vão convidá-lo para o jantar. Suponho que não irá, não é mesmo? — voltou-se para o príncipe.

— Ao contrário — respondeu o príncipe, visivelmente de mau humor. — *Je serais très content si vous me débarrassez de ce jeune homme...*[120] Ele não sai daqui. O conde não perguntou por ele nem uma vez.

Encolheu os ombros. Um criado conduziu o jovem para baixo e para cima, por outra escada, rumo aos aposentos de Pierre Kirílovitch.

XIII

Pierre ainda não havia conseguido escolher uma carreira para si em Petersburgo e, a rigor, fora banido para Moscou por perturbação da ordem. A história que contaram na casa do conde Rostóv era verdadeira. Pierre havia participado da farra em que amarraram um guarda às costas de um urso. Tinha chegado alguns dias antes e, como sempre, alojara-se na casa do pai. Embora supusesse que a história já fosse conhecida em Moscou e que as senhoras da roda do pai, sempre hostis em relação a ele, fossem tirar proveito daquele caso para instigar a antipatia do conde, mesmo assim, logo no dia da sua chegada a Moscou, Pierre foi aos aposentos do pai. Ao entrar na sala, reduto habitual das princesas, Pierre cumprimentou as senhoras, sentadas diante de seus bastidores de bordar e de um livro, que uma delas lia em voz alta. Eram três. A mais velha, uma jovem austera, asseada, de tronco alto, a mesma que viera ao encontro de Anna Mikháilovna, lia o livro; as mais jovens, ambas rosadas e bonitas, que só se distinguiam uma da outra pelo fato de uma delas ter um sinal sobre o lábio, o que a embelezava muito, bordavam nos bastidores. Pierre foi recebido como um cadáver ou um pestilento. A princesa mais velha interrompeu a leitura e observou-o em silêncio, com olhos assustados; a do meio, sem o sinal, recebeu-o com a mesma expressão; a mais jovem, com o sinal, de personalidade alegre e risonha, curvou-se sobre o bordado a fim de esconder um sorriso, na certa provocado pela cena que viria a seguir e cujo ridículo já previa. Ela empurrou para baixo os fios de lã e curvou-se, como se estivesse examinando os desenhos do bordado, e a muito custo reprimia o riso.

— *Bonjour, ma cousine* — disse Pierre. — *Vous ne me reconnaissez pas?*[121]

— Reconheço o senhor perfeitamente, perfeitamente.

---

120 Francês: "Ficarei muito contente se a senhora me livrar desse rapaz...".

121 Francês: "Bom dia, minha prima [...] A senhora não está me reconhecendo?".

— Como está passando o conde? Posso vê-lo? — perguntou Pierre, embaraçado, como sempre, mas sem se perturbar.

— O conde está sofrendo física e moralmente e, ao que parece, o senhor fez o possível para aumentar esses sofrimentos morais.

— Posso ver o conde? — repetiu Pierre.

— Hm!... Se o senhor quiser matá-lo, matá-lo de uma vez, então pode vê-lo. Olga, vá ver se já está pronto o caldo de carne para o titio, já está quase na hora — acrescentou, com isso mostrando a Pierre que ali estavam ocupados, e ocupados com o alívio do pai dele, enquanto Pierre, pelo visto, só andava ocupado em lhe causar desgosto.

Olga saiu. Pierre ficou parado, observou as primas e, após curvar-se, falou:

— Então vou para a minha casa. Quando for possível, vocês me avisem.

Saiu, e o riso sonoro, mas não alto, da prima que tinha o sinal ressoou atrás dele.

No dia seguinte, o príncipe Vassíli chegou e instalou-se na casa do conde. Chamou Pierre para conversar e lhe disse:

— *Mon cher, si vous vous conduisez ici, comme à Pétersbourg, vous finirez très mal; c'est tout ce que je vous dis.*[122] O conde está muito, muito doente: você não deve vê-lo de maneira nenhuma.

A partir daí, não incomodaram mais Pierre, e ele passava o dia inteiro sozinho no andar de cima, em seu quarto.

Na ocasião em que Boris veio à sua casa, Pierre estava andando no quarto, parava de vez em quando num canto, fazia gestos ameaçadores para a parede, como se atravessasse com uma espada um inimigo invisível, e olhava com ar severo por cima dos óculos, em seguida recomeçava mais uma vez a caminhada, enquanto falava palavras obscuras, encolhia os ombros e abanava as mãos.

— *L'Angleterre a vécu* — exclamou de cara fechada e apontando o dedo para alguém. — *Monsieur Pitt comme traître à la nation et au droit des gens est condamné à...*[123] — Não tinha conseguido dizer até o fim a frase de Pitt,[124] naquele momento em que se imaginava o próprio Napoleão e em que, na pessoa do seu herói, já havia concluído a perigosa travessia do Pas-de-Calais e conquistado Londres, quan-

---

122 Francês: "Meu caro, se o senhor continuar a se comportar como fez em Petersburgo, vai acabar muito mal; é só o que tenho a dizer".

123 Francês: "A Inglaterra está acabada [...] O senhor Pitt, como traidor da nação e do direito dos povos, é condenado a...".

124 William Pitt, o jovem (1759-1806), foi um lorde inglês, líder do Partido Conservador e primeiro-ministro, inimigo encarniçado da Revolução Francesa e de Napoleão.

do viu que acabava de entrar no seu quarto um oficial jovem, garboso e bonito. Parou. Pierre deixara a Rússia quando Boris era um menino de catorze anos e não se lembrava dele nem um pouco; porém, apesar disso, com suas maneiras rápidas e cordiais, apertou a mão da visita e sorriu de forma amistosa.

— O senhor se lembra de mim? — perguntou Boris, em tom calmo, com um sorriso agradável. — Eu e minha mãe viemos visitar o conde, mas parece que ele está muito mal de saúde.

— Sim, parece que está mal. Não param de perturbá-lo — respondeu Pierre, enquanto tentava lembrar quem era aquele jovem.

Boris sentiu que Pierre não o reconhecia, mas não achava necessário apresentar-se e, sem experimentar o menor constrangimento, fitou-o direto nos olhos.

— O conde Rostóv pediu que o senhor fosse hoje jantar na casa dele — disse, após um silêncio bastante longo e incômodo para Pierre.

— Ah! O conde Rostóv! — exclamou Pierre, com alegria. — Então o senhor é o filho dele, Iliá. Imagine só, no primeiro momento eu não reconheci o senhor. Lembra que íamos juntos aos Montes dos Pardais[125] com *madame Jacquot*?... Faz muito tempo.

— O senhor está enganado — disse Boris, sem pressa, com um sorriso atrevido e um pouco jocoso. — Sou Boris, filho da princesa Anna Mikháilovna Drubetskaia. O Rostóv pai se chama Iliá, mas o filho se chama Nikolai. E eu não conheço nenhuma Madame Jacquot.

Pierre sacudiu os braços e a cabeça como se mosquitos ou abelhas o tivessem atacado.

— Ah, mas o que é isso? Confundi tudo. Há tantos parentes em Moscou! O senhor é Boris... sim. Pronto, eu e o senhor chegamos a um acordo. Bem, o que o senhor pensa a respeito da expedição de Bolonha? Afinal, os ingleses ficarão em apuros apenas com o fato de Napoleão atravessar o canal, não acha? Penso que a expedição é muito viável. Se Villeneuve não fizer alguma bobagem![126]

Boris nada sabia da expedição de Bolonha, não lia os jornais e era a primeira vez que ouvia falar de Villeneuve.

— Nós, aqui em Moscou, andamos mais ocupados com jantares e mexericos do que com política — disse ele, no seu tom calmo e jocoso. — Não sei nada a res-

---

125 Famoso bairro para passeios em Moscou.

126 Nessa época, Napoleão reunia suas forças na Bolonha, com a intenção de invadir a Inglaterra. Pierre-Charles Villeneuve (1763-1806) comandou a esquadra franco-espanhola na batalha de Trafalgar (1805), cujo objetivo era chegar à Inglaterra pelo canal da Mancha.

peito disso e não acho nada. Moscou está ocupada, acima de tudo, com mexericos — prosseguiu. — Agora, andam falando sobre o senhor e o conde.

Pierre sorriu, com o seu sorriso bondoso, como se temesse pelo seu interlocutor, que podia acabar falando algo de que depois se arrependeria. Mas Boris falava com precisão, de modo claro e seco, fitando nos olhos de Pierre.

— Em Moscou, não se faz mais nada a não ser tratar de mexericos — continuou. — Todos andam ocupados em saber para quem o conde vai deixar sua fortuna, embora talvez ele ainda sobreviva a todos nós, o que eu, aliás, desejo de todo o coração...

— Sim, isso é muito triste — emendou Pierre —, é muito triste. — Pierre continuava a temer que aquele oficial, por descuido, se desviasse para uma conversa embaraçosa para ele mesmo.

— E deve parecer ao senhor — disse Boris, ruborizando-se de leve, mas sem alterar a voz e a postura —, deve parecer ao senhor, desde muito tempo, que todos andam ocupados apenas em conseguir tomar para si alguma coisa do ricaço.

"Aí está", pensou Pierre.

— E eu quero precisamente lhe dizer, para evitar mal-entendidos, que o senhor muito se engana se julga que eu e minha mãe pertencemos a essa categoria de gente. Somos muito pobres, mas eu, pelo menos, falo por mim: exatamente pelo fato de o pai do senhor ser rico, não me considero seu parente e nem eu nem minha mãe nunca pediremos nada nem aceitaremos nada dele.

Pierre demorou bastante para entender, mas quando entendeu levantou-se de um salto do divã, segurou Boris pelo braço e, com a rapidez e o constrangimento que lhe eram próprios, ainda mais ruborizado do que Boris, começou a falar com um sentimento que misturava vergonha e irritação.

— Ora, que coisa estranha! E eu por acaso... quem é que poderia pensar... Eu sei muito bem...

Mas Boris interrompeu de novo:

— Estou contente de ter dito tudo logo. Talvez não seja agradável para o senhor. Queira me desculpar — falou, tranquilizando Pierre, em vez de tranquilizar a si mesmo —, mas espero não ter ofendido o senhor. Tenho por regra dizer tudo francamente... Que resposta devo dar? O senhor irá ao jantar na casa dos Rostóv?

E Boris, depois de dar a impressão de que tinha retirado de cima dos ombros uma pesada obrigação e que havia se livrado de uma situação embaraçosa, colocando nela uma outra pessoa, tornou-se de novo perfeitamente agradável.

— Não, escute — disse Pierre, acalmando-se. — O senhor é uma pessoa admirável. O que o senhor acabou de falar é muito bom, muito bom. Claro, o senhor não me conhece. Não nos vemos há tanto tempo... éramos crianças, ainda... O senhor pode supor que eu... Entendo o senhor, eu entendo muito bem. Eu não faria uma coisa dessas, eu não teria coragem, mas está ótimo. Estou muito contente de conhecer o senhor. É estranho — acrescentou, após um breve silêncio, e sorrindo — que o senhor tenha imaginado isso de mim! — Riu. — Mas e daí? Teremos tempo para nos conhecer melhor. Por favor. — Apertou a mão de Boris. — O senhor fique sabendo que eu não estive com o conde nem uma vez. Não me chamou... Tenho pena dele, como um homem... Mas, o que fazer?

— E o senhor acha que Napoleão vai conseguir atravessar com o exército? — perguntou Boris, sorrindo.

Pierre entendeu que Boris queria mudar de assunto e, concordando com ele, passou a expor as vantagens e as desvantagens da empreitada bolonhesa.

Um lacaio veio chamar Boris a mando da princesa. Ela estava de saída. Pierre prometeu ir ao jantar para que ele e Boris se conhecessem melhor, apertou sua mão com força, enquanto o fitava nos olhos com afeição, através dos óculos... Após a saída dele, Pierre continuou durante muito tempo a caminhar pelo quarto, já não atravessava com a espada um inimigo invisível, mas sorria com a lembrança daquele jovem gentil, inteligente e decidido.

Como acontece na primeira mocidade, e em especial com quem vive só, Pierre sentiu uma ternura gratuita por aquele jovem e prometeu a si mesmo fazer amizade com ele a todo custo.

O príncipe Vassíli acompanhava a princesa. Ela trazia um lenço nos olhos e seu rosto estava em lágrimas.

— É horrível! Horrível! — dizia ela. — Mas, ainda que isso me custe muito, vou cumprir o meu dever. Virei passar a noite. Ele não pode ser deixado assim. Cada minuto é precioso. Não entendo o que as princesas estão esperando. Talvez Deus me ajude a encontrar um meio de prepará-lo!... *Adieu, mon prince, que le bon Dieu vous soutienne...*[127]

— *Adieu, ma bonne*[128] — respondeu o príncipe Vassíli, dando-lhe as costas.

— Ah, ele está numa situação horrível — disse a mãe para o filho, quando os dois se sentaram de novo na carruagem. — Quase não reconhece ninguém.

— Não entendo, mamãe, quais são as relações entre ele e Pierre — perguntou o filho.

— O testamento vai revelar tudo, meu amigo; dele depende o nosso destino...

— Mas por que a senhora acha que ele vai deixar alguma coisa para nós?

— Ah, meu amigo! Ele é tão rico, e nós, tão pobres!

---

127 Francês: "Adeus, meu príncipe, que o bom Deus o ampare...".

128 Francês: "Adeus, minha cara".

— Bem, isso não é motivo suficiente, mamãe.

— Ah, meu Deus! Meu Deus! Como ele está mal! — exclamava a mãe.

XIV

Quando Anna Mikháilovna saiu com o filho, rumo à casa do conde Kiril Vladímirovitch Bezúkhov, a condessa Rostova ficou muito tempo sozinha, com um lenço nos olhos. Enfim, tocou a campainha.

— O que há com você, querida? — disse, zangada, para a mocinha que a obrigara a esperar alguns minutos. — Não quer trabalhar, é isso? Posso arranjar para a senhora um outro emprego.

A condessa ficara transtornada com o desgosto e com a pobreza humilhante da amiga, e por isso estava de mau humor, o que nela sempre se traduzia naquela maneira de tratar a criada de "querida" e "senhora".

— Desculpe, patroa — disse a criada.

— Diga ao conde para vir me ver.

O conde, em passo bamboleante, veio ao encontro da esposa, com certo ar de culpa, como sempre.

— Bem, minha condessazinha! Que *sauté au madère* de perdizes[129] nós teremos, *ma chère*! Eu provei; não foram desperdiçados os mil rublos que paguei pelo Tarás. Vale o preço![130]

Sentou-se ao lado da mulher, apoiou jovialmente os cotovelos nos joelhos e eriçou com as mãos os cabelos grisalhos.

— Para que me chamou, minha condessazinha?

— É o seguinte, meu amigo... mas como você se manchou aqui? — disse, apontando para o colete. — É o *sauté*, aposto — acrescentou, sorrindo. — Veja bem, conde: preciso de dinheiro.

O rosto dela tornou-se tristonho.

— Ah, minha condessazinha!...

E o conde se atrapalhou, enquanto pegava a carteira.

— Preciso de muito, conde, preciso de quinhentos rublos.

E, pegando um lenço de cambraia, esfregou o colete do marido.

---

129 Francês: "Cozido de perdizes ao molho madeira".

130 Os servos domésticos podiam ser vendidos individualmente, como um bem privado. Os servos de gleba só eram vendidos junto com a terra.

— Agora mesmo, agora mesmo. Ei, tem alguém aí? — gritou ele, com uma voz que só é usada por pessoas convictas de que aqueles para quem estão gritando vão se lançar a toda a pressa para atender o seu apelo. — Mande o Mítienka vir falar comigo!

Mítienka, um filho de nobres, educado na casa do conde, que agora administrava todos os negócios dele, entrou com passos suaves.

— Veja bem, meu caro — disse o conde ao jovem respeitoso que entrara. — Traga-me... — refletiu um pouco. — Sim, setecentos rublos, sim. Mas, veja, não traga notas rasgadas e imundas como da outra vez, mas sim bonitas, para a condessa.

— Sim, Mítienka, por favor, que estejam limpinhas — disse a condessa, com um suspiro triste.

— Vossa excelência, quando quer que eu traga o dinheiro? — perguntou Mítienka. — Permita informar que... Mas não precisa se preocupar — acrescentou, ao notar que o conde já começava a respirar mais depressa e mais pesado, o que era sempre um sinal do começo da ira. — Eu já ia me esquecendo... Quer que traga agora mesmo?

— Sim, sim, quero, traga logo. Entregue para a condessa.

— Que tesouro, esse meu Mítienka — acrescentou o conde sorrindo, quando o jovem saiu. — Não há nada que seja impossível. É isso que não consigo tolerar. Para tudo há um jeito.

— Ah, o dinheiro, conde, o dinheiro, quantas desgraças no mundo por causa dele! — disse a condessa. — Mas eu preciso muito desse dinheiro.

— A senhora, minha condessazinha, é uma célebre esbanjadora — disse o conde e, após beijar a mão da esposa, foi de novo para o escritório.

Quando Anna Mikháilovna voltou da casa de Bezúkhov, o dinheiro já estava com a condessa, todo ele em notas novas, debaixo de um lenço na mesinha, e Anna Mikháilovna notou logo que a condessa estava preocupada com alguma coisa.

— Bem, e então, minha amiga? — perguntou a condessa.

— Ah, que situação horrível a dele! Está irreconhecível, e está tão mal, tão mal; fiquei só um minuto e não disse nem duas palavras...

— *Annette*, pelo amor de Deus, não recuse — disse de repente a condessa, ruborizando-se, o que ficava muito estranho em seu rosto velho, magro e grave, enquanto retirava o dinheiro de sob o lenço.

Anna Mikháilovna no mesmo instante entendeu do que se tratava e logo se curvou para, no momento devido, abraçar habilmente a condessa.

— Aqui está, é para o Boris, de minha parte, para fazer o uniforme dele...

Anna Mikháilovna já estava abraçando a condessa e chorava. A condessa chorava também. Choravam porque eram amigas; e porque eram boas; e porque, amigas de juventude, tinham de se preocupar com aquele assunto vulgar — o dinheiro; e porque a sua mocidade já tinha passado... Mas as lágrimas das duas lhes eram agradáveis...

XV

A condessa Rostova, suas filhas e um grande número de convidados já estavam na sala. O conde conduziu os homens ao seu escritório, para lhes mostrar sua coleção de cachimbos turcos. De vez em quando, ele saía e perguntava: já chegou? Estavam esperando Mária Dmítrievna Akhrossímova, chamada em sociedade de *le terrible dragon*,[131] dama famosa não pela riqueza, nem pelas honrarias, mas pela franqueza da inteligência e pela sincera simplicidade das atitudes. Mária Dmítrievna conhecia a família do tsar, conhecia toda a Moscou e toda a Petersburgo, e as duas cidades, admirando aquela mulher, divertiam-se pelas suas costas com a sua grosseria, contavam anedotas a seu respeito; e ainda assim, todos, sem exceção, a respeitavam e a temiam.

No escritório, repleto de fumaça, conversavam sobre a guerra, anunciada por um manifesto, e sobre o recrutamento. O manifesto, ninguém ainda tinha lido, mas todos sabiam de sua publicação. O conde estava sentado numa otomana, entre dois fumantes, que conversavam. O conde mesmo não fumava e não falava, mas inclinava a cabeça ora para um lado, ora para outro, e com um visível prazer observava os fumantes e ouvia a conversa dos dois vizinhos, aos quais instigara um contra o outro.

Um dos que falavam era um civil, de rosto enrugado, irritadiço, magro e barbeado, que já se aproximava da velhice, embora estivesse vestido como um jovem no rigor da moda; estava sentado numa otomana, com as pernas dobradas sob o corpo, o aspecto de uma pessoa de casa e, com a boquilha de âmbar enfiada bem fundo no canto da boca, inalava a fumaça a intervalos e semicerrava os olhos. Era o velho solteirão Chinchin, primo da condessa, uma língua mordaz, como se referiam a ele nos salões moscovitas. Parecia se mostrar condescendente com o seu interlocutor. O outro, um oficial da guarda, rosado e fresco, impecavelmente lavado, abotoado e penteado, segurava a boquilha de âmbar no meio da boca e, com a ajuda dos lábios rosados, esticava um pouco as baforadas de fumaça, soltando-as em forma de anéis da boca bonita. Era o tenente Berg, oficial do regimento de Semiónov, com quem Boris iria partir, e o mesmo a quem Natacha, para provocar Vera, a princesa mais velha, chamava de seu noivo. O conde estava sentado entre eles e escutava com atenção. A ocupação mais agradável para o conde, exceto jogar bóston, que ele adorava, era ficar na posição de ouvinte, em especial quando conseguia instigar dois interlocutores loquazes.

---

131 Francês: "o dragão terrível".

— Bem, pois é, meu caro, *mon très honorable* Alphonse Karlitch — disse Chinchin, rindo e misturando (no que constituía a peculiaridade da sua fala) as expressões russas mais populares com termos franceses requintados. — *Vous comptez vous faire des rentes sur l'État*,[132] está querendo obter um lucro com a companhia?

— Não, senhor, Piotr Nikolaitch, desejo apenas mostrar que na cavalaria as vantagens são muito menores do que na infantaria. Veja bem, compreenda a minha posição, Piotr Nikolaitch...

Berg sempre falava de modo muito preciso, calmo e respeitoso. Sua conversa sempre parecia tratar apenas dele mesmo; sempre ficava calado, calmo, enquanto falavam sobre algo que não tinha relação direta com ele. E podia ficar assim calado durante várias horas, sem experimentar nem causar nos outros a menor perturbação. Porém, tão logo a conversa o tocasse pessoalmente, Berg começava a falar de forma prolixa e com um visível prazer.

— Compreenda a minha situação, Piotr Nikolaitch: se eu estivesse na cavalaria, ganharia não mais de duzentos rublos por quadrimestre, mesmo no posto de tenente; mas agora ganho duzentos e trinta — disse, com um sorriso alegre e agradável, olhando para Chinchin e para o conde, como se para ele fosse evidente que o seu sucesso sempre constituía o principal desejo e objetivo de todos os demais.

— Além disso, Piotr Nikolaitch, transferindo-me para a guarda, eu fico em evidência — prosseguiu Berg —, e as vagas na infantaria são muito mais frequentes. Depois, pense o senhor mesmo, eu consigo me arranjar com duzentos e trinta rublos. Eu poupo algum dinheiro e ainda mando um pouco para o meu pai — prosseguiu, soltando aneizinhos de fumaça.

— *La balance y est*... O alemão debulha o milho com o cabo do machado, *comme dit le proverbe*[133] — disse Chinchin, passando a boquilha de âmbar para o outro canto da boca, e piscou para o conde.

O conde soltou uma gargalhada. Os outros convidados, vendo que Chinchin guiava a conversa, aproximaram-se para escutar. Berg, sem notar nem a zombaria, nem a indiferença, continuava a explicar que com a transferência para a guarda ele já ganhara um grau na hierarquia em relação a seus camaradas do corpo de oficiais, e que em tempo de guerra o comandante de uma companhia podia ser morto e ele, como o mais antigo na companhia, podia muito facilmente ser nomeado comandante, e que no regimento todos o admiravam, e que seu pai estava satisfeito com ele. Berg, visivelmente, deliciava-se ao contar tudo isso e não parecia nem descon-

---

132 Francês: "meu muito honrado [...] O senhor espera obter um rendimento do Estado".

133 Francês: "Isso é que é equilíbrio... [...] como diz o provérbio".

fiar que os outros pudessem ter também os próprios interesses. Mas tudo o que Berg contava era tão encantadoramente solene, a ingenuidade do seu egoísmo de jovem era tão flagrante que ele desarmava os seus ouvintes.

— Bem, meu caro, o senhor, na infantaria, na cavalaria, seja onde for, sempre estará bem; isso eu posso vaticinar — falou Chinchin, segurando-o pelo ombro e baixando os seus pés da otomana.

Berg sorriu, alegre. O conde e os convidados saíram, rumo à sala de estar.

Era aquele momento, imediatamente anterior a um jantar de gala, em que os convidados reunidos, e à espera do chamado para o antepasto, não querem dar início a uma conversa mais longa e ao mesmo tempo acham necessário movimentar-se e não ficar em silêncio, a fim de mostrar que não estão nem um pouco impacientes para tomar seu lugar à mesa. Os anfitriões olhavam para a porta e de vez em quando se entreolhavam. Os convidados tentavam adivinhar, por aqueles olhares, quem ou o que ainda esperavam: um parente importante que se atrasara ou um prato que ainda não estava pronto.

Pierre chegou em cima da hora do jantar e, sem jeito, sentou-se no meio da sala, na primeira poltrona que encontrou, obstruindo a passagem de todos. A condessa queria forçá-lo a falar, mas Pierre olhava à sua volta com ar ingênuo, por trás dos óculos, como se procurasse alguém, e respondia com monossílabos a todas as perguntas da condessa. Ele estava atrapalhando e era o único que não o notava. Grande parte dos convidados, ciente da sua história com o urso, observava com curiosidade aquele homem grande, gordo e manso, sem entender como alguém tão pesadão e modesto pudera pregar tamanha peça num policial.

— O senhor chegou há pouco tempo? — perguntou a condessa.

— *Oui, madame*[134] — respondeu ele, enquanto olhava em volta.

— O senhor não esteve com o meu marido?

— *Non, madame.* — Sorriu sem nenhum motivo.

— O senhor, eu creio, esteve em Paris há pouco tempo, não é mesmo? É muito interessante, eu imagino.

— Muito interessante...

A condessa trocou um olhar com Anna Mikháilovna. Anna Mikháilovna entendeu que a condessa lhe pedia que cuidasse daquele jovem, sentou-se ao seu lado e começou a falar sobre o pai dele; mas, a exemplo do que fizera com a condessa, Pierre respondeu só com monossílabos. Os convidados estavam todos

---

134 Francês: "Sim, senhora".

ocupados uns com os outros. *Les Razoumovsky... Ça a été charmant... Vous êtes bien bonne... La comtesse Apraksine...*[135] ouvia-se de todos os lados. A condessa levantou-se e foi para o salão.

— Mária Dmítrievna? — ouviu-se a sua voz, do salão.

— Ela mesma — ouviu-se em resposta uma voz áspera de mulher e, em seguida, entrou Mária Dmítrievna.

Todas as senhoritas e mesmo as senhoras, com exceção das mais velhas, levantaram-se. Mária Dmítrievna havia parado na porta, no alto do seu corpo obeso mantinha bem erguida a cabeça quinquagenária, de cachos grisalhos, lançou um olhar em redor para os convidados e, como se as arregaçasse, ajeitou sem pressa as mangas largas do vestido. Mária Dmítrievna sempre falava em russo.

— Parabéns à aniversariante e seus filhos — disse com sua voz alta, grossa, que subjugava todos os outros sons. — Como vai, velho pecador? — dirigiu-se ao conde, que viera beijar-lhe a mão. — Está entediado em Moscou? Não tem lugar para caçar com seu cão? O que se vai fazer, meu caro, mas olhe só como esses passarinhos estão crescendo... — Apontou para as meninas. — Queira você ou não, é preciso arranjar noivos. Bem, e como vai o meu cossaco? (Mária Dmítrievna chamava Natacha de cossaco) — disse ela, enquanto afagava Natacha, que se aproximara da sua mão com alegria e sem medo. — Sei que é uma menina levada, mas gosto de você.

De dentro da bolsa enorme, retirou brinquinhos de rubis em forma de pera e, após entregá-los para Natacha, radiante e enrubescida com a comemoração do dia do seu santo,[136] logo lhe deu as costas e virou-se para Pierre.

— Ei, ei! Meu querido! Venha cá! — disse Mária Dmítrievna, com voz fingidamente suave e aguda. — Venha cá, querido...

E ela, com ar ameaçador, arregaçou mais ainda a manga.

Pierre se aproximou, olhando-a de modo ingênuo através dos óculos.

— Chegue perto, chegue perto, querido! Mesmo ao seu pai, só eu dizia a verdade, quando era o caso, e Deus quer que eu também diga a você.

Calou-se. Todos ficaram em silêncio, à espera do que viria, sentindo que aquilo era só um preâmbulo.

— Bonito, nem se discute! Que belo menino!... O pai está no leito de morte e ele se diverte na farra, obriga um guarda a montar a cavalo num urso. Que vergonha, meu caro, que vergonha! Era melhor ir para a guerra.

---

135 Francês: "Os Razumóvski... Isso foi elegante... A senhora é muito boa... A condessa Apráksina...".

136 Os russos recebiam o nome de um santo, e o dia desse santo, no calendário da Igreja ortodoxa, era comemorado como o aniversário da pessoa. Chama-se santo onomástico.

Ela lhe deu as costas e estendeu a mão para o conde, que mal conseguia conter o riso.

— Bem, e então, vamos para a mesa, ou cheguei tarde demais? — disse Mária Dmítrievna.

O conde caminhou na frente junto com Mária Dmítrievna; depois, a condessa, que conduzia o coronel dos hussardos, homem útil, que iria acompanhar Nikolai até o regimento. Anna Mikháilovna foi com Chinchin. Berg deu a mão para Vera. A sorridente Julie Karáguina seguiu com Nikolai rumo à mesa. Atrás deles, vieram ainda outros pares, que se estenderam por todo o salão, e atrás de todos, à parte, as crianças, os preceptores e as preceptoras. Os criados agitaram-se, as cadeiras fizeram barulho, no balcão soou a música, e os convidados tomaram seus lugares. O som da música doméstica do conde foi substituído pelo som das facas e dos garfos, da conversa dos convidados, dos passos suaves dos criados. Na ponta da mesa, na cabeceira, estava a condessa. À direita, Mária Dmítrievna, à esquerda, Anna Mikháilovna e outras convidadas. Na outra ponta estava o conde, à esquerda o coronel dos hussardos, à direita Chinchin e outros convidados do sexo masculino. Num dos lados da mesa comprida, estava a juventude mais crescida: Vera ao lado de Berg, Pierre ao lado de Boris; do outro lado, as crianças, os preceptores e as preceptoras. O conde, por trás dos cristais, das garrafas e dos vasos com frutas, lançava olhares para a esposa e para a sua touca alta, com fitas azuis, e zelosamente servia mais vinho aos seus vizinhos, sem esquecer também de si. A condessa, da mesma forma, por trás dos ananases, sem esquecer os deveres de anfitriã, atirava olhares significativos para o marido, cujo rosto e cuja careca, com a sua vermelhidão, assim parecia à condessa, contrastavam de modo ainda mais gritante com os cabelos grisalhos. Na ponta das senhoras, havia um murmurar constante; na ponta masculina, ouviam-se vozes cada vez mais altas, em especial a do coronel dos hussardos, que ficava cada vez mais ruborizado e comia e bebia tanto que o conde já fazia dele um exemplo para os demais convidados. Berg, com um sorriso terno, dizia para Vera que o amor é um sentimento celestial, e não terreno. Boris dizia ao seu novo amigo, Pierre, o nome dos convidados à mesa e trocava olhares com Natacha, sentada à sua frente. Pierre falava pouco, observava os rostos novos e comia muito. Começando pelas duas sopas iniciais, das quais ele escolheu *à la tortue*,[137] os pastelões de carne e as perdizes, ele não perdeu nenhum prato e nenhum vinho, sempre servido numa garrafa envolta num guardanapo que o mordomo mostrava, com ar misterioso, por cima

---

137 Francês: "de tartaruga".

do ombro do seu vizinho à mesa, e declarava "madeira seco", ou "húngaro", ou "renano". Ele apanhava a primeira taça que tivesse à mão, entre as quatro taças de cristal, gravadas com o monograma do conde, colocadas diante de cada serviço, e bebia com prazer, olhando para os convidados com um aspecto cada vez mais simpático. Natacha, sentada à sua frente, olhava para Boris, como as meninas de treze anos olham para o rapaz com quem acabaram de trocar o primeiro beijo e por quem estão apaixonadas. O mesmo olhar, ela às vezes dirigia a Pierre, que diante do olhar daquela menina risonha, cheia de vida, também tinha vontade de rir, sem saber por quê.

Nikolai estava sentado longe de Sônia, ao lado de Julie Karáguina, e de novo com o mesmo sorriso involuntário conversava com ela. Sônia sorria com um ar altivo, mas visivelmente atormentada pelo ciúme: ora empalidecia, ora se ruborizava, e com todas as forças escutava atentamente aquilo que Nikolai e Julie conversavam entre si. A preceptora olhava em redor, preocupada, como que se preparando para reagir, caso alguém inventasse de criticar as crianças. O preceptor alemão fazia força para memorizar todos os tipos de pratos, sobremesas e vinhos, a fim de descrever tudo com precisão numa carta para seus familiares, na Alemanha, e ficava muito ofendido quando o mordomo, com uma garrafa envolta num guardanapo, passava direto sem servi-lo. O alemão fazia cara feia, tentava dar a impressão de que não queria tomar aquele vinho, mas sentia-se ofendido porque ninguém queria entender que ele precisava do vinho não para saciar a sede, nem por gulodice, mas sim por uma curiosidade meticulosa.

XVI

Na ponta masculina da mesa, a conversa animava-se cada vez mais. O coronel contava que o manifesto de declaração de guerra já fora publicado em Petersburgo e que um exemplar, que ele mesmo vira, fora entregue pelo correio, naquele dia, para o comandante em chefe.

— E por que diabos nós temos de entrar em guerra contra o Bonaparte? — perguntou Chinchin. — *Il a déjà rabattu le caquet à l'Autriche. Je crains, que cette fois ce ne soit notre tour.*[138]

O coronel era um alemão corpulento, alto e sanguíneo, obviamente dedicado ao serviço militar e patriota. E ofendeu-se com as palavras de Chinchin.

---

138 Francês: "Ele já baixou a crista da Áustria. Temo que agora tenha chegado a nossa vez".

— Por esta razão, meu prezado senhor — disse ele, com pronúncia dura, à maneira alemã —, por esta razão, que o imperador conhece muito bem. Ele, no manifesto, declarou que não pode assistir com indiferença aos perigos que ameaçam a Rússia e a segurança do império, a sua dignidade e a santidade das *alianças* — disse o coronel, enfatizando por algum motivo a palavra "alianças", como se ali estivesse toda a essência da questão.

E com a sua impecável memória oficial, tão peculiar a ele, repetiu as palavras de abertura do manifesto... "e o desejo, o único e imprescindível objetivo do soberano, que consiste em estabelecer na Europa as bases sólidas da paz... levou-o a deslocar uma parte do Exército para o estrangeiro e a tomar providências para que esses novos esforços alcancem o seu objetivo".

— Aí está a razão, meu prezado senhor — concluiu o coronel, em tom sentencioso, terminando de beber um copo de vinho e olhando para o lado, na direção do conde, em busca de apoio.

— *Connaissez-vous le proverbe:* "Boa jornada faz quem em sua casa fica em paz" — disse Chinchin, franzindo as sobrancelhas e sorrindo. — *Cela nous convient à merveille.* Já tivemos o caso de Suvórov, e ele foi feito em pedacinhos, *à plate couture*, e onde está o nosso Suvórov agora? *Je vous demande un peu*[139] — disse ele, saltando sem parar do francês para o russo.

— Nós devemos lutar até a última gota de nosso sangue — disse o coronel, batendo com a mão sobre a mesa. — E mor-r-rer pelo nosso imperador, e aí então tudo estará bem. E raciocinar o mí-í-ínimo (esticou a voz de modo especial na palavra "mínimo"), o mí-í-ínimo possível — concluiu o coronel, voltando-se de novo para o conde. — Assim nós, os velhos hussardos, vemos as coisas, e pronto. E o senhor, meu jovem rapaz e jovem hussardo, o que acha? — acrescentou, dirigindo-se a Nikolai, que ao notar que falavam sobre a guerra deixara de lado a sua interlocutora e só tinha olhos e ouvidos para o que dizia o coronel.

— Concordo inteiramente com o senhor — respondeu Nikolai, tomado de entusiasmo, girando o prato e mudando os copos de lugar, com um ar tão decidido e tão arrojado como se naquele instante estivesse exposto a um grande perigo. — Estou convencido de que os russos devem morrer ou vencer — dis-

---

139 Francês: "Os senhores conhecem o provérbio [...] Isso nos convém de modo maravilhoso [...] não sobrou nada [...] Permitam que lhes pergunte". Aleksandr Suvórov (1729-1800) foi um generalíssimo do Exército russo que comandou o exército austro-russo na campanha da Itália, contra a França. Chinchin provavelmente se refere ao fato de as tropas de Suvórov, sem o apoio dos austríacos, terem sido obrigadas a se retirar pela Suíça, em condições precárias, e de Suvórov, célebre por suas vitórias militares, após voltar a Petersburgo, ter morrido no ostracismo.

se Nikolai, sentindo, da mesma forma que os demais, depois que essas palavras foram ditas, que elas eram excessivamente entusiásticas e pomposas para aquela situação e que por isso eram incômodas.

— *C'est bien beau ce que vous venez de dire* [140] — disse Julie, sentada a seu lado, soltando um suspiro. Sônia tremeu toda e ruborizou-se até as orelhas, e para trás das orelhas, até o pescoço e os ombros, enquanto Nikolai falava. Pierre havia prestado atenção nas palavras do coronel e balançava a cabeça em sinal de aprovação.

— Excelente — disse ele.

— Um verdadeiro hussardo, meu jovem — gritou o coronel, depois de bater com a mão sobre a mesa outra vez.

— Que barulhada é essa que estão fazendo aí? — ouviu-se de repente, do outro lado da mesa, a voz de baixo de Mária Dmítrievna. — Por que está dando socos na mesa? — voltou-se para o hussardo. — Com quem está irritado? Acha que os franceses estão aqui na sua frente?

— Estou falando a verdade — respondeu o hussardo, sorrindo.

— Sempre a guerra — exclamou o conde, da outra ponta da mesa. — Pois tenho um filho que vai partir, Mária Dmítrievna, meu filho vai para a guerra.

— E eu que tenho quatro filhos no Exército, e nem por isso fico aflita. Tudo está nas mãos de Deus: podemos morrer em nossa casa, enquanto no campo de batalha Deus nos perdoa — ouviu-se a voz grossa de Mária Dmítrievna, sem o menor esforço, da outra extremidade da mesa.

— É isso mesmo.

E a conversa de novo se concentrou — as senhoras numa extremidade da mesa, os homens na outra.

— Duvido que você pergunte — dizia o irmão pequeno de Natacha. — Duvido que você pergunte.

— Vou perguntar — respondeu Natacha.

Seu rosto de repente se afogueou, expressando uma firmeza atrevida e alegre. Levantou-se, lançou um olhar para Pierre, sentado na sua frente, convidando--o a prestar atenção, e voltou-se para a mãe:

— Mamãe! — a sua voz infantil e profunda ressoou por toda a mesa.

— O que você quer? — perguntou a condessa, assustada, mas, ao ver pelo rosto da filha que se tratava de uma brincadeira, brandiu a mão com severidade na sua direção, fazendo com a cabeça um gesto de ameaça e de recusa.

A conversa silenciou.

---

140 Francês: "É muito bonito o que o senhor acabou de dizer".

— Mamãe! Que doce vamos ter? — ressoou a vozinha de Natacha, ainda mais resoluta e sem vacilar.

A condessa quis fazer cara feia, mas não conseguiu. Mária Dmítrievna ameaçou, levantando o dedo gordo.

— Cossaco — falou, em tom de ameaça.

A maioria dos convidados olhava para os mais velhos, sem saber como devia reagir àquela travessura.

— Olhe lá, hein! — disse a condessa.

— Mamãe! Que doce vamos ter? — gritou Natacha, já com audácia e um jeito de alegre capricho, segura de antemão de que a travessura seria bem recebida.

Sônia e o gordo Pétia curvaram-se de tanto rir.

— Pronto, perguntei — sussurrou Natacha para o irmão pequeno e para Pierre, a quem lançou de novo um olhar.

— Sorvete, só que você não vai ganhar — respondeu Mária Dmítrievna.

Natacha via que nada havia a temer e por isso não teve medo nem de Mária Dmítrievna.

— Mária Dmítrievna, que sorvete? Não gosto de sorvete de creme.

— É de cenoura.

— Não, qual é o sorvete, Mária Dmítrievna? Qual é? — quase gritou Natacha. — Quero saber!

Mária Dmítrievna e a condessa começaram a rir e, com elas, todos os convidados. Todos riram, não da resposta de Mária Dmítrievna, mas sim da inconcebível audácia e habilidade daquela menina, que tinha a coragem e a capacidade de falar assim com Mária Dmítrievna.

Natacha só recuou quando lhe disseram que seria de ananás. Antes do sorvete, serviram champanhe. A música soou de novo, o conde beijou a sua condessazinha, e os convidados, levantando-se, saudaram a condessa, brindaram curvados sobre a mesa, tocando suas taças com a taça do conde, com a das crianças e uns com os outros. Os criados se moveram afobados outra vez, cadeiras foram arrastadas, e na mesma ordem em que haviam entrado, porém com o rosto mais vermelho, os convidados voltaram para a sala e para o escritório do conde.

XVII

Armaram-se as mesas de jogar bóston, organizaram-se os grupos, e os convidados do conde acomodaram-se em duas salas de estar, na saleta e na biblioteca.

O conde, com as cartas em leque, a muito custo se continha, em razão do costume de dormir depois do jantar, e ria para todos. A juventude, instigada pela condessa, reuniu-se em torno do clavicórdio e da harpa. A pedido de todos, Julie foi a primeira, tocou na harpa uma pecinha com variações e, junto com as outras meninas, começou a pedir que Natacha e Nikolai, conhecidos por sua musicalidade, cantassem. Natacha, a quem tratavam como a uma adulta, ficava muito orgulhosa com isso, é claro, mas ao mesmo tempo se acanhava.

— O que vamos cantar? — perguntou Natacha.

— "A fonte" — respondeu Nikolai.

— Bem, então vamos logo. Boris, venha cá — disse Natacha. — E onde está Sônia?

Olhou em volta e, ao ver que sua amiga não estava na sala, correu à procura dela.

Depois de entrar correndo no quarto de Sônia e de não encontrar ali a amiga, Natacha correu para o quarto das crianças — e lá não havia ninguém. Natacha entendeu que Sônia estava no corredor, sobre a arca. A arca no corredor era o lugar das tristezas da jovem geração feminina da casa dos Rostóv. De fato, amassando o seu vaporoso vestido cor-de-rosa, Sônia estava deitada de bruços em cima do sujo e listrado edredom da babá, sobre a arca e, com o rosto coberto pelos dedinhos, chorava em soluços, estremecia de vez em quando com os ombros desnudos. O rosto de Natacha, animado durante todo aquele dia do aniversário, transformou-se de repente: os olhos pararam, depois o pescoço largo tremeu, os cantos dos lábios baixaram.

— Sônia! O que foi?... O que você tem? O-o-oh!...

E Natacha, abrindo a sua boca grande, o que a deixou muito feia, desatou a chorar como um bebê, sem saber a causa e só porque Sônia estava chorando. Sônia queria levantar a cabeça, queria responder, mas não conseguia e escondia-se mais ainda. Natacha chorava, sentada no edredom azul, e abraçava a amiga. Recobrando as forças, Sônia ergueu-se um pouco, enxugou as lágrimas e começou a contar.

— Nikólienka vai partir daqui a uma semana, o seu... documento... saiu... foi ele que me disse... Mesmo assim eu não devia chorar... (mostrou o papel que segurava na mão: eram versos escritos por Nikolai) eu não devia chorar... mas você não pode... ninguém pode entender... o que ele tem na alma.

E de novo desatou a chorar porque a alma de Nikolai era muito boa.

— Para você, está tudo bem... eu não tenho inveja... eu gosto de você, e de Boris também — disse Sônia, recuperando um pouco mais as forças —, ele é gentil... para vocês não existem obstáculos. Mas Nikolai é meu *cousin*... é preciso... o metropolita em pessoa...,[141] e isso é impossível. Depois, se ela contar para mamãe...

141 Para o casamento entre primos, era necessária a autorização da Igreja. O metropolita na Igreja ortodoxa equivale ao arcebispo da Igreja católica.

(Sônia considerava a condessa sua mãe e assim a chamava) vai achar que eu estou estragando a carreira de Nikolai, que não tenho coração, que sou ingrata, mas na verdade... Deus é testemunha... (ela fez o sinal da cruz) eu gosto tanto dela, e também de todos vocês, é só a Vera que... Por quê? O que fiz a ela? Sou tão grata a vocês que ficaria feliz de sacrificar tudo, mas não tenho nada...

Sônia não conseguiu falar mais e de novo escondeu a cabeça nas mãos e no edredom. Natacha começou a se acalmar, porém via-se pelo seu rosto que entendia todo o alcance da tristeza da amiga.

— Sônia! — disse ela, de repente, como se tivesse adivinhado a verdadeira causa da mágoa da prima. — Vera falou com você depois do jantar, não foi? Não foi isso?

— Sim, estes versos foram escritos pelo próprio Nikolai, e eu copiei mais uns outros; ela os achou em cima da minha mesa e disse que ia mostrar para a mamãe e ainda falou que sou uma ingrata, que a mamãe nunca ia deixar Nikolai casar comigo e que ele ia casar com Julie. Você viu como ele ficou junto dela o dia inteiro... Natacha! Por quê?...

E de novo desatou a chorar, com mais amargura do que antes. Natacha animou-a, abraçou-a e, sorrindo entre lágrimas, pôs-se a tranquilizá-la.

— Sônia, não acredite nela, minha querida, não acredite. Lembra o que eu, você e Nikólienka conversamos na saleta, lembra, depois do jantar? Então, nós já resolvemos como tudo vai ser. Não lembro mais como era, mas lembro que tudo ia ser bom e que tudo era possível. Olhe, o irmão do tio Chinchin é casado com uma prima em primeiro grau, e nós somos primos em segundo grau. E Boris disse que isso é bastante possível. Você sabe, eu contei tudo para ele. E ele é tão inteligente e tão bom... — disse Natacha. — Não chore, Sônia, minha querida, meu anjinho, Sônia. — E lhe deu um beijo, rindo. — Vera é má, pior para ela! Tudo vai dar certo, e ela não vai contar para a mamãe; o próprio Nikólienka vai contar, e ele nem está pensando na Julie.

E lhe deu um beijo na cabeça. Sônia ergueu-se um pouco e o gatinho se animou, os olhinhos começaram a brilhar e parecia pronto a sacudir a cauda a qualquer instante, pular sobre as patinhas macias e recomeçar a brincar com o novelo, como lhe era próprio.

— Você acha mesmo? De verdade? Jura? — perguntou, enquanto ajeitava o vestido e o penteado, às pressas.

— De verdade, juro! — respondeu Natacha, arrumando uma mecha de cabelos ásperos que havia se soltado por baixo de uma trança da amiga.

E as duas começaram a rir.

— Bem, vamos lá cantar "A fonte".

— Vamos.

— E sabe aquele gordo Pierre que sentou na minha frente, ele é muito engraçado! — falou Natacha de repente, parando. — Estou tão alegre!

E Natacha disparou pelo corredor.

Sônia, depois de sacudir a penugem do edredom e de esconder os versos nos seios, com os ossos salientes na parte alta do peito, abaixo do pescocinho, correu atrás de Natacha pelo corredor, em passos alegres, o rosto ruborizado, rumo à saleta. A pedido dos convidados, os jovens cantaram "A fonte" em quarteto, o que agradou a todos; depois Nikolai cantou uma canção nova, que havia aprendido.

Numa noite amena, sob a luz da lua,
Que felicidade imaginar
Que há alguém neste mundo
Que pensa em mim!
Que ela também, com a mão bonita,
Que passeia por uma harpa de ouro,
Com a sua harmonia apaixonada
Chama sozinha, chama por mim!
Mais um dia, ou dois, e será o paraíso...
Mas, ah! O seu amigo não vai viver até lá!

E ainda não havia cantado as últimas palavras quando os jovens, no salão, já estavam prontos para as danças e, no palco, os músicos começaram a bater os pés e a tossir.

Pierre estava na sala, onde Chinchin havia entabulado com ele, na condição de alguém recém-chegado do exterior, uma conversa sobre política, maçante para Pierre, à qual se uniram outras pessoas. Quando a música tocou, Natacha entrou na sala e, indo direto para Pierre, risonha e ruborizada, falou:

— Mamãe mandou convidar o senhor para dançar.

— Tenho medo de confundir as figuras da dança — respondeu Pierre —, mas se a senhora quiser ser a minha professora...

E, abaixando o braço, ofereceu a mão gorda para a menina magrinha.

Enquanto os pares se punham em posição e os músicos afinavam os instrumentos, Pierre ficou na companhia da sua pequena dama. Natacha sentia-se completamente feliz; estava dançando com um *adulto*, com uma pessoa recém-chegada *do exterior*. Estava à vista de todos e conversava com eles, como uma adulta. Tinha na mão um leque, que uma senhora lhe dera para segurar. E, adotando a pose mais mundana (Deus sabe onde e quando aprendera aquilo), Natacha, abanando-se com o leque e sorrindo por trás do leque, conversava com o seu cavalheiro.

— Ora essa, como pode? Olhem só para ela — disse a velha condessa, passando pelo salão e apontando para Natacha.

Natacha ficou ruborizada e começou a rir.

— Puxa, o que há com a senhora, mamãe? O que foi? O que tem aqui de tão extraordinário?

No meio da terceira escocesa, ouviu-se um arrastar de cadeiras na sala de estar, onde jogavam o conde, Mária Dmítrievna e grande parte dos convidados de honra e dos velhos, que se esticavam depois de muito tempo sentados, e enquanto metiam nos bolsos as carteiras e os porta-moedas atravessaram a porta para o salão. Na frente, veio Mária Dmítrievna com o conde — os dois de rosto alegre. O conde, com uma cortesia jocosa, como que num bailado, oferecia o braço curvado para Mária Dmítrievna. Ele aprumou o corpo, e o rosto iluminou-se com um sorriso particularmente garboso e matreiro, e assim que terminaram de dançar a última figura da escocesa, o conde bateu palmas para os músicos e gritou para o palco, dirigindo-se ao primeiro violino:

— Semion! Sabe tocar Danilo Cooper?

Era a dança favorita do conde, que ele dançava na juventude. (Danilo Cooper, especificamente, era uma figura da *anglaise*.)[142]

— Olhem só o papai — gritou Natacha para o salão inteiro (ela já esquecera totalmente que estava dançando com os adultos), curvando até os joelhos a sua cabecinha de cabelos cacheados e derramando o seu riso sonoro por todo o salão.

De fato, todos os que estavam no salão olharam com um sorriso de alegria para o velhote alegre, que ao lado de sua dama imponente, Mária Dmítrievna, mais alta do que ele, curvava os braços, sacudia-os no compasso, endireitava os ombros, revirava os pés, batia de leve no chão o salto do sapato e, com um sorriso que se abria cada vez mais em seu rosto redondo, preparava os espectadores para o que viria a seguir. Assim que se ouviram os sons alegres e provocantes de Danilo Cooper, parecidos com um festivo *trepak*,[143] todas as portas do salão se encheram de criados de rosto sorridente, homens de um lado e mulheres do outro, que vinham para ver o patrão se divertir.

— Olhe só o nosso paizinho! É uma águia! — exclamou bem alto a babá, numa das portas.

---

142 *Anglaise* (inglesa): contradança com muitas figuras de nomes fantasiosos.

143 Dança popular russa, de ritmo acelerado, em que o dançarino fica de cócoras e dá pequenos saltos, esticando para a frente uma perna de cada vez.

O conde dançava bem e sabia disso, mas a sua dama não sabia e não queria, de maneira alguma, dançar bem. O seu corpo enorme se mantinha reto, com os braços vigorosos abaixados (ela deixara a bolsinha com a condessa); só o seu rosto severo, mas bonito, dançava. Aquilo que se exprimia em toda a figura redonda do conde, em Mária Dmítrievna se exprimia apenas no rosto, cada vez mais sorridente, e no nariz empinado. Em compensação, se o conde, empolgando-se cada vez mais, cativava os espectadores com a surpresa das ágeis reviravoltas e dos saltos ligeiros de suas pernas moles, Mária Dmítrievna, com um esforço mínimo no movimento dos ombros ou dos braços curvados, durante as viradinhas e as batidas dos pés no chão, produzia uma impressão em nada inferior, que todos admiravam ainda mais por causa da sua obesidade e imponência costumeiras. A dança se animava cada vez mais. Os outros pares não conseguiam nem por um instante atrair para si as atenções e nem mesmo tentavam fazê-lo. Todos estavam atentos ao conde e a Mária Dmítrievna. Natacha puxava pela manga e pelo vestido todos os presentes, os quais mesmo sem isso não tiravam os olhos dos dançarinos, e exigia que olhassem para o seu pai. O conde, nos intervalos da dança, respirava bem fundo, acenava e gritava para os músicos, para que tocassem mais depressa. O conde dava voltas cada vez mais rápido, de modo cada vez mais arrojado, ora na ponta dos pés, ora no salto dos sapatos, em redor de Mária Dmítrievna, e por fim, após virar a sua dama na direção do lugar onde ela iria sentar, fez o último passo de dança, ergueu a perna mole para trás, curvou a cabeça suada, de rosto sorridente, e ergueu o braço direito em curva em meio a um estrondo de palmas e risos, sobretudo de Natacha. Os dois dançarinos pararam, respirando fundo, com esforço, e se enxugaram com lenços de cambraia.

— Era assim que se dançava no nosso tempo, *ma chère* — disse o conde.

— Ah, isto sim é que é um Danilo Cooper! — disse Mária Dmítrievna, respirando bem fundo, demoradamente, e arregaçando as mangas.

XVIII

No momento em que, no salão da casa dos Rostóv, dançavam a sexta *anglaise* ao som dos músicos que desafinavam de cansaço, e os criados e os cozinheiros fatigados preparavam a ceia, o conde Bezúkhov sofreu o sexto ataque. Os médicos informaram que não havia esperanças de cura; foi dada ao doente uma confissão muda e a comunhão; fizeram-se os preparativos para a extrema-unção, e na casa havia o rebuliço e a inquieta expectativa habituais em tais circunstâncias. Fora de casa, atrás do portão, à espera de uma encomenda muito cara para os funerais do conde, aglomeraram-se os fabricantes de caixão, que se escondiam quando uma carruagem se aproximava. O comandante em chefe de Moscou, que a toda hora mandava seus ajudantes tomarem informações sobre o estado de saúde do conde, veio em pessoa naquela noite despedir-se do célebre grão-senhor dos tempos da imperatriz Catarina, o conde Bezúkhov.

A suntuosa sala de espera estava repleta. Todos se levantaram com respeito quando o comandante em chefe, que ficara cerca de meia hora a sós com o doente, saiu do quarto, respondendo de leve aos cumprimentos e tentando esquivar-se, o mais depressa possível, dos olhares dos médicos, dos sacerdotes e dos parentes, concentrados sobre ele. O príncipe Vassíli, que naqueles últimos dias ficara mais magro e pálido, acompanhou o comandante em chefe e, em voz baixa, repetiu algo várias vezes para ele.

Depois de acompanhar o comandante em chefe até a saída, o príncipe Vassíli sentou-se no salão, sozinho, numa cadeira, as pernas cruzadas com o joelho bem erguido, o cotovelo apoiado sobre ele, e os olhos cobertos com a mão. Ficou assim algum tempo, levantou-se e, a passos apressados, o que não era do seu costume, olhando em redor com olhos assustados, atravessou o corredor comprido, rumo à parte de trás da casa, até o quarto da princesa mais velha.

As pessoas que se achavam no cômodo mal iluminado conversavam entre si, num sussurro entrecortado, calavam-se e, com olhos repletos de perguntas e de expectativa, viravam-se para a porta que dava para o quarto do moribundo toda vez que ela emitia um pequeno ruído, quando alguém saía ou entrava.

— Existe um limite para o homem — disse um velhote, um eclesiástico, para uma senhora sentada a seu lado, que o escutava com ar ingênuo. — O limite está estabelecido e não pode ser ultrapassado.

— Já não será tarde para a extrema-unção? — perguntou a senhora, acrescentando o título do eclesiástico, como se ela não tivesse a tal respeito nenhuma opinião própria.

— É grande o sacramento, minha cara — respondeu o eclesiástico, passando a mão na careca, na qual esvoaçavam algumas mechas de cabelo penteadas para trás e semigrisalhas.

— Quem era esse? Era o comandante em chefe mesmo? — perguntaram na outra ponta da sala. — Como é jovem!...

— E já passou dos sessenta! Mas dizem que o conde já não reconhece as pessoas, será mesmo? Parece que vão dar a extrema-unção.

— Conheci um que recebeu a extrema-unção sete vezes.

A segunda princesa, assim que saiu do quarto do doente, com olhos chorosos, sentou-se junto ao médico Lorrain, que com uma pose elegante, com os cotovelos apoiados sobre a mesa, estava sentado ao pé de um retrato de Catarina.

— *Très beau* — disse o médico, em resposta a uma pergunta sobre o tempo. — *Très beau, princesse, et puis, à Moscou on se croit à la campagne.*[144]

— *N'est-ce pas?*[145] — disse a princesa, suspirando. — Então podemos dar de beber a ele?

Lorrain refletiu um pouco.

— Ele tomou o remédio?

— Sim.

O médico olhou o relógio.

— Deixe que beba um copo de água fervida e coloque *une pincée* (com seus dedos finos, mostrou o que significava *une pincée*) *de cremor tartari*...[146]

— Nunca houve um caso — disse um médico alemão, com forte sotaque, ao seu ajudante — de alguém ficar vivo depois do terceiro ataque.

— E que frescor tinha esse homem! — disse o ajudante. — E para quem irá essa riqueza? — acrescentou num sussurro.

— Candidatos não vão faltar — respondeu o alemão, sorrindo.

Todos olharam de novo para a porta: ela rangeu, e a segunda princesa, após preparar a bebida receitada por Lorrain, levou-a para o doente. O médico alemão aproximou-se de Lorrain.

— Será possível que chegue até amanhã de manhã? — perguntou o alemão, falando em francês com dificuldade.

Lorrain comprimiu os lábios e, com ar severo, balançou o dedo negativamente diante do nariz.

— Hoje à noite, não mais que isso — respondeu em voz baixa, com um sorriso respeitoso, satisfeito por ser capaz de entender e exprimir de modo claro o estado do doente, e afastou-se.

Enquanto isso, o príncipe Vassíli abria a porta que dava para o quarto da princesa.

O quarto estava em penumbra; só duas lamparinas ardiam diante dos ícones, e havia um cheiro bom de incenso e flores. O quarto inteiro estava cheio de móveis pequenos, camiseirinhos, armariozinhos, mesinhas. Atrás de um biombo, viam-se as cobertas brancas de uma alta cama de penas. O cachorro latiu.

— Ah, é o senhor, *mon cousin*?

A princesa levantou-se e ajeitou os cabelos, que trazia sempre, mesmo naque-

---

144 Francês: "Muito bonito [...] Muito bonito, princesa, e depois, em Moscou temos a impressão de que estamos no campo".

145 Francês: "Não é mesmo?".

146 Francês: "uma pitada [...] de cremor de tártaro".

la ocasião, tão extraordinariamente lisos que a cabeça e os cabelos, cobertos de laquê, pareciam uma só peça.

— O que foi, aconteceu alguma coisa? — perguntou ela. — Já estou tão assustada.

— Não houve nada, está tudo na mesma; vim só para falar de negócios com você, Katiche — explicou o príncipe, sentando, com ar cansado, na poltrona de onde a princesa acabara de se levantar. — Mas como você esquentou o quarto — reparou ele. — Bem, sente-se aqui, *causons*.[147]

— Achei que tinha acontecido alguma coisa — disse a princesa e, com sua fisionomia imutável, dura e severa, sentou-se diante do príncipe, preparando-se para ouvir.

— Eu queria dormir um pouco, *mon cousin*, mas não consigo.

— Bem, e então, minha cara? — disse o príncipe Vassíli, após pegar a mão da princesa e curvá-la para baixo, como era o seu costume.

Via-se que aquele "bem, e então" se referia a muita coisa que os dois entendiam, sem falar.

A princesa, com o seu tronco seco e reto, e desproporcionalmente comprido em relação às pernas, fitava de modo fixo e impassível os olhos saltados e cinzentos do príncipe. Ela balançou a cabeça, suspirou e olhou para os ícones. Seu gesto podia ser entendido como uma expressão de tristeza e de devoção, ou como uma expressão de cansaço e de esperança de um ligeiro repouso. O príncipe Vassíli entendeu aquele gesto como uma expressão de cansaço.

— E para mim — disse ele —, você acha que é fácil? *Je suis éreinté, comme un cheval de poste*;[148] mesmo assim tenho de conversar com você, Katiche, e com muita seriedade.

O príncipe Vassíli calou-se, e suas bochechas começaram a repuxar nervosamente, ora num lado, ora no outro, dando ao seu rosto uma expressão desagradável, que nunca se via no rosto do príncipe Vassíli quando estava em uma sala de estar. Seus olhos também não estavam como sempre pareciam: ora fitavam com um ar cruamente zombeteiro, ora miravam de um jeito assustado.

A princesa, segurando o cachorro sobre os joelhos com as mãos secas, magras, fitava atentamente os olhos do príncipe Vassíli; mas era óbvio que ela não iria interromper o silêncio com uma pergunta, mesmo que tivesse de ficar calada até de manhã.

— Veja bem, minha cara princesa e prima, Katierina Semiónovna — pros-

---

147 Francês: "vamos conversar".

148 Francês: "Estou esgotado como um cavalo de posta".

seguiu o príncipe Vassíli, não sem travar uma visível luta interior para começar a falar. — Em momentos como este, todos temos de refletir. É preciso refletir sobre o futuro, sobre a senhora... Eu amo todas vocês, como minhas filhas, você sabe disso.

A princesa continuava a olhar para ele, como antes, imóvel e opaca.

— Enfim, é preciso pensar também na minha família — prosseguiu o príncipe Vassíli, afastando de si a mesinha, com ar zangado, e sem olhar para a princesa. — Você sabe, Katiche, que vocês, as três irmãs Mámontov, e a minha esposa são as únicas herdeiras diretas do conde. Sei, sei como é penoso para você falar e pensar sobre tais assuntos. Para mim também não é mais fácil; porém, minha amiga, já passei dos cinquenta, é preciso estar preparado para tudo. Você sabe que mandei chamar o Pierre e que o conde, apontando diretamente para o retrato dele, exigiu a sua presença?

O príncipe Vassíli fitou a princesa de modo indagador, mas não conseguiu entender se ela estava refletindo a respeito do que ele dizia ou se apenas olhava para ele...

— Só uma coisa eu não paro de pedir a Deus, *mon cousin* — respondeu a princesa. — Que Deus o perdoe e permita que a sua boa alma abandone com serenidade este...

— Sim, isso mesmo — prosseguiu o príncipe Vassíli, impaciente, esfregando a careca e aproximando de si, com raiva, outra vez, a mesinha deslocada. — Mas, enfim... enfim, a questão é que, você mesma sabe, no inverno passado o conde redigiu um testamento segundo o qual deixa todas as propriedades para Pierre, em detrimento dos herdeiros diretos, nós.

— Ele já fez tantos testamentos! — disse a princesa, tranquila. — Não pode deixar nada para Pierre em testamento. Pierre é filho ilegítimo.

— *Ma chère* — disse o príncipe Vassíli de repente, puxando mais um pouco a mesinha, reanimando-se e passando a falar mais depressa. — E se uma carta for enviada para o imperador e o conde pedir para perfilhar Pierre? Você entende, pelos serviços prestados pelo conde, um pedido dele será acatado...

A princesa sorriu, como sorriem as pessoas que acham que conhecem o assunto melhor do que aquele com quem estão conversando.

— Vou lhe dizer mais — continuou o príncipe Vassíli, tomando a mão dela. — Essa carta foi escrita, embora não tenha sido enviada, e o imperador tem conhecimento disso. A questão é apenas se a carta foi destruída ou não. Se não foi, assim que *tudo terminar* — o príncipe Vassíli suspirou, indicando desse modo o que ele entendia pelas palavras "tudo terminar" — e forem abertos os documentos do conde, o testamento e a carta serão enviados ao imperador, e o seu pedido, seguramente, será acatado. Pierre, na condição de filho legítimo, receberá tudo.

— E a nossa parte? — perguntou a princesa, sorrindo com ironia, como se tudo, menos isso, pudesse acontecer.

— *Mais, ma pauvre Catiche, c'est clair, comme le jour.*[149] Pierre, sozinho, será então o herdeiro legítimo de tudo, e vocês não receberão nada. Você precisa saber, minha querida, se o testamento e a carta foram escritos, e se foram destruídos. E se por algum motivo foram esquecidos, você precisa saber onde estão e precisa encontrá-los, para que...

— Era só o que faltava! — cortou a princesa, sorrindo sarcástica e sem alterar a expressão dos olhos. — Eu sou mulher; para vocês, somos todas estúpidas; mas sei muito bem que um filho ilegítimo não pode herdar... *Un bâtard* — acrescentou, supondo demonstrar para o príncipe, com aquela tradução, o despropósito do que ele estava dizendo.

— Como é que você não entende, afinal, Katiche! Você é tão inteligente: como não entende... que se o conde escreveu uma carta para o imperador, na qual pede que reconheça o filho como legítimo, Pierre não será mais Pierre, mas sim o conde Bezúkhov, e então ganhará tudo conforme o testamento? E se o testamento e a carta não forem destruídos, você não ganhará nada, além do consolo de ter sido virtuosa *et tout ce qui s'en suit*.[150] Disso não há dúvida.

— Sei que o testamento foi escrito; mas sei também que não tem validade, e o senhor parece que me considera uma imbecil, *mon cousin* — disse a princesa, com a expressão com que as mulheres dizem acreditar que falaram algo sagaz e ferino.

— Minha querida princesa Katierina Semiónovna — recomeçou o príncipe Vassíli, com impaciência. — Vim ao seu encontro não para travar um duelo verbal, mas sim para, na condição de minha parente, e uma parente boa, generosa, sincera, conversar sobre os seus próprios interesses. Já lhe disse dez vezes que, se a carta para o imperador e o testamento em favor de Pierre estiverem nos papéis do conde, você, minha cara, e suas irmãs não são herdeiras. Se não acredita em mim, acredite nas pessoas entendidas no assunto: acabei de conversar com Dmítri Onúfritch (o advogado da família), e ele disse a mesma coisa.

De maneira evidente, algo se alterou de súbito no pensamento da princesa; os lábios finos empalideceram (os olhos continuaram como antes), e a voz, no instante em que começou a falar, irrompeu com estrondos que ela mesma, pelo visto, não esperava.

— Isso seria bom — disse a princesa. — Eu não queria nada e não quero.

Enxotou dos joelhos o cachorro e ajeitou as dobras do vestido.

---

149 Francês: "Mas, minha cara Katiche, está claro como o dia".

150 Francês: "e tudo o que daí se segue".

— Aí está a gratidão, aí está o reconhecimento que recebem as pessoas que sacrificaram tudo por ele — disse a princesa. — Que ótimo! Muito bem! Não preciso de nada, príncipe.

— Sim, mas você não está sozinha, tem suas irmãs — retrucou o príncipe Vassíli.

Porém a princesa não o escutava.

— Sim, eu sabia disso há muito tempo, mas tinha esquecido que nesta casa eu não podia esperar nada, a não ser baixeza, falsidade, inveja, intriga, nada a não ser a ingratidão, a mais negra ingratidão...

— Você sabe ou não sabe onde está esse testamento? — perguntou o príncipe Vassíli, com uma contração ainda maior do que antes no rosto.

— Sim, eu fui uma tola, eu ainda acreditava nas pessoas e as amava e me sacrificava. Mas só os maus e os torpes serão bem-sucedidos. Eu sei de onde partiram essas intrigas.

A princesa quis levantar-se, mas o príncipe a segurou pelo braço. A princesa tinha o aspecto de uma pessoa que de repente se desiludiu com toda a espécie humana; fitava com raiva o seu interlocutor.

— Ainda há tempo, minha amiga. Lembre, Katiche, que tudo isso foi feito de improviso, num momento de raiva, de doença, e depois foi esquecido. Nossa obrigação, minha querida, é corrigir esse erro, aliviar os últimos minutos do conde, para não deixar que ele faça essa injustiça, não deixar que ele morra pensando que causou a infelicidade daquelas pessoas que...

— Daquelas pessoas que tudo sacrificaram por ele — completou a princesa, de novo se esforçando para levantar, mas o príncipe não deixou. — Pessoas que ele nunca soube apreciar. Não, *mon cousin* — interrompeu, com um suspiro —, vou lembrar que neste mundo não se pode esperar uma recompensa, neste mundo não existe honra, nem justiça. Neste mundo, é preciso ser astuto e maldoso.

— Bem, *voyons*,[151] acalme-se; conheço o seu coração excelente.

— Não, meu coração é maldoso.

— Conheço o seu coração — repetiu o príncipe —, estimo a sua amizade e gostaria que você tivesse a mesma opinião a meu respeito. Acalme-se e *parlons raison*,[152] enquanto há tempo... pode demorar um dia, pode demorar uma hora; conte-me tudo o que sabe a respeito do testamento e, sobretudo, onde ele está: você tem de saber. Vamos pegá-lo agora mesmo e mostrá-lo para o conde. Sem dúvida ele se esqueceu disso e vai querer destruí-lo. Entenda que o meu único desejo

---

151 Francês: "vejamos".

152 Francês: "sejamos razoáveis".

é cumprir religiosamente a vontade dele; só por isso vim para cá. Só estou aqui para ajudar a ele e a vocês.

— Agora entendi tudo. Sei de onde partiram essas intrigas. Já sei — disse a princesa.

— Isso não vem ao caso, minha cara.

— É a *protégée*[153] do senhor, a sua querida princesa Drubetskaia, Anna Mikháilovna, que eu não gostaria de ter nem como criada de quarto, aquela mulher torpe, infame.

— *Ne perdons point de temps.*[154]

— Ah, não diga nada! No inverno passado, ela insinuou-se aqui e falou para o conde tamanhas baixezas, tamanhas indignidades sobre todos nós, em especial sobre Sophie — não sou capaz de repeti-las —, que o conde ficou doente e por duas semanas não quis nos ver. Nessa ocasião, sei que ele escreveu esse documento sórdido, infame; mas pensei que esse documento não significava nada.

— *Nous y voilà*,[155] por que não me contou nada antes?

— Dentro de uma pasta com um mosaico que ele guarda debaixo do travesseiro. Agora eu já sei — disse a princesa, sem responder. — Sim, se trago em mim algum pecado, um grande pecado, é o ódio por essa miserável — quase gritou a princesa, completamente transtornada. — E por que ela tem de se insinuar aqui? Mas eu vou contar a todo mundo, todo mundo. Vai chegar a hora.

XIX

Enquanto essas conversas se passavam na sala de espera e no quarto da princesa, uma carruagem com Pierre (a quem foram chamar) e Anna Mikháilovna (que achou necessário vir com ele) chegava ao pátio da casa do conde Bezúkhov. Quando as rodas da carruagem começaram a ressoar suavemente sobre a palha que revestia a terra embaixo das janelas, Anna Mikháilovna voltou-se para o seu companheiro com palavras de consolo, viu que ele dormia no canto da carruagem e acordou-o. Desperto, Pierre desembarcou após Anna Mikháilovna e só então refletiu sobre o encontro com o pai moribundo, que o aguardava. Notou que eles não tinham vindo pela entrada principal, mas pela entrada dos fundos. No momento em que ele des-

---

153 Francês: "protegida".

154 Francês: "Não vamos perder tempo".

155 Francês: "Aí está".

ceu do estribo da carruagem, dois homens em roupas vulgares afastaram-se às pressas para a sombra da parede, abrindo caminho para a porta. Pierre parou um instante e avistou, na sombra da casa, de ambos os lados, várias outras pessoas do mesmo tipo. Mas nem Anna Mikháilovna, nem o lacaio, nem o cocheiro, que não podiam deixar de ver aquelas pessoas, deram a elas a menor atenção. Portanto era necessário agir assim, resolveu Pierre, e foi atrás de Anna Mikháilovna. A passos rápidos, Anna Mikháilovna subiu a estreita escada de pedra, mal iluminada, chamando Pierre, que ficara para trás e que, embora não compreendesse por que precisava tanto assim ver o conde e menos ainda por que precisava subir pela escada dos fundos, resolveu, a julgar pela confiança e pela pressa de Anna Mikháilovna, que aquilo era absolutamente necessário. Na metade da escada, quase foram derrubados por pessoas que traziam uns baldes e, batendo forte com as botas nos degraus, desciam correndo ao encontro deles. Essas pessoas encostaram-se à parede para abrir caminho para Pierre e Anna Mikháilovna e não demonstraram a menor surpresa ao vê-los.

— Por aqui se vai para os aposentos das princesas? — perguntou Anna Mikháilovna a um deles.

— É por aqui — respondeu o lacaio em voz alta, destemida, como se agora tudo fosse permitido. — É a porta da esquerda, senhora.

— Talvez o conde não tenha me chamado — disse Pierre, no momento em que pisou no patamar. — Acho melhor ir para o meu quarto.

Anna Mikháilovna parou, a fim de esperar que Pierre a alcançasse.

— *Ah, mon ami!* — disse ela, tocando no seu braço, com o mesmo gesto que usara com o filho naquela manhã. — *Croyez, que je souffre autant que vous, mais soyez homme.*[156]

— Tenho de ir mesmo? — perguntou Pierre, olhando afetuosamente para Anna Mikháilovna, através dos óculos.

— *Ah, mon ami, oubliez les torts qu'on a pu avoir envers vous, pensez que c'est votre père... peut-être à l'agonie.* — Soltou um suspiro. — *Je vous ai tout de suite aimé comme mon fils. Fiez-vous à moi, Pierre. Je n'oublierai pas vos intérêts.*[157]

Pierre não estava compreendendo nada; de novo lhe pareceu, com mais força ainda, que tudo aquilo tinha de ser assim e, docilmente, seguiu Anna Mikháilovna, que já abria a porta.

---

156 Francês: "Ah, meu amigo [...] Acredite que eu sofro tanto quanto você, mas seja homem".

157 Francês: "Ah, meu amigo, esqueça os erros cometidos contra você, pense que ele é seu pai... talvez em agonia [...] Eu amei você desde o início como se fosse meu filho. Confie em mim, Pierre. Não vou me esquecer dos seus interesses".

A porta dava para uma antessala da parte dos fundos. No canto, estava sentado um velhinho, criado das princesas, que tricotava uma meia. Pierre nunca estivera naqueles aposentos nem supunha que tais lugares existissem. Anna Mikháilovna perguntou a uma jovem que os ultrapassou, com uma garrafa numa bandeja, (chamando-a de querida e meu bem) sobre a saúde das princesas e conduziu Pierre em frente, por um corredor de pedra. A primeira porta do corredor, à esquerda, dava para os aposentos das princesas. A criada de quarto, com uma garrafa, às pressas (como todos se moviam naquela casa, naquele momento, às pressas), não fechara a porta, e Pierre e Anna Mikháilovna, ao passarem por ali, olharam de relance e sem querer para dentro daquele quarto, onde conversavam, sentados bem perto um do outro, a princesa mais velha e o príncipe Vassíli. Ao ver os dois passando, o príncipe Vassíli fez um movimento impaciente e inclinou-se para trás; a princesa levantou-se de um salto e, com um gesto impetuoso, com toda a força, bateu a porta, fechando-a.

Esse gesto era tão discrepante da eterna serenidade da princesa, o medo que se exprimiu no rosto do príncipe Vassíli era tão impróprio à sua imponência, que Pierre parou e fitou, através dos óculos, com ar de interrogação, a sua guia. Anna Mikháilovna não manifestou surpresa, apenas sorriu de leve e soltou um suspiro, como que para mostrar que já esperava aquilo mesmo.

— *Soyez homme, mon ami, c'est moi qui veillerai à vos intérêts*[158] — disse ela, em resposta ao olhar de Pierre, e andou mais depressa ainda pelo corredor.

Pierre não entendia o que estava acontecendo, e menos ainda o que significava *veiller à vos intérêts*, mas entendia que tudo aquilo tinha de acontecer daquele modo. Pelo corredor, chegaram a uma sala mal iluminada, contígua à sala de espera do conde. Era um dos cômodos frios e luxuosos que Pierre já conhecia, mas apenas através da entrada principal. No meio daquele cômodo, estava uma banheira vazia, água havia respingado sobre o tapete. Um criado e um sacristão, com um incensório, vieram na direção deles, na ponta dos pés, sem prestar em ambos a menor atenção. Pierre e Anna Mikháilovna entraram na sala de espera, bem conhecida de Pierre, com duas janelas italianas que davam para o jardim de inverno, um grande busto e um retrato da imperatriz Catarina, de corpo inteiro. Todas as mesmas pessoas, quase nas mesmas posições, continuavam sentadas e trocavam sussurros na sala de espera. Todas se calaram, lançaram um olhar para Anna Mikháilovna, com o seu rosto pálido, consumido pelas lágrimas, e para o gordo e grande Pierre, que a seguia docilmente, de cabeça baixa.

---

158 Francês: "Seja homem, meu amigo, eu vou cuidar dos seus interesses".

O rosto de Anna Mikháilovna expressava a consciência de que o instante decisivo havia chegado; com os recursos de uma experiente dama petersburguesa, e sem se afastar de Pierre, ela entrou no quarto de maneira ainda mais arrojada do que de manhã. Sentia que, como trazia consigo a pessoa que o moribundo queria ver, era seguro que seria recebida. Após lançar um rápido olhar para todos os que estavam no quarto e notar a presença do confessor do conde, ela, sem se curvar propriamente, mas tornando-se de súbito mais baixa, aproximou-se do confessor a passos miúdos e esquipados e recebeu a bênção dele e depois de outro eclesiástico.

— Graças a Deus chegaram a tempo — disse ela para o sacerdote. — Todos nós, parentes, tivemos receio. Vejam, este jovem aqui é o filho do conde — acrescentou ela em voz baixa. — Que momento terrível!

Após falar essas palavras, ela se aproximou do médico.

— *Cher docteur* — disse-lhe —, *ce jeune homme est le fils du comte... Y a-t-il de l'espoir?*[159]

O médico, em silêncio, num movimento rápido, levantou os olhos e os ombros. Anna Mikháilovna, com um movimento exatamente igual, levantou os ombros e os olhos, quase fechados, deu um suspiro, deixou o médico e se aproximou de Pierre. De modo especialmente respeitoso, afetuoso e triste, dirigiu-se a Pierre.

— *Ayez confiance en Sa miséricorde*[160] — disse ela, depois de lhe indicar um sofazinho, para sentar-se e ali esperar por ela, que sem fazer ruído foi até a porta, para a qual todos olhavam, e com um som quase imperceptível da porta desapareceu atrás dela.

Pierre, que decidira obedecer à sua guia em tudo, dirigiu-se ao sofazinho que ela indicara. Assim que Anna Mikháilovna desapareceu, Pierre notou que os olhares de todos no quarto se fixaram sobre ele, com algo mais do que curiosidade e interesse. Notou que todos trocavam sussurros, apontando-o com os olhos, como que com medo e até com servilismo. Demonstravam ter por ele um respeito que nunca antes haviam manifestado: uma senhora que Pierre não conhecia, e que estava conversando com os eclesiásticos, levantou-se e lhe ofereceu o seu lugar para sentar, um ajudante de ordens pegou uma luva que Pierre deixara cair e lhe entregou; os médicos calaram-se respeitosamente quando passou por eles e recuaram para lhe abrir mais caminho. Pierre, de início, quis sentar em outro lugar para não incomodar a senhora, quis pegar a luva ele mesmo e desviar-se

---

159 Francês: "Caro doutor [...] Este jovem aqui é o filho do conde... Há esperança?".

160 Francês: "Tenha confiança na Sua misericórdia".

dos médicos, que aliás em nada atrapalhavam sua passagem; mas de repente sentiu que aquilo não seria correto, sentiu que naquela noite ele era uma pessoa obrigada a cumprir um ritual terrível e esperado por todos, e que por isso tinha de receber os favores de todos. Em silêncio, recebeu a luva das mãos do ajudante de ordens, sentou-se no lugar da senhora, colocou as mãos grandes simetricamente sobre os joelhos, numa pose ingênua de estátua egípcia, e decidiu em seu íntimo que tudo aquilo tinha de se passar exatamente desse modo e que ele, naquela noite, para não sair do rumo e não fazer tolices, não devia agir segundo a sua razão, e tinha de render-se por inteiro à vontade daqueles que o guiavam.

Não haviam passado nem dois minutos quando o príncipe Vassíli, em seu cafetã com três condecorações em forma de estrela, a cabeça bem erguida e um ar majestoso, entrou no quarto. Parecia ter emagrecido desde a manhã; seus olhos estavam maiores do que o habitual, quando correu o olhar pelo quarto e avistou Pierre. Aproximou-se dele, pegou sua mão (o que nunca fazia) e puxou-a para baixo, como se quisesse verificar se estava bem presa ao braço.

— *Courage, courage, mon ami. Il a demandé à vous voir. C'est bien...*[161] — e quis ir embora.

Mas Pierre julgou necessário perguntar:

— Como está a saúde...

Titubeou, sem saber se era correto chamar o moribundo de conde; tinha vergonha de chamá-lo de pai.

— *Il a eu encore un coup, il y a une demi-heure*. Teve outro ataque. *Courage, mon ami...*[162]

Pierre se achava em tal estado de confusão mental que, ao ouvir a palavra "ataque", imaginou uma pancada de algum objeto. Perplexo, fitou o príncipe Vassíli e só mais tarde se deu conta de que o ataque se referia à doença. O príncipe Vassíli, de passagem, disse algumas palavras para Lorrain e cruzou a porta na ponta dos pés. Não sabia andar na ponta dos pés e assim dava saltinhos desajeitados com o corpo todo. Atrás dele, passou a princesa mais velha, depois os eclesiásticos e os sacristãos, e outras pessoas (criados) também cruzaram a porta. De trás da porta, ouviu-se um movimento e, por fim, com o mesmo rosto pálido, mas firme no cumprimento do dever, saiu Anna Mikháilovna e, tocando no braço de Pierre, falou:

---

161 Francês: "Coragem, coragem, meu amigo. Ele pediu para falar com você. Está tudo bem...".
162 Francês: "Houve mais um ataque, faz meia hora [...] Coragem, meu amigo".

— *La bonté divine est inépuisable. C'est la cérémonie de l'extrême-onction qui va commencer. Venez.*[163]

Pierre cruzou a porta, pisando no tapete macio, e notou que o ajudante de ordens, a senhora desconhecida e ainda um dos criados, todos vieram atrás dele, como se agora não fosse mais preciso pedir autorização para entrar no quarto.

XX

Pierre conhecia bem aquele quarto grande, dividido por colunas e arcos, as paredes todas forradas com tapetes persas. Uma parte do quarto, atrás das colunas, onde de um lado ficava uma alta cama de mogno, sob um cortinado de seda, e do outro um enorme quadro com ícones, estava iluminada de modo claro e forte, como ficam iluminadas as igrejas durante a missa das vésperas. Sob a moldura dos ícones, havia uma poltrona reclinada, comprida, estofada, fornida de almofadas brancas cor de neve, nem um pouco amarrotadas, obviamente trocadas pouco antes, e na poltrona, coberta até a cintura por uma manta verde-clara, jazia, bem conhecida de Pierre, a imponente figura do seu pai, o conde Bezúkhov, com a mesma juba de cabelo grisalho, que lembrava um leão, acima da testa larga, e com as mesmas rugas fortes e caracteristicamente nobres no belo rosto vermelho-amarelado. Ele jazia reto sob os ícones; as duas mãos grandes, gordas, estavam por fora da manta e jaziam sobre ela. Na mão direita, que jazia com a palma virada para baixo, fora colocada, entre o dedo indicador e o médio, uma vela de cera, que um velho criado escorava, inclinando-se por trás da poltrona. Junto à poltrona, estavam os eclesiásticos em seus trajes brilhantes e imponentes, com os cabelos compridos escorrendo por cima dos paramentos, com velas acesas nas mãos, e oficiavam a cerimônia de maneira lenta e solene. Um pouco atrás deles, estavam as duas princesas mais jovens, com um lenço nas mãos e nos olhos, e logo à frente, a mais velha, Katiche, com um aspecto maldoso e decidido, sem tirar os olhos dos ícones nem por um segundo, como se dissesse a todos que não responderia por si, se olhasse em outra direção. Anna Mikháilovna, com uma tristeza dócil no rosto e uma expressão de quem tudo perdoa, e a senhora desconhecida estavam junto à porta. O príncipe Vassíli estava do outro lado, perto da poltrona, atrás de uma cadeira de veludo, de madeira entalhada, cujo espaldar ele voltara para si, onde apoiava o cotovelo, segurando uma vela na mão

---

163 Francês: "A bondade divina é inesgotável. Vai começar a cerimônia da extrema-unção. Venha".

esquerda, e fazia o sinal da cruz com a mão direita, levantando os olhos para cima na hora em que tocava os dedos na testa. Seu rosto exprimia devoção serena e obediência à vontade de Deus. "Se vocês não entendem estes sentimentos, pior para vocês", parecia dizer o seu rosto.

Atrás dele, estavam o ajudante de ordens, os médicos e os criados; como se estivessem na igreja, os homens e as mulheres haviam se separado. Em silêncio, todos faziam o sinal da cruz, escutavam-se apenas os recitativos litúrgicos, o canto em voz grave de baixo e, nos instantes de silêncio, o movimento dos pés no chão e os suspiros. Anna Mikháilovna, com uma fisionomia solene que mostrava que ela sabia o que estava fazendo, atravessou o quarto inteiro, na direção de Pierre, e lhe deu uma vela. Ele a acendeu e, distraído na observação das pessoas em redor, começou a se benzer com a mão em que estava a vela.

A princesa mais jovem, a rosada e bem-humorada Sophie, com o sinalzinho, olhava para Pierre. Ela sorriu, escondeu o rosto num lenço e ficou muito tempo sem mostrá-lo; mas, depois de olhar para Pierre, pôs-se a rir de novo. Sentia-se, era evidente, incapaz de olhar para ele sem rir, mas não conseguia conter-se e deixar de olhar para Pierre, e por isso, a fim de fugir da tentação, deslocou-se de leve para trás de uma coluna. No meio da cerimônia, as vozes do clero silenciaram de repente; os eclesiásticos falaram algo, num sussurro, um para o outro; o velho criado que segurava a mão do conde ergueu-se e disse algo para as senhoras. Anna Mikháilovna avançou e, após curvar-se sobre o doente, acenou com o dedo nas costas, chamando Lorrain. O médico francês — que não tinha na mão nenhuma vela acesa e estava encostado numa coluna, naquela postura respeitosa de um estrangeiro que demonstra que, apesar das crenças distintas, compreende toda a importância do ritual em curso, e até o aprova — aproximou-se do doente com os passos inaudíveis de um homem na plena força da idade, segurou com os dedos brancos e finos a mão livre sobre a manta verde e, com o corpo meio virado, apalpou o pulso e refletiu. Deram de beber ao doente, começaram a mover-se em volta dele, depois retornaram a seus lugares, e a cerimônia recomeçou. Durante esse intervalo, Pierre notou que o príncipe Vassíli saiu de trás do espaldar da cadeira e, com a mesma expressão de quem sabe o que está fazendo e não dá a mínima se os outros não o compreendem, em vez de ficar perto do doente, passou por ele, foi para junto da princesa mais velha, e os dois seguiram para o fundo do quarto, rumo à cama alta sob um cortinado de seda. Para além da cama, o príncipe e a princesa desapareceram através da porta dos fundos, mas antes do fim da cerimônia os dois, um após o outro, voltaram a seus lugares. Pierre não prestou a tal circunstância mais atenção do que ao resto, tendo resolvido de uma vez por todas, em seu íntimo, que tudo o que se passava na sua frente naquela noite era absolutamente necessário.

Os sons do recitativo litúrgico cessaram e ouviu-se a voz de um eclesiástico que, respeitosamente, saudava o doente por ter recebido o sacramento. O doente jazia tão sem vida e imóvel como antes. À sua volta, todos começaram a mover-se, ouviram-se passos e sussurros, entre os quais o sussurro de Anna Mikháilovna sobressaía mais nítido do que todos.

Pierre ouviu que ela dizia:

— É preciso transferi-lo para a cama, aqui é completamente impossível...

Os médicos, as princesas e os criados rodearam o doente de tal modo que Pierre já não via mais a cabeça vermelho-amarelada, com a juba grisalha, que ele não perdera de vista nem por um segundo durante toda a cerimônia, apesar de olhar também para os outros rostos. Pierre, pelo movimento cuidadoso das pessoas que rodeavam a poltrona, adivinhava que estavam erguendo e carregando o moribundo.

— Segure-se no meu braço, assim vai deixar cair — ele ouviu o sussurro assustado de um criado.

— Pegue por baixo... mais um — falaram vozes, e a respiração pesada e o deslocamento dos pés das pessoas tornaram-se mais aflitos, como se o peso que carregavam estivesse acima de suas forças.

As pessoas que o carregavam, entre as quais estava Anna Mikháilovna, alcançaram Pierre e, por um instante, vistos por trás das costas e da nuca das pessoas, revelaram-se para ele o peito alto, obeso, descoberto, e os ombros balofos do doente, erguidos pelas pessoas, que o seguravam pelas axilas, e a cabeça grisalha, crespa, leonina. A cabeça, com a testa e as maçãs do rosto extraordinariamente largas, a boca bonita e sensual, e o olhar majestoso e frio, não estava desfigurada pela proximidade da morte. Estava como Pierre a conhecia e vira três meses antes, quando o conde o mandara para Petersburgo. Mas essa cabeça balançava desamparada por causa dos passos desiguais dos que o carregavam, e o olhar frio, indiferente, não sabia em que se deter.

Passaram alguns minutos de rebuliço, em redor da cama alta; as pessoas que carregaram o doente se dispersaram. Anna Mikháilovna tocou no braço de Pierre e lhe disse: "*Venez*".[164] Pierre, junto com ela, aproximou-se da cama em que o doente fora acomodado, numa pose solene, pelo visto relacionada ao sacramento que acabara de receber. Estava deitado, com a cabeça elevada e apoiada num travessei-

---

164 Francês: "Venha".

ro. As mãos repousavam simetricamente por cima da manta verde de seda, com a palma virada para baixo. Quando Pierre se aproximou, o conde olhou direto para ele, mas com aquele olhar cujo sentido e significado ninguém pode compreender. Ou tal olhar não significava absolutamente nada, senão que, enquanto os olhos existem, é preciso olhar para alguma direção, ou significava até demais. Pierre parou, sem saber o que fazer, e virou-se com ar interrogativo para a sua guia, Anna Mikháilovna. Ela lhe fez um gesto afobado com os olhos, apontando para a mão do doente, e também com os lábios, dando com eles um beijo no ar. Pierre, esticando o pescoço com cuidado para não tocar na manta, seguiu o conselho e beijou a mão de ossos largos e carnuda. Nem a mão nem músculo algum do rosto do conde sequer tremeu. Pierre olhou de novo, com ar interrogativo, para Anna Mikháilovna, perguntando o que fazer agora. Com os olhos, Anna Mikháilovna apontou para a poltrona que estava ao lado da cama. Pierre, obediente, sentou-se na poltrona enquanto continuava a perguntar, com os olhos, se estava agindo da forma correta. Anna Mikháilovna balançou a cabeça afirmativamente. Pierre tomou de novo a posição simétrica e ingênua de uma estátua egípcia, visivelmente lamentando o fato de seu corpo gordo e desajeitado ocupar tanto espaço, e empenhava toda a sua energia mental para se mostrar o menos possível. Olhava para o conde. O conde olhava para o lugar onde havia estado o rosto de Pierre, enquanto ele esteve de pé. Anna Mikháilovna mostrava, na sua atitude, a consciência da importância comovente daqueles últimos momentos do encontro entre o pai e o filho. Assim passaram dois minutos, que para Pierre pareceram uma hora. De repente, nos grandes músculos e rugas do rosto do conde, surgiu um tremor. O tremor ficou mais forte, a boca bonita se encolheu (só então Pierre entendeu a que ponto o pai estava perto da morte), ouviu-se da boca encolhida um som obscuro e rouco. Anna Mikháilovna fitava com atenção os olhos do doente e, esforçando-se para adivinhar o que ele precisava, apontava ora para Pierre, ora para a bebida, ora dizia o nome do príncipe Vassíli com um sussurro indagador, ora apontava para a manta. Os olhos e o rosto do doente demonstravam impaciência. Ele fazia um esforço para olhar para o criado que estava parado na cabeceira da cama.

— Quer virar para o outro lado — sussurrou o criado, e levantou-se para virar o corpo pesado do conde de cara para a parede.

Pierre levantou-se para ajudar o criado.

No momento em que viravam o conde, um braço, desamparado, pendeu para trás, e o conde fez um esforço em vão para puxá-lo. Ou o conde notou o olhar de horror com que Pierre observou aquele braço sem vida, ou algum outro pensamento atravessou sua cabeça moribunda naquele instante, o fato é que olhou para o braço desobediente, para a expressão de horror no rosto de Pierre, de novo para o braço, e em seu rosto apareceu um sorriso frouxo, sofrido, que não combinava com as suas feições e que exprimia uma espécie de zombaria da própria fraqueza. Inesperadamente, ao ver aquele sorriso, Pierre sentiu um tremor dentro do peito, uma comichão no nariz, e lágrimas turvaram sua visão. Viraram o doente de lado, de cara para a parede. Ele deu um suspiro.

— *Il est assoupi* — disse Anna Mikháilovna, ao notar que uma das princesas se aproximava para cumprir o seu turno de vigília. — *Allons.*[165]

Pierre saiu.

XXI

Na sala de espera, já não havia ninguém, a não ser o príncipe Vassíli e a princesa mais velha, os quais, sentados ao pé do retrato de Catarina, conversavam agitados. Assim que viram Pierre e a sua guia, calaram-se. A princesa escondeu alguma coisa, assim pareceu a Pierre, e sussurrou:

— Não suporto ver essa mulher.

— *Catiche a fait donner du thé dans le petit salon* — disse o príncipe Vassíli para Anna Mikháilovna. — *Allez, ma pauvre* Anna Mikháilovna, *prenez quelque chose, autrement vous ne suffirez pas.*[166]

Nada falou para Pierre, apenas apertou seu braço com emoção, logo abaixo do ombro. Pierre e Anna Mikháilovna passaram para o *petit salon.*

— *Il n'y a rien qui restaure, comme une tasse de cet excellent thé russe après une nuit blanche*[167] — disse Lorrain com uma expressão de animação contida, enquanto bebia aos goles em uma xícara chinesa fina e sem asa, na pequena sala circular, de pé, diante da mesa, sobre a qual havia um serviço de chá e uma ceia de frios. Ao redor da mesa, para recuperar as energias, reuniram-se todos os presentes na casa do conde Bezúkhov naquela noite. Pierre lembrava-se muito bem daquela pequena sala circular, com espelhos e mesinhas. No tempo dos bailes na casa do conde, Pierre, como não sabia dançar, gostava de vir sentar-se naquela pequena sala espelhada e observar as damas em trajes de baile, com brilhantes e pérolas nos ombros nus, passando por aquela sala, olhando-se nos espelhos claros e iluminados, que

---

165 Francês: "Ele está cochilando [...] Vamos".

166 Francês: "Katiche mandou servir o chá na sala pequena [...] Vamos, minha pobre Anna Mikháilovna, beba alguma coisa, senão a senhora não vai aguentar".

167 Francês: "Não há nada que restaure as energias como uma xícara deste excelente chá russo depois de uma noite sem dormir".

repetiam várias vezes seus reflexos. Agora, a mesma sala estava muito mal iluminada por duas velas, e no meio da noite, sobre uma mesinha, o serviço de chá e os pratos estavam postos em desordem, e pessoas diversas e em trajes comuns conversavam em sussurros, sentadas ali, mostrando em cada movimento, em cada palavra, que ninguém esquecia o que se passava naquele momento e o que ainda estava para acontecer, dentro do quarto. Pierre não comeu, embora tivesse muita vontade. Com ar interrogativo, olhou para trás, para a sua guia, e viu que ela estava saindo de novo, na ponta dos pés, rumo à sala de espera, onde ficaram o príncipe Vassíli e a princesa mais velha. Pierre supôs que também aquilo era necessário e, após demorar-se um pouco, foi atrás dela. Anna Mikháilovna estava de pé ao lado da princesa, e as duas falavam ao mesmo tempo num sussurro agitado:

— Então tenha a bondade de me dizer, princesa, o que é necessário e o que não é — disse a princesa mais velha, obviamente no mesmo estado de agitação em que se encontrava quando bateu a porta do quarto.

— Mas, minha querida princesa — disse Anna Mikháilovna, num tom dócil e persuasivo, barrando o caminho para o quarto e impedindo a princesa de passar. — Não será penoso demais para o pobre titio, num momento como este, quando ele precisa descansar? Em momentos como este, uma conversa sobre coisas mundanas, quando a alma dele já está preparada para...

O príncipe Vassíli estava sentado na poltrona, na sua atitude familiar, as pernas cruzadas com os joelhos bem altos. As bochechas contraíam-se com força e, quando relaxavam, pareciam mais gordas na parte de baixo; mas ele tinha o aspecto de alguém que dava pouca atenção à conversa das duas senhoras.

— *Voyons, ma bonne* Anna Mikháilovna, *laissez faire Catiche.*[168] A senhora sabe que o conde gosta dela.

— E eu nem sei o que há neste papel — disse a princesa, dirigindo-se ao príncipe Vassíli e apontando para a pasta com o mosaico, que segurava nas mãos. — Só sei que o testamento autêntico ele guarda no escritório dele e que este papel esquecido...

Ela queria passar por Anna Mikháilovna, mas Anna Mikháilovna, agarrou a pasta na mão com tanta força que era evidente que não a soltaria mais tão cedo.

— Querida princesa, suplico à senhora, eu imploro, tenha pena dele. *Je vous en conjure...*[169]

A princesa calou-se. Ouviam-se apenas os sons dos esforços da luta pela

---

168 Francês: "Vamos, minha boa Anna Mikháilovna, deixe a Katiche fazer o que quer".

169 Francês: "Eu suplico à senhora...".

posse da pasta. Era evidente que, se ela começasse a falar, não diria coisas lisonjeiras para Anna Mikháilovna. E Anna Mikháilovna resistia com esforço, mas apesar disso a voz conservava toda a sua doce viscosidade e brandura.

— Pierre, venha cá, meu amigo. Acho que ele deve fazer parte de um conselho de família; não é verdade, príncipe?

— Por que fica assim calado, *mon cousin*? — gritou a princesa, de repente, tão alto que a ouviram na sala e assustaram-se com a sua voz. — Por que não diz nada, quando bem na nossa frente uma pessoa que só Deus sabe quem é toma a liberdade de se intrometer e fazer uma cena na porta do quarto de um moribundo. Sua intrigante! — sussurrou com raiva e puxou a pasta com toda a força.

Mas Anna Mikháilovna deu alguns passos para não soltar a pasta e agarrou a mão dela.

— Oh! — exclamou o príncipe Vassíli, em tom de censura e surpresa. Levantou-se. — *C'est ridicule. Voyons*,[170] larguem. Estou dizendo às senhoras.

A princesa soltou.

— E a senhora!

Anna Mikháilovna não obedeceu.

— Solte, estou mandando. Eu vou cuidar de tudo. Vou levar eu mesmo e perguntar a ele. Eu... já chega, minha senhora.

— *Mais, mon prince* — disse Anna Mikháilovna. — Depois de um tão grande sacramento, dê a ele um momento de tranquilidade. Veja, Pierre, dê a sua opinião — voltou-se para o jovem que, chegando até eles, olhava com espanto para o rosto exaltado da princesa, que já perdera toda a compostura, e para as bochechas infladas do príncipe Vassíli.

— Lembre-se de que terá de responder por todas as consequências — disse o príncipe Vassíli em tom severo. — A senhora não sabe o que está fazendo.

— Mulher infame! — gritou a princesa, atirando-se inesperadamente sobre Anna Mikháilovna e arrancando-lhe a pasta.

O príncipe Vassíli baixou a cabeça e abriu os braços.

Nesse instante, a porta, aquela porta terrível para a qual Pierre havia olhado tanto tempo e que se abria tão silenciosamente, escancarou-se de modo brusco, ruidoso, bateu na parede e dela saiu a princesa do meio, retorcendo as mãos.

— O que estão fazendo! — exclamou em desespero. — *Il s'en va et vous me laissez seule.*[171]

---

170 Francês: "Isso é ridículo. Vamos".

171 Francês: "Ele está partindo e todos me deixam sozinha".

A princesa mais velha deixou a pasta cair. Anna Mikháilovna abaixou-se depressa e, após agarrar o objeto da disputa, correu para o quarto. A princesa mais velha e o príncipe Vassíli recuperaram-se do espanto e foram atrás dela. Depois de alguns minutos, saiu de lá primeiro a princesa mais velha, com o rosto pálido e seco, e mordendo o lábio inferior. Ao ver Pierre, o seu rosto exprimiu uma raiva incontrolável.

— Sim, fique alegre, agora — disse ela. — O senhor estava esperando isso.

E, em pranto, cobriu o rosto com um lenço e correu para fora da sala.

Após a princesa, veio o príncipe Vassíli. Cambaleante, foi até o sofá onde estava Pierre e ali se deixou cair, os olhos cobertos pela mão. Pierre notou que ele estava pálido e que o seu maxilar inferior saltava e sacudia, como num tremor de febre.

— Ah, meu amigo! — disse ele, segurando Pierre pelo cotovelo; e na sua voz havia uma sinceridade e uma fraqueza que Pierre nunca antes notara no príncipe Vassíli. — Quantas vezes pecamos, quantas vezes enganamos, e tudo para quê? Eu tenho quase sessenta anos, meu amigo... E para mim... Tudo termina com a morte, tudo. A morte é terrível. — Começou a chorar.

Anna Mikháilovna saiu em seguida. Ela se aproximou de Pierre a passos lentos, suaves.

— Pierre!... — disse ela.

Pierre fitou-a com ar interrogativo. Ela beijou a testa do jovem, umedecendo-a de lágrimas. Ficou um instante em silêncio.

— *Il n'est plus...*[172]

Pierre fitou-a através dos óculos.

— *Allons, je vous reconduirai. Tâchez de pleurer. Rien ne soulage, comme les larmes.*[173]

Ela o conduziu para a sala escura, e Pierre ficou contente por ninguém ali poder enxergar o seu rosto. Anna Mikháilovna disse para Pierre:

— *Oui, mon cher, c'est une grande perte pour nous tous. Je ne parle pas de vous. Mais Dieu vous soutiendra, vous êtes jeune et vous voilà à la tête d'une immense fortune, je l'espère. Le testament n'a pas été encore ouvert. Je vous connais assez pour savoir que cela ne vous tournera pas la tête, mais cela vous impose des devoirs, et il faut être homme.*[174]

---

172 Francês: "Ele não é mais...".

173 Francês: "Vamos, eu acompanharei o senhor de novo. Faça força para chorar. Nada alivia tanto como as lágrimas".

174 Francês: "Sim, meu caro, é uma grande perda para todos nós. Não falo do senhor. Mas Deus vai ampará-lo, o senhor é jovem e agora está de posse de uma fortuna imensa, assim espero. O

Pierre ficou em silêncio.

— *Peut-être plus tard je vous dirai, mon cher, que si je n'avais pas été là, Dieu sait ce qui serait arrivé. Vous savez, mon oncle avant-hier encore, me promettait de ne pas oublier Boris. Mais il n'a pas eu le temps. J'espère, mon cher ami, que vous remplirez le désir de votre père.*[175]

Pierre, sem nada entender e calado, ruborizando-se de acanhamento, olhava para a princesa Anna Mikháilovna. Após falar com Pierre, Anna Mikháilovna saiu e foi para a casa dos Rostóv, para dormir. Ao acordar de manhã, contou aos Rostóv e a todos os conhecidos os detalhes da morte do conde Bezúkhov. Disse que o conde morrera como ela gostaria de morrer, que seu fim tinha sido não só comovente, mas edificante; o último encontro entre o pai e o filho tinha sido tão comovente que ela não conseguia recordá-lo sem lágrimas e não sabia dizer quem se portara melhor naqueles momentos terríveis: o pai, que se recordou de tudo e de todos nos últimos minutos e falou palavras tão comoventes para o filho, ou Pierre, que dava pena de ver, de tão arrasado, e que apesar disso se esforçava para esconder a tristeza, para não amargurar o pai moribundo.

— *C'est pénible, mais cela fait du bien; ça élève l'âme de voir des hommes comme le vieux comte et son digne fils*[176] — disse ela.

Quanto ao comportamento da princesa e do príncipe Vassíli, contou a respeito também, sem aprová-lo, mas em sussurros e como um grande segredo.

XXII

Em Montes Calvos, propriedade do príncipe Nikolai Andréievitch Bolkónski, aguardavam a qualquer momento a chegada do jovem príncipe Andrei e da princesa, sua esposa; mas a espera não perturbava a ordem rigorosa que regia a vida na casa do velho príncipe. O general em chefe[177] e príncipe Nikolai Andréievitch, chamado na sociedade de *le roi de Prusse*,[178] desde o tempo em que o imperador

---

testamento ainda não foi aberto. Eu conheço o senhor o bastante para saber que isso não vai subir à sua cabeça, mas o fato lhe impõe certas obrigações, e é preciso ser homem".

175 Francês: "Talvez mais tarde eu lhe conte, meu caro, que, se eu não estivesse lá, Deus sabe o que teria acontecido. O senhor sabe, meu tio anteontem ainda me prometeu que não ia se esquecer de Boris. Mas não teve tempo. Espero, meu caro amigo, que o senhor cumpra o desejo do seu pai".

176 Francês: "É doloroso, mas faz bem; eleva a alma ver homens como o velho conde e seu digno filho".

177 General em chefe era o posto mais elevado do generalato, no tempo da imperatriz Catarina II.

178 Francês: "o rei da Prússia".

Paulo o baniu para o campo, vivia em seus Montes Calvos, sem sair de lá, com a filha, a princesa Mária, e com a dama de companhia dela, Mlle Bourienne. Quando subiu ao trono o novo tsar, embora o príncipe tenha sido autorizado a ir à capital, continuou a morar no campo, sem sair de suas terras, dizendo que se alguém precisasse dele poderia muito bem percorrer as cento e cinquenta verstas[179] que separavam Montes Calvos de Moscou, e que ele não precisava de nada nem de ninguém. Dizia que só existem duas fontes para os vícios humanos: ociosidade e superstição; e que só existem duas virtudes: atividade e inteligência. Ele mesmo se encarregou da educação da filha e, para fomentar nela as duas principais virtudes, deu-lhe aulas de álgebra e geometria até os vinte anos de idade e dividiu todo o tempo da vida dela em ocupações incessantes. Ele mesmo vivia constantemente ocupado, ora com a redação de suas memórias, ora com cálculos de matemática avançada, ora com o torneamento de caixas de rapé num torno mecânico, ora com o trabalho no jardim e com a observação das construções, que nunca paravam na sua propriedade. Como a condição principal para a atividade é a ordem, no seu regime de vida a ordem era levada ao grau máximo de exatidão. Sua presença à mesa obedecia sempre às mesmas condições imutáveis, não só na mesma hora, como até nos mesmos exatos minutos. Com as pessoas à sua volta, desde a filha até os criados, o príncipe era ríspido e exigente de um modo inflexível, e por isso, sem ser brutal, despertava um medo e um respeito que nem a pessoa mais cruel conseguiria conquistar com facilidade. Apesar de estar aposentado e de não ter mais nenhuma influência nos assuntos de Estado, todos os dirigentes da província onde ficava a propriedade do príncipe consideravam um dever visitá-lo e, a exemplo do arquiteto, do jardineiro, ou da princesa Mária, aguardavam o horário marcado para a vinda do príncipe à sua imponente sala de trabalho. E naquela sala todos experimentavam o mesmo sentimento de respeito e até de medo, no momento em que se abria a enorme e imponente porta do gabinete e se revelava a figurinha baixa de um velho, de peruca empoada, mãozinhas miúdas e secas, e sobrancelhas grisalhas e pendentes, que às vezes, quando ele as franzia, encobriam o brilho dos olhos, inteligentes e cintilantes como os de um jovem.

No dia da chegada dos jovens, pela manhã, como de costume, a princesa Mária se dirigiu na hora marcada para a saudação matinal na sala de trabalho e, com medo, benzeu-se e disse uma prece matutina. Todo dia, ao entrar ali, ela rezava para que aquele encontro diário corresse bem.

---

179 Versta: medida russa, equivalente a 1,067 quilômetro.

Um velho criado empoado que ficava na sala de trabalho levantou-se com um movimento silencioso e pediu, num sussurro:

— Tenha a bondade, senhora.

Atrás da porta, ouviam-se os ruídos regulares de um torno. A princesa puxou timidamente a porta, que se abriu de leve e suave, e se deteve no limiar. O príncipe estava trabalhando no torno e, depois de olhar para ela, continuou o trabalho.

O enorme gabinete estava repleto de coisas, obviamente usadas com frequência. Uma mesa grande, sobre a qual estavam livros e projetos desenhados; altos armários de vidro de uma biblioteca, com chave nas portas; uma mesa alta para escrever de pé, sobre a qual havia um caderno aberto; um torno mecânico; ferramentas espalhadas e um círculo de aparas de madeira derramadas — tudo indicava uma atividade constante, variada e metódica. Pelos movimentos do pé pequeno, calçado numa botinha tártara bordada em prata, pelo firme esforço da mão fibrosa e seca, via-se no príncipe a energia ainda tenaz e muito resistente de uma velhice recente. Depois de fazer o torno rodar mais algumas vezes, retirou o pé do pedal, limpou o formão, largou-o dentro de uma bolsa de couro, presa ao torno, e ao se aproximar da mesa chamou a filha. Ele nunca abençoava os filhos, limitou-se a lhe oferecer o rosto eriçado, ainda não barbeado naquele dia, e disse, em tom severo, ao mesmo tempo que a fitava com atenção e ternura:

— Está se sentindo bem?... Certo, então sente-se!

O príncipe pegou o caderno de geometria, escrito com o próprio punho, e puxou uma cadeira com o pé.

— Para amanhã! — disse ele, enquanto procurava depressa a página e marcava um parágrafo após o outro com a unha dura.

A princesa inclinou-se sobre o caderno na mesa.

— Espere, há uma carta para você — disse o velho de repente, retirou de uma bolsa presa debaixo da mesa um envelope escrito com letra de mulher e jogou-a sobre a mesa.

O rosto da princesa cobriu-se de manchas vermelhas, ao ver a carta. Pegou o envelope depressa e curvou-se numa reverência para o pai.

— Da Heloísa? — perguntou o príncipe, com um sorriso frio, que deixava à mostra os dentes ainda fortes e amarelados.

— Sim, é da Julie[180] — respondeu a princesa, olhando de relance e com timidez, e sorrindo com timidez.

— Vou deixar passar mais duas cartas, mas a terceira eu vou ler — disse o prín-

---

180 Alusão ao livro *Júlia ou a nova Heloísa*, de Jean-Jacques Rousseau (1712-78).

cipe, em tom severo. — Temo que a senhora escreva muitos disparates. A terceira eu vou ler.

— Pode ler esta, se quiser, *mon père*[181] — respondeu a princesa, ruborizando-se ainda mais e entregando-lhe a carta.

— A terceira, eu já disse, a terceira — gritou o príncipe, para encerrar o assunto, repelindo a carta, e com os cotovelos apoiados na mesa puxou para si o caderno com desenhos de geometria.

— Bem, minha senhora — começou o velho, inclinando-se para mais perto da filha, por cima do caderno, e colocando um braço sobre as costas da cadeira em que estava sentada a princesa, de modo que ela se sentia cercada de todos os lados por aquele pai com um cheiro cáustico de tabaco e de velhice, que ela conhecia já havia muito tempo. — Bem, minha senhora, estes triângulos são iguais; tenha a bondade de ver que o ângulo ABC...

A princesa, assustada, olhava de relance para os olhos do pai, que brilhavam perto dela; manchas vermelhas transbordavam do seu rosto, e era evidente que ela não entendia nada e temia tanto que o medo a impedia de compreender todas as demoradas explicações do pai, por mais claras que fossem. Quer a culpa fosse do professor, quer fosse da aluna, todo dia a mesma coisa se repetia: os olhos da princesa turvavam-se, ela não enxergava mais nada, não ouvia, apenas sentia ao seu lado, bem perto, o rosto seco do pai severo, sentia a respiração e o cheiro do pai, e só pensava em como escapar o mais depressa possível do gabinete para, no seu quarto, sossegada, entender o exercício. O velho ficava transtornado: com estrondo, arrastava para trás e para a frente a cadeira em que estava sentado, fazia um esforço enorme para não se enfurecer e quase sempre se enfurecia, praguejava e às vezes atirava o caderno para longe.

A princesa errou na resposta.

— Puxa, como ela é burra! — gritou o príncipe, empurrando o caderno para trás e lhe dando as costas bruscamente, mas logo em seguida se levantou, pôs-se a caminhar, tocou o cabelo da princesa com as mãos e sentou-se de novo.

Chegou perto da filha e continuou as explicações.

— Não é possível, princesa, não é possível — disse ele, quando a princesa, que já havia recolhido e fechado o caderno com as lições prescritas, preparava-se para sair. — A matemática é uma matéria importante, minha senhora. E eu não quero que a senhora fique igual a essas nossas fidalgas imbecis. Habitue-se, que depois vai gostar. — Deu palmadinhas no rosto da filha. — Vai expulsar a tolice da sua cabeça.

---

181 Francês: "meu pai".

Ela fez menção de sair, o pai a deteve com um gesto e pegou na mesa alta um livro novo, com as folhas ainda não cortadas.

— Tome isto aqui também, um tal de *A chave do mistério*,[182] que a sua Heloísa mandou. Um livro de religião. E eu não me intrometo na crença de ninguém... Passei os olhos. Tome. Pronto, agora vá, vá!

Deu-lhe palmadinhas no ombro e fechou a porta depois que ela saiu.

A princesa Mária voltou para o quarto com uma fisionomia triste, assustada, que raramente a abandonava e que deixava ainda mais feio o seu rosto feio, doentio, e sentou-se à sua escrivaninha, repleta de retratos em miniatura e atulhada de cadernos e livros. A princesa era tão desorganizada quanto o seu pai era organizado. Largou o caderno de geometria e, ansiosa, rompeu o lacre da carta. Era uma carta de sua melhor amiga, desde a infância; essa amiga era a mesma Julie Karáguina que estivera na festa de aniversário em casa dos Rostóv.

Julie escrevia:

Chère et excellente amie, quelle chose terrible et effrayante que l'absence! J'ai beau me dire que la moitié de mon existence et de mon bonheur est en vous, que malgré la distance qui nous sépare, nos cœurs sont unis par des liens indissolubles; le mien se révolte contre la destinée, et je ne puis, malgré les plaisirs et les distractions qui m'entourent, vaincre une certaine tristesse cachée que je ressens au fond du cœur depuis notre séparation. Pourquoi ne sommes-nous pas réunies comme cet été dans votre grand cabinet sur le canapé bleu, le canapé à confidences? Pourquoi ne puis-je, comme il y a trois mois, puiser de nouvelles forces morales dans votre regard si doux, si calme et si pénétrant, regard que j'aimais tant et que je crois voir devant moi, quand je vous écris.[183]

Tendo lido até esse ponto, a princesa Mária suspirou e voltou os olhos para o espelho, num aparador à sua direita. O espelho refletiu o corpo feio, fraco, e o rosto

---

182 Referência ao livro *Zahlenlehre der Natur* (1794), do filósofo e místico alemão Karl von Eckartshausen (1752-1803), traduzido para o russo em 1804.

183 Francês: "Cara e excelente amiga, que coisa terrível é a ausência! Por mais que eu me diga que metade da minha existência e da minha felicidade esteja na senhora, que apesar da distância que nos separa nossos corações estão unidos por laços indissolúveis, o meu se revolta contra o destino e não posso, a despeito dos prazeres e das distrações que me cercam, superar certa tristeza oculta que sinto no fundo do coração desde a nossa separação. Por que não estamos juntas, como no verão passado, no grande escritório da senhora, sobre o canapé azul, o canapé das confidências? Por que não posso, como três meses atrás, extrair novas forças morais do seu olhar tão doce, tão calmo, tão penetrante, olhar que eu amava tanto e que acredito estar vendo na minha frente, quando escrevo para a senhora?".

magro. Os olhos, sempre tristes, agora se miravam no espelho de um modo especialmente desesperançado. "Ela me lisonjeia", pensou a princesa, virou-se e continuou a ler. Julie, porém, não estava lisonjeando a amiga: de fato, os olhos da princesa, grandes, profundos e radiantes (às vezes, raios de uma luz quente pareciam sair deles, em feixes), eram tão bonitos que muitas vezes, apesar da falta de beleza do rosto inteiro, os olhos se tornavam mais encantadores do que a beleza em si. Mas a princesa nunca via a bela expressão dos seus olhos, a expressão que eles ganhavam nos momentos em que ela não pensava em si. Como acontece com todos, seu rosto ganhava uma expressão forçada, artificial, ruim, assim que ela se olhava no espelho. Continuou a ler:

> *Tout Moscou ne parle que guerre. L'un de mes deux frères est déjà à l'étranger, l'autre est avec la garde, qui se met en marche vers les frontières. Notre cher empereur a quitté Pétersbourg et, à ce qu'on prétend, compte lui-même exposer sa précieuse existence aux chances de la guerre. Dieu veuille que le monstre corsicain, qui détruit le repos de l'Europe, soit terrassé par l'ange que le Tout-Puissant, dans Sa miséricorde, nous a donnée pour souverain. Sans parler de mes frères, cette guerre m'a privée d'une relation des plus chères à mon cœur. Je parle du jeune Nicolas Rostoff, qui avec son enthousiasme, n'a pu supporter l'inaction et a quitté l'université pour aller s'enrôler dans l'armée. Eh bien, chère Marie, je vous avouerai que, malgré son extrême jeunesse, son départ pour l'armée a été un grand chagrin pour moi. Le jeune homme, dont je vous parlais cet été, a tant de noblesse, de véritable jeunesse qu'on rencontre si rarement dans le siècle où nous vivons parmi nos vieillards de vingt ans. Il a surtout tant de franchise et de cœur. Il est tellement pur et poétique, que mes relations avec lui, quelque passagères qu'elles fussent, ont été l'une des plus douces jouissances de mon pauvre cœur, qui a déjà tant souffert. Je vous raconterai un jour nos adieux et tout ce qui s'est dit en partant. Tout cela est encore trop frais. Ah! chère amie, vous êtes heureuse de ne pas connaître ces jouissances et ces peines si poignantes. Vous êtes heureuse, puisque les dernières sont ordinairement les plus fortes! Je sais fort bien, que le comte Nicolas est trop jeune pour pouvoir jamais devenir pour moi quelque chose de plus qu'un ami, mais cette douce amitié, ces relations si poétiques et si pures ont été un besoin pour mon cœur. Mais n'en parlons plus. La grande nouvelle du jour qui occupe tout Moscou est la mort du vieux comte* Bezúkhov *et son héritage. Figurez-vous que les trois princesses n'ont reçu que très peu de chose, le prince Basile rien, est que c'est M. Pierre qui a tout hérité, et qui par-dessus le marché a été reconnu pour fils légitime, par conséquent comte* Bezúkhov *est possesseur de la plus belle fortune*

de la Russie. On prétend que le prince Basile a joué un très vilain rôle dans toute cette histoire et qu'il est reparti tout penaud pour Pétersbourg.

Je vous avoue, que je comprends très peu toutes ces affaires de legs et de testament; ce que je sais, c'est que depuis que le jeune homme que nous connaissions tous sous le nom de M. Pierre tout court est devenu comte Bezúkhov *et possesseur de l'une des plus grandes fortunes de la Russie, je m'amuse fort à observer les changements de ton et des manières de mamans accablées de filles à marier et des demoiselles elles-mêmes à l'égard de cet individu, qui, par parenthèse, m'a paru toujours être un pauvre sire. Comme on s'amuse depuis deux ans à me donner des promis que je ne connais pas le plus souvent, la chronique matrimoniale de Moscou me fait comtesse* Bezúkhova. *Mais vous sentez bien que je ne me soucie nullement de le devenir. À propos de mariage, savez-vous que tout dernièrement la tante en général* Anna Mikháilovna, *m'a confié sous le sceau du plus grand secret un projet de mariage pour vous. Ce n'est ni plus, ni moins, que le fils du prince Basile, Anatole, qu'on voudrait ranger en le mariant à une personne riche et distinguée, et c'est sur vous qu'est tombé le choix des parents. Je ne sais comment vous envisagerez la chose, mais j'ai cru de mon devoir de vous en avertir. On le dit très beau et très mauvais sujet; c'est tout ce que j'ai pu savoir sur son compte.*

Mais assez de bavardage comme cela. Je finis mon second feuillet, et maman me fait chercher pour aller dîner chez les Apraksines. Lisez le livre mystique que je vous envoie et qui fait fureur chez nous. Quoiqu'il y ait des choses dans ce livre difficiles à atteindre avec la faible conception humaine, c'est un livre admirable dont la lecture calme et élève l'âme. Adieu. Mes respects à monsieur votre père et mes compliments à Mlle Bourienne. Je vous embrasse comme je vous aime.

Julie

P.S. *Donnez-moi des nouvelles de votre frère et de sa charmante petite femme.*[184]

---

184 Francês: "Em Moscou, só se fala de guerra. Um de meus irmãos já está no exterior, o outro está com a guarda, que vai marchar para a fronteira. Nosso querido imperador deixou Petersburgo e, pelo que dizem, pretende expor sua preciosa existência aos acasos da guerra. Deus queira que o monstro corso que arruína o repouso da Europa seja arrasado pelo anjo que o Todo-Poderoso, em Sua misericórdia, nos concedeu como soberano. Sem falar de meus irmãos, essa guerra me privou de uma relação das mais caras ao meu coração. Falo do jovem Nikolai Rostóv, que com seu entusiasmo não conseguiu suportar a inação e deixou a universidade para se alistar no Exército. Pois bem, minha cara Mária, vou confessar que, apesar de sua extrema juventude, a partida dele para o Exército foi para mim um grande desgosto. O jovem sobre o qual lhe falei no verão passado tem tanta nobreza e

A princesa refletiu, sorriu pensativa (com isso, o seu rosto, iluminado pelos olhos radiantes, transformou-se inteiramente) e, levantando-se de súbito, foi até a mesa em passos pesados. Pegou uma folha de papel, e a mão começou a andar ligeiro sobre ela. Assim escreveu a sua resposta:

Chère et excellente ami, votre lettre du 13 m'a causé une grande joie. Vous m'aimez donc toujours, ma poétique Julie. L'absence, dont vous dites tant de mal, n'a donc pas eu son influence habituelle sur vous. Vous vous plaignez de l'absence — que devrai-je dire moi, si j'osais me plaindre, privée de tous ceux qui me sont chers? Ah! si nous n'avions pas la religion pour nous consoler, la vie serait bien triste.

---

verdadeira juventude como raramente se encontram, no século em que vivemos, entre aqueles de vinte anos. Ele tem, sobretudo, tanta franqueza e tanto coração! É tão puro e poético que minhas relações com ele, por passageiras que tenham sido, foram um dos prazeres mais doces do meu pobre coração, que já sofreu tanto. Contarei à senhora, um dia, a nossa despedida e tudo o que foi dito, na hora da partida. Tudo isso ainda é muito recente. Ah! querida amiga, feliz é a senhora por não conhecer tais prazeres e penas tão pungentes. Feliz é a senhora, pois as últimas são em geral as mais fortes! Sei muito bem que o conde Nikolai é jovem demais para poder, algum dia, vir a ser para mim algo mais do que um amigo, mas essa doce amizade, essas relações tão poéticas e tão puras eram uma necessidade do meu coração. Mas não falemos mais disso. A grande novidade do momento, que ocupa Moscou inteira, é a morte do velho conde Bezúkhov e sua herança. Imagine que as três princesas ganharam muito pouco, o príncipe Vassíli, nada, e o senhor Pierre herdou tudo e ainda por cima foi reconhecido como filho legítimo, em consequência o conde Bezúkhov é o senhor da mais bela fortuna da Rússia. Dizem que o príncipe Vassíli desempenhou o papel mais infame em toda essa história e que voltou de cabeça baixa para Petersburgo.

"Confesso à senhora que entendo muito pouco de legados e testamentos; o que sei é que desde que o jovem que todos conhecemos pelo nome de senhor Pierre se transformou de uma hora para outra em conde Bezúkhov e em dono de uma das maiores fortunas da Rússia, eu me divirto muito observando as mudanças de tom e de maneira das mães atulhadas de filhas casadouras e das próprias senhoritas com relação a esse indivíduo, que, cá entre nós, sempre me pareceu um pobre coitado. Como há dois anos tanta gente se entretém em me arranjar noivos que muitas vezes eu nem sequer conheço, a crônica matrimonial de Moscou faz de mim condessa Bezúkhova. Mas a senhora bem sabe que eu nada faço para ganhar tal título. Quanto a casamento, saiba que recentemente Anna Mikháilovna, a tia de todos, me confidenciou, sob o maior segredo, um projeto de casamento para a senhora. Trata-se de ninguém mais ninguém menos que o filho do príncipe Vassíli, Anatole, que pretendem corrigir casando-o com uma noiva rica e distinta, e é sobre a senhora que recaiu a escolha dos pais. Não sei como a senhora vai encarar isso, mas achei que era meu dever preveni-la. Falam dele muito bem e muito mal; é tudo o que pude saber a seu respeito.

"Mas chega de tagarelices como essa. Terminei minha segunda folha, e mamãe mandou me chamar para ir jantar na casa dos Apráksin. Leia o livro místico que lhe mandei e que faz sucesso por aqui. Embora haja nele coisas difíceis de alcançar com a fraca razão humana, trata-se de um livro admirável cuja leitura acalma e eleva a alma. Adeus. Meus respeitos ao senhor seu pai e meus cumprimentos a Mlle Bourienne. Fique com o beijo desta que a ama.

"Julie

"P.S. Mande-me notícias de seu irmão e de sua encantadora e pequena esposa."

Pourquoi me supposez-vous un regard sévère, quand vous me parlez de votre affection pour le jeune homme? Sous ce rapport je ne suis rigide que pour moi. Je comprends ces sentiments chez les autres et si je ne puis approuver ne les ayant jamais ressentis, je ne les condamne pas. Il me paraît seulement que l'amour chrétien, l'amour du prochain, l'amour pour ses ennemis est plus méritoire, plus doux et plus beau, que ne le sont les sentiments que peuvent inspirer les beaux yeux d'un jeune homme à une jeune fille poétique et aimante comme vous.

La nouvelle de la mort du comte Bezúkhov *nous est parvenue avant votre lettre, et mon père en a été très affecté. Il dit que c'était avant-dernier représentant du grand siècle, et qu'à présent c'est son tour; mais qu'il fera son possible pour que son tour vienne le plus tard possible. Que Dieu nous garde de ce terrible malheur! Je ne puis partager votre opinion sur Pierre, que j'ai connu enfant. Il me paraissait toujours avoir un cœur excellent, et c'est la qualité que j'estime le plus dans les gens. Quant à son héritage et au rôle qu'y a joué le prince Basile, c'est bien triste pour tous les deux. Ah! chère amie, la parole de notre divin Sauveur qu'il est plus aisé à un chameau de passer par le trou d'une aiguille, qu'il ne l'est à un riche d'entrer dans le royaume de Dieu, cette parole est terriblement vraie; je plains le prince Basile et je regrette encore davantage Pierre. Si jeune et accablé de cette richesse, que de tentations n'aura-t-il pas à subir! Si on me demandait ce que je désirerais le plus au monde, ce serait d'être plus pauvre que le plus pauvre des mendiants. Mille grâces, chère amie, pour l'ouvrage que vous m'envoyez, et qui fait si grande fureur chez vous. Cependant, puisque vous me dites qu'au milieu de plusieurs bonnes choses il y en a d'autres que la faible conception humaine ne peut atteindre, il me paraît assez inutile de s'occuper d'une lecture inintelligible, qui par là même ne pourrait être d'aucun fruit. Je n'ai jamais pu comprendre la passion qu'ont certaines personnes de s'embrouiller l'entendement, en s'attachant à des livres mystiques, qui n'élèvent que des doutes dans leur esprit, exaltent leur imagination et leur donnent un caractère d'exagération tout à fait contraire à la simplicité chrétienne. Lisons les Apôtres et l'Évangile. Ne cherchons pas à pénétrer ce que ceux-là renferment de mystérieux, car, comment oserions-nous, misérables pécheurs que nous sommes, prétendre à nous initier dans les secrets terribles et sacrés de la Providence, tant que nous portons cette dépouille charnelle, qui élève entre nous et l'Eternel un voile impénétrable? Bornons-nous donc à étudier les principes sublimes que notre divin Sauveur nous a laissés pour notre conduite ici-bas; cherchons à nous y conformer et à les suivre, persuadons-nous que moins nous donnons d'essor à notre faible esprit humain et plus il est agréable à Dieu, qui rejette toute science qui ne vient pas de Lui; que moins nous cherchons à approfondir ce qu'il Lui a plu de dérober à notre connaissance, et plus tôt Il nous en accordera la découverte par Son divin esprit.*

Mon père ne m'a pas parlé du prétendant, mais il m'a dit seulement qu'il a reçu une lettre et attendait une visite du prince Basile. Pour ce qui est du projet de mariage qui me regarde, je vous dirai, chère et excellente amie, que le mariage, selon moi, est une institution divine à laquelle il faut se conformer. Quelque pénible que cela soit pour moi, si le Tout-Puissant m'impose jamais les devoirs d'épouse et de mère, je tâcherai de les remplir aussi fidèlement que je le pourrai, sans m'inquiéter de l'examen de mes sentiments à l'égard de celui qu'il me donnera pour époux.

J'ai reçu une lettre de mon frère, qui m'annonce son arrivée à Montes Calvos avec sa femme. Ce sera une joie de courte durée, puisqu'il nous quitte pour prendre part à cette malheureuse guerre, à laquelle nous sommes entraînés, Dieu sait comment et pourquoi. Non seulement chez vous, au centre des affaires et du monde, on ne parle que de guerre, mais ici, au milieu de ces travaux champêtres et de ce calme de la nature, que les citadins se représentent ordinairement à la campagne, les bruits de la guerre se font entendre et sentir péniblement. Mon père ne parle que marche et contremarche, choses auxquelles je ne comprends rien; et avant-hier, en faisant ma promenade habituelle dans la rue du village, je fus témoin d'une scène déchirante... C'était un convoi des recrues enrôlées chez nous et expédiées pour l'armée... Il fallait voir l'état dans lequel se trouvant les mères, les femmes, les enfants des hommes qui partaient et entendre les sanglots des uns et des autres! On dirait que l'humanité a oublié les lois de son divin Sauveur, qui prêchait l'amour et le pardon des offenses, et qu'elle fait consister son plus grand mérite dans l'art de s'entre-tuer.

Adieu, chère et bonne amie, que notre divin Sauveur et Sa très Sainte Mère vous aient en Leur sainte et puissante garde.

Marie[185]

---

185 Francês: "Querida e excelente amiga, sua carta do dia 13 deu-me grande alegria. Então a senhora ainda gosta de mim, minha poética Julie. Quer dizer que a ausência, da qual a senhora fala tão mal, não produziu seu efeito de costume. A senhora se queixa da ausência — o que diria eu, se me atrevesse a me queixar, privada de todas as pessoas que me são caras? Ah! a vida seria muito triste, se não tivéssemos a religião para nos consolar. Por que supõe que eu vou me mostrar severa, quando a senhora me fala a respeito da sua afeição pelo jovem? A tal respeito, não sou inflexível senão comigo mesma. Compreendo tais sentimentos nos outros e se não posso aprová-los, por nunca os ter experimentado, tampouco os condeno. Parece-me apenas que o amor cristão, o amor ao próximo, o amor aos inimigos é mais meritório, mais doce e mais belo do que os sentimentos que os olhos bonitos de um jovem podem inspirar numa jovem poética e amorosa como a senhora.

"A notícia da morte do conde Bezúkhov chegou-nos antes da sua carta, e meu pai ficou muito abalado. Diz que o conde era o penúltimo representante do século passado e que agora é a vez dele; mas que fará tudo o que puder para que a vez dele chegue o mais tarde possível. Que Deus nos proteja dessa terrível desgraça! Não posso compartilhar a sua opinião sobre Pierre, que conheci em criança. Ele sempre me pareceu ter um coração excelente, e essa é a qualidade que mais estimo nas pessoas. Quanto à herança dele e ao papel que nisso desempenhou o príncipe Vassíli, tudo isso é muito triste, para ambos. Ah! querida amiga, as palavras do nosso divino Salvador, de que é mais fácil um camelo passar pelo buraco de uma agulha do que um rico entrar no Reino de Deus, essas palavras são terrivelmente verdadeiras; lastimo o príncipe Vassíli e lamento mais ainda por Pierre. Tão jovem e esmagado por essa riqueza, quanta tentação terá de suportar! Se me perguntassem o que eu mais desejaria neste mundo, diria que é ser mais pobre do que o mais pobre dos mendigos. Mil vezes obrigada, querida amiga, pela obra que você me enviou e que faz grande sucesso, aí. No entanto, já que a senhora me diz que, no meio de muitas coisas boas, há outras que a fraca razão humana não consegue alcançar, parece-me inútil ocupar-se com uma leitura ininteligível, que por isso mesmo não poderá produzir nenhum fruto. Jamais consegui entender o entusiasmo que têm certas pessoas de embrulhar o pensamento dedicando-se a livros místicos, que só servem para despertar dúvidas no espírito, exaltando a imaginação e dando a ela um caráter de exagero completamente contrário à simplicidade cristã. Vamos ler os Apóstolos e o Evangelho. Não tentemos penetrar no que eles encerram de misterioso, pois como poderíamos nós, miseráveis pecadores que somos, nos atrever a tentar nos iniciar nos terríveis e sagrados segredos da Providência, visto que carregamos este despojo carnal, que ergue entre nós e o Eterno um véu impenetrável? Limitemo-nos a estudar os princípios sublimes que o nosso divino Salvador deixou-nos para guiar a nossa conduta aqui embaixo; tentemos nos conformar a isso e a segui-los, devemos nos persuadir de que quanto menos dermos asas ao nosso fraco espírito humano, mais agradável será para Deus, que rejeita toda ciência que não venha Dele; quanto menos tentarmos nos aprofundar naquilo que Ele houve por bem esconder da nossa consciência, tanto mais cedo Ele nos concederá a descoberta por meio do Seu espírito divino.

"Meu pai nada me disse sobre um pretendente, mas falou apenas que recebeu uma carta e que esperava uma visita do príncipe Vassíli. Quanto ao projeto de casamento que a mim se refere, direi à senhora, querida e excelente amiga, que o casamento, a meu ver, é uma instituição divina à qual é preciso conformar-se. Por mais penoso que venha a ser para mim se algum dia o Todo-Poderoso me impuser as obrigações de esposa e de mãe, eu tratarei de cumpri-las o mais fielmente que puder, sem me inquietar com o exame dos meus sentimentos em relação àquele que me derem por esposo.

"Recebi uma carta do meu irmão, que me anuncia a sua chegada a Montes Calvos, com a esposa. Será uma alegria de curta duração, pois ele nos deixará logo para tomar parte dessa guerra infeliz à qual fomos arrastados Deus sabe como e por quê. Não é apenas aí, no centro dos negócios e da vida mundana, que só se fala na guerra, aqui também, no meio dos trabalhos campestres e da calma da natureza, imagem habitual que os habitantes da cidade têm do campo, os rumores da guerra se fazem ouvir e sentir de modo doloroso. Meu pai só fala de marcha e contramarcha, coisas de que nada compreendo; e anteontem, ao dar o meu passeio habitual pela rua da aldeia, fui testemunha de uma cena dilacerante... Era um comboio de recrutas convocados em nossas terras e mandados para o Exército... A senhora precisava ver o estado das mães, mulheres e filhos dos homens que partiam e ouvir o choro e os soluços de todos eles! Parece que a humanidade se esqueceu das leis do seu divino Salvador, que pregava o amor e o perdão das ofensas, e parece que a humanidade atribui o maior mérito à arte de se matarem uns aos outros.

"Adeus, querida e boa amiga, que o nosso divino Salvador e Sua Mãe Santíssima tenham a senhora na Sua santa e poderosa guarda.

"Mária".

— *Ah, vous expédiez le courier, princesse, moi j'ai déjà expédié le mien. J'ai écrit à ma pauvre mère*[186] — disse Mlle Bourienne, sorridente, na sua vozinha ligeira, agradável, pitoresca, em que o erre soava gutural, e trazendo para a atmosfera compenetrada, tristonha e sombria da princesa Mária um mundo de todo diverso, alegre, frívolo e satisfeito consigo mesmo. — *Princesse, il faut que je vous prévienne* — acrescentou, baixando a voz. — *Le prince a eu une altercation... altercation* — disse ela, em tom especialmente gutural e ouvindo-se com prazer — *une altercation avec Michel Ivanoff. Il est de très mauvaise humeur, très morose. Soyez prévenue, vous savez...*[187]

— *Ah! Chère amie* — respondeu a princesa Mária —, *je vous ai prié de ne jamais me prévenir de l'humeur dans laquelle se trouve mon père. Je ne me permets pas de le juger, et je ne voudrais pas que les autres le fassent.*[188]

A princesa lançou um olhar para o relógio e, ao notar que já perdera cinco minutos do tempo que devia dedicar ao estudo do clavicórdio, dirigiu-se à saleta, com um ar assustado. Do meio-dia às duas horas, conforme a ordem do dia, o príncipe descansava, enquanto a princesa tocava clavicórdio.

XXIII

O camareiro grisalho estava sentado, cochilando e escutando o ronco do príncipe, dentro do imenso escritório. Do outro extremo da casa, por trás das portas fechadas, ouviam-se passagens difíceis de uma sonata de Dussek,[189] repetidas vinte vezes.

Nesse momento, chegaram diante da varanda uma carruagem e uma charrete, o príncipe Andrei desembarcou da carruagem, ajudou sua pequena esposa a descer e deixou-a caminhar na sua frente. O grisalho Tíkhon, de peruca, pôs a cabeça para fora da porta da sala de trabalho, avisou num sussurro que o príncipe estava dormindo e fechou a porta depressa. Tíkhon sabia que nem a chegada do filho, assim como

---

186 Francês: "Ah, a senhora vai mandar sua correspondência, princesa, eu já mandei a minha. Escrevi para a minha pobre mãe".

187 Francês: "Princesa, é preciso que eu previna a senhora [...] O príncipe teve uma discussão... discussão [...] uma discussão com Mikhail Ivánov. Está de muito mau humor, muito ranzinza. Esteja prevenida, a senhora sabe...".

188 Francês: "Ah, querida amiga [...] já lhe pedi que nunca me previna quanto ao humor do meu pai. Eu não me permito julgá-lo e não gosto que os outros o façam".

189 Johann Ladislas Dussek (1760-1812), pianista e compositor tcheco, muito popular na Rússia do início do século XIX.

nenhum acontecimento extraordinário, devia perturbar a ordem do dia. O príncipe Andrei, era evidente, sabia disso tão bem quanto Tíkhon; olhou para o relógio como que para conferir se os hábitos do pai não tinham mudado desde a última vez que estivera com ele e, convencido de que não haviam mudado, voltou-se para a esposa:

— Daqui a vinte minutos ele vai acordar. Vamos falar com a princesa Mária — disse.

A pequena princesa engordara um pouco nesse tempo, mas os olhos e o lábio curto, com um bigodinho e um sorriso, elevavam-se da mesma forma alegre e meiga quando ela começava a falar.

— *Mais c'est un palais* — disse para o marido, enquanto olhava em redor com a expressão com que se faz um elogio ao anfitrião de um baile. — *Allons, vite, vite!...* — Olhando em redor, ela sorria para Tíkhon, para o marido e para o criado que os acompanhava. — *C'est Marie qui s'exerce? Allons doucement, il faut la surprendre.*[190]

O príncipe Andrei caminhava atrás dela com uma fisionomia cortês e tristonha.

— Você envelheceu, Tíkhon — disse de passagem para o velho, que lhe beijou a mão.

Antes de chegarem à sala de onde se ouvia o clavicórdio, uma francesinha bonita e loura saiu de um salto de uma porta lateral.

Mlle Bourienne parecia louca de alegria.

— *Ah! Quel bonheur pour la princesse* — exclamou ela. — *Enfin! Il faut que je la prévienne.*[191]

— *Non, non, de grâce... Vous êtes mademoiselle Bourienne, je vous connais déjà par l'amitié que vous porte ma belle-sœur* — disse a princesa, beijando a francesa. — *Elle ne nous attend pas?*[192]

Aproximaram-se da porta da sala de onde se ouvia a mesma passagem da sonata repetidas vezes. O príncipe Andrei parou e franziu as sobrancelhas, como se esperasse algo desagradável.

A princesa entrou. A passagem se interrompeu no meio; ouviram-se um grito, os passos pesados da princesa Mária e o som de beijos. Quando o príncipe Andrei entrou, as duas princesas, que só tinham se visto uma vez, e por um breve tempo, no casamento do príncipe Andrei, enlaçadas uma à outra pelos braços, pressionavam com força os lábios no primeiro lugar que encontravam pela frente. Mlle

---

190 Francês: "Mas é um palácio [...] Vamos, rápido, rápido [...] É Mária que se exercita? Vamos sem fazer barulho, temos de fazer uma surpresa".

191 Francês: "Ah, que alegria para a princesa [...] Enfim! Preciso avisá-la".

192 Francês: "Não, não, por favor... A senhora é Mademoiselle Bourienne, eu já a conheço pela amizade que minha cunhada tem pela senhora [...] Ela não está nos esperando?".

Bourienne estava de pé, ao lado, a mão pressionada ao coração, e sorria com ar de devoção, obviamente tão disposta a chorar como a rir. O príncipe Andrei encolheu os ombros e franziu as sobrancelhas, como fazem os amantes da música quando ouvem uma nota desafinada. As duas mulheres soltaram-se; depois, de novo, como se tivessem medo de se atrasar, seguraram-se pelas mãos, começaram a beijar as mãos e as soltaram, e depois, mais uma vez, se puseram a beijar-se uma à outra no rosto e, de um modo de todo inesperado para o príncipe Andrei, as duas começaram a chorar e a beijar-se de novo. Mlle Bourienne também começou a chorar. O príncipe Andrei sentia-se obviamente incomodado; mas, para as duas mulheres, parecia muito natural que chorassem; parecia que elas não podiam imaginar esse encontro de nenhuma outra forma.

"*Ah! Chère!... Ah! Marie!...*", puseram-se a falar as duas mulheres, de repente, e riram. "*J'ai rêvé cette nuit...*" "*Vous ne nous attendiez donc pas?... Ah! Marie, vous avez maigri...*" "*Et vous avez repris...*"[193]

— *J'ai tout de suite reconnu madame la princesse*[194] — interveio Mlle Bourienne.

— *Et moi qui ne me doutais pas!...* — exclamou a princesa Mária. — *Ah! André, je ne vous voyais pas.*[195]

O príncipe Andrei e a irmã, de mãos dadas, beijaram-se, e ele disse que ela era a mesma *pleurnicheuse*[196] de sempre. A princesa Mária voltou-se para o irmão e, por trás das lágrimas, o olhar amoroso, quente e dócil dos seus olhos grandes, radiantes e lindos, naquele momento, deteve-se no rosto do príncipe Andrei.

A princesa Liza falava sem parar. O curto lábio superior, com um bigodinho, volta e meia descia por um instante, tocava no rosado lábio inferior, no ponto necessário, e de novo se abria um sorriso, que brilhava pelos dentes e pelos olhos. A princesa Liza contou um caso ocorrido com eles no monte Spáski, uma situação de perigo para ela, no estado em que se encontrava, e logo depois informou que deixara todos os seus vestidos em Petersburgo e agora só Deus sabia com que roupa iria se apresentar ali, e que Andrei havia mudado muito, e que Kitti Odíntsova casara com um velho, e que havia um noivo *pour tout de bon*[197] para a princesa Mária, mas que sobre isso falariam mais tarde. A princesa Mária, sempre calada, observava o irmão, e nos seus olhos bonitos havia amor e tristeza. Era visível que, dentro dela, seus pensamentos

---

193 Francês: "Ah! Querida!... Ah! Mária!... [...] Sonhei nessa noite..." "A senhora então não estava nos esperando?... Ah, Mária, a senhora emagreceu..." "E a senhora recuperou o peso...".

194 Francês: "Eu reconheci logo a senhora princesa".

195 Francês: "E eu que nem tinha ideia! [...] Ah! Andrei, eu não vi você".

196 Francês: "chorona".

197 Francês: "de verdade".

tomavam agora seu próprio rumo, independentes das palavras da cunhada. No meio do relato sobre a mais recente festa em Petersburgo, ela voltou-se para o irmão:

— E você vai mesmo para a guerra, *André*? — perguntou, com um suspiro.

Lise também teve um sobressalto.

— Amanhã mesmo — respondeu o irmão.

— *Il m'abandonne ici, et Dieu sait pourquoi, quand il aurait pu avoir de l'avancement...*[198]

A princesa Mária não ouviu até o fim e, seguindo o fio dos próprios pensamentos, voltou-se para a cunhada, apontando para a barriga, com os olhos afetuosos:

— Está confirmado? — perguntou.

O rosto da princesa Liza modificou-se. Ela deu um suspiro.

— Sim, não há dúvida — respondeu. — Ah! É terrível...

O lábio de Liza baixou. Ela aproximou seu rosto do rosto da cunhada e de novo, inesperadamente, desatou a chorar.

— Ela precisa descansar — disse o príncipe Andrei, franzindo as sobrancelhas. — Não é verdade, Liza? Leve-a para o seu quarto, enquanto vou ver o papai. Como está ele, sempre o mesmo?

— O mesmo, o mesmo de sempre; mas não sei como vai parecer aos seus olhos — respondeu a princesa com alegria.

— Os mesmos horários, os mesmos passeios pelas alamedas? O torno mecânico? — perguntou o príncipe Andrei com um sorriso quase imperceptível, que mostrava que, apesar de todo o seu amor e respeito pelo pai, ele compreendia as suas fraquezas.

— Os mesmos horários, e também o torno, ainda a matemática e as minhas lições de geometria — respondeu a princesa Mária com alegria, como se as aulas de geometria fossem uma das experiências mais alegres da sua vida.

Depois que passaram os vinte minutos necessários para terminar o horário de sono do velho príncipe, Tíkhon foi chamar o jovem príncipe para ver o pai. O velho abriu uma exceção na ordem rigorosa da sua vida em homenagem à chegada do filho: mandou que ele entrasse em seus aposentos na hora em que se vestia para o jantar. O príncipe arrumava-se à moda antiga, vestia um cafetã e usava pó de arroz. E na hora em que o príncipe Andrei (não com a expressão ranzinza, no rosto e nas maneiras, que afetava nos salões, mas sim com o rosto animado que tinha quando conversava com Pierre) foi ao encontro do pai, o velho estava sentado diante do toucador, numa larga cadeira de braços, forrada de marroquim, vestido com um guarda-pó, a cabeça entregue aos cuidados das mãos de Tíkhon.

---

198 Francês: "Ele vai me abandonar aqui, e Deus sabe por quê, quando ele poderia ter uma promoção...".

— Ah! O guerreiro! Quer combater Bonaparte? — disse o velho e sacudiu a cabeça cheia de pó de arroz, o quanto lhe permitia a trança que as mãos de Tíkhon estavam armando. — Trate de se portar bem diante dele, senão, da maneira como vão as coisas, em breve nós também estaremos na lista dos seus súditos. Bem-vindo! — E lhe ofereceu o rosto.

O velho se achava num excelente estado de espírito, após o sono que antecedia o jantar. (Dizia que o sono após o jantar era de prata e antes do jantar era de ouro.) Com alegria, por baixo das sobrancelhas espessas e eriçadas, espiava o filho pelo canto dos olhos. O príncipe Andrei aproximou-se e beijou o pai no local indicado por ele. Não reagiu ao tema predileto do pai em suas conversas: zombarias sobre os militares contemporâneos, em especial sobre Bonaparte.

— Pois é, pai, chegamos agora à sua casa, eu e minha esposa grávida — disse o príncipe Andrei, seguindo com os olhos respeitosos e animados os movimentos de todos os traços do rosto do pai. — Como vai a saúde?

— Só não têm saúde os tolos e os devassos, meu rapaz, e você me conhece: fico ocupado desde a manhã até a noite, mantenho a temperança, e portanto tenho saúde.

— Graças a Deus — disse o filho, sorrindo.

— Deus nada tem a ver com o caso. Bem — prosseguiu, voltando-se para a sua nova ideia fixa —, conte-me como ensinaram vocês a lutar contra Bonaparte, os alemães, segundo essa nova ciência de vocês, chamada estratégia.

O príncipe Andrei sorriu.

— Deixe-me recuperar o fôlego, pai — respondeu com um sorriso que mostrava que as fraquezas do pai não o impediam de respeitá-lo e amá-lo. — Eu ainda nem me instalei em meu quarto.

— Bobagem, bobagem — gritou o velho, enquanto sacudia a trancinha para verificar se estava bem presa, e tomou o filho pelo braço. — A casa para a sua esposa está pronta. A princesa Mária vai levá-la, vai mostrar tudo a ela, e as duas vão falar até não poder mais. Isso é coisa de mulher. Estou contente com ela. Sente-se, conte-me. O exército de Mikhelson, eu entendo, o de Tolstói também... desembarque simultâneo... Um exército jovem, o que vai fazer? A Prússia, a neutralidade... isso eu sei. Mas e a Áustria? — disse, levantou-se da cadeira de braços e ficou andando pelo quarto, enquanto Tíkhon corria atrás dele e lhe dava as peças do vestuário. — E a Suécia? Como vão atravessar a Pomerânia?[199]

---

199 Mikhelson e A. P. Tolstói eram generais do Exército russo. Trata-se de um plano de ataque a Napoleão traçado por Wintzingerode, general austríaco a serviço dos russos. O ataque teria três frentes: pelo norte, através da Pomerânia, pela Europa Central e pela Itália central.

O príncipe Andrei, vendo o sincero interesse do pai, a princípio de má vontade, mas depois animando-se cada vez mais e, sem querer, como de hábito, passando do russo para o francês no meio da explanação, começou a expor o plano de ação da campanha em projeto. Contou que um exército de noventa mil soldados devia ameaçar a Prússia para obrigá-la a sair da neutralidade e atraí-la para a guerra, que parte daquelas tropas devia unir-se às tropas suecas em Stralsund, que duzentos e vinte mil austríacos, juntos com cem mil russos, deviam agir na Itália e no Reno, e que cerca de cinquenta mil russos e cinquenta mil ingleses desembarcariam em Nápoles, e que ao todo um exército de quinhentos mil soldados, em ação em várias frentes, devia lançar o ataque contra os franceses. O velho príncipe não demonstrou o menor interesse pela explanação, parecia nem escutar e, continuando a se vestir enquanto andava, interrompeu-o por três vezes, de modo inesperado. Uma vez, parou e pôs-se a gritar:

— O branco! O branco!

Isso queria dizer que Tíkhon não lhe dera o colete que ele desejava. De outra vez, parou e perguntou:

— Mas ela vai dar à luz em pouco tempo? — E após balançar a cabeça num gesto de censura, disse: — É ruim! Continue, continue!

Na terceira vez, quando o príncipe Andrei estava terminando sua descrição, o velho começou a cantar, com voz desafinada, envelhecida: "*Malbrough s'en va-t-en guerre. Dieu sait quand reviendra*".[200]

O filho apenas sorriu.

— Não digo que este seja um plano que eu aprove — disse o filho. — Só contei ao senhor como ele é. Napoleão já traçou o plano dele e não é pior do que este.

— Bem, você não me contou nenhuma novidade. — E o velho disse para si mesmo, pensativo, e rapidamente: — "*Dieu sait quand reviendra*". Vá para a sala de jantar.

XXIV

Na hora marcada, empoado e de barba feita, o príncipe entrou na sala de jantar, onde o aguardavam sua nora, a princesa Mária, Mlle Bourienne e o arquiteto do príncipe Bolkónski, a quem, por um estranho capricho, ele admitia à mesa, embora

---

200 Francês: "Malbrough vai para a guerra, só Deus sabe quando vai voltar". Verso da tradicional canção infantil francesa "Malbrough s'en va-t-en guerre" (*c.* 1709), que narra a falsa morte de John Churchill, o duque de Malbrough, um dos maiores inimigos da França no início do século XVIII, que ocorreu de fato em 1722.

por sua posição aquele homem insignificante não pudesse de forma alguma contar com tal honraria. O príncipe, que na vida observava com rigor as diferenças de classe e raramente admitia à mesa mesmo os mais altos funcionários do governo da província, de repente, no caso do arquiteto Mikhail Ivánovitch, que num canto assoava o nariz com um lenço xadrez, mostrava que todas as pessoas são iguais, e mais de uma vez quis convencer a filha de que Mikhail Ivánovitch não era em nada pior do que eles. À mesa, o príncipe dirigia-se ao calado Mikhail Ivánovitch com mais frequência do que a qualquer outra pessoa.

Na sala de jantar, enorme e imponente como todos os cômodos da casa, as pessoas da família e os criados aguardavam a entrada do príncipe, parados, de pé, cada um atrás de uma cadeira; o mordomo, com um guardanapo no braço, vigiava o serviço de mesa, piscava o olho para os lacaios e, o tempo todo, com ar inquieto, lançava olhares para o relógio de parede e para a porta onde o príncipe devia aparecer. O príncipe Andrei olhava para uma enorme moldura dourada, uma novidade para ele, com a imagem da árvore genealógica dos príncipes Bolkónski, pendurada de frente para uma moldura igualmente enorme, com um retrato malfeito (obviamente pela mão de um pintor doméstico)[201] de um príncipe regente com uma coroa na cabeça, que devia ser um descendente de Rurik[202] e o fundador da linhagem dos Bolkónski. O príncipe Andrei olhava para aquela árvore genealógica, balançava a cabeça e dava risada como quem olha para um retrato tão semelhante ao modelo que se torna engraçado.

— Tudo isso é bem a cara dele! — disse para a princesa Mária, que viera para o seu lado.

A princesa Mária fitou o irmão com surpresa. Não compreendia do que ele estava rindo. Tudo o que seu pai fazia era, para ela, motivo de veneração, não estava sujeito à crítica.

— Cada um tem o seu calcanhar de aquiles — prosseguiu o príncipe Andrei. — Com a enorme inteligência dele, *donner dans ce ridicule!*[203]

A princesa Mária não conseguia entender a audácia da opinião do irmão e preparava-se para retrucar quando soaram, vindos do gabinete, os passos esperados: o príncipe entrou ligeiro, alegre, como sempre caminhava, e com as suas maneiras apressadas parecia querer desmentir a ordem rigorosa que reinava na casa.

---

201 Os antigos senhores de terras tinham às vezes, entre seus servos, músicos e pintores.

202 Considerado o fundador da primeira dinastia de tsares da Rússia, no ano de 862, em Nóvgorod.

203 Francês: “permitir-se tal ridículo”.

No mesmo instante, o grande relógio de parede bateu duas horas, e um outro na sala de visitas respondeu com uma vozinha fina. O príncipe parou. Por baixo das sobrancelhas espessas e eriçadas, os olhos animados, brilhantes e severos olharam para todos em volta e se detiveram na jovem princesa Liza. Ela experimentava, naquele momento, o sentimento que experimentam os cortesãos na hora da chegada do rei, o sentimento de medo e de respeito que aquele velho provocava em todas as pessoas próximas. Ele afagou a princesa na cabeça e depois, com um movimento desajeitado, deu palmadinhas na sua nuca.

— Estou contente, estou contente — falou e, após olhar fixamente para os olhos da nora, afastou-se ligeiro e sentou-se no seu lugar. — Sentem-se, sentem-se! Mikhail Ivánovitch, sente-se.

Apontou para a nora um lugar ao seu lado. Um criado afastou a cadeira para ela.

— Ho, ho! — exclamou o velho, notando a sua cintura bastante arredondada. — Você foi muito depressa, assim não é bonito!

Riu de modo seco, frio, desagradável, como sempre ria, só com a boca, não com os olhos.

— É preciso caminhar, caminhar o mais possível, o mais possível — disse.

A pequena princesa não escutava ou não queria escutar suas palavras, ficou em silêncio e parecia embaraçada. O príncipe perguntou-lhe sobre o pai, e a princesa começou a falar e a sorrir. Ele lhe perguntou sobre conhecidos comuns: a princesa animou-se mais ainda e passou a falar, transmitindo ao príncipe os cumprimentos e os mexericos da cidade.

— *La comtesse Apraksine, la pauvre, a perdu son mari, et elle a pleuré les larmes de ses yeux*[204] — disse ela, cada vez mais animada.

À medida que ela se animava, o príncipe a fitava cada vez mais severo e de repente, como se já tivesse estudado a nora o bastante e já tivesse formado uma ideia clara sobre ela, deu-lhe as costas e dirigiu-se a Mikhail Ivánovitch.

— Pois é, Mikhail Ivánovitch, o nosso Bonaparte está em apuros. Pelo que acabou de me explicar o príncipe Andrei (ele sempre se referia ao filho na terceira pessoa), quantas forças estão se reunindo contra ele! E eu e o senhor que sempre o consideramos um homem insignificante.

Mikhail Ivánovitch, que não tinha a menor ideia de quando "eu e o senhor" haviam falado tais coisas a respeito de Napoleão, mas, compreendendo que ele era necessário para iniciar uma conversa sobre o tema predileto do príncipe, olhou de relance para o jovem príncipe, sem saber o que ia resultar daquela história.

---

204 Francês: "A condessa Apráksina, a coitada, perdeu o marido e chorou muito".

— Ele me saiu um grande tático! — disse o príncipe para o filho, apontando para o arquiteto.

E a conversa tratou da guerra, outra vez, de Bonaparte e dos generais e de figuras do governo daquele tempo. O velho príncipe parecia convencido de que não só todos os estadistas contemporâneos eram crianças, não entendiam o bê-á-bá dos assuntos militares e políticos, que Bonaparte não passava de um francesinho insignificante que só obteve êxito porque já não existiam os Potiómkin[205] e os Suvórov para se opor a ele; como também estava convencido de que não existia nenhuma dificuldade política na Europa, não existia nem guerra, havia apenas uma comédia de marionetes em que as grandes figuras contemporâneas representavam papéis, fingindo fazer algo real. O príncipe Andrei suportava alegremente as zombarias do pai sobre as novas personalidades e, com uma alegria visível, instigava o pai a falar e o escutava com atenção.

— Tudo o que havia antes parece excelente ao senhor — disse o príncipe Andrei —, mas será que não foi esse mesmo Suvórov que caiu na armadilha preparada por Moreau[206] e não soube como se livrar dela?

— Quem foi que lhe contou isso? Quem lhe disse? — gritou o príncipe. — Suvórov! — E empurrou para o lado o seu prato, que Tíkhon agilmente segurou. — Suvórov!... Pense bem, príncipe Andrei. São dois: Frederico[207] e Suvórov... Moreau! Moreau teria sido feito prisioneiro se Suvórov tivesse as mãos livres; mas tinha nas mãos *Hof-kriegs-wurst-schnaps-rath*.[208] Nem o diabo consegue aguentar. Quando você for lá, vai ver o que são esses *Hof-kriegs-wurst-rath*! Nem Suvórov pôde com eles, então como é que Mikhail Kutúzov vai poder? Não, meu amigo — prosseguiu —, vocês, com os seus generais, não vão conseguir nada contra o Bonaparte; precisamos de franceses e, assim, eles que são do mesmo povo, e se conhecem, que se matem entre si. Mandaram o alemão Pahlen a Nova York, na América, para buscar o francês Moreau — disse o príncipe Bolkónski, aludindo ao convite feito a Moreau, naquele ano, para se incorporar ao Exército russo. — Que maravilha!... Por acaso os Potiómkin, os Suvórov, os Orlóv eram alemães? Não,

---

205 Potiómkin (1739-91) foi um general e político poderoso no tempo da tsarina Catarina II, a Grande, e seu amante.

206 O general Jean Victor Marie Moreau (1763-1813) comandava as tropas francesas que lutavam contra o Exército austro-russo na campanha da Itália, na qual Suvórov, sem o apoio dos austríacos, foi obrigado a se retirar pelos Alpes.

207 Frederico II, o Grande (1712-86), rei da Prússia.

208 Alemão: "Conselho de guerra, chouriço e aguardente", expressão com que o príncipe zomba do Hofkriegsrath, o alto conselho de guerra austríaco.

meu caro, ou todos vocês ficaram loucos, ou fui eu que perdi o juízo. Que Deus os ajude, e vamos ver o que vai acontecer. Para eles, Bonaparte é um grande chefe militar! Hm!...

— Eu não estou dizendo, de maneira alguma, que todas essas medidas são boas — disse o príncipe Andrei —, só que não consigo entender como o senhor pode ter tal juízo a respeito de Bonaparte. Pode rir o quanto quiser, mas Bonaparte é seguramente um grande chefe militar!

— Mikhail Ivánovitch! — gritou o velho príncipe para o arquiteto, que, ocupado com a sua carne assada, torcia para que o esquecessem. — Eu disse ao senhor que Bonaparte era um grande tático? Pois olhe só, ele também está dizendo.

— Como não, vossa excelência — respondeu o arquiteto.

O príncipe começou a rir de novo, com o seu riso frio.

— Bonaparte nasceu com boa estrela. Seus soldados são ótimos. Além do mais, começou atacando os alemães. Só os preguiçosos não vencem os alemães. Desde que o mundo é mundo, todos vencem os alemães. E eles não vencem ninguém. Só vencem uns aos outros. Bonaparte fez a sua glória em cima deles.

E o príncipe passou a analisar todos os erros que, a seu ver, Bonaparte cometera em todas as guerras e até nas questões de Estado. O filho não retrucava, mas estava bem claro que, quaisquer que fossem os argumentos que lhe apresentassem, ele também, a exemplo do velho, era bem pouco apto a mudar de opinião. O príncipe Andrei escutava, continha-se para não fazer objeções e não pôde deixar de ficar admirado ao ver como aquele velho, que havia tantos anos não deixava o seu isolamento no campo, era capaz de conhecer e julgar, em tais pormenores e com tal agudeza, todas as circunstâncias militares e políticas da Europa dos últimos anos.

— Você acha que eu, um velho, não compreendo a situação real dos fatos? — concluiu. — Ora, veja só! Eu nem durmo de noite, de tão preocupado. Pois bem, onde foi que esse seu grande chefe militar revelou sua capacidade?

— Levaria muito tempo para contar — respondeu o filho.

— Então vá logo encontrar o seu Bonaparte. *Mademoiselle Bourienne, voilà encore un admirateur de votre goujat d'empereur!*[209] — gritou, num francês excelente.

— *Vous savez que je ne suis pas bonapartiste, mon prince.*[210]

— "*Dieu sait quand reviendra*"... — cantarolou o príncipe, desafinado, riu mais desafinado ainda e deixou a mesa.

---

209 Francês: "Mademoiselle Bourienne, aqui está mais um admirador do seu imperador patife".
210 Francês: "O senhor sabe que não sou bonapartista, meu príncipe".

A pequena princesa Liza ficou em silêncio durante toda a discussão, assim como no resto do jantar, e olhava assustada ora para a princesa Mária, ora para o sogro. Quando saíram da mesa, ela tomou a cunhada pelo braço e chamou-a para a sala vizinha.

— *Comme c'est un homme d'esprit votre père* — disse ela. — *C'est à cause de cela peut-être qu'il me fait peur.*[211]

— Ah, ele é tão bom! — disse a princesa Mária.

XXV

O príncipe Andrei ia partir no dia seguinte à tarde. O velho príncipe, sem afrouxar a ordem da sua rotina, foi para o quarto após o jantar. A pequena princesa estava no quarto da cunhada. O príncipe Andrei, com uma sobrecasaca de viagem, sem dragonas, nos aposentos a ele reservados, começou a fazer as malas com a ajuda do seu criado. Depois de examinar pessoalmente a carruagem e a acomodação das bagagens, deu ordem para atrelar os cavalos. No quarto, ficaram apenas os objetos que o príncipe levava sempre consigo: um escrínio, um grande estojo de prata para apetrechos de chá, duas pistolas turcas e um sabre, presentes do pai, trazidos do sítio de Otchákov. Todos esses objetos preciosos se achavam em perfeito estado: tudo estava novo, limpo, encapado com feltro, firmemente amarrado com cadarços.

Na hora de uma partida, e de uma mudança de vida, as pessoas capazes de refletir sobre os seus atos se veem, em geral, num estado de espírito mais sério. Em tais momentos, é costume rever o passado e fazer planos para o futuro. O rosto do príncipe Andrei estava muito pensativo e terno. Com as mãos cruzadas atrás do corpo, ele andava ligeiro pelo quarto, de um canto para o outro, olhava para a frente e balançava a cabeça, com ar pensativo. Talvez tivesse medo de partir para a guerra, talvez estivesse triste por deixar a esposa — quem sabe eram as duas coisas juntas, mas, pelo visto, sem querer que o surpreendessem em tal estado de espírito, ao ouvir passos na entrada, ele rapidamente soltou as mãos, parou junto à mesa, como se estivesse amarrando a capa do escrínio, e assumiu a sua expressão calma e impenetrável de sempre. Eram os passos pesados da princesa Mária.

---

211 Francês: "Como o seu pai é um homem inteligente [...] Talvez seja por isso que ele me dá medo".

— Disseram-me que você mandou atrelar os cavalos — disse ela, arquejante (era evidente que viera correndo) —, eu queria muito conversar com você, a sós. Só Deus sabe daqui a quanto tempo vamos nos rever. Não está zangado por eu ter vindo? Você mudou muito, Andriucha — acrescentou, como que para explicar sua pergunta.

Ela sorriu ao pronunciar a palavra "Andriucha". Via-se que, para ela mesma, era estranho pensar que aquele homem imponente, bonito, era o mesmo Andriucha, o menino magro, levado, seu companheiro de infância.

— E onde está *Lise*? — perguntou ele, respondendo só com um sorriso à pergunta da irmã.

— Ela está tão cansada que adormeceu no divã do meu quarto. Ah, *André*! *Quel trésor de femme vous avez*[212] — disse, enquanto sentava num divã de frente para o irmão. — É uma perfeita criança, tão meiga, tão alegre. Gosto muito dela.

O príncipe Andrei ficou em silêncio, mas a princesa notou uma expressão irônica e desdenhosa que surgiu no seu rosto.

— É preciso ser indulgente com os pequenos defeitos; quem não os tem, *André*? Não esqueça que ela foi educada e criada na sociedade. Além disso, a situação dela agora não é nenhum mar de rosas. Temos de nos colocar no lugar do outro. *Tout comprendre, c'est tout pardonner*.[213] Pense como deve ser para ela, coitadinha, depois da vida à qual está habituada, viver longe do marido e ficar sozinha no campo, na situação em que ela se encontra. É muito difícil.

O príncipe Andrei sorriu, enquanto olhava para a irmã, como sorrimos ao ouvir as palavras de alguém cujos pensamentos acreditamos poder adivinhar.

— Você vive no campo e não acha horrível esta vida — disse ele.

— Comigo é diferente. Para que falar de mim? Não desejo outra vida, é verdade, e nem posso desejar, porque não conheço outra vida. Mas você, *André*, pense só, para uma jovem inexperiente, ficar enterrada no campo durante os melhores anos da vida, e sozinha, porque o papai vive ocupado o tempo todo, e eu... você me conhece... sou pobre *en ressources*,[214] aos olhos de uma mulher habituada à melhor sociedade. Só a Mademoiselle Bourienne...

— Não me agradou nada a sua Bourienne — disse o príncipe Andrei.

— Ah, não! É muito gentil e bondosa, e sobretudo é uma mulher digna de pena. Ela não tem ninguém, ninguém. Para dizer a verdade, não só não preciso dela, como também me incomoda. Eu, você sabe, sempre fui arredia, e agora estou

---

212 Francês: "Que tesouro de mulher você tem".

213 Francês: "Tudo compreender é tudo perdoar".

214 Francês: "de recursos".

mais ainda. Gosto de ficar sozinha... *Mon père* gosta muito dela. Mikhail Ivánovitch e ela são as duas pessoas com quem ele sempre se mostra afetuoso e bom, porque os dois são alvo dos favores dele; como diz Sterne: "Amamos as pessoas menos pelo bem que elas nos fazem do que pelo bem que fazemos a elas". *Mon père* acolheu-a quando ficou órfã *sur le pavé*,[215] e ela é muito bondosa. E *mon père* gosta do seu modo de ler. Ela lê para ele em voz alta, à noite. Lê muito bem.

— Vamos, diga a verdade, *Marie*, você às vezes deve penar um bocado por causa do caráter do papai, não é? — perguntou o príncipe Andrei, de repente.

A princesa Mária sorriu, de início, depois se assustou com a pergunta.

— EU?... Eu?!... Penar um bocado?! — exclamou.

— Ele sempre foi rude; e agora deve estar mais difícil, imagino — disse o príncipe Andrei, com a evidente intenção de desconcertar ou testar a irmã, ao se referir ao pai de maneira tão desinibida.

— Você é todo bondade, *André*, mas há em você uma espécie de orgulho intelectual — disse a princesa, seguindo antes o rumo dos próprios pensamentos do que o rumo da conversa —, e isso é um grande pecado. Será que podemos julgar o papai? E mesmo se fosse possível, um homem como *mon père* poderia inspirar outro sentimento que não a *vénération*?[216] Vivo tão satisfeita e feliz com ele. Eu só queria que todos vocês fossem felizes como eu.

O irmão balançou a cabeça, incrédulo.

— Para lhe dizer a verdade, *André*, a única coisa penosa para mim é o modo de pensar do papai a respeito de religião. Não entendo como um homem com uma inteligência tão imensa não consiga enxergar algo claro como o dia e possa enganar-se a tal ponto. Essa é a minha única infelicidade. Mas também nisso, ultimamente, vejo uma sombra de melhora. Ultimamente, suas zombarias não têm sido tão cáusticas, e há um monge que papai aceitou receber, e até conversou com ele.

— Bem, minha amiga, receio que você e o seu monge vão gastar as energias à toa — disse o príncipe Andrei, num tom sarcástico, mas carinhoso.

— *Ah! Mon ami.* Eu apenas rezo a Deus e espero que Ele me ouça. *André* — disse ela, tímida, após um minuto de silêncio —, quero fazer um grande pedido a você.

— O que é, minha amiga?

— Não, primeiro prometa que não vai recusar. Não vai lhe custar trabalho nenhum e não haverá nisso nada indigno de você. Vai apenas me trazer consolo.

---

215 Francês: "na rua".

216 Francês: "veneração".

Prometa, Andriucha — disse a princesa, enfiou a mão na bolsinha e segurou algo lá dentro, mas não mostrou o que era, como se aquilo que segurava e que constituía o objeto do seu pedido não pudesse ser retirado da bolsinha, senão depois de receber a promessa de que o pedido seria cumprido.

Tímida, ela fitou o irmão com um olhar de súplica.

— Ainda que fosse me custar um grande trabalho... — respondeu o príncipe Andrei, como que adivinhando do que se tratava.

— Você pode pensar o que quiser! Eu sei, você é igual ao *mon père*. Pense o que quiser, mas faça isso por mim. Faça, por favor! O pai do meu pai, o nosso avô, levou isto em todas as guerras... — Ela ainda não havia retirado da bolsinha aquilo que mantinha seguro na mão. — Então, promete?

— Claro, do que se trata?

— *André*, eu o abençoo com esta imagem, e você vai me prometer que nunca vai tirá-la do pescoço. Promete?

— Se não pesar dois *pud*[217] e não entortar o meu pescoço... Para deixar você contente... — disse o príncipe Andrei, mas no mesmo instante, ao notar a expressão de desgosto que tomou conta do rosto da irmã ao ouvir aquela brincadeira, ele se arrependeu. — Isso me deixa muito contente, de verdade, muito contente, minha amiga — acrescentou logo.

— Mesmo contra a sua vontade, Ele vai salvá-lo e ter misericórdia de você, e vai conduzi-lo para Ele, porque só Nele está a verdade e o consolo — disse a princesa com a voz trêmula de emoção, segurando nas duas mãos, num gesto solene diante do irmão, uma velha imagenzinha oval do Salvador, com uma carinha preta, numa moldura de prata, numa correntinha de prata, minuciosamente trabalhada.

A princesa fez o sinal da cruz, beijou a imagem e entregou para Andrei.

— Por favor, *André*, por mim...

Dos olhos grandes, reluziram raios de uma luz bondosa e tímida. Aqueles olhos iluminavam todo o rosto magro e doentio e o deixavam encantador. O irmão quis segurar logo a imagenzinha, mas ela o deteve. Andrei entendeu, fez o sinal da cruz e beijou a imagem. Seu rosto estava, ao mesmo tempo, terno (ele estava comovido) e zombeteiro.

— *Merci, mon ami.*[218]

A princesa beijou-o na testa e sentou-se de novo no divã. Os dois ficaram calados.

—

217 *Pud*: medida russa antiga, equivalente a 16,3 quilos.

218 Francês: "Obrigada, meu amigo".

— Então, como eu lhe disse, *André*, seja bom e generoso, como sempre foi. Não julgue *Lise* com severidade — começou ela. — É tão meiga, tão boa, e a sua condição agora é muito difícil.

— Creio, Macha, que eu não lhe disse nada em que tenha criticado a minha esposa ou sugerido que estou descontente com ela. Para que você me diz isso o tempo todo?

A princesa Mária ruborizou-se, com manchas no rosto, e ficou em silêncio, como se sentisse culpa.

— Eu não lhe disse nada, mas já *disseram* a você. E, para mim, isso é triste.

Manchas vermelhas ainda mais fortes apareceram na testa, no pescoço e nas faces da princesa Mária. Queria falar algo e não conseguia pronunciar. O irmão adivinhou: a pequena princesa, depois do jantar, havia chorado, disse que pressentia um parto infeliz, disse que tinha medo e queixara-se do destino, do sogro e do marido. Depois das lágrimas, ela adormeceu. O príncipe Andrei teve pena da irmã.

— Entenda bem, Macha, em nada recrimino, não recriminei e nunca irei recriminar a *minha esposa*, e eu também nada tenho a me recriminar em relação a ela; e sempre será assim, sejam quais forem as circunstâncias em que eu me encontrar. Mas, se quer saber a verdade... quer saber se eu sou feliz? Não. Se ela é feliz? Não. Por que é assim? Não sei...

Ao dizer isso, levantou-se, aproximou-se da irmã, inclinou-se e beijou-a na testa. Os olhos bonitos do príncipe Andrei reluziram com um brilho inteligente, bondoso, fora do comum, mas ele olhava não para a irmã e sim para a sombra da porta aberta, atrás da cabeça dela.

— Vamos vê-la, preciso me despedir. Ou melhor, vá sozinha, acorde-a, irei logo depois. Petruchka! — gritou para o criado de quarto. — Venha cá, carregue a bagagem para mim. Ponha isto no assento e isto no lado direito.

A princesa Mária levantou-se e dirigiu-se para a porta. Parou.

— *André, si vous aviez la foi, vous vous seriez adressé à Dieu, pour qu'Il vous donne l'amour que vous ne sentez pas, et votre prière aurait été exaucée.*[219]

— Sim, pode ser! — respondeu o príncipe Andrei. — Vá, Macha, eu irei logo depois.

No caminho para o quarto da irmã, na galeria que ligava um quarto ao outro, o príncipe Andrei encontrou a gentil e sorridente Mlle Bourienne, e já era a

---

219 Francês: "Andrei, se você tivesse fé, teria pedido a Deus para lhe dar o amor que você não sente, e a sua prece seria atendida".

terceira vez naquele dia que calhava de cruzar com ela, sempre com um sorriso entusiasmado e ingênuo, em passagens isoladas da casa.

— *Ah! Je vous croyais chez vous*[220] — disse ela, ruborizando-se e baixando os olhos, por algum motivo.

O príncipe Andrei fitou-a com severidade. No rosto do príncipe Andrei, de repente, exprimiu-se uma irritação. Nada lhe disse, porém, olhando para a testa e para os cabelos dela com tamanho desprezo, sem fitá-la nos olhos, que a francesinha ruborizou-se e foi embora, sem nada dizer.

Quando ele se aproximou do quarto da irmã, a princesinha já havia acordado e sua vozinha alegre, que atropelava as palavras, ouvia-se através da porta aberta. Falava como se, depois de conter-se por muito tempo, quisesse recuperar o tempo perdido.

— *Non, mais figurez-vous, la vieille comtesse Zouboff avec de fausses boucles et la bouche pleine de fausses dents, comme si elle voulait défier les années...*[221] *Ha, ha, ha, Marie!*

Exatamente a mesma frase sobre a condessa Zúbova e o mesmo riso da esposa, diante de estranhos, já tinham sido ouvidos cinco vezes pelo príncipe Andrei. Ele entrou no quarto sem fazer barulho. A princesinha, gorduchinha, corada, com um trabalho de costura nas mãos, estava sentada numa poltrona e falava sem parar, recapitulando lembranças de Petersburgo e até expressões usuais na cidade. O príncipe Andrei aproximou-se, afagou a cabeça dela e perguntou se havia se refeito do cansaço da viagem. Ela respondeu e continuou a mesma conversa.

A carruagem puxada por seis cavalos estava diante da porta. Lá fora, era uma noite escura de outono. O cocheiro não enxergava o timão da carruagem. Na varanda, pessoas moviam-se agitadas com lanternas na mão. A casa enorme rebrilhava com as luzes através das janelas grandes. Na entrada, aglomeravam-se os criados, que desejavam despedir-se do jovem príncipe; na sala, estavam todas as pessoas de casa: Mikhail Ivánovitch, Mlle Bourienne, a princesa Mária e a princesinha. O príncipe Andrei foi chamado ao escritório do pai, que queria despedir-se dele a sós.

Quando o príncipe Andrei entrou no escritório, o velho príncipe, com os óculos de velho e o seu roupão branco, no qual não recebia ninguém a não ser o filho, estava sentado atrás da mesa e escrevia. Ergueu os olhos.

— Vai partir? — E pôs-se a escrever de novo.

---

220 Francês: "Ah! Pensei que o senhor estava no seu quarto".

221 Francês: "Não, mas, imagine só, a velha condessa Zúbova, com cachos de cabelo postiço e a boca cheia de dentes postiços, como se quisesse desafiar a sua idade...". O nome Zúbov deriva do substantivo *zub*, que significa "dente".

— Vim me despedir.

— Beije aqui — mostrou a bochecha. — Obrigado, obrigado!

— Por que me agradece?

— Por não perder tempo, por não ficar agarrado à saia de uma mulher. O serviço militar antes de tudo. Obrigado, obrigado! — Continuou a escrever, e voavam respingos da pena que estalava. — Se precisa dizer algo, fale. As duas coisas podem ser feitas ao mesmo tempo — acrescentou.

— Sobre a minha esposa... Estou muito envergonhado por deixá-la nas mãos do senhor...

— Deixe de história. Diga o que é necessário.

— Quando chegar a hora de minha esposa dar à luz, mande vir um médico parteiro de Moscou... Queria que ele estivesse aqui.

O velho príncipe parou e, como se não entendesse, cravou os olhos severos no filho.

— Sei que ninguém pode ajudar, se a natureza não ajuda — disse o príncipe Andrei, visivelmente embaraçado. — Concordo que, entre um milhão de casos, há só um que dá errado, mas ela e eu estamos com essa cisma. Contaram coisas para ela, viu algo num sonho e está com medo.

— Hm... Hm... — disse consigo o velho príncipe, enquanto continuava a escrever até terminar. — Farei isso.

Rabiscou a assinatura, de repente voltou-se rápido para o filho e soltou uma risada.

— Mau negócio, hein?

— O quê, meu pai?

— A esposa! — respondeu o velho príncipe, de modo conciso e sugestivo.

— Não entendo — disse o príncipe Andrei.

— Ora, não há nada a fazer, meu amigo — disse o príncipe. — São todas assim, não podemos desfazer um casamento. E não tenha medo; não vou contar para ninguém; você sabe muito bem disso.

Agarrou a mão do filho em seu punho ossudo e pequeno, sacudiu-a, fitou-o direto no rosto com seus olhos rápidos, que pareciam enxergar por dentro da pessoa, e de novo gargalhou com o seu riso frio.

O filho deu um suspiro, admitindo com aquele suspiro que o pai o compreendia. O velho apanhava e largava o selo, o lacre e o papel, enquanto dobrava e lacrava a carta, com a sua rapidez habitual.

— O que se vai fazer? É bonita! Farei tudo isso. Fique tranquilo — disse ele, com voz entrecortada, na hora de impor o lacre.

Andrei ficou calado: gostava e não gostava de que o pai o compreendesse. O velho se levantou e entregou a carta para o filho.

— Escute — disse ele. — Quanto à esposa, não se preocupe: todo o possível será feito. Agora, escute bem: entregue esta carta para Mikhail Ilariónovitch.[222] Escrevi para ele fazer uso de você em bons postos e não o conservar muito tempo como ajudante de ordens: um posto detestável! Diga-lhe que me lembro e gosto dele. E escreva me contando como ele o recebeu. Se ele for bom, sirva-o. O filho de Nikolai Andreitch Bolkónski não precisa servir ninguém que não seja bom. Agora, venha cá.

Falava tão depressa que não terminava a metade das palavras, mas o filho estava acostumado a entendê-lo. O velho príncipe conduziu o filho até a escrivaninha, levantou a tampa, puxou uma gaveta e retirou um caderno todo escrito na sua caligrafia de letras grandes, compridas e apertadas.

— Devo morrer antes de você. Veja, aqui estão os meus escritos, envie-os para o soberano após a minha morte. Agora, aqui está uma nota de crédito e uma carta: são o prêmio para quem escrever a história das guerras de Suvórov. Mande para a Academia. Aqui estão minhas anotações; depois que eu me for, trate de ler, vai achar útil.

Andrei não disse ao pai que, sem dúvida, ele ainda haveria de viver muito tempo. Entendia que não era preciso dizê-lo.

— Farei tudo, papai — respondeu.

— Mas, agora, adeus! — Deu a mão para o filho beijar e abraçou-o. — Lembre-se de uma coisa, príncipe Andrei: se o matarem, para mim, um velho, será doloroso... — Calou-se inesperadamente e de súbito, com voz cortante, prosseguiu: — E se eu souber que você não se portou como um filho de Nikolai Bolkónski, para mim... será uma vergonha! — gritou, com voz aguda.

— Isso o senhor não precisava me dizer, papai — disse o filho, sorrindo.

O velho ficou em silêncio.

— Eu ainda queria pedir uma coisa ao senhor — continuou o príncipe Andrei. — Se eu for morto e se eu tiver um filho, não o afaste de si, como eu lhe disse ontem, quero que ele seja criado junto do senhor... por favor.

— Para não deixá-lo com a esposa? — disse o velho e pôs-se a rir.

Ficaram em silêncio, de pé, um diante do outro. Os olhos rápidos do velho concentraram-se em cheio nos olhos do filho. Algo tremeu na parte inferior do rosto do velho príncipe.

— Já nos despedimos... Vá! — disse ele, de repente. — Vá! — gritou com voz alta e zangada, abrindo a porta do escritório.

---

222 Refere-se ao general Kutúzov.

— O que foi, o que houve? — perguntaram a princesinha e a princesa, ao ver o príncipe Andrei e a figura do velho, que havia gritado com voz zangada e aparecera só por um minuto, num roupão branco, sem peruca e com os óculos de velho.

O príncipe Andrei deu um suspiro e nada respondeu.

— Bem — disse ele, voltando-se para a esposa.

E aquele "bem" ressoava com uma ironia fria, como se dissesse: "Chegou a hora de você apresentar o seu número teatral".

— *André, déjà!*[223] — exclamou a princesinha, pálida e olhando com medo para o marido.

Ele abraçou-a. Ela soltou um grito e desabou sem sentidos no ombro do marido.

O príncipe Andrei, com cuidado, livrou o ombro em que ela jazia, lançou um olhar para o seu rosto, acomodou-a na poltrona com delicadeza.

— *Adieu, Marie* — disse em voz baixa para a irmã, beijou-a, segurando-a pela mão, e saiu a passos ligeiros.

A princesinha jazia na poltrona, Mlle Bourienne friccionava suas têmporas. A princesa Mária, amparando a cunhada, com os lindos olhos chorosos, continuava a olhar para a porta por onde o príncipe Andrei havia saído e fez o sinal da cruz na direção dele. Do escritório, ouviam-se, como tiros, os sons muito repetidos e irritados do velho que assoava o nariz. Assim que o príncipe Andrei saiu, a porta do escritório abriu bruscamente, e o vulto severo do velho de roupão branco surgiu.

— Já foi? Muito bem, tanto melhor! — disse; depois de olhar zangado para a princesinha desfalecida, balançou a cabeça com ar de censura e bateu a porta com estrondo.

---

223 Francês: "Andrei, já?".

TOMO UM
SEGUNDA PARTE

I

Em outubro de 1805, os exércitos russos ocupavam vilas e cidades do arquiducado da Áustria,[1] mais regimentos continuavam a chegar da Rússia e aquartelavam-se junto à fortaleza de Braunau, trazendo grande transtorno para os habitantes, em cujas casas se instalavam. Em Braunau, ficava o quartel-general do comandante em chefe Kutúzov.

No dia 11 de outubro de 1805,[2] um dos regimentos de infantaria que haviam acabado de chegar a Braunau, enquanto aguardava a revista de tropas pelo comandante em chefe, mantinha-se estacionado a meia milha[3] da cidade. Apesar de o terreno e o ambiente nada terem de russo (pomares, cercas de pedra, telhados de telhas, montanhas que se viam ao longe), assim como a população, que observava os soldados com curiosidade, o regimento tinha exatamente o mesmo aspecto de qualquer regimento russo preparado para uma revista de tropas, em qualquer parte do centro da Rússia.

Na véspera, no último trecho de marcha, chegara a ordem de que o comandante em chefe passaria a tropa em revista, em marcha. Embora as palavras da ordem tenham parecido pouco claras para o comandante do regimento e surgisse a questão de como entender tais palavras — deviam vestir farda de campanha ou não? —, ficou resolvido, num conselho dos comandantes de batalhão, apresentar o regimento em farda de desfile, com base no princípio de que melhor do que apenas fazer uma reverência completa é curvar-se numa reverência exagerada. E os soldados, sem pregar o olho, depois de uma marcha de trinta verstas, passaram a noite inteira fazendo consertos e limpezas; os ajudantes de ordens e os comandantes de companhia contavam e recontavam os soldados; e pela manhã o regimento, em vez da multidão espalhada e sem ordem, como estava na véspera, no último

---

1 O arquiducado da Áustria era a parte noroeste do Império austríaco.

2 As datas citadas por Tolstói seguem o calendário juliano, adotado na Rússia até a Revolução de Outubro de 1917. Ele ficava treze dias atrás do calendário gregoriano, adotado nas demais partes do mundo cristão ou ocidental.

3 Oitocentos metros.

trecho de marcha, tomou a forma de uma compacta massa de dois mil homens, e todos sabiam o seu lugar, a sua função, em todos eles cada botãozinho de cada pequena correia estava em seu devido lugar e brilhava de limpeza. Mas não só o exterior estava em ordem, pois se o comandante em chefe desejasse espiar por baixo do uniforme veria em todos eles uma camisa limpa e encontraria dentro de cada mochila o número correto de apetrechos, "sovelinha e sabãozinho", como dizem os soldados. Só havia uma circunstância em relação à qual ninguém conseguia ficar tranquilo. Eram os calçados. Mais de metade das botas estavam arrebentadas. Porém tal carência não era culpa do comandante do regimento, pois, apesar das repetidas reclamações, os artigos não eram liberados pela intendência austríaca, e o regimento havia caminhado mil verstas.

O comandante do regimento era um general de certa idade, de temperamento exaltado, sobrancelhas e costeletas grisalhas, corpulento, mais largo do peito até as costas do que de um ombro a outro. Vestia um uniforme novo em folha, com vincos bem passados, grossas dragonas douradas, que pareciam não empurrar para baixo os seus ombros obesos e sim levantá-los. O comandante do regimento tinha o aspecto de um homem que cumpria com felicidade uma das tarefas mais solenes da vida. Caminhava ao longo das filas de soldados e, indo e voltando, estremecia a cada passo, com as costas ligeiramente curvadas. Era evidente que o comandante adorava o seu regimento, estava satisfeito com ele, e todas as suas energias espirituais eram dedicadas apenas ao regimento; porém, apesar disso, o seu andar trêmulo parecia dizer que, além dos interesses militares, os interesses da vida social e do sexo feminino não ocupavam um espaço pequeno em seu espírito.

— Pois é, meu caro Mikhailo Mítritch — voltou-se o general para um dos comandantes de batalhão (sorrindo, o comandante de batalhão avançou; era evidente que os dois estavam felizes) —, tivemos uma noite bastante atarefada. No entanto, ao que parece, o regimento não está nada mau... Não é?

O comandante de batalhão entendeu a alegre ironia e riu.

— Nem no Prado Tsarítsin[4] seríamos recusados.

— O quê? — disse o comandante.

Nesse momento, pela estrada que vinha da cidade, na qual haviam postado sentinelas, surgiram dois cavaleiros. Eram um ajudante de ordens e um cossaco, que vinha logo atrás.

O ajudante de ordens fora enviado pelo Estado-Maior para confirmar ao comandante do regimento aquilo que não ficara claro na ordem recebida no dia an-

4 Área em São Petersburgo, à margem do rio Nievá, onde se realizavam desfiles militares.

terior, ou seja, que o comandante em chefe queria ver o regimento exatamente nas mesmas condições em que fazia a marcha — de capote, mochila, sem preparativos de nenhuma espécie.

Na véspera, Kutúzov recebera um membro do Hofkriegsrath, que viera de Viena trazendo a sugestão e a exigência de unir o quanto antes a tropa russa com os exércitos do arquiduque Ferdinando e de Mack, mas Kutúzov, que não via com bons olhos aquela fusão, pretendia, entre outros argumentos em favor do seu ponto de vista, mostrar ao general austríaco o estado deplorável em que se achavam os exércitos da Rússia. Com tal fim, ele quis ir ao encontro do regimento, e quanto pior fosse o estado do regimento, mais contente ficaria o comandante em chefe. Embora o ajudante de ordens ignorasse tais pormenores, transmitiu ao comandante do regimento a exigência inapelável do comandante em chefe de que os homens estivessem de capote e mochila e que, caso contrário, o comandante em chefe ficaria descontente. Ao ouvir aquelas palavras, o comandante do regimento baixou a cabeça, levantou os ombros em silêncio e, num gesto enraivecido, abriu os braços.

— Que trapalhada! — exclamou. — Eu bem que disse, Mikhailo Mítritch, em marcha queria dizer de capote — voltou-se para o comandante de batalhão, em tom de reprimenda. — Ah, meu Deus! — acrescentou e avançou, decidido. — Senhores comandantes de companhia! — gritou, com uma voz habituada a comandar. — Sargentos!... Será que falta pouco para ele nos dar a honra de sua visita? — perguntou para o ajudante de ordens recém-chegado, com uma expressão de cortesia respeitosa obviamente dirigida à pessoa da qual estava falando.

— Daqui a uma hora, eu acho.

— Dá tempo de trocar de roupa?

— Não sei, general...

O comandante do regimento, aproximando-se pessoalmente das fileiras, deu ordens para os soldados voltarem a vestir os capotes. Os comandantes de companhia puseram-se a correr pelas companhias, os sargentos alvoroçavam-se (os capotes não estavam em bom estado) e no mesmo instante os quadrados de soldados,[5] que até então se mantinham em silêncio e em ordem, agitaram-se, espalharam-se, em meio a um vozerio. De todos os lados, soldados vinham e voltavam correndo, lançavam os ombros para trás, passavam a mochila por cima da cabeça, retiravam o capote de dentro dela e, erguendo os braços bem alto, enfiavam-no pelas mangas.

---

5 Formação das tropas em que os soldados ficam agrupados em quadrados e marcham sem sair dessa disposição.

Meia hora depois, todos estavam de novo na mesma ordem de antes, só que os quadrados tinham ficado cinzentos em vez de pretos. O comandante do regimento, outra vez com o passo trêmulo, surgiu à frente do regimento e observou-o à distância.

— Mas o que é aquilo, agora? O que é? — esbravejou, detendo-se. — Comandante da terceira companhia!...

— Comandante da terceira companhia, para o general! Comandante para o general, terceira companhia para o comandante!... — soaram vozes pelas fileiras, e o ajudante de ordens correu em busca do oficial retardatário.

Quando o som das vozes obedientes, que deturpavam as palavras e já gritavam "o general para a terceira companhia", chegou ao seu destino, o oficial convocado apareceu por trás da companhia e, embora já fosse um homem de certa idade e não estivesse acostumado a correr, dirigiu-se ao general a trote, de mau jeito, tropeçando na ponta das botas. O rosto do capitão tinha a expressão apreensiva de um aluno a quem cobram uma lição que ele não estudou. No nariz vermelho (obviamente por causa da intemperança), surgiam manchas, e a boca não encontrava uma posição. O comandante do regimento observava o capitão dos pés à cabeça, enquanto ele se aproximava, arquejante, e refreava os passos à medida que chegava perto.

— Daqui a pouco o senhor vai ter gente em trajes de camponesa por aqui! O que é isso? — gritou o comandante do regimento, avançando o maxilar inferior e apontando para um soldado, nas fileiras da terceira companhia, com um capote em feltro colorido, que contrastava com os demais capotes. — E o senhor, por onde andou? Estamos à espera do comandante em chefe, e o senhor se afasta do seu posto? Ahn?... Vou ensinar o senhor a apresentar soldados em roupinhas de festa numa revista de tropas!... Ahn?...

O comandante da companhia, sem desviar os olhos do superior, apertava cada vez mais os dois dedos contra a pala do quepe, como se agora só naquela pressão ele visse alguma chance de salvar-se.

— Então, por que continua calado? Quem é esse daí que na companhia do senhor anda fantasiado de húngaro? — escarneceu, severo, o comandante do regimento.

— Vossa excelência...

— Mas que "vossa excelência" o quê! Vossa excelência! Vossa excelência! Mas o que é vossa excelência, isso ninguém sabe.

— Vossa excelência, aquele é o Dólokhov, o que foi rebaixado... — disse o capitão em voz baixa.

— E foi rebaixado a marechal de campo ou a soldado? Se é soldado, tem de estar vestido como todos os outros, em uniforme.

— Vossa excelência, o senhor mesmo o autorizou, durante a marcha.

— Autorizei? Autorizei? Aí está, vocês, jovens, são sempre assim — disse o comandante do regimento, esfriando um pouco. — Autorizei? A gente fala qualquer coisa para vocês e aí vocês logo... — O comandante do regimento calou-se um pouco. — A gente fala qualquer coisa para vocês e aí vocês logo... O que é? — exclamou, de novo irritado. — Tenha a bondade de vestir as pessoas da forma adequada...

E o comandante do regimento, voltando os olhos para o ajudante de ordens, andou na direção do regimento, com o seu passo trêmulo. Estava bem claro que a sua fúria lhe era agradável e que, ao caminhar diante do regimento, gostaria de achar mais um pretexto para a sua raiva. Depois de passar uma descompostura num oficial por causa de uma insígnia mal polida, e num outro por causa de uma fileira desalinhada, aproximou-se da terceira companhia.

— E isso é posição? Cadê a perna? Onde está a perna? — pôs-se a gritar o comandante do regimento, com um tom de sofrimento na voz, quando ainda faltavam cinco soldados para chegar a Dólokhov, vestido num capote azulado.

Dólokhov esticou lentamente a perna dobrada e, com seu olhar claro e insolente, encarou o general.

— Por que o capote azul? Tire logo... Sargento! Troque a roupa dele... Que canalh... — Não teve tempo de terminar.

— General, sou obrigado a cumprir as ordens, mas não sou obrigado a suportar... — disse depressa Dólokhov.

— Em forma, ninguém fala nada!... Ninguém fala, ninguém fala!...

— Não sou obrigado a suportar insultos — disse Dólokhov em voz alta e sonora.

Os olhos do general e do soldado se encontraram. O general calou-se, puxando para baixo, irritado, o cachecol apertado.

— Tenha a bondade de trocar de roupa, estou pedindo ao senhor — disse ele, e se afastou.

II

— Está chegando! — gritou uma sentinela, naquele momento.

O comandante do regimento ficou vermelho, correu para o seu cavalo, segurou o estribo com as mãos trêmulas, içou o corpo, desembainhou a espada e, com um rosto feliz e resoluto, a boca aberta meio de lado, preparou-se para gritar. O regimento agitou-se, como um pássaro que alisa suas penas, e se pôs imóvel.

— Se-e-e-e-en-tido! — gritou o comandante do regimento com uma voz que abalava o espírito, soando alegre para ele, severa para o regimento, e dando boas-vindas para o superior que se aproximava.

Pela estrada grande, larga, margeada de árvores, sem calçamento, vinha, a trote acelerado, com as molas guinchando de leve, um cabriolé vienense azul e alto, puxado por dois cavalos, um atrás do outro. Atrás da carruagem, vinham a galope a comitiva e uma escolta de croatas.[6] Ao lado de Kutúzov, estava sentado o general austríaco, num uniforme branco, estranho no meio dos uniformes pretos dos russos. A carruagem parou diante do regimento. Kutúzov e o general austríaco falaram algo em voz baixa, e Kutúzov sorriu de leve no momento em que, ao descer pesadamente da carruagem, apoiou o pé sobre o estribo, dando a impressão de não estarem ali aqueles dois mil homens que, prendendo a respiração, olhavam para ele e para o comandante do regimento.

Um grito de comando ressoou, de novo o regimento se agitou em seus vários grupamentos e tomou a posição de apresentar armas. No silêncio de morte, ouviu-se a voz fraca do comandante em chefe. O regimento soltou um urro: "Saúde para vossa ex-ex-ex-ex-celência!". E de novo todos se puseram em silêncio. A princípio, Kutúzov ficou parado, enquanto o regimento se movia à sua frente; depois, Kutúzov, ao lado do general de branco, a pé, acompanhado pela comitiva, passou a caminhar pelas fileiras.

Pelo modo como o comandante do regimento saudava o comandante em chefe, devorando-o com os olhos, tomando a posição de sentido e aprumando o corpo, pelo modo como andava atrás dos generais, entre as fileiras, inclinado para a frente, mal conseguindo conter os seus tremores, e pelo modo como saltitava a cada palavra e gesto do comandante em chefe — via-se que ele cumpria os seus deveres de subordinado com ainda mais prazer do que cumpria os seus deveres de superior. O regimento, graças à severidade e ao esforço do comandante do regimento, estava em condições excelentes, em comparação com outros que haviam chegado a Braunau na mesma ocasião. Os doentes e os retardatários somavam apenas duzentos e dezessete soldados. E tudo estava em perfeitas condições, menos os calçados.

Kutúzov passava pelas fileiras, de vez em quando se detinha e dizia algumas palavras para os oficiais que ele conhecia da guerra turca, e às vezes para os soldados. Várias vezes, ao olhar para as botas, balançou a cabeça com desalento e as mostrava para o general austríaco, com expressão não de quem censurava alguém por causa daquilo, mas de quem não podia deixar de notar como a situação deles era ruim. O comandante do regimento adiantava-se correndo, toda vez

---

6 A Croácia se encontrava sob o domínio do Império austríaco. A guarda pessoal do imperador austríaco era formada por cavaleiros croatas.

que isso acontecia, com receio de perder as palavras do comandante em chefe relativas ao regimento. Atrás de Kutúzov, a uma distância de onde era possível ouvir mesmo as palavras pronunciadas em tom mais baixo, vinha a comitiva de vinte homens. Os senhores da comitiva conversavam entre si e às vezes riam. Mais próximo do comandante em chefe, vinha um bonito ajudante de ordens. Era o príncipe Bolkónski. A seu lado, vinha o seu camarada Nesvítski, um oficial do Estado-Maior de alta estatura, tremendamente gordo, com um rosto bondoso, sorridente e bonito, de olhos úmidos; Nesvítski mal conseguia conter o riso, provocado por um oficial hussardo muito moreno que caminhava a seu lado. O oficial hussardo, sem sorrir, sem alterar a expressão dos olhos parados, mirava com o rosto sério as costas do comandante do regimento e arremedava todos os seus movimentos. Toda vez que o comandante do regimento se sobressaltava e se inclinava para a frente, da mesma forma, exatamente igual a ele, o oficial hussardo se sobressaltava e se inclinava para a frente. Nesvítski ria e cutucava os outros, para que olhassem o gozador.

Kutúzov andava devagar e com moleza diante dos milhares de olhos que, saltando das órbitas, seguiam o superior. Ao chegar à terceira companhia, de repente ele parou. A comitiva, que não esperava aquela parada, não pôde deixar de continuar avançando até ele.

— Ah, Timókhin! — disse o comandante em chefe, reconhecendo o capitão de nariz vermelho que pouco antes passara maus bocados por causa do capote azul.

Parecia impossível ficar mais ereto do que Timókhin tinha ficado na hora em que o comandante do regimento o repreendeu. Mas no instante em que o comandante em chefe se dirigiu a ele, o capitão se esticou tanto que pareceu que não iria aguentar, se o comandante em chefe continuasse a olhar para ele durante mais tempo; e por isso Kutúzov, obviamente entendendo a sua situação e desejando, ao contrário, apenas o bem do capitão, deu-lhe as costas rapidamente. Um sorriso quase imperceptível percorreu o rosto de Kutúzov, rechonchudo, deformado por um ferimento.

— Mais um companheiro de Ismail[7] — disse ele. — Um bravo oficial! Está satisfeito com ele? — perguntou ao comandante do regimento.

E o comandante do regimento, como que refletido num espelho pelo oficial hussardo, mas sem se dar conta disso, sobressaltou-se, adiantou-se e respondeu:

— Muito satisfeito, vossa excelência.

---

7 Cidade situada na Ucrânia. Kutúzov refere-se à tomada da fortaleza de Ismail, pelo general Suvórov, em dezembro de 1790, na Guerra Russo-Turca (1787-91).

— Todos temos as nossas fraquezas — disse Kutúzov, sorrindo, enquanto se afastava. — Ele era apegado aos prazeres de Baco.

O comandante do regimento assustou-se, com medo de ter alguma culpa naquilo, e nada respondeu. Nesse instante, o oficial hussardo notou a figura do capitão, com o nariz vermelho e a barriga encolhida, e arremedou o seu rosto e a sua postura com tamanha exatidão que Nesvítski não conseguiu conter o riso.

Kutúzov voltou-se. Era evidente que o oficial conseguia dar ao rosto o aspecto que bem entendesse: no instante em que Kutúzov se voltou, o oficial foi capaz de fazer uma careta e logo em seguida assumir a fisionomia mais séria, respeitosa e inocente do mundo.

A terceira companhia era a última, e Kutúzov estava pensativo, parecia que tentava recordar alguma coisa. O príncipe Andrei destacou-se da comitiva e falou em voz baixa, e em francês:

— O senhor ordenou que eu o lembrasse de Dólokhov, que foi rebaixado para este regimento.

— Onde está o Dólokhov? — perguntou Kutúzov.

Dólokhov, já com o capote cinzento dos soldados, não esperou que viessem chamá-lo. A figura esbelta do soldado louro, de olhos azul-claros, destacou-se das fileiras. Aproximou-se do comandante em chefe e tomou a posição de apresentar armas.

— Alguma queixa? — perguntou Kutúzov, com as sobrancelhas ligeiramente franzidas.

— Este é Dólokhov — disse o príncipe Andrei.

— Ah! — disse Kutúzov. — Espero que essa lição ensine a você a ser um bom soldado. O soberano é misericordioso. E eu não vou esquecer de você, caso se mostre digno disso.

Os olhos azul-claros fitavam o comandante em chefe de modo tão insolente como antes haviam fitado o comandante do regimento, e com a sua expressão pareciam rasgar a cortina de convenções que mantinha o comandante em chefe tão separado e distante de um soldado.

— Quero pedir só uma coisa, vossa excelência — disse ele, com a sua voz sonora, firme, sem pressa. — Peço que me deem a chance de expiar minha culpa e demonstrar a minha lealdade ao soberano imperador da Rússia.

Kutúzov lhe deu as costas. No seu rosto, perpassou o mesmo sorriso dos olhos, de quando deu as costas para o capitão Timókhin. Deu as costas e franziu o rosto, como se quisesse assim exprimir que tudo o que Dólokhov lhe disse, e tudo o que podia lhe dizer, ele já sabia desde muito, muito tempo, que ele já estava farto de tudo aquilo e que tudo aquilo era completamente inútil. Kutúzov lhe deu as costas e caminhou rumo à carruagem.

O regimento formou-se dividido por companhias e dirigiu-se para os alojamentos designados, nas imediações de Braunau, onde os soldados contavam receber botas, roupas e repousar, depois das marchas penosas.

— O senhor tem alguma queixa de mim, Prokhór Ignátitch? — perguntou o comandante do regimento, ultrapassando a terceira companhia, que se encaminhava para o seu posto, e aproximando-se do capitão Timókhin, que caminhava à frente dela. O rosto do comandante do regimento exprimia uma alegria incontida, uma vez que a revista de tropas terminara com sucesso. — A serviço do tsar... não se pode... às vezes, no front, a gente perde a cabeça... Eu mesmo sou o primeiro a me desculpar, o senhor me conhece... Estou muito agradecido! — E estendeu a mão ao comandante da companhia.

— Perdoe, general, se permite que eu me atreva! — respondeu o capitão, de nariz vermelho, sorrindo e deixando à mostra, com o sorriso, a falta de dois dentes frontais, perdidos por causa de uma coronhada, nos combates em Ismail.

— E transmita ao sr. Dólokhov que não vou esquecê-lo, que ele pode ficar tranquilo. E me diga, por favor, o tempo todo eu queria perguntar, como ele tem se portado? Em tudo...

— Quanto ao serviço, é muito correto, vossa excelência... mas o caráter... — disse Timókhin.

— O quê, o que tem o caráter? — perguntou o comandante do regimento.

— Depende do dia, vossa excelência — respondeu o capitão. — Tem dias em que é sensato, educado e bom. E outras vezes vira um bicho. Na Polônia, quase matou um judeu, se me permite informar...

— Sei, sei — disse o comandante do regimento. — Afinal, é preciso ter piedade de um jovem em seu infortúnio. De resto, ele tem boas relações... Portanto o senhor...

— Claro, perfeitamente, vossa excelência — respondeu Timókhin, dando a entender, com um sorriso, que compreendia o desejo do superior.

— Muito bem, muito bem.

O comandante do regimento afastou-se, foi ao encontro de Dólokhov no meio das fileiras e freou o cavalo.

— Na primeira ação, ganhará as dragonas — disse para ele.

Dólokhov lançou-lhe um olhar, nada disse e não alterou a expressão sorridente e zombeteira da boca.

— Pronto, agora está tudo bem — prosseguiu o comandante do regimento. — Um cálice de vodca para todos, por minha conta — acrescentou, para que os soldados ouvissem. — Agradeço a todos! Deus seja louvado! — E, após ultrapassar a terceira companhia, avançou para a companhia seguinte.

— Apesar de tudo, é um bom homem, correto; dá para servir sob o seu comando — disse Timókhin para um oficial subalterno que caminhava ao lado dele.

— Numa palavra, o rei de copas!... (chamavam o comandante do regimento de rei de copas) — disse rindo o oficial subalterno.

A ótima disposição de espírito dos superiores, depois da revista de tropas, contagiou também os soldados. A companhia caminhava alegre. De todos os lados, as vozes dos soldados trocavam opiniões.

— Então andaram dizendo que Kutúzov era caolho, só tinha um olho?

— E vai dizer que não é? É caolho mesmo.

— Não... irmão, enxerga melhor do que você. As botas, as perneiras... ele viu tudo...

— Quando ele olhou para os meus pés, meu irmão... Puxa! Fiquei só pensando...

— E o outro, o austríaco, que estava com ele, parecia todo lambuzado de giz. Branco feito farinha. Aposto que eles se limpam que nem limpam as armas.

— Escute aqui, Fiédechou!... Ele não falou quando a briga vai começar? Você estava mais perto. Todo mundo andou dizendo que o próprio Bonaparte está em Brunov.

— O Bonaparte! Que bobagem, sua besta! Não sabe nada! Agora os prussianos estão se rebelando. E os tais dos austríacos estão apertando eles. Quando os prussianos pedirem arrego, vai começar a guerra contra Bonaparte. E agora você vem me dizer que Bonaparte está em Brunov! Só uma besta feito você. Preste mais atenção.

— Que diabo de gente são esses oficiais que têm de arranjar alojamento para nós! A quinta companhia, veja só, já se instalou na aldeia, eles já vão ter cozinhado o mingau antes que a gente arranje um lugar.

— Ô, diabo, tem aí um biscoito?

— E você, me deu tabaco ontem? Está vendo, irmão? Bom, tome, Deus te ajude.

— Se não mandarem fazer uma parada aqui, vamos ter de andar mais cinco verstas sem comer nadinha.

— Puxa, foi muito bom quando os alemães mandaram aquelas carroças para levar a gente. Ali sentado, na carroça: feito um rei![8]

— Por aqui, irmão, só tem um povo desembestado. Lá, pelo menos todo mun-

8 Os exércitos russos partiram da Rússia em agosto de 1805 e deslocavam-se devagar. Quando se soube que as tropas de Napoleão já haviam chegado ao Reno, em setembro, as autoridades providenciaram carroças para que as tropas de Kutúzov pudessem percorrer cinquenta quilômetros por dia, em vez dos 25 quilômetros que os soldados perfaziam a pé.

do parecia polonês, todo mundo sob a coroa russa, mas agora, irmão, são todos uns alemães, sem tirar nem pôr.

— Cantores, para a frente! — ouviu-se o grito do capitão.

E uns vinte homens, de diversas fileiras, correram para a frente da companhia. O tamboreiro e líder do coro virou o rosto para os cantores e, acenando com a mão, deu início à arrastada canção dos soldados, que começava assim:

Não é a aurora, o solzinho que se levanta?...

E terminava com as palavras:

Então, irmãos, a glória será nossa, com o pai Kamiénski...

Essa canção tinha sido composta na Turquia e agora a cantavam na Áustria, só que com uma alteração, em lugar de "com o pai Kamiénski", diziam as palavras "com o pai Kutúzov".[9]

Após esbravejar essas últimas palavras como fazem os soldados e brandir a mão como se jogasse alguma coisa no chão, o tamboreiro, um soldado magro e bonito, de uns quarenta anos, lançou um olhar severo para os soldados cantores e franziu as sobrancelhas. Depois, convencido de que todos os olhos estavam voltados para ele, levantou as mãos com cuidado, como se erguesse algo invísivel e precioso acima da cabeça, sustentou-o ali durante alguns segundos e, de repente, lançou aquilo ao chão, com força:

Ah, minha casinha, minha casinha!

"Minha casinha nova...", entoaram vinte vozes, e o homem que tocava percussão com colheres de pau, apesar do peso do equipamento que levava, correu de um salto para a frente da companhia e começou a andar de costas, virado para os soldados, remexendo os ombros e parecendo ameaçar alguém com as colheres. Os soldados, sacudindo as mãos, marcavam o compasso da canção, andavam a passadas largas, acertando o passo espontaneamente. Por trás da companhia, ouviu-se o barulho de rodas, os estalos de molas e o tropel de cavalos. Kutúzov voltava para a cidade com a sua comitiva. O comandante em chefe deu um sinal para que os soldados continuassem a marcha à vontade, e no seu rosto, como no rosto de todos da sua comitiva, exprimia-

---

9 Referência à guerra contra os turcos, entre 1769 e 1774, e ao general Kamiénski (1738-1809).

-se o prazer com os sons da canção, com o aspecto do soldado dançarino e dos soldados da companhia, que marchavam alegres e animados. Na segunda fileira, no flanco direito, junto ao qual a carruagem ultrapassava a companhia, um soldado de olhos azuis chamava involuntariamente a atenção. Era Dólokhov, que caminhava de forma especialmente animada e elegante, no ritmo da canção, e olhava para o rosto dos que passavam na carruagem com uma expressão que parecia dizer que tinha muita pena de todos que, naquele momento, não marchavam junto com a companhia. O alferes hussardo da comitiva de Kutúzov, que havia imitado o comandante do regimento, reteve o passo do seu cavalo, deixou a carruagem passar e aproximou-se de Dólokhov.

O alferes hussardo Jerkóv, em certa ocasião, em Petersburgo, pertencera ao grupo de valentões liderado por Dólokhov. No exterior, Jerkóv encontrara Dólokhov rebaixado ao posto de soldado e não achou útil mostrar que o reconhecia. Agora, depois da conversa de Kutúzov com o oficial rebaixado, Jerkóv dirigiu-se a ele com a alegria de um velho amigo:

— Ei, amigo do peito, como vai? — disse, em meio aos sons da canção, e acertou a marcha do cavalo com o passo da companhia.

— Como vou? — respondeu Dólokhov friamente. — Vou como você está vendo.

A música animada dava um significado especial ao tom de alegria veemente em que falava Jerkóv e ao tom de frieza intencional das respostas de Dólokhov.

— E então, como está se dando com os superiores? — perguntou Jerkóv.

— Tudo bem, são boa gente. E você, como é que se enfiou no Estado-Maior?

— Fui nomeado. Sou efetivo.

Ficaram um pouco em silêncio.

O falcão está solto, voou da manga direita

dizia a canção, que despertava um sentimento espontâneo de alegria e ânimo. A conversa deles, sem dúvida, seria diferente se não falassem ao som da música.

— É verdade que os austríacos foram derrotados? — perguntou Dólokhov.

— Só o diabo pode saber. Andam falando.

— Que bom — respondeu Dólokhov, de forma clara e concisa, como a canção exigia.

— E então, venha nos ver uma noite dessas, para jogar o faraó — disse Jerkóv.

— Quer dizer que está cheio de dinheiro?

— Venha.

— Não posso. Fiz um juramento. Não bebo e não jogo, enquanto não me promoverem.

— Ora, logo depois do primeiro combate...

— Vamos ver.

De novo, ficaram um pouco em silêncio.

— Se precisar de alguma coisa, todos no Estado-Maior vão ajudar... — disse Jerkóv.

Dólokhov deu uma risada.

— É melhor você não se preocupar. O que eu preciso, não vou pedir, eu mesmo consigo.

— Bem, é claro, eu só...

— Está certo, eu também.

— Até logo.

— Passe bem...

... e alto e para longe,
Na direção da nossa terra...

Jerkóv cravou as esporas no cavalo, que, por três vezes, irrequieto, confundiu as pernas, sem saber com qual delas começar, mas recobrou-se e disparou a galope, ultrapassando a companhia, até alcançar a carruagem, também no ritmo da canção.

III

De volta da revista das tropas, Kutúzov, acompanhado pelo general austríaco, entrou no seu gabinete, gritou chamando o ajudante de ordens, mandou que trouxesse os documentos referentes às condições das tropas que chegavam, bem como as cartas enviadas pelo arquiduque Ferdinando, comandante do Exército na linha de frente. O príncipe Andrei Bolkónski entrou no gabinete do comandante em chefe com os documentos solicitados. Kutúzov e o membro do Hofkriegsrath estavam sentados diante de um mapa aberto sobre a mesa.

— Ah... — disse Kutúzov, voltando-se para Bolkónski, como se com aquela palavra convidasse o ajudante de ordens a esperar um pouco, e prosseguiu a conversa em francês, já em andamento.

— Só digo uma coisa, general — falou Kutúzov com uma simpática elegância de fisionomia e de entonação que obrigava o interlocutor a escutar todas as suas palavras, pronunciadas sem pressa. Era visível que o próprio Kutúzov ouvia a si mesmo com prazer. — Só digo uma coisa, general: se dependesse do meu desejo pessoal, a vontade de sua alteza o imperador Francisco teria sido cumprida há muito tempo. Há muito tempo eu teria me unido ao arquiduque. E creia, pela minha honra, que para mim, pessoalmente, transferir o comando do Exército para um general mais competente e hábil do que eu, como existem em abundância na Áustria, e desvencilhar-me dessa responsabilidade tão árdua seria, para mim, pessoalmente, um prazer. Mas as circunstâncias são mais fortes do que nós, general.

E Kutúzov sorriu com uma expressão que parecia dizer: "O senhor tem todo o direito de não acreditar em mim, e de resto, para mim, tanto faz que o senhor acredite ou não, mas o senhor não tem motivo para me dizer isso. E a questão é só essa".

O general austríaco tinha um aspecto insatisfeito, mas não podia responder a Kutúzov no mesmo tom.

— Ao contrário — disse ele, num tom irritado e rabugento, em clara contradição com o sentido lisonjeiro das palavras que pronunciava —, ao contrário, a participação de vossa excelência na missão comum é muito apreciada por sua alteza; mas nós estamos sugerindo que o presente atraso priva o glorioso Exército russo e o seu comandante em chefe dos louros que estão habituados a colher nas batalhas — concluiu a frase, visivelmente preparada de antemão.

Kutúzov fez uma reverência, sem alterar o sorriso.

— Mas estou convencido disso e, com base na última carta que sua alteza o arquiduque Ferdinando deu-me a honra de me enviar, acredito que as tropas austríacas, sob o comando de um colaborador tão hábil como o general Mack, agora já devem ter alcançado uma vitória decisiva e não precisam mais da nossa ajuda — disse Kutúzov.

O general franziu o rosto. Embora não houvesse notícias seguras da derrota austríaca, havia circunstâncias de sobra que confirmavam os generalizados rumores desfavoráveis; e por isso a suposição de Kutúzov de uma vitória austríaca se parecia muito com uma zombaria. Mas Kutúzov sorria de maneira dócil e sempre com a mesma expressão, que dizia que ele tinha o direito de pensar assim. De fato, a última carta que recebera do exército de Mack comunicava uma vitória e dava conta da excelente posição estratégica do exército.

— Dê-me aquela carta — disse Kutúzov, dirigindo-se para o príncipe Andrei. — Aqui está, tenha a bondade de ouvir. — E Kutúzov, com um sorriso de zombaria no canto dos lábios, leu em alemão para o general austríaco o seguinte trecho da carta do arquiduque Ferdinando:[10]

Wir haben vollkommen zusammengehaltene Kräfte, nahe an 70 000 Mann, um den Feind, wenn er den Lech passierte, angreifen und schlagen zu können. Wir kön-

---

10 Trata-se de uma carta autêntica, citada pelo historiador russo Mikháilovski-Danílevski (1789-1848). Tolstói se apoiou bastante em sua obra, bem como na do historiador e político francês Adolphe Thiers (1797-1877). Além disso, teve acesso a muitos documentos e cartas particulares.

nen, da wir Meister von Ulm sind, den Vorteil, auch von beiden Ufern der Donau Meister zu bleiben, nicht verlieren; mithin auch jeden Augenblick, wenn der Feind den Lech nicht passierte, die Donau übersetzen, uns auf seine Kommunikations-Linie werfen, die Donau unterhalb repassieren und dem Feinde, wenn er sich gegen unsere treue Alliierte mit ganzer Macht wenden wollte, seine Absicht alsbald vereiteln. Wir werden auf solche Weise den Zeitpunkt, wo die Kaiserlich-Russische Armee ausgerüstet sein wird, mutig entgegenharren, und sodann leicht gemeinschaftlich die Möglichkeit finden, dem Feind das Schicksal zuzubereiten, so er verdient.[11]

Kutúzov deu um suspiro pesado, ao término dessa frase, e fitou com atenção e carinho o membro do Hofkriegsrath.

— Mas, vossa excelência, o senhor conhece a regra de sabedoria que recomenda prever o pior — disse o general austríaco, obviamente desejoso de pôr um fim aos gracejos e entrar logo no que interessava.

Ele não pôde deixar de virar-se e olhar para o ajudante de ordens.

— Queira perdoar, general — interrompeu-o Kutúzov e também se voltou para o príncipe Andrei. — Escute, meu caro, vá pedir ao Kozlóvski todos os relatórios dos nossos espiões. Aqui estão duas cartas do conde Nostitz, uma carta de sua alteza o arquiduque Ferdinando, e também isto aqui — disse ele e lhe entregou vários papéis. — De tudo isso, elabore um *memorandum*, bem claro, em francês, só uma notinha, em que se possam ver todas as notícias que recebemos sobre as ações do Exército austríaco. Pois bem, é isso, e depois entregue para sua excelência.

O príncipe Andrei curvou a cabeça em sinal de que havia entendido, desde as primeiras palavras, não só o que fora dito, mas também aquilo que Kutúzov queria lhe dizer. Juntou os papéis e, após despedir-se com uma reverência para ambos, seguiu para a sala de espera, pisando no tapete sem fazer barulho.

Apesar de não ter passado muito tempo desde que o príncipe Andrei havia deixado a Rússia, ele mudara muito. Na expressão do seu rosto, nos movimentos, no modo de andar, quase não se notavam mais a afetação, o cansaço e a preguiça

---

11 Alemão: "Concentramos nossas forças de quase setenta mil homens, prontas para atacar e derrotar o inimigo, caso ele atravesse o Lech. Além disso, como somos os senhores de Ulm, não podemos perder a vantagem de ter sob o nosso domínio as duas margens do Danúbio, e, assim, desde que o inimigo não atravesse o Lech, podemos cruzar o Danúbio, atacar as suas linhas de comunicação, cruzar de novo o rio mais abaixo e frustrar suas intenções caso pretenda voltar todas as suas forças contra os nossos fiéis aliados. Assim, aguardaremos confiantes o momento em que o Exército imperial russo estiver plenamente equipado, e então, unidos a ele, encontraremos com facilidade um modo de preparar o destino que o inimigo merece".

de antes; mostrava o aspecto de um homem que não tinha tempo para pensar nas impressões que produzia nos outros, ocupado com assuntos agradáveis e interessantes. Seu rosto exprimia uma grande satisfação consigo mesmo e com as pessoas à sua volta, o sorriso e o olhar eram mais alegres e mais atraentes.

Kutúzov, a quem ele alcançara ainda na Polônia, recebeu-o com muita simpatia, prometeu não se esquecer dele, destacou-o entre os demais ajudantes de ordens, trouxe-o para Viena e lhe dava as incumbências mais graves. De Viena, Kutúzov escreveu para o seu velho companheiro, o pai do príncipe Andrei:

"O filho do senhor", escreveu ele, "dá sinais de que será um oficial fora do comum, pela diligência, firmeza e pontualidade. Considero-me um felizardo por ter ao meu dispor um tal subordinado."

No Estado-Maior de Kutúzov, entre os camaradas oficiais e no Exército de maneira geral, o príncipe Andrei, tal como acontecia na sociedade de Petersburgo, tinha duas reputações totalmente contraditórias. Uns, a minoria, reconheciam que o príncipe Andrei era diferente deles e de todos os demais, esperavam grandes façanhas da sua parte, ouviam-no com atenção, o admiravam, o imitavam; e com essas pessoas o príncipe Andrei mostrava-se simples e simpático. Os outros, a maioria, não gostavam do príncipe Andrei, consideravam-no presunçoso, frio e antipático. Mas com esses o príncipe Andrei sabia portar-se de tal modo que eles o respeitavam e até o temiam.

Ao sair para a sala de espera do gabinete de Kutúzov, o príncipe Andrei, com os papéis, aproximou-se de um companheiro, o ajudante de ordens de serviço, Kozlóvski, que estava sentado junto à janela, com um livro.

— E então, o que há, príncipe? — perguntou Kozlóvski.

— Uma ordem para redigir uma nota, sobre por que não avançamos.

— E por quê?

O príncipe Andrei encolheu os ombros.

— Não chegou nenhuma notícia de Mack? — perguntou Kozlóvski.

— Não.

— Se fosse verdade que ele foi derrotado, já teria chegado alguma notícia.

— É provável — disse o príncipe Andrei e seguiu para a porta de saída; mas no mesmo instante, na sua direção, e abrindo a porta com força, entrou na sala de espera um general austríaco, alto, obviamente recém-chegado, de sobretudo, com um lenço preto amarrado em volta da cabeça e com a medalha de Maria Teresa pendurada no pescoço. O príncipe Andrei se deteve.

— O general em chefe Kutúzov? — exclamou às pressas o general recém-chegado, com um forte sotaque alemão, olhando para os dois lados e, sem parar, seguindo rumo à porta do gabinete.

— O general em chefe está ocupado — Kozlóvski disse e foi ligeiro na direção do general desconhecido, barrando o caminho dele até a porta. — Como devo anunciar o senhor?

O general desconhecido virou-se e olhou de cima, com desprezo, para a baixa estatura de Kozlóvski, como que admirado de que ele pudesse não saber.

— O general em chefe está ocupado — repetiu Kozlóvski, em tom calmo.

O rosto do general se franziu numa careta, seus lábios se repuxaram e começaram a tremer. Pegou um caderninho de notas, rabiscou algo às pressas com um lápis, arrancou a folha, entregou-a, aproximou-se da janela a passos rápidos, largou o corpo sobre uma cadeira e fitou as pessoas presentes naquele cômodo, como se perguntasse: Por que eles estão olhando para mim? Depois, o general levantou a cabeça, esticou o pescoço, como se tivesse intenção de falar algo, mas logo em seguida, como que com negligência, começando a cantarolar para si mesmo, emitiu um som estranho, que logo se interrompeu. A porta do gabinete se abriu, e no limiar surgiu Kutúzov. O general com a cabeça amarrada curvou-se, como se quisesse esquivar-se de um perigo, e a passos grandes e rápidos de suas pernas magras, aproximou-se de Kutúzov.

— *Vous voyez le malheureux Mack*[12] — pronunciou, com voz vacilante.

O rosto de Kutúzov, parado na porta do gabinete, permaneceu absolutamente imóvel durante alguns instantes. Depois, como uma onda, uma ruga percorreu o seu rosto, a testa ficou lisa; ele inclinou a cabeça respeitosamente, fechou os olhos, não falou nada, abriu caminho para Mack passar e fechou ele mesmo a porta, depois de entrar.

Os rumores, que já haviam se espalhado, a respeito da derrota dos austríacos e da rendição do Exército inteiro, em Ulm, provaram ser verdade. Meia hora depois, ajudantes de ordens foram enviados em várias direções, com avisos de que em breve o Exército russo, até então inativo, também iria defrontar-se com o inimigo.

O príncipe Andrei era um dos raros oficiais no Estado-Maior que tinham o máximo interesse em estar a par do andamento geral das operações de guerra. Ao ver Mack e ter notícia dos detalhes da sua desgraça, entendeu que metade da campanha estava perdida, entendeu toda a verdade da situação do Exército russo e teve uma imagem muito nítida daquilo que aguardava o Exército e do papel que cabia a ele desempenhar. Sem querer, experimentou um sentimento empolgante e alegre, com a ideia da humilhação da presunçosa Áustria, e com a ideia de que dali a uma semana talvez ele tivesse de presenciar e tomar parte nos confrontos entre

---

12 Francês: "O senhor tem à sua frente o infeliz Mack".

russos e franceses, os primeiros desde Suvórov. Mas ele temia o gênio de Bonaparte, que podia revelar-se mais forte do que toda a coragem do Exército russo, e ao mesmo tempo não podia admitir a desonra do seu herói.

Perturbado e irritado por esses pensamentos, o príncipe Andrei foi para o seu quarto a fim de escrever para o pai, a quem escrevia diariamente. No corredor, cruzou com o seu companheiro de quarto, Nesvítski, e com o brincalhão Jerkóv; como sempre, estavam rindo de alguma coisa.

— Por que está assim tão sombrio? — perguntou Nesvítski, ao notar o rosto pálido, de olhos brilhantes, do príncipe Andrei.

— Não há por que estar alegre — respondeu Bolkónski.

No momento em que o príncipe Andrei se encontrou com Nesvítski e Jerkóv, da outra ponta do corredor vieram em sua direção Strauch, um general austríaco do Estado-Maior de Kutúzov, encarregado do fornecimento de alimentos para o Exército russo, e também o membro do Hofkriegsrath que havia chegado no dia anterior. No corredor largo, havia espaço de sobra para os generais passarem pelos três oficiais; mas Jerkóv, cutucando Nesvítski com o braço, falou com voz ofegante:

— Estão vindo!... Estão vindo!... Abra caminho! Por favor, abra caminho!

Os generais passaram com o evidente desejo de evitar deferências incômodas. No rosto do brincalhão Jerkóv surgiu, de repente, um estúpido sorriso de alegria que ele parecia não conseguir conter.

— Vossa excelência — disse ele, em alemão, avançando e dirigindo-se ao general austríaco. — Tenho a honra de lhe dar os parabéns.

Inclinou a cabeça e, meio desajeitado, como uma criança que aprende a dançar, começou a fazer rapapés ora para um, ora para o outro.

O general membro do Hofkriegsrath virou-se para ele, com ar severo; ao notar a seriedade em seu sorriso idiota, não pôde recusar um minuto de atenção. Semicerrou os olhos, dando a entender que ia ouvi-lo.

— Tenho a honra de parabenizá-los. O general Mack chegou, em perfeita saúde, só se machucou um pouquinho, aqui — acrescentou, com um sorriso radiante, apontando para a cabeça.

O general fez uma carranca, deu-lhe as costas e seguiu adiante.

— *Gott, wie naïv!*[13] — disse, zangado, após afastar-se alguns passos.

Nesvítski, com uma gargalhada, abraçou o príncipe Andrei, mas Bolkónski, ainda mais pálido que antes, com uma expressão raivosa no rosto, empurrou-o e virou-se para Jerkóv. A excitação nervosa causada pela visão de Mack, pela notícia

---

13 Alemão: "Meu Deus, que ingenuidade".

da derrota dele e pelos pensamentos sobre o que aguardava o Exército russo deu vazão a uma explosão de raiva com a brincadeira inconveniente de Jerkóv.

— Se o senhor, prezado cavalheiro — começou a falar, em tom estridente, com um ligeiro tremor no maxilar inferior —, quer bancar o *palhaço*, eu não posso me opor; mas aviso que, caso o senhor se atreva outra vez a *fazer o papel de bufão* na minha presença, terei de ensiná-lo a se comportar.

Nesvítski e Jerkóv ficaram tão surpresos com aquele rompante que fitaram Bolkónski em silêncio, de olhos arregalados.

— Puxa, eu só dei os parabéns — disse Jerkóv.

— Não estou brincando com o senhor, trate de ficar calado! — gritou Bolkónski e, tomando Nesvítski pelo braço, afastou-se de Jerkóv, que não achou o que responder.

— Puxa, o que deu em você, irmão? — disse Nesvítski, em tom calmo.

— Como assim? — exclamou o príncipe Andrei, detendo-se, em sua agitação. — Entenda bem que nós ou somos oficiais que, a serviço do tsar e da pátria, nos alegramos com o êxito comum e nos entristecemos com o fracasso comum, ou somos lacaios que nada têm a ver com os assuntos dos seus senhores. *Quarante mille hommes massacrés et l'armée de nos alliés détruite, et vous trouvez là le mot pour rire* — disse, como se com essa frase em francês reforçasse a sua opinião. — *C'est bien pour un garçon de rien, comme cet individu, dont vous avez fait un ami, mais pas pour vous, pas pour vous.*[14] Só *meninos* podem se divertir assim — disse o príncipe Andrei, em russo, pronunciando essa palavra com sotaque francês, ao notar que Jerkóv ainda poderia ouvi-lo.

Esperou um pouco para ver o que o alferes respondia. Mas o alferes lhe deu as costas e seguiu pelo corredor.

IV

O regimento dos hussardos de Pávlograd se achava estacionado a duas milhas[15] de Braunau. O esquadrão em que servia o *junker* Nikolai Rostóv se instalara na aldeia alemã de Salzeneck. O comandante do esquadrão, o capitão de cavalaria Deníssov, conhecido em todas as divisões da cavalaria pelo nome de Vaska Deníssov, foi

---

14 Francês: "Quarenta mil homens massacrados e o Exército de nossos aliados destruído, e o senhor encontra nisso motivo para chacota [...] Isso pode ficar bem para um moleque à toa, como aquele indivíduo, do qual o senhor fez um amigo, mas não para o senhor, não para o senhor".

15 Aproximadamente três quilômetros.

alojado na melhor habitação da aldeia. O *junker* Rostóv, desde quando chegara ao regimento, na Polônia, residia na mesma casa que o comandante do esquadrão.

Em 11 de outubro, no mesmo dia em que no quartel-general todos estavam em polvorosa com a notícia da derrota de Mack, no Estado-Maior do esquadrão a vida de campanha continuava a correr tranquila como antes. Deníssov, que tinha passado a noite inteira jogando cartas, ainda não havia chegado em casa quando Rostóv, de manhã bem cedo, voltou a cavalo depois de cuidar do aprovisionamento da forragem. Em seu uniforme de *junker*, Rostóv aproximou-se dos degraus da entrada, freou o cavalo, passou a perna por cima da sela, com os movimentos maleáveis de um jovem, ficou de pé sobre o estribo por um instante, como se não quisesse separar-se do cavalo, por fim saltou para o chão e gritou para o ordenança.

— Ei, Bondarenko, meu amigo — exclamou para um hussardo, que correu afobado na direção do cavalo. — Leve-o para passear, amiguinho — disse com aquele carinho fraterno, alegre, com que falam todos os jovens bons, quando estão felizes.

— Às suas ordens, vossa excelência — respondeu o ucraniano, sacudindo a cabeça com alegria.

— Olha lá, hein, passeie direito!

Um outro hussardo também correu na direção do cavalo, mas Bondarenko já havia jogado as rédeas por cima do bridão. Estava claro que o *junker* lhe dava boas gorjetas para a vodca e que servi-lo era vantajoso. Rostóv afagou o pescoço do cavalo, depois a garupa, e ficou parado junto aos degraus da entrada da casa.

"Excelente! Que cavalo vai se tornar!", pensou e, sorrindo e segurando o sabre, subiu correndo os degraus do alpendre, tilintando as esporas. O anfitrião alemão, de jaqueta acolchoada e barrete na cabeça, empunhando um forcado que usava para recolher o estrume, espiou lá do estábulo. O rosto do alemão se iluminou de repente, assim que reconheceu Rostóv. Sorriu com alegria e piscou os olhos:

— *Schön gut' Morgen, schön gut' Morgen!*[16] — repetiu, obviamente satisfeito com a chegada do jovem.

— *Schön fleissig!* — respondeu Rostóv, com a alegria e o sorriso fraterno que nunca deixava o seu rosto animado. — *Hoch Österreicher! Hoch Russen! Kaiser Alexander hoch!*[17] — disse para o alemão, repetindo as palavras ditas com frequência pelo anfitrião alemão.

O alemão sorriu, saiu pela porta do estábulo, tirou o barrete e, sacudindo-o acima da cabeça, gritou:

---

16 Alemão: "Muito bom dia! Muito bom dia!".

17 Alemão: "Já está trabalhando! [...] Vivam os austríacos! Vivam os russos! Viva o imperador Alexandre!".

— *Und die ganze Welt hoch!*[18]

Rostóv, a exemplo do alemão, sacudiu o quepe acima da cabeça e, rindo, gritou:

— *Und Vivat die ganze Welt!*[19]

Embora não houvesse nenhum motivo para tanta alegria, nem para o alemão, que limpava o seu estábulo, nem para Rostóv, que tinha ido com o pelotão buscar feno, os dois se olharam com uma comoção feliz e um amor fraternal, sacudiram a cabeça em sinal de afeição mútua e separaram-se sorrindo — o alemão entrou no estábulo e Rostóv entrou na isbá, onde estava alojado junto com Deníssov.

— Onde está o patrão? — perguntou para Lavruchka, o lacaio de Deníssov, conhecido no regimento inteiro como um velhaco.

— Não aparece desde ontem. Na certa, perdeu tudo no jogo — respondeu Lavruchka. — Eu já sei que, quando ganha, volta para casa cedo, para se gabar, mas se não aparece até de manhã, quer dizer que perdeu, vai chegar zangado. Quer que mande servir o café?

— Sirva, sirva.

Dez minutos depois, Lavruchka trouxe o café.

— Está chegando! — disse ele. — Lá vem desgraça.

Rostóv olhou pela janela e avistou Deníssov, que voltava para casa. Era um homem pequeno, de cara vermelha, olhos negros e brilhantes, cabelos e bigodes pretos, desgrenhados. Vestia um dólmã desabotoado, calça de cavalaria larga, repuxada por pregas, e na nuca um gorrinho hussardo amarrotado. De cabeça baixa, ar sombrio, ele se aproximava dos degraus de entrada da casa.

— Lavruchka — berrou, alto e irritado. — Vamos, tire logo o casaco, sua besta!

— Pronto, já vai, vou tirar — respondeu a voz de Lavruchka.

— Ah! Já está acordado — disse Deníssov, ao entrar no quarto.

— Faz tempo — respondeu Rostóv. — Já fui levar o feno e vi Fräulein Mathilde.

— Veja só! Pois eu, irmão, ontem, fiquei limpo no jogo, feito um filhote de cadela! — berrou Deníssov, que não conseguia pronunciar o *r*.[20] — Que azar! Que azar! Logo depois que você saiu, começou. Ei, cadê o chá?

Deníssov, de cara franzida, com os dentes curtos e fortes à mostra, como se sorrisse, com as duas mãos de dedos curtos, como um cão, começou a revirar os cabelos pretos, espessos e alvoroçados.

---

18 Alemão: “E viva todo mundo!”.

19 Alemão: “E um salve a todo mundo!”.

20 Em russo, as falas do personagem omitem o fonema / R /.

— Foi o diabo que me levou à casa daquele Rato (era o apelido de um oficial) — disse ele, esfregando a testa e a cara com as duas mãos. — Dá para imaginar? Nenhuma rodada, nenhuma, não ganhei nenhuma rodada.

Deníssov pegou o cachimbo aceso que lhe foi oferecido, segurou no punho cerrado, bateu o cachimbo no chão, espalhando fagulhas, e não parava de gritar:

— Ele me deixava ganhar o simples e ganhava o *paroli*; me deixava ganhar o simples, e ganhava o *paroli*.[21]

Espalhou fagulhas, quebrou o cachimbo e o jogou longe. Deníssov calou-se um momento e, de repente, com os olhos pretos e brilhantes, fitou Rostóv com ar alegre.

— Se pelo menos tivesse umas mulheres. Mas, por aqui, a não ser beber, a gente não tem nada para fazer. Tomara que a gente comece logo a brigar. Ei, quem é que está aí? — gritou para a porta, depois de ouvir passos de botas grossas, que pararam, com um tinido de esporas, e uma tosse respeitosa.

— O furriel! — disse Lavruchka.

A cara de Deníssov ficou ainda mais franzida.

— Droga — exclamou, e jogou um porta-moedas, com algumas peças de ouro. — Rostóv, meu amigo, conte aí quanto sobrou e enfie o porta-moedas embaixo do travesseiro — disse e saiu ao encontro do furriel.

Rostóv pegou o dinheiro e, mecanicamente, começou a contar, separando as moedas de ouro novas e velhas em montinhos iguais.

— Ah! Teliánin! Como vai? Ontem me deram uma surra no jogo! — ouviu-se a voz de Deníssov, do outro quarto.

— Na casa de quem? Do Bíkov? Do Rato?... Eu soube — respondeu o outro, com voz fina, e logo em seguida entrou no quarto o tenente Teliánin, um oficial pequeno, do mesmo esquadrão.

Rostóv lançou o porta-moedas embaixo do travesseiro e apertou a mão pequena e úmida que lhe foi oferecida. Teliánin foi transferido da guarda, ninguém sabia por quê, pouco antes de começar a marcha. Portava-se muito bem no regimento; mas não gostavam dele, e Rostóv, em especial, não conseguia superar nem esconder sua repulsa gratuita por aquele oficial.

— E então, jovem cavaleiro, está satisfeito com o meu Corvinho? — perguntou. (Corvinho era um jovem cavalo de montaria e de carga que Teliánin vendera para Rostóv.)

---

21 Termos do jogo chamado faraó. O *paroli* consiste em deixar em jogo a aposta acrescida de tudo que já se ganhou.

O tenente nunca olhava nos olhos da pessoa com quem falava; seus olhos corriam o tempo todo de um objeto a outro.

— Eu vi, o senhor hoje montou nele...

— Sim, nada mau, é um bom cavalo — respondeu Rostóv, embora o cavalo, comprado por ele por setecentos rublos, não valesse nem metade do preço. — Começou a mancar na pata dianteira esquerda... — acrescentou.

— O casco rachou! Não é nada de mais. Vou ensinar ao senhor, vou mostrar como se prende com um prego.

— Ótimo, mostre, por favor — disse Rostóv.

— Vou mostrar, vou mostrar, não é nenhum segredo. Ainda vai me agradecer pelo cavalo.

— Então vou mandar trazer o cavalo — disse Rostóv, no intuito de livrar-se de Teliánin, e saiu para mandar que trouxessem o cavalo.

No saguão, Deníssov, com um cachimbo, estava agachado na soleira diante do furriel, que lhe comunicava alguma coisa. Ao ver Rostóv, Deníssov franziu o rosto e, apontando com o polegar por cima do ombro para o quarto onde estava Teliánin, fez uma careta e sacudiu-se.

— Ah, não gosto desse sujeito! — falou, sem se importar com a presença do furriel.

Rostóv encolheu os ombros, como se dissesse: "Eu também não, mas o que se vai fazer?". E, depois de dar as ordens, voltou ao encontro de Teliánin.

Teliánin continuava sentado na mesma pose indolente em que Rostóv o deixara, esfregando as pequenas mãos brancas.

"Existem pessoas que são assim, repulsivas", refletiu Rostóv, ao entrar no quarto.

— E então, mandou que trouxessem o cavalo? — perguntou Teliánin, levantando-se e olhando em volta, com ar negligente.

— Mandei.

— Bem, vamos lá, então. Vim aqui só para perguntar ao Deníssov sobre a ordem de ontem. Ei, Deníssov, já recebeu a ordem?

— Ainda não. E aonde vocês estão indo?

— Quero ensinar a este jovem como se ferra um cavalo — disse Teliánin.

Saíram para o alpendre e dali para a cavalariça. O tenente mostrou como pregar um casco rachado e foi embora.

Quando Rostóv voltou, havia na mesa uma garrafa de vodca e um chouriço. Deníssov estava sentado diante da mesa e estalava uma pena sobre um papel. Olhou sombrio para a cara de Rostóv.

— Estou escrevendo para ela — disse Deníssov.

Apoiou os cotovelos sobre a mesa, com a pena na mão, e obviamente satisfeito com a chance de dizer mais rápido, de uma só vez, tudo o que queria escrever, explicou sua carta para Rostóv.

— Veja só, meu amigo — disse ele. — Nós dormimos enquanto não estamos amando. Nós somos filhos do pó... mas aí você se apaixona... e vira Deus, fica puro, que nem no primeiro dia da Criação... Quem mais está aí? Mande para o inferno. Não tenho tempo! — gritou para Lavruchka, que se aproximava, sem se perturbar nem um pouco.

— Quem mais seria? O senhor mesmo mandou vir. O furriel veio buscar o dinheiro.

Deníssov fez uma careta, teve vontade de gritar alguma coisa, mas ficou quieto.

— Coisa mais chata — exclamou para si. — Quanto sobrou no porta-moedas? — perguntou para Rostóv.

— Sete novas e três velhas.

— Ah, inferno! Bom, o que está esperando, sua besta, traga o furriel — berrou Deníssov para Lavruchka.

— Por favor, Deníssov, posso lhe emprestar dinheiro, afinal eu tenho algum — disse Rostóv, ruborizando-se.

— Não gosto de pedir emprestado à minha gente, não gosto — resmungou Deníssov.

— Mas se não aceitar o meu dinheiro emprestado, como um camarada, vou ficar ofendido. Sério, eu tenho — repetiu Rostóv.

— Não, já falei que não.

E Deníssov foi até a cama para pegar o porta-moedas embaixo do travesseiro.

— Onde você colocou, Rostóv?

— Embaixo do travesseiro menor.

— Mas não está.

Deníssov jogou os dois travesseiros no chão. O porta-moedas não estava ali.

— Que coisa incrível!

— Espere aí, será que você não deixou cair? — perguntou Rostóv, levantando e sacudindo um travesseiro de cada vez.

Levantou e sacudiu o cobertor. O porta-moedas não apareceu.

— Será que eu esqueci? Não, eu até pensei que você ia ficar com ele debaixo da cabeça, que nem um tesouro — disse Rostóv. — Coloquei o porta-moedas bem aqui. Onde foi parar? — voltou-se para Lavruchka.

— Eu nem entrei no quarto. Tinha de estar onde o senhor o colocou.

— Mas não está...

— É sempre assim, você larga as coisas em qualquer lugar e depois esquece. Veja se não está no bolso.

— Não, senão eu não teria pensado num tesouro — respondeu Rostóv. — Além disso, eu lembro que coloquei ali.

Lavruchka revirou a cama toda, olhou debaixo dela, debaixo da mesa, revirou o quarto inteiro e ficou parado no meio do quarto. Calado, Deníssov observava os movimentos de Lavruchka e, quando este abriu os braços, espantado, e disse que o dinheiro não estava ali, Deníssov olhou de novo para Rostóv.

— Rostóv, você não é mais criança...

Rostóv sentiu sobre si o olhar fixo de Deníssov, levantou os olhos e abaixou-os no mesmo instante. Todo o seu sangue, que tinha ficado preso em algum ponto abaixo da garganta, subiu de um jato para o rosto e para os olhos. Rostóv não conseguia respirar.

— E ninguém esteve no quarto, a não ser o tenente e o senhor mesmo. Tem de estar em algum lugar aqui — disse Lavruchka.

— Então, seu boneco do demônio, procure, mexa-se — berrou de repente Deníssov, ruborizado e lançando-se sobre o lacaio com um gesto ameaçador. — Se o porta-moedas não aparecer, eu vou dar uma surra de açoite. Vou açoitar todo mundo!

Rostóv, evitando o olhar de Deníssov, começou a abotoar a japona, afivelou o sabre e pôs o quepe.

— Estou falando, eu quero esse porta-moedas — berrava Deníssov, enquanto sacudia o ordenança pelos ombros e o empurrava contra a parede.

— Deníssov, deixe-o em paz; eu sei quem pegou — falou Rostóv, enquanto andava na direção da porta, sem erguer os olhos.

Deníssov parou, pensou um pouco, pareceu entender o que Rostóv queria dizer e segurou-o pelo braço.

— Que absurdo! — berrou de tal modo que as veias incharam, como cordas, no pescoço e na testa. — Escute aqui, será que você ficou louco? Eu não vou permitir. O porta-moedas está aqui; nem que eu tenha de arrancar a pele desse canalha, o porta-moedas vai aparecer.

— Eu sei quem pegou — repetiu Rostóv, com voz trêmula, e andou para a porta.

— Já falei: não se atreva a fazer uma coisa dessas — gritou Deníssov, e atirou-se na direção do *junker*, para contê-lo.

Mas Rostóv soltou o braço com muita raiva, como se Deníssov fosse seu grande inimigo, e fitou-o direto nos olhos, com firmeza.

— Não entende o que está dizendo? — falou com voz trêmula. — Além de mim, não havia ninguém no quarto. Quer dizer, se não foi ele, então...

Não conseguiu terminar a frase e saiu às pressas do quarto.

— Ah, vá para o diabo, você e todo mundo — foram as últimas palavras que Rostóv ouviu.

Rostóv chegou ao alojamento de Teliánin.

— O patrão não está, foi para o Estado-Maior — disse o ordenança de Teliánin. — Aconteceu alguma coisa? — acrescentou o ordenança, surpreso com o rosto transtornado do *junker*.

— Não, nada.

— Por pouco não o encontrou — disse o ordenança.

O Estado-Maior ficava a três verstas de Salzeneck. Rostóv, sem voltar para casa, pegou um cavalo e foi para o Estado-Maior. Na aldeia ocupada pelo Estado-Maior havia uma taberna frequentada pelos oficiais. Rostóv entrou na taberna; na entrada, viu o cavalo de Teliánin.

Na segunda sala da taberna, estava o tenente, sentado diante de uma travessa de salsichas e de uma garrafa de vinho.

— Ah, você por aqui, meu jovem — disse ele, sorrindo e levantando bastante as sobrancelhas.

— É — disse Rostóv, como se pronunciar isso lhe custasse um esforço enorme, e sentou-se na cadeira vizinha.

Os dois ficaram calados; na sala, estavam dois alemães e um oficial russo. Todos calados, ouvia-se o barulho das facas nos pratos e da mastigação do tenente. Quando Teliánin terminou o desjejum, tirou do bolso um porta-moedas duplo, afastou as argolas, com os dedos brancos, pequenos, curvados para cima, pegou uma moeda de ouro e, com as sobrancelhas erguidas, entregou o dinheiro para o criado.

— Por favor, depressa — disse ele.

A moeda de ouro era nova. Rostóv levantou-se e aproximou-se de Teliánin.

— Deixe-me ver esse porta-moedas — disse em voz baixa, quase inaudível.

Com olhos esquivos, mas sobrancelhas ainda erguidas, Teliánin lhe entregou o porta-moedas.

— Pois é, um porta-moedas bonito... Sim... sim... — disse ele e de repente empalideceu. — Pode examinar, meu jovem — acrescentou.

Rostóv pegou o porta-moedas, examinou-o, bem como o dinheiro que estava ali dentro, e observou Teliánin. O tenente olhava para os lados, como era o seu costume, e de repente pareceu ficar muito alegre.

— Quando estivermos em Viena, gastarei tudo, mas aqui, nessas aldeias imundas, não há como torrar o dinheiro — disse. — Bem, me dê aqui, meu jovem, já estou indo.

Rostóv ficou em silêncio.

— O que o senhor vai fazer? Também vai tomar o desjejum? A comida aqui é razoável — prosseguiu Teliánin. — Agora, me dê.

Estendeu a mão para pegar o porta-moedas. Rostóv soltou-o. Teliánin pegou o porta-moedas e começou a enfiá-lo no bolso da calça de montaria, as sobrancelhas levantaram-se com um ar desleixado e a boca se abriu ligeiramente, como se dissesse: "Sim, sim, vou pôr no bolso o meu porta-moedas, isso é muito simples, e ninguém tem nada a ver com o assunto".

— Bem, o que é, meu jovem? — disse Teliánin, depois de dar um suspiro e, por baixo das sobrancelhas levantadas, olhar de relance para os olhos de Rostóv. Com a velocidade de uma faísca elétrica, uma espécie de luz correu dos olhos de Teliánin para os olhos de Rostóv, e voltou, e depois foi e voltou outra vez, tudo num só instante.

— Venha aqui — falou Rostóv, segurando Teliánin pelo braço. Quase o arrastou até a janela. — Esse dinheiro é do Deníssov, o senhor o pegou... — sussurrou-lhe, ao pé do ouvido.

— O quê?... O quê?... Como o senhor se atreve? O quê?... — exclamou Teliánin. Mas as palavras soaram como um grito de lamento, de desespero, como uma súplica de perdão. Assim que Rostóv ouviu o som daquela voz, a enorme pedra da dúvida saiu da sua alma. Ele sentiu uma alegria e, no mesmo instante, teve pena do infeliz que estava na sua frente; mas era preciso levar até o fim aquilo que ele havia começado.

— Aqui, Deus sabe o que as pessoas podem pensar — balbuciou Teliánin, tirando o quepe, e se encaminhou para uma sala pequena e vazia. — É preciso explicar-se...

— Eu sei, eu vou provar — disse Rostóv.

— Eu...

O rosto pálido e assustado de Teliánin começou a tremer com todos os músculos; os olhos não paravam de se esquivar, voltados para baixo, não para cima, não para a cara de Rostóv, e ouviam-se soluços.

— Conde!... não arruíne a vida de um jovem... tome aqui este dinheiro infeliz, pegue... — Jogou-o sobre a mesa. — Tenho um pai idoso, uma mãe!...

Rostóv pegou o dinheiro, evitando o olhar de Teliánin e, sem dizer nada, saiu da sala. Mas, na porta, parou e voltou-se.

— Meu Deus — exclamou, com lágrimas nos olhos —, como o senhor pôde fazer isso?

— Conde — disse Teliánin, e se aproximou do *junker*.

— Não toque em mim — falou Rostóv, afastando-se. — Se o senhor está precisando, tome este dinheiro. — Jogou para ele o porta-moedas e saiu depressa da taberna.

V

No anoitecer desse mesmo dia, no alojamento de Daníssov, houve uma conversa entre os oficiais do esquadrão.

— Estou lhe dizendo, Rostóv, o senhor tem de se desculpar perante o comando do regimento — disse um capitão de cavalaria, alto, de cabelos que começavam a ficar grisalhos, imensos bigodes e uma cara enorme, escura e enrugada, dirigindo-se a Rostóv, muito vermelho e transtornado.

O capitão Kírsten tinha sido rebaixado duas vezes ao posto de soldado por questões de honra, e por duas vezes fora promovido.

— Eu não vou admitir que ninguém diga que eu minto! — gritou Rostóv. — Ele me disse que eu minto, e eu lhe disse que ele é que mente. Foi assim e assim vai ficar. Pode me pôr de serviço todos os dias e pode até me deixar preso, mas ninguém vai me obrigar a pedir desculpas, por isso, se ele, como o comandante do regimento, achar que é indigno para ele me dar satisfações, então...

— Espere aí, espere um pouco, meu caro; o senhor me escute — interrompeu o capitão, com sua voz de baixo, enquanto desembaraçava, tranquilamente, os bigodes compridos. — O senhor, diante de outros oficiais, disse para o comandante do regimento que um oficial roubou...

— Não tenho culpa se a conversa se deu na presença de outros oficiais. Talvez não fosse preciso falar diante deles, mas eu não sou um diplomata. Por isso vim para os hussardos, achei que aqui não precisava dessas finezas, e ele me disse que eu estou mentindo... então ele é que deve me apresentar satisfações...

— Isso tudo está certo, ninguém acha que o senhor é um covarde, a questão não é essa. Pergunte aqui ao Deníssov se não é o maior absurdo do mundo um *junker* exigir satisfações do comandante do regimento.

Deníssov, mordendo os bigodes, escutava a conversa com um ar sombrio, e estava claro que não queria se meter no assunto. Ante a pergunta do capitão, ele balançou a cabeça negativamente.

— Diante de oficiais, o senhor falou com o comandante do regimento sobre essa patifaria — continuou o capitão. — Bogdánitch (assim se chamava o comandante do regimento) repreendeu o senhor.

— Não repreendeu, disse que estou mentindo.

— Pois bem, e o senhor lhe respondeu com tolices, e é preciso desculpar-se.

— De jeito nenhum! — gritou Rostóv.

— Eu não esperava isso do senhor — disse o capitão, em tom severo e grave. — O senhor não quer se desculpar, mas, meu caro, não só perante ele, como perante todo o regimento, o senhor é totalmente culpado. Veja bem: em vez de refletir a fundo e nos pedir conselhos sobre como contornar a situação, o senhor foi logo contar tudo, com o maior alarde, e diante de oficiais. O que pode fazer o comandante do regimento? Vai ter de levar o oficial a julgamento e assim enlamear o regimento inteiro? Envergonhar todo o regimento por causa de um canalha? Devia ser assim, na sua opinião? Mas não na nossa opinião. E Bogdánitch é um bom sujeito, ele lhe disse que o senhor não está dizendo a verdade. É desagradável, mas o que se vai fazer, meu caro? Foi o senhor mesmo que provocou. E agora, quando estão querendo abafar o assunto, o senhor, não sei por que ataque de orgulho, não quer se desculpar, quer contar para todo mundo. Está ofendido porque o puseram de serviço, mas o que custa pedir desculpas a um oficial velho e honesto? Seja lá como for, Bogdánitch é um velho coronel valente e honesto, e o senhor inventa de ficar ofendido; enlamear o regimento inteiro não é nada de mais para o senhor? — A voz do capitão começou a tremer. — O senhor, meu caro, mal acabou de entrar no regimento; hoje está aqui, amanhã vai ser transferido para ser ajudante de ordens de alguém; o senhor está se lixando, se disserem por aí: "Entre os oficiais do regimento de Pávlograd, há ladrões!". Mas para nós não é indiferente. Não é isso, Deníssov? É indiferente para nós?

Deníssov continuava calado e não se mexia, de vez em quando espiava Rostóv, com os olhos pretos, brilhantes.

— Para o senhor, o seu orgulho é que tem valor, não quer pedir desculpas — prosseguiu o capitão —, mas para nós, os antigos, os que fomos criados no regimento e aqui, se Deus quiser, vamos morrer, para nós a honra do regimento é que tem valor, e Bogdánitch sabe disso. Ah, e que valor, meu caro! Isso está errado, está errado! Se fica ofendido ou não fica, não sei, mas eu sempre digo a verdade nua e crua. Está errado!

O capitão levantou-se e deu as costas para Rostóv.

— Ele está certo, e que o diabo me carregue! — gritou Deníssov, levantando-se de um salto. — Puxa, Rostóv! Vamos!

Rostóv, ruborizando e empalidecendo, olhava ora para um oficial, ora para o outro.

— Não, senhores, não... os senhores não estão pensando... eu entendo bem, os senhores perdem o seu tempo se pensam que... eu... para mim... eu dou valor à honra do regimento. Mas o que isso tem a ver? Vou dar provas em combate e, para mim, a honra da bandeira... bem, tanto faz, está certo, eu sou culpado!... — Tinha lágrimas nos olhos. — Sou culpado, a culpa é toda minha!... Bem, o que mais querem?...

— Assim é que se fala, conde — gritou o capitão, de volta, batendo com a mão grande no ombro de Rostóv.

— Eu não estou dizendo? Ele é um bom rapaz — gritou Deníssov.

— Assim é bem melhor, conde — repetiu o capitão, como se passasse a tratá-lo pelo título em recompensa por sua concordância. — Vá lá e peça desculpas, vossa excelência. Vá.

— Senhores, farei tudo, ninguém vai ouvir de mim nenhuma palavra — disse Rostóv, com voz de súplica. — Mas pedir desculpas eu não posso, por Deus, não posso, pensem o que quiserem! Como é que vou me desculpar, feito um menino que pede perdão?

Deníssov desatou a rir.

— Pior para você. O Bogdánitch é rancoroso, vai fazer você pagar caro a sua teimosia — disse Kírsten.

— Meu Deus, não é teimosia! Não consigo explicar para vocês qual é o sentimento, não posso...

— Bem, você é que sabe — disse o capitão. — E aquele canalha, onde é que se meteu? — perguntou para Deníssov.

— Declarou-se doente, amanhã a ordem de serviço vai mandar excluir o nome dele — falou Deníssov.

— É a doença, não tem outra explicação — disse o capitão.

— Pois, doente ou não, ele é que não apareça na minha frente... eu mato! — gritou Deníssov, sanguinário.

Jerkóv entrou no quarto.

— O que foi? — os oficiais voltaram-se de repente para ele.

— Em marcha, senhores. Mack rendeu-se ao inimigo, e com o exército inteiro.

— Não é possível!

— Eu mesmo vi.

— Como? Você viu Mack vivo? Em carne e osso?

— Em marcha! Em marcha! Vamos dar uma garrafa para ele, por ter trazido essa notícia. E como é que você veio parar aqui?

— Mandaram-me de volta para o regimento por causa desse demônio, o tal Mack. Um general austríaco queixou-se de mim. Eu lhe dei os parabéns pela chegada de Mack. E você, Rostóv, o que houve? Parece que saiu de uma sauna.

— Pois é, meu amigo, há dois dias que as coisas andam pegando fogo por aqui.

— Em marcha, senhores!

— Puxa, graças a Deus, já ficamos parados tempo demais.

VI

Kutúzov recuou para Viena, destruindo após sua passagem as pontes dos rios Inn (em Braunau) e Traun (em Linz). No dia 23 de outubro, as tropas russas cruzaram o rio Enns. Os comboios, a artilharia e as colunas de tropas russas, no meio do dia, marchavam na cidade de Enns, ocupando os dois lados da ponte.

Era um dia quente de outono, e chuvoso. O vasto panorama que se abria dos cumes onde estavam as baterias russas que protegiam a ponte ora era encoberto de repente pela cortina de musselina formada pela chuva oblíqua, ora se alargava de repente e, sob a luz do sol, os objetos ficavam visíveis, ao longe, e com nitidez, como se estivessem revestidos de um verniz. Lá embaixo, via-se uma cidadezinha com suas casas brancas e seus telhados vermelhos, a catedral e a ponte, sobre a qual, de ambos os lados, estendia-se e fluía a massa das tropas russas. Na curva do rio Danúbio, viam-se barcos, uma ilha e um castelo com um parque, cercado pelas águas do encontro do rio Enns com o Danúbio; via-se também a margem esquerda do Danúbio, rochosa e coberta por uma floresta de pinheiros, com uma vastidão misteriosa de cumes verdes e desfiladeiros azulados. Viam-se torres de um convento sobressaindo por trás da floresta de pinheiros, que parecia virgem, selvagem; ao longe, em frente, sobre a montanha, do outro lado do rio Enns, viam-se as patrulhas montadas do inimigo.

Entre os canhões, no alto e à frente, estava o general comandante da retaguarda, com um oficial da comitiva do tsar, observando a região com uma luneta. Um pouco atrás, sentado na beirada da carreta de um canhão, estava Nesvítski, enviado para a retaguarda pelo comandante em chefe. O cossaco que acompanhava Nesvítski lhe deu uma sacolinha e um frasco, e Nesvítski oferecia pasteizinhos aos oficiais e, na garrafa, *Doppelkümmel*[22] autêntico. Os oficiais o rodearam com alegria, uns de joelhos, outros sentados à maneira turca sobre o capim molhado.

— Sim, não era nada burro o príncipe austríaco que construiu aqui esse castelo. Que lugar excelente. Mas então, não vão comer, senhores? — disse Nesvítski.

— Muito obrigado, príncipe — respondeu um dos oficiais, satisfeito de poder conversar com um membro tão importante do Estado-Maior. — É um lugar maravilhoso. Nós passamos diante do parque, vimos dois cervos, e a construção, que espetáculo!

— Olhe lá, príncipe — disse um outro, que queria muito pegar mais um pastelzinho, mas tinha vergonha, e por isso fingia observar a paisagem. — Veja, nossos infantes já penetraram até aquela altura. Lá adiante, no prado, além da aldeia, três deles estão puxando alguma coisa. Eles vão tomar esse palácio — disse, com visível aprovação.

---

22 *Doppelkümmel* ou *kümmel*: licor típico da Rússia, aromatizado com sementes de cominho ou alcaravia.

— Vão, sim, vão mesmo — disse Nesvítski. — Mas, sabe, o que eu gostaria mesmo — acrescentou, enquanto mastigava um pastelzinho na sua boca bonita e úmida — era enfiar-me lá por dentro.

Apontou para o convento com as torres, que se avistava em cima de um morro. Sorriu, seus olhos estreitaram-se e cintilaram.

— Ah, seria bom mesmo, senhores!

Os oficiais riram.

— Dar um susto naquelas freirinhas. São italianas, pelo que dizem, e jovens. Palavra, eu daria cinco anos da minha vida!

— E elas devem estar entediadas — disse rindo um oficial um pouco mais atrevido.

Enquanto isso, o oficial da comitiva do tsar, que estava mais à frente, apontava algo para o general; o general olhava através da luneta.

— É isso mesmo, isso mesmo — disse o general, aborrecido, tirando a luneta dos olhos e encolhendo os ombros —, é isso mesmo, vão começar a nos atacar durante a travessia. E por que eles se demoram tanto lá?

Na outra margem, viam-se a olho nu os inimigos e a sua bateria de canhões, da qual subia uma fumacinha branca e leitosa. Após a fumaça, ressoou um estampido distante, e via-se como as nossas tropas se apressavam na travessia do rio.

Resfolegando, Nesvítski subiu e, sorrindo, aproximou-se do general.

— Vossa excelência não gostaria de comer um pouquinho? — perguntou.

— A situação não é boa — disse o general, sem lhe responder. — Os nossos estão demorando demais.

— Não é melhor eu ir até lá, vossa excelência? — perguntou Nesvítski.

— Sim, vá, por favor — respondeu o general, e repetiu a ordem que já dera uma vez, em detalhes. — Diga aos hussardos que passem por último e incendeiem a ponte, como eu ordenei, e que verifiquem de novo o material inflamável na ponte.

— Muito bem — respondeu Nesvítski.

Gritou para o cossaco trazer o cavalo, mandou retirar a sacola e o frasco de bebida e, com agilidade, ergueu de um salto o corpo pesado sobre a sela.

— Sério, vou lá ver as freirinhas — disse para os oficiais, que olharam para ele com um sorriso, e seguiu montanha abaixo por uma trilha sinuosa.

— Ora, vamos ver até onde dá para alcançar, capitão, atire! — disse o general, dirigindo-se para o artilheiro. — Para quebrar o tédio.

— Soldados, para os canhões! — comandou o oficial.

E num minuto, alegres, os artilheiros vieram correndo das fogueiras e carregaram os canhões.

— Primeiro! — ouviu-se o comando.

O número 1 prontamente saltou para trás. O canhão ressoou de modo metálico, ensurdecedor, e a bala voou, assoviando, por cima da cabeça dos nossos, ao pé da montanha, caiu longe dos inimigos e estourou, indicando o local da queda com uma nuvem de fumaça.

Os rostos dos soldados e oficiais alegraram-se com aquele barulho; todos se levantaram e se ocuparam em observar com toda a nitidez, como que na palma da mão, os movimentos das nossas tropas logo abaixo e, mais à frente, os movimentos do inimigo, que se aproximava. Naquele exato instante, o sol saiu por inteiro de trás de uma nuvem, e o som bonito de um único estampido e o brilho do sol claro fundiram-se numa impressão de alegria e de brio.

VII

Duas balas de canhão inimigas já haviam passado por cima da ponte e, sobre a ponte, havia uma aglomeração. No meio, estava o príncipe Nesvítski, que descera do cavalo e tinha o corpo volumoso apertado contra o parapeito. Rindo, olhava para trás, para o cossaco que, alguns passos atrás dele, segurava os dois cavalos pelas rédeas. Toda vez que o príncipe tentava mover-se para a frente, os soldados e as carroças o empurravam de novo e o apertavam outra vez contra o parapeito, e não lhe restava escolha senão sorrir.

— Ei, olhe aí, meu irmão! — disse o cossaco para um soldado do comboio que fazia pressão, com uma carroça, contra os homens da infantaria aglomerados junto às rodas e aos cavalos. — Ei, você aí! Não, espere um pouco: olhe, o general quer passar.

Mas o soldado do comboio, sem dar nenhuma atenção à palavra "general", gritou para os soldados que barravam o seu caminho:

— Ei! Compatriotas! Fiquem do lado esquerdo, esperem!

Mas os compatriotas, espremidos ombro a ombro, com as baionetas enganchando-se, e sem parar, deslocavam-se sobre a ponte como uma massa compacta. O príncipe Nesvítski olhou para baixo, sobre o parapeito, e viu as ondas rápidas, ruidosas e baixas do rio Enns, que, fundindo-se, encrespavam-se e dobravam-se em torno dos pilares da ponte, e corriam umas sobre as outras. Olhou de novo para a parte de cima da ponte e viu ondas vivas, uniformes como aquelas, de barretinas, penachos, ornatos, mochilas, capas, baionetas, fuzis compridos e, sob as barretinas, maçãs do rosto salientes, bochechas cavadas, fisionomias cansadas e desatentas, e pés que se moviam sobre a lama pegajosa que fora arrastada para as tábuas da ponte. Às vezes, entre as ondas contínuas de soldados, como um borrifo de espuma branca nas ondas do Enns, metia-se à força, no meio dos soldados, um oficial de capa, com a fisionomia bem distinta daquela dos soldados; às vezes, como uma lasca de madeira que balança sobre a água do rio, um hussardo a pé, um ordenança ou um civil eram arrastados pelas ondas da infantaria sobre a ponte; às vezes, como um tronco que flutua no rio, uma carroça de oficiais ou do comando de uma companhia, fechada de todos os lados, abarrotada de carga até em cima e coberta por peças de couro, navegava pela ponte.

— Olhe só, parece até que uma represa se rompeu — disse o cossaco, parando, sem esperança de avançar. — Ainda tem muitos de vocês lá?

— Um milhão menos um! — disse e piscou o olho um soldado gozador que passou bem perto, de capote esburacado, e sumiu; logo atrás veio um outro soldado, já velho.

— Se *ele* (*ele* era o inimigo) cismasse de nos dar um calor agora, aqui no meio da ponte, ninguém ia parar nem para coçar — disse o velho soldado, em tom sombrio, dirigindo-se a um camarada.

E o soldado passou também. Atrás dele veio um outro, numa carroça.

— Diabo, onde meteram as correias? — dizia um ordenança que seguia a carroça a pé, enquanto vasculhava a traseira.

Também ele passou, com a carroça. Atrás, vieram soldados alegres e, pelo visto, embriagados.

— Mas, meu caro, na hora em que ele acertou em cheio nos dentes, com a coronha... — disse um soldado, alegremente, num capote com a gola levantada bem alto, gesticulando com os braços abertos.

— Pois é, que presunto excelente — disse um outro, com uma risada.

Eles passaram também, e Nesvítski ficou sem saber quem tinha levado uma pancada nos dentes e o que tinha o presunto a ver com o caso.

— Ei, agora estão com pressa, só porque *ele* deu um tirinho ficam achando que vão matar todo mundo — disse um sargento, zangado e em tom de repreensão.

— Quando ela passou voando bem por cima de mim, tio, aquela bala de canhão — disse, com sua boca enorme, um soldado jovem, que mal conseguia conter o riso —, eu achei que ia morrer. Sério, meu Deus, me assustei muito, a coisa ficou feia! — dizia o soldado, como se estivesse se gabando de ter sentido medo. E também ele passou. Logo atrás, veio uma carroça diferente de todas as que haviam passado até então. Era alemã, puxada por uma parelha, e parecia carregar uma casa inteira; atrás da carroça, guiada por um alemão, estava amarrada uma bonita vaca malhada, com um úbere enorme. Sobre colchões de penas, estava sentada uma mulher com uma criança de peito, uma velha e uma mocinha alemã, corada, saudável. Estava claro que aqueles civis despejados tinham recebido uma permissão especial para passar por ali. Os olhos de todos os soldados se voltaram para as mulheres e, enquanto a carroça passava, movendo-se passo a passo, toda a atenção dos soldados se dirigiu para as duas mulheres. Em todos os rostos, havia quase que o mesmo sorriso de pensamentos indecentes sobre aquelas mulheres.

— Pois é, o salsichão também foi posto para correr!

— Me vende a mamãe — disse um outro soldado, pondo o acento na última sílaba, dirigindo-se ao alemão, que, de olhos baixos, irritado e com medo, andava a passos largos.

— Ei, como está toda arrumada! É o diabo!

— Quem dera você ficasse aquartelado na casa delas, hein, Fedótov?

— Já vi muitas, irmãos!

— Para onde vão? — perguntou um oficial da infantaria que comia uma maçã, também com um meio sorriso, e olhava para a moça bonita.

O alemão, de olhos fechados, fez um gesto para dizer que não entendia.

— Se quiser, pegue para você — disse o oficial e ofereceu a maçã para a moça. Ela sorriu e pegou a maçã. Nesvítski, como todos os que estavam na ponte, não tirava os olhos das mulheres, enquanto elas passavam. Depois que passaram, os soldados voltaram a caminhar do mesmo jeito de antes, com as mesmas conversas, mas por fim todos pararam. Como acontece muitas vezes, na saída da ponte, os cavalos da carroça do comando da companhia empacaram, e a multidão inteira teve de esperar.

— Ei, por que pararam? Ninguém deu ordem! — diziam os soldados. — Para que ficam empurrando? Diabo! Não tem nada que ficar aí parado. Vai ficar pior quando *ele* botar fogo na ponte. Olhe, espremeram aquele oficial lá — falavam de vários lados, na multidão parada, olhavam-se uns para os outros, e todos se comprimiam para a frente, rumo à saída.

Nesvítski olhou para a água do Enns, embaixo da ponte, e de repente ouviu um som novo para ele, aproximando-se rapidamente... alguma coisa grande, alguma coisa caiu com baque forte na água.

— Olhe só onde acertou! — disse, em tom severo, um soldado perto dele, olhando para o lado de onde veio o barulho.

— Querem animar a gente para a gente andar mais depressa — disse um outro, preocupado.

A multidão se pôs em movimento, outra vez. Nesvítski entendeu que era uma bala de canhão.

— Ei, cossaco, me dê o cavalo! — disse ele. — Ei, vocês! Para o lado! Saiam da frente! Abram caminho!

Com grande esforço, conseguiu chegar ao cavalo. Sem parar de gritar, moveu-se para a frente. Os soldados comprimiram-se para lhe dar passagem, mas de novo o pressionaram de tal modo que machucaram o seu pé, e os que estavam mais perto nem tinham culpa, porque eram apertados por outros com mais força ainda.

— Nesvítski! Nesvítski! Seu bandido! — ouviu-se naquele instante uma voz rouca, lá atrás.

Nesvítski virou-se e, a uns quinze passos, separado dele pela massa viva da infantaria em movimento, avistou Vaska Deníssov, vermelho, moreno, descabelado, o quepe na nuca e uma capa jogada jovialmente sobre os ombros.

— Dê ordem para que esses diabos, esses demônios, abram caminho — gritou Deníssov, visivelmente num de seus acessos de fúria, com os olhos negros como carvão brilhando e rodando na parte branca inflamada, enquanto brandia o sabre dentro da bainha, empunhado na mão pequena, nua e vermelha, como o rosto.

— Ei! Vássia! — respondeu Nesvítski, alegre. — O que está fazendo aí?

— O esquadrão não consegue passar — gritou Vaska Deníssov, pondo raivosamente à mostra os dentes brancos, enquanto esporeava o seu bonito cavalo murzelo, puro-sangue, chamado Beduíno, que contraía as orelhas por causa das baionetas nas quais esbarrava, e bufava, borrifando à sua volta a espuma que escorria pelo freio, tilintava os arreios, batia com os cascos nas tábuas da ponte e parecia pronto para pular sobre o parapeito, se o seu cavaleiro deixasse. — O que é isso? Parecem carneiros! Igualzinho a um monte de carneiros! Sai fora... Abram caminho!... Pare aí! Você da carroça, diabo! Vou fazer você em pedacinhos com o meu sabre! — berrava, e de fato sacou o sabre da bainha e pôs-se a brandi-lo no ar.

Os soldados, com caras assustadas, espremeram-se uns aos outros, e Deníssov conseguiu unir-se a Nesvítski.

— O que houve hoje que você não está embriagado? — perguntou Nesvítski para Deníssov, quando ele se aproximou.

— Não estão dando tempo nem para a gente beber! — respondeu Vaska Deníssov. — Arrastaram o regimento o dia inteiro de um lado para o outro. Se é para lutar, então vamos lutar. Mas, isto aqui, só o diabo sabe o que é!

— Mas como você hoje está elegante! — disse Nesvítski, observando a capa nova e o novo protetor de sela.

Deníssov sorriu, pegou na sua bolsa de couro um lenço que exalava perfume e esfregou no nariz de Nesvítski.

— Tem de ser, vou entrar em ação! Fiz a barba, escovei os dentes e me perfumei.

A figura garbosa de Nesvítski, acompanhado pelo cossaco, e a determinação de Deníssov, que brandia o sabre e berrava desenfreado, produziram tal efeito que eles conseguiram abrir caminho até o outro lado da ponte e pararam a infantaria. Nesvítski encontrou na saída da ponte o coronel a quem precisava transmitir a ordem e, uma vez cumprida a missão, voltou.

Após abrir o caminho, Deníssov parou na entrada da ponte. Segurando com ar desleixado o seu cavalo, que batia as patas no chão e se sacudia, Deníssov olhava para o esquadrão, que se deslocava ao seu encontro. Pelas tábuas da ponte, retumbaram os sons cristalinos dos cascos, como se vários cavalos galopassem, e o esquadrão, com os oficiais à frente, em filas de quatro, estendeu-se sobre a ponte e começou a sair do outro lado.

Parados, os soldados da infantaria aglomeravam-se na lama pisada junto à ponte com aquele típico sentimento hostil de estranhamento e de zombaria que se verifica em geral quando tropas de tipos diferentes se encontram, e olhavam para os hussardos que, limpos e elegantes, passavam com garbo diante deles.

— Que rapaziada chique! Parece até que vão desfilar em Podnovínski![23]

— Para que serve essa gente? É só para encher os olhos! — disse um outro.

— Infantaria, não levante poeira! — brincou um hussardo, cujo cavalo bateu forte no chão e espirrou lama num infante.

— Se você tivesse feito duas marchas aceleradas com mochila nas costas, esses cordõezinhos aí iam estar bem castigados — disse o infante, limpando a lama do rosto com a mão. — Sentado aí em cima, parece mais um passarinho do que um homem.

— Pois é, Zikín, você a cavalo ia ficar bem jeitoso — um cabo zombou de um soldado muito curvado sob o peso da mochila.

— Põe um porrete entre as pernas e já vai ter um cavalo — retrucou o hussardo.

VIII

O resto da infantaria passava às pressas pela ponte, espremendo-se num funil, na saída. Por fim, todas as carroças passaram, o aperto diminuiu, e o último batalhão entrou na ponte. Só os hussardos do esquadrão de Deníssov ficaram postados do outro lado da ponte, de frente para o inimigo. Visível ao longe, do monte do lado oposto, o inimigo ainda não era visível de baixo, da ponte, pois o horizonte que se avistava do vale onde passava o rio terminava numa elevação situada a não mais de meia versta. À frente, havia uma área deserta onde, aqui e ali, moviam-se grupos dos nossos cossacos em patrulha. De repente, na estrada sobre a elevação lá adiante, surgiram tropas de casacos azuis e uma artilharia. Eram os franceses. As patrulhas de cossacos afastaram-se a trote, morro abaixo. Todos os oficiais e os

---

23 Famoso passeio público em Moscou.

membros do esquadrão de Deníssov, embora se esforçassem para falar de outros assuntos e olhar para outras direções, não cessavam de pensar unicamente no que estava lá no morro, e todos, de modo ininterrupto, observavam as manchas que desciam no horizonte, nas quais reconheciam as tropas inimigas. Depois do meio-dia, o tempo clareou de novo, o sol baixava bem luminoso acima do Danúbio e dos montes sombreados que o rodeavam. Havia um silêncio e, lá do morro, de vez em quando, vinham sons de cornetas e gritos do inimigo. Entre o esquadrão e o inimigo já não havia mais ninguém, exceto algumas pequenas patrulhas. Uma vastidão deserta, de umas trezentas *sájeni*,[24] os separava. O inimigo parou de atirar e se fez sentir, de modo mais claro ainda, a linha rigorosa, terrível, inexpugnável e inapreensível que divide dois exércitos inimigos.

"Um passo além dessa linha, que lembra a linha que separa os vivos dos mortos, representa o desconhecido, o sofrimento e a morte. E o que existe lá? Quem está lá? Além daquele campo, e da árvore, e do telhado iluminado pelo sol? Ninguém sabe, e querem saber; dá medo cruzar a linha, e também dá vontade de cruzá-la; mas sei que, mais cedo ou mais tarde, vai ser preciso cruzá-la e conhecer o que está lá, do outro lado da linha, assim como é inevitável, um dia, saber o que está do outro lado da morte. Mas eu me sinto forte, saudável, alegre e animado, rodeado de pessoas igualmente saudáveis, confiantes e animadas." Desse modo pensa, ou pelo menos sente, todo homem que se encontra à vista do inimigo, e tal sentimento confere um brilho especial e uma alegre impressão de agudeza a tudo o que acontece nesse instante.

Na colina do lado do inimigo, surgiu a fumaça de um tiro e, assoviando, uma bala de canhão voou por cima das cabeças do esquadrão de hussardos. Os oficiais, que estavam reunidos, espalharam-se para as suas posições. Os hussardos empenhavam-se com afinco em manter os cavalos alinhados. No esquadrão, estavam todos em silêncio. Todos olhavam para a frente, para o inimigo, e para o comandante do esquadrão, à espera das ordens dele. Passou outra bala de canhão, e uma terceira. Estava claro que atiravam nos hussardos; mas as balas, com um assovio rápido e uniforme, passaram por cima das cabeças dos hussardos e caíram em algum ponto bem atrás. Os hussardos não se viravam para olhar, mas a cada som de uma bala de canhão que passava por cima deles, o esquadrão inteiro, como que obedecendo a uma ordem, com seus rostos iguais e desiguais, prendendo a respiração enquanto a bala passava, erguia-se um pouco sobre os estribos, e depois baixava. Os soldados, sem virar a cabeça, olhavam de esguelha uns para os outros,

---

24 *Sájeni*: medida russa, equivalente a 2,13 metros.

examinavam a impressão dos camaradas. Em todos os rostos, de Deníssov ao corneteiro, em torno dos lábios e do queixo, revelou-se um traço comum, de luta, de cólera e de ansiedade. O furriel franziu o rosto ao virar-se e olhar para os soldados, como se os ameaçasse com um castigo. O *junker* Mirónov encolhia-se a cada bala de canhão que passava. Rostóv, no flanco esquerdo, montado no seu Corvinho, de pata ferida, mas mesmo assim vistoso, tinha o aspecto feliz de um estudante que é chamado a prestar exame diante de uma grande plateia, seguro de que vai se destacar. Olhava para todos à sua volta, com um ar sereno e radiante, como se pedisse que prestassem atenção na calma em que se mantinha sob as balas de canhão. Mas também no seu rosto, contra a sua vontade, apareceu em volta da boca aquele mesmo traço novo e severo.

— Quem é que está fazendo reverências aí? *Junker* Mirónov! Não está certo, olhe para mim! — gritou Deníssov, que não parava no lugar e rodava sobre o cavalo diante do esquadrão.

O rosto de cabelo preto e nariz arrebitado de Vaska Deníssov, e toda a sua figura pequena e parruda, de mão ossuda e fibrosa (com dedos curtos, cobertos de pelos), na qual segurava o sabre desembainhado, eram os mesmos de sempre, sobretudo ao entardecer, depois de ter bebido duas garrafas. Estava só mais vermelho do que o habitual e, com a cabeça peluda voltada para cima, como um pássaro quando canta, apertando as esporas sem piedade com seus pés pequenos nos flancos do bom Beduíno, Deníssov, como que tombando para trás, partiu a galope para o outro flanco do esquadrão e gritou, com voz rouca, que verificassem as pistolas. Aproximou-se de Kírsten. O capitão do Estado-Maior, numa égua volumosa e imponente, veio, a passo, ao encontro de Deníssov. O capitão do Estado-Maior, com seu bigode comprido, estava sério como sempre, só os olhos brilhavam mais do que o habitual.

— E aí? — disse para Deníssov. — Pelo jeito não vai ter luta. Você vai ver só, vamos recuar.

— Só o diabo é que sabe o que vão inventar! — rosnou Deníssov. — Eh! Rostóv! — gritou para o *junker*, ao notar sua cara alegre. — Puxa, esperou muito, mas chegou a hora!

E sorriu com aprovação, alegrando-se visivelmente com o *junker*. Rostóv sentia-se plenamente feliz. Nesse momento, o comandante apareceu na ponte. Deníssov galopou até ele.

— Vossa excelência! Deixe-nos atacar! Vou pôr essa gente para correr.

— Então, ao ataque — disse o comandante, com voz de tédio, franzindo o rosto, como que importunado por uma mosca. — Mas por que está aqui parado? Olhe lá, os flancos estão recuando. Mande o esquadrão voltar.

O esquadrão atravessou a ponte e saiu do alcance dos tiros, sem perder nenhum homem. Atrás dele, veio o segundo esquadrão, que estava na linha de frente, e os últimos cossacos deixaram aquela margem do rio.

Os dois esquadrões de Pávlograd, após cruzarem a ponte, um depois do outro, recuaram para a montanha. O comandante do regimento, Karl Bogdánitch Schubert,[25] aproximou-se do esquadrão de Deníssov e seguiu, a passo lento, não longe de Rostóv, sem prestar a menor atenção nele, apesar de ser a primeira vez que os dois se viam desde a desavença por causa de Teliánin. Rostóv, sentindo-se no front e sob o poder de um homem diante do qual, agora, ele se considerava culpado, não desviava os olhos das costas atléticas, da nuca loura e do pescoço vermelho do comandante do regimento. Rostóv ora tinha impressão de que Bogdánitch apenas se fazia de desatento e que agora o seu único propósito era pôr à prova a coragem do *junker*, e então Rostóv se punha mais ereto sobre a sela e olhava para os lados com alegria; ora tinha a impressão de que Bogdánitch viera para perto dele de propósito, a fim de mostrar a Rostóv a sua coragem. Ora pensava que o seu inimigo, agora, de propósito, conduzia o esquadrão a um ataque desesperado para castigar a ele, Rostóv. Ora pensava que depois do ataque iria procurar o comandante e, generosamente, estender a ele, ferido, sua mão num gesto de reconciliação.

A figura de Jerkóv, com seus ombros altos, bem conhecida dos pavlogradenses (ele saíra do regimento havia pouco tempo), aproximou-se do comandante. Após sua expulsão do Estado-Maior do comandante em chefe, Jerkóv não permaneceu no regimento, dizendo que não era burro para ficar no front e comer o pão que o diabo amassou, quando no quartel-general, sem fazer nada, ganhava uma recompensa maior, e de fato conseguira o cargo de ordenança do príncipe Bagration. Aproximou-se do seu ex-comandante com a ordem enviada pelo comandante da retaguarda.

— Coronel — disse ele, com sua seriedade soturna, dirigindo-se ao inimigo de Rostóv e lançando um olhar para o seu camarada. — A ordem é parar, incendiar a ponte.

— Quem é que mandar? — perguntou o coronel, com ar sombrio.

— Isso eu já não sei, coronel, *quem é que mandar* — respondeu, sério, o alferes. — O príncipe apenas me ordenou: "Vá até lá e diga ao coronel que os hussardos voltem depressa e incendeiem a ponte".

---

25 Trata-se de um alemão-russo, uma das nacionalidades constituintes do império. Tolstói retrata a fala de Bogdánitch na forma de um russo precário.

Depois de Jerkóv, veio ao encontro do coronel dos hussardos um oficial da comitiva do tsar, com a mesma ordem. Depois do oficial, veio o gordo Nesvítski num cavalo cossaco, que com grande esforço o levava a galope.

— O que está havendo, coronel? — gritou ele, ainda de longe. — Eu disse ao senhor para queimar a ponte, e agora alguém mudou tudo; lá em cima, todo mundo está feito louco, não estão entendendo nada.

O coronel, sem pressa, fez parar o regimento e voltou-se para Nesvítski:

— O senhor me falou de materiais inflamáveis — disse ele —, mas não me falou nada de incendiar.

— Mas, meu caro — disse Nesvítski, parando, enquanto tirava o quepe e, com a mão rechonchuda, arrumava o cabelo molhado de suor —, como é que eu não disse para incendiar a ponte, se instalaram o material inflamável?

— Não sou seu "caro", senhor oficial do Estado-Maior, e o senhor não me disse para queimar a ponte! Conheço o meu dever e tenho o hábito de obedecer às ordens com rigor. O senhor disse que iam queimar a ponte, mas não disse quem ia queimar, e eu não podia saber por obra do Espírito Santo...

— Ora, é sempre a mesma história — disse Nesvítski, e abanou a mão. — E o que você está fazendo aqui? — voltou-se para Jerkóv.

— O mesmo que você. Mas está todo ensopado. Quer que eu torça você?

— O senhor disse, nobre oficial do Estado-Maior — continuou o coronel, num tom ofendido...

— Coronel — cortou o oficial da comitiva do tsar —, é preciso apressar-se, senão o inimigo vai aproximar os canhões e lançar fogo de metralha.

O coronel fitou em silêncio o oficial da comitiva do tsar, o gordo oficial do Estado-Maior e Jerkóv, e franziu o rosto.

— Eu vou incendiar a ponte — disse ele num tom solene, como se assim expressasse que, apesar de todos os aborrecimentos que lhe causavam, mesmo assim ele cumpriria o seu dever.

Bateu no cavalo com suas pernas compridas e musculosas, como se o animal fosse o culpado de tudo, avançou rumo ao segundo esquadrão, o mesmo em que Rostóv servia sob o comando de Deníssov, e deu ordem para voltar atrás, rumo à ponte.

"Ah, então é isso mesmo", pensou Rostóv, "ele quer me pôr à prova!" Seu coração se contraiu, e o sangue afluiu de um jato para o rosto. "Pois que ele veja se sou um covarde", pensou.

De novo, em todos os rostos alegres dos homens do esquadrão, surgiu aquele mesmo traço sério de quando estavam sob os tiros de canhão. Rostóv, sem baixar os olhos, fitava o seu inimigo, o comandante do regimento, desejando encontrar no rosto dele a confirmação das suas hipóteses; mas nem uma vez o coronel dirigiu os olhos para Rostóv e, como sempre no front, tinha um ar severo e solene. Ouviu-se a voz de comando.

— Depressa! Depressa! — exclamaram algumas vozes à sua volta.

Os sabres se enganchavam nas rédeas, as esporas retiniam com grande ruído, enquanto os hussardos desmontavam, afobados, ainda sem saber o que iam fazer. Os hussardos fizeram o sinal da cruz. Rostóv já não olhava para o comandante do regimento — não tinha tempo para isso. Temia, e temia com o coração aflito, ficar longe dos hussardos. Sua mão tremia quando deu o cavalo para o cavalariço, e sentiu como o sangue afluía para o coração com um baque forte. Deníssov passou por ele, inclinando-se para trás e gritando alguma coisa. Rostóv não via nada, exceto os hussardos que corriam à sua volta, embaraçando-se nas esporas, enquanto os sabres retiniam.

— Padiola! — gritou uma voz, atrás.

Rostóv não pensou o que significava o pedido de uma padiola: correu, tentando apenas ficar à frente de todos; mas diante da ponte, sem olhar onde punha os pés, chegou à lama pegajosa e muito pisada e, tropeçando, caiu apoiado nas mãos. Os outros passavam correndo por ele.

— Pelos *duas* lados, capitão — Rostóv ouviu a voz do comandante do regimento, que havia seguido na frente e estava montado no seu cavalo, perto da ponte, com o rosto triunfante e alegre.

Rostóv, enquanto esfregava as mãos sujas nas calças de montaria, olhou para trás, para o seu inimigo, e quis correr ainda mais adiante, supondo que, quanto mais à frente fosse, melhor seria. Mas Bogdánitch, embora não olhasse nem tivesse reconhecido Rostóv, gritou para ele:

— Quem é que está correndo aí no meio da ponte? Para o lado direito! *Junker*, para trás! — gritou zangado e voltou-se para Deníssov, que, para exibir a sua coragem, seguia a cavalo sobre as tábuas da ponte.

— Para que arriscar-se, capitão! Devia desmontar — disse o coronel.

— Ah! Ninguém morre na véspera — respondeu Vaska Deníssov, virando-se sobre a sela.

Enquanto isso, Nesvítski, Jerkóv e o oficial da comitiva do tsar estavam juntos, fora do alcance dos tiros, e olhavam ora para o pequeno grupo de homens com barretinas amarelas, japonas verde-escuras, alamares bordados e calças de montaria azuis, que se movimentavam afoitos perto da ponte, ora para o outro lado, para os capotes azuis e os grupos com cavalos, que se aproximavam ao longe e podiam ser facilmente reconhecidos pelas armas.

"Vão queimar ou não vão queimar a ponte? Quem chegará primeiro? Eles vão conseguir chegar e queimar a ponte ou os franceses terão tempo de se aproximar e matá-los com tiros de metralha?" Essas perguntas se faziam, involuntariamente e com o coração na mão, todos os numerosos soldados que se achavam numa posição mais elevada do que a ponte e, sob a luz clara do entardecer, olhavam para a ponte e para os hussardos, e também para o lado onde se movimentavam os capotes azuis, com as baionetas e as armas de artilharia.

— Oh! Os hussardos estão em apuros! — disse Nesvítski. — Agora não estão longe do alcance do fogo de metralha.

— Não havia motivo para ele mandar tanta gente — disse o oficial da comitiva do tsar.

— De fato — disse Nesvítski. — Se mandasse dois soldados valentes daria na mesma.

— Ah, vossa excelência — interveio Jerkóv, sem desviar os olhos dos hussardos, mas sempre com aquele seu jeito ingênuo, por trás do qual era impossível perceber se estava falando a sério ou não. — Ah, vossa excelência! Como pode dizer isso? Se ele manda dois homens para lá, quem é que vai dar a ele a medalha de Vladímir, com a fitinha? Já assim, mesmo que levem a maior surra, vai ser possível recomendar o esquadrão e ganhar ele mesmo uma fitinha. O nosso Bogdánitch sabe das coisas.

— Lá está — disse o oficial da comitiva do tsar —, aquilo é a metralha!

Apontou para as peças de artilharia francesa, que estavam sendo desamarradas dos carros e distribuídas às pressas.

No lado francês, nos grupos onde estavam os canhões, surgiu uma fumacinha, uma outra, uma terceira, quase ao mesmo tempo, e no instante em que chegou o som do primeiro tiro, surgiu a quarta. Dois sons, um após o outro, e um terceiro.

— Oh, oh! — gemeu Nesvítski, como se algo nele queimasse e doesse, e agarrou pelo braço o oficial da comitiva do tsar. — Veja, caiu um, caiu, caiu!

— Acho que são dois, não é?

— Se eu fosse o tsar, nunca entraria em guerra — disse Nesvítski, e virou a cara.

Os franceses carregaram os canhões de novo, rapidamente. A infantaria, em capotes azuis, moveu-se a pé na direção da ponte. De novo, mas a intervalos diversos, surgiram fumacinhas, e a metralha começou a estalar e a crepitar pela ponte. Mas dessa vez Nesvítski não pôde ver o que se passava na ponte. Ergueu-se da ponte uma nuvem densa de fumaça. Os hussardos haviam conseguido atear fogo na ponte, e as baterias francesas disparavam sobre eles, não mais para detê-los, mas porque os canhões estavam apontados e havia em quem atirar.

Os franceses tiveram tempo para lançar três cargas de metralha antes que os hussardos voltassem para os cavalariços. Erraram o alvo em duas descargas, e a metralha caiu muito longe, em compensação o último tiro caiu no meio de um grupo de hussardos e derrubou três soldados.

Rostóv, preocupado com suas relações com Bogdánitch, ficou na ponte, sem saber o que fazer. Não havia ninguém para ele golpear com o sabre (como sempre imaginara a si mesmo, numa batalha), também não podia ajudar no incêndio da ponte, pois não trouxera consigo feixes de palha, como haviam feito os demais soldados. Estava parado e olhava em volta, quando de repente pareceu que nozes caíam e estalavam sobre a ponte, e um dos hussardos, o que estava mais perto dele, tombou sobre o parapeito, com um gemido. Rostóv correu até ele, junto com outros. De novo, alguém gritou: "Padiola!". Quatro homens agarraram o hussardo e começaram a levantá-lo.

— Ooooh!... Larguem, pelo amor de Deus — gritou o ferido; mesmo assim o levantaram e o colocaram na padiola.

Nikolai Rostóv afastou-se e, como se estivesse procurando alguma coisa, pôs-se a olhar ao longe, para a água do Danúbio, para o céu, para o sol. Como o céu estava bonito, como estava azul, sereno e profundo! Como o sol que se punha estava claro e solene! Como a água do Danúbio, ao longe, brilhava amena e lustrosa! E mais bonitas ainda eram as montanhas azuladas e distantes, para além do Danúbio, o convento, os desfiladeiros misteriosos, a floresta inundada até os cumes pela neblina... lá, havia calma, felicidade... "Nada, nada, eu não desejaria mais nada, não desejaria mais nada, se eu estivesse lá", pensou Rostóv. "Só em mim e neste sol há tanta felicidade, enquanto aqui... gemidos, sofrimentos, horrores, e este tumulto, esta correria... Agora estão gritando de novo alguma coisa, e de novo todos correram para algum lugar lá atrás, e eu estou correndo junto com eles, e aí está ela, ela, a morte, sobre mim, à minha volta... Num instante, nunca mais verei este sol, esta água, aquele desfiladeiro..."

Nesse instante, o sol começou a se esconder atrás das nuvens; à frente de Rostóv, surgiram outras padiolas. E o medo da morte e das padiolas, e o amor ao sol e à vida — tudo se fundiu numa sensação mórbida e alarmante.

— Senhor Deus! Que está neste céu, me salve, me perdoe e me proteja! — sussurrou Rostóv.

Os hussardos correram até os cavalariços, as vozes ficaram mais altas e mais calmas, as padiolas haviam sumido de vista.

— E aí, irmão, sentiu o cheiro da pólvora?... — gritou para ele, junto ao ouvido, a voz de Vaska Deníssov.

"Tudo está terminado; mas eu sou um covarde, sim, sou um covarde", pensou Rostóv e, com um suspiro profundo, tomou das mãos do cavalariço o seu Corvinho, que descansava a pata machucada, e começou a montar.

— O que foi isso, uma metralha? — perguntou para Deníssov.

— Sim, e que metralha! — gritou Deníssov. — Trabalharam muito bem! Mas é um serviço horrível! Um ataque é outra coisa, dá gosto, a gente ali, cara a cara, mas isso aí só o diabo sabe o que é, mais parece tiro ao alvo.

E Deníssov afastou-se rumo a um grupo que não estava distante de Rostóv: o comandante do regimento, Nesvítski, Jerkóv e o oficial da comitiva do tsar.

"No entanto, parece que ninguém percebeu", pensou Rostóv. E de fato ninguém havia percebido nada, porque todos conheciam o sentimento que o *junker*, até então sem experiência de combate, havia experimentado pela primeira vez.

— Vamos fazer um daqueles relatórios de guerra — disse Jerkóv —, e, você vai ver, até a mim vão promover a alferes.

— Comunique ao príncipe que incendiei a ponte — disse o coronel em tom alegre e triunfante.

— E se perguntarem pelas perdas?

— Coisa à toa! — falou o coronel, com voz de baixo. — Dois hussardos feridos e um abatido em ação — disse, com visível alegria, incapaz de reprimir um sorriso feliz, pronunciando de forma bem sonora as palavras "abatido em ação".

IX

Perseguido pelo exército francês de cem mil homens sob o comando de Bonaparte, encontrando uma população civil que lhe era hostil, descrente em seus aliados, carente de suprimentos e forçado a agir em condições de guerra diversas de tudo o que se havia previsto, o exército russo de trinta e cinco mil homens, sob o comando de Kutúzov, retirava-se às pressas no sentido das águas do Danúbio, parava apenas quando o inimigo o alcançava, e o rechaçava com ações da retaguarda só na medida em que isso era necessário para poder recuar sem perder sua carga e seus equipamentos. Houve combates em Lambach, Amstetten e Melk; mas, apesar da coragem e da tenacidade, reconhecidas até pelo inimigo, com que lutaram os russos, o resultado daqueles combates foi apenas uma retirada ainda mais rápida. As tropas austríacas, que haviam escapado de serem capturadas em Ulm e tinham se unido a Kutúzov em Braunau, agora se separavam do exército russo, e Kutúzov era deixado só com suas próprias forças, debilitadas e exaustas. Nem se podia mais pensar em defender Viena. Em lugar da guerra ofensiva, ponderada a fundo segundo as leis da nova ciência, a estratégia, cujo plano fora entregue a Kutúzov pelo Hofkriegsrath austríaco, quando ele esteve em Viena, o objetivo único, quase inatingível, que agora se oferecia a Kutúzov consistia em não perder o exército, como acontecera com Mack, em Ulm, e unir-se às novas tropas que vinham da Rússia.

No dia 28 de outubro, Kutúzov e o seu exército atravessaram o rio Danúbio para a margem esquerda e ali, pela primeira vez, pararam e tomaram posição, deixando o Danúbio entre as suas tropas e as forças principais dos franceses. No dia 30 ele atacou a divisão de Mortier, que estava na margem esquerda do Danúbio e a destruiu. Nesse combate, pela primeira vez, foram tomados troféus: bandeiras, canhões e dois generais inimigos. Pela primeira vez, após duas semanas de retirada, as tropas russas pararam e, após o combate, não só mantiveram o domínio do campo de batalha como rechaçaram os franceses. Apesar de as tropas estarem sem uniformes, esgotadas, reduzidas em um terço por causa dos retardatários, feridos, mortos e doentes; apesar de os doentes e os feridos terem sido deixados na outra margem do Danúbio, com uma carta de Kutúzov, confiando-os à humanidade do inimigo; apesar de os grandes hospitais e residências em Krems, transformadas em enfermarias militares, já não poderem abrigar todos os doentes e feridos — apesar de tudo isso, a parada em Krems e a vitória sobre Mortier levantaram o ânimo das tropas de modo significativo. Em todo o exército e no quartel-general corriam os rumores mais estimulantes, embora sem fundamento, sobre uma imaginária aproximação de colunas militares vindas da Rússia, sobre uma vitória conquistada pelos austríacos e sobre a retirada do amedrontado Bonaparte.

O príncipe Andrei, na hora da batalha, encontrava-se perto do general austríaco Schmidt, morto durante o combate. O seu cavalo foi ferido e ele mesmo sofreu um ligeiro arranhão na mão, causado por uma bala. Em sinal do apreço especial do comandante em chefe, o príncipe Andrei foi enviado com a notícia daquela vitória à corte austríaca, que já não se encontrava em Viena, ameaçada pelas tropas francesas, mas em Brünn. Na noite da batalha, emocionado, mas não cansado (apesar de sua constituição de aspecto fraco, o príncipe Andrei conseguia suportar o esforço físico muito melhor do que homens fortíssimos), depois de vir a cavalo até Krems trazendo um relatório do general Dokhtúrov para Kutúzov, o príncipe Andrei foi enviado para Brünn, como correio, nessa mesma noite. O seu envio como correio, além de ser um prêmio, representava um passo importante rumo à promoção.

A noite estava escura, estrelada; a estrada negrejava no meio da brancura da neve, que caíra na véspera, dia da batalha. Ora rememorando as impressões da batalha, ora imaginando com alegria a impressão que ia causar com a notícia da vitória, ora lembrando as despedidas do comandante em chefe e dos seus camaradas, o príncipe Andrei seguia a galope num coche de correio, com o sentimento de um homem que, depois de esperar muito tempo, afinal alcança o início da felicidade desejada. Mal fechava os olhos, irrompia em seus ouvidos o tiroteio dos fuzis e dos canhões, que se fundia com o barulho das rodas e com a sensação de vitória. Ora começava a imaginar que os russos estavam em fuga, que ele mesmo tinha sido morto; mas despertava às pressas, com felicidade, como se constatasse mais uma vez que nada disso era verdade e que, ao contrário, os franceses tinham sido derrotados. Lembrava de novo todos os pormenores da vitória, a sua bravura serena durante a batalha e, tranquilizando-se, cochilava... Depois de uma noite escura e estrelada, teve início uma manhã clara e alegre. A neve derretia sob o sol, os cavalos galopavam ligeiro e, à esquerda e à direita, de modo indiferente, passavam florestas, campos, aldeias.

Numa das estações de muda de cavalos, ele ultrapassou um comboio de soldados russos feridos. O oficial russo que comandava aquele transporte, refestelado numa carroça na dianteira do comboio, gritava alguma coisa, xingava um soldado com palavras grosseiras. Em compridas carroças alemãs, pela estrada de pedras, seguiam os feridos, sujos, enfaixados, pálidos, em grupos de seis ou mais. Alguns falavam (ele ouviu conversas em russo), outros comiam pão, os casos mais graves mantinham-se calados e olhavam, com a curiosidade dócil e infantil dos doentes, para o coche de correio que passava a galope por eles.

O príncipe Andrei mandou parar e perguntou aos soldados em que combate tinham sido feridos. “Anteontem, no Danúbio”, respondeu um soldado. O príncipe Andrei pegou o porta-moedas e deu ao soldado três moedas de ouro.

— É para todos — acrescentou, dirigindo-se ao oficial que se aproximava. — Fiquem curados logo, rapazes — disse para os soldados. — Ainda há muita luta.

— E então, ajudante de ordens, quais são as novidades? — perguntou o oficial, obviamente ansioso para conversar.

— Boas notícias! Em frente — gritou para o cocheiro e partiu a galope.

Já estava completamente escuro quando o príncipe Andrei entrou em Brünn e se viu cercado por prédios altos, pelas luzes das lojas, pelas janelas das casas e dos lampiões, pelas belas carruagens que faziam barulho no calçamento e por toda a atmosfera de uma grande cidade agitada, sempre tão atraente para um militar depois do tempo passado em acampamentos. O príncipe Andrei, apesar da viagem apressada e da noite sem dormir, ao se aproximar do palácio se sentia ainda mais animado do que na véspera. Só os olhos cintilavam com um brilho febril, e os pensamentos se modificavam com uma rapidez e uma nitidez extraordinárias. De novo, com vivacidade, vinham à mente todos os pormenores da batalha, já não de forma vaga, mas sim bem definida, no resumo conciso que ele, em pensamento, iria fazer para o imperador Francisco. Imaginava com clareza as perguntas de improviso que poderiam lhe apresentar e as respostas que daria. Supunha que seria prontamente levado à presença do imperador. Mas, diante da entrada principal do palácio, um funcionário veio ao seu encontro e, ao saber que se tratava de um mensageiro, levou-o para outra entrada.

— À direita, pelo corredor; lá, *Euer Hochgeboren*[26] encontrará o ajudante de ordens de serviço — disse o funcionário. — Ele vai levá-lo ao ministro da Guerra.

O ajudante de ordens de serviço, ao encontrar-se com o príncipe Andrei, pediu-lhe que esperasse e foi falar com o ministro da Guerra. Cinco minutos depois, o ajudante de ordens voltou e, curvando-se numa reverência especialmente respeitosa e deixando o príncipe caminhar à sua frente, conduziu-o por um corredor rumo ao gabinete onde trabalhava o ministro da Guerra. O ajudante de ordens, com sua cortesia requintada, queria, pelo visto, proteger-se de qualquer tentativa de familiaridade da parte do ajudante de ordens russo. O sentimento de alegria do príncipe Andrei enfraquecia bastante, à medida que ele se aproximava da porta do gabinete do ministro da Guerra. Sentiu-se ofendido e, num instante, sem que ele mesmo notasse, o sentimento de ofensa transformou-se num sentimento de desprezo, sem nenhuma justificação. Sua inteligência inventiva lhe sugeriu, no mesmo instante, um ponto de vista que lhe dava o direito de desprezar o ajudante de ordens e também o ministro da Guerra. "Para eles, que não sentem o cheiro da pólvora, deve parecer muito fácil alcançar uma vitória!", pensou. Seus olhos se estreitaram com desprezo; ele entrou no gabinete do ministro da Guerra com uma lentidão estudada. Aquele sentimento reforçou-se mais ainda quando viu o ministro da Guerra sentado diante de uma mesa grande, sem voltar, durante os dois primeiros minutos, a atenção para o recém-chegado. O ministro da Guerra, calvo, de costeletas grisalhas, estava com a cabeça abaixada entre duas velas de cera e lia documentos, marcando-os com um lápis. Estava terminando de ler, sem erguer a cabeça, quando a porta se abriu e soaram passos.

— Tome isto e transmita — disse o ministro da Guerra para o seu ajudante de ordens, entregando-lhe os papéis, ainda sem voltar a atenção para o mensageiro.

O príncipe Andrei sentiu que, ou entre todos os assuntos que preocupavam o ministro da Guerra as operações do exército de Kutúzov era aquele que menos podia lhe interessar, ou ele precisava dar essa sensação ao mensageiro russo. "Mas para mim tanto faz", pensou. O ministro da Guerra passou o resto dos papéis para outro lugar da mesa, alinhou-os pela margem das folhas e levantou a cabeça. Tinha uma cabeça inteligente e peculiar. Mas, no mesmo instante em que se voltou para o príncipe Andrei, a expressão inteligente e firme do rosto do ministro da Guerra se alterou de um modo obviamente habitual e deliberado: no seu rosto, fixou-se um

---

26 Alemão: "vossa excelência".

sorriso idiota, fingido, que não escondia a sua falsidade, o sorriso de um homem que recebia, uma após outra, muitas pessoas que vinham lhe fazer pedidos.

— Da parte do general marechal Kutúzov? — perguntou ele. — Boas notícias, espero. Houve um combate com Mortier? Vitória? Já era tempo!

Pegou o despacho que vinha em seu nome e começou a ler, com expressão tristonha.

— Ah, meu Deus! Meu Deus! Schmidt! — exclamou em alemão. — Que infelicidade, que infelicidade!

Passou os olhos pelo despacho, colocou-o sobre a mesa e olhou para o príncipe Andrei, enquanto obviamente ponderava alguma coisa.

— Ah, que infelicidade! O combate, pelo que o senhor diz, foi decisivo? No entanto não capturaram Mortier. (Ele pensou um instante.) Fico muito feliz que o senhor tenha trazido boas notícias, embora a morte de Schmidt tenha sido um preço alto pela vitória. Sua alteza certamente vai querer ver o senhor, mas não hoje. Agradeço, vá descansar. Amanhã, esteja na recepção, após a parada. Ou melhor, mandarei avisar o senhor.

O sorriso idiota, que havia sumido durante a conversa, apareceu outra vez no rosto do ministro da Guerra.

— Até logo, e muito obrigado. O soberano imperador certamente vai querer ver o senhor — repetiu e inclinou a cabeça.

Quando o príncipe Andrei saiu do palácio, sentiu que todo o interesse e toda a felicidade que a vitória lhe havia trazido agora o haviam deixado, para ficar nas mãos indiferentes do ministro da Guerra e do respeitoso ajudante de ordens. Todo o teor de seus pensamentos num instante se alterou: a batalha surgiu para ele como uma lembrança remota, antiga.

X

O príncipe Andrei alojou-se em Brünn na casa de um conhecido, o diplomata russo Bilíbin.

— Ah, caro príncipe, o hóspede mais simpático que existe — disse Bilíbin, saindo ao encontro do príncipe Andrei. — Franz, leve a bagagem do príncipe para o meu quarto! — dirigiu-se ao criado que recebera Bolkónski. — E então, é o mensageiro da vitória? Excelente. E eu fico aqui, doente, como está vendo.

O príncipe Andrei, após lavar-se e trocar de roupa, seguiu para o escritório luxuoso do diplomata e sentou-se diante de um jantar preparado para ele. Bilíbin acomodou-se junto à lareira.

O príncipe Andrei, não só após a viagem, como também depois de toda a marcha, tempo durante o qual esteve privado de todas as comodidades da limpeza e dos requintes da vida, provava uma agradável sensação de repouso, em meio às luxuosas condições de vida a que estava habituado desde a infância. Além disso, depois da recepção austríaca, era agradável conversar, ainda que não fosse em russo (os dois conversavam em francês), mas pelo menos com uma pessoa russa, que ele supunha compartilhar a generalizada aversão russa (experimentada agora de modo especialmente vivo) em relação aos austríacos.

Bilíbin era um homem de uns trinta e cinco anos, solteiro, da mesma esfera social que o príncipe Andrei. Conheceram-se ainda em Petersburgo, mas se tornaram ainda mais próximos na última estada do príncipe Andrei em Viena, junto a Kutúzov. A exemplo do príncipe Andrei, que era um homem jovem e prometia ir longe na carreira militar, assim também Bilíbin prometia, e mais ainda, na carreira diplomática. Ainda era um homem jovem, mas já era um diplomata vivido, pois começara a carreira aos dezesseis anos, estivera em Paris, Copenhague, e agora ocupava um posto muito importante em Viena. Tanto o chanceler como o nosso embaixador em Viena o conheciam e o estimavam. Bilíbin não era um desses muitos diplomatas que, para serem tidos como ótimos diplomatas, são obrigados a possuir apenas qualidades negativas, não fazer determinadas coisas e falar francês; era um desses diplomatas que sabem e amam trabalhar e, apesar da preguiça, às vezes passava noites em claro na escrivaninha. Trabalhava igualmente bem, qualquer que fosse a natureza do serviço. Não lhe interessava a pergunta "Para quê?", mas sim a pergunta "Como?". Para ele, não importava em que consistia determinada questão diplomática; mas sim redigir, com habilidade, acerto e elegância, uma circular, um memorando ou um relatório — nisso ele encontrava um grande prazer. Além de seu talento no trabalho de escrita, os méritos de Bilíbin eram apreciados também na arte de tratar e conversar nas altas esferas.

Bilíbin gostava tanto de conversas quanto do trabalho, mas só quando a conversa podia ser elegante e espirituosa. Em sociedade, estava constantemente à espera de uma chance de falar algo admirável e não entrava numa conversa senão nessas condições. A conversa de Bilíbin era o tempo todo salpicada de frases bem-acabadas, originais e espirituosas, de interesse geral. Tais frases eram preparadas no laboratório interior de Bilíbin, intencionalmente, como se fossem um patrimônio móvel, para que as pessoas fúteis da sociedade pudessem, oportunamente, se lembrar delas e transportá-las de um salão para outro. E de fato *les mots de Bilibine se colportaient dans les salons de Vienne*,[27] e muitas vezes tinham influência nos chamados assuntos importantes.

---

27 Francês: "as palavras de Bilíbin eram difundidas nos salões de Viena".

O seu rosto magro, exausto, amarelado, era todo coberto de rugas grandes, que sempre pareciam ter sido lavadas com tanto esmero e cuidado como ficam as pontinhas dos dedos depois do banho. Os movimentos dessas rugas constituíam a principal manobra da sua fisionomia. Ora ele franzia a testa com vincos largos, e as sobrancelhas levantavam-se, ora as sobrancelhas baixavam e, na bochecha, formavam-se rugas volumosas. Os olhos pequenos, afundados no rosto, sempre miravam de maneira franca e alegre.

— Bem, agora conte-nos as suas façanhas — disse ele.

Bolkónski, do modo mais modesto, sem mencionar a si mesmo nem uma vez, contou a batalha e a recepção do ministro da Guerra.

— *Ils m'ont reçu avec ma nouvelle, comme un chien dans un jeu de quilles*[28] — concluiu.

Bilíbin deu um sorriso e desfez os vincos do rosto.

— *Cependant, mon cher* — disse ele, examinando as unhas de longe e encolhendo a pele embaixo do olho esquerdo —, *malgré la haute estime que je professe pour le* Exército ortodoxo russo, *j'avoue que votre victoire n'est pas des plus victorieuses.*[29]

Continuou a falar em francês, pronunciando em russo apenas as palavras que ele queria sublinhar com desdém.

— Vejamos. Vocês, com a sua massa, desabaram sobre o pobre Mortier, que tinha uma única divisão, e esse Mortier ainda escapou das mãos de vocês? Onde está a vitória?

— No entanto, falando sério — respondeu o príncipe Andrei —, mesmo assim podemos dizer, sem nos vangloriar, que foi um pouco melhor do que aconteceu em Ulm...

— Por que não capturaram para nós um marechal, pelo menos um?

— Porque nem tudo acontece como se supõe, nem de modo tão regular como numa parada. Achávamos, como eu lhe disse, que íamos alcançar a retaguarda deles às sete horas da manhã, mas só chegamos às cinco da tarde.

— E por que não chegaram às sete da manhã? Era preciso chegar às sete da manhã — disse Bilíbin, sorrindo. — Era preciso chegar às sete da manhã.

— E por que vocês não conseguiram, pelas vias diplomáticas, convencer Bonaparte de que era melhor abandonar Gênova? — disse o príncipe Andrei, no mesmo tom.

---

28 Francês: "Eles me receberam, eu e a minha notícia, como um cão que atrapalha um jogo de boliche".

29 Francês: "Todavia, meu caro [...] apesar da alta estima que professo pelo Exército ortodoxo russo, confesso que a vitória dos senhores não é das mais vitoriosas".

— Eu sei — cortou Bilíbin —, você acha que é muito fácil prender marechais, quando se está sentado num sofá, na frente de uma lareira. É verdade, no entanto por que não o capturaram? E não se admire de que não só o ministro da Guerra mas também o augusto imperador e rei Francisco não fiquem muito exultantes com a sua vitória; até eu, um pobre secretário da embaixada russa, não sinto nenhum desejo de, em sinal de alegria, dar um táler para o meu criado Franz e lhe conceder folga para que passeie com a sua *Liebchen*[30] no Prater...[31] Na verdade, aqui não existe nenhum Prater.

Olhou direto nos olhos do príncipe Andrei e de repente relaxou a pele enrugada na testa.

— Agora, meu caro, é minha vez de perguntar a você "por quê" — disse Bolkónski. — Admito que não compreendo, talvez haja aqui sutilezas diplomáticas mais elevadas do que o meu fraco entendimento, mas eu não compreendo: Mack perde um exército inteiro, o arquiduque Ferdinando e o arquiduque Carlos não dão nenhum sinal de vida, cometem um erro após o outro, por fim só Kutúzov alcança uma autêntica vitória, quebra o *charme*[32] dos franceses, e o ministro da Guerra nem se interessa em saber dos detalhes.

— Exatamente por isso, meu caro. *Voyez-vous, mon cher*: Hurra ao tsar! À Rússia! À fé! *Tout ça est bel et bon*, mas para nós, quero dizer, para a corte austríaca, o que importam as vitórias de vocês? Se a boa notícia que o senhor nos traz fosse de uma vitória do arquiduque Carlos ou do arquiduque Ferdinando, *un archiduc vaut l'autre*, como o senhor sabe, ainda que fosse contra uma brigada de bombeiros de Bonaparte, aí era outra coisa, nós faríamos troar os canhões. Mas isso, e até parece de propósito, só serve para nos irritar. O arquiduque Carlos não faz nada, o arquiduque Ferdinando se cobre de vergonha. Vocês abandonam Viena, não a protegem mais, *comme si vous nous disiez*: Deus nos ajude, e que Deus ajude vocês e a sua capital. O único general a quem todos amávamos, Schmidt: vocês o puseram sob o fogo inimigo e nos congratulam com uma vitória!... Admita que é impossível imaginar uma notícia mais irritante do que essa que nos trouxe. *C'est comme un fait exprès, comme un fait exprès.*[33] Além disso, ora, mesmo que vocês tivessem alcançado uma vitória brilhante, e até mesmo que o arquiduque Carlos tivesse obtido uma

---

30 Alemão: "Namorada".

31 Parque à beira do Danúbio.

32 Francês: "encanto".

33 Francês: "Veja bem, meu caro [...] Tudo isso é belo e bom [...] um arquiduque vale o mesmo que outro [...] como se nos dissessem [...] Parece que é de propósito, de propósito".

vitória, em que isso mudaria a marcha geral dos acontecimentos? Agora é tarde, pois Viena está ocupada pelas tropas francesas.

— Ocupada como? Viena, ocupada?

— Não só ocupada, como Bonaparte está em Schönbrunn,[34] e o conde, o nosso querido conde Wrbna, recebe ordens dele.

Bolkónski, depois do cansaço e das impressões da viagem, da recepção e, em especial, depois do jantar, sentia que não estava compreendendo todo o sentido das palavras que ouvia.

— Esta manhã esteve aqui o conde Lichtenfels — prosseguiu Bilíbin — e mostrou-me uma carta que descreve, em detalhes, a parada dos franceses em Viena. *Le prince Murat et tout le tremblement...*[35] Veja que a sua vitória não é lá das mais animadoras e que o senhor não pode ser recebido como um salvador...

— Na verdade, para mim tanto faz, não me importo! — disse o príncipe Andrei, começando a entender que a sua notícia sobre a batalha em Krems tinha, de fato, pouca importância, em vista de acontecimentos como a tomada da capital da Áustria. — Quer dizer que Viena foi ocupada? E a ponte e a famosa *tête de pont*,[36] e o príncipe Auersperg? Ouvimos rumores de que o príncipe Auersperg estava protegendo Viena — disse ele.

— O príncipe Auersperg está do lado de cá, do nosso lado, e defende a nós; acho que defende muito mal, mas mesmo assim defende. No entanto Viena está do lado de lá. A ponte ainda não foi tomada e, espero, não será tomada, porque está minada e há ordens de explodir a ponte. Do contrário, há muito que estaríamos nas montanhas da Boêmia, e você e o seu exército teriam passado maus pedaços, entre dois fogos.

— Mas, mesmo assim, isso não quer dizer que a campanha está encerrada — disse o príncipe Andrei.

— Pois eu acho que está encerrada. E assim pensam os mandachuvas por aqui, mas não se atrevem a dizer. Vai acontecer aquilo que eu dizia no início da campanha, não será a sua *échauffourée de Dürrenstein*[37] e, no geral, também não será a pólvora que vai resolver a questão, mas sim aqueles que a inventaram — disse Bilíbin, repetindo um de seus *mots*,[38] relaxando a pele da testa e fazendo uma

---

34 Referência ao palácio Schönbrunn, o palácio de verão do imperador austríaco.

35 Francês: "O príncipe Murat e todo o resto".

36 Francês: "cabeça de ponte".

37 "Escaramuça de Dürrenstein." Trata-se da vitória sobre Mortier.

38 Francês: "ditos".

pausa. — A questão toda depende do que virá do encontro em Berlim entre o imperador Alexandre e o rei da Prússia. Se a Prússia entrar na aliança, *on forcera la main à l'Autriche*,[39] e haverá guerra. Se não, a questão se resume em resolver onde serão redigidos os artigos preliminares de um novo Campo Formio.[40]

— Mas que gênio extraordinário! — exclamou de repente o príncipe Andrei, cerrando a mão pequena e batendo com ela na mesa. — E que sorte tem esse homem!

— *Buonaparte?* — disse Bilíbin em tom interrogativo, franzindo a testa e assim dando a entender que, em seguida, viria mais um *mot*. — *Buonaparte?* — disse ele, enfatizando o *u* de modo especial. — Acho, porém, que agora, quando ele, instalado em Schönbrunn, dita leis para a Áustria, *il faut lui faire grâce de l'u*. Positivamente, farei uma inovação e vou chamá-lo de Bonaparte *tout court*.[41]

— Não, sem brincadeira — disse o príncipe Andrei —, você acha mesmo que a campanha terminou?

— Eis o que eu penso. A Áustria foi feita de boba, e não está acostumada a isso. E vai se vingar. Ela fez papel de boba porque, em primeiro lugar, as províncias foram devastadas (*on dit, le* ortodoxo *est terrible pour le pillage*), o Exército foi aniquilado, a capital foi tomada, e tudo isso *pour les beaux yeux du* sua majestade da Sardenha. E porque, *entre nous, mon cher*,[42] eu farejo que estão nos enganando, eu farejo que há conversas com a França e projetos de paz, de uma paz secreta, feita em separado.

— Não pode ser! — disse o príncipe Andrei. — Seria sórdido demais.

— *Qui vivra verra*[43] — disse Bilíbin, relaxando de novo a pele da testa, em sinal de que a conversa havia terminado.

Quando o príncipe Andrei foi para o quarto preparado para ele e, num pijama limpo, deitou-se no colchão de penas e nos travesseiros aquecidos e perfumados — sentiu que aquela batalha da qual trouxera a notícia estava distante, muito distante dele. A aliança da Prússia, a traição da Áustria, o novo triunfo de Bonaparte, a recepção e a parada, e a audiência com o imperador Francisco no dia seguinte concentravam suas preocupações.

---

39 Francês: "a Áustria ficará contra a parede".

40 Em Campo Formio, na Itália, em 1797, foi assinado entre a França e a Áustria um acordo de paz vantajoso para Bonaparte.

41 Francês: "é preciso dispensá-lo do *u* [...] pura e simplesmente".

42 Francês: "dizem que o [Exército] ortodoxo é terrível nas suas pilhagens [...] pelos belos olhos de [...] entre nós, meu caro".

43 Francês: "Quem viver verá".

Fechou os olhos, mas no mesmo instante ressoaram em seus ouvidos descargas de canhões, tiros, o estrépito de rodas de carruagens, e de novo os mosqueteiros desciam das montanhas, dispostos em linha, os franceses atiravam, e ele sentia que o seu coração tremia, e ele avançava para a primeira fila junto de Schmidt, as balas assoviavam alegremente à sua volta, e ele provava aquela sensação da alegria da vida multiplicada por dez, como não sentia desde a infância.

Acordou...

"Sim, tudo isso aconteceu!...", pensou, sorrindo para si mesmo, feliz, de modo infantil, e adormeceu num sono jovem e profundo.

XI

No dia seguinte, acordou cedo. Retomando as impressões recentes, recordou antes de tudo que naquele dia teria de se apresentar ao imperador Francisco, lembrou-se do ministro da Guerra, do cerimonioso ajudante de ordens austríaco, de Bilíbin e da conversa da noite anterior. Vestiu-se com o uniforme completo de parada, que já não vestia havia muito tempo, para ir ao palácio, e, fresco, animado e bonito, com a mão enfaixada, entrou no gabinete de Bilíbin. Havia quatro senhores do corpo diplomático dentro do gabinete. Bolkónski já conhecia o príncipe Hippolyte, secretário da embaixada; Bilíbin apresentou-o aos demais.

Os senhores que estavam no gabinete de Bilíbin, gente da sociedade, jovens, ricos e alegres, formavam, tanto ali como em Viena, um círculo à parte, que Bilíbin, o cabeça desse círculo, chamava de os nossos, *les nôtres*. Formado quase exclusivamente por diplomatas, o círculo tinha interesses próprios, que obviamente nada tinham a ver com a guerra e a política, mas sim com a mais alta sociedade, com as relações com certas mulheres e com o lado burocrático da carreira. Aqueles senhores, com prazer, pelo visto, receberam o príncipe Andrei como um igual em seu círculo (honra que a poucos concediam). Por cortesia, e como um pretexto para entabular conversa, fizeram-lhe algumas perguntas sobre o exército e a batalha, e a conversa dispersou-se de novo em gracejos e mexericos inconsequentes.

— Mas o melhor de tudo — disse um deles, que contava a desgraça de um colega diplomata —, o melhor de tudo foi que o chanceler lhe disse, de forma direta, que a sua nomeação para Londres era uma promoção e que ele também devia encará-la assim. Podem imaginar a cara que ele fez ao ouvir isso?...

— Mas o pior de tudo, senhores, e agora vou denunciar Kuráguin aos senhores, é que o homem está em desgraça, e disso se aproveita este don-juan, este homem detestável!

O príncipe Hippolyte estava estirado numa poltrona Voltaire, as pernas apoiadas sobre o braço da poltrona. Desatou uma risada.

— *Parlez-moi de ça*[44] — disse ele.

— Oh, don-juan! Oh, serpente — ouviram-se vozes.

— O senhor não sabe, Bolkónski — voltou-se Bilíbin para o príncipe Andrei —, que todos os horrores do Exército francês (por pouco não falei Exército russo) não são nada em comparação com o que anda fazendo este homem entre as mulheres.

— *La femme est la compagne de l'homme*[45] — declarou o príncipe Hippolyte e pôs-se a olhar, através do lornhão, para os próprios pés levantados.

Bilíbin e *os nossos* soltaram uma gargalhada, fitando os olhos de Hippolyte. O príncipe Andrei percebeu que o tal Hippolyte, do qual ele (tinha de reconhecer) quase sentira ciúmes por causa da sua esposa, era o bufão naquele grupo.

— Não, eu tenho que dar ao senhor uma amostra do Kuráguin — disse Bilíbin para Bolkónski em voz baixa. — Ele é encantador quando fala sobre política, só vendo que imponência.

Sentou-se ao lado de Hippolyte, armou suas rugas na testa e entabulou com ele uma conversa sobre política. O príncipe Andrei e os outros rodearam-nos.

— *Le cabinet de Berlin ne peut pas exprimer un sentiment d'alliance* — começou Hippolyte, olhando para todos com um ar significativo — *sans exprimer... comme dans sa dernière note... vous comprenez... vous comprenez... et puis si Sa Majesté l'empereur ne déroge pas au principe de notre alliance... Attendez, je n'ai pas fini...* — disse ele para o príncipe Andrei, segurando-o pelo braço. — *Je suppose que l'intervention sera plus forte que la non-intervention. Et...* — Fez uma pausa. — *On ne pourra pas imputer à la fin de non-recevoir notre dépêche du 28 octobre. Voilà comment tout cela finira.*[46]

E soltou o braço de Bolkónski, mostrando com isso que agora havia concluído de fato.

— *Demosthène, je te reconnais au caillou que tu as caché dans ta bouche d'or!*[47] — disse Bilíbin, cujo gorro de cabelos sobre a cabeça se movia de contentamento.

---

44 Francês: "Nem me fale".

45 Francês: "A mulher é a companheira do homem".

46 Francês: "O gabinete de Berlim não pode exprimir um sentimento de aliança" [...] "sem exprimir... como na sua última nota... os senhores compreendem... os senhores compreendem... e depois se sua majestade o imperador não revogar o princípio da nossa aliança... Espere, eu não terminei [...] Acho que a intervenção terá mais força do que a não intervenção. E... [...] No fim, não poderão alegar não terem recebido o nosso despacho de 28 de novembro. Aí está como tudo vai terminar".

47 Francês: "Demóstenes, eu te reconheço pelos seixos que escondeste dentro da tua boca de ouro!".

Todos riram. Hippolyte riu mais alto que todos. Sofria visivelmente, sufocava, mas não conseguia conter a risada feroz, que distendia o seu rosto sempre imóvel.

— E agora, vejam, senhores — disse Bilíbin —, Bolkónski é meu hóspede, em minha casa, e está aqui em Brünn, e eu gostaria de lhe oferecer, na medida do possível, todas as alegrias da vida local. Se estivéssemos em Viena, seria fácil; mas aqui, *dans ce vilain trou morave*, é mais difícil, e peço ajuda a todos. *Il faut lui faire les honneurs de Brünn.*[48] Os senhores se encarregam do teatro, eu, da sociedade, e você, Hippolyte, é claro, das mulheres.

— É preciso apresentar-lhe Amélie, é um encanto! — disse um dos nossos, e beijou a pontinha dos dedos.

— Em suma, é preciso voltar este soldado sanguinário — disse Bilíbin — para interesses mais filantrópicos.

— Mal pude aproveitar a hospitalidade dos senhores, e já está na hora de ir embora — disse Bolkónski, olhando de relance para o relógio.

— Para onde vai?

— A um encontro com o imperador.

— Oh! Oh! Oh!

— Bem, até logo, Bolkónski! Até a vista, príncipe; chegue mais cedo para o jantar — soaram vozes. — Contamos com o senhor.

— Faça um esforço para elogiar, o máximo possível, o fornecimento de provisões e o bom estado das estradas, quando estiver conversando com o imperador — disse Bilíbin, enquanto acompanhava Bolkónski até a saída.

— Bem que eu gostaria de elogiar, mas não posso, pelo que eu conheço — respondeu Bolkónski, sorrindo.

— Bem, então, no geral, fale o mais que puder. Ele tem paixão por audiências; e não gosta de falar, e nem sabe, como o senhor mesmo verá.

XII

Na recepção, o imperador Francisco apenas lançou um olhar demorado para o rosto do príncipe Andrei, que estava de pé no lugar que lhe fora indicado, entre os oficiais austríacos, e lhe dirigiu um aceno com a cabeça comprida. Mas, depois da cerimônia, o mesmo ajudante de ordens do dia anterior, com cortesia, transmitiu ao príncipe Bolkónski o desejo do imperador de lhe conceder uma audiência. O

---

48 Francês: “neste fim de mundo na Morávia [...] É preciso fazer a ele as honras de Brünn”.

imperador Francisco recebeu-o de pé no meio da sala. Antes de começar a conversa, o príncipe Andrei surpreendeu-se ao ver que o imperador parecia embaraçado, sem saber o que dizer, e ruborizado.

— Diga-me, quando a batalha começou? — perguntou, às pressas.

O príncipe Andrei respondeu. Depois dessa pergunta, seguiram-se outras, igualmente simples: "Como vai a saúde de Kutúzov? Há quanto tempo saiu de Krems?" etc. O imperador falava com tal expressão que parecia ter o único propósito de formular um número determinado de perguntas. Já as respostas não conseguiam interessá-lo, como ficou evidente.

— A que horas começou a batalha? — perguntou o imperador.

— Não posso informar vossa alteza a que horas começaram os choques no front, mas em Dürrenstein, onde eu me encontrava, as tropas começaram o ataque às seis da tarde — disse Bolkónski, animando-se, e dessa vez supôs que teria a chance de apresentar o relato fidedigno, que já trazia preparado na cabeça, de tudo o que ele sabia e tinha visto.

Mas o imperador sorriu e interrompeu-o.

— Quantas milhas?

— De onde até onde, vossa alteza?

— De Dürrenstein a Krems.

— Três milhas e meia,[49] vossa alteza.

— Os franceses abandonaram a margem esquerda?

— Pelo que informaram os espiões, os últimos atravessaram nas balsas à noite.

— Há forragem suficiente em Krems?

— A forragem não foi entregue na quantidade que...

O imperador interrompeu-o.

— A que horas o general Schmidt foi morto?...

— Às sete horas, mais ou menos.

— Às sete horas. É muito triste! Muito triste!

O imperador agradeceu e cumprimentou-o com uma reverência. O príncipe Andrei saiu e imediatamente foi cercado, de todos os lados, por cortesãos. Olhares carinhosos o miravam e ouviam-se palavras carinhosas de todos os lados. O ajudante de ordens do dia anterior lhe fez uma repreensão por não ter se hospedado no palácio e lhe ofereceu a própria casa. O ministro da Guerra aproximou-se, condecorou-o com a Ordem de Maria Teresa de terceira classe, que o imperador lhe conferiu. O camareiro da imperatriz convidou-o para ver sua alteza. A arquiduque-

---

49 Aproximadamente 5,5 quilômetros.

sa também queria vê-lo. Ele não sabia a quem responder e levou alguns segundos para ordenar os pensamentos. O embaixador russo segurou-o pelo ombro, levou-o até a janela e pôs-se a falar com ele.

Ao contrário das palavras de Bilíbin, a notícia trazida pelo príncipe Andrei foi recebida com alegria. Mandaram celebrar uma missa em ação de graças. Kutúzov foi condecorado com a Grã-Cruz de Maria Teresa, e o exército inteiro recebeu condecorações. Bolkónski recebeu convites de todos os lados e, durante toda a manhã, teve de fazer visitas aos principais dignitários da Áustria. Após terminar suas visitas, já depois das quatro horas da tarde, redigindo mentalmente uma carta para o pai sobre a batalha e a viagem a Brünn, o príncipe Andrei voltou para a casa de Bilíbin. Diante da varanda da casa ocupada por Bilíbin, estava uma carroça cheia de bagagens até a metade, e Franz, o criado de Bilíbin, saiu pela porta carregando uma mala com esforço. Antes de ir à casa de Bilíbin, o príncipe Andrei havia passado numa livraria a fim de se abastecer de livros para a campanha e ficara ali por um tempo.

— O que houve? — perguntou Bolkónski.

— *Ach, Erlaucht!* — disse Franz, colocando a mala na carroça com dificuldade. — *Wir ziehen noch weiter. Der Bösewicht ist schon wieder hinter uns her!*[50]

— Como assim? O que foi? — perguntou o príncipe Andrei.

Bilíbin foi ao encontro de Bolkónski. No rosto sempre calmo de Bilíbin havia uma perturbação.

— *Non, non, avouez que c'est charmant* — disse ele —, *cette histoire du pont de Thabor. Ils l'ont passé sans coup férir.*[51]

O príncipe Andrei não estava entendendo nada.

— Mas por onde o senhor andou que não sabe o que todos os cocheiros da cidade já sabem?

— Venho da casa da arquiduquesa. Lá, eu não soube de nada.

— E não viu que em toda parte todos estão fazendo as malas?

— Não vi... Mas o que aconteceu? — perguntou o príncipe Andrei, com impaciência.

— O que aconteceu? Aconteceu que os franceses atravessaram a ponte que Auersperg estava defendendo, não explodiram a ponte, e assim Murat está vindo pela estrada para Brünn, bem depressa, e hoje ou amanhã estarão aqui.

---

50 Alemão: "Ah, excelência! [...] Vamos mudar para mais longe. O bandido já está de novo nos nossos calcanhares!".

51 Francês: "Não, não, admita que é encantadora [...] essa história da ponte de Thabor. Eles a atravessaram sem dar um tiro".

— Aqui? Como? Por que não explodiram a ponte, se estava minada?

— É o que eu pergunto ao senhor. Isso ninguém sabe, nem mesmo Bonaparte.

Bolkónski encolheu os ombros.

— Mas, se atravessaram a ponte, quer dizer que o exército está perdido: vão cortar o seu caminho — disse ele.

— Aí é que está a graça — respondeu Bilíbin. — Preste atenção. Os franceses tomam Viena, como eu lhe disse. Muito bem. No dia seguinte, ou seja, ontem, os senhores marechais Murat, Lannes e Belliard montam em seus cavalos e marcham rumo à ponte. (Observe que os três são gascões.) Senhores, diz um deles, sabemos que a ponte de Thabor está minada e contraminada e que diante dela estão uma terrível *tête de pont* e um exército de quinze mil homens, com ordens de explodir a ponte e não deixar que atravessemos. Mas o nosso soberano imperador Napoleão gostaria muito que tomássemos essa ponte. Vamos lá nós três e tomemos a ponte. Vamos, responderam os outros; e eles vão, e tomam a ponte, atravessam o rio e agora, com todo o exército do lado de cá do Danúbio, marcham contra vocês e as suas comunicações.

— Chega de brincadeira — disse o príncipe Andrei, em tom triste e sério.

Aquela notícia era amarga e, ao mesmo tempo, agradável para o príncipe Andrei. Assim que soube que o exército se achava em tal situação desesperadora, veio-lhe à cabeça que justamente ele estava predestinado a retirar o exército russo daquela situação, que aquilo seria a sua Toulon,[52] que o destacaria das fileiras dos oficiais desconhecidos e lhe abriria as portas para a glória! Enquanto escutava Bilíbin, ele já imaginava como chegaria ao exército e, num conselho de guerra, daria a opinião que salvaria o exército e seria sozinho incumbido de executar aquele plano.

— Chega de brincadeira — disse ele.

— Não estou brincando — prosseguiu Bilíbin —, não há nada mais verdadeiro e mais triste. Aqueles senhores vêm até a ponte sozinhos e acenam com lenços brancos; asseguram que há um armistício e que eles, os marechais, vão travar conversações com o príncipe Auersperg. O oficial de serviço deixa que eles passem pela *tête de pont*. Eles lhe contam mil tolices gasconhas: dizem que a guerra acabou, que o imperador Francisco marcou uma reunião com Bonaparte, que eles querem se encontrar com o príncipe Auersperg e outras mil gasconadas desse tipo. O oficial manda avisar Auersperg; os três cavalheiros abraçam os oficiais, contam piadas, sentam-se sobre os canhões, e enquanto isso um batalhão francês entra na

52 Foi em Toulon, na França, em 1793, que Napoleão se destacou pela primeira vez, quando as tropas republicanas sitiaram a cidade, defendida pelos monarquistas.

ponte discretamente, lança na água os sacos de material inflamável e se aproxima da *tête de pont*. Por fim, aparece o próprio tenente-general, o nosso querido príncipe Auersperg von Mautern. "Inimigo querido! Flor do Exército austríaco, herói da guerra turca! As hostilidades acabaram, podemos apertar as mãos... o imperador Napoleão está louco de vontade de conhecer o príncipe Auersperg." Em suma, aqueles senhores, não por acaso gascões, de tal modo enchem Auersperg de palavras bonitas, e ele mesmo fica tão fascinado com a sua intimidade com os marechais franceses, alcançada tão rapidamente, e fica tão ofuscado com a visão do manto e das plumas de avestruz de Murat, *qu'il n'y voit que du feu, et oublie celui qu'il devait faire sur l'ennemi*. (Apesar do entusiasmo da sua fala, Bilíbin não esqueceu de fazer uma pausa depois desse *mot*, a fim de dar tempo para o ouvinte apreciá-lo.) O batalhão francês penetra ligeiro na *tête de pont*, fixa os canhões e toma a ponte. Mas o melhor de tudo não está nisso — prosseguiu, enquanto sua agitação se acalmava, por força do encanto do seu próprio relato —, o melhor de tudo é o que o sargento encarregado do canhão que daria o sinal para deflagrar as minas e explodir a ponte, esse mesmo sargento, ao ver que as tropas francesas corriam sobre a ponte, quis disparar, mas Lannes segurou o seu braço. O sargento, que pelo visto era mais inteligente do que o seu general, aproxima-se de Auersperg e diz: "Príncipe, estão enganando o senhor, os franceses estão aqui!". Murat vê que vai perder a parada, se deixar o sargento falar. Então dirige-se a Auersperg com espanto (é um autêntico gascão): "Não estou reconhecendo a disciplina austríaca, tão apreciada em todo o mundo", diz ele, "se o senhor pode permitir que um subalterno tão inferior lhe fale dessa maneira!". *C'est génial. Le prince d'Auersperg se pique d'honneur et fait mettre le sergent aux arrêts. Non, mais avouez que c'est charmant toute cette histoire du pont de Thabor. Ce n'est ni bêtise, ni lâcheté...*[53]

— *C'est trahison peut-être*[54] — disse o príncipe Andrei, revendo em pensamento os capotes cinzentos, os feridos, a fumaça da pólvora, o barulho dos tiros e a glória que o aguardava.

— *Non plus. Cela met la cour dans de trop mauvais draps* — prosseguiu Bilíbin. — *Ce n'est ni trahison, ni lâcheté, ni bêtise; c'est comme à Ulm...* — Pareceu refletir um pouco, à procura de uma expressão. — *C'est... c'est du Mack. Nous sommes mackés*[55]

---

53 Francês: "Que ele não enxerga mais nada e esquece o que devia fazer com o inimigo [...] É genial. O príncipe Auersperg sente o orgulho ferido e manda prender o sargento. Não, o senhor tem de admitir que toda essa história da ponte de Thabor é encantadora. Não é tolice, nem covardia...".

54 Francês: "Talvez seja traição".

55 Francês: "Também não. Isso deixa a corte em maus lençóis [...] Não é nem traição, nem covardia, nem tolice; é como em Ulm... [...] É... é uma coisa à moda de Mack. Nós fomos *mackados*".

— concluiu, sentindo que dizia um *mot*, e um *mot* novo em folha, um *mot* que iria ser repetido.

As rugas até então avolumadas na testa desmancharam-se rapidamente, em sinal de contentamento, e ele, sorrindo de leve, pôs-se a olhar para as unhas.

— Para onde vai? — perguntou de repente, voltando-se para o príncipe Andrei, que se levantara e seguia para o seu quarto.

— Vou partir.

— Para onde?

— Para o exército.

— Mas o senhor não queria ficar aqui dois dias?

— Agora vou partir logo.

E o príncipe Andrei, depois de dar ordens de preparar as malas para a sua partida, seguiu para o quarto.

— Sabe de uma coisa, meu caro — disse Bilíbin, entrando no quarto dele. — Fiquei pensando a respeito do senhor. Por que vai partir?

E, como prova de que o seu argumento era irrefutável, todas as rugas abandonaram o seu rosto.

O príncipe Andrei fitou o seu interlocutor com ar interrogativo e nada respondeu.

— Para que o senhor vai partir? Eu sei, o senhor acha que é seu dever ir a galope ao encontro do exército, agora que o exército está em perigo. Eu acho que isso, *mon cher, c'est l'héroïsme.*[56]

— Nada disso — respondeu o príncipe Andrei.

— Mas o senhor é *un philosophe*, pois então seja um filósofo por inteiro, examine as coisas de um outro ângulo e vai ver que o seu dever, ao contrário, é resguardar-se. Deixe isso para outros, que não servem para mais nada... O senhor não recebeu ordens para voltar, e aqui não o mandaram embora; talvez o senhor pudesse ficar e ir conosco para onde o destino infeliz nos arrastar. Dizem que vão para Olmütz. E Olmütz é uma cidade muito amável. Eu e o senhor viajaremos tranquilamente na minha carruagem.

— Pare de brincar, Bilíbin — disse Bolkónski.

— Estou falando com sinceridade e como amigo. Reflita bem. Para onde e para que o senhor irá agora, quando pode ficar aqui? À sua espera podem estar duas coisas (ele contraiu a pele sobre a têmpora esquerda): ou o senhor só chegará ao exército depois que a paz for assinada, ou tomará parte da derrota e da vergonha de todo o exército de Kutúzov.

---

56 Francês: "meu caro, é heroísmo".

E Bilíbin relaxou a pele, sentindo que aquele dilema era irrefutável.

— Não consigo raciocinar dessa forma — disse friamente o príncipe Andrei, e pensou: "Vou partir para salvar o exército".

— *Mon cher, vous êtes un héros*[57] — disse Bilíbin.

XIII

Naquela mesma noite, depois de se despedir do ministro da Guerra, Bolkónski partiu para o exército, sem saber onde o encontraria e sob o risco de ser detido pelos franceses na estrada para Krems.

Em Brünn, todas as pessoas da corte faziam as malas e já haviam despachado a bagagem pesada para Olmütz. Perto de Hetzelsdorf, o príncipe Andrei tomou a estrada pela qual o exército russo se deslocava, em grande pressa e em grande desordem. A estrada estava tão atravancada de carroças que era impossível passar com a carruagem. Depois de pegar um cavalo e um cossaco com o comandante dos cossacos, o príncipe Andrei, faminto e cansado, ultrapassando os comboios, saiu à procura do comandante em chefe e sua carruagem. Na estrada, tinha ouvido os rumores mais sinistros sobre a situação do exército, e o aspecto afobado e sem ordem do exército vinha confirmar aqueles rumores.

"*Cette armée russe que l'or de l'Angleterre a transportée, des extrémités de l'univers, nous allons lui faire éprouver le même sort* (*le sort de l'armée d'Ulm*)",[58] ele recordou as palavras da proclamação de Bonaparte para o seu exército, no início da campanha, e aquelas palavras despertavam nele, ao mesmo tempo, a admiração pelo herói genial, o sentimento de orgulho ferido e uma esperança de glória. "E se nada mais restar, senão morrer?", pensou ele. "Que seja, se for preciso! Não farei isso pior do que os outros."

O príncipe Andrei olhava com desprezo para aqueles intermináveis aglomerados de destacamentos, carroças, peças de artilharia, e mais carroças, carroças e carroças de todos os feitios possíveis, que se ultrapassavam umas às outras e, em fileiras de três, de quatro, atravancavam a estrada enlameada. De todos os lados, atrás e na frente, até onde o ouvido alcançava, ouvia-se o barulho de rodas, o estrondo de carrocerias, de telegas e de carretas, o tropel de cavalos, chicota-

---

57 Francês: "Meu caro, o senhor é um herói".

58 Francês: "Esse exército russo, que o ouro da Inglaterra transportou desde os confins do universo, nós o faremos ter o mesmo destino (o destino do exército de Ulm)".

das, gritos de incentivo, xingamentos de soldados, de ordenanças e de oficiais. Nas margens da estrada, viam-se constantemente ora cavalos caídos, esfolados ou não, ora carroças quebradas, nas quais um soldado sozinho, sentado, esperava alguém, ora soldados desgarrados do seu destacamento que, em bandos, se dirigiam às aldeias vizinhas ou traziam de lá galinhas, carneiros, feno ou sacos cheios de qualquer coisa. Nas descidas e subidas da estrada, a multidão se tornava mais densa, e se erguia um gemido contínuo, feito de gritos. Os soldados, afogando-se na lama até os joelhos, arrastavam com os braços os canhões e os carros de carga; chicotes estalavam, cascos patinavam, tirantes rompiam e peitos rebentavam de gritar. Os oficiais que orientavam a marcha moviam-se entre os comboios, ora para a frente, ora para trás. Suas vozes ouviam-se de modo fraco em meio ao rumor geral, e em seus rostos via-se que haviam perdido a esperança de conter aquela desordem. "*Voilà le cher*[59] Exército ortodoxo", pensou Bolkónski, lembrando-se das palavras de Bilíbin.

No intuito de perguntar a alguma daquelas pessoas onde estava o comandante em chefe, aproximou-se de um comboio. Logo à sua frente, movia-se uma carruagem estranha, puxada só por um cavalo, visivelmente construída pelos próprios soldados com os meios que tinham à mão e que se apresentava como alguma coisa entre a telega, o cabriolé e a caleche. Na carruagem, um soldado guiava, e uma mulher estava sentada, toda envolta em xales, sob um toldo de couro, que servia de capota. O príncipe Andrei aproximou-se e já se dirigia ao soldado para fazer a pergunta, quando os gritos desesperados da mulher, sentada sob aquela tendinha, chamaram a sua atenção. O oficial que conduzia o comboio bateu no soldado que era o cocheiro daquela charretinha porque ele queria ultrapassar os outros, e o chicote atingiu a capota da viatura. A mulher soltava gritos estridentes. Ao ver o príncipe Andrei, ela pôs a cabeça para fora da capota e, agitando os braços magros, que saíram de sob um xale acolchoado, gritou:

— Ajudante de ordens! Senhor ajudante de ordens!... Graças a Deus... Me defenda... O que vai acontecer?... Sou a esposa do médico do sétimo regimento de caçadores... Ficamos para trás; nos perdemos dos nossos...

— Vou esmagar você feito uma panqueca! Volte! — gritou o oficial, exasperado, para o soldado. — Volte para trás com a sua vagabunda.

— Senhor ajudante de ordens, me defenda. O que é isso? — gritou a mulher.

— Deixe esta viatura passar. O senhor não está vendo que é uma mulher? — disse o príncipe Andrei, aproximando-se do oficial.

---

59 Francês: "Aí está o querido".

O oficial lançou um olhar para ele e, sem responder, voltou-se de novo para o soldado:

— Vou fazer picadinho de você!... Para trás!...

— Deixe passar, já disse ao senhor — repetiu o príncipe Andrei, contraindo os lábios.

— Mas quem é você? — voltou-se de repente para ele o oficial, com uma fúria embriagada. — Quem é você? *Você* (ele enfatizou o *você*, de modo especial) é por acaso o comandante? Aqui, o comandante sou eu, e não você. Vá para trás, você aí — repetiu. — Vou esmagar você feito uma panqueca.

Essa expressão obviamente agradava ao oficial.

— Levou um tremendo fora, o ajudante de campo — ouviu-se uma voz, atrás.

O príncipe Andrei viu que o oficial se encontrava naquele tipo de acesso de raiva embriagada e sem motivo em que as pessoas não sabem o que falam. Viu que a sua defesa da esposa do médico, na charretinha, deu ensejo àquilo que ele mais temia no mundo, aquilo que se chamava de *ridicule*, no entanto o seu instinto lhe dizia outra coisa. O oficial mal teve tempo de pronunciar as últimas palavras, quando o príncipe Andrei, com o rosto desfigurado pela cólera, aproximou-se dele e levantou o chicote:

— Dei-xe-que-e-la-pas-se!

O oficial abanou a mão e afastou-se às pressas.

— É tudo por causa deles, essa gente do Estado-Maior, toda essa desordem — resmungou. — Faça como quiser.

Depressa, sem erguer os olhos, o príncipe Andrei afastou-se da esposa do médico, que o chamava de seu salvador, e, lembrando com repugnância os mínimos detalhes daquela cena humilhante, seguiu a galope para longe dali, rumo à aldeia onde, segundo lhe disseram, estava o comandante em chefe.

Ao chegar à aldeia, desmontou e entrou na primeira casa que viu, com a intenção de descansar, ainda que só por um minuto, comer alguma coisa e lançar alguma luz em todos aqueles pensamentos vergonhosos e torturantes. "Isso é uma multidão de miseráveis, não é um exército", pensava ao se aproximar da janela da primeira casa, quando uma voz conhecida o chamou pelo nome.

Virou-se. Numa janela pequena, apareceu o rosto bonito de Nesvítski. Mastigando alguma coisa na boca molhada e acenando com a mão, Nesvítski chamava-o.

— Bolkónski, Bolkónski! Não está ouvindo, não? Venha logo — gritava.

Quando entrou na casa, o príncipe Andrei viu Nesvítski e um outro ajudante de ordens, que comiam alguma coisa. Logo se dirigiram a Bolkónski e perguntaram se ele sabia de alguma novidade. No rosto de ambos, que conhecia tão bem, o príncipe Andrei leu uma expressão de alarme e perturbação. Essa expressão era especialmente perceptível no rosto sempre risonho de Nesvítski.

— Onde está o comandante em chefe? — perguntou Bolkónski.

— Aqui, naquela casa — respondeu o ajudante de ordens.

— E então, é verdade que assinaram a paz e a capitulação? — perguntou Nesvítski.

— Eu é que pergunto a vocês. Não sei de nada, a não ser que só consegui alcançá-los a muito custo.

— Pois por aqui, irmão, que coisa! Que horror! Tenho de pedir desculpas por ter zombado de Mack, a nossa situação é pior ainda — disse Nesvítski. — Mas sente-se, coma alguma coisa.

— Agora, príncipe, não se pode conseguir nem uma carroça, não se encontra nada de nada, e o seu Piotr,[60] Deus sabe o que vai ser dele — disse o outro ajudante de ordens.

— Onde está o quartel-general?

— Vamos passar a noite em Znaim.

— Quanto a mim, juntei tudo o que eu precisava e pus em dois cavalos — disse Nesvítski —, e fizeram uns embrulhos ótimos para mim. Vai dar até para atravessar as montanhas da Boêmia. A coisa anda péssima, irmão. Mas o que há, será que você está passando mal, por que está tremendo? — perguntou Nesvítski, ao notar que o príncipe Andrei tremia, como se tivesse tocado numa garrafa de Leyden.[61]

— Não é nada — respondeu o príncipe Andrei.

Lembrou-se, naquele instante, da recente discussão da esposa do médico com o oficial do comboio.

— O que o comandante em chefe está fazendo aqui? — perguntou.

— Eu não estou entendendo nada — disse Nesvítski.

— Só sei que tudo isto é abominável, abominável, abominável — disse o príncipe Andrei e seguiu para a casa onde estava o comandante em chefe.

Passando pela carruagem de Kutúzov, pelos esgotados cavalos de sela da sua comitiva e pelos cossacos, que conversavam entre si em altas vozes, o príncipe Andrei entrou no vestíbulo. O próprio Kutúzov, como disseram ao príncipe Andrei, estava na isbá, com o príncipe Bagration e Weyrother. Weyrother era um general austríaco, substituto do falecido Schmidt. No vestíbulo, o pequeno Kozlóvski estava de

---

60 Refere-se a Piotr Ivánovitch Bagration, um dos comandantes russos nessa campanha.

61 Garrafa de Leyden: capacitor de alta tensão, inventado em 1745 por Von Musschenbroek, em Leiden (ou Leyden), Holanda.

cócoras, diante de um escrivão. Sobre um barrilete virado, o escrivão, com as mangas do uniforme dobradas, escrevia às pressas. O rosto de Kozlóvski estava esgotado — era óbvio que ele também tinha passado a noite sem dormir. Lançou um olhar para o príncipe Andrei e não o cumprimentou sequer com um aceno de cabeça.

— Segunda linha... Escreveu? — prosseguiu ele, ditando ao escrivão. — Os granadeiros de Kíev, de Podólia...

— Devagar, vossa excelência — respondeu o escrivão, lançando um olhar desrespeitoso e zangado para Kozlóvski.

Por trás da porta, ouviu-se naquele instante a voz descontente e agitada de Kutúzov, interrompida por outra voz, desconhecida. Pelo som daquelas vozes, pela desatenção com que Kozlóvski havia olhado para ele, pelo desrespeito do escrivão esgotado, pelo fato de o escrivão e Kozlóvski estarem sentados no chão, em torno de um barrilete, tão próximos do comandante em chefe, e pelo fato de os cossacos, que guardavam os cavalos, rirem alto junto à janela da casa — por tudo isso, o príncipe Andrei sentiu que estava à beira de acontecer algo importante e funesto.

O príncipe Andrei, com insistência, fez perguntas a Kozlóvski.

— Já vai, príncipe — respondeu Kozlóvski. — Disposições para Bagration.

— E a capitulação?

— Nenhum sinal; feitas as disposições para a batalha.

O príncipe Andrei seguiu para a porta, atrás da qual se ouviam as vozes. Mas na hora em que quis abrir a porta, as vozes lá dentro se calaram, a porta abriu, e Kutúzov, com seu nariz de águia no rosto gorducho, surgiu na soleira.

O príncipe Andrei se viu cara a cara com Kutúzov; mas, pela expressão do único olho do comandante em chefe que enxergava, percebia-se que o pensamento e as preocupações o absorviam tão intensamente que pareciam toldar sua visão. Olhava de frente para o rosto do seu ajudante em chefe, e não o reconhecia.

— E então, já terminou? — voltou-se para Kozlóvski.

— Num segundo, vossa excelência.

Bagration, baixo, com o seu rosto de tipo oriental, firme e imóvel, homem seco e ainda jovem, saiu logo depois do comandante em chefe.

— Tenho a honra de me apresentar — repetiu o príncipe Andrei, com voz bastante forte, entregando um envelope.

— Ah, de Viena? Está bem. Depois, depois!

Kutúzov e Bagration saíram para o alpendre.

— Bem, príncipe, adeus — disse Kutúzov para Bagration. — Que Cristo o acompanhe. Eu o abençoo com os votos de grandes façanhas.

O rosto de Kutúzov abrandou-se, de forma inesperada, e surgiram lágrimas em seus olhos. Puxou Bagration para si com a mão esquerda e, com a direita, na qual havia um anel, fez o sinal da cruz diante dele, num gesto visivelmente habitual, e lhe ofereceu a bochecha gorducha, porém Bagration beijou-o no pescoço.

— Que Cristo o acompanhe! — repetiu Kutúzov e seguiu para a caleche. — Venha comigo — disse para Bolkónski.

— Vossa excelência, eu gostaria de ser útil aqui. Permita-me ficar no destacamento do príncipe Bagration.

— Suba — disse Kutúzov. E, ao notar que Bolkónski hesitava, disse: — Tenho grande necessidade de bons oficiais, grande necessidade.

Sentaram-se na caleche e seguiram em silêncio durante alguns minutos.

— Ainda temos muita, muita coisa pela frente — disse ele, com a expressão de perspicácia de um velho, como se tivesse entendido tudo o que se passava na alma de Bolkónski. — Se do destacamento dele, amanhã, voltar a décima parte, eu vou dar graças a Deus — acrescentou Kutúzov, como se falasse para si mesmo.

O príncipe Andrei olhou para Kutúzov e, sem querer, a meio *archin* de distância,[62] fixou os olhos nas rugas muito bem lavadas da cicatriz na têmpora de Kutúzov, onde uma bala, em Ismail, penetrara na sua cabeça e vazara o olho. "Sim, ele tem o direito de falar com essa tranquilidade sobre a morte daquelas pessoas!", pensou Bolkónski.

— Por isso mesmo estou pedindo que o senhor me encaminhe para aquele destacamento — disse o príncipe Andrei.

Kutúzov não respondeu. Parecia já ter esquecido o que lhe haviam dito e se mantinha quieto e pensativo. Cinco minutos depois, balançando suavemente nas molas macias da caleche, Kutúzov voltou-se para o príncipe Andrei. No seu rosto, não havia nenhum traço de agitação. Com sutil zombaria, indagou do príncipe Andrei sobre detalhes do encontro com o imperador, sobre as referências ouvidas no palácio acerca dos acontecimentos em Krems e sobre algumas mulheres conhecidas de ambos.

XIV

Por intermédio de um espião, Kutúzov recebera, no dia 1º de novembro, a notícia de que o exército sob o seu comando estava numa situação quase sem saída. O espião comunicou que os franceses, com forças enormes, haviam atravessado a

---

62 *Archin*: medida russa, equivalente a 71 centímetros.

ponte de Viena e marchavam rumo às linhas de comunicação entre Kutúzov e as tropas que vinham da Rússia. Se Kutúzov resolvesse ficar em Krems, o exército de cento e cinquenta mil soldados de Napoleão iria cortar todas as suas linhas de comunicação, cercar o seu exército de quarenta mil soldados, e ele se veria na mesma situação de Mack, em Ulm. Se Kutúzov resolvesse abandonar a estrada que o mantinha em comunicação com as tropas que vinham da Rússia, teria de se aventurar por terras desconhecidas nas montanhas da Boêmia, sem estradas, defendendo-se das forças superiores do inimigo, e pôr de lado todas as esperanças de fazer contato com Buxhöwden. Se Kutúzov resolvesse retirar-se pela estrada que vai de Krems para Olmütz, para unir-se às tropas que vinham da Rússia, correria o risco de se ver barrado naquela estrada pelos franceses que haviam cruzado a ponte de Viena e, dessa forma, seria obrigado a travar batalha em plena marcha, com toda a sua bagagem pesada e os seus comboios, num confronto com um inimigo duas vezes mais forte e que o cercava de dois lados.

Kutúzov escolheu esta última saída.

Como o espião havia informado, os franceses, depois de atravessar a ponte em Viena, seguiram em marcha forçada para Znaim, que ficava no caminho da retirada de Kutúzov, ainda a mais de cem verstas à sua frente. Alcançar Znaim antes dos franceses significava ter uma grande esperança de salvar o exército; deixar que os franceses chegassem a Znaim na sua frente significava, com toda a certeza, expor o exército inteiro a uma desonra semelhante à de Ulm, ou à destruição total. Porém chegar lá antes dos franceses com todo o exército era impossível. A estrada dos franceses de Viena a Znaim era mais curta e melhor do que a estrada dos russos de Krems a Znaim.

Na noite em que chegou a notícia, Kutúzov enviou para as montanhas, à direita, a vanguarda de Bagration, de quatro mil soldados, da estrada Krems-Znaim rumo à estrada Viena-Znaim. Sem se deter para descansar, Bagration tinha de atravessar aquela passagem, posicionar-se de frente para Viena e de costas para Znaim e, caso conseguisse antecipar-se aos franceses, devia retê-los pelo maior tempo possível. Kutúzov, enquanto isso, deslocava-se para Znaim com todo o seu carregamento pesado.

Após cruzar quarenta e cinco verstas pelas montanhas, sem estradas, com soldados famintos e descalços, numa noite de tempestade, perdendo um terço de seus homens no caminho, como retardatários, Bagration chegou a Hollabrunn, na estrada de Viena para Znaim, algumas horas antes dos franceses, que se aproximavam de Hollabrunn, vindo de Viena. Kutúzov ainda precisava andar vinte e quatro horas, com seus comboios, para chegar a Znaim, portanto, a fim de salvar o exército, Bagration, com quatro mil soldados famintos e descalços, precisava conter, durante as próximas vinte e quatro horas, todo o exército inimigo, que vinha ao seu encontro em Hollabrunn, algo obviamente impossível. Mas o destino estranho tornou possível o impossível. O sucesso do embuste que entregou a ponte de Viena na mão dos franceses sem nenhum combate induziu Murat a tentar enganar Kutúzov da mesma forma. Murat, ao deparar com o fraco destacamento de Bagration na estrada para Znaim, pensou que se tratava de todo o exército de Kutúzov. A fim de esmagar aquele exército de modo cabal, Murat resolveu esperar a chegada das tropas que ainda estavam a caminho pela estrada de Viena e, com esse fim, propôs uma trégua de três dias, na condição de que as tropas de ambos os lados não mudassem de posição e não saíssem do local onde estavam. Murat garantiu que conversações de paz já estavam em andamento e que por isso, a fim de evitar o derramamento inútil de sangue, ele propunha a trégua. O conde Nostitz, general austríaco que ocupava a linha de frente, acreditou nas palavras de Murat e retirou-se, deixando descoberto o destacamento de Bagration. Um outro negociador foi ao encontro das linhas russas transmitir as mesmas notícias sobre conversações de paz e propor às tropas russas uma trégua de três dias. Bagration respondeu que não podia aceitar nem recusar a trégua e enviou o seu ajudante de ordens ao encontro de Kutúzov, com um relatório da proposta que lhe haviam feito.

Para Kutúzov, a trégua era o único meio de ganhar tempo, de dar descanso ao esgotado destacamento de Bagration e de obter para os comboios e transportes de carga (cujo deslocamento era ignorado pelos franceses) um dia que fosse de vantagem em sua marcha rumo a Znaim. A proposta de uma trégua criava uma possibilidade única e inesperada para salvar o exército. Ao receber essa notícia, Kutúzov rapidamente enviou ao acampamento do inimigo o general Wintzingerode, seu ajudante de ordens. Wintzingerode devia não só aceitar a trégua, como propor também as condições de uma capitulação, e enquanto isso Kutúzov mandou seus ajudantes de ordens à retaguarda para apressar ao máximo o movimento dos comboios e de todo o exército pela estrada que ia de Krems a Znaim. O descalço e faminto destacamento de Bagration devia permanecer sozinho e encobrir o deslocamento dos comboios e de todo o exército, mantendo-se imóvel diante de um inimigo com forças oito vezes superiores à sua.

De fato, realizaram-se as esperanças de Kutúzov de que a proposta de uma capitulação, que não o obrigava a nada, pudesse dar tempo para que uma parte dos comboios passasse, mas também de que o erro de Murat seria logo descoberto. Assim que Bonaparte, que se encontrava em Schönbrunn, a vinte e cinco verstas de Hollabrunn, recebeu um relatório de Murat e o projeto de trégua e de capitulação, percebeu o embuste e escreveu a seguinte carta para Murat:

Au prince Murat.

Schoenbrunn, 25 brumaire an 1805, à huit heures du matin.

Il m'est impossible de trouver des termes pour vous exprimer mon mécontentement. Vous ne commandez que mon avant-garde et vous n'avez pas le droit de faire d'armistice sans mon ordre. Vous me faites perdre le fruit d'une campagne. Rompez l'armistice sur-le-champ et marchez à l'ennemi. Vous lui ferez déclarer, que le général qui signe cette capitulation, n'a point le droit de le faire, qu'il n'y a que l'empereur de Russie qui ait ce droit.

Toutes les fois cependant que l'empereur de Russie ratifierait la dite convention, je la ratifierai. Mais ce n'est qu'une ruse. Marchez, détruisez l'armée russe... vous êtes en position de prendre son bagage et son artillerie.

L'aide de camp de l'empereur de Russie est un... Les officiers ne sont rien quand ils n'ont pas de pouvoirs; celui-ci n'en avait point... Les Autrichiens se sont laissés jouer pour le passage du pont de Vienne, vous vous laissez jouer par un aide de camp de l'empereur.

Napoléon[63]

O ajudante de ordens de Bonaparte galopou com essa carta terrível, a toda a velocidade, ao encontro de Murat. O próprio Bonaparte, que não confiava em seus generais, partiu rumo ao campo de batalha com toda a guarda, temendo deixar escapar uma vítima já certa, enquanto os quatro mil soldados do destacamento de Bagration, com alegria, acendiam fogueiras, secavam-se, aqueciam-se, cozinha-

---

63 Francês: "Ao príncipe Murat. Schönbrunn, 25 de brumário de 1805 às oito horas da manhã.

"Para mim é impossível encontrar as palavras para exprimir ao senhor a minha insatisfação. O senhor comanda apenas a minha vanguarda e não tem o direito de fazer um armistício sem a minha ordem. O senhor me faz perder o fruto de uma campanha. Rompa o armistício já e marche contra o inimigo. O senhor mandará dizer ao inimigo que o general que assinou a capitulação não tinha o direito de fazê-lo, que só o imperador da Rússia tem tal direito.

"No entanto, assim que o imperador da Rússia ratifique a mencionada convenção, eu a ratificarei. Mas isso não passa de um embuste. Marche, destrua o exército russo... o senhor se acha em posição de capturar a sua carga e a sua artilharia.

"O ajudante de ordens do imperador da Rússia é um... Os oficiais não são nada, quando não têm poder: esse não tinha poder... Os austríacos deixaram-se enganar na travessia da ponte de Viena, o senhor deixou-se enganar por um ajudante de ordens.

"Napoleão"

vam mingau pela primeira vez em três dias, e ninguém no destacamento sabia, nem sequer imaginava, aquilo que os aguardava.

XV

Entre três e quatro horas da tarde, o príncipe Andrei, que havia insistido em seu apelo a Kutúzov, chegou a Grunt e apresentou-se a Bagration. O ajudante de ordens de Bonaparte ainda não tinha chegado ao destacamento de Murat, e a batalha ainda não começara. No destacamento de Bagration, nada sabiam acerca do andamento geral das negociações, falavam de paz, mas não acreditavam na sua possibilidade. Falavam sobre a batalha, mas também não acreditavam na iminência da batalha. Bagration, que conhecia Bolkónski como um ajudante de ordens estimado e de confiança, recebeu-o com uma distinção especial e, com as atenções de um comandante, explicou-lhe que a batalha provavelmente ia ocorrer naquele dia ou no dia seguinte e lhe deu toda a liberdade para ficar ao seu lado durante a batalha ou na retaguarda, para zelar pela ordem da retirada, "o que também era muito importante".

— De resto, o mais provável é que hoje não aconteça nada — disse Bagration, como que para acalmar o príncipe Andrei.

"Se ele for um desses esnobes tão comuns no Estado-Maior, enviados a fim de ganhar a sua cruzinha no peito, mesmo na retaguarda vai receber a sua condecoração, mas se quiser ficar ao meu lado, muito bem... vai ser útil, se for um oficial de coragem", pensou Bagration. Sem nada responder, o príncipe pediu permissão do príncipe para percorrer as posições e conhecer a disposição das tropas, a fim de saber aonde ir no caso de ter de cumprir alguma ordem. O oficial de serviço do destacamento, um homem bonito, vestido com esmero, e com um anel de diamante no dedo indicador, que falava francês mal, porém com gosto, ofereceu-se para acompanhar o príncipe Andrei.

Por todos os lados, viam-se oficiais molhados, de rostos abatidos, como que à procura de alguma coisa, e soldados que arrastavam portas, bancos e cercas trazidos da aldeia.

— Olhe só, príncipe, não conseguimos livrar o povo disso — falou o oficial do Estado-Maior, apontando para aquelas pessoas. — Os comandantes os deixam soltos. E olhe aquilo — apontou para a barraca desdobrada de um vendedor de víveres —, eles se aglomeram e ficam ali. Hoje de manhã expulsei todos: olhe, está cheia de novo. Temos de ir lá, príncipe, assustá-los. É só um minuto.

— Vamos, e eu também vou pegar queijo e pão com ele — disse o príncipe Andrei, que ainda não tivera tempo de comer.

— Por que não disse antes, príncipe? Eu teria oferecido a minha hospitalidade.

Desmontaram dos cavalos e entraram debaixo da tenda do vivandeiro. Alguns oficiais, de caras vermelhas e esgotadas, sentados junto às mesas, bebiam e comiam.

— Mas o que é isso, meus senhores — disse o oficial do Estado-Maior, em tom de recriminação, como alguém que já tivesse repetido diversas vezes a mesma coisa. — Não podem se ausentar desse jeito. O príncipe deu ordem para ninguém deixar o seu posto. Vamos, olhe só para o senhor, capitão — voltou-se para um oficial de artilharia, pequeno, sujo, magro, que sem botas (dera as botas para o vivandeiro secar), só de meias, se pôs de pé diante dos oficiais que haviam entrado e sorriu de um modo nem um pouco natural. — Puxa, como é que o senhor não tem vergonha, capitão Túchin — continuou o oficial do Estado-Maior. — O senhor, ao que parece, como um artilheiro, deveria dar o exemplo, mas o senhor está sem botas. Se tocarem o alarme, o senhor vai fazer um belo papel, sem botas. (O oficial do Estado-Maior sorriu.) Queiram encaminhar-se para os seus postos, senhores, todos, todos — acrescentou, em tom de comando.

O príncipe Andrei não pôde deixar de sorrir, ao olhar para o capitão Túchin. Sorrindo e calado, tropeçando nos pés descalços, Túchin fitava com ar interrogativo, com seus olhos grandes, inteligentes e bondosos, ora o príncipe Andrei, ora o oficial do Estado-Maior.

— Os soldados dizem: sem botas, dá mais agilidade — falou o capitão Túchin, sorrindo, tímido, com o intuito evidente de passar para um tom de zombaria e escapar da situação embaraçosa.

Mas nem havia terminado de falar quando percebeu que seu gracejo não fora bem recebido e não produzira efeito. Ficou encabulado.

— Queira encaminhar-se para o seu posto — disse o oficial do Estado-Maior, tentando manter a seriedade.

O príncipe olhou mais uma vez para a figurinha do artilheiro. Nele, havia algo de especial, alheio à esfera militar, ligeiramente cômico, mas atraente ao extremo.

O oficial do Estado-Maior e o príncipe Andrei montaram em seus cavalos e foram em frente.

Após saírem da aldeia, ultrapassando ou cruzando o tempo todo com soldados a pé ou com oficiais de vários destacamentos, os dois avistaram à esquerda barricadas de barro vermelho, fresco, recém-cavado. Alguns batalhões de soldados só de camisa, apesar do vento frio, fervilhavam sobre aquelas barricadas como se fossem formigas brancas; detrás da barreira de terra, pazadas de barro vermelho eram lançadas sem cessar por pessoas invisíveis. Os dois se aproximaram da vala escavada, examinaram-na e seguiram adiante. Para além da vala, toparam com dezenas de soldados, que, a todo momento substituídos por outros, saíam às pressas daquela fossa. Os dois tiveram de apertar as narinas e fazer trotar os cavalos, a fim de fugir da atmosfera empesteada.

— *Voilà l'agrément des camps, monsieur le prince*[64] — disse o oficial de serviço do Estado-Maior.

Foram até um morro do lado oposto. Daquele morro, já se avistavam os franceses. O príncipe Andrei parou e se pôs a observar.

— Lá está a nossa bateria — disse o oficial do Estado-Maior e apontou para o local mais elevado. — A daquele sujeito gozado, que estava sem botas; de lá, dá para ver tudo; vamos, príncipe.

— Muito obrigado, mas agora irei sozinho — disse o príncipe Andrei, no intuito de livrar-se do oficial do Estado-Maior. — Não se preocupe, por favor.

O oficial do Estado-Maior recuou, e o príncipe Andrei seguiu sozinho.

Quanto mais ele avançava para perto do inimigo, mais as tropas se mostravam animadas e em ordem. O desânimo e a desordem mais fortes estavam nos comboios da estrada para Znaim, que o príncipe Andrei ultrapassara naquela manhã e que se achavam a dez verstas dos franceses. Em Grunt, também se sentiam certo alarme e certo medo. Porém, quanto mais próximo o príncipe Andrei chegava das linhas dos franceses, mais confiante era o aspecto das nossas tropas. Dispostos em fileiras, de capote, os soldados estavam parados, de pé, o sargento e o capitão contavam os homens, tocavam o dedo no peito do soldado da ponta de cada seção e faziam sinal para que ele levantasse o braço; dispersos por toda a área, soldados arrastavam lenhas e galhos e construíam pequenos abrigos, riam e conversavam com alegria; junto às fogueiras, estavam sentados homens vestidos ou nus, secavam as camisas, as perneiras, ou consertavam os capotes e as botas, aglomeravam-se em redor dos caldeirões e dos cozinheiros. Numa companhia, o almoço estava pronto, e os soldados, com rostos ávidos, olhavam para os caldeirões fumegantes e aguardavam o fim da prova, que o quarteleiro oferecia numa xícara de madeira a um oficial, sentado sobre um tronco na frente da sua barraca.

Em outra companhia, mais afortunada, pois nem todas tinham vodca, os soldados aglomeravam-se em torno de um sargento com marcas de varíola no rosto e de ombros largos, que, inclinando um pequeno barril, servia as bocas dos cantis estendidos para ele, um de cada vez. Os soldados, com rostos devotos, chegavam o cantil à boca, viravam-no e, depois de gargarejar e enxugar a boca na manga do capote, afastavam-se do sargento, com a cara muito satisfeita. Todos os rostos estavam tão calmos como se tudo aquilo não se passasse bem diante do inimigo, à

64 Francês: "Aí está o encanto dos acampamentos, senhor príncipe".

beira de um combate no qual pelo menos metade da tropa havia de ficar no campo de batalha, mas sim como se estivessem em algum ponto da sua terra natal, acampados num local tranquilo. Depois de passar por um regimento de caçadores, pelas fileiras dos granadeiros de Kíev, gente simpática, ocupada com afazeres pacíficos, o príncipe Andrei, não distante do abrigo do comandante do regimento, num ponto elevado, destacado dos demais, chegou a um pelotão de granadeiros, diante dos quais jazia um homem nu. Dois soldados o seguravam e outros dois brandiam varas flexíveis e batiam nas costas nuas ritmadamente. A vítima do castigo gritava de modo forçado. Um major gordo caminhava diante da linha de frente e, sem parar e sem prestar a menor atenção nos gritos, dizia:

— Roubar é uma vergonha para um soldado; o soldado deve ser honrado, nobre e corajoso; se ele roubou seu irmão, é porque não há honra nele; é um canalha. Mais, mais!

E não paravam de soar os golpes flexíveis e os gritos desesperados, mas fingidos.

— Mais, mais — repetia o major.

Um jovem oficial, com uma expressão de perplexidade e de angústia no rosto, afastou-se do homem punido, virou-se e, com ar interrogativo, olhou para o ajudante de ordens que passava.

O príncipe Andrei, após chegar à linha de frente, atravessou-a. As nossas linhas e as dos inimigos ficavam distantes umas das outras no flanco esquerdo e no flanco direito, mas no meio, no local onde, naquela manhã, passaram os negociadores do armistício, as linhas ficavam tão próximas que era possível ver o rosto uns dos outros e trocar palavras. Além dos soldados que ocupavam as linhas naquele local, de um lado e do outro havia curiosos que, rindo, observavam os inimigos que lhes pareciam estranhos e exóticos.

Desde manhã cedo, apesar da proibição de aproximar-se das linhas, os comandantes não conseguiam livrar-se dos curiosos. Os soldados que estavam nas linhas de frente, como pessoas que exibem ao público algo fora do comum, já nem olhavam para os franceses, trocavam comentários sobre os curiosos e, entediados, esperavam a hora de serem rendidos. O príncipe Andrei deteve-se para observar os franceses.

— Olhe, olhe lá — disse um soldado para um camarada, apontando para um mosqueteiro russo que, com um oficial, fora até a linha de frente e, afoito e agitado, falava algo para um granadeiro francês. — Olhe só como ele sabe falar enrolado! Nem aquele francês lá consegue falar tão depressa. Que tal, Sídorov?

— Espere aí, escute. Puxa, como fala bem! — disse Sídorov, considerado um mestre para falar francês.

O soldado para o qual os dois gozadores apontavam era Dólokhov. O príncipe Andrei o reconheceu e prestou atenção na sua fala. Junto com o comandante do seu regimento, Dólokhov tinha saído do flanco esquerdo, onde estava o regimento, e viera para a linha de frente.

— Vamos, fale mais, fale mais! — o comandante do regimento o atiçava, inclinado para a frente e esforçando-se para não deixar escapar nenhuma palavra, todas incompreensíveis para ele. — Por favor, mais rápido. O que ele disse?

Dólokhov não respondeu ao comandante da companhia: estava empenhado numa discussão acalorada com o granadeiro francês. Falavam sobre a campanha, como era de esperar. O francês, confundindo os austríacos com os russos, queria provar que os russos tinham se rendido e fugido em Ulm; Dólokhov queria provar que os russos não se renderam, mas sim derrotaram os franceses.

— Agora, nos mandaram enxotar vocês, e vamos enxotar — disse Dólokhov.

— Tomem cuidado para vocês não serem todos capturados, com seus cossacos e tudo — disse o granadeiro francês.

Os ouvintes e espectadores franceses riram.

— Faremos vocês dançarem, como dançaram com Suvórov (*on vous fera danser*)[65] — disse Dólokhov.

— *Qu'est-ce qu'il chante?*[66] — perguntou um francês.

— *De l'histoire ancienne* — respondeu outro, deduzindo que a discussão tratava das guerras anteriores. — *L'empereur va lui faire voir à votre Souvara, comme aux autres...*[67]

— Bonaparte... — Dólokhov começou a falar, mas o francês interrompeu.

— Não existe Bonaparte. Só existe imperador! *Sacré nom...*[68] — gritou, irritado.

— Que o diabo carregue o seu imperador!

E Dólokhov, em russo, de modo grosseiro, desatou a xingar em linguagem de soldado e, pondo o fuzil nas costas, afastou-se.

— Vamos embora, Ivan Lukítch — disse para o comandante da companhia.

— Isso é que é falar o tal de francês — comentaram os soldados, na linha de frente. — E então, Sídorov?

Sídorov semicerrou os olhos e, voltando-se para os franceses, pôs-se a balbuciar palavras ininteligíveis:

— *Karri, malá, tafá, safi, muter, kaská* — balbuciou, tentando dar à voz uma entonação eloquente.

---

65 Francês: "faremos vocês dançarem".

66 Francês: "O que ele está cantando?".

67 Francês: "Uma história antiga [...] O imperador vai cuidar direitinho do seu Suvará, como fez com os outros...".

68 Francês: "Nome sagrado".

— Ho, ho, ho! Ha, ha, ha! Uh! Uh! — irrompeu com estrondo entre os soldados uma gargalhada tão alegre e salutar que, sem querer, contagiou também as fileiras dos franceses, e depois disso parecia que todos ali nada mais teriam a fazer, senão descarregar os fuzis, explodir as munições e dispersar-se a fim de voltar para casa, sem demora.

Mas os fuzis continuaram carregados, as seteiras continuaram nas casas, e as barricadas miravam para a frente da mesma forma terrível, e tal como antes os canhões continuavam desatrelados das carroças, apontados uns contra os outros.

XVI

Depois de percorrer toda a linha das tropas, do flanco direito ao flanco esquerdo, o príncipe Andrei subiu àquela bateria de onde, nas palavras do oficial do Estado-Maior, dava para ver todo o campo. Ali, desmontou e deteve-se junto à última das quatro peças de artilharia desatreladas das carroças. Diante do canhão, caminhava um artilheiro de sentinela, que ficou em posição de sentido perante o oficial, mas, em resposta a um sinal deste, retomou a sua ronda monótona e enfadonha. Atrás dos canhões, estavam as carroças, mais atrás ainda, as estacas para prender os cavalos e as fogueiras dos artilheiros. À esquerda, perto do canhão da ponta, havia uma barraca erguida pouco antes, com galhos trançados, de onde vinham vozes animadas de oficiais.

Da bateria avistavam-se, de fato, quase todas as posições das tropas russas e boa parte das posições do inimigo. Bem em frente, no horizonte formado por um morro do lado oposto, avistava-se a aldeia de Schöngraben; à esquerda e à direita, podiam-se distinguir, em três locais, em meio à fumaça das fogueiras, as massas das tropas francesas, e obviamente grande parte delas se encontrava na aldeia e atrás do morro. À esquerda da aldeia, na fumaça, havia algo parecido com uma bateria, mas era impossível enxergar direito a olho nu. O nosso flanco direito estava posicionado numa elevação bastante íngreme, que dominava do alto as posições dos franceses. Ali a nossa infantaria tomara posição e, bem na ponta, viam-se os dragões. No centro, onde se achava também a bateria de Túchin, local de onde o príncipe Andrei observava as posições das tropas, havia um declive e um aclive muito regulares, que iam dar no riacho que nos separava de Schöngraben. À esquerda, nossas tropas estavam junto da mata, onde nossas fogueiras fumegavam e os soldados da infantaria cortavam lenha. A linha dos franceses era mais vasta do que a nossa, e estava claro que os franceses podiam facilmente nos cercar por ambos os lados. Atrás das nossas posições, havia um barranco escarpado e profundo, por onde era difícil recuar a artilharia e a cavalaria. O príncipe Andrei apoiou-se no canhão, pegou um caderninho e desenhou, para si mesmo, um esquema da disposição das tropas. Em dois pontos, fez anotações a lápis, com a intenção de comunicá-las a Bagration. Em primeiro lugar, propunha concentrar toda a artilharia no centro e, em segundo lugar, transferir a cavalaria para trás, para o outro lado do barranco. O príncipe Andrei, que se mantinha o tempo todo ao lado do comandante em chefe, atento aos movimentos das massas de soldados e às disposições gerais do comando, sempre às voltas com os relatos históricos de batalhas, no caso daquele combate iminente não pôde deixar de visualizar também o curso das ações militares futuras apenas em seus traços gerais. Imaginava apenas grandes acontecimentos, do seguinte tipo: "Se o inimigo lançar um ataque no flanco direito", disse consigo, "os granadeiros de Kíev e os caçadores de Podólia deverão manter suas posições, até que as forças de reserva do centro cheguem em seu socorro. Nesse caso, os dragões podem atacar pelo flanco e desbaratar o inimigo. No caso de um ataque no centro, colocaremos nesta elevação a bateria central e, sob a cobertura dos seus tiros, deslocaremos o flanco esquerdo e recuaremos até o barranco, com as tropas dispostas em escalões", raciocinava...

O tempo todo em que esteve na bateria, junto aos canhões, ele, como acontece tantas vezes, ouvia sem cessar o som das vozes dos oficiais que falavam dentro da barraca, mas não entendia nenhuma palavra do que diziam. De repente, o som das vozes que vinha da barraca o surpreendeu com um tom tão afetuoso que, sem querer, passou a prestar atenção.

— Não, meu caro — disse uma voz agradável e que parecia conhecida do príncipe Andrei. — Garanto que, se fosse possível saber o que vai acontecer depois da morte, nenhum de nós jamais teria medo da morte. É isso mesmo, meu caro.

Uma outra voz, mais jovem, interrompeu-o:

— Com medo ou sem medo, dá na mesma, ninguém escapa.

— E vamos ter medo, de um jeito ou de outro! Ah, vocês, seus intelectuais — disse uma terceira voz, viril, interrompendo ambos —, pois é, vocês, artilheiros, são muito sabidos porque podem carregar tudo com vocês, bebidinhas e comidinhas.

E o dono da voz viril, pelo visto um oficial da infantaria, desatou a rir.

— Pois é, a gente vai ter medo — continuou a primeira voz, já conhecida. — A gente tem medo do desconhecido, essa é a questão. Por mais que você me diga que a alma vai para o céu... afinal, a gente sabe que o céu não existe, só existe a atmosfera.

De novo a voz viril interrompeu o artilheiro.

— Bem, sirva aí um pouco da sua aguardentezinha de erva, Túchin — disse ele.

"Ah, é o mesmo capitão que estava sem botas na tenda do vivandeiro", pensou o príncipe Andrei, reconhecendo com satisfação a voz simpática que filosofava.

— A aguardentezinha de erva, sim, isso pode — disse Túchin. — Mas já entender a vida depois da morte...

Não terminou de falar. Nesse momento, ouviu-se um assovio no ar; cada vez mais perto, mais perto, mais rápida e mais audível, mais audível e mais rápida e, como se não tivesse terminado de falar tudo o que era preciso, uma bala de canhão chocou-se na terra perto da barraca, espirrando fragmentos com uma força sobre-humana. A terra pareceu soltar uma exclamação de surpresa, com o baque terrível.

No mesmo instante, o pequeno Túchin pulou para fora da barraca antes de todos, com um cachimbinho entre os dentes, no canto da boca; o rosto bondoso, inteligente, estava um pouco pálido. Atrás dele, veio o dono da voz viril, o oficial de infantaria valentão, e foi correndo para a sua companhia, abotoando-se enquanto corria.

XVII

O príncipe Andrei, a cavalo, estava parado na bateria e olhava para a fumaça do canhão de onde a bala havia partido. Seus olhos percorriam o espaço amplo. Só via que as massas de franceses, antes imóveis, começaram a agitar-se e que, à esquerda, havia de fato uma bateria. Nela, a fumacinha ainda não se dispersara. Dois cavaleiros franceses, na certa ajudantes de ordens, subiam o morro a galope. Ao pé do morro, na certa para reforçar as linhas, uma pequena coluna de inimigos se deslocava, visível com toda a nitidez. A fumaça do primeiro tiro ainda não se dissipara quando surgiu outra fumaça e soou um tiro. A batalha começara. O príncipe Andrei virou o cavalo e galopou para trás, para Grunt, ao encontro do príncipe Bagration. Atrás de si, ouviu o canhoneio cada vez mais constante e mais ruidoso. Via-se que os nossos haviam começado a responder. Embaixo, no local onde os negociadores do armistício tinham passado, soavam tiros de fuzil.

Lemarrois, com a terrível carta de Bonaparte, havia acabado de chegar a galope ao encontro de Murat, que, envergonhado, desejoso de redimir-se do seu erro, imediatamente deslocou suas tropas para o centro e em redor dos dois flancos, na esperança de aniquilar o insignificante destacamento à sua frente, antes da chegada do imperador.

"Começou! Aí está ela!", pensou o príncipe Andrei, sentindo que o sangue começava a afluir com mais frequência ao seu coração. "Mas onde, e como, a minha Toulon vai se manifestar?", pensava.

Ao passar por aquela mesma companhia onde, quatro horas antes, comiam mingau e bebiam vodca, ele viu em toda parte os mesmos movimentos dos soldados, que se organizavam em fileiras e preparavam os fuzis, e em todos os rostos reconheceu o sentimento de vitalidade que ele mesmo tinha em seu coração. "Começou! Aí está ela! Que terror e que alegria!", dizia o rosto de cada soldado e oficial.

Antes de chegar à barricada que estavam construindo, ele avistou, na luz do entardecer do dia nublado de outono, homens a cavalo que vinham na sua direção. O cavaleiro da frente, de capa de feltro caucasiana e quepe de pele de cordeiro, montava um cavalo branco. Era o príncipe Bagration. O príncipe Andrei se deteve, à espera dele. O príncipe Bagration freou o cavalo e, após reconhecer o príncipe Andrei, cumprimentou-o com uma inclinação da cabeça. Continuou a olhar para a frente, enquanto o príncipe Andrei lhe dizia o que tinha visto.

A expressão de "Começou! Aí está ela!" se mostrava até no rosto forte e moreno do príncipe Bagration, de olhos meio fechados, turvos, como que sonolentos. O príncipe Andrei, com uma curiosidade inquieta, mirava atentamente aquele rosto imóvel e queria saber se aquele homem, naquele instante, pensava e sentia, e o que pensava e o que sentia. "Será que existe mesmo alguma coisa ali, atrás desse rosto imóvel?", perguntava-se o príncipe Andrei, enquanto olhava para ele. O príncipe Bagration inclinou a cabeça, em sinal de que concordava com as palavras do príncipe Andrei, e disse "Está bem", com uma expressão tal que parecia que tudo o que se passava e que lhe comunicavam era exatamente aquilo que ele havia previsto. O príncipe Andrei, ofegante com a rapidez do galope, falava depressa. O príncipe Bagration pronunciava as palavras com o seu sotaque oriental, de modo singularmente vagaroso, como se quisesse convencer os outros de que não havia razão nenhuma para pressa. No entanto, ele tocou seu cavalo a trote na direção da bateria de Túchin. O príncipe Andrei foi atrás, junto à comitiva. Atrás do príncipe Bagration, iam: o oficial da comitiva do tsar, o ajudante de ordens particular do príncipe, Jerkóv, um ordenança, o oficial de serviço do Estado-Maior num cavalo bonito, com o rabo cortado à inglesa, e um funcionário civil, um auditor que, por curiosidade, pediu para ir à batalha. O auditor, homem gordo, de cara gorda, com um sorriso ingênuo de alegria, olhava à sua volta, sacudia-se no seu cavalo e exibia um aspecto estranho, no seu capote feito de chamalote, montado numa sela de oficial, no meio daqueles hussardos, cossacos e ajudantes de ordens.

— Olhe só, ele quer ver a batalha — disse Jerkóv para Bolkónski, apontando para o auditor. — Mas já está com dor de barriga.

— Ora, já chega, senhores — exclamou o auditor, com um sorriso radiante, ingênuo e ao mesmo tempo astuto, como se estivesse lisonjeado por ser objeto dos gracejos de Jerkóv, e como se fizesse um esforço para parecer mais tolo do que era de fato.

— *Très drôle, mon monsieur prince*[69] — disse o oficial de serviço do Estado-Maior. (Ele lembrava que, em francês, o título de príncipe se dizia com as palavras numa ordem diferente, mas não conseguia acertar como era.)

Nessa altura, todos já haviam chegado à bateria de Túchin, e uma bala de canhão acertou bem na frente deles.

— O que foi isso que caiu? — perguntou o auditor, sorrindo ingenuamente.

— Panquecas francesas — respondeu Jerkóv.

— Quer dizer que atacam com isso? — perguntou o auditor. — Que horror!

E pareceu se desmanchar de contentamento. Mal havia terminado de falar, quando ressoou de novo, inesperadamente, um assovio terrível, interrompido de repente por uma pancada em algo líquido, e z-z-z-zás — um cossaco que cavalgava um pouco à direita e atrás do auditor desabou no chão, junto com o cavalo. Jerkóv e o oficial de serviço do Estado-Maior curvaram-se sobre a sela e desviaram seus cavalos para longe dali. O auditor permaneceu diante do cossaco, observando-o com atenção e curiosidade. O cossaco estava morto, o cavalo ainda se debatia.

O príncipe Bagration, de olhos semicerrados, olhou em volta e, ao reconhecer a causa da confusão que se formara, deu as costas com indiferença, como se dissesse: "Não vale a pena perder tempo com bobagens!". Freava o cavalo pela rédea e, com a habilidade de um bom cavaleiro, curvou-se um pouco e soltou a espada que se enganchara atrás da capa. Era uma espada antiga, não como as que se usavam na época. O príncipe Andrei lembrou-se do relato de que Suvórov, na Itália, dera a sua espada para Bagration, e naquele momento a recordação lhe foi especialmente agradável. Aproximavam-se justamente da bateria onde estivera Bolkónski, quando observara o campo de batalha.

— Que companhia é esta? — perguntou o príncipe Bagration a um artilheiro postado junto a uns caixotes.

Ele perguntou: "Que companhia é esta?", mas, na verdade, estava perguntando: "Já estão com medo, por aqui?", e o artilheiro entendeu isso.

— Do capitão Túchin, vossa excelência — gritou com voz alegre o artilheiro ruivo, em posição de sentido, o rosto coberto de sardas.

— Certo, certo — exclamou Bagration, pensando em alguma coisa, e contornou as carroças na direção do canhão da ponta.

No momento em que se aproximava, ressoou um tiro daquele mesmo canhão, que ensurdeceu Bagration e a sua comitiva, e na fumaça que de súbito envolveu a arma viam-se os artilheiros, que agarraram o canhão e, tensos e afobados,

69 Francês: "Muito engraçado, senhor meu príncipe".

rolavam-no para a posição em que estava antes. O soldado número 1, enorme, de ombros largos, com as pernas bem abertas, pulou para o lado da roda, empunhando a vareta de limpeza. O número 2, com mão trêmula, enfiou a munição na boca do canhão. Um homem pequeno e meio curvado, o oficial Túchin, tropeçando na carreta do canhão, correu para a frente sem notar a presença do general e olhou ao longe, por baixo da mãozinha pequena, para proteger-se da luz.

— Suba mais dois pontos que vai dar certinho — gritou com uma voz fininha, à qual ele se esforçava para imprimir um tom de valentia, que não combinava com a sua figura. — Segundo! — guinchou. — Arrebenta, Medviédev!

Bagration gritou para chamar o oficial, e Túchin, com um movimento tímido e embaraçado, bem diferente de uma saudação militar, mais parecido com um sacerdote que dá a bênção, encostou três dedos unidos na pala do quepe, ao aproximar-se do general. Embora os canhões de Túchin tivessem a missão de bombardear o vale, ele disparava balas incendiárias contra a aldeia de Schöngraben, que se avistava lá na frente e da qual saíam às pressas grandes massas de franceses.

Ninguém dera ordens a Túchin sobre onde ele devia atirar e com o quê, e assim, depois de trocar ideias com o seu sargento, Zakhártchenko, por quem tinha grande respeito, Túchin resolveu que seria bom incendiar a aldeia. "Muito bem!", disse Bagration em resposta ao oficial e pôs-se a olhar para o campo de batalha, que se estendia por inteiro à sua frente, como se estivesse pensando em alguma coisa. No lado direito, os franceses haviam se aproximado mais do que nos outros pontos. Embaixo da elevação onde estava o regimento de Kíev, no vale do riacho, ouvia-se o estampido dos fuzis, estrondoso, de tirar o fôlego, e bem mais à direita, para além dos dragões, o oficial da comitiva do tsar apontou para o príncipe uma coluna de franceses que estava cercando o nosso flanco. À esquerda, o horizonte era delimitado pela floresta contígua. O príncipe Bagration deu ordem para que dois batalhões do centro fossem reforçar a ala direita. O oficial da comitiva do tsar tomou a liberdade de dizer para o príncipe que, com a saída daqueles batalhões, os canhões ficariam sem cobertura. O príncipe Bagration virou-se para o oficial da comitiva do tsar e, com olhos turvos, fitou-o em silêncio. O príncipe Andrei tinha a impressão de que a observação do oficial era pertinente e que, de fato, nada havia a dizer. Mas nesse instante chegou a galope um ajudante de ordens do comandante do regimento que estava no vale, com a notícia de que a imensa massa de franceses vinha descendo, que o regimento estava em desordem e ia recuar para junto dos granadeiros de Kíev. O príncipe Bagration inclinou a cabeça em sinal de concordância e aprovação. Seguiu devagar para a direita e mandou o ajudante de ordens rumo aos dragões, com a ordem de atacar os franceses. Mas o ajudante de ordens enviado para lá voltou meia hora depois com a notícia de que o comandante do regimento dos dragões já havia recuado para trás do barranco, pois contra ele foi disparado um tiroteio muito intenso, estava perdendo homens inutilmente e por isso apressou-se em dispor atiradores dentro da floresta.

— Muito bem! — disse Bagration.

No momento em que ele se afastou da bateria, também se ouviram tiros à esquerda, dentro da floresta, e como estava muito distante do flanco esquerdo para ter tempo de ele mesmo chegar ao local, o príncipe Bagration mandou Jerkóv até lá, a fim de dizer ao general comandante, o mesmo que havia perfilado o seu regimento diante de Kutúzov para uma revista de tropas em Braunau, que ele devia recuar o mais depressa possível para trás do barranco, pois o flanco direito provavelmente não teria forças para conter o inimigo por muito tempo. Quanto a Túchin e ao batalhão que lhe tinha dado cobertura, eles foram esquecidos. O príncipe Andrei escutava com atenção as conversas entre o príncipe Bagration e os comandantes para acompanhar as ordens que dava a eles, mas, com surpresa, notou que nenhuma ordem era dada e que o príncipe Bagration apenas se esforçava para dar a impressão de que tudo o que acontecia, por necessidade, por acaso e pela vontade dos diversos comandantes, que tudo aquilo se passava, ainda que não por suas ordens, ao menos de acordo com os seus planos. Graças ao tato que o príncipe Bagration demonstrava, o príncipe Andrei notou que, apesar do acaso dos acontecimentos e apesar de tais acontecimentos não dependerem da vontade do comandante, a sua presença tinha um grande efeito. Comandantes que vinham, com os rostos abatidos, falar com o príncipe Bagration ficavam calmos, soldados e oficiais o saudavam com alegria e ficavam mais animados na sua presença e, era visível, diante dele faziam alarde da sua coragem.

XVIII

O príncipe Bagration, depois de chegar ao ponto mais alto do nosso flanco direito, começou a descer ali onde se ouvia um tiroteio estrondoso e onde nada se conseguia enxergar, no meio da fumaça de pólvora. Quanto mais próximo eles chegavam do vale, menos conseguiam enxergar, no entanto mais se fazia sentir a proximidade do verdadeiro campo de batalha. Eles começaram a encontrar feridos. Um, com a cabeça ensanguentada, sem gorro, era carregado por dois soldados que o seguravam por baixo dos braços. O ferido arquejava e cuspia. A bala, pelo visto, acertara na boca ou na garganta. Um outro, que eles encontraram, caminhava sozinho e com ânimo, sem fuzil, gemia bem alto e sacudia o braço por causa de um ferimento recente, de onde o sangue escorria para seu capote, como se saísse de uma garrafinha. Seu rosto parecia mais assustado do que sofrido. Fora ferido um minuto antes. Depois de atravessarem a estrada, eles desceram uma ladeira íngreme e lá embaixo viram vários homens caídos; um bando de soldados vinha ao seu encontro, entre eles havia alguns sem nenhum ferimento. Os soldados caminhavam morro acima, com a respiração ofegante e, apesar da presença do general, conversavam em voz bem alta e gesticulavam. Mais à frente, na fumaça, já se viam fileiras de capotes cinzentos, e um oficial, ao avistar Bagration, correu com um grito atrás dos soldados que caminhavam em bando, exigindo que voltassem. Bagration aproximou-se das fileiras onde, aqui e ali, estalavam tiros que abafavam as vozes e os gritos de comando. O ar estava todo impregnado de fumaça de pólvora. Os rostos dos soldados estavam todos cobertos de pólvora e animados. Alguns batiam a vareta dentro do cano do fuzil, outros vertiam pólvora na caçoleta da arma, pegavam munição na cartucheira, outros atiravam. Mas em quem atiravam, isso não se podia enxergar por causa da fumaça da pólvora, que o vento não carregava. Com muita frequência, ouviam-se barulhos agradáveis, de zumbidos e assovios. "O que é isso?", pensou o príncipe Andrei, enquanto se aproximava daquela multidão de soldados. "Não pode ser um ataque, pois eles não estão se movendo; não pode ser uma formação em quadrado: eles não estão nessa posição."

O comandante do regimento, um velhinho magricelo, de aspecto fraco, com um sorriso agradável e pálpebras que cobriam mais da metade dos seus olhos de velho, dando a ele um ar dócil, aproximou-se do príncipe Bagration e recebeu-o como um anfitrião recebe uma visita muito querida. Comunicou ao príncipe Bagration que tinha havido um ataque de cavalaria dos franceses contra o seu regimento, mas que, embora o ataque tivesse sido rechaçado, o regimento perdera mais da metade dos homens. O comandante do regimento disse que o ataque fora rechaçado, achando que esse era o termo militar para o que havia ocorrido no seu regimento; mas, na verdade, ele não sabia o que havia ocorrido naquela meia hora com as tropas a ele confiadas e não podia dizer de maneira fidedigna se o ataque tinha sido rechaçado ou se as suas tropas tinham sido destruídas pelo ataque. No início do confronto, ele só sabia que balas de canhão e granadas começaram a voar sobre todo o seu regimento, atingindo os soldados, e que depois alguém começou a gritar: "Cavalaria", e os nossos começaram a atirar. E ainda estavam atirando, não mais na cavalaria, que havia sumido, mas nos soldados da infantaria dos franceses, que apareceram no vale e atiravam contra os nossos. O príncipe Bagration inclinou a cabeça em sinal de que tudo aquilo estava perfeitamente de acordo com o que ele desejava e previa. Voltou-se para o ajudante de ordens e ordenou-lhe que trouxesse do alto do morro dois batalhões do sexto regimento de caçadores, pelo qual haviam acabado de passar. O príncipe Andrei, naquele instante, impressionou-se com uma mudança que ocorrera no rosto do príncipe Bagration. Seu rosto exprimia aquela determinação concentrada e feliz que se vê num homem que, num dia quente, se prepara para mergulhar na água e toma o último impulso. Não havia nem os olhos sonolentos, nem o aspecto fingidamente pensativo: os olhos redondos, firmes, de falcão, miravam para a frente, exaltados e com um certo desprezo, sem se deter em nada, ao que parecia, embora nos seus movimentos persistissem a mesma lentidão de antes e o mesmo comedimento.

O comandante do regimento voltou-se para o príncipe Bagration, pedindo que recuasse, pois ali estava perigoso demais. "Por favor, vossa excelência, pelo amor de Deus!", disse ele e, em busca de apoio, olhou de relance para o oficial da comitiva do tsar, que lhe virou a cara. "Olhe só, tenha a bondade de ver!" Chamava a atenção para as balas que o tempo todo ganiam, cantavam e assoviavam em volta deles. Falava no tom de súplica e recriminação que um carpinteiro usaria ao falar com um patrão que tivesse empunhado um machado: "A gente está acostumado, mas o senhor vai fazer calos nas mãos". Falava como se aquelas balas não pudessem matá-lo, e seus olhos meio fechados acrescentavam a suas palavras uma expressão ainda mais convincente. O oficial do Estado-Maior uniu-se às exortações do comandante do regimento; mas o príncipe Bagration não lhes respondeu, apenas deu ordem de cessar fogo e dispor as tropas de forma a abrir espaço para os dois batalhões que iam chegar. No momento em que ele dizia isso, como que puxada por uma mão invisível, a cortina de fumaça que encobria o vale foi erguida pelo vento, da direita para a esquerda, e o morro do lado oposto, com os franceses que se deslocavam na encosta, revelou-se à sua frente. Sem querer, todos os olhos se voltaram para aquela coluna de franceses que avançavam na direção deles e serpenteavam pelos desníveis do terreno. Já se avistavam os gorros peludos dos soldados; já se podiam distinguir os oficiais dos soldados comuns; via-se como suas bandeiras tremulavam nas varas.

— Marcham que é uma beleza — disse alguém na comitiva de Bagration.

A cabeça da coluna já havia descido ao vale. O choque se daria do lado de cá da descida...

O resto do nosso regimento engajado na luta apressou-se em tomar posição, afastando-se para a direita; atrás deles, dispersando os retardatários, aproximaram-se, bem alinhados em fileiras, os dois batalhões do sexto de caçadores. Ainda não tinham alcançado Bagration e já se ouviam os passos pesados, opressivos, da batida dos pés de toda aquela massa humana. Do flanco esquerdo, mais adiantado que todos na direção de Bagration, marchava um comandante de companhia, homem de cara redonda, garboso, com uma fisionomia tola e contente, o mesmo que saíra correndo da barraca. Pelo visto, naquele instante, ele não pensava em mais nada senão em passar com ar destemido na frente do comandante.

Com a presunção de um soldado num desfile, ele andava devagar sobre as pernas musculosas, como se flutuasse, mantendo-se ereto sem o menor esforço e, por causa dessa leveza, destacava-se do passo pesado dos soldados que marchavam acompanhando o seu passo. Levava junto à perna a espada desembainhada, fininha, estreitinha (uma espadinha recurvada, nem parecia uma arma), e olhando ora para o comandante, ora para trás, sem perder o passo, virava todo o seu tronco de modo flexível. Parecia que toda a força da sua alma estava dirigida a passar na frente do comandante da melhor forma possível e, sentindo que cumpria bem essa missão, ficou feliz. "Esquerda... esquerda... esquerda...", ele parecia dizer interiormente a cada passo e, naquela cadência, movia-se a muralha de vultos de soldados, com rostos variados, pitorescos, austeros, sobrecarregados pelas mochilas e fuzis, e parecia que cada um daquelas centenas de soldados dizia em pensamento, a cada passo: "Esquerda... esquerda... esquerda...". Um major gordo, resfolegante e com o passo desemparelhado, contornou um arbusto que estava no seu caminho; um soldado retardatário, arquejante, com o rosto assustado por seu descuido, ultrapassou a companhia a trote; uma bala de canhão, pressionando o ar, passou voando sobre a cabeça do príncipe Bagration e da sua comitiva, e também naquele mesmo ritmo: "esquerda... esquerda!", atingiu a coluna. "Cerrar fileiras!", ouviu-se a voz presunçosa do comandante da companhia. Os soldados, em arco, contornaram algo no lugar onde a bala havia caído; um velho sargento de flanco, condecorado, que havia ficado para trás junto aos mortos, alcançou a sua fileira, aos pulos, trocando as pernas, e então acertou o passo e olhou para trás, zangado. "Esquerda... esquerda... esquerda...", parecia ouvir-se por trás do silêncio ameaçador e do som monótono dos pés que batiam na terra ao mesmo tempo.

— Coragem, rapazes! — disse o príncipe Bagration.

— Por vossa... ência-ência-ência-ência!... — ressoou pelas fileiras. Um soldado carrancudo, que marchava à esquerda gritando assim, voltou os olhos para Bagration com uma expressão que parecia dizer: "A gente já sabe"; um outro, sem se virar para olhar e como que com medo de se distrair, de boca escancarada, gritou e passou direto.

Mandaram os soldados parar e arriar as mochilas.

Bagration ultrapassou as fileiras que haviam passado por ele e desmontou. Deu a rédea para um cossaco, tirou a capa e entregou-a também, ajeitou as calças e corrigiu a posição da barretina na cabeça. Com os oficiais à frente, a cabeça da coluna dos franceses surgiu ao pé do morro.

— Deus esteja conosco! — exclamou Bagration com voz firme e audível, voltou-se por um momento para a linha de frente e, balançando os braços de leve, no passo desconfortável de um cavalariano, como que com esforço, avançou pelas irregularidades do terreno. O príncipe Andrei sentiu que uma espécie de força invencível o atraía para a frente e experimentou uma grande felicidade.[70]

Os franceses já estavam próximos; o príncipe Andrei, que marchava ao lado de Bagration, já distinguia com clareza as bandoleiras, as dragonas vermelhas, até o rosto dos franceses. (Ele via com clareza um velho oficial francês que, de pernas tortas e sapatos, subia o morro com dificuldade.) O príncipe Bagration não dava nenhuma ordem nova e, sempre calado, marchava à frente das fileiras. De repente, entre os franceses, rompeu um tiro, um outro, um terceiro... e por todas as desordenadas fileiras inimigas propagou-se uma fumaça e começou a crepitar o tiroteio. Alguns de nossos homens caíram, entre eles o oficial de cara redonda, que marchava tão contente e aplicado. Mas no mesmo instante em que rompeu o primeiro tiro, Bagration olhou para trás e gritou:

— Hurra-a-a-a!

— Hurra-a-a-a! — ressoou um grito prolongado em nossas linhas e, ultrapassando o príncipe Bagration e também uns aos outros, em um bando fora de formação, mas alegre e animado, os nossos soldados correram morro abaixo atrás dos franceses, em desordem.

XIX

O ataque do sexto de caçadores garantiu a retirada do flanco direito. No centro, a ação da esquecida bateria de Túchin, que tivera sucesso em incendiar Schöngraben, havia detido o avanço dos franceses. Os franceses estavam apagando o incêndio, espalhado pelo vento, e isso dava tempo para os russos recuarem. O recuo do centro pelo barranco se cumpriu de modo rápido e ruidoso; durante a retirada, no entanto, as tropas não misturaram seus destacamentos. Porém, atacado e ao mesmo tempo cercado pelas forças superiores dos franceses sob o comando de Lannes, o nosso flanco esquerdo, formado por infantes de Azov e de Podólia e por regimentos de hussardos de Pávlograd, foi posto em desordem. Bagration enviou Jerkóv até o general do flanco esquerdo com a ordem de recuar sem demora.

---

70 Esse foi o ataque sobre o qual Thiers escreveu: "Os russos se portaram com bravura e, coisa rara na guerra, viram-se duas massas de infantaria marchar resolutamente uma contra a outra sem que nenhuma delas cedesse antes de se confrontarem diretamente". E Napoleão, na ilha de Santa Helena, disse: "Alguns batalhões russos demonstraram intrepidez". [N. A.]

Jerkóv, prontamente, sem tirar a mão do quepe, virou o cavalo e partiu a galope. Mas, assim que se afastou de Bagration, sua coragem se desfez. Caiu sobre ele um pavor invencível, e Jerkóv não conseguia ir para onde estava o perigo.

Ao se aproximar das tropas do flanco esquerdo, Jerkóv não seguiu para a frente, onde havia o tiroteio; em vez disso, pôs-se a procurar o general e os comandantes em lugares onde eles não podiam estar e por isso não transmitiu as ordens.

O comando do flanco esquerdo cabia, por antiguidade, ao comandante daquele mesmo regimento que havia se perfilado em Braunau para a revista de tropas feita por Kutúzov e no qual Dólokhov servia no posto de soldado. Já o comando da extremidade do flanco esquerdo cabia ao comandante do regimento de Pávlograd, no qual servia Rostóv, e por isso havia uma desavença. Os dois comandantes estavam muito irritados um com o outro e, enquanto no flanco direito as ações já estavam em andamento havia muito tempo, e os franceses já iniciavam uma ofensiva, os dois comandantes mantinham-se ocupados em discussões cuja finalidade era ofender-se mutuamente. Os regimentos, tanto o de cavalaria como o de infantaria, estavam muito mal preparados para o confronto iminente. Os homens dos regimentos, desde os soldados até o general, não esperavam que houvesse uma batalha e entretinham-se tranquilamente com afazeres pacíficos: a alimentação dos cavalos, na cavalaria; a coleta de lenha, na infantaria.

— Já que ele, afinal, é mais antigo do que eu no posto — disse o alemão, coronel dos hussardos, ficando vermelho e dirigindo-se para um ajudante de ordens que se aproximara —, então deixe que ele faça o que bem entender. Eu é que não posso sacrificar os meus hussardos. Corneteiro! Toque de retirada!

Mas o caso exigia pressa. O canhoneio e o tiroteio se fundiam, ribombavam à direita e no centro, e os capotes franceses dos fuzileiros de Lannes já estavam ultrapassando a represa do moinho e tomavam posição do lado de cá, à distância de dois tiros de fuzil. O coronel de infantaria aproximou-se do cavalo no seu passo trêmulo, montou e, pondo-se muito reto e muito alto, seguiu na direção do comandante do regimento de Pávlograd. Os comandantes dos dois regimentos encontraram-se com saudações de cortesia e com um rancor escondido no coração.

— Mais uma vez, coronel — disse o general —, não posso, afinal de contas, deixar metade do meu pessoal na floresta. *Peço* ao senhor, *peço* ao senhor — repetiu — que tome *posição* e se prepare para o ataque.

— Peço ao senhor que não se meta no que não é da sua conta — respondeu o coronel, exaltando-se. — Se o senhor fosse um cavalariano...

— Não sou cavalariano, coronel, mas sou um general russo, e se o senhor não sabe disso...

— Sei muito bem, vossa excelência — gritou de repente o coronel, tocando o cavalo com a espora e ficando muito vermelho. — O senhor não quer ter a bondade de ir até as linhas de frente comigo e ver que aquela posição é totalmente desvantajosa? Não quero exterminar o meu regimento só para dar uma satisfação ao senhor.

— O senhor está esquecendo, coronel. Eu não estou pensando na minha satisfação e não permito que o senhor diga isso.

O general, aceitando o convite do coronel para um torneio de bravura, abriu o peito, franziu as sobrancelhas e seguiu com ele a cavalo na direção da linha de frente, como se todas as suas desavenças tivessem de se resolver lá, na linha de frente, debaixo das balas. Chegaram à linha de frente, algumas balas voaram por cima deles, e os dois pararam, calados. Nada havia para ver na linha de frente, pois do lugar onde eles antes se achavam já tinha ficado bem claro que era de fato impossível a cavalaria entrar em ação no meio dos arbustos e dos barrancos, e que os franceses estavam cercando o flanco esquerdo. O general e o coronel olhavam um para o outro, com um ar severo e bem significativo, como dois galos que se preparam para a briga, esperando em vão notar algum sinal de covardia. Os dois resistiram à prova. Como nada havia a dizer, e como nem um nem outro queriam dar motivo para o adversário falar que foi o outro o primeiro a se afastar da linha de fogo, ficariam muito tempo ali parados, pondo à prova a coragem um do outro, se naquele momento, na floresta, quase atrás deles, não tivessem ouvido estampidos de fuzis misturados com gritos abafados. Os franceses atacavam os soldados que estavam na floresta à cata de lenha. Já era impossível para os hussardos recuar junto com a infantaria. O caminho da retirada fora cortado à esquerda pelas linhas francesas. Agora, por pior que fosse a posição dos russos, era necessário atacar para abrir caminho.

O esquadrão em que servia Rostóv mal teve tempo de montar seus cavalos e logo se viu cara a cara com o inimigo. De novo, como na ponte de Enns, não havia ninguém entre o esquadrão e o inimigo e, entre eles, separando uns dos outros, estava aquela mesma terrível linha do desconhecido e do terror, semelhante à linha que separa os vivos dos mortos. Todos percebiam tal linha, e a questão de atravessá-la ou não, e de como atravessá-la, os perturbava.

O coronel seguiu para o front, respondeu algo para os oficiais em tom irritado e, como um homem que se aferra desesperadamente à sua ideia, deu uma ordem. Ninguém falou nada de específico, mas pelo esquadrão correu o rumor de que iam atacar. Ressoou a ordem de entrar em formação, depois os sabres ganiram, ao serem sacados das bainhas. Mas ninguém ainda se movia. As tropas do flanco esquerdo, infantes e hussardos, sentiam que o próprio comandante não sabia o que fazer, e a indecisão do comando contagiou as tropas.

"Depressa, vamos logo com isso", pensou Rostóv, sentindo que por fim havia chegado a hora de experimentar a delícia do ataque, da qual tanto ouvira falar, entre os camaradas hussardos.

— Deus esteja conosco, rapazes — ressoou a voz de Deníssov. — A trote, marche!

Na primeira fileira, a garupa dos cavalos começou a balançar. Corvinho repuxou as rédeas e avançou por conta própria.

À direita, Rostóv viu as primeiras fileiras dos seus hussardos e mais além, à frente, viu uma faixa escura que ele não conseguia distinguir, mas achou que era o inimigo. Ouviam-se tiros, mas ao longe.

— Acelerar o trote! — ouviu-se a ordem, e Rostóv sentiu que o seu Corvinho, corcoveando a garupa, acelerava o galope.

Rostóv adivinhou os movimentos do cavalo e sentia-se cada vez mais alegre. Notou uma só árvore à sua frente. De início a árvore estava na frente, bem no meio da linha que parecia tão terrível. Mas de repente já haviam cruzado a linha e, não só nada de terrível acontecera, como a sensação de alegria e de entusiasmo aumentava mais e mais. "Ah, como vou dar golpes com o meu sabre", pensou, apertando na mão o punho do sabre.

— U-u-u-u-a-a-a-a! — vozes começaram a zunir. "Pronto, pode vir, quem quer que seja", pensou Rostóv, apertando as esporas no Corvinho e, ultrapassando os demais, lançou-o em desabalada carreira. À frente, já se via o inimigo. De repente, como uma larga vassoura, algo fustigou o esquadrão. Rostóv ergueu o sabre, preparando-se para golpear, mas nesse momento o soldado Nikítienko, que galopava na sua frente, afastou-se dele e Rostóv sentiu, como que num sonho, que continuava a sua corrida para a frente numa velocidade absurda e, ao mesmo tempo, não saía do lugar. Vindo de trás, um hussardo conhecido seu, Bandartchuk, saltou sobre ele e olhou-o com irritação. O cavalo de Bandartchuk empinou e ele se foi a galope.

"Como é que pode? Não estou em movimento?... Caí, estou morto..." Rostóv perguntou e respondeu ao mesmo tempo. Já estava sozinho no meio de um campo. Em vez das costas dos hussardos e dos cavalos em movimento, via à sua volta a terra imóvel e o restolho. Debaixo dele, havia sangue quente. "Não, eu fui ferido, e o cavalo foi morto." Corvinho tentou levantar-se nas patas dianteiras, mas caiu e prendeu a perna do seu cavaleiro. Da cabeça do cavalo, o sangue escorria. Corvinho debatia-se e não conseguia erguer-se. Rostóv quis levantar-se e também caiu: a cartucheira havia se enganchado na sela. Onde estavam os nossos, onde estavam os franceses — ele não sabia. Não havia ninguém à sua volta.

Depois de soltar a perna, Rostóv levantou-se. "Onde, de que lado está agora a linha que separava as duas tropas com tanta força?", ele se perguntava e não conseguia responder. "Será que alguma coisa ruim aconteceu comigo? Esses casos acontecem, e o que se deve fazer nesses casos?", perguntou-se, enquanto levantava; naquele instante sentiu que algo pendia inútil do seu braço esquerdo entorpecido. O punho parecia de outra pessoa. Rostóv olhou para a mão à procura de sangue, mas em vão. "Pronto, alguém chegou", pensou com alegria, ao ver algumas pessoas que vinham correndo na sua direção. "Vão me ajudar!" Na frente daquelas pessoas, corria um homem com uma barretina estranha e de capote azul, pele morena, queimada de sol, nariz adunco. Mais dois e depois uma porção corriam atrás. Um deles exclamou algo esquisito, não em russo. Entre as pessoas que vinham atrás, vestidas como aquele homem, com a mesma barretina, vinha um único hussardo russo. Traziam-no preso pelo braço; atrás dele, seguravam o seu cavalo.

"Na certa, um dos nossos, um prisioneiro... Sim. Será que vão me levar também? Que gente será essa?", Rostóv não parava de pensar, sem acreditar em seus olhos. "Serão franceses?" Olhava para os franceses que se aproximavam e, embora um segundo antes galopasse apenas para conseguir alcançar aqueles franceses e retalhá-los com o sabre, sua proximidade lhe parecia agora tão aterradora que ele não acreditava em seus olhos. "Quem são eles? Para que estão correndo? Será que é para mim? Será que estão correndo para mim? E para quê? Para me matar? Logo eu, de quem todos gostam tanto?" Lembrou-se do amor que lhe tinham a sua mãe, a família, os amigos, e a intenção dos inimigos de matá-lo lhe pareceu impossível. "Mas pode ser... e vão matar!" Estava parado, de pé, havia mais de dez segundos, não saía do lugar e não entendia sua situação. O francês da frente, com nariz adunco, havia chegado tão perto que já dava para ver a expressão do seu rosto. E a fisionomia exaltada e estranha daquele homem, que com a baioneta calada, prendendo a respiração, corria ligeiro na sua direção, assustou Rostóv. Ele pegou a pistola, mas, em vez de atirar, jogou-a contra o francês e correu na direção dos arbustos com todas as forças que tinha. Não corria com aquele sentimento de dúvida e de conflito com que marchara na ponte de Enns, mas com o sentimento de uma lebre que foge de um cachorro. Um único e indivisível sentimento de temor pela sua vida jovem, feliz, dominava todo o seu ser. Atravessando aos saltos os fossos do terreno, no mesmo ímpeto com que corria quando brincava de pique-esconde, Rostóv voava pelo campo, de vez em quando virava o rosto pálido, bondoso, jovem, e um pavor frio corria pelas suas costas. "Não, é melhor não olhar", pensou, mas depois que correu em direção aos arbustos, virou-se e olhou mais uma vez. Os franceses tinham ficado para trás e, no instante em que Rostóv se virou para olhar, o homem que vinha na frente deixou de trotar, começou a andar a passo e, virando-se, gritou algo com força para um camarada logo atrás. Rostóv parou. "Tem alguma coisa errada", pensou, "não é possível que quisessem me matar." Enquanto isso o seu braço esquerdo tinha ficado tão pesado como se nele estivesse pendurado um peso de dois *pud*. Rostóv não podia correr mais. O francês também havia parado e fez pontaria. Rostóv semicerrou os olhos e curvou-se. Uma bala e depois outra voaram por cima dele, zumbindo. Reuniu suas últimas forças, segurou a mão esquerda com a direita e alcançou os arbustos. Dentro dos arbustos, estavam os atiradores russos.

XX

Os regimentos de infantaria, atacados de surpresa na floresta, correram para fora da mata, e as companhias, misturando-se com outras companhias, fugiram em desordem, em bandos. Um soldado, de pavor, exclamou esta palavra terrível e insensata, na guerra: "Cercados!", e a palavra, junto com o sentimento de pavor, contagiou toda a tropa.

— Cercados! Encurralados! Perdidos! — gritavam as vozes dos soldados em fuga.

O comandante do regimento, no momento em que ouviu o tiroteio e os gritos atrás, entendeu que havia acontecido algo horrível com o seu regimento, e a ideia de que ele, um oficial exemplar que servia havia muitos anos sem ter cometido nenhuma falta, poderia ser acusado pelos superiores de um descuido, ou de falta de iniciativa, abalou-o com tal força que, naquele instante, esquecendo tanto o coronel de cavalaria insubordinado quanto a sua própria estatura de general, e sobretudo esquecendo por completo o perigo que corria e qualquer sentimento de autopreservação, ele, agarrando-se ao arção da sela e esporeando o cavalo, galopou rumo ao regimento, sob as balas que o cobriam como uma saraivada, mas que felizmente não o atingiram. Só desejava uma coisa: saber o que tinha ocorrido, prestar socorro e corrigir, no caso de ter havido um erro da sua parte, e não ser ele o culpado, um oficial exemplar com vinte e dois anos de serviço sem receber nenhuma repreensão.

Depois de ter conseguido passar a galope, são e salvo, no meio dos franceses, ele chegou a um campo, por trás da floresta, onde os nossos soldados corriam em fuga e, sem obedecer às ordens, desciam pelo morro. Havia chegado aquele instante de instabilidade moral em que a sorte de uma batalha é decidida: ou os bandos de soldados em desordem ouviriam a voz do seu comandante ou, depois de apenas virar-se e olhar para ele, continuariam a correr. Apesar do grito desesperado da voz do comandante do regimento, antes tão temível para os soldados, apesar da cara do comandante do regimento, enfurecida, rubra, tão diferente do que costumava ser, e apesar de ele brandir a espada, os soldados continuaram a correr, a falar entre si, atiravam para o ar e não obedeciam às ordens. A instabilidade moral capaz de decidir a sorte de uma batalha se havia resolvido, pelo visto, em favor do medo.

O general sufocava com seus gritos e com a fumaça de pólvora, e parou em desespero. Tudo parecia perdido, mas naquele instante os franceses que atacavam os nossos, de repente, sem nenhum motivo aparente, correram para trás, desapareceram da orla da floresta e, dentro da floresta, surgiram os atiradores russos. Era a companhia de Timókhin que, sozinha, tinha se mantido em ordem na floresta e, entrincheirada num fosso da mata, atacou os franceses de surpresa. Timókhin lançou-se contra os franceses com gritos tão desesperados e, só com uma espadinha, avançou contra o inimigo com uma determinação tão louca e inebriada, que os franceses, sem tempo de pôr a cabeça no lugar, abandonaram as armas e correram em fuga. Dólokhov, que corria ao lado de Timókhin, matou um francês à queima-roupa e foi o primeiro a pegar pela gola um oficial que se rendera. Os soldados russos que tinham fugido retornaram, os batalhões se reagruparam, e os franceses, que quase tinham partido em dois o nosso flanco esquerdo, foram rechaçados. As forças de reserva conseguiram reunir-se, e os fugitivos pararam. O comandante do regimento estava ao lado do major Ekonómov, junto a uma ponte, e via passar na sua frente as companhias que recuavam, quando um soldado aproximou-se, segurou-se ao seu estribo e quase se encostou nele. O soldado vestia um capote azulado, de feltro grosso, sem mochila e sem barretina, a cabeça enfaixada, e sobre o ombro trazia uma cartucheira francesa. Nas mãos, empunhava uma espada de oficial. O soldado estava pálido, os olhos azuis fitavam com insolência o rosto do comandante do regimento, mas a boca sorria. Apesar de o comandante do regimento estar ocupado em transmitir as ordens para o major Ekonómov, não pôde deixar de dar atenção àquele soldado.

— Vossa excelência, tome aqui dois troféus — disse Dólokhov, indicando a espada e a cartucheira francesas. — Fiz prisioneiro um oficial. Eu contive a companhia. — Dólokhov respirava ofegante, de cansaço; falava com interrupções. — A companhia inteira pode testemunhar. Peço que lembre, vossa excelência!

— Muito bem, muito bem — disse o comandante do regimento e voltou-se para o major Ekonómov.

Mas Dólokhov não se afastou; desatou a faixa da cabeça, arrancou-a e mostrou o sangue ressecado nos cabelos.

— Um ferimento de baioneta, eu permaneci no front. Lembre, vossa excelência.

A bateria de Túchin fora esquecida, e só no fim do confronto, quando continuava a se ouvir o canhoneio no centro, o príncipe Bagration enviou para lá o oficial de serviço do Estado-Maior e depois também o príncipe Andrei, para ordenar que a bateria se retirasse o mais depressa possível. A tropa de cobertura que estava junto aos canhões de Túchin tinha ido embora por causa de alguma ordem, no meio da batalha; mas a bateria continuava a atirar e só não fora tomada pelos franceses porque o inimigo não podia imaginar que quatro canhões sem nenhuma proteção tivessem a audácia de continuar a dar tiros. Ao contrário, pelo vigor da atividade daquela bateria, os inimigos supunham que ali, no centro, concentravam-se as principais forças russas e por duas vezes tentaram atacar aquele ponto e em ambas as vezes foram rechaçados por tiros de metralha dos quatro canhões que estavam isolados naquela elevação.

Pouco depois que o príncipe Bagration se afastou, Túchin conseguiu incendiar Schöngraben.

— Olhe lá, estão na maior confusão! Pegou fogo! Olhe, quanta fumaça! Em cheio! Muito bom! Quanta fumaça, quanta fumaça! — começou a falar um soldado, animando-se.

Sem receber ordens, todos os canhões faziam fogo. Os soldados gritavam a cada tiro, como que para guiar a bala: "Em cheio! É assim que se faz! Olhe só... Muito bom!". O incêndio, atiçado pelo vento, rapidamente se espalhou. As colunas francesas que tinham ido para a frente da aldeia voltaram atrás, no entanto, como que em vingança por aquele revés, o inimigo instalou dez canhões à direita da aldeia e começou a atirar contra Túchin.

No meio da alegria infantil causada pelo incêndio e da euforia com o êxito dos tiros contra os franceses, os nossos artilheiros só perceberam aquela bateria quando duas balas, e logo em seguida mais quatro, caíram no meio dos canhões, e uma delas derrubou dois cavalos e outra arrancou uma perna do cocheiro de uma carroça de munições. O entusiasmo, porém, uma vez estabelecido, não enfraqueceu, apenas mudou de feição. Os cavalos foram substituídos por outros, de uma carreta de reserva os feridos foram retirados, e as quatro peças de artilharia foram voltadas contra a bateria de dez canhões. Um oficial, camarada de Túchin, foi morto no início do combate e, depois de uma hora, dos quarenta soldados, dezessete haviam tombado, mas todos os artilheiros continuavam alegres e animados. Por duas vezes notaram os franceses surgirem, abaixo, perto deles, e então os atacaram com fogo de metralha.

O homem pequeno, com movimentos fracos, desajeitados, exigia sem cessar ao seu ordenança *mais um cachimbinho por essa*, como dizia, e soltando fogo do cachimbo, corria para a frente e olhava para os franceses por baixo da mão, que protegia os olhos.

— Arrebenta, pessoal! — exclamava, e ia ele mesmo agarrar as rodas de um canhão e desapertar os parafusos.

No meio da fumaça, ensurdecido pelos tiros ininterruptos, que a cada vez o faziam tremer, Túchin, sem soltar o seu cachimbo, corria de um canhão a outro, ora fazia pontaria, ora contava as cargas, ora dava ordens para retirar e trocar os arreios dos cavalos mortos e feridos, e gritava com sua voz fininha, fraca, vacilante. Seu rosto se animava cada vez mais. Só quando pessoas eram mortas ou feridas, ele franzia o rosto e, dando as costas para os mortos, gritava irritado para os homens que, como sempre, demoravam a levantar um ferido ou um cadáver. Os soldados, em sua maioria jovens bonitos (como sempre nas companhias de artilharia, duas cabeças mais altos do que o seu oficial e duas vezes mais largos do que ele), todos, como crianças numa situação embaraçosa, olhavam para o seu comandante, e a expressão no rosto de Túchin refletia-se fielmente no rosto deles.

Por causa do barulho, do fragor terrível, da necessidade de atenção e de ação, Túchin não experimentava a mínima sensação desagradável de medo, e o pensamento de que ele podia ser morto ou gravemente ferido não lhe passava pela cabeça. Ao contrário, ficava cada vez mais alegre. Túchin tinha a impressão de que aquele minuto em que tinha avistado o inimigo e dera o primeiro tiro já ficara para trás havia muito tempo, que fora até no dia anterior, e que o pedacinho de terra onde estava era conhecido por ele desde muito tempo, um lugar com que tinha uma afinidade pessoal. Apesar de lembrar-se de tudo, refletir sobre tudo e fazer tudo o que o melhor dos oficiais poderia fazer na sua situação, Túchin se achava num estado semelhante a um delírio febril ou ao de um homem embriagado.

Por causa do som ensurdecedor dos seus canhões, de todos os lados, por causa do assovio e dos choques dos obuses dos inimigos, por causa da visão dos soldados que suavam, ficavam vermelhos, afobavam-se em volta dos canhões, por causa da visão do sangue das pessoas e dos cavalos, por causa da visão das fumacinhas do inimigo do outro lado (depois das quais vinha sempre voando uma bala de canhão, acertava na terra, num homem, num canhão ou num cavalo), por causa da visão de todas essas coisas, formou-se na sua cabeça um mundo fantástico, que fazia a sua delícia naquele momento. Os canhões inimigos, na sua imaginação, não eram canhões, mas sim cachimbos dos quais um fumante invisível soltava fumaça em escassas baforadas.

— Olhe lá, bufou de novo — disse Túchin num sussurro para si mesmo, na hora em que uma nuvem de fumaça saltou do morro e, como uma fita, foi carregada para a esquerda pelo vento. — Agora, lá vem a bolinha... e a gente manda de volta.

— Qual é a ordem, vossa excelência? — perguntou um artilheiro, que estava perto dele e ouviu Túchin balbuciar algo.

— Nada, é uma granada... — respondeu.

"Vamos lá, nossa Matvievna",[71] falou consigo. Na sua imaginação, Matvievna era o nome do canhão grande e de fundição antiga, que ficava na ponta. Os franceses eram para ele formigas em volta dos seus canhões. O bonito homem embriaga-

---

71 O canhão era chamado por um nome de mulher.

do que era o número 1 do segundo canhão representava, no seu mundo, o "titio"; Túchin olhava para ele mais do que para os outros e alegrava-se com todos os seus movimentos. O barulho do tiroteio dos fuzis ao pé do morro, que ora esmorecia, ora ficava mais forte outra vez, apresentava-se a ele como uma espécie de respiração. Túchin escutava com atenção o sobe e desce daqueles sons.

— Ih, começou a respirar com força de novo — dizia Túchin consigo.

Ele se imaginava um homem de enorme estatura, vigoroso, que arremessava com as mãos as balas de canhão contra os franceses.

— Vamos lá, Matvievna, minha querida, não faça feio! — disse, enquanto se afastava do canhão, na hora em que uma voz estranha, desconhecida, soou por cima da sua cabeça:

— Capitão Túchin! Capitão!

Túchin olhou para trás, assustado. Era o mesmo oficial do Estado-Maior que o expulsara da barraca em Grunt. Gritava para Túchin com voz ofegante:

— O que deu no senhor, está doido? Por duas vezes recebeu ordens para recuar, e o senhor...

"Puxa, por que estão com raiva de mim?...", pensava Túchin, olhando com medo para o superior.

— Eu... nada... — falou, encostando dois dedos na pala do quepe. — Eu...

Mas o coronel não terminou de dizer tudo o que pretendia. Uma bala de canhão que passou perto obrigou-o a curvar-se sobre o cavalo, mergulhando o corpo para a frente. Calou-se um momento e, na hora em que pretendia falar de novo, uma outra bala de canhão o fez parar. Puxou as rédeas do cavalo e se foi a galope.

— Bater em retirada! Todo mundo, bater em retirada! — gritou, de longe. Os soldados desataram a rir. Um minuto depois, veio o ajudante de ordens com a mesma ordem.

Era o príncipe Andrei. A primeira coisa que viu quando chegou à área ocupada pelos canhões de Túchin foi um cavalo desatrelado com a pata quebrada, que relinchava em volta dos cavalos atrelados. Da sua pata, como de uma fonte, o sangue escorria. Entre as carretas jaziam vários mortos. Enquanto ele se aproximava, balas de canhão voavam por cima da sua cabeça, uma depois da outra, e ele sentiu uma espécie de tremor nervoso correr pelas costas. Mas a simples ideia de que tinha medo o animou outra vez. "Não posso ter medo", pensou e desmontou bem devagar no meio dos canhões. Transmitiu a ordem e não se afastou da bateria. Decidiu que ficaria para presenciar a retirada das armas da posição e as acompanharia. Junto com Túchin, andando no meio dos cadáveres e sob o terrível fogo dos franceses, incumbiu-se da retirada das armas.

— Ainda agora veio aqui um oficial, mas logo foi embora correndo — disse um artilheiro para o príncipe Andrei. — Não era como vossa excelência.

O príncipe Andrei não falava nada com Túchin. Os dois estavam tão ocupados que pareciam nem enxergar um ao outro. Quando estavam descendo o morro, depois de ter amarrado nas carretas os dois canhões ainda inteiros, dos quatro que formavam a bateria (um canhão quebrado e um unicórnio[72] foram abandonados), o príncipe Andrei aproximou-se de Túchin.

— Bem, até logo — disse o príncipe Andrei e estendeu a mão para Túchin.

— Até logo, meu caro — respondeu Túchin —, grande amigo! Até a vista, meu caro — disse Túchin, com lágrimas que por algum motivo surgiram de repente, sem ele perceber.

XXI

O vento havia cessado, nuvens negras pairavam baixas sobre o local da batalha, fundiam-se com a fumaça de pólvora no horizonte. Estava escurecendo, e assim, em dois locais, um clarão de incêndio destacava-se com mais brilho ainda. O canhoneio ficou mais fraco, mas os estampidos dos fuzis, atrás e à direita, soavam ainda mais próximos e mais frequentes. Assim que Túchin, com seus canhões, desviando-se dos feridos ou topando com eles no caminho, conseguiu sair do alcance do fogo inimigo e desceu no barranco, vieram ao seu encontro os comandantes e os ajudantes de ordens, entre os quais estavam o oficial do Estado-Maior e Jerkóv, enviado duas vezes à bateria de Túchin, mas que não chegou lá nem numa vez nem na outra. Todos eles, interrompendo-se uns aos outros, transmitiam ordens sobre como e aonde ir, faziam repreensões e observações a Túchin. Por sua vez, Túchin não deu nenhuma ordem e, calado, com medo de falar, porque, sem entender a razão, a cada palavra sentia-se à beira de chorar, recuou para perto do seu pangaré de artilharia. Embora houvesse a ordem de abandonar os feridos, muitos deles se arrastavam atrás das tropas e pediam para vir nas carretas dos canhões. Aquele garboso oficial de infantaria que, antes da batalha, saíra correndo da barraca de Túchin tinha sido colocado na carreta do canhão Matvievna, com uma bala na barriga. Ao pé do morro, um *junker* hussardo pálido, com uma das mãos segurando a outra, aproximou-se de Túchin e pediu que o deixasse ir na carreta.

— Capitão, pelo amor de Deus, fui ferido na mão — disse, tímido. — Pelo amor de Deus, não consigo andar. Pelo amor de Deus!

---

72 Unicórnio: tipo de canhão antigo russo, com a boca fina.

Era evidente que aquele *junker* já havia pedido várias vezes que o levassem nas carroças e todos recusaram. Pedia com voz hesitante e sofrida.

— Mande me dar um lugar, pelo amor de Deus.

— Suba, senhor, sente-se — disse Túchin. — Ei, você, titio, estenda o capote para ele — dirigiu-se ao seu soldado predileto. — E onde está aquele oficial ferido?

— Descarregaram, aquele já bateu as botas — respondeu alguém.

— Suba, senhor. Fique aí, meu caro, acomode-se. Estenda o capote, Antónov.

O *junker* era Rostóv. Segurava a mão, estava pálido, e o queixo tiritava com tremores de febre. Colocaram-no junto ao canhão Matvievna, no mesmo lugar de onde tinham descarregado o oficial morto. No capote estendido havia sangue, que manchou a calça e as mãos de Rostóv.

— O que houve, meu caro, o senhor se feriu? — perguntou Túchin, aproximando-se do canhão junto ao qual estava Rostóv.

— Não, é uma contusão.

— Então por que tem esse sangue aí na beira da carreta? — perguntou Túchin.

— É do oficial, vossa excelência, que sangrou aí — respondeu um soldado artilheiro, e esfregou o sangue com a manga do capote, como que se desculpando pela falta de limpeza em que se achava a carreta.

A muito custo, com a ajuda da infantaria, levaram os canhões morro acima e, depois de alcançar a aldeia de Guntersdorf, pararam. Já estava tão escuro que não se conseguia distinguir o uniforme dos soldados a dez passos de distância, e o tiroteio começava a diminuir. De repente, ali perto, do lado direito, ouviram-se gritos e disparos, de novo. Os tiros já brilhavam no escuro. Era o último ataque dos franceses, ao qual os soldados responderam, entrincheirados nas casas da aldeia. Todos abandonaram de novo a aldeia, mas os canhões de Túchin não podiam ser deslocados, e os artilheiros, Túchin e o *junker* trocavam olhares em silêncio, à espera do seu destino. O tiroteio começou a diminuir e, de uma rua lateral, afluíram uns soldados numa conversa animada:

— Está inteiro, Petrov? — perguntou um deles.

— Demos um calor neles, irmão. Agora não vão se meter mais com a gente — disse um outro.

— Não dá para enxergar nada. Mas como eles mandaram fogo na gente deles mesmos! Não se enxerga nada; que escuro, irmãos. Não tem nada aí para beber?

Os franceses foram rechaçados pela última vez. E de novo, na escuridão completa, os canhões de Túchin, como que emoldurados pela infantaria, que zumbia à sua volta, moveram-se adiante, ninguém sabia para onde.

No escuro, parecia correr um rio invisível e sombrio, sempre numa só direção, zumbindo num sussurro, em vozes e em sons de cascos e rodas. No rumor geral, entre todos os demais ruídos, os mais nítidos eram os lamentos e as vozes dos feridos, nas trevas da noite. Seus lamentos pareciam encher, sozinhos, toda a escuridão que rodeava a tropa. Seus lamentos e a escuridão daquela noite eram uma coisa só. Após algum tempo, houve um alvoroço na multidão que se deslocava. Alguém passou, com uma comitiva, montado num cavalo branco, e falou alguma coisa ao passar. O que falou? Para onde ir agora? Deviam parar ali? Será que agradeceu? — ouviam-se indagações ansiosas, de todos os lados, e toda a massa em movimento começou a fazer pressão contra si mesma (pelo visto, os da frente haviam parado), e correu o boato de que havia ordem de parar. Todos pararam onde estavam, no meio da estrada lamacenta.

Chamas começaram a brilhar, e vozes ficaram mais audíveis. O capitão Túchin deu as ordens para a companhia, enviou um soldado para procurar um posto de socorro ou um médico para o *junker* e sentou-se junto a uma fogueira, acesa na estrada pelos soldados. Rostóv arrastou-se também para perto do fogo. O tremor febril causado pela contusão, pelo frio e pela umidade sacudia todo o seu corpo. O sono se apoderava dele de modo irresistível, mas Rostóv não conseguia dormir por causa da dor torturante no braço machucado, que não encontrava uma posição. Ora fechava os olhos, ora mirava o fogo, que lhe parecia de um vermelho ardente, ora olhava para a fraca e encurvada figura de Túchin, sentado à maneira turca ao seu lado. Os olhos grandes, inteligentes e bondosos de Túchin se fixavam nele com simpatia e compaixão. Rostóv percebia que Túchin, com toda a sua alma, queria ajudá-lo, mas nada podia fazer.

De todos os lados, ouviam-se passos e vozes dos infantes que passavam a pé ou em carroças e iam se acomodando em redor. Sons de vozes, de passos e de cascos de cavalo que mudavam de lugar na lama, e dos estalos da lenha no fogo perto e longe fundiam-se num só rumor oscilante.

Agora o rio invisível já não fluía na escuridão como antes, em vez disso era como um mar sombrio que estremece e se aquieta, depois da tempestade. Rostóv olhava e escutava com ar atônito aquilo que se passava na sua frente e à sua volta. Um soldado de infantaria aproximou-se da fogueira, sentou-se de cócoras, estendeu as mãos até bem perto do fogo e virou a cara.

— Dá licença, vossa excelência? — disse ele em tom interrogativo, dirigindo-se a Túchin. — Eu me perdi da minha companhia, Vossa excelência; não sei onde foi parar. Que desgraça!

Um oficial de infantaria com a cara enfaixada aproximou-se da fogueira junto com o soldado e, dirigindo-se a Túchin, pediu que ele mandasse deslocar os canhões um pouquinho para dar passagem a uma carroça. Atrás do comandante, dois soldados correram para a fogueira. Eles xingavam-se e brigavam, os dois puxando uma bota, cada um para o seu lado.

— Como não foi você que pegou? Eh, seu mão-leve — gritava um, com voz rouca.

Depois chegou um soldado magro, pálido, com o pescoço envolto numa faixa ensanguentada, e com voz raivosa exigiu água dos artilheiros.

— Como é que pode, será que a gente tem de morrer feito um cachorro? — disse ele.

Túchin mandou lhe dar água. Depois chegou um soldado alegre, pedindo um pouco de fogo para a infantaria.

— Um foguinho bem aceso para a infantaria! Felicidades para vocês, conterrâneos, obrigado pelo fogo, vamos retribuir com juros — disse, e levou o tição avermelhado para algum lugar na escuridão.

Depois vieram quatro soldados carregando algo pesado num capote, passaram ao lado da fogueira. Um deles tropeçou.

— Puxa, que diabo, largaram lenha no meio do caminho — resmungou.

— Já bateu as botas, para que carregar? — disse um deles.

— Anda, vai!

E sumiram nas trevas, com o seu fardo.

— E aí? Está doendo? — perguntou Túchin para Rostóv, num sussurro.

— Dói.

— Vossa excelência, o general está chamando. Estão ali numa isbá — disse um artilheiro, aproximando-se de Túchin.

— Já vou, meu caro.

Túchin levantou-se e, abotoando o capote e arrumando-se, afastou-se da fogueira...

Não distante da fogueira dos artilheiros, numa isbá preparada para ele, o príncipe Bagration estava sentado diante do seu jantar, conversando com alguns comandantes reunidos à sua volta. Ali estava o velhinho de olhos semicerrados, roendo um osso de carneiro com sofreguidão; o general com vinte e dois anos de serviço irrepreensível, vermelho por causa dos cálices de vodca e do jantar; o oficial do Estado-Maior com um anel de sinete; Jerkóv, que olhava inquieto para todos, e o príncipe Andrei, pálido, de lábios contraídos e olhos febrilmente brilhantes.

Na isbá, a bandeira tomada dos franceses estava de pé, encostada num canto, o auditor de rosto ingênuo apalpava o pano da bandeira e, perplexo, balançava a cabeça, talvez porque se interessasse de fato pela bandeira, talvez porque, estando faminto, lhe fosse penoso ver um jantar no qual não conseguira um lugar. Na isbá vizinha, estava o coronel francês feito prisioneiro pelos dragões. À sua volta, aglomeravam-se os nossos oficiais, que o observavam. O príncipe Bagration agradeceu aos comandantes das unidades e pediu detalhes da luta e das baixas sofridas. O comandante do regimento que se apresentou para revista em Braunau relatou ao príncipe que, assim que o combate começou, ele retrocedeu para fora da floresta, reuniu os soldados que tinham ido buscar lenha, deixou que os franceses passassem por ele e, com dois batalhões, fez uma carga com baionetas e desbaratou os franceses.

— Assim que vi, vossa excelência, que o primeiro batalhão estava desorganizado, parei no meio da estrada e pensei: "Vou deixar que passem e depois vou ao encontro deles com fogo cerrado"; e assim fiz.

O comandante do regimento tinha tanta vontade de ter feito aquilo, e lamentava tanto não ter conseguido agir assim, que lhe parecia que tudo aquilo havia ocorrido exatamente como dizia. Talvez tivesse acontecido mesmo, quem sabe? No meio de todo aquele tumulto, seria possível distinguir o que houve e o que não houve?

— Além do mais é preciso notar, vossa excelência — continuou, lembrando-se da conversa de Dólokhov com Kutúzov e do último encontro que tivera com o rebaixado —, que um soldado, o rebaixado Dólokhov, diante dos meus olhos, fez prisioneiro um oficial francês e destacou-se de modo especial.

— Eu mesmo vi o ataque dos soldados de Pávlograd, vossa excelência — interveio Jerkóv, olhando para os lados, inquieto, sem que naquele dia tivesse visto os hussardos, apenas ouvira um oficial de infantaria falar a respeito deles. — Aniquilaram dois quadrados do inimigo, vossa excelência.

Ante as palavras de Jerkóv, alguns sorriram, pois sempre esperavam dele algum chiste; porém, ao notar que o que estava dizendo favorecia a glória das nossas armas e daquele dia, assumiram uma fisionomia séria, embora muitos deles soubessem muito bem que Jerkóv dizia uma mentira, sem o menor fundamento. O príncipe Bagration voltou-se para o coronel velhinho.

— Agradeço a todos, senhores, todas as unidades agiram com heroísmo: a infantaria, a cavalaria e a artilharia. Mas de que forma dois canhões foram abandonados no centro? — perguntou, procurando alguém com os olhos. (O príncipe Bagration não perguntou sobre as peças de artilharia do flanco esquerdo; sabia que lá, ainda no início do confronto, todos os canhões tinham sido abandonados.) — Parece-me que foi ao senhor que pedi — voltou-se para o oficial de serviço do Estado-Maior.

— Um estava danificado — respondeu o oficial do Estado-Maior —, mas o outro, eu não consigo entender; eu mesmo estive lá o tempo todo, tomando as providências, e só fui embora depois disso... A situação por lá estava quente, é verdade.

Alguém disse que o capitão Túchin estava ali mesmo, na aldeia, e que já o haviam chamado.

— O senhor também esteve lá — disse o príncipe Bagration, dirigindo-se ao príncipe Andrei.

— Pois é, por pouco não nos encontramos — disse o oficial do Estado-Maior, sorrindo com simpatia para Bolkónski.

— Não tive o prazer de ver o senhor — disse o príncipe Andrei, em tom frio e com voz entrecortada.

Todos ficaram calados. Na soleira, surgiu Túchin, que penetrou timidamente pelas costas dos generais. Contornando os generais na isbá repleta de gente, embaraçado como sempre diante dos superiores, Túchin não reparou na haste da bandeira e tropeçou nela. Ouviram-se algumas risadas.

— De que forma os canhões foram abandonados? — perguntou Bagration, com as sobrancelhas franzidas, não tanto para o capitão quanto para os que riram, entre os quais estava Jerkóv, cuja voz se ouviu mais alta que todas.

Só agora, ao ver o terrível comandante, Túchin se deu conta, em todo o seu horror, da culpa e da vergonha de continuar vivo depois de ter perdido dois canhões. Andara tão conturbado que até aquele instante não tivera tempo de pensar no assunto. O riso dos oficiais o deixou ainda mais desnorteado. Estava parado diante de Bagration, com o queixo trêmulo, e mal conseguiu falar:

— Não sei... Vossa excelência... não tinha mais gente, vossa excelência.

— O senhor podia tomar reforços das tropas de cobertura!

Túchin não falou que não havia tropas de cobertura, embora fosse a pura verdade. Temia criar com isso problemas para um outro superior e, calado, com um olhar fixo, fitava Bagration no rosto, de frente, como um estudante confuso fita os olhos do seu examinador.

O silêncio foi bastante prolongado. O príncipe Bagration, visivelmente, não queria mostrar-se severo e não achava o que dizer; os demais não se atreviam a intervir na conversa. O príncipe Andrei olhava de lado para Túchin, e os dedos da sua mão se mexiam nervosamente.

— Vossa excelência — o príncipe Andrei rompeu o silêncio com sua voz brusca. — O senhor se dignou a me enviar à bateria do capitão Túchin. Eu estive lá e encontrei mortos dois terços dos soldados e dos cavalos, dois canhões destroçados, e não havia nenhuma cobertura.

O príncipe Bagration e Túchin, com a mesma determinação, olhavam agora para Bolkónski, que falava com emoção contida.

— E se vossa excelência me permite expressar minha opinião — prosseguiu —, o êxito de hoje, nós o devemos, acima de tudo, à ação dessa bateria e ao heroico estoicismo do capitão Túchin e da sua companhia — disse o príncipe Andrei e, sem esperar resposta, levantou-se prontamente e se afastou da mesa.

O príncipe Bagration olhou bem para Túchin e, pelo visto, sem querer mostrar que não acreditava no juízo taxativo de Bolkónski e ao mesmo tempo sentindo-se sem condições de acreditar nele integralmente, inclinou a cabeça e disse para Túchin que ele podia ir. O príncipe Andrei saiu atrás dele.

— Puxa, obrigado: salvou minha pele, meu caro — disse Túchin.

O príncipe Andrei lançou um rápido olhar para Túchin e, sem dizer nada, afastou-se. O príncipe Andrei sentiu-se triste e abatido. Tudo aquilo era muito estranho, muito diferente do que imaginava.

"Quem são eles? Por que estão aqui? O que querem? E quando tudo vai terminar?", pensava Rostóv, enquanto olhava para as sombras que se moviam à sua frente. A dor na mão se tornava cada vez mais torturante. O sono o dominava de forma irresistível, círculos vermelhos palpitavam em seus olhos, e a impressão daquelas vozes e daqueles rostos e o sentimento de solidão fundiam-se com a sensação de dor. Eram eles, aqueles soldados, os feridos e também os sem ferimento, eram eles que oprimiam, pesavam, sugavam as energias, queimavam a carne no seu braço quebrado e no seu ombro. A fim de se livrar deles, fechou os olhos.

Perdeu a consciência por um minuto, mas nesse breve intervalo de alheamento ele viu, em sonho, uma quantidade incontável de imagens: viu a mãe com sua mão grande e branca, viu os ombros magrinhos de Sônia, os olhos e o sorriso de Natacha, e Deníssov, com sua voz e seu bigode, e Teliánin, e todo o seu caso com Teliánin e Bogdánitch. Toda aquela história era a mesma coisa que o soldado de voz ríspida, e eram aquela história e o soldado que agarravam e apertavam seu braço de modo torturante e tenaz e o puxavam para um lado. Rostóv tentava afastar-se deles, mas não o largavam de maneira alguma, não soltavam seu ombro nem por um segundo. O ombro não estaria doendo, estaria curado, se não o puxassem; mas era impossível livrar-se deles.

Rostóv abriu os olhos e olhou para cima. A cortina negra da noite pendia um *archin* acima da luz dos carvões. Nessa luz, voavam grãos da neve que caía. Túchin não voltava, o médico não chegava. Rostóv estava só, agora apenas um soldadinho qualquer estava sentado e despido do outro lado do fogo e aquecia seu corpo magro e amarelo.

"Ninguém precisa de mim!", pensou Rostóv. "Ninguém vem me ajudar, ninguém tem pena. Quem dera eu estivesse em casa, como antes, forte, alegre, amado." Suspirou e com o suspiro, sem querer, pôs-se a gemer.

— Ei, está doendo, é? — perguntou o soldadinho, enquanto sacudia a camisa por cima do fogo e, sem esperar resposta, acrescentou num grasnido: — Quanta gente ficou aleijada hoje... que horror!

Rostóv não ouvia o soldado. Olhava para os cristais de neve que esvoaçavam acima do fogo e lembrava o inverno russo numa casa quente, clara, com um casaco de pele felpudo, com trenós ligeiros e com toda a sua adorada e atenciosa família. "O que eu vim fazer aqui?", pensava ele.

No dia seguinte, os franceses não recomeçaram o ataque, e o resto do destacamento de Bagration uniu-se ao exército de Kutúzov.

TOMO UM

TERCEIRA PARTE

I

O príncipe Vassíli, em seu pensamento, não fazia planos. Muito menos pensava em fazer mal a alguém com o fim de conseguir alguma vantagem. Era apenas um homem mundano, de sucesso na sociedade, e habituado com esse sucesso. Conforme as circunstâncias e as relações com as pessoas, vinham-lhe constantemente diversos planos e ponderações dos quais ele mesmo não se dava conta de todo, mas que constituíam todo o interesse da sua vida. Não eram um ou dois planos e ponderações que surgiam em seu caminho, mas dezenas, entre os quais alguns apenas começavam a se apresentar, outros se realizavam, e outros ainda não davam em nada. E ele, por exemplo, não dizia para si: "Esse homem agora está com poder, eu devo conquistar sua confiança e amizade e, por meio dele, obter para mim o pagamento de um subsídio especial". Tampouco dizia para si: "Pronto, o Pierre está rico, devo tratar de casá-lo com minha filha e pedir emprestados os quarenta mil rublos de que preciso"; mas, se um homem de poder cruzava o seu caminho, no mesmo instante o instinto lhe sugeria que aquele homem poderia ser útil, e o príncipe Vassíli aproximava-se dele e, na primeira oportunidade, sem nenhuma preparação, por instinto, adulava, fazia-se íntimo, falava sobre aquilo de que precisava.

Pierre estava bem à mão, em Moscou, e o príncipe Vassíli conseguiu que ele fosse nomeado pajem da corte, o que então equivalia ao cargo de conselheiro de Estado,[1] e insistiu em que o jovem fosse com ele a Petersburgo e ficasse hospedado em sua casa. Como que distraidamente, e ao mesmo tempo com a convicção inabalável de que isso teria de acontecer, o príncipe fez tudo o que era necessário para casar Pierre com a sua filha. Se o príncipe Vassíli fizesse planos de antemão, não conseguiria tamanha naturalidade de atitude, nem tamanha simplicidade e familiaridade nas relações com todas as pessoas, situadas acima e abaixo da sua

---

1 Conselheiro de Estado era a quinta categoria de um total de onze que compunham a hierarquia do serviço público na Rússia tsarista.

posição social. Algo o atraía o tempo todo para as pessoas mais fortes ou mais ricas do que ele, e o príncipe Vassíli era dotado da rara arte de saber agarrar o minuto exato em que era oportuno e possível tirar proveito das pessoas.

Pierre, que de modo inesperado se tornara rico e conde Bezúkhov, após a solidão e o ócio dos últimos tempos, sentia-se a tal ponto atarefado e cercado de gente que só na cama conseguia ficar sozinho consigo mesmo. Precisava assinar documentos, comparecer a repartições públicas de cuja função ele não tinha uma ideia clara, indagar do seu principal administrador sobre algo, ir à sua propriedade nos arredores de Moscou e receber uma porção de pessoas que antes nem queriam saber da sua existência, mas que agora ficariam ofendidas e magoadas se ele não quisesse vê-las. Todas aquelas pessoas tão diversas — negociantes, parentes, conhecidos —, todos mostravam-se igualmente cordiais e simpáticos com o jovem herdeiro; todos eles, de modo evidente e incontestável, estavam convencidos dos altos méritos de Pierre. Ele ouvia o tempo todo as palavras: "Com a sua extraordinária bondade", ou "Com o seu excelente coração", ou "O senhor é tão puro, conde...", ou "Se ao menos ele fosse tão inteligente como o senhor" etc., e a tal ponto que ele começou a acreditar sinceramente na sua bondade extraordinária e na sua inteligência extraordinária, ainda mais porque, no fundo da alma, sempre lhe pareceu que era de fato muito bom e muito inteligente. Até pessoas que antes lhe eram desfavoráveis e abertamente hostis tornaram-se gentis e afetuosas com ele. A princesa mais velha e tão irritada, de tronco comprido e cabelos lisos como de uma boneca, veio ao quarto de Pierre depois do enterro. De olhos baixos e ruborizando-se a todo instante, ela lhe disse que lamentava muito os desentendimentos entre ambos e que agora não se sentia no direito de pedir nada, a não ser, depois do golpe que a atingira, a autorização de permanecer mais algumas semanas na casa que ela tanto amava e pela qual fizera tantos sacrifícios. Não conseguiu se conter e começou a chorar ao dizer essas palavras. Comovido ao ver que aquela princesa com pose de estátua tinha podido mudar tanto, Pierre pegou a mão dela e pediu desculpas, sem que nem ele mesmo soubesse por quê. A partir daquele dia, a princesa começou a tricotar uma echarpe listrada para Pierre e mudou por completo sua atitude em relação a ele.

— Faça isso para ela, *mon cher*; apesar de tudo, ela sofreu muito por causa do falecido — disse-lhe o príncipe Vassíli, e lhe deu para assinar um documento em benefício da princesa.

O príncipe Vassíli resolveu que apesar de tudo era preciso jogar aquele osso, um título de crédito no valor de trinta mil rublos, para a pobre princesa, a fim de evitar que ela tivesse a ideia de falar a respeito da participação do príncipe Vassíli no caso da pasta com o mosaico. Pierre assinou o título de crédito, e desde então a princesa ficou ainda mais bondosa. As irmãs mais novas tornaram-se igualmente afetuosas com ele, e em especial a caçula, bonitinha, com o sinalzinho, muitas vezes deixava Pierre embaraçado com os seus sorrisos e a sua agitação ao vê-lo.

Para Pierre parecia tão natural que todos o amassem, e pareceria tão anormal se alguém não gostasse dele, que não conseguia deixar de acreditar na sinceridade das pessoas ao seu redor. Além do mais, nem tinha tempo para perguntar a si mesmo a respeito da sinceridade ou da falta de sinceridade daquelas pessoas. Nunca tinha tempo para nada, sentia-se num permanente estado de embriaguez dócil e alegre. Sentia-se o centro de uma espécie de movimento importante e generalizado; sentia que sempre esperavam dele alguma coisa; que se ele não o fizesse, magoaria muitos e os privaria do que esperavam, mas se fizesse isso e aquilo, tudo ficaria bem — e Pierre fazia o que dele exigiam, no entanto o bem que se esperava ficava sempre para o futuro.

Naqueles primeiros tempos, mais do que ninguém, foi o príncipe Vassíli quem dominou os negócios de Pierre e o próprio Pierre. Depois da morte do conde Bezúkhov, ele não o largou mais. O príncipe Vassíli tinha o aspecto de um homem assoberbado de trabalho, cansado, atormentado, mas, por compaixão, incapaz de, afinal, abandonar aos caprichos do destino e dos trapaceiros aquele jovem desamparado, filho do seu amigo, *après tout*,[2] e com tamanha fortuna. Naqueles poucos dias que passou em Moscou após a morte do conde Bezúkhov, convidava Pierre para vir à sua casa ou ia ele mesmo à casa de Pierre e lhe prescrevia o que era preciso fazer, num tal tom de cansaço e de certeza que parecia lhe dizer a cada vez: "*Vous savez, que je suis accablé d'affaires et que ce n'est que par pure charité, que je m'occupe de vous, et puis vous savez bien que ce que je vous propose est la seule chose faisable*".[3]

— Bem, meu amigo, amanhã vamos partir, afinal — disse ele, um dia, fechando os olhos e tocando com os dedos o cotovelo de Pierre, como se aquilo já estivesse resolvido entre ambos havia muito tempo e não pudesse ser de outra forma. — Amanhã vamos partir, tenho um lugar para você na minha carruagem. Estou muito contente. Aqui, já terminamos tudo o que havia de importante. E eu já precisava ter ido há muito tempo. Veja o que recebi do chanceler. Pedi a ele por você, e você foi designado para o corpo diplomático e nomeado pajem da corte. Agora a carreira da diplomacia está aberta para você.

---

2 Francês: "afinal de contas".

3 Francês: "O senhor sabe que estou cheio de trabalho e que é por pura caridade que me ocupo do senhor, e depois o senhor sabe muito bem que isso que lhe proponho é a única coisa viável".

Apesar de todo o poder do tom de cansaço e de segurança com que foram ditas essas palavras, Pierre, que por tanto tempo havia pensado na sua carreira, fez menção de protestar. Mas o príncipe Vassíli interrompeu-o com um tom de arrulho e de baixo que excluía toda possibilidade de interromper suas palavras e que ele utilizava nos casos de extrema necessidade de persuasão.

— *Mais, mon cher*, eu fiz isso por mim, pela minha consciência, e você nada tem a me agradecer. Ninguém nunca se lamentou de ser amado em excesso; de resto, você é livre para amanhã exonerar-se. Você vai ver por si mesmo, em Petersburgo. E já é tempo de afastar-se dessas horríveis recordações. — O príncipe Vassíli deu um suspiro. — Pois é, meu caro. Deixe que o meu camareiro vá na sua carruagem. Ah, sim, eu já ia esquecendo — acrescentou ainda o príncipe Vassíli —, você sabe, *mon cher*, que o falecido tinha uma dívida comigo, assim recebi umas rendas de Riazan e continuo a receber: você não está precisando. Depois faremos as contas.

O que o príncipe chamou de "umas rendas de Riazan" eram vários milhares de rublos do tributo pago pelos servos de uma propriedade em Riazan, rublos que ele tomava para si.

Em Petersburgo, assim como em Moscou, uma atmosfera de pessoas carinhosas, amáveis, cercava Pierre. Ele não podia recusar o cargo, ou melhor, o título (porque ele nada fazia) que o príncipe Vassíli havia obtido para ele, e os convites dos conhecidos e as ocupações sociais eram tantos que Pierre, ainda mais do que em Moscou, provava um sentimento de turvação, de pressa, de procurar algo bom que não se realizava.

Quanto aos seus conhecidos solteiros de antes, muitos não estavam em Petersburgo. A guarda partira em campanha. Dólokhov tinha sido rebaixado, Anatole estava no Exército, numa província, o príncipe Andrei estava no exterior, e por isso Pierre não conseguia nem passar as noites como antes gostava, nem desabafar de vez em quando numa conversa afetuosa com um amigo mais velho e que ele respeitava. Passava todo o seu tempo em jantares, bailes e sobretudo na casa do príncipe Vassíli — em companhia da princesa gorda, esposa dele, e da bela Hélène.

Anna Pávlovna Scherer, a exemplo dos outros, mostrava para Pierre a mudança ocorrida na sociedade em relação a ele.

Antes, em presença de Anna Pávlovna, Pierre tinha o tempo todo a sensação de que aquilo que ele dizia era indecoroso, sem tato, inadequado; que as palavras que lhe pareciam inteligentes quando as pronunciava na sua imaginação tornavam-se tolas assim que as dizia em voz alta e que, ao contrário, as palavras mais obtusas de Hippolyte se revelavam inteligentes e gentis. Agora, o que quer que ele falasse, tudo se revelava *charmant*. Ainda que Anna Pávlovna não o disesse, Pierre notava que ela queria dizer isso e que só se continha por respeito à modéstia dele.

No início do inverno de 1805 para 1806, Pierre recebeu de Anna Pávlovna um bilhete, cor-de-rosa como de costume, um convite no qual havia acrescentado: "*Vous trouverez chez moi la belle Hélène, qu'on ne se lasse jamais de voir*".[4]

Ao ler essa passagem, Pierre pela primeira vez sentiu que entre ele e Hélène se formava uma espécie de vínculo, reconhecido por outras pessoas, e tal pensamento o assustava, como se pusessem sobre seus ombros uma obrigação que ele não era capaz de aguentar, e ao mesmo tempo lhe agradava, como uma hipótese divertida.

A noite em casa de Anna Pávlovna foi igual à primeira, só que a novidade que Anna Pávlovna oferecia agora aos convidados não era Mortmart, mas um diplomata que chegara de Berlim e trouxera os detalhes mais recentes acerca da estada do imperador Alexandre em Potsdam e de como lá dois amigos majestosos juraram uma aliança indissolúvel para defender a causa do direito contra o inimigo da espécie humana. Pierre foi recebido por Anna Pávlovna com um toque de tristeza, pelo visto uma referência à perda recente que atingira o jovem, a morte do conde Bezúkhov (todos, sem cessar, julgavam que era seu dever convencer Pierre de que ele estava muito amargurado com a morte do pai, a quem ele quase não conhecera) — uma tristeza exatamente igual à tristeza majestosa que se exprimia quando ela se lembrava da muito augusta imperatriz Maria Fiódorovna. Pierre sentiu-se lisonjeado com isso. Anna Pávlovna, com sua arte habitual, formou círculos com as suas visitas. O círculo maior, onde estavam o príncipe Vassíli e uns generais, desfrutava a presença do diplomata. Um outro círculo menor se formara junto à mesinha de chá. Pierre queria unir-se ao primeiro círculo, mas Anna Pávlovna, que se achava no estado de agitação de um chefe militar num campo de batalha, quando lhe vêm à mente mil novas ideias brilhantes, as quais ele mal tem tempo de pôr em prática, Anna Pávlovna, ao ver Pierre, tocou um dedo na sua manga.

— *Attendez, j'ai des vues sur vous pour ce soir.* — Voltou os olhos para Hélène e sorriu. — *Ma bonne Hélène, il faut que vous soyez charitable pour ma pauvre tante, qui a une adoration pour vous. Allez lui tenir compagnie pour dix minutes.*[5] E para que a senhora não fique muito entediada, aqui está o gentil conde, que não se negará a lhe fazer companhia.

A beldade seguiu em direção à tia, mas Anna Pávlovna ainda reteve Pierre a seu lado, fingindo que precisava lhe transmitir uma última e indispensável recomendação.

---

4 Francês: "O senhor encontrará em minha casa a bela Hélène, a quem jamais cansamos de ver".

5 Francês: "Espere, tenho planos para o senhor esta noite [...] Minha boa Hélène, seja caridosa com a minha pobre tia, que tem adoração pela senhora. Vá lhe fazer companhia por dez minutos".

— Não é verdade que ela é maravilhosa? — disse para Pierre, e apontou para a beldade imponente que flutuava ao se afastar. — *Et quelle tenue!*[6] Uma mulher tão jovem, com tanto tato, e tamanha habilidade e mestria na maneira de se conduzir! Isso vem do coração! Feliz de quem ela tomar para si! Com ela, mesmo o homem menos afeito à vida social ocupará, sem querer, a posição mais destacada na sociedade. Não é certo? Eu só queria saber a sua opinião — e Anna Pávlovna soltou Pierre.

Com sinceridade, Pierre respondeu que sim à pergunta de Anna Pávlovna sobre a perícia de Hélène em sua maneira de se conduzir. Se alguma vez pensava em Hélène, ele pensava exatamente na sua beleza e na sua serena e habitual habilidade em se mostrar silenciosa e digna na sociedade.

A tia recebeu os dois jovens em seu cantinho, mas parecia desejar esconder a sua adoração por Hélène e, em troca, exprimir o seu temor de Anna Pávlovna. Lançava olhares para a sobrinha, como se lhe perguntasse o que ela devia fazer com aquelas pessoas. Ao afastar-se, Anna Pávlovna tocou de novo com o dedinho a manga de Pierre e falou:

— *J'espère, que vous ne direz plus qu'on s'ennuie chez moi*[7] — e lançou um olhar para Hélène.

Hélène sorriu com o ar de quem diz que não admite a possibilidade de alguém vê-la e não ficar deslumbrado. A tia tossiu, engoliu a saliva e disse em francês que estava muito feliz de ver Hélène; depois se voltou para Pierre com o mesmo cumprimento e com a mesma cara. No meio da conversa enfadonha e claudicante, Hélène virou-se, olhou para Pierre e sorriu com o sorriso claro, bonito, com que sorria para todos. Pierre estava tão acostumado àquele sorriso, significava tão pouco para ele, que não lhe deu nenhuma atenção. A tia, naquela altura, falava da coleção de tabaqueiras do falecido pai de Pierre, o conde Bezúkhov, e mostrou a sua tabaqueira. A princesa Hélène pediu que ela mostrasse o retrato do marido, pintado na tabaqueira.

— Provavelmente foi feito por Vinesse — disse Pierre, citando o nome do famoso miniaturista, enquanto se inclinava na direção da mesa para pegar a tabaqueira e tentava escutar a conversa na mesa ao lado.

Fez menção de levantar-se para contornar a mesa, mas a tia entregou-lhe a tabaqueira de pronto, pelas costas de Hélène. A jovem inclinou-se para a frente a fim de dar espaço e, sorrindo, virou-se e olhou para Pierre. Como sempre acontecia nas festas, ela usava um vestido totalmente aberto na frente e atrás, como era

---

6 Francês: "E que porte!".

7 Francês: "Espero que o senhor não diga mais que é aborrecido ficar em minha casa".

moda então. Seu busto, que para Pierre sempre parecia de mármore, estava a tão curta distância dos seus olhos que ele, com seus olhos míopes, não pôde deixar de distinguir o vivo encanto dos ombros e do pescoço de Hélène, tão próximos dos seus lábios que bastaria inclinar-se um pouco para roçar nela. Pierre sentia o calor do corpo de Hélène, o perfume do seu hálito e o rangido do seu espartilho, quando se mexia. Pierre via não a sua beleza de mármore, que formava um todo com o seu vestido: via e sentia todo o encanto do seu corpo, coberto só por uma roupa. E depois de ver isso não foi capaz de ver mais nada, assim como não conseguimos crer de novo numa ilusão depois que ela é explicada.

"Então até agora o senhor não havia notado como sou bonita?", parecia dizer Hélène. "O senhor não percebia que sou uma mulher? Sim, sou uma mulher, que pode pertencer a qualquer um, e ao senhor também", dizia o seu olhar. E naquele momento Pierre sentiu que Hélène não só podia, como devia ser a sua esposa, e não podia ser de outra forma.

Ele soube disso naquele instante, e soube com tamanha certeza como se já estivesse com ela sob a coroa matrimonial, no altar.[8] Como ia acontecer? E quando? Ele não sabia; nem mesmo sabia se era bom (Pierre chegou a ter a sensação de que aquilo, por algum motivo, seria ruim), mas sabia que ia acontecer.

Pierre baixou os olhos, levantou-os de novo e quis vê-la outra vez como aquela beldade tão distante e alheia que via antes, todos os dias; mas já não conseguia. Não conseguia, assim como um homem que avista hastes de ervas daninhas na neblina e pensa que são uma árvore não consegue, depois de reconhecer que são as hastes de ervas daninhas, ver de novo nelas uma árvore. Hélène estava terrivelmente perto de Pierre. Já tinha poder sobre ele. E entre ambos não havia mais nenhuma barreira, exceto a barreira da vontade própria de Pierre.

— *Bon, je vous laisse dans votre petit coin. Je vois, que vous y êtes très bien*[9] — disse a voz de Anna Pávlovna.

E Pierre, perguntando-se com horror se não havia feito algo censurável, olhou à sua volta, ruborizado. Tinha a impressão de que todos sabiam, tanto quanto ele, o que havia ocorrido.

Após algum tempo, quando Pierre se aproximou do círculo maior, Anna Pávlovna lhe disse:

— *On dit que vous embellissez votre maison de Pétersbourg.*[10]

---

8 Na cerimônia russa de casamento, os noivos eram coroados.

9 Francês: "Bem, deixo o senhor no seu cantinho. Vejo que aí o senhor está muito bem".

10 Francês: "Dizem que o senhor está embelezando a sua casa em Petersburgo".

(Era verdade: o arquiteto disse que era preciso, e Pierre, sem que ele mesmo soubesse para quê, estava reformando sua enorme casa em Petersburgo.)

— *C'est bien, mais ne déménagez pas de chez le prince Basile. Il est bon d'avoir un ami comme le prince* — disse ela, sorrindo para o príncipe Vassíli. — *J'en sais quelque chose. N'est-ce pas?*[11] E o senhor ainda é tão jovem. Precisa de conselhos. Não me leve a mal se me prevaleço dos direitos de velha. — Calou-se por um momento, como as mulheres sempre se calam, à espera de alguma coisa, depois que falam da sua idade. — Se o senhor casar, aí é diferente. — E ela os uniu num só olhar. Pierre não olhou para Hélène, nem ela para ele. Mas Hélène estava terrivelmente perto. Pierre rosnou algo e ficou vermelho.

De volta para casa, Pierre ficou muito tempo sem conseguir dormir, pensando no que havia acontecido com ele. E o que havia acontecido? Nada. Apenas entendeu que uma mulher a quem conhecia desde criança, sobre a qual ele respondia distraidamente "sim, é bonita", quando lhe diziam que Hélène era bonita, ele apenas entendeu que essa mulher podia pertencer a ele.

"Mas ela é tola, eu mesmo dizia que é tola", pensou. "Há algo de repulsivo no sentimento que ela despertou em mim, algo proibido. Disseram que o irmão dela, Anatole, estava apaixonado por ela, e ela por ele, que havia toda uma história, e que por isso mesmo mandaram Anatole para longe. O irmão dela é Hippolyte... O pai dela é o príncipe Vassíli... Isso não está certo", pensou Pierre; e, ao mesmo tempo que raciocinava assim (tais raciocínios ainda permaneciam incompletos), surpreendia a si mesmo sorrindo e se dava conta de que outra série de raciocínios emergia da primeira, se dava conta de que ele ao mesmo tempo pensava na nulidade de Hélène e sonhava que ela havia de ser a sua esposa, podia apaixonar-se por ele, podia vir a ser uma mulher em tudo diferente, e que tudo aquilo que ele pensava e ouvia a respeito de Hélène podia ser falso. E de novo Pierre a viu, não como a filha do príncipe Vassíli, viu sim o seu corpo inteiro, coberto apenas pelo vestido cinza. "Mas, espere, por que então esse pensamento não me veio antes?" E de novo disse a si mesmo que era impossível; que havia algo repulsivo, antinatural, assim lhe pareceu, havia algo impuro naquele casamento. Recordou as palavras e os olhares recentes de Hélène e as palavras e os olhares das pessoas que os viam juntos. Recordou as palavras e os olhares de Anna Pávlovna quando lhe falou sobre a casa, lembrou-se de mil alusões do mesmo tipo, da parte do príncipe Vassíli e de outros, e lhe veio o terror de se haver comprometido, de alguma forma, a cum-

---

11 Francês: "É bom fazer isso, mas não se mude da casa do príncipe Vassíli. É bom ter um amigo como o príncipe [...] Eu conheço um pouco desses assuntos. Não é mesmo?".

prir uma ação que era obviamente ruim e que ele não desejava cumprir. Porém, ao mesmo tempo que declarava para si essa decisão, do outro lado da alma veio à tona de novo a imagem de Hélène, com toda a sua beleza feminina.

II

No mês de novembro do ano de 1805, Vassíli teve de partir numa viagem de inspeção por cinco províncias. Havia obtido tal encargo a fim de aproveitar e visitar as suas propriedades, que se achavam em abandono, apanhar no caminho o seu filho Anatole (no local onde estava estacionado o seu regimento) e ir junto com ele à casa do príncipe Nikolai Andréievitch Bolkónski para casar o seu filho com a filha daquele velho rico. Mas antes de partir e de tratar desses novos assuntos, o príncipe Vassíli precisava resolver um assunto com Pierre, que na verdade, ultimamente, passava os dias inteiros dentro de casa, ou seja, na casa de Vassíli, onde morava, e em presença de Hélène ficava engraçado, agitado e tolo (como ficam os apaixonados), mas ainda não tinha feito o pedido de casamento.

"*Tout ça est bel et bon, mais il faut que ça finisse*",[12] disse consigo um dia de manhã o príncipe Vassíli, com um suspiro de tristeza, dando-se conta de que Pierre, que lhe devia tantos favores (mas que Deus o proteja!), não estava se comportando nada bem naquele caso. "A juventude... a leviandade... bem, que Deus o proteja", pensou o príncipe Vassíli, sentindo com prazer a sua benevolência: "*Mais il faut que ça finisse*. Depois de amanhã é o aniversário de Lelina,[13] vou convidar algumas pessoas e, se ele não entender o que tem de fazer, eu mesmo vou cuidar do caso. Sim, eu mesmo. Eu sou o pai!".

Um mês e meio depois da festa na casa de Anna Pávlovna e da noite de insônia e agitação em que ele decidiu que casar com Hélène seria uma desgraça e que precisava esquivar-se dela e fugir, Pierre, após aquela decisão, não se mudou da casa do príncipe Vassíli e, com horror, sentia que a cada dia, aos olhos das pessoas, ficava cada vez mais amarrado a Hélène, sentia que não havia meios de voltar à maneira como a encarava antes, que ele não conseguia tampouco desprender-se dela, que embora aquilo fosse horrível, teria de unir o seu destino ao dela. Talvez pudesse esquivar-se, mas não se passava um dia sem que, na casa do príncipe Vassíli (onde antes isso era raro), houvesse uma festa, à qual Pierre tinha de compare-

---

12 Francês: "Tudo isso está muito bem, mas é preciso que termine".

13 Apelido de Hélène.

cer, se não quisesse frustrar a satisfação geral e desapontar a expectativa de todos. O príncipe Vassíli, nos raros minutos em que estava em casa, ao cruzar com Pierre, puxava-o pela mão, distraidamente lhe oferecia a bochecha barbeada e enrugada para beijar e dizia ou "até amanhã", ou "até o jantar, se eu não o vir antes", ou "é para o senhor que fico em casa", e assim por diante. Mas apesar de o príncipe Vassíli, quando ficava em casa para Pierre (como ele dizia), não falar nem duas palavras com ele, Pierre não se sentia capaz de desapontar a expectativa do anfitrião. Todo dia, ele dizia a mesma coisa para si: "Afinal, é preciso avaliá-la e fazer um balanço para mim mesmo: Quem é ela? Eu estava enganado antes, ou me engano agora? Não, ela não é tola; não, ela é uma jovem encantadora!", dizia consigo, às vezes. "Ela não comete nenhum erro, nunca falou nenhuma tolice. Pouco fala, mas o que fala é sempre simples e claro. Então não é tola. Nunca se confundiu e não se confunde. Então não é uma mulher má!" Várias vezes, aconteceu de Pierre começar a raciocinar com ela, pensar em voz alta, e Hélène sempre lhe respondia ou com uma observação curta, porém dita de modo oportuno, que mostrava que aquilo não lhe interessava, ou então com um sorriso e um olhar silenciosos, que mostravam para Pierre, da maneira mais perceptível, a superioridade dela. Hélène tinha razão ao considerar todos os raciocínios uma bobagem, em comparação com aquele sorriso.

Sempre se dirigia a Pierre com um sorriso alegre, confiante, reservado só para ele, e no qual havia algo mais importante do que o sorriso comum que sempre embelezava o seu rosto. Pierre sabia que todos apenas esperavam que ele, afinal, dissesse uma palavra, atravessasse uma determinada linha, e ele sabia que cedo ou tarde iria atravessá-la; porém um pavor incompreensível o dominava só de pensar naquele passo tremendo. Ao longo de um mês e meio, tempo em que se sentia cada vez mais arrastado para aquele abismo aterrador, Pierre dizia consigo: "Mas o que é isso? É preciso uma decisão! Será que não vou tomá-la?".

Queria uma decisão, mas com horror sentia que, naquele caso, ele não tinha a firmeza que reconhecia em si mesmo e que de fato havia nele. Pierre pertencia às pessoas que são fortes só quando se sentem inteiramente puras. E desde o dia em que o dominou o sentimento de desejo que experimentara ao examinar a tabaqueira em casa de Anna Pávlovna, um inconsciente sentimento de culpa por aquela ânsia paralisava a sua decisão.

No dia do aniversário de Hélène, o pequeno grupo das pessoas mais próximas, como dizia a princesa, formado de parentes e amigos, veio jantar em casa do príncipe Vassíli. Deram a entender a todos aqueles parentes e amigos que nesse dia havia de resolver-se o destino da aniversariante. As visitas estavam sentadas para jantar. A princesa Kuráguina, mulher volumosa, bela em outros tempos, bem-apessoada, sentou-se na cabeceira da mesa. Junto a ela, de um lado e do outro, sentaram-se os convidados de honra — um velho general, sua esposa, e Anna Pávlovna Scherer; na outra ponta da mesa, sentaram-se os convidados de menos idade e menos importância, e a seguir sentaram-se as pessoas de casa, Pierre e Hélène — juntos. O príncipe Vassíli não jantava: caminhava em redor da mesa, num alegre estado de ânimo, sentava-se um pouquinho ora junto a um convidado, ora junto a outro. A todos dizia uma palavra descontraída, agradável, exceto a Pierre e Hélène, cuja presença parecia não notar. O príncipe Vassíli animava todos. As velas de cera ardiam luminosas, a prataria, os cristais e a louça brilhavam, bem como a roupa das damas, o ouro, a prata das dragonas; em redor da mesa, criados de cafetãs vermelhos moviam-se em azáfama; ouviam-se o som das facas, dos copos, dos pratos e o som de vozes animadas de algumas conversas em redor da mesa. Ouvia-se, de um lado, como o velho camareiro da corte assegurava a uma velhota baronesa do seu amor ardente por ela, e como ela ria; do outro lado, contavam a história do malogro de uma certa Mária Víktorovna. No meio da mesa, o príncipe Vassíli concentrava os ouvintes em torno de si. Contava para as damas, com um sorriso zombeteiro nos lábios, a última sessão — na quarta-feira — do Conselho de Estado, na qual fora recebido e lido, por Serguei Kuzmitch Viazmitínov, o novo governador-geral militar de Petersburgo, o então famoso rescrito do imperador Alexandre Pávlovitch, enviado do local onde estava o exército, em cujo texto o imperador, dirigindo-se a Serguei Kuzmitch, dizia que de toda parte recebia declarações da lealdade do povo e que a declaração de Petersburgo lhe agradara em especial, que estava orgulhoso com a honra de estar à frente de uma tal nação e que se esforçaria para ser digno de tal honra. O rescrito começava com as palavras: "Serguei Kuzmitch! De toda parte chegam aos meus ouvidos" etc.

— Mas será possível que não disse mais nada além de "Serguei Kuzmitch"? — perguntou uma senhora.

— Pois é, pois é, nem um fio de cabelo além desse ponto — respondeu o príncipe Vassíli, sorrindo. — "Serguei Kuzmitch... de toda parte. De toda parte, Serguei Kuzmitch..." O pobre Viazmitínov não conseguia de maneira alguma ir além. Diversas vezes retomou a leitura da carta, mas assim que dizia "Serguei"... soluços... "Kuz...mi...tch"... lágrimas... E "de toda parte" sufocava-se em pranto, não conseguia ir em frente. E de novo um lenço, de novo "Serguei Kuzmitch, de toda parte", e lágrimas... de tal modo que pediram que outra pessoa lesse.

— Kuzmitch... de toda parte... e lágrimas — repetiu alguém, rindo.

— Não sejam cruéis — exclamou Anna Pávlovna, da outra ponta da mesa, ameaçando com o dedo —, *c'est un si brave et excellent homme, notre bon Viasmitinoff...*[14]

---

14 Francês: "é um homem bravo e excelente, o nosso Viazmitínov".

Todos riram muito. Na ponta de honra da mesa, todos pareciam estar alegres e sob a influência dos mais diversos e animados humores; só Pierre e Hélène se mantinham em silêncio, juntos, quase na extremidade oposta; no rosto de ambos, reprimia-se um sorriso radiante, que não dependia de Serguei Kuzmitch — um sorriso de vergonha dos próprios sentimentos. Por mais que os outros falassem, por mais que rissem e brincassem, por maior que fosse o seu apetite ao comer e ao beber o vinho do Reno, e o *sauté*, e o sorvete, por mais que evitassem olhar para aquele casal, por mais que parecessem indiferentes, desatentos em relação a eles, por alguma razão sentia-se, pelos olhares de vez em quando atraídos para eles, que o gracejo sobre Serguei Kuzmitch, o riso, a comida — tudo era fingimento, e que todas as forças da atenção de toda aquela sociedade estavam dirigidas só para aquele par — Pierre e Hélène. O príncipe Vassíli arremedava os soluços de Serguei Kuzmitch e ao mesmo tempo corria os olhos para a filha; e quando ria, a expressão do seu rosto dizia: "Está certo, tudo está indo bem; hoje tudo vai se resolver". Anna Pávlovna o ameaçava por causa do *notre bon Viasmitinoff*, mas nos olhos dela, que naquele momento brilharam de passagem para Pierre, o príncipe Vassíli lia os parabéns pelo futuro genro e pela felicidade da filha. A velha princesa, enquanto oferecia vinho a sua vizinha com um suspiro triste e olhava zangada para a filha, parecia querer dizer com aquele suspiro: "Sim, minha querida, agora não nos resta mais nada, para você e para mim, senão beber vinho doce; agora é o tempo de essa mocidade ser feliz de maneira insolente e provocadora". "E que tolice tudo isso que estou falando, como se tivesse algum interesse para mim", pensou o diplomata, ao olhar de relance para os rostos felizes dos enamorados. "Aquilo é que é felicidade!"

Entre os pequenos e insignificantes interesses artificiais que uniam aquela sociedade, introduziu-se o simples sentimento de desejo dos jovens, homem e mulher, bonitos e saudáveis, um pelo outro. E esse sentimento humano esmagava tudo e pairava acima de toda a tagarelice artificial daquelas pessoas. Os gracejos não eram alegres, as novidades não tinham interesse, a animação era obviamente falsa. Mas não só eles, como também os criados que serviam a mesa pareciam sentir a mesma coisa e esqueciam a ordem do serviço, olhavam para a bela Hélène, com o seu rosto radiante, e para o rosto vermelho, gordo, feliz e inquieto de Pierre. Parecia que até as chamas das velas estavam concentradas só naqueles dois rostos felizes.

Pierre sentia que ele era o centro de tudo, e essa posição o alegrava e constrangia. Encontrava-se no estado de um homem absorto em alguma tarefa. Nada via com clareza, nada entendia nem ouvia. Só de vez em quando, de modo inesperado, faiscavam em sua alma ideias e impressões fragmentárias da realidade.

"Então, tudo está terminado!", pensou. "E como tudo isso aconteceu? Tão rápido! Agora sei que não é só para ela, não é só para mim, mas também para todos que *isso*, inevitavelmente, tem de se realizar. Todos eles esperavam tanto *isso*, estão tão seguros de que isso vai acontecer que eu não posso, não consigo decepcioná-los. Mas como vai acontecer? Não sei; mas vai acontecer, é inevitável, vai acontecer!", pensava Pierre, olhando para aqueles ombros deslumbrantes bem perto dos seus olhos.

De repente sentia vergonha de alguma coisa. Sentia-se constrangido por atrair a atenção de todos, por ser um felizardo aos olhos dos outros, por ele, com seu rosto feio, ser uma espécie de Páris, que conquistara uma Helena. "Quem sabe é sempre assim que acontece e é assim mesmo que tem de ser", consolava-se. "De resto, o que eu fiz para acontecer isso? Quando começou? Vim de Moscou junto com o príncipe Vassíli. Naquela altura, ainda não havia nada. Mas, afinal, por que razão eu não ficaria na casa dele? Depois joguei cartas com ela, segurei a sua bolsinha, fui com ela passear de carruagem. Quando foi que isso começou, quando tudo isso aconteceu?" E lá está ele ao lado dela, como um noivo; vê, ouve, sente a proximidade dela, a sua respiração, os seus movimentos, a sua beleza. Então de súbito lhe parece que não é ela, mas sim ele mesmo que está tão extraordinariamente bonito, que por isso olham também para ele, e ele, feliz com a admiração geral, estufa o peito, levanta a cabeça e alegra-se com a própria felicidade. Soa uma voz, de repente, certa voz conhecida, e lhe diz alguma coisa pela segunda vez. Mas Pierre está tão absorto que não entende o que lhe dizem.

— Estou perguntando a você quando recebeu a carta de Bolkónski — repetiu pela terceira vez o príncipe Vassíli. — Como está distraído, meu rapaz.

O príncipe Vassíli sorriu, e Pierre viu que todos, todos sorriam para ele e para Hélène. "Bem, que importa, se todos vocês já sabem", pensou Pierre. "Bem, que importa? É verdade." E ele mesmo sorriu, com o seu sorriso dócil, infantil, e Hélène sorriu.

— Quando recebeu a carta? Veio de Olmütz? — repetiu o príncipe Vassíli, que parecia precisar saber disso para pôr fim a uma discussão.

"E acaso é possível falar e pensar em tais bobagens?", pensou Pierre.

— Sim, de Olmütz — respondeu, com um suspiro.

Após o jantar, Pierre seguiu os demais e conduziu sua dama para o salão. Os convidados começaram a se dispersar e alguns foram embora, sem se despedir de Hélène. Como se não quisessem desviá-la da sua grave ocupação, alguns aproximavam-se por um minuto e logo se afastavam, proibindo Hélène de acompanhá-los. O diplomata estava triste e calado ao sair do salão. Ele se deu conta de toda a futilidade da sua carreira diplomática, em comparação com a felicidade de Pierre. O velho general resmungou com severidade para a esposa, quando ela lhe perguntou sobre o estado da sua perna. "Puxa, que velha burra", pensou ele. "A Elena Vassílievna, essa sim, mesmo aos cinquenta anos, ainda há de ser uma beleza."

— Creio que posso lhe dar os parabéns — sussurrou Anna Pávlovna para a princesa e beijou-a com entusiasmo. — Se eu não estivesse com dor de cabeça, ficaria mais.

A princesa nada respondia; a inveja da felicidade da filha a atormentava.

Durante as despedidas dos convidados, Pierre ficou muito tempo sozinho com Hélène numa sala pequena, onde estavam sentados. Ele ficara a sós com Hélène antes, e por muitas vezes durante o último mês e meio, mas nunca lhe falara nada a respeito de amor. Agora percebia que isso era necessário, mas não conseguia de forma alguma resolver-se a dar esse último passo. Tinha vergonha; parecia-lhe que ali, ao lado de Hélène, ele estava ocupando o lugar de alguma outra pessoa. Aquela felicidade não era para ele — dizia-lhe uma voz interior. — Aquela felicidade era para pessoas que não tinham o que ele tinha. Mas era preciso falar alguma coisa, e ele falou. Perguntou se ela estava satisfeita com a festa daquela noite. Com a sua simplicidade de sempre, ela respondeu que o aniversário daquele dia fora um dos mais agradáveis de sua vida.

Ainda restavam alguns parentes mais próximos. Estavam no salão. O príncipe Vassíli aproximou-se de Pierre em passadas indolentes. Pierre levantou-se e disse que já era tarde. O príncipe Vassíli fitou-o com ar severo e interrogativo, como se o que ele tinha dito fosse algo tão estranho que era impossível que tivesse ouvido bem. No entanto, em seguida, a expressão de severidade alterou-se, e o príncipe Vassíli puxou o braço de Pierre para baixo, obrigou-o a sentar e sorriu com carinho.

— Bem, e então, Lélia? — voltou-se de pronto para a filha, com aquele descuidado tom de voz de ternura costumeira, usado por pais que mimam os filhos desde pequenos, mas que o príncipe Vassíli só conseguia alcançar por meio da imitação de outros pais.

E voltou-se de novo para Pierre.

— "Serguei Kuzmitch, de toda parte" — exclamou, desabotoando o botão de cima do colete.

Pierre sorriu, mas pelo seu sorriso via-se que entendia que o que interessava ao príncipe Vassíli, naquele momento, não era a anedota de Serguei Kuzmitch; e o príncipe Vassíli entendeu que Pierre havia entendido isso. De repente, o príncipe Vassíli borbulhou alguma coisa entre os lábios e saiu. Pierre teve a impressão de que até o príncipe Vassíli estava embaraçado. A visão do embaraço daquele velho tão experiente na vida social comoveu Pierre; virou-se para Hélène — ela também parecia embaraçada e dizia, com o olhar: "Ora, o culpado é o senhor mesmo".

"É preciso, a todo custo, dar o passo adiante, mas não consigo, não consigo", pensava Pierre, e recomeçou a falar de assuntos sem importância, de Serguei Kuzmitch, e perguntou em que consistia, afinal, aquela anedota, pois não tinha ouvido bem. Com um sorriso, Hélène respondeu que também não sabia.

Quando o príncipe Vassíli entrou no salão, a princesa falava a respeito de Pierre em voz baixa, com uma senhora de idade.

— Claro, *c'est un parti très brillant, mais le bonheur, ma chère...*[15]

— *Les mariages se font dans les cieux*[16] — respondeu a senhora de idade.

O príncipe Vassíli, como se não escutasse as senhoras, seguiu rumo ao canto mais afastado e sentou-se num sofá. Fechou os olhos e pareceu cochilar. Sua cabeça começou a tombar, e ele acordou.

— *Aline* — disse para a esposa. — *Allez voir ce qu'ils font.*[17]

A princesa aproximou-se da porta, passou diante dela com um ar importante, indiferente, e olhou de relance para dentro da saleta. Pierre e Hélène continuavam sentados e conversavam, como antes.

— Sempre a mesma coisa — respondeu ela ao marido.

O príncipe Vassíli franziu as sobrancelhas, torceu a boca para o lado, suas bochechas começaram a tremer com uma expressão rude, desagradável, bem própria dele; levantou-se bruscamente, inclinou a cabeça para trás e, num passo resoluto, passou pelas senhoras e seguiu para a saleta. Aproximou-se de Pierre com ar alegre, a passos ligeiros. O rosto do príncipe estava tão extraordinariamente solene que Pierre se ergueu assustado, ao vê-lo.

— Graças a Deus! — disse o príncipe Vassíli. — Minha esposa me contou tudo! — Abraçou Pierre com um braço e, com o outro, a sua filha. — Meu amigo, Lélia! Estou muito, muito contente. — Sua voz tremia. — Eu adorava o seu pai... e ela será uma boa esposa para você... Que Deus os abençoe!...

Abraçou a filha, depois Pierre outra vez, e beijou-o com a boca malcheirosa. Lágrimas de verdade umedeceram suas faces.

— Princesa, venha cá — gritou.

A princesa chegou e também começou a chorar. A senhora idosa também se enxugava com um lenço. Beijaram Pierre, e ele, várias vezes, beijou a mão da linda Hélène. Depois de algum tempo, deixaram-nos de novo sozinhos.

"Tudo isso tinha de acontecer desse modo e não podia ser de outro jeito", pensou Pierre. "Por isso não adianta perguntar se é bom ou se é ruim. É bom, porque já está determinado e não existe mais a dúvida aflitiva de antes." Pierre, em silêncio, segurava a mão da noiva e olhava para o seu peito lindo, que levantava e abaixava.

---

15 Francês: "é um excelente partido, mas a felicidade, minha querida...".

16 Francês: "Os casamentos se fazem no céu".

17 Francês: "Vá ver o que eles estão fazendo".

— Hélène! — disse ele, em voz alta, e parou.

"É preciso dizer algo de especial, nesses casos", pensou ele, mas não conseguia de maneira alguma lembrar o que exatamente diziam nesses casos. Fitou-a no rosto. Hélène moveu-se para perto dele. O rosto de Hélène ficou vermelho.

— Ah, tire esses... como é que esses... — ela apontou para os óculos.

Pierre tirou os óculos, e os seus olhos, além da estranheza comum aos olhos das pessoas que tiram os óculos, tinham um ar assustado e interrogativo. Ele quis inclinar-se sobre a mão dela e beijá-la; mas Hélène, rapidamente, com um movimento brusco da cabeça, interceptou os lábios de Pierre e conduziu-os para os seus. O rosto de Hélène impressionou Pierre pela transformação da fisionomia, desagradavelmente embaraçada.

"Agora já é tarde, está tudo acabado; e, sim, eu a amo", pensou Pierre.

— *Je vous aime!*[18] — disse ele, lembrando o que era preciso dizer nesses casos; mas as palavras ressoaram de maneira tão pobre que Pierre sentiu vergonha de si mesmo.

Depois de um mês e meio, ele estava casado e estabelecido, como dizem, na condição de feliz proprietário de uma linda esposa e de milhões de rublos, na grande casa dos condes Bezúkhov em Petersburgo, mais uma vez reformada.

III

O velho príncipe Nikolai Andréievitch Bolkónski, em dezembro de 1805, recebeu uma carta do príncipe Vassíli, informando-lhe de sua chegada em companhia do filho. ("Estou numa viagem de inspeção e, claro, para mim não é nada de mais fazer um desvio de cem verstas a fim de visitar o senhor, meu estimadíssimo benfeitor", escreveu, "e o meu Anatole me acompanhará, ele vai partir para o Exército; e eu espero que o senhor lhe permita expressar pessoalmente o grande respeito que ele tem pelo senhor, a exemplo do pai.")

— Pronto, não é mais preciso levar Mária embora: os próprios noivos estão vindo até nós — disse a pequena princesa, em tom brincalhão.

O príncipe Nikolai Andréievitch fechou a cara e não falou nada.

Duas semanas depois do recebimento da carta, ao anoitecer, chegaram os criados do príncipe Vassíli, que vieram na frente, e no dia seguinte chegaram ele e o filho.

---

18 Francês: "Eu amo a senhora".

O velho Bolkónski sempre tivera em baixa conta o caráter do príncipe Vassíli, ainda mais nos últimos anos, quando o príncipe Vassíli, nos novos reinados dos tsares Paulo e Alexandre, foi nomeado para altos cargos e recebeu honrarias. Agora mesmo, pelas alusões à carta feitas pela pequena princesa, ele entendeu do que se tratava, e a baixa conta em que tinha o caráter do príncipe Vassíli transformou-se, na alma do príncipe Nikolai Andréievitch, num sentimento de desprezo malévolo. Bufava o tempo todo, falava sozinho. No dia da chegada do príncipe Vassíli, o príncipe Nikolai Andreitch estava especialmente descontente e de mau humor. Não se podia dizer se estava de mau humor porque o príncipe Vassíli havia chegado ou se estava descontente com a chegada do príncipe Vassíli porque estava de mau humor; o fato é que estava de mau humor, e Tíkhon ainda pela manhã havia aconselhado o arquiteto a não apresentar o seu relatório ao príncipe.

— Escute só como ele anda — disse Tíkhon, chamando a atenção do arquiteto para os sons dos passos do príncipe. — Bate direto com os calcanhares... nós sabemos...

Todavia, como de hábito, às nove horas o príncipe saiu para passear com o seu casaco de veludo, com gola de pele de marta e gorro também de pele de marta. Tinha nevado na véspera. A estradinha na qual o príncipe Nikolai Andreitch caminhava para a estufa de plantas estava limpa, viam-se marcas de vassoura na neve espalhada, e havia uma pá cravada num aterro de neve fofa, que se estendia dos dois lados da estradinha. O príncipe percorreu a estufa de plantas, as acomodações dos criados, as construções, de cara fechada e em silêncio.

— Dá para passar um trenó? — perguntou ao administrador venerável, que o acompanhara até a casa, com a atitude e o rosto semelhantes aos do patrão.

— A neve está funda, vossa excelência. Já mandei retirar a neve da alameda.

O príncipe inclinou a cabeça e seguiu para a escadinha da varanda. "Graças ao bom Deus", pensou o administrador, "a tempestade acabou logo."

— Ia ser difícil passar, vossa excelência — acrescentou o administrador. — Andam dizendo, vossa excelência, que um ministro vai conceder ao senhor a honra de uma visita. É verdade?

O príncipe voltou-se para o administrador e, com os olhos franzidos, fitou-o fixamente.

— O quê? Um ministro? Que ministro? Quem mandou? — pôs-se a exclamar com sua voz estridente, feminina. — Para a princesa, a minha filha, não retiraram a neve, mas retiraram para um ministro! Não quero saber de ministros em minha casa!

— Vossa excelência, eu pensei...

— Você pensou! — gritou o príncipe, falando cada vez mais depressa e de forma cada vez mais desconexa. — Você pensou... Ladrões! Patifes! Vou ensinar você a pensar. — Ergueu a bengala e brandiu-a na direção de Alpátitch, e o teria golpeado se o administrador não tivesse, por instinto, se desviado do golpe. — Pensou! Patifes! — gritou às pressas. Mas apesar de Alpátitch, mesmo assustado com a própria audácia de se desviar do golpe, ter se aproximado do príncipe e baixado a cabeça calva diante dele com submissão, ou talvez justamente por isso, o príncipe, que continuava a gritar "Patifes! Atravanquem a estrada com neve", não levantou a bengala outra vez e entrou correndo em seus aposentos.

Na hora do jantar, a princesa e Mlle Bourienne, cientes de que o príncipe estava de mau humor, aguardavam-no de pé: Mlle Bourienne, com um rosto radiante que dizia: "Não sei de nada, sou a mesma de sempre", e a princesa Mária — pálida, assustada, de olhos baixos. O mais penoso para a princesa Mária era saber que em tais casos era preciso portar-se como Mlle Bourienne, mas não conseguia agir assim. Tinha a seguinte impressão: "Se eu agir como se não notasse, ele vai pensar que não sou solidária com ele; se eu agir como se eu mesma estivesse aborrecida e de mau humor, ele vai dizer (como já aconteceu antes) que eu vivo desanimada" etc.

O príncipe lançou um olhar para o rosto assustado da filha e bufou.

— Imb... ou tola!... — exclamou ele.

"E a outra não está aqui! Já andaram fazendo mexericos para ela", pensou, a respeito da pequena princesa, que não se encontrava na sala de jantar.

— Onde está a princesinha? — perguntou. — Escondeu-se?...

— Ela não está se sentindo muito bem — disse Mlle Bourienne, sorrindo alegremente. — Ela não vai vir jantar. É compreensível, na situação dela.

— Hm! Hm! Grr! Grr! — exclamou o príncipe e sentou-se à mesa.

O prato lhe pareceu não estar limpo; apontou para uma mancha e jogou-o longe. Tíkhon agarrou o prato e deu para um copeiro. A pequena princesa não estava passando mal; mas temia o príncipe de maneira tão inexorável que, ao saber que ele estava de mau humor, resolvera não ir jantar.

— Receio pelo bebê — disse ela para Mlle Bourienne. — Só Deus sabe o que pode acontecer por causa de um susto.

No geral, a pequena princesa vivia em Montes Calvos sob um constante sentimento de medo e de antipatia em relação ao velho príncipe, antipatia de que ela não se dava conta, pois o medo a dominava tão completamente que ela não conseguia senti-la. Da parte do príncipe, havia também uma antipatia, mas era abafada pelo desprezo. A princesinha, habituada com a vida em Montes Calvos, afeiçoara-se em especial a Mlle Bourienne, passava os dias com ela, pedia que dormisse em seu quarto e muitas vezes conversava com ela sobre o sogro e o criticava.

— *Il nous arrive du monde, mon prince* — disse Mlle Bourienne, enquanto desdobrava um guardanapo branco com suas mãos rosadinhas. — *Son excellence le prince Kouraguine avec son fils, à ce que j'ai entendu dire?*[19] — disse ela, em tom interrogativo.

— Hm... essa *excellence* não passa de um garoto... fui eu que arranjei um emprego para ele no ministério — disse o príncipe em tom ofendido. — E para que o filho, não consigo entender. A princesinha Lizaveta Karlovna e a princesa Mária talvez saibam; eu não sei para que ele está trazendo esse filho para cá. Não me serve para nada. — E olhou para a filha, ruborizada. — Será que ela está doente? Com medo do ministro, como o chamou hoje aquele palerma do Alpátitch.

— Não, *mon père.*

Embora tivesse sido infeliz na escolha do assunto para iniciar a conversa, Mlle Bourienne não parou e se pôs a tagarelar sobre a estufa de plantas, sobre a beleza de uma flor que acabara de desabrochar, e o príncipe, depois da sopa, mostrou-se mais brando.

Após o jantar, ele foi ao quarto da nora. A pequena princesa estava sentada a uma mesinha e tagarelava com Macha, a criada de quarto. Ela empalideceu ao ver o sogro.

A pequena princesa havia mudado muito. Agora estava mais feia do que bonita. As bochechas haviam caído, o lábio estava levantado, os olhos estavam repuxados para baixo.

— Pois é, eu sinto uma espécie de peso — respondeu ela à pergunta do príncipe sobre como se sentia.

— Está precisando de alguma coisa?

— Não, *merci, mon père.*[20]

— Então está bem, está bem.

Ele saiu e foi à sala dos copeiros. Alpátitch, de cabeça baixa, estava lá de pé.

— Atulharam de neve a estrada?

— Atulharam, sim, vossa excelência; pelo amor de Deus, o senhor perdoe essa tolice.

O príncipe interrompeu-o e pôs-se a rir com a sua risada artificial.

— Ora essa, está bem, está bem.

Estendeu a mão, que Alpátitch beijou, e seguiu para o escritório.

---

19 Francês: "Vem gente nos visitar, meu príncipe [...] Sua excelência o príncipe Kuráguin e o filho, pelo que eu soube?".

20 Francês: "obrigada, meu pai".

Ao anoitecer, chegou o príncipe Vassíli. Cocheiros e copeiros receberam-no na avenida (assim chamavam a alameda), com um grito encaminharam seus veículos de carga e seu trenó para a casa dos fundos, pelo caminho propositalmente atulhado de neve.

O príncipe Vassíli e Anatole foram conduzidos para quartos separados.

Depois de tirar o dólmã, Anatole pôs as mãos na cintura e sentou-se à mesa, em cujo canto ele, sorrindo, fixou seus olhos grandes e lindos, de maneira distraída. Encarava toda a sua vida como um divertimento ininterrupto que alguém, por algum motivo, tinha a obrigação de providenciar para ele. E agora era também assim que ele encarava a sua viagem à casa do velho raivoso e da herdeira rica e horrorosa. Tudo isso, nas suas conjeturas, poderia ser muito bom e divertido. "Por que não casar, se ela é tão rica? Isso nunca atrapalha", pensava Anatole.

Ele fez a barba, perfumou-se com cuidado e afetação, o que se tornara um hábito, e com uma expressão, nele inata, de simpatia e de triunfo, com a bonita cabeça bem erguida, entrou no quarto do pai. Em redor do príncipe Vassíli, moviam-se atarefados seus dois camareiros, que o vestiam; ele mesmo olhava à sua volta com animação e acenou alegremente com a cabeça para o filho que entrara, como se dissesse: "Isso mesmo, é assim que eu quero ver você!".

— Não, sem brincadeira, pai, ela é muito horrorosa? Hein? — perguntou Anatole, como se retomasse uma conversa já iniciada várias vezes durante a viagem.

— Chega. Bobagem! O importante é esforçar-se para ser respeitoso e sensato com o velho príncipe.

— Se ele começar a brigar, eu vou embora — disse Anatole. — Não consigo aturar esses velhos. Hein?

— Entenda que, para você, tudo depende disso.

Naquele momento, no quarto das criadas, não só já se sabia da chegada de um ministro e de seu filho, como a aparência de ambos já tinha sido descrita em detalhes. A princesa Mária estava sozinha em seu quarto e tentava inutilmente dominar a sua perturbação interior.

"Para que eles escreveram, para que Liza me falou sobre isso? Não pode ser!", dizia consigo, olhando para o espelho. "Como vou poder ir para a sala? Ainda que ele me agradasse, eu agora não conseguiria agir com naturalidade em presença dele." E lhe vinha um pavor, só de pensar no olhar do seu pai.

A pequena princesa e Mlle Bourienne já haviam recebido todas as informações necessárias da criada Macha, como o filho do ministro era bonito, corado e de sobrancelhas pretas, e como o pai havia arrastado as pernas com esforço ao subir a escada, enquanto o filho viera atrás, como uma águia, subindo três degraus a cada passo. Depois de receber essas informações, a pequena princesa e Mlle Bourienne, que já do corredor se faziam ouvir com suas vozes em conversa animada, entraram no quarto da princesa.

— *Ils sont arrivés, Marie,*[21] a senhora já sabe? — disse a pequena princesa, passando com dificuldade por causa da barriga e deixando-se cair pesadamente na poltrona.

Ela já não estava com o blusão que usava de manhã, mas sim com um de seus melhores vestidos; sua cabeça estava cuidadosamente penteada, e no seu rosto havia uma animação, que porém não escondia os contornos abatidos e sem vida. Naquela indumentária com que costumava frequentar as reuniões sociais em Petersburgo, notava-se ainda mais como ela havia ficado feia. Em Mlle Bourienne, também se notava uma sutil melhora no vestido, que acrescentava ainda mais sedução ao seu rosto bonito e fresquinho.

— *Eh bien, et vous restez comme vous êtes, chère princesse?* — disse ela. — *On va venir annoncer, que ces messieurs sont au salon; il faudra descendre, et vous ne faites pas un petit brin de toilette!*[22]

A pequena princesa levantou-se da poltrona, tocou a campainha para chamar a criada e, com rapidez e alegria, tratou de imaginar como a princesa Mária devia se arrumar, e logo pôs o seu projeto em prática. A princesa Mária sentia-se ofendida no seu amor-próprio pelo fato de a chegada do seu noivo prometido deixá-la perturbada, e sentia-se mais ofendida ainda porque suas duas amigas nem cogitavam que ela pudesse reagir de outro modo. Dizer-lhes que estava envergonhada, por si mesma e por elas, significaria confessar a sua perturbação; além disso, negar-se a se enfeitar como lhe propunham levaria a brincadeiras e a insistências prolongadas. Mária suspirou, seus olhos bonitos apagaram-se, seu rosto corou e, com a feia expressão de vítima que surgia em seu rosto com mais frequência do que qualquer outra, ela se rendeu ao poder de Mlle Bourienne e de Liza. As duas mulheres se empenharam com total sinceridade para deixá-la bonita. Mária era tão feia que nenhuma das duas poderia vê-la como uma rival; por isso elas se incumbiram do seu vestuário com uma sinceridade total, e com aquela certeza ingênua e firme das mulheres de que a roupa pode tornar um rosto bonito.

— Não, sério, *ma bonne amie,*[23] esse vestido não fica bem — disse Liza, olhando para a princesa de longe e de lado. — Mande trazer aquele outro, o *massaca.*[24] Sério!

---

21 Francês: "Eles chegaram, Mária".

22 Francês: "Mas, então, a senhora vai ficar como está, cara princesa? [...] Virão anunciar que aqueles senhores estão no salão; será preciso descer, e a senhora não se arrumou nem um pouco!".

23 Francês: "minha boa amiga".

24 Francês: Cor de berinjela, em moda na época, na França.

Afinal, talvez se decida agora o destino da sua vida. Mas esse é claro demais, está feio, não, ficou feio!

Feio não era o vestido, mas sim o rosto e toda a figura da princesa, porém Mlle Bourienne e a pequena princesa não percebiam isso; continuavam a ter a impressão de que se pusessem uma fita azul nos cabelos, repuxados para cima, se pusessem a echarpe azul mais embaixo no vestido castanho, e assim por diante, tudo ficaria bonito. Esqueciam que era impossível modificar o rosto assustado e a figura da princesa Mária, e por isso, por mais que transformassem a moldura e a ornamentação do rosto, o próprio rosto continuava feio e lamentável. Depois de duas ou três mudanças de roupa, às quais a princesa Mária se sujeitou com submissão, na hora em que ficou penteada com os cabelos para cima (um penteado que modificava e estragava completamente o seu rosto), vestida com a echarpe azul e o elegante vestido *massaca*, a pequena princesa deu duas voltas em torno dela, enquanto com a mãozinha pequena ajeitava uma prega no vestido aqui, encobria a echarpe ali, e observava, com a cabeça inclinada, ora de um lado, ora do outro.

— Não, não é possível — disse ela, em tom resoluto, e abriu os braços. — *Non, Marie, décidément ça ne vous va pas. Je vous aime mieux dans votre petite robe grise de tous les jours. Non, de grâce, faites cela pour moi.*[25] Kátia — chamou a criada de quarto. — Traga para a princesa o vestido cinza, e veja bem, Mademoiselle Bourienne, como eu vou ajeitá-lo — disse com um sorriso que já antecipava a sua alegria artística.

Mas quando Kátia trouxe o vestido que lhe pediram, a princesa Mária ficou sentada imóvel diante do espelho, olhando para o seu rosto, e no espelho viu que em seus olhos havia lágrimas e que sua boca tremia, preparando-se para soluçar.

— *Voyons, chère princesse* — disse Mlle Bourienne —, *encore un petit effort.*[26]

A pequena princesa tomou o vestido das mãos da criada e aproximou-se da princesa Mária.

— Não, agora vamos fazer isso com simplicidade, com delicadeza — disse ela.

As vozes dela, de Mlle Bourienne e de Kátia, que ria por algum motivo, fundiram-se num balbucio alegre, semelhante ao canto de passarinhos.

— *Non, laissez-moi*[27] — disse a princesa.

E sua voz soou com tal seriedade e sofrimento que o balbucio dos passarinhos cessou no mesmo instante. Elas fitaram os olhos grandes, lindos, cheios de

---

25 Francês: "Não, Mária, decididamente, isso não está bom. Prefiro a senhora no seu vestidinho cinza de todos os dias. Não, por favor, faça isso por mim".

26 Francês: "Vamos lá, cara princesa [...] mais um pequeno esforço".

27 Francês: "Não, deixem-me em paz".

lágrimas e de pensamentos, que olhavam para elas de modo claro e suplicante, e entenderam que insistir seria inútil e até cruel.

— *Au moins changez de coiffure* — disse a pequena princesa. — *Je vou disais* — disse ela para Mlle Bourienne, em tom de recriminação —, *Marie a une de ces figures, auxquelles ce genre de coiffure ne va pas du tout. Mais du tout, du tout. Changez de grâce.*[28]

— *Laissez-moi, laissez-moi, tout ça m'est parfaitement égal*[29] — respondeu uma voz que mal conseguia conter as lágrimas.

Mlle Bourienne e a pequena princesa tiveram de reconhecer para si mesmas que a princesa Mária, naquele vestido, estava ainda mais feia, pior do que sempre; mas já era tarde. Ela olhava para as duas com uma expressão que elas conheciam, uma expressão pensativa e triste. Aquela expressão, vinda da princesa Mária, não lhes incutia medo. (Ela não incutia tal sentimento em ninguém.) Mas as duas sabiam que, quando surgia aquela expressão no seu rosto, ela ficava calada e inabalável em suas decisões.

— *Vous changerez, n'est-ce pas?*[30] — disse Liza, e quando a princesa Mária nada respondeu, Liza saiu do quarto.

A princesa Mária ficou só. Não satisfez o desejo de Liza e não só não mudou de penteado como nem olhou mais para si, no espelho. Sem forças, olhos e braços abaixados, ela ficou sentada em silêncio e pensou. Veio-lhe a imagem do marido, um homem, criatura forte, dominadora, e incompreensivelmente sedutora, que de repente a levava para o mundo dele, diferente em tudo, e feliz. O seu bebê era igual ao que tinha visto na véspera, na casa da filha da ama de leite — imaginava o bebê junto ao seu peito. O marido aguardava de pé e olhava com ternura para ela e para o bebê. "Mas, não, isso é impossível: sou feia demais", pensou ela.

— Tenha a bondade de vir para o chá. O príncipe já está vindo — falou por trás da porta a voz da criada.

Ela despertou e assustou-se com o que estava pensando. E antes de descer, levantou-se, entrou no oratório, concentrou o olhar no rosto preto de uma grande imagem do Salvador, iluminada por uma lamparina, e ficou parada diante dela por vários minutos, com as mãos cruzadas. Na alma da princesa Mária havia uma dúvida angustiante. Seria possível para ela a alegria do amor, do amor terreno, por um homem? Nos devaneios sobre o casamento, a princesa Mária sonhava com a feli-

---

28 Francês: "Pelo menos, mude o penteado [...] Eu disse à senhora [...] Mária tem uma dessas feições em que esse penteado não fica bem. Não fica nada bem, nada bem. Mude, por favor".

29 Francês: "Deixem-me em paz, deixem-me em paz, tudo isso não faz diferença nenhuma para mim".

30 Francês: "A senhora vai trocar de vestido, não vai?".

cidade familiar e com filhos, mas seu sonho principal, mais forte, e mais escondido, era o amor terreno. O sentimento era tanto mais forte quanto mais ela tentava escondê-lo dos outros e até de si mesma. "Meu Deus", disse ela, "como posso esmagar no meu coração esses pensamentos do diabo? Como posso renunciar para sempre a essas intenções perversas, para cumprir serenamente a Vossa vontade?" E, mal terminou de fazer a pergunta, Deus lhe respondeu, dentro do coração: "Não deseje nada para si; não procure, não se perturbe, não inveje. Para você, o futuro das pessoas e o seu próprio destino precisam se manter ignorados; mas viva como se estivesse preparada para tudo. Se for a vontade de Deus pôr você à prova nos deveres do casamento, esteja preparada para cumprir a vontade de Deus". Com esse pensamento tranquilizante (mas mesmo assim com a esperança de realizar o seu sonho proibido, terreno), a princesa Mária suspirou, fez o sinal da cruz e desceu, sem pensar nem no vestido, nem no penteado, nem em como ia entrar na sala e no que ia dizer. Que importância tudo isso poderia ter, em comparação com a predeterminação de Deus, sem cuja vontade não cai nem um fio de cabelo da cabeça de uma pessoa?

IV

Quando a princesa Mária desceu, o príncipe Vassíli e o filho já estavam na sala de jantar, conversando com a pequena princesa e com Mlle Bourienne. Quando ela entrou, com seu passo pesado, batendo os calcanhares no chão, os homens e Mlle Bourienne levantaram-se, e a pequena princesa, apontando para ela, disse para os homens: "*Voilà Marie!*".[31] A princesa Mária viu todos e viu em detalhes. Viu o rosto do príncipe Vassíli, que se fez sério por um momento, ao ver a princesa, e logo depois sorriu, e viu o rosto da pequena princesa, que observava com curiosidade no rosto dos visitantes a impressão que *Marie* produzira. Viu também Mlle Bourienne, com a sua fita e o seu rosto bonito, e com um olhar animado como nunca, dirigido para ele; mas a ele a princesa Mária não conseguia ver, viu apenas algo grande, claro e belo, que avançou na sua direção, quando ela entrou na sala. Primeiro, aproximou-se o príncipe Vassíli, e ela beijou a cabeça careca que se inclinou sobre a sua mão e respondeu às palavras dele, dizendo que ela, ao contrário, se lembrava dele muito bem. Em seguida, Anatole se aproximou. Ela continuava sem vê-lo. Apenas sentiu uma mão carinhosa, que segurava com

---

31 Francês: "Aí está Mária!".

firmeza a sua mão, e ela mal roçou com os lábios a testa branca, sobre a qual lindos cabelos castanho-claros estavam cobertos de pomada. Quando pôs os olhos nele, sua beleza impressionou-a. Com o polegar da mão direita pousado por trás de um botão fechado do uniforme, o peito aberto, o pé recuado balançando por trás das costas, a cabeça ligeiramente inclinada, Anatole olhava para a princesa em silêncio, com um ar alegre, e era perfeitamente visível que não estava pensando nela. Anatole não tinha presença de espírito, não era ágil nem eloquente nas conversas, mas em compensação tinha a capacidade, muito valorizada na sociedade, de manter a calma e a segurança que nada consegue abalar. Se um homem inseguro fica em silêncio ao conhecer alguém e demonstra ter consciência da inconveniência do seu silêncio, deixando patente o desejo de encontrar alguma coisa para dizer, o resultado não é bom; mas Anatole se mantinha calado, balançava o pé, observava com ar divertido o penteado da princesa. Era evidente que ele podia ficar assim, calmo e calado, por muito tempo. "Se este silêncio estiver incomodando, podem conversar, eu não estou com vontade", parecia dizer o seu aspecto. Além disso, no trato com as mulheres, Anatole tinha aquele ar que, mais que tudo, desperta nelas a curiosidade, o medo e até o amor — o ar de uma consciência desdenhosa da sua própria superioridade. Como se dissesse para elas: "Eu conheço vocês, conheço bem, para que perder tempo com vocês? E vocês bem que gostariam!". Talvez ele não pensasse isso ao encontrar-se com mulheres (e até é provável que não, porque no geral ele mal chegava a pensar), mas tinha esse aspecto e esse ar. A princesa sentia isso e, como se desejasse mostrar que nem se atrevia a pensar em interessá-lo, voltou-se para o velho príncipe. A conversa seguiu animada e envolvendo a todos, graças à vozinha da pequena princesa e ao seu lábio com bigodinho, que se erguia acima dos dentes brancos. Ela recebeu o príncipe Vassíli com aquela atitude francamente jocosa, muitas vezes empregada por pessoas falantes e alegres, e que consiste em supor que, entre a pessoa a quem se dirigem dessa forma e elas mesmas, são partilhados certos gracejos divertidos, criados há muito tempo e que nem todos conhecem, bem como certas recordações engraçadas, embora na verdade não exista nenhuma recordação desse tipo, como também não existiam entre a pequena princesa e o príncipe Vassíli. O príncipe Vassíli adotou com prazer aquele tom; a pequena princesa atraiu Anatole, que ela quase não conhecia, para tais recordações de acontecimentos engraçados que nunca existiram. Mlle Bourienne também compartilhava aquelas recordações gerais e até a princesa Mária, com prazer, sentiu-se arrastada para as recordações alegres.

— Bem, pelo menos agora podemos ter o senhor só para nós, caro príncipe — disse a pequena princesa, em francês, é claro, para o príncipe Vassíli. — Não é como nas nossas festas em casa de *Annette*, onde o senhor sempre ia embora; lembra-se de *cette chère Annette?*[32]

— Ah, mas a senhora *não me venha falar* de política, como a *Annette*!

— E a nossa mesinha de chá?

— Ah, sim!

— Por que o senhor nunca apareceu em casa de *Annette*? — perguntou a pequena princesa para Anatole. — Ah, já sei, já sei — disse e piscou o olho. — O seu irmão Hippolyte me contou o seu caso... Oh! — Ameaçou-o com o dedinho. — Até em Paris eu ouvi falar das suas travessuras!

— E ele, o Hippolyte, não lhe disse? — perguntou o príncipe Vassíli (dirigindo-se para o filho e segurando a princesa pelo braço como se ela quisesse fugir e ele mal conseguisse detê-la). — Mas ele não lhe disse que ele mesmo, o Hippolyte, estava morrendo de amores pela gentil princesa e que ela *le mettait à la porte*? *Oh! C'est la perle des femmes, princesse!*[33] — disse ele, voltando-se para a princesa.

Por sua vez, ao ouvir a palavra "Paris", Mlle Bourienne não deixou passar a oportunidade de entrar também na conversa geral sobre recordações.

Tomou a liberdade de perguntar se Anatole estivera em Paris havia muito tempo e se gostara da cidade. Anatole respondeu com muito gosto à francesinha e, sorrindo, olhando para ela, conversou sobre a sua terra natal. Ao ver a bonita Bourienne, Anatole resolveu que estar ali, em Montes Calvos, não seria maçante. "Bem bonitinha!", pensou ele, virando-se e olhando para ela. "Bonitinha mesmo, essa *demoiselle de compagnie*.[34] Espero que ela a conserve, depois que nos casarmos", pensou. "*La petite est gentille.*"[35]

O velho príncipe vestia-se em seu escritório, sem nenhuma pressa, de sobrancelhas franzidas, e refletia sobre o que havia de fazer. A chegada dos visitantes deixou-o irritado. "E eu lá quero saber do príncipe e do seu filho? O príncipe Vassíli é um fanfarrão, um vazio, mas o filho deve ser bom", resmungava consigo. Estava irritado porque a chegada daquelas visitas levantava em sua alma uma questão não resolvida e constantemente abafada — uma questão a respeito da qual o velho príncipe sempre iludia a si mesmo. A questão era se, algum dia, ele ia se decidir a separar-se da princesa Mária e dar a mão dela em casamento. O príncipe nunca fizera a si mesmo essa pergunta com franqueza, sabendo de antemão que respon-

---

32 Francês: "a querida Annette?".

33 Francês: "o mandou para o olho da rua? Oh! É a pérola das mulheres, princesa!".

34 Francês: "senhorita de companhia".

35 Francês: "A pequena é graciosa".

deria conforme a justiça, e a justiça contradizia, mais do que o sentimento, a simples possibilidade da sua vida. Para o príncipe Nikolai Andréievitch, a vida sem a princesa Mária, apesar de ele parecer ter pouco apreço à filha, era impensável. "E para que ela vai casar?", pensou. "Na certa, será infeliz. Veja só a Liza, que casou com o Andrei (e um marido melhor, hoje em dia, parece que é difícil encontrar), por acaso ela está contente com o seu destino? E quem vai casar com ela por amor? É feia, desajeitada. Vão casar por interesse, pela riqueza. E as solteiras não vivem? São até mais felizes!" Assim pensava o príncipe Nikolai Andréievitch, enquanto se vestia, e ao mesmo tempo a questão sempre posta de lado exigia uma solução rápida. O príncipe Vassíli trouxera o filho, obviamente, com o intuito de fazer o pedido de casamento e, sem dúvida, naquele dia ou no dia seguinte iriam cobrar uma resposta franca. O nome, a posição na sociedade eram adequados. "Ora, eu não sou contra", disse consigo o príncipe, "mas será que ele é digno dela? Isso é o que veremos."

— Isso é o que veremos — falou em voz alta. — Isso é o que veremos.

E entrou na sala a passos animados, como sempre, lançou um rápido olhar para todos, notou a mudança de vestido da pequena princesa, a fitinha de Bourienne, o horrendo penteado da princesa Mária, o sorriso de Bourienne e de Anatole, e o isolamento da sua princesa na conversa geral. "Enfeitou-se como uma burra!", pensou ele, depois de olhar raivoso para a filha. "Não tem vergonha: e ele nem quer saber dela!"

Aproximou-se do príncipe Vassíli.

— Ora, como vai, como vai? Prazer em vê-lo.

— Para ver um caro amigo, sete verstas não são nada — começou a falar o príncipe Vassíli, como sempre, rápido, confiante e em tom familiar. — Aqui está o meu segundo filho, peço para ele o seu amor e a sua consideração.

O príncipe Nikolai Andréievitch voltou os olhos para Anatole.

— Que rapagão! Que rapagão! — disse ele. — Bem, venha cá e beije. — E lhe ofereceu a bochecha.

Anatole beijou o velho e fitou-o com curiosidade e absoluta calma, à espera de que ele, a qualquer momento, saísse com uma daquelas excentricidades, prometidas pelo pai.

O príncipe Nikolai Andréievitch sentou no seu lugar habitual na ponta do sofá, puxou para perto de si uma cadeira para o príncipe Vassíli, apontou-a para ele e pôs-se a indagar sobre assuntos políticos e novidades. Parecia ouvir com atenção o relato do príncipe Vassíli, mas não parava de olhar para a princesa Mária.

— Pois então, já estão vindo notícias de Potsdam? — repetiu as últimas palavras do príncipe Vassíli, mas de repente levantou-se, aproximou-se da filha.

— Você se arrumou assim por causa das visitas, não é? — disse ele. — Bonita, muito bonita. Fez um penteado nóvo para receber as visitas e, diante das visitas, eu lhe digo que daqui para a frente não se atreva a mudar de aspecto sem a minha permissão.

— Sou eu a culpada, *mon père* — interveio a pequena princesa, ruborizando-se.

— A senhora tem toda a liberdade — disse o príncipe Nikolai Andréievitch, e curvou-se numa reverência diante da nora. — Mas ela não tem motivo para se desfigurar... já é tão feia.

E sentou-se de novo no seu lugar no sofá, sem prestar a menor atenção na filha, levada às lágrimas.

— Ao contrário, esse penteado cai muito bem na princesa — disse o príncipe Vassíli.

— Pois bem, meu caro, o jovem príncipe, como ele se chama? — perguntou o príncipe Nikolai Andréievitch, voltando-se para Anatole. — Venha aqui, vamos conversar, vamos nos conhecer.

"Agora vai começar a diversão", pensou Anatole e, com um sorriso, sentou-se perto do velho príncipe.

— Pois é, veja só: o senhor, meu caro, pelo que dizem, foi educado no exterior. Não é como eu e o seu pai, que aprendemos a escrever com um sacristão. Diga, meu caro, o senhor agora serve na guarda da cavalaria? — perguntou o velho, olhando para Anatole, de perto e fixamente.

— Não, eu me transferi para o Exército — respondeu Anatole, mal conseguindo conter o riso.

— Ah! Ótimo. Pois então, meu caro, o senhor quer servir ao tsar e à pátria? É tempo de guerra. Um rapagão como o senhor precisa servir, precisa servir. E então, vai para o front?

— Não, príncipe. O nosso regimento partiu. Mas eu fui designado. Para o que eu fui designado mesmo, pai? — voltou-se para o pai, com uma risada.

— Grande, isso que é servir no Exército. Para o que fui designado! Ha-ha-ha! — pôs-se a rir o príncipe Nikolai Andréievitch.

E Anatole riu mais alto ainda. De repente, o príncipe Nikolai Andréievitch ficou carrancudo.

— Bem, pode ir — disse ele para Anatole.

Com um sorriso, Anatole aproximou-se das damas.

— Pois então você o mandou para o exterior para ser educado, príncipe Vassíli? Eh? — o velho príncipe voltou-se para o príncipe Vassíli.

— Fiz o que pude; mas eu lhe digo que a educação lá fora é imensamente superior à nossa.

— Sim, hoje tudo é diferente, tudo é da maneira nova. Que belo rapagão! Que rapagão! Bem, venha comigo.

Tomou o príncipe Vassíli pelo braço e levou-o ao seu escritório.

O príncipe Vassíli, assim que ficou a sós com o príncipe, comunicou-lhe sem demora o seu desejo e as suas esperanças.

— Então você acha — disse o velho príncipe, irritado — que eu vou retê-la, que não posso separar-me dela? Mas que ideia! — exclamou, irritado. — Por mim, pode ir amanhã mesmo! Só lhe peço que me deixe conhecer melhor o meu genro. Você sabe qual é a minha regra: tudo às claras! Amanhã, na sua presença, vou perguntar a ela se quer, e então vamos deixar que ele passe um tempo aqui. Ele vai ficar aqui um tempo, e eu vou observar. — O príncipe bufou. — Que se case. Para mim, tanto faz — gritou com aquela voz estridente com que gritara com o filho na sua despedida.

— Vou falar francamente com o senhor — disse o príncipe Vassíli, no tom de um homem astuto convencido da futilidade da sua astúcia em face da sagacidade do interlocutor. — O senhor, nós sabemos, é capaz de enxergar através das pessoas. Anatole não é um gênio, mas é um rapaz honrado e bom, um excelente filho e parente.

— Sei, sei, está bem, veremos.

Como sempre acontece com mulheres solitárias que passaram muito tempo sem uma companhia masculina, diante do surgimento de Anatole, as três mulheres da casa do príncipe Nikolai Andréievitch sentiram, cada uma delas, que a vida que levavam até então não era vida. A força de pensar, de sentir, de observar decuplicou instantaneamente em todas elas e, como se até então tivessem vivido nas trevas, sua vida de repente se iluminou com uma luz nova, plena de sentido.

A princesa Mária não pensava no seu rosto e no seu penteado, nem sequer se lembrava disso. O rosto bonito, franco, do homem que talvez viesse a ser o seu marido engolia toda a sua atenção. Ele lhe parecia bom, corajoso, resoluto, viril e generoso. Ela estava convencida disso. Mil sonhos sobre a futura vida familiar apareciam na sua imaginação o tempo todo. Ela os enxotava e tentava escondê-los.

"Mas será que não estou sendo muito fria com ele?", pensava a princesa Mária. "Eu me esforço para me conter porque, no fundo, já me sinto próxima demais dele; só que ele ignora tudo o que penso a seu respeito e pode imaginar que não gosto dele."

E a princesa Mária se esforçava, mas não conseguia ser amável com o novo hóspede. "*La pauvre fille! Elle est diablement laide*",[36] pensava Anatole.

---

36 Francês: "A pobre moça! Ele é diabolicamente feia".

Mlle Bourienne, que com a chegada de Anatole também fora impelida a um alto grau de perturbação, pensava de outra maneira. Naturalmente, a bela jovem sem posição definida na sociedade, sem familiares e amigos, e até sem pátria, não pensava em consagrar toda a sua vida à prestação de serviços para o príncipe Nikolai Andréievitch, à leitura de livros para ele e à amizade com a princesa Mária. Havia muito que Mlle Bourienne esperava um príncipe russo que, com um só olhar, soubesse reconhecer a sua superioridade em relação às princesas russas, feias, feiamente vestidas e desajeitadas, e que se apaixonasse por ela e a raptasse; e lá estava aquele príncipe russo, afinal, enfim chegara. Mlle Bourienne ouvira uma história, contada por uma tia, para a qual ela mesma criara um desfecho e que gostava de repetir na imaginação. Era a história de uma jovem seduzida, diante da qual surgiu a pobre mãe, *sa pauvre mère*,[37] que a recriminou por haver se entregado a um homem sem casamento. Mlle Bourienne muitas vezes se emocionava até às lágrimas, na imaginação contava para *ele*, o sedutor, essa história. Agora esse *ele*, um príncipe russo real, tinha surgido. Ele iria raptá-la, depois apareceria *ma pauvre mère*,[38] e ele se casaria com ela. Desse modo se compunha, na cabeça de Mlle Bourienne, toda a sua história futura, no mesmo instante em que conversava com ele a respeito de Paris. Não eram os cálculos que conduziam Mlle Bourienne (a jovem não refletia nem por um minuto sobre o que devia fazer), mas tudo aquilo já estava pronto havia muito tempo dentro dela e agora apenas se agrupara em torno do surgimento de Anatole, a quem desejava e tentava agradar, o máximo possível.

A pequena princesa, como um velho cavalo de guerra quando ouve o som da corneta, de modo inconsciente e esquecida de sua posição, preparava-se para o habitual galope de coquetismo, sem nenhuma segunda intenção e sem nenhuma luta, mas com uma alegria ingênua e leviana.

Apesar de Anatole, quando em companhia feminina, colocar-se de costume na posição de um homem farto da correria de mulheres em sua perseguição, ele sentiu uma satisfação vaidosa ao perceber sua influência sobre aquelas três mulheres. Além disso, começava a experimentar em relação à bonitinha e provocante Bourienne aquele sentimento apaixonado, bestial, que nele surgia com uma rapidez extraordinária e o induzia aos atos mais rudes e atrevidos.

Depois do chá, o grupo passou para a sala de estar, e pediram à princesa que tocasse clavicórdio. Anatole apoiou-se nos cotovelos diante dela, ao lado de Mlle Bourienne, e seus olhos, risonhos e alegres, fitavam a princesa Mária. A princesa

---

37 Francês: "sua pobre mãe".

38 Francês: "minha pobre mãe".

Mária, com uma perturbação torturante e alegre, sentia o olhar de Anatole sobre si. A sonata favorita transportou-a para o mais poético e emotivo dos mundos, mas o olhar que sentia sobre si acrescentava ainda mais poesia a esse mundo. No entanto, o olhar de Anatole, embora estivesse voltado para ela, estava interessado não nela, mas nos movimentos do pezinho de Mlle Bourienne, o qual naquele instante ele tocava com o seu pé por baixo do piano. Mlle Bourienne também olhava para a princesa, e nos seus lindos olhos havia uma expressão de alegria medrosa e de esperança, expressão também nova para a princesa Mária.

"Como ela me ama!", pensava a princesa Mária. "Como estou feliz agora e como poderei ser feliz com uma tal amiga e um tal marido! Um marido, será possível?", pensava, sem se atrever a olhar para o rosto dele, sentindo o tempo todo aquele mesmo olhar voltado para ela.

À noite, quando, após o jantar, as pessoas começaram a se dispersar, Anatole beijou a mão da princesa. Ela mesma não soube como teve tal coragem, mas olhou diretamente para o belo rosto que se aproximava dos seus olhos míopes. Depois da princesa, Anatole se aproximou da mão de Mlle Bourienne (isso não estava correto, mas ele fazia tudo de modo tão convicto e simples), e Mlle Bourienne ruborizou-se e lançou um olhar assustado para a princesa.

"*Quelle délicatesse*",[39] pensou a princesa. "Será que *Amélie* (assim chamavam Mlle Bourienne) pensa que eu posso ter ciúmes dela e não estimar o seu carinho puro e sua lealdade a mim?" Aproximou-se de Mlle Bourienne e beijou-a com força. Anatole aproximou-se da mão da pequena princesa.

— *Non, non, non! Quand votre père m'écrira, que vous vous conduisez bien, je vous donnerai ma main à baiser. Pas avant.*[40] — E, com o dedo erguido e sorrindo, ela saiu do quarto.

V

Todos se retiraram e, exceto Anatole, que pegou no sono assim que deitou na cama, todos ficaram muito tempo acordados naquela noite.

"Será mesmo ele o meu marido, exatamente esse homem desconhecido, bonito, bom; sobretudo... bom", pensava a princesa Mária, e o medo, que quase

---

39 Francês: "Que delicadeza".

40 Francês: "Não, não, não! Quando o seu pai me escrever dizendo que o senhor se porta bem, eu lhe darei minha mão para beijar. Não antes".

nunca a alcançava, alcançou-a. Tinha receio de olhar para trás; parecia que havia alguém de pé atrás do biombo, num canto escuro. E esse alguém era ele — o diabo, e ele — aquele homem de testa branca, sobrancelhas pretas e boca rosada.

Tocou a campainha para chamar a criada e pediu-lhe que dormisse no seu quarto.

Mlle Bourienne, naquela noite, ficou muito tempo caminhando pelo jardim de inverno, esperando alguém em vão, e ora sorria para alguém, ora comovia-se até às lágrimas com as palavras imaginárias que a *pauvre mère* dirigia a ela por causa da sua perdição.

A pequena princesa resmungou com a criada que a cama estava malfeita. Era impossível, para ela, deitar-se de lado ou de bruços. Tudo era pesado e incômodo. Sua barriga a atrapalhava. Atrapalhava mais do que nunca, sobretudo naquele dia, porque a presença de Anatole transportou-a para um outro tempo, mais vivo, em que aquilo não existia e ela estava sempre ágil e alegre. Sentou-se na poltrona, de camisola e touca. Kátia, sonolenta e com a trança solta, virou o pesado colchão de penas e deu tapas nele pela terceira vez, resmungando alguma coisa.

— Eu disse a você que está cheio de calombos e buracos — repetiu a pequena princesa —, eu ficaria muito contente de dormir, não é culpa minha. — E sua voz começava a tremer como a de uma criança prestes a chorar.

O velho príncipe também não dormia. Tíkhon, mesmo adormecido, ouvia como o patrão caminhava irritado e fungava. O velho príncipe tinha a impressão de que fora ofendido na pessoa da filha. A ofensa era tanto mais dolorosa porque se referia não a ele, mas a outra pessoa, sua filha, a quem ele amava mais do que a si mesmo. O velho príncipe dizia consigo que iria refletir sobre todo aquele caso e encontraria o que era justo e necessário fazer, mas em vez disso apenas ficava cada vez mais irritado.

"O primeiro transeunte que entra pela porta... o pai é logo esquecido, e ela corre para o quarto, penteia-se toda, abana o rabo, e nem parece mais a mesma pessoa! Larga o pai e vai embora, feliz da vida! E ela sabia que eu ia notar. Fr... Fr... Fr... E por acaso eu não estou vendo que esse imbecil só olha para Bourienne (é preciso despedi-la)? E como ela pode ter tão pouco orgulho para não entender isso? Se não tem orgulho por si mesma, então que tenha por mim, pelo menos. É preciso mostrar a ela que esse palerma nem pensa nela, só olha para Bourienne. Ela não tem orgulho, mas eu vou lhe mostrar isso..."

Se dissesse para a filha que ela estava iludida, que Anatole tinha intenção de cortejar Bourienne, o velho príncipe sabia que iria ferir o amor-próprio da princesa Mária e que a sua causa (o desejo de não se separar da filha) estaria ganha, e por isso acalmou-se. Gritou para Tíkhon e começou a despir-se.

"Que o diabo os carregue!", pensou, enquanto Tíkhon cobria com a camisa de dormir o seu corpo seco, envelhecido, o peito coberto de pelos grisalhos. "Não convidei ninguém. Vieram para perturbar minha vida. E já me resta pouco para viver."

— Para o diabo! — exclamou na hora em que a cabeça estava encoberta pela camisa.

Tíkhon conhecia o costume do príncipe de exprimir em voz alta seus pensamentos de vez em quando e por isso encarou, com o rosto imperturbável, o olhar irritado e interrogador do rosto que surgiu de trás da camisa.

— Foram deitar? — perguntou o príncipe.

Tíkhon, como todos os bons lacaios, sabia muito bem qual era a direção dos pensamentos do patrão. Adivinhou que a pergunta se referia ao príncipe Vassíli e seu filho.

— Já foram deitar-se e apagaram a luz, vossa excelência.

— Não há razão nenhuma... não há razão nenhuma — exclamou rapidamente o príncipe e, depois de enfiar os pés nos chinelos e os braços no roupão, seguiu para o sofá, onde dormia.

Apesar de nada ter sido dito entre Anatole e Mlle Bourienne, os dois entenderam-se perfeitamente a respeito da primeira parte do romance, até o surgimento da *pauvre mère*, entenderam que os dois tinham de dizer muita coisa em segredo, um para o outro, e por isso desde o amanhecer procuraram uma ocasião de se encontrarem a sós. No momento em que a princesa, na hora de costume, se dirigiu ao quarto do pai, Mlle Bourienne encontrou-se com Anatole no jardim de inverno.

A princesa Mária aproximou-se da porta do escritório com um tremor diferente. Parecia-lhe que todos sabiam não só que naquele dia iria decidir-se o seu destino, como sabiam também que ela estava pensando nisso. A princesa leu essa expressão no rosto de Tíkhon e no rosto do camareiro do príncipe Vassíli, que a encontrou no corredor quando trazia água quente e curvou-se numa reverência para cumprimentá-la.

O velho príncipe naquela manhã mostrou-se extraordinariamente amável e zeloso no trato com a filha. A princesa conhecia muito bem essa expressão de zelo. Era a mesma expressão que surgia no rosto do pai quando suas mãos secas cerravam os punhos de irritação por não ter a princesa Mária entendido um problema de aritmética, e ele, erguendo-se, afastava-se dela e repetia em voz baixa, várias vezes, as mesmas palavras, uma por uma.

O pai foi direto ao assunto e começou a conversa tratando-a por "a senhora".

— Fizeram-me uma proposta de casamento em relação à senhora — disse, sorrindo de modo forçado. — A senhora, eu acho, já deve ter adivinhado — prosseguiu — que o príncipe Vassíli veio aqui e trouxe o seu pupilo (por algum motivo o príncipe Nikolai Andreitch chamava Anatole de pupilo) não pelos meus belos olhos. Ontem fizeram-me uma proposta de casamento em relação à senhora. E como a senhora conhece os meus princípios, estou transmitindo à senhora.

— Como devo entender o senhor, *mon père*? — pronunciou a princesa, empalidecendo e ruborizando.

— Como deve entender! — gritou o pai, irritado. — O príncipe Vassíli acha que você é do gosto dele para nora e está fazendo a você uma proposta de casamento em nome do seu pupilo. Aí está como deve entender. Como deve entender?!... Eu é que pergunto a você.

— Eu não sei como o senhor pensa, *mon père* — pronunciou a princesa, num sussurro.

— Eu? Eu? Como assim, eu? Não se incomode comigo. Não sou eu que vou casar. E a senhora? É isso o que eu gostaria de saber.

A princesa percebia que o pai não encarava o assunto com benevolência, mas naquele instante veio-lhe a ideia de que o destino da sua vida tinha de ser decidido naquela hora ou nunca. Baixou os olhos para não ver o olhar sob cuja influência sentia que não conseguia pensar e, por hábito, conseguia apenas obedecer, e falou:

— Só desejo uma coisa: cumprir a vontade do senhor — disse. — Mas se for necessário exprimir o meu desejo...

Não teve tempo de falar até o fim. O príncipe interrompeu-a.

— Que maravilha — gritou ele. — Ele vai carregar você e o dote, e de quebra ainda vai agarrar a Mademoiselle Bourienne. Ela será a esposa enquanto você...

O príncipe parou. Percebeu a impressão que aquelas palavras produziram na filha. Ela baixou a cabeça e estava à beira de chorar.

— Ora, ora, estou brincando, estou brincando — disse ele. — Lembre-se disto, princesa: eu defendo o princípio de que uma jovem tem todo o direito de escolher. E lhe dou a liberdade. Lembre-se disto: da sua decisão depende a felicidade da sua vida. Quanto a mim, não se preocupe.

— Mas eu não sei... *mon père*.

— Não precisa dizer nada! Ele recebe as ordens e vai casar com você ou com quem mandarem; mas você é livre para escolher... Vá para o seu quarto, reflita e daqui a uma hora venha me ver, e então, diante dele, fale: sim ou não. Eu sei, você vai ficar rezando. Muito bem, que reze, então. Mas trate de pensar bem. Pode ir. Sim ou não, sim ou não, sim ou não! — gritava, ainda quando a princesa, cambaleando como que num nevoeiro, já havia saído do escritório.

O seu destino estava decidido e decidido de maneira feliz. Mas o que o pai dissera a respeito de Mlle Bourienne... aquela alusão era horrível. Falsa, com certeza, mas mesmo assim era horrível, e ela não conseguia deixar de pensar nisso. Caminhava em linha reta, para a frente, através do jardim de inverno, sem ver nem ouvir nada, quando de repente o conhecido sussurro de Mlle Bourienne a despertou. Ergueu os olhos e, a dois passos, viu Anatole, que abraçava a francesinha e lhe sussurrava alguma coisa. Anatole, com uma expressão horrível no rosto bonito, virou os olhos para a princesa Mária e, no primeiro momento, não soltou a cintura de Mlle Bourienne, que não a via.

"Quem está aí? Para quê? Que esperem!", parecia dizer o rosto de Anatole. A princesa Mária olhava para os dois em silêncio. Não conseguia entender aquilo. Por fim, Mlle Bourienne soltou um grito e fugiu, enquanto Anatole, com um sorriso alegre, saudou a princesa Mária com uma reverência, como se a convidasse a rir daquele caso estranho e, após encolher os ombros, seguiu para a porta que dava para os seus aposentos.

Uma hora depois, Tíkhon veio chamar a princesa Mária. Chamou-a para ir ao quarto do príncipe e acrescentou que lá também estava o príncipe Vassíli Sergueitch. A princesa, na hora em que Tíkhon veio chamá-la, estava sentada no sofá do seu quarto e abraçava Mlle Bourienne, que chorava. A princesa Mária afagava de leve a sua cabeça. Os lindos olhos da princesa, com toda a calma e luminosidade de antes, fitavam com amor terno e com pena o rostinho bonito de Mlle Bourienne.

— *Non, princesse, je suis perdue pour toujours dans votre cœur*[41] — disse Mlle Bourienne.

— *Porquoi? Je vous aime plus, que jamais* — disse a princesa Mária — *et je tâcherai de faire tout ce qui est en mon pouvoir pour votre bonheur.*[42]

— *Mais vous me méprisez; vous si pure, vous ne comprendrez jamais cet égarement de la passion. Ah, ce n'est que ma pauvre mère...*[43]

— *Je comprends tout*[44] — respondeu a princesa Mária, sorrindo com tristeza. — Acalme-se, minha amiga. Vou falar com o meu pai — disse, e saiu.

O príncipe Vassíli, de pernas cruzadas com os joelhos bem erguidos, a tabaqueira nas mãos, e parecendo comovido ao mais alto grau, como que se lamentando e rindo da própria comoção, tinha um sorriso de ternura no rosto quando a princesa Mária entrou. Ele, às pressas, levou uma pitada de rapé ao nariz.

---

41 Francês: "Não, princesa, estou para sempre perdida no coração da senhora".

42 Francês: "Por quê? Amo a senhora mais do que nunca [...] e tentarei fazer tudo que puder para a felicidade da senhora".

43 Francês: "Mas a senhora vai me desprezar, a senhora é tão pura, nunca vai compreender esse arrebatamento da paixão. Ah, só a minha pobre mãe...".

44 Francês: "Eu compreendo tudo".

— *Ah, ma bonne, ma bonne* — disse ele, levantando-se e segurando as duas mãos da princesa. Soltou um suspiro e acrescentou: — *Le sort de mon fils est en vos mains. Décidez, ma bonne, ma chère, ma douce Marie, que j'ai toujours aimée, comme ma fille.*[45]

Ele afastou-se. Lágrimas autênticas surgiram nos seus olhos.

— Fr... fr... — bufou o príncipe Nikolai Andreitch.

— O príncipe, em nome do seu pupilo... do seu filho, está fazendo uma proposta de casamento para você. Quer ou não quer ser esposa do príncipe Anatole Kuráguin? Você é que diz: sim ou não? — gritou. — Mas depois eu me reservo o direito de dizer a minha opinião. Sim, a minha opinião e só minha opinião — acrescentou o príncipe Nikolai Andreitch, dirigindo-se ao príncipe Vassíli, em resposta à sua expressão de súplica. — Sim ou não?

— O meu desejo, *mon père*, é nunca deixar o senhor, nunca separar a minha vida da sua. Não quero casar — disse ela, em tom resoluto, fitando com os olhos lindos o príncipe Vassíli e o pai.

— Absurdo, tolice! Absurdo, absurdo, absurdo! — pôs-se a gritar Nikolai Andreitch, de sobrancelhas franzidas, segurou a mão da filha, puxou-a para si, e não beijou, apenas inclinou a testa na direção da testa da filha até tocá-la, e apertou sua mão com tal força que a princesa franziu o rosto e deu um grito.

O príncipe Vassíli levantou-se.

— *Ma chère, je vou dirai, que c'est un moment que je n'oublierai jamais, jamais; mais, ma bonne, est-ce que vous ne nous donnerez pas un peu d'espérance de toucher ce cœur si bon, si généreux? Dites, que peut-être... L'avenir est si grand. Dites: peut-être.*[46]

— Príncipe, o que eu disse é tudo o que tenho no coração. Agradeço a honra, mas eu nunca me casarei com o seu filho.

— Bem, está encerrado, meu caro. Tive muito prazer em vê-lo, muito prazer em vê-lo. Vá para o seu quarto, princesa, vá — disse o velho príncipe. — Tive muito prazer em vê-lo, muito prazer — repetiu, enquanto abraçava o príncipe Vassíli.

"Minha vocação é outra", pensava a princesa Mária. "Minha vocação é ser feliz com outra felicidade, a felicidade do amor e do autossacrifício. E, custe o que custar, farei a felicidade da pobre *Amélie*. Ela o ama com tanta paixão. Está arrependida com tanta paixão. Farei tudo para conseguir o seu casamento com ele. Se ele não é rico, darei a ela os recursos, vou pedir ao papai, vou pedir ao Andrei. Ficarei tão feliz

---

45 Francês: "Ah, minha querida, minha querida [...] A sorte do meu filho está nas mãos da senhora. Decida, minha querida, minha cara, minha doce Mária, que sempre amei como minha filha".

46 Francês: "Minha cara, direi à senhora que este é um momento que nunca esquecerei, nunca; mas, minha querida, a senhora não nos dará ao menos um pouco de esperança de tocar esse coração tão bom, tão generoso? Diga que talvez... O futuro é tão grande. Diga: talvez".

quando ela for sua esposa. Ela é tão infeliz, uma estrangeira, solitária, desamparada! Meu Deus, com que paixão ela ama, se é capaz de perder o controle de si mesma de tal forma. Quem sabe eu também não faria o mesmo!...", pensava a princesa Mária.

VI

Havia muito tempo que os Rostóv não tinham notícias de Nikóluchka; só no meio do inverno o conde recebeu uma carta em cujo endereço ele reconheceu a letra do filho. Ao receber a carta, o conde, assustado e às pressas, esforçando-se para não ser notado, correu na ponta dos pés para o seu escritório, trancou-se e começou a ler. Anna Mikháilovna, ao saber (como sempre sabia do que se passava em casa) da chegada da carta, entrou no escritório do conde a passos silenciosos e deparou com ele, com a carta nas mãos, soluçando e rindo ao mesmo tempo.

Anna Mikháilovna, apesar de sua situação ter melhorado, continuava a morar na casa dos Rostóv.

— *Mon bon ami?*[47] — pronunciou Anna Mikháilovna num tom triste e interrogativo, pronta para partilhar o que quer que fosse.

O conde soluçou mais ainda.

— Nikóluchka... uma carta... fo... foi... ferido... *ma chère*... ferido... meu querido... A condessinha... Promovido a oficial... graças a Deus... Como vou contar para a condessinha?

Anna Mikháilovna sentou-se perto dele, com o seu lenço enxugou as lágrimas nos olhos do conde, na carta, onde haviam pingado, e nos próprios olhos, leu a carta, acalmou o conde e resolveu que, até a hora do jantar e do chá, iria preparar a condessa, e depois do chá comunicaria tudo, e que Deus a ajudasse.

Durante todo o jantar, Anna Mikháilovna falou de casos da guerra, sobre Nikóluchka; perguntou duas vezes quando tinha chegado a última carta dele, embora já soubesse a resposta, e comentou que muito em breve, quem sabe naquele mesmo dia, chegaria uma outra carta. Toda vez que a condessa, ao ouvir tais comentários, começava a inquietar-se e olhava aflita ora para o conde, ora para Anna Mikháilovna, Anna Mikháilovna de forma extremamente discreta desviava a conversa para um assunto insignificante. Natacha, mais dotada do que qualquer outra pessoa na família da capacidade de perceber os matizes da entonação, dos olhares e das expressões do rosto, desde o início do jantar se pôs muito atenta e

---

47 Francês: "Meu bom amigo?".

sabia que havia alguma coisa entre o pai e Anna Mikháilovna, alguma coisa relativa ao irmão, e que Anna Mikháilovna estava preparando o terreno. Apesar de toda a sua coragem (Natacha sabia como a mãe era sensível a tudo o que dizia respeito a notícias de Nikóluchka), ela não se resolveu a fazer nenhuma pergunta durante o jantar e, por aflição, nada comia, remexia-se na cadeira sem dar atenção às reprimendas da sua preceptora. Depois do jantar, lançou-se afoita no encalço de Anna Mikháilovna e, no sofá, com um pulo, atirou-se ao pescoço dela.

— Titia, minha querida, conte, o que há?

— Nada, minha amiga.

— Não, titia, querida, pombinha, doçura, meu pêssego, eu não vou desistir, eu sei que a senhora sabe.

Anna Mikháilovna balançou a cabeça.

— *Vous êtes une fine mouche, mon enfant*[48] — disse ela.

— Chegou uma carta do Nikólienka? Só pode ser! — gritou Natacha, lendo no rosto de Anna Mikháilovna a resposta afirmativa.

— Mas, pelo amor de Deus, seja mais cautelosa: você sabe como isso pode perturbar a sua *maman*.

— Vou ser, vou ser, mas conte. Não vai contar? Ah, então eu vou lá contar agora mesmo.

Anna Mikháilovna, em poucas palavras, contou para Natacha o conteúdo da carta, sob a condição de ela não dizer a ninguém.

— Palavra de honra, juro — disse Natacha e fez o sinal da cruz. — Não vou contar para ninguém — e na mesma hora correu ao encontro de Sônia.

— Nikólienka... uma carta... está ferido...

— *Nicolas!* — exclamou Sônia, e empalideceu no mesmo instante.

Natacha, ao ver a impressão que a notícia do ferimento do irmão produzira em Sônia, sentiu pela primeira vez todo o lado amargo daquela notícia.

Atirou-se para junto de Sônia, abraçou-a e começou a chorar.

— Só um pouquinho ferido, mas foi promovido a oficial; agora ele está bem, ele mesmo escreveu — disse, entre lágrimas.

— Vejam só como vocês mulheres são umas choronas — disse Pétia, que percorria a sala a passos largos e resolutos. — Estou muito contente, muito contente mesmo, por meu irmão ter se distinguido tanto. Vocês todas são umas choronas! Não entendem nada.

Natacha sorriu entre as lágrimas.

---

48 Francês: "A senhora é muito sabidinha, minha criança".

— Você leu a carta? — perguntou Sônia.

— Não li, mas ela disse que tudo já passou e que ele já é oficial...

— Graças a Deus — disse Sônia, fazendo o sinal da cruz. — Mas talvez ela tenha enganado você. Vamos falar com *maman*.

Pétia caminhava pela sala em silêncio.

— Se eu estivesse no lugar de Nikóluchka, teria matado mais franceses ainda — dizia ele. — São tão infames! Eu mataria tantos que faria uma pilha com eles — continuava Pétia.

— Cale-se, Pétia, como você é tolo!...

— Não sou tolo, tolo é quem chora por bobagem — respondeu Pétia.

— Lembra-se dele? — perguntou Natacha depois de um minuto de silêncio. Sônia sorriu:

— Se eu me lembro de *Nicolas*?

— Não é isso, Sônia, você se lembra dele assim, sabe, lembra muito bem, lembra de tudo? — disse Natacha com um gesto enérgico, obviamente no intuito de dar a suas palavras o significado mais sério do mundo. — Eu também me lembro de Nikólienka, eu lembro — disse. — Mas do Boris eu não me lembro. Não lembro nem um pouco...

— Como não? Não se lembra do Boris? — perguntou Sônia, com surpresa.

— Não é que eu não lembre... Eu sei quem é ele, mas não lembro como me lembro do Nikólienka. Dele, eu me lembro de olhos fechados, mas do Boris não (ela fechou os olhos), pronto, não... nada!

— Ah, Natacha — disse Sônia, olhando para a amiga com um ar admirado e sério, como se a julgasse indigna de ouvir o que ela queria dizer, e como se falasse aquilo para outra pessoa, com quem é impossível brincar. — Eu me apaixonei para sempre pelo seu irmão e, o que quer que aconteça com ele, ou comigo, nunca vou deixar de amá-lo, para toda a vida.

Com olhos curiosos, Natacha fitou Sônia com surpresa e ficou em silêncio. Sentiu que o que Sônia dissera era a verdade, que existia o amor de que Sônia falava; mas Natacha ainda não experimentara nada parecido. Acreditava que aquilo podia existir, mas não entendia.

— Vai escrever para ele? — perguntou.

Sônia ficou pensativa. A questão de escrever para *Nicolas*, se era preciso escrever e como, era uma questão que a atormentava. Agora que ele já era oficial e um herói ferido, seria certo da sua parte lembrá-lo dela e, assim ia parecer, lembrá-lo da obrigação que assumira em relação a ela?

— Não sei; acho que se ele escrever eu também escrevo — respondeu, ruborizando.

— E não vai ter vergonha de escrever para ele?

Sônia sorriu.

— Não.

— Pois eu tenho vergonha de escrever para o Boris, e não vou escrever.

— Mas por que ter vergonha?

— É assim, sei lá. Fico sem jeito, dá vergonha.

— Pois eu sei por que ela sente vergonha — disse Pétia, ofendido pelo primeiro comentário de Natacha. — É porque ela tinha ficado apaixonada por aquele gordo de óculos (assim Pétia se referia ao seu xará, o novo conde Bezúkhov); agora está apaixonada por aquele bêbado (Pétia falava de um italiano, o professor de canto de Natacha): é por isso que sente vergonha.

— Pétia, você é um bobo — disse Natacha.

— Não sou mais bobo do que você, minha cara — disse Pétia, de dez anos de idade, como se fosse um velho brigadeiro.

A condessa tinha sido preparada pelas alusões de Anna Mikháilovna durante o jantar. Quando foi para o quarto e sentou-se na poltrona, ela não tirou os olhos do retrato do filho, em miniatura, engastado na tabaqueira, e vieram as lágrimas. Anna Mikháilovna aproximou-se do quarto da condessa na ponta dos pés, com a carta na mão, e parou.

— Não entre — disse para o velho conde, que vinha atrás dela. — Depois. — Entrou e fechou a porta.

O conde encostou o ouvido na fechadura e se pôs a escutar.

De início, ouviu sons de palavras indiferentes, depois o som da voz de Anna Mikháilovna, que falava por mais tempo, depois um grito, depois um silêncio, depois de novo as duas vozes juntas falavam com entonações alegres, e depois passos, e Anna Mikháilovna abriu a porta para ele. No rosto de Anna Mikháilovna havia a expressão de orgulho de um cirurgião que concluiu uma amputação difícil e admite a entrada do público para que possam apreciar a sua arte.

— *C'est fait!*[49] — disse para o conde, com um gesto solene, apontando para a condessa, que segurava numa das mãos a tabaqueira com o retrato e na outra a carta, e trazia aos lábios ora uma, ora a outra.

Ao ver o conde, estendeu as mãos para ele, abraçou sua cabeça careca e, por cima da careca, olhou de novo para a carta e para o retrato e, a fim de trazer outra vez os dois aos seus lábios, afastou um pouco a cabeça careca. Vera, Natacha, Sônia e Pétia entraram no quarto, e teve início a leitura. A carta descrevia, de forma resumida, a marcha e as duas batalhas de que Nikóluchka havia participado, a promoção a oficial, e dizia que ele beijava as mãos de *maman* e *papa*, pedia sua

---

49 Francês: "Está feito!".

bênção, e beijava Vera, Natacha e Pétia. Além disso, mandava cumprimentos para M. Scheling e Mme Schoss e para a babá, e além disso pedia que mandassem um beijo para a querida Sônia, de quem ele tanto gostava e se lembrava o tempo todo, como sempre. Ao ouvir isso, Sônia ruborizou-se tanto que as lágrimas encheram seus olhos. E, sem forças para suportar os olhares voltados para ela, correu para a sala, desatou a correr e a girar em redor da sala e, com o vestido inflado como um balão, ruborizada e sorrindo, sentou-se no chão. A condessa chorava.

— Por que está chorando, *maman*? — perguntou Vera. — Pelo que ele escreve, temos de ficar alegres, e não chorar.

Isso era absolutamente correto, mas o conde, a condessa, Natacha — todos olharam para ela com ar de censura. "A quem foi que ela puxou?", pensou a condessa.

A carta de Nikóluchka foi lida cem vezes, e aqueles considerados dignos de ouvi-la tinham de vir ao quarto da condessa, que não a soltava da mão. Vieram os preceptores, as babás, Mítienka, alguns conhecidos, e a cada vez a condessa relia a carta com um prazer novo e sempre descobria nela novas virtudes em seu Nikóluchka. Como para ela era estranho, extraordinário e alegre o fato de seu filho — o filho que ela mal sentia mexer os braços e as pernas dentro do seu corpo vinte anos antes, o filho por causa de quem ela tanto discutia com o conde que o mimava, o filho que primeiro aprendeu a falar "pera" e depois "mulher", que aquele filho estivesse agora lá, numa terra estranha, num ambiente estranho, numa guerra de homens, sozinho, sem ajuda e orientação, cumprindo alguma tarefa de homem. A experiência universal dos séculos, que mostrou que as crianças partem do berço e se tornam homens por um caminho imperceptível, não existia para a condessa. O amadurecimento do filho, em cada uma de suas fases, era para ela algo tão extraordinário como se nunca tivessem existido milhões e milhões de pessoas que amadureceram exatamente da mesma forma. Assim como vinte anos antes não acreditava que a criatura pequena que vivia em algum lugar dentro dela, embaixo do seu coração, iria gritar, começaria a mamar em seu peito, começaria a falar, também agora ela não acreditava que essa mesma criatura pudesse ser aquele homem forte e corajoso, o filho e a pessoa exemplar que ele era agora, a julgar por aquela carta.

— E que estilo, como ele escreve bonito! — dizia a condessa, ao ler uma parte descritiva da carta. — E que espírito! Sobre ele mesmo, nada... nada! Fala de um tal de Deníssov, mas sem dúvida ele próprio é o mais corajoso de todos. Nada escreve sobre os seus sofrimentos. Que coração! Como eu o conheço! E como se lembrou de todos! Não esqueceu ninguém. Eu sempre, sempre disse, ainda quando ele era deste tamanho, eu sempre disse...

Durante mais de uma semana, cartas para Nikóluchka foram preparadas, rascunhadas, passadas a limpo por todos da casa; sob a supervisão da condessa e a solicitude do conde, reuniram-se os apetrechos e o dinheiro necessários para o uniforme e o equipamento do oficial recém-promovido. Anna Mikháilovna, mulher de espírito prático, conseguiu obter no Exército uma proteção para si e para o seu filho, até para a correspondência entre ambos. Obteve a chance de enviar suas cartas para o grão-príncipe Konstantin Pávlovitch,[50] comandante da guarda. Os Rostóv supunham que "guarda russa no estrangeiro" era um endereço perfeitamente determinado e que se uma carta chegava ao grão-príncipe comandante da guarda não havia razão para não chegar também ao regimento de Pávlograd, que devia estar ali por perto; e por isso ficou resolvido que iam enviar as cartas e o dinheiro pelo correio do grão-príncipe para Boris, e que Boris devia entregar tudo isso para Nikóluchka. As cartas eram do velho conde, da condessa, de Pétia, de Vera, de Natacha, de Sônia e, por fim, seis mil rublos para o uniforme, além de diversos apetrechos que o conde mandou para o filho.

VII

No dia 12 de novembro, o exército de Kutúzov, que se achava acampado perto de Olmütz, preparava-se para a revista de tropas que seria feita no dia seguinte por dois imperadores — o russo e o austríaco. A guarda, recém-chegada da Rússia, pernoitava a quinze verstas de Olmütz e no dia seguinte viria para o campo de Olmütz, direto para a revista de tropas, às dez da manhã.

Nikolai Rostóv, naquele dia, recebeu de Boris um bilhete, informando que o regimento de Ismail estava pernoitando a quinze verstas de Olmütz, e que ele o esperava para entregar uma carta e um dinheiro. Rostóv tinha muita necessidade de dinheiro, agora, quando as tropas de volta da campanha estavam estacionadas perto de Olmütz e mercadores bem abastecidos e judeus austríacos, que ofereciam toda sorte de tentação, enchiam o acampamento. Entre os pavlogradenses, havia uma festa depois da outra, celebrações pelas condecorações recebidas na campanha, além de expedições a Olmütz, para a casa de Karolina, a Húngara, recém-chegada ali, que inaugurara uma taberna onde mulheres serviam os clientes. Rostóv havia comemorado pouco tempo antes sua promoção a alferes, comprara Beduíno, o cavalo de Deníssov, e estava totalmente endividado com os camaradas e com os mercadores. Ao receber o bilhete de Boris, Rostóv foi a Olmütz com um camarada, almoçou, bebeu uma garrafa de vinho e seguiu sozinho para o acampamento da

---

50 Referência ao irmão do tsar Alexandre I.

guarda, à procura do seu amigo de infância. Rostóv ainda não tivera tempo de arranjar o uniforme. Vestia uma surrada japona de *junker* com uma cruz de soldado, calças de montaria forradas de couro, também enxovalhadas, e um sabre de oficial com fiador; o cavalo que montava era do Don, comprado de um cossaco durante a campanha; o amarrotado gorrinho de hussardo estava colocado um pouco para trás e de lado. Chegando ao acampamento do regimento de Ismail, ele pensou na impressão que iria causar em Boris e em todos os seus camaradas da guarda, com o seu aspecto de hussardo posto à prova no fogo das batalhas.

A guarda passara a campanha inteira como que num passeio, ostentando sua limpeza e sua disciplina. As marchas foram pequenas, as mochilas eram levadas em carroças, o comando austríaco preparava refeições maravilhosas para os oficiais nas etapas das marchas. Os regimentos entravam e saíam das cidades com música, e em todos os percursos (motivo do orgulho dos soldados da guarda) as tropas tinham de marchar em forma, por ordem do grão-príncipe, e os oficiais tinham de se manter em suas posições, a pé. Durante toda a campanha, Boris marchava e acampava junto de Berg, agora já comandante de companhia. Berg, que ganhara o comando da companhia durante a campanha, conseguira, graças à sua pontualidade e precisão, merecer a confiança dos superiores e obteve para si condições econômicas francamente vantajosas; Boris, durante a campanha, fez muitos conhecidos entre os militares que poderiam ser úteis a ele e, graças a uma carta de recomendação enviada por Pierre, travou conhecimento com o príncipe Andrei Bolkónski, por meio do qual esperava obter um posto no Estado-Maior do comando geral. Berg e Boris, vestidos com limpeza e esmero, haviam descansado depois da derradeira marcha do dia, estavam sentados num alojamento limpo designado para eles, diante de uma mesa redonda, e jogavam xadrez. Berg segurava um cachimbo aceso entre os joelhos. Boris, num esmero que lhe era peculiar, construía pirâmides com as peças do jogo, com suas mãos brancas e finas, à espera do lance de Berg, e fitava o rosto do parceiro, obviamente pensando no jogo, como sempre pensava apenas naquilo em que estava ocupado.

— Pois então, como você vai sair dessa? — perguntou.

— Vamos tentar — respondeu Berg, tocando num peão e afastando de novo a mão.

Nesse instante, a porta abriu.

— Aí está ele, afinal — gritou Rostóv. — E Berg está aqui! Ah, *petizanfan, ale kuche dormir* — gritou, repetindo as palavras da babá, de quem anos antes ele e Boris riam muito.[51]

---

51 Boris imita a fala da babá, que ao dizer "Crianças, vão para a cama dormir" mistura o russo e o francês.

— Meu Deus! Como está mudado! — Boris veio ao encontro de Rostóv, mas, ao levantar-se, não esqueceu de segurar e colocar no lugar as peças de xadrez que iam caindo, e quis abraçar o amigo, mas Nikolai evitou-o. Com aquele sentimento peculiar da mocidade que receia os caminhos muito batidos e não quer imitar os outros, mas sim exprimir seus sentimentos de um modo novo, próprio, contanto que não seja de forma insincera como o exprimem muitas vezes os mais velhos, Nikolai queria fazer algo especial no encontro com o amigo: queria como que beliscar, empurrar Boris, mas não queria de maneira alguma beijar, como todos faziam. Já Boris, ao contrário, abraçou-o de modo calmo e amistoso e beijou Rostóv três vezes.

Fazia quase meio ano que não se viam; e naquela idade em que os jovens dão os primeiros passos no caminho da vida, os dois encontraram um no outro mudanças enormes, reflexos inteiramente novos dos ambientes onde tinham dado seus primeiros passos na vida. Os dois haviam mudado muito desde o último encontro e os dois tinham pressa em mostrar um ao outro as mudanças que neles haviam ocorrido.

— Ah, seus malditos esnobes! Limpinhos, arrumadinhos, parece que vão dar um passeio, bem diferentes de nós, pecadores da linha de frente — disse Rostóv, com um som de barítono na voz, novo para Boris, e um jeito de soldado, mostrando suas calças salpicadas de lama.

A dona da casa, uma alemã, pôs a cabeça na porta ao ouvir a voz grossa de Rostóv.

— E então, é bonitinha? — perguntou, piscando o olho.

— Por que você grita desse jeito? Vai assustá-los — disse Boris. — Eu não esperava você hoje — acrescentou. — Só ontem lhe mandei o bilhete por intermédio de um ajudante de ordens de Kutúzov, um conhecido meu, o Bolkónski. Não imaginei que ele fosse alcançar você tão depressa... Puxa, e então, como vai? Já entrou em combate? — perguntou Boris.

Rostóv, sem responder, com um gesto de soldado, balançou a Cruz de São Jorge[52] pendurada nos alamares do uniforme e, apontando para a sua mão enfaixada, sorrindo, lançou um olhar para Berg.

— Como está vendo — disse.

— Ora, muito bem, muito bem! — disse Boris, sorrindo. — Mas nós também fizemos uma campanha excelente. Você sabe, é claro, sua alteza acompanhou o nosso regimento o tempo todo, por isso tivemos todo o conforto e todas as vanta-

---

52 Instituída pela imperatriz Catarina II, em 1769, era a mais alta ordem conferida a um soldado por mérito militar e serviços de guerra.

gens. Na Polônia, que recepções tivemos, que jantares, e que bailes... nem posso lhe contar. E o tsarévitche[53] foi muito gentil com todos os nossos oficiais.

E os dois amigos contaram um ao outro — um, sobre suas farras de hussardo e a vida na guerra, o outro, sobre os prazeres e as vantagens do serviço militar sob o comando de pessoas altamente situadas, e assim por diante.

— Ah, a guarda! — disse Rostóv. — Mas vamos, mande trazer um vinho.

Boris fechou a cara.

— Se você faz mesmo questão — respondeu.

Foi até a cama, pegou um porta-moedas debaixo dos travesseiros limpos e mandou trazer um vinho.

— Sim, e vou lhe entregar o dinheiro e a carta — acrescentou.

Rostóv pegou a carta, largou o dinheiro no sofá, apoiou os dois cotovelos sobre a mesa e começou a ler. Leu por alto várias linhas e olhou de relance para Berg com ar de raiva. Ao encontrar o seu olhar, Rostóv encobriu o rosto com a carta.

— No entanto mandaram um bom dinheiro para você — disse Berg, olhando para o pesado porta-moedas afundado no sofá. — Quanto a nós, temos de nos arranjar com o nosso soldo, conde. Por mim, eu lhe digo que...

— Olhe aqui, meu caro Berg — disse Rostóv —, se o senhor recebesse uma carta de seus familiares e estivesse com um amigo com quem quisesse conversar sobre uma porção de coisas, eu iria embora na mesma hora para não incomodar o senhor. Escute aqui, saia, por favor, vá para qualquer lugar, qualquer lugar... vá para o diabo! — gritou e no mesmo instante segurou-o pelo ombro, fitou-o no rosto com carinho, obviamente no intuito de suavizar a rudeza de suas palavras, e acrescentou: — O senhor entende, não fique zangado; meu caro, meu amigo, falo de coração, como um velho conhecido.

— Ah, desculpe, conde, entendo muito bem — respondeu Berg, levantando-se e falando na sua voz gutural.

— Vá ver os donos da casa; eles chamaram o senhor — acrescentou Boris.

Berg vestiu uma sobrecasaca limpinha, sem nenhuma manchinha ou cisco, diante do espelho arrumou para cima o cabelo nas têmporas, como fazia Alexandre Pávlovitch,[54] e convencido pelo olhar de Rostóv de que sua sobrecasaca já tinha sido notada, saiu do quarto com um sorriso simpático.

— Ah, mas que besta que eu sou! — exclamou Rostóv, enquanto lia a carta.

— O que foi?

---

53 Título oficial do filho do tsar.

54 Refere-se ao tsar Alexandre I.

— Ah, mas que besta que eu sou por não ter escrito nem uma vez para eles e por ter assustado a todos desse jeito. Ah, que besta que eu sou — repetiu e de repente ficou vermelho. — E então, já mandou o Gavrila trazer o vinho? Ah, ótimo, vamos beber! — disse.

Nas cartas dos parentes também vinha anexada uma carta de recomendação para o príncipe Bagration, que, a conselho de Anna Mikháilovna, a condessa conseguira por intermédio de conhecidos e mandara para o filho, pedindo que ele a levasse ao seu destinatário e tirasse bom proveito dela.

— Veja que bobagem! E eu lá preciso disso? — exclamou Rostóv, jogando a carta debaixo da mesa.

— Por que jogou fora? — perguntou Boris.

— É uma espécie de carta de recomendação, sei lá. Para que diabo eu quero uma carta dessas?

— Como assim, para que diabo? — disse Boris, pegando-a do chão e lendo o nome do destinatário. — Esta carta é muito útil para você.

— Não preciso de nada e não vou ser ajudante de ordens de ninguém.

— Mas por quê? — perguntou Boris.

— É uma função de lacaios.

— Você continua o mesmo sonhador, pelo que vejo — disse Boris, balançando a cabeça.

— E você continua o mesmo diplomata. Bem, a questão não é essa... E você, como vai? — perguntou Rostóv.

— Assim, como você vê. Até agora, tudo correu bem; mas reconheço que eu gostaria muito de obter o cargo de ajudante de ordens, em vez de ficar no front.

— Por quê?

— Porque, uma vez que a pessoa entra na carreira do serviço militar, é preciso esforçar-se para fazer a carreira mais brilhante possível.

— Sim, é isso mesmo! — disse Rostóv, visivelmente pensando em outra coisa. Ele fitava fixamente, e com ar interrogativo, os olhos do amigo, obviamente procurando em vão a resposta para uma certa pergunta.

O velho Gavrila trouxe o vinho.

— Não é melhor chamar agora o Alphonse Karlitch? — disse Boris. — Ele vai beber com você, pois eu não posso.

— Chame, chame! E então, que tal esse alemão? — perguntou Rostóv, com um sorriso de desprezo.

— Ele é um homem muito, muito bom, honesto e simpático — disse Boris.

Rostóv fitou de novo fixamente os olhos de Boris e deu um suspiro. Berg voltou e, diante da garrafa de vinho, a conversa entre os três oficiais animou-se. Os membros da guarda contaram para Rostóv a sua campanha, as homenagens que receberam na Rússia, na Polônia e no exterior. Contaram as palavras e as ações do seu comandante, o grão-príncipe, anedotas sobre a sua bondade e o seu jeito irascível. Berg, como de hábito, ficava calado quando o assunto não lhe dizia respeito de maneira pessoal, mas, no caso das anedotas sobre o jeito irascível do grão-príncipe, contou com prazer como, na Galícia, teve a chance de falar com o grão-príncipe, quando ele passava em revista os regimentos e ficara furioso com a falha de um movimento. Berg, com um sorriso simpático no rosto, contou como o grão-príncipe, muito irritado, foi até ele e gritou: "Arnautas!" (arnautas era a expressão predileta do tsarévitche, quando ficava com raiva)[55] e exigiu a presença do comandante da companhia.

— Creia, conde, não fiquei nem um pouco assustado porque sabia que eu estava certo. Veja, conde, não quero me gabar, mas posso dizer que sei de cor a ordem do dia do regimento e os regulamentos também, assim como sei o "pai-nosso que estais no céu". Por isso, conde, na minha companhia não acontecem falhas. Eu tinha a consciência tranquila. Apresentei-me. (Berg levantou-se, imitou a cara que tinha na hora, com a mão na pala do quepe. De fato, era difícil que um rosto pudesse exprimir mais respeito e autoconfiança.) Ele logo soltou os cachorros em cima de mim, como se diz, e não parava, e não era só da boca para fora, como se diz, mas para valer; e "Arnautas", e diabos, e para a Sibéria — dizia Berg, sorrindo com ar sagaz. — Eu sabia que eu tinha razão, por isso fiquei calado: não está certo, conde? "O que foi, você é mudo ou o quê?", gritou ele. Continuei calado. O que o senhor acha, conde? No dia seguinte, não havia nada na ordem do dia: é isso o que significa não perder o controle. Pois é, conde — disse Berg, fumando o cachimbo e soltando aneizinhos de fumaça.

— Sim, essa foi ótima — disse Rostóv, sorrindo.

Mas Boris, ao notar que Rostóv se preparava para zombar de Berg, mudou habilmente o rumo da conversa. Pediu a Rostóv que contasse como e onde ele fora ferido. Isso era agradável para Rostóv e, depois que começou a contar, a história ficou cada vez mais animada. Contou-lhes o seu incidente em Schöngraben exatamente como os que participaram de uma batalha costumam contá-la, ou seja, da forma como eles gostariam que fosse, da forma como eles ouviram outros contarem, pois assim era mais bonito contar, embora fosse completamente diferente do que de fato havia ocorrido. Rostóv era um jovem sincero, não contaria mentiras de propósito, de forma alguma. Começou a contar com a intenção de contar tudo

---

55 Assim eram chamados os albaneses. O tsarévitche usava a expressão de forma pejorativa.

exatamente como havia acontecido, porém, de modo imperceptível, involuntário e inevitável, passou para a mentira. Se contasse a verdade para seus ouvintes, que, como ele mesmo, já tinham ouvido muitas vezes relatos sobre os ataques e já tinham formado uma ideia bem definida do que era um ataque e esperavam que o relato fosse exatamente daquela forma — ou não acreditariam nele, ou, o que seria ainda pior, pensariam que Rostóv era o próprio culpado de não ter acontecido com ele o que acontece em geral com aqueles que contam ataques de cavalaria. Rostóv não podia lhes contar simplesmente que todos saíram a galope, que ele caiu do cavalo, deslocou o braço e, com todas as suas forças, correu para a floresta, fugindo dos franceses. Além disso, para contar tudo como havia ocorrido, era preciso fazer um grande esforço contra si mesmo, a fim de contar só aquilo que havia ocorrido. Contar a verdade é muito difícil; e os jovens raramente são capazes disso. Esperava-se o relato de como Rostóv ardera todo em chamas por dentro, sem sequer entender o que fazia, e como voou como um tufão contra o quadrado inimigo; e como abriu caminho à força entre eles, golpeando à direita e à esquerda; como o sabre provou a carne e como ele caiu de exaustão, e coisas semelhantes. E Rostóv contou-lhes tudo isso.

No meio do seu relato, no momento em que dizia: "Você não pode imaginar que estranho sentimento de fúria a gente experimenta na hora de um ataque", entrou no quarto o príncipe Andrei Bolkónski, que estava à espera de Boris. O príncipe Andrei, que gostava de proteger os jovens, sentia-se lisonjeado por ser tratado por eles como um protetor e tinha simpatia por Boris, que soubera mostrar-se agradável no dia anterior, e desejava satisfazer um desejo do jovem. Encarregado por Kutúzov de levar documentos para o tsarévitche, ele veio ver o jovem Boris, na esperança de encontrá-lo sozinho. Ao entrar no quarto e ver que um hussardo do front contava suas aventuras militares (o príncipe Andrei não conseguia suportar esse tipo de pessoa), sorriu afetuosamente para Boris, fechou a cara, franziu os olhos na direção de Rostóv, fez uma ligeira reverência e sentou-se no sofá, de modo cansado e preguiçoso. Ficou descontente por se achar em companhia ruim. Rostóv corou, entendendo isso. Mas para ele não fazia diferença nenhuma: tratava-se de um estranho. Porém, ao olhar de relance para Boris, viu que ele também parecia estar com vergonha do hussardo do front. Apesar do ar desagradável e sarcástico do príncipe Andrei, apesar do desprezo generalizado que Rostóv, do seu ponto de vista de combatente do front, tinha em relação a todos aqueles ajudantes de ordens do Estado-Maior, aos quais obviamente pertencia o homem que acabara de entrar, Rostóv sentiu-se confuso, ficou vermelho e calou-se. Boris perguntou quais eram as novidades no Estado-Maior e se, sem querer ser indiscreto, tinha ouvido alguma notícia sobre as intenções do comando.

— Provavelmente, vão avançar — respondeu Bolkónski, visivelmente evitando falar mais diante de estranhos.

Berg aproveitou a oportunidade para perguntar, com uma cortesia especial, se agora, como tinha ouvido falar, iriam distribuir a forragem em dobro para os comandantes de companhia. A isso o príncipe Andrei respondeu, com um sorriso, que ele não podia julgar medidas governamentais de tamanha importância, e Berg soltou uma risada alegre.

— Quanto ao assunto do senhor — disse o príncipe Andrei, virando-se de novo para Boris e lançando um olhar para Rostóv —, conversaremos mais tarde. O senhor venha falar comigo depois da revista de tropas, vamos fazer tudo o que for possível.

E, depois de examinar o cômodo com um olhar, voltou-se para Rostóv, cujo estado de incontrolável embaraço infantil, já se transformando em raiva, o príncipe Andrei nem se deu ao trabalho de notar, e disse:

— O senhor, me parece, estava contando a respeito dos combates em Schöngraben, não é? O senhor esteve lá?

— Estive lá — disse Rostóv, com irritação, como se com isso quisesse ofender o ajudante de ordens.

Bolkónski percebeu a situação do hussardo e aquilo lhe pareceu engraçado. Sorriu de modo ligeiramente desdenhoso.

— Pois é! Agora andam contando muitas histórias sobre aquela batalha!

— Pois é, histórias — começou a falar Rostóv, em voz mais alta, de repente fitando com olhos raivosos ora Boris, ora Bolkónski. — Pois é, muitas histórias, mas as nossas histórias, as histórias de quem esteve lá, sob o fogo do inimigo, as nossas histórias têm peso, não são como as histórias desses sujeitos do Estado-Maior, que recebem condecorações sem fazer nada.

— Entre os quais o senhor acha que eu me incluo, não é? — perguntou o príncipe Andrei, sorrindo calmo e de modo especialmente simpático.

Um estranho sentimento de irritação e ao mesmo tempo um respeito diante da calma daquela figura combinaram-se, dessa vez, no espírito de Rostóv.

— Não estou falando do senhor — disse. — Não conheço o senhor e, admito, não quero conhecer. Estou falando do pessoal do Estado-Maior em geral.

— Pois vou lhe dizer uma coisa — interrompeu-o o príncipe Andrei, com uma autoridade calma na voz. — O senhor quis me ofender, mas estou pronto para concordar com o senhor que isso é muito fácil de fazer, se o senhor não tiver suficiente respeito por si mesmo; porém reconheça que a hora e o lugar são muito impróprios para tais insultos. Mais dia, menos dia, todos nós teremos de travar um grande duelo mais sério, além disso, Drubetskói, que diz ser seu velho amigo, não tem nenhuma culpa de minha fisionomia ter a infelicidade de não agradar ao senhor. De resto — disse, levantando-se —, o senhor conhece o meu sobrenome e sabe onde me encontrar; mas não esqueça — acrescentou — que, a meu ver, nem eu nem o senhor fomos ofendidos, e meu conselho, como um homem mais velho que o senhor, é deixar este assunto sem nenhuma consequência. Portanto, na sexta-feira, depois da revista de tropas, eu espero o senhor, Drubetskói; até a vista — concluiu o príncipe Andrei e saiu, depois de fazer uma reverência para ambos.

Rostóv só lembrou o que devia responder quando ele já havia saído. E ficou ainda mais irritado por ter esquecido de dizê-lo. Rostóv mandou trazer imediatamente o seu cavalo, despediu-se de Boris de modo seco e foi para o seu posto. Deveria ir no dia seguinte ao comando geral e desafiar aquele ajudante de ordens metido a besta ou deixar, de fato, o assunto de lado? Essa era a questão que o atormentava durante todo o trajeto. Ora pensava com raiva no prazer que sentiria ao ver o medo daquele homem pequeno, fraco e orgulhoso sob a mira da sua pistola, ora sentia com surpresa que, entre todas as pessoas que conhecia, nenhuma ele desejava tanto ter como amigo como aquele odiado ajudante de ordens.

VIII

No dia seguinte ao encontro entre Boris e Rostóv, houve a revista de tropas dos exércitos russo e austríaco, tanto as tropas recém-chegadas da Rússia como as que voltaram da campanha com Kutúzov. Os dois imperadores, o russo com o herdeiro tsarévitche e o austríaco com o arquiduque, passaram em revista o exército aliado de oitenta mil soldados.

Desde manhã cedo, as tropas elegantes, limpíssimas e enfeitadas começaram a movimentar-se, perfilando-se no campo diante da fortaleza. Ora moviam-se milhares de pernas e baionetas, com bandeiras agitadas, os soldados detinham-se a um comando dos oficiais, viravam-se, alinhavam-se nos intervalos das fileiras e passavam entre outras massas de infantes que usavam uniformes diferentes; ora a cavalaria em trajes de gala ressoava num tropel cadenciado e em tinidos, em seus uniformes bordados, azuis, vermelhos, verdes, com os músicos à frente, em roupas enfeitadas, em cavalos murzelos, alazões, cinzentos; ora a artilharia, com os canhões limpíssimos e reluzentes sacudindo nas carretas, propagando o seu som de cobre e o seu cheiro de pavio chamuscado, arrastava-se no meio da infantaria e da cavalaria e colocava-se nos locais designados. Não só os generais, em farda completa de parada, com as cinturas gordas ou finas apertadas até não poder mais, com os pescoços vermelhos escorados nas golas, de cachecol e com todas as medalhas; não só os oficiais, muito empomadados e elegantes, como também todos os soldados — de rosto fresco, lavado e barbeado, com o equipamento limpíssimo e reluzente ao mais alto grau, e todos os cavalos tão bem tratados que o pelo brilhava como cetim, e as crinas, tratadas com uma loção, jaziam fio sobre fio —, todos sentiam que algo muito sério, importante e solene se realizava. Cada general e cada soldado sentiam a sua insignificância, davam-se conta de que eram grãos de areia naquele mar de gente e, ao mesmo tempo, sentiam ser uma parte daquele todo enorme.

Desde manhã cedo, tiveram início os afazeres nervosos e o esforço geral, e às dez horas tudo estava em ordem, conforme exigido. No campo vasto, as fileiras estavam em forma. O exército inteiro estendia-se disposto em três linhas. Na frente, a cavalaria, atrás, a artilharia, e depois a infantaria.

Entre cada fileira das tropas, havia uma espécie de rua. As três partes daquele exército separavam-se nitidamente umas das outras: as tropas de guerra de Kutúzov (em cujo flanco direito, na linha da frente, estavam os pavlogradenses), os regimentos da guarda e do exército regular chegados da Rússia, e as tropas austríacas. Mas todos estavam dispostos em um só alinhamento, sob um só comando e uma só disciplina.

Como um vento nas folhas, ressoou um sussurro ansioso: "Estão vindo! Estão vindo!". Ouviram-se vozes assustadas, e por todo o exército correu uma onda de agitação, com os últimos preparativos.

Um grupo se aproximou, na frente, vindo de Olmütz. E no mesmo instante, embora não houvesse vento naquele dia, um jato de vento correu pelo exército, e as fitinhas na ponta das lanças, e as bandeiras ariscas, palpitando junto aos seus mastros, oscilaram bem de leve. Parecia que o próprio exército, com aquele leve movimento, expressava a sua alegria com a aproximação do soberano. Ouviu-se uma voz: "Sentido!". Depois, como galos ao nascer do sol, vozes se repetiram em vários extremos. E tudo ficou quieto.

No silêncio de morte, ouvia-se apenas um tropel de cavalos. Era a comitiva dos imperadores. Os soberanos aproximaram-se pelo flanco, e as cornetas do primeiro regimento de cavalaria ressoaram, tocando uma marcha militar. Parecia que não eram as cornetas que tocavam, mas sim que o próprio exército, alegrando-se com a aproximação do soberano, emitia espontaneamente aqueles sons. Por trás dos sons, ouvia-se com nitidez a voz jovem, simpática, do imperador Alexandre. Ele disse uma saudação, e o primeiro regimento bradou: Hurra!, de modo tão estrondoso, prolongado, alegre, que os próprios soldados se espantaram com a dimensão e a força do colosso formado por eles.

Rostóv, postado nas primeiras filas do exército de Kutúzov, às quais o soberano se dirigiu primeiro, experimentou a mesma sensação que todos os homens daquele exército — uma sensação de desprendimento, uma consciência orgulhosa da força, e um fascínio apaixonado por aquele que era o motivo de tamanha solenidade.

Sentia que uma palavra daquela pessoa bastaria para que todo aquele colosso (e Rostóv, preso a ele, era um insignificante grão de areia) partisse na direção do fogo e da água, do crime, da morte ou de grandes feitos heroicos, e por isso ele não podia deixar de tremer e desfalecer ante a aproximação daquela voz.

— Hurra! Hurra! Hurra! — retumbava de todos os lados, e um regimento após o outro recebia o soberano com sons de marcha militar; depois, Hurra!... a marcha militar e de novo Hurra! e Hurra!, que, cada vez mais forte e mais alto, fundiam-se num ronco ensurdecedor.

Enquanto o soberano não se aproximava, cada regimento, no seu silêncio e na sua imobilidade, parecia um corpo sem vida; assim que o soberano o alcançava, o regimento se animava e retumbava, unindo-se ao rugido de toda aquela fileira que o soberano já havia percorrido. Ao som tremendo, ensurdecedor, daquelas vozes, no meio da massa das tropas, imóveis, como que petrificadas em seus quadrados, moviam-se simetricamente, com displicência e sobretudo com liberdade, as centenas de cavaleiros da comitiva, com dois homens à frente deles — os imperadores. Sobre eles concentrava-se integralmente a atenção contidamente apaixonada de toda aquela massa de pessoas.

Belo, jovem, o imperador Alexandre, num uniforme da guarda da cavalaria, com um chapéu de três pontas, uma das pontas voltada para a frente, com seu rosto simpático e sua voz sonora, mas não muito alta, atraía toda a atenção.

Rostóv não estava distante do corneteiro e de longe, com seus olhos penetrantes, reconheceu o soberano e acompanhou sua aproximação. Quando o soberano se encontrava a uma distância de vinte passos, e Nikolai observou com nitidez, em todos os detalhes, o rosto bonito, jovem e feliz do imperador, experimentou um sentimento de ternura e de enlevo, como nunca havia experimentado. Tudo — cada traço, cada gesto — parecia-lhe fascinante no soberano.

Parado diante do regimento de Pávlograd, o soberano falou algo em francês para o imperador austríaco e sorriu.

Ao ver aquele sorriso, o próprio Rostóv não pôde deixar de sorrir também e sentiu um acesso de amor ainda mais forte pelo soberano. Tinha vontade de mostrar de algum modo o seu amor ao soberano. Sabia que isso era impossível e teve vontade de chorar.

O soberano chamou o comandante do regimento e lhe disse algumas palavras.

"Meu Deus! O que seria de mim se o soberano falasse comigo!", pensou Rostóv. "Eu morreria de felicidade."

O soberano disse também aos oficiais:

— A todos os senhores (Rostóv ouvia cada palavra como um som dos céus), eu agradeço de todo o coração.

Como Rostóv ficaria feliz se agora pudesse morrer pelo seu tsar!

— Os senhores mereceram a medalha de São Jorge e serão dignos dela.

"Só morrer, morrer por ele!", pensava Rostóv.

O soberano ainda disse algo, que Rostóv não ouviu, e os soldados, comprimindo o peito, começaram a gritar: Hurra! Rostóv também gritou, com toda a força, inclinando-se sobre a sela, disposto a machucar-se com aquele grito, só para exprimir plenamente o seu entusiasmo com o soberano.

O soberano demorou-se alguns segundos diante dos hussardos, como se estivesse indeciso.

"Como o soberano pode estar indeciso?", pensou Rostóv, mas depois até aquela indecisão lhe pareceu majestosa e fascinante, como tudo o mais que o soberano fazia.

A indecisão do soberano prolongou-se apenas um instante. O pé do soberano, com o bico fino e pontudo da bota, como se usava naquele tempo, tocou a virilha da égua baia de cauda curta que ele montava; a mão do soberano, numa luva branca, levantou as rédeas, ele se pôs em movimento, acompanhado por um mar de ajudantes de ordens, que começou a se movimentar desordenadamente. O soberano afastou-se cada vez mais, parou diante de outros regimentos e, por fim, Rostóv só via os seus penachos brancos, para além da comitiva que rodeava os imperadores.

Entre os senhores da comitiva, Rostóv reconheceu Bolkónski, montado em seu cavalo, com ar preguiçoso e descuidado. Rostóv lembrou-se da discussão com ele no dia anterior e lhe veio a questão de ser ou não conveniente desafiá-lo. "Claro que não", concluiu agora Rostóv... "E acaso vale a pena pensar e falar sobre isso agora, num momento como este? Numa hora de tal sentimento de amor, de enlevo e de abnegação, o que importam todas as nossas discussões e ofensas? Eu agora amo todos, agora perdoo a todos", pensou Rostóv.

Quando o soberano havia percorrido todos os regimentos, as tropas começaram a desfilar diante dele, em marcha solene, e Rostóv, no seu Beduíno, recém-comprado de Deníssov, passou no fim do seu esquadrão, ou seja, sozinho e perfeitamente visível diante do soberano.

Antes de chegar ao soberano, Rostóv, excelente cavaleiro, cravou as esporas duas vezes no seu Beduíno e induziu-o com êxito àquele trote de andadura frenética que Beduíno adotava quando atiçado. Com o focinho espumante dobrado na direção do peito, a cauda levantada, e como que voando no ar, sem tocar a terra, alternando as patas e erguendo-as bem alto e de forma graciosa, Beduíno, que também sentia sobre si o olhar do soberano, desfilou de modo magnífico.

O próprio Rostóv, com as pernas esticadas para trás, a barriga encolhida, e sentindo-se unido em um todo ao cavalo, com o rosto franzido, mas feliz, passou diante do soberano "feito um diabo", como dizia Deníssov.

— Bravos rapazes, os pavlogradenses! — exclamou o soberano.

"Meu Deus! Como eu ficaria feliz se ele agora mandasse eu me atirar ao fogo", pensou Rostóv.

Quando a revista de tropas terminou, os oficiais das tropas recém-chegadas e os oficias das tropas de Kutúzov reuniram-se em grupos e começaram a conversar sobre as condecorações, sobre os austríacos e seus uniformes, sobre o front deles, sobre Bonaparte e a situação em que se encontrava agora, sobretudo quando estava para chegar mais um corpo do Exército de Essen e a Prússia ia tomar o nosso lado.

Mas acima de tudo, em todas as rodas de oficiais, falavam sobre o imperador Alexandre, retransmitiam todas as suas palavras, os seus gestos, e empolgavam-se com ele.

Todos desejavam a mesma coisa: sob o comando do soberano, partir o mais depressa possível contra o inimigo. Sob as ordens do próprio soberano, era impossível não vencer quem quer que fosse, assim pensavam Rostóv e a maioria dos oficiais, depois da revista de tropas.

Todos, depois da revista de tropas, estavam convencidos da vitória, ainda mais do que poderiam estar, depois de vencer duas batalhas.

IX

No dia seguinte à revista de tropas, Boris, após vestir o seu melhor uniforme e receber votos de sucesso do seu camarada Berg, seguiu para Olmütz, ao encontro de Bolkónski, desejoso de tirar proveito da sua amabilidade e obter para si um posto melhor, sobretudo o posto de ajudante de ordens de alguma figura importante lhe parecia em especial atraente no Exército. "Para Rostóv, para quem o pai manda dez mil rublos toda hora, não tem nenhum problema declarar que não quer se curvar diante de ninguém, que não vai ser lacaio de ninguém; mas para mim, que não tenho nada a não ser a minha cabeça, é necessário construir a minha carreira, não perder as oportunidades, e sim tirar proveito delas."

Em Olmütz, naquele dia, não encontrou o príncipe Andrei. Mas o aspecto de Olmütz, onde ficavam o quartel-general e o corpo diplomático, e onde residiam os dois imperadores com as suas comitivas — os cortesãos, os familiares —, só veio reforçar o seu desejo de pertencer àquele mundo superior.

Ele não conhecia ninguém e, apesar do seu elegante uniforme da guarda, todas aquelas pessoas superiores, que iam e vinham pelas ruas, em carruagens elegantes, com penachos, fitas e medalhas, cortesãos e militares, pelo visto se achavam tão incomensuravelmente acima dele, um oficialzinho da guarda, que não só não queriam como também não conseguiam reconhecer a sua existência. No alojamento do comandante em chefe Kutúzov, onde perguntou por Bolkónski, todos os ajudantes de ordens e até os ordenanças olharam para Boris como se quisessem persuadi-lo de que oficiais como ele entravam e saíam dali aos montes e que todos eles já estavam fartos até demais. Apesar disso, ou antes, por causa disso, no dia seguinte, dia 15, depois do almoço, ele foi de novo a Olmütz e, ao entrar na casa ocupada por Kutúzov, perguntou por Bolkónski. O príncipe Andrei estava em casa, e Boris foi levado a uma sala grande, onde antes certamente dançavam, mas na qual agora havia cinco camas e móveis diversos; uma mesa, uma cadeira e um clavicórdio. Um ajudante de ordens, perto da porta, de roupão persa, estava sentado à mesa e escrevia. Um outro, o vermelho e gordo Nesvítski, estava deitado na cama, as mãos atrás da cabeça, e ria com o oficial sentado a seu lado. Um terceiro tocava uma valsa vienense no clavicórdio, um quarto estava deitado sobre o clavicórdio e cantarolava junto com ele. Bolkónski não estava ali. Nenhum daqueles senhores, ao notar a presença de Boris, mudou de posição. O que escrevia, ao qual Boris se dirigiu, virou-se para trás com ar aborrecido e lhe disse que Bolkónski estava de serviço e que Boris devia tomar a porta da esquerda, para a recepção, se queria falar com Bolkónski. Boris agradeceu e seguiu para a recepção. Na recepção, estavam uns dez oficiais e generais.

Na hora em que Boris entrou, o príncipe Andrei, com os olhos desdenhosamente contraídos (com aquele jeito peculiar de cansaço cortês, que diz com clareza que, se não fosse essa a minha obrigação, eu não ficaria conversando nem um minuto com vocês), escutava um velho general russo, com medalhas, que quase na ponta dos pés, muito esticado, com uma expressão servil de soldado no rosto muito vermelho, comunicava algo ao príncipe Andrei.

— Muito bem, tenha a bondade de esperar um pouco — disse ele ao general, naquele russo com sotaque francês que ele falava quando queria exprimir desprezo e, ao notar Boris, não se dirigindo mais ao general (que foi atrás dele com um ar de súplica, pedindo que escutasse mais um pouco), o príncipe Andrei, com um sorriso alegre, dirigiu-se a Boris, cumprimentando-o com um aceno de cabeça.

Naquele instante, Boris entendeu com clareza aquilo que antes já previra, ou seja, que no Exército, além da subordinação e disciplina escritas no regulamento e bem conhecidas no regimento, ele sabia que também existia uma outra subordinação, mais importante, aquela que obrigava o general de roupa apertada e cara vermelha a ficar esperando, com respeito, o tempo que o príncipe Andrei, um capitão, para sua satisfação pessoal, achasse conveniente conversar com o sargento Drubetskói. Mais do que nunca, Boris ficou resolvido a, dali para a frente, servir no Exército não segundo o que estava escrito no regulamento, mas segundo aquela forma de subordinação que não estava escrita. Agora Boris sentia que, só por ser recomendado pelo príncipe Andrei, ele já se erguia, de uma só vez, acima de um general, que, em outras circunstâncias, no front, poderia esmagá-lo, um mero sargento da guarda. O príncipe Andrei aproximou-se de Boris e tomou-o pelo braço.

— Que pena que o senhor não me encontrou ontem. Andei ocupado o dia inteiro com os alemães. Fomos com Weyrother verificar o dispositivo. Quando os alemães cismam de ser meticulosos, é uma coisa sem fim!

Boris sorriu, como se tivesse entendido aquilo a que o príncipe Andrei havia aludido e como se fosse algo que todos soubessem. Mas era a primeira vez que ouvia o sobrenome Weyrother e até mesmo a palavra "dispositivo".

— Pois então, meu caro, continua querendo ser ajudante de ordens? Tenho pensado no senhor nos últimos dias.

— Sim, eu pensei — disse Boris, ruborizando sem saber o motivo — em pedir ao comandante em chefe; o príncipe Kuráguin enviou para ele uma carta a meu respeito; eu só queria pedir porque — acrescentou, como que se desculpando — receio que a guarda não vá entrar em combate.

— Está bem! Está bem! Falaremos sobre tudo isso — respondeu o príncipe Andrei. — Deixe-me apenas transmitir o comunicado desse cavalheiro e depois eu pertencerei totalmente ao senhor.

Na hora em que o príncipe Andrei foi transmitir o comunicado do general de cara vermelha, esse general, que visivelmente não compartilhava o ponto de vista de Boris sobre as vantagens da subordinação não escrita, cravou os olhos de tal modo no impertinente sargento que atrapalhara sua conversa com o ajudante de ordens que Boris se sentiu embaraçado. Virou-se e esperou com impaciência que o príncipe Andrei voltasse do gabinete do comandante em chefe.

— Pois aqui está, meu caro, o que pensei a respeito do senhor — disse o príncipe Andrei, quando passavam pela sala grande onde estava o clavicórdio. — Com o comandante em chefe, o senhor não vai conseguir nada — disse o príncipe Andrei. — Ele vai lhe falar uma porção de amabilidades, vai dizer para ir jantar com ele ("isso não seria nada mau, no que diz respeito àquela outra subordinação", pensou Boris), mas isso não ia dar em nada; nós, ajudantes de ordens e ordenanças, daqui a pouco já seremos um batalhão. Mas veja bem o que nós vamos fazer: tenho um bom amigo, um general ajudante de ordens do imperador, uma pessoa excelente, o príncipe Dolgorúkov; e, o senhor talvez não saiba, mas a questão é que, agora,

Kutúzov, seu Estado-Maior e todos nós não temos nenhuma importância: agora tudo se concentra no soberano; portanto, vamos procurar o Dolgorúkov, eu também preciso falar com ele, já conversei com ele a seu respeito; então, vamos ver se ele acha possível arranjar um posto para o senhor ao seu lado, ou em algum outro lugar por lá, mais perto do sol.

O príncipe Andrei sempre se animava de um modo especial quando tinha de orientar um jovem e ajudá-lo a alcançar o sucesso mundano. Sob o pretexto de obter ajuda para os outros, ajuda que ele, por orgulho, jamais aceitaria para si, o príncipe Andrei se mantinha próximo daquele meio que proporcionava o sucesso e que o atraía. Com muito gosto, assumiu a causa de Boris e foi com ele ao encontro do príncipe Dolgorúkov.

A tarde já ia adiantada quando os dois subiram ao palácio de Olmütz, ocupado pelos imperadores e seus favoritos.

Naquele mesmo dia, houve um conselho de guerra do qual participaram todos os membros do Hofskriegrath e os dois imperadores. No conselho, em oposição à opinião dos velhos — Kutúzov e Schwartzenberg —, ficou decidido tomar a ofensiva rapidamente e travar uma batalha geral contra Bonaparte. Assim que o conselho de guerra terminou, o príncipe Andrei, acompanhado de Boris, chegou ao palácio em busca do príncipe Dolgorúkov. Todas as pessoas do quartel-general ainda estavam sob o fascínio do conselho de guerra daquele dia, vencido pelo partido dos jovens. As vozes dos que preferiam ganhar tempo e aconselhavam esperar ainda um pouco, sem atacar, foram abafadas de modo tão unânime, e suas razões foram de tal modo refutadas pelas evidências incontestáveis das vantagens de uma ofensiva que aquilo que se debatia no conselho, a futura batalha e, sem dúvida, a vitória, já parecia não estar no futuro, mas no passado. Todas as razões estavam a nosso favor. As forças imensas, sem dúvida superiores às forças de Napoleão, estavam concentradas num só lugar; as tropas estavam animadas com a presença dos imperadores e sôfregas para entrar em combate; o ponto estratégico onde teriam de combater era conhecido em seus mínimos detalhes pelo general austríaco Weyrother, comandante das tropas (por um acaso feliz, as tropas austríacas tinham feito manobras, no ano anterior, exatamente naqueles campos onde agora se previa um confronto com os franceses); o terreno era conhecido em seus mínimos detalhes e reproduzido em mapas, e Bonaparte, enfraquecido, obviamente não tomaria nenhuma iniciativa.

Dolgorúkov, um dos mais ardorosos partidários da ofensiva, acabara de voltar do conselho, cansado, extenuado, mas animado e orgulhoso com a vitória alcançada. O príncipe Andrei apresentou-lhe o oficial seu protegido, mas o príncipe Dolgorúkov, depois de apertar a mão de Boris com firmeza e cortesia, nada lhe disse e, pelo visto, incapaz de conter a expressão dos pensamentos que naquele instante o preocupavam com mais força que tudo, falou em francês, para o príncipe Andrei:

— Puxa, meu caro, que batalha nós travamos! Deus queira que a batalha que virá depois dessa seja igualmente vitoriosa. No entanto, meu caro — disse ele, com a voz entrecortada e cheia de entusiasmo —, devo admitir que eu estava errado quanto aos austríacos e em especial quanto a Weyrother. Que precisão, que minúcia, que conhecimento do terreno, que capacidade de prever todas as possibilidades, todas as condições, todos os mínimos pormenores! Não, meu caro, é impossível imaginar condições mais vantajosas do que estas em que nos encontramos. A aliança da exatidão austríaca com a coragem russa... o que mais podem querer?

— Então foi decidido, em definitivo, lançar uma ofensiva? — perguntou Bolkónski.

— E quer saber, meu caro, parece-me que *Buonaparte* positivamente desperdiçou o seu latim. O senhor sabia que hoje chegou uma carta dele para o imperador? — Dolgorúkov sorriu de modo significativo.

— Puxa! O que ele diz? — perguntou Bolkónski.

— O que ele pode dizer? Patati, patatá etc. etc., tudo só para ganhar tempo. Eu lhe digo que ele está em nossas mãos; isso é seguro! Porém o mais engraçado de tudo — disse, e começou a rir, cheio de simpatia, de repente — é que ninguém conseguia inventar um título para o destinatário da resposta. Se não se pode chamá-lo de cônsul e, é claro, muito menos de imperador, então o jeito seria mandar a carta para o general *Buonaparte*, e assim me pareceu.

— No entanto, entre não reconhecê-lo como imperador e chamá-lo de general *Buonaparte*, existe uma diferença — disse Bolkónski.

— Essa era a questão — disse Dolgorúkov depressa, interrompendo e rindo. — O senhor conhece o Bilíbin, é um homem muito inteligente, e ele sugeriu endereçar assim: "Ao usurpador e inimigo da humanidade".

Dolgorúkov soltou uma gargalhada.

— Nada mais que isso? — observou Bolkónski.

— Apesar de tudo, o próprio Bilíbin encontrou um título sério para o destinatário. Que homem inteligente e espirituoso.

— De que modo?

— Ao chefe do governo francês, *au chef du gouvernement français* — disse o príncipe Dolgorúkov, em tom sério e com satisfação. — Não é verdade que assim fica bem?

— Fica bem, mas vai deixá-lo muito contrariado — comentou Bolkónski.

— Ah, muito mesmo! Meu irmão o conhece: jantou várias vezes com ele, o atual imperador, em Paris, e me disse que nunca viu um diplomata mais requintado e esperto: sabe, uma aliança da astúcia francesa com a teatralidade italiana. O senhor conhece a anedota dele e do conde Markóv? Só o conde Markóv sabia como lidar com ele. O senhor conhece a história do lenço? É excelente!

E o tagarela Dolgorúkov, dirigindo-se ora a Boris, ora ao príncipe Andrei, contou como Bonaparte, no intuito de pôr à prova o conde Markóv, nosso embaixador, deixou cair um lenço de propósito na frente dele e parou, olhando para o embaixador, na certa esperando um obséquio de Markóv, mas logo depois Markóv deixou cair o seu próprio lenço, bem ao lado, e pegou do chão o seu lenço, sem pegar o lenço de Bonaparte.

— *Charmant* — disse Bolkónski. — Mas veja, príncipe, eu vim trazer ao senhor uma solicitação deste jovem. Veja bem...

No entanto, o príncipe Andrei não pôde concluir, pois entrou no cômodo um ajudante de ordens que chamou Dolgorúkov à presença do imperador.

— Ah, que maçada! — exclamou Dolgorúkov, levantando-se às pressas e apertando a mão do príncipe Andrei e de Boris. — Os senhores sabem, fico muito feliz de fazer tudo o que está ao meu alcance, para o senhor e também para este caro jovem. — Apertou de novo a mão de Boris com uma expressão de leviandade simpática, sincera e animada. — Mas os senhores estão vendo... até uma outra vez!

Boris ficou perturbado com a ideia da proximidade do poder supremo, proximidade que ele sentia naquele instante. Ali ele se deu conta de estar em contato com as molas que dirigiam todos os vastos movimentos daquela massa da qual ele, em seu regimento, sentia-se uma parte pequena, modesta, insignificante. Os dois saíram para o corredor, após o príncipe Dolgorúkov, e encontraram (saindo da porta do quarto do soberano, pela qual Dolgorúkov entrara) um homem baixo, em trajes civis, rosto inteligente e feição abrupta do maxilar projetado para a frente, o que não o prejudicava e até lhe dava uma vivacidade especial e uma agudeza de expressão. Aquele homem baixo cumprimentou Dolgorúkov com um aceno de cabeça, como se fosse seu amigo, e com um olhar frio e fixo fitou o príncipe Andrei, enquanto andava reto na sua direção, obviamente esperando que o príncipe Andrei o cumprimentasse com uma reverência ou lhe abrisse caminho. O príncipe Andrei não fez nem uma coisa nem outra; em seu rosto, expressou-se a raiva, e o jovem, desviando-se, passou pelo lado do corredor.

— Quem é esse? — perguntou Boris.

— É um dos homens mais notáveis, e também dos mais desagradáveis para mim. É o ministro do Exterior, o príncipe Adam Czartoryski. É essa gente — disse Bolkónski, com um suspiro que ele não conseguiu conter, no momento em que saíram do palácio —, é essa gente que decide o destino dos povos.

No dia seguinte, as tropas puseram-se em marcha, e Boris, até a batalha de Austerlitz, não conseguiu mais falar com Bolkónski nem com Dolgorúkov e permaneceu ainda por um tempo no regimento de Ismail.

X

No amanhecer do dia 16, o esquadrão de Deníssov, no qual Nikolai Rostóv servia e que estava no destacamento do general Bagration, saiu da cama para a guerra, como diziam, e após percorrer cerca de uma versta atrás de outras colunas deteve-se na estrada principal. Rostóv viu que passaram à frente dele os cossacos do primeiro e do segundo esquadrão de hussardos, os batalhões de infantes, com a artilharia, e também passaram os generais Bagration e Dolgorúkov com os ajudantes de ordens. Todo o medo que, como de outras vezes, ele padecia antes de uma batalha; toda a luta interior no fim da qual ele superava aquele medo; todos os seus sonhos de destacar-se como um verdadeiro hussardo naquela batalha — foram em vão. O seu esquadrão foi designado para as forças de reserva, e Nikolai Rostóv passou o dia aborrecido e melancólico. Às nove horas da manhã, ouviu um tiroteio à sua frente, gritos de hurra, viu homens feridos trazidos para a retaguarda (eram poucos) e, por fim, viu que um destacamento inteiro de cavalarianos franceses passava no meio de uma centena de cossacos. Pelo visto, o combate havia terminado e, pelo visto, tinha sido um combate pequeno, mas bem-sucedido. Os soldados e os oficiais que voltaram falavam de uma vitória estupenda, da tomada da cidade de Wischau e da captura de um esquadrão francês inteiro. O dia estava claro, ensolarado, depois de uma noite de forte geada, e o brilho alegre do dia de outono estava bem de acordo com a notícia da vitória, transmitida não só pelo relato daqueles que dela participaram como também pela expressão alegre no rosto dos soldados, oficiais, generais e ajudantes de ordens que passavam para lá e para cá, diante de Rostóv. O coração de Rostóv se afligia mais ainda por ele ter sofrido em vão todo o medo que antecede a batalha e por ter passado aquele dia alegre na inatividade.

— Rostóv, venha cá, beba para afogar as mágoas! — gritou Deníssov, sentado na beira da estrada, diante de um cantil e de um pouco de comida.

Os oficiais reuniram-se numa roda, comiam e conversavam em torno das provisões de Deníssov.

— Olhe, ainda estão trazendo mais! — disse um dos oficiais, apontando para um dragão francês feito prisioneiro que dois cossacos levavam a pé.

Um deles trazia pela rédea um alto e bonito cavalo francês, tomado do prisioneiro.

— Me venda o cavalo! — gritou Deníssov para o cossaco.

— Pois não, vossa excelência...

Os oficiais levantaram-se e rodearam os cossacos e o prisioneiro francês. O dragão francês era um rapaz pequeno, alsaciano, que falava francês com sotaque alemão. Arquejava de agitação, tinha o rosto vermelho e, quando ouviu a língua francesa, rapidamente começou a falar com os oficiais, dirigindo-se ora a um, ora a outro. Disse que não o teriam capturado, que ele não tinha culpa de ter sido capturado, a culpa era de *le caporal*,[56] que o mandara pegar uns xairéis, e que ele bem disse ao cabo que já havia uns russos por lá. E a cada palavra ele acrescentava: *mais qu'on ne fasse pas de mal à mon petit cheval*,[57] e afagava o seu cavalo. Estava claro que não entendia muito bem onde estava. Ora se desculpava por ter sido capturado, ora, julgando-se diante de seus superiores, expressava o seu capricho e o seu zelo no cumprimento dos deveres de soldado. Ele trouxe consigo, para a nossa retaguarda, com todo o frescor, a atmosfera das tropas francesas, tão estranhas para nós.

Os cossacos venderam o cavalo por dois *tchervónetsi*,[58] e Rostóv, que agora, depois de ter recebido dinheiro do pai, era o mais rico dos oficiais, comprou-o.

— *Mais qu'on ne fasse pas de mal à mon petit cheval* — disse o alsaciano para Rostóv, com bondade, quando o cavalo foi entregue ao hussardo.

Rostóv, sorrindo, tranquilizou o dragão e lhe deu um dinheiro.

— Aliê! Aliê![59] — disse um cossaco, puxando o prisioneiro pelo braço, para que andasse em frente.

— O soberano! O soberano! — ouviu-se de repente entre os hussardos.

Todos puseram-se a correr, afobados, e Rostóv viu mais atrás, na estrada, alguns cavaleiros que se aproximavam, com penachos brancos nos chapéus. Num minuto, todos estavam a postos e esperavam.

Rostóv não entendeu nem sentiu como foi que saiu correndo de onde estava e montou em seu cavalo. Num instante, passou a sua tristeza por não ter participado do combate, passou o seu estado de espírito entediado no meio de pessoas que já estava farto de ver, num instante desapareceram todos os pensamentos sobre si mesmo: ele ficou totalmente absorvido por um sentimento de felicidade, causado pela proximidade do soberano. Só com essa proximidade, Rostóv sentia-se recom-

---

56 Francês: "cabo de esquadra".

57 Francês: "mas não façam mal ao meu cavalinho".

58 *Tchervónetsi*: moeda de ouro no valor de três rublos.

59 Imitação do francês *Allez* ("Anda").

pensado da perda daquele dia. Estava feliz como um amante quando chega a hora de um encontro desejado. Sem coragem de olhar à sua volta, e sem olhar à sua volta, Rostóv sentia-se perturbado ao intuir a aproximação do tsar. E sentia isso não por causa de um som de tropel de cavalos que se aproximavam, sentia isso porque, durante a aproximação, tudo ficava mais claro, mais alegre, mais significativo e festivo à sua volta. Aquele sol movia-se cada vez mais para perto de Rostóv, propagando a seu redor os raios de uma luz dócil e majestosa, e pronto, agora ele já se sente apanhado por aqueles raios, já ouve a sua voz — aquela voz afetuosa, serena, majestosa e ao mesmo tempo tão simples. E assim como tinha de ser, na maneira de sentir de Rostóv, teve início um silêncio mortal, e naquele silêncio ressoaram os sons da voz do soberano.

— *Les houzards de Pavlograd?*[60] — disse ele, em tom interrogativo.

— *La réserve, sire!*[61] — respondeu uma outra voz, muito humana, depois da voz não humana que tinha dito: "*Les huzards de Pavlograd?*".

O soberano chegou até onde estava Rostóv e parou. O rosto de Alexandre estava ainda mais belo do que na revista de tropas, três dias antes. O rosto rebrilhava com tamanha alegria e juventude, com uma juventude tão inocente que lembrava a vivacidade de um menino de catorze anos e ao mesmo tempo era, apesar de tudo, o rosto de um imperador majestoso. Ao correr o olhar pelo esquadrão, ao acaso, os olhos do soberano encontraram-se com os olhos de Rostóv e detiveram-se neles não mais que dois segundos. Tenha ou não entendido o que se passava na alma de Rostóv (pareceu a Rostóv que ele entendeu tudo), o soberano observou o rosto de Rostóv por uns dois segundos, com os seus olhos azuis. (Uma luz derramava-se deles, suave e dócil.) Depois, de repente, ergueu as sobrancelhas, golpeou o cavalo com um movimento brusco do pé esquerdo e avançou a galope.

O jovem imperador não conseguiu conter o desejo de estar presente à batalha e, a despeito de todas as recomendações dos cortesãos, ao meio-dia separou-se da terceira coluna, junto à qual seguia, e galopou rumo à vanguarda. Ainda antes de chegar aos hussardos, alguns ajudantes de ordens vieram ao seu encontro com a notícia do desfecho feliz do combate.

A batalha, que consistiu apenas na captura de um esquadrão de franceses, foi retratada como uma vitória formidável sobre os franceses, e por isso o soberano e todo o exército, sobretudo quando a fumaça de pólvora ainda não se dissipara no campo de batalha, acreditaram que os franceses tinham sido vencidos e que se

---

60 Francês: "Os hussardos de Pávlograd?".

61 Francês: "A reserva, senhor!".

renderam contra a sua vontade. Alguns minutos após a passagem do soberano, a divisão de Pávlograd recebeu ordem de avançar. Na própria Wischau, pequena cidadezinha alemã, Rostóv avistou o soberano mais uma vez. Na praça da cidade, na qual, antes da chegada do soberano, tinha ocorrido um tiroteio muito forte, jaziam alguns homens mortos e feridos, que não haviam tido tempo de se retirar dali. O soberano, rodeado pela comitiva de militares e civis, montava uma outra égua baia de cauda curta, não a que montara na revista de tropas, e inclinado para o lado, segurando um lornhão de ouro junto aos olhos com um gesto gracioso, observava através dele um soldado que jazia de bruços, sem a barretina, com a cabeça ensanguentada. O soldado ferido estava tão sujo, tinha um aspecto tão grosseiro e repulsivo que a sua proximidade do soberano chocou Rostóv. Ele viu que os ombros arqueados do soberano estremeceram, como que atravessados por um calafrio, viu que o seu pé esquerdo começou a bater a espora convulsivamente no flanco da égua e viu que o animal bem ensinado olhou para trás com indiferença e não saiu do lugar. Um ajudante de ordens desmontou, pegou o soldado por baixo dos braços e tratou de colocá-lo numa padiola que apareceu ali. O soldado começou a gemer.

— Devagar, devagar, não podem fazer isso mais devagar? — exclamou o soberano, que parecia sofrer ainda mais do que o soldado moribundo, e seguiu adiante.

Rostóv viu as lágrimas que encheram os olhos do soberano e ouviu como ele, ao se afastar, disse em francês para Czartoryski:

— Que coisa horrível é a guerra, que coisa horrível! *Quelle terrible chose que la guerre!*

As tropas da vanguarda estacionaram diante de Wischau, à vista da linha de frente do inimigo, que ao longo de todo aquele dia, em face de um tiroteio leve, cedera terreno para nós. Um agradecimento do soberano foi transmitido à vanguarda, foram prometidas condecorações e distribuíram aos soldados uma ração dupla de vodca. Com ainda mais alegria do que na noite anterior, as fogueiras dos acampamentos crepitaram, e ressoaram as canções dos soldados. Deníssov, naquela noite, comemorou sua promoção a major, e Rostóv, já bastante embriagado no final da farra, propôs um brinde à saúde do soberano, mas "não do soberano-imperador, como dizem nos jantares dos oficiais", disse ele, "mas à saúde do soberano, um grande homem, bondoso e encantador; bebamos pela sua saúde e pela vitória certa contra os franceses".

— Se nós antes lutamos — disse ele — e não demos moleza para os franceses em Schöngraben, imaginem o que vai acontecer agora, que ele está à frente. Todos vamos morrer, e com satisfação vamos morrer por ele. E então, senhores? Talvez eu não esteja falando direito, bebi muito, mas é isso o que sinto, e vocês também. À saúde de Alexandre I! Hurra!

— Hurra! — ressoaram as vozes entusiasmadas dos oficiais.

E o velho capitão de cavalaria, Kírsten, gritava entusiasmado, e com uma sinceridade não menor do que a de Rostóv, que tinha vinte anos.

Quando os oficiais terminaram de beber e quebraram seus copos, Kírsten encheu outros e, só de camisa e calças de montaria, com um copo na mão, aproximou-se das fogueiras dos soldados, brandiu o braço para o alto e parou à luz de uma fogueira, numa pose imponente, com os bigodes compridos e grisalhos e o peito branco que se via por baixo da camisa aberta.

— Rapazes, à saúde do soberano-imperador, pela vitória sobre os inimigos, hurra! — gritou com sua voz intrépida de velho hussardo em tom de barítono.

Os hussardos aglomeraram-se em redor e responderam unidos num grito bem alto.

Tarde da noite, quando todos dispersaram, Deníssov bateu com a mão curtinha no ombro do seu favorito, Rostóv.

— Veja só, em campanha, não tem ninguém para a gente se apaixonar, e aí ele vai e se apaixona pelo tsar — disse Deníssov.

— Deníssov, não brinque com isso — gritou Rostóv —, é um sentimento tão elevado, tão belo, tão...

— Acredito, acredito, amiguinho, e compartilho e aprovo...

— Não, não entende!

Rostóv também se levantou e foi perambular entre as fogueiras, pensando na felicidade que seria morrer, não salvando a vida do soberano (nisso ele não se atrevia nem a sonhar), mas apenas morrer diante dos olhos dele. Estava de fato apaixonado pelo tsar e também pela glória das armas russas, e esperançoso de um futuro triunfo. E não era só ele que experimentava tal sentimento naqueles dias memoráveis que antecederam a batalha de Austerlitz: nove décimos dos soldados do Exército russo, naquele momento, estavam apaixonados, embora com menos entusiasmo, pelo tsar e pela glória das armas russas.

XI

No dia seguinte, o soberano ficou em Wischau. Villiers, o médico da corte, foi chamado várias vezes à sua presença. No quartel-general e nas tropas mais próximas, espalhou-se a notícia de que o soberano estava doente. Não comeu nada e dormiu mal naquela noite, pelo que diziam os mais próximos. A causa do mal-estar residia na forte impressão que a visão dos feridos e mortos deixara na alma sensível do soberano.

No amanhecer do dia 17, um oficial francês, que viera sob uma bandeira branca, foi conduzido dos postos avançados até Wischau e pedia um encontro com o imperador russo. O oficial era Savary. O soberano havia acabado de adormecer, e portanto Savary tinha de esperar. Ao meio-dia ele foi recebido pelo soberano e uma hora depois foi com o príncipe Dolgorúkov para os postos avançados do Exército francês.

Conforme se comentou, o propósito do envio de Savary foi a proposta de um encontro entre o imperador Alexandre e Napoleão. O encontro pessoal, para alegria e orgulho de todo o Exército, foi recusado e, em lugar do soberano, o príncipe Dolgorúkov, o vencedor de Wischau, foi enviado junto com Savary para negociar com Napoleão, caso tais negociações, contra todas as expectativas, tivessem por finalidade um verdadeiro desejo de paz.

Dolgorúkov voltou ao entardecer, seguiu direto ao encontro do soberano e ficou a sós com ele por muito tempo.

Nos dias 18 e 19 de novembro, as tropas avançaram mais dois dias de marcha, e os postos avançados do inimigo, depois de breves tiroteios, recuaram. Nas altas esferas do Exército, desde o meio-dia do dia 19, teve início uma intensa movimentação, ansiosa e agitada, que se prolongou até a manhã do dia seguinte, 20 de novembro, em que se deu a tão memorável batalha de Austerlitz.

Até o meio-dia do dia 19, as movimentações, as conversas animadas, a correria, o vaivém de ajudantes de ordens limitavam-se ao quartel-general dos imperadores; depois do meio-dia, a movimentação passou para o quartel-general de Kutúzov e para o Estado-Maior dos comandantes de coluna. Ao entardecer, por meio dos ajudantes de ordens, essa movimentação propagou-se por todos os setores e pontos extremos do exército e, na noite de 19 para 20, a massa de oitenta mil soldados das tropas aliadas levantou-se de seus acampamentos de pernoite, pôs-se a zunir num vozerio, agitou-se, e pôs-se em movimento numa imensa tela de nove verstas.

A movimentação concentrada, que começou pela manhã no quartel-general dos imperadores e impulsionou toda a movimentação posterior, era semelhante ao primeiro movimento da roda central de um grande relógio de torre. Lentamente, moveu-se uma roda, uma outra girou, e uma terceira, e cada vez mais rápido as rodas, as roldanas, as engrenagens começaram a girar, os carrilhões começaram a tocar, os bonecos começaram a pular, e os ponteiros começaram a mover-se de modo ritmado, mostrando o resultado daquela movimentação.

Como no mecanismo de um relógio, também no mecanismo da atividade militar, uma vez começado um movimento, ele segue de modo irresistível até o resultado final, e também permanecem imóveis e indiferentes, até o momento da transmissão do movimento, as partes do mecanismo ainda não alcançadas por aquele impulso. As rodas rangem nos eixos, os dentes agarram, as roldanas chiam por causa da velocidade em que giram, e no entanto uma roda contígua permanece quieta e imóvel, como se estivesse disposta a ficar centenas de anos nessa imobilidade; mas chega a hora — uma alavanca engata e, obedecendo ao movimento, a roda estala ao mexer-se e se une também à mesma ação, cujo resultado e propósito ela não entende.

Tal como num relógio o resultado do movimento complexo de inúmeras rodas e roldanas diferentes é apenas o movimento vagaroso e regular dos ponteiros que marcam o tempo, assim também o resultado de todos os complexos movimentos humanos daqueles cento e sessenta mil russos e franceses — todas as paixões, desejos, arrependimentos, humilhações, sofrimentos, acessos de orgulho, de medo, de entusiasmo daquela gente — foi apenas a derrota na batalha de Austerlitz, chamada de a batalha dos três imperadores, ou seja, o vagaroso deslocamento do ponteiro da história mundial no mostrador da história da humanidade.

O príncipe Andrei estava de serviço naquele dia e não saía de perto do comandante em chefe.

Às seis horas da tarde, Kutúzov chegou ao quartel-general dos imperadores e, depois de ficar com o soberano por um breve intervalo, seguiu ao encontro do alto marechal da corte, o conde Tolstói.

Bolkónski aproveitou esse intervalo para procurar Dolgorúkov e informar-se dos detalhes do que se passava. O príncipe Andrei sentia que Kutúzov estava abalado e desgostoso com alguma coisa, que no quartel-general estavam descontentes com ele, e que todos no quartel-general do imperador se dirigiam a ele naquele tom de quem sabe algo que os outros não sabem; e por isso Bolkónski queria conversar com Dolgorúkov.

— Ora, boa tarde, *mon cher* — disse Dolgorúkov, sentado com Bilíbin para tomar chá. — A festa será amanhã. Como vai o seu velho? Anda mal-humorado?

— Não digo que esteja mal-humorado, mas acho que ele gostaria de ser ouvido.

— Mas ele foi ouvido no conselho de guerra e será ouvido quando falar com juízo; mas adiar e esperar não se sabe o quê, agora quando Bonaparte receia mais que tudo uma batalha geral, é impossível.

— Mas o senhor esteve com ele? — perguntou o príncipe Andrei. — E então, que tal o Bonaparte? Que impressão o senhor teve dele?

— Sim, eu o vi e me convenci de que ele teme uma batalha geral, mais que tudo no mundo — repetiu Dolgorúkov, valorizando visivelmente aquela conclusão do seu encontro com Napoleão. — Se ele não temesse a batalha, para que iria solicitar um encontro, manter conversações e sobretudo recuar, quando o recuo é algo tão contrário a todo o seu método de conduzir a guerra? Acredite-me: ele está com medo, teme uma batalha geral, a hora dele chegou. Garanto isso ao senhor.

— Mas me conte, como ele é? — perguntou ainda o príncipe Andrei.

— Um homem numa sobrecasaca cinza que queria muito que eu o tratasse por "vossa majestade", mas, para desgosto dele, não conseguiu arrancar de mim nenhum título. Aí está que homem ele é, e mais nada — respondeu Dolgorúkov, virando-se e olhando para Bilíbin com um sorriso.

— Apesar do meu total respeito pelo velho Kutúzov — prosseguiu ele —, faríamos um belo papel esperando não se sabe o quê, e assim lhe dando a chance de fugir, ou de nos enganar, quando agora ele está seguramente em nossas mãos. Não, é preciso não esquecer Suvórov e as suas regras: não se colocar na posição de quem é atacado, e sim atacar. Acredite, na guerra, a energia dos jovens muitas vezes aponta o caminho de modo mais correto do que toda a experiência dos velhos Cunctator.[62]

— Mas em que ponto nós vamos atacá-lo? Estive nos postos avançados hoje, e é impossível decidir onde exatamente estão as forças principais dele — disse o príncipe Andrei.

Queria expor para Dolgorúkov o seu próprio plano de ataque, que ele mesmo traçara.

— Ah, isso não faz a menor diferença — retrucou logo Dolgorúkov, levantando-se e abrindo um mapa sobre a mesa. — Todas as circunstâncias foram previstas: se ele estiver em Brünn...

E o príncipe, de modo rápido e sem clareza, explicou o plano do movimento de flanco de Weyrother.

O príncipe Andrei começou a fazer objeções e a expor o seu plano, que podia ser tão bom quanto o plano de Weyrother mas tinha o defeito de o plano de Weyrother já ter sido aprovado. Assim que o príncipe Andrei começou a explicar as desvantagens daquele plano e as vantagens do seu, o príncipe Dolgorúkov parou de escutá-lo e olhou distraído não para o mapa, mas para o rosto do príncipe Andrei.

— De resto, hoje haverá um conselho de guerra no alojamento de Kutúzov: lá, o senhor poderá expor tudo — disse Dolgorúkov.

— Farei isso — respondeu o príncipe Andrei, afastando-se dos mapas.

— Por que os senhores estão preocupados? — perguntou Bilíbin, que até então escutava a conversa deles com um sorriso alegre e agora, pelo visto, preparava-se para dizer um gracejo. — Haja uma vitória ou uma derrota amanhã, a glória das

---

62 Referência a Fabius Maximus Cunctator (275-203 a. C.), comandante militar romano, célebre por suas táticas protelatórias.

armas russas está garantida. Exceto o seu Kutúzov, não há mais nenhum russo no comando de uma coluna. Os comandantes são: *Herr general Wimpfen, le comte de Langeron, le prince de Lichtenstein, le prince de Hohenlohe et enfin Prsch... Prsch... et ainsi de suite, comme tous le noms polonais.*[63]

— *Taisez-vous, mauvaise langue*[64] — disse Dolgorúkov. — Não é verdade, agora já há dois russos: Milorádovitch e Dokhtúrov, e ainda haveria um terceiro, o conde Araktchéiev, mas ele tem os nervos fracos.

— Acho que agora Mikhail Ilariónovitch[65] saiu — disse o príncipe Andrei. — Desejo felicidade e sucesso aos senhores — acrescentou e saiu, depois de apertar a mão de Dolgorúkov e de Bilíbin.

No caminho de volta, o príncipe Andrei não conseguiu se conter e perguntou ao silencioso Kutúzov, sentado a seu lado: o que ele pensava sobre a batalha do dia seguinte?

Kutúzov fitou o seu ajudante de ordens com ar severo e, após um instante de silêncio, respondeu:

— Acho que perderemos a batalha, e assim disse ao conde Tolstói e pedi que o transmitisse ao soberano. E o que você acha que ele me respondeu? *Eh, mon cher général, je me mêle du riz et des côtelettes, mêlez-vous des affaires de la guerre.*[66] Pois é... Aí está o que me responderam!

XII

Já passava das nove horas quando Weyrother apareceu com os seus planos no quartel-general de Kutúzov, onde se devia realizar o conselho de guerra. Todos os comandantes de colunas foram convocados para a reunião com o comandante em chefe e, com exceção do general Bagration, que se recusou a ir, todos se apresentaram na hora marcada.

Weyrother, o responsável absoluto pela condução da batalha, em seu entusiasmo e afobação, apresentava um contraste gritante com o sonolento e des-

---

63 Francês: "O senhor general Wimpfen, o conde de Langeron, o príncipe de Lichtenstein, o príncipe de Hohenloe e enfim Prsch... Prsch... [refere-se ao general polonês Przebyszéwski], e assim por diante, como todos os nomes poloneses".

64 Francês: "Cale-se, língua malvada".

65 Prenome e patronímico de Kutúzov, um tratamento menos formal do que o sobrenome de família.

66 Francês: "Ora, meu caro general, eu cuido do arroz e das costeletas, cuide o senhor dos assuntos da guerra".

contente Kutúzov, que de má vontade cumpria o papel de presidente e diretor do conselho de guerra. Weyrother, obviamente, sentia-se à testa de um movimento que agora já era irrefreável. Parecia um cavalo atrelado a uma carroça que vai depressa ladeira abaixo. Se ele puxava ou se era puxado, não sabia; mas corria a toda a velocidade, sem ter mais tempo de ponderar aonde aquele movimento levaria. Naquela tarde, Weyrother foi duas vezes examinar pessoalmente as linhas do inimigo e esteve duas vezes com os soberanos, o russo e o austríaco, para apresentar relatórios e informações, e também no seu escritório, onde ditou o dispositivo em alemão. Exausto, foi então ao encontro de Kutúzov.

Pelo visto, ele andava tão atarefado que esqueceu até de ser respeitoso com o comandante em chefe: interrompia-o, falava ligeiro e sem muita clareza, sem olhar para o rosto do interlocutor, sem responder as perguntas que lhe eram dirigidas, estava sujo de lama e tinha um aspecto deplorável, exausto, desnorteado e ao mesmo tempo presunçoso e orgulhoso.

Kutúzov ocupava um pequeno castelo de fidalgos perto de Ostralitz. Na grande sala, transformada em gabinete do comandante em chefe, reuniram-se: o próprio Kutúzov, Weyrother e os membros do conselho de guerra. Bebiam chá. Esperavam apenas o príncipe Bagration para começar o conselho de guerra. Depois das oito horas, chegou um ordenança de Bagration com a notícia de que o príncipe não poderia vir. O príncipe Andrei foi transmitir essa informação ao comandante em chefe e ficou na sala para presenciar o conselho, aproveitando a autorização que Kutúzov lhe dera antes.

— Como o príncipe Bagration não virá, podemos começar — disse Weyrother, levantando-se rapidamente do seu lugar e aproximando-se da mesa onde estava aberto um imenso mapa dos arredores de Brünn.

Kutúzov, num uniforme desabotoado, do qual o seu pescoço gordo emergia por cima do colarinho, como se tivesse se soltado, estava sentado numa poltrona de espaldar alto, as mãos velhas e rechonchudas colocadas simetricamente sobre os braços da poltrona, e quase dormia. Ao som da voz de Weyrother, Kutúzov abriu com esforço o seu único olho.

— Sim, sim, por favor, mas já é tarde — disse e, depois de fazer um aceno com a cabeça, baixou-a e fechou de novo o olho.

Se, de início, os membros do conselho pensaram que Kutúzov fingia dormir, os sons que ele emitia pelo nariz durante a leitura que se seguiu demonstravam que, naquele momento, para o comandante em chefe, havia uma questão muito mais importante do que o desejo de mostrar o seu desprezo pelo dispositivo ou pelo que quer que fosse: para ele, tratava-se da satisfação irresistível de uma necessidade humana — o sono. Ele estava de fato dormindo. Weyrother, com o gesto de um homem ocupado demais para perder um só minuto que fosse, lançou um olhar para Kutúzov e, convencido de que dormia, pegou a folha de papel e, num tom alto e monótono, começou a ler o dispositivo da futura batalha, sob o título, que ele também leu:

"Dispositivo para o ataque à posição inimiga atrás de Kobelnitz e Sokolnitz, 20 de novembro do ano de 1805."

O dispositivo era muito complicado e difícil. No original, o dispositivo começava assim:

> *Da der Feind mit seinem linken Flügel an die mit Wald bedeckten Berge lehnt und sich mit seinem rechten Flügel längs Kobelnitz und Sokolnitz hinter die dort befindlichen Teiche zieht, wir im Gegenteil mit unserem linken Flügel seinen rechten sehr debordieren, so ist es vorteilhaft letzteren Flügel des Feindes zu attackieren, besonders wenn wir die Dörfen Sokolnitz und Kobelnitz im Besitze haben, wodurch wir dem Feind zugleich in die Flanke fallen und ihn auf der Fläche zwischen Schlapanitz und dem Turaser-Walde verfolgen können, indem wir den Defileen von Schlapanitz und Bellowitz ausweichen, welche die feindliche Front decken. Zu diesem Endzwecke ist es nötig… Die erste Kolonne marschiert… die zweite Kolonne marschiert… die dritte Kolonne marschiert…*[67]

E assim continuou a ler Weyrother. Os generais pareciam escutar a contragosto o difícil dispositivo. O general Buxhöwden, alto e louro, estava de pé, as costas apoiadas na parede e, com os olhos fixos numa vela que ardia, parecia não escutar e até não querer que pensassem que ele escutava. Bem em frente a Weyrother, com os olhos brilhantes e arregalados cravados sobre ele, numa pose de guerra, os braços apoiados nos joelhos, com os cotovelos abertos, estava sentado o corado Milorádovitch, com os ombros e os bigodes levantados. Mantinha-se obstinadamente calado, enquanto olhava para o rosto de Weyrother, e só desviou os olhos quando o comandante do Estado-Maior austríaco se calou. Nesse momento, Milorádovitch voltou-se para os outros generais com ar significativo. No entanto, por aquele olhar

---

67 Alemão: "Uma vez que a ala esquerda do inimigo se encontra em montes cobertos de bosques e a ala direita se espraia por Kobelnitz e Sokolnitz, para além dos alagados que há ali, ao passo que nós, por outro lado, com a nossa ala esquerda, ultrapassamos em muito a sua direita, é vantajoso atacar esta última ala do inimigo, sobretudo se ocuparmos as vilas de Sokolnitz e Kobelnitz, pois assim poderemos cair sobre o flanco inimigo e também dar perseguição ao inimigo na planície entre Schlapanitz e a floresta de Thuerassa, evitando os desfiladeiros de Schlapanitz e Bellowitz, que dão cobertura ao front do inimigo. Para tal propósito, é necessário que… A primeira coluna marche… a segunda coluna marche… a terceira coluna marche…".

significativo, era impossível saber se ele estava de acordo ou em desacordo, satisfeito ou insatisfeito, com o dispositivo. Sentado mais perto de Weyrother do que todos os demais, estava o conde Langeron e, com o sorriso sutil no seu rosto do sul da França, que não o deixou durante todo o tempo da leitura, olhava para os seus dedos finos que faziam rodar pelos cantos uma tabaqueira de ouro com um retrato. No meio de uma das frases mais longas, ele parou o movimento giratório da tabaqueira, levantou a cabeça e, com um toque de cortesia desagradável no cantinho dos lábios finos, interrompeu Weyrother e fez menção de dizer alguma coisa; mas o general austríaco, sem interromper a leitura, franziu as sobrancelhas irritado e abanou os cotovelos, como se dissesse: depois, depois o senhor me dirá suas ideias, agora tenha a bondade de observar o mapa e escutar. Langeron ergueu os olhos com uma expressão de perplexidade, virou-se para Milorádovitch como se procurasse uma explicação, mas, ao deparar com o olhar significativo de Milorádovitch, cujo significado ninguém entendia, baixou os olhos com tristeza e pôs-se de novo a rodar a tabaqueira entre os dedos.

— *Une leçon de géographie*[68] — exclamou ele, como se falasse consigo, mas em tom alto o bastante para que ouvissem.

Przebyszéwski, com uma cortesia respeitosa, mas digna, tinha a mão em concha por trás da orelha voltada para Weyrother, com o aspecto de um homem absorvido pela atenção. Dokhtúrov, de baixa estatura, estava sentado de frente para Weyrother, com um aspecto esforçado e modesto, e inclinado sobre o mapa aberto, estudava escrupulosamente o dispositivo e o terreno, desconhecido para ele. Pediu várias vezes que Weyrother repetisse palavras que ouvira mal e nomes difíceis de aldeias. Weyrother atendia o seu desejo, e Dokhtúrov anotava.

Quando a leitura, que demorou mais de uma hora, terminou, Langeron parou de novo de rodar a tabaqueira e, sem olhar para Weyrother, nem para nenhuma pessoa em especial, começou a dizer como seria difícil executar tal dispositivo, no qual se supunha que a posição do inimigo era conhecida, quando na realidade talvez ignorássemos aquela posição, pois o inimigo se encontrava em movimento. As objeções de Langeron eram fundamentadas, mas obviamente tinham como principal objetivo o desejo de dar ao general Weyrother, que lera o seu dispositivo com a presunção de quem se dirige a crianças numa escola, a sensação de que ele estava tratando não com imbecis, mas com pessoas capazes de também lhe dar lições sobre assuntos de guerra. Quando a voz monótona de Weyrother silenciou, Kutúzov abriu o olho, como um moleiro acorda quando se interrompe o ruído so-

---

68 Francês: "Uma aula de geografia".

porífero das rodas do moinho, escutou um pouco o que Langeron dizia e, como se dissesse: "Mas vocês ainda estão falando dessa bobagem?", tratou rapidamente de fechar o olho e baixou a cabeça mais ainda.

Esforçando-se ao máximo para ferir Weyrother, e do modo mais cáustico possível, na sua vaidade militar de autor, Langeron demonstrou que Bonaparte podia facilmente atacar, em vez de ser atacado, e em consequência tornar todo aquele dispositivo completamente inútil. A todas as objeções, Weyrother respondia com um firme sorriso de desprezo, pelo visto já preparado de antemão para toda e qualquer objeção, independentemente do que lhe dissessem.

— Se pudesse nos atacar, ele o faria hoje mesmo — disse Weyrother.

— O senhor, portanto, acha que Napoleão está enfraquecido — disse Langeron.

— E muito, se tiver quarenta mil homens — respondeu Weyrother, com o sorriso de um médico a quem uma curandeira quer receitar um tratamento.

— Nesse caso, ele caminha rumo à própria destruição, ficando à espera do nosso ataque — disse Langeron, com um sorriso sutil e irônico, virando-se de novo para Milorádovitch, perto dele, em busca de apoio.

Mas, pelo visto, a coisa em que Milorádovitch menos pensava naquele momento era o assunto que os generais discutiam.

— *Ma foi*[69] — exclamou ele —, amanhã veremos tudo isso no campo de batalha.

Weyrother sorriu de novo com aquele sorriso que dizia que *ele* achava ridículo e estranho encontrar objeções de generais russos e ainda ter de provar algo de que não só ele estava mais do que convencido, como também os imperadores estavam convencidos.

— O inimigo apagou as fogueiras e se ouve um barulho ininterrupto no seu acampamento — disse ele. — O que isso significa? Ou o inimigo está se afastando, a única coisa que devemos temer, ou está mudando de posição (sorriu). Mas, mesmo que tome posição em Thuerassa, ele apenas vai nos livrar de grandes trabalhos, e todas as disposições, até os mínimos detalhes, permanecerão as mesmas.

— Como assim? — perguntou o príncipe Andrei, que havia muito esperava uma chance de expressar suas dúvidas.

Kutúzov acordou, pigarreou com dificuldade e olhou para os generais.

— Senhores, o dispositivo para amanhã, ou melhor, para hoje (pois já é mais de meia-noite), não pode ser alterado — disse. — Os senhores o ouviram e todos nós cumpriremos o nosso dever. E antes de uma batalha não há nada mais importante do que... (calou-se por um momento) dormir bem.

---

69 Francês: "De fato".

Fez menção de levantar-se. Os generais despediram-se com uma reverência e afastaram-se. Já passava da meia-noite. O príncipe Andrei saiu.

O conselho de guerra, no qual o príncipe Andrei não conseguiu expressar sua opinião como esperava, deixou nele uma impressão confusa e alarmada. Quem tinha razão: Dolgorúkov e Weyrother, ou Kutúzov e Langeron e outros, que não aprovavam o plano de ataque — ele não sabia. "Mas será mesmo impossível para Kutúzov expor suas ideias diretamente ao soberano? Será que é mesmo impossível agir de outro modo? Será que por motivos pessoais e da corte se deve pôr em risco a vida de dezenas de milhares de pessoas e até a minha, a minha própria vida?", pensava.

"Sim, pode muito bem acontecer que amanhã me matem", pensou. E de repente, diante de tal pensamento sobre a morte, sua imaginação foi assaltada por toda uma série de recordações, as mais remotas e as mais afetivas; lembrou-se da última despedida do pai e da esposa; lembrou-se dos primeiros tempos do seu amor por ela! Lembrou-se da sua gravidez e teve pena dela e de si, e num estado de ânimo agitado, nervoso e comovido, saiu da isbá onde estava com Nesvítski e pôs-se a andar na frente da casa.

A noite estava enevoada, e os raios da lua irrompiam misteriosos através da neblina. "Sim, amanhã, amanhã!", pensava. "Amanhã, para mim, talvez tudo termine, todas essas recordações não existirão mais. Todas essas recordações não terão mais nenhum sentido para mim. Amanhã, talvez, ou com certeza, amanhã, eu pressinto isso, pela primeira vez terei de mostrar, afinal, tudo o que sou capaz de fazer." E viu a batalha em pensamento, estavam perdendo, viu a concentração do combate num só local e a perplexidade de todos os comandantes. E pronto, aquele momento feliz, aquela Toulon que o príncipe Andrei tanto esperava enfim se apresentava a ele. Expõe com clareza e em tom firme a sua opinião para Kutúzov, para Weyrother e para os imperadores. Todos ficam impressionados com a exatidão da sua ideia, mas ninguém se incumbe de cumpri-la, e então ele mesmo assume o comando de um regimento, de uma divisão, apresenta a condição de que ninguém deve interferir nas suas ordens e conduz a sua divisão para o ponto decisivo e sozinho alcança a vitória. Mas e a morte e os sofrimentos?, pergunta uma outra voz. No entanto o príncipe Andrei não responde a essa voz e continua nas suas vitórias. O dispositivo da batalha seguinte, é ele sozinho quem determina. Tem o título apenas de ajudante de ordens de Kutúzov, mas faz tudo sozinho. A batalha seguinte, ele a vence sozinho. Kutúzov é transferido, ele é nomeado em seu lugar... Bem, e depois?, pergunta de novo a outra voz, e depois, se antes disso você não tiver sido dez vezes ferido, ou morto, ou traído; e então, e depois, o quê? "Bem, depois", responde para si o príncipe Andrei, "eu não sei o que vai acontecer depois, não quero e não posso saber: mas se há uma coisa que eu quero, eu quero a glória, quero ser famoso entre as pessoas, quero ser amado por elas, e não tenho culpa de querer isso, de querer só isso, de viver só para isso. Sim, só para isso! Nunca vou contar isso para ninguém, não, meu Deus! O que posso fazer se não amo nada tanto como a glória, o amor das pessoas? A morte, os ferimentos, a perda da família, nada me assusta. E por mais que tantas pessoas me sejam caras e queridas — o pai, a irmã, a esposa — as pessoas mais queridas para mim —, e por mais que isso pareça terrível e contrário à natureza, abro mão de todos eles agora, em troca de um minuto de glória, de triunfo sobre as pessoas, em troca do amor de pessoas que não conheço e não vou conhecer, do amor destas pessoas aqui", pensou, enquanto ouvia o som de vozes no pátio do alojamento de Kutúzov. No pátio de Kutúzov, ouviam-se as vozes dos ordenanças que se preparavam para dormir; uma voz, na certa do cocheiro, mexia com o velho cozinheiro de Kutúzov, que o príncipe Andrei conhecia e a quem chamavam de Tit, e dizia:

— Tit, ei, Tit?

— O quê? — respondeu o velho.

— Tit, mas que apetite — disse o gozador.

— Xô, para o diabo — irrompeu a voz, encoberta pela gargalhada dos ordenanças e dos criados.

"E no entanto eu amo e prezo só o triunfo sobre todos eles, prezo essa misteriosa força e essa glória que paira sobre mim, aqui, nesta neblina!"

XIII

Rostóv, naquela noite, estava num pelotão nas fileiras de flanco, à frente do destacamento de Bagration. Os seus hussardos estavam distribuídos em pares na linha de combate; o próprio Rostóv percorria as linhas a cavalo, tentando dominar o sono que o assaltava de modo irresistível. Atrás dele, via-se a vasta extensão das fogueiras do nosso exército, que ardiam obscurecidas pela neblina; à sua frente, havia uma escuridão enevoada. Por mais que Rostóv observasse aquele espaço enevoado, nada enxergava: ora ficava cinzento, ora algo parecia enegrecer; ora tinha a impressão de que apareciam umas luzinhas, lá onde devia estar o inimigo; ora achava que era só um brilho nos seus olhos. Os olhos fechavam e, na imaginação, surgiam ora o soberano, ora Deníssov, ora recordações de Moscou, e ele abria de novo os olhos depressa, e na sua frente, bem perto, via a cabeça e as orelhas do cavalo em que estava montado e às vezes os vultos negros dos hussardos quando Rostóv chegava a seis passos deles, mas ao longe era sempre a mesma escuridão enevoada. "Por que não? É bem possível", pensou Rostóv, "que o soberano me encontre e me dê uma incumbência como a que daria a qualquer oficial. Vai me dizer: 'Vá até lá e descubra o que está acontecendo'. Muita gente já me contou como o soberano conheceu um oficial qualquer por puro acaso e acabou ficando amigo dele. Quem dera ele me tivesse por amigo! Ah, como eu o protegeria, como eu lhe diria toda a verdade, como eu iria desmascarar os impostores", e Rostóv, a fim de retratar com vivacidade para si mesmo o seu amor e a sua devoção ao soberano, imaginava um inimigo ou um traidor alemão, que ele com prazer não só matava, como também esbofeteava no rosto, diante dos olhos do soberano. De repente, um grito distante despertou Rostóv. Num sobressalto, abriu os olhos.

"Onde estou? Sim, na linha de frente: palavra de ordem e senha: tirante, Olmütz. Que pena que o nosso esquadrão, amanhã, vai ficar nas forças de reserva...", pensou. "Vou pedir para lutar. Talvez seja a única chance de ver o imperador. Sim, agora falta pouco para a troca de turno. Vou fazer mais uma ronda e, quando voltar, falarei com o general e pedirei a ele." Ajeitou-se sobre a sela e tocou o cavalo com as esporas para fazer mais uma ronda pelos seus hussardos. Teve a impressão de que estava mais claro. Do lado esquerdo, viu uma encosta em declive iluminada, e na frente dela um morro preto, que parecia escarpado como uma parede. No morro, havia uma mancha branca que Rostóv não conseguia entender de maneira alguma: seria uma clareira na mata, iluminada pela lua, ou neve que não derretera, ou uma casa branca? Pareceu-lhe até que algo se mexia naquela mancha branca. "Deve ser neve... essa mancha; uma mancha... *une tache*",[70] pensou Rostóv. "Olhe, não fure o dedo na tacha..."

"Natacha, minha irmã, olhos pretos. Na... *tachka*.[71] (Imagine só a cara dela quando eu lhe contar que vi o soberano!) Natachka... pegue a *tachka*..." "Vá para a direita, vossa excelência, aqui tem umas moitas", disse a voz de um hussardo pelo qual Rostóv passou, pegando no sono. Rostóv levantou a cabeça, que havia baixado até a crina do cavalo, e parou ao lado do hussardo. Um sono infantil, de jovem, tomava conta dele de um modo irresistível. "Sim, o que era mesmo que eu estava pensando?... Não posso esquecer. Como vou falar com o soberano? Não, não é isso... isso vai ser amanhã. Sim, sim! Natacha... o ataque... atacar... quem?

---

70 Francês: "uma mancha".

71 Trocadilho com a palavra russa "tachka": bolsinha de couro usada pelos hussardos.

Os hussardos. Os hussardos de sardas... Na rua Tvierskaia passava um hussardo de sardas, eu pensei de novo sobre ele, bem na frente da casa do Gúriev... O velho Gúriev... Eh, grande companheiro, o Deníssov! Sim, tudo isso é bobagem. O importante agora é que o soberano está aqui. Do jeito como olhou para mim, queria me dizer uma coisa, mas não se atreveu... Não, eu é que não me atrevi. Mas isso é bobagem, o importante é não esquecer que tenho de pensar naquilo. Na... *tachka*, a...taque, sim, sim. Está bem." E baixou de novo a cabeça sobre o pescoço do cavalo. De repente, teve a impressão de que estavam atirando contra ele. "O quê? O quê? O que foi?... Golpeie com a espada! O quê?...", exclamou Rostóv, acordando. No instante em que abriu os olhos, Rostóv ouviu na sua frente, lá onde estava o inimigo, gritos prolongados de milhares de vozes. Seu cavalo e o hussardo que estava ao seu lado ficaram de ouvidos alertas com aqueles gritos. No lugar de onde se ouviam os gritos, uma luzinha acendeu e apagou, depois uma outra, e por toda a linha das tropas francesas, na montanha, acenderam-se luzes, e os gritos se tornaram cada vez mais fortes. Rostóv ouvia o som de palavras francesas, mas não conseguia distingui-las. Vozes demais bradavam. Só se ouvia: aaaa! e rrrr!

— O que é isso? O que você acha? — voltou-se para o hussardo que estava ao seu lado. — É o inimigo?

O hussardo não respondeu.

— Será que você não ouviu? — perguntou Rostóv de novo, depois de esperar a resposta por bastante tempo.

— Quem vai saber, vossa excelência? — respondeu o hussardo a contragosto.

— Pelo lugar, não deve ser o inimigo? — repetiu Rostóv.

— Pode ser, e pode não ser — disse o hussardo. — Está de noite. Ei, sossega! — gritou para o seu cavalo, que se remexia debaixo dele.

O cavalo de Rostóv também estava inquieto, batia a pata na terra congelada, enquanto ouvia os barulhos e espiava as luzes. Os gritos ficavam cada vez mais fortes e se fundiam num único ronco geral, que só podia ser produzido por um exército de vários milhares de soldados. As luzes se espalhavam cada vez mais, provavelmente ao longo da linha do acampamento dos franceses. Rostóv não tinha mais vontade de dormir. Os gritos alegres, de triunfo, no exército inimigo produziram sobre ele um efeito estimulante: "*Vive l'empereur, l'empereur!*".[72] Rostóv agora já ouvia com clareza.

— E não estão longe... na certa, logo depois do riacho, não é? — disse para o hussardo ao seu lado.

---

72 Francês: "Viva o imperador, o imperador!".

O hussardo só deu um suspiro, sem responder, e tossiu zangado. Ao longo da linha de frente dos hussardos, ouviu-se o tropel de um cavalo a galope e de repente, do meio da neblina noturna, parecendo um enorme elefante, emergiu o vulto de um sargento hussardo.

— Vossa excelência, os generais! — disse o sargento, aproximando-se de Rostóv.

Continuando a olhar na direção das luzes e dos gritos, Rostóv seguiu com o sargento ao encontro de alguns cavaleiros que vieram à linha de frente. Um deles estava num cavalo branco. O príncipe Bagration, o príncipe Dolgorúkov e os ajudantes de ordens vieram observar o estranho aparecimento de luzes e gritos no exército inimigo. Rostóv aproximou-se de Bagration, fez a ele um breve relatório e juntou-se aos ajudantes de ordens, atento ao que os generais diziam.

— Acreditem — disse o príncipe Dolgorúkov, dirigindo-se a Bagration —, isso não passa de um truque: ele recuou e mandou que a retaguarda acendesse luzes e fizesse barulho para nos enganar.

— É pouco provável — disse Bagration. — Eu os vi ao anoitecer naquele morro; se tivessem fugido, teriam saído de lá também. Oficial — o príncipe Bagration dirigiu-se a Rostóv —, as linhas de flanco deles ainda estão lá?

— De tarde, estavam, mas agora eu não posso saber, vossa excelência. Ordene que eu vá lá com alguns hussardos — disse Rostóv.

Bagration ficou parado e, sem responder, tentou enxergar o rosto de Rostóv na neblina.

— Muito bem, vá averiguar — disse ele, depois de um breve silêncio.

— Sim, senhor.

Rostóv bateu com as esporas no cavalo, gritou chamando o sargento Fiédtchenko e mais dois hussardos, ordenou que viessem com ele e, a galope, desceram o morro na direção dos gritos, que prosseguiam. Rostóv estava contente e apavorado de ir sozinho, com três hussardos, para dentro daquela vastidão enevoada, misteriosa e perigosa, aonde ninguém tinha ido antes dele. Bagration, da elevação onde estava, gritou-lhe que não fosse além do riacho, mas Rostóv fingiu não ouvir suas palavras e, sem parar, cavalgava cada vez mais para longe, enganando-se o tempo todo, tomando arbustos por árvores e barrancos por pessoas, e o tempo todo esclarecendo os seus enganos. Depois de descer o morro a galope, ele já não via nem os nossos, nem as luzes do inimigo, mas ouvia os gritos dos franceses cada vez mais claros e mais fortes. No vale, avistou à sua frente algo parecido com um rio, mas quando chegou lá, viu que era uma estrada que passava por ali. Uma vez na estrada, freou o cavalo, indeciso: seguir pela estrada ou atravessá-la e avançar pelo campo escuro para a montanha? Seguir pela estrada, iluminada dentro da neblina, era mais seguro, porque poderia enxergar as pessoas mais depressa. "Venham atrás de mim", exclamou, atravessou a estrada e começou a subir a montanha a galope, para o lugar onde à tarde estava um piquete dos franceses.

— Vossa excelência, lá está! — exclamou um dos hussardos atrás dele.

E antes que Rostóv tivesse tempo de enxergar alguma coisa que enegrecera de repente na neblina, uma centelha brilhou, estalou um tiro e uma bala, como que se lamentando de alguma coisa, zumbiu no alto, na neblina, e voou longe, para fora do alcance da audição. Um outro fuzil engasgou ao disparar, só uma centelha brilhou na caçoleta. Rostóv virou o cavalo e partiu para trás a galope. Ressoaram mais quatro disparos em intervalos diversos, e balas cantaram em tons diversos em algum lugar na neblina. Rostóv freou o cavalo, que havia se animado, como ele, ao som dos tiros, e continuou devagar. "Vamos, mais um, mais um, vamos!", dizia no seu pensamento uma voz alegre. Mas não houve mais tiros.

Só quando se aproximava de Bagration, Rostóv pôs o cavalo a galope e, com a mão na pala da barretina, parou diante dele.

Dolgorúkov continuou aferrado à sua opinião de que os franceses haviam recuado e só acendiam luzes para nos enganar.

— O que isso prova? — perguntou, na hora em que Rostóv se aproximou. — Eles podiam recuar e deixar para trás alguns piquetes.

— É evidente que nem todos foram embora ainda, príncipe — disse Bagration. — Esperemos até amanhã de manhã, amanhã de manhã vamos descobrir tudo.

— Na montanha há um piquete, vossa excelência, no mesmo lugar em que estava de tarde — informou Rostóv, inclinando-se para a frente, com a mão na pala da barretina e incapaz de conter um sorriso de alegria, causado pela sua incursão e, sobretudo, pelo som das balas.

— Muito bem, muito bem — disse Bagration. — Muito obrigado, senhor oficial.

— Vossa excelência — disse Rostóv —, permita-me fazer um pedido.

— O que é?

— Amanhã o nosso esquadrão vai ficar na reserva; permita que eu peça ao senhor que me transfira para o primeiro esquadrão.

— Como se chama?

— Conde Rostóv.

— Ah, muito bem. Fique a meu lado, como ordenança.

— É o filho de Iliá Andreitch? — perguntou Dolgorúkov.

Mas Rostóv não respondeu.

— Então eu vou esperar, vossa excelência.

— Mandarei minhas ordens.

"Amanhã pode muito bem acontecer que me mandem levar uma mensagem ao soberano", pensou Rostóv. "Deus queira."

* * *

Os gritos e as luzes no exército inimigo se explicavam porque, na hora em que as ordens de Napoleão eram lidas nas tropas, o próprio imperador percorria a cavalo os acampamentos. Os soldados, ao reconhecer o imperador, acendiam feixes de palha e, aos gritos de "*Vive l'empereur!*", corriam atrás dele. As ordens de Napoleão eram as seguintes:

Soldados!

O exército russo avança contra nós para vingar o exército austríaco de Ulm. São os mesmos batalhões que vocês desbarataram em Hollabrunn[73] e que, desde então, vocês têm perseguido sem cessar até este local. As posições que ocupamos são muito fortes e, enquanto eles avançam para me cercar pela direita, deixam seu flanco exposto para mim! Soldados! Eu comandarei em pessoa os seus batalhões. Vou me manter afastado do fogo, se vocês, com a sua bravura habitual, levarem a desordem e a confusão às fileiras do inimigo; mas se a vitória se mostrar duvidosa, ainda que só por um minuto, vocês verão o seu imperador expor-se aos primeiros golpes do inimigo, porque não pode haver hesitação na vitória, sobretudo neste dia, quando o que está em jogo é a honra da infantaria francesa, tão necessária para a honra da nossa nação.

Não desfaçam as fileiras sob o pretexto de remover os feridos! Todos devem estar bem compenetrados de que é preciso vencer esses lacaios da Inglaterra, dominados por um imenso ódio contra a nossa nação. Essa vitória será a conclusão da nossa campanha e poderemos voltar para os quartéis de inverno, onde virão ao nosso encontro as novas tropas francesas, que estão se formando na França; e então a paz que eu farei será digna do nosso povo, de vocês e de mim.

Napoleão

XIV

Às cinco horas da manhã, ainda estava totalmente escuro. As tropas do centro, das reservas e do flanco direito de Bagration ainda estavam imóveis; mas, no flanco esquerdo, as colunas da infantaria, da cavalaria e da artilharia, que deviam ser

---

73 Trata-se da batalha de Schöngraben. As duas localidades eram vizinhas.

as primeiras a descer das elevações para atacar o flanco direito dos franceses e, segundo o dispositivo, rechaçá-lo para os montes da Boêmia, já começavam a se movimentar e levantavam seus acampamentos noturnos. A fumaça das fogueiras, em que os soldados lançavam tudo o que era supérfluo, fazia os olhos arderem. Estava frio e escuro. Os oficiais tomavam chá e comiam o desjejum às pressas, os soldados roíam pão seco, batiam com os pés no chão como um rufo de tambor para se esquentar e agrupavam-se perto das fogueiras, lançando na lenha os restos das barracas, cadeiras, mesas, rodas, barris, tudo o que era supérfluo, tudo o que era impossível carregar. Os comandantes de coluna austríacos iam e vinham no meio das tropas russas e serviam como arautos da ordem de marchar. Assim que surgia um oficial austríaco perto da barraca de um comandante de regimento, o regimento começava a se movimentar: os soldados afastavam-se das fogueiras correndo, escondiam cachimbos no cano das botas, colocavam as bolsas nas carretas, preparavam os fuzis e punham-se em forma. Os oficiais abotoavam os uniformes, afivelavam as espadas e as mochilas e, gritando, percorriam as fileiras; os carreteiros e os ordenanças atrelavam os animais, carregavam e amarravam as carretas. Os ajudantes de ordens, os comandantes de regimento e de batalhão montavam em seus cavalos, benziam-se, davam as últimas ordens, instruções e incumbências aos carreteiros que ficaram para trás, e ressoava o tropel monótono de milhares de pés. As colunas moviam-se sem saber para onde e também, por causa das pessoas em volta e por causa da fumaça e da neblina, que ficara mais pesada, sem enxergar nem o terreno de onde estavam saindo, nem aquele para onde estavam indo.

Um soldado em marcha é rodeado, limitado e arrastado pelo seu regimento, assim como um marinheiro pelo navio em que se encontra. Por mais longe que vá, por mais estranhas, desconhecidas e perigosas as regiões onde ele se embrenhe, à sua volta — como para um marinheiro sempre e em toda parte há o mesmo convés, os mesmos mastros e as mesmas cordas do seu navio —, sempre e em toda parte estarão os mesmos camaradas, as mesmas fileiras, o mesmo suboficial Ivan Mítritch, o mesmo cachorro do regimento, os mesmos comandantes. O soldado raramente quer saber do lugar em que se encontra todo o seu navio; mas no dia da batalha, só Deus sabe como e por quê, no mundo moral da tropa se ouve uma nota, severa para todos, que soa como a aproximação de algo decisivo e solene e que desperta uma curiosidade estranha a eles. No dia da batalha, os soldados tentam ansiosamente ir além dos interesses do seu regimento, escutam, olham e indagam com avidez sobre o que está acontecendo à sua volta.

A neblina ficou tão forte que, apesar de já estar amanhecendo, não se enxergava nada a dez passos de distância. Os arbustos pareciam árvores imensas, locais planos pareciam barrancos e ladeiras. Em toda parte, de todos os lados, era possível esbarrar com um inimigo que não se via a dez passos de distância. Mas as colunas caminharam por muito tempo naquela mesma neblina, descendo e subindo montes, evitando jardins e cercas, por um terreno novo e desconhecido, sem esbarrar com o inimigo em parte alguma. Ao contrário, ora na frente, ora atrás, de todos os lados, os soldados se davam conta de que outras colunas russas andavam na mesma direção. Todos os soldados ficavam contentes de saber que, para lá aonde estavam indo, ou seja, um lugar desconhecido, também iam muitos e muitos dos nossos.

— Olhe, os de Kursk também estão indo — diziam nas fileiras.

— É um espanto, meu irmão, quantas tropas nossas se juntaram! De noite eu vi, quando acenderam as fogueiras, nem dava para enxergar o fim. Uma Moscou, igualzinho!

Embora nenhum dos comandantes de coluna se aproximasse das fileiras ou falasse com os soldados (os comandantes de coluna, como vimos no conselho de guerra, estavam descontentes e partiam para a batalha a contragosto, e por isso apenas cumpriam as ordens, sem se preocupar em animar os soldados), apesar disso os soldados marchavam alegres, como sempre, quando iam para a batalha, em especial quando atacavam. Porém, depois de mais ou menos uma hora sempre numa densa neblina, a maior parte das tropas teve de parar, e espalhou-se pelas fileiras a desagradável consciência de uma desordem e de uma estupidez. De que forma se transmitiu essa consciência, é muito difícil determinar; porém, sem dúvida, aquilo que se transmitiu derramou-se depressa, com uma segurança fora do comum, de modo imperceptível e irresistível, como a água num vale. Se as tropas russas estivessem sozinhas, sem os aliados, talvez ainda se passasse muito mais tempo até que aquela consciência da desordem se transformasse numa certeza geral; mas agora, atribuindo aos estúpidos alemães, com especial prazer e naturalidade, a causa da desordem, todos estavam convencidos de que ocorria uma confusão perigosa, provocada por aqueles salsicheiros.

— Pararam por quê? Barraram o caminho? Ou já toparam com os franceses?

— Não, nem se ouve nada. Senão estavam atirando.

— Veja só, afobaram tanto para a gente avançar, e a gente avançou, para agora a gente ficar perdido no meio do campo... todos os malditos alemães só sabem fazer confusão. Diabo de gente estúpida!

— Pois é, se fosse eu, mandava essa gente logo para o front. Em vez disso, ficam amontoados lá atrás. E olhe só, agora a gente nem tem o que comer.

— Puxa, será que isso vai demorar? Dizem que a cavalaria bloqueou o caminho — falou um oficial.

— Eh, malditos alemães, não conhecem nem a própria terra — disse um outro.

— Vocês são de que divisão? — gritou um ajudante de ordens que se aproximou.

— Décima oitava.

— Mas então por que estão aqui? Há muito tempo que tinham de estar lá na frente, agora não vão chegar antes da noite.

— Olhe só que ordens mais idiotas; nem eles mesmos sabem o que estão fazendo — disse o oficial, e afastou-se.

Depois passou um general e, irritado, gritou algo em russo.

— *Tafa-lafa*, sei lá o que ele ficou resmungando, não dá para saber — disse um soldado, arremedando o general que se afastara. — Bem que eu queria dar um tiro neles, os canalhas!

— A ordem era a gente estar no local antes das nove horas, mas até agora não fizemos nem a metade do caminho. Isso é que são ordens! — repetiram de vários lados.

E o sentimento de energia com que as tropas partiram para a batalha começou a transformar-se em desgosto e raiva das ordens ineptas e dos alemães.

A causa da confusão residia em que, na hora da movimentação da cavalaria austríaca, que seguia no flanco esquerdo, o alto-comando achou que o nosso centro estava distante demais do flanco direito, e a cavalaria inteira recebeu ordem de passar para o lado direito. Milhares de cavalarianos passaram à frente da infantaria, que teve de esperar.

Na linha de frente, houve uma desavença entre um comandante de coluna austríaco e um general russo. O general russo gritava, exigindo que a cavalaria fosse detida; o austríaco mostrava que o culpado não era ele, mas o alto-comando. Enquanto isso, as tropas estavam paradas, aborreciam-se e perdiam o ânimo. Depois de uma hora de espera, as tropas enfim se moveram para a frente e começaram a descer um morro. A neblina, que se dispersava no morro, ficava ainda mais densa na parte baixa, para onde as tropas desciam. Na frente, na neblina, ressoou um tiro, e mais outro, de início sem ritmo, a intervalos irregulares: *tratá... tat*, e depois cada vez mais ritmados e mais constantes, e começou a batalha às margens do riacho Goldbach.

Como não contavam encontrar o inimigo lá embaixo, à beira do riacho, e toparam com ele por acaso no meio da neblina, sem ouvir uma palavra de incentivo dos superiores, com a consciência, disseminada pelas tropas, de que haviam se atrasado, e sobretudo sem enxergar nada em frente nem em volta na neblina espessa, os russos trocaram tiros com o inimigo de forma preguiçosa e lenta, moviam-se para a frente e paravam de novo, sem receber as ordens devidas, nem dos superiores, nem dos ajudantes de ordens, que vagavam na neblina, num terreno desconhecido, sem encontrar a sua parte das tropas. Assim teve início a batalha para a primeira, a segunda e a terceira colunas, que haviam descido. A quarta coluna, na qual estava Kutúzov, ficou estacionada no topo do monte Pratzen.

Embaixo, onde a batalha estava começando, a neblina continuava densa, na parte alta já estava claro, mas ainda não se enxergava nada do que acontecia à frente deles. Será que todas as forças do inimigo estavam a dez verstas de nós, como supúnhamos, ou não estaria o inimigo ali mesmo, naquela linha de neblina? Ninguém sabia, até as nove horas.

Agora, eram nove horas da manhã. A neblina se alastrava lá embaixo, como um mar contínuo, mas na aldeia de Schlapanitz, no alto, onde estava Napoleão, rodeado pelos seus marechais, estava totalmente claro. Acima dele, estava o céu brilhante, azul, e a imensa esfera do sol, como uma imensa boia oca e muito vermelha, ondulava na superfície de um leitoso mar de neblina. Não só todas as tropas francesas como o próprio Napoleão e o seu Estado-Maior estavam, não do lado onde ficavam os riachos e as terras baixas das aldeias de Sokolnitz e Schlapanitz, para além das quais nós pretendíamos tomar posição e começar a batalha, mas sim do lado de cá, tão perto das nossas tropas que Napoleão conseguia, a olho nu, distinguir a cavalaria da infantaria nas nossas tropas. Napoleão estava um pouco à frente dos seus marechais, num pequeno cavalo árabe cinzento, com uma túnica azul, a mesma em que fizera a campanha da Itália. Observava calado as colinas que pareciam emergir do mar de neblina, e nas quais ao longe se moviam as tropas russas, e escutava com atenção o som do tiroteio no vale. Naquela hora, ainda não se movera nenhum músculo no seu rosto magro; os olhos brilhantes estavam imóveis, concentrados num ponto. Suas hipóteses se revelaram corretas. As tropas russas, em parte, já haviam descido para o vale, rumo aos poços e lagos, e em parte deixavam o monte Pratzen, que ele planejava atacar e considerava uma posição-chave. Napoleão via, no meio da neblina, como as colunas russas, todas na mesma direção, moviam-se rumo aos vales, numa depressão formada entre dois morros, junto à aldeia de Pratzen, e uma após a outra, com as baionetas rebrilhando, desapareciam no mar de neblina. Pelas informações recebidas por ele na véspera, pelo barulho das rodas e dos passos ouvidos durante a noite nos postos avançados, pela desordem dos movimentos das colunas russas, por todas as hipóteses, Napoleão via claramente que os aliados julgavam que ele estava distante e à frente, via que as colunas que se deslocavam perto de Pratzen constituíam o centro do exército russo e que o centro já estava bastante enfraquecido para atacá-lo com êxito. No entanto ele ainda não queria dar início à batalha.

Para Napoleão, aquele era um dia solene — o aniversário da sua coroação. Antes de amanhecer, ele cochilara por algumas horas e, saudável, alegre, rejuvenescido, naquele estado de ânimo feliz em que tudo parece possível e tudo dá certo, montou o cavalo e foi para o campo. Ficou imóvel, olhando para os cumes que se viam acima da neblina e, no seu rosto frio, havia aquela coloração especial da autoconfiança, da felicidade merecida, que há no rosto dos apaixonados e de um menino feliz. Os marechais estavam atrás dele e não se atreviam a distrair sua atenção. Ele olhava ora para o monte Pratzen, ora para o sol, que emergia da neblina.

Quando o sol saiu completamente de dentro da neblina e jorrou um brilho ofuscante sobre os campos e a neblina (como se ele estivesse apenas esperando isso para o começo da batalha), Napoleão tirou a luva da bela mão branca, fez com ela um sinal para os marechais e deu a ordem de começar a batalha. Os marechais, acompanhados pelos ajudantes de ordens, partiram a galope em várias direções e, após alguns minutos, as forças principais do exército francês puseram-se rapidamente em movimento, rumo ao monte Pratzen, que as tropas russas deixavam cada vez mais vazio, descendo à esquerda para o vale.

XV

Às oito horas, Kutúzov partiu a cavalo para Pratzen, à frente da quarta coluna, a de Milorádovitch, aquela que devia tomar o lugar da coluna de Przebyszéwski e da coluna de Langeron, que já tinham descido para o vale. Kutúzov saudou os soldados do regimento que seguia na frente e deu ordem de marchar, mostrando com isso que ele mesmo tencionava comandar aquela coluna. Ao chegar à aldeia de Pratzen, ele parou. O príncipe Andrei, incorporado à enorme quantidade de pessoas que formavam a comitiva do comandante em chefe, estava ao seu lado. O príncipe Andrei sentia-se emocionado, exasperado e ao mesmo tempo controladamente calmo, como fica uma pessoa na hora em que chega um momento há muito desejado. Estava firmemente convencido de que aquele era o dia da sua Toulon, ou da sua ponte de Arcola. Como aquilo aconteceria, ele não sabia, mas estava firmemente convencido de que seria assim. A localização e a posição das nossas tropas eram conhecidas por ele até onde podiam ser conhecidas por quem quer que fosse em nossas tropas. O seu plano estratégico pessoal, que agora, obviamente, era impossível até pensar em pôr em prática, estava esquecido. Agora, já integrado ao plano de Weyrother, o príncipe Andrei ponderava sobre os acasos que podiam acontecer e fazia novas conjeturas, capazes de pôr à prova a sua rapidez de compreensão e de decisão.

À esquerda, embaixo, na neblina, ouvia-se um tiroteio entre tropas invisíveis. Parecia ao príncipe Andrei que ali se concentraria a batalha, ali se encontrava um obstáculo, e "para lá eu serei enviado", pensava ele, "com uma brigada ou uma divisão, e lá, com uma bandeira na mão, eu vou avançar e derrubar tudo o que surgir na minha frente".

O príncipe Andrei não conseguia olhar com indiferença para as bandeiras dos batalhões que passavam. Ao olhar para uma bandeira, não parava de pensar: quem sabe será essa mesma a bandeira com que terei de marchar à frente das tropas?

A neblina noturna, pela manhã, deixara no alto dos morros apenas uma geada, que ia se transformando em orvalho; já nos vales, a neblina se alastrava ainda como um mar leitoso e branco. Nada se enxergava no vale à esquerda, aonde as nossas tropas haviam descido e de onde subiam os sons do tiroteio. Acima dos cumes, estava o céu meio claro, meio escuro, e à direita a imensa esfera do sol. À frente, ao longe, na margem do mar de neblina, viam-se os cumes que se destacavam cobertos de mata, onde deveria estar o exército inimigo e onde se avistava alguma coisa. À direita, a guarda adentrava nos domínios da neblina, as rodas e o tropel ressoavam, e de vez em quando as baionetas rebrilhavam; à esquerda, por trás da aldeia, massas de cavalaria iguais àquela chegavam ao mar de neblina e desapareciam. À frente e atrás, a infantaria se deslocava. O comandante em chefe estava parado na saída da aldeia, vendo as tropas passarem à sua frente. Kutúzov, naquela manhã, parecia exausto e irritadiço. Ao passar na sua frente, a infantaria parou sem receber ordem, obviamente porque algo, na frente, a deteve.

— Vamos, diga logo para eles formarem em colunas de batalhões e marcharem em volta da aldeia — disse Kutúzov, irritado, para um general que se aproximara. — Prezado senhor, como vossa excelência não compreende que não é possível se estender assim num desfile pelas ruas de uma aldeia, quando estamos marchando contra o inimigo?

— Eu pretendia pôr as tropas em forma atrás da aldeia, vossa excelentíssima — respondeu o general.

Kutúzov soltou um riso raivoso.

— Belo papel fará o senhor, abrindo o nosso front à vista do inimigo, muito bom.

— O inimigo ainda está longe, vossa excelentíssima. Segundo o dispositivo...

— O dispositivo! — exclamou Kutúzov, com raiva. — E quem foi que falou disso com o senhor?... Tenha a bondade de fazer o que lhe ordenam.

— Sim, senhor.

— *Mon cher* — disse Nesvítski num sussurro para o príncipe Andrei. — *Le vieux est d'une humeur de chien.*[74]

Um oficial austríaco, com um penacho verde no chapéu e uniforme branco, veio a galope até Kutúzov e perguntou da parte do imperador: a quarta coluna havia entrado na batalha?

---

74 Francês: "Meu caro [...] o velho está com um humor de cão".

Kutúzov, sem responder, deu-lhe as costas, e seu olhar bateu por acaso no príncipe Andrei, que estava a seu lado. Ao ver Bolkónski, Kutúzov suavizou a expressão raivosa e mordaz do seu olhar, como que tomando consciência de que o seu ajudante de ordens não tinha culpa do que estava acontecendo. E, sem responder ao ajudante de ordens austríaco, voltou-se para Bolkónski:

— *Allez voir, mon cher, si la troisième division a dépassé le village. Dites-lui de s'arrêter et d'attendre mes ordres.*[75]

Mal o príncipe Andrei começou a se afastar, ele o deteve.

— *Et demandez-lui, si les tirailleurs son postés* — acrescentou. — *Ce qu'ils font, ce qu'ils font!*[76] — exclamou consigo, ainda sem responder ao oficial austríaco.

O príncipe Andrei partiu a galope para cumprir a ordem.

Depois de ultrapassar todos os batalhões que seguiam na frente, parou na terceira divisão e se convenceu de que, de fato, não havia uma linha de atiradores na frente das nossas colunas. O comandante à frente do regimento ficou muito admirado de receber do comandante em chefe a ordem de formar uma linha de atiradores. O comandante do regimento estava ali na plena convicção de que havia outras tropas russas à sua frente e que o inimigo não podia estar a menos de dez verstas. Na verdade, não se enxergava nada à sua frente, exceto um terreno vazio, que se inclinava em declive, encoberto pela densa neblina. Após dar as ordens, em nome do comandante em chefe, de corrigir aquelas falhas, o príncipe Andrei voltou a galope. Kutúzov continuava no mesmo lugar e, com seu corpo obeso de velho largado sobre a sela, bocejava longamente, de olhos fechados. As tropas já não se moviam, estavam em posição de descansar armas.

— Muito bem, muito bem — disse para o príncipe Andrei, e voltou-se para o general que, com o relógio na mão, dizia que já era hora de se pôr em movimento, pois todas as colunas do flanco esquerdo já haviam descido.

— Vamos esperar mais um pouco, vossa excelência — disse Kutúzov, no meio de um bocejo. — Vamos esperar! — repetiu.

Naquele momento, atrás de Kutúzov, ouviram-se ao longe os sons de saudações que partiam dos regimentos, e aquelas vozes começaram a se aproximar rapidamente, ao longo de toda a extensa linha das colunas russas que avançavam. Estava claro que aquele a quem saudavam cavalgava ligeiro. Quando os soldados do regimento à frente do qual estava Kutúzov começaram a gritar, ele se afastou

---

75 Francês: "Vá ver, meu caro, se a terceira divisão ultrapassou a aldeia. Diga que parem e esperem as minhas ordens".

76 Francês: "E pergunte se os atiradores estão em posição [...] Fazem cada coisa! Fazem cada coisa!".

um pouco para o lado e lançou um olhar à sua volta, com as sobrancelhas franzidas. Pela estrada que vinha de Pratzen, galopava uma espécie de esquadrão de cavaleiros em roupas coloridas. Dois deles vinham lado a lado num galope mais forte, à frente dos demais. Um estava de uniforme preto com um penacho branco, num cavalo alazão de rabo curto, o outro, de uniforme branco, num cavalo murzelo. Eram os dois imperadores com a comitiva. Kutúzov, afetando ares de um veterano no front, ordenou "sentido" às tropas que estavam em posição de descansar e, com uma saudação, aproximou-se do imperador. Todo o seu aspecto e a sua maneira modificaram-se de repente. Tomou o ar de um homem subserviente, que não raciocina. Afetando um respeito que obviamente causou uma impressão desagradável no imperador Alexandre, Kutúzov se aproximou e saudou-o.

A impressão desagradável, tal como um resto de neblina no céu claro, passou depressa pelo rosto jovem e feliz do imperador e desapareceu. Depois do seu mal-estar, ele estava um pouco mais magro naquele dia do que no campo de Olmütz, onde o príncipe Bolkónski o vira pela primeira vez no exterior; mas havia, em seus lindos olhos cinzentos, a mesma mistura encantadora de majestade e doçura, e nos lábios finos, a mesma possibilidade de expressões variadas e a mesma expressão predominante de bondade e de juventude inocente.

Na revista de tropas em Olmütz, ele estava mais majestoso; aqui, estava mais alegre e enérgico. Ficara um pouco vermelho após galopar aquelas três verstas e, depois de frear o cavalo, soltou um suspiro de alívio e olhou em volta para os rostos da sua comitiva, jovens e animados como o seu. Czartoryski, Novossíltsev, o príncipe Volkónski, Strógonov e os outros, todos em trajes de gala, alegres, jovens, em cavalos bonitos, bem tratados, descansados, apenas um pouco suados, conversando e sorrindo uns para os outros, pararam ao lado do soberano. O imperador Francisco, homem jovem, de rosto comprido e corado, montava, com o tronco extraordinariamente ereto, um belo garanhão murzelo e olhava à sua volta, com ar preocupado e sem afobação. Chamou um de seus ajudantes de ordens de uniforme branco e perguntou algo. "Na certa, a que horas partiram", pensou o príncipe Andrei, observando o seu velho conhecido com um sorriso que não conseguiu conter, enquanto lembrava a audiência com o imperador austríaco. Na comitiva dos imperadores, estavam garbosos ordenanças russos e austríacos selecionados da guarda e dos regimentos do Exército. Entre eles, cavalariços conduziam os belos cavalos de reserva do tsar, cobertos com xairéis bordados.

Como se através de uma janela aberta num quarto abafado soprasse de repente um ar fresco do campo, assim também soprou, no abatido Estado-Maior de Kutúzov, a mocidade, a energia e a convicção da vitória que vinham daquela juventude radiosa que chegara a galope.

— Mas, então, por que o senhor não começa, Mikhail Ilariónovitch? — perguntou o imperador Alexandre, apressado, para Kutúzov, e ao mesmo tempo lançou um olhar respeitoso para o imperador Francisco.

— Estou esperando, vossa majestade — respondeu Kutúzov, e curvou-se respeitosamente.

O imperador inclinou a orelha, franzindo as sobrancelhas de leve, dando a entender que não tinha ouvido bem.

— Estou esperando, vossa majestade — repetiu Kutúzov (o príncipe Andrei notou que o lábio superior de Kutúzov tremia de uma forma anormal, na hora em que disse aquele *estou esperando*). — Nem todas as colunas estão reunidas, vossa majestade.

O soberano compreendeu, mas a resposta, era evidente, não lhe agradou; encolheu os ombros encurvados, lançou um olhar para Novossíltsev, ao seu lado, como que se queixando de Kutúzov com aquele olhar.

— Afinal, não estamos no Prado Tsarítsin, Mikhail Ilariónovitch, onde a parada não começa enquanto não chegam todos os regimentos — disse o soberano, e de novo mirou de relance os olhos do imperador Francisco, como se o convidasse, se não a tomar parte, ao menos a escutar aquilo que ele dizia; mas o imperador Francisco, sempre olhando para os lados, não lhe dava atenção.

— É por isso mesmo que não começo, soberano — disse Kutúzov, com voz sonora, como que se prevenindo da possibilidade de não ser ouvido, e no seu rosto algo tremeu de novo. — É por isso mesmo que não começo, soberano, porque não estamos numa parada, nem no Prado Tsarítsin — declarou de modo claro e nítido.

Na comitiva do soberano, em todos os rostos, que se entreolharam por um instante, exprimiu-se um descontentamento e uma recriminação. “Por mais que ele seja um velho, não devia, não devia de maneira alguma falar assim”, exprimiam aqueles rostos.

O soberano fitou Kutúzov nos olhos, com atenção e fixamente, esperando que ele falasse mais alguma coisa. Mas Kutúzov, por sua vez, depois de curvar a cabeça respeitosamente, também parecia esperar. O silêncio se prolongou cerca de um minuto.

— No entanto, se vossa majestade está ordenando — disse Kutúzov, levantando a cabeça e de novo mudando de tom, para aquele tom de antes, de um general obtuso, que não raciocina, mas obedece.

Tocou no seu cavalo com os calcanhares, chamou o comandante de coluna Milorádovitch e lhe deu a ordem do ataque.

As tropas começaram a se mexer outra vez, e dois batalhões do regimento de Nóvgorod e um batalhão do regimento de Ápcheron avançaram diante do soberano.

Na hora em que o batalhão do regimento de Ápcheron passou, o corado Milorádovitch, sem capote, de uniforme e com as suas medalhas, um chapéu de lado na cabeça com um imenso penacho, galopava para a frente em marcha acelerada e, com uma saudação garbosa, freou bruscamente o seu cavalo diante do soberano.

— Vá com Deus, general — disse-lhe o soberano.

— *Ma foi, sire, nous ferons ce que qui sera dans notre possibilité, sire!*[77] — respondeu em tom alegre, mas nem por isso deixou de provocar um sorriso zombeteiro entre os senhores da comitiva do soberano, por causa da sua pronúncia ruim do francês.

Milorádovitch deu uma guinada brusca no seu cavalo e ficou parado um pouco atrás do imperador. Os soldados de Ápcheron, comovidos com a presença do soberano, desfilaram diante do imperador e da sua comitiva em passos garbosos e decididos, batendo os pés cadenciados.

— Rapazes! — gritou Milorádovitch, com voz alta, alegre e segura de si, obviamente tão excitado pelos sons do tiroteio, pela expectativa da batalha e pelo aspecto dos bravos apcheronenses, seus velhos camaradas na campanha de Suvórov, que desfilavam com garbo diante dos imperadores, que ele se esqueceu da presença do soberano. — Rapazes, essa não é a primeira aldeia que vocês tiveram de tomar! — gritou.

— Lutaremos com alegria! — bradaram os soldados.

O cavalo do soberano empinou com o grito inesperado. Aquele cavalo, que o soberano havia montado ainda na revista de tropas na Rússia, e que ali no campo de Austerlitz levava o seu cavaleiro suportando as pancadas distraídas do seu pé esquerdo, punha em prontidão as orelhas ao som dos tiros, da mesma forma que fazia no Campo de Marte,[78] sem entender o significado nem dos tiros que ouvia, nem da proximidade do cavalo murzelo do imperador Francisco, nem nada daquilo que dizia, pensava e sentia, nesse dia, a pessoa que o montava.

O soberano virou-se com um sorriso para um dos seus favoritos, apontando para os garbosos apcheronenses, e lhe disse alguma coisa.

XVI

Kutúzov, acompanhado por seus ajudantes de ordens, cavalgou a passo atrás dos carabineiros.

---

77 Francês: "Por minha fé, senhor, faremos o que estiver em nossas possibilidades, senhor!".

78 Refere-se ao Prado Tsarítsin, em São Petersburgo, onde se realizavam desfiles militares.

Depois de cavalgar meia versta no fim da coluna, ele parou numa casa abandonada e isolada (provavelmente uma antiga taberna), junto ao cruzamento de duas estradas. As duas estradas desciam o morro, e as tropas seguiam por elas.

A neblina começava a dissipar-se e, a umas duas verstas de distância, já se avistavam vagamente as tropas inimigas nas elevações à frente. Embaixo, à esquerda, o tiroteio se tornou mais audível. Kutúzov parou, conversando com um general austríaco. O príncipe Andrei, um pouco atrás, olhava para eles com atenção e virou-se para um ajudante de ordens a fim de pedir uma luneta.

— Olhe, olhe — disse o ajudante de ordens, olhando não para tropas distantes, mas sim ao pé do morro, bem à sua frente. — Aqueles são os franceses!

Os dois generais e os ajudantes de ordens quiseram agarrar a luneta e a tomavam um do outro. Todos os rostos se modificaram de repente e em todos estampou-se o horror. Supunham que os franceses estavam a duas verstas de nós, mas inesperadamente eles apareceram bem na nossa frente.

— É o inimigo?... Não!... Sim, olhe, é ele... sem dúvida... Como pode ser? — ouviam-se as vozes.

O príncipe Andrei, a olho nu, avistou embaixo, à direita, uma cerrada coluna de franceses que subia ao encontro do regimento de Ápcheron, a não mais de quinhentos passos do lugar onde estava Kutúzov.

"Aí está ele, chegou o instante decisivo! A batalha veio até mim!", pensou o príncipe Andrei, bateu com a espora no cavalo e aproximou-se de Kutúzov.

— É preciso deter o regimento de Ápcheron, vossa excelência! — gritou ele. Mas nesse mesmo instante todos foram surpreendidos por uma fumaça, um tiroteio irrompeu ali perto, e uma voz ingênua e assustada, a dois passos do príncipe Andrei, começou a gritar: "Ai, irmãos, é o fim!". E foi como se essa voz fosse um comando. Em obediência à voz, todos começaram a correr.

Uma multidão confusa e cada vez maior corria para trás, rumo ao local onde, cinco minutos antes, as tropas haviam desfilado diante dos imperadores. Não só era difícil deter aquela multidão como era impossível até não ser carregado para trás junto com ela.

Bolkónski apenas tentava não ser arrastado e olhava em volta, perplexo e incapaz de entender o que acontecia à sua frente. Nesvítski, com um aspecto exasperado, vermelho e irreconhecível, gritava para Kutúzov que, se ele não fugisse agora, certamente seria feito prisioneiro. Kutúzov continuava parado no mesmo lugar e, sem responder, pegou um lenço. Na sua bochecha, corria sangue. O príncipe Andrei abriu caminho à força para chegar até ele.

— O senhor está ferido? — perguntou, sem conseguir conter um tremor do maxilar inferior.

— A ferida não está aqui, mas sim lá! — disse Kutúzov, apertando o lenço na face ferida e apontando para os soldados em fuga. — Detenham-nos! — gritou, e ao mesmo tempo, provavelmente convencendo-se de que era impossível detê-los, bateu com as esporas no cavalo e partiu para a direita.

Uma nova multidão, numa enxurrada em fuga, apanhou-o de surpresa e arrastou-o para trás.

As tropas corriam numa multidão tão densa que, se alguém fosse apanhado no meio dela, seria difícil livrar-se. Um gritava: "Sai da frente! Por que está demorando?". Outro virava para trás e atirava para o ar. Outro batia no cavalo em que o próprio Kutúzov estava montado. Depois de libertar-se da torrente da multidão com um esforço enorme para a esquerda, Kutúzov e sua comitiva, reduzida a menos do que a metade, partiram na direção de sons de tiros de artilharia, próximos dali. O príncipe Andrei desvencilhou-se da multidão em fuga e, tentando não se afastar de Kutúzov, avistou na descida do morro, na fumaça, uma bateria russa que ainda atirava e franceses que corriam na direção dela. Mais acima, estava a infantaria russa, que não se movia nem para a frente, a fim de ajudar a bateria, nem para trás, na mesma direção dos soldados em fuga. Um general a cavalo destacou-se daquela tropa de infantaria e aproximou-se de Kutúzov. Da comitiva de Kutúzov, só restavam quatro homens. Todos estavam pálidos e, calados, olhavam uns para os outros.

— Faça parar esses canalhas! — exclamou Kutúzov, arquejante, para o comandante do regimento, apontando para os soldados em fuga; porém, naquele exato instante, como que num castigo por suas palavras, balas voaram com um assovio, como um bando de passarinhos, sobre o regimento e a comitiva de Kutúzov.

Os franceses atacavam a bateria e, ao avistar Kutúzov, atiraram nele. Com aquela descarga, o comandante do regimento levou a mão à perna; alguns soldados caíram, e o porta-bandeira largou a bandeira que tinha nas mãos; a bandeira cambaleou e caiu, mas ficou agarrada nos fuzis de soldados vizinhos.

Os soldados, sem receber ordens, começaram a atirar.

— Oooh! — rosnou Kutúzov, com uma expressão de desespero, e olhou em redor. — Bolkónski — murmurou, com a voz trêmula por causa da consciência da sua fraqueza de velho. — Bolkónski — murmurou, apontando para o batalhão em desordem e para o inimigo —, o que é isso?

Mas, antes que terminasse de pronunciar essas palavras, o príncipe Andrei, sentindo as lágrimas da vergonha e da raiva subindo na sua garganta, já desmontava do cavalo com um salto e corria na direção da bandeira.

— Rapazes, em frente! — gritou ele, num tom estridente de criança.

“Aí está ela!”, pensou o príncipe Andrei, depois de apanhar o pau da bandeira, e ouviu com prazer o assovio de balas, obviamente dirigidas contra ele. Vários soldados caíram.

— Hurra! — começou a gritar o príncipe Andrei, que mal conseguia aguentar nas mãos a bandeira pesada, e correu para a frente com a convicção inabalável de que todo o batalhão ia correr atrás dele.

De fato, correu sozinho só alguns passos. Um soldado se pôs em marcha, um outro também, e o batalhão inteiro, com um grito de “hurra!”, começou a correr atrás e ultrapassou-o. O sargento do batalhão aproximou-se correndo, pegou a bandeira que, de tão pesada, oscilava nas mãos do príncipe Andrei, mas foi morto na mesma hora. O príncipe Andrei agarrou de novo a bandeira e, arrastando-a pela haste, correu junto com o batalhão. À sua frente, viu os nossos artilheiros, dos quais alguns lutavam, outros estavam abandonando os canhões e corriam ao encontro dele; viu também os soldados da infantaria francesa, que agarravam os cavalos dos artilheiros e viravam os canhões. O príncipe Andrei e o batalhão já estavam a vinte passos dos canhões. Ouvia acima de si o assovio ininterrupto das balas e, à sua direita e à sua esquerda, sem cessar, soldados gemiam e tombavam. Mas o príncipe Andrei não olhava para eles; só olhava para o que se passava à sua frente — na bateria. Já via claramente a figura de um artilheiro ruivo, com a barretina torta na cabeça, que puxava para si a ponta da vareta de limpeza de um canhão, enquanto um soldado francês puxava a vareta pela outra ponta para o lado oposto. O príncipe Andrei já enxergava claramente a expressão desnorteada e ao mesmo tempo exasperada do rosto daquelas duas pessoas, que obviamente não compreendiam o que estavam fazendo.

“O que estão fazendo?”, pensou o príncipe Andrei, olhando para eles. “Por que o artilheiro ruivo não foge, já que não tem arma nenhuma? Por que o francês não o fura? Ele não vai ter tempo de fugir, se o francês se lembrar do fuzil e o furar com a baioneta.”

De fato, um outro francês, com o fuzil em punho, veio correndo em direção aos dois que lutavam, e a sorte do artilheiro ruivo, que continuava sem entender o que o esperava e que, vitorioso, havia tomado à força a vareta do canhão, estava prestes a se decidir. Mas o príncipe Andrei não viu como aquilo terminou. Teve a impressão de que um dos soldados próximos a ele bateu na sua cabeça com toda a força, assim lhe pareceu, com um pedaço de pau. Não doeu muito, mas foi ruim sobretudo porque a dor o distraiu e o impediu de ver aquilo que estava olhando.

“O que é isso? Estou caindo? Minhas pernas estão fraquejando”, pensou, e caiu de costas. Abriu bem os olhos, na esperança de ver como tinha terminado a luta dos franceses contra o artilheiro e querendo saber se o artilheiro ruivo tinha sido morto ou não e se os canhões foram tomados ou salvos. Porém não viu nada. Acima dele, já não havia nada, senão o céu — um céu alto, não claro, mesmo assim incomensuravelmente alto, com nuvens cinzentas que deslizavam tranquilas. "Como está tranquilo, calmo e solene, muito diferente de quando eu corria", pensou o príncipe Andrei. "Muito diferente de quando nós corríamos, gritávamos, lutávamos; completamente diferente da maneira como o francês e o artilheiro, com rostos assustados e raivosos, puxavam a vareta de limpeza do canhão um de cada lado... é de um modo completamente diferente que as nuvens deslizam por esse céu alto e infinito. Como é que antes eu não via esse céu alto? E como estou feliz, eu, que afinal descobri esse céu. Sim! Tudo é vazio, tudo é ilusão, exceto o céu infinito. Nada existe, nada, exceto ele. Mas nem isso existe, nada existe, exceto o silêncio, a tranquilidade. Graças a Deus!..."

XVII

No flanco direito, o de Bagration, às nove horas a batalha ainda não começara. Sem querer concordar com a exigência de Dolgorúkov de começar a batalha, e no intuito de livrar-se de tal responsabilidade, o príncipe Bagration sugeriu a Dolgorúkov que mandassem perguntar ao comandante em chefe. Bagration sabia que, por causa da distância de quase dez verstas que separava um flanco do outro, caso o enviado não fosse morto (o que era muito provável), e caso ele conseguisse localizar o comandante em chefe, o que era extremamente difícil, o enviado não teria tempo de voltar antes do anoitecer.

Bagration lançou um olhar para a sua comitiva, com seus olhos grandes, inexpressivos, sonolentos, e o rosto infantil de Rostóv, que, sem controle, estava à beira de desfalecer de emoção, foi o primeiro com que seus olhos toparam. Bagration enviou-o.

— E se eu encontrar sua majestade antes do comandante em chefe, vossa excelência? — disse Rostóv, com a mão na pala do chapéu.

— Pode transmitir a mensagem à sua majestade — disse Dolgorúkov, cortando às pressas a resposta de Bagration.

Como tinha sido transferido da linha de frente, Rostóv tivera tempo de dormir algumas horas antes do amanhecer e sentia-se alegre, destemido, resoluto, com aquela flexibilidade de movimentos, aquela convicção da própria felicidade e aquela disposição de ânimo em que tudo parece fácil, divertido e possível.

Todos os seus desejos se realizaram naquela manhã; aconteceu uma batalha geral, e ele estava participando dela; além disso, era ordenança do mais corajoso dos generais; e ainda mais, cavalgava com a incumbência de falar com Kutúzov e, quem sabe, com o próprio soberano. A manhã estava clara, seu cavalo era bom. Sua alma estava alegre e feliz. Após receber a incumbência, ele tocou o cavalo para a frente e galopou ao longo das linhas. De início, seguiu pela linha das tropas de Bagration, que ainda não haviam entrado em combate e estavam imóveis; depois adentrou a área ocupada pela cavalaria de Uvárov e ali já notou movimentos e sinais de preparativos para o combate; quando deixou para trás a cavalaria de Uvárov, já ouvia claramente sons de canhão e de tiros de fuzil à sua frente. O tiroteio ficava cada vez mais forte.

No ar fresco da manhã, já ressoavam tiros de canhão, não em intervalos esporádicos como antes, dois ou três de uma vez, seguidos de mais um ou dois, mas sim, pelo declive do morro à frente de Pratzen, ressoavam estrondos de tiroteios de fuzil interrompidos por disparos de canhão tão seguidos que às vezes os tiros de canhão já nem se separavam um do outro, fundiam-se num único fragor geral.

Viam-se, nas ladeiras, fumacinhas de fuzil, que pareciam correr, perseguindo-se umas às outras, e fumaças de canhão, que subiam em nuvens, alastravam-se e fundiam-se umas nas outras. Viam-se, pelo brilho das baionetas no meio da fumaça, as massas da infantaria que se deslocavam e estreitas faixas formadas pela artilharia, com suas caixas verdes de munição.

Rostóv, numa colina, parou o cavalo um instante para observar o que se passava; no entanto, por mais que forçasse a atenção, nada conseguia entender, nem distinguir, naquilo que se passava: lá, na fumaça, pessoas se moviam, barreiras de tropas se deslocavam para a frente e para trás; mas para quê? Quem? Para onde? Era impossível entender. Aquela visão e aqueles ruídos não só não despertavam em Rostóv nenhum sentimento de desânimo ou de temor como, ao contrário, lhe davam energia e determinação.

"Muito bem, mais, mais forte!", disse Rostóv mentalmente para aqueles sons, e de novo partiu a galope pelas linhas, penetrando cada vez mais no território das tropas que já estavam em combate.

"Não sei o que vai acontecer lá, mas tudo vai dar certo!", pensou Rostóv.

Depois de passar por algumas tropas austríacas, Rostóv notou que a parte seguinte das linhas (era a guarda) já havia entrado na batalha.

"Tanto melhor! Verei mais de perto", pensou.

Seguia quase junto à linha de frente. Vários cavaleiros galopavam na sua direção. Eram os nossos ulanos da corte, que voltavam do ataque, em fileiras desordenadas. Rostóv esquivou-se deles, não pôde deixar de perceber que um deles estava ensanguentado e galopou adiante.

“Não tenho nada a ver com isso!”, pensou. Depois, mal teve tempo de avançar cem passos, quando à sua esquerda, cortando o caminho, surgiu em toda a extensão do campo uma imensa massa de cavalarianos, em cavalos murzelos, em reluzentes uniformes brancos, que vinha a trote bem na sua direção. Rostóv tocou o cavalo a pleno galope a fim de sair do caminho daqueles cavalarianos, e teria se esquivado deles, se tivessem continuado no mesmo passo, mas aumentaram a velocidade, tanto assim que alguns cavalos já estavam a galope. O tropel deles se fazia cada vez mais audível para Rostóv, bem como o tinido de suas armas, e eram cada vez mais visíveis os seus cavalos, as suas figuras e até os seus rostos. Era a nossa guarda de cavalaria, avançando em ataque contra a cavalaria francesa, que por sua vez vinha ao seu encontro.

Os membros da guarda de cavalaria galopavam, mas ainda continham os cavalos. Rostóv já via os seus rostos e ouvia o comando: “Marche, marche!”, proferido por um oficial que conduzia o seu cavalo puro-sangue a todo o galope. Rostóv, sob o risco de ser esmagado ou levado de roldão pelo ataque contra os franceses, galopava ao longo do front o mais rápido que seu cavalo conseguia, e mesmo assim não teve tempo de esquivar-se deles.

O cavalariano da ponta, homem bexigoso e de enorme estatura, franziu as sobrancelhas com raiva ao ver à sua frente Rostóv, com o qual iria inevitavelmente chocar-se. Aquele cavalariano da guarda teria certamente batido de cara com Rostóv e com o seu Beduíno, e teria derrubado a ambos (o próprio Rostóv teve a impressão de ser muito pequeno e fraco em comparação com aqueles homens e cavalos enormes), se Rostóv não tivesse a ideia de brandir o chicote diante dos olhos do cavalo da guarda. O cavalo murzelo, pesado, de cinco *verchóki* de altura,[79] empinou, de orelhas abaixadas; mas o bexigoso cavalariano da guarda cravou com ímpeto em seu flanco as esporas enormes, e o cavalo, abanando o rabo e esticando o pescoço, disparou mais rápido ainda. Mal os cavalarianos haviam passado por Rostóv, quando ele ouviu o grito deles: “Hurra!”, olhou para trás e viu que as suas primeiras fileiras se embaralhavam com fileiras de cavalarianos estrangeiros, provavelmente franceses, de dragonas vermelhas. Não conseguiu ver mais nada porque, logo depois disso, de algum lugar, canhões começaram a disparar, e tudo foi envolto pela fumaça.

No instante em que os cavalarianos o ultrapassaram e sumiram na fumaça, Rostóv hesitou, sem saber se devia galopar atrás deles ou continuar para onde tinha de ir. Tratava-se do brilhante ataque da guarda da cavalaria, que surpreendeu

---

79 Altura equivalente a 1,64 metro.

os próprios franceses. Foi com horror que, mais tarde, Rostóv soube que de toda aquela massa enorme de jovens garbosos, de todos aqueles jovens ricos e ilustres, oficiais e *junkers*, em cavalos de milhares de rublos, que haviam passado por ele a galope, restaram depois do ataque apenas dezoito homens.

"Para que invejá-los? A minha chance ainda não se foi, e agora talvez eu veja o soberano!", pensou Rostóv, e seguiu a galope.

Ao alcançar a infantaria da guarda, notou que, no meio e em volta dela, voavam balas de canhão, não tanto porque ele ouvia o barulho das balas, mas sim porque, no rosto dos soldados, ele viu uma inquietação e, no rosto dos oficiais, uma solenidade anormal, guerreira.

Quando passava por trás de uma das linhas dos regimentos da infantaria da guarda, ouviu uma voz que o chamava pelo nome.

— Rostóv!

— O que foi? — gritou ele, reconhecendo Boris.

— Veja só! Fomos parar na primeira linha! Nosso regimento partiu para o ataque! — disse Boris, sorrindo com aquele sorriso feliz que aparece nos jovens quando estão numa batalha pela primeira vez.

Rostóv parou.

— Puxa vida! — exclamou. — E aí?

— Rechaçamos! — respondeu Boris, animado, tornando-se muito falante. — Pode imaginar?

E Boris passou a contar de que modo a guarda, ao chegar à sua posição e avistar tropas à frente, pensou que eram os austríacos, e de repente, por causa das balas de canhão disparadas por aquelas tropas, a guarda se deu conta de que estava na primeira linha e, inesperadamente, teve de entrar em combate. Rostóv, sem terminar de ouvir o relato de Boris, tocou seu cavalo adiante.

— Para onde vai? — perguntou Boris.

— Levar uma mensagem para sua majestade.

— Lá está ele! — disse Boris, entendendo que Rostóv tinha de encontrar sua excelência, em vez de sua majestade.

E apontou para o grão-príncipe, que, a cem passos deles, de capacete e uniforme branco da cavalaria da guarda, ombros levantados e sobrancelhas franzidas, gritava algo para um oficial austríaco, branco e pálido.

— Mas aquele é o grão-príncipe, eu tenho de falar com o comandante em chefe ou com o soberano — disse Rostóv, e tocou seu cavalo adiante.

— Conde! Conde! — gritou Berg, tão animado quanto Boris, correndo para Rostóv pelo outro lado. — Conde, fui ferido no braço direito (disse ele, mostrando o punho ensanguentado, envolto num lenço) e fiquei no front. Conde, estou segurando a espada com a mão esquerda: na nossa família, os Von Berg, conde, todos foram cavaleiros.

Berg falou mais alguma coisa, mas Rostóv, sem escutar até o fim, continuou a galopar.

Depois de passar pela guarda e por uma área vazia, Rostóv, para não voltar a cair na primeira linha, como acontecera no caso do ataque da cavalaria da guarda, seguiu pelas linhas das tropas de reserva, contornando de longe o local onde se ouviam o tiroteio e o canhoneio mais acesos. De repente, à frente dele e atrás das nossas tropas, num local onde ele jamais poderia imaginar que estivesse o inimigo, Rostóv ouviu bem próximo um tiroteio de fuzis.

"O que pode ser isso?", pensou Rostóv. "O inimigo na retaguarda das nossas tropas? Não pode ser", pensou Rostóv, e de repente foi tomado pelo pavor, temeroso por si e pelo desfecho de toda a batalha. "Mas, seja lá o que for", pensou, "agora já não posso me desviar. Tenho de procurar o comandante em chefe aqui e, se tudo estiver perdido, então é meu dever sucumbir junto com todos os outros."

O mau pressentimento que viera a Rostóv de repente se confirmava cada vez mais, quanto mais ele penetrava numa área ocupada por uma multidão de tropas diversas, que se achavam atrás da aldeia de Pratzen.

— O que é isso? O que é isso? Em quem estão atirando? Quem está atirando? — perguntava Rostóv, ao cruzar por soldados russos e austríacos, que corriam em bandos e barravam o seu caminho.

— Só o diabo sabe! Estamos todos derrotados! Está tudo perdido! — respondiam em russo, em alemão e em tcheco os bandos em fuga, sem compreender nada do que ali se passava, exatamente como ele.

— Matem os alemães! — gritou um.

— Que o diabo os carregue... traidores.

— *Zum Henker diese Russen...*[80] — urrou um alemão.

Vários feridos andavam pela estrada. Palavrões, gritos, lamentos fundiam-se num único rumor geral. O tiroteio silenciou, e, como Rostóv veio a saber mais tarde, os soldados russos e os austríacos haviam trocado tiros uns com os outros.

"Meu Deus! O que isso significa?", pensou Rostóv. "E aqui, onde a qualquer minuto o soberano pode vê-los... Mas não, sem dúvida são só alguns poucos canalhas. Isso vai passar, não pode ser", pensava ele. "Só tenho de deixá-los para trás depressa, bem depressa!"

A ideia da derrota e da fuga não podia entrar na cabeça de Rostóv. Embora

---

80 Alemão: "Enforquem esses russos...".

estivesse vendo os canhões e as tropas francesas justamente no monte Pratzen, no mesmo lugar de onde ele fora enviado para procurar o comandante em chefe, Rostóv não conseguia e não queria acreditar naquilo.

XVIII

Rostóv recebera ordens de procurar Kutúzov e o soberano perto da aldeia de Pratzen. Mas eles não só não estavam ali, como não havia nenhum superior, apenas bandos diversos de tropas desorganizadas. Rostóv fustigava o seu cavalo já cansado para deixar para trás aqueles bandos mais rapidamente, no entanto, quanto mais ele avançava, mais desorganizados ficavam os bandos. Pela grande estrada que ele tomara, aglomeravam-se carretas e carruagens de todo tipo, soldados russos e austríacos, de todos os tipos de tropas, feridos e sem ferimentos. Tudo isso rugia e fervilhava em confusão, sob os sons sinistros de balas de canhão que partiam das baterias francesas, situadas no alto do monte Pratzen.

— Onde está o soberano? Onde está Kutúzov? — perguntava Rostóv a todos que podia deter, mas não conseguia obter uma resposta de ninguém.

Por fim, segurou um soldado pela gola do casaco e obrigou-o a responder.

— Eh! Irmão! Já faz tempo que todos se safaram na frente! — disse o soldado para Rostóv, rindo de alguma coisa e soltando-se.

Depois de deter aquele soldado, que pelo visto estava bêbado, Rostóv deteve o cavalo de um ordenança ou de um cavalariço de algum personagem importante e pôs-se a interrogá-lo. O ordenança explicou para Rostóv que, uma hora antes, tinham levado o soberano embora a toda a pressa, numa carruagem, por aquela mesma estrada, e que o soberano estava gravemente ferido.

— Não pode ser — disse Rostóv. — Na certa, é outra pessoa.

— Eu mesmo vi — disse o ordenança, com um sorrisinho cheio de si. — Já era tempo de eu saber reconhecer o soberano: já cansei de ver o soberano em Petersburgo. Pálido, todo pálido, lá foi ele dentro da carruagem. Como corria, puxado por quatro cavalos murzelos, meu caro, bem na nossa frente, fazia o maior barulho: já era tempo de eu saber reconhecer os cavalos do tsar e reconhecer o Iliá Ivánitch; afinal, o Iliá não serve de cocheiro a nenhuma outra pessoa que não seja o tsar.

Rostóv soltou o cavalo do outro e quis ir em frente. Um oficial ferido que passava dirigiu-se a ele.

— Quem é que o senhor está procurando? — perguntou o oficial. — O comandante em chefe? Foi morto por uma bala de canhão, acertou bem no peito, na frente do nosso regimento.

— Não foi morto, foi ferido — emendou um outro oficial.

— Quem? Kutúzov? — perguntou Rostóv.

— Não é Kutúzov, como é mesmo o nome dele?... Bem, dá na mesma, não sobrou muita gente viva. Vá para lá, lá naquela aldeia, todos os superiores se juntaram lá — disse o oficial, apontando para a aldeia de Hosjeradek, e foi embora.

Rostóv avançou a passo, sem saber agora para que continuar nem a quem procurar. O soberano estava ferido, a batalha fora perdida. Agora era impossível não acreditar nisso. Rostóv seguia na direção que lhe haviam indicado e na qual, ao longe, se avistavam as torres de uma igreja. Para que correr, agora? O que iria dizer ao soberano ou a Kutúzov, agora, no caso de estarem vivos e não terem sido feridos?

— É por esse caminho aqui, vossa excelência, se for direto por aí, vão matar — gritou-lhe um soldado. — Por aí, vão matar o senhor!

— Oh! O que está dizendo? — falou um outro. — Para onde ele está indo? Por aqui é mais perto.

Rostóv refletiu um pouco e seguiu na mesma direção por onde diziam que seria morto.

"Agora, tanto faz: se o soberano foi ferido, para que eu vou me poupar?", pensou. Entrou na área em que havia morrido o maior número de homens, na fuga de Pratzen. Os franceses já não ocupavam mais aquele local, e os russos, os que estavam vivos ou feridos, tinham ido embora dali fazia tempo. Na terra, como medas de feno num bom campo lavrado, jaziam amontoados uns dez ou quinze mortos ou feridos a cada *dessiatina*.[81] Feridos se arrastavam juntos, em pares ou em trios, e ouviam-se os seus gritos e gemidos desagradáveis, às vezes fingidos, assim parecia a Rostóv. Acelerou o galope do cavalo para não ver toda aquela gente que sofria e sentiu medo. Temia não pela sua vida, mas pela coragem que precisava ter e que, ele sabia, não iria resistir à visão daqueles infelizes.

Os franceses, que haviam parado de atirar contra aquele campo semeado de mortos e feridos por não haver ali mais ninguém vivo, ao verem um ajudante de ordens que cavalgava por aquele campo, apontaram um canhão contra ele e dispararam algumas balas. A sensação daqueles sons sibilantes e aterradores e os mortos que o rodeavam se fundiram numa sensação de terror e compaixão de si mesmo. Lembrou-se da última carta da mãe. "O que ela sentiria", pensou ele, "se me visse agora aqui, neste campo, com canhões apontados contra mim?"

Na aldeia de Hosjeradek, havia tropas russas que haviam se retirado do campo de batalha e, embora confusas, estavam mais ordenadas. Ali, as balas de canhão

---

81 *Dessiatina*: medida russa, equivalente a 1,09 hectare.

francesas ainda não haviam chegado, e os sons de tiroteio pareciam distantes. Ali, todos já viam e falavam com clareza que a batalha estava perdida. Por mais que Rostóv indagasse, ninguém sabia dizer nem onde estava o soberano, nem onde estava Kutúzov. Uns diziam que o boato do ferimento do soberano era verdadeiro, outros diziam que não e explicavam a difusão daquele boato falso dizendo que, de fato, na carruagem do soberano, que havia batido em retirada do campo de batalha a galope, estava o pálido e assustado marechal da corte, conde Tolstói, que viera com outros na comitiva do imperador para o campo de batalha. Um oficial disse para Rostóv que, atrás da aldeia, à esquerda, tinha visto alguém do alto-comando, e Rostóv seguiu para lá, já sem esperança de achar quem quer que fosse, mas só por desencargo de consciência. Depois de percorrer cerca de três verstas e de passar pelas últimas tropas russas, perto de uma horta atravessada por um fosso, Rostóv avistou dois homens a cavalo parados diante do fosso. Um, de penacho branco no chapéu, por algum motivo pareceu conhecido a Rostóv; o outro, um cavaleiro desconhecido, num lindo cavalo alazão (o cavalo pareceu conhecido a Rostóv), aproximou-se do fosso, tocou as esporas no flanco do cavalo e, afrouxando as rédeas, pulou com agilidade por cima do fosso da horta. Só um pouquinho de terra se desprendeu do aterro, com o choque das patas traseiras do cavalo. Ele virou o cavalo de modo brusco, saltou de novo o fosso, de volta, e dirigiu-se respeitosamente ao cavaleiro com o penacho branco, sem dúvida sugerindo que ele fizesse o mesmo. O cavaleiro cuja figura parecia conhecida a Rostóv e que, por algum motivo, não podia deixar de prender a sua atenção, fez um gesto negativo com a cabeça e com a mão e, por aquele gesto, Rostóv reconheceu na mesma hora o seu chorado e idolatrado soberano.

"Mas não pode ser ele, sozinho no meio deste campo vazio", pensou Rostóv. Naquele instante, Alexandre virou a cabeça, e Rostóv avistou as feições queridas, tão vivamente gravadas na sua memória. O soberano estava pálido, as faces cavadas e os olhos fundos; porém maior era o encanto e a brandura em suas feições. Rostóv ficou feliz ao se convencer de que o boato sobre o ferimento do soberano era falso. Ficou feliz ao vê-lo. Sabia que podia, e até devia, dirigir-se diretamente a ele e transmitir aquilo que Dolgorúkov havia lhe ordenado.

Porém, assim como um jovem enamorado treme e fica fascinado, sem coragem de contar aquilo que sonha à noite, e olha com medo à sua volta em busca de ajuda ou da possibilidade de um adiamento ou de uma fuga, quando chega o momento desejado e se encontra a sós com ela, assim também Rostóv, agora, ao alcançar aquilo que desejava mais que tudo no mundo, não sabia como se aproximar do soberano, e lhe vieram ao pensamento milhares de razões que tornavam aquilo incômodo, inconveniente e impossível.

"Ora essa! É como se eu ficasse contente com a chance de poder me aproveitar do fato de ele estar sozinho e abatido. Pode parecer-lhe desagradável e penoso ver uma pessoa desconhecida neste momento de dor; depois, o que posso lhe dizer agora, quando só de olhar para ele o meu coração para de bater e a boca fica seca?" Nenhuma das inúmeras frases que ele havia elaborado e, em sua imaginação, dirigia ao soberano lhe acudiam agora ao pensamento. Aquelas frases, em sua maioria, referiam-se a condições totalmente diversas, eram ditas, em sua maioria, num momento de vitória, de festa, e sobretudo no leito de morte, com ele gravemente ferido em combate, no instante em que o soberano vinha lhe agradecer o seu gesto heroico, e Rostóv, ao morrer, declarava-lhe o seu amor, demonstrado na guerra.

"E depois, para que vou perguntar ao soberano quais as suas ordens para o flanco direito, quando agora já são quatro horas da tarde, e a batalha foi perdida? Não, decididamente, não devo me aproximar dele. Não devo perturbar a sua meditação. É melhor mil vezes morrer do que receber dele um olhar ruim, uma opinião ruim", resolveu Rostóv e, com tristeza e desespero no coração, foi embora, olhando a todo instante para trás, para o soberano, que continuava parado, na mesma atitude de indecisão.

Na hora em que Rostóv tinha esses pensamentos e se afastava com pesar do soberano, o capitão Von Toll chegava por acaso àquele mesmo local e, ao avistar o soberano, seguiu direto para ele, ofereceu-lhe os seus serviços e ajudou-o a atravessar o fosso a pé. O soberano, no intuito de repousar e sentindo-se um pouco mal, sentou-se embaixo de uma macieira, e Toll ficou ao seu lado. Rostóv, de longe, com inveja e arrependimento, viu como Toll conversou com o soberano com vagar e ardor, e como o soberano, que visivelmente tinha começado a chorar, cobriu os olhos com a mão e apertou a mão de Toll.

"E pensar que eu poderia muito bem estar no lugar dele", refletiu Rostóv e, mal conseguindo conter as lágrimas de tristeza pelo destino do soberano, em total desespero, seguiu adiante, sem saber para onde nem para que cavalgava, agora.

Tanto maior era o seu desespero quanto mais ele sentia que sua própria fraqueza era a causa da sua desgraça.

Ele poderia... não só poderia como deveria ter se aproximado do soberano. Era uma oportunidade única para mostrar ao soberano a sua devoção. E Rostóv não a aproveitou... "O que foi que eu fiz?", pensou. E virou o cavalo e galopou de volta para o lugar onde tinha visto o imperador; mas já não havia ninguém do outro lado do fosso. Só carroças e carruagens passavam. De um carroceiro, Rostóv soube que o Estado-Maior de Kutúzov estava ali perto, na aldeia para onde iam os comboios. Rostóv foi atrás deles.

À sua frente, caminhava o cavalariço de Kutúzov, levando cavalos de xairel, sem sela. Atrás do cavalariço, ia uma carroça e, atrás da carroça, caminhava um velho servo doméstico, de quepe, casaco de pele curto e pernas tortas.

— Tit, ei, Tit! — exclamou o cavalariço.

— O que é? — retrucou o velho, distraído.

— Tit! Controle esse apetite!

— Eh, sua besta, xô! — disse e cuspiu o velho zangado. Passou um tempo em que andaram em silêncio, e de novo repetiu-se a mesma piada.

Às cinco horas da tarde, a batalha tinha sido perdida em todos os pontos. Mais de cem canhões já se encontravam em poder dos franceses.

Przebyszéwski, com seu corpo de tropas, havia baixado as armas. Outras colunas, depois de perder cerca de metade do seu efetivo, retiravam-se em bandos desordenados e confusos.

O restante das tropas de Langeron e Dokhtúrov, misturadas, comprimia-se em torno das barragens e das margens dos açudes junto à aldeia de Auguesd.

Já passava das cinco horas e, no açude de Auguesd, ainda se ouvia um canhoneio intenso, só dos franceses, disparado por incontáveis baterias situadas na encosta do monte Pratzen e apontadas contra as nossas tropas em retirada.

Na retaguarda, Dokhtúrov e outros, reunindo batalhões, davam tiros para defender-se da cavalaria francesa, que perseguia os nossos. Começava a anoitecer. No açude estreito de Auguesd, onde por tantos anos um velho moleiro ficou sentado, tranquilo, com seu gorro e suas varas de pescar, enquanto o seu neto, com as mangas da camisa arregaçadas, observava um peixe prateado que se debatia dentro de um regador; naquele açude em que, durante tantos anos, moravianos passavam sossegadamente, em suas carroças puxadas por parelhas, carregadas de trigo, em gorros peludos e jaquetas azuis, e voltavam por aquele mesmo açude, com suas carroças brancas, polvilhadas de farinha — naquele açude estreito, agora, entre canhões e carretas militares, sob os cavalos e entre as rodas, aglomeravam-se pessoas desfiguradas pelo medo da morte, pisando-se umas às outras, morrendo, caminhando entre moribundos e matando-se umas às outras, apenas para, depois de avançarem mais alguns passos, serem mortas exatamente da mesma forma.

De dez em dez segundos, pressionando o ar, uma bala de canhão caía com um baque, ou explodia uma granada no meio daquela multidão compacta, matando e respingando de sangue os que estavam próximos. Dólokhov, a pé, ferido no braço, com uma dezena de soldados da sua companhia (ele já era oficial) e o comandante de regimento, a cavalo, representavam o que restara de todo o regimento. Empurrados pela multidão, comprimiam-se na entrada do açude e, espremidos de todos os lados, pararam porque à frente um cavalo havia caído sob um canhão, e a multidão estava empurrando o animal para fora dali. Uma bala de canhão matou alguém atrás deles, outra bala caiu na sua frente e respingou Dólokhov de sangue. A multidão avançava em desespero, comprimia-se, arrastava alguns passos e parava de novo.

"Se conseguir andar mais cem passos, na certa estarei salvo; se ficar parado mais dois minutos, na certa estarei perdido", pensava cada um deles. Dólokhov, tolhido no meio da multidão, arremeteu para a beira do açude, derrubou dois soldados e desceu correndo pelo gelo escorregadio que recobria o tanque.

— Vire — começou a gritar, saltando pelo gelo, que estalava debaixo dele. — Vire! — gritava para o canhão. — Aguente!...

O gelo o aguentava, mas vergava e estalava, e era óbvio que iria romper-se a qualquer momento, não só sob o canhão ou sob a multidão, mas debaixo dele e mais nada. Olhavam para Dólokhov e comprimiam-se à margem, sem se resolverem ainda a avançar sobre o gelo. O comandante do regimento, que estava a cavalo junto à entrada, levantou a mão e abriu a boca, voltando-se para Dólokhov. De repente, uma das balas de canhão assoviou tão baixo acima da multidão que todos baixaram a cabeça. Algo tombou com um baque numa superfície molhada, e o general caiu do cavalo numa poça de sangue. Ninguém sequer lançou um olhar para o general, nem pensou em levantá-lo.

— Vamos para o gelo! Vamos para o gelo! Vamos! Virem! Não estão ouvindo? Vamos! — soaram várias vozes, de repente, depois que a bala de canhão derrubou o general, sem saber o que nem para que estavam gritando.

Um dos canhões de trás, que estava chegando ao açude, virou na direção do gelo. A multidão de soldados começou a correr do açude para o tanque congelado. Debaixo de um dos soldados da frente, o gelo rachou, e uma perna escapou para dentro da água; ele quis se erguer e afundou até a cintura. Os soldados mais próximos hesitaram, o cocheiro de uma carreta de artilharia deteve o seu cavalo, mas atrás dele continuaram a soar os gritos: "Vá para o gelo, por que parou, ande! Ande!". E soaram gritos de horror na multidão. Os soldados que rodeavam o canhão acenavam para os cavalos, batiam neles, para que virassem e andassem. Os cavalos se puseram em movimento e desceram da margem. O gelo, que sustentava os homens a pé, ruiu num pedaço enorme, e cerca de quarenta homens que estavam sobre o gelo atiraram-se uns para a frente, outros para trás, afundando-se uns aos outros.

Tal como antes, balas de canhão assoviavam com regularidade e caíam com um baque sobre o gelo, dentro da água, e na maioria das vezes sobre a multidão que recobria o açude, os tanques e as margens.

XIX

No monte Pratzen, no mesmo lugar onde caíra com o pau da bandeira nas mãos, o príncipe Andrei Bolkónski jazia esvaindo-se em sangue e, sem saber, gemia num tom baixo, queixoso e infantil.

Ao anoitecer, parou de gemer e ficou quieto de todo. Não sabia quanto tempo havia durado a sua inconsciência. De repente, sentia-se vivo de novo e sofria uma ardente e lacerante dor na cabeça.

"Onde está ele, aquele céu alto que eu não conhecia até agora e que hoje descobri?", foi o seu primeiro pensamento. "E este sofrimento, eu também não conhecia", pensou. "Sim, eu não sabia nada, nada, até agora. Mas onde estou?"

Pôs-se a escutar e ouviu sons de um tropel de cavalos que se aproximavam e sons de vozes que falavam em francês. Abriu os olhos. Acima dele, estava de novo todo aquele céu alto, com nuvens que flutuavam e se erguiam mais alto ainda, entre as quais se via o infinito azulado. Ele não virou a cabeça e não via aqueles que, a julgar pelo som dos cascos e das vozes, haviam se aproximado e parado ali.

A cavalo, perto dele, estavam Napoleão e dois ajudantes de ordens. Bonaparte, percorrendo o campo de batalha, dava as últimas ordens para reforçar as baterias que atiravam contra o açude de Auguesd e observava os mortos e feridos deixados no campo de batalha.

— *De beaux hommes!*[82] — disse Napoleão, olhando para um granadeiro russo morto que, com o rosto afundado na terra e a nuca enegrecida, jazia de barriga para baixo e com o braço estirado ao máximo, já começando a endurecer de frio.

— *Les munitions des pièces de position sont épuisées, sire!*[83] — disse naquele momento um ajudante de ordens que chegou das baterias que atiravam contra Auguesd.

— *Faites avancer celles de la réserve*[84] — disse Napoleão, afastou-se alguns passos e parou perto de Andrei, que jazia de costas, com o pau da bandeira caído ao seu lado (a bandeira já fora levada pelos franceses, como troféu).

— *Voilà une belle mort*[85] — disse Napoleão, olhando para Bolkónski.

O príncipe Andrei entendeu que as palavras se referiam a ele e que foram ditas por Napoleão. Observou que quem falava tais palavras foi tratado de *sire*. Mas ouviu aquelas palavras da mesma forma como ouviria o zumbido de uma mosca.

---

82 Francês: "Homens belos!".

83 Francês: "As munições das peças de artilharia estão esgotadas, senhor!".

84 Francês: "Faça avançar as da reserva".

85 Francês: "Aí está uma bela morte".

Não só não se interessou como nem se deu conta daquelas palavras e esqueceu-as imediatamente. Sua cabeça queimava; sentia que perdia sangue e via, acima, o céu distante, alto e eterno. Sabia que era Napoleão — o seu herói; mas naquele instante Napoleão lhe parecia um homem tão pequeno, insignificante, em comparação com o que se passava, agora, entre a sua alma e aquele céu alto e infinito, com nuvens que fugiam. Quem estava ao seu lado e o que falasse a seu respeito, isso era de todo indiferente para Andrei naquele instante; só estava contente porque pessoas haviam parado perto dele e só desejava que tais pessoas o ajudassem e o devolvessem à vida, que lhe parecia tão bela, pois agora ele a compreendia de um modo muito diferente. Reuniu todas as suas forças para mexer-se e emitir algum som. Moveu ligeiramente a perna e soltou um gemido fraco, dolorido, que causou pena nele próprio.

— Ah! Está vivo — disse Napoleão. — Levantem esse jovem, *ce jeune homme*,[86] e levem para a enfermaria!

Dito isso, Napoleão seguiu adiante, ao encontro do marechal Lannes, que, sem chapéu e sorrindo, vinha a cavalo na direção do imperador, para cumprimentá-lo pela vitória.

O príncipe Andrei não notou mais nada: perdeu a consciência em razão da dor terrível causada pela sua remoção para a maca, pelos trancos durante o transporte e pelo exame do seu ferimento já na enfermaria. Só despertou no final do dia, quando, junto a outros oficiais russos feridos e capturados, foi levado para um hospital. Nessa transferência, sentiu-se um pouco mais animado e conseguiu olhar à sua volta e até falar.

As primeiras palavras que ouviu, quando voltou a si, foram de um oficial da cavalaria francesa, que falava depressa:

— Temos de parar aqui: o imperador vai passar daqui a pouco; ele vai gostar de ver estes senhores capturados.

— Tem tantos prisioneiros hoje, parece até o Exército russo inteiro, é capaz de ele já estar enjoado de ver — disse um outro oficial.

— Não interessa! Aquele ali, pelo que dizem, é o comandante de toda a guarda do imperador Alexandre — disse o primeiro, apontando para um oficial russo com o uniforme branco da cavalaria da guarda.

Bolkónski reconheceu o príncipe Repnin, que ele havia encontrado na sociedade de Petersburgo. Ao lado, estava um outro, um menino de dezenove anos, também um oficial da cavalaria da guarda, ferido.

---

86 Francês: "esse jovem".

Bonaparte, aproximando-se a galope, deteve o cavalo.

— Quem tem o posto mais alto? — perguntou, ao ver os capturados.

Chamaram o coronel, príncipe Repnin.

— O senhor é o comandante do regimento da cavalaria da guarda do imperador Alexandre? — perguntou Napoleão.

— Eu comandava um esquadrão — respondeu Repnin.

— O seu regimento cumpriu honradamente o seu dever — disse Napoleão.

— O elogio de um grande comandante é a melhor recompensa de um soldado — respondeu Repnin.

— É com satisfação que faço esse elogio ao senhor — disse Napoleão. — Quem é esse jovem ao lado do senhor?

O príncipe Repnin apresentou o tenente Sukhtiélen.

Após observá-lo, Napoleão disse, sorrindo:

— *Il est venu bien jeune se frotter à nous.*[87]

— A mocidade não impede a bravura — exclamou Sukhtiélen com voz entrecortada.

— Bela resposta — disse Napoleão. — Jovem, o senhor ainda vai longe!

O príncipe Andrei, que também fora levado para a frente, perto dos olhos do imperador, a fim de completar o troféu de prisioneiros, não pôde deixar de chamar a sua atenção. Napoleão, ao que pareceu, lembrou-se de ter visto aquele homem no campo de batalha e, dirigindo-se a ele, empregou o mesmo tratamento de jovem — *jeune homme* —, com o qual Bolkónski, na primeira vez, ficara gravado na sua memória.

— *Et vous, jeune homme?* E o senhor, jovem? — dirigiu-se a ele. — Como está se sentindo, *mon brave*?

Apesar de cinco minutos antes ter conseguido falar algumas palavras para os soldados que o carregavam, agora, com os olhos cravados em Napoleão, bem na sua frente, o príncipe Andrei ficou calado... Naquele momento, pareceram-lhe tão insignificantes todos os interesses que ocupavam Napoleão, tão mesquinho lhe pareceu o seu próprio herói, com aquela vaidade rasteira e sua alegria da vitória, em comparação com o céu alto, justo e bom, que ele via e compreendia — que não conseguiu responder.

Assim também tudo o mais lhe pareceu inútil e insignificante, em comparação com o pensamento austero e grandioso que o esgotamento das forças, a perda de sangue, o sofrimento e a expectativa da morte próxima haviam despertado

---

87 Francês: "Ele é muito jovem para se meter conosco".

nele. Fitando Napoleão nos olhos, o príncipe Andrei pensou na insignificância da grandeza, na insignificância da vida, cujo significado ninguém conseguia entender, e na insignificância ainda maior da morte, cujo sentido ninguém entre os vivos conseguia entender ou explicar.

O imperador, sem esperar a resposta, deu-lhe as costas e, ao afastar-se, dirigiu-se a um dos comandantes:

— Cuidem desses senhores e levem-nos para o meu acampamento; que o meu médico, o dr. Larrey, examine seus ferimentos. Até a vista, príncipe Repnin. — Tocou o cavalo com as esporas e partiu a galope.

No seu rosto havia um brilho de satisfação e felicidade.

Os soldados que carregaram o príncipe Andrei e que haviam percebido e tomado dele a imagenzinha de ouro que Mária, sua irmã, pusera em seu pescoço, ao ver a afeição com que o imperador se dirigia aos prisioneiros, rapidamente devolveram a imagenzinha.

O príncipe Andrei não viu como nem quem a colocou de novo no lugar, mas em seu peito, no meio do uniforme, de repente apareceu a imagenzinha, presa em uma fina correntinha de ouro.

"Como seria bom", pensou o príncipe Andrei, depois de lançar um olhar para aquela imagenzinha que com tanto sentimento e veneração a irmã pendurara nele, "como seria bom se tudo fosse tão claro e tão simples como parece à princesa Mária. Como seria bom saber onde procurar ajuda nesta vida e o que esperar depois, além da morte! Como eu seria tranquilo e feliz se agora pudesse dizer: Senhor, tenha piedade de mim!... Mas para quem vou dizer isso? Para uma força indeterminada, inconcebível, à qual eu não só não posso me dirigir, como não sou sequer capaz de exprimi-la por meio de palavras, um grande todo ou o nada", disse para si mesmo, "ou para este Deus, que está aqui, costurado neste amuleto pela princesa Mária? Nada, não há nada certo, a não ser a insignificância de tudo o que me é compreensível e a grandeza de algo incompreensível, porém mais importante!"

Carregaram as padiolas. A cada solavanco, ele sentia uma dor insuportável; o estado febril ficou mais forte, e ele começou a delirar. Os devaneios sobre o pai, a esposa, a irmã e o filho que estava para nascer, a ternura que ele havia sentido na noite da véspera da batalha, a figura do pequeno e insignificante Napoleão e, acima de tudo isso, o céu alto constituíam a matéria principal de suas visões febris.

Uma vida sossegada e tranquila de felicidade familiar em Montes Calvos surgia em seu pensamento. Ele já se deleitava com tal felicidade quando de repente aparecia o pequeno Napoleão com o seu olhar insensível, limitado e feliz com a infelicidade dos outros, e começavam as dúvidas, os tormentos, e só o céu prometia tranquilidade. Pela manhã, todos os delírios se misturaram e se fundiram num caos e nas trevas da inconsciência e do esquecimento, que na opinião do próprio Larrey, o médico de Napoleão, tinham muito mais probabilidade de terminar com a morte do que com a recuperação.

— *C'est un sujet nerveux et bilieux* — disse Larrey. — *Il n'en rechappera pas.*[88]

O príncipe Andrei, entre outros feridos desenganados, foi entregue aos cuidados dos habitantes locais.

88 Francês: "É uma pessoa nervosa e irritadiça [...] Ele não vai se recuperar".

TOMO DOIS

PRIMEIRA PARTE

I

No início do ano de 1806, Nikolai Rostóv voltou para casa, de licença. Deníssov também ia para casa, em Vorónej, mas Rostóv o convenceu a acompanhá-lo a Moscou e ficar em sua casa. Na penúltima estação, ao encontrar um camarada do Exército, Deníssov bebeu com ele três garrafas de vinho e, no caminho para Moscou, apesar dos buracos na estrada, não acordou, deitado no fundo do trenó puxado por cavalos de muda, junto a Rostóv, que à medida que se aproximava de Moscou ficava cada vez mais impaciente.

"Não pode ir mais depressa? Não pode ir mais depressa? Ah, que insuportáveis essas ruas, lojas, confeitarias, lampiões, coches de praça!", pensava Rostóv, quando suas licenças já tinham sido registradas na barreira da cidade, e eles já haviam entrado em Moscou.

— Deníssov, chegamos! Está dormindo! — disse Rostóv, inclinando o corpo todo para a frente, como se esperasse, com aquela posição, acelerar o movimento do trenó. Deníssov não reagiu.

— Lá está o cruzamento onde o cocheiro de praça Zakhar faz ponto; lá está ele, o Zakhar, e aquele mesmo cavalo. Olhe lá aquela lojinha onde comprávamos pão de mel. Não pode ir mais depressa? Puxa!

— Qual é a casa? — perguntou o cocheiro.

— Lá embaixo, lá no fim, aquela grande, não está vendo? Aquela é a nossa casa — disse Rostóv. — Olhe, aquela é a nossa casa! Deníssov! Deníssov! Vamos chegar num instante.

Deníssov levantou a cabeça, tossiu e não respondeu nada.

— Dmítri — Rostóv voltou-se para o lacaio na boleia. — Aquela luz não é na nossa casa?

— Isso mesmo, tem uma luz acesa no escritório do seu pai.

— Ainda não foram dormir? Hã? O que acha? Cuide para que eu não me esqueça de pegar o casaco húngaro novo — acrescentou Rostóv, apalpando o bigode, que não tinha antes. — Puxa, vamos logo — gritou para o cocheiro. — Chega de dormir, Vássia — voltou-se para Deníssov, que baixara a cabeça outra vez. — Vamos, vamos logo com isso, vai ganhar três rublos para a vodca, vamos! — gritou Rostóv quando o trenó já estava a três casas da sua. Parecia-lhe que os cavalos não saíam do lugar. Por fim, o trenó virou à direita, na entrada da casa; acima da sua cabeça, Rostóv avistou a cornija conhecida, com o reboco quebrado, o alpendre, o pilar na calçada. Saltou do trenó ainda em movimento e correu para a porta. A casa continuava inabalável, sem alegria, como se não tivesse nada a ver com quem estava chegando. No saguão, não havia ninguém. "Meu Deus! Será que estão todos bem?", pensou Rostóv, parando por um instante, com o coração apertado, mas logo disparou a correr adiante, pelo saguão e pelos degraus tortos da escada, seus conhecidos. A velha maçaneta da porta, cuja sujeira irritava a condessa, girou frouxa como sempre. No vestíbulo, ardia uma vela de sebo.

O velho Mikhail dormia sobre uma arca. Prokófi, o lacaio, aquele que era tão forte que erguia uma carroça pela traseira, estava sentado e trançava as beiradinhas de uma sandália de palha. Levantou os olhos na direção da porta que se abriu, e sua fisionomia indiferente, sonolenta, transformou-se de repente numa expressão de susto e entusiasmo.

— Deus do céu! O jovem conde! — gritou, ao reconhecer o jovem patrão. — Ora, vejam só! O meu querido! — E Prokófi, trêmulo de emoção, atirou-se para a porta da sala, na certa a fim de dar a notícia, mas pelo visto pensou melhor, voltou e abraçou-se ao ombro do jovem patrão.

— Estão bem? — perguntou Rostóv, desvencilhando o braço.

— Graças a Deus! Tudo bem, graças a Deus! Acabaram de jantar! Deixe-me olhar para o senhor, vossa excelência!

— Está tudo em ordem?

— Graças a Deus, graças a Deus!

Rostóv, totalmente esquecido de Deníssov, sem querer que ninguém o anunciasse, tirou a peliça e correu na ponta dos pés para a sala grande e escura. Tudo estava igual, as mesmas mesas de jogo, o mesmo lustre coberto por uma capa; mas alguém já via o jovem patrão, e ele mal teve tempo de chegar correndo à sala quando alguém, impetuosamente, como um tufão, saiu voando de uma porta lateral, abraçou-o e começou a beijá-lo. Mais alguém, e ainda uma terceira criatura, igual às outras, pularam de uma outra porta e de uma terceira; e mais abraços, mais beijos, mais gritos, lágrimas de alegria. Ele não conseguia atinar onde estava e quem era o seu pai, quem era Natacha, quem era Pétia. Todos gritavam, falavam e o beijavam ao mesmo tempo. Só a mãe não estava entre eles — isso ele percebeu.

— E eu nem sabia... Nikóluchka... meu amigo!

— Aí está ele... o nosso... Meu amigo, Kólia... Como está mudado! As velas! O chá!

— Eu também, me dê um beijo!

— Queridinho... em mim também!

Sônia, Natacha, Pétia, Anna Mikháilovna, Vera, o velho conde abraçavam-no; e os criados, que enchiam a sala, falavam e soltavam exclamações.

Pétia agarrou-se às pernas dele.

— Em mim também! — gritava.

Natacha, depois de puxá-lo para junto de si, cobriu todo o seu rosto de beijos, afastou-se um pouco do irmão com um pulinho e, segurando o seu casaco húngaro pela gola, começou a saltar como uma cabra, sem sair do lugar, enquanto soltava gritinhos estridentes.

Em todos os lados havia lágrimas brilhantes de alegria, olhos amorosos, em todos os lados havia lábios à procura de beijos.

Sônia, vermelha como um *kumátch*,[1] também segurava no braço dele, toda radiante, numa expressão de júbilo dirigida aos olhos de Rostóv, pelos quais ela esperava. Sônia já havia completado dezesseis anos e estava muito bonita, ainda mais naquele momento de felicidade, de animação entusiasmada. Olhava para ele sem desviar os olhos, sorria e prendia a respiração. Rostóv lançou um olhar agradecido para Sônia, mas continuava a esperar e a procurar alguém. A velha condessa ainda não viera. E então ouviram-se passos na porta. Passos tão ligeiros que não podiam ser os passos da mãe.

Mas era ela, num vestido novo, que ele não conhecia, costurado em sua ausência. Todos se afastaram de Rostóv, e ele correu para a mãe. Quando se aproximaram, ela caiu no peito do filho, soluçando. Não conseguia levantar o rosto, que apenas apertava aos alamares frios do casaco húngaro de Rostóv. Deníssov, a quem ninguém dava atenção, entrou na sala, ficou parado no mesmo lugar e, olhando para eles, enxugava os olhos.

— Vassíli Deníssov, amigo do seu filho — disse ele, apresentando-se ao conde que o observava com ar interrogativo.

— Seja bem-vindo. Conheço, conheço — disse o conde, beijando e abraçando Deníssov. — Nikóluchka escreveu... Natacha, Vera, este é o Deníssov.

Os mesmos rostos felizes, entusiasmados, voltaram-se para a figura peluda de Deníssov e o rodearam.

— Meu querido Deníssov! — exclamou Natacha em voz estridente, fora de si de tanta emoção, pulou na direção dele, abraçou-o e beijou-o. Todos ficaram embaraçados com o gesto de Natacha. Deníssov também ficou vermelho, mas sorriu, segurou a mão de Natacha e beijou-a.

---

1 Tecido de algodão vermelho tradicional.

Levaram Deníssov para um quarto preparado para ele, enquanto todos os Rostóv se reuniram na sala de estar em torno de Nikóluchka.

A velha condessa, sem largar a mão do filho, a qual beijava a todo instante, estava sentada ao seu lado; os demais, aglomerados à sua volta, sorviam cada um de seus gestos, palavras, olhares, e não desviavam dele os olhos entusiasticamente amorosos. O irmão e a irmã discutiam e trocavam de lugar, um com o outro, no esforço de ficar mais perto de Rostóv, e brigavam para decidir quem ia trazer o chá, o lenço, o cachimbo.

Rostóv estava muito feliz com o amor que lhe demonstravam; mas o primeiro momento do encontro fora tão extasiante que a sua felicidade de agora lhe parecia pequena, e ele continuava a esperar mais alguma coisa, e mais, e mais.

Na manhã seguinte, os recém-chegados de viagem dormiram até as dez horas.

No quarto vizinho, houve um rebuliço de sabres, bolsas, sacolas, malas abertas, botas sujas. Dois pares engraxados, com esporas, foram colocados junto à parede naquele instante. Criados trouxeram lavatórios, água quente para fazer a barba e roupas limpas. Havia um cheiro de tabaco e de homens.

— Ei, Grichka, o cachimbo! — gritou Vaska Deníssov, com voz rouca. — Rostóv, levante!

Rostóv, esfregando os olhos colados, ergueu a cabeça desgrenhada do travesseiro quente.

— O que foi, já é tarde?

— É tarde, vai dar dez horas — respondeu a voz de Natacha, e no quarto vizinho ouviu-se o farfalhar de roupas engomadas, um rumor de vozes e risos de meninas, e na porta apenas entreaberta rebrilhou algo azul, fitas, cabelos negros e um rosto alegre. Era Natacha, com Sônia e Pétia, que tinham vindo saber se eles já haviam levantado.

— Nikólienka, levante! — ouviu-se de novo a voz de Natacha, na porta.

— Já vai!

Naquele momento, Pétia, no quarto principal, depois de avistar e segurar os sabres, e experimentando aquele entusiasmo que sentem os meninos quando veem o irmão mais velho de volta do Exército, e esquecido de que para as irmãs era indecente ver homens despidos, escancarou a porta.

— Este sabre é o seu? — gritou ele. As meninas afastaram-se de um salto. Deníssov, com os olhos assustados, escondeu as pernas peludas debaixo do cobertor, enquanto olhava para o lado, em busca do socorro do seu camarada. A porta deixou Pétia passar e fechou-se outra vez. Atrás da porta, soaram risos.

— Nikólienka, venha para fora de roupão — exclamou a voz de Natacha.

— Este sabre é o seu? — perguntou Pétia. — Ou é do senhor? — Com um respeito servil, voltou-se para o bigodudo e moreno Deníssov.

Rostóv calçou-se depressa, vestiu o roupão e saiu. Natacha havia calçado uma bota com esporas e estava enfiando-se na outra. Sônia estava rodando, queria fazer o seu vestido inflar e tentava ficar de cócoras, exatamente na hora em que ele saiu do quarto. As duas usavam vestidos iguais, novos, azul-claros — frescas, coradas, alegres. Sônia fugiu, mas Natacha, pegando o irmão pelo braço, levou-o para a sala de estar, e teve início uma conversa entre os dois. Nem davam tempo, um ao outro, para perguntar e responder a questões sobre milhares de coisas miúdas, que só a eles podiam interessar. Natacha ria a cada palavra que o irmão falava e que ela falava, não porque fosse engraçado o que diziam, mas porque estavam alegres, e ela não era capaz de conter sua alegria, expressa pelo riso.

— Ah, que bom, que ótimo! — exclamava ela a tudo. Rostóv sentia-se como que sob o efeito de quentes raios de amor, pela primeira vez em um ano e meio, na sua alma e no seu rosto abriu-se aquele sorriso infantil que ele não sorrira nem uma vez, desde que partira de casa.

— Não, escute — dizia Natacha. — Você agora é mesmo um homem? Estou tremendamente feliz de você ser meu irmão. — Ela tocou no bigode dele. — Eu queria saber como são vocês, os homens. São iguais a nós? Não?

— Por que a Sônia fugiu? — perguntou Rostóv.

— Pois é. É uma história muito comprida! Como você vai se dirigir à Sônia? Vai tratá-la de "você" ou de "senhora"?

— Depende — respondeu Rostóv.

— Trate-a de "senhora", por favor, depois eu explico.

— O que é?

— Bem, vou explicar logo de uma vez. Você sabe que a Sônia é minha amiga, que eu daria o meu braço por ela. Assim, olhe só. — Arregaçou a manga de musselina e mostrou, no seu bracinho comprido, magro e meigo, muito acima do cotovelo (num lugar que fica escondido mesmo em vestidos de baile), uma cicatriz vermelha.

— Fui eu mesma que queimei, para provar a ela o meu amor. Eu só esquentei uma reguinha na chama e depois apertei aqui.

Sentado no velho cômodo onde antigamente tinha aulas, num sofá com almofadinhas entre os braços, e olhando para os olhos desvairadamente animados de Natacha, Rostóv entrou novamente naquele seu mundo familiar e infantil, que não tinha sentido nenhum para ninguém, senão para ele, mas que lhe proporcionava um dos melhores prazeres da vida; e a queimadura no braço feita com uma reguinha, como prova de amor, não lhe parecia um despropósito: ele entendia e não se admirava daquilo.

— Mas e então? Só isso? — perguntou ele.

— Puxa, somos tão amigas, tão amigas! Isso é uma bobagem, a reguinha; mas nós somos amigas para sempre. Quando ela ama alguém, é para sempre; já eu não entendo, eu esqueço logo.

— Mas o que há?

— Pois bem, é assim que ela gosta de mim e também de você. — Natacha de repente ficou vermelha. — Então, você se lembra, antes da sua partida... Ela disse que você ia esquecer aquilo tudo... Ela falou: Eu vou amar o Nikolai para sempre, mas vou deixar que ele seja livre. Não é verdade que isso é bonito, nobre? Não é, não é? Muito nobre, não é? — perguntava Natacha, com um ar tão sério e emocionado que logo se percebia que aquilo que ela dizia agora já dissera antes, com lágrimas.

Rostóv refletiu um pouco.

— Não admito faltar à minha palavra — disse ele. — Além do mais, Sônia é tão encantadora que só um imbecil recusaria tamanha felicidade.

— Não, não — gritou Natacha. — Eu e ela já falamos sobre o assunto. Sabíamos que você diria isso. Mas é impossível, porque, entenda, se você disser isso... considerar-se preso à sua palavra, o que vai acontecer é que parecerá que ela disse isso de propósito. Vai acontecer que você, apesar de tudo, vai casar com ela à força, e não pode acontecer isso.

Rostóv viu que elas haviam ponderado tudo aquilo muito bem. Sônia o impressionara pela sua beleza, já no dia anterior. E hoje, ao vê-la de passagem, ela lhe parecera ainda mais bonita. Era uma encantadora menina de dezesseis anos, que obviamente o amava com ardor (disso ele não duvidava nem por um minuto). Por que ele não haveria de amar Sônia agora, e até casar-se, pensou Rostóv, mas naquele momento havia tantas outras alegrias e interesses! "Sim, elas refletiram muito bem sobre esse assunto", pensou ele, "é preciso continuar livre."

— Bem, então está ótimo — disse ele. — Depois conversaremos. Ah, como estou contente de ver você! — acrescentou. — Mas e você, não traiu o Boris? — acrescentou o irmão.

— Mas que bobagem! — gritou Natacha, rindo. — Não penso nele nem em ninguém, e nem quero saber disso.

— Ora, veja só! Então, no que você está pensando?

— Eu? — perguntou Natacha, e um sorriso feliz iluminou o seu rosto. — Você viu o Duport?

— Não.

— O famoso Duport, o bailarino, não viu? Bem, então você não vai entender. É nisso que estou pensando.

Natacha curvou os braços, segurou a saia, como fazem os dançarinos, deu alguns passos de dança, girou, fez um *entrechat*,[2] bateu os pezinhos um no outro e, parada bem na pontinha dos pés, deu alguns passos.

— Vê como eu me equilibro? Olhe só — disse ela; mas não se aguentou na pontinha dos pés. — Então é nisso que estou pensando! Nunca vou me casar com ninguém; e vou ser bailarina. Mas não conte para ninguém.

Rostóv soltou uma gargalhada tão alta e tão divertida que Deníssov, no quarto, sentiu inveja, e Natacha não conseguiu se conter, começou a rir junto com o irmão.

— Não vai ser bom? — dizia ela sem parar.

— Está bem, mas então já não quer mais casar com o Boris?

Natacha ruborizou-se.

— Não quero casar com ninguém. Eu mesma vou dizer isso para ele, quando eu o encontrar.

— Veja só! — disse Rostóv.

— Ora, puxa vida, tudo isso é bobagem — Natacha não parava de tagarelar. — E o Deníssov, ele é bom?

— Bom.

— Está bem, então até logo, vá se vestir. Ele é terrível, o Deníssov?

— Terrível, por quê? — perguntou *Nicolas*. — Não. Vaska é ótimo.

— Você o chama de Vaska... é estranho. Mas e então, ele é muito bom?

— Muito bom.

— Bem, venha logo tomar o chá. Todos juntos.

E Natacha ergueu-se na pontinha dos pés e saiu da sala como fazem os bailarinos, mas sorrindo como só as meninas felizes de quinze anos sorriem. Ao encontrar Sônia na sala de visitas, Rostóv ruborizou-se. Não sabia como tratá-la. No dia anterior, os dois tinham se beijado no primeiro instante de alegria, pelo reencontro, mas agora sentiam que era impossível fazer isso; Rostóv sentia que todos, a mãe e a irmã, o observavam de maneira interrogativa e aguardavam para ver como ele ia se portar com Sônia. Rostóv beijou a mão dela e tratou Sônia de "senhora". Mas os olhos dos dois, ao se encontrarem, diziam "você" um para o outro e beijavam-se com carinho. Ela, com o olhar, pedia perdão por ter se atrevido a recordá-lo, por intermédio de Natacha, da promessa que ele fizera, e agradecia a Rostóv o seu amor. Ele, com o seu olhar, agradecia a Sônia o oferecimento da liberdade e dizia que, de toda maneira, jamais deixaria de amá-la, pois era impossível não amar.

---

2 Salto em que o bailarino cruza e descruza os pés no ar, rapidamente.

— Mas como é esquisito — disse Vera, escolhendo um minuto de silêncio geral — que Sônia e Nikólienka, agora que se reencontraram, tratem um ao outro de "senhor" e "senhora", como se fossem estranhos.

A observação de Vera era justa, como eram todas as suas observações; mas, como também acontecia com a maior parte de suas observações, todos ficaram embaraçados, e não apenas Sônia, Nikolai e Natacha, mas também a velha condessa, receosa de que aquele amor do filho por Sônia pudesse privá-lo de um partido mais brilhante, também ela ficou vermelha, como uma menina. Deníssov, para surpresa de Rostóv, num uniforme novo, perfumado e de cabelo empomadado, apareceu na sala de visitas com a mesma elegância com que se mostrava nas batalhas, e tão amável com as damas e com os cavalheiros como Rostóv jamais esperava vê-lo.

II

Ao voltar do Exército para Moscou, Nikolai Rostóv foi recebido pelas pessoas de sua casa como o melhor dos filhos, um herói e o querido Nikóluchka; pelos parentes, como um jovem gentil, simpático e respeitoso; pelos conhecidos, como um bonito tenente dos hussardos, um dançarino ágil e um dos melhores partidos de Moscou.

Toda a Moscou era conhecida dos Rostóv; dinheiro, naquele ano, o velho conde tinha bastante, porque havia renovado a hipoteca de todas as propriedades, e por isso Nikóluchka, montando o seu próprio cavalo trotador e vestindo calças de montaria no rigor da moda, exclusivas, como mais ninguém usava em Moscou, e calçando botas no máximo rigor da moda, com pontinhas finíssimas e esporas de prata miúdas, passava o seu tempo muito alegre. De volta para casa, Rostóv experimentava uma sensação agradável, tendo se adaptado, após certo tempo, às antigas condições de vida. Tinha a impressão de que havia crescido e se tornado um homem adulto. O desespero por ter sido reprovado na prova de catecismo, os pedidos de dinheiro emprestado a Gavrila e ao cocheiro, os beijos às escondidas com Sônia, de tudo isso ele se lembrava como se fossem criancices, das quais, agora, se achava incalculavelmente distante. Agora, ele era um tenente dos hussardos, com um dólmã prateado, condecorado com a Cruz de São Jorge, adestrava o seu cavalo trotador para as corridas, junto com corredores famosos, experientes, respeitáveis. Havia uma dama conhecida, num bulevar, a quem ele visitava à noite. Comandava a mazurca nos bailes em casa dos Arkhárov, conversava sobre a guerra com o marechal de campo Kamiénski, frequentava o Clube Inglês e tratava por "você" um coronel de quarenta anos a quem Deníssov o apresentara.

A sua paixão pelo imperador havia enfraquecido um pouco em Moscou, pois durante esse tempo ele não o viu. Porém, mesmo assim, muitas vezes falava sobre o soberano, sobre o seu amor por ele, deixando a impressão de que ainda não tinha contado tudo, de que ainda havia mais alguma coisa em seu sentimento pelo soberano que não poderia ser compreendida pelos demais; e com toda a sua alma compartilhava o sentimento geral em Moscou, naquela época, de adoração pelo imperador Alexandre Pávlovitch, que em Moscou naquela época era chamado de "anjo encarnado".

Na curta estada de Rostóv em Moscou, até sua partida para o Exército, ele não se aproximou de Sônia, ao contrário, afastou-se. Ela era muito bonita, meiga e obviamente apaixonada por ele; mas Rostóv estava naquela fase da mocidade em que parece que há tantas coisas a fazer que um rapaz nunca se ocupa desse tipo de assunto e receia prender-se — valoriza muito a própria liberdade, da qual ele precisa para muitas outras coisas. Quando pensava em Sônia, naquela nova temporada em Moscou, dizia consigo: "Eh! Ainda há muitas, muitas ainda vão aparecer, em algum lugar, outras que eu ainda não conheço. Ainda terei tempo para me ocupar do amor, quando quiser, mas agora não tenho". Além do mais, o convívio com mulheres parecia-lhe humilhante para a sua masculinidade. Nikolai Rostóv ia aos bailes e frequentava a sociedade feminina, fingindo que fazia isso a contragosto. As corridas, o Clube Inglês, as farras com Deníssov, as idas àquele tal lugar — isso tudo era diferente: eram coisas que ficavam muito bem para um hussardo.

No início de março, o velho conde Iliá Andreitch Rostóv andou muito ocupado com a organização de um almoço no Clube Inglês, em homenagem ao príncipe Bagration.

O conde, de roupão, andava pelo salão, dando ordens ao mordomo do clube e ao famoso Feoktist, o chefe de cozinha do Clube Inglês, sobre o aspargo, os pepinos frescos, os morangos, a vitela e o peixe para o almoço do príncipe Bagration. O conde, desde o dia da fundação, era membro e diretor do clube. Foi encarregado da organização da solenidade em homenagem a Bagration, pois era difícil encontrar alguém que soubesse organizar um banquete com tanta hospitalidade e fartura, ainda mais porque era difícil encontrar alguém que pudesse e quisesse empregar o seu próprio dinheiro, se isso fosse necessário, na organização do banquete. O cozinheiro e o mordomo do clube escutavam as ordens do conde com rostos alegres, porque sabiam que com ele, melhor do que com qualquer outra pessoa, poderiam tirar vantagens daquele almoço, que ia custar vários milhares de rublos.

— Então, vejam bem, as cristas de galo, não esqueçam de pôr cristas de galo na sopa de tartaruga, certo?

— Quer dizer que vão ser três molhos frios para a sopa? — perguntou o cozinheiro. O conde refletiu um pouco.

— Menos não é possível, três... Um é o de maionese — disse, abaixando um dedo...

— Então o senhor quer que mande trazer esturjões grandes? — perguntou o mordomo.

— O que se vai fazer? Mande trazer, mesmo que não baixem o preço. Ah, é, meu Deus, já ia esquecendo. Vamos precisar de mais uma entrada na mesa. Ah, meu Pai! — Pôs as mãos na cabeça. — Quem é que vai me fornecer as flores? Mítienka! Ei, Mítienka! Vá agora mesmo a galope à minha propriedade nos arredores de Moscou — pediu ao administrador, que entrou atendendo ao seu chamado. — Vá a galope à minha propriedade nos arredores de Moscou e dê uma ordem urgente ao jardineiro Maksimka. Diga para trazer tudo o que tiver nas estufas, envolvido em feltro. Quero que na sexta-feira estejam aqui duzentos vasos.

Depois de dar ainda várias ordens, ele quis sair para descansar um pouco com a condessinha, mas lembrou ainda outra coisa importante, voltou, chamou de volta o cozinheiro e o mordomo e, de novo, passou a dar ordens. Na porta, ouviu-se um passo ligeiro, masculino, um tinido de esporas e, bonito, corado, com um bigodinho bem preto, entrou o jovem conde, visivelmente descansado e mimado pela vida tranquila em Moscou.

— Ah, meu amigo! A minha cabeça está dando voltas — disse o velho, como que envergonhado, diante do filho. — Quem sabe você pode me ajudar! Ainda precisamos de cantores. Música já tenho, mas e se chamássemos uns ciganos? Vocês, companheiros de armas, adoram isso.

— Francamente, paizinho, acho que o príncipe Bagration, quando se preparava para a batalha de Schöngraben, não estava tão preocupado quanto o senhor está agora — disse o filho, sorrindo.

O velho conde fingiu se zangar.

— Sei, falar é fácil, experimente só, para você ver!

E o conde voltou-se para o cozinheiro, que com o rosto inteligente e respeitoso olhava o pai e o filho, de modo afetuoso e observador.

— Está vendo como é a mocidade, hein, Feoktist? — disse ele. — Riem de nós, os mais velhos.

— Pois é, vossa excelência, comer, isso eles sabem fazer muito bem, mas preparar tudo e servir, isso não é com eles.

— Isso mesmo — gritou o conde e, alegremente, segurou as duas mãos do filho e gritou: — Então, aqui está, você caiu nas minhas mãos! Vá agora mesmo pegar o trenó com uma parelha de cavalos, corra à casa de Bezúkhov e diga que o conde

Iliá Andreitch mandou pedir ao senhor da casa morangos e abacaxis frescos. Não vamos conseguir isso com mais ninguém, a não ser com Bezúkhov. Ele mesmo não está em casa, por isso você vai entrar e pedir à princesa, e de lá, então, veja bem, você vai para Razguliái, o cocheiro Ipatka sabe onde é, encontre lá o cigano Iliúchka, aquele que dançava na casa do conde Orlóv, lembra, de jaqueta branca, e traga-o aqui, para falar comigo.

— E junto com ele trago as ciganinhas? — perguntou Nikolai, rindo. — Ora, ora!...

Naquele momento, em passos silenciosos, com aquele ar atarefado, preocupado, e ao mesmo tempo dócil e cristão, que nunca a deixava, Anna Mikháilovna entrou. Apesar de todo dia Anna Mikháilovna ver o conde de roupão, ele sempre se mostrava embaraçado diante dela e pedia desculpa pelo traje.

— Não tem importância, meu caro conde — disse ela, fechando os olhos, com docilidade. — Eu mesma irei à casa de Bezúkhov — disse. — Pierre chegou, e agora, conde, vamos conseguir tudo nas estufas dele. Além disso, eu preciso falar com Pierre. Ele me mandou uma carta de Boris. Graças a Deus, agora Boris está no Estado-Maior.

O conde alegrou-se por Anna Mikháilovna ter assumido uma parte dos seus encargos e mandou preparar para ela uma pequena carruagem.

— A senhora diga a Bezúkhov para vir também. Vou escrever para ele. E como andam as coisas com a esposa? — perguntou.

Anna Mikháilovna levantou os olhos, e no seu rosto expressou-se um desgosto profundo...

— Ah, meu amigo, ele é muito infeliz — disse ela. — Se for verdade o que andam dizendo, é horrível. Ficamos tão alegres com a felicidade dele que jamais poderíamos imaginar uma coisa dessas! E que espírito elevado, celestial, tem o jovem Bezúkhov! Sim, eu lamento por ele, do fundo do coração, e vou me esforçar para lhe dar todo o alívio que depender de mim.

— Mas o que há? — perguntaram os dois Rostóv, o jovem e o velho.

Anna Mikháilovna deu um suspiro profundo:

— Dólokhov, o filho de Mária Ivánovna — disse ela, num sussurro, em tom de segredo —, pelo que dizem, comprometeu completamente a esposa dele. Pierre lhe prestou ajuda, convidou-o para ir à sua casa em Petersburgo, e aí está... Ela veio para cá, e esse desaforado veio atrás dela — disse Anna Mikháilovna, querendo expressar solidariedade a Pierre, mas nas entonações involuntárias e no seu meio sorriso mostrava solidariedade pelo desaforado, como ela chamava Dólokhov. — Dizem que o próprio Pierre está completamente arrasado pela sua amargura.

— Bem, mesmo assim, diga a ele para vir ao clube... vai se alegrar. Será um banquete formidável.

No dia seguinte, 3 de março, já depois da uma hora da tarde, duzentos e cinquenta membros do Clube Inglês e mais cinquenta convidados aguardavam para o almoço o convidado principal, o herói da campanha da Áustria, o príncipe Bagration. Nos primeiros momentos em que soube da notícia da batalha de Austerlitz, Moscou ficou perplexa. Naquela ocasião, os russos estavam tão acostumados a vitórias que, ao receber a notícia da derrota, alguns simplesmente não acreditavam, outros procuravam em causas extraordinárias a explicação para um acontecimento tão estranho. No Clube Inglês se reuniam todas as pessoas ilustres, todos os que tinham informações fidedignas, e no mês de dezembro, quando começaram a chegar as notícias, ninguém falava nada sobre a guerra e a última batalha, como se tivessem combinado calar-se a respeito do assunto. As pessoas que davam rumo às conversas, gente como o conde Rostoptchin, o príncipe Iúri Vladímirovitch Dolgorúkov, Valúiev, o conde Markóv, o príncipe Viázemski, não apareciam no clube, mas reuniam-se nas residências, em seus círculos íntimos, e os moscovitas que só falavam aquilo que os outros diziam (entre os quais estava Iliá Andreitch Rostóv) ficaram por um breve tempo sem opinião definida sobre a guerra e sem líderes. Os moscovitas sentiam que havia acontecido algo ruim e que era difícil debater aquelas notícias ruins, por isso achavam melhor calar-se. Porém, passado algum tempo, como jurados que saem da sala de deliberações, apareceram no clube as figuras importantes que emitiam opiniões, e tudo passou a ser dito de forma clara e bem definida. Encontraram-se as causas daquele acontecimento incrível, inaudito e impossível, a derrota dos russos, tudo ficou claro e em todos os cantos de Moscou falavam a mesma coisa. As causas foram as seguintes: a traição dos austríacos, o abastecimento precário das tropas, a traição do polonês Przebyszéwski e do francês Langeron, a incapacidade de Kutúzov e (diziam baixinho) a juventude e a inexperiência do soberano, que confiara em gente ruim e insignificante. Mas as tropas, as tropas russas, diziam todos, foram extraordinárias e praticaram prodígios de bravura. Os soldados, os oficiais, os generais eram heróis. Mas o herói dos heróis foi o príncipe Bagration, glorificado por sua luta em Schöngraben e pela retirada em Austerlitz, onde só ele conduzira a sua coluna em perfeita ordem e, durante um dia inteiro, resistira a um inimigo duas vezes mais forte. Para o fato de Bagration ter sido eleito como herói em Moscou pesou também a circunstância de ele não ter ligação com Moscou, ser alguém de fora. Na sua pessoa, fazia-se a honra devida ao combatente russo simples, ao soldado sem intrigas e sem conhecimentos na sociedade, ainda ligado às lembranças da campanha da Itália pelo nome de Suvórov. Além disso, ao prestar a ele tal reconhecimento, mostrava-se melhor ainda a antipatia e o descontentamento em relação a Kutúzov.

— Se Bagration não existisse, *il faudrait l'inventer*[3] — disse o galhofeiro Chinchin, parodiando as palavras de Voltaire. Sobre Kutúzov, ninguém falava, mas alguns o xingavam aos sussurros, chamando-o de cortesão frívolo e velho sátiro.

Em toda a Moscou, repetiam-se as palavras do príncipe Dolgorúkov: "De tanto colar aqui e ali, um dia você também acaba colado", o que nos consolava da derrota com a lembrança das vitórias anteriores, e repetiam-se as palavras de Rostoptchin, sobre que era preciso estimular os soldados franceses para a batalha com frases empoladas, que com os alemães era preciso raciocinar com lógica, convencendo-os de que era mais perigoso fugir do que avançar; mas que com os soldados russos era preciso apenas contê-los e pedir: mais devagar! De todos os lados, ouviam-se sempre novos relatos sobre exemplos individuais de bravura, praticados pelos nossos soldados e oficiais em Austerlitz. Um salvara uma bandeira, outro matara cinco franceses, um outro carregara e disparara cinco canhões. Falavam também de Berg, pessoas que não o conheciam, e contavam que, ferido na mão direita, ele empunhara a espada na mão esquerda e avançara. Sobre Bolkónski, ninguém falava, e só os seus conhecidos mais íntimos lamentavam que ele tivesse morrido cedo, deixando a esposa grávida e um pai excêntrico.

III

No dia 3 de março, em todas as salas do Clube Inglês havia um burburinho de vozes que conversavam, e, como abelhas na revoada da primavera, membros e convidados do clube trançavam para a frente e para trás, pousavam, levantavam, reuniam-se e separavam-se, em uniformes, em fraques, e ainda alguns com pó de arroz e de cafetã. Lacaios empoados, de libré, meias de seda e sapatos de verniz, postados em todas as portas, esforçavam-se nervosamente para captar todos os movimentos dos convidados e membros do clube, a fim de oferecer os seus serviços. A maioria dos presentes eram velhos, respeitáveis, de rostos largos e confiantes, dedos gordos, gestos e vozes firmes. Os convidados e membros desse tipo ocupavam lugares já conhecidos e habituais e se reuniam em círculos já conhecidos e habituais. Uma pequena parte dos presentes consistia em convidados eventuais — sobretudo jovens, entre os quais estavam Deníssov, Rostóv e Dólokhov, que era de novo oficial no regimento de Semiónov. No rosto dos jovens, em especial dos militares, havia a expressão de um sentimento de desprezo respeitoso em relação aos velhos, que

---

3 Francês: "seria preciso inventá-lo".

parecia dizer à velha geração: "Estamos prontos a respeitar e honrar os senhores, mas lembrem-se de que o futuro nos pertence".

Nesvítski estava ali, como um membro antigo do clube. Pierre, que por ordem da esposa deixara crescer o cabelo, não usava mais os óculos e se vestia na moda, mas andava pelos salões com um ar tristonho e desalentado. Como acontecia em toda parte, cercava-o uma atmosfera de gente que se curvava diante da sua riqueza, e ele tratava essas pessoas com a sua soberania habitual e com um desprezo difuso.

Pela idade, ele deveria estar com os jovens, pela riqueza e pelas relações na sociedade, ele era membro dos círculos dos velhos e respeitáveis, por isso passava de um círculo para o outro. Os velhos mais destacados formavam o núcleo de círculos dos quais até desconhecidos se aproximavam respeitosamente, a fim de escutar pessoas renomadas. Os círculos maiores formavam-se em torno do conde Rostoptchin, de Valúiev e de Naríchkin. Rostoptchin contava como os russos haviam sido pisoteados pelos austríacos em fuga e tiveram de abrir caminho à baioneta, em meio aos fugitivos.

Valúiev contava, em tom confidencial, que Uvárov fora enviado de Petersburgo para conhecer a opinião dos moscovitas sobre Austerlitz.

No terceiro círculo, Naríchkin falava sobre a reunião do conselho de guerra austríaco, em que Suvórov cantara como um galo em resposta à estupidez dos generais austríacos. Chinchin, que também estava ali, quis fazer graça e disse que aquela arte — cantar de galo —, que aliás não era difícil, Kutúzov não conseguira aprender com Suvórov; mas os velhos fitaram o gozador com ar severo, dando a entender que ali, e logo naquele dia, era muito inconveniente falar sobre Kutúzov.

O conde Iliá Andreitch Rostóv, preocupado, afobado, passava da sala de jantar para a sala de visitas, em suas botas macias, cumprimentando às pressas, e exatamente da mesma forma, pessoas importantes e sem importância, todos eles seus conhecidos, e de vez em quando procurava com os olhos seu filho esbelto e jovem, detinha nele o olhar e piscava com alegria. O jovem Rostóv estava junto à janela com Dólokhov, a quem conhecia havia pouco tempo, conhecimento que ele prezava. O velho conde aproximou-se deles e apertou a mão de Dólokhov.

— Faça a bondade de visitar a minha casa, afinal o senhor é conhecido do meu garoto... Estavam juntos lá, foram heróis juntos... Ah! Vassíli Ignátitch... Saudações, meu velho — voltou-se para um velhote que passava, mas mal teve tempo de terminar o cumprimento, quando tudo se agitou, e um lacaio acudiu às pressas, com o rosto assustado, e comunicou: "Chegou!".

Soaram campainhas; os diretores do clube vieram logo para a frente; os convidados, dispersos em várias salas, como centeio sacudido em uma pá, aglomeraram-se num só amontoado na grande sala de visitas, parados junto à porta do salão.

Na porta do vestíbulo, surgiu Bagration, sem o chapéu e sem a espada, que, segundo o costume do clube, ele havia deixado na portaria. Não estava com o quepe de pele de cordeiro na cabeça nem com o látego de correias sobre o ombro, como Rostóv o vira na noite da véspera da batalha de Austerlitz, mas num uniforme novo, justo, com medalhas russas e estrangeiras e com a estrela de São Jorge no lado esquerdo do peito. Era evidente que pouco antes do almoço havia aparado o cabelo e as costeletas, o que alterava a sua fisionomia de modo desfavorável. No rosto, havia algo de ingenuamente festivo, que em combinação com suas feições firmes e viris lhe dava até uma expressão ligeiramente cômica. Beklechóv e Fiódor Petróvitch Uvárov, que tinham vindo com ele, detiveram-se na porta, para que ele, como convidado principal, entrasse na frente. Bagration ficou embaraçado, não quis tirar vantagem da cortesia deles; houve uma pausa na porta, mas por fim, apesar de tudo, Bagration seguiu adiante. Sem saber o que fazer com as mãos, acanhado, sem jeito, caminhava sobre o assoalho da sala de recepção: para ele, era mais fácil e mais rotineiro caminhar sob as balas num campo arado, como andara à frente do regimento de Kursk, em Schöngraben. Os diretores o receberam na primeira porta, disseram algumas palavras sobre a alegria de acolher um convidado tão querido e, sem esperar sua resposta, como se tomassem posse dele, cercaram-no e levaram-no para a sala. Não era possível passar pela porta da sala, por causa da aglomeração de membros do clube e de convidados, que se esmagavam uns aos outros e, por cima dos ombros uns dos outros, esforçavam-se para ver Bagration, como se fosse um animal raro. O conde Iliá Andreitch, com mais força que todos, ria e repetia: “Deixe passar, *mon cher*, deixe passar!”, e abriu caminho na multidão, conduziu os convidados até a sala de visitas e lá sentou-os no meio de um sofá. Os figurões do clube, os membros mais veneráveis, rodearam de novo os recém-chegados. O conde Iliá Andreitch, abrindo caminho outra vez na multidão, saiu da sala e, após um minuto, apareceu com outro diretor, trazendo uma grande travessa de prata, que ofereceu ao príncipe Bagration. Na travessa, estavam versos compostos e impressos em homenagem ao herói. Bagration, ao ver a travessa, olhou para os lados com ar assustado, como se procurasse ajuda. Mas em todos os olhos havia a exigência de que ele se resignasse. Sentindo-se em poder deles, Bagration, com as duas mãos, num gesto decidido, pegou a travessa e, com ar zangado, de censura, olhou para o conde que a oferecia. Alguém, solicitamente, tomou a travessa das mãos de Bagration (do contrário, ele parecia ter a intenção de segurá-la até a noite, e ir assim para a mesa) e chamou a sua atenção para os versos. “Está bem, eu vou ler”, parecia dizer Bagration e, após cravar os olhos cansados no papel, começou a ler, com um ar concentrado e sério. O próprio autor pegou os versos e pôs-se a ler. O príncipe Bagration inclinou a cabeça e escutou:

Glória do século de Alexandre
E, para nós, proteção de Tito em seu trono,
Guia temível e homem de bem,
Rifeu na pátria e César no campo de luta.
Feliz Napoleão,
Que aprendeu na prática quem é Bagration,
Não se atreva a perturbar de novo os Alcides russos...[4]

Mas ele nem havia terminado de ler os versos quando um mordomo estrondoso proclamou: "A refeição está servida!". A porta se abriu, e da sala de refeições ribombou a polonesa

Retumbe, trovão da vitória,
rejubile bravo russo[5]

e o conde Iliá Andreitch, fitando com ar zangado o autor, que continuava a ler os versos, cumprimentou Bagration com uma inclinação de cabeça. Todos levantaram, sentindo que o almoço era mais importante do que os versos, e Bagration, de novo à frente de todos, seguiu para a mesa. Puseram Bagration no lugar mais importante, entre os dois Aleksandr — Beklechóv e Naríchkin, o que também tinha um significado por causa da alusão ao nome do soberano: trezentas pessoas se distribuíram pela sala de refeição, segundo o seu posto e a sua importância — os mais importantes, mais próximos do convidado de honra: tão natural quanto a água correr para o fundo, onde o terreno é mais baixo.

Antes do almoço propriamente dito, o conde Iliá Andreitch apresentou o filho ao príncipe. Bagration o reconheceu, disse algumas palavras desajeitadas, acanhadas, como todas as palavras que disse naquele dia. O conde Iliá Andreitch, com ar alegre, olhava para todos à sua volta, enquanto Bagration conversava com o filho dele.

Nikolai Rostóv, Deníssov e Dólokhov, seu novo conhecido, sentaram-se juntos, quase no meio da mesa. De frente para eles, estava Pierre, ao lado do príncipe Nesvítski. O conde Iliá Andreitch sentou-se em frente do príncipe Bagration, com outros diretores do clube, e cobria o príncipe de atenções, personificando a hospitalidade moscovita.

---

4 Alcides: outro nome de Hércules, herói da mitologia grega; Rifeu: personagem da *Eneida*, de Virgílio, a imagem do homem honrado; Tito: imperador romano. Os versos aqui citados por Tolstói são do poeta Nikolai Petróvitch Níkoliev (1758-1815).

5 Composição de Ióssif Kozlóvski (1757-1831), com versos do poeta Gavrila Derjávin (1743-1816).

Seus esforços não foram em vão. O almoço estava magnífico, tanto os pratos sem carne como os com carne, mas apesar disso ele só conseguiu se acalmar de todo no fim do banquete. Piscava os olhos para o copeiro, sussurrava ordens para os lacaios e, não sem emoção, esperava cada prato novo, que ele já sabia qual era. Tudo estava excelente. No segundo prato, junto com um esturjão colossal (ao vê-lo, Iliá Andreitch ficou vermelho de alegria e de acanhamento), os lacaios já começaram a espocar as rolhas e a servir o champanhe. Depois do peixe, que produziu certa sensação, o conde Iliá Andreitch trocou olhares com outros diretores. "Vai haver muitos brindes, é melhor começar logo!", sussurrou ele e, depois de segurar a taça na mão, levantou-se. Todos se calaram e esperaram que ele falasse.

— À saúde do soberano imperador! — gritou, e no mesmo instante os seus olhos bondosos umedeceram-se de lágrimas de alegria e de entusiasmo. Naquele exato instante, começaram a tocar: "Retumbe, trovão da vitória". Todos levantaram de seus assentos e começaram a gritar "Hurra!", e Bagration também gritou "Hurra!", com a mesma voz com que gritou no campo de batalha de Schöngraben. A voz entusiasmada do jovem Rostóv foi ouvida acima de todas as trezentas vozes. Ele estava à beira de chorar.

— À saúde do soberano imperador — gritou ele. — Hurra! — Depois de sorver de uma só vez a sua taça, atirou-a no chão. Muitos seguiram o seu exemplo. E gritos fortes continuaram a soar por muito tempo. Quando as vozes silenciaram, os lacaios recolheram as taças quebradas, e todos começaram a sentar-se e, sorrindo da gritaria, conversavam entre si. O conde Iliá Andreitch levantou-se outra vez, olhou de relance para um papelzinho que estava ao lado do seu prato e propôs um brinde à saúde do herói da nossa última campanha, o príncipe Piotr Ivánovitch Bagration, e de novo os olhos azuis do conde umedeceram-se de lágrimas. "Hurra!", gritaram de novo as vozes dos trezentos convidados, mas, em vez dos instrumentos, ouviram-se coristas, que cantaram uma cantata composta por Pável Ivánovitch Kutúzov.[6]

Para os russos, são inúteis todas as barreiras,
A bravura é o penhor da vitória,
Nós temos Bagration,
Todos os inimigos irão se curvar... etc.

Assim que os coristas terminaram, seguiram-se brindes e mais brindes, com os quais o conde Iliá Andreitch foi ficando cada vez mais comovido, quebraram-se ainda

6 Não confundir com o comandante em chefe Mikhail Ilariónovitch Kutúzov.

mais taças, e gritou-se ainda mais. Beberam à saúde de Beklechóv, Naríchkin, Uvárov, Dolgorúkov, Apráksin, Valúiev, à saúde dos diretores do clube, à saúde do administrador, à saúde de todos os membros do clube, à saúde de todos os convidados do clube e por fim à saúde do organizador do almoço, o conde Iliá Andreitch. Nesse brinde, o conde pegou um lenço, cobriu o rosto e desatou a chorar abertamente.

IV

Pierre estava sentado em frente a Dólokhov e a Nikolai Rostóv. Comia e bebia muito e com avidez, como sempre. Mas aqueles que o conheciam de perto viam que, naquele dia, uma grande transformação se passava nele. Ficou calado durante todo o tempo do almoço e olhava à sua volta, contraindo os olhos e franzindo as sobrancelhas, ou, de olhar fixo, com um ar de total alheamento, esfregava o dedo de leve sobre o nariz. Seu rosto estava triste e sombrio. Parecia não ver nem ouvir nada do que se passava à sua volta e pensar numa só coisa, grave e insolúvel.

A questão insolúvel que o atormentava eram as alusões da princesa, em Moscou, à proximidade entre Dólokhov e sua esposa e também uma carta anônima que ele recebera naquela manhã, na qual se dizia, no tom jocoso e infame próprio a todas as cartas anônimas, que ele estava enxergando muito mal com os seus óculos e que a ligação da esposa com Dólokhov só era um segredo para ele. Pierre, com firmeza, não acreditou nas alusões da princesa nem na carta, mas agora, para ele, era terrível olhar para Dólokhov, sentado à sua frente. Toda vez que seu olhar, como que por acaso, encontrava os olhos lindos e insolentes de Dólokhov, Pierre sentia que algo horrível e repulsivo se erguia dentro da sua alma, e logo virava o rosto. Lembrando-se, contra a vontade, de todo o passado de sua esposa e de suas relações com Dólokhov, Pierre via claramente que aquilo que a carta dizia podia ser verdade, podia pelo menos parecer verdadeiro, caso não se tratasse da sua esposa. Pierre, contra a vontade, lembrou como Dólokhov, que recebera de volta o seu posto de oficial, após a campanha, voltou para Petersburgo e o procurou. Aproveitando-se das relações de amizade com Pierre em suas farras, Dólokhov foi direto à sua casa, e Pierre alojou-o ali, emprestou-lhe dinheiro. Pierre lembrava como Hélène, sorrindo, expressava a sua insatisfação com o fato de Dólokhov morar na casa deles e como Dólokhov, cinicamente, elogiava a beleza da sua esposa, e como Dólokhov, desde aquele tempo até a vinda para Moscou, não se separava deles nem por um instante.

"Sim, ele é muito bonito", pensava Pierre, "eu o conheço. Para ele, seria um prazer especial cobrir o meu nome de vergonha e zombar de mim, justamente porque eu intercedi em seu favor e lhe dei abrigo, ajudei-o. Eu sei, eu entendo, aos olhos dele, isso deve acrescentar uma pitada de sal à sua traição, se isso fosse verdade. Se isso fosse verdade; mas não acredito, não tenho o direito e não posso acreditar." Pierre lembrava-se da expressão que tomava o rosto de Dólokhov em seus momentos de crueldade, como quando amarrou o guarda de quarteirão a um urso e jogou-o na água, ou quando sem nenhum motivo desafiou um homem para um duelo, ou quando matou com a pistola o cavalo de um mensageiro. Aquela expressão aparecia muitas vezes no rosto de Dólokhov, quando Pierre o olhava. "Sim, ele é um duelista", pensou Pierre, "para ele, matar uma pessoa não significa nada, deve ter a impressão de que todos o temem, deve gostar disso. Deve pensar que tenho medo dele. E de fato eu tenho medo dele", pensou Pierre, e de novo, com tais pensamentos, sentia que algo horrível e repulsivo se erguia dentro da sua alma. Dólokhov, Deníssov e Rostóv estavam sentados agora bem na frente de Pierre e pareciam muito alegres. Rostóv conversava alegremente com seus dois amigos, um dos quais era um hussardo violento, o outro, um famoso duelista e farrista, e de vez em quando, com ar zombeteiro, Rostóv olhava de relance para Pierre, que naquele almoço impressionava pela sua figura concentrada, alheia, volumosa. Rostóv olhava para Pierre de modo inamistoso, primeiro porque Pierre, aos seus olhos de hussardo, era um civil ricaço, marido de uma beldade, em suma, um maricas; em segundo lugar, porque Pierre, na concentração e no alheamento do seu estado de ânimo, não reconheceu Rostóv e não respondeu ao seu cumprimento, feito com uma inclinação de cabeça. Quando começaram a beber à saúde do soberano, Pierre, mergulhado em pensamentos, não se levantou e não pegou a taça.

— O que há com o senhor? — gritou Rostóv para ele, fitando-o com olhos arrebatados de indignação. — Por acaso não ouviu? À saúde do soberano imperador! — Pierre soltou um suspiro, levantou-se submisso, sorveu toda a sua taça e, depois de esperar um pouco que todos se sentassem, dirigiu-se a Rostóv, com o seu sorriso bondoso:

— Puxa, eu nem reconheci o senhor — disse ele. Porém Rostóv não queria saber disso, gritava "Hurra!".

— Você devia se apresentar de novo — disse Dólokhov para Rostóv.

— Que se dane, esse idiota — disse Rostóv.

— É preciso mimar os maridos de mulheres bonitinhas — disse Deníssov. Pierre não ouvia o que eles diziam, mas sabia que estavam falando dele. Ficou vermelho e virou o rosto.

— Bem, agora à saúde das mulheres bonitas — disse Dólokhov, e com uma expressão séria, mas com um sorriso no canto da boca, voltou-se para Pierre, com a taça na mão. — À saúde das mulheres bonitas, Petrucha, e de seus amantes — disse.

Pierre, de olhos baixos, bebeu da sua taça, sem olhar para Dólokhov nem lhe responder. Um lacaio que distribuía a letra da cantata de Kutúzov deu uma folhinha para Pierre, na condição de convidado mais ilustre. Pierre quis pegá-la, mas Dólokhov inclinou-se sobre a mesa, arrancou a folhinha da mão dele e começou a ler. Pierre lançou um olhar para Dólokhov, suas pupilas abaixaram: aquela coisa terrível e amorfa, que o atormentava durante todo o tempo do almoço, ergueu-se e dominou-o. Pierre inclinou-se com todo o seu corpo obeso sobre a mesa:

— Não se atreva a pegar! — gritou ele.

Ao ouvir o grito e ver a quem se dirigia, Nesvítski e o vizinho do lado direito voltaram-se para Bezúkhov, afobados e temerosos.

— Calma, calma, o que há com o senhor? — sussurraram vozes assustadas. Dólokhov fitou Pierre com olhos brilhantes, alegres, cruéis, com um sorriso que parecia dizer: "Disto, sim, eu gosto".

— Não vou dar — disse ele, claramente.

Pálido, com o lábio trêmulo, Pierre tomou a folha de papel.

— O senhor... o senhor... é um canalha!... Eu desafio o senhor — exclamou e, empurrando a cadeira, levantou-se. No mesmo instante em que fazia isso e pronunciava essas palavras, Pierre sentiu que a questão da culpa da esposa, que o atormentara nos últimos dias, estava encerrada e resolvida, sem nenhuma dúvida, de forma afirmativa. Ele a odiava e estava rompido com ela para sempre. Apesar do pedido de Deníssov para que Rostóv não se metesse naquele assunto, Rostóv aceitou ser o padrinho de Dólokhov e, depois da festa, foi conversar com Nesvítski, o padrinho de Bezúkhov, sobre as condições do duelo. Pierre foi para casa, mas Rostóv, Dólokhov e Deníssov ficaram no clube até tarde, ouvindo os ciganos e outros cantores.

— Então até amanhã, em Sokólniki — disse Dólokhov, ao despedir-se na saída do clube.

— E você, está calmo? — perguntou Rostóv.

Dólokhov parou.

— Veja bem, em duas palavras vou lhe revelar todo o segredo de um duelo. Se você vai travar um duelo e redige um testamento e cartas carinhosas para os pais, se você fica pensando que pode ser morto, você é um burro e provavelmente vai tombar; mas se vai para o duelo com a firme intenção de matar o outro, do modo mais rápido e mais seguro possível, então tudo vai dar certo. É como me dizia o nosso caçador de ursos, em Kostromá: quem é que não tem medo de um urso? Mas quando a gente vê o urso, o medo passa, e a gente só pensa em não deixar o urso fugir! Pois eu sou assim também. *À demain, mon cher!*[7]

---

7 Francês: "Até amanhã, meu caro!".

No dia seguinte, às oito horas da manhã, Pierre e Nesvítski chegaram à floresta de Sokólniki e, lá, já se encontravam Dólokhov, Deníssov e Rostóv. Pierre tinha o aspecto de um homem ocupado com pensamentos que nada tinham a ver com o duelo. O rosto emagrecido estava amarelo. Era evidente que não havia dormido naquela noite. Olhava distraído à sua volta e franzia o rosto, como que incomodado pela claridade do sol. Dois pensamentos o preocupavam exclusivamente: a culpa da esposa, sobre a qual, após uma noite insone, não restava a menor dúvida, e a inocência de Dólokhov, que não tinha nenhum motivo para proteger a honra de um homem estranho para ele. "Talvez eu fizesse o mesmo no lugar dele", pensou Pierre. "É até seguro que eu faria o mesmo; para que este duelo, este assassinato? Ou eu vou matá-lo, ou ele me acerta na cabeça, no cotovelo, no joelho. Ir embora daqui, fugir, esconder-me em algum lugar", veio-lhe à cabeça. Mas, no exato instante em que lhe vieram tais pensamentos, ele, com um aspecto especialmente calmo e distraído, que despertou o respeito daqueles que o observavam, perguntou:

— Ainda vai demorar? Ainda não está pronto?

Quando tudo estava pronto, os sabres fincados na neve, para assinalar a barreira até onde se podia avançar, e as pistolas carregadas, Nesvítski aproximou-se de Pierre.

— Eu faltaria ao meu dever, conde — disse ele, com voz tímida —, e não justificaria a confiança e a honra que o senhor me deu ao me escolher como padrinho, se neste momento importante, neste momento muito importante, eu não dissesse ao senhor toda a verdade. Afirmo que este duelo não tem motivo suficiente e que não vale a pena derramar sangue por isso... O senhor não tinha razão, não tinha razão nenhuma, o senhor se exaltou...

— Ah, sim, é uma idiotice tremenda... — disse Pierre.

— Então permita que eu transmita o seu pesar e estou convencido de que os nossos oponentes concordarão em aceitar as suas desculpas — disse Nesvítski (que, como outras testemunhas de duelos, e como todos em situações semelhantes, também não conseguia acreditar que aquilo chegaria a ser um duelo de verdade). — O senhor sabe, conde, que é imensamente mais nobre reconhecer o próprio erro do que levar as coisas até uma situação irreparável. Não houve ofensa de nenhum dos lados. Permita que eu negocie...

— Não, de que adianta falar? — exclamou Pierre. — Tanto faz... Está tudo pronto? — acrescentou. — O senhor me diga apenas para onde caminhar e para onde atirar — disse Pierre, sorrindo de um jeito dócil e forçado. Pegou a pistola na mão e passou a perguntar sobre o funcionamento do gatilho, pois até então nunca tivera uma pistola nas mãos, o que ele não queria confessar. — Ah, sim, isso mesmo, já sei, eu só tinha esquecido — disse.

— Nada de desculpas, nem pensar — disse Dólokhov para Deníssov, que por sua vez fazia também uma tentativa de conciliação, e também seguiu para o lugar assinalado.

Escolheram para o duelo um local a mais ou menos oitenta passos da estrada onde haviam ficado os trenós, numa clareira pequena, numa floresta de pinheiros cobertos pela neve que derretia por causa do degelo que começara nos últimos dias. Os oponentes estavam a quarenta passos um do outro, nas extremidades da clareira. Os padrinhos, medindo os passos, deixaram pegadas impressas na neve funda e molhada, desde o lugar onde estavam até os sabres de Nesvítski e de Deníssov, que marcavam a barreira, espetados a dez passos um do outro. O degelo e a neblina continuavam; a quarenta passos de distância, não se enxergava nada. Fazia três minutos que tudo estava pronto e, no entanto, demoravam a começar, todos estavam calados.

V

— Bem, vamos começar! — disse Dólokhov.

— Vamos logo — disse Pierre, sorrindo da mesma forma que antes.

A situação ficou terrível. Estava claro que o duelo, que começara de maneira tão fácil, já não poderia ser impedido, havia tomado um rumo próprio, já não dependia da vontade das pessoas e teria de se realizar. Deníssov avançou primeiro até a barreira e proclamou:

— Como os oponentes recusaram a conciliação, tenham a bondade de começar: peguem as pistolas e, quando eu falar a palavra "três", comecem a avançar. Um! Dois! Três!... — gritou Deníssov com voz irritada e afastou-se para o lado. Os dois caminharam pela trilha aberta pelas pegadas, cada vez mais próximos, enquanto iam reconhecendo um ao outro, dentro da neblina. Os oponentes tinham o direito de atirar quando quisessem, enquanto se aproximavam da barreira. Dólokhov avançava devagar, sem erguer a pistola, fitando, com seus olhos claros, brilhantes e azuis, o rosto do seu adversário. Como sempre, a boca tinha um arremedo de sorriso.

Ao som da palavra "três", Pierre avançou a passos ligeiros, desviando-se da trilha marcada pelas pegadas e pisando na neve lisa. Pierre segurava a pistola com o braço direito esticado para a frente, obviamente com medo de matar a si mesmo com a arma. Esforçava-se para manter o braço esquerdo afastado para trás, pois tinha o impulso de apoiar nele a mão direita, e sabia que isso não era permitido. Ao completar seis passos e desviar-se da trilha marcada na neve, Pierre olhou para os pés, lançou de novo um olhar rápido para Dólokhov e, puxando o dedo, como lhe haviam ensinado, disparou. Como não esperava de forma alguma um som tão forte, Pierre sobressaltou-se com o próprio tiro, depois sorriu da própria reação e ficou parado. A fumaça, especialmente densa por causa da neblina, impediu que ele enxergasse, no primeiro momento; mas o outro tiro, que ele esperava, não veio. Só se ouviam os passos apressados de Dólokhov e, de trás da neblina, surgiu a sua figura. Segurava com a mão o lado esquerdo do corpo, com a outra mão apertava a pistola, que pendia para baixo. Seu rosto estava pálido. Rostóv correu até ele e lhe disse algo.

— Não... não — disse Dólokhov, entre os dentes. — Não, ainda não acabou. — E, depois de dar mais alguns passos claudicantes, quase caindo, até chegar ao sabre, tombou ao lado dele, sobre a neve. A mão esquerda estava ensanguentada, Dólokhov a esfregou no casaco e apoiou-se nela. Seu rosto estava pálido, franzido, e tremia.

— Por fav... — começou Dólokhov, mas não conseguiu pronunciar de imediato. — Por favor — falou com esforço. Pierre, mal conseguindo conter os soluços, correu na direção de Dólokhov e já estava prestes a atravessar o espaço marcado pela barreira, quando Dólokhov gritou: — Para a barreira! — E Pierre, entendendo do que se tratava, parou junto ao seu sabre. Apenas dez passos os separavam. Dólokhov baixou a cabeça na direção da neve, abocanhou a neve com sofreguidão, levantou de novo a cabeça, ajeitou-se, puxou as pernas e sentou-se, procurando um centro de gravidade firme. Engolia e sugava a neve gelada; seus lábios tremiam, mas continuavam a sorrir; os olhos brilhavam com esforço e com a raiva das suas últimas forças concentradas. Levantou a pistola e começou a mirar.

— Fique de lado, proteja-se com a pistola — exclamou Nesvítski.

— Proteja-se! — O próprio Deníssov, sem conseguir conter-se, gritou para o adversário.

Pierre, com um dócil sorriso de pena e de arrependimento, as pernas e os braços abertos e sem defesa, o peito largo exposto, estava parado na frente de Dólokhov e olhava para ele com ar triste. Deníssov, Rostóv e Nesvítski semicerraram os olhos. Ouviram ao mesmo tempo o tiro e o grito de raiva de Dólokhov.

— Errei! — gritou Dólokhov e, sem forças, estirou-se na neve, com o rosto para baixo. Pierre agarrou a cabeça entre as mãos, virou-se, caminhou para dentro da floresta, pisava afundando as pernas na neve, enquanto dizia palavras incompreensíveis.

— Estupidez... estupidez! Morte... Mentira... — repetia, de rosto franzido. Nesvítski o deteve e levou-o para casa.

Rostóv e Deníssov levaram Dólokhov ferido.

Em silêncio, com os olhos fechados, Dólokhov ficou deitado no trenó e nada respondia às perguntas que lhe faziam; porém, ao entrar em Moscou, ele despertou de repente e, após levantar a cabeça com esforço, segurou a mão de Rostóv, sentado a seu lado. Rostóv impressionou-se com a expressão no rosto de Dólokhov, que se modificara por completo e, inesperadamente, havia tomado um ar de arrebatamento e ternura.

— E então? Como está se sentindo? — perguntou Rostóv.

— Péssimo! Mas isso não interessa. Meu amigo — disse Dólokhov, com voz entrecortada —, onde estamos? Estamos em Moscou, eu sei. Comigo não houve nada, mas eu a matei, matei... Ela não vai suportar isso. Ela não vai suportar...

— Quem? — perguntou Rostóv.

— A minha mãe. A minha mãe, o meu anjo, o meu anjo adorado, a mãe. — E Dólokhov desatou a chorar, apertando a mão de Rostóv. Quando se acalmou um pouco, explicou para Rostóv que ele morava com a mãe, que, se a mãe o visse moribundo, não iria suportar. Implorou a Rostóv que fosse falar com ela e a preparasse.

Rostóv partiu na frente para cumprir a missão e, para sua grande surpresa, soube que Dólokhov, aquele duelista desordeiro, morava em Moscou com a mãe velhinha e uma irmã corcunda, e era o filho e o irmão mais carinhoso que podia existir.

VI

Pierre, nos últimos tempos, raramente se encontrava com a esposa frente a frente. A sua casa de Petersburgo e a de Moscou estavam sempre cheias de hóspedes. Na noite seguinte ao duelo, Pierre, como fazia muitas vezes, não foi para o quarto de dormir, ficou no imenso escritório do pai, o mesmo onde o velho conde Bezúkhov havia morrido. Por mais torturante que tivesse sido todo o trabalho interior da noite insone, agora começava um outro, mais torturante ainda.

Deitou-se no sofá e quis dormir para esquecer tudo o que havia acontecido, mas não conseguiu. Uma tal tempestade de sentimentos, pensamentos, lembranças, levantou-se de repente na sua alma que ele não só não conseguiu dormir como não conseguiu ficar parado num lugar, e teve de levantar-se de um salto e caminhar pelo cômodo, a passos rápidos. Ora ela surgia em seu pensamento, tal como era nos primeiros tempos após o casamento, com os ombros descobertos e o olhar cansado, ardente, e logo aparecia ao seu lado o rosto bonito, insolente, implacavelmente debochado, de Dólokhov, tal como estava no almoço, e ora surgia em seu pensamento o mesmo rosto de Dólokhov, pálido, trêmulo, sofrendo, tal como estava na hora em que se virou e caiu sobre a neve.

"O que aconteceu?", perguntou para si mesmo. "Eu matei o *amante*, sim, matei o amante da minha esposa. Sim, foi o que aconteceu. Por quê? Como cheguei a esse ponto?... Porque você casou com ela", respondeu uma voz interior.

"Mas qual é a minha culpa?", perguntou a si mesmo. "A de ter casado sem amar sua esposa, a de ter enganado a si mesmo e a ela também." E Pierre relembrou nitidamente o momento após o jantar, em casa de Vassíli, em que ele dissera aquelas palavras que não queriam sair da sua boca: "*Je vous aime*". "Tudo por causa disso! Eu bem que senti na hora", pensou ele, "senti na hora que não era nada disso, que eu não tinha o direito. Mesmo assim, aconteceu." Pierre lembrou-se da lua de mel e ruborizou-se com aquelas recordações. Para ele, era especialmente viva, acintosa e vergonhosa a lembrança de como, certa vez, logo depois do casamento, pouco antes do meio-dia, ele, de roupão de seda, saiu do quarto de dormir, foi para o escritório e ali deparou com o administrador-geral, que lhe dirigiu um cumprimento respeitoso com a cabeça, olhou para o rosto de Pierre, para o seu roupão, e sorriu de leve, como se exprimisse com aquele sorriso uma respeitosa aprovação da felicidade do seu senhor.

"E quantas vezes me orgulhei dela", pensou, "me orgulhei da sua beleza magnífica, do seu tato na sociedade; me orgulhei da minha casa onde ela recebia toda a Petersburgo, me orgulhei do seu caráter inacessível e da sua beleza. Veja só do que eu me orgulhava! Eu pensava que não a compreendia. Quantas vezes, ao ponderar sobre o caráter dela, eu dizia a mim mesmo que o culpado era eu, que não a compreendia, não compreendia aquela permanente serenidade, satisfação e ausência de quaisquer paixões e desejos, enquanto a solução para tudo isso estava nesta palavra terrível, que ela é uma mulher depravada: eu disse para mim mesmo essa palavra terrível e tudo ficou claro!

"Anatole ia vê-la para lhe pedir dinheiro e beijava os seus ombros nus. Ela não lhe dava dinheiro, mas deixava que ele a beijasse. O pai, de brincadeira, tentava provocar ciúmes nela; com um sorriso sereno, ela respondia que não era tola de ter ciúmes: ele pode fazer o que quiser, dizia, referindo-se a mim. Certa vez, perguntei se não estava sentindo algum sinal de gravidez. Ela riu com desprezo e disse que não era idiota para querer ter filhos e que, de mim, ela não ia ter filhos."

Depois, Pierre lembrou a franqueza e a brutalidade de seus pensamentos e a vulgaridade das expressões tão características dela, apesar de ter sido educada em altos círculos da aristocracia. "Não sou nenhuma besta... Experimente só para você ver uma coisa... *Allez vous promener*",[8] dizia ela. Muitas vezes, ao ver o sucesso da es-

---

8 Francês: "Não amole".

posa aos olhos dos velhos e dos jovens, dos homens e das mulheres, Pierre não conseguia entender por que não a amava. "Sim, eu nunca a amei", disse Pierre, consigo. "Eu sabia que era uma depravada", repetiu, "mas não tinha coragem de admitir."

"E agora, Dólokhov... lá está ele caído sobre a neve, sorri de modo forçado e morre, talvez, enquanto responde ao meu arrependimento com uma espécie de bravura fingida!"

Pierre era uma dessas pessoas que, apesar de aparentar aquilo que chamam de fraqueza de caráter, não procuram um confidente para a sua mágoa. Ele elaborava sozinho, dentro de si, a sua mágoa.

"Ela, só ela é a culpada de tudo", disse para si mesmo. "Mas e daí? Para que me uni a ela, para que eu lhe disse isto: '*Je vous aime*', o que era mentira, e pior do que mentira", disse para si mesmo. "Eu sou culpado e tenho de suportar... Mas o quê? A desonra do nome, a infelicidade da vida? Ah, tudo isso é bobagem", pensou. "A desonra do nome, a honra... tudo isso é convenção, tudo isso não depende de mim."

"Executaram Luís XVI porque *eles* diziam que o rei era infame e criminoso (passou pela cabeça de Pierre), e eles tinham razão, do seu ponto de vista, assim como também tinham razão aqueles que, pelo rei, morreram martirizados e os que o incluíram entre os santos. Depois, executaram Robespierre porque era um déspota. Quem tem razão, quem é culpado? Ninguém. Viva enquanto está vivo: amanhã, vamos morrer, como eu podia ter morrido uma hora atrás. Vale a pena atormentar-se por isso, quando resta só um segundo de vida, em comparação com a eternidade?" Mas, no instante em que Pierre se considerava apaziguado com esse tipo de raciocínio, de repente *ela* surgiu no seu pensamento, naqueles instantes em que ele, com mais força, lhe mostrava o seu amor insincero, e Pierre sentiu o sangue afluir ao coração, e teve de se levantar outra vez, mover-se, e quebrar e fazer em pedaços tudo o que lhe caía nas mãos. "Para que fui lhe dizer: *Je vous aime*?", não parava de repetir a si mesmo. E, depois de repetir dez vezes essa pergunta, veio-lhe à cabeça a frase de Molière: *Mais que diable allait-il faire dans cette galère?*,[9] e riu de si mesmo.

À noite, chamou o camareiro e mandou fazer as malas com a intenção de partir para Petersburgo. Não podia viver com ela, debaixo do mesmo teto. Não podia conceber que, tal como estava agora, pudesse falar com ela. Resolveu partir no dia seguinte e deixar-lhe uma carta, na qual comunicaria sua intenção de separar-se para sempre.

Pela manhã, quando o camareiro entrou no escritório trazendo o café, Pierre estava deitado na otomana e dormia com um livro aberto na mão.

---

9 Francês: "Para que diabo ele foi se meter nessa confusão?". Da peça *Artimanhas de Scarpino*, de 1641.

Acordou e, por muito tempo, ficou olhando em volta assustado, incapaz de compreender onde estava.

— A condessa mandou perguntar se vossa excelência está em casa — perguntou o camareiro.

Mas Pierre nem teve tempo de resolver o que responder quando a condessa em pessoa, num roupão branco de cetim, bordado com fios de prata, e com um penteado simples (duas imensas tranças *en diadème*[10] contornavam duas vezes sua cabeça encantadora), entrou no escritório, com ar sereno e altivo; sua testa, um pouco proeminente, como que de mármore, tinha uma ruga de ira. Com sua calma imperturbável, ela não começou a falar em presença do camareiro. Tinha sabido do duelo e viera conversar sobre o assunto. Esperava que o camareiro terminasse de servir o café e saísse. Pierre, timidamente, fitou-a através dos óculos e, como uma lebre cercada de cães encolhe as orelhas e se mantém deitada e quieta diante dos inimigos, assim também ele tentou continuar a ler; mas sentiu que era absurdo e impossível, e mais uma vez olhou para a esposa timidamente. Ela não sentou e, com um sorriso de desprezo, fitava-o, esperando que o camareiro saísse.

— Que história é essa? O que você andou fazendo? Eu quero saber — perguntou ela, em tom severo.

— Eu?... O quê? Eu... — disse Pierre.

— Olhe só para o grande valente! Vamos, responda logo, que duelo foi esse? O que o senhor quer provar com isso? O quê? Estou perguntando ao senhor. — Pierre virou-se pesadamente no sofá, abriu a boca, mas não conseguiu responder.

— Se o senhor não responde, eu mesma vou falar... — continuou Hélène. — O senhor acredita em tudo o que lhe contam. Contaram ao senhor... — Hélène riu — ... que Dólokhov é meu amante — disse ela em francês, no seu modo grosseiro e direto de falar, pronunciando a palavra "amante" como uma palavra qualquer. — E o senhor acreditou! Mas o que foi que o senhor provou com isso? O que o senhor provou com esse duelo? Que o senhor é um tolo, *que vous êtes un sot*; mas disso todos já sabiam. Então qual vai ser a consequência? É que eu vou virar o motivo de riso de toda a Moscou; todos vão dizer que o senhor, embriagado e sem a menor ideia do que estava fazendo, desafiou para um duelo um homem de quem tinha ciúmes sem nenhum fundamento — Hélène elevava cada vez mais a voz e se empolgava —, e que é melhor do que o senhor em todos os aspectos...

— Hm... hm... — grunhiu Pierre, franzindo o rosto, sem olhar para ela e sem mover nenhum membro do corpo.

---

10 Francês: "em diadema".

— E por que o senhor pôde acreditar que ele é meu amante?... Por quê? Porque eu gosto da companhia dele? Se o senhor fosse mais inteligente e mais simpático, eu preferiria a companhia do senhor.

— Não fale comigo... eu imploro — sussurrou Pierre, com voz rouca.

— E por que é que eu não vou falar? Eu posso falar e digo sem medo que é raro achar uma mulher com um marido como o senhor que não arranje amantes (*des amants*), mas eu não fiz isso — falou Hélène. Pierre quis dizer alguma coisa, fitou-a com olhos estranhos, cuja expressão ela não entendeu, e deitou-se outra vez. Ele sofria fisicamente naquele momento: sentia um aperto no peito e não conseguia respirar. Sabia que tinha de fazer alguma coisa para cessar aquele sofrimento, mas o que ele queria fazer era terrível demais.

— É melhor nos separarmos — disse ele, com voz entrecortada.

— Eu me separo, estou às suas ordens, mas só se o senhor me der a fortuna — disse Hélène. — Separar, olhe só com o que ele quer me meter medo!

Pierre levantou-se do sofá de um salto e, cambaleante, atirou-se contra ela.

— Vou matar você! — começou a gritar, arrancou da mesa o tampo de mármore com uma força que até então desconhecia, deu um passo na direção da esposa e ergueu-o na frente dela.

O rosto de Hélène tomou um aspecto terrível; ela soltou um grito estridente e afastou-se. A linhagem do pai manifestou-se nele. Pierre sentia o arrebatamento e o fascínio da fúria. Jogou para o lado o tampo de mármore, partiu-o e, aproximando-se de Hélène com as mãos abertas, gritou: "Fora!", com uma voz tão estranha que, na casa inteira, ouviram com horror aquele grito. Deus sabe o que Pierre faria naquele momento se Hélène não saísse correndo do escritório.

Uma semana depois, Pierre deu à esposa uma procuração para administrar todas as suas propriedades na Grande Rússia,[11] que formavam a parte principal da sua fortuna, e partiu sozinho para Petersburgo.

VII

Haviam se passado dois meses desde que chegaram a Montes Calvos as notícias sobre a batalha de Austerlitz e a morte do príncipe Andrei. E, apesar de todas as

11 Nome arcaico para designar as terras do ducado de Moscóvia na Idade Média, que deu origem à Rússia.

cartas enviadas por intermédio da embaixada e apesar de todas as buscas, seu corpo não foi localizado e seu nome não estava entre os prisioneiros. O pior de tudo para seus parentes era que, a despeito de tudo isso, restava uma esperança de ele ter sido recolhido pelos habitantes locais, no campo de batalha, e quem sabe estivesse convalescente, ou agonizante em algum lugar, sozinho, entre estranhos, e sem condições de mandar notícias. Nos jornais, por meio dos quais o velho príncipe tivera as primeiras informações sobre a derrota em Austerlitz, escreveram, como sempre, de modo resumido e vago ao extremo, que os russos, depois de batalhas brilhantes, tiveram de bater em retirada, e a retirada se dera em perfeita ordem. O velho príncipe compreendeu, daquela notícia oficial, que os nossos tinham sido derrotados. Uma semana depois de os jornais trazerem a notícia da batalha de Austerlitz, chegou uma carta de Kutúzov, comunicando ao príncipe a sorte que coubera ao seu filho.

"O filho do senhor, diante dos meus olhos", escreveu Kutúzov, "com uma bandeira nas mãos, à frente de um regimento, tombou como um herói, digno do seu pai e da sua pátria. Para grande pesar meu e de todo o Exército, até agora não se sabe se está vivo ou morto. Por mim e pelo senhor, alimento a esperança de que o seu filho esteja vivo, do contrário, o seu nome estaria incluído entre os oficiais encontrados no campo de batalha, cuja lista me foi entregue pelos negociadores."

Como recebeu essa notícia já bem tarde, quando estava sozinho em seu escritório, o velho príncipe não contou nada a ninguém. No dia seguinte, como de costume, ele saiu para a sua caminhada matinal; mas se manteve calado diante do administrador, do jardineiro e do arquiteto, e, embora tivesse um ar de cólera, não dizia nada para ninguém.

Quando a princesa Mária entrou em seu escritório no horário de costume, o velho príncipe estava junto ao torno mecânico, torneava uma peça de madeira, mas, como de costume, não se virou para olhar para ela.

— Ah! Princesa Mária! — falou de repente, de modo forçado, e pôs de lado o formão. (A roda continuou a girar com o impulso. A princesa Mária lembrou-se por muito tempo daquele rangido da roda, que foi morrendo aos poucos, e que para ela se fundiu ao que veio em seguida.)

A princesa Mária aproximou-se, viu o rosto do pai, e de repente algo desceu sobre ela. Seus olhos pararam de enxergar com clareza. Pelo rosto do pai, que não estava triste nem abatido, mas feroz e tenso de uma forma anormal, ela percebeu que uma infelicidade terrível, que já pairava sobre ela, estava prestes a esmagá-la, a pior infelicidade que já havia experimentado na vida, uma infelicidade irremediável, inconcebível, a morte de alguém que se ama.

— *Mon père... André?* — disse a princesa, desajeitada e sem graça, com um encanto de desgosto e de abnegação tão indescritível que o pai não suportou o seu olhar, soltou um soluço e lhe deu as costas.

— Recebi notícias. Não está na lista dos prisioneiros, nem na lista dos mortos. Kutúzov escreve... — gritou ele, em tom estridente, como se quisesse mandar a princesa embora com aquele grito. — Morto!

A princesa não caiu, não teve tonturas. Já estava pálida, mas quando ouviu aquelas palavras seu rosto se transformou, e algo se iluminou em seus olhos lindos e radiantes. Uma espécie de alegria, uma alegria suprema, independente das dores e das alegrias deste mundo, derramou-se por cima da dor forte que havia nela. A princesa esqueceu todo o medo que tinha do pai, aproximou-se dele, pegou sua mão, puxou-o para si e abraçou-o pelo pescoço magro e musculoso.

— *Mon père* — disse ela. — Não me dê as costas, vamos chorar juntos.

— Miseráveis! Canalhas! — começou a gritar o velho, afastando da filha o seu rosto. — Destruir o exército, destruir as pessoas! Para quê? Vá, vá, conte para Liza.

A princesa, sem forças, desabou numa poltrona ao lado do pai e desatou a chorar. Via agora o irmão no instante em que se despedia dela e de Liza, com o seu aspecto carinhoso e ao mesmo tempo altivo, via o irmão no instante em que ele, com carinho e um ar zombeteiro, pendurava o santinho no pescoço. "Será que ele acreditava? Será que se arrependeu da sua falta de fé? Será que está lá? Lá, na morada da beatitude e da serenidade eterna?", pensava ela.

— *Mon père*, conte-me como aconteceu — pediu, entre lágrimas.

— Vá, vá; morto numa batalha em que enviaram para morrer as melhores pessoas da Rússia e a glória russa. Vá, princesa Mária. Vá e conte para Liza. Eu irei depois.

Quando a princesa Mária voltou da conversa com o pai, a pequena princesa estava sentada, se dedicava a seu trabalho, e olhou para a princesa Mária com aquela expressão especial de um olhar interior e serenamente feliz, peculiar das mulheres grávidas. Era evidente que os seus olhos não viam a princesa Mária, mas olhavam para dentro, para ela mesma — para algo feliz e misterioso que se cumpria dentro dela.

— *Marie* — disse Liza, afastando o bastidor e inclinando-se com esforço para trás. — Dê aqui a sua mão. — Pegou a mão da princesa e colocou-a sobre a barriga.

Seus olhos sorriram, à espera, o lábio com um bigodinho levantou-se e se manteve levantado, numa felicidade infantil.

A princesa Mária ficou de joelhos diante dela e escondeu o rosto nas dobras do vestido da cunhada.

— Olhe, olhe... está sentindo? Para mim é tão estranho... Sabe, Mária, eu vou amar muito o meu filho — disse Liza, fitando a cunhada com os olhos radiantes de felicidade. A princesa Mária não conseguia levantar a cabeça: estava chorando.

— O que você tem, Macha?

— Não é nada... é que fiquei triste... triste pelo Andrei — disse ela, enxugando as lágrimas nos joelhos da cunhada. Por diversas vezes, no correr da manhã, a princesa Mária começou a preparar a cunhada e, em todas as vezes, se pôs a chorar. As lágrimas, cuja razão a pequena princesa não entendia, deixaram-na alarmada, embora fosse muito pouco observadora. Não dizia nada, mas olhava inquieta para os lados, em busca de alguma coisa. Antes do almoço, veio ao seu quarto o velho príncipe, a quem ela sempre temia, e que agora tinha o rosto especialmente inquieto e feroz, e saiu sem dizer nenhuma palavra. Liza olhou para a princesa Mária, depois refletiu um pouco, com aquela expressão de uma atenção dos olhos voltada para dentro de si, que ocorre nas mulheres grávidas, e de repente começou a chorar.

— Receberam alguma notícia do Andrei? — disse ela.

— Não, você sabe que ainda não seria possível chegarem notícias, mas *mon père* anda inquieto, e eu fico assustada.

— Então não há nada?

— Nada — disse a princesa Mária, com os olhos radiantes que fitavam a cunhada com firmeza. Resolveu não contar para ela e convencer o pai a esconder da cunhada a terrível notícia, até o parto, que devia acontecer em poucos dias. A princesa Mária e o velho príncipe, cada um à sua maneira, suportavam e escondiam sua dor. O velho príncipe não queria ter esperanças: resolveu que o príncipe Andrei estava morto e, apesar de ter enviado um funcionário até a Áustria em busca do rastro do filho, encomendou em Moscou um monumento em memória dele, com a intenção de colocá-lo no jardim, e a todos dizia que o filho tinha sido morto. Esforçava-se para manter seu antigo modo de vida, mas as forças lhe faltavam: caminhava menos, comia menos, dormia menos e a cada dia ficava mais fraco. A princesa Mária tinha esperanças. Rezava pelo irmão, como por uma pessoa viva, e esperava a todo minuto notícias do seu regresso.

VIII

— *Ma bonne amie* — disse a pequena princesa, na manhã do dia 19 de março, depois do desjejum, e seu lábio com um bigodinho levantou-se por um velho hábito; porém, como havia uma dor não só em todos os sorrisos, mas também em todos os sons da fala, e até nos passos, naquela casa, desde o dia em que chegara a notícia terrível, também agora o sorriso da pequena princesa, rendendo-se ao estado de ânimo geral, embora ela ignorasse a sua causa, tinha tal aspecto que trazia mais ainda à lembrança aquela dor geral.

— *Ma bonne amie, je crains que le fruschtique (comme dit* Foká, o cozinheiro) *de ce matin ne m'ait fait du mal.*[12]

— O que você tem, minha querida? Está pálida. Ah, está muito pálida — disse a princesa Mária, assustada, enquanto se aproximava da cunhada, com seus passos suaves e lentos.

— Vossa excelência não quer que mande chamar a Mária Bogdánovna? — perguntou uma criada que estava ali. (Mária Bogdánovna era a parteira de uma vila do distrito, que estava morando em Montes Calvos já fazia uma semana.)

— De fato — concordou a princesa Mária —, talvez seja preciso. Eu vou chamar. *Courage, mon ange!*[13] — Beijou Liza e fez menção de sair do quarto.

— Ah, não, não! — E no rosto da pequena princesa, além da palidez, exprimiu-se o pavor infantil do sofrimento físico inevitável.

— *Non, c'est l'estomac... Dites que c'est l'estomac, dites, Marie, dites...*[14] — E a princesinha desatou a chorar de modo caprichoso, num sofrimento infantil e até um tanto fingido, retorcendo as mãozinhas miúdas. A princesa saiu do quarto correndo para buscar Mária Bogdánovna.

— *Ah. Mon Dieu! Mon Dieu!*[15] — ouviu às suas costas.

Esfregando as mãos gordas, brancas e pequenas, a parteira já acudia ao seu encontro, com o rosto calmo e compenetrado.

— Mária Bogdánovna! Parece que começou — disse a princesa Mária, de olhos arregalados de susto diante da velhinha.

— Bem, graças a Deus, princesa — disse Mária Bogdánovna, sem interromper os passos. — As senhoras, as donzelas, não entendem dessas coisas.

— Mas e o médico que ainda não chegou de Moscou! — disse a princesa. (Segundo o desejo de Liza e de Andrei, mandaram vir, no prazo marcado, um médico parteiro de Moscou e aguardavam a sua chegada a qualquer momento.)

— Não tem importância, princesa, não fique nervosa — disse Mária Bogdánovna. — Mesmo sem o médico, tudo vai correr bem.

Cinco minutos depois, a princesa ouviu, do seu quarto, que carregavam algo pesado. Pôs a cabeça na porta para olhar — por algum motivo, copeiros carregaram para o quarto de dormir o sofá de couro que ficava no escritório do príncipe Andrei. Havia algo solene e calmo no rosto dos carregadores.

---

12 Francês: "Minha boa amiga, receio que o 'fruschtique' [*Frühstück*, "desjejum", em alemão] (como diz Foká, o cozinheiro) desta manhã não tenha me feito bem".

13 Francês: "Coragem, meu anjo".

14 Francês: "Não, é o estômago... Diga que é o estômago, diga, Marie, diga...".

15 Francês: "Ah. Meu Deus! Meu Deus!".

A princesa Mária ficou sentada sozinha no seu quarto, atenta aos sons da casa, abria a porta de vez em quando, se passava alguém, e dava uma olhada no que estava acontecendo no corredor. Várias mulheres andavam para lá e para cá, em passos silenciosos, viravam-se para olhar para a princesa e lhe davam as costas. Ela não tinha coragem de perguntar, fechava a porta, voltava para o quarto e ora ficava sentada em sua poltrona, ora se agarrava ao livro de orações, ora se punha de joelhos diante dos ícones. Para sua infelicidade e surpresa, sentia que as preces não aplacavam sua comoção. De repente a porta se abriu devagar e, na soleira, surgiu, envolta num xale, a sua velha babá, Prascóvia Sávichna, que quase nunca entrava no seu quarto, conforme uma proibição do príncipe.

— Vim ficar com você um pouquinho, Máchenka — disse a babá. — Olhe, eu trouxe as velas do casamento do príncipe para acender diante dos santos, meu anjo — disse ela, ao entrar.

— Ah, como isso me deixa contente, babá.

— Deus é misericordioso, minha cara. — A babá acendeu diante dos ícones velas envoltas em ouro e sentou-se junto à porta, tricotando uma meia de lã. A princesa Mária pegou um livro e começou a ler. Só quando se ouviam passos ou vozes, a princesa, com ar assustado, interrogativo, e a babá olhavam uma para a outra. O mesmo sentimento que a princesa Mária experimentava, sentada em seu quarto, derramava-se por todos os cantos da casa e a todos dominava. Conforme a crendice de que, quanto menos gente sabe dos sofrimentos da parturiente, menos ela sofre, todos tentavam fingir não saber de nada; ninguém falava do assunto, mas em todas as pessoas, além da habitual gravidade e do respeito às boas maneiras que imperavam na casa do príncipe, percebia-se uma espécie de cuidado geral, uma brandura no coração e a consciência de que algo grande, inconcebível, se realizava naquele momento.

No amplo quarto das criadas, não se ouvia nenhum riso. No cômodo dos copeiros, todos estavam em silêncio, a postos para alguma coisa. Nos aposentos da criadagem, acenderam velas e lascas de madeira e não dormiam. O velho príncipe, pisando com os calcanhares, andava dentro do seu escritório e mandou Tíkhonka perguntar para Mária Bogdánovna o que havia.

— Diga só isto: o príncipe mandou perguntar o que há. E venha me contar o que ela disse.

— Comunique ao príncipe que o parto começou — disse Mária Bogdánovna, depois de fitar o mensageiro com ar importante. Tíkhon voltou e trouxe a resposta.

— Está bem — disse o príncipe, fechando a porta atrás de si, e Tíkhon não ouviu nenhum ruído no escritório. Depois de esperar um pouco, Tíkhon entrou no escritório como se fosse para ajeitar as velas. Ao ver que o príncipe estava deitado no sofá, Tíkhon olhou para ele, para o seu rosto abalado, balançou a cabeça, aproximou-se em silêncio e, depois de beijar o seu ombro, saiu, sem ajeitar as velas e sem dizer para que tinha vindo. O mistério, o mais solene do mundo, continuava a se cumprir. Terminou o entardecer, começou a noite. E o sentimento de expectativa e de brandura no coração diante do inconcebível não diminuía, mas aumentava. Ninguém dormia.

Era uma dessas noites de março em que o inverno parece querer retomar o seu domínio e derrama, com uma fúria desesperada, a última neve e as últimas tempestades. Ao encontro do médico alemão que vinha de Moscou e era esperado a qualquer minuto, tinha sido enviada uma muda de cavalos para a estrada principal, e cavaleiros com lanternas também foram enviados para o cruzamento com as estradas vicinais, a fim de guiar o médico pelos buracos e atoleiros de gelo derretido na estrada.

A princesa Mária havia muito que deixara o livro de lado: sentada em silêncio, cravava os olhos radiantes no rosto da babá, enrugado e conhecido em seus mínimos detalhes: as mechinhas de cabelos grisalhos que saíam por baixo do xale, o saquinho de pele que pendia embaixo do queixo.

A babá Sávichna, com a meia de lã nas mãos, contava em voz baixa, sem ouvir e sem entender ela mesma as próprias palavras, a história, já repetida centenas de vezes, de como a falecida princesa dera à luz a princesa Mária, em Kicheniów, assistida por uma camponesinha moldava, em vez de por uma velha experiente.

— Deus ajuda, ninguém precisa de médico nenhum — disse ela. De repente, uma rajada de vento bateu com força num dos caixilhos da janela do qual fora retirado o vidro (por ordem do príncipe, quando chegavam as cotovias, em todos os cômodos sempre se deixava um caixilho sem vidro)[16] e, depois de rebentar um ferrolho mal fechado, o vento sacudiu a cortina adamascada e, num sopro frio, com neve, apagou a vela. A princesa Mária estremeceu; a babá pôs de lado a meia de lã, foi até a janela e, debruçada para fora, tentou pegar a banda da janela arrombada. O vento frio sacudia as pontas do seu xale e as mechas soltas dos cabelos grisalhos.

— Princesa, querida, está vindo alguém pela alameda! — exclamou, segurando a banda da janela, sem fechá-la. — Com lanternas; deve ser o médico...

— Ah, meu Deus! Graças a Deus! — disse a princesa Mária. — Tenho de ir recebê-lo: ele não sabe falar russo.

---

16 Por causa do frio no inverno, as janelas eram duplas (com dois caixilhos), e a intenção do príncipe era arejar a casa. A menção às cotovias indica que o clima ficara mais ameno, a primavera se aproximava.

A princesa Mária cobriu-se com um xale e correu ao encontro de quem estava chegando. Quando passou pela antessala, viu pela janela que uma carruagem com lanternas estava parada na entrada. Ela saiu na direção da escada. Numa colunazinha do corrimão, havia uma vela de sebo acesa que gotejava por causa do vento. O copeiro Filipp, com o rosto assustado e outra vela na mão, estava parado mais abaixo, no primeiro patamar da escada. Mais abaixo ainda, depois da curva da escada, ouviam-se passos que se aproximavam, em botas de neve. E uma voz algo familiar, assim pareceu à princesa Mária, falava.

— Graças a Deus! — disse a voz. — E o papai?

— Deitou-se para dormir — respondeu a voz do mordomo Demian, que já havia descido.

Depois, aquela voz falou mais alguma coisa, Demian respondeu, e os passos das botas de neve começaram a se aproximar mais depressa da curva da escada, que ela não via. "É o Andrei!", pensou a princesa Mária. "Não, não pode ser, seria extraordinário demais", pensou, e, no instante em que pensou isso, no patamar da escada onde estava o copeiro com uma vela na mão, surgiu o rosto e a figura do príncipe Andrei, de casaco de pele, com a gola coberta de neve. Sim, era ele, porém pálido e magro, e com uma expressão mudada, estranhamente suavizada, embora firme, no rosto. Avançou pela escada e abraçou a irmã.

— Não receberam minha carta? — perguntou e, sem esperar a resposta, que ele também não receberia, pois a princesa não conseguia falar, o príncipe Andrei voltou atrás e, agora com o médico parteiro, que entrara em seguida (os dois se encontraram na última estação de muda de cavalos), avançou pela escada a passos ligeiros e de novo abraçou a irmã.

— Que lance do destino! — exclamou ele. — Macha, querida! — E, depois de tirar o casaco e as botas, seguiu para os aposentos da princesa.

IX

A pequena princesa estava deitada sobre travesseiros, de touquinha branca (o sofrimento havia diminuído naquele instante), os cabelos pretos se enroscavam em mechas sobre as suas faces inflamadas, cobertas de suor; a boquinha rosada, encantadora, com o lábio coberto por cabelinhos pretos, estava aberta, e ela sorria de modo alegre. O príncipe Andrei entrou no quarto e parou de frente para ela, junto ao pé do sofá onde estava deitada. Os olhos brilhantes, que fitavam com emoção e um ar de susto infantil, detiveram-se nele, sem mudar de expressão. "Eu amo todos vocês, não fiz mal a ninguém, por que estou sofrendo? Ajudem-me", dizia a sua fisionomia. Ela via o marido, mas não entendia o significado da sua aparição, agora, diante dela. O príncipe Andrei contornou o sofá e beijou-a na testa.

— Minha querida! — disse ele, uma expressão que nunca lhe dizia. — Deus é misericordioso... — Ela o fitava de modo interrogativo, com um ar de censura infantil.

"De você, eu esperava ajuda, mas nada, nada, nem de você!", diziam os olhos dela. A pequena princesa não se admirava de ele ter vindo; não compreendia que ele havia chegado. A sua chegada não tinha nenhuma relação com os seus sofrimentos nem com o seu alívio. Os tormentos recomeçaram, e Mária Bogdánovna aconselhou o príncipe Andrei a sair do quarto.

O médico parteiro entrou. O príncipe Andrei saiu e, ao encontrar a princesa Mária, aproximou-se dela outra vez. Conversavam em sussurros, mas a todo instante a conversa silenciava. Esperavam e escutavam com atenção.

— *Allez, mon ami*[17] — disse a princesa Mária. O príncipe Andrei foi de novo para os aposentos da esposa, sentou-se num cômodo vizinho ao que ela estava e aguardou. Uma mulher saiu do quarto dela, com o rosto assustado, e se perturbou ao ver o príncipe Andrei. Ele cobriu o rosto com as mãos e ficou sentado, assim, alguns minutos. Gemidos queixosos, de um animal indefeso, ouviam-se do outro lado da porta. O príncipe Andrei levantou-se, aproximou-se da porta e quis abri-la. Alguém segurava a porta.

— Não pode, não pode! — exclamou de lá uma voz assustada. Ele se pôs a andar pelo quarto. Os gritos cessaram, mais alguns segundos passaram. De repente, um grito terrível — não dela, ela não podia gritar assim — irrompeu no quarto vizinho. O príncipe Andrei correu para junto da porta; o grito cessou, mas ouviu-se um outro grito, o grito de um bebê.

"Para que trouxeram um bebê aqui?", pensou no primeiro instante o príncipe Andrei. "Um bebê? Qual?... Por que tem um bebê lá dentro? Ou será que esse bebê nasceu?"

Quando, de repente, compreendeu todo o sentido feliz daquele grito, as lágrimas o sufocaram, e ele, apoiando-se com as duas mãos no peitoril da janela, soluçou, chorou, como choram as crianças. A porta abriu. O médico, com as mangas da camisa arregaçadas, sem casaco, pálido, com o queixo trêmulo, saiu do quarto. O príncipe Andrei dirigiu-se a ele, mas o médico lançou-lhe um olhar desnorteado e, sem dizer nenhuma palavra, retirou-se. Uma mulher saiu do quarto correndo, mas, ao ver o príncipe Andrei, parou hesitante na soleira da porta. Ele entrou no quarto da esposa. Ela jazia morta na mesma posição em que a vira cinco minutos antes, e,

---

17 Francês: "Vá, meu amigo".

apesar dos olhos parados e da palidez das faces, havia a mesma expressão naquele rostinho encantador, tímido, infantil, com o lábio coberto por cabelinhos pretos.

"Eu amava vocês todos, não fiz mal nenhum a ninguém, e o que vocês fizeram comigo? Ah, o que vocês fizeram comigo?", dizia o seu rosto encantador, sofrido e morto. Num canto do quarto, alguma coisa pequena, vermelha, soltava pios e grunhidos nas mãos brancas e trêmulas de Mária Bogdánovna.

Duas horas depois, o príncipe Andrei entrou no escritório do pai, a passos silenciosos. O velho já sabia de tudo. Estava parado junto à porta e, assim que ela abriu, o velho, em silêncio, com os braços ásperos e decrépitos, enlaçou como um torno o pescoço do filho e começou a soluçar como uma criança.

Três dias depois, a pequena princesa foi enterrada e, para despedir-se dela, o príncipe Andrei subiu os degraus do estrado onde estava o caixão. E dentro do caixão estava o mesmo rosto, embora de olhos fechados. "Ah, o que vocês fizeram comigo?", continuava a dizer, e o príncipe Andrei sentiu que algo se rompeu na sua alma, que ele era culpado de uma falta que não podia remediar nem esquecer. Ele não conseguia chorar. O velho também entrou e beijou a mãozinha dela, cor de cera, pousada serena e alta sobre a outra mão, e o rosto lhe disse: "Ah, o que e por que vocês fizeram isso comigo?". E o velho virou-se, zangado, ao perceber aquele rosto.

Só cinco dias depois o pequeno príncipe Nikolai Andreitch foi batizado. A ama de leite segurou a fralda com o queixo, no momento em que o sacerdote passou uma peninha de ganso nas palminhas das mãos enrugadas e vermelhas e nas solas dos pés do bebê.

O padrinho — o avô —, trêmulo, com receio de deixá-lo cair, carregou o bebê ao redor da pia batismal, de lata e amassada, e entregou-o para a madrinha, a princesa Mária. O príncipe Andrei, quase desfalecendo de medo de que afogassem a criança, ficou num outro cômodo, à espera do final do sacramento. Lançou um olhar alegre para o bebê quando a babá o trouxe para ele e acenou com a cabeça, em sinal de aprovação, quando a babá comunicou que a bolinha de cera com cabelinhos da criança não afundara ao ser colocada na água da pia batismal, mas flutuara.[18]

---

18 No batismo da Igreja ortodoxa, a criança é ungida com uma pena de ganso e imersa na pia batismal. No fim do ritual, o padre corta alguns fios do cabelo do bebê, cola-os com cera de vela e coloca a bolinha de cera na pia; se ela afundar, é sinal de má sorte.

X

A participação de Rostóv no duelo de Dólokhov com Bezúkhov foi abafada, graças aos esforços do velho conde, e Rostóv, em lugar de ser rebaixado, como esperava, foi nomeado ajudante de ordens do governador-geral de Moscou. Por isso ele não pôde ir para o campo com toda a família, ficou preso às suas novas obrigações em Moscou durante todo o verão. Dólokhov se restabeleceu, e Rostóv tomou por ele uma amizade especial, durante a sua convalescença. Doente, Dólokhov ficou na casa da mãe, que o amava com paixão e ternura. A velhinha Mária Ivánovna, que se afeiçoara a Rostóv por sua amizade com Fiédia, lhe falava constantemente sobre o filho.

— Sim, conde, ele é uma alma muito nobre e pura — dizia ela —, para o nosso mundo depravado de hoje em dia. Ninguém gosta da virtude, ela arde nos olhos de todo mundo. Mas me diga, conde, foi justo, foi honrado isso o que o Bezúkhov fez? E o Fiédia, com a sua nobreza, gostava dele, e ainda agora nunca diz nenhuma palavra ruim sobre ele. Em Petersburgo, teve aquelas travessuras com um guarda de quarteirão, fizeram lá umas brincadeiras, e eles dois não estavam juntos? E, veja só, com o Bezúkhov não aconteceu nada, tudo foi cair nas costas do Fiédia! Nem lhe conto o que ele teve de suportar! Está certo, foi promovido de novo, mas, também, como é que podiam não promover? Acho que jovens como ele, um bravo, um filho da pátria, devia haver poucos por lá. E, agora, vem esse duelo. Será que essa gente tem sentimento, honra? Sabendo que ele é filho único, desafiar para um duelo, e atirar bem em cima! Que bom que Deus teve misericórdia de nós. E para quê, afinal? Ora, quem é que em nosso tempo não tem lá as suas intrigas? Puxa, se ele estava tão enciumado, eu acho que podia ter dado algum sinal antes, afinal de contas fazia um ano que aquilo já estava acontecendo. E então ele fez o desafio para um duelo achando que o Fiédia não ia se bater porque lhe devia algum dinheiro. Que baixeza! Que sordidez! Eu sei, o senhor entendeu o Fiédia, meu caro conde, por isso eu gosto do senhor, de coração, acredite. Pouca gente o compreende. É um espírito tão elevado, celestial...

O próprio Dólokhov, durante a sua convalescença, muitas vezes dizia para Rostóv palavras que ele jamais esperaria ouvir do amigo.

— Acham que sou uma pessoa má, eu sei — disse —, deixe que pensem. Não quero saber de ninguém, exceto daqueles de quem gosto; mas aqueles de quem gosto, eu gosto a ponto de dar a vida por eles, e o resto, eu esmago todos os que ficarem no meu caminho. Tenho uma mãe adorada, inestimável, dois ou três amigos, você entre eles, e nos outros só presto atenção quando são úteis ou nocivos. E quase todos são prejudiciais, sobretudo as mulheres. Sim, meu caro — prosseguiu —, homens, eu já encontrei afetuosos, nobres, elevados; mas nas mulheres, seja condessa ou cozinheira, ainda não encontrei nada, senão bestas que se vendem. Ainda não encontrei aquela pureza celestial, aquela devoção que eu procuro nas mulheres. Se um dia eu achasse uma mulher assim, daria a minha vida por ela. Mas essas!... — Fez um gesto de desprezo. — E, acredite em mim, se eu ainda tenho algum apreço à vida, é só porque ainda espero encontrar essa criatura celestial que me regeneraria, purificaria e elevaria. Mas você não entende isso.

— Não, eu entendo muito bem — respondeu Rostóv, que se encontrava sob a influência do novo amigo.

No outono, a família Rostóv voltou para Moscou. No início do inverno, Deníssov também voltou e hospedou-se em casa dos Rostóv. Aquele inverno de 1806, o primeiro que Nikolai Rostóv passava em Moscou, foi um dos mais felizes e alegres para ele e para toda a sua família. Atraíra consigo, para a casa dos pais, muitos rapazes. Vera era uma bela moça de vinte anos; Sônia era uma mocinha de dezesseis, com todo o encanto de uma flor que acaba de desabrochar; Natacha era meio mulher, meio menina, ora criança engraçada, ora moça fascinante.

Na casa dos Rostóv, naquela ocasião, pairava uma atmosfera especial de sentimentos amorosos, como acontece numa casa onde há mocinhas muito gentis e muito jovens. Todo rapaz que vinha à casa dos Rostóv, ao ver aqueles rostos jovens e receptivos de moças que riam sem saber de quê (provavelmente da própria felicidade), ao ver aquela correria animada, ao ouvir aquele tagarelar feminino, jovem, incoerente, mas carinhoso com todos, pronto para tudo e cheio de esperança, ao ouvir aqueles sons incoerentes, ora de cantos, ora de instrumentos musicais, experimentava aquele mesmo sentimento de disposição para o amor e de esperança de felicidade que as jovens da casa dos Rostóv experimentavam.

Entre os rapazes apresentados por Rostóv, um dos primeiros foi Dólokhov, de quem todos na casa gostaram, exceto Natacha. Por causa de Dólokhov, ela quase brigou com o irmão. Natacha insistia em que ele era má pessoa, que, no duelo, Pierre estava certo e Dólokhov estava errado, que ele era desagradável e artificial.

— Não há nada o que entender! — gritou Natacha, com uma cisma obstinada. — Ele é mau e sem sentimentos. Já o seu Deníssov, desse eu gosto, também é um farrista, mas mesmo assim eu gosto dele, portanto eu compreendo, sim. Não sei como dizer... O outro já tem tudo calculado, e disso eu não gosto. O Deníssov...

— Bem, o Deníssov é um caso diferente — retrucou Nikolai, dando a entender que, em comparação com Dólokhov, até Deníssov não era nada. — É preciso entender que alma tem o Dólokhov, é preciso vê-lo com a mãe, que coração ele tem!

— Disso eu já não sei nada, mas sei que não fico à vontade com ele. E você sabia que ele está apaixonado pela Sônia?

— Que bobagem...

— Tenho certeza, você vai ver.

A previsão de Natacha se realizou. Dólokhov, que não gostava do convívio com as damas, passou a frequentar a casa com assiduidade, e a questão de quem era o motivo de suas visitas logo encontrou a resposta (embora ninguém falasse sobre o assunto), quando se estabeleceu a certeza de que ele vinha por causa de Sônia. E Sônia, embora nunca se atrevesse a falar sobre isso, sabia que era assim, e toda vez ficava muito vermelha em presença de Dólokhov.

Muitas vezes, Dólokhov almoçava na casa dos Rostóv, nunca perdia um espetáculo a que eles comparecessem e frequentava os bailes para *adolescentes*[19] em casa de Vogel, aonde os Rostóv sempre iam. Prestava uma atenção especial em Sônia e a fitava com tais olhos que não só a jovem não conseguia enfrentar aquele olhar sem ficar vermelha, como a velha condessa e Natacha também se ruborizavam, ao perceber o olhar.

Era evidente que aquele homem forte e estranho se achava sob a influência irresistível da moreninha graciosa, que amava outro.

Rostóv percebeu algo novo entre Dólokhov e Sônia; mas não definiu para si que novas relações eram aquelas. "Estão sempre apaixonadas por alguém", pensava ele, a respeito de Sônia e de Natacha. Mas Nikolai já não se sentia à vontade como antes quando estava com Sônia e Dólokhov, e passou a ficar menos tempo em casa.

A partir do outono de 1806, todos voltaram a falar sobre a guerra contra Napoleão, ainda com mais fervor do que no ano anterior.[20] Foi decretado o recrutamento não só de dez homens em cada mil habitantes para o Exército regular, como também de nove em cada mil, para as milícias. Em toda parte, lançavam o anátema contra Napoleão, e em Moscou não se falava de outra coisa que não da guerra iminente. Para a família Rostóv, todo o interesse de tais preparativos para a guerra residia apenas em que Nikóluchka não admitia de maneira nenhuma ficar em Moscou e só estava esperando o fim das férias de Deníssov para partir junto com ele para o regimento, depois das festas de fim de ano. A partida iminente não só não o impedia de divertir-se como o estimulava mais ainda a fazê-lo. Passava a maior parte do tempo fora de casa, em jantares, saraus e bailes.

---

19 Em francês no original.

20 Em meados de setembro de 1806, foi selada uma nova coalizão contra os franceses, formada por Prússia, Rússia, Inglaterra e Suécia. No fim de setembro, Napoleão atacou a Prússia, ocupou Berlim, e em novembro invadiu a Polônia. A fronteira seguinte era a da Rússia.

XI

No terceiro dia depois do Natal, Nikolai jantou em casa, o que ultimamente era raro acontecer. Tratava-se de um jantar oficial de despedida, já que ele e Deníssov iriam para o regimento depois da Epifania. Cerca de vinte pessoas participavam do jantar, entre elas Dólokhov e Deníssov.

Nunca na casa dos Rostóv a atmosfera amorosa se fizera sentir com tanta força como naqueles feriados. "Agarre os minutos de felicidade, faça-se amar e apaixone-se também! Só isso é real no mundo, o resto é bobagem. E aqui, nós só estamos interessados nisso", dizia aquela atmosfera.

Nikolai, como sempre, depois de exaurir duas parelhas de cavalos sem, no entanto, conseguir estar em todos os lugares aonde precisava ir e para os quais tinha sido convidado, chegou em casa em cima da hora do jantar. Assim que entrou, percebeu e sentiu a tensão da atmosfera amorosa na casa, porém, além disso, notou a estranha perturbação que imperava entre alguns dos presentes. Especialmente agitados estavam Sônia, Dólokhov, a velha condessa e, um pouco, Natacha. Nikolai entendeu que devia ter acontecido alguma coisa entre Sônia e Dólokhov antes do jantar e, com a sensibilidade de coração que lhe era própria, Nikolai mostrou-se muito afetuoso e delicado com ambos durante o jantar. Nessa mesma noite do terceiro dia após o Natal, devia realizar-se na casa de Vogel (o professor de dança) um daqueles bailes que ele oferecia nos feriados para todos os seus alunos e alunas.

— Nikólienka, você não vai à casa do Vogel? Por favor, vá sim — disse Natacha. — Ele fez um convite especial para você, e o Vassíli Dmítritch (era Deníssov) também vai.

— Aonde é que eu não vou para atender um pedido da linda condessa? — disse Deníssov, que em casa dos Rostóv representava jocosamente o papel de escudeiro de Natacha. — Estou pronto para dançar o *pas de châle*.[21]

— Se eu tiver tempo! Prometi aos Arkhárov, eles estão dando um sarau hoje — disse Nikolai. — E você?... — voltou-se para Dólokhov. E assim que perguntou, percebeu que nem era necessário fazer a pergunta.

— Sim, pode ser... — respondeu Dólokhov, com frieza e irritação, depois de lançar um olhar para Sônia e, de sobrancelhas franzidas, exatamente com o mesmo olhar com que no banquete do Clube Inglês havia fitado Pierre, olhou de novo para Nikolai.

"Há alguma coisa", pensou Nikolai, e ficou ainda mais convencido daquela

---

21 Refência à dança do xale, em voga na época.

suposição quando Dólokhov se retirou logo depois do jantar. Chamou Natacha e perguntou o que havia.

— Mas eu estava mesmo procurando você — respondeu Natacha. — Eu bem que lhe disse, e você não quis acreditar — disse ela em tom de triunfo. — Ele pediu Sônia em casamento.

Por menos que Nikolai se interessasse por Sônia naquela ocasião, algo dentro dele pareceu se romper ao ouvir aquilo. Dólokhov era um ótimo partido e, em certos aspectos, até mesmo excepcional para uma jovem órfã e sem dote como Sônia. Do ponto de vista da velha condessa e da sociedade, era impossível rejeitá-lo. Por isso, o primeiro sentimento de Nikolai, ao saber daquilo, foi de rancor em relação a Sônia. Já se preparava para dizer: "Que ótimo, e é claro que é preciso deixar de lado as promessas infantis e aceitar esse pedido"; mas não teve tempo de dizê-lo...

— E você nem imagina! Ela recusou, recusou de modo inapelável! — falou Natacha. — Disse que amava outro — acrescentou, após um momento de silêncio.

"A minha Sônia não poderia mesmo agir de outro modo!", pensou Nikolai.

— Por mais que mamãe lhe pedisse, ela recusou, e eu sei que ela não vai voltar atrás no que disse...

— E a mamãe pediu a ela! — exclamou Nikolai em tom de censura.

— Foi — disse Natacha. — Sabe, Nikólienka, não fique zangado; mas eu sei que você não vai casar com ela. Eu sei, só Deus sabe por quê, mas eu sei com certeza que você não vai casar com ela.

— Ora, isso é uma coisa que você não sabe mesmo — retrucou Nikolai. — Mas eu preciso conversar com ela. Que encanto, essa Sônia! — acrescentou ele, sorrindo.

— É mesmo um encanto! Vou trazê-la até você. — Natacha beijou o irmão e saiu correndo.

Um minuto depois, Sônia entrou, assustada, atônita e culpada. Nikolai aproximou-se dela e beijou sua mão. Desde a chegada de Nikolai, era a primeira vez que os dois se falavam cara a cara, e a respeito do seu amor.

— *Sophie* — disse ele, de início tímido e depois cada vez mais audacioso —, a senhora quer rejeitar um partido não só excelente, como também vantajoso; e ele é uma pessoa ótima, nobre... é meu amigo...

Sônia o interrompeu.

— Já rejeitei — disse, depressa.

— Se está rejeitando por mim, eu receio que, da minha parte...

Sônia o interrompeu de novo. Ela o fitava com um olhar suplicante, assustado.

— *Nicolas*, não me diga isso — falou.

— Não, eu devo. Talvez seja *suffisance*[22] da minha parte, mas é melhor falar tudo. Se a senhora está rejeitando esse pedido por minha causa, tenho de lhe dizer toda a verdade. Eu amo você, eu acho, mais do que tudo.

— Para mim, isso já basta — disse Sônia, ruborizada.

— Não, acontece que eu já me apaixonei mil vezes e vou me apaixonar de novo, embora não tenha por ninguém um sentimento de amizade, de confiança, de amor, como este que tenho pela senhora. Afinal, sou jovem. *Maman* não quer isso. Pois bem, eu simplesmente não prometo nada. E peço à senhora que reflita melhor sobre a proposta de Dólokhov — disse Nikolai, pronunciando com dificuldade o nome do amigo.

— Não me diga isso. Não quero nada. Amo o senhor como um irmão e sempre amarei, e não preciso de mais nada.

— A senhora é um anjo, eu não mereço a senhora, mas apenas receio criar uma ilusão na senhora. — Nikolai beijou-lhe a mão outra vez.

XII

Na casa de Vogel, havia os bailes mais animados de Moscou. Assim falavam as mães, olhando para as suas *adolescentes*, enquanto estas executavam os passos que tinham acabado de aprender; assim falavam as próprias *adolescentes* e os *adolescents* que dançavam até cair de cansados; assim falavam as moças e os rapazes já adultos que vinham àqueles bailes com a ideia de aceitar o convite por gentileza, mas acabavam encontrando neles a melhor diversão. Naquele mesmo ano, armaram-se dois casamentos naqueles bailes. As duas bonitas princesas Gortchakóv encontraram noivos e casaram, e desse modo aumentaram mais ainda a fama dos bailes. O singular naqueles bailes era que não tinham anfitrião nem anfitriã: havia, sim, o simpático Vogel, que voava como uma pena, fazia rapapés segundo as regras da sua arte e recebia de todos os convidados bilhetinhos em troca de lições;[23] além disso, àqueles bailes só ia quem estava disposto a dançar e divertir-se, como desejam as meninas de treze ou catorze anos que usam pela primeira vez um vestido longo. Todas, com pouquíssimas exceções, eram ou pareciam bonitas: tamanho o entusiasmo em seus sorrisos, tamanho o ardor em seus olhos. Às vezes, as melhores alunas dançavam até o *pas de châle*, e a melhor de todas era Natacha, que se destacava por sua graça; porém,

---

22 Francês: "petulância".

23 Assim ele registrava os seus serviços para, mais tarde, cobrar por eles.

naquele último baile, só estavam dançando a escocesa, a inglesa e a mazurca, que acabara de entrar na moda. Vogel pedira a Bezúkhov que cedesse um dos salões da sua casa, e o baile era um sucesso, como todos diziam. Eram muitas as mocinhas bonitas, mas as senhoritas da família Rostóv eram as mais belas. As duas estavam especialmente felizes e alegres naquela noite. Sônia, orgulhosa do pedido feito por Dólokhov, da sua recusa e da conversa com Nikolai, ainda antes de sair de casa circulava sem parar e não deixava que a criada terminasse de prender suas tranças, e agora toda ela resplandecia com uma alegria impetuosa.

Natacha, não menos orgulhosa por usar, pela primeira vez, um vestido longo, e num baile de verdade, estava mais feliz ainda. As duas usavam vestidos brancos de musselina, com fitas cor-de-rosa.

Natacha ficou apaixonada no mesmo instante em que entrou no baile. Não ficou apaixonada por alguém em especial, mas por todos. Ficava apaixonada por qualquer um para quem olhasse, no mesmo instante em que olhava.

— Ah, como é bonito! — dizia ela sem parar, correndo para perto de Sônia.

Nikolai e Deníssov andavam pelas salas, olhavam com carinho e com ar protetor para as moças que dançavam.

— Como ela é graciosa, vai ser uma beldade — disse Deníssov.

— Quem?

— A condessa Natacha — respondeu Deníssov. — E como dança, que graça! — falou de novo, após um breve silêncio.

— Mas de quem você está falando?

— Da sua irmã, ora essa — gritou Deníssov, irritado. Rostóv sorriu.

— *Mon cher comte; vous êtes l'un des mes meilleurs écoliers, il faut que vous dansiez* — disse o pequenino Vogel, aproximando-se de Nikolai. — *Voyez combien de jolies demoiselles.*[24] — E, com o mesmo pedido, dirigiu-se a Deníssov, também seu ex-aluno.

— *Non, mon cher, je ferai tapisserie*[25] — respondeu Deníssov. — Será que o senhor não lembra como aproveitei mal as suas lições?...

— Oh, não! — disse Vogel, apressando-se para incentivá-lo. — O senhor apenas não prestava atenção, mas tinha talento, sim, o senhor tinha talento.

Começaram a tocar a mazurca, introduzida nos bailes pouco antes. Nikolai não recusou o apelo de Vogel e convidou Sônia para dançar. Deníssov sentou-se junto às velhas e, com o cotovelo apoiado no sabre, marcando o compasso com o pé,

---

24 Francês: "Meu caro conde, o senhor é um dos meus melhores alunos, é preciso que o senhor dance [...] Veja quantas moças bonitas".

25 Francês: "Não, meu caro, vou só fazer parte da decoração".

relatava algo com alegria e fazia rir as damas idosas, ao mesmo tempo que olhava para a juventude que dançava. Vogel formava o primeiro par com Natacha, o seu orgulho e a sua melhor aluna. Com suavidade, ternura, movendo os pezinhos em seus sapatinhos, primeiro Vogel saiu voando pelo salão, junto com Natacha, que mesmo tímida executava os passos com esmero. Deníssov não tirava os olhos dela e, com o sabre, marcava o ritmo com uma expressão que dizia claramente que ele mesmo não estava lá dançando não porque não queria, mas porque não podia. No meio de uma figura da dança, ele chamou a atenção de Rostóv, que estava passando na sua frente.

— Não é nada disso — falou. — Que mazurca polonesa é essa? Mas ela dança magnificamente.

Ciente de que Deníssov ganhara fama até na Polônia com a sua mestria ao dançar a mazurca polonesa, Nikolai correu até Natacha.

— Vá tirar o Deníssov. Ele dança que é uma maravilha! — disse.

Quando chegou de novo a vez de Natacha, ela ergueu-se e, movendo rapidamente os seus sapatinhos com lacinhos, ruborizando-se, atravessou o salão sozinha e foi até o canto onde estava Deníssov. Ela via que todos a observavam e esperavam. Nikolai viu que Natacha e Deníssov, sorrindo, discutiam e que Deníssov recusava o convite, mas sorria com alegria. Nikolai aproximou-se ligeiro.

— Por favor, Vassíli Dmítritch — disse Natacha. — Venha, por favor.

— Ora, não, me desculpe, condessa — respondeu Deníssov.

— Vamos lá, Vássia, chega — disse Nikolai.

— Querem me convencer como se eu fosse o gatinho Vaska — disse Deníssov, brincando.

— Eu vou cantar para o senhor uma noite inteira — disse Natacha.

— Que feiticeira, ela faz de mim o que bem entende! — disse Deníssov, e desafivelou o sabre. Saiu de trás das cadeiras, segurou sua dama pela mão com firmeza, levantou a cabeça e afastou os pés, à espera do compasso. Assim como acontecia quando montava a cavalo, também na mazurca não se percebia a pequena estatura de Deníssov, e ele aparentava ser tão robusto quanto se sentia. Depois que pegou o compasso, olhando para a dama de lado, com ar triunfante e jocoso, bateu inesperadamente com um pé e saltou do chão de modo flexível, como uma bolinha, e precipitou-se num círculo pelo salão, arrebatando consigo a sua dama. Voou metade do salão num pé só, sem fazer ruído, parecia não ver as cadeiras que estavam à sua frente e avançava direto para elas; mas de repente estalou as esporas, afastou os pés, parou apoiado no salto das botas, ficou assim por um segundo, começou a bater os pés no chão sem sair do lugar, com um barulho forte das esporas deu um giro rápido e, batendo o pé esquerdo no direito, de novo precipitou-se num círculo. Natacha adivinhava na mesma hora o que ele tencionava fazer e, sem que ela mesma soubesse como, acompanhava-o — entregava-se a ele. Deníssov a girava ora na mão direita, ora na esquerda; ora caía de joelhos e a guiava num círculo à sua volta, e de novo se erguia de um salto e arremetia para a frente com tamanho ímpeto que parecia ter a intenção de atravessar todas as salas correndo, sem parar para tomar fôlego; ora parava outra vez, de repente, e outra vez fazia uma figura de dança nova e inesperada. Quando depois de levar a dama de volta ao seu lugar com um ágil rodopio ele retiniu as esporas e curvou-se diante dela, Natacha nem o cumprimentou com uma reverência. Perplexa, ela o fitava nos olhos, sorrindo, como se não o reconhecesse.

— Mas o que foi isso? — exclamou ela.

Apesar de Vogel não reconhecer que aquela fosse a mazurca autêntica, todos ficaram admirados com a mestria de Deníssov, não paravam de vir convidá-lo para dançar, e os velhos, sorrindo, começaram a falar sobre a Polônia e sobre os bons e velhos tempos. Deníssov, ruborizado por causa da mazurca, enxugando-se com o lenço, ficou sentado junto a Natacha e não se afastou dela durante todo o baile.

XIII

Por dois dias depois disso, Rostóv não viu Dólokhov em sua casa e também não conseguiu encontrá-lo na casa do próprio Dólokhov; no terceiro dia, recebeu um bilhete.

"Como não pretendo mais ir à sua casa, por motivos que você conhece, e estou de partida para o Exército, vou oferecer hoje à noite aos meus amigos uma festa de despedida. Vá ao Hotel Inglês." No dia marcado, Rostóv saiu às dez horas do teatro, onde estivera com sua família e com Deníssov, e dirigiu-se ao Hotel Inglês. Na mesma hora, foi conduzido à melhor acomodação do hotel, naquela noite ocupada por Dólokhov.

Uns vinte homens se amontoavam em torno da mesa, à qual Dólokhov estava sentado entre duas velas. Sobre a mesa, havia moedas de ouro e dinheiro em cédulas, e Dólokhov fazia a banca do jogo. Depois do pedido de casamento e da recusa de Sônia, Nikolai ainda não se encontrara com Dólokhov e sentia um constrangimento ao pensar que os dois iam se ver.

O olhar frio e luminoso de Dólokhov recebeu Rostóv ainda na porta, como se o esperasse havia muito tempo.

— Faz tempo que não nos vemos — disse. — Obrigado por ter vindo. Assim que eu terminar de fazer a banca, Iliúchka vai chegar com os cantores.

— Estive mais de uma vez na sua casa à sua procura — disse Rostóv, ruborizando-se.

Dólokhov não respondeu.

— Pode fazer sua aposta — disse.

Naquele instante, Rostóv lembrou-se de uma conversa estranha que tivera com Dólokhov, certa vez. "Só os tolos podem jogar confiando na sorte", dissera Dólokhov, naquela ocasião.

— Ou será que você está com medo de jogar comigo? — perguntou Dólokhov, como se adivinhasse os pensamentos de Rostóv, e sorriu. Por trás do sorriso, Rostóv percebeu aquele estado de espírito em que Dólokhov estivera no jantar do clube, e em que ficava, em geral, nas horas em que, como se estivesse aborrecido com a vida cotidiana, sentia uma necessidade de fugir dela por meio de um ato estranho e, na maioria das vezes, cruel.

Rostóv sentia-se embaraçado; procurava mas não encontrava em seu pensamento os gracejos com que poderia responder às palavras de Dólokhov. Porém, antes que conseguisse fazê-lo, Dólokhov, olhando direto para o seu rosto, lhe disse, devagar e pronunciando com clareza, para que todos pudessem ouvir:

— E não se esqueça do que conversei com você sobre o jogo... Quem quer jogar confiando na sorte é um tolo; para jogar, é preciso ter certeza de ganhar, e eu quero experimentar.

"Experimentar jogar na sorte ou na certeza?", pensou Rostóv.

— É melhor que você não jogue — acrescentou ele, cortou o baralho e disse: — Banca, senhores!

Dólokhov empurrou o dinheiro para a frente e preparou-se para começar o jogo. Rostóv sentou-se ao seu lado e, de início, não jogou. Dólokhov lançou um olhar para ele.

— Por que não joga? — perguntou Dólokhov. E, estranhamente, Rostóv sentiu uma necessidade de pegar uma carta, apostar nela uma soma insignificante e entrar no jogo.

— Não tenho dinheiro aqui comigo — disse Rostóv.

— Confio em você!

Rostóv apostou cinco rublos na carta e perdeu, apostou mais cinco e perdeu de novo. Dólokhov matou, ou seja, venceu Rostóv em dez cartas seguidas.

— Senhores — disse ele, depois de ficar algum tempo na banca do jogo —, peço que coloquem o dinheiro sobre as cartas, senão posso me enganar nas contas.

Um dos jogadores disse esperar que pudessem confiar na sua palavra.

— Posso confiar, mas tenho medo de me enganar nas contas; peço que coloquem o dinheiro sobre as cartas — respondeu Dólokhov. — Não fique constrangido, faremos as contas depois — acrescentou para Rostóv.

O jogo prosseguiu; o lacaio não parava de servir champanhe.

Todas as cartas de Rostóv foram derrotadas, e ele já havia perdido oitocentos rublos. Chegou a escrever oitocentos rublos numa carta, porém, na hora em que lhe serviram champanhe, ele pensou melhor e escreveu de novo a soma insignificante de costume, vinte rublos.

— Deixe — disse Dólokhov, embora parecesse nem olhar para Rostóv. — Logo vai ter a sua desforra. Estou perdendo para os outros, mas ganho de você. Ou será que está com medo de mim? — repetiu.

Rostóv obedeceu, deixou escrito o número oitocentos e colocou na mesa um sete de copas com um canto rasgado, que pegou no chão. Mais tarde, ia se lembrar disso muito bem. Baixou na mesa o sete de copas, atrás do qual havia escrito oitocentos, com um giz quebrado, em algarismos redondos e claros; bebeu até o fim uma taça de champanhe amornado que lhe serviram, sorriu para as palavras de Dólokhov e, com o coração na mão, esperando um sete, pôs-se a olhar para as mãos de Dólokhov, que segurava o baralho. Ganhar ou perder aquele sete significava muito para Rostóv. No domingo da semana anterior, o conde Iliá Andreitch dera para o filho dois mil rublos e o conde, que jamais gostava de falar a respeito de dificuldades financeiras, lhe dissera que aquele dinheiro era o último que lhe daria até o mês de maio e por isso pediu ao filho que, daquela vez, fosse mais econômico. Nikolai havia respondido que, para ele, era até demais e dera sua palavra de honra de não pedir mais dinheiro até a primavera. Agora, daquele dinheiro, restavam mil e duzentos rublos. Portanto, o sete de copas significava não só a perda de mil e seiscentos rublos como também a necessidade de faltar à sua palavra. Com o coração na mão, ele olhava para as mãos de Dólokhov e pensava: "Vamos, rápido, me dê logo essa carta, e então eu pego o meu chapéu, vou para casa, jantar com Deníssov, Natacha e Sônia, e juro que nunca mais ponho minhas mãos num baralho". Naquele instante, a sua vida doméstica — as brincadeiras com Pétia, as conversas com Sônia, os duetos com Natacha, o jogo de *piquet* com o pai e até a cama sossegada na casa da rua Povarskaia — surgiu no seu pensamento com tamanha força, clareza e encanto, como se tudo aquilo fosse uma felicidade perdida, inestimável, num passado já distante. Não conseguia admitir que um acaso idiota, que colocava um sete de copas à direita em vez de à esquerda, pudesse privá-lo de toda aquela felicidade, que acabara de ser compreendida, que acabara de se iluminar e de lançá-lo no sorvedouro de uma infelicidade ainda não experimentada por ele e indefinida. Aquilo não era possível, mas mesmo assim ele esperava, com o coração na mão, os movimentos das mãos de Dólokhov. Aquelas mãos avermelhadas, de ossos grandes, com pelos que se enxergavam por baixo das mangas, pousaram o baralho na mesa e pegaram a taça e o cachimbo que haviam lhe oferecido.

— Então você não tem medo de jogar comigo? — repetiu Dólokhov e, como se fosse contar uma história divertida, baixou as cartas, recostou-se no espaldar da cadeira e, devagar e com um sorriso, começou a falar: — Sim, senhores, me disseram que corre em Moscou o boato de que sou trapaceiro, por isso aconselho os senhores a ter muito cuidado comigo.

— Vamos, jogue logo! — disse Rostóv.

— Ah, essas mexeriqueiras de Moscou! — disse Dólokhov e, com um sorriso, pegou as cartas.

— Oooh! — quase gritou Rostóv, agarrando os cabelos com as mãos. O sete, de que ele precisava, já estava virado para cima, a primeira carta do baralho. Ele perdeu mais do que podia pagar.

— Veja lá, não vá ficar na miséria — disse Dólokhov, olhando de relance para Rostóv, e continuou a fazer a banca.

XIV

Uma hora e meia depois, a maioria dos jogadores já levava o seu próprio jogo na brincadeira.

O jogo todo se concentrava apenas em Rostóv. Em vez de mil e seiscentos rublos, tinha anotado contra si uma comprida coluna de algarismos, que ele havia estimado em dez mil rublos, mas que agora, como ele confusamente supunha, já se elevava a quinze mil. Na realidade, a cifra já superara os vinte mil rublos. Dólokhov não queria mais saber de ouvir nem de contar histórias; acompanhava todos os movimentos das mãos de Rostóv e, de vez em quando, passava os olhos nas suas contas. Resolveu prosseguir o jogo até que as contas alcançassem quarenta e três mil. Escolhera aquele número porque quarenta e três era a soma dos seus anos de vida com os anos de Sônia. Rostóv, com as mãos na cabeça, estava sentado à mesa, toda rabiscada, suja de vinho e atulhada de cartas. Uma impressão torturante não o largava: aquelas mãos avermelhadas, de ossos grandes, com pelos que se enxergavam por baixo das mangas, aquelas mãos que ele amava e invejava, tinham-no sob o seu poder.

"Seiscentos rublos, um ás, o canto da carta, um nove... É impossível recuperar o que perdi!... E como estaria feliz, em casa... Aposta em dobro no valete... Não pode ser!... Mas por que ele está fazendo isso comigo?...", pensava e lembrava Rostóv. Às vezes, fazia uma aposta maior, mas Dólokhov se recusava a cobrir, e ele mesmo estabelecia outro valor. Nikolai obedecia, e ora rezava para Deus, como havia rezado no campo de batalha, na ponte de Amstetten; ora inventava que a primeira carta que viesse para a sua mão, tirada do bolo de cartas amassadas debaixo da mesa, seria aquela que iria salvá-lo; ora calculava quantos cordões havia nos galões do seu casaco e apostava a soma de todas as suas perdas numa carta com aquele mesmo número; ora olhava para os outros jogadores em busca de socorro; ora fitava o rosto, agora frio, de Dólokhov e tentava enxergar o que se passava em seu interior.

"Afinal, ele sabe", dizia consigo, "o que essa perda significa para mim. Não é possível que deseje a minha perdição. Afinal, era meu amigo. Afinal, eu gostava dele... Mas não tem culpa; o que pode fazer, se tem tanta sorte? Eu também não tenho culpa", disse consigo. "Não fiz nada de ruim. Por acaso matei alguém, ofendi, desejei algum mal? Então por que essa desgraça horrível? E quando começou? Faz tão pouco tempo que me aproximei desta mesa com a ideia de ganhar uns cem rublos, comprar um porta-joias para dar de aniversário à mamãe e ir para casa, eu era tão feliz, tão livre, alegre! E eu nem percebia como era feliz! Quando foi que aquilo acabou e quando começou esta situação nova, horrível? O que foi que assinalou a mudança? Fiquei o tempo todo neste mesmo lugar, diante desta mesa, tirando e baixando as cartas, e olhando para essas mãos ágeis, de ossos grandes. Quando isso aconteceu, e o que foi que aconteceu? Sou saudável, forte, o mesmo de sempre, fiquei no mesmo lugar o tempo todo. Não, isso não é possível! Com certeza, tudo isso não vai dar em nada."

Estava vermelho, coberto de suor, apesar de no quarto não fazer calor. O seu rosto estava terrível, lamentável, sobretudo por causa do seu desejo impotente de parecer calmo.

As contas alcançaram a fatídica cifra de quarenta e três mil. Rostóv preparou uma carta dobrando o canto para indicar que ia apostar em dobro os três mil rublos que acabara de ganhar, quando Dólokhov bateu com o baralho sobre a mesa, colocou-o para o lado, pegou o giz e, rapidamente, com letra firme, quebrando o giz, começou a fazer os cálculos para determinar o total da dívida de Rostóv.

— Vamos jantar, está na hora de jantar! Os ciganos já estão aí!

De fato, com o seu sotaque cigano, mulheres e homens morenos já estavam entrando, vindo do frio lá de fora, e falavam alguma coisa. Nikolai entendeu que estava tudo acabado; mas disse, com voz indiferente:

— Mas como? Não vai jogar mais? Eu tenho uma cartinha fantástica já pronta. — Parecia que o que mais lhe interessava era a diversão do jogo em si.

"Está tudo acabado, estou perdido!", pensou. "Agora, uma bala na testa é só o que me restou." Mas, em lugar disso, falou com voz alegre:

— Vamos, só mais uma cartinha.

— Está bem — respondeu Dólokhov, após terminar a soma. — Está bem! São vinte e um rublos — disse ele, apontando para o número vinte e um, com o qual a dívida ultrapassava os quarenta e três mil redondos, pegou o baralho e preparou-se para fazer a banca. Rostóv, submisso, desdobrou o canto da carta e, em vez dos seis mil que pretendia apostar, escreveu vinte e um, com cuidado.

— Para mim, tanto faz — disse ele. — Só estou interessado em saber se você vai matar minha carta ou me dar aquele dez.

Dólokhov, sério, começou a jogar. Oh, como Rostóv, naquele momento, odiava aquelas mãos avermelhadas, com dedos curtos, com pelos que se enxergavam por baixo das mangas, e que tinham Rostóv sob o seu poder... O dez saiu para ele.

— O senhor deve quarenta e três mil, conde — disse Dólokhov e, espreguiçando-se, levantou-se da mesa. — Cansa ficar tanto tempo sentado — disse.

— Sim, eu também estou cansado — disse Rostóv.

Dólokhov, como que para lembrar Rostóv de que não ficava bem, para ele, dizer gracejos, interrompeu-o:

— Quando vou receber o dinheiro, conde?

Rostóv ruborizou-se e conduziu Dólokhov para outro quarto.

— Não posso pagar tudo de repente, você vai ficar com uma nota promissória — disse.

— Escute, Rostóv — respondeu Dólokhov, sorrindo sem disfarces e fitando Nikolai nos olhos. — Você conhece o ditado: "Feliz no amor, infeliz no jogo". A sua prima está apaixonada por você. Eu sei.

"Ah! Como é horrível sentir-se sob o poder de uma pessoa como essa", pensou Rostóv. Sabia que golpe ele daria no pai e na mãe quando comunicasse aquela perda no jogo; sabia que felicidade seria poder livrar-se de tudo aquilo e entendia que Dólokhov sabia que podia livrá-lo daquela vergonha e daquele desgosto, mas agora queria continuar a brincar com ele, como um gato brinca com um rato.

— A sua prima... — Dólokhov começou a falar; mas Nikolai interrompeu.

— Minha prima não tem nada a ver com o caso, e não há nenhum motivo para falar dela! — gritou, com raiva.

— Então, quando vou receber? — perguntou Dólokhov.

— Amanhã — respondeu Rostóv e saiu do quarto.

XV

Dizer "amanhã" e manter o tom de cortesia era fácil, mas chegar sozinho em casa, ver a irmã, o irmão, a mãe, o pai, confessar e pedir um dinheiro ao qual não tinha direito, depois de dar a sua palavra de honra, era horrível.

Em casa, ainda não estavam dormindo. As jovens da casa dos Rostóv, ao voltarem do teatro, jantaram e sentaram-se ao clavicórdio. Assim que Nikolai entrou na sala, foi envolvido por aquela atmosfera amorosa e poética que reinava na casa naquele inverno e que agora, depois do pedido de casamento feito por Dólokhov e após o baile de Vogel, parecia se adensar mais ainda, como o ar antes de uma tempestade, acima de Sônia e de Natacha. Nos vestidos azul-claros com que tinham ido ao teatro, Sônia e Natacha estavam bonitas, e sabiam disso, paradas de pé junto ao clavicórdio, felizes e sorridentes. Vera e Chinchin jogavam xadrez na sala de visitas. A velha condessa, à espera do filho e do marido, jogava paciência com a velha fidalga que residia com eles. Deníssov, com olhos brilhantes e cabelos eriçados, estava sentado junto ao clavicórdio, com uma perna para trás, e, batendo no instrumento com seus dedinhos curtos, tirava acordes, revirava os olhos e, com sua voz pequena, rouca, mas segura, cantava um poema composto por ele, chamado "Feiticeira", no qual tentava pôr uma melodia.

Feiticeira, diga que força
Me arrasta para as cordas esquecidas;
Que fogo você lançou no coração,
Que ardor se derramou pelos dedos!

Ele cantava com voz apaixonada, enquanto os seus olhos negros, cor de ágata, brilhavam para a assustada e feliz Natacha.

— Lindo! Excelente! — gritou Natacha. — Mais uma estrofe — disse ela, sem perceber Nikolai.

"Entre eles, continua tudo igual", pensou Nikolai, lançando um olhar para a sala, onde viu Vera, a mãe e a velha.

— Ah! Aí está o Nikólienka! — Natacha correu para ele.

— Papai está em casa? — perguntou.

— Como estou contente por você ter chegado! — exclamou Natacha, sem responder. — Estamos tão alegres! Vassíli Dmítritch vai ficar mais um dia, por minha causa, sabia?

— Não, o papai ainda não veio — disse Sônia.

— Nikolai, você chegou? Venha para perto de mim, querido — soou a voz da condessa, na sala de visitas. Nikolai foi ter com a mãe, beijou sua mão e, após sentar em silêncio à sua mesa, pôs-se a olhar para as mãos dela, que dispunham as cartas sobre a mesa. Da sala, continuavam a vir risos e vozes alegres, que tentavam convencer Natacha.

— Certo, está bem, está bem — gritou Deníssov. — Mas agora não tem motivo para recusar, cante uma *barcarolla*, eu suplico à senhora.

A condessa virou-se para o filho calado.

— O que você tem? — perguntou a mãe para Nikolai.

— Ah, não é nada — respondeu, como se estivesse farto de ouvir sempre a mesma pergunta. — O papai vai demorar?

— Acho que não.

"Entre eles, continua tudo igual. Não sabem de nada! Onde é que eu vou me esconder?", pensou Nikolai e foi de novo para a sala, onde estavam todos perto do clavicórdio.

Sônia estava sentada diante do clavicórdio e tocava uma introdução daquela barcarola, da qual Deníssov gostava em especial. Natacha se preparava para cantar. Deníssov olhava para ela, com olhos emocionados.

Nikolai se pôs a andar na sala, de um lado para o outro.

"E eles ainda têm ânimo de obrigá-la a cantar! O que é que ela pode cantar? Aqui não tem nada de alegre", pensava Nikolai.

Sônia tocava os primeiros acordes da introdução.

"Meu Deus, sou um infame, um homem perdido. Uma bala na testa é só o que me restou, e eles ainda vão cantar", pensou. "Fugir? Mas para onde? Tanto faz, deixe que cantem!"

Nikolai continuava a andar pela sala, com ar sombrio, lançava olhares para Deníssov e para as moças, evitando os olhos deles.

"Nikólienka, o que você tem?", perguntava o olhar de Sônia, cravado nele. Sônia percebeu na mesma hora que algo havia acontecido com Nikolai.

Nikolai lhe deu as costas. Natacha, com a sua sensibilidade, também percebeu no mesmo instante o estado do irmão. Percebeu, mas estava tão alegre naquela hora, tão distante do desgosto, da tristeza, das recriminações que ela (como acontece tantas vezes com os jovens) se iludiu voluntariamente. "Não, agora estou alegre demais para estragar a minha alegria com a piedade por um desgosto alheio", sentiu e disse consigo: "Não, na certa estou enganada, ele deve estar tão alegre quanto eu".

— Pronto, Sônia — disse Natacha, dirigindo-se para o meio da sala, onde, na sua opinião, a acústica era melhor. De cabeça erguida, braços para baixo, pendentes e sem vida, como fazem as bailarinas, Natacha, passando dos saltos para a ponta dos pés, com um gesto enérgico, alcançou o meio da sala e parou.

"Aí está, eu sou assim!", parecia dizer, em resposta ao olhar admirado de Deníssov, que a observava.

"Do que é que ela se alegra?", pensou Rostóv, ao olhar para a irmã. "Como é que ela não fica deprimida e com vergonha?" Natacha atacou a primeira nota, sua garganta dilatou-se, o peito aprumou-se, os olhos tomaram uma expressão séria. Ela não pensava em nada nem em ninguém, naquele instante, e da boca armada num sorriso derramaram-se sons, aqueles sons que qualquer boca pode produzir, nos mesmos intervalos de ritmo, nos mesmos intervalos de notas, mas que deixam os ouvintes frios mil vezes, para na milésima primeira vez fazer tremer e chorar.

Natacha, naquele inverno, pela primeira vez passara a cantar a sério, sobretudo porque Deníssov se empolgava com o seu canto. Agora, ela não cantava à maneira infantil, já não havia no seu canto aquele esforço cômico, de criança, que havia antes; mas ainda não cantava bem, segundo diziam todos os juízes entendidos que a ouviam. "Uma voz linda, mas ainda não trabalhada, é preciso trabalhar", diziam todos. Porém geralmente diziam isso muito depois de Natacha haver terminado de cantar. Na hora em que soava aquela voz não trabalhada, que respirava de forma errada, que fazia força demais nas modulações, até os juízes entendidos não diziam nada e apenas se deleitavam com aquela voz ainda não trabalhada, e tudo o que queriam era ouvi-la mais uma vez. Na voz de Natacha, havia uma virgindade, uma integridade, um desconhecimento das próprias forças, além daquele aveludado ainda não trabalhado, que se aliavam de tal forma com as deficiências da arte do canto que parecia impossível alterar o que quer que fosse naquela voz, sem estragá-la.

"O que é isso?", pensou Nikolai, ao ouvir a voz da irmã, e arregalou os olhos. "O que aconteceu com ela? Como está cantando hoje!", pensou. E de repente, para ele, o mundo inteiro concentrou-se na expectativa da nota seguinte, da frase seguinte, e tudo no mundo se dividiu em três tempos: "*Oh, mio crudele affetto*...[26] Um, dois, três... um, dois... três... um... *Oh, mio crudele affetto*... Um, dois, três... um. Ah, que vida tola, a nossa!", pensou Nikolai. "Tudo isso, a infelicidade, o dinheiro, Dólokhov, o ódio, a honra, tudo isso é absurdo... isto aqui, sim, é a realidade... Vamos, Natacha, vamos, minha doçura! Vamos, meu bem!... Como é que ela vai cantar esse *si*... Cantou? Graças a Deus!" E Nikolai, sem notar que ele mesmo cantava, para reforçar aquele *si*, cantou uma segunda e uma terça acima da nota. "Meu Deus! Que bonito! Será possível que fui mesmo eu quem cantou? Que felicidade!", pensou ele.

Oh, como aquela terça vibrou e como se comoveu, na sua alma, algo daquilo que Rostóv tinha de melhor. E aquele algo era independente de tudo no mundo, superior a tudo no mundo. O que importavam aqui as perdas, os Dólokhov e a palavra de honra?... Tudo era um absurdo! Podia-se matar, roubar e mesmo assim ser feliz...

XVI

Já fazia muito que Rostóv não experimentava com a música tanto prazer quanto naquele dia. Mas, assim que Natacha terminou a sua barcarola, a realidade voltou à sua lembrança. Nikolai saiu sem dizer nada e desceu para o quarto. Quinze minu-

---

26 Italiano: "Oh, meu cruel afeto".

tos depois, o velho conde chegou do clube, alegre e satisfeito. Nikolai ouviu a sua chegada e foi ao encontro dele.

— Bem, e então, divertiu-se? — perguntou Iliá Andreitch, sorrindo alegre e orgulhoso para o filho. Nikolai quis responder "sim", mas não conseguiu: estava à beira de chorar. O conde acendeu o cachimbo e não percebeu o estado do filho.

"Eh, é inevitável!", pensou Nikolai pela primeira e última vez. E de súbito, no tom mais desleixado, que até para ele mesmo pareceu sórdido, como se pedisse uma carruagem para ir à cidade, contou ao pai:

— Pai, vim falar com o senhor a respeito de negócios. Eu quase ia esquecendo. Preciso de dinheiro.

— Aí está — disse o pai, que se encontrava num estado de ânimo especialmente alegre. — Eu lhe disse que não era o suficiente. E é muito?

— Muito mesmo — respondeu Nikolai, ruborizando-se, com um sorriso tolo e desleixado, de que depois, por muito tempo, ele não conseguiu se perdoar. — Perdi um pouco no jogo, quero dizer, muito, muito mesmo, quarenta e três mil.

— O quê? Para quem?... Está brincando! — gritou o conde, apoplético de repente, com o pescoço e a nuca vermelhos, como acontece com os velhos.

— Prometi pagar amanhã — disse Nikolai.

— Puxa!... — exclamou o velho conde, abrindo os braços e deixando-se cair no sofá, sem forças.

— O que se vai fazer? Afinal, com quem é que não acontecem essas coisas? — disse o filho, num tom desembaraçado, atrevido, enquanto na alma ele se considerava um canalha, um patife, que nem com uma vida inteira poderia redimir o seu crime. Queria beijar as mãos do pai, pedir o seu perdão de joelhos, mas dizia, num tom desleixado e até rude, que aquilo acontecia com qualquer um.

O conde Iliá Andreitch baixou os olhos após ouvir as palavras do filho e começou a procurar algo às pressas.

— Sim, sim — falava —, é difícil, eu receio, é difícil conseguir... Com quem é que não acontece? Pois é, com quem é que não acontece... — O conde olhou de passagem para o rosto do filho e saiu do quarto... Nikolai havia se preparado para enfrentar resistência, mas de forma nenhuma esperava aquilo.

— Papai! Pa... pai! — começou a gritar atrás dele, soluçando. — Desculpe! — E, depois de agarrar a mão do pai, apertou nela os lábios e desatou a chorar.

Enquanto o filho se explicava para o pai, entre a mãe e a filha ocorria uma explicação não menos importante. Natacha, comovida, veio correndo até a mãe.

— Mamãe!... Mamãe!... Ele me pediu...

— Pediu o quê?

— Pediu, pediu em casamento. Mamãe! Mamãe! — gritava.

A condessa não acreditava em seus ouvidos. Deníssov fizera um pedido de casamento. Para quem? Para aquela menininha de nada, a Natacha, que havia pouco tempo brincava de boneca e ainda tinha aulas.

— Natacha, já chega, que bobagem! — disse ela, ainda com esperança de que fosse uma brincadeira.

— Que bobagem, nada! Estou falando sério com a senhora — disse Natacha, zangada. — Vim perguntar o que fazer, e a senhora me diz: "bobagem"...

A condessa encolheu os ombros.

— Se é verdade que Monsieur Deníssov pediu você em casamento, embora seja ridículo, diga a ele que é um tolo, e pronto.

— Não, ele não é um tolo — disse Natacha, ofendida e séria.

— Bem, o que você quer, então? Hoje, todo mundo está apaixonado. Bem, se está apaixonada, case-se — disse a condessa, rindo, zangada —, e que Deus a proteja!

— Não, mamãe, não estou apaixonada por ele, eu acho que não estou apaixonada por ele.

— Então diga isso para ele.

— Mamãe, a senhora está zangada? Não se zangue, não, minha querida, que culpa eu tenho?

— Mas, então, o que você quer, minha amiga? Quer que eu vá lá e fale com ele? — perguntou a condessa, sorrindo.

— Não, eu mesma falo, é só a senhora me ensinar. Para a senhora, tudo é fácil — acrescentou, em resposta ao sorriso da mãe. — Se a senhora tivesse visto como ele me falou! E eu sei muito bem que ele não queria falar; mas, por descuido, acabou falando.

— Bem, mesmo assim é preciso recusar.

— Não, não é preciso. Sinto tanta pena dele! É tão gentil.

— Bem, então aceite o pedido de casamento. Afinal, já está na hora de se casar — disse a mãe, em tom zangado e zombeteiro.

— Não, mãe, tenho tanta pena dele. Não sei como vou dizer.

— Mas você não precisa dizer nada, eu mesma falo com ele — respondeu a condessa, indignada por alguém ter ousado olhar para a sua pequenina Natacha como se fosse uma adulta.

— Não, de jeito nenhum, eu mesma falo, mas a senhora vai escutar atrás da porta — e Natacha correu da sala de visitas para o salão, onde, na mesma cadeira, junto ao clavicórdio, Deníssov estava sentado, com o rosto coberto pelas mãos. Levantou-se de um salto ao ouvir os passos ágeis de Natacha.

— *Nathalie* — disse ele, aproximando-se em passos ligeiros. — Resolva o meu destino. Ele está nas mãos da senhora!

— Vassíli Dmítritch, tenho tanta pena do senhor!... Não, mas o senhor é tão gentil... mas isso... não importa... e eu sempre vou gostar do senhor.

Deníssov curvou-se sobre a mão dela, e Natacha ouviu uns sons estranhos, incompreensíveis. Ela beijou-o na cabeça morena, abaixada, crespa. Naquele instante, ouviu-se o rumor afobado do vestido da condessa. Aproximou-se deles.

— Vassíli Dmítritch, agradeço ao senhor essa honra — disse a condessa com voz constrangida, mas que, para Deníssov, pareceu severa. — Mas a minha filha é muito menina e achei que o senhor, como amigo do meu filho, fosse primeiro se dirigir a mim. Nesse caso, o senhor não me poria na obrigação de recusar.

— Condessa... — disse Deníssov, de olhos baixos e com ar de culpa, quis ainda falar algo, mas titubeou.

Natacha não conseguia manter a calma ao vê-lo tão abatido. Começou a soluçar alto.

— Condessa, eu lhe devo desculpas — prosseguiu Deníssov, com voz entrecortada. — Mas saiba que eu adoro de tal maneira a sua filha e toda a sua família que eu daria duas vidas... — Olhou para a condessa e, após entender o seu olhar severo... — Mas, adeus, condessa — disse, após beijar sua mão, e, sem olhar para Natacha, retirou-se a passos ligeiros e resolutos.

No dia seguinte, Rostóv acompanhou a despedida de Deníssov, que não quis ficar em Moscou nem mais um dia. Todos os colegas moscovitas de Deníssov levaram-no aos ciganos para uma festa de despedida e, mais tarde, ele não se lembrava nem de como fora posto no trenó, nem das três primeiras estações da viagem.

Após a partida de Deníssov, Rostóv, à espera do dinheiro, que o velho conde não conseguira reunir de uma hora para outra, passou ainda mais duas semanas em Moscou, sem sair de casa, ficando sobretudo no quarto das senhorinhas.

Sônia tratava-o com ainda mais devoção e ternura do que antes. Parecia querer mostrar-lhe que a sua perda no jogo era uma façanha pela qual ela agora o amava mais ainda; mas Nikolai, agora, se considerava indigno dela.

Ele encheu os álbuns das moças com versos e anotações e, sem despedir-se de nenhum de seus conhecidos, depois de mandar, afinal, os quarenta e três mil rublos e receber um recibo de Dólokhov, partiu no fim de novembro para alcançar o seu regimento, que já estava na Polônia.

TOMO DOIS
SEGUNDA PARTE

I

Depois da conversa que tivera com a esposa, Pierre partiu para Petersburgo. Na estação de posta de Torjók, não havia cavalos de muda, ou o encarregado não quisera lhe fornecer. Pierre teve de esperar. Sem trocar de roupa, deitou-se num sofá de couro diante de uma mesa redonda, apoiou sobre a mesa os pés grandes, em pesadas botas de frio, e pôs-se a refletir.

— O senhor quer que traga as malas? Quer que prepare uma cama, quer que traga um chá? — perguntou o camareiro.

Pierre não respondeu, porque não escutava nem via nada. Tinha começado a refletir ainda na estação anterior e continuava pensando na mesma coisa — algo tão importante que ele não prestava a menor atenção no que se passava à sua volta. Não só não lhe interessava que sua chegada a Petersburgo fosse ocorrer mais tarde ou mais cedo do que o esperado, ou que ele tivesse ou não um lugar para repousar naquela estação de posta, como para ele também, em comparação com os pensamentos que agora o ocupavam, não fazia a menor diferença se passaria algumas horas ou a vida inteira naquela estação.

O encarregado da posta e a esposa, o camareiro e a camponesa que vendia bordados de ouro e prata[1] entravam no quarto oferecendo os seus serviços. Pierre, sem mudar de posição, com as pernas levantadas, olhava para eles através dos óculos e não entendia o que podiam querer e de que forma todos eles conseguiam viver sem solucionar aquela questão que o ocupava. Pierre andava às voltas com as mesmas questões desde o dia em que, após o duelo, voltou de Sokólniki e passou a primeira noite insone e aflitiva; só que agora, na viagem solitária, aquelas questões o dominavam com uma força diferente. O que quer que ele começasse a pensar, acabava sempre voltando às mesmas questões, que não conseguia resolver e que não conseguia parar de apresentar a si mesmo. Parecia que, dentro da sua cabeça, o parafuso principal em que toda a sua vida se apoiava tinha *perdido a pressão*. O

---

1 Tipo de bordado tradicional da região de Torjók.

parafuso não apertava nem afrouxava, mas girava sem nada prender, sempre na mesma ranhura, e mesmo assim era impossível impedir que continuasse a girar.

O encarregado entrou e começou a pedir humildemente à sua excelência que esperasse só mais duas horinhas, depois do que, ele (aconteça o que acontecer) forneceria a sua excelência os cavalos de posta. Era óbvio que o encarregado estava mentindo e queria apenas receber do viajante um dinheiro extra. "Será que isso é bom ou ruim?", perguntava-se Pierre. "Para mim, é bom, para o próximo viajante, é ruim, e para ele mesmo é inevitável, porque não tem o que comer: o encarregado contou que um oficial lhe deu uma surra por não ter cavalos. E o oficial lhe dera uma surra porque precisava viajar mais depressa. Já eu dei um tiro em Dólokhov porque me considerei ofendido. Mas Luís XVI foi executado porque o consideravam um criminoso, e um ano depois executaram aqueles que o haviam executado, também pela mesma razão. O que é ruim? O que é bom? O que se deve amar, e o que se deve odiar? Para que se deve viver e o que eu sou? O que é a vida, o que é a morte? Que força governa tudo?", ele se perguntava. E não havia resposta para nenhuma dessas perguntas, a não ser uma resposta sem lógica, e que nem mesmo respondia a tais perguntas. A resposta era a seguinte: "Você vai morrer e tudo vai terminar. Você vai morrer e vai ficar sabendo de tudo... ou vai parar de perguntar". Mas morrer também era terrível.

A vendedora de bordados de Torjók, com voz esganiçada, oferecia as suas mercadorias e, em especial, chinelos de couro de cabra. "Possuo centenas de rublos, com os quais não tenho a menor ideia do que fazer, enquanto ela está aí com o seu casaco esburacado e me olha com timidez", pensou Pierre. "E para que ela precisa desse dinheiro? Por acaso esse dinheiro pode lhe trazer um pingo de felicidade, de serenidade de espírito? Por acaso alguma coisa neste mundo pode deixar a ela e a mim menos sujeitos ao mal e à morte? A morte, que põe um fim a tudo e que pode vir hoje ou amanhã... isso não faz diferença, é só um instante em comparação com a eternidade." E de novo ele apertou o parafuso que não encontrava resistência em nada e, tal como antes, o parafuso girou sem sair do lugar.

O criado lhe trouxe um livro dobrado ao meio, um romance epistolar de Madame de Souza. Pierre começou a ler sobre os sofrimentos e as lutas virtuosas de uma certa Amélie Mansfield.[2] "E por que ela se opôs ao seu sedutor", pensou, "se ela o amava? Deus não podia incutir no seu espírito uma aspiração contrária à vontade Dele. Minha ex-esposa não se opôs, e talvez tivesse razão. Nada foi descober-

---

2 Adelaide Filleul de Souza-Botelho (1761-1836) era uma escritora francesa, esposa do embaixador português na Rússia e popular no país no início do século XIX. Mas o romance *Amélie Mansfield* (1803) é de Sophie Cottin (1770-1807).

to", disse de novo para si mesmo, "nada foi inventado. Nós só podemos saber que não sabemos nada. E esse é o grau mais elevado da sabedoria humana."

Tudo dentro de Pierre, e até a seu redor, lhe pareceu confuso, absurdo e asqueroso. Mas, naquele mesmo asco em relação a tudo o que o rodeava, Pierre encontrou uma espécie de prazer exasperante.

— Atrevo-me a pedir a vossa excelência que ceda um lugarzinho para outro cavalheiro — disse o encarregado, entrando no quarto e trazendo atrás de si outro viajante que também tinha ficado sem cavalos. O viajante era um velho baixote, de ossos proeminentes, amarelado, enrugado, com sobrancelhas grisalhas e pendentes sobre os olhos brilhantes, de uma cor acinzentada indefinida.

Pierre tirou suas pernas da mesa, levantou-se e estendeu-se na cama preparada para ele, olhando de vez em quando para o homem que entrara, o qual, com um ar tristonho e cansado, sem olhar para Pierre, trocava de roupa com dificuldade, ajudado por um criado. Sem tirar o sobretudo com gola de pele, surrado, forrado de nanquim, e com botas de feltro nos pés magros e ossudos, o viajante sentou-se no sofá, escorou no encosto a sua cabeça muito grande e larga nas têmporas, de cabelo bem curto, e lançou um olhar para Bezúkhov. A expressão severa, inteligente e penetrante daquele olhar impressionou Pierre. Ele teve vontade de começar a conversar com o viajante, mas, quando fez menção de dirigir-se a ele com uma pergunta sobre a estrada, o viajante já fechara os olhos, e com as mãos velhas e enrugadas entrecruzadas, numa das quais, num dedo, havia um anel grande, de ferro, com a imagem de um crânio e dois ossos cruzados, o homem jazia imóvel, ou descansava, ou meditava sobre alguma coisa de modo sereno e profundo, como parecia a Pierre. O criado do viajante era todo coberto de rugas, também velho e amarelado, sem barba nem bigode, não que tivessem sido raspados, mas pareciam, isto sim, que nunca haviam crescido no seu rosto. O velho e hábil criado retirou das malas as bebidas, arrumou a mesa de chá e trouxe o samovar fervente. Quando tudo ficou pronto, o viajante abriu os olhos, aproximou-se da mesa e, após servir para si um copo de chá, serviu outro para o velhote sem barba e lhe deu. Pierre começou a sentir uma inquietação e a necessidade, e até mesmo a inevitabilidade, de travar conversa com aquele viajante.

O criado trouxe de volta o seu copo vazio, virado de boca para baixo, com um torrãozinho de açúcar não comido de todo por cima, e perguntou-lhe se ainda precisava de alguma coisa.[3]

---

3 O copo virado para baixo indicava que o criado não queria mais chá. Também havia o costume de mordiscar o torrão de açúcar, em vez de dissolvê-lo no chá.

— Nada. Dê-me o livro — disse o viajante. O criado lhe entregou um livro, que a Pierre pareceu um livro religioso, e o viajante afundou na leitura. Pierre olhava para ele. De repente, o viajante baixou o livro, marcou a página, fechou-o e, de novo de olhos fechados, recostou-se no espaldar e acomodou-se na sua posição anterior. Pierre estava olhando para ele e não teve tempo de desviar o olhar, quando o velho abriu os olhos e cravou o seu olhar firme e severo direto no rosto de Pierre.

Pierre sentiu-se confuso e quis esquivar-se daquele olhar, mas os olhos reluzentes e velhos o atraíam de modo irresistível.

II

— Tenho o prazer de falar com o conde Bezúkhov, se não me engano — disse o viajante, sem pressa e em voz bem alta. Pierre, calado, fitou o seu interlocutor através dos óculos, com ar interrogativo.

— Ouvi falar do senhor — prosseguiu o viajante — e do que lhe aconteceu, meu caro, uma infelicidade. — Pareceu sublinhar a última palavra, como se dissesse: "Sim, uma infelicidade, não importa que nome o senhor dê a isso, eu sei que o que se passou com o senhor em Moscou foi uma infelicidade". — Lastimo profundamente tudo isso, meu senhor.

Pierre ruborizou-se e, após baixar suas pernas da cama rapidamente, inclinou-se para o velho com um sorriso tímido e forçado.

— Eu não estou recordando esse fato por curiosidade, meu senhor, e sim por motivos mais importantes. — Calou-se um pouco, sem desviar de Pierre o olhar, e deslocou-se no sofá, convidando Pierre, com tal gesto, a sentar-se ao seu lado.

— O senhor é infeliz, meu caro — prosseguiu. — O senhor é jovem, e eu, velho. Gostaria de ajudá-lo, na medida das minhas forças.

— Ah, sim — disse Pierre, com um sorriso forçado. — Fico muito grato ao senhor... De onde o senhor está vindo? — O rosto do viajante não era afetuoso, era até frio e severo, mas, apesar disso, a fala e o rosto do seu novo conhecido produziam em Pierre uma atração irresistível.

— Porém, se, por qualquer motivo, a conversa comigo for desagradável ao senhor — falou o velho —, me diga, meu senhor. — E, de repente, deu um inesperado sorriso terno e paternal.

— Ah, não, absolutamente, ao contrário, estou muito contente em conhecer o senhor — disse Pierre e, após lançar de novo um olhar para as mãos do seu novo conhecido, observou o anel com mais cuidado. Viu ali um crânio com dois ossos cruzados, um símbolo da maçonaria.

— Permita que eu lhe pergunte — disse Pierre. — O senhor é maçom?

— Sim, pertenço à irmandade dos pedreiros-livres — respondeu o viajante, que fitava de modo cada vez mais profundo os olhos de Pierre. — E em meu nome e em nome deles, estendo ao senhor uma mão fraterna.

— Receio — disse Pierre, sorrindo e hesitando entre a confiança que lhe inspirava a personalidade do maçom e a habitual zombaria com que encarava as crenças dos maçons —, receio que eu esteja muito longe da compreensão, como vou dizer, receio que minha forma de pensar acerca de todo o sistema do universo seja tão contrária à do senhor que não vamos nos entender.

— Conheço a forma de pensar do senhor — disse o maçom —, e essa sua forma de pensar, da qual o senhor fala e que lhe parece produto do seu trabalho mental, é a forma de pensar da maioria das pessoas, fruto monótono do orgulho, da preguiça e da ignorância. Perdoe-me, meu senhor, mas, se eu não a conhecesse, não teria começado esta conversa. A sua forma de pensar é uma ilusão lamentável.

— Exatamente da mesma forma, eu posso supor que o senhor está iludido — disse Pierre, sorrindo debilmente.

— Eu nunca me atreveria a dizer que conheço a verdade — disse o maçom, que impressionava Pierre, cada vez mais, com a precisão e a firmeza de suas palavras. — Ninguém pode, sozinho, alcançar a verdade; só com a participação de todos, pedra após pedra, por milhões de gerações, desde o nosso primeiro pai, Adão, até o nosso tempo, poderá ser erguido o templo digno de ser a morada do Grande Deus — disse o maçom e fechou os olhos.

— Tenho de dizer ao senhor que não acredito, não... acredito em Deus — disse Pierre, com esforço e pena, sentindo a necessidade de revelar toda a verdade.

O maçom fitou Pierre atentamente e sorriu, como um ricaço que tivesse milhões nas mãos sorriria para um indigente que lhe dissesse que não tinha os cinco rublos capazes de fazer a sua felicidade.

— Mas o senhor não o conhece, meu caro — disse o maçom. — O senhor não pode conhecê-lo. O senhor não o conhece e por isso é infeliz.

— Sim, sim, sou infeliz — confirmou Pierre. — Mas o que posso fazer?

— O senhor não o conhece, meu caro, e por isso é muito infeliz. O senhor não o conhece, mas ele está aqui, ele está em mim, está nas minhas palavras, está em você e até nessas palavras sacrílegas que você acabou de pronunciar — disse o maçom, com voz trêmula e severa.

Calou-se um pouco e respirou, obviamente tentando acalmar-se.

— Se ele não existisse — falou, em tom tranquilo —, eu e o senhor não estaríamos falando sobre ele, meu caro. Sobre o quê, sobre quem estamos falando? Quem você nega? — perguntou, de repente, com uma severidade exaltada e uma autoridade na voz. — Quem o inventou, se ele não existe? Por que surgiu na sua mente a ideia de que tal ser incompreensível existe? Por que você e todo mundo supõem a existência de um tal ser inconcebível, um ser onipotente, eterno e infinito em todos os seus atributos?... — Parou e ficou em silêncio por muito tempo.

Pierre não pôde nem quis interromper aquele silêncio.

— Ele existe, mas entendê-lo é difícil — falou de novo o maçom, que olhava não para o rosto de Pierre, mas para a frente, e folheava o livro com as mãos velhas, que não conseguiam ficar tranquilas por causa da agitação interior. — Caso se tratasse de uma pessoa, de cuja existência você duvidasse, eu traria essa pessoa e poria na sua frente, pegaria a mão dela e mostraria a você. Mas como eu, um mortal insignificante, vou mostrar toda a onipotência, toda a eternidade, toda a bondade Dele a quem é cego, ou a quem fecha os olhos para não o ver, não o entender, e também para não enxergar e não entender toda a própria baixeza e o próprio vício? — Calou-se um pouco. — Quem é você? O que é você? Você sonha que é um sábio porque é capaz de pronunciar essas palavras sacrílegas — disse, com um sorrisinho sombrio e desdenhoso —, mas você é mais tolo e mais louco do que um menino que, ao brincar com as peças de um relógio habilmente montado, se atreve a dizer que, como não compreende o propósito do relógio, também não acredita no artesão que o fez. Conhecê-lo é difícil. Desde séculos, desde o primeiro pai, Adão, até os nossos dias, trabalhamos para esse conhecimento e estamos infinitamente longe de alcançar o nosso objetivo; mas, nessa incompreensão, vemos apenas a nossa fraqueza e a grandeza dele...

Pierre, com o coração na mão, fitando com olhos brilhantes o rosto do maçom, escutava-o, não interrompia, não perguntava, e acreditava com toda a alma no que aquele desconhecido lhe dizia. Será que Pierre acreditava por causa dos argumentos racionais que havia nas palavras do maçom, ou acreditava, como acreditam as crianças, por causa da entonação, da convicção e do ardor que havia nas palavras do maçom, por causa do tremor da sua voz, que de vez em quando quase impedia o maçom de falar, ou por causa daqueles olhos velhos e brilhantes, que haviam envelhecido sempre na mesma convicção, ou por causa da calma, da firmeza e da certeza da sua vocação, que irradiavam de todo o ser do maçom e que o impressionavam com uma força especial em comparação com o seu próprio abatimento e desesperança?... De todo modo, Pierre, com toda a alma, queria acreditar, e acreditava, e experimentava um alegre sentimento de tranquilidade, de regeneração e de retorno à vida.

— Ele não é apreendido pela razão, mas pela vida — disse o maçom.

— Não compreendo — respondeu Pierre, sentindo com horror que a dúvida se levantava dentro dele. Pierre receava a obscuridade e a fraqueza dos argumentos do seu interlocutor, receava não acreditar nele. — Não compreendo — disse — de que modo a razão humana não pode alcançar esse conhecimento do qual o senhor está falando.

O maçom sorriu com o seu sorriso dócil e paternal.

— A sabedoria e a verdade supremas são como um líquido puríssimo que queremos absorver — disse. — Poderei eu, um recipiente impuro, absorver esse líquido puro e julgar a sua pureza? Só com a purificação interior de mim mesmo poderei manter com certa pureza esse líquido absorvido.

— Sim, sim, é isso mesmo! — disse Pierre, com alegria.

— A sabedoria suprema não se baseia na razão, nem nas ciências mundanas da física, da história, da química etc., nas quais se divide o conhecimento intelectual. A sabedoria suprema é uma só. A sabedoria suprema tem uma ciência: a ciência de tudo, a ciência que explica todo o universo e o lugar que, nele, o homem ocupa. Para abrigar em si essa ciência, é necessário que o homem se purifique e se renove, e, por isso, antes de saber, é preciso acreditar e aprimorar-se. A fim de alcançar esses objetivos, foi colocada em nossa alma uma luz divina chamada consciência.

— Sim, sim — confirmou Pierre.

— Contemple o seu interior com olhos espirituais e pergunte a si mesmo se está satisfeito consigo. O que você alcançou, guiado apenas pela razão? O que é você? O senhor é jovem, é rico, é inteligente, instruído, meu senhor. O que o senhor fez de todas essas bênçãos que lhe foram concedidas? Está satisfeito consigo e com a sua vida?

— Não, eu odeio a minha vida — respondeu Pierre, de sobrancelhas franzidas.

— Você odeia, então mude a sua vida, purifique-se, e por meio da purificação conhecerá a sabedoria. Observe a sua vida, meu senhor. Como o senhor levou a sua vida? Em orgias desenfreadas e na depravação, recebendo tudo da sociedade, sem nada lhe dar. O senhor recebeu a riqueza. Que proveito o senhor tirou disso? O que fez para o próximo? Pensou nas dezenas de milhares de escravos do senhor? Ajudou-os material e moralmente? Não. O senhor tirou proveito do trabalho deles, a fim de levar uma vida devassa. Aí está o que o senhor fez. O senhor por acaso escolheu uma função na qual gerasse benefícios para o próximo? Não. O senhor levava a sua vida no ócio. Depois o senhor casou, meu caro, assumiu a responsabilidade da conduta de uma jovem, e o que o senhor fez? O senhor não a ajudou a encontrar o caminho da verdade, meu senhor, mas a lançou no sorvedouro da mentira e da infelicidade. Um homem ofendeu o senhor, e o senhor o matou, e o senhor diz que não conhece Deus e que odeia a sua vida. Nisso, não há nada de complicado, meu senhor!

Depois dessas palavras, o maçom, como que cansado com a conversa prolongada, recostou-se de novo no encosto do sofá e fechou os olhos. Pierre observou aquele rosto severo, imóvel, velho, quase morto, e movia os lábios sem emitir nenhum som. Queria dizer: sim, uma vida abjeta, ociosa, dissoluta; mas não se atreveu a quebrar o silêncio.

O maçom soltou uma tosse rouca, de velho, e chamou o criado.

— E os cavalos? — perguntou, sem olhar para Pierre.

— Os cavalos de muda chegaram — respondeu o criado. — Não vai descansar?

— Não, mande atrelar.

"Será que ele vai embora e me deixar sozinho sem dizer tudo até o fim e sem me prometer ajuda?", pensou Pierre, levantando-se e, depois de abaixar a cabeça, começou a andar pela sala, olhando de vez em quando para o maçom. "Sim, eu não pensava assim, mas levava uma vida desprezível, dissoluta, só que eu não amava essa vida, não a queria", pensou Pierre, "mas esse homem conhece a verdade e, se quisesse, poderia revelar a verdade para mim." Pierre queria dizer isso para o maçom, mas não se atrevia. O viajante, depois de arrumar seus pertences com as mãos velhas e experientes, começou a abotoar o sobretudo. Quando terminou de abotoar, voltou-se para Bezúkhov e, num tom indiferente, cortês, lhe disse:

— Permite que lhe pergunte para onde está indo, agora, meu senhor?

— Eu?... Vou para Petersburgo — respondeu Pierre com voz infantil, indecisa. — Sou muito grato ao senhor. Estou plenamente de acordo com o senhor. Mas não pense que sou tão ruim. Com toda a minha alma, eu desejava ser aquilo que o senhor queria que eu fosse; mas nunca encontrei ajuda, de ninguém... De resto, sou eu mesmo, acima de qualquer outra coisa, o culpado de tudo. Ajude-me, ensine-me, e talvez eu vá... — Pierre não conseguiu mais falar; fungou e virou-se de costas.

O maçom ficou longo tempo calado, obviamente refletindo.

— A ajuda só pode vir de Deus — disse. — Mas a medida de ajuda que depender da nossa ordem, essa ela prestará ao senhor, meu caro. O senhor está indo para Petersburgo, transmita isto ao conde Villárski (pegou uma carteira e, numa grande folha de papel dobrada em quatro, escreveu algumas palavras). Permita que lhe dê um conselho. Ao chegar à capital, dedique as primeiras horas à solidão, ao exame de si mesmo, e não recaia nos caminhos anteriores da sua vida. Com isso, desejo-lhe boa viagem, meu senhor — disse, ao notar que o criado havia entrado no quarto. — E sucesso...

O viajante era Iossif Alekséievitch Bazdiéiev, como Pierre soube pelo livro de registro do encarregado da estação de muda. Bazdiéiev era um dos mais famosos maçons e martinistas desde a época de Novíkov.[4] Durante muito tempo após a

---

4 Tolstói baseou o personagem Bazdiéiev na figura histórica de I. A. Pozdiéiev, líder maçom em Moscou. Martinistas eram os maçons seguidores de Martinez Pasqually (século XVIII). Nikolai Ivánovitch Novíkov (1744-1818) foi um famoso militante maçom, dedicado sobretudo a atividades educacionais. Preso em 1792, foi solto em 1796. A maçonaria estava bastante difundida na Rússia no início do século XIX e, desde o século anterior, atraía jovens nobres com aspirações de liberdades políticas. Foi reprimida por Catarina I e floresceu sob Alexandre I. Porém, Nicolau I (que reinou de 1825 a 1855), temeroso de sociedades secretas, perseguiu a maçonaria até a sua extinção.

partida dele, Pierre, sem se deitar para dormir e sem perguntar pelos cavalos, ficou andando pela sala da estação de muda, refletindo sobre o seu passado devasso e, com o entusiasmo de uma regeneração, imaginava o seu futuro bem-aventurado, imaculado e virtuoso, que lhe parecia tão distante. Ele, assim lhe parecia, fora devasso só porque calhara de esquecer como era bom ser virtuoso. Na sua alma, não restara nenhum vestígio das dúvidas de antes. Ele acreditava com firmeza que a fraternidade das pessoas era possível, unidas com o propósito de se apoiarem umas às outras no caminho da virtude, e era assim que a maçonaria se afigurava para ele.

III

Ao chegar a Petersburgo, Pierre não avisou a ninguém que havia chegado, não foi a parte alguma e passou o dia inteiro na leitura de Tomás de Kempis,[5] um livro que ele já nem sabia mais quem lhe dera. O que Pierre entendia ao ler aquele livro era uma coisa só, e mais nada; entendia o prazer, que ainda não lhe fora concedido, de acreditar na possibilidade de alcançar as virtudes e na possibilidade daquele amor fraterno e atuante entre as pessoas, que Ióssif Alekséievitch lhe havia revelado. Uma semana depois da sua chegada, o jovem conde polonês Villárski, que Pierre conhecia superficialmente da sociedade petersburguesa, procurou-o à tarde em seus aposentos com o mesmo ar oficial e solene com que o padrinho de Dólokhov entrara em sua casa antes do duelo e, após fechar a porta às suas costas e certificar-se de que não havia no quarto mais ninguém além de Pierre, voltou-se para ele:

— Vim visitar o senhor, conde, com uma proposta e com uma missão — disse, sem se sentar. — Uma pessoa especial, de posição muito elevada na nossa irmandade, solicitou que o senhor fosse acolhido na irmandade num prazo mais curto que o habitual e me incumbiu de ser o responsável pelo senhor. Considero um dever sagrado o cumprimento da vontade dessa pessoa. O senhor deseja, sob a minha responsabilidade, ingressar na irmandade dos pedreiros-livres?

O tom frio e severo do homem, que Pierre via quase sempre em bailes com um sorriso amável, em companhia das mulheres mais radiantes, surpreendeu Pierre.

— Sim, eu quero — respondeu Pierre.

Villárski inclinou a cabeça.

---

5 Tomás de Kempis (*c*. 1380-1471) foi um monge e escritor alemão, autor de *Imitação de Cristo*, tratado religioso que explora o mundo interior e o valor da contemplação.

— Mais uma pergunta, conde — disse ele. — Peço que o senhor responda, não como futuro maçom, mas como um homem honesto (*galant homme*), com toda a sinceridade: o senhor renegou suas convicções anteriores, o senhor acredita em Deus?

Pierre refletiu um pouco.

— Sim... sim, eu acredito em Deus — respondeu.

— Nesse caso... — começou Villárski, mas Pierre o interrompeu.

— Sim, eu acredito em Deus — disse mais uma vez.

— Nesse caso, podemos ir — disse Villárski. — A minha carruagem está à disposição do senhor.

Villárski ficou em silêncio durante todo o trajeto. Às perguntas de Pierre sobre o que devia fazer e como devia responder, Villárski disse apenas que irmãos mais dignos do que ele iriam pôr Pierre à prova, e que não era preciso fazer nada, senão dizer a verdade.

Após cruzar os portões de uma casa grande, onde estava instalada a loja maçônica, e subir uma escada escura, os dois entraram numa antessala iluminada e pequena, onde tiraram os casacos de pele, sem a ajuda de criados. Da entrada, passaram para outro cômodo. Um homem em trajes estranhos surgiu na porta. Villárski, indo ao encontro dele, disse-lhe algo em francês e em voz baixa e aproximou-se de um pequeno armário, dentro do qual Pierre notou uns trajes diferentes, como nunca tinha visto. Depois de tirar um lenço do armário, Villárski cobriu com ele os olhos de Pierre e amarrou-o com um nó atrás da cabeça, repuxando dolorosamente os seus cabelos. Em seguida, puxou Pierre na sua direção, beijou-o, tomou-o pelo braço e conduziu-o para algum lugar. Pierre sentia dor por causa do cabelo preso ao nó do lenço, franzia o rosto de dor e sorria de vergonha, por algum motivo. Sua figura enorme, com os braços abaixados e o rosto franzido e sorridente, movia-se em passos vacilantes, tímidos, atrás de Villárski.

Após levá-lo pelo braço por uns dez passos, Villárski parou.

— Aconteça o que acontecer — disse —, o senhor deve suportar tudo com valentia, se o senhor tem a firme resolução de ingressar em nossa irmandade. (Pierre respondeu afirmativamente com uma inclinação de cabeça.) Quando o senhor ouvir uma batida na porta, tire a venda dos olhos — acrescentou Villárski. — Desejo-lhe coragem e sucesso. — Villárski apertou a mão de Pierre e saiu.

Sozinho, Pierre continuava a sorrir da mesma forma. Umas duas vezes encolheu os ombros, levou a mão até o lenço, como se quisesse retirá-lo, e de novo baixou a mão. Os cinco minutos que passou com os olhos vendados lhe pareceram uma hora. Suas mãos inchavam, os pés fraquejavam; parecia estar ficando cansado. Experimentava os sentimentos mais complexos e variados. Temia o que estava para acontecer com ele e temia mais ainda demonstrar medo. Tinha curiosidade de saber o que ia acontecer, o que lhe seria revelado; porém, acima de tudo, estava contente por ter chegado a hora em que, afinal, ele tomaria o rumo da regeneração e da vida atuante e virtuosa com que sonhava desde o seu encontro com Ióssif Alekséievitch. Na porta, soaram batidas fortes. Pierre retirou a venda e lançou um olhar à sua volta. No quarto, a escuridão era completa: só num ponto ardia uma lamparina dentro de alguma coisa branca. Pierre aproximou-se e viu que a lamparina estava sobre uma mesa preta, na qual havia um livro aberto. O livro era o Evangelho; a coisa branca dentro da qual ardia a lamparina era um crânio humano, com seus buracos e dentes. Depois de ler as primeiras palavras do Evangelho, "No princípio era o verbo, e o verbo estava com Deus", Pierre contornou a mesa e viu uma caixa grande, aberta, com alguma coisa dentro. Era um ataúde com ossos. Ele não sentiu nenhuma surpresa com o que viu. Na esperança de ingressar numa vida totalmente nova, totalmente distinta da vida anterior, já esperava tudo de extraordinário, coisas muito mais extraordinárias do que aquilo que estava vendo. O crânio, o ataúde, o Evangelho — ele tinha a impressão de que já esperava tudo aquilo, esperava ainda mais. Esforçando-se para despertar em si um sentimento de comoção, Pierre olhava à sua volta. "Deus, a morte, o amor, a fraternidade das pessoas", disse consigo, amarrando com essas palavras conceitos confusos, mas alegres. A porta abriu, e alguém entrou.

Sob a luz fraca, à qual, porém, Pierre já conseguira acostumar os olhos, entrou um homem baixo. Como obviamente vinha da luz para o escuro, o homem parou; depois, em passos cautelosos, aproximou-se da mesa e colocou sobre ela as mãos pequenas, calçadas com luvas de couro.

O homem baixo vestia um avental branco de couro, que recobria o peito e uma parte das pernas, usava no pescoço uma espécie de colar e, do colar, subiam umas pregas altas e brancas, que orlavam o seu rosto alongado, iluminado de baixo para cima.

— Para que o senhor veio aqui? — perguntou o homem, voltando-se para o lado de onde viera um rumor feito por Pierre. — Para que o senhor, que não acredita na verdade da luz e que não vê a luz, para que o senhor veio aqui, o que o senhor quer de nós? Sabedoria, virtude, esclarecimento?

Na hora em que a porta abriu e o homem desconhecido entrou, Pierre experimentou um sentimento de medo e de reverência semelhante ao que ele, na infância, experimentava na hora da confissão: sentia-se frente a frente com um completo estranho pelas condições da vida, mas alguém próximo pela fraternidade dos seres humanos. Pierre, com a respiração tolhida e o coração palpitante, aproximou-se do reitor (assim é chamado, na maçonaria, o irmão que prepara o recipiendário a ingressar na irmandade). Pierre, ao aproximar-se, identificou no reitor um homem conhecido, Smolianínov, mas ficou desgostoso por pensar que o homem que entrara era um seu conhecido: o homem que entrara, para ele, devia ser apenas um irmão e um orientador virtuoso. Pierre, por muito tempo, não foi capaz de dizer nenhuma palavra, por isso o reitor teve de repetir a pergunta.

— Sim, eu... eu... quero a regeneração — pronunciou Pierre, com dificuldade.

— Muito bem — disse Smolianínov, e logo prosseguiu: — O senhor tem conhecimento dos meios pelos quais a nossa santa ordem ajudará o senhor a alcançar o seu objetivo? — perguntou o reitor, depressa e em tom sereno.

— Eu... espero... orientação... ajuda... para a regeneração — disse Pierre, com voz trêmula e com dificuldade para falar, fruto da emoção e da falta de costume de falar em russo a respeito de temas abstratos.

— O que o senhor sabe da franco-maçonaria?

— Eu suponho que a franco-maçonaria é a *fraternité*[6] e a igualdade das pessoas com propósitos virtuosos — disse Pierre, envergonhando-se, à medida que falava, da incompatibilidade entre as suas palavras e a solenidade da ocasião. — Eu suponho...

— Muito bem — disse o reitor, depressa, pelo visto plenamente satisfeito com tal resposta. — O senhor procurou na religião os meios para alcançar os seus objetivos?

— Não, eu a considerava injusta e não a seguia — respondeu Pierre, tão baixo que o reitor não ouviu e perguntou o que estava dizendo. — Eu era ateu — respondeu Pierre.

— O senhor está em busca da verdade a fim de seguir as suas leis na vida; portanto o senhor está em busca da sabedoria e da virtude, não é assim? — perguntou o reitor, após um instante de silêncio.

— Sim, sim — confirmou Pierre.

O reitor tossiu, cruzou as mãos enluvadas sobre o peito e começou a falar.

— Agora tenho de revelar ao senhor a finalidade principal da nossa ordem — disse ele —, e caso essa finalidade coincida com a do senhor, será vantajoso ingressar em nossa irmandade. O primeiro e principal objetivo, e também o fundamento da nossa ordem, sobre o qual ela está firmada e que nenhuma força humana é capaz de derrubar, é a guarda e a transmissão para a posteridade de certo mistério importante... que veio dos séculos mais remotos, desde o primeiro homem, até nós, um mistério do qual, talvez, dependa o destino da espécie humana. Mas, como esse mistério é de tal ordem que ninguém pode conhecê-lo nem dele tirar proveito, se antes não tiver se preparado por meio de uma longa e aplicada purificação de si mesmo, não são todos os que podem esperar alcançá-lo em pouco tempo. Por isso

---

6 Francês: "fraternidade".

temos um segundo objetivo, que consiste em preparar os nossos membros, o mais possível, corrigir o coração deles, purificar e ilustrar a sua razão, com os meios que nos foram revelados pela tradição que vem de homens que se empenharam na busca desse mistério, e assim torná-los aptos à sua compreensão. Purificando e corrigindo os nossos membros, tentamos, em terceiro lugar, corrigir toda a espécie humana, oferecendo a ela um exemplo de devoção e de virtude em nossos membros, e assim tentamos, com todas as forças, combater o mal que reina no mundo. Reflita sobre isso e venho de novo ao seu encontro — disse, e saiu da sala.

— Combater o mal que reina no mundo... — repetiu Pierre, e imaginou as suas atividades futuras, naquele campo. Pensou nas mesmas pessoas com quem ele andava apenas duas semanas antes e, mentalmente, dirigiu a elas um discurso sentencioso e doutoral. Imaginou pessoas devassas e infelizes, às quais ajudava com palavras e ações; imaginou os opressores, cujas vítimas ele salvava. Dos três objetivos nomeados pelo reitor, aquele último, a reabilitação da espécie humana, era especialmente caro a Pierre. O mistério importante mencionado pelo reitor, embora atiçasse a sua curiosidade, não lhe parecia essencial; já o segundo objetivo, a purificação e a correção de si mesmo, pouco interessava a ele, porque naquele momento Pierre se sentia, com prazer, já inteiramente regenerado dos vícios anteriores e pronto a praticar só o bem.

Meia hora depois, o reitor voltou para transmitir ao buscador da verdade as sete virtudes que correspondem aos sete degraus do templo de Salomão e que cada maçom devia cultivar em si mesmo. Essas virtudes eram: 1) a *discrição*, a defesa do segredo da ordem; 2) a *obediência* aos membros superiores da ordem; 3) os bons costumes; 4) o amor à humanidade; 5) a coragem; 6) a generosidade; 7) o amor à morte.

— *Em sétimo lugar* — disse o reitor —, tente, pensando na morte com frequência, alcançar um estágio em que ela não lhe pareça mais um inimigo terrível, e sim um amigo... que liberta desta vida funesta a alma atormentada pelos trabalhos da virtude, a fim de conduzi-la ao local de repouso e de recompensa.

"Sim, deve ser assim", pensou Pierre, quando o reitor, depois de dizer tais palavras, saiu e deixou-o numa reflexão solitária. "Deve ser assim, mas eu ainda estou tão fraco que amo a minha vida, cujo sentido só agora vai se revelando aos poucos para mim." Porém, as cinco virtudes que Pierre recordava contando nos dedos, ele as sentia na alma: a *coragem*, a *generosidade*, os *bons costumes*, o *amor à humanidade*, e em especial a *obediência*, que nem lhe parecia uma virtude, mas uma felicidade. (Estava, agora, muito contente por livrar-se da própria arbitrariedade e submeter a sua vontade àquele e àqueles que conheciam a verdade indiscutível.) A sétima virtude Pierre esqueceu e não conseguia lembrar de forma alguma.

Pela terceira vez, o reitor voltou pouco depois e perguntou a Pierre se continuava firme na sua intenção e se estava decidido a sujeitar-se a tudo o que dele exigissem.

— Estou preparado para tudo — disse Pierre.

— Devo ainda comunicar ao senhor — disse o reitor — que a nossa ordem não apresenta a sua doutrina apenas por meio de palavras, mas por outros meios, que talvez ajam no verdadeiro buscador da sabedoria e da virtude com mais força do que as explicações meramente verbais. Esta sala, com seus apetrechos, que o senhor está vendo, já deve explicar ao seu coração, se ele é sincero, mais do que as palavras; e o senhor verá, talvez, na continuidade da sua iniciação, uma forma semelhante de esclarecimento. A nossa ordem imita as sociedades ancestrais que revelavam a sua doutrina por meio de hieróglifos. Um hieróglifo — disse o reitor — é a representação de uma coisa não apreensível pelos sentidos e que contém atributos semelhantes àquilo que é representado.

Pierre sabia muito bem o que era um hieróglifo, mas não se atrevia a falar. Escutava em silêncio o reitor, sentindo, em tudo aquilo, que logo ia ter início a sua provação.

— Se o senhor se mantém firme, devo proceder à sua iniciação — disse o reitor, aproximando-se mais um pouco de Pierre. — Em sinal de generosidade, peço ao senhor que me entregue todos os seus pertences de valor.

— Mas eu não tenho nada aqui comigo — respondeu Pierre, supondo que lhe exigiam a entrega de tudo o que possuía.

— Aquilo que está com o senhor: o relógio, o dinheiro, os anéis...

Pierre pegou às pressas a carteira, o relógio e demorou muito tempo para tirar do dedo gordo a aliança de casamento. Quando isso foi feito, o maçom disse:

— Em sinal de obediência, peço ao senhor que se dispa. — Pierre tirou o fraque, o colete e a bota esquerda, seguindo as indicações do reitor. O maçom abriu a camisa de Pierre no lado esquerdo do peito e, abaixando-se, levantou a perna esquerda da calça acima do joelho. Pierre quis logo descalçar também a bota direita e arregaçar a calça, a fim de livrar daquele trabalho o homem desconhecido, mas o maçom lhe disse que não era necessário e lhe deu um chinelo para o pé esquerdo. Com um sorriso infantil de vergonha, de dúvida e de zombaria de si mesmo, que apareceu no seu rosto contra a sua vontade, Pierre ficou parado, braços abaixados e pernas separadas, diante do irmão-reitor, à espera de novas ordens.

— E por fim, em sinal de sinceridade, peço ao senhor que me revele a sua principal paixão — disse.

— A minha paixão! Eu *tinha* tantas — disse Pierre.

— Aquela paixão que, mais do que todas as outras, obrigava o senhor a vacilar no caminho da virtude — disse o maçom.

Pierre ficou em silêncio por um tempo, procurando.

"A bebida? A comida? O ócio? A preguiça? A raiva? As mulheres?", examinava os seus vícios, avaliando-os mentalmente, sem saber a qual dar a primazia.

— As mulheres — disse Pierre, em voz baixa, quase inaudível. O maçom nem se mexeu e, depois dessa resposta, ficou muito tempo sem falar. Por fim, aproximou-se de Pierre, pegou um lenço que estava sobre a mesa e vendou seus olhos de novo.

— Pela última vez, digo ao senhor: volte toda a sua atenção para si, ponha uma corrente nos seus sentidos e procure a beatitude não nas paixões, mas no coração... A fonte da beatitude não está fora, mas dentro de nós...

Pierre já sentia dentro de si a refrescante fonte de beatitude que agora enchia sua alma de alegria e de ternura.

IV

Logo depois, quem entrou na sala escura para buscar Pierre já não foi o reitor de antes, e sim Villárski, o seu patrono, que Pierre reconheceu pela voz. Às novas perguntas sobre a firmeza de suas intenções, Pierre respondeu:

— Sim, sim, concordo — e, com um sorriso infantil radiante e o peito gordo descoberto, em passos tímidos e claudicantes, um pé descalço e outro calçado, andou em frente, enquanto Villárski mantinha uma espada encostada em seu peito desnudo. Da sala, passaram para corredores que viravam para um lado e para o outro e, por fim, chegaram à porta da loja. Villárski tossiu, em resposta soaram as batidas maçônicas de martelos, a porta abriu à frente deles. Uma voz de baixo (os olhos de Pierre continuavam vendados) lhe perguntou quem ele era, quando e onde nascera etc. Depois, o levaram de novo para algum lugar, sem tirar a venda dos olhos, e durante o caminho lhe contaram alegorias sobre as atribulações de sua jornada, sobre a amizade sagrada, sobre o Eterno Arquiteto do universo, sobre a coragem com que devia suportar as atribulações e os perigos. Durante esse caminho, Pierre notou que o chamavam ora de "buscador", ora de "sofredor", ou então de "requerente", e batiam com os martelos e as espadas de forma diferente, a cada uma dessas palavras. Na hora em que o aproximaram de certo objeto, notou uma perturbação e uma confusão entre os seus guias. Ouviu que as pessoas à sua volta começaram a discutir aos sussurros e que uma delas insistia em que Pierre devia ser conduzido por certo tapete. Depois disso, seguraram a sua mão direita, colocaram-na sobre alguma coisa, mandaram que ele, com a mão esquerda, encostasse um compasso no lado esquerdo do peito e obrigaram Pierre a repetir as palavras que um outro lia, um juramento de fidelidade às leis da ordem. Em seguida, apagaram as velas, inflamaram álcool, o que Pierre percebeu pelo cheiro, e disseram que ele ia ver uma pequena luz. Retiraram a venda de seus olhos, e Pierre, como num sonho, na luz fraca da chama do álcool, via várias pessoas que, com o mesmo avental do reitor, estavam de pé na sua frente e seguravam espadas, apontadas para o peito de Pierre. Entre elas, estava um homem de camisa branca ensanguentada. Ao ver isso, Pierre inclinou o peito para a frente, de encontro às espadas, no intuito de que as cravassem em seu peito. Mas as espadas se afastaram e, imediatamente, a venda foi amarrada em seus olhos outra vez.

— Agora você viu a pequena luz — disse-lhe uma voz. Em seguida, acenderam de novo as velas, disseram que ele precisava ver a luz plena, e de novo retiraram a venda, e mais de dez vozes falaram, de repente: *Sic transit gloria mundi*.[7]

Pierre começou a se recuperar aos poucos e a olhar para o quarto à sua volta e para as pessoas que ali se encontravam. Em redor de uma mesa comprida, coberta de preto, estavam sentados uns doze homens, todos vestidos da mesma forma que os homens que vira antes. Alguns Pierre conhecia da sociedade petersburguesa. Na cadeira de presidente, estava um jovem desconhecido, com uma cruz diferente no pescoço. À sua direita, estava o abade italiano que Pierre tinha visto dois anos antes em casa de Anna Pávlovna. Havia também um funcionário público do mais alto escalão e o preceptor suíço que antes morava na casa dos Kuráguin. Todos se mantinham solenemente calados, ouviam as palavras do presidente, que empunhava um martelo. Na parede, estava embutida uma estrela luminosa; num lado da mesa, havia um tapete pequeno com diversas imagens, no outro lado havia uma espécie de altar, com o Evangelho e um crânio. Em torno da mesa, estavam sete castiçais grandes, do tipo usado na igreja. Dois irmãos conduziram Pierre na direção do altar, colocaram seus pés em ângulo reto e ordenaram que deitasse, dizendo que ele ia prosternar-se diante dos portões do templo.

— Primeiro ele tem de receber a colher de pedreiro — disse um dos irmãos, num sussurro.

— Ah! Chega, por favor — disse outro.

Com os olhos míopes desnorteados, sem obedecer, Pierre olhava à sua volta e de repente lhe veio uma dúvida: “Onde estou? O que estou fazendo? Será que não estão zombando de mim? Não terei vergonha de lembrar tudo isso depois?”. Mas a dúvida só durou um instante. Pierre olhou para os rostos sérios das pessoas que o rodeavam, lembrou-se de tudo por que já havia passado e entendeu que era impossível parar no meio do caminho. Horrorizou-se com a própria dúvida e, ten-

---

7 Latim: “Assim caminha a glória do mundo”.

tando despertar em si o sentimento anterior de ternura, prosternou-se diante dos portões do templo. E, de fato, um sentimento de ternura, ainda mais forte do que o anterior, dominou-o. Depois que permaneceu deitado por um tempo, mandaram que levantasse e vestisse um avental branco, de couro, igual ao que os outros vestiam, puseram em suas mãos uma colher de pedreiro e três pares de luvas, e então o grão-mestre se voltou para Pierre. Disse que tentasse não manchar com nada a brancura daquele avental, símbolo da fortaleza e da castidade; em seguida, a respeito da colher de pedreiro, até ali sem explicação, disse que Pierre devia, com ela, empenhar-se em purgar o coração dos vícios e, de modo indulgente, devia alisar com ela o coração do próximo. Em seguida, a respeito do primeiro par de luvas masculinas, disse que Pierre não podia saber o significado delas, mas devia guardá-las; sobre o outro par de luvas masculinas, disse que Pierre devia calçá-las nas reuniões e, por fim, sobre o terceiro par de luvas, que eram de mulher, disse:

— Prezado irmão, essas luvas de mulher também são destinadas ao senhor. Entregue-as à mulher que o senhor há de respeitar mais do que todas. Esse presente será o penhor da pureza do seu coração para aquela que o senhor escolher para si como digna companheira de um pedreiro. — Calou-se por um momento e acrescentou: — Mas, prezado irmão, cuidado para que essas luvas não venham a enfeitar mãos impuras. — No momento em que o grão-mestre pronunciou aquelas últimas palavras, Pierre teve a impressão de que o presidente ficou perturbado. Pierre perturbou-se ainda mais, ruborizou-se até às lágrimas, como se ruborizam as crianças, pôs-se a olhar em redor com inquietação, e formou-se um silêncio embaraçoso.

O silêncio foi interrompido por um dos irmãos, que, enquanto conduzia Pierre para o tapete, começou a ler num caderno a explicação de todas as figuras nele representadas: o sol, a lua, o martelo, o prumo, a colher de pedreiro, a pedra bruta e a pedra cúbica, a coluna, as três janelas etc. Em seguida, indicaram a Pierre o seu lugar, mostraram-lhe as insígnias da loja, disseram a senha de entrada e, por fim, permitiram que sentasse. O grão-mestre começou a ler o estatuto. Era muito longo, e Pierre, por causa da alegria, da agitação e da vergonha, não estava em condições de compreender o que liam. Só prestou atenção nas últimas palavras do estatuto, que ficaram na sua memória.

— "Em nossos templos" — leu o grão-mestre —, "não reconhecemos outros títulos que não aqueles que se colocam entre a virtude e o vício. Evite fazer qualquer distinção que possa perturbar a igualdade. Corra para ajudar o irmão, quem quer que ele seja, dê conselhos ao que estiver em erro, erga o que cair, e nunca alimente o ódio ou a inimizade por um irmão. Seja carinhoso e amável. Atice a chama da virtude no coração de todos. Compartilhe a felicidade com o próximo, e que a inveja nunca perturbe esse deleite puro. Perdoe ao seu inimigo, não se vingue dele, exceto fazendo-lhe o bem, apenas. Se cumprir dessa forma a lei suprema, há de recuperar os atributos da antiga grandeza que você perdeu" — concluiu e, após se levantar, abraçou e beijou Pierre.

Com lágrimas de alegria, Pierre olhava em redor sem saber o que responder aos cumprimentos e felicitações dos conhecidos que o rodeavam. Ele não demonstrou reconhecer nenhum deles; em todas aquelas pessoas via apenas irmãos com os quais ardia de impaciência para começar a trabalhar.

O grão-mestre bateu o martelo, todos sentaram em seus lugares, e um deles leu um ensinamento sobre a necessidade da humildade.

O grão-mestre propôs que se cumprisse a última obrigação, e o importante funcionário de alto escalão, que tinha o título de coletor de esmolas, começou a coleta entre os irmãos. Pierre queria registrar na lista de esmolas todo o dinheiro que possuía, mas receou que assim demonstrasse orgulho, e só registrou a mesma quantia que os demais.

A iniciação estava concluída, e ao voltar para casa Pierre teve a impressão de que chegava de uma viagem a terras distantes, onde passara dezenas de anos, mudara por completo e se livrara dos velhos hábitos e do antigo regime de vida.

V

No dia seguinte à sua acolhida na loja, Pierre estava em casa, lendo um livro, tentando penetrar no significado de um quadrado, no qual um dos lados representava Deus, o outro, a moral, o terceiro, a matéria, e o quarto, a combinação. De quando em quando, ele se desprendia do livro e do quadrado e, na sua imaginação, traçava para si um novo plano de vida. No dia anterior, na loja, disseram-lhe que os rumores sobre o duelo haviam chegado ao conhecimento do imperador e que seria mais sensato Pierre manter-se afastado de Petersburgo. Pierre tinha intenção de ir para a sua propriedade rural no sul e, lá, ocupar-se dos seus camponeses. Refletia alegremente sobre essa vida nova quando o príncipe Vassíli entrou no quarto de modo inesperado.

— Meu amigo, que confusão foi essa que você arranjou em Moscou? Por que discutiu com Lióliei,[8] *mon cher*? Você está enganado — disse o príncipe Vassíli, ao entrar no quarto. — Eu soube de tudo, posso lhe dizer com segurança que Hélène é inocente diante de você, como Cristo diante dos judeus.

Pierre quis responder, mas ele o interrompeu.

---

8 Apelido de Hélène.

— E por que você, simplesmente, não se dirigiu diretamente a mim, como a um amigo? Eu sei de tudo, compreendo tudo — disse —, você se portou como convém a um homem que tem apreço à própria honra; talvez tenha sido afoito demais, mas não vamos julgar isso. Apenas considere a situação em que você a colocou, e a mim também, aos olhos de toda a sociedade e até da corte — acrescentou, abaixando a voz. — Ela está morando em Moscou, você aqui. Chega, meu caro — e segurou Pierre pelo braço. — Não passa de um mal-entendido; você mesmo, eu creio, sente isso. Vamos escrever uma carta agora mesmo, e ela virá para cá, tudo ficará explicado, e todos esses rumores vão terminar, do contrário eu lhe digo que você pode, muito facilmente, vir a sofrer, meu caro.

O príncipe Vassíli lançou um olhar persuasivo para Pierre.

— Eu soube, de boas fontes, que a imperatriz viúva tem muito interesse em todo esse caso. Você sabe, ela é muito benévola com Hélène.

Várias vezes, Pierre fez menção de falar, mas, de um lado, o príncipe Vassíli não lhe permitia, interrompendo-o afobado, e de outro lado, o próprio Pierre receava começar a falar num tom de voz que não fosse o de categórica recusa e discordância, no qual estava firmemente resolvido a responder ao sogro. Além disso, recordava as palavras do estatuto da maçonaria: "Seja carinhoso e amável". Franziu o rosto, ruborizou-se, levantou-se e sentou-se, em luta consigo mesmo, naquela que era, para ele, a tarefa mais difícil de todas — falar, cara a cara, algo desagradável a um homem, não dizer aquilo que esse homem esperava, fosse ele quem fosse. Pierre estava tão habituado àquele tom de autoconfiança negligente em que o príncipe Vassíli lhe falava que, também agora, sentia que não ia ter forças para contrapor-se a ele; porém sentia que todo o seu destino dependia do que ele ia dizer, agora: tomaria o velho caminho de antes, ou o novo, que os maçons lhe haviam mostrado de modo tão atraente e no qual Pierre acreditava, com firmeza, que encontraria a regeneração para uma vida nova?

— Bem, meu caro — disse o príncipe Vassíli, em tom jocoso —, diga-me "sim", e escreverei para ela, eu mesmo, e assim vamos matar o novilho cevado.[9] — Mas o príncipe Vassíli não conseguiu terminar o seu gracejo, pois Pierre, com fúria no rosto, o que lhe dava um aspecto semelhante ao de seu pai, e sem fitar os olhos do interlocutor, pronunciou num sussurro:

— Príncipe, eu não chamei o senhor para falar comigo, vá embora, por favor, vá embora! — Levantou-se de um salto e abriu a porta para ele. — Vá embora, já —

---

9 Referência à parábola do filho pródigo (Lc 15,23). O pai manda matar um novilho cevado para celebrar a volta do filho.

repetiu, sem que ele mesmo acreditasse, e alegrou-se com a expressão de perplexidade e medo que surgiu no rosto do príncipe Vassíli.

— O que há com você? Está doente?

— Vá embora! — exclamou mais uma vez, com voz ameaçadora. E o príncipe Vassíli teve de sair, sem receber nenhuma explicação.

Uma semana mais tarde, depois de se despedir dos novos amigos maçons e lhes entregar uma quantia volumosa em esmolas, Pierre partiu para a sua propriedade. Seus novos irmãos deram-lhe cartas para Kíev e Odessa, para os maçons de lá, e prometeram escrever e orientá-lo em sua nova atividade.

VI

O caso entre Pierre e Dólokhov foi abafado, e apesar da severidade do soberano naquele tempo em relação a duelos, nem os dois oponentes nem os seus padrinhos sofreram nenhuma consequência. No entanto a história do duelo, confirmada pela separação entre Pierre e a esposa, espalhou-se pela sociedade. Pierre, a quem viam de modo condescendente, protetor, quando era um filho ilegítimo, a quem bajulavam e exaltavam quando era o melhor noivo do Império russo, após o casamento, quando as noivas e as mães já não podiam esperar nada dele, caiu muito no conceito da sociedade, e mais ainda porque Pierre não sabia, nem queria, obter com lisonjas a benevolência da sociedade. Agora, culpavam apenas Pierre pelo que havia ocorrido, diziam que era um ciumento obtuso, sujeito aos mesmos ataques de fúria sanguinária que o seu pai. E quando, depois da partida de Pierre, Hélène voltou para Petersburgo, foi recebida por todos os seus conhecidos não apenas cordialmente, como até com um toque de reverência, por causa da sua infelicidade. Quando a conversa tocava no seu marido, Hélène adotava uma expressão digna, que ela — embora sem compreender o significado — havia aprendido graças ao tato que lhe era peculiar. Aquela expressão dizia que Hélène resolvera não se queixar e suportar o seu infortúnio, e que o marido era a cruz que Deus lhe havia destinado. O príncipe Vassíli exprimia a sua opinião de modo mais franco. Encolhia os ombros, quando a conversa tocava no nome de Pierre, e, apontando para a testa, dizia:

— *Un cerveau fêlé... Je le disais toujours.*[10]

— Eu disse primeiro — dizia Anna Pávlovna, a respeito de Pierre. — Eu disse desde o início, e antes de todos (insistia na sua prioridade), que era um jovem lou-

---

10 Francês: "Um cérebro perturbado... Eu sempre disse".

co, corrompido pelos ideais depravados do século. Eu já dizia isso quando todos se maravilhavam com ele, na época em que o rapaz tinha acabado de chegar do exterior e, lembram, certa noite, em minha casa, quis fazer o papel de um Marat. Viram no que deu? Na ocasião, eu já era contrária a esse casamento e predizia tudo o que ia acontecer.

Anna Pávlovna, como antes, nos dias livres, oferecia em sua casa, à noite, aquelas mesmas festas, que só ela tinha o dom de saber organizar — festas em que, antes de tudo, se reuniam *la crème de la véritable bonne société, la fine fleur de l'essence intellectuelle de la société de Pétersbourg*,[11] como dizia a própria Anna Pávlovna. Além daquela refinada seleção da sociedade, as festas de Anna Pávlovna destacavam-se também pelo fato de ela sempre oferecer a seus convidados uma personalidade nova, interessante, e porque em nenhum outro lugar se revelava, de modo tão claro e seguro como nas suas festas, o grau do termômetro político em que estava o ânimo da legítima sociedade da corte de Petersburgo.

No fim de 1806, quando já eram conhecidos todos os tristes pormenores da destruição do exército prussiano por Napoleão, em Iena e Auerstadt, e da capitulação de grande parte das fortalezas prussianas, quando as nossas tropas já haviam entrado na Prússia e iniciado a nossa segunda guerra contra Napoleão, Anna Pávlovna promoveu uma festa, numa noite, em sua casa. *La crème de la véritable bonne société* consistia na fascinante e infeliz Hélène, abandonada pelo marido, em Mortmart, no fascinante príncipe Hippolyte, que acabara de chegar de Viena, em dois diplomatas, na velha tia, num jovem que, no salão, gozava apenas do título de *un homme de beaucoup de mérite*,[12] em uma dama de honra recém-nomeada e na mãe dela, além de vários outros indivíduos menos notáveis.

A pessoa que, naquela noite, Anna Pávlovna apresentava como uma novidade a seus convidados era Boris Drubetskói, que acabara de chegar como mensageiro do Exército prussiano, no qual tinha o posto de ajudante de ordens, e era uma figura muito importante.

O termômetro político da sociedade naquela festa dizia o seguinte: por mais que todos os soberanos e comandantes militares europeus se esforcem para mostrar-se complacentes com Bonaparte, a fim de causar a *mim*, e a *nós* em geral, esses aborrecimentos e dissabores, a nossa opinião a respeito de Bonaparte não pode mudar. Não vamos deixar de exprimir a nossa franca forma de pensar sobre isso e só podemos dizer

---

11 Francês: "a nata da verdadeira boa sociedade, a fina flor da essência intelectual da sociedade de Petersburgo".

12 Francês: "um homem de muito mérito".

ao rei da Prússia e aos outros: "Pior para os senhores. *Tu l'as voulu, George Dandin*,[13] é tudo o que podemos dizer". Eis o que indicava o termômetro político da festa de Anna Pávlovna. Quando Boris, que devia ser oferecido aos convidados, entrou no salão, já quase toda a sociedade estava reunida, e a conversa, guiada por Anna Pávlovna, tratava das nossas relações com a Áustria e da esperança de uma aliança com ela.

Boris, num elegante uniforme de ajudante de ordens, mais robusto, jovial e corado, entrou com desembaraço no salão e, como convinha, foi conduzido para apresentar seus cumprimentos à velha tia, antes de vir de novo unir-se ao círculo comum.

Anna Pávlovna lhe deu a mão para beijar, apresentou-o a diversas pessoas que ele não conhecia e, num sussurro, definia cada uma delas para Boris.

— *Le prince Hippolyte Kouraguine... charmant jeune homme. Monsieur Kroug, chargé d'affaires de Copenhague... un esprit profond...* — E simplesmente: — *Monsieur Shittoff, un homme de beaucoup de mérite*[14] — a propósito do homem que todos designavam assim.

Boris, durante o seu tempo de serviço militar, graças aos esforços de Anna Mikháilovna, aos seus próprios gostos e às peculiaridades do seu caráter discreto, havia conseguido colocar-se na posição mais vantajosa possível no serviço militar. Era ajudante de ordens de uma figura muito importante, tinha um encargo muito importante na Prússia e acabara de chegar de lá, na condição de mensageiro. Havia assimilado inteiramente aquela forma de subordinação que não estava escrita nos regulamentos e que lhe agradara em Olmütz, segundo a qual um sargento podia ficar numa posição incomparavelmente mais elevada do que um general e segundo a qual, para alcançar o sucesso no serviço militar, não eram necessários o esforço, o trabalho, a coragem, a perseverança, mas apenas a capacidade de manipular as pessoas que distribuem as recompensas pelo serviço militar — e ele muitas vezes se espantava com os seus êxitos rápidos e se perguntava como os outros podiam não entender isso. Em consequência de tal revelação, toda a sua forma de viver, todas as relações com os conhecidos de antes, todos os seus planos para o futuro mudaram completamente. Não era rico, mas empregava até o último centavo para vestir-se melhor do que os outros; preferia privar-se de muitos prazeres a permitir-se embarcar numa carruagem ruim,

---

13 Francês: "Foi você quem quis, George Dandin". Da peça *George Dandin, ou o marido confundido*, de Molière. Conta a história de um camponês rico que compra um título de nobreza e toma uma jovem aristocrata em casamento. Ela, no entanto, não se sujeita ao marido e é cortejada por um libertino da corte.

14 Francês: "O príncipe Hippolyte Kuráguin... um jovem encantador. O senhor Kroug, diplomata de Copenhague... um espírito profundo [...] Senhor Shittoff, um homem de muito mérito".

ou mostrar-se nas ruas de Petersburgo num uniforme velho. Só se aproximava e só procurava tornar-se conhecido de pessoas que estivessem acima dele e que, por isso, pudessem lhe ser úteis. Amava Petersburgo e desprezava Moscou. As recordações da casa dos Rostóv e do seu amor de infância por Natacha eram-lhe desagradáveis, e ele, desde que partira para o Exército, não estivera na casa dos Rostóv nem uma vez. No salão de Anna Pávlovna, onde estar presente era para ele o mesmo que uma importante promoção na carreira militar, Boris compreendeu, na mesma hora, qual era o seu papel e deixou que Anna Pávlovna tirasse proveito do interesse que ele pudesse ter para ela, enquanto observava cada pessoa atentamente e avaliava as vantagens e as possibilidades da aproximação com cada uma. Sentou-se no lugar que lhe foi indicado, ao lado da bela Hélène, e acompanhou a conversa geral.

— "*Vienne trouve les bases du traité proposé tellement hors d'atteinte, qu'on ne saurait y parvenir même par une continuité de succès les plus brillants, et elle met en doute les moyens qui pourraient nous les procurer.*" *C'est la phrase authentique du cabinet de Vienne*[15] — disse o *chargé d'affaires*[16] dinamarquês.

— *C'est le doute qui est flatteur!*[17] — disse, com um sorriso sutil, *l'homme à l'esprit profond.*[18]

— *Il faut distinguer entre le cabinet de Vienne et l'empereur d'Autriche* — disse Mortmart. — *L'empereur d'Autriche n'a jamais pu penser à une chose pareille, ce n'est que le cabinet qui le dit.*[19]

— *Eh, mon cher vicomte* — interveio Anna Pávlovna —, *l'Urope* (por algum motivo, ela pronunciava *Urope*, como um requinte especial da língua francesa que ela podia se permitir quando falava com um francês), *l'Urope ne sera jamais notre alliée sincère.*[20]

Em seguida, Anna Pávlovna conduziu a conversa para a bravura e a firmeza do rei da Prússia, a fim de integrar Boris na conversa.

---

15 Francês: "'Viena acha as bases do tratado proposto tão inviáveis que nem mesmo com uma série de êxitos espetaculares seria possível realizá-las, e põe em dúvida os meios pelos quais se poderia alcançá-las.' É a frase textual do gabinete de Viena". Referência ao Tratado de Bartenstein. Na verdade, as conversações para esse tratado só ocorreram mais tarde, em abril de 1807.

16 Francês: "diplomata".

17 Francês: "A dúvida é que é lisonjeira!".

18 Francês: "o homem de espírito profundo".

19 Francês: "É preciso distinguir o gabinete de Viena do imperador da Áustria [...] O imperador da Áustria nunca foi capaz de pensar numa coisa semelhante, é só o gabinete que o diz".

20 Francês: "Eh, meu caro visconde [...] a Europa [...] a Europa nunca será nossa aliada sincera".

Boris escutava atentamente cada pessoa que falava, esperando a sua vez, mas ao mesmo tempo conseguia, várias vezes, olhar de relance para a sua vizinha, a bela Hélène, que, com um sorriso, cruzava seu olhar com o daquele ajudante de ordens bonito e jovem.

De modo completamente natural, falando sobre a situação da Rússia, Anna Pávlovna pediu a Boris que contasse a sua viagem a Glogau[21] e a situação em que encontrou o Exército russo. Boris, sem se afobar, num francês puro e correto, relatou inúmeros detalhes interessantes sobre as tropas, a corte, e durante todo o tempo do seu relato evitou cuidadosamente expressar a sua opinião sobre os fatos que estava relatando. Por algum tempo, Boris dominou a atenção geral, e Anna Pávlovna sentiu que a novidade que ela estava servindo naquela noite era recebida com satisfação por todos os convidados. Quem mais prestava atenção no relato de Boris era Hélène. Várias vezes lhe fez perguntas sobre diversos pormenores da sua viagem e parecia muito interessada na situação do Exército prussiano. Assim que ele terminou, Hélène, com o seu sorriso de costume, voltou-se para ele.

— *Il faut absolument que vous veniez me voir* — disse ela, num tom de voz que dava a impressão de que, por uma série de motivos que Boris não podia conhecer, aquilo era algo totalmente indispensável. — *Mardi entre les huit et neuf heures. Vous me ferez grand plaisir.*[22]

Boris prometeu satisfazer o desejo de Hélène e queria entabular conversa com ela, quando Anna Pávlovna o chamou sob o pretexto de que a velha tia queria falar com ele.

— O senhor por acaso conhece o marido dela? — perguntou Anna Pávlovna, de olhos fechados, apontando para Hélène com um gesto triste. — Ah, que mulher infeliz e encantadora! Não fale com ela sobre o marido, por favor, não fale. É doloroso demais para ela!

VII

Quando Boris e Anna Pávlovna voltaram ao círculo geral, o príncipe Hippolyte dominava a conversa. Com o corpo para a frente, na beirada da poltrona, ele dizia:

---

21 Fortaleza prussiana situada no rio Oder.

22 Francês: "É absolutamente necessário que o senhor venha me visitar [...] Terça-feira, entre oito e nove horas. O senhor me dará um grande prazer".

— *Le roi de Prusse!* — e em seguida começou a rir. Todos estavam voltados para ele. — *Le roi de Prusse?* — perguntou Hippolyte, riu de novo e, sério e calmo, acomodou-se de novo na parte mais funda da poltrona. Anna Pávlovna esperou um pouco que ele voltasse a falar, mas, como Hippolyte parecia resolvido a não dizer mais nada, ela passou a contar como o herege Bonaparte havia roubado, em Potsdam, a espada de Frederico, o Grande.

— *C'est l'epée de Frédéric le Grand, que je...*[23] — ela quis começar, mas Hippolyte interrompeu-a com estas palavras:

— *Le roi de Prusse...* — e de novo, assim que os outros se voltaram para ele, Hippolyte pediu desculpas e calou-se. Anna Pávlovna franziu as sobrancelhas. Mortmart, amigo de Hippolyte, lhe disse em tom resoluto:

— *Voyons à qui en avez-vous avec votre roi de Prusse?*[24]

Hippolyte começou a rir como se tivesse vergonha do próprio riso.

— *Non, ce n'est rien, je voulais dire seulement...* (Tinha a intenção de repetir a anedota que ouvira em Viena e para a qual vinha tentando, a noite inteira, encontrar um momento oportuno.) *Je voulais dire seulement, que nous avons tort de faire la guerre pour le roi de Prusse.*[25]

Boris sorriu com cautela, de um modo que o seu sorriso poderia ser entendido como desdém ou como aprovação do gracejo, dependendo de como o gracejo viesse a ser recebido pelos demais. Todos riram.

— *Il est très mauvais, votre jeu de mot, très spirituel, mais injuste* — disse Anna Pávlovna, ameaçando-o com o dedo encarquilhado. — *Nous ne faisons pas la guerre pour le roi de Prusse, mas pour les bons principes. Ah, le méchant, ce prince Hippolyte!*[26] — disse ela.

A conversa não esfriou durante toda a noite e girou, sobretudo, em torno das notícias políticas. No fim, ganhou um ânimo especial, quando o assunto passou a ser as recompensas concedidas pelo soberano.

— N. N. já ganhou, no ano passado, uma tabaqueira com um retrato — disse *l'homme à l'esprit profond.* — Por que então S. S. não pode ganhar a mesma recompensa?

---

23 Francês: "É a espada de Frederico, o Grande, que eu...".

24 Francês: "Vamos, o que o senhor tem a ver com o rei da Prússia?".

25 Francês: "Não, eu só queria dizer que... [...] Eu só queria dizer que agimos de forma errada ao fazer a guerra pelo rei da Prússia". Em francês, *"pour le roi de Prusse"* [pelo rei da Prússia] é uma expressão e significa "por uma ninharia".

26 Francês: "É muito malvado o seu jogo de palavras, muito espirituoso, mas injusto... [...] Nós não estamos fazendo a guerra pelo rei da Prússia, mas pelos bons princípios. Ah, como é maldoso, esse príncipe Hippolyte!".

— *Je vous demande pardon, une tabatière avec le portrait de l'empereur est une récompense, mais point une distinction* — disse um diplomata —, *un cadeu plutôt.*[27]

— *Il y a eu plutôt des antécédents, je vous citerai Schwarzenberg.*[28]

— *C'est impossible*[29] — objetou um outro.

— Pode apostar. *Le grand cordon, c'est différent...*[30]

Quando se levantaram para sair, Hélène, que havia falado muito pouco durante toda a festa, dirigiu-se de novo a Boris com um pedido, em tom de ordem carinhosa e importante, de que ele fosse à casa dela na terça-feira.

— Preciso muito disso — falou Hélène, com um sorriso, virando-se para Anna Pávlovna, e Anna Pávlovna, com o mesmo sorriso triste que acompanhava suas palavras sobre a sua eminente protetora, confirmou o desejo de Hélène. Parecia que, de algumas palavras ditas por Boris naquela noite sobre o Exército prussiano, Hélène descobrira de repente uma necessidade de vê-lo. Pareceu prometer a ele que, quando fosse lá, na terça-feira, ela explicaria aquela necessidade.

Quando foi ao suntuoso salão de Hélène, na terça-feira à noite, Boris não recebeu uma explicação clara sobre a necessidade da sua presença ali. Havia outros convidados, a condessa pouco falou com ele e, só ao despedir-se, quando Boris beijou sua mão, Hélène, com uma estranha ausência de sorriso, de modo inesperado, num sussurro, lhe disse:

— *Venez demain dîner... le soir. Il faut que vous veniez... Venez.*[31]

Naquela estada em Petersburgo, Boris tornou-se uma pessoa íntima na casa da condessa Bezúkhov.

VIII

A guerra se inflamava, e o teatro de operações se aproximava das fronteiras russas. Em toda parte, ouviam-se maldições contra Bonaparte, o inimigo da espécie humana; milicianos e recrutas eram convocados nas aldeias e, do teatro de operações, chegavam notícias contraditórias, falsas como sempre e, por isso, interpretadas de várias maneiras.

---

27 Francês: "Queira desculpar, uma tabaqueira com um retrato do imperador é uma recompensa, mas não é uma distinção [...] é antes um presente".

28 Francês: "Há muitos antecedentes, posso citar o caso de Schwarzenberg".

29 Francês: "É impossível".

30 Francês: "A grande condecoração é diferente...".

31 Francês: "Venha jantar amanhã à noite. É preciso que o senhor venha... Venha".

A vida do velho príncipe Bolkónski, do príncipe Andrei e da princesa Mária havia mudado muito, desde o ano de 1805.

Em 1806, o velho príncipe foi indicado para ser um dos oito comandantes das forças voluntárias, nomeados então em toda a Rússia. O velho príncipe, apesar da sua fraqueza de velho, que se tornara mais perceptível na época em que acreditava que o filho estava morto, não julgava ter o direito de faltar a um dever do qual fora incumbido pelo próprio soberano, e aquela nova atividade que lhe surgiu o estimulava e revigorava. Fazia rondas constantes pelas três províncias confiadas a ele; era meticuloso até o pedantismo no cumprimento de suas obrigações, severo até a ferocidade com os seus subordinados e observava pessoalmente os mínimos detalhes das tarefas. A princesa Mária havia parado de ter aulas de matemática com o pai e só pela manhã, acompanhada pela ama de leite e pelo pequeno príncipe Nikolai (como o avô o chamava), entrava no escritório do pai, quando ele estava em casa. O bebê, príncipe Nikolai, vivia com a ama de leite e a babá Sávichna nos aposentos da falecida senhora princesa, e a princesa Mária passava a maior parte do dia no quarto da criança, substituindo, como podia, a mãe do pequeno sobrinho. Mlle Bourienne, também, assim parecia, amava o menino com ardor, e a princesa Mária, muitas vezes, a fim de ceder à amiga, se privava do prazer de cuidar do pequeno anjo (como ela chamava o sobrinho) e de brincar com ele.

Junto ao altar da igreja de Montes Calvos havia uma capela sobre a sepultura da pequena princesa, e na capela fora colocado um monumento de mármore, trazido da Itália, que representava um anjo de asas abertas, pronto para voar para o céu. O anjo tinha o lábio superior um pouco levantado, como se tivesse a intenção de sorrir, e certa vez o príncipe Andrei e a princesa Mária, ao saírem da capela, admitiram um para o outro que, estranhamente, o rosto daquele anjo fazia lembrar o rosto da falecida. Porém o mais estranho, e o que o príncipe Andrei não falou para a irmã, era que, na expressão que por acaso o artista dera ao rosto do anjo, o príncipe Andrei lia as mesmas palavras de repreensão dócil que lera, então, no rosto da esposa falecida: "Ah, por que vocês fizeram isso comigo?...".

Pouco depois da volta do príncipe Andrei, o velho príncipe dividiu seus bens e deu ao filho a grande propriedade de Bogutchárovo, situada a quarenta verstas de Montes Calvos. Em parte por causa das lembranças penosas ligadas a Montes Calvos, em parte porque nem sempre o príncipe Andrei se sentia com forças para suportar o caráter do pai, em parte porque ele precisava de solidão, o príncipe Andrei fez bom proveito de Bogutchárovo, construiu uma casa e ficava lá a maior parte do tempo.

Depois da campanha de Austerlitz, o príncipe Andrei decidiu, com firmeza, nunca mais servir no Exército; e quando a guerra começou, e todos tinham de servir, ele, para livrar-se do serviço ativo no Exército, assumiu, sob o comando do pai, a função de recrutar as milícias. O velho príncipe e o filho pareciam ter trocado de papéis, depois da campanha de 1805. Estimulado pela atividade, o velho príncipe tinha as melhores expectativas na campanha em curso; ao contrário, sem participar da guerra e lamentando-a no fundo da alma, o príncipe Andrei só via coisas ruins.

No dia 26 de fevereiro de 1807, o velho príncipe partiu numa ronda. Como acontecia na maioria das vezes em que o pai estava fora, o príncipe Andrei ficou em Montes Calvos. O pequeno Nikóluchka estava adoentado já fazia quatro dias. Os cocheiros que levaram o velho príncipe voltaram da cidade e trouxeram documentos e cartas para o príncipe Andrei.

O camareiro com as cartas, ao não encontrar o jovem príncipe em seu escritório, seguiu para os aposentos da princesa Mária; mas ele tampouco estava lá. Disseram ao camareiro que o príncipe tinha ido ao quarto da criança.

— Com licença, vossa excelência, Petrucha trouxe uns papéis — disse uma das mocinhas que ajudavam a babá, dirigindo-se ao príncipe Andrei, que, sentado numa cadeirinha de criança, com as mãos trêmulas, de sobrancelhas franzidas, pingava gotas de um frasco de remédio dentro de um cálice cheio de água até a metade.

— O que é? — disse ele, zangado, e depois de sacudir a mão de modo descuidado fez cair do frasco para o cálice uma quantidade excessiva de gotas. Jogou no chão o remédio que estava no cálice e pediu água de novo. A criada lhe deu.

No quarto, havia um berço, duas arcas, duas poltronas, uma mesa, e uma mesinha e uma cadeirinha de criança, na qual o príncipe Andrei estava sentado. A janela tinha a cortina fechada, e sobre a mesa ardia uma vela, protegida por um livro de partituras musicais, para evitar que a luz batesse no berço.

— Meu amigo — disse a princesa, de pé junto ao berço, dirigindo-se ao irmão —, é melhor esperar um pouco... depois...

— Ah, por favor, você só diz bobagens, está sempre mandando esperar e esperar — disse o príncipe Andrei num sussurro exasperado, obviamente com o desejo de ferir a irmã.

— Meu irmão, sinceramente, é melhor não acordar, ele pegou no sono — disse a princesa, com voz de súplica.

O príncipe Andrei levantou-se e, na ponta dos pés, com o cálice na mão, aproximou-se do berço.

— Então, você acha mesmo que é melhor não acordar? — perguntou, indeciso.

— Como você preferir... mas, sinceramente... eu acho — disse a princesa Mária, visivelmente intimidada e envergonhada por sua opinião estar vencendo. Acenou para o irmão apontando a presença da criada que o chamava num sussurro.

Era a segunda noite que os dois não dormiam, cuidando do menino que ardia em febre. Durante aqueles dois dias e duas noites, sem confiar de todo no médico da família e à espera do médico que mandaram vir da cidade, eles experimentavam ora um remédio, ora outro. Extenuados pelas noites em claro e alarmados, atiravam o seu desgosto um contra o outro, censuravam-se mutuamente e discutiam.

— Petrucha trouxe uns documentos que papai mandou — sussurrou a criada.

O príncipe Andrei saiu do quarto.

— Pois então, o que foi? — exclamou ele, zangado, e depois de ouvir as ordens verbais do pai e de pegar os envelopes e a carta que o pai enviara, voltou para o quarto da criança.

— E aí? — perguntou o príncipe Andrei.

— Está na mesma, espere um pouquinho, pelo amor de Deus. Karl Ivánitch sempre diz que o sono é o mais importante — sussurrou a princesa Mária, num suspiro. O príncipe Andrei aproximou-se do bebê e apalpou-o. A criança ardia em febre.

— Para o inferno, vocês e o seu Karl Ivánitch! — Ele pegou o cálice com as gotas e aproximou-se de novo.

— *André*, não precisa! — disse a princesa Mária.

Mas ele, com raiva e ao mesmo tempo com um ar sofrido, franziu a cara para a irmã e, com o cálice, curvou-se sobre a criança.

— Mas eu quero — disse ele. — Vamos, eu lhe peço, dê para ele.

A princesa Mária encolheu os ombros, mas pegou o cálice, submissa, e começou a dar o remédio com a ajuda da babá. O bebê desatou a gritar e a ofegar. O príncipe Andrei, de cara franzida, segurou a cabeça entre as mãos, saiu do quarto e sentou-se no sofá, no quarto vizinho.

Todas as cartas estavam na sua mão. Mecanicamente, abriu uma e começou a ler. O velho príncipe, num papel azul, com sua letra graúda, alongada, utilizando abreviaturas aqui e ali, escrevia o seguinte:

> Recebi do cocheiro neste momento uma notícia muito alegre. Se não for lorota o que dizem, Bennigsen obteve uma vitória completa sobre *Buonaparte* em Preussische-Eylau. Todos rejubilam em Petersburgo, e recompensas sem conta foram enviadas para o Exército. Apesar de ele ser alemão, felicito-o. Não entendo o que faz o comandante de Kórtchevo, um tal de Khandrikóv: até agora, não chegaram os homens e as provisões adicionais. Vá a galope até lá imediatamente e diga que vou arrancar a cabeça dele se daqui a uma semana não estiver tudo pronto. Sobre a batalha de Preussische-Eylau, recebi também uma carta de Piétienka: tomou parte dela — é tudo verdade. Quan-

do as pessoas que não devem se meter não se metem, até um alemão vence o *Buonaparte*. Dizem que está fugindo em total desordem. Trate de galopar bem depressa até Kórtchevo e fazer o que mandei!

O príncipe Andrei soltou um suspiro e rompeu o lacre de outro envelope. Era uma carta de Bilíbin, em duas folhinhas cobertas de letras miúdas. Dobrou-a sem ler e releu a carta do pai, que terminava com as palavras: "Trate de galopar bem depressa até Kórtchevo e fazer o que mandei!".

"Não, o senhor me desculpe, não irei agora, enquanto o bebê não melhorar", pensou e, aproximando-se da porta, lançou um olhar para o quarto da criança. A princesa Mária continuava de pé junto ao berço e balançava a criança, de leve.

"Sim, o que mais ele escreveu de desagradável?", o príncipe Andrei quis se lembrar do conteúdo da carta do pai. "Sim. A vitória que alcançamos contra Bonaparte, justamente quando eu não estou no serviço militar. Sim, sim, sempre zombando de mim... bem, que faça bom proveito..." E passou a ler a carta em francês escrita por Bilíbin. Lia sem entender metade, lia só para, ainda que fosse apenas por um minuto, parar de pensar naquilo que ele vinha pensando já havia tempo demais, de uma forma atormentada e que excluía todo o resto.

IX

Bilíbin tinha agora o cargo de funcionário diplomático no quartel-general do Exército e, embora em língua francesa, com gracejos e expressões francesas, descrevia toda a campanha com um atrevimento na autocondenação e na autozombaria que era tipicamente russo. Bilíbin escrevia que a sua *discrétion*[32] diplomática o atormentava e que estava feliz por ter como correspondente fiel o príncipe Andrei, diante de quem podia derramar toda a bílis acumulada em razão do que via acontecer no Exército. A carta era antiga, anterior à batalha de Preussische-Eylau.

"*Depuis nos grands succès d'Austerlitz, vous savez, mon cher prince*", escrevia Bilíbin,

> *que je ne quitte plus les quartiers généraux. Décidément j'ai pris le goût de la guerre, et bien m'en a pris. Ce que j'ai vu ces trois mois, est incroyable.*
>
> *Je commence* ab ovo. L'ennemi du genre humain, *comme vous savez, s'at-*

---

32 Francês: "discrição".

taque aux Prussiens. Les Prussiens sont nos fidèles alliés, qui ne nous ont trompés que trois fois depuis trois ans. Nous prenons fait et cause pour eux. Mais il se trouve que l'ennemi du genre humain *ne fait nulle attention à nos beaux discours, et avec sa manière impolie et sauvage se jette sur les Prussiens sans leur donner le temps de finir la parade commencée, en deux tours de main les rosse à plate couture et va s'installer au palais de Potsdam.*

"J'ai le plus vif désir", écrit le roi de Prusse à Bonaparte, "que V. M. soit accueillie et traitée dans mon palais d'une manière qui lui soit agréable et c'est avec empressement, que j'ai pris à cet effet toutes les mesures que les circonstances me permettaient. Puissé-je avoir réussi!" Les généraux prussiens se piquent de politesse envers les Français et mettent bas les armes aux premières sommations.

Le chef de la garnison de Glogau avec dix mille hommes, demande au roi de Prusse, ce qu'il doit faire s'il est sommé de se rendre?... Tout cela est positif.

Bref, espérant en imposer seulement par notre attitude militaire, il se trouve que nous voilà en guerre pour tout de bon, et ce qui plus est, en guerre sur nos frontières avec et pour le roi de Prusse. Tout est au grand complet, il ne nous manque qu'une petite chose, c'est le général en chef. Comme il s'est trouvé que les succès d'Austerlitz auraient pu être plus décisifs si le général en chef eût été moins jeune, on fait la revue des octogénaires et entre Prosorofsky et, Kamensky, on donne la préférence au dernier. Le général nous arrive en kibik à la manière Souvoroff, et est accueilli avec des acclamations de joie et de triomphe.

Le 4 arrive le premier courrier de Pétersbourg. On apporte les malles dans le cabinet du maréchal, qui aime à faire tout par lui même. On m'appelle pour aider à faire le triage des lettres et prendre celles qui nous sont destinées. Le maréchal nous regarde faire et attend les paquets qui lui sont adressés. Nous cherchons — il n'y en a point. Le maréchal devient impatient, se met lui même à la besogne et trouve des lettres de l'empereur pour le comte T., pour le prince V. et autres. Alors le voilà qui se met dans une de ses colères bleues. Il jette feu et flamme contre tout le monde, s'empare des lettres, les décachète et lit celles de l'empereur adressées à d'autres. Ah, então é assim que me trata. Não tem confiança em mim! Ah, manda me vigiarem, que beleza; que vão para o inferno! *Et il écrit le fameux ordre du jour au général Bennigsen*:

"Estou ferido, não posso montar e portanto não posso comandar o exército. O senhor conduziu o seu contigente de campanha derrotado para Pultusk: ali ele se encontra vulnerável, sem lenha e sem forragem, portanto precisa de ajuda e, como o senhor mesmo comunicou ontem ao conde Buxhöwden, era necessário pensar numa retirada rumo à nossa fronteira, o que se deve fazer hoje mesmo."

"Por causa de todas as minhas andanças a cavalo", *écrit-il à l'empereur*, "peguei uma ferida de sela que, acrescida aos meus curativos anteriores, me impede completamente de montar e de comandar um exército tão vasto, e, por isso, passei o comando para o general mais antigo, depois de mim, o conde Buxhöwden, transmiti a ele todo o serviço e tudo o que lhe diz respeito, recomendei-lhe que, se faltar alimento, retire as tropas para um local mais próximo, para o interior da Prússia, porque só resta comida para um dia, mas em certos regimentos não há mais nenhum alimento, como informaram os comandantes de divisão Osterman e Sedmorétski, e o que os mujiques possuíam foi tudo devorado; eu mesmo vou ficar no hospital de Ostrolenka até me restabelecer. Na data em que encaminho mui respeitosamente este boletim a vossa majestade, faço saber que, caso o exército permaneça nos acampamentos atuais por mais quinze dias, na primavera não vai restar nem um único soldado sadio.

"Permita que se retire para o campo um velho que, de resto, já está coberto de desonra por não poder cumprir o destino magnífico e glorioso para o qual foi escolhido. A benevolentíssima autorização de vossa alteza, vou aguardá-la aqui no hospital, para não representar o papel de '*escrivante*', em vez de *comandante*, das tropas. A minha desoneração do Exército não há de produzir a mais ínfima perturbação, é como se um cego se afastasse do exército. Tal como eu, há na Rússia milhares."

Le maréchal se fâche contre l'empereur et nous punit tous; n'est ce pas que c'est logique!

Voilà le premier acte. Aux suivants l'intérêt et le ridicule montent comme de raison. Après le départ du maréchal il se trouve que nous sommes en vue de l'ennemi, et qu'il faut livrer bataille. Buxhœvden est général en chef par droit d'ancienneté, mais le général Bennigsen n'est pas de cet avis; d'autant plus qu'il est, lui, avec son corps en vue de l'ennemi, et qu'il veut profiter de l'occasion d'une bataille "aus eigener Hand" comme disent les Allemands. Il la donne. C'est la bataille de Pultusk, qui est censée être une grande victoire, mais qui à mon avis ne l'est pas du tout. Nous autres pékins, avons, comme vous savez, une très vilaine habitude de décider du gain ou de la perte d'une bataille. Celui qui s'est retiré après la bataille l'a perdu, voilà ce que nous disons, et à ce titre nous avons perdu la bataille de Pultusk. Bref, nous nous retirons après la bataille, mais nous envoyons un courrier à Pétersbourg, qui porte les nouvelles d'une victoire, et le général ne cède pas le commandement en chef à Buxhœvden, espérant recevoir de Pétersbourg, en reconnaissance de sa victoire, le titre de général en chef. Pendant cet interrègne, nous commençons un plan de manœuvres excessivement intéressant et original. Notre but ne consiste pas, comme il devrait l'être, à éviter ou à attaquer l'ennemi, mais uniquement à éviter le général Buxhœvden, qui par droit d'ancienneté serait notre chef. Nous poursuivons ce but avec tant d'énergie, que, même en passant une rivière qui n'est pas guéable, nous brûlons les ponts pour nous séparer de notre ennemi, qui, pour le moment, n'est pas Bonaparte, mais Buxhœvden. Le général Buxhœvden a manqué d'être attaqué et pris par des forces ennemies supérieures à cause d'une de nos belles manœuvres qui nous sauvait de lui. Buxhœvden nous poursuit — nous filons. À peine passe-t-il de notre côté de la rivière, que nous repassons de l'autre. À la fin notre ennemi Buxhœvden nous attrappe et s'attaque à nous. Les deux généraux se fâchent. Il y a même une provocation en duel de la part de Buxhœvden et une attaque d'épilepsie de la part de Bennigsen. Mais au moment critique le courrier, qui porte la nouvelle de notre victoire de Pultusk, nous apporte de Pétersbourg notre nomination de général en chef, et le premier ennemi Buxhœvden est enfoncé: nous pouvons penser au second, à Bonaparte. Mais ne voilà-t-il pas qu'à ce moment se lève devant nous un troisième ennemi, c'est le exército ortodoxo *qui demande à grands cris du pain, de la viande, des souchary, du foin, que sais-je! Les magasins sont vides, les chemins impraticables. Le* exército ortodoxo *se met à la maraude, et d'une manière dont la dernière campagne ne peut vous donner la moindre idée. La moitié des régiments forme des troupes libres, qui parcourent la contrée en mettant tout à feu et à sang. Les habitants sont ruinés de fond en comble, les hôpitaux regorgent de malades, et la disette est partout. Deux fois le quartier général a été attaqué par des troupes de maraudeurs et le général en chef a été obligé lui-même de demander un bataillon pour les chasser. Dans une de ces attaques on m'a emporté ma malle vide et ma robe de chambre. L'empereur veut donner le droit à tous les chefs de divisions de fusiller les maraudeurs, mais je crains fort que cela n'oblige une moitié de l'armée de fusiller l'autre.*[33]

---

33 Francês: "Desde os nossos grandes êxitos em Austerlitz, o senhor sabe, meu caro príncipe [...] que eu não mais me afasto dos quartéis-generais. Decididamente, tomei gosto pela guerra, e por mim está muito bem assim. O que vi nesses três anos é inacreditável.

"Começo *ab ovo. O inimigo da espécie humana*, como o senhor sabe, ataca os prussianos. Os prussianos são nossos fiéis aliados, que só nos enganaram três vezes, em três anos. Fizemos nossa a causa deles. Mas acontece que o *inimigo da espécie humana* não dá a menor atenção aos nossos discursos bonitos e, com a sua maneira mal-educada e selvagem, se lança contra os prussianos sem lhes dar tempo de terminar a parada que haviam começado e, num piscar de olhos, faz deles picadinho e vai instalar-se no palácio de Potsdam.

"'Tenho o mais vivo desejo', escreve o rei da Prússia para Bonaparte, 'que V. M. seja recebido e tratado em meu palácio de uma forma que lhe seja agradável e foi com presteza que, para tal fim, tomei todas as providências que as circunstâncias me permitiam. Deus queira que eu tenha conseguido!' Os generais prussianos se esmeram em gentilezas em relação aos franceses e baixam as armas diante das primeiras intimações.

"O comandante da guarnição de Glogau, com dez mil homens, pergunta ao rei da Prússia o que deve fazer, no caso de ser intimado a render-se... Tudo isso são fatos concretos.

"Em suma, na esperança de nos impor somente com a nossa atitude militar, eis-nos agora em guerra total, e, o pior, em guerra nas nossas fronteiras, *com e pelo rei da Prússia*. Tudo está pronto, só nos falta uma coisinha: é o general em chefe. Como se constatou que os êxitos de Austerlitz poderiam ter sido mais decisivos se o general em chefe fosse menos jovem, passaram em revista os octogenários e, entre Prozoróvski e Kamiénski, deu-se preferência a este último. O general nos chega em *kibítka* [carroça coberta], à maneira de Suvórov, e é recebido com aclamações de alegria e de triunfo.

"No dia 4 chega o primeiro correio de Petersburgo. Transportam as malas para o gabinete do marechal, que adora fazer tudo sozinho. Sou chamado para ajudar a fazer a triagem das cartas e pegar aquelas que nos são destinadas. O marechal nos observa trabalhar e aguarda a correspondência a ele endereçada. Nós procuramos — não há nenhuma. O marechal fica impaciente, atira-se ele mesmo ao trabalho e encontra cartas do imperador para o conde T., para o príncipe V., e outros. Então ele tem um de seus ataques de cólera. Cospe fogo contra todo mundo, apodera-se das cartas, abre e lê as cartas do imperador destinadas a outras pessoas [...] E escreve a famosa ordem do dia para o general Bennigsen.

"[...] escreve ele ao imperador [...]

"O marechal se zangou com o imperador e nos castiga a todos; não é perfeitamente lógico?

"Esse é o primeiro ato. Nos atos seguintes, o interesse e o ridículo aumentam, como é justo. Depois da partida do marechal, constata-se que estamos à vista do inimigo e que é necessário travar batalha. Buxhöwden é o general em chefe por direito de antiguidade, mas o general Bennigsen não pensa assim; tanto mais que são ele e o seu contingente de campanha que estão à vista do inimigo, e ele tenciona tirar proveito da oportunidade de uma batalha '*aus eigener Hand*' [com as próprias mãos], como dizem os alemães. E assim faz. É a batalha de Pultusk, classificada como uma grande vitória, mas que, a meu ver, não o é de maneira alguma. Nós, civis, como o senhor sabe, temos o hábito detestável de decidir se uma batalha foi perdida ou ganha. Aquele que se retirou depois da batalha perdeu-a, eis o que dizemos, e nesse caso perdemos a batalha de Pultusk. Numa palavra, batemos em retirada após a batalha, mas enviamos um mensageiro para Petersburgo, levando notícias de uma vitória, e o general não cede o comando geral para Buxhöwden, esperando receber de Petersburgo, em sinal de reconhecimento por sua vitória, o título de general em chefe. Durante esse interregno, damos início a um plano de manobras deveras interessante e original. Nosso objetivo não consiste, como deveria ser, em evitar ou atacar o inimigo; mas unicamente em evitar o general Buxhöwden, que por direito de antiguidade será o nosso chefe. Perseguimos esse objetivo com tamanha energia que, mesmo tendo cruzado um rio que não se pode atravessar a pé, queimamos as pontes a fim de nos manter separados do nosso inimigo, que, por ora, não é Bonaparte, mas Buxhöwden. O general Buxhöwden escapou de ser atacado e capturado pelas forças inimigas, superiores às dele, graças a uma de nossas belas manobras para nos salvar de Buxhöwden. O general Buxhöwden nos persegue — nós escapulimos. Mal ele passa para a nossa margem do rio, nós passamos de novo para a margem oposta. Ao fim, o nosso inimigo Buxhöwden nos apanha de emboscada e nos ataca. Os dois generais se irritam. Chega a haver uma provocação para um duelo da parte de Buxhöwden e um ataque de epilepsia da parte de Bennigsen. Porém, no momento crítico, o mensageiro que leva a notícia da nossa vitória de Pultusk nos traz de Petersburgo a nomeação do nosso general em chefe, e o primeiro inimigo, Buxhöwden, leva a pior:

O príncipe Andrei, de início, lia apenas com os olhos, mas depois, sem perceber, aquilo que lia (embora ele soubesse em que medida devia acreditar em Bilíbin) começou a interessá-lo cada vez mais. Tendo lido até aquele ponto, amassou a carta e jogou-a para o lado. Não ficou irritado com o que lera na carta, mas com o fato de aquela vida remota, alheia a ele, ser capaz de perturbá-lo. Fechou os olhos, esfregou a testa com a mão, como que para extirpar todo interesse por aquilo que lia, e pôs-se a ouvir com atenção o que se passava no quarto da criança. De repente, pareceu ouvir um barulho estranho atrás da porta. Teve medo; receou que tivesse acontecido algo com o bebê, enquanto lia a carta. Na ponta dos pés, aproximou-se da porta e abriu.

No instante em que entrou, viu que a babá, com ar assustado, escondia dele alguma coisa e que a princesa Mária já não estava junto ao berço.

— Meu amigo — ouviu às suas costas o sussurro da princesa Mária, que lhe pareceu desesperado. Como acontece muitas vezes depois de um longo tempo sem dormir e de uma prolongada agitação, ele sentiu um medo sem motivo: lhe veio à cabeça a ideia de que o bebê tinha morrido. Tudo o que via e escutava lhe parecia confirmar o seu medo.

"Está tudo acabado", pensou, e um suor frio cobriu sua testa. Desconcertado, aproximou-se do berço, convicto de que o encontraria vazio, de que a babá havia escondido o bebê morto. Ele abriu o cortinado do berço e por um longo tempo os seus olhos assustados, desnorteados, não conseguiram localizar o bebê. Por fim, o viu: o menino rosado estava deitado no berço, de braços abertos e na diagonal, a cabeça mais baixa do que o travesseiro e, dormindo, ele movia os lábios, estalava beijinhos, e respirava num ritmo regular.

O príncipe Andrei alegrou-se ao ver o bebê assim, pois tinha a impressão de já ter perdido o filho. Curvou-se e, como a irmã havia ensinado, verificou com os lábios se a criança estava com febre. A testa delicada estava úmida, ele roçou a

---

podemos pensar no segundo, Bonaparte. Mas acontece que exatamente nesse momento se ergue à nossa frente um terceiro inimigo: o exército ortodoxo, que a grandes brados exige pão, carne, *sucharí* [torradas], feno, sei lá o quê! As lojas estão vazias, as estradas, intransitáveis. O exército ortodoxo parte para a pilhagem, e de uma forma que a última campanha não pode dar ao senhor a mais pálida ideia. Metade dos regimentos forma um bando sem lei, que percorre os campos e tudo massacra e incendeia. Os habitantes são deixados em completa ruína, os hospitais regurgitam de enfermos, e a penúria reina em toda parte. Duas vezes o quartel-general foi atacado por bandos de saqueadores, e o general em chefe foi obrigado a pedir, ele mesmo, um batalhão para dispersá-los. Num desses ataques, levaram minha mala vazia e o meu robe. O imperador quer dar a todos os chefes de divisão o direito de fuzilar os saqueadores, mas receio muito que isso obrigue metade do exército a fuzilar a outra metade."

mão na cabeça do bebê — até os cabelos estavam molhados, de tanto que a criança havia suado. Não só não havia morrido, como agora era evidente que a crise terminara e que a criança se recuperava. O príncipe Andrei teve vontade de pegar, de apertar, de esmagar contra o peito aquela criatura pequenina e indefesa; não teve coragem de fazer isso. Ficou parado ao seu lado, olhando para a cabeça dele, para os braços, para as perninhas, que ressaltavam por baixo da manta. Ouviu um sussurro ao seu lado, e uma sombra apareceu por trás do mosquiteiro do berço. Ele não se virou para ver e, olhando para o rosto do bebê, não parava de escutar a sua respiração ritmada. A sombra escura era da princesa Mária, que, em passos silenciosos, aproximou-se do berço, levantou o mosquiteiro e deixou-o cair por trás de si. O príncipe Andrei, sem virar-se para ver, reconheceu a irmã e lhe estendeu a mão. Ela apertou a mão dele.

— Ele está suando — disse o príncipe Andrei.

— Fui procurar você para dizer isso.

O bebê, dormindo, mexeu-se bem de leve, sorriu e esfregou a cabeça no travesseiro.

O príncipe Andrei olhou para a irmã. Os olhos radiantes da princesa Mária, na penumbra opaca do mosquiteiro, brilhavam mais do que de costume, por causa das lágrimas de felicidade que havia neles. A princesa Mária esticou-se para junto do irmão e beijou-o, repuxando de leve o mosquiteiro do berço. Os dois se advertiram mutuamente com um gesto e continuaram parados sob a luz opaca do mosquiteiro, como se não quisessem afastar-se daquele mundo, em que os três se achavam separados do mundo inteiro. Emaranhando os cabelos na musselina do mosquiteiro, o príncipe Andrei afastou-se primeiro do berço. "Sim, isso é tudo o que me restou agora", disse, num suspiro.

X

Pouco depois da sua admissão na confraria dos maçons, Pierre, levando consigo um guia completo, redigido por ele mesmo, no qual definia o que devia fazer em suas propriedades, partiu para a província de Kíev, onde se encontrava a maior parte de seus camponeses.

Ao chegar a Kíev, Pierre chamou todos os administradores ao escritório principal e explicou-lhes suas intenções e desejos. Disse que, rapidamente, seriam tomadas providências para a completa libertação dos camponeses do regime de servidão, que a partir de já os camponeses não deviam ser sobrecarregados de trabalho, que as mulheres e as crianças não deviam ser postas para trabalhar, que se devia prestar ajuda aos camponeses, que os castigos deviam ser verbais, e não corporais, que em todas as propriedades deviam ser instalados hospitais, asilos e escolas. Alguns administradores (havia ali intendentes semianalfabetos) escutavam assustados, supondo que o sentido daquele discurso era que o jovem conde estava insatisfeito com a administração deles e com o desvio de dinheiro; outros, depois do medo inicial, começaram a achar engraçado o ceceio de Pierre e também as palavras novas, que nunca tinham ouvido; outros, ainda, achavam simplesmente um prazer ouvir como o seu senhor falava; outros, os mais inteligentes, entre os quais estava o administrador-geral, entenderam de todo aquele discurso que seria preciso encontrar algum modo de ludibriar o patrão para que pudessem alcançar os seus objetivos.

O administrador-geral expressou uma grande simpatia pelas intenções de Pierre; mas observou que, além daquelas transformações, era indispensável cuidar dos assuntos gerais que estavam em situação ruim.

Apesar da imensa riqueza do conde Bezúkhov, desde quando Pierre a recebera e passara a receber também, segundo diziam, quinhentos mil rublos de renda por ano, ele se sentia muito menos rico do que quando ganhava os seus dez mil rublos do falecido conde. Em termos gerais, Pierre compreendia vagamente que o seu orçamento era o seguinte: ao Conselho, pagava cerca de oitenta mil rublos referentes a todas as suas propriedades; cerca de trinta mil era o custo da manutenção da propriedade nos arredores de Moscou, da casa de Moscou e a renda das princesas; cerca de quinze mil eram gastos em pensões, a mesma quantia destinada a instituições de caridade; para o sustento da condessa, mandava cento e cinquenta mil; cerca de setenta mil eram pagos de juros das dívidas; a construção já iniciada de uma igreja custara, naqueles dois anos, cerca de dez mil; o restante, cerca de cem mil, se dissipava nem ele sabia como, e quase todo ano Pierre era obrigado a pedir dinheiro emprestado. Além disso, todo ano, o administrador-geral escrevia falando ora de incêndios, ora de safras ruins, ora da necessidade de reformar fábricas e oficinas. Assim, a primeira tarefa que se impunha a Pierre era aquela para a qual ele tinha menos capacidade e inclinação: cuidar dos negócios.

Todos os dias, Pierre "cuidava de negócios" com o administrador-geral. Mas sentia que a sua atividade não fazia os negócios avançar nem um passo. Sentia que a sua atividade transcorria de forma independente dos negócios, que ela não se prendia aos negócios e não obrigava os negócios a se mover. De um lado, o administrador-geral, apresentando os negócios do pior ângulo possível, mostrava para Pierre a necessidade de liquidar as dívidas e empreender novos trabalhos com as forças dos mujiques em regime de servidão, com o que Pierre não concordava; de outro lado, Pierre exigia providências para a libertação dos servos, a que o administrador-geral reagia dizendo que antes era preciso pagar a dívida com o Conselho Tutelar,[34] e por isso não era possível executar o projeto com rapidez.

Mas o administrador não dizia que era totalmente impossível e, para a realização daquele objetivo, sugeria a venda das florestas da província de Kostromá, a venda das terras da parte baixa do rio, mais afastadas das nascentes, e a venda da propriedade da Crimeia. Porém, na visão do administrador, todas essas operações estavam ligadas a tamanha complicação de processos, de levantamento de interdições, de requisição, de licenças etc. que Pierre se perdia e limitava-se a responder:

— Sim, sim, faça isso.

Pierre não tinha a tenacidade prática que lhe daria a possibilidade de cuidar de seus negócios de um modo direto, por isso não gostava do assunto e, diante do administrador, tentava apenas fingir que cuidava dos negócios. O administrador, por sua vez, diante do conde, tentava fingir que considerava aquelas tarefas de grande proveito para a propriedade e trabalhosas para ele.

Na cidade, Pierre encontrava conhecidos; os desconhecidos apressavam-se em se fazer conhecer e, cordialmente, saudavam o ricaço recém-chegado, o maior proprietário da província. As tentações relativas à principal fraqueza de Pierre, aquela que ele admitira por ocasião do seu ingresso na loja maçônica, eram também tão fortes que Pierre não conseguia se conter. Novamente, dias inteiros, semanas e meses da vida de Pierre passavam tão ocupados e absorvidos em festas, jantares, lanches, bailes que não lhe sobrava tempo para refletir, tal como acontecia em Petersburgo. Em vez da vida nova que Pierre esperava levar, vivia a mesma vida de antes, só que num outro cenário.

Dos três preceitos da maçonaria, Pierre reconhecia não cumprir aquele que prescrevia a todo maçom ser um exemplo de vida moral, e das sete virtudes não possuía, em absoluto, duas delas: os bons costumes e o amor à morte. Consolava-se com a ideia de que, em compensação, cumpria um outro preceito, o aprimoramento da espécie humana, e também possuía outras virtudes, o amor ao próximo e sobretudo a generosidade.

Na primavera de 1807, Pierre resolveu voltar a Petersburgo. Na viagem de volta, tinha a intenção de percorrer todas as suas propriedades, certificar-se pessoalmente de que estava sendo feito o que ele havia determinado e ver em que estado se achava, agora, o povo que Deus lhe havia confiado e que Pierre se empenhava em cumular de favores.

---

34 Organização patrocinada pela família do tsar que cuidava de escolas, orfanatos, asilos de idosos, cegos, surdos etc. Essas instituições se mantinham, em parte, graças a doações.

O administrador-geral, que considerava todas as fantasias do jovem conde uma semiloucura, desvantajosa para o administrador, para o conde, para os camponeses, fazia concessões. Embora continuasse a encarar como impossível o projeto da libertação dos servos, ele ordenava construir em todas as propriedades grandes prédios destinados a abrigar escolas, hospitais e orfanatos; para a vinda do patrão, o administrador preparava em toda parte recepções sem pompa nem cerimônia, pois sabia que Pierre não gostava disso, mas com símbolos religiosos de gratidão, ícones, pão e sal,[35] o que, no seu modo de entender o patrão, havia de produzir efeito sobre ele e enganá-lo.

A primavera no sul, a viagem tranquila, rápida, numa carruagem vienense, e a solidão da estrada produziram um efeito alegre em Pierre. As propriedades que ele não tinha visitado antes eram cada uma mais pitoresca do que a outra; em toda parte, o povo se apresentava próspero e agradecido, de um modo comovente, pelos benefícios que havia recebido. Em toda parte, havia acolhidas que, embora deixassem Pierre embaraçado, despertavam no fundo da sua alma um sentimento de alegria. Em certo lugar, os mujiques lhe ofereceram pão e sal e uma imagem de Pedro e Paulo, e pediram licença para construir, em sinal de amor e gratidão pelos benefícios recebidos, e a expensas deles mesmos, uma capela nova na igreja, em homenagem a Pedro e Paulo, os santos padroeiros de Pierre.[36] Num outro lugar, Pierre foi recebido por mulheres com crianças de peito, que lhe agradeceram por estarem dispensadas dos trabalhos pesados. Numa terceira propriedade, foi recebido por um sacerdote com uma cruz, rodeado por crianças, a quem ele estava alfabetizando e ensinando religião, graças à misericórdia do conde. Em todas as propriedades, Pierre via com os próprios olhos prédios de pedra já em construção, para hospitais, escolas, asilos de idosos, todos erguidos segundo a mesma planta, e que dali a pouco tempo deveriam estar abertos. Em toda parte, Pierre via relatórios dos administradores sobre a redução, em comparação a antes, do trabalho gratuito prestado ao senhor de terras, e ouvia agradecimentos comoventes de representantes dos camponeses, que vestiam cafetãs azuis.

Pierre não sabia que no local onde lhe ofereceram pão e sal e iam construir uma capela em homenagem a Pedro e Paulo havia uma aldeia mercantil e uma feira dedicada ao dia de Pedro, não sabia que a capela já fora construída havia muito, por mujiques ricos da aldeia, os mesmos que vieram falar com ele, e que nove décimos dos mujiques daquela aldeia se achavam em completa miséria. Não

---

35 O pão e o sal são símbolos tradicionais de boas-vindas na Rússia.

36 Na Rússia, celebram-se São Pedro e São Paulo no mesmo dia. Pierre (Pedro), portanto, tinha ambos como padroeiros.

sabia que, em consequência da sua ordem de não mandarem mais mulheres com filhos lactentes para trabalhar de graça nas terras do proprietário, essas mesmas mulheres, agora, executavam um trabalho ainda mais pesado nas próprias terras. Não sabia que o sacerdote que viera recebê-lo com uma cruz oprimia os mujiques com os tributos cobrados pela Igreja, e que os pais dos alunozinhos reunidos à sua volta tinham entregado seus filhos à força, com lágrimas nos olhos, e depois ainda tinham de pagar uma grande soma para resgatá-los. Pierre não sabia que os prédios de pedra, construídos conforme a planta, estavam sendo erguidos pelos seus próprios camponeses e aumentavam o tempo de trabalho gratuito que prestavam ao senhor de terras, que só diminuía no papel. Não sabia que ali onde o administrador lhe mostrava, nos livros de contabilidade, a redução de um terço do tributo pago pelos servos ao proprietário, como Pierre havia ordenado, o que havia era o aumento de um meio do trabalho gratuito prestado ao senhor de terras. Por isso Pierre estava encantado com a sua viagem pelas propriedades, voltara inteiramente àquela disposição filantrópica com a qual havia partido de Petersburgo e escrevia cartas entusiasmadas ao seu irmão-mentor, como ele chamava o grão-mestre da maçonaria.

"Como é fácil, como é preciso pouco esforço para fazer tanto bem", pensava Pierre, "e como nos preocupamos pouco com isso!"

Estava feliz com a gratidão que lhe haviam demonstrado, mas tinha vergonha de recebê-la. Aquela gratidão lhe fazia lembrar quanta coisa *mais* ele estava em condições de fazer para aquelas pessoas simples, boas.

O administrador-geral, homem muito estúpido e astuto, que entendia com toda a clareza o conde ingênuo e inteligente e o manobrava como a um brinquedo, ao se dar conta do efeito produzido em Pierre por aquelas recepções preparadas, apresentou-lhe, de modo ainda mais resoluto, as causas da impossibilidade e, sobretudo, da falta de necessidade da libertação dos camponeses, que sem isso já estavam perfeitamente felizes.

Pierre, no íntimo da alma, concordava com o administrador em que seria difícil imaginar uma gente mais feliz e que só Deus sabia o que aguardava os camponeses, quando estivessem em liberdade; mas Pierre, embora a contragosto, insistia no que considerava justo. O administrador prometia empregar todas as forças para realizar as vontades do conde, compreendendo claramente que o conde nunca estaria em condições de verificar não só se tinham sido tomadas todas as providências para a venda das florestas e das propriedades e para quitar a dívida com o Conselho, como também, provavelmente, nunca mais perguntaria a respeito nem chegaria a saber que os prédios construídos estavam vazios e que os camponeses continuavam a dar em trabalho e em dinheiro tudo o que os camponeses davam nas propriedades dos outros, ou seja, tudo o que podiam dar.

XI

No estado de espírito mais feliz possível, durante a volta da sua viagem ao sul, Pierre realizou um desejo muito antigo — visitar o seu amigo Bolkónski, a quem não encontrava havia dois anos.

Na última estação de posta, ao saber que o príncipe Andrei não estava em Montes Calvos, e sim na sua nova propriedade particular, Pierre foi ao encontro dele.

Bogutchárovo ficava num local feio, plano, coberto de campos e florestas de bétulas e abetos, umas derrubadas, outras não. A casa senhorial ficava na extremidade da aldeia, que se estendia ao longo da estrada reta, atrás de um tanque recém-cavado, cheio até a borda, cujas margens ainda não estavam cobertas de grama, no meio de um bosque novo onde havia alguns pinheiros grandes.

A casa senhorial consistia em uma eira coberta, dependências externas, estrebaria, casa de banho, um anexo e uma grande casa de pedra com um frontão semicircular, ainda em construção. Em torno da casa fora plantado um jardim novo. As cercas e os portões eram sólidos e novos; debaixo de um telheiro, havia duas bombas de incêndio e uma pipa d'água pintada de verde; as estradas eram retas, as pontes eram fortes, com balaustradas. Em tudo havia um sinal de esmero e de boa administração. Os criados que Pierre encontrou, e a quem perguntou onde o príncipe morava, apontaram para um anexo pequeno e novo, bem na beirada do tanque. Anton, o velho preceptor do príncipe Andrei, ajudou Pierre a descer da carruagem, disse que o príncipe estava em casa e conduziu-o a uma antessala pequena e limpa.

Pierre ficou impressionado com a modéstia da casinha pequena, mas bem limpa, depois das instalações suntuosas onde encontrara o amigo da última vez, em Petersburgo. Entrou depressa na sala pequena, com aroma de pinheiro e paredes sem reboco, e quis seguir em frente, mas Anton se adiantou a ele correndo na ponta dos pés e bateu na porta.

— Então, o que é? — ouviu-se uma voz brusca, desagradável.

— Uma visita — respondeu Anton.

— Peça para esperar — e ouviu-se uma cadeira ser empurrada. Pierre, a passos ligeiros, avançou em direção à porta e deu de cara com o príncipe Andrei, que saía ao seu encontro, de rosto franzido e envelhecido. Pierre abraçou-o, tirou os óculos, beijou-o no rosto e olhou-o de perto.

— Puxa, eu não esperava, que alegria — disse o príncipe Andrei. Pierre nada disse; admirado, sem baixar os olhos, fitava o amigo. Estava impressionado com a transformação ocorrida no príncipe Andrei. As palavras eram afetuosas, havia um sorriso nos lábios e no rosto do príncipe Andrei, mas o olhar estava apagado, morto, e, apesar de um desejo evidente, o príncipe Andrei não conseguia dar ao olhar um brilho alegre e contente. Não era o fato de o seu amigo ter ficado mais magro, mais pálido, mais maduro; mas aquele olhar e as rugas na testa, que denotavam uma longa concentração em um só assunto, foi que impressionaram Pierre e causaram certa entranheza, enquanto ele não se habituou àquilo.

Como sempre acontece em encontros após uma longa separação, a conversa demorou a se estabelecer; perguntavam e respondiam de modo breve sobre assuntos que eles mesmos sabiam que era preciso falar longamente. Por fim, aos poucos, a conversa passou a se deter naquilo que, antes, tinha sido dito de modo fragmentário, questões sobre a vida passada, sobre os planos para o futuro, sobre a viagem de Pierre, sobre as suas ocupações, sobre a guerra etc. A concentração e o abatimento que Pierre notara no olhar do príncipe Andrei agora o impressionavam com mais força ainda no sorriso com que ouvia Pierre, em especial quando falava, com um entusiasmo alegre, sobre o passado ou o futuro. Parecia que o príncipe Andrei queria, mas não conseguia, tomar parte no que ele dizia. Pierre começou a sentir que, diante do príncipe Andrei, o entusiasmo, os sonhos, as esperanças na felicidade e no bem eram coisas inconvenientes. Sentia escrúpulos de exprimir todos os seus novos pensamentos maçônicos, particularmente renovados e estimulados após a sua mais recente viagem. Pierre continha-se, receava ser ingênuo; ao mesmo tempo, tinha uma vontade incontida de mostrar logo ao amigo que agora ele era um outro Pierre, melhor do que aquele que existia em Petersburgo.

— Nem posso dizer ao senhor quanta coisa se passou comigo nesse tempo. Nem eu reconheço a mim mesmo.

— Sim, mudamos muito, muito, desde então — disse o príncipe Andrei.

— Mas e o senhor? — perguntou Pierre. — Quais são os seus planos?

— Planos? — reagiu com ironia o príncipe Andrei. — Meus planos? — repetiu, como que admirado com o sentido de tal palavra. — É isto que você está vendo, faço obras, quero mudar-me de vez para cá, no ano que vem...

Pierre ficou calado, olhando com muita atenção o rosto envelhecido de Andrei.

— Não, eu estou perguntando... — disse Pierre, mas o príncipe Andrei o interrompeu.

— Para que falar de mim... Conte, conte a sua viagem, tudo o que você fez em suas propriedades, como foi?

Pierre começou a contar o que tinha feito nas suas propriedades, tentando esconder, o mais possível, a sua participação nos melhoramentos promovidos por ele. O príncipe Andrei, várias vezes, se antecipava ao amigo e completava o que

Pierre ia dizer, como se tudo o que ele tinha feito já fosse uma história conhecida, havia muito tempo, e escutava não só sem interesse como até parecia envergonhar-se do que Pierre contava.

Pierre ficou sem graça e até constrangido na companhia do amigo. Calou-se.

— Pois é isso, meu caro — disse o príncipe Andrei, que obviamente também se sentia constrangido e embaraçado com o visitante. — Estou aqui acampado, vim só fazer uma vistoria. Hoje mesmo volto para junto da minha irmã. Vou apresentá-lo a ela. Aliás, você já a conhece, eu acho — disse, obviamente para entreter uma visita com a qual sentia, agora, não ter nada em comum. — Iremos para lá depois do jantar. E, agora, quer ver a minha propriedade? — Os dois saíram e caminharam até a hora do jantar, conversando como se fossem pessoas de pouca intimidade sobre as notícias políticas e os conhecidos comuns. Com alguma animação e interesse, o príncipe Andrei falava sobre sua nova propriedade e sobre as obras promovidas por ele, mas ali também, no meio da conversa, no andaime de uma obra, quando o príncipe Andrei descrevia para Pierre as futuras instalações da casa, ele parou de repente. — De resto, aqui não há nada de interessante. Vamos jantar e depois partiremos. — Durante o jantar, a conversa girou em torno do casamento de Pierre.

— Fiquei muito admirado quando soube disso — falou o príncipe Andrei.

Pierre ruborizou-se, como sempre acontecia quando se falava do assunto, e disse, apressado:

— Um dia vou contar ao senhor como tudo aconteceu. Mas o senhor sabe que tudo isso está terminado, e para sempre.

— Para sempre? — perguntou o príncipe Andrei. — Nada é para sempre.

— Mas o senhor sabe como tudo terminou? Teve notícia do duelo?

— Sim, você teve de passar também por isso.

— Só agradeço a Deus não ter matado aquele homem — disse Pierre.

— Mas por quê? — perguntou o príncipe Andrei. — Matar um cão raivoso é até muito bom.

— Não, matar um homem é ruim, é injusto...

— Mas por que é injusto? — repetiu o príncipe Andrei. — Não compete às pessoas decidir o que é justo e injusto. As pessoas sempre erraram e continuarão a errar, acima de tudo quando querem decidir o que é justo e injusto.

— Injusto é aquilo que causa mal a outra pessoa — disse Pierre, sentindo com satisfação que, pela primeira vez desde o momento da sua chegada, o príncipe Andrei animava-se, começava a falar e queria contar tudo aquilo que o deixara como estava agora.

— E quem disse a você o que é o mal para outra pessoa? — perguntou ele.

— O mal? O mal? — disse Pierre. — Todos nós sabemos o que é o mal para nós mesmos.

— Certo, sabemos, mas esse mal, que eu conheço para mim, não posso infligi-lo a outra pessoa — disse o príncipe Andrei, cada vez mais animado e, era evidente, desejoso de expor para Pierre a sua nova maneira de ver as coisas. Ele falou em francês: — *Je ne connais dans la vie que deux maux bien réels: c'est le remords et la maladie. Il n'est de bien que l'absence de ces maux.*[37] Viver para si, apenas evitando esses dois males, essa é toda a minha sabedoria, agora.

— Mas e o amor ao próximo, e a abnegação? — exclamou Pierre. — Não, eu não posso concordar com o senhor! Viver só para isso, só para não fazer o mal, só para não se arrepender, é pouco. Eu vivia assim, vivia para mim, e estraguei a minha vida. Só agora, quando estou vivendo, ou pelo menos tento (emendou Pierre, por modéstia) viver para os outros, só agora entendo toda a felicidade da vida. Não, eu não vou concordar com o senhor, e o senhor não pensa de fato assim como está dizendo. — O príncipe Andrei fitou Pierre em silêncio e sorriu com ar zombeteiro.

— Daqui a pouco vai ver a minha irmã, a princesa Mária. Com ela, o senhor vai concordar — disse. — Talvez o senhor tenha razão, para si — prosseguiu, após um breve silêncio. — Mas cada um vive ao seu jeito: você vivia para si e diz que assim, por pouco, não destruiu a própria vida, e que só descobriu a felicidade quando passou a viver para os outros. No entanto, eu experimentei o contrário. Eu vivia para a glória. (E, afinal, o que é a glória? O mesmo amor pelos outros, o desejo de fazer algo para eles, o desejo de receber os seus elogios.) Assim, eu vivia para os outros e não digo que por pouco não destruí a minha vida, mas que a destruí por completo. E, desde que passei a viver só para mim, fiquei tranquilo.

— Mas como é possível viver só para si? — perguntou Pierre, exaltado. — E o filho, a irmã, o pai?

— Sim, tudo isso sou eu também, não são os outros — disse o príncipe Andrei. — Quanto aos outros, *os próximos*, *le prochain*, como o senhor e a princesa Mária chamam, aí está a principal fonte do erro e do mal. *Le prochain* são aqueles seus mujiques de Kíev aos quais o senhor quer fazer o bem.

E fitou Pierre com ar zombeteiro e olhar provocador. Era evidente que estava provocando Pierre.

---

37 Francês: "Na vida, só conheço dois males bem reais: o remorso e a doença. Não existe outro bem que não a ausência desses dois males".

— O senhor está brincando — disse Pierre, cada vez mais animado. — Como pode haver erro e mal no fato de que eu desejava (e só realizei muito pouco, e mal) fazer o bem, e fiz, embora pouco? Que mal pode haver no fato de que uma gente infeliz, os nossos mujiques, gente igual a nós, que cresce e morre sem nenhuma noção de Deus ou da verdade, a não ser um ícone ou uma prece absurda, passe a aprender as consoladoras crenças na vida futura, na punição, na recompensa, no consolo? Que mal e que erro pode haver no fato de que, quando pessoas estão morrendo doentes por não receber nenhum socorro, e ainda por cima é tão fácil prestar ajuda material, eu lhes dou médicos, hospital e asilo para os velhos? E por acaso não é um bem palpável, indiscutível, o fato de que, quando o mujique, a camponesa e o seu filho não têm nem um dia nem uma noite de sossego, eu lhes dou descanso e lazer? — disse Pierre, afobado e com um ceceio na voz. — E eu fiz isso, embora pouco, embora malfeito, mas fiz alguma coisa para eles, e o senhor não só não vai me dissuadir de que o que fiz é bom, como também não vai me dissuadir de que o senhor mesmo não pensa assim. E o mais importante — continuou Pierre —, eu sei o seguinte, e sei com certeza: o prazer de fazer esse bem é a única felicidade segura na vida.

— Sim, se a questão for colocada desse jeito, o caso é outro — disse o príncipe Andrei. — Eu construo uma casa, planto um jardim, e você, hospitais. As duas coisas podem servir para encher o tempo. Mas o que é justo, o que é bom, vamos deixar que seja decidido por aquele que sabe tudo, não por nós. Mas, muito bem, você quer discutir — acrescentou. — Então, vamos lá.

— Os dois levantaram-se da mesa e caminharam para o alpendre, que fazia as vezes de uma varanda.

— Pois bem, vamos discutir — disse o príncipe Andrei. — Você falou de escolas — prosseguiu, e dobrou um dedo —, aulas e tudo o mais, ou seja, você quer erguer aquele homem — disse, apontando para um mujique que tirou o chapéu ao passar por eles — da sua condição animal e lhe transmitir as exigências morais. Pois, a mim, parece que a única felicidade possível é uma felicidade animal, mas você quer justamente privá-lo disso. Eu invejo esse homem, e você quer torná-lo como eu, sem lhe dar a minha inteligência, os meus sentimentos, os meus recursos. Em segundo lugar, você fala em tornar mais leve o trabalho dele. Pois, a meu ver, o trabalho braçal é para ele uma necessidade, uma condição da sua existência, assim como é, para você e para mim, o trabalho intelectual. Você não pode ficar sem pensar. Eu me deito para dormir depois das duas horas, os pensamentos me vêm à cabeça, e eu não consigo pegar no sono, fico me revirando, só durmo de manhã, porque penso e não consigo ficar sem pensar, assim como ele não consegue ficar sem arar, sem ceifar; de outro modo, acaba indo para a taberna ou então fica doente. Assim como eu não suportaria o seu terrível trabalho braçal e morreria em uma semana, ele também não suportaria a minha ociosidade física, ia engordar e morrer. Em terceiro lugar... do que mais você falou?

O príncipe Andrei dobrou o terceiro dedo.

— Ah, sim. Hospitais, remédios. Ele tem um ataque, está morrendo, você faz uma sangria, ele se cura, vai andar aleijado por dez anos, vai ser um peso para todos. Era muito mais tranquilo e mais simples, para ele, morrer. Outros estão nascendo e, como eles, existem muitos. Se você se lamentasse por ficar com um trabalhador a menos, pois é como um trabalhador que eu o vejo, estaria muito bem, mas você quer medicá-lo por amor a ele. E ele não precisa disso. Além do mais, onde já se viu a medicina curar alguém, algum dia?... Matar, sim! — disse, com o rosto franzido raivosamente, e virou-o para o lado, evitando o olhar de Pierre.

O príncipe Andrei expunha seus pensamentos de modo tão claro e compreensível que era evidente haver pensado sobre o assunto muitas vezes, e falava com gosto, depressa, como uma pessoa que ficou muito tempo sem falar. Seu olhar tanto mais se animava quanto mais desesperada era a sua opinião.

— Ah, isso é horrível, horrível! — disse Pierre. — Só não entendo como é possível viver com tais ideias. Já passei por momentos assim também, não faz muito tempo, em Moscou e na viagem, mas nessas horas eu afundo a tal ponto que nem vivo mais, tenho nojo de tudo, e de mim mesmo, acima de tudo. Fico sem comer, não tomo banho... Pois bem, e como é que o senhor...

— Por que não vou me lavar? A questão não é de limpeza — disse o príncipe Andrei. — Ao contrário, é preciso tentar tornar nossa própria vida o mais agradável possível. Eu vivo e não tenho culpa disso, portanto tenho de viver da melhor maneira, sem incomodar ninguém, até a morte.

— Mas o que estimula o senhor a viver? Com essas ideias, vai ficar parado, sem se mexer, sem realizar nada.

— A vida, sozinha, já cuida de não nos dar sossego. Eu ficaria contente de não fazer nada, mas veja, de um lado, a nobreza local concedeu-me a honra de eleger-me decano da nobreza;[38] a muito custo, consegui me livrar disso. Eles não conseguiam entender que não tenho o atributo necessário, essa espécie de vulgaridade bondosa e preocupada, indispensável para o cargo. Além do mais, veja, é preciso construir esta casa, para que eu tenha o meu canto, onde eu possa ficar sossegado. E agora há o recrutamento das milícias.

— Por que o senhor não está servindo no Exército?

---

38 Representante oficial da nobreza em um determinado distrito.

— Depois de Austerlitz! — exclamou o príncipe Andrei, em tom sombrio. — Não, muito obrigado, jurei a mim mesmo que não vou mais servir no Exército russo ativo. E não vou servir. Se Bonaparte estivesse aqui, em Smolensk, ameaçando Montes Calvos, nem assim eu iria servir no Exército russo. Pois bem, como eu estava lhe dizendo — prosseguiu o príncipe Andrei, acalmando-se —, agora há o recrutamento das milícias, meu pai é o comandante-geral da terceira circunscrição, e o único meio de eu me livrar do serviço militar é estar sob as ordens dele.

— Portanto o senhor está servindo, não é?

— Estou. — Ficou em silêncio um momento.

— Para que está servindo, então?

— O motivo é o seguinte. Meu pai é uma das pessoas mais notáveis do seu tempo. Mas está envelhecendo e, não que seja cruel, mas tem um caráter enérgico em demasia. Ele se tornou terrível por causa do seu costume de ter um poder ilimitado, e ainda mais agora, com esse poder sobre a milícia que o soberano concedeu ao comandante-geral. Duas semanas atrás, se eu tivesse chegado duas horas atrasado, ele teria mandado enforcar o encarregado das atas de alistamento em Iúkhnovo — disse o príncipe Andrei com um sorriso. — Então eu estou servindo porque, além de mim, ninguém tem influência sobre o meu pai e, volta e meia, eu o salvo de praticar ações que, mais tarde, iriam atormentá-lo.

— Ah, então, está vendo só?

— Sim, *mais ce n'est pas comme vous l'entendez*[39] — continuou o príncipe Andrei. — Eu não desejava, e não desejo, o mínimo bem para aquele canalha encarregado das atas de alistamento que roubou umas botas nas milícias; eu até ficaria bem satisfeito de ver o homem enforcado, mas tenho pena do meu pai, ou seja, de mim mesmo, outra vez.

O príncipe Andrei animava-se cada vez mais. Seus olhos brilhavam febrilmente enquanto tentava provar para Pierre que, no seu gesto, não havia o menor desejo de fazer bem ao próximo.

— Pois bem, você então quer libertar os camponeses — prosseguiu. — Isso é muito bom; mas não para você (você, eu creio, nunca chicoteou alguém até matar, nem mandou ninguém para a Sibéria), e menos ainda para os camponeses. Se são espancados, açoitados com um sabre e mandados para a Sibéria, eu acho até que não se sentem pior por causa disso. Na Sibéria, eles continuam a levar a mesma vida de gado, as marcas das chicotadas no corpo cicatrizam, e eles ficam tão felizes quanto antes. Isso é necessário, sim, para as pessoas que definham moralmente,

---

39 Francês: "mas não é como o senhor está entendendo".

acumulam remorsos, reprimem seus remorsos e se tornam brutais porque têm a possibilidade de infligir castigos, com razão ou sem razão. É desses que tenho pena e, para o bem deles, eu gostaria de libertar os camponeses. Você talvez não tenha visto, mas eu vi que pessoas boas, educadas nessa tradição de poder ilimitado, como deuses, quando ficam mais irritadas, se tornam cruéis, brutais, sabem disso, não conseguem se conter e se tornam cada vez mais infelizes.

O príncipe Andrei falou com tamanho fervor que Pierre não pôde deixar de pensar que tais ideias foram sugeridas a Andrei pelo pai. Pierre nada lhe respondeu.

— Então é disto que tenho pena: da dignidade humana, da serenidade da consciência, da pureza, não das costas e das testas deles, que, por mais que você açoite, por mais que raspe os seus cabelos, vão continuar a ser exatamente as mesmas costas e as mesmas testas.[40]

— Não, não, mil vezes não! Nunca vou concordar com o senhor — disse Pierre.

XII

Ao entardecer, o príncipe Andrei e Pierre tomaram assento na carruagem e partiram para Montes Calvos. O príncipe Andrei, que observava Pierre, interrompia o silêncio de quando em quando com palavras que demonstravam que ele estava numa boa disposição de espírito.

Apontando para o campo, falava sobre os seus aprimoramentos agrícolas.

Pierre mantinha-se calado e sombrio, respondia com monossílabos e parecia mergulhado nos próprios pensamentos.

Pensava que o príncipe Andrei estava infeliz, que estava errado, que não conhecia a luz verdadeira, que Pierre devia lhe prestar ajuda, iluminá-lo e levantá-lo. Porém, assim que Pierre escolheu o que dizer, e como dizer, pressentiu que o príncipe Andrei, com uma palavra, com um argumento, derrubaria toda a sua doutrina, e receava começar, receava expor a um possível ridículo aquilo que ele tinha de mais sagrado.

— Afinal, por que o senhor pensa — começou Pierre, de repente, baixando a cabeça e tomando o aspecto de um touro que vai dar chifradas —, por que o senhor pensa assim? O senhor não devia pensar desse modo.

— Pensar o quê? — perguntou o príncipe Andrei, com surpresa.

---

40 O senhor de terras podia banir seus servos para a Sibéria, onde era costume raspar metade do cabelo dos condenados, para que fossem identificados, caso fugissem.

— Sobre a vida, sobre o destino do homem. Não pode ser isso. Eu mesmo pensava assim e fui salvo, o senhor sabe pelo quê? Pela maçonaria. Não, não ria. A maçonaria não é uma seita religiosa, ritualística, como eu pensava, a maçonaria é a melhor, a única expressão dos aspectos melhores e eternos da humanidade. — E passou a explicar a maçonaria para o príncipe Andrei, da forma como ele a entendia.

Disse que a maçonaria é a doutrina do cristianismo, liberta dos grilhões do Estado e da religião; uma doutrina de igualdade, de fraternidade e de amor.

— Só a nossa santa irmandade possui o real sentido da vida; todo o restante é sonho — disse Pierre. — Entenda, meu amigo, que, fora dessa união, tudo está repleto de mentira e de falsidade, e concordo com o senhor que, para um homem inteligente e bom, não resta outra coisa senão cuidar da própria vida, como faz o senhor, tentando apenas não atrapalhar os outros. Mas adote as nossas convicções fundamentais, entre na nossa irmandade, entregue-se a nós, permita que o senhor seja orientado, e logo vai sentir-se, como eu me senti, uma parte dessa enorme corrente invisível, cujo princípio está oculto nos céus — disse Pierre.

Em silêncio, olhando para a frente, o príncipe Andrei escutava as palavras de Pierre. Algumas vezes, não ouvia, por causa do barulho da carruagem, e pedia para Pierre repetir as palavras não ouvidas. Pelo brilho especial que se acendeu nos olhos do príncipe Andrei, e pelo seu silêncio, Pierre via que suas palavras não eram ditas em vão, que o príncipe Andrei não ia interromper e não ia rir das suas palavras.

Os dois se aproximaram de um rio que havia transbordado e que teriam de atravessar numa balsa. Enquanto a carruagem e os cavalos eram acomodados, os dois embarcaram na balsa.

Em silêncio, com os cotovelos apoiados na amurada, o príncipe Andrei fitava a cheia, ao longe, que rebrilhava sob o sol poente.

— E então, o que o senhor pensa sobre isso? — perguntou Pierre. — Por que está calado?

— O que estou pensando? Eu estava escutando você. Tudo isso está certo — disse o príncipe Andrei. — Mas você diz: entre na nossa irmandade, e nós lhe mostraremos o propósito da vida, o destino do homem e as leis que governam o mundo. Mas quem somos nós? Pessoas. Por que vocês sabem tudo? Por que só eu não vejo o que vocês veem? Vocês veem no mundo um reino do bem e da verdade, mas eu não vejo.

Pierre interrompeu.

— O senhor acredita na vida após a morte? — perguntou.

— Na vida após a morte? — repetiu o príncipe Andrei, mas Pierre não lhe deu tempo de responder e tomou aquela repetição por uma negativa, tanto mais porque conhecia as crenças ateístas anteriores do príncipe Andrei.

— O senhor diz que não consegue ver o reino do bem e da verdade na Terra. Eu também não via; e é impossível vê-lo, se olharmos para a nossa vida como se fosse o fim de tudo. Na *terra*, justamente nesta terra (Pierre apontou para o campo), não existe verdade, tudo é mentira e mal; mas no universo, no universo todo, existe um reino da verdade, e nós, agora, somos filhos da terra, mas, eternamente, somos filhos do universo todo. Por acaso eu não sinto na minha alma que sou uma parte desse todo imenso e harmônico? Por acaso não sinto que, nessa quantidade inumerável de seres, nos quais se manifesta uma divindade, uma força suprema, se preferir, eu constituo um elo, um estágio, no caminho que parte dos seres inferiores rumo aos superiores? Se eu vejo, e vejo com clareza, essa escada que leva da planta até o homem, por que eu devo supor que essa escada, cuja extremidade inferior eu não vejo, se extingue nas plantas? Por que, também, eu devo supor que essa escada cessa em mim, em vez de seguir além, sempre além, até os seres superiores? Eu sinto não só que eu não posso desaparecer, como também que nada desaparece no universo, e que eu vou existir sempre, e que sempre existi. Sinto que, além de mim, acima de mim, vivem espíritos e que neste universo a verdade existe.

— Sim, essa é a doutrina de Herder[41] — disse o príncipe Andrei —, mas não é isso, meu caro, o que me convence, mas, sim, a vida e a morte, eis o que convence. O que convence é ver uma criatura que nos é cara, ligada a nós, a quem devemos desculpas e diante de quem esperamos poder nos redimir (a voz do príncipe Andrei tremeu, e ele virou-se), e de repente essa criatura sofre, padece tormentos e deixa de existir... Por quê? Não é possível que não exista uma resposta! E eu acredito que existe... Aí está o que convence, aí está o que me convenceu — disse o príncipe Andrei.

— Sim, está certo — disse Pierre —, e não é isso mesmo o que eu estou dizendo?

— Não. Só estou dizendo que não são argumentos o que nos convence da necessidade de uma vida após a morte, e sim seguirmos pela vida de mãos dadas com uma pessoa e, de repente, essa pessoa desaparece *lá*, em *lugar nenhum*, e nós mesmos ficamos parados diante desse abismo e olhamos para ele. E eu olhei bem...

— Pois então, aí está! O senhor não sabe que existe um *lá* e que existe um *alguém*? O *lá* é a vida após a morte. O *alguém* é Deus.

---

41 Johann Gottfried von Herder (1744-1803), escritor e filósofo alemão.

O príncipe Andrei não respondeu. A carruagem e os cavalos já tinham sido levados para a outra margem e atrelados havia muito tempo, o sol já estava oculto até a metade, e a geada do anoitecer recobria de estrelas as poças perto da balsa, mas Pierre e Andrei, para espanto dos criados, cocheiros e barqueiros, continuavam na balsa e conversavam.

— Se Deus existe e existe vida após a morte, então existe a verdade, existe a virtude; e a felicidade suprema do homem consiste em lutar para alcançá-las. É preciso viver, é preciso amar, é preciso acreditar — disse Pierre — que vivemos não só hoje e neste pedaço de terra, mas já vivemos e vamos viver eternamente, lá, no todo (apontou para o céu). — O príncipe Andrei ficou parado, com os cotovelos apoiados na amurada da balsa e, enquanto escutava Pierre, não baixava os olhos, fitava o reflexo vermelho do sol na água azulada da cheia. Pierre calou-se. O silêncio era completo. A balsa estava atracada havia muito tempo e só as ondas da correnteza batiam no fundo da balsa, com um som fraco. O príncipe Andrei tinha a impressão de que aquele gargarejo das ondas repetia, em resposta às palavras de Pierre: "É a verdade, acredite nisso".

O príncipe Andrei suspirou e, com um olhar radiante, infantil, afetuoso, fitou o rosto de Pierre, vermelho de emoção, mas sempre tímido diante do amigo, a quem dava a primazia.

— Pois é, quem dera fosse assim! — disse o príncipe Andrei. — Mas, enfim, vamos para a carruagem — acrescentou e, ao sair da balsa, olhou para o céu, para o qual Pierre havia apontado, e pela primeira vez desde Austerlitz ele viu aquele céu alto, eterno, que tinha visto, deitado no campo de Austerlitz, e algo havia muito tempo adormecido, algo daquilo que de melhor existia nele, despertou de repente, alegre e jovem, no seu espírito. Tal sentimento desapareceu assim que o príncipe Andrei retomou as condições de vida habituais, mas sabia que aquele sentimento que ele não soubera fomentar vivia dentro dele. O encontro com Pierre foi, para o príncipe Andrei, o momento marcante em que teve início uma vida nova no seu mundo interior, embora exteriormente fosse a mesma de antes.

XIII

Já estava anoitecendo quando o príncipe Andrei e Pierre se aproximaram da entrada principal da casa de Montes Calvos. Quando estavam chegando, o príncipe Andrei, com um sorriso, chamou a atenção de Pierre para um rebuliço que ocorria no alpendre dos fundos. Um pouco à frente, uma velha arqueada, com um alforje nas costas, e um homem baixo, de roupas pretas e cabelos compridos, depois de avistarem a carruagem que se aproximava, correram esbaforidos para o portão. Duas mulheres saíram correndo atrás deles, e os quatro, depois de virar-se para olhar a carruagem, correram assustados para o alpendre dos fundos.

— Aqueles são o tal povo de Deus, da Macha — disse o príncipe Andrei. — Eles nos tomaram pelo meu pai. E esse é o único ponto em que ela não obedece ao pai: ele manda expulsar esses peregrinos, mas ela os recebe.

— Mas o que significa povo de Deus? — perguntou Pierre.

O príncipe Andrei não soube responder. Os criados vieram ao seu encontro, e ele perguntou onde estava o velho príncipe e se esperavam que chegasse logo.

O velho príncipe ainda estava na cidade, e o aguardavam a qualquer momento.

O príncipe Andrei levou Pierre para os seus aposentos, sempre perfeitamente arrumados e à sua espera, na casa do pai, e de lá seguiu sozinho para o quarto do filho.

— Vamos ver a minha irmã — disse o príncipe Andrei, depois de voltar ao encontro de Pierre. — Ainda não a vi, ela agora está escondida, junto ao seu povo de Deus. É bem feito para ela, vai ficar embaraçada, e você vai ver o povo de Deus. *C'est curieux, ma parole.*[42]

— *Qu'est-ce que c'est que*[43] povo de Deus? — perguntou Pierre.

— Você vai ver.

De fato, quando os dois entraram, a princesa Mária ficou embaraçada e seu rosto corou. Em seu quarto aconchegante, com lamparinas votivas diante dos quadros de ícones, um rapazinho de nariz comprido e cabelos compridos, com uma batina de monge, estava sentado ao lado dela, no sofá, atrás de um samovar.

Numa poltrona, ao lado, estava sentada uma velha magra, enrugada, com uma expressão dócil no rosto infantil.

— *André, pourquoi ne pas m'avoir pas prévenue?*[44] — disse ela, com uma repreensão humilde, colocando-se diante dos seus peregrinos como uma galinha choca diante dos pintos.

— *Charmée de vous voir. Je suis très contente de vous voir*[45] — disse para Pierre, quando ele beijou a sua mão. Ela o conhecia desde criança, e agora a amizade entre ele e Andrei, o seu infortúnio com a esposa e sobretudo o seu rosto bom, simples, despertavam a simpatia da princesa Mária. Ela o fitava com seus olhos

---

42 Francês: "É curioso, palavra de honra".

43 Francês: "O que vem a ser esse?".

44 Francês: "Andrei, por que não me avisou?".

45 Francês: "Encantada de ver o senhor. Estou muito contente de ver o senhor".

lindos, radiantes, e parecia dizer-lhe: "Gosto muito do senhor, mas, por favor, não ria dos *meus*". Depois de trocarem as primeiras expressões de cumprimento, sentaram-se.

— Ah, o Ivánuchka também está aqui — disse o príncipe Andrei, com um sorriso, apontando para o jovem peregrino.

— *André!* — exclamou a princesa Mária, suplicante.

— *Il faut que vous sachiez que c'est une femme*[46] — disse Andrei para Pierre.

— *André, au nom de Dieu!*[47] — repetiu a princesa Mária.

Era evidente que o tratamento zombeteiro do príncipe Andrei dirigido aos peregrinos e o apelo inútil da princesa Mária em favor deles eram relações rotineiras, já estabelecidas entre os dois irmãos.

— *Mais, ma bonne amie* — disse o príncipe Andrei —, *vous devriez au contraire m'être reconnaissante de ce que j'explique à Pierre votre intimité avec ce jeune homme.*[48]

— *Vraiment?*[49] — perguntou Pierre com curiosidade e ar sério (e por isso a princesa Mária sentiu-se especialmente agradecida a Pierre), observando através dos óculos o rosto de Ivánuchka, que, entendendo que falavam dele, mirava todos com olhos astutos.

Não havia nenhum motivo para a princesa Mária sentir-se embaraçada com *os seus*. Eles não estavam nem um pouco acanhados. A velha, com os olhos baixos, mas espiando de esguelha os recém-chegados, apoiou sobre o pires a xícara virada para baixo, deixou ao lado um torrão de açúcar roído e continuou tranquilamente sentada na sua poltrona, esperando que lhe oferecessem mais chá. Ivánuchka, sorvendo golinhos do pires, observava de esguelha os dois homens, com os olhos ladinos de mulher.

— E então, esteve em Kíev? — perguntou o príncipe Andrei à velha.

— Estive, pai — respondeu a velha, disposta a falar. — Justamente no Natal, tive a felicidade de participar dos sagrados mistérios celestiais junto ao povo santo. E agora estou vindo de Koliázin, pai, onde se revelou uma enorme bênção...

— E você, Ivánuchka?

— Eu sigo o meu caminho, benfeitor — disse Ivánuchka, tentando falar com voz de baixo. — Só encontrei a Pelagueia em Iúkhnovo.

---

46 Francês: "É preciso que o senhor saiba que se trata de uma mulher".

47 Francês: "Andrei, pelo amor de Deus!".

48 Francês: "Mas, minha cara amiga [...] a senhora, ao contrário, deveria ser grata a mim por eu explicar ao Pierre a sua intimidade com esse jovem".

49 Francês: "É verdade?".

Pelaguêiuchka interrompeu o seu colega; era evidente que ela queria contar o que tinha visto.

— Em Koliázin, pai, uma enorme bênção se revelou.

— O que foi? Relíquias novas? — perguntou o príncipe Andrei.

— Chega, Andrei — disse a princesa Mária. — Não conte, Pelaguêiuchka.

— O que foi, mãe, por que não contar? Eu gosto dele. Ele é bom. Um enviado de Deus, um benfeitor, ele me deu dez rublos, eu lembro. Quando eu estava em Kíev, Kiriucha, o *iuródivi*,[50] falou comigo, um verdadeiro homem de Deus, que anda descalço no inverno e no verão. Para onde você está indo, me disse ele, não é o lugar certo, vá para Koliázin, lá tem um ícone milagroso, a Santa Mãe de Deus se revelou. Com essas palavras, eu me despedi do povo santo e parti...

Todos ficaram em silêncio, só a peregrina falava, com voz ritmada, respirando fundo.

— Cheguei, meu pai, o povo vem e me diz: uma grande bênção se revelou, os santos óleos pingam das faces da Santa Mãe de Deus...

— Está bem, está bem, depois você conta — disse a princesa Mária, ruborizada.

— Permita que eu lhe pergunte — disse Pierre. — Você mesma viu? — perguntou.

— Como não, pai, eu mesma tive essa felicidade. Na carinha, havia uma coisa azulada, feito uma luz do céu, e das faces da Mãe de Deus, pingava sem parar, pingava sem parar...

— Ora, mas isso é uma fraude — disse Pierre, ingenuamente, depois de escutar a velha com atenção.

— Ah, pai, o que está dizendo? — exclamou Pelagueia, com horror, voltando-se para a princesa Mária em busca de proteção.

— Estão enganando o povo — repetiu Pierre.

— Nosso Senhor Jesus Cristo — exclamou a peregrina, benzendo-se. — Ah, não fale assim, pai. Um *anaral*[51] também não acreditou e disse: "Os monges estão enganando". E, na mesma hora em que falou, ficou cego. Então ele teve um sonho em que a Santa Virgem de Kíev dizia: "Acredite em mim, e eu vou curar você". Então ele começou a pedir: "Me levem, me levem até ela". É a verdade que eu estou dizendo, eu mesma vi. Levaram o cego diante da Virgem; ele chegou, caiu, disse: "Cure! Eu te darei tudo o que o tsar me concedeu", falou assim. Eu mesma vi, pai, uma estrela apareceu nela. E então ele voltou a enxergar! Falar assim é pecado. Deus castiga — dirigiu-se a Pierre, num tom de repreensão.

---

50 Mendigo tido pelos crentes como um louco divino.

51 Ela quis dizer "general".

— Como foi que uma estrela apareceu na imagem? — perguntou Pierre.

— Também promoveram a Virgem a general? — disse o príncipe Andrei, sorrindo.

Pelagueia de repente empalideceu e entrelaçou as mãos.

— Pai, pai, é pecado, é pecado. Você tem um filho! — começou a falar a velha, que de repente passou da palidez para o vermelho-claro. — Pai, o que você disse, Deus o perdoe. — Ela se benzeu. — Deus, perdoe. Minha cara, o que é isso? — voltou-se para a princesa Mária. Levantou-se e, à beira de chorar, pôs-se a arrumar o seu alforje. Era óbvio que ela estava assustada, lamentava pela pessoa que tinha falado aquilo, sentia vergonha de ter recebido favores numa casa onde podiam falar aquilo, e lamentava que agora fosse preciso privar-se dos favores daquela casa.

— Mas que prazer vocês têm com isso? — disse a princesa Mária. — Por que vieram me ver?...

— Não, por favor, Pelaguêiuchka, eu estava só brincando — disse Pierre. — *Princesse, ma parole, je n'ai pas voulu l'offenser*,[52] falei por falar. Não pense mal, foi só uma brincadeira — disse, sorrindo com timidez e querendo redimir sua culpa.

Pelaguêiuchka parou, desconfiada, mas no rosto de Pierre havia um arrependimento tão sincero, e o príncipe Andrei olhava ora para Pelagueia, ora para Pierre de modo tão dócil e sério que aos poucos ela se acalmou.

XIV

A peregrina acalmou-se e, retomando a conversa, contou demoradamente a respeito do padre Amfílokhi, que levava uma vida tão santa que as palmas das suas mãozinhas cheiravam a incenso, e contou que os monges que conhecera na sua última peregrinação a Kíev lhe deram as chaves das catacumbas e que ela, só com umas torradas, passara dois dias inteiros nas catacumbas, junto aos santos. "Eu rezava para um, fazia uma reverência, passava para outro. Dormia um pouco e ia de novo beijar; e lá dentro fazia tanto silêncio, minha nossa!, era tanta bênção que a gente nem queria mais sair para a luz de Deus."

Pierre escutava com atenção e seriedade. O príncipe Andrei saiu do quarto. Em seguida, deixando o povo de Deus ali para que terminasse de beber o chá, a princesa Mária levou Pierre para a sala.

— O senhor é muito bom — disse para Pierre.

---

52 Francês: "Princesa, palavra de honra, eu não quis ofender".

— Ah, na verdade eu não queria ofendê-la, eu compreendo esses sentimentos e dou muito valor a eles.

A princesa Mária fitou-o em silêncio e sorriu com ternura.

— Pois eu conheço o senhor há muito tempo e amo o senhor, como a um irmão — disse. — O que acha do Andrei? — perguntou depressa, sem lhe dar tempo de responder às suas palavras carinhosas. — Ando muito preocupada com ele. Sua saúde no inverno está melhor, mas na primavera passada a ferida reabriu, e o médico falou que ele devia viajar para se tratar. E eu temo muito por Andrei, do ponto de vista moral. O caráter dele não é como o nosso, das mulheres, que sofremos e choramos para desafogar o nosso desgosto. Ele carrega o seu desgosto dentro de si. Hoje está alegre e animado; mas foi a vinda do senhor que produziu esse efeito; é raro ficar assim. Quem dera o senhor pudesse convencê-lo a ir para o exterior! Ele precisa de atividade, essa vida monótona, parada, está destruindo o Andrei. Os outros não notam, mas eu vejo.

Antes das dez horas, os criados correram para o alpendre ao ouvir os guizos da carruagem do velho príncipe, que se aproximava. O príncipe Andrei e Pierre também saíram para o alpendre.

— Quem é esse? — perguntou o velho príncipe, ao sair da carruagem e ver Pierre. — Ah! É um grande prazer! Beije-me — disse, ao reconhecer quem era o jovem desconhecido.

O velho príncipe estava de bom humor e cobriu Pierre de atenções.

Antes do jantar, o príncipe Andrei, ao voltar para o gabinete do pai, encontrou-o numa discussão candente com Pierre. Este demonstrava que ia chegar um tempo em que não haveria mais guerras. O velho príncipe, em tom de zombaria, mas sem zangar-se, contestava.

— Retire o sangue das veias e depois encha com água, aí, sim, não vai haver mais guerra. Maluquices de mulher, maluquices de mulher — exclamou, mas mesmo assim dava palmadinhas afetuosas no ombro de Pierre e aproximou-se da mesa onde o príncipe Andrei, que obviamente não queria interferir na conversa, folheava os documentos que o pai trouxera da cidade. O velho príncipe aproximou-se e passou a falar de trabalho.

— O decano da nobreza, o conde Rostóv, não forneceu nem metade dos homens. Mal chegou à cidade, cismou de me convidar para um jantar... pois eu lhe dei um jantar daqueles... Mas, veja só... Pois é, meu caro — o príncipe Nikolai Andreitch dirigiu-se ao filho, enquanto dava palmadinhas no ombro de Pierre —, este seu jovem amigo aqui, sabe, gosto muito dele! Ele me aquece. Os outros falam coisas inteligentes, mas nem dá vontade de escutar o que dizem, enquanto ele também conta as suas lorotas, mas me aquece, a mim, um velho. Bem, vocês podem ir, podem ir —

disse —, quem sabe eu vá jantar com vocês. Vamos discutir mais uma vez. Desfrute a companhia da minha tola, a princesa Mária — gritou para Pierre, na porta.

Só então, na sua estada em Montes Calvos, Pierre avaliou toda a força e todo o encanto da sua amizade com o príncipe Andrei. Aquele encanto se exprimia não só nas suas relações com ele, como também nas relações com todos os seus familiares e com as pessoas da casa. Diante do velho príncipe rigoroso e da dócil e tímida princesa Mária, apesar de os conhecer muito pouco, Pierre sentia-se rapidamente como um velho amigo. Todos gostavam dele. Não só a princesa Mária, cativada por sua atitude dócil em relação aos peregrinos, fitava Pierre com o olhar mais radiante, como também o pequeno príncipe Nikolai, como o avô o chamava, de apenas um ano de idade, sorria para Pierre e ia de bom grado para os seus braços. Mikhail Ivánitch e Mlle Bourienne olhavam para ele com sorrisos alegres, enquanto conversava com o velho príncipe.

O velho príncipe veio jantar: pelo visto, fez isso por causa de Pierre. Tratou-o de forma extremamente carinhosa nos dois dias em que esteve em Montes Calvos e convidou-o a voltar.

Quando Pierre partiu e toda a família se reuniu outra vez, cada um deu sua opinião sobre ele, como sempre acontece depois da estada de uma pessoa nova, e, como é raro acontecer, todos só falaram bem a seu respeito.

XV

Daquela feita, ao voltar das férias, Rostóv sentiu e reconheceu, pela primeira vez, como era forte a sua ligação com Deníssov e com todo o regimento.

Quando Rostóv chegou ao regimento, experimentou uma sensação semelhante àquela que experimentava ao chegar à casa da rua Povarskaia, em Moscou. Quando reconheceu o primeiro hussardo do seu regimento, de uniforme desabotoado, quando reconheceu o ruivo Deméntiev e avistou as estacas onde ficavam presos os cavalos alazões, quando Lavruchka gritou alegre para o patrão: "O conde chegou!" — e o descabelado Deníssov, que estava na cama dormindo, saiu correndo do abrigo escavado na terra e veio abraçá-lo, e os oficiais se juntaram em volta do recém-chegado —, Rostóv experimentou a mesma sensação de quando a mãe, o pai e as irmãs o abraçavam, e lágrimas de alegria tomaram sua garganta, impediram-no de falar. O regimento era também um lar, e um lar sempre doce e querido, como a casa dos seus pais.

Depois de se apresentar ao comandante do regimento e ser indicado para o mesmo esquadrão de antes, depois de ficar de plantão e tratar do abastecimento de forragem para os cavalos, enfronhando-se em todos os assuntos cotidianos do regimento, e depois de sentir-se privado de liberdade e acorrentado a uma estrutura estreita e imutável, Rostóv experimentou a mesma calma, o mesmo amparo e a mesma consciência que sentia na casa dos pais, de estar em casa, no seu lugar. Não havia toda aquela balbúrdia do mundo livre, onde ele não encontrava o seu lugar e se enganava nas escolhas; não existia Sônia, com quem devia ou não devia se explicar. Não havia a possibilidade de ir para um lado ou não; não havia aquelas vinte e quatro horas do dia, que era possível usar das maneiras mais variadas; não havia aquela interminável multidão de pessoas, das quais nenhuma era próxima, e nenhuma era distante; não havia aquelas vagas e imprecisas relações pecuniárias com o pai; não havia a lembrança do horrível jogo de cartas que perdera para Dólokhov! Ali, no regimento, tudo era claro e simples. O mundo inteiro estava dividido em duas partes desiguais: uma era o nosso regimento de Pávlograd; a outra, todo o resto. E com esse resto, ele não tinha nada a ver. No regimento, tudo estava determinado: quem era o tenente, quem era o capitão, quem era bom, quem era mau, e sobretudo quem era um camarada. O merceeiro vendia fiado, o soldo era pago de quatro em quatro meses; nada havia para inventar nem para decidir, bastava não fazer algo tido como ruim no regimento de Pávlograd; e, quando davam uma ordem, bastava fazer o que era ordenado, de forma clara e precisa, e tudo ficaria bem.

Ao reingressar naquelas condições bem definidas da vida do regimento, Rostóv experimentou uma alegria e uma calma semelhantes ao que sente um homem cansado quando deita para repousar. Tanto mais agradável era para Rostóv a vida do regimento naquela campanha, porquanto, após a perda que sofrera para Dólokhov no jogo (ato que, apesar de todo o consolo recebido de seus familiares, ele não podia se perdoar), Rostóv resolvera não servir da maneira como fizera antes, mas, sim, para expiar a culpa, servir bem e ser um camarada e um oficial excelente em todos os aspectos, ou seja, uma pessoa maravilhosa, o que parecia bem difícil na "sociedade", mas bem possível no regimento.

Após a perda que sofrera no jogo, Rostóv resolveu pagar em cinco anos aquela dívida com os pais. Ganhava dez mil por ano e então resolveu tomar para si apenas dois mil e dar o restante aos pais, para saldar a dívida.

O nosso exército, depois de repetidos recuos, avanços e batalhas em Pultusk, em Preussische-Eylau, concentrara-se em Bartenstein. Aguardavam a chegada do soberano para darem início à nova campanha.

O regimento de Pávlograd, que se encontrava na parte do exército que participara da campanha de 1805, havia completado o seu efetivo com reforços que vieram da Rússia e aguardava as primeiras ações da nova campanha. O regimento não esteve nem em Pultusk, nem em Preussische-Eylau e, na segunda parte da campanha, foi integrado ao exército ativo e incorporado à divisão de Plátov.

A divisão de Plátov agia de forma independente do exército. Por várias vezes, os soldados do regimento de Pávlograd participaram de tiroteios com o inimigo, fizeram prisioneiros e, certa vez, até tomaram as carroças de equipamento militar do marechal Oudinot. Em abril, os soldados do regimento de Pávlograd ficaram estacionados durante algumas semanas junto a uma aldeia alemã vazia e totalmente devastada, e não saíram de lá.

Era a época do degelo, havia lama, frio, o gelo trincava nos rios, as estradas tornaram-se intransitáveis; por vários dias, não chegaram provisões nem para os cavalos, nem para os homens. Como o abastecimento era impossível, os soldados se dispersavam pelas aldeias abandonadas e vazias em busca de batatas, mas até isso já era raro encontrar.

Tudo tinha sido devorado, e todos os habitantes haviam fugido; os que ficaram estavam piores do que mendigos, não havia o que tomar deles, e mesmo os soldados, que não costumavam ter pena de ninguém, muitas vezes, em vez de se aproveitar deles, lhes davam a última coisa que possuíam.

O regimento de Pávlograd só tivera dois feridos em combate; mas perdera quase metade do efetivo por causa da fome e das doenças. Nos hospitais, era tão certo morrer que os soldados, com febre ou inchados por causa da comida ruim, preferiam ficar de serviço e ir para o front, mesmo arrastando as pernas com as últimas forças, a seguir para o hospital. Desde o começo da primavera, os soldados começaram a encontrar uma planta, que mal chegava a despontar na terra, semelhante ao aspargo, a qual, não se sabe por quê, eles chamaram de doce raiz de Maria, e se espalhavam pelos pastos e pelos campos em busca daquela doce raiz de Maria (que era muito amarga), desenterravam-na com os sabres e a comiam, apesar das ordens de não comer aquela planta nociva. Na primavera, surgiu uma nova doença entre os soldados — os braços, as pernas e o rosto inchavam, e os médicos acreditavam que a causa era o consumo da raiz. Porém, apesar da proibição, os soldados de Pávlograd do esquadrão de Deníssov comiam sobretudo a doce raiz de Maria, porque já fazia duas semanas que o resto de pão seco estava racionado, só forneciam duzentos e vinte gramas por pessoa, e as batatas da última remessa vieram estragadas pelo frio, além de greladas.

Também fazia duas semanas que os cavalos só se alimentavam da palha do telhado das casas, estavam medonhamente magros e ainda cobertos com os pelos do inverno, que se amontoavam em tufos.

Apesar de tamanha calamidade, os soldados e os oficiais viviam exatamente como sempre; apesar dos rostos pálidos e inchados e dos uniformes esfarrapados, também agora os hussardos se punham em forma para a chamada, cuidavam da faxina, limpavam os cavalos e as armas, arrancavam a palha dos telhados para servir de forragem e iam jantar no rancho, de onde saíam esfomeados, zombando da comida repugnante e da própria fome. Como sempre, quando livres do serviço, os soldados acendiam fogueiras, ficavam nus para se aquecer ao vapor das chamas, fumavam, colhiam e assavam batatas greladas, podres, contavam e ouviam histórias, as façanhas de Potiómkin ou de Suvórov, ou os contos de Aliocha, o espertalhão, ou de Mikolka, o empregado do padre.[53]

Os oficiais, como de costume, moravam em dois, ou em três, em casas semidestruídas. Os mais graduados cuidavam do fornecimento da palha e da batata, e da alimentação em geral dos soldados, e entre os oficiais menos graduados, como sempre, uns se ocupavam de jogar cartas (havia muito dinheiro, apesar de não haver provisões), outros, de jogos inocentes — a *sváika* e os *goródki*.[54] Falavam muito pouco sobre a situação geral da guerra, em parte porque nada sabiam de forma segura, em parte porque sentiam vagamente que a situação geral da guerra era muito ruim.

Rostóv, como antes, morava com Deníssov, e o laço de amizade entre os dois ficara ainda mais estreito, depois das férias. Deníssov nunca falava sobre os familiares de Rostóv, mas, pela afetuosa amizade que o comandante demonstrava pelo seu oficial, Rostóv sentia que o amor infeliz do velho hussardo por Natacha havia influenciado aquele reforço da amizade. Deníssov, obviamente, tentava expor Rostóv ao mínimo de perigo possível, protegia-o e, após um combate, era com uma alegria especial que o recebia de volta são e salvo. Numa de suas missões, Rostóv achou numa aldeia abandonada e devastada, aonde fora em busca de provisões, uma família formada por um velho polonês e a sua filha, com uma criança de peito. Estavam quase sem roupa, esfomeados, não puderam fugir e não tinham meios de sair de lá. Rostóv trouxe-os para o seu acampamento, alojou-os no seu quarto e, durante algumas semanas, enquanto o velho se recuperava, sustentou-os. Um camarada de Rostóv, ao falar sobre mulheres, começou a rir de Rostóv, dizendo que ele era o mais astuto de todos e que não seria nada mau se apresentasse aos camaradas a bonita polonesa salva por ele. Rostóv tomou a brincadeira como uma ofensa e, inflamado, desatou a dizer coisas tão desagradáveis ao oficial que Deníssov teve dificuldade para impedir que os dois travassem um duelo. Quando o

---

53 Contos populares.

54 Na *sváika*, era preciso acertar um grande prego numa argola que jazia sobre a terra. No *goródki*, era peciso lançar bastões de madeira e acertar um pequeno alvo, formado por outros bastões, sobre o chão.

oficial saiu e Deníssov, que não sabia que relações Rostóv tinha com a polonesa, começou a repreendê-lo por sua ira, Rostóv lhe disse:

— Pense o que quiser... Ela é como uma irmã para mim, e não posso descrever como isso me ofendeu... porque... bem, por isso...

Deníssov bateu no ombro do amigo e seguiu ligeiro para o seu alojamento, sem olhar para Rostóv, como fazia nos momentos em que estava de ânimo agitado.

— Que gente mais tola, essa raça dos Rostóv — exclamou, e Rostóv percebeu lágrimas nos olhos de Deníssov.

XVI

No mês de abril, as tropas animaram-se com a notícia da chegada do soberano ao exército. Rostóv não teve a sorte de estar presente na revista de tropas que o soberano comandou em Bartenstein: os soldados de Pávlograd se achavam estacionados nos postos avançados, longe, bem à frente de Bartenstein.

Estavam em acampamentos. Deníssov e Rostóv moravam num abrigo de terra que os soldados tinham escavado para eles, recoberto de ramagens e capim. Esses abrigos, então em voga, eram construídos da seguinte forma: escavavam uma vala de um *archin* e meio de largura, dois de profundidade e três e meio de comprimento.[55] Numa ponta da vala, faziam uns degraus, e isso era a entrada, o alpendre; a própria vala era o alojamento, em que os felizardos, como o comandante do esquadrão, tinham, na extremidade oposta aos degraus, uma prancha apoiada em quatro estacas: era a mesa. Ao longo da vala, nos dois lados, foi erguido um *archin* de terra, e isso vinham a ser as camas e os sofás. O telhado era construído de tal modo que no meio se podia ficar de pé e nas camas era possível até sentar-se, se a pessoa ficasse perto da mesa. No abrigo de Deníssov, que vivia com luxo porque os soldados do seu esquadrão gostavam dele, havia ainda uma tábua no frontão do telhado e, nessa tábua, havia um vidro quebrado, que no entanto fora colado. Quando fazia muito frio, retiravam brasas das fogueiras dos soldados, colocavam sobre uma folha de ferro dobrada e levavam para a escadinha (a antessala, como Deníssov chamava aquela parte do abrigo), e isso fornecia tanto calor que os oficiais, sempre frequentes em grande número no abrigo de Deníssov e Rostóv, ficavam ali só de camisa.

Durante o mês de abril, Rostóv ficou de serviço. Depois das sete horas da ma-

---

55 Em metros, as dimensões citadas aqui são: 1,06 de largura, 1,42 de profundidade e 2,48 de comprimento.

nhã, ao voltar para o alojamento após uma noite sem dormir, ele mandou trazer o aquecimento, trocou as roupas de baixo, que estavam ensopadas de chuva, rezou para Deus, bebeu bastante chá, aqueceu-se, pôs em ordem as coisas no seu cantinho e na mesa e, com o rosto curtido pelo vento e afogueado, só de camisa, deitou-se de costas, com as mãos cruzadas embaixo da cabeça. Pensava com prazer no fato de que, dali a alguns dias, deveria receber uma promoção por causa da última operação de reconhecimento, e esperava a chegada de Deníssov, que não sabia onde estava. Rostóv queria falar com ele.

Ouviu-se, por trás da cabana, ressoar o grito de Deníssov, obviamente exaltado. Rostóv veio até a janela para olhar com quem ele gritava e viu o furriel Toptchéienko.

— Eu ordenei que você não deixasse ninguém comer essa desgraça de raiz de Maria! — gritou Deníssov. — Pois eu mesmo vi o Lazartchuk trazer um punhado do campo.

— Eu mandei, vossa excelentíssima, eles é que não obedecem — respondeu o furriel.

Rostóv deitou-se de novo na cama e pensou, com satisfação: "Agora, ele que se mexa e cuide de tudo, eu já fiz a minha parte e vou ficar deitado, que ótimo!". Através da paredinha, ouviu que, além do furriel, Lavruchka, o esperto e maroto lacaio de Deníssov, também falava. Lavruchka contava algo a respeito de carroções, pães secos e bois, que ele tinha visto quando saíra em busca de provisões.

De dentro da cabana, ouviu-se de novo um grito de Deníssov, que se afastava, e as palavras: "Selar cavalos... Segundo pelotão!".

"Para onde estão indo?", pensou Rostóv.

Cinco minutos depois, Deníssov entrou na cabana, estirou-se na cama com os pés enlameados, começou a fumar um cachimbo com irritação, espalhou todas as suas coisas em volta, pegou o açoite e o sabre e fez menção de sair do abrigo de terra. À pergunta de Rostóv — aonde ia? —, retrucou, irritado e de modo vago, que ia fazer o seu trabalho.

— Que Deus e o grande soberano sejam os meus juízes! — disse Deníssov, ao sair; e Rostóv ouviu que, atrás da cabana, as patas de vários cavalos estalavam na lama. Rostóv nem se deu o trabalho de procurar saber aonde ia Deníssov. Aquecido no seu canto, pegou no sono e só saiu do abrigo à beira do anoitecer. Deníssov ainda não tinha voltado. A noite estava clara; em redor dos abrigos vizinhos, dois oficiais e um *junker* jogavam a *sváika*, entre risos, atirando rábanos que ficavam cravados na terra enlameada e mole. Rostóv uniu-se a eles. No meio do jogo, os oficiais avistaram umas carroças que vinham na direção deles: uns quinze hussardos vinham atrás, em seus cavalos magros. As carroças, escoltadas pelos hussardos, aproximaram-se das estacas de prender os cavalos, e uma multidão de hussardos rodeou-os.

— Ora, vejam só! O Deníssov não parava de se lamentar — disse Rostóv —, e as provisões chegaram.

— É mesmo! — disseram os oficiais. — Os soldados vão ficar contentes! — Um pouco atrás dos hussardos, vinha Deníssov, acompanhado de dois oficiais da infantaria, com os quais conversava. Rostóv foi ao seu encontro.

— Eu estou avisando o senhor, capitão — disse um dos oficiais, magro, de baixa estatura e, pelo visto, exasperado.

— Pois eu já disse que não vou dar — respondeu Deníssov.

— O senhor, capitão, vai ter de responder por esta violência... apoderar-se dos nossos mantimentos! O nosso pessoal não come faz dois dias.

— E o meu não come faz duas semanas — respondeu Deníssov.

— Isso é roubo, e vai responder por isso, prezado senhor! — retrucou o oficial da infantaria, erguendo a voz.

— Escute, por que está me importunando desse jeito? Hein? — gritou Deníssov, inflamando-se de repente. — Eu vou responder, e não vocês, agora é melhor parar de encher os meus ouvidos, enquanto vocês estão inteiros. Vão embora! — gritou para os oficiais.

— Pois muito bem! — gritou o oficial pequeno, sem se atemorizar e sem se afastar. — Isso é praticar pilhagem, e por isso eu vou...

— Vá para o diabo, e rápido, enquanto ainda está inteiro. — E Deníssov virou o cavalo para o oficial.

— Muito bem, muito bem — exclamou o oficial, num tom de ameaça, depois virou o cavalo e partiu a trote, sacolejando sobre a cela.

— Um cachorro em cima de uma cerca, igualzinho a um cachorro em cima de uma cerca — disse Deníssov olhando para ele. Era a maior zombaria que um cavalariano podia lançar a um infante e, ao se aproximar de Rostóv, desatou a gargalhar.

— Tomei da infantaria, tomei à força os mantimentos! — disse ele. — Acha que eu ia deixar o pessoal morrer de fome?

As carroças que se aproximavam dos hussardos eram destinadas a um regimento de infantaria, mas, avisado por Lavruchka de que aquele comboio seguia sem escolta, Deníssov tomou-o à força, com os hussardos. Distribuíram pão seco à vontade entre os soldados, até dividiram com outros esquadrões.

No dia seguinte, o comandante do regimento convocou Deníssov ao seu alojamento e lhe disse, com a mão por cima dos olhos e os dedos entreabertos:

— Vejo essa história da seguinte maneira: eu nada sei do assunto e não vou começar uma questão por causa disso; mas recomendo que vá ao Estado-Maior e lá, no departamento de intendência, esclareça esse assunto e, se possível, deixe assinado que recebeu tal quantidade de provisões; caso contrário, o regimento de infantaria vai registrar uma reclamação, vai começar uma questão, e a história pode acabar mal.

Deníssov foi direto do comandante do regimento para o Estado-Maior, com o desejo sincero de seguir o conselho dele. Ao anoitecer ele voltou ao seu abrigo de terra num estado em que Rostóv jamais vira o amigo. Deníssov não conseguia falar e arquejava. Quando Rostóv perguntou o que ele tinha, Deníssov, com voz rouca e fraca, apenas pronunciou palavrões e ameaças.

Assustado com a situação de Deníssov, Rostóv sugeriu que ele trocasse de roupa, bebesse água e mandou vir o médico.

— Vou ser processado por roubo... ah!... Me dê água... Pois podem processar, eu vou, vou sempre surrar os canalhas, e vou contar ao soberano. Me dê gelo — exclamou.

Ao chegar, o médico do regimento falou que era preciso fazer uma sangria. Um prato fundo de sangue escuro saiu do braço peludo de Deníssov, e só então ele ficou em condições de contar tudo o que havia acontecido.

— Cheguei lá — contou Deníssov. — "Onde está o comandante aqui?" Mostraram. "Tenha a bondade de esperar." "Eu tenho muito o que fazer, viajei trinta verstas, não tenho tempo para esperar, me anuncie." Muito bem, lá veio o tal ladrão-chefe: ele também cismou de me dar lições. "Isso é roubo!" Eu digo: "Roubar não é tomar as provisões para alimentar os seus soldados, mas tomar as provisões para meter no próprio bolso!". Muito bem. Ele diz: "Vá assinar uma declaração no comissariado, pois o seu caso será transferido ao comando". Chego ao comissariado. Entro... Atrás da mesa... quem está lá?! Não, tente só adivinhar!... Quem é que está nos matando de fome? — gritou Deníssov, batendo com o punho grande na mesa com tanta força que ela quase caiu, e os copos deram um pulo. — Teliánin! "Então é você que está nos matando de fome?!" E pronto, acertei logo uma no meio da cara dele, aconteceu muito rápido... "Ah!... seu patife..." E saiu rolando! Pois foi divertido, valeu a pena, posso garantir — gritou Deníssov, alegre e raivoso, com os dentes brancos arreganhados por baixo do bigode preto. — Eu teria matado o sujeito, se não viessem me afastar.

— Mas o que é isso, não grite assim, acalme-se — disse Rostóv. — Pronto, o sangue está correndo outra vez. Espere aí, vamos ter de refazer o curativo.

Trocaram o curativo de Deníssov e o puseram para dormir. No dia seguinte, ele acordou alegre e calmo.

Mas ao meio-dia o ajudante de ordens do regimento, com o rosto sério e pesaroso, veio ao abrigo de terra de Deníssov e Rostóv e, com tristeza, mostrou um documento oficial dirigido ao major Deníssov, da parte do comandante do regimento, no qual se faziam indagações sobre o ocorrido na véspera. O ajudante de ordens comunicou que a questão devia tomar um rumo bastante ruim, que tinha sido instituída uma corte marcial e que, em razão da severidade vigente com relação a atos de pilhagem e de insubordinação militar, na melhor das hipóteses o processo podia terminar com uma pena de rebaixamento de posto.

Do ponto de vista da parte queixosa, o caso se apresentava da seguinte maneira: depois da pilhagem dos mantimentos, o major Deníssov, sem ter sido convocado, e com aspecto de bêbado, apareceu diante do chefe da intendência, chamou-o de ladrão, ameaçou espancá-lo e, ao ser retirado de lá, atirou-se para dentro de um escritório, esmurrou dois intendentes e destroncou o braço de outro.

Diante das novas perguntas de Rostóv, Deníssov disse rindo que, de fato, parecia que uma outra pessoa tinha se metido na história, mas que tudo aquilo era bobagem, um disparate, que ele não tinha medo do julgamento de ninguém e que, se aqueles canalhas ousassem vir pegá-lo, ele daria uma resposta que nunca mais iriam esquecer.

Deníssov falava com desdém sobre todo aquele caso; mas Rostóv o conhecia muito bem para não perceber que, no fundo (escondido dos outros), ele temia o julgamento e se atormentava com aquele caso, que obviamente teria consequências ruins. Todo dia chegavam documentos com perguntas e exigências para o julgamento, e no dia 10 de maio veio a ordem para Deníssov passar o comando para o mais graduado do seu esquadrão e apresentar-se ao Estado-Maior da divisão para prestar esclarecimento acerca do caso da violência praticada na comissão de abastecimento. Na véspera daquele dia, Plátov fez uma operação de reconhecimento do inimigo com dois regimentos de cossacos e dois esquadrões de hussardos. Deníssov, como sempre, seguiu na linha de frente, fazendo alarde da sua coragem. Uma das balas disparadas pelos fuzileiros franceses acertou a carne da parte superior da sua perna. Em outra situação, com um ferimento tão ligeiro, talvez Deníssov não tivesse deixado o regimento, mas naquelas circunstâncias ele aproveitou o incidente para se recusar a comparecer à divisão e foi para o hospital.

XVII

No mês de junho ocorreu a batalha de Friedland, na qual os soldados de Pávlograd não tomaram parte, e em seguida foi declarado um armistício. Rostóv, que sentia muito a ausência do amigo, estava sem receber notícias dele desde a sua partida e, preocupado com o andamento do seu processo e com o estado do seu ferimento, aproveitou o armistício e obteve permissão para ir visitar Deníssov no hospital.

O hospital ficava num pequeno povoado prussiano, devastado duas vezes, pelas tropas russas e pelas tropas francesas. Justamente porque era verão, época em que o campo é tão bonito, aquele povoado, com suas cercas e telhados arrasados, suas ruas emporcalhadas, com os habitantes esfarrapados e os soldados bêbados ou doentes que por elas vagavam, apresentava um espetáculo especialmente desolador.

O hospital ficava numa casa de pedra, num terreno cercado pelos restos de um muro desmantelado, com janelas e vidros em parte quebrados. Vários soldados enfaixados, pálidos, inchados, caminhavam ou ficavam sentados no pátio, sob o solzinho.

Assim que Rostóv atravessou a porta, um cheiro de carne em putrefação e de hospital o envolveu. Na escada, foi ao encontro de um médico militar russo, de charuto na boca. Atrás do médico, vinha um enfermeiro russo.

— Não posso estar em toda parte ao mesmo tempo — dizia o médico. — Vá à tardinha à casa de Makar Alekséievitch que estarei lá.

O enfermeiro lhe fez mais uma pergunta.

— Eh! Faça o que achar melhor! Afinal, não é sempre a mesma coisa?

O médico viu Rostóv, que subia pela escada.

— O que deseja, vossa excelência? — perguntou o médico. — O que deseja? Se não foi atingido por uma bala, está querendo pegar tifo? Aqui, meu caro, é a casa dos leprosos.

— Como assim? — perguntou Rostóv.

— O tifo, meu caro. Quem entra aqui morre. Só eu e o Makéiev (apontou para o enfermeiro) ainda estamos aguentando. Já morreram aqui cinco dos nossos irmãos médicos. Sempre que chega um novato, numa semana está acabado — disse o médico, com visível satisfação. — Mandaram vir médicos prussianos, mas os nossos aliados não gostam disso.

Rostóv explicou que desejava ver um major dos hussardos, Deníssov, que estava internado ali.

— Não conheço, não sei dizer, meu caro. Afinal, pense só, eu sozinho cuido de três hospitais, mais de quatrocentos pacientes! Ainda bem que umas senhoras prussianas virtuosas nos trazem café e gaze, umas duas libras por mês, senão estávamos perdidos. — Ele deu uma risada. — Quatrocentos, meu caro; e estão sempre me trazendo novos. Então, não são quatrocentos? Hein? — voltou-se para o enfermeiro.

O enfermeiro parecia esgotado. Era evidente que estava aborrecido, esperando que o médico tagarela saísse de uma vez.

— Major Deníssov — repetiu Rostóv. — Foi ferido em Molliten.

— Parece que morreu. Hein, Makéiev? — perguntou o médico para o enfermeiro, em tom indiferente.

O enfermeiro, porém, não confirmou as palavras do médico.

— Não era um alto, assim, meio ruivo? — perguntou o médico.

Rostóv descreveu o aspecto de Deníssov.

— É, tinha um assim — exclamou o médico, como se estivesse contente. — Esse na certa morreu, mas eu vou conferir, eu tinha umas listas. Não estão com você, Makéiev?

— As listas estão com o Makar Alekséievitch — respondeu o enfermeiro. — Mas tenha a bondade de ir à enfermaria dos oficiais, o senhor mesmo vai ver — acrescentou, dirigindo-se a Rostóv.

— Eh, é melhor não ir, meu caro — disse o médico. — Senão o senhor também vai acabar ficando por lá! — Mas Rostóv despediu-se do médico e pediu ao enfermeiro que lhe mostrasse o caminho.

— Depois não vá pôr a culpa em mim — gritou o médico, ao pé da escada.

Rostóv e o enfermeiro entraram no corredor. O cheiro de hospital era tão forte naquele corredor escuro que Rostóv tapou o nariz e teve de parar a fim de recuperar as forças, antes de poder seguir adiante. Uma porta se abriu à direita, e de lá surgiu, de muletas, um homem magro, amarelo, descalço, em roupas de baixo. Apoiado na ombreira da porta, com olhos brilhantes, invejosos, ele observou as pessoas que passavam. Ao olhar para a porta, Rostóv viu, lá dentro, doentes e feridos deitados no chão, em cima de palha e de capotes.

— O que é isso? — perguntou.

— São os soldados — respondeu o enfermeiro. — O que se vai fazer? — acrescentou, como que se desculpando.

— Posso entrar para ver? — perguntou Rostóv.

— Mas ver o quê? — disse o enfermeiro. Porém, exatamente porque o enfermeiro obviamente não queria deixar que ele visse, Rostóv entrou na enfermaria dos soldados. O cheiro, que Rostóv, no corredor, só conseguira tolerar depois de um tempo, ali era ainda mais forte. O cheiro, ali, era um pouco diferente: era mais cortante e sentia-se logo que era exatamente dali que ele provinha.

Numa sala comprida, bem iluminada pelo sol da janela, os doentes e os feridos estavam deitados em duas fileiras, com a cabeça voltada para a parede e deixando um corredor no meio. Grande parte deles estava inconsciente e não prestou atenção nos homens que entraram. Os que estavam conscientes se ergueram ou levantaram o rosto magro, amarelo, todos com a mesma expressão de esperança de receber alguma ajuda, de censura e de inveja da saúde alheia, e fitavam Rostóv fixamente, sem baixar os olhos. Rostóv andou até o meio da sala, lançou um olhar para as duas salas vizinhas através das portas escancaradas e, nos dois lados, viu a mesma coisa. Ficou parado, em silêncio, olhando à sua volta. Não contava de maneira alguma ver aquilo. Bem na sua frente, quase atravessado no corredor entre as duas fileiras de homens, um doente jazia estirado no chão, na certa um cossaco, pois tinha os cabelos raspados. O cossaco jazia de costas, as pernas e os braços enormes muito abertos. O rosto tinha uma cor vermelha carregada, os olhos estavam totalmente revirados, de modo que só se via a parte branca, e nos pés descalços e nas mãos, ainda vermelhas, as veias ressaltavam tensas como cordas. Ele bateu com a nuca no chão, pronunciou algo com voz rouca e começou a repetir a mesma palavra. Rostóv prestou atenção no que ele dizia e decifrou a palavra repetida. A palavra era: beber... beber... beber! Rostóv olhou em redor, procurando alguém que pudesse colocar aquele paciente no seu lugar e lhe dar água.

— Quem cuida dos pacientes aqui? — perguntou ao enfermeiro. Naquele momento, marcando o passo, o soldado encarregado, de plantão no hospital, veio da sala vizinha e ficou em posição de sentido na frente de Rostóv.

— Saudações, vossa excelência! — gritou o soldado, arregalando os olhos para Rostóv e, era evidente, tomando-o pelo diretor do hospital.

— Coloque-o no lugar, dê água para ele — disse Rostóv, apontando para o cossaco.

— Às suas ordens, vossa excelência — proferiu o soldado com satisfação, arregalando os olhos ainda mais e esticando-se ainda mais na posição de sentido, mas sem sair do lugar.

"Não, aqui ninguém faz nada", pensou Rostóv, baixando os olhos, e pensou em sair, mas sentiu do lado direito um olhar expressivo dirigido a ele e virou-se para lá. Quase no canto, sobre um capote, com um rosto amarelo, severo, magro como um esqueleto, estava sentado um velho soldado, de barba grisalha e crescida, e fitava Rostóv com tenacidade. Um vizinho ao velho soldado sussurrou-lhe algo, apontando para Rostóv. Rostóv entendeu que o velho tinha a intenção de pedir alguma coisa. Aproximou-se e viu que o velho só tinha uma perna, dobrada sob o corpo, da outra perna só restava um coto que não chegava ao joelho. Outro paciente vizinho ao velho, deitado imóvel, com a cabeça inclinada para trás, bem distante dele, era um soldado jovem com uma palidez de cera no rosto de nariz arrebitado, coberto de sardas, e com os olhos revirados para baixo das pálpebras. Rostóv observou o soldado de nariz arrebitado, e um calafrio correu pela sua espinha.

— Mas esse parece que... — virou-se para o enfermeiro.

— Quantas vezes já pedimos, vossa excelência — disse o velho soldado, com o queixo trêmulo. — Está morto desde a manhã. Afinal, também somos gente, e não cachorros...

— Vou mandar que levem agora mesmo, pode deixar — disse o enfermeiro, afobado. — Tenha a bondade, vossa excelência.

— Vamos, vamos! — disse Rostóv às pressas e, de olhos baixos e contraídos, tentando passar despercebido através daquela fileira de olhos acusadores e invejosos apontados para ele, saiu da sala.

XVIII

Passando para o corredor, o enfermeiro conduziu Rostóv para a enfermaria dos oficiais, que consistia em três salas de portas escancaradas. Naquelas salas, havia leitos; os oficiais feridos e os doentes estavam sentados ou deitados sobre as camas. Alguns andavam pelas salas em roupões de hospital. A primeira pessoa com quem Rostóv deparou na enfermaria dos oficiais foi um homem miúdo, magro, sem um braço, de gorro e roupão de hospital, que andava pela primeira sala, com um cachimbo apertado entre os dentes. Rostóv, olhando atentamente para ele, tentava lembrar onde o tinha visto.

— Puxa, olhe só onde fomos nos encontrar — disse o homem miúdo. — Sou o Túchin, Túchin... Não lembra? Levei o senhor na carroça lá em Schöngraben. Tiraram um pedacinho de mim, olhe só... — disse ele, sorrindo a apontando para a manga vazia do roupão. — Está procurando o Vassíli Dmítritch Deníssov? O seu companheiro, não é? — disse ele, adivinhando o que Rostóv queria. — Por aqui, por aqui. — E Túchin conduziu-o para outra sala, da qual se ouviam diversas vozes e risos.

"Mas como eles conseguem não só rir, mas até viver aqui?", pensou Rostóv, sentindo sempre o mesmo cheiro de carne morta que o impregnara na enfermaria dos soldados, e vendo ainda à sua volta os mesmos olhares invejosos que o seguiam dos dois lados e o rosto daquele soldado jovem, com os olhos revirados por baixo das pálpebras.

Deníssov, com a cabeça debaixo de um cobertor, dormia numa cama, apesar de já ser meio-dia.

— Ah! Rostóv! Como vai? Como vai? — gritou, com a mesma voz que usava no regimento; mas Rostóv notou com tristeza que, por trás da habitual descontração e entusiasmo, um sentimento novo, ruim, oculto, transparecia na expressão do rosto, na entonação e nas palavras de Deníssov.

Seu ferimento, apesar de insignificante, ainda não havia cicatrizado, embora já tivessem passado seis semanas desde que ele fora ferido. No rosto, havia a mesma palidez e inchaço que havia no rosto de todos os hospitalizados. Mas não foi isso o que impressionou Rostóv; impressionou-o, sim, o fato de Deníssov parecer não estar contente de vê-lo e de sorrir para ele de maneira forçada. Deníssov nada perguntou sobre o regimento, nem sobre a situação geral da guerra. Quando Rostóv falou a respeito disso, Deníssov não prestou atenção.

Rostóv notou que Deníssov mostrava até desagrado quando lhe recordavam o regimento e, no geral, aquela outra vida, livre, que se passava fora do hospital. Deníssov parecia esforçar-se para esquecer a sua vida anterior e só se interessava pela rixa com os intendentes. À pergunta de Rostóv sobre como estava o seu processo, Deníssov imediatamente tirou de debaixo do travesseiro um documento recebido do comissariado e o rascunho da sua resposta. Animou-se ao começar a ler o documento e chamou a atenção de Rostóv, em especial, para as tiradas mordazes que ele lançava aos seus inimigos naquele documento. Os camaradas de hospital de Deníssov, que haviam rodeado Rostóv — uma pessoa recém-chegada do mundo livre —, começaram a dispersar aos poucos, assim que Deníssov se pôs a ler o documento. Pelo rosto deles, Rostóv entendeu que todos aqueles senhores já tinham ouvido várias vezes a mesma história e já estavam fartos. Só o paciente do leito vizinho, um ulano gordo, sentado na cama de lona, de rosto franzido, com ar sombrio, fumando um cachimbo, e o pequeno Túchin, sem braço, continuaram a escutar, balançando a cabeça em sinal de desaprovação. No meio da leitura, o ulano interrompeu Deníssov.

— Para mim — disse, voltando-se para Rostóv —, é preciso apenas pedir perdão ao soberano. Dizem que agora as recompensas vão ser muitas e na certa vão perdoar...

— Eu, pedir perdão ao soberano? — disse Deníssov, numa voz a que ele queria imprimir a energia e o ardor de antes, mas que soava apenas com uma irritação inútil. — Perdão de quê? Se eu fosse um bandido, pediria perdão, mas eu estou sendo julgado por ter desmascarado os bandidos. Pois podem julgar, não tenho medo de nada; servi honradamente o tsar e a pátria e não roubei! E ainda querem me rebaixar, ora... Escute só, estou escrevendo para eles assim, bem direto: "Se eu fosse um ladrão do dinheiro público...".

— Muito bem escrito, nem se discute — disse Túchin. — Mas a questão não é essa, Vassíli Dmítritch — dirigia-se também a Rostóv. — É preciso ser submisso, e o Vassíli Dmítritch não quer. Afinal, o auditor já disse ao senhor que o seu caso está indo por um mau caminho.

— Pois que vá por um mau caminho — retrucou Deníssov.

— O auditor redigiu um apelo para o senhor — prosseguiu Túchin —, e é preciso assinar e encaminhar por meio dele. Na certa ele (e apontou para Rostóv) tem um bom conhecimento do Estado-Maior. O senhor não vai ter uma oportunidade melhor do que esta.

— Mas eu já disse que não vou me acovardar — interrompeu Deníssov e recomeçou a leitura do seu documento.

Rostóv não se atreveu a tentar convencer Deníssov, embora sentisse por instinto que o caminho proposto por Túchin e por outros oficiais era o mais seguro, e embora fosse ficar feliz se pudesse oferecer alguma ajuda a Deníssov: conhecia muito bem a vontade inflexível de Deníssov e a sua sincera impetuosidade.

Quando chegou ao fim a leitura dos venenosos papéis de Deníssov, que se prolongou por mais de uma hora, Rostóv não falou nada e, no estado de ânimo mais triste possível, de novo na companhia dos camaradas de hospital de Deníssov, que se reuniram à sua volta, passou o resto do dia contando o que sabia e escutando o relato dos demais. Deníssov manteve-se calado, sombrio, durante toda a tarde.

Rostóv preparou-se para ir embora, já bem tarde, e perguntou a Deníssov se não queria algum favor dele.

— Sim, espere — disse Deníssov, olhou para os oficiais à sua volta, pegou os seus papéis embaixo do travesseiro, foi até a janela, onde ele tinha deixado um tinteiro, e sentou-se para escrever.

— Pelo visto, não adianta dar murro em ponta de faca — disse, ao voltar da janela, entregando a Rostóv um envelope grande. Era o apelo dirigido ao soberano, redigido pelo auditor, em que Deníssov, sem fazer nenhuma menção ao departamento da intendência, pedia apenas clemência.

— Entregue, parece que... — Não terminou de falar e deu um sorriso doentio e forçado.

XIX

Depois de voltar ao regimento e informar ao comandante em que pé estava o processo de Deníssov, Rostóv seguiu para Tilsit, com a carta dirigida ao soberano.

No dia 13 de junho, os imperadores francês e russo chegaram a Tilsit. Boris Drubetskói havia pedido a uma figura importante, junto à qual fora designado para trabalhar, que o incluísse na comitiva escalada para ir a Tilsit.

— *Je voudrais voir le grand homme*[56] — disse ele, referindo-se a Napoleão, a quem ele, até aquela ocasião, como todos, chamava sempre de *Buonaparte*.

---

56 Francês: "Eu gostaria de ver o grande homem".

— *Vous parlez de Buonaparte?*[57] — perguntou, rindo, o seu general.

Boris olhou com ar interrogativo para o general e logo entendeu que era um teste jocoso.

— *Mon prince, je parle de l'empereur Napoléon*[58] — respondeu.

O general tocou-o no ombro, com um sorriso.

— Você ainda vai longe — disse, e levou-o consigo.

Boris foi um dos poucos que estavam no rio Niemen no dia do encontro dos imperadores; viu as balsas com as insígnias, a travessia de Napoleão para a outra margem, afastando-se da guarda francesa, viu a figura pensativa do imperador Alexandre, calado, num albergue às margens do Niemen, à espera da chegada de Napoleão; viu os dois imperadores entrarem nos barcos, e Napoleão, que chegou à balsa primeiro, caminhar em frente a passos rápidos e, ao receber Alexandre, estender-lhe a mão, e viu os dois imperadores desaparecerem dentro de um pavilhão. Desde o seu ingresso nas altas esferas, Boris adquirira o hábito de observar com atenção o que se passava à sua volta e anotar tudo. Por ocasião do encontro em Tilsit, ele perguntou o nome das pessoas que vieram com Napoleão, perguntou sobre os uniformes que vestiam e escutava com toda a atenção as palavras ditas por pessoas importantes. No instante mesmo em que os imperadores entraram no pavilhão, Boris olhou o relógio e não esqueceu de olhar outra vez, quando Alexandre saiu do pavilhão. O encontro durou uma hora e cinquenta e três minutos: Boris anotou isso naquela noite, entre outros fatos que, assim ele supunha, tinham relevância histórica. Uma vez que a comitiva do imperador não era muito grande, estar em Tilsit na ocasião do encontro dos imperadores era uma questão muito importante para qualquer pessoa que tinha em alta conta o sucesso no serviço público, e Boris, que estava em Tilsit, sentia que a partir daquele momento a sua posição se consolidara por completo. Não só reconheciam Boris, como o observavam com atenção, e habituaram-se a ele. Por duas vezes, Boris cumpriu tarefas junto ao próprio imperador; assim, o imperador o conhecia pessoalmente, e agora todas as pessoas próximas ao imperador não só não se esquivavam de Boris, a exemplo do que faziam antes, tomando-o por um novato, como ficariam até surpresas se ele não estivesse presente.

Boris morava com outro ajudante de ordens, o conde polonês Jilínski. Educado em Paris, Jilínski era rico, adorava os franceses com ardor, e quase todo dia, durante a estada em Tilsit, oficiais franceses da guarda e do Estado-Maior francês se reuniam para jantar e almoçar com Jilínski e Boris.

---

57 Francês: "O senhor se refere a *Buonaparte?*".

58 Francês: "Meu príncipe, estou falando do imperador Napoleão".

No dia 24 de junho, à noite, o conde Jilínski, que dividia o alojamento com Boris, organizou um jantar para os seus conhecidos franceses. No jantar, havia um convidado de honra — um ajudante de ordens de Napoleão —, vários oficiais da guarda francesa e um jovem de uma antiga família aristocrática francesa, pajem de Napoleão. Naquele mesmo dia, aproveitando-se da escuridão para não ser reconhecido em trajes civis, Rostóv chegou a Tilsit e entrou no alojamento de Jilínski e de Boris.

Aquela reviravolta de atitude em relação a Napoleão e aos franceses, que passaram de inimigos a amigos, ainda estava longe de se cumprir em Rostóv, assim como em todo o exército de onde ele tinha vindo, mas já era um fato consumado no quartel-general e também em Boris. Todos no exército ainda continuavam a experimentar o mesmo sentimento misto de raiva, desprezo e medo em relação a Bonaparte e aos franceses. Pouco tempo antes, em conversa com um oficial cossaco de Plátov, Rostóv teve uma discussão em que disse que, se Napoleão fosse feito prisioneiro, seria tratado não como um soberano, mas como um criminoso. Pouco tempo antes, numa estrada, ao encontrar um coronel francês ferido, Rostóv exasperou-se ao explicar a ele que não poderia haver paz entre um soberano legítimo e o criminoso Bonaparte. Por isso, a visão de oficiais franceses no alojamento de Boris, e nos mesmos uniformes em que ele estava acostumado a avistá-los dos postos avançados, em circunstâncias muito diferentes, causou em Rostóv uma impressão estranha. Assim que viu um oficial francês surgir na porta, aquele sentimento de guerra, de hostilidade, que ele sempre experimentava ao ver o inimigo, dominou-o de súbito. Rostóv ficou parado na soleira e perguntou em russo se Drubetskói morava ali. Boris, ao ouvir uma voz estranha na porta, veio ao seu encontro. No primeiro minuto, ao reconhecer Rostóv, seu rosto exprimiu um desgosto.

— Ah, é você, estou muito contente, muito contente em vê-lo — disse, no entanto, sorrindo e aproximando-se. Mas Rostóv percebeu a sua primeira reação.

— Parece que chego numa hora inoportuna — disse. — Eu não viria, mas tenho um assunto sério — disse, com frieza...

— Não, apenas fiquei admirado de ver você fora do regimento. *Dans un moment je suis à vous*[59] — respondeu a uma voz que o chamou.

— Estou vendo que vim numa hora inoportuna — repetiu Rostóv.

A expressão de desgosto já havia desaparecido da fisionomia de Boris; depois de, obviamente, ter pensado melhor e decidido o que devia fazer, Boris, com uma tranquilidade especial, segurou as duas mãos de Rostóv e levou-o para um cômodo vizinho. Os olhos de Boris, que fitavam os de Rostóv com tranquilidade e firmeza,

---

59 Francês: "Estarei à sua disposição num minuto".

pareciam encobertos como que por uma tampa — sobre eles estavam os óculos azuis das convenções sociais. Assim pareceu a Rostóv.

— Ah, chega, por favor, nenhuma hora é inoportuna para receber você — disse Boris. Levou Rostóv para uma sala onde o jantar estava servido, apresentou-o aos convidados, disse o nome dele e explicou que não era um civil, mas um oficial dos hussardos e seu velho amigo. — O conde Jilínski, *le comte N. N.*, *le capitaine S. S.* — Boris apresentou os convidados. Rostóv olhava para os franceses de sobrancelhas franzidas, cumprimentava-os com uma reverência a contragosto e ficava calado.

Jilínski, estava claro, não recebia com satisfação aquele novo russo em seu círculo e nada dizia para Rostóv. Boris, pelo visto, não percebia o constrangimento produzido pela chegada do novo personagem e, com a mesma tranquilidade simpática e a mesma cobertura sobre os olhos com que recebera Rostóv, tentava manter a conversa animada. Um dos franceses, com a cortesia habitual dos franceses, dirigiu-se a Rostóv, que se mantinha tenazmente calado, e perguntou se tinha vindo a Tilsit para ver o imperador.

— Não, tenho um assunto para resolver — respondeu Rostóv, lacônico.

Rostóv ficou de mau humor desde o instante em que percebeu a insatisfação na fisionomia de Boris e, como sempre acontece em pessoas de mau humor, parecia-lhe que todos o olhavam com hostilidade e que ele incomodava a todos. E, de fato, Rostóv estava incomodando a todos e só ele permanecia de fora da conversa geral, logo retomada. "Para que ele está aqui?", diziam os olhares dirigidos a Rostóv. Ele ergueu-se e aproximou-se de Boris.

— Vejo que estou atrapalhando — disse em voz baixa. — Vamos tratar do meu assunto e depois eu vou embora.

— Não, de jeito nenhum — respondeu Boris. — Mas, se você está cansado, vamos ao meu quarto, lá você pode deitar e repousar.

— Sim, na verdade...

Foram para o quarto pequeno onde Boris dormia. Sem se sentar, Rostóv, de imediato e com irritação — como se Boris fosse culpado de alguma coisa perante ele —, passou a contar-lhe o caso de Deníssov, perguntando se Boris queria e podia apelar ao soberano em favor de Deníssov por intermédio do seu general e, por meio dele, entregar-lhe uma carta. Quando ficaram a sós, Rostóv se convenceu pela primeira vez de que era constrangedor fitar Boris nos olhos. De pernas cruzadas e afagando a mão esquerda com os dedos finos da mão direita, Boris escutava Rostóv como um general escuta o relatório de um subordinado, ora olhando para o lado, ora fitando direto nos olhos de Rostóv, com aquela mesma cobertura sobre o olhar. Toda vez que isso acontecia, Rostóv ficava constrangido e baixava os olhos.

— Já ouvi falar de processos desse mesmo tipo e sei que o soberano é muito severo em tais casos. Acho que não se deve apresentar o apelo à sua alteza. A meu ver, seria melhor pedir diretamente ao comandante da tropa... Mas, de resto, eu creio que...

— Se não quer fazer nada, diga logo de uma vez! — quase gritou Rostóv, sem fitar Boris nos olhos. Boris sorriu:

— Ao contrário, farei o que posso, apenas acho que...

Naquele instante, ouviu-se atrás da porta a voz de Jilínski chamando Boris.

— Está bem, vá, vá — disse Rostóv, recusou o convite para jantar e ficou sozinho no quarto, andando de um lado para o outro e ouvindo a alegre conversa em francês no cômodo vizinho.

XX

Rostóv chegou a Tilsit no dia menos apropriado possível para interceder em favor de Deníssov. Ele mesmo não podia procurar o general comandante, pois estava de fraque e viera a Tilsit sem autorização dos seus superiores, e Boris, mesmo que quisesse, não pôde tratar do assunto no dia seguinte à chegada de Rostóv. Naquele dia 27 de junho foram assinadas as primeiras cláusulas do acordo de paz. Os imperadores trocaram condecorações: Alexandre recebeu a Legião de Honra, e Napoleão a Ordem de Santo André de primeiro grau, e naquele dia um batalhão da guarda francesa promoveu um jantar para o batalhão de Preobrajénski. Os soberanos deviam comparecer a esse jantar.

Rostóv sentia-se tão mal e tão incomodado na companhia de Boris que, quando o amigo veio vê-lo depois do jantar, Rostóv fingiu que estava dormindo e no dia seguinte, de manhã bem cedo, saiu da casa esforçando-se para não cruzar com Boris. De fraque e de chapéu redondo, Nikolai vagou pela cidade, observando os franceses e os seus uniformes, observando as ruas e as casas onde se alojavam o imperador russo e o francês. Numa praça, viu mesas montadas e os preparativos para o jantar; nas ruas, viu panos pendurados com as cores das bandeiras russa e francesa e enormes monogramas "A" e "B". Nas janelas das casas, também havia bandeiras e monogramas.

"Boris não quer me ajudar, e eu também não quero pedir a ele. Isso já está decidido", pensou Nikolai. "Entre nós, está tudo acabado, mas não irei embora daqui antes de fazer tudo o que puder em favor de Deníssov e, acima de tudo, antes de entregar a carta ao soberano. O soberano!? Ele está aqui!", pensou Rostóv, aproximando-se de novo, e sem querer, da casa ocupada por Alexandre.

Na frente da casa, havia cavalos de montaria, e a comitiva estava chegando, pelo visto preparavam-se para a saída do soberano.

“A qualquer minuto poderei vê-lo”, pensou Rostóv. “Se ao menos eu pudesse lhe entregar diretamente a carta e dizer tudo... Será que não vão me prender porque estou de fraque? Não é possível! Ele compreenderia de que lado está a justiça. Ele compreende tudo, sabe tudo. Quem pode ser mais justo e generoso do que ele? Ora, e se me prenderem por eu estar aqui, que mal há nisso?”, pensou, enquanto olhava para um oficial que entrava na casa ocupada pelo soberano. “Pronto, já estão entrando. Eh! Tudo isso é bobagem! Irei lá e entregarei eu mesmo a carta ao soberano: pior para o Drubetskói, que me levou a fazer isso.” E de repente, com uma determinação que ele mesmo não esperava de si, depois de apalpar a carta dentro do bolso, Rostóv andou direto para a casa ocupada pelo soberano.

“Não, agora não vou perder a oportunidade, como aconteceu depois de Austerlitz”, pensou, na expectativa de encontrar o soberano a qualquer segundo, e sentindo o sangue afluir ao coração, só de pensar nisso. “Vou me jogar aos pés dele e pedir. Ele vai me levantar, vai me escutar e ainda vai me agradecer.” “Fico feliz quando posso fazer o bem, mas corrigir uma injustiça é a felicidade suprema”, imaginava Rostóv as palavras que o soberano ia lhe dizer. E passou pelas pessoas que o observavam com curiosidade no alpendre da casa ocupada pelo soberano.

Do alpendre, uma escada larga conduzia direto ao primeiro andar; à direita, via-se uma porta fechada. Debaixo da escada, outra porta dava para o andar de baixo.

— Quem é o senhor? — perguntou alguém.

— Vim entregar uma carta, um apelo à sua alteza — disse Nikolai, com voz trêmula.

— Um apelo... Vá ao oficial de serviço, por favor, é por ali (apontaram a porta de baixo). Só que não estão recebendo.

Ao ouvir aquela voz indiferente, Rostóv assustou-se com o que estava fazendo; a ideia de que, a qualquer minuto, ia encontrar-se com o soberano era para Rostóv tão sedutora e, por isso, tão terrível que ele já se preparava para fugir dali, mas o camareiro que o encontrou abriu a porta do oficial de serviço, e Rostóv entrou.

Naquele quarto, estava um homem gordo e baixo, de uns trinta anos, de calça branca, botas, e com uma camisa de cambraia que, pelo visto, acabara de vestir; um criado abotoava nas suas costas lindos suspensórios novos, bordados em seda, que por algum motivo chamaram a atenção de Rostóv. Aquele homem falava com alguém que estava num outro cômodo.

— *Bien faite et la beauté du diable*[60] — dizia o homem e, ao ver Rostóv, parou de falar e fechou a cara. — O que o senhor deseja? Uma petição?...

— *Qu'est-ce que c'est?*[61] — perguntou alguém no outro cômodo.

— *Encore un pétitionnaire*[62] — respondeu o homem de suspensórios.

— Diga para vir depois. Ele vai sair agora, temos de partir.

— Depois, depois, amanhã. Mais tarde...

Rostóv virou-se e fez menção de sair, mas o homem de suspensórios o deteve.

— Da parte de quem? Quem é o senhor?

— Do major Deníssov — respondeu Rostóv.

— Quem é o senhor? Um oficial?

— Tenente, conde Rostóv.

— Que audácia! Encaminhe pelo comando. E saia, saia logo... — Começou a vestir o uniforme que o criado lhe dera.

Rostóv saiu de novo na direção da porta da rua e notou que, no alpendre, já havia muitos oficiais e generais em uniforme de gala, pelos quais ele tinha de passar.

Maldizendo a sua audácia, abalado com a ideia de que a qualquer minuto poderia encontrar-se com o soberano e que por isso poderia passar uma vergonha e ser preso, dando-se conta plenamente de toda a inconveniência do seu gesto e arrependido de ter agido assim, Rostóv, de olhos baixos, já estava saindo da casa, rodeada pela multidão da comitiva suntuosa, quando uma voz conhecida o chamou, e a mão de alguém o segurou.

— O senhor, meu caro, o que está fazendo de fraque? — perguntou uma voz de baixo.

Era um general de cavalaria que, naquela campanha, recebera um favor especial do imperador e que antes tinha sido o comandante da divisão em que Rostóv servia.

Rostóv, assustado, começou a se desculpar, mas, ao perceber o rosto bondoso e bem-humorado do general, trouxe-o para o lado, com voz comovida, explicou-lhe todo o caso e pediu que intercedesse em favor de Deníssov, a quem o general conhecia. Após escutar Rostóv, o general balançou a cabeça com ar sério.

— Que pena, coitado do bravo rapaz; me dê a carta...

Rostóv mal teve tempo de entregar a carta e contar todo o caso de Deníssov quando, na escada, soaram passos rápidos, com esporas, e o general, afastando-se

---

60 Francês: "Bem-feita e de uma beleza diabólica".

61 Francês: "O que é?".

62 Francês: "Mais um peticionário".

dele, avançou na direção do alpendre. Os senhores da comitiva do soberano desceram correndo pela escada e seguiram na direção dos cavalos. O escudeiro Eneux, o mesmo que estivera em Austerlitz, trouxe o cavalo do soberano, e ouviu-se na escada um leve rangido de passos, que Rostóv logo reconheceu. Esquecido do perigo de ser reconhecido, Rostóv aproximou-se do alpendre, junto com alguns civis curiosos, e de novo, após dois anos, avistou as mesmas feições adoradas, o mesmo rosto, o mesmo olhar, o mesmo porte, a mesma conjunção de grandeza e docilidade... E o sentimento de entusiasmo e de amor pelo soberano renasceu na alma de Rostóv com a mesma força de antes. O soberano, com o uniforme do regimento de Preobrajénski, de botas altas, brancas, feitas de couro de alce, com uma medalha que Rostóv não conhecia (era a *Légion d'Honneur*),[63] saiu para o alpendre, com o chapéu debaixo do braço e calçando a luva. Parou, olhou em volta, e tudo ao redor se iluminou com o seu olhar. Disse algumas palavras a um dos generais. Reconheceu também o ex-comandante da divisão de Rostóv, sorriu para ele e chamou-o para junto de si.

Toda a comitiva recuou, e Rostóv viu que o general falou demoradamente com o soberano.

O soberano lhe disse algumas palavras e deu um passo na direção dos cavalos. De novo a multidão da comitiva e a multidão da rua, na qual estava Rostóv, aproximaram-se do imperador. Parado junto ao cavalo e segurando a sela com a mão, o soberano voltou-se para o general de cavalaria e lhe falou bem alto, obviamente para que todos ouvissem.

— Não posso, general, e não posso porque a lei é mais forte do que eu — disse o soberano, e colocou o pé no estribo. O general baixou a cabeça com respeito, o soberano montou e partiu a galope pela rua. Rostóv, fora de si de tanto entusiasmo, correu junto com a multidão atrás dele.

XXI

Na praça para onde o soberano se dirigia, estavam frente a frente o batalhão de Preobrajénski, à direita, e o batalhão da guarda francesa, à esquerda, com chapéus de pele de urso.

Na hora em que o soberano passava a cavalo junto a um flanco dos batalhões, que apresentavam armas, outro grupo de cavaleiros se aproximava a galope do

---

63 Francês: "Legião de Honra".

flanco oposto, e à frente deles Rostóv reconheceu Napoleão. Não podia ser outro. Ia a galope, com um chapéu pequeno, com a fita da condecoração de Santo André sobre o ombro, num uniforme azul aberto sobre um colete branco, num extraordinário cavalo árabe tordilho puro-sangue, com um xairel bordado em dourado e em cor de framboesa. Aproximando-se de Alexandre, Napoleão levantou o chapéu e, ao fazer esse gesto, os olhos de cavalariano de Rostóv não puderam deixar de perceber que Napoleão estava mal montado e sem firmeza sobre o cavalo. Os batalhões gritaram: "Hurra!" e "*Vive l'empereur!*". Napoleão disse algo para Alexandre. Os dois imperadores desmontaram e apertaram-se as mãos. No rosto de Napoleão havia um sorriso desagradável e fingido. Alexandre, com uma expressão afetuosa, lhe disse algo.

Rostóv, sem baixar os olhos, apesar do tropel dos cavalos dos gendarmes franceses, que continham a multidão, acompanhava todos os movimentos dos imperadores Alexandre e Bonaparte. Impressionou-o, pelo inesperado, o fato de Alexandre portar-se diante de Bonaparte como um igual, e de Bonaparte tratar o tsar russo como um igual, com total liberdade, como se tal intimidade com o soberano fosse algo natural e rotineiro para ele.

Alexandre e Napoleão, seguidos pela longa comitiva, aproximaram-se do flanco direito do batalhão de Preobrajénski, avançando em linha reta para a multidão que estava ali. De modo inesperado, a multidão se viu tão próxima dos imperadores que Rostóv, postado nas primeiras filas, sentiu medo de ser reconhecido.

— *Sire, je vous demande la permission de donner la Légion d'Honneur au plus brave de vos soldats*[64] — disse uma voz fina, cortante, que articulava todas as letras.

Foi Bonaparte, de pequena estatura, quem falou, fitando os olhos de Alexandre, de baixo para cima. Alexandre escutou atentamente o que lhe diziam e, após inclinar a cabeça, sorriu com simpatia.

— *À celui qui s'est le plus vaillamment conduit dans cette dernière guerre*[65] — acrescentou Napoleão, escandindo cada sílaba com uma tranquilidade e uma segurança revoltantes para Rostóv, enquanto corria os olhos pelas fileiras de soldados russos em posição de sentido à sua frente, todos apresentando armas e olhando imóveis para o rosto do seu imperador.

— *Votre Majesté me permettra-t-elle de demander l'avis du colonel*[66] — disse

---

64 Francês: "Senhor, peço permissão para conceder a Legião de Honra ao mais corajoso dos seus soldados".

65 Francês: "Àquele que se portou com mais valentia nesta última guerra".

66 Francês: "Vossa majestade permitirá que eu peça a opinião do coronel".

Alexandre e deu alguns passos apressados na direção do príncipe Kozlóvski, comandante do batalhão. Enquanto isso, com a pequena mão branca, Bonaparte começou a descalçar a luva e, como ela rasgou, jogou-a fora. Um ajudante de ordens precipitou-se para a frente e apanhou a luva.

— A quem se pode dar? — perguntou baixo e em russo o imperador Alexandre para Kozlóvski.

— A quem vossa alteza mandar.

O soberano franziu as sobrancelhas, descontente, olhou para trás e disse:

— Mas é preciso dar uma resposta a ele.

Kozlóvski voltou-se para as fileiras com ar decidido, e o seu olhar bateu em Rostóv. "Serei eu?", pensou Rostóv.

— Lázariev! — ordenou o coronel, de cara franzida; e o primeiro soldado da tropa, Lázariev, adiantou-se com presteza.

— Aonde vai? Fique parado! — sussurraram vozes para Lázariev, que não sabia para onde devia ir. Lázariev parou assustado, olhando de esguelha para o coronel, e o seu rosto tremeu, como acontece com os soldados chamados à frente das fileiras.

Napoleão virou ligeiramente a cabeça para trás e levou a mão pequena e roliça para trás, como se quisesse apanhar alguma coisa. Os membros da sua comitiva, adivinhando no mesmo instante do que se tratava, agitaram-se, sussurraram, enquanto passavam um objeto de um para o outro, e um pajem, o mesmo que Rostóv tinha visto no dia anterior na casa de Boris, correu para a frente e, inclinando-se respeitosamente diante da mão estendida, e sem deixar que ela esperasse nem um segundo, colocou sobre ela uma medalha presa a uma fita vermelha. Sem olhar, Napoleão fechou dois dedos. A medalha ficou presa entre eles. Napoleão aproximou-se de Lázariev, que, de olhos arregalados, continuava a fitar obstinadamente apenas o seu soberano, e Bonaparte voltou-se para o imperador Alexandre, demonstrando assim que aquilo que estava fazendo agora ele o fazia para o seu aliado. A mão branca e pequena, com a medalha, tocou num botão do soldado Lázariev. Era como se Napoleão soubesse que, para que aquele soldado se tornasse para sempre feliz, recompensado e destacado de todos no mundo, bastava que a mão dele, Napoleão, se dignasse a tocar uma vez no peito do soldado. Napoleão apenas colocou a cruz no peito de Lázariev e, ao baixar a mão, voltou-se para Alexandre, como se soubesse que a cruz tinha de aderir ao peito de Lázariev. A cruz de fato aderiu, porque mãos obsequiosas, russas e francesas, imediatamente agarraram a cruz e a fixaram no uniforme. Lázariev, com ar sombrio, olhou para o homem pequeno, de mãos brancas, que havia feito algo diante dele e, continuando imóvel, em posição de apresentar armas, voltou a olhar direto para os olhos de Alexandre, como se perguntasse a Alexandre: devia continuar ali parado, ou agora lhe ordenavam que fosse embora, ou quem sabe devia fazer outra coisa? Mas não lhe deram ordem nenhuma, e Lázariev permaneceu bastante tempo imóvel, naquela posição.

Os soberanos montaram em seus cavalos e foram embora. Os soldados do regimento de Preobrajénski desfizeram as fileiras, misturaram-se com os franceses da guarda e sentaram-se às mesas preparadas para eles.

Lázariev sentou-se no lugar de honra; oficiais russos e franceses o abraçavam, cumprimentavam, apertavam suas mãos. Multidões de oficiais e de civis se aproximaram só para ver Lázariev. Um rumor de falas, em russo e em francês, e também de risos pairava na praça, em redor das mesas. Dois oficiais de rostos avermelhados, alegres e felizes, passaram por Rostóv.

— Que banquete, hein, irmão... tudo na prataria — disse um. — Viu o Lázariev?

— Vi.

— Dizem que amanhã são os soldados de Preobrajénski que vão oferecer um jantar para eles.

— Imagina! Mas que sorte teve o Lázariev! Uma pensão vitalícia de mil e duzentos francos.[67]

— Olhem só que chapéu, pessoal! — gritou um soldado de Preobrajénski que usava um chapéu francês peludo.

— Que maravilha, uma beleza!

— Já soube qual é a contrassenha? — perguntou um oficial da guarda para o outro. — Anteontem foi *Napoléon*, *France*, *bravoure*, ontem foi *Alexandre*, *Russie*, *grandeur*,[68] um dia é o nosso soberano que dá a contrassenha, no outro, é Napoleão. Amanhã o soberano vai dar uma medalha de São Jorge ao mais corajoso dos soldados da guarda francesa. Não tem jeito! Tem de responder da mesma forma.

Boris e o seu camarada Jilínski também vieram presenciar o banquete do regimento de Preobrajénski. Ao virar-se para trás, Boris notou Rostóv, parado junto ao canto de uma casa.

— Rostóv! Como vai? Nós mal chegamos a nos ver — disse, e não conseguiu se conter e deixar de perguntar o que havia com ele, tão estranhas e soturnas estavam as feições de Rostóv.

— Nada, nada — respondeu.

— Você vai à minha casa?

— Vou, sim.

---

67 A medalha da Legião de Honra dava direito automático a essa pensão.

68 Francês: "Napoleão, França, bravura [...] Alexandre, Rússia, grandeza".

Rostóv ficou muito tempo parado, junto ao canto da casa, olhando de longe os comensais. Na sua cabeça, passava-se um trabalho torturante, que ele não conseguia levar ao fim. Dúvidas terríveis erguiam-se na sua alma. Ora lembrava-se de Deníssov, com a sua expressão alterada, com a sua submissão, e do hospital inteiro, com aqueles braços e pernas amputados, com a imundície e as doenças. Rostóv teve uma impressão tão nítida de que estava sentindo agora o cheiro de carne morta do hospital que olhou para trás para entender de onde poderia vir o cheiro. Ora se lembrava de Bonaparte, cheio de si, com a sua mão branca, que agora era um imperador a quem o imperador Alexandre amava e respeitava. Para que tinham sido amputados os braços e as pernas, para que as pessoas tinham sido mortas? Ora se lembrava de Lázariev, condecorado, e de Deníssov, castigado e sem perdão. Rostóv se viu diante de pensamentos tão estranhos que teve medo deles.

O cheiro da comida dos soldados de Preobrajénski e a fome fizeram-no sair daquele estado: tinha de comer alguma coisa, antes de ir embora. Foi a um hotel que tinha visto naquela manhã. No hotel, deparou com tanta gente e tantos oficiais que, como ele, tinham vindo em roupas civis que só a muito custo Rostóv conseguiu jantar. Dois oficiais da mesma divisão que ele se aproximaram. A conversa, naturalmente, tratou do acordo de paz. Os oficiais, camaradas de Rostóv, a exemplo da maior parte do Exército, estavam descontentes com a paz selada após a batalha de Friedland. Diziam que, se os russos tivessem resistido mais um pouco, Napoleão estaria perdido, que suas tropas não tinham pão seco, nem munições tinham mais. Nikolai comia em silêncio e, sobretudo, bebia. Tomou duas garrafas de vinho. O trabalho que se processava em sua mente não parava de torturá-lo, sem chegar a uma conclusão. Rostóv temia exprimir seus pensamentos e não conseguia se desvencilhar deles. De repente, a uma palavra de um dos oficiais, para quem era uma humilhação olhar para os franceses, Rostóv começou a gritar com uma fúria que nada justificava e que, por isso, surpreendeu muito os dois oficiais.

— E como vocês podem julgar o que era melhor?! — desatou a gritar, com o rosto de repente vermelho. — Como vocês podem julgar os atos do soberano, que direito nós temos de entender?! Não podemos compreender nem os objetivos nem os atos do soberano!

— Mas eu não falei nenhuma palavra sobre o soberano — justificou-se o oficial, que não conseguia explicar o arrebatamento de Rostóv senão por estar bêbado.

Mas Rostóv não lhe deu ouvidos.

— Nós não somos funcionários diplomáticos, somos soldados e mais nada — prosseguiu. — Eles nos mandam morrer, e nós morremos. Se nos castigam, quer dizer que somos culpados; não cabe a nós julgar nada. Se convém ao soberano imperador reconhecer Bonaparte como imperador e selar um acordo de paz com ele, quer dizer que isso é necessário. Se nós começarmos a querer julgar e discutir tudo, aí não vai restar mais nada de sagrado. Aí vamos dizer que Deus não existe, que não existe nada — gritou Nikolai, esmurrando a mesa, falando de modo totalmente despropositado, na opinião dos seus interlocutores, mas totalmente coerente com o curso dos próprios pensamentos. — Nossa tarefa é cumprir o nosso dever, combater e não pensar, só isso — concluiu.

— E beber — disse um dos oficiais, que não queria discutir.

— Sim, e beber — concordou Nikolai. — Ei, você! Mais uma garrafa! — gritou.

TOMO DOIS

TERCEIRA PARTE

I

No ano de 1808, o imperador Alexandre foi a Erfurt para mais um encontro com Napoleão, e na alta sociedade de Petersburgo falava-se muito sobre a grandiosidade daquele encontro solene.

No ano de 1809, a proximidade entre os dois potentados do mundo, como eram chamados Napoleão e Alexandre, chegou a tal ponto que, quando Napoleão declarou guerra contra a Áustria, nesse ano, tropas russas partiram para o exterior a fim de ajudar o seu inimigo de antes, Bonaparte, contra o aliado de antes, o imperador austríaco, e na alta sociedade comentava-se um possível casamento entre Napoleão e uma das irmãs do imperador Alexandre. No entanto, além das razões políticas externas, daquela vez a atenção da sociedade russa estava voltada, com especial vivacidade, para as reformas internas, que se produziam naquela ocasião em todos os setores da administração do Estado.

A vida, entretanto, a vida real das pessoas, com seus interesses básicos, como a saúde, a doença, o trabalho, o repouso, com seus interesses no pensamento, na ciência, na poesia, na música, no amor, na amizade, na inveja, nas paixões, seguia como sempre, independente, alheia à proximidade ou à hostilidade política em relação a Napoleão Bonaparte e alheia a todas as possíveis reformas.

O príncipe Andrei viveu dois anos no campo, sem sair de lá. Todos os empreendimentos que Pierre havia tentado implementar nas suas propriedades, sem nenhum resultado, pois toda hora passava de um a outro, aqueles empreendimentos foram todos realizados pelo príncipe Andrei, sem que ele falasse do assunto com quem quer que fosse e sem aparente dificuldade.

O príncipe Andrei possuía, em alto grau, a tenacidade prática que tanta falta fazia a Pierre e que, sem esforço nem ansiedade por parte do príncipe Andrei, punha seus projetos em movimento.

Numa de suas propriedades, com trezentas almas,[1] os camponeses foram

---

1 O termo "alma" servia para designar os servos de uma propriedade rural.

transferidos para a condição de agricultores livres[2] (foi um dos primeiros exemplos na Rússia); em outras propriedades, a corveia foi transformada em um tributo pago ao senhor de terras. Em Bogutchárovo, às expensas dele, uma parteira experiente foi contratada para ajudar as gestantes, e um sacerdote recebia um ordenado para alfabetizar os filhos dos camponeses e dos criados.

O príncipe Andrei passava metade do tempo em Montes Calvos, com o pai e o filho, que ainda estava sob os cuidados de babás; na outra metade do tempo, ficava no monastério de Bogutchárovo, como o pai chamava a aldeia do príncipe Andrei. Apesar da indiferença que havia demonstrado a Pierre em relação a todos os eventos do mundo exterior, o príncipe Andrei os acompanhava com afinco, recebia muitos livros e, para a própria surpresa, quando chegavam visitas para ele ou para o pai, vindas diretamente de Petersburgo, o próprio redemoinho da vida, o príncipe Andrei notava que aquelas pessoas, no que dizia respeito a tudo o que ocorria na política externa e interna, sabiam muito menos do que ele, que jamais saía do campo.

Além dos afazeres das propriedades, além da leitura dos livros mais variados, o príncipe Andrei se ocupava com a análise crítica das nossas duas últimas campanhas militares malsucedidas e com a elaboração de um projeto de mudança dos nossos regulamentos e estatutos militares.

Na primavera de 1809, o príncipe Andrei foi para as propriedades de Riazan, que pertenciam ao seu filho, de quem era tutor.

Aquecido pelo sol da primavera, sentado na carruagem, olhava para o primeiro capim, para as primeiras folhas das bétulas e para os primeiros rolos de nuvens brancas da primavera, que corriam pelo céu brilhante e azulado. Não pensava em nada, mas olhava para os lados, alegre e distraído.

Fez a travessia de balsa, onde um ano antes havia conversado com Pierre. Passou por uma aldeia imunda, por estábulos, por campos de cereais de inverno, por uma encosta com um resto de neve perto de uma ponte, por uma subida de barro erodido pelas águas, por faixas de restolhos e por arbustos que verdejavam aqui e ali, e entrou numa floresta de bétulas que se erguia dos dois lados da estrada. Dentro da floresta, quase fazia calor, não se ouvia o vento. As bétulas, salpicadas de folhas verdes e viscosas, não se mexiam, e, sobre a terra, por baixo das folhas do ano anterior, levantando-as, despontavam a primeira relva verde e flores lilases.

---

2 Categoria especial de camponeses, libertos da servidão, por uma lei de 1803. O senhor de terras permitia que eles ficassem em liberdade e lhes fornecia a sua terra em troca de pagamento. Apesar da lei, foram raríssimos os casos em que isso ocorreu. Em seguida, o texto menciona a corveia (*barschina*), trabalho gratuito e obrigatório que os servos tinham de prestar ao senhor de terras.

Espalhados aqui e ali pelo bosque de bétulas, pinheiros miúdos, com a sua permanente e rude cor verde, faziam lembrar o inverno de modo desagradável. Os cavalos passaram a bufar, ao penetrar na floresta, e começaram a suar visivelmente.

O lacaio Piotr disse algo para o cocheiro, o cocheiro respondeu que sim. Mas era evidente que o apoio do cocheiro era pouco para Piotr: ele voltou-se na boleia para o patrão.

— Vossa excelência, que bom! — disse, sorrindo com respeito.

— O quê?

— Que bom, vossa excelência.

"Do que ele está falando?", pensou o príncipe Andrei. "É sobre a primavera, sem dúvida", pensou, olhando para os lados. "Puxa, tudo já está verde... Que rapidez! As bétulas, as cerejeiras, os amieiros já começaram... Mas os carvalhos ainda não aparecem. Mas olhe, lá está ele, um carvalho."

Na beira da estrada, havia um carvalho. Provavelmente dez vezes mais velho do que as bétulas que formavam o bosque, ele era também dez vezes mais grosso e duas vezes mais alto do que todas as bétulas. Era um carvalho enorme, seriam necessárias duas pessoas para abraçá-lo, e era evidente que, muito tempo antes, alguns galhos tinham sido quebrados, e sua casca estava lascada com cicatrizes de feridas antigas. Com as mãos e os dedos imensos muito abertos, retorcidos, desajeitados, assimétricos, ele se erguia no meio das bétulas sorridentes como um velho monstro irritado e desdenhoso. Só ele não queria se render ao encanto da primavera e não queria ver nem a primavera nem o sol.

"Primavera, amor, felicidade!", parecia dizer o carvalho. "Como vocês podem não estar fartos dessa ilusão tola, absurda e sempre repetida? A mesma coisa, sempre, e sempre a mesma ilusão! Não existe primavera, não existe sol, não existe felicidade. Olhem lá, onde estão os pinheiros sufocados, mortos, sempre sozinhos, e olhem também para mim, eu arreganho os meus dedos quebrados, esfolados, onde quer que eles cresçam, nas costas, nos flancos. Do jeito que eles crescem, assim eu fico, e não acredito nas esperanças e ilusões de vocês."

O príncipe Andrei virou-se várias vezes para olhar aquele carvalho, enquanto passava pelo bosque, como se esperasse dele alguma coisa. Havia flores e relva também ao pé do carvalho, mas ele fechava a cara e continuava imóvel no meio delas, monstruoso e obstinado.

"Sim, ele tem razão, esse carvalho tem mil vezes razão", pensou o príncipe Andrei. "Outros, mais jovens, até podem ceder mais uma vez a essa ilusão, mas nós sabemos que a vida, a nossa vida, está acabada!" Toda uma sequência nova de pensamentos desesperados, mas melancolicamente agradáveis, relacionados com aquele carvalho, acudiram ao espírito do príncipe Andrei. Durante aquela viagem, ele pareceu refletir de novo sobre toda a sua vida e chegou à mesma conclusão, tranquilizadora e sem esperanças, de que ele não precisava começar nada, de que devia apenas tocar o resto da vida sem praticar o mal, sem se inquietar e sem desejar nada.

II

Por causa de questões relativas à tutela da propriedade de Riazan, o príncipe Andrei teve de encontrar-se com o decano da nobreza do distrito. O decano da nobreza era o conde Iliá Andréievitch Rostóv, e o príncipe Andrei, no meio do mês de maio, foi à casa dele.

A primavera já estava numa fase quente. O bosque já estava todo vestido de folhas, havia poeira e fazia tanto calor que, quando se passava perto da água, dava vontade de banhar-se.

O príncipe Andrei, tristonho e preocupado com as considerações e com as questões sobre as quais teria de indagar ao decano da nobreza, avançava pela alameda do jardim da casa dos Rostóv, em Otrádnoie. À direita das árvores, ouviu um grito alegre de mulher e avistou um bando de moças que corriam e atravessavam o caminho da sua carruagem. À frente das outras, mais perto, veio na direção da carruagem uma jovem de cabelo preto, muito franzina, estranhamente franzina, num vestido de chita amarelo, com um lenço branco amarrado na cabeça, por baixo do qual escapavam mechas dos cabelos penteados. A mocinha gritava alguma coisa, mas, ao avistar o estranho, correu para trás, rindo e sem olhar mais para ele.

O príncipe Andrei, de repente, por algum motivo, sentiu uma dor. O dia estava tão bonito, o sol estava tão brilhante, tudo em volta era tão alegre; mas aquela moça franzina e bonitinha não sabia e não queria saber da existência dele, e estava satisfeita e feliz com a sua vida isolada, certamente tola, porém alegre e feliz. "Por que está tão alegre? Em que está pensando? Não é sobre os regulamentos militares, nem sobre o regime de tributação dos servos na propriedade de Riazan. No que ela está pensando? Com o que ela está tão feliz?", não podia deixar de se perguntar o príncipe Andrei, com curiosidade.

No ano de 1809, o conde Iliá Andreitch vivia em Otrádnoie da mesma forma que antes, ou seja, mantendo quase toda a província ocupada com caçadas, apresentações teatrais, jantares e música. Como ocorria com todos os novos visitantes, ele ficou feliz com a chegada do príncipe Andrei e, quase à força, o fez pernoitar em sua casa.

Ao longo do dia maçante em que o príncipe Andrei foi alvo das atenções constantes dos velhos anfitriões e de seus convidados mais respeitáveis, dos quais a casa do velho conde estava repleta por causa de um aniversário que se aproximava, Bolkónski, enquanto olhava diversas vezes para Natacha, que ria por algum motivo e se divertia entre a outra metade dos presentes, os jovens, não parava de se perguntar: "No que ela está pensando? Com o que está tão alegre?".

À noite, ao se ver sozinho num local novo, o príncipe Andrei ficou muito tempo sem conseguir pegar no sono. Leu, depois apagou a vela e acendeu-a de novo. No quarto, com os contraventos das janelas fechados por dentro, fazia calor. O príncipe Andrei estava aborrecido com aquele velho tolo (assim chamava Rostóv), que o retinha em sua casa, assegurando que os documentos necessários ainda não tinham sido trazidos da cidade, e estava aborrecido consigo mesmo, por ter ficado ali.

O príncipe Andrei levantou-se e aproximou-se da janela para abri-la. Assim que abriu os contraventos, o luar, como se já estivesse de sobreaviso havia muito tempo, aguardando junto à janela, irrompeu para dentro do quarto. Ele abriu totalmente a janela. A noite estava fresca, imóvel e clara. Bem em frente à janela, havia uma fileira de árvores podadas, negras de um lado e prateadas de luz do outro. Ao pé das árvores, havia uma vegetação viçosa, molhada, densa, com folhas e hastes prateadas aqui e ali. Adiante, atrás das árvores negras, havia uma espécie de telhado, que reluzia com o orvalho; à direita, uma grande árvore frondosa, com o tronco e os galhos brancos e brilhantes, e acima dela, a lua quase cheia no céu luminoso da primavera, quase sem estrelas. O príncipe Andrei apoiou os cotovelos na janela, e seus olhos detiveram-se naquele céu.

O quarto do príncipe Andrei ficava no andar do meio; em quartos em cima do dele também estavam acordados. Ouviu uma conversa de mulheres no andar de cima.

— Só mais uma vez — disse uma voz de mulher, que o príncipe Andrei logo reconheceu.

— Mas quando é que você vai dormir? — retrucou outra voz.

— Não vou dormir, não consigo dormir, o que eu posso fazer? Vamos, só mais uma vez...

Duas vozes de mulher cantaram uma frase melódica, que formava o fecho de alguma música.

— Ah, que bonito! Mas agora vamos dormir, e está acabado.

— Você vai dormir, eu não posso — respondeu a primeira voz, que se aproximou da janela. Pelo visto, ela estava bastante debruçada para fora da janela, pois se ouvia o rumor da sua roupa e até a respiração. Tudo ficou em silêncio, imóvel, como a lua, o luar e as sombras. O príncipe Andrei também temia se mexer, para não revelar a sua presença involuntária.

— Sônia! Sônia! — ouviu-se de novo a primeira voz. — Puxa, como é possível alguém dormir? Olhe só que beleza! Ah, mas que beleza! Vamos, acorde, Sônia — disse, quase com lágrimas na voz. — Uma noite tão linda como esta nunca houve, nunca.

Sônia respondeu algo, a contragosto.

— Não, venha ver, que lua!... Ah, mas que beleza! Vamos, venha cá. Minha querida, minha adoradinha, venha cá. Pronto, está vendo? Dá vontade de ficar de cócoras, assim, olhe, e apertar os joelhos com os braços... mais forte, o mais forte que a gente conseguir, tem de fazer muita força mesmo... e aí, sair voando. Assim, olhe!

— Chega, olhe que você vai cair.

Ouviu-se uma briga, e a voz descontente de Sônia:

— Já passa da uma hora.

— Ah, você sempre estraga tudo. Está bem, vá, vá logo.

De novo, tudo ficou em silêncio, mas o príncipe Andrei sabia que ela continuava sentada ali, ouvia às vezes um ligeiro rumor de pano, outras vezes, suspiros.

— Ah, meu Deus! Meu Deus! Mas que coisa! — exclamou ela de repente. — Se é para dormir, vamos dormir, então! — E fechou bruscamente a janela.

"E nem se dá conta da minha existência!", pensava o príncipe Andrei, enquanto ouvia a voz dela, esperando e temendo, por algum motivo, que falasse algo sobre ele. "Lá está ela outra vez! Parece de propósito!", pensava. No seu espírito, levantou-se de repente uma tal barafunda inesperada de pensamentos e de esperanças joviais, em contradição com toda a sua vida, que ele, sentindo-se incapaz de esclarecer a sua situação, pegou no sono imediatamente.

III

No dia seguinte, após se despedir apenas do conde, sem esperar a saída das damas, o príncipe Andrei partiu para casa.

Junho já havia começado quando o príncipe Andrei, na viagem de volta, entrou de novo no bosque de bétulas onde o velho carvalho retorcido o havia impressionado de modo tão estranho e memorável. Na floresta, os guizos da carruagem ressoavam ainda mais abafados do que um mês antes; tudo estava cheio, sombreado, denso; os pinheiros jovens, espalhados pela floresta, não perturbavam a beleza geral e, adaptando-se ao caráter de tudo, verdejavam de forma delicada com os jovens brotos felpudos.

Fez calor o dia inteiro, em algum lugar se formava uma tempestade, mas só uma nuvenzinha pequena borrifou as folhas viçosas e a poeira da estrada. O lado esquerdo da floresta estava escuro, na sombra; o lado direito, molhado, lustroso, reluzia ao sol, oscilava bem de leve com o vento. Tudo estava em flor; os rouxinóis piavam e passavam voando, ora perto, ora longe.

"Sim, aqui, nesta floresta, estava o carvalho com o qual eu concordei", pensou o príncipe Andrei. "Onde está ele?", pensou de novo, olhando para o lado esquerdo da estrada e, sem se dar conta, sem reconhecê-lo, contemplava com admiração o mesmo carvalho que estava procurando. Totalmente transfigurado, o velho carvalho abria os braços das folhagens viçosas e escuras, como um pavilhão, entorpecia-se lânguido aos raios do sol da tarde, balançando muito de leve. Não havia dedos retorcidos, nem feridas, nem o velho desgosto, nem a desconfiança — nada disso era visível. Através da casca centenária, áspera, sem raminhos, brotavam folhas jovens, viçosas, de tal modo que era quase impossível acreditar que aquele velho as havia gerado. "Sim, é o mesmo carvalho", pensou o príncipe Andrei, e de repente lhe veio um sentimento gratuito e primaveril de alegria e de renovação. Os minutos mais marcantes de sua vida, de repente, vieram à sua memória ao mesmo tempo. Austerlitz, com o céu alto, o rosto de censura da esposa morta, Pierre na balsa, a mocinha emocionada com a beleza da noite, aquela noite, a lua — tudo isso lhe veio à memória de repente.

"Não, a vida não está acabada aos trinta e um anos", resolveu de repente o príncipe Andrei, de modo conclusivo, categórico. "Não basta que eu conheça tudo o que existe dentro de mim, é preciso que todos também o conheçam: Pierre, aquela moça que queria sair voando, é preciso que todos me conheçam, para que a minha vida não sirva só para mim, para que eles não vivam como aquela moça, alheios à minha vida, para que a minha vida se reflita em todos eles e para que todos vivam junto comigo!"

De volta daquela viagem, o príncipe Andrei resolveu ir a Petersburgo no outono e inventou diversos motivos para tal decisão. Toda uma série de argumentos racionais, lógicos, em favor da necessidade de ir a Petersburgo, e até de servir no Exército, estavam prontos a socorrê-lo a todo momento. Agora, ele nem mesmo compreendia como, alguma vez, tinha sido capaz de duvidar da necessidade de participar ativamente da vida, assim como um mês antes ele não compreendia como a ideia de sair do campo poderia ainda passar pela sua cabeça. Parecia-lhe claro que todas as suas experiências de vida acabariam sendo em vão e sem sentido, se ele não as aplicasse na prática e se não participasse ativamente da vida outra vez. Ele nem mesmo compreendia como era possível que antes, com base naqueles pobres argumentos racionais, lhe parecera muito claro que ele se humilharia, caso acreditasse de novo na possibilidade de ser útil e na possibilidade da felicidade e do amor, depois das lições que a vida lhe dera. Agora, a razão sugeria algo totalmente distinto. Depois daquela viagem, o príncipe Andrei passou a se aborrecer no campo, as ocupações anteriores não lhe interessavam e, muitas vezes, sozinho no escritório, ele se levantava, ia até o espelho e mirava o seu rosto por muito tempo. Em seguida, virava-se e olhava para o retrato da falecida Liza, que, com mechas de cabelo armadas *à la grecque*,[3] o fitava, meiga e alegre, na moldura dourada. Ela já não dizia ao marido as terríveis palavras de antes, simplesmente o fitava, alegre, e com um ar curioso. E o príncipe Andrei ficava muito tempo andando pelo escritório com as mãos cruzadas nas costas, ora franzia as sobrancelhas, ora sorria, enquanto repassava na mente aqueles pensamentos irracionais, inexprimíveis em palavras, secretos como um crime, relacionados com Pierre, com a glória, com a moça na janela, com o carvalho, com a beleza feminina e com o amor, e que haviam modificado a sua vida por completo. E em tais momentos, quando alguém entrava no escritório, ele se mostrava especialmente seco, severo, resoluto e sobretudo antipaticamente lógico.

— *Mon cher* — dizia a princesa Mária, por exemplo, ao entrar num daqueles momentos. — O Nikóluchka não pode passear hoje: está muito frio.

— Se estivesse calor, ele iria passear só de camisa — respondia à irmã o príncipe Andrei, com especial secura, em tais momentos —, mas já que está frio é preciso que vista uma roupa quente, que foi criada exatamente para isso. Essa é a consequência do fato de estar frio, e não que ele tem de ficar em casa, quando a criança precisa de ar livre — dizia, com uma lógica exacerbada, como se estivesse punindo alguém por todo aquele trabalho interior, secreto e ilógico, que se passava nele. A princesa Mária, naquelas ocasiões, pensava em como o trabalho intelectual tornava os homens secos.

IV

O príncipe Andrei chegou a Petersburgo em agosto de 1809. Era a época do apogeu da fama do jovem Speránski e do ímpeto das reformas realizadas por ele. Naquele mesmo mês de agosto, o soberano caiu da carruagem, feriu a perna e ficou três semanas em Peterhof, reunindo-se todos os dias, e exclusivamente, com Speránski. Nessa ocasião, foram elaborados não só dois decretos famosos, que abalaram a sociedade, sobre a eli-

---

3 Francês: "À grega".

minação de cargos da corte e sobre a realização de concursos para preencher os cargos de assessor colegiado e conselheiro de Estado,[4] mas também toda uma nova Constituição do Estado, que devia transformar toda a ordem judiciária, administrativa e financeira vigente na Rússia, desde o Conselho de Estado até o governo dos distritos. Naquele momento, estavam se cumprindo e tomando corpo os vagos sonhos liberais com que o imperador Alexandre subira ao trono e que ele tanto almejara realizar com a ajuda dos seus colaboradores: Czartoryski, Novossíltsev, Kotchubei e Strógonov, aos quais ele mesmo, de brincadeira, chamava de *comité de salut public*.[5]

Agora, todos eles tinham sido substituídos por Speránski, na parte civil, e por Araktchéiev, na parte militar. O príncipe Andrei, pouco depois da sua chegada, na condição de camarista, apresentou-se na corte e numa recepção. Por duas vezes, ao vê-lo, o soberano não se dignou a lhe dizer nenhuma palavra. Desde antes, o príncipe Andrei sempre tivera a impressão de que era antipático aos olhos do soberano, de que o seu rosto e toda a sua pessoa desagradavam ao soberano. No olhar seco, distante, com que o soberano o fitou, o príncipe Andrei viu, ainda mais do que antes, a confirmação daquela suposição. Os cortesãos explicavam ao príncipe Andrei que a desatenção do soberano em relação a ele decorria de sua alteza estar descontente com o fato de Bolkónski não ter mais servido no Exército desde 1805.

"Eu mesmo sei que não temos poder sobre as nossas simpatias e antipatias", pensou o príncipe Andrei, "e por isso nem adianta pensar em apresentar pessoalmente ao soberano o meu projeto de um novo estatuto militar, o melhor é que o projeto fale por si mesmo." Falou do seu projeto a um velho marechal de campo, amigo do seu pai. O marechal marcou uma hora com ele, recebeu-o afetuosamente e prometeu informar o soberano. Alguns dias depois, comunicaram ao príncipe Andrei que ele devia apresentar-se ao ministro da Guerra, o conde Araktchéiev.

Às nove horas da manhã do dia marcado, o príncipe Andrei se apresentou na sala de espera do gabinete do conde Araktchéiev.

O príncipe Andrei não conhecia pessoalmente o conde Araktchéiev e nunca o tinha visto, mas tudo o que sabia sobre ele lhe inspirava pouco respeito por aquela pessoa.

---

4 O serviço público civil tinha uma hierarquia à imagem das patentes militares. Os dois cargos citados correspondem, aproximadamente, a tenente-coronel e coronel.

5 Francês: "Comitê de salvação pública". Referência ao órgão que levava esse nome e que fora criado durante a Revolução Francesa com a incumbência de impor a nova ordem e reprimir os inimigos da Revolução.

"Ele é o ministro da Guerra, pessoa de confiança do soberano imperador; ninguém deve pôr em questão as suas qualidades pessoais; ele foi incumbido de examinar o meu projeto, portanto só ele pode dar andamento ao projeto", pensava o príncipe Andrei, enquanto aguardava, entre muitas pessoas importantes e desimportantes, na sala de espera do conde Araktchéiev.

O príncipe Andrei, quando serviu no Exército, boa parte do tempo como ajudante de ordens, viu muitas salas de espera de pessoas importantes e, para ele, era muito fácil distinguir os diversos tipos de salas de espera. A sala de espera do conde Araktchéiev era de um tipo completamente especial. No rosto das pessoas sem importância que, na sala de espera do conde Araktchéiev, aguardavam a sua vez de ter uma audiência, estava gravado um sentimento de vergonha e de submissão; no rosto das pessoas com um cargo mais alto, exprimia-se um sentimento geral de constrangimento, oculto por uma máscara de desembaraço e de zombaria dirigida a elas mesmas, à sua posição e também à pessoa que as fazia esperar. Alguns, com ar pensativo, andavam para lá e para cá; outros, aos cochichos, riam, e o príncipe Andrei ouviu o *sobriquet* "Sila Andreitch"[6] e as palavras "o titio vai pôr fogo pelas ventas", referindo-se ao conde Araktchéiev. Um general (uma pessoa importante), visivelmente ofendido com o fato de ter de esperar tanto tempo, mantinha-se sentado, toda hora mudava as pernas de lugar e sorria desdenhosamente de si mesmo.

Porém, assim que a porta se abria, em todos os rostos exprimia-se instantaneamente só uma coisa: o medo. O príncipe Andrei pediu mais uma vez ao oficial de serviço que o anunciasse, mas olharam para ele com zombaria e disseram que sua vez ia chegar na hora devida. Depois que diversas pessoas foram levadas para dentro do gabinete do ministro e trazidas para fora por um ajudante de ordens, conduziram àquela porta terrível um oficial que impressionou o príncipe Andrei por seu aspecto humilde e assustado. A audiência do oficial demorou muito. De repente, ouviu-se por trás da porta o estrondo de uma voz desagradável, e o oficial saiu de lá pálido, de lábios trêmulos, com a cabeça entre as mãos, e atravessou a sala de espera.

Logo em seguida, o príncipe Andrei foi levado até a porta, e o oficial de serviço disse, num sussurro:

— À direita, na direção da janela.

O príncipe Andrei entrou num gabinete pequeno e limpo e, à mesa, avistou um homem de uns quarenta anos, de cintura larga, cabeça comprida, cabelos bem curtos, rugas grossas, sobrancelhas franzidas acima dos olhos verde-acastanha-

---

6 *Sobriquet*: "apelido", em francês; *Sila* em russo significa "força".

dos e embotados, e um nariz vermelho e pendente. Araktchéiev virou a cabeça para o príncipe Andrei, sem olhar para ele.

— E o senhor, o que vem pedir? — perguntou Araktchéiev.

— Eu não... venho pedir nada, vossa excelência — falou em voz baixa o príncipe Andrei. Os olhos de Araktchéiev voltaram-se para ele.

— Sente-se, príncipe Bolkónski — disse Araktchéiev.

— Não venho pedir nada, mas o soberano imperador dignou-se a encaminhar a vossa excelência um projeto enviado por mim...

— Permita que lhe diga, meu caríssimo, que li o seu projeto — interrompeu Araktchéiev, que, logo depois de falar em tom cordial as primeiras palavras, afastou o olhar outra vez do rosto do príncipe Andrei e retomou, cada vez mais, o tom rabugento e desdenhoso. — O senhor propõe novas leis militares? Há muitas leis, e ninguém para cumprir as velhas. Hoje em dia, todo mundo escreve leis, escrever é mais fácil do que cumprir.

— Eu vim, pela vontade do soberano imperador, saber de vossa excelência que rumo o senhor propõe dar ao projeto apresentado — disse o príncipe Andrei, com civilidade.

— Minha resolução foi anexada ao projeto do senhor e encaminhada ao comitê. Eu *não* aprovo — disse Araktchéiev, levantando-se e pegando um documento na escrivaninha. — Tome. — Entregou ao príncipe Andrei.

No papel, em diagonal, a lápis, sem letras maiúsculas, sem ortografia, sem sinais de pontuação, estava escrito: "formulado sem fundamento uma imitação copiada do estatuto militar francês se desvia sem necessidade do código militar".

— A que comitê foi encaminhado o projeto? — perguntou o príncipe Andrei.

— Ao comitê do estatuto militar, e sugeri que vossa senhoria seja nomeado membro do comitê. Mas sem honorários.

O príncipe Andrei sorriu.

— Não desejo isso.

— Membro, sem honorários — repetiu Araktchéiev. — Foi uma honra falar com o senhor. Ei! Mande entrar! Tem mais alguém? — gritou, despedindo-se do príncipe Andrei com um meneio de cabeça.

V

Enquanto aguardava o aviso da sua nomeação como membro do comitê, o príncipe Andrei retomou seus antigos contatos, em especial com as pessoas que ele sabia que estavam no poder e podiam lhe ser úteis. Agora, em Petersburgo, ele experimentava uma sensação semelhante à que experimentava na véspera de uma batalha, quando uma curiosidade inquieta o afligia e o arrastava de modo inexorável para as esferas superiores, lá onde se preparava o futuro do qual dependia o destino de milhões. Pela irritação dos velhos, pela curiosidade dos não iniciados, pela discrição dos iniciados, pela pressa e pela preocupação de todos, pela inumerável quantidade de comitês e comissões, de cuja existência ele tomava conhecimento renovado todos os dias, o príncipe Andrei sentia que agora, no ano de 1809, preparava-se ali, em Petersburgo, uma espécie de enorme batalha civil, cujo comandante-geral era um desconhecido para ele, alguém misterioso e que lhe parecia um gênio — Speránski. Aquela reforma, que ele mesmo conhecia de modo vago, e Speránski, o seu principal agente, passaram a interessá-lo de forma tão apaixonada que a questão do estatuto militar bem depressa começou a se deslocar para um segundo plano na sua consciência.

O príncipe Andrei se achava numa das posições mais favoráveis para ser bem recebido nas esferas mais altas e variadas da sociedade de Petersburgo na época. O partido dos reformistas recebeu-o e tratou-o com cordialidade, em primeiro lugar porque o príncipe Andrei tinha reputação de homem inteligente e de grande erudição, em segundo lugar porque, ao emancipar os seus camponeses, já havia adquirido uma reputação de liberal. O partido dos velhos insatisfeitos, que condenava as reformas, o tratava com simpatia só por ser filho do velho príncipe Bolkónski. As mulheres da sociedade, o "mundo", o recebiam de forma cordial, porque ele podia casar, era rico e nobre, além de ser quase uma nova pessoa, envolvido pelo halo da história romântica da sua morte fictícia e do fim trágico da esposa. Além disso, a opinião geral a seu respeito, de todos os que o conheciam desde antes, era que o príncipe Andrei tinha mudado muito, e para melhor, naqueles cinco anos, ficara mais brando e mais maduro, já não havia nele a afetação, o orgulho e o sarcasmo de antes, e tinha aquela tranquilidade que se adquire com os anos. Falavam a seu respeito, interessavam-se por ele, e todos queriam vê-lo.

No dia seguinte à sua visita ao conde Araktchéiev, o príncipe Andrei foi, ao anoitecer, à casa do conde Kotchubei. Contou ao conde o seu encontro com "Sila Andreitch" (Kotchubei chamava assim a Araktchéiev, com o mesmo vago tom de chacota que o príncipe Andrei havia notado na sala de espera do ministro da Guerra).

— *Mon cher* — disse Kotchubei. — Mesmo nesse caso, o senhor não vai escapar de Mikhail Mikháilovitch.[7] *C'est le grand faiseur.*[8] Vou falar com ele. Prometeu vir esta noite...

---

7 Refere-se a Speránski.

8 Francês: "Meu caro [...] É o grande criador".

— O que tem Speránski a ver com as normas militares? — perguntou o príncipe Andrei.

Kotchubei, sorrindo, balançou a cabeça, como que admirado com a ingenuidade de Bolkónski.

— Eu e ele conversamos sobre o senhor há poucos dias — prosseguiu Kotchubei —, sobre os seus lavradores livres...

— Ora, então é o senhor o príncipe que libertou os seus mujiques? — disse um velho dos tempos da imperatriz Catarina, lançando um olhar de desdém para Bolkónski.

— Era uma propriedade pequena que não dava rendimento nenhum — respondeu Bolkónski, tentando atenuar as suas ações aos olhos do velho, para não irritá-lo à toa.

— *Vous craignez d'être en retard*[9] — disse o velho, olhando para Kotchubei. — Só não entendo uma coisa — prosseguiu o velho. — Quem vai lavrar a terra, se der liberdade a eles? É fácil escrever leis, mas governar é difícil. É igual a isto, agora, e eu lhe pergunto, conde, quem vai ser chefe da administração, se todos têm de prestar concurso?

— Aquele que passar no concurso, eu creio — respondeu Kotchubei, cruzando as pernas e olhando em redor.

— Vejam, o Priánitchnikov trabalha para mim, um homem formidável, um homem de ouro, mas tem sessenta anos, será que ele vai prestar concurso?...

— Sim, é um problema, pois a educação é pouquíssimo difundida, mas... — O conde Kotchubei não concluiu a frase, levantou-se, tomou o príncipe Andrei pelo braço e foi ao encontro de alguém que acabara de chegar, um homem alto, calvo, louro, de uns quarenta anos, de testa grande e descoberta e de rosto alongado, de uma brancura estranha, fora do comum. Vestia um fraque azul, trazia uma cruz no pescoço e uma estrela no lado esquerdo do peito. Era Speránski. O príncipe Andrei reconheceu-o de imediato, e algo estremeceu no seu espírito, como acontece nos momentos importantes da vida. Se era respeito, inveja, expectativa — ele não sabia. Toda a figura de Speránski era de um tipo especial, pelo qual era possível reconhecê-lo imediatamente. Na sociedade em que o príncipe Andrei vivia, ele nunca tinha visto, em ninguém, aquela calma e segurança, com movimentos desajeitados e deselegantes, não via em ninguém aquele olhar firme e ao mesmo tempo suave, de olhos semicerrados e um pouco úmidos, não via em ninguém tamanha firmeza num sorriso que não significava nada, aquela voz fina, monótona,

---

9 Francês: "O senhor teme estar atrasado".

baixa e, acima de tudo, a meiga brancura do rosto, e em especial das mãos, um pouco largas, mas extraordinariamente roliças, meigas e brancas. Tal brancura e meiguice no rosto, o príncipe Andrei só tinha visto em soldados internados por muito tempo no hospital. Aquele era Speránski, o secretário de Estado, o relator do soberano e companheiro dele em Erfurt, onde mais de uma vez se encontrou e conversou com Napoleão.

Speránski não corria os olhos de um rosto para outro, como fazemos sem querer ao entrar numa sociedade numerosa, e não tinha pressa em falar. Falava baixo, com a certeza de que iriam escutá-lo, e mirava só para o rosto da pessoa com quem estava falando.

O príncipe Andrei acompanhava com uma atenção especial cada palavra e cada movimento de Speránski. Como acontece sobretudo com pessoas que julgam com severidade os seus próximos, o príncipe Andrei, ao conhecer uma pessoa nova, ainda mais alguém como Speránski, cuja reputação ele conhecia, sempre esperava encontrar nessa pessoa o primor das virtudes humanas.

Speránski disse a Kotchubei que lamentava não ter podido chegar mais cedo, porque o haviam retido na corte. Não disse que o soberano o reteve. E o príncipe Andrei notou essa afetação de modéstia. Quando Kotchubei lhe apresentou o príncipe Andrei, Speránski voltou lentamente os olhos para Bolkónski, com o mesmo sorriso, e pôs-se a fitá-lo em silêncio.

— Estou muito contente em conhecer o senhor, ouvi falar a seu respeito, como todos — disse.

Kotchubei falou algumas palavras sobre a audiência que Araktchéiev concedera a Bolkónski. Speránski sorriu mais ainda.

— O diretor do comitê do estatuto militar é um bom amigo meu, o sr. Magnítski — disse ele, articulando bem cada sílaba e cada palavra — e, se o senhor assim o desejar, posso encaminhá-lo até ele. (Fez um breve silêncio no ponto-final.) Espero que o senhor encontre nele a simpatia e o desejo de cooperar, em tudo o que for razoável.

Imediatamente, formara-se um círculo em torno de Speránski, e aquele velho que falara sobre o seu funcionário Priánitchnikov também dirigiu uma pergunta a Speránski.

O príncipe Andrei, sem entrar na conversa, observava todos os movimentos de Speránski, homem que pouco tempo antes era um seminarista insignificante e que agora tinha nas mãos — aquelas mãos brancas, roliças — o destino da Rússia, como pensava Bolkónski. O príncipe Andrei ficou impressionado com a calma desdenhosa e extraordinária com que Speránski respondeu ao velho. Parecia dirigir-lhe, de uma altura incomensurável, a sua palavra indulgente. Quando o velho se pôs a falar alto demais, Speránski sorriu e disse que não podia julgar a vantagem ou a desvantagem de algo que era do gosto do soberano.

Depois de conversar por algum tempo no círculo geral, Speránski levantou-se, aproximou-se do príncipe Andrei e levou-o para a extremidade oposta da sala. Era evidente que ele julgava necessário dar atenção a Bolkónski.

— Não tive tempo de falar com o senhor, príncipe, em meio à animada conversa em que fui envolvido por aquele venerável ancião — disse, sorrindo de maneira docilmente desdenhosa, e com aquele sorriso parecia reconhecer que ele e o príncipe Andrei compreendiam a insignificância das pessoas com quem ele acabara de conversar. Essa atitude lisonjeou o príncipe Andrei. — Conheço o senhor há muito tempo: em primeiro lugar, por seu procedimento com os seus camponeses, é o nosso primeiro exemplo, o qual tanto desejamos que seja seguido por muitos outros; em segundo lugar, porque o senhor é um dos camaristas que não se consideraram ofendidos com a nova lei sobre os cargos da corte, a qual despertou tantos rumores e mexericos.

— Sim — respondeu o príncipe Andrei —, meu pai não quis que eu me beneficiasse desse direito; comecei a servir nos cargos inferiores.

— O seu pai, um homem do século passado, obviamente está acima dos nossos contemporâneos, que tanto condenaram essa medida, que apenas restabelece a justiça natural.

— Penso, no entanto, que há certo fundamento nessas críticas — disse o príncipe Andrei, tentando resistir à influência de Speránski, que ele começava a sentir. Não lhe agradava concordar com Speránski em tudo: queria contradizer. O príncipe Andrei, que costumava falar bem e com facilidade, sentia agora, ao conversar com Speránski, uma dificuldade para se expressar. Estava ocupado demais em observar a personalidade do homem célebre.

— Um fundamento para a ambição pessoal, talvez —Speránski introduziu o seu comentário em voz baixa.

— E também em parte para o Estado — disse o príncipe Andrei.

— Como assim? — perguntou Speránski, em voz baixa e de olhos baixos.

— Sou um admirador de Montesquieu — respondeu o príncipe Andrei. — E a sua ideia de que *le principe des monarchies est l'honneur, me paraît incontestable. Certains droits et privilèges de la noblesse me paraissent être des moyens de soutenir ce sentiment.*[10]

---

10 Francês: "O princípio das monarquias é a honra, me parece incontestável. Certos direitos e privilégios da nobreza me parecem ser os meios de sustentar esse sentimento".

O sorriso desapareceu do rosto branco de Speránski, e sua fisionomia ganhou muito com isso. Provavelmente, a ideia do príncipe Andrei lhe pareceu interessante.

— *Si vous envisagez la question sous ce point de vue*[11] — começou, com evidente dificuldade para se expressar em francês, e falando ainda mais devagar do que falava em russo, mas com absoluta calma. Disse que a honra, *l'honneur*, não pode se sustentar em privilégios prejudiciais ao bom andamento do serviço público, que a honra, *l'honneur*, é ou uma noção negativa, a abstenção da prática de atos condenáveis, ou uma conhecida fonte de concorrência para a obtenção de louvores e recompensas, que constituem a expressão da honra.

Seus argumentos eram concisos, simples e claros.

— O instituto que sustenta essa honra, fonte de concorrência, é um instituto semelhante à *Légion d'Honneur* do grande imperador Napoleão, que não prejudica, e sim contribui para o sucesso do serviço público, mas não é um privilégio de classe ou da corte.

— Não discuto isso, mas não se pode negar que o privilégio da corte alcançou esse mesmo objetivo — disse o príncipe Andrei. — Todos os membros da corte se consideram obrigados a manter com dignidade a sua posição.

— Mas o senhor não quis se beneficiar desse privilégio, príncipe — disse Speránski, mostrando com um sorriso que desejava encerrar de forma amável uma discussão embaraçosa para o seu interlocutor. — Se o senhor me der a honra de me procurar na quarta-feira — acrescentou —, eu já terei falado com Magnítski e comunicarei ao senhor aquilo que possa lhe interessar, e além disso terei o prazer de conversar mais detalhadamente com o senhor. — Fechou os olhos, curvou-se *à la française*,[12] e saiu da sala sem se despedir, tentando não ser notado.

VI

No início da sua estada em Petersburgo, o príncipe Andrei sentiu que todo o repertório de ideias elaboradas durante a sua vida solitária acabou ficando completamente obscurecido pelas preocupações miúdas que o envolviam em Petersburgo.

Ao voltar para casa ao anoitecer, anotava na sua agenda o horário marcado de quatro ou cinco visitas ou *rendez-vous*[13] indispensáveis. A mecânica da vida e a

---

11 Francês: "Se o senhor encara a questão desse ponto de vista".

12 Francês: "à francesa".

13 Francês: "encontros".

organização do seu dia de modo a ter tempo de ir a toda parte consumiam a maior parcela da própria energia da vida. Ele não fazia nada, já nem pensava em coisa alguma e nem tinha tempo para pensar, apenas falava, e falava com sucesso aquilo que antes, no campo, tivera tempo para refletir.

Às vezes notava com desagrado que lhe acontecia de, num mesmo dia, repetir a mesma coisa para pessoas diferentes. Mas andava tão atarefado o dia inteiro que não conseguia se dar conta de que não fazia nada.

Speránski, tal como acontecera no primeiro encontro na casa de Kotchubei, causou uma forte impressão no príncipe Andrei naquela quarta-feira, em sua casa, quando recebeu Bolkónski para uma conversa frente a frente.

O príncipe Andrei tinha na conta de criaturas desprezíveis e insignificantes uma quantidade tão grande de pessoas, sentia tanta vontade de encontrar em alguém o ideal vivo da perfeição a que aspirava que foi fácil para ele acreditar que em Speránski havia encontrado esse ideal de homem plenamente racional e virtuoso. Se Speránski proviesse da mesma sociedade que o príncipe Andrei, tivesse a mesma formação e os mesmos hábitos morais, Bolkónski logo veria nele aspectos fracos, humanos, não heroicos, mas aquela constituição lógica da inteligência, estranha ao príncipe Andrei, lhe inspirava ainda mais respeito pelo fato de não a compreender de todo. Além disso, ou porque estimasse a capacidade do príncipe Andrei, ou porque achasse necessário conquistar o seu apoio, Speránski exibia-se diante do príncipe Andrei com a sua inteligência serena e imparcial e o adulava com aquela lisonja sutil que se confunde com a presunção e que consistia num reconhecimento tácito de que o seu interlocutor era a única pessoa, além dele mesmo, capaz de entender toda a tolice de *todos*, os demais, bem como a racionalidade e a profundidade das suas próprias ideias.

Durante a longa conversa na noite de quarta-feira, Speránski disse várias vezes: "*Nós* vemos tudo o que se destaca do nível geral dos hábitos enraizados...", ou, com um sorriso: "Mas *nós* queremos que os lobos fiquem saciados e que as ovelhas permaneçam intactas...", ou: "*Eles* não conseguem entender isso..." — e sempre com a mesma expressão, que dizia: "Nós, o senhor e eu, entendemos o que são *eles* e quem somos *nós*".

Essa primeira e longa conversa com Speránski apenas reforçou no príncipe Andrei o sentimento com que ele vira Speránski pela primeira vez. Vira nele um homem de uma inteligência enorme, que raciocinava de modo sensato e austero, que alcançara o poder por meio da energia e da tenacidade, e que só se servia do poder em benefício da Rússia. Speránski, aos olhos do príncipe Andrei, era exatamente o homem que ele gostaria de ser, alguém que explicava de maneira sensata todos os fenômenos da vida, que só reconhecia como válido aquilo que fosse razoável e que era capaz de aplicar a tudo o critério da racionalidade. Tudo se apresentava tão simples e tão claro na exposição de Speránski que o príncipe Andrei, mesmo sem querer, concordava com ele em tudo. Se objetava e discutia, era só porque desejava, de modo deliberado, mostrar-se independente e não se submeter de todo às opiniões de Speránski. Tudo era certo, tudo era bom, mas uma coisa perturbava o príncipe Andrei: era o olhar de Speránski, frio, espelhado, que não deixava enxergar a sua alma, e também a sua mão branca, meiga, para a qual o príncipe Andrei olhava sem querer, como olhamos em geral para as mãos das pessoas que detêm o poder. O olhar espelhado e a mão meiga, por algum motivo, irritavam o príncipe Andrei. Dava-lhe uma sensação desagradável também o excessivo desprezo pelas pessoas que notava em Speránski, e também a diversidade de métodos de demonstração que empregava para sustentar suas opiniões. Utilizava todas as figuras de pensamento possíveis, exceto a comparação, e, assim parecia ao príncipe Andrei, passava de uma para outra de forma excessivamente ousada. Ora se colocava no terreno dos homens práticos e condenava os sonhadores, ora no terreno dos satíricos e, com ironia, zombava dos seus opositores, outras vezes se fazia severamente lógico, e de repente se elevava ao domínio da metafísica. (Este último meio de demonstração, ele o empregava com especial frequência.) Transportava a questão às alturas metafísicas, passava para definições de espaço, tempo, pensamento e, extraindo daí refutações, descia de novo para o terreno da discussão.

Em suma, o traço principal da inteligência de Speránski, que impressionava o príncipe Andrei, era a fé indubitável, inabalável, na força e na legitimidade da inteligência. Era evidente que nunca poderia entrar na cabeça de Speránski a ideia, trivial para o príncipe Andrei, de que era impossível exprimir tudo o que se pensava, e nunca lhe ocorreria a dúvida: não será tolice tudo aquilo que penso e tudo aquilo em que acredito? E essa conformação especial da inteligência de Speránski, mais que tudo, atraía o príncipe Andrei.

No início de suas relações com Speránski, o príncipe Andrei nutriu por ele um apaixonado sentimento de admiração, semelhante ao que, no passado, experimentara por Bonaparte. A circunstância de Speránski ser filho de um sacerdote, o que podia levar muita gente tola a desprezá-lo, como tantos faziam, por sua condição de homem da plebe e filho de pope, obrigava o príncipe Andrei a tratar com um cuidado especial o seu sentimento por Speránski e, de modo inconsciente, reforçar dentro de si mesmo esse sentimento.

Na primeira noite em que Bolkónski esteve na casa de Speránski, e conversou sobre a comissão legisladora, Speránski contou ao príncipe Andrei, com ironia, que havia cento e cinquenta anos que a comissão legisladora existia, custava milhões e não fazia nada, que Rosenkampf apenas colara etiquetas em todos os artigos que se relacionavam entre si, em diversos códigos.

— E foi por isso e mais nada que o Estado pagou milhões! — disse ele. — Queremos conferir um novo poder jurídico ao Senado, mas não temos leis. Por isso, agora, é um pecado que pessoas como o senhor, príncipe, não estejam servindo ao Estado.

O príncipe Andrei respondeu que, para isso, era necessária uma educação jurídica que ele não tinha.

— Mas ninguém tem, e então o que o senhor quer? É um *circulus viciosus*, do qual é preciso sair à força.

Uma semana depois, o príncipe Andrei era membro do comitê de elaboração do estatuto militar e, algo que jamais esperara, chefe de uma seção da comissão legisladora. Por um pedido de Speránski, ele se encarregou da primeira parte do Código Civil e, com a ajuda do *Code Napoléon* e *Justiniani*,[14] trabalhou na elaboração da seção "Direitos da Pessoa".

VII

Mais ou menos dois anos antes, em 1808, ao voltar para Petersburgo da viagem por suas propriedades, Pierre, a contragosto, se tornou chefe da maçonaria petersburguesa. Organizou lojas de mesa e lojas funerárias, recrutou membros novos, cuidou da união de lojas diversas e da aquisição de atas autênticas. Dava dinheiro para a construção de templos e suplementava, na medida do possível, a coleta de esmolas, na qual os membros, em sua maioria, se mostravam avarentos e inconstantes. Quase que só com os seus recursos, ele sustentava um abrigo de pobres construído pela ordem em Petersburgo.

Enquanto isso, a sua vida corria como antes, com os mesmos arroubos e os mesmos desregramentos. Gostava de beber e de comer bastante e, embora julgasse também isso humilhante e imoral, não conseguia se esquivar dos divertimentos dos grupos de solteiros dos quais tomava parte.

Em meio ao tumulto de seus afazeres e de seus arroubos, Pierre, no entanto, começou a sentir, decorrido um ano, que o terreno da maçonaria, no qual ele se achava, mostrava-se tanto mais instável sob os seus pés quanto mais firmemente

---

14 Referência ao Código Civil Francês, instituído por Napoleão em 1804, e ao Código de Justiniano, imperador de Roma no século VI.

Pierre tentava se colocar sobre ele. Ao mesmo tempo, sentia que, quanto mais fundo seus pés penetravam no terreno em que se achava, mais ficava ligado involuntariamente àquele terreno. Quando Pierre entrou na maçonaria, experimentou o sentimento de um homem que põe o pé com confiança na superfície lisa de um pântano. Quando calcou o pé, ele afundou. A fim de se convencer por completo da firmeza do terreno em que se achava, calcou o outro pé e afundou mais ainda, atolou, e agora, sem querer, andava pelo pântano imerso até os joelhos.

Ióssif Alekséievitch não estava em Petersburgo. (Ultimamente, andava afastado dos assuntos das lojas de Petersburgo e morava em Moscou, sem nunca sair de lá.) Todos os irmãos, membros das lojas, eram pessoas conhecidas de Pierre, e ele tinha dificuldade em ver neles apenas irmãos na maçonaria, e não o príncipe B., ou Ivan Vassílievitch D., que Pierre conhecia na vida comum sobretudo como pessoas fracas e insignificantes. Por baixo do avental e das regras da maçonaria, Pierre via naqueles homens os uniformes e as medalhas que eles almejavam conquistar na vida comum. Muitas vezes, ao reunir as esmolas e contar vinte, trinta rublos, registrados como receita, mas na maior parte apenas prometidos por uma dezena de membros, metade deles tão ricos como ele mesmo, Pierre lembrava-se do juramento maçônico em que todo irmão prometia dar todos os seus bens para o próximo, e na sua alma erguia-se uma dúvida, na qual Pierre tentava não se fixar.

Ele dividia em quatro categorias todos os irmãos que conhecia. Na primeira categoria, incluía os irmãos que não participavam ativamente nem dos assuntos da loja, nem dos problemas humanos, e ocupavam-se apenas com os mistérios da ciência da ordem, com as questões da tríplice denominação de Deus, ou dos três princípios das coisas — o enxofre, o mercúrio e o sal —, ou com o sentido do quadrado e de todas as figuras do templo de Salomão. Pierre respeitava essa categoria de irmãos maçons, à qual, na opinião de Pierre, pertenciam sobretudo irmãos antigos e o próprio Ióssif Alekséievitch, mas Pierre não compartilhava de seus interesses. Seu coração não pendia para o lado místico da maçonaria.

Na segunda categoria, Pierre incluía a si mesmo e os irmãos semelhantes a ele, que procuravam, vacilavam, ainda não haviam encontrado na maçonaria um caminho reto e claro, mas tinham esperança de encontrá-lo.

Na terceira categoria, incluía os irmãos (eram a maioria) que não viam na maçonaria nada além das formas exteriores e dos rituais e valorizavam o cumprimento rigoroso dessas formas exteriores, sem se preocupar com o seu conteúdo nem com o seu sentido. Assim era Villárski e até o grão-mestre da loja principal.

À quarta categoria, enfim, pertenciam irmãos, também em grande quantidade, que haviam ingressado na ordem sobretudo nos últimos tempos. Segundo as observações de Pierre, eram pessoas que não acreditavam em nada, não desejavam nada, e só entraram na maçonaria para ficar perto de irmãos jovens, ricos e poderosos em razão de suas relações e conhecimentos e que eram muito numerosos na loja.

Pierre começava a sentir-se insatisfeito com a sua atividade. A maçonaria, pelo menos aquela maçonaria que ele conhecia ali, parecia-lhe às vezes quase que fundamentada apenas nos aspectos exteriores. Ele nem pensava em pôr em dúvida a maçonaria em si, mas desconfiava que a maçonaria russa tomara um caminho errado e se desviara da fonte. Por isso, no fim do ano, Pierre partiu para o exterior a fim de se iniciar nos mistérios mais elevados da ordem.

Ainda no verão de 1809, Pierre voltou a Petersburgo. Pela correspondência entre os nossos maçons e os estrangeiros, soube-se que Bezúkhov conseguira conquistar a confiança de muitas pessoas de posição elevada, penetrara em muitos mistérios, fora promovido ao grau mais elevado e trazia consigo muitos projetos para o bem geral dos assuntos da maçonaria na Rússia. Todos os maçons de Petersburgo foram visitá-lo, o bajulavam, e todos tinham a impressão de que ele estava escondendo e preparando alguma coisa.

Marcaram uma sessão solene da loja de segundo grau, na qual Pierre prometeu que ia comunicar o que tinha a transmitir aos irmãos de Petersburgo da parte dos diretores supremos da ordem. A sessão ficou lotada. Depois das cerimônias de costume, Pierre levantou-se e começou o seu discurso.

— Queridos irmãos — começou, ruborizando-se, gaguejando e segurando na mão o discurso escrito. — Não basta zelar pelos nossos mistérios na tranquilidade da loja... É preciso agir... Agir. Estamos adormecidos, mas precisamos agir. — Pierre ergueu o seu caderno e começou a ler. "Para a difusão da verdade pura e para o triunfo da virtude", leu, temos de livrar as pessoas dos preconceitos, difundir regras em conformidade com o espírito do tempo, assumir a tarefa de educar os jovens, unir-nos com laços indissolúveis às pessoas mais inteligentes, de modo audacioso e ao mesmo tempo sensato superar a superstição, a descrença e a estupidez, formar, entre aqueles fiéis a nós, pessoas ligadas entre si por um mesmo objetivo e dotadas de poder e de força.

"Para alcançar tal objetivo, temos de permitir que a virtude prevaleça sobre o vício, temos de nos esforçar para que o homem puro ganhe, ainda neste mundo, uma recompensa eterna por sua virtude. Mas no caminho dessas nossas elevadas intenções se interpõe uma infinidade de instituições políticas atuais. O que fazer diante de tal estado de coisas? Favorecer as revoluções, derrubar tudo, combater a força com a força?... Não, estamos muito longe disso. Toda reforma violenta merece reprovação, porque pouco irá remediar o mal enquanto as pessoas permanecerem como são, e porque a sabedoria não precisa da violência.

"Todo o plano da ordem deve se basear na formação de pessoas firmes, virtuosas e unidas pela mesma convicção, que consiste em combater, em toda parte e com todas as forças, o vício e a estupidez e patrocinar os talentos e a virtude: extrair do pó pessoas dignas, unindo-as à nossa irmandade. Só então a nossa ordem terá o poder de, imperceptivelmente, amarrar as mãos dos promotores da desordem e guiá-los de modo que eles não percebam. Numa palavra, cumpre instituir uma forma universal e soberana de governo, que se difunda por todo o mundo, sem romper os vínculos de cidadania, e sob a qual todos os demais governos possam continuar em sua ordem de costume e fazer tudo, exceto criar obstáculos ao grande objetivo da nossa ordem, qual seja, alcançar o triunfo da virtude sobre o vício. Esse objetivo é o que supõe o próprio cristianismo. Ele ensinou as pessoas a ser sábias e boas e, em seu próprio benefício, a seguir o exemplo e os conselhos das pessoas melhores e mais sábias.

"Antes, quando tudo estava imerso nas trevas, bastava pregar, é claro: a novidade da verdade lhe conferia uma força especial; mas hoje precisamos de meios muito mais poderosos. Hoje, o homem guiado pelos seus sentidos precisa encontrar na virtude um encanto sensual. É impossível extirpar as paixões; deve-se apenas tentar dirigi-las para um objetivo virtuoso e por isso cumpre que cada um possa satisfazer suas paixões nos limites da virtude e que nossa ordem ofereça meios para isso.

"Logo que tenhamos certo número de pessoas dignas em todos os Estados, cada uma delas irá formar mais duas pessoas, e todas ficarão estreitamente unidas, e então tudo será possível para a ordem, que em segredo já conseguiu realizar tanto para o bem da humanidade."

Esse discurso produziu na loja não só uma forte impressão, mas também uma agitação. A maioria dos irmãos viu no discurso os perigos das ideias dos *illuminati*[15] e, para surpresa de Pierre, recebeu-o com frieza. O grão-mestre começou a formular objeções. Pierre explanou suas ideias com um ardor cada vez maior. Havia muito tempo não ocorria uma sessão tão agitada. Formaram-se partidos: uns condenavam Pierre, julgando que pertencia aos *illuminati*; outros o apoiavam. Naquela reunião, pela primeira vez, Pierre se impressionou com a infinita diversidade de intelectos humanos, cuja consequência é que nenhuma verdade se apresenta da mesma forma para duas pessoas. Até os membros que

---

15 Referência aos chamados *illuminati* da Baviera, organização secreta de cunho conspiratório do século XVIII, criada por Adam Weishaupt, regida por uma hierarquia rigorosa e cujos fins só eram conhecidos pelos membros da sua cúpula. Entre eles estava a substituição da monarquia pela república.

pareciam estar do lado dele compreendiam-no à sua própria maneira, com limitações e alterações com as quais Pierre não podia concordar, pois a principal aspiração de Pierre era justamente transmitir o seu pensamento aos outros da forma exata como ele o entendia.

No fim da sessão, o grão-mestre, com malevolência e ironia, chamou a atenção de Pierre por seu ardor exaltado e frisou que não tinha sido apenas o amor à virtude que o guiara à discussão, mas também a paixão pela luta. Pierre não respondeu e indagou, de modo lacônico, se a sua proposta seria aceita. Disseram-lhe que não, e Pierre, sem esperar as formalidades de costume, saiu da loja e foi para casa.

VIII

Pierre foi de novo dominado pela melancolia que tanto receava. Durante os três dias seguintes ao seu discurso na loja, ele ficou em casa, deitado no sofá, não recebeu ninguém e não foi a parte alguma.

Durante esse tempo, recebeu uma carta da esposa, que implorava um encontro com ele, escrevia sobre a sua saudade de Pierre e sobre o desejo de consagrar a ele toda a sua vida.

No fim da carta, avisava que em poucos dias chegaria a Petersburgo, de volta do exterior.

Em seguida à carta, um dos irmãos maçons que ele menos respeitava rompeu o isolamento de Pierre e, conduzindo a conversa para as suas relações conjugais, à guisa de um conselho fraternal, exprimiu a opinião de que a severidade de Pierre com a esposa era injusta e que ele estava violando as primeiras regras de um maçom, ao não perdoar um penitente.

Na mesma ocasião, sua sogra, a esposa do príncipe Vassíli, lhe mandou um recado, implorando que a visitasse, ainda que só por alguns minutos, para tratarem de um assunto da máxima importância. Pierre percebeu que havia um conluio contra ele, que desejavam uni-lo à esposa, e isso até que não lhe era desagradável, na situação em que ele se encontrava. Para Pierre, não fazia diferença: achava que nada na vida tinha grande importância e, sob a influência da melancolia que agora o dominava, Pierre não valorizava nem a sua liberdade, nem a sua insistência em punir a esposa.

"Ninguém tem razão, ninguém tem culpa, portanto ela não é culpada", pensava. Se Pierre não manifestou imediatamente sua concordância em unir-se à esposa foi só porque, no estado de melancolia em que se encontrava, ele não tinha forças para realizar nada. Se a esposa viesse ao seu encontro, ele agora não a rechaçaria. Afinal, em comparação com aquilo que o preocupava, não lhe era de todo indiferente viver ou não com a esposa?

Sem nada responder à esposa ou à sogra, Pierre fez as malas e partiu para Moscou a fim de encontrar-se com Ióssif Alekséievitch. No seu diário, escreveu o seguinte:

> Moscou, 17 de novembro
> Acabei de chegar da casa do meu benfeitor e me apresso em anotar tudo o que experimentei nesse encontro. Ióssif Alekséievitch vive em pobreza e há três anos sofre de uma penosa enfermidade na bexiga. Ninguém jamais ouviu dele um lamento ou uma palavra de queixa. Desde a manhã até tarde da noite, exceto nos horários em que se alimenta com uma refeição muito simples, ele se dedica à ciência. Recebeu-me com benevolência e me fez sentar ao seu lado, na cama onde estava deitado; fiz-lhe o sinal dos Cavaleiros do Oriente e de Jerusalém, ele me respondeu da mesma forma e, com um sorriso dócil, perguntou o que eu havia aprendido e ganhado nas lojas prussianas e escocesas.[16] Contei-lhe tudo o que sabia, transmiti as teses que propus na nossa loja em Petersburgo, comuniquei a reação ruim que recebi e a ruptura ocorrida entre mim e os irmãos. Ióssif Alekséievitch, depois de ficar bastante calado e pensativo, me expôs a sua opinião, que de pronto me esclareceu todo o passado e todo o caminho futuro que se apresenta à minha frente. Surpreendeu-me ao perguntar se eu me lembrava do tríplice objetivo da ordem: 1) a guarda e o estudo do mistério; 2) a purificação e a regeneração de si mesmo, para a compreensão do mistério; 3) a regeneração da espécie humana, mediante o esforço para alcançar essa purificação. Qual dos três objetivos era o primeiro e o mais importante? A regeneração e a purificação de si mesmo, é claro. É o único objetivo pelo qual nós podemos lutar sempre, independentemente de todas as circunstâncias. Mas ao mesmo tempo é esse objetivo que exige de nós os maiores esforços, e por isso, iludidos pelo orgulho, deixamos de lado esse objetivo e nos ocupamos ou do mistério, que não somos dignos de compreender por causa da nossa impureza, ou nos ocupamos da regeneração da espécie humana, quando nós mesmos somos um exemplo de indecência e depravação. A doutrina dos *illuminati* não é pura justamente porque foi seduzida pela ação social e dominada pelo orgulho. Com base nisso, Ióssif

---

16 Certas lojas maçônicas na Alemanha se denominavam escocesas.

Alekséievitch condenou o meu discurso e toda a minha atividade. Concordei com ele, no fundo da minha alma. Quando de nossa conversa a respeito de meus assuntos familiares, ele me disse: "A principal obrigação do verdadeiro maçom, como eu disse ao senhor, é o aprimoramento de si mesmo. Porém muitas vezes achamos que, afastando de nós todas as dificuldades da vida, logo alcançaremos esse objetivo; ao contrário, meu senhor", disse ele, "só no meio das agitações mundanas podemos alcançar os três objetivos principais: 1) o autoconhecimento, pois o homem só pode se conhecer por meio da comparação; 2) o aprimoramento, que só se alcança por meio da luta; 3) alcançar a principal virtude: o amor à morte. Só as vicissitudes da vida podem nos mostrar o vazio da vida e contribuir para o nosso inato amor à morte, ou para o renascimento para uma vida nova". Essas palavras são ainda mais notáveis porque Ióssif Alekséievitch, apesar de seus árduos sofrimentos físicos, nunca se queixa da vida, mas ainda não se sente suficientemente preparado para amar a morte, a despeito de toda a pureza e de toda a elevação do seu homem interior. Em seguida o meu benfeitor me explicou por completo o sentido do grande quadrado da criação do mundo e mostrou que os números três e sete são a base de tudo. Aconselhou-me a não me afastar da sociedade dos irmãos de Petersburgo e, ocupando-me na loja só com os deveres do segundo grau, tentar conduzir os irmãos para o caminho verdadeiro do autoconhecimento e do aprimoramento, desviando-os das seduções do orgulho. Além disso, para mim pessoalmente, aconselhou-me acima de tudo vigiar a mim mesmo e, com tal objetivo, me deu um caderno, este mesmo em que estou escrevendo e em que vou anotar daqui para a frente todos os meus atos.

Petersburgo, 23 de novembro
Estou vivendo de novo com a minha esposa. Minha sogra me procurou em lágrimas e disse que Hélène estava aqui e que ela suplicava que eu a ouvisse, que ela era inocente, que estava infeliz com a minha rejeição e muito mais. Eu sabia que, assim que eu admitisse vê-la, não teria mais forças para negar o seu desejo. Na minha dúvida, eu não sabia a quem pedir ajuda e conselho. Se o benfeitor estivesse aqui, ele me diria. Retirei-me para o meu quarto, reli as cartas de Ióssif Alekséievitch, lembrei-me das conversas com ele e de tudo isso concluí que não devia recusar o que me pediam, devia estender a mão para ajudar todos, mais ainda uma pessoa tão ligada a mim, e devia carregar a minha cruz. Mas, se eu a perdoava em nome da virtude, era melhor que minha união com ela tivesse apenas uma finalidade espiritual. Assim resolvi e assim escrevi para Ióssif Alekséievitch. Falei para a minha esposa que lhe

pedia que esquecesse todo o passado, que me perdoasse por aquilo que eu pudesse ter feito de mau a ela, e que eu nada tinha para lhe perdoar. Senti alegria ao lhe dizer isso. É melhor que ela não saiba como me foi penoso voltar a vê-la. Instalei-me na casa grande, no andar superior, e experimento um sentimento feliz de renovação.

IX

Como sempre, também naquela ocasião, a alta sociedade que se reunia na corte e nos grandes bailes se distribuía em vários círculos, cada um com a sua própria nuance. Entre eles, o mais numeroso era o círculo francês, partidário da aliança com Napoleão — do conde Rumiántsev e Caulaincourt. Nesse círculo, Hélène ocupou um dos lugares mais destacados, assim que se instalou em Petersburgo, com o marido. À sua casa, vinham senhores da embaixada francesa e uma grande quantidade de pessoas, conhecidas por sua inteligência e amabilidade, que pertenciam a essa tendência.

Hélène estava em Erfurt na época do célebre encontro dos imperadores e de lá trouxe essa ligação com todos os notáveis napoleônicos da Europa. Em Erfurt, ela fizera um sucesso enorme. O próprio Napoleão reparou nela no teatro, perguntou quem era e disse: "*C'est un superbe animal*".[17] O sucesso de Hélène na condição de mulher bonita e elegante não surpreendia Pierre, pois com os anos ela se tornara ainda mais bonita. Surpreendia-o o fato de sua esposa, durante aqueles dois anos, ter conseguido adquirir a reputação "*d'une femme charmante, aussi spirituelle que belle*".[18] O famoso *prince de Ligne*[19] lhe escreveu uma carta de oito páginas. Bilíbin reservava seus *mots* para dizê-los pela primeira vez diante da condessa Bezúkhova. Ser recebido no salão da condessa Bezúkhova era considerado um diploma de inteligência; os jovens liam livros antes de ir a um sarau em casa de Hélène, para falar sobre eles no salão, e os secretários da embaixada e até os embaixadores confiavam a ela segredos diplomáticos, e assim Hélène era uma espécie de potentado. Ciente de que a esposa era muito tola, Pierre às vezes presenciava, com um sentimento de perplexidade e temor, seus saraus e jantares, onde se conversava sobre política, poesia, filosofia. Naqueles saraus, Pierre experimentava uma sen-

---

17 Francês: "É um animal soberbo".

18 Francês: "de uma mulher encantadora, tão inteligente quanto bela".

19 Francês: "príncipe de Ligne".

sação parecida com a que devia experimentar um ilusionista que a todo instante teme que o seu truque seja revelado. Porém, ou porque o necessário para presidir um salão fosse justamente a tolice, ou porque os próprios iludidos tinham prazer na sua ilusão, a ilusão não era revelada, e a reputação *d'une femme charmante et spirituelle*[20] se fixara de modo tão inexorável em Hélène Vassílievna Bezúkhova que ela podia dizer as maiores banalidades e tolices, que todos se maravilhavam com cada uma de suas palavras e descobriam nelas um sentido profundo, do qual a própria Hélène nem desconfiava.

Pierre era exatamente o tipo de marido necessário para aquela brilhante mulher da sociedade. Era o excêntrico distraído, o marido *grand seigneur*,[21] que não incomodava ninguém e não só não estragava a impressão geral de tom elevado do salão, como também, pelo contraste com a elegância e o tato da esposa, servia como um pano de fundo vantajoso para ela. Pierre, durante aqueles dois anos, em consequência da sua ocupação constante e concentrada em interesses imateriais, e do seu sincero desprezo por todo o resto, havia adquirido no meio social da esposa, que não o interessava, aquele tom de indiferença, de desatenção, de benevolência com todos, que não se adquire artificialmente e que por isso inspira um respeito involuntário. Ele entrava no salão da esposa como num teatro, era conhecido de todos, igualmente simpático a todos e igualmente indiferente a todos. Às vezes entrava numa conversa que o interessava e então, sem se preocupar se estavam ali ou não *les messieurs de l'ambassade*,[22] mastigando as palavras, declarava as suas opiniões, que às vezes eram totalmente inadequadas ao tom daquele momento. Mas já estava tão consolidada a opinião geral a respeito do excêntrico marido *de la femme la plus distinguée de Pétersbourg*[23] que ninguém levava *au sérieux*[24] as suas extravagâncias.

Entre os numerosos jovens que vinham cotidianamente à casa de Hélène, Boris Drubetskói, já muito bem-sucedido no serviço militar, era, desde que Hélène voltara de Erfurt, a pessoa mais íntima na casa dos Bezúkhov. Hélène o chamava de *mon page*[25] e o tratava como uma criança. O sorriso que lhe dirigia era o mesmo que dirigia a todos, mas às vezes, para Pierre, era desagradável ver aquele sorriso. Boris tratava Pierre com uma reverência especial, digna, tristonha. Aquele matiz

---

20 Francês: "de uma mulher encantadora e inteligente".

21 Francês: "senhor importante".

22 Francês: "os senhores da embaixada".

23 Francês: "da mulher mais distinta de Petersburgo".

24 Francês: "a sério".

25 Francês: "meu pajem".

de reverência também perturbava Pierre. Três anos antes, Pierre havia sofrido tanto por causa do ultraje provocado pela esposa que agora se resguardava da possibilidade de um ultraje semelhante, e assim, em primeiro lugar, não era o marido da sua esposa, em segundo lugar, não se permitia desconfiar.

"Não, agora que ela se tornou uma *bas-bleu*,[26] renunciou para sempre aos arroubos de antes", dizia ele consigo. "Não há exemplo de uma *bas-bleu* que tenha arroubos do coração", repetia para si essa regra, que extraíra não sabia de onde e na qual ele acreditava de modo inquestionável. Mas, coisa estranha, a presença de Boris no salão da esposa (e ele quase não faltava) tinha um efeito físico sobre Pierre: tolhia todos os membros do seu corpo, aniquilava a espontaneidade e a liberdade dos seus movimentos.

"Que antipatia estranha", pensava Pierre, "e antigamente eu até gostava dele."

Aos olhos do mundo, Pierre era um grande fidalgo, um pouco cego, o marido ridículo de uma esposa notável, um excêntrico inteligente que não fazia nada, mas que também não fazia mal a ninguém, um sujeito bom e simpático. Na alma de Pierre, porém, durante todo aquele tempo, se realizava um complexo e difícil trabalho de desenvolvimento interior, que lhe revelava muita coisa e o conduzia a muitas dúvidas e alegrias espirituais.

X

Ele continuou o seu diário, e eis o que escreveu naquela ocasião:

> 24 de novembro
> Levantei às oito horas, li as Sagradas Escrituras, depois fui cuidar de minhas obrigações (Pierre, por recomendação do seu benfeitor, passara a trabalhar num dos comitês), voltei para jantar, jantei sozinho (a condessa tinha muitos convidados que não me agradavam), comi e bebi moderadamente e, depois do jantar, copiei textos para os irmãos. À noite, fui à sala da condessa e contei uma história engraçada sobre B. e só lembrei que não devia fazer isso quando todos riram bem alto.
>
> Já estou na cama, para dormir, com um sentimento feliz e sereno. Senhor, ajude-me a trilhar as suas sendas: 1) vencer a parte da ira, pela serenidade e pela paciência; 2) vencer a luxúria, pela abstinência e pela repulsa;

---

26 Francês: "mulher literata".

3) afastar-me da agitação mundana, mas não abandonar: a) as atividades do serviço público; b) as obrigações familiares; c) as relações com os amigos, e d) os assuntos econômicos.

27 de novembro
Acordei tarde e fiquei deitado na cama por muito tempo, sem dormir, entregue à preguiça. Meu Deus, ajude-me e me fortaleça, para que eu possa trilhar os seus caminhos. Li as Sagradas Escrituras, mas sem o sentimento devido. O irmão Urússov veio me ver, conversamos sobre futilidades mundanas. Ele falou das novas prescrições do soberano. Fiz menção de condená-las, mas lembrei-me das minhas regras e das palavras do nosso benfeitor, segundo as quais o maçom verdadeiro deve ser um aplicado servidor do Estado quando se exige a sua participação, e um contemplador sereno daquilo para o qual ele não é chamado. Minha língua é minha inimiga. Os irmãos G. V. e O. me visitaram, tivemos uma conversa preparatória em vista da recepção de um novo irmão. Incumbiram-me das obrigações de orador. Sinto-me fraco e indigno. Depois falou-se da explicação das sete colunas e dos degraus do templo: as sete ciências, as sete virtudes, os sete vícios, os sete dons do Espírito Santo. O irmão O. foi muito eloquente. À noite, houve a cerimônia de recepção. As instalações da nova sede contribuíram para a grandiosidade do espetáculo. O membro admitido era Boris Drubetskói. Eu o apresentei e fui o orador. Um sentimento estranho me perturbou durante todo o tempo em que estive com ele, no templo escuro. Surpreendi em mim um sentimento de ódio contra ele, sentimento que, em vão, eu tentei vencer. Por isso mesmo eu desejava, de fato, salvá-lo do mal e conduzi-lo para o caminho da verdade, mas os pensamentos ruins sobre ele não me deixavam. Fiquei pensando que o seu objetivo, ao entrar na irmandade, era apenas satisfazer o desejo de se aproximar de pessoas, obter favores dos membros da nossa loja. Exceto pelo fato de ter perguntado várias vezes se N. e S. estavam na nossa loja (ao que não pude responder), exceto por ele, segundo as minhas observações, ser incapaz de sentir respeito pela nossa ordem sagrada e por viver ocupado e satisfeito demais com o seu homem exterior para desejar o aprimoramento espiritual, eu não tinha motivos para duvidar de Boris Drubetskói; mas ele me pareceu insincero e, o tempo todo em que estive com ele, frente a frente, no templo escuro, pareceu-me que sorria com desprezo das minhas palavras e, na verdade, tive vontade de perfurar o seu peito nu com a espada que eu mantinha encostada nele. Não consegui ser eloquente e não consegui comunicar com sinceridade a minha

dúvida aos irmãos e ao grão-mestre. Grande Arquiteto da natureza, ajude-me a encontrar o caminho verdadeiro, a sair do labirinto da mentira.

Depois disso, havia três páginas em branco no diário e então vinha escrito o seguinte:

Tive uma conversa demorada e instrutiva, a sós, com o irmão V., que me aconselhou a ter cuidado com o irmão A. Muito me foi revelado, embora eu seja indigno. Adonai é o nome do criador do mundo. Eloim é o nome daquele que tudo governa. O terceiro nome, um nome impronunciável, significa *Tudo*. As conversas com o irmão V. revigoraram-me, reanimaram-me e me restabeleceram no caminho da virtude. Na presença do irmão V., não há lugar para a dúvida. Está clara para mim a diferença entre a pobre doutrina das ciências comuns e a nossa doutrina sagrada, que abrange tudo. As ciências do homem subdividem tudo para entender, matam tudo para examinar. Na ciência sagrada da ordem, tudo é uno, tudo é conhecido em seu conjunto e em vida. A Trindade — os três princípios das coisas — são o enxofre, o mercúrio e o sal. O enxofre é de propriedade oleosa e ignífera; unido ao sal, por sua capacidade de combustão, suscita nele um anseio por meio do qual atrai o mercúrio, o agarra, o retém e, junto com ele, produz corpos individuais. O mercúrio é a essência espiritual fluida e volátil, é o Cristo, o Espírito Santo, Ele.

3 de dezembro
Acordei tarde, li as Sagradas Escrituras, mas estava insensível. Depois saí e fiquei andando pelo salão. Queria meditar, mas em vez disso a imaginação me apresentou um evento ocorrido quatro anos atrás. Depois do meu duelo, o sr. Dólokhov encontrou-se comigo em Moscou, disse-me que esperava que eu estivesse gozando de plena paz de espírito, apesar da ausência da minha esposa. Na hora, nada respondi. Mas agora recordei todos os detalhes desse encontro e, na minha alma, eu lhe disse as palavras mais raivosas e as respostas mais mordazes. Tentei me dominar e só me livrei desse pensamento quando me vi fora de mim de tanta raiva; mas não me arrependi o bastante. Em seguida, chegou Boris Drubetskói e pôs-se a contar várias aventuras; desde a sua chegada, me mostrei descontente com a visita dele e logo lhe disse alguma coisa antipática. Ele protestou. Eu me exaltei e desandei a lhe dizer coisas desagradáveis e até grosseiras. Ele ficou calado, e eu só me recobrei quando já era tarde. Meu Deus, não consigo de maneira alguma tratá-lo direito! A causa é o meu amor-próprio. Eu me coloco acima dele e por isso me torno muito pior do que ele, pois ele é indulgente com as minhas grosserias,

enquanto eu, ao contrário, alimento o desprezo por ele. Meu Deus, permita que, em presença dele, eu veja melhor a minha baixeza e aja de modo benéfico para ele. Dormi depois do almoço e, enquanto dormia, escutei claramente uma voz que me disse no ouvido esquerdo: "É o teu dia".

Eu me vi andando na neve, na escuridão, e de repente estava cercado de cachorros, mas caminhava sem medo; de repente um cão pequeno mordeu minha coxa esquerda e não soltou. Comecei a bater nele com as mãos. E, assim que me livrei do cachorro, um outro cão, maior, agarrou-se com os dentes ao meu peito. Livrei-me dele, mas um terceiro, ainda maior, veio me dar dentadas. Comecei a erguê-lo e, quanto mais o erguia, maior e mais pesado ficava o cachorro. E de repente apareceu o irmão A., pegou-me pelo braço, levou-me consigo na direção de um prédio, onde, para poder entrar, era preciso passar por uma tábua estreita. Pus o pé sobre a tábua, ela virou e caiu, e eu comecei a escalar uma cerca, que minhas mãos mal conseguiam alcançar. Depois de um grande esforço, consegui suspender o meu corpo de modo que as pernas ficaram penduradas de um lado e o tronco do outro. Olhei ao redor e vi o irmão A. de pé sobre a cerca, apontava para uma grande alameda e para um jardim, e no jardim havia um prédio grande e lindo. Acordei. Senhor, Grande Arquiteto da natureza! Ajude-me a afastar de mim os cães, as minhas paixões — até a última, aquela que reúne em si a força de todas as paixões anteriores, e ajude-me a entrar no templo da virtude, cuja contemplação alcancei no sonho.

7 de dezembro

Sonhei que Iossif Alekséievitch estava em minha casa, eu estava muito contente e queria cobri-lo de atenções. Eu conversava o tempo todo com estranhos e de repente lembrei que ele podia não gostar disso e quis me aproximar dele e abraçá-lo. No entanto, assim que me aproximei, vi que seu rosto se transformara, ficara jovem, e ele me disse muito baixinho algo extraído da doutrina da ordem, mas tão baixinho que não consegui escutar. Depois saímos todos da sala, e aconteceu uma coisa estranha. Estávamos sentados ou deitados no chão. Ele me disse algo. Eu quis mostrar-lhe a minha sensibilidade e, sem escutar o que ele dizia, comecei a imaginar a situação do meu homem interior e a graça com que Deus me inundava. Lágrimas vieram aos meus olhos, e eu fiquei satisfeito por ele perceber. Mas ele me lançou um olhar de aborrecimento e ergueu-se de um salto, interrompendo a nossa conversa. Fiquei intimidado e perguntei se o que ele havia falado se referia a mim; mas ele nada respondeu, mostrou-me um ar afetuoso e depois, de repente, estávamos no meu quarto, onde havia uma cama de casal. Ele deitou-se num lado e eu, ardendo de desejo de fazer carinhos nele, deitei-me ali também. Ele me perguntou: "Diga a verdade, qual é a sua principal paixão? Será que o senhor sabe qual é? Acho que o senhor já sabe". Embaraçado com tal pergunta, respondi que minha principal paixão era a preguiça. Ele balançou a cabeça, incrédulo. E eu, mais embaraçado ainda, respondi que embora eu morasse com a minha esposa, conforme o conselho dele, não vivia maritalmente com ela. A isso ele retrucou que o marido não devia privar a esposa dos seus carinhos, deu a entender que essa era a minha obrigação. Mas respondi que eu tinha vergonha; e de repente tudo se ocultou. Acordei e encontrei em meus pensamentos um texto das Sagradas Escrituras: "A vida é a luz do homem, e a luz acende na treva, e a treva não a acolhe". O rosto de Ióssif Alekséievitch era jovial e radiante. Neste dia recebi uma carta do meu benfeitor na qual ele escreve acerca dos deveres matrimoniais.

9 de dezembro

Tive um sonho do qual acordei com o coração trêmulo. Vi que estava em Moscou, na minha casa, na grande sala de estar, e Ióssif Alekséievitch entrou, vindo do salão de visitas. Logo percebi que nele havia se realizado o processo de regeneração e corri ao seu encontro. Beijei-lhe o rosto e as mãos, e ele disse: "Notou que o meu rosto agora está diferente?". Olhei para ele, continuei a segurá-lo com meus abraços e vi que seu rosto era jovem, mas o cabelo na cabeça não era, e suas feições estavam muito diferentes. E então eu lhe disse: "Eu o reconheceria, se o encontrasse por acaso". E ao mesmo tempo pensei: "Será que eu disse a verdade?". E de repente vi que ele estava deitado como um cadáver; depois, aos poucos, voltou a si e entrou comigo no escritório grande, segurando um livro grande, com pinturas, em papel vegetal. E eu disse: "Fui eu que pintei isso". E ele me respondeu com um aceno de cabeça. Abri o livro, e em todas as páginas havia desenhos lindos. Eu sabia que aquelas pinturas representavam as aventuras amorosas da alma com o seu amado. E nas páginas vi uma imagem linda de uma jovem numa roupa transparente, com o corpo transparente, que voava para as nuvens. E eu sabia que aquela jovem nada mais era do que uma imagem do Cântico dos Cânticos. E, enquanto olhava para os desenhos, sentia que estava fazendo algo errado, mas não conseguia me desviar deles. Senhor, ajuda-me! Meu Deus, se esse meu afastamento de Ti for obra Tua, que seja feita a Tua vontade; mas, se a causa for eu mesmo, ensina-me o que devo fazer. Se me abandonares por completo, vou sucumbir por causa da minha própria depravação.

XI

A situação econômica dos Rostóv não havia melhorado durante os dois anos em que a família morara no campo.

Apesar de Nikolai Rostóv manter-se firme na sua intenção de continuar a servir num regimento obscuro e gastar relativamente pouco, em Otrádnoie viviam de tal modo, e em especial Mítienka geria os negócios de tal maneira, que as dívidas aumentavam todo ano, de modo incontrolável. A única solução que o velho conde, pelo visto, conseguiu imaginar foi um cargo no serviço público e partiu para Petersburgo a fim de procurar uma vaga; procurar uma vaga e, ao mesmo tempo, como ele dizia, divertir as meninas pela última vez.

Logo depois da chegada dos Rostóv a Petersburgo, Berg pediu Vera em casamento, e o seu pedido foi aceito.

Apesar de, em Moscou, os Rostóv pertencerem à alta sociedade, sem que se dessem conta disso e sem que pensassem que pertenciam à alta sociedade, em Petersburgo a sua sociedade era confusa e indefinida. Em Petersburgo, eles eram provincianos, e as mesmas pessoas que, em Moscou, comiam na casa dos Rostóv sem lhes perguntar a que sociedade eles pertenciam, ali na capital nem os visitavam.

Os Rostóv, em Petersburgo, viviam de modo tão hospitaleiro como em Moscou, e em seus jantares reuniam-se as pessoas mais diversas: vizinhos de Otrádnoie, um velho proprietário rural empobrecido com suas filhas, a dama de honra da corte Perónskaia, Pierre Bezúkhov e o filho do chefe do correio distrital, que tinha um emprego público em Petersburgo. Entre os homens que logo se tornaram íntimos da família estavam Boris, Pierre, que o velho conde encontrou na rua e arrastou na mesma hora para a sua casa, e Berg, que passava dias inteiros na casa dos Rostóv e dedicava à condessinha Vera, a mais velha, toda a atenção que pode demonstrar um jovem disposto a fazer um pedido de casamento.

Não era à toa que Berg exibia a todos o seu braço direito ferido na batalha de Austerlitz e segurava com a mão esquerda a espada completamente inútil. Relatava todos aqueles acontecimentos com tal tenacidade e com tal importância que todos acreditavam na utilidade e no mérito daquele feito — e Berg havia recebido duas condecorações por Austerlitz.

Na guerra da Finlândia,[27] ele também conseguiu se destacar. Pegou um esti-

---

27 Hoje chamada Guerra Russo-Sueca, de 1808-9. Por causa dessa guerra, a Finlândia foi incorporada à Rússia. A Suécia obrigou-se a participar do bloqueio à Inglaterra, promovido por Napoleão, e fechou seus portos às embarcações inglesas.

lhaço de granada que acabara de matar um ajudante de ordens do comandante em chefe e o levou para o seu comandante. Tal como acontecia no caso de Austerlitz, Berg relatava aqueles acontecimentos com tamanha tenacidade e de modo tão demorado que todos acreditavam também que fora necessário fazer aquilo — e Berg ganhou duas condecorações na guerra da Finlândia. Em 1809, ele era capitão da guarda, condecorado, e ocupava cargos especiais e lucrativos em Petersburgo.

Embora alguns céticos sorrissem quando lhes falavam dos méritos de Berg, era impossível não reconhecer que era um oficial aplicado, corajoso, tido em alta conta pelos superiores, além de ser um jovem modesto e bem-comportado, com uma carreira brilhante à sua frente e até com uma posição sólida na sociedade.

Quatro anos antes, ao encontrar-se com um colega alemão na plateia de um teatro de Moscou, Berg havia lhe apontado Vera Rostova e lhe dissera, em alemão: "*Das soll mein Weib werden*",[28] e naquele instante resolvera casar-se com ela. Agora, em Petersburgo, ponderando a sua situação e a situação dos Rostóv, Berg resolveu que havia chegado a hora e fez o pedido de casamento.

O pedido de Berg foi recebido, de início, com uma perplexidade pouco lisonjeira para ele. De início, pareceu estranho que o filho de um obscuro fidalgo da Lituânia pedisse em casamento uma condessa Rostova; mas o principal atributo da personalidade de Berg consistia num egocentrismo tão ingênuo e simpático que os Rostóv, mesmo sem querer, acharam que o casamento poderia ser bom, uma vez que o próprio Berg se mostrava tão firmemente convencido de que era bom, e até muito bom. De mais a mais, os negócios dos Rostóv andavam muito abalados, coisa que o noivo não podia ignorar e, acima de tudo, Vera tinha vinte e quatro anos, ia a toda parte e, apesar de ser incontestavelmente bonita e ajuizada, até então ninguém lhe fizera um pedido de casamento. Foi dada a aprovação.

— Pois é, veja bem — disse Berg a um de seus camaradas, a quem chamava de amigo só porque sabia que todo mundo tinha amigos. — Veja bem, eu examinei toda a situação e não iria me casar se eu não tivesse pensado em tudo e se, por qualquer motivo, fosse algo inconveniente. Mas, ao contrário, agora o papai e a mamãe têm uma situação confortável, eu consegui para eles um arrendamento na região báltica,[29] e posso viver perfeitamente em Petersburgo com os meus honorários, com a fortuna dela e com o meu rigor no controle das despesas. É possível viver perfeitamente. Não vou casar por dinheiro, considero isso uma baixeza, mas é pre-

---

28 Alemão: "Aquela moça será a minha esposa".

29 A título de prêmio, ou por favoritismo político, o governo concedia o usufruto de terras ("arrendamentos"). A região báltica do Império russo, então, compreendia a Lituânia, a Estônia e a Curlândia.

ciso que a esposa traga a sua parte, e o marido, a sua. Eu tenho um cargo público, ela tem boas ligações e poucos recursos. Hoje em dia, isso não é de se jogar fora, é? E acima de tudo ela é linda, respeitável e me ama...

Berg ficou vermelho e sorriu.

— E eu a amo, pois ela tem um caráter sensato... muito bom. Veja só a irmã dela... É da mesma família, mas completamente distinta, e tem um caráter desagradável, e a inteligência não é igual, é assim, sabe?... É desagradável... Mas a minha noiva... Escute, venha... — prosseguiu Berg, e quis dizer "venha almoçar", mas pensou melhor e disse: — ... venha tomar chá conosco. — E, dobrando a língua rapidamente, soltou uma pequena rodela de fumaça de tabaco, a encarnação perfeita dos seus sonhos de felicidade.

Depois da sensação inicial de perplexidade que o pedido de casamento de Berg despertou nos pais de Vera, instalou-se na família a alegria e o ânimo festivo costumeiros nesses casos, só que a alegria não era sincera, mas exterior. Nos sentimentos dos pais em relação àquele casamento, percebia-se certa perturbação e certo acanhamento. Como se agora tivessem vergonha de terem amado Vera pouco e se desfizessem dela, agora, com satisfação. O mais constrangido de todos era o velho conde. Na certa, ele não saberia dizer a causa do seu constrangimento, mas a causa era a sua situação financeira. Ele não sabia absolutamente o que possuía, quanto devia e o que estava em condições de dar de dote para Vera. Quando nasceram as filhas, a cada uma couberam trezentas almas de dote; mas uma daquelas aldeias já fora vendida, outra estava hipotecada e com as prestações tão atrasadas que também teria de ser vendida, por isso era impossível dar uma propriedade. Dinheiro também não havia.

Berg já era noivo havia mais de um mês, e só faltava uma semana para o casamento, mas o conde não resolvia a questão do dote e não falava sobre o assunto nem com a esposa. O conde ora queria dar a Vera a propriedade de Riazan, ora queria dar uma floresta, ora queria tomar dinheiro emprestado em troca de uma promissória. Quando faltavam poucos dias para o casamento, Berg entrou no escritório do conde bem cedo e, com um sorriso simpático, pediu respeitosamente ao futuro sogro que lhe informasse o que daria de dote à condessa Vera. O conde ficou tão confuso diante daquela pergunta, prevista desde muito tempo, que falou sem pensar a primeira coisa que lhe veio à cabeça.

— Acho ótimo que esteja interessado nisso, acho ótimo, vai ficar satisfeito...

Levantou-se e deu umas palmadinhas no ombro de Berg, no intuito de interromper a conversa. Mas Berg, com um sorriso simpático, explicou que, se ele não soubesse com certeza qual seria o dote de Vera, e se ele não recebesse adiantado pelo menos uma parte do que estava reservado à noiva, seria obrigado a desistir.

— Pois, pense bem, conde, se eu agora me permitisse casar sem ter os recursos necessários para sustentar a minha esposa, estaria agindo de modo infame...

A conversa terminou com o conde, no intuito de mostrar-se generoso e não se sujeitar a novos pedidos, dizendo que daria uma promissória de oitenta mil rublos. Berg sorriu docilmente, beijou o conde no ombro e disse que estava muito agradecido, mas era de todo impossível organizar uma vida nova sem receber trinta mil em dinheiro vivo.

— Pelo menos, vinte mil, conde — acrescentou. — E uma promissória só de sessenta mil.

— Sim, sim, está certo — disse o conde, afobado. — Mas, me desculpe, meu amigo, darei vinte mil e além disso uma promissória de oitenta mil rublos. Assunto encerrado. Beije-me.

XII

Natacha fez dezesseis anos, e era 1809, a mesma data que ela, quatro anos antes, havia assinalado para Boris, contando nos dedos, depois que os dois se beijaram. Desde então, Natacha não vira Boris nem uma vez. Diante de Sônia e da mãe, quando a conversa tratava de Boris, Natacha dizia com total liberdade, como se fosse uma questão resolvida, que tudo o que havia ocorrido antes era uma infantilidade sobre a qual não valia a pena falar e que já estava esquecida havia muito tempo. Porém, nas profundezas mais sombrias da sua alma, a questão de saber se o seu compromisso com Boris era uma brincadeira ou uma promessa importante que os unia continuava a atormentá-la.

Desde o tempo em que Boris partira de Moscou e entrara no Exército, em 1805, ele nunca mais estivera com os Rostóv.

Às vezes Natacha pensava que Boris não queria vê-la, e essas conjeturas eram confirmadas pelo tom triste que os mais velhos usavam ao falar sobre ele.

— Hoje em dia, já não se lembram dos velhos amigos — dizia a condessa quando Boris era mencionado.

Anna Mikháilovna, que ultimamente vinha pouco à casa dos Rostóv, também se portava com uma dignidade especial e sempre falava com entusiasmo e gratidão sobre os méritos do filho e sobre a carreira brilhante que ele estava fazendo. Quando os Rostóv chegaram a Petersburgo, Boris veio visitá-los.

Foi visitá-los não sem emoção. As recordações que Boris tinha de Natacha eram as suas recordações mais poéticas. Mas ao mesmo tempo ele foi com a firme intenção de dar a entender, a ela e aos pais, que as relações infantis entre ele e Natacha não podiam representar um compromisso, nem para ela, nem para ele. Boris tinha uma posição de destaque na sociedade, graças à intimidade com a condessa Bezúkhova, tinha uma posição de destaque no serviço público, graças à proteção de uma pessoa importante, que nele confiava plenamente, e Boris alimentava planos de casamento com uma das noivas mais ricas de Petersburgo, planos que podiam se concretizar com muita facilidade. Quando Boris entrou no salão dos Rostóv, Natacha estava no quarto. Ao saber da sua chegada, ela, ruborizada, entrou quase correndo no salão, radiante, com um sorriso mais do que afetuoso.

Boris lembrava-se da Natacha de vestido curto, de olhos pretos que brilhavam embaixo dos cachinhos e de um riso infantil e sem freios, a quem ele conhecera quatro anos antes, e por isso, quando entrou uma outra Natacha, totalmente diferente, Boris perturbou-se, e seu rosto exprimiu uma surpresa extasiada. A expressão do rosto dele deixou Natacha contente.

— O que foi? Não está reconhecendo a sua velha amiga travessa? — disse a condessa. Boris beijou a mão de Natacha e disse que estava admirado com a mudança nela ocorrida.

— Como a senhora ficou bonita!

"Não é mesmo?", diziam os olhos radiantes de Natacha.

— E o papai, envelheceu? — perguntou ela. Natacha sentou-se e, sem entrar na conversa entre Boris e a condessa, examinava em silêncio o seu noivo de infância, até os mínimos detalhes. Boris sentia sobre si o peso daquele olhar afetuoso e persistente e, de vez em quando, lançava um olhar para ela.

O uniforme, as esporas, a gravata, o penteado de Boris — tudo estava no rigor da moda e *comme-il-faut*.[30] Natacha percebeu isso na mesma hora. Boris estava sentado um pouco de lado na poltrona, perto da condessa, ajeitava com a mão direita a luva limpíssima que envolvia bem justa a mão esquerda, falava, com uma especial e refinada contração dos lábios, a respeito dos divertimentos da mais alta sociedade de Petersburgo e, com uma leve ironia, recordava os velhos tempos de Moscou e os antigos conhecidos moscovitas. Não por acaso, assim pareceu a Natacha, Boris recordou, ao mencionar a mais alta aristocracia, um baile na embaixada ao qual comparecera e os convites que recebera para ir à casa de N. N. e de S. S.

Natacha ficou calada o tempo todo, olhando para ele com o canto dos olhos. Aquele olhar, cada vez mais, inquietava e perturbava Boris. Ele virava-se muitas vezes, a fim de olhar para Natacha, e interrompia os relatos. Boris ficou não mais de dez minutos e levantou-se, inclinando a cabeça, em sinal de despedida. E sempre

---

30 Francês: "como convém".

os mesmos olhos curiosos, provocantes e um pouco zombeteiros o fitavam. Depois da primeira visita, Boris disse consigo que Natacha, para ele, estava tão atraente como antes, mas que ele não devia ceder a tal sentimento, porque casar com ela — uma menina quase sem bens — seria a ruína da sua carreira, e reatar as antigas relações sem o propósito de casar seria um procedimento indigno. Boris decidiu evitar encontrar-se com Natacha, porém, apesar de tal decisão, veio visitar os Rostóv alguns dias depois e passou a vir com frequência e a passar dias inteiros na casa deles. Tinha consciência de que era preciso dar uma explicação a Natacha, dizer a ela que todo o passado tinha de ser esquecido, que apesar de tudo... ela não podia ser sua esposa, que ele não tinha fortuna e nunca deixariam que Natacha casasse com ele. Mas Boris não conseguia fazer isso de maneira alguma e sentia-se completamente sem jeito de dar tal explicação. Dia a dia, cada vez mais, ele se complicava. Natacha, segundo as observações da mãe e de Sônia, parecia enamorada de Boris como antes. Cantava para ele as suas canções prediletas, mostrava-lhe o seu álbum, obrigava-o a escrever no álbum, não lhe permitia lembrar os velhos tempos, dando a entender que os novos eram lindos; e todo dia Boris deixava aquela casa envolto numa nuvem, sem ter dito aquilo que tinha a intenção de dizer, sem saber o que estava fazendo, nem para que tinha ido lá, nem como aquilo ia terminar. Boris parou de ir à casa de Hélène, todos os dias recebia dela bilhetes de censura e mesmo assim passava dias inteiros na casa dos Rostóv.

XIII

Certa noite, quando a velha condessa, de touca e blusa de dormir, sem os cachinhos postiços, e só com um pobre tufo de cabelo saindo por baixo da touquinha branca de calicô, abaixava-se sobre um tapetinho suspirando e gemendo em curvaturas até o chão nas suas orações noturnas, a porta do seu quarto rangeu e, com chinelos nos pés descalços, também de blusinha de dormir e com papelotes nos cabelos, Natacha entrou correndo. A condessa virou-se e olhou, zangada. Estava terminando a sua última oração: "Não será este leito o meu túmulo?". O seu estado de devoção e prece foi aniquilado. Natacha, vermelha, animada, ao ver a mãe rezando, parou de repente de correr, abaixou-se e, sem querer, pôs a língua para fora, repreendendo a si mesma. Ao notar que a mãe continuava a rezar, Natacha, na ponta dos pés, correu na direção da cama, esfregou os pezinhos um no outro rapidamente, desfez-se dos chinelos e saltou para o leito que a condessa temia que fosse o seu túmulo. O leito era alto, de penas, com cinco travesseiros, arrumados do maior para o menor. Natacha pulou, afundou-se no colchão de penas, rolou na direção da parede e começou a brincar debaixo da colcha, cobria-se, encolhia os joelhos até o queixo, esperneava e ria muito baixinho, ora cobria a cabeça, ora espiava a mãe. A condessa terminou as orações e, com o rosto severo, veio para a cama; mas, ao ver que Natacha estava de cabeça coberta, sorriu com o seu sorriso fraco e bom.

— Ora, ora, ora — disse a mãe.

— Mamãe, a gente pode conversar, pode? — disse Natacha. — Vamos, só uma vez, na sua covinha, e agora mais uma vezinha só. — Natacha abraçou o pescoço da mãe e beijou-a debaixo do queixo. Na sua atitude com a mãe, Natacha mostrava certa rudeza de maneiras, mas era tão delicada e afetuosa que, por mais que apertasse as mãos da mãe, sempre conseguia fazer isso de modo que não doía, não desagradava, não incomodava.

— E então, o que vai ser hoje? — perguntou a mãe, depois de se ajeitar nos travesseiros, e esperou que Natacha sacudisse as pernas, rolasse sobre si mesma umas duas vezes e, afinal, ficasse deitada ao seu lado, debaixo da mesma coberta, com os braços para fora e com uma fisionomia séria.

Aquelas visitas noturnas de Natacha, que se prolongavam até que o conde voltasse do clube, eram um dos prazeres prediletos da mãe e da filha.

— O que vai ser hoje? Tenho de falar com você...

Natacha cobriu a boca da mãe com a mão.

— Sobre o Boris... Eu sei — disse ela, séria. — Vim por causa disso mesmo. Não fale, eu sei. Não, me diga! — Tirou a mão. — Vamos, me diga, mãe: ele não é gentil?

— Natacha, você tem dezesseis anos, na sua idade eu já estava casada. Você diz que o Boris é gentil. É muito gentil, e eu gosto dele como um filho, mas o que você quer?... O que você está pensando? Você virou completamente a cabeça do rapaz, é o que estou vendo...

Ao dizer isso, a condessa olhou para a filha, ao seu lado. Natacha estava deitada, reta e imóvel, olhando para a frente, na direção de uma das esfinges de mogno esculpidas nos cantos do leito, e assim a condessa via só o perfil do rosto da filha. O rosto impressionou a condessa por sua seriedade especial e por sua expressão concentrada.

Natacha escutava e refletia.

— Mas e daí? — perguntou.

— Você virou completamente a cabeça do rapaz, por quê? O que está querendo dele? Você sabe que não pode casar com ele.

— Mas por quê? — disse Natacha, sem mudar de posição.

— Porque ele é jovem, porque é pobre, porque é um parente... Porque você mesma não o ama.

— E como é que você sabe?

— Eu sei. Isso não está certo, meu anjo.

— Mas e se eu quiser...

— Natacha, estou falando sério...

Natacha não deixou a mãe terminar de falar, puxou para si a mão grande da condessa e beijou-a por cima, depois beijou a palma da mão, depois virou-a de novo e começou a beijar o ossinho da articulação de um dedo, em seguida o intervalo entre os dedos, depois o ossinho da articulação seguinte, enquanto não parava de sussurrar: "Janeiro, fevereiro, março, abril, maio".

— Fale, mamãe, por que está calada? Fale — disse ela, virando-se para olhar para a mãe, que fitava a filha com uma expressão carinhosa e que, naquela contemplação, parecia ter esquecido tudo o que pretendia dizer.

— Isso não fica bem, minha querida. Nem todo mundo vai entender a ligação infantil entre vocês, e o fato de as pessoas verem o Boris tão próximo de você pode prejudicá-la aos olhos dos outros jovens que vêm à nossa casa, e acima de tudo, isso perturba o rapaz à toa. Talvez ele já tivesse encontrado um bom partido, uma noiva rica; e agora ele está meio doido.

— Doido? — repetiu Natacha.

— Vou lhe contar uma coisa. Eu tinha um *cousin*...

— Eu sei. Kiril Matvieitch. Mas ele é um velho, não é?

— Nem sempre foi velho. Pois bem, Natacha, eu vou falar com o Boris. Ele não precisa vir aqui com tanta frequência...

— Por que não precisa, se ele tem vontade?

— Porque eu sei que isso não vai dar em nada.

— Por que você sabe? Não, mamãe, não fale com ele. Não se atreva a falar com ele. Mas que bobagem! — disse Natacha, no tom de uma pessoa de quem estão querendo tomar algo que lhe pertence. — Está bem, eu não vou casar, e daí? Deixe que ele venha, se ele fica contente com isso, e eu também. — Natacha, sorrindo, olhava para a mãe.

— Não vou casar, *e daí*? — repetiu Natacha.

— Como assim, minha querida?

— Pronto, *e daí*? Não há jeito de ele casar comigo... *e daí*?

— E daí, e daí — repetiu a condessa e, tremendo com o corpo todo, desatou uma boa e inesperada gargalhada de velha.

— Chega de rir, pare, vamos — começou a gritar Natacha. — Está fazendo tremer a cama toda. Você é horrivelmente parecida comigo, dá as mesmas gargalhadas... Espere... — Segurou as mãos da condessa, beijou o osso do dedo mindinho — ... junho... — e continuou a beijar julho e agosto na outra mão. — Mamãe, ele está muito apaixonado? O que a senhora acha? E pela senhora, ficavam apaixonados assim também? E ele é muito gentil, muito, muito gentil! Só que não é nem um pouco do meu gosto... Ele é assim, estreito, feito um relógio de parede... A senhora não entende? Estreito, sabe, cinza, cinza-claro...

— Que história é essa que está inventando agora? — disse a condessa.

Natacha continuou:

— Será que a senhora não entende? O Nikólienka ia entender... O Bezúkhov... é assim, azul, azul-escuro, e vermelho, quadrado.

— Com ele também você se faz de coquete — disse a condessa, rindo.

— Não, ele é franco-maçom, eu descobri. Ele é direito, azul-escuro e vermelho, como vou explicar à senhora?...

— Condessinha — ouviu-se a voz do conde por trás da porta. — Não vai dormir? — Natacha levantou-se de um pulo, descalça, agarrou os chinelos nas mãos e foi correndo para o seu quarto.

Ficou muito tempo sem conseguir dormir. Não parava de pensar no fato de que ninguém conseguia entender tudo o que ela entendia e tudo o que havia dentro dela.

"A Sônia?", pensava Natacha, olhando para aquela gatinha adormecida, encolhida, com a sua trança imensa. "Não, nem de longe! Ela é virtuosa. Está apaixonada pelo Nikólienka e não quer saber de mais nada. Nem a mamãe nem ela entendem. Que coisa espantosa como eu sou inteligente e como... ela é meiga", prosseguiu Natacha, falando de si mesma na terceira pessoa e imaginando que assim falava sobre ela um homem muito inteligente, o mais inteligente e o mais bonito que existia... "Tudo, dentro dela há tudo", continuou a pensar aquele homem. "De uma inteligência extraordinária, gentil e ainda por cima bonita, extraordinariamente bonita, ágil... Nada, anda a cavalo muito bem, e que voz! Pode-se dizer que tem uma voz admirável!" Natacha cantarolou a sua melodia predileta, de uma ópera de Cherubini, jogou-se na cama, desatou a rir com o pensamento alegre de que logo iria dormir, gritou para Duniacha apagar a vela, e Duniacha mal teve tempo de sair do quarto, quando Natacha já passava para um mundo ainda mais feliz, o mundo dos sonhos, onde tudo era tão fácil e belo quanto na realidade, só que ainda melhor, porque era diferente.

No dia seguinte, a condessa convidou Boris para vê-la, conversou com ele e, a partir desse dia, Boris deixou de visitar os Rostóv.

XIV

No dia 31 de dezembro, véspera do Ano-Novo de 1810, *le réveillon*, um grande fidalgo dos tempos de Catarina oferecia um baile em sua casa. Ao baile, viriam o corpo diplomático e o soberano.

Na rua do Cais Inglês, a casa do famoso fidalgo resplandecia com as luzes incontáveis. Na entrada iluminada, forrada com um tapete de feltro vermelho, a polícia estava a postos, e não só os gendarmes, mas o próprio chefe de polícia estava na entrada, junto com dezenas de oficiais da polícia. Carruagens partiam e outras chegavam a todo instante, com lacaios de vermelho e com lacaios de penas no chapéu. Dos veículos, saltavam homens de uniforme, com medalhas e fitas; damas de cetim e arminho desciam com cuidado pelos estribos desdobrados ruidosamente e passavam depressa e sem fazer ruído pela entrada atapetada.

Quase toda vez que chegava uma nova carruagem, um rumor percorria a multidão, e as pessoas tiravam os chapéus.

— É o soberano?... Não, é um ministro... um príncipe... um embaixador. Não está vendo as plumas?... — falavam na multidão. Uma daquelas pessoas, mais bem-vestida do que as outras, parecia conhecer todos e sabia o nome dos fidalgos mais ilustres da época.

Um terço dos convidados já havia chegado, mas na casa dos Rostóv, que também deviam ir ao baile, ainda estavam nos apressados preparativos do vestuário.

Foram muitos os comentários e os preparativos para aquele baile, na família dos Rostóv, foram muitos os temores de que os convites não chegassem, de que os vestidos não ficassem prontos e de que tudo não corresse como era necessário.

Junto aos Rostóv, iria ao baile Mária Ignátievna Perónskaia, amiga e parenta da condessa, uma dama de honra da antiga corte, mulher magra e amarelada, que guiava os passos dos provincianos Rostóv na mais alta sociedade de Petersburgo.

Às dez horas da noite, os Rostóv deviam buscar a dama de honra no Jardim Tavrítcheski; naquela altura, já faltavam cinco minutos para as dez, e as mocinhas ainda não estavam vestidas.

Era o primeiro grande baile da vida de Natacha. Naquele dia, ela acordou às oito horas da manhã e passou o dia inteiro numa agitação e numa atividade febris. Desde a manhã, todas as suas energias estavam voltadas para que todas elas — a mãe, Sônia e ela mesma — ficassem vestidas da melhor forma possível. Sônia e a condessa confiavam-se inteiramente a Natacha. A condessa devia usar um vestido de veludo, cor de vinho, as meninas, vestidos brancos vaporosos, com bainhas de seda cor-de-rosa, e rosas no corpete. Os cabelos deviam estar penteados *à la grecque*.

Todo o essencial já estava pronto: os pés, as mãos, o pescoço e as orelhas já tinham sido lavados, perfumados e empoados de forma especial e com afinco, como um baile exigia; as meias rendilhadas de seda e os sapatos brancos de cetim com lacinhos já estavam calçados; os penteados já estavam quase prontos. Sônia terminava de vestir-se, e a condessa também; mas Natacha, que ajudava a todos, se atrasara. Ainda estava sentada diante do espelho, com um penhoar sobre os ombros magros. Sônia, já vestida, de pé no meio do quarto, apertava o alfinete com o dedo pequeno, até doer, para fixar a última fita, que rangia sob a pressão do alfinete.

— Assim não, assim não, Sônia! — disse Natacha, e virou a cabeça, sem se importar com o penteado, agarrando com as duas mãos os cabelos que a criada, que os segurava, não tivera tempo de soltar. — A fita não pode ficar assim, venha cá. — Sônia agachou-se. Natacha prendeu a fita de outro modo.

— Desculpe, patroazinha, assim não pode — disse a criada, que segurava os cabelos de Natacha.

— Ah, meu Deus, deixe para depois! Pronto, é assim, Sônia.

— Vai demorar? — Ouviu-se a voz da condessa. — Já são dez horas.

— Já vai, já vai. A senhora está pronta, mãe?

— Só falta prender a touca.

— Não faça isso sem mim — gritou Natacha. — A senhora não sabe!

— Mas já são dez horas.

Tinham resolvido chegar ao baile às dez e meia, mas Natacha ainda tinha de se vestir, e eles precisavam passar antes no Jardim Tavrítcheski.

Concluído o penteado, Natacha, de anágua, sob a qual se viam os sapatinhos de baile, e com uma blusinha de dormir da mãe, correu na direção de Sônia, observou-a e depois correu para a mãe. Virando a cabeça da mãe para os lados, Natacha prendeu a touca e mal teve tempo de beijar seus cabelos grisalhos, quando correu outra vez para as criadas que costuravam a bainha da sua saia.

O problema era que a saia de Natacha estava comprida demais; duas criadas costuravam a bainha, rompendo a linha com os dentes, às pressas. Uma outra, com um alfinete entre os lábios e os dentes, corria da condessa para Sônia; uma quarta segurava na mão erguida, bem alto, o vestido vaporoso.

— Mávrucha, depressa, queridinha!

— Dê aqui o dedal, patroazinha.

— Mas, afinal, ainda vai demorar? — disse o conde, entrando por uma porta. — Os perfumes de vocês estão aqui. A Perónskaia já está esperando.

— Pronto, patroazinha — disse a criada, levantando com dois dedos o vestido vaporoso com a bainha pronta e limpando e sacudindo alguma coisa, a fim de, com aquele gesto, chamar a atenção para a limpeza e a vaporosidade do objeto que ela segurava.

Natacha começou a pôr o vestido.

— Já vai, já vai, não entre, papai! — gritou para o pai, que havia aberto a porta, na hora em que Natacha ainda tinha o rosto totalmente coberto pela saia vaporosa, que estava vestindo. Sônia bateu a porta com força. Um minuto depois, deixaram o conde entrar. Ele estava de fraque azul, meias e sapatos, perfumado e com pomada no cabelo.

— Papai, como está bonito, que encanto! — disse Natacha, de pé no meio do quarto, ajeitando as pregas do vestido vaporoso.

— Com licença, patroazinha, com licença — dizia uma criada, de joelhos, puxando o vestido para ajeitá-lo, enquanto, com a língua, passava os alfinetes de um lado para outro da boca.

— Você é que sabe — gritou Sônia, em desespero, depois de olhar para o vestido de Natacha. — Você é que sabe, mas continua comprido!

Natacha afastou-se um pouco mais a fim de mirar-se no espelho da cômoda. O vestido estava comprido.

— Não é nada, senhora, não tem nada de comprido — disse Mávrucha, de gatinhas no chão, perto de Natacha.

— Muito bem, está comprido, o jeito é alinhavar a bainha, vamos alinhavar num minuto — disse Duniacha com determinação, pegando uma agulha no xalezinho que tinha no peito e lançando-se de novo ao trabalho, agachada no chão.

Nessa altura, entrou a condessa, acanhada, em passos silenciosos, com a sua touca e num vestido de veludo.

— Oh! Minha beldade! — gritou o conde. — A mais bonita de todas!... — Quis abraçá-la, mas a condessa, ruborizando-se, esquivou-se a fim de não amarrotar a roupa.

— Mamãe, a touca tem de ficar mais de lado — explicou Natacha. — Eu vou prender com um alfinete. — E precipitou-se para a frente, mas as criadas que alinhavavam a sua bainha não conseguiram se mover atrás dela e rasgaram um pedacinho do vestido vaporoso.

— Meu Deus! O que é isso? Puxa, não tive culpa...

— Não é nada, eu costuro, ninguém vai notar — disse Duniacha.

— Que beldade, essa é a minha rainha! — disse a babá, que veio de trás da porta. — Ah, Sóniuchka, que beldades!...

Às dez e quinze, enfim, eles subiram na carruagem e partiram. Mas ainda era preciso passar no Jardim Tavrítcheski.

Perónskaia já estava pronta. Apesar da idade avançada e da feiura, acontecera em sua casa exatamente o mesmo que na casa dos Rostóv, ainda que não com tanta afobação (para ela, era algo habitual), mas o seu corpo velho e feio também estava perfumado, lavado e empoado, e a parte de trás das orelhas tinham sido do mesmo modo aplicadamente limpas, e, como acontecera entre os Rostóv, até a velha criada de quarto admirou-se com entusiasmo ao ver a indumentária da sua senhora, quando ela saiu para a sala num vestido amarelo, com o emblema de dama de honra da corte bordado. Perónskaia elogiou as roupas dos Rostóv.

Os Rostóv elogiaram o gosto de Perónskaia e a sua roupa e, às onze horas, tomando cuidado com os penteados e os vestidos, embarcaram nas carruagens e partiram.

XV

Desde a manhã daquele dia, Natacha não teve um só minuto de liberdade e não conseguira pensar nenhuma vez naquilo que a aguardava.

No ar úmido e frio, no aperto e na semiescuridão da carruagem, que avançava aos solavancos, Natacha, pela primeira vez, imaginou de modo vivo o que a aguardava no baile, nos salões iluminados — a música, as flores, as danças, o soberano, toda a brilhante juventude de Petersburgo. O que a aguardava era tão lindo que Natacha nem acreditava que fosse acontecer: era incompatível demais com a sensação de frio, de aperto e de escuro, dentro da carruagem. Ela só entendeu tudo o que a aguardava quando, depois de passar pelo tapete de feltro vermelho da entrada, chegou ao vestíbulo, tirou o casaco de pele e, entre flores, ao lado de Sônia e à frente da mãe, subiu a escada iluminada. Só então Natacha recordou como devia se portar num baile e esforçou-se para adotar as maneiras solenes que ela considerava indispensáveis para uma jovem, num baile. Porém, para sua sorte, Natacha sentiu que seus olhos se nublavam: ela não enxergava nada com clareza, seu pulso batia cem vezes por minuto e o sangue começou a martelar forte no coração. Ela não conseguia adotar aquelas maneiras, que a deixariam ridícula, e continuava a andar, à beira de um desmaio de tanta emoção, empregando todas as suas forças só para esconder essa emoção. E essa era a atitude que combinava melhor com Natacha. À frente e atrás delas, subiam outras convidadas, também conversando em voz baixa e também em vestidos de baile. Os espelhos junto à escada refletiam as damas em vestidos brancos, azuis, cor-de-rosa, com diamantes e pérolas nos braços e no pescoço descoberto.

Natacha olhava para o espelho e, no reflexo, não conseguia se distinguir das outras. Todas se confundiam num cortejo brilhante. Na entrada do primeiro salão, um rumor de vozes, passos, cumprimentos, ensurdecia Natacha; a luz e o brilho a cegavam ainda mais. A anfitriã e o anfitrião já estavam na porta de entrada havia meia hora e diziam as mesmas palavras aos que chegavam: "*Charmé de vous voir*",[31] e assim também saudaram os Rostóv e Perónskaia.

---

31 Francês: "Encantado de ver o senhor".

As duas mocinhas de vestidos brancos, com rosas iguais nos cabelos pretos, fizeram a mesma reverência, mas a anfitriã, sem querer, deteve o olhar mais tempo na franzina Natacha. Observou-a e, além do seu sorriso de anfitriã, sorriu de um modo diferente, só para Natacha. Ao olhar para Natacha, a anfitriã recordava, talvez, os seus tempos dourados de mocidade, perdidos para sempre, e o seu primeiro baile. O anfitrião também se demorou com os olhos em Natacha e perguntou ao conde qual delas era a sua filha.

— *Charmante!* — disse, depois de beijar a pontinha dos próprios dedos unidos.

Os convidados estavam no salão, aglomerados na frente da porta de entrada, à espera do soberano. A condessa tomou posição nas primeiras fileiras daquela multidão. Natacha escutava e percebia que diversas vozes indagavam a respeito dela e que a observavam. Natacha se dava conta de que estava agradando àqueles que prestavam atenção nela, e essa observação a tranquilizou um pouco.

"Existem algumas iguais a nós, mas também existem piores", pensou ela.

Perónskaia apontava para a condessa as pessoas mais ilustres presentes no baile.

— Olhe, aquele é o embaixador holandês, veja, o grisalho — disse Perónskaia, indicando um velhote de cãs prateadas nos cabelos crespos e abundantes, rodeado por senhoras, às quais ele fazia rir de alguma coisa.

— E lá está ela, a rainha de Petersburgo, a condessa Bezúkhova — disse Perónskaia, apontando para Hélène, que acabara de entrar. — Que bonita! Não fica nada a dever a Mária Antónovna;[32] veja como os jovens e os velhos a cortejam. E, além de bonita, é inteligente. Dizem que o príncipe... está louco por ela. E veja aquelas duas, embora não sejam bonitas, há mais gente ainda em torno delas.

Apontou para uma senhora que atravessou o salão com a sua filha feia.

— É um partido milionário — disse Perónskaia. — E lá estão os pretendentes. Esse é o irmão de Bezúkhova, Anatole Kuráguin — disse, apontando para um belo oficial da cavalaria da guarda que passava por elas, com a cabeça muito empinada, olhando para algum ponto além das duas mulheres. — Como é bonito! Não é verdade? Dizem que vai casar com aquela ricaça. Mas o *cousin* da senhora, o Drubetskói, também a corteja bastante. Dizem que ela possui milhões. Pois é, aquele é o embaixador francês em pessoa — respondeu Perónskaia a uma pergunta da condessa sobre Caulaincourt. — Parece até que é o rei de alguma coisa. Mesmo assim, são gentis, os franceses, muito gentis. Em sociedade, não há mais gentis do que eles. Ah, lá está ela! Não, a nossa Mária Antónovna é a mais bela de todas! E

---

32 Cortesã célebre e amante de Alexandre I.

como se veste com simplicidade. Um encanto! E aquele gordo de óculos é o *farmaçon*[33] universal — disse Perónskaia, apontando para Bezúkhov. — Ponha-o ao lado da esposa: um verdadeiro palhaço!

Pierre andava gingando o seu corpo gordo, abria caminho na multidão, lançava cumprimentos à direita e à esquerda, tão displicente e simpático como se andasse no meio da multidão no mercado público. Avançava pela multidão visivelmente à procura de alguém.

Natacha olhou com alegria para o conhecido rosto de Pierre, aquele verdadeiro palhaço, como o chamou Perónskaia, e sabia que Pierre procurava por elas na multidão, em especial por Natacha. Pierre lhe prometera que iria ao baile e lhe apresentaria cavalheiros para dançar.

Porém, antes de chegar a elas, Pierre parou ao lado de um moreno baixo, muito bonito, de uniforme branco, que junto à janela conversava com um homem alto, com medalhas e galões. Natacha logo reconheceu o jovem baixo, de uniforme branco: era Bolkónski, que lhe pareceu muito mais jovem, mais alegre e mais bonito.

— Olhe ali mais um conhecido, o Bolkónski, está vendo, mamãe? — disse Natacha, apontando para o príncipe Andrei. — Lembra, ele dormiu em nossa casa em Otrádnoie.

— Ah, vocês o conhecem? — disse Perónskaia. — Não consigo suportar. *Il fait à présent la pluie et le beau temps.*[34] E que orgulho sem limite! Puxou ao pai. E está ligado ao Speránski, redige sei lá que projetos. Vejam como trata as damas! Uma estava falando com ele, mas ele lhe deu as costas — disse Perónskaia, apontando para Bolkónski. — Se agisse comigo como faz com aquelas senhoras, eu lhe daria uma boa lição.

XVI

De repente, todos se agitaram, a multidão começou a falar, a se mexer, avançou outra vez e, no caminho aberto entre duas fileiras, aos sons da música que começou a soar, entrou o soberano. Atrás dele, vinham o anfitrião e a anfitriã. O soberano caminhava ligeiro, cumprimentava com a cabeça à direita e à esquerda, como se

---

33 Pronúncia incorreta da expressão francesa *franc-maçon* (pedreiro-livre).

34 Expressão francesa para caracterizar alguém que está com muito poder. Literalmente: "Ele faz chover e fazer sol".

tentasse se livrar logo daqueles primeiros momentos da sua recepção. Os músicos tocaram uma polonesa, famosa na época, por causa da letra que acompanhava a melodia. Os versos começavam assim: "Alexandre, Elizavieta, vocês nos deixam maravilhados". O soberano seguiu para o salão de festa, a multidão se precipitou na direção da porta; algumas pessoas com a fisionomia alterada andavam às pressas de um lugar para o outro. Mais uma vez, a multidão afastou-se rapidamente da porta onde surgiu o soberano, conversando com a anfitriã. Um jovem de aspecto desnorteado avançou para as damas, pedindo que abrissem caminho. Algumas, com rostos que exprimiam um completo esquecimento de todas as normas da sociedade, empurravam-se e chegavam a estragar sua toalete para ficar na frente. Os homens começaram a tirar as damas para dançar, e os pares da polonesa se formavam.

Todos deram passagem, e o soberano, sorrindo e conduzindo a anfitriã pelo braço, mas fora do ritmo, saiu pela porta do salão. Atrás dele, foram o anfitrião e M. A. Naríchkina;[35] em seguida, os embaixadores, os ministros e diversos generais, que Perónskaia, sem parar de falar, ia indicando pelo nome. Mais da metade das damas tinham cavalheiros e tomavam posição para a polonesa, ou se preparavam para isso. Natacha percebeu que ela, junto com a mãe e Sônia, fazia parte de uma minoria de damas que, recuadas para junto da parede, ninguém vinha tirar para dançar a polca. Natacha estava de pé, parada, os braços franzinos caídos, o peito, ainda pouco definido, levantava e baixava ritmadamente, ela continha a respiração e, com olhos assustados e brilhantes, mirava à sua frente, com uma expressão alerta, preparada para a maior alegria e para o maior desgosto. Não lhe interessavam nem o soberano nem as pessoas ilustres para as quais Perónskaia apontava — só tinha um pensamento: "Será que ninguém vai me tirar para dançar, será que não vou dançar entre as primeiras, será que não reparam em mim todos esses homens, que agora parecem que nem estão me vendo, e que, se olham para mim, olham com uma expressão que parece dizer: 'Ah! Não é ela, nem vale a pena olhar!'. Não, não pode ser!", pensava Natacha. "Eles devem saber como é grande a minha vontade de dançar, como eu danço bem e como ficariam contentes de dançar comigo."

Os sons da polonesa, que se prolongou por muito tempo, já começavam a soar, para Natacha, como reminiscências tristes. Tinha vontade de chorar. Perónskaia havia se afastado delas. O conde estava do outro lado do salão, a condessa, Sônia e ela estavam sozinhas, como numa floresta, inúteis e sem interesse para ninguém, no meio daquela multidão desconhecida. O príncipe Andrei passou por elas com uma dama e obviamente não as reconheceu. O belo Anatole, sorrindo,

---

35 Referência a Mária Antónovna, mencionada pouco antes.

disse algo à dama a quem conduzia e lançou um olhar para o rosto de Natacha, com a mesma expressão com que se olha para uma parede. Boris passou por elas duas vezes e sempre se esquivava. Berg e a esposa, que não estavam dançando, vieram na direção das Rostóv.

Para Natacha, aquele grupo familiar, ali no baile, parecia algo vergonhoso, como se não houvesse outro lugar para as conversas da família que não fosse num baile. Natacha não escutava as palavras de Vera nem olhava para ela, que lhe dizia algo sobre o seu próprio vestido verde.

Por fim, o soberano parou ao lado de sua última dama (havia dançado com três), a música cessou; um ajudante de ordens pressuroso correu para as Rostóv e pediu que recuassem ainda mais, embora já estivessem junto à parede, e os sons nítidos e precisos de uma valsa irromperam de onde estava a orquestra, num ritmo arrebatador. O soberano, com um sorriso, lançou um olhar para o salão. Passou um minuto — ninguém começava. O ajudante de ordens e mestre de cerimônias aproximou-se da condessa Bezúkhova e tirou-a para dançar. Sorrindo, ela ergueu a mão e colocou-a no ombro do ajudante de ordens, sem olhar para ele. O ajudante de ordens, mestre do seu ofício, com convicção, sem pressa e no ritmo, abraçado com firmeza ao seu par, lançou-se com ela, de início, num *glissade*[36] pela margem do círculo; ao chegar ao canto do salão ergueu a mão esquerda, virou-a e, por trás dos sons cada vez mais acelerados da música, ouvia-se apenas o tilintar ritmado das esporas nos pés velozes e ágeis do ajudante de ordens e, a cada três compassos, o vestido de veludo da sua dama, esvoaçando, parecia incendiar-se. Natacha olhava para eles e estava à beira de chorar, pois não era ela quem dançava a primeira volta da valsa.

O príncipe Andrei, em seu uniforme branco de coronel (da cavalaria), de meias e sapatos de gala, animado e alegre, se achava nas primeiras fileiras do círculo, não distante das Rostóv. O barão Firhoff conversava com ele a respeito da primeira sessão do Conselho de Estado, marcada para o dia seguinte. Na condição de uma pessoa próxima de Speránski, envolvida nos trabalhos da comissão legisladora, o príncipe Andrei podia dar informações fidedignas sobre a sessão do dia seguinte, em torno da qual corriam diversos rumores. Mas ele não dava atenção ao que Firhoff lhe dizia e olhava ora para o soberano, ora para os cavalheiros que tinham intenção de dançar, mas que não se atreviam a entrar no círculo.

O príncipe Andrei observava aqueles cavalheiros, tímidos na presença do soberano, e as damas, que desfaleciam de vontade de serem tiradas para dançar.

---

36 Movimento deslizante dos pés.

Pierre aproximou-se do príncipe Andrei e segurou-o pelo braço.

— O senhor sempre dança. Está aqui a minha *protégée*, a jovem Rostova, tire-a para dançar — disse.

— Onde está? — perguntou Bolkónski. — Queira desculpar — disse, voltando-se para o barão. — Terminaremos esta conversa em outro lugar, mas num baile é preciso dançar. — Avançou na direção que Pierre lhe apontava. O rosto de Natacha, desesperado e abatido, chamou a atenção do príncipe Andrei. Ele a reconheceu, adivinhou o seu sentimento, entendeu que era uma estreante, recordou a conversa ouvida na janela e, com uma expressão alegre no rosto, aproximou-se da condessa Rostova.

— Permita que lhe apresente a minha filha — disse a condessa, ruborizando-se.

— Já tive o prazer de ser apresentado, caso a condessa se lembre de mim — respondeu o príncipe Andrei, inclinando bastante a cabeça numa reverência respeitosa, em total desacordo com os comentários de Perónskaia sobre a sua rudeza, e aproximou-se de Natacha, erguendo o braço para envolver a sua cintura, antes mesmo de haver terminado o convite para a dança. Propôs dançar a valsa. A expressão abatida do rosto de Natacha, pronta para o desespero e para o êxtase, iluminou-se de repente com um sorriso alegre, agradecido, infantil.

"Faz muito tempo que eu esperava por você", parecia dizer aquela menina assustada e feliz, com o sorriso radiante por trás das lágrimas já prontas, enquanto levantava a mão e a apoiava no ombro do príncipe Andrei. Os dois formaram o segundo par a entrar no círculo. O príncipe Andrei era um dos melhores dançarinos do seu tempo. Natacha dançava esplendidamente. Seus pezinhos, em sapatos de baile feitos de cetim, faziam o seu trabalho com rapidez, leveza, e independentes de Natacha, e seu rosto brilhava no enlevo da felicidade. O pescoço e os braços nus eram magros e feios em comparação com os ombros de Hélène. Natacha tinha os ombros magros, o peito ainda indefinido, os braços finos; no entanto, em Hélène, já havia como que um verniz deixado pelos milhares de olhos que haviam deslizado pelo seu corpo, enquanto Natacha parecia uma garota a quem desnudavam pela primeira vez, e que sentiria muita vergonha disso, se não a tivessem convencido de que tinha de ser assim.

O príncipe Andrei adorava dançar e, desejoso de se livrar o mais depressa possível das conversas políticas e intelectuais que todos queriam entabular com ele, e desejoso de romper, o mais depressa possível, aquele círculo constrangedor que o aborrecia, criado pela presença do soberano, ele foi dançar, e escolheu Natacha porque Pierre a indicara, e porque, entre as mulheres bonitas, ela foi a primeira que lhe chamou a atenção; porém, assim que abraçou o talhe fino, maleável, palpitante, e Natacha começou a se mover tão perto dele, sorrindo tão perto dele, o vinho do seu encanto subiu à cabeça do príncipe Andrei: ele sentia-se reanimado e rejuvenescido quando, depois de conduzir Natacha de volta ao seu lugar, deteve-se, ainda recuperando o fôlego, e ficou a observar os outros pares que dançavam.

XVII

Depois do príncipe Andrei, Boris veio ao encontro de Natacha e convidou-a para dançar, o mesmo fez o ajudante de ordens dançarino que havia aberto o baile, e também vários jovens, e Natacha, que transferia para Sônia os cavalheiros que lhe sobravam, feliz e ruborizada, não parou de dançar a noite inteira. Não notava e não via nada do que interessava a todos naquele baile. Não só não notou que o soberano conversava bastante com o embaixador francês, que o soberano conversava de um modo especialmente afável com uma certa dama, que os príncipes fulano e beltrano fizeram isso e disseram aquilo, que Hélène alcançara um grande sucesso e merecera uma atenção especial de certa pessoa; Natacha nem mesmo viu o soberano e só notou que ele havia saído porque, depois da sua saída, o baile ficou mais animado. Num dos cotilhões mais alegres, antes do jantar, o príncipe Andrei dançou de novo com Natacha. Lembrou a ela o primeiro encontro entre ambos, na alameda da propriedade de Otrádnoie, e lembrou como ela não conseguia dormir naquela noite de luar, quando ele a escutara sem querer, pela janela. Natacha ruborizou-se ao ouvir aquelas recordações e tentava justificar-se, como se houvesse algo de vergonhoso no sentimento que o príncipe Andrei, sem querer, a ouviu exprimir na janela.

A exemplo de toda gente criada na sociedade, o príncipe Andrei gostava de encontrar na sociedade algo que não trouxesse em si a marca mundana comum. E assim era Natacha, com a sua surpresa, alegria e timidez, e até com os seus erros de francês. O príncipe Andrei a tratava com uma ternura e uma solicitude especiais. Sentado a seu lado, conversando com Natacha sobre os assuntos mais simples e insignificantes, deliciava-se com o brilho alegre dos olhos e do sorriso da jovem, que se referia não às palavras ditas de fato, mas à sua própria felicidade interior. Quando outros tiravam Natacha para dançar e ela se punha de pé com um sorriso e dançava pelo salão, o príncipe Andrei se deliciava, em especial, com a sua graça tímida. No meio do cotilhão, após terminar uma das figuras previstas na dança, Natacha voltou ao seu lugar ainda ofegante. Um outro cavalheiro tirou-a para dançar de novo. Natacha estava cansada, ofegante, e visivelmente pensou em recusar o convite, mas logo ergueu a mão com alegria até o ombro do cavalheiro e sorriu para o príncipe Andrei.

"Eu bem que gostaria de descansar e ficar sentada ao lado do senhor, estou cansada; mas, como está vendo, já que me tiram para dançar, e isso me deixa contente, e estou feliz, e gosto de todos, eu e o senhor compreendemos tudo isso", e muito, muito mais dizia aquele sorriso. Quando o cavalheiro a deixou, Natacha correu pelo salão a fim de unir-se a duas damas para uma figura da dança.

"Se ela se aproximar primeiro da sua prima e depois da outra dama, ela será minha esposa", disse consigo o príncipe Andrei, de forma completamente inesperada, olhando para Natacha. Ela se aproximou primeiro da prima.

"Que absurdos passam pela nossa cabeça, às vezes!", pensou o príncipe Andrei. "Mas na verdade essa menina é tão doce, tão diferente, que não vai dançar aqui nem um mês, sem que se case... É uma peça rara, por aqui", pensou, quando Natacha, ajeitando uma rosa que se soltara do corpete, veio sentar-se ao lado dele.

No fim do cotilhão, o velho conde, em seu fraque azul, aproximou-se dos dançarinos. Convidou o príncipe Andrei a visitar a sua casa e perguntou à filha se estava se divertindo. Natacha não respondeu, apenas sorriu, com um sorriso que dizia, em tom de recriminação: "Como pode perguntar uma coisa dessas?".

— Nunca me diverti tanto na vida! — disse ela, e o príncipe Andrei notou como os braços de Natacha se ergueram depressa como se fossem abraçar o pai, mas logo depois baixaram. Ela estava mais feliz do que nunca, em toda a sua vida. Estava naquele grau supremo de felicidade, quando a pessoa se torna inteiramente boa e bela e não acredita na possibilidade do mal, da infelicidade e do desgosto.

No baile, Pierre, pela primeira vez, sentiu-se ofendido com a posição que a esposa ocupava nas mais altas esferas. Pierre estava triste e alheio. Ao longo da testa, havia uma ruga profunda, e ele, parado junto à janela, olhava através dos óculos sem ver ninguém.

Natacha passou por ele quando se encaminhava para o jantar.

O rosto sombrio, infeliz, de Pierre impressionou-a. Ela parou diante dele. Tinha vontade de ajudá-lo, transmitir-lhe a felicidade que tinha de sobra.

— Como o baile está divertido, conde — disse Natacha. — Não é verdade?

Pierre sorriu, desatento, visivelmente sem entender o que ela dizia.

— Sim, estou muito contente — respondeu.

"Como é possível ficar descontente com alguma coisa?", pensou Natacha. "Ainda mais alguém tão bom, como o Bezúkhov." Aos olhos de Natacha, todos os que estavam no baile eram pessoas igualmente boas, gentis, lindas, que se amavam umas às outras: ninguém podia ofender o outro, e portanto todos tinham de estar felizes.

XVIII

No dia seguinte, o príncipe Andrei lembrou-se do baile do dia anterior, mas logo foi interrompido por pensamentos: "Sim, o baile foi esplêndido. Além disso... sim, Rostova é muito graciosa. Nela, há um frescor diferente, que não é de Petersburgo, e que a distingue". Aí está tudo o que pensou a respeito do baile da véspera, e depois de tomar o chá foi cuidar do trabalho.

Porém, por cansaço ou por ter dormido mal, o dia foi ruim para os seus afazeres, e o príncipe Andrei não conseguiu produzir nada, não parava de criticar o próprio trabalho, como não era raro acontecer, e ficou contente quando vieram avisar que alguém tinha chegado.

O visitante era Bítski, que servia em diversas comissões, frequentava todos os círculos sociais de Petersburgo, um entusiasmado admirador das novas ideias e de Speránski, e um zeloso difusor de mexericos em Petersburgo, uma dessas pessoas que escolhem uma tendência como se escolhe um vestido — pela moda, mas que por isso mesmo parecem os mais fervorosos partidários dessa tendência. Preocupado, mal tendo tempo de tirar o chapéu, entrou afoito no escritório do príncipe Andrei e logo começou a falar. Tinha acabado de saber de pormenores da sessão do Conselho de Estado daquela manhã, aberta pelo soberano, e relatou com entusiasmo o que sabia. O discurso do soberano fora extraordinário. Um daqueles discursos que só monarcas constitucionais pronunciavam. "O soberano disse abertamente que o Conselho e o Senado são *corporações* do Estado; disse que o governo deve ter por base não o arbítrio, e sim *princípios sólidos*. O soberano disse que as finanças têm de ser reformadas e que os relatórios das contas do Estado têm de ser públicos", contou Bítski, enfatizando certas palavras e arregalando os olhos de modo significativo.

— Sim, os acontecimentos de hoje marcam o início de uma era, a era mais importante da nossa história — concluiu.

O príncipe escutou o relato da abertura da sessão do Conselho de Estado, que ele aguardava com tanta impaciência e à qual atribuía tanta relevância, e admirou-se ao ver que aquele acontecimento, agora que se realizara, não só não o comovia como lhe parecia ainda menos do que insignificante. Com uma ironia serena, ouvia o relato empolgado de Bítski. Passou pela sua cabeça este pensamento muito simples: "O que importa para mim e para o Bítski, o que nos importa se o soberano achou conveniente falar no Conselho? Por acaso tudo isso pode me tornar mais feliz e melhor?".

E, de repente, esse simples raciocínio tornou insignificante para o príncipe Andrei todo o seu antigo interesse pelas reformas iminentes. Naquele mesmo dia, o príncipe Andrei deveria jantar com Speránski, "*en petit comité*",[37] como lhe disse o anfitrião, ao convidá-lo. Aquele jantar, no círculo da família e dos amigos de um homem que tanto o maravilhava, era até então de grande interesse para o príncipe Andrei, sobretudo porque ainda não tinha visto Speránski na sua vida doméstica; só que agora não sentia mais nenhuma vontade de ir.

Na hora marcada para o jantar, porém, o príncipe Andrei entrou na casa pequena de Speránski, no Jardim Tavrítcheski. Na sala de jantar, com soalho de parquê, da casinha pequena, que se destacava pela limpeza incomum (fazia lembrar uma limpeza monástica), o príncipe Andrei, um pouco atrasado, já encontrou reunida ali, às cinco horas, toda a sociedade daquele *petit comité*, os conhecidos íntimos de Speránski. Não havia nenhuma dama, exceto a filha pequena de Speránski (de rosto comprido, parecida com o pai) e sua preceptora. Os convidados eram Gervais, Magnítski e Stolípin. Ainda no vestíbulo, o príncipe Andrei ouviu vozes altas e uma gargalhada ruidosa e bem definida — uma gargalhada semelhante àquelas com que riem num palco de teatro. A voz de alguém, parecida com a voz de Speránski, estalava de modo bem claro: Ha, ha, ha. O príncipe Andrei nunca ouvira Speránski rir, e aquele riso ruidoso, agudo, de um homem de Estado, causou-lhe uma impressão estranha.

O príncipe Andrei entrou na sala de jantar. Todo o grupo se achava de pé entre duas janelas, perto de uma pequena mesa com antepastos. Speránski, num fraque cinza com uma medalha, pelo visto com o mesmo colete branco e a mesma gravata branca e alta que usara na tão falada sessão do Conselho de Estado, com o rosto alegre, estava de pé junto à mesa. Os convidados o rodeavam. Magnítski, que se dirigia a Mikhail Mikháilovitch, contava uma piada. Speránski escutava e ria ainda antes de Magnítski terminar de contar. No momento em que o príncipe Andrei entrou na sala, as palavras de Magnítski foram, outra vez, abafadas pelo riso. Stolípin falou em voz grossa, de baixo, enquanto mastigava um pedaço de pão com queijo; Gervais chiava num riso baixo, e Speránski ria de modo estalado e agudo.

Sem parar de rir, Speránski estendeu para o príncipe Andrei a mão branca e feminina.

— Tenho muito prazer em ver o senhor, príncipe — disse. — Só um minuto... — dirigiu-se para Magnítski, interrompendo o seu relato. — Fizemos um trato: é um jantar de lazer, nenhuma palavra sobre trabalho. — E voltou-se de novo para o contador de histórias e riu outra vez.

---

37 Francês: "numa reunião íntima".

O príncipe Andrei, com o espanto e a tristeza da decepção, escutava aquele riso e observava o gargalhante Sperânski. Não era o mesmo Sperânski, mas, sim, outra pessoa, pensou o príncipe Andrei. Tudo aquilo que antes, em Sperânski, parecia ao príncipe Andrei misterioso e cativante de súbito se tornara banal e sem graça.

À mesa, a conversa não cessava nem por um minuto e parecia uma antologia de anedotas engraçadas. Magnítski mal tinha tempo de terminar a piada, quando outro já deixava claro que estava pronto para contar uma história ainda mais engraçada. A maior parte das piadas tratava, se não do mundo do serviço público em si, das próprias pessoas dos servidores. Parecia que o grupo decretara a insignificância daquelas pessoas de maneira tão categórica que a única atitude possível em relação a elas era de uma zombaria indulgente. Sperânski contou que, no conselho daquela manhã, quando ele respondeu a um dignitário surdo que lhe havia perguntado a sua opinião, o mesmo dignitário replicou que era da mesma opinião. Gervais contou a história inteira de uma inspeção, notável pela insensatez de todas as pessoas envolvidas. Stolípin, gaguejando, interveio na conversa e, com ardor, começou a falar dos abusos vigentes na antiga ordem das coisas, ameaçando dar à conversa um caráter sério. Magnítski passou a escarnecer do entusiasmo de Stolípin. Gervais introduziu uma brincadeira, e a conversa tomou, de novo, o rumo divertido de antes.

Era evidente que Sperânski, depois do trabalho, gostava de repousar e divertir-se entre amigos, e todos os seus convidados, entendendo o seu desejo, tentavam alegrá-lo e alegrar-se a si mesmos. Mas aquela alegria pareceu pesada e sem graça ao príncipe Andrei. O som agudo da voz de Sperânski o impressionava de modo desagradável, e o riso incessante, com o seu tom falso, por algum motivo ultrajava o sentimento do príncipe Andrei. Ele não ria e receava ser um incômodo para aquela reunião. Mas ninguém percebia a sua incompatibilidade com o estado de ânimo geral. Parecia que todos estavam muito alegres.

Algumas vezes ele quis entrar na conversa, mas suas palavras eram sempre jogadas para longe, como uma rolha de cortiça que se joga na água; e ele não conseguia gracejar junto aos outros.

Nada havia de ruim ou despropositado no que diziam, tudo era espirituoso e talvez fosse engraçado; no entanto, não só não havia justamente aquilo que constitui o sal da alegria, como eles nem sabiam que tal coisa pudesse existir.

Depois do jantar, a filha de Sperânski e sua preceptora levantaram-se. Sperânski afagou a filha com a mão branca e beijou-a. E esse gesto pareceu artificial ao príncipe Andrei.

Os homens, à maneira inglesa, permaneceram à mesa e tomaram vinho do Porto. No meio da conversa que se iniciara a respeito das ações de Napoleão na

Espanha,[38] aprovadas por todos em opinião unânime, o príncipe Andrei começou a contradizê-los. Sperânski sorriu e, obviamente a fim de desviar a conversa para um rumo agradável, contou uma piada que não tinha relação com a conversa. Durante alguns momentos, todos ficaram calados.

Depois de permanecer um tempo sentado à mesa, Sperânski arrolhou a garrafa de vinho e disse: "Hoje em dia, os bons vinhos andam com as próprias pernas", entregou a garrafa ao criado e levantou-se. Todos se levantaram e, conversando da mesma forma ruidosa, seguiram para a sala de estar. Entregaram a Sperânski dois envelopes trazidos pelo correio. Ele tomou-os e foi para o escritório. Assim que deixou a sala, a alegria geral silenciou, e os convidados passaram a trocar comentários uns com os outros, em tom ponderado e em voz baixa.

— Bem, agora, a declamação! — disse Sperânski ao sair do escritório. — Um talento formidável! — dirigiu-se ao príncipe Andrei. Magnítski levantou-se de pronto, fez uma pose e começou a dizer uns versos jocosos em francês, criados por ele, sobre algumas personalidades famosas de Petersburgo, e foi várias vezes interrompido por aplausos. O príncipe Andrei, ao final dos versos, aproximou-se de Sperânski e despediu-se.

— Aonde vai tão cedo? — perguntou Sperânski.

— Prometi ir a uma festa...

Todos ficaram em silêncio. O príncipe Andrei mirava de perto aqueles olhos espelhados, que não se deixavam ver, e sentiu-se ridículo por ter esperado algo de Sperânski, por todas as suas atividades associadas a ele, e por ter atribuído relevância ao que Sperânski fazia. O riso estudado, sem alegria, continuou a ressoar por muito tempo nos ouvidos do príncipe Andrei, depois que ele deixou Sperânski.

De volta para casa, o príncipe Andrei pôs-se a recordar sua vida em Petersburgo durante aqueles quatro meses como se fosse algo novo. Lembrou seus esforços, suas bajulações, a história do seu projeto de um estatuto militar, que fora recebido para avaliação, mas sobre o qual se empenhavam em fazer silêncio só porque outro projeto, muito ruim, já tinha sido preparado e apresentado ao soberano; lembrou as reuniões do comitê do qual Berg era um dos membros; lembrou como naquelas reuniões debatiam, com afinco e demoradamente, tudo o que dizia respeito às formas e aos procedimentos da reunião do comitê e como se desviavam, com afinco

---

38 A conversa se passa em 1810. Em 1807, Napoleão invadira a Espanha e em 1808 coroara o seu irmão rei do país. Os espanhóis resistiram à ocupação por meio de guerrilhas (que se revelaram um inimigo terrível das tropas francesas) semelhantes àquelas que Napoleão mais tarde viria a enfrentar na Rússia. Os combates na Espanha se estenderam até 1813 e enfraqueceram muito o império napoleônico.

e presteza, de tudo aquilo que tinha relação com o essencial da questão. Lembrou o seu trabalho legislador e como havia traduzido cuidadosamente para o russo os artigos dos códigos francês e romano, e sentiu vergonha de si mesmo. Em seguida, reviu em pensamento, de modo vivo, a propriedade de Bogutchárovo, as suas ocupações no campo, a sua viagem a Riazan, lembrou os mujiques, o estaroste de Dron, e aplicou a eles os Direitos da Pessoa, que ele havia dividido em parágrafos, e ficou surpreso ao ver como havia podido se ocupar por tanto tempo com um trabalho tão improdutivo.

XIX

No dia seguinte, o príncipe Andrei foi visitar algumas residências, aonde não tinha ido até então, entre elas a casa dos Rostóv, com quem retomara o contato no último baile. Além das normas de cortesia, segundo as quais ele tinha de visitar os Rostóv, o príncipe sentia vontade de ver a casa daquela mocinha diferente, vivaz, que deixara nele uma lembrança agradável.

Natacha foi uma das primeiras a recebê-lo. Estava num vestido azul doméstico, no qual pareceu, ao príncipe Andrei, ainda mais bonita do que no baile. Natacha e toda a família Rostóv receberam o príncipe Andrei como um velho amigo, de maneira simples e cordial. Toda a família, que antes o príncipe Andrei julgara com severidade, agora lhe parecia formada por pessoas bonitas, simples e boas. A hospitalidade e a bondade do velho conde, que surpreendiam de modo especialmente encantador em Petersburgo, eram tamanhas que o príncipe Andrei não pôde recusar o convite para o jantar. "Sim, é uma gente boa, formidável", pensou Bolkónski. "Claro, não têm a mínima ideia do tesouro que possuem em Natacha; mas são pessoas boas, formam o melhor pano de fundo possível para que nele sobressaia essa mocinha excelente, singularmente poética e transbordante de vida!"

O príncipe Andrei sentia, em Natacha, a presença de um mundo diferente, de todo estranho a ele, repleto de alegrias desconhecidas, um mundo estranho que, já naquela noite de luar em Otrádnoie, o intrigara muito. Agora, esse mundo já não o intrigava mais, não era mais um mundo estranho; porém, mesmo depois de ter entrado naquele mundo, o próprio príncipe Andrei encontrava nele um prazer novo.

Após o jantar, Natacha, a pedido do príncipe Andrei, sentou-se ao clavicórdio e começou a cantar. O príncipe Andrei ficou de pé junto à janela, conversava com as senhoras e escutava Natacha. No meio de uma frase, o príncipe Andrei calou-se e, de modo inesperado, sentiu-se sufocado por lágrimas, algo cuja possibilidade ele desconhecia em si mesmo. Olhou para Natacha, que cantava, e algo novo e feliz aconteceu em sua alma. Estava feliz e, ao mesmo tempo, estava triste. Decididamente, não havia motivo para chorar, no entanto ele estava à beira de chorar. Por quê? Por causa do seu amor passado? Da pequena princesa? De suas decepções?... De suas esperanças no futuro? Sim e não. O motivo mais importante para ter vontade de chorar era a súbita e nítida consciência da contradição terrível, para o príncipe Andrei, entre algo infinitamente grande e indeterminado, que havia dentro dele, e algo estreito e corpóreo, que ele mesmo era, e ela também. Tal contradição o afligia e o alegrava durante o canto de Natacha.

Assim que Natacha terminou de cantar, aproximou-se do príncipe Andrei e lhe perguntou se gostava de sua voz. Fez a pergunta e logo depois se encabulou de ter dito tal coisa, compreendendo que não devia perguntar. Ele sorriu, olhando para Natacha, e disse que gostava da sua voz, assim como gostava de tudo o que ela fazia.

O príncipe Andrei saiu da casa dos Rostóv já bem tarde. Deitou-se para dormir pelo hábito de deitar-se, mas logo percebeu que não conseguia dormir. Ora acendia a vela e sentava na cama, ora se levantava, ora deitava outra vez, nem um pouco aborrecido com a falta de sono: sentia a alma tão alegre e tão renovada como se tivesse saído de um quarto abafado em direção ao ar livre. Nem passava pela sua cabeça que estivesse apaixonado por Natacha; não estava pensando nela; apenas a via na imaginação, e por isso toda a sua vida se apresentava sob uma luz nova. "Por que me debato, por que me preocupo tanto nesse âmbito estreito, fechado, quando a vida, a vida inteira, com todas as suas alegrias, está aberta para mim?", disse consigo. E, pela primeira vez desde muito tempo, pôs-se a fazer planos felizes para o futuro. Resolveu que devia cuidar da educação do filho, achar um educador que se incumbisse dele; depois, era preciso pedir demissão e ir para o exterior, ver a Inglaterra, a Suíça, a Itália. "Tenho de desfrutar a minha liberdade enquanto sinto em mim a energia e a juventude", disse consigo. "Pierre tinha razão quando disse que era preciso acreditar na possibilidade da felicidade para ser feliz, e eu agora acredito nela. Que os mortos enterrem os mortos, mas, enquanto estou vivo, é preciso viver e ser feliz", pensou.

XX

Certa manhã, o coronel Adolph Berg, que Pierre conhecia, como conhecia todos em Moscou e Petersburgo, veio à sua casa num uniforme muito limpo e novo em folha, com o cabelo empomadado e penteado para a frente, sobre as frontes, como fazia o soberano Alexandre Pávlovitch.

— Acabei de estar com a condessa, a esposa do senhor, e fiquei muito infeliz por saber que o meu apelo não podia ser atendido; espero que com o senhor, conde, eu tenha mais sorte — disse, sorrindo.

— O que o senhor deseja, coronel? Estou às ordens.

— Agora, conde, eu já estou perfeitamente instalado em minha nova residência — informou Berg, pelo visto convencido de que ouvir essa notícia não podia deixar de ser agradável. — Por isso desejo oferecer uma pequena festa para os conhecidos, meus e da minha esposa. (Sorriu de modo ainda mais simpático.) Eu queria pedir à condessa e ao senhor que me dessem a honra de vir à nossa casa para tomar uma xícara de chá e... jantar.

Só a condessa Elena Vassílievna, que considerava humilhante o convívio com gente como os Berg, podia ter a crueldade de recusar tal convite. Berg explicou de modo tão claro por que desejava reunir em sua casa um grupo bom e pequeno, por que aquilo seria uma satisfação para ele, e também por que lamentava o dinheiro gasto com baralhos e outras coisas nocivas, mas estava pronto a não medir despesas em nome da boa sociedade, que Pierre não conseguiu recusar e prometeu ir.

— Mas não se atrase, conde, se me permite o atrevimento; às dez para as oito, mais ou menos, se me permite o atrevimento. Vamos jogar uma partida, o nosso general estará lá. Ele é muito bom para mim. Jantaremos, conde. Então o senhor me faça esse obséquio.

Contrariamente ao seu hábito de se atrasar, Pierre, naquele dia, chegou à casa dos Berg não às dez para as oito, mas às quinze para as oito.

Os Berg haviam se abastecido de tudo o que era preciso para uma festa e já estavam prontos para receber os convidados.

Berg e a esposa estavam no escritório novo, limpo, iluminado, enfeitado com pequenos bustos, quadros e mobiliário novo. Num uniforme novinho e todo abotoado, Berg estava sentado ao lado da esposa, explicava a ela que sempre é possível e necessário travar conhecimento com pessoas de posição mais elevada do que eles, pois só nesse caso existe alguma satisfação em travar conhecimentos.

— A gente pode imitar alguma coisa, pode pedir alguma coisa. Veja só como eu progredi, desde os postos mais baixos (Berg contava a sua vida não pelos anos, mas pelas condecorações oficiais). Meus camaradas agora ainda não são nada, enquanto eu só estou à espera de uma vaga para ocupar o posto de comandante de regimento, e tenho a felicidade de ser o marido da senhora (levantou-se e beijou a mão de Vera, mas no caminho ajeitou o canto do tapete, que estava virado). E como obtive tudo isso? Sobretudo graças à habilidade na escolha das pessoas com quem travo conhecimento. Nem é preciso dizer que é preciso ser virtuoso e metódico...

Berg sorriu com a consciência da sua superioridade em relação à mulher frágil e calou-se, refletindo que aquela sua esposa gentil era apesar de tudo uma mulher frágil que não podia alcançar tudo aquilo que constituía a dignidade de um homem — *ein Mann zu sein*.[39] Vera, ao mesmo tempo, sorriu também com a consciência da sua superioridade em relação ao marido bom e virtuoso, mas que apesar de tudo, como todos os homens, na opinião de Vera, entendia a vida de modo equivocado. Berg, tomando a esposa como medida, julgava todas as mulheres frágeis e tolas. Vera, tomando só o seu marido como medida e generalizando essa observação para todos, supunha que todos os homens atribuíam a razão apenas a si mesmos, mas na verdade não compreendiam nada, eram orgulhosos e egoístas.

Berg levantou-se, abraçou a esposa com cuidado para não amarrotar as rendas da pelerine, pela qual ele havia pagado caro, e beijou-a no meio dos lábios.

— A única questão é que não devemos ter filhos tão cedo — disse ele, seguindo de modo inconsciente um encadeamento de ideias.

— Sim — respondeu Vera. — Não quero isso de forma alguma. É preciso viver para a sociedade.

— A princesa Iussúpova vestia uma igualzinha a essa — disse Berg com um sorriso feliz e bondoso, apontando para a pelerine.

Naquele momento anunciaram a chegada do conde Bezúkhov. Os dois cônjuges entreolharam-se com um sorriso cheio de si, cada um atribuindo a si mesmo a honra daquela visita.

"Aí está o que significa saber travar conhecimentos", pensou Berg. "Aí está o que significa saber se conduzir!"

— Mas me faça um favor — disse Vera. — Não me interrompa quando eu estiver entretendo os convidados, pois eu sei o que interessa a cada um deles e o que se deve dizer a cada companhia.

Berg também sorriu.

— Mas é impossível: com os homens, às vezes tem de haver conversas de homem — respondeu.

Pierre foi recebido numa sala novinha em folha, onde era impossível sentar-se em qualquer lugar sem perturbar a simetria, a limpeza e a ordem, e por isso era perfeitamente compreensível e nada tinha de estranho que Berg se propusesse, generosamente, a desfazer a simetria das poltronas ou do sofá para o querido convidado, porém, encontrando-se visivelmente numa indecisão penosa quanto a isso, transferiu a solução do problema para o próprio convidado. Pierre destruiu a simetria,

---

39 Alemão: "ser um homem".

deslocando uma cadeira na sua direção, e imediatamente Berg e Vera começaram a festa, interrompendo-se um ao outro, enquanto entretinham o convidado.

Vera havia decidido em seu íntimo que era preciso entreter Pierre com uma conversa a respeito da embaixada francesa e logo deu início a tal conversa. Berg havia decidido que era necessária também uma conversa masculina e interrompeu a esposa, levantou a questão da guerra contra a Áustria e, sem querer, saltou de uma conversa de teor geral para considerações pessoais a respeito das propostas que lhe haviam feito para participar da campanha austríaca e dos motivos pelos quais não aceitara. Apesar de a conversa estar muito incoerente, e apesar de Vera ter ficado aborrecida com a intromissão do elemento masculino, os dois cônjuges sentiam com satisfação que, embora só um convidado estivesse ali, a *festa* havia começado muito bem e seria igual, como duas gotas de água, a todas as outras festas, com conversas, chá e velas acesas.

Logo chegou Boris, antigo camarada de Berg. Boris tratava Berg e Vera com certo matiz de superioridade e de proteção. Depois dele, chegou uma dama com um coronel, depois o general, depois os Rostóv, e a festa, sem sombra de dúvida, já estava em tudo semelhante a todas as festas. Berg e Vera não conseguiam reprimir um sorriso de alegria ao ver o movimento na sala, o som da conversação incoerente, do rumor dos vestidos e dos cumprimentos. Tudo era como na casa de todos, em particular o general, que elogiava as instalações, com palmadinhas no ombro de Berg, e dava instruções para a arrumação da mesa para o jogo de bóston com uma arbitrariedade paternal. O general sentou-se ao lado do conde Iliá Andreitch, por ser o convidado mais ilustre, depois dele mesmo. Os velhos com os velhos, os jovens com os jovens, a anfitriã na mesa de chá, onde havia biscoitos em cestinhos de prata, exatamente como nas festas na casa dos Panin,[40] tudo era absolutamente igual à casa dos outros.

XXI

Pierre, por ser um dos convidados mais respeitáveis, tinha de sentar-se à mesa do jogo de bóston com Iliá Andreitch, o general e o coronel. Calhou de Pierre sentar-se de frente para Natacha e ele se impressionou com a estranha mudança que nela havia ocorrido desde o dia do baile. Natacha se mostrava mais calada, e não só não estava tão bonita quanto no baile, como estaria até feia, não fosse o seu aspecto dócil e indiferente em relação a tudo.

---

40 Referência a uma antiga linhagem de nobres russos.

"O que há com ela?", pensou Pierre, lançando um olhar para Natacha. Estava sentada ao lado da irmã junto à mesa de chá e, a contragosto, sem olhar para ele, respondia algo para Boris, que viera sentar-se ao seu lado. Depois de jogar uma partida inteira e, para a satisfação do seu parceiro, recolher cinco vazas, Pierre, ao ouvir palavras de saudação e o som de passos que entravam na sala, no momento em que recolhia as cartas, olhou de novo para Natacha.

"O que aconteceu com ela?", disse consigo, ainda mais admirado.

O príncipe Andrei, com uma expressão contidamente terna, estava parado diante de Natacha e lhe dizia alguma coisa. Ela, de cabeça erguida, corada e tentando visivelmente conter a respiração agitada, olhava para ele. A luz brilhante de uma chama interior, antes apagada, ardia de novo em Natacha. Ela se transfigurara completamente. De feia, tornou-se de novo tal como estivera no baile.

O príncipe Andrei aproximou-se de Pierre, que notou uma nova expressão jovial no rosto do amigo.

Pierre mudou várias vezes de assento durante o jogo de cartas, ora de costas, ora de frente para Natacha, e durante os seis róberes do jogo observou bem a ela e ao seu amigo.

"Está acontecendo alguma coisa muito importante entre eles", pensou Pierre, e um sentimento alegre, e ao mesmo tempo amargo, deixou-o agitado e obrigou-o a esquecer o jogo.

Depois de seis róberes, o general levantou-se, dizendo que daquele jeito era impossível jogar, e Pierre foi liberado. Natacha, num canto, conversava com Sônia e Boris. Vera dizia algo para o príncipe Andrei, com um sorriso sutil. Pierre aproximou-se do amigo, perguntou se não era segredo o que estavam conversando e sentou-se ao lado deles. Vera, ao notar a atenção que o príncipe Andrei dedicava a Natacha, resolvera que numa festa, numa festa de verdade, eram indispensáveis alusões sutis aos sentimentos e, aproveitando um momento em que o príncipe Andrei estava sozinho, entabulou com ele uma conversa sobre os sentimentos em geral, e também sobre a irmã. Com um convidado tão inteligente (assim ela considerava o príncipe Andrei), era preciso empregar, naquela tarefa, a sua arte diplomática.

Quando Pierre se aproximou dos dois, notou que Vera, cheia de si, havia se empolgado na conversação, e o príncipe Andrei parecia embaraçado (o que era raro acontecer).

— O que o senhor acha? — disse Vera, com um sorriso sutil. — O senhor, príncipe, compreende o caráter das pessoas de modo tão sagaz e tão rápido. O que acha de Nathalie? Ela pode ser constante nas suas afeições, pode, como outras mulheres (Vera se referia a si mesma), apaixonar-se por um homem e ser fiel a ele para sempre? É isso que eu considero o amor verdadeiro. O que o senhor acha, príncipe?

— Conheço muito pouco a irmã da senhora — disse o príncipe Andrei com um sorriso zombeteiro, sob o qual queria esconder o seu embaraço — para responder a uma pergunta tão delicada; além do mais, notei que quanto menos atraente é uma mulher, mais constante ela se mostra — acrescentou e lançou um olhar para Pierre, que se aproximava deles naquele momento.

— Sim, isso é verdade, príncipe; em nosso tempo — continuou Vera (mencionando o nosso tempo como, em geral, gostam de fazer as pessoas limitadas, supondo que elas descobriram e avaliaram as particularidades do nosso tempo e que as qualidades das pessoas mudam com o tempo) —, em nosso tempo, uma jovem tem tanta liberdade que *le plaisir d'être courtisées* abafa muitas vezes o sentimento verdadeiro. *Et Nathalie, il faut l'avouer, y est très sensible.*[41] — O retorno a Nathalie obrigou de novo o príncipe Andrei a franzir o rosto de maneira desagradável; quis levantar-se, mas Vera continuou, com um sorriso ainda mais sutil.

— Creio que ninguém foi tão *courtisée* quanto ela — disse Vera —, mas nunca, até hoje, ela gostou a sério de alguém. Veja, conde, o senhor sabe — dirigiu-se a Pierre —, até o nosso gentil *cousin* Boris, que foi, *entre nous*, muito longe *dans le pays du tendre*...[42] — disse Vera, aludindo a um mapa do amor então em voga.

O príncipe Andrei, de rosto franzido, não disse nada.

— O senhor não é amigo de Boris? — perguntou Vera.

— Sim, eu o conheço...

— Sem dúvida ele lhe contou a respeito do seu amor de criança por Natacha, não foi?

— Então houve um amor de criança? — perguntou o príncipe Andrei, ruborizando de repente e de modo inesperado.

— Sim. *Vous savez, entre cousin et cousine cette intimité mène quelquefois à l'amour: le cousinage est un dangereux voisinage. N'est-ce pas?*[43]

— Oh, sem dúvida — respondeu o príncipe Andrei e, de repente, animando-se de maneira forçada, passou a gracejar com Pierre sobre como teria de ser cauteloso em suas relações com as primas quinquagenárias de Moscou, e no meio da conversa jocosa levantou-se, tomou Pierre pelo braço e levou-o para um canto.

— O que é? — disse Pierre, olhando com surpresa a estranha animação do amigo e notando o olhar que, ao levantar-se, o príncipe Andrei havia dirigido a Natacha.

---

41 Francês: "o prazer de ser cortejada [...] E Natália, é preciso admitir, é muito sensível a isso".

42 Francês: "cortejada [...] primo [...] entre nós [...] no país da ternura".

43 Francês: "O senhor sabe, entre primo e prima essa intimidade às vezes leva ao amor: primos são uma vizinhança perigosa. Não é?".

— Eu preciso, preciso conversar com você — disse o príncipe Andrei. — Você conhece as nossas luvas de mulher (referia-se às luvas da maçonaria dadas ao maçom na sua iniciação, para que ele as entregue à mulher amada).[44] Eu... Mas não é isso, depois vou conversar com você... — E, com um brilho estranho nos olhos e uma inquietação nos movimentos, aproximou-se de Natacha e sentou-se ao seu lado. Pierre viu que o príncipe Andrei perguntou algo, e ela, ruborizada, respondeu.

Mas, naquele instante, Berg se aproximou de Pierre, rogando com insistência que viesse tomar parte na discussão entre o general e o coronel sobre a questão espanhola.

Berg estava satisfeito e feliz. O sorriso de alegria não deixava o seu rosto. A festa estava indo muito bem, exatamente igual às outras festas que ele via. Tudo era semelhante. As conversas sutis das damas, o jogo de baralho, o general erguendo a voz com as cartas na mão, o samovar, os biscoitos; mas ainda faltava uma coisa que Berg sempre via nas festas e que ele queria imitar. Faltava uma conversa ruidosa entre homens e uma discussão em tom sério e inteligente. O general deu início a essa conversa, e Berg atraiu Pierre para ela.

XXII

No dia seguinte, o príncipe Andrei foi almoçar na casa dos Rostóv, a convite do conde Iliá Andreitch, e passou o dia todo lá.

Todos da casa percebiam para que o príncipe Andrei tinha ido, e ele, sem dissimular, tentou ficar o tempo todo com Natacha. Não só na alma de Natacha, assustada, mas feliz e entusiasmada, como também em todos da casa, havia uma sensação de medo perante algo importante que estava prestes a acontecer. Com olhos tristes, gravemente severos, a condessa fitava o príncipe Andrei enquanto ele conversava com Natacha, e de maneira tímida e dissimulada, começava uma conversa sem importância sobre qualquer assunto, assim que o príncipe Andrei voltava os olhos para ela. Sônia temia se afastar de Natacha e também temia ser incômoda quando estava com os dois. Natacha empalidecia, no temor da expectativa, quando ficava sozinha com ele. O príncipe Andrei impressionava Natacha por sua timidez. Ela sentia que ele precisava lhe dizer alguma coisa, mas não conseguia se atrever.

---

44 Nos rascunhos do romance, o príncipe Andrei também era iniciado na franco-maçonaria. Na versão final, a cena foi eliminada. Porém essa alusão à sua iniciação escapou à revisão do autor.

Quando o príncipe Andrei foi embora, à noite, a condessa aproximou-se de Natacha e disse, num sussurro:

— E então?

— Mamãe! Pelo amor de Deus, não me pergunte nada agora. Não se pode falar desse assunto — disse Natacha.

Porém, apesar disso, naquela noite, ora emocionada, ora assustada, com os olhos fixos, Natacha ficou muito tempo deitada na cama da mãe. Contou-lhe que ele a elogiara, que ele dizia que ia partir para o exterior, que perguntara onde eles iam passar o verão, que lhe fizera perguntas a respeito de Boris.

— Mas tanto... tanto... nunca aconteceu comigo! — disse Natacha. — Só que sinto medo quando estou com ele, tenho sempre medo diante dele, o que isso quer dizer? Quer dizer que é de verdade, é isso? Mamãe, está dormindo?

— Não, meu bem, eu também sinto medo — respondeu a mãe. — Vá dormir.

— Não me importa ficar sem dormir. Que bobagem dormir! Mamãe, mamãe, uma coisa assim nunca aconteceu comigo! — disse, com admiração e medo diante do sentimento que descobria dentro de si. — Quem podia imaginar!...

Natacha tinha a impressão de que, já na primeira vez em que vira o príncipe Andrei, em Otrádnoie, se apaixonara por ele. E parecia assustada com a estranha e inesperada felicidade de ver que aquele que ela havia escolhido ainda naquela ocasião (estava firmemente convencida disso), que aquele mesmo homem, agora, a encontrava de novo e parecia não ser indiferente a ela. "E tinha de aparecer justamente agora em Petersburgo, quando também estamos aqui. E tinha de nos encontrar justamente naquele baile. Tudo isso é o destino. Claro, foi o destino que fez tudo seguir esse caminho. Desde antes, quando eu o via, sentia alguma coisa diferente."

— E o que mais ele lhe disse? Como são aqueles versos? Recite... — disse a mãe com ar pensativo, referindo-se aos versos que o príncipe Andrei havia escrito no álbum de Natacha.

— Mãe, não é motivo de vergonha ele ser viúvo?

— Já chega, Natacha. Reze a Deus. *Les mariages se font dans les cieux*.[45]

— Queridinha, mamãezinha, como eu gosto da senhora, como me sinto bem! — gritou Natacha, chorando lágrimas de felicidade e de emoção e abraçando a mãe.

Naquela mesma hora, o príncipe Andrei estava com Pierre e lhe falava do seu amor por Natacha e da firme intenção de casar-se com ela.

Nesse dia, houve uma recepção na casa da condessa Elena Vassílievna, à qual compareceram o embaixador francês, um príncipe, que pouco tempo antes se tor-

---

45 Francês: "Os casamentos se fazem no céu".

nara uma visita constante na casa da condessa, e também muitas damas e homens ilustres. Pierre desceu, andou pelas salas e impressionou a todos por seu aspecto concentrado, sombrio e alheio.

Desde o baile, Pierre sentia a chegada de um ataque de hipocondria e, com um esforço desesperado, tentava rechaçá-lo. Depois da aproximação entre o príncipe e a sua esposa, Pierre foi inesperadamente nomeado camareiro da corte e, a partir de então, passou a se sentir oprimido e envergonhado na alta sociedade, e com mais frequência lhe vinham pensamentos sombrios sobre a vaidade de todas as coisas humanas. Ao mesmo tempo, o sentimento que notara entre a sua protegida Natacha e o príncipe Andrei e o contraste entre a sua situação e a do amigo acentuavam ainda mais aquele ânimo sombrio. Pierre tentava igualmente evitar os pensamentos a respeito da esposa, de Natacha e do príncipe Andrei. Mais uma vez, tudo lhe parecia insignificante em comparação com a eternidade, mais uma vez lhe vinha a pergunta: para quê? E ele, dias e noites, obrigava-se a se dedicar aos afazeres da maçonaria, na esperança de barrar a aproximação do espírito do mal. À meia-noite, após ter deixado os aposentos da condessa, Pierre estava no andar de cima, em seu quarto enfumaçado de cigarro, diante da mesa, num roupão surrado, e copiava as atas escocesas autênticas, quando alguém entrou no seu quarto. Era o príncipe Andrei.

— Ah, é o senhor — disse Pierre, com um ar distraído e descontente. — Estou trabalhando — disse, apontando para o caderno, com aquele ar que têm as pessoas infelizes quando encaram o trabalho como uma salvação das adversidades da vida.

O príncipe Andrei, com o rosto radiante, alvoroçado, renascido para a vida, ficou parado diante de Pierre e, sem perceber o rosto triste do amigo, sorriu para ele com o egoísmo da felicidade.

— Bem, meu caro — disse o príncipe Andrei —, ontem eu queria lhe dizer uma coisa e hoje vim aqui para isso. Nunca experimentei nada parecido. Estou apaixonado, meu amigo.

Pierre, de repente, deu um suspiro profundo e deixou o seu corpo pesado cair no sofá, ao lado do príncipe Andrei.

— Por Natacha Rostova, não é?

— Sim, sim, por quem mais poderia ser? Eu nunca acreditaria, mas esse sentimento é mais forte do que eu. Ontem, eu sofria, me atormentava, mas mesmo aquele tormento eu não trocaria por nada neste mundo. Antes, eu não vivia. Só agora estou vivendo, mas não posso viver sem ela. E será possível que ela me ame?... Sou velho para ela... Por que você não diz nada?

— Eu? Eu? O que posso dizer ao senhor? — disse Pierre de repente, levantando-se e começando a andar pelo quarto. — Sempre pensei nisso... Essa menina é um tesouro tão grande, tão... É uma menina rara... Caro amigo, peço ao senhor, não se perca em filosofias, não invente dúvidas, case, case e case... Estou convencido de que não existirá homem nenhum mais feliz do que o senhor.

— Mas e ela?

— Ela ama o senhor.

— Não diga tolices... — exclamou o príncipe Andrei, sorrindo e fitando Pierre nos olhos.

— Ama, eu sei — gritou Pierre, zangado.

— Não, escute — disse o príncipe Andrei, segurando-o pelo braço. — Sabe em que situação eu me encontro? Preciso falar disso tudo com alguém.

— Muito bem, diga, é um prazer para mim — respondeu Pierre e, de fato, seu rosto modificou-se, as rugas se alisaram, e ele escutou o príncipe Andrei com alegria. O príncipe Andrei parecia, e era de fato, outra pessoa, um homem novo. Onde estava a sua melancolia, o seu desprezo pela vida, o seu desencanto? Pierre era a única pessoa a quem ele se atrevia a falar com franqueza; portanto lhe contou tudo o que se passava em sua alma. Ora fazia planos fáceis e audaciosos para um futuro longo, dizia que não podia sacrificar a sua felicidade por um capricho do pai, que ia obrigar o pai a concordar com o casamento e a adorar Natacha, ou se arranjaria mesmo sem a concordância dele; ora se admirava do sentimento que o dominara, como se fosse algo estranho, alheio e independente dele mesmo.

— Eu não acreditaria se alguém me dissesse que eu era capaz de amar tanto — disse o príncipe Andrei. — É um sentimento completamente diferente do que experimentei antes. O mundo inteiro se dividiu para mim em duas partes iguais: uma é ela, e lá está toda a felicidade, a esperança, a luz; a outra metade é tudo em que ela não está, e lá tudo é melancolia e escuridão...

— Escuridão e trevas — repetiu Pierre. — Sim, sim, entendo isso.

— Não posso deixar de amar a luz, não tenho culpa disso. E estou muito feliz. Você me entende? Sei que está contente por mim.

— Sim, sim — concordou Pierre, fitando o amigo com olhos comovidos e tristes. Quanto mais radiante lhe parecia o destino do príncipe Andrei, tanto mais sombrio lhe parecia o seu próprio.

XXIII

Para o casamento, era necessária a concordância do pai, e por isso, no dia seguinte, o príncipe Andrei partiu para a propriedade do pai.

O pai recebeu a notícia do filho com uma calma exterior, mas com uma raiva interior. Não conseguia entender por que alguém podia querer mudar de vida, introduzir nela algo novo, quando a vida para ele já estava encerrada. "Não podem deixar que eu viva até o fim do jeito que eu quero, para depois fazerem o que bem entendem?", dizia o velho consigo. No entanto, com o filho, empregou a mesma diplomacia que empregava nas ocasiões importantes. Adotando um tom sereno, discutiu a questão em seu todo.

Em primeiro lugar, não era um casamento brilhante em relação ao parentesco, à riqueza e à posição social. Em segundo lugar, o príncipe Andrei não estava mais na primeira juventude e tinha a saúde frágil (o velho enfatizou esse ponto de modo especial), ao passo que ela era muito jovem. Em terceiro lugar, havia o filho, e seria uma lástima confiá-lo a uma menina. Em quarto lugar, por fim, disse o pai, fitando o filho com ar zombeteiro, "peço a você que deixe o assunto de lado por um ano, vá para o exterior, trate da saúde, encontre um alemão ao seu gosto para ser o preceptor do príncipe Nikolai, e depois, se o amor, a paixão, a teimosia, o que você quiser, for mesmo tão enorme, então case. E essa é a minha última palavra, veja bem, a última...", concluiu o príncipe, num tom de voz que mostrava que nada no mundo seria capaz de obrigá-lo a mudar de opinião.

O príncipe Andrei via claramente que o velho esperava que o seu sentimento, ou o da sua futura noiva, não suportasse a prova de um ano, ou então que ele mesmo, o velho príncipe, morresse naquele prazo, e decidiu atender à vontade do pai: fazer a proposta e adiar o casamento por um ano.

Três semanas depois da sua última noite na casa dos Rostóv, o príncipe Andrei voltou a Petersburgo.

No dia seguinte à conversa que teve com a mãe, Natacha esperou o dia inteiro por Bolkónski, mas ele não veio. No segundo e no terceiro dia, a mesma coisa. Pierre também não veio, e Natacha, sem saber que o príncipe Andrei tinha partido ao encontro do pai, não conseguia explicar a sua ausência.

Assim se passaram três semanas. Natacha não queria sair nem ir a lugar nenhum e, como uma sombra, ociosa e desanimada, vagava pelos cômodos, chorava ao anoitecer, escondida de todos, e à noite não ia ao quarto da mãe. Ruborizava-se e irritava-se a toda hora. Tinha a impressão de que todos sabiam da sua decepção, riam e tinham pena dela. Como se não bastasse toda a força da sua mágoa interior, a vaidade ferida reforçava mais ainda a sua infelicidade.

Uma vez, Natacha foi ao quarto da condessa, quis dizer alguma coisa e de repente desatou a chorar. Suas lágrimas eram as de uma criança castigada sem saber por quê.

A condessa tratou de acalmar Natacha. De início, a filha escutou as palavras da mãe, mas de repente a interrompeu:

— Pare, mãe, eu não estou pensando e não quero pensar! Pronto, foi só isso, ele foi embora, e acabou, acabou...

Sua voz vacilou, por pouco ela não começou a chorar, mas se recuperou e prosseguiu com calma:

— Eu não quero casar, de jeito nenhum. Eu tenho até medo dele; agora estou calma, completamente calma...

No dia seguinte a essa conversa, Natacha usou um velho vestido pelo qual tinha um apego especial porque a deixava alegre pelas manhãs e, a partir daquela manhã, retomou a antiga forma de vida, da qual se afastara depois do baile. Após o chá, foi para a sala que ela apreciava em particular pela forte ressonância e começou a cantar seus solfejos (os exercícios de canto). Terminada a primeira lição, ficou de pé no meio da sala e repetiu uma frase musical de que gostava especialmente. Escutou com alegria (como se fosse algo que ela não esperasse) o encanto com que aqueles sons, ao reverberarem, preencheram todo o vazio da sala e lentamente se extinguiram, e de súbito Natacha se sentiu alegre. "Para que pensar tudo isso, assim também estou bem", disse consigo e começou a andar pela sala, de um lado para o outro, mas, em vez de pisar no assoalho ressonante em passos simples, a cada passo batia no chão com o salto e com o bico (estava com uns sapatos novos, os seus prediletos) e, com a mesma alegria com que escutava os sons da sua voz, escutava também aquele patear cadenciado do salto e do bico do sapato, que rangia. Quando passou diante do espelho, Natacha se olhou de relance. "Veja, eu sou ela!", como se a imagem do seu rosto falasse ao ver a si mesma. "Ora, também estou bonita. E não preciso de ninguém."

Um lacaio quis entrar para arrumar alguma coisa na sala, mas Natacha não deixou, fechou a porta assim que ele se foi e, mais uma vez, continuou a caminhar. Naquela manhã, ela havia retornado ao seu estado de ânimo preferido, de amor e de admiração por si mesma. "Que encanto, essa Natacha!", disse ela, outra vez, as palavras de uma terceira pessoa, coletiva e masculina. "Bonita, voz boa, jovem, e não perturba ninguém, se a deixarem em paz." Porém, por mais que a deixassem em paz, Natacha já não conseguia ficar em paz e imediatamente se deu conta disso.

Na entrada da casa, a porta se abriu, e alguém perguntou: está em casa? E ouviram-se passos. Natacha olhou-se no espelho, mas não se viu. Ouviu ruídos na entrada. Quando viu a si mesma, seu rosto estava pálido. Era *ele*. Natacha sabia disso com certeza, embora mal pudesse ouvir o som da voz dele, atrás das portas fechadas.

Natacha, pálida e assustada, entrou correndo na sala de visitas.

— Mamãe, Bolkónski chegou! — disse ela. — Mamãe, é horrível, é insuportável! Não quero... sofrer! O que vou fazer?...

A condessa nem teve tempo de responder, quando o príncipe Andrei, com o rosto alarmado e sério, entrou na sala de visitas. Assim que viu Natacha, seu rosto se iluminou. Beijou a mão da condessa e de Natacha e sentou-se ao lado do sofá...

— Faz tempo que não temos o prazer... — fez menção de começar a condessa, mas o príncipe Andrei a interrompeu, respondendo à pergunta dela e, pelo visto, apressando-se em dizer logo aquilo que precisava.

— Não vim à casa das senhoras por todo esse tempo porque estive com o meu pai: eu precisava conversar com ele sobre um assunto de grande importância. Só voltei ontem à noite — disse, olhando para Natacha. — Preciso conversar com a senhora, condessa — acrescentou, após um momento de silêncio.

A condessa deu um suspiro profundo e baixou os olhos.

— Estou às suas ordens — respondeu a condessa.

Natacha sabia que tinha de sair, mas não conseguia fazer isso: algo apertava sua garganta, e ela, de olhos muito abertos, olhava direto para o príncipe Andrei, sem obedecer às normas de cortesia.

"Agora? Neste instante!... Não, não pode ser!", pensava.

De novo, ele lançou um olhar para Natacha, e aquele olhar a convenceu de que não estava enganada. Sim, agora, naquele mesmo instante, o seu destino seria decidido.

— Vá, Natacha, eu chamarei você — disse a condessa num sussurro.

Natacha, com olhos assustados e suplicantes, lançou um olhar para o príncipe Andrei, para a mãe, e saiu.

— Condessa, eu vim pedir a mão da sua filha — disse o príncipe Andrei.

O rosto da condessa ruborizou-se, mas ela não disse nada.

— O pedido do senhor... — começou a condessa, em tom ponderado. Ele ficou em silêncio, fitando a condessa nos olhos. — O pedido do senhor... (ela se confundiu) nos agrada, e... aceito o pedido do senhor, isso me deixa contente. O meu esposo também... eu espero... mas vai depender dela mesma...

— Falarei com ela, depois que tiver o consentimento da senhora... Então, a senhora consente? — perguntou o príncipe Andrei.

— Sim — respondeu a condessa, estendeu-lhe a mão e, com um sentimento misto de alheamento e ternura, comprimiu os lábios contra a testa dele, quando o príncipe Andrei se curvou para beijar-lhe a mão. A condessa queria amá-lo como um filho, mas sentia que era um homem estranho e terrível para ela.

— Estou segura de que o meu marido vai concordar — disse a condessa —, mas o pai do senhor...

— Meu pai, a quem comuniquei meus planos, apresentou uma condição indispensável para dar o seu consentimento: que o casamento não ocorra antes de um ano. E era isso o que eu queria comunicar à senhora — disse o príncipe Andrei.

— É verdade que Natacha ainda é jovem, mas... tanto tempo?

— Não poderá ser de outro modo — disse o príncipe Andrei, com um suspiro.

— Vou chamá-la para o senhor — disse a condessa, e saiu.

— Deus tenha piedade de nós — repetia a condessa, enquanto procurava a filha. Sônia disse que Natacha estava no quarto de dormir. Natacha estava sentada na sua cama, pálida, com os olhos secos, fitava um ícone e, fazendo o sinal da cruz rapidamente, sussurrava algo. Ao ver a mãe, ergueu-se de um salto e atirou-se na sua direção.

— O que é, mamãe?... O que foi?

— Vá, vá falar com ele. Pediu a sua mão em casamento — disse a condessa com frieza, pareceu a Natacha. — Vá... vá — falava a mãe, em tom de tristeza e repreensão, com um suspiro profundo, enquanto a filha saía correndo.

Natacha não lembrava como havia entrado na sala. Ao cruzar a porta e ver o príncipe Andrei, parou. "Será possível que esse homem, um estranho para mim, tornou-se agora *tudo* para mim?", perguntou a si mesma e, no mesmo instante, respondeu: "Sim, tudo: agora, só ele é mais querido do que tudo no mundo para mim". O príncipe Andrei aproximou-se dela, de olhos baixos.

— Amei a senhora desde o primeiro minuto em que a vi. Posso ter esperanças?

Olhou bem para ela, e a paixão séria da expressão do seu rosto impressionou-o. O rosto de Natacha dizia: "Para que pergunta? Para que ter dúvidas do que é impossível ignorar? Para que falar, quando é impossível exprimir com palavras o que sentimos?".

Aproximou-se dele mais um pouco e parou. Ele segurou a mão de Natacha e a beijou.

— A senhora me ama?

— Sim, sim — exclamou Natacha, como se estivesse zangada, respirou fundo, depois mais uma vez, e com frequência cada vez maior, até desfazer-se em soluços.

— O que foi? O que a senhora tem?

— Ah, estou tão feliz — respondeu, sorriu em meio às lágrimas, inclinou-se para ele, cada vez mais perto, refletiu um segundo, como se perguntasse algo a si mesma, e beijou-o.

O príncipe Andrei segurou a mão de Natacha, fitou-a nos olhos e não encontrou na sua alma o amor de antes por ela. Na sua alma, de repente, algo tomou um novo rumo: não havia mais o encanto do desejo poético e misterioso, havia pena da fraqueza feminina e infantil de Natacha, havia o pavor perante a sua devoção e a sua confiança, a opressiva e ao mesmo tempo alegre consciência do dever que o ligava a ela para sempre. O sentimento atual, embora não fosse tão radiante e poético como o anterior, era mais sério e mais forte.

— A *maman* disse à senhora que não pode ser antes de um ano? — perguntou o príncipe Andrei, ainda fitando Natacha nos olhos.

"Será possível que seja eu, esta menina criança (todos dizem isso de mim)", pensou Natacha, "será possível que agora, a partir deste minuto, eu seja uma *esposa*, alguém igual a esse homem estranho, gentil, inteligente, respeitado até pelo meu pai? Será que isso é verdade? Será verdade que agora já é impossível brincar com a vida, que agora já sou grande, que agora já tenho responsabilidade por todos os meus atos e palavras? Sim, o que foi que ele me perguntou?"

— Não — respondeu Natacha, mas não lembrava o que ele havia perguntado.

— Perdoe-me — disse o príncipe Andrei —, mas a senhora é tão jovem, e eu já passei por muita coisa na vida. Temo pela senhora. A senhora não se conhece.

Com atenção concentrada, Natacha ouvia, tentava entender o sentido das palavras, mas não entendia.

— Como será duro para mim esse ano que vai adiar a minha felicidade — prosseguiu o príncipe Andrei. — Nesse prazo, a senhora vai adquirir confiança em si mesma. Peço à senhora que daqui a um ano faça a minha felicidade; mas a senhora é livre: nosso noivado continuará secreto e, se a senhora se convencer de que não me ama, ou se acaso se apaixonar... — disse o príncipe Andrei, com um sorriso forçado.

— Por que o senhor diz isso? — interrompeu Natacha. — O senhor sabe que, desde o dia em que veio a Otrádnoie pela primeira vez, eu me apaixonei pelo senhor — disse, segura de que dizia a verdade.

— Em um ano, a senhora vai se conhecer melhor...

— Um ano in-tei-ro! — exclamou Natacha de repente, só agora entendendo que o casamento seria adiado por um ano. — Mas por que um ano? Por que um ano?... — O príncipe Andrei começou a lhe explicar os motivos daquele adiamento. Natacha não o escutava.

— Mas não pode ser de outro modo? — perguntou ela. O príncipe Andrei não respondeu, mas no rosto exprimia a impossibilidade de mudar aquela decisão.

— É horrível! Não, é horrível, horrível! — exclamou Natacha de repente, e de novo se desfez em soluços. — Vou morrer, esperando um ano: é impossível, é horrível. — Voltou os olhos para o rosto do noivo e viu uma expressão de compaixão e de perplexidade.

— Não, não, eu farei qualquer coisa — disse ela, contendo as lágrimas de repente. — Estou tão feliz!

O pai e a mãe entraram e abençoaram o noivo e a noiva.

A partir desse dia, o príncipe Andrei passou a ir à casa dos Rostóv na condição de noivo.

XXIV

Não houve nenhuma cerimônia e ninguém foi informado do noivado de Bolkónski e Natacha; o príncipe Andrei fez questão de que fosse assim. Disse que, como era ele a causa do adiamento, ele devia suportar toda a sua carga. Disse que estava comprometido para sempre com a sua palavra, mas que não queria prender Natacha e lhe concedia toda a liberdade. Se, dali a meio ano, ela sentisse que não o amava, teria todo o direito de abandoná-lo. É claro que nem os pais nem Natacha queriam ouvir aquilo; mas o príncipe Andrei fincou pé na sua ideia. Todo dia visitava a casa dos Rostóv, mas não se portava com Natacha como um noivo; tratava-a de "senhora" e beijava só a sua mão. Entre o príncipe Andrei e Natacha, depois do dia do pedido de casamento, estabeleceram-se relações simples e íntimas, muito diferentes das que tinham antes. Parecia que até então eles não se conheciam. E os dois gostavam de lembrar como se viam um ao outro quando ainda não eram "nada"; agora, eles sentiam-se criaturas totalmente distintas: antes, afetadas; agora, simples e sinceras. De início, na família, sentia-se certo constrangimento nas relações com o príncipe Andrei; parecia um homem de outro mundo, e Natacha levou muito tempo para habituar seus familiares ao príncipe Andrei, garantindo a todos com orgulho que ele apenas parecia ser diferente, mas era igual a todos, e que ela não tinha medo dele e que ninguém devia ter medo. Depois de alguns dias, a família habituou-se e, sem acanhamentos, diante dele, levava a mesma forma de vida anterior, da qual o príncipe Andrei também tomava parte. Sabia conversar sobre assuntos agrícolas com o conde, sobre roupas com a condessa e Natacha, e sobre álbuns e bordados com Sônia. Às vezes, os Rostóv, entre si e em presença do príncipe Andrei, admiravam-se de como tudo havia ocorrido e de como eram evidentes os presságios de que aquilo teria de acontecer: a ida do príncipe Andrei a Otrádnoie, a vinda deles a Petersburgo, a semelhança entre Natacha e o príncipe Andrei, que a babá havia notado na primeira visita do príncipe, o desentendimento entre o príncipe Andrei e Nikolai em 1805, e muitos outros presságios daquilo que havia ocorrido eram apontados pelos Rostóv.

Na casa, reinavam o marasmo e o silêncio poético que sempre acompanham a presença de um noivo e de uma noiva. Não raro, sentados, juntos, todos ficavam calados. Às vezes, levantavam e saíam, e o noivo e a noiva, deixados a sós, continuavam também calados. Raramente conversavam sobre a vida futura. O príncipe Andrei sentia medo e vergonha de falar sobre isso. Natacha partilhava aquele sentimento, como todos os sentimentos dele, que ela sempre adivinhava. Certa vez, Natacha começou a indagar a respeito do filho dele. O príncipe Andrei ruborizou-se, o que agora acontecia com frequência, e o que muito agradava a Natacha, e disse que o filho não iria viver com eles.

— Por quê? — disse Natacha, assustada...

— Não posso afastá-lo do avô, e também...

— Como eu iria amar o seu filho! — exclamou Natacha, adivinhando na mesma hora o pensamento do príncipe Andrei. — Mas eu sei, o senhor não quer que haja pretextos para que critiquem o senhor e a mim.

O velho conde às vezes se aproximava do príncipe Andrei, beijava-o, pedia o seu conselho sobre a educação de Pétia ou sobre a carreira militar de Nikolai. A velha condessa suspirava, olhando para eles. Sônia, a cada minuto, temia ser incômoda e se esforçava em achar pretextos para deixá-los a sós, em momentos em que os dois nem tinham necessidade disso. Quando o príncipe Andrei falava (ele se expressava muito bem), Natacha escutava-o com orgulho; quando ela falava, notava com temor e alegria que ele a fitava de modo atento e perscrutador. Ela se perguntava, com perplexidade: "O que ele procura em mim? O que está buscando com o seu olhar? E se não existir, em mim, o que ele procura com esse olhar?". Às vezes Natacha entrava naquele seu estado de ânimo peculiar, de louca alegria, e então adorava ver e ouvir como o príncipe Andrei ria. Ele raramente ria, mas em compensação, quando ria, rendia-se de todo ao seu riso, e sempre, depois daquele riso, Natacha sentia-se mais próxima dele. Natacha estaria completamente feliz se a ideia da separação que a aguardava e se aproximava não a assustasse.

Na véspera da sua partida de Petersburgo, o príncipe Andrei trouxe Pierre, que desde o baile não viera mais à casa dos Rostóv. Pierre parecia perturbado e confuso. Ficou conversando com a mãe. Natacha sentou-se com Sônia à mesinha de jogar xadrez, convidando dessa maneira o príncipe Andrei a se aproximar. Ele juntou-se a elas.

— Então a senhora conhece Bezúkhov há muito tempo? — perguntou. — Gosta dele?

— Sim, ele é ótimo, mas muito engraçado.

E Natacha, como sempre acontecia ao falar sobre Pierre, pôs-se a contar casos divertidos da sua distração, anedotas que até já andavam inventando a respeito dele.

— A senhora sabe, eu contei a ele o nosso segredo — disse o príncipe Andrei. — Eu o conheço desde criança. É um coração de ouro. Vou fazer um pedido à senhora, Nathalie — disse, de repente em tom sério. — Eu vou partir. Só Deus sabe o que pode acontecer. A senhora pode deixar de... Bem, sei que não devo falar disso. É só que... o que quer que aconteça com a senhora, enquanto eu estiver longe...

— Mas o que pode acontecer?...

— Se acontecer alguma desgraça — prosseguiu o príncipe Andrei —, peço à senhora, *mademoiselle Sophie*,[46] o que quer que aconteça, procure apenas a ele, Bezúkhov, para pedir conselho e ajuda. Esse homem é distraído e engraçado, mas tem um coração de ouro.

Nem o pai, nem a mãe, nem Sônia, nem o próprio príncipe Andrei podiam prever como a separação do seu noivo agiria sobre Natacha. Vermelha e agitada, com os olhos secos, ela ficou andando pela casa naquele dia, ocupada com os afazeres mais insignificantes, como se não entendesse o que a aguardava. Não chorou, nem no instante em que ele, ao se despedir, beijou sua mão pela última vez.

— Não vá embora! — exclamou ela, apenas, com uma voz que o obrigou a pensar duas vezes se não deveria mesmo ficar e da qual ele se lembraria durante muito tempo depois. Quando o príncipe Andrei partiu, Natacha também não chorou; mas em alguns dias, ela, sem chorar, ficava no seu quarto sem se interessar por nada e só falava, de vez em quando: "Ah, para que foi embora?".

No entanto, duas semanas depois da partida do príncipe Andrei, Natacha despertou da sua enfermidade moral; de modo igualmente inesperado para as pessoas próximas, tornou-se tal como antes, apenas com a fisionomia moral alterada, como as crianças se levantam da cama com um rosto diferente, depois de uma longa doença.

XXV

A saúde e o caráter do príncipe Nikolai Andréievitch Bolkónski se debilitaram muito naquele último ano, após a partida do filho. Ele se tornou ainda mais irritadiço, e a maior parte dos seus acessos de raiva gratuitos recaía sobre a princesa Mária. Ele parecia procurar com afinco todos os pontos mais sensíveis da filha, para atormentá-la do modo mais cruel possível. A princesa Mária tinha duas paixões e, portanto, duas alegrias: o sobrinho Nikóluchka e a religião, e ambos eram temas prediletos para os ataques e as zombarias do príncipe. Qualquer que fosse o assunto da conversa, ele a desviava para a superstição das solteironas e para os mimos que estragavam as crianças. "Você quer que ele (Nikóluchka) fique igual a uma

---

46 Refere-se a Sônia.

solteirona, como você; não convém: o príncipe Andrei precisa de um filho, não de uma solteirona", dizia. Ou, dirigindo-se a Mlle Bourienne, perguntava, diante da princesa Mária, se ela gostava dos nossos popes e dos ícones, e zombava...

Sem cessar, ofendia dolorosamente a princesa Mária, mas a filha nem precisava fazer esforço para perdoar o pai. Como poderia ele ser culpado perante ela, e como o seu pai, que (ela sabia disso, apesar de tudo) a amava, poderia ser injusto com ela? E, afinal, o que era a justiça? A princesa nunca pensava a respeito dessa palavra orgulhosa: justiça. Todas as complicadas leis da humanidade resumiam-se para ela numa única lei simples e clara — a lei do amor e da abnegação, ensinada a nós por aquele que, embora fosse Deus, sofreu por amor à humanidade. O que tinha ela a ver com a justiça ou com a injustiça das outras pessoas? Ela mesma tinha de sofrer e amar, e era o que fazia.

No inverno, o príncipe Andrei tinha vindo a Montes Calvos, estava alegre, dócil e afetuoso, como a princesa Mária não o via desde muito tempo. Pressentia que algo havia acontecido com o irmão, mas ele nada contou para a princesa Mária sobre o seu amor. Antes da partida, o príncipe Andrei teve uma conversa demorada com o pai, e a princesa Mária notou que, na hora da partida, os dois estavam descontentes um com o outro.

Logo depois da partida do príncipe Andrei, a princesa Mária escreveu de Montes Calvos para Petersburgo, à sua amiga Julie Karáguina, que a princesa Mária sonhava, como as moças sempre sonham, ver casada com o irmão e que, naquele momento, estava de luto por causa da morte do próprio irmão, morto em combate na Turquia.

> Parece que o desgosto é a nossa sina comum, querida e afetuosa amiga Julie.
>
> A sua perda é tão terrível que não posso explicá-la senão como uma graça especial de Deus, que quer pôr à prova o seu amor — o seu e o da sua excelente mãe. Ah, minha amiga, a religião e só a religião pode, não digo nos consolar, mas nos livrar do desespero; só a religião pode nos explicar aquilo que, sem a sua ajuda, o homem não pode entender: por quê, para que as criaturas boas, elevadas, capazes de encontrar felicidade na vida, que não só não fazem mal a ninguém como também são indispensáveis à felicidade de outros, são chamadas ao encontro de Deus, enquanto continuam a viver as criaturas más, inúteis, nocivas ou criaturas tais que são um peso para si e para os outros? A primeira morte que vi e que nunca esquecerei — a morte da minha querida cunhada — deixou em mim essa impressão. Assim como você pergunta ao destino para que tinha de morrer o seu belo irmão, também eu perguntei para que teve de morrer aquele anjo — Liza, que não só não fazia mal a pessoa

alguma como nunca tinha na alma nada que não fossem bons pensamentos. E então, minha amiga? Eis que se passaram cinco anos, e eu, com a minha inteligência insignificante, começo a compreender com clareza para que era preciso que ela morresse e de que forma essa morte foi apenas a expressão da misericórdia infinita do Criador, de quem todas as ações, embora não possamos compreendê-las em sua maior parte, são apenas a manifestação do seu amor infinito por sua criação. Muitas vezes penso até que ela talvez fosse angelical e inocente demais para ter forças de suportar todos os deveres da maternidade. Ela era irrepreensível, como jovem esposa; talvez não fosse capaz de ser uma mãe também assim. Agora, além de ter deixado em nós, e sobretudo no príncipe Andrei, a compaixão e as lembranças mais puras, no céu seguramente receberá um lugar que não me atrevo a esperar para mim. Mas, para não falar só dela, essa morte prematura e terrível, apesar de toda a tristeza, teve uma influência muito benéfica sobre mim e meu irmão. Na época, no instante da perda, esses pensamentos não poderiam me ocorrer; na época, eu os rechaçaria com horror, mas agora está claro e evidente. Escrevo tudo isso a você, minha amiga, só para convencê-la da verdade evangélica, que se tornou para mim uma regra de vida: nem um cabelo da nossa cabeça cairá sem a vontade Dele. Mas a vontade Dele é governada apenas pelo Seu ilimitado amor por nós e, portanto, tudo, qualquer coisa que nos aconteça, é para o nosso bem. Você quer saber se passaremos o próximo inverno em Moscou? Apesar de todo o desejo de vê-la, não penso e não desejo tal coisa. E você ficará surpresa em saber que a causa disso é Bonaparte. Eis por quê: a saúde do meu pai se debilita a olhos vistos: ele não consegue tolerar nenhuma contradição e se torna irritadiço. Tal irritação, como sabe, se volta sobretudo para as questões políticas. Ele não consegue suportar a ideia de que Bonaparte trate os assuntos de Estado de igual para igual com todos os soberanos da Europa, e em especial com o nosso, o neto de Catarina, a Grande! Como você sabe, sou de todo indiferente aos assuntos políticos, mas, pelas palavras do meu pai e de suas conversas com Mikhail Ivánovitch, sei tudo o que se passa no mundo e, em especial, todas as honras prestadas a Bonaparte, que, pelo visto, de todo o globo terrestre, só em Montes Calvos não é reconhecido como um grande homem, e menos ainda como imperador francês. Meu pai não consegue suportar isso. Parece-me que meu pai, sobretudo por causa de sua visão dos assuntos políticos, e prevendo os conflitos decorrentes do seu modo de exprimir suas opiniões sem se constranger diante de quem quer que seja, só a contragosto fala da viagem a Moscou. Tudo o que ele ganha com o tratamento médico perde por causa das discussões sobre Bonaparte, que são inevitáveis. Em todo caso, isso vai ser resolvido em breve. Nossa vida familiar segue como antes, exceto pela ausência do meu irmão Andrei. Como já lhe escrevi, ele mudou muito, ultimamente. Depois do seu desgosto, só agora, neste ano, restabeleceu-se moralmente de todo. Está como eu o conhecia, quando criança: bom, afetuoso, com um coração de ouro que nunca vi igual. Entendi, assim me parece, que a vida para ele não acabou. Porém, junto com essa mudança moral, ele enfraqueceu muito, fisicamente. Ficou mais magro, mais nervoso do que antes. Temo por ele e estou contente por ter empreendido essa viagem ao exterior, que os médicos já tinham recomendado há muito tempo. Espero que fique curado. Você me escreve que, em Petersburgo, referem-se a ele como um dos jovens mais ativos, cultos e inteligentes. Perdoe pela presunção de irmã — eu nunca tive dúvidas sobre isso. É impossível calcular o bem que ele fez a todos aqui, desde os seus mujiques até os nobres. Em sua estada em Petersburgo, ele apenas recebeu o que lhe era devido. Fico admirada de como os rumores chegam de Petersburgo a Moscou, e sobretudo um falso rumor como este sobre o qual você me escreve — o boato de um imaginário casamento do meu irmão com a caçula Rostova. Não creio que Andrei algum dia se case com quem quer seja, muito menos com ela. E vou dizer por quê: em primeiro lugar, sei que, embora raramente fale sobre a esposa falecida, a dor dessa perda criou raízes fundas demais no seu coração para que algum dia ele se atreva a dar uma sucessora para ela e uma madrasta para o nosso pequenino anjo. Em segundo lugar, até onde sei, essa moça não pertence em absoluto à classe de mulheres que podem agradar ao príncipe Andrei. Não acho que o príncipe Andrei a escolha para esposa e afirmo com sinceridade: não desejo isso. Mas já falei demais, estou terminando a segunda folha. Adeus, minha cara amiga; que Deus a proteja sob o Seu manto sagrado e poderoso. Minha gentil amiga, Mlle Bourienne, lhe manda um beijo.

Marie

XXVI

Em meados do verão, a princesa Mária recebeu da Suíça uma carta inesperada do príncipe Andrei, na qual dava uma notícia estranha e inesperada. O príncipe Andrei anunciava seu noivado com Rostova. A carta inteira respirava entusiasmo amoroso pela noiva e confiança e terna amizade pela irmã. Ele dizia que nunca tinha amado como amava agora e que só agora entendia e descobria o que era a vida. Pedia à irmã que o perdoasse por ele, na sua estada em Montes Calvos, não ter dito nada a respeito daquela decisão, embora tivesse falado sobre o assunto com o pai. Nada dissera a ela porque sabia que a princesa Mária iria logo pedir ao pai o seu consentimento e, além de não alcançar esse objetivo, irritaria o pai e teria de suportar todo o peso do descontentamento dele. De resto, escrevia ele, a questão naquela altura ainda não estava definitivamente decidida, como agora. "Naquela ocasião, papai estabeleceu um ano de prazo para mim, e eis que já se passaram *seis* meses, metade do ano estabelecido e, mais do que nunca, permaneço firme na minha decisão. Se os médicos não me retivessem aqui na estação de águas, eu já estaria na Rússia, mas agora ainda devo adiar o meu regresso por mais três meses. Você me conhece e conhece as minhas relações com o papai. Não preciso de nada dele, fui e serei sempre independente, mas agir contra a vontade dele, ser objeto da sua ira, quando talvez lhe reste pouco tempo entre nós, destruiria metade da minha felicidade. Agora vou escrever para ele uma carta sobre isso e peço a você que escolha um bom momento, entregue-lhe a carta, me informe como ele encara toda a questão e se há esperança de aceitar reduzir o prazo em três meses."

Depois de muitas hesitações, dúvidas e preces, a princesa Mária entregou a carta ao pai. No dia seguinte, o velho príncipe lhe disse, em tom calmo:

— Escreva ao seu irmão e diga que espere até eu morrer... Não vai demorar... em breve o deixarei livre...

A princesa quis retrucar algo, mas o pai não permitiu e passou a erguer a voz cada vez mais:

— Case, case, meu querido... Uma família excelente!... Pessoas inteligentes, não é? Ricas, não é? Sim. Vai ser uma bela madrasta para o Nikóluchka. Escreva para ele que pode casar amanhã, se quiser. Ela vai ser a madrasta de Nikóluchka... e eu vou casar com Bourienne!... Ha, ha, ha! Para que ele também não fique sem madrasta! Só tem uma coisa, na minha casa, não precisamos mais de mulher nenhuma; pode casar, e vá viver por conta própria. Quem sabe você não quer ir morar com ele? — Voltou-se para a princesa Mária. — Pois vá com Deus, vá embora, no frio, no frio e na neve!...

Depois desse ataque, o príncipe não falou mais nenhuma vez sobre o assunto. Mas a irritação reprimida, causada pela falta de coragem do filho, manifestava-se nas relações com a filha. Aos pretextos de zombarias anteriores, o príncipe acrescentou outro, novo — conversas sobre a madrasta e galanteios dirigidos a Mlle Bourienne.

— Por que eu não iria me casar com ela? — dizia para a filha. — Vai ser uma princesa formidável! — E nos últimos tempos, para a sua própria perplexidade e surpresa, a princesa Mária passou a notar que o pai, de fato, começava a se aproximar cada vez mais da francesinha. A princesa Mária escreveu ao príncipe Andrei contando como o pai havia recebido sua carta; mas consolou o irmão, dando esperanças de conciliar o pai com aquela ideia.

Nikóluchka e a sua educação, *André* e a religião, eram esses os consolos e as alegrias da princesa Mária; mas, além disso, assim como todos precisam de certas esperanças pessoais, a princesa Mária tinha, no fundo mais secreto da alma, um sonho e uma esperança oculta, que lhe proporcionavam o principal consolo da vida. Aquela esperança e aquele sonho consolador vinham do povo de Deus — os mesmos mendigos visionários e peregrinos que a visitavam às escondidas do príncipe. Quanto mais a princesa Mária vivia, mais ela experimentava a vida e mais a observava, porém se admirava com a miopia das pessoas, que procuravam aqui na terra o prazer e a felicidade; trabalhavam, sofriam, lutavam e faziam mal umas às outras para alcançar aquela felicidade impossível, ilusória, viciosa. "O príncipe Andrei amava a esposa, ela morreu, foi pouco para ele, quer unir sua felicidade a outra mulher. Papai não quer isso porque deseja para Andrei uma esposa mais rica e ilustre. E todos brigam, sofrem, atormentam e estragam toda a sua alma, a sua alma eterna, para alcançar um bem que só dura um instante. Além de sabermos disso nós mesmos, Cristo, o filho de Deus, desceu à Terra e nos disse que esta vida é uma vida passageira, uma provação, e todos nós nos agarramos a ela e achamos que nela vamos encontrar felicidade. Como ninguém entendeu isso?", pensava a princesa Mária. "Ninguém, exceto o desprezado povo de Deus, que, de sacolas nos ombros, vem me visitar no alpendre dos fundos, com receio de ser visto pelo príncipe, e não porque tenha medo de ser maltratado por ele, mas para que ele não cometa um pecado. Deixar para trás a família, a terra natal, todas as preocupações com os bens mundanos, para não se prender a nada, caminhar em andrajos de cânhamo, de um lugar para outro, sob um nome que não é o seu, sem fazer mal às pessoas e rezando por elas, rezando tanto por aqueles que oprimem como por aqueles que protegem: não há verdade nem vida superiores a esta verdade e a esta vida!"

Havia uma peregrina, Fedóssiuchka, de cinquenta anos, miúda, mansinha, com marcas de varíola no rosto, que havia trinta anos caminhava descalça e com correntes presas ao corpo. A princesa Mária tinha uma afeição especial por ela. Certa vez, num cômodo escuro, sob a luz apenas de uma lamparina, Fedóssiuchka estava contando a sua vida e, de repente, veio à princesa Mária com tanta força a ideia de que só Fedóssiuchka havia encontrado o caminho certo da vida que ela mesma resolveu largar tudo e vagar pelo mundo. Quando Fedóssiuchka se retirou para dormir, a princesa Mária refletiu sobre isso durante muito tempo e, por fim, resolveu que, por mais estranho que fosse, ela precisava vagar pelo mundo em peregrinação. Só confiou sua intenção ao monge confessor, o padre Akínfi, e o confessor aprovou a sua intenção. Sob o pretexto de dar um presente aos peregrinos, a princesa Mária muniu-se da indumentária completa de uma peregrina: camisolão, sandálias de palha, cafetã e xale preto. Muitas vezes, ao se aproximar da cômoda onde guardava o seu segredo, a princesa Mária ficava indecisa, sem saber se já havia chegado a hora de pôr em prática o seu projeto.

Muitas vezes, ao ouvir os relatos dos peregrinos, ela se empolgava a tal ponto com as suas palavras simples, para eles mecânicas, mas para ela repletas de um sentido profundo, que várias vezes esteve à beira de largar tudo e fugir de casa. Na sua imaginação, ela já se via com Fedóssiuchka, em andrajos ordinários, caminhando a passo por uma estrada poeirenta, com uma vareta e um alforje nas costas, conduzindo a sua peregrinação sem inveja, sem amor pelas coisas humanas, sem desejo, de um santuário para outros santuários até, por fim, chegar lá onde não há aflições, nem suspiros, mas a alegria e a beatitude eternas.

"Chegarei a um lugar, rezarei; não vou ter tempo de me acostumar, de me afeiçoar, e seguirei adiante. E vou continuar andando, enquanto as pernas não fraquejarem, e então vou deitar e morrer em qualquer parte e, enfim chegarei ao refúgio eterno e sereno, onde não há aflições nem suspiros!..."

Mas depois, ao ver o pai e sobretudo o pequeno Koko,[47] sua intenção perdia a força, ela chorava baixinho e sentia que era uma pecadora; amava o pai e o sobrinho mais do que amava a Deus.

---

47 Apelido de Nikolai.

TOMO DOIS
QUARTA PARTE

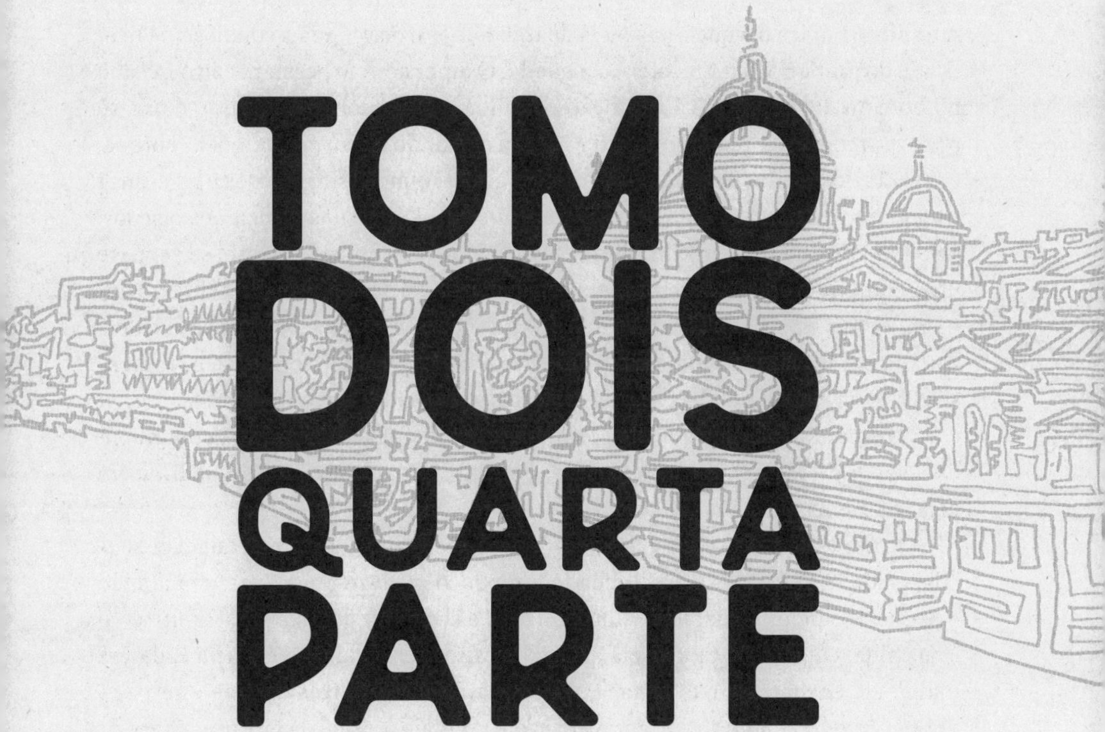

I

A tradição bíblica diz que a ausência de trabalho — o ócio — era a condição da beatitude do primeiro homem, até a sua queda. O amor ao ócio permaneceu o mesmo no homem decaído, mas a maldição continua a pesar sobre o homem, e não só porque precisamos ganhar o nosso pão com o suor do rosto, mas também porque, em razão dos nossos atributos morais, não conseguimos estar ociosos e nos sentir tranquilos. Uma voz misteriosa diz que devemos sentir culpa se ficamos ociosos. Se o homem pudesse encontrar uma situação na qual, estando ocioso, se sentisse útil e cumpridor do dever, teria encontrado uma parte da beatitude do primeiro homem. Porém tal situação de ócio forçado e ao mesmo tempo irrepreensível é desfrutada por uma classe inteira — a classe militar. Nesse ócio forçado e irrepreensível residia e continuará a residir o principal atrativo do serviço militar.

Nikolai Rostóv provava essa beatitude por completo desde 1807, continuando a servir no regimento de Pávlograd, no qual já comandava um esquadrão, em lugar de Deníssov.

Rostóv se tornara um rapagão simpático e de maneiras rudes, a quem os seus conhecidos moscovitas teriam achado um pouco *mauvais genre*,[1] mas era amado e respeitado pelos camaradas, subordinados e superiores, e estava satisfeito com a sua vida. Ultimamente, ou seja, no ano de 1809, com uma constância cada vez maior, ele encontrava nas cartas que recebia de casa queixas da mãe a respeito dos negócios da família, que pioravam cada vez mais, e ela dizia que já era hora de Nikolai voltar para casa a fim de alegrar e tranquilizar os velhos pais.

Ao ler aquelas cartas, Nikolai experimentava o temor de que quisessem retirá-lo do meio em que ele, protegido de todas as embrulhadas do cotidiano, vivia calmo e sossegado. Sentia que cedo ou tarde teria de entrar de novo no redemoinho da vida, com a desordem e a recuperação das finanças, com os acertos de contas dos administradores, as brigas, as intrigas, as alianças, a sociedade, o amor de

---

1 Francês: "de maus modos".

Sônia e a promessa feita a ela. Tudo isso era terrivelmente difícil, confuso, e ele respondia às cartas da mãe com cartas frias e clássicas, que começavam assim: "*Ma chère maman*",[2] e terminavam com: "*votre obéissant fils*",[3] sem dizer nada sobre quando tencionava voltar. Em 1810, Nikolai recebeu uma carta dos pais que comunicavam o noivado de Natacha com Bolkónski, e diziam que o casamento seria dali a um ano porque o velho príncipe não queria consentir. A carta deixou Nikolai amargurado e ofendido. Em primeiro lugar, lamentava que Natacha saísse de casa, pois era a pessoa que ele mais amava na família; em segundo lugar, do seu ponto de vista de hussardo, lamentava que ele não estivesse presente na ocasião, pois mostraria àquele Bolkónski que ter um vínculo com a família dele não era nenhuma grande honra e que, se ele amava Natacha, podia abrir mão do consentimento do seu pai extravagante. Por um momento hesitou, pensando se devia pedir licença para visitar Natacha enquanto ainda era noiva, mas começaram as manobras, vieram ponderações a respeito de Sônia, da sua situação confusa, e Nikolai adiou mais uma vez. Porém, na primavera do mesmo ano, recebeu uma carta da mãe, escrita às escondidas do conde, e essa carta o convenceu a partir. Ela dizia que, se Nikolai não fosse para casa e não tomasse as rédeas dos negócios da família, a propriedade inteira seria penhorada, e todos teriam de pedir esmolas. O conde estava tão fraco, acreditava tanto em Mítienka, era tão bom, e todos o enganavam tanto que, cada vez mais, tudo ia de mal a pior. "Pelo amor de Deus, eu lhe suplico, venha agora mesmo, se não quiser ver a mim e a toda a sua família na desgraça", escrevia a condessa.

Essa carta impressionou Nikolai. Ele tinha aquele bom senso da mediocridade, que lhe mostrava o que *devia* fazer.

Agora tinha de ir, se não desligado do Exército em definitivo, então ao menos de licença. Por que era preciso ir, ele não sabia; porém, depois de dormir após o almoço, mandou selar o tordilho Marte, um garanhão terrivelmente bravio que havia muito não era montado, e quando voltou com o garanhão coberto de espuma avisou a Lavruchka (o lacaio de Deníssov passara a servir Rostóv) e aos seus camaradas que tinham vindo à noite que ele ia tirar licença e viajar para casa. Por mais duro e estranho que fosse para ele pensar que ia partir sem ter notícia do Estado-Maior sobre algo no qual tinha tanto interesse, se fora ou iria ser promovido ao posto de capitão da cavalaria ou se receberia a condecoração de Santa Ana pelas últimas manobras; por mais estranho que fosse pensar que ia partir sem ter

---

2 Francês: "Minha cara mamãe"

3 Francês: "seu filho obediente".

vendido ao conde Golukhóvski a troica de cavalos comuns que o conde polonês estava negociando com ele e que Rostóv apostara que ia conseguir vender por dois mil rublos; por mais que parecesse incompreensível que fosse se realizar sem ele o baile que os hussardos deviam oferecer à sra. Przazdziecka, ilustre polonesa, para provocar os ulanos, que tinham promovido um baile em homenagem à sra. Borzozowska — ele sabia que era preciso partir daquele mundo claro, bom, e ir para um lugar onde tudo era absurdo e confuso. Uma semana depois, partiu de licença. Os hussardos, os camaradas, não só do regimento, mas da brigada, deram um jantar em homenagem a Rostóv, ao preço de quinze rublos por pessoa — duas orquestras tocaram, dois coros cantaram; Rostóv dançou o *trepak* com o major Bássov; os oficiais embriagados abraçaram, sacudiram e soltaram Rostóv; os soldados do terceiro esquadrão o sacudiram de novo e gritaram "Hurra!". Depois, puseram Rostóv no trenó e o acompanharam até a primeira estação de muda de cavalos.

Na primeira metade da viagem, como sempre acontece, de Krementchug até Kíev, todos os pensamentos de Rostóv foram para o que deixara para trás — no esquadrão; porém, cumprida a metade do caminho, ele começou a esquecer a troica de cavalos comuns e o seu furriel Dojóiveiko e passou a se perguntar com ansiedade sobre o que iria encontrar em Otrádnoie e como estaria a situação por lá. Quanto mais se aproximava, mais fortes, imensamente mais fortes (como se o sentimento moral estivesse subordinado à lei da gravidade, inversamente proporcional ao quadrado da distância), eram seus pensamentos sobre a sua casa; na última estação de muda antes de Otrádnoie, deu ao cocheiro três rublos para uma vodca e, como um menino, subiu ofegante a escadinha da entrada de casa.

Depois das efusões do reencontro e depois daquele estranho sentimento de insatisfação, por não encontrar aquilo que esperava (tudo está igual, então por que me apressei tanto?), Nikolai começou a se habituar com o seu antigo mundo doméstico. O pai e a mãe estavam iguais, tinham apenas envelhecido um pouco. O que havia de novo neles era uma certa inquietação e, de vez em quando, alguma discordância que antes não existia e que, como Nikolai logo descobriu, decorria da má situação dos negócios. Sônia já estava perto de fazer vinte anos. Já deixara de se tornar mais bonita, nada prometia além do que nela já havia; mas o que havia era o bastante. Toda ela exalava felicidade e amor, desde que Nikolai chegara, e o amor fiel, inabalável, daquela moça produzia nele um efeito de alegria. Mais que tudo, Nikolai admirou-se com Pétia e Natacha. Pétia já era um menino grande, de treze anos, bonito, alegre, inteligente e travesso, cuja voz já começava a mudar. Com Natacha, Nikolai se espantou e riu demoradamente, enquanto olhava para ela.

— Está completamente mudada — disse ele.

— Como assim, fiquei feia?

— Ao contrário, e como está importante! Uma princesa? — disse, num sussurro.

— Sim, sim, sim — disse Natacha, com alegria.

Natacha contou-lhe o seu romance com o príncipe Andrei, a vinda dele a Otrádnoie, e mostrou-lhe a última carta.

— E então, está contente? — perguntou Natacha. — Eu agora ando tão calma, tão feliz.

— Estou muito contente — respondeu Nikolai. — Ele é uma pessoa excelente. E você, está muito apaixonada?

— Como vou lhe dizer? — respondeu Natacha. — Estive apaixonada por Boris, pelo professor, por Deníssov, mas isto é muito diferente. Estou tranquila, firme. Sei que não há ninguém melhor do que ele e agora me sinto calma, me sinto bem. É muito diferente do que aconteceu antes...

Nikolai declarou a Natacha a sua insatisfação com o fato de o casamento ter sido adiado por um ano; mas Natacha, com obstinação, contestou o irmão, mostrou-lhe que não poderia ser de outro modo, que seria ruim entrar na família contra a vontade do pai do noivo, que ela mesma queria assim.

— Você não entende nada, nada — disse ela. Nikolai ficou em silêncio e concordou com ela.

Enquanto olhava para ela, o irmão se admirou muitas vezes. Não parecia nem um pouco uma noiva apaixonada, distante do noivo. Ela estava senhora de si, tranquila, alegre, exatamente como antes. Isso surpreendeu Nikolai e até o obrigou a encarar com incredulidade o pedido de casamento de Bolkónski. Não acreditava que o destino da irmã já estivesse decidido, ainda mais porque não via o príncipe Andrei ao lado dela. O tempo todo, tinha a impressão de que havia algo errado naquele suposto casamento.

“Para que o adiamento? Por que não casar?”, pensava. Certa vez, ao conversar com a mãe sobre a irmã, Nikolai, para sua surpresa, e em parte para sua satisfação, descobriu que a mãe também, no fundo da alma, às vezes encarava aquele casamento com incredulidade.

— Olhe — disse a condessa, mostrando ao filho uma carta do príncipe Andrei, com aquele sentimento latente de hostilidade que há sempre na mãe contra a futura felicidade conjugal da filha. — Ele escreve que não virá antes de dezembro. Que assunto é esse capaz de retê-lo? Com certeza, uma doença! Tem a saúde muito fraca. Não diga nada para a Natacha. Não dê importância por ela estar alegre: está vivendo o final dos seus tempos de menina, e eu sei o que se passa com a Natacha toda vez que recebe uma carta dele. No fim, se Deus quiser, tudo vai dar certo — a condessa sempre terminava assim. — Ele é uma pessoa excelente.

II

No início da sua estada em casa, Nikolai andava pensativo e até tristonho. Atormentava-o a necessidade iminente de imiscuir-se nos assuntos estúpidos da administração doméstica, para os quais a mãe o havia chamado. A fim de retirar aquele fardo dos ombros o mais depressa possível, no terceiro dia depois de chegar, sem responder a Natacha, que lhe perguntou aonde ia, Nikolai saiu com ar zangado, de sobrancelhas franzidas, rumo à casa dos fundos, ao encontro de Mítienka, e exigiu dele as *contas de tudo*. O que vinham a ser as *contas de tudo*, Nikolai sabia ainda menos do que o perplexo e apavorado Mítienka. A conversa e as contas de Mítienka não demoraram muito tempo. O estaroste, o representante dos camponeses e o do conselho rural, que aguardavam na entrada da casa dos fundos, escutaram com medo e satisfação como a voz do jovem conde repicou, de início, e estalou cada vez mais aguda, e depois escutaram palavras terríveis e ofensivas, disparadas uma depois da outra.

— Bandido! Besta ingrata!... Vou fazer o cachorro em pedaços... Não está falando com o papai... Estava roubando... canalha.

Depois disso, com não menos satisfação e medo, as pessoas viram que o jovem conde, todo vermelho, com os olhos injetados de sangue, arrastou Mítienka para fora, segurando-o pelo cangote, enquanto com grande agilidade, no momento propício, entre uma palavra e outra, batia nele por trás com os pés e com os joelhos, gritando: "Fora, suma! E nunca mais dê as caras por aqui, seu miserável!".

Mítienka, a toda a pressa, desceu os seis degraus e fugiu para o bosque. (O bosque era um conhecido local de refúgio para criminosos em Otrádnoie. O próprio Mítienka, ao chegar embriagado da cidade, escondia-se naquele bosque, e muitos habitantes de Otrádnoie que se escondiam de Mítienka conheciam o poder salvador do bosque.)

A esposa e a cunhada de Mítienka, com rostos assustados, surgiram no saguão pela porta do quarto, onde um samovar lustroso chiava e onde a cama alta do administrador se erguia sob um cobertor acolchoado, costurado com pequenos pedacinhos de pano.

O jovem conde, ofegante, sem lhes dar atenção, passou por elas em passos resolutos e voltou para casa.

A condessa, que por intermédio das criadas soube na mesma hora o que se passava na casa dos fundos, de um lado tranquilizou-se, pois agora a situação deles devia se restabelecer, de outro lado inquietou-se com o efeito que aquilo teria sobre o filho. Várias vezes, na ponta dos pés, aproximou-se da porta do quarto de Nikolai e ficou escutando, enquanto ele fumava um cachimbo depois do outro.

No dia seguinte, o velho conde chamou o filho para uma conversa particular e, com um sorriso encabulado, disse-lhe:

— Sabe, meu querido, você se aborreceu à toa! Mítienka me contou tudo.

"Eu sabia", pensou Nikolai, "que jamais ia conseguir entender nada neste mundo idiota."

— Você se irritou por ele não ter registrado aqueles setecentos rublos. Acontece que eles foram transportados para a página seguinte, e você não olhou na outra página.

— Papai, ele é um miserável e um ladrão, eu sei. E o que fiz está feito. Mas, se o senhor não quiser, não vou falar mais nada para ele.

— Não, meu querido. (O conde também estava constrangido. Sentia que havia administrado mal a propriedade da esposa e sentia-se culpado perante os filhos, mas não sabia como corrigir isso.) Não, eu peço a você que se encarregue dos negócios, eu estou velho, eu...

— Não, papai, o senhor me desculpe se eu lhe causei algum embaraço; sei menos do que o senhor.

"Que o diabo o carregue com os seus mujiques, com o seu dinheiro, com as suas cifras transportadas", pensou. "Tempos atrás eu ainda sabia como vencer seis rodadas seguidas num jogo de cartas, mas desses transportes de cifras para a outra página eu não entendo nada", disse consigo e, a partir de então, não se meteu mais nos negócios. Só uma vez a condessa chamou o filho ao seu quarto, informou-lhe que tinha uma letra de câmbio de Anna Mikháilovna no valor de dois mil rublos e perguntou a Nikolai o que ele pensava fazer a respeito.

— Pois bem — respondeu Nikolai. — A senhora me disse que isso depende de mim; não gosto de Anna Mikháilovna, não gosto de Boris, mas eles foram amigos nossos e são pobres. Então será assim! — E rasgou a letra de câmbio, e com esse gesto fez a velha condessa soluçar com lágrimas de alegria. Em seguida, o jovem Rostóv, já sem se intrometer em nenhum assunto financeiro, passou a se interessar com um entusiasmo apaixonado por uma atividade nova para ele, a caçada com cães, que era praticada em grande escala na propriedade do velho conde.

III

Já haviam começado as primeiras geadas, a friagem matinal recobria a terra molhada pela chuva de outono, a vegetação já ficava mais densa e, verde-clara, se destacava das faixas do restolho de inverno, que ficara pardo, pisado pelo gado, e do restolho amarelo-claro da primavera, com as faixas vermelhas do trigo-sarraceno.

Os cumes e os bosques, que no fim de agosto ainda eram como ilhas verdes entre os campos negros do inverno e os restolhos, transformaram-se em ilhas douradas e vermelho-claras em meio às sementeiras verde-claras de outono. As lebres já haviam trocado metade do pelo, as crias das raposas começavam a se dispersar, e os lobos jovens estavam maiores do que cães. Era a melhor época para caçar. Os cães do jovem e ardente caçador Rostóv não só estavam com o corpo tão fora de forma para a caça como se achavam tão exaustos que, numa reunião de caçadores, ficou resolvido conceder aos cães três dias de descanso e dar a partida para a caçada no dia 16 de setembro, começando em Dubrav, onde havia uma ninhada de lobos ainda intacta.

Essa era a situação no dia 14 de setembro.

O dia inteiro, os caçadores ficaram dentro de casa; fazia uma friagem cortante, mas a partir do fim da tarde o tempo melhorou, e começou a degelar. No dia 15 de setembro, de manhã cedo, quando o jovem Rostóv olhou pela janela, de roupão, deparou com a melhor manhã para a caça que poderia existir: o céu parecia derreter e, sem vento, descia sobre a terra. O único movimento que havia no ar era o suave movimento para baixo de gotas microscópicas de cerração ou de névoa. Nos ramos desnudos do jardim, pendiam gotas transparentes que tombavam sobre as folhas recém-caídas. A terra na horta negrejava reluzente e encharcada, como sementes de papoula, e a pouca distância dali fundia-se com a névoa embaçada e úmida. Nikolai saiu para o alpendre molhado e sujo de lama; havia um cheiro de folhas murchas e de cachorro. A cadela Milka, malhada de preto, de quadril largo, olhos pretos, grandes e saltados, depois de reconhecer o dono, levantou-se, espreguiçou-se nas patas traseiras e deitou-se à maneira de uma lebre, em seguida saltou de modo inesperado e lambeu-o em cheio no nariz e no bigode. Na vereda do jardim, outro cão, um borzói,[4] ao avistar o dono, arqueou as costas, lançou-se para o alpendre e, com o rabo empinado, começou a se esfregar nas pernas de Nikolai.

— Oh-hoi! — ouviu-se então o grito inimitável dos caçadores, que une em si o baixo mais profundo e o tenor mais agudo; e, de trás de um canto da casa, saiu Danilo, o adestrador dos cães e guia de todas as caçadas, com o cabelo tosquiado em forma de ferradura, à maneira ucraniana, grisalho, enrugado, com um chicote dobrado na mão e aquela expressão de autossuficiência e desprezo por todo mundo que só os caçadores têm. Ele tirou o chapéu circassiano diante do patrão e fitou-o com ar de desprezo. Aquele desprezo não era ofensivo para o patrão: Nikolai sabia

---

4 Cão russo semelhante ao galgo, criado para caçar lobos. Tem menos faro do que o galgo, porém tem mais velocidade e mais força. É preciso que lhe apontem a caça.

que Danilo, que a todos desprezava e que se punha acima de todos, era, apesar de tudo, seu servo e seu caçador.

— Danilo! — exclamou Nikolai, sentindo timidamente que, em face do clima propício para caçadas, em face dos cães e do caçador, era dominado por aquele sentimento irresistível de caçada, em que a pessoa se esquece de todas as intenções anteriores, como um homem apaixonado em presença da amada.

— Quais são as ordens, vossa excelência? — perguntou numa voz rouca, de tanto atiçar cães de caça, num tom de baixo como o de um arquidiácono, e dois olhos pretos e brilhantes relancearam de soslaio o patrão, calado. "E então, será que vai conseguir aguentar?", pareciam dizer os dois olhos.

— Diazinho bonito, não é? Que tal um galope, uma caçada, hein? — disse Nikolai, enquanto coçava atrás das orelhas de Milka.

Danilo não respondeu e piscou os olhos.

— Bem cedinho, mandei Uvarka dar uma espiada — falou sua voz de baixo, após um minuto calado. — Ele disse que *ela levou* para a reserva de caça de Otrádnoie, estavam uivando naquelas bandas. (*Ela levou* queria dizer que a loba, da qual ambos já sabiam, se deslocara com os filhotes para a floresta de Otrádnoie, que ficava a duas verstas da casa e não era uma área grande.)

— E então, não devemos ir até lá? — disse Nikolai. — Venha comigo e traga Uvarka.

— Às suas ordens!

— Então, não dê comida aos cães ainda.

— Sim, senhor.

Cinco minutos depois, Danilo e Uvarka estavam no amplo escritório de Nikolai. Apesar de Danilo não ter estatura elevada, vê-lo no escritório produzia uma impressão semelhante a ver um cavalo ou um urso sobre o assoalho, entre os móveis e os apetrechos da vida doméstica. O próprio Danilo tinha a mesma sensação e, como de costume, ficava parado bem junto à porta, fazia força para falar baixo, para não se mexer, a fim de não quebrar alguma coisa nos aposentos dos senhores, e tentava falar tudo o mais depressa possível para sair logo de debaixo daquele teto e ir para o ar livre, sob o céu.

Tendo terminado as perguntas e tendo conseguido arrancar de Danilo a confissão de que não havia problema com os cães (o próprio Danilo também queria ir), Nikolai mandou selar os cavalos. Porém, assim que Danilo fez menção de sair, Natacha entrou a passos ligeiros, ainda sem ter se penteado nem trocado de roupa, com um xale grande da babá. Pétia entrou correndo com ela.

— Você vai? — perguntou Natacha. — Eu bem sabia! Sônia estava dizendo que vocês não iam. Mas eu sabia que hoje está um dia tão bonito que era impossível não ir.

— Vamos — respondeu Nikolai a contragosto, pois naquele dia, como tinha intenção de fazer uma caçada de lobos a sério, não queria levar Natacha e Pétia. — Vamos, sim, mas só para caçar lobos: você vai se aborrecer.

— Você sabe que esse é o meu maior prazer — disse Natacha. — Não está certo você resolver ir, mandar selar os cavalos e não nos dizer nada.

— Para os russos, são inúteis todas as barreiras,[5] vamos lá! — gritou Pétia.

— Mas você não pode: mamãe disse que não pode — retrucou Nikolai, voltando-se para Natacha.

— Não, eu vou, sim, vou de qualquer jeito — disse Natacha em tom decidido. — Danilo, mande selar os cavalos para nós, e mande o Mikhail trazer os meus cães — disse, voltando-se para o adestrador dos cães de caça.

E, assim, se estar ali no escritório já parecia a Danilo inconveniente e embaraçoso, tratar qualquer assunto de trabalho com uma jovem senhora parecia para ele algo impossível. Baixou os olhos e saiu depressa, como se aquele assunto não lhe dissesse respeito, esforçando-se para não machucar a senhorinha sem querer.

IV

O velho conde, que sempre mantivera um aparato enorme para caçadas, mas agora deixara tudo aquilo aos cuidados do filho, estava bastante alegre naquele dia 15 de setembro e também se preparava para caçar.

Uma hora depois, todo o grupo de caça estava junto ao alpendre. Nikolai, com ar severo e grave, que indicava que não tinha tempo para se ocupar com bobagens, passou direto por Natacha e Pétia, que lhe falaram alguma coisa. Observou todos os componentes da caçada, mandou uma matilha e alguns caçadores seguirem na frente, como batedores, montou o seu alazão do Don e, depois de dar um assovio para os cães da matilha, avançou através da eira coberta rumo a um campo que ia dar na reserva de caça de Otrádnoie. O cavalo do velho conde, um alazão de crina e rabo esbranquiçados, chamado Vifliánka, era levado pelos arreios por um cavalariço; o próprio conde devia ir de charrete, direto para um posto de observação reservado para ele.

No total, estavam levando cinquenta e quatro cães galgos, com seis homens na função de caçadores e chefes de matilha. Além dos patrões, havia oito homens

---

5 Trecho do hino composto por Pável Ivánovitch Kutúzov em homenagem ao general Bagration, citado no tomo II, primeira parte, capítulo III.

incumbidos de se manter a postos na orla da floresta, acompanhados por mais de quarenta cães borzóis, e assim, somando isso com as matilhas dos senhores, havia no campo cento e trinta cães e vinte caçadores a cavalo.

Cada cão conhecia o seu dono e atendia ao chamado dele. Cada caçador sabia qual era a sua função, o seu lugar e o seu destino. Assim que atravessaram a sebe, todos, sem fazer barulho e sem conversar, distribuíram-se de modo uniforme e tranquilo pela estrada e pelo campo que iam dar na floresta de Otrádnoie.

Os cavalos pisavam no campo como se fosse um tapete macio, às vezes chapinhavam nas poças quando cruzavam a estrada. O céu nublado continuava a baixar sobre a terra, de maneira imperceptível e uniforme; o ar estava parado, morno, silencioso. De vez em quando se ouviam ora o assovio de um caçador, ora o resfolegar de um cavalo, ou então o estalo de um chicote ou o ganido de um cão que se afastara do seu lugar.

Quando já haviam percorrido mais ou menos uma versta, outros cinco cavaleiros saíram da neblina, acompanhados por seus cães, e vieram ao encontro do grupo de caça de Rostóv. À frente deles, vinha um velho jovial e bonito, com grandes bigodes grisalhos.

— Bom dia, titio! — disse Nikolai, quando o velho se aproximou.

— Muito bem, vamos lá, avante!... Eu já sabia — disse o tio (era um parente distante dos Rostóv, um vizinho sem fortuna). — Eu já sabia que você não ia se conter, e é bom que venha mesmo. Vamos lá, avante! (Era a expressão predileta do tio.) Ocupe logo a reserva de caça, pois o meu Guirtchik avisou que os Iláguin estão em Kornik com os seus caçadores. Vamos lá, avante, senão eles vão tomar os filhotes debaixo do seu nariz.

— Estou mesmo indo para lá. E então, vamos juntar as matilhas? — perguntou Nikolai. — Juntar...

Uniram os cães numa só matilha, e o tio e Nikolai seguiram lado a lado. Natacha, coberta de xales, sob os quais se viam o rosto animado e os olhos brilhantes, galopou até eles, acompanhada por Pétia e pelo caçador Mikhail, que não se afastavam dela, e também pelo mestre de equitação, que a babá incumbira de seguir Natacha. Pétia ria de alguma coisa, chicoteava e atiçava o seu cavalo. Natacha montava o seu murzelo Arábtchik e o conduzia com agilidade e segurança, sem esforço e com mão firme.

O tio voltou-se com ar desaprovador para Pétia e Natacha. Não gostava de misturar brincadeiras com a atividade séria da caça.

— Bom dia, titio, nós também vamos — gritou Pétia.

— Bom dia, bom dia, mas não esmaguem os cães — disse o tio, em tom severo.

— Nikólienka, mas que cachorro maravilhoso é o Trunila! Ele me reconheceu — disse Natacha, referindo-se ao seu cão galgo predileto.

"Em primeiro lugar, Trunila não é um cachorro, mas um galgo", Nikolai pensou e lançou um olhar severo para a irmã, tentando fazê-la entender a distância que deveria separá-los naquele momento. Natacha compreendeu.

— Tio, o senhor não fique pensando que nós vamos atrapalhar — disse Natacha. — Ficaremos no nosso lugar e não vamos nem nos mexer.

— Isso é muito bom, condessinha — respondeu o tio. — Mas não vá cair do cavalo — acrescentou —, senão, já sabe, vamos lá, avante! Você não vai ter onde se segurar.

A umas cem *sájeni*, via-se a ilha de mata formada pela reserva de caça de Otrádnoie, e o grupo de caça aproximava-se de lá. Depois de ter resolvido com o tio em definitivo onde deixar os cães e de ter indicado a Natacha o lugar em que ela devia ficar, um local por onde era impossível que algum animal tentasse fugir, Rostóv dirigiu-se a galope para o alto da ravina.

— Preste atenção, sobrinho, você vai topar com um lobo muito forte — disse o tio. — Cuidado, não vá deixar o bicho escapulir.

— Pois é o que vamos ver — respondeu Rostóv. — Karai, *fiuí*! — assoviou, respondendo às palavras do tio com esse chamado. Karai era um cão velho, medonho, de pelos compridos e focinho peludo, famoso por ter enfrentado sozinho um lobo adulto. Todos tomaram as suas posições.

O velho conde, que conhecia a paixão do filho pela caça, apressou-se a fim de não haver atrasos, e os outros ainda não haviam sequer chegado à suas posições quando Iliá Andreitch, alegre, corado, com as bochechas trêmulas, no carro puxado por seus cavalos murzelos, avançava sobre a vegetação rasteira, já perto do posto de observação reservado para ele e, após ajeitar melhor o casaco de pele e envergar o equipamento de caça, passou para o cavalo Vifliánka, de passo suave, corpo farto, pacífico, bondoso e encanecido, como o próprio conde. A charrete e os cavalos foram mandados de volta. O conde Iliá Andreitch, embora não fosse um entusiasta das caçadas, conhecia com segurança as regras da caça e, assim, seguiu para a beira dos arbustos, onde devia ficar, firmou bem as rédeas na mão, ajeitou-se sobre a sela e, sentindo-se pronto, olhava em redor, sorrindo.

A seu lado, estava Semion Tchekmar, o seu criado de quarto, antigo cavaleiro, mas que ganhara muito peso. Tchekmar trazia, presos a uma trela, três cães lobeiros bravios, mas que haviam começado a engordar, a exemplo do dono e do cavalo. Outros dois cães, inteligentes, velhos, estavam deitados, sem trela. A uns cem passos dali, na orla da floresta, estava outro cavalariço do conde, Mitka, um cavaleiro arrojado, apaixonado por caçadas. Segundo um hábito antigo, o conde havia bebido antes da caçada um cálice de prata de um licor reservado para aquelas ocasiões, também beliscara alguma coisinha e bebera meia garrafa do seu bordeaux favorito.

Iliá Andreitch estava um pouco vermelho por causa da bebida e da cavalgada; seus olhos, cobertos de umidade, brilhavam de modo especial, e ele, bem agasalhado no casaco de pele, montado sobre a sela, tinha o aspecto de uma criança que levaram para dar um passeio.

Tchekmar, magro, de faces cavadas, depois de cumprir as suas tarefas, fitou o patrão, com quem vivia em perfeita harmonia havia trinta anos, e compreendendo que o conde estava numa disposição de ânimo agradável já esperava uma conversa também agradável. Uma terceira pessoa se aproximou cautelosamente, vindo de dentro da floresta (era evidente que havia recebido instruções), e parou atrás do conde. Essa pessoa era um velho de barba grisalha, casaco de mulher e gorro alto. Era o bufão, de nome Nastássia Ivánovna.[6]

— Ora, Nastássia Ivánovna — disse o conde, num sussurro, piscando os olhos para ele. — Se assustar as feras, o Danilo faz picadinho de você.

— Não nasci ontem — disse Nastássia Ivánovna.

— Pchhhh! — fez o conde, pedindo silêncio, e voltou-se para Semion. — Viu a Natália Ilínitchna? — perguntou a Semion. — Onde está ela?

— Estava com o Piotr Ilitch, perto das ervas daninhas da mata de Járov — respondeu Semion, sorrindo. — As senhoras também gostam de caçadas.

— E você não fica admirado de ver como ela monta bem... hein? — disse o conde. — Tão bem quanto um homem!

— Como é que não vou ficar admirado? Corajosa, ágil!

— E o Nikóluchka, onde está? No alto do morro de Liádov, não é? — perguntou o conde, sempre num sussurro.

— Exatamente. Ele sabe muito bem onde deve ficar. E sabe montar tão bem que, outro dia, eu e o Danilo ficamos maravilhados — disse Semion, que sabia como agradar ao patrão.

— Monta bem, não é? E que figura em cima de um cavalo, hein?

— Que nem um quadro! Um dia desses, ele levantou uma raposa nas ervas daninhas do matagal de Zavárzinski. Deu cada salto pelo mato fechado, dava até medo na gente... Um cavalo de mil rublos, mas o cavaleiro nem tem preço! É, não se acha outro garoto igual por aí, pode procurar!

— Procurar... — repetiu o conde, visivelmente lamentando que a fala de Semion tivesse terminado tão cedo. — Procurar — disse, abrindo a aba do casaco de pele e pegando a tabaqueira.

---

6 Entre os senhores de terras, era costume ter, entre os servos, artistas, músicos e até um bufão. O costume perdurou mesmo após o fim da servidão, em 1861. No caso, o bufão tem nome de mulher.

— Outro dia, quando ele saía da missa todo enfeitado, o Mikhail Sidóritch... — Semion não terminou de falar; tinha ouvido nitidamente, no ar parado, o som de uma caça acuada e os uivos de apenas dois ou três galgos. De cabeça inclinada, ele escutou com atenção e, em silêncio, fez sinal com o dedo para o patrão ficar calado. — Acharam uma ninhada... — sussurrou. — Foram direto para o morro de Liádov.

O conde, que se esquecera de apagar o sorriso do rosto, olhava para a frente, ao longe, através da estreita abertura na mata, e segurava a tabaqueira sem cheirar o rapé. Após o latido dos cães, ouviu-se a voz de baixo de Danilo emitindo um chamado de lobo; a matilha se reuniu aos três cães que estavam adiantados, e ouviu-se o alarido do latido dos galgos, com aquele uivo peculiar que serve de sinal de que estão no encalço de um lobo. Os caçadores haviam chegado lá e já não atiçavam os cães com chicotes, mas gritavam "*uliú-uliú*", e por trás de todas as vozes ouvia-se a voz de Danilo, ora em tom de baixo, ora fina e estridente. A voz de Danilo parecia encher a floresta inteira, sair da floresta e ressoar no campo, ao longe.

Depois de escutar com atenção por alguns segundos, em silêncio, o conde e o cavalariço se convenceram de que os galgos haviam se dividido em duas matilhas: uma, grande, que latia com uma fúria especial, começou a afastar-se, enquanto a outra parte da matilha saiu em disparada ao longo da floresta, passou ao lado do conde, e com essa matilha ouviam-se os gritos de "*uliú-uliú*" de Danilo. Os latidos das duas matilhas fundiam-se, reverberavam, mas os dois grupos se afastavam. Semion soltou um suspiro e inclinou-se a fim de ajeitar a trela em que um cão jovem havia se emaranhado. O conde também soltou um suspiro e, ao notar a tabaqueira na mão, abriu-a e tirou uma pitada de rapé.

— Para trás! — gritou Semion para um cão que saiu da orla da floresta. O conde estremeceu e deixou a tabaqueira cair. Nastássia Ivánovna desmontou e foi pegá-la.

O conde e Semion olharam para ele. De repente, como acontece muitas vezes, o som dos latidos aproximou-se depressa, parecia que a boca dos cães que latiam e os gritos "*uliú-uliú*" de Danilo já estavam ali mesmo, diante deles.

O conde olhou para trás e, à direita, viu Mitka, que de olhos arregalados fitava o conde e, depois de tirar o chapéu para o patrão à sua frente, apontou para o outro lado.

— Cuidado! — gritou com uma voz que deixava claro que aquela palavra pedia com desespero, havia muito tempo, para ser solta. E avançou a galope na direção do conde, depois de soltar os seus cães.

O conde e Semion saíram de um salto da orla da floresta e viram, à esquerda, um lobo que, pisando de leve, num trote silencioso, se aproximava deles pela esquerda, rumo ao mesmo reduto de mata em que eles estavam. Os cães ferozes ganiram e, soltando-se das trelas, correram na direção do lobo, entre as pernas dos cavalos.

O lobo freou sua corrida, meio desajeitado, como alguém que sofre de angina, virou a cabeça testuda para os cães e, movendo-se com enorme suavidade, saltou uma, duas vezes e, sacudindo a cauda, desapareceu na orla da mata. Naquele exato instante, na orla do lado oposto da mata, com um rugido que parecia um choro, um galgo saltou desnorteado, depois outro, e um terceiro, e a matilha inteira atravessou o campo, exatamente pelo mesmo caminho onde o lobo havia corrido. Com a passagem dos cães, os arbustos de aveleira se abriram ao meio, e surgiu o cavalo castanho-acinzentado de Danilo, enegrecido pelo suor. Sobre o longo dorso do cavalo, como uma bolinha, estava montado Danilo, inclinado para a frente, sem gorro, com os cabelos grisalhos eriçados acima do rosto vermelho e suado.

— *Uliú-uliú-uliú! Uliú-uliú-uliú!...* — gritava. Quando viu o conde, um raio rebrilhou nos seus olhos. — Rrr...! — gritou, ameaçando o conde com o chicote erguido. — Deixaram o lobo passar!... Que caçadores! — E, como se não valesse a pena dizer mais nada ao confuso e assustado conde, Danilo, com toda a raiva armada para atacar o conde, golpeou as ancas salientes e molhadas do seu cavalo castrado e partiu atrás dos galgos. O conde, como se tivesse levado um castigo, ficou parado, olhando para os lados e tentando, com um sorriso, atrair a solidariedade de Semion para a sua situação. Mas Semion já não estava ali: saíra a galope contornando os arbustos, tentando evitar que o lobo entrasse na mata. Os galgos ferozes também corriam pelos dois lados. Mas o lobo passou pelos arbustos, e nenhum dos caçadores conseguiu barrar o seu caminho a tempo.

V

Nikolai Rostóv, enquanto isso, mantinha-se em seu lugar, à espera dos lobos. Pela aproximação e pelo afastamento dos latidos, pelo som das vozes dos cães, que ele conhecia, pela aproximação, pelo afastamento e pela elevação das vozes dos caçadores, ele percebia o que se passava na mata. Sabia que lá havia lobos filhotes e adultos; sabia que os cães haviam se dividido em duas matilhas, que haviam acuado um lobo em algum lugar, e que algo dera errado. A cada segundo, esperava que a fera surgisse ao seu lado. Nikolai inventava milhares de hipóteses diferentes a respeito de como a fera viria correndo e de que lado, e de como ele iria enfrentá-la. A esperança alternava com o desespero. Várias vezes, dirigiu preces a Deus, pedindo que o lobo viesse na sua direção; rezava com a paixão e com o sentimento envergonhado com que rezam as pessoas no momento de uma forte emoção causada por um motivo insignificante. "Puxa, o que custa a você fazer isso para mim?", dizia a Deus. "Sei que você é muito grande e que, para você, é um pecado uma coisa dessas; mas, por favor, faça um lobo adulto vir na minha direção e, diante dos olhos do meu tio, que está lá olhando, faça o Karai voar sobre o lobo e segurá-lo pelo pescoço numa mordida mortal." Mil vezes, durante aquela meia hora, Rostóv lançou olhares tenazes, tensos e inquietos para a orla da mata, onde dois carvalhos de folhagem escassa se erguiam acima de uns choupos mirrados, para o barranco com a beirada erodida pela chuva, e para o gorro do tio, que mal se via por trás dos arbustos à direita.

"Não, não vou ter essa sorte", pensou Rostóv. "Mas o que custava? Não vou ter! Sempre, nas cartas, na guerra, sempre tenho azar." Austerlitz e Dólokhov apareciam no seu pensamento com nitidez, mas alternavam-se rapidamente. "Só uma vez, uma vez na vida, pegar um lobo adulto, e não quero mais nada!", pensava, forçando os ouvidos e os olhos, espiando à esquerda e à direita outra vez e prestando atenção nos mínimos matizes dos latidos. Lançou um olhar à direita outra vez e viu que, pelo campo vazio, algo corria na sua direção. "Não, não pode ser!", pensou Rostóv, com um suspiro profundo, como respira um homem quando vê realizar-se algo que ele esperou por muito tempo. O grande lance de sorte aconteceu — e de maneira tão simples, sem alarde, sem brilho, sem celebração. Rostóv não acreditou nos próprios olhos, e aquela dúvida durou mais de um segundo. Um lobo corria à sua frente e, com um salto pesado, atravessou o barranco que estava no seu caminho. Era um lobo velho, com o dorso grisalho e a barriga avermelhada e farta. Corria sem pressa, pelo visto convencido de que ninguém o via. Rostóv, sem respirar, virou-se para os cães. Estavam deitados ou em pé, parados, sem ver o lobo e sem entender nada. O velho Karai, com a cabeça virada e os dentes arreganhados, irritado, catava pulgas, estalando os dentes sobre as coxas traseiras.

— *Uliú-uliú-uliú* — fez Rostóv, num sussurro, esticando os lábios. As argolas de ferro das trelas tilintaram, os cães levantaram-se de um salto, com as orelhas alertas. Karai terminou de fuçar sua coxa, levantou-se com as orelhas alertas e abanou o rabo, do qual pendiam tufos de pelo.

"Avançar? Não avançar?", disse consigo Nikolai na hora em que o lobo se aproximava dele, afastando-se da mata. De repente, toda a fisionomia do lobo se modificou; o animal teve um sobressalto ao ver, cravados nele, olhos humanos, provavelmente nunca vistos pelo lobo até então, e, depois de voltar a cabeça ligeiramente na direção do caçador, parou — para trás ou para a frente? "Ah, tanto faz, para a frente!...", o lobo pareceu dizer a si mesmo e avançou, já sem olhar para trás, num galope suave, espaçado, sereno, mas resoluto.

— *Uliú-uliú-uliú!...* — gritou Nikolai com uma voz diferente da sua, e por conta própria o seu bom cavalo partiu a toda a pressa morro abaixo, saltando sobre as valas, para barrar o caminho do lobo; os cães partiram ainda mais depressa, ultrapassaram o cavalo, Nikolai não ouvia os próprios gritos, não sentia que saltava, não via nem os cães, nem o terreno por onde passava a galope; só via o lobo, que havia forçado a corrida e galopava pelo vale, sem mudar de direção. A primeira a aparecer perto da fera foi a cadela Milka, malhada de preto, de ancas largas, que começou a se aproximar do lobo. Mais perto, mais perto... e num instante havia alcançado a fera. Mas o lobo apenas olhou-a de esguelha, e Milka, de repente, em vez de acelerar como sempre fazia, levantou o rabo e tropeçou nas patas dianteiras.

— *Uliú-uliú-uliú!* — gritou Nikolai.

O vermelho Liubim avançou de um salto por trás de Milka, atirou-se com ímpeto sobre o lobo e agarrou-o pela coxa de uma das patas traseiras, mas no mesmo segundo pulou assustado para o outro lado. O lobo parou de cócoras, arreganhou os dentes, levantou-se de novo e partiu a galope para a frente, seguido a um *archin* de distância por todos os cães, que não se aproximavam dele.

"Vai fugir! Não, não é possível!", pensou Nikolai, enquanto continuava a gritar com voz enrouquecida.

— Karai! *Uliú-uliú-uliú!...* — gritava, procurando com os olhos o velho cão, sua única esperança. Karai, com todas as suas velhas forças, esticando-se o mais que podia, olhando para o lobo, galopava a passos pesados ao lado da fera, para barrar o seu caminho de fuga. Porém, pela rapidez do galope do lobo e pela lentidão do galope do cão, era claro que o cálculo de Karai estava errado. Nikolai já via à sua frente, não muito distante, a mata para onde o lobo certamente fugiria, se lá chegasse. À sua frente, surgiram cães e um caçador, correndo quase de encontro ao lobo. Ainda havia uma esperança. Um cão que Nikolai não conhecia, ruivo-acastanhado, de patas, orelhas e focinho escuros, jovem e alongado, de outra matilha, voou impetuosamente ao encontro do lobo, de frente para ele, e quase o derrubou. O lobo, com uma rapidez que ninguém poderia esperar, levantou-se e arremeteu contra o cão ruivo-acastanhado, fez os dentes estalarem — e o cão, com o flanco ensanguentado, dilacerado, começou a soltar ganidos estridentes e enfiou a cabeça na terra.

— Karáiuchka! Meu paizinho!... — gritou Nikolai, num lamento.

Graças à parada que ocorrera quando o lobo teve o seu caminho cortado, o velho cão, com seus tufos de pelo sacudindo nas coxas, já estava agora a cinco passos da fera. Como que pressentindo o perigo, o lobo virou-se para Karai, escondeu mais ainda o rabo entre as pernas e acelerou o galope. Mas então — Nikolai só viu que algo estava acontecendo com Karai —, num piscar de olhos, o velho cão pulou sobre o lobo, e os dois juntos tombaram aos trambolhões dentro de uma vala, à frente deles.

O instante em que Nikolai viu os cães fervilharem dentro da vala onde o lobo havia caído, enquanto por trás dos cães se via o pelo grisalho do lobo, a sua perna traseira esticada, as orelhas contraídas e a cabeça assustada, sufocada (Karai o mantinha preso pelo pescoço) — o instante em que viu aquilo foi, para Nikolai, o momento mais feliz da sua vida. Já segurava no arção da sela para desmontar e atacar o lobo, quando de repente, do meio daquela massa de cães, despontou a cabeça da fera, depois as patas dianteiras começaram a subir para a borda da vala. O lobo rangia os dentes (Karai já não o segurava pelo pescoço), saltou para fora da vala com as patas traseiras e, com o rabo encolhido, desvencilhou-se de novo dos cães e moveu-se para a frente. Karai, com o pelo eriçado, na certa machucado ou ferido, saiu da vala com dificuldade.

— Meu Deus! Para quê?... — gritou Nikolai com desespero.

O caçador do tio galopava pelo outro lado, para cortar o caminho do lobo, e de novo os seus cães detiveram a fera. De novo o cercaram.

Nikolai, o seu cavalariço, o tio e o caçador dele voltaram-se na direção da fera, gritando "*uliú-uliú-uliú*", prontos para desmontar toda vez que o lobo se agachava sobre as patas traseiras, mas toda vez arremetiam para a frente, assim que o lobo se sacudia e se movia para a mata, onde contava salvar-se.

Ainda no início daquela perseguição, Danilo, ao ouvir os gritos de "*uliú-uliú-uliú*", galopou para fora da orla da floresta. Viu que Karai havia apanhado o lobo e deteve o cavalo, supondo que a tarefa estava terminada. Mas quando os caçadores não desmontaram, e o lobo sacudiu-se e abalou de novo para a frente, Danilo lançou o seu cavalo pardo não na direção do lobo, mas em linha reta, rumo à mata, como fizera Karai — para cortar o caminho da fera. Graças a essa direção, ele estava se aproximando do lobo na hora em que os cães do tio o detiveram pela segunda vez.

Danilo galopava em silêncio, com o punhal já na mão esquerda e fora da bainha, enquanto moía os flancos encolhidos do seu cavalo com o chicote, como se fosse um mangual.

Nikolai não viu nem ouviu Danilo, até que o cavalo pardo resfolegou bem perto dele, arquejante, e Nikolai ouviu o baque da queda de um corpo e viu que Danilo já estava deitado no meio dos cães, por cima do quadril do lobo, tentando segurá-lo por trás, pelas orelhas. Parecia evidente para os caçadores e também para os cães, e até para o lobo, que agora tudo havia terminado. A fera, assustada, com as orelhas encolhidas, tentou levantar-se, mas os cães saltaram sobre ela por todos os lados. Danilo soergueu-se, deu um passo cambaleante e, com todo o seu peso, como se deitasse para descansar, desabou sobre o lobo e agarrou-o pelas orelhas. Nikolai quis cravar a faca na fera, mas Danilo sussurrou: "Não precisa, vamos passar uma corda". Mudou de posição e pisou no pescoço do lobo. Puseram um toco de pau atravessado entre os dentes do lobo, amarraram-no com uma trela, como se fossem rédeas, e Danilo virou o lobo de um lado para o outro, duas ou três vezes.

Com o rosto feliz, estafados, depuseram o lobo adulto e vivo sobre um cavalo, que bufou e empinou e, junto com os cães, que ganiam para o cavalo e o acompanhavam, partiram para o lugar onde todos deviam reunir-se. Os galgos haviam matado dois filhotes, e os borzóis três. Os caçadores juntaram-se em torno de suas presas e de suas histórias, e todos se aproximavam para ver o lobo adulto, que com a cabeça testuda pendente e o toco de pau apertado entre os dentes, fitava com os grandes olhos vidrados todo aquele bando de cães e de gente à sua volta. Quando tocavam no lobo, ele sacudia as patas amarradas e fitava todos com um ar feroz e ao mesmo tempo simples.

O conde Iliá Andreitch também se aproximou e tocou no lobo.

— Ah, que grande — disse ele. — Adulto, hein? — perguntou para Danilo, que estava ao seu lado.

— Adulto, vossa excelência — respondeu Danilo, tirando depressa o gorro.

O conde lembrou-se do lobo que ele deixara escapar e do seu atrito com Danilo.

— Puxa, irmão, quando você se zanga, se zanga mesmo — disse o conde. Danilo nada respondeu e apenas sorriu acanhado, um sorriso infantil, tímido e simpático.

VI

O velho conde foi para casa. Natacha e Pétia ficaram com os caçadores, prometendo que iriam logo depois. A caçada continuou, pois ainda era cedo. No meio do dia, soltaram os galgos numa ravina coberta por uma floresta espessa e jovem. Nikolai, parado no restolhal, via todos os seus caçadores.

À frente de Nikolai havia um campo de cereais em brotos, e lá estava um dos seus caçadores, sozinho, num esconderijo cavado na terra, atrás de um mirrado arbusto de aveleira. Assim que soltaram os galgos, Nikolai ouviu, a intervalos, o latido de um cão que ele conhecia — Voltorn; outros cães uniram-se a ele, ora ficavam em silêncio, ora recomeçavam a latir. Um minuto depois, soou na mata o aviso de que tinham achado uma raposa, e a matilha inteira, numa torrente, precipitou-se pela ravina, na direção do campo de brotos de cereais, à frente de Nikolai.

Ele viu os caçadores galopando, de gorros vermelhos, na beira da ravina coberta de mata, viu até mesmo os cães, e esperava que a qualquer momento, daquele lado, no campo de brotos de cereais, surgisse a raposa.

O caçador que estava escondido num fosso moveu-se e soltou seus cães, e Nikolai avistou a raposa-vermelha, baixa, estranha, de cauda erguida, passar em desabalada carreira pelo campo de brotos de cereais. Os cães começaram a cercá-la.

À medida que se aproximavam, a raposa corria entre eles em círculos cada vez menores, sacudia em volta de si o rabo peludo, até que um cão branco partiu atrás da raposa, seguido por um cão preto, e tudo se tornou confuso, e os cães formaram uma estrela, com os quadris virados para fora, enquanto balançavam o próprio corpo bem de leve. Dois caçadores galoparam na direção dos cães: um de gorro vermelho, outro de cafetã verde.

"O que está havendo?", pensou Nikolai. "De onde saiu aquele caçador? Não é do tio."

Os caçadores abateram a raposa e ficaram desmontados por muito tempo, sem amarrá-la. À volta deles, os cavalos estavam parados, com seus arreios e suas selas proeminentes. Os caçadores mexiam as mãos e faziam algo com a raposa. De lá, veio o som de uma corneta — o sinal combinado para uma luta.

— Um caçador dos Iláguin arranjou alguma briga com o nosso Ivan — disse o cavalariço de Nikolai.

Nikolai mandou o cavalariço trazer a irmã e Pétia para junto dele e, devagar, seguiu para o local onde os caçadores mais velhos estavam reunindo os galgos. Alguns caçadores galoparam para o local da luta.

Nikolai desceu do cavalo, ficou ao lado dos galgos, junto com Natacha e Pétia, que vieram logo, à espera da notícia do fim da questão. De trás da orla da mata, veio o caçador que tinha ido brigar, com a raposa amarrada na garupa do cavalo, e aproximou-se do jovem patrão. Ainda de longe, havia tirado o gorro e fez força para falar respeitosamente; mas estava pálido, ofegante, e tinha o rosto raivoso. Um olho estava roxo e fechado, mas pelo visto ele nem se dava conta disso.

— O que aconteceu? — perguntou Nikolai.

— Pois é, onde já se viu? Ele acha que pode caçar uma raposa que os galgos da gente pegaram? E foi a minha cadela cinzenta que apanhou. Que vá à justiça! Ele vem e agarra a raposa! Eu me atraco com ele para pegar a raposa. Olhe só, ele está aqui na garupa do cavalo. E isto aqui, quer? — disse o caçador, apontando para o punhal, provavelmente imaginando que ainda falava com o seu inimigo.

Nikolai, sem falar com o caçador, pediu à irmã e a Pétia que o esperassem e foi ao local onde estavam os caçadores de Iláguin.

O caçador vencedor foi juntar-se ao seu grupo de caçadores e lá, cercado por curiosos solidários, contou sua façanha.

Acontecera que Iláguin, com quem os Rostóv tinham uma desavença e um processo correndo na justiça, costumava caçar em locais que, por costume, pertenciam aos Rostóv e naquela vez, como que de propósito, mandara seus caçadores para a mata onde os Rostóv estavam caçando e permitiu que seus caçadores apanhassem uma presa já debaixo do nariz dos galgos de outros caçadores.

Nikolai nunca via Iláguin, porém, como sempre acontecia com seus juízos e sentimentos, avessos ao meio-termo, Nikolai odiava-o de todo o coração por causa dos boatos sobre a brutalidade e a arbitrariedade daquele senhor de terras e considerava-o seu inimigo figadal. Agora ia ao encontro dele, exaltado e com raiva, segurando o chicote com força na mão, totalmente disposto às ações mais resolutas e perigosas contra o seu inimigo.

Mal saiu de uma ponta da floresta, Nikolai viu que vinha ao seu encontro um senhor gordo, com um quepe feito de pelo de castor, montado num belo cavalo murzelo, acompanhado por dois cavalariços.

Em lugar de um inimigo, Nikolai encontrou em Iláguin um fidalgo simpático e respeitoso, especialmente interessado em conhecer o jovem conde. Ao chegar perto de Rostóv, Iláguin levantou o quepe de pelo de castor e disse lamentar muito o que havia ocorrido; disse que mandara castigar o caçador que se atrevera a tomar a caça aos cães de outros caçadores, pediu ao conde que se conhecessem melhor e ofereceu-lhe suas reservas para caçar.

Natacha, com receio de que o irmão fizesse algo terrível, seguiu-o agitada, mas sem se aproximar muito. Ao ver que os inimigos conversavam amistosamente, foi até eles. Iláguin levantou o quepe de castor mais alto ainda diante de Natacha e, sorrindo com simpatia, disse que a condessa era um retrato da deusa Diana, pela paixão às caçadas e também pela beleza, sobre a qual ele ouvira falar muito.

Para compensar o erro do seu caçador, Iláguin pediu com insistência que Rostóv fosse à sua reserva de caça, situada num morro a uma versta, que ele mantinha para si e que, pelo que dizia, estava repleta de lebres. Nikolai aceitou o convite, e o grupo de caça, agora duas vezes maior, foi adiante.

Para chegar ao morro de Iláguin, era preciso atravessar os campos. Os caçadores se distribuíram em uma linha. Os senhores seguiam lado a lado. O tio, Rostóv e Iláguin olhavam furtivamente para os cães uns dos outros, tentando evitar que os outros notassem, enquanto procuravam com ansiedade, entre os cães alheios, rivais para os seus próprios cães.

Rostóv ficou especialmente impressionado com a beleza de uma pequena cadela borzói, estreitinha, mas com músculos de aço, botição fino (focinho), olhos negros saltados e malhada de vermelho, que Iláguin levava numa trela. Nikolai ouvira falar da ligeireza dos cães de Iláguin e viu, naquela cadela bonita, uma rival para a sua Milka.

No meio de uma conversa ponderada, iniciada por Iláguin, sobre a colheita daquele ano, Nikolai apontou para a cadela malhada de vermelho.

— Que bonita essa sua cadela! — exclamou em tom descontraído. — É rápida?

— Essa? Sim, é uma boa cadela, sabe caçar — respondeu Iláguin, com voz indiferente, referindo-se à sua Erzá, malhada de vermelho, em troca da qual cedera, um ano antes, três famílias de servos a um vizinho. — E nas terras do senhor, a colheita dos cereais também não foi grande coisa, não é, conde? — prosseguiu a conversa iniciada antes. E, julgando educado pagar na mesma moeda ao jovem conde, Iláguin observou os cães de Nikolai e escolheu Milka, que chamou sua atenção pela largura.

— Bonita essa sua cadela, a malhada de preto... que beleza! — disse.

— Sim, não é má, sabe correr — respondeu Nikolai. "Se uma lebre adulta disparasse pelo campo agora, eu mostraria a você do que ela é capaz!", pensou. E, voltando-se para o cavalariço, disse que daria um rublo ao caçador que levantasse, ou seja, que achasse uma lebre em sua toca.

— Não entendo — disse Iláguin — como caçadores podem ter inveja das presas e dos cães dos outros. É o que digo para mim mesmo, conde. Sabe, passear me alegra; veja só, poder estar numa companhia como esta... o que pode haver de melhor? — Tirou de novo o quepe de castor, virando-se para Natacha. — Mas ficar contando peles de animais, quantos cada um pegou... não vejo nisso a menor graça!

— Pois é.

— Ou ficar ofendido porque o cão de outro pegou a caça, e não um dos meus... O que eu admiro é só a caçada, não acha, conde? Além do mais, acho que...

— *Atu!* Pega! — ouviu-se então o grito arrastado de um dos guias dos borzóis. Ele estava numa elevação no restolhal, com o chicote erguido, e repetiu o grito arrastado: — *A-tu!* Pega! (Aquele som e o chicote erguido significavam que estava vendo, à sua frente, uma lebre escondida.)

— Puxa, parece que ele levantou uma lebre — disse Iláguin, sem dar importância. — E então, conde, vamos caçar?

— Sim, é preciso ir até lá... mas, então, vamos juntos? — perguntou Nikolai, e olhou de relance para Erzá e para o vermelho Rugai, do tio, dois rivais com os quais os seus cães ainda não haviam tido chance de medir forças. "Puxa, e se desbancarem a minha Milka?", pensou, enquanto avançava rumo à lebre, junto com o tio e com Iláguin.

— É adulta? — perguntou Iláguin, ao se aproximar do caçador que levantara a lebre, e virou-se com certa agitação para olhar Erzá, que gania... — E o senhor, Mikhail Nikanóritch? — voltou-se para o tio. O tio seguia a cavalo, de cara fechada.

— Para que me intrometer? Afinal, vamos lá, avante!, o senhor pagou uma aldeia por cada um dos seus cães, milhares de rublos. Vocês dois competem com os seus cães que eu fico só olhando! Rugai! Vem, vem! — gritou. — Rugáiuchka! — acrescentou, exprimindo sem querer, com esse diminutivo, a ternura e a esperança que depositava naquele cão vermelho. Natacha via e sentia a agitação que os dois velhos e o irmão escondiam, e ela mesma sentiu-se agitada.

O caçador continuava sobre a elevação no restolhal, de chicote erguido, e os senhores aproximaram-se dele devagar; os galgos que andavam na linha do horizonte estavam de costas para a lebre; os caçadores, mas não os senhores, também se afastavam. Todos se moviam de modo lento e ponderado.

— Para que lado está a cabeça da lebre? — perguntou Nikolai, quando chegou a uns cem passos do caçador que levantara a caça. Mas o caçador não teve tempo de responder, pois a lebre, farejando a geada que viria na manhã seguinte, não quis mais ficar escondida e deu um pulo. O bando de galgos, presos às trelas por argolas, partiu com um rugido morro abaixo atrás da lebre; de todos os lados, os borzóis que não estavam presos a trelas se lançaram atrás dos galgos e da lebre. Todos os caçadores, que se moviam devagar — os que acompanhavam os galgos continham os cães com gritos de "Pare!", e os que acompanhavam os borzóis indicavam a eles a direção com gritos de "*Atu!*" —, agora saíram a galope pelo campo. O calmo Iláguin, Nikolai, Natacha e o tio voaram em seus cavalos, sem saber como nem para onde, só viam os cães e a lebre, e seu único receio era perder de vista o desenrolar da caçada, ainda que só por um segundo. Calhou de a lebre ser adulta e ágil. Depois de erguer-se de um salto, ela não saiu correndo de imediato, em vez disso levantou as orelhas, atenta aos gritos e ao tropel que, de repente, irrompeu de todos os lados. Em seguida, a lebre pulou umas dez vezes, sem muita pressa, deixando que os cães se aproximassem, e por fim compreendeu o perigo, escolheu uma direção, baixou as orelhas e correu a toda a velocidade. A lebre estava escondida no restolhal, mas à sua frente havia o campo de cereais em brotos, com terra lamacenta. Dois cães do caçador que levantara a lebre, como estavam mais próximos da presa do que todos os outros, foram os primeiros a avistar a caça e a partir atrás dela; mas ainda não tinham se aproximado muito quando, de trás deles, veio voando a cadela Erzá, de Iláguin, malhada de vermelho, aproximou-se da lebre até a distância de um corpo e, com uma rapidez terrível, acelerou mais ainda e pulou, mirando na cauda da lebre, e, pensando que a tinha agarrado, desabou aos trambolhões. A lebre arqueou as costas e aumentou mais ainda a velocidade. Por trás de Erzá, veio em disparada a cadela Milka, de ancas largas e malhada de preto, e pôs-se a acossar velozmente a lebre.

— Míluchka! Mãezinha! — ouviu-se o grito triunfante de Nikolai. Parecia que Milka estava prestes a dar o bote e agarrar a lebre, mas em vez disso Milka ultrapassou-a e seguiu adiante. A lebre havia se agachado e parado. De novo a beldade Erzá avançou com um salto e ficou suspensa acima do rabo da lebre, como se estivesse avaliando bem para, dessa vez, não errar e agarrar a coxa traseira da presa.

— Erzinka! Irmãzinha! — ouviu-se a voz de Iláguin, chorosa, diferente da sua voz habitual. Erzá não atendeu a sua súplica. No exato momento em que se esperava que fosse agarrar a lebre, a presa deu uma guinada e rolou para a estreita faixa de terra que fazia a divisa entre o campo de cereais em brotos e o restolhal. Erzá e Milka aprumaram-se e lançaram-se mais uma vez, como uma parelha de cavalos, no encalço da lebre; ali na divisa do campo de cereais com o restolhal, a lebre ficava ainda mais veloz, os cães já não se aproximavam dela tão depressa.

— Rugai! Rugáiuchka! Vamos lá, avante! — passou a gritar, então, uma voz nova, e Rugai, o cão corcunda e vermelho do tio, esticando e arqueando as costas, alcançou os dois cães que iam na frente, adiantou-se a eles e, com uma tremenda abnegação, já em cima da lebre, deu um bote, derrubou-a da faixa divisória para o campo de cereais, deu outro bote com ainda mais raiva para dentro do campo de cereais lamacento, afundou-se até os joelhos, e só se via que Rugai, emporcalhando as costas na lama, rolava aos trambolhões junto com a lebre. Uma estrela de cães os rodeou. Um minuto depois, todos estavam parados junto aos cães ali aglomerados. Só o tio, feliz, desmontou e cortou a pata traseira da lebre. Enquanto sacudia a lebre para o sangue escorrer, ele olhava em volta com ar de triunfo, corria os olhos em redor, sem achar uma posição para os pés e para os braços, e falava, sem que ele mesmo soubesse com quem e para quê: "Aí está, vamos lá... isto é que é um cão... deixou todos para trás, milhares de rublos e tudo, vamos lá, avante!", dizia, enquanto ofegava e olhava em redor, com raiva, como se quisesse brigar com alguém, como se todos fossem seus inimigos, como se todos o tivessem ofendido e só agora, enfim, ele conseguisse ir à forra. "Vejam só, milhares de rublos... Vamos lá, avante!"

— Rugai, tome a pata da lebre — disse ele, jogando no chão a pata cortada e suja de lama. — Fez por merecer, vamos lá, avante!

— Ela já estava esgotada, tinha dado três corridas sozinha — disse Nikolai, também sem ouvir ninguém e sem se importar se o escutavam ou não.

— Puxa, como é que foi passar na frente desse jeito! — exclamou um cavalariço de Iláguin.

— Depois que a lebre diminuiu a corrida, qualquer vira-lata pegava — falou Iláguin ao mesmo tempo, vermelho, enquanto a custo recuperava o fôlego, por causa do galope e da emoção. Ao mesmo tempo, Natacha, sem fôlego, soltou um grito agudo, com alegria e entusiasmo, um grito tão estridente que os ouvidos chegavam a tilintar. Com aquele grito agudo, exprimia tudo o que os demais caçadores também exprimiam com sua conversa, na qual todos falavam ao mesmo tempo. E seu grito foi tão estranho que ela mesma haveria de ficar envergonhada daquele grito selvagem, e todos haveriam de ficar espantados com ela, se fosse numa outra ocasião. O próprio tio amarrou a lebre à sua sela, lançou-a com desembaraço e agilidade sobre a garupa do cavalo, como se com aquele gesto acusasse todos os demais e, com uma fisionomia de quem não queria falar com ninguém, montou seu alazão e foi embora. Todos os outros se afastaram, tristonhos e humilhados, e só muito depois conseguiram voltar à mesma indiferença fingida de antes. Olharam ainda durante muito tempo para o vermelho Rugai, que, com as costas corcundas sujas de lama e tilintando as argolas da trela, andava atrás das patas do cavalo do tio com um jeito calmo de vencedor.

"Pois é, quando não se trata de perseguir uma caça, sou igual a todos os outros. Mas, se for isso, cuidado comigo!", parecia dizer o aspecto do cão, aos olhos de Nikolai.

Passado certo tempo, quando o tio se aproximou de Nikolai e conversou com ele, Nikolai ficou cheio de si porque o tio, depois de tudo o que havia acontecido, ainda se dignava a conversar com ele.

VII

Quando, ao anoitecer, Iláguin despediu-se de Nikolai, este se achava tão distante de casa que aceitou a sugestão do tio de passar a noite na casa dele, junto ao grupo de caça, na aldeia de Mikháilovka.

— E se forem para a minha casa, vamos lá, avante! — disse o tio —, vai ser melhor; vejam, o tempo está úmido — continuou o tio —, vocês poderão descansar, e a condessinha pode voltar depois, de charrete. — O convite do tio foi bem recebido, mandaram um caçador ir a Otrádnoie para trazer a charrete, enquanto Nikolai, Natacha e Pétia foram para a casa do tio.

Cinco criados domésticos, grandes e pequenos, acudiram às pressas para receber o patrão no alpendre da frente. Dezenas de mulheres, velhas, grandes e pequenas, espicharam a cabeça do alpendre dos fundos para espiar os caçadores que chegavam. A presença de Natacha, uma mulher, uma fidalga a cavalo, levou a curiosidade das criadas do tio a tal extremo de admiração que muitas, sem se constranger com a presença dela, aproximavam-se, fitavam-na nos olhos e, mesmo diante de Natacha, trocavam entre si comentários a seu respeito, como se falassem de um fenômeno exposto numa feira, que não era humano e não podia ouvir nem entender o que diziam a seu respeito.

— Arinka, olhe só, senta de lado. Vai sozinha, e a saia balança... Olhe, tem até uma corneta!

— Deus do céu, também tem uma faquinha!...

— Olhe só, é uma tártara!

— Como é que não caiu de cabeça para baixo? — perguntou a mais atrevida, dirigindo-se diretamente a Natacha.

O tio desmontou do cavalo diante do alpendre da sua casinha de madeira, com um jardim frondoso, lançou um olhar para a criadagem e gritou de modo autoritário que aqueles que não tivessem o que fazer ali fossem embora e tomassem todas as providências necessárias para hospedar as visitas e o grupo de caça.

Todos se dispersaram. O tio desceu Natacha do cavalo e levou-a pelo braço enquanto subia os instáveis degraus de tábuas do alpendre. A casa, por dentro, com paredes feitas de troncos de árvore, sem reboco, não era muito limpa — não se percebia que o objetivo das pessoas que ali moravam era não haver manchas —, mas também não se via sujeira. Na entrada, havia um cheiro de maçãs frescas, e peles de lobo e de raposa pendiam nas paredes.

O tio conduziu os hóspedes através da antessala e entrou com eles numa sala pequena, com uma mesa dobrável e cadeiras vermelhas, e depois numa sala de estar, com uma mesa redonda, de bétula, e um sofá, e dali passaram para um escritório com um sofá esfarrapado, um tapete surrado e retratos de Suvórov, do pai e da mãe do dono da casa, e também dele mesmo, em uniforme militar. Havia, no escritório, um cheiro forte de tabaco e de cachorro.

No escritório, o tio pediu aos hóspedes que sentassem e ficassem à vontade, e saiu. Rugai entrou no escritório, com as costas sujas, e estirou-se no sofá, limpando-se com a língua e com os dentes. Do escritório, saía um corredor, onde se viam biombos com cortinas rasgadas. Atrás dos biombos, ouvia-se um riso de mulher e um sussurro. Natacha, Nikolai e Pétia tiraram os agasalhos e sentaram no sofá. Pétia recostou-se no braço e na mesma hora adormeceu; Natacha e Nikolai ficaram calados. Tinham o rosto afogueado, estavam com muita fome e muito alegres. Olhavam um para o outro (depois da caçada, dentro de casa, Nikolai já não achava necessário mostrar sua superioridade masculina diante da irmã); Natacha piscou o olho para o irmão, e os dois não se contiveram por muito tempo, soltaram uma gargalhada sonora, antes mesmo de terem tempo de inventar algum pretexto para o riso. Pouco depois o tio voltou, de casaco curto, calça azul e botas de cano curto. Natacha sentiu que aquele traje — o mesmo em que ela, com surpresa e zombaria, tinha visto o tio em Otrádnoie — era uma roupa excelente, que nada deixava a dever a um fraque ou a uma sobrecasaca. O tio também estava alegre; não só não se ofendeu com o riso dos dois irmãos (não podia passar pela sua cabeça que estivessem rindo do seu jeito de viver) como se uniu ele mesmo ao riso gratuito dos dois.

— Vejam só a jovem condessa, vamos lá, avante! Nunca vi outra igual! — exclamou o tio, oferecendo a Nikolai um cachimbo de tubo comprido, enquanto segurava com três dedos, num gesto habitual, outro cachimbo, mais curto, de tubo cortado. — Andou a cavalo para lá e para cá o dia inteiro, igual a um homem, e parece que nem aconteceu nada!

Pouco depois do tio, uma jovem, obviamente descalça, pelo barulho dos pés, abriu a porta, e por ali, com uma bandeja grande e cheia nas mãos, entrou uma mulher bonita, gorda, rosada, de uns quarenta anos, com uma papada e lábios fartos e rosados. Olhou para os hóspedes com uma expressão hospitaleira e uma amabilidade no olhar e em todos os gestos, e os cumprimentou respeitosamente inclinando a cabeça com um sorriso carinhoso. Apesar do seu volume, maior do que o habitual, que a deixava com o peito e a barriga mais para a frente e a cabeça mais para trás, aquela mulher (a governanta da casa do tio) pisava de modo extraordinariamente leve. Aproximou-se da mesa, baixou a bandeja e, agilmente, com as mãos brancas, rechonchudas, tirou da bandeja garrafas, antepastos e iguarias e colocou sobre a mesa. Feito isso, afastou-se e ficou parada na porta, com um sorriso no rosto. "Pronto, aí está, eu sou ela! Agora você entende o titio?", dizia para Rostóv a sua aparição ali. E como não entender? Não só Rostóv como também Natacha entenderam o tio e entenderam o sentido das sobrancelhas franzidas e do sorriso feliz, satisfeito, que enrugou um pouquinho seus lábios, quando Aníssia Fiódorovna entrou. Na bandeja havia boldo, licor de frutas, cogumelos, panquecas de farinha preta, mel em favo, mel cozido e espumoso, maçãzinhas, nozes cruas e torradas e nozes ao mel. Depois Aníssia Fiódorovna trouxe também um doce de frutas com mel e açúcar, além de presunto e galinha, recém-tirados do fogo.

Tudo aquilo era feito em casa, escolhido e cozido por Aníssia Fiódorovna. Tudo aquilo tinha o cheiro, o apelo, o gosto de Aníssia Fiódorovna. Tudo sugeria suculência, limpeza, brancura e um sorriso de simpatia.

— Prove, patroazinha condessa — dizia ela, oferecendo a Natacha ora uma coisa, ora outra. Natacha comia de tudo e lhe pareceu que nunca tinha comido nem visto nada semelhante àquelas panquecas, àquele doce de frutas tão aromático, àquelas nozes ao mel e àquela galinha. Aníssia Fiódorovna saiu. Rostóv e o tio, regando o jantar com um licor de cereja, conversavam sobre a caçada recente e as caçadas futuras, sobre Rugai e os cães de Iláguin. Natacha, com os olhos radiantes, estava sentada no sofá, as costas eretas, e os escutava. Por várias vezes tentou acordar Pétia para lhe dar de comer, mas Pétia falava algo incompreensível, obviamente ainda dormindo. Natacha experimentava tamanha alegria no coração, sentia-se tão bem naquele ambiente novo para ela que seu único receio era de que viessem buscá-la cedo demais com a charrete. Depois de um momento casual de silêncio, como quase sempre acontece com pessoas que recebem conhecidos em casa pela primeira vez, o tio falou, em resposta ao pensamento que estava na cabeça dos hóspedes:

— É assim que vou levando a vida que me resta... A gente morre, vamos lá, avante! Não sobra nada. Então, o que tem de mais pecar um pouquinho?

O rosto do tio se tornou muito expressivo, e até bonito, quando ele disse isso. Rostóv não pôde deixar de lembrar todas as coisas boas que ouvia o pai e os vizinhos dizerem a respeito do tio. Em todos os arredores da província, o tio tinha a reputação de ser o excêntrico mais nobre e desinteressado que existia. Era chamado para ser o árbitro das questões da família, era escolhido como testamenteiro, contavam-lhe os segredos, elegiam-no para o cargo de juiz e para outras funções, mas ele sempre recusava obstinadamente cargos no serviço público, passava o outono e a primavera nos campos, andando no seu cavalo alazão castrado, no inverno ficava em casa e no verão repousava no seu jardim frondoso.

— Por que não entra para o serviço público, tio?

— Já servi, mas larguei. Não presto para isso, vamos lá, avante! Eu não entendo nada. É bom para vocês, não tenho cabeça para isso. Mas com caçadas, a conversa é outra... Aí, sim, vamos lá, avante! Ei, abram essa porta — gritou. — Para que fecharam? — A porta no fim do corredor (que o tio chamava de *coledor*) dava para a ala dos caçadores: assim chamavam o quarto dos criados. Pés descalços palmilharam ligeiro no chão, e uma mão invisível abriu a porta que dava para a ala dos caçadores. Do corredor, ouviam-se nitidamente os sons de uma balalaica, tocada, ao que parecia, por um mestre do instrumento. Natacha já estava ouvindo aqueles sons havia muito tempo e agora seguiu até o corredor para ouvir melhor.

— Esse é o meu cocheiro, o Mitka... Comprei uma boa balalaica para ele, eu gosto — disse o tio. Na casa do tio, quando ele chegava de uma caçada, era costume Mitka tocar balalaica na ala dos caçadores. O tio gostava de ouvir aquela música.

— Que bonito! De fato, é bom — disse Nikolai com certo desprezo involuntário, como se tivesse vergonha de admitir que aqueles sons lhe agradavam muito.

— Como assim, é bom? — exclamou Natacha, em tom de recriminação, percebendo o tom com que o irmão havia falado. — Não é bom nada, é um verdadeiro encanto, isso sim! — Da mesma forma que os cogumelos, o mel e os licores do tio pareceram os melhores do mundo, assim também aquela canção lhe parecia, naquele momento, o auge do encantamento musical.

— Toque mais, por favor, toque mais — disse Natacha na porta, no instante em que a balalaica parou. Mitka afinou as cordas e retiniu "Patroazinha", com firulas de dedilhado e quebras de ritmo. O tio ficou quieto, escutando, a cabeça inclinada para o lado, com um sorriso quase imperceptível. O tema de "Patroazinha" repetiu-se umas cem vezes. A balalaica era afinada diversas vezes, de novo retiniam os mesmos sons, e os ouvintes não se fartavam, só queriam saber de ouvir Mitka tocar de novo e mais uma vez. Aníssia Fiódorovna entrou e encostou o corpo farto na ombreira da porta.

— Está ouvindo, condessinha? — falou para Natacha, com um sorriso extremamente parecido com o sorriso do tio. — Ele toca que é uma beleza, aqui para a gente — disse.

— Ora, nessa virada não é assim que se toca — disse o tio de repente, com um gesto enérgico. — Aí tem de soltar mais... vamos lá, avante... soltar.

— Ah, então o senhor sabe tocar? — perguntou Natacha. O tio, sem responder, sorriu.

— Vá ver, Aníssiuchka, se o violão está com as cordas todas. Faz tempo que não ponho as mãos nele, vamos lá, avante! Larguei de tocar.

Aníssia Fiódorovna, com o seu passo leve, foi de bom grado cumprir a incumbência do seu senhor e lhe trouxe o violão.

O tio, sem olhar para ninguém, soprou a poeira, bateu com os dedos ossudos no tampo do violão, afinou as cordas e ajeitou-se melhor na poltrona. Segurou na ponta do braço do violão (com o cotovelo esquerdo muito aberto, num gesto um tanto teatral) e, depois de piscar o olho para Aníssia, começou a tocar, mas não "Patroazinha", em vez disso tirou um acorde sonoro, puro; e de um jeito cadenciado e sereno, porém firme, no andamento mais tranquilo possível, começou a reproduzir as notas de uma canção famosa, "Pela rua calçada". O tema da canção, com aquela alegria grave (a mesma que exalava de todo o ser de Aníssia Fiódorovna), passou a vibrar na alma de Nikolai e de Natacha, ao mesmo tempo e no mesmo ritmo. Aníssia Fiódorovna ficou ruborizada, cobriu o rosto com um lenço, rindo, e saiu. O tio continuou a executar a canção, de modo puro, esmerado, firme e vigoroso, fitando com um olhar alterado o lugar de onde Aníssia Fiódorovna havia acabado de sair. Algo ria lá longe no seu rosto, só de um lado, por baixo do bigode grisalho, e ria em especial quando a canção ficava mais solta, o ritmo se acelerava, e quando nas passagens em dedilhado alguma coisa se desprendia.

— Que maravilha, que maravilha, titio! Toque mais, mais! — começou a gritar Natacha, assim que ele terminou. Erguendo-se de um salto, ela abraçou e beijou o tio. — Nikólienka, Nikólienka! — exclamou, voltando-se para o irmão, como se perguntasse: o que é isso?

Nikolai também tinha gostado muito do violão do tio. Mais uma vez, o tio tocou a canção. O rosto sorridente de Aníssia Fiódorovna apareceu de novo na porta e, por trás dela, também outros rostos.

Espere, ele grita para a menina
Que foi buscar água fresca na fonte

tocou o tio, fez de novo um ágil dedilhado, parou bruscamente e sacudiu os ombros.

— Puxa, puxa, titio querido — Natacha começou a gemer num tom tão suplicante que sua vida parecia depender daquilo. O tio levantou-se e foi como se nele houvesse duas pessoas: uma sorria com ar grave para a outra, um brincalhão, que fazia uns gestos ingênuos e gaiatos, preparando-se para uma dança popular.

— Muito bem, sobrinha! — gritou o tio, abanou a mão para Natacha e fez soar um acorde.

Natacha livrou-se do seu xale, correu para postar-se diante do tio e, com as mãos na cintura, fez uns movimentos com os ombros e ficou parada, à espera.

Onde, como, quando aquela condessinha, educada por uma emigrante francesa, havia assimilado o ar russo que ela exalava por todos os poros — e aquele jeito, de onde ela foi tirar aquelas maneiras que o *pas de châle* havia muito devia ter apagado? No entanto eram exatamente aquelas maneiras e aquele ar russo, que não se imitam, não se ensinam, que o tio esperava dela. Assim que Natacha ficou em posição e sorriu com ar triunfante, orgulhoso, alegre e astuto, o temor que de início dominara Nikolai e todos os presentes, o temor de que ela não faria o que devia fazer, passou, e eles logo ficaram encantados com Natacha.

Ela fez o que devia, e com tal exatidão, com uma exatidão tão completa, que Aníssia Fiódorovna, que logo lhe dera o lenço necessário para a dança, derramou lágrimas por trás do riso, enquanto olhava para aquela condessa franzina, graciosa, tão diferente dela, criada entre sedas e veludos, e que sabia compreender tudo o que havia em Aníssia, bem como no pai de Aníssia, na tia, na mãe, e em todos os russos.

— Muito bem, condessa, vamos lá, avante! — exclamou o tio, rindo com alegria, ao fim da dança. — Ah, mas que sobrinha! Só falta escolher um bom jovem para ser o seu marido, vamos lá, avante!

— Já está escolhido — disse Nikolai, sorrindo.

— Oh? — exclamou o tio, admirado, olhando para Natacha com ar interrogativo. Natacha, com um sorriso feliz, fez que sim com a cabeça.

— E um marido muito bom! — disse ela. Porém, assim que falou, uma série de pensamentos novos, diferentes, surgiu dentro dela. "O que significa o sorriso de Nikolai, quando disse: 'Já está escolhido'? Ele está contente com isso ou não? Dá a impressão de achar que o meu Bolkónski não aprovaria, não compreenderia esta nossa alegria. Não, ele compreenderia tudo. Onde estará ele agora?", pensou Natacha, e de repente seu rosto ficou sério. Mas isso durou apenas um segundo. "Não pense, não se atreva a pensar nisso", disse consigo e, sorrindo, veio sentar-se de novo perto do tio e pediu que tocasse mais alguma coisa.

O tio tocou outra canção e uma valsa; em seguida, depois de um breve silêncio, tossiu e começou a cantar a sua canção de caça predileta.

Como a neve da tarde
Caía bonita...

O tio cantava como o povo canta, com aquela ingênua e plena convicção de que todo o significado da canção se encerra apenas nas palavras, de que a melodia vem por si mesma, de que não existe uma melodia independente da letra e de que a melodia só serve para separar as sílabas. Daí aquelas melodias inconscientes, como a melodia de um passarinho e a do tio, eram extraordinariamente bonitas. Natacha ficou entusiasmada com o canto do tio. Resolveu que não ia mais aprender a tocar harpa, ia tocar só violão. Pediu o violão ao tio e, na mesma hora, encontrou o acorde para uma canção.

Já passava das nove horas quando chegaram um breque, uma charrete e três cavaleiros, para buscar Nikolai e Natacha. O conde e a condessa não sabiam onde os filhos se encontravam e estavam muito inquietos, como disse o mensageiro.

Acordaram Pétia e colocaram-no no breque como se fosse um corpo morto; Natacha e Nikolai tomaram assento na charrete. O tio agasalhou Natacha e despediu-se dela com uma ternura inteiramente nova. Acompanhou-os a pé até a ponte e, como esta não podia ser usada, e era preciso atravessar o rio a vau, mandou caçadores seguirem na frente, com lanternas.

— Adeus, querida sobrinha! — gritou uma voz na escuridão, não a voz que Natacha conhecera antes, mas aquela que cantou "Como a neve da tarde".

Na aldeia por onde eles passaram, havia luzinhas vermelhas e um cheiro alegre de fumaça.

— Mas que encanto esse titio! — disse Natacha, quando tomaram a estrada principal.

— Sim — respondeu Nikolai. — Não está com frio?

— Não, estou ótima, ótima. Estou me sentindo tão bem — falou Natacha, até com certa perplexidade. Ficaram muito tempo calados.

A noite estava escura e cinza. Nem se enxergavam os cavalos; apenas se ouvia como eles patinhavam na lama invisível.

O que se passava naquela alma suscetível de criança que agarrava e assimilava com tamanha avidez todas as mais variadas impressões da vida? Como tudo aquilo se organizava dentro dela? Natacha, em todo caso, estava muito feliz. Já chegando perto de casa, de repente ela começou a cantar a canção "Como a neve da tarde", tema que tentara lembrar durante todo o trajeto e, por fim, conseguira.

— Lembrou? — disse Nikolai.

— E você, sobre o que está pensando agora, Nikólienka? — perguntou Natacha. Os dois adoravam perguntar isso um ao outro.

— Eu? — disse Nikolai, e tentou lembrar. — Pois veja só, eu agora mesmo estava pensando que o Rugai, o cão vermelho, é parecido com o tio e que, se ele fosse um homem, ficaria com o tio sempre perto de si, se não pela força na corrida, então pelo seu jeito, ficaria com ele sempre perto. Que pessoa boa é o tio! Não é verdade? Mas e você, no que estava pensando?

— Eu? Espere, espere. Sim, primeiro eu estava pensando que nós estamos aqui, viajando, pensando que vamos para casa, mas só Deus sabe para onde estamos indo no meio dessa escuridão, e que de repente a gente chega e vê que não estamos em Otrádnoie, mas num reino encantado. Depois pensei também... Não, não pensei em mais nada.

— Eu sei, eu tenho certeza de que estava pensando *nele* — disse Nikolai, sorrindo, como Natacha adivinhou pelo som da sua voz.

— Não — respondeu Natacha, embora de fato, ao mesmo tempo, estivesse pensando no príncipe Andrei e em como ele haveria de gostar do tio. — Mas eu não parei de repetir, por todo o caminho, não parei de repetir: como Aníssiuchka é boa, muito boa... — disse Natacha. E Nikolai ouviu o riso sonoro, gratuito e feliz da irmã. — Sabe de uma coisa? — disse ela, de repente. — Sei que nunca mais vou me sentir tão feliz, tão tranquila, como agora.

— Mas que absurdo, que bobagem, que disparate — disse Nikolai e pensou: "Mas que encanto, esta minha Natacha! Não tenho e nunca terei outro amigo como ela. Para que ela vai casar? Podíamos ficar sempre juntos!".

"Mas que encanto este Nikolai!", pensou Natacha.

— Ah! Ainda tem luz na sala — disse ela, apontando para as janelas da casa, que brilhavam bonitas na escuridão úmida e aveludada da noite.

VIII

O conde Iliá Andreitch abandonara o cargo de decano da nobreza porque aquela obrigação acarretava despesas grandes demais. Porém suas finanças nem por isso melhoraram. Muitas vezes Natacha e Nikolai viam as conversas misteriosas e nervosas dos pais e ouviam rumores sobre a venda da luxuosa casa patrimonial dos Rostóv nos arredores de Moscou. Sem o cargo de decano da nobreza, não era preciso ter um local tão grande para recepções, e a vida em Otrádnoie corria mais sossegada do que nos anos anteriores; porém, mesmo assim, a casa enorme e seus anexos estavam repletos de gente, à mesa sentavam sempre mais de vinte pessoas. Todos eram gente de casa, pessoas que se estabeleceram na residência do conde, quase membros da família ou que, assim parecia, deviam forçosamente viver na casa do conde. Assim eram, por exemplo, Dimmler, o músico, e a esposa; Vogel, o professor de dança, e a família; Belova, uma velha solteirona que morava na casa, além de muitos outros: os professores de Pétia, a ex-preceptora das mocinhas e qualquer pessoa para quem era melhor ou mais vantajoso morar na casa do conde do que na própria casa. Não havia recepções tão grandes como antes, mas a vida em geral seguia da mesma forma, pois nem o conde nem a condessa conseguiam conceber a sua vida fora disso. Havia o mesmo aparato para caçadas, que Nikolai aumentara mais ainda, os mesmos cinquenta cavalos e os quinze cocheiros na estrebaria; os mesmos presentes caros que davam uns aos outros nos dias de aniversário e os mesmos jantares solenes oferecidos ao distrito inteiro; os mesmos jogos de uíste e de bóston do conde, nos quais ele, deixando as cartas à vista de todos, perdia centenas de rublos todos os dias para os vizinhos, que com razão encaravam uma partida de cartas com o conde como o mais lucrativo dos investimentos.

O conde se movimentava em suas finanças como em redes imensas, tentando acreditar que não se emaranhava, enquanto a cada passo se emaranhava cada vez mais, e sentia-se incapaz de romper as redes que o prendiam ou de lançar-se com zelo e paciência ao trabalho de desemaranhar-se. A condessa, com o seu coração amorosíssimo, sentia que os filhos ficariam arruinados, que o conde não tinha culpa, que ele não podia ser o que não era, que ele mesmo estava sofrendo (embora o escondesse) por vergonha da ruína, sua e dos filhos, e assim a condessa procurava meios de remediar as finanças. Do seu ponto de vista de mulher, só concebia um meio: o casamento de Nikolai com uma noiva rica. A condessa sentia que essa era a última esperança e que, se Nikolai rejeitasse o partido que ela havia encontrado, seria preciso renunciar para sempre à possibilidade de recuperar as finanças da família. O partido era Julie Karáguina, filha de pais excelentes e virtuosos, conhecida dos Rostóv desde a infância, e agora rica herdeira em virtude da morte do último de seus irmãos.

A condessa escreveu diretamente para Karáguina, em Moscou, propondo o casamento da filha com o seu filho e recebeu dela uma resposta favorável. Karáguina respondeu que, da sua parte, estava de acordo, tudo dependeria da concordância da filha. Karáguina convidou Nikolai para ir a Moscou.

Diversas vezes, com lágrimas nos olhos, a condessa disse ao filho que, agora que as suas duas filhas estavam encaminhadas, seu único desejo era ver o filho casado. Disse que iria em paz para o túmulo se aquilo se realizasse. Depois disse que tinha em vista uma jovem maravilhosa e procurou saber a opinião do filho a respeito do casamento.

Em outras conversas, a condessa elogiava Julie e recomendava que Nikolai viajasse a Moscou nos feriados para se divertir. Nikolai adivinhava aonde a mãe queria chegar com aquelas conversas e, numa delas, induziu-a a falar com toda a franqueza. A mãe revelou-lhe que toda a esperança de pôr as finanças em ordem repousava agora no seu casamento com Karáguina.

— Quer dizer que, se eu amasse uma jovem sem fortuna, a senhora, *maman*, exigiria que eu sacrificasse o sentimento e a honra em troca da fortuna? — perguntou à mãe, sem entender a crueldade da sua pergunta e desejando apenas mostrar-se virtuoso.

— Não, você não me entendeu — disse a mãe, sem saber como se justificar. — Você não me entendeu, Nikólienka. Eu desejo a sua felicidade — acrescentou e sentiu que não dizia a verdade, que estava embaraçada. Começou a chorar.

— Mamãe, não chore, é só me dizer que deseja isso e a senhora sabe que darei toda a minha vida para que a senhora fique tranquila — disse Nikolai. — Sacrificarei tudo pela senhora, até o meu sentimento.

Mas a condessa não queria pôr a questão naqueles termos: não queria sacrifícios do filho, ela mesma queria sacrificar-se por ele.

— Não, você não me entendeu bem, não vamos falar disso — pediu ela, enxugando as lágrimas.

"Sim, pode acontecer de eu amar uma jovem pobre", disse Nikolai consigo, "e então como eu iria sacrificar o sentimento e a honra pela fortuna? Eu me admiro que mamãe possa me falar isso. Só porque ela é pobre", pensou, "eu não posso amar Sônia, não posso corresponder ao seu amor fiel e devotado? Além do mais, sem dúvida eu serei mais feliz com ela do que com essa espécie de boneca que é a Julie. Não posso controlar meu sentimento", disse consigo. "Se amo Sônia, esse meu sentimento é mais forte e mais elevado do que tudo o mais para mim."

Nikolai não foi a Moscou, a condessa não retomou a conversa a respeito de casamento e, com tristeza, mas às vezes com irritação, via sinais de uma aproximação cada vez maior entre seu filho e Sônia, que não tinha nenhum dote. A condessa se recriminava por isso, mas não podia deixar de resmungar com Sônia, de criar caso com ela, muitas vezes a detinha sem nenhum motivo, ralhava com ela e chamava-a de "minha cara senhora". O que mais irritava a boa condessa era o fato de Sônia, aquela sobrinha pobre e de olhos negros, ser tão dócil, tão bondosa, tão devotadamente agradecida aos seus benfeitores, e tão fiel, tão constante em seu amor desinteressado por Nikolai que era impossível censurar nela o que quer que fosse.

As férias de Nikolai iam passando, e ele não saía da casa dos pais. Chegara de Roma a quarta carta do príncipe Andrei, o noivo, na qual dizia que já estaria a caminho da Rússia desde muito tempo, se a sua ferida não tivesse aberto outra vez, inesperadamente, em razão do clima, o que o obrigava a adiar a partida até o início do ano seguinte. Natacha estava muito apaixonada pelo noivo, muito tranquila com aquele amor e muito receptiva a todas as alegrias da vida; mas, no fim do quarto mês de separação, começaram a surgir momentos de tristeza, contra os quais ela não conseguia lutar. Natacha tinha pena de si mesma, lamentava perder todo aquele tempo à toa, para ninguém, enquanto continuava a sentir-se tão capaz de amar e de ser amada.

Na casa dos Rostóv não havia alegria.

IX

Chegaram as festas de Natal e, afora a missa solene, afora os cerimoniosos e enfadonhos cumprimentos dos vizinhos e dos servos, afora as roupas novas que todos vestiam, nada de especial marcava as festas de Natal, porém na friagem sem vento de vinte graus negativos, nos dias claros de sol ofuscante e na luz das noites estreladas de inverno, sentia-se a necessidade de celebrar de algum modo aquele momento.

No terceiro dia das festas de Natal, depois do almoço, todas as pessoas de casa se retiraram para os seus quartos. Era a hora mais maçante do dia. Nikolai, que pela manhã tinha ido à casa dos vizinhos, adormeceu num sofá. O velho conde ficou descansando no seu escritório. Sônia ficou sentada na sala de visitas, à mesa redonda, copiando o desenho de um bordado. A condessa jogava paciência. Nastássia Ivánovna, o bufão, estava sentado, de rosto triste, junto à janela, com duas velhinhas. Natacha entrou na sala, aproximou-se de Sônia, observou o que ela estava fazendo, depois chegou perto da mãe e ficou parada, em silêncio.

— Por que fica andando que nem uma alma penada? — perguntou a mãe. — Do que você precisa?

— Preciso *dele*... agora, neste instante, eu preciso dele — disse Natacha, com os olhos brilhando e sem sorrir. A condessa levantou a cabeça e olhou com atenção para a filha. — Não fique olhando para mim, mãe, não fique olhando, senão vou começar a chorar.

— Sente, fique aqui comigo — disse a condessa.

— Mamãe, eu preciso *dele*. Para que eu tenho de perder tanto tempo, mãe?... — Sua voz se desfez, lágrimas romperam nos olhos, e ela, a fim de escondê-las, virou-se depressa e saiu da sala. Foi para a saleta, parou, de pé, pensou um pouco e seguiu para o aposento das criadas. Lá, uma velha criada de quarto ralhava com uma jovem serva que, ofegante por causa do frio, havia acabado de chegar do aposento dos criados.

— Só quer saber de brincar — disse a velha. — Tem hora para tudo.

— Deixe a menina, Kondrétievna — pediu Natacha. — Vá, Mávrucha, vá.

E, depois de liberar Mávrucha, Natacha atravessou o salão e foi para a saleta da entrada. Um velho e dois jovens lacaios jogavam cartas. Interromperam a partida e levantaram-se diante da patroa. "O que vou fazer com eles?", pensou Natacha.

— Sim, Nikita, por favor, vá... — "Para onde vou mandá-lo?" — Sim, vá lá nos fundos e traga um galo, por favor; sim, e você, Micha, traga aveia.

— A senhora quer muita aveia? — perguntou Micha, alegre e bem-disposto.

— Vá, vá logo — insistiu o velho.

— E você, Fiódor, me traga um giz.[7]

Ao passar pela copa, Natacha mandou preparar o samovar, embora ainda estivesse muito longe da hora.

O copeiro Foká era a pessoa mais irritadiça na casa. Natacha gostava de experimentar o seu poder sobre ele. Foká não acreditou naquela ordem e foi perguntar a Natacha se era verdade.

— Essa patroazinha tem cada uma! — exclamou Foká, fingindo fazer cara feia para Natacha.

Entre os patrões, ninguém pedia tanta coisa aos criados quanto Natacha, nem lhes dava tanto o que fazer. Ela não conseguia olhar para os criados com indiferença, sem mandá-los fazer alguma coisa. Parecia querer verificar se não iam se zangar, irritar-se com ela, mas os criados gostavam de cumprir as ordens de Natacha mais do que as de qualquer outra pessoa. "O que vou fazer? Para onde ir?", pensava Natacha, enquanto andava devagar pelo corredor.

— Nastássia Ivánovna, o que eu darei à luz? — perguntou ao bufão, que vinha na direção dela, na sua *kutsaveika*.[8]

— Você? Pulgas, libélulas, ferreiros — respondeu o bufão.

"Meu Deus, meu Deus, é sempre a mesma coisa! Ah, onde vou me enfiar? O que vou fazer de mim?" E ela, rapidamente, batendo os pés no chão, correu pela escada para o quarto de Vogel, que morava com a esposa no primeiro andar. No quarto de Vogel, duas preceptoras estavam sentadas à mesa, onde havia pratos com passas, nozes e amêndoas. As preceptoras conversavam sobre onde a vida era mais barata, em Moscou ou em Odessa. Natacha sentou-se, escutou a conversa com ar sério e pensativo e levantou-se.

— Ilha de Madagascar — disse. — Ma-da-gas-car — repetiu, separando bem cada sílaba e, sem responder à pergunta de Mme Schoss sobre o que ela havia falado, saiu do quarto.

---

7 Os pedidos de Natacha se relacionam a costumes da época do Natal para ler a sorte.

8 Jaqueta russa de mulher, com babados ou forrada de pele.

Pétia, seu irmão, também estava no primeiro andar: com o preceptor, ele preparava os fogos de artifício que iam soltar à noite.

— Pétia! Pétka! — gritou para ele. — Carregue-me para baixo! — Pétia veio correndo para a irmã e lhe ofereceu as costas. Natacha montou nele, abraçou o seu pescoço, e Pétia, aos saltos, começou a correr com a irmã nas costas. — Não, não precisa... Ilha de Madagascar — falou Natacha, desmontou das costas de Pétia e desceu a escada.

Como se tivesse percorrido os seus domínios, posto à prova o seu poder e se convencido de que todos eram obedientes, mas que mesmo assim tudo era maçante, Natacha seguiu para a sala, pegou o violão, sentou-se num canto escuro atrás de um armário pequeno e pôs-se a dedilhar as cordas mais graves, procurando uma frase que recordava de uma ópera a que assistira em Petersburgo, na companhia do príncipe Andrei. Para ouvidos alheios, o que ela tocava no violão não faria o menor sentido, mas na sua imaginação, por trás daqueles sons, renascia toda uma série de recordações. Natacha ficou atrás daquele armário pequeno, os olhos fixos na faixa de luz que vinha da porta da copa, ouvia a si mesma e lembrava. Natacha entregava-se às suas memórias.

Sônia passou pela sala com um cálice, rumo à copa. Natacha lançou um olhar para ela, para a fresta da porta da copa, e lhe pareceu lembrar já ter visto a faixa de luz que vinha da porta da copa e Sônia passar com um cálice na mão. "Sim, isso já aconteceu exatamente desse jeito", pensou Natacha.

— Sônia, o que é isto? — gritou Natacha, calcando a corda grave com os dedos.

— Ah, você está aí! — exclamou Sônia com um sobressalto, aproximou-se e escutou. — Não sei. Uma tempestade? — disse com timidez, receosa de errar.

"Puxa, ela ficou sobressaltada do mesmo jeito, aproximou-se e sorriu com timidez exatamente assim, na outra vez em que isso aconteceu", pensou Natacha. "E também exatamente assim... eu pensei que faltava alguma coisa nela."

— Não, é o coro dos *Aguadeiros*,[9] não percebeu? — E Natacha cantou a melodia do coro para mostrar a Sônia. — E aonde você está indo?

— Vou trocar a água do cálice. Estou quase acabando o desenho do bordado.

— Você está sempre fazendo alguma coisa, mas eu não consigo — disse Natacha. — E o Nikólienka, onde está?

— Está dormindo, parece.

— Sônia, vá acordá-lo — disse Natacha. — Diga que eu o estou chamando para cantar. — Natacha ficou parada um instante, pensou no que aquilo significava, no

---

9 Referência à ópera *Les Deux Journées ou Le Porteur d'eau* [Os dois dias ou Os Aguadeiros] (1800), de Luigi Cherubini (1760-1842).

que vinha a ser tudo aquilo e, sem conseguir esclarecer a questão, e sem ficar nem um pouco triste por causa disso, transportou-se de novo, na imaginação, para o tempo em que ela e ele estavam juntos e em que ele a fitava com os olhos apaixonados.

"Ah, quem dera ele chegasse logo. Tenho tanto medo de que isso não aconteça! E o pior é que estou ficando velha, isso sim! Já não vai mais haver em mim aquilo que existe agora. Mas quem sabe ele vai chegar hoje, agora mesmo? Quem sabe ele já chegou e está lá na sala de visitas? Quem sabe ele veio ontem mesmo, e eu esqueci?" Natacha levantou-se, pôs o violão de lado e seguiu para a sala de visitas. Todas as pessoas de casa, os professores, as preceptoras e as visitas já estavam sentadas à mesa de chá. Os criados estavam de pé em torno da mesa — mas o príncipe Andrei não estava ali, e era a mesma vida rotineira de antes.

— Ah, aí está ela — disse Iliá Andreitch, ao ver Natacha, que entrara. — Bem, sente-se ao meu lado. — Mas Natacha ficou parada junto à mãe, olhando em volta como que à procura de alguma coisa.

— Mamãe! — exclamou. — Dê-me *ele*, dê, mamãe, depressa, depressa. — E, de novo, teve dificuldade para conter os soluços.

Natacha sentou-se à mesa e escutou um pouco a conversa dos mais velhos e de Nikolai, que também tinha vindo até a mesa. "Meu Deus, meu Deus, as mesmas pessoas, as mesmas conversas, o papai segura a xícara do mesmo jeito e sopra do mesmo jeito de sempre!", pensou Natacha, sentindo com horror uma repulsa erguer-se dentro dela contra todas as pessoas de casa por serem sempre do mesmo jeito.

Depois do chá, Nikolai, Sônia e Natacha foram para a saleta do divã, para o seu cantinho predileto, onde sempre tinham início as suas conversas íntimas.

X

— Com você acontece — perguntou Natacha para o irmão, quando se sentaram na saleta —, com você acontece de ter a impressão de que nada vai acontecer, nada; de que tudo o que há de melhor já passou? E de ficar com uma sensação não de tédio, mas de tristeza?

— É claro! — disse ele. — Comigo aconteceu que tudo estava muito bem, na maior alegria, e de repente me veio a ideia de que eu já estava farto de tudo aquilo e de que todos temos de morrer. Uma vez, no regimento, eu não fui passear, fiquei tocando música... e de repente me veio um tédio tão grande...

— Ah, eu sei como é. Eu sei, sim — concordou Natacha. — Eu ainda era pequena e me acontecia isso. Lembra uma vez em que me castigaram por causa de umas ameixas, e enquanto vocês todos dançavam eu fiquei na sala de aula, chorando? Chorei tanto que nunca mais vou esquecer. Fiquei triste também, e tive pena de todos, tive pena de mim e de todo mundo. E o pior é que eu não tive culpa — disse Natacha. — Lembra?

— Lembro — disse Nikolai. — Lembro que fui falar com você depois, tive vontade de consolar você e, sabe, eu estava com vergonha. Nós éramos tremendamente ridículos. Na época, eu tinha um boneco e queria dar para você. Lembra?

— E você lembra — disse Natacha, com um sorriso pensativo — que muito, muito tempo atrás, quando ainda éramos bem pequenos, o titio nos chamou ao escritório, ainda na casa antiga, e estava escuro, a gente foi, e de repente lá estava...

— Um negro — concluiu Nikolai com um sorriso alegre. — Como é que eu poderia esquecer? E mesmo agora eu não sei dizer se era um negro ou se nós estávamos sonhando, ou se foi uma coisa que nos contaram.

— Ele era grisalho, lembra? E tinha dentes brancos... estava de pé, parado, e olhava para a gente...

— A senhora lembra, Sônia? — perguntou Nikolai.

— Sim, sim, também me lembro de alguma coisa — respondeu Sônia com timidez.

— Eu até perguntei sobre aquele negro para o papai e para a mamãe — disse Natacha. — Responderam que nunca houve negro nenhum aqui. Mas olhe só como você está lembrando!

— Como não? Lembro daqueles dentes como se estivesse vendo agora.

— Que estranho, parece até um sonho. Eu gosto disso.

— E lembra que um dia a gente estava rolando ovos no chão do salão e de repente entraram duas velhas e começaram a dar voltas no tapete? Isso aconteceu mesmo ou não? Lembra como era bom?...

— Sim. E lembra quando o papai, na varanda, de peliça azul, deu um tiro com o fuzil? — Interrompiam-se, sorriam com o prazer das recordações, não lembranças de velhos tristonhos, mas recordações poéticas de jovens, impressões do passado mais remoto, nas quais o sonho se fundia com a realidade, e riam baixinho, alegrando-se sem saber por quê.

Sônia, como sempre, mantinha-se à margem, embora as recordações deles fossem comuns.

Ela não lembrava de muitas das coisas que os outros dois recordavam, e aquilo que Sônia lembrava não despertava nela o mesmo sentimento poético que Natacha e Nikolai experimentavam. Sônia apenas se deliciava com a alegria dos outros dois e tentava imitá-la.

Só tomou parte na conversa quando recordaram a chegada de Sônia à casa deles. Sônia contou como tinha medo de Nikolai porque ele usava uma japona com uns cordões, e a babá lhe dissera que também iam costurá-la toda com os cordões.

— E lembro também que me disseram que você tinha nascido debaixo de um pé de repolho — continuou Natacha. — Lembro que, na época, eu não me atrevi a duvidar, mas sabia que não era verdade, e isso me deixou muito sem graça.

Nessa altura da conversa, uma criada pôs a cabeça na porta dos fundos da saleta.

— Patroa, já trouxeram o galo — disse a menina, num sussurro.

— Não precisa mais, Pólia, mande levar de volta — respondeu Natacha.

No meio da conversa que ocorria na saleta, Dimmler entrou e aproximou-se da harpa que ficava num canto. Tirou a capa do instrumento, e a harpa emitiu uma nota desafinada.

— Edward Karlitch, por favor, toque a minha predileta, o "Nocturne", de Field[10] — disse a voz da velha condessa, na sala de visitas.

Dimmler tocou um acorde e, voltando-se para Natacha, Nikolai e Sônia, disse:

— Como a mocidade está sossegada!

— Sim, estamos filosofando — disse Natacha, virando-se para ele um instante, e continuou a conversa. Agora conversavam sobre sonhos.

Dimmler começou a tocar. Natacha, em silêncio, na ponta dos pés, chegou perto da mesa, pegou uma vela, voltou e, sem fazer barulho, sentou-se no seu lugar. Estava escuro na sala, em especial no sofá onde estavam os jovens, mas a luz prateada da lua cheia caía sobre o chão, através das janelas grandes.

— Sabe, eu acho — disse Natacha, num sussurro, chegando mais pertinho de Nikolai e de Sônia, quando Dimmler já havia terminado de tocar e continuava dedilhando as cordas de leve, obviamente indeciso, pensando se devia parar ou começar outra música —, eu acho que quando a gente lembra assim e fica lembrando e lembrando até o fim, acaba lembrando o que aconteceu antes de a gente nascer.

— Isso é metempsicose — disse Sônia, que sempre estudava muito e aprendia tudo. — Os egípcios acreditavam que as nossas almas antes estiveram em animais e depois voltarão para os animais.

— Não, sabe, eu não acredito que nós estivemos em animais — disse Natacha, sempre num sussurro, embora a música já tivesse terminado. — Sei com certeza que nós fomos anjos no céu, e também aqui na Terra, e nos lembramos disso tudo...

— Posso me juntar a vocês? — perguntou Dimmler, que se aproximou de mansinho e sentou-se perto deles.

— Se nós fomos anjos, por que fomos rebaixados? — perguntou Nikolai. — Não, isso não é possível.

---

10 Referência a John Field (1782-1837), compositor irlandês que morou em São Petersburgo entre 1804 e 1831.

— Não fomos rebaixados, quem disse que fomos rebaixados?... Pois eu sei o que fui antes — protestou Natacha com toda a convicção. — Afinal, a alma é imortal... quer dizer, se vou viver para sempre, então eu também existi sempre, existi por toda a eternidade infinita.

— Sim, mas é difícil conceber a eternidade — disse Dimmler, que se aproximara dos jovens com um sorriso dócil e desdenhoso, mas agora falava baixo e em tom sério, da mesma forma que eles.

— E por que é difícil imaginar a eternidade? — perguntou Natacha. — Hoje existe, amanhã existirá, sempre existirá, e ontem existiu, anteontem existiu...

— Natacha! Agora é a sua vez. Cante alguma coisa para mim — soou a voz da condessa. — O que estão fazendo aí, tão quietos? Parecem uns conspiradores.

— Mãe! Não estou com vontade — respondeu Natacha, mas ao mesmo tempo levantou-se.

Nenhum deles, nem o já maduro Dimmler, tinha vontade de interromper a conversa e sair da saleta, mas Natacha levantou-se, e Nikolai sentou-se ao clavicórdio. Como sempre, de pé no meio da sala, no lugar onde a ressonância era mais favorável, Natacha começou a cantar a música predileta da mãe.

Disse que não tinha vontade, mas fazia muito tempo que não cantava tão bem como cantou naquela noite, e depois levou muito tempo para voltar a cantar assim. O conde Iliá Andreitch, do escritório, onde conversava com Mítienka, ouviu a canção e, como um aluno ansioso para brincar ao fim da aula, atrapalhou-se com as palavras, enquanto dava as ordens para o administrador, até que, por fim, calou-se, e Mítienka, também escutando em silêncio, ficou parado com um sorriso diante do conde. Nikolai não desviava o olhar da irmã e respirava junto com ela. Sônia, enquanto escutava, pensava na enorme diferença que havia entre ela e a sua amiga e em como era impossível para ela ser, por pouco que fosse, fascinante como a prima. A velha condessa, com um sorriso feliz e melancólico, e com lágrimas nos olhos, balançava a cabeça de vez em quando. Pensava em Natacha, na sua própria juventude, e pensava que havia algo anormal e terrível no futuro casamento de Natacha com o príncipe Andrei.

Dimmler veio sentar-se junto à condessa e escutava de olhos fechados.

— Não, condessa — disse ele, por fim. — É um talento europeu, ela não tem nada o que aprender, essa suavidade, essa ternura, essa força...

— Ah! Como eu temo por ela, como eu temo — disse a condessa, sem lembrar com quem estava falando. O seu sentimento maternal lhe dizia que havia algo de excessivo em Natacha e que, por isso, ela não seria feliz. Natacha ainda não terminara de cantar, quando Pétia, de catorze anos, entrou na sala correndo, eufórico com a notícia de que os mascarados tinham chegado.

Natacha parou de repente.

— Seu bobo! — gritou para o irmão, correu para uma cadeira, deixou-se cair sobre ela e desatou a chorar de tal modo que demorou muito tempo para conseguir parar. — Não é nada, mamãe, juro, não é nada. O Pétia me assustou, foi só isso — disse, tentando sorrir, mas as lágrimas continuavam a rolar, e os soluços lhe apertavam a garganta.

Os servos estavam fantasiados: ursos, turcos, taberneiros, fidalgas, medonhos e ridículos, trazendo consigo a alegria e a friagem lá de fora, aglomeraram-se de início timidamente no vestíbulo; depois, escondendo-se uns atrás dos outros, passaram para o salão; e de início acanhados, mas depois, cada vez mais alegres e descontraídos, deram início às canções, às danças populares, às brincadeiras de Natal. A condessa, após reconhecer o rosto dos mascarados e rir das fantasias, foi para a sala de visitas. O conde Iliá Andreitch, com um sorriso radiante, sentado no salão, dava apoio aos foliões. Os jovens haviam sumido.

Meia hora depois, no salão, apareceu também, entre outros mascarados, uma velha de saia grande com anquinhas — era Nikolai. A mulher turca era Pétia. O palhaço era Dimmler, o hussardo era Natacha e o circassiano era Sônia, com bigodes e sobrancelhas pintados com rolha queimada.

Depois de simular surpresa, desconhecimento e ouvir os elogios dos que não estavam fantasiados, os jovens acharam que as roupas estavam tão bonitas que era preciso mostrá-las para outras pessoas.

Nikolai, que tinha vontade de levar todos na sua troica pela estrada excelente, sugeriu ir à casa do tio, levando consigo uns dez servos mascarados.

— Não, ora essa, vocês vão perturbar o velho! — disse a condessa. — E na casa dele não vão ter espaço nem para se mexer. É melhor ir à casa dos Meliukóv.

A sra. Meliukova era uma viúva que morava a quatro verstas dos Rostóv, com filhos de idades variadas, além de preceptores e governantas.

— Que boa ideia, *ma chère* — apoiou o velho conde, animado. — Vou me arrumar num instante e irei com vocês. Vou animar a Pacheta.

Mas a condessa não deixou o conde ir: a perna dele estava doendo havia muitos dias. Resolveram que Iliá Andreitch não podia ir, mas que, se Luísa Ivánovna (Mme Schoss) fosse, Natacha e Sônia poderiam ir à casa dos Meliukóv. Sônia, sempre tímida e acanhada, começou a insistir, com mais ênfase do que todos os outros, para que Luísa Ivánovna não recusasse.

A fantasia de Sônia era a melhor de todas. Seus bigodes e sobrancelhas lhe caíam extraordinariamente bem. Todos lhe diziam que estava muito bonita, e Sônia se achava num estado de ânimo entusiasmado e vigoroso, incomum para ela. Uma voz interior lhe dizia que o seu destino seria decidido naquele dia ou nunca, e Sônia, em sua fantasia de homem, parecia outra pessoa. Luísa Ivánovna concordou e, meia hora depois, quatro troicas, com guizos e sinetas, guinchando e assoviando sobre a neve endurecida pela friagem, encostaram diante da varanda.

Natacha foi a primeira a dar o tom de alegria natalina, e aquela alegria, refletindo-se de um para o outro, aumentava cada vez mais e chegou ao auge na hora em que todos saíram para o ar gelado e, falando entre si, chamando uns aos outros, rindo e gritando, subiram nos trenós.

Duas troicas eram de serviço comum, a terceira era a do velho conde, com um cavalo trotador, vindo de Orlóv, atrelado ao varal, e a quarta era a troica pessoal de Nikolai, com o seu cavalo murzelo baixinho e peludo atrelado entre outros dois. Nikolai, na sua fantasia de velha, sobre a qual vestira uma capa de hussardo cingida por um cinto, estava de pé, no meio do trenó, com as rédeas em punho.

Estava tão claro que ele via brilhar, aos raios da lua, as chapinhas de metal dos arreios e os olhos dos cavalos, que, assustados, viravam a cabeça para os passageiros, que faziam muito barulho à sombra do telhado da varanda.

No trenó de Nikolai, sentaram Natacha, Sônia, Mme Schoss e duas criadas. No trenó do velho conde, sentaram Dimmler, sua esposa e Pétia. Nos outros, distribuíram-se os servos fantasiados.

— Vá na frente, Zakhar! — gritou Nikolai ao cocheiro do trenó do pai, para ter a chance de ultrapassá-lo na estrada.

A troica do velho conde, na qual iam Dimmler e outros mascarados, arrancou e foi em frente, com os patins do trenó assoviando, como se aderissem à neve, e as sinetas graves tilintando. Os cavalos dos lados comprimiam-se aos varais e afundavam as patas no solo, espirrando a neve brilhante e dura como açúcar.

Nikolai partiu atrás da primeira troica; atrás dele, as demais troicas faziam barulho e assoviavam. De início, seguiram a trote suave pela estrada estreita. Quando passaram pelo bosque, muitas vezes as sombras das árvores nuas estendiam-se atravessadas no caminho e escondiam a luz clara da lua; no entanto, assim que deixaram a cerca para trás, uma planície coberta de neve, com o brilho azulado de um diamante, toda banhada pelo resplendor da lua e imóvel, abriu-se em todas as direções. O trenó da frente sacudiu duas vezes num buraco da estrada; o trenó seguinte sacudiu da mesma forma, e também o seguinte, e assim, rompendo com audácia o silêncio gelado, os trenós começaram a deslizar um atrás do outro.

— Tem um rastro de lebre, tem muitos rastros! — ressoou, no ar enregelado, a voz de Natacha.

— A gente enxerga tudo, *Nicolas*! — falou a voz de Sônia. Nikolai virou-se para trás, na direção de Sônia, e inclinou-se para observar seu rosto mais de perto. Um rosto completamente novo, meigo, de sobrancelhas e bigodes pretos, na luz da lua, próximo e distante, despontava na pele de zibelina.

"Antes isso era a Sônia", pensou Nikolai. Olhou para ela bem de perto e sorriu.

— O que há com você, Nikolai?

— Nada — respondeu, e virou-se de novo para os cavalos.

Ao tomarem a estrada principal, mais batida, que os patins dos trenós haviam deixado escorregadia, toda retalhada pelas marcas dos cascos, bem visíveis à luz da lua, os cavalos começaram, por conta própria, a forçar as rédeas e a ganhar velocidade. O cavalo da esquerda, com a cabeça arqueada, repuxava seus tirantes aos arrancos. O cavalo do meio balançava-se, mexendo as orelhas, como se perguntasse: "É para começar? Ou ainda é cedo?". Na frente, já distante, destacada e ressoando a sineta grave cada vez mais longe, via-se claramente na neve branca a troica negra de Zakhar. Ouviam-se os gritos, os risos e as vozes dos mascarados do seu trenó.

— Vamos lá, meus amigos! — gritou Nikolai, puxando as rédeas para um lado e brandindo o chicote na mão. E só pelo vento, que ficara mais forte e parecia vir de encontro a eles, e pelos solavancos do galope dos cavalos das laterais da troica, que puxavam e forçavam cada vez mais, percebia-se como o trenó corria com ímpeto. Nikolai virou-se e olhou para trás. Com um grito e um assovio, brandindo o chicote e obrigando o cavalo do meio a galopar, as outras troicas seguiam ligeiro. O cavalo do meio sacudia-se com valentia sob o arco dos arreios, sem pensar em desistir, e prometendo acelerar mais e mais, quando fosse necessário.

Nikolai alcançou a primeira troica. Desceram um morro e adentraram numa estrada larga, cheia de sulcos, sobre um prado à margem de um rio.

"Onde estamos?", pensou Nikolai. "Deve ser o prado de Kossói. Mas, não, é uma coisa nova, algo que nunca vi. Não é o prado de Kossói, nem é o monte Diómkin, só Deus sabe que lugar é este! É uma coisa nova e mágica. Bem, seja lá o que for, isso não importa!" E, após gritar para os cavalos, começou a ultrapassar a primeira troica.

Zakhar refreou um pouco seus cavalos e virou o rosto, já coberto de fragmentos de gelo até as sobrancelhas.

Nikolai acelerou seus cavalos, e Zakhar, com os braços estendidos para a frente, estalou os lábios e também acelerou os seus cavalos.

— Puxa, cuidado, patrão — exclamou. As troicas corriam ainda mais rápidas, lado a lado, e as patas dos cavalos a galope revezavam-se velozmente. Nikolai começou a tomar a frente. Zakhar, sem mudar a posição dos braços estendidos, soergueu uma das mãos com as rédeas.

— Está sonhando, patrão — gritou. Nikolai acelerou ao máximo o galope dos cavalos e ultrapassou Zakhar. Os cavalos espirravam uma neve miúda e seca que cobria todo o rosto dos passageiros, enquanto ao lado deles soava um tilintar ligeiro, e misturavam-se as patas que se moviam depressa e as sombras da troica ultrapassada. O chiado dos patins dos trenós sobre a neve e a voz esganiçada das mulheres ressoavam de vários lados.

Nikolai reduziu a velocidade dos cavalos e olhou à sua volta. Tudo em redor era a mesma planície mágica, banhada pelo luar, salpicada de estrelas.

"Zakhar está gritando para que eu vire à esquerda; mas por que à esquerda?", pensou Nikolai. "Será que estamos indo na direção da casa dos Meliukóv? Será que aqui é Meliukovka? Só Deus sabe onde estamos, só Deus sabe o que está acontecendo conosco... E é muito estranho e bom o que está acontecendo conosco." Virou-se e olhou para dentro do trenó.

— Olhe só o bigode e as pestanas dele, está tudo branco — disse uma das pessoas estranhas, bonitinhas e desconhecidas sentadas ali, aquela com bigode e sobrancelhas finas.

"Aquela parece que é a Natacha", pensou Nikolai. "E aquela outra, a Mme Schoss; mas pode não ser, e esse circassiano de bigodes... eu não sei quem é, mas eu a adoro."

— Vocês não estão com frio? — perguntou Nikolai. Elas não responderam e começaram a rir. Dimmler gritou alguma coisa do trenó de trás, na certa algo engraçado, mas era impossível entender o que estava gritando.

— Sim, sim — responderam as vozes, rindo.

No entanto, eis que surge uma floresta mágica, com sombras negras derramadas, cintilações de diamante, uma série de degraus de mármore, telhados de prata de um castelo encantado e o ganido estridente de animais. "Mas se isto for de fato Meliukovka, mais estranho ainda é que nós, correndo sem saber para onde, fomos dar justamente em Meliukovka", pensou Nikolai.

De fato, era Meliukovka, e criadas e lacaios saíram às pressas para a entrada da casa, com velas e o rosto alegre.

— Quem é? — perguntaram da entrada.

— São os mascarados do conde, estou reconhecendo pelos cavalos — responderam algumas vozes.

XI

Pelagueia Danílovna Meliukova, mulher vigorosa e larga, de óculos e roupão folgado, estava sentada na sala de visitas, cercada pelas filhas, às quais ela tentava divertir. Em silêncio, derretiam a cera de velas e observavam as figuras que se formavam nas sombras,[11] quando veio da entrada o rumor dos passos e das vozes dos recém-chegados.

Hussardos, fidalgas, bruxas, palhaços, ursos, tossindo e enxugando o rosto cheio de fragmentos de gelo, atravessaram a porta e entraram no salão, onde velas foram acesas às pressas. O palhaço Dimmler e a fidalga Nikolai deram início à dança. Rodeados por crianças que gritavam, os fantasiados, de rosto coberto e disfarçando a voz, curvaram-se em cumprimento diante da dona da casa e espalharam-se pela sala.

— Ah, é impossível reconhecer! Mas essa é a Natacha? Olhem só o jeito dela! Sério, me lembra alguém. E esse é o Edward Karlitch, como está bonito! Nem reconheci. Puxa, como dança! Ah, meus amigos, e esse circassiano aí? Sério, como a Sóniuchka fica bem. E esses aqui, quem serão? Puxa, que diversão nos trouxeram! Retirem as mesas, Nikita e Vánia. E nós, que estávamos aqui tão quietinhas!

— Ha, ha, ha!... Olhem o hussardo, olhem o hussardo! Igualzinho a um menino, e os pés!... Não consigo nem olhar... — ouviam-se vozes.

Natacha, a predileta das jovens Meliukóv, sumiu com elas nos aposentos dos fundos, onde pediram rolhas de cortiça e diversos roupões e trajes masculinos, que os braços nus de meninas receberam de um lacaio, por trás de uma porta entreaberta. Dez minutos depois, toda a parte jovem da família Meliukóv veio se unir aos mascarados.

Pelagueia Danílovna, que dera ordem de fazer uma limpeza nos aposentos reservados para as visitas e de trazer comes e bebes para os senhores e para os servos, caminhou entre os mascarados, com um sorriso contido, sem tirar os óculos, fitando de perto o rosto deles, sem reconhecer ninguém. Não só não reconheceu os Rostóv e Dimmler como também não conseguia de forma alguma reconhecer nem as próprias filhas, nem os roupões e os uniformes masculinos que elas vestiam.

— Mas e essa aí, é qual delas? — perguntou, dirigindo-se para a sua preceptora enquanto fitava o rosto da própria filha, disfarçada de tártaro de Kazan. — Parece alguém dos Rostóv. Puxa, e o senhor, meu cavalheiro hussardo, está em que regimento? — perguntou para Natacha. — E aquela turquinha ali, vamos, deem um doce para ela — disse para um copeiro que servia as visitas. — A lei deles não proíbe isso.

De vez em quando, ao ver os passos estranhos, mas engraçados, que davam os dançarinos — convencidos de uma vez por todas de que estavam bem fantasiados e de que ninguém os reconheceria, e por isso sem timidez —, Pelagueia Daní-

11 Tradição muito comum na Rússia até hoje: a cera de uma vela é derretida sobre a água de uma bacia, e as formas projetam sombras, que são interpretadas.

lovna cobria o rosto com um lenço, e todo o seu corpo obeso sacudia-se com um bom e irresistível riso de velha.

— Aquela é a minha Sáchinet! — exclamou.

Depois das danças russas e das danças de roda, Pelagueia Danílovna reuniu todos os servos e senhores num grande círculo; trouxeram um arco, um cordão e uma moeda de um rublo, e todos participaram da brincadeira.

Uma hora depois, todas as roupas estavam amarrotadas e desarrumadas. Os bigodes e as sobrancelhas desenhados com rolha de cortiça queimada desmanchavam-se nos rostos suados, afogueados e alegres. Pelagueia Danílovna começou a reconhecer os mascarados, maravilhada com a maneira como as indumentárias estavam bem-feitas, como as fantasias ficavam especialmente bem nas jovens senhoras e agradeceu a todos por terem lhe trazido tanta alegria. Convidaram as visitas para jantar na sala de refeições e para os servos serviram comes e bebes no salão.

— Não, ler a sorte na casa de banhos, é isso o que dá o maior medo! — disse, durante o jantar, uma solteirona que morava na casa dos Meliukóv.

— Mas por quê? — perguntou a filha mais velha dos Meliukóv.

— Não vá, estou avisando, tem de ter muita coragem...

— Pois eu vou — disse Sônia.

— Conte o que aconteceu com aquela moça — pediu a segunda Meliukova.

— Pois bem, uma jovem foi lá sozinha — contou a solteirona —, levou um galo, pratos e talheres para dois, tudo como deve ser, e sentou-se. Ficou quieta, só escutando, e de repente lá vem ele... um trenó, com sinetas, guizos; ela presta atenção, alguém está vindo. E ele entra, numa imagem humana perfeita, igualzinho a um oficial, aproxima-se e senta junto dela, diante do prato e dos talheres.

— Ah! Ah!... — começou a gritar Natacha, arregalando os olhos com horror.

— Puxa, mas e ele também fala?

— Sim, igual a uma pessoa, tudo certinho, e vai indo, e vai indo, até convencer. Só que ela precisava mantê-lo ocupado com a conversa até o galo cantar; mas a moça teve medo; e, assim que teve medo, cobriu o rosto com as mãos. E aí ele agarrou a moça. Por sorte, as criadas acudiram naquele instante...

— Ora, para que meter medo nos outros! — exclamou Pelagueia Danílovna.

— Mas, mamãe, a senhora mesma foi ler a sorte... — disse a filha.

— E como se lê a sorte no celeiro? — perguntou Sônia.

— Podemos ir agora mesmo ao celeiro, se quiser, e ficar escutando. Depende do que vai escutar: se batem pregos, martelam, é ruim, mas se derramam trigo é bom; às vezes acontece de...

— Mamãe, conte o que aconteceu com a senhora, no celeiro!

Pelagueia Danílovna sorriu.

— Ora, mas eu já esqueci — respondeu. — E então, nenhuma de vocês quer ir?

— Sim, eu vou; Pelagueia Danílovna, me deixe ir — disse Sônia.

— Está bem, se você não tem medo.

— Luísa Ivánovna, posso ir? — perguntou Sônia.

Quando brincavam com o arco, com o cordão ou com a moeda de um rublo, ou quando conversavam, como agora, Nikolai não se afastava de Sônia e a observava com um olhar inteiramente novo. Parecia-lhe que só naquele dia, pela primeira vez, e graças àqueles bigodes de rolha queimada, reconhecia Sônia por inteiro. De fato, naquela noite, Sônia estava alegre, animada e bonita, como Nikolai nunca tinha visto.

"Então é assim que ela é, mas como sou tolo!", pensou ele, enquanto fitava os olhos brilhantes de Sônia e o seu sorriso feliz, entusiasmado, que, embaixo do bigode, formava covinhas nas faces, um sorriso que Nikolai nunca tinha visto.

— Não tenho medo de nada — disse Sônia. — Pode ser agora? — Levantou-se. Disseram para Sônia onde ficava o celeiro, explicaram que devia ficar quieta e escutar com atenção e lhe deram uma peliça. Cobriu a cabeça com a peliça e lançou um olhar para Nikolai.

"Que encanto, essa menina!", ele pensou. "Onde andei com a cabeça, esse tempo todo?"

Sônia saiu para o corredor a fim de seguir até o celeiro. Nikolai foi depressa para a varanda da frente, dizendo que estava com calor. De fato, estava abafado dentro de casa, por causa da aglomeração de pessoas.

Lá fora, havia o mesmo frio imóvel, a mesma lua, só que ainda mais luminosa. O brilho era tão forte e eram tantas as estrelas na neve que nem se tinha vontade de olhar para o céu, e as estrelas de verdade passavam despercebidas. No céu, estava tudo negro e sem graça, na terra, havia alegria.

"Como sou tolo, mas que tolo! O que fiquei esperando até agora?", pensou Nikolai e, depois de descer correndo da varanda, contornou o canto da casa pelo atalho que levava para a varanda dos fundos. Sabia que Sônia ia passar por ali. Na metade do caminho, havia toras de lenha empilhadas, com neve por cima, e aquele monte de lenha projetava uma sombra; para além das toras, e ao lado delas, as sombras das velhas tílias desfolhadas caíam e se entrelaçavam sobre a neve e a vereda. A vereda levava ao celeiro. As paredes de troncos do celeiro e o telhado, coberto de neve, como que esculpidos numa espécie de pedra preciosa, reluziam à luz do luar. No jardim, uma árvore estalou e, de novo, tudo ficou em completo silêncio. Parecia que o peito respirava não o ar, mas uma alegria e uma força eternamente jovens.

Soaram passos na escadinha da varanda dos fundos, veio o rangido mais forte do último degrau, onde a neve se acumulara, e a voz de uma velha criada falou:

— Reto, sempre reto, por essa vereda aí, patroazinha. Mas não olhe para trás!

— Não tenho medo — respondeu a voz de Sônia e, pela vereda, na direção de onde vinha Nikolai, os pezinhos de Sônia, nos sapatos delicadinhos, rangiam, assoviavam.

Sônia caminhava, toda enrolada na peliça. Já estava a dois passos de Nikolai quando o viu; ela o viu também não da forma como o conhecia e que sempre temia um pouquinho. Nikolai estava numa roupa de mulher, de cabelos desgrenhados e com um sorriso feliz e novo para Sônia. Ela correu depressa ao encontro dele.

"Ela está completamente diferente e ainda é a mesma", pensou Nikolai, olhando para o rosto de Sônia, todo iluminado pelo luar. Ele enfiou as mãos debaixo da peliça que recobria a cabeça de Sônia, abraçou-a, apertou-a contra si e beijou-a nos lábios, rematados por um bigode e com cheiro de rolha queimada. Sônia beijou-o bem nos lábios e, estendendo as mãos pequenas, segurou-o pelos dois lados do rosto.

"Sônia!..." "*Nicolas!...*" Foi tudo o que os dois disseram. Correram para o celeiro e de lá voltaram para a casa, cada um pela sua varanda.

XII

Quando todos partiram da casa de Pelagueia Danílovna, Natacha, que sempre notava tudo, organizou de tal modo a distribuição dos passageiros que Luísa Ivánovna e ela ficaram num trenó com Dimmler, enquanto Sônia e Nikolai foram para o trenó com as criadas.

Nikolai já não ultrapassava os outros trenós, fez o caminho de volta em velocidade regular e, olhando toda hora para Sônia, sob aquele luar estranho, procurava, por trás do bigode e das sobrancelhas, naquela luz que tudo transformava, a sua Sônia de antes e a de agora, de quem ele resolvera nunca mais se separar. Nikolai olhava com atenção e, quando reconhecia nela a mesma de antes e uma outra, e se lembrava daquele cheiro de rolha queimada, misturado com a sensação do beijo, inspirava fundo e enchia o peito com o ar gelado e, olhando para a terra que fugia e para o céu que brilhava, sentia-se de novo num reino encantado.

— Sônia, *você* está bem? — perguntava ele, de vez em quando.

— Sim — respondia Sônia. — E *você*?

No meio do caminho, Nikolai passou as rédeas para o cocheiro e, por um momento, correu para o trenó de Natacha e ficou de pé no estribo.

— Natacha — disse num sussurro, em francês. — Sabe, tomei uma decisão sobre a Sônia.

— Falou com ela? — perguntou Natacha, de repente radiante de alegria.

— Ah, mas como você está estranha com esse bigode e essas sobrancelhas, Natacha! Está contente?

— Estou tão contente, mas tão contente! Eu já estava ficando zangada com você. Eu não dizia nada, mas você estava agindo mal com ela. Sônia tem um coração tão bom, *Nicolas*, como estou contente! Às vezes sou muito má, mas eu tinha vergonha de ser feliz sozinha, sem a Sônia — prosseguiu Natacha. — Agora estou muito contente. Pronto, agora vá correndo para ela.

— Não, espere um pouco, ah, como você está engraçada! — disse Nikolai, que não parava de observá-la e encontrava na irmã algo novo, extraordinário e de um frescor cativante, que ele nunca tinha visto. — Natacha, é uma coisa mágica. Hein?

— É, sim — respondeu ela. — Você agiu muito bem.

"Se eu antes tivesse visto a Sônia como vejo agora", pensou Nikolai, "há muito tempo eu teria perguntado o que fazer, faria tudo o que ela ordenasse e tudo estaria bem."

— Então você está mesmo contente, e eu fiz bem, não foi?

— Ah, como é bom! Ainda há pouco tempo eu e a mamãe discutimos por causa disso. Mamãe disse que ela anda atrás de você. Como a mamãe pôde falar uma coisa dessas! Quase briguei com a mamãe. Nunca vou deixar ninguém falar ou pensar nada de mau sobre a Sônia, porque tudo nela é ótimo.

— Então, está bem? — disse Nikolai, observando mais uma vez a expressão no rosto da irmã, para ver se aquilo era mesmo verdade e, rangendo as botas, desceu do estribo com um pulo e correu para o seu trenó. O mesmo circassiano feliz e sorridente, de bigodes e de olhos brilhantes, olhando por baixo do chapéu de zibelina, estava ali sentado, e aquele circassiano era Sônia, e aquela Sônia era com certeza a sua futura esposa, feliz e adorada.

Depois de chegar em casa e contar à mãe como haviam passado o tempo na casa dos Meliukóv, as jovens foram para o quarto. Trocaram de roupa e, sem apagar os bigodes, ficaram por muito tempo conversando sobre a sua felicidade. Conversaram sobre como iam viver quando casadas, como os seus maridos seriam amigos e como elas seriam felizes. Na mesinha de cabeceira de Natacha, estavam os espelhos que Duniacha deixara ali, prontos, desde a véspera.

— Mas quando tudo isso vai acontecer? Temo que nunca aconteça... Seria bom demais! — disse Natacha, levantando-se e aproximando-se do espelho.

— Sente-se, Natacha, quem sabe você o vê? — disse Sônia. Natacha acendeu as velas e sentou-se diante do espelho.

— Estou vendo alguém de bigode — disse Natacha, vendo o próprio rosto.

— Não pode rir, patroazinha — disse Duniacha.

Com a ajuda de Sônia e da criada, Natacha encontrou a posição certa do espelho; seu rosto adquiriu uma expressão séria, e ela ficou em silêncio. Por muito tempo, continuou parada, olhando para a fileira de velas que fugia para o fundo do espelho, supondo (com base nos contos que tinha ouvido) que tinha visto ora um caixão, ora *ele*, o príncipe Andrei, dentro daquele último e vago quadrado, cujas formas se dissolviam. No entanto, por mais que Natacha estivesse disposta a interpretar o mais ínfimo borrão como a figura de um homem ou de um caixão, não via nada. Piscava os olhos muitas vezes e chegava bem perto do espelho.

— Por que as outras veem, e eu não estou vendo nada? — disse. — Puxa, fique aqui você, então, Sônia; hoje você tem de ver — disse. — Só por mim... Hoje estou com tanto medo!

Sônia sentou-se diante do espelho, corrigiu a posição e começou a observar.

— Agora é a Sofia Aleksándrovna que vai ver — disse Duniacha num sussurro. — A senhora ri o tempo todo.

Sônia ouviu aquelas palavras e também ouviu o que Natacha disse, num sussurro:

— Eu sei que ela vai ver; no ano passado já viu.

Durante três minutos, todas ficaram em silêncio. "Tem de ver!", sussurrou Natacha, e mal havia terminado de falar quando... de repente, Sônia afastou de si o espelho, que estava segurando, e cobriu os olhos com a mão.

— Ah, Natacha! — disse.

— Viu? Viu? O que você viu? — gritou Natacha.

— Eu bem que falei — disse Duniacha, segurando o espelho.

Sônia não tinha visto nada, só queria piscar os olhos e levantar-se, quando ouviu a voz de Natacha que dizia "Tem de ver"... Ela não queria enganar Duniacha, nem Natacha, mas era incômodo continuar parada diante do espelho. Nem ela mesma sabia como e por que razão havia soltado aquele grito, na hora em que cobriu os olhos com a mão.

— Você o viu? — perguntou Natacha, segurando a mão de Sônia.

— Sim. Espere... eu... o vi — disse Sônia, sem querer, ainda sem saber a quem Natacha designava com o pronome *o*: *ele* ou *ele*, Nikolai ou Andrei?

"Mas por que não posso dizer que vi? Afinal, outras já viram! E quem vai poder me desmentir e saber se eu vi ou não vi?", passou pela cabeça de Sônia.

— Sim, eu o vi — disse ela.

— Como foi? Como estava? De pé ou deitado?

— Não, eu vi... Numa hora, eu não estava vendo nada, de repente, olho e vejo que ele está deitado.

— Andrei, deitado? Está doente? — perguntou Natacha, fitando a amiga com olhos paralisados de medo.

— Não, ao contrário, ao contrário... tinha o rosto alegre, e virou-se para mim... — E, na hora em que ela disse isso, pareceu à própria Sônia que tinha visto de fato o que estava contando.

— Puxa, mas e depois, Sônia?

— Aí eu enxerguei alguma coisa azul e vermelha...

— Sônia! Quando ele vai voltar? Quando é que eu vou vê-lo? Meu Deus! Como eu temo por ele e por mim, e sinto medo de tudo... — falou Natacha e, sem responder às palavras de consolo de Sônia, deitou-se na cama e, muito tempo depois de terem apagado as velas, continuava deitada de olhos abertos, imóvel sobre a cama, e olhava para o luar gelado através do vidro da janela, coberto de gelo.

XIII

Logo depois do Natal, Nikolai falou à mãe sobre o seu amor por Sônia e sobre a sua firme resolução de casar-se com ela. A condessa, que havia muito percebia o que se passava entre Sônia e Nikolai e já esperava aquela notícia, escutou em silêncio as palavras do filho e disse que podia se casar com quem quisesse; mas nem ela nem o pai lhe dariam a bênção para tal casamento. Pela primeira vez, Nikolai sentiu que a mãe estava desgostosa com ele e que, apesar de todo o seu amor por Nikolai, ela não ia ceder. A condessa, com ar frio e sem olhar para o filho, mandou chamar o marido; e, quando ele chegou, a condessa quis comunicar-lhe do que se tratava, de modo frio e breve, na presença de Nikolai, mas não se conteve: começou a chorar com lágrimas de desgosto e saiu do quarto. O velho conde pôs-se a repreender o filho num tom hesitante e pediu que desistisse. Nikolai respondeu que não podia faltar à palavra dada, e o pai, depois de dar um suspiro, obviamente constrangido, logo interrompeu a conversa e foi ao encontro da condessa. Em todos os confrontos com o filho, o conde estava sempre consciente da sua culpa em relação a ele, por causa da desordem das finanças da família, e por isso não podia se zangar com Nikolai por não querer se casar com uma noiva rica e por preferir Sônia, que nada possuía — naquela situação, o conde se lembrava de maneira ainda mais viva que, se as finanças não estivessem em desordem, seria impossível Nikolai querer uma esposa melhor do que Sônia; e que o culpado pela desordem das finanças era só ele mesmo, o seu Mítienka e os seus hábitos irremediáveis.

O pai e a mãe não falaram mais sobre o assunto com o filho; porém, alguns dias depois, a condessa chamou Sônia ao seu quarto e, com uma crueldade que nenhuma das duas esperava, a condessa recriminou a sobrinha por seduzir o seu filho e acusou-a de ingratidão. Sônia, em silêncio, de olhos baixos, escutava as palavras cruéis da condessa e não entendia o que estavam exigindo dela. Sônia estava pronta a sacrificar tudo pelos seus benfeitores. A ideia do autossacrifício era a preferida do seu pensamento; porém, naquele caso, Sônia não conseguia entender por quem e por que ela devia se sacrificar. Não podia deixar de amar a condessa e toda a família Rostóv, mas também não podia deixar de amar Nikolai e não podia ignorar que a felicidade dele dependia daquele amor. Sônia ficou calada e triste e não respondeu. Pareceu a Nikolai que era impossível suportar aquela situação e foi ter uma explicação com a mãe. Nikolai ora suplicava à mãe que perdoasse a ele e à Sônia e concordasse com o casamento, ora a ameaçava dizendo que, se ficassem perseguindo Sônia, casaria com ela em segredo imediatamente.

A condessa, com uma frieza que o filho nunca tinha visto, respondeu que ele era maior de idade, que o príncipe Andrei ia se casar sem o consentimento do pai e que ele podia fazer o que quisesse, mas que ela jamais iria reconhecer aquela "intrigante" como sua filha.

Com a palavra "intrigante", Nikolai explodiu, sua voz se elevou, disse para a mãe que nunca tinha imaginado que ela fosse forçá-lo a vender os seus sentimentos e que, se era assim, aquela era a última vez que lhe falava... Mas não teve tempo de dizer as últimas palavras resolutas que, pela expressão do seu rosto, a mãe já esperava com horror e que talvez fossem permanecer para sempre como uma recordação cruel entre ambos. Nikolai não conseguiu terminar de falar tais palavras porque Natacha, com o rosto pálido e sério, entrou pela porta, junto à qual estava escutando.

— Nikólienka, você está falando bobagens, cale-se, cale-se! Estou lhe dizendo, fique quieto!... — quase gritou Natacha, para abafar a voz do irmão.

— Mamãe, minha querida, não é nada disso... minha querida, pobrezinha — voltou-se para a mãe, que, sentindo-se à beira de uma ruptura, olhava para o filho com horror, mas, por causa da obstinação e do fervor da luta, não queria e não podia ceder.

— Nikólienka, deixe que explico a você, agora vá embora... Escute, mãezinha querida — disse para a mãe.

Suas palavras eram sem sentido; mas alcançaram o resultado que Natacha pretendia.

A condessa começou a chorar e a soluçar, afundou o rosto no peito da filha, enquanto isso Nikolai levantou-se e saiu do quarto com a cabeça entre as mãos.

Natacha empenhou-se no processo de reconciliação e conseguiu que Nikolai recebesse da mãe a promessa de que Sônia não seria perseguida, ao passo que ele mesmo prometia que não tomaria nenhuma iniciativa às escondidas dos pais.

Com a firme intenção de deixar o serviço militar depois de acertar sua situação no regimento, e de voltar para casa a fim de se casar com Sônia, Nikolai, tristonho e sério, em desacordo com os pais, porém, assim lhe parecia, terrivelmente apaixonado, partiu para o regimento no início de janeiro.

Depois da partida de Nikolai, a casa dos Rostóv ficou mais triste do que nunca. A condessa ficou doente em razão daqueles transtornos emocionais.

Sônia estava abatida por causa da separação de Nikolai e mais ainda por causa do tom hostil que a condessa não conseguia deixar de usar ao falar com ela. O conde, mais do que nunca, andava ocupado com a má situação das finanças, que exigiam medidas enérgicas. Era indispensável vender a casa de Moscou e a propriedade nos arredores da cidade, mas para efetuar a venda era preciso viajar a Moscou. No entanto, a saúde da condessa o obrigava a adiar a viagem dia após dia.

Natacha, que nos primeiros tempos suportara com facilidade e até com alegria a separação do noivo, agora ficava, a cada dia, mais agitada e impaciente. O pensamento de que a melhor época da sua vida, que ela deveria dedicar ao amor pelo noivo, era desperdiçada, sem proveito para ninguém, atormentava Natacha com tenacidade. As cartas dele, na maior parte das vezes, a irritavam. Era ofensivo para Natacha pensar que, enquanto ela vivia só dos pensamentos sobre o noivo, o príncipe Andrei vivia a vida real, conhecia lugares novos, pessoas novas, interessantes para ele. Quanto mais interessantes eram as cartas do príncipe Andrei, mais desgostosa Natacha ficava. Já as cartas dela para ele não só não traziam consolo a Natacha como lhe pareciam uma obrigação maçante e falsa. Natacha não conseguia escrever porque não conseguia conceber a possibilidade de exprimir com veracidade numa carta sequer a milésima parte do que estava acostumada a exprimir com a voz, o sorriso e o olhar. Escrevia para ele cartas clássicas, monótonas, secas, a que ela mesma não atribuía nenhuma importância e em cujos rascunhos a condessa corrigia os seus erros ortográficos.

A saúde da condessa continuava sem apresentar melhoras; mas já não era mais possível adiar a viagem a Moscou. Era preciso preparar o enxoval, era preciso vender a casa, e além do mais o príncipe Andrei era aguardado em Moscou, onde o príncipe Nikolai Andreitch estava passando aquele inverno, e Natacha estava convencida de que ele chegaria logo.

A condessa ficou no campo, mas o conde partiu para Moscou no fim de janeiro, levando Sônia e Natacha.

TOMO DOIS
QUINTA PARTE

I

Depois do noivado do príncipe Andrei com Natacha, Pierre, de repente, sem nenhuma causa visível, sentiu que era impossível continuar a viver como antes. Por mais que estivesse convencido das verdades reveladas a ele pelo seu benfeitor, por mais alegres que fossem para ele os primeiros momentos de entusiasmo com o trabalho interior de autoaprimoramento, a que se dedicava com tanto ardor — depois do noivado do príncipe Andrei com Natacha e depois da morte de Ióssif Alekséievitch, cuja notícia Pierre recebera quase ao mesmo tempo, todo o encanto daquela vida se perdeu de repente para ele. Só restou o esqueleto de uma vida: sua casa com a esposa esplendorosa, que agora gozava dos favores de uma personalidade importante, relações em toda a Petersburgo e o serviço público, com suas formalidades maçantes. E de repente aquela vida anterior se apresentou a Pierre com uma sordidez inesperada. Ele parou de escrever o diário, evitava a sociedade dos irmãos, voltou a frequentar o clube, voltou a beber muito, voltou a se aproximar dos grupos de solteiros e passou a viver de tal modo que a condessa Elena Vassílievna julgou necessário repreendê-lo com severidade. Pierre sentiu que ela estava certa e, a fim de não comprometer a esposa, partiu para Moscou.

Em Moscou, assim que entrou na sua casa imensa, com as princesas murchas e secas, com a enorme criadagem, assim que ele viu — ao passar pela cidade — a capela de Nossa Senhora da Ibéria com as incontáveis velas acesas diante dos adornos dourados dos ícones, e viu a praça do Krêmlin com a neve sem marcas de veículos, e os cocheiros, as choupanas da Sívtsev Vrajók,[1] viu os velhos moscovitas que nada desejavam e que não tinham pressa de ir a parte alguma, vivendo os dias que lhes restavam, e assim que viu as velhas damas moscovitas, os bailes moscovitas e o Clube Inglês moscovita, Pierre sentiu-se em casa, num refúgio sossegado. Em Moscou, Pierre sentiu-se tranquilo, aquecido, familiarizado e sujo, como se vestisse um roupão velho.

---

1 Rua na região central de Moscou.

Toda a sociedade moscovita, desde as velhas até as crianças, recebeu Pierre como um hóspede esperado havia muito tempo, cujo lugar sempre estivera pronto e desocupado. Para a sociedade moscovita, Pierre era o excêntrico mais gentil, mais bondoso, mais inteligente, alegre e generoso, um nobre distraído, cordial, ao velho estilo russo. Seu porta-moedas estava sempre vazio, pois vivia aberto para todos.

Espetáculos beneficentes, pinturas ruins e estátuas, sociedades filantrópicas, ciganos, escolas, almoços por subscrição, farras, maçons, igrejas, livros — ninguém nem nada recebia uma negativa e, se não fossem dois amigos que lhe tomavam muito dinheiro e o mantinham sob tutela, Pierre teria dado tudo o que tinha. No clube, não havia jantar nem noitada sem a sua presença. Assim que se encostava no seu lugar do sofá, depois de duas garrafas de Margaux, Pierre era logo rodeado e começavam o falatório, as discussões, as piadas. Onde surgia uma desavença, Pierre — só com o seu sorriso bondoso e com um gracejo oportuno — reconciliava. Os salões das lojas maçônicas eram maçantes e sem graça se ele não estava presente.

Quando, após um jantar de solteiros, Pierre, com um sorriso bondoso e doce, cedendo aos pedidos dos companheiros alegres, levantava-se para sair com eles, irrompiam gritos festivos de vitória entre os jovens. Nos bailes, se faltasse um par, ele dançava. As jovens damas e as senhoras gostavam de Pierre porque, sem cortejar nenhuma delas, era igualmente amoroso com todas, sobretudo após o jantar. "*Il est charmant, il n'a pas de sexe*",[2] diziam a seu respeito.

Pierre era um daqueles camareiros da corte aposentados, dos quais havia centenas em Moscou, que viviam os seus últimos anos com toda a simpatia do mundo.

Como Pierre teria ficado horrorizado se, sete anos antes, quando havia acabado de chegar do exterior, alguém lhe dissesse que não era preciso procurar nem imaginar nada, que o seu caminho já estava traçado havia muito tempo, determinado eternamente, e que, por mais que ele se agitasse, acabaria sendo o mesmo que tinham sido todos os outros que estiveram na sua situação. Pierre não podia acreditar nisso. Afinal, não desejara ele, com toda a alma, ora a implantação da república na Rússia, ora ser ele mesmo Napoleão, ou um filósofo, ou um estrategista que venceria Napoleão? Não achara ele possível e não desejara com tanto fervor regenerar a espécie humana pervertida e alcançar, para si, o grau mais elevado de perfeição? Não havia construído escolas, hospitais e libertado os camponeses da servidão?

Mas, em vez de tudo isso, ali estava ele, o marido rico de uma esposa infiel, o camareiro da corte aposentado, o amante de comer, de beber e de criticar de leve o governo, depois de se pôr à vontade e desabotoar o casaco, ali estava o membro

---

2 Francês: "Ele é encantador, ele não tem sexo".

do Clube Inglês de Moscou, estimado por todos os demais membros da sociedade moscovita. Durante muito tempo, Pierre não conseguiu se reconciliar com a ideia de que ele era aquele camareiro da corte aposentado moscovita, um tipo que, sete anos antes, ele desprezava tão profundamente.

Às vezes, Pierre se consolava com o pensamento de que levava aquela vida apenas provisoriamente; mas depois o apavorava um outro pensamento, de que muitas pessoas já haviam entrado naquela vida e naquele clube também provisoriamente, como ele, com todos os dentes e com todos os fios de cabelo, e tinham saído de lá sem dente e sem cabelo nenhum.

Nos momentos de orgulho, quando Pierre pensava na sua situação, parecia-lhe que era uma pessoa totalmente diversa, distinta daqueles camareiros da corte aposentados que ele antes desprezava, que eram vulgares e tolos, satisfeitos e tranquilos com a sua situação, "enquanto eu, ainda agora, continuo insatisfeito, continuo a querer fazer alguma coisa para a humanidade", dizia consigo nos momentos de orgulho. "Mas talvez todos os meus companheiros, exatamente como eu, tenham lutado, procurado para si um caminho novo na vida e, também como eu, por força das circunstâncias, da sociedade, da natureza, daquela força cega contra a qual o ser humano nada pode fazer, acabaram sendo levados para a mesma situação em que estou", dizia consigo nos momentos de modéstia e, depois de viver algum tempo em Moscou, Pierre já não desprezava, mas começava a apreciar e a respeitar os seus companheiros de destino, e a ter pena deles, como tinha de si mesmo.

Pierre não tinha mais os minutos de desespero, de melancolia e de nojo da vida; mas a doença, que antes se exprimia em ataques agudos, voltara-se para dentro e não o largava nem por um instante. "Para quê? Por quê? O que se passa no mundo?", perguntava a si mesmo com perplexidade, várias vezes por dia, e sem querer começava a refletir sobre o sentido do fenômeno da vida; porém, sabendo por experiência que não havia respostas para tais perguntas, Pierre logo se esforçava para afastar-se delas, agarrava-se a um livro, ou ia depressa para o clube, ou para a casa de Apollon Nikoláievitch, tagarelar sobre os mexericos da cidade.

"Elena Vassílievna, que nunca amou nada senão o próprio corpo e que é uma das mulheres mais tolas do mundo", pensava Pierre, "parece aos olhos das pessoas o cume da inteligência e da argúcia, e todos se curvam diante dela. Napoleão Bonaparte era desprezado por todos enquanto era grande, e agora, quando se tornou um comediante lamentável, o imperador Francisco tenta lhe oferecer a filha como esposa ilegal.[3] Os espanhóis erguem preces de agradecimento a Deus, por meio do

---

3 Napoleão já era casado.

clero católico, por terem vencido os franceses em 14 de junho, mas os franceses também erguem preces de agradecimento a Deus, por meio do clero católico, por terem vencido os espanhóis em 14 de junho. Os meus irmãos maçons juram pelo próprio sangue que estão prontos a sacrificar-se pelo próximo, mas não pagam nem um rublo nas coletas para os pobres e intrigam a Loja Astreia contra a Loja dos Buscadores do Maná e fazem todas as manobras para conseguir o verdadeiro tapete escocês e as atas,[4] cujo sentido é ignorado até por quem as escreveu e das quais ninguém tem a menor necessidade. Todos nós professamos a doutrina cristã do perdão às ofensas e do amor ao próximo — doutrina pela qual nós erguemos em Moscou quarenta vezes quarenta igrejas, no entanto ontem mesmo açoitamos um desertor até a morte, e um servidor dessa mesma doutrina de amor e de perdão, o sacerdote, ofereceu uma cruz para o soldado beijar antes da execução." Assim pensava Pierre, e aquela mentira geral, reconhecida por todos, sempre o deixava espantado, como se fosse algo novo, por mais que já estivesse habituado. "Compreendo essa mentira e essa confusão", pensou Pierre, "mas como posso explicar a eles tudo o que compreendo? Eu sentia, e sempre achei que no fundo da alma eles também compreendiam o mesmo que eu, apenas se esforçavam para não ver. Quem sabe as coisas tenham de ser assim mesmo? Mas e eu, o que vou fazer?", pensava Pierre. Gozava de uma faculdade funesta, que muita gente possui, sobretudo os russos — a faculdade de ver e de acreditar na possibilidade do bem e da verdade, mas de ver também o mal e a mentira da vida com tamanha nitidez que faltam forças para tomar parte na vida com seriedade. Todo o campo do trabalho, aos olhos de Pierre, fundia-se com o mal e com o engano. Não importa o que tentasse ser, não importa a que ramo se dedicasse — o mal e a mentira o repeliam e lhe barravam todos os caminhos de atividade. No entanto era preciso viver, era preciso ocupar-se. Seria horrível demais ficar sob o jugo daquelas insolúveis questões da vida, e Pierre, só para esquecê-las, entregava-se aos primeiros entusiasmos que aparecessem. Frequentava todas as companhias possíveis, bebia muito, comprava pinturas, fazia obras e, acima de tudo, lia.

Lia e lia, tudo o que caísse na sua mão, e lia de tal modo que, ao chegar em casa, quando o lacaio ainda estava tirando o casaco dos seus ombros, Pierre já pegava um livro e começava a ler — e da leitura passava ao sono; do sono, ao falatório nos salões e no clube; do falatório, à farra e às mulheres; da farra, de novo ao falatório, à leitura e ao vinho. Beber vinho tornou-se, para ele, e cada vez mais, uma exigência

---

4 Referência a duas lojas maçônicas de São Petersburgo. O texto refere-se também a um tapete com símbolos desenhados, tido como acessório importante para as lojas. As atas são documentos que contêm as regras da ordem maçônica.

física e também moral. Apesar de os médicos lhe dizerem que, com a sua corpulência, o vinho representava um perigo, Pierre bebia muito. Só se sentia inteiramente bem quando, sem que ele mesmo notasse, depois de despejar na boca vários copos de vinho, experimentava um calor agradável no corpo, uma ternura por todas as pessoas próximas e uma presteza do intelecto para apoiar de forma superficial toda e qualquer ideia, sem aprofundar-se na sua essência. Só depois de beber uma ou duas garrafas de vinho, Pierre se dava conta vagamente de que aquele terrível e confuso nó da vida, que antes o horrorizava, não era tão terrível como lhe parecia. Com um rumor na cabeça, tagarelando, escutando as conversas, ou lendo depois do almoço e do jantar, Pierre via o tempo todo aquele nó, em algum de seus aspectos. No entanto, só sob o efeito do vinho, ele dizia consigo: "Não há de ser nada. Vou desfazer esse nó... Já tenho uma solução pronta. Só que agora me falta tempo... Depois eu penso nisso tudo!". Mas aquele "depois" não chegava nunca.

De manhã, em jejum, todas aquelas questões se apresentavam tão insolúveis e terríveis como antes, e Pierre, afobado, apanhava um livro e se alegrava quando alguém vinha visitá-lo.

Às vezes, Pierre se lembrava de uma história que tinha ouvido sobre soldados que, na guerra, sob tiros, dentro das trincheiras, quando não tinham nada para fazer, procuravam ferrenhamente uma ocupação, a fim de suportar melhor o perigo. E para Pierre todas as pessoas pareciam soldados que fugiam da vida: uns pela ambição, outros pelas cartas, uns pela redação de leis, outros pelas mulheres, uns pelas brincadeiras, outros pelos cavalos, uns pela política, outros pela caça, uns pelo vinho, outros pelos assuntos de Estado. "Não existe nada insignificante, nem nada importante, é tudo a mesma coisa; a questão é fugir *dela*, de um jeito ou de outro!", pensou Pierre. "A questão é não ver a *ela*, essa terrível *ela*!"

II

No início do inverno, o príncipe Nikolai Andreitch Bolkónski e a filha vieram para Moscou. Pelo seu passado, pela sua inteligência e originalidade, em especial por causa do enfraquecimento, que se verificava naquela ocasião, do entusiasmo pelo reinado do imperador Alexandre I, e também por causa do antifrancesismo e da tendência patriótica que então imperavam em Moscou, o príncipe Nikolai Andreitch logo se tornou objeto de um respeito especial dos moscovitas e o centro da oposição moscovita ao governo.

O príncipe tinha envelhecido muito naquele ano. Manifestavam-se nele flagrantes sinais de senilidade: o sono inesperado, o esquecimento dos fatos mais recentes e a lembrança dos mais antigos, e também a vaidade infantil com que aceitava o papel de líder da oposição moscovita. Apesar disso, quando o velho, sobretudo à noite, saía de seus aposentos para tomar chá, vestido em sua peliça antiquada e com uma peruca polvilhada de pó de arroz, e instigado por alguém desatava suas histórias desconexas sobre o passado, ou suas opiniões ainda mais desconexas e incisivas sobre o presente, ele despertava em todas as visitas o mesmo sentimento de respeito reverente. Para os visitantes, toda aquela casa antiga, com seus imensos espelhos sobre aparadores, a mobília de antes da revolução, os lacaios polvilhados de pó de arroz, e o próprio velho, inteligente e de maneiras bruscas, uma figura do século anterior, com a filha dócil e uma francesinha bonita que o tratavam com reverência, pareciam um espetáculo majestoso e agradável. Porém os visitantes não pensavam que, além daquelas duas ou três horas em que viam o dono da casa, restavam ainda mais vinte e duas horas no dia, tempo em que transcorria a misteriosa vida íntima da casa.

Nos últimos tempos, em Moscou, aquela vida íntima se tornara muito penosa para a princesa Mária. Em Moscou, ela se via privada de suas melhores alegrias — as conversas com o povo de Deus e a solidão, que em Montes Calvos a revigoravam —, e não tinha nenhuma das vantagens e das alegrias da vida na capital. Não frequentava a sociedade; todos sabiam que o pai não a deixava sair sem a sua presença, e ele mesmo, por sua saúde precária, não podia sair, e assim a princesa Mária já não era convidada para jantares e festas. Ela perdera toda a esperança de um casamento. Via a frieza e a irritação com que o príncipe Nikolai Andreitch recebia e mandava embora os rapazes que poderiam ser seus noivos e que às vezes apareciam em sua casa. A princesa Mária não tinha amigos; na sua estada em Moscou, ela se decepcionara com as duas amigas mais próximas: Mlle Bourienne, com quem antes não conseguia ser inteiramente sincera, agora se tornara desagradável para ela, e a princesa Mária, por várias razões, passou a evitá-la; Julie, que estava em Moscou e com quem a princesa Mária trocara cartas durante cinco anos seguidos, lhe pareceu uma completa estranha quando voltou a encontrar-se com ela pessoalmente. Nessa ocasião, por causa da morte dos irmãos, Julie se tornara uma das jovens solteiras mais ricas de Moscou e estava no auge dos prazeres mundanos. Vivia cercada de jovens que, de repente, assim pensava Julie, haviam passado a apreciar os seus méritos. Julie se achava naquele estágio das damas de sociedade já não tão jovens que sentem estar diante da sua última chance de casar e sentem que o seu destino tem de se resolver agora ou nunca. Às quintas-feiras, a princesa Mária, com um sorriso triste, lembrava que agora não tinha mais para quem escrever, pois Julie, a Julie cuja presença não lhe dava a menor alegria, estava ali mesmo e encontrava-se com ela todas as semanas. A exemplo da história do antigo emigrado que se recusou a casar com a dama com quem passara suas noites por vários anos, porque, uma vez casado, ele não saberia onde mais passar suas noites, a princesa Mária lamentava o fato de Julie estar ali agora e de ela não ter mais para quem escrever. Em Moscou, a princesa Mária não tinha com quem conversar, não tinha ninguém a quem confiar os seus desgostos, e muitos desgostos novos se acrescentaram naquele tempo. O prazo para o regresso do príncipe Andrei e para o seu casamento se aproximava do fim, porém a incumbência da princesa Mária de preparar o pai para aquilo não só não fora cumprida como, ao contrário, a causa parecia totalmente perdida, e a simples lembrança da condessa Rostova deixava fora de si o velho príncipe, que sem isso já passava a maior parte do tempo de mau humor. Um novo desgosto que se acrescentara nos últimos tempos para a princesa Mária foram as aulas que dava para o sobrinho de seis anos. Em suas relações com Nikóluchka, ela reconhecia em si, com horror, um traço da irritabilidade do pai. Por mais que dissesse a si mesma que não devia se irritar quando ensinava o sobrinho, quase toda vez que ela sentava diante da cartilha de francês, com a ponteira na mão, era tão grande a sua vontade de transferir, da maneira mais rápida e mais fácil possível, o seu conhecimento para o sobrinho, o qual já vivia com medo de que a tia a qualquer momento fosse ficar irritada, que a princesa Mária, diante da menor desatenção do menino, se sobressaltava, se afobava, se irritava, erguia a voz e às vezes o puxava pelo braço e o punha de castigo num canto. Depois de pôr o sobrinho de castigo, ela mesma começava a chorar por causa da sua natureza raivosa e má, e Nikóluchka, imitando os soluços da tia, saía do castigo sem permissão, aproximava-se dela, abria as mãos molhadas com que a princesa Mária cobria o rosto e a consolava. No entanto, mais do que tudo, o que afligia a princesa Mária era a irritabilidade do pai, sempre dirigida contra a filha, e que, ultimamente, se transformara em franca crueldade. Se ele a obrigasse a ficar de joelhos noites inteiras, se batesse nela, se a obrigasse a carregar lenha e água, não passaria pela cabeça da princesa Mária que a sua situação era difícil; mas aquele torturador amoroso — ainda mais cruel porque ele a amava e por isso torturava a si e a ela — sabia como deliberadamente não só ofender e humilhar, como também provar para a filha que ela era sempre a culpada de tudo. Nos últimos tempos, surgira no pai um traço novo, que mais do que tudo afligia a princesa Mária — era a sua maior proximidade com Mlle Bourienne. A ideia jocosa que lhe viera no primeiro instante em que soube da intenção do filho, a ideia de que, se Andrei ia se casar, também ele se casaria com Mlle Bourienne, havia lhe agradado, era evidente, e nos últimos tempos, com afinco e (assim parecia à princesa Mária) só para ofendê-la, demonstrava um carinho especial por Mlle Bourienne e mostrava a sua insatisfação com a filha por meio de suas demonstrações de amor por Bourienne.

Certa vez, em Moscou, na presença da princesa Mária (pareceu-lhe que o pai fizera aquilo de propósito), o velho príncipe beijou a mão de Mlle Bourienne e, puxando-a para si, abraçou-a carinhosamente. A princesa Mária ruborizou-se e saiu correndo da sala. Alguns minutos depois, Mlle Bourienne entrou no quarto da princesa Mária sorrindo, alegre, e contou algo com a sua voz agradável. A princesa Mária enxugou as lágrimas depressa, aproximou-se de Bourienne a passos resolutos e, obviamente sem que ela mesma percebesse o que estava fazendo, pôs-se a gritar com a francesinha, com afobação raivosa e frêmitos na voz:

— É asqueroso, torpe, desumano tirar proveito da fraqueza... — Não terminou a frase. — Saia do meu quarto — gritou e desatou a chorar.

No dia seguinte, o príncipe não disse nenhuma palavra para a filha; mas a princesa notou que, durante o jantar, ele mandou que servissem primeiro Mlle Bourienne. No fim do jantar, quando o copeiro, segundo um costume antigo, começou a servir o café pela princesa Mária, o príncipe de repente ficou furioso, jogou sua muleta em Filipp e imediatamente deu ordens para que ele fosse mandado para o Exército...

— Não obedece... Falei duas vezes!... Não obedece! Ela tem a primazia nesta casa; ela é a minha melhor amiga — gritou o príncipe. — E se você se permitir de novo — começou a berrar com raiva, dirigindo-se pela primeira vez à princesa Mária —, como ontem se atreveu... a descontrolar-se diante dela, eu vou lhe mostrar quem é que manda nesta casa. Fora daqui! Não quero ver você; peça perdão a ela!

A princesa Mária pediu perdão a Amali Evguênievna, e também pediu perdão ao pai, por si mesma e pelo copeiro Filipp, que havia pedido a sua intercessão.

Em tais momentos, na alma da princesa Mária, formava-se um sentimento semelhante ao orgulho do sacrifício. E de repente, em tais momentos, diante da princesa Mária, aquele pai que ela havia censurado procurava os óculos, tateando perto deles, sem vê-los, ou esquecia o que havia acabado de acontecer, ou dava um passo nervoso com as pernas enfraquecidas e olhava para trás, com medo de que alguém tivesse visto sua fraqueza, ou, o que era o pior de tudo, durante o jantar, quando não tinha visitas para animá-lo, ele cochilava de repente, largava o guardanapo e inclinava a cabeça trêmula em cima do prato. "Ele está velho e fraco, e eu tenho a coragem de censurá-lo!", pensava ela, com repulsa de si mesma, em tais momentos.

III

Em 1811, vivia em Moscou um médico francês que rapidamente entrou na moda, esbelto, de estatura elevada, amável, como são os franceses, e, como todos diziam em Moscou, um médico de talento extraordinário: Métvier. Era recebido nas residências da mais alta sociedade não como médico, mas como um igual.

O príncipe Nikolai Andreitch, que zombava da medicina, ultimamente, por recomendação de Mlle Bourienne, chamava aquele médico à sua casa e se habituara a ele. Métvier ia ver o príncipe mais ou menos duas vezes por semana.

No dia de São Nicolau, 6 de dezembro, em que se comemorava o aniversário do príncipe, toda a Moscou foi até a porta da sua casa, mas ele deu ordem para não receber ninguém; só convidou para almoçar uns poucos, cuja lista entregou à princesa Mária.

Métvier, que de manhã fora lhe dar os parabéns, na condição de médico, achou adequado *de forcer la consigne*,[5] como disse para a princesa Mária, e entrou para ver o príncipe. Calhou de, naquela manhã do seu aniversário, o velho príncipe estar num de seus piores estados de humor. Andou pela casa a manhã inteira com ar cansado, repreendendo a todos e fingindo que não entendia o que lhe diziam. A princesa Mária conhecia muito bem aquele estado de ânimo, de uma rabugice cismada e calada, que costumava culminar num acesso de fúria, e passou a manhã inteira como se estivesse diante da mira de um fuzil carregado e engatilhado, à espera de um tiro inevitável. A manhã transcorreu a salvo, até a chegada do médico. Depois que deixou o médico entrar, a princesa Mária sentou-se com um livro na sala, junto à porta, de onde podia ouvir tudo o que se passava dentro do escritório do pai.

De início, ouviu só a voz de Métvier, depois, a voz do pai; depois, as duas vozes começaram a falar ao mesmo tempo, a porta se abriu de supetão e, na soleira, surgiram a figura assustada e bonita de Métvier, com o seu topete preto, e a figura do príncipe, de barrete e roupão, o rosto desfigurado pela fúria e as pupilas dos olhos abaixadas.

— Não está entendendo? — gritava o príncipe. — Mas eu entendo! Espião francês! Lacaio de Bonaparte, espião, para fora da minha casa, fora daqui, estou dizendo! — E bateu a porta.

Métvier, encolhendo os ombros, aproximou-se de Mlle Bourienne, que acudira do quarto vizinho, ao ouvir os gritos.

— O príncipe está muito mal... *La bile et le transport au cerveau. Tranquillisez-vous, jc rcpasserai demuin*[6] — disse Métvier e, pondo um dedo sobre os lábios, foi embora depressa.

Atrás da porta, ouviam-se passos em chinelas e gritos: "Espiões, traidores,

---

5 Francês: "tentar entrar sem ser convidado".

6 Francês: "A bile e o transtorno do cérebro. Fique tranquila, voltarei amanhã".

traidores em toda parte! Nem dentro da minha própria casa eu posso ter um minuto de sossego!".

Depois da partida de Métvier, o velho príncipe chamou a filha, e toda a força da sua raiva desabou sobre ela. A princesa era a culpada por deixar um espião entrar em casa. Pois ele tinha dito, tinha dito exatamente para ela, que fizesse uma lista e não deixasse entrar os que não estivessem na lista. Por que deixaram entrar aquele canalha? Era ela a causa de tudo. Com ela, não se podia ter nem um minuto de sossego, ele não podia nem morrer em paz, disse.

— Não, minha querida, temos de nos separar, nos separar, a senhora sabe disso, sabe! Já não posso mais — disse, e saiu da sala. E, como se temesse que a filha soubesse encontrar algum consolo, o príncipe voltou-se para ela e, tentando mostrar um ar sereno, acrescentou: — Não pense que estou lhe dizendo isso num momento de irritação, pois estou calmo e pensei bem no assunto; vai ser assim, vamos nos separar, cada um para o seu lado!... — Mas não conseguiu se conter e, com o ânimo exaltado que só existe numa pessoa que ama, o príncipe, ele mesmo sofrendo visivelmente, brandiu os punhos para a filha e gritou:

— Quem dera que algum imbecil quisesse casar com ela! — Bateu a porta com força, chamou Mlle Bourienne e ficou em silêncio dentro do escritório.

Às duas horas chegaram as seis pessoas escolhidas para o almoço. Os convidados — o famoso conde Rostoptchin, o príncipe Lopukhin e o sobrinho dele, o general Tchatróv, antigo camarada de armas do príncipe, e os jovens Pierre e Boris Drubetskói — aguardavam o príncipe na sala de visitas.

De férias e havia poucos dias em Moscou, Boris desejava ser apresentado ao príncipe Nikolai Andreitch e soubera granjear a sua simpatia a tal ponto que o príncipe abriu para ele uma exceção entre todos os jovens solteiros, que não admitia em sua casa.

A casa do príncipe não era aquilo que se chama de "sociedade", mas constituía um círculo tão pequeno que, embora não fosse objeto de muitos comentários na cidade, era mais lisonjeiro ser recebido ali do que em qualquer outro círculo. Boris tinha compreendido aquilo uma semana antes, quando, na sua presença, Rostoptchin respondera ao comandante em chefe que não poderia atender ao convite dele para almoçar na sua casa no dia de São Nicolau:

— Nesse dia, sempre vou render homenagens às relíquias do príncipe Nikolai Andreitch.

— Ah, sim, sim — respondeu o comandante em chefe. — Como vai ele?...

A pequena sociedade reunida antes do almoço na sala de visitas antiquada e pomposa, de mobiliário velho, mais parecia a reunião solene de um conselho de justiça. Todos se mantinham calados e, se falavam, falavam baixo. O príncipe Nikolai

Andréievitch veio para a sala sério e taciturno. A princesa Mária parecia ainda mais calada e tímida do que de costume. Os convidados dirigiam-se à princesa a contragosto, pois viam que não se interessava pela conversa deles. O conde Rostoptchin sustentava sozinho o fio da conversa, falando das últimas notícias da cidade e da política.

Lopukhin e o velho general raramente tomavam parte na conversa. O príncipe Nikolai Andréievitch escutava, como um juiz supremo escuta um relatório que lhe apresentam, mostrando só de vez em quando, por um resmungo ou por uma palavra breve, que tomava em consideração o que lhe diziam. O tom da conversa era tal que logo se percebia que ninguém ali aprovava o que se passava no mundo político. Falavam de acontecimentos que, pelo visto, confirmavam que tudo ia de mal a pior; mas em todos os relatos e juízos chamava a atenção o fato de que o falante se interrompia ou era interrompido toda vez que chegava ao limite em que a condenação podia atingir a pessoa do soberano imperador.

Durante o almoço, a conversa tratou da última notícia política, a tomada do território do grão-ducado de Oldenburg por Napoleão e a nota do governo russo, hostil a Napoleão, enviada a todas as cortes da Europa.[7]

— Bonaparte trata a Europa como um pirata a bordo de um navio conquistado — disse o conde Rostoptchin, repetindo uma frase já repetida por ele várias vezes. — A única coisa que surpreende é a paciência excessiva ou a cegueira dos soberanos. Agora chegou a vez do papa, e Bonaparte, que já não se constrange com nada, quer derrubar o chefe da religião católica, e todos ficam em silêncio.[8] Só o nosso soberano protestou contra a tomada do grão-ducado de Oldenburg. E isso... — O conde Rostoptchin calou-se, sentindo que chegara ao limite além do qual era impossível fazer críticas.

— Ofereceram outros territórios em troca do grão-ducado de Oldenburg — disse o príncipe Nikolai Andreitch. — Da mesma forma que eu mando meus mujiques de Montes Calvos para Bogutchárovo, assim ele faz com os duques.

— *Le duc d'Oldenbourg supporte son malheur avec une force de caractère et une résignation admirable*[9] — disse Boris, intervindo respeitosamente na conversa. Dis-

---

7 Em 1810, Napoleão anexou à França o grão-ducado de Oldenburg. O duque era tio do tsar Alexandre I. Outra fonte de divergência entre o tsar e Napoleão era o fato de cada um deles desejar o domínio sobre a Polônia. Porém, na ocasião, o Exército francês enfrentava sérios reveses na Espanha, e por isso Napoleão teve de adiar o seu ataque contra a Rússia.

8 Em junho de 1809, os exércitos franceses tomaram Roma. O papa ficou sob a guarda dos franceses e foi levado para o sul da França.

9 Francês: "O duque de Oldenburg suporta a sua desgraça com uma força de caráter e uma resignação admiráveis".

se aquilo porque, em sua viagem de Petersburgo a Moscou, tivera a honra de ser apresentado ao duque. O príncipe Nikolai Andreitch olhou para o jovem como se quisesse lhe dizer alguma coisa a respeito do assunto, mas mudou de ideia, considerando o rapaz jovem demais para isso.

— Li o nosso protesto sobre a questão de Oldenburg e me admirei com a péssima redação daquela nota — disse o conde Rostoptchin, no tom descuidado de uma pessoa que avalia um assunto que conhece muito bem.

Pierre olhou para Rostoptchin com uma surpresa ingênua, sem entender por que ele se inquietava com a péssima redação da nota.

— Mas a maneira como está escrita a nota tem alguma importância, conde? — disse ele. — Se o seu conteúdo é forte.

— *Mon cher, avec nos cinq cent mille hommes de troupe, il serait facile d'avoir un beau style*[10] — disse o conde Rostoptchin. Pierre entendeu por que o conde se inquietava com a péssima redação da nota.

— Parece que os escribas agora proliferam — disse o velho príncipe —, lá em Petersburgo todos escrevem, não apenas notas: todos escrevem leis novas. O meu Andriucha está lá e escreveu um volume inteiro de leis para a Rússia. Hoje em dia, todo mundo está escrevendo! — E riu de modo forçado.

A conversa silenciou um minuto; o velho general tossiu para chamar a atenção para si.

— Os senhores souberam dos últimos acontecimentos na revista de tropas em Petersburgo? Como se comportou o novo embaixador francês!

— Ora! Sim, ouvi falar; ele disse algo inadequado na presença de sua alteza.

— Sua alteza chamou a atenção dele para a divisão de granadeiros e para a parada cerimonial — prosseguiu o general — e parece que o embaixador não prestou a menor atenção e ainda se permitiu dizer que "na França nós não prestamos atenção nessas bobagens". O soberano não disse nada. Na revista de tropas seguinte, dizem, o soberano não dirigiu a palavra a ele nem uma vez.

Todos ficaram em silêncio: em relação àquele fato, como dizia respeito pessoalmente ao soberano, não se podia apresentar nenhuma crítica.

— Insolentes! — disse o príncipe. — Conhecem Métvier? Hoje mesmo, eu o expulsei da minha casa. Esteve aqui, deixaram que entrasse, apesar de eu ter dito para não permitirem a entrada de ninguém — disse o príncipe, olhando furioso para a filha. E relatou toda a sua conversa com o médico francês e os motivos por

---

10 Francês: "Meu caro, com as nossas tropas de quinhentos mil soldados, seria fácil ter um estilo bonito".

que estava convencido de que Métvier era um espião. Embora tais motivos fossem mais do que insuficientes, além de obscuros, ninguém fez nenhuma objeção.

Junto com o assado, serviram o champanhe. Os convidados ficaram de pé e parabenizaram o velho príncipe. A princesa Mária também se aproximou do pai.

O príncipe lançou para ela um olhar frio, maldoso, e lhe ofereceu para beijar a face enrugada e barbeada. Toda a expressão do rosto dele lhe dizia que a conversa daquela manhã não estava esquecida, que a sua decisão permanecia de pé com a mesma força e que só não lhe dizia aquilo agora por causa da presença dos convidados.

Quando foram para a sala de visitas para tomar o café, os velhos sentaram-se juntos.

O príncipe Nikolai Andreitch ficou mais animado e expôs o seu modo de pensar a respeito da guerra iminente.

Disse que nossas guerras contra Bonaparte seriam malsucedidas enquanto procurássemos aliança com os alemães e nos imiscuíssemos nos assuntos europeus, para os quais fomos arrastados pelo tratado de paz de Tilsit. Não precisávamos lutar nem a favor nem contra a Áustria. Nossa política era toda do Oriente, e em relação a Bonaparte só tínhamos de fazer uma coisa — armar as fronteiras e ser firmes na política, pois assim ele nunca se atreveria a atravessar a fronteira russa, como em 1807.

— E como poderíamos combater os franceses, príncipe? — disse o conde Rostoptchin. — Por acaso podemos empunhar armas contra os nossos mestres e os nossos deuses? Veja a nossa juventude, veja as nossas senhoras. Os nossos deuses são os franceses, o nosso reino do céu é Paris.

Passou a falar mais alto, obviamente para que todos o escutassem.

— Roupas francesas, pensamerntos franceses, sentimentos franceses! O senhor pôs Métvier para fora da sua casa porque é francês e canalha, mas as nossas senhoras rastejam atrás dele. Ontem estive numa festa na qual três das cinco senhoras presentes eram católicas e, conforme a decisão do papa, bordavam na talagarça aos domingos. E estavam ali quase nuas, como os letreiros das casas de banho comerciais, se me permitem dizer. Ah, quando se observa a nossa juventude, príncipe, dá vontade de retirar o velho porrete de Pedro, o Grande, do museu de arte e, em bom russo, cobrir essa gente de pancada, e aí quem sabe toda a estupidez fosse embora!

Todos ficaram em silêncio. O velho príncipe, com um sorriso no rosto, fitava Rostoptchin e balançava a cabeça num gesto de aprovação.

— Bem, adeus, vossa excelência, muita saúde — disse Rostoptchin, levantando-se com os movimentos rápidos que lhe eram peculiares e estendendo a mão para o príncipe.

— Adeus, meu caro... e o seu *gúsli*,[11] sempre gostei de ouvi-lo! — disse o velho príncipe, segurando a sua mão e oferecendo a face para um beijo. Outros também se levantaram com Rostoptchin.

IV

A princesa Mária, que estava na sala e escutava as conversas e os mexericos dos velhos, nada compreendia daquilo que escutava; só pensava uma coisa: se as visitas não teriam notado as atitudes hostis do pai em relação a ela. A princesa nem notava a atenção e a amabilidade especial que, durante todo o tempo daquele almoço, lhe demonstrava Drubetskói, que já pela terceira vez visitava a casa deles.

A princesa Mária, com um olhar distraído e interrogativo, voltou-se para Pierre, o último dos convidados que restava, e Pierre, com o chapéu na mão e um sorriso no rosto, aproximou-se dela depois que o príncipe se retirou e os dois ficaram sozinhos na sala.

— Posso ficar mais um pouco? — perguntou Pierre, tombando o corpo gordo na poltrona ao lado da princesa Mária.

— Ah, sim — respondeu ela. "O senhor não percebeu nada?", dizia o seu olhar.

Pierre se encontrava naquele estado de ânimo agradável que se experimenta depois de um almoço. Olhava para a frente e sorria de leve.

— Faz muito tempo que conhece esse jovem, princesa? — perguntou.

— Quem?

— Drubetskói.

— Não, há pouco tempo...

— E a senhora gosta dele?

— Sim, é um jovem simpático... Por que está me perguntando isso? — disse a princesa Mária, continuando a pensar na conversa daquela manhã com o pai.

— Porque observei uma coisa: um rapaz costuma vir de Petersburgo a Moscou em suas licenças apenas quando tem por objetivo se casar com uma noiva rica.

— O senhor observou isso? — perguntou a princesa Mária.

— Sim — prosseguiu Pierre, com um sorriso. — E esse rapaz agora se porta de tal modo que, onde quer que haja noivas ricas, lá está ele também. Sei exa-

---

11 Instrumento de cordas russo semelhante ao saltério.

tamente o que ele pensa, como se fosse um livro aberto. Agora, está indeciso sobre quem deve atacar: a senhora ou a Mademoiselle Julie Karáguina. *Il est très assidu auprès d'elle.*[12]

— Ele vai à casa dela?

— Sim, com muita frequência. E a senhora sabe qual é a nova maneira de fazer a corte? — perguntou Pierre, com um sorriso, visivelmente naquele espírito alegre de zombaria simpática, que ele tanto censurava em si mesmo, no seu diário.

— Não — respondeu a princesa Mária.

— Agora, para agradar às moças moscovitas, *il faut être mélancolique. Et il est très mélancolique auprès de mademoiselle Karáguin*[13] — disse Pierre.

— *Vraiment?*[14] — disse a princesa Mária, fitando o rosto bondoso de Pierre, sem parar de pensar no seu desgosto. "Seria mais fácil para mim", pensou, "se eu resolvesse confiar a alguém tudo o que sinto. E é exatamente para Pierre que eu gostaria de contar tudo. Ele é tão bom e nobre. Seria mais fácil para mim. Ele me daria um conselho!"

— A senhora se casaria com ele? — perguntou Pierre.

— Ah, meu Deus, conde! Há momentos em que eu casaria com qualquer um — disse a princesa Mária de repente, de modo inesperado até para si mesma, com lágrimas na voz. — Ah, como é penoso amar uma pessoa próxima e sentir que... nada (prosseguiu com voz trêmula) podemos fazer por essa pessoa, a não ser lhe causar desgosto, e quando sabemos que é impossível mudar a situação. Então, só resta uma coisa: fugir. Mas para onde eu vou fugir?

— O que foi, o que há com a senhora, princesa?

Mas a princesa, sem responder, desatou a chorar.

— Não sei o que há comigo hoje. Não me dê atenção, esqueça o que eu disse.

Toda a alegria de Pierre desapareceu. Interrogou a princesa com ar preocupado, pediu que lhe explicasse tudo, que lhe confiasse o seu desgosto; mas ela apenas repetia o pedido para que esquecesse o que havia falado, disse que ela mesma não entendia o que havia falado e que não tinha nenhum desgosto, exceto o que Pierre já conhecia — o desgosto de ver que o casamento do príncipe Andrei ameaçava indispor o pai contra o filho.

— O senhor teve notícias dos Rostóv? — perguntou ela, para mudar de assun-

---

12 Francês: "Ele é muito assíduo à casa dela".

13 Francês: "é preciso ser melancólico. E ele é muito melancólico quando está com a senhorita Karáguina".

14 Francês: "É mesmo?".

to. — Disseram-me que virão para cá em breve. Também espero todo dia a chegada de *André*. Eu gostaria que eles se encontrassem aqui.

— Mas como ele encara agora essa questão? — perguntou Pierre, subentendendo por "ele" o velho príncipe. A princesa Mária balançou a cabeça.

— Mas o que se vai fazer? Faltam só alguns meses para completar um ano. E isso não é possível. Eu gostaria de poupar o meu irmão dos primeiros momentos. Eu gostaria que eles chegassem logo. Tenho esperança de me encontrar com ela... O senhor os conhece há muito tempo — disse a princesa Mária. — Diga-me, com a mão no coração, toda a verdade sincera, diga-me que tipo de moça é essa e o que o senhor acha dela. Mas a verdade completa; porque, o senhor entenda bem, Andrei está pondo em risco tanta coisa ao fazer isso contra a vontade do pai que eu gostaria de saber...

Um instinto obscuro disse a Pierre que, naquelas ressalvas e naqueles repetidos pedidos de contar "toda a verdade", exprimia-se certa má vontade da princesa Mária com relação à futura cunhada, e que ela queria que Pierre não aprovasse a escolha de Andrei; mas Pierre disse antes o que sentia do que o que pensava.

— Não sei como responder à sua pergunta — disse, ruborizando-se sem que ele mesmo soubesse por quê. — Não sei com certeza que tipo de moça ela é; não consigo analisá-la. Ela é fascinante. E por isso eu não sei: é tudo o que posso dizer sobre ela. — A princesa Mária deu um suspiro, e a expressão do seu rosto dizia: "Sim, era isso o que eu esperava e temia".

— É inteligente? — perguntou a princesa Mária. Pierre pensou bem.

— Acho que não — disse ele. — Ou antes, ao contrário, é sim. Para ela, não basta ser inteligente... Mas, não, ela é fascinante e mais nada. — A princesa Mária balançou a cabeça, de novo com ar desaprovador...

— Ah, eu quero tanto gostar dela! O senhor lhe diga isso, se a encontrar antes de mim.

— Ouvi dizer que eles vão chegar daqui a alguns dias — disse Pierre.

A princesa Mária comunicou a Pierre o seu plano de, assim que os Rostóv chegassem, aproximar-se da futura cunhada e tentar acostumar o velho príncipe a ela.

V

Boris não conseguiu um casamento com uma noiva rica em Petersburgo e, com esse objetivo, foi para Moscou. Em Moscou, ele se viu indeciso entre duas noivas riquíssimas — Julie e a princesa Mária. Embora a princesa Mária, apesar da sua feiura, lhe parecesse mais atraente do que Julie, por algum motivo ele achava desconfortável fazer a corte à princesa. Em seu último encontro com ela, no aniversário do velho príncipe, a todas as suas tentativas de lhe falar sobre sentimentos, ela respondera de modo despropositado e obviamente sem ouvi-lo.

Julie, ao contrário, recebia de bom grado a sua corte, ainda que na sua maneira diferente e peculiar.

Julie tinha vinte e sete anos. Depois da morte dos irmãos, ela se tornara muito rica. Agora, estava realmente feia; mas pensava que estava não apenas tão bonita quanto antes como infinitamente mais atraente. Ela se mantinha em seu engano, em primeiro lugar, por ter se tornado uma noiva rica, em segundo lugar porque quanto mais velha ficava, quanto menos perigosa era para os homens, tanto mais livremente os homens podiam se dirigir a ela e, sem assumir nenhuma obrigação, podiam desfrutar os seus jantares, as suas festas e a animada sociedade que se reunia em sua casa. Um homem que, dez anos antes, teria medo de ir todos os dias a uma casa onde havia uma jovem senhora de dezessete anos, para não comprometê-la e também para não criar um compromisso para si mesmo, agora frequentava todos os dias sem receios a casa de Julie e a tratava não como uma senhorita casadoura, mas como uma conhecida, sem sexo.

A casa dos Karáguin, naquele inverno, em Moscou, era a mais agradável e hospitaleira de todas. Além das festas e dos jantares de gala, todos os dias reunia-se na casa dos Karáguin uma grande sociedade, sobretudo de homens, que jantavam depois das onze horas da noite e lá ficavam até depois das duas da madrugada. Não havia baile, teatro, passeio a que Julie não fosse. Suas roupas estavam sempre no rigor da moda. Porém, apesar disso, Julie parecia decepcionada com tudo, dizia a todos que não acreditava nem na amizade, nem no amor, nem em nenhuma alegria da vida e que só esperava o repouso *lá*. Havia adotado o tom de uma jovem que sofrera uma grande decepção, uma jovem que parecia ter perdido a pessoa amada ou ter sido cruelmente enganada por ela. Embora não tivesse acontecido nada de semelhante, olhavam para Julie como se fosse assim, e ela mesma acreditava que havia sofrido muito na vida. Essa melancolia, que não a impedia de divertir-se, também não impedia que jovens frequentassem a sua casa e ali passassem um tempo agradável. Toda visita, ao chegar à casa dela, rendia seu tributo ao estado melancólico da anfitriã e depois se ocupava das conversas mundanas, das danças, dos jogos intelectuais e dos torneios de *bouts-rimés*,[15] que estavam em voga na casa dos Karáguin. Apenas alguns jovens, entre os quais Boris, aprofundavam-se no estado melancólico de Julie, e com esses jovens Julie tinha conversas mais prolonga-

---

15 Francês: "finais rimados". Jogo em que se improvisavam versos, em geral de cunho jocoso, ou sem nexo lógico, a partir de uma rima inicial.

das, em particular sobre a vaidade de todas as coisas mundanas, e mostrava para eles os seus álbuns, repletos de desenhos, frases e poemas tristonhos.

Julie era especialmente afetuosa com Boris; lamentava o seu desengano prematuro com a vida, oferecia a ele os consolos da amizade que podia oferecer, pois ela havia sofrido tanto na vida, e lhe mostrava os seus álbuns. Boris desenhou duas árvores no álbum para Julie e escreveu: "*Arbres rustiques, vos sombres rameaux secouent sur moi les ténèbres et la mélancolie*".[16]

Num outro lugar, desenhou um túmulo e escreveu:

La mort est secourable et la mort est tranquille.
Ah! Contre les douleurs il n'est pas d'autre asile.[17]

Julie disse que aquilo era excelente.

— *Il y a quelque chose de si ravissant dans le sourire de la mélancolie!*[18] — disse para Boris, palavra por palavra, a frase lida por ela num livro. — *C'est un rayon de lumière dans l'ombre, une nuance entre la douleur et le désespoir, qui montre la consolation possible.*[19]

Em resposta a isso, Boris escreveu um poema para ela:

Aliment de poison d'une âme trop sensible,
Toi, sans qui le bonheur me serait impossible,
Tendre mélancolie, ah!, viens me consoler,
Viens calmer les tourments de ma sombre retraite,
Et mêle une douceur secrète
à ces pleurs, que je sens couler.[20]

Julie tocava para Boris, na harpa, os noturnos mais tristonhos. Boris lia em voz alta para ela *Pobre Liza*[21] e, várias vezes, interrompia a leitura por causa da emo-

---

16 Francês: "Árvores rústicas, vossas ramagens sombrias lançam sobre mim as trevas e a melancolia".

17 Francês: "A morte é benfazeja e a morte é tranquila/ Ah! Contra as dores não existe melhor abrigo".

18 Francês: "Há algo tão fascinante no sorriso da melancolia!".

19 Francês: "É um raio de luz nas sombras, um meio-tom entre a dor e o desespero, que mostra o possível consolo".

20 Francês: "Alimento venenoso para uma alma sensível demais,/ Tu, sem a qual a felicidade me seria impossível,/ Terna melancolia, ah!, vem me consolar,/ Vem acalmar os tormentos do meu sombrio retiro,/ E mistura uma doçura secreta/ A estas lágrimas que sinto correr".

21 Novela de Nikolai Mikháilovitch Karamzin (1766-1826), publicada em 1792. Conta o amor infeliz de uma jovem camponesa por um nobre. O tanque onde a jovem se afogou, junto ao mosteiro de Símonov, tornou-se um local de peregrinação sentimental, um verdadeiro modismo da época.

ção que o sufocava. Reunidos em sociedade, Julie e Boris olhavam um para o outro como se fossem os únicos que se compreendiam mutuamente num mundo de pessoas indiferentes.

Anna Mikháilovna, que muitas vezes ia à casa dos Karáguin, jogava cartas com a mãe ao mesmo tempo que tomava informações seguras sobre o que seria herdado por Julie (caberiam a ela as duas propriedades de Penza e uma floresta em Níjni-Nóvgorod). Anna Mikháilovna, com comoção e devoção à vontade da Providência, observava a tristeza refinada que unia seu filho à rica Julie.

— *Toujours charmante et mélancolique, cette chère Julie*[22] — dizia para a filha. — Boris diz que a alma dele repousa na casa da senhora. Boris sofreu tantas decepções e é tão sensível — dizia para a mãe.

— Ah, meu amigo, como fiquei apegada a Julie ultimamente — dizia para o filho. — Nem posso lhe contar! Mas, afinal, quem poderia não gostar dela? É uma criatura tão celestial! Ah, Boris, Boris! — Calava-se um minuto. — E que pena tenho da sua *maman* — prosseguia. — Ainda hoje ela me mostrou contas e cartas de Penza (eles possuem imensas propriedades lá) e ela, a pobrezinha, tem de resolver tudo sozinha; vive sendo enganada!

Boris sorria de modo quase imperceptível enquanto escutava a mãe. Ria com docilidade diante da sua astúcia ingênua, no entanto a escutava até o fim e às vezes lhe fazia perguntas atentas a respeito das propriedades de Penza e de Níjni-Nóvgorod.

Julie esperava, havia muito tempo, o pedido de casamento do seu melancólico adorador e estava disposta a aceitá-lo; mas um sentimento misterioso de repulsa por Julie, pelo seu desejo apaixonado de casar, pela sua falta de naturalidade, e um sentimento de horror em face da renúncia da possibilidade de um amor verdadeiro ainda detinham Boris. O prazo da sua licença já estava terminando. Todo santo dia, ele passava o dia inteiro na casa dos Karáguin, e todo dia, ao refletir, dizia para si mesmo que faria o pedido de casamento no dia seguinte. Porém, em presença de Julie, olhando para o seu rosto vermelho, para o seu queixo quase sempre coberto de pó de arroz, para os seus olhos úmidos e para a expressão do seu rosto, que revelava uma constante prontidão para passar de imediato da melancolia para um afetado êxtase de felicidade conjugal, Boris não conseguia pronunciar as palavras decisivas; apesar disso, na sua imaginação, havia muito tempo que ele já se considerava de posse das propriedades de Penza e de Níjni-Nóvgorod e distribuía a aplicação dos seus rendimentos. Julie via a indecisão de Boris e às vezes lhe vinha a

---

22 Francês: "Sempre encantadora e melancólica, a querida Julie".

ideia de que ela lhe causava repulsa; porém, na mesma hora, uma autoilusão feminina consolava Julie, e ela dizia para si mesma que Boris estava apenas acanhado com o amor. A melancolia de Julie, no entanto, começou a se transformar em irritabilidade e, pouco antes da partida de Boris, ela pôs em ação um plano decisivo. Na mesma ocasião em que chegava ao fim o prazo da licença de Boris, Anatole Kuráguin apareceu em Moscou e também, nem é preciso dizer, na casa dos Karáguin, e Julie, inesperadamente deixando de lado a melancolia, tornou-se muito alegre e cheia de atenções com Kuráguin.

— *Mon cher* — disse Anna Mikháilovna para o filho —, *je sais de bonne source que le prince Basile envoie son fils à Moscou pour lui faire épouser Julie.*[23] Eu gosto tanto de Julie que lamento por ela. O que você acha, meu amigo? — disse Anna Mikháilovna.

A ideia de ser feito de bobo e de ter desperdiçado todo aquele mês de árduos serviços melancólicos com Julie, e de ver que os rendimentos das propriedades de Penza, que ele já havia distribuído e empregado como convinha na sua imaginação, iriam parar nas mãos de outro — e ainda mais nas mãos do tolo Anatole — ofendia Boris. Dirigiu-se à casa dos Karáguin com a firme intenção de fazer um pedido de casamento. Julie recebeu-o com ar alegre e despreocupado, contou-lhe de modo descontraído como ela havia se divertido no baile do dia anterior e perguntou quando Boris ia partir. Apesar de Boris ter vindo com a intenção de falar do seu amor e, portanto, com a intenção de se mostrar carinhoso, ele começou a falar de modo irritado sobre a inconstância feminina: sobre como as mulheres podiam facilmente passar da tristeza para a alegria e como a disposição de ânimo das mulheres dependia apenas de quem lhes fazia a corte. Julie sentiu-se ofendida e disse que era verdade que as mulheres precisavam de variedade e que a mesma coisa o tempo todo enchia a paciência de qualquer um.

— Por isso recomendo à senhora... — começou Boris, no intuito de dizer algo mordaz; mas naquele momento lhe veio a ideia ultrajante de que ele poderia partir de Moscou sem alcançar o seu objetivo, tendo desperdiçado todos os seus esforços (algo que jamais havia acontecido com ele). Deteve-se no meio da frase, baixou os olhos para não ver o rosto desagradável, irritado e indeciso de Julie, e disse: — Não foi de maneira alguma para discutir com a senhora que vim aqui hoje. Ao contrário... — Lançou um olhar para ela a fim de se convencer de que podia continuar. Toda a irritação de Julie havia desaparecido de repente, e os olhos inquietos, suplicantes, estavam cravados nele, com uma ávida expectativa. "Sempre posso dar

---

23 Francês: "Meu querido [...] sei de boa fonte que o príncipe Vassíli mandou o filho para Moscou a fim de casá-lo com Julie".

um jeito de ver Julie raramente", pensou Boris. "O assunto já começou, e agora é preciso ir até o fim!" Ruborizou-se muito, ergueu os olhos para ela e disse: — A senhora conhece os meus sentimentos pela senhora! — Não era preciso falar mais nada: o rosto de Julie se iluminou de triunfo e de satisfação consigo mesma; porém, ela obrigou Boris a falar tudo o que se diz nesses casos, que ele a amava e que nunca tinha amado outra mulher mais do que a ela. Julie sabia que, em troca das propriedades de Penza e de Níjni-Nóvgorod, ela podia exigir aquilo, e recebeu o que exigia.

O noivo e a noiva, sem mencionar mais as árvores que derramavam sombras e melancolia sobre eles, traçaram os planos da futura instalação de uma casa magnífica em Petersburgo, fizeram visitas e convidaram todos para o matrimônio suntuoso.

VI

No fim de janeiro, o conde Iliá Andreitch chegou a Moscou, junto com Natacha e Sônia. A saúde da condessa não havia melhorado, e ela não podia viajar — mas era impossível continuar esperando até a sua recuperação: o príncipe Andrei era esperado em Moscou a qualquer dia; além disso, era preciso comprar o enxoval, era preciso vender a propriedade nos arredores de Moscou e era preciso aproveitar a presença do velho príncipe em Moscou para apresentar-lhe a sua futura nora. A casa dos Rostóv em Moscou não estava aquecida; além do mais, eles iam passar pouco tempo na cidade, a condessa não estava com eles, e por tudo isso o conde Iliá Andreitch resolveu que, em Moscou, ficaria hospedado na casa de Mária Dmítrievna Akhrossímova, que havia muito tempo oferecia ao conde a sua hospitalidade.

Tarde da noite, os quatro trenós dos Rostóv entraram no pátio de Mária Dmítrievna, na rua da Estrebaria Velha. Mária Dmítrievna morava sozinha. Sua única filha já havia casado. Seus filhos estavam no serviço militar.

Continuava aprumada como antes, dizia suas opiniões a todos com a mesma voz firme, alta e decidida de antes, e toda a sua pessoa parecia censurar os outros por toda e qualquer fraqueza, paixão ou impulso, cuja possibilidade ela não admitia. Desde cedo, apenas com um casaquinho curto, ela cuidava dos assuntos domésticos, depois saía de casa: nos feriados ia à missa e depois da missa às prisões e cadeias, onde tratava de assuntos sobre os quais não falava com ninguém, mas nos dias úteis, bem-vestida, recebia em casa pessoas de várias classes sociais que apresentavam suas solicitações e vinham procurá-la todos os dias, e depois disso ela almoçava; no almoço, farto e gostoso, sempre havia três ou quatro convidados; após o almoço, jogava uma partida de bóston; de noite, obrigava alguém a ler jornais e livros novos em voz alta, enquanto ela tricotava. Raramente abria uma exceção para sair de casa e, se saía, era só para ir à casa das pessoas mais importantes da cidade.

Ela ainda não tinha ido para a cama quando os Rostóv chegaram, e a porta da frente rangeu na dobradiça para que entrassem os Rostóv e seus criados, fugindo da friagem lá de fora. Mária Dmítrievna, com os óculos que haviam descido até a ponta do nariz, a cabeça inclinada para trás, estava de pé na porta da sala e, com ar severo e irritado, fitava os recém-chegados. Caso não estivesse ao mesmo tempo dando ordens cuidadosas para os criados sobre como acomodar os hóspedes e sua bagagem, podia-se pensar que estava furiosa com as visitas e que as expulsaria de casa imediatamente

— São as coisas do conde? Traga para cá — disse, apontando para as malas, sem cumprimentar ninguém. — As das senhoras, para lá, à esquerda. Ora, por que ficam perdendo tempo com essas mesuras! — gritou para as criadas. — É preciso esquentar o samovar! Ficou mais gorda, ficou mais bonita — exclamou, trazendo Natacha, vermelha de frio, para perto de si, puxando-a pelo capuz. — Puxa, como está gelada! Vá logo trocar de roupa — gritou para o conde, que queria se aproximar da sua mão. — Está todo gelado, eu aposto. Tragam rum com chá! Sóniuchka, *bonjour*[24] — disse para Sônia, sublinhando naquela saudação francesa a sua atitude ligeiramente desdenhosa, e também carinhosa, em relação a Sônia.

Depois que todos haviam trocado de roupa, se refeito da viagem e vieram para o chá, Mária Dmítrievna beijou um por um, da forma devida.

— Que alegria que vocês chegaram e que vão ficar hospedados em minha casa — disse. — Já não era sem tempo — exclamou, lançando um olhar significativo para Natacha. — O velho está aqui e esperam a chegada do filho a qualquer dia. É preciso, é preciso ir visitá-lo. Bem, sobre isso falaremos mais tarde — acrescentou, lançando um olhar para Sônia e mostrando que não queria falar do assunto diante dela. — Agora, escute — voltou-se para o conde. — O que você quer fazer amanhã? A quem vai mandar chamar? Chinchin? — Dobrou um dedo. — A chorona Anna Mikháilovna... Dois. Ela está aqui com o filho. E o filho vai casar! Depois, o Bezúkhov, que tal? Ele também está em Moscou, junto com a esposa. Bezúkhov a abandonou, e ela logo correu aos pulos atrás dele. Bezúkhov almoçou comigo na quarta-feira. Bem, quanto a elas — apontou para as duas jovens —, amanhã vou levá-las à capela de Nossa Senhora de Ibéria e depois vamos ver a *Ober-Chelmá*.[25] Pois aposto que

---

24 Francês: "bom dia".

25 "A grande velhaca." Trocadilho com o Aubert-Chalmé, nome de uma francesa que tinha uma loja de modas em Moscou.

vocês querem fazer vestidos novos, não é? Não me tomem por modelo, hoje em dia as mangas vão até aqui! Outro dia, a jovem princesa Irina Vassílievna veio me visitar: dava até medo de olhar, parecia que estava com duas barricas nos braços. Todo dia surge uma nova moda. Sim, mas e você, tem algum assunto particular? — voltou-se para o conde, com ar severo.

— Tudo veio ao mesmo tempo — respondeu o conde. — Comprar os trapos e também arranjar um comprador para a propriedade nos arredores de Moscou e para a casa. Se a senhora puder me fazer essa bondade, eu vou separar um tempinho para ir a Marínskoie, por um diazinho só, e vou confiar minhas meninas à senhora.

— Está bem, está bem, ficarão a salvo comigo. Como se estivessem no Conselho Tutelar. Vou levá-las aonde for preciso, vou dar carões e carinhos — disse Mária Dmítrievna, tocando com a mão grande a bochecha de Natacha, sua afilhada e sua favorita.

No dia seguinte, de manhã, Mária Dmítrievna levou as duas jovens para a capela de Nossa Senhora de Ibéria e para a Mme Aubert-Chalmé, que tinha tanto medo de Mária Dmítrievna que sempre a deixava levar roupas abaixo do preço de custo, só para livrar-se dela mais depressa. Mária Dmítrievna encomendou quase todo o enxoval. Depois que voltou para casa, mandou todos saírem do quarto, menos Natacha, e chamou a sua favorita para perto da sua poltrona.

— Bem, agora vamos conversar. Dou meus parabéns pelo noivo. Fisgou um rapagão! Estou contente por você; e ele, eu o conheço desde que tinha esta idade (estendeu a mão a um *archin* de altura). — Natacha ficou vermelha de alegria. — Gosto dele e de toda a sua família. Agora, escute bem. Como você sabe, o velho príncipe Nikolai não queria de jeito nenhum que o filho casasse. É um velho temperamental! Claro, o príncipe Andrei não é nenhuma criança e não precisa dele para nada, mas entrar na família contra a sua vontade não é bom. É preciso fazer isso de modo pacífico, amoroso. Você é inteligente, vai saber lidar com a situação. Use a sua bondade e a sua inteligência. Assim, tudo vai dar certo.

Natacha ficou calada por timidez, pensou Mária Dmítrievna, mas no fundo Natacha não gostava que se intrometessem nos assuntos do seu amor pelo príncipe Andrei, que lhe pareciam tão diferentes de todos os assuntos humanos que ninguém, no seu modo de ver, conseguiria compreendê-los. Natacha só amava e só sabia do príncipe Andrei, ele a amava e chegaria a qualquer dia para levá-la. Natacha não precisava saber de mais nada além disso.

— Veja bem, eu o conheço há muito tempo e também gosto muito da Máchenka, sua futura cunhada. Cunhadas dão unhadas, é o que dizem, mas essa é incapaz de fazer mal a uma mosca. Ela me pediu que mandasse você à casa dela.

Amanhã de manhã, você vai lá com o seu pai, e seja carinhosa e boa: você é mais jovem do que ela. Quando o seu noivo chegar, você já será conhecida da irmã e do pai, e eles já estarão encantados com você. Não é mesmo? Não vai ser melhor assim?

— Melhor — respondeu Natacha, a contragosto.

VII

No dia seguinte, por recomendação de Mária Dmítrievna, o conde Iliá Andreitch foi com Natacha à casa do príncipe Nikolai Andreitch. O conde aprontou-se para aquela visita num espírito nada alegre: no fundo, ele tinha medo. Ainda estava na memória do conde Iliá Andreitch o último encontro dos dois, por ocasião do alistamento do corpo de voluntários, quando o conde teve de ouvir do velho príncipe, em resposta a um convite que fizera para jantar, um discurso furioso por não ter reunido um efetivo de número suficiente. Natacha, em seu melhor vestido, estava, ao contrário, na mais alegre disposição de ânimo. "É impossível que não gostem de mim", pensava ela, "todos sempre gostaram de mim. E estou tão disposta a fazer por eles tudo o que desejarem, tão disposta a amar a ele, porque é o pai, e a ela, porque é a irmã, que não existe motivo para não gostarem de mim!"

Aproximaram-se da casa antiga, sombria, na rua Vzdvíjenka, e entraram no vestíbulo.

— Bem, que Deus nos proteja — exclamou o conde, meio de brincadeira, meio a sério; mas Natacha notou que o pai ficou agitado quando chegou à saleta da entrada e perguntou em voz baixa e tímida se o príncipe e a princesa estavam em casa. Depois do anúncio da chegada deles, houve uma confusão entre os criados do príncipe. Um lacaio que havia corrido para anunciá-los foi detido por um outro lacaio na sala, e os dois cochicharam entre si. Uma criada de quarto veio correndo para a sala e, às pressas, também falou alguma coisa, referindo-se à princesa. Por fim, um lacaio velho, de rosto zangado, veio e comunicou aos Rostóv que o príncipe não podia recebê-los, mas a princesa pedia que fossem aos seus aposentos. A primeira a vir ao encontro das visitas foi Mlle Bourienne. Mostrou-se especialmente cordial com o pai e com a filha e levou-os até a princesa. Com o rosto nervoso, assustado e coberto de manchas vermelhas, a princesa veio depressa ao encontro das visitas, pisando com força e tentando inutilmente mostrar-se solícita e hospitaleira. Ao primeiro olhar, Natacha não gostou da princesa Mária. Pareceu-lhe excessivamente elegante, levianamente alegre e vaidosa. A princesa Mária não sabia que, antes mesmo de ver a futura cunhada, já estava predisposta contra Natacha por uma inveja involuntária da sua beleza, da sua juventude, da sua felicidade, e por ciúmes do amor do irmão. Além desse vago sentimento de antipatia por ela, a princesa Mária naquele momento estava perturbada também porque, assim que foi anunciada a chegada dos Rostóv, o príncipe começou a gritar que não queria saber deles, que a princesa Mária fosse recebê-los, se quisesse, e que não deixassem os Rostóv entrar em seus aposentos. A princesa Mária decidiu receber os Rostóv, mas temia que a qualquer momento o príncipe fizesse uma incursão repentina, pois parecia muito perturbado com a vinda dos Rostóv.

— Pois aí está, querida princesa, trouxe para a senhora o meu passarinho cantor — disse o conde, ruborizando-se e olhando inquieto para os lados, como se temesse que o velho príncipe aparecesse do nada. — Como estou contente por vocês se conhecerem. Lamento, lamento muito que o príncipe ainda esteja adoentado. — E, após dizer mais uma série de lugares-comuns, levantou-se. — Se me permite, princesa, vou deixar a minha Natacha nas mãos da senhora por um quartozinho de hora apenas, enquanto dou um pulo a dois passos daqui, na praça dos Cães, à casa de Anna Semiónovna, e depois virei buscá-la.

Iliá Andreitch inventou aquela astúcia diplomática para dar às futuras cunhadas a chance de se entenderem livremente (como explicou depois para a filha), e também para evitar a possibilidade de um encontro com o príncipe, que ele temia. Isso o conde não disse para a filha, mas Natacha percebeu o medo e a inquietação do pai e sentiu-se ofendida. Ruborizou-se por causa do pai, irritou-se mais ainda por ficar ruborizada e, com um olhar atrevido e provocador, que dizia que não tinha medo de nada, fitou a princesa. A princesa disse ao conde que estava muito contente e apenas lhe pediu que ficasse mais tempo na casa de Anna Semiónovna, e Iliá Andreitch saiu.

Mlle Bourienne, apesar dos olhares inquietos dirigidos a ela pela princesa Mária, que desejava conversar a sós com Natacha, não saiu do quarto e iniciou, com firmeza, uma conversa sobre os divertimentos e os teatros de Moscou. Natacha estava ofendida com a confusão que ocorrera na entrada, com o nervosismo do pai e com o tom artificial da princesa, que — era essa a sua impressão — fazia um favor ao recebê-la. Por isso, tudo lhe desagradava. Natacha não gostou da princesa Mária. Pareceu-lhe muito simplória, fingida e seca. De repente, Natacha se retraiu e, sem querer, adotou um ar tão displicente que afastou ainda mais a princesa Mária. Depois de cinco minutos de uma conversa pesada, fingida, ouviram-se passos rápidos, em chinelos, que se aproximavam. O rosto da princesa Mária exprimiu pavor, a porta do quarto se abriu, e o príncipe entrou, de roupão de dormir e barrete branco.

— Ah, senhora fidalga — disse ele. — Senhora condessa... condessa Rostova, se não me engano... peço que me desculpe, me desculpe... eu não sabia, senhora. Deus é testemunha, eu não sabia que a senhora nos dava a honra da sua visita, por isso entrei no quarto da minha filha nestes trajes. Peço que me desculpe... Deus é testemunha que eu não sabia — repetiu com tanta falta de naturalidade, enfatizando a palavra "Deus", e de modo tão desagradável, que a princesa Mária ficou parada, de olhos baixos, sem se atrever a olhar nem para o pai, nem para Natacha. Depois de se levantar e fazer uma reverência, Natacha também não sabia o que fazer. Só Mlle Bourienne sorria com simpatia.

— Peço que me desculpe! Peço que me desculpe! Deus é testemunha, eu não sabia — resmungou o velho e saiu, depois de observar Natacha da cabeça aos pés. Mlle Bourienne foi a primeira a se recuperar depois daquela aparição e começou uma conversa sobre a saúde debilitada do príncipe. Natacha e a princesa Mária olhavam caladas uma para a outra e, quanto mais olhavam caladas uma para a outra, sem exprimir o que precisavam exprimir, tanto mais pensavam uma na outra com animosidade.

Quando o conde voltou, Natacha alegrou-se com sua chegada de um modo nada polido e apressou-se para ir embora: naquele instante, Natacha quase odiou aquela princesa velha e seca, que podia deixá-la em tal situação constrangedora e passar meia hora com ela sem dizer nada sobre o príncipe Andrei. "Pois eu não podia começar a falar sobre ele diante dessa francesinha", pensou Natacha. A princesa Mária, enquanto isso, atormentava-se pela mesma razão. Sabia o que tinha de falar com Natacha, mas não conseguia fazer isso, porque Mlle Bourienne a deixava constrangida, e também porque, sem que ela mesma soubesse a razão, era muito penoso falar sobre aquele casamento. Quando o conde já havia saído do quarto, a princesa Mária aproximou-se de Natacha a passos ligeiros, segurou a mão dela e, depois de um suspiro profundo, disse: "Espere, eu preciso...". Natacha fitou a princesa Mária com ar irônico, sem saber por quê.

— Querida Nathalie — disse a princesa Mária. — Saiba que estou feliz por meu irmão ter encontrado a felicidade... — Ela se deteve, sentindo que não dizia a verdade. Natacha percebeu aquela interrupção e adivinhou o motivo.

— Acho, princesa, que agora não convém falar sobre isso — disse Natacha, com dignidade exterior, com frieza e com lágrimas que sentiu na garganta.

"O que eu disse, o que eu fiz!", pensou Natacha, assim que saiu do quarto.

Naquele dia, esperaram por muito tempo que Natacha viesse jantar. Estava no quarto e chorava como uma criança, fungava e soluçava. Sônia estava ao seu lado e beijava os cabelos dela.

— Natacha, o que é que tem? — perguntava. — Que importância eles têm para você? Tudo vai dar certo, Natacha.

— Não, se você soubesse como é ofensivo... é como se eu...

— Não fale, Natacha, você não tem culpa de nada, então que importância tem isso? Beije-me — disse Sônia.

Natacha levantou a cabeça e, depois de beijar sua amiga nos lábios, estreitou o rosto molhado ao rosto de Sônia.

— Não consigo falar, não sei. Ninguém tem culpa — disse Natacha. — Eu sou a culpada. Tudo isso dói horrivelmente. Ah, por que ele não vem?...

Com os olhos vermelhos, foi jantar. Mária Dmítrievna, ciente da maneira como o príncipe havia recebido os Rostóv, fingia não perceber o rosto aflito de Natacha e, em voz alta e firme, dizia gracejos à mesa para o conde e para os outros convidados.

VIII

Naquela noite, os Rostóv foram à ópera, para a qual Mária Dmítrievna havia conseguido ingressos.

Natacha não tinha vontade de ir, mas era impossível esquivar-se da gentileza de Mária Dmítrievna, premeditada exclusivamente para ela. Quando Natacha, já vestida, veio para a sala, à espera do pai, e lançou um olhar para o espelho grande, viu que estava bonita, muito bonita, e sentiu-se ainda mais triste; porém de uma tristeza doce e amorosa.

"Meu Deus! Se ao menos ele estivesse aqui, eu não teria agido como fiz, com essa timidez estúpida diante de qualquer coisa, e sim de um jeito novo, simples, eu o abraçaria, me apertaria a ele, eu o obrigaria a olhar para mim com aqueles olhos penetrantes, curiosos, com os quais tantas vezes ele me olhava, e depois eu o obrigaria a rir, como ria antes, e os seus olhos, eu estou até vendo aqueles olhos!", pensou Natacha. "Mas o que tenho eu a ver com o pai e a irmã dele: amo só a ele, ele, ele, com aquele rosto e aqueles olhos, com o seu sorriso, másculo e ao mesmo tempo infantil... Não, é melhor não pensar nele, não pensar, esquecer, esquecer completamente neste momento. Eu não vou suportar essa espera, estou à beira de chorar", e afastou-se do espelho, fazendo um esforço para não chorar. "Mas como a Sônia consegue amar Nikólienka de modo tão constante, sereno, e esperar tanto tempo e com tanta paciência?", pensou Natacha, olhando para Sônia, que chegava também já vestida, com um leque na mão. "Não, ela é muito diferente. Eu não consigo!"

Natacha sentia-se tão comovida e enternecida naquele momento que não lhe bastava amar e saber que era amada: agora, tinha necessidade de abraçar o homem amado, falar e ouvir dele as palavras de amor de que seu coração estava cheio. Enquanto andava até a carruagem, sentava ao lado do pai e olhava pensativa as luzes das lanternas da rua que cintilavam através da janela coberta de gelo, Natacha sentia-se ainda mais apaixonada e triste e esqueceu com quem estava e para onde ia. A carruagem dos Rostóv entrou na fila de carruagens e, com as rodas rangendo lentamente sobre a neve, seguiu rumo ao teatro. Natacha e Sônia desceram da carruagem às pressas, levantando os vestidos; o conde desceu apoiando-se nos lacaios e, em meio às senhoras e aos cavalheiros que entravam no teatro e aos vendedores de programas, os três seguiram para o corredor dos camarotes do primeiro andar. Atrás das portas entreabertas, já se ouviam os sons da música.

— *Nathalie, vos cheveux*[26] — sussurrou Sônia. O camaroteiro esgueirou-se para o lado, rápido e respeitosamente diante das damas, e abriu a porta do camarote. A música se fez ouvir com mais clareza, através da porta rebrilharam as fileiras de camarotes, iluminados pelos ombros e braços desnudos das damas, e a plateia, que rumorejava e reluzia de uniformes. Uma dama entrou no corredor que levava ao camarote vizinho e lançou para Natacha um olhar invejoso de mulher. A cortina ainda não havia subido, e estavam tocando a abertura da ópera. Natacha, ajeitando o vestido, avançou junto com Sônia e sentou-se, lançando um olhar para as fileiras de camarotes iluminados no lado oposto. A sensação, que não experimentava fazia muito tempo, de ter centenas de olhos voltados para os seus braços e para o seu pescoço desnudos dominou-a de repente de um modo agradável, e também desagradável, e despertou uma série de lembranças, desejos e emoções ligados àquela sensação.

Natacha e Sônia, duas moças de beleza notável, e o conde Iliá Andreitch, que fazia muito não era visto em Moscou, atraíam as atenções gerais. Além disso, todos sabiam vagamente do noivado de Natacha com o príncipe Andrei, sabiam que, desde então, os Rostóv moravam no campo e, com curiosidade, observavam a noiva de um dos melhores partidos da Rússia.

Natacha ficara mais bonita no campo, como todos lhe diziam, mas naquela noite, graças ao seu estado de agitação, estava especialmente bonita. Ela impressionava pela plenitude de vida e de beleza, associada à indiferença a tudo o que a cercava. Seus olhos negros fitavam a multidão sem encontrar ninguém, o braço fino, desnudo até acima do cotovelo, se apoiava no parapeito de veludo do camarote, enquanto a mão, num gesto obviamente inconsciente, fechava e abria no ritmo da música de abertura, amassando o programa da ópera.

— Olhe lá a Alénina — disse Sônia. — Está com a mãe, parece.

— Meu Deus! Mikhail Kirílitch ficou ainda mais gordo! — disse o velho conde.

— Olhem só a touca da nossa Anna Mikháilovna!

— Os Karáguin, a Julie, e o Boris está com eles. Dá para ver logo que estão noivos.

---

26 Francês: "Natália, seus cabelos".

— Drubetskói fez o pedido de casamento! Como não? Foi anunciado hoje — disse Chinchin, que entrou no camarote dos Rostóv.

Natacha olhou para onde o pai olhava e avistou Julie, que com pérolas no pescoço vermelho e grosso (Natacha sabia que estava coberto de pó de arroz) estava sentada, com ar alegre, ao lado da mãe. Atrás delas, com um sorriso que aproximava a orelha à boca de Julie, via-se a cabeça bonita de Boris, com um penteado muito liso. Ele olhava de soslaio para os Rostóv e, sorrindo, dizia algo para a sua noiva.

"Estão falando de nós, de mim e dele!", pensou Natacha. "Na certa, ele está aplacando os ciúmes que sua noiva tem de mim. Pois estão perdendo tempo! Se soubessem como dou pouca importância ao que eles pensam."

Atrás, estava sentada Anna Mikháilovna, com a touca verde e o rosto festivo, feliz e devotado à vontade de Deus. No camarote deles, havia aquela atmosfera de noiva e noivo, que Natacha conhecia tão bem e amava. Virou-se para o outro lado e, de repente, lembrou-se de tudo o que houvera de humilhante na visita daquela manhã.

"Que direito tem ele de não querer me aceitar na sua família? Ah, é melhor não pensar nisso, não pensar, até a chegada dele!", disse para si e passou a observar os rostos conhecidos e desconhecidos na plateia. Diante da plateia, bem no centro, em pé, de costas para a ribalta e apoiado nos cotovelos, estava Dólokhov, com uma enorme mecha do cabelo encaracolado penteada para cima, num traje ao estilo persa. Estava bem à vista de todo o teatro, ciente de que chamava a atenção da sala inteira, e se mostrava tão à vontade como se estivesse no próprio quarto. À sua volta, agrupava-se a juventude mais brilhante de Moscou, e Dólokhov, visivelmente, tinha a primazia entre eles.

O conde Iliá Andreitch, rindo, deu um empurrãozinho na ruborizada Sônia, enquanto lhe apontava o antigo admirador.

— Reconheceu? — perguntou. — De onde ele saiu? — voltou-se o conde para Chinchin. — Andou sumido.

— Sumiu mesmo — respondeu Chinchin. — Foi para o Cáucaso, mas fugiu de lá, dizem que foi ministro de algum príncipe regente na Pérsia, e lá matou o irmão do xá; pois é, agora todas as jovens fidalgas de Moscou andam loucas por ele! *Dolochoff le Persan*, e acabou-se. Agora, não há conversa em que não se fale de Dólokhov: juram pelo nome dele, chamam os outros para vê-lo, como se oferecessem um prato de esturjão — disse Chinchin. — Dólokhov e Anatole Kuráguin deixaram loucas todas as nossas jovens fidalgas.

No camarote vizinho, entrou uma dama alta, bonita, com uma trança enorme, ombros e pescoço fartos, brancos e muito desnudos, com um colar duplo de pérolas grandes, que demorou muito para se instalar na cadeira, enquanto seu vestido de seda grossa rumorejava.

Natacha não pôde deixar de observar aquele pescoço, aqueles ombros, aquele penteado e admirou-se com a beleza dos ombros e das pérolas. Na hora em que Natacha olhava pela segunda vez para ela, a dama virou-se e, ao encontrar os olhos do conde Iliá Andreitch, cumprimentou-o com um meneio de cabeça e sorriu. Era a condessa Bezúkhova, esposa de Pierre. Iliá Andreitch, que conhecia todos na sociedade, inclinou-se na direção dela e começou a falar.

— Faz tempo que está na cidade, condessa? — disse. — Irei, irei visitá-la e beijar sua mão. Pois acabei de chegar para tratar de negócios, mas aqui estão as minhas meninas, eu as trouxe comigo. Dizem que Semiónova representa de modo incomparável[27] — disse. — O conde Piotr Kirílovitch nunca se esquece de nós. Onde está ele, agora?

— Sim, ele queria vir — respondeu Hélène e olhou para Natacha com atenção.

O conde Iliá Andreitch sentou-se de novo no seu lugar.

— Então, não é bonita? — sussurrou para Natacha.

— Maravilhosa! — respondeu Natacha. — Os homens devem se apaixonar na mesma hora! — Naquele momento, ouviram-se os últimos acordes da abertura, e começaram a soar as batidas da batuta do maestro. Na plateia, alguns retardatários tomaram seus assentos, e a cortina foi erguida.

Assim que ergueram a cortina, nos camarotes e na plateia todos ficaram em silêncio, e todos os homens, velhos e jovens, de uniforme e de fraque, todas as mulheres, com pedras preciosas sobre o corpo nu, voltaram para o palco toda a atenção, com ávida curiosidade. Natacha também se pôs a assistir.

IX

No centro do palco havia tábuas lisas, nos cantos erguiam-se formas de papelão pintado representando árvores, atrás se estendia uma tela acima das tábuas. No centro do palco, moças estavam sentadas, de corpete vermelho e saia branca. Uma delas, muito gorda, de vestido branco de seda, mantinha-se mais à parte, sentada num banquinho baixo, atrás do qual estava colado um papelão verde. Todas estavam cantando. Quando terminaram a canção, a moça de branco aproximou-se da cabine do ponto, e um homem de calça de seda colante nas pernas grossas, com uma pluma e um punhal, aproximou-se dela e começou a cantar e a abrir os braços.

---

27 Referência a Nimfódora Semiónova (1788-1876), mais conhecida como atriz do que como cantora de ópera.

O homem de calça colante cantou sozinho, depois ela cantou. Depois os dois ficaram calados, a música continuou, e o homem começou a contar os compassos com os dedos, tocando na mão da moça de vestido branco, visivelmente à espera do compasso em que, de novo, ia começar a cantar a sua parte junto com ela. Os dois cantaram juntos até o fim, e todos no teatro começaram a gritar e a bater palmas, enquanto o homem e a mulher sobre o palco, que faziam papel de apaixonados, começaram a sorrir e, abrindo os braços, curvavam-se para agradecer.

Depois da temporada no campo, e no estado de espírito sério em que Natacha se encontrava, tudo aquilo era absurdo e surpreendente para ela. Não conseguia acompanhar o sentido da ópera, não conseguia nem escutar a música: só enxergava os papelões pintados, os homens e as mulheres com roupas estranhas que se moviam, falavam e cantavam de modo estranho, sob a luz radiosa; Natacha sabia que tudo aquilo era para representar, mas tudo aquilo era tão falso e afetado, tão artificial, que ela ora sentia vergonha pelos atores, ora tinha vontade de rir deles. Olhava à sua volta, para o rosto dos espectadores, procurando neles o mesmo sentimento de ridículo e de perplexidade que havia nela; porém todos os rostos estavam atentos para o que se passava no palco e exprimiam, assim pareceu a Natacha, uma admiração fingida. "Na certa, tem de ser assim mesmo!", pensou Natacha. Virava-se e olhava, alternadamente, ora para as fileiras de cabeças empomadadas na plateia, ora para as mulheres desnudas nos camarotes, em especial para a sua vizinha Hélène, que, totalmente despida, com um sorriso leve e sereno, sem baixar os olhos, olhava para o palco. Sentindo em si a luz radiosa que se derramava por toda a sala e o ar quente, aquecido pela multidão, aos poucos Natacha começou a se aproximar de um estado de embriaguez que não experimentava havia muito tempo. Não lembrava quem era, onde estava, nem o que se passava na sua frente. Olhava e pensava, e os pensamentos mais estranhos surgiam inesperadamente, sem nexo, na sua cabeça. Ora lhe vinha a ideia de pular para cima do parapeito do camarote e cantar a ária que a atriz estava cantando, ora tinha vontade de cutucar com o leque um velho sentado perto dela, ou então de inclinar-se na direção de Hélène e fazer-lhe cócegas.

Num dos minutos em que tudo ficava em silêncio no palco, à espera do começo de uma ária, a porta de entrada rangeu, e, pelo tapete da plateia do lado oposto ao do camarote dos Rostóv, ressoaram os passos de um homem retardatário. "Lá está ele, Kuráguin!", sussurrou Chinchin. A condessa Bezúkhova virou-se, sorrindo, para o homem que entrara. Natacha olhou na mesma direção que os olhos da condessa Bezúkhova e avistou um ajudante de ordens de beleza extraordinária, que se aproximou do camarote delas com um aspecto confiante e ao mesmo tempo educado. Era Anatole Kuráguin, que ela vira e notara, muito tempo antes, num baile em Petersburgo. Agora, vestia uniforme de ajudante de ordens, com dragonas e alamares. Caminhava num passo contido, jovial, que seria ridículo se ele não fosse tão bonito e se não houvesse tamanha expressão de alegria e de contentamento cordial em seu belo rosto. Apesar de a ópera já estar em andamento, Kuráguin, sem se apressar, caminhou pelo tapete do corredor inclinado, fazendo retinir as esporas e o sabre, com a cabeça bonita e perfumada erguida de modo firme. Depois de lançar um olhar para Natacha, ele se aproximou da irmã, colocou a mão, calçada numa luva bem justa, sobre o parapeito do camarote da condessa, meneou a cabeça para ela e, inclinando-se, perguntou algo, apontando para Natacha.

— *Mais charmante!*[28] — disse ele, visivelmente referindo-se a Natacha, de um modo que ela não só ouvisse como também entendesse pelos movimentos dos lábios. Depois ele seguiu para a primeira fila, sentou-se ao lado de Dólokhov e, de forma amistosa e descontraída, tocou com o cotovelo o mesmo Dólokhov com quem os outros se portavam de modo tão bajulador. Piscou um olho para ele alegremente, sorriu, suspendeu os pés e apoiou-os na beira da ribalta.

— Como a irmã e o irmão se parecem! — disse o conde. — E como os dois são bonitos.

Chinchin, a meia-voz, começou a contar para o conde a história de uma intriga de Kuráguin em Moscou, à qual Natacha escutou justamente por ele dito que ela era *charmante*.

Terminou o primeiro ato, na plateia todos se levantaram, embaralharam-se e se puseram a caminhar, entrando e saindo.

Boris veio ao camarote dos Rostóv, recebeu os parabéns de maneira muito simples e, com as sobrancelhas levantadas e um sorriso distraído, transmitiu a Natacha e a Sônia o pedido de sua noiva de que fossem ao casamento, e saiu. Natacha, com um sorriso alegre e sedutor, conversou com ele e parabenizou pelo casamento o mesmo Boris com quem antes havia namorado. No estado de embriaguez em que se achava, tudo parecia simples e natural.

A nua Hélène estava sentada perto de Natacha e sorria igualmente para todos; Natacha sorrira da mesma forma para Boris.

O camarote de Hélène estava cheio e cercado do lado da plateia pelos homens mais notáveis e inteligentes, que pareciam competir no intuito de mostrar a todos que eram conhecidos da condessa.

Kuráguin, durante todo o intervalo, ficou ao lado de Dólokhov, junto à ribalta, olhando para o camarote dos Rostóv. Natacha sabia que Kuráguin estava falando

---

28 Francês: "Mas é encantadora!".

sobre ela, e isso lhe dava prazer. Natacha até virou-se para que ele visse o seu perfil, o seu melhor ângulo, na opinião dela. Antes do início do segundo ato, surgiu na plateia a figura de Pierre, que ainda não estivera com os Rostóv desde que tinham chegado à cidade. O rosto de Pierre estava triste, e ele havia engordado mais ainda, desde a última vez que Natacha o vira. Pierre, sem ninguém notar, foi para as primeiras filas. Anatole aproximou-se dele e começou a lhe falar alguma coisa, enquanto olhava e apontava para o camarote dos Rostóv. Pierre, depois de avistar Natacha, animou-se e seguiu depressa entre as fileiras de poltronas na direção do camarote dos Rostóv. Ao chegar diante deles, Pierre apoiou-se no cotovelo e, sorrindo, conversou demoradamente com Natacha. Durante a conversa com Pierre, Natacha ouviu no camarote da condessa Bezúkhova uma voz de homem e, por algum motivo, reconheceu ser de Kuráguin. Virou-se, e os olhos dos dois se encontraram. Ele, quase sorrindo, fitou-a direto nos olhos, com um olhar tão cheio de admiração, tão carinhoso, que pareceu estranho para Natacha estar tão perto dele, olhar assim para Kuráguin, estar tão segura de lhe agradar, e não ser uma pessoa íntima dele.

No segundo ato, havia papelões que representavam túmulos e um buraco na tela que representava a lua, tinham suspendido uns abajures na ribalta, as trompas e os contrabaixos começaram a tocar em timbre grave, e da esquerda e da direita vieram muitas pessoas em mantos pretos. As pessoas puseram-se a abanar as mãos, mas nas suas mãos havia uma espécie de punhal; depois entraram correndo mais algumas pessoas e começaram a puxar para a frente a mesma jovem que antes estava de branco, mas que agora usava um vestido azul-claro. Não a levaram de uma vez, em vez disso cantaram junto com ela por muito tempo, só depois a levaram, e nos bastidores bateram três vezes em algum objeto de ferro, todos se puseram de joelhos e entoaram uma prece. Por várias vezes, toda aquela encenação foi interrompida pelos gritos entusiasmados dos espectadores.

Durante aquele ato, toda vez que Natacha lançava um olhar para a plateia via Anatole Kuráguin com o braço jogado para trás do encosto da poltrona, olhando para ela. Agradava a Natacha ver que Kuráguin estava tão cativado por ela, e nem lhe passava pela cabeça que houvesse naquilo algo de ruim.

Quando terminou o segundo ato, a condessa Bezúkhova levantou-se, virou-se para o camarote dos Rostóv (seu peito estava totalmente desnudo), com um dedo enluvado chamou o velho conde e, sem dar atenção às pessoas que entravam em seu camarote, começou a conversar com ele, sorrindo de maneira amável.

— Mas me apresente as suas filhas encantadoras — disse a condessa. — Toda a cidade não cansa de falar delas, e eu não as conheço.

Natacha levantou-se e fez uma reverência para a magnífica condessa. Natacha gostou tanto de ser elogiada por aquela beldade esplêndida que ficou vermelha de prazer.

— Agora eu também quero me tornar uma moscovita — disse Hélène. — Como o senhor não se envergonha de manter tais pérolas enterradas no campo?

A condessa Bezúkhova tinha, com justiça, a reputação de mulher cativante. Era capaz de falar o que não pensava e, sobretudo, adular de uma forma absolutamente simples e natural.

— Não, caro conde, o senhor vai permitir que agora eu cuide de suas filhas. Embora eu não vá ficar em Moscou por muito tempo, e o senhor também não, vou me esforçar para diverti-las. Ainda em Petersburgo, ouvi falar muito sobre a senhora e queria conhecê-la — disse para Natacha, com o seu sorriso monotonamente bonito. — Ouvi falar da senhora por um conhecido, Drubetskói. A senhora sabia que ele vai casar? E também por um amigo do meu marido, Bolkónski, o príncipe Andrei Bolkónski — disse com uma ênfase especial, indicando assim que conhecia as relações entre ele e Natacha. A fim de se conhecerem melhor, pediu que uma das jovens fidalgas ficasse com ela em seu camarote no resto do espetáculo, e Natacha passou para o camarote da condessa.

No terceiro ato, o palco representava um palácio, com muitas velas acesas, e havia quadros pendurados com a imagem de cavaleiros de barbicha. Na frente estavam, ao que parecia, o rei e a rainha. O rei brandiu a mão direita e, visivelmente intimidado, cantou mal alguma coisa e sentou-se num trono rubro. A moça, que no início estava de branco e depois de azul-claro, agora vestia só um camisolão, de cabelos soltos, e estava parada perto do trono. Cantou alguma coisa com amargura, voltando-se para a rainha; mas o rei brandiu a mão com ar severo e, dos cantos, entraram homens de pernas nuas e mulheres de pernas nuas e começaram a dançar, todos juntos. Depois os violinos tocaram, muito agudos e alegres. Uma das moças, de pernas nuas e grossas e braços magros, separou-se das outras, saiu para os bastidores, ajeitou o corpete, veio para o meio do palco e começou a pular e a bater depressa um pé no outro. Todos na plateia aplaudiram e gritaram "Bravo". Em seguida, um homem se colocou num canto. Na orquestra, os címbalos e as trompas tocaram mais alto, e um daqueles homens de pernas nuas começou a pular muito alto e a cruzar rapidamente os pés no ar. (Aquele homem era Duport, que ganhava sessenta mil rublos de prata em troca daquela arte.) Todos na plateia, nos camarotes e na galeria começaram a aplaudir e a gritar com toda a força, e o homem parou, começou a sorrir e a curvar-se para todos os lados. Depois, dançaram ainda outros homens e mulheres, de pernas nuas, depois de novo o rei gritou alguma coisa por cima da música, e todos começaram a cantar. Mas de repente se formou uma tormenta, na orquestra ressoaram escalas cromáticas e acordes de sétima menor, todos correram e de novo arrastaram uma das pessoas para os bastidores, e a cortina baixou. Ergueu-se de novo entre os espectadores um rumor e um estrondo terrível, e todos passaram a gritar, com o rosto entusiasmado:

— Diupora! Diupora! Diupora!

Natacha já não achava aquilo estranho. Com prazer, sorrindo alegremente, olhava à sua volta.

— *N'est-ce pas qu'il est admirable... Duport?*[29] — perguntou Hélène, dirigindo-se a Natacha.

— *Oh, oui*[30] — respondeu Natacha.

X

No intervalo, no camarote de Hélène, soprou um ar frio, a porta se abriu, e, curvando-se e tentando não esbarrar em ninguém, entrou Anatole.

— Permita que lhe apresente o meu irmão — disse Hélène, enquanto os olhos iam e vinham de modo inquieto de Natacha para Anatole. Natacha virou a cabeça bonita, por cima do ombro nu, para o belo rapaz e sorriu. Anatole, que de perto era tão bonito quanto de longe, sentou-se perto dela e disse que havia muito desejava ter aquele prazer, desde o baile de Naríchkin, em que tivera o prazer, que não esquecera, de ver Natacha. Kuráguin era muito mais simples e mais inteligente com as mulheres do que na companhia dos homens. Falava de maneira decidida e simples, e Natacha ficou agradavelmente impressionada não só por não haver nada de tão terrível naquele homem, sobre o qual contavam tantas histórias, como também por ele ter, ao contrário disso, um sorriso muito simpático e ingenuamente alegre.

Anatole Kuráguin perguntou qual a sua impressão do espetáculo e contou que, num espetáculo anterior, Semiónova havia caído enquanto representava.

— Sabe, condessa — disse ele, de repente voltando-se para Natacha como se ela fosse uma pessoa conhecida havia muito tempo —, vamos promover uma competição de fantasias; a senhora precisa participar: vai ser muito divertido. Todos vão se reunir na casa dos Arkhárov. Por favor, venha, não falte, hein? — exclamou.

Enquanto dizia aquilo, ele não desviava os olhos sorridentes do rosto, do pescoço e dos braços nus de Natacha. Ela sabia sem dúvida alguma que Anatole estava en-

---

29 Francês: "Não é mesmo admirável, o Duport?".

30 Francês: "Ah, sim".

cantado com ela. Aquilo agradava a Natacha, mas por algum motivo sentia-se constrangida, acalorada e aflita na presença dele. Quando não estava olhando para ele, Natacha sentia que Anatole olhava para os seus ombros e, sem querer, interceptava o olhar dele para que, em vez disso, olhasse para os seus olhos. Porém, quando o fitava nos olhos, Natacha sentia com temor que, entre Anatole e ela, não havia aquela barreira de pudor que sempre sentira entre ela e outros homens. Sem que ela mesma soubesse como, em cinco minutos já se sentia tremendamente próxima daquela pessoa. Quando Natacha se virava e lhe dava as costas, temia que ele segurasse por trás o seu braço nu, a beijasse no pescoço. Os dois conversavam sobre as coisas mais simples, mas Natacha sentia que eram pessoas próximas, como ela nunca fora de um homem. Natacha voltava os olhos para Hélène e para o pai, como se lhes perguntasse o que aquilo significava; mas Hélène estava ocupada numa conversa com um certo general e não respondeu ao seu olhar, ao passo que o olhar do pai nada lhe dizia, além do que ele sempre falava: "Está se divertindo? Então eu também estou contente".

Num dos minutos de silêncio embaraçoso, momentos em que Anatole, com seus olhos proeminentes, a observava com calma e tenacidade, Natacha, a fim de interromper aquele silêncio, perguntou-lhe se gostava de Moscou. Natacha perguntou e ruborizou-se. O tempo todo, ao conversar com ele, lhe parecia que fazia algo indecente. Anatole sorriu, como que para animá-la.

— No início, gostei pouco de Moscou, porque o que torna uma cidade agradável? *Ce sont les jolies femmes*, não é verdade? Mas agora estou gostando muito — disse, olhando para ela de modo significativo. — A senhora irá à competição de fantasias, não é, condessa? Por favor, não deixe de ir — disse, estendeu a mão para o buquê de Natacha e, baixando a voz, falou: — *Vous serez la plus jolie. Venez, chère comtesse, et comme gage donnez-moi cette fleur.*[31]

Natacha não entendeu o que ele tinha dito, assim como o próprio Anatole, mas ela sentiu que nas suas palavras incompreensíveis havia um sentido indecente. Natacha não sabia o que dizer e lhe deu as costas, como se não estivesse ouvindo o que ele dizia. Mas, assim que se virou, pensou que ele estava ali atrás, tão perto dela.

"Como ele está agora? Confuso? Irritado? Será preciso consertar isso?", perguntava a si mesma. Natacha não conseguiu se conter e ficar sem olhar para ele. Virou-se e fitou-o direto nos olhos, e a proximidade de Anatole, a sua convicção e o carinho bondoso do seu sorriso a conquistaram. Natacha sorriu também, igual

---

31 Francês: "São as mulheres bonitas [...] A senhora será a mais bonita. Venha, cara condessa, e como penhor me dê esta flor".

a ele, fitando-o direto nos olhos. E de novo, com horror, ela sentiu que não havia nenhuma barreira entre os dois.

A cortina foi erguida de novo. Anatole saiu do camarote, tranquilo e alegre. Natacha voltou para o camarote do pai, já completamente subjugada por aquele mundo em que se encontrava. Tudo o que se passava diante dela já lhe parecia completamente natural; por outro lado, nenhum dos seus pensamentos anteriores sobre o noivo, sobre a princesa Mária, sobre a vida no campo, lhe vinha à cabeça nem uma vez, como se tudo aquilo pertencesse a um passado muito, muito remoto.

No quarto ato havia uma espécie de diabo que cantava, abanando o braço, até que puxaram as tábuas debaixo dos pés dele, e ele caiu por ali. Foi só isso o que Natacha viu do quarto ato: algo a perturbava e afligia, e o motivo da perturbação era Kuráguin, a quem ela, sem querer, acompanhava com os olhos. Quando saíram do teatro, Anatole aproximou-se dos Rostóv, chamou a carruagem deles e ajudou-os a subir. Ao ajudar Natacha, apertou seu braço acima do cotovelo. Natacha, perturbada, vermelha e feliz, virou-se para ele. Anatole, com um brilho nos olhos e sorrindo com ternura, a fitava.

Assim que chegaram em casa, Natacha pôde refletir com clareza a respeito de tudo o que estava acontecendo com ela e, de repente, lembrou-se do príncipe Andrei, ficou horrorizada e, durante o chá que todos foram tomar após o teatro, deixou escapar uma exclamação, ficou vermelha e saiu correndo da sala. “Meu Deus! Estou perdida!”, disse consigo. “Como pude descer a este ponto?”, pensou. Ficou muito tempo sentada, o rosto vermelho coberto pelas mãos, tentando dar a si mesma uma resposta clara sobre o que se passava com ela, e não conseguia entender o que se passava com ela nem o que sentia. Tudo lhe parecia sombrio, obscuro e terrível. Lá, naquele salão enorme e iluminado, onde, sobre as tábuas úmidas, com as pernas nuas e uma jaqueta enfeitada de lantejoulas, Duport pulava ao som da música, e as moças, os velhos e a nua Hélène, com um sorriso tranquilo e orgulhoso, gritavam “Bravo” com entusiasmo — lá, à sombra daquela Hélène, lá, tudo aquilo era claro e simples; porém, agora, sozinha consigo mesma, aquilo era incompreensível. “O que é isso? O que era aquele temor que senti dele? O que são estes remorsos que estou sentindo agora?”, pensava Natacha.

Apenas para a velha condessa, à noite, em sua cama, Natacha seria capaz de contar tudo o que estava pensando. Sônia, Natacha sabia, com seu olhar severo e íntegro, ou não entenderia nada, ou ficaria horrorizada com a sua confissão. Natacha se esforçava para resolver sozinha aquilo que a atormentava.

“Será que estou perdida para o amor do príncipe Andrei, ou não?”, perguntou-se Natacha, e respondeu para si mesma, com zombaria tranquilizante: “Que tola eu sou de perguntar uma coisa dessas! O que aconteceu comigo? Nada. Não fiz nada, não provoquei nada disso. Ninguém vai saber, e eu nunca mais vou vê-lo", disse consigo. "Portanto está claro que não aconteceu nada, não há nada do que se arrepender, o príncipe Andrei pode me amar também *como estou*. Mas como *estou*? Ah, meu Deus! Por que ele não está aqui?" Natacha acalmou-se por um momento, mas depois, de novo, uma espécie de instinto lhe disse que, embora tudo aquilo fosse verdade e embora não tivesse acontecido nada — o instinto lhe disse que toda a antiga pureza do seu amor pelo príncipe Andrei estava perdida. E Natacha repetiu de novo em pensamento toda a sua conversa com Kuráguin e visualizou o rosto, os gestos e o sorriso terno daquele homem bonito e decidido, no momento em que ele apertou o seu braço.

XI

Anatole Kuráguin estava morando em Moscou porque o pai o mandara embora de Petersburgo, onde esbanjava mais de vinte mil rublos por ano, em dinheiro, e onde fizera dívidas no mesmo valor, que os credores vinham cobrar do pai.

O pai comunicou ao filho que pagaria pela última vez a metade de suas dívidas; mas só se ele fosse para Moscou na função de ajudante de ordens do comandante em chefe, posto que o pai havia conseguido para ele, e lá conseguisse, afinal, casar com um bom partido. Indicou-lhe a princesa Mária e Julie Karáguina.

Anatole concordou e partiu para Moscou, onde ficou hospedado na casa de Pierre. De início, Pierre recebeu Anatole de má vontade, mas depois se acostumou com ele; às vezes ia com Anatole às suas farras e, à guisa de empréstimos, lhe dava dinheiro.

Anatole, como dissera Chinchin com toda a razão, desde que chegara a Moscou, deixara loucas todas as jovens fidalgas moscovitas, em especial porque as desdenhava e a elas, visivelmente, preferia as ciganas e as atrizes francesas, sobretudo Mlle George, com quem diziam que mantinha relações íntimas. Anatole não perdia nenhuma orgia na casa de Danílov e de outros farristas de Moscou, bebia noites inteiras em sequência, bebia mais que todos, e não faltava a nenhuma festa ou baile da alta sociedade. Falavam de várias intrigas suas com damas de Moscou e, nos bailes, ele flertava com algumas. Porém, com as mocinhas, em especial com as casadouras ricas, que na maior parte eram feias, Anatole não queria nada, ainda mais porque ele, fato que ninguém sabia, exceto seus amigos mais chegados, havia casado dois anos antes. Na ocasião em que seu regimento ficara estacionado na Polônia, dois anos antes, um fazendeiro polonês sem fortuna obrigara Anatole a casar com a sua filha.

Anatole abandonara a esposa logo depois e, em troca de um dinheiro que combinou mandar para o sogro, garantira para si o direito de se fazer passar por um homem solteiro.

Anatole estava sempre satisfeito com a sua situação, satisfeito consigo e com os outros. De modo instintivo, com todo o seu ser, estava convencido de que para ele era impossível viver de outra maneira, senão daquela como vivia, e de que nunca fizera nada de ruim em toda a vida. Era incapaz de conceber que suas ações podiam afetar outras pessoas, ou imaginar o que poderia resultar desta ou daquela ação praticada por ele. Anatole estava convencido de que, assim como um pato foi criado para viver na água, também ele tinha sido criado por Deus para viver com uma renda de trinta mil rublos e para ocupar sempre a posição de mais destaque na sociedade. Anatole acreditava nisso com tanto afinco que, ao olhar para ele, até os outros se convenciam da mesma coisa e não lhe recusavam nem a posição de mais destaque na sociedade nem o dinheiro, que ele tomava emprestado da primeira pessoa que aparecia na sua frente, obviamente sem dizer nenhuma palavra sobre pagamento.

Não era um jogador, pelo menos nunca queria ganhar no jogo, e também não se importava em perder. Não era vaidoso. Para ele, não tinha a menor importância o que pensavam a seu respeito. Também não podia ser acusado de ambicioso. Várias vezes irritara o pai, ao prejudicar a própria carreira, e desdenhava todas as honrarias. Não era avarento e nunca negava o que lhe pediam. A única coisa que amava era a diversão e as mulheres; e como, na sua opinião, não havia em tal gosto nada de indigno, e como ele era incapaz de imaginar o que poderia resultar para os outros da satisfação do seu gosto, Anatole se considerava, no fundo da alma, uma pessoa irrepreensível, desprezava sinceramente as pessoas canalhas e más e, com a consciência tranquila, andava de cabeça erguida.

Os farristas, esses homens madalenas, assim como as mulheres madalenas, têm o misterioso sentimento de uma consciência inocente, fundamentado na própria esperança do perdão. "A ela, tudo será perdoado, porque amou muito; e a ele, tudo será perdoado, porque se divertiu muito."

Dólokhov, que naquele ano, depois do exílio e das aventuras persas, reaparecera em Moscou, onde levava uma vida luxuosa, de jogo e de farras, aproximou-se de Kuráguin, seu antigo camarada de Petersburgo, e fazia uso dele para os seus objetivos.

Anatole gostava sinceramente de Dólokhov, por sua inteligência e audácia; Dólokhov, que precisava do nome, da notoriedade, das relações de Anatole Kuráguin como chamariz de jovens ricos para seu círculo de jogo, aproveitava-se de Kuráguin e divertia-se às suas custas, sem deixar que ele percebesse. Além do cálculo, pelo qual ele precisava de Anatole, o próprio processo de comandar a vontade alheia era um prazer, um hábito e uma necessidade para Dólokhov.

Natacha produzira uma forte impressão em Kuráguin. Depois do teatro, durante o jantar, ele descreveu para Dólokhov, com métodos de um perito, as virtudes dos braços, dos ombros, dos pés e do cabelo de Natacha, e anunciou sua decisão de flertar com ela. O que poderia resultar daquele flerte — Anatole não era capaz de saber nem de imaginar, assim como nunca sabia o que resultaria de cada uma de suas ações.

— É bonita, meu amigo, mas não é para nós — disse Dólokhov.

— Vou dizer para a minha irmã convidá-la para almoçar — explicou Anatole. — Que tal?

— Seria melhor esperar até ela casar...

— Você sabe — respondeu Anatole —, *j'adore les petites filles*:[32] num instante perdem a cabeça.

— Você já foi apanhado uma vez por uma *petite fille* — disse Dólokhov, que sabia do casamento de Anatole. — Cuidado.

— Bem, é impossível acontecer duas vezes! Hein? — disse Anatole, rindo com animação.

XII

No dia seguinte ao teatro, os Rostóv não foram a lugar nenhum e ninguém veio visitá-los. Mária Dmítrievna, às escondidas de Natacha, conversou demoradamente com o pai dela sobre alguma coisa. Natacha adivinhou que falavam a respeito do velho príncipe e que planejavam algo, e isso a deixava inquieta e ofendida. Esperava a chegada do príncipe Andrei a qualquer momento e por duas vezes naquele dia mandou um criado até a rua Vzdvíjenka para ver se ele não havia chegado. Ele não chegara. Agora Natacha sofria ainda mais do que nos primeiros dias da sua estada em Moscou. À sua impaciência e tristeza por causa do príncipe Andrei somava-se a lembrança desagradável do encontro com a princesa Mária e com o velho príncipe, além de um medo e de uma inquietação cuja causa ela ignorava. Parecia-lhe ou que ele não viria nunca mais, ou que, antes que viesse, alguma coisa aconteceria com ela. Natacha não conseguia pensar no príncipe Andrei de modo calmo e prolongado, sozinha consigo mesma, como fazia antes. Assim que começava a pensar nele, a essa lembrança vinha somar-se a lembrança do velho príncipe, da princesa Mária, do espetáculo recente e de Kuráguin. Natacha vol-

---

32 Francês: "eu adoro as meninas".

tava a se perguntar se não seria culpada, se não teria rompido sua fidelidade ao príncipe Andrei, e de novo se via recordando, nos mínimos detalhes, cada palavra, cada gesto, cada nuance da fisionomia do rosto do homem que conseguira despertar nela um sentimento terrível e incompreensível. Aos olhos das pessoas da família, Natacha estava mais animada do que o habitual, mas ela estava longe de sentir-se tão calma e feliz como antes.

Domingo de manhã, Mária Dmítrievna convidou os hóspedes para ir à missa na sua paróquia, na igreja da Assunção da Santíssima Mãe de Deus.

— Não gosto dessas igrejas da moda — disse, visivelmente orgulhosa da sua liberdade de pensamento. — Deus é um só em toda parte. Nosso pope é excelente, reza a missa muito bem, até com nobreza, e o diácono também. Por acaso um lugar é mais santo só porque cantam concertos no coro? Não gosto, é só ostentação!

Mária Dmítrievna gostava dos dias de domingo e sabia comemorá-los. Sua casa era toda lavada e limpa no sábado; ela e os criados não trabalhavam, todos se vestiam em trajes de festa e todos iam à missa. Acrescentavam-se pratos extras ao jantar dos patrões e, para os criados, serviam vodca, pato assado ou leitão. Porém, na casa inteira, nada exprimia tanto o dia festivo quanto o rosto largo e severo de Mária Dmítrievna, que nesse dia assumia uma expressão imutável de solenidade.

Quando já haviam tomado o café, depois da missa, na sala de visitas, de cujos móveis tinham sido removidas as capas, avisaram a Mária Dmítrievna que a carruagem estava pronta, e ela, com ar severo, vestindo um xale de gala, com o qual fazia suas visitas, ergueu-se e comunicou que ia à casa do príncipe Nikolai Andréievitch Bolkónski, para conversar a respeito de Natacha.

Depois que Mária Dmítrievna saiu, uma modista do ateliê de Mme Chalmé veio ao encontro dos Rostóv, e Natacha, muito satisfeita com aquela distração, fechou a porta do quarto vizinho à sala de visitas e ocupou-se em experimentar os vestidos novos. Na hora em que provava a parte de cima de um vestido, sem mangas, apenas alinhavado, com os fios ainda à mostra, virando a cabeça para olhar no espelho como estavam as costas, Natacha ouviu, na sala de visitas, o som da voz animada do pai e o som de uma outra voz, de mulher, que a deixou ruborizada. Era a voz de Hélène. Natacha ainda não havia terminado de provar a roupa quando a porta se abriu, e a condessa Bezúkhova adentrou o quarto, radiante, com um sorriso simpático e afetuoso, num vestido de veludo lilás-escuro, de gola alta.

— *Ah, ma délicieuse!*[33] — disse, para a ruborizada Natacha. — *Charmante!* Não, não é possível uma coisa dessas, meu caro conde — disse para Iliá Andreitch, que

---

33 Francês: "Ah, minha deliciosa!".

entrou logo atrás. — Como se pode viver em Moscou e não ir a parte alguma? Não, eu não vou mais largar o senhor! Hoje à noite, Mademoiselle George vai declamar em minha casa, e algumas pessoas vão se reunir lá; e se o senhor não for com as suas beldades, que são mais bonitas do que Mademoiselle George, ficarei de mal do senhor. Meu marido não está em casa, partiu para Tvier, se não fosse por isso eu o mandaria vir buscar o senhor. O senhor irá, sem falta, depois das oito horas. — Cumprimentou com a cabeça a modista conhecida, que saudou a condessa com uma reverência, e sentou-se na poltrona junto ao espelho, desdobrando de modo pitoresco as pregas do seu vestido de veludo. Ela não parava de tagarelar de forma simpática e alegre, elogiando o tempo todo a beleza de Natacha. Examinava e elogiava os vestidos dela e também elogiava o próprio vestido novo *en gaz métallique*,[34] que havia recebido de Paris, e recomendou a Natacha que fizesse um igual.

— De resto, tudo fica bem na senhora, minha linda — disse.

O sorriso de satisfação não abandonava o rosto de Natacha. Sentia-se feliz e florescente sob os elogios daquela gentil condessa Bezúkhova, que antes lhe parecia uma dama tão importante e inacessível e que agora se tornara tão boa para ela. Natacha estava alegre e sentia-se quase apaixonada por aquela mulher tão bela e tão simpática. Hélène, por seu lado, elogiava Natacha com sinceridade e queria alegrá-la. Anatole pedira que a irmã o aproximasse de Natacha, e por isso Hélène viera visitar os Rostóv. A ideia de aproximar o irmão de Natacha a divertia.

Embora, tempos antes, em Petersburgo, Hélène tivesse ficado aborrecida com Natacha por haver lhe tomado Boris, agora ela nem pensava mais no assunto e, com todo o coração, e à sua maneira, queria o bem de Natacha. Ao deixar a casa dos Rostóv, Hélène chamou à parte a sua *protégée*.

— Ontem, meu irmão almoçou na minha casa... Quase morremos de rir... Ele não come e só faz suspirar pela senhora, meu encanto. *Il est fou, mais amoureux fou de vous, ma chère*.[35]

Natacha ficou muito vermelha ao ouvir aquelas palavras.

— Como ela fica vermelha, como fica vermelha, *ma délicieuse!* — exclamou Hélène. — A senhora tem de ir, sem falta. *Si vous aimez quelqu'un, ma délicieuse, ce n'est pas une raison pour se cloîtrer. Si même vous êtes promise, je suis sûre que votre promis aurait désiré que vou alliez dans le monde en son absence plutôt que de dépérir d'ennui*.[36]

---

34 Francês: "em gaze metálica".

35 Francês: "Ele está louco, mas louco de amor pela senhora, minha querida".

36 Francês: "minha deliciosa! [...] Se a senhora ama alguém, minha deliciosa, isso não é motivo para se enclausurar. Mesmo que a senhora esteja prometida, tenho certeza de que o seu prometido gostaria que a senhora frequentasse a sociedade na ausência dele, em vez de definhar de tédio".

"Então ela sabe que estou noiva, então ela e o marido, Pierre, o justo Pierre", pensou Natacha, "conversaram e riram sobre isso. Então isso não tem importância." E de novo, sob a influência de Hélène, aquilo que antes se apresentava como terrível agora parecia simples e natural. "E ela é tão *grande dame*, tão gentil e, é evidente, gosta tanto de mim com toda a alma", pensou Natacha. "E afinal, por que não me divertir?", pensou, enquanto fitava Hélène com os olhos enormes, arregalados e surpresos.

Mária Dmítrievna voltou na hora do jantar, séria, calada, e era claro que havia sofrido uma derrota na casa do velho príncipe. Ainda estava perturbada demais com o embate recente para ter forças de contar com calma o que ocorrera. A uma pergunta do conde, ela respondeu que estava tudo bem e que no dia seguinte contaria. Ao saber da visita da condessa Bezúkhova e do convite para o sarau, Mária Dmítrievna falou:

— Não gosto de andar com Bezúkhova, e não recomendo isso; mas, bem, se já prometeu, vá, é uma distração — acrescentou, dirigindo-se a Natacha.

XIII

O conde Iliá Andreitch levou suas meninas à casa da condessa Bezúkhova. Havia muita gente no sarau. Mas toda aquela sociedade era desconhecida para Natacha. O conde Iliá Andreitch notou, com descontentamento, que toda aquela sociedade era formada sobretudo por homens e mulheres conhecidos pela liberdade de conduta. Mlle George, rodeada pela juventude, estava num canto da sala. Havia diversos franceses, entre eles Métvier, que desde a chegada de Hélène a Moscou era uma pessoa íntima na casa dela. O conde Iliá Andreitch resolveu não jogar cartas, não se afastar das filhas e ir embora assim que terminasse a apresentação de George.

Anatole, visivelmente, aguardava na porta a chegada dos Rostóv. Logo depois de cumprimentar o conde, aproximou-se de Natacha e seguiu-a. Assim que Natacha o viu, tal como acontecera no teatro, foi dominada por um sentimento de satisfação vaidosa por ser admirada por ele e de temor diante da ausência de barreiras morais entre os dois.

Hélène recebeu Natacha com alegria e elogiou em voz alta sua beleza e sua roupa. Logo após a chegada deles, Mlle George retirou-se para trocar de roupa. Começaram a distribuir cadeiras pela sala e a sentar-se. Anatole empurrou uma cadeira para Natacha e fez menção de sentar ao lado dela, mas o conde, que não tirava os olhos da filha, sentou ao seu lado. Anatole sentou atrás.

Mlle George, com os braços nus, grossos e cheios de covinhas, com um xale vermelho cobrindo um ombro só, veio para um local vazio reservado para ela, entre as cadeiras, e parou numa pose afetada. Ouviu-se um sussurro de entusiasmo.

Mlle George olhou para a plateia com ar severo e sombrio e começou a dizer uns versos em francês, que falavam do seu amor criminoso pelo próprio filho. Erguia a voz em certos trechos, sussurrava em outros, levantando a cabeça com ar de triunfo, em outros trechos parava e, girando os olhos, falava com voz rouca.

— *Adorable, divin, délicieux!*[37] — ouvia-se de todos os lados. Natacha olhava para a gorda George, mas não escutava nada, não via nem entendia nada do que se passava na sua frente; apenas se sentia de novo, completa e irremediavelmente, naquele mundo estranho, louco, tão distante do mundo anterior, um mundo em que era impossível saber o que era bom e o que era ruim, o que era razoável e o que era louco. Anatole estava sentado atrás dela, e Natacha, sentindo sua proximidade, esperava alguma coisa, assustada.

Depois do primeiro monólogo, todos se levantaram e rodearam Mlle George, manifestando a ela o seu entusiasmo.

— Como é bonita! — disse Natacha para o pai, que se levantara junto com os demais e, em meio à multidão, se movia na direção da atriz.

— Não acho, olhando para a senhora — disse Anatole, seguindo Natacha. Falou isso num momento em que só ela podia ouvi-lo. — A senhora é encantadora... Desde o instante em que a vi, não parei de...

— Vamos, vamos, Natacha — disse o conde, voltando-se para a filha. — Como é bonita!

Natacha, sem dizer nada, aproximou-se do pai e, com olhos admirados e interrogativos, olhava para ele.

Após diversas declamações, Mlle George saiu, e a condessa Bezúkhova pediu à sociedade que passasse para o salão.

O conde quis ir embora, mas Hélène suplicou a ele que não estragasse o seu baile improvisado. Os Rostóv ficaram. Anatole convidou Natacha para uma valsa e, durante a valsa, apertando a sua cintura e a sua mão, disse que ela era *ravissante*[38] e que a amava. Na hora da escocesa, que Natacha dançou novamente com Kuráguin, quando os dois ficaram sozinhos, Anatole não lhe disse nada, apenas olhava para ela. Natacha estava em dúvida, não sabia se era um sonho ou se de fato tinha visto que ele falara com ela durante a valsa. No fim da primeira figura da dança, Anatole

---

37 Francês: "Adorável, divino, delicioso!".

38 Francês: "fascinante".

apertou de novo a mão dela. Natacha ergueu para ele os olhos assustados, mas havia uma expressão tão segura e terna no olhar carinhoso e no sorriso de Anatole que ela não conseguiu, olhando para ele, falar aquilo que tinha de falar. Baixou os olhos.

— Não me diga essas coisas, eu estou noiva e amo outro homem — disse depressa... Olhou de relance para ele. Anatole não se encabulou e não se ofendeu com o que ela disse.

— Não me fale disso. O que me importa? — respondeu. — Estou dizendo que estou loucamente, loucamente enamorado da senhora. Por acaso tenho culpa se a senhora é maravilhosa?... É nossa vez de começar.

Natacha, animada e triunfante, com os olhos assustados e muito abertos, olhava ao redor e parecia mais alegre do que o habitual. Não entendia quase nada do que aconteceu naquela noite. Dançaram a escocesa e a *Grossvater*,[39] o pai convidou-a para ir embora, Natacha pediu para ficar. Onde quer que ela estivesse, com quem quer que falasse, sentia em si o olhar dele. Lembrava que, mais tarde, pediu ao pai permissão para ir ao toucador a fim de ajeitar o penteado, que Hélène veio atrás dela e lhe falou sorrindo a respeito do amor do seu irmão, que na saleta ela encontrou-se de novo com Anatole, que Héléne sumiu de repente e que os dois ficaram sozinhos, e que Anatole pegou sua mão e disse, com voz terna:

— Não posso ir à casa da senhora, mas será possível que não a veja nunca? Eu a amo loucamente. Será possível que nunca...? — E, barrando o caminho de Natacha, aproximou seu rosto do rosto dela.

Os grandes olhos masculinos e brilhantes de Anatole estavam tão perto dos seus olhos que Natacha não via mais nada, além daqueles olhos.

— Nathalie?! — a voz dele sussurrou em tom indagador, e alguém apertou as mãos de Natacha de forma dolorosa. — Nathalie?!

"Não sei de nada, não tenho nada o que dizer", dizia o olhar de Natacha.

Lábios ardentes comprimiram seus lábios, e naquele instante Natacha sentiu-se livre de novo, e no quarto ouviu-se o rumor dos passos e do vestido de Hélène. Natacha virou-se para Hélène, depois, ruborizada e trêmula, lançou para ele um olhar assustado e interrogativo, e seguiu na direção da porta.

— *Un mot, un seul mot, au nom de Dieu*[40] — disse Anatole.

Natacha se deteve. Precisava muito que ele lhe dissesse aquela palavra que explicaria, para ela, o que havia acontecido, e com a qual Natacha lhe responderia.

---

39 *Grossvater Tanz*: música tradicional alemã do século XVII, era geralmente executada no final dos bailes.

40 Francês: "Uma palavra, uma só palavra, em nome de Deus".

— *Nathalie, un mot, un seul*[41] — ele não parava de repetir, obviamente sem saber mais o que falar, e repetiu a mesma coisa, até que Hélène se aproximou deles.

Hélène e Natacha foram de novo para a sala de visitas. Sem esperar o jantar, os Rostóv foram embora.

Em casa, Natacha passou a noite toda sem dormir; foi atormentada pela questão insolúvel de saber a quem amava: Anatole ou o príncipe Andrei? O príncipe Andrei ela amava — entendia claramente como o amava. Porém o Anatole ela também amava, disso não tinha dúvida. "De outro modo, como tudo isso poderia ter acontecido?", pensava. "Se eu pude, depois daquilo, responder com um sorriso ao sorriso dele na hora de me despedir, se pude chegar a esse ponto, quer dizer que eu, desde o primeiro minuto, amei Anatole. Quer dizer que ele é bom, nobre e belo, e que era impossível não o amar. O que vou fazer, se amo a ele e também amo outro?", dizia consigo, sem achar respostas para aquelas perguntas terríveis.

XIV

Veio a manhã, com seus afazeres e seu rebuliço. Todos se levantaram, começaram a se movimentar, falar, de novo vieram as modistas, de novo veio Mária Dmítrievna, e chamaram para o chá. Natacha, com os olhos muito abertos, como se quisesse captar todo e qualquer olhar dirigido a ela, olhava para todos de maneira inquieta e fazia força para se mostrar com o mesmo aspecto de sempre.

Depois do café da manhã, Mária Dmítrievna (era o seu horário predileto) sentou-se na sua poltrona e chamou Natacha e o velho conde para junto de si.

— Pois é, meus amigos, agora eu já refleti sobre toda essa questão, e aqui está o meu conselho para vocês — começou. — Ontem, como vocês sabem, estive na casa do príncipe Nikolai; pois é, e conversei com ele... Agora, inventou de ficar gritando. Mas ninguém grita mais do que eu! Eu soltei os cachorros!

— Mas e ele? — perguntou o conde.

— Ele? Está doido... Não quer nem escutar; ora, mas de que adianta falar, assim só atormentamos a pobre menina — disse Mária Dmítrievna. — Mas o meu conselho é que terminem os seus assuntos aqui e voltem para casa, para Otrádnoie... e fiquem esperando lá...

— Ah, não! — exclamou Natacha.

---

41 Francês: "Natália, uma palavra, só uma".

— Não, é preciso partir — disse Mária Dmítrievna. — E ficar esperando lá. Se o noivo chegasse aqui agora, não há dúvida de que haveria brigas, mas se ele ficar sozinho com o velho tudo será contornado, e depois ele irá ao encontro de vocês.

Iliá Andreitch aprovou aquela proposta, compreendeu de pronto toda a sua sensatez. Se o velho ficasse mais brando, seria melhor vir visitá-lo em Moscou, ou até em Montes Calvos, mais tarde; do contrário, só seria possível casar contra a vontade dele em Otrádnoie.

— É a pura verdade — disse ele. — E lamento ter ido à casa dele e ter levado Natacha — disse o velho conde.

— Não, para que lamentar? Como estavam aqui, era impossível não ir apresentar os seus respeitos. Pois bem, se ele não quer, é problema dele — disse Mária Dmítrievna, enquanto procurava alguma coisa na sua bolsinha. — Aliás, o enxoval está pronto, o que ainda estiverem esperando, o que ainda não estiver pronto, eu mando para vocês. Por mais que eu lamente a partida de vocês, é melhor ir com Deus. — Encontrando dentro da bolsinha aquilo que procurava, entregou para Natacha. Era uma carta da princesa Mária. — Escreveu para você. Como sofre, a pobrezinha! Teme que você não tenha compreendido que ela gosta de você.

— Mas ela não gosta de mim — disse Natacha.

— Não diga bobagens — gritou Mária Dmítrievna.

— Não vou acreditar em ninguém; sei que ela não gosta de mim — atreveu-se a dizer Natacha, depois de pegar a carta, e no seu rosto exprimiu-se uma determinação seca e maldosa, que forçou Mária Dmítrievna a fitá-la atentamente e de rosto zangado.

— Minha querida, não responda assim — disse. — O que estou dizendo é verdade. Escreva para ela.

Natacha não respondeu e foi para o quarto ler a carta da princesa Mária.

A princesa Mária escrevia que estava muito aflita com o mal-entendido que se passara entre elas. A despeito dos sentimentos do pai, escrevia a princesa Mária, pedia para Natacha acreditar que ela não podia deixar de gostar daquela que era a escolhida do seu irmão, e que pela felicidade do irmão ela estava pronta a sacrificar tudo.

"De resto", escrevia, "não pense que meu pai quer mal a você. É um homem velho e doente, a quem é preciso perdoar; mas ele é bom, generoso e vai amar aquela que fará a felicidade do filho dele." A princesa Mária pedia também que Natacha indicasse um momento para, quando pudesse, encontrar-se com ela outra vez.

Depois de ler a carta, Natacha sentou-se à escrivaninha a fim de redigir a resposta. "*Chère princesse!*", escreveu de forma rápida e mecânica, e parou. O que mais poderia escrever, depois de tudo o que havia ocorrido no dia anterior? "Sim, sim, tudo aquilo aconteceu, e agora já está tudo diferente", pensou Natacha, diante da carta que mal havia começado. "É preciso romper com ele? Será mesmo preciso? É terrível!..." E, para evitar aqueles pensamentos terríveis, foi ao encontro de Sônia e ficou junto com ela escolhendo desenhos de bordados.

Após o almoço, Natacha foi para o quarto e pegou de novo a carta da princesa Mária. "Será mesmo que está tudo acabado?", pensou. "Será mesmo que tudo isso aconteceu assim tão rápido e destruiu tudo o que havia?" Com a mesma força de antes, recordou o seu amor pelo príncipe Andrei e, ao mesmo tempo, sentia que amava Kuráguin. Natacha se via nitidamente em pensamento como a esposa do príncipe Andrei, via em pensamento o retrato da felicidade dos dois juntos, tantas vezes repetido na sua imaginação, e ao mesmo tempo ardia de agitação ao ver em pensamento todos os detalhes do seu encontro com Anatole, na véspera.

"Por que não podem ser as duas coisas?", pensava ela, às vezes, num completo atordoamento. "Só assim eu poderia ser totalmente feliz, mas agora eu tenho de escolher e não posso ser feliz sem um dos dois. Só que", pensava ela, "contar para o príncipe Andrei o que aconteceu ou esconder isso dele são duas coisas igualmente impossíveis. Porém, com *aquele*, nada está perdido. Mas será possível abandonar para sempre a felicidade do amor pelo príncipe Andrei, amor com o qual vivi tanto tempo?"

— Patroazinha — disse uma criada, num sussurro e com um ar misterioso, entrando no quarto. — Um homem me mandou entregar. — A criada lhe deu uma carta. — Mas, pelo amor de Deus, patroazinha... — ainda falou a criada, quando Natacha, sem pensar, com um gesto mecânico, rompeu o lacre e leu a carta de amor de Anatole, da qual ela, sem entender nenhuma palavra, compreendeu apenas que vinha dele, daquele homem que ela amava. "Sim, ela o amava, do contrário como poderia ter acontecido o que aconteceu? Era mesmo possível que, na sua mão, estivesse uma carta de amor de Anatole?"

Com as mãos trêmulas, Natacha segurava aquela terrível carta de amor, que Dólokhov escrevera para Anatole, e ao ler a carta encontrava ali ecos do que, assim lhe parecia, ela mesma estava sentindo.

"Desde ontem à noite, meu destino está decidido: ser amado pela senhora, ou então morrer. Não tenho outra saída", começava a carta. Depois, dizia saber que os pais dela não o aceitariam, que para isso havia motivos secretos, os quais um dia ele poderia revelar para Natacha, mas que, se ela de fato o amava, bastaria dizer uma palavra, "sim", e nenhuma força humana impediria a felicidade dos dois. O amor havia de derrotar tudo. Ele iria raptá-la e levá-la para o fim do mundo.

"Sim, sim, eu o amo!", pensou Natacha, relendo a carta pela vigésima vez e procurando em cada palavra um sentido profundo e especial.

Naquela noite, Mária Dmítrievna ia à casa dos Arkhárov e convidou as jovens para ir junto. Natacha, sob o pretexto de uma dor de cabeça, ficou em casa.

XV

Mais tarde, naquela noite, ao voltar para casa, Sônia entrou no quarto de Natacha e, para sua surpresa, encontrou-a ainda vestida dormindo no sofá. Sobre a mesa ao seu lado, estava aberta a carta de Anatole. Sônia pegou a carta e começou a ler.

Sônia lia e olhava para Natacha, que dormia, olhava para o seu rosto, à procura de uma explicação para o que estava lendo, e não encontrava. O rosto estava calmo, dócil e feliz. Apertando o próprio peito para não sufocar, Sônia, pálida e trêmula de medo e de emoção, sentou-se na poltrona e derramou-se em lágrimas.

"Como é que não percebi nada? Como isso pode ter ido tão longe assim? Será que ela deixou de amar o príncipe Andrei? E como pôde permitir que esse Kuráguin chegasse a tal ponto? É um enganador e um canalha, não há a menor dúvida. O que será de *Nicolas*, o gentil e nobre *Nicolas*, quando souber disso? Então essa é a explicação para o rosto agitado, decidido e pouco natural de Natacha, anteontem, ontem e hoje", pensou Sônia. "Mas não é possível que ela ame Kuráguin! Talvez tenha aberto a carta sem saber de quem vinha. Na certa, ficou ofendida. Ela não pode fazer uma coisa dessas!"

Sônia enxugou as lágrimas e aproximou-se de Natacha, observando outra vez o seu rosto.

— Natacha! — disse, de forma quase inaudível.

Natacha acordou e viu Sônia.

— Ah, já voltou?

E, com a decisão e a ternura, que se manifestam no instante do despertar, abraçou a amiga. Mas, ao notar a perturbação no rosto de Sônia, o rosto de Natacha exprimiu perturbação e desconfiança.

— Sônia, você leu a carta? — perguntou.

— Li — respondeu, em voz baixa.

Natacha sorriu, numa euforia.

— Não, Sônia, eu não aguento mais! — disse. — Não posso mais esconder de você. Sabe, nós nos amamos!... Sônia, minha querida, ele escreveu... Sônia...

Como se não acreditasse em seus ouvidos, Sônia fitava, de olhos arregalados, os olhos de Natacha.

— E Bolkónski? — perguntou.

— Ah, Sônia, ah, se você pudesse saber como estou feliz! — disse Natacha. — Você não sabe o que é o amor...

— Mas, Natacha, será possível que tudo aquilo esteja acabado?

Com os olhos bem abertos e enormes, Natacha fitou Sônia como se não compreendesse a sua pergunta.

— Então você rompeu com o príncipe Andrei? — disse Sônia.

— Ah, você não entende nada, não diga bobagens, escute — disse Natacha, com uma irritação momentânea.

— Não, eu não consigo acreditar nisso — repetiu Sônia. — Não compreendo. Como é que você pôde amar um homem durante um ano inteiro e de repente... Afinal, você só o viu três vezes. Natacha, não acredito em você, está brincando, não é? Em três dias, esquecer tudo desse jeito...

— Três dias — disse Natacha. — Para mim, parece que eu o amo há cem anos. Parece que nunca amei ninguém antes dele. Sim, e nunca amei ninguém tanto quanto a ele. Você não pode entender isso, Sônia, espere, sente aqui. — Natacha abraçou e beijou Sônia. — Tinham me contado que isso existia, e você, certamente, também ouviu falar, mas só agora experimentei esse amor. Não é como antes. Assim que o vi, senti que ele é o meu senhor, e eu sou a sua escrava, e que não posso deixar de amá-lo. Sim, escrava! O que ele mandar, eu farei. Você não entende isso. O que posso fazer? O que posso fazer, Sônia? — disse Natacha, com o rosto feliz e assustado.

— Mas pense bem no que está fazendo — disse Sônia. — Não posso deixar que isso fique assim. Essas cartas secretas... Como é que você deixou que ele chegasse a esse ponto? — disse, com um horror e uma repugnância que ela escondia com dificuldade.

— Eu já disse para você — retrucou Natacha — que não tenho mais vontade própria, você não entende isto: eu o amo!

— Não vou permitir que aconteça, eu vou contar — gritou Sônia, rompendo em lágrimas.

— O que você vai fazer, pelo amor de Deus?... Se contar, você é minha inimiga — exclamou Natacha. — Você quer a minha infelicidade, quer que nos separem...

Ao ver o pavor de Natacha, Sônia começou a chorar com lágrimas de vergonha e de pena da amiga.

— Mas o que aconteceu entre vocês? — perguntou. — O que ele lhe disse? Por que ele não vem à nossa casa?

Natacha não respondeu à pergunta.

— Pelo amor de Deus, Sônia, não conte a ninguém, não me faça sofrer — suplicou Natacha. — Você entende que é impossível se intrometer nesses assuntos. Eu revelei a você...

— Mas para que esses segredos? Por que ele não vem à nossa casa? — perguntou Sônia. — Por que ele não pede a sua mão em casamento da maneira correta? Afinal, o príncipe Andrei, se for mesmo assim, deu-lhe toda a liberdade; mas eu não acredito nisso. Natacha, você pensou bem no que podem ser esses “motivos secretos”?

Natacha fitou Sônia com olhos surpresos. Era evidente que ela mesma se fazia aquela pergunta pela primeira vez e não sabia o que responder.

— Que motivos, eu não sei. Mas devem existir motivos!

Sônia suspirou e balançou a cabeça, incrédula.

— Se existem motivos... — começou ela. Mas Natacha, adivinhando as dúvidas de Sônia, interrompeu, assustada.

— Sônia, é impossível duvidar dele, é impossível, impossível, será que você não entende? — gritou.

— Será que ele ama você?

— Se ele me ama? — repetiu Natacha, com um sorriso de pena da falta de compreensão da amiga. — Afinal, você leu a carta, você o viu?

— Mas e se ele for um homem indigno?

— Ele, um homem indigno? Se você soubesse! — disse Natacha.

— Se é um homem digno, ele deve ou comunicar as suas intenções, ou parar de ver você; e se você não quiser fazer isso, eu mesma vou fazer, vou escrever para ele e vou contar para o papai — disse Sônia, decidida.

— Mas eu não posso viver sem ele! — gritou Natacha.

— Natacha, eu não entendo você. O que está dizendo? Pense no papai, no *Nicolas*.

— Não preciso de ninguém, não amo ninguém a não ser ele. Como você se atreve a dizer que ele não é digno? Por acaso não sabe que eu o amo? — gritou Natacha. — Sônia, saia daqui, não quero brigar com você, saia, pelo amor de Deus, saia: você está vendo como eu sofro — gritou Natacha, com raiva e com uma voz de desespero e de irritação contida. Sônia desatou a chorar e saiu do quarto correndo.

Natacha foi até a mesa e, sem pensar um minuto sequer, escreveu para a princesa Mária a resposta que não conseguira escrever durante a manhã inteira. Na carta, escrevia sucintamente que todos os mal-entendidos entre elas estavam terminados, que graças à generosidade do príncipe Andrei, que ao partir lhe dera toda a liberdade, ela pedia que a princesa esquecesse tudo e a perdoasse, caso tivesse feito algum mal, mas que não podia ser esposa dele. Tudo isso lhe parecia muito fácil, simples e claro naquele momento.

Na sexta-feira, os Rostóv deviam partir para o campo, e na quarta-feira o conde foi à sua propriedade nos arredores de Moscou em companhia de um possível comprador.

No dia da viagem do conde, Sônia e Natacha foram convidadas para um grande jantar na casa dos Kuráguin, e Mária Dmítrievna levou-as até lá. Naquele jantar, Natacha encontrou-se de novo com Anatole, e Sônia notou que Natacha disse algo para ele, de maneira que ninguém ouvisse, e durante todo o tempo do jantar ela ficou ainda mais agitada do que antes. Quando voltaram para casa, Natacha tomou a iniciativa de dar as explicações que a amiga esperava.

— Veja, Sônia, você disse muitas bobagens sobre ele — começou Natacha, com voz dócil, a voz com que se fala às crianças quando se quer elogiá-las. — Hoje eu e ele esclarecemos a situação.

— Bem, e aí, o que houve? Então, o que ele disse? Natacha, como estou contente por você não ter ficado zangada comigo. Conte-me toda a verdade. O que foi que ele disse?

Natacha pensou um pouco.

— Ah, Sônia, se você o conhecesse como eu! Ele disse... Ele me perguntou o que eu prometi a Bolkónski. Alegrou-se por eu estar livre para romper com ele.

Sônia suspirou com tristeza.

— Mas você não rompeu com Bolkónski, rompeu? — perguntou.

— Talvez, talvez eu tenha rompido! Talvez tudo esteja acabado entre mim e Bolkónski. Por que você pensa tão mal de mim?

— Não estou pensando nada, só que eu não entendo esse...

— Espere, Sônia, você vai entender tudo. Vai ver que homem ele é. Não pense mal de mim, nem dele.

— Não penso mal de ninguém: gosto de todos e tenho pena de todos. Mas o que vou fazer?

Sônia não se rendeu ao tom terno com que Natacha se dirigia a ela. Quanto mais branda e insinuante era a expressão do rosto de Natacha, mais sério e severo era o rosto de Sônia.

— Natacha — disse —, você me pediu para não falar desse assunto com você, e eu não falei, agora foi você mesma quem começou. Natacha, eu não acredito nele. Para que esse segredo?

— De novo, de novo! — cortou Natacha.

— Natacha, eu temo por você.

— Teme o quê?

— Temo que você vá se perder — disse Sônia, decidida, assustada ela mesma com o que dizia. O rosto de Natacha exprimia raiva outra vez.

— Vou me perder, sim, vou me perder, e que eu me perca logo de uma vez. Não é da sua conta. O mal não será para você, mas para mim. Vá embora, me deixe. Eu odeio você.

— Natacha! — gritou Sônia, com voz esganiçada.

— Odeio, odeio! E você é minha inimiga para sempre!

Natacha saiu correndo do quarto.

Natacha não falou mais com Sônia e a evitava. Sempre com uma expressão de surpresa perturbada e de culpa, ela andava pelos cômodos da casa, ocupando-se ora com uma coisa, ora com outra, para logo deixar de lado o que havia começado.

Por mais que aquilo fosse penoso para Sônia, ela seguia a amiga e não tirava os olhos dela.

Na véspera do dia em que o conde devia voltar, Sônia percebeu que Natacha passara a manhã inteira na janela da sala, como que à espera de alguma coisa, e que havia feito um sinal para um militar que passara, que Sônia deduziu ser Anatole.

Sônia passou a observar a amiga ainda com mais atenção e notou que durante todo o almoço e toda a tarde Natacha ficou num estado estranho e pouco natural (dava respostas despropositadas ao que lhe perguntavam, começava as frases e não terminava, ria para todos).

Depois do chá, Sônia viu, junto à porta do quarto de Natacha, uma jovem criada que, muito acanhada, esperava que ela passasse. Deixou que ela fosse embora, escutou junto à porta e compreendeu que, outra vez, uma carta fora entregue.

E de repente ficou claro para Sônia que Natacha tinha um plano terrível para aquele fim de tarde. Sônia bateu na porta. Natacha não a deixou entrar.

"Ela vai fugir com ele!", pensou Sônia. "Ela é capaz de tudo. No seu rosto, hoje, havia algo especialmente sofrido e determinado. Ela começou a chorar ao se despedir do titio", lembrou Sônia. "Sim, não há dúvida, vai fugir com ele... mas o que vou fazer?", pensou Sônia, recordando agora aqueles indícios que provavam claramente que Natacha tinha alguma intenção terrível. "O conde não está em casa. O que vou fazer? Escrever para Kuráguin, exigindo dele uma explicação? Mas o que é que o obriga a me dar uma resposta? Escrever para Pierre, como pediu o príncipe Andrei, no caso de alguma desgraça?... Mas, quem sabe, ela de fato já rompeu com Bolkónski (no dia anterior, ela mandara uma carta para a princesa Mária). E o titio não está em casa!"

Contar para Mária Dmítrievna, que acreditava tanto em Natacha, parecia algo horrível para Sônia.

"Mas, de um jeito ou de outro", pensou Sônia, parada no corredor escuro, "agora ou nunca, é a hora de provar que eu não esqueço o bem que a família deles me fez e que eu amo *Nicolas*. Não, ainda que eu fique três noites sem dormir, não vou sair deste corredor, não vou deixar de jeito nenhum que ela saia e não vou deixar que a desonra desabe sobre a família deles", pensou.

XVI

Nos últimos dias, Anatole estava morando na casa de Dólokhov. O plano do rapto da Rostova fora traçado e preparado por Dólokhov já fazia alguns dias, e, no mesmo dia em que Sônia, após escutar junto à porta de Natacha, resolveu protegê-la, o plano devia ser executado. Natacha prometeu encontrar Kuráguin na porta dos fundos às dez horas da noite. Kuráguin iria acomodá-la numa troica, já preparada, e levá-la para a aldeia de Kámenka, a sessenta verstas de Moscou, onde já os aguardava um pope afastado da Igreja, que devia casá-los. Em Kámenka, estava preparada uma muda de cavalos que devia conduzi-los para a estrada de Varsóvia, e de lá, com cavalos de posta, eles deviam seguir a galope rumo ao exterior.

Anatole tinha também um passaporte, um pedido para cavalos de posta, dez mil rublos, tomados de empréstimo da irmã, e mais dez mil rublos, emprestados por intermédio de Dólokhov.

As duas testemunhas — Khvóstikov, um ex-escriturário que Dólokhov usava no jogo, e Makárin, um hussardo na reserva, homem bondoso e fraco, que nutria um amor ilimitado por Kuráguin — estavam sentadas na primeira sala, tomando chá.

No grande escritório de Dólokhov, revestido até o teto de tapetes persas, peles de urso e armas, estava Dólokhov, com uma túnica de viagem e botas, diante de uma escrivaninha aberta, sobre a qual estavam um ábaco e maços de dinheiro. Anatole, de uniforme desabotoado, andava da sala onde estavam as testemunhas até o quarto dos fundos, onde o seu lacaio francês e outros terminavam de fazer as malas. Dólokhov contava o dinheiro e anotava.

— Bem — disse ele —, é preciso dar dois mil para Khvóstikov.

— Certo, dê logo — disse Anatole.

— O Makarka (assim eles chamavam Makárin), esse, por você, enfrenta o fogo e a água sem pedir nada em troca. Pronto, as contas estão terminadas — disse Dólokhov, mostrando as anotações. — E então?

— Está bem, é claro — respondeu Anatole, que visivelmente não havia escutado Dólokhov e, com um sorriso que não abandonava o rosto, olhava fixo para a frente.

Dólokhov fechou a escrivaninha de modo brusco e voltou-se para Anatole com um sorriso zombeteiro.

— Sabe de uma coisa? Esqueça tudo isso: ainda há tempo! — disse.

— Imbecil! — disse Anatole. — Pare de falar bobagens. Se você soubesse... Só o diabo sabe o que é isso!

— Vamos, esqueça essa história — disse Dólokhov. — Falando sério. Não é uma brincadeira, isso que você inventou?

— Ora, de novo, está brincando comigo de novo? Vá para o diabo! Uh?... — retrucou Anatole, de cara feia. — Estou falando sério, chega dessas suas brincadeiras idiotas. — E saiu do escritório.

Dólokhov sorriu com ar de desdém e de superioridade, quando Anatole saiu.

— Espere! — disse atrás de Anatole. — Não estou zombando de você, estou falando sério, venha cá, venha.

De novo, Anatole entrou no escritório e, tentando concentrar a atenção, olhava para Dólokhov, deixando-se dominar visivelmente por ele, de modo involuntário.

— Escute, vou lhe dizer pela última vez. Para que eu iria zombar de você? Por acaso contrariei você? Quem foi que organizou tudo para você, quem foi que achou um pope, quem foi que arranjou um passaporte, quem foi que levantou o dinheiro? Eu fiz tudo.

— Certo, sou grato a você. Acha que não estou agradecido? — Anatole deu um suspiro e abraçou Dólokhov.

— Ajudei você, mesmo assim tenho a obrigação de lhe dizer a verdade: é um assunto perigoso e, se analisar bem, estúpido. Veja, você vai embora com ela, muito bem. Mas acha que eles vão deixar por isso mesmo? Logo vão ficar sabendo que você é casado. No fim, vão arrastar você à justiça criminal...

— Ah! Tolices, tolices! — exclamou Anatole, de novo de cara feia. — Já expliquei para você. Hein? — E Anatole, com a parcialidade especial que têm as pessoas obtusas a favor da conclusão a que chegaram com a própria razão, repetiu o mesmo raciocínio que já repetira umas cem vezes para Dólokhov. — Afinal, já expliquei para você, eu resolvi: se aquele casamento não for considerado válido — disse, dobrando um dedo —, então eu não vou ter de responder por ele; mas, se for válido, então tanto faz: no exterior, ninguém vai saber de nada disso, ora, o que é que tem? Não fale mais, não fale, não fale!

— Muito bem, vamos deixar para lá! Mas com isso você só vai se complicar...

— Vá para o diabo! — disse Anatole e, puxando os cabelos, saiu para o outro cômodo, logo voltou e sentou-se de pernas abertas na poltrona bem em frente de Dólokhov. — Só o diabo sabe o que é isso! Hein? Veja, sinta aqui como está batendo! — Pegou a mão de Dólokhov e colocou sobre o coração. — Ah! *Quel pied, mon cher, quel regard! Une déesse!*[42] Hein?

---

42 Francês: "Que pé, meu caro, que olhar! Uma deusa!".

Dólokhov, sorrindo com frieza, os olhos bonitos e insolentes brilhando, fitava o amigo, obviamente com a intenção de divertir-se com ele mais um pouco.

— Pois bem, o dinheiro vai acabar, e depois?

— E depois? Hein? — repetiu Anatole, francamente perplexo em face da ideia do futuro. — E depois? Depois, eu sei lá... Mas que besteira para se dizer! — Olhou para o relógio. — Está na hora!

Anatole foi para o quarto dos fundos.

— E então, já aprontaram tudo? Vamos deixar de moleza! — gritou para os criados.

Dólokhov guardou o dinheiro, gritou para o criado que trouxesse algo para comer e beber na viagem e foi para o cômodo onde estavam Makárin e Khvóstikov.

Anatole estava deitado no escritório, sobre o sofá, apoiado no cotovelo, sorria pensativo e sussurrava algo sozinho, em tom carinhoso.

— Venha comer alguma coisa. Venha, beba! — gritou Dólokhov, do outro cômodo.

— Não quero! — respondeu Anatole, continuando a sorrir.

— Venha, Balagá chegou.

Anatole levantou-se e foi para a sala. Balagá era um famoso cocheiro de troica, conhecido de Dólokhov e de Anatole já havia uns seis anos, e que os atendia com a sua troica. Várias vezes, quando o regimento de Anatole estava em Tvier, Balagá levara-o de Tvier à noite, deixara-o em Moscou ao raiar do dia e trouxera-o de volta na noite seguinte. Várias vezes ajudara Dólokhov a escapar de perseguições, várias vezes levara-os a galope pela cidade, com ciganos e senhorinhas, como dizia Balagá. Várias vezes, enquanto os servia, atropelou pessoas e carruagens em Moscou, e os senhores, como ele os chamava, sempre o salvavam. Tinha esgotado as forças de vários cavalos a serviço dos dois. Várias vezes apanhara deles, várias vezes fora obrigado por eles a se embriagar com champanhe e vinho Madeira, que Balagá adorava, e de cada um deles conhecia mais de uma estripulia pela qual normalmente um homem qualquer já estaria, desde muito tempo, cumprindo pena na Sibéria. Muitas vezes convidavam Balagá para as suas farras, obrigavam-no a beber, a dançar com os ciganos e mais de mil rublos deles já haviam passado pelas mãos do cocheiro. A serviço deles, Balagá arriscava a própria vida e a própria pele vinte vezes por ano, e a serviço deles levou à morte mais cavalos do que o dinheiro que lhe pagavam podia comprar. Mas Balagá gostava deles, adorava aquelas corridas loucas, a dezoito verstas por hora, adorava capotar uma carruagem e atropelar um pedestre em Moscou, passar voando a pleno galope pelas ruas de Moscou. Adorava ouvir atrás de si aqueles gritos enraivecidos de vozes bêbadas: "Vamos! Vamos!", quando já era impossível ir mais depressa; adorava dar uma chicotada dolorosa no pescoço de um mujique que com isso, mais morto que vivo, abria caminho para ele. "Um verdadeiro cavalheiro!", pensava Balagá.

Anatole e Dólokhov também adoravam Balagá por sua perícia na condução do veículo e também porque gostava das mesmas coisas que eles. Com os outros, Balagá combinava um preço, cobrava vinte e cinco rublos por uma corrida de duas horas e, com os outros, só raramente conduzia ele mesmo a troica, na maioria das vezes mandava os seus rapazes. Porém, com os seus senhores, cómo os chamava, Balagá sempre ia em pessoa e nunca exigia nada em troca do trabalho. Somente quando sabia, por intermédio dos criados, que eles tinham dinheiro, uma vez a cada dois ou três meses, ele aparecia de manhã, sóbrio, fazia uma reverência até o chão e pedia que o ajudassem. Os senhores sempre o mandavam sentar.

— Por favor, me socorra, patrão Fiódor Ivánitch, ou vossa excelência — dizia ele. — Estou completamente sem cavalos, tenho de ir à feira, avaliem os senhores mesmos, o que puderem está bom.

E Anatole e Dólokhov, quando estavam com dinheiro, lhe davam mil e até dois mil rublos.

Balagá era um mujique de cabelo castanho-claro, rosto vermelho, com um pescoço especialmente vermelho e grosso, baixote, de nariz arrebitado, uns vinte e sete anos, olhos miúdos e brilhantes e barbicha pequena. Vestia um cafetã fino e azul, com forro de seda, por cima de um casaco de pele curto.

Balagá fez o sinal da cruz no canto dos ícones e aproximou-se de Dólokhov, estendendo a mão escura e pequena.

— Fiódor Ivánovitch! — disse, curvando-se numa reverência.

— Salve, meu velho. Pronto, aqui está ele.

— Boa tarde, vossa excelência — disse Balagá para Anatole, que entrou, e também lhe estendeu a mão.

— Escute aqui uma coisa, Balagá — disse Anatole, colocando as mãos nos ombros do cocheiro. — Você gosta mesmo de mim, ou não? Hein? Agora, faça um serviço para mim... Mas que cavalos você trouxe? Hein?

— Fiz como o mensageiro mandou, os cavalos do senhor, os bravos — respondeu Balagá.

— Está certo, agora escute bem, Balagá! Mate os três cavalos de correr, mas você tem de chegar lá em três horas. Hein?

— Quando eles morrerem, como é que a gente vai seguir viagem? — disse Balagá, piscando os olhos.

— Olhe aqui, não fique de brincadeiras que eu amasso o seu focinho! — gritou Anatole de repente, de olhos arregalados.

— Que brincadeira nada — disse o cocheiro, rindo. — Por acaso eu não faço tudo pelos senhores? O que os cavalos puderem galopar, eles vão galopar.

— Ah! — exclamou Anatole. — Vamos, sente.

— Ande, sente logo! — disse Dólokhov.

— Vou ficar de pé, Fiódor Ivánovitch.

— Sente, que bobagem, beba — disse Anatole e serviu-lhe um grande copo de vinho Madeira. Os olhos do cocheiro começaram a reluzir com o vinho. Depois de recusar por uma questão de boas maneiras, bebeu tudo e enxugou-se com um lenço vermelho de seda, que trazia dentro do gorro.

— E aí, quando partimos, vossa excelência?

— Pois é... (Anatole olhou para o relógio.) Agora mesmo. Mas veja lá, hein, Balagá. Vai chegar na hora?

— Depende da partida: se for boa, não tem como não chegar na hora — disse Balagá. — A gente não conseguiu chegar a Tvier em sete horas? Acho que está lembrado, não é, vossa excelência?

— Sabe, uma vez, no Natal, parti de Tvier — disse Anatole, com um sorriso de recordação, para Makárin, que mirava Kuráguin de olhos arregalados e cheio de ternura. — Acredite, Makarka, era de tirar o fôlego o jeito como a gente voava. Topamos de repente com um comboio e aí saltamos por cima de duas carroças. Que tal?

— Mas também, aquilo é que eram cavalos! — continuou Balagá a contar o caso. — Naquele dia, atrelei dois cavalos jovens, um de cada lado do alazão. — Voltou-se para Dólokhov: — Acredite, Fiódor Ivánitch, aquelas feras voaram por sessenta verstas; não dava nem para segurar, as mãos estavam geladas, fazia um frio de rachar. Soltei as rédeas... Se segure, vossa excelência, mas fui eu mesmo que caí dentro do trenó. Pois é, a questão não é atiçar os cavalos, o negócio é que não dá para segurar os animais. Chegaram lá em três horas, os demônios. Só o da esquerda morreu de cansaço.

XVII

Anatole saiu do quarto e, alguns minutos depois, voltou com um casaco de pele cingido por um cinturão prateado e com um gorro de zibelina, que usava meio de lado, com elegância, e que combinava muito bem com o seu rosto bonito. Depois de se olhar no espelho, Anatole postou-se na frente de Dólokhov e, na mesma pose que havia tomado diante do espelho, segurou um copo de vinho.

— Pois bem, Fiédia, adeus, obrigado por tudo, adeus — disse Anatole. — Pois bem, camaradas, amigos... — refletiu um pouco — ... da minha... mocidade... adeus. — Voltou-se para Makárin e para os outros.

Embora todos fossem seguir com ele, era evidente que Anatole queria fazer daquela despedida dos camaradas algo tocante e solene. Falou com voz lenta, alta e, de peito estufado, balançava de leve uma perna.

— Por favor, cada um pegue um copo; você também, Balagá. Muito bem, camaradas, amigos da minha mocidade, fizemos muita farra, gozamos bem a vida, fizemos muita farra. Hein? E agora, quando vamos nos ver outra vez? Parto para o estrangeiro. Gozamos a vida, adeus, rapazes. Saúde! Hurra!... — disse, bebeu até o fim o seu copo e espatifou-o contra o chão.

— Saúde — exclamou Balagá, que também bebeu o seu copo até o fim e enxugou-se com o lenço. Makárin, com lágrimas nos olhos, abraçou Anatole.

— Ah, príncipe, que tristeza para mim despedir-me de você — exclamou.

— Vamos embora! Vamos embora! — gritou Anatole.

Balagá fez menção de sair do quarto.

— Não, esperem um pouco — disse Anatole. — Tranque a porta, temos de sentar. Isso, assim. — Trancaram a porta e todos sentaram.[43]

— Pronto, agora, sim, em marcha, rapazes! — disse Anatole, erguendo-se.

O lacaio *Joseph* entregou para Anatole uma bolsa e um sabre, e todos saíram para o vestíbulo.

— E o casaco de pele, onde está? — disse Dólokhov. — Ei, Ignáchka! Procure a Matriona Matviéievna, peça um casaco de mulher, o de zibelina. Eu sei como são esses raptos — disse Dólokhov, piscando o olho. — Pois é, ela aparece de repente, mais morta que viva, do jeito como estava em casa; qualquer atraso, lá vêm lágrimas, e papai para cá, mamãe para lá, e num instante ela fica gelada, quer voltar... mas você a enrola depressa no casaco de pele e a leva para o trenó.

O lacaio trouxe o casaco de mulher, de pele de raposa.

— Imbecil, pedi o de zibelina. Ei, Matriocha, o de zibelina! — gritou ele tão forte que sua voz ressoou longe, por todos os cômodos.

Uma ciganinha bonita, magra e pálida, de olhos negros e brilhantes, cabelos cacheados e pretos, com um reflexo cinza-azulado, num xale vermelho, veio correndo com o casaco de pele de zibelina na mão.

— O que foi, não estou com pena, não, pode levar — disse ela, visivelmente intimidada diante dos patrões e com pena de ter de dar o casaco.

---

43 Trata-se de um costume russo: antes de uma partida, em circunstâncias solenes, todos sentam e ficam um momento em silêncio.

Dólokhov, sem responder, pegou o casaco de pele, jogou-o em cima de Matriocha e agasalhou-a.

— Vejam, é assim — disse Dólokhov. — E depois, assim — disse e levantou a gola em volta da cabeça dela, deixando aberta só uma fresta diante do rosto. E depois, assim, olhem, estão vendo? — E puxou a cabeça de Anatole para a fresta na gola, pela qual se via o sorriso radiante de Matriocha.

— Bem, adeus, Matriocha — disse Anatole, e beijou-a. — Eh, está terminada a minha farra por aqui! Mande meus cumprimentos para a Stiochka. Bem, adeus! Adeus, Matriocha; deseje felicidade para mim.

— Certo, príncipe, que Deus traga uma felicidade das grandes para o senhor — disse Matriocha para Anatole, com o seu sotaque cigano.

Diante da varanda, estavam paradas duas troicas, dois cocheiros jovens seguravam os cavalos. Balagá sentou-se na primeira troica e, levantando os cotovelos bem alto, segurou as rédeas sem afobação. Anatole e Dólokhov sentaram junto dele. Makárin, Khvóstikov e um lacaio sentaram na segunda troica.

— Estão prontos? E aí? — perguntou Balagá. — Vamos! — gritou, enrolando as rédeas na mão, e a troica arrancou a galope pelo bulevar Nikítski.

— Tprru! Vamos, ei!... Tprru! — só se ouviam os gritos de Balagá e de um rapaz sentado na boleia. Na praça Arbat, a troica esbarrou numa carroça, algo começou a estalar, ouviu-se um grito, e a troica saiu voando pela rua Arbat.

Depois de percorrer, de ponta a ponta, o bulevar Podnovínski, Balagá começou a conter os cavalos, fez o retorno e parou junto à esquina da rua da Estrebaria Velha.

O rapaz saltou da boleia a fim de segurar os cavalos pelo bridão. Anatole e Dólokhov seguiram pela calçada. Ao se aproximar do portão, Dólokhov assoviou. Um assovio respondeu a ele, e em seguida veio uma criada de quarto correndo.

— Entre pelo pátio, senão vão ver. Já vai sair — disse ela.

Dólokhov ficou junto ao portão. Anatole entrou pelo pátio atrás da criada, virou no canto da casa e entrou correndo na varanda.

Gavrila, um lacaio enorme de Mária Dmítrievna que acabara de sair, topou com Anatole.

— Vá ver a patroa, por favor — disse o lacaio, com voz de baixo, barrando o caminho de saída.

— Que patroa? Quem é você? — perguntou Anatole, num sussurro arquejante.

— Por favor, tenho ordem de levá-lo.

— Kuráguin! Volte! — gritou Dólokhov. — Traição! Volte!

Dólokhov, no portão, junto ao qual havia ficado, lutava com o zelador, que tentava trancar a fechadura para Anatole não sair. Dólokhov, num último esforço, empurrou o zelador, agarrou o braço de Anatole, que viera correndo, puxou-o para fora do portão e correu, junto com ele, rumo à troica.

XVIII

Mária Dmítrievna encontrou Sônia chorando no corredor e obrigou-a a confessar tudo. Depois de interceptar o bilhete de Natacha e de lê-lo, Mária Dmítrievna entrou no quarto da afilhada com o bilhete na mão.

— Canalha, desavergonhada — disse ela. — Não quero ouvir nem uma palavra! — Depois de empurrar Natacha, que a fitava com olhos supresos, mas secos, trancou-a à chave, em seguida mandou que o zelador deixasse entrar pelo portão as pessoas que viriam naquela noite, mas que não as deixasse sair, mandou que o lacaio trouxesse aquelas pessoas ao seu encontro e sentou-se na sala, à espera dos raptores.

Quando Gavrila veio avisar Mária Dmítrievna que as pessoas que tinham vindo pelo portão haviam fugido, ela levantou-se e ficou muito tempo andando pela sala, de rosto franzido e as mãos cruzadas nas costas, refletindo no que iria fazer. À meia-noite, apalpou a chave dentro do bolso e foi na direção do quarto de Natacha. Sônia, em soluços, estava no corredor.

— Mária Dmítrievna, deixe-me entrar e falar com ela, pelo amor de Deus! — disse. Mária Dmítrievna, sem responder, destrancou a porta e entrou. "Nojo, indecência... Dentro da minha casa, que mocinha canalha... Tenho pena do pai!", pensava Mária Dmítrievna, tentando conter a raiva. "Por mais difícil que seja, vou mandar que todos fiquem de bico fechado e vou esconder do conde." Mária Dmítrievna entrou no quarto a passos resolutos. Natacha estava deitada no sofá, a cabeça coberta pelas mãos, e não se mexia. Estava na mesma posição em que Mária Dmítrievna a havia deixado.

— Bonito, muito bonito! — disse Mária Dmítrievna. — Marcar encontros com amantes dentro da minha casa! Não adianta fingir. Escute com atenção quando eu falo. — Mária Dmítrievna tocou na mão de Natacha. — Escute com atenção quando eu falo. Você se cobriu de vergonha, como a pior das moças. Sei o que devia fazer com você, mas tenho pena do seu pai. Vou esconder isso dele. — Natacha não mudou de posição, mas o seu corpo inteiro começou a se sacudir com os soluços silenciosos e convulsivos que a sufocavam. Mária Dmítrievna virou-se para Sônia e sentou-se no sofá ao lado de Natacha. — Foi sorte dele ter conseguido fugir de mim; mas vou achá-lo — disse, com sua voz rouca. — Está escutando o que eu digo? — Com a mão grande, agarrou o rosto de Natacha por baixo e virou-o para si. E

Mária Dmítrievna e Sônia se admiraram ao ver o rosto de Natacha. Tinha os olhos brihantes e secos, os lábios contraídos, as faces encovadas.

— Deixe-me... Não me interessa... Vou morrer... — falou Natacha, desvencilhando-se de Mária Dmítrievna com um esforço raivoso, e estirou-se na mesma posição de antes.

— Natália!... — disse Mária Dmítrievna. — Eu quero bem a você. Fique deitada, pronto, fique deitada assim, não vou tocar em você, escute bem... Nem preciso dizer o mal que você fez. Você mesma sabe. Mas amanhã o seu pai vai chegar, e o que é que eu vou dizer a ele? Hein?

De novo, o corpo de Natacha começou a tremer de soluços.

— E se ele souber, e o seu irmão, e o seu noivo!

— Não estou noiva, eu rompi — gritou Natacha.

— Tanto faz — prosseguiu Mária Dmítrievna. — Pois bem, quando eles souberem, vão deixar por isso mesmo? Ora, o seu pai, eu o conheço... E se ele o desafiar para um duelo, vai ser bom? Hein!

— Ah, me deixe, por que vocês estragaram tudo? Por quê? Por quê? Quem foi que pediu? — gritou Natacha, erguendo-se no sofá e olhando com raiva para Mária Dmítrievna.

— E o que você queria? — gritou Mária Dmítrievna, de novo irritada. — Por acaso você ficava aqui trancada à chave? E afinal quem é que o impedia de vir aqui em casa? Para que raptar você como se fosse uma cigana?... Pois bem, e se ele raptasse você, por acaso acha que não ia ser encontrado? O seu pai, ou o seu irmão, ou o noivo? Acontece que ele é um canalha, um patife, isso sim!

— Ele é melhor do que todos vocês — gritou Natacha, levantando-se. — Se não tivessem atrapalhado... Ah, meu Deus, o que é isso, o que é isso! Sônia, por quê? Vão embora!... — E desatou a soluçar com um desespero que só acontece com as pessoas que choram as mágoas das quais sentem ser elas mesmas a causa. Mária Dmítrievna fez menção de recomeçar a falar, mas Natacha se pôs a gritar: — Vão embora, vão embora, vocês todos me odeiam, me desprezam! — E jogou-se no sofá outra vez.

Mária Dmítrievna tentou ainda, por algum tempo, chamá-la à razão e convencê-la de que era preciso esconder tudo aquilo do conde e de que ninguém ia saber de nada, bastava que Natacha tratasse de esquecer tudo e não deixasse ninguém notar nenhum sinal do que havia acontecido. Natacha não respondeu. Já não soluçava mais, porém teve um calafrio e um tremor. Mária Dmítrievna colocou um travesseiro debaixo da sua cabeça, cobriu-a com duas colchas e trouxe, ela mesma, um chá de folhas de tília, mas Natacha não mostrou a menor reação.

— Bem, vamos deixar que ela durma — disse Mária Dmítrievna, ao sair do quarto, pensando que Natacha estava dormindo. Mas não estava e, com os olhos muito abertos e parados no rosto pálido, olhava fixo para a frente. Natacha passou a noite inteira sem dormir, não chorou nem falou com Sônia, que se levantou e veio para junto dela várias vezes.

No dia seguinte, no café da manhã, como havia prometido, o conde chegou da sua propriedade nos arredores de Moscou. Estava muito alegre: o negócio com o comprador estava indo bem, e agora nada mais o prendia em Moscou, afastado da condessa, de quem tinha saudade. Mária Dmítrievna recebeu-o e comunicou que Natacha havia passado muito mal à noite, que tinham chamado um médico, mas agora ela já estava melhor. Natacha, naquela manhã, não saíra do quarto. Com os lábios comprimidos e rachados, olhos secos e parados, ela estava sentada junto à janela, olhava com ar inquieto para as pessoas que passavam na rua e virava os olhos, ansiosa, para quem entrava no quarto. Era óbvio que esperava notícias dele, esperava que ele mesmo viesse ou lhe escrevesse.

Quando o conde subiu ao quarto de Natacha, ela se virou ansiosa ao som dos passos masculinos, e o seu rosto adquiriu a mesma expressão fria e até maldosa de antes. Ela nem se levantou para recebê-lo.

— O que você tem, meu anjo, está doente? — perguntou o conde.

Natacha ficou calada um momento.

— Sim, estou doente — respondeu.

Às aflitas perguntas do conde, que queria saber por que estava tão abatida e também se não tinha acontecido alguma coisa entre ela e o noivo, Natacha garantiu que não era nada e pediu que não se preocupasse. Mária Dmítrievna confirmou para o conde as garantias de Natacha de que não havia acontecido nada. O conde, tendo em vista a doença fictícia, a perturbação da filha, o rosto transtornado de Sônia e de Mária Dmítrievna, percebia claramente que, na sua ausência, devia ter acontecido alguma coisa; mas, para ele, era tão terrível pensar que havia acontecido algo vergonhoso com a sua filha querida, e ele amava tanto o seu alegre sossego, que evitava fazer perguntas e tentava, o tempo todo, se convencer de que não havia nada de especial e se afligia apenas porque a enfermidade de Natacha adiava a partida deles para o campo.

XIX

Desde o dia da chegada da esposa a Moscou, Pierre alimentou a intenção de partir para qualquer lugar, só para não ficar com ela. Pouco depois da chegada dos Rostóv a Moscou, a impressão que Natacha produzira nele obrigou Pierre a apressar a realização do seu intento. Partiu para Tvier, para a casa da viúva de Ióssif Alekséievitch, que havia muito lhe prometera entregar os papéis do falecido.

Quando Pierre voltou para Moscou, entregaram-lhe uma carta de Mária Dmítrievna que o chamava à sua casa para tratar de um assunto de grande importância, relativo a Andrei Bolkónski e sua noiva. Pierre evitava Natacha. Parecia-lhe que tinha por ela um sentimento mais forte do que um homem casado deveria ter pela noiva de um amigo. Mas o destino constantemente o conduzia para junto dela.

"O que será que aconteceu? E o que eu tenho a ver com isso?", pensava, enquanto trocava de roupa para ir à casa de Mária Dmítrievna. "Era melhor que o príncipe Andrei viesse logo e casasse com ela de uma vez!", pensava Pierre, a caminho da casa de Akhrossímova.

No bulevar Tviérski, alguém o cumprimentou.

— Pierre! Chegou há muito tempo? — gritou uma voz conhecida. Pierre levantou a cabeça. Num trenó de luxo, com dois cavalos puros-sangues cinzentos, cujas patas espirravam neve na parte dianteira do trenó, Anatole passou voando, em companhia do seu eterno camarada Makárin. Anatole estava sentado em posição ereta, na pose clássica dos militares esnobes, com a parte de baixo do rosto agasalhada na gola de pele de castor e com a cabeça um pouco inclinada. Tinha o rosto rosado e fresco, o chapéu com uma pena branca estava inclinado sobre a cabeça, deixando à mostra o cabelo encaracolado, empomadado e todo polvilhado de neve.

"Na verdade, aí está um verdadeiro sábio!", pensou Pierre. "Não enxerga nada além do momento real de prazer, nada o perturba... e por isso está sempre alegre, satisfeito e tranquilo. Eu daria tudo para ser como ele!", pensou Pierre, com inveja.

No vestíbulo da casa de Akhrossímova, o lacaio que tirou o casaco de Pierre lhe disse que Mária Dmítrievna pedia que fosse ao quarto dela.

Ao abrir a porta para a antecâmara, Pierre avistou Natacha, sentada junto à janela, com o rosto seco, pálido e rancoroso. Ela virou-se para Pierre, franziu o rosto e saiu, com uma expressão de dignidade fria.

— O que aconteceu? — perguntou Pierre, ao entrar no quarto de Mária Dmítrievna.

— Uma coisa formidável! — respondeu Mária Dmítrievna. — Já vivi cinquenta e oito anos neste mundo e nunca vi tamanha indecência. — E, depois de pedir a Pierre a palavra de honra de que manteria em segredo o que ia saber, Mária Dmítrievna informou que Natacha havia rompido o noivado sem o conhecimento dos pais, que o motivo do rompimento era Anatole Kuráguin, a quem fora conduzida pela esposa de Pierre, e que Natacha tinha tentado fugir com ele durante a ausência do pai, a fim de casar-se em segredo.

Pierre, de ombros erguidos e boca aberta, escutava o que Mária Dmítrievna contava, sem acreditar nos próprios ouvidos. A noiva do príncipe Andrei, tão querida, aquela Natacha Rostova, antes tão meiga, ia trocar Bolkónski pelo imbecil Anatole, que já era casado (Pierre conhecia o segredo do casamento dele), e se apaixonara por ele a ponto de aceitar fugir! Isso Pierre não conseguia entender, não conseguia sequer imaginar.

A impressão meiga que tinha de Natacha, a quem conhecia desde a infância, não podia combinar, na alma de Pierre, com a nova imagem da sua infâmia, estupidez e crueldade. Lembrou-se da esposa. "Todas são iguais, a mesma coisa", disse consigo, pensando que afinal não tocava só a ele a triste sorte de ser ligado a uma mulher vil. Mesmo assim, teve pena do príncipe Andrei, teve pena do orgulho dele e sentiu-se à beira das lágrimas. E quanto mais lamentava o amigo, tanto maior o desprezo e até a repulsa com que pensava em Natacha, que havia acabado de passar por ele, na sala, com aquela expressão de dignidade fria. Pierre não sabia que a alma de Natacha estava repleta de desespero, vergonha, humilhação, e que ela não tinha culpa de o seu rosto exprimir, sem querer, severidade e dignidade serena.

— Mas como assim, casar? — exclamou Pierre, ao ouvir as palavras de Mária Dmítrievna. — Ele não pode casar: já é casado.

— Era só o que faltava — exclamou Mária Dmítrievna. — Bom menino, ele! Mas que canalha! E ela está esperando, esperando há dois dias. Pelo menos vai parar de esperar, é preciso contar a ela.

Após saber, por Pierre, dos detalhes sobre o casamento de Anatole e dar vazão à sua raiva por meio de palavras injuriosas, Mária Dmítrievna explicou a Pierre por que o havia chamado. Mária Dmítrievna temia que o conde ou Bolkónski, que podia chegar a qualquer momento, soubessem do caso, disse que sua intenção era esconder de todos eles aquela história, para que não desafiassem Kuráguin para um duelo, e por isso pedia que Pierre, em nome dela, mandasse o cunhado sair de Moscou, e que ele não se atrevesse a aparecer diante dos olhos dela. Pierre prometeu cumprir o seu desejo e só então se deu conta do perigo que ameaçava o velho conde, Nikolai e o príncipe Andrei. Tendo explicado as suas exigências de modo simples e sucinto, Mária Dmítrievna levou-o para a sala.

— Veja bem, o conde não sabe de nada. Aja como se não soubesse de nada — disse ela. — E eu vou dizer a Natacha que não adianta nada esperar! Mas fique para o almoço, se quiser — gritou Mária Dmítrievna para Pierre.

Pierre foi ao encontro do velho conde. Ele estava perturbado e confuso. Naquela manhã, Natacha lhe dissera que havia rompido o noivado com Bolkónski.

— É uma desgraça, é uma desgraça, *mon cher* — disse para Pierre. — É uma desgraça estar com essas moças sem a mãe; como eu me arrependo de ter vindo. Vou ser sincero com o senhor. O senhor soube que ela rompeu com o noivo sem perguntar nada a ninguém, não é? Bem, até admito que esse casamento nunca me alegrou muito. Admito que ele é um homem bom, mas, afinal, contra a vontade do pai, não haveria felicidade, e não faltam pretendentes para Natacha. Mesmo assim, já havia durado tanto tempo, e ainda por cima dar um passo desses sem consultar o pai e a mãe! Agora ela está doente, e só Deus sabe o que vai acontecer! É péssimo, conde, é péssimo ficar com as filhas sem a mãe... — Pierre via que o conde estava muito abalado, tentava desviar a conversa para outro assunto, mas o conde voltava de novo para o seu desgosto.

Sônia entrou na sala com o rosto perturbado.

— Natacha não está bem de saúde; está no quarto e queria falar com o senhor. Mária Dmítrievna está com ela e também pede que o senhor vá lá.

— Sim, afinal, o senhor é muito amigo de Bolkónski, na certa ela quer mandar algum recado — disse o conde. — Ah, meu Deus, meu Deus! Como tudo teria sido bom! — E, agarrando os raros cabelos das têmporas, o conde saiu da sala.

Mária Dmítrievna comunicou a Natacha que Anatole era casado. Natacha não quis acreditar e exigiu uma confirmação do próprio Pierre. Sônia comunicou isso a Pierre na hora em que o conduzia pelo corredor, rumo ao quarto de Natacha.

Pálida, severa, Natacha estava sentada ao lado de Mária Dmítrievna e, assim que Pierre apareceu na porta, voltou para ele um olhar indagador brilhante e febril. Não sorriu, não o cumprimentou com uma inclinação de cabeça, apenas o fitava de maneira tenaz, e seu olhar só lhe perguntava uma coisa: ele era amigo ou inimigo, como todos os outros, com relação a Anatole? Era evidente que Pierre, em si mesmo, não existia para ela.

— Ele sabe de tudo — disse Mária Dmítrievna, apontando para Pierre e voltando-se para Natacha. — Deixe que ele diga se não falei a verdade.

Assim como um animal ferido, acuado, olha para os cães e para os caçadores que se aproximam, Natacha olhava ora para um, ora para o outro.

— Natália Ilínitchna — começou Pierre, de olhos baixos, com um sentimento de pena dela e de repulsa pela tarefa que teria de cumprir —, verdade ou não, para a senhora não deve fazer diferença, porque...

— Então não é verdade que ele é casado?

— Não, é verdade.

— Ele é casado, e há muito tempo? — perguntou ela. — Palavra de honra?

Pierre lhe deu a sua palavra de honra.

— Ele ainda está aqui? — perguntou Natacha, depressa.

— Sim, eu o vi há pouco.

Era evidente que Natacha estava sem forças para falar e fez sinais com as mãos para que a deixassem sozinha.

XX

Pierre não ficou para almoçar, em vez disso saiu logo do quarto e foi embora. Andou pela cidade em busca de Anatole Kuráguin, e agora, só de pensar nele, todo o seu sangue afluía ao coração e Pierre tinha dificuldade para respirar. Nos morros, nos ciganos, no *Comoneno*, ele não estava. Pierre foi ao clube. Lá, tudo corria na ordem habitual: os frequentadores que tinham se reunido para almoçar estavam sentados em grupos, cumprimentaram Pierre e conversavam sobre as notícias da cidade. O lacaio, depois de cumprimentá-lo, ciente dos seus hábitos e dos seus conhecidos, comunicou que havia um lugar para ele na saleta de refeições, que o príncipe Mikhail Zakháritch estava na biblioteca, mas que Pável Timofiéitch ainda não tinha chegado. Um dos conhecidos de Pierre, no meio de uma conversa sobre o tempo, perguntou se ele não tinha ouvido falar do rapto da jovem Rostova cometido por Kuráguin, de que andavam falando na cidade, e perguntou se era mesmo verdade. Pierre riu e disse que aquilo era um absurdo, pois ele acabara de chegar da casa dos Rostóv. Perguntou a todos por Anatole; um lhe disse que ele ainda não tinha vindo, outro, que ele viria almoçar mais tarde. Pierre achou estranho olhar para aquela multidão calma, indiferente, que não sabia o que se passava na sua alma. Andou pelos salões, à espera de que todos chegassem e, como Anatole não aparecia, Pierre não ficou para almoçar e seguiu para casa.

Anatole, a quem ele procurava, foi almoçar naquele dia em casa de Dólokhov e pedir conselhos sobre como remediar o seu caso fracassado. Tinha a impressão de que era necessário encontrar-se com Rostova. Ao entardecer, foi à casa da irmã a fim de tratar dos meios de organizar esse encontro. Quando Pierre voltou para casa, depois de rodar em vão Moscou inteira, o criado de quarto lhe comunicou que o príncipe Anatole Vassílievitch estava com a condessa. A sala de visitas da condessa estava repleta de convidados.

Pierre, sem cumprimentar a esposa, a quem não tinha visto desde que viera para Moscou (naquele momento, ela lhe parecia mais detestável do que nunca), entrou na sala, avistou Anatole e aproximou-se dele.

— *Ah, Pierre* — disse a condessa, aproximando-se do marido. — Você não imagina em que situação está o nosso Anatole... — Parou ao ver, na cabeça baixa do marido, em seu rosto, em seus olhos brilhantes, em seu passo resoluto, aquela expressão terrível de raiva e de força que ela já conhecia e que já havia experimentado pessoalmente, após o duelo com Dólokhov.

— Onde a senhora estiver, vai estar a depravação, a maldade — disse Pierre para a esposa. — Anatole, venha cá, tenho de falar com o senhor — disse em francês.

Anatole olhou de lado para a irmã e levantou-se, obediente, pronto a seguir Pierre.

Pierre tomou-o pelo braço, puxou-o para si e foi para fora da sala.

— *Si vous vous permettez dans mon salon...*[44] — falou Hélène num sussurro; mas Pierre, sem responder, saiu da sala.

Anatole foi atrás dele, no seu passo garboso habitual. Mas no rosto dele se percebia uma inquietação.

Ao entrar em seu escritório, Pierre fechou a porta e voltou-se para Anatole, sem olhar para ele.

— O senhor prometeu à condessa Rostova casar com ela? Queria sequestrá-la?

— Meu caro — respondeu Anatole em francês (como foi toda a conversa) —, não me considero obrigado a responder a perguntas feitas nesse tom.

O rosto de Pierre, antes pálido, ficou desfigurado pela raiva. Com sua mão grande, agarrou Anatole pela gola do uniforme e passou a sacudi-lo de um lado para o outro, até que o semblante de Anatole tomasse uma expressão de medo.

— Eu estou dizendo que *tenho de falar* com o senhor... — repetiu Pierre.

— Puxa, mas que tolice é essa? Hein? — disse Anatole, apalpando um botão que fora arrancado da gola com um pedaço de tecido.

— O senhor é um canalha e um crápula e não sei o que me impede de ter o prazer de esmagar a sua cabeça com isto — disse Pierre, expressando-se de modo tão artificial porque falava em francês. Segurou na mão um volumoso peso de papéis, levantou-o de modo ameaçador, mas logo se apressou em largá-lo de volta no lugar.

— O senhor prometeu casar com ela?

— Eu, eu, eu não estava pensando; aliás, eu nunca prometi nada, porque...

Pierre interrompeu-o.

— Tem cartas dela? Tem cartas? — repetiu Pierre, avançando na direção de Anatole.

Anatole lançou um olhar para ele e no mesmo instante enfiou a mão no bolso e tirou a carteira.

---

44 Francês: "Se o senhor se atrever no meu salão...".

Pierre pegou a carta que lhe foi entregue e, empurrando para o lado uma mesa que estava no caminho, desabou no sofá.

— *Je ne serai pas violent, ne craignez rien*[45] — disse Pierre, em resposta a um gesto assustado de Anatole. — Primeiro, as cartas — disse, como se repetisse uma lição para si mesmo. — Segundo — prosseguiu depois de um minuto de silêncio, levantando-se de novo e começando a caminhar —, amanhã o senhor vai ter de ir embora de Moscou.

— Mas como é que eu posso...

— Terceiro — prosseguiu Pierre, sem lhe dar ouvidos —, o senhor nunca deverá dizer nenhuma palavra sobre o que aconteceu entre o senhor e a condessa. Isso, eu sei, não posso impedir que o senhor faça, mas se o senhor tiver um grão de consciência... — Pierre atravessou o quarto várias vezes em silêncio. Anatole estava sentado à mesa e, de rosto franzido, mordia o lábio. — Afinal, o senhor não pode deixar de compreender que, além do seu prazer, existe a felicidade, a tranquilidade das outras pessoas, que o senhor vai destruir uma vida inteira só porque deseja se divertir. Distrair-se com mulheres iguais à minha esposa, nisso o senhor está no seu direito, elas sabem o que o senhor quer com elas. Estão armadas contra o senhor pela mesma experiência de depravação; mas prometer a uma mocinha casar-se com ela... enganar, raptar... Como é que o senhor não compreende que isso é tão sórdido como espancar um velho ou um bebê?!...

Pierre calou-se um pouco e olhou para Anatole, já sem ira, mas com um olhar interrogativo.

— Isso eu não sei. Hein? — disse Anatole, que se animava à medida que Pierre superava sua ira. — Isso eu não sei nem quero saber — disse, sem olhar para Pierre e com um leve tremor da mandíbula. — Mas o senhor me disse certas palavras: crápula e coisas parecidas, que eu, *comme un homme d'honneur*,[46] não admito que ninguém use.

Pierre fitou-o com surpresa, incapaz de compreender o que ele queria.

— Apesar de ter sido numa conversa a sós — continuou Anatole —, eu não posso...

— Como assim? O senhor quer uma satisfação? — perguntou Pierre em tom de escárnio.

— Pelo menos, o senhor poderia retirar suas palavras. Hein? Se o senhor quiser que eu cumpra o seu desejo. Hein?

---

45 Francês: "Não vou ser violento, não tema nada".

46 Francês: "como um homem de honra".

— Eu retiro, retiro — exclamou Pierre —, e peço ao senhor que me desculpe. — Pierre, sem querer, olhou de relance para o botão arrancado da roupa. — E darei um dinheiro, se o senhor precisar para a viagem. — Anatole sorriu.

A expressão daquele sorriso tímido e canalha, que ele conhecia da esposa, fez Pierre explodir.

— Ah, raça canalha e sem coração! — exclamou Pierre, e saiu do escritório.

No dia seguinte, Anatole partiu para Petersburgo.

XXI

Pierre foi à casa de Mária Dmítrievna para comunicar que o desejo dela tinha sido cumprido — a expulsão de Kuráguin de Moscou. A casa inteira estava em terror e perturbação. Natacha estava muito doente, pois, na mesma noite em que ficara sabendo que Anatole era casado, como Mária Dmítrievna contou a Pierre em segredo, envenenara-se com arsênico, que havia obtido às escondidas. Depois de engolir um pouco, ficou tão assustada que acordou Sônia e avisou o que havia feito. As providências necessárias contra o veneno foram tomadas a tempo e agora ela estava fora de qualquer perigo; no entanto se encontrava tão fraca que era impossível pensar em levá-la para o campo, e a condessa fora chamada. Pierre viu o conde envergonhado e Sônia chorosa, mas não pôde falar com Natacha.

Naquele dia, Pierre jantou no clube e, de todos os lados, ouviu boatos sobre a tentativa de rapto da jovem Rostova; refutou com obstinação tais boatos, convencendo todos de que não havia acontecido nada, de que o seu cunhado apenas havia feito um pedido de casamento a Rostova e recebera uma recusa. Pierre achava que era seu dever ocultar todo aquele caso e resguardar a reputação da jovem Rostova.

Esperava com terror o regresso do príncipe Andrei e ia à casa do velho príncipe todos os dias, para saber dele.

O príncipe Nikolai Andréievitch, por intermédio de Mlle Bourienne, sabia de todos os boatos que corriam pela cidade e leu o bilhete dirigido à princesa Mária no qual Natacha rompia o noivado. Ele se mostrava mais alegre do que o habitual e esperava o filho com grande impaciência.

Alguns dias depois da partida de Anatole, Pierre recebeu um bilhete do príncipe Andrei, no qual o avisava da sua chegada e convidava Pierre para vê-lo.

O príncipe Andrei chegou a Moscou e, no primeiro minuto em que chegou, recebeu do pai o bilhete de Natacha para a princesa Mária, no qual ela rompia o noivado (o bilhete fora roubado da princesa Mária e entregue ao príncipe por Mlle Bourienne), e ouviu do pai, com acréscimos, os boatos sobre o rapto de Natacha.

O príncipe Andrei chegou à noite. Na manhã seguinte, Pierre foi à sua casa. Pierre esperava encontrar o príncipe Andrei quase no mesmo estado em que se achava Natacha e por isso ficou surpreso quando, ao entrar na sala, ouviu a voz forte do príncipe Andrei no escritório, falando animadamente a respeito de alguma intriga de Petersburgo. O velho príncipe e a voz de uma outra pessoa o interrompiam de vez em quando. A princesa Mária veio ao encontro de Pierre. Ela suspirou, apontando com os olhos para a porta, atrás da qual estava o príncipe Andrei, visivelmente no intuito de exprimir sua compaixão pela mágoa dele; mas Pierre viu no rosto da princesa Mária que ela estava contente com o que havia acontecido e também com a maneira como o irmão recebera a notícia da traição da noiva.

— Ele disse que esperava por isso — disse ela. — Sei que o orgulho dele não lhe permite exprimir o seu sentimento, mesmo assim recebeu a notícia melhor, infinitamente melhor, do que eu esperava. É evidente que tinha de ser assim...

— Mas será possível que tudo está terminado? — disse Pierre.

A princesa Mária fitou-o com admiração. Nem compreendia como era possível perguntar tal coisa. Pierre entrou no escritório. O príncipe Andrei, inteiramente mudado, com a saúde obviamente recuperada, mas com uma nova ruga transversal entre as sobrancelhas, estava de pé, em frente ao pai e ao príncipe Mechérski, em roupas civis, e discutia com ardor, gesticulando de maneira enérgica.

A conversa tratava de Speránski, da notícia da sua repentina deportação e suposta traição, que acabara de chegar a Moscou.

— Agora o acusam e o incriminam (Speránski) todos aqueles que um mês atrás se empolgavam com ele — disse o príncipe Andrei —, e também aqueles que não tinham condições de compreender os propósitos de Speránski. É muito fácil condenar um homem em desgraça e atribuir a ele todos os erros dos outros; mas eu digo que, se algo de bom foi feito no reinado atual, foi feito por ele e só por ele... — Parou ao ver Pierre. Seu rosto estremeceu e, na mesma hora, tomou uma expressão dura. — A posteridade lhe fará justiça — concluiu e logo depois se dirigiu a Pierre. — E então, como vai? Cada vez mais gordo — disse, animado, mas de novo a ruga ainda mais funda surgiu na sua testa. — Sim, estou bem de saúde — disse, em resposta a uma pergunta de Pierre, e forçou um sorriso. Para Pierre, estava claro que seu sorriso forçado significava: "Estou bem de saúde, mas minha saúde não traz benefício a ninguém". Depois de falar algumas palavras para Pierre sobre a estrada horrível que vinha da fronteira da Polônia, sobre como havia encontrado na Suíça pessoas conhecidas de Pierre e sobre o sr. Dessalles, que ele trouxera do exterior para ser professor do filho, o príncipe Andrei, de novo com entusiasmo, interveio na conversa a respeito de Speránski, que prosseguia entre os dois velhos.

— Se houvesse traição e se houvesse provas de sua relação secreta com Napoleão, teriam sido amplamente divulgadas — disse, com entusiasmo e pressa. — Pessoalmente, eu não gosto e não gostei de Speránski, mas amo a justiça. — Pierre reconhecia agora, no amigo, aquela necessidade, tão conhecida sua, de agitar-se e de discutir sobre assuntos alheios a ele mesmo, apenas para sufocar pensamentos íntimos opressivos demais.

Quando o príncipe Mechérski saiu, o príncipe Andrei pegou Pierre pelo braço e convidou-o para ir ao quarto que fora preparado para ele. No quarto, via-se uma cama surrada, malas e arcas abertas. O príncipe Andrei aproximou-se de uma delas e pegou uma caixa. Da caixa, retirou um maço de folhas embrulhado em papel. Fez tudo isso em silêncio e muito depressa. Levantou-se e tossiu. Seu rosto estava contraído e os lábios, encolhidos.

— Desculpe-me, se eu o aborreço... — Pierre entendeu que o príncipe Andrei queria falar sobre Natacha, e seu rosto largo exprimiu pesar e compaixão. Aquela expressão do rosto de Pierre irritou o príncipe Andrei; em tom resoluto, alto e desagradável, ele continuou: — Recebi a recusa da condessa Rostova e chegaram-me boatos sobre o pedido de casamento que o seu cunhado fez a ela, ou algo parecido. Isso é verdade?

— Verdade e mentira — começou Pierre; mas o príncipe Andrei interrompeu-o.

— Aqui estão as cartas dela — disse. — E o retrato. — Pegou um embrulho na mesa e entregou a Pierre. — Entregue à condessa... se a encontrar.

— Ela está muito doente — disse Pierre.

— Então ela ainda está aqui? — disse o príncipe Andrei. — E o príncipe Kuráguin? — perguntou depressa.

— Partiu faz tempo. Ela esteve à beira da morte...

— Lamento muito que ela esteja doente — disse o príncipe Andrei. Sorriu de modo frio, maldoso, desagradável, como o pai. — Mas o sr. Kuráguin, portanto, não honrou a condessa Rostova com a sua mão? — perguntou Andrei. Ele fungou algumas vezes.

— Ele não podia se casar, porque já é casado — respondeu Pierre.

O príncipe Andrei deu uma risada desagradável, de novo fazendo lembrar o pai.

— Mas onde ele se encontra agora, o cunhado do senhor, posso saber? — disse.

— Ele foi para Peter... na verdade, eu não sei — disse Pierre.

— Ora, mas isso não faz nenhuma diferença — disse o príncipe Andrei. — Comunique à condessa Rostova que ela estava e está completamente livre, e que eu lhe desejo tudo de bom.

Pierre tomou na mão o maço de papéis. O príncipe Andrei, como se tentasse lembrar se ainda era necessário dizer mais alguma coisa, ou como se esperasse para ver se Pierre não tinha mais qualquer coisa para lhe dizer, fitava o amigo com um olhar imóvel.

— Escute, o senhor se lembra da discussão que tivemos em Petersburgo — disse Pierre —, se lembra do...

— Lembro — respondeu apressado o príncipe Andrei —, eu disse que era preciso perdoar uma mulher decaída, mas não disse que eu sou capaz de perdoar. Não sou capaz.

— Mas será que é possível comparar isso...? — perguntou Pierre. O príncipe Andrei interrompeu-o. Abruptamente, começou a gritar:

— Certo, pedir de novo a mão dela, ser generoso e coisas assim?... Sim, isso é muito nobre, mas não sou capaz de andar *sur les brisées de monsieur.*[47] Se você quiser ser meu amigo, nunca mais fale comigo sobre isso... sobre tudo isso. Bem, adeus. Então, vai entregar...?

Pierre saiu e foi ao encontro do velho príncipe e da princesa Mária.

O velho parecia mais animado do que o habitual. A princesa Mária estava como sempre, mas, por trás da compaixão pelo irmão, Pierre percebia nela uma alegria com o fracasso do casamento do irmão. Olhando para os dois, Pierre se deu conta de quanto desprezo e raiva todos eles tinham contra os Rostóv, e se deu conta de que, entre eles, era impossível sequer mencionar o nome daquela que fora capaz de trocar o príncipe Andrei por um qualquer.

Durante o jantar, a conversa tratou da guerra, cuja proximidade já se tornara evidente.[48] O príncipe Andrei falava sem parar e discutia o assunto ora com o pai, ora com Dessalles, o professor suíço, e parecia mais animado do que o habitual — com uma animação cuja causa moral Pierre conhecia muito bem.

XXII

Nessa mesma noite, Pierre foi à casa dos Rostóv a fim de cumprir sua missão. Natacha estava de cama, o conde estava no clube, e Pierre, depois de entregar as cartas

---

47 Francês: "Não sou capaz de competir com esse senhor".

48 Napoleão se deu conta de que não conseguiria forçar a Rússia e entrar em guerra contra a Inglaterra. A passageira aliança entre a Rússia e a França se desfez e, no verão de 1812, os dois governos tinham concluído os preparativos para a guerra. A França selara uma aliança com a Prússia e a Áustria. A Rússia fizera aliança com a Suécia e assinara a paz com a Turquia, liberando tropas para a iminente guerra contra Napoleão.

a Sônia, foi falar com Mária Dmítrievna, que estava interessada em saber como o príncipe Andrei havia recebido a notícia. Dez minutos depois, Sônia entrou no quarto de Mária Dmítrievna.

— Natacha faz questão de ver o conde Piotr Kirílovitch — disse ela.

— Como assim? Vamos levá-lo até lá? O quarto de vocês não foi arrumado — exclamou Mária Dmítrievna.

— Não, ela trocou de roupa e foi para a sala — respondeu Sônia.

Mária Dmítrievna apenas encolheu os ombros.

— E essa condessa, que não chega nunca? Ela me deixou esgotada. E você, preste bem atenção, não vá dizer tudo para ela — voltou-se para Pierre. — Não é possível repreendê-la, dá tanta pena dela, tanta pena!

Natacha, muito magra, com o rosto pálido e severo (nem um pouco envergonhada, como Pierre esperava vê-la), estava de pé no centro da sala. Quando Pierre surgiu à porta, ela se mexeu, obviamente indecisa entre ir ao seu encontro ou esperá-lo.

Pierre aproximou-se depressa. Achou que Natacha lhe estenderia a mão, como sempre; mas, aproximando-se bastante de Pierre, ela parou, com a respiração ofegante e os braços abaixados, sem vida, exatamente na mesma postura que antes tomava no centro da sala, para cantar, porém com uma expressão inteiramente diversa.

— Piotr Kirílovitch — começou a falar, depressa —, o príncipe Bolkónski era amigo do senhor, e ainda é seu amigo — corrigiu-se (Natacha tinha a impressão de que tudo havia acabado e que agora tudo tinha ficado diferente). — Uma vez ele me disse que eu deveria procurar o senhor...

Pierre fungou em silêncio, olhando para ela. Até então, no fundo da alma, ele a censurava e tentava desprezá-la; mas agora sentia tamanha pena de Natacha que não havia, em sua alma, lugar para censuras.

— Ele está na cidade, agora, diga a ele... que me perd... me perdoe. — Natacha deteve-se e começou a respirar ainda mais depressa, mas não chorou.

— Sim... direi a ele — respondeu Pierre. — Mas... — Não soube o que dizer.

Natacha obviamente se assustou com algo que Pierre poderia pensar.

— Não, eu sei que tudo está acabado — apressou-se em dizer. — Não, nunca mais pode acontecer. Só me atormenta o mal que fiz a ele. Diga-lhe apenas que peço que me perdoe, me perdoe, me perdoe por tudo... — Começou a tremer com todo o corpo e sentou-se à mesa.

Um sentimento de pena, como nunca havia experimentado, inundou a alma de Pierre.

— Vou dizer a ele, vou dizer a ele mais uma vez — respondeu Pierre. — Mas... eu gostaria de saber uma coisa...

"Saber o quê?", indagou o olhar de Natacha.

— Eu gostaria de saber se a senhora amava... — Pierre não sabia como nomear Anatole e ruborizou-se ao pensar nele. — Se a senhora amava aquele homem perverso.

— Não o chame de perverso — respondeu Natacha. — Mas eu não sei mais de nada, não sei mais de nada... — Começou a chorar outra vez.

E um sentimento ainda maior de pena, de ternura e de amor dominou Pierre. Sentiu que as lágrimas corriam por trás dos óculos e esperava que não fossem notadas.

— Não vamos mais falar disso, minha amiga — disse Pierre.

De repente, aquela voz dócil, terna, sincera pareceu muito estranha para Natacha.

— Não vamos falar disso, minha amiga, eu direi tudo para ele; mas vou lhe pedir uma coisa: considere-me seu amigo e, se precisar de ajuda, de um conselho, ou simplesmente desabafar a alma com alguém... não agora, mas quando a senhora tiver o espírito mais claro, lembre-se de mim. — Pegou a mão dela e beijou-a. — Ficarei feliz se eu estiver em condições de... — Pierre ficou embaraçado.

— Não fale comigo assim: não sou digna disso! — exclamou Natacha e fez menção de sair da sala, mas Pierre segurou-a pelo braço. Sabia que ainda tinha de dizer algo para ela. Mas, quando falou, surpreendeu-se com as próprias palavras.

— Não, não diga isso, a senhora tem a vida inteira à sua frente — disse Pierre.

— Eu? Não! Para mim, está tudo acabado — respondeu, com vergonha e humilhação.

— Tudo acabado? — repetiu Pierre. — Se eu não fosse quem sou, mas o homem mais bonito, mais inteligente e melhor do mundo, e se fosse livre, neste exato minuto eu me poria de joelhos e pediria a mão e o amor da senhora.

Natacha, pela primeira vez após vários dias, chorou com lágrimas de gratidão e de ternura e, depois de lançar um olhar para Pierre, saiu da sala.

Pierre também saiu quase correndo para a antessala, logo após Natacha, contendo lágrimas de ternura e de felicidade que sufocavam sua garganta, vestiu o casaco de pele, mesmo sem encontrar a manga, e sentou-se no trenó.

— Para onde o senhor quer ir agora? — perguntou o cocheiro.

"Para onde?", perguntou-se Pierre. "Para onde posso ir agora? Será possível ir ao clube, ou fazer visitas?" Todos lhe pareciam tão dignos de pena, tão infelizes em comparação com o sentimento de ternura e de amor que ele experimentava;

em comparação com aquele olhar suave de gratidão que ela, por último, dirigiu a ele, por trás das lágrimas.

— Para casa — disse Pierre e, apesar do frio de dez graus abaixo de zero, abriu o casaco de pele de urso no peito largo, alegre e arfante.

O ar estava calmo e gelado. Acima das ruas imundas, meio escuras, acima dos telhados pretos, pairava o céu escuro e estrelado. Pierre, olhando apenas para o céu, não sentia a mesquinharia injuriosa de toda a terra, em comparação com a elevação em que se achava a sua alma. Ao chegar à praça Arbat, a imensa vastidão do céu escuro e estrelado abriu-se aos olhos de Pierre. Quase no centro daquele céu, acima do bulevar Pretchístienski, rodeado e polvilhado de estrelas por todos os lados, mas destacando-se de todas elas pela proximidade da terra, pairava o imenso e brilhante cometa do ano de 1812, com uma luz branca e uma cauda comprida e voltada para cima, o cometa que, segundo diziam, prenunciava todos os horrores e o fim do mundo. Mas, para Pierre, aquela estrela luminosa, com a cauda comprida e radiante, não despertava nenhum sentimento terrível. Ao contrário, com alegria e com os olhos molhados de lágrimas, Pierre olhava para aquela estrela luminosa que, depois de ter voado por uma vastidão imensurável, numa velocidade indescritível e numa linha em parábola, parecia ter se cravado de repente num local escolhido por ela mesma, no meio do céu negro, assim como uma seta se finca na terra, e ali ficou parada, com a cauda vigorosamente erguida, reluzindo e ostentando a sua luz branca no meio das outras estrelas, inumeráveis e cintilantes. Pierre tinha a impressão de que aquela estrela correspondia plenamente ao que se passava na sua alma, que se aplacava, se reanimava e desabrochava para uma vida nova.

LISTA DE PERSONAGENS E FATOS HISTÓRICOS

Alexandre I (1777-1825): imperador da Rússia de 1801 a 1825. Filho de Paulo I e neto de Catarina II, a Grande, que o enviou ao exterior para que fosse educado e fez dele seu herdeiro em 1796. Seu reinado foi marcado por uma política externa flutuante e pelas lutas com Napoleão. A partir de 1818 seu governo assume uma postura política considerada retrógrada, favorecendo o surgimento de sociedades secretas. Morto por conta da malária que contraiu durante uma viagem de inspeção, foi sucedido por seu irmão, Nicolau I.

Apráksin, conde Stiepan Stiepánovitch (1757-1827): general de cavalaria. Participou da Guerra Russo-Turca entre 1787 e 1791. Foi governador de Smolensk de 1803 a 1807. Entre 1807 e 1808 retornou ao Exército para, de novo, combater os turcos. Em 1809 retirou-se definitivamente para Moscou, onde passou o resto da vida.

Araktchéiev, Aleksei Andréievitch (1769-1834): comandou um batalhão do regimento de Preobrajénski na época de Paulo I, que também o nomeou como general e conde. Amigo do imperador Alexandre, foi seu ministro da Guerra entre 1808 e 1825.

Arkhárov: família nobre de Moscou. Ivan Petróvitch Arkhárov gozava de renome por sua larga hospitalidade.

Armfeldt, Gustaf Mauritz (1757-1814): general e homem de Estado sueco. Acusado de traição, fugiu para a Rússia. Foi membro do Conselho de Estado a partir de 1811. Depois de conspirar contra Speránski, tornou-se um dos homens mais próximos a Alexandre, acompanhando-o em 1812, na ocasião em que ele esteve no Exército.

Asch, barão Kazímir Ivánovitch: governador de Smolensk, de 1807 a 1822.

Auersperg von Mattern (1740-1822): marechal de campo austríaco. Caiu na armadilha armada por Murat na ponte de Thabor. A tomada dessa ponte pelos franceses acarretou a ocupação de Viena por Napoleão.

Austerlitz, batalha de: travada no dia 2 de dezembro de 1805 (20 de novembro no calendário juliano), é considerada uma das maiores vitórias de Napoleão. A derrota sofrida pelo exército austro-russo, liderado pelo imperador Alexandre, é justificada pela tática militar do imperador francês, que atraiu e derrotou seus inimigos simulando que batia em retirada.

Baggovut, Karl Fiódorovitch (1761-1812): general do Exército russo. Participou na Guerra Russo-Turca, em 1787. Juntou-se às tropas de Bennigsen, em 1806, lutando em Pultusk, em dezembro daquele ano. Destacou-se em Borodinó por mover-se do flanco direito do exército russo até o esquerdo para reforçar as tropas de Bagration. Morto na batalha de Tarútino, em 1812.

Bagration, príncipe Piotr Ivánovitch (1765-1812): general russo. Participou de quase todas as batalhas das campanhas de 1805 a 1807, destacando-se em Austerlitz, onde combateu os batalhões comandados por Lannes e Murat. Em 1812, comandou o segundo exército ocidental. Ferido gravemente durante a batalha de Borodinó, morreu dias depois.

Balachov, Aleksandr Dimítrievitch (1770-1837): estadista russo. Foi chefe da polícia de Moscou entre 1805 e 1807 e governador militar de Petersburgo entre 1809 e 1810. Tornou-se membro do Conselho de Estado em 1810. Acompanhou Alexandre em Vilna, em 1812, levando a carta do imperador a Napoleão. A partir de 1819, foi governador de várias cidades, entre elas Tula e Riazan.

Barclay de Tolly, príncipe Mikhail Bogdánovitch (1761-1818): marechal de campo russo, de origem escocesa. Participou da Guerra Russo-Turca entre 1788 e 1789 e da campanha da Polônia, onde recebeu a Cruz de São Jorge. Foi general em chefe do Exército russo em 1809, durante a campanha da Finlândia, e ministro da Guerra a partir de 1810. No início de 1812 foi general em chefe do Exército novamente, até Alexandre substituí-lo por Kutúzov.

Bassano, duque Hugues-Bernard Maret (1763-1839): estadista francês e jornalista. Em 1800 assumiu o comando do *Moniteur*, o jornal oficial do Estado francês. Tornou-se ministro do Exterior em 1811.

Beauharnais, Eugène Rose de (1781-1824): vice-rei da Itália, duque de Lichtenberg, príncipe do Império e enteado de Napoleão I, que o adotou em 1806. Participou da batalha de Borodinó e de Malo Iaroslávets. Comandava, em 1812, o quarto corpo do Exército francês.

Beausset, Louis-François-Joseph (1770-1835): escritor e cortesão francês. Em 1805, tornou-se prefeito do palácio de Napoleão e acompanhou o imperador em suas campanhas até 1812. Seu livro *Mémoires anecdotiques sur l'intérieur du palais* é um interessante registro desse período.

Belliard, Augustin-Daniel (1769-1832): general francês, embaixador em Viena e Bruxelas. Chefe do Estado-Maior dos exércitos de Murat entre 1805 e 1808, lutou contra a Áustria, a Rússia e a Prússia, sendo recompensado com o governo de Madri. Participou da campanha na Rússia em 1812, novamente sob o comando de Murat.

Bennigsen, conde Leónti Leóntievitch (1745-1826): tenente-geral no governo de Paulo I, foi um dos líderes da conspiração que pretendia tirá-lo do poder. Não sofreu, contudo, represálias durante o governo de Alexandre, tornando-se governador militar de Vilna em 1801. Como general da cavalaria, em 1806 conquistou uma vitória sobre os franceses em Pultusk. Em 1807, tornou-se comandante em chefe do Exército russo, mas perdeu o cargo devido às derrotas sofridas pelo Exército em Friedland. Exilado até 1812, voltou ao Exército e foi contra o abandono de Moscou pelas tropas russas. Por conta dos desentendimentos com Kutúzov foi afastado do Exército no mesmo ano.

Berlim, entrevista de: entre Alexandre I e o rei da Prússia, Frederico III, no momento da coligação contra a França, em 1805.

Bernadotte, Jean-Baptiste (1764-1844): marechal francês. Participou da batalha de Austerlitz e foi eleito em 1810 o sucessor de Carlos XII no trono sueco. Aliou-se à Rússia contra a França em 1813. Tornou-se rei da Suécia e da Noruega (1818-44), sob o nome de Carlos XIV ou Carlos João.

Berthier, Louis-Alexandre (1753-1815): marechal francês. Foi comandante do Estado-Maior dos exércitos de Napoleão, nas guerras de 1794 a 1814, destacando-se nas campanhas de Austerlitz, de Iena e de Friedland. Depois da queda de Napoleão, aliou-se a Luís XVIII e, em 1814, acompanhou-o em sua entrada em Paris.

Bessières, Jean-Baptiste, duque da Istria (1768-1813): marechal francês. Em 1796 foi capitão de Napoleão na campanha da Itália. Comandou a cavalaria da guarda entre 1805 e 1807 e a guarda e o corpo de cavalaria em 1812, durante a batalha de Borodinó e a retirada de Moscou.

Borodinó, batalha de: batalha travada entre o exército francês comandado por Napoleão e o exército russo, comandado por Kutúzov, na aldeia de Borodinó, no dia 7 de setembro de 1812 (26 de agosto no calendário juliano). Considerada, do ponto de vista militar, uma batalha sem grandes manobras táticas e sem vencedores, ainda assim é vista como a mais importante da campanha de 1812 por causa do grande número de baixas dos exércitos e pelas suas consequências imediatas. Após o confronto, o exército russo bateu em retirada para Moscou, abandonando-a, em seguida, aos franceses, que depois de ocupá-la acabaram se retirando da Rússia.

Broussier, Jean-Baptiste (1766-1814): general francês. Participou de numerosas batalhas na campanha da Rússia, entre elas a de Borodinó e de Malo Iaroslávets.

Buxhöwden, conde Fiódor Fiódorovitch (1750-1811): general do Exército russo, participou da Guerra Russo-Sueca (1788-90). Comandou um corpo do Exército no início da campanha de 1806-7 e tomou parte na batalha de Austerlitz. Rival de Bennigsen, retirou-se para Riga depois que este se tornou comandante em chefe do Exército, em 1807.

Catarina II, a Grande (1729-96): imperatriz russa entre 1762 e 1796. Seu reinado revitalizou a Rússia, que se expandiu e se modernizou, tornando-se uma das maiores potências da Europa.

Caulaincourt, Armand-Augustin-Louis (1772-1821): general e diplomata francês. Enviado por Napoleão, foi embaixador em Petersburgo, de 1807 a 1811, com o objetivo de manter em vigor o tratado de Tilsit e espionar o governo russo. Acompanhou Napoleão durante a campanha de 1812.

Chevardinó, batalha de: primeiro grande combate entre franceses e russos na campanha de 1812, ocorrido em 5 de setembro de 1812 (24 de agosto no calendário juliano), na aldeia de Chevardinó. Nessa batalha, com muitas perdas para os dois exércitos, os franceses conquistaram a fortificação erguida pelos russos na colina de Chevardinó.

Chichkóv, Aleksandr Semiónovitch (1754-1841): estadista russo, sucedeu Speránski como secretário de Estado. Autor da carta que sugeria ao tsar o afastamento das tropas e a volta para Moscou, em 1812.

Claparède, Michel Marie (1774-1841): general francês. Participou das batalhas de Ulm, Austerlitz e Pultusk. Chefe de um corpo do Exército polonês durante a campanha de 1812, esteve na batalha de Borodinó.

Clausewitz, Karl von (1780-1831): considerado um dos grandes estrategistas militares e teóricos da guerra. Em 1804 tornou-se ajudante de ordens do príncipe Augusto da Prússia. Demitiu-se do cargo que ocupava em 1811 como forma de protesto quando Napoleão forçava a Prússia a dar passagem a seu exército para invadir a Rússia. Esteve a serviço da Rússia entre 1812 e 1814. Escreveu *Vom Kriege* [Da guerra], obra publicada postumamente.

Clube Inglês: clube aristocrático de Moscou, fundado em 1770.

Compan, Jean Dominique (1769-1845): general francês. Logo após ser promovido a general, feriu-se na batalha de Austerlitz. Na campanha de 1812, lutou em Smolensk, Borodinó e Malo Iaroslávets.

Corvisart des Marets, barão Jean-Nicolas (1755-1821): professor, em 1797, no Collège de France, fez renome como cardiologista. Em 1804 foi nomeado médico de Napoleão e o acompanhou em todas as suas campanhas, inclusive em seu exílio em Santa Helena.

Czartoryski, príncipe Adam (1770-1861): estadista polonês. Íntimo de Alexandre no início de seu governo, tornou-se ministro do Exterior da Rússia entre 1804 e 1806. Acompanhou o imperador russo no Congresso de Viena.

Davídov: célebre família de nobres de Moscou.

Davout, Louis Nicolas, duque de Eckmühl (1770-1824): marechal francês. Homem de confiança de Napoleão. Célebre pela crueldade com seus subordinados.

Dessaix, Joseph Marie (1764-1834): general francês. Comandava uma divisão do Exército francês na campanha de 1812. Participou da batalha de Borodinó, foi ferido e passou o comando ao general Rapp.

Dezoito de Brumário: golpe de Estado que iniciou a ditadura napoleônica na França. Ao derrubarem o Diretório, os idealizadores do golpe criaram o Consulado, estabelecendo um novo governo no país. O general Napoleão Bonaparte assumiu o cargo de primeiro-cônsul.

Dokhtúrov, Dmítri Serguéievitch (1759-1816): general do Exército russo. Participou da Guerra Russo-Sueca (1788-90). Durante a campanha de 1805, comandou uma das colunas do Exército russo, destacando-se nas batalhas de Krems e de Austerlitz. Durante a campanha de 1812, defendeu Smolensk e destacou-se em Borodinó, liderando o segundo exército ocidental no lugar de Bagration.

Dolgorúkov, príncipe Iúri Vladímirovitch (1740-1830): general russo. Aristocrata dignitário na época da imperatriz Catarina II, foi membro do Conselho de Estado sob Paulo I, em 1799, e ajudante de ordens de Alexandre I.

Dórokhov, Ivan Semiónovitch (1762-1815): general russo e famoso guerrilheiro. Tomou parte nas campanhas da Turquia, de 1806 a 1807. Comandou, em 1812, uma das brigadas do primeiro exército e depois um destacamento de guerrilheiros, que se distinguiu durante a retirada dos franceses.

Duque d'Enghien, Louis Antoine Henri de Bourbon-Condé (1772-1804): príncipe e militar francês. Em 1804, tem seu nome ligado a um grupo de conspiradores, entre eles Jean-Victor Moreau, e é aprisionado em território germânico. Foi executado por ordem de Napoleão, ato que prejudicou a relação do imperador com o papa Pio VII e com a maior parte dos monarcas europeus.

Duroc, duque Gérard Christophe Miche (1772-1813): marechal francês. Considerado um dos poucos amigos de Napoleão, acompanhou-o em todas as suas campanhas, de 1805 a 1813.

Elizavieta Alekséievna (1779-1826): imperatriz da Rússia, mulher de Alexandre I.

Ermólov, Aleksei Petróvitch (1772-1861): general russo. Preso em 1799, sob acusação de conspiração contra o tsar, passou dois anos exilado até que Alexandre o restituiu ao Exército, em 1801. Durante a campanha de 1805 distinguiu-se em Amstetten e Austerlitz, e foi promovido a coronel em 1806. Tornou-se chefe do Estado-Maior do Exército na campanha de 1812.

Finlândia, guerra da: também conhecida como Guerra Russo-Sueca, foi um conflito ocorrido entre a Suécia e o Império russo em 1808-9. O território da Finlândia, até então pertencente à Suécia, tornou-se, em teoria, um grão-ducado autônomo ligado à Rússia. A ocupação da Finlândia interessava à Rússia pois afastaria Petersburgo da fronteira com outros países.

Francisco I (1768-1835): filho de Leopoldo II e de Maria Luísa de Bourbon, Francisco I da Áustria foi o último imperador do Sacro Império Romano-Germânico, desintegrado em 1806 em consequência das guerras napoleônicas. Sogro de Napoleão, aliou-se à Inglaterra e à Rússia contra ele. Depois da derrota de Napoleão em 1814 e, após o Congresso de Viena em 1815, Francisco recobrou grande parte de seus territórios.

Friedland, batalha de: travada em 1807 entre o exército de Napoleão e o russo, sob o comando de Bennigsen. Depois da vitória em Austerlitz, Napoleão enfrentou e derrotou o exército da Prússia na batalha de Iena, em 1806, e em 1807 os russos rumaram em direção à Prússia para juntar forças contra Napoleão, sendo interceptados e derrotados pelos franceses em Friedland. O tratado de Tilsit foi assinado, estabelecendo a paz entre franceses e russos e a promessa de Napoleão de não interferir no caso de uma invasão russa à Finlândia. A invasão ocorreu no ano seguinte, causando a guerra da Finlândia.

Gazeta de Hamburgo: periódico fundado em 1792, que informava o público russo a respeito dos principais acontecimentos europeus.

Glinka, Serguei Nikoláievitch (1775-1847): fundador de *O Mensageiro Russo*, publicação de tendência patriótica editada em Moscou de 1808 a 1822. Em 1812, quando Napoleão invadiu a Rússia, Glinka tornou-se um dos mais ativos e influentes oradores públicos, incentivando o povo a erguer-se contra os franceses.

Golítsin, príncipe Aleksandr Nikoláievitch (1773-1844): estadista russo, foi procurador-geral do Santo Sínodo em 1803 e ministro da Instrução Pública de 1816 a 1824.

Hardenberg, Karl August von Hardenberg (1750-1822): estadista prussiano, foi ministro do Exterior entre 1803 e 1806. Odiado por Napoleão, uma das condições dos termos de concessão para a Prússia pelo Tratado de Tilsit foi justamente a demissão de Hardenberg.

Haugwitz, conde Christian August Heinrich Curt von (1752-1832): estadista prussiano, foi ministro do Exterior em 1802. Indicou Hardenberg como seu sucessor.

Iena, batalha de: travada em 14 de outubro de 1806, em Iena, na Prússia, entre o exército de Napoleão e o da Prússia. A Prússia ficou sob o domínio de Napoleão até 1812.

Ismail: fortaleza turca no rio Danúbio. Durante a Guerra Russo-Turca de 1787-91, travada pelo Império Otomano na tentativa de recuperar os territórios perdidos para a Rússia na Guerra Russo-Turca de 1768-74, foi tomada de assalto pelo Exército russo em 1791, sob o comando de Suvórov e com a participação de Kutúzov.

Junot, Jean-Andoche, duque de Abrantès (1771-1813): general francês. Próximo a Napoleão desde 1793, foi afastado do Exército por este, em 1812, acusado de permitir a retirada do exército russo após a batalha de Smolensk.

Kaissárov, Paíssi Serguéievitch (1783-1844): general russo. Foi ajudante de ordens de Kutúzov durante a campanha e chefe de um destacamento de guerrilheiros em 1813.

Kamiénski, conde Nikolai Mikháilovitch (1777-1811): general russo. Na campanha de 1805 lutou sob as ordens de Buxhöwden. Distinguiu-se em Austerlitz, onde seu regimento sofreu enormes baixas e onde sobreviveu a uma bala de canhão que acertou seu cavalo. Em 1807, participou da campanha da Polônia. Em 1810, substituiu Bagration como comandante do Exército na Moldávia, na campanha contra os turcos.

Kamiénski, Mikhail Fedótovitch (1738-1809): marechal de campo russo. Destacou-se na Guerra Russo-Turca de 1769-74. Foi nomeado governador militar de Petersburgo em 1802 e demitido no mesmo ano. Por causa das divergências entre Buxhöwden e Bennigsen, Alexandre nomeou-o general em chefe do Exército russo, em 1806. Kamiénski serviu apenas por poucos dias devido a problemas de saúde. Morreu assassinado por seus servos.

Karamzin, Nikolai Mikháilovitch (1766-1826): escritor russo, autor de novelas sentimentais, das quais a mais célebre é *Pobre Liza*.

Kliutchariόv, Fiódor Petróvitch (1754-1820): escritor de tendência mística e franco-maçom. Funcionário dos correios a partir de 1799, indispôs-se com Rostoptchin por interceder em favor de Verecháguin e foi demitido sob acusação de difundir ideias martinistas. Alexandre I o nomeou senador em 1815.

Konovnítsin, Piotr Petróvitch (1764-1822): general russo. Na campanha de 1812 comandou uma divisão e depois a retaguarda do Exército russo, combatendo junto a Kutúzov em Tarútino, Malo Iaroslávets e Viazma. Foi ministro da Guerra de 1815 a 1819.

Konstantin Pavlovítch, grão-duque (1779-1822): irmão de Alexandre I. Comandante da guarda em 1805, participou da batalha de Austerlitz, regressando depois a Petersburgo. Esteve no início da campanha de 1812, mas foi afastado por Kutúzov.

Kotchubei, conde Viktor Pavlovítch (1768-1834): estadista russo. De 1802 a 1807, colaborou na elaboração das amplas reformas na administração pública do Império russo e foi ministro do Interior. Protetor de Speránski, em 1810 foi membro do Conselho de Estado.

Kozlóvski, Mikhail Timofiéievitch: comandante de um batalhão do regimento de Preobrajénski entre 1807 e 1810.

Krems, batalha de: vencida pelos russos, comandados por Kutúzov, em 11 de novembro de 1805 (30 de outubro no calendário juliano), a batalha conteve o avanço de Napoleão sobre Viena. Conhecida também como batalha Dürrestein.

Kurákin, Aleksandr Boríssovitch (1752-1818): diplomata russo, embaixador em Viena, de 1806 a 1808, depois em Paris, de 1808 a 1812.

Kutáissov, Aleksandr Ivánovitch (1784-1812): general russo. Destacou-se nas batalhas de 1806 a 1807. Entre 1809 e 1811 viajou pela Europa, aprendendo seis línguas e estudando artilharia. Em 1812, retornou ao Exército e foi comandante de artilharia. Morreu na batalha de Borodinó.

Kutúzov, príncipe Mikhail Ilariónovitch (1747-1813): figura central da resistência russa à invasão napoleônica. Filho de um general e senador, Kutúzov ingressou ainda jovem no Exército, lutando na Polônia, de 1764 a 1769. Entre 1770 e 1774, combateu os turcos e foi promovido a tenente-coronel, após perder um dos olhos durante uma batalha. Participou da Guerra Russo-Turca de 1787-91 e foi governador militar de Petersburgo entre 1801 e 802. Nomeado comandante em chefe em 1805, foi ferido levemente na batalha de Austerlitz e culpado pela derrota russa. Em 1812, Alexandre nomeou-o general em chefe do Exército. Depois da batalha de Borodinó, abandonou Moscou aos franceses, mesmo contra a pressão pública. Reorganizou o Exército e combateu os franceses em Tarútino, Malo Iaroslávets e Viazma. No início de 1813 foi contra a decisão de Alexandre de continuar a guerra na Alemanha.

Langeron, conde Alexandre Louis Andrault (1763-1831): após ter servido no Exército francês e emigrado por conta da Revolução Francesa, passou a servir na Rússia em 1790. Participou da batalha de Austerlitz.

Lannes, Jean, duque de Montebello (1769-1809): marechal francês. Apesar da origem humilde, teve grande ascensão no Exército francês, participando das batalhas de 1805-6, contra a Prússia e a Áustria, e da batalha de Pultusk. Morreu na batalha de Essling.

Larrey, Dominique-Jean (1766-1842): médico e cirurgião, acompanhou Napoleão em todas as campanhas da República e do Império.

Lauriston, conde Jacques Jean Alexandre Bernard Law de (1768-1828): marechal francês. Napoleão escolheu-o como ajudante de campo, em 1800. Participou das campanhas de 1805 e de 1809. Em 1811 foi nomeado embaixador em Petersburgo.

Lemarrois, Jean-Leonard-François (1776-1836): general francês. Ajudante de campo de Napoleão até 1814.

Leppich, Franz: holandês que, em 1812, construiu um grande balão de ar com o intuito de destruir o exército de Napoleão.

Lichtenstein, príncipe Johann-Joseph de (1769-1836): marechal de campo austríaco. Liderou as forças austríacas na batalha de Austerlitz. Comandante de um corpo do Exército em 1809, lutou nas batalhas de Essling e Wagram. Participou da assinatura do tratado de Schönbrunn.

Ligne, Charles Joseph, príncipe de (1735-1814): político e escritor belga a serviço da Áustria. Morou na Rússia no tempo de Catarina II.

Lopukhin, príncipe Piotr Vassílievitch (1753-1827): governador de Iaroslavl e de Vologda, no reinado de Catarina II; ministro da Justiça no reinado de Alexandre I, de 1803 a 1810; presidente do Conselho de Estado e do Conselho de Ministros.

Mack von Leiberich, Karl (1752-1828): general austríaco, rendeu-se a Napoleão quando se viu cercado pelo Exército francês em Ulm. Essa derrota fez com que fosse levado à corte marcial e condenado a dois anos de prisão.

Magnítski, Mikhail Leontievitch (1778-1855): diretor do comitê do estatuto militar e amigo de Speránski. Fez sua carreira graças à proteção de Araktchéiev e do príncipe Golítsin.

Malo Iaroslávets, batalha de: travada entre russos e franceses em 24 de outubro de 1812 (12 de outubro no calendário juliano), em Malo Iaroslávets, distrito da província de Kaluga, durante a retirada do Exército francês. A cidade ficou em poder dos franceses, que depois tiveram que bater em retirada pela antiga estrada de Smolensk.

Mamónov, conde Aleksandr Matviéievitch Dmítriev (1758-1803): franco-maçom. Montou por conta própria, em 1812, um regimento de cavalaria. O regimento de Mamónov se distinguiu nos combates de Tarútino e de Malo Iaroslávets.

Maria Fiódorovna (1759-1828): imperatriz-mãe da Rússia. Nascida princesa de Württemberg, foi a segunda esposa do imperador Paulo I e mãe do imperador Alexandre I.

Markóv, conde Arkádi Ivánovitch (1747-1827): diplomata russo, foi embaixador em Haia, Estocolmo e Paris; de onde foi revocado a pedido de Napoleão.

Metternich, Klemens Wenzel von (1773-1859): diplomata e estadista austríaco, foi ministro do Exterior de 1809 a 1847. Presidiu o Congresso de Viena e, após a queda de Napoleão, foi um dos grandes apoiadores dos Bourbon na França.

Michaux, Alexandre, conde de Beauretour (1771-1841): coronel francês, passou do serviço da Sardenha ao da Rússia em 1805. Em 1812, foi enviado por Kutúzov para anunciar a Alexandre I o abandono de Moscou.

Milorádovitch, Mikhail Andréievitch (1771-1825): general russo, participou das batalhas de 1805 e 1806, distinguindo-se em Amstetten e na batalha de Krems. Foi governador militar de Kiev, em 1810-2, e comandou ora a vanguarda, ora a retaguarda russa, em 1812-3. Em seguida tornou-se governador de Petersburgo (1813) e foi membro do Conselho de Estado (1818).

Moreau, Jean-Victor (1763-1813): general francês. Inicialmente aliado de Napoleão, auxiliou-o durante o golpe de Estado e lutou na campanha da Itália. Tornou-se seu rival e foi exilado nos Estados Unidos. Regressou à Europa em 1813, foi apresentado por Bernadotte ao tsar e tomou parte nas derradeiras campanhas contra os franceses.

Mortier, Edouard-Adolphe Casimir, duque de Treviso (1768-1835): marechal da França. Participou de quase todas as campanhas da Revolução e do Império. Comandava uma divisão na batalha de Krems, que foi vencida por Kutúzov. Entre 1812 e 1813, comandou a guarda imperial francesa.

Mouton-Duvernet, Régis Barthélemy (1770-1816): general francês. Participou de todas as guerras da Revolução e do Império, distinguindo-se na campanha da Itália. No conselho de guerra realizado após a batalha de Malo Iaroslávets, apoiou a retirada imediata do Exército francês. Foi fuzilado em 1816, na época da Restauração.

Murat, Joachim (1767-1815): general francês, nomeado rei de Nápoles por Napoleão. Casou-se com Caroline Bonaparte, irmã mais nova do imperador.

Naríchkin, Aleksandr Lvóvitch (1760-1826): diretor dos teatros imperiais da Rússia, de 1799 a 1819.

Ney, Michel, duque de Elchingen (1769-1815): marechal francês. Apelidado de "o bravo dos bravos" por Napoleão, participou de inúmeras batalhas, entre elas Iena, Friedland e Ulm. Na campanha de 1812 lutou em Borodinó. Durante a retirada de Moscou comandou a retaguarda francesa, recebendo a alcunha de "o último francês em solo russo".

Novossíltsev, conde Nikolai Nikoláievitch (1761-1836): estadista russo. Curador do distrito escolar de Petersburgo, de 1803 a 1804, e presidente da Academia das Ciências. Executou várias missões diplomáticas, de 1805 a 1806. Foi nomeado, em 1813, presidente do Conselho Provisório, criado para administração do grão-ducado de Varsóvia. Membro, e depois presidente, do Conselho de Estado e do Conselho de Ministros.

O mensageiro russo: *ver* Glinka, Serguei Nikoláievitch.

Oldenburg, duque Jorge de (1784-1812): nobre alemão. Em janeiro de 1811, Napoleão apropriou-se do ducado de Oldenburg. Como o duque era casado com a irmã de Alexandre I, o ato foi visto como uma grande afronta pelos russos, sendo um dos muitos fatores que levaram ao desentendimento do tsar russo com o imperador francês. O ducado foi devolvido à família após a derrota de Napoleão.

Orlóv-Deníssov, Vassíli Vassílievitch, (1775-1843): general russo. Filho do primeiro general cossaco a receber o título de conde na Rússia, entrou para o Exército em 1789. Tornou-se coronel em 1799. Participou da campanha da Polônia em 1807 e das operações na Finlândia em 1808-9. Lutou em quase todas as batalhas da campanha de 1812, destacando-se em Tarútino.

Osterman-Tolstói, conde Aleksandr Ivánovitch (1772-1857): general russo. Entrou para o regimento de Preobrajénski em 1774. Participou da Guerra Russo-Turca de 1787-91 e das principais batalhas de 1805-9. Em 1812, comandou o quarto corpo do primeiro exército ocidental. Participou da batalha de Borodinó, onde foi seriamente ferido, retornando ao Exército em 1813.

Otchákov, sítio de: tomada da fortaleza turca de Otchákov, na embocadura do Dniepr, pelo Exército russo sob o comando de Suvórov, em 1788, durante a Guerra Russo-Turca de 1787-91.

Oudinot, Nicolas Charles Marie, duque de Reggio (1767-1847): marechal francês. Comandava um corpo de granadeiros nas campanhas de 1805 e 1806.

Pahlen, conde Fiódor Petróvitch (1780-1863): diplomata russo e conselheiro secreto. Foi embaixador da Rússia em Washington e membro do Conselho de Estado.

Paulo I, Pável Petróvitch (1754-1801): pai de Alexandre I e filho de Catarina II, foi imperador da Rússia entre 1796 e 1801. Considerado autoritário, foi assassinado por um grupo de oficiais descontentes.

Paulucci, Filippo Ossípovitch, marquês (1779-1849): general ajudante de campo. Nascido em uma família de marqueses em Modena, lutou contra os franceses em 1794. Entre 1801 e 1806 serviu em Nápoles e juntou-se, brevemente, ao Exército francês em 1806. Em 1807, entrou para o Exército russo. Em 1812, foi chefe do Estado-Maior do primeiro exército. Retornou à Itália em 1830.

Pfuhl, Karl Ludwig August Friedrich von (1757-1826): general e teórico militar prussiano. Serviu no Exército da Prússia, de 1779 a 1806, e foi um dos autores do plano de guerra que culminou com a derrota do Exército prussiano para Napoleão em Iena e Auerstadt. Passou para o serviço da Rússia em 1807 e traçou, em 1812, a pedido de Alexandre I, o plano das operações contra Napoleão.

Plátov, Matviei Ivánovitch (1753-1818): general russo. Nascido em uma família de cossacos, lutou na Guerra Russo-Turca de 1787-91 e nas campanhas de 1806 e 1807, na Polônia.

Em 1812 comandou um exército de cossacos e apoiou o general Bagration durante as batalhas. Em Borodinó liderou um ataque da cavalaria contra o flanco esquerdo dos franceses. Distinguiu-se ao liderar as tropas cossacas durante a retirada francesa.

Poniatowsky, príncipe Józef (1763-1813): general polonês. Sobrinho do rei da Polônia, foi ministro da Guerra do grão-ducado de Varsóvia em 1807. Participou da campanha de Napoleão na Rússia, em 1812, como comandante de um corpo do Exército polonês.

Potiómkin, Grigóri Aleksándrovitch (1739-91): general e político russo. Muito influente no reinado da tsarina Catarina II, a Grande, de quem foi amante por muitos anos. Participou da Guerra Russo-Turca de 1768-74.

Preobrajénski, regimento de: um dos dois primeiros regimentos de infantaria da guarda russa, ao lado do regimento de Semiónov. Formado em 1687 por Pedro, o Grande.

Pultusk, batalha de: travada entre os russos, sob o comando de Bennigsen, e os franceses, sob o comando de Lannes, em 26 de dezembro de 1806 (13 de dezembro no calendário juliano), perto da cidade de Pultusk, na Polônia. Os russos resistiram aos ataques franceses e se retiraram no dia seguinte.

Raiévski, Nikolai Nikoláievitch (1771-1829): general russo. Comandou o sétimo corpo de infantaria do exército de Bagration, no início da campanha de 1812. Na batalha de Borodinó, comandava o reduto no centro da posição russa, que recebeu o nome de reduto Raiévski. Participou das batalhas de Tarútino e Malo Iaroslávets.

Rapp, conde Jean (1773-1821): general francês. Destacou-se na campanha do Egito, em 1798, e tornou-se ajudante de campo de Napoleão em 1800 (posto que ocupou até 1814). Destacou-se na batalha de Austerlitz e salvou Napoleão de um atentado em 1809, em Viena, durante a assinatura do tratado de Schönbrunn. Participou da campanha de 1812 e foi ferido na batalha de Borodinó. Salvou a vida de Napoleão uma segunda vez, repelindo um ataque de cossacos durante a retirada francesa, e feriu-se novamente na travessia do rio Bereziná.

Razumóvski, príncipe Andrei Kirílovitch (1752-1836): diplomata russo. Em 1792, foi nomeado embaixador russo em Viena, um dos postos diplomáticos mais importantes durante a era napoleônica. Teve papel fundamental no Congresso de Viena, assegurando os direitos da Rússia sobre a Polônia. Ficou conhecido em Viena por encomendar a Beethoven, em 1806, a composição de três quartetos de corda com temas russos. Beethoven, em vez disso, incluiu temas ucranianos nos dois primeiros da série *Quartetos de Corda 7-9, Opus 59 — "Razumovsky"*.

Repnin, Nikolai Grigoriévitch Repnin-Volkónski, príncipe (1778-1845): general russo. Em 1805 liderou um esquadrão em Austerlitz onde foi seriamente ferido e capturado. Libertado semanas depois foi condecorado por sua bravura nessa batalha. Em 1812 liderou a nona divisão de cavalaria. Em 1815 participou do Congresso de Viena.

Rostoptchin, Fiódor Vassílievitch (1763-1826): estadista russo. Favorito de Paulo I, teve grande influência sobre o imperador, que o nomeou ministro do Exterior. Em 1799, recebeu o título de conde. Foi governador-geral de Moscou, de 1812 a 1814, e mandou imprimir, em 1812, panfletos patrióticos que ele próprio redigia, incitando a população de Moscou a defender a cidade dos franceses. Em 1815 acompanhou o imperador Alexandre I no Congresso de Viena. Foi culpado pelos incêndios de Moscou e exilado, logo após o Congresso, retornando à Rússia somente em 1825.

Ruchuk: fortaleza turca situada na margem direita do rio Danúbio. Durante a Guerra Russo--Turca de 1806-12, foi sitiada pelas tropas russas. Em julho de 1810, Kamiénski finalmente conquistou-a, trazendo grandes perdas para o Exército russo.

Rumiántsev, Nikolai Petróvitch (1754-1826): estadista russo. Senador e ministro do Comércio no reinado de Paulo I, foi depois ministro do Exterior e chanceler no reinado de Alexandre I.

Santa Aliança: aliança realizada, em 1815, entre Rússia, Prússia e Áustria com o intuito de assegurar a realização das medidas aprovadas no Congresso de Viena (1815), bem como impedir o avanço das ideias nacionalistas e constitucionalistas e combater as revoltas liberais.

Santo Sínodo: colegiado eclesiástico, criado por Pedro, o Grande, em 1721, que tinha sob sua alçada todos os assuntos espirituais. Composto de metropolitas, arcebispos e bispos designados pelo tsar. Tolstói foi excomungado por ele em 1901.

Savary, Anne-Jean-Marie-René, duque de Rovigo (1774-1833): general francês. Ajudante de campo e homem de confiança de Napoleão, a partir de 1800. Participou das campanhas de 1805 e 1807 como general de divisão.

Schmidt, general Heinrich (1743-1805): militar austríaco. Foi ajudante de Kutúzov em 1805. Morreu na batalha de Krems.

Schwartz, Fiódor Efimovitch: coronel alemão, comandante do regimento de Semiónov. Os castigos corporais e as humilhações que impunha aos soldados culminaram numa revolta, em 1820, e na consequente dissolução do regimento.

Schönbrunn, tratado de: tratado assinado pela França e pela Áustria em 14 de outubro de 1809, em Viena. Nele, a Áustria reconhecia as conquistas anteriores de Napoleão sobre outros países.

Schwartzenberg, Karl Philipp (1771-1820): marechal de campo austríaco. Em 1805 lutou em Ulm, sob as ordens de Mack. Foi embaixador em Petersburgo em 1808. Comandou um corpo do Exército austríaco em 1812. Em 1813, quando a Áustria ficou do lado dos aliados contra Napoleão, Schwartzenberg foi nomeado comandante em chefe do Exército da Boêmia.

Sébastiani, Horace (1775-1851): conde e marechal francês. Participou da batalha de Austerlitz e foi nomeado embaixador em Constantinopla, em 1806. Comandou uma divisão de cavalaria na batalha de Borodinó e foi um dos primeiros comandantes franceses a entrar em Moscou.

Semiónov, regimento de: um dos primeiros regimentos de infantaria da guarda russa, criado por Pedro, o Grande, ao lado do regimento de Preobrajénski. Revoltou-se em 1820, para protestar contra os castigos corporais infligidos pelo coronel Schwartz.

Seslávin, Alexander Nikítitch (1780-1858): general russo. Durante a campanha de 1805, serviu no exército do conde Tolstói. Em 1807, participou da campanha da Polônia. Combateu os turcos em 1810; em 1812 participou das batalhas em Smolensk e Borodinó e comandou um destacamento independente de guerrilheiros. Descobriu que os franceses haviam deixado Moscou tomando a estrada de Kaluga e os perseguiu com seu grupo.

Sociedade Bíblica: sociedade para difusão da Bíblia, fundada em Petersburgo em 1813, com numerosas ramificações em outras cidades russas. Sua atividade foi encorajada por Alexandre I, que dela era membro. Em 1824 o governo mudou subitamente de atitude e ela foi interditada por decreto de Nicolau I.

Speránski, conde Mikhail Mikháilovitch (1772-1839): estadista russo de ideias reformistas, considerado o pai do liberalismo russo. Foi encarregado por Alexandre I de redigir um projeto de Constituição. Durante muito tempo foi o principal conselheiro de Alexandre até que, em 1812, acusado de traição por pessoas próximas ao imperador, como Armfeldt e Rostoptchin, foi exilado em Níjni-Nóvgorod.

Stein, Heinrich-Friedrich-Karl (1757-1831): ministro e reformador prussiano, exilado da Alemanha por Napoleão.

Strógonov, Pável Aleksándrovitch (1774-1817): general e senador russo. Entrou para o Exército em 1779 e entre 1781 e 1790 viajou pela Rússia e pela França, onde testemunhou os eventos da Revolução Francesa. Em 1790 frequentou o Clube Jacobino e, por esse motivo, foi chamado à Rússia onde ficou sob vigilância em uma propriedade próxima a Moscou. Sob Paulo I, em 1792, tornou-se *junker*. Quando Alexandre assumiu o trono, Strógonov tornou-se seu confidente e convenceu-o da urgência de outorgar uma Constituição. Tornou-se senador em 1802. Durante a campanha de 1805, acompanhou Alexandre em Austerlitz e em 1812 lutou em Borodinó.

Suvórov, Aleksandr Vassílievitch (1729-1800): generalíssimo do Exército russo. Participou da Guerra dos Sete Anos, entre 1757 e 1763, e da guerra contra os turcos em 1773-4. Em 1799, esteve nas campanhas da Itália e da Suíça contra a França, à frente do exército austro-russo. Cercado nos Alpes, realizou a travessia destes, fato que o tornaria um dos mais famosos militares russos. Morreu em 1800, em Petersburgo.

Tarútino, batalha de: após a retirada de Moscou, o exército russo estabeleceu um acampamento em Tarútino, na província de Kaluga. Nesse mesmo local, no dia 18 de outubro de 1812 (6 de outubro no calendário juliano), travou-se uma batalha entre a vanguarda do exército francês, sob o comando de Murat, e o exército russo, sob o comando de Bennigsen.

Tcherníchev, Alexander Ivánovitch (1786-1857): general e estadista russo. Participou das campanhas de 1805 e 1807, distinguindo-se em Austerlitz e Friedland. Em 1808 foi enviado à França para uma série de missões diplomáticas e tornou-se próximo de Napoleão, para quem serviu em numerosas missões diplomáticas entre 1810 e 1811, tornando-se o principal espião russo em Paris. Obteve alguns dos planos franceses de invasão à Rússia e deixou a França em 1811, quando foi descoberto. Em 1812 comandou um destacamento de cavalaria na perseguição aos franceses. Foi ministro da Guerra, de 1827 a 1852, e presidente do Conselho de Estado em 1848.

Tchitchagóv, Pável Vassílievitch (1767-1849): ministro da Marinha e membro do Conselho de Estado no reinado de Alexandre I. Comandante da frota do mar Negro, em 1811. Encarregado por Alexandre I de perseguir o exército francês em retirada, permitiu que os franceses atravessassem o Bereziná, em novembro de 1812. Apesar de Kutúzov e Wittgenstein terem assumido parte da culpa, foi quase acusado de crime de alta traição por conta do fracasso da operação.

Tilsit, tratado de: assinado em 7 de julho de 1807 (25 de junho no calendário juliano), por Napoleão e Alexandre, estabeleceu a paz entre os dois países após a batalha de Friedland. Em 9 de julho (27 de junho no calendário juliano), o governo da Prússia assinou com o governo francês o mesmo tratado e perdeu quase metade de seu território.

Toll, capitão Karl Fiódorovitch (1777-1842): general russo. Participou da campanha de 1805 e de ações contra os turcos em 1806. Combateu em Borodinó, apoiou a decisão de abandonar Moscou e lutou em várias das batalhas seguintes, como Tarútino e Malo Iaroslávets. Tornou-se membro do Conselho de Estado e chefe do Exército, em 1830.

Tolstói, conde: general russo. Participou das campanhas de 1805.

Tormássov, Aleksandr Petróvitch (1752-1819): participou da Guerra Russo-Turca, de 1787-91. Em 1799, foi afastado do Exército pelo imperador Paulo I, voltando a servir um ano depois. Em 1812, comandou o terceiro exército ocidental, e em 1814 foi nomeado governador-geral de Moscou, no lugar de Rostoptchin.

Uvárov, Fiódor Petróvitch (1773-1824): general russo. Destacou-se liderando a cavalaria russa durante a batalha de Austerlitz, em 1805. Em 1807 participou da batalha de Friedland. Em 1812, durante a batalha de Borodinó, atacou, junto com Plátov, o flanco esquerdo do exército de Napoleão.

Verecháguin, Mikhail Nikoláievitch (1790-1812): filho de um negociante de Moscou, traduziu para o russo dois artigos da *Gazeta de Hamburgo* a respeito de Napoleão e foi acusado por Rostoptchin de crime de alta traição. Condenado a trabalhos forçados por toda a vida, foi entregue à multidão no dia da entrada dos franceses em Moscou e morto por ela.

Viázemski, príncipe Andrei Ivánovitch (1750-1807): conselheiro de Estado moscovita, frequentador do Clube Inglês e pai do escritor Piotr Andréievitch Viázemski.

Viazma, batalha de: travada em outubro de 1812, em Viazma, sede de distrito da província de Smolensk, entre o exército francês, que batia em retirada de Moscou, e a vanguarda do exército russo, comandada por Milorádovicth e Plátov.

Viazmitínov, conde Serguei Kuzmitch (1749-1819): administrador russo e governador-geral de Petersburgo em 1805, 1812 e 1816. Foi presidente do Conselho de Ministros.

Villiers: famoso médico de origem escocesa. Acompanhou Alexandre I em todas as suas campanhas, viagens e congressos.

Vinesse: célebre miniaturista. Vivia em Petersburgo em 1812.

Volkónski, príncipe Piotr Mikháilovitch (1776-1852): marechal de campo russo. Foi general ajudante de campo em 1805, primeiro no exército de Buxhöwden, depois no de Kutúzov, destacando-se em Austerlitz. Fez parte da escolta de Alexandre I, em 1812, quando o tsar esteve no Exército.

Weyrother, Franz von (1755-1806): general austríaco e teórico militar. Graças à intervenção de Kutúzov, foi nomeado chefe do Estado-Maior do Exército austríaco. Redigiu o plano da batalha de Austerlitz.

Wimpfen, Max (1770-1851): general austríaco. Participou da campanha de 1805, sob as ordens de Kutúzov.

Wintzingerode, Ferdinand Fiódorovitch (1770-1818): general e diplomata austríaco a serviço dos russos. Na campanha de 1805 distinguiu-se na batalha de Krems. Em 1812, durante a ocupação francesa, foi a Moscou para negociar com os franceses e tentar impedir que destruíssem o Krêmlin. Foi detido por eles e resgatado por cossacos perto de Vilna.

Wittgenstein, Piotr Khristiánovitch (1769-1843): marechal de campo russo, de origem prussiana. Participou da campanha de 1805, lutando em Amstetten e Austerlitz. Participou do início da Guerra Russo-Turca de 1806-12. Na campanha de 1812, comandou um corpo do Exército que defendia as estradas para Petersburgo, tornando-se conhecido como o "herói de Petropol". Assumiu, por um breve período, o comando do Exército russo, após a morte de Kutúzov, sendo substituído por Barclay de Tolly.

Woltzogen, Ludwig-Justus, barão de (1774-1845): general prussiano. Teórico militar, passou ao serviço da Rússia em 1807. Traçou, junto com Pfuhl, o plano da campanha de 1812. Acusado de traição pelos círculos militares russos.

Wrbna, conde Rudolph (1761-1823): estadista austríaco. Serviu de intermediário nas negociações entre o governo austríaco e o francês quando Viena foi tomada por Napoleão.

Württemberg, duque Aleksandr Friedrich von (1771-1833): irmão de Maria Fiódorovna e primeiro rei de Württemberg. Na campanha de 1812, lutou em Smolensk, Borodinó, Tarútino, Malo Iaroslávets e outras batalhas.

Zúbov, conde Platon Aleksándrovitch (1767-1822): favorito de Catarina II.

MAPAS

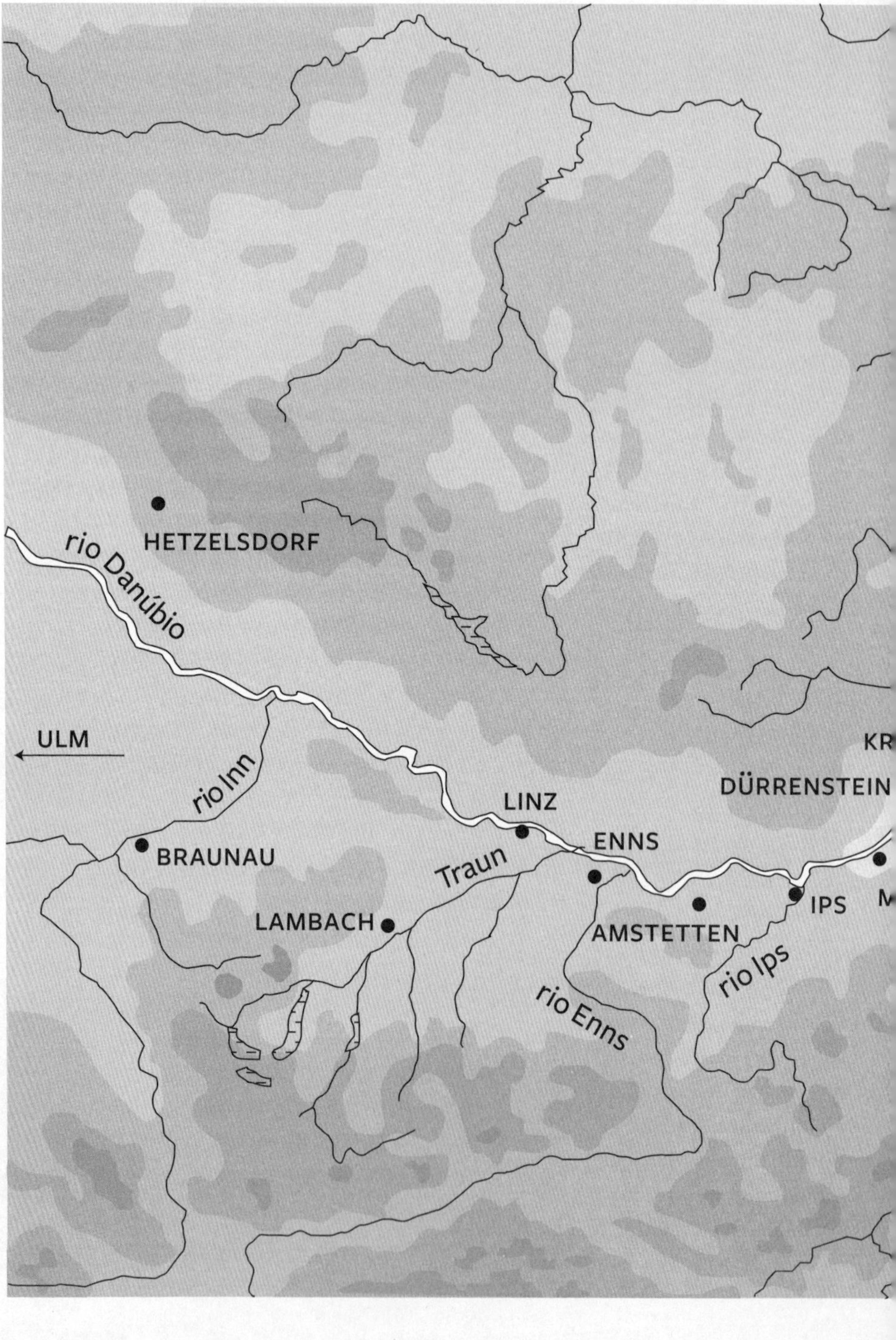
HETZELSDORF
rio Danúbio
ULM
rio Inn
LINZ
DÜRRENSTEIN
ENNS
BRAUNAU
Traun
LAMBACH
AMSTETTEN
IPS
rio Enns
rio Ips

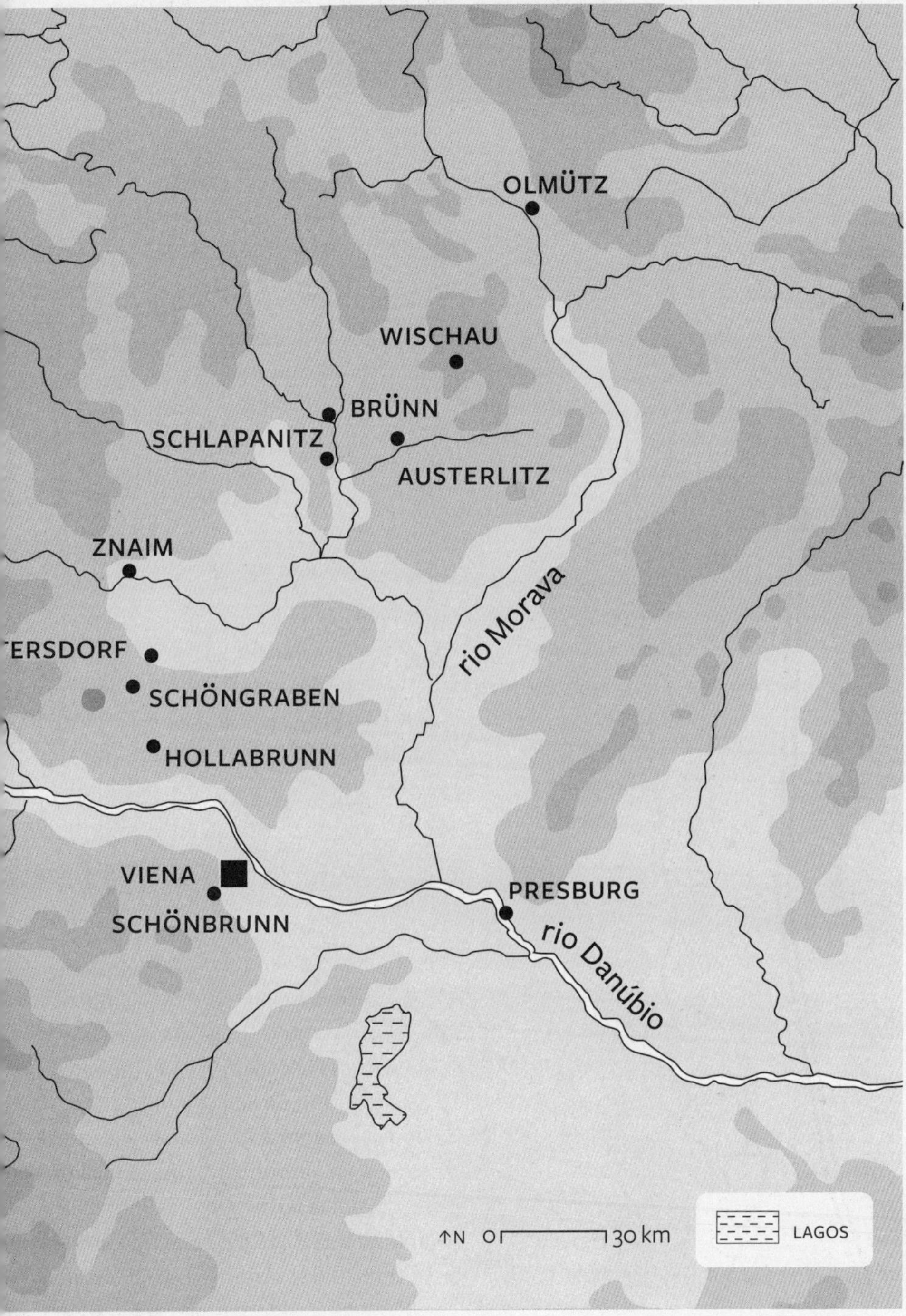
OLMÜTZ
WISCHAU
BRÜNN
SCHLAPANITZ
AUSTERLITZ
ZNAIM
rio Morava
ERSDORF
SCHÖNGRABEN
HOLLABRUNN
VIENA
SCHÖNBRUNN
PRESBURG
rio Danúbio
↑N 0 30 km
LAGOS

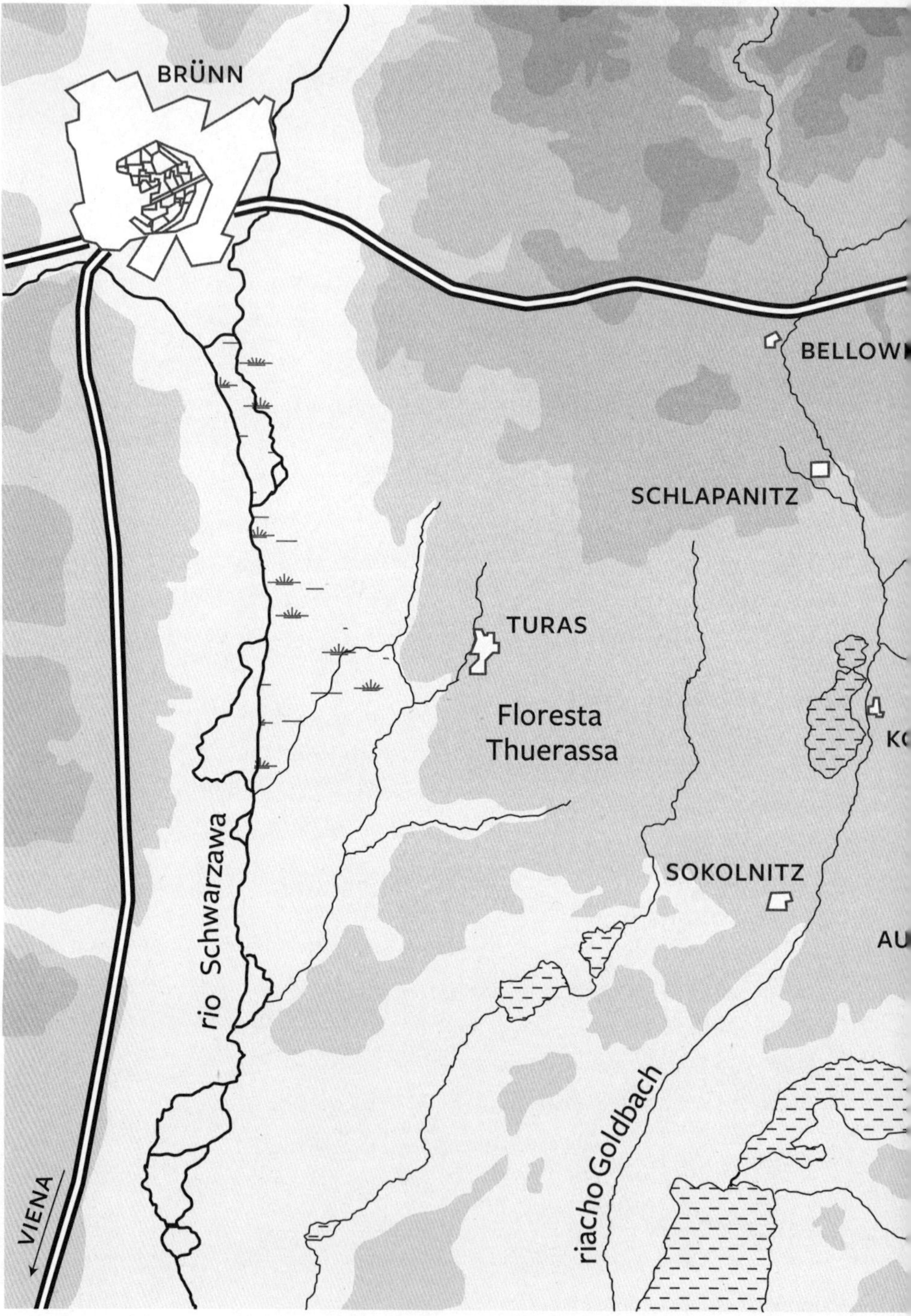
BRÜNN
BELLOW
SCHLAPANITZ
TURAS
Floresta Thuerassa
SOKOLNITZ
rio Schwarzawa
riacho Goldbach
VIENA

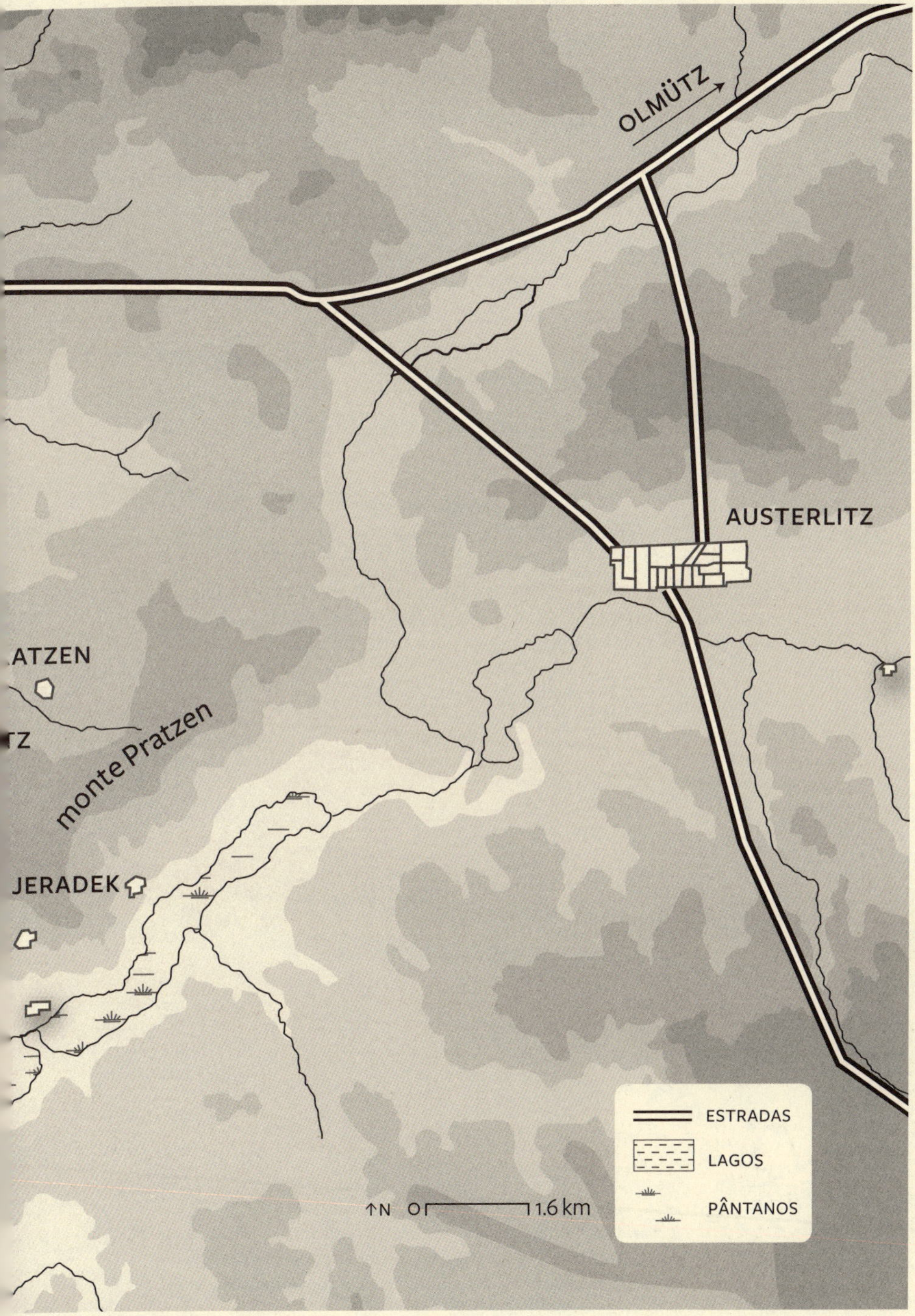
OLMÜTZ
AUSTERLITZ
ATZEN
TZ
monte Pratzen
JERADEK
ESTRADAS
LAGOS
PÂNTANOS
N
0
1.6 km

1ª EDIÇÃO [2017] 10 reimpressões

ESTA OBRA FOI COMPOSTA PELA SPRESS EM LYON E IMPRESSA EM OFSETE PELA GEOGRÁFICA SOBRE PAPEL PÓLEN DA SUZANO S.A. PARA A EDITORA SCHWARCZ EM JUNHO DE 2025

FSC www.fsc.org MISTO Papel | Apoiando o manejo florestal responsável FSC® C019498

A marca FSC® é a garantia de que a madeira utilizada na fabricação do papel deste livro provém de florestas que foram gerenciadas de maneira ambientalmente correta, socialmente justa e economicamente viável, além de outras fontes de origem controlada.

Она подошла ближе и съ невольнымъ любопытствомъ остановилась у крыльца. Три человѣка выносили какое то безжизненное тѣло. Какъ ни страшно было Сони, она не могла не подвинуться, чтобы поглядѣть въ лицо выносимому человѣку. Она увидала мертвое лицо человѣка съ закрытыми глазами, какъ рыба дышащаго, отворяющаго и закрывающаго ротъ, и человѣкъ этотъ былъ страшно близкій знакомый человѣкъ. Она ухватилась за плечо Мавры Кузминишны, стоявшей передъ ней и рыдая проговорила:

— Кто это?

— Самый нашъ женихъ бывшій. Князь, вздыхая отвѣтила Мавра Кузминишна.

Соня заглянула еще разъ въ лицо князя Андрея и помертвѣла также какъ и лицо раненнаго. Она побѣжала къ графинѣ.

— Maman, сказала она — князь Андрей здѣсь, раненный. Онъ ѣдетъ съ нами.

Наташа не знаетъ еще.

Графиня ничего не отвѣчала и опустила голову. — Что намъ дѣлать, maman?

— Это, что въ флигелѣ?

— Да.

Графиня обняла Соню и заплакала.

— Пути Господни неисповѣдимы, думала она, чувствуя что во всемъ, что дѣлалось теперь, начинала выступать это всемогущая рука скрывавшаяся прежде отъ взгляда людей.

— Ну, мама, все готово. О чемъ вы?.. спросила съ оживленнымъ лицомъ Наташа вбѣгая въ комнату.

— Ни о чемъ, сказала графиня. — Готово, такъ поѣдемъ. — Графиня встала и вышла съ домашними изъ опустѣвшей комнаты въ образную. Соня обняла Наташу и поцѣловала ее.

Наташа вопросительно взглянула на нее.

— Что ты? Что такое случилось?

— Ничего... нѣтъ...

— Очень дурное для меня?... Что такое?

Соня вздохнула и ничего не отвѣчала. Графъ и Петя вошли въ образную и когда графиня встала съ земного поклона, она заплакала и графъ тоже.

На крыльцѣ и на дворѣ люди уѣзжавшіе съ кинжалами и саблями, которыми ихъ вооружилъ Петя, прощались съ тѣми, которые оставались.

Поѣздъ съ раненными частью выѣхалъ, частью съѣзжалъ со двора.

Коляска съ княземъ Андреемъ ѣхала впереди.

Странно сказать, Наташа рѣдко испытывала столь радостное чувство какъ то, которое она испытывала теперь, сидя въ каретѣ подлѣ графини и глядя на медленно продвигавшіяся мимо ея сцены оставляемой, встревоженной Москвы. Она изрѣдка высовывалась въ окно кареты и глядѣ-

LIEV TOLSTÓI
GUERRA E PAZ

TRADUÇÃO REVISTA, APRESENTAÇÃO E NOTAS
Rubens Figueiredo

POSFÁCIOS
Liev Tolstói e *Isaiah Berlin*

10ª reimpressão

COMPANHIA DAS LETRAS

Grafia atualizada segundo o Acordo Ortográfico da Língua Portuguesa de 1990, que entrou em vigor no Brasil em 2009.

Título original
Война и мир

Capa e projeto gráfico
Kiko Farkas e Ana Lobo/ Máquina Estúdio

Ilustração de capa
Kiko Farkas/ Máquina Estúdio

Crédito da guarda
Manuscritos de Liev Tolstói, Tomo 3, Terceira Parte, capítulo XVII, do volume 16 das *Obras Completas* em 90 volumes. Moscou: Editora estatal de literatura artística, 1955.

Mapas
Sonia Vaz

Revisão
Huendel Viana
Jane Pessoa

Dados Internacionais de Catalogação na Publicação (CIP)
(Câmara Brasileira do Livro, SP, Brasil)

Tolstói, Liev, 1828-1910
Guerra e paz / Liev Tolstói; tradução revista, apresentação e notas Rubens Figueiredo ; posfácios Liev Tolstói, Isaiah Berlin. — 1ª ed. — São Paulo : Companhia das Letras, 2017.

Título original : Война и мир.

ISBN 978-85-359-3004-7

1. Romance russo I. Figueiredo, Rubens. II. Berlin, Isaiah III. Título.

17-07975 CDD-891.73

Índice para catálogo sistemático:
1. Romance : Literatura russa 891.73

EDITORA SCHWARCZ S.A.
Rua Bandeira Paulista, 702, cj. 32
04532-002 — São Paulo — SP
Telefone: (11) 3707-3500
www.companhiadasletras.com.br
www.blogdacompanhia.com.br
facebook.com/companhiadasletras
instagram.com/companhiadasletras
twitter.com/cialetras

GUERRA E PAZ
VOLUME DOIS

Volume 1

Volume 2

TOMO TRÊS

PRIMEIRA PARTE

I

A partir do fim de 1811, teve início um armamento intenso e uma concentração de forças da Europa Ocidental, e no ano de 1812 essas forças — milhões de pessoas (contando aqueles que transportavam e alimentavam as tropas) — deslocaram-se do Ocidente para o Oriente, rumo às fronteiras da Rússia, para onde também, justamente a partir do ano de 1811, se encaminharam as forças da Rússia. No dia 12 de junho, as forças da Europa Ocidental atravessaram as fronteiras da Rússia, e começou a guerra, ou seja, teve lugar um acontecimento contrário à razão humana e a toda a natureza humana. Milhões de pessoas praticaram, umas contra as outras, uma quantidade tão inumerável de crimes, embustes, traições, roubos, fraudes, falsificações de dinheiro, pilhagens, incêndios e assassinatos, como não se encontra nos autos de todos os tribunais do mundo em séculos inteiros, e, naquele período, as pessoas que agiam assim não consideravam que nada disso fosse um crime.

O que produziu tal acontecimento extraordinário? Quais foram suas causas? Os historiadores dizem, com uma segurança ingênua, que as causas de tal acontecimento foram a afronta imposta ao duque de Oldenburg, a desobediência ao Sistema Continental,[1] a ambição de Napoleão, a tenacidade de Alexandre, os erros dos diplomatas etc.

Em consequência, bastaria apenas que Metternich, Rumiántsev ou Taleyrand, entre uma recepção e uma festa, fizessem gentilmente o esforço de redigir um bilhete habilidoso, ou que Napoleão escrevesse para Alexandre: *Monsieur mon frère, je consens à rendre le duché au duc d'Oldenbourg*[2] — e não haveria guerra.

É compreensível que a questão se apresentasse assim para os contemporâneos. É compreensível que Napoleão achasse que a causa da guerra eram as intrigas da

---

1 Sistema Continental ou Bloqueio Continental: proibição de todo comércio com a Inglaterra, decretada por Napoleão em 1806, e fechamento de todos os portos europeus aos navios ingleses.

2 Francês: "Senhor meu irmão, eu consinto em entregar o ducado ao duque de Oldenburg".

Inglaterra (como ele disse na ilha de Santa Helena);[3] é compreensível que, aos membros do Parlamento inglês, parecesse que a causa da guerra era a ambição de Napoleão; que ao duque de Oldenburg parecesse que a causa da guerra era a violência praticada contra ele; que aos comerciantes parecesse que a causa da guerra era o Sistema Continental, que estava levando a Europa à ruína; que aos velhos soldados e aos generais parecesse que a causa principal da guerra era a necessidade de pôr todos eles em atividade; aos legitimistas daquele tempo, que era necessário restaurar *les bons principes*,[4] e aos diplomatas daquele tempo, que tudo resultava do fato de que não se teve a necessária habilidade para manter escondida de Napoleão a aliança selada entre a Rússia e a Áustria em 1809[5] e que o memorando nº 178 fora escrito de maneira canhestra. É compreensível que essas, bem como uma quantidade inumerável e infinita de causas, cuja quantidade depende das inúmeras diferenças de ponto de vista, se apresentassem aos contemporâneos; mas para nós, a posteridade, que contemplamos a imensidão dos acontecimentos em todo o seu volume e sondamos o seu sentido simples e terrível, tais causas parecem insuficientes. Para nós, não é compreensível que milhões de pessoas cristãs tenham matado e martirizado umas às outras porque Napoleão era ambicioso, Alexandre era obstinado, a política da Inglaterra era astuta e o duque de Oldenburg fora ultrajado. É impossível entender que vínculo existe entre essas circunstâncias e o assassinato e a violência, propriamente ditos; por que razão, em consequência de o duque ter sofrido um ultraje, milhares de pessoas do outro extremo da Europa mataram e destruíram pessoas das províncias de Smolensk e de Moscou e foram mortas por elas.

Para nós, a posteridade, que não somos historiadores nem entusiastas dos métodos de pesquisa, e que por isso contemplamos o acontecimento com um bom senso desanuviado, as suas causas se apresentam numa quantidade inumerável. Quanto mais nos aprofundamos na busca das causas, um maior número delas se revela para nós, e cada causa tomada em separado ou toda uma série de causas nos parecem igualmente justas em si mesmas, e também igualmente ilusórias, por sua insignificância em comparação com a enormidade do acontecimento, e igualmente ilusórias pela incapacidade (sem a participação de todas as demais causas concomitantes) de produzir o acontecimento que se deu. A recusa de Napoleão em

---

3 Referência às memórias de Napoleão redigidas pelo conde de Las Cases (*Memorial de Santa Helena*), no período em que o imperador ficou exilado na ilha, entre 1815 e 1821, ano de sua morte.

4 Francês: “os bons princípios”.

5 As conversações secretas de abril de 1809 obtiveram da Rússia uma promessa de neutralidade de fato. A Rússia declarou guerra contra a Áustria, mas não realizou nenhuma ação bélica efetiva.

retirar suas tropas para além do rio Vístula e em devolver o ducado de Oldenburg nos parece uma causa tão boa como a vontade ou a falta de vontade de um cabo francês qualquer de servir no Exército uma segunda vez: porque, se ele não tivesse querido servir, e um segundo, e um terceiro e também mil outros cabos e soldados não tivessem querido servir, haveria um número tão pequeno de pessoas nas tropas de Napoleão que nem poderia ter ocorrido uma guerra.

Se Napoleão não se ofendesse com a exigência de recuar para além do Vístula e não ordenasse às tropas que avançassem, não haveria guerra; mas, se todos os sargentos não quisessem servir no Exército pela segunda vez, também não haveria guerra. Tampouco poderia ter ocorrido a guerra se não houvesse as intrigas da Inglaterra, se não existissem o duque de Oldenburg e o sentimento de ofensa em Alexandre, se não houvesse um governo autocrático na Rússia, se não tivessem acontecido a Revolução Francesa, a ditadura e o império subsequente, bem como tudo aquilo que decorreu da Revolução Francesa, e assim por diante. Sem uma dessas causas, nada poderia ocorrer. Portanto todas essas causas — bilhões de causas — coincidiram para produzir o que ocorreu. E por consequência nada foi a causa exclusiva do acontecimento, e um acontecimento tem de ocorrer apenas porque tem de ocorrer. Milhões de pessoas, renegando seus sentimentos humanos e sua razão, tinham de ir do Ocidente para o Oriente e matar seus semelhantes, assim como, alguns séculos antes, multidões vieram do Oriente para o Ocidente, matando seus semelhantes.[6]

Os atos de Napoleão e de Alexandre, de cujas palavras parecia depender a realização ou não do acontecimento, eram tão pouco voluntários quanto os atos de qualquer soldado que entrou na campanha por um lance do destino ou por causa do recrutamento militar. Não poderia ocorrer de outro modo porque, a fim de que a vontade de Napoleão e de Alexandre (as pessoas de quem o acontecimento parecia depender) fosse cumprida, era necessária a coincidência de inúmeras circunstâncias, sem uma das quais o acontecimento não poderia se realizar. Era indispensável que milhões de pessoas, em cujas mãos estava o poder de fato, os soldados que atiravam, transportavam provisões e canhões, era preciso que eles concordassem em cumprir a vontade daquelas pessoas, individuais e fracas, e que fossem coagidos a isso por uma inumerável quantidade de causas complexas e variadas.

O fatalismo na história é inevitável para a explicação de fenômenos irracionais (ou seja, fenômenos cuja razão não compreendemos). Quanto mais tentamos explicar racionalmente tais fenômenos na história, mais eles se tornam irracionais e incompreensíveis para nós.

---

6 Referência às hordas de hunos que vieram da Ásia Central para a Europa no início da Idade Média.

Todo homem vive para si, emprega a liberdade para alcançar seus objetivos pessoais e sente, com todo o seu ser, que agora pode ou não pode executar determinada ação; porém, assim que ele a executa, aquela ação, realizada num dado momento do tempo, se torna irreversível e passa a ser propriedade da história, na qual ela não tem um significado livre, mas predeterminado.

Em toda pessoa, a vida tem dois lados: a vida pessoal, que é tanto mais livre quanto mais abstratos são os seus interesses, e a vida elementar, de colmeia, na qual a pessoa cumpre inevitavelmente as leis a ela prescritas.

A pessoa vive para si de forma consciente, mas serve de instrumento inconsciente para a realização dos objetivos históricos. Um ato executado é irreversível, e sua ação, coincidindo no tempo com milhões de ações de outras pessoas, recebe um significado histórico. Quanto mais alto se situa uma pessoa na escala social, quanto mais está ligada a pessoas importantes, tanto maior o poder que exerce sobre as demais, tanto mais evidentes são a predestinação e a inevitabilidade de todos os seus atos.

"O coração do rei está na mão de Deus."

O rei é escravo da história.

A história, ou seja, a vida inconsciente, comum, a vida de colmeia da humanidade, usa todos os minutos da vida do rei para si mesma, como um instrumento para alcançar os seus objetivos.

Embora, mais do que nunca, agora em 1812 parecesse a Napoleão que dependia dele *verser* ou não *verser le sang de ses peuples*[7] (como escreveu em sua última carta para o tsar Alexandre), nunca ele estivera mais sujeito a leis inexoráveis, que o obrigavam (enquanto agia em obediência a si mesmo, como lhe parecia, segundo o seu próprio arbítrio) a fazer, para a obra comum, para a história, aquilo que tinha de se cumprir.

Pessoas do Ocidente deslocaram-se para o Oriente a fim de se matarem umas às outras. E, segundo a lei da coincidência das causas, milhares de causas pequeninas se concatenaram por si mesmas e coincidiram com esse acontecimento para que houvesse tal movimento e para que houvesse a guerra: as acusações de desobediência ao Sistema Continental, o duque de Oldenburg, o movimento de tropas na Prússia, cuja finalidade (assim pareceu a Napoleão) era apenas conseguir uma paz armada,[8] e o amor e o hábito da guerra que tinha o imperador francês, em concordância com a índole do seu povo, e a paixão pela grandiosidade dos prepa-

---

7 Francês: "verter ou não verter o sangue do seu povo".

8 Em abril de 1812, um grande contingente do Exército francês atravessou o rio Oder e invadiu a Prússia. Criou-se uma ameaça militar direta para a Rússia.

rativos, e as despesas com os preparativos, e a necessidade de obter lucros que pagassem tais despesas, e as intoxicantes honrarias que recebera em Dresden,[9] e as negociações diplomáticas que, aos olhos dos contemporâneos, foram conduzidas com o sincero desejo de alcançar a paz, mas que apenas espicaçaram o orgulho de ambas as partes, e milhões de milhões de outras causas, que se concatenaram para realizar o acontecimento, e coincidiram com ele.

Quando a maçã fica madura e cai — por que cai? Porque a gravidade a atrai para a terra, ou porque sua haste está murcha, ou porque ela secou no sol, ficou muito pesada, o vento a derrubou, ou porque um menino que está embaixo da árvore quer comer a maçã?

Nada é a causa. Tudo isso é apenas a coincidência das condições sob as quais ocorre qualquer acontecimento vivo, orgânico, elementar. E o botânico que acha que a maçã cai porque a celulose se decompõe, e coisas semelhantes, terá tanta razão, e tanta falta de razão, quanto o menino que está embaixo da árvore e diz que a maçã caiu porque ele queria comê-la e rezou para ela cair. Assim também terá razão e não terá razão quem disser que Napoleão avançou para Moscou porque quis fazer isso, e que foi destruído porque Alexandre quis que o destruíssem: assim também terá razão e não terá razão quem disser que uma montanha de milhões de *pud* foi solapada e desmoronou porque um último operário bateu pela última vez debaixo dela com a sua picareta. Nos acontecimentos históricos, os assim chamados grandes homens não passam de rótulos com que se denominam os acontecimentos e, assim como os rótulos, têm com os acontecimentos propriamente ditos menos relação do que qualquer outra coisa.

Todos os seus atos, que a eles mesmos parecem voluntários, no sentido histórico são involuntários, estão ligados a todo o movimento da história e determinados desde sempre.

II

No dia 29 de maio,[10] Napoleão saiu de Dresden, onde ficara por três semanas, rodeado por uma corte formada de príncipes, duques, reis e até um imperador.

---

9 Napoleão esteve em Dresden com seus aliados (o imperador da Áustria, o rei da Prússia, o rei da Saxônia e outros) em maio de 1812. Lá, recebeu toda sorte de homenagens.

10 A data aqui é indicada no calendário gregoriano, que no calendário juliano corresponde ao dia 17 de maio.

Napoleão, antes de partir, cumulou de atenções os príncipes, os reis e o imperador que as mereciam, repreendeu os reis e os príncipes com os quais não estava plenamente satisfeito, entregou pérolas e diamantes de sua propriedade, ou seja, tomados de outros reis, à imperatriz austríaca e, depois de abraçar com ternura a imperatriz Maria Luísa, como diz o seu historiador,[11] deixou-a magoada com a separação, que ela — essa Maria Luísa considerava Napoleão seu marido, embora existisse outra esposa em Paris — parecia não ter forças para suportar. Apesar de os diplomatas ainda acreditarem com firmeza na possibilidade da paz e trabalharem com afinco para alcançar esse objetivo, apesar de o próprio imperador Napoleão ter escrito uma carta ao imperador Alexandre, tratando-o de *monsieur mon frère* e assegurando sinceramente que não desejava a guerra e que sempre iria amá-lo e respeitá-lo, ele partiu ao encontro do exército e a cada estação dava novas ordens, cujo propósito era apressar o deslocamento do exército do Ocidente para o Oriente. Napoleão viajava num coche puxado por seis cavalos, cercado por pajens, ajudantes de ordens e toda uma escolta, num trajeto que passava por Posen, Thorn, Dantzig e Königsberg. Em cada uma dessas cidades, milhares de pessoas o recebiam com entusiasmo e temor.

O exército se deslocava do Ocidente para o Oriente, e renovadas juntas de seis cavalos continuaram a transportar Napoleão na mesma direção. No dia 10 de junho ele alcançou o exército e pernoitou na floresta de Wilkowyski, num aposento preparado especialmente para ele na propriedade de um conde polonês.

No dia seguinte, Napoleão ultrapassou o exército, seguiu de carruagem até o rio Niemen e, a fim de avaliar o local de travessia, vestiu um uniforme polonês e foi até a margem.[12]

Ao ver na outra margem os cossacos (*les cosaques*) e as estepes (*les steppes*) que se espraiavam, no meio das quais estava *Moscou*, *la ville sainte*,[13] capital daquele reino semelhante à Cítia, por onde havia passado Alexandre da Macedônia, Napoleão, de forma inesperada para todos e contrária à opinião dos estrategistas e dos diplomatas, deu ordem de atacar, e no dia seguinte as suas tropas começaram a atravessar o Niemen.

No dia 12, de manhã cedo, ele saiu da barraca, erguida naquele mesmo dia na íngreme margem esquerda do Niemen, e observou através de uma luneta as

---

11 Referência a Adolphe Thiers, no livro *História do consulado e do império*.

12 Napoleão alimentava nos poloneses a ideia de que poderiam se tornar independentes com a vitória das suas tropas. O rio Niemen era a fronteira entre a Rússia e a Polônia.

13 Francês: "Moscou, a cidade santa".

multidões das suas tropas que emergiam da floresta de Wilkowyski e se derramavam por três pontes que cruzavam o Niemen. As tropas sabiam da presença do imperador, procuravam-no com os olhos e, quando avistavam, na elevação à frente da barraca, a figura de casaco e chapéu afastada do seu séquito, os soldados jogavam os chapéus para o alto e gritavam: "*Vive l'empereur!*" — e um atrás do outro jorravam sem cessar, jorravam da enorme floresta, que até então os mantinha ocultos, e desmanchando as fileiras atravessavam para o outro lado pelas três pontes.

— *On fera du chemin cette fois-ci. Oh! Quand il s'en mêle lui-même ça chauffe... Nom de Dieu... Le voilà! Vive l'empereur! Les voilà donc les steppes de l'Asie! Vilain pays tout de même. Au revoir, Beauché; je te réserve le plus beau palais de Moscou. À revoir! Bonne chance... L'as-tu vu, l'empereur? Vive l'empereur!... preur! Si on me fait gouverneur aux Indes, Gérard, je te fais ministre du Cachemire, c'est arrêté. Vive l'empereur! Vive! Vive! Vive! Les gredins de cosaques, comme ils filent! Vive l'empereur! Le voilà! Le vois-tu? Je l'ai vu deux fois comme je te vois. Le petit caporal... Je l'ai vu donner la croix à l'un des vieux... Vive l'empereur!...*[14] — diziam as vozes de velhos e de jovens, de diversos caracteres e posições sociais. No rosto de todas aquelas pessoas, havia a mesma expressão geral de alegria pelo início de uma campanha esperada havia muito tempo, de entusiasmo e de devoção ao homem de casaco cinza que estava postado no alto do morro.

No dia 13 de junho, deram a Napoleão um cavalo árabe pequeno, puro-sangue, ele montou e partiu a galope rumo a uma das pontes sobre o rio Niemen, ensurdecido pelos incessantes gritos de entusiasmo que, claramente, Napoleão só tolerava porque era impossível proibi-los de expressar com tais gritos o seu amor por ele; mas os gritos, que o acompanhavam em toda parte, o incomodavam e o distraíam das preocupações militares, que o absorviam desde que ele se juntara às tropas. Napoleão passou para o outro lado do rio por uma das pontes, que oscilavam, escoradas em barcos, fez uma guinada brusca para a esquerda e seguiu a galope na direção de Kovno, precedido por caçadores da guarda de cavalaria que,

---

14 Francês: "Desta vez a gente chega lá. Ah! Quando ele próprio se mete no assunto a coisa pega fogo... Deus do céu... Olha ele lá!... Viva o imperador! Aí estão as estepes da Ásia! No final, uma terra desgraçada. Até logo, Beauché; vou reservar para você o mais belo palácio em Moscou. Até logo! Boa sorte... Você viu o imperador? Viva o imperador!... ador! Se me nomearem governador da Índia, Gérard, eu vou fazer de você o ministro da Caxemira, fica combinado. Viva o imperador! Viva! Viva! Viva! Os patifes desses cossacos, como eles tiram o corpo fora. Viva o imperador! Olha ele lá! Está vendo? Eu o vi duas vezes, como estou vendo você agora. O pequeno cabo... Eu o vi dar a medalha para um dos velhos... Viva o imperador!".

entusiasmados, quase sufocados de felicidade, galopavam à sua frente, abrindo caminho no meio das tropas. Ao chegar ao largo rio Víliya, Napoleão parou junto a um regimento de ulanos poloneses que estava na margem.

— Viva! — gritaram os poloneses de modo igualmente entusiasta, desmanchando as fileiras do front e comprimindo-se uns aos outros a fim de vê-lo. Napoleão observou o rio, desceu do cavalo e sentou-se numa tora colocada na margem. Em resposta a um sinal mudo, deram-lhe uma luneta, ele a apoiou nas costas de um pajem, que logo acudiu, feliz da vida, e pôs-se a examinar o outro lado. Em seguida mergulhou no exame de um mapa, desdobrado entre as toras de madeira. Sem levantar a cabeça, disse algo, e dois de seus ajudantes de ordens saíram a galope na direção dos ulanos poloneses.

— O quê? O que foi que ele disse? — ouviu-se nas fileiras dos ulanos poloneses, quando um ajudante de ordens chegou a galope até onde eles estavam.

A ordem era encontrar um vau no rio e atravessar para o outro lado. O coronel dos ulanos poloneses, um velho bonito, que se ruborizou e se confundiu com as palavras devido à emoção, perguntou ao ajudante de ordens se tinha permissão para atravessar o rio a nado com os seus ulanos, em vez de procurar um vau. Com um medo evidente de receber uma resposta negativa, como um menino que pede permissão para montar num cavalo, o coronel perguntou se lhe permitiam atravessar o rio a nado diante dos olhos do imperador. O ajudante de ordens disse que sem dúvida o imperador não ficaria descontente com tal excesso de fervor.

Assim que o ajudante de ordens disse isso, o velho oficial bigodudo, com o rosto feliz e os olhos radiantes, ergueu o sabre e gritou: "Viva!" — e, depois de ordenar aos ulanos que o seguissem, esporeou o cavalo e partiu a galope na direção do rio. Incitou cruelmente o seu cavalo, que hesitava, lançou-se para dentro da água, rumando para o fundo, na direção da correnteza rápida. Centenas de ulanos galoparam atrás dele. No meio do rio, na correnteza, estava frio e assustador. Os ulanos se empurravam uns aos outros, caíam dos cavalos, alguns cavalos se afogaram, pessoas também se afogaram, os outros se esforçavam em nadar, uns agarrados na sela, outros na crina. Esforçavam-se em nadar adiante, para o outro lado, e apesar de haver um baixio a meia versta dali, gabavam-se de nadar e de se afogar naquele rio, sob os olhos de um homem sentado numa tora, que nem estava olhando para o que eles faziam. Quando o ajudante de ordens voltou e, escolhendo um momento apropriado, dignou-se a chamar a atenção do imperador para a dedicação dos poloneses à sua pessoa, o homem pequeno de casaco cinza levantou-se, chamou Berthier e pôs-se a caminhar com ele de um lado para outro, pela margem do rio, dando-lhe ordens e, de vez em quando, lançando olhares descontentes para os ulanos que se afogavam e distraíam a sua atenção.

Para ele, não era novidade a crença de que só a sua presença em qualquer canto do mundo, da África até as estepes da Moscóvia, bastava para transtornar as pessoas e precipitá-las nas loucuras do desprendimento. Mandou que lhe trouxessem um cavalo e partiu para o seu acampamento.

Cerca de quarenta ulanos se afogaram no rio, apesar dos barcos enviados em socorro. A maioria foi lançada de volta para a margem. O coronel e alguns homens conseguiram cruzar o rio a nado e, com dificuldade, galgaram a margem oposta. Porém, assim que conseguiram subir, em sua roupa encharcada, colada ao corpo e escorrendo aos borbotões, gritaram: "Viva!", olhando com entusiasmo para o local onde estava Napoleão, mas onde ele já não estava mais, e naquele instante se consideraram felizes.

À noite, Napoleão, entre uma ordem e outra — uma para que as notas falsas de dinheiro russo preparadas de antemão fossem enviadas para a Rússia o mais depressa possível, e outra para fuzilar o saxão com quem haviam interceptado uma carta na qual se encontravam informações sobre as ordens recebidas pelo Exército francês —, deu uma terceira ordem — a nomeação para a Legião de Honra (*Légion d'Honneur*), da qual Napoleão era chefe, do coronel que, sem necessidade, se lançara ao rio.

Quos vult perdere — dementat.[15]

III

O imperador russo, enquanto isso, estava em Vilna já fazia mais de um mês, passando as tropas em revista e participando de manobras. Nada estava preparado para a guerra, que todos esperavam e para cujos preparativos o imperador viera de Petersburgo. Não havia um plano geral de ação. As hesitações em escolher um plano, entre todos aqueles sugeridos, apenas aumentaram após um mês de estadia do imperador no quartel-general. Os três exércitos tinham, cada um, o seu próprio comandante em chefe,[16] mas não havia um comandante-geral para todos os exércitos, e o imperador não atribuía a si aquela função.

Quanto mais tempo o imperador ficava em Vilna, menos preparativos faziam para a guerra, já cansados de tanto esperar por ela. Todos os esforços das pessoas

---

15 Francês: "Deus enlouquece aqueles a quem quer destruir".

16 Barclay de Tolly, lituano, ministro da Guerra, comandava o primeiro exército ocidental; subordinado a ele estava o príncipe Bagration, general russo, comandante do segundo exército ocidental; o general de cavalaria russo Alexandr Petróvitch Tormássov comandava o terceiro exército, que protegia a região sudoeste.

que rodeavam o soberano pareciam voltados apenas para obrigar o soberano a esquecer a guerra iminente, passando o tempo de forma agradável.

No mês de junho, depois de muitos bailes e festas oferecidos por magnatas poloneses, por cortesãos e pelo próprio soberano, um dos generais poloneses que eram ajudantes de ordens do soberano teve a ideia de oferecer um jantar e um baile ao soberano, em nome dos seus generais ajudantes de ordens. Essa ideia foi recebida com alegria por todos. O soberano comunicou sua concordância. Os generais ajudantes de ordens fizeram uma subscrição para coletar dinheiro. A pessoa tida como a mais agradável ao soberano foi convidada para ser a anfitriã do baile. O conde Bennigsen, senhor de terras na província de Vilna, ofereceu a sua casa de campo para aquela festa, e marcaram para o dia 13 de junho um jantar, um baile, um passeio de barco e um espetáculo de fogos de artifício em Zakret, casa de campo do conde Bennigsen.

No mesmo dia em que Napoleão deu ordem para cruzar o rio Niemen e em que os postos avançados de suas tropas rechaçaram os cossacos e atravessaram a fronteira russa, Alexandre passou a noite na casa de campo de Bennigsen — num baile, oferecido pelos generais ajudantes de ordens.

Foi uma festa alegre, radiante; os entendidos no assunto diziam que raramente tantas beldades se reuniram num mesmo lugar. A condessa Bezúkhova, entre outras damas russas que vieram de Petersburgo até Vilna seguindo o soberano, estava no baile, obscurecendo com a sua beleza pesada, a dita beleza russa, as refinadas damas polonesas. Ela foi notada, e o soberano lhe concedeu uma dança.

Boris Drubetskói, *en garçon* (solteiro), como ele dizia, tendo deixado sua esposa em Moscou, também estava no baile e, embora não fosse um general ajudante de ordens, participou com uma grande soma na subscrição para o baile. Agora Boris era um homem rico, que alcançara altas honrarias, já não procurava padrinhos e tratava de igual para igual as mais altas personalidades da sua geração.

À meia-noite, os pares ainda estavam dançando. Hélène, na falta de um par à altura, convidou Boris, ela mesma, para dançar a mazurca. Posicionaram-se como o terceiro par. Boris, contemplando com sangue-frio os radiantes ombros despidos de Hélène, que brotavam de um vestido de gaze escura bordado em ouro, conversava sobre velhos conhecidos e ao mesmo tempo, sem que ele mesmo notasse, nem as outras pessoas, não parava de observar o soberano, que se achava na mesma sala. O soberano não estava dançando; estava parado junto à porta e detinha ora um, ora outro, com as palavras gentis que só ele sabia dizer.

No início da mazurca, Boris viu que o general ajudante de ordens Balachov, uma das pessoas mais próximas do soberano, aproximou-se e, de modo estranho aos hábitos da corte, ficou bem perto do soberano, que estava falando com uma dama polonesa. Quando terminou de falar com a dama, o soberano lançou um olhar interrogativo e, pelo visto, entendendo que Balachov só havia agido assim porque havia motivos importantes, despediu-se da dama com um ligeiro aceno de cabeça e voltou-se para Balachov. Assim que Balachov começou a falar, a surpresa manifestou-se no rosto do soberano. Segurou Balachov pelo braço e, com ele, atravessou o salão, enquanto as pessoas à sua frente abriam, de ambos os lados, e de modo inconsciente, um amplo corredor de umas três braças de largura. Boris notou o rosto nervoso de Araktchéiev, na mesma hora em que o soberano passou com Balachov. Araktchéiev, olhando para o soberano de soslaio e fungando com seu nariz vermelho, destacou-se da multidão, como que esperando que o soberano se dirigisse a ele. (Boris entendia que Araktchéiev tinha inveja de Balachov e que estava descontente com o fato de uma notícia obviamente importante não ter sido transmitida ao soberano por seu intermédio.)

Entretanto, o soberano e Balachov, sem reparar em Araktchéiev, seguiram para o jardim iluminado através da porta de saída. Araktchéiev, segurando a espada e olhando à sua volta com ar malévolo, seguiu-os a uns vinte passos de distância.

Enquanto Boris continuava a executar as figuras da mazurca, não cessava de atormentá-lo o pensamento de que notícia poderia ser aquela transmitida por Balachov e de que forma ele poderia saber disso antes dos outros.

Na figura da dança em que ele teria de escolher outra dama, sussurrou para Hélène que desejava escolher a condessa Potocka, que pelo visto tinha saído para a varanda, e Boris, deslizando os pés no assoalho, saiu ligeiro pela porta que dava para o jardim e, ao notar que o soberano voltava para o terraço com Balachov, se deteve. O soberano e Balachov tomaram a direção da porta. Boris, pressuroso, como se não tivesse tempo de sair do caminho, encolheu-se respeitosamente junto à ombreira da porta e curvou a cabeça.

O soberano, com a perturbação de um homem insultado pessoalmente, estava terminando de dizer as seguintes palavras:

— Invadir a Rússia sem declarar guerra. Só vou selar a paz quando não restar nenhum inimigo armado na minha terra — disse. Pareceu a Boris que o soberano teve prazer em pronunciar essas palavras: sentiu-se satisfeito com a forma de expressar seu pensamento, mas ficou descontente por Boris ter ouvido.

— Que ninguém saiba disso! — acrescentou o soberano, com as sobrancelhas franzidas. Boris entendeu que aquilo se referia a ele e, de olhos fechados, inclinou a cabeça de leve. O soberano entrou de novo no salão e continuou no baile durante mais ou menos meia hora.

Boris foi o primeiro a saber da notícia de que as tropas francesas haviam atravessado o Niemen e, graças a isso, teve a oportunidade de mostrar a diversas pessoas importantes que muita coisa oculta dos demais era conhecida por ele e, dessa maneira, teve a oportunidade de subir mais ainda no conceito daquelas personalidades.

A inesperada notícia sobre a travessia do Niemen pelos franceses era especialmente inesperada após um mês de espera vã, e ainda mais num baile! O soberano, no primeiro momento após receber a notícia, sob o efeito da indignação e da ofensa, encontrou aquela frase, depois célebre, que lhe agradou e que exprimia plenamente os seus sentimentos. Ao voltar do baile para casa, às duas horas da madrugada, o soberano mandou chamar o seu secretário Chichkóv e lhe ditou uma ordem para as tropas e um rescrito para o marechal de campo príncipe Saltikóv, no qual exigiu a todo custo que fossem inseridas as palavras segundo as quais ele não selaria a paz enquanto permanecesse um único francês armado em terra russa.

No dia seguinte, foi escrita a seguinte carta para Napoleão:

Monsieur mon frère. J'ai appris hier que malgré la loyauté avec laquelle j'ai maintenu mes engagements envers Votre Majesté, ses troupes ont franchi les frontières de la Russie, et je reçois à l'instant de Pétersbourg une note par laquelle le comte Lauriston, pour cause de cette agression, annonce que Votre Majesté s'est considérée comme en état de guerre avec moi dès le moment où le prince Kourakine a fait la demande de ses passeports. Les motifs sur lesquels le duc de Bassano fondait son refus de les lui délivrer, n'auraient jamais pu me faire supposer que cette démarche servirait jamais de prétexte à l'agression. En effet, cet ambassadeur n'a jamais été autorisé, comme il l'a déclaré lui-même, et aussitôt que j'en fus informé, je lui ai fait connaître combien je le désapprouvais en lui donnant l'ordre de rester à son poste. Si Votre Majesté n'est pas intentionnée de verser le sang de nos peuples pour un malentendu de ce genre et qu'elle consente à retirer ses troupes du territoire russe, je regarderai ce qui s'est passé comme non avenu, et un accommodement entre nous sera possible. Dans le cas contraire, Votre Majesté, je me verrai forcé de repousser une attaque que rien n'a provoquée de ma part. Il dépend encore de Votre Majesté d'éviter à l'humanité les calamités d'une nouvelle guerre.

Je suis etc.

(*Signé*) *Alexandre*[17]

---

17 Francês: "Senhor meu irmão. Eu soube ontem que, apesar da lealdade com que mantive meus compromissos com vossa majestade, suas tropas atravessaram a fronteira da Rússia, e acabei de receber de Petersburgo um bilhete em que o conde Lauriston [embaixador de Napoleão em Petersburgo], a respeito dessa agressão, anuncia que vossa majestade se considerou em estado de guerra

IV

No dia 13 de junho, às duas horas da madrugada, após chamar Balachov à sua presença e ler para ele a carta para Napoleão, o soberano o ordenou que levasse a carta e entregasse pessoalmente ao imperador francês. Ao despedir-se de Balachov, o soberano repetiu suas palavras de que não selaria a paz enquanto restasse um único inimigo armado em terra russa e ordenou que transmitisse *a todo custo* aquelas palavras a Napoleão. O soberano não escreveu aquelas palavras na carta porque sentia, com o tato que lhe era próprio, que aquelas palavras eram inconvenientes num momento em que se fazia a última tentativa de conciliação; mas ordenou que Balachov, a todo custo, as transmitisse pessoalmente a Napoleão.

Após partir na noite de 13 para 14 de junho, Balachov, acompanhado por um corneteiro e por dois cossacos, chegou no raiar do dia à aldeia de Rykonty, nos postos avançados dos franceses na margem de cá do rio Niemen. Foi detido pelas sentinelas da cavalaria francesa.

Um suboficial hussardo francês, de uniforme vermelho e chapéu de pelo, gritou para Balachov, que vinha se aproximando, e ordenou que parasse. Balachov não parou de imediato, continuou a se aproximar pela estrada a passo lento.

O suboficial franziu as sobrancelhas, resmungou algum palavrão, avançou o peito do seu cavalo na direção de Balachov, sacou o sabre e gritou de modo grosseiro para o general russo, perguntando se ele era surdo, se não ouvia o que lhe diziam. Balachov disse o seu nome. O suboficial mandou um soldado chamar um oficial.

Sem prestar atenção em Balachov, o suboficial passou a falar com os seus camaradas a respeito de assuntos do regimento e nem olhava para o general russo.

Para Balachov, depois de estar perto do poder e das mais elevadas autoridades, depois de ter conversado com o soberano três horas antes e, em geral, estando

---

comigo a partir do momento em que o príncipe Kurákin [embaixador russo em Paris] pediu seus passaportes. Os motivos nos quais o duque de Bassano [ministro do Exterior de Napoleão] baseava sua recusa de lhe entregar os passaportes não poderiam jamais me levar a supor que esse incidente servisse de pretexto para a agressão. De fato, aquele embaixador jamais foi autorizado a isso, como ele mesmo declarou, e, assim que fui informado, fiz ver a ele que eu o desaprovava e ordenei que permanecesse em seu posto. Se vossa majestade não tem a intenção de derramar o sangue de nossos povos por causa de um mal-entendido desse tipo e se consentir em retirar suas tropas do território russo, vou encarar o que se passou como se não tivesse ocorrido, e será possível um acordo entre nós. Caso contrário, vossa majestade, me verei forçado a rechaçar um ataque que nada de minha parte provocou. Depende ainda de vossa majestade evitar à humanidade as calamidades de uma nova guerra.

"Estou etc.

"(Assinado) Alexandre"

habituado às honrarias em seu serviço, foi excepcionalmente estranho ver ali, em terra russa, aquele tratamento hostil e sobretudo desrespeitoso dirigido a ele com força bruta.

O sol apenas começava a se erguer por trás das nuvens; o ar estava fresco e orvalhado. Pela estrada que vinha da aldeia, tocavam um rebanho. Nos campos, uma após a outra, como bolhas na água, as cotovias levantavam voo, com trinados.

Balachov olhava à sua volta, à espera da chegada do oficial que vinha da aldeia. Os cossacos russos, o corneteiro e os hussardos franceses de vez em quando se entreolhavam em silêncio.

O coronel hussardo francês, que obviamente havia acabado de levantar da cama, veio da aldeia num bonito cavalo cinzento e bem alimentado, acompanhado por dois hussardos. No oficial, nos hussardos e também em seus cavalos, eram evidentes o contentamento e o capricho.

Era aquela primeira fase das campanhas, na qual as tropas ainda se encontram em perfeito apuro, quase como numa revista de tropas em tempo de paz, apenas com um elegante matiz de belicosidade nas roupas e com o saudável matiz de alegria e de espírito de iniciativa que sempre acompanham o início das campanhas militares.

O coronel francês reprimiu um bocejo com dificuldade, mas foi respeitoso e, obviamente, compreendeu muito bem a importância de Balachov. Conduziu-o entre os seus soldados para trás das linhas e comunicou que o seu desejo de ser levado à presença do imperador seria prontamente atendido, com toda a certeza, pois o alojamento do imperador, até onde ele sabia, ficava perto dali.

Passaram pela aldeia de Rykonty, entre os postes de amarrar cavalos dos hussardos franceses, entre sentinelas e soldados, que prestavam continência ao seu coronel e observavam com curiosidade o uniforme russo, e chegaram ao outro lado da aldeia. Segundo as palavras do coronel, a dois quilômetros estava o comandante da divisão, que ia receber Balachov e levá-lo ao seu destino.

O sol já havia se levantado e brilhava com alegria na folhagem radiante.

Assim que passaram por uma hospedaria no alto de um monte, veio lá de baixo ao encontro deles um grupo de cavaleiros, à frente do qual, num cavalo negro-azeviche, com arreios que brilhavam ao sol, estava um homem de estatura elevada, de chapéu com plumas e cabelos pretos, crespos, até os ombros, capa vermelha e pernas compridas, esticadas para a frente, como em geral cavalgam os franceses. Esse homem veio a galope ao encontro de Balachov, brilhando e esvoaçando, no radiante sol de junho, com suas plumas, suas pedras preciosas e seus galões dourados.

Balachov já estava à distância de dois cavalos do cavaleiro que galopava ao seu encontro com um rosto solenemente teatral, com braceletes, plumas, colares e ouro, quando Ulner, o coronel francês, sussurrou respeitosamente: "*Le roi de Naples*". Na verdade, era Murat, agora chamado de rei de Nápoles. Apesar de ser totalmente incompreensível por que chamar Murat de rei de Nápoles, ele era chamado assim, e o próprio Murat estava convencido disso e portanto tinha um aspecto mais solene e imponente do que antes. Murat estava tão convencido de que era de fato o rei de Nápoles que quando, na véspera da sua partida, num passeio pelas ruas de Nápoles com sua esposa, alguns italianos gritaram para ele: "*Viva il re!*", Murat voltou-se com um sorriso triste para a esposa e disse: "*Les malheureux, ils ne savent pas que je les quitte demain!*".[18]

Apesar de acreditar com firmeza que era o rei de Nápoles e de lamentar a tristeza dos seus súditos aos quais teria de deixar, nos últimos tempos, depois que havia recebido ordens de retomar o serviço no Exército, e sobretudo depois do encontro com Napoleão em Dantzig, quando o seu augusto cunhado lhe disse: "*Je vous ai fait roi pour régner à ma manière, mais pas à la vôtre*",[19] Murat assumiu com alegria o ofício que ele tão bem conhecia e, como um cavalo bem alimentado, mas não gordo, e orgulhoso do seu serviço, sentindo-se preso aos seus arreios, brincava entre os varais da carruagem e, enfeitado da maneira mais cara e colorida possível, galopava sem saber para onde nem para quê, pelas estradas da Polônia.

Ao ver o general russo, ele, solene, à maneira de um rei, inclinou para trás a cabeça, com os cabelos crespos até os ombros, e fitou o coronel francês com ar interrogativo. O coronel transmitiu respeitosamente à sua alteza a missão de Balachov, cujo nome de família não conseguiu pronunciar.

— *De Bal-machève!* — disse o rei (superando com o seu ar decidido a dificuldade que o coronel enfrentava) —, *charmé de faire votre connaissance, général*[20] — acrescentou com um gesto de régia benevolência. Assim que o rei começou a falar em voz alta e rápida, toda a dignidade real o abandonou no mesmo instante e, sem que ele mesmo notasse, Murat passou para o tom de familiaridade simpática que lhe era próprio. Colocou a mão na crina do cavalo de Balachov.

— *Eh bien, général, tout est à la guerre, à ce qu'il paraît*[21] — disse, como se lamentasse uma circunstância que ele não podia julgar.

— *Sire* — respondeu Balachov —, *l'empereur mon maître ne désire point la guerre,*

---

18 Italiano: "Viva o rei!"; francês: "Coitados. Não sabem que vou deixá-los amanhã".

19 Francês: "Fiz o senhor rei para reinar à minha maneira, não à sua".

20 Francês: "muito prazer em conhecê-lo, general".

21 Francês: "Pois é, general, tudo está em guerra, ao que parece".

comme Votre Majesté le voit[22]— disse Balachov, empregando por via das dúvidas o tratamento *Votre Majesté*, título repetido com uma afetação inevitável, pois se dirigia a uma pessoa para quem aquele título ainda era uma novidade.

O rosto de Murat brilhava com satisfação tola enquanto ouvia *M. de Balachoff.* Mas *royauté oblige:*[23] ele sentiu necessidade de conversar com o mensageiro de Alexandre a respeito de assuntos de Estado, como rei e aliado. Desmontou do cavalo, tomou Balachov pelo braço e, afastando-se alguns passos da sua comitiva, que aguardava respeitosamente, pôs-se a caminhar com ele de um lado para outro, tentando falar de modo importante. Mencionou o fato de que o imperador Napoleão ficara ofendido com a exigência de retirar suas tropas da Prússia, em especial agora, que tal exigência se tornara conhecida de todos e com isso a dignidade da França fora ultrajada. Balachov disse que tal exigência nada tinha de ofensivo, porque... Murat interrompeu-o.

— Então o senhor considera que o provocador não é o imperador Alexandre? — perguntou de modo inesperado, com um sorriso simpático e tolo.

Balachov disse por que ele de fato acreditava que o iniciador da guerra era Napoleão.

— *Eh, mon cher général* — interrompeu de novo Murat —, *je désire de tout mon cœur que les empereurs s'arrangent entre eux, et que la guerre commencée malgré moi se termine le plus tôt possible* — disse num tom de conversa de criados que desejam continuar bons amigos, apesar da briga entre os patrões. E passou a indagar sobre o grão-duque, sobre sua saúde e sobre as lembranças dos tempos alegres e divertidos que passara com ele, em Nápoles. Depois, como se de repente se lembrasse da sua dignidade real, Murat empertigou-se com ar solene, assumiu a mesma pose da coroação e, abanando a mão direita, disse: — *Je ne vous retiens plus, général; je souhaite le succès de votre mission*[24] — e, esvoaçando com sua capa vermelha bordada e suas plumas, e brilhando com as suas joias, seguiu na direção da comitiva, que o aguardava respeitosamente.

Balachov foi em frente, supondo pelas palavras de Murat que logo seria apresentado ao próprio Napoleão. Porém, em vez de um encontro com Napoleão, as sentinelas da unidade de infantaria de Davout o retiveram de novo no povoado

---

22 Francês: "Senhor [...] o imperador meu senhor não deseja a guerra, como vossa majestade pode ver".

23 Francês: "a realeza tem as suas exigências".

24 Francês: "Ah, meu caro general [...] eu desejo de todo o coração que os imperadores se entendam e que a guerra iniciada a despeito da minha vontade termine o mais depressa possível [...] Não vou retê-lo mais, general; desejo o sucesso da sua missão".

seguinte, como na primeira linha, e chamaram um ajudante de ordens do comandante da unidade para levá-lo à aldeia, ao encontro do marechal Davout.

V

Davout era o Araktchéiev do imperador Napoleão — um Araktchéiev não covarde mas igualmente aplicado, cruel, e incapaz de exprimir sua devoção a não ser na forma de crueldade.

No interior da máquina do organismo do Estado, tais pessoas são necessárias como são necessários os lobos no organismo da natureza, e elas sempre existem, sempre aparecem e perduram, por mais absurdas que pareçam a sua presença e a sua proximidade do chefe do governo. Só por meio dessa necessidade é possível explicar como o cruel Araktchéiev, homem inculto e alheio à corte, que arrancou pessoalmente os bigodes de um granadeiro e que por causa dos nervos fracos era incapaz de encarar um perigo, conseguiu manter tamanho poder junto ao caráter cavalheiresco, bondoso e terno de Alexandre.

Balachov encontrou o marechal Davout no telheiro da isbá de um camponês, sentado numa barrica, ocupado com tarefas burocráticas (conferia contas). Um ajudante de ordens estava de pé ao seu lado. Poderia ter conseguido um local melhor, mas o marechal Davout era uma dessas pessoas que se colocam de propósito nas condições de vida mais sombrias, a fim de ter o direito de serem sombrias. Por isso sempre se encontram zelosa e apressadamente atarefadas. "Como vou pensar no lado feliz da vida humana, quando, como vocês estão vendo, estou sentado numa barrica, num telheiro imundo, trabalhando?", dizia a expressão do seu rosto. A principal satisfação e necessidade dessas pessoas consiste em, ao encontrar alguém animado com a vida, jogar na cara desse animado a sua atividade sombria, tenaz. Foi esse o prazer que Davout proporcionou a si mesmo, quando trouxeram Balachov à sua presença. Afundou-se mais ainda no seu trabalho quando o general russo entrou e, após olhar através dos óculos para o rosto de Balachov, um rosto animado sob a impressão da manhã bonita e da conversa com Murat, não se levantou, nem sequer se mexeu, franziu mais ainda as sobrancelhas e deu um sorriso malévolo.

Ao notar no rosto de Balachov a impressão desagradável que aquela recepção havia produzido, Davout levantou a cabeça e perguntou friamente o que ele queria.

Supondo que tal recepção pudesse ter ocorrido apenas porque Davout não sabia que ele era um general ajudante de ordens do imperador Alexandre e até o seu representante junto a Napoleão, Balachov se deu pressa em comunicar a sua missão e o seu objetivo. Ao contrário do que esperava, Davout, depois de escutar Balachov, mostrou-se ainda mais severo e rude.

— Onde está a mensagem do senhor? — perguntou. — *Donnez-le moi, je l'enverrai à l'empereur.*[25]

Balachov respondeu que tinha ordens de entregar pessoalmente o envelope ao próprio imperador.

— As ordens do seu imperador são cumpridas no Exército de vocês, mas aqui — disse Davout — o senhor tem de fazer o que lhe dizem.

E, como que para fazer o general sentir mais ainda a sua sujeição à força bruta, Davout mandou um ajudante de ordens chamar o oficial de serviço.

Balachov pegou o envelope onde estava lacrada a carta do soberano e colocou-o na mesa (mesa feita de uma porta apoiada sobre duas barricas, na qual sobressaíam as dobradiças arrancadas da parede). Davout pegou o envelope e leu o sobrescrito.

— O senhor tem todo o direito de mostrar ou não mostrar respeito por mim — disse Balachov. — Mas permita que eu lembre ao senhor que tenho a honra de ocupar o posto de general ajudante de ordens de sua majestade...

Davout lançou um olhar para ele, em silêncio, e certa perturbação e constrangimento que se expressaram no rosto de Balachov visivelmente lhe deram prazer.

— O senhor receberá o que é devido — disse ele, pôs o envelope no bolso e saiu do telheiro.

Um minuto depois, entrou um ajudante de ordens do marechal, o sr. De Castries, e levou Balachov para um aposento preparado para ele.

Balachov almoçou com o marechal, nesse dia, naquele mesmo telheiro, naquela mesma prancha sobre as barricas.

No dia seguinte, Davout saiu de manhã cedo e, depois de chamar Balachov, disse-lhe em tom grave que lhe pedia que permanecesse ali, que só partisse com suas bagagens se recebesse ordens para isso e que não falasse com ninguém, exceto com o sr. De Castries.

Depois de quatro dias de isolamento, de tédio, de consciência da sua sujeição e insignificância, especialmente sensível depois do ambiente de poder no qual ele estivera tão pouco tempo antes, após várias marchas com a equipagem do marechal, com as tropas francesas que ocupavam toda aquela localidade, Balachov foi levado para Vilna, agora ocupada pelos franceses, aonde chegou pela mesma entrada de onde ele havia partido quatro dias antes.

---

25 Francês: "Dê-me a mensagem, eu a enviarei ao imperador".

No dia seguinte, o camareiro do imperador, M. Turenne, veio ao encontro de Balachov e lhe comunicou o desejo do imperador Napoleão de lhe conceder uma audiência.

Quatro dias antes, na mesma casa para a qual levaram Balachov, tinham estado de guarda sentinelas do regimento de Preobrajénski, mas agora ali estavam postados dois granadeiros franceses de uniforme azul aberto no peito e chapéu de pelo, uma escolta de hussardos e ulanos, além de uma radiante comitiva de ajudantes de ordens, pajens e generais, que esperavam a saída de Napoleão, em torno de um cavalo de sela que estava junto à varanda e do mameluco Rustan.[26] Napoleão recebeu Balachov na mesma casa em Vilna da qual Alexandre o tinha enviado em sua missão.

VI

Apesar de Balachov estar habituado à solenidade palaciana, o luxo e a pompa da corte do imperador Napoleão o impressionaram.

O conde Turenne levou-o para uma ampla sala de recepção, onde muitos generais, camareiros e magnatas poloneses aguardavam, muitos dos quais Balachov tinha visto na corte do imperador russo. Duroc disse que o imperador Napoleão receberia o general russo antes do seu passeio.

Depois de vários minutos de espera, o camareiro de serviço entrou na grande sala de recepção e, após inclinar-se respeitosamente para Balachov, convidou-o a segui-lo.

Balachov entrou numa pequena sala de recepção, onde havia uma porta que dava para o escritório, o mesmo escritório de onde o imperador russo o enviara em missão. Balachov ficou esperando um ou dois minutos. Atrás da porta, ouviram-se passos apressados. Abriram-se rapidamente as duas folhas da porta, o camareiro que abriu a porta ficou respeitosamente parado, esperando, tudo ficou quieto, e do escritório ressoaram outros passos, firmes, resolutos: era Napoleão. Tinha acabado de se aprontar para o seu passeio a cavalo. Usava uniforme azul, aberto sobre um colete branco que cobria a barriga redonda, calções de montaria brancos feitos de camurça, muito justos nas coxas gordas das pernas curtas, e botas de montar. Seu cabelo curto, era evidente, tinha acabado de ser penteado, mas uma mecha

---

26 Os mamelucos eram tropas de cavalaria turcas e egípcias, que Napoleão derrotou em 1798, no Egito. Rustan (1780-1845) foi trazido de lá pelo imperador e tornou-se seu guarda-costas.

pendia no meio da testa larga. O pescoço branco e roliço sobressaía nitidamente da gola preta do uniforme; dele, vinha um cheiro de água-de-colônia. No rosto jovial e cheio, com um queixo proeminente, havia uma expressão de saudação imperial, benevolente e majestosa.

Napoleão entrou, com um tremor ligeiro a cada passo e com a cabeça um pouco inclinada para trás. Toda a sua figura baixa e gorducha, com os ombros largos e gordos, a barriga e o peito involuntariamente projetados para a frente, tinha o aspecto imponente, garboso, das pessoas de quarenta anos que vivem cercadas de cuidados. Além disso, era evidente que naquele dia ele se encontrava no seu melhor estado de ânimo.

Inclinou a cabeça em resposta à reverência acentuada e respeitosa de Balachov e, aproximando-se dele, pôs-se logo a falar como um homem que dá grande valor a cada minuto do seu tempo, que não se dá ao trabalho de fazer preparativos para o que tem a dizer e que está convencido de que sempre fala bem e aquilo que é preciso dizer.

— Bom dia, general! — disse ele. — Recebi a carta do imperador Alexandre que o senhor entregou e estou muito contente em vê-lo. — Lançou um olhar para o rosto de Balachov, com seus olhos grandes, e logo passou a olhar para a frente, sem fitá-lo.

Era evidente que a pessoa de Balachov não lhe interessava nem um pouco. Estava claro que só aquilo que se passava na *sua* alma tinha interesse para ele. Tudo o que estava fora dele não tinha importância para ele, porque tudo no mundo, assim lhe parecia, dependia apenas da sua vontade.

— Não desejo e não desejava a guerra — disse. — Mas me obrigaram a ela. Eu, mesmo *agora* (falou essa palavra com ênfase), estou pronto a aceitar todas as explicações que o senhor puder me dar. — E passou a expor, de modo claro e conciso, as causas do seu descontentamento com o governo russo.

A julgar pelo tom moderado, sereno e amistoso com que falava o imperador francês, Balachov ficou firmemente convencido de que ele desejava a paz e de que tinha a intenção de abrir negociações.

— *Sire! L'empereur mon maître...*[27] — começou Balachov a sua fala, já preparada havia muito tempo, depois que Napoleão terminou de falar e olhou com ar interrogativo para o emissário russo; mas os olhos do imperador dirigidos para ele o perturbaram. "O senhor está perturbado — componha-se", parecia dizer Napoleão, que com um sorriso quase imperceptível examinava o uniforme e a espada de Balachov. Balachov se recompôs e começou a falar. Disse que o imperador Alexan-

---

27 Francês: "Senhor! O imperador, meu senhor...".

dre não considerava a exigência do passaporte por Kurákin um motivo suficiente para a guerra, que Kurákin agira dessa forma por vontade própria e sem o consentimento do soberano, que o imperador Alexandre não desejava a guerra e que não existiam relações de nenhum tipo com a Inglaterra.

— *Ainda* não — interrompeu Napoleão e, como se temesse se deixar levar pelo sentimento, franziu as sobrancelhas e inclinou a cabeça de leve, dando assim a entender a Balachov que ele podia continuar.

Tendo dito tudo aquilo que lhe haviam ordenado, Balachov acrescentou que o imperador desejava a paz, mas que só abriria as negociações na condição de... Aqui, Balachov hesitou: lembrou-se das palavras que o imperador Alexandre não havia escrito na carta, mas que ordenara incluir a todo custo no rescrito para Saltikóv e também ordenara a Balachov transmitir a Napoleão. Balachov lembrou-se destas palavras: "Enquanto restar um único inimigo armado em terra russa", mas um sentimento complicado dominou-o. Não conseguia falar aquelas palavras, embora quisesse. Titubeou e disse: na condição de que as tropas francesas recuem para a outra margem do Niemen.

Napoleão percebeu a perturbação de Balachov ao pronunciar as últimas palavras; o rosto de Napoleão estremeceu, a panturrilha esquerda começou a tremer de modo ritmado. Sem sair do lugar, com a voz mais alta e mais apressada do que antes, ele começou a falar. Durante as palavras que se seguiram, Balachov não baixou os olhos nenhuma vez, e não pôde deixar de perceber o tremor da panturrilha esquerda de Napoleão, que se tornava mais forte à medida que ele levantava a voz.

— Eu desejo a paz tanto quanto o imperador Alexandre — começou Napoleão. — Não estou há dezoito meses fazendo de tudo para conseguir a paz? Há dezoito meses eu espero explicações. Mas, para dar início a negociações, o que exigem de mim? — disse, franzindo as sobrancelhas e fazendo um gesto enérgico e interrogativo com a mão pequena, branca e gorducha.

— O recuo das tropas para a outra margem do Niemen, soberano — disse Balachov.

— A outra margem do Niemen? — repetiu Napoleão. — Então vocês querem que recuemos para a outra margem do Niemen... É só ir para a outra margem do Niemen? — repetiu Napoleão, olhando direto nos olhos de Balachov.

Balachov inclinou a cabeça respeitosamente.

Em lugar da exigência de quatro meses antes, de retirar suas tropas da Pomerânia, agora exigiam que ele se retirasse apenas para a outra margem do Niemen. Rapidamente, Napoleão deu meia-volta e pôs-se a andar pelo aposento.

— O senhor diz que exigem de mim que retire as tropas para a outra margem do Niemen para dar início a negociações; mas assim também, dois meses atrás, exigiam de mim a retirada para a outra margem do Oder e do Vístula, e apesar disso vocês concordam em abrir negociações.

Ficou andando em silêncio de um canto para outro e parou de novo na frente de Balachov. O rosto parecia ter se petrificado na sua fisionomia severa, e a perna esquerda tremia ainda mais depressa do que antes. Aquele tremor da perna esquerda, Napoleão já o conhecia muito bem. *La vibration de mon mollet gauche est un grand signe chez moi*[28] — disse ele, tempos depois.

— Tais propostas, como a de retirar minhas tropas para a outra margem do Oder e do Vístula, podem ser feitas ao príncipe de Baden, mas não a mim — quase gritou Napoleão, de forma totalmente inesperada, até para ele mesmo. — Ainda que vocês me dessem Petersburgo e Moscou, eu não aceitaria essas condições. Vocês dizem que eu comecei a guerra? Mas quem foi que pôs o Exército em ação primeiro? O imperador Alexandre, não eu. E agora vocês vêm me propor a abertura de negociações, mas enquanto eu gastava milhões, vocês faziam uma aliança com a Inglaterra, e quando a posição de vocês fica ruim, me propõem abrir negociações! Mas qual é o propósito da sua aliança com a Inglaterra? O que ela deu a vocês? — Napoleão falava depressa, obviamente já orientando suas palavras não no sentido de demonstrar as vantagens de assinar a paz e de avaliar a possibilidade de um tratado de paz, mas apenas para provar a sua razão e a sua força, e para provar o engano e os erros de Alexandre.

O início da sua fala tinha obviamente o propósito de ressaltar a vantagem da sua posição e de mostrar que, apesar disso, ele ia aceitar a abertura de negociações. Porém, depois que começou a falar, quanto mais falava, menos se via em condições de governar as próprias palavras.

Todo o propósito das suas palavras, agora, já era obviamente apenas o de exaltar a si mesmo e de aviltar Alexandre, ou seja, fazer exatamente aquilo que ele menos queria, no início da conversa.

— Dizem que vocês assinaram a paz com os turcos, é verdade?

Balachov inclinou a cabeça afirmativamente.

— Foi assinada a paz... — começou. Mas Napoleão não o deixou falar. Era evidente que tinha a necessidade de falar sozinho, e continuou a falar com a veemência e com a irritação destemperada tão comuns nas pessoas mimadas.

— Sim, eu sei, vocês assinaram a paz com os turcos, sem receber em troca a Moldávia nem a Valáquia. E eu teria dado ao seu soberano essas províncias, assim

---

28 Francês: "A vibração da minha panturrilha esquerda é um bom sinal em mim". A fonte de Tolstói é o *Memorial de Santa Helena*.

como lhe dei a Finlândia. Sim — prosseguiu —, eu prometi e teria dado ao imperador Alexandre a Moldávia e a Valáquia, mas agora ele não vai ter essas belas províncias. No entanto ele poderia ter unido essas províncias ao seu império, e estenderia a Rússia, num só reino, desde o golfo da Bótnia até a foz do Danúbio. Catarina, a Grande, não teria feito melhor — disse Napoleão, cada vez mais inflamado, enquanto andava pelo aposento e repetia para Balachov quase as mesmas palavras que dissera ao próprio Alexandre em Tilsit. — *Tout cela il l'aurait dû à mon amitié... Ah! Quel beau règne, quel beau régne!*[29] — repetiu várias vezes, parou, tirou do bolso uma tabaqueira de ouro e, com avidez, aspirou-a com o nariz.

— *Quel beau règne aurait pu être celui de l'empereur Alexandre!*[30]

Lançou um olhar de pena para Balachov e, assim que Balachov fez menção de observar algo, Napoleão interrompeu-o às pressas outra vez.

— O que pode ele desejar e procurar que não fosse encontrar na minha amizade?... — disse Napoleão, encolhendo os ombros com perplexidade. — Não, ele achou melhor rodear-se dos meus inimigos, e logo quem? — prosseguiu. — Chamou para junto de si os Stein, os Armfeldt, os Wintzingerode, os Bennigsen. Stein, um homem deportado do seu país natal; Armfeldt, um devasso e intrigante; Wintzingerode, um súdito francês foragido; Bennigsen, um pouco mais militar do que os outros, mas mesmo assim um incompetente, que nada foi capaz de fazer em 1807 e que deveria despertar no imperador Alexandre lembranças horríveis... Mas, vamos admitir, se eles fossem competentes, até que poderiam ser de alguma utilidade — continuou Napoleão, que mal dava tempo para as palavras amadurecerem, por causa das reflexões que lhe ocorriam de modo incessante e que lhe demonstravam a sua razão e a sua força (o que a seus olhos eram uma coisa só) —, mas não é assim: eles não prestam nem para a guerra, nem para a paz. Barclay, dizem, é o mais sensato de todos; mas eu não diria isso, a julgar por seus primeiros movimentos. E eles, o que fazem? O que fazem todos esses cortesãos? Pfuhl propõe, Armfeldt discute, Bennigsen reflete, e Barclay, convocado a agir, não sabe o que decidir, e o tempo vai passando. Só Bagration é um militar. É um tolo, mas tem experiência, visão e decisão... E qual o papel do seu jovem soberano no meio desse bando medonho? Eles vão comprometê-lo, vão derramar sobre ele a responsabilidade de tudo o que acontecer. *Un souverain ne doit être à l'armée que quand il est général*[31] — disse, proferindo essas palavras obviamente como um desafio lançado

---

29 Francês: "Tudo isso ele teria devido à minha amizade... Ah! Que belo reino, que belo reino!".

30 Francês: "Que belo reino poderia ter sido o do imperador Alexandre!".

31 Francês: "Um soberano não deve estar à frente do exército, a menos que seja um general".

direto ao rosto do soberano. Napoleão sabia como o imperador Alexandre desejava ser um chefe militar.

— Já faz uma semana que a campanha começou, e vocês não foram capazes de defender Vilna. Vocês foram cortados em duas partes e expulsos das províncias polonesas. O seu Exército está insatisfeito...

— Ao contrário, vossa alteza — disse Balachov, que mal tinha tempo de guardar na memória o que lhe era dito e acompanhava com dificuldade aqueles fogos de artifício de palavras —, as tropas ardem de vontade...

— Sei de tudo — cortou Napoleão. — Sei de tudo, e sei o número dos seus batalhões com a mesma exatidão com que sei o número dos meus. Vocês não têm duzentos mil homens, mas eu tenho três vezes isso. Dou a minha palavra de honra — disse Napoleão, esquecendo que a sua palavra de honra não podia ter a menor importância —, dou ao senhor *ma parole d'honneur que j'ai cinq cent trente mille hommes de ce côté de la Vistule.*[32] Os turcos não vão ajudar vocês: não prestam para nada e já mostraram isso quando assinaram a paz com vocês. E os suecos, o destino deles é serem governados por reis loucos. O rei deles era um maluco; substituíram o rei por outro, Bernadotte, que na mesma hora enlouqueceu, porque só um louco, sendo sueco, poderia fazer uma aliança com a Rússia. — Napoleão franziu as sobrancelhas com ar raivoso e ergueu de novo a tabaqueira até o nariz.

A cada frase de Napoleão, Balachov queria e tinha o que replicar; fazia a todo instante os gestos de um homem que desejava dizer algo, mas Napoleão o interrompia. Por exemplo, sobre a loucura dos suecos, Balachov queria dizer que a Suécia, ao lado da Rússia, era uma ilha; mas Napoleão gritou irritado a fim de abafar a sua voz. Napoleão se encontrava naquele estado de irritação em que é preciso falar, falar e falar, só para provar a si mesmo que está com a razão. Para Balachov, a situação era penosa: como embaixador, receava comprometer a sua dignidade e sentia que era necessário replicar; porém, como homem, ele se retraía moralmente diante do delírio de raiva sem motivo em que, era óbvio, Napoleão se encontrava. Ele sabia que todas as palavras ditas por Napoleão naquele momento não tinham importância, que ele mesmo, quando se lembrasse, mais tarde, se envergonharia delas. Balachov mantinha-se parado, de olhos baixos, olhando para as pernas grossas de Napoleão, que se mexiam, e tentava esquivar-se do olhar dele.

---

32 Francês: "minha palavra de honra que tenho quinhentos e trinta mil homens do lado de cá do Vístula".

— Mas, afinal, o que me interessam esses seus aliados? — disse Napoleão. — Eu tenho aliados, aqueles poloneses: oitenta mil deles, e lutam como leões. E vão ser duzentos mil.

E provavelmente ainda mais revoltado porque ao dizer aquilo contava uma mentira flagrante, e porque Balachov, sempre na sua pose de submissão ao destino, mantinha-se parado e em silêncio diante dele, Napoleão virou-se de modo brusco, chegou bem perto do rosto de Balachov e, fazendo gestos enérgicos e rápidos com as mãos brancas, começou quase a gritar:

— Fiquem sabendo que, se vocês lançarem a Prússia contra mim, fiquem sabendo que eu vou varrê-la do mapa da Europa — disse, com o rosto pálido, desfigurado pela raiva, e bateu uma mão pequena sobre a outra, num gesto vigoroso. — Sim, eu vou empurrar vocês para a outra margem do Dvina, para a outra margem do Dniepr, e vou restabelecer contra vocês aquela barreira que a Europa, cega e criminosa, permitiu que fosse demolida.[33] Sim, aí está o que vai acontecer com vocês, aí está o que vocês ganharam, ao se afastarem de mim — disse, e em silêncio percorreu várias vezes o aposento, sacudindo os ombros gordos. Colocou a tabaqueira no bolso do colete, tirou-a de novo, levou-a várias vezes até o nariz e parou na frente de Balachov. Continuou em silêncio, lançou um olhar zombeteiro aos olhos de Balachov e falou em voz baixa: — *Et cependant quel beau règne aurait pu avoir votre maître!*[34]

Balachov, sentindo necessidade de replicar, disse que, do ponto de vista da Rússia, a situação não se apresentava com um aspecto tão sombrio. Napoleão ficou em silêncio, continuou a olhar para ele de modo zombeteiro, e era evidente que não estava nem escutando. Balachov disse que, na Rússia, esperava-se o melhor resultado da guerra. Napoleão inclinou a cabeça com ar indulgente, como se dissesse: "Eu sei, a sua obrigação é falar assim, mas você mesmo não acredita nisso, eu convenci você".

Quando Balachov terminou de falar, Napoleão pegou a tabaqueira outra vez, aspirou nela e, como um sinal, bateu duas vezes o pé no chão. A porta abriu; um camareiro curvou-se respeitosamente, entregou um chapéu e luvas ao imperador, um outro lhe deu um lenço de nariz. Napoleão, sem olhar para eles, voltou-se para Balachov:

---

33 Napoleão se refere à Polônia, que a partir das últimas décadas do século XVIII foi três vezes repartida entre a Rússia, a Prússia e a Áustria. Em 1810, a Rússia e a França assinaram um acordo no qual Napoleão se comprometia a nunca restabelecer o reino da Polônia.

34 Francês: "E, no entanto, que belo reino poderia ter o seu senhor".

— Assegure ao imperador Alexandre, em meu nome — disse, após pegar o chapéu —, que tenho por ele a mesma dedicação de antes: eu o conheço perfeitamente e tenho o mais alto apreço por suas elevadas qualidades. *Je ne vous retiens plus, général, vous recevrez ma lettre à l'empereur.*[35] — E Napoleão seguiu depressa rumo à porta. Da sala de recepção, todos se precipitaram para a frente e escada abaixo.

VII

Depois de tudo o que Napoleão lhe dissera, depois daqueles ataques de raiva e depois das últimas palavras ditas de modo seco: "*Je ne vous retiens plus, général, vous recevrez ma lettre*", Balachov estava convencido de que Napoleão não só não desejava vê-lo, como faria todo o esforço para não vê-lo — o embaixador desacatado e, sobretudo, a testemunha da sua ira indecente. Mas, para sua surpresa, Balachov recebeu naquele dia, por intermédio de Duroc, um convite para sentar-se à mesa com o imperador.

No jantar, estavam Bessières, Caulaincourt e Berthier.

Napoleão recebeu Balachov com um aspecto alegre e afetuoso. Não só não havia nele uma expressão de acanhamento ou de recriminação contra si mesmo pelos arroubos da manhã, como, ao contrário, Napoleão se empenhou em animar Balachov. Era evidente que já fazia muito tempo que Napoleão estava convicto de que não existia nenhuma possibilidade de erro da sua parte e de que, no seu modo de ver, tudo o que ele fazia era bom, não porque fosse condizente com a noção do que é bom ou mau, mas porque *ele* havia feito.

O imperador ficou muito alegre depois do seu passeio a cavalo por Vilna, no qual multidões de pessoas haviam gritado com entusiasmo e o haviam acompanhado. Em todas as janelas das ruas por onde ele passara, foram estendidos tapetes, flâmulas e as suas insígnias, e as damas polonesas sacudiam os lenços em saudação a ele.

Durante o jantar, tendo posto Balachov ao seu lado, Napoleão tratou-o não só com carinho, mas como se o considerasse um dos seus cortesãos, uma das pessoas que apoiavam os seus planos e que deviam alegrar-se com os seus êxitos. Entre outras coisas, falou sobre Moscou e passou a fazer perguntas a Balachov a respeito da capital russa, não só como um viajante curioso indaga acerca de um lugar novo que

---

35 Francês: "Não o retenho mais, general, o senhor vai receber a minha carta para o imperador".

tem intenção de visitar, mas como se estivesse convicto de que Balachov, como russo, devia ficar lisonjeado com aquela curiosidade.

— Quantos habitantes tem Moscou, quantas casas? É verdade que Moscou é chamada de *Moscou, la sainte*?[36] Quantas igrejas existem em Moscou? — perguntava.

E, ao ouvir a resposta de que havia mais de duzentas igrejas em Moscou, ele disse:

— Mas para que esse mundo de igrejas?

— Os russos são muito devotos — respondeu Balachov.

— Aliás, um grande número de igrejas e conventos é sempre um sinal do atraso de um povo — disse Napoleão, lançando um olhar para Caulaincourt, em busca de um aplauso para aquela opinião.

Balachov respeitosamente se permitiu não concordar com a opinião do imperador francês.

— Cada país tem os seus costumes — disse.

— Mas já não existe nada parecido em nenhum lugar da Europa — disse Napoleão.

— Peço desculpas a vossa majestade — disse Balachov —, além da Rússia, há a Espanha, onde também existem muitas igrejas e conventos.

Essa resposta de Balachov, que aludia à recente derrota dos franceses na Espanha, foi altamente apreciada, mais tarde, nos relatos de Balachov na corte do imperador Alexandre, mas foi muito pouco apreciada naquele momento, no jantar de Napoleão, e passou sem ser notada.

Pelo rosto indiferente e perplexo dos senhores marechais, via-se que eles não compreendiam em que consistia aquela tirada sutil e a que aludia a entonação de Balachov. "Se por acaso ela existe, nós não a entendemos, ou então ela não tem nada de espirituoso", dizia a expressão do rosto dos marechais. A resposta de Balachov foi tão pouco apreciada que, decididamente, Napoleão nem sequer reparou nela e perguntou a Balachov, de forma ingênua, por quais cidades passava a estrada que ia dali direto a Moscou. Balachov, que esteve alerta durante todo o jantar, respondeu que *comme tout chemin mène à Rome, tout chemin mène à Moscou*,[37] que havia muitas estradas e que, entre aqueles vários caminhos, estava a estrada para Poltava, que Carlos XII havia escolhido,[38] contou Balachov, que involuntariamente se ruborizou de

---

36 Francês: "Moscou, a santa".

37 Francês: "como todos os caminhos levam a Roma, todos os caminhos levam a Moscou".

38 Referência à invasão da Rússia, em 1709, por Carlos XII, da Suécia, a quem Pedro, o Grande, derrotou em Poltava, obrigando o monarca sueco a escapar para a Turquia.

prazer com a felicidade daquela resposta. Balachov mal teve tempo de terminar de dizer as últimas palavras, "Poltava", quando Caulaincourt logo passou a falar dos incômodos da estrada de Petersburgo a Moscou e de suas lembranças de Petersburgo.

Depois do jantar, foram tomar café no escritório de Napoleão, que quatro dias antes era o escritório do imperador Alexandre. Napoleão sentou-se, mexendo o café numa xícara de Sèvres, e indicou uma cadeira ao seu lado para Balachov.

Depois do jantar, há nos homens um conhecido estado de ânimo que, mais forte do que todos os motivos racionais, obriga as pessoas a se sentirem satisfeitas consigo mesmas e a considerarem todos os outros seus amigos. Napoleão se achava nesse estado de ânimo. Parecia-lhe estar rodeado de pessoas que o adoravam. Estava convencido de que também Balachov, depois do jantar, era seu amigo e adorador. Napoleão dirigiu-se a ele com um sorriso simpático e ligeiramente irônico.

— Este é o mesmo aposento onde, pelo que me disseram, ficou alojado o imperador Alexandre. É estranho, não é mesmo, general? — disse, obviamente sem que passasse nem de longe pela sua cabeça que tal comentário poderia não ser agradável ao seu interlocutor, pois mostrava a superioridade dele, Napoleão, sobre Alexandre.

Balachov nada podia retrucar e inclinou a cabeça em silêncio.

— Sim, neste aposento, quatro dias atrás, reuniram-se Wintzingerode e Stein — prosseguiu Napoleão, com o mesmo sorriso irônico e convencido. — O que não consigo entender — disse ele — é o fato de o imperador Alexandre ter se aproximado de todos os meus inimigos pessoais. Isso eu não... entendo. Será que ele não pensou que eu poderia fazer o mesmo? — Com a pergunta, voltou-se para Balachov, e pelo visto aquela lembrança arrastou-o de novo para o trilho da raiva da manhã, ainda fresca em sua memória.

— Pois que ele saiba que vou fazer isso — disse Napoleão, levantando e afastando a xícara com a mão. — Vou enxotar da Alemanha todos os seus parentes, os Württemberg, os Baden, os Weimar... sim, vou enxotá-los. Que ele trate de preparar um refúgio para eles na Rússia!

Balachov inclinou a cabeça, mostrando com o seu aspecto que gostaria de se despedir e que só escutava porque não podia deixar de escutar o que lhe diziam. Napoleão não percebeu aquela expressão; tratava Balachov não como um emissário do seu inimigo, mas como um homem agora inteiramente devotado a ele e que devia alegrar-se com a humilhação do seu antigo senhor.

— E para que o imperador Alexandre assumiu o comando do Exército? Para que isso? A guerra é o meu ofício, mas o dele é reinar, e não comandar tropas. Para que tomou para si tal responsabilidade?

Napoleão pegou de novo a tabaqueira, percorreu o aposento várias vezes, em silêncio, e de repente, de modo inesperado, aproximou-se de Balachov e, com um leve sorriso muito convencido, rápido e simples, como se fizesse algo não só importante, mas também agradável para os interesses de Balachov, ergueu a mão até o rosto do general russo de quarenta anos e, segurando-o pela orelha, puxou-a de leve, sorrindo só com os lábios.

Avoir l'oreille tirée par l'empereur[39] era considerado uma grande honra e uma grande mercê na corte francesa.

— *Eh bien, vous ne dites rien, admirateur et courtisan de l'empereur Alexandre?*[40] — disse ele, como se fosse engraçado ter em sua presença um *courtisan* e *admirateur* de alguém que não ele mesmo, Napoleão. — Os cavalos para o general estão prontos? — acrescentou, inclinando a cabeça de leve, em resposta à reverência de Balachov. — Deem os meus cavalos para ele, vai ter de *viajar para longe*...

A carta levada por Balachov foi a última carta de Napoleão para Alexandre. Todos os detalhes da conversa foram transmitidos ao imperador russo, e a guerra começou.

VIII

Depois do seu encontro com Pierre em Moscou, o príncipe Andrei partiu para Petersburgo a negócios, como disse aos seus familiares, mas na verdade com a intenção de encontrar o príncipe Anatole Kuráguin, a quem julgava indispensável encontrar. Kuráguin, sobre o qual ele procurara informações ao chegar à cidade, já não estava em Petersburgo. Pierre tinha avisado ao cunhado que o príncipe Andrei iria procurá-lo. Anatole Kuráguin prontamente conseguiu receber uma nomeação do ministro da Guerra e partiu para o Exército da Moldávia. Ao mesmo tempo, em Petersburgo, o príncipe Andrei encontrou Kutúzov, o seu antigo general, sempre simpático a ele, e Kutúzov propôs irem os dois juntos para o Exército da Moldávia, onde o velho general tinha sido nomeado comandante em chefe. O príncipe Andrei recebeu um cargo no Estado-Maior e partiu para a Turquia.

O príncipe Andrei achava inconveniente escrever para Kuráguin e desafiá-lo. Sem que ele tivesse dado um novo motivo para um duelo, o príncipe Andrei achava que um desafio da sua parte iria comprometer a condessa Rostova, e por

---

39 Francês: "Ter a orelha puxada pelo imperador".
40 Francês: "E então, o senhor não diz nada, admirador e cortesão do imperador Alexandre?".

isso procurava ter um encontro pessoal com Kuráguin, durante o qual tinha intenção de encontrar um novo motivo para um duelo. Porém, no Exército da Turquia, ele tampouco teve ocasião de encontrar Kuráguin, que voltara para a Rússia logo depois da chegada do príncipe Andrei. Em um novo país e em novas condições de vida, para o príncipe Andrei tornou-se mais fácil viver. Depois da traição da noiva, que o abalava com tanto mais força quanto maior o seu empenho para esconder de todos o efeito disso sobre ele, as antigas condições de vida nas quais ele tinha sido feliz eram penosas para o príncipe Andrei, e mais penosas ainda eram a liberdade e a independência, que antes ele prezava tanto. Não só não pensava naquelas ideias que lhe ocorreram pela primeira vez ao fitar o céu no campo de batalha de Austerlitz, ideias que ele gostava de desenvolver em conversas com Pierre e que enchiam a sua solidão em Bogutchárovo, e depois na Suíça e em Roma, como também temia até recordar aquelas ideias, que revelavam horizontes luminosos e infinitos. Agora só lhe interessavam os assuntos mais imediatos, práticos, sem nenhuma relação com os seus interesses de antes, assuntos aos quais ele se apegava com uma avidez tanto maior quanto mais os antigos interesses estavam bloqueados para ele. Como se aquela abóbada celeste infinita e longínqua, que antes estava parada acima dele, de repente tivesse se transformado numa abóbada baixa, delimitada, que o oprimia, e na qual tudo estava claro, mas na qual nada era eterno e misterioso.

Entre as atividades que se apresentavam a ele, a do serviço militar era a mais simples e a que melhor conhecia. Na função de general de serviço no Estado-Maior de Kutúzov, ele se ocupava das tarefas com afinco e zelo, despertando a admiração de Kutúzov com a sua vontade de trabalhar e o seu esmero. Ao não encontrar Kuráguin na Turquia, o príncipe Andrei não achou necessário partir a galope atrás dele, de novo, para a Rússia; porém, mesmo assim, sabia que, por mais que o tempo passasse, não conseguiria, ao encontrar Kuráguin, apesar de todo o desprezo que tinha por ele, apesar de todas as provas que apresentava a si mesmo de que não valia a pena rebaixar-se a um conflito com ele, sabia que, ao encontrá-lo, não poderia deixar de desafiá-lo, assim como um esfomeado não consegue deixar de atirar-se sobre um prato de comida. E essa consciência de que a ofensa ainda não fora vingada, de que o rancor não fora desafogado, mas continuava no coração, envenenava a calma artificial que o príncipe Andrei construíra para si na Turquia sob a aparência de uma atividade preocupada, inquieta, e também um pouco ambiciosa e vaidosa.

No ano de 1812, quando as notícias da guerra com Napoleão chegaram a Bucareste (onde, havia dois meses, Kutúzov passava os dias e as noites na casa da amante valáquia), o príncipe Andrei pediu a Kutúzov a sua transferência para o exército ocidental. Kutúzov, a quem Bolkónski já se tornara importuno com a sua atividade, que servia como uma censura à indolência do comandante, dispensou o príncipe Andrei de muito bom grado e lhe deu uma missão junto a Barclay de Tolly.

Antes de ir para o exército, que em maio se encontrava num acampamento em Drissa,[41] o príncipe Andrei passou em Montes Calvos, que ficava no mesmo caminho, a três verstas da grande estrada de Smolensk. Nos últimos três anos, a vida do príncipe Andrei dera tantas voltas, ele havia refletido e sofrido tanto, tinha visto tanta coisa (viajara para oeste e para leste), que teve uma impressão estranha e inesperada ao encontrar Montes Calvos exatamente igual a antes, em seus menores detalhes — a vida corria exatamente igual. Entrou pela alameda e pelo portão de pedra da casa de Montes Calvos como se entrasse num castelo encantado e adormecido. A mesma gravidade, a mesma limpeza, o mesmo silêncio continuavam na casa, os mesmos móveis, as mesmas paredes, os mesmos sons, o mesmo cheiro e os mesmos rostos tímidos, apenas um pouco mais velhos. A princesa Mária continuava a mesma jovem tímida, feia, que envelhecia e, sem alegria e sem nenhum proveito, consumia os melhores anos da vida, no temor e em eternos sofrimentos morais. Bourienne continuava a mesma jovem coquete, satisfeita consigo mesma, que desfrutava alegremente todos os minutos da vida, sempre repleta das esperanças mais alegres para si. Apenas ficara mais confiante, assim pareceu ao príncipe Andrei. O preceptor Dessalles, que ele trouxera da Suíça, vestia um casacão à moda russa, falava com os criados numa língua russa desfigurada, mas continuava o mesmo preceptor culto, honesto, pedante e de inteligência limitada. O velho príncipe só mudara de aparência pelo fato de, no canto da boca, notar-se a falta de um dente; quanto ao estado de ânimo, era o mesmo de antes, apenas com uma irritação ainda maior e com ainda mais desconfiança em relação ao que se passava no mundo. Só Nikóluchka havia crescido, havia mudado, estava mais corado, ganhara muitos cabelos castanhos e cacheados e, sem que ele mesmo soubesse disso, ria e se alegrava levantando o lábio inferior da boquinha bonita exatamente como fazia a falecida pequena princesa. Só ele não seguia a lei da imutabilidade naquele castelo encantado e adormecido. Porém, embora exteriormente tudo permanecesse como antes, as relações internas de todas aquelas pessoas haviam mudado desde a última vez que o príncipe Andrei estivera com elas. Os membros da família estavam divididos em dois campos, estranhos e hostis entre si, que convergiam agora só por causa da presença dele — modificando, por causa dele, a sua forma de vida habitual. A um campo pertenciam o velho príncipe, Mlle Bourienne e o arquiteto, e ao outro campo, a princesa Mária, Dessalles, Nikóluchka e todas as babás e governantas.

---

41 Posição fortificada perto da cidade de Drissa, na margem esquerda do Dvina ocidental.

Durante a sua estada em Montes Calvos, todos os moradores faziam as refeições juntos, mas todos se mostravam incomodados, e o príncipe Andrei sentia que era um hóspede para o qual abriam uma exceção e que molestava a todos com a sua presença. No jantar do primeiro dia, o príncipe Andrei, incapaz de não perceber o que se passava, manteve-se calado, e o velho príncipe, notando a situação artificial em que estava o filho, também emudeceu com ar sombrio e foi para o quarto logo depois do jantar. À noite, quando o príncipe Andrei foi ao quarto do pai e, no intuito de animá-lo, pôs-se a contar sobre a campanha do jovem conde Kamiénski, o velho príncipe, de modo inesperado, começou uma conversa a respeito da princesa Mária, censurando-a por sua superstição, por sua falta de afeição por Mlle Bourienne, que, segundo as palavras do velho príncipe, era sinceramente dedicada a ele.

O velho príncipe disse que, se estava doente, era só por causa da princesa Mária; que ela o atormentava e o irritava de propósito; que estragava a educação do pequeno príncipe Nikolai com excesso de mimos e conversas tolas. O velho príncipe sabia muito bem que atormentava a filha, que a vida dela era muito penosa, mas também sabia que não podia deixar de atormentá-la e que ela o merecia. "Por que o príncipe Andrei, que está vendo isso, não me diz nada a respeito da irmã?", pensou o velho príncipe. "O que ele está pensando? Que sou um canalha ou um velho imbecil que sem nenhum motivo se afastou da filha e aproximou de si uma francesa? Ele não entende, e por isso é preciso explicar-lhe, é preciso que ele escute até o fim", pensou o velho príncipe. E passou a explicar as razões pelas quais não conseguia suportar o caráter estúpido da filha.

— Se o senhor não me perguntasse — disse o príncipe Andrei, sem olhar para o pai (pela primeira vez na vida, ele censurava o pai) —, eu preferiria não falar; mas se o senhor me pergunta, digo francamente ao senhor a minha opinião a respeito de tudo isso. Se existem mal-entendidos e discórdia entre o senhor e Macha, não posso de maneira alguma culpá-la... Eu sei como ela ama e respeita o senhor. Mas se o senhor me pergunta — prosseguiu o príncipe Andrei, exasperando-se, porque ultimamente andava sempre à beira da exasperação —, então eu só posso dizer uma coisa: se existem mal-entendidos, a causa deles é uma mulher insignificante que não deveria ser amiga da minha irmã.

De início, o velho fitou o filho com os olhos parados e um sorriso forçado que revelou a nova falha nos dentes, à qual o príncipe Andrei não conseguia se acostumar.

— Que amiga é essa, meu caro? Hã? Já andou conversando! Hã?

— Papai, eu preferia não ser um juiz — disse o príncipe Andrei num tom áspero e duro —, mas o senhor me provocou, e eu disse e sempre vou dizer que a princesa Mária não tem culpa, e os culpados... A culpada é essa francesa...

— Ah, ele julgou!... Julgou!... — disse o velho em voz baixa e, assim pareceu ao príncipe Andrei, com alguma perturbação, mas depois, de repente, levantou-se de um salto e começou a gritar: — Fora, fora! Não quero ver nem sombra de você por aqui!...

O príncipe Andrei quis partir na mesma hora, mas a princesa Mária convenceu-o a ficar mais um dia. Nesse dia, o príncipe Andrei não encontrou o pai, que não saiu de seus aposentos nem permitiu a entrada de ninguém, exceto de Mlle Bourienne e de Tíkhon, e perguntou várias vezes se o filho havia partido. No dia seguinte, antes da partida, o príncipe Andrei foi à ala da casa onde ficava o filho. Saudável, de cabelos cacheados como a mãe, o menino sentou-se sobre os joelhos do pai. O príncipe Andrei começou a lhe contar a história do Barba-Azul, mas antes de terminá-la perdeu-se em devaneios. Não estava pensando naquele menino bonito, seu filho, no momento em que o segurava sobre os joelhos, estava pensando em si mesmo. Com horror, procurava em si, e não encontrava, nem arrependimento por ter irritado o pai, nem pesar por (em desavença com o pai pela primeira vez na vida) separar-se do velho príncipe. O mais importante de tudo, para o príncipe Andrei, era que procurava em si e não encontrava a antiga ternura pelo filho, a qual ele contava despertar em si mesmo ao acariciar o menino e sentá-lo sobre os seus joelhos.

— Vamos, conte para mim — disse o filho. O príncipe Andrei, sem lhe responder, retirou-o dos joelhos e saiu do quarto.

Assim que o príncipe Andrei deixou para trás suas ocupações cotidianas, e sobretudo assim que voltou às suas antigas condições de vida, nas quais ainda se achava quando era feliz, o tédio da vida dominou-o com a mesma força de antes, e ele tratou de fugir o mais depressa possível daquelas recordações e de encontrar o mais depressa possível alguma ocupação.

— Você está indo embora mesmo, *André*? — perguntou a irmã.

— Graças a Deus, eu posso ir embora — disse o príncipe Andrei —, lamento muito que você não possa.

— Para que diz isso? — falou a princesa Mária. — Para que diz isso agora, quando você parte para essa guerra terrível e quando ele está tão velho! Mademoiselle Bourienne disse que ele perguntou por você... — Assim que a princesa Mária começou a falar disso, seus lábios começaram a tremer, e as lágrimas correram. O príncipe Andrei lhe deu as costas e pôs-se a andar pelo quarto.

— Ah, meu Deus! Meu Deus! — disse ele. — Quando a gente pensa o que e quem e que gente insignificante pode ser a causa da infelicidade dos outros! — exclamou com um rancor que assustou a princesa Mária.

Ela entendeu que, ao falar de pessoas que chamava de insignificantes, o irmão se referia não só a Mlle Bourienne, que lhe causava desgosto, mas também àquele homem que havia destruído a sua felicidade.

— *André*, vou pedir só uma coisa, eu lhe suplico — disse, segurando o cotovelo do irmão e fitando-o através das lágrimas com os olhos brilhantes. — Compreendo você (a princesa Mária baixou os olhos). Não pense que são as pessoas que produzem a dor. As pessoas são instrumentos Dele. — Lançou um olhar um pouco acima da cabeça do príncipe Andrei, com aquela expressão segura, habitual, com a qual se olha para o lugar conhecido onde está pendurado um retrato. — A dor é enviada por Ele, não pelas pessoas. As pessoas são o instrumento Dele, elas não têm culpa. Se lhe parece que alguém é culpado em relação a você, esqueça e perdoe. Não temos o direito de punir. E você vai compreender a felicidade de perdoar.

— Se eu fosse mulher, faria isso, *Marie*. É uma virtude feminina. Mas um homem não deve e não pode esquecer e perdoar — disse e, embora até aquele instante não tivesse pensado em Kuráguin, todo o rancor não vingado ergueu-se de repente dentro do seu coração. "Se a princesa Mária quer me convencer a perdoar, isso quer dizer que eu já devia tê-lo castigado há muito tempo", pensou ele. Sem responder mais nada à princesa Mária, pôs-se a pensar agora naquele minuto alegre, rancoroso, em que ele iria se encontrar com Kuráguin, que (ele sabia) estava no Exército.

A princesa Mária implorou ao irmão que esperasse mais um dia, ela disse saber que o pai ia ficar infeliz se Andrei partisse sem se reconciliar com ele; mas o príncipe Andrei respondeu que, provavelmente, ele voltaria do Exército em breve, que escreveria sem falta para o pai e que agora, quanto mais tempo ficasse lá, mais forte se tornaria a discórdia.

— *Adieu, André! Rappelez-vous que les malheurs viennent de Dieu et que les hommes ne sont jamais coupables*[42] — foram as últimas palavras que ouviu da irmã, quando se despediu.

"Tem de ser assim!", pensou o príncipe Andrei, enquanto saía pela alameda da casa de Montes Calvos. "Ela, uma criatura pobre e inocente, vai ficar à mercê de um velho enlouquecido. O velho sente que é culpado, mas não consegue mudar. O meu menino cresce e se diverte com a vida, na qual ele será, como todos, um enganado ou um enganador. Eu estou indo para o Exército, para quê? Nem eu sei, e quero encontrar o homem que desprezo, a fim de lhe dar a chance de me matar

---

42 Francês: "Adeus, Andrei! Lembre-se de que as infelicidades vêm de Deus e de que os homens nunca são culpados".

e ainda por cima rir de mim!" Eram as mesmas condições de vida de antes, mas antes elas estavam unidas umas às outras, ao passo que agora todas se desagregaram. Só imagens absurdas, uma após a outra, e sem nenhum nexo, vieram ao pensamento do príncipe Andrei.

IX

O príncipe Andrei chegou ao quartel-general do Exército no final de junho. As tropas do primeiro exército, aquele em que se encontrava o soberano, estavam no acampamento fortificado em Drissa; as tropas do segundo exército estavam recuando, no intuito de unir-se ao primeiro exército, do qual — pelo que diziam — estavam separadas por grandes tropas francesas. Todos estavam insatisfeitos com o curso geral das operações de guerra no Exército russo; mas não passava pela cabeça de ninguém o risco de uma invasão das províncias russas, ninguém supunha que a guerra poderia ir além das províncias polonesas ocidentais.[43]

À margem do rio Drissa, o príncipe Andrei encontrou Barclay de Tolly, a cujo serviço ele fora designado. Como não havia nenhum grande povoado ou vila nos arredores do acampamento, toda a enorme quantidade de generais e cortesãos que estavam no exército se instalaram nas melhores casas das aldeias, num raio de dez verstas do acampamento, dos dois lados do rio. Barclay de Tolly estava alojado a quatro verstas do soberano. Recebeu Bolkónski de modo frio e seco e, com o seu sotaque alemão, disse que pediria ao soberano que determinasse um posto para ele e pediu que, enquanto isso, ficasse no seu quartel-general. Anatole Kuráguin, que o príncipe Andrei contava encontrar no exército, não estava ali: estava em Petersburgo, e essa notícia agradou a Bolkónski. O interesse pelo centro onde se engendrava a imensa guerra dominava o príncipe Andrei, e ele estava contente por livrar-se, por algum tempo, da irritação que o pensamento em Kuráguin produzia nele. Nos primeiros quatro dias, durante os quais nada lhe foi exigido, o príncipe Andrei percorreu todo o acampamento fortificado e, com a ajuda de seus conhecimentos e de conversas com pessoas entendidas no assunto, tentou formar uma ideia clara da situação. Mas a questão de ser vantajoso ou desvantajoso aquele acampamento permanecia sem solução para o príncipe Andrei. Já conseguira, com base na sua experiência militar, chegar à conclusão de que, em assuntos de guerra, nada significam os planos elucubrados com a maior

---

43 As províncias a oeste de Smolensk — incluindo aquelas anexadas à Rússia sete anos antes — continuavam a ser chamadas de "províncias polonesas".

profundidade (como vira na campanha de Austerlitz), tudo depende de como se reage às ações inesperadas e imprevisíveis do inimigo, tudo depende de como e de quem conduz toda a operação. A fim de esclarecer para si mesmo esta última questão, o príncipe Andrei, aproveitando sua posição e seus conhecidos, tentou sondar o caráter do comando do exército, das pessoas e dos grupos que dele participavam, e chegou à seguinte conclusão quanto ao quadro geral das operações:

Quando o soberano ainda estava em Vilna, o exército tinha sido dividido em três: o primeiro exército se encontrava sob o comando de Barclay de Tolly; o segundo, sob o comando de Bagration; o terceiro, sob o comando de Tormássov. O soberano estava no primeiro exército, mas não na condição de comandante em chefe. Na ordem do dia, não estava dito que o soberano iria comandar, dizia-se apenas que o soberano estaria no exército. Além disso, o soberano, pessoalmente, não tinha a seu serviço o Estado-Maior do comandante em chefe, e sim o Estado-Maior do quartel-general imperial. A seu serviço estava o chefe do Estado-Maior imperial, o general do quartel-general, príncipe Volkónski, além de generais, ajudantes de ordens, diplomatas e uma grande quantidade de estrangeiros, mas não o Estado-Maior do Exército. Além disso, sem nenhuma função junto ao soberano, estavam ali: Araktchéiev — ex-ministro da Guerra —, o conde Bennigsen — o general mais antigo na sua patente —, o grão-duque tsarévitche Konstantin Pávlovitch, o conde Rumiántsev — chanceler —, Stein — ex-ministro prussiano —, Armfeldt — general sueco —, Pfuhl — principal autor do plano de campanha —, o general ajudante de ordens Paulucci — natural da Sardenha —, Woltzogen e muitos outros. Embora essas pessoas não tivessem cargos militares no Exército, tinham influência devido à sua posição, e muitas vezes um comandante de unidade e mesmo o comandante em chefe não sabia em que qualidade lhe faziam perguntas ou lhe davam conselhos Bennigsen, ou o grão-duque, ou Araktchéiev, ou o príncipe Volkónski, e não sabia se esta ou aquela ordem em forma de conselho provinha daquela pessoa ou do próprio soberano, e se era preciso cumpri-la ou não. Mas essa era apenas a situação exterior; o significado essencial da presença do soberano e de todas aquelas pessoas, do ponto de vista da corte (e na presença do soberano todos se tornavam cortesãos), estava claro para todos. E era o seguinte: o soberano não assumiu o posto de comandante em chefe, mas dava ordens para todo o exército; as pessoas em torno dele eram seus auxiliares. Araktchéiev era um fiel executor, guardião da ordem e guarda-costas do soberano; Bennigsen era um senhor de terras da província de Vilna, parecia fazer *les honneurs*[44] da localidade e no fundo era um bom ge-

---

44 Francês: "as honras".

neral, útil para dar conselhos e para se ter sempre à mão para substituir Barclay. O grão-duque estava ali porque lhe era conveniente. O ex-ministro Stein estava ali porque era útil para dar conselhos e porque o imperador Alexandre prezava muito as suas qualidades pessoais. Armfeldt era um inimigo encarniçado de Napoleão e um general seguro de si, que tinha sempre influência sobre Alexandre. Paulucci estava ali porque era destemido e categórico nas palavras. Os generais ajudantes de ordens estavam ali porque estavam em toda parte onde estivesse o soberano e, por último — e mais importante —, Pfuhl estava ali porque havia elaborado o plano de guerra contra Napoleão e, depois de induzir Alexandre a acreditar na viabilidade desse plano, dirigia toda a operação de guerra. A serviço de Pfuhl, estava Woltzogen, que transmitia as ideias de Pfuhl de modo mais acessível do que o próprio Pfuhl, um teórico de gabinete, ríspido e arrogante até o desprezo por todos.

Além das pessoas citadas, russas e estrangeiras (em especial as estrangeiras, que, com a audácia inerente às pessoas que agem num ambiente estranho, todos os dias propunham ideias novas e inesperadas), havia ainda muitas pessoas de um grau secundário, que se mantinham junto ao exército porque ali estavam os seus superiores.

Em meio a todas as ideias e vozes daquele mundo enorme, inquieto, radiante e orgulhoso, o príncipe Andrei via mais acentuada a seguinte divisão de orientação e de partido:

O primeiro partido era o de Pfuhl e de seus seguidores, os teóricos da guerra, convencidos de que existe uma ciência da guerra e de que essa ciência tem suas leis invariáveis, as leis do movimento oblíquo, do movimento pelos flancos etc. Pfuhl e os seus seguidores queriam uma retirada para o interior do país, uma retirada segundo as leis exatas, prescritas pela suposta teoria da guerra, e em qualquer desvio de tal teoria viam apenas barbárie, ignorância ou má-fé. A esse partido, pertenciam os príncipes alemães, Woltzogen, Wintzingerode e outros, sobretudo alemães.

O segundo partido era frontalmente contrário ao primeiro. Como sempre acontece, num extremo encontram-se sempre exemplos do outro extremo. As pessoas desse partido eram aquelas que, ainda em Vilna, queriam um avanço para o interior da Polônia e liberdade em relação a quaisquer planos previamente traçados. Além de serem defensores de ações audaciosas, os representantes desse partido eram ao mesmo tempo defensores do nacionalismo, e por causa disso se mostravam ainda mais unilaterais na discussão. Esses eram russos: Bagration, Ermólov, que começava a ascender, e outros. Nessa ocasião, difundira-se uma famosa piada sobre Ermólov, de que ele teria pedido uma graça ao soberano: torná-lo alemão. As pessoas desse partido diziam, lembrando Suvórov, que não era preciso raciocinar nem espetar alfinetes em mapas, e sim lutar, vencer o inimigo, não permitir que entrasse na Rússia e não deixar que as tropas desanimassem.

Ao terceiro partido, aquele em que o soberano tinha mais confiança, pertenciam os cortesãos que faziam acordos entre as duas outras tendências. As pessoas desse partido, que na maioria não eram militares e entre as quais estava Araktchéiev, pensavam e diziam aquilo que pensavam as pessoas comuns, não tinham convicções, mas queriam dar a impressão de que tinham. Diziam que, sem dúvida, a guerra, em especial com um gênio como Bonaparte (eles o chamavam de novo de Bonaparte), exigia considerações refletidas a fundo, um saber profundo da ciência, e em tal assunto Pfuhl era genial; porém, ao mesmo tempo, era impossível não reconhecer que os teóricos muitas vezes eram parciais e que por isso não era preciso confiar neles integralmente, era preciso prestar atenção também no que diziam os opositores de Pfuhl e no que diziam as pessoas práticas, experientes em assuntos de guerra, e adotar o meio-termo de tudo isso. As pessoas desse partido insistiam em manter as posições no acampamento de Drissa conforme o plano de Pfuhl, mas em mudar os deslocamentos dos demais exércitos. Embora tal forma de ação não alcançasse nem um objetivo nem outro, as pessoas desse partido achavam que assim era melhor.

A quarta tendência era aquela cujo representante mais destacado era o grão-duque, herdeiro tsarévitche, que não conseguia esquecer a sua frustração em Austerlitz, onde ele, como numa revista de tropas, partira a galope à frente da guarda, de capacete e jaqueta de cavalaria, julgando que era fácil esmagar os franceses e, ao se ver de forma inesperada na linha de frente, só a muito custo conseguiu escapar em meio à confusão geral. As pessoas desse partido tinham, em seus juízos, a qualidade e também o defeito da sinceridade. Temiam Napoleão, nele viam a força, em si viam a fraqueza e exprimiam isso de modo franco. Diziam: "Nada sairá de tudo isso, senão mágoa, vergonha e destruição! Vejam, assim como perdemos Vilna, perdemos Vítebsk, e perderemos também Drissa. Só nos resta uma coisa inteligente a fazer, selar a paz, e o mais depressa possível, enquanto não nos enxotam de Petersburgo!".

Tal opinião, fortemente difundida nas altas esferas do Exército, encontrava apoio também em Petersburgo, e no chanceler Rumiántsev, que por outras razões de Estado também era a favor da paz.

O quinto era o dos seguidores de Barclay de Tolly, não tanto como pessoa, mas como ministro da Guerra e comandante em chefe. Diziam: "Seja ele o que for (sempre começavam assim), é um homem honesto, competente, e não há outro melhor. Temos de dar a ele o poder de fato, porque a guerra não pode ser vitoriosa sem um comando único, e ele vai mostrar aquilo que é capaz de fazer, como já mostrou na Finlândia.[45] Se o nosso exército está organizado e forte e conseguiu recuar até Drissa sem sofrer nenhum revés, devemos isso apenas a Barclay. Se agora trocarem Barclay por Bennigsen, tudo estará perdido, porque Bennigsen já mostrou sua incompetência em 1807", diziam as pessoas desse partido.

O sexto, o dos bennigsenistas, dizia, ao contrário, que apesar de tudo não havia ninguém mais capaz e mais experiente do que Bennigsen e que, por mais que procurassem por toda parte, acabariam se voltando para ele. As pessoas desse partido demonstravam que toda a nossa retirada para Drissa tinha sido a mais vergonhosa das derrotas e uma ininterrupta série de erros. "Quanto mais erros cometem", diziam eles, "melhor: pelo menos mais depressa compreenderemos que assim não pode continuar. E que não precisamos de nenhum Barclay, mas de um homem como Bennigsen, que já deu provas de si em 1807 e a quem o próprio Napoleão fez justiça, um homem cuja autoridade seria reconhecida de bom grado — só existe um homem assim, Bennigsen."

O sétimo era das pessoas que sempre existem, em especial em torno dos soberanos jovens, e que eram especialmente numerosas junto ao imperador Alexandre — generais e ajudantes de ordens apaixonadamente dedicados ao soberano, não como imperador, mas como um homem a quem adoravam sinceramente e de forma desinteressada, assim como Rostóv o cultuava em 1805, e que viam nele não só todas as virtudes, mas também todas as qualidades humanas. Tais pessoas, embora se maravilhassem com a modéstia do soberano em ter recusado o comando das tropas, julgavam isso um excesso de modéstia e só desejavam uma coisa, e disso faziam questão — que o adorado soberano abandonasse a excessiva falta de confiança em si mesmo e proclamasse abertamente que se tornaria o chefe das tropas, organizasse em torno de si o quartel-general do comandante em chefe e, tomando conselhos com teóricos e práticos experientes quando necessário, comandasse ele mesmo as suas tropas, que só com isso já seriam levadas ao mais alto grau de entusiasmo.

O oitavo, o maior grupo de pessoas, que por sua enorme quantidade tinha em relação aos demais uma proporção de 99 para 1, era formado por pessoas que não queriam nem a paz, nem a guerra, nem movimentos ofensivos, nem acampamento fortificado em Drissa nem em parte alguma, nem Barclay, nem o soberano, nem Pfuhl, nem Bennigsen, mas queriam apenas uma coisa, a mais importante de

---

45 Em maio de 1809, Barclay foi nomeado governador-geral da Finlândia, anexada à Rússia após a Guerra Russo-Sueca (1808-9). Nessa guerra, conseguiu uma vitória decisiva em Umea, após uma ousada marcha de dois dias sobre o gelo com suas tropas.

todas: as maiores vantagens e recompensas para si mesmas. Naquela água turva de intrigas entrecruzadas e emaranhadas que fervilhavam no quartel-general do soberano, era perfeitamente possível alcançar sucesso em coisas que seriam impensáveis noutra época. Um, só por não querer perder sua posição vantajosa, hoje concordava com Pfuhl, amanhã com o seu oponente, depois de amanhã sustentava que não tinha opinião nenhuma a respeito de uma questão muito conhecida, só para esquivar-se da responsabilidade e para agradar ao soberano. Outro, por desejar adquirir vantagens, chamava para si a atenção do soberano, gritando bem alto aquilo que o soberano havia sugerido na véspera, debatia e gritava no conselho, batendo no peito e desafiando para um duelo os que discordavam e mostrando, com isso, que estava disposto a se sacrificar pelo bem comum. Um terceiro, entre duas reuniões do conselho e na ausência dos inimigos, simplesmente implorava para si um subsídio pago de uma só vez, em recompensa por seus fiéis serviços, ciente de que, naquele momento, jamais iriam recusar o pedido. Um quarto aparecia toda hora por acaso aos olhos do soberano, sempre assoberbado de trabalho. Um quinto, a fim de alcançar um objetivo desejado fazia muito tempo — um almoço com o soberano —, demonstrava de modo encarniçado o caráter justo ou injusto de uma opinião formulada recentemente e para isso criava argumentos mais ou menos fortes e razoáveis.

Todas as pessoas desse partido andavam à caça de rublos, medalhas, títulos, e nessa busca apenas seguiam a direção do cata-vento da indulgência do tsar, e assim que notavam que o cata-vento estava virado para um lado, toda essa massa de zangões parasitas do Exército passava a soprar para aquele mesmo lado, de modo que se tornava ainda mais difícil para o tsar virá-lo para outro sentido. Em meio à incerteza da situação, em face de perigos sérios e ameaçadores, que infundiam em tudo um caráter especialmente perturbador, em meio àquele turbilhão de intrigas, vaidades, confrontos de opiniões discordantes e de sentimentos, em face da diversidade dos povos de todas aquelas pessoas, esse oitavo partido, o maior de todos, formado por pessoas dedicadas aos seus interesses pessoais, imprimia uma grande complicação e confusão à tarefa comum. Qualquer que fosse a questão levantada, logo o enxame dos zangões parasitas, sem que tivessem ainda terminado de soar as trombetas acerca do assunto anterior, voavam para o assunto novo e, com seu zumbido, abafavam e toldavam as vozes que debatiam com sinceridade.

De todos esses partidos, na ocasião em que o príncipe Andrei chegou ao Exército, formara-se mais um, o nono partido, que estava começando a erguer a voz. Era o partido das pessoas velhas, sensatas, experientes em assuntos de Estado, que, sem partilhar nenhuma daquelas opiniões contraditórias, conseguiam examinar de forma distanciada tudo o que se passava no quartel-general e refletir em busca de um meio para sair daquela incerteza, indecisão, confusão e fraqueza.

As pessoas desse partido diziam e pensavam que todo o mal provinha sobretudo da presença do soberano com sua corte militar junto ao exército; que havia se transmitido para o exército aquela indecisa, condicional e flutuante instabilidade das relações, que podia ser conveniente na corte, mas era nociva no exército; que o soberano precisava reinar, e não comandar as tropas; que a única saída para tal situação era afastar do exército o tsar e sua corte; que a simples presença do tsar paralisava cinquenta mil soldados, necessários para garantir a sua segurança pessoal; que até o pior comandante em chefe, contanto que independente, seria melhor do que o melhor de todos tolhido pela presença e pela autoridade do soberano.

Na mesma ocasião em que o príncipe Andrei vivia em Drissa sem nenhuma atribuição, Chichkóv, secretário de Estado e um dos principais representantes desse partido, redigiu uma carta para o soberano, que Balachov e Araktchéiev concordaram em subscrever. Na carta, fazendo uso da autorização que o soberano lhe concedera para discutir o curso geral das operações, Chichkóv, respeitosamente, e sob o pretexto da necessidade de o soberano insuflar ânimo para a guerra no povo na capital, sugeria ao soberano que se afastasse das tropas.

Estimular o ânimo do povo por meio do soberano e apelar a ele em defesa da pátria — exatamente aquele estado de ânimo do povo (até certo ponto resultado da presença pessoal do soberano em Moscou) que foi a causa principal da vitória da Rússia — foi a proposta apresentada ao soberano e lhe agradou como pretexto para afastar-se do exército.

X

Essa carta ainda não tinha sido entregue ao soberano quando Barclay, durante o almoço, comunicou a Bolkónski que o soberano gostaria de falar pessoalmente com o príncipe Andrei a fim de interrogá-lo sobre a Turquia, e que o príncipe Andrei devia apresentar-se nos aposentos de Bennigsen às seis horas da tarde.

No mesmo dia, nos aposentos do soberano, chegou a notícia de um novo deslocamento de Napoleão, que podia se tornar perigoso para o Exército — notícia que mais tarde se revelou infundada. E, na mesma manhã, o coronel Michaux, ao contornar com o soberano a fortificação de Drissa, demonstrou ao soberano que o acampamento fortificado, construído por Pfuhl e considerado, até então, uma *chef-d'œuvre*[46] da tática que havia de aniquilar Napoleão — que o acampamento fortificado era uma bobagem e a ruína do Exército russo.

O príncipe Andrei chegou aos aposentos do general Bennigsen, que estava alojado numa pequena casa senhorial bem na beira do rio. Nem Bennigsen, nem o soberano estavam lá; mas Tcherníchev, ajudante de ordens do soberano, recebeu Bolkónski e informou-lhe que o soberano tinha ido com o general Bennigsen e o marquês Paulucci, pela segunda vez naquele mesmo dia, percorrer a muralha do acampamento de Drissa, de cuja conveniência começavam a duvidar seriamente.

Tcherníchev estava sentado com um romance francês junto à janela do primeiro quarto. Esse quarto, com certeza, antes fora um salão; nele, havia também um órgão, sobre o qual estavam empilhados alguns tapetes, e num canto estava a cama de campanha do ajudante de ordens de Bennigsen. O ajudante de ordens estava ali. Esgotado, sem dúvida, pela farra ou pelo trabalho, estava sentado sobre a roupa de cama dobrada, e cochilava. Havia duas portas no salão: uma, direto para a antiga sala de visitas; a outra, para o escritório à direita. Pela primeira porta, ouviam-se vozes que conversavam em alemão e, de vez em quando, em francês. Lá, na antiga sala de visitas, estavam reunidas, a pedido do soberano, não um conselho de guerra (o soberano gostava de indefinição), mas algumas pessoas cujas opiniões sobre as dificuldades iminentes ele desejava conhecer. Não era um conselho de guerra, mas uma espécie de conselho de escolhidos a fim de esclarecer pessoalmente o soberano a respeito de algumas questões. Para esse semiconselho foram convidados o general sueco Armfeldt, o general ajudante de ordens Woltzogen, Wintzingerode, a quem Napoleão chamava de súdito francês foragido, Michaux, Toll, o conde Stein, que nada tinha de militar, e por fim o próprio Pfuhl, que, como o príncipe Andrei ouvira dizer, era *la cheville ouvrière*[47] de tudo aquilo. O príncipe Andrei teve ocasião de observá-lo bem, pois Pfuhl chegou logo depois dele e seguiu para o quarto, onde se demorou um minuto para falar com Tcherníchev.

Pfuhl, à primeira vista, no seu uniforme malfeito de general russo, que lhe caía tão mal que parecia uma fantasia, pareceu alguém conhecido ao príncipe Andrei, embora nunca o tivesse visto. Nele, havia algo de Weyrother, de Mack, de Schmidt e de muitos outros teóricos generais alemães que o príncipe Andrei pudera observar, em 1805; mas Pfuhl era o mais típico de todos. Um teórico alemão como aquele, que reunia em si tudo o que havia nos outros alemães, o príncipe Andrei nunca tinha visto.

---

46 Francês: "obra-prima".

47 Francês: "mola mestra".

Pfuhl era de baixa estatura, muito magro, mas tinha ossos largos, aspecto grosseiro e saudável, quadril largo e escápulas ossudas. Tinha o rosto muito enrugado, com os olhos fundos. O cabelo, na frente e nas têmporas, parecia ter sido ajeitado às pressas com uma escova, e por trás ressaltavam uns cachinhos de ar ingênuo. Ele entrou no quarto olhando em volta, inquieto e zangado, como se tivesse medo de tudo no quarto amplo onde havia entrado. Segurando a espada com um movimento desajeitado, voltou-se para Tcherníchev e perguntou em alemão onde estava o soberano. Pelo visto, queria sair do quarto o mais depressa possível, terminar os cumprimentos e as saudações e pôr-se logo a trabalhar diante de um mapa, onde ele se sentia mais à vontade. Respondeu às palavras de Tcherníchev com uma apressada inclinação de cabeça e sorriu com ironia, ao saber que o soberano estava examinando a fortificação que ele, o próprio Pfuhl, havia edificado segundo a sua teoria. Em tom grave e de modo um pouco abrupto, como falam os alemães autoconfiantes, resmungou para si mesmo: *Dummkopf...* ou: *Zu Grunde die ganze Geschichte...* ou: *S'wird was Gescheites d'raus werden...*[48] O príncipe Andrei não escutou bem e quis afastar-se, mas Tcherníchev apresentou o príncipe Andrei a Pfuhl, sublinhando que ele havia chegado da Turquia, onde a guerra terminara de forma tão exitosa. Pfuhl mal olhou, nem tanto para o príncipe Andrei mas para o seu lado, e falou, rindo: "*Da muss ein schöner taktischer Krieg gewesen sein*".[49] E, depois de rir com desdém, seguiu para o cômodo de onde se ouviam vozes.

Estava claro que Pfuhl, já sempre disposto a uma irritação sarcástica, nesse dia estava especialmente propenso a isso, porque haviam tomado a liberdade de, sem ele, examinar o seu acampamento e criticá-lo. Só com base naquele breve encontro com Pfuhl, o príncipe Andrei, também com a ajuda das recordações de Austerlitz, formou uma imagem clara daquele homem. Pfuhl era dessas pessoas desesperadas e eternamente autoconfiantes, a ponto de se martirizar, como só os alemães sabem ser, justamente porque só os alemães conseguem ser tão confiantes nos fundamentos de uma ideia abstrata — a ciência, ou seja, o suposto conhecimento de uma verdade absoluta. O francês é autoconfiante porque, pessoalmente, tanto pelo intelecto quanto pelo corpo, se considera irresistivelmente encantador, tanto para os homens quanto para as mulheres. O inglês é autoconfiante com base no fato de ser cidadão do país mais bem provido de comodidades em todo o mundo e também porque, como um inglês, sempre sabe o que tem de fazer, e sabe que tudo o que faz, como um inglês, é sem dúvida bom. O italiano é autoconfiante por-

---

48 Alemão: "Imbecil... [...] Vai estragar tudo... [...] Não vai sair nada que preste".

49 Alemão: "Deve ter sido uma bela guerra tática".

que é agitado e, com facilidade, se esquece de si e dos outros. O russo é autoconfiante justamente porque não sabe nada nem quer saber, porque não acredita que seja possível saber alguma coisa completamente. O alemão é o autoconfiante pior de todos, o mais renitente de todos, e o mais repulsivo de todos, porque imagina que conhece a verdade, a ciência, que ele mesmo inventou, mas que para ele é uma verdade absoluta. Obviamente, assim era Pfuhl. Estava de posse de uma ciência — a teoria do movimento oblíquo, que ele deduzira da história das guerras de Frederico, o Grande, e tudo o que encontrava na história militar recente lhe parecia disparate, barbárie, uma briga medonha, na qual, de ambos os lados, se cometiam tantos erros que tais guerras nem podiam ser chamadas de militares: não se encaixavam na teoria e não podiam servir como objeto da ciência.

Em 1806, Pfuhl foi um dos autores do plano de guerra que terminou em Iena e Auerstadt;[50] porém, no desfecho dessa guerra, ele não via a menor prova da falha da sua teoria. Ao contrário, os desvios da sua teoria que foram cometidos, no seu modo de ver, constituíam a causa única de todo insucesso, e ele, com a ironia jovial que lhe era peculiar, dissera: "*Ich sagte ja, dass die ganze Geschichte zum Teufel gehen wird*".[51] Pfuhl era um desses teóricos que gostam tanto da sua teoria que esquecem o objetivo da teoria — a sua aplicação prática; enamorado da teoria, ele odiava qualquer prática e não queria nem saber disso. Até se alegrava com o insucesso, porque o insucesso decorrente do desvio da teoria na prática comprovava para ele apenas a correção da sua teoria.

Disse algumas palavras para o príncipe Andrei e para Tcherníchev sobre a guerra atual, com a fisionomia de um homem que sabe de antemão que tudo vai dar errado, e que até nem fica descontente com isso. Os cachinhos não penteados que ressaltavam na parte de trás da cabeça e o cabelo das têmporas alisado às pressas confirmavam isso de um modo especialmente eloquente.

Seguiu para o outro cômodo, e de lá, no mesmo instante, ouviram-se os sons graves e rabugentos da sua voz.

XI

O príncipe Andrei mal tivera tempo de seguir Pfuhl com os olhos, quando o conde Bennigsen entrou afobado e, após saudar Bolkónski com um aceno de cabe-

---

50 Ver tomo II, segunda parte, capítulo VI.

51 Alemão: "Eu bem que avisei que tudo iria para o diabo".

ça, e sem se deter, seguiu direto para o escritório, dando algumas ordens ao seu ajudante de ordens. O soberano vinha logo atrás dele, e Bennigsen adiantou-se às pressas a fim de preparar alguma coisa e ainda ter tempo de receber o soberano. Tcherníchev e o príncipe Andrei saíram para o alpendre. O soberano, com um aspecto cansado, estava desmontando do cavalo. O marquês Paulucci dizia algo ao soberano. Com a cabeça inclinada para a esquerda, e com um ar descontente, o soberano escutava Paulucci, que falava com uma veemência incomum. O soberano avançou com a intenção evidente de pôr um fim na conversa, mas o italiano, perturbado e de cara vermelha, esquecendo as regras de etiqueta, caminhou atrás dele, continuando a falar:

— *Quant à celui qui a conseillé ce camp, le camp de Drissa*[52] — disse Paulucci, enquanto o soberano, ao subir a escadinha da entrada e notar o príncipe Andrei, encarou aquele rosto que não reconhecia.

— *Quant à celui, sire* — prosseguiu Paulucci, afobado, como se não fosse capaz de se conter —, *qui a conseillé le camp de Drissa, je ne vois pas d'autre alternative que la maison jaune ou le gibet.*[53] Sem escutar até o fim e como se nem tivesse ouvido as palavras do italiano, o soberano, enfim reconhecendo Bolkónski, voltou-se para ele com simpatia:

— Muito prazer em vê-lo, vá para onde eles estão reunidos e espere por mim. — O soberano entrou no escritório. Atrás dele vieram o príncipe Piotr Mikháilovitch Volkónski, o barão Stein, e atrás deles as portas foram fechadas. O príncipe Andrei, fazendo uso da autorização do soberano, seguiu, ao lado de Paulucci, a quem já conhecia desde a Turquia, para a sala onde o conselho estava reunido.

O príncipe Piotr Mikháilovitch Volkónski ocupava a função de uma espécie de chefe do Estado-Maior do soberano. Volkónski saiu do escritório e, trazendo mapas para a sala e abrindo-os sobre a mesa, transmitiu as perguntas sobre as quais desejava ouvir a opinião dos senhores ali reunidos. A questão era que, de noite, chegara a notícia (que mais tarde se verificou falsa) do deslocamento dos franceses pelo flanco do acampamento de Drissa.

Armfeldt começou a falar primeiro, de modo inesperado, e para fazer face à dificuldade que se apresentava propôs uma posição completamente nova, que não se justificava de forma alguma (exceto como um desejo de mostrar que ele também podia ter uma opinião), uma posição distante das estradas de Petersburgo

---

52 Francês: "Quanto àquele que recomendou esse acampamento, o acampamento de Drissa".

53 Francês: "Quanto àquele, senhor [...] que recomendou o acampamento de Drissa, eu não vejo outra alternativa que não o hospício ou a força".

e de Moscou, na qual, a seu ver, o exército devia se instalar e, uma vez reunido, esperar o inimigo. Estava claro que Armfeldt já havia traçado aquele plano havia muito tempo e que agora o apresentava não só com o objetivo de responder às perguntas propostas, perguntas a que o plano não respondia, mas acima de tudo com o objetivo de aproveitar a ocasião para mostrá-lo. Era uma entre milhões de hipóteses, cada uma delas tão razoável quanto qualquer outra, que se podia considerar enquanto não se tinha ideia do caráter que a guerra tomaria. Alguns contestaram a sua opinião, outros o apoiaram. O jovem coronel Toll, com mais veemência do que os outros, contestou a opinião do general sueco e, durante a discussão, tirou do bolso lateral um caderno surrado, que pediu licença para ler. Nessa anotação desenvolvida com abrangência, Toll propunha um outro plano de campanha — inteiramente contrário ao plano de Armfeldt e ao plano de Pfuhl. Em resposta a Toll, Paulucci propôs um plano de movimento para a frente e de ataque, o único, segundo suas palavras, capaz de nos salvar da incerteza e da armadilha, como chamava o acampamento de Drissa, em que nos encontrávamos. Durante essas discussões, Pfuhl e o seu tradutor Woltzogen (a sua ponte nas relações na corte) ficaram calados. Pfuhl apenas bufava com desprezo e se virava para o lado, mostrando que nunca se rebaixaria a sequer refutar o absurdo que estava ouvindo agora. Mas quando o príncipe Volkónski, que dirigia os debates, o convidou a expor a sua opinião, Pfuhl apenas disse:

— Para que perguntar a mim? O general Armfeldt propôs uma posição formidável, com a retaguarda descoberta. Ou o ataque *von diesem italienischen Herrn, sehr schön!* Ou uma retirada. *Auch gut.*[54] Para que perguntar a mim? — disse. — Afinal, vocês mesmos sabem tudo melhor do que eu. — Mas quando Volkónski, de sobrancelhas franzidas, disse que estava perguntando a sua opinião em nome do soberano, Pfuhl levantou-se, animou-se de repente, e começou a falar:

— Estragaram tudo, confundiram tudo, todos queriam saber mais do que eu, mas agora recorreram a mim: como corrigir? Não há nada a corrigir. É preciso cumprir tudo à risca, segundo os princípios que eu estabeleci — disse, batendo na mesa com os dedos ossudos. — Onde está a dificuldade? Absurdo, *Kinderspiel.*[55] — Aproximou-se do mapa e começou a falar rapidamente, batendo o dedo magro no mapa e mostrando que nenhum acaso podia alterar a viabilidade do acampamento de Drissa, que tudo estava previsto e que, se o inimigo de fato avançasse pelo flanco, o inimigo seria inexoravelmente aniquilado.

---

54 Alemão: "Desse cavalheiro italiano, muito bonito! [...] Também é bom".

55 Alemão: "Brincadeira de criança".

Paulucci, que não sabia alemão, pôs-se a lhe fazer perguntas em francês. Woltzogen veio em socorro do seu chefe, que falava mal o francês, e passou a traduzir suas palavras, mal tendo tempo de acompanhar a velocidade da fala de Pfuhl, que demonstrava rapidamente que tudo, tudo, não só o que estava acontecendo, mas tudo o que podia acontecer, tudo estava previsto no seu plano e que, se agora havia dificuldades, todo o mal decorria de não terem cumprido tudo com exatidão. Ele ria sempre com ironia, demonstrava e, por fim, com desdém, parou de demonstrar, assim como um matemático para de explicar o acerto de um problema já demonstrado de diversas maneiras. Woltzogen tomou o seu lugar, continuou a explanar o pensamento dele em francês e de vez em quando dizia para Pfuhl: "*Nicht wahr, Exellenz?*".[56] Pfuhl, como um homem que no calor da batalha ataca soldados do seu próprio lado, gritava irritado para Woltzogen:

— *Nun ja, was soll denn da noch expliziert werden?*[57] — Paulucci e Michaux, a duas vozes, atacaram Woltzogen em francês. Armfeldt, em alemão, voltou-se para Pfuhl. Toll, em russo, explicava ao príncipe Volkónski. O príncipe Andrei escutava em silêncio e observava.

Entre todas aquelas pessoas, a que mais despertava simpatia no príncipe Andrei era o azedo, resoluto e absurdamente autoconfiante Pfuhl. Entre todos ali presentes, só ele parecia não desejar nada para si nem ter animosidade contra ninguém, e só almejava uma coisa: pôr em prática um plano, constituído segundo uma teoria deduzida por ele, em anos de trabalho. Ele era ridículo, era desagradável com a sua ironia, mas ao mesmo tempo inspirava um involuntário respeito pela sua ilimitada devoção a uma ideia. Além disso, em todas as palavras de todos os que falavam, com exceção de Pfuhl, havia um traço comum, que não existia no conselho de guerra em 1805 — apesar de escondido, havia agora um terror diante do gênio de Napoleão, terror que se exprimia em todas as réplicas. Supunham que, para Napoleão, tudo era possível, esperavam-no de todos os lados e, com o seu nome terrível, aniquilavam as teses uns dos outros. Parecia que só Pfuhl considerava Napoleão um bárbaro, assim como todos os oponentes da sua teoria. Mas, além do sentimento de respeito, Pfuhl inspirava no príncipe Andrei um sentimento de pena. Pelo tom com que os cortesãos se dirigiam a ele, pelo tom com que Paulucci se permitiu falar ao imperador, mas acima de tudo pela expressão de audácia do próprio Pfuhl, percebia-se que os outros sabiam, e que ele mesmo sentia, que a sua queda estava próxima. E, apesar da sua autoconfiança e da sua rabugenta ironia

---

56 Alemão: "Não é isso, excelência?".

57 Alemão: "É claro, para que tantas explicações?".

alemã, ele dava pena, com seus cabelos alisados nas têmporas e os cachinhos que ressaltavam na parte de trás da cabeça. Embora o ocultasse sob o disfarce da irritação e do desprezo, ele, é claro, estava em desespero, porque agora a única chance de verificar numa enorme experiência e de provar para todo mundo a veracidade da sua teoria estava escapando de suas mãos.

Os debates se prolongaram por muito tempo, e quanto mais se prolongavam mais as discussões se tornavam acaloradas e chegavam aos gritos e às acusações pessoais, e menos possível se tornava extrair qualquer conclusão geral de tudo o que era dito. O príncipe Andrei, enquanto escutava aquela conversa em diversas línguas, e as hipóteses, os planos, as refutações e os gritos, apenas se admirava com o que todos diziam. A ideia, que havia muito lhe vinha à mente com frequência, desde o tempo da sua participação na guerra, a ideia de que não há nem pode haver nenhuma ciência da guerra e que por isso não pode existir nada que se possa chamar de gênio militar, recebia agora, para ele, uma prova cabal da sua veracidade. "Que teoria e que ciência poderiam existir num assunto cujas condições e circunstâncias são desconhecidas e não podem ser determinadas, e no qual é menos possível ainda de determinar a força dos agentes da guerra? Ninguém pôde nem pode saber qual será a posição do nosso exército e a do exército inimigo daqui a um dia, e ninguém pode saber qual a força deste ou daquele destacamento. Às vezes, quando na linha de frente não há um covarde que começa a gritar: 'Fomos cortados!', e desanda a correr, mas em vez disso há um homem animado, corajoso, que começa a gritar: 'Hurra!', um destacamento de cinco mil vale um de trinta mil, como em Schöngraben, mas às vezes cinquenta mil fogem diante de oito mil, como em Austerlitz. Como pode existir uma ciência em uma matéria como essa, em que, a exemplo de todos os assuntos práticos, nada pode ser determinado e tudo depende de condições inumeráveis, cujo sentido é determinado apenas num minuto, que ninguém sabe quando vai chegar? Armfeldt diz que o nosso exército está cortado, mas Paulucci diz que pusemos o exército francês entre dois fogos; Michaux diz que a inconveniência do acampamento de Drissa consiste em que o rio está atrás, mas Pfuhl diz que nisso reside a sua força. Toll propõe um plano, Armfeldt propõe outro; e todos são bons, e todos são ruins, e as vantagens de cada posição só podem se tornar evidentes no momento em que o fato ocorre. Então, por que todos dizem: o gênio da guerra? Por acaso será gênio um homem que manda fornecer biscoitos na hora devida e manda este para a direita e aquele para a esquerda? Só porque os militares se cobrem de esplendor e de poder, massas de patifes adulam os poderosos, atribuindo-lhes qualidades de gênio, alheias a eles, chamando-os de gênios. Ao contrário, os melhores generais que conheci são gente tola ou distraída. Bagration é melhor — o próprio Napoleão reconheceu isso. E o próprio Bonaparte! Lembro o seu rosto convencido e limitado, no campo de Austerlitz. O bom comandante não só não precisa das qualidades de um gênio nem de nenhuma qualidade especial, como, ao contrário, precisa da ausência das melhores e mais elevadas qualidades humanas — o amor, a poesia, a ternura, a dúvida filosófica e questionadora. Ele deve ser limitado, firmemente convicto de que aquilo que está fazendo é muito importante (senão ele não vai ter paciência suficiente), e só assim será um comandante de valor. Deus nos livre de que ele seja um homem que ama alguém, que sente pena, que fica pensando para saber o que é justo e o que não é justo. É compreensível que, desde tempos muito antigos, tenham criado para eles a teoria dos gênios, porque eles são o poder. Uma façanha militar não depende deles, mas daquele homem que nas fileiras grita: estamos perdidos, ou grita: hurra! Só nas fileiras é possível servir com a certeza de que estamos sendo úteis!"

Assim pensava o príncipe Andrei, enquanto ouvia as conversas, e só se deu conta do que acontecia quando Paulucci o chamou, e todos já estavam se dispersando.

No dia seguinte, na revista de tropas, o soberano perguntou ao príncipe Andrei onde ele desejava servir, e o príncipe Andrei se viu excluído para sempre do mundo da corte quando, em vez de responder que desejava ficar junto à pessoa do soberano, pediu permissão para servir no Exército.

XII

Rostóv, antes do início da campanha, recebeu uma carta dos pais na qual, informando-lhe de forma sucinta sobre a doença de Natacha e sobre o rompimento com o príncipe Andrei (rompimento que explicavam por uma recusa de Natacha), pediam mais uma vez que ele se desligasse das tropas e voltasse para casa. Nikolai, após receber a carta, nem sequer tentou pedir uma licença ou o desligamento e escreveu para os pais dizendo que lamentava muito a doença de Natacha e o rompimento com o noivo e que ele faria todo o possível para atender o desejo deles. Para Sônia, escreveu uma carta à parte.

"Adorada amiga da minha alma", escreveu.

> Nada, a não ser a honra, poderia me impedir de voltar para o campo. Mas agora, à beira do início da campanha, eu me consideraria desonroso, não só perante todos os camaradas, mas também perante mim mesmo, se ao meu dever preferisse a minha felicidade, e à pátria preferisse o amor. Mas essa é a última separação. Tenha certeza de que, logo após a guerra, se eu estiver vivo

e ainda for amado por você, largarei tudo e irei voando ao seu encontro, a fim de apertá-la, dessa vez para sempre, ao meu peito ardente.

De fato, só o início da campanha retinha Rostóv e o impedia de partir — como ele prometia — e casar-se com Sônia. O outono em Otrádnoie, com a caçada, e o inverno, com as festas de Natal e o amor por Sônia, abria para ele a perspectiva das tranquilas alegrias da nobreza e de um sossego que antes ele não conhecia, e que agora o atraía. "Uma esposa gentil, filhos, uma boa matilha de cães de caça, uns dez ou doze casais de galgos vigorosos, uma propriedade, vizinhos, a eleição para um cargo público!",[58] pensava. Mas agora havia a campanha, e era preciso ficar no regimento. E como isso era preciso, Nikolai Rostóv, pelo seu caráter, estava satisfeito com a vida que levava no regimento e sabia tornar aquela vida agradável para si.

Ao voltar das férias, e depois de ser recebido com alegria por seus camaradas, Nikolai foi enviado à Pequena Rússia[59] para trazer novas montarias e voltou com cavalos excelentes, que o alegraram e lhe renderam elogios dos superiores. Na sua ausência, ele foi promovido a capitão e, quando o regimento foi posto em estado de guerra com um aumento de contingente, Rostóv recebeu de novo o comando do seu antigo esquadrão.

A campanha começou, o regimento foi deslocado para a Polônia, dobraram o soldo, chegaram novos oficiais, gente nova, cavalos; e, o mais importante, difundiu-se o estado de ânimo alegre e entusiasmado que acompanha o início de uma guerra; e Rostóv, ciente da sua posição vantajosa no regimento, dedicava-se totalmente aos prazeres e aos interesses do serviço militar, embora soubesse também que, cedo ou tarde, teria de abrir mão deles.

As tropas retiraram-se de Vilna por complexas razões políticas, táticas e de Estado. Cada passo da retirada se fazia acompanhar de um complicado jogo de interesses, raciocínios e paixões no Estado-Maior. Mas, para o regimento de hussardos de Pávlograd, toda aquela marcha de retirada, na melhor fase do verão, com provisões suficientes, foi uma tarefa muito simples e divertida. No Estado-Maior podiam desanimar, inquietar-se, fazer intrigas, porém no âmago do Exército nem se perguntavam para onde iam ou por quê. Se lamentavam a retirada, era só porque tinham de deixar alojamentos a que já estavam habituados, ou afastar-se de uma polonesa bonita. Se por acaso passava pela cabeça de alguém que as coisas andavam mal, então, como convém a um bom militar, aquele que tivera tal pensa-

---

58 Havia cargos preenchidos por eleições entre os nobres.

59 Ucrânia.

mento se esforçava em ficar alegre e em não pensar sobre o rumo geral das operações, mas pensar apenas nos seus afazeres imediatos. No início, ficaram alegres, estacionados junto a Vilna, travando contato com os senhores de terra poloneses, enquanto esperavam e cumpriam as revistas de tropas feitas pelo imperador e por outros altos comandantes. Depois veio a ordem de retirar-se para Sventsiáni e de destruir as provisões que não pudessem carregar. Sventsiáni era lembrado pelos hussardos só por ser o *acampamento dos bêbados*, como todo o exército chamava o acampamento em Sventsiáni, e também porque os habitantes de Sventsiáni tinham muitas queixas das tropas, pois elas, aproveitando a ordem de tomar as provisões dos habitantes, a título de provisões tomavam também cavalos, carruagens e tapetes dos senhores poloneses. Rostóv se lembrava de Sventsiáni porque, logo no dia da chegada àquele lugarejo, substituiu o sargento e não conseguiu dominar os soldados do esquadrão, que se embriagavam e, sem o seu conhecimento, haviam se apropriado de cinco barricas de uma cerveja velha. De Sventsiáni, foram recuando cada vez mais, até chegar a Drissa, e mais uma vez se retiraram de Drissa, já se aproximando da fronteira russa.

No dia 13 de julho, pela primeira vez, os pavlogradenses tiveram uma missão séria.

No dia 12 de julho, à noite, véspera daquela missão, houve uma forte tempestade, com chuvas e trovoadas. O verão de 1812 foi, no geral, notavelmente tempestuoso.

Dois esquadrões do regimento de Pávlograd ficaram acampados no meio de uma plantação de centeio, que já estava formando espigas, mas tinha sido completamente pisoteado por bois e cavalos. A chuva caía torrencialmente, e Rostóv, com o jovem oficial Ilin, seu protegido, estava abrigado numa choupana feita às pressas. Um oficial do seu regimento, com uns bigodes compridos que subiam pelas bochechas, que tinha ido ao Estado-Maior e fora surpreendido pela chuva, entrou no abrigo de Rostóv.

— Estou vindo do Estado-Maior, conde. Já souberam da façanha de Raiévski? — E o oficial contou detalhes da batalha de Saltánov, que ouvira no Estado-Maior.

Enquanto apertava o pescoço, atrás do qual a água escorria, Rostóv fumava o cachimbo, ouvia sem atenção e de vez em quando lançava um olhar para o jovem oficial Ilin, que se encolhia junto a ele. Esse oficial, rapaz de dezesseis anos que entrara no regimento pouco tempo antes, era agora, em relação a Nikolai, o mesmo que fora Nikolai em relação a Deníssov, sete anos antes. Ilin se esforçava para imitar Rostóv em tudo e, como uma mulher, estava enamorado dele.

O oficial de bigodes enormes, Zdrjínski, contava de modo enfático como a represa de Saltánov era as Termópilas russas, como naquela represa o general Raiévski realizara uma façanha digna da Antiguidade. Zdrjínski contou a façanha de Raiévski, que levara para a represa seus dois filhos sob um terrível fogo do inimigo e, com eles ao seu lado, se lançou ao ataque. Rostóv ouvia o relato e, não só nada dizia para corroborar o entusiasmo de Zdrjínski, como ainda, ao contrário, tinha o ar de um homem que se envergonha daquilo que lhe estão contando, embora não tivesse nenhuma intenção de contestar. Depois de Austerlitz e da campanha de 1807, Rostóv sabia por experiência própria que, ao contar fatos militares, sempre mentiam, como ele mesmo mentia também, quando contava; em segundo lugar, ele já tinha experiência bastante para saber que, na guerra, tudo se passa de forma completamente distinta daquilo que podemos imaginar e contar. E por isso não estava gostando do relato de Zdrjínski, não estava gostando nem do próprio Zdrjínski, que com seus bigodes até as bochechas se curvava até bem perto da pessoa com quem estava falando, como era seu costume, e assim deixava Rostóv espremido na espremida choupana. Rostóv o fitava em silêncio. "Em primeiro lugar, na represa que atacaram devia haver, com certeza, tamanha confusão e tamanha aglomeração que, se Raiévski levou de fato os seus filhos, isso não poderia produzir efeito em ninguém, exceto em uns dez homens, mais ou menos, que estavam perto dele", pensava Rostóv, "os demais nem podiam ver como e com quem Raiévski foi para a represa. E mesmo aqueles que viram isso não podiam se entusiasmar muito, porque, afinal, o que eles tinham a ver com os ternos sentimentos paternais de Raiévski, quando naquela hora eles estavam pondo em risco a própria pele? E, depois, tanto fazia tomarem ou não tomarem a tal represa de Saltánov, disso não dependia o destino da pátria, como era o caso pelo que nos contam sobre as Termópilas. Portanto, para que chegar a tanto sacrifício? E, depois, para que meter os próprios filhos aqui nesta guerra? Eu não só não mandaria o meu irmão Pétia, como não mandaria nem mesmo o Ilin, que não é meu parente, mas é um bom garoto, e me esforçaria para deixá-lo em qualquer lugar protegido", continuava a pensar Rostóv, enquanto ouvia Zdrjínski. Mas não exprimia seus pensamentos: também nisso ele já tinha experiência. Sabia que aquele relato contribuía para a glorificação das nossas armas e que por isso era preciso dar a impressão de que não duvidava. E assim ele fazia.

— Não dá mais para aguentar — disse Ilin, que havia notado que Rostóv não estava gostando da conversa de Zdrjínski. — As meias, a camisa, e até embaixo de mim está tudo ensopado. Vou procurar um abrigo. Parece que essa chuvinha vai amainar. — Ilin saiu, e Zdrjínski foi embora.

Cinco minutos depois, Ilin, chapinhando na lama, veio depressa para a choupana.

— Hurra! Rostóv, vamos logo. Achei! Olhe lá, tem um albergue a uns duzentos passos daqui, os nossos já se juntaram lá. A gente pelo menos pode se secar, e Mária Henríkhovna está lá.

Mária Henríkhovna era a esposa do médico do regimento, alemã jovem, bonitinha, com quem o médico se casara na Polônia. O médico, ou por não ter meios, ou por não querer separar-se da jovem esposa logo nos primeiros dias do casamento, levara-a consigo para o regimento de hussardos, e os ciúmes do médico viraram um motivo habitual para piadas entre os oficiais hussardos.

Rostóv cobriu-se com a capa, berrou para Lavruchka vir atrás dele com suas coisas e seguiu com Ilin, ora desviando da lama, ora enfiando os pés em cheio nas poças, sob a chuva que amainava no escuro do anoitecer, rompido de vez em quando por relâmpagos distantes.

— Rostóv, onde está você?

— Aqui. Que relâmpago! — eles iam conversando.

XIII

Dentro do albergue abandonado, diante do qual estava parada a pequena *kibítka*[60] do médico, já se encontravam uns cinco oficiais. Mária Henríkhovna, alemãzinha loura e carnuda, de casaquinho e touquinha de dormir, estava sentada num banco largo, no canto da frente. Seu marido, o médico, dormia atrás dela. Rostóv e Ilin, recebidos com gritos e risos alegres, entraram na sala.

— Puxa! Como estão alegres! — disse Rostóv, rindo.

— E vocês, por que ficam aí bocejando?

— Que beleza! Eles têm água escorrendo por todos os lados!

— Não pode sujar o vestido da Mária Henríkhovna — gritaram outras vozes.

Rostóv e Ilin se apressaram em achar um cantinho onde pudessem trocar a roupa molhada sem ferir o pudor de Mária Henríkhovna. Quiseram passar para o outro lado do tabique a fim de trocar de roupa; mas dentro da pequena despensazinha, ocupando todo o espaço, com uma vela acesa em cima de uma caixa vazia, estavam sentados três oficiais, que jogavam cartas e não queriam de jeito nenhum ceder o lugar. Mária Henríkhovna ofereceu-lhes uma saia sua por um tempo, para que a usassem como cortina, e atrás dessa cortina Rostóv e Ilin, com a ajuda de Lavruchka, que trouxera as trouxas, tiraram a roupa molhada e vestiram a seca.

Na estufa destroçada, acenderam o fogo. Pegaram uma tábua, apoiaram-na

---

60 Carroça coberta.

sobre duas selas, cobriram com um xairel, pegaram um samovarzinho, uma frasqueira, meia garrafa de rum e, depois de pedir a Mária Henríkhovna que fosse a anfitriã, todos se aglomeraram em volta dela. Um lhe ofereceu um lenço limpo para enxugar as mãozinhas encantadoras, outro estendeu o paletó sob os pezinhos dela, para protegê-los da umidade, outro cobriu a janela com a capa, para barrar o vento, outro afugentava as moscas do rosto do marido, para que ele não acordasse.

— Deixem-no — disse Mária Henríkhovna, sorrindo, tímida e feliz. — Ele está dormindo muito bem, depois de passar uma noite acordado.

— Impossível, Mária Henríkhovna — respondeu um oficial —, temos de cuidar do médico. Quem sabe assim ele tem pena de mim, quando tiver de cortar uma perna ou um braço.

Copos, só havia três; a água estava tão imunda que era impossível saber se o chá estava forte ou não; no samovar, só havia água para seis copos, e no entanto era ainda mais agradável receber o copo, cada um na sua vez, por ordem de antiguidade, das mãozinhas rechonchudas de Mária Henríkhovna, com unhazinhas curtas, mas perfeitamente limpas. Todos os oficiais, pelo visto, estavam de fato apaixonados por Mária Henríkhovna, naquela noite. Até os oficiais que jogavam cartas atrás do tabique logo deixaram o jogo e vieram para perto do samovar, rendendo-se ao espírito geral de fazer galanteios a Mária Henríkhovna. Vendo-se rodeada por uma juventude tão distinta e fina, Mária Henríkhovna ficou radiante de felicidade, por mais que tentasse esconder isso e por mais que obviamente tivesse receios a cada movimento do marido, que dormia atrás dela.

Colher, só havia uma, açúcar era o que mais havia, mas não conseguiam dissolvê-lo, e por isso ficou resolvido que ela iria mexer o açúcar de todos eles, um após o outro. Rostóv recebeu o seu copo, encheu-o de rum e pediu a Mária Henríkhovna que mexesse.

— Mas, ora, o senhor não põe açúcar? — disse, sorrindo o tempo todo, como se tudo o que ela dissesse e também tudo o que os outros dissessem fosse muito engraçado e tivesse outro sentido.

— Pois é, não pus açúcar, eu só queria que você mexesse com a sua mãozinha.

Mária Henríkhovna aceitou e começou a procurar a colher, que alguém já havia apanhado.

— A senhora use o dedinho, Mária Henríkhovna — disse Rostóv. — Vai ficar ainda mais gostoso.

— Está quente! — disse Mária Henríkhovna, ruborizando de prazer.

Ilin trouxe um balde de água e, após pingar ali algumas gotas de rum, foi até Mária Henríkhovna e pediu que mexesse com o dedinho.

— Esta é a minha xícara — disse ele. — É só colocar o dedinho que eu bebo tudo.

Quando haviam bebido o samovar inteiro, Rostóv pegou as cartas e propôs jogarem reis com Mária Henríkhovna. Tiraram a sorte para saber quem seria o parceiro de Mária Henríkhovna. Por sugestão de Rostóv, as regras do jogo determinavam que aquele que fosse o rei teria o direito de beijar a mãozinha de Mária Henríkhovna, mas quem fosse o vilão teria de preparar um outro samovar para o médico, quando ele acordasse.

— Ora, e se Mária Henríkhovna for o rei? — perguntou Ilin.

— Mas ela já é rainha! E uma ordem dela é uma lei!

Mal começou a partida, ergueu-se de repente a cabeça desgrenhada do médico por trás de Mária Henríkhovna. Já fazia tempo que ele não dormia e que escutava com atenção aquilo que diziam, e, é claro, não achava nada de engraçado, nem de divertido ou de espirituoso em tudo o que estavam dizendo e fazendo. Seu rosto estava soturno e tristonho. Ele não cumprimentou os oficiais, coçou-se e pediu licença para sair, pois estavam bloqueando o seu caminho. Assim que saiu, todos os oficiais soltaram uma alta gargalhada, mas Mária Henríkhovna ruborizou-se até as lágrimas e, quanto mais vermelha, mais encantadora se tornava aos olhos de todos os oficiais. Ao voltar para dentro de casa, o médico disse para a esposa (que já havia parado de sorrir tão cheia de felicidade e o fitava assustada, à espera de uma censura) que a chuva havia parado e que era preciso passar a noite na *kibítka*, do contrário roubariam tudo.

— Então vou mandar um vigia... dois vigias! — disse Rostóv. — Por favor, doutor.

— Eu mesmo ficarei de sentinela! — disse Ilin.

— Não, os senhores dormiram bem, já eu estou há duas noites sem dormir — disse o médico e sentou-se ao lado da esposa, com ar soturno, à espera do fim do jogo.

Ao verem o rosto soturno do médico debruçado na esposa, os oficiais acharam mais graça ainda, e muitos não conseguiram conter o riso, para o qual tratavam de procurar rapidamente algum pretexto justificável. Quando o médico saiu, levando a esposa, e instalou-se com ela na pequena *kibítka*, os oficiais deitaram no chão do albergue e cobriram-se com os capotes molhados; mas ficaram muito tempo sem dormir, ora conversando, lembrando o temor do médico e a alegria da esposa, ora dando um pulo até a entrada para depois contar o que se passava dentro da *kibítka*. Rostóv, cobrindo a cabeça, várias vezes tentou dormir; mas a todo instante algum comentário o distraía, a conversa de novo recomeçava, e de novo ressoava um riso gratuito, alegre, infantil.

XIV

Por volta das três horas, ninguém havia adormecido ainda, quando apareceu um sargento com a ordem de seguirem para o vilarejo de Ostrovna.

Ainda rindo e conversando, os oficiais rapidamente trataram de se preparar; puseram de novo a água suja no samovar. Mas Rostóv seguiu para o esquadrão sem esperar o chá. Já estava clareando; a garoa havia parado, as nuvens se dispersaram. Estava frio e úmido, sobretudo com as roupas que ainda não tinham secado. Ao sair do albergue no crepúsculo do amanhecer, Rostóv e Ilin deram uma espiada dentro da capota de couro da pequena *kibítka* do médico, lustrosa com a chuva: embaixo do avental do médico, destacavam-se os pés dele, e, no meio da *kibítka*, sobre um travesseiro, via-se a touquinha da esposa e se ouvia a sua respiração, enquanto dormia.

— Ela é mesmo muito graciosa! — disse Rostóv para Ilin, que viera com ele.

— Que encanto de mulher! — respondeu Ilin, com a seriedade dos dezesseis anos.

Meia hora depois, o esquadrão estava perfilado na estrada. Ouviu-se o comando: “Montar”, os soldados fizeram o sinal da cruz e começaram a montar. Rostóv, à frente, comandou: “Marche!”, e ao som do estalar dos cascos na estrada encharcada, do tilintar dos sabres e de conversas em voz baixa, os hussardos se puseram em movimento em fileiras de quatro, pela estrada grande e margeada de bétulas, atrás da infantaria e de uma bateria, que seguiam na frente.

Nuvens em farrapos, de cor azul e violeta, que se avermelhavam na alvorada, eram acossadas pelo vento veloz. Cada vez clareava mais. Via-se nitidamente o capinzinho crespo, que sempre cresce na beira das estradas vicinais, ainda molhado com a garoa da noite; os ramos pendentes das bétulas, também molhados, balançavam no vento e deixavam cair gotas reluzentes para os lados. O rosto dos soldados se destacava de modo cada vez mais claro. Ao lado de Ilin, que não se afastava dele, Rostóv cavalgava no canto da estrada, entre as duas fileiras de bétulas.

Em campanha, Rostóv se dava a liberdade de montar não um cavalo de linha de frente, mas um cavalo de cossaco. Caçador e bom conhecedor de cavalos, ele arranjara havia pouco tempo um grande e fogoso alazão do Don, no qual ninguém o alcançava no galope. Montar aquele cavalo era um prazer para Rostóv. Ele estava pensando no cavalo, na manhã, na esposa do médico, e nenhuma vez pensou nos perigos iminentes.

Antes, Rostóv sentia medo ao seguir para o combate; agora, não experimentava nem o menor sentimento de medo. Não porque estivesse habituado ao fogo (ninguém se habitua ao perigo), mas porque havia aprendido a controlar a sua alma, em face do perigo. Quando seguia para o combate, Rostóv estava habituado a pensar em tudo, menos naquilo que parecia o mais importante — o perigo iminente. No início da sua carreira militar, por mais que tentasse, por mais que se acusasse de covardia, ele não o conseguia; mas agora, com os anos, aquilo acontecia espontaneamente. Ia cavalgando ao lado de Ilin, entre as bétulas, de vez em quando arrancava folhas de ramos que vinham à sua mão, de vez em quando tocava os pés na virilha do cavalo, de vez em quando, sem se virar, devolvia o cachimbo que terminara de fumar para um hussardo que cavalgava logo atrás, com um aspecto tão sereno e despreocupado como se estivesse indo dar um passeio a cavalo. Sentia pena ao ver o rosto perturbado de Ilin, que falava muito e de maneira inquieta; por experiência própria, Rostóv conhecia aquele torturante estado de expectativa do medo e da morte em que o alferes se encontrava, e sabia que nada poderia ajudá-lo, a não ser o tempo.

Assim que o sol surgiu numa faixa limpa abaixo das nuvens, o vento cessou, como se não se atrevesse a estragar aquela manhã de verão encantadora, em seguida a uma tempestade; ainda caíam gotas, mas já na vertical — e tudo ficou calmo. O sol saiu de todo, mostrou-se no horizonte e desapareceu numa nuvem estreita e comprida que estava acima dele. Alguns minutos depois, o sol surgiu mais brilhante ainda, rompendo a orla superior da nuvem. Tudo se iluminou e reluziu. E junto com a luz, como em resposta a ela, espocaram à frente disparos de canhão.

Rostóv mal tivera tempo de refletir e determinar a distância de onde vinham os tiros, quando o ajudante de ordens conde Osterman-Tolstói chegou a galope de Vítebsk com a ordem de avançar a trote pela estrada.

O esquadrão ultrapassou a infantaria e a bateria, que também se apressavam para avançar mais rápido, desceu um morro e, depois de passar por uma aldeia vazia, sem habitantes, subiu de novo um morro. Os cavalos começavam a espumar, os soldados ficaram com o rosto vermelho.

— Alto, alinhar fileiras! — ouviu-se à frente a ordem do comandante de divisão.

— Esquerda volver, em frente, marche! — ordenaram adiante.

E os hussardos passaram pelas linhas das tropas no flanco esquerdo da posição e pararam atrás dos nossos ulanos, que estavam na primeira linha. A nossa infantaria tomou posição à direita, numa coluna cerrada — eram as reservas; acima, num morro, no ar cristalino, viam-se os nossos canhões, iluminados exatamente na linha do horizonte matinal, claro e oblíquo. À frente, depois de uma depressão, avistavam-se as colunas inimigas e os canhões. Na depressão, ouvia-se a nossa linha de frente, que já entrara em combate e trocava tiros animadamente com o inimigo.

Como se fossem os sons da música mais alegre, Rostóv se alegrou com aqueles sons, que fazia muito tempo não ouvia. Trap-ta-ta-tam! — dispararam vários tiros, um atrás do outro, ora de repente, ora depressa. De novo, tudo silenciava e, de novo, rompiam estampidos, como se alguém fosse andando e estourasse bombinhas no caminho.

Os hussardos ficaram cerca de uma hora parados no mesmo lugar. Teve início o canhoneio. O conde Osterman, com uma escolta, passou por trás do esquadrão estacionado, falou com o comandante do regimento e afastou-se na direção dos canhões, no morro.

Após a partida de Osterman, soou entre os ulanos uma ordem:

— Em colunas, formação de ataque! — À frente deles, em duas fileiras de pelotões, a infantaria abriu caminho para a passagem da cavalaria. Os ulanos avançaram, sacudindo as lanças com flâmulas, e seguiram a trote morro abaixo, ao encontro da cavalaria francesa, que havia aparecido ao pé do morro, à esquerda.

Assim que os ulanos desceram o morro, os hussardos receberam ordens de subir o morro, para dar cobertura à bateria. Na hora em que os hussardos pararam no lugar onde antes estavam os ulanos, balas voaram da linha de frente, assoviando e guinchando, e passaram longe.

Aquele som, que fazia muito não ouvia, deixou Rostóv ainda mais animado e alegre do que ao ouvir os sons dos tiros, pouco antes. Aprumou as costas, observou o campo de batalha que se avistava do morro e, com toda a alma, tomou parte dos movimentos dos ulanos. Rapidamente, os ulanos chocaram-se com os dragões franceses, algo se embaralhou dentro da fumaça, e cinco minutos depois os ulanos correram para trás, não para o lugar onde estavam antes, e sim mais para a esquerda. Entre os ulanos alaranjados, em cavalos alazões, e atrás deles, numa grande massa, viam-se os dragões franceses azuis, em cavalos cinzentos.

XV

Rostóv, com seu acurado olho de caçador, foi um dos primeiros que viram os dragões franceses azuis no encalço dos nossos ulanos. Num bando desordenado, os ulanos se aproximavam cada vez mais, enquanto os dragões franceses os perseguiam. Já se podia ver como aqueles soldados, que pareciam pequenos ao pé do morro, se entrechocavam e se atracavam, brandindo os braços ou os sabres.

Como se estivesse numa caçada, Rostóv observava o que se passava na sua frente. Sentia pelo faro que, se naquele momento os hussardos atacassem os dragões franceses, estes não iriam resistir; porém, se fossem atacar, teria de ser agora, naquele minuto, do contrário já seria tarde. Rostóv olhou à sua volta. O capitão que estava ao seu lado também não tirava os olhos da cavalaria mais abaixo.

— Andrei Sevastiánitch — disse Rostóv. — E se fôssemos lá esmagá-los...

— Seria um golpe de mestre — disse o capitão. — Mas é verdade que...

Rostóv, sem ouvi-lo até o fim, atiçou o cavalo, partiu à frente do esquadrão e mal teve tempo de dar a ordem de avançar, quando o esquadrão inteiro, tendo sentido o mesmo que ele, se precipitou atrás do seu cavalo. Ele mesmo não sabia como nem por que estava fazendo aquilo. Fazia tudo da mesma forma como agia numa caçada, sem pensar, sem refletir. Via que os dragões estavam próximos, que galopavam em desordem; sabia que não iam resistir, sabia que era uma questão de um só minuto que não voltaria se ele o perdesse. As balas assoviavam e guinchavam à sua volta de modo tão estimulante, o cavalo queria avançar com tamanha empolgação que Rostóv não conseguia contê-lo. Atiçou o cavalo, deu uma ordem e, nesse exato instante, após ouvir atrás de si o tropel do seu esquadrão em linha de ataque, a trote largo, começou a descer ao encontro dos dragões, ao pé do morro. Assim que chegaram ao pé do morro, como que espontaneamente, mudaram o passo de trote para galope, o qual foi ficando cada vez mais rápido à medida que se aproximavam dos seus ulanos e dos dragões franceses que galopavam no encalço deles. Os dragões estavam próximos. Os da frente, ao avistarem os hussardos, começaram a se virar para trás, e os de trás começaram a parar. Com a mesma sensação que tinha ao cortar o caminho de um lobo numa caçada, Rostóv, dando rédea solta ao seu cavalo do Don, galopou para cortar o caminho de fuga das fileiras dos dragões franceses em desordem. Um ulano parou, um outro a pé deitou-se no solo para não ser esmagado, um cavalo sem cavaleiro misturou-se aos hussardos. Quase todos os dragões franceses estavam galopando para trás. Rostóv, após escolher um deles, num cavalo cinzento, partiu no seu encalço. No caminho, chocou-se com um arbusto; o bom cavalo pulou por cima do arbusto, e Nikolai, mal se ajeitou sobre a sela, viu que em poucos instantes alcançaria o inimigo que havia escolhido como alvo. O francês, na certa um oficial — a julgar pelo uniforme —, havia se curvado e galopava em seu cavalo cinzento, atiçando-o com o sabre. Num instante o cavalo de Rostóv bateu com o peito na garupa do cavalo do oficial, por pouco não o derrubou e, no mesmo instante, Rostóv, sem saber por quê, ergueu o sabre e golpeou o francês.

No mesmo instante em que fazia isso, toda a empolgação de Rostóv se desfez de repente. O oficial caiu não tanto por causa do golpe do sabre, que só cortou de leve o braço acima do cotovelo, mas por causa da trombada do cavalo e do medo. Rostóv freou o cavalo e procurou com os olhos o seu inimigo para ver quem ele havia derrotado. O oficial dos dragões franceses pulava na terra num pé só, o outro pé estava preso no estribo. Pestanejava assustado, como se esperasse um novo golpe a qualquer segundo e, com o rosto franzido e uma expressão de pavor, lançou um olhar para Rostóv, acima dele. Seu rosto, pálido e respingado de lama, louro, jovem, com uma covinha no queixo e olhos azuis radiantes, não era próprio para um campo de batalha, não era o rosto de um inimigo, e sim o mais simples rosto doméstico. Antes até de Rostóv resolver o que faria com ele, o oficial começou a gritar: "*Je me rends!*".[61] Afobado, ele queria e não conseguia soltar o pé do estribo e, sem baixar os olhos azuis e assustados, fitava Rostóv. Os hussardos que se aproximaram aos saltos desprenderam o seu pé e o colocaram sobre a sela. Em todos os lados, os hussardos se ocupavam com os dragões: um estava ferido, mas, com o rosto ensanguentado, não entregava o seu cavalo; outro, abraçado a um hussardo, ia montado na garupa do seu cavalo; um terceiro, ajudado por um hussardo, tentava montar no seu cavalo. À frente, a infantaria francesa fugia, atirando. Os hussardos, às pressas, galoparam para trás com os seus prisioneiros. Rostóv galopou para trás com os outros, experimentando um sentimento desagradável, que apertava o seu coração. Alguma coisa desagradável, emaranhada, que ele não conseguia de maneira alguma explicar, revelou-se para ele com a captura daquele oficial como prisioneiro e com o golpe que lhe deu.

O conde Osterman-Tolstói recebeu os hussardos que voltavam, mandou chamar Rostóv, agradeceu-lhe e disse que mencionaria para o soberano o seu ato de bravura e pediria para ele a Cruz de São Jorge. Quando foi chamado para se apresentar ao conde Osterman, Rostóv, lembrando que seu ataque tivera início sem que recebesse nenhuma ordem, ficou inteiramente convencido de que o superior exigia a sua presença a fim de puni-lo por agir sem autorização. Portanto as palavras lisonjeiras de Osterman e a promessa de uma condecoração deveriam produzir um efeito ainda mais alegre em Rostóv; no entanto o mesmo sentimento desagradável, obscuro, continuou a lhe provocar uma náusea moral. "Mas, afinal de contas, o que é que está me atormentando?", perguntou a si mesmo, ao deixar o general. "Ilin? Não, ele está ileso. De algum modo, eu me cobri de vergonha? Não. Nada disso!" Alguma outra coisa o atormentava, como um remorso. "Sim, sim, aquele oficial francês com uma covinha. Lembro bem como a minha mão se deteve, quando eu a levantei."

Rostóv avistou os prisioneiros que estavam sendo levados e galopou na direção deles, a fim de observar o seu francês com uma covinha no queixo. Com o seu uniforme estranho, ele estava sentado no cavalo arisco de um hussardo e olhava inquieto à sua volta. Seu ferimento no braço quase nem era um ferimento. Sorriu

61 Francês: "Eu me rendo!".

para Rostóv de maneira fingida e acenou-lhe com a mão, em forma de cumprimento. Rostóv continuou embaraçado e como que envergonhado.

Durante todo aquele dia e no dia seguinte, os amigos e camaradas de Rostóv notaram que ele não estava aborrecido, não estava zangado, mas andava calado, pensativo e concentrado. Bebia sem vontade, procurava ficar sozinho, o tempo todo pensava em alguma coisa.

Rostóv pensava o tempo todo na sua formidável façanha, que, para a sua surpresa, lhe valera a Cruz de São Jorge e até lhe trouxera a reputação de valente — e também numa coisa que ele não conseguia entender de forma alguma. "Então quer dizer que eles têm mais medo ainda do que nós!", pensava. "Então é só isso o que chamam de heroísmo? E por acaso eu fiz aquilo pela pátria? E que culpa tem ele, com a sua covinha e os seus olhos azuis? E como ficou assustado! Achou que eu ia matá-lo. Para que eu havia de matá-lo? Minha mão tremeu. E me deram a Cruz de São Jorge. Não estou entendendo nada, nada!"

Porém, enquanto Nikolai ia elaborando para si essas perguntas, e apesar de tudo não encontrava uma resposta clara acerca daquilo que o deixara tão abalado, a roda da fortuna, como acontece tantas vezes, girou em seu favor. Depois do combate de Ostrovna, ele foi promovido, deram-lhe um batalhão de hussardos e, quando era preciso um oficial valente, chamavam Rostóv para a missão.

XVI

Depois de receber a notícia da doença de Natacha, a condessa, ainda fraca e não de todo recuperada, partiu para Moscou, na companhia de Pétia e de todos os criados, e a família dos Rostóv mudou-se da casa de Mária Dmítrievna para a sua própria residência e se estabeleceu em Moscou.

A doença de Natacha era tão grave que, para sua felicidade e para felicidade dos pais, a ideia de tudo aquilo que tinha sido a causa da doença, a sua conduta e o rompimento do noivado, passou para o segundo plano. Ela estava tão doente que era impossível pensar em até que ponto era culpada de tudo o que havia ocorrido, num momento em que ela não estava comendo, não estava dormindo, havia emagrecido visivelmente, tossia e, como o médico dava a entender, corria perigo. Era preciso pensar apenas em ajudá-la. Os médicos vinham examinar Natacha em comitiva ou individualmente, conversavam muito em francês, em alemão, em latim, criticavam uns aos outros, receitavam os remédios mais diversos, para todas as doenças que conheciam; mas não passava pela cabeça de nenhum deles a ideia tão simples de que não podiam conhecer a doença de que Natacha padecia, assim como não se pode conhecer nenhuma doença que afeta uma pessoa: cada pessoa tem as suas peculiaridades e sempre tem a sua doença própria, nova, complicada, desconhecida pela medicina, não uma doença dos pulmões, do fígado, da pele, do coração, dos nervos etc., catalogada pela medicina, mas uma doença que consiste numa das inúmeras combinações dos sofrimentos desses órgãos. Essa ideia simples não podia passar pela cabeça dos médicos (da mesma forma que não pode passar pela cabeça de um feiticeiro a ideia de que ele não pode lançar feitiços), porque o seu ofício era curar, porque era para isso que recebiam dinheiro, e porque haviam consumido os melhores anos da vida deles naquele negócio. O principal, porém, era que tal ideia não podia passar pela cabeça dos médicos porque eles viam que eram incontestavelmente úteis, e de fato eram úteis para todos os membros da família Rostóv. Eram úteis não porque obrigavam a paciente a ingerir substâncias em grande parte nocivas (o dano era pouco sensível, porque as substâncias nocivas eram dadas em quantidades pequenas), mas eles eram úteis, necessários, indispensáveis (esta é a razão por que existem e sempre existirão curandeiros imaginários, adivinhos, homeopatas e alopatas) porque satisfaziam uma necessidade moral da paciente e das pessoas que a amavam. Satisfaziam a eterna necessidade humana da esperança de um alívio, a necessidade de solidariedade e de cuidado que sente uma pessoa na hora do sofrimento. Satisfaziam a eterna necessidade humana — que se nota numa criança, do modo mais elementar — de esfregar o lugar machucado. A criança se fere e na mesma hora corre para os braços da mãe, da babá, para que beijem e esfreguem o lugar machucado, e obtém alívio, quando esfregam ou beijam o lugar machucado. A criança não acredita que pessoas mais fortes e mais sábias do que ela não tenham meios de aliviar a sua dor. A esperança de um alívio e a expressão de solidariedade na hora em que a mãe esfrega o seu galo consolam a criança. Para Natacha, os médicos eram úteis porque beijavam e esfregavam o *dodói*, assegurando que logo ia passar, se o cocheiro fosse à farmácia na rua Arbat e trouxesse, em troca de um rublo e setenta copeques, um pozinho e umas pílulas dentro de uma caixinha bonita, e se aquele pozinho fosse tomado pela paciente de duas em duas horas impreterivelmente, nem mais, nem menos, junto com água fervida. O que seria de Sônia, da condessa e do conde, como poderiam ficar olhando para a fraca e exaurida Natacha sem poder tomar nenhuma providência, se não existissem aquelas pílulas em horas certas, a poção morninha, os pedacinhos de frango e todas as minúcias do dia a dia prescritas pelo médico, cuja observância era uma ocupação e um consolo para as pessoas que cercavam a paciente? Quanto mais severas e complicadas eram as regras, mais consoladora era essa atividade para as pessoas próximas. Como o conde suportaria a doença da sua filha adorada, se ele não soubesse que a doença de Natacha lhe custava mil rublos e que ele não teria dó de gastar outros mil para lhe trazer algum benefício; se ele não soubesse que, caso a filha não melhorasse, ele não teria dó de gastar ainda mais mil rublos e levá-la para o exterior, onde faria novas consultas; se ele não tivesse a possibilidade de contar em detalhes como Métvier e Feller não haviam entendido a doença, mas Friese havia entendido, e Múdrov determinara a doença melhor ainda? O que faria a condessa, se de vez em quando não pudesse discutir com a enferma Natacha porque ela não estava seguindo à risca as recomendações do médico?

— Desse jeito, você nunca vai se curar — dizia, esquecendo a sua dor, graças à irritação —, se não obedecer ao médico e não tomar o remédio na hora certa! Ora, não se pode brincar com uma coisa dessas, afinal você pode até pegar uma pneumonia — dizia a condessa, e só de pronunciar aquela palavra, que nem ela mesma compreendia, a condessa já encontrava um grande consolo. O que faria Sônia, se não tivesse a alegre consciência de que nem havia trocado de roupa nas três primeiras noites, a fim de estar a postos para fazer cumprir com rigor todas as prescrições do médico, e que ainda agora não dormia à noite para não perder a hora em que era preciso dar as pílulas só um pouco nocivas que ficavam dentro de uma caixinha dourada? Até a própria Natacha, que, embora dissesse que nenhum remédio a curaria e que tudo aquilo era tolice, também para ela dava alegria ver que, por sua causa, estavam fazendo tamanho sacrifício que ela de fato precisava tomar o remédio nas horas marcadas, e lhe dava alegria até mesmo poder mostrar, ao ignorar o cumprimento das prescrições, que não acreditava na cura e que não dava valor à própria vida.

O médico vinha todo dia, tomava o pulso, examinava a língua e, sem prestar atenção no rosto abatido de Natacha, lhe dizia coisas engraçadas. Em compensação, quando saía para o outro cômodo, a condessa vinha afobada atrás dele, e o médico, tomando um ar grave e balançando a cabeça de maneira pensativa, dizia que, embora o perigo de fato existisse, ele tinha esperança no efeito daquele último remédio, e que era preciso aguardar e observar; que a doença era sobretudo moral, porém...

A condessa, tentando esconder de si e do médico aquele gesto, metia uma moeda de ouro na mão dele e toda vez, com o coração apaziguado, voltava para junto da paciente.

Os sintomas da doença de Natacha consistiam em que ela comia pouco, dormia pouco, tossia e nunca se revigorava. Os médicos diziam que não se podia deixar a doente sem ajuda médica e por isso mantiveram Natacha no ar sufocante da cidade. No verão do ano de 1812, os Rostóv não viajaram para o campo.

Apesar da grande quantidade de pílulas ingeridas, e das gotas e dos pozinhos retirados de latinhas e de cápsulas, das quais Mme Schoss, especialista em tais assuntos, fizera uma grande coleção, apesar da ausência da vida no campo a que estava habituada, a juventude fez valer sua força: a mágoa de Natacha começou a ficar encoberta pela camada das impressões da vida diária, parou de pesar no seu coração com uma dor tão torturante, começou a se tornar passado, e Natacha começou a se recuperar fisicamente.

XVII

Natacha estava mais calma, porém não mais alegre. Não só evitava todas as circunstâncias exteriores da alegria: bailes, passeios, concertos, teatros; como não ria nenhuma vez, sem que se percebessem lágrimas por trás do riso. Ela não conseguia cantar. Assim que começava a rir, ou tentava cantar sozinha, só para si, as lágrimas a sufocavam: lágrimas de remorso, lágrimas de recordações daquele tempo irrecuperável, puro; lágrimas de desgosto por ter, de modo tão gratuito, arruinado a sua vida jovem, que poderia ter sido tão feliz. O riso e o canto, especialmente, pareciam-lhe uma profanação da sua mágoa. Sobre atitudes sedutoras, ela não pensava nenhuma vez; nem precisava se reprimir. Falava e sentia que, naquele momento, todos os homens eram, para ela, absolutamente iguais ao bufão Nastássia Ivánovna. Um guardião interior vetava com rigor toda e qualquer alegria para Natacha. E nela não havia mais todos os interesses pela vida que se encontram no reservatório da juventude, despreocupado e repleto de esperanças. Com mais frequência e de modo mais dolorido que tudo, ela recordava os seus meses de outono, a caçada, o tio, a época do Natal, que ela havia passado com *Nicolas*, em Otrádnoie. Daria qualquer coisa para que aquele tempo voltasse, ainda que só por um dia! Porém aquilo estava acabado para sempre. Na ocasião, não a enganara o pressentimento de que aquela situação de liberdade e de disponibilidade para todas as alegrias nunca mais havia de voltar. No entanto era preciso viver.

Para ela, era agradável pensar que não era melhor, como antes pensava, mas pior, e tremendamente pior do que todos, do que todos aqueles que existem no mundo. Mas era pouco. Natacha sabia disso e se perguntava: "E agora, o que vai haver?". Porém não havia mais nada. Não havia nenhuma alegria na vida, e no entanto a vida ia passando. Natacha, visivelmente, tentava apenas não ser um estorvo para ninguém, não incomodar ninguém, mas, para si mesma, ela não queria nada. Afastava-se de todos na casa e só com o irmão Pétia ficava à vontade. Gostava mais de ficar com ele do que com os outros; e às vezes, quando ficava a sós com Pétia, ria. Natacha quase não saía de casa e, entre as pessoas que vinham à sua casa, só se alegrava com Pierre. Era impossível ser mais terno, cuidadoso e ao mesmo tempo mais sério, ao se dirigir a ela, do que o conde Bezúkhov. Sem se dar conta, Natacha sentia aquela ternura no trato e por isso encontrava um grande prazer na companhia de Pierre. Mas nem se sentia grata a ele por essa ternura: nada de bom da parte de Pierre lhe parecia exigir esforço. Para Pierre, pelo visto, era tão natural ser bom com todos que não havia nenhum mérito na sua bondade. Às vezes Natacha percebia um embaraço e um constrangimento de Pierre, quando na sua presença, em especial quando ele desejava lhe fazer algo agradável, ou quando ele temia que algo na conversa fosse despertar recordações penosas em Natacha. Ela percebia isso e o atribuía à sua bondade geral e à sua timidez, que a seu ver era a mesma que ele devia mostrar diante de todos. Após aquelas palavras desprevenidas, quando Pierre declarou que, se fosse um homem livre ficaria de joelhos e pediria a sua mão e o seu amor, pronunciadas num momento de tão forte emoção para ela, Pierre nunca mais falou dos seus sentimentos; e para Natacha era evidente que tais palavras, tão consoladoras para ela naquele momento, foram ditas como se dizem quaisquer despropósitos destinados a consolar uma criança que está chorando. Não porque Pierre fosse um homem casado, mas porque Natacha sentia, entre ela e ele, no mais alto grau, a força das barreiras morais — cuja ausência ela sentia com Kuráguin —, nunca lhe passaria pela cabeça que das suas relações com Pierre pudesse nascer não só um amor da sua parte, ou, menos ainda, da parte dele, como tampouco aquela espécie de amizade delicada, consciente e poética, entre um homem e uma mulher, da qual Natacha conhecia alguns exemplos.

No fim do jejum de São Pedro,[62] Agrafiéna Ivánovna Belova, vizinha dos Rostóv em Otrádnoie, chegou a Moscou para rezar nos santuários moscovitas. Sugeriu a Natacha que jejuasse, e ela, com alegria, aferrou-se a essa ideia. Apesar da proibição médica de sair de manhã cedo, Natacha insistia em jejuar e preparar-se para a comunhão, e não como costumavam fazer na casa dos Rostóv, ou seja, assistindo a três missas em casa, mas como fazia Agrafiéna Ivánovna, ou seja, uma semana inteira, sem perder nem uma vez as vésperas, as matinas ou qualquer missa.

Aquele fervor de Natacha agradou à condessa; no fundo, depois do tratamento médico malsucedido, ela esperava que a oração a ajudasse mais do que os remédios e, embora com receio e às escondidas do médico, concordava com o desejo de Natacha e a confiava aos cuidados de Belova. Às três horas da madrugada, Agrafiéna Ivánovna vinha acordar Natacha e em geral já não a encontrava dormindo. Natacha temia perder a hora das matinas. Lavando-se às pressas e vestindo-se modestamente com o mais feio dos seus vestidos e com uma mantilha bem velha,

62 O jejum de São Pedro terminava no dia 28 de junho, véspera do dia de São Pedro e São Paulo.

estremecendo com a friagem, Natacha saía pelas ruas vazias, iluminadas pela luz cristalina da alvorada. Por conselho de Agrafiéna Ivánovna, Natacha se preparava para a comunhão não na sua paróquia, e sim na igreja em que, segundo as palavras da devota Belova, havia um sacerdote de vida mais rigorosa e elevada. Na igreja, havia sempre pouca gente; Natacha e Belova ficavam no seu lugar de costume, diante do ícone da Mãe de Deus, embutido atrás do coro esquerdo, e um sentimento novo para Natacha, de humildade diante de algo grande e incompreensível, a dominava quando, naquele horário incomum da manhã, olhando para o rosto escuro da Mãe de Deus iluminado por velas que ardiam logo abaixo e pela luz da manhã que descia da janela, Natacha escutava os sons da missa, que ela tentava acompanhar e compreender. Quando compreendia, o seu sentimento pessoal, com todos os matizes, fundia-se com a reza; quando não compreendia, dava-lhe ainda mais prazer pensar que o desejo de compreender tudo é orgulho, que é impossível compreender tudo, que basta apenas acreditar e entregar-se a Deus, que naquele momento — ela sentia — dominava a sua alma. Natacha fazia o sinal da cruz, curvava-se e, quando não compreendia, horrorizando-se com a própria baixeza, pedia a Deus que a perdoasse por tudo, tudo, e que tivesse misericórdia. As orações que ela mais repetia eram orações de arrependimento. Ao voltar para casa na primeira hora da manhã, quando só se cruzava com os pedreiros que iam a pé para o trabalho, com os porteiros que varriam as ruas, e quando dentro das casas todos ainda dormiam, Natacha experimentava o sentimento, novo para ela, da possibilidade de corrigir os seus defeitos, da possibilidade de uma vida nova, pura, e da felicidade.

Durante toda a semana em que viveu assim, aquele sentimento cresceu a cada dia. E a felicidade de comungar, ou de comunicar, como lhe dizia Agrafiéna Ivánovna, jogando com aquela palavra, lhe parecia tão grande que Natacha tinha a impressão de que não ia sobreviver àquele domingo abençoado.

Mas chegou o dia feliz, e quando Natacha, naquele domingo memorável para ela, num vestido branco de musselina, voltou para o seu lugar após o sacramento, pela primeira vez depois de muitos meses, sentiu-se tranquila, e não oprimida pela vida que se apresentava à sua frente.

Naquele dia, quando o médico chegou e examinou Natacha, mandou que continuasse a tomar os últimos pozinhos que ele havia receitado duas semanas antes.

— É imprescindível continuar, de manhã e de noite — disse ele, sinceramente satisfeito, era evidente, com o seu sucesso. — Apenas, por favor, com mais pontualidade. Fique tranquila, condessa — disse o médico em tom de gracejo, enquanto apanhava habilmente a moeda de ouro na palma da mão. — Em breve, ela estará cantando e se divertindo outra vez. O último remédio lhe fez muito, muito bem. Ela ficou muito mais animada.

A condessa olhou para os pezinhos e cuspiu,[63] enquanto voltava para a sala com o rosto alegre.

XVIII

No início de julho, em Moscou, corriam rumores cada vez mais inquietantes a respeito do rumo da guerra: falavam sobre uma proclamação do soberano ao povo, sobre a vinda do próprio soberano para Moscou. E, como até o dia 11 de julho não haviam recebido um manifesto nem uma proclamação, corriam rumores exagerados sobre eles e sobre a situação da Rússia. Diziam que o soberano vinha embora porque o exército estava em perigo, diziam que Smolensk se rendera, que Napoleão tinha um milhão de soldados e que só um milagre poderia salvar a Rússia.

No dia 11 de julho, sábado, o manifesto foi recebido, mas ainda não tinha sido publicado; e Pierre, que estava na casa dos Rostóv, prometeu vir almoçar no dia seguinte, um domingo, e trazer o manifesto e a proclamação, que ele iria obter com o conde Rostoptchin.[64]

Naquele domingo, os Rostóv, como de costume, foram à missa na igreja particular dos Razumóvski. Era um dia quente de julho. Já às dez horas, quando os Rostóv desceram da carruagem na frente da igreja, no ar quente, nos gritos dos vendedores, nas claras e radiantes roupas de verão da multidão, nas folhas poeirentas das árvores do bulevar, nos sons da música e nas calças brancas de um batalhão que se dirigia à parada, no estrondo das rodas sobre as pedras do calçamento e no brilho radioso do sol quente, havia aquela languidez do verão que ocorre de modo agradável e desagradável e se faz sentir de maneira especialmente aguda num dia claro e quente, numa cidade. Na igreja dos Razumóvski, estava toda a nobreza de Moscou, todos conhecidos dos Rostóv (naquele ano, como que à espera de alguma coisa, muitas famílias ricas, que costumavam ir para o campo, haviam permanecido na cidade). Enquanto caminhava ao lado da mãe, atrás de um lacaio de libré que afastava a multidão, Natacha ouviu a voz de um jovem, que falou a respeito dela, num sussurro demasiado alto:

— Essa é a Rostova, a própria...

— Como emagreceu, mesmo assim está bonita!

Ela ouviu, ou lhe pareceu que foram mencionados, os nomes de Kuráguin

---

63 Gesto tradicional para afastar a má sorte.

64 Fiódor Vassílievitch Rostoptchin foi nomeado governador-geral de Moscou em maio de 1812.

e de Bolkónski. De resto, Natacha sempre tinha essa impressão. Sempre tinha a impressão de que todos, quando olhavam para ela, só pensavam no que havia ocorrido. Sofrendo e com a alma desfalecida, como sempre lhe acontecia no meio da multidão, Natacha, no seu vestido lilás, de seda, com rendas pretas, andava do jeito como as mulheres sabem andar — de modo tanto mais sereno e imponente quanto mais sofrida e envergonhada ela estiver, no fundo. Natacha sabia, e não se enganava, que era bonita, mas agora isso não a alegrava como antes. Ao contrário, atormentava-a mais do que tudo, ultimamente, e ainda mais naquele dia claro e quente de verão, na cidade. "Mais um domingo, mais uma semana", dizia consigo, lembrando como estivera ali no outro domingo, "e sempre esta mesma vida sem vida, e sempre as mesmas circunstâncias em que antes era tão fácil viver. Sou bonita, jovem, e sei que agora sou boa, antes era má, mas agora sou boa, eu sei", pensava ela, "mas passar os melhores anos da vida assim, tão em vão, sem proveito para ninguém." Estava parada ao lado da mãe e cumprimentou com um aceno de cabeça os conhecidos que se achavam mais próximos. Natacha, por costume, observou a roupa das damas, reprovou a *tenue*[65] de uma dama que estava ali perto e o seu modo inconveniente de fazer o sinal da cruz com movimentos muito curtos da mão, de novo pensou com desgosto que estariam também julgando a ela, e de repente, ao ouvir os sons da missa, horrorizou-se com a sua baixeza, horrorizou-se ao ver que perdera de novo a pureza de antes.

Um velhinho de boa aparência, tranquilo, celebrava a missa com aquela solenidade dócil que tinha um efeito tão majestoso e apaziguador na alma dos fiéis. As portas do santuário principal estavam fechadas, lentamente o cortinado foi aberto; de lá, veio uma voz baixa e misteriosa. Lágrimas inexplicáveis para ela mesma acumularam-se no peito de Natacha, e um sentimento alegre e duradouro a comoveu.

"Ensine-me o que devo fazer, como devo me corrigir, para sempre, para sempre, como devo conduzir a minha vida...", pensava.

O diácono foi para o estrado diante do santuário principal, abriu bastante o polegar para arrumar os cabelos compridos que tinham ficado por baixo da sobrepeliz, colocou uma cruz sobre o peito e passou a ler as palavras de uma oração em voz alta e solene:

— "Em paz, oremos ao Senhor."

"Em paz — todos juntos sem diferenças de classe, sem inimigos, mas unidos pelo amor fraternal — vamos rezar", pensou Natacha.

---

65 Francês: "maneiras".

— “Pela paz nas alturas e pela salvação da nossa alma!”

“Pelo mundo dos anjos e pela alma de todos os seres imateriais, que vivem acima de nós”, rezou Natacha.

Quando rezaram pelas tropas, Natacha lembrou-se do irmão e de Deníssov. Quando rezaram pelos que viajavam na água ou na terra, lembrou-se do príncipe Andrei e rezou por ele, e rezou para que Deus a perdoasse pelo mal que lhe havia feito. Quando rezaram por aqueles que nos amam, ela rezou pelas pessoas da família, o pai, a mãe, Sônia, entendendo agora pela primeira vez toda a sua culpa em relação a eles, e sentiu todo o peso do seu amor por eles. Quando rezaram por aqueles que nos odeiam, ela inventou inimigos e pessoas que a odiassem, para poder rezar por elas. Natacha incluiu nos inimigos os credores e todos aqueles que tinham negócios com o seu pai e, toda vez que lhe vinha a ideia de inimigos e daqueles que nos odeiam, lembrava-se de Anatole, que lhe havia feito tanto mal, e, embora ele não fosse alguém que a odiasse, ela o perdoava com alegria, como a um inimigo. Só durante as orações Natacha se sentia capaz de recordar com clareza e alegria o príncipe Andrei e Anatole como pessoas pelas quais os seus sentimentos não eram nada, em comparação com o seu sentimento de temor e de veneração por Deus. Quando rezaram pela família do tsar e pelo Sínodo, ela se curvou de modo especialmente acentuado e fez o sinal da cruz, dizendo a si mesma que, se ela não compreendia, também não podia duvidar e, apesar de tudo, amava o Sínodo governante e rezava por ele.

Terminada a litania, o diácono cruzou a estola sobre o peito e declarou:

— “Entreguemos nosso ser e nossa vida a Cristo nosso Deus.”

“Eu me entrego a Deus”, repetiu Natacha, em sua alma. “Meu Deus, eu me entrego à Sua vontade”, pensou. “Não quero nada, não desejo nada; me ensine o que devo fazer, onde empregar a minha vontade! Deus, me tome, me tome!”, disse Natacha, com uma ansiedade comovida, sem fazer o sinal da cruz, com os braços finos para baixo, como se esperasse que dali a pouco uma força invisível fosse arrebatá-la e redimi-la de si mesma, das suas mágoas, dos seus desejos, dos seus remorsos, das suas esperanças e faltas.

Várias vezes durante a missa, a condessa se virava e olhava para o rosto comovido e de olhos brilhantes da filha e rezava a Deus para que a ajudasse.

Inesperadamente, no meio da missa e fora da ordem correta do ofício, que Natacha conhecia muito bem, o sacristão trouxe um banquinho, o mesmo em que rezavam de joelhos a oração do Pentecostes, e colocou-o à frente do santuário principal. O sacerdote veio na sua sotaina de veludo lilás, ajeitou os cabelos e, com esforço, ficou de joelhos. Todos fizeram o mesmo e, com espanto, olharam uns para os outros. Era uma oração recém-enviada pelo Sínodo, uma oração pela salvação da Rússia em face da invasão do inimigo.

— "Senhor Deus Todo-Poderoso, Deus da nossa salvação" — começou o sacerdote, com a voz clara, sem grandiloquência e dócil, com que só os recitadores religiosos eslavos sabem ler e que produz um efeito tão irresistível no coração russo. — "Senhor Deus Todo-Poderoso, Deus da nossa salvação! Tem hoje misericórdia e benevolência com Teu povo obediente, e escuta o seu apelo com compaixão, poupa-nos e nos perdoa. O inimigo espalha a confusão na Tua terra e quer transformar todo o mundo num deserto, insurgindo-se contra nós; essa gente sem lei se reuniu para destruir as Tuas propriedades, devastar a Tua pura Jerusalém, a Tua amada Rússia: os Teus templos sagrados, demolir os altares e profanar os nossos santuários. Até quando, Senhor, até quando os pecadores serão louvados? Até quando vão exercer o seu poder criminoso?

"Senhor Todo-Poderoso! Escuta a nós, os que rezamos ao Senhor: com a Tua força, dá respaldo ao nosso grande soberano, monarca honradíssimo, o nosso imperador Alexandre Pávlovitch; tem em mente a sua honestidade e a sua tolerância, trata-o com a mesma bondade com que ele trata a nós, a Tua adorada Israel. Abençoa os conselhos dele, bem como suas realizações e negócios; ampara com a Tua todo-poderosa mão direita o seu reino e lhe concede a vitória sobre o inimigo, assim como a vitória de Moisés sobre Amaleque, de Gedeão sobre Madian e de Davi sobre Golias. Protege as suas tropas; põe um arco de cobre em torno dos músculos daqueles que, em Teu nome, se ergueram em armas e cinge-os com força no campo de batalha. Ergue a lança e o escudo e Te levanta em nossa defesa, humilha e confunde aqueles que nos querem fazer mal, que eles fiquem frente a frente com o rosto das tropas fiéis a Ti como a poeira em frente ao rosto do vento, e que o Teu anjo forte os humilhe e os ponha em debandada; que uma rede tolha os seus movimentos, sem que eles saibam disso, e que as suas tramas, sem que percebam, se voltem contra eles; e que eles tombem aos pés dos Teus servos e que sejam lançados por terra pelas nossas tropas. Senhor! A Ti cabe salvar os grandes e os pequenos; Tu és Deus, o homem não prevalece contra Ti.

"Deus dos nossos pais! Lembra-te da Tua generosidade e da Tua misericórdia, de tantos séculos; não desvies o Teu rosto de nós, sê benevolente com nossas faltas, tem compaixão de nós e, na Tua grande misericórdia e em Tuas muitas graças, perdoa nossas faltas e pecados. Edifica dentro de nós um coração puro e renova uma alma justa em nosso ser; revigora em todos nós a fé em Ti, robustece a esperança, inspira a sinceridade de uns com os outros, arma-nos com a unidade de espírito na sagrada defesa da herança que deste a nós e a nossos pais, e que o cetro dos ímpios não se erga sobre aqueles que Tu abençoaste.

"Deus nosso Senhor, em quem acreditamos e em quem confiamos, não nos cubras de infâmia na expectativa da Tua misericórdia e nos dá um sinal da Tua bênção, para que aqueles que nos odeiam e odeiam a nossa fé ortodoxa vejam, cubram-se de vergonha e sejam aniquilados; e para que também todos os países vejam e saibam que o Teu nome é o do Senhor e que nós somos o Teu povo. Mostra-nos a Tua misericórdia hoje, Senhor, e nos dá a Tua salvação; dá ânimo ao coração de Teus servos, em Tua misericórdia; destrói os nossos inimigos e os esmaga sem demora sob os pés dos que são fiéis a Ti. Pois Tu és o esteio, a proteção e a vitória dos que em Ti confiam, e a Ti damos glória, ao Pai, ao Filho e ao Espírito Santo, hoje e por todos os séculos dos séculos. Amém."

No estado de abertura espiritual em que Natacha se encontrava, aquela oração produziu um forte efeito. Escutou cada palavra acerca da vitória de Moisés sobre Amaleque, de Gedeão sobre Madian, de Davi sobre Golias, e sobre a devastação da Tua Jerusalém e rogou a Deus, com a ternura e a brandura que enchiam o seu coração; mas não entendeu muito bem o que estava pedindo a Deus, naquela oração. Com toda a alma, ela compartilhava dos rogos pelo espírito de justiça, pelo revigoramento do coração por meio da fé e da esperança, e também para que Deus os animasse com o amor. Mas Natacha não conseguia rezar pelo esmagamento dos inimigos sob os seus pés, quando poucos minutos antes ela havia desejado ter mais inimigos, a fim de amá-los e perdoá-los. No entanto ela também não podia duvidar de uma oração feita de joelhos. Experimentava no fundo da alma um horror devoto e trêmulo perante o castigo que alcança as pessoas por causa dos seus pecados, e pensava sobretudo nos seus próprios pecados, e assim pedia a Deus que perdoasse a todos e a ela também, e que desse a todos eles e a ela também a paz e a felicidade na vida. E lhe pareceu que Deus escutou a sua prece.

XIX

Desde o dia em que, ao sair da casa dos Rostóv com a lembrança do olhar agradecido de Natacha, Pierre viu o cometa que estava parado no céu e sentiu que algo novo se revelava para ele, a questão que o atormentava sem cessar, sobre a vaidade e a insensatez de tudo o que é terreno, deixou de se manifestar no seu pensamento. Aquela questão terrível: Por quê? Para quê?, que antes se apresentava no centro de toda e qualquer atividade, agora tinha sido substituída não por uma outra questão, nem por alguma resposta à questão anterior, mas pelo conceito *dela*. Quando Pierre ouvia uma conversa trivial ou participava ele mesmo da conversa, quando lia ou reconhecia alguma baixeza ou estupidez humana, já não se horrorizava como antes; não se perguntava o que estimulava tanto as pessoas, quando tudo é efêmero e desconhecido, mas lembrava-se dela, na aparência com que a tinha visto na última vez, e todas as suas dúvidas desapareciam, não porque ela respondesse às questões que se apresentavam a ele, mas porque o seu conceito sobre ela o transportava instantaneamente para um domínio diferente, luminoso, de atividade espiritual, em que não podia haver justos nem culpados, um reino de beleza e de amor, para o qual viver era o bastante. Qualquer que fosse a miséria terrena que surgia à sua frente, Pierre dizia para si:

"O que importa se fulano roubou o Estado ou o tsar, e se o Estado e o tsar lhe concedem honrarias; ontem ela sorriu para mim e me pediu que voltasse, e eu a amo, e ninguém vai saber disso nunca", pensava ele.

Pierre continuava a frequentar a sociedade, continuava a beber muito e levava a mesma vida ociosa e dissipada, porque, além das horas que passava na casa dos Rostóv, era preciso passar de algum modo as horas restantes, e os hábitos e os conhecidos que tinha feito em Moscou atraíam-no de modo inexorável para aquela vida, que o aprisionava. Porém, ultimamente, quando rumores cada vez mais alarmantes chegavam do teatro de guerra e quando a saúde de Natacha começava a melhorar e ela havia parado de inspirar nele o antigo sentimento de piedade sóbria, Pierre passou a ser dominado cada vez mais por uma inquietação que ele não compreendia. Sentia que a situação em que estava não podia se prolongar muito tempo, que estava à beira de acontecer uma catástrofe, a qual havia de transformar toda a sua vida, e com impaciência procurava em toda parte sinais dessa catástrofe iminente. Um dos irmãos maçons revelou para Pierre a seguinte profecia relativa a Napoleão, extraída do Apocalipse de São João:

No Apocalipse, capítulo 13, versículo 18, está dito: "Aqui está a sabedoria: quem tiver inteligência que calcule o número da besta: o número é de homem e o seu número é 666".

E, no mesmo capítulo, no versículo 5: "E lhe foi dada uma boca que fala arrogâncias e blasfêmias; e lhe foi dada autoridade para dominar quarenta e dois meses".

As letras francesas, transpostas para a representação numérica do alfabeto hebraico, no qual as dez primeiras letras representam as unidades e as outras, as dezenas, davam o seguinte significado:

a	b	c	d	e	f	g	h	i	k	l	m	n
1	2	3	4	5	6	7	8	9	10	20	30	40

o	p	q	r	s	t	u	v	w	x	y	z
50	60	70	80	90	100	110	120	130	140	150	160

Ao escrever, com esse alfabeto de cifras, *l'empereur Napoléon*,[66] o resultado da soma desses números dava 666, e por isso Napoleão era a besta prevista no Apocalipse. Além disso, ao escrever com o mesmo alfabeto as palavras "quarante-deux",[67] ou seja, o prazo estabelecido para que a besta proferisse arrogâncias e blasfêmias, a soma dos números que representavam *quarante-deux* dava de novo exatamente 666, do que se concluía que o prazo do poder de Napoleão terminava no ano de 1812, no qual o imperador francês faria quarenta e dois anos de idade. Essa profecia impressionou muito Pierre e ele muitas vezes se perguntava o que poria um termo no poder da besta, ou seja, de Napoleão, e com base nessa mesma representação de palavras por meio de números e de cálculos, tentava encontrar uma resposta para a questão que o preocupava. Em resposta a tal questão, Pierre escreveu: *L'empereur Alexandre*? *La nation russe*? Contou as letras, mas a soma dos números dava muito mais ou muito menos do que 666. Certa vez, envolvido com tais cálculos, escreveu o próprio nome — *comte Pierre Besouhoff*; a soma dos números também deu um resultado muito diferente. Ele mudou a grafia, pôs "z" em lugar de "s", acrescentou "de", acrescentou o artigo "le", e mesmo assim não chegou ao resultado desejado. Então lhe veio à cabeça que, se a resposta para a questão estivesse contida no seu nome, seria necessário mencionar a sua nacionalidade. Escreveu *le Russe Besuhof* e, contando os números, obteve 671. Só 5 a mais; 5 significava "e", o mesmo "e" que fora omitido no artigo antes das palavras "l'empereur". Ao retirar exatamente essa letra "e", apesar de ficar incorreto, Pierre obtinha a resposta desejada: *l'Russe Besuhof*, exatamente 666. Essa descoberta o perturbou. Como, de que forma ele estaria ligado aos acontecimentos grandiosos previstos no Apocalipse, isso ele não sabia; mas nem por um minuto pôs em dúvida essa ligação. O seu amor pela Rostova, o Anticristo, a invasão de Napoleão, o cometa, o 666, *l'empereur Napoléon* e *l'Russe Besuhof* — tudo isso junto tinha de amadurecer, explodir e resgatá-lo daquele mundo enfeitiçado, insignificante, dos hábitos moscovitas, do qual ele se sentia prisioneiro, e conduzi-lo para uma proeza grandiosa e para uma felicidade grandiosa.

Pierre, na véspera do domingo em que leram a prece do Sínodo, prometera aos Rostóv obter do conde Rostoptchin, com quem ele tinha boas relações, a proclamação à Rússia e as últimas notícias do Exército, e levá-las à casa deles. Pela

---

66 Francês: "o imperador Napoleão". A elisão do *e* do artigo "le" não foi considerada no cálculo.
67 Francês: "quarenta e dois".

manhã, ao ir à casa do conde Rostoptchin, Pierre encontrou lá um mensageiro que acabara de chegar do Exército.

Esse mensageiro era seu conhecido, um dos dançarinos dos bailes de Moscou.

— Pelo amor de Deus, será que não pode me ajudar? — perguntou para Pierre. — Tenho de entregar uma porção de cartas para os parentes.

Entre aquelas cartas, havia uma de Nikolai Rostóv para o pai. Pierre pegou a carta. Além disso, o conde Rostoptchin deu a Pierre a proclamação do soberano dirigida a Moscou, recém-impressa, as últimas ordens para o Exército e o último boletim ao povo de Moscou feito por Rostoptchin. Ao examinar as ordens para o Exército, Pierre encontrou numa delas, entre as notificações de feridos, mortos e condecorados, o nome de Nikolai Rostóv, condecorado com a Cruz de São Jorge de quarta classe, por ato de bravura na batalha de Ostrovna, e na mesma ordem estava a nomeação do conde Bolkónski para o comando de um regimento de caçadores. Embora ele não sentisse vontade de lembrar aos Rostóv o nome de Bolkónski, Pierre não conseguiu conter seu desejo de alegrá-los com a notícia da condecoração do filho e, guardando consigo a proclamação, o boletim e outras ordens, para levá-las em pessoa na hora do jantar, enviou de imediato para a casa dos Rostóv a ordem impressa e a carta de Nikolai.

A conversa com o conde Rostoptchin, o seu tom de preocupação e de pressa, o encontro com o mensageiro, que falou descuidadamente sobre como as coisas andavam mal no Exército, os rumores sobre espiões descobertos em Moscou, sobre um documento que circulava por Moscou no qual se comprovava que Napoleão prometera tomar as duas capitais russas até o outono, as conversas sobre a chegada do soberano no dia seguinte — tudo isso despertou em Pierre, outra vez e com força renovada, o sentimento de comoção e de expectativa que não o abandonara desde o tempo da aparição do cometa e, em especial, desde o início da guerra.

Fazia muito tempo que Pierre pensava em ingressar no serviço militar, e teria feito isso se não o tolhesse, em primeiro lugar, o fato de pertencer à sociedade maçônica, à qual estava preso por um juramento e que preconizava a paz eterna e a abolição da guerra, e, em segundo lugar, o fato de ele, por alguma razão, ao ver a grande quantidade de moscovitas que vestiam uniformes e preconizavam o patriotismo, sentir vergonha de dar tal passo. O motivo principal pelo qual Pierre não levou adiante sua intenção de entrar no Exército se encontrava na ideia obscura de que ele era *l'Russe Besuhof*, cujo significado era o número da besta 666, a ideia de que a sua participação na grande tarefa de pôr um termo ao poder da *besta* que proferia arrogâncias e blasfêmias estava definida desde a eternidade, e que por isso ele não devia assumir nenhuma responsabilidade e esperar aquilo que havia de acontecer.

XX

Na casa dos Rostóv, como sempre ocorria aos domingos, jantavam algumas pessoas mais próximas da família.

Pierre chegou mais cedo a fim de encontrá-los sozinhos.

Ele havia engordado tanto naquele ano que estaria monstruoso, se não tivesse estatura tão elevada, ombros tão robustos e se não fosse tão forte que parecia carregar com facilidade a sua corpulência.

Subiu a escada ofegante e murmurando algo para si. O seu cocheiro já nem perguntava mais se devia esperá-lo. Sabia que, quando o conde estava na casa dos Rostóv, ali ficava até a meia-noite. Os lacaios dos Rostóv precipitavam-se alegremente para segurar sua capa, receber sua bengala e seu chapéu. Pierre, por um hábito de frequentador de clubes, deixava o chapéu e a bengala no vestíbulo.

A primeira pessoa que avistou na casa dos Rostóv foi Natacha. Ainda antes de ver Natacha, na hora em que despia a capa no vestíbulo, ele a ouviu. Ela estava cantando um solfejo no salão. Pierre sabia que Natacha não cantava desde o tempo da sua enfermidade e por isso o som da sua voz o surpreendeu e o alegrou. Ele abriu a porta sem fazer barulho e viu Natacha no seu vestido lilás, o mesmo que ela havia usado na missa, andando pela sala e cantando. Ela já havia passado pela porta quando ele a abriu, mas quando Natacha se voltou de modo brusco e avistou o seu rosto gordo e admirado, ruborizou-se e veio depressa na direção de Pierre.

— Eu quero tentar cantar outra vez — disse ela. — Apesar de tudo, é uma ocupação — acrescentou, como se pedisse desculpa.

— E muito boa.

— Como estou contente que o senhor tenha vindo! Estou tão feliz hoje! — disse, com aquela animação de antes, que fazia muito Pierre não via em Natacha. — O senhor sabia, *Nicolas* recebeu a Cruz de São Jorge. Estou tão orgulhosa dele.

— Como não sabia?, fui eu mesmo que mandei trazerem essa ordem para cá. Bem, não quero atrapalhar a senhora — acrescentou e fez menção de seguir para a sala de visitas. Natacha o deteve.

— Conde, o que acha, é ruim que eu cante? — perguntou, ruborizada, mas sem baixar os olhos, fitando Pierre com ar interrogativo.

— Não... Por que seria? Ao contrário... Mas por que a senhora me pergunta?

— Nem eu mesma sei — respondeu Natacha depressa. — Mas não quero fazer nada que não agrade ao senhor. Confio no senhor em tudo. O senhor não sabe como é importante para mim e quanto fez por mim!... — falou depressa e não notou como Pierre se ruborizava ao ouvir aquelas palavras. — Na mesma ordem, eu vi o nome *dele*, Bolkónski (pronunciou o nome rápido, num sussurro), ele está na

Rússia e está servindo no Exército outra vez. O que o senhor acha — falou rápido, obviamente apressando-se porque temia não ter forças para dizer —, será que ele vai me perdoar algum dia? Não vai ficar com um mau sentimento em relação a mim? O que o senhor acha? O que o senhor acha?

— Acho... — disse Pierre. — Ele não tem nada o que perdoar... Se eu estivesse no lugar dele... — No entanto, por uma associação de recordações, Pierre foi instantaneamente transportado, em imaginação, para o momento em que lhe dissera, para a consolar, que, se ele não fosse quem era, mas sim o melhor homem do mundo, e se fosse livre, ficaria de joelhos e pediria a mão dela, e o mesmo sentimento de pena, de ternura, de amor, dominou-o e aquelas mesmas palavras já estavam na sua boca. Porém Natacha não lhe deu tempo de dizê-las.

— Mas o senhor, o senhor — disse Natacha, pronunciando a palavra "senhor" com entusiasmo —, o senhor é diferente. É o mais bondoso, o mais generoso, eu não conheço um homem melhor do que o senhor, nem pode existir. Se não fosse o senhor naquela vez, eu hoje nem sei o que seria de mim, porque... — De repente, lágrimas correram dos seus olhos; ela se virou, levantou a partitura na direção dos olhos, começou a cantar e voltou a andar pelo salão.

Nesse momento, Pétia entrou na sala de visitas.

Agora Pétia era um bonito menino ruivo de quinze anos, com lábios vermelhos e fartos, iguais aos de Natacha. Estava se preparando para ingressar na universidade, mas ultimamente, junto com o seu camarada Obolénski, resolvera em segredo que ia entrar para os hussardos.

Pétia avançou de um pulo na direção do seu xará, a fim de conversar sobre um assunto sério.

Pediu a ele que procurasse saber se iriam aceitá-lo nos hussardos.

Pierre estava andando pela sala de visitas, sem escutar Pétia.

Pétia puxou-o pela mão, para chamar a sua atenção.

— Puxa, o que acha da minha ideia, Piotr Kirílitch? Pelo amor de Deus! O senhor é a minha única esperança — disse Pétia.

— Ah, sim, a sua ideia. Para os hussardos? Vou falar, vou falar. Vou falar tudo hoje mesmo.

— E então, *mon cher*, e então, trouxe o manifesto? — perguntou o velho conde. — E a condessinha esteve na missa na casa dos Razumóvski e ouviu uma nova prece. Muito bonita, ela achou.

— Eu trouxe, sim — respondeu Pierre. — O soberano vai chegar amanhã... Vai haver uma reunião extraordinária da corte e, pelo que dizem, vão convocar dez homens em cada mil. Mas deixe-me lhe dar os parabéns.

— Sim, sim, graças a Deus. Mas e do Exército, quais são as novidades?

— Os nossos recuaram outra vez. Dizem que já estão perto de Smolensk — respondeu Pierre.

— Meu Deus, meu Deus! — disse o conde. — Onde está o manifesto?

— A proclamação! Ah, sim! — Pierre procurou o papel nos bolsos e não conseguiu encontrar. Enquanto continuava a revirar os bolsos, beijou a mão da condessa, que havia entrado, e olhava à sua volta com ar inquieto, pelo visto à espera de Natacha, que não estava mais cantando, mas não tinha vindo para a sala de visitas.

— Puxa, não sei onde foi que enfiei — disse ele.

— Vejam só, sempre perde tudo — disse a condessa.

Natacha entrou com o rosto enternecido, comovido, e sentou-se em silêncio, olhando para Pierre. Assim que ela entrou na sala, o rosto de Pierre, até então apagado, iluminou-se, e ele, enquanto continuava a procurar o documento, voltou os olhos para ela várias vezes.

— Puxa, vou buscar, esqueci em casa. Vou agora mesmo...

— Mas vai se atrasar para o jantar.

— Ah, e o cocheiro já foi embora.

Mas Sônia, que tinha ido ao vestíbulo procurar o documento, encontrou-o dentro do chapéu de Pierre, onde ele o havia guardado cuidadosamente por trás do forro. Pierre fez menção de ler o documento.

— Não, depois do jantar — disse o velho conde, obviamente prevendo uma grande satisfação com aquela leitura.

Durante o jantar, no qual beberam champanhe à saúde do novo cavaleiro da Ordem de São Jorge, Chinchin contou as novidades da cidade, falou da doença da velha princesa georgiana, contou que Métvier havia desaparecido de Moscou e que tinham enviado um certo alemão para Rostoptchin, e o acusaram de ser um *champignon* (assim dizia o próprio conde Rostoptchin, em vez de *chpion*),[68] e que o conde Rostoptchin mandara soltar o *champignon* e dissera ao povo que não era nenhum *champignon* francês, mas apenas um velho cogumelo alemão.

— Estão prendendo, estão prendendo — disse o conde. — Tenho dito para a condessa que se deve falar menos em francês. Agora não é hora.

— E já souberam? — disse Chinchin. — O príncipe Golítsin contratou um professor para lhe ensinar russo...[69] *Il commence à devenir dangereux de parler français dans le rues.*[70]

---

68 Russo: "Espião".

69 Ironia a respeito do costume dos aristocratas russos de falar francês, de preferência ao russo.

70 Francês: "Começa a ficar perigoso falar francês nas ruas".

— Mas, então, conde Piotr Kirílitch, se convocarem as milícias, o senhor também terá de montar um cavalo? — perguntou o velho conde, voltando-se para Pierre.

Pierre ficou calado e pensativo durante todo o tempo do jantar. Àquele comentário, olhou para o conde como se não o compreendesse.

— Sim, sim, para a guerra — disse ele. — Não! Que guerreiro sou eu? De resto, tudo é tão estranho, tão estranho! E nem eu mesmo compreendo. Não sei, e estou tão distante dos gostos militares, mas nos tempos atuais ninguém pode responder por si mesmo.

Depois do jantar, o conde sentou-se tranquilamente numa poltrona e, com o rosto sério, pediu a Sônia, famosa pelo talento para a leitura, que lesse.

— "À nossa Moscou, primeira capital do trono.

"O inimigo penetrou nas fronteiras russas com grandes forças militares. Ele vem destruir a nossa pátria adorada" — leu Sônia com cuidado, na sua voz fininha. O conde escutava de olhos fechados, com suspiros entrecortados em certas passagens.

Natacha estava sentada com o corpo esticado, atenta e fitando ora o pai, ora Pierre.

Pierre sentia sobre si o olhar de Natacha e fazia força para não se virar na sua direção. A condessa balançava a cabeça com ar de desaprovação e aborrecimento a cada expressão solene do manifesto. Em todas aquelas palavras, ela só via que os perigos que ameaçavam o seu filho não iam terminar tão cedo. Chinchin, com um sorriso zombeteiro na boca, obviamente se preparava para dizer gracejos: sobre a leitura de Sônia, sobre aquilo que o conde tinha dito, até sobre a própria proclamação, se não surgisse algum pretexto melhor.

Ao ler a respeito dos perigos que ameaçavam a Rússia, das esperanças que o soberano depositava em Moscou e, em especial, na gloriosa nobreza, Sônia, com a voz trêmula, que lhe vinha sobretudo por causa da atenção com que a escutavam, leu as últimas palavras: "Em pouco tempo estaremos junto ao nosso povo, nessa capital e em outros locais do nosso país, para consultar e guiar todas as nossas milícias, tanto as que hoje barram o caminho do inimigo como as novas que vão se formar para derrotá-lo onde quer que ele apareça. Que a ruína que o inimigo deseja lançar sobre nós recaia sobre a sua própria cabeça e que a Europa libertada da escravidão glorifique o nome da Rússia!".

— É isso mesmo, muito bem! — gritou o conde, abrindo os olhos molhados e fungando o nariz várias vezes, como se tivessem levado um frasco de sal e vinagre às suas narinas. — Pode dizer ao soberano que todos nós vamos nos sacrificar e não vamos poupar nada.

Chinchin ainda não havia tido tempo de dizer um gracejo que já preparara a respeito do patriotismo do conde, quando Natacha se levantou de um salto e se aproximou do pai.

— Que encanto, esse papai! — exclamou ela, enquanto o beijava, e outra vez voltou os olhos para Pierre, com aquele jeito de sedução inconsciente, que Natacha havia recuperado, junto com a sua animação.

— Ora vejam, mas que patriota! — disse Chinchin.

— Não sou patriota, eu apenas... — retrucou Natacha, ofendida. — O senhor faz gracejos com tudo, mas isso não tem graça nenhuma...

— Ora, o que tem de mais os gracejos! — exclamou o conde. — Deixe que ele diga o seu gracejo, nós não vamos nos importar... Afinal, não somos alemães...

— Mas os senhores perceberam — disse Pierre — que está dito: "Para consultar".

— Ora, seja lá para o que for...

Nessa altura, Pétia, em quem ninguém prestava a menor atenção, aproximou-se do pai e, todo vermelho, com voz entrecortada, ora grossa, ora fina, disse:

— Então agora, papai, eu vou dizer com firmeza, para o senhor e para a mamãe também, como queiram, vou dizer com firmeza que têm de me deixar entrar no Exército, porque eu não posso... é só isso...

A condessa ergueu os olhos para o céu, com horror, abriu os braços e voltou-se com ar irritado para o marido.

— Veja só o que você foi arranjar! — exclamou a condessa.

Mas o conde, naquele momento, já tinha se recuperado do entusiasmo.

— Ora, ora — disse ele. — Mais um guerreiro! Vamos deixar de bobagens: você tem de estudar.

— Mas não é bobagem, papai. Fiédia Obolénski é mais jovem do que eu e também vai, e o mais importante é que tanto faz, porque agora eu não posso estudar nada mesmo, quando... — Pétia parou, ruborizou-se a ponto de suar e exclamou: — ... quando a pátria está em perigo.

— Chega, chega de bobagens...

— Mas o senhor mesmo acabou de dizer que vai sacrificar tudo.

— Pétia, estou lhe dizendo, fique calado — gritou o conde, enquanto se voltava para olhar para a esposa, que, vermelha, fitava o filho caçula com um olhar fixo.

— Mas estou dizendo ao senhor. Olhe só, o Piotr Kirílitch vai falar...

— Pois eu estou dizendo para você que isso é um absurdo, o leite da sua mãe mal secou na sua boca e você já quer entrar no Exército! Ora, ora, eu falei, e está falado — e o conde, levando o documento consigo, na certa para ler mais uma vez no escritório antes do repouso, saiu da sala.

— Piotr Kirílitch, venha, vamos fumar...

Pierre se viu embaraçado e indeciso. Os olhos de Natacha, extraordinariamente brilhantes e vivazes, que se voltavam o tempo todo para ele de um modo mais do que carinhoso, tinham deixado Pierre naquele estado.

— Não, eu... acho que vou para casa...

— Como para casa, o senhor veio para passar a noite conosco... E é raro o senhor aparecer. Além do mais, esta minha menina... — disse o conde com simpatia, apontando para Natacha — só fica alegre com a presença do senhor...

— Sim, mas eu esqueci... Eu preciso ir para casa... São compromissos de trabalho... — falou Pierre, afobado.

— Bem, então até logo — disse o conde, enquanto saía da sala.

— Por que o senhor vai embora? Por que o senhor está perturbado? Por quê?... — perguntou Natacha para Pierre, fitando-o nos olhos de modo provocante.

"Porque eu amo você!", quis responder Pierre, mas não falou isso, ruborizou-se até às lágrimas e baixou os olhos.

— Porque é melhor que eu venha com menos frequência à casa da senhora... Porque... não, é só que tenho compromissos de trabalho.

— Por quê? Não, diga — ia começando Natacha com ar decidido, mas de repente se calou. Os dois se olharam assustados e confusos. Ele tentou sorrir, mas não conseguiu: seu sorriso exprimia sofrimento e então ele beijou a mão de Natacha em silêncio e depois saiu.

Pierre resolveu não ir mais à casa dos Rostóv.

XXI

Pétia, depois de ter recebido uma negativa categórica, foi para o quarto e lá, isolado de todos, chorou amargamente. Todos agiram como se não tivessem percebido nada quando ele, na hora do chá, apareceu calado, com ar sombrio, de olhos chorosos.

No dia seguinte, o soberano chegou. Vários criados da casa dos Rostóv foram ver o tsar. Naquela manhã, Pétia demorou para se arrumar, penteou-se e ajeitou o colarinho igual aos adultos. Franziu as sobrancelhas diante do espelho, fez gestos, encolheu os ombros e, por fim, sem dizer nada a ninguém, pôs um quepe e saiu de casa pela porta dos fundos, tentando não ser notado. Pétia queria ir diretamente para o lugar onde estava o soberano e explicar diretamente a algum camareiro da corte (Pétia imaginava que o soberano estava sempre rodeado por camareiros) que ele, o conde Rostóv, apesar da pouca idade, desejava servir a pátria, que a mocidade não podia ser um obstáculo para a lealdade e que ele estava pronto para... Enquanto se preparava, Pétia ensaiou muitas palavras bonitas para dizer ao camareiro da corte.

Pétia contava que sua apresentação ao soberano ia dar certo justamente porque era muito jovem (Pétia achava até que ia deixar todos admirados com a sua pouca idade) e, ao mesmo tempo, com o aprumo do seu colarinho, com o seu penteado e com a grave lentidão dos seus passos, ele queria dar a impressão de um homem maduro. Porém, quanto mais andava, mais se distraía com a multidão que se encaminhava para o Krêmlin, e mais se esquecia de cuidar do porte grave e vagaroso, próprio das pessoas maduras. Ao se aproximar do Krêmlin, Pétia começou a tomar cuidado para não ser empurrado e, de modo firme, com ar ameaçador, mantinha os cotovelos erguidos e apontados para os lados. Porém, nos portões da Trindade, apesar de toda a sua firmeza, pessoas que na certa ignoravam o intuito patriótico com que ele tinha ido ao Krêmlin o espremeram de tal modo contra um muro que Pétia teve de resignar-se e parar, enquanto carruagens passavam embaixo das arcadas, buzinando e fazendo barulho. Ao lado de Pétia, estavam uma camponesa, um lacaio, dois comerciantes e um soldado na reserva. Depois de ficar parado por um tempo nos portões, Pétia, sem esperar que todas as carruagens passassem, quis ir em frente antes dos outros e começou a abrir caminho vigorosamente com os cotovelos; mas a camponesa que estava na frente dele, na qual Pétia acertou suas cotoveladas primeiro, gritou, zangada:

— O que é que há, seu nobrezinho, não está vendo, todo mundo está parado. Para que empurrar?

— Se é assim, todo mundo vai empurrar também — disse o lacaio, começou a golpear também com os cotovelos e jogou Pétia num canto fedorento da rua.

Pétia esfregou com as mãos o suor que cobria o seu rosto e ajeitou o colarinho, que ele havia arrumado em casa com tanto esmero, como faziam os adultos, e que agora estava encharcado de suor.

Pétia sentiu que não estava com um aspecto apresentável e temia que, caso se mostrasse daquele modo aos camareiros da corte, não o deixariam chegar ao soberano. Mas a aglomeração não dava a menor possibilidade de Pétia se arrumar e ir para outro lugar. Um dos generais que estavam passando era um conhecido dos Rostóv. Pétia quis pedir sua ajuda, mas achou que isso seria contrário à masculinidade. Quando todas as carruagens haviam passado, a multidão começou a jorrar e arrastou Pétia para a praça, que já estava toda tomada pelo povo. Assim que Pétia se viu na praça, ouviu nitidamente o som dos sinos e as vozes alegres do povo, que enchiam todo o Krêmlin.

Num momento, a praça aparecia espaçosa, mas de repente todas as cabeças se descobriram, todos se atiraram mais para a frente. Apertaram Pétia de tal modo que ele não conseguia respirar e todos berraram: “Hurra! Hurra! Hurra!”. Pétia levantou-se na ponta dos pés, empurrou, beliscou, mas não conseguiu ver nada, senão o povo à sua volta.

Em todos os rostos, havia uma expressão geral de afeição e de entusiasmo. Uma comerciante que estava ao lado de Pétia chorava, e as lágrimas escorriam dos seus olhos.

— Pai, anjo, paizinho! — repetia ela, enquanto enxugava as lágrimas com o dedo.

— Hurra! — gritavam de todos os lados.

Por um minuto, a multidão permaneceu num lugar; mas logo depois precipitou-se de novo para a frente.

Pétia, sem noção do que ele mesmo estava fazendo, com os dentes cerrados e os olhos esgazeados de modo feroz, atirou-se para a frente, dando cotoveladas e gritando "Hurra!", como se estivesse pronto para matar a todos e a si mesmo naquele minuto, mas de todos os lados outras pessoas o empurraram da mesma forma, com a mesma cara feroz e também com gritos de "Hurra!".

"Então, isto é o soberano!", pensou Pétia. "Não, é impossível que eu mesmo lhe apresente o pedido, é atrevimento demais!" Apesar disso, ele continuou a abrir caminho de modo cada vez mais desesperado e, entre as costas das pessoas que estavam na sua frente, viu de relance um espaço vazio com um caminho atapetado de vermelho; porém naquele instante a multidão começou a ondular para trás (na frente, policiais repeliam as pessoas que se aproximavam demais do cortejo; o soberano estava vindo do palácio para a catedral da Assunção), e Pétia recebeu de surpresa uma pancada tão forte nas costelas e foi de tal modo esmagado que, de repente, tudo ficou embaçado diante dos seus olhos, e ele perdeu a consciência. Quando voltou a si, algum membro da igreja, com um tufo de cabelo grisalho atrás da cabeça, num manto esfarrapado e azul, na certa um sacristão, segurou-o com a mão por baixo da axila, enquanto com a outra mão o protegia da multidão que o imprensava.

— Pisotearam o nobrezinho! — disse o sacristão. — Onde é que nós estamos!... Devagar... Pisotearam, pisotearam!

O soberano seguiu para dentro da catedral da Assunção. A multidão se acalmou outra vez, e o sacristão levou Pétia, pálido e sufocado, para junto do Canhão-Tsar.[71] Algumas pessoas tiveram pena de Pétia, e de repente a multidão inteira voltou-se para ele, e à sua volta logo se formou uma aglomeração. Os que estavam mais perto lhe prestavam ajuda, desabotoaram o seu casaquinho, acomodaram-no sobre o pedestal do canhão e repreendiam alguns — aqueles que o haviam esmagado.

— Puxa, podia ter morrido esmagado. Onde é que já se viu! É um assassinato! Olhe só, coitado, ficou branco que nem um lençol — disseram algumas vozes.

---

71 Nome popular de um canhão enorme fundido em 1488 e que figura como um monumento na praça do Krêmlin.

Pétia logo voltou a si, a cor retornou ao seu rosto, a dor passou e, por causa daquele aborrecimento momentâneo, ele ganhou um lugar em cima do canhão, de onde esperava poder ver o soberano, que devia voltar por ali. Pétia agora já não pensava mais em apresentar seu pedido. Só lhe interessava ver o soberano — e com isso ele já se consideraria feliz!

Durante a missa na catedral da Assunção — uma cerimônia dupla, celebração pela chegada do soberano e ação de graças pelo término da guerra contra os turcos —, a multidão se espalhou; apareceram ambulantes que gritavam seus pregões e vendiam *kvás*,[72] bolo de mel, papoula, que Pétia apreciava muito, e ouviam-se as conversas de costume. Uma comerciante mostrava o seu xale rasgado e contava como havia custado caro; outra dizia que todos os panos de seda estavam custando caro. O sacristão que havia salvado Pétia conversava com um funcionário sobre as pessoas que, naquele dia, estavam ajudando o Reverendíssimo na missa. O sacristão repetia várias vezes a palavra "concílio", que Pétia não entendia. Dois rapazes da cidade brincavam com jovens criadas domésticas que estavam quebrando nozes. Todas aquelas conversas, sobretudo as brincadeiras com as mocinhas, que para alguém na idade de Pétia são dotadas de um atrativo especial, agora não despertavam a sua atenção; ele se mantinha sentado no seu lugar, em cima do canhão, ainda agitado com a ideia do soberano e do seu amor por ele. A coincidência dos sentimentos de dor e de medo, na hora em que fora espremido, com o sentimento de entusiasmo reforçou ainda mais a importância daqueles minutos na sua consciência.

De repente, tiros de canhão ressoaram da beira do rio (dispararam uma salva para celebrar a paz com os turcos), e a multidão precipitou-se afoita para a beira do rio — a fim de ver os disparos. Pétia também quis correr para lá, mas o sacristão, que tomara o nobrezinho sob a sua proteção, não permitiu. Os tiros ainda prosseguiam no momento em que oficiais, generais, camareiros saíram correndo da catedral da Assunção, depois saíram mais algumas pessoas já sem tanta pressa, de novo tiraram os chapéus, e as pessoas que tinham corrido para ver os canhões correram de volta. Por fim, saíram pela porta da catedral quatro homens de uniforme e com galões. "Hurra! Hurra", a multidão começou a gritar outra vez.

— Qual deles? Qual deles? — perguntava Pétia à sua volta com voz chorosa, mas ninguém lhe respondia; todos estavam entusiasmados demais e, depois de escolher uma daquelas quatro pessoas, que ele não conseguia enxergar com clareza por trás das lágrimas de alegria, Pétia concentrou nela toda a sua exaltação,

72 Refresco fermentado de centeio.

embora não fosse aquele o soberano, e começou a gritar "Hurra!", com voz furiosa, e decidiu que já no dia seguinte, a qualquer preço, se tornaria militar.

A multidão acorreu atrás do soberano, acompanhou-o até o palácio e começou a se dispersar. Já era tarde, Pétia não tinha comido nada, e o seu suor pingava como chuva; mas ele não foi para casa e, junto com a multidão que havia diminuído mas ainda era bastante grande, continuou na frente do palácio durante o almoço do soberano, olhando para as janelas do palácio, à espera de mais alguma coisa, com inveja tanto dos dignitários que chegavam ao pórtico para participar do almoço com o soberano quanto dos lacaios que serviam à mesa e passavam de relance pelas janelas.

Durante o almoço do soberano, Valúiev falou, depois de olhar pela janela:

— O povo ainda espera ver vossa alteza.

O almoço já havia terminado, o soberano levantou-se e, enquanto comia um biscoito, saiu para a sacada. O povo, com Pétia no meio, precipitou-se na direção da sacada.

— Anjo, pai! Hurra, paizinho!... — gritava o povo, e Pétia também, e outra vez as mulheres e os homens mais fracos, entre os quais Pétia, desataram a chorar de felicidade. Uma lasca bem grande do biscoito que o soberano segurava na mão se rompeu, caiu no parapeito da sacada e, do parapeito, caiu para a terra. Um cocheiro de casacão, que estava mais perto, atirou-se na direção daquela migalha de biscoito e agarrou-a. Algumas pessoas da multidão lançaram-se sobre o cocheiro. Ao ver aquilo, o soberano mandou que lhe trouxessem um prato de biscoitos e começou a jogar biscoitos do alto da sacada. Os olhos de Pétia encheram-se de sangue, o risco de ser pisoteado o instigava mais ainda, e ele atirou-se na direção dos biscoitos. Não sabia por quê, mas era preciso pegar um biscoito que tinha vindo da mão do tsar e também era preciso não desistir. Pétia atirou-se para a frente e derrubou uma velha que apanhava um biscoito. Mas a velha não se deu por vencida, mesmo estirada no chão (a velha segurava o biscoito e não o deixou cair da mão). Pétia repeliu com o joelho a mão da velha, agarrou o biscoito e, como se temesse perder tempo, começou de novo a gritar "Hurra!", já com voz enrouquecida.

O soberano foi embora e, depois disso, grande parte do povo começou a se dispersar.

— Viu só, eu não disse que ainda era para esperar?... Deu certo... — falavam de vários lados, com alegria, no meio do povo.

Por mais feliz que Pétia estivesse, apesar de tudo era melancólico ir para casa e saber que todo o prazer daquele dia havia terminado. Do Krêmlin, Pétia seguiu não para casa, mas para a casa do seu camarada Obolénski, que tinha quinze anos, mas já estava se alistando no Exército. Ao voltar para casa, comunicou de forma resoluta e firme que, se não lhe dessem autorização, ele ia fugir de casa. E no dia seguinte, embora não tivesse concordado de todo, o conde Iliá Andreitch foi procurar saber como alistar Pétia para servir no Exército em algum lugar pouco perigoso.

XXII

Dia 15, pela manhã, dois dias depois disso, havia uma incontável quantidade de carruagens paradas na frente do palácio Slobóda.

Os salões estavam repletos. No primeiro, estavam nobres de uniforme, no segundo, comerciantes com medalhas, de barba e de cafetãs azuis. No salão da nobreza, havia rumor e movimento. Junto a uma mesa grande, embaixo de um retrato do soberano, em cadeiras de espaldar alto, estavam sentados os dignitários mais importantes; a maioria da nobreza, porém, andava pelo salão.

Todos os nobres, os mesmos que Pierre via todos os dias, ora no clube, ora na casa deles — todos estavam de uniforme, uns do tempo da imperatriz Catarina, outros do tempo do tsar Paulo, outros de uniformes novos, do reinado de Alexandre, outros com o uniforme comum da nobreza, e essa caracterização geral em uniforme transmitia algo estranho e fantástico àqueles rostos velhos e jovens, muito variados e conhecidos. O que impressionava em especial eram os velhos, meio cegos, desdentados, carecas, estufados com uma gordura amarela, ou então murchos, ressequidos. Em sua maioria, ficavam sentados em seus lugares, calados e, se andavam e falavam, era com a ajuda de alguém mais jovem. Assim como nos rostos da multidão que Pétia tinha visto na praça, em todos os rostos ali havia feições de um contraste chocante; a expectativa geral de algo ameaçador e também do habitual jogo de cartas vespertino, do prato do cozinheiro Petruchka, das notícias sobre a saúde de Zinaida Dmítrievna etc.

Pierre, desde manhã cedo espremido no incômodo uniforme da nobreza, que ficara apertado para ele, também se encontrava nos salões. Ele estava agitado: a reunião extraordinária, não só da nobreza, mas também da classe dos comerciantes — *états généraux* —,[73] despertava nele toda uma série de pensamentos, abandonados havia muito tempo, mas gravados profundamente na sua alma, a respeito do *Contrat social* e da Revolução Francesa. As palavras da proclamação que o impressionaram, aquelas que diziam que o soberano viria à capital para consultar o seu povo, reforçavam essa sua maneira de ver. E, supondo que naquele significado se anunciava algo importante, algo que ele esperava havia muito tempo, Pierre andava, observava, es-

---

73 Francês: "estados-gerais". Assembleia de representantes dos três estados (ou classes sociais) na França, convocada pelo rei, no Antigo Regime.

cutava as conversas, mas não encontrava em parte alguma a expressão dos pensamentos que o interessavam.

O manifesto do soberano foi lido, despertou comoção, e depois todos se dispersaram e começaram a conversar. Além dos interesses habituais, Pierre ouviu comentários sobre onde os chefes da nobreza deviam ficar postados quando o soberano entrasse, quando se devia oferecer um baile ao soberano, se eles deviam espalhar-se pelos distritos ou por todas as províncias etc.; mas, assim que se tratava da questão da guerra e do motivo por que a nobreza se reunira, os comentários se tornavam hesitantes e vagos. Todos preferiam escutar a falar.

Um homem de meia-idade, viril, bonito, num uniforme de oficial da Marinha reformado, falava numa das salas, e em torno dele havia se reunido um grupo numeroso. Pierre aproximou-se do círculo formado em redor do tagarela e pôs-se a escutar. O conde Iliá Andreitch, sempre no seu cafetã de *voievoda*[74] do tempo da imperatriz Catarina, que circulava no meio da multidão com um sorriso simpático, conhecido de todos, também se aproximou daquele grupo e se pôs a escutar com o seu sorriso cordial, como sempre escutava, balançando a cabeça afirmativamente, em sinal de concordância com a pessoa que falava. O oficial da Marinha reformado falava de modo bastante atrevido; isso era visível pela expressão no rosto daqueles que o escutavam, e também porque as pessoas que Pierre conhecia como as mais submissas e sossegadas se afastavam com ar de desaprovação, ou o contradiziam. Pierre abriu caminho para o meio do círculo, escutou e se convenceu de que a pessoa que falava era de fato um liberal, mas num sentido completamente distinto do que Pierre pensava. O oficial da Marinha reformado falava com uma voz especialmente sonora, cantada, nobre, de barítono, rolava os erres de um modo agradável, encurtava as consoantes, a mesma voz com que gritavam: "Criado, o meu cachimbo!", e coisas semelhantes. Ele falava com uma voz habituada à liberdade e ao mando.

— Ora, o que importa se os habitantes de Smolensk sugeriram formar milícias para o soberano? Por acaso os de Smolensk fazem as leis para nós? Se a gloriosa nobreza da província de Moscou achar necessário, ela pode demonstrar sua devoção ao soberano imperador por outros meios. Por acaso esquecemos a milícia do ano de 1807? Só serviu para enriquecer os filhos dos popes e os ladrões e trapaceiros...

O conde Iliá Andreitch, sorrindo com doçura, balançava a cabeça em sinal de aprovação.

— E por acaso as nossas milícias foram de alguma utilidade para a pátria? Nenhuma! Só arruinaram as nossas propriedades. É melhor um outro recrutamento

---

74 Chefe militar e governador de província entre os séculos XVI e XVIII.

compulsório... do contrário não vão voltar para os senhores nem soldados, nem mujiques, mas só uns depravados. A nobreza não poupa a sua vida, nós mesmos iremos, sem exceção, e vamos chamar mais recrutas, basta um chamado do *serano* (assim ele chamou o soberano), e nós todos morreremos por ele — acrescentou o orador exaltado.

Iliá Andreitch salivava de tanta satisfação e cutucou Pierre, mas Pierre também sentiu vontade de falar. Moveu-se para a frente, sentindo-se exaltado, sem que ele mesmo soubesse ainda por que razão, e sem que soubesse ainda o que iria falar. Assim que abriu a boca para falar, um senador, totalmente desdentado, de rosto inteligente e irritado, que estava de pé junto ao orador, interrompeu Pierre. Visivelmente habituado a travar debates e a defender pontos de vista, ele começou a falar em voz baixa, mas clara:

— Quero crer, vossa excelência — disse o senador, mascando a boca sem dentes —, que fomos chamados aqui não para discutir se no presente momento é mais conveniente para a pátria o recrutamento ou a milícia. Fomos chamados para responder à proclamação com que o soberano imperador nos honrou. Mas julgar o que é mais conveniente, o recrutamento ou a milícia, devemos deixar para uma autoridade superior...

Pierre achou, de repente, uma saída para a sua exaltação. Seus sentimentos endureceram contra o senador, que havia imposto aquela estreiteza e limitação de ponto de vista nas tarefas iminentes da nobreza. Pierre avançou e o interrompeu. Ele mesmo não sabia o que ia dizer, mas começou de modo animado, de vez em quando empregando palavras francesas e se expressando em russo de forma livresca.

— Perdoe-me, vossa excelência — começou (Pierre conhecia bem aquele senador, mas ali achou necessário tratá-lo de modo formal). — Embora eu não concorde com o prezado senhor... (Pierre hesitou. Queria dizer *mon très honorable préopinant.*)[75] — ... com o prezado senhor... *que je n'ai pas l'honneur de connaître*; mas creio que a classe da nobreza foi convocada não só para expressar sua solidariedade e seu entusiasmo, mas também para discutir as providências com que podemos ajudar a pátria. Creio — disse, exaltando-se — que o próprio soberano ficaria insatisfeito se encontrasse em nós apenas os proprietários dos mujiques que daremos a ele e... a *chair à canon*[76] que estamos prontos a fazer de nós mesmos, e não encontrasse em nós um con... con... conselho.

---

75 Francês: "meu muito honrado preopinante".

76 Francês: "que não tenho a honra de conhecer [...] carne de canhão" [soldados cuja vida, numa guerra, é tida como sem importância].

Muitos se afastaram do círculo, ao notar o sorriso de desdém do senador, e o fato de que Pierre falava com liberdade; só Iliá Andreitch ficou satisfeito com as palavras de Pierre, como havia ficado com as palavras do oficial da Marinha, do senador e como sempre ficava com o discurso que tinha ouvido por último.

— Creio que antes de discutir essas questões — continuou Pierre — nós devemos pedir ao soberano, pedir muito respeitosamente a sua alteza, que nos comunique qual o contingente de nossas tropas, em que situação se encontram as nossas tropas e os exércitos, e então...

Mas Pierre mal havia terminado de dizer essas palavras quando o atacaram de três lados. E quem o atacou de maneira mais forte foi um velho conhecido seu, que o tratava sempre com simpatia nas partidas de bóston, Stiepan Stiepánovitch Apráksin. Stiepan Stiepánovitch estava de uniforme e, ou por causa do uniforme, ou por outras razões, Pierre via à sua frente uma pessoa de todo diferente. Stiepan Stiepánovitch, com um rancor de velho estampado de repente no rosto, começou a gritar com Pierre:

— Em primeiro lugar, chamo a atenção do senhor para o fato de que nós não temos o direito de indagar ao soberano a respeito disso, e em segundo lugar, se a nobreza russa tivesse tal direito, o soberano não poderia nos responder. As tropas se deslocam conforme os movimentos do inimigo, as tropas diminuem e aumentam...

A voz de outro homem, de estatura mediana, de uns quarenta anos, que Pierre tempos antes via nos ciganos, a quem conhecia como um mau jogador de cartas e que também tinha vestido um uniforme, aproximou-se de Pierre e interrompeu Apráksin.

— Mas não é hora para discutir — disse a voz daquele nobre. — É preciso agir: a guerra está na Rússia. O nosso inimigo veio para destruir a Rússia, para profanar o túmulo dos nossos pais, para raptar as mulheres, as crianças. — O nobre batia no próprio peito. — Nós todos nos levantaremos, sem exceção, todos em defesa do pai tsar! — gritou, arregalando os olhos cheios de sangue. Diversas vozes de apoio soaram na multidão. — Nós somos russos e não vamos poupar nosso sangue para defender a fé, o trono e a pátria. E, se somos filhos da pátria, é preciso deixar de delírios. Vamos mostrar para a Europa como a Rússia se ergue em defesa da Rússia — gritou o nobre.

Pierre queria retrucar, mas não conseguiu dizer nenhuma palavra. Sentiu que o som de suas palavras, a despeito do sentido que pudessem conter, seria menos ouvido do que o som das palavras do nobre empolgado.

Iliá Andreitch, atrás do círculo, concordava; alguns voltaram os ombros com firmeza na direção do orador ao fim da frase e disseram:

— É isso mesmo! É isso mesmo!

Pierre quis dizer que não era contra a doação nem de dinheiro, nem de mujiques, nem de si mesmo, mas que era preciso conhecer a situação para poder ajudar, porém não conseguiu falar. Muitas vozes gritaram e falaram ao mesmo tempo, de tal modo que Iliá Andreitch não conseguia balançar a cabeça para todas elas; o grupo aumentou, desfez-se, juntou-se outra vez e deslocou-se inteiro, em meio a um vozerio, para dentro do salão principal, rumo à mesa grande. Pierre não só não conseguia falar como o interrompiam com rudeza, repeliam-no, davam-lhe as costas, como a um inimigo comum. Isso não ocorria porque estivessem descontentes com as suas palavras — já haviam esquecido a sua fala, depois da grande quantidade de palavras que vieram em seguida —, no entanto a multidão exaltada precisava ter um objeto palpável para o amor e um objeto palpável para o ódio. A Pierre, coube este último papel. Muitos oradores falaram depois do nobre empolgado e todos falaram no mesmo tom. Muitos falaram de modo belo e original.

O editor da revista *O Mensageiro Russo*, Glinka, que foi reconhecido ("Escritor, escritor!", ouviu-se na multidão), disse que o inferno devia ser repelido com o inferno, que ele tinha visto uma criança sorrindo sob o clarão dos relâmpagos e o rugido dos trovões, mas que nós não seríamos como aquela criança.

— Sim, sim, o rugido dos trovões! — repetiram com aprovação nas fileiras de trás.

A multidão aproximou-se da mesa grande, onde, de uniforme, com galões, grisalhos, carecas, estavam sentados velhos septuagenários da alta nobreza que Pierre já tinha visto, quase todos, em suas casas, com seus bufões, ou nos clubes jogando bóston. A multidão aproximou-se da mesa, sem cessar o vozerio. Apertados pela multidão que pressionava contra a parte de trás do espaldar alto das cadeiras, um de cada vez, e às vezes dois juntos, os oradores falavam. Os que estavam atrás registravam aquilo que o orador deixava de dizer e se apressavam em falar o que havia sido omitido. Outros, naquele calor e aglomeração, apalpavam a cabeça no esforço de achar alguma ideia e se apressavam em dizê-la. Os velhos da alta nobreza, conhecidos de Pierre, mantinham-se sentados e se viravam para olhar ora para um, ora para o outro, e a fisionomia da maior parte deles dizia apenas que estava muito quente. Pierre, no entanto, sentia-se agitado, e o sentimento generalizado de um desejo de mostrar que estavam todos dispostos a tudo, manifesto antes nos sons e nas expressões do rosto do que no significado das palavras, contagiou também Pierre. Ele não repudiava as suas ideias, mas sentia-se culpado de alguma coisa e desejava se regenerar.

— Eu disse apenas que seria mais adequado para nós fazer uma doação quando soubermos o que é necessário — exclamou ele, tentando gritar mais alto do que as outras vozes.

Um velho mais próximo virou-se para ele, mas logo foi distraído por um grito do outro lado da mesa.

— Sim, sim, Moscou vai se render! Ela será a nossa redentora! — gritou alguém.

— Ele é o inimigo da humanidade! — gritou um outro. — Deixem-me falar... Senhores, estão me esmagando...

XXIII

Naquele momento, a passos ligeiros diante da multidão de nobres que lhe abria caminho, entrou o conde Rostoptchin, em uniforme de general, com um galão no ombro, o queixo levantado e os olhos ágeis.

— O soberano imperador virá logo — disse Rostoptchin. — Acabei de vir de lá. Creio que na situação em que estamos não há o que discutir. O soberano se dignou a nos reunir, bem como aos comerciantes — disse o conde Rostoptchin. — De lá vão fluir os milhões (apontou para o salão dos comerciantes), mas a nossa tarefa é formar as milícias e não nos pouparmos... Isso é o mínimo que podemos fazer!

Começaram as deliberações apenas entre membros da alta nobreza, sentados à mesa. A reunião inteira transcorreu em voz mais do que baixa. Dava até uma impressão de tristeza, quando, depois de todo o alarde anterior, se ouviam, uma de cada vez, as vozes velhas, que diziam, uma: "Concordo"; outra, para variar: "Sou da mesma opinião", e assim por diante.

Mandaram o secretário redigir um decreto da nobreza de Moscou, segundo o qual os moscovitas, a exemplo dos habitantes de Smolensk, contribuiriam com dez homens em mil, e mais o equipamento completo. Os senhores que estavam sentados levantaram-se, como que aliviados, arrastaram as cadeiras para trás e saíram a andar pela sala a fim de esticar as pernas, de braços dados uns com os outros, conversando.

— O soberano! O soberano! — avisaram pelo salão, de repente, e a multidão inteira precipitou-se para a saída.

Em passos largos, entre duas filas de nobres, o soberano entrou na sala. Em todos os rostos exprimia-se uma curiosidade respeitosa e assustada. Pierre estava bastante longe e não pôde ouvir inteiramente as palavras do soberano. Pelo que escutou, só compreendeu que o soberano falava do perigo em que a nação se encontrava e das esperanças que ele depositava na nobreza moscovita. Uma outra voz respondeu ao soberano e comunicou-lhe o decreto que a nobreza acabara de elaborar.

— Senhores! — falou o soberano com voz hesitante; um sussurro percorreu a multidão, de novo tudo silenciou, e Pierre escutou com clareza a voz do soberano, abalada e agradavelmente humana, que dizia: — Eu nunca duvidei da dedicação da nobreza russa. Mas neste dia ela superou as minhas expectativas. Agradeço aos senhores em nome da pátria. Senhores, vamos agir... O tempo é o bem mais precioso...

O soberano calou-se, a multidão começou a se aglomerar em torno dele, e de todos os lados ouviram-se exclamações entusiasmadas.

— Sim, o bem mais precioso... a palavra do tsar — falou mais atrás, soluçando, a voz de Iliá Andreitch, que não escutava nada, mas entendia tudo à sua maneira.

Do salão da nobreza, o soberano passou para o salão dos comerciantes. Ficou lá cerca de dez minutos. Pierre, entre outros, viu o soberano sair do salão dos comerciantes com lágrimas de comoção nos olhos. Como souberam depois, o soberano mal havia começado o discurso para os comerciantes quando as lágrimas brotaram dos seus olhos e, com voz trêmula, ele encerrou a sua fala. Quando Pierre viu o soberano, ele estava saindo na companhia de dois comerciantes. Um era um conhecido de Pierre, um gordo *otkupchik*,[77] o outro era o chefe dos comerciantes, de rosto magro, amarelo e de barbicha. Os dois estavam chorando. O magro tinha lágrimas nos olhos, mas o gordo soluçava como uma criança, e repetia sem parar:

— Vossa alteza, tome a nossa vida e os nossos bens!

Pierre, naquele momento, não sentia nada, senão um desejo de mostrar que estava pronto para qualquer coisa e disposto a sacrificar tudo. O seu discurso de tendência constitucional lhe parecia um motivo de censura; Pierre procurava um meio de reparar o seu gesto. Ao saber que o conde Mamónov havia oferecido um regimento completo, Bezúkhov de imediato comunicou ao conde Rostoptchin que ele ia fornecer mil homens e o seu custeio.

O velho Rostóv não conseguiu ficar sem chorar quando contou à esposa o que havia acontecido, prontamente concordou com o pedido de Pétia e foi pessoalmente alistá-lo.

No dia seguinte, o soberano partiu. Todos os nobres reunidos tiraram o uniforme, de novo tomaram seus assentos nos clubes e nas casas e, resmungando, davam ordens aos seus administradores acerca da formação das milícias, e surpreendiam-se com o que tinham feito.

---

77 Pessoa que recebia do governo o monopólio da venda de bebida alcoólica num determinado distrito.

TOMO TRÊS
SEGUNDA PARTE

I

Napoleão começou a guerra contra a Rússia porque não pôde deixar de ir a Dresden, não pôde deixar de ficar com a cabeça virada por causa das homenagens que recebeu, não pôde deixar de vestir o uniforme polonês e de sucumbir à sensação de intrepidez de uma manhã de junho, não pôde refrear um acesso de raiva em presença de Kurákin e, depois, de Balachov.

Alexandre recusou todas as negociações porque se sentia pessoalmente ofendido. Barclay de Tolly se empenhava em dirigir o Exército da melhor forma possível, a fim de cumprir o seu dever e de fazer jus à fama de grande comandante militar. Rostóv lançou-se a galope contra os franceses porque não conseguiu refrear o desejo de galopar pela campina plana. E da mesma forma, em função de seus traços pessoais, de seus costumes, de suas condições e de seus objetivos, assim agiam todas as inúmeras pessoas que tomavam parte na guerra. Tinham medo, enchiam-se de vaidade, alegravam-se, ficavam ressentidas, argumentavam, supondo que sabiam o que estavam fazendo e supondo que o faziam por si mesmas, porém todas eram instrumentos involuntários da história e produziam uma obra oculta para elas, mas compreensível para nós. Esse é o destino invariável de todos os homens de ação e, quanto menos livres, mais elevados se situam na hierarquia humana.

Agora, faz muito tempo que os atores do ano de 1812 deixaram os seus postos, os seus interesses pessoais desapareceram sem deixar vestígio e, do seu tempo, só os resultados históricos se encontram à nossa frente.

Mas, se supusermos que pessoas vindas da Europa, sob a liderança de Napoleão, *tinham* de se embrenhar nas profundezas da Rússia e lá perecer, toda a contraditória, louca e cruel ação das pessoas que participaram dessa guerra se torna compreensível para nós.

A Providência obrigou todas essas pessoas, que pelejavam para alcançar seus objetivos pessoais, a colaborar para a concretização de um resultado enorme, que não estava nas expectativas de pessoa alguma (nem de Napoleão, nem de Alexandre, e menos ainda de qualquer um dos participantes da guerra).

Agora, está clara para nós a causa da destruição do Exército francês em 1812. Ninguém sequer discute que a causa da destruição das tropas de Napoleão foi, de um lado, a sua entrada nas profundezas da Rússia já numa fase tardia da estação, sem os preparativos necessários para o clima do inverno, e de outro lado o caráter que a guerra assumiu com o incêndio das cidades russas e com o estímulo do ódio ao inimigo, no povo russo. Mas, na época, não só ninguém previa (o que agora parece evidente) que só por esse caminho se poderia destruir o melhor Exército do mundo, com oitocentos mil soldados e com o melhor comandante, num confronto com um Exército duas vezes menor, inexperiente e chefiado por comandantes inexperientes — o Exército russo; não só *ninguém previa isso*, como todos os esforços da parte dos russos eram o tempo todo dirigidos para barrar a única coisa capaz de salvar a Rússia e, *da parte dos franceses*, apesar da experiência e do chamado gênio militar de Napoleão, todos os esforços eram dirigidos para as tropas se demorarem até o fim do verão a caminho de Moscou, ou seja, para fazer exatamente aquilo que, por força, havia de destruí-los.

Nas obras sobre o ano de 1812, os autores franceses gostam muito de dizer que Napoleão percebia o risco de estender as suas linhas, que ele procurava os combates, que os seus marechais recomendaram a ele deter as tropas em Smolensk, e acrescentam outros argumentos semelhantes para provar que já na época se compreendia o perigo da campanha; mas os autores russos gostam mais ainda de dizer que, desde o início da campanha, existia um plano de guerra ao estilo dos citas a fim de atrair Napoleão para as profundezas do território russo e associam tal plano, uns a Pfuhl, outros a algum francês, outros a Tolly, outros ao próprio imperador Alexandre, indicando bilhetes, rascunhos e cartas nos quais de fato se encontram indícios dessa maneira de agir. Mas todos esses indícios de previsão daquilo que veio a acontecer, tanto da parte dos franceses como da parte dos russos, só são apresentados agora porque os acontecimentos os justificaram. Caso os acontecimentos não se cumprissem dessa forma, tais indícios seriam esquecidos, como estão hoje esquecidos milhares e milhões de indícios e suposições contrários, que na época estavam em curso, mas revelaram-se equivocados e por isso foram esquecidos. Ao fim de todo evento, existem sempre suposições tão numerosas que, seja como for que o evento tenha terminado, sempre haverá pessoas que vão dizer: "Bem que na época eu falei que isso ia acontecer", esquecendo por completo que, entre as inúmeras suposições, foram feitas também outras totalmente contrárias.

As suposições a respeito do conhecimento que Napoleão tinha do perigo de estender as suas linhas e, do lado dos russos, a respeito da atração deliberada do inimigo para as profundezas da Rússia pertencem obviamente a essa categoria, e só a muito custo os historiadores conseguem atribuir tais pensamentos a Napoleão e a seus marechais, e atribuir tais planos aos chefes militares russos. Todos os fatos contradizem totalmente essas suposições. Não só durante todo o tempo da guerra, do lado dos russos, não havia o desejo de atrair os franceses para as profundezas da Rússia, como foi feito de tudo para detê-los desde o momento em que entraram na Rússia, e não só Napoleão não tinha o menor receio de estender as suas linhas, como ainda festejava cada passo à frente como se fosse uma vitória, e procurava o combate com bastante indolência, e não como havia feito em suas campanhas anteriores.

Desde o início da campanha, os nossos exércitos estavam divididos, e o único objetivo que procurávamos consistia em reuni-los, embora a reunião dos exércitos não representasse nenhuma vantagem, se o que queríamos era recuar e atrair o inimigo para as profundezas do país. O imperador estava com o exército a fim de incentivá-lo a defender cada palmo da terra russa, e não para recuar. O enorme acampamento fortificado de Drissa foi construído segundo o plano de Pfuhl e não pressupunha mais retiradas. O soberano repreendia os principais comandantes a cada passo para trás. Não só o incêndio de Moscou, mas até a entrega de Smolensk ao inimigo não podiam sequer se apresentar à imaginação do imperador e, quando os exércitos russos afinal se reuniram, o soberano se enfureceu, porque Smolensk fora tomada pelo inimigo, fora incendiada e não se havia travado uma batalha geral na frente de suas muralhas.

Assim pensava o soberano, mas os chefes militares russos e todos os russos se enfureciam mais ainda com a ideia de que os nossos se retiravam para as profundezas do país.

Napoleão, depois de dividir o exército, deslocou-se para as profundezas do país e deixou passar várias oportunidades de travar batalha. No mês de agosto, Napoleão estava em Smolensk e só pensava em avançar mais ainda, embora, como vemos hoje, esse movimento para a frente fosse obviamente danoso para ele.

Os fatos dizem de modo evidente que nem Napoleão previu o perigo do deslocamento para Moscou, nem Alexandre e os comandantes russos pensavam então em atrair Napoleão, mas o contrário. Apanhar Napoleão numa armadilha nas profundezas do país não ocorria nos planos de pessoa alguma (ninguém sequer acreditava nessa possibilidade), mas ocorria no complexo jogo de intrigas, propósitos e desejos de pessoas que participavam da guerra e que nem de longe supunham aquilo que tinha de se passar e aquilo que era a única salvação da Rússia. Tudo aconteceu por acaso. Os exércitos foram divididos no início da campanha. Nós nos empenhamos em reuni-los com o evidente propósito de dar combate e conter o avanço do inimigo, mas, nesse empenho para a união dos exércitos, esquivando-se do combate com um inimigo mais forte enquanto, sem querer, recuávamos num ângulo agudo, acabamos conduzindo o inimigo para Smolensk. No entanto, além de dizer que recuamos num ângulo agudo porque os franceses se moviam entre os dois exércitos — esse ângulo se tornou ainda mais agudo, e nós recuamos mais ainda, porque Barclay de Tolly era um alemão impopular, detestado por Bagration (que ia ter de ficar sob o seu comando), e Bagration, que comandava o segundo exército, se empenhava para retardar ao máximo a união de suas tropas às de Barclay, a fim de não ficar sob o seu comando. Bagration retardava bastante essa união (embora fosse esse o principal objetivo de todos os chefes militares), porque lhe parecia que naquela marcha ele punha em perigo o seu exército, e que seria mais vantajoso recuar mais para a esquerda e mais para o sul, criando preocupação para o flanco e para a retaguarda do inimigo, e podendo completar assim o contingente do seu exército na Ucrânia. Mas parece que Bagration teve essa ideia porque não queria se subordinar ao detestado Barclay, de patente inferior à sua.

O imperador estava com o exército a fim de incentivá-lo, mas a sua presença, a ignorância quanto ao que se devia decidir e a enorme quantidade de conselheiros e de planos esgotavam a energia de ação do primeiro exército, e o exército recuava.

Estava previsto deter-se no acampamento fortificado de Drissa; mas inesperadamente Paulucci, que se imiscuíra no alto-comando, com a sua energia influenciou Alexandre, todo o plano de Pfuhl foi abandonado e todas as operações ficaram sob o comando de Barclay. No entanto, como Barclay não inspirava confiança, limitavam o seu poder.

Os exércitos estavam rachados, não havia um comando único, Barclay não era popular; mas dessa confusão, dessa fragmentação e da impopularidade do comandante em chefe alemão resultavam, de um lado, a indecisão e a fuga ao combate (do qual não poderiam se esquivar, caso os exércitos estivessem reunidos, e caso não fosse Barclay o comandante em chefe), e, de outro lado, uma indignação cada vez maior contra o alemão e uma efusão de espírito patriótico.

Por fim o soberano deixou o exército e, como o único e mais conveniente pretexto para a sua partida, escolheu-se a ideia de que ele tinha de inspirar no povo das capitais o entusiasmo para uma guerra patriótica. E aquela partida do soberano para Moscou triplicou as forças das tropas russas.

O soberano deixou o exército a fim de não obstruir a integridade da autoridade do comandante em chefe, e esperava-se que fossem tomadas medidas mais resolutas; porém a situação do comandante dos exércitos ficou ainda mais confusa e debilitada. Bennigsen, o grão-duque e um enxame de generais ajudantes de ordens continuaram junto ao exército a fim de vigiar as atividades do comandante em chefe e de estimular suas energias, e Barclay, sentindo-se menos livre ainda sob o olhar de todos aqueles "olhos do soberano", tornou-se ainda mais cauteloso quanto a ações decisivas e se esquivava de travar batalhas.

Barclay era a favor da cautela. O tsarévitch via sinais de traição e exigia uma batalha geral. Liubomírski, Bronnicki, Wlocki e outros semelhantes fomentaram de tal modo toda essa confusão que Barclay, sob o pretexto de enviar documentos para o soberano, despachou os generais poloneses para Petersburgo e entrou em guerra aberta com Bennigsen e o grão-duque.

Em Smolensk, por fim, por mais que Bagration não o desejasse, os exércitos se reuniram.

Bagration chegou de carruagem à casa ocupada por Barclay. Barclay estava de cachecol, veio ao seu encontro e fez um relatório da situação para Bagration, de patente superior à sua. Bagration, num duelo de magnanimidade, apesar da sua patente superior, subordinou-se a Barclay; porém, mesmo subordinado, concordava ainda menos com ele. Bagration, por ordem do soberano, lhe apresenta diretamente o seu relatório. Ele escreveu para Araktchéiev:

> A vontade do soberano é a minha, mas não posso de maneira alguma ficar junto do *ministro* (Barclay). Pelo amor de Deus, mande-me para qualquer lugar, mesmo que seja para comandar um regimento, mas aqui eu não posso ficar; o quartel-general está tão cheio de alemães que é impossível para um russo viver, e nada faz nenhum sentido. Eu achava que ia realmente servir o soberano e a pátria, mas na prática acontece que eu sirvo Barclay. Confesso que não quero.[1]

O enxame de Bronnickis, Wintzingerodes e outros da mesma laia envenenava mais ainda as relações dos comandantes e disso resultava ainda menos unidade. Prepararam-se para atacar os franceses diante de Smolensk. Enviaram um general a fim de observar as posições. Esse general, que detestava Barclay, foi visitar um amigo, um comandante de divisão, e depois de passar o dia com ele voltou para Barclay e condenou em todos os aspectos o futuro campo de batalha, que ele nem tinha visto.

Enquanto transcorriam as discussões e as intrigas a respeito do futuro campo de batalha, enquanto nós andávamos à cata dos franceses e nos enganávamos quanto à sua posição, os franceses atacaram a divisão de Nevérovski e chegaram às muralhas de Smolensk.

Era preciso travar uma inesperada batalha em Smolensk, a fim de salvar as nossas linhas de comunicação. Travou-se a batalha. Milhares foram mortos, de ambos os lados.

Smolensk foi abandonada, contra a vontade do soberano e de todo o povo.

---

1 Tolstói cita a carta que Bagration escreveu em 29 de julho de 1812.

Mas Smolensk foi incendiada pelos próprios habitantes, enganados pelo seu governador, e os habitantes arruinados, dando um exemplo para os demais russos, foram para Moscou, pensando apenas em suas perdas e atiçando o ódio ao inimigo. Napoleão segue em frente, nós recuamos, e se alcança aquilo que vai permitir a vitória sobre Napoleão.

II

No dia seguinte à partida do filho, o príncipe Nikolai Andreitch chamou ao seu quarto a princesa Mária.

— E então, agora está satisfeita? — disse ele. — Você me fez brigar com o meu filho! Está satisfeita? Era tudo o que você queria! Está satisfeita?... Isso me faz sofrer, sofrer. Estou velho e fraco, e você queria uma coisa dessas. Pronto, alegre-se, alegre-se... — E depois disso, ao longo da semana, a princesa Mária não viu o pai. Ele ficou doente e não saía do escritório.

Para sua surpresa, a princesa Mária notou que durante aquele período de doença o velho príncipe também não admitia a presença de Mlle Bourienne. Só Tíkhon cuidava dele.

Ao fim de uma semana, o príncipe saiu e retomou de novo a vida de antes, ocupava-se das construções e dos jardins com especial afinco e rompeu todas as antigas relações com Mlle Bourienne. Sua fisionomia e seu tom frio com a princesa Mária pareciam dizer a ela: "Está vendo só? Você inventou histórias contra mim, intrigou o príncipe Andrei contra mim por causa daquela francesa e me fez brigar com ele; mas você está vendo que eu não preciso nem de você nem da francesa".

A princesa Mária passava metade do dia com Nikóluchka, tomava as suas lições, dava-lhe aulas de língua russa e de música, e conversava com Dessalles; a outra parte do dia ela passava em seus aposentos, com livros, com a velha babá e com o povo de Deus, que às vezes ia ao seu quarto pela entrada dos fundos.

Sobre a guerra, a princesa Mária pensava como pensam as mulheres sobre a guerra. Temia pelo irmão, que estava lá, horrorizava-se, sem entender a guerra, diante da crueldade das pessoas, que as obrigava a se matarem umas às outras; mas não compreendia o sentido daquela guerra, que lhe parecia igual a todas as guerras anteriores. Ela não compreendia o sentido daquela guerra, apesar de Dessalles, seu companheiro constante, apaixonadamente interessado no andamento da guerra, tentar explicar-lhe o seu ponto de vista, apesar de o povo de Deus que vinha visitá-la falar com horror, e à sua maneira muito peculiar, dos rumores populares a respeito da invasão do Anticristo, e apesar de Julie, agora princesa Drubetskaia, que voltara a manter correspondência com ela, lhe mandar de Moscou cartas patrióticas.

"Escrevo para a senhora em russo, minha boa amiga", escreveu Julie,

> porque tenho ódio de todos os franceses, bem como pela língua deles, que eu nem consigo ouvir... Nós, em Moscou, estamos todos exaltados de entusiasmo pelo nosso imperador adorado.
>
> O meu pobre marido suporta fadiga e fome nas tavernas de judeus; mas as novidades que tenho me animam ainda mais.
>
> A senhora certamente ouviu falar da façanha heroica de Raiévski, que abraçou os dois filhos e disse: "Morreremos juntos, mas daqui não arredaremos pé!". E, de fato, embora o inimigo fosse duas vezes mais numeroso que nós, não arredamos pé. Vamos passando o tempo como podemos; mas na guerra é como na guerra. A princesa Alina e Sophie ficam comigo o dia inteiro, e nós, infelizes viúvas de maridos vivos, temos lindas conversas diante das ataduras que fazemos; só está faltando a senhora, minha amiga... Etc.

A princesa Mária não compreendia o sentido daquela guerra, acima de tudo porque o velho príncipe nunca falava a respeito, não reconhecia a guerra e, durante o jantar, ria de Dessalles, que falava sobre aquela guerra. O tom do príncipe era tão calmo e seguro que a princesa Mária, sem hesitar, acreditava nele.

Durante o mês de julho inteiro, o velho príncipe esteve extraordinariamente ativo e até ganhou novo ânimo. Criou um novo jardim e um novo prédio, construído para os servos domésticos. A única coisa que inquietava a princesa Mária era que o pai dormia pouco e, alterando o seu costume de dormir no escritório, cada dia passava a noite num lugar diferente. Ora ordenava que pusessem a sua cama de campanha na entrada, ora se deixava ficar no sofá ou numa poltrona Voltaire na sala de visitas e ali cochilava sem trocar de roupa, enquanto o menino Petruchka, e não Mlle Bourienne, lia para ele; ora pernoitava na sala de jantar.

No dia 1º de agosto chegou a segunda carta do príncipe Andrei. Na primeira carta, recebida logo depois da partida, o príncipe Andrei, com submissão, pedia desculpas ao pai por ter se permitido lhe falar daquele modo e pedia que voltasse a lhe dar a sua afeição. A essa carta, o velho príncipe respondeu com uma carta afetuosa e, depois dessa carta, manteve a francesa à distância. A segunda carta do príncipe Andrei, escrita nos arredores de Vítebsk, depois que os franceses a haviam ocupado, consistia em uma sucinta descrição de toda a campanha, com um esquema desenhado na carta, e considerações sobre o andamento futuro da campanha. Na carta, o príncipe Andrei exprimia o seu desconforto com a localização do pai, muito próxima ao teatro de guerra, exatamente na linha de deslocamento das tropas, e recomendava que ele fosse para Moscou.

Durante o jantar naquele dia, quando Dessalles disse que ouvira dizer que os franceses já haviam tomado Vítebsk, o velho príncipe lembrou-se da carta do príncipe Andrei.

— Recebi hoje uma carta do príncipe Andrei — disse para a princesa Mária. — Você não leu?

— Não, *mon père* — respondeu a princesa, assustada. Ela não pudera ler a carta, de cuja chegada nem tinha ouvido falar.

— Ele escreve sobre a guerra, sobre isso — disse o príncipe, com aquele sorriso de desdém que se tornara um costume e com o qual sempre falava a respeito da guerra em curso.

— Deve ser muito interessante — disse Dessalles. — O príncipe está em condições de saber...

— Ah, é muito interessante! — disse Mlle Bourienne.

— Vá pegar para mim — o velho príncipe voltou-se para Mlle Bourienne. — A senhora sabe, na mesa pequena, embaixo do peso de papel.

Mlle Bourienne levantou-se alegre, de um pulo.

— Ah, não — gritou ele, de cara feia. — Vá você, Mikhail Ivánitch.

Mikhail Ivánitch levantou-se e foi ao escritório. Porém, assim que saiu, o velho príncipe olhou em volta, inquieto, jogou o guardanapo para o lado e foi ele mesmo.

— Não sabem fazer nada, sempre arrumam confusão.

Enquanto ele ia, a princesa Mária, Dessalles, Mlle Bourienne e até Nikóluchka se entreolharam em silêncio. O velho príncipe voltou a passos afobados, acompanhado por Mikhail Ivánitch, com a carta e um desenho, que ele colocou ao seu lado e não deixou que ninguém lesse durante o jantar.

Ao passar para a sala de visitas, entregou a carta para a princesa Mária e, depois de colocar à sua frente o desenho do novo prédio, no qual cravou os olhos, ordenou à filha que lesse em voz alta. Ao ler a carta, a princesa Mária lançava olhares para o pai, com ar interrogativo.

Ele observava o desenho, obviamente absorto nos próprios pensamentos.

— O que o senhor pensa sobre isso, príncipe? — permitiu-se perguntar Dessalles.

— Eu! Eu!... — disse o príncipe, como se acordasse de maneira desagradável, sem tirar os olhos do desenho da nova construção.

— É bem possível que o teatro de guerra se aproxime bastante de nós...

— Ha, ha, ha! O teatro de guerra! — disse o príncipe. — Eu já disse e volto a dizer que o teatro de guerra é a Polônia e que o inimigo jamais vai avançar além do Niemen.

Dessalles olhou com surpresa para o príncipe, que havia falado do Niemen, quando o inimigo já estava no Dniepr; mas a princesa Mária, esquecida da posição geográfica do Niemen, pensou que aquilo que o pai dizia era a verdade.

— Quando as neves derreterem, eles vão afundar nos pântanos da Polônia. Só eles eram capazes de não perceber — exclamou o príncipe, pensando obviamente na campanha de 1807, ocorrida, assim lhe parecia, pouco tempo antes. — Bennigsen deveria ter avançado mais cedo para a Prússia, a situação teria tomado outro rumo...

— Mas, príncipe — disse Dessalles, timidamente —, na carta se fala de Vítebsk...

— Ah, na carta, sim... — disse o príncipe, de má vontade. — Sim... sim... — Seu rosto, de repente, tomou uma expressão sombria. Ele ficou calado um momento. — Sim, ele escreve, os franceses foram batidos, junto a que rio mesmo?

Dessalles baixou os olhos.

— O príncipe não escreve nada a respeito disso — falou, em voz baixa.

— Será possível que não escreve? Bem, não fui eu que inventei.

Todos ficaram muito tempo calados.

— Sim... sim... Bem, Mikhail Ivánitch — disse ele, de repente, depois de levantar a cabeça e apontar para o desenho da construção. — Explique como você quer refazer isto aqui...

Mikhail Ivánitch aproximou-se do desenho, e o príncipe, depois de conversar com ele sobre o desenho da nova construção, lançou um olhar zangado para a princesa Mária e para Dessalles e foi para o quarto.

A princesa Mária viu a perplexidade e a surpresa no olhar de Dessalles dirigido para o seu pai, notou o silêncio dele e ficou chocada com o fato de o pai ter esquecido a carta do filho sobre a mesa, na sala de visitas; mas ela temia não só falar e perguntar para Dessalles sobre a causa da sua perplexidade e do seu silêncio, como temia até pensar no assunto.

À noite, Mikhail Ivánitch, enviado pelo príncipe, procurou a princesa Mária a fim de pegar a carta do príncipe Andrei que fora esquecida na sala de visitas. A princesa Mária entregou a carta. Embora isso lhe fosse desagradável, ela se permitiu perguntar a Mikhail Ivánitch o que o pai estava fazendo.

— Está sempre atarefado — respondeu Mikhail Ivánitch com um sorriso respeitoso e zombeteiro, que obrigou a princesa Mária a empalidecer. — Está muito preocupado com o prédio novo. Leu um pouco e agora — disse Mikhail Ivánitch, baixando a voz — está no escritório, parece que cuida do testamento. (Ultimamente, uma das ocupações prediletas do príncipe era cuidar de documentos que ele queria deixar após a sua morte e que chamava de testamento.)

— E vão enviar o Alpátitch para Smolensk? — perguntou a princesa Mária.

— Como não, senhora? Ele já está esperando faz tempo.

III

Quando Mikhail Ivánitch voltou com a carta para o escritório, o príncipe, de óculos, com uma viseira acima dos olhos e à luz de uma vela, estava sentado junto à escrivaninha aberta, com papéis na mão bem afastada e, numa pose um pouco solene, lia os seus documentos (anotações, como ele chamava), que deviam ser entregues ao soberano após a sua morte.

Quando Mikhail Ivánitch entrou, o velho príncipe tinha nos olhos lágrimas de recordação dos tempos em que ele havia escrito aquilo que agora estava lendo. Tomòu a carta da mão de Mikhail Ivánitch, colocou-a no bolso, baixou os papéis sobre a mesa e chamou Alpátitch, que já estava esperando havia muito tempo.

Numa folha de papel, ele havia escrito aquilo de que precisava em Smolensk e, andando pelo quarto na frente de Alpátitch, que aguardava junto à porta, começou a dar ordens.

— Primeiro, papéis de carta, escute bem, oito blocos de vinte e quatro folhas, como este aqui; com as bordas douradas... olhe este modelo, tem de ser exatamente assim; verniz, lacre... conforme está no bilhete de Mikhail Ivánitch.

Andava pelo quarto e lançava olhares para um memorando.

— Em seguida, entregue ao governador em pessoa uma carta sobre as anotações.

Depois, eram necessárias fechaduras para as portas da nova construção, que precisavam a todo custo ficar da maneira como o próprio príncipe havia imaginado. Depois, era preciso encomendar uma pasta encadernada para guardar o testamento.

A lista de ordens para Alpátitch prosseguiu por mais de duas horas. E o príncipe não o liberava. Sentou-se, pôs-se a pensar, fechou os olhos e começou a cochilar. Alpátitch se mexeu um pouco.

— Bem, vá, vá; se for preciso mais alguma coisa, mandarei vir.

Alpátitch saiu. O príncipe aproximou-se de novo da escrivaninha, olhou dentro dela, remexeu seus papéis com a mão, trancou-a de novo e sentou-se à mesa para escrever a carta ao governador.

Já era tarde quando ele se levantou da mesa, depois de lacrar o envelope. Tinha vontade de dormir, mas sabia que não iria pegar no sono e que pensamentos ruins viriam à sua mente, na cama. Chamou Tíkhon e, com ele, andou pelos cômodos da casa a fim de lhe dizer onde devia armar a cama para aquela noite. Caminhava, avaliando cada canto.

Todos os lugares lhe pareciam ruins, mas o pior de todos era o sofá de costume, no escritório. O sofá era terrível para ele certamente por causa dos pensamentos opressivos que remoera quando estava deitado ali. Nenhum lugar era bom, no entanto, apesar de tudo, o melhor era um cantinho na saleta, junto ao piano: nunca havia dormido ali.

Tíkhon e o copeiro trouxeram a cama e começaram a arrumá-la.

— Não, assim, não! — começou a gritar, e ele mesmo empurrou a cama um pouco para longe do canto e depois a empurrou de novo para perto.

"Pronto, enfim já arrumei tudo, agora vou descansar", pensou o príncipe, e deixou que Tíkhon o despisse.

Franzindo o rosto com irritação por causa do esforço que era preciso fazer para tirar o cafetã e as calças, o príncipe despiu-se, deixou-se cair pesadamente na cama e pareceu meditar com desprezo, ao olhar para as suas pernas amarelas e murchas. Não estava meditando, e sim retardando a dificuldade que o aguardava, na hora em que iria levantar aquelas pernas e virar-se sobre a cama. "Ah, como é penoso! Ah, quem dera que terminassem logo essas agruras e *vocês* me libertassem de uma vez!", pensava ele. Com os lábios contraídos, ele fez pela décima vez aquele esforço e deitou. Porém, assim que deitou, a cama inteira começou de repente a se mexer debaixo dele, em movimentos regulares, para a frente e para trás, como se estivesse respirando pesadamente e empurrando. Isso acontecia com ele quase toda noite. O príncipe abriu os olhos, que mal havia fechado.

— Não me dão sossego, os malditos! — resmungou com raiva para não se sabe quem. "Sim, sim, tinha outra coisa importante, uma coisa muito importante que eu estava reservando para a hora em que eu fosse para a cama de noite. Os trincos? Não, sobre isso eu falei com ele. Não, havia outra coisa, alguma coisa na sala de estar. A princesa Mária contou alguma mentira. Dessalles falou alguma coisa, aquele palerma. Alguma coisa no meu bolso... não lembro."

— Tíchka! Sobre o que falaram no jantar?

— Sobre o príncipe, sobre Mikhail...

— Cale-se, cale-se. — O príncipe bateu com a mão sobre a mesa. — Sim! Já sei, a carta do príncipe Andrei. A princesa Mária estava lendo. Dessalles falou alguma coisa sobre Vítebsk. Agora eu vou ler.

Mandou pegar a carta no bolso e levar para junto da cama uma mesinha com uma limonada e uma vela de cera em espiral e, depois de pôr os óculos, começou a ler. Só ali, no silêncio da noite, sob a luz fraca do quebra-luz verde, o príncipe, ao ler a carta, compreendeu por um momento, e pela primeira vez, o seu significado.

"Os franceses estão em Vítebsk, em quatro dias de marcha poderão chegar a Smolensk; talvez já estejam lá."

— Tíchka! — Tíkhon acudiu logo. — Não, não precisa, não precisa! — exclamou.

Escondeu a carta debaixo do castiçal e fechou os olhos. E lhe vieram à mente o Danúbio, o meio-dia radioso, os bambus, o acampamento russo, e ele, um jovem general, sem nenhuma ruga no rosto, vigoroso, alegre, corado, ele entrava na barraca colorida de Potiómkin,[2] e um sentimento ardente de inveja do favorito da imperatriz agitou-o, um sentimento tão forte agora como tinha sido naquela época. Lembrou-se de todas as palavras ditas no primeiro encontro com Potiómkin. E viu à sua frente uma mulher gorda, baixa, de rosto amarelado e gordo — a imperatriz-mãe, o seu sorriso, as suas palavras, quando ela pela primeira vez o recebeu e se mostrou muito gentil, e o príncipe lembrou-se daquele mesmo rosto no ataúde e da discussão que ele tivera com Zúbov, postado junto ao caixão, por causa do direito de beijar a mão da imperatriz.

"Ah, rápido, mais rápido, quero voltar àquele tempo, e que o presente termine logo de uma vez, bem depressa, para que me deixem em paz!"

IV

Montes Calvos, a propriedade do príncipe Nikolai Andreitch Bolkónski, ficava a sessenta verstas depois de Smolensk e a três verstas de Moscou.

Naquela mesma noite, quando o príncipe estava dando as suas ordens para Alpátitch, Dessalles, depois de solicitar uma conversa particular com a princesa Mária, comunicou-lhe que, uma vez que o príncipe não estava bem de saúde e não ia tomar nenhuma providência para a sua segurança, e segundo a carta do príncipe Andrei estava claro que permanecer em Montes Calvos era inseguro, ele aconselhava respeitosamente a princesa a escrever e enviar por Alpátitch uma carta para as autoridades da província em Smolensk, pedindo que lhe informassem sobre a situação e o grau de risco a que estavam expostas as terras de Montes Calvos. Dessalles redigiu para a princesa Mária uma carta ao governador, que ela assinou, e

---

2 Talvez recordações da Guerra Russo-Turca (1768-74).

essa carta foi entregue para Alpátitch, com ordens de entregá-la ao governador e, em caso de perigo, voltar o mais depressa possível.

Após receber todas as ordens, Alpátitch, acompanhado pelos criados domésticos, com um chapéu branco felpudo (presente do príncipe) e uma bengala, como fazia o príncipe, saiu para tomar seu assento numa carruagem pequena com capota de couro, puxada por uma troica de cavalos baios bem nutridos.

Amarraram o badalo da sineta e abafaram os guizos com papéis. O príncipe não permitia que ninguém andasse de carruagem com sinetas em Montes Calvos. Mas Alpátitch adorava sinetas e guizos em viagens longas. O séquito de Alpátitch — o contador; o administrador; a cozinheira e a sua ajudante, duas velhinhas; o menino de recados, o cocheiro e diversos criados — o acompanhava.

A filha arrumou umas almofadas fofas e estampadas nas costas e debaixo de Alpátitch. Às escondidas, sua velha cunhada enfiou uma trouxinha na carruagem. Um dos cocheiros lhe deu o braço para ajudá-lo a sentar.

— Puxa vida, essas confusões de mulher! Mulheres, mulheres! — exclamou Alpátitch, num resmungo ofegante, exatamente da maneira como o príncipe falava, e sentou-se na carruagem. Depois de dar as últimas ordens sobre os trabalhos na propriedade, e nisso já sem imitar o príncipe, Alpátitch tirou o chapéu da cabeça calva e fez três vezes o sinal da cruz.

— O senhor, se houver qualquer coisa... o senhor volte, Iákov Alpátitch; em nome de Cristo, tenha pena de nós — gritou sua esposa, referindo-se aos rumores sobre a guerra e o inimigo.

— Confusões de mulheres, mulheres, mulheres — disse Alpátitch para si mesmo e se foi, olhando para os campos à sua volta, com o centeio que amarelava, com a aveia ainda verde e densa, e olhando para os campos ainda negros, que apenas começavam a ser arados pela segunda vez. Alpátitch partiu na carruagem, admirando a extraordinária safra de primavera daquele ano, mirando as faixas de campo de centeio, que em alguns trechos já começava a ser colhido, fazia os seus cálculos econômicos sobre a semeadura e a colheita e pensava se não teria esquecido alguma ordem do príncipe.

Depois de parar duas vezes na estrada a fim de alimentar os cavalos, na noite do dia 4 de agosto Alpátitch chegou à cidade.

Pela estrada, Alpátitch encontrou e ultrapassou tropas e transportes militares de carga. Ao se aproximar de Smolensk, ouviu tiros ao longe, mas os sons não o impressionaram. O que mais o impressionou foi que, ao aproximar-se de Smolensk, viu um lindo campo de aveia que alguns soldados ceifavam, obviamente para obter forragem, junto ao qual ficava um acampamento militar; essa circunstância impressionou Alpátitch, mas ele logo esqueceu o assunto, pensando nos seus problemas.

Todos os interesses da vida de Alpátitch, já havia mais de trinta anos, restringiam-se apenas à vontade do príncipe, e ele nunca saía daquele círculo. Tudo o que não dissesse respeito ao cumprimento das ordens do príncipe não só não o interessava como nem sequer existia para Alpátitch.

Ao chegar a Smolensk na noite de 4 de agosto, Alpátitch parou depois do rio Dniepr, na localidade de Gátchen, na estalagem e estação de muda de cavalos de Ferapóntov, antigo zelador do príncipe, onde já fazia trinta anos que Alpátitch estava acostumado a se hospedar. Doze anos antes, Ferapóntov, com a ajuda sutil de Alpátitch, havia comprado um bosque do príncipe, começara a fazer transações comerciais e agora era dono de uma casa, daquela estalagem e de um empório de farinha na província. Ferapóntov era um mujique de quarenta anos, gordo, vermelho, de cabelo preto, lábios grossos, nariz grosso e redondo, a mesma forma arredondada que se via nas suas sobrancelhas franzidas e negras e na sua gorda pança.

De colete e camisa estampada, Ferapóntov tinha saído para a rua e estava diante da loja. Ao ver Alpátitch, aproximou-se.

— Bem-vindo, Iákov Alpátitch. O povo está indo embora da cidade e você vem chegando — disse.

— Como assim, indo embora da cidade? — perguntou Alpátitch.

— É o que estou dizendo, o povo é burro. Todo mundo está com medo dos franceses.

— Falatório de mulher, falatório de mulher! — exclamou Alpátitch.

— Pois é isso mesmo o que eu acho, Iákov Alpátitch. Eu digo o seguinte: tem uma ordem para não deixar o inimigo passar, e então isso é o correto. E os mujiques estão pedindo três rublos para levar uma carga de carroça, não é coisa de cristão!

Iákov Alpátitch ouvia sem atenção. Pediu um samovar e forragem para os cavalos e, depois de tomar chá, deitou-se para dormir.

Durante toda a noite, tropas se movimentaram pela rua na frente da estalagem. No dia seguinte, Alpátitch vestiu um paletó que ele só usava na cidade e foi tratar dos seus assuntos. A manhã estava ensolarada, e às oito horas já fazia calor. Ótimo dia para colher cereais, pensou Alpátitch. Desde manhã cedo, ouvia-se o som de tiros atrás da cidade.

Às oito horas, tiros de canhão vieram somar-se aos disparos de fuzil. Nas ruas, havia muita gente que andava às pressas e havia também muitos soldados; no entanto, como sempre, cocheiros de praça circulavam, comerciantes estavam parados na porta das lojas e havia missa nas igrejas. Alpátitch passou nas lojas, nas repartições públicas, no correio e na casa do governador. Nas repartições públicas, nas lojas e no correio, todos falavam das tropas, do inimigo que já estaria atacando a cidade; todos perguntavam uns aos outros o que fazer e todos se esforçavam em acalmar uns aos outros.

Diante da casa do governador, Alpátitch encontrou uma grande quantidade de pessoas, cossacos e um coche de viagem que pertencia ao governador. Na varanda, Iákov Alpátitch encontrou dois senhores da nobreza, um dos quais ele conhecia. O nobre seu conhecido, um ex-comissário de polícia, disse com fervor:

— Afinal, isso não é brincadeira — disse. — Está muito bem para quem vive sozinho. Se é uma pessoa e é pobre, tudo bem, é só uma; agora, uma família de treze pessoas, e mais todos os seus bens... Levaram a gente a perder tudo, o que se pode esperar das autoridades depois disso?... Ah, deviam ser enforcados, os bandidos...

— Ora, já chega, cuidado — disse o outro.

— O que me importa? Que escutem! Afinal não somos cachorros — disse o ex-comissário de polícia e, ao olhar para o lado, viu Alpátitch. — Ah, Iákov Alpátitch, o que está fazendo aqui?

— Por ordem de sua excelência, vim falar com o senhor governador — respondeu Alpátitch, levantando a cabeça com orgulho e colocando a mão sobre o peito, o que sempre fazia quando se referia ao príncipe... — Ele se dignou a me ordenar que verificasse como andam as coisas — respondeu.

— Pois veja você mesmo, aí está — exclamou o senhor de terras —, veja a que situação eles nos levaram, não há mais transporte, nada!... Olhe lá, está ouvindo? — perguntou, apontando para o lado de onde vinha o som dos tiros.

— Levaram todos nós à morte... os bandidos! — exclamou de novo, e desceu da varanda.

Alpátitch balançou a cabeça e subiu a escada. Na sala de espera, havia comerciantes, mulheres, funcionários, que se entreolhavam em silêncio. A porta do gabinete abriu, todos se levantaram e se moveram para a frente. Da porta, saiu um funcionário, disse algo para um comerciante, chamou atrás de si um funcionário gordo, com uma condecoração em forma de cruz no pescoço, e sumiu outra vez atrás da porta, esquivando-se visivelmente de todos os olhares e de todas as perguntas dirigidas a ele. Alpátitch avançou e, na vez seguinte em que o funcionário saiu, com a mão enfiada no peito abotoado do paletó, dirigiu-se ao funcionário e lhe entregou as duas cartas.

— Para o senhor barão Asch, do general *en chef* príncipe Bolkónski — proclamou Alpátitch de forma tão solene e importante que o funcionário se virou para ele e pegou a carta. Alguns minutos depois, o governador recebeu Alpátitch e lhe disse, afobado:

— Comunique ao príncipe e à princesa que eu não soube de nada: agi conforme ordens superiores... Tome aqui. — Deu um papel para Alpátitch.

— De resto, como o príncipe está doente, meu conselho é que ele vá para Moscou. Eu mesmo estou de partida, agora. Comunique... — Mas o governador não terminou de falar: um oficial coberto de poeira e de suor entrou pela porta e se pôs a dizer algo em francês. No rosto do governador estampou-se o horror.

— Vá — disse, inclinando a cabeça para Alpátitch e passou a perguntar algo para o oficial. Olhares sequiosos, assustados, desamparados voltaram-se para Alpátitch quando ele saiu do gabinete do governador. Ouvindo desatento os tiros, agora mais próximos e mais fortes, Alpátitch voltou às pressas para a estalagem. O documento que o governador lhe dera dizia o seguinte:

> Garanto ao senhor que a cidade de Smolensk não corre ainda o menor perigo e é improvável que venha a ser ameaçada. Eu por um lado, e o príncipe Bagration por outro, vamos nos unir diante de Smolensk, o que se cumprirá no dia 22, e os dois exércitos com suas forças somadas vão defender os nossos compatriotas da província confiada ao senhor, até que os nossos esforços afastem os inimigos da pátria ou até que sucumba o último guerreiro das nossas bravas fileiras. Com isso o senhor verá que tem todo o direito de tranquilizar os habitantes de Smolensk, pois quem é defendido por dois exércitos tão valorosos pode estar seguro da sua vitória.

(Ordens de Barclay de Tolly para o governador civil de Smolensk, barão Asch, ano de 1812.)

O povo corria inquieto pelas ruas.

Carroças abarrotadas até em cima com utensílios domésticos, cadeiras, armários, saíam a todo instante dos portões das casas e seguiam pelas ruas. Na casa vizinha à estalagem de Ferapóntov, havia carroças paradas e, despedindo-se, mulheres choramingavam e gemiam. Um cachorro vira-lata, latindo, rodopiava na frente dos cavalos atrelados.

Alpátitch, a passos mais apressados do que andava habitualmente, entrou no pátio e seguiu direto para a cocheira, rumo aos seus cavalos e à sua carruagem. O cocheiro estava dormindo; ele o acordou, deu ordem para atrelar os cavalos e foi para o vestíbulo da estalagem. Do quarto do proprietário, vinha o som de choro de criança, soluços incontidos de mulher e berros raivosos de Ferapóntov. A cozinheira adentrou correndo no vestíbulo, como uma galinha assustada, assim que Alpátitch entrou.

— Ele matou, matou a patroa!... De tanto bater, de tanto puxar!...

— Por quê? — perguntou Alpátitch.

— Ela vivia pedindo para ir embora. Coisa de mulher! Me deixe ir, dizia, não me faça morrer aqui junto com meus filhinhos; o povo todo foi embora, dizia, e eu? Aí ele desandou a bater. E bateu tanto, puxou tanto!

Alpátitch, como que em sinal de aprovação, inclinou a cabeça ao ouvir aquelas palavras e, sem querer saber de mais nada, seguiu para a porta oposta à do quarto do proprietário, o cômodo onde haviam ficado as suas compras.

— Seu desgraçado, assassino — gritou naquele instante uma mulher magra, branca, com um bebê nos braços e um lenço rasgado na cabeça, que fugiu pela porta e desceu a escadinha correndo para o pátio. Ferapóntov saiu correndo atrás dela e, ao ver Alpátitch, ajeitou o colete, os cabelos, deu um bocejo e entrou no cômodo onde estava Alpátitch.

— Puxa, já quer ir embora? — perguntou.

Sem responder e sem virar-se para olhar para o dono da estalagem, enquanto recolhia as suas compras, Alpátitch perguntou quanto devia pela hospedagem.

— Já vamos acertar as contas! E então, esteve com o governador? — perguntou Ferapóntov. — O que ficou resolvido?

Alpátitch respondeu que o governador não lhe dissera nada de preciso.

— Mas, com o nosso negócio, como vai ser possível ir embora? — disse Ferapóntov. — Como é que se vai pagar sete rublos para alguém levar uma carroça até Dorogobuj? É o que eu digo: isso não é coisa de cristão! — exclamou. — O Selivánov, sim, esse deu um belo golpe na quinta-feira, vendeu farinha para o Exército por nove rublos a saca. E então, quer tomar chá? — acrescentou. Enquanto atrelavam os cavalos, Alpátitch e Ferapóntov beberam chá e conversaram sobre o preço dos cereais, sobre a safra e sobre o tempo propício para a colheita.

— Mas parece que está ficando mais calmo — disse Ferapóntov, levantando-se, depois de beber três xícaras de chá. — Na certa, os nossos venceram. Foi dito que era para não deixar passar. Quer dizer que estamos fortes... Dizem que um dia desses Matviei Ivánitch Plátov enxotou os inimigos para o rio Marina e só num dia afogou dezoito mil.[3]

Alpátitch recolheu suas compras, entregou-as ao cocheiro, que entrou naquele instante, e acertou as contas com o dono da estalagem. No portão, ressoava o barulho de rodas, de cascos e de guizos das carruagens que estavam deixando a cidade.

Já passara muito do meio-dia; metade da rua estava na sombra, a outra metade estava clara, iluminada pelo sol. Alpátitch olhou pela janela e foi até a porta. De re-

---

3 Referência a um ataque ocorrido em 7 de julho de 1812, na província de Smolensk. Plátov foi um dos heróis populares da campanha de 1812.

pente, ouviu-se um som estranho, de um assovio distante e de um baque, e em seguida irrompeu um tiro de canhão, que se estendeu num ronco e fez tremer os vidros.

Alpátitch saiu para a rua; dois homens corriam pela rua na direção da ponte. De várias direções, soaram assovios, baques de bala de canhão e detonações de granadas que caíam sobre a cidade. Mas esses sons quase não eram ouvidos e não chamavam a atenção dos habitantes, em comparação com os sons dos tiros que se ouviam fora da cidade. Era o bombardeio de cento e trinta peças de artilharia que Napoleão deu ordem para iniciar, às cinco horas, sobre a cidade. De início, o povo não entendeu o sentido daquele bombardeio.

Os sons das granadas e das balas de canhão que caíam despertaram, a princípio, apenas curiosidade. A esposa de Ferapóntov, que até então não parava de choramingar dentro do celeiro, calou-se, saiu para o portão com o filho nos braços, ficou observando em silêncio as pessoas e escutando os sons.

A cozinheira e um lojista também vieram para o portão. Com uma curiosidade jovial, todos se esforçavam para avistar os projéteis acima de suas cabeças. De uma esquina, vieram alguns homens conversando animadamente.

— Puxa, que força! — disse um. — Fez em pedacinhos o telhado e o teto.

— Deixou a terra toda revirada, que nem um porco — disse outro. — Isso, sim, agora ficou animado! — disse, rindo. — Ainda bem que você pulou, senão tinha virado picadinho também.

O povo se voltou para essas pessoas. Elas pararam e contaram que, bem ao seu lado, caíra uma bala de canhão em cima de uma casa. Enquanto isso, outros projéteis — ora balas de canhão, com um assovio rápido, lúgubre, ora granadas, com um silvo agradável — passavam voando o tempo todo por cima da cabeça das pessoas; mas nenhum dos projéteis caiu perto, todos iam para além. Alpátitch tomou seu assento na pequena carruagem. O dono da estalagem ficou parado no portão.

— O que é que está olhando? — gritou para a cozinheira, que, de mangas arregaçadas, saia vermelha, balançando os cotovelos nus, foi até a esquina para ouvir o que estavam contando.

— Que coisa incrível — exclamou, mas, ao ouvir a voz do patrão, voltou, ajeitando a saia arregaçada.

De novo, mas dessa vez muito próximo, algo assoviou, como se um passarinho viesse voando para baixo, um fogo flamejou no meio da rua, algo explodiu, e a rua ficou encoberta pela fumaça.

— Miserável, o que está fazendo com a gente? — começou a gritar o dono da estalagem, que veio correndo na direção da cozinheira.

Naquele instante, de vários lados, mulheres começaram a gemer em tom queixoso, crianças desataram a chorar assustadas, e o povo se aglomerou em silêncio, com o rosto pálido, em torno da cozinheira. Naquela multidão, os gritos e as exclamações da cozinheira eram ouvidos com mais força:

— Ai, ai, ai! Meus queridos! Meu queridos, gente boa! Não me deixem morrer! Meus queridos!...

Cinco minutos depois, não restava mais ninguém na rua. A cozinheira, com o fêmur quebrado por um fragmento de granada, tinha sido levada para a cozinha. Alpátitch, seu cocheiro, a esposa de Ferapóntov, seus filhos e o zelador estavam no porão, escutando atentamente. O ronco da artilharia, o assovio dos projéteis e o gemido queixoso da cozinheira, que prevalecia sobre todos os outros sons, não paravam nem por um momento. A esposa de Ferapóntov ora balançava o bebê e falava com ele, ora perguntava num sussurro lamentoso a todos os que entravam no porão onde estava o seu marido, que havia ficado na rua. O lojista, ao entrar no porão, disse que Ferapóntov tinha ido com o povo para a catedral, onde haviam erguido ao altar o ícone milagroso de Smolensk.

No pôr do sol, o canhoneio começou a amainar. Alpátitch saiu do porão e parou na porta. O céu da tarde, antes claro, estava todo encoberto pela fumaça. E, através daquela fumaça, brilhava de modo estranho a foice da lua crescente, que pairava alta no céu. Depois que o terrível ronco dos canhões silenciou, parecia haver um silêncio sobre a cidade, interrompido apenas por um rumor de passos, de gemidos, de gritos distantes e pelo crepitar de incêndios que pareciam se espalhar por toda a cidade. Os gemidos da cozinheira agora haviam cessado. Dos dois lados, erguiam-se e dissipavam-se os rolos negros da fumaça dos incêndios. Na rua, não em fileiras, mas como formigas de um formigueiro destruído, os soldados passavam andando e correndo, em diversos uniformes e em diversas direções. Diante dos olhos de Alpátitch, vários deles fugiram correndo para o pátio de Ferapóntov. Alpátitch saiu e foi até o portão. Um regimento em retirada, empurrando-se e às pressas, obstruía a rua.

— A cidade está se rendendo, fujam, fujam — disse-lhe a figura de um oficial que o avistou e logo em seguida dirigiu um grito para os soldados:

— Vou ensinar a vocês uma coisa, se ficarem fugindo para os pátios! — gritou.

Alpátitch voltou para a isbá e, depois de chamar o cocheiro com um grito, mandou que ele saísse. Atrás de Alpátitch e do cocheiro, saíram também todas as pessoas da casa de Ferapóntov. Ao ver a fumaça e até as chamas dos incêndios, agora visíveis no início do crepúsculo, as mulheres, até então caladas, de repente começaram a se lamentar, enquanto olhavam para os incêndios. Como que fazendo eco às mulheres, ouviam-se também pessoas chorando nas duas pontas da rua. Alpátitch e o cocheiro, com as mãos trêmulas, desembaraçaram as rédeas e os tirantes dos cavalos, sob o telheiro.

Quando Alpátitch saiu pelo portão, viu dentro da loja aberta de Ferapóntov uns dez soldados que, em meio a uma gritaria, enchiam sacos e mochilas com farinha de trigo e sementes de girassol. Naquele momento, de volta da rua, Ferapóntov entrou na loja. Viu os soldados, quis gritar algo, mas de repente ficou parado e, agarrando os cabelos, soltou uma gargalhada entre soluços.

— Carreguem tudo, rapazes! Não deixem nada para os demônios! — começou a gritar, e ele mesmo pegou uns sacos e arrastou-os para a rua. Alguns soldados, assustados, fugiram correndo, outros continuaram a derramar a farinha. Ao ver Alpátitch, Ferapóntov voltou-se para ele:

— Acabou-se a Rússia! — gritou. — Alpátitch! Acabou-se! Eu mesmo vou queimar. Acabou-se... — Ferapóntov correu para o pátio.

Soldados passavam sem cessar pela rua e obstruíam a passagem, por isso Alpátitch não pôde atravessar a rua e teve de esperar. A esposa de Ferapóntov e os filhos estavam sentados na telega, igualmente esperando uma oportunidade para sair.

Já era noite fechada. No céu, havia estrelas e, de vez em quando, a lua crescente rebrilhava, nublada pela fumaça. Na ladeira que ia dar na margem do rio Dniepr, as carruagens de Alpátitch e da esposa de Ferapóntov, que se moviam devagar entre fileiras de soldados e outras carruagens, tiveram de parar. Perto do cruzamento onde os veículos haviam parado, num beco, uma casa e uma loja ardiam em chamas. O incêndio já estava no final. As chamas ora morriam e sumiam na fumaça preta, ora se inflamavam brilhantes de repente, iluminando de modo nítido e estranho o rosto das pessoas que haviam se aglomerado no cruzamento. Diante do incêndio, cintilavam vultos negros, e por trás do incessante crepitar do fogo ouviam-se vozes e gritos. Alpátitch desceu da carruagem, vendo que seu veículo não poderia passar por um tempo, e voltou-se para o beco a fim de observar o incêndio. Os soldados corriam de um lado para o outro, sem parar, em volta do incêndio, e Alpátitch viu dois soldados e mais alguém de capote frisado retirarem do incêndio tábuas ainda em chamas e levarem para um pátio do outro lado da rua; outros carregavam braçadas de feno.

Alpátitch aproximou-se de uma grande multidão de pessoas diante de um armazém alto que estava em chamas. As paredes estavam todas tomadas pelo fogo, a de trás havia caído, as ripas do forro haviam desabado, as vigas estavam ardendo. Era evidente que a multidão esperava o momento em que o telhado ia desabar. Alpátitch esperava a mesma coisa.

— Alpátitch! — gritou de repente uma voz, velha conhecida sua.

— Meu Deus, vossa excelência — respondeu Alpátitch, ao reconhecer no mesmo instante a voz do seu jovem príncipe.

O príncipe Andrei, de capa, montado num cavalo murzelo, estava parado atrás da multidão e olhava para Alpátitch.

— Como veio parar aqui? — perguntou.

— Vossa... vossa excelência — falou Alpátitch e desatou a soluçar... — vossa, vossa... Estamos perdidos mesmo? Pai...

— Como veio parar aqui? — repetiu o príncipe Andrei.

Naquele minuto, o fogo ardeu com mais força e iluminou, para Alpátitch, o rosto pálido e exausto do seu jovem senhor. Alpátitch contou como tinha sido enviado até lá e como estava difícil ir embora.

— Mas e então, vossa excelência, estamos perdidos mesmo? — perguntou de novo.

O príncipe Andrei, sem responder, pegou um caderninho de anotações e, levantando o joelho, pôs-se a escrever a lápis numa folha arrancada. Escreveu para a irmã:

"Smolensk se rendeu", escreveu ele. "Montes Calvos será ocupada pelo inimigo em uma semana. Fuja imediatamente para Moscou. Avise-me logo quando vai partir, mande um mensageiro para Usviaj."

Depois de escrever e entregar a folha de papel para Alpátitch, o príncipe Andrei lhe explicou a maneira de conduzir a fuga do príncipe, da princesa, do seu filho e do professor, e como e para onde lhe mandar notícias o mais depressa possível. Mal havia tido tempo de terminar suas ordens quando um comandante do Estado-Maior a cavalo, acompanhado por uma comitiva, aproximou-se a galope.

— O senhor é coronel? — gritou o comandante do Estado-Maior, com um sotaque alemão, uma voz conhecida do príncipe Andrei. — Incendeiam uma casa diante do senhor, e ainda fica parado? O que isso significa? Vai responder por isso — gritou Berg, que agora era auxiliar do comandante do Estado-Maior do flanco esquerdo da infantaria das tropas do primeiro exército, um posto muito agradável e bem visível, como dizia Berg.

O príncipe Andrei fitou-o e, sem responder, continuou, dirigindo-se para Alpátitch:

— Diga então que espero uma resposta até o dia 10 e, se até o dia 10 eu não receber a notícia de que todos partiram, terei de largar tudo e ir pessoalmente a Montes Calvos.

— Príncipe, eu só falo assim — disse Berg, ao reconhecer o príncipe Andrei — porque tenho de cumprir ordens, pois eu sempre sou rigoroso no cumprimento... Por favor, o senhor me desculpe — justificou-se Berg.

Algo se rompeu dentro das chamas. O fogo esmoreceu por um instante; negros rolos de fumaça subiram em baforadas, por baixo do telhado. Algo continuava a se romper de um modo terrível dentro das chamas e uma coisa enorme desmoronou.

— Urruru! — berrou a multidão, fazendo eco ao desabamento do teto do armazém, de onde veio um cheiro de panqueca, por causa do pão queimado. As chamas irromperam e iluminaram com nitidez os rostos alegres e esgotados das pessoas em volta do incêndio.

O homem de capote frisado levantou o braço e gritou:

— Muito bem! Vai desabar! Muito bem, pessoal!...

— Aquele é o próprio dono — ouviram-se vozes.

— Então, está entendido — disse o príncipe Andrei, dirigindo-se a Alpátitch. — Faça tudo como eu lhe disse. — E, sem dizer nenhuma palavra para Berg, mudo ao seu lado, esporeou o cavalo e seguiu para o beco.

V

De Smolensk, as tropas continuaram a recuar. O inimigo avançava atrás delas. No dia 10 de agosto, o regimento comandado pelo príncipe Andrei seguia pela estrada principal e cruzou com a alameda que ia dar em Montes Calvos. O calor e a seca já duravam mais de três semanas. Todo dia, nuvens encrespadas passavam pelo céu, às vezes toldavam o sol; mas ao anoitecer o céu limpava outra vez, e o sol se punha por trás de uma névoa marrom-avermelhada. Só o orvalho forte da noite refrescava a terra. Os cereais que não tinham sido ceifados ressecavam e tombavam. Os pântanos secavam. O gado bramia de fome, sem encontrar forragem nos pastos causticados pelo sol. Apenas à noite e nos bosques havia algum frescor, enquanto o orvalho resistia. Mas na estrada, na estrada principal por onde seguia o exército, nem de noite nem nos bosques havia aquele frescor. Nem se notava o orvalho na areia poeirenta da estrada, que chegava a alcançar mais de um quarto de *archin* de altura. Assim que amanhecia, tinha início o movimento. As carroças de carga e a artilharia seguiam sem fazer barulho pela areia da estrada que quase tocava nos eixos, e a infantaria enterrava os pés até os tornozelos na poeira quente, fofa e sufocante, que não refrescava nem durante a noite. Parte dessa areia poeirenta era comprimida pelos pés e pelas rodas, outra parte subia no ar e pairava como uma nuvem acima das tropas, impregnava-se nos olhos, nos cabelos, nas orelhas, nas narinas e sobretudo nos pulmões das pessoas e dos animais que se deslocavam por aquela estrada. Quanto mais o sol subia, mais alta se erguia a nuvem de poeira e, através da poeira fina e quente, era possível a olho nu ver o sol, que as nuvens não ocultavam. O sol parecia uma grande esfera escarlate. Não havia vento, e as pessoas respiravam aquela atmosfera imóvel. Caminhavam com a boca e o nariz envolvidos por um lenço. Ao passar por uma aldeia, todos se atiravam na direção dos poços. Brigavam pela água e a bebiam até chegar na lama.

O príncipe Andrei comandava um regimento e a organização do regimento, o bem-estar do seu pessoal e a necessidade de receber e dar ordens mantinham-no ocupado. O incêndio de Smolensk e o abandono da cidade foram marcantes na vida do príncipe Andrei. Um sentimento novo de exasperação contra o inimigo obrigava-o a esquecer suas mágoas. Estava dedicado por inteiro aos afazeres do seu regimento, era atencioso com os seus soldados e com os seus oficiais e os tratava com brandura. No regimento, chamavam-no de "nosso príncipe", orgulhavam-se dele e o amavam. Mas ele só era bondoso e dócil com quem fosse do seu regimento, com Timókhin e outros como ele, ou seja, pessoas absolutamente novas e oriundas de outro ambiente, pessoas que não podiam conhecer e entender o seu passado; porém, assim que topava com algum conhecido de antes, alguém do Estado-Maior, na mesma hora ficava irritadiço; tornava-se mordaz, irônico e desdenhoso. Tudo aquilo que o ligava às lembranças do passado lhe inspirava repulsa, e por isso, nas relações com o mundo de antes, ele se esforçava apenas em não ser injusto e em cumprir o seu *dever*.

Na verdade, tudo se apresentava sob uma luz turva, sombria, aos olhos do príncipe Andrei — sobretudo depois de terem abandonado Smolensk (que, no seu modo de ver, poderia e deveria ter sido defendida) no dia 6 de agosto, e depois que o pai enfermo fora obrigado a fugir para Moscou e abandonar para os saqueadores a sua tão querida propriedade de Montes Calvos, construída e povoada por ele; porém, apesar disso, graças ao regimento, o príncipe Andrei podia pensar num assunto completamente alheio às questões gerais — o seu regimento. No dia 10 de agosto, a coluna de que o seu regimento fazia parte chegou às imediações de Montes Calvos. Dois dias antes, o príncipe Andrei recebera a notícia de que o pai, o filho e a irmã tinham partido para Moscou. Embora nada tivesse a fazer em Montes Calvos, o príncipe Andrei, com o desejo, tão peculiar a ele, de atiçar a própria mágoa, resolveu que devia ir a Montes Calvos.

Mandou selar o seu cavalo e, no cruzamento, partiu rumo à aldeia paterna onde ele havia nascido e passado a infância. Ao passar por um lago onde sempre havia dezenas de camponesas que conversavam, enquanto batiam e enxaguavam a roupa branca, o príncipe Andrei notou que não havia ninguém no lago e notou que uma balsa estava rachada, afundada até a metade, e flutuava de lado no meio do lago. O príncipe Andrei foi até a guarita do vigia. Não havia ninguém no portão de pedra da entrada, e a porta estava aberta. As veredas do jardim já começavam a ser tomadas pelo mato, e bezerros e cavalos vagavam pelo parque inglês.[4] O príncipe Andrei aproximou-se da estufa de plantas: os vidros estavam quebrados e, dos arbustos nos vasos, alguns estavam tombados, outros estavam murchos. Gritou chamando o jardineiro Tarás. Ninguém atendeu. Depois de dar a volta na estufa passando perto do jardim de inverno, viu que a cerca de ripas entalhadas estava toda quebrada e que os frutos das ameixeiras tinham sido arrancados junto com os galhos. Um velho mujique (na infância, o príncipe Andrei o via no portão) estava sentado num banquinho verde e trançava palha para fabricar uma alpercata.

Ele era surdo e não percebeu a chegada do príncipe Andrei. Estava sentado no banco onde o velho príncipe gostava de ficar e, ao seu lado, tiras de palha pendiam dos raminhos de um pé de magnólia seco e partido.

O príncipe Andrei aproximou-se da casa. No velho jardim, algumas tílias tinham sido cortadas, um cavalo malhado e um potro andavam bem na frente da casa, no meio das roseiras. A casa estava com as persianas fechadas. Uma das janelas de baixo estava aberta. Um menino da criadagem avistou o príncipe Andrei e entrou correndo na casa.

Alpátitch, depois de ter retirado a família da propriedade, havia ficado sozinho em Montes Calvos; estava sentado dentro da casa e lia a *Vida dos santos*. Ao saber da chegada do príncipe Andrei, saiu de casa com os óculos no nariz, abotoando o casaco, aproximou-se às pressas do príncipe e, sem dizer nada, começou a chorar, enquanto beijava o príncipe Andrei no joelho.

Depois, virou-se com vergonha da própria fraqueza e passou a informar ao príncipe a situação geral. Tudo o que era precioso e de valor tinha sido removido para Bogutchárovo. O trigo, cem quartas, também tinha sido removido; e o feno e os cereais primaveris daquele ano, uma safra extraordinária, como disse Alpátitch, foram confiscados e moídos ainda verdes pelas tropas. Os mujiques estavam arruinados, alguns também fugiram para Bogutchárovo, uma pequena parte permanecera.

O príncipe Andrei, sem escutá-lo até o final, perguntou:

— Quando meu pai e minha irmã partiram? — ou seja, quando haviam partido para Moscou. Alpátitch, supondo que a pergunta se referia à partida para Bogutchárovo, respondeu que haviam partido no dia 7 e, mais uma vez, passou a explicar a situação da propriedade, pedindo instruções.

— O senhor dá ordem para eu deixar que as tropas peguem a aveia, se assinarem um recibo? Ainda sobraram seiscentas quartas — disse Alpátitch.

---

4 Tipo de jardim em que as árvores são dispostas sem ordem geométrica, em voga na época.

“O que vou responder?”, pensou o príncipe Andrei, enquanto olhava para a cabeça careca do velho, que reluzia ao sol, e para a expressão do seu rosto, na qual transparecia a consciência de que ele mesmo compreendia o despropósito de tais perguntas e de que perguntava só para sufocar o próprio desgosto.

— Sim, deixe que peguem — respondeu.

— Se o senhor já tiver notado a desordem no jardim — disse Alpátitch —, saiba que foi impossível evitar; três regimentos pernoitaram ali, sobretudo os dragões da cavalaria. Anotei o nome e o posto do comandante para dar queixa.

— Mas e você, o que vai fazer? Vai ficar, se o inimigo tomar a propriedade? — perguntou o príncipe Andrei.

Alpátitch virou o rosto para o príncipe Andrei, fitou-o e, de repente, levantou a mão e apontou para o alto num gesto solene.

— Ele é a minha proteção, que seja feita a Sua vontade! — exclamou.

Uma multidão de mujiques e criados domésticos vinha pelo pasto na direção do príncipe Andrei, com as cabeças descobertas.

— Bem, adeus! — disse o príncipe Andrei, curvando-se para Alpátitch. — Vá embora também, leve o que puder, e mande o povo partir para Riazan ou para os arredores de Moscou. — Alpátitch agarrou-se à perna do príncipe e começou a soluçar. O príncipe Andrei afastou-o com cuidado, esporeou o cavalo e partiu pela alameda, a galope.

No jardim de inverno, com o mesmo ar apático de antes, igual a uma mosca na cara de um defunto, o mesmo velhote continuava sentado, batendo no pedaço de madeira com que fazia a alpercata de palha, e duas meninas saíram correndo da estufa, com a barra da saia levantada para levar as ameixas que tinham colhido nos arbustos ali dentro, e deram de cara com o príncipe Andrei. Ao ver o jovem patrão, a menina mais velha, com uma expressão de susto no rosto, agarrou a mão da sua companheira mais jovem e, junto com ela, escondeu-se atrás de uma bétula, sem ter tempo de recolher as ameixas verdes que tinham caído.

O príncipe Andrei lhes deu as costas, depressa e assustado, com receio de dar algum sinal de que as tinha visto. Sentiu pena daquela menina bonita e assustada. Receava olhar para ela, mas ao mesmo tempo tinha uma vontade irresistível de fazer isso. Um sentimento novo, agradável e tranquilizador o dominou quando, ao olhar para aquelas meninas, se deu conta da existência de outros interesses humanos, totalmente estranhos a ele, mas tão legítimos como aqueles a que ele se dedicava. As meninas, estava claro, queriam ardentemente uma coisa — levar dali e comer todas aquelas ameixas verdes sem serem apanhadas, e o príncipe Andrei, tanto quanto elas, desejava o sucesso da empreitada das meninas. Não conseguiu se conter e olhou para elas mais uma vez. Supondo que já se achavam livres do perigo, as duas haviam saído aos pulos do seu esconderijo e, piando algo em suas vozes fininhas, com a bainha da saia levantada, corriam rápidas e alegres pelo capim do pasto, com seus pezinhos descalços queimados de sol.

O príncipe Andrei animou-se um pouco por se afastar da área poeirenta da estrada principal onde o exército se deslocava. Mas, ainda perto de Montes Calvos, ele tomou de novo a estrada e alcançou o seu regimento no acampamento situado na represa de um pequeno lago. Já havia passado da uma hora da tarde. O sol, uma esfera vermelha na poeira, causticava de modo insuportável e queimava as costas através do paletó preto. A poeira, sempre igual, pairava imóvel acima do rumor das vozes das tropas estacionadas. Não havia vento. A caminho da represa, o príncipe Andrei sentiu o cheiro de lama e de frescor que vinha do lago. Ele queria entrar na água — por mais lamacenta que estivesse. Virou-se para olhar para o lago, de onde vinham gritos e risos. O pequeno lago lodoso e esverdeado pelo visto havia subido uns dois palmos, inundando a represa, porque estava cheio de corpos brancos e nus de soldados e de pessoas que se agitavam lá dentro, com mãos, caras e pescoços vermelhos como tijolo. Toda aquela carne humana branca e nua se agitava com gritos e risos dentro da poça lamacenta, como carpas dentro de um regador. Aquela agitação refletia uma alegria e por isso mesmo ela era especialmente triste.

Um jovem soldado louro — o príncipe Andrei ainda não o conhecia — da terceira companhia, com uma atadura embaixo da panturrilha, fez o sinal da cruz, recuou bem a fim de tomar um bom impulso, correu e jogou-se na água; outro, um sargento moreno e sempre desgrenhado, com a água pela cintura, revirando o tronco musculoso, bufava com alegria e regava a cabeça com as mãos bronzeadas até o pulso. Ouviam-se os tapinhas que eles davam uns nos outros, além de gritos e assovios.

Na margem, na represa, no lago, em toda parte, só se via a carne branca, saudável, musculosa. O oficial Timókhin, com o narizinho vermelho, estava se secando com uma toalha na represa, encabulou-se ao reconhecer o príncipe, mas mesmo assim resolveu se dirigir a ele:

— Está muito bom, vossa excelência, o senhor vai apreciar! — disse ele.

— Está lamacenta — disse o príncipe Andrei, de sobrancelhas franzidas.

— Vamos limpar num instante para o senhor. — E Timókhin, ainda despido, correu para limpar o lago.

— O príncipe quer entrar.

— Quem? O *nosso* príncipe? — perguntaram várias vozes e todos se alvoroçaram de tal maneira que só a muito custo o príncipe Andrei conseguiu acalmá-los. Achou melhor banhar-se no celeiro.

"Carne, corpo, *chair à canon*!", pensou ele, olhando para o próprio corpo nu, que tremia, menos de frio do que de um horror e de uma repugnância que ele mesmo não entendia, ante a visão daquela enorme quantidade de corpos que se banhavam no poço lamacento.

No dia 7 de agosto, em seu acampamento na estrada de Smolensk, o príncipe Bagration escreveu o seguinte:

> Prezado senhor conde Aleksei Andréievitch.

(Ele estava escrevendo para Araktchéiev, mas sabia que a carta seria lida pelo soberano, e por isso, até onde ele era capaz, pesava cada uma de suas palavras.)

> Creio que o ministro já comunicou o abandono de Smolensk para o inimigo. É doloroso, triste, e o Exército inteiro está desolado por entregar de graça o local mais importante de todos. De minha parte, pedi a ele pessoalmente e do modo mais incisivo, e por fim lhe escrevi; mas ele não concordou com nada. Por minha honra, juro que Napoleão estava numa ratoeira como nunca antes estivera, poderia ter perdido metade do seu exército, e não tomar Smolensk. Nossas tropas lutaram e estão lutando como nunca. Eu, com quinze mil soldados, contive o avanço do inimigo durante mais de trinta e cinco horas; mas ele não quis resistir nem catorze horas. Isso é uma vergonha e uma mancha para o nosso Exército; e quanto a ele, me parece que não devia continuar a viver neste mundo. Se ele informar que as nossas perdas são grandes, não é verdade; talvez em torno de quatro mil, não mais, e nem mesmo isso. Mesmo que fossem dez, azar, é a guerra! Em compensação o inimigo perdeu uma multidão...
>
> O que custaria resistir ainda mais dois dias? No mínimo, os inimigos teriam de se retirar; porque não teriam mais água para os soldados e para os cavalos. Ele me deu a sua palavra de honra de que não ia ceder, mas de repente deu instruções para a sua fuga à noite. Não é possível combater desse jeito, e daqui a pouco vamos acabar levando o inimigo direto para Moscou...
>
> Corre o rumor de que o senhor está pensando num acordo de paz. Deus nos livre de selar a paz! Depois de todos os sacrifícios e depois de uma retirada tão louca — fazer a paz: o senhor vai pôr a Rússia inteira contra si e nos levará a ter vergonha de vestir o uniforme. Se já chegamos a este ponto, é preciso lutar, enquanto a Rússia puder e enquanto os homens estiverem em pé...
>
> É preciso que um só comande, e não dois. O seu ministro pode ser bom para um ministério; mas como general ele não é apenas ruim, é abominável,

e puseram nas mãos dele o destino de toda a nossa pátria... Eu, francamente, estou ficando louco de vergonha; perdoe-me por escrever de modo bruto. É evidente que quem recomenda fazer um acordo de paz e entregar o comando do Exército ao ministro não ama o soberano e deseja a ruína de todos nós. Assim eu lhe escrevo com franqueza: prepare a milícia. Porque o próprio ministro, de modo magistral, está conduzindo os visitantes para a capital, atrás de si. Há uma grande desconfiança em todo o Exército acerca do sr. Woltzogen, o ajudante de ordens do imperador. Dizem que ele está mais do lado de Napoleão do que do nosso lado e vive dando conselhos ao ministro. Não sou apenas respeitoso em relação a ele, submeto-me a suas ordens como um cabo, embora minha patente seja superior à dele. Isso é doloroso; mas, como amo o meu benfeitor e soberano, obedeço. Só lamento que o soberano confie o Exército glorioso a alguém assim. Imagine que com a nossa retirada perdemos mais de quinze mil soldados, de cansaço e nos hospitais; e se tivéssemos avançado, isso não aconteceria. Diga, pelo amor de Deus, o que a nossa Rússia — a nossa mãe — vai dizer de nós, por ficarmos tão apavorados, por entregarmos a pátria tão boa e tão zelosa a uns canalhas e inspirarmos em cada cidadão o sentimento de ódio e de vergonha. Do que fugimos atemorizados, de quem temos medo? Não tenho culpa se o ministro é um covarde, indeciso, lerdo, preguiçoso e tem todas as piores qualidades. O Exército inteiro chora e o cobre dos piores insultos...

VI

Entre as inúmeras maneiras de dividir os fenômenos da vida, é possível dividi-los todos entre aqueles em que predomina o conteúdo e aqueles em que predomina a forma. Entre esta última, em oposição à vida no campo, nas aldeias, nas províncias e até em Moscou, pode-se incluir a vida em Petersburgo, em especial a dos salões. Essa vida é invariável.

Desde o ano de 1805, fizemos a paz com Bonaparte e o combatemos, fizemos constituições e as rasgamos, mas o salão de Anna Pávlovna e o salão de Hélène continuavam exatamente iguais ao que tinham sido sete anos antes, o primeiro, e cinco anos antes, o segundo. Exatamente como antes, no salão de Anna Pávlovna, falavam com perplexidade sobre os triunfos de Bonaparte e viam, tanto em seus triunfos como na indulgência que os soberanos europeus mostravam com ele, uma conspiração pérfida cujo único propósito era causar perturbação e inquietação ao círculo de cortesãos que tinha em Anna Pávlovna a sua embaixatriz. Da mesma forma, no salão de Hélène, a quem o próprio Rumiántsev[5] dava a honra das suas visitas e a quem ele considerava uma mulher de inteligência notável, tanto em 1808 como em 1812 falavam com entusiasmo sobre a grande nação e o grande homem e viam com pesar o rompimento com a França, que, na opinião das pessoas que se reuniam no salão de Hélène, deveria ser encerrado com um acordo de paz.

Ultimamente, após a volta do soberano, vindo do exército, tinha havido certa agitação nesses círculos de salões adversários, e ocorreram algumas demonstrações de um contra o outro, no entanto a orientação dos círculos permaneceu a mesma. No círculo de Anna Pávlovna, só admitiam os franceses que fossem legitimistas inveterados e exprimia-se a ideia patriótica de que não era preciso ir ao teatro francês e que a manutenção da trupe de atores franceses custava o mesmo que a manutenção de todo um corpo de exército. Os acontecimentos militares eram acompanhados com fervor e prosperavam os boatos mais favoráveis sobre as nossas tropas. No círculo de Hélène, de Rumiántsev e dos franceses, desmentiam os boatos sobre a crueldade do inimigo e da guerra e discutiam todas as tentativas de Napoleão para obter um acordo de paz. Nesse círculo, criticavam aqueles que recomendavam rápidas providências para preparar a transferência da corte para Kazan, bem como a transferência dos estabelecimentos de ensino para moças patrocinados pela imperatriz-mãe. No geral, toda a questão da guerra se apresentava no salão de Hélène como manifestações vazias, que em pouco tempo terminariam num acordo de paz, e reinava a opinião de Bilíbin, que agora estava em Petersburgo e era íntimo da casa de Hélène (todas as pessoas inteligentes tinham de ir à casa dela), segundo a qual não era a pólvora e sim aqueles que inventaram a pólvora que haviam de resolver a questão. Nesse círculo, zombavam de modo irônico e muito sagaz, embora com toda a cautela, do entusiasmo de Moscou, cuja notícia chegara a Petersburgo junto com a volta do soberano.

No círculo de Anna Pávlovna, ao contrário, deleitavam-se com aquele entusiasmo e falavam sobre ele como Plutarco falava sobre os antigos. O príncipe Vassíli, que continuava a ocupar os mesmos postos importantes, constituía um elemento de ligação entre os dois círculos. Ia à casa de *ma bonne amie*[6] Anna Pávlovna e *dans le salon diplomatique de ma fille*[7] e muitas vezes, entre os incessantes movimentos de um baluarte para outro, ele se confundia e dizia no salão de Anna Pávlovna o que deveria dizer no salão de Hélène, e também o contrário.

---

5 Ministro do Exterior na época.

6 Francês: "minha boa amiga".

7 Francês: "no salão diplomático da minha menina".

Pouco depois da volta do soberano, o príncipe Vassíli passou a falar sobre assuntos de guerra no salão de Anna Pávlovna, julgando com severidade Barclay de Tolly, mas se via em dúvida quanto a quem indicar para o posto de comandante em chefe. Um dos convidados, conhecido como *un homme de beaucoup de mérite*, contou ter visto naquele dia Kutúzov, nomeado comandante da milícia de Petersburgo, presidindo na Câmara do Tesouro o alistamento dos recrutas, e permitiu-se exprimir com cautela a conjetura de que Kutúzov seria a pessoa que satisfazia todas as exigências para o posto de comandante em chefe.

Anna Pávlovna sorriu com melancolia e observou que Kutúzov só dera aborrecimentos para o soberano.

— Falei e repeti na assembleia da nobreza — interrompeu o príncipe Vassíli —, mas não me escutaram. Disse que a escolha dele para o posto de comandante da milícia não ia agradar ao soberano. Não quiseram me escutar.

— Sempre a mesma mania de oposição — continuou ele. — Mas contra quem? E tudo porque queremos macaquear o tolo entusiasmo de Moscou — disse o príncipe Vassíli, confundindo-se por um instante e esquecendo que no salão de Hélène era preciso ridicularizar o entusiasmo moscovita, mas que no salão de Anna Pávlovna se maravilhavam com aquele entusiasmo. Porém emendou-se imediatamente: — Pois é, será conveniente que o conde Kutúzov, o mais antigo general da Rússia, presida a sessão na Câmara do Tesouro, *et il en restera pour sa peine?*[8] Será possível nomear comandante em chefe um homem que não consegue montar um cavalo, que dorme durante a reunião do conselho, um homem que tem o pior temperamento possível? Bela recomendação ele trouxe para si de Bucareste![9] Já nem vou comentar as suas qualidades como general, mas será possível num momento como este nomear um homem caduco e cego, sim, isso mesmo, cego? Vai ser uma beleza ter um general cego! Ele não enxerga nada. Só se for para brincar de cabra-cega... Não enxerga absolutamente nada!

Ninguém retrucou a isso.

No dia 24 de julho, isso era perfeitamente correto. Mas no dia 29 de julho Kutúzov recebeu o título de príncipe. O título de príncipe podia indicar que desejavam livrar-se dele — e por isso a opinião do príncipe Vassíli continuou a ser correta, embora ele já não se apressasse, agora, em exprimir tal opinião. Mas no dia 8 de agosto

---

8 Francês: "e seus esforços serão em vão?".

9 Referência ao Tratado de Bucareste, assinado por Kutúzov no fim da Guerra Russo-Turca (1806-12), vencida pelos russos. O tratado reafirmava o controle do Império Otomano sobre a Moldávia e a Valáquia e cedia a Bessarábia à Rússia.

reuniu-se uma comissão formada pelo marechal de campo Saltikóv, por Araktchéiev, Viazmitínov, Lopukhin e Kotchubei a fim de avaliar a situação da guerra. A comissão resolveu que os fracassos decorriam da divisão de comando e, apesar de as pessoas que compunham a comissão estarem cientes da antipatia do soberano por Kutúzov, a comissão, após uma rápida deliberação, propôs nomear Kutúzov para o posto de comandante em chefe. E no mesmo dia Kutúzov foi nomeado comandante em chefe plenipotenciário do Exército e de toda a região ocupada pelas tropas.

No dia 9 de agosto, o príncipe Vassíli encontrou-se de novo no salão de Anna Pávlovna com *l'homme de beaucoup de mérite*. *L'homme de beaucoup de mérite* cortejava Anna Pávlovna, pois desejava ser nomeado diretor de um dos estabelecimentos de ensino para moças patrocinados pela imperatriz Maria Fiódorovna. O príncipe Vassíli entrou na sala com o aspecto de um vencedor feliz, um homem que havia alcançado o objeto do seu desejo.

— *Eh bien, vous savez la grande nouvelle? Le prince Koutouzoff est maréchal.* Todas as discórdias terminaram. Estou muito contente, muito contente! — exclamou o príncipe Vassíli — *Enfin, voilà un homme*[10] — exclamou ele, olhando em redor, com ar significativo e severo, para todos os que estavam na sala. *L'homme de beaucoup de mérite*, apesar do seu desejo de receber o posto de diretor de escola, não pôde se conter e lembrou ao príncipe Vassíli a sua opinião anterior. (Isso era uma falta de cortesia com o príncipe Vassíli no salão de Anna Pávlovna, e também com a anfitriã Anna Pávlovna, que recebera a notícia com tanta alegria; mesmo assim ele não conseguiu se conter.)

— *Mais on dit qu'il est aveugle, mon prince?*[11] — disse ele, lembrando ao príncipe Vassíli as suas próprias palavras.

— *Allez donc, il y voit assez*[12] — respondeu ligeiro o príncipe Vassíli com sua voz de baixo e tossindo de leve, a mesma voz e a mesma tosse com que resolvia todas as dificuldades. — *Allez, il y voit assez* — repetiu. — E o que também me deixa contente — continuou — é que o soberano lhe deu plenos poderes sobre todos os exércitos, sobre todas as regiões, poder que nunca tinha sido conferido a nenhum comandante em chefe. É um segundo autocrata — concluiu ele, com um sorriso de triunfo.

— Deus queira, Deus queira — disse Anna Pávlovna. *L'homme de beaucoup de mérite*, ainda um novato no ambiente da corte, disse, no intuito de lisonjear Anna Pávlovna, defendendo a opinião anterior dela sobre a questão:

---

10 Francês: "E então, já sabem da grande novidade? O príncipe Kutúzov é marechal [...] Enfim, aí está um homem".

11 Francês: "Mas não dizem que ele é cego, meu príncipe?".

12 Francês: "Ora, vamos, ele enxerga o suficiente".

— Dizem que o soberano relutou em conceder esse poder a Kutúzov. *On dit qu'il rougit comme une demoiselle à laquelle on dirait "Joconde", en lui disant: "Le souverain et la patrie vous décernent cet honneur"*.[13]

— *Peut-être que le cœur n'était pas de la partie?*[14] — disse Anna Pávlovna.

— Ah, não, não — intercedeu com ardor o príncipe Vassíli. Agora ele não admitia mais trocar Kutúzov por ninguém. Na opinião do príncipe Vassíli, Kutúzov não só era o melhor, como todos o adoravam. — Não, isso é impossível, pois o soberano tinha tanto apreço por ele antes — disse.

— Queira Deus que o príncipe Kutúzov — disse Anna Pávlovna — assuma de fato esse poder e não permita que ninguém enfie pedaços de pau entre os raios das rodas, *des bâtons dans les roues.*

O príncipe Vassíli entendeu de pronto quem era aquele "ninguém". Num sussurro, falou:

— Sei de fonte segura que Kutúzov exigiu, como condição imprescindível, que o tsarévitch herdeiro do trono não ficasse no Exército: *Vous savez ce qu'il a dit à l'empereur?* — E o príncipe Vassíli repetiu as palavras supostamente ditas por Kutúzov para o soberano: — "Não posso castigá-lo, se agir mal, nem condecorá-lo, se agir bem". Ah! É um homem inteligentíssimo, o príncipe Kutúzov. *Oh, je le connais de longue date.*[15]

— Dizem até — falou *l'homme de beaucoup de mérite*, que ainda não havia adquirido o tato da corte — que o príncipe impôs uma condição indispensável: que o soberano não vá para junto do exército.

Assim que disse isso, no mesmo instante o príncipe Vassíli e Anna Pávlovna lhe deram as costas e, tristonhos, com um suspiro em face da sua ingenuidade, olharam um para o outro.

VII

Enquanto isso se passava em Petersburgo, os franceses já haviam deixado Smolensk para trás e aproximavam-se cada vez mais de Moscou. Thiers, o historiador de Napoleão, a exemplo de outros historiadores de Napoleão, na tentativa de jus-

---

13 Francês: "Dizem que ele ficou vermelho como uma mocinha para a qual se lê 'Joconda', quando ele disse: 'O soberano e a pátria conferem ao senhor esta honra'". "Joconda" é um poema de La Fontaine (1621-95) tido na época como indecente.

14 Francês: "Talvez no seu íntimo ele não fosse dessa opinião".

15 Francês: "Os senhores sabem o que ele disse para o imperador? [...] Ah, eu o conheço de longa data".

tificar o seu herói, diz que Napoleão foi atraído contra a sua vontade para os muros de Moscou. Ele tem razão, como têm razão todos os historiadores que procuram a explicação para os acontecimentos históricos na vontade de uma pessoa; ele tem razão, assim como os historiadores russos que afirmam que Napoleão foi atraído para Moscou pela habilidade dos chefes militares russos. Aqui, além da lei da retrospecção (volta ao passado), que concebe todo o passado como uma preparação para a realização de um fato, existe ainda uma reciprocidade que confunde toda a questão. Um bom jogador de xadrez está sinceramente convencido de que sua derrota decorre de um erro seu e então procura esse erro no início do jogo, mas esquece que a cada etapa, ao longo de toda a partida, houve erros semelhantes e que nenhum de seus lances foi perfeito. O erro ao qual o jogador dirige a sua atenção só lhe parece mais saliente porque o adversário tirou proveito dele. Bem mais complexo do que isso é o jogo da guerra, que se passa em condições de tempo determinadas e onde não há uma vontade única que governa mecanismos inanimados, mas, ao contrário, tudo decorre de um conflito incalculável de vontades distintas.

Depois de Smolensk, Napoleão procurou travar combate para além de Dorogobuj, em Viazma, e depois em Tsárevo-Zaimiche; mas ocorreu que, em razão de um conflito incalculável de circunstâncias, os russos não puderam travar combate senão em Borodinó, a cento e doze verstas de Moscou. A partir de Viazma, Napoleão deu ordem para avançar direto para Moscou.

Moscou, la capitale asiatique de ce grand empire, la ville sacrée des peuples d'Alexandre, Moscou avec ses innombrables églises en forme de pagodes chinoises![16] Essa Moscou não dava sossego à imaginação de Napoleão. Na marcha de Viazma para Tsárevo-Zaimiche, Napoleão seguiu montado no seu cavalo baio marchador de crina e rabo curtos, acompanhado pela guarda imperial, por seus guarda-costas, por seus escudeiros e ajudantes de ordens. O comandante do Estado-Maior Berthier ficou para trás a fim de interrogar um militar russo da cavalaria que tinha sido feito prisioneiro. A galope, acompanhado pelo intérprete Lelorgne d'Ideville, ele alcançou Napoleão e, com o rosto alegre, freou o seu cavalo.

— *Eh bien?* — perguntou Napoleão.

— *Un cosaque de Platow* diz que a tropa de Plátov vai se unir ao grande exército e que Kutúzov foi nomeado comandante em chefe. *Très intelligent et bavard!*[17]

Napoleão sorriu, mandou dar um cavalo ao cossaco e trazê-lo até ele. Napo-

---

16 Francês: "Moscou, a capital asiática deste grande império, a cidade sagrada dos povos de Alexandre, Moscou, com suas inúmeras igrejas em forma de pagode chinês!".

17 Francês: "Um cossaco de Plátov [...] Muito inteligente e falante".

leão queria lhe falar pessoalmente. Alguns ajudantes de ordens partiram a galope, e uma hora depois Lavruchka, o servo que Deníssov tinha cedido para Rostóv, com uma jaqueta de ordenança, montado numa sela da cavalaria francesa, com o rosto velhaco, embriagado e alegre, aproximou-se de Napoleão. Napoleão ordenou que ele cavalgasse a seu lado e começou a perguntar:

— O senhor é cossaco?

— Cossaco, sim, senhor, vossa excelência.

"*Le cosaque, ignorant la compagnie dans laquelle il se trouvait, car la simplicité de Napoléon n'avait rien qui pût révéler à une imagination orientale la présence d'un souverain, s'entretint avec la plus extrême familiarité des affaires de la guerre actuelle*",[18] escreve Thiers, ao narrar esse episódio. De fato, Lavruchka, que na véspera havia se embriagado e deixara o seu patrão sem jantar, tinha sido chicoteado e mandado para a aldeia a fim de conseguir umas galinhas, onde cedeu à tentação de fazer uma pilhagem e acabou aprisionado pelos franceses. Lavruchka era um desses lacaios grosseiros, insolentes, que já viram de tudo, que consideram seu dever fazer tudo com infâmia e trapaça, que estão prontos a prestar qualquer serviço ao seu patrão e que adivinham com astúcia os pensamentos maldosos do patrão, em especial as vaidades e as mesquinharias.

Ao se ver na companhia de Napoleão, cuja identidade ele reconheceu muito bem e com facilidade, Lavruchka não ficou nem um pouco embaraçado e apenas tentava, com todo o empenho, prestar seus serviços aos novos senhores.

Sabia muito bem que aquele era o próprio Napoleão, mas a presença de Napoleão não poderia embaraçá-lo mais do que a presença de Rostóv ou de um sargento que tinha varas para açoitá-lo, porque Lavruchka não possuía nada que o sargento ou Napoleão pudessem lhe tomar.

Repetiu todas as lorotas que corriam entre os ordenanças. Boa parte daquilo era verdade. Mas quando Napoleão perguntou o que os russos achavam, se iam vencer Bonaparte ou não, Lavruchka estreitou os olhos e parou para pensar.

Percebeu ali uma astúcia sutil, como sempre enxergam astúcia em tudo as pessoas semelhantes a Lavruchka, franziu as sobrancelhas e ficou calado um momento.

— É o seguinte: se houver uma batalha — disse ele, com ar pensativo —, e for logo, então pronto, acabou-se. Mas se passarem três dias a partir de hoje, então quer dizer que essa batalha vai demorar.

---

18 Francês: "O cossaco, sem saber em companhia de quem se encontrava, pois a simplicidade de Napoleão nada tinha capaz de revelar a uma imaginação oriental a presença de um soberano, conversou com a maior familiaridade sobre as questõs da guerra atual".

Traduziram assim para Napoleão: "*Si la bataille est donnée avant trois jours, les français la gagneraient, mais si elle était donnée plus tard, Dieu seul sait ce qui en arriverait*".[19] Lelorgne d'Ideville traduziu sorrindo. Napoleão não sorriu, embora obviamente estivesse no mesmo estado de espírito alegre, e mandou que lhe repetissem aquelas palavras.

Lavruchka percebeu isso e, a fim de alegrá-lo, falou, fingindo não saber quem era Napoleão:

— A gente sabe que vocês têm o Bonaparte, ele venceu o mundo inteiro, mas com a gente a história é outra... — disse, sem saber como nem por que um patriotismo petulante acabou se intrometendo nas suas palavras. O intérprete traduziu aquelas palavras para Napoleão, sem a conclusão, e Bonaparte sorriu. "*Le jeune cosaque fit sourire son puissant interlocuteur*",[20] escreve Thiers. Depois de avançar alguns passos em silêncio, Napoleão voltou-se para Berthier e disse que ele queria verificar o efeito que teria *sur cet enfant du Don*[21] a informação de que a pessoa com quem estava conversando *cet enfant du Don* era o próprio imperador, o mesmo imperador que escreveu nas pirâmides o seu nome vitorioso e imortal.

A informação foi dada.

Lavruchka (compreendendo que faziam aquilo para deixá-lo espantado e que Napoleão achava que ele ia ficar assustado), a fim de agradar aos novos senhores, na mesma hora fingiu estar assombrado, estupefato, arregalou os olhos e fez a cara que estava acostumado a fazer quando mandavam chicoteá-lo. "*À peine l'interprète de Napoléon*", escreveu Thiers, "*avait-il parlé, que le cosaque, saisi d'une sorte d'ébahissement, ne proféra plus une parole et marcha les yeux constamment attachés sur ce conquérant, dont le nom avait pénétré jusqu'à lui, à travers les steppes de l'Orient. Toute sa loquacité s'était subitement arrêtée pour faire place à un sentiment d'admiration naïve et silencieuse. Napoléon, après l'avoir récompensé, lui fit donner la liberté, comme à un oiseau qu'on rend aux champs qui l'ont vu naître.*"[22]

---

19 Francês: "Se a batalha for travada em três dias, os franceses vencerão, mas, se for travada mais tarde, só Deus sabe o que vai acontecer".

20 Francês: "O jovem cossaco fez sorrir o seu poderoso interlocutor".

21 Francês: "sobre essa criança do Don".

22 Francês: "Assim que o intérprete de Napoleão [...] terminou de falar, o cossaco, dominado por uma espécie de estupor, não proferiu mais nenhuma palavra e seguia adiante com os olhos fixos naquele conquistador, cujo nome havia chegado até ele, através das estepes do Oriente. Toda a sua loquacidade subitamente se desfez, para dar lugar a um sentimento de admiração ingênua e silenciosa. Napoleão, depois de o haver recompensado, lhe deu a liberdade, como a um passarinho que é devolvido aos campos que o viram nascer".

Napoleão seguiu em frente, sonhando com aquela Moscou que dominava a sua imaginação, enquanto *l'oiseau qu'on rend aux champs qui l'ont vu naître* partiu a galope para os postos avançados, inventando de antemão tudo o que não havia acontecido e que ele iria contar aos seus amigos. Aquilo que de fato ocorrera com Lavruchka, ele não queria contar justamente porque lhe parecia uma história sem graça. Seguiu na direção dos cossacos, perguntou onde estava o regimento que formava o destacamento de Plátov e já ao anoitecer encontrou o patrão Nikolai Rostóv, que estava em Iánkovo e havia acabado de montar no cavalo a fim de dar um passeio com Ilin pelas aldeias dos arredores. Rostóv deu outro cavalo para Lavruchka e levou-o consigo.

VIII

A princesa Mária não estava em Moscou e fora de perigo, como pensava o príncipe Andrei.

Depois que Alpátitch voltou de Smolensk, o velho príncipe pareceu despertar de repente de um sono. Mandou os milicianos virem das aldeias, armou-os e redigiu uma carta para o comandante em chefe, na qual comunicava que tinha tomado a decisão de permanecer em Montes Calvos até o fim e defender-se, deixando a critério dele se devia ou não tomar medidas para a defesa de Montes Calvos, onde um dos mais antigos generais russos seria feito prisioneiro ou morreria, e anunciou para as pessoas de casa que ele ia permanecer em Montes Calvos.

No entanto, enquanto ele mesmo permanecia em Montes Calvos, tomou providências para a partida da princesa Mária, de Dessalles e do pequeno príncipe para Bogutchárovo e de lá para Moscou. A princesa Mária, assustada com a atividade febril e insone do pai, atividade que havia tomado o lugar da apatia anterior, não podia admitir deixá-lo sozinho e, pela primeira vez na vida, se permitiu desobedecer ao pai. Recusou-se a partir, e sobre ela desabou uma terrível tempestade de raiva do príncipe. Ele repisou para a filha todas as injustiças que já havia lançado contra ela. Na tentativa de incriminá-la, disse que ela o havia esgotado, que ela havia criado uma desavença entre ele e o filho, que a princesa Mária tinha desconfianças sórdidas a respeito dele, que o propósito da vida dela era envenenar a sua existência, e expulsou-a do seu escritório, depois de lhe dizer que, se ela não ia partir, isso não tinha a menor importância para ele. Disse que não queria saber da existência da filha, mas de antemão a preveniu de que não se atrevesse a aparecer diante dos seus olhos. O fato de que o pai, ao contrário do que a princesa Mária mais temia, não a mandou partir à força, apenas ordenou que ela não aparecesse mais diante dos seus olhos, alegrou a princesa Mária. Ela sabia que isso demonstrava que, no mais íntimo da alma do pai, ele estava contente por ela ficar na casa e não partir.

No dia seguinte à partida de Nikóluchka, o velho príncipe, de manhã, vestiu o uniforme completo e preparou-se para ir ao encontro do comandante em chefe. A caleche já estava pronta. A princesa Mária viu como ele, de uniforme e com todas as medalhas, saiu de casa e seguiu para o jardim a fim de passar em revista os mujiques e os criados domésticos armados. A princesa Mária estava junto à janela, escutando a voz do pai, que ressoava do jardim. De repente algumas pessoas vieram correndo da alameda com os rostos assustados.

A princesa Mária saiu para a varanda, correu para a vereda florida e dali para a alameda. Uma grande multidão de milicianos e de criados vinha ao seu encontro, e no centro daquela multidão algumas pessoas arrastavam um pequeno velhote de uniforme e medalhas, amparado por baixo dos braços. A princesa Mária correu na direção dele e, no jogo dos pequenos círculos de luz que caíam através da sombra da alameda de tílias, não conseguiu se dar conta da mudança que ocorrera no rosto dele. Viu apenas que a antiga expressão severa e decidida do rosto do velho havia mudado para uma expressão de timidez e submissão. Ao ver a filha, ele começou a mexer os lábios fracos e falou com voz rouca. Era impossível entender o que ele queria. Levantaram-no pelos braços, carregaram-no para o escritório e acomodaram-no naquele sofá que ultimamente ele tanto temia.

O médico, trazido naquela mesma noite, fez uma sangria e comunicou que o príncipe havia tido um ataque no lado direito.

Era cada vez mais perigoso permanecer em Montes Calvos e, no dia seguinte, após o ataque sofrido pelo príncipe, levaram-no para Bogutchárovo. O médico os acompanhou.

Quando chegaram a Bogutchárovo, Dessalles e o pequeno príncipe já haviam partido para Moscou.

Na mesma situação de antes, nem pior nem melhor, atacado por uma paralisia, o velho príncipe ficou três semanas em Bogutchárovo, na casa nova, construída pelo príncipe Andrei. O velho príncipe permanecia inconsciente; ficava deitado, como um cadáver desfigurado. Não parava de balbuciar, agitando as sobrancelhas e os lábios, e era impossível saber se ele tinha ou não alguma ideia daquilo que estava à sua volta. Só se podia saber com segurança que ele sofria e que ainda sentia necessidade de exprimir alguma coisa. Mas o que era aquilo, ninguém conseguia entender; seria algum capricho de doente semiensandecido, teria a ver com a situação geral, ou teria a ver com circunstâncias familiares?

O médico dizia que a agitação que o doente manifestava não significava nada, que tal agitação tinha causas físicas; mas a princesa Mária achava (e o fato de a sua presença sempre aumentar a agitação do pai corroborava a sua suposição) que ele queria lhe dizer alguma coisa. Era evidente que ele sofria, física e moralmente.

Não havia esperanças de cura. Era impossível removê-lo. O que aconteceria se ele morresse na estrada? "Não seria melhor que isso tivesse um fim, um fim completo?", às vezes pensava a princesa Mária. Ela lhe fazia companhia noite e dia, quase sem dormir e, é terrível dizer, muitas vezes ficava ao lado do pai, não na esperança de descobrir sinais de cura, mas *desejando* descobrir sinais da aproximação do fim.

Por mais estranho que fosse para a princesa reconhecer em si tal sentimento, o fato é que aquilo estava dentro dela. E o que era ainda mais horrível para a princesa Mária era que, desde que o pai ficara doente (ou mesmo ainda antes, ainda antes de ela ficar ao lado do pai, esperando que algo acontecesse), haviam despertado dentro dela todos os desejos e esperanças pessoais esquecidos e adormecidos. Aquilo que durante anos não tinha passado pela sua mente, pensamentos de uma vida livre, sem o eterno pavor do pai, e até pensamentos sobre a possibilidade do amor e da felicidade familiar, vinham a todo instante a sua imaginação, como tentações de um demônio. Por mais que ela as rechaçasse, vinham à sua mente, sem cessar, perguntas sobre como ela agora, depois *disso*, haveria de organizar a sua vida. Eram tentações de um demônio, e a princesa Mária sabia disso. Sabia que a única arma contra ele era a prece, e tentava rezar. Parava na metade da prece, olhava para o ícone, lia as palavras da prece, mas não conseguia rezar. Sentia que agora um outro mundo tinha se apoderado dela — um mundo de atividade cotidiana, livre e difícil, totalmente oposto ao mundo moral em que ela estava antes encerrada e no qual o melhor consolo era a prece. Ela não conseguia rezar e não conseguia chorar, e os afazeres cotidianos a dominavam.

Ficar em Bogutchárovo estava se tornando perigoso. De toda parte vinham rumores sobre a aproximação dos franceses, e numa aldeia, a quinze verstas de Bogutchárovo, uma propriedade rural foi atacada por saqueadores franceses.

O médico insistia que era preciso levar o príncipe embora; o decano da nobreza mandou um funcionário falar com a princesa Mária, para convencê-la a partir o mais depressa possível. O chefe de polícia rural foi a Bogutchárovo e insistiu na mesma ideia, dizendo que os franceses estavam a quarenta verstas, que as proclamações dos franceses circulavam pelas aldeias e que, se a princesa não partisse com o pai até o dia 15, ele não poderia se responsabilizar.

A princesa resolveu partir no dia 15. Os afazeres dos preparativos e a distribuição das ordens, que todos vinham lhe pedir, mantiveram-na ocupada o dia inteiro. A noite do dia 14 para o dia 15, ela passou, como de costume, sem trocar de roupa, no quarto vizinho àquele onde estava o príncipe. Várias vezes, ela acordava e escutava os gemidos, os balbucios, o ranger do leito e também os passos de Tíkhon e do médico, que viravam o príncipe de lado sobre a cama. Várias vezes, ela ficou escutando junto à porta e lhe pareceu que agora o pai estava balbuciando mais alto do que o costume e que era virado sobre a cama mais vezes do que o costume. Ela não conseguia dormir e, várias vezes, chegou junto à porta e se pôs a escutar, com vontade de entrar, mas sem decidir-se a fazê-lo. Embora ele não o dissesse, a princesa Mária via, sabia como era desagradável, para o pai, qualquer expressão de medo por ele. A princesa havia percebido o descontentamento com que ele se esquivava do olhar involuntário e tenaz que a filha de vez em quando lhe dirigia. Ela sabia que a sua entrada à noite, num horário incomum, iria irritar o pai.

Mas ela nunca havia sentido com tanta força a ideia de perder o pai, e tal ideia nunca fora tão terrível para ela. Lembrava-se de toda a sua vida com o velho príncipe e, em todas as palavras e gestos dele, a princesa Mária encontrava uma expressão do seu amor por ela. De vez em quando, em meio a essas recordações, irrompiam na sua imaginação as tentações do demônio, pensamentos sobre o que ia acontecer após a morte do pai e sobre a forma que tomaria a sua vida nova e livre. Porém, com repulsa, rechaçava tais pensamentos. De manhã, ele ficou mais calmo, e ela adormeceu.

A princesa Mária acordou tarde. A sinceridade que acompanha o despertar deixou claro para ela o que mais a preocupava na doença do pai. A princesa acordou, escutou o que estava se passando atrás da porta e, após ouvir os gemidos do pai, disse para si mesma, com um suspiro, que tudo continuava na mesma.

— Mas o que devia acontecer? O que eu queria? Eu quero a sua morte! — exclamou, com repugnância de si mesma.

Despiu-se, lavou-se, leu as preces e saiu para a varanda. Junto à varanda, haviam deixado as carruagens sem os cavalos e dentro delas punham as bagagens.

A manhã estava amena e cinzenta. A princesa Mária se deteve na varanda, ainda horrorizada com a sua sordidez interior, enquanto tentava pôr em ordem os pensamentos, antes de entrar no quarto do pai.

O médico desceu a escada e aproximou-se dela.

— Hoje ele está melhor — disse o médico. — Eu estava à procura da senhora. É possível compreender algo do que ele está dizendo, a cabeça está mais arejada. Venha. Ele está chamando a senhora...

O coração da princesa Mária começou a bater com tanta força ao ouvir essa notícia que ela empalideceu e inclinou-se na direção da porta para não cair. Ver o pai, falar com ele, ficar sob o seu olhar, agora quando toda a alma da princesa Mária estava repleta daquelas terríveis tentações criminosas, era torturante e alegre, e também horroroso.

— Vamos — disse o médico.

A princesa Mária entrou no quarto do pai e aproximou-se da cama. Ele estava deitado, as costas um pouco levantadas na cabeceira, as mãozinhas miúdas, ossudas, cobertas de veias lilases e nodosas, estiradas sobre o cobertor, o olho esquerdo parado, olhando reto, o olho direito enviesado, as sobrancelhas e os lábios imóveis. Todo ele estava muito magro, pequeno e dava pena. Seu rosto parecia ter secado ou derretido, suas feições haviam diminuído. A princesa Mária aproximou-se e beijou a mão do pai. A mão esquerda apertou a mão dela de tal modo que ficou evidente que o pai estava à sua espera havia muito tempo. Ele começou a puxar a mão da filha e as sobrancelhas e os lábios passaram a se mexer de modo irritado.

A princesa Mária o fitou com ar assustado, tentando adivinhar o que o pai queria dela. Quando mudou de posição e chegou mais perto, de modo que o olho esquerdo dele pudesse ver o seu rosto, o pai se acalmou e, por alguns segundos, olhou fixamente para a filha. Depois os lábios e a língua começaram a se mexer, ouviram-se alguns sons e ele começou a falar, enquanto olhava para ela com ar tímido e suplicante, com receio, era evidente, de que ela não o compreendesse.

A princesa Mária, concentrando toda a força da sua atenção, olhava para o pai. O cômico esforço com que ele revirava a língua obrigou a princesa Mária a baixar os olhos e, com esforço, sufocar os soluços que queriam subir à garganta. O pai falou algo, repetiu suas palavras diversas vezes. A princesa Mária não conseguiu entender; mas tentou adivinhar o que ele estava dizendo e repetiu, em tom interrogativo, as palavras ditas pelo pai.

— Ada... e... do... — repetiu ele várias vezes.

Era impossível entender aquelas palavras. O médico achou que tinha adivinhado e, repetindo as palavras do velho príncipe, perguntou: *a princesa tem medo?* Ele balançou a cabeça negativamente e repetiu de novo a mesma coisa...

— *A alma, a alma está doendo* — concluiu e disse a princesa Mária. O pai gemeu uma confirmação, segurou a mão dela e pôs-se a apertá-la contra vários pontos do próprio peito, como se quisesse achar o lugar mais verdadeiro para ela.

— Todos os pensamentos! Em você... os pensamentos — conseguiu dizer em seguida, muito melhor e de maneira infinitamente mais compreensível, agora que estava seguro de que era entendido. A princesa Mária apertou a cabeça junto à mão do pai, tentando esconder os soluços e as lágrimas.

Ele passou a mão pelos cabelos dela.

— Chamei você a noite inteira... — disse.

— Se eu soubesse... — respondeu ela, entre lágrimas. — Tive medo de entrar.

Ele apertou a mão da princesa.

— Você não dormiu?

— Não, não dormi — respondeu a princesa Mária, balançando a cabeça. Incapaz de não se submeter ao pai, ela agora também se exprimia como ele, tentando falar mais por meio de sinais, como se tivesse dificuldade para mexer a língua.

— Querida... — ou — Amiga... — a princesa Mária não conseguiu decifrar; porém, seguramente, pela expressão do olhar do pai, tinha sido dita a palavra mais carinhosa e terna que ele jamais dissera. — Por que não veio?

"E eu, que desejava tanto a sua morte!", pensou a princesa Mária. Ela ficou um pouco em silêncio.

— Obrigado, filha... amiga... obrigado por tudo, tudo... desculpe... obrigado... desculpe... obrigado!... — E lágrimas correram dos seus olhos. — Chame o Andriucha — disse ele de repente, e algo de tímido, infantil e incrédulo exprimiu-se no seu rosto ao fazer tal pedido. Ele mesmo parecia saber que o seu pedido não tinha razão de ser. Pelo menos, assim pareceu à princesa Mária.

— Recebi uma carta dele — respondeu a princesa Mária.

Com surpresa e timidez, o pai a fitou.

— Onde ele está?

— Está no Exército, *mon père*, em Smolensk.

O pai ficou muito tempo em silêncio, de olhos fechados; em seguida balançou a cabeça afirmativamente, como que respondendo à sua dúvida e confirmando que agora compreendia tudo e se lembrara de tudo, e abriu os olhos.

— Sim — disse ele com clareza e em voz baixa. — A Rússia está perdida! Eles a destruíram! — E soluçou de novo, e lágrimas correram dos seus olhos. A princesa Mária não conseguiu mais se conter e chorou também, olhando para o rosto dele.

O velho príncipe fechou os olhos outra vez. Seus soluços cessaram. Fez um sinal com a mão e com os olhos; e Tíkhon, que tinha entendido, enxugou suas lágrimas.

Depois ele abriu os olhos e falou algo que, durante muito tempo, ninguém conseguia compreender, mas por fim apenas Tíkhon entendeu e reproduziu. A princesa Mária procurou o sentido das suas palavras com base no estado de ânimo em que o pai havia falado um minuto antes. Achava ora que estava falando da Rússia, ora do príncipe Andrei, ou dela, ou do neto, ou da própria morte. E com isso não conseguia adivinhar o sentido das palavras do pai.

— Vista o seu vestido branco, eu gosto muito dele — disse o pai.

Ao compreender tais palavras, a princesa Mária começou a soluçar mais alto ainda, e o médico, tomando-a pelo braço, conduziu-a para a varanda, fora do quarto, persuadindo a princesa Mária a se acalmar e a cuidar dos preparativos da viagem. Assim que a princesa Mária deixou o quarto do velho príncipe, ele começou de novo a falar do filho, da guerra, do soberano, contraiu as sobrancelhas com irritação, passou a erguer a voz rouca e sofreu um segundo e último ataque.

A princesa Mária estava na varanda. O dia estava clareando, fazia sol e calor. Ela não conseguia compreender nada, pensar nada, nem sentir nada, senão o seu amor apaixonado pelo pai, amor que, era essa a sua impressão, ela mesma desconhecia até aquele momento. Saiu para o jardim e, soluçando, correu rumo ao lago, pelas veredas de tílias jovens, plantadas pelo príncipe Andrei.

— Sim... *eu*... *eu*... *eu*... *eu*. Eu desejava a morte dele. Sim, eu desejava que terminasse logo... *Eu* quis ficar tranquila... Mas o que vai ser de mim? O que vou fazer da minha tranquilidade, quando ele não existir mais? — murmurava a princesa Mária enquanto caminhava pelo jardim a passos ligeiros e apertava as mãos no peito, do qual irrompiam soluços convulsivos. Depois de dar uma volta completa no jardim, o que a levou de novo para a casa, viu que vinham ao seu encontro Mlle Bourienne (que havia ficado em Bogutchárovo e não queria sair de lá) e um homem desconhecido. Era o decano da nobreza do distrito, que viera em pessoa falar com a princesa para reforçar que era imprescindível partir o mais cedo possível. A princesa Mária ouvia e não entendia; levou-o para dentro de casa, convidou-o para almoçar e sentou-se em companhia dele. Depois, pedindo desculpas ao decano da nobreza, seguiu na direção da porta do quarto do pai. O médico, com o rosto perturbado, saiu ao seu encontro e disse que não podia entrar.

— Saia, princesa, saia, saia!

A princesa Mária voltou para o jardim, foi ao pé do morro e junto ao lago, num lugar onde ninguém podia vê-la, sentou-se na grama. Não soube quanto tempo ficou ali. Os passos de uma mulher que corria pela vereda obrigaram-na a voltar a si. Levantou-se e viu que Duniacha, sua criada de quarto, que obviamente andava afobada à sua procura, parou de repente, como que assustada com o aspecto da patroa.

— Por favor, princesa... o príncipe... — disse Duniacha, com a voz entrecortada.

— Já vou, já vou, estou indo — pôs-se a falar a princesa às pressas, sem dar tempo para que Duniacha terminasse de falar o que tinha a dizer e, esforçando-se para não olhar para Duniacha, correu na direção da casa.

— Princesa, está se cumprindo a vontade de Deus, a senhora deve estar preparada para tudo — disse o decano da nobreza, que a encontrou na porta de entrada.

— Deixe-me. Não é verdade! — gritou ela, em tom rancoroso. O médico quis detê-la. Ela o empurrou e correu na direção da porta. "Para que essas pessoas de rostos assustados ficam barrando o meu caminho? Não preciso de ninguém! E além do mais o que elas estão fazendo aqui?" Abriu a porta, e a clara luz do dia naquele quarto antes em penumbra horrorizou-a. No quarto estavam mulheres e a babá. Todos se afastaram da cama, abrindo caminho para ela. O príncipe estava deitado como antes; mas o ar severo do seu rosto sereno deteve a princesa Mária no limiar do quarto.

"Não, ele não morreu, não pode ser!", disse a princesa Mária consigo, aproximou-se e, superando o horror que a dominara, apertou os lábios contra a face do pai. Mas na mesma hora recuou. Toda a força da ternura por ele, que ela experimentava dentro de si, desapareceu num instante e foi substituída por um sentimento de horror pelo que estava na sua frente. "Não, não é mais ele! Não é ele, só que no mesmo lugar em que ele estava há uma coisa alheia e hostil, um mistério terrível, horroroso e repugnante..." E, depois de cobrir o rosto com as mãos, a princesa Mária caiu nos braços do médico, que a amparou.

Na presença de Tíkhon e do médico, as mulheres lavaram o que tinha sido ele, amarraram a cabeça com um lenço para a mandíbula não endurecer de boca aberta e, com outro lenço, prenderam as pernas que haviam se separado. Depois vestiram-no com o uniforme e as medalhas e colocaram sobre a mesa o pequeno corpo ressequido. Só Deus sabe quem cuidou daquilo, e quando, mas tudo se fez como que por si mesmo. À noite, velas ardiam em redor do caixão, havia uma mortalha por cima do caixão, foram espalhadas folhinhas de zimbro pelo chão, embaixo da ressequida cabeça do defunto foi colocada uma oração impressa e, num canto, o sacristão lia o livro dos Salmos.

Assim como os cavalos empinam, resfolegam e se aglomeram junto a um cavalo morto, ali na sala, em torno do caixão, aglomeraram-se de repente pessoas de casa e de fora — o decano da nobreza, o estaroste, camponesas, todos de olhos fixos e assustados, faziam o sinal da cruz, curvavam-se e beijavam a mão fria e enrijecida do velho príncipe.

IX

Até o príncipe Andrei se instalar ali, Bogutchárovo sempre fora uma propriedade abandonada pelos seus senhores, e os mujiques de Bogutchárovo tinham um caráter de todo distinto dos mujiques de Montes Calvos. Diferenciavam-se pela fala, pela roupa e pelo temperamento. Eram chamados de gente da estepe. O velho príncipe elogiava-os por sua resistência no trabalho, quando vinham ajudar na colheita em Montes Calvos ou escavar fossos e canais, mas não gostava deles e de sua selvageria.

A última estada do príncipe Andrei em Bogutchárovo, com as suas inovações — hospitais, escolas e um tributo mais leve —, não suavizou o temperamento dos mujiques, ao contrário, reforçou neles os traços de caráter que o velho príncipe chamava de selvageria. Entre eles, sempre corriam boatos obscuros, ora diziam que todos seriam alistados à força nos regimentos de cossacos, ora falavam de uma nova religião à qual seriam obrigados a se converter, outras vezes falavam de uns folhetos do tsar, ou de um juramento feito pelo tsar Pável Petróvitch em 1797 (sobre o qual diziam que o tsar lhes dera a liberdade, mas os senhores de terras o impediram), ou então diziam que Piotr Fiódorovitch voltaria a reinar dali a sete anos e que todos seriam livres,[23] e a vida ficaria tão simples que não haveria mais com que se preocupar. Boatos sobre a guerra de Bonaparte e a sua invasão fundiam-se, para eles, com ideias obscuras de Anticristo, fim do mundo e liberdade pura.

Nos arredores de Bogutchárovo, existiam aldeias grandes, pertencentes ao Estado e também aos senhores de terras a quem os camponeses pagavam tributo. Os senhores de terras que residiam naquela localidade eram muito poucos; os servos domésticos e os servos alfabetizados eram também muito poucos e, na vida dos camponeses da localidade, eram mais visíveis e mais fortes do que na de outros camponeses as misteriosas correntezas da vida popular russa, cujas causas e significados são inexplicáveis para os contemporâneos. Um de tais fenômenos foi o movimento ocorrido entre os camponeses da região, dez anos antes, voltado a uma migração em massa rumo a certos rios quentes. Centenas de camponeses, entre eles os de Bogutchárovo, resolveram de repente vender todo o seu gado e partiram com as famílias para algum lugar no sudeste. Assim como as aves voam para algum lugar do outro lado do oceano, aquelas pessoas precipitaram-se, com as esposas e os filhos, para um local no sudeste aonde nenhuma delas jamais tinha ido. Formaram caravanas, compravam sua liberdade individualmente ou fugiam e tomavam aquele caminho, seguiam para lá, para os rios quentes. Muitos foram castigados, mandados para a Sibéria, muitos morreram de fome e de frio no caminho, muitos voltaram por conta própria, e o movimento foi acabando por si mesmo, sem uma causa aparente, assim como havia começado. Mas as correntezas submersas não pararam de fluir no interior daquele povo e acumulavam uma força nova, que havia de se manifestar de novo, da mesma forma estranha, inesperada, e ao mesmo tempo simples, natural e vigorosa. Agora, no ano de 1812, para um homem que vivesse próximo do povo, era visível que aquelas correntezas submersas estavam em intensa movimentação e prestes a se manifestar.

Alpátitch, que tinha chegado a Bogutchárovo pouco tempo antes da morte do velho príncipe, notou que havia uma agitação entre o povo e que, ao contrário do que estava acontecendo na região de Montes Calvos, onde num raio de sessenta

---

23 Referência ao tsares Paulo I (1796-1801) e Pedro III (1728-62), este deposto em 1762 por uma conspiração palaciana que levou ao trono Catarina II.

verstas todos os camponeses estavam indo embora (deixando para trás suas aldeias para que os cossacos as destruíssem), na região da estepe, em Bogutchárovo, os camponeses, pelo que se dizia, mantinham contato com os franceses, recebiam certos folhetos que corriam entre eles e continuavam em suas casas. Alpátitch, por meio de criados domésticos dedicados a ele, soube que o mujique Karp, que tinha viajado durante dias numa carroça do Estado e que exercia grande influência na comuna de camponeses, tinha voltado com a notícia de que os cossacos destruíam as aldeias abandonadas por seus habitantes, ao passo que os franceses nem tocavam nelas. Alpátitch soube que outro mujique, no dia anterior, tinha trazido da aldeia de Visloúkhovo — ocupada pelos franceses — um documento de um general francês no qual se declarava aos habitantes que nenhum mal seria feito a eles e que tudo o que fosse tomado seria pago, caso permanecessem em suas aldeias. Como prova daquilo, o mujique trouxe de Visloúkhovo cem rublos em cédulas (o mujique não sabia que eram falsas), dados a ele em troca de feno.

Por fim, e era o mais importante, Alpátitch soube que, no mesmo dia em que havia ordenado ao estaroste que atrelasse as carroças a fim de transportar de Bogutchárovo a bagagem da princesa, tinha havido pela manhã uma assembleia na aldeia, na qual ficara resolvido que não iriam se retirar, e sim esperar. Entretanto não havia tempo a perder. No dia da morte do príncipe, 15 de agosto, o decano da nobreza insistiu com a princesa Mária que ela devia partir naquele mesmo dia, pois se tornara perigoso continuar ali. Disse que, depois do dia 16, ele não se responsabilizaria mais. No mesmo dia da morte do príncipe, ele partiu no fim da tarde, mas prometeu voltar para o enterro no dia seguinte. Porém no dia seguinte ele não pôde vir, pois, segundo as notícias que havia recebido, os franceses tinham se deslocado inesperadamente, e ele só teve tempo para despachar da sua propriedade a família e todos os seus bens de valor.

Fazia mais ou menos trinta anos que o estaroste Dron, a quem o velho príncipe chamava de Drónuchka, administrava Bogutchárovo.

Dron era um desses mujiques vigorosos de corpo e de espírito que, tão logo ficam um pouco mais velhos, deixam crescer a barba e, sem mudar em nada, vivem até os sessenta, setenta anos, sem nenhum cabelo grisalho e com todos os dentes na boca, tão eretos e fortes aos sessenta anos como eram aos trinta.

Dron, logo depois da migração rumo aos rios quentes, da qual participara como tantos outros, fora escolhido estaroste e burgomestre em Bogutchárovo, e desde então, por vinte e três anos, cumprira essa função de forma impecável. Os mujiques tinham mais medo dele do que do patrão. Os senhores, tanto o velho príncipe como o novo, e o administrador o respeitavam e, de brincadeira, chamavam-no de ministro. Durante todo o tempo em que exerceu suas funções, nenhuma vez Dron se embriagou nem ficou doente; nunca, nem depois de uma noite sem dormir, nem depois de trabalho nenhum, demonstrava o menor cansaço e, embora analfabeto, nunca errava nenhuma conta do dinheiro e do peso da farinha, que ele vendia em enormes carregamentos, e não deixava de contar nenhuma das medas de cereal em todas as *dessiatinas* dos campos de Bogutchárovo.

Foi esse Dron que Alpátitch, ao chegar dos campos devastados de Montes Calvos, chamou para conversar no dia do enterro do príncipe e lhe ordenou que preparasse doze cavalos para as carruagens da princesa e dezoito carroças para os objetos que tinham de ser removidos de Bogutchárovo. Embora os mujiques pagassem tributo ao senhor de terras, o cumprimento daquela ordem não podia encontrar obstáculos, na opinião de Alpátitch, porque em Bogutchárovo havia duzentos e trinta casais de camponeses, e os mujiques eram prósperos. Mas o estaroste Dron, depois de ouvir a ordem, baixou os olhos em silêncio. Alpátitch lhe deu o nome dos mujiques que ele conhecia e que podiam trazer as carroças.

Dron respondeu que os cavalos daqueles mujiques estavam transportando outras cargas. Alpátitch deu o nome de outros mujiques, mas esses não tinham cavalos disponíveis; segundo Dron uns estavam sendo usados em carroças do governo, outros estavam fracos, e outros ainda tinham perecido por falta de comida. Na opinião de Dron, era quase impossível conseguir cavalos não só para as carroças, como também para as carruagens.

Alpátitch fitou Dron atentamente e franziu as sobrancelhas. Assim como Dron era um estaroste e mujique exemplar, também não era à toa que Alpátitch administrava as propriedades do príncipe havia vinte anos e era um administrador exemplar. Tinha um faro apuradíssimo para entender as necessidades e os instintos do povo com quem lidava e por isso era um administrador excelente. Lançou um olhar para Dron e na mesma hora compreendeu que as suas respostas não eram a expressão do pensamento de Dron, mas a expressão do estado de ânimo geral da comuna camponesa de Bogutchárovo, que já havia dominado o estaroste. Porém, ao mesmo tempo, sabia que Dron, que havia enriquecido com suas manobras e era odiado pela comuna, devia estar hesitando entre dois partidos — o dos camponeses e o dos patrões. Notava aquela hesitação no seu olhar e por isso Alpátitch, de sobrancelhas franzidas, chegou ainda mais perto de Dron.

— Drónuchka, escute aqui! — disse. — Não fique me enrolando. Sua alteza o príncipe Andrei Nikolaitch me ordenou remover todo o povo daqui e não ficar com o inimigo, e há também uma ordem do tsar para fazer isso. Então quem ficar é traidor do tsar. Está ouvindo?

— Sim, senhor — respondeu Dron, sem levantar os olhos.

Alpátitch não se satisfez com essa resposta.

— Ah, Dron, assim vamos mal! — disse Alpátitch, depois de balançar a cabeça.

— O senhor é que manda! — disse Dron com tristeza.

— Ah, Dron, deixe de conversa! — retrucou Alpátitch, retirou a mão que estava enfiada embaixo do casaco, na altura do peito, e com um gesto imponente apontou para o chão debaixo dos pés de Dron. — Eu não só enxergo por dentro de você, como vejo também embaixo de você, até três *archins* de profundidade — disse, olhando para o chão debaixo dos pés de Dron.

Dron ficou embaraçado, lançou um olhar fugaz para Alpátitch e de novo baixou os olhos.

— Deixe de besteira e vá avisar as pessoas que se preparem para deixar suas casas e partir para Moscou e para amanhã de manhã prepararem as carroças para as bagagens da princesa, e você trate de não ir a nenhuma assembleia. Ouviu bem?

De repente, Dron jogou-se aos seus pés.

— Iákov Alpátitch, me demita! Tome as chaves de mim, me demita, pelo amor de Cristo.

— Deixe disso! — respondeu Alpátitch em tom severo. — Eu enxergo até três *archins* abaixo de você — repetiu, sabendo que a sua competência para criar abelhas, o seu conhecimento da hora certa para semear a aveia, bem como o fato de ter sido capaz de agradar ao velho príncipe durante vinte anos haviam lhe trazido, desde muito tempo, a fama de bruxo e que a capacidade de enxergar até três *archins* debaixo dos pés de uma pessoa era um dom atribuído aos bruxos.

Dron levantou-se e quis dizer algo, mas Alpátitch interrompeu-o:

— O que é que vocês meteram na cabeça agora? Hein?... O que é que andam pensando? Hein?

— O que posso fazer com essa gente? — disse Dron. — Andam de cabeça virada. Eu bem que digo para eles...

— É o que eu estava dizendo — disse Alpátitch. — Andam bebendo, não é? — perguntou de modo sucinto.

— Andam com a cabeça virada, Iákov Alpátitch: já pegaram mais um barril.

— Escute aqui. Eu vou falar com o chefe da polícia e você vá avisar a eles que é melhor deixar de bobagem, e que as carroças fiquem prontas.

— Sim, senhor — respondeu Dron.

Iákov Alpátitch não insistiu mais. Governava aquele povo havia muito tempo e sabia que a maneira mais importante para ser obedecido era não mostrar desconfiança de que as pessoas poderiam não obedecer. Depois de obter de Dron um submisso "Sim, senhor", Iákov Alpátitch contentou-se com isso, embora não só desconfiasse, como estivesse quase convencido de que as carroças não seriam cedidas sem a ajuda de forças militares.

E de fato, ao anoitecer, as carroças não tinham aparecido. Na taberna da aldeia houve outra assembleia, e ficou resolvido levar os cavalos para a floresta e não ceder as carroças. Sem contar nada disso à princesa, Alpátitch mandou retirar a sua própria bagagem das carroças que vieram de Montes Calvos e atrelar aqueles cavalos nas carruagens da princesa, enquanto ele ia falar com as autoridades.

X

Depois do enterro do pai, a princesa Mária ficou trancada no quarto e não deixava ninguém entrar. Uma criada chegou até a porta para avisar que Alpátitch tinha vindo perguntar quais as ordens para a partida. (Isso foi ainda antes da conversa de Alpátitch com Dron.) A princesa Mária ergueu-se do sofá onde estava deitada e, através da porta trancada, falou que não iria a lugar nenhum, nunca mais, e pediu que a deixassem em paz.

As janelas do quarto em que a princesa Mária estava deitada davam para os fundos. Ela estava deitada num sofá voltado para a parede e, remexendo nos botões da almofada de couro, só via aquela almofada, e seus pensamentos confusos concentravam-se numa só coisa: ela pensava no caráter irremediável da morte e na sua baixeza de espírito, que até então ela desconhecia e que se manifestou na ocasião da enfermidade do pai. Ela queria rezar, mas não se atrevia; no estado de espírito em que se encontrava, ela não se atrevia a dirigir-se a Deus. Ficou deitada por muito tempo nessa situação.

O sol passou para o outro lado da casa e, com os raios oblíquos do fim da tarde nas janelas abertas, iluminava o quarto e uma parte da almofada de marroquim para a qual a princesa Mária estava olhando. O fluxo dos seus pensamentos cessou de repente. De modo mecânico, ela se pôs sentada, ajeitou o cabelo, ficou de pé e foi até a janela, aspirando sem querer a friagem da tarde clara, mas ventosa.

"Sim, agora você está admirando confortavelmente o fim de tarde! Mas ele não, e ninguém vai incomodar você", disse para si mesma e, afundando o corpo numa cadeira, deixou a cabeça tombar sobre o peitoril da janela.

Alguém com voz terna e suave chamou-a do lado do jardim e lhe deu um beijo na cabeça. Ela virou-se. Era Mlle Bourienne, num vestido preto com fitas de luto. Aproximou-se delicadamente da princesa Mária, beijou-a com um suspiro e no mesmo instante começou a chorar. A princesa Mária voltou-se para ela. Todos os atritos de antes, os ciúmes dela, voltaram à memória da princesa Mária; voltou também à sua memória a maneira como o pai ultimamente havia mudado em relação a Mlle Bourienne, não suportava vê-la e portanto eram injustas as acusações que a princesa Mária fazia no seu íntimo contra ela. "Sim, e eu, e eu que desejei a morte dele posso por acaso condenar quem quer que seja?", pensou.

A princesa Mária imaginou de modo bem vivo a situação de Mlle Bourienne, que ultimamente se mantinha distante da sua companhia, mas ao mesmo tempo dependia dela, e morava na casa de estranhos. E a princesa teve pena de Mlle Bourienne. Fitou-a de modo dócil e interrogativo e lhe estendeu a mão. Mlle Bourienne na mesma hora começou a chorar, pôs-se a beijar a sua mão e a falar da infelicidade que se abatera sobre a princesa, mostrando-se parceira da mesma infelicidade. Falou que o seu consolo era que a princesa permitia compartilhar a sua infelicidade com ela. Disse que todos os mal-entendidos de antes tinham de ser eliminados em face de uma infelicidade maior, disse que se sentia pura perante todos e que *ele* estava vendo de lá o seu amor e a sua gratidão. A princesa escutou-a sem entender nenhuma palavra, mas de vez em quando lançava um olhar para ela e escutava os sons da sua voz.

— A situação da senhora é duplamente horrível, querida princesa — disse Mlle Bourienne, depois de ficar um momento calada. — Compreendo que a senhora não pôde nem pode pensar em si; mas eu, com o meu amor pela senhora, sou obrigada a fazer isso... Alpátitch esteve com a senhora? Falou com a senhora sobre a partida? — perguntou.

A princesa Mária não respondeu. Não compreendia quem devia partir, nem para onde. "Será possível tomar alguma providência agora, pensar em alguma coisa? Será que não é tudo indiferente?" Ela não respondeu.

— A senhora sabe, não é, *chère Marie* — disse Mlle Bourienne —, sabe que estamos em perigo, que estamos cercadas pelos franceses; viajar agora é perigoso. Se formos embora, é quase certo que seremos feitas prisioneiras, e só Deus sabe...

A princesa Mária olhou para a amiga, sem entender o que ela estava dizendo.

— Ah, se alguém soubesse como agora para mim tudo, tudo é indiferente — disse ela. — Claro, eu não gostaria, por nada neste mundo, de ficar longe *dele*... Alpátitch me disse alguma coisa sobre a partida... Vá conversar com ele, eu não consigo fazer nada, nem quero...

— Eu estava falando com ele. Tem esperança de que possamos partir amanhã; mas acho que o melhor, agora, seria ficar aqui — disse Mlle Bourienne. — Porque, admita, *chère Marie*, cair nas mãos dos soldados ou de mujiques rebelados, na estrada, seria horrível. — Mlle Bourienne tirou da bolsinha uma proclamação do general francês Rameau, num papel diferente, fabricado fora da Rússia, para que os habitantes não deixassem suas casas pois as autoridades francesas lhes concederiam a devida proteção, e entregou-a para a princesa Mária.

— Acho que o melhor é dirigir-se a esse general — disse Mlle Bourienne —, e estou convencida de que a senhora receberá o devido respeito.

A princesa Mária leu o documento, e soluços secos começaram a repuxar o seu rosto.

— Por intermédio de quem a senhora recebeu isto? — perguntou.

— Na certa souberam que sou francesa, pelo nome — respondeu Mlle Bourienne, ruborizando-se.

Com o documento na mão, a princesa Mária levantou-se da cadeira perto da janela e, com o rosto pálido, saiu do quarto e seguiu rumo ao antigo escritório do príncipe Andrei.

— Duniacha, mande chamar o Alpátitch, o Drónuchka, qualquer um — disse a princesa Mária —, e diga a Amali Karlovna que não fale comigo — acrescentou, ao ouvir a voz de Mlle Bourienne. — Vamos, depressa! Vá logo! — disse a princesa Mária, horrorizada com a ideia de que podia ficar sob o poder dos franceses.

"Se o príncipe Andrei soubesse que ela está sob o poder de franceses! Que ela, a filha do príncipe Nikolai Andreitch Bolkónski, pediu ao senhor general Rameau que lhe desse a sua proteção e tirou proveito dos favores dele!" Tal pensamento deixou a princesa horrorizada, obrigou-a a estremecer, corar e sentir um acesso de rancor e de orgulho como nunca havia experimentado. Tudo aquilo que pouco antes era penoso e sobretudo ofensivo na sua situação surgiu diante de seus olhos de modo muito vivo. "Eles, os franceses, vão se instalar nesta casa; o senhor general Rameau vai ocupar o escritório do príncipe Andrei; por diversão, vão remexer e ler suas cartas e seus escritos. *Mademoiselle Bourienne lui fera les honneurs*[24] de Bogutchárovo. Vão me dar um quarto por caridade; os soldados vão destroçar a sepultura ainda recente do meu pai para arrancar suas medalhas; virão me contar as vitórias sobre os russos, hipocritamente vão mostrar compaixão pelo meu sofrimento...", pensava a princesa Mária, não com os próprios pensamentos, mas sentindo-se obrigada a pensar com os pensamentos do pai e do irmão. Para ela, pessoalmente, não tinha mais a menor importância onde ia ficar e o que aconteceria com ela; mas ao mesmo tempo sentia-se uma representante do falecido pai e do príncipe Andrei. Não podia deixar de pensar com os pensamentos deles e sentir com os sentimentos deles. O que eles diriam, o que eles fariam agora, era o que ela também sentia que era preciso fazer. Foi para o escritório do príncipe Andrei e, fazendo força para imbuir-se dos pensamentos do irmão, refletiu sobre a sua própria situação.

As exigências da vida, que ela julgava abolidas com a morte do pai, de repen-

---

24 Francês: "lhe fará as honras".

te, e com uma força nova, ainda desconhecida, ergueram-se diante da princesa Mária e a dominaram.

Agitada, vermelha, ela andava pelo cômodo, exigindo que viessem ter com ela ora Alpátitch, ora Mikhail Ivánovitch, ora Tíkhon, ora Dron. Duniacha, a babá e todas as criadas não sabiam de modo algum dizer até que ponto era verdadeiro o que Mlle Bourienne tinha afirmado. Alpátitch não estava em casa: tinha ido procurar as autoridades policiais. Convocado, o arquiteto Mikhail Ivánitch apareceu diante da princesa Mária com olhos meio sonolentos e nada lhe pôde dizer. Respondeu às perguntas da princesa Mária exatamente com o mesmo sorriso de concordância com que, havia quinze anos, estava habituado a responder às interpelações do velho príncipe sem nunca exprimir a própria opinião, portanto foi impossível extrair qualquer coisa de preciso de suas respostas. Convocado, o velho camareiro Tíkhon, de cabeça baixa e rosto abatido, trazendo estampada a marca de um sofrimento incurável, respondeu "Sim, senhora" a todas as perguntas da princesa Mária e mal conseguia conter os soluços, enquanto olhava para ela.

Por fim, entrou no escritório o estaroste Dron e, depois de fazer uma reverência até o chão diante da princesa, ficou parado junto à ombreira da porta.

A princesa Mária atravessou o cômodo e se deteve diante dele.

— Drónuchka — disse a princesa Mária, vendo nele um amigo seguro, o mesmo Drónuchka que, de todas as suas viagens anuais à feira de Viazma, trazia sempre para ela um pão de mel especial, que lhe dava com um sorriso. — Drónuchka, agora, depois do nosso infortúnio — começou ela, e calou-se, sem forças para continuar.

— Tudo está nas mãos de Deus — disse ele, com um suspiro. Os dois ficaram em silêncio por um momento.

— Drónuchka, não sei para onde foi o Alpátitch, não tenho com quem falar. Estão me dizendo a verdade quando afirmam que não posso ir embora?

— Por que não pode ir, vossa excelência? Pode ir, sim — respondeu Dron.

— Disseram-me que é perigoso por causa do inimigo. Meu caro, não posso nada, não entendo nada, não tenho ninguém. Quero ir a todo custo, hoje à noite ou amanhã bem cedo. — Dron ficou calado. Lançou um olhar de esguelha para a princesa Mária.

— Não tem cavalos — disse. — Já falei para o Iákov Alpátitch.

— Por que não? — perguntou a princesa.

— É a vontade de Deus — disse Dron. — Todos os cavalos que havia, o Exército pegou, e os outros morreram, pois é, este ano vai mal. E nem é hora de alimentar os cavalos, quando a gente mesmo luta para não morrer de fome! Tem gente há três dias sem comer. Eles não têm mais nada, estão arruinados.

A princesa Mária escutava com atenção o que ele lhe dizia.

— Os mujiques estão arruinados? Não têm o que comer? — perguntou.

— Estão morrendo de fome — respondeu Dron. — A questão não são as carroças...

— Mas por que você não me disse, Drónuchka? Será que não se pode ajudar? Farei tudo o que puder... — Para a princesa Mária, era estranho pensar que agora, naquele momento em que tamanho desgosto dominava a sua alma, pudessem existir pessoas ricas e pobres, que os ricos pudessem ficar sem ajudar os pobres. De modo vago, tinha ouvido falar que sempre armazenavam o cereal dos senhores e que às vezes davam esse cereal para os mujiques. Também tinha ouvido dizer que nem o pai nem o irmão recusariam o que fosse necessário aos mujiques; ela apenas receava cometer algum engano nas palavras que diria sobre a distribuição para os mujiques do cereal que ela queria ceder. A princesa ficou contente por se apresentar o pretexto de uma tarefa que lhe permitia esquecer o seu sofrimento, sem envergonhar-se disso. Passou a perguntar a Drónuchka os detalhes das necessidades dos mujiques e se havia cereais dos senhores em Bogutchárovo.

— Mas, afinal, não temos os cereais dos senhores, do meu irmão? — perguntou ela.

— O cereal dos senhores está intacto — disse Dron, com orgulho. — O nosso príncipe não deu ordem para vender.

— Distribua para os mujiques, dê tudo o que precisarem: em nome do meu irmão, eu autorizo — disse a princesa Mária. Dron nada respondeu e deu um suspiro profundo. — Distribua para eles o cereal, se for o suficiente. Distribua tudo. Eu lhe ordeno em nome do meu irmão, e diga para eles que... que o que é nosso é deles também. Não vamos poupar nada para ajudá-los. Diga isso.

Dron olhou fixamente para a princesa enquanto ela falava.

— Me demita, mãezinha, pelo amor de Deus, mande tomarem as chaves de mim — disse Dron. — Trabalhei vinte e três anos, sem fazer nada de mau; me demita, pelo amor de Deus.

A princesa Mária não entendeu o que Dron queria dela e por que pedia para ser demitido. Ela respondeu que nunca havia duvidado da dedicação de Dron e que estava pronta a fazer tudo, para ele e para os mujiques.

XI

Uma hora depois, Duniacha veio avisar a princesa que Dron tinha chegado e que todos os mujiques, por ordem da princesa, estavam reunidos no celeiro para falar com a patroa.

— Mas eu não chamei os mujiques — disse a princesa Mária. — Eu só disse para o Dron que lhes desse os cereais.

— Então, pelo amor de Deus, cara princesa, mande expulsar todos eles e não vá falar com eles. Tudo isso é só uma fraude — disse Duniacha —, e quando Iákov Alpátitch chegar nós vamos embora... E a senhora não permita...

— Que fraude? — perguntou a princesa, com espanto.

— Bem, eu não sei, mas escute o que estou falando, pelo amor de Deus. Pergunte só para a babá. Dizem que não aceitam partir, como a senhora ordenou.

— Você não sabe o que está dizendo. Pois eu nunca dei ordens para partir... — disse a princesa Mária. — Vá chamar o Drónuchka.

Dron veio e confirmou as palavras de Duniacha: os mujiques tinham vindo por ordem da princesa.

— Mas eu não chamei os mujiques — respondeu a princesa. — Você não lhes transmitiu corretamente as minhas palavras. Tudo o que eu disse foi para dar os cereais para eles.

Dron, sem responder, suspirou.

— Se a senhora ordenar, eles vão embora.

— Não, não, eu vou falar com eles — disse a princesa Mária.

Apesar dos protestos da babá e de Duniacha, a princesa Mária saiu para a varanda. Dron, Duniacha, a babá e Mikhail Ivánitch foram atrás dela.

"Sem dúvida estão pensando que estou oferecendo os cereais para que fiquem em suas casas, enquanto eu mesma vou embora, deixando todos sob a tirania dos franceses", pensava a princesa Mária. "Vou lhes prometer cotas mensais de alimento e abrigo na nossa propriedade nos arredores de Moscou; estou convencida de que *André* faria ainda mais por eles, se estivesse em meu lugar", pensou enquanto, na penumbra, se aproximava da multidão que estava no pasto junto ao celeiro.

A multidão espremida começou a se agitar, e todos, rapidamente, tiraram o chapéu. A princesa Mária, de olhos baixos e com as pernas tropeçando no vestido, aproximou-se depressa. Eram tão variados os olhos velhos e jovens voltados para ela, e eram tão diferentes os rostos que a princesa Mária não via nenhum rosto e, sentindo necessidade de falar de uma vez com todos eles, não sabia como agir. Mas novamente a consciência de que era a representante do pai e do irmão lhe deu forças e, com audácia, começou o seu discurso.

— Estou muito contente que vocês tenham vindo — começou a princesa Mária, sem erguer os olhos e sentindo que seu coração batia forte e acelerado. — Drónuchka me disse que a guerra deixou vocês na ruína. Essa infelicidade é nossa, de todos, e não vou poupar nada para ajudar vocês. Eu mesma vou partir, porque é perigoso ficar aqui e o inimigo está perto... porque... Eu darei tudo para vocês, meus amigos, e peço que peguem tudo, todo o nosso cereal, para que não passem mais necessidade. E se disserem para vocês que estou dando os cereais para que fiquem aqui, isso não é verdade. Ao contrário, peço a vocês que partam com todos os seus bens para a nossa propriedade nos arredores de Moscou, e lá eu vou acolher vocês e prometo que não vão passar necessidade. Vocês receberão casa e comida.

A princesa parou. Na multidão, só se ouvia a respiração.

— Não faço isso por mim — prosseguiu a princesa —, faço isso em nome do meu falecido pai, que era o seu bom senhor, e pelo meu irmão, e pelo filho dele.

Parou de novo. Ninguém interrompeu o seu silêncio.

— A infelicidade é nossa, de todos, e vamos dividir tudo meio a meio. Tudo o que é meu é também de vocês — disse ela, voltando o olhar para os rostos que estavam na sua frente.

Todos os olhos a fitavam com a mesma expressão, cujo sentido ela não conseguia entender. Podia ser curiosidade, devoção, gratidão ou medo e incredulidade, mas a expressão em todos os rostos era idêntica.

— Estamos muito satisfeitos com a bondade da senhora, só que não dá para a gente ficar com o cereal do patrão — disse uma voz no fundo.

— Por quê? — perguntou a princesa.

Ninguém respondeu, e a princesa Mária, correndo os olhos pela multidão, notou que agora todos os olhos que ela encontrava imediatamente baixavam.

— Por que não querem? — perguntou de novo. Ninguém respondeu.

A princesa Mária sentiu-se incomodada com aquele silêncio; tentou captar algum olhar.

— Por que não falam? — voltou-se a princesa para um velho de pé na sua frente, apoiado numa bengala. — Fale, vamos, você acha que precisam de mais alguma coisa? Eu farei tudo — disse, depois de captar o seu olhar. Mas o velho, como se tivesse ficado zangado com aquilo, baixou completamente a cabeça e falou:

— Por que temos de concordar, se não precisamos de cereal?

— Para que a gente tem de abandonar tudo? A gente não concorda, não concorda... Não aceita. A gente lamenta por você, mas não concorda. Vá embora sozinha... — irromperam vozes na multidão, de vários lados. E de novo todos os rostos da multidão mostraram a mesma expressão, que agora certamente já não era uma expressão de curiosidade e de gratidão, mas de uma firmeza rancorosa.

— Mas sem dúvida vocês não estão entendendo — disse a princesa Mária com um sorriso tristonho. — Por que não querem partir? Prometo acomodar vocês, dar comida. E aqui o inimigo vai arruinar vocês...

Mas a voz dela foi abafada pelas vozes da multidão.

— A gente não aceita, se eles vão arruinar a gente, deixe que arruínem! A gente não vai pegar o seu cereal, a gente não aceita!

A princesa Mária tentou captar de novo o olhar de alguém da multidão, mas nenhum olhar estava voltado para ela; pelo visto, os olhos se esquivavam. A princesa Mária começou a se sentir estranha e confusa.

— Vejam só, ela aprendeu bem a lição, ir atrás dela para os trabalhos forçados! Levar a casa à ruína e ainda ter de trabalhar para pagar as dívidas. Essa não! E ainda diz: eu vou dar os cereais! — soaram vozes na multidão.

A princesa Mária, de cabeça baixa, saiu do círculo e foi para a casa. Depois de repetir para Dron a ordem de preparar os cavalos para a partida na manhã seguinte, retirou-se para o quarto e ficou sozinha com seus pensamentos.

XII

Naquela noite, a princesa Mária ficou muito tempo junto à janela aberta, no seu quarto, escutando os sons das vozes dos mujiques, que chegavam da aldeia até lá, mas não estava pensando neles. Sentia que, por mais que pensasse nos mujiques, não conseguiria compreendê-los. Pensava só numa coisa — na sua infelicidade, que agora, depois da pausa causada pelos afazeres urgentes, já se tornara para ela algo do passado. Agora já conseguia lembrar, conseguia chorar e conseguia rezar. Desde o pôr do sol, o vento havia amainado. A noite estava tranquila e fresca. À meia-noite, as vozes começaram a silenciar, um galo cantou, a lua cheia começou a subir por trás das tílias, uma fresca nuvem de orvalho se erguia, e a quietude reinava sobre a aldeia e a casa senhorial.

Cenas do passado recente se apresentaram, uma após a outra, no seu pensamento — a doença e os últimos minutos do pai. E com uma alegria tristonha ela agora se detinha naquelas imagens, rechaçando com horror apenas a última imagem da morte do pai, que — a princesa sentia — ela não tinha forças para contemplar nem na sua imaginação, naquela hora misteriosa e quieta da noite. E as cenas se apresentaram para ela com tal clareza e com tantos detalhes que ora lhe pareciam ser o presente, ora o passado, ora o futuro.

E outras vezes se apresentava a ela o momento em que o pai tivera o ataque e o trouxeram do jardim de Montes Calvos, carregado nos braços, e ele balbuciava algo com a língua fraca, contraía as sobrancelhas grisalhas e olhava para ela com ar tímido e inquieto.

"Já então ele queria me dizer aquilo que me disse no dia da sua morte", pensou a princesa Mária. "Ele sempre pensava aquilo que me disse." E ela recordava, com todos os pormenores, a noite em Montes Calvos, na véspera do ataque, quando a princesa Mária, pressentindo uma desgraça, permaneceu junto ao pai, mesmo contra a vontade dele. A princesa não dormiu naquela noite, desceu a escada na ponta dos pés, foi até a porta do jardim de inverno, onde o pai estava passando aquela noite, ficou escutando a voz dele. Dizia algo para Tíkhon, com uma voz cansada, esgotada. Pelo visto, estava com vontade de falar. "Mas por que ele não me chamou? Por que não chamou a mim, em vez do Tíkhon?", pensou a princesa Mária naquele momento, e agora também. "Agora ele já não poderá mais revelar para ninguém tudo aquilo que tem na alma. Nunca mais voltará, nem para ele, nem para mim, o momento em que ele diria tudo o que desejava exprimir, não para Tíkhon, e sim para mim, que o ouviria e o compreenderia. Por que não entrei no quarto, naquela hora?", pensou a princesa. "Quem sabe ele me diria o que disse no dia da sua morte. Afinal, naquela conversa com Tíkhon, ele perguntou por mim duas vezes. Queria me ver, mas eu fiquei atrás da porta. Para ele era triste, penoso, falar com Tíkhon, que não o compreendia. Lembro que falou com Tíkhon sobre Liza como se ela estivesse viva... esqueceu que ela havia morrido, Tíkhon lembrou-lhe que ela já não existia mais, e ele pôs-se a gritar: 'Imbecil'. Era penoso para ele. Eu fiquei atrás da porta e escutei como ele jazia na cama roncando e de vez em quando gritava: 'Meu Deus!'. Por que eu não entrei nessa hora? O que ele podia fazer comigo? O que eu tinha a perder? Quem sabe ele teria se consolado se me dissesse aquela palavra?" E a princesa Mária, em voz alta, pronunciou a palavra que o pai lhe dissera no dia da morte. "Que-ri-da!", repetiu a princesa Mária, e desatou a chorar com lágrimas que aliviavam a alma. Revia agora na sua frente o rosto do pai. Não o rosto que ela conhecia havia muito tempo, tal como se lembrava e via sempre de longe; mas o rosto tímido e fraco que, no último dia, inclinada na direção da boca do pai para poder ouvir o que dizia, ela observara de perto pela primeira vez, com todas as rugas e detalhes.

"Querida", repetira ele.

"O que ele estava pensando quando falou essa palavra? O que está pensando agora?", veio-lhe a pergunta de repente, e em resposta a princesa o avistou na sua frente com a mesma expressão que tinha no rosto quando estava no caixão, com a cabeça amarrada por um lenço branco. E o horror que a dominou, quando tocou de leve no pai e se convenceu de que aquilo não só não era ele como era algo misterioso e repulsivo, dominou-a também agora. A princesa quis pensar em outra coisa, quis rezar, mas não conseguia fazer nada. De olhos muito abertos, contemplava a luz da lua e as sombras, esperava a cada instante avistar o rosto morto do pai e tinha a sensação de que o silêncio que pairava sobre a casa e dentro da casa a mantinha acorrentada.

— Duniacha! — sussurrou a princesa. — Duniacha! — soltou um grito com voz descontrolada e, desvencilhando-se do silêncio, correu rumo ao quarto das servas, ao encontro da babá e das criadas, que já vinham correndo em sua direção.

XIII

No dia 17 de agosto, Rostóv e Ilin, acompanhados apenas por Lavruchka, que voltara do cativeiro entre os franceses, e por um ordenança hussardo do seu acampamento em Iánkovo, situado a quinze verstas de Bogutchárovo, foram dar um passeio a cavalo — para experimentar o cavalo novo comprado por Ilin e para verificar se não havia feno nas aldeias.

Nos últimos três dias, Bogutchárovo ficara entre dois exércitos inimigos, portanto, ir até lá era tão fácil para a retaguarda russa quanto para a vanguarda francesa, e por isso Rostóv, como comandante encarregado de um esquadrão, desejava tirar proveito das provisões que houvessem restado em Bogutchárovo antes que os franceses o fizessem.

Rostóv e Ilin estavam no mesmo estado de ânimo alegre. A caminho de Bogutchárovo, propriedade principesca com uma grande casa senhorial, onde esperavam encontrar uma vasta criadagem e jovens servas bonitinhas, eles ora indagavam Lavruchka a respeito de Napoleão e riam de seus relatos, ora saíam a galope a fim de testar o cavalo de Ilin.

Rostóv não sabia nem imaginava que a aldeia para onde estava indo era propriedade do mesmo Bolkónski que tinha sido noivo da sua irmã.

Na encosta que ia dar em Bogutchárovo, Rostóv e Ilin apostaram uma corrida pela última vez em seus cavalos, e Rostóv, como havia ultrapassado Ilin, chegou primeiro à rua da aldeia de Bogutchárovo.

— Você chegou primeiro — disse Ilin, todo vermelho.

— Sim, sempre na frente, tanto no prado como aqui — respondeu Rostóv, enquanto afagava o seu cavalo do Don, que espumava.

— Mas eu, aqui no meu francês, vossa excelência — disse Lavruchka, mais atrás, chamando de francês o seu pangaré de carga —, podia ter passado à frente, só que não quis humilhar.

A passo lento, aproximaram-se do celeiro, onde havia uma grande multidão de mujiques.

Alguns tiraram o chapéu, e outros, sem tirar o chapéu, observavam os recém-chegados. Dois mujiques velhos e altos, de rosto enrugado e barba rala, saíram da taverna sorrindo, e balançando-se e cantarolando uma canção incoerente, aproximaram-se dos oficiais.

— Que bravos rapazes! — disse Rostóv, rindo. — E então, têm feno?

— Iguaizinhos um ao outro... — comentou Ilin.

— Uma conve... ee... eer... sa ale... legre... — cantavam os mujiques, com sorrisos felizes.

Um mujique saiu da multidão e aproximou-se de Rostóv.

— Vocês são de que lado? — perguntou.

— Franceses — respondeu Ilin, rindo. — Veja, este aqui é o próprio Napoleão — disse, apontando para Lavruchka.

— Quer dizer que são russos, então? — perguntou de novo.

— E tem muitas tropas com vocês aqui? — perguntou um outro mujique baixinho, aproximando-se.

— Muitas, muitas — respondeu Rostóv. — E o que vocês estão fazendo aqui reunidos? — acrescentou. — Por acaso é dia de festa?

— Os velhos se reuniram para resolver um assunto da gente mesmo — respondeu o mujique e afastou-se.

Naquele momento, na estrada que vinha da casa senhorial, apareceram duas mulheres e um homem de chapéu branco, que caminhavam na direção dos oficiais.

— A de rosa é minha, trate de ficar afastado! — disse Ilin, ao avistar Duniacha, que caminhava resoluta na sua direção.

— Será nossa! — disse Lavruchka e piscou o olho para Ilin.

— O que deseja, minha beldade? — perguntou Ilin, sorrindo.

— A princesa mandou perguntar qual é o regimento e o nome dos senhores.

— Este é o conde Rostóv, comandante do esquadrão, e eu sou o humilde servo da senhora.

— Con... ve... er... sa! — cantarolava o mujique embriagado, sorrindo feliz e olhando para Ilin, que conversava com a jovem criada. Atrás de Duniacha, Alpátitch veio ao encontro de Rostóv e tirou o chapéu ainda quando estava longe.

— Permita que eu tome a liberdade, vossa excelência — disse Alpátitch com respeito, mas com relativo desdém pela juventude daquele oficial e mantendo a mão por baixo do casaco, na altura do peito. — A minha patroa, filha do general em chefe príncipe Nikolai Andréievitch Bolkónski, falecido no último dia 15, encontrando-se em apuros devido à ignorância dessa gente — apontou para os mujiques —, pede aos senhores que lhe concedam uma visita... Seria mais agradável... — disse Alpátitch com um sorriso triste — ... nos afastar um pouco... — Alpátitch apontou para os dois mujiques que insistiam em ficar em volta dele como moscas em volta de um cavalo.

— Ah!... Alpátitch... Hein? Iákov Alpátitch!... Puxa! Perdoe a gente, pelo amor de Deus. Ah!... — disseram os mujiques, sorrindo alegres. Rostóv observou os velhos embriagados e sorriu.

— Ou quem sabe isso divirta vossa excelência? — perguntou Iákov Alpátitch com um ar grave, apontando para os velhos, sem tirar a outra mão que estava enfiada embaixo do casaco, na altura do peito.

— Não, aqui não há muito com que se divertir — respondeu Rostóv e afastou-se. — O que está acontecendo? — perguntou.

— Atrevo-me a dizer a vossa excelência que o povo rude daqui não quer permitir que a senhora saia da propriedade e ameaça desatrelar os seus cavalos, de modo que a bagagem está pronta desde a manhã, mas sua alteza não pode partir.

— Não é possível! — exclamou Rostóv.

— Tenho a honra de informar ao senhor a pura verdade — repetiu Alpátitch.

Rostóv desmontou do cavalo, passou as rédeas para o seu ordenança e seguiu com Alpátitch rumo à casa, enquanto lhe perguntava sobre os detalhes da situação. Na realidade, a oferta de cereais que a princesa fizera na véspera para os mujiques, a sua conversa com Dron e as suas explicações na assembleia de mujiques complicaram de tal modo a situação que Dron devolveu as chaves em definitivo para a patroa, juntou-se aos mujiques e não apareceu para atender a exigência de Alpátitch, e, de manhã, quando a princesa mandou atrelar os cavalos para a partida, os mujiques vieram em grande multidão para o celeiro e mandaram dizer que não deixariam a princesa partir da aldeia, que havia uma ordem para ninguém ir embora e que iam desatrelar os cavalos. Alpátitch veio ao encontro deles a fim de chamá-los à razão, mas responderam (mais que todos, foi Karp quem falou; Dron não se destacou da multidão) que era impossível deixar a princesa ir embora, que havia uma ordem para isso e que, se a princesa aceitasse ficar, eles iriam servi-la como antes e lhe obedeceriam em tudo.

No momento em que Rostóv e Ilin estavam vindo a galope pela estrada, a princesa Mária, apesar dos protestos de Alpátitch, da babá e das criadas, tinha mandado atrelar os cavalos e queria partir; porém, ao ver os cavaleiros que se aproximavam a galope, os cocheiros fugiram, pensando que eram os franceses, e dentro de casa ressoou o pranto das mulheres.

— Paizinho! Pai querido! Foi Deus que mandou você — falaram vozes comovidas, na hora em que Rostóv passou pela entrada.

A princesa Mária, desamparada e sem forças, estava na sala, sentada, na hora em que trouxeram Rostóv à sua presença. A princesa não entendeu quem ele era, por que estava ali e o que ia acontecer com ela. Ao ver o rosto russo de Rostóv e ao notar, pelo seu modo de entrar e pelas primeiras palavras que disse, que era um homem do seu círculo social, a princesa observou-o com o seu olhar profundo e radioso e começou a falar com voz vacilante e trêmula de emoção. Imediatamente, Rostóv pressentiu algo de romântico naquele encontro. "Uma jovem indefesa, abatida pela dor, sozinha, abandonada à mercê de mujiques rudes e revoltados! E que destino estranho me conduziu até aqui!", pensou Rostóv, enquanto escutava e olhava para a princesa. "E que meiguice, que nobreza em seus traços e na sua expressão!", pensou, enquanto escutava o seu relato tímido.

Quando passou a falar sobre tudo o que havia ocorrido no dia seguinte ao enterro do pai, a voz dela começou a tremer. A princesa virou-se para o lado e depois, com receio de que Rostóv recebesse suas palavras como um desejo de despertar piedade, olhou para ele de modo interrogativo e assustado. Rostóv tinha lágrimas nos olhos. A princesa Mária percebeu isso e fitou Rostóv com gratidão e com o seu olhar radioso, que o fez esquecer a feiura do rosto dela.

— Não consigo exprimir, princesa, como estou feliz por ter vindo aqui, graças a um mero acaso, e me ponho inteiramente à sua disposição — disse Rostóv, levantando-se. — Tenha a bondade de partir, e asseguro à senhora pela minha honra que ninguém se atreverá a lhe fazer nada de ruim, caso a senhora me permita escoltá-la — e depois de curvar-se respeitosamente, como as pessoas se curvam diante das damas de sangue real, Rostóv seguiu para a porta.

Com a reverência da sua atitude, Rostóv pareceu demonstrar que, embora considerasse uma felicidade ter travado conhecimento com a princesa, não queria tirar proveito do seu momento de infelicidade para aproximar-se dela.

A princesa Mária entendeu e apreciou aquela atitude.

— Eu sou muito, muito grata ao senhor — disse a princesa em francês —, mas creio que tudo isso não passou de um mal-entendido e que ninguém tem culpa. — De repente, a princesa começou a chorar. — Desculpe — disse ela.

Rostóv, de sobrancelhas franzidas, curvou-se mais uma vez e retirou-se da sala.

XIV

— E então, é bonita? Ora, meu caro, a minha, a de rosa, é um encanto, e se chama Duniacha... — Mas, depois de olhar para a cara de Rostóv, Ilin calou-se. Viu que o seu herói e comandante se achava num estado de ânimo inteiramente distinto e numa outra ordem de pensamentos.

Rostóv virou-se para Ilin com ar zangado e, sem lhe responder, dirigiu-se para a aldeia a passos rápidos.

— Vou mostrar para eles, vou dar uma lição nesses bandidos! — falava consigo.

Alpátitch, em passos que voavam a trote, mas sem chegar a correr, conseguiu a custo alcançar Rostóv.

— Que decisão o senhor tomou? — perguntou, ao alcançá-lo.

Rostóv parou e, de punhos cerrados, com um repentino ar ameaçador, aproximou-se de Alpátitch.

— Decisão? Que decisão? Seu velho gagá! — gritou. — O que é que você está fazendo? Hein? Os mujiques se rebelam e você não consegue controlar, não é? Você mesmo é um traidor. Eu conheço vocês, vou arrancar o couro de todos... — E, como se receasse gastar à toa o estoque da sua veemência, deixou Alpátitch para trás e seguiu ligeiro adiante. Alpátitch, reprimindo o sentimento de ofensa, apressou-se a passos que voavam no encalço de Rostóv e continuou a lhe transmitir as suas considerações. Disse que os mujiques estavam obstinados, que naquele momento seria imprudente contrapor-se a eles sem contar com o apoio de forças militares, e que antes era melhor mandar vir alguns soldados.

— Vou mostrar para eles as forças militares... Eu vou me contrapor a eles — sentenciou Nikolai de forma insensata, arquejando com uma raiva bestial e absurda e com necessidade de dar vazão àquela raiva. Sem ter ideia do que ia fazer, de modo inconsciente, num passo ligeiro e resoluto, aproximou-se da multidão. Quanto mais perto, mais Alpátitch sentia que o ato impensado de Rostóv poderia produzir bons resultados. O mesmo sentiam os mujiques na multidão, que observavam o seu modo ligeiro e resoluto de andar, a firmeza do rosto e as sobrancelhas franzidas.

Depois que os hussardos entraram na aldeia e Rostóv foi ao encontro da princesa, ocorreu na multidão uma disputa importante. Alguns mujiques começaram a falar que os recém-chegados eram russos e que ficariam zangados com eles por não terem deixado a princesa partir. Dron era da mesma opinião; porém, assim que ele a declarou, Karp e outros mujiques atacaram o ex-estaroste.

— Quantos anos você se fartou de comer à custa da comuna de camponeses? — gritou Karp. — Para você, tanto faz! Vai encher o seu cofre até a boca e fugir. O que importa para você se a casa da gente fica em ruínas?

— Disseram que a gente devia ficar em ordem, que ninguém devia deixar sua casa nem tirar nenhum grão de nada... e pronto, acabou! — gritou outro.

— Era a vez do seu filho de ir para o Exército, mas você na certa teve pena do seu gorducho e alistou o meu Vanka no lugar dele — começou a falar depressa um velhinho miúdo, atacando Dron.

— Eh, no fim, todo mundo tem de morrer!

— Pois é, no fim todo mundo tem de morrer!

— Eu não sou contra a comuna — disse Dron.

— Não é contra não, encheu bem a sua pança!...

Os dois mujiques altos não paravam de falar. Assim que Rostóv, acompanhado por Ilin, Lavruchka e Alpátitch, aproximou-se da multidão, Karp, com os dedos enfiados no cinto, sorriu de leve e avançou. Dron, ao contrário, foi para as fileiras de trás, e a multidão se tornou mais compacta.

— Ei, quem é o estaroste de vocês? — gritou Rostóv, aproximando-se da multidão a passos rápidos.

— O estaroste? O que vocês querem?... — perguntou Karp.

Mas nem teve tempo de terminar de falar quando o seu chapéu voou da cabeça, que tombou para o lado, atingida por uma forte bofetada.

— Tirem o chapéu, traidores! — gritou a voz sanguínea de Rostóv. — Onde está o estaroste? — gritou com voz furiosa.

— O estaroste, chamem o estaroste... Dron Zakháritch, é o senhor — soaram aqui e ali vozes obedientes e apressadas, e os chapéus começaram a ser retirados das cabeças.

— A gente não está se revoltando, a gente está seguindo as ordens — exclamou Karp, e de repente algumas vozes mais atrás começaram a gritar, naquele instante:

— É como os velhos resolveram, tem gente demais dando ordem...

— Que conversa é essa?... Um motim!... Bandidos! Traidores! — desatou a berrar Rostóv com uma voz que não era a sua, enquanto agarrava Karp pela gola. — Amarrem este aqui, amarrem! — gritou, embora não houvesse ninguém para amarrá-lo, senão Lavruchka e Alpátitch.

Lavruchka, porém, correu na direção de Karp e amarrou seus braços pelas costas.

— Vai mandar chamar os nossos homens que estão do outro lado do morro? — gritou ele.

Alpátitch voltou-se para os mujiques, chamou dois deles pelo nome e mandou amarrar Karp. Os mujiques deixaram obedientes a multidão e começaram a tirar os cintos.

— Onde está o estaroste? — gritou Rostóv.

Dron, com o rosto franzido e pálido, destacou-se da multidão.

— Você é o estaroste? Lavruchka, amarre! — gritou Rostóv, como se aquela ordem não pudesse encontrar nenhum obstáculo. E de fato outros dois mujiques puseram-se a amarrar Dron, que, como que para ajudá-los, tirou o próprio cinto e o deu para eles.

— E vocês todos me escutem bem — Rostóv voltou-se para os mujiques. — Vão já para suas casas, e não quero ouvir mais nem um pio.

— Mas a gente não fez mal nenhum a ninguém. Foi assim, só uma bobagem da gente. Uma maluquice que deu na gente... Eu bem que avisei que não estava direito — ouviram-se vozes que se censuravam mutuamente.

— Eu bem que falei para vocês, minha gente — disse Alpátitch, retomando sua autoridade. — Não está certo, minha gente!

— Bobagem nossa, Iákov Alpátitch — responderam as vozes, e a multidão logo começou a se dispersar e a se espalhar pela aldeia.

Levaram os dois mujiques amarrados para o pátio da casa senhorial. Os dois mujiques embriagados foram atrás.

— Eh, olha só a cara dele! — disse um, voltado para Karp.

— Imagina se a gente pode falar com os patrões desse jeito! O que você estava pensando?

— Burro — confirmou o outro. — É burro mesmo!

Duas horas depois, as carroças estavam no pátio da casa senhorial de Bogutchárovo. Os mujiques agiram com presteza, colocaram nas carroças as bagagens dos senhores, e Dron, que a pedido da princesa Mária tinha sido solto do armário onde o haviam trancado, estava no pátio e controlava os mujiques.

— Não coloque isso de mau jeito — disse um dos mujiques, um homem alto, de rosto redondo e sorridente, tomando uma arca das mãos de uma servente. — Afinal, isto também custa dinheiro. Como é que pode jogar assim de qualquer jeito ou amarrar com uma corda... ela vai estragar. Assim eu não gosto. Para que tudo fique direito, tem de ser conforme a regra. Olhe aqui, é assim, a gente põe por baixo um pano de aniagem e depois cobre com palha, olha só, direitinho. É assim que eu gosto!

— Nossa, olha só os livros, quanto livro — disse outro mujique, que tinha trazido as estantes da biblioteca da princesa Mária. — Não puxa assim! Que coisa grande, gente, que livros bons!

— É, ficaram escrevendo mesmo, não perderam tempo passeando por aí! — disse o mujique alto, de cara redonda, depois de piscar o olho, e apontou para os grossos dicionários que estavam por cima.

Rostóv, como não desejava forçar a sua aproximação com a princesa, não foi ao encontro dela, ficou na aldeia esperando a sua partida. Depois que as carruagens da princesa Mária partiram, Rostóv montou no seu cavalo e acompanhou-a até a estrada ocupada pelas tropas russas, a doze verstas de Bogutchárovo. Em Iánkovo, na estalagem, Rostóv despediu-se dela respeitosamente e pela primeira vez se permitiu beijar a sua mão.

— Não diga isso, senhora — respondeu, ruborizando-se, para a princesa Mária, que havia expressado gratidão pela sua salvação (como ela classificou o ato de Rostóv) —, qualquer comissário de polícia teria feito o mesmo. Se só tivéssemos de travar guerra contra os mujiques, não teríamos deixado o inimigo chegar tão longe — disse Rostóv, que ficou envergonhado por algum motivo e tentou mudar de assunto. — Estou feliz por ter tido a chance de conhecer a senhora. Adeus, princesa, desejo a sua felicidade e o seu consolo, e desejo também poder um dia encontrar a senhora em condições mais felizes. Se não quer me deixar ruborizado, por favor, não agradeça.

Mas a princesa, se não agradeceu mais com palavras, agradeceu com toda a expressão do seu rosto radiante de gratidão e de ternura. Ela não podia acreditar que não tinha por que agradecer a ele. Ao contrário, para a princesa não havia dúvida de que, se não fosse Rostóv, certamente ela estaria perdida, ou na mão dos rebelados, ou na mão dos franceses; que *ele*, a fim de salvá-la, tinha se exposto a um perigo evidente e terrível; e havia menos dúvida ainda de que ele era um homem de espírito elevado e nobre, que soubera compreender a sua situação e a sua infelicidade. Os olhos bondosos e honestos de Rostóv, nos quais surgiram lágrimas no momento em que ela mesma havia começado a chorar ao lhe falar sobre a sua perda, não saíam do seu pensamento.

Quando se despediu dele e ficou sozinha, a princesa Mária de repente sentiu lágrimas nos olhos, e então, não pela primeira vez, lhe veio uma pergunta estranha: ela o amava ou não?

Mais adiante, na estrada para Moscou, apesar de a situação da princesa não ser nada alegre, Duniacha, que viajava na carruagem com ela, percebeu mais de uma vez que a princesa virava a cabeça para a janela e sorria de alguma coisa com ar alegre e tristonho.

"Pois bem, e se eu de fato me apaixonei por ele?", pensava a princesa Mária.

Por mais vergonhoso que fosse admitir para si mesma que, pela primeira vez, se apaixonara por um homem que talvez nunca viesse a amá-la, a princesa se consolava com o pensamento de que ninguém jamais saberia disso e que ela não estaria fazendo nada de condenável se até o fim da vida, sem falar a ninguém sobre o assunto, continuasse a amar o homem por quem havia se apaixonado pela primeira e última vez na vida.

Às vezes recordava o olhar de Rostóv, a sua solidariedade, as suas palavras, e lhe parecia que a felicidade não era impossível. E então Duniacha percebia que ela, sorrindo, olhava para a janela da carruagem.

"E ele tinha de vir a Bogutchárovo justamente naquele momento!", pensava a princesa Mária. "E a irmã dele tinha justamente de recusar a proposta de casamento do príncipe Andrei!"[25] E em tudo isso a princesa Mária via a vontade da Providência.

A impressão que a princesa Mária deixara em Rostóv era muito agradável. Quando se lembrava dela, sentia-se alegre e, quando os seus camaradas, ao saberem o que havia ocorrido em Bogutchárovo, começaram a brincar com ele dizendo que foi buscar feno e acabou achando uma das noivas mais ricas da Rússia,

---

25 Na tradição russa, a mulher não devia casar com o cunhado. Se o príncipe Andrei tivesse casado com Natacha Rostova, haveria um impedimento para a princesa Mária casar com Nikolai Rostóv.

Rostóv ficou irritado. E irritou-se justamente porque a ideia do casamento com a dócil princesa Mária, tão simpática aos seus olhos e dona de uma fortuna enorme, lhe viera à cabeça mais de uma vez, contra a sua vontade. Pessoalmente, ele não poderia almejar uma esposa melhor do que a princesa Mária: o casamento com ela faria a felicidade da condessa, sua mãe, e resolveria a difícil situação financeira do pai. Mas e Sônia? E a palavra que ele havia empenhado? E foi por isso que Rostóv se irritou, quando brincaram com ele a respeito da princesa Bolkónskaia.

XV

Depois de aceitar o comando geral dos exércitos, Kutúzov lembrou-se do príncipe Andrei e mandou-lhe uma ordem para se apresentar ao quartel-general.

O príncipe Andrei chegou a Tsárevo-Zaimiche no mesmo dia em que o conde Kutúzov passava em revista as tropas pela primeira vez. O príncipe Andrei instalou-se na aldeia, na casa do sacerdote, onde estava a carruagem do comandante em chefe, sentou-se num banco perto do portão, à espera do excelentíssimo, como todos agora chamavam Kutúzov. No campo atrás da aldeia, ouviam-se ora os sons de música militar, ora o rugido de uma enorme quantidade de vozes que gritavam "Hurra!" para o novo comandante em chefe. Logo adiante, perto do portão, a uns dez passos do príncipe Andrei, aproveitando-se da ausência do príncipe Kutúzov e do tempo excelente que estava fazendo, havia dois ordenanças, um mensageiro e um mordomo. Um pequeno tenente-coronel dos hussardos, moreno, de bigode e costeletas enormes, aproximou-se do portão, lançou um olhar para o príncipe Andrei e perguntou: o excelentíssimo não estava ali, ia demorar?

O príncipe Andrei respondeu que não fazia parte do Estado-Maior do excelentíssimo e também tinha acabado de chegar. O tenente-coronel dos hussardos voltou-se para o ordenança muito arrumado, e o ordenança do comandante em chefe lhe disse, com aquele desdém característico que os ordenanças dos comandantes em chefe usam ao falar com os oficiais:

— O quê, o excelentíssimo? Logo deve estar de volta. O que o senhor quer?

O tenente-coronel dos hussardos riu por trás dos bigodes por causa do tom de voz do ordenança, desmontou do cavalo, entregou-o para o ordenança e aproximou-se de Bolkónski, saudando-o com uma ligeira reverência. Bolkónski chegou um pouco para o lado, abrindo espaço no banco. O tenente-coronel dos hussardos sentou-se ao seu lado.

— Você também está esperando o comandante em chefe? — perguntou o tenente-coronel dos hussardos. — Dizem que é acessível a todos, graças a Deus.

Chega dessa desgraça desses alemães comedores de salsicha! Não foi à toa que Ermólov pediu para ser promovido a alemão! Agora talvez os russos também possam falar. Senão, só o diabo sabe o que eles iam acabar fazendo. Só sabem recuar e recuar. O senhor tomou parte na campanha? — perguntou.

— Tive o prazer — respondeu o príncipe Andrei — não só de participar da retirada como também de perder, nessa retirada, tudo o que tinha de caro, sem falar das propriedades e da casa paterna... e do meu pai, que morreu de desgosto. Sou de Smolensk.

— Ah?... O senhor é o príncipe Bolkónski? Muito prazer em conhecer; tenente-coronel Deníssov, mais conhecido como Vaska — disse Deníssov, apertando a mão do príncipe Andrei e fitando o rosto de Bolkónski com uma atenção especialmente simpática. — Sim, ouvi falar — disse com compaixão e, depois de um breve silêncio, prosseguiu: — Isto é uma guerra ao estilo dos citas. É tudo muito bonito, mas não para aqueles que têm de pagar o pato. Então o senhor é o príncipe Andrei Bolkónski? — Ele balançou a cabeça. — Estou muito contente, príncipe, muito contente de conhecê-lo — acrescentou de novo, com um sorriso triste e apertando a sua mão.

O príncipe Andrei conhecia Deníssov pelos relatos de Natacha sobre o seu primeiro pretendente. Aquela lembrança levou-o agora, de um modo doce, e ao mesmo tempo doloroso, rumo àqueles sentimentos penosos sobre os quais já fazia tempo que não pensava, mas que mesmo assim continuavam no seu espírito. Ultimamente ele experimentara impressões tão sérias e tão variadas, como a retirada de Smolensk, a visita a Montes Calvos, a notícia recente da morte do pai — ele provara tantas emoções que aquelas lembranças fazia tempo que não lhe vinham à mente e, quando vieram, nem de longe agiram sobre ele com a mesma força de antes. Também para Deníssov, as lembranças despertadas pelo nome de Bolkónski pertenciam a um passado remoto e poético, no qual, após o jantar e depois de ouvir Natacha cantar, sem que ele mesmo soubesse como, pedira em casamento aquela mocinha de quinze anos. Sorriu com as lembranças daquele tempo e do seu amor por Natacha, mas logo passou para aquilo que agora o preocupava de modo tão apaixonado e exclusivo. Tratava-se do plano de campanha que havia imaginado durante a retirada, quando esteve nos postos avançados do Exército. Apresentara o seu plano para Barclay de Tolly e agora tinha a intenção de apresentá-lo para Kutúzov. O plano tinha por base o fato de que a linha de operações dos franceses era extensa demais, e que portanto, em lugar de atacar os franceses pelo front — ou ao mesmo tempo que se fazia isso —, cortando o caminho dos franceses, era preciso atacar as suas linhas de comunicação. Passou a expor o seu plano para o príncipe Andrei.

— Eles não podem aguentar com uma linha tão grande. É impossível, e eu garanto que sou capaz de cortar essas linhas; basta me dar quinhentos homens que eu corto as linhas deles, é seguro! Só há um método: o da guerrilha.

Deníssov levantou-se e, gesticulando, explicava o seu plano para Bolkónski. No meio da sua explanação, ressoaram, vindo do lugar onde as tropas estavam perfiladas, os gritos dos soldados, agora mais incoerentes e mais espalhados, fundindo-se com as músicas e as canções. Na aldeia, soaram gritos e o tropel de cavalos.

— Lá vem ele — gritou um cossaco que estava no portão. — Está vindo!

Bolkónski e Deníssov foram até o portão onde estava um grupo de soldados (a guarda de honra) e avistaram Kutúzov, que vinha pela rua, montado num cavalo baio pequeno. Uma enorme comitiva de generais vinha atrás dele. Barclay vinha quase ao seu lado; uma multidão de oficiais corria atrás e em volta e gritava "Hurra!".

Seus ajudantes de ordens entraram no pátio a galope antes dele. Kutúzov, atiçando com impaciência o seu cavalo, que trotava com esforço sob o seu peso, e mexendo a cabeça sem parar, levava a mão ao gorro branco da guarda da cavalaria (com uma fita vermelha e sem viseira), que estava usando. Ao se aproximar da guarda de honra, formada por granadeiros garbosos, na maior parte condecorados, que lhe prestavam continência, ele os fitou em silêncio e com atenção durante um minuto, com o seu olhar tenaz de comandante, e voltou-se para a multidão de generais e oficiais que se achavam à sua volta. Seu rosto de repente tomou uma expressão de argúcia; encolheu os ombros num gesto de perplexidade.

— E com rapazes tão bravos só fizemos recuar e recuar! — disse ele. — Bem, até logo, general — acrescentou, e conduziu o cavalo para o portão, passando por Deníssov e pelo príncipe Andrei.

— Hurra! Hurra! Hurra! — gritaram atrás dele.

Desde a última vez que o príncipe Andrei o tinha visto, Kutúzov ficara ainda mais gordo, mais corpulento e untuoso. Mas o conhecido olho branco, a cicatriz, a expressão de cansaço no rosto e a sua figura eram os mesmos de antes. Vestia a sobrecasaca do uniforme (o chicote pendia a tiracolo, numa correia fina) e o gorro branco da guarda da cavalaria. Balançando-se e pesadamente esparramado, Kutúzov montava o seu cavalinho valente.

— Fiu... fiu... fiu... — assoviava ele baixinho, quase inaudível, quando entrou no pátio. Em seu rosto, exprimia-se a alegria da tranquilidade de um homem que tem a intenção de repousar, depois de uma cerimônia oficial. Tirou o pé esquerdo do estribo, inclinou o corpo inteiro e, franzindo o rosto por causa do esforço, passou a perna por cima da sela com dificuldade, dobrou o joelho, soltou um grasnido e baixou o corpo nos braços dos cossacos e ajudantes de ordens, que o ampararam.

Kutúzov ajeitou-se, olhou à sua volta com os olhos semicerrados e, ao enxergar de relance o príncipe Andrei e, pelo visto, sem o reconhecer, começou a andar rumo à varanda com o seu passo precipitado.

— Fiu... fiu... fiu... — assoviava ele e, de novo, olhou para o príncipe Andrei. A impressão do rosto do príncipe Andrei só depois de alguns segundos (como ocorre tantas vezes com os velhos) se ligou à lembrança da sua pessoa.

— Ah, bom dia, príncipe, bom dia, meu caro, vamos... — falou, cansado, olhando em volta, e subiu pesadamente na varanda, que rangia sob o seu peso. Desabotoou-se e sentou-se no banco que ficava na varanda.

— E o seu pai?

— Ontem recebi a notícia da morte dele — respondeu de modo brusco o príncipe Andrei.

Kutúzov, com os olhos arregalados e assustados, fitou o príncipe Andrei, depois tirou o gorro e fez o sinal da cruz: "Que ele esteja no Reino dos Céus! Que a vontade de Deus se cumpra em todos nós!". Suspirou pesadamente com todo o seu peito e ficou em silêncio. "Eu gostava dele, respeitava-o, e lhe transmito as minhas condolências mais sinceras." Abraçou o príncipe Andrei, apertou-o ao seu peito gordo e demorou muito tempo para soltá-lo. Quando o soltou, o príncipe Andrei viu que os lábios caídos de Kutúzov tremiam e que havia lágrimas em seus olhos. Kutúzov respirou fundo e segurou-se com as duas mãos no banco a fim de levantar-se.

— Vamos, venha comigo, vamos conversar — disse; mas naquele momento Deníssov, que se sentia tão pouco intimidado diante dos superiores como diante dos inimigos, e apesar de os ajudantes de ordens o conterem com sussurros irritados, subiu atrevidamente na varanda, batendo as esporas nos degraus. Kutúzov, com as mãos ainda apoiadas no banco, não pôde deixar de olhar para Deníssov. Este se apresentou, explicou que vinha para transmitir à sua excelência um assunto de grande importância para o bem da pátria. Kutúzov se pôs a fitar Deníssov com um olhar cansado e, com um gesto de enfado, depois de soltar as mãos e colocá-las sobre a barriga, repetiu: "Para o bem da pátria? Mas do que se trata? Diga". Deníssov ruborizou-se como uma menina (e como era estranho ver o rubor naquele rosto bigodudo, envelhecido e embriagado) e com ar atrevido passou a expor o seu plano de cortar as linhas de operação do inimigo entre Smolensk e Viazma. Deníssov morava naquela região e conhecia bem o lugar. Seu plano parecia inquestionavelmente bom, em especial pela força da convicção que havia em suas palavras. Kutúzov olhava para os próprios pés e de vez em quando olhava para o pátio de uma isbá vizinha, como se estivesse esperando algo desagradável que viria de lá. De fato, enquanto Deníssov falava, um general com uma pasta embaixo do braço veio da isbá para onde Kutúzov estava olhando.

— E então? — exclamou Kutúzov no meio da explanação de Deníssov. — Já está pronto?

— Pronto, vossa excelência — disse o general. Kutúzov balançou a cabeça como que dizendo: "Como um homem sozinho consegue fazer tudo isso?", e continuou a escutar Deníssov.

— Dou a palavra de honra de um oficial russo — disse Deníssov — que vou romper as linhas de comunicação de Napoleão.

— O intendente-chefe Kiril Andréievitch Deníssov é seu parente? — interrompeu-o Kutúzov.

— É meu tio, vossa excelência.

— Ah! Fomos amigos — disse Kutúzov, alegre. — Muito bem, muito bem, meu caro, fique aqui no Estado-Maior, amanhã vamos conversar. — Inclinou a cabeça para Deníssov, deu-lhe as costas e estendeu a mão para pegar os papéis que Konovnítsin lhe havia trazido.

— Vossa excelência não estaria mais confortável na parte interna da casa? — disse o general de serviço, com voz descontente. — É necessário examinar os planos e assinar alguns documentos. — Um ajudante de ordens que veio de dentro comunicou pela porta que os aposentos estavam prontos. Mas Kutúzov obviamente não queria entrar nos seus aposentos antes de estar livre de obrigações. Franziu as sobrancelhas...

— Não, mandem instalar uma mesinha aqui, meus caros, aqui eu vou examinar os planos — disse. — E, você, não vá embora — acrescentou, virando-se para o príncipe Andrei. O príncipe Andrei continuou na varanda, escutando o general de serviço.

Enquanto o general fazia o seu relatório, o príncipe Andrei ouvia o sussurro de uma voz feminina e o roçar de um vestido de seda por trás da porta de entrada. Algumas vezes, ao olhar naquela direção, ele percebeu atrás da porta uma mulher gorducha, vermelha e bonita, de vestido cor-de-rosa e um lenço de seda lilás na cabeça, com um prato na mão, que pelo visto esperava que o comandante em chefe entrasse. Um ajudante de ordens de Kutúzov explicou ao príncipe Andrei, num sussurro, que era a dona da casa, a esposa do sacerdote, que queria servir pão e sal para sua excelência. Seu marido recebera o excelentíssimo na igreja, com uma cruz, e ela estava em casa... "Muito bonitinha", acrescentou o ajudante de ordens com um sorriso. Kutúzov virou o rosto ao escutar aquelas palavras. Ouvia o relatório do general de serviço (seu tema principal era uma crítica da posição em Tsárevo-Zaimiche) da mesma forma como tinha ouvido Deníssov, da mesma forma como, sete anos antes, tinha ouvido a discussão no conselho de guerra de Austerlitz. Pelo visto, ele ouvia só porque tinha ouvidos, que não podiam deixar de ouvir, apesar de haver um chumaço de estopa enfiado num deles; mas era óbvio que nada daquilo que o general de serviço podia lhe dizer era capaz não só de despertar sua admiração ou seu interesse como também ele já sabia de antemão tudo aquilo que lhe diziam, e Kutúzov ouvia só porque era preciso escutar até o fim, assim como é preciso escutar até o fim uma prece cantada na igreja. Tudo o que Deníssov dissera era sensato e inteligente. O que o general de serviço disse era ainda mais sensato e mais inteligente, mas mesmo assim estava bem claro que Kutúzov desdenhava o conhecimento e a inteligência e sabia que o que iria resolver a questão era uma coisa muito diferente — algo que não dependia da inteligência e do conhecimento. O príncipe Andrei acompanhava com atenção a expressão do rosto do comandante em chefe e a única expressão que conseguiu identificar foi uma expressão de enfado, de curiosidade pelo significado do sussurro da mulher atrás da porta e de desejo de manter a compostura. Estava claro que Kutúzov desdenhava a inteligência e o saber, e até o sentimento patriótico que Deníssov havia manifestado, mas desdenhava não com inteligência, não com saber, não com sentimento (porque não tentava demonstrá-los), mas desdenhava com outra coisa. Ele os desdenhava com a sua velhice, com a sua experiência de vida. A única ordem que deu Kutúzov durante aquela reunião de trabalho referia-se às pilhagens praticadas pelas tropas russas. O general de serviço, no fim do seu relatório, ofereceu ao excelentíssimo um documento para ele assinar, sobre indenizações impostas a comandantes militares a pedido de um proprietário de terras que tivera a aveia verde ceifada pelos soldados.

Kutúzov estalou os lábios e balançou a cabeça, depois de ouvir o relato do caso.

— Para a fornalha... para o fogo! Eu lhe digo de uma vez por todas, meu caro — falou —, para o fogo com tudo isso. Deixem que ceifem o cereal e queimem a lenha à vontade. Não vou ordenar nem permitir que façam isso, mas também não posso exigir uma indenização. É inevitável. Quando cortam lenha, as lascas voam. — Olhou mais uma vez para o documento. — Ah, o rigor alemão! — exclamou, balançando a cabeça.

XVI

— Muito bem, agora acabou — disse Kutúzov, assinando o último documento e, depois de levantar-se pesadamente e alisar as dobras do pescoço gordo e branco, dirigiu-se para a porta com o rosto mais alegre.

Com o sangue afluindo ao rosto, a esposa do sacerdote apanhou o prato, que, apesar de já estar preparado havia muito tempo, ela acabou não conseguindo apresentar na hora certa. E com uma reverência ofereceu-o para Kutúzov.

Os olhos de Kutúzov se contraíram; ele sorriu, segurou o queixo dela com a mão e disse:

— Como é bonita! Muito obrigado, minha cara! — Tirou do bolso da calça larga algumas moedas de ouro e colocou-as no prato para ela.

— E então, como andam as coisas? — perguntou Kutúzov, enquanto se encaminhava para o quarto indicado para ele. A esposa do sacerdote, sorrindo com covinhas no rosto vermelho, entrou atrás dele. O ajudante de ordens saiu para a varanda ao encontro do príncipe Andrei e convidou-o para o almoço; meia hora depois chamaram de novo o príncipe Andrei, para encontrar-se com Kutúzov. Kutúzov estava numa poltrona, com a mesma sobrecasaca desabotoada. Tinha na mão um livro francês e, ao ver entrar o príncipe Andrei, fechou-o, marcando a página com o cortador de papel. Era *Les Chevaliers du Cygne*, obra de Mme de Genlis,[26] como percebeu o príncipe Andrei pela capa.

— Vamos, sente-se, sente-se aqui, vamos conversar — disse Kutúzov. — É triste, muito triste. Mas lembre, meu amigo, que sou um pai para você, um outro pai...

O príncipe Andrei contou para Kutúzov tudo o que sabia sobre o falecimento do pai e também o que tinha visto em Montes Calvos, ao passar por lá.

— A que ponto... a que ponto eles nos levaram! — exclamou de repente Kutúzov com voz emocionada, obviamente vendo com clareza, pelo relato do príncipe Andrei, a situação em que estava a Rússia. — Vamos dar tempo ao tempo — acrescentou ele, com uma expressão malvada no rosto e, pelo visto, sem vontade de continuar aquela conversa, que o deixava transtornado, disse: — Chamei você para que fique junto a mim.

— Agradeço, vossa excelência — respondeu o príncipe Andrei —, mas receio que eu não me adapte mais ao serviço no Estado-Maior — respondeu com um sorriso que Kutúzov notou. Kutúzov observou-o com ar questionador. — E sobretudo — acrescentou o príncipe Andrei — estou habituado ao regimento, fiquei apegado aos oficiais, e os soldados, parece, também sentem o mesmo por mim. Seria penoso para mim deixar o regimento. Se estou recusando a honra de ficar ao lado do senhor, acredite...

Uma expressão inteligente, bondosa e ao mesmo tempo sutilmente irônica reluziu no rosto gorducho de Kutúzov. Ele interrompeu Bolkónski:

— É uma pena, eu estava precisando de você; mas tem razão, tem razão. Não é aqui que os soldados são necessários. Há sempre conselheiros de mais e soldados

26 *Os cavaleiros do cisne*, romance histórico sobre uma ordem de cavalaria do século XV, escrito pela francesa Félicité de Genlis. Ver tomo I, primeira parte, nota 102.

de menos. Os regimentos não seriam o que são se todos os conselheiros servissem lá nos regimentos, como você. Lembro-me de você em Austerlitz... Lembro, lembro, com uma bandeira — disse Kutúzov, e um vermelho alegre surgiu no rosto do príncipe Andrei, ao ouvir aquela lembrança. Kutúzov puxou-o pelo braço, ofereceu-lhe o rosto para beijar, e o príncipe Andrei viu de novo lágrimas nos olhos do velho. Embora o príncipe Andrei soubesse que Kutúzov chorava com facilidade e que agora o tratava com carinho e pena porque desejava mostrar compaixão com a sua perda, o príncipe Andrei sentiu-se alegre e lisonjeado com aquela recordação de Austerlitz.

— Vá com Deus, siga o seu caminho. Eu sei qual é o seu caminho: é o caminho da honra. — Calou-se um momento. — Lamentei não ter você ao meu lado em Bucareste: eu precisava enviar alguém. — E, mudando de assunto, Kutúzov começou a falar da guerra turca e do acordo de paz. — Fui muito criticado — disse Kutúzov —, por causa da guerra e também por causa da paz... Mas tudo veio na hora certa. *Tout vient à point à qui sait attendre.*[27] E lá não havia menos conselheiros do que aqui... — prosseguiu, voltando a falar dos conselheiros, que pelo visto o preocupavam. — Ah, conselheiros, conselheiros! — disse. — Se tivéssemos dado ouvidos a todos eles lá na Turquia, não teríamos assinado a paz e não teríamos posto um fim nessas guerras. Querem tudo depressa, mas o rápido acaba sendo mais demorado. Se Kamiénski não tivesse morrido, estaria perdido. Com trinta mil soldados, ele tomou fortalezas de assalto. Tomar uma fortaleza não é difícil, difícil é vencer uma campanha. E para isso não é preciso tomar de assalto e atacar, o que é preciso é *paciência e tempo*. Kamiénski mandou soldados para Ruchuk, mas eu só tinha isso (paciência e tempo) para mandar e desse jeito acabei tomando mais fortalezas do que Kamiénski e obriguei os turcos a comer carne de cavalo. — Balançou a cabeça. — E os franceses também vão fazer isso! Acredite na minha palavra — exclamou Kutúzov, exaltando-se, batendo no peito. — Vou pôr todos eles para comer carne de cavalo! — E de novo seus olhos ficaram brilhantes de lágrimas.

— No entanto, devemos travar combate? — perguntou o príncipe Andrei.

— Devemos, se todos quiserem isso, não se pode fazer nada... Mas, veja bem, meu caro: não existe nada mais forte do que estes dois soldados: *paciência e tempo*; eles fazem tudo, mas os conselheiros *n'entendent pas de cette oreille-là voilà le mal*. Uns querem, outros não querem. O que fazer? — perguntou, obviamente à espera de uma resposta. — Sim, o que é que você ordena? — repetiu, e seus olhos brilhavam com uma expressão profunda e inteligente. — Vou lhe dizer o que fazer

27 Francês: "Tudo vem na hora devida para quem sabe esperar".

— falou, uma vez que o príncipe Andrei nada respondeu. — Vou lhe dizer o que fazer e o que estou fazendo. *Dans le doute, mon cher* — calou-se por um momento —, *abstiens-toi*[28] — falou pausadamente. — Bem, adeus, amigo; lembre que compartilho com toda a alma a sua perda e que para você não sou o excelentíssimo, não sou o príncipe, nem o comandante em chefe, para você eu sou um pai. Se precisar de alguma coisa, fale diretamente comigo. Adeus, meu caro. — Abraçou-o de novo e beijou-o. E o príncipe Andrei ainda nem tivera tempo de sair pela porta quando Kutúzov, de modo tranquilizador, soltou um suspiro e tomou de novo nas mãos o romance de Mme de Genlis, *Les Chevaliers du Cygne*, que ele não tinha acabado de ler.

Como e por que aquilo havia ocorrido, o príncipe Andrei não conseguia explicar de forma alguma; porém, depois daquele encontro com Kutúzov ele voltou para o seu regimento tranquilizado a respeito do andamento geral da guerra e a respeito da pessoa incumbida de comandá-la. Quanto mais ele via a ausência de tudo o que era pessoal naquele velho, no qual restavam apenas, por assim dizer, os hábitos da paixão e no qual, em lugar da inteligência (agrupar os acontecimentos e extrair conclusões), restava apenas a capacidade de contemplação serena da marcha dos acontecimentos, tanto mais o príncipe Andrei se sentia tranquilo, pois tudo seria o que tinha de ser. "Ele não fará nada por si mesmo. Não vai inventar nada, não vai empreender nada", refletia o príncipe Andrei. "Mas vai escutar tudo, lembrar tudo, vai pôr tudo em seu lugar, não vai criar obstáculos para nada que for bom nem vai permitir nada prejudicial. Ele entende que existe algo mais forte e mais relevante do que a sua vontade — a marcha inevitável dos acontecimentos — e sabe ver os acontecimentos, sabe compreender o seu significado e, à luz desse significado, sabe eximir-se de tomar parte nos acontecimentos, sabe renunciar à sua vontade pessoal, direcionada para outra coisa. E acima de tudo", pensava o príncipe Andrei, "o que leva a gente a acreditar nele é que é russo, apesar do romance de Genlis e dos provérbios franceses; e que a sua voz tremeu, quando disse: 'A que ponto eles nos levaram!', e soluçou ao dizer que ia fazer os franceses 'comer carne de cavalo'." Esse mesmo sentimento, que todos experimentavam de modo mais ou menos confuso, estava na raiz da aprovação geral e unânime da escolha de Kutúzov para o posto de comandante em chefe, escolha que acompanhava a opinião popular e contrariava o ponto de vista dos cortesãos.

---

28 Francês: "Não pensam desse modo, esse é o problema [...] Na dúvida, meu caro [...] abstenha-se".

XVII

Depois que o soberano deixou Moscou, a vida da cidade voltou a correr da mesma forma habitual, e o fluxo daquela vida era tão rotineiro que era até difícil lembrar-se dos dias de entusiasmo patriótico e de exaltação, e era difícil acreditar que a Rússia estivesse de fato em perigo e que os membros do Clube Inglês fossem também filhos da pátria, prontos a fazer qualquer sacrifício por ela. A única coisa que fazia lembrar o ânimo patriótico generalizado que se manifestou durante a estada do soberano em Moscou era a exigência de contribuir com homens e dinheiro, contribuições que, assim que eram feitas, tomavam a forma de um documento legal, oficial, e pareciam inevitáveis.

Com a aproximação do inimigo de Moscou, a visão que os moscovitas tinham da própria situação não só não se tornava mais séria como, ao contrário, ficava ainda mais leviana, como sempre acontece com pessoas que veem a aproximação de um grande perigo. Em face da aproximação do perigo, sempre duas vozes falam com a mesma força no espírito do homem: uma voz, com total sensatez, diz para a pessoa refletir sobre os principais atributos do perigo e sobre os meios para livrar-se dele; a outra, mais sensata ainda, diz que é penoso e aflitivo demais ficar pensando no perigo, pois não está ao alcance do homem prever tudo e livrar-se da marcha geral dos acontecimentos, e que portanto é melhor dar as costas para o que é doloroso enquanto ele não chega e pensar no que é agradável. Na solidão, o homem segue em geral a primeira voz; em sociedade, ao contrário, obedece à segunda. Assim ocorria também agora com os habitantes de Moscou. Fazia tempo que em Moscou não se divertiam tanto como naquele ano.

Os folhetos de Rostoptchin, com desenhos que representavam uma taberna e mostravam um criado e um burguês moscovita chamado Karpuchka Tchigrin, "que, tendo ido para as milícias e bebido demais, ouviu dizer que Bonaparte queria ir para Moscou e irritou-se com isso, atacou todos os franceses com palavrões, saiu da taberna e, sob a imagem da águia, começou a falar para o povo que havia se reunido", eram lidos e discutidos da mesma forma que os últimos versos jocosos de Vassíli Lvóvitch Púchkin.[29]

No clube, numa sala de canto, reuniam-se para ler aqueles folhetos e muitos gostavam da maneira como Rostoptchin pilheriava com os franceses, dizendo que

---

29 Tolstói cita um trecho de um livreto popular, impresso em xilogravura e publicado em 1º de julho de 1812. A águia era o símbolo do império russo. Vassíli Lvóvitch Púchkin (1779-1830) era poeta e tio de Aleksandr Púchkin.

eles "vão inchar com os repolhos, vão se entupir de tanto comer *kacha*,[30] vão estourar com a sopa de repolho, todos eles são uns anões, e basta uma camponesa com um forcado para dar cabo de três franceses de uma vez só". Alguns não aprovavam esse tom e diziam que aquilo era vulgaridade e tolice. Comentava-se que Rostoptchin expulsara de Moscou os franceses e até mesmo todos os estrangeiros, que entre eles havia espiões e agentes de Napoleão; mas falavam isso, acima de tudo, para ter a chance de transmitir as palavras mordazes ditas por Rostoptchin na ocasião da partida dos estrangeiros. Levaram os estrangeiros de barco para Níjni, e Rostoptchin lhes disse: "*Rentrez en vous-même, entrez dans la barque et n'en faites pas une barque de Charon*".[31] Diziam que já haviam retirado de Moscou todas as repartições públicas e então acrescentavam a piada de Chinchin de que esse era o único motivo para Moscou sentir-se grata a Napoleão. Diziam que o regimento patrocinado por Mamónov custaria oitocentos mil rublos, que Bezúkhov tinha gastado ainda mais com os seus guerreiros, mas que o melhor de tudo no gesto de Bezúkhov era que ele próprio vestiria o uniforme e seguiria a cavalo à frente do regimento, e não cobraria ingresso para quem fosse vê-lo.

— Vocês não têm pena de ninguém — disse Julie Drubetskaia, enquanto juntava pedaços de pano para fazer ataduras e os apertava em seus dedos finos, cheios de anéis.

Julie estava se preparando para partir de Moscou no dia seguinte e dava uma festa de despedida.

— Bezúkhov *est ridicule*, mas é tão bondoso, tão gentil. Que prazer pode haver em ser tão *caustique*?[32]

— Multa! — disse um jovem em uniforme de gala, que Julie chamava de "*mon chevalier*"[33] e que iria junto com ela para Níjni.

Nas reuniões sociais da casa de Julie, assim como em diversas reuniões sociais de Moscou, estava estabelecido que só se devia falar em russo, e aqueles que se enganavam e diziam palavras francesas pagavam uma multa em benefício da comissão de donativos.

— Há ainda outro motivo de multa por galicismo — disse um escritor russo que estava no salão. — "Que prazer pode haver" não é russo.[34]

---

30 Mingau ou papa de aveia.

31 Francês: "Tenham juízo, entrem no barco e não o transformem numa barca de Caronte". Referência à barca que na mitologia grega leva as almas para o inferno.

32 Francês: "é ridículo [...] cáustico".

33 Francês: "meu cavaleiro".

34 Referência à construção afrancesada que o personagem usou ao falar em russo.

— Vocês não têm pena de ninguém — prosseguiu Julie para o miliciano, sem prestar atenção no comentário do escritor. — Sou culpada por dizer *caustique* — disse ela — e vou pagar, mas estou disposta a pagar de novo pelo prazer de lhe dizer a verdade; pelo galicismo, não sou responsável — dirigiu-se ao escritor. — Não tenho nem dinheiro nem tempo, como o príncipe Golítsin, para contratar um professor que me ensine a falar russo. Ah, aqui está ele — disse Julie. — *Quand on*... Não, não — voltou-se para o miliciano —, você não vai me pegar outra vez. Quando a gente fala do sol, logo vê os seus raios — disse a anfitriã, sorrindo, amável, para Pierre. — Acabamos de falar do senhor — disse Julie, com a desenvoltura da mentira peculiar às mulheres mundanas. — Dizíamos que o regimento do senhor certamente será melhor do que o de Mamónov.

— Ah, nem me falem do meu regimento — respondeu Pierre, beijando a mão da anfitriã e sentando-se ao seu lado. — Já me aborreci muito com isso!

— Certamente o senhor mesmo irá comandá-lo, não é? — perguntou Julie, enquanto trocava um olhar astuto e zombeteiro com o miliciano.

Na presença de Pierre, o miliciano já não se mostrava tão *caustique*, e o seu rosto exprimia perplexidade em relação ao que o sorriso de Julie significava. Apesar do seu ar distraído e bonachão, a personalidade de Pierre obstruía de imediato qualquer tentativa de gracejo em sua presença.

— Não — respondeu Pierre, rindo e lançando um olhar para o seu corpo grande e gordo. — É muito fácil os franceses acertarem em mim, além do mais receio que eu não consiga montar num cavalo...

Entre as pessoas escolhidas pelo grupo da casa de Julie como tema de conversa, estavam os Rostóv.

— Dizem que as finanças deles vão muito mal — disse Julie. — E ele, o próprio conde, é tão obtuso. Razumóvski queria comprar a sua casa e também a propriedade nos arredores de Moscou, mas a história está se arrastando. Ele está pedindo um valor muito alto.

— Não, parece que a venda vai se concretizar em poucos dias — disse alguém. — Embora seja uma loucura comprar qualquer coisa em Moscou, agora.

— Por quê? — perguntou Julie. — Por acaso o senhor acha que existe algum perigo para Moscou?

— Então por que a senhora está partindo?

— Eu? Mas que pergunta. Estou partindo porque... bem, porque todos estão indo embora, e além disso não sou Joana d'Arc, nem uma amazona.

— Está bem, está bem, me dê mais panos para ataduras.

— Se ele souber conduzir a negociação, vai conseguir pagar todas as dívidas — prosseguiu o miliciano, a respeito de Rostóv.

— Um velho simpático, mas muito *pauvre sire*.[35] E por que estão morando aqui há tanto tempo? Faz tempo que ele queria ir para o campo. Nathalie, ao que parece, está bem de saúde agora, não é? — perguntou Julie para Pierre com um sorriso astuto.

— Estão esperando o filho caçula — disse Pierre. — Ele entrou para o regimento de cossacos de Obolénski e seguiu para Biélaia Tsérkov. Lá estão formando o regimento. Agora eles o transferiram para o meu regimento e esperam sua chegada a qualquer momento. Faz tempo que o conde quer partir, mas a condessa não aceita de forma alguma ir embora de Moscou enquanto o filho não chegar.

— Eu os vi anteontem na casa dos Arkhárov. Nathalie está bonita e alegre de novo. Cantou uma romança. Como tudo passa com facilidade para certas pessoas!

— O que é que passa? — Pierre não pôde deixar de perguntar. Julie deu um sorriso.

— O senhor sabe, conde, que cavaleiros como o senhor só existem nos romances de Madame de Souza.

— Como assim cavaleiro? Por quê? — perguntou Pierre, ruborizado.

— Ora, vamos, querido conde, *c'est la fable de tout Moscou. Je vous admire, ma parole d'honneur*.[36]

— Multa! Multa! — disse o miliciano.

— Ora, está certo. Nem se pode mais falar, que maçante!

— *Qu'est-ce qui est la fable de tout Moscou?*[37] — perguntou Pierre zangado, levantando.

— Ora, vamos, conde. O senhor sabe!

— Não sei nada — disse Pierre.

— Eu sei que o senhor e Nathalie eram amigos, e portanto... Não, eu sempre fui amiga de Vera. *Cette chère Véra!*[38]

— *Non, madame* — prosseguiu Pierre num tom insatisfeito. — Não tomei para mim em absoluto o papel de cavaleiro protetor dos Rostóv, e já faz quase um mês que não vou à casa deles. Mas não entendo a crueldade...

— *Qui s'excuse... s'accuse*[39] — disse Julie, sorrindo e balançando os retalhos de pano, e para ficar com a última palavra, no mesmo instante mudou de assunto. — Mas que coisa eu soube hoje: a pobre *Marie* Bolkónskaia chegou ontem a Moscou. Vocês souberam que ela perdeu o pai?

---

35 Francês: "desamparado".

36 Francês: "é a história do momento em toda a Moscou. Palavra de honra, o senhor me espanta".

37 Francês: "Qual é a história do momento de toda a Moscou?".

38 Francês: "A querida Vera!".

39 Francês: "Quem se desculpa... se acusa".

— Não é possível! Onde ela está? Eu gostaria muito de vê-la — disse Pierre.

— Ontem à noite estive com ela. Hoje ou amanhã de manhã, ela e o sobrinho vão partir para os arredores de Moscou.

— Mas como ela está? — perguntou Pierre.

— Vai bem, está triste. Mas sabe quem foi que a salvou? É um verdadeiro romance. *Nicolas* Rostóv. Ela estava cercada, queriam matá-la, ela foi agredida pela gente da sua propriedade. Rostóv interveio com bravura e salvou-a...

— Mais um romance — disse o miliciano. — Com certeza, essa debandada geral foi inventada para casar todas as noivas velhas. Primeiro *Catiche* e agora a princesa Bolkónskaia.

— O senhor sabe que eu penso de fato que ela está *un petit peu amoureuse du jeune homme*.[40]

— Multa! Multa! Multa!

— Mas como é que se diz isso em russo?...

XVIII

Quando Pierre voltou para casa, deram-lhe dois folhetos de Rostoptchin trazidos naquele mesmo dia.

No primeiro dizia-se que o boato de que o conde Rostoptchin havia proibido que a população saísse de Moscou era falso e que, ao contrário, o conde Rostoptchin estava contente porque as senhoras nobres e as esposas dos comerciantes estavam indo embora de Moscou. "Haverá menos medo e menos mexericos", dizia o folheto, "mas garanto com a minha vida que o malfeitor não entrará em Moscou." Tais palavras deixaram claro para Pierre, pela primeira vez, que os franceses entrariam em Moscou. No segundo folheto dizia-se que o nosso quartel-general estava em Viazma, que o conde Wittgenstein havia vencido os franceses e que, como muitos habitantes de Moscou desejavam pegar em armas, havia armas à disposição para eles no arsenal: sabres, pistolas, fuzis, que os habitantes podiam comprar por um preço baixo. O tom do folheto já não era de gracejo, como eram os diálogos de Tchigrin nos folhetos anteriores. Pierre refletiu sobre aqueles folhetos. Era evidente que a terrível nuvem de tempestade que ele havia invocado com todas as forças da alma e que ao mesmo tempo suscitava nele um horror involuntário — era evidente que aquela nuvem se aproximava.

---

40 Francês: "um pouquinho enamorada do jovem".

"Devo entrar no serviço militar e me alistar no Exército ou devo esperar?", Pierre fez a si mesmo a pergunta pela centésima vez. Pegou um baralho que estava ao seu lado na mesa e começou a jogar paciência.

— Se eu ganhar esta partida de paciência — disse consigo, após embaralhar as cartas, segurando-as na mão e olhando para cima —, se eu ganhar, significa... significa o quê?...

Antes que tivesse tempo de resolver o que significava, soou por trás da porta do escritório a voz da princesa mais velha, perguntando se podia entrar.

— Significa que tenho de entrar no Exército — disse Pierre consigo. — Entre, entre — acrescentou, voltando-se para a princesa.

(Só a princesa mais velha, a de tronco comprido e rosto de pedra, continuava a morar na casa de Pierre; as duas mais jovens tinham casado.)

— Desculpe, *mon cousin*, por incomodar — disse com voz abalada e em tom de censura. — Afinal, está na hora de tomar uma decisão e fazer alguma coisa! O que vai acontecer? Todos estão indo embora de Moscou, e o povo está se rebelando. Como é que vamos ficar?

— Ao contrário, tudo parece estar indo muito bem, *ma cousine* — respondeu Pierre com a ironia habitual que ele, sempre constrangido com o papel que assumira de benfeitor da princesa, adotava ao tratar com ela.

— Sim, vai tudo muito bem... tudo está ótimo! Hoje mesmo Varvara Ivánovna me contou como as nossas tropas estão se distinguindo. Isso há de lhes trazer muitas honrarias. E, além disso, o povo está completamente amotinado, estão parando de obedecer; minha criada já começou a me destratar. Daqui a pouco vão começar a nos espancar. Não se pode mais andar pelas ruas. E, acima de tudo, mais dia menos dia, os franceses estarão aqui, portanto, o que estamos esperando? Só peço uma coisa, *mon cousin* — disse a princesa —, mande que me levem para Petersburgo: seja eu o que for, o fato é que não posso viver sob o poder de Bonaparte.

— Ora, vamos, *ma cousine*, onde a senhora obteve suas informações? Ao contrário...

— Não vou me submeter ao seu Napoleão. Os outros podem agir como bem entenderem... Se o senhor não quiser fazer isso...

— Vou fazer, sim, vou dar a ordem imediatamente.

A princesa ficou visivelmente aborrecida por não ter com quem se irritar. Sentou-se numa cadeira, enquanto murmurava algo.

— Mas a senhora foi mal informada — disse Pierre. — Na cidade está tudo calmo, e não existe nenhum perigo. Veja aqui, agora mesmo eu estava lendo... — Pierre mostrou os folhetos para a princesa. — O conde escreve que garante com a própria vida que o inimigo não vai entrar em Moscou.

— Ah, esse seu conde — exclamou a princesa com hostilidade —, esse hipócrita, patife, foi ele mesmo que incitou o povo a se rebelar. Não foi nesses folhetos imbecis que ele escreveu que tinham de arrastar sei lá quem pela cabeleira e levar para a masmorra (que bobagem)! Quem o pegasse, dizia, teria honra e glória. Aí está o resultado da sua bajulação. Varvara Ivánovna disse que o povo por pouco não a matou porque ela falou algo em francês...

— Então, é só isso... A senhora toma tudo a ferro e fogo — disse Pierre, e começou a jogar paciência.

Apesar de ter ganhado a partida de paciência, Pierre não entrou no Exército, permaneceu na deserta Moscou, sempre na mesma inquietação, indecisão e temor, ao mesmo tempo que aguardava com alegria algo terrível.

No dia seguinte, a princesa partiu ao entardecer, e o administrador de Pierre veio à sua casa com a notícia de que o dinheiro exigido a ele para equipar o regimento não poderia ser fornecido, a menos que uma propriedade fosse vendida. O administrador, no geral, fez ver a Pierre que aquela história de regimento iria levá-lo à ruína. Pierre, com dificuldade, disfarçou um sorriso ao ouvir as palavras do administrador.

— Está bem, então venda — disse ele. — O que fazer? Agora não posso mais me esquivar!

Quanto pior era a situação das finanças em geral, e em especial das suas finanças, mais aquilo agradava a Pierre e mais evidente se tornava que a catástrofe que ele tanto esperava estava próxima. Já não restava na cidade quase nenhum conhecido de Pierre. Julie havia partido, a princesa Mária havia partido. Das pessoas mais próximas, só os Rostóv tinham ficado; mas Pierre não ia à casa deles.

Naquele dia, a fim de dar um passeio, Pierre foi à aldeia de Vorontsóvo ver um grande balão de ar construído por Leppich com o intuito de destruir os inimigos e o balão de teste que devia ser solto no dia seguinte. Aquele balão ainda não estava pronto; porém, como Pierre sabia, tinha sido construído a pedido do soberano. O soberano escreveu o seguinte para o conde Rostoptchin acerca do balão:

Aussitôt que Leppich sera prêt, composez-lui un équipage, pour sa nacelle, d'hommes sûrs et intelligents et dépêchez un courrier au général Koutousoff pour l'en prévenir. Je l'ai instruit de la chose.

Recommandez, je vous prie, à Leppich d'être bien attentif sur l'endroit où il descendra la première fois, pour ne pas se tromper et ne pas tomber dans les mains de l'ennemi. Il est indispensable qu'il combine ses mouvements avec le général en chef.[41]

41 Francês: "Assim que Leppich estiver pronto, providencie para a sua nacele uma tripulação, for-

Ao voltar de Vorontsóvo para casa e passar na praça Bolotnáia, Pierre avistou uma multidão na praça Lóbnoie,[42] parou e desceu da sua caleche. Tratava-se do castigo aplicado a um cozinheiro francês, condenado por espionagem. A punição tinha acabado de terminar, e o carrasco retirava do pelourinho um homem gordo, de costeletas ruivas, meias compridas azul-marinho e jaqueta verde, que gemia de forma patética. Outro criminoso, magrinho e pálido, estava de pé ali ao lado. A julgar pelo rosto, os dois eram franceses. Com aspecto assustado e sofrido, semelhante ao que tinha o francês magro, Pierre abriu caminho no meio da multidão.

— O que é isso? Quem são? Por quê? — perguntava. Mas a atenção da multidão, funcionários, burgueses, comerciantes, mujiques, mulheres de xale e de casaco de pele, estava tão sofregamente concentrada no que se passava no centro da praça que ninguém respondia. O homem gordo se levantou, franziu o rosto, encolheu os ombros e, pelo visto, com a intenção de exprimir dureza, começou a vestir a sua jaqueta sem olhar à sua volta; mas de repente seus lábios começaram a tremer, e ele desatou a chorar, irritando-se consigo mesmo, como choram as pessoas adultas de temperamento sanguíneo. A multidão, assim pareceu a Pierre, passou a falar em voz alta a fim de sufocar em si mesma um sentimento de piedade.

— É o cozinheiro de algum príncipe...

— E então, *mussiú*, parece que o molho russo é picante demais para um francês... ficou ardido — disse um escrivão encarquilhado que estava ao lado de Pierre na hora em que o francês começou a chorar. O escrivão olhou à sua volta visivelmente à espera de um aplauso para a sua piada. Alguns começaram a rir, outros continuaram a olhar assustados para o carrasco, que despia outro sentenciado.

Pierre começou a resfolegar pelo nariz, contraiu o rosto e, depois de dar as costas rapidamente, voltou para a caleche, sem parar de balbuciar algo para si mesmo, enquanto caminhava para a caleche e depois sentava no banco. Ao retomar o caminho, ele estremeceu algumas vezes e gritou tão alto que o cocheiro lhe perguntou:

— O que o senhor ordena?

— Para onde você está indo? — gritou Pierre para o cocheiro, que havia entrado na rua Lubianka.

---

mada por homens de confiança e inteligentes, e envie uma mensagem para o general Kutúzov para preveni-lo. Eu o instruí sobre o assunto.

"Recomende, por favor, a Leppich que preste bastante atenção no lugar onde ele vai descer pela primeira vez, para que não se engane e não venha a cair nas mãos do inimigo. É indispensável que ele combine os seus movimentos com o general em chefe".

42 Praça de Moscou onde se cumpriam os castigos e as execuções das pessoas condenadas.

— Para a casa do comandante em chefe, como o senhor ordenou — respondeu o cocheiro.

— Imbecil! Animal! — começou a gritar Pierre, o que raramente acontecia, xingando o cocheiro. — Mandei ir para casa; e depressa, seu idiota. É preciso ir embora hoje mesmo — disse Pierre para si.

Pierre, ao ver o condenado francês e a multidão que rodeava a praça Lóbnoie, decidiu de maneira tão definitiva que não poderia permanecer mais tempo em Moscou e que iria para o Exército naquele mesmo dia que teve a impressão de que ou tinha dito aquilo para o cocheiro ou o cocheiro já devia sabê-lo por si mesmo.

Ao chegar em casa, Pierre chamou o cocheiro Evstáfievitch, que sabia tudo, era capaz de fazer tudo, conhecia Moscou inteira, e deu ordens de que à noite ia ao encontro das tropas em Mojáisk e de que mandassem para lá os seus cavalos de montaria. Tudo isso não podia ser feito no mesmo dia, e portanto, a conselho de Evstáfievitch, Pierre teve de adiar a partida para o dia seguinte, a fim de dar tempo para que os cavalos fossem na frente.

No dia 24, passado o mau tempo, o céu clareou, e naquele dia, após o almoço, Pierre deixou Moscou. À noite, ao mudar de cavalos em Perkhúchkovo, a terra tremia com o tiroteio. Às perguntas de Pierre sobre quem estava vencendo, ninguém foi capaz de dar uma resposta. (Era a batalha do dia 24, em Chevardinó.) Ao raiar do dia, Pierre aproximou-se de Mojáisk.

Todas as casas de Mojáisk estavam ocupadas pelas tropas, e na estalagem onde Pierre era esperado pelo seu cocheiro e seu cavalariço não havia vagas: tudo estava cheio de oficiais.

Em Mojáisk e ao redor de Mojáisk, havia tropas em toda parte, estacionadas e em movimento. Cossacos, infantes, cavalarianos, carroças, arcas, canhões estavam em toda parte. Pierre apressou-se para avançar ainda mais ligeiro e, quanto mais se afastava de Moscou, quanto mais profundamente mergulhava naquele mar de tropas, mais se via dominado pela angústia da inquietação e por uma alegria nova, que nunca havia experimentado. Era um sentimento semelhante ao que experimentara no palácio Slobóda, por ocasião da visita do soberano — o sentimento da necessidade de realizar algo e de sacrificar-se por algo. Pierre experimentava agora o sentimento agradável da consciência de que tudo aquilo que constitui a felicidade das pessoas, os prazeres da vida, a riqueza e até a própria vida, são tolices que dá gosto descartar, em comparação com outra coisa... Com o quê, isso Pierre não conseguia responder, nem tentava esclarecer pelo que desejava se sacrificar, mas o próprio sacrifício em si constituía, para ele, um sentimento novo de alegria.

XIX

No dia 24, houve a batalha da fortaleza de Chevardinó, no dia 25 não foi disparado nenhum tiro, nem de um lado, nem do outro, e no dia 26 ocorreu a batalha de Borodinó.

Como e para que foram oferecidas e aceitas as batalhas de Chevardinó e Borodinó? Para que foi travada a batalha de Borodinó? A batalha não teve o menor significado, nem para os franceses, nem para os russos. O resultado imediato foi e tinha de ser, para os russos, que nos aproximamos da destruição de Moscou (aquilo que mais temíamos no mundo), e para os franceses, que eles se aproximaram da destruição do exército inteiro (aquilo que eles também mais temiam no mundo). Tal resultado se mostrou perfeitamente óbvio desde o início, e no entanto Napoleão ofereceu a batalha, e Kutúzov aceitou-a.

Se os comandantes militares fossem guiados por motivos racionais, era de supor que estivesse óbvio para Napoleão que, ao percorrer duas mil verstas e travar uma batalha em que era mais do que provável que perderia um quarto do seu exército, ele estava seguramente marchando rumo à sua destruição; da mesma forma, deveria estar claro para Kutúzov que, ao aceitar a batalha e arriscar-se também a perder um quarto do exército, ele certamente perderia Moscou. Para Kutúzov, isso estava matematicamente claro, como está claro num jogo de damas que, se tenho uma peça a menos e vou fazer uma troca de peças, seguramente vou sair perdendo e portanto não devo fazer a troca.

Quando o oponente tem dezesseis peças, e eu tenho catorze, sou apenas um oitavo mais fraco do que ele; porém, quando eu tiver trocado treze peças com ele, meu oponente será três vezes mais forte do que eu.

Até a batalha de Borodinó, nossas forças e as forças francesas estavam numa proporção de aproximadamente cinco para seis, mas depois da batalha essa proporção ficou de um para dois, ou seja, até a batalha, a proporção era de cem mil para cento e vinte mil, e depois da batalha, de cinquenta para cem. Entretanto, o experiente e perspicaz Kutúzov aceitou a batalha. Napoleão, o comandante genial, como era chamado, ofereceu a batalha, perdendo um quarto do seu exército e estendendo mais ainda as suas linhas. Se dizem que, ao tomar Moscou, ele pensava em encerrar a campanha, como ocorreu ao tomar Viena, existem muitas provas contra essa tese. Os próprios historiadores de Napoleão contam que ainda em Smolensk ele quis parar, conhecia o risco da sua posição muito estendida e sabia que a tomada de Moscou não seria o final da campanha, porque em Smolensk Napoleão tinha visto em que condições os russos haviam deixado a cidade para ele, e não havia recebido nenhuma resposta às suas repetidas declarações sobre o desejo de iniciar negociações para um acordo de paz.

Ao oferecer e aceitar a batalha de Borodinó, Napoleão e Kutúzov agiram de forma involuntária e irrefletida. E os historiadores, já depois dos fatos consumados, forneceram argutas demonstrações da perspicácia e da genialidade dos comandantes, que, entre todos os instrumentos involuntários dos acontecimentos mundiais, eram os agentes mais servis e mais involuntários.

Os antigos nos deixaram exemplos de poemas heroicos nos quais o herói constitui todo o interesse da história e, até hoje, ainda não conseguimos nos habituar à ideia de que, para a nossa época, uma história desse tipo não tem sentido.

Quanto à outra pergunta — como foram oferecidas as batalhas de Borodinó e de Chevardinó, que a precedeu —, existe da mesma forma uma ideia igualmente clara e conhecida de todos, e também absolutamente falsa. Todos os historiadores descrevem a questão da seguinte maneira:

O exército russo, em retirada de Smolensk, teria procurado a melhor posição para uma batalha geral e encontrou tal posição em Borodinó.

Os russos teriam fortificado de antemão aquela posição, à esquerda da estrada (de Smolensk para Moscou) e quase em ângulo reto com ela, no sentido de Borodinó para Utítsa, no mesmo lugar onde a batalha foi travada.

Na frente dessa posição, os russos teriam erguido um posto avançado fortificado na colina de Chevardinó para observar o inimigo. No dia 24, Napoleão teria atacado e tomado esse posto avançado; no dia 26, ele atacou todo o exército russo, que estava a postos no campo de Borodinó.

Assim está dito nas histórias e tudo isso está totalmente errado, do que logo se convence qualquer um que queira penetrar na essência da questão.

Os russos não saíram em busca de uma posição melhor; ao contrário, na sua retirada deixaram para trás posições que seriam melhores do que Borodinó. Não se detiveram em nenhuma dessas posições porque Kutúzov não queria tomar uma posição que não tivesse sido escolhida por ele, porque a exigência popular de travar uma batalha ainda se manifestava com força insuficiente, porque Milorádovitch e a milícia ainda não tinham chegado, e ainda por outras razões, que são inúmeras. O fato é este: as posições anteriores eram mais fortes, e a posição em Borodinó (aquela onde a batalha foi travada) não só não era forte como não era uma posição em nada diferente de qualquer outro local no império russo que se escolhesse fincando ao acaso um alfinete no mapa.

Os russos não só não fortificaram a posição no campo de Borodinó à esquerda, em ângulo reto com a estrada (ou seja, o local onde ocorreu a batalha), como nunca, antes do dia 25 de agosto de 1812, tinham imaginado que poderia ocorrer uma batalha naquele lugar. Prova disso é, em primeiro lugar, o fato de que no dia 25 não havia naquele local posições fortificadas e que as que eles começaram a construir no dia 25 não ficaram prontas no dia 26; em segundo lugar, há a posição da fortificação de Chevardinó: o reduto fortificado de Chevardinó, à frente da posição onde a batalha foi travada, não tem nenhum sentido. Para que esse reduto foi mais reforçado do que qualquer outro ponto fortificado? E para que se esgotaram todas as energias e se perderam seis mil soldados para defendê-lo no dia 24, até tarde da noite? Para observar o inimigo, bastaria uma patrulha de cossacos. Em terceiro lugar, a prova de que a posição onde ocorreu a batalha não foi prevista e de que o reduto de Chevardinó não era um posto avançado dessa posição é o fato de que Barclay de Tolly e Bagration, no dia 25, estavam convencidos de que o reduto de Chevardinó era o flanco *esquerdo* da posição e que o próprio Kutúzov, numa mensagem redigida impulsivamente logo após a batalha, chama o reduto de Chevardinó de flanco *esquerdo* da posição. Já muito tempo depois, quando se escreveram com mais tranquilidade relatos sobre a batalha de Borodinó, inventou-se (certamente para justificar os erros do comandante em chefe, que tinha de ser infalível) a indicação equivocada e estranha de que o reduto de Chevardinó servia de posto *avançado* (quando se tratava apenas de um ponto fortificado do flanco esquerdo) e que a batalha de Borodinó foi travada pelos nossos numa posição fortificada e escolhida de antemão, quando a batalha ocorreu num local totalmente inesperado e quase sem fortificações.

Obviamente, o caso era o seguinte: a posição escolhida ficava junto ao rio Kolotchá, que corta a estrada principal não num ângulo reto, e sim agudo, de tal modo que o flanco esquerdo era em Chevardinó, o flanco direito perto da aldeia de Nóvoie e o centro em Borodinó, na confluência dos rios Kolotchá e Vóina. Para qualquer um que examine o campo de Borodinó sem pensar em como se deu a batalha, parece que essa posição, protegida pelo rio Kolotchá, é a posição óbvia para um exército cujo objetivo era deter um inimigo que se deslocava pela estrada de Smolensk para Moscou.

Napoleão, no dia 24, ao seguir para Valúievo, não avistou (como dizem nas histórias) a posição dos russos entre Utítsa e Borodinó (não poderia avistar tal posição, pois ela não existia) e não avistou o posto avançado do exército russo, mas saiu em perseguição da retaguarda russa no flanco esquerdo da posição dos russos, no reduto de Chevardinó e, inesperadamente para os russos, deslocou as tropas para o outro lado do rio Kolotchá. E os russos, sem tempo de travar uma batalha geral, recuaram a ala esquerda da posição que tinham a intenção de ocupar e tomaram uma nova posição, que não estava prevista nem fortificada. Ao atravessar para o lado esquerdo do rio Kolotchá, à esquerda da estrada, Napoleão deslocou toda a futura batalha da direita para a esquerda (do lado dos russos) e a transferiu para o campo entre Utítsa, Semiónovskoie e Borodinó (um campo que, em si, nada tinha de mais vantajoso do que qualquer outro campo na Rússia para posicionar as tropas) e nesse campo ocorreu toda a batalha do dia 26. De forma aproximada, o plano previsto para a batalha e da batalha de fato ocorrida é o seguinte:

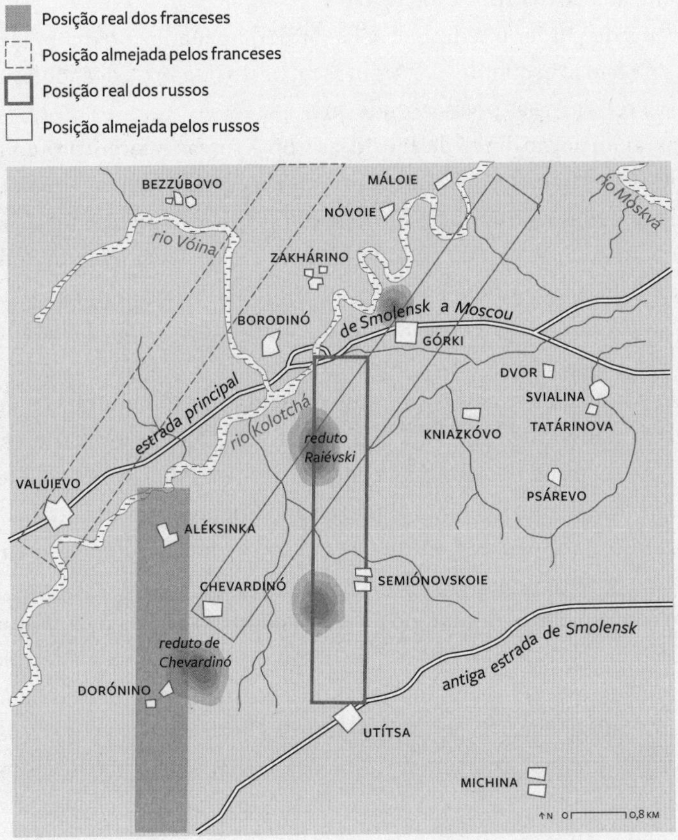

Se Napoleão não tivesse ido, no entardecer do dia 24, para o rio Kolotchá e não tivesse ordenado o ataque ao reduto, mas começado o ataque no dia seguinte pela manhã, ninguém teria dúvida de que o reduto de Chevardinó ficava no flanco esquerdo da nossa posição; e a batalha teria se passado como esperávamos. Nesse caso, provavelmente, defenderíamos de forma ainda mais obstinada o reduto de Chevardinó, o nosso flanco esquerdo; atacaríamos Napoleão no centro ou na direita, e no dia 24 teria ocorrido uma batalha geral na posição prevista e fortificada. Mas, como o ataque ao nosso flanco esquerdo aconteceu ao entardecer, depois do recuo da nossa retaguarda, ou seja, imediatamente depois da batalha de Gridnióva, e como a retaguarda russa não quis ou não teve tempo de começar, naquele mesmo entardecer do dia 24, uma batalha geral, a primeira e principal ação da batalha de Borodinó foi perdida ainda no dia 24 e, obviamente, levou à derrota na batalha travada no dia 26.

Depois de perder o reduto de Chevardinó na manhã do dia 25, ficamos sem posições no flanco esquerdo e nos vimos na necessidade de desdobrar a nossa ala esquerda e reforçá-la às pressas, onde quer que fosse.

Mas, além de, no dia 26 de agosto, as tropas russas estarem protegidas apenas por fortificações fracas, a desvantagem daquela posição era ainda maior porque os comandantes russos, como não haviam compreendido inteiramente os fatos em curso (a perda da posição no flanco esquerdo e o deslocamento de todo o futuro campo de batalha da direita para a esquerda), permaneceram nas suas posições estendidas da aldeia de Nóvoie até Utítsa e portanto, na hora da batalha, tiveram de deslocar suas tropas da direita para a esquerda. Dessa forma, durante todo o tempo da batalha, os russos tiveram de enfrentar o exército francês inteiro, lançado contra a nossa ala esquerda, que tinha forças duas vezes menores que as do inimigo. (As ações de Poniatowsky contra Utítsa, e as de Uvárov no flanco direito dos franceses se deram de modo alheio ao andamento geral da batalha.)

Portanto, a batalha de Borodinó se passou de forma completamente distinta do que a descrevem (tentando esconder os erros dos nossos comandantes militares e, em consequência, diminuindo a glória das tropas e do povo russo).

A batalha de Borodinó não se passou na posição escolhida e fortificada, com forças apenas ligeiramente enfraquecidas do lado russo, na verdade, a batalha de Borodinó, em consequência da perda do reduto de Chevardinó, foi travada pelos russos numa posição aberta, quase sem fortificações, e com forças duas vezes menores do que as dos franceses, ou seja, em condições tais que *não só* era impensável bater-se por dez horas e travar uma batalha de propósito duvidoso, como era impensável manter sequer por três horas o exército a salvo da destruição completa e da debandada.

XX

Na manhã do dia 25, Pierre partiu de Mojáisk. Na descida íngreme e tortuosa da montanha na saída da cidade, ao lado da qual, à direita, ficava uma catedral onde estavam rezando uma missa e os sinos batiam, Pierre desceu da carruagem e seguiu a pé. Atrás dele, um regimento de cavalaria descia a montanha, com os cantores à frente. Na direção de Pierre, vinha subindo a estrada um comboio de carroças com feridos do combate da véspera. Os mujiques incumbidos do transporte andavam de um lado para outro, gritando para os cavalos e dando chicotadas. As carroças, dentro das quais, deitados ou sentados, havia três ou quatro soldados feridos, pulavam nas pedras espalhadas sobre a ladeira íngreme num arremedo de calçamento. Os feridos, enfaixados com trapos, pálidos, com lábios comprimidos e sobrancelhas franzidas, segurando-se nos anteparos das carroças, sacudiam e esbarravam uns nos outros. Com uma curiosidade infantil e quase ingênua, todos observavam o chapéu branco e o fraque verde de Pierre.

O cocheiro de Pierre, zangado, gritou para o comboio de feridos que eles deviam se manter do seu lado da estrada. O regimento de cavalaria que descia a montanha com seus cantores aproximou-se da caleche de Pierre e obstruiu sua passagem. Pierre se deteve, espremido na beira da estrada aberta na montanha. O sol, por trás da ladeira da montanha, não alcançava a depressão onde a estrada passava, e ali fazia frio, era úmido; acima da cabeça de Pierre, havia uma clara manhã de agosto, e o som dos sinos se propagava com alegria. Uma carroça com feridos parou na beira da estrada, bem perto de Pierre. O carroceiro, de sandálias de palha, sem fôlego, correu para a parte de trás da telega, enfiou uma pedra embaixo da roda traseira, sem nenhuma proteção pneumática, e pôs-se a ajeitar os arreios do seu cavalinho que estava parado.

Um soldado velho e ferido, com o braço enfaixado, que vinha caminhando atrás da telega, apoiava-se nela com o braço bom e voltou os olhos para Pierre.

— E então, compatriota, vão largar a gente aqui mesmo ou vão levar a gente até Moscou? — perguntou.

Pierre estava tão absorto em pensamentos que nem ouviu a pergunta. Olhava ora para o regimento de cavalaria, que agora estava passando pelo comboio de feridos na estrada, ora para a telega junto à qual estava o soldado velho e dentro da qual havia dois feridos sentados e um deitado, e lhe pareceu que ali, neles, se encontrava a solução do problema que o preocupava. Um dos soldados sentados na telega tinha, pelo jeito, se ferido na bochecha. Toda a sua cabeça estava envolta em trapos, e uma bochecha estava inchada e do tamanho da cabeça de um bêbe. A boca e o nariz estavam torcidos para o lado. Aquele soldado olhava para a catedral e se benzia. O outro, um menino, um recruta, louro e tão branco que parecia não ter sangue nenhum no rosto fino, fitava Pierre com um sorriso simpático e parado; o terceiro ferido estava deitado de bruços, e seu rosto não estava visível. Os cantores da cavalaria passaram bem perto da telega.

— Ah, ela sumiu... cabeça de porco-espinho...

— É duro viver em terra estrangeira... — iam entoando a dançante canção de soldados. Como que fazendo eco a eles, mas numa outra espécie de alegria, os sons metálicos dos sinos irrompiam no alto. E ainda com outro tipo de alegria, os raios quentes do sol se derramavam no alto da ladeira. Mas ao pé da ladeira, junto à telega com os feridos, ao lado do cavalinho sem fôlego perto do qual se encontrava Pierre, estava úmido, cinzento e triste.

O soldado com a bochecha ferida olhava zangado para os cantores da cavalaria.

— Eh, gente metida a besta! — exclamou em tom de censura.

— Não foram só soldados que vi hoje, vi mujiques também! Os mujiques também estão sendo obrigados a ir — disse com um sorriso triste o soldado que estava atrás da telega, voltando-se para Pierre. — Hoje nem estão mais separando uns dos outros... Querem empurrar o povo todo, numa palavra, é Moscou. Querem acabar de uma vez. — Apesar da obscuridade das palavras do soldado, Pierre entendeu tudo o que ele queria dizer e inclinou a cabeça em sinal de aprovação.

A estrada ficou vazia outra vez, e Pierre desceu a montanha e foi em frente.

Pierre seguiu olhando para os dois lados da estrada, em busca de rostos conhecidos, e encontrava em toda parte apenas rostos desconhecidos de militares de diversos tipos de tropas, que olhavam com o mesmo espanto para o seu chapéu branco e o seu fraque verde.

Depois de percorrer quatro verstas, encontrou o primeiro conhecido e dirigiu-se a ele com alegria. O conhecido era um dos comandantes médicos do Exército. Em sua charrete, ele veio na direção de Pierre, sentado ao lado de um médico jovem e, ao reconhecer Pierre, deu ordem de parar ao seu cossaco, sentado na boleia, no lugar do cocheiro.

— Conde! Vossa excelência, o que está fazendo aqui? — perguntou o médico.

— É que eu queria ver...

— Sei, sei, e tem mesmo muito o que ver...

Pierre desceu da carruagem e, parado, começou a conversar com o médico, explicando-lhe sua intenção de participar da batalha.

O médico aconselhou Bezúkhov a dirigir-se diretamente ao excelentíssimo.

— O senhor poderia acabar ficando em algum local ignorado, só Deus sabe onde, durante a batalha — disse ele, trocando um olhar com o colega mais jovem. — Além do mais, o excelentíssimo conhece o senhor e vai recebê-lo com boa vontade. Está resolvido, meu caro, faça isso mesmo — disse o médico.

O médico parecia cansado e afobado.

— Então o senhor acha... mas eu também queria lhe perguntar uma coisa, onde exatamente fica a nossa posição? — disse Pierre.

— A posição? — disse o médico. — Isso já não me diz respeito. Atravesse Tatárinova, estão cavando um bocado por lá. Suba num monte: de lá vai dar para ver — disse o médico.

— De lá dá para ver?... Será que o senhor não podia...

Mas o médico interrompeu-o e aproximou-se da sua charrete.

— Eu até que acompanharia o senhor, mas, Deus do céu, estou por aqui (o médico apontou para a garganta), e estou indo a galope ao encontro do comandante da tropa. Enfim, quer saber como estão as coisas para o nosso lado?... Sabe, conde, amanhã vai haver uma batalha: num exército de cem mil, temos de contar com pelo menos vinte mil feridos; mas não temos macas, nem leitos, nem enfermeiros, nem médicos para sequer seis mil feridos. Há dez mil telegas, mas precisávamos de outras coisas; o senhor faça como preferir.

O estranho pensamento de que entre aqueles milhares de pessoas vivas, saudáveis, jovens e velhas, que olhavam para o seu chapéu com uma surpresa divertida, provavelmente haveria vinte mil condenados ao ferimento e à morte (quem sabe aqueles mesmos que ele estava vendo agora), abalou Pierre.

"Talvez eles morram amanhã, então para que estão pensando em outras coisas que não a morte?" E de repente, por uma misteriosa associação de ideias, Pierre visualizou nitidamente a descida da montanha de Mojáisk, as telegas com os feridos, o comboio, os raios oblíquos do sol e as canções dos cantores da cavalaria.

"Os cavalarianos estão seguindo para a batalha e, no caminho, cruzam com os feridos, e nem por um momento vão parar para pensar naquilo que os aguarda, apenas passaram pelos feridos e mal piscaram os olhos para eles. Entre os soldados, vinte mil estão condenados à morte, e mesmo assim ainda se admiram com o meu chapéu! Que estranho!", pensou Pierre, enquanto avançava para Tatárinova.

Na casa de um senhor de terras no lado esquerdo da estrada, estavam paradas carruagens, carroças de carga, uma multidão de ordenanças e sentinelas. O excelentíssimo estava alojado ali. Mas na hora em que Pierre chegou ele não estava, e não havia quase ninguém do Estado-Maior. Todos tinham ido à missa. Pierre seguiu em frente rumo a Górki.

Depois de subir o morro e sair numa rua pequena da aldeia, Pierre avistou pela primeira vez mujiques milicianos com uma cruz no gorro e camisa branca, que em meio a gargalhadas e conversas barulhentas, animados e suados, faziam algum trabalho no lado direito da estrada, numa vasta colina coberta de capim.

Alguns deles escavavam o morro com pás, outros levavam terra em carrinhos por cima de tábuas, e outros ainda estavam parados sem fazer nada.

Dois oficiais estavam na colina, comandando os homens. Ao avistar aqueles mujiques, obviamente ainda alvoroçados com a sua nova condição de militares, Pierre lembrou-se de novo dos soldados feridos em Mojáisk, e para ele ficou claro aquilo que o soldado queria exprimir ao dizer "querem empurrar o povo todo". A visão daqueles mujiques barbados que trabalhavam no campo de batalha, com suas botas estranhas e desajeitadas, com seus pescoços suados, com suas camisas de golas tortas e desabotoadas, que deixavam à mostra os ossos queimados da clavícula, impressionou Pierre com mais força do que tudo o mais que vira e ouvira até então, no que diz respeito à solenidade e à importância daquele momento.

XXI

Pierre desceu da carruagem e, passando pelos trabalhadores das milícias, subiu na colina de onde, conforme lhe dissera o médico, poderia ver o campo de batalha.

Eram onze horas da manhã. O sol estava um pouco à esquerda e atrás de Pierre e iluminava com clareza, através do ar limpo, rarefeito, o vasto panorama que, erguido na forma de um anfiteatro, se abria à sua frente.

Para cima e para a esquerda daquele anfiteatro, atravessando-o, ondulava a grande estrada de Smolensk, que seguia através de uma aldeia com uma igreja branca, que ficava quinhentos passos à frente da colina e num nível mais baixo do que ela (era Borodinó). A estrada, abaixo da aldeia, passava por uma ponte e seguia por um declive e por um aclive, ondulava sempre adiante, rumo ao vilarejo de Valúievo, que se avistava a umas seis verstas dali (onde agora estava Napoleão). Para além de Valúievo, a estrada se perdia numa floresta, que amarelava o horizonte. Naquela floresta, de bétulas e abetos, à direita da estrada, ao longe, a cruz e o campanário do monastério de Kolotchá brilhavam ao sol. Por toda aquela vastidão azul, à direita e à esquerda da floresta e da estrada, em vários lugares, viam-se fogueiras fumegantes e massas indefinidas de tropas, nossas e do inimigo. À direita, ao longo do rio Kolotchá e do rio Moskvá, o solo era montanhoso e cortado por ravinas. Entre as ravinas, avistavam-se ao longe as aldeias de Bezzúbovo e de Zakhárino. À esquerda o solo era mais nivelado, havia campos de cereais e avistava-se uma aldeia incendiada e fumegante — Semiónovskoie.

Tudo o que Pierre via à direita e à esquerda era tão vago que nem o lado esquerdo nem o lado direito do campo satisfaziam plenamente a sua expectativa. Em toda parte, não havia o campo de batalha que ele esperava ver, mas campos, clareiras, tropas, matas, fogueiras fumegantes, aldeias, colinas, riachos; e, por mais que Pierre analisasse, não conseguia identificar, naquela área cheia de vida, a assim chamada posição, e não conseguia sequer distinguir as nossas tropas das tropas inimigas.

"É preciso perguntar a um entendido", pensou, e dirigiu-se a um oficial que observava com curiosidade a sua enorme figura de civil.

— Permita-me perguntar — disse Pierre para o oficial —, que aldeia é aquela ali na frente?

— É Burdinó, não é, não? — disse o oficial, virando-se para perguntar a um camarada.

— Borodinó — corrigiu o outro.

O oficial, obviamente satisfeito com a oportunidade de falar, aproximou-se de Pierre.

— Lá estão os nossos? — perguntou Pierre.

— Sim, e mais ao longe estão os franceses — disse o oficial. — Lá longe, olhe lá, dá para ver.

— Onde, onde? — perguntou Pierre.

— Dá para ver a olho nu. Olhe lá, veja! — O oficial apontou com a mão para as fumaças que se viam à esquerda do rio, e no seu rosto se estampou aquela expressão severa e séria que Pierre via em muitos rostos que encontrava.

— Ah, aquilo são os franceses! E lá?... — Pierre apontou para a esquerda da colina, em torno da qual se avistavam as tropas.

— Aqueles são os nossos.

— Ah, os nossos! E lá?... — Pierre apontou para outra colina, ao longe, com uma árvore grande, perto da aldeia que se avistava numa ravina, onde também fumegavam fogueiras e havia alguma coisa preta.

— É *ele* outra vez — respondeu o oficial. (Era o reduto de Chevardinó.) — Ontem era nosso, mas agora é *dele*.

— Mas e a nossa posição?

— A posição? — indagou o oficial com um sorriso de contentamento. — Isso eu posso explicar ao senhor com toda a clareza, porque eu construí quase todas as nossas fortificações. Olhe, está vendo? O nosso centro fica em Borodinó, ali, olhe. — Apontou para a aldeia com uma igreja branca, situada à sua frente. — Ali, dá para atravessar o rio Kolotchá. E ali, olhe, ali onde ainda tem umas fileiras de feno ceifadas naquela parte mais baixa, olhe, ali tem uma ponte. Aquilo é o nosso centro. O nosso flanco direito, olhe onde está (e apontou muito à direita, longe, numa ravina), lá fica o rio Moskvá, e lá nós construímos três redutos muito fortificados. O flanco esquerdo... — E então o oficial se deteve. — Veja bem, é difícil explicar para o senhor... Ontem o nosso flanco esquerdo ficava lá, em Chevardinó, olhe, lá adiante, onde tem aquele carvalho. Mas agora nós recuamos, a ala esquerda agora está lá, lá... está vendo uma aldeia cheia de fumaça?... É Semiónovskoie, aqui, olhe — apontou para a colina Raiévski. — Acontece que é muito difícil que a batalha seja travada aqui. Ter trazido as tropas para cá, isso foi um engano *dele*; seguramente *ele* vai passar para o lado direito do rio Moskvá.

Bem, onde quer que fique, amanhã muitos não vão mais estar aqui! — disse o oficial.

Um velho sargento que se aproximara do oficial durante a sua explanação aguardava em silêncio que o seu superior terminasse de falar; mas naquele ponto, obviamente descontente com as palavras do oficial, ele o interrompeu.

— Tem de mandar mais cestos de pedras de fortificação para lá — disse ele, em tom severo.

O oficial pareceu ficar confuso, como se tivesse entendido que era possível pensar que muitos não estariam mais ali no dia seguinte, mas não convinha falar sobre isso.

— Bem, está certo, mande a terceira companhia de novo — disse o oficial às pressas.

— E o senhor, não é um dos médicos?

— Não, eu vim por conta própria — respondeu Pierre. E desceu o morro outra vez, passando pelos milicianos.

— Ah, desgraçados! — exclamou o oficial que o seguia, tapando o nariz e passando depressa pelos trabalhadores.

— Lá estão eles!... Estão trazendo, vêm vindo... Olha eles lá... vão chegar logo... — ouviram-se vozes de repente, e os oficiais, os soldados e os milicianos correram para a frente, pela estrada.

Uma procissão saiu de Borodinó e vinha subindo o morro. À frente de todos, na estrada poeirenta, vinha a infantaria, bem alinhada, sem chapéu na cabeça, com os fuzis apontados para baixo. Atrás da infantaria, ouviam-se os cânticos da igreja.

Soldados e milicianos sem chapéu, que corriam ao encontro da procissão, ultrapassaram Pierre.

— Estão trazendo a Mãezinha! A Protetora!... A Ivérskaia!...[43]

— É a Mãezinha de Smolensk — corrigiu outro.

Os milicianos — os que estavam na aldeia e também os que estavam trabalhando na bateria — largaram suas pás e correram ao encontro da procissão. Atrás do batalhão, que caminhava pela estrada poeirenta, vinham sacerdotes paramentados, um velhote de *klobuk*,[44] com membros do clero e cantores. Atrás deles, os soldados e os oficiais carregavam o grande ícone de rosto escuro, dentro de um

---

43 Ícone assim denominado por causa do Monastério de Ibéria (Ivérskaia), situado no monte Athos, na Grécia, região venerada pelos cristãos ortodoxos.

44 Cobertura de cabeça provida de véu, usada por sacerdotes ortodoxos.

estojo. Era um ícone trazido de Smolensk e que, desde então, era carregado pelo exército. Em volta do ícone, atrás, na frente, por todos os lados, militares em multidão corriam e curvavam-se até o chão, com a cabeça descoberta.

Após subir o morro, o ícone parou; as pessoas que carregavam o ícone num andor foram substituídas, os sacristãos acenderam os incensos de novo e teve início uma prece. Os raios quentes do sol caíam perpendiculares; uma brisa fraca e fresca brincava com os cabelos das cabeças descobertas, com as fitas que decoravam o ícone; os cânticos se propagavam num som baixo, a céu aberto. Uma enorme multidão de cabeças descobertas, formada por oficiais, soldados e milicianos, rodeava o ícone. Atrás de um sacerdote e de um sacristão, num local já preparado para isso, estavam as autoridades. Um general careca, com a Cruz de São Jorge no pescoço, estava logo atrás do sacerdote e, sem fazer o sinal da cruz (era alemão, pelo visto), esperava com paciência o fim da prece, que ele considerava necessário acompanhar, certamente para estimular o patriotismo do povo russo. Um outro general estava numa pose marcial e movia a mão na frente do peito, enquanto olhava à sua volta. No meio daquele círculo de autoridades, Pierre, que se achava na multidão de mujiques, identificou alguns conhecidos; mas não ficou olhando para eles: toda a sua atenção estava concentrada na expressão séria dos rostos da multidão de soldados e milicianos, que contemplavam o ícone com igual entusiasmo. Assim que os sacristãos, cansados (depois de terem cantado vinte preces), começaram a cantar com preguiça e de modo mecânico: "Salvai da desgraça os vossos servos, Virgem Santíssima", e o sacerdote e o diácono responderam: "Pois todos, por Deus, acorremos a vós, como a uma muralha indestrutível, em busca de amparo", em todos os rostos se acendeu de novo a mesma expressão de consciência da solenidade daquele instante, que Pierre tinha visto ao pé da montanha de Mojáisk e, de modo eventual, em muitos e muitos rostos que havia encontrado naquela manhã; e com maior frequência as cabeças se abaixavam, os cabelos se sacudiam e ouviam-se suspiros e as batidas das mãos no peito, ao fazerem o sinal da cruz.

A multidão em redor do ícone abriu-se de repente, e Pierre foi espremido. Alguém, na certa uma pessoa muito importante, a julgar pela pressa com que abriam caminho à sua frente, aproximava-se do ícone.

Era Kutúzov, que acabara de inspecionar a posição. Ao voltar de Tatárinova, ele se dirigiu àquela cerimônia. Pierre imediatamente reconheceu Kutúzov pela sua figura singular, que o distinguia de todos.

Numa sobrecasaca comprida sobre o corpo enorme de gordura, com as costas de ombros arredondados, a cabeça branca e descoberta, e o olho branco e vazado no rosto gorduroso, Kutúzov entrou no círculo no seu passo afobado e oscilante e parou ao lado do sacerdote. Fez o sinal da cruz com um gesto mecânico, tocou a mão na terra e, após soltar um suspiro profundo, baixou a cabeça grisalha. Atrás de Kutúzov estavam Bennigsen e a sua comitiva. Apesar da presença do comandante em chefe, que concentrava as atenções de todos os oficiais de patente superior, os milicianos e os soldados não olhavam para ele e continuaram a rezar.

Quando a prece terminou, Kutúzov aproximou-se do ícone, baixou o corpo pesadamente sobre o joelho, curvou-se até a terra e por muito tempo tentou se levantar, sem conseguir, por causa do peso e da fraqueza. Sua cabeça grisalha sacudia com o esforço. Por fim levantou-se e, com os lábios esticados de um jeito infantil e ingênuo, beijou o ícone, abaixou-se outra vez e tocou a mão na terra. Os generais seguiram o seu exemplo; depois os oficiais e, depois deles, apertando-se uns aos outros, pisando-se, arquejando e empurrando-se, com o rosto emocionado, vieram os soldados e os milicianos.

XXII

Balançando por causa do aperto da multidão que o rodeava, Pierre olhava à sua volta.

— Conde, Piotr Kirílitch! Como é que o senhor veio parar aqui? — disse uma voz. Pierre virou-se.

Boris Drubetskói, limpando com a mão os joelhos sujos (certamente também havia se ajoelhado diante do ícone) e sorrindo, aproximou-se de Pierre. Boris estava vestido com elegância, mas com um toque marcial de militar combatente. Usava uma sobrecasaca comprida e tinha um chicote a tiracolo, a exemplo de Kutúzov.

Enquanto isso, Kutúzov foi para a aldeia e sentou-se à sombra da casa mais próxima, num banco que um cossaco lhe trouxe correndo e que outro cobriu às pressas com um tapete. A imensa e radiante comitiva rodeou o comandante em chefe.

O ícone foi levado adiante, seguido pela multidão. Pierre se deteve a uns trinta passos de Kutúzov e ficou conversando com Boris.

Pierre estava explicando a sua intenção de tomar parte da batalha e de observar a posição.

— O que o senhor deve fazer é o seguinte — disse Boris. — *Je vous ferai les honneurs du camp!*[45] O melhor lugar para o senhor ver tudo é onde vai ficar o conde Bennigsen. Eu vou estar lá, a serviço dele. Vou avisar a ele. Mas, se o senhor quiser percorrer a nossa posição, venha conosco: estamos indo agora para o flanco esquerdo. Depois voltaremos, e peço que faça a bondade de pernoitar no meu alo-

---

45 Francês: "Eu lhe farei as honras do campo!".

jamento, vamos jogar uma partida de cartas. O senhor deve conhecer Dmítri Sergueitch, é claro. Olhe, ele está alojado ali — apontou para a terceira casa em Górki.

— Mas eu queria ver o flanco direito; dizem que está muito fortificado — disse Pierre. — Eu queria partir do rio Moskvá e ver toda a posição.

— Bem, depois poderemos fazer isso, mas o mais importante é o flanco esquerdo...

— Sim, sim. E onde está o regimento do príncipe Bolkónski, o senhor pode me mostrar? — perguntou Pierre.

— De Andrei Nikoláievitch? Nós vamos passar pelo seu regimento, vou levar o senhor à presença dele.

— E o flanco esquerdo? — perguntou Pierre.

— Para lhe dizer a verdade, *entre nous*, só Deus sabe em que situação está o nosso flanco esquerdo — disse Boris, baixando a voz, em tom confidencial. — O conde Bennigsen nem de longe planejava isso. Seu plano era fortificar aquela colina ali, olhe, e não aquela outra lá, mas... — Boris encolheu os ombros — ... o excelentíssimo não quis, ou o persuadiram do contrário. Afinal... — Boris não terminou a frase porque, naquele instante, Kaissárov, um ajudante de ordens de Kutúzov, aproximou-se de Pierre. — Ah! Paíssi Sergueitch — exclamou Boris, voltando-se para Kaissárov com um sorriso desembaraçado. — Estou justamente tentando explicar a nossa posição para o conde. É surpreendente como o excelentíssimo foi capaz de adivinhar de modo tão preciso os planos dos franceses!

— O senhor se refere ao flanco esquerdo? — perguntou Kaissárov.

— Sim, sim, exatamente. O nosso flanco esquerdo agora está muito, muito fortificado.

Apesar de Kutúzov ter dispensado do Estado-Maior todos os oficiais supérfluos, Boris, depois das mudanças promovidas por Kutúzov, conseguira dar um jeito de permanecer no quartel-general. Boris estava a serviço do conde Bennigsen. Como todas as pessoas com quem Boris se encontrava, o conde Bennigsen considerava o jovem conde Drubetskói uma pessoa inestimável.

No alto-comando do Exército, havia dois partidos claramente definidos: o partido de Kutúzov e o partido de Bennigsen, chefe do Estado-Maior. Boris fazia parte deste último partido e sabia melhor do que ninguém como, ao mesmo tempo que mostrava um respeito servil por Kutúzov, dar a impressão de que o velho não era grande coisa e de que toda a operação na verdade era orquestrada por Bennigsen. Agora se aproximava o momento decisivo da batalha, que havia de aniquilar Kutúzov e transferir o poder para Bennigsen, ou então, mesmo que Kutúzov vencesse a batalha, deixar a impressão de que tudo tinha sido feito por Bennigsen. Em todo caso, após o dia seguinte, deviam ser conferidas condecorações importantes e anunciadas promoções entre os oficiais novos. Por isso, durante todo aquele dia, Boris se encontrava num estado de animação nervosa.

Após Kaissárov, outros conhecidos de Pierre vieram ao seu encontro, e ele não teve tempo de responder às perguntas sobre Moscou, que caíam sobre ele numa enxurrada, nem teve tempo de escutar os relatos que lhe faziam. Em todos os rostos, exprimiam-se a animação e a ansiedade. Mas Pierre sentiu que a causa da agitação que se exprimia em alguns daqueles rostos se encontrava sobretudo nas questões de sucesso pessoal, e não lhe saía da cabeça a outra expressão de agitação que tinha visto em outros rostos e que falava não de questões pessoais, mas gerais, questões da vida e da morte. Kutúzov notou a figura de Pierre e o grupo formado em torno dele.

— Tenha a bondade de chamá-lo para falar comigo — disse Kutúzov. O ajudante de ordens transmitiu o desejo do excelentíssimo, e Pierre encaminhou-se para o banco. Mas, antes que chegasse, um soldado da milícia aproximou-se de Kutúzov. Era Dólokhov.

— Como é que ele está aqui? — perguntou Pierre.

— É um sujeito muito vivo, consegue chegar a toda parte! — responderam para Pierre. — Sabe, ele foi rebaixado. Agora tem de mostrar serviço. Apresentou uns planos e conseguiu penetrar nas linhas inimigas de noite... É valente!...

Pierre tirou o chapéu e curvou-se de modo respeitoso diante de Kutúzov.

— Concluí que, se eu procurasse vossa excelência pessoalmente, o senhor poderia me mandar embora, ou me dizer que já sabia de tudo o que eu estava dizendo, e então eu não me sentiria diminuído em nada... — dizia Dólokhov.

— Certo, certo.

— Mas se eu estiver certo prestarei um serviço à pátria, pela qual estou pronto a morrer.

— Certo... certo...

— E caso vossa excelência precise de um homem que não tema pela própria pele, tenha a bondade de lembrar-se de mim... Talvez eu possa ser útil a vossa excelência.

— Certo... certo... — repetiu Kutúzov, sorrindo e mirando Pierre com o olho que se estreitava.

Naquele momento, com sua habilidade de cortesão, Boris avançou ao lado de Pierre para perto do comandante e, com o aspecto mais natural do mundo, num tom de voz normal, como se prosseguisse uma conversa já iniciada, falou para Pierre:

— Os milicianos vestiram logo camisas brancas e limpas a fim de estarem prontos para a morte. Que heroísmo, conde!

Boris falou isso para Pierre obviamente com a intenção de ser ouvido pelo excelentíssimo. Sabia que Kutúzov prestaria atenção naquelas palavras, e de fato o excelentíssimo voltou-se para ele:

— O que você está dizendo sobre a milícia? — perguntou para Boris.

— Preparando-se para o dia de amanhã, para a morte, vestiram camisas brancas, vossa excelência.

— Ah!... Incrível, que povo incomparável! — disse Kutúzov e, de olhos fechados, balançou a cabeça. — Povo incomparável! — repetiu com um suspiro. — O senhor então quer sentir o cheiro da pólvora? — perguntou Kutúzov para Pierre. — Sim, é um cheiro agradável. Tenho a honra de ser um admirador da sua esposa, ela vai bem? Meu acampamento está à disposição do senhor. — E, como acontece muitas vezes com pessoas velhas, Kutúzov começou a olhar em redor com ar distraído, como se tivesse esquecido tudo aquilo que precisava dizer e fazer.

Após lembrar certamente o que estava procurando, acenou para Andrei Sergueitch Kaissárov, irmão do seu ajudante de ordens.

— Como são, vamos, me diga como são mesmo aqueles versos de Márin, aqueles versos, como são? Que ele escreveu sobre Guerákov: "Seja o mestre das tropas...".[46] Recite, recite — insistiu Kutúzov, obviamente já se preparando para dar uma risada. Kaissárov recitou... Kutúzov, sorrindo, balançou a cabeça para marcar o ritmo dos versos.

Quando Pierre se afastou de Kutúzov, Dólokhov, que se aproximara dele, segurou-o pelo braço.

— Estou muito contente de encontrar o senhor aqui, conde — falou alto, sem se constranger em nada com a presença dos demais, em tom especialmente firme e solene. — Na véspera do dia em que só Deus sabe quais de nós o destino deixará permanecer entre os vivos, estou contente com a oportunidade de lhe dizer que lamento o mal-entendido que houve entre nós e que gostaria que o senhor não guardasse de mim nenhum rancor. Peço ao senhor que me perdoe.

Pierre, sorrindo, olhou para Dólokhov sem saber o que dizer. Dólokhov, com lágrimas nos olhos, abraçou e beijou Pierre.

Boris disse algo para o seu general, e o conde Bennigsen voltou-se para Pierre e sugeriu que ele o acompanhasse às linhas do exército.

— O senhor vai achar interessante — disse ele.

— Sim, me interessa muito — respondeu Pierre.

---

46 Serguei Nikíforovitch Márin (1775-1813), ajudante de ordens do tsar Alexandre I que compunha poemas humorísticos; G. V. Guerákov: oficial e professor da Escola Militar, autor de poemas patrióticos bombásticos.

Meia hora depois, Kutúzov partiu para Tatárinova, e Bennigsen, com a comitiva, à qual Pierre se incorporou, seguiu para as linhas.

XXIII

De Górki, Bennigsen desceu pela estrada principal rumo à ponte que o oficial havia indicado para Pierre do alto da colina como se fosse o centro da posição, e junto à qual, na margem, jaziam aromáticas fileiras de feno ceifadas pouco antes. Do outro lado da ponte, passaram pela aldeia de Borodinó, onde dobraram à esquerda, passaram por uma enorme quantidade de tropas e canhões e chegaram a uma alta colina, onde milicianos escavavam a terra. Era um reduto ainda sem nome, mas que depois recebeu o nome de reduto Raiévski, ou bateria da colina.

Pierre não prestou nenhuma atenção especial àquele reduto. Não sabia que aquele lugar seria, para ele, mais memorável do que qualquer outro local do campo de Borodinó. Depois seguiram através de uma ravina rumo a Semiónovskoie, onde os soldados estavam roubando as últimas tábuas das isbás e dos celeiros. Depois, morro abaixo e morro acima, passaram por um campo de centeio destruído, como que arrasado por uma tempestade de granizo, passaram por uma estrada recém-aberta pela artilharia sobre as trilhas do arado num campo e também por trincheiras que ainda estavam sendo escavadas.

Bennigsen parou nas trincheiras e pôs-se a olhar para a frente, na direção do reduto de Chevardinó (que no dia anterior era dos nossos), onde se avistavam alguns cavaleiros. Os oficiais disseram que lá estava Napoleão, ou Murat. E todos olharam com avidez para os cavaleiros naquela colina. Pierre também olhou para lá, tentando adivinhar qual daquelas pessoas que eles mal conseguiam enxergar podia ser Napoleão. Por fim os cavaleiros desceram da colina e sumiram.

Bennigsen voltou-se para um general que havia se aproximado e passou a explicar toda a situação do nosso exército. Pierre escutava as palavras de Bennigsen, concentrando todas as suas energias mentais para compreender a essência do combate iminente, mas sentia com pesar que suas capacidades mentais para aquilo eram insuficientes. Não compreendia nada. Bennigsen parou de falar e, ao notar a fisionomia atenta de Pierre, disse de repente, dirigindo-se a ele:

— Isso, eu creio, não interessa ao senhor, não é?

— Oh, ao contrário, acho muito interessante — repetiu Pierre, de modo não inteiramente sincero.

Das trincheiras, seguiram ainda mais para o lado esquerdo, por uma estrada que passava por um denso bosque de bétulas baixas. No meio daquele bosque, saltou na frente deles, na estrada, uma lebre marrom de patas brancas e, assustada com o tropel da grande quantidade de cavalos, ficou tão desnorteada que seguiu pulando pela estrada à frente deles por muito tempo, despertando risos e a atenção geral, e, só quando várias vozes gritaram para ela, a lebre pulou para o lado e sumiu na mata. Depois de avançar umas duas verstas pelo bosque, eles foram sair numa clareira onde estavam as tropas da unidade de Tutchkóv, cuja missão era proteger o flanco esquerdo.

Ali, na extremidade do flanco esquerdo, Bennigsen falou muito e com entusiasmo e deu ordens importantes, assim pareceu a Pierre, relativas a assuntos militares. À frente da posição das tropas de Tutchkóv, havia um monte. Aquele monte não estava ocupado por tropas. Bennigsen criticou em voz alta aquele erro, dizendo que era loucura deixar desocupado um ponto elevado de onde se tinha o controle da região e estacionar as tropas ao pé do monte. Alguns generais expressaram a mesma opinião. Um deles em especial, com fervor militar, disse que as tropas tinham sido postas ali para serem massacradas. Bennigsen, em seu próprio nome, ordenou que transferissem as tropas para o topo do monte.

Aquela medida, tomada no flanco esquerdo, obrigou Pierre a duvidar ainda mais da sua capacidade de compreender os assuntos militares. Ao escutar Bennigsen e os generais, que condenaram a posição das tropas ao pé do morro, Pierre os compreendia plenamente e compartilhava a opinião deles; mas exatamente por isso não podia entender como a pessoa que havia instalado as tropas ali ao pé do morro tinha sido capaz de cometer um erro tão crasso e flagrante.

Pierre não sabia que as tropas não estavam ali para defender a posição, como pensava Bennigsen, mas foram instaladas num local escondido para armarem uma emboscada, ou seja, para se manterem ocultas e atacar o inimigo de surpresa, quando ele avançasse.

XXIV

Na tarde clara do dia 25 de agosto, o príncipe Andrei estava deitado, apoiado nos cotovelos, num barracão destroçado na aldeia de Kniazkóvo, nos limites do local escolhido para o seu regimento. Através de um buraco na parede quebrada, ele olhava para uma faixa, ao longo do muro, formada por bétulas de trinta anos de idade, com os ramos mais baixos podados, e que se perdia na distância, olhava para um campo arado com montes de aveia abandonados e para uns arbustos junto aos quais se viam fumaças de fogueiras — as cozinhas dos soldados.

Por mais que a sua vida lhe parecesse agora estreita, inútil e penosa, o príncipe Andrei, assim como havia ocorrido sete anos antes, na véspera da batalha de Austerlitz, sentia-se agitado e irritadiço.

As ordens para a batalha do dia seguinte foram recebidas e transmitidas por ele. Nada mais havia que ele pudesse fazer. Porém os pensamentos mais simples do mundo, mais claros, e por isso mesmo terríveis, não o deixavam em paz. Sabia que a batalha do dia seguinte seria a mais terrível de todas as batalhas de que havia participado e, pela primeira vez na vida, com vivacidade, quase como uma certeza, de modo simples e horrível, a possibilidade da morte se apresentava a ele sem nenhuma relação com assuntos do dia a dia, alheia aos seus efeitos sobre os outros, mas relacionada apenas a ele mesmo, à sua alma. E, das alturas daqueles pensamentos, tudo o que antes o atormentava e o preocupava de repente se iluminou com uma luz fria e branca, sem sombras, sem perspectivas, sem definição de contornos. Toda a sua vida lhe surgiu como se fossem imagens de uma lanterna mágica para as quais ficara olhando por muito tempo, através de um vidro e sob uma luz artificial. Agora ele via de repente sem o vidro, sob a clara luz do dia, aqueles quadros mal pintados. "Sim, sim, aí estão as imagens falsas que me perturbavam, me deleitavam e me faziam sofrer", disse para si, enquanto percorria na imaginação os quadros mais importantes da sua lanterna mágica da vida, vendo-os agora sob aquela luz fria e branca do dia — a ideia clara da morte. "Aí estão elas, as figuras mal pintadas que por alguma razão pareciam lindas e misteriosas. A glória, as vantagens sociais, o amor por uma mulher, a pátria mesma — como todos esses quadros me pareciam grandiosos, como pareciam repletos de um significado profundo! E tudo isso é tão simples, insípido e vulgar sob a luz branca e fria desta manhã que, eu sinto, está se erguendo para mim." As três maiores mágoas da sua vida detiveram em especial a sua atenção. Seu amor por uma mulher, a morte do seu pai e a invasão francesa que tomara metade da Rússia. "O amor!... Aquela menina me parecia transbordante de forças misteriosas. Como eu a amava! Fazia planos poéticos para o amor, para a felicidade com ela. Ah, menino inocente!", exclamou em voz alta, com raiva. "Como pude acreditar nesse amor ideal que deveria me garantir a fidelidade dela por um ano inteiro, durante a minha ausência! Como o pombo gentil da fábula, ela deveria ter definhado, depois que fui embora. E tudo isso é imensamente mais simples... Tudo isso é horrivelmente simples, vulgar!"

"O papai também construiu Montes Calvos e achou que aquele lugar era seu, que era sua a terra, o ar e os mujiques; mas veio Napoleão e, sem tomar conhecimento da sua existência, como se chuta um seixo no meio da estrada, fez em pedaços a sua Montes Calvos e toda a sua vida. E a princesa Mária diz que isso é uma provação enviada pelos céus. Mas para que uma provação, quando o meu pai já não existe mais nem voltará a existir? Nunca mais voltará a existir!

Ele não existe mais! Então para quem é essa provação? A pátria, a destruição de Moscou! E amanhã serei morto... e talvez nem por um francês, mas por um dos meus próprios soldados, como aconteceu ontem mesmo, quando o fuzil de um soldado disparou, e a bala passou rente à minha orelha, e virão os franceses, vão me levar preso pelos pés e pela cabeça, vão me jogar numa cova para que eu não fique fedendo no nariz deles, e vão se formar novas condições de vida, que se tornarão igualmente rotineiras para outras pessoas, e eu não vou saber nada delas, eu não vou existir."

Observou a faixa de bétulas com a sua imóvel coloração amarela, o seu verdor e a sua casca branca, que reluzia ao sol. "Morrer, então vão me matar amanhã, então eu não vou mais existir... Então tudo isso vai existir, mas eu não vou existir." Imaginou nitidamente a sua ausência naquela vida. E aquelas bétulas, com sua luz e sua sombra, aquelas nuvens encrespadas, aquela fumaça das fogueiras — tudo à sua volta se transfigurou e, para ele, tomou um aspecto terrível e ameaçador. Um calafrio percorreu a sua espinha. Ele rapidamente se pôs de pé, saiu do telheiro e começou a andar.

Ao voltar, soaram vozes atrás do telheiro.

— Quem está aí? — exclamou o príncipe Andrei.

O capitão Timókhin, de nariz vermelho, ex-comandante da companhia de Dólokhov, agora, por causa da falta de oficiais, comandante de batalhão, entrou no telheiro com ar tímido. Atrás dele, vieram um ajudante de ordens e o tesoureiro do regimento.

O príncipe Andrei ergueu-se às pressas, escutou o que os oficiais tinham a lhe comunicar a respeito do serviço, transmitiu-lhes ainda algumas ordens e já ia dispensá-los quando ouviu, por trás do telheiro, uma voz conhecida, que resmungava.

— *Que diable!*[47] — exclamou a voz de um homem que havia tropeçado em alguma coisa.

O príncipe Andrei olhou para fora do telheiro e avistou Pierre, que vinha na sua direção e que havia tropeçado num toco e por pouco não caíra. O príncipe Andrei não gostava de encontrar pessoas em geral ligadas ao seu mundo, e menos ainda Pierre, que lhe fazia lembrar todos os momentos penosos que ele havia suportado em sua última estada em Moscou.

— Ah, ora essa! — disse ele. — Como veio parar aqui? Que surpresa.

Ao mesmo tempo que dizia isso, nos seus olhos e na expressão do seu rosto, havia mais do que secura — havia uma hostilidade, que Pierre logo percebeu. Ele vinha se aproximando do telheiro no melhor estado de ânimo possível, porém,

---

47 Francês: "Que diabo!".

ao perceber a expressão no rosto do príncipe Andrei, sentiu-se constrangido e embaraçado.

— Eu vim... assim, sabe... vim... achei que era interessante — disse Pierre, que já repetira tantas vezes naquele dia, de maneira irrefletida, a palavra "interessante". — Eu queria ver a batalha.

— Sei, sei, e o que os irmãos maçons dizem a respeito da guerra? Como evitá-la? — perguntou o príncipe Andrei, em tom de zombaria. — E como estão as coisas em Moscou? E a minha família? Afinal, chegaram a Moscou? — perguntou em tom sério.

— Chegaram, sim. Julie Drubetskaia me contou. Fui à casa deles, mas não os encontrei. Tinham partido para a sua propriedade nos arredores de Moscou.

XXV

Os oficiais quiseram se retirar, mas o príncipe Andrei, como se não desejasse ficar sozinho e cara a cara com o amigo, convidou-os a sentar e tomar um chá. Trouxeram bancos e o chá. Os oficiais, não sem surpresa, observavam a figura gorda, enorme, de Pierre e escutaram seus relatos sobre Moscou e sobre a posição das nossas tropas, que ele tivera ocasião de contornar. O príncipe Andrei ficou em silêncio, e o seu rosto estava tão inamistoso que Pierre, ao falar, se dirigia mais para o simpático comandante de batalhão Timókhin do que para Bolkónski.

— Então você compreendeu toda a disposição das tropas? — interrompeu-o o príncipe Andrei.

— Sim, ou melhor — respondeu Pierre —, como não sou um militar, não posso dizer que compreendi plenamente, mas mesmo assim compreendi em linhas gerais.

— *Eh bien, vous êtes plus avancé que qui que ce soit*[48] — disse o príncipe Andrei.

— Ah! — exclamou Pierre, com perplexidade, fitando o príncipe Andrei através dos óculos. — Bem, o que o senhor acha da nomeação de Kutúzov? — perguntou.

— Fiquei muito contente com essa nomeação, é tudo o que sei — respondeu o príncipe Andrei.

— Bem, mas diga qual é a opinião do senhor a respeito de Barclay de Tolly. Em Moscou, só Deus sabe o que falam a respeito dele. Como o senhor o avalia?

— Pergunte aqui para eles — respondeu o príncipe Andrei, apontando para os oficiais.

---

48 Francês: "Ora, então você está à frente de todos".

Pierre, com o ar condescendente e o sorriso interrogativo com que todos, sem querer, se dirigiam a Timókhin, olhou para ele.

— Achamos excelente, meu senhor, ter vindo o excelentíssimo — respondeu Timókhin em tom tímido e sem desviar os olhos do seu comandante de regimento.

— Mas por quê? — perguntou Pierre.

— Bom, veja só o caso da lenha e da comida, vou contar ao senhor. Quando a gente se retirou de Sventsiáni, ninguém podia se atrever a tocar num graveto, numa migalha, qualquer coisa. E aí a gente foi embora, e ele veio avançando, não foi, vossa excelência? — voltou-se para o seu príncipe. — Mas ninguém se atrevia. No nosso regimento, dois oficiais foram levados a julgamento por causa desse tipo de coisa. Bom, aí veio o excelentíssimo e tudo isso ficou muito fácil. Ficou excelente...

— Então por que o general havia proibido?

Timókhin olhou em volta, confuso, sem compreender como nem o que responder a tal pergunta. Pierre dirigiu a mesma pergunta ao príncipe Andrei.

— Para não devastarmos a região que estávamos abandonando para o inimigo — disse o príncipe Andrei, em tom mordaz e maldoso. — É muito compreensível: não se pode permitir que devastem a região e não se pode habituar as tropas às pilhagens. Também em Smolensk ele julgou correto que os franceses pudessem nos cercar e que tivessem mais tropas do que nós. Acontece que ele não conseguia entender — e de repente o príncipe Andrei passou a gritar, exprimindo-se numa voz fina, que pareceu escapar do seu controle —, ele não conseguia entender que nós, lá, pela primeira vez, estávamos combatendo pela terra russa, que nas tropas havia um estado de espírito que eu nunca tinha visto antes, que nós rechaçamos os franceses durante dois dias ininterruptos e que esse sucesso decuplicou as nossas forças. Ele ordenou a retirada, e todos os esforços e as perdas acabaram sendo em vão. Ele não estava pensando em traição, tentou fazer tudo da melhor forma possível, refletiu sobre tudo; mas é por isso mesmo que ele não serve. Não serve agora justamente porque vai refletir sobre tudo de modo muito ponderado e meticuloso, como é dever de qualquer alemão. Como posso lhe explicar?... Bem, digamos que o seu pai tem um lacaio alemão, é um excelente lacaio, satisfaz todas as necessidades do seu pai melhor do que você, então vamos deixar que ele trabalhe; mas, se o seu o pai adoece e fica à beira da morte, você vai afastar o lacaio e vai passar a cuidar do seu pai e a acalmá-lo melhor do que faria uma pessoa hábil, mas de fora. Assim fizeram com Barclay. Enquanto a Rússia estava com saúde, uma pessoa de fora podia servir a ela, e era um ótimo ministro, mas assim que a Rússia se viu em perigo era preciso um homem dela, nativo. E lá no clube de vocês inventaram que ele é um traidor! Caluniam Barclay com a pecha de traição, e o único resultado disso é que, depois, com vergonha de suas acusações mentirosas, de repente farão dele um herói, ou um gênio, o que será mais injusto ainda. É um alemão muito honrado e meticuloso...

— No entanto dizem que ele é um hábil comandante militar — disse Pierre.

— Não compreendo o que significa um hábil comandante militar — disse o príncipe Andrei, com zombaria.

— Um hábil comandante militar — disse Pierre —, bem, é aquele que antevê todas as possibilidades... bem, que adivinha os pensamentos do oponente.

— Mas isso é impossível — disse o príncipe Andrei, como se fosse uma questão já sabida desde muito tempo.

Pierre fitou-o com surpresa.

— Todavia — disse Pierre —, há quem diga até que a guerra é semelhante a um jogo de xadrez.

— Sim — respondeu o príncipe Andrei —, mas com uma pequena diferença: no xadrez, a cada lance, podemos pensar quanto tempo quisermos, não somos tolhidos pelo tempo, e também com mais esta diferença: o cavalo é sempre mais forte do que o peão, e dois peões são sempre mais fortes do que um peão, ao passo que na guerra um batalhão às vezes é mais forte do que uma divisão inteira, mas às vezes é mais fraco do que uma companhia. Ninguém pode saber qual a força relativa das tropas. Acredite em mim — disse ele —, se a questão dependesse das ordens do Estado-Maior, eu estaria lá dando ordens também, mas em vez disso tenho a honra de servir aqui, num regimento, com estes senhores que estão na sua frente, e acredito que de nós irá depender de fato o dia de amanhã, e não deles... O êxito nunca dependeu e não poderá depender nem da posição, nem dos armamentos, nem mesmo da quantidade de tropas; mas, menos que tudo, da posição.

— Mas então depende de quê?

— Do sentimento que existe em mim, nele — apontou para Timókhin —, em cada soldado.

O príncipe Andrei lançou um olhar para Timókhin, que fitava o seu comandante com ar temeroso e perplexo. Em contraste com o seu silêncio contido de antes, o príncipe Andrei parecia agora agitado. Era evidente que não conseguia refrear a expressão dos pensamentos que lhe acudiam de modo inesperado.

— Vencerá a batalha quem resolver com firmeza que vai vencer. Por que perdemos a batalha de Austerlitz? Nossas baixas foram quase iguais às dos franceses, mas muito cedo dissemos a nós mesmos que tínhamos perdido a batalha... e perdemos. E nos dissemos isso porque lá não tínhamos nada por que lutar: a vontade era ir embora do campo de batalha o mais depressa possível. "Perdemos... então vamos embora correndo!"... e corremos. Se não tivéssemos dito isso até o entardecer, só Deus sabe o que ia acontecer na batalha. Mas amanhã não diremos isso. Você diz: a nossa posição, o flanco esquerdo é fraco, estenderam o flanco direito — prosseguiu ele —, e tudo isso é absurdo, nada disso existe. Então, do que precisamos amanhã? Cem milhões de possibilidades as mais variadas serão decididas num piscar de olhos pelo fato de que uns vão avançar e outros vão fugir, ou eles ou os nossos, e pelo fato de que vão matar este homem e não aquele outro; mas o que estão fazendo agora, tudo isso é bobagem. A questão é que os homens com quem você percorreu a posição não só não contribuem para a marcha geral da luta, como ainda a atrapalham. Só estão preocupados com os seus interesses pequenos.

— Numa hora dessas? — perguntou Pierre em tom de censura.

— Numa *hora dessas* — repetiu o príncipe Andrei. — Para eles, não passa de um minuto em que se pode minar o caminho do inimigo e ganhar mais uma medalha ou mais um galão no uniforme. Para mim, o dia de amanhã significa o seguinte: exércitos de cem mil russos e de cem mil franceses vão entrar em combate, e o fato é que esses duzentos mil vão combater, e aquele que lutar com mais crueldade e tiver menos pena de si mesmo, este vai vencer. E, escute bem o que vou lhe dizer, haja o que houver, por mais que os superiores tentem estragar tudo, nós vamos vencer a batalha amanhã. Amanhã, haja o que houver, vamos vencer a batalha!

— Isso mesmo, vossa excelência, essa é a verdade, a pura verdade — exclamou Timókhin. — Quem é que vai ter pena de si mesmo numa hora dessas? Os soldados do meu batalhão, acredite, não vão nem beber vodca: não é dia para isso, eles dizem. — Todos ficaram em silêncio.

Os oficiais levantaram-se. O príncipe Andrei saiu do telheiro junto com eles, enquanto dava as últimas ordens ao ajudante de ordens. Quando os oficiais foram embora, Pierre aproximou-se do príncipe Andrei e mal fez menção de começar uma conversa quando na estrada, perto do telheiro, ressoou o tropel de três cavalos, e o príncipe Andrei, depois de lançar um olhar naquela direção, reconheceu Woltzogen e Clausewitz, acompanhados por um cossaco. Aproximaram-se, continuando a conversar, e Pierre e Andrei não puderam deixar de ouvir a seguinte frase:

— *Der Krieg muss im Raum verlegt werden. Der Ansicht kann ich nicht genug Preis geben*[49] — disse um.

---

49 Alemão: "A guerra precisa ser levada para uma área mais vasta. Não posso louvar o bastante tal ponto de vista".

— *Oh, ja* — disse uma outra voz —, *da der Zweck ist nur den Feind zu schwächen, so kann man gewiss nicht der Verlust de Privatpersonen in Achtung nehmen.*[50]

— *Oh, ja* — concordou a primeira voz.

— Sim, *im Raum verlegen*[51] — repetiu o príncipe Andrei, bufando para o lado em tom mordaz, quando os dois já haviam passado. — *Im Raum*, foi lá que ficaram o meu pai, o meu filho e a minha irmã, lá em Montes Calvos. Para ele, isso não faz a menor diferença. Aí está o que eu ia lhe dizendo há pouco: esses senhores alemães não vão vencer a batalha amanhã, vão apenas atrapalhar, com todas as forças que tiverem, porque na sua cabeça alemã só existem raciocínios que não valem um ovo quebrado, e no coração eles não têm a única coisa que será necessária amanhã: aquilo que existe em Timókhin. Entregaram a Europa inteira para *ele* e depois vêm para cá nos dar lições... formidáveis professores! — E de novo sua voz soou esganiçada.

— Então o senhor acha que ganharemos a batalha de amanhã? — perguntou Pierre.

— Sim, sim — respondeu o príncipe Andrei, com ar distraído. — Uma coisa que eu faria se tivesse o poder — recomeçou a falar — era não tomar prisioneiros. Para que prisioneiros? É cavalheirismo. Os franceses devastaram o meu lar e vão devastar Moscou, eles me afrontaram e me afrontam a cada segundo. São meus inimigos, são todos criminosos, no meu modo de ver. E assim pensam Timókhin e todo o exército. É preciso executá-los. Se são meus inimigos, não podem ser amigos, a despeito do que tenha sido dito em Tilsit.

— Sim, sim — disse Pierre, fitando o príncipe Andrei com olhos brilhantes. — Estou inteiramente, inteiramente de acordo com o senhor!

A questão que inquietava Pierre desde a montanha de Mojáisk e durante todo aquele dia agora lhe parecia perfeitamente clara e solucionada. Agora ele compreendia todo o sentido e toda a importância daquela guerra e da batalha iminente. Tudo o que tinha visto naquele dia, todas as fisionomias severas e graves que tinha visto de relance se iluminaram para ele sob uma luz nova. Pierre compreendeu o *calor latente* do patriotismo — para usar a expressão da física — que havia em todas as pessoas que tinha visto e que lhe explicava por que tais pessoas se preparavam para a morte com tranquilidade e com aparente leviandade.

— Não tomar prisioneiros — prosseguiu o príncipe Andrei. — Só isso já mudará a guerra toda e a deixará menos cruel. Se não for assim, estamos brincando de

---

50 Alemão: "Ah, sim [...] o único objetivo é enfraquecer o inimigo, portanto não se pode levar em conta a perda de indivíduos em particular".

51 Alemão: "Uma área mais vasta".

guerra... e isso é que é maldade, nos fazermos de magnânimos e coisas desse tipo. Essa magnanimidade e cortesia são como a magnanimidade e a cortesia de uma fidalga que sente tonteiras quando vê um bezerro sendo morto; ela é tão bondosa que não pode ver sangue, mas come com apetite aquele mesmo bezerro temperado. Explicam-nos os direitos da guerra, o cavalheirismo, o respeito pelos enviados que vêm parlamentar, a clemência com os desafortunados etc. Tudo isso é absurdo. Em 1805, eu vi o cavalheirismo, os enviados para parlamentar: eles nos enganam, nós os enganamos. Saqueiam as casas dos outros, espalham dinheiro falso, pior ainda, matam os meus filhos, matam o meu pai, e ainda falam sobre os direitos de guerra e da magnanimidade com os inimigos. Não tomar prisioneiros, matar e marchar para a morte! Quem chegou aqui como eu cheguei, passando pelos mesmos sofrimentos...

O príncipe Andrei, que tinha pensado que lhe era indiferente tomarem ou não Moscou, assim como haviam tomado Smolensk, teve o seu discurso interrompido de forma abrupta por um espasmo inesperado que lhe contraiu a garganta. Deu alguns passos em silêncio, mas seus olhos reluziam de modo febril, e os lábios tremeram quando recomeçou a falar:

— Se não houvesse magnanimidade na guerra, nós só iríamos para a guerra quando valesse a pena marchar para a morte certa, como agora. Então não haveria uma guerra porque Pável Ivánitch ofendeu Mikhail Ivánitch. Mas, se é uma guerra como a de agora, então há guerra. E a força das tropas não seria como é agora. Todos esses westfalianos e hessianos[52] que Napoleão está comandando não o seguiriam para o território da Rússia, nem nós iríamos combater na Áustria e na Prússia sem sequer saber por quê. A guerra não é uma amabilidade, e sim a coisa mais cruel da vida, e é preciso entender isso e não brincar de guerra. É preciso levar a sério e com rigor essa terrível necessidade. Tudo se resume a isto: pôr de lado a mentira, a guerra é a guerra, não é uma brincadeira. Senão a guerra acaba sendo esse entretenimento predileto de pessoas ociosas e levianas... A carreira militar é a mais honrosa. Mas afinal o que é a guerra, o que é necessário para o êxito em questões militares, quais são os padrões de conduta no meio militar? O objetivo da guerra é o assassinato, os instrumentos da guerra são a espionagem, a traição e o seu encorajamento, o extermínio dos habitantes, a pilhagem dos seus bens ou o roubo para o abastecimento do exército, a fraude e a mentira, chamadas de astúcias militares; os padrões de conduta da carreira militar são a ausência de liberdade, ou seja, a disciplina, a ociosidade, a ignorância, a crueldade, a depravação, a bebedeira. E apesar disso é a carreira mais alta, a mais respeitada por todos. Os reis todos, exceto o chinês, usam um uniforme

---

52 A Westfália e Hesse eram regiões da Alemanha tomadas por Napoleão em 1807.

militar e conferem a maior recompensa àquele que matou mais gente... Como vai acontecer amanhã, eles se reúnem para se matarem uns aos outros, ferem, aleijam dezenas de milhares de pessoas, e depois vão mandar rezar missas em ação de graças por terem matado tanta gente (cujo número ainda tratam de aumentar) e vão proclamar a vitória, supondo que quanto mais gente for massacrada maior o mérito. Como é que Deus, lá do alto, pode vê-los e escutá-los? — exclamou o príncipe Andrei com voz fina, estridente. — Ah, meu caro, ultimamente, viver tem sido penoso para mim. Vejo que comecei a entender coisas demais. E não convém ao homem provar os frutos da árvore do conhecimento do bem e do mal... Mas não será por muito tempo! — acrescentou. — Parece que você está com sono, e também já é hora de eu ir dormir. Vá para Górki — disse o príncipe Andrei, de repente.

— Ah, não! — respondeu Pierre, fitando o príncipe Andrei com olhos temerosos e compadecidos.

— Vá, vá, sim: antes de uma batalha, é preciso dormir — repetiu o príncipe Andrei. Aproximou-se rapidamente de Pierre, abraçou-o e beijou-o. — Adeus, vá embora — gritou. — Voltemos a nos ver ou não... — deu meia-volta bruscamente e foi para o telheiro.

Já estava escuro, e Pierre não conseguiu decifrar se a expressão no rosto do príncipe Andrei era de raiva ou de ternura.

Pierre ficou algum tempo em silêncio, refletindo se iria atrás dele ou se iria embora. "Não, ele não precisa!", resolveu Pierre, "e eu sei que este foi o nosso último encontro." Deu um suspiro profundo e voltou para Górki.

O príncipe Andrei, depois de voltar para o telheiro, deitou-se num tapete, mas não conseguiu dormir.

Fechou os olhos. As imagens se transformavam umas nas outras. Numa delas, deteve-se por mais tempo e com alegria. Recordou vividamente certa noite em Petersburgo. Natacha, com o rosto animado e afoito, lhe contava como ela, no verão anterior, tinha ido pegar cogumelos e se perdera numa grande floresta. De forma incoerente, Natacha descrevia para ele a vastidão da floresta e os seus sentimentos, a conversa com um apicultor que encontrara, e a cada minuto interrompia o seu relato e dizia: "Não, não posso, não vou contar direito; não, o senhor não vai entender", apesar de o príncipe Andrei tranquilizá-la, dizendo que entendia, e de fato estava entendendo tudo o que ela queria dizer. Natacha estava insatisfeita com suas palavras — ela sentia que não transmitiam a sensação tremendamente poética que havia experimentado naquele dia e que ela queria exprimir. "Foi um encanto tão grande aquele velho, e estava tão escuro na floresta... e ele tinha tão bons... não, eu não sei como contar", disse ela, vermelha e agitada. O príncipe Andrei sorriu agora com o mesmo sorriso alegre com que havia sorrido naquele momento, enquanto olhava nos olhos dela. "Eu a entendi", pensou o príncipe Andrei. "Não só entendi, como também amei aquela força de espírito, aquela sinceridade, aquela franqueza de espírito, aquele espírito que o seu corpo parecia amarrar, aquele espírito... amei com tanta força, com tanta paixão..." E de repente lembrou-se de como aquele amor terminara. "*Ele* não precisava de nada disso. *Ele* não via nem entendia nada disso. Viu nela uma garota bonitinha, *fresquinha*, à qual ele não se dignou a unir o seu destino. Mas e eu? E até hoje ele está vivo e feliz."

O príncipe Andrei, como se alguém o tivesse queimado, ergueu-se de um salto e começou a andar outra vez, de um lado para outro, na frente do telheiro.

XXVI

No dia 25 de agosto, véspera da batalha de Borodinó, o prefeito do palácio do imperador dos franceses, M. Beausset, e o coronel Fabvier chegaram ao acampamento de Napoleão em Valúievo.

Depois de vestir o uniforme palaciano, M. Beausset mandou que fossem pegar o embrulho que ele havia trazido para o imperador e entrou no primeiro cômodo da tenda de Napoleão, onde, enquanto conversava com os ajudantes de ordens de Napoleão que o rodearam, começou a desembrulhar a caixa.

Fabvier, sem entrar na tenda, ficou junto à porta, conversando com generais seus conhecidos.

O imperador Napoleão ainda não havia saído do seu dormitório e estava terminando de se arrumar. Bufando e arquejando, voltava ora as costas largas, ora o peito gordo e peludo, para a escova que o camareiro esfregava no seu corpo. Outro camareiro, com um frasco entre os dedos, borrifava água-de-colônia sobre o bem tratado corpo do imperador, com uma expressão que dizia que só ele e mais ninguém podia saber quanta água-de-colônia era preciso borrifar, e onde. Os cabelos curtos de Napoleão estavam molhados e colados na testa. Mas seu rosto, embora inchado e amarelo, exprimia um prazer físico: "*Allez, ferme, allez toujours...*",[53] dizia ele para o camareiro que o borrifava, ofegante e tenso. Um ajudante de ordens entrou no dormitório a fim de comunicar ao imperador quantos prisioneiros tinham sido feitos no combate do dia anterior e, cumprida sua missão, continuou junto à porta, aguardando a permissão para sair. Napoleão, de sobrancelhas franzidas, lançou um olhar de esguelha para o ajudante de ordens.

---

53 Francês: "Vamos lá, com firmeza, não pare...".

— *Point de prisonniers* — repetiu as palavras do ajudante de ordens. — *Il se font démolir. Tant pis pour l'armée russe* — disse. — *Allez toujours, allez ferme*[54] — exclamou, recurvando as costas e apresentando os ombros gordos ao camareiro. — *C'est bien! Faites entrer monsieur Beausset, ainsi que Fabvier*[55] — disse para o ajudante de ordens, com um aceno de cabeça.

— *Oui, sire*[56] — e o ajudante de ordens sumiu pela porta da tenda.

Dois camareiros rapidamente vestiram sua alteza, e ele, num uniforme azul da guarda, seguiu para a sala de recepção a passos firmes e ligeiros.

Beausset, naquele momento, estava com as mãos ocupadas colocando o presente que trouxera da imperatriz bem na frente do caminho do imperador, sobre duas cadeiras. Mas o imperador terminou de se vestir e saiu com uma rapidez tão inesperada que Beausset não teve tempo de preparar inteiramente a surpresa.

Napoleão percebeu sem demora o que estavam fazendo e adivinhou que ainda não estavam prontos. Não quis privá-los da satisfação de lhe fazer uma surpresa. Fingiu que não tinha visto o sr. Beausset e chamou Fabvier à sua presença. De rosto franzido, severo e em silêncio, escutou o que Fabvier lhe dizia a respeito da bravura e da dedicação das suas tropas, que combateram em Salamanca, na outra extremidade da Europa, e que só tinham um pensamento, serem dignas do seu imperador, e um só medo, deixá-lo insatisfeito. O resultado da batalha foi lamentável. Napoleão fez um comentário irônico durante a exposição de Fabvier, como se um combate não pudesse transcorrer de outro modo sem a sua presença.

— Tenho de compensar isso em Moscou — disse Napoleão. — *À tantôt*[57] — acrescentou e chamou Beausset, que, naquela altura, já tivera tempo de preparar a surpresa, colocando algo sobre duas cadeiras e cobrindo com um pano.

Beausset curvou-se com a reverência profunda dos cortesãos franceses, que só os antigos servidores dos Bourbon sabiam fazer, e aproximou-se, entregando um envelope.

Napoleão voltou-se para ele com ar alegre e lhe deu um puxão na orelha.

— O senhor não perdeu tempo. Muito bem. Mas o que Paris tem a dizer? — perguntou, passando subitamente da expressão severa de antes para uma fisionomia mais afetuosa.

---

54 Francês: "Nada de prisioneiros [...] Eles é que estão se destruindo. Pior para o exército russo [...] Vamos lá, com firmeza, não pare".

55 Francês: "Muito bem, mande entrar o senhor Beausset, e também Fabvier".

56 Francês: "Sim, senhor".

57 Francês: "Até já".

— *Sire, tout Paris regrette votre absence*[58] — respondeu Beausset, da forma devida. Mas, embora Napoleão soubesse que Beausset tinha de falar aquilo ou algo semelhante, embora soubesse, em seus momentos de lucidez, que aquilo não era verdade, gostou de ouvir o que Beausset disse. E dignou-se a lhe dar outro puxão de orelha.

— *Je suis fâché de vous avoir fait faire tant de chemin*[59] — disse.

— *Sire! Je ne m'attendais pas à moins qu'à vous trouver aux portes de Moscou*[60] — disse Beausset.

Napoleão sorriu e, erguendo a cabeça com ar distraído, olhou para a direita. O ajudante de ordens, em passos deslizantes, aproximou-se com uma tabaqueira de ouro e a ofereceu. Napoleão pegou-a.

— Sim, foi até bom para o senhor — disse ele, aproximando o nariz da tabaqueira aberta. — O senhor gosta de viajar e daqui a três dias o senhor verá Moscou. Sem dúvida, o senhor não esperava conhecer a capital asiática. O senhor vai fazer uma viagem agradável.

Beausset curvou-se agradecido por aquela atenção ao seu gosto pelas viagens (que até então ele ignorava).

— Ah! Mas o que é isso? — disse Napoleão, ao notar que todos os cortesãos olhavam para algo coberto por um pano. Beausset, com sua habilidade de cortesão, sem voltar as costas para o imperador, deu um quarto de volta e recuou dois passos, ao mesmo tempo que retirava o pano que cobria o embrulho e dizia:

— Um presente da imperatriz para vossa alteza.

Era um retrato em cores claras, pintado por Gérard,[61] de uma criança, o filho de Napoleão com a filha do imperador austríaco, um menino a quem por algum motivo todos chamavam de Rei de Roma.

O menino lindo, de cabelos cacheados, com um olhar semelhante ao de Cristo na *Madona Sistina*,[62] estava representado jogando bilboquê. A bola do brinquedo representava o globo terrestre e a vareta na outra mão do menino representava um cetro.

Embora não estivesse de todo claro o que o pintor queria exprimir exatamente ao representar o chamado Rei de Roma enfiando o globo terrestre numa vareta,

---

58 Francês: "Senhor, Paris inteira lamenta a vossa ausência".

59 Francês: "Lamento ter obrigado você a fazer uma viagem tão longa".

60 Francês: "Senhor! Eu não esperava outra coisa senão encontrá-lo às portas de Moscou".

61 François-Pascal Gérard (1779-1837), pintor francês.

62 Referência a um quadro do pintor italiano Rafael, do século XVI.

a alegoria pelo visto pareceu clara a Napoleão e lhe agradou bastante, como ocorrera com todos aqueles que tinham visto o quadro em Paris.

— *Le Roi de Rome* — disse ele, apontando para o quadro com um gesto gracioso da mão. — *Admirable!* — Com a capacidade peculiar aos italianos de mudar à vontade a expressão do rosto, Napoleão aproximou-se do retrato e assumiu um ar de ternura pensativa. Teve a sensação de que o que quer que ele dissesse ou fizesse naquele momento entraria para a história. Pareceu-lhe que o melhor que podia fazer naquele momento era, com toda a sua majestade — por conta da qual seu filho podia brincar com o globo terrestre num bilboquê —, dar mostras da mais simples ternura paternal, em contraste com aquela majestade. Seus olhos ficaram nublados, ele se abaixou, virou-se à procura de uma cadeira (uma cadeira surgiu de um salto sob ele) e sentou-se diante do retrato. Um gesto seu, e todos saíram na ponta dos pés, deixando o grande homem sozinho com seus sentimentos.

Depois de ficar ali por um tempo e depois de, sem saber para quê, tocar com a mão na aspereza do ponto mais importante do retrato, Napoleão levantou-se e mandou chamar de novo Beausset e o ordenança. Mandou levar o retrato para a frente da tenda a fim de não privar a velha guarda, que se mantinha em redor da tenda, da felicidade de ver o Rei de Roma, o filho e herdeiro do seu adorado soberano.

Como já esperava, enquanto estava almoçando com o sr. Beausset, a quem concedera essa honra, ressoaram na frente da tenda gritos entusiasmados de oficiais e soldados da velha guarda dirigidos ao retrato.

— *Vive l'empereur! Vive le Roi de Rome! Vive l'empereur!* — soaram vozes entusiasmadas.

Depois do almoço, Napoleão, na presença de Beausset, ditou sua ordem do dia para o exército.

— *Courte et énergique!*[63] — exclamou Napoleão, quando terminou de ler a proclamação que ele mesmo acabara de escrever de um só fôlego e sem nenhuma emenda. A ordem do dia era:

> Soldados! Eis a batalha que vocês tanto desejavam. A vitória depende de vocês. Ela é indispensável para nós; nos dará tudo aquilo de que precisamos: acomodações confortáveis e um breve regresso à pátria. Comportem-se como se comportaram em Austerlitz, em Friedland, em Vítebsk e em Smo-

---

63 Francês: "Curta e enérgica!".

lensk. Para que a posteridade mais remota se recorde com orgulho das façanhas de vocês no dia de hoje. E que digam de cada um de vocês: ele esteve na grande batalha de Moscou!

— *De la Moskowa!*[64] — repetiu Napoleão, convidou o sr. Beausset, grande apreciador de viagens, a acompanhá-lo em seu passeio e saiu da tenda rumo aos cavalos selados.

— *Votre Majesté a trop de bonté*[65] — disse Beausset em resposta ao convite para acompanhar o imperador: estava com vontade de dormir, não sabia andar a cavalo e tinha medo de montar.

Mas Napoleão acenou com a cabeça para o viajante, e Beausset teve de ir. Quando Napoleão saiu da tenda, os gritos dos membros da guarda diante do retrato do seu filho soaram ainda mais fortes. Napoleão fez cara feia.

— Tirem-no daí — disse, apontando para o retrato com um gesto elegante e majestoso. — Ainda é cedo para ele ver um campo de batalha.

Beausset, de olhos fechados e cabeça baixa, deu um suspiro profundo, indicando com esse gesto como sabia apreciar e compreender as palavras do imperador.

XXVII

Napoleão, segundo os seus historiadores, passou todo aquele dia 25 de agosto andando a cavalo, examinando o território, discutindo planos que seus marechais lhe apresentavam e dando ordens pessoalmente aos seus generais.

A linha da posição original das tropas russas ao longo do rio Kolotchá tinha se rompido, e uma parte da linha, justamente o flanco esquerdo dos russos, em consequência da tomada do reduto de Chevardinó no dia 24, fora transferida para trás. Essa parte da linha não era fortificada, não contava mais com a proteção do rio, e à sua frente havia apenas um terreno aberto e plano. Era evidente para qualquer militar ou civil que essa parte da linha tinha de ser atacada pelos franceses. Parecia que não seriam necessárias muitas considerações para chegar a tal conclusão, não seria necessária tanta reflexão e tanto esforço do imperador e de seus marechais e, no geral, não seria necessária aquela capacidade especial e superior chamada de genialidade, que tanto gostam de atribuir a Napoleão;

---

64 Francês: "Aí está Moscou!".

65 Francês: "É muita bondade de vossa majestade".

mas os historiadores, que posteriormente descreveram aqueles acontecimentos, assim como as pessoas que então rodeavam Napoleão, e ele mesmo, pensavam de outra forma.

Napoleão percorreu o campo a cavalo, observou o terreno com ar muito compenetrado, balançava a cabeça para si mesmo de modo aprovador ou descrente e, sem explicar aos generais à sua volta o rumo compenetrado dos pensamentos que guiavam suas decisões, só lhes transmitia suas conclusões definitivas, em forma de ordens. Depois de escutar a sugestão de Davout, a quem chamavam de duque de Eckmühl, de que deviam contornar o flanco esquerdo dos russos, Napoleão respondeu que não era necessário fazer isso, sem explicar por que não era necessário. À sugestão do general Compan (incumbido de atacar as trincheiras) de que devia penetrar na floresta com a sua divisão, Napoleão expressou sua concordância, apesar de aquele a quem chamavam de duque de Elchingen — ou seja, Ney — ter se permitido observar que o deslocamento pela floresta era perigoso e podia dispersar a divisão.

Depois de examinar o terreno à frente do reduto de Chevardinó, Napoleão refletiu por algum tempo em silêncio e apontou para os lugares onde deviam instalar duas baterias até o dia seguinte, a fim de atacar as fortificações russas, e os lugares onde deviam alinhar, ao lado delas, a artilharia de campo.

Tendo dado essas e outras ordens, Napoleão voltou para a tenda e, sob o seu ditado, foi redigida a ordem de batalha.

Essa ordem, sobre a qual falam com entusiasmo os historiadores franceses e com profundo respeito outros historiadores, dizia o seguinte:

> Ao raiar do dia, duas baterias novas instaladas durante a noite na planície ocupada pelo príncipe de Eckmühl vão abrir fogo contra as duas baterias do inimigo, situadas à sua frente.
>
> Ao mesmo tempo, o comandante da artilharia do primeiro corpo, general Pernetti, com a divisão de trinta canhões de Compan e todos os canhões *howitzer* das divisões de Dessaix e de Friant, vão se deslocar para a frente, abrir fogo e inundar de granadas a bateria inimiga, contra a qual vão agir:
>
> os 24 canhões da artilharia da guarda
> os 30 canhões da divisão de Compan
> e os 8 canhões da divisão de Friant e de Dessaix.
> Ao todo, 62 canhões.
>
> O comandante da artilharia do terceiro corpo, general Fouché, vai instalar todos os canhões *howitzer* do terceiro e do oitavo corpos, ao todo 16 peças, no flanco da bateria, com o objetivo de atacar com fogo cerrado a fortificação esquerda, que terá contra si 40 canhões ao todo.

O general Sorbier deve estar preparado para, à primeira ordem, atacar com todos os canhões *howitzer* da artilharia da guarda ou uma fortificação ou outra.

Durante o canhoneio, o príncipe Poniatowsky vai atravessar a floresta em direção à aldeia e vai contornar a posição do inimigo.

O general Compan vai se deslocar através da floresta para se apoderar da primeira fortificação.

Uma vez começada desse modo a batalha, serão dadas ordens conforme os movimentos do inimigo.

O canhoneio do flanco esquerdo vai começar assim que se ouvir o canhoneio do flanco direito. Os atiradores da divisão de Morand e da divisão do vice-rei vão abrir fogo cerrado ao verem o início do ataque do flanco direito.

O vice-rei vai tomar a aldeia e atravessar suas três pontes, chegando à mesma altura que as divisões de Morand e de Friant, que sob a sua liderança vão avançar sobre o reduto e entrar em linha com as demais tropas do exército.

Tudo isso deve ser cumprido de forma organizada (*le tout se fera avec ordre et méthode*),[66] conservando na medida do possível tropas na reserva.

No acampamento do imperador, perto de Mojáisk, 6 de setembro de 1812.[67]

Essa ordem, totalmente obscura e redigida de forma confusa — se nos permitirmos encarar suas disposições sem o temor religioso pela genialidade de Napoleão — compreendia quatro pontos — quatro disposições. Nenhuma delas podia ser cumprida e nenhuma foi cumprida.

Na ordem de batalha dizia-se, em primeiro lugar: *as baterias instaladas no local escolhido por Napoleão, com canhões de Pernetti e de Fouché, que deverão se unir a elas, ao todo cento e dois canhões, vão abrir fogo e varrer as trincheiras russas e o reduto.* Era impossível fazer isso, pois dos lugares indicados por Napoleão as cargas não podiam alcançar as posições russas, e aqueles cento e dois canhões atiraram no vazio, até que o comandante mais próximo do local, em contradição com as ordens de Napoleão, ordenou levar os canhões para a frente.

A segunda ordem consistia em que *Poniatowsky devia se deslocar para a aldeia através da floresta e contornar o flanco esquerdo russo.* Isso era impossível e não foi feito porque Poniatowsky, ao se dirigir para a aldeia através da floresta, encontrou

---

66 Francês: "tudo se realizará com ordem e método".

67 A data aqui é indicada no calendário gregoriano, que no calendário juliano corresponde ao dia 25 de agosto.

lá, barrando o seu caminho, as tropas de Tutchkóv, e não pôde contornar e não contornou a posição russa.

A terceira ordem: *o general Compan vai entrar na floresta a fim de se apoderar da primeira fortificação*. A divisão de Compan não tomou a primeira fortificação, na verdade foi rechaçada, porque ao sair da floresta foi obrigada a se reagrupar sob o fogo de metralha, do qual Napoleão não tinha conhecimento.

Quarta: *o vice-rei vai tomar a aldeia* (Borodinó) *e atravessar suas três pontes, chegando à mesma altura que as divisões de Morand e de Friant* (sobre as quais não se dizia de onde iriam se deslocar, nem quando), *que sob a sua liderança vão avançar sobre o reduto e entrar em linha com as demais tropas do exército*.

Até onde é possível entender — se não por essa frase incoerente, ao menos pelas tentativas feitas pelo vice-rei de cumprir as ordens que lhe foram dadas —, ele deveria se deslocar ao largo de Borodinó, pela esquerda, até o reduto, e ao mesmo tempo as divisões de Morand e de Friant deveriam avançar a partir do front.

Tudo isso, a exemplo de outros pontos da ordem de batalha, não foi e não podia ser cumprido. Ao passar por Borodinó, o vice-rei foi rechaçado no rio Kolotchá e não pôde seguir adiante; as divisões de Morand e de Friant não tomaram o reduto, foram rechaçadas, e o reduto, já no final da batalha, foi tomado pela cavalaria (sem dúvida, um combate não previsto por Napoleão e de todo inconcebível). Portanto nenhuma das determinações da ordem de batalha foi cumprida nem poderia ser. Mas na ordem dizia-se que, uma vez começada desse modo a batalha, seriam dadas ordens conforme os movimentos do inimigo, e por isso podia parecer que Napoleão, no início da batalha, tinha dado todas as ordens necessárias; mas não foi assim, nem poderia ser, porque durante todo o tempo da batalha Napoleão se achava tão distante que (como depois se revelou) não poderia ter conhecimento do andamento da batalha, e nenhuma ordem sua poderia ser cumprida durante os combates.

XXVIII

Muitos historiadores dizem que a batalha de Borodinó não foi vencida pelos franceses porque Napoleão estava resfriado e que, se ele não estivesse resfriado, as suas ordens, dadas antes e no decurso da batalha, teriam sido ainda mais geniais, a Rússia estaria perdida, *et la face du monde eût été changée*.[68] Para os historiadores

---

68 Francês: "e a face do mundo teria mudado".

que consideram que a Rússia foi formada pela vontade de um só homem — Pedro, o Grande — e que a França passou da república ao império e suas tropas foram para a Rússia pela vontade de um só homem — Napoleão —, o argumento de que a Rússia continuou a ser poderosa porque Napoleão teve um grande resfriado no dia 26 é, para tais historiadores, um raciocínio perfeitamente lógico.

Se dependia da vontade de Napoleão oferecer a batalha ou não, e se dependia da sua vontade dar uma ordem ou outra qualquer, então é evidente que um resfriado, capaz de influenciar a manifestação da sua vontade, podia ser a causa da salvação da Rússia e, portanto, o camareiro que no dia 24 esqueceu de dar a Napoleão as botas impermeáveis foi o salvador da Rússia. Nessa linha de raciocínio, tal conclusão é indiscutível — tão indiscutível quanto a conclusão que, de zombaria (sem que ele mesmo soubesse de que estava zombando), fez Voltaire ao dizer que o massacre da noite de São Bartolomeu ocorreu por causa de uma indigestão de Carlos IX. Mas, para as pessoas que não admitem que a Rússia tenha sido formada pela vontade de um só homem — Pedro I — nem que o império francês tenha se constituído e a guerra contra a Rússia tenha tido início pela vontade de um só homem — Napoleão —, tal raciocínio não só parece equivocado e absurdo, como também contrário a toda essência humana. Para a questão sobre o que constitui a causa dos acontecimentos históricos, apresenta-se outra resposta, a saber, que a marcha dos acontecimentos do mundo é predeterminada de cima, depende da coincidência de todos os arbítrios das pessoas que participam de tais acontecimentos, e que a influência de Napoleão na marcha de tais acontecimentos é apenas exterior e fictícia.

Por mais estranha que pareça à primeira vista a sugestão de que o massacre da noite de São Bartolomeu, cuja ordem foi dada por Carlos IX, não ocorreu pela sua vontade, mas apenas pareceu a Carlos IX ter mandado que fizessem aquilo, e que a matança de oitenta mil homens na batalha de Borodinó ocorreu não pela vontade de Napoleão (apesar de ele ter dado ordens para o início e para o transcurso da batalha), mas apenas lhe pareceu que ele mandou fazer isso — por mais estranho que pareça tal raciocínio, a dignidade humana, que me diz que cada um de nós se não é um homem maior tampouco é um homem menor do que o grande Napoleão, nos leva a admitir essa resposta para a questão, e as investigações históricas confirmam plenamente tal hipótese.

Na batalha de Borodinó, Napoleão não atirou em ninguém e não matou ninguém. Os soldados fizeram isso. Portanto não foi ele que matou as pessoas.

Os soldados do exército francês foram matar os soldados russos na batalha de Borodinó não por causa das ordens de Napoleão, mas por sua própria vontade. O exército inteiro — franceses, italianos, alemães, poloneses, esfomeados, maltrapilhos, fatigados pela marcha —, ao ver um exército que barrava o seu caminho para Moscou, sentiu que *le vin est tiré et qu'il faut le boire.*[69] Se Napoleão tivesse proibido suas tropas de lutar contra os russos, os soldados o matariam e partiriam para lutar contra os russos, porque isso era uma necessidade para eles.

Quando ouviram a ordem de Napoleão, que lhes oferecia, em troca da mutilação e da morte, o consolo das palavras da posteridade de que eles tinham estado na batalha de Moscou, gritaram "*Vive l'empereur!*", assim como gritaram "*Vive l'empereur!*" quando viram a pintura de um menino que espetava uma vareta de bilboquê num globo terrestre; e assim também como gritavam "*Vive l'empereur!*" a cada disparate que lhes diziam. Não lhes restava mais nada para fazer senão gritar "*Vive l'empereur!*" e ir combater a fim de conseguir alimento e o repouso dos vencedores em Moscou. Portanto, não foi por causa das ordens de Napoleão que eles mataram seus semelhantes.

E tampouco foi Napoleão que dirigiu o rumo da batalha, porque dos termos da sua ordem de batalha nada foi cumprido, e durante o combate ele não sabia o que se passava na sua frente. Portanto, a maneira como aquelas pessoas se mataram se passou não pela vontade de Napoleão, mas de modo alheio a ela, pela vontade de centenas de milhares de pessoas que participaram da ação comum. Para Napoleão, apenas pareceu que todo o combate se passou pela sua vontade. E por isso a questão de Napoleão estar ou não resfriado não tem maior interesse para a história do que a questão do resfriado do mais insignificante dos soldados incumbidos dos transportes de carga.

Tanto menor é a importância do resfriado de Napoleão no dia 26 de agosto, porquanto as declarações dos escritores de que foi por causa do resfriado de Napoleão que sua ordem de batalha e suas ordens durante o decurso da batalha não foram tão boas como as anteriores se mostram totalmente injustas.

A ordem de batalha reproduzida aqui não foi em nada pior e até foi melhor do que as anteriores, que se referiam a batalhas vitoriosas. As ordens imaginárias dadas no decurso da batalha também não foram piores do que as anteriores, mas exatamente iguais, como sempre. Porém a ordem de batalha e as ordens dadas no decurso da batalha só pareceram piores do que as anteriores porque a batalha de Borodinó foi a primeira que Napoleão não venceu. As ordens mais belas e mais compenetradas parecem muito ruins, e todo sábio militar as critica com ar de entendido quando a batalha não foi vencida, e as piores ordens parecem muito boas, e gente séria demonstra, em tomos inteiros, o mérito de ordens péssimas quando a batalha a que elas se referem foi vencida.

A ordem de batalha redigida por Weyrother na batalha de Austerlitz era um

---

69 Francês: "o vinho está aberto, e é preciso bebê-lo".

modelo de perfeição nas obras desse gênero, mesmo assim a condenaram, e a condenaram por sua perfeição, por seu excesso de minúcias.

Napoleão na batalha de Borodinó cumpriu o seu papel de representante do poder tão bem quanto em outras batalhas, e até melhor. Não fez nada de prejudicial ao andamento da batalha; tendeu às opiniões mais razoáveis; não se confundiu, não entrou em contradição, não se desesperou e não fugiu do campo de batalha, mas, com seu grande tato e sua experiência de guerra, cumpriu com serenidade e dignidade o seu papel de comando aparente.

XXIX

Ao voltar depois de uma segunda inspeção minuciosa das linhas, Napoleão disse:

— As peças do xadrez estão na posição, a partida vai começar amanhã.

Mandou que lhe servissem um ponche, chamou Beausset e começou a conversar com ele a respeito de Paris e de algumas mudanças que tinha intenção de promover na *maison de l'impératrice*,[70] deixando o prefeito admirado com a sua memória dos mínimos detalhes relativos à corte.

Napoleão se interessava por trivialidades, pilheriava a respeito do amor de Beausset pelas viagens e tagarelava descontraidamente, como faz um cirurgião famoso, confiante e sabedor do seu ofício, enquanto arregaça as mangas, veste o avental e o paciente é colocado na mesa de operações: "Toda a questão está nas minhas mãos e se mostra clara e bem definida na minha cabeça. Quando for preciso entrar em ação, farei isso melhor do que qualquer outro, mas agora posso fazer piadas, e quanto mais eu fizer piadas e estiver calmo, mais vocês devem se sentir seguros, calmos e admirados com o meu gênio".

Após terminar seu segundo copo de ponche, Napoleão foi descansar, antes da séria tarefa que, assim lhe parecia, o aguardava no dia seguinte.

Tão grande era seu interesse pela tarefa que o aguardava que ele não conseguiu dormir e, apesar do resfriado que havia piorado com a umidade noturna, às três horas da madrugada saiu para a seção mais ampla da sua tenda assoando o nariz ruidosamente. Perguntou se os russos não tinham fugido. Responderam que as fogueiras do inimigo continuavam nos mesmos lugares. Napoleão balançou a cabeça em sinal de aprovação.

O ajudante de ordens de serviço entrou na tenda.

---

70 Francês: "casa da imperatriz".

— *Eh bien, Rapp, croyez-vous, que nous ferons de bonnes affaires aujourd'hui?*[71] — perguntou-lhe Napoleão.

— *Sans aucun doute, sire*[72] — respondeu Rapp.

Napoleão fitou-o.

— *Vous rappelez-vous, sire, ce que vous m'avez fait l'honneur de me dire à Smolensk* — disse Rapp —, *le vin est tiré, il faut le boire.*[73]

Napoleão franziu as sobrancelhas e ficou quieto por um tempo, com a cabeça apoiada na mão.

— *Cette pauvre armée* — disse ele de repente —, *elle a bien diminué depuis Smolensk. La fortune est une franche courtisane, Rapp; je le disais toujours, et je commence à l'éprouver. Mais la garde, Rapp, la garde est intacte?*[74] — falou Napoleão em tom interrogativo.

— *Oui, sire* — respondeu Rapp.

Napoleão pegou uma pastilha, colocou-a na boca e olhou para o relógio. Não tinha vontade de dormir, ainda faltava muito para a manhã; já não podia mais dar ordem nenhuma para matar o tempo, porque todas as ordens haviam sido dadas e agora estavam sendo cumpridas.

— *A-t-on distribué les biscuis et le riz aux régiments de la garde?*[75] — perguntou Napoleão em tom severo.

— *Oui, sire.*

— *Mais le riz?*[76]

Rapp respondeu que havia transmitido as ordens do soberano a respeito do arroz, mas Napoleão balançou a cabeça insatisfeito, como se não acreditasse que sua ordem tinha sido cumprida. Um criado entrou com o ponche. Napoleão mandou servir mais um copo para Rapp e, em silêncio, tomou um gole do seu.

— Não tenho paladar nem olfato — disse ele, cheirando o copo. — Esse resfriado me encheu a paciência. Ficam falando de remédios. Ora, remédios, quando nem conseguem sequer curar um resfriado? Corvisart me deu essas pastilhas, mas não servem para nada. O que elas podem curar? É impossível curar. *Notre corps est une machine à vivre. Il est organisé pour cela, c'est sa nature; laissez-y la vie à son aise, qu'elle*

---

71 Francês: "Então, Rapp, o senhor acha que faremos um bom trabalho hoje?".

72 Francês: "Sem dúvida nenhuma, senhor".

73 Francês: "O senhor se lembra que me concedeu a honra de me dizer em Smolensk [...] o vinho está aberto, é preciso bebê-lo".

74 Francês: "Pobre exército [...] ele diminuiu muito desde Smolensk. A fortuna é uma verdadeira cortesã, Rapp; eu sempre disse isso e começo a prová-lo. Mas e a guarda, Rapp, a guarda está intacta?".

75 Francês: "O arroz e os biscoitos foram distribuídos aos regimentos da guarda?".

76 Francês: "O arroz também?".

s'y défende elle-même: elle fera plus que si vous la paralysez en l'encombrant de remèdes. Notre corps est comme une montre parfaite qui doit aller un certain temps; l'horloger n'a pas la faculté de l'ouvrir, il ne peut la manier qu'à tâtons et les yeux bandés. Notre corps est une machine à vivre, voilà tout.[77] — E, como se tivesse entrado pelo caminho das definições, *définitions*, que Napoleão tanto apreciava, apresentou de forma inesperada outra definição. — O senhor, Rapp, sabe o que é a arte da guerra? — perguntou. — É a arte de ser mais forte do que o inimigo num determinado momento. *Voilà tout.*

Rapp nada respondeu.

— *Demain nous allons avoir affaire à Koutouzoff!*[78] — disse Napoleão. — Veremos! Lembre-se de que em Braunau ele comandou o exército e durante três semanas não montou no cavalo nem uma vez para inspecionar as fortificações. Veremos!

Lançou um olhar para o relógio. Ainda eram quatro horas. Não tinha vontade de dormir, o ponche havia terminado, e não havia nada para fazer. Napoleão levantou-se, andou para um lado e para o outro, vestiu uma sobrecasaca quente, um chapéu, e saiu da tenda. A noite estava escura e úmida; caía uma umidade quase imperceptível. As fogueiras ardiam pálidas em redor, na guarda francesa, e também brilhavam ao longe através da névoa, nas linhas russas. Fazia silêncio em toda parte, e ouviam-se apenas os sussurros e o rumor dos pés das tropas francesas, que começavam a se movimentar a fim de tomar suas posições.

Napoleão ficou andando na frente da tenda, observava as fogueiras, escutava o rumor dos pés e, ao passar por um guarda alto, de chapéu de pele, que estava de vigia junto à sua tenda e que, como uma coluna preta, se esticou todo ante a aparição do imperador, parou na frente dele.

— Há quantos anos está no Exército? — perguntou com a brusquidão afetada e a branda combatividade de costume, com que ele sempre se dirigia aos soldados.

O guarda respondeu.

— *Ah! Un des vieux!*[79] Receberam arroz no regimento?

— Recebemos, vossa alteza.

Napoleão fez que sim com a cabeça e afastou-se.

---

77 Francês: "Nosso corpo é uma máquina de viver. É organizado para isso, é sua natureza; deixe a vida seguir seu curso, que ela se defenda sozinha: ela fará mais do que se nós a paralisarmos, entupindo-a de remédios. Nosso corpo é como um relógio perfeito que deve andar por certo tempo; o relojoeiro não tem a faculdade de abri-lo, só pode manejá-lo às cegas e de olhos vendados. Nosso corpo é uma máquina de viver, e isso é tudo".

78 Francês: "Amanhã teremos de enfrentar Kutúzov!".

79 Francês: "Ah! Um dos antigos!".

Às seis e meia, Napoleão foi a cavalo à aldeia de Chevardinó.

O dia começou a clarear, o céu estava limpando, só uma nuvem pairava no leste. Fogueiras abandonadas terminavam de queimar na luz fraca da manhã.

À direita, ressoou um tiro de canhão grave e solitário, prolongou-se e morreu em meio ao silêncio geral. Passaram alguns minutos. Ressoou um segundo tiro, e um terceiro sacudiu o ar; um quarto ressoou mais perto e solene, em algum ponto à direita.

Ainda não haviam cessado de reverberar os primeiros tiros quando romperam outros, e outros mais, emendando-se e interrompendo-se uns aos outros.

Napoleão, com sua comitiva, aproximou-se do reduto de Chevardinó e desmontou. A partida havia começado.

XXX

Ao voltar para Górki depois de falar com o príncipe Andrei, Pierre mandou que o seu cavalariço deixasse os cavalos preparados e o acordasse de manhã cedo, e logo depois pegou no sono atrás de um biombo, num canto que Boris havia cedido a ele.

Quando Pierre acordou na manhã seguinte, já não havia ninguém na isbá. Os vidros trepidavam nas janelas pequenas. O cavalariço estava de pé a seu lado e o sacudia.

— Vossa excelência, vossa excelência, vossa excelência... — repetia o cavalariço com insistência, sem olhar para Pierre, sacudindo-o pelo ombro e, pelo visto, já sem esperança de acordá-lo.

— O que foi? Já começou? Está na hora? — exclamou Pierre, acordando.

— Ouça os tiros de canhão, excelência — disse o cavalariço, um soldado que já dera baixa das tropas. — Todos os senhores já partiram, vossa excelência dormiu demais.

Pierre vestiu-se às pressas e correu para a varanda. Ao ar livre, o dia estava claro, fresco, orvalhado e alegre. O sol acabara de escapar de detrás da nuvem que o encobria, e seus raios, cortados ao meio pelas nuvens, eram lançados nos telhados do outro lado da rua, na poeira da estrada coberta de orvalho, nas paredes das casas, nas janelas, no muro e nos cavalos de Pierre, que estavam junto à isbá. O barulho dos canhões soava cada vez mais nítido. Um ajudante de ordens e um cossaco passaram a galope pela rua.

— Está na hora, conde, está na hora! — gritou o ajudante de ordens.

Pierre mandou que o cavalariço trouxesse os cavalos atrás dele e seguiu a pé pela rua na direção da colina de onde, na véspera, tinha contemplado o campo de batalha. Na colina havia uma multidão de militares, ouvia-se uma conversa em francês entre membros do Estado-Maior e via-se a cabeça grisalha de Kutúzov, o seu gorro branco com uma fita vermelha, e a nuca grisalha afundada nos ombros. Kutúzov observava através de uma luneta a estrada principal à frente.

Ao subir os degraus para o topo da colina, Pierre lançou um olhar para a frente e perdeu o fôlego ante a beleza do espetáculo. Era o mesmo panorama que o havia encantado na véspera, no alto daquela colina; mas agora toda a região estava coberta por tropas e pela fumaça dos tiros, e os raios oblíquos do sol brilhante, que se erguia mais atrás, à esquerda de Pierre, lançavam sobre aquele panorama, no ar puro da manhã, uma luz penetrada por matizes rosados e dourados e sombras compridas e escuras. Os bosques distantes, que delimitavam o panorama, como que esculpidos em alguma pedra preciosa amarelo-esverdeada, desenhavam-se com sua silhueta ondulada no horizonte, e entre eles, além de Valúievo, passava a estrada principal de Smolensk, toda coberta de tropas. Perto, reluziam campos e arvoredos dourados. Em toda parte — à frente, à direita, à esquerda — viam-se tropas. Tudo era movimentado, majestoso e surpreendente; porém o que mais impressionou Pierre foi o aspecto do campo de batalha propriamente dito, de Borodinó e das ravinas sobre o rio Kolotchá, em ambas as margens.

Acima do Kolotchá, em Borodinó e nos dois lados, sobretudo no lado esquerdo, onde o Vóina, com suas margens pantanosas, deságua no Kolotchá, pairava essa neblina matinal que se dissolve, se dissipa e deixa transparecer o brilho do sol nascente, ao mesmo tempo que colore e delineia com encanto tudo o que se avista através dela. A fumaça dos tiros se fundia àquela neblina, e por isso os lampejos da luz da manhã rebrilhavam na fumaça e na neblina por todo lado — ora na água, ora no orvalho, ora nas baionetas das tropas, que se aglomeravam nas margens do rio e em Borodinó. Através da neblina, via-se uma igreja branca, aqui e ali os telhados das isbás de Borodinó, densas massas de soldados, carroças com caixas verdes de munição, canhões. E tudo estava em movimento ou parecia em movimento, porque a neblina e a fumaça se alastravam por toda aquela vastidão. Assim como nos locais mais baixos perto de Borodinó, cobertos pela neblina, também fora dali, mais acima e sobretudo mais à esquerda, por toda a linha das tropas, nos bosques, nos campos, nas terras mais baixas, nos topos mais elevados, brotavam do nada e sem cessar tufos de fumaça de canhão, ora isolados, ora em blocos, ora esparsos, ora frequentes, que, inflando-se, sacudindo-se, enrolando-se, fundindo-se, eram visíveis em toda aquela vastidão.

A fumaça dos tiros e também, é estranho dizê-lo, o som dos tiros produziam a principal beleza do espetáculo.

Puff! — de repente surgia uma fumaça redonda, densa, que mesclava as cores violeta, cinza e branco-leite, e *bum!* — irrompia, um segundo depois, o som daquela fumaça.

Puf-puf — subiam duas fumaças, empurravam-se e fundiam-se; e *bum-bum* — os sons confirmavam o que os olhos tinham visto.

Pierre virou-se para ver a primeira fumaça, que lhe pareceu um balão redondo e compacto, e logo em seu lugar havia bolas da fumaça que se espalhavam para o lado, e puf... (uma pausa), puf-puf — brotaram mais três, e quatro, e a cada uma, com intervalos iguais, bum... bum-bum-bum — respondiam sons bonitos, firmes, leais. Parecia ora que as fumaças corriam, ora que ficavam paradas, e diante delas eram os bosques que corriam, e também os campos e as baionetas reluzentes. Do lado esquerdo, pelos campos e arbustos, brotavam sem cessar aquelas fumaças grandes, com seus ecos festivos, e mais perto, pelas áreas mais baixas e pelos bosques, flamejavam pequenas fumaças de tiros de fuzil, que não conseguiam formar círculos, mas da mesma forma produziam seus pequenos ecos. Tra-ta-ta-tá — crepitavam os fuzis seguidamente, mas de modo inseguro e fraco em comparação com os tiros de canhão.

Pierre teve vontade de estar onde estavam as fumaças, as baionetas e os canhões reluzentes, o movimento, o barulho. Virou-se para Kutúzov e para a sua comitiva a fim de comparar sua impressão com a dos outros. Todos estavam exatamente como ele e, assim lhe pareceu, olhavam para a frente, para o campo de batalha, com o mesmo sentimento. Em todos os rostos brilhava agora aquele sentimento de *calor latente* (*chaleur latente*) que Pierre havia notado na véspera e que havia compreendido plenamente após a conversa com o príncipe Andrei.

— Vá, meu caro, vá, e que Cristo o acompanhe — disse Kutúzov para um general a seu lado, sem tirar os olhos do campo de batalha.

Ao ouvir a ordem, o general passou por Pierre a fim de descer da colina.

— Para a travessia do rio! — disse o general em tom frio e severo, em resposta a um membro do Estado-Maior que lhe perguntara aonde ia.

"Eu também, eu também", pensou Pierre e foi atrás do general.

O general montou no cavalo que um cossaco lhe deu. Pierre aproximou-se do seu cavalariço, que trazia os cavalos. Depois de perguntar qual era o mais manso, Pierre montou no cavalo, segurou-se na crina e, com os pés virados para fora, pressionou a barriga do cavalo com os calcanhares e, sentindo que os óculos estavam escorregando e que ele não tinha condições de soltar a crina e as rédeas, seguiu a galope atrás do general, provocando sorrisos nos membros do Estado-Maior que observavam Pierre do alto da colina.

XXXI

O general atrás de quem Pierre galopava desceu o morro e virou bruscamente à esquerda, e Pierre, que o perdeu de vista, penetrou a galope nas fileiras da infantaria, que caminhavam à sua frente. Tentou sair delas, ora à direita, ora à esquerda; porém por todo lado havia soldados com aquele mesmo rosto preocupado, absorto em algum assunto invisível, mas importante, ao que parecia. Com o mesmo olhar interrogativo e insatisfeito, todos olhavam para aquele sujeito gordo, de chapéu branco, que por alguma razão ignorada os atropelava com seu cavalo.

— Por que tem de passar no meio do batalhão? — gritou um deles para Pierre. Outro cutucou o cavalo com a coronha do fuzil, e Pierre, segurando-se ao cabeçote da sela e mal conseguindo conter o cavalo, que queria disparar, galopou para a frente dos soldados, onde havia mais espaço.

Adiante havia uma ponte, e na ponte, atirando, havia mais soldados. Pierre aproximou-se deles. Sem saber, galopava na direção da ponte sobre o rio Kolotchá que ficava entre Górki e Borodinó e que, no primeiro combate da batalha (depois de tomar Borodinó), os franceses haviam atacado. Pierre viu que à sua frente havia uma ponte e que em ambos os lados da ponte e no prado, nas fileiras de feno caídas que ele notara na véspera, os soldados faziam algo dentro da fumaça; mas, apesar do tiroteio incessante que ocorria naquele local, Pierre não conseguia conceber de forma nenhuma que ali era o campo de batalha. Não ouvia o som das balas de fuzil, que assoviavam de todos os lados, nem das balas de canhão, que passavam voando por cima dele, não via o inimigo, que se achava do outro lado do rio, e ficou muito tempo sem ver mortos e feridos, embora muitos soldados caíssem perto dele. Com um sorriso que não deixava seu rosto, Pierre olhava à sua volta.

— O que está fazendo nas linhas de combate? — alguém gritou com Pierre outra vez.

— Para a esquerda, para a direita — gritavam para ele.

Pierre tomou a direita e, inesperadamente, topou com um conhecido seu, um ajudante de ordens do general Raiévski. O ajudante de ordens lançou um olhar irritado para Pierre, pelo visto também com a intenção de gritar com ele, mas ao reconhecê-lo cumprimentou-o com uma inclinação de cabeça.

— Como o senhor veio parar aqui? — perguntou e galopou adiante.

Pierre, sentindo-se deslocado e sem utilidade, temendo de novo atrapalhar alguém, galopou atrás do ajudante de ordens.

— O que está acontecendo aqui? Posso ir com o senhor? — perguntou.

— Um instante, um instante — respondeu o ajudante de ordens e galopou até um coronel gordo que estava no prado, comunicou-lhe alguma coisa e só depois se dirigiu a Pierre.

— Para que o senhor veio se meter aqui, conde? — perguntou, com um sorriso. — Sempre curioso, não é?

— Sim, sim — respondeu Pierre. Mas o ajudante de ordens deu meia-volta com o seu cavalo e seguiu adiante.

— Isto aqui não é nada, graças a Deus — disse o ajudante de ordens. — Lá no flanco esquerdo, onde está Bagration, é que a coisa está pegando fogo.

— É mesmo? — perguntou Pierre. — E onde fica?

— Vamos, venha comigo até a colina, de lá dá para ver. E na nossa bateria ainda está suportável — disse o ajudante de ordens. — E então, vem?

— Sim, vou com o senhor — respondeu Pierre, olhando à sua volta e procurando com os olhos o seu cavalariço. Só então, pela primeira vez, Pierre viu os feridos, que andavam se arrastando ou eram carregados em macas. Naquele mesmo prado com as aromáticas fileiras de feno pelo qual havia passado na véspera, um soldado jazia imóvel, atravessado nas fileiras de feno, com a barretina caída e a cabeça virada de um jeito estranho. — E aquele ali, por que não levaram? — quis perguntar Pierre; mas, ao ver o rosto severo do ajudante de ordens que se voltara para aquele mesmo lado, calou-se.

Pierre não achou o seu cavalariço e, junto com o ajudante de ordens, seguiu pela ravina rumo à colina Raiévski. O cavalo de Pierre ficou muito atrás do cavalo do ajudante de ordens e o sacudia ritmadamente.

— Parece que o senhor não está habituado a montar, não é, conde? — perguntou o ajudante de ordens.

— Não, está tudo bem, só que o cavalo pula muito — disse Pierre, com perplexidade.

— Eh!... Mas ele está ferido — disse o ajudante de ordens. — A pata dianteira direita, acima do joelho. Deve ser uma bala. Parabéns, conde — disse. — *Le baptême du feu.*[80]

Depois de passar em meio à fumaça pelo sexto corpo do exército, atrás da artilharia, que trazida para a frente disparava, ensurdecendo com seus tiros, eles chegaram a um pequeno bosque. Estava frio e silencioso no bosque, e havia um cheiro de outono. Pierre e o ajudante de ordens desmontaram dos cavalos e seguiram a pé para o morro.

---

80 Francês: "O batismo de fogo".

— O general está aqui? — perguntou o ajudante de ordens, aproximando-se da colina.

— Estava aqui agora mesmo, mas foi para lá — responderam, apontando para a direita.

O ajudante de ordens virou-se para Pierre como se não soubesse o que fazer com ele agora.

— Não se preocupe — disse Pierre. — Eu vou para a colina, não posso?

— Sim, vá. De lá se vê tudo e não é tão perigoso. Depois virei buscar o senhor.

Pierre seguiu para a bateria, e o ajudante de ordens foi para outro lado. Eles não se viram mais e, muito depois, Pierre soube que aquele ajudante de ordens, naquele mesmo dia, perdera um braço.

A colina que Pierre subiu era a famosa elevação mais tarde conhecida entre os russos pelo nome de colina da bateria, ou bateria Raiévski, e entre os franceses pelo nome de *la grande redoute, la fatale redoute, la redoute du centre*,[81] em torno da qual tombaram dezenas de milhares de pessoas e que os franceses consideravam como o ponto mais importante da posição.

O reduto consistia em uma colina na qual, em três lados, foram escavados fossos. Dentro dos fossos protegidos por barricadas de terra estavam dez canhões que atiravam através de buracos abertos nas barricadas.

Alinhados com a colina, de ambos os lados, havia canhões que também não paravam de atirar. Um pouco atrás dos canhões, estavam tropas de infantaria. Ao subir a colina, Pierre não tinha a menor ideia de que aquele local, com pequenos fossos de onde alguns canhões atiravam, era o lugar mais importante da batalha.

Ao contrário, parecia a Pierre que aquele lugar (justamente por ele estar ali) era um dos mais insignificantes da batalha.

Ao chegar à colina, Pierre sentou-se na extremidade de um fosso que contornava a bateria e, com um sorriso alegre e inconsciente, observava o que ocorria à sua volta. De vez em quando, sempre com o mesmo sorriso, Pierre se levantava e caminhava junto à bateria, tentando não atrapalhar os soldados que municiavam e ajustavam a pontaria dos canhões e que passavam correndo a todo instante na sua frente com sacos e munição. Os canhões daquela bateria disparavam sem cessar, um após o outro, ensurdecendo com seus estrondos e obscurecendo toda aquela área com fumaça de pólvora.

Em contraste com o pavor que se percebia entre os soldados da infantaria que davam cobertura, junto à bateria, onde uma pequena quantidade de soldados se

81 Francês: "o grande reduto, o fatal reduto, o reduto do centro".

incumbia das tarefas, confinados e isolados dos demais por um fosso — ali se sentia uma animação única e geral, como se todos fossem de uma só família.

O surgimento da figura civil de Pierre, de chapéu branco, a princípio causou uma impressão desagradável nos soldados. Ao passar por Pierre, surpresos e até assustados, os soldados olhavam de esguelha para a sua figura. O oficial de artilharia mais graduado, homem alto e de pernas compridas, com marcas de varíola, veio andando na direção de Pierre como se fosse para inspecionar a operação do canhão da extremidade do fosso e observou-o com curiosidade.

Um jovem oficialzinho de cara redonda, ainda uma verdadeira criança, pelo visto recém-saído da escola de cadetes, que comandava com todo o zelo os dois canhões confiados a ele, voltou-se para Pierre com severidade.

— Senhor, tenha a bondade de sair do caminho — disse ele. — Não pode ficar aqui.

Os soldados balançavam a cabeça em desaprovação, olhando para Pierre. Mas quando todos se convenceram de que aquele homem de chapéu branco não só não estava fazendo nada de ruim, mas apenas ficava sentado submisso na beira do fosso, ou abria caminho educadamente para os soldados, com um sorriso tímido, enquanto passava junto às baterias sob os disparos com toda a calma, como se andasse por um bulevar, então aos poucos o sentimento de perplexidade rancorosa em relação a ele começou a mudar para uma simpatia carinhosa e bem-humorada, semelhante à que têm os soldados por seus animais: cachorros, galos, bodes e outros animais em geral que vivem junto às tropas. Mentalmente, aqueles soldados logo tomaram Pierre como parte de sua família, adotaram-no, deram-lhe um apelido. Chamaram-no de "Nosso Fidalgo" e entre si riam dele com afeição.

Uma bala de canhão rompeu a terra a dois passos de Pierre. Enquanto sacudia da roupa a terra espirrada pela bala de canhão, Pierre olhava em redor com um sorriso.

— Quer dizer que o senhor não tem medo mesmo, não é, Fidalgo? — virou-se para Pierre um soldado grande e de cara vermelha, deixando à mostra os dentes brancos e fortes.

— E você por acaso tem medo? — perguntou Pierre.

— Como não? — respondeu o soldado. — Afinal, a bala não perdoa. Ela cai espirrando lama, e as tripas da gente vêm para fora. Não dá para não ter medo — disse, rindo.

Alguns soldados, com rosto alegre e afetuoso, se detiveram perto de Pierre. Pareciam não esperar que ele fosse capaz de falar como todos, e aquela descoberta os alegrou.

— A gente é soldado, é o nosso ofício. Mas um fidalgo, aqui, é de admirar. Vejam só que fidalgo!

— A seus postos! — gritou o jovem oficialzinho para os soldados que haviam se reunido em torno de Pierre. Era evidente que o jovem oficialzinho cumpria sua função pela primeira ou segunda vez e por isso tratava os soldados e os superiores com especial distinção e formalidade.

Os estrondosos disparos dos canhões e dos fuzis ficaram mais fortes em todo o campo, sobretudo à esquerda, lá onde estavam as trincheiras de Bagration, mas do lugar onde estava Pierre, por trás da fumaça dos tiros, era quase impossível enxergar qualquer coisa. Além disso, a observação do círculo de soldados que estavam na bateria (isolados de todos os demais) e que pareciam pertencer a uma só família absorvia toda a atenção de Pierre. Sua primeira emoção, de perplexidade e alegria, produzida pela imagem e pelos sons do campo de batalha, havia se transformado num sentimento diferente agora, em especial após a visão daquele soldado caído sozinho no prado. Sentado na beira do fosso, Pierre observava os rostos à sua volta.

Às dez horas, a bateria já havia perdido uns vinte homens; dois canhões tinham sido destruídos, cada vez mais frequentes eram as granadas que caíam sobre a bateria e as balas de canhão que passavam voando, assoviando e roncando pelo alto. Mas os soldados ali na bateria pareciam nem perceber aquilo; de todos os lados se ouviam vozes alegres e piadas.

— Lá vem um bolinho recheado! — gritava um soldado para uma granada que se aproximava, voando com um assovio. — Não veio para cá! Caiu na infantaria! — acrescentava outro, com uma risada, ao notar que a granada havia passado por cima e caído nas fileiras de apoio.

— É conhecida sua? — disse outro soldado, brincando com um mujique que se abaixara para uma bala de canhão que passou por cima dele.

Alguns soldados se debruçaram na beira do fosso para espiar o que se passava na frente deles.

— Afrouxaram a corrente, olhe lá, foram para trás — disseram, apontando por cima do fosso.

— Cuidem da sua missão — gritou com eles um velho sargento. — Se foram para trás, quer dizer que têm o que fazer atrás. — E o sargento puxou um dos soldados pelo ombro e lhe deu um empurrão com o joelho. Ouviu-se uma risada.

— Para o quinto canhão, rolar mais para cima! — gritaram de um lado.

— De uma vez só, todos juntos, feito os barqueiros que puxam o barco pela corda — soaram os gritos alegres dos soldados que mudavam o canhão de lugar.

— Ei, essa quase tirou o chapéu do nosso fidalgo — o gozador de cara vermelha brincou com Pierre, pondo os dentes à mostra. — Eh, sua desajeitada — acrescentou, em tom de censura, para a bala de canhão que atingiu uma roda de carroça e o pé de um homem.

— Eh, suas raposas! — riu outro, dirigindo-se aos milicianos que se abaixaram ao chegar à bateria em busca de feridos.

— Então, não gostaram desse mingau? Ah, seus corvos, ficaram com enjoo, não é! — gritaram para os milicianos que hesitavam diante de um soldado com uma perna decepada.

— Puxa, como é que pode, gente — diziam, arremedando os mujiques. — Não gostam de emoções fortes, não.

Pierre notava que depois de cada bala de canhão que caía, depois de cada baixa, inflamava-se mais ainda a animação geral.

Como ocorre numa nuvem de tempestade que se aproxima, lampejos de um fogo que ardia oculto chamejavam, cada vez mais frequentes e mais brilhantes, no rosto de todas aquelas pessoas (como que numa recusa daquilo que estava acontecendo).

Pierre não olhava para a frente, para o campo de batalha, e não tinha interesse em saber o que se passava lá: estava totalmente entretido na contemplação daquele fogo que ardia cada vez mais e que parecia (assim ele sentia) arder também na sua alma.

Às dez horas os soldados da infantaria que estavam à frente da bateria, nos arbustos e junto ao riacho Kámenka, bateram em retirada. Da bateria, via-se como passavam correndo para trás, carregando os feridos apoiados nos fuzis. Um general com sua comitiva subiu à colina e, após falar com um coronel, olhou para Pierre com ar irritado e desceu novamente, depois de ordenar que os infantes estacionados atrás da bateria para lhe dar cobertura se deitassem, a fim de ficar menos expostos aos tiros. Atrás daquelas fileiras de infantaria, à direita da bateria, ouviu-se um tambor, gritos de comando e, da bateria, viu-se como as fileiras de infantes avançaram.

Pierre olhou por cima da barricada. Um rosto em especial se destacou aos seus olhos. Era um oficial que, com o rosto pálido e jovem, andava para trás, levava a espada baixa e olhava inquieto para os lados.

As fileiras de infantes desapareceram na fumaça, ouviam-se seus gritos arrastados e o constante tiroteio de fuzis. Alguns minutos depois, uma multidão de feridos e de macas veio de lá. Na bateria, granadas começaram a cair a intervalos ainda menores. Diversos soldados jaziam sobre a terra e não eram removidos. Em torno dos canhões, os soldados se movimentavam ainda mais animados e dispostos. Ninguém mais prestava atenção em Pierre. Duas vezes gritaram irritados com ele porque estava no caminho. O oficial mais graduado, de cara zangada, a passos largos e rápidos, passava de um canhão a outro. O oficial jovem, ainda mais corado, comandava os soldados com maior zelo ainda. Os soldados traziam a munição, viravam-se, carregavam os canhões e cumpriam sua missão com uma tensa galhardia. Moviam-se aos pulos, como se estivessem sobre molas.

A nuvem de tempestade se aproximou, e em todos os rostos ardeu brilhante aquele fogo cujo chamejar Pierre vinha observando. Ele estava junto ao oficial mais graduado. O oficialzinho jovem veio correndo na sua direção, com a mão erguida na barretina.

— Tenho a honra de informar, senhor coronel, que só restam oito cargas de munição. O senhor ordena que continuemos a atirar? — perguntou.

— Fogo de metralha! — gritou o oficial mais graduado, sem responder, olhando para fora da barricada.

De repente, algo aconteceu; o oficialzinho soltou uma exclamação e, dobrando o corpo, sentou-se na terra, como um pássaro alvejado na asa. Tudo se passou de um modo estranho, obscuro e velado, aos olhos de Pierre.

Balas de canhão assoviavam uma após a outra e batiam na barricada, nos soldados, nos canhões. Pierre, que antes não tinha ouvido aqueles sons, agora só ouvia aquilo e mais nada. Ao lado da bateria, à direita, com um grito de "Hurra", os soldados corriam não para a frente, mas para trás, assim pareceu a Pierre.

Uma bala de canhão atingiu bem a extremidade do fosso, onde estava Pierre, a terra espirrou, uma bolinha preta surgiu diante de seus olhos, e no mesmo instante houve um baque. Os milicianos que tinham vindo para a bateria correram para trás.

— Mais fogo de metralha! — gritou o oficial.

O sargento correu para o oficial mais graduado e, num sussurro assustado (como um mordomo, durante um jantar, informa ao dono da casa que não há mais vinho para servir), disse que não havia mais munição.

— Bandidos, o que estão fazendo? — começou a gritar o oficial, virando-se para Pierre. O rosto do oficial mais graduado estava vermelho e suado, os olhos entrecerrados cintilavam. — Corra para as reservas, mande trazer caixas de munição! — gritou colérico, desviando os olhos de Pierre e dirigindo-se a um de seus soldados.

— Deixe que eu vou — respondeu Pierre. O oficial, sem lhe responder, seguiu a passos largos para o outro lado.

— Não atirem... Vamos esperar! — gritou.

O soldado que recebera a ordem de ir buscar munição esbarrou em Pierre.

— Eh, Fidalgo, isto aqui não é lugar para você — disse e correu para baixo. Pierre correu atrás do soldado, desviando-se do local onde o jovem oficialzinho estava sentado.

Uma bala de canhão, outra e mais outra passaram por cima dele, caíram mais adiante, ao lado, atrás. Pierre desceu a colina correndo. "Para onde vou?", pensou de repente, já correndo na direção das carroças com caixas verdes de munição.

Parou indeciso entre ir para a frente ou para trás. De repente uma pancada terrível jogou-o para trás, sobre a terra. No mesmo instante o fulgor de uma grande labareda iluminou-o, e no mesmo instante irromperam um estrondo, um estalo e um assovio que o ensurdeceram e ficaram ressoando em seus ouvidos.

Quando voltou a si, Pierre estava sentado com as mãos apoiadas na terra; a carroça de munição, perto da qual ele estava, não existia mais; só havia tábuas e trapos verdes queimados e espalhados pela grama chamuscada, e um cavalo passou por ele a galope arrastando os restos dos varais de uma carroça, enquanto outro, assim como Pierre, estava caído sobre a terra e soltava gritos estridentes e prolongados.

XXXII

Pierre, atordoado pelo medo, ergueu-se de um salto e correu para trás, rumo à bateria, como se fosse o único refúgio de todos os horrores que o rodeavam.

Na hora em que Pierre entrou na barricada, notou que não se ouviam tiros na bateria, mas que algumas pessoas estavam fazendo alguma coisa ali. Pierre não teve tempo de entender quem eram aquelas pessoas. Viu o coronel mais graduado deitado na beira da barricada, de costas para ele, como se estivesse olhando algo lá embaixo, e viu um soldado que antes havia chamado sua atenção e que agora se debatia na frente de pessoas que o seguravam pelo braço e gritava: "Irmãos!", e viu ainda algo estranho.

Mas não teve tempo de entender que o coronel estava morto, que o homem que gritava "Irmãos!" era um prisioneiro, que diante dos seus olhos outro soldado foi apunhalado pelas costas com uma baioneta. Mal Pierre entrou correndo na barricada, um homem magricela, amarelo, de rosto suado e de uniforme azul, com a espada na mão, correu para ele gritando algo. Defendendo-se instintivamente do golpe, pois os dois, sem ver, corriam um de encontro ao outro, Pierre levantou as mãos e segurou o homem (era um oficial francês), com uma mão no ombro e a outra na garganta. O oficial largou a espada e segurou Pierre pela gola.

Por alguns segundos, os dois, com olhos assustados, fitaram um ao outro, ambos perplexos, olhando um rosto desconhecido, sem saber o que estavam fazendo nem o que deviam fazer. "Fui feito prisioneiro por ele ou eu é que o fiz prisioneiro?", pensavam ambos. Porém era evidente que o oficial francês estava mais inclinado a achar que tinha sido feito prisioneiro, porque a mão forte de Pierre, movida por um pavor inconsciente, apertava sua garganta com força cada vez maior. O francês quis dizer algo na hora em que, de repente, logo acima da cabeça deles, uma bala de canhão passou bem baixo, com um assovio terrível, e Pierre teve a impressão de que a cabeça do oficial francês fora arrancada, tamanha a rapidez com que ele a abaixou.

Pierre também curvou a cabeça e abriu as mãos. Sem pensar mais em quem tinha feito o outro prisioneiro, o francês correu para trás, rumo à bateria, e Pierre correu morro abaixo, tropeçando nos mortos e feridos, que, assim lhe parecia, o seguravam pelos pés. Mas Pierre mal teve tempo de chegar lá embaixo quando surgiu uma multidão compacta de soldados russos que vinham na sua direção e que, caindo, tropeçando e gritando, alegres e enfurecidos, corriam para a bateria. (Foi o ataque cujo mérito Ermólov atribuiu a si mesmo, dizendo que só a sua bravura e a sua sorte tornaram possível realizar tal proeza, o ataque em que se conta que ele jogou para os soldados, no alto da colina, todas as condecorações da Cruz de São Jorge que tinha no bolso.)

Os franceses que haviam tomado a bateria fugiram. Nossas tropas, aos gritos de "Hurra", perseguiram os franceses até tão longe que foi difícil detê-los.

Desceram da bateria com os prisioneiros, entre os quais um general francês ferido, a quem os oficiais rodeavam. A multidão de feridos, conhecidos e desconhecidos de Pierre, russos e franceses, com o rosto desfigurado pelo sofrimento, caminhava, se arrastava e era trazida da bateria em macas. Pierre subiu na colina onde havia passado mais de uma hora e, daquele círculo familiar que o havia adotado como um igual, não encontrou ninguém. Eram muitos ali os mortos que ele não conhecia. Mas conhecia alguns. O jovem oficialzinho estava sentado, ainda como se tivesse dobrado o corpo, na beira da barricada, numa poça de sangue. O soldado de cara vermelha ainda se contorcia, mas não o removeram.

Pierre correu para baixo.

"Não, agora eles vão parar com isso, agora eles vão ficar horrorizados com o que fizeram!", pensava Pierre, caminhando sem nenhum propósito atrás de uma multidão de macas que estavam sendo carregadas para fora do campo de batalha.

Mas o sol, toldado pela fumaça, ainda estava alto, e à frente e sobretudo à esquerda, perto de Semiónovskoie, algo fervilhava em meio à fumaça, e o barulho dos tiros, da fuzilaria e do canhoneio não só não enfraquecia como se tornava ainda mais forte, até o desespero, como um homem que, esgotado, grita com as últimas forças.

XXXIII

O combate principal na batalha de Borodinó ocorreu numa área de mil *sájeni*, entre Borodinó e as trincheiras de Bagration. (Fora dessa área, de um lado, os russos fizeram na metade do dia uma demonstração da cavalaria de Uvárov, e, do outro lado, para além de Utítsa, houve um confronto entre Poniatowsky e Tutchkóv; mas foram dois combates isolados e fracos em comparação com o que se passava no meio do campo de batalha.) No terreno entre Borodinó e as trincheiras, no bosque, numa extensão aberta e visível de ambos os lados, passou-se o principal combate da batalha, da maneira mais simples, sem manobras engenhosas.

A batalha começou com um canhoneio de várias centenas de canhões, de um lado e do outro.

Depois, quando a fumaça obscureceu o campo inteiro, duas divisões, a de Dessaix e a de Compan, moveram-se na fumaça à direita (do lado dos franceses), contra as trincheiras, e à esquerda as tropas do vice-rei marcharam contra Borodinó.

O reduto de Chevardinó, onde estava Napoleão, ficava a verstas de distância das trincheiras e a mais de duas verstas de distância de Borodinó, em linha reta, e por isso Napoleão não podia ver nada do que ocorria lá, a não ser a fumaça, que se fundia com a neblina e encobria toda aquela área. Os soldados da divisão de Dessaix, que rumavam contra as trincheiras, estiveram visíveis somente até descerem na ravina que os separava das trincheiras. Assim que desceram na ravina, a fumaça dos tiros de canhão e de fuzil se tornou tão densa nas trincheiras que encobriu toda a encosta daquele lado da ravina. Através da fumaça, vislumbrava-se ali apenas algo preto — provavelmente pessoas, e às vezes o brilho de baionetas. Mas do reduto de Chevardinó era impossível enxergar se estavam em movimento ou parados, se eram os franceses ou os russos.

O sol subia brilhante e, com raios oblíquos, batia direto no rosto de Napoleão, que olhava para as trincheiras com a mão fazendo sombra acima dos olhos. A fumaça se estendia na frente das trincheiras e ora parecia que a fumaça se deslocava, ora parecia que as tropas se deslocavam. De quando em quando se ouviam gritos por trás dos tiros, mas era impossível saber o que estava ocorrendo.

Napoleão, de pé na colina, olhava através de uma luneta, e no pequeno círculo da luneta via a fumaça e as pessoas, às vezes os seus, às vezes os russos; mas, quando voltava a contemplar a olho nu, Napoleão não sabia mais onde estava aquilo que tinha visto.

Napoleão desceu da colina e se pôs a andar de um lado para outro.

De vez em quando parava, escutava os tiros e lançava um olhar para o campo de batalha.

Não só do local baixo onde ele estava, não só da colina onde agora estavam alguns de seus generais, mas também das trincheiras onde agora estavam os soldados ora russos, ora franceses, juntos e alternadamente, mortos, feridos e vivos, assustados ou desnorteados, era impossível entender o que se passava naquele lugar. Durante várias horas, naquele lugar, em meio ao incessante tiroteio de fuzis e de canhões, ora apareciam só os russos, ora só os franceses, ora os infantes, ora os cavalarianos; apareciam, caíam, atiravam, entravam em choque, sem saber o que fazer uns com os outros, gritavam e corriam para trás.

Os ajudantes de ordens que Napoleão tinha enviado e os ordenanças de seus marechais voltavam a galope do campo de batalha trazendo relatórios sobre o andamento dos combates; mas todos aqueles relatórios eram fictícios: porque no calor da batalha é impossível dizer o que se passa num dado momento, e porque muitos ajudantes de ordens nem chegavam ao verdadeiro local da batalha, apenas repetiam o que ouviam de terceiros; e também porque, enquanto um ajudante de ordens percorria as duas ou três verstas que o separavam de Napoleão, as circunstâncias já haviam mudado, e as notícias que ele trazia já tinham se tornado incorretas. Assim, um ajudante de ordens enviado pelo vice-rei chegou a galope e trouxe a notícia de que Borodinó tinha sido tomado e a ponte sobre o rio Kolotchá estava em poder dos franceses. O ajudante de ordens perguntou a Napoleão se suas ordens eram para atravessar a ponte. Napoleão ordenou que as tropas ficassem na margem, em linha, e esperassem; mas não só no momento em que Napoleão dava essa ordem, como ainda no momento em que o ajudante de ordens estava deixando Borodinó, a ponte já tinha sido retomada e queimada pelos russos, naquele mesmo combate de que Pierre havia tomado parte, logo no início da batalha.

Um ajudante de ordens veio a galope das trincheiras, com o rosto assustado e pálido, e comunicou a Napoleão que o ataque tinha sido rechaçado, Compan estava ferido e Davout tinha morrido, mas, enquanto isso, as trincheiras foram tomadas por outra parte das tropas francesas, no exato instante em que o ajudante de ordens dizia que os franceses tinham sido rechaçados, e Davout estava vivo, apenas levemente machucado. À luz de tais informações necessariamente fictícias, Napoleão deu suas ordens, que ou já tinham sido cumpridas antes de serem formuladas ou já não podiam ser cumpridas, e não foram.

Os marechais e os generais que se encontravam a uma distância menor do campo de batalha, mas que a exemplo de Napoleão não participavam da batalha propriamente dita e só de vez em quando se deixavam ficar ao alcance de uma bala, sem nada perguntar a Napoleão, tomavam suas decisões e davam suas ordens sobre de onde e para onde atirar, para onde a cavalaria devia galopar e para onde os infantes deviam marchar. Mas também as suas ordens, a exemplo das ordens de Napoleão, só eram cumpridas num grau ínfimo e muito raramente. Na maioria das vezes, ocorria o contrário do que tinha sido ordenado. Os soldados que recebiam ordens de ir para a frente eram alvo do fogo de metralha e fugiam; os soldados que recebiam ordens de ficar estacionados, de repente, ao ver surgir diante de si tropas russas que ninguém esperava, às vezes fugiam, outras vezes se precipitavam para a frente, e a cavalaria, sem receber ordens, se lançava no encalço de russos em fuga. Assim, dois regimentos de cavalaria galoparam para o outro lado da ravina de Semiónovskoie e, mal chegaram ao topo da encosta, deram meia-volta e galoparam para trás a toda a velocidade. Assim também se movimentavam os soldados da infantaria, às vezes correndo para um local totalmente distinto daquele para onde tinham ordens de ir. Todas as ordens sobre onde e quando deslocar os canhões, quando os soldados da infantaria deviam atirar, quando os cavalarianos deviam atropelar os infantes russos — todas essas ordens eram dadas pelos comandantes que estavam mais perto da batalha, nas fileiras, sem nada perguntar a Ney, a Davout e a Murat, muito menos a Napoleão. Eles não temiam nenhuma punição por não cumprir as ordens ou por darem ordens não autorizadas, porque numa batalha está em jogo aquilo que é mais precioso para um homem — a própria vida —, e às vezes parece que a salvação repousa numa corrida para trás, outras vezes numa corrida para a frente, e as pessoas que estão no calor da batalha agem conforme o estado de ânimo em que se encontram no momento. Na realidade, porém, todos aqueles movimentos para a frente e para trás não aliviavam nem alteravam a situação das tropas. Todas as suas fugas e os seus ataques quase não causavam baixas: as portadoras das baixas, das mortes e das mutilações eram as balas de canhão e de fuzil que voavam por toda parte naquela área onde as pessoas se movimentavam atabalhoadamente. Assim que aquelas pessoas deixavam para trás a área onde as balas de canhão e de fuzil voavam, seus superiores, que estavam na retaguarda, as punham em forma, submetiam-nas à disciplina e, sob a influência da disciplina, de novo os soldados entravam na zona de fogo, onde (sob a influência do temor da morte) de novo perdiam a disciplina e se moviam atabalhoadamente, ao sabor do estado de ânimo da multidão.

XXXIV

Os generais de Napoleão — Davout, Ney e Murat —, que se encontravam perto da zona de fogo e às vezes até penetravam lá, em diversas ocasiões fizeram entrar na zona de fogo imensas massas de tropas bem-ordenadas. Mas ao contrário do que havia ocorrido invariavelmente em todas as batalhas anteriores, em lugar da esperada notícia da fuga do inimigo, as massas de tropas bem-ordenadas retornavam *de lá* em multidões desnorteadas, assustadas. Os superiores de novo organizavam as tropas, mas o contingente era cada vez menor. Na metade do dia, Murat enviou a Napoleão o seu ajudante de ordens, requisitando reforços.

Napoleão estava sentado ao pé da colina e bebia o seu ponche, quando chegou a galope o ajudante de ordens de Murat com a garantia de que os russos seriam derrotados se sua alteza lhe desse mais uma divisão.

— Reforços? — disse Napoleão com severa surpresa, olhando para o bonito e jovem ajudante de ordens, de cabelos compridos, pretos e revoltos (a maneira como Murat também usava seus cabelos), como se não compreendesse suas palavras. "Reforços!", pensou Napoleão. "Mas que mais reforços eles ainda estão querendo, quando têm nas mãos metade do exército para atacar uma ala fraca de russos sem fortificações?"

— *Dites au roi de Naples* — falou Napoleão com severidade — *qu'il n'est pas midi et que je ne vois pas encore clair sur mon échiquier. Allez...*[82]

O bonito e jovem ajudante de ordens de cabelos compridos, sem tirar a mão da espada, deu um suspiro profundo e partiu a galope outra vez para onde as pessoas estavam sendo mortas.

Napoleão levantou-se e, após mandar chamar Caulaincourt e Berthier, começou a conversar com eles sobre assuntos que nada tinham a ver com a batalha.

No meio da conversa, que estava começando a interessar a Napoleão, os olhos de Berthier se voltaram para um general que vinha galopando num cavalo suado, com sua comitiva, na direção da colina. Era Belliard. Desceu do cavalo, aproximou-se do imperador a passos ligeiros e, de maneira ousada, com voz alta, passou a demonstrar a necessidade de reforços. Deu sua palavra de honra e garantiu que os russos estariam perdidos, se o imperador enviasse mais uma divisão.

Napoleão encolheu os ombros, nada respondeu e continuou caminhando. Belliard passou a falar alto e de modo veemente com os generais da comitiva que o cercavam.

— O senhor é muito impetuoso, Belliard — disse Napoleão, aproximando-se de novo do general que havia chegado. — É fácil enganar-se no calor do fogo. Vá e observe bem, depois então volte para falar comigo.

Belliard mal teve tempo para sumir de vista quando, do outro lado, chegou a galope outro enviado do campo de batalha.

— *Eh bien, qu'est-ce qu'il y a?*[83] — disse Napoleão, no tom de voz de um homem irritado com os contratempos constantes.

— *Sire, le prince...* — começou o ajudante de ordens.

---

82 Francês: "Diga ao rei de Nápoles [...] que ainda não é meio-dia e que ainda não vejo com clareza o meu tabuleiro de xadrez. Vá...".

83 Francês: "Ora, muito bem, o que está havendo?".

— Está pedindo reforços? — exclamou Napoleão com um gesto raivoso. O ajudante de ordens fez que sim com a cabeça e começou a explicar; mas o imperador lhe deu as costas, andou dois passos, parou, voltou e chamou Berthier. — Temos de mandar tropas de reserva — disse, abrindo um pouco os braços. — Quem é que vamos mandar para lá, o que o senhor acha? — perguntou para Berthier, aquele *oison que j'ai fait aigle*,[84] como Napoleão o chamaria tempos depois.

— Senhor, por que não manda a divisão de Claparède? — disse Berthier, que sabia de cor todas as divisões, regimentos e batalhões.

Napoleão fez que sim com a cabeça.

O ajudante de ordens partiu a galope ao encontro da divisão de Claparède. Minutos depois, a jovem guarda, que estava atrás da colina, se pôs em movimento. Napoleão mirou em silêncio naquela direção.

— Não — virou-se de repente para Berthier —, não posso mandar Claparède. Mande a divisão de Friant — disse.

Embora não houvesse nenhuma vantagem em mandar a divisão de Friant em lugar da divisão de Claparède, e houvesse até uma óbvia inconveniência e um atraso em deter, naquela altura, a divisão de Claparède e mandar a de Friant, a ordem foi cumprida com rigor. Napoleão não via que, em relação às suas tropas, desempenhava o papel de um médico que apenas atrapalha com seus remédios — papel que ele mesmo percebia e condenava com toda a razão.

A divisão de Friant, como as outras, estava oculta na fumaça do campo de batalha. De diversos lados, continuaram a chegar ajudantes de ordens a galope e todos, como se tivessem combinado, diziam a mesma coisa. Todos pediam reforços, todos diziam que os russos resistiam em suas posições e faziam *un feu d'enfer*,[85] no qual as tropas francesas se derretiam.

Napoleão estava sentado, pensativo, numa cadeira dobrável.

Sem comer nada desde a manhã, M. Beausset, que adorava viajar, veio até o imperador e respeitosamente tomou a liberdade de propor que sua alteza almoçasse.

— Espero que agora eu já possa congratular vossa alteza pela vitória — disse.

Napoleão, em silêncio, balançou a cabeça negativamente. M. Beausset, supondo que a negativa se referia à vitória, mas não ao almoço, permitiu-se comentar, de modo ao mesmo tempo jocoso e respeitoso, que não havia no mundo motivo para não almoçar, quando se podia fazê-lo.

---

84 Francês: "aquele ganso que transformei em águia".
85 Francês: "um fogo do inferno".

— *Allez-vous...*[86] — Napoleão falou de repente, com ar sombrio, e lhe deu as costas. Um sorriso beatífico, de remorso, de pesar e de admiração, acendeu-se no rosto do sr. Beausset, e ele se afastou a passos deslizantes na direção de outros generais.

Napoleão experimentava um sentimento opressivo, semelhante ao que experimenta um jogador que, depois de apostar loucamente seu dinheiro e ganhar sempre, de repente, na hora em que se detém para ponderar todas as possibilidades do jogo, sente que, quanto mais refletir sobre os seus lances, mais segura será sua derrota.

As tropas eram as mesmas, os generais eram os mesmos, os mesmos foram os preparativos, a mesma disposição, a mesma *proclamation courte et énergique*, ele era o mesmo, sabia disso, sabia que agora ele era até muito mais experiente e hábil do que antes, até o inimigo era o mesmo de Austerlitz e Friedland; contudo, por efeito de algum encanto, o terrível ímpeto do seu braço caía sem força.

De outras vezes, todos os antigos métodos lhe trouxeram infalivelmente o êxito: a concentração da bateria num só ponto, o ataque das reservas para romper as linhas, o ataque da cavalaria *des hommes de fer*[87] — todos aqueles métodos já tinham sido aplicados, e não só não havia a vitória como de todos os lados chegavam as mesmas notícias sobre generais mortos e feridos, sobre a necessidade de reforços, sobre a impossibilidade de expulsar os russos e sobre a desordem das tropas.

Antes, após duas ou três ordens, duas ou três frases, marechais e ajudantes de ordens chegavam a galope com o rosto alegre para lhe dar os parabéns, anunciavam ter tomado como troféus um exército de prisioneiros, *des faisceaux de drapeaux et d'aigles ennemis*,[88] canhões e comboios de carga, e Murat pedia apenas permissão para deixar a cavalaria saquear as carroças. Assim tinha sido em Lodi, Marengo, Arcola, Iena, Austerlitz, Wagram etc. etc. Agora algo estranho se passava com suas tropas.

Apesar da notícia da tomada das trincheiras, Napoleão viu que não estava ocorrendo, nem de longe, o mesmo que em suas batalhas anteriores. Via que o mesmo sentimento que ele experimentava também experimentavam todos à sua volta, pessoas com muita experiência em batalhas. Todos os rostos estavam abatidos, todos os olhares se evitavam mutuamente. Só Beausset não conseguia entender o significado do que estava acontecendo. O próprio Napoleão, com sua longa experiência de guerra, sabia muito bem o que significava uma batalha que,

---

86 Francês: "Vá embora...".

87 Francês: "dos homens de ferro".

88 Francês: "feixes de bandeiras e de águias inimigas".

no decurso de oito horas, ainda não estava ganha pelas tropas atacantes, depois de terem sido empregadas todas as forças disponíveis. Sabia que aquilo era quase uma batalha perdida e que o menor acaso poderia agora — naquele tenso ponto de oscilação em que a batalha se encontrava — destruir a ele e suas tropas.

Quando Napoleão reconstituiu em pensamento toda a estranha campanha na Rússia, na qual não obteve vitória em nenhuma batalha, na qual em dois meses não foi tomada nenhuma bandeira, nenhum canhão, nenhum corpo de exército, quando olhava para o rosto disfarçadamente abatido das pessoas à sua volta e ouvia as mensagens de que os russos continuavam em suas posições — um sentimento terrível, semelhante ao que experimentava em sonhos, o dominou, e passaram pela sua cabeça todas as circunstâncias funestas que poderiam destruí-lo. Os russos podiam atacar a sua ala esquerda, podiam romper o seu centro, uma bala de canhão enlouquecida podia matá-lo. Tudo isso era possível. Em suas batalhas anteriores, ele só refletia sobre as circunstâncias do êxito, mas agora representava em pensamento uma inumerável quantidade de circunstâncias funestas e já aguardava todas elas. Sim, era como um sonho em que um homem imagina a agressão de um malfeitor e agita os braços e golpeia o malfeitor com uma força terrível, que sabe que deve aniquilá-lo, mas sente que seu braço, impotente e mole, tomba como um trapo, e o horror da destruição irremediável se apodera do homem indefeso.

A notícia de que os russos estavam atacando o flanco esquerdo do exército francês despertou em Napoleão esse horror. Em silêncio, ficou sentado ao pé da colina, na cadeira dobrável, de cabeça baixa e com os cotovelos apoiados nos joelhos. Berthier se aproximou e sugeriu que percorressem as linhas a cavalo a fim de verificar a situação do combate.

— O quê? O que o senhor está dizendo? — disse Napoleão. — Sim, mande trazer um cavalo.

Ele montou e seguiu para Semiónovskoie.

Dentro da fumaça de pólvora que se dissipava lentamente em toda aquela área por onde Napoleão passava — cavalos e gente jaziam em poças de sangue, isolados ou amontoados. Um horror tamanho, uma tal quantidade de mortos em uma área tão pequena, nunca tinha sido visto nem por Napoleão nem por seus generais. O barulho dos canhões, que havia dez horas não cessava e exauria os ouvidos, conferia um significado especial ao espetáculo (como a música de fundo numa representação de quadros vivos). Napoleão alcançou o topo de Semiónovskoie e através da fumaça avistou uma fileira de homens em uniformes de uma cor a que seus olhos não estavam habituados. Eram os russos.

Em fileiras cerradas, os russos mantinham-se atrás de Semiónovskoie, e da colina seus canhões não paravam de roncar e fumegavam em suas linhas. Já não havia batalha. Havia uma matança contínua, que não podia ser guiada por ninguém, nem por russos nem por franceses. Napoleão freou o cavalo e caiu outra vez no silêncio pensativo do qual Berthier o havia retirado; Napoleão não podia interromper o combate que se passava à sua frente e à sua volta e que acreditavam ser comandado por ele, que acreditavam estar sujeito a ele, e pela primeira vez, em razão do insucesso, o combate lhe pareceu desnecessário e horroroso.

Um dos generais que vieram para junto de Napoleão tomou a liberdade de lhe sugerir que a velha guarda entrasse no combate. Ney e Berthier, que estavam ao lado de Napoleão, trocaram olhares e sorriram com desdém da sugestão insensata daquele general.

Napoleão baixou a cabeça e ficou um longo tempo em silêncio.

— *À huit cents lieus de la France je ne ferai pas démolir ma garde*[89] — disse e, virando o cavalo, seguiu para trás, rumo a Chevardinó.

XXXV

Kutúzov estava sentado, a cabeça grisalha inclinada, o corpo pesado afundado no banco forrado com um tapete, o mesmo lugar onde Pierre o vira naquela manhã. Não dava nenhuma ordem, apenas aceitava ou recusava o que lhe sugeriam.

— Sim, sim, faça isso — respondia a diversas sugestões. — Sim, sim, vão, meus caros, verifiquem — dirigia-se ele ora a um, ora a outro dos que estavam perto; ou: — Não, não precisa, é melhor esperar — dizia. Escutava com atenção as mensagens que lhe traziam, dava ordens quando os subordinados exigiam; mas, ao ouvir as mensagens, ele parecia não se interessar pelo sentido das palavras que lhe diziam, e sim por alguma outra coisa, pela expressão do rosto, pelo tom da fala dos informantes. Com a experiência de longos anos de guerra, Kutúzov sabia e, com a mente dos idosos, compreendia que era impossível para um homem comandar centenas de milhares de pessoas que lutavam contra a morte e sabia que o destino de uma batalha era decidido não pelas ordens do comandante em chefe, não pelo lugar onde estavam as tropas, não pela quantidade de canhões e de pessoas mortas, mas por aquela força impalpável chamada espírito da tropa, e Kutúzov acompanhava essa força, comandava à luz dela, na medida do possível.

---

89 Francês: "Não vou destruir a minha guarda a oitocentas léguas da França".

A expressão do rosto de Kutúzov era de uma atenção calma, concentrada, e de uma tensão que só a custo superava o cansaço do corpo velho e fraco.

Às onze horas da manhã, trouxeram-lhe a notícia de que as trincheiras tomadas pelos franceses tinham sido retomadas, mas que o príncipe Bagration tinha sido ferido. Kutúzov soltou uma exclamação e balançou a cabeça.

— Vá ao encontro de Piotr Ivánovitch[90] e saiba em detalhes como ele está — disse a um dos ajudantes de ordens e, depois disso, voltou-se para o duque de Württemberg, que estava atrás dele: — sua excelência faria a bondade de assumir o comando do primeiro exército?

Logo depois que o duque partiu, quando ele ainda não havia tido tempo de chegar a Semiónovskoie, um ajudante de ordens do duque voltou e comunicou ao excelentíssimo que o duque estava pedindo mais tropas.

Kutúzov fez cara feia e enviou para Dokhtúrov uma ordem para assumir o comando do primeiro exército e pediu que o duque voltasse, pois, disse ele, não podia dispensar sua companhia num momento tão importante. Quando chegou a notícia de que Murat fora feito prisioneiro,[91] e os membros do Estado-Maior cumprimentaram Kutúzov, ele sorriu.

— Esperem, senhores — disse. — A batalha está vencida, e na captura de Murat não há nada de extraordinário. Mas é melhor esperar antes de comemorarmos. — Todavia enviou um ajudante de ordens para transmitir aquela notícia às tropas.

Quando Cherbínin veio a galope do flanco esquerdo com a notícia da tomada das trincheiras e de Semiónovskoie pelos franceses, Kutúzov, pelos sons que vinham do campo de batalha e pelo rosto de Cherbínin, já havia adivinhado que as notícias não eram boas e se levantou como que para esquentar as pernas, tomou Cherbínin pelo braço e levou-o para o lado.

— Vá até lá, meu caro — disse para Ermólov. — Veja se não se pode fazer alguma coisa.

Kutúzov estava em Górki, no centro da posição das tropas russas. O ataque desfechado por Napoleão contra o nosso flanco esquerdo foi repelido várias vezes. No centro, os franceses não tinham se deslocado além de Borodinó. Do flanco esquerdo, a cavalaria de Uvárov forçou os franceses a fugir.

Pouco antes das três horas, os ataques dos franceses cessaram. No rosto de todos os soldados que vinham do campo de batalha e dos que se achavam à sua volta, Kutúzov lia a expressão de uma tensão que havia alcançado o mais alto

---

90 Referência a Bagration.

91 A notícia era um engano. Tratava-se do general Bonami.

grau. Kutúzov estava satisfeito com o sucesso do dia, acima das expectativas. Mas as forças físicas estavam abandonando o velho. Sua cabeça baixava diversas vezes, profundamente, como se caísse, e ele cochilou. Trouxeram o seu almoço.

Woltzogen, um ajudante de ordens do tsar, o mesmo que havia passado pelo príncipe Andrei e dito que era preciso que a guerra *im Raum verlegen*, e que Bagration tanto detestava, aproximou-se de Kutúzov na hora do almoço. Woltzogen veio a mando de Barclay com um comunicado sobre o andamento dos combates no flanco esquerdo. O sensato Barclay de Tolly, vendo a multidão de feridos em retirada e a desordenada retaguarda do exército, ponderou todas as circunstâncias do combate, concluiu que a batalha estava perdida e, com essa notícia, enviou o seu favorito ao comandante em chefe.

Kutúzov mastigava com dificuldade um pedaço de galinha assada e fitou Woltzogen com olhos alegres que se estreitavam.

Woltzogen, movendo as pernas de modo displicente, com um meio sorriso de desprezo nos lábios, aproximou-se de Kutúzov, com a mão tocando ligeiramente a pala da barretina.

Woltzogen tratava o excelentíssimo com certa negligência afetada, cujo propósito era mostrar que ele, como um militar de educação elevada, deixava para os russos a idolatria daquele velho inútil, enquanto ele mesmo sabia com quem estava lidando. "*Der alte Herr* (como chamavam Kutúzov no seu círculo de alemães) *macht sich ganz bequem*",[92] pensou Woltzogen e, depois de olhar com severidade para os pratos que estavam na frente de Kutúzov, começou a relatar para o velho senhor a situação no flanco esquerdo da maneira como Barclay lhe havia ordenado e como ele mesmo a encarava e compreendia.

— Todos os pontos da nossa posição estão nas mãos do inimigo, e não há meios de retaliar, pois não há tropas; eles fugiram, e não há possibilidade de detê-los — informou.

Kutúzov parou de mastigar, admirado, como se não compreendesse o que estavam dizendo, e fitou os olhos de Woltzogen. Ao perceber a perturbação de *des alten Herrn*, Woltzogen falou com um sorriso:

— Não me julguei no direito de esconder do excelentíssimo aquilo que vi... As tropas estão em completa desordem...

— O senhor viu? O senhor viu?... — gritou Kutúzov, de sobrancelhas franzidas, levantando-se rapidamente e avançando na direção de Woltzogen. — Como o senhor... como o senhor se atreve?... — gritou, fazendo gestos de ameaça com as mãos

---

92 Alemão: "O velho senhor [...] se instalou com conforto".

trêmulas e sufocando. — Como o senhor se atreve, prezado senhor, a dizer *isso* para mim? O senhor não sabe de nada. Vá dizer da minha parte ao general Barclay que seu comunicado é falso e que o verdadeiro rumo da batalha é mais bem conhecido por mim, comandante em chefe, do que por ele.

Woltzogen quis replicar algo, mas Kutúzov o interrompeu.

— O inimigo foi repelido no flanco esquerdo e batido no direito. Se o senhor enxergou mal, prezado senhor, não se permita dizer aquilo que não sabe. Tenha a bondade de ir ao encontro do general Barclay e lhe dizer que tenho a firme intenção de atacar o inimigo amanhã — disse Kutúzov com severidade. Todos ficaram em silêncio e ouvia-se apenas a respiração pesada do velho general ofegante. — Foram batidos em toda parte, pelo que agradeço a Deus e às nossas bravas tropas. O inimigo foi derrotado, e amanhã vamos enxotá-lo da terra sagrada da Rússia — disse Kutúzov, fazendo o sinal da cruz; e de repente soluçou com as lágrimas que lhe acudiram. Woltzogen, encolhendo os ombros e torcendo os lábios, afastou-se em silêncio para o lado, surpreso *über diese Eingenommenheit des alten Herrn.*[93]

— Pronto, aqui está o meu herói — disse Kutúzov para um general bonito, gorducho, de cabelo preto, que naquele momento vinha subindo a colina. Era Raiévski, que havia passado o dia inteiro no ponto principal do campo de Borodinó.

Raiévski comunicou que as tropas continuavam firmes em suas posições e que os franceses não se atreviam mais a atacar. Ao ouvir isso, Kutúzov disse, em francês:

— *Vous ne pensez donc pas comme les autres que nous sommes obligés de nous retirer?*[94]

— *Au contraire, Votre Altesse, dans les affaires indécises, c'est toujours le plus opiniâtre qui reste victorieux* — respondeu Raiévski — *et mon opinion...*[95]

— Kaissárov! — gritou Kutúzov para o seu ajudante de ordens. — Venha cá e escreva a ordem do dia para amanhã. E você — voltou-se para um outro —, percorra as linhas e comunique que amanhã vamos atacar.

Enquanto transcorria a conversa com Raiévski e o ditado da ordem do dia, Woltzogen voltou de onde estava Barclay e comunicou que o general Barclay de Tolly desejava uma confirmação escrita da ordem dada pelo marechal de campo.

Kutúzov, sem olhar para Woltzogen, ordenou que redigissem a ordem que o

---

93 Alemão: "com aquela obstinação do velho senhor".

94 Francês: "O senhor então não pensa como os outros que somos obrigados a nos retirar?".

95 Francês: "Ao contrário, vossa alteza, nas situações indecisas é sempre o mais obstinado que sai vitorioso [...] e minha opinião...".

ex-comandante em chefe, de forma bastante compreensível, desejava ter por escrito a fim de evitar uma responsabilidade pessoal.

E, por nexos indefiníveis e misteriosos que sustentam em todo um exército o mesmo estado de ânimo, o chamado espírito do exército, que constitui o nervo principal da guerra, as palavras de Kutúzov, sua ordem para a batalha no dia seguinte, foram transmitidas ao mesmo tempo de uma ponta a outra das tropas.

Longe, não eram as mesmas palavras, não era a mesma ordem que se transmitiam nos últimos elos dessa cadeia. Nos relatos transmitidos de boca a boca nos diversos confins do exército, nada havia de semelhante ao que Kutúzov dizia; mas o sentido de suas palavras foi comunicado em toda parte, porque o que Kutúzov dizia provinha não de elucubrações astutas, mas de um sentimento que havia na alma do comandante em chefe, assim como na alma de todos os russos.

E, ao saber que no dia seguinte iríamos atacar o inimigo, ao receber das esferas superiores do Exército a confirmação daquilo em que desejavam acreditar, aquela gente esgotada, hesitante, sentiu-se consolada e animada.

XXXVI

O regimento do príncipe Andrei estava nas forças de reserva, que até pouco antes das duas horas se encontravam inativas atrás de Semiónovskoie, sob pesado fogo de artilharia. Pouco antes das duas horas, o regimento, que já havia perdido mais de duzentos homens, foi deslocado para a frente, por um campo de aveia pisoteada, na área entre Semiónovskoie e a bateria da colina, onde naquele dia foram mortos milhares de pessoas e para onde, pouco antes das duas horas, foi dirigido o fogo concentrado e intenso de várias centenas de canhões inimigos.

Sem recuar da posição e sem disparar nem um cartucho, o regimento perdeu ali um terço do seu contingente. Na frente e sobretudo no lado direito, em meio à fumaça que não se dissipava, os canhões retumbavam, e de misteriosas zonas de fumaça que obscureciam toda a área à frente, com um zunido ligeiro e sibilante, sem pausa, voavam balas de canhão, e granadas assoviavam lentamente. De vez em quando, como que para dar um descanso, passavam quinze minutos em que todas as balas de canhão e granadas passavam voando por cima dele, mas outras vezes, em poucos minutos, vários homens eram tomados do regimento, e mortos eram removidos, e feridos eram carregados sem cessar.

A cada novo golpe, menos possibilidade de vida restava para os que ainda não tinham sido mortos. O regimento se mantinha em colunas de batalhões, dispostas a intervalos de trezentos passos, mas, apesar disso, todos no regimento se encontravam sob o efeito de um mesmo estado de ânimo. Todos no regimento estavam igualmente calados e soturnos. Raramente se ouvia uma conversa entre as fileiras, mas a conversa sempre silenciava assim que se ouvia o impacto de uma bala de canhão e o grito: "Padiola!". Grande parte do tempo, por ordens dos superiores, os homens do regimento ficavam sentados no chão. Um tirava a barretina, desfazia minuciosamente os nós e amarrava de novo os cordões; outro espalhava barro seco entre as mãos e friccionava a baioneta; outro afrouxava o cinto e ficava mexendo na fivela; outro esticava e enrolava de novo as perneiras e calçava a bota outra vez. Alguns construíam abrigos com terra do campo lavrado ou trançavam cestinhos com palhas do restolho. Todos pareciam inteiramente absortos naqueles afazeres. Quando pessoas eram feridas e mortas, quando passavam as padiolas, quando os nossos recuavam, quando em meio à fumaça se viam as grandes massas do inimigo, ninguém prestava a menor atenção em tais circunstâncias. Quando passavam à frente a artilharia e a cavalaria e se viam os movimentos dos nossos infantes, ouviam-se de todos os lados comentários elogiosos. Porém mereciam as maiores atenções acontecimentos totalmente marginais, sem nenhuma relação com a batalha. Como se a atenção daquelas pessoas moralmente esgotadas repousasse em tais acontecimentos rotineiros, triviais. Uma bateria de artilharia passou na frente do regimento. Numa das carroças de munição da artilharia, um cavalo enrolou-se nos arreios. "Ei, olhe o cavalinho!... Dê um jeito! Vai cair... Eh, não estão vendo?...", gritavam a uma só voz de todas as fileiras do regimento. De outra vez, a atenção geral se dirigiu para um pequeno cachorro marrom que só Deus sabe de onde tinha saído e que, com o rabo erguido e firme, correu a passos nervosos pelo meio das fileiras e de repente, por causa de uma bala de canhão que assoviou e caiu ali perto, encolheu o rabo e fugiu para o lado. Em todo o regimento irromperam gargalhadas e gritos. Mas distrações desse tipo duravam só alguns minutos, e as pessoas já estavam sem comer e sem agir havia oito horas, sob o incessante horror da morte, e rostos pálidos e franzidos ficavam cada vez mais pálidos e franzidos.

O príncipe Andrei, exatamente como todos no regimento, pálido e de rosto franzido, andava para cima e para baixo por um prado junto a um campo de aveia, de uma ponta à outra, com as mãos cruzadas nas costas e a cabeça baixa. Ele não tinha o que fazer nem o que ordenar. Tudo se resolvia sozinho. Os mortos eram retirados do front, os feridos eram carregados, as fileiras eram fechadas. Se alguns soldados corriam, deixando suas posições, logo depois voltavam às pressas. De início, o príncipe Andrei, tomando como seu dever estimular a bravura dos soldados e lhes dar exemplo, passava caminhando entre as fileiras; mas depois se convenceu de que não tinha nada para ensinar a eles. Todas as forças da sua alma, assim como em todos os soldados, estavam inconscientemente dirigidas apenas para evitar a contemplação do horror da situação em que estavam. Ele caminhava pelo prado, arrastando os pés, arrepiando a grama e observando a poeira que cobria suas botas; ora andava a passos largos, tentando pisar nas pegadas deixadas pelos ceifeiros, ora contava os próprios passos e calculava quantas vezes precisava andar de uma ponta à outra para percorrer uma versta, ora arrancava flores dos absintos que cresciam na ponta do prado, esfarelava as flores na palma das mãos e sentia o cheiro forte e amargo. De toda a atividade de pensamento da véspera, não restava nada. Não estava pensando em nada. Com o ouvido cansado, escutava sempre os mesmos sons, distinguia o silvo das balas em pleno voo dos estampidos dos tiros, observava os rostos familiares dos homens do primeiro batalhão e esperava. "Lá está ela... vem de novo na nossa direção!", pensava, escutando o assovio de algo que se aproximava, vindo da área encoberta pela fumaça. "Uma, outra! E mais uma! Caiu!..." Detinha-se e olhava para as fileiras. "Não, escaparam. Mas esta agora acertou." E recomeçava a andar, tentava dar passos maiores para chegar na ponta com dezesseis passos.

Assovio e baque! A cinco passos dele uma bala de canhão rompeu o solo seco e desapareceu na terra. Um frio involuntário correu pelas suas costas. De novo olhou para as fileiras. Provavelmente muitos tinham sido feitos em pedaços; uma grande multidão se aglomerou no segundo batalhão.

— Senhor ajudante de ordens — gritou ele. — Ordene que não se aglomerem. — O ajudante de ordens, depois de cumprir a ordem, aproximou-se do príncipe Andrei. Do outro lado, veio a cavalo o comandante do batalhão.

— Cuidado! — ouviu-se o grito assustado de um soldado e, como um passarinho assovia num voo ligeiro e pousa na terra, a dois passos do príncipe Andrei, perto do cavalo do comandante do batalhão, uma granada caiu sem fazer muito barulho. O cavalo, primeiro, sem se perguntar se era bom ou ruim expressar medo, relinchou, resfolegou, por pouco não derrubou o major, e galopou para o lado. O horror do cavalo contagiou as pessoas.

— Deite! — gritou a voz do ajudante de ordens, que se jogou na terra. O príncipe Andrei ficou indeciso. A granada, como um pião, fumegando, rodopiava entre ele e o ajudante de ordens deitado, na beira do campo lavrado e do prado, perto de um arbusto de absinto.

"Será que isto é a morte?", pensou o príncipe Andrei enquanto, com um olhar totalmente novo, invejoso, fitava o capim, o absinto e o jato de fumaça que saía da granada preta que rodava. "Não posso, não quero morrer, eu amo a vida, amo este capim, a terra, o ar..." Pensou isso e ao mesmo tempo lembrou que estavam olhando para ele.

— Que vergonha, senhor oficial! — disse para o ajudante de ordens. — Que...

— Não terminou de falar. Ao mesmo tempo ouviu-se uma explosão, um assovio de estilhaços, semelhante a uma janela espatifada, um cheiro asfixiante de pólvora, e o príncipe Andrei foi lançado para o lado e, com o braço para cima, caiu deitado sobre o peito.

Vários oficiais correram para perto dele. Do lado direito da barriga, formava-se uma grande mancha de sangue.

Os milicianos das padiolas foram chamados e ficaram atrás dos oficiais. O príncipe Andrei estava deitado sobre o peito, de cara para o capim, e respirava pesadamente, resfolegante.

— Ora, por que estão parados?, venham logo!

Os mujiques se aproximaram, seguraram-no pelos ombros e pelas pernas, mas ele soltou um gemido de dar pena, os mujiques se entreolharam e o baixaram à terra outra vez.

— Peguem, carreguem, tanto faz! — gritou uma voz. Pegaram-no outra vez pelos ombros e colocaram-no na padiola.

— Ah, meu Deus! Meu Deus! O que é isso?... A barriga! É o fim! Ah, meu Deus! — ouviram-se vozes entre os oficiais. — Ela passou tirando um fininho da minha orelha — disse o ajudante de ordens. Os mujiques apoiaram a padiola sobre os ombros e partiram às pressas pela mesma trilha que já haviam pisado, rumo ao hospital de campanha.

— Acertem o passo!... Eh!... Esses mujiques! — gritou um oficial, retendo pelos ombros os mujiques, que andavam de forma irregular e sacudiam a padiola.

— Cuidado aí, hein, ô Khviédor, ô Khviédor — disse o mujique que ia na frente.

— Assim, isso mesmo, muito bom — disse com alegria o de trás, acertando o passo.

— É vossa excelência? Hã? O príncipe? — falou com voz trêmula Timókhin, que se aproximou e deu uma olhada na padiola.

O príncipe Andrei abriu os olhos e da padiola, onde sua cabeça jazia bem funda, olhou para quem havia falado e depois fechou as pálpebras.

Os milicianos levaram o príncipe Andrei para a floresta, onde estavam as carroças de transporte de feridos e onde ficava o hospital de campanha. O hospital de campanha consistia em três tendas ampliadas, com as abas levantadas, na orla de um bosque de bétulas. No bosque estavam as carroças para feridos e os cavalos. Os cavalos comiam aveia em sacos presos à cabeça enquanto pardais desciam voando na sua direção e bicavam os grãos caídos. Os pardais, ao sentir o cheiro de sangue, voavam para as bétulas, grasnando impacientes. Em volta das tendas, numa área de mais de duas *dessiatinas*, sentadas, deitadas, em pé, havia pessoas ensanguentadas em roupas diversas. Em torno dos feridos, com o rosto abatido e atento, havia uma multidão de soldados padioleiros, que os oficiais incumbidos de manter a ordem tentavam em vão afastar dali. Sem obedecer aos oficiais, os soldados continuavam parados, apoiados nas padiolas e, como se tentassem compreender o significado difícil do espetáculo, observavam fixamente o que se passava à sua frente. Das tendas, vinham ora clamores irados, ora lamentos queixosos. De vez em quando enfermeiros saíam de lá correndo para buscar água e indicavam os que deviam ser trazidos para dentro. Os feridos, esperando pela sua vez junto às tendas, ofegavam, resmungavam, choravam, gritavam, praguejavam, pediam vodca. Alguns deliravam. Os padioleiros do príncipe Andrei, por ser ele comandante de regimento, passaram na frente dos feridos ainda sem curativos, levaram-no até bem junto de uma das tendas e ali pararam, à espera de ordens. O príncipe Andrei abriu os olhos e durante muito tempo não conseguiu compreender o que se passava à sua volta. O prado, o absinto, o campo lavrado, a bolinha preta rodopiante e sua violenta explosão de amor à vida voltaram à sua memória. A dois passos, falando alto e chamando a atenção geral para si, apoiado numa forquilha, com a cabeça enfaixada, estava um sargento bonito, alto, de cabelo preto. Tinha sido ferido na cabeça e na perna pelas balas. Em volta dele, ouvindo suas palavras com avidez, reunia-se uma multidão de feridos e padioleiros.

— A gente pôs eles para correr de lá de um jeito que deixaram tudo para trás, até o rei deles largaram para trás! — gritava o soldado olhando à sua volta com os olhos pretos e ardentes, que brilhavam. — Era só mandar as reservas naquela mesma hora que aí, meus irmãos, não tinha sobrado nenhum, porque, acreditem no que estou dizendo...

O príncipe Andrei, como todos os que estavam perto do narrador, olhava para ele com um olhar radiante e experimentava um sentimento consolador. “Mas, afinal, agora não é tudo indiferente?”, pensou ele. “O que existirá lá e o que existia aqui? Por que é tão penoso para mim separar-me da vida? Havia nesta vida algo que não entendi e que não entendo.”

XXXVII

Um dos médicos, com um avental ensanguentado e mãos pequenas e ensanguentadas, numa das quais trazia um charuto entre o mindinho e o polegar (para não sujá-lo), saiu da tenda. O médico levantou a cabeça e pôs-se a olhar para os lados, mas por cima dos feridos. Era evidente que queria descansar um pouco. Depois de virar a cabeça por algum tempo para a esquerda e para a direita, deu um suspiro e baixou os olhos.

— Está bem, num instante — respondeu a um enfermeiro que lhe havia apontado o príncipe Andrei, e mandou levá-lo para dentro da tenda.

Na multidão de feridos que esperavam socorro, ergueu-se um murmúrio.

— Pelo visto também no outro mundo só tem lugar para os senhores — exclamou um deles.

Levaram o príncipe Andrei para dentro e o colocaram numa mesa que acabara de ser limpa e na qual o enfermeiro estava lavando alguma coisa. O príncipe Andrei não conseguia distinguir o que havia na tenda. Gemidos queixosos de todos os lados, a dor torturante no fêmur, na barriga e nas costas tomava sua atenção. Tudo o que via ao redor se fundia numa única impressão geral de um corpo humano nu, ensanguentado, que parecia encher por completo aquela tenda baixa, assim como algumas semanas antes, num dia quente de agosto, aquele mesmo corpo enchera o poço lamacento na estrada de Smolensk. Sim, era o mesmo corpo, a mesma *chair à canon*, cujo aspecto já então, como numa previsão do que agora acontecia, despertara horror no príncipe Andrei.

Na tenda havia três mesas. Duas estavam ocupadas, na terceira puseram o príncipe Andrei. Deixaram-no sozinho algum tempo, e ele não pôde deixar de ver o que faziam nas outras duas mesas. Na mesa mais próxima, estava sentado um tártaro, provavelmente um cossaco — a julgar pelo uniforme, largado ao seu lado. Quatro soldados o seguravam. Um médico de óculos cortava alguma coisa nas suas costas musculosas e morenas.

— Ui, ui, ui!... — parecia rosnar o cossaco, e de repente, após levantar o rosto moreno, de maçãs salientes e nariz chato, pondo à mostra os dentes brancos, começou a se contorcer, a se debater e a berrar com guinchos estridentes, cortantes e longos. Na outra mesa, perto da qual se aglomerava muita gente, um homem grande, corpulento, estava deitado de costas, com a cabeça tombada para trás (os cabelos encaracolados, a cor do cabelo e a forma da cabeça pareceram estranhamente familiares ao príncipe Andrei). Alguns enfermeiros punham seu peso sobre o peito daquele homem e assim o mantinham preso. Uma perna branca, grande e carnuda sacudia-se o tempo todo, de modo rápido e constante, em palpitações febris. O homem soluçava e sufocava convulsivamente. Dois médicos calados — um estava pálido e tremia — faziam algo sobre a outra perna daquele homem, vermelha. O médico de óculos terminou de cuidar do tártaro, no qual vestiram às pressas um capote, e esfregando as mãos aproximou-se do príncipe Andrei.

Lançou um olhar para o rosto do príncipe Andrei e virou-se às pressas.

— Tirem a roupa dele! O que estão esperando? — gritou zangado para os enfermeiros.

O príncipe Andrei lembrou-se da infância mais remota, quando o enfermeiro, com mãos afobadas e de mangas arregaçadas, desabotoou sua roupa e o despiu. O médico inclinou-se até chegar bem perto da ferida, apalpou-a e deu um suspiro profundo. Depois fez um sinal para alguém. A dor torturante dentro da barriga obrigou o príncipe Andrei a perder a consciência. Quando voltou a si, os ossos partidos do fêmur tinham sido retirados, pedaços de carne tinham sido cortados, e a ferida estava envolta por uma atadura. Respingaram água no seu rosto. Assim que o príncipe Andrei abriu os olhos, o médico inclinou-se sobre ele, beijou-o em silêncio nos lábios e afastou-se às pressas.

Depois dos sofrimentos que suportara, o príncipe Andrei sentia um bem-estar que havia muito não experimentava. Todos os melhores e mais felizes momentos da sua vida, em especial da infância mais remota, quando trocavam sua roupa e o acomodavam na cama pequena, quando a babá cantava para ele dormir, quando enterrava a cabeça no travesseiro e se sentia feliz só com a consciência de estar vivo, surgiam na sua imaginação não como algo do passado, mas como a realidade.

Em torno do ferido ao seu lado, cuja cabeça vista de perfil parecia conhecida do príncipe Andrei, os médicos se agitavam; eles o levantavam e o acalmavam.

— Mostrem-me... Aaaaah! Ah! Aaaaah! — ouvia-se o seu lamento assustado, entrecortado por gemidos e subjugado pelo sofrimento. Ao ouvir aqueles gemidos, o príncipe Andrei quis chorar. Ou porque estava morrendo sem glória, ou porque era triste para ele separar-se da vida, deixar para trás aquelas recordações de infância irrecuperáveis, ou porque estava sofrendo, os outros estavam sofrendo e aquele homem gemia de modo tão triste à sua frente, ele tinha vontade de chorar com lágrimas de criança, lágrimas boas, quase alegres.

Mostraram para o ferido a perna amputada, com sangue coagulado e ainda com a bota calçada.

— Ah! Aaaah! — o ferido se pôs a soluçar como uma mulher. O médico que estava na frente do ferido, encobrindo o seu rosto, afastou-se.

— Meu Deus! O que é isso? Por que ele está aqui? — disse o príncipe Andrei para si.

No desgraçado, choroso e debilitado de quem haviam acabado de tirar uma perna, ele reconheceu Anatole Kuráguin. Seguraram Anatole pelos braços e lhe ofereceram água num copo, cuja borda seus lábios trêmulos e inchados não conseguiam alcançar. Anatole gemia profundamente. "Sim, é ele mesmo; sim, é o homem ligado a mim de modo tão próximo e tão penoso", pensou o príncipe Andrei, ainda sem compreender claramente o que se passava na sua frente. "Em que consiste o laço entre esse homem e a minha infância, a minha vida?", perguntou para si, sem achar a resposta. E de repente lhe veio uma lembrança nova, inesperada, de um mundo infantil, puro e amoroso. Lembrou-se de Natacha tal como a vira pela primeira vez, no baile de 1810, com o pescoço comprido e os braços finos, o rosto assustado, feliz, pronto para se entusiasmar, e o amor e a ternura por ela, ainda mais fortes e mais vivos do que nunca, despertaram em sua alma. Lembrou-se agora do laço que havia entre ele e aquele homem que, entre as lágrimas que inundavam os olhos inchados, o fitava de modo turvo. O príncipe Andrei lembrou-se de tudo, e a compaixão veemente e o amor por aquele homem encheram o seu coração feliz.

O príncipe Andrei não conseguiu mais se conter e começou a chorar com lágrimas ternas e amorosas, pelas pessoas, por si mesmo, pelas ilusões delas e por suas próprias ilusões.

"A compaixão, o amor por nossos irmãos, pelas pessoas que nos amam, o amor por aqueles que nos odeiam, o amor pelos inimigos — sim, esse amor que Deus preconizou na Terra, esse amor que a princesa Mária me ensinou e que eu não compreendia; é disso que me arrependo na vida, é isso o que eu faria se ainda ficasse, se eu ainda vivesse. Mas agora já é tarde. Sei disso!"

XXXVIII

O aspecto terrível do campo de batalha, coberto de cadáveres e de feridos, somado ao peso que sentia na cabeça, às notícias de que vinte generais conhecidos seus tinham sido mortos ou feridos e à consciência da fraqueza de seu braço antes poderoso produziram uma impressão inesperada em Napoleão, que em geral gostava de contemplar os feridos e os mortos, pondo à prova desse modo a sua força de espírito (assim ele pensava). Naquele dia, o aspecto terrível do campo de batalha derrotou a força de espírito, em que ele supunha estar seu mérito e sua grandeza. Afastou-se às pressas do campo de batalha e voltou para a colina de Chevardinó. Amarelo, inchado, pesado, com olhos turvos, nariz vermelho e voz rouca, Napoleão ficou sentado na cadeira dobrável, ouvindo sem querer os sons dos tiros, e não tirava os olhos do chão. Com uma aflição doentia, aguardava o fim daquela batalha, de que ele se considerava a causa, mas à qual não era capaz de pôr um fim. Um sentimento humano e pessoal prevaleceu por um momento sobre a miragem artificial da vida que, desde muito tempo, o dominava. Napoleão remeteu a si mesmo aos sofrimentos e à morte que via no campo de batalha. O peso na cabeça e no peito o fez lembrar que os sofrimentos e a morte eram possíveis também para ele. E naquele momento não quis para si nem Moscou, nem a vitória, nem a glória. (Para que precisava de mais glória?) Agora só desejava repouso, tranquilidade e liberdade. No entanto, quando estivera no topo de Semiónovskoie, o comandante da artilharia lhe sugerira levar algumas baterias para aquele cume a fim de reforçar o fogo contra as tropas russas concentradas à frente de Kniazkóvo. Napoleão concordou e ordenou que lhe trouxessem notícias sobre o resultado alcançado por aquelas baterias.

Um ajudante de ordens veio avisar que, por ordem do imperador, duzentos canhões tinham sido apontados contra os russos, mas que os russos apesar disso continuavam em sua posição.

— Nosso fogo despedaça as suas fileiras, mas eles resistem — disse o ajudante de ordens.

— *Ils en veulent encore!...*[96] — disse Napoleão com voz rouca.

— *Sire?* — repetiu o ajudante de ordens, que não tinha ouvido.

— *Ils en veulent encore* — rosnou Napoleão com voz áspera e de sobrancelhas franzidas —, *donnez-leur-en.*[97]

Mesmo sem a sua ordem, cumpria-se aquilo que Napoleão queria, e ele só dava ordens porque achava que era isso o que esperavam dele. E outra vez foi levado para o seu mundo artificial de miragens de grandezas indefinidas, e de novo (como um cavalo atrelado à roda de uma engrenagem imagina que faz algo para si) Napoleão se pôs resignadamente a desempenhar o papel triste, cruel, penoso e desumano que lhe fora destinado.

E não foi a única vez nem o único dia em que ficaram obscurecidas a razão e a consciência daquele homem, sobre quem pesava mais do que sobre qualquer outro participante da batalha toda a carga do que havia acontecido; no entanto, até o fim da vida, ele nunca foi capaz de entender o bem, a beleza, a verdade, nem de entender o sentido de suas ações, que eram demasiado contrárias ao bem e à verdade, demasiado distantes de tudo o que é humano, para que ele pudesse compreender seu significado. Napoleão não conseguia renunciar a suas ações, enaltecidas em meio mundo, e por isso tinha de renunciar à verdade, ao bem e a tudo o que é humano.

Aquele não foi o único dia em que Napoleão, ao percorrer o campo de batalha, coalhado de mortos e de pessoas mutiladas (por causa da sua vontade, segundo ele pensava), calculou, ao olhar para aquelas pessoas, quantos russos havia para cada francês e, enganando-se, encontrou motivo para regozijar-se ao ver que havia cinco russos para um francês. Aquele não foi o único dia em que escreveu

---

96 Francês: "Eles querem mais!".

97 Francês: "Eles querem mais [...] deem o que eles querem".

uma carta para Paris dizendo que *le champ de bataille a été superbe*,[98] porque nele havia cinquenta mil cadáveres; mas também na ilha de Santa Helena, no silêncio da solidão, onde ele dizia ter a intenção de dedicar seu lazer à narração dos feitos grandiosos que realizara, escreveu:

> *La guerre de Russie eût dû être la plus populaire des temps modernes: c'était celle du bon sens et des vrais intérêts, celle du repos et de la sécurité de tous; elle était purement pacifique et conservatrice.*
>
> *C'était pour la grande cause, la fin des hasards et le commencement de la sécurité. Un nouvel horizon, de nouveaux travaux allaient se dérouler, tout plein du bien-être et de la prospérité de tous. Le système européen se trouvait fondé; il n'était plus question que de l'organiser.*
>
> *Satisfait sur ces grands points et tranquille partout, j'aurais eu aussi mon* congrès *et ma* sainte-alliance. *Ce sont des idées qu'on m'a volées. Dans cette réunion de grands souverains, nous eussions traité de nos intérêts en famille et compté de clerc à maître avec les peuples.*
>
> *L'Europe n'eût bientôt fait de la sorte véritablement qu'un même peuple, et chacun, en voyageant partout, se fût trouvé toujours dans la patrie commune. J'eusse demandé toutes les rivières navigables pour tous, la communauté des mers, et que les grandes armées permanentes fussent réduites désormais à la seule garde des souverains.*
>
> *De retour en France, au sein de la patrie, grande, forte, magnifique, tranquille, glorieuse, j'eusse proclamé ses limites immuables; toute guerre future purement* défensive; *tout agrandissement nouveau,* antinational. *J'eusse associé mon fils à l'empire; ma* dictature *eût fini, et son règne constitutionnel eût commencé...*
>
> *Paris eût été la capitale du monde, et les Français l'envie des nations!...*
>
> *Mes loisirs ensuite et mes vieux jours eussent été consacrés, en compagnie de l'impératrice et durant l'apprentissage royal de mon fils, à visiter lentement et en vrai couple campagnard, avec nos propres chevaux, tous les recoins de l'empire, recevant les plaintes, redressant les torts, semant de toutes parts et partout les monuments et les bienfaits.*[99]

---

98 Francês: "o campo de batalha esteve soberbo".

99 Francês: "A guerra da Rússia deveria ser a guerra mais popular dos tempos modernos: foi a guerra do bom senso e dos interesses verdadeiros, a guerra do repouso e da segurança de todos; foi puramente pacífica e conservadora.

"Foi uma guerra pela grande causa, o fim das incertezas e o começo da segurança. Um ho-

Destinado pela Providência ao papel lamentável e compulsório de verdugo dos povos, Napoleão se persuadia de que o objetivo de suas ações era o bem dos povos e de que ele podia governar o destino de milhões de pessoas e, por meio do poder, fazer boas ações!

"*Des 400 000 hommes qui passèrent la Vistule*", escreveu ele sobre a guerra russa,

> *la moitié étaient Autrichiens, Prussiens, Saxons, Polonais, Bavarois, Wurtembergeois, Mecklenbourgeois, Espagnols, Italiens, Napolitains. L'armée impériale proprement dite était pour un tiers composée de Hollandais, Belges, habitants des bords du Rhin, Piémontais, Suisses, Genevois, Toscans, Romains, habitants de la 32me division militaire, Brême, Hambourg, etc.; elle comptait à peine 140 000 hommes parlant français. L'expédition de Russie coûta moins de 50 000 hommes à la France actuelle; l'armée russe dans la retraite de Wilna à Moscou, dans les différentes batailles, a perdu quatre fois plus que l'armée française; l'incendie de Moscou a coûté la vie à 100 000 Russes, morts de froid et de misère dans les bois; enfin, dans sa marche de Moscou à l'Oder, l'armée russe fut aussi atteinte par l'intempérie de la saison; elle ne comptait à son arrivée à Wilna que 50 000 hommes, et à Kalisch moins de 18 000.*[100]

---

rizonte novo, novas tarefas iriam surgir, um horizonte pleno de bem-estar e de prosperidade para todos. O sistema europeu já estava fundado; a questão se resumia a organizá-lo.

"Satisfeito com esses pontos e tranquilo quanto a tudo mais, eu também promoveria o meu *congresso* e a minha *santa aliança*. Essas são ideias que me foram roubadas. Nessa reunião de grandes soberanos, teríamos tratado de nossos interesses em família e prestaríamos contas aos povos como um servidor ao seu amo.

"A Europa, desse modo, em pouco tempo haveria de ser verdadeiramente um só povo, e cada um, ao viajar por toda parte, estaria sempre em uma pátria comum. Todos os rios seriam navegáveis para todos, haveria a comunidade dos mares, e a partir de então os grandes exércitos permanentes seriam reduzidos apenas à guarda dos soberanos.

"De regresso à França, no seio da pátria, grande, forte, magnífica, tranquila, gloriosa, eu teria proclamado suas fronteiras imutáveis; toda guerra futura seria puramente *defensiva*; toda ampliação nova seria *antinacional*. Eu integraria meu filho ao império; minha ditadura terminaria, e o seu reinado constitucional iria começar...

"Paris seria a capital do mundo, e os franceses seriam a inveja das nações!...

"Então meus lazeres e meus dias de velhice seriam consagrados, na companhia da imperatriz e durante o aprendizado real do meu filho, a visitar lentamente, com nossos próprios cavalos, como um autêntico casal de camponios, todos os rincões do império, recebendo as queixas, corrigindo os erros, semeando em toda parte monumentos e boas ações."

100 "Dos quatrocentos mil homens que cruzaram o rio Vístula" [...] "metade eram austríacos, prussianos, saxões, poloneses, bávaros, wurtemberguianos, mecklemburguianos, espanhóis, italianos,

Napoleão imaginava que a guerra contra a Rússia havia ocorrido por sua vontade, e o horror que acontecera não abalava sua alma. Com destemor, atribuía a si toda a responsabilidade dos fatos, e sua mente obscurecida enxergava uma justificação no fato de que, entre as centenas de milhares de vidas perdidas, havia menos franceses do que hessianos ou bávaros.

XXXIX

Várias dezenas de milhares de homens jaziam mortos, em diversas posições e em diversos uniformes, nos campos e nos prados que pertenciam aos senhores da família Davídov e também aos camponeses da Coroa, nos mesmos campos e prados onde, havia centenas de anos, os camponeses das aldeias de Borodinó, Górki, Chevardinó e Semiónovskoie faziam a colheita e punham o gado para pastar. Nos hospitais de campanha, numa área de uma *dessiatina*, o capim e a terra estavam encharcados de sangue. Uma multidão de feridos e de não feridos, gente de diversas seções dos exércitos, com o rosto assustado, de um lado recuavam a duras penas para Mojáisk, do outro lado recuavam para Valúievo. Outra multidão, esgotada e faminta, conduzida por seus comandantes, seguia para a frente. Outra ainda permanecia em sua posição e continuava a atirar.

Sobre todo o campo, antes tão alegre e bonito, com o cintilar das baionetas e os vapores no sol da manhã, havia agora uma neblina de umidade e de fumaça e um cheiro estranho e ácido de salitre e de sangue. Nuvens haviam se fundido, e uma garoa começava a borrifar os mortos, os feridos, os apavorados, os exaustos e os hesitantes. Como se dissesse: "Chega, chega, gente. Parem... Ponham a cabeça no lugar. O que estão fazendo?".

Esgotadas, sem alimento e sem repouso, as pessoas dos dois lados começaram igualmente a ter dúvidas e a se perguntar se deviam ainda atirar umas contra as outras, e em todos os rostos se percebia uma hesitação, e em todos os espíri-

---

napolitanos. O exército imperial, propriamente dito, era na sua terça parte composto de holandeses, belgas, habitantes das margens do Reno, piemonteses, suíços, genoveses, toscanos, romanos, habitantes da trigésima segunda divisão militar, de Bremen e Hamburgo etc.; apenas cento e quarenta mil homens falavam francês. A expedição à Rússia custou a vida de menos de cinquenta mil homens à França atual; o exército russo na retirada de Vilna a Moscou, nas diversas batalhas, perdeu quatro vezes mais do que o exército francês; o incêndio de Moscou custou a vida de cem mil russos, mortos de frio e de inanição, nas matas; enfim, na sua marcha de Moscou a Oder, o exército russo foi também atingido pelas intempéries da estação; na sua chegada a Vilna, contava com não mais de cinquenta mil homens, e em Kalisch, com menos de dezoito mil".

tos erguia-se igualmente a pergunta: "Para quê, por que devo matar e ser morto? Quem quiser que mate, quem quiser que faça, eu não quero mais!". Tal pensamento, ao entardecer, havia amadurecido na alma de cada soldado. A qualquer momento, todas aquelas pessoas poderiam se horrorizar com o que estavam fazendo, largar tudo e fugir para qualquer lugar.

Porém, embora já no fim da batalha os soldados sentissem todo o horror de suas ações, embora fossem ficar contentes de parar, uma força inexplicável, misteriosa, continuava ainda a governá-los e, turvos de pólvora e de sangue, os artilheiros, entre os quais de cada três só um havia sobrevivido, cambaleantes e ofegantes de cansaço, levavam as balas, carregavam os canhões, faziam pontaria, acendiam os pavios; e as balas voavam da mesma forma veloz e cruel de ambos os lados e despedaçavam o corpo humano, e continuava a se cumprir a estranha tarefa que se cumpria não por vontade das pessoas, mas por vontade de quem governava as pessoas e os mundos.

Quem visse a retaguarda em desordem do exército russo diria que bastaria mais um pequeno esforço dos franceses para aniquilar o exército russo; e quem visse a retaguarda dos franceses diria que bastaria mais um pequeno esforço dos russos para destruir os franceses. Mas nem os franceses nem os russos faziam esse esforço, e as chamas da batalha se extinguiam lentamente.

Os russos não faziam tal esforço porque não estavam atacando os franceses. No início da batalha, eles se limitaram a permanecer no caminho para Moscou, bloqueando a passagem, e continuavam parados ali no fim da batalha, assim como haviam ficado no início. Porém, ainda que o objetivo dos russos fosse rechaçar os franceses, não poderiam fazer um último esforço porque todas as tropas russas estavam abatidas, não havia nenhuma parte do exército que não houvesse sofrido com a batalha, e os russos, permanecendo em suas posições, haviam perdido *metade* das tropas.

Os franceses, com a lembrança de todas as vitórias dos quinze anos anteriores, com a certeza da invencibilidade de Napoleão, com a consciência de que eram senhores de uma parte do campo de batalha, de que haviam perdido apenas um quarto do seu efetivo e de que tinham ainda intactos os vinte mil soldados da guarda, não teriam dificuldade em fazer aquele esforço a mais. Os franceses, que atacavam o exército russo com o objetivo de rechaçá-lo de sua posição, deveriam fazer tal esforço, porque enquanto os russos continuassem barrando o caminho para Moscou, como faziam desde o início da batalha, o objetivo dos franceses não seria alcançado, e todo o seu esforço e todas as suas baixas seriam em vão. Mas os franceses não fizeram tal esforço. Alguns historiadores dizem que bastaria a Napoleão pôr em ação a sua velha guarda intacta para vencer a batalha. Dizer o que aconteceria se Napoleão tivesse empregado a sua guarda é o mesmo que dizer o que aconteceria se o outono se tornasse primavera. Isso não podia acontecer. Napoleão não empregou sua guarda não porque não o quis, mas porque era impossível. Todos os generais, oficiais e soldados do Exército francês sabiam que era impossível fazer aquilo, porque o abatimento de ambos os exércitos não permitia.

Não era só Napoleão que experimentava um sentimento de sonho, o sentimento de que o terrível ímpeto do seu braço tombava impotente, mas todos os generais, todos os soldados do Exército francês que participavam ou não da batalha, depois de todas as experiências das batalhas anteriores (nas quais o inimigo fugia após esforços dez vezes menores), experimentavam igualmente um sentimento de horror perante aquele inimigo que, após perder *metade* das tropas, resistia da mesma forma ameaçadora que no início da batalha. A força moral do Exército agressor francês estava esgotada. A vitória obtida pelos russos em Borodinó não foi o tipo de vitória determinada por pedaços de pano hasteados em varas, a que chamam de bandeiras, ou por áreas que as tropas ocupam antes e ocupam depois — mas uma vitória moral, que convence o oponente da superioridade moral do inimigo e de sua própria impotência, essa foi a vitória obtida pelos russos em Borodinó. A invasão francesa, como uma fera enraivecida que sofre em seu avanço uma ferida mortal, sentia que estava perdida; mas ela não podia parar, assim como o Exército russo, duas vezes mais fraco, também não podia sair do seu caminho. Depois do impulso inicial, as tropas francesas ainda puderam rolar até Moscou; mas lá, sem nenhum esforço novo da parte das tropas russas, elas tinham de sucumbir, derramando até o fim o sangue da ferida mortal recebida em Borodinó. A consequência direta da batalha de Borodinó foi a fuga inexplicada de Napoleão, que partiu de Moscou, regressando pela antiga estrada de Smolensk, a destruição de quinhentos mil invasores e o aniquilamento da França napoleônica, sobre a qual, em Borodinó, pela primeira vez, se abateu a mão de um oponente com força espiritual superior.

TOMO TRÊS
TERCEIRA PARTE

I

Para a mente humana, é incompreensível a continuidade absoluta do movimento. As leis de qualquer movimento só se tornam compreensíveis para o homem quando ele observa unidades arbitrariamente separadas daquele movimento. Porém, ao mesmo tempo, dessa divisão arbitrária do movimento contínuo em unidades descontínuas decorre grande parte das ilusões humanas.

É famoso o chamado sofisma dos antigos, que consiste em que Aquiles nunca vai conseguir alcançar a tartaruga que caminha na sua frente, apesar de Aquiles caminhar dez vezes mais depressa do que a tartaruga: assim que Aquiles percorrer a distância que o separa da tartaruga, ela já terá se adiantado um décimo daquela distância; Aquiles vai percorrer essa distância, mas a tartaruga terá se adiantado a centésima parte dela, e assim por diante, ao infinito. Esse problema parecia insolúvel para os antigos. O absurdo da conclusão (de que Aquiles nunca vai alcançar a tartaruga) decorria apenas de que se admitiam unidades de movimento separadas de forma arbitrária, ao passo que o movimento de Aquiles e também o da tartaruga se realizavam de modo contínuo.

Tomando unidades de movimento cada vez menores, nós apenas nos aproximamos da solução do problema, mas jamais a alcançaremos. Só admitindo uma grandeza infinitesimal e sua progressão ascendente até um décimo e fazendo a soma em progressão geométrica alcançaremos a solução da questão. Um novo ramo da matemática que descobriu a arte de operar com grandezas infinitesimais e com outras questões mais complexas do movimento fornece agora as respostas a problemas que pareciam insolúveis.

Esse novo ramo da matemática, desconhecido dos antigos, ao examinar as questões do movimento admitindo grandezas infinitesimais, ou seja, aquelas em que se recupera a condição principal do movimento (a continuidade absoluta), corrige desse modo o erro inevitável que a mente humana não pode deixar de cometer quando examina unidades descontínuas de movimento em lugar do movimento contínuo.

Na busca das leis do movimento histórico ocorre exatamente o mesmo.

O movimento da humanidade, decorrente de um número infinito de vontades pessoais, ocorre de forma contínua.

A compreensão das leis desse movimento é o objetivo da história. Mas para apreender as leis do movimento contínuo, soma de todas as vontades das pessoas, a mente humana admite unidades arbitrárias, descontínuas. O primeiro método da história consiste em tomar uma série arbitrária de acontecimentos contínuos e considerá-la separadamente das demais, quando não existe e não pode existir o início de nenhum acontecimento, mas sempre um acontecimento contínuo, que decorre de outro acontecimento. O segundo método consiste em considerar a ação de um homem, um rei, um comandante militar, como a soma das vontades das pessoas, quando a soma das vontades das pessoas nunca se expressa na atividade de um personagem histórico.

A ciência histórica, em sua marcha, toma sempre unidades cada vez menores para exame, e com esse método almeja se aproximar da verdade. No entanto, por menores que sejam as unidades tomadas pela história, sentimos que a admissão de uma unidade separada de outra, a admissão de um *início* de qualquer fenômeno e a admissão de que as vontades de todas as pessoas se expressam nas ações de um personagem histórico são de todo falsas em si mesmas.

Qualquer dedução da história, sem o menor esforço da parte da crítica, se desintegra como cinzas, sem nada deixar de si, apenas porque a crítica escolhe por objeto de observação uma unidade descontínua, maior ou menor; do que ela terá sempre direito, uma vez que a unidade histórica escolhida é sempre arbitrária.

Apenas admitindo uma unidade infinitesimal para observação — o diferencial da história, ou seja, as tendências homogêneas das pessoas — e alcançando a arte de integrar (fazer a soma dessas unidades infinitesimais), podemos esperar apreender as leis da história.

Os primeiros quinze anos do século XIX na Europa revelam um extraordinário movimento de milhões de pessoas. As pessoas abandonam suas ocupações habituais, precipitam-se de um lado da Europa para outro, saqueiam, matam-se umas às outras, regozijam-se e desesperam-se, e todo o curso da vida se transforma em alguns anos e revela um movimento intenso, que de início segue de modo crescente e depois declina. Qual é a causa de tal movimento ou devido a que leis isso ocorre?, pergunta a mente humana.

Os historiadores, ao responder a essa questão, nos apresentam os atos e as palavras de algumas dezenas de pessoas em um dos prédios da cidade de Paris, designando tais atos e palavras com o nome de revolução; depois fornecem uma biografia minuciosa de Napoleão e de algumas pessoas simpáticas e hostis a ele, relatam as influências de algumas dessas pessoas sobre outras e dizem: aí está por que se deu tal movimento, e eis as suas leis.

Mas a mente humana não só se recusa a acreditar nessa explicação como diz francamente que o método de explicação não é correto, porque mediante tal explicação um fenômeno mais fraco é tomado como causa de um fenômeno mais forte. A soma das vontades das pessoas fez a revolução e Napoleão, e só a soma daquelas vontades tolerou e aniquilou ambos.

"Mas toda vez que houve conquistas, houve conquistadores; toda vez que houve uma revolução num país, houve grandes homens", diz a história. De fato, toda vez que surgiram conquistadores, houve guerras, responde a mente humana, mas isso não prova que os conquistadores foram a causa das guerras e que seria possível descobrir as leis da guerra na ação pessoal de um homem. Toda vez que eu, olhando meu relógio, vejo que o ponteiro se aproximou do dez, ouço que numa igreja próxima começam a tocar os sinos, mas do fato de que toda vez que o ponteiro marca dez horas os sinos começam a tocar eu não tenho o direito de concluir que a posição do ponteiro é a causa do movimento dos sinos.

Toda vez que vejo uma locomotiva se pôr em movimento, ouço o som de um apito, vejo uma válvula ser aberta e o movimento das rodas; mas disso não tenho o direito de concluir que o apito e o movimento das rodas são a causa do movimento da locomotiva.

Os camponeses dizem que no final da primavera sopra um vento frio porque os brotos do carvalho se abrem, e de fato na primavera sempre sopra um vento frio quando os brotos se abrem. No entanto, embora eu não conheça a causa de soprar um vento frio quando os brotos do carvalho se abrem, não posso concordar com os camponeses que a causa do vento frio seja o desabrochar dos brotos de carvalho, porque a força do vento se encontra fora do alcance da influência dos brotos. Vejo apenas uma conjunção de circunstâncias que ocorre em qualquer fenômeno da vida, e vejo que, por mais que eu examine e por mais minuciosamente que observe o ponteiro do relógio, a válvula e as rodas da locomotiva e os brotos do carvalho, não reconheço a causa do ressoar dos sinos, do movimento da locomotiva e do vento da primavera. Para tanto tenho de mudar completamente meu ponto de observação e estudar as leis do movimento do vapor, dos sinos e do vento. O mesmo precisa fazer a história. E já foram feitas experiências sobre isso.

Para o estudo das leis da história temos de mudar completamente o objeto de observação, deixar em paz os reis, os ministros e os generais, e examinar os elementos infinitesimais, homogêneos, que dirigem as massas. Ninguém pode dizer até que ponto é dado ao homem alcançar por esse caminho o entendimento das leis da história; mas é evidente que só por esse caminho se encontra a possibilidade de apreender as leis da história, e nesse caminho a mente humana ainda não aplicou a milionésima parte dos esforços que os historiadores aplicaram na descrição das ações de diversos reis, comandantes militares e ministros, bem como na explanação das próprias ideias acerca de tais ações.

II

As forças de doze nacionalidades da Europa irromperam na Rússia. As tropas russas e a população se retiraram, evitando o confronto, até Smolensk, e de Smolensk até Borodinó. As tropas francesas, com um impulso cada vez mais forte, se precipitaram rumo a Moscou, objetivo do seu movimento. Ao se aproximar do objetivo, a força do seu impulso aumenta, como a velocidade de um corpo que cai aumenta à medida que ele se aproxima do solo. Às suas costas, há milhares de verstas de um país faminto e hostil; à sua frente, dezenas de verstas que os separam do seu objetivo. É isso que sentem todos os soldados do exército napoleônico, e a invasão avança por si mesma, apenas pela força do impulso.

Nas tropas russas, à medida que recuam, inflama-se cada vez mais um espírito de exasperação contra o inimigo: ao recuar, as tropas se concentram e crescem. Em Borodinó ocorreu o confronto. Nenhum dos dois exércitos se desfez, mas as tropas russas, imediatamente após o confronto, recuaram de modo tão necessário quanto uma bola recua ao chocar-se com outra bola que veio rolando ao seu encontro com um impulso mais forte; e dessa mesma forma necessária (embora tivesse perdido toda a sua força no choque), a bola da invasão, que avançava com tamanho ímpeto, continuou a rolar ainda por certa distância.

Os russos recuaram cento e vinte verstas — para além de Moscou, e os franceses chegaram a Moscou e lá se detiveram. Durante cinco semanas depois disso, não houve nenhuma batalha. Os franceses não se mexeram. Semelhante a uma fera mortalmente ferida, que, perdendo sangue, lambe as feridas, eles ficaram cinco semanas em Moscou, sem realizar nada, e de repente, sem nenhum motivo novo, bateram em retirada: lançaram-se pela estrada de Kaluga (depois de uma vitória, pois de novo ficaram senhores do campo de batalha, em Malo Iaroslávets) e, sem travar nenhuma batalha séria, fugiram ainda mais depressa para além de Smolensk, para além de Vilna, para além de Berezina e para mais além ainda.

Na noite de 26 de agosto, Kutúzov e todo o Exército russo estavam convencidos de que a batalha de Borodinó tinha sido uma vitória. Kutúzov assim escreveu para o soberano. Kutúzov ordenou que as tropas se preparassem para uma nova guerra a fim de liquidar o inimigo, não porque ele quisesse enganar quem quer que fosse, mas porque sabia que o inimigo estava derrotado, assim como sabiam disso todos aqueles que tomaram parte na batalha.

Porém, naquela mesma noite e no dia seguinte, começaram a chegar, uma após a outra, notícias de baixas incríveis, notícias da perda de metade do exército, e uma nova batalha se revelou fisicamente impossível.

Era impossível travar batalha antes de reunir as informações, antes de recolher os feridos, antes de renovar o estoque de munição, antes de contar os mortos, antes de nomear os novos comandantes em lugar dos que haviam morrido, antes que os soldados estivessem alimentados e tivessem recuperado as horas de sono perdidas.

Entretanto, logo depois da batalha, na manhã seguinte, as tropas francesas (por força do ímpeto do movimento, agora como que aumentado na razão inversa do quadrado da distância) já se moviam por si mesmas de encontro às tropas russas. Kutúzov queria atacar no dia seguinte, e o exército todo queria o mesmo. Mas para atacar não bastava o desejo de fazer isso; era necessário que fosse possível fazê-lo, e tal possibilidade não existia. Era impossível não recuar um dia de marcha, e depois, da mesma forma, era impossível não recuar mais um dia de marcha, e ainda um terceiro, até que, por fim, no dia 1º de setembro — quando o exército se aproximava de Moscou —, apesar de toda a força do sentimento que se erguia nas fileiras das tropas, a força das coisas exigiu que as tropas fossem para trás de Moscou. E as tropas recuaram mais um dia de marcha, o último, e entregaram Moscou para o inimigo.

Para pessoas habituadas a pensar que os planos de guerra e de batalha são traçados pelos comandantes militares exatamente como cada um de nós, sentado em seu gabinete, debruçado sobre mapas, faz considerações sobre que disposições foram adotadas, ou teriam sido, nesta ou naquela batalha, surgem perguntas sobre por que Kutúzov, na retirada, não agiu desta ou daquela forma, por que não tomou posição à frente de Fili, por que não recuou de uma vez pela estrada de Kaluga, por que abandonou Moscou etc. Pessoas habituadas a pensar assim esquecem ou ignoram as condições inevitáveis em que sempre se passa a ação de todo comandante em chefe. A atividade de um comandante militar não tem a menor semelhança com a atividade que nós imaginamos, sentados livremente num gabinete, analisando esta ou aquela campanha num mapa, com uma quantidade conhecida de tropas, de um lado e de outro, num território conhecido, e começando nossas considerações num momento dado e conhecido. Um comandante em chefe nunca se encontra no *início* de nenhum acontecimento, condição em que nós sempre encaramos um acontecimento. Um comandante em chefe sempre se encontra no meio de uma série de acontecimentos em movimento e assim nunca, em nenhum minuto, é capaz de refletir sobre todo o significado do acontecimento em curso.

De modo imperceptível, minuto a minuto, o acontecimento toma a forma do seu significado, e a cada momento dessa coerente e ininterrupta transformação do acontecimento, o comandante em chefe está no centro de complicadas manobras, intrigas, preocupações, dependências, poderes, projetos, conselhos, ameaças, embustes, encontra-se o tempo todo na necessidade de responder a uma quantidade inumerável de perguntas que lhe são propostas, sempre contraditórias entre si.

Em tom sério, os entendidos nos dizem que Kutúzov, ainda muito antes de Fili, deveria ter deslocado as tropas pela estrada de Kaluga, e que alguém chegou até a lhe sugerir tal projeto. Mas diante de um comandante em chefe, sobretudo num momento difícil, não há apenas um projeto, mas sempre dezenas ao mesmo tempo. E cada um desses projetos, fundados em estratégia e tática, se contradizem uns aos outros. A missão do comandante em chefe parece consistir apenas em escolher um dos projetos. Mas nem isso ele pode fazer. Os acontecimentos e o tempo não esperam. Propõem a ele, digamos, no dia 28, seguir pela estrada de Kaluga, mas naquele momento chega a galope um ajudante de ordens a mando de Milorádovitch e pergunta se agora devem entrar em confronto com os franceses ou recuar. Então, naquele instante, ele precisa dar uma ordem. Mas a ordem de recuar nos obriga a dar uma volta para poder tomar a estrada de Kaluga. E logo depois do ajudante de ordens, um intendente pergunta para onde levar as provisões, e o chefe dos hospitais de campanha pergunta para onde levar os feridos; e um cocheiro de Petersburgo traz uma carta do soberano, que não admite a possibilidade de entregar Moscou, e um rival do comandante em chefe, que faz intrigas contra ele (sempre existem os rivais, e são vários), sugere um novo projeto diametralmente oposto ao plano de sair pela estrada de Kaluga; e as energias do próprio comandante em chefe exigem sono e repouso; e um general venerável deixado de lado na distribuição de medalhas vem se queixar, e os habitantes imploram proteção; um oficial enviado para observar o território volta e faz um relatório totalmente contrário ao que apresentou um oficial enviado antes dele; e um espião, um prisioneiro e um general que fizeram uma operação de reconhecimento — todos descrevem de forma diferente a posição do exército inimigo. Pessoas habituadas a não entender ou a esquecer essas condições necessárias da atividade de todo comandante em chefe nos apresentam, por exemplo, a posição das tropas em Fili e com isso supõem que o comandante em chefe podia, no dia 1º de setembro, resolver de forma totalmente livre a questão de entregar ou de defender Moscou, quando, com as tropas russas a cinco verstas de Moscou, tal questão nem poderia existir. Quando se resolveu tal questão? Foi em Drissa, e também em Smolensk, e de modo mais perceptível no dia 24, em Chevardinó, e no dia 26 em Borodinó, e em todos os dias, horas e minutos da retirada de Borodinó até Fili.

III

As tropas russas, após se retirarem de Borodinó, pararam em Fili. Ermólov, que tinha ido inspecionar a posição, aproximou-se do marechal de campo.

— Não é possível combater naquela posição — disse ele. Kutúzov fitou-o com ar surpreso e obrigou-o a repetir as palavras que dissera. Quando ele terminou de falar, Kutúzov lhe estendeu a mão.

— Dê-me sua mão — disse, e, depois de virar a mão de Ermólov como se fosse tomar o pulso, disse: — Você está doente, meu caro. Pense bem no que está dizendo.

Kutúzov, na colina Poklónaia, a seis verstas dos portões de Dorogomílov, desceu da carruagem e sentou-se num banco à beira da estrada. Uma imensa multidão de generais se reuniu à sua volta. O conde Rostoptchin, vindo de Moscou, uniu-se a eles. Toda aquela companhia ilustre, distribuída em alguns círculos, conversava entre si sobre as vantagens e as desvantagens da posição, sobre a situação das tropas, sobre os planos propostos, sobre a situação de Moscou, sobre questões militares em geral. Todos sentiam que, embora não tivessem sido convocados com tal propósito, embora a reunião não tivesse recebido esse nome, tratava-se de um conselho de guerra. Todas as conversas se mantinham no âmbito das questões gerais. Se alguém comunicava ou discutia notícias pessoais, fazia-o em sussurros, e logo depois passava outra vez a tratar de questões gerais: não se notava nenhum gracejo, nenhum riso, nenhum sorriso sequer entre todas aquelas pessoas. Todos, com esforço, era evidente, tentavam manter-se à altura da situação. E todos os grupos, conversando entre si, tentavam manter-se próximos do comandante em chefe (cujo banco constituía o centro daqueles grupos) e falavam de modo que ele pudesse ouvir. O comandante em chefe escutava e de vez em quando pedia que repetissem o que estavam dizendo à sua volta, mas ele mesmo não intervinha nas conversas e não exprimia nenhuma opinião. Na maior parte das vezes, ao escutar a conversa de um determinado círculo, ele, com ar de decepção — como se o que estavam dizendo não fosse de forma alguma o que ele esperava saber —, virava-se para outro lado. Uns falavam sobre a posição escolhida, criticando não tanto a posição em si, mas sobretudo a capacidade intelectual daqueles que a escolheram; outros provavam que o erro tinha sido cometido antes, que a batalha deveria ter sido travada dois dias antes; outros ainda falavam da batalha de Salamanca, sobre a qual contavam apenas o que dissera um francês de uniforme espanhol chamado Crossart, que havia acabado de chegar. (Esse francês, junto com um dos príncipes alemães que serviam no Exército russo, analisava o cerco de Saragoça prevendo a possibilidade de defender Moscou da mesma forma.) No quarto círculo o conde Rostoptchin dizia que estava pronto a morrer com a milícia de Moscou para defender os muros da capital, no entanto não podia deixar de lamentar o estado de desinformação em que fora deixado e que, se tivesse sabido daquilo antes, as coisas teriam corrido de outro modo... Os de um quinto círculo, dando mostras da profundidade de suas concepções estratégicas, falavam da direção que as tropas deviam tomar. Os de um sexto círculo diziam uma tolice completa. O rosto de Kutúzov ficava cada vez mais preocupado e tristonho. E em todas aquelas conversas Kutúzov via o mesmo: não havia a *menor possibilidade física* de defender Moscou, no sentido pleno da expressão, ou seja, a tal ponto inexistia essa possibilidade que, se algum comandante em chefe louco desse ordem de travar batalha, a consequência seria uma confusão, e mesmo assim não haveria nenhuma batalha; não haveria porque todos os altos comandantes não só reconheciam que aquela posição era impraticável como também, em suas conversas, só discutiam o que sucederia ao inevitável abandono de tal posição. Como os comandantes poderiam conduzir suas tropas num campo de batalha que consideravam impraticável? Os demais oficiais e até os soldados (que também discutiam) reconheciam que a posição era impraticável, e por isso não podiam ir combater com a certeza da derrota. Se Bennigsen insistia na defesa daquela posição e outros ainda a debatiam, a questão já não tinha sentido em si mesma, fazia sentido apenas como um pretexto para a disputa e a intriga. Assim entendia Kutúzov.

Bennigsen, tendo optado por tal posição, ostentando com fervor o seu patriotismo russo (o que Kutúzov não podia escutar sem franzir o rosto), insistia na defesa de Moscou. Kutúzov via tão claro como o dia qual era o objetivo de Bennigsen: no caso do fracasso da defesa — jogar a culpa em Kutúzov, que havia conduzido as tropas sem travar batalha até os Montes dos Pardais; no caso de vitória — atribuir o sucesso a si mesmo; no caso da renúncia ao combate — afastar dos seus ombros o crime de abandonar Moscou. A questão das intrigas não preocupava agora o velho. Uma questão terrível o preocupava. E para essa questão não ouvia de ninguém uma resposta. A questão agora, para ele, consistia no seguinte: "Será possível que fui eu quem deixou Napoleão vir até Moscou, e quando foi que fiz isso? Quando foi que isso ficou decidido? Será que foi ontem, quando mandei para Plátov a ordem de retirada, ou anteontem, quando fui cochilar e ordenei que Bennigsen assumisse o comando? Ou será que foi antes?... Mas quando, quando essa coisa terrível ficou decidida? Moscou tem de ser abandonada. As tropas têm de recuar, e é preciso dar essa ordem". Dar aquela ordem terrível lhe parecia o mesmo que renunciar ao comando do Exército. E além de gostar do poder, além de estar habituado a ele (as honrarias concedidas ao príncipe Prozoróvski, sob cujas ordens ele havia servido na Turquia, o deixavam estimulado), Kutúzov tinha a convicção de que a ele estava destinada a salvação da Rússia e que só por isso, contra a vontade do soberano e pela vontade do povo, tinha sido escolhido para o cargo de comandante em chefe. Kutúzov estava convencido de que só ele podia manter-se no comando do Exército naquelas difíceis circunstâncias, de que só ele em todo o mundo estava em condições de encarar sem pavor o seu oponente, o invencível Napoleão; e se horrorizava com o pensamento da ordem que teria de dar. No entanto era preciso tomar uma decisão, era preciso interromper as conversas à sua volta, que tinham começado a tomar um caráter demasiado livre.

Kutúzov chamou para perto de si os generais mais velhos.

— *Ma tête, fût-elle bonne ou mauvaise, n'a qu'à s'aider d'elle-même*[1] — disse, levantando-se do banco, e seguiu para Fili, onde estavam suas carruagens.

IV

Na ampla e agradável isbá do mujique Andrei Savostiánov, às duas horas, o conselho se reuniu. Os mujiques, as mulheres e as crianças daquela numerosa família de mujiques se aglomeravam na parte dos fundos, do outro lado do vestíbulo. Só a neta de Andrei, Malacha, menina de seis anos, a quem o excelentíssimo havia agradado, dando-lhe um pedacinho de açúcar enquanto bebia o chá, estava na parte principal da isbá, em cima da estufa. Da estufa, Malacha observava tímida e alegre o rosto, o uniforme e as medalhas dos generais, que entravam um após o outro e sentavam em bancos largos no recanto do oratório, ao pé dos ícones. O próprio vovô, como Malacha chamava Kutúzov para si mesma, estava sentado um pouco afastado deles, no canto escuro atrás da estufa. Estava afundado numa cadeira dobrável e o tempo todo soltava gemidos e esticava a gola do capote, que embora desabotoado parecia apertar seu pescoço. As pessoas que entravam, uma após a outra, se aproximavam do marechal; ele apertava a mão de alguns, inclinava a cabeça para outros. O ajudante de ordens Kaissárov fez menção de puxar a cortina da janela em frente a Kutúzov, mas Kutúzov abanou a mão para ele com ar contrariado, e Kaissárov entendeu que o excelentíssimo não queria que vissem o seu rosto.

Em volta da rústica mesa de abeto, sobre a qual havia mapas, planos, lápis, papéis, reuniu-se tanta gente que os ordenanças trouxeram mais um banco e o colocaram junto à mesa. Nesse banco sentaram-se os recém-chegados: Ermólov, Kaissárov e Toll. Bem embaixo dos ícones, no primeiro lugar, com a condecoração de São Jorge no pescoço, o rosto pálido e doentio e a testa alta que se fundia com

---

1 Francês: "Boa ou ruim, minha cabeça só pode contar consigo mesma".

a cabeça pelada, estava sentado Barclay de Tolly. Havia dois dias que uma febre o atormentava, e naquele momento ele estava trêmulo e abatido. A seu lado estava Uvárov e com voz baixa (como falavam todos) comunicou algo a Barclay, fazendo gestos rápidos. O pequeno e gorducho Dokhtúrov, de sobrancelhas erguidas e mãos cruzadas sobre a barriga, escutava com atenção. Do outro lado estava sentado o conde Osterman-Tolstói, com os cotovelos apoiados na mesa e as mãos segurando a cabeça grande de feições valentes e olhos brilhantes, e parecia mergulhado nos próprios pensamentos. Raiévski, com expressão de impaciência, torcendo para a frente os cabelos negros das têmporas com um gesto mecânico, lançava olhares ora para Kutúzov, ora para a porta de entrada. O rosto firme, bonito e bondoso de Konovnítsin brilhava com um sorriso afável e astuto. Ele havia encontrado o olhar de Malacha e, com os olhos, fazia-lhe trejeitos que obrigavam a menina a sorrir.

Todos esperavam Bennigsen, que, sob o pretexto de ter ido inspecionar de novo a posição, estava na verdade terminando o seu jantar suculento. Esperaram-no das quatro até as seis horas e durante todo esse tempo não deram início à reunião, travando em voz baixa conversas secundárias.

Só quando Bennigsen entrou na isbá, Kutúzov saiu do seu canto e aproximou-se da mesa, mas de um modo que seu rosto não ficasse iluminado pelas velas que estavam sobre a mesa.

Bennigsen abriu o conselho com a questão: "Abandonar sem luta a antiga e sagrada capital da Rússia ou defendê-la?". Em seguida, um silêncio geral e demorado. Todos franziram as sobrancelhas, e no silêncio ouviram-se as tosses e os bufos irritados de Kutúzov. Todos os olhos o fitavam. Malacha também olhava para o vovô. Entre todos, era ela quem estava mais perto de Kutúzov e via como o rosto dele estava franzido: ele estava a ponto de chorar. Mas isso não durou muito tempo.

— *A antiga e sagrada capital da Rússia!* — exclamou ele de repente, com voz irritada, repetindo as palavras de Bennigsen e desse modo mostrando a nota falsa daquelas palavras. — Permita que eu diga a vossa excelência que essa questão não tem sentido para um russo. (Ele deixou o corpo pesado inclinar-se para a frente.) É impossível formular tal questão, e tal questão não tem sentido. A questão por que fiz reunir este conselho é uma questão militar. A questão é a seguinte: "A salvação da Rússia está no exército. Vale mais a pena correr o risco de perder o exército e Moscou, travando uma batalha, ou ceder Moscou sem batalha? Eis a questão sobre a qual desejo conhecer a opinião dos senhores". (Recostou-se de novo no espaldar na cadeira.)

Teve início uma discussão. Bennigsen ainda não considerava a partida perdida. Admitindo a opinião de Barclay e de outros sobre a impraticabilidade de travar uma batalha defensiva em Fili, Bennigsen, imbuído de patriotismo russo e de amor por Moscou, propunha deslocar as tropas do flanco direito para o esquerdo durante a noite e atacar a ala direita dos franceses no dia seguinte. As opiniões se dividiram, houve discussões com manifestações a favor e contra aquela opinião. Ermólov, Dokhtúrov e Raiévski concordaram com a opinião de Bennigsen. Guiados pelo sentimento de uma necessidade de sacrifício ante a perda da capital, ou por outras considerações pessoais, esses generais pareciam não compreender que aquele conselho de guerra não podia alterar a marcha inevitável dos fatos e que Moscou já estava de fato abandonada. Os outros generais compreendiam isso e, deixando de lado a questão sobre Moscou, falavam sobre a direção que as tropas agora deviam tomar em sua retirada. Malacha, que sem baixar os olhos observava o que se passava na sua frente, entendia de outro modo o significado daquele conselho. Parecia-lhe que a questão era apenas uma briga pessoal entre o "vovô" e o "abas-compridas", como ela chamava Bennigsen. Malacha via que os dois se enraiveciam quando falavam um com o outro e no seu íntimo ela tomava o partido do vovô. No meio da conversa, Malacha notou um olhar rápido e dissimulado que o vovô lançou na direção de Bennigsen e logo depois, para sua alegria, notou que o vovô, depois de dizer algo para o abas-compridas, deixou-o sem ação: Bennigsen ficou vermelho de repente e, com ar irritado, começou a andar pela isbá. As palavras que produziram tal efeito em Bennigsen foram as da opinião expressa por Kutúzov, em voz calma e baixa, sobre a vantagem e a desvantagem da proposta de Bennigsen: o deslocamento do exército do flanco direito para o flanco esquerdo durante a noite a fim de atacar a ala direita dos franceses.

— Eu, senhores — disse Kutúzov —, não posso aprovar o plano do conde. Um deslocamento das tropas a uma curta distância do inimigo sempre traz perigos, e a história militar confirma essa noção. Assim, por exemplo... (Kutúzov pareceu pensar um pouco, em busca de um exemplo, enquanto lançava um olhar claro, ingênuo, para Bennigsen.) Vejamos o caso da batalha de Friedland, que, como o conde lembra bem, eu creio, só não foi... um sucesso completo porque nossas tropas se reagruparam a uma distância muito próxima do inimigo... — Seguiu-se um silêncio momentâneo, que a todos pareceu muito demorado.

O debate de novo recomeçou, mas havia pausas a todo instante, e tinha-se a sensação de que não havia mais o que falar.

Durante uma daquelas pausas, Kutúzov deu um suspiro profundo, como se tivesse intenção de falar. Todos se voltaram para ele.

— *Eh bien, messieurs! Je vois bien que c'est moi qui paierai les pots cassés*[2] — disse. E, levantando-se devagar, aproximou-se da mesa. — Senhores, escutei a opinião

---

2 Francês: "Bem, senhores, estou vendo que sou eu quem vai pagar pelas jarras quebradas".

dos senhores. Alguns não vão concordar comigo. Mas eu (ele fez uma pausa), com o poder a mim conferido pelo soberano e pela pátria, eu... ordeno a retirada.

Depois disso os generais começaram a se dispersar com a mesma discrição solene e silenciosa com que as pessoas se dispersam após um enterro.

Alguns generais, em voz baixa, num diapasão muito diferente daquele com que falavam durante o conselho, comunicavam algo ao comandante em chefe.

Malacha, a quem estavam esperando para jantar havia muito tempo, desceu da estufa de costas e com cuidado, procurando com a pontinha dos pés descalços as beiradas da estufa, e, atrapalhada entre as pernas dos generais, esgueirou-se para a porta.

Depois que se livrou dos generais, Kutúzov ficou um longo tempo sentado, recostado na cadeira, sempre pensando na mesma questão terrível: “Quando, quando afinal ficou decidido que Moscou seria abandonada? Quando se fez aquilo que decidiu a questão e quem é o culpado?”.

— Isso, isso eu não esperava — disse para o ajudante de ordens Schneider, que veio falar com ele já tarde da noite. — Isso eu não esperava! Isso eu não esperava!

— O senhor precisa repousar, vossa excelência — disse Schneider.

— Isso não vai ficar assim! Eles vão comer carne de cavalo, como os turcos — exclamou Kutúzov, batendo o punho gordo sobre a mesa. — Vão, sim, é só...

V

Em contraste com Kutúzov, naquele instante, num acontecimento ainda mais grave do que a retirada do exército sem luta, a saber, a evacuação de Moscou e o incêndio da cidade, Rostoptchin, que nos é apresentado como o mentor de tal acontecimento, agia de modo muito diferente de Kutúzov.

Tal acontecimento — a evacuação de Moscou e o incêndio da cidade — era tão inevitável quanto o recuo das tropas sem luta para além de Moscou, depois da batalha de Borodinó.

Todo russo, não com base em deduções, mas com base no sentimento que existe em nós e que já existia em nossos pais, podia adivinhar o que veio a acontecer.

A partir de Smolensk, em todas as cidades e aldeias da terra russa, sem a participação do conde Rostoptchin e de seus panfletos, passou-se o mesmo que em Moscou. O povo esperava o inimigo com indiferença, não se revoltou, não se agitou, não fez ninguém em pedaços, apenas esperou com calma o seu destino, sentindo dentro si as forças para descobrir, no minuto mais difícil, aquilo que se devia fazer. E, assim que o inimigo se aproximava, os elementos mais ricos da população iam embora, deixando para trás suas propriedades; os mais pobres ficavam e queimavam e destruíam o que restava.

Existia e existe na alma dos russos a consciência de que assim havia de ser, e de que assim sempre seria. E tal consciência e, mais que isso, o pressentimento de que Moscou seria ocupada estavam presentes na sociedade moscovita no ano de 1812. Os que começaram a deixar Moscou já em julho e no início de agosto mostraram que esperavam isso. Os que foram embora levando o que podiam carregar, deixando para trás a casa e a metade dos bens, agiam assim por causa daquele patriotismo latente (*latent*) que não se exprime por meio de frases, nem por meio da morte de crianças para salvar a pátria nem por outras ações afetadas, mas se exprime de forma imperceptível, simples, orgânica e por isso produz sempre os resultados mais poderosos.

"É uma vergonha fugir do perigo; só os covardes estão fugindo de Moscou", diziam para eles. Rostoptchin em seus panfletos queria persuadi-los de que fugir de Moscou era desonroso. Eles tinham vergonha de ser chamados de covardes, tinham vergonha de ir embora, mas mesmo assim iam embora, sabendo que era preciso. Por que iam embora? É impossível supor que Rostoptchin os assustasse com os horrores que Napoleão praticara em outras terras conquistadas. Partiram, e primeiro partiram os ricos, as pessoas instruídas, que sabiam muito bem que Viena e Berlim tinham ficado inteiras e que lá, durante a ocupação de Napoleão, os habitantes passavam seu tempo alegremente com franceses encantadores, na época tão apreciados pelos russos, e sobretudo pelas damas.

Eles partiram porque, para a gente russa, não pode haver a questão: será bom ou ruim viver em Moscou sob o domínio dos franceses? Era impossível viver sob o domínio dos franceses: isso era o pior de tudo. Foram embora ainda antes da batalha de Borodinó, e ainda mais depressa depois da batalha de Borodinó, a despeito do apelo para a defesa, apesar da proclamação do comandante-geral de Moscou[3] sobre sua intenção de levantar o ícone de Nossa Senhora Ivérskaia e ir combater, e apesar dos balões que, do ar, haviam de liquidar os franceses, e apesar de todos os disparates que Rostoptchin escrevia em seus panfletos. Eles sabiam que as tropas deviam lutar e que, se elas não conseguissem, era impossível ir com mocinhas e criados para Tri Góri a fim de combater Napoleão, e sabiam que era necessário partir, por mais penoso que fosse abandonar seus bens à destruição. Eles partiram e não ficaram pensando no significado sublime da rica e enorme capital abandonada e, é claro, transformada em cinzas por seus habitantes (uma grande cidade de

---

3 Referência a Rostoptchin.

madeira abandonada devia ser incendiada); eles partiram cada um por si e, no entanto, foi só porque partiram que se cumpriu o grande acontecimento que permanecerá para sempre como a maior glória do povo russo. Aquela senhora da nobreza que, ainda no mês de junho, com seus negros e seus bobos, partiu de Moscou rumo à sua aldeia em Sarátov, com a obscura consciência de que não era serva de Bonaparte e com receio de que a detivessem por ordem do conde Rostoptchin, realizava de modo simples e sincero a grande obra que salvou a Rússia. Esse mesmo conde Rostoptchin, que ora ofendia aqueles que partiam de Moscou, ora transferia da cidade as repartições públicas, ora distribuía armas imprestáveis para a gentalha embriagada, ora levava ícones em procissões, ora proibia o sacerdote Avgustin[4] de remover da cidade ícones e relíquias, ora confiscava todas as carroças particulares que havia na cidade, ora usava cento e trinta e seis carroças para transportar para fora da cidade o balão de gás feito por Leppich, ora insinuava que ia atear fogo em Moscou, ora contava como havia incendiado sua casa, ora escrevia uma proclamação para os franceses na qual os reprovava solenemente por ter destruído o seu orfanato; ora assumia a glória do incêndio de Moscou, ora o repudiava, ora ordenava ao povo capturar todos os espiões e levá-los para ele, ora censurava o povo por fazer isso, ora deportava de Moscou todos os franceses, ora deixava ficar na cidade a sra. Aubert-Chalmé, que era o centro de toda a população francesa de Moscou, mas sem nenhum sentimento de culpa ordenava prender e expulsar à força o velho e honrado diretor do correio Kliutchariόv; ora reunia o povo em Tri Góri para combater os franceses, ora, a fim de livrar-se do povo, entregava a ele um homem para ser morto, enquanto ele mesmo fugia pelos portões dos fundos; ora dizia que não ia sobreviver ao infortúnio de Moscou, ora escrevia num álbum, em francês, versos sobre seu papel naquela situação[5] — esse homem não entendia o significado do acontecimento em curso, queria apenas fazer ele mesmo algo que espantasse os outros, realizar algo patriótico e heroico e, como um menino, brincava com o fato grandioso e inevitável do incêndio e do abandono de Moscou e, com sua mão pequena, tentava ora incentivar, ora conter a vazão da enorme torrente do povo que o arrastava consigo.

---

4 Referência ao arcebispo de Moscou, Aleksei Vassílievitch Avgustin (1766-1822).

5 *Je suis né Tartare / Je voulous être Romain. / Les Français m'apellèrent barbare, / les Russes, George Dandin* [Nasci tártaro. / Queria ser romano. / Os franceses me chamavam bárbaro, / os russos, George Dandin]. (N. A.)

VI

Hélène, que regressara de Vilna a Petersburgo com a corte, encontrava-se numa situação difícil.

Em Petersburgo, Hélène gozava da proteção especial de um magnata que ocupava um dos cargos mais elevados do Estado. Em Vilna, ela se tornara íntima de um jovem príncipe estrangeiro. Quando voltou a Petersburgo, o príncipe e o magnata estavam ambos em Petersburgo, ambos cobraram seus direitos, e para Hélène se apresentou um problema ainda novo em sua carreira: conservar a relação estreita com ambos, sem ofender nem um nem outro.

O que pareceria difícil e até impossível para outras mulheres não obrigou a condessa Bezúkhova a refletir sequer um momento; obviamente não era à toa que gozava da reputação de mulher inteligentíssima. Se começasse a ocultar suas ações, se tentasse se desvencilhar da situação embaraçosa por meio da astúcia, acabaria pondo tudo a perder, reconhecendo sua culpa; mas Hélène, ao contrário, como uma pessoa verdadeiramente grande, capaz de fazer tudo o que quer, imediatamente se colocou na posição de quem está com a razão, como ela acreditava sinceramente, e pôs todos os outros na posição de quem tem a culpa.

Na primeira vez em que o jovem estrangeiro se permitiu lhe fazer uma censura, ela, erguendo com orgulho a cabeça bonita e, voltando-se de lado para ele, disse em tom firme:

— *Voilà l'égoïsme et la cruauté des hommes! Je ne m'attendais pas à autre chose. La femme se sacrifie pour vous, elle souffre, et voilà sa récompense. Quel droit avez-vous, monseigneur, de me demander compte de mes amitiés, de mes affections? C'est un homme qui a été plus qu'un père pour moi.*[6]

O personagem quis dizer algo. Hélène o interrompeu.

— *Eh bien, oui* — disse ela. — *Peut-être qu'il a pour moi d'autres sentiments que ceux d'un père, mais ce n'est pas une raison pour que je lui ferme ma porte. Je ne suis pas un homme pour être ingrate. Sachez, monseigneur, pour tout ce qui a rapport à mes sentiments intimes, je ne rends compte qu'à Dieu et à ma conscience*[7] — concluiu, colocando a mão sobre o peito bonito e empinado, e olhando para o céu.

---

6 Francês: "Eis o egoísmo e a crueldade dos homens! Eu não esperava outra coisa. A mulher se sacrifica pelos senhores, ela sofre, e aí está a recompensa. Que direito tem, monsenhor, de me exigir esclarecimentos sobre minhas amizades, minhas afeições? É um homem que foi mais que um pai para mim".

7 Francês: "Muito bem [...] Talvez ele tenha por mim outros sentimentos que não os de um pai, mas isso não é motivo para que eu lhe feche a minha porta. Não sou um homem para ser ingrata. Saiba,

— *Mais écoutez-moi, au nom de Dieu.*[8]

— *Épousez-moi, et je serai votre esclave.*[9]

— *Mais c'est impossible.*[10]

— *Vous ne daignez pas descendre jusqu'à moi, vous...*[11] — disse Hélène e começou a chorar.

O personagem se pôs a consolar a condessa; Hélène, entre lágrimas (como que fora de si), disse que nada a impedia de casar, que havia outros casos (na época ainda eram poucos os casos, mas ela citou Napoleão e outras figuras ilustres), disse que nunca tinha sido esposa do seu marido, que fora levada a um sacrifício.

— Mas as leis, a religião... — disse o personagem, já capitulando.

— As leis, a religião... Mas para que elas teriam sido inventadas, se não pudessem resolver isso? — disse Hélène.

O ilustre personagem ficou surpreso ao ver que um raciocínio tão simples não tivesse passado pela sua cabeça e foi pedir o conselho dos irmãos santos da Companhia de Jesus, com os quais mantinha relações estreitas.

Alguns dias depois, numa das festas fascinantes oferecidas por Hélène em sua casa de campo na Ilha de Pedra, ela foi apresentada a um certo M. Jobert, velho encantador, de cabelos brancos como neve e olhos negros e brilhantes, *un jésuite à robe courte*,[12] que durante muito tempo, no jardim, sob a luz da iluminação artificial e ao som da música, conversou com Hélène sobre o amor a Deus, a Cristo, ao coração da Mãe de Deus e sobre os consolos alcançados nesta vida e na outra por meio da verdadeira e única religião católica. Hélène ficou sensibilizada e por diversas vezes surgiram lágrimas nos olhos dela e nos de M. Jobert, e a voz deles tremeu. Uma dança, para a qual um cavalheiro veio convidar Hélène, interrompeu sua conversa com seu futuro *directeur de conscience*,[13] mas no dia seguinte, à tarde, M. Jobert veio sozinho à casa de Hélène e a partir de então passou a vir com frequência à casa dela.

Um dia, levou a condessa a uma igreja católica, onde ela ficou de joelhos diante do altar, ao qual foi conduzida. O velho francês encantador colocou a mão na cabeça de Hélène e, como ela mesma contava mais tarde, Hélène sentiu algo

---

monsenhor, em tudo o que diz respeito aos meus sentimentos íntimos, só presto contas a Deus e à minha consciência".

8 Francês: "Mas me escute, em nome de Deus".

9 Francês: "Case comigo, e serei sua escrava".

10 Francês: "Mas é impossível".

11 Francês: "O senhor não se digna a descer até mim, o senhor...".

12 Francês: "jesuíta de batina curta" [membro leigo da Companhia de Jesus].

13 Francês: "diretor de consciência".

semelhante a uma lufada de ar fresco que desceu por sua alma. Explicaram-lhe que aquilo era *la grâce*.[14]

Depois a conduziram a um abade *à robe longue*,[15] que ouviu sua confissão e perdoou seus pecados. No dia seguinte, trouxeram-lhe uma caixa, onde estava o sacramento da comunhão, e a deixaram na casa dela, à disposição de Hélène. Após alguns dias, Hélène, para sua satisfação, soube que agora havia ingressado na verdadeira Igreja católica e que dali a alguns dias o próprio papa iria receber notícias dela e lhe mandaria certo documento.

Tudo o que durante aquele tempo faziam em volta dela e com ela, toda a atenção dirigida a ela por pessoas tão inteligentes, expressa de formas tão agradáveis e refinadas, e a pureza de pomba em que agora ela se encontrava (durante todo aquele tempo, usava vestidos brancos com fitas brancas) — tudo aquilo lhe dava prazer; mas nem aquele prazer desviava Hélène, por nenhum minuto, do seu objetivo. E, como em questões de esperteza sempre acontece de o tolo levar vantagem sobre os inteligentes, ela, entendendo que o objetivo de todas aquelas palavras e cuidados era, sobretudo, após convertê-la ao catolicismo, tomar seu dinheiro em favor das instituições dos jesuítas (sobre o que já haviam feito alguns comentários para ela), Hélène, antes de dar dinheiro, insistia em que fizessem com ela os diversos procedimentos que a livrariam do marido. No seu modo de ver, o significado de toda religião consistia apenas em manter o decoro na satisfação dos desejos humanos. E com tal objetivo, numa de suas conversas com o padre confessor, Hélène exigiu dele com tenacidade uma resposta para a questão sobre até que ponto ela estava presa ao seu casamento.

Estavam sentados na sala junto à janela. Era o pôr do sol. Da janela vinha o cheiro das flores. Hélène estava de vestido branco, transparente nos ombros e no peito. O abade, bem alimentado, de queixo gordo e bem barbeado, boca agradável e firme e mãos brancas suavemente cruzadas sobre os joelhos, estava perto de Hélène e, com um sorriso sutil nos lábios, com ar sereno — embevecido pela visão da sua beleza, de vez em quando olhava o rosto dela, enquanto explicava seu ponto de vista sobre a questão que lhes interessava. Hélène sorria inquieta, olhava para os cabelos crespos do padre, para as faces gordas, morenas e bem barbeadas, e esperava a todo momento uma nova guinada na conversa. Mas o abade, embora obviamente embevecido com a beleza e com a proximidade de sua interlocutora, estava seguro do domínio do seu ofício.

---

14 Francês: "a graça".

15 Francês: "de batina comprida" [membro da Companhia de Jesus].

O rumo do raciocínio do diretor de consciência era o seguinte. Na ignorância do significado daquilo que estava fazendo, a senhora deu o voto de lealdade matrimonial a uma pessoa, que, por sua vez, ao contrair matrimônio sem acreditar no significado religioso do matrimônio, cometeu um sacrilégio. Tal matrimônio não teve o duplo significado que deve ter. Mas, apesar disso, o juramento da senhora a prendeu. A senhora se arrependeu dele. O que a senhora cometeu, assim? *Péché véniel*[16] ou *peché mortel*?[17] *Péché véniel*, porque praticou sua ação sem má intenção. Caso a senhora, agora, com o objetivo de ter filhos, contrair novo matrimônio, então o pecado da senhora poderia ser perdoado. Mas a questão se desmembra outra vez em duas: primeiro...

— Mas eu creio — falou de repente Hélène, já entediada, com seu sorriso encantador — que, ao me converter à religião verdadeira, não posso estar presa por aquilo que uma religião falsa me impôs.

O *directeur de conscience* ficou deslumbrado ao ver a questão exposta com a simplicidade de um ovo de Colombo. Ficou embevecido com a inesperada rapidez dos êxitos de sua aluna, mas não pôde renunciar ao seu edifício de argumentos, construído à custa de tantos trabalhos intelectuais.

— *Entendons-nous, comtesse*[18] — disse ele com um sorriso e passou a refutar os argumentos da sua filha espiritual.

VII

Hélène compreendeu que a questão era muito simples e fácil do ponto de vista espiritual, mas que seus diretores de consciência criavam dificuldades só porque temiam a forma como as autoridades seculares iriam encarar a questão.

E por conta disso Hélène resolveu que era preciso preparar a opinião da sociedade para o caso. Despertou os ciúmes do velho magnata e lhe disse o mesmo que tinha dito ao primeiro pretendente, ou seja, apresentou a questão de tal modo que a única maneira de ele ter direito a Hélène era casar-se com ela. De início, o personagem velho ficou tão chocado com aquela proposta de casamento com uma mulher cujo marido ainda estava vivo quanto havia ficado o personagem jovem; mas a certeza inabalável de Hélène de que aquilo era tão simples e

---

16 Francês: "Pecado venial"
17 Francês: "pecado mortal".
18 Francês: "Entendamo-nos, condessa".

natural quanto casar com uma jovem solteira também produziu efeito sobre ele. Caso Hélène deixasse transparecer mínimos sinais de hesitação, de vergonha ou de dissimulação, sem dúvida sua causa estaria perdida; mas não só não houve tais sinais de dissimulação e de vergonha como, ao contrário, ela com simplicidade e ingenuidade cordial contou para seus amigos íntimos (e eles eram Petersburgo inteira) que o príncipe e o magnata lhe haviam feito propostas de casamento e que ela gostava de ambos e receava magoar um ou outro.

Espalhou-se imediatamente por Petersburgo o rumor não de que Hélène queria se divorciar do marido (se tal rumor se espalhasse, muitos se voltariam contra aquela intenção ilegal), mas espalhou-se abertamente o rumor de que a infeliz e interessante Hélène se achava num dilema, sem saber com qual dos dois devia se casar. A questão já não consistia em saber até que ponto aquilo era possível, mas só em determinar qual dos dois partidos era mais vantajoso e como a corte iria encarar a questão. Havia de fato algumas pessoas obstinadas, incapazes de se erguer à altura da questão, pessoas que viam naquele intento uma afronta ao sacramento do matrimônio; mas eram poucas, e ficavam em silêncio, ao passo que a maioria se interessava pela questão da felicidade que Hélène alcançaria e de qual dos dois seria a melhor opção. Mas sobre se era bom ou ruim casar enquanto o marido ainda estava vivo, sobre isso não conversavam, porque tal questão obviamente já estava decidida por pessoas mais inteligentes do que eu ou você (como diziam), e duvidar da justeza de tal solução significava correr o risco de deixar patente a própria tolice e uma inaptidão para viver na sociedade.

Só Mária Dmítrievna Akhrossímova, que chegara a Petersburgo naquele verão para encontrar-se com um de seus filhos, se permitia exprimir abertamente sua opinião, contrária à opinião geral. Ao encontrar Hélène num baile, Mária Dmítrievna a deteve no meio do salão e, em meio ao silêncio geral, com sua voz rude, disse para ela:

— Quer dizer que por aqui vocês começaram a casar de novo, com o marido ainda vivo. Vai ver que você está achando que inventou essa novidade, não é? Passaram na sua frente, querida. Já inventaram isso faz muito tempo. Fazem isso em todos os... — Depois de tais palavras Mária Dmítrievna, com um gesto ameaçador bem conhecido, arregaçando sua manga larga e olhando em volta com ar severo, atravessou o salão.

Embora fosse temida, Mária Dmítrievna era encarada em Petersburgo como motivo de pilhéria e, portanto, das palavras ditas por ela só retinham os termos rudes e os repetiam aos sussurros entre si, supondo que naquelas palavras estava todo o sal do que tinha sido falado.

O príncipe Vassíli, que nos últimos tempos andava esquecendo muitas vezes aquilo que dissera, e assim repetia centenas de vezes as mesmas coisas, sempre dizia, quando calhava de ver a filha:

— *Hélène, j'ai un mot à vous dire* — dizia, conduzindo a filha para um canto e tomando-a pelo braço. — *J'ai eu vent de certains projets relatifs à... Vous savez. Eh bien, ma chère enfant, vous savez que mon cœur de père se réjouit de vous savoir... Vous avez tant souffert... Mais, chère enfant... ne consultez que votre cœur. C'est tout ce que je vous dis.*[19] — E, sempre escondendo a mesma emoção, ele encostava sua face à face da filha e se afastava.

Bilíbin, com sua inesgotável reputação de homem inteligentíssimo e de amigo desinteressado de Hélène, um desses amigos que as mulheres ilustres sempre têm, os homens amigos, que nunca podem ter o papel de enamorados, Bilíbin certa vez, em *petit comité*, exprimiu para sua amiga Hélène seu ponto de vista sobre toda aquela questão.

— *Écoutez Bilibine* (Hélène sempre tratava amigos como ele pelo sobrenome de família) — e ela tocou sua mão branca, cheia de anéis, na manga do fraque de Bilíbin. — *Dites-moi comme vous diriez à une sœur, que dois-je faire? Lequel des deux?*[20]

Bilíbin contraiu a pele acima das sobrancelhas e, com um sorriso nos lábios, refletiu um momento.

— *Vous ne me prenez pas en* desprevenido, *vou savez* — disse ele. — *Comme véritable ami, j'ai pensé et repensé à votre affaire. Voyez-vous. Si vous épousez le prince* (era o jovem) — ele dobrou um dedo — *vous perdrez pour toujours la chance d'épouser l'autre, et puis vous mécontentez la cour.* (*Comme vous savez, il y a une espèce de parenté.*) *Mais si vous épousez le vieux comte, vous faites le bonheur de ses derniers jours, et puis comme veuve du grand... le prince ne fait plus de mésalliance en vous épousant*[21] — e Bilíbin descontraiu a pele.

— *Voilà un véritable ami!* — disse a exultante Hélène, e tocou de novo a mão na

---

19 Francês: "Hélène, tenho uma coisa para lhe dizer [...] Ouvi rumores de certos projetos relativos a... A senhora sabe. Bem, minha querida criança, a senhora sabe que meu coração de pai rejubila de saber que a senhora... A senhora sofreu muito... Mas, querida criança... não consulte senão o seu coração. É só o que lhe digo".

20 Francês: "Escute, Bilíbin [...] Diga-me como diria para uma irmã, o que devo fazer? Qual dos dois?".

21 Francês: "A senhora não me pegou desprevenido, a senhora bem sabe [...] Como amigo verdadeiro, pensei e repensei a respeito do seu caso. Veja bem. Se a senhora se casa com o príncipe [...] perde para sempre a chance de casar com o outro, e assim desagrada à corte. (Como a senhora sabe, existe uma espécie de parentesco.) Mas, se a senhora se casa com o velho conde, fará a alegria de seus últimos dias e depois, como viúva do grande... o príncipe já não fará um casamento desigual ao casar com a senhora".

manga de Bilíbin. — *Mais c'est que j'aime l'un et l'autre, je ne voudrais pas leur faire de chagrin. Je donnerais ma vie pour leur bonheur à tous deux*[22] — disse ela.

Bilíbin encolheu os ombros, querendo dizer que nem mesmo ele poderia ser de alguma ajuda para tal sofrimento.

"*Une maîtresse femme! Voilà ce qui s'appelle poser carrément la question. Elle voudrait épouser tous les trois à la fois*",[23] pensou Bilíbin.

— Mas me diga como o marido, como o seu marido, encara essa questão — perguntou Bilíbin, que, apoiado na solidez da sua reputação, não teve receio de fazer uma pergunta tão ingênua. — Ele aceitaria?

— *Ah! Il m'aime tant!* — disse Hélène, a quem por alguma razão parecia que Pierre também a amava. — *Il fera tout pour moi.*[24]

Bilíbin franziu a pele, o que significava que se preparava para dizer um *mot*.

— *Même le divorce*[25] — disse ele.

Hélène deu uma risada.

Entre as pessoas que se permitiam pôr em dúvida a legalidade do hipotético casamento estava a mãe de Hélène, a princesa Kuráguina. Ela vivia atormentada pela inveja que sentia da própria filha e agora, quando o objeto da inveja era algo muito próximo ao coração da princesa, ela não conseguia se resignar àquela ideia. Aconselhou-se com um sacerdote russo sobre as condições em que era possível um divórcio e um novo casamento enquanto o marido estivesse vivo, e o sacerdote lhe disse que aquilo era impossível e, para alegria da princesa, mostrou-lhe um texto do Evangelho em que (assim parecia ao sacerdote) se rejeitava frontalmente a possibilidade de um novo casamento enquanto o marido estivesse vivo.

Munida de tais argumentos, que a ela pareciam incontestáveis, a princesa, de manhã bem cedo, a fim de encontrar a filha sozinha, foi à casa de Hélène.

Após ouvir as objeções da mãe, Hélène sorriu de maneira dócil e zombeteira.

— De resto, está escrito claramente: quem casar com esposa divorciada... — falou a velha princesa.

— *Ah, maman, ne dites pas de bêtises. Vous ne comprenez rien. Dans ma position,*

---

22 Francês: "Isto é que é um amigo de verdade [...] Mas acontece que amo a um e a outro, não queria causar mágoa a eles. Daria minha vida pela felicidade dos dois".

23 Francês: "Que mulher sagaz! Isso é o que se chama apresentar a questão de modo claro. Ela gostaria de casar com os três ao mesmo tempo".

24 Francês: "Ah! Ele me ama tanto! [...] Ele fará tudo por mim".

25 Francês: "Inclusive o divórcio".

j'ai des devoirs[26] — disse Hélène, passando da língua russa, na qual sempre lhe parecia haver certa imprecisão ao tratar do seu caso, para o francês.

— Mas, minha amiga...

— *Ah, maman, comment est-ce que vous ne comprenez pas que le saint père, qui a le droit de donner des dispenses...*[27]

Naquele momento, a dama de companhia que morava com Hélène entrou no quarto para comunicar que sua alteza estava no salão e queria vê-la.

— *Non, dites-lui que je ne veux pas le voir, que je suis furieuse contre lui, parce qu'il m'a manqué de parole.*[28]

— *Comtesse, à tout péché miséricorde*[29] — disse, entrando, um jovem louro de rosto e nariz compridos.

A velha princesa levantou-se respeitosamente e fez uma reverência. O jovem que entrara não lhe deu atenção. A princesa fez um gesto com a cabeça para a filha e se esgueirou pela porta.

"Não, ela está certa", pensou a velha princesa, cuja convicção inteira se fez em pedaços ante o aparecimento de sua alteza. "Ela está certa; mas como é que nós, em nossa mocidade irrecuperável, ignorávamos isso? E seria tão simples", pensava a velha princesa, ao sentar-se na carruagem.

No início de agosto, o caso de Hélène estava perfeitamente definido, e ela escreveu para o marido (que a amava muito, assim ela pensava) uma carta, na qual lhe comunicava sua intenção de casar com N. N. e o fato de que havia se convertido à única religião verdadeira e lhe pedia que cumprisse todas as formalidades necessárias para o divórcio, sobre as quais o portador da carta lhe daria os esclarecimentos.

"*Sur ce, je prie Dieu, mon ami, de vous avoir sous Sa sainte et puissante garde. Votre amie Hélène.*"[30]

Essa carta foi levada à casa de Pierre no momento em que ele estava no campo de batalha de Borodinó.

---

26 Francês: "Ah, mamãe, não diga bobagens. A senhora não entende nada. Na minha posição, eu tenho certas obrigações".

27 Francês: "Ah, mamãe, como a senhora não compreende que o santo padre, que tem o direito de conceder autorizações...".

28 Francês: "Não, diga a ele que não quero vê-lo, que estou furiosa com ele porque me faltou com a palavra".

29 Francês: "Condessa, para todo pecado há misericórdia".

30 Francês: "Dito isso, rezo a Deus que mantenha o senhor sob a Sua santa e poderosa proteção. Sua amiga Hélène".

VIII

Já no fim da batalha de Borodinó, depois de ter corrido pela segunda vez para a bateria de Raiévski, Pierre dirigiu-se com uma multidão de soldados por um barranco rumo a Kniazkóvo, chegou ao hospital de campanha e, ao ver sangue e ouvir gritos e gemidos, seguiu adiante às pressas, misturado com a multidão de soldados.

A única coisa que Pierre queria agora, com todas as forças de sua alma, era deixar para trás o mais depressa possível as impressões terríveis pelas quais havia passado aquele dia, voltar para as condições de vida habituais e dormir tranquilamente no seu quarto, na sua cama. Só nas condições de vida habituais ele sentia que teria possibilidade de compreender a si mesmo e tudo aquilo que tinha visto e experimentado. Mas as condições de vida habituais não existiam mais em parte alguma.

Embora balas de canhão e de fuzil não assoviassem ali na estrada por onde ele andava, em todos os lados havia o mesmo que no campo de batalha. Havia pessoas que sofriam, pessoas esgotadas e de vez em quando pessoas indiferentes, havia o mesmo sangue, os mesmos capotes de soldados, os mesmos sons de tiros, embora distantes, mas que mesmo assim despertavam pavor; além disso, havia abafamento e poeira.

Ao percorrer mais ou menos três verstas até a grande estrada de Mojáisk, Pierre sentou-se à beira do caminho.

O crepúsculo baixou sobre a terra, e o estrondo das armas silenciou. Pierre recostou-se apoiado nos braços dobrados e ficou muito tempo deitado, olhando para as sombras que se deslocavam à sua frente, no escuro. A toda hora tinha a impressão de que, com um assovio terrível, uma bala de canhão vinha voando sobre ele; Pierre estremecia com um sobressalto e se levantava. Não sabia dizer havia quanto tempo estava ali. No meio da noite, três soldados que traziam lenha se instalaram ao seu lado e começaram a fazer uma fogueira.

Os soldados, olhando de esguelha para Pierre, acenderam a fogueira, puseram uma panela sobre o fogo, esmigalharam bolachas dentro dela e acrescentaram banha de porco. Um cheiro agradável de comida e de carne gordurosa se misturou com o cheiro de fumaça. Pierre levantou-se e suspirou. Os soldados (eram três) comiam sem prestar atenção em Pierre e conversavam entre si.

— Mas e você, quem é? — um dos soldados voltou-se de repente para Pierre, pelo visto querendo dizer com aquela pergunta exatamente o que Pierre imaginava: se você quiser comer, damos comida para você, é só dizer se é um homem honesto.

— Eu? Eu?... — disse Pierre, sentindo a necessidade de rebaixar o mais possível sua posição social, a fim de ficar mais próximo e mais compreensível para os soldados. — A rigor, sou oficial da milícia, só que meus amigos não estão aqui; cheguei ao campo de batalha e me perdi dos meus camaradas.

— Veja só! — disse um dos soldados.

Outro soldado balançou a cabeça.

— Ei, coma aqui o que quiser da nossa boiazinha! — disse o primeiro e deu para Pierre, que se aproximara dele, uma colher de pau.

Pierre sentou-se junto ao fogo e começou a comer a boiazinha, a papa que estava dentro do caldeirão e que lhe pareceu a refeição mais saborosa de todas que já havia provado. Enquanto Pierre, debruçado avidamente sobre o caldeirão, levava à boca grandes colheradas, mastigava uma após a outra, e seu rosto ficava bem visível à luz do fogo, os soldados o fitavam em silêncio.

— Para onde é que você tem de ir, hein? Diga lá! — pediu outra vez um deles.

— Para Mojáisk.

— Escuta, você não é nobre, não?

— Sou.

— E qual é seu nome?

— Piotr Kirílovitch.

— Pois então, Piotr Kirílovitch, vamos andando, a gente vai levar você.

Na escuridão completa, os soldados e Pierre seguiram para Mojáisk.

Os galos já estavam cantando quando eles chegaram a Mojáisk e começaram a subir o morro íngreme da cidade. Pierre andava junto com os soldados, totalmente esquecido de que sua estalagem ficava no pé do morro e que já havia passado. Não teria se lembrado disso (tal o seu estado de perplexidade) se no meio do morro não tivesse esbarrado com o seu escudeiro, que tinha ido procurá-lo na cidade e estava voltando para a estalagem. O escudeiro reconheceu Pierre pelo chapéu, branco no meio da escuridão.

— Vossa excelência — exclamou ele —, já estávamos desesperados. Por que está a pé? E, por favor, para onde está indo?

— Ah, pois é — disse Pierre.

Os soldados se detiveram um momento.

— Olha só, quer dizer que achou seus amigos, hein? — disse um deles.

— Pronto, adeus! Piotr Kirílovitch, é isso, não? Adeus, Piotr Kirílovitch! — disseram as outras vozes.

— Adeus — disse Pierre e seguiu com o seu escudeiro na direção da estalagem.

"Tenho de dar alguma coisa para eles!", pensou Pierre, e meteu a mão no bolso. "Não, não é preciso", uma voz lhe disse.

Não havia vagas nos quartos da estalagem: estavam todos ocupados. Pierre foi para o pátio e, cobrindo-se com o capote até a cabeça, deitou na sua carruagem.

IX

Assim que Pierre pousou a cabeça no travesseiro, sentiu que ia pegar no sono; mas de repente, com uma nitidez quase de realidade, ouviu um bum-bum-bum de tiros, soaram gemidos, gritos, detonações de granadas, veio um cheiro de sangue e de pólvora, veio um sentimento de horror, e o medo da morte o dominou. Abriu os olhos assustado e levantou a cabeça para fora do capote. Tudo estava em silêncio no pátio. Só um ordenança estava passando pelos portões, batendo os pés na lama, e trocou uma palavra com o porteiro. Por cima da cabeça de Pierre, sob o interior escuro do telheiro de ripas, pombos moveram-se bruscamente por causa do movimento que ele fizera ao se levantar. O pátio da estalagem estava impregnado de um aroma tranquilo e alegre para Pierre naquele momento, um cheiro de feno, de estrume e de alcatrão. Entre dois telheiros pretos, via-se o céu limpo e estrelado.

"Graças a Deus que aquilo acabou", pensou Pierre, cobrindo de novo a cabeça. "Ah, como o medo é horrível e como eu me rendi a ele de modo vergonhoso! E eles... *eles*, o tempo todo, até o fim, ficaram firmes, calmos...", pensou. *Eles*, no entendimento de Pierre, eram os soldados — os que estavam na bateria, os que lhe deram comida na estrada e os que rezaram diante do ícone. *Eles* — aqueles estranhos, desconhecidos dele até então —, *eles* se destacavam de todas as outras pessoas de modo claro e incisivo em seu pensamento.

"Ser soldado, um simples soldado!", pensou Pierre, enquanto adormecia. "Ingressar nesta vida comum com todo o meu ser, imbuir-me daquilo que os faz ser assim. Mas como livrar-se de tudo o que é supérfluo, diabólico, de todo o fardo dessa pessoa exterior? Houve um tempo em que eu podia ser assim. Podia ter fugido do meu pai, como eu queria. Eu podia também, depois do duelo com Dólokhov, ter recebido a ordem de ir servir como soldado." E passou de relance na imaginação de Pierre o almoço no clube em que desafiou Dólokhov, e também a imagem de seu benfeitor em Torjók. E surgiu na mente de Pierre uma sessão solene da loja maçônica. A loja ficava no Clube Inglês. E alguém conhecido, íntimo, querido, estava sentado na cabeceira da mesa. Era ele, ele! O benfeitor. "Mas ele não morreu?", pensou Pierre. "Sim, morreu; mas eu não sabia que estava vivo. E que pena eu sinto de que ele esteja morto e como estou feliz por ele estar vivo outra vez!" De um lado da mesa, estavam sentados Anatole, Dólokhov, Nesvítski, Deníssov e outros semelhantes (no sonho, a categoria daquelas pessoas estava tão claramente definida na mente de Pierre quanto a categoria das pessoas a quem ele chamava de *eles*), e aquelas pessoas, Anatole, Dólokhov, gritavam bem alto, cantavam; mas por trás de seus gritos se ouvia a voz do benfeitor, que falava sem cessar, e o som das palavras dele era tão impressionante e contínuo como o rumor do campo de batalha, mas era também agradável e reconfortante. Pierre não entendia o que o benfeitor estava falando, mas sabia (as categorias de pensamento também não estavam claras no sonho) que o benfeitor falava sobre o bem, sobre a possibilidade de ser aquilo que *eles* eram. E *eles*, de todos os lados, com seus rostos simples, bondosos, firmes, rodeavam o benfeitor. Mas, embora fossem bondosos, não olhavam para Pierre, não o conheciam. Pierre quis chamar a atenção deles para si e falar. Pierre se levantou, mas no mesmo instante suas pernas ficaram geladas e nuas.

Sentiu vergonha e, com a mão, cobriu as pernas, das quais o capote de fato havia caído. Por um momento, Pierre, ajeitando o capote, abriu os olhos e avistou os mesmos telheiros, as colunas, o pátio, mas tudo aquilo agora estava azulado, luminoso, encoberto por lantejoulas do orvalho ou da geada.

"Está amanhecendo", pensou Pierre. "Mas não é isso. Preciso escutar e entender as palavras do benfeitor." De novo se cobriu com o capote, mas já não havia nenhuma loja maçônica, nenhum benfeitor. Só havia pensamentos, expressos de modo claro com palavras, pensamentos que alguém dizia ou que o próprio Pierre formulava.

Ao lembrar mais tarde de tais pensamentos, apesar de terem sido provocados pelas impressões daquele dia, Pierre se convenceu de que era alguém fora dele que os dizia. Nunca, assim lhe pareceu, ele estivera em condições de, em vigília, pensar e exprimir assim seus pensamentos.

"A guerra é a mais difícil submissão da liberdade do homem às leis de Deus", disse a voz. "A simplicidade é a obediência a Deus; Dele não se pode escapar. E *eles* são simples. *Eles* não falam, mas fazem. A palavra dita é de prata, mas a não dita é de ouro. Uma pessoa não pode dominar nada enquanto temer a morte. E aquele que não teme a morte é senhor de tudo. Se não houvesse sofrimento, o homem não conheceria o seu limite, não conheceria a si mesmo. O mais difícil (em sonho, continuou Pierre a pensar ou a ouvir) consiste em ser capaz de, na alma, unir o significado de tudo. Unir tudo?", disse Pierre para si. "Não, unir, não. É impossível unir os pensamentos, mas *atrelar* todos esses pensamentos — eis o que é preciso! Sim, é preciso *atrelar*, *é preciso atrelar*", repetiu Pierre para si com uma exaltação interior, sentindo que exatamente com aquelas, e só com aquelas palavras, se exprimia o que ele queria expressar e se resolvia toda a questão que o atormentava.

— Sim, é preciso atrelar, está na hora de atrelar.

— É preciso atrelar, está na hora de atrelar, vossa excelência! Vossa excelência — repetia uma voz. — É preciso atrelar, está na hora de atrelar...

Era a voz do escudeiro, que tentava acordar Pierre. O sol batia em cheio no rosto de Pierre. Ele olhou para o pátio imundo da estalagem, no centro do qual, junto ao poço, soldados davam de beber a seus cavalos magros e de onde carroças estavam saindo pelo portão. Pierre virou-se com repulsa e, de olhos fechados, tombou de novo no assento da carruagem. "Não, eu não quero isso, não quero ver nem entender isso, quero entender aquilo que se revelou para mim durante o sonho. Mais um segundo apenas, e eu compreenderia tudo. O que devo fazer? Atrelar, mas como atrelar tudo?" E Pierre sentiu com horror que todo o significado daquilo que ele vira e pensara no sonho tinha sido destruído.

O escudeiro, o cocheiro e o porteiro disseram a Pierre que um oficial havia chegado com a notícia de que os franceses tinham se aproximado de Mojáisk e que os nossos tinham ido embora.

Pierre levantou-se e, depois de ordenar que atrelassem os cavalos e fossem ao seu encontro, seguiu a pé através da cidade.

As tropas tinham ido embora e deixaram cerca de dez mil feridos. Os feridos ficavam à vista, nos pátios e nas janelas das casas, e se acumulavam pelas ruas. Nas ruas, em volta das carroças que deviam transportar os feridos, ouviam-se gritos, xingamentos e pancadas. Pierre cedeu sua carruagem, que o alcançara, a um general ferido, seu conhecido, e foi com ele para Moscou. No caminho, Pierre soube da morte do seu cunhado e da morte do príncipe Andrei.

X

No dia 30, Pierre voltou para Moscou. Quase nos portões da cidade, veio ao seu encontro um ajudante de ordens do conde Rostoptchin.

— Estamos à procura do senhor em toda parte — disse o ajudante de ordens. — O conde precisa ver o senhor sem falta. Pede que o senhor vá agora mesmo ao encontro dele para tratar de um assunto muito importante.

Pierre, em vez de ir para casa, pegou um coche de praça e seguiu ao encontro do governador-geral da cidade.

O conde Rostoptchin havia chegado à cidade apenas naquela manhã, vindo de sua *datcha* em Sokólniki, nos arredores de Moscou. A antecâmara e a sala de recepção da casa do conde estavam repletas de funcionários, que tinham acudido por força de uma exigência dele ou em busca de suas ordens. Vassíltchikov e Plátov já haviam falado com o conde e lhe explicaram que era impossível defender Moscou e que a cidade ia se render. Embora tais notícias fossem escondidas dos habitantes, os funcionários e os chefes de diversas repartições sabiam que Moscou ficaria nas mãos do inimigo, assim como o sabia o conde Rostoptchin; e todos eles, a fim de se livrar da responsabilidade, vinham à procura do governador-geral da cidade com perguntas sobre como deviam cumprir as tarefas a eles confiadas.

No momento em que Pierre entrou na sala de recepção, o mensageiro enviado pelo Exército estava saindo do gabinete do conde.

O mensageiro abanava a mão com desalento ante as perguntas que lhe dirigiam e assim atravessou o salão.

Enquanto aguardava na sala de recepção, Pierre observava em redor os diversos funcionários, velhos e jovens, militares e civis, importantes e sem importância, que estavam naquele aposento. Todos pareciam descontentes e inquietos. Pierre aproximou-se de um grupo de funcionários em que havia um conhecido seu. Após cumprimentarem Pierre, continuaram a conversa.

— Se ele for deportado e depois voltar, não haverá mal nenhum; mas, na situação em que está, não se pode garantir nada.

— Mas veja só o que ele escreve — disse outro, apontando para uma folha impressa que segurava na mão.

— Isso é outra questão. Para o povo, isso é necessário — disse o primeiro.

— O que é? — perguntou Pierre.

— Ora, veja aqui, é um novo panfleto.

Pierre tomou-o nas mãos e pôs-se a ler:

> O excelentíssimo príncipe,[31] a fim de unir-se mais depressa às tropas que estão indo ao seu encontro, atravessou Mojáisk e ocupou uma posição fortificada onde o inimigo não o alcançará com rapidez. Daqui foram enviados ao encontro dele quarenta e oito canhões, com munição, e o excelentíssimo diz que irá defender Moscou até a última gota de sangue e que está pronto a combater até nas ruas. Vocês, irmãos, não reparem no fato de as repartições públicas estarem fechadas: a situação voltará necessariamente ao normal, e com nossas cortes de justiça daremos uma lição a esse canalha! Quando chegar a hora, vou precisar de jovens tanto da cidade como do campo. Darei o aviso um ou dois dias antes, mas agora não é preciso, e assim fico em silêncio. É bom que venham com um machado, um ancinho também não é ruim, mas o melhor mesmo é uma forquilha de três pontas: um francês não pesa mais do que um feixe de centeio. Amanhã, depois do almoço, vou levantar o ícone de Nossa Senhora Ivérskaia no hospital de Catarina, para o bem dos feridos. Lá, vamos abençoar a água: eles vão ficar curados mais depressa; e agora eu estou bem de saúde: estive doente da vista, mas agora estou enxergando com os dois olhos.

---

31 Referência a Kutúzov.

— Mas pessoas do Exército me disseram — comentou Pierre — que é totalmente impossível combater na cidade, e que a posição...

— Pois é. Era disso mesmo que estávamos falando — disse o primeiro funcionário.

— E o que isto aqui significa: estive doente da vista, mas agora estou enxergando com os dois olhos? — perguntou Pierre.

— O conde estava com terçol — respondeu um ajudante de ordens, sorrindo. — E ficou muito preocupado quando eu lhe disse que o povo andava perguntando o que é que ele tinha. Mas e então, conde — disse de repente o ajudante de ordens com um sorriso, dirigindo-se a Pierre —, ouvimos dizer que o senhor está com problemas familiares, é verdade? Parece que a condessa, sua esposa...

— Eu não soube de nada — disse Pierre com indiferença. — O que foi que o senhor ouviu dizer?

— Bem, o senhor sabe, as pessoas inventam muito. Estou dizendo o que ouvi falar.

— E o que foi que ouviu?

— Andam dizendo — respondeu o ajudante de ordens, de novo com aquele sorriso — que a condessa, sua esposa, está se preparando para partir para o exterior. Com certeza não tem fundamento...

— Pode ser — disse Pierre, olhando em redor com ar distraído. — Mas quem é ele? — perguntou, apontando para um homem baixo e velho, num casacão azul e limpo e de barba grande e branca como a neve, sobrancelhas iguais à barba e rosto vermelho.

— Aquele? É só um comerciante, ou melhor, um taberneiro, Verech//águin. O senhor deve ter ouvido falar da história da proclamação.

— Ah, então esse é Verecháguin! — disse Pierre, lançando um olhar para o rosto firme e sereno do velho comerciante e procurando nele uma expressão de traição.

— Esse não é o próprio. É o pai daquele que escreveu a proclamação — disse o ajudante de ordens. — O jovem está na cadeia e parece que as coisas para ele não vão por um bom caminho.

Um velhinho, com uma medalha em forma de estrela, e outro, um funcionário alemão, com uma medalha em forma de cruz no pescoço, aproximaram-se dos homens que estavam conversando.

— Veja bem — disse o ajudante de ordens —, é uma história complicada. Uns dois meses atrás, apareceu aquela proclamação. Avisaram ao conde. Ele mandou investigar. Gavrila Ivánitch foi apurar, a proclamação havia passado exatamente por sessenta e três pessoas. Procuram uma delas e perguntam: quem lhe deu? Fulano. Procuram esse fulano: quem lhe deu? E assim sucessivamente, até que chegam ao Verecháguin... Um comerciante sem instrução, sabe, um simplório — disse sorrindo o ajudante de ordens. — Perguntam a ele: quem lhe deu? E o importante é que já sabemos quem lhe deu. Não poderia ser outro que não o diretor do correio. Mas, é claro, entre eles havia um conluio. Responde: ninguém me deu, eu mesmo redigi. Aí ameaçaram e pediram, mas ele só dizia isto: eu mesmo redigi. Assim comunicaram ao conde. O conde mandou trazê-lo à sua presença. "Quem lhe deu a proclamação?" "Eu mesmo redigi." Mas o senhor conhece o conde! — disse o ajudante de ordens, com um sorriso orgulhoso e alegre. — Ele se irritou de um modo medonho, imagine só: quanto descaramento, que falsidade e que obstinação!...

— Ah! O conde queria que ele denunciasse Kliutchariów, entendo! — disse Pierre.

— Nada disso — falou o ajudante de ordens, assustado. — Sem isso, Kliutchariów já tinha muitos pecadinhos para expiar, e por isso foi deportado. A questão é que o conde ficou muito perturbado. "Como é que você pôde escrever?", disse o conde. Pegou na mesa a *Gazeta de Hamburgo*. "Aqui está ela. Você não redigiu, mas traduziu, e traduziu muito mal, porque você, seu idiota, não sabe nada de francês." O que o senhor acha disso? "Não", diz ele, "não li nenhum jornal, eu mesmo redigi." "Se é assim, você é um traidor, levarei você a julgamento e você será enforcado. Diga, quem lhe deu a proclamação?" "Não vi jornal nenhum, eu mesmo redigi." E ficou nisso. O conde mandou trazer o pai dele: não adiantou nada. Foi levado a julgamento, e parece que o condenaram aos trabalhos forçados. Agora o pai veio pedir clemência para o filho. Mas o rapaz é um inútil! O senhor conhece esse tipo de filhinho de comerciante, metido, sedutor, ouve por alto uma aula ou outra e já acha que nem o diabo pode com ele. Pois ele é um rapazinho desse tipo! O pai é taberneiro aqui na ponte de Pedra, na taberna há um ícone grande de Deus Todo-Poderoso, pintado com um cetro na mão, e na outra mão, um globo; pois ele levou esse ícone para casa por alguns dias e o que foi que ele fez? Achou um pintor sem-vergonha e...

XI

No meio daquela nova história, vieram chamar Pierre para falar com o governador-geral.

Pierre entrou no gabinete do conde Rostoptchin. No momento em que Pierre entrava, Rostoptchin, de rosto franzido, estava esfregando a testa e os olhos com a mão. Um homem baixo dizia algo e, assim que Pierre entrou, calou-se e saiu do gabinete.

— Ah! Bom dia, grande combatente — disse Rostoptchin, assim que o homem saiu. — Ouvi falar de suas *prouesses*! Mas não se trata disso. *Mon cher, entre nous*, o senhor é maçom? — disse o conde Rostoptchin em tom severo, como se houvesse algo de ruim naquilo, mas que ele tinha a intenção de perdoar. Pierre ficou em silêncio. — *Mon cher, je suis bien informé*,[32] mas sei que há maçons e maçons, e espero que o senhor não pertença àqueles que, sob o pretexto da salvação da humanidade, querem destruir a Rússia.

— Sim, sou maçom — respondeu Pierre.

— Pois é, aí está, meu caro. O senhor, eu creio, não ignora que os srs. Speránski e Magnítski foram mandados para o seu devido lugar; o mesmo foi feito com o sr. Kliutchariów, e também com outros, que sob o pretexto de construir um templo de Salomão tentavam demolir o templo da própria pátria. O senhor pode compreender que para isso existem motivos e que eu não poderia deportar o diretor do correio da cidade se não fosse um homem nocivo. Agora mesmo eu soube que o senhor emprestou sua carruagem para levá-lo para fora da cidade e soube até que o senhor recebeu dele alguns documentos para ficarem sob sua custódia. Gosto do senhor e não desejo o seu mal e, como o senhor é duas vezes mais jovem do que eu, aconselho o senhor, como um pai, a cortar toda relação com esse tipo de pessoa a partir de agora, o mais depressa possível.

— Mas de que é culpado Kliutchariów? — perguntou Pierre.

— Isso compete a mim saber, e não ao senhor me perguntar — gritou Rostoptchin.

— Se o acusam de ter difundido proclamações de Napoleão, isso não foi provado — disse Pierre (sem olhar para Rostoptchin) —, e Verecháguin...

— *Nous y voilá* — de súbito, com as sobrancelhas franzidas, Rostoptchin interrompeu Pierre, gritando ainda mais alto. — Verecháguin é um traidor e um renegado que recebeu uma pena mais do que merecida — disse Rostoptchin com o ardor da raiva com que falam as pessoas ao recordarem uma ofensa. — Mas não chamei o senhor para discutir minhas ações, e sim para lhe dar um conselho, ou uma ordem, se o senhor assim desejar. Peço ao senhor que corte relações com cavalheiros como Kliutchariów e que vá embora da cidade. E não vou aceitar mais tolices de quem quer que seja. — E, certamente se dando conta de que estava gritando com Bezúkhov, que ainda não era culpado de nada, acrescentou, após segurar a mão de Pierre num gesto amigável: — *Nous sommes à la veille d'un désastre public, et je n'ai pas le temps de dire des gentillesses à tous ceux qui ont af-*

32 Francês: "proezas [...] Meu caro, entre nós [...] Meu caro, sou bem informado".

faire à moi. A cabeça fica rodando! *Eh bien, mon cher, qu'est-ce que vous faites, vous personnellement?*[33]

— *Mais rien*[34] — respondeu Pierre, sempre sem levantar os olhos e sem alterar a fisionomia pensativa.

O conde franziu as sobrancelhas.

— *Un conseil d'ami, mon cher. Décampez et au plus tôt, c'est tout ce que je vous dis. À bon entendeur, salut!* Adeus, meu querido. Ah, sim — gritou para Pierre, na porta. — É verdade que a condessa caiu nas garras dos *saints pères de la Société de Jésus*?[35]

Pierre não respondeu e, taciturno e irritado como nunca o viam, saiu do gabinete de Rostoptchin.

Quando chegou em casa, já havia escurecido. Umas oito pessoas estavam ali naquela noite. O secretário de um comitê, o coronel do seu batalhão, o administrador, o mordomo e várias pessoas com solicitações. Todos tinham assuntos a tratar com Pierre, questões que ele precisava resolver. Pierre não entendia nada, não estava interessado naqueles assuntos e a todas as perguntas dava respostas que o livrassem daquelas pessoas. Por fim, ao se ver sozinho, rompeu o lacre e leu até o fim a carta da esposa.

"*Eles*... os soldados da bateria, o príncipe Andrei morto... o velho... Simplicidade é obediência a Deus. É preciso sofrer... o significado de tudo... é preciso combinar... a esposa vai casar... É preciso esquecer e compreender..." E ele, indo para a cama sem trocar de roupa, desabou sobre o leito e pegou no sono imediatamente.

Quando acordou no dia seguinte pela manhã, o mordomo veio comunicar que tinha vindo um funcionário da polícia enviado expressamente por Rostoptchin para saber se o conde Bezúkhov tinha ido embora ou se estava indo embora.

Umas dez pessoas que tinham assuntos a tratar com Pierre o aguardavam na sala. Pierre vestiu-se às pressas e, em vez de ir falar com aqueles que o esperavam, foi para a varanda dos fundos e de lá saiu pelo portão.

Desde aquele momento até o fim da destruição de Moscou, ninguém na casa de Bezúkhov, apesar de todas as buscas, viu Pierre nem soube onde ele se encontrava.

---

33 Francês: "Chegamos ao ponto [...] Estamos à beira de uma catástrofe pública e não tenho tempo de dizer gentilezas a todos que têm assuntos a tratar comigo [...] Pois então, meu caro, o que o senhor anda fazendo, o senhor pessoalmente?".

34 Francês: "Nada".

35 Francês: "Um conselho de amigo, meu caro. Dê o fora daqui o mais depressa possível, é tudo o que tenho a dizer. Para bom entendedor, meia palavra basta [...] santos padres da Companhia de Jesus?".

XII

Até o dia 1º de setembro, ou seja, até a véspera da entrada do inimigo em Moscou, os Rostóv ficaram na cidade.

Após o ingresso de Pétia no regimento dos cossacos de Obolénski e de sua partida para Biélaia Tsérkov, onde estava se formando aquele regimento, a condessa vivia atemorizada. O pensamento de que seus dois filhos estavam na guerra, de que os dois tinham saído de debaixo da sua asa, de que hoje ou amanhã um deles, ou quem sabe os dois juntos, como acontecera com os três filhos de uma conhecida sua, podiam ser mortos, veio-lhe à cabeça pela primeira vez naquele verão, e agora com uma nitidez cruel. Ela tentou exigir que Nikolai ficasse ao seu lado, quis ela mesma ir ao encontro de Pétia, arranjar uma vaga para ele em algum lugar em Petersburgo, mas nem uma coisa nem outra se mostrou possível. Pétia não podia voltar, senão junto ao seu regimento ou se fosse transferido para outro regimento na ativa. Nikolai estava no Exército em algum lugar e, depois da sua última carta, em que descrevia minuciosamente o encontro com a princesa Mária, não dera mais notícias. A condessa não conseguia dormir à noite e, quando adormecia, via em sonhos os filhos mortos. Depois de muitos conselhos e muitas conversas, o conde concebeu por fim um meio de acalmar a condessa. Obteve a transferência de Pétia do regimento de Obolénski para o regimento de Bezúkhov, que estava sendo formado nos arredores de Moscou. Embora Pétia fosse continuar no serviço militar, com a transferência a condessa tinha o consolo de ver pelo menos um filho sob a sua asinha e nutria a esperança de arranjar as coisas para o seu Pétia de tal modo que ele não ficasse longe e sempre fosse designado para postos onde não tivesse, de maneira nenhuma, de entrar em combate. Enquanto apenas *Nicolas* estava em perigo, a condessa tinha a impressão (e até se recriminava por isso) de que ela amava mais o filho mais velho do que todos os outros; porém quando o mais novo, aquele levado, que não estudava direito, que vivia quebrando coisas em casa e incomodando a todos, aquele Pétia de nariz arrebitado, com seus olhos alegres e pretos, as faces coradas com um ligeiro início de barba, foi parar no meio daqueles homens grandes, temíveis, cruéis, que brigavam lá longe e *não se sabia por quê*, e que ainda por cima encontravam nisso uma alegria — então a mãe teve a impressão de que ela amava aquele filho mais, imensamente mais, do que todos os outros filhos. Quanto mais próxima a data em que o esperado Pétia devia voltar para Moscou, mais aumentava a inquietação da condessa. Ela já estava pensando que nunca chegaria a ter tal felicidade. A presença não só de Sônia, mas também da querida Natacha e até do marido irritava a condessa. "Para que eu quero todos eles, não preciso de ninguém, a não ser de Pétia!", pensava.

Nos últimos dias de agosto, os Rostóv receberam a segunda carta de Nikolai. Ele escreveu da província de Vorónie j, para onde fora enviado a fim de conseguir cavalos. A carta não tranquilizou a condessa. Saber que um filho estava fora de perigo a deixava ainda mais aflita com Pétia.

Apesar de quase todos os conhecidos dos Rostóv terem deixado Moscou desde o dia 20 de agosto, apesar de todos tentarem persuadir a condessa a partir o mais depressa possível, ela não queria saber de partir enquanto não voltasse o seu tesouro, o adorado Pétia. No dia 28 de agosto, Pétia chegou. O carinho doentiamente apaixonado com que a mãe o recebeu não agradou ao oficial de dezesseis anos. Apesar de a mãe esconder do filho sua intenção de não permitir mais que ele saísse de debaixo de sua asinha, Pétia entendeu logo os planos da mãe e temia instintivamente ficar muito apegado aos carinhos da mãe, virar mulherzinha (assim ele mesmo pensava), e tratava a mãe com frieza, evitava-a e, durante a sua estada em Moscou, ficava quase exclusivamente na companhia de Natacha, pela qual sempre tivera uma afeição singular, fraternal e quase enamorada.

No dia 28 de agosto, por um descuido habitual do conde, nada ainda estava pronto para a partida, e as carroças, que eram esperadas de suas propriedades de Riazan e de Moscou, a fim de retirar de casa todos os pertences da família, só chegaram no dia 30.

De 28 a 31 de agosto, Moscou inteira ficou num estado de agitação e de confusão. Todos os dias milhares de feridos na batalha de Borodinó eram trazidos aos portões de Dorogomílov e levados para todas as partes da cidade, e milhares de carroças com habitantes e seus pertences saíam pelos outros portões. Apesar dos panfletos de Rostoptchin, por indiferença a eles ou por causa deles, as notícias mais contraditórias e estranhas se espalhavam pela cidade. Uns diziam que não iam deixar ninguém sair da cidade; outros, ao contrário, contavam que todos os ícones tinham sido retirados das igrejas e que todas as pessoas seriam retiradas da cidade à força; outros diziam que tinha havido outra batalha perto de Borodinó e que os franceses tinham sido arrasados; outros, ao contrário, diziam que todas as tropas russas tinham sido aniquiladas; outros falavam da milícia de Moscou, que iria se colocar, junto com o clero, à frente de Tri Góri; outros, na surdina, diziam que Avgustin não teria permissão para partir, que traidores tinham sido capturados, que os mujiques estavam se rebelando e assaltando os que partiam da cidade etc. etc. Mas isso era só o que falavam; na verdade, tanto os que partiam quanto os que ficavam (apesar de não ter havido ainda o conselho de guerra em Fili, no qual seria decidido que era preciso abandonar Moscou) — todos sentiam, embora não o dissessem, que Moscou iria se render forçosamente e que era preciso ir embora o quanto antes e salvar seus pertences. Sentiam que, de uma hora para a outra, tudo havia de se desfazer e se modificar, mas até o dia 1º de setembro nada ainda havia mudado. Assim como um criminoso levado ao suplício sabe que dali a pouco chegará o seu fim, e apesar disso ainda olha à sua volta e ajeita na cabeça o chapéu mal colocado, também Moscou involuntariamente prosseguia sua vida habitual, embora soubesse que estava próxima a hora do fim, quando se fariam em pedaços as relações de vida convencionais, às quais as pessoas estavam habituadas a se sujeitar.

No decorrer daqueles três dias que antecederam a captura de Moscou, toda a família Rostóv se achava ocupada com diversas preocupações práticas. O cabeça da família, o conde Iliá Andreitch, rodava a cidade sem cessar em busca dos rumores que vinham de todos os lados e, em casa, dava ordens vagas, superficiais e afobadas quanto aos preparativos da partida.

A condessa acompanhava a arrumação das coisas, estava insatisfeita com tudo e vivia o tempo todo atrás do seu Pétia, cheia de inveja de Natacha, com quem ele passava todo o tempo. Apenas Sônia tomava conta dos assuntos práticos: a arrumação das coisas para a viagem. Mas Sônia andava especialmente triste e calada ultimamente. A carta de *Nicolas*, na qual ele mencionava a princesa Mária, despertou especulações alegres da condessa, que disse, em presença de Sônia, que via no encontro da princesa Mária com *Nicolas* a mão da Providência divina.

— Nunca senti alegria — disse a condessa — com o noivado entre Bolkónski e Natacha, mas sempre desejei, e é esse o meu pressentimento, que Nikólienka se casasse com a princesa. Como seria bom!

Sônia sentia que aquilo era verdade, que a única possibilidade de resolver a situação financeira dos Rostóv era um casamento com uma noiva rica e que a princesa era um bom partido. Mas, para ela, era muito amargo. Apesar de sua tristeza ou, talvez, exatamente por causa de sua tristeza, Sônia assumia todas as tarefas difíceis na organização da retirada e do empacotamento das coisas e ficava ocupada dias inteiros. O conde e a condessa se dirigiam a ela quando era preciso dar alguma ordem. Pétia e Natacha, ao contrário, não só não ajudavam os pais como, na maioria das vezes, incomodavam e atrapalhavam todos em casa. E quase o dia inteiro se ouviam na casa suas corridas, seus gritos e suas risadas gratuitas. Riam e se divertiam sem que houvesse nenhum motivo de riso; mas tinham uma alegria e uma exaltação na alma, e por isso qualquer coisa que acontecia, por pouco que fosse, era para eles motivo de alegria e de riso. Pétia estava alegre porque, tendo saído de casa menino, voltara (como todos lhe diziam) um belo rapaz; estava alegre porque estava em casa e porque, de Biélaia Tsérkov, onde não se esperava nenhuma batalha em breve, ele viera parar em Moscou, onde em poucos dias iriam entrar em combate; e sobretudo estava alegre porque Natacha, cujo estado de espírito ele sempre acompanhava, estava alegre. Por sua vez, Natacha estava alegre porque havia ficado triste por muito tempo e agora nada lhe trazia à lembrança a causa da sua tristeza, e ela estava saudável. Além disso Natacha estava alegre porque havia uma pessoa que a adorava (a adoração dos outros era o lubrificante das engrenagens indispensável para que o mecanismo de Natacha se movimentasse com liberdade), e Pétia a adorava. Acima de tudo, os dois estavam alegres porque a guerra estava nas proximidades de Moscou, ia haver combate nos portões da cidade, armas iam ser distribuídas, todos iam fugir, estavam partindo não se sabia para onde, estava acontecendo algo totalmente fora do comum, e isso é sempre uma alegria, em especial para um jovem.

XIII

No dia 31 de agosto, um sábado, na casa dos Rostóv tudo parecia de pernas para o ar. Todas as portas estavam escancaradas, todos os móveis tinham sido removidos ou haviam mudado de lugar, os espelhos e os quadros tinham sido retirados das paredes. Nos quartos havia arcas, feno espalhado, papel de embrulho e cordas. Os mujiques e os servos domésticos, carregando objetos, andavam a passos pesados no soalho. Carroças de mujiques aglomeravam-se no pátio, algumas já carregadas até em cima e amarradas, e outras ainda vazias.

As vozes e os passos da enorme criadagem e dos mujiques que chegavam com carroças ressoavam, e eles gritavam uns para os outros no pátio e dentro da casa. O conde, desde a manhã, tinha ido não se sabia para onde. A condessa, que estava com dor de cabeça por causa do tumulto e do barulho, estava deitada num sofá novo com uma compressa banhada em vinagre na cabeça. Pétia não estava em casa (tinha ido visitar um camarada seu, com quem pretendia obter uma transferência da milícia para o exército regular). Sônia estava na sala cuidando do empacotamento dos cristais e das porcelanas. Natacha estava sentada no chão do seu quarto todo desmontado, entre vestidos, fitas e xales espalhados e, olhando imóvel para o chão, segurava nas mãos um velho vestido de baile, o mesmo (já fora de moda) em que tinha ido pela primeira vez a um baile em Petersburgo.

Natacha sentia vergonha de não fazer nada em casa, quando todos se mostravam tão ocupados, e por diversas vezes, desde a manhã, havia tentado se envolver nos afazeres; mas seu espírito não estava voltado àqueles afazeres; e ela não podia e não era capaz de realizar nada senão com todo o seu espírito, com todas as suas energias. Tinha se colocado ao lado de Sônia na hora de embalar as porcelanas, queria ajudar, mas logo desistiu e foi para o quarto embalar suas coisas. De início alegrou-se por distribuir seus vestidos e suas fitas para as criadas, mas depois, quando ainda assim foi necessário embalar tudo o que restara, isso lhe pareceu maçante.

— Duniacha, você arruma para mim, querida? Está bem? Está bem?

E, quando Duniacha prontamente prometeu fazer tudo, Natacha sentou-se no chão, segurou nas mãos o vestido antigo e se pôs a pensar em coisas completamente diferentes daquilo que deveria preocupá-la no momento. Daquelas reflexões em que estava absorta, Natacha foi despertada pelas vozes das servas domésticas no quarto das criadas, contíguo ao seu, e pelo barulho dos seus passos afobados, que foram do quarto das criadas para a varanda dos fundos. Natacha levantou-se e olhou pela janela. Na rua, estava parado um imenso comboio de feridos.

As criadas, os lacaios, a governanta, a babá, o cozinheiro, os cocheiros, os mensageiros, os ajudantes de cozinha estavam parados no portão, olhando para os feridos.

Natacha pôs o lenço branco sobre os cabelos e, segurando o lenço pelas pontas com as duas mãos, saiu para a rua.

A antiga governanta, a velha Mavra Kuzmínichna, destacou-se da multidão que se achava no portão e, aproximando-se de uma carroça com toldo feito de esteira de casca de tília, falou com um jovem oficial pálido, deitado dentro da carroça. Natacha adiantou-se alguns passos e parou, tímida, ainda segurando o lenço sobre a cabeça, e tentou escutar o que a governanta dizia.

— Quer dizer que você não tem ninguém aqui em Moscou? — disse Mavra Kuzmínichna. — O senhor ficaria mais confortável em alguma casa... Quem sabe não podia ser na nossa mesmo? Os patrões estão indo embora.

— Não sei se iam permitir — respondeu o oficial, com voz fraca. — O comandante está ali... pergunte a ele — e apontou para um major gordo que vinha retornando pela rua, junto à fileira de carroças.

Com olhos assustados, Natacha lançou um olhar para o rosto do oficial ferido e logo em seguida caminhou na direção do major.

— Os feridos não podem ficar na nossa casa? — perguntou ela.

Com um sorriso, o major pôs a mão na pala do quepe.

— Qual deles lhe agrada, senhorita? — disse o major, sorrindo e estreitando os olhos.

Natacha repetiu a pergunta com tranquilidade, e seu rosto e toda a sua atitude, apesar de continuar segurando o lenço pelas pontinhas sobre a cabeça, estavam tão sérios que o major parou de sorrir e, depois de refletir um momento, como se perguntasse a si mesmo em que medida aquilo era possível, respondeu afirmativamente.

— Ah, sim, pode sim, como não — disse ele.

Natacha inclinou a cabeça de leve e, a passos ligeiros, voltou na direção de Mavra Kuzmínichna, que estava ao lado do oficial e conversava com ele, cheia de compaixão.

— Pode, sim, ele disse que pode! — falou Natacha, num sussurro.

A carroça coberta do oficial virou e entrou no pátio da casa dos Rostóv, e a pedido dos habitantes da cidade dezenas de carroças com feridos começaram a entrar nos pátios das casas da rua Povarskaia. Natacha obviamente estava gostando muito daquelas relações com pessoas novas, alheias às condições de vida habituais. Ela e Mavra Kuzmínichna tentavam abrigar no seu pátio o maior número possível de feridos.

— Mas vai ser preciso avisar o seu pai — disse Mavra Kuzmínichna.

— Não tem importância, não tem importância, não faz diferença! Por um dia, vamos ficar na sala. Podemos ceder a eles nossa parte da casa.

— Ora, veja lá, patroazinha, pense bem! Mesmo no anexo, no quarto dos criados solteiros, no quarto da babá ou em qualquer outro, vai ser preciso pedir permissão.

— Está bem, vou pedir.

Natacha correu para a casa e entrou na ponta dos pés pela porta entreaberta da sala de estar, de onde vinha um odor de vinagre e de gotas de Hoffman.[36]

— Está dormindo, mamãe?

— Ah, que sono! — disse a condessa, acordando naquele instante.

— Mamãe, querida — disse Natacha, pondo-se de joelhos na frente da mãe e aproximando seu rosto do rosto da mãe. — Desculpe, por favor, me desculpe, nunca mais vou acordar a senhora. Mavra Kuzmínichna me mandou vir aqui, trouxeram feridos para cá, oficiais, a senhora deixa, não deixa? Eles não têm para onde ir; sei que a senhora vai deixar... — falou Natacha depressa, num só fôlego.

— Que oficiais? Quem foi que trouxeram? Não estou entendendo nada — disse a condessa.

Natacha deu uma risada, a condessa também sorriu de leve.

— Eu sei que a senhora vai deixar... Vou lá dizer isso. — E Natacha, depois de dar um beijo na mãe, levantou-se e foi para o pátio.

No salão, encontrou o pai, que voltava para casa com notícias ruins.

— Demoramos demais a partir! — disse o conde, que não pôde conter a irritação. — O clube está fechado, e até a polícia está indo embora.

---

36 Medicamento composto de éter sulfúrico e álcool.

— Papai, não tem importância se eu convidar os feridos para ficar em nossa casa? — disse Natacha.

— Claro que não — disse o conde, distraído. — O problema não é esse, e agora peço que não se preocupe com bobagens e ajude a embalar nossas coisas para irmos embora, embora, e nós vamos embora amanhã... — E o conde deu ordens nesse sentido para o mordomo e para os criados. Na hora do jantar, Pétia voltou e contou suas novidades.

Disse que naquele momento o povo estava apanhando armas no Krêmlin, que embora num panfleto de Rostoptchin estivesse dito que ele daria um grito de alarme com um ou dois dias de antecedência, certamente já tinham sido tomadas providências para que no dia seguinte todo o povo fosse para Tri Góri com as armas e que lá ocorreria uma grande batalha.

A condessa, com um horror tímido, observava o rosto alegre e afogueado do filho no momento em que dizia aquilo. Ela sabia que, se dissesse qualquer palavra pedindo que Pétia não fosse àquela batalha (sabia que ele se alegrava com a batalha iminente), Pétia iria falar qualquer coisa sobre os homens, a honra, a pátria — alguma coisa absurda, masculina, obstinada, contra a qual era impossível fazer qualquer objeção, e a causa da condessa estaria perdida, e por isso, na esperança de arranjar tudo de tal modo que pudesse escapar daquilo e levar Pétia consigo, como sua defensora e guardiã, ela nada disse para Pétia, mas depois do jantar chamou o conde e, com lágrimas, implorou que ele levasse Pétia embora o quanto antes, naquela mesma noite se possível. Com uma astúcia feminina involuntária, ela, que até então demonstrara um perfeito destemor, disse que morreria de medo se eles não partissem da cidade naquela mesma noite. A condessa, sem fingimentos, agora tinha medo de tudo.

XIV

Mme Schoss, que tinha ido visitar a filha, aumentou mais ainda o temor da condessa com relatos sobre o que tinha visto na rua Miasnitskaia, num empório de bebidas. Ao voltar pela rua, a caminho de casa, ela não pôde passar por causa da multidão bêbada que se revoltara na frente do empório. Pegou um coche de praça e tomou um desvio por uma travessa para poder chegar em casa; e o cocheiro lhe disse que o povo tinha arrebentado os barris do empório de bebidas, que aquela era a ordem que haviam recebido.

Depois do jantar, com uma afobação alvoroçada, todos na casa dos Rostóv cuidaram de embalar os objetos da casa e de fazer os preparativos para a partida. O velho conde, que de repente resolvera pôr mãos à obra, depois do jantar não parava de ir e voltar entre o pátio e a casa, gritando de modo incoerente para os criados cheios de pressa, apressando-os ainda mais. Pétia dava ordens no pátio. Sônia não sabia o que fazer sob a influência das ordens contraditórias do conde e ficava totalmente desnorteada. Os criados, gritando, discutindo e fazendo barulho, corriam pelos cômodos e pelo pátio. Natacha, com o ardor característico que mostrava em todas as situações, de repente também pôs mãos à obra. De início, sua interferência nos trabalhos foi recebida com desconfiança. Dela, todos esperavam brincadeiras e não queriam lhe dar ouvidos; mas ela, com obstinação e ardor, exigia obediência, zangava-se, ficava à beira de chorar por não lhe darem ouvidos e, por fim, conseguiu que confiassem nela. Sua primeira proeza, que custou enormes esforços e lhe deu autoridade, foi o empacotamento dos tapetes. O conde possuía em casa caros tapetes *gobelins* e tapetes persas. Quando Natacha se lançou ao trabalho, no salão havia duas arcas abertas: uma cheia de porcelanas quase até a boca, a outra com tapetes. Ainda havia muita louça sobre as mesas e muito mais louças não paravam de ser trazidas dos armários. Era preciso começar a arrumar outra arca, a terceira, e os criados foram buscá-la.

— Sônia, espere, vamos arrumar tudo aqui — disse Natacha.

— Impossível, patroazinha, já tentamos — disse um copeiro.

— Não, espere, por favor. — E Natacha começou a retirar da arca pratos e travessas envoltos em papel. — As travessas têm de ir aqui, dentro dos tapetes — disse ela.

— Já vai ser uma graça de Deus se a gente conseguir pôr só os tapetes em três arcas — disse o copeiro.

— Espere, espere, por favor. — E Natacha, rapidamente, com destreza, começou a arrumar. — Isso não precisa — disse ela, indicando uns pratos de Kíev. — Isto aqui, sim, isto vai dentro dos tapetes — disse, referindo-se a umas travessas da Saxônia.

— Deixe disso, Natacha; agora chega, nós vamos arrumar — disse Sônia, em tom de censura.

— Eh, patroazinha! — disse o velho lacaio. Mas Natacha não se rendia, retirava todas as coisas e rapidamente recomeçava a arrumar, decidindo que não era preciso levar os surrados tapetes feitos em casa e a louça comum. Quando tudo havia sido retirado, começavam a guardar outra vez. E de fato, depois de pôr de lado quase tudo o que era barato, tudo aquilo que não valia a pena levar, todas as coisas de valor couberam em duas arcas. Só a tampa da arca dos tapetes não queria fechar. Era possível ainda retirar algumas coisas, mas Natacha fazia questão de que aquilo fosse feito à sua maneira. Ajeitou, mudou de lugar, apertou, obrigou o copeiro e Pétia, que ela havia convocado para a tarefa da arrumação das arcas, a apertarem a tampa e ela mesma fez um esforço desesperado.

— Agora chega, Natacha — disse Sônia. — Estou vendo que você tem razão, mas é só tirar alguma coisinha que está por cima.

— Não quero — gritou Natacha, segurando com uma mão os cabelos soltos sobre o rosto suado, enquanto com a outra mão comprimia os tapetes. — Vamos lá, Pétia, aperte mais, aperte! Vassílitch, vamos apertar! — gritava. Os tapetes se espremeram, e a tampa se fechou. Natacha, batendo palmas, dava gritos de alegria, e surgiram lágrimas em seus olhos. Mas isso durou só um segundo. Num instante ela foi tratar de outro assunto, e agora já confiavam nela inteiramente, e o conde não se zangou quando lhe disseram que Natália Ilínitchna havia alterado as ordens dele, e os criados vinham perguntar a Natacha: deviam amarrar as coisas na carroça? Já estava carregada o suficiente? Os trabalhos andaram mais depressa graças às ordens de Natacha: as coisas desnecessárias foram deixadas de fora, e as coisas mais caras foram arrumadas da maneira mais compacta possível.

Porém, por mais que todos se empenhassem, nem tudo estava arrumado quando já era tarde da noite. A condessa havia adormecido, e o conde, adiando a partida para a manhã, foi dormir.

Sônia e Natacha dormiram na saleta, sem trocar de roupa.

Naquela noite, ainda mais um ferido foi trazido pela rua Povarskaia, e Mavra Kuzmínichna, que estava parada junto ao portão, abrigou-o na casa dos Rostóv. Aquele ferido, segundo as especulações de Mavra Kuzmínichna, era um homem muito importante. Era transportado num coche com a capota fechada, totalmente coberto por um avental. Na boleia, junto com o cocheiro, vinha sentado um velho camareiro de ar venerável. Atrás, numa charrete, vinham um médico e dois soldados.

— Por favor, fiquem em nossa casa, por favor. Os patrões vão partir, a casa toda vai ficar vazia — disse a velha, dirigindo-se ao velho serviçal.

— Ah, sim, pode ser — respondeu o camareiro, suspirando. — Parece que não vamos chegar em casa com ele vivo! Temos nossa casa em Moscou, mas está longe, e não tem ninguém lá.

— Os senhores nos deem a honra de ficar em nossa casa, tem de tudo na casa de nossos senhores, por favor — disse Mavra Kuzmínichna. — Mas o que há, ele está muito mal? — acrescentou ela.

O camareiro sacudiu a mão no ar.

— Achamos que nem ia chegar até aqui! Tenho de perguntar ao médico se pode. — E o camareiro desceu da boleia e foi até a charrete.

— Está certo — disse o médico.

O camareiro voltou para o coche, lançou um olhar para ela, balançou a cabeça, mandou o cocheiro virar e entrar no pátio e se deteve ao lado de Mavra Kuzmínichna.

— Nosso Senhor Jesus Cristo! — exclamou ela.

Mavra Kuzmínichna sugeriu que levassem o ferido para dentro de casa.

— Os patrões não vão reclamar... — disse ela. Mas era preciso evitar que subissem a escada, e por isso levaram o ferido para o anexo da casa e o puseram no antigo quarto de Mme Schoss. Aquele ferido era o príncipe Andrei Bolkónski.

XV

Havia chegado o último dia de Moscou. Era um dia claro e alegre de outono. Era domingo. Como acontecia nos domingos comuns, os sinos tocavam em todas as igrejas, chamando para a missa. Parecia que ninguém ainda era capaz de compreender o que aguardava Moscou.

Só dois sinais do estado da sociedade indicavam a situação em que se achava Moscou: o populacho, ou seja, a classe das pessoas pobres, e o preço das coisas. A imensa multidão de trabalhadores fabris, de criados e de mujiques, à qual se misturavam funcionários públicos, seminaristas, nobres, tinha saído naquele dia, de manhã cedo, rumo a Tri Góri. Depois de esperar por Rostoptchin, que lá não apareceu, e tendo se convencido de que Moscou seria entregue ao inimigo, aquela multidão se espalhou por Moscou, pelas lojas de bebidas e pelas tabernas. Os preços naquele dia também indicavam a situação geral. O preço das armas, do ouro, das carroças e dos cavalos não parava de subir, enquanto o valor do papel-moeda e dos artigos de uso comum na cidade não paravam de baixar, de tal modo que na metade do dia houve casos de cocheiros que pegaram objetos caros, como tecidos, e trocaram por coisas que valiam a metade do preço daqueles objetos, ao passo que um cavalo de mujique podia ser vendido por quinhentos rublos; já móveis, espelhos, objetos de bronze eram oferecidos de graça.

Na antiga e imponente casa dos Rostóv, a desintegração das condições de vida anteriores se manifestava de maneira muito fraca. Em relação aos criados, acontecera apenas que, naquela noite, entre a vasta criadagem, três homens foram embora; mas nada tinha sido roubado; e quanto ao valor dos bens da família parecia que as trinta carroças vindas das aldeias dos Rostóv valiam uma enorme fortuna, alvo da inveja de muitos, pelas quais ofereceram imensas somas de dinheiro; desde a tarde anterior até a manhã do dia 1º de setembro, ordenanças e criados de vários oficiais feridos foram enviados ao pátio da casa dos Rostóv, também se arrastaram até lá os próprios feridos que estavam instalados na casa dos Rostóv e em casas vizinhas e suplicaram aos servos dos Rostóv que conseguissem com os patrões a cessão de carroças para poderem deixar Moscou. O mordomo a quem dirigiam tais pedidos, embora tivesse pena dos feridos, negava categoricamente, dizendo que não se atrevia sequer a mencionar o assunto ao conde. Por mais que aqueles feridos dessem pena, era evidente que, se cedessem uma carroça, não haveria motivo para não cederem outra, e todas elas — ceder até as carruagens da família. Trinta carroças não poderiam salvar todos os feridos e, numa catástrofe generalizada, era impossível não pensar em si e em sua família. Assim o mordomo pensava em favor do seu patrão.

Ao acordar na manhã do dia 1º, o conde Iliá Andreitch saiu do quarto sem fazer barulho a fim de não acordar a condessa, que só pegara no sono ao amanhecer, e no seu roupão lilás de seda saiu para a varanda. As carroças estavam no pátio, com as bagagens amarradas. Junto à varanda, estavam as carruagens. O mordomo estava parado perto da entrada, conversando com um velho ordenança e com um oficial jovem, pálido, de braço enfaixado. O mordomo, ao ver o conde, fez com a mão um sinal severo e enfático ao oficial e ao ordenança, para que fossem embora.

— E então, está tudo pronto, Vassílitch? — perguntou o conde, esfregando a careca, olhando com simpatia para o oficial e para o ordenança e inclinando a cabeça para eles. (O conde gostava de caras novas.)

— Se quiser, podemos atrelar os cavalos agora mesmo, vossa excelência.

— Puxa, que ótimo, assim que a condessa acordar, e que Deus nos ajude! E o senhor, quem é? — dirigiu-se ao oficial. — Está na minha casa? — O oficial chegou mais perto. Seu rosto pálido se inflamou de repente com um vermelho-claro.

— Conde, faça a gentileza, permita que eu... pelo amor de Deus... parta para algum lugar nas carroças do senhor. Não tenho nada aqui comigo... Não me importo... de ir numa carroça... — Mal o oficial terminara de falar, o ordenança dirigiu-se ao conde com o mesmo pedido, agora em favor do seu senhor.

— Ah! Sim, sim, sim — exclamou o conde às pressas. — Com todo o prazer, todo o prazer. Vassílitch, providencie para liberar uma ou duas carroças, ora, como não... pois então... o que for necessário... — disse o conde, dando ordens vagas com expressões indefinidas. Mas naquele momento a expressão ardente de gratidão do oficial logo definiu melhor o que ele havia ordenado. O conde olhou à sua volta: no pátio, no portão, na janela do anexo, viam-se feridos e ordenanças. Todos olhavam para o conde e se aproximavam da varanda.

— Por favor, vossa excelência, venha à galeria: quais são as suas ordens a respeito dos quadros? — perguntou o mordomo. E o conde entrou na casa junto com ele, repetindo sua ordem de não negar um lugar aos feridos que pedissem para partir.

— Ora, afinal, podemos nos desfazer de algumas coisas — acrescentou em voz baixa e misteriosa, como se receasse que alguém o ouvisse.

Às dez horas a condessa acordou, e Matriona Timoféievna, sua ex-criada de quarto, que cumpria em relação à condessa a função de chefe de polícia, veio comunicar à ex-patroa que Mária Karlovna estava muito aborrecida e que não podiam deixar para trás os vestidos de verão das patroazinhas. Ao apurar por que Mme Schoss estava aborrecida, a condessa descobriu que haviam retirado sua arca de uma carroça e que estavam descarregando todas as carroças — retiravam os pertences da família e em seu lugar iam colocar os feridos, que o conde, em sua inocência, dera ordens para transportar. A condessa mandou chamar o marido.

— O que é isso, meu amigo? Disseram que estão tirando as coisas das carroças?

— Veja, *ma chère*, eu queria mesmo lhe dizer... *ma chère* condessazinha... um oficial veio falar comigo, pediram para ceder algumas carroças aos feridos. Afinal, tudo isso são coisas que podemos substituir; e como é que vamos deixar essa gente para trás, imagine só!... Na verdade, eles estão em nossa casa, fomos nós que os chamamos, os oficiais estão aqui... Entende, eu creio, na verdade, *ma chère*, pois é, *ma chère*... vamos deixar que eles partam nas carroças... também não há tanta pressa assim... — O conde falou isso de modo tímido, como sempre falava quando o assunto era dinheiro. A condessa por sua vez já estava acostumada com aquele tom, que sempre pressagiava um negócio ruinoso para os filhos, como a construção de alguma galeria ou estufa de plantas, a montagem de uma peça de teatro ou de um concerto musical dentro de casa — a condessa estava acostumada e considerava sua obrigação sempre se contrapor ao que fosse dito naquele tom tímido.

Ela adotou sua fisionomia submissa e chorosa e disse para o marido:

— Escute, conde, você levou as coisas a uma situação em que ninguém nos dará nada pela casa, e agora também quer aniquilar todas as nossas coisas, o patrimônio *dos nossos filhos*. Meu amigo, eu não concordo, não concordo. Você é que manda! Para os feridos, existe o governo. Eles sabem. Veja bem: os Lopukhin, em frente a nós, levaram tudo o que tinham há dois dias. É assim que as pessoas agem. Só nós somos tolos. Tenha pena, se não de mim, pelo menos dos nossos filhos.

O conde abanou os braços e, sem nada dizer, saiu.

— Papai! O que o senhor está fazendo? — perguntou Natacha, que tinha vindo para o quarto da mãe atrás dele.

— Nada! Não é da sua conta! — exclamou o conde, zangado.

— Não, eu escutei — disse Natacha. — Por que a mamãe não quer?

— O que você tem a ver com isso? — gritou o conde. Natacha foi até a janela e pensou um pouco.

— Papai, Berg está chegando à nossa casa — disse ela, olhando pela janela.

XVI

Berg, genro dos Rostóv, já era coronel, com as medalhas de Vladímir e de Anna no pescoço, e continuava a ocupar o mesmo posto tranquilo e agradável de auxiliar de um comandante no Estado-Maior, auxiliar do comandante da primeira seção do Estado-Maior do segundo corpo do exército.

No dia 1º de setembro, ele veio do exército para Moscou.

Nada tinha a fazer em Moscou; mas notou que todos no exército pediam para ir a Moscou e lá faziam alguma coisa. Julgou que era necessário também pedir licença para tratar de assuntos domésticos e familiares.

Berg, em sua caleche elegante, puxada por uma parelha de cavalos bem nutridos, iguais aos de um príncipe, vinha na direção da casa do sogro. Observou atentamente as carroças espalhadas pelo pátio e, ao entrar na varanda, pegou um lenço limpo e nele deu um nó.

Do vestíbulo, num passo flutuante, impaciente, ele adentrou correndo a sala e abraçou o conde, beijou as mãozinhas de Natacha e de Sônia e, apressadamente, perguntou pela saúde da mamãe.

— Como vamos pensar na saúde numa ocasião como esta? E então, me conte — disse o conde. — O que vai fazer o exército? Vai recuar ou vai haver mais uma batalha?

— Só Deus eterno, papai — respondeu Berg —, pode decidir o destino da pátria. O exército arde com um espírito de heroísmo, e agora os chefes, provavelmente, estão reunidos num conselho de guerra. O que vai acontecer não se sabe. Mas garanto ao senhor que, em termos gerais, papai, tamanho espírito heroico e essa autêntica bravura ancestral do Exército russo, que ele... eles — Berg tentou se corrigir — provaram ou mostraram na batalha do dia 26, não existem palavras capazes de descrever essas coisas... Garanto ao senhor, papai (bateu no próprio peito, assim como havia feito um general ao falar na sua frente, embora com certo atraso, porque era preciso bater no peito ao dizer as palavras "Exército russo"), garanto ao senhor francamente que nós, os comandantes, não só não precisamos incentivar os soldados a lutar nem fazer nada parecido, como tivemos até de conter à força essas, essas... sim... proezas de uma bravura ancestral — disse, falando depressa. — O general Barclay de Tolly pôs em risco a própria vida em toda parte à frente das tropas, garanto ao senhor. O nosso corpo de exército ficou estacionado na encosta de um morro. O senhor pode imaginar! — E então Berg contou tudo o que lembrava dos diversos relatos que ouvira na ocasião. Natacha, com um olhar fixo que constrangia Berg, fitava-o como se procurasse em seu rosto a solução para um problema.

— Um heroísmo tão grande e tão generalizado como o demonstrado pelas tropas russas é impossível de imaginar e de louvar o bastante! — disse Berg, olhando para Natacha e, como se quisesse lisonjeá-la, sorria para ela, em resposta ao seu olhar obstinado... — "A Rússia não está em Moscou, está no coração de seus filhos!" Não é isso, papai? — disse Berg.

Naquele momento, da saleta, com um ar cansado e descontente, veio a condessa. Berg levantou-se de um pulo e, às pressas, beijou a mão da condessa, perguntou sobre a sua saúde e, expressando sua condolência com um meneio de cabeça, ficou parado ao lado dela.

— Sim, mamãe, garanto à senhora com toda a franqueza, são tempos difíceis e penosos para todos os russos. Mas para que inquietar-se tanto? Vocês ainda terão tempo para partir...

— Não entendo o que as pessoas estão fazendo — disse a condessa, voltando-se para o marido —, me disseram agora que ainda não está nada pronto. É preciso que alguém tome providências. Numa hora dessas é que lamento a falta de Mítienka. Isso não vai ter fim!

O conde quis falar alguma coisa, mas obviamente se conteve. Levantou-se da cadeira e foi até a porta.

Berg, naquele instante, como que para assoar o nariz, pegou o lenço e, olhando para o nó, refletiu um momento e balançou a cabeça com ar tristonho e significativo.

— Ah, tenho um pedido importante a fazer ao senhor, papai — disse.

— Hm?... — falou o conde, parando.

— Passei agora mesmo pela casa de Iussúpov — disse Berg, rindo. — O administrador lá é meu conhecido, veio correndo e perguntou: o senhor não quer comprar uma coisa? Entrei por curiosidade, entende, e lá havia uma comodazinha e um lavatório. O senhor sabe como a Véruchka deseja esses móveis e como nós dois discutimos por causa disso. (Quando começou a falar da comodazinha e do lavatório, Berg não pôde deixar de adotar um tom de alegria pelo próprio conforto.) Que encanto! O móvel se abre sozinho e tem um compartimento secreto inglês, sabe? Há muito tempo que Vérotchka quer essa peça. Assim, eu gostaria de lhe fazer uma surpresa. Vi na casa do senhor tantos mujiques com carroças no pátio. Ceda-me uma só, por favor, pagarei bem por isso e...

O conde franziu o rosto e tossiu de leve.

— Peça para a condessa, não sou eu quem dá as ordens.

— Se for difícil, por favor, pode deixar — disse Berg. — Eu só queria muito fazer isso por causa da Véruchka.

— Ah, que todos vocês vão para o diabo, para o diabo, para o diabo!... — começou a gritar o velho conde. — Minha cabeça está rodando. — E saiu da sala.

A condessa começou a chorar.

— Sim, sim, mamãe, são tempos muito penosos! — disse Berg.

Natacha saiu junto com o pai e, como se tivesse tomado uma decisão difícil, foi de início atrás dele, mas depois desceu a escada correndo.

Na varanda estava Pétia, ocupado em distribuir armas para as pessoas que iam sair de Moscou. No pátio, as carroças carregadas continuavam em seu lugar. As cordas de duas delas tinham sido soltas, e numa delas estavam embarcando um oficial, amparado por um ordenança.

— Você sabe por quê? — perguntou Pétia para Natacha (Natacha entendeu que Pétia queria dizer: por que o pai tinha discutido com a mãe). Ela não respondeu. — É porque o papai quis ceder todas as carroças aos feridos — disse Pétia. — Vassílitch me contou. Para mim...

— Para mim — quase gritou Natacha de repente, voltando seu rosto enraivecido para Pétia —, para mim isso é um horror tão grande, uma abominação tão grande, um... nem sei! Por acaso nós somos alemães?... — Sua garganta começou a tremer com soluços espasmódicos, e ela, temendo disparar à toa a carga da sua raiva, virou-se e precipitou-se com ímpeto pela escada. Berg estava sentado ao lado da condessa e a consolava de forma respeitosa e filial. O conde, com um cachimbo nas mãos, caminhava pelo cômodo, quando Natacha, com o rosto desfigurado pela raiva, irrompeu como um furacão e, a passos ligeiros, aproximou-se da mãe.

— É um horror! É uma abominação! — começou a gritar. — Não pode ser isso o que a senhora ordenou.

Berg e a condessa fitaram Natacha com perplexidade e susto. O conde parou junto à janela e escutou com atenção.

— Mãezinha, não é possível; veja o que está acontecendo no pátio! — começou a gritar Natacha. — Eles vão ser deixados para trás!...

— O que deu em você? Eles, quem? O que você quer?

— Os feridos, é deles que estou falando! Não é possível, mãezinha; é uma coisa que nunca se viu... Não, mãezinha, querida, não é assim, desculpe, por favor, querida... Mãezinha, mas para que precisamos das coisas que estamos levando, veja o que está acontecendo no pátio... Mãezinha!... Não é possível!...

O conde ficou parado junto à janela e, sem virar o rosto, escutava as palavras de Natacha. De repente fungou e chegou o rosto mais perto da janela.

A condessa lançou um olhar para a filha, viu seu rosto cheio de vergonha pela mãe, viu sua emoção, compreendeu por que o marido agora não estava olhando para ela e, com ar encabulado, olhou à sua volta.

— Ah, então façam como quiserem! Por acaso estou impedindo alguém? — disse ela, ainda sem se render de todo.

— Mãezinha, querida, me desculpe!

Mas a condessa afastou a filha e se aproximou do conde.

— *Mon cher*, tome as providências necessárias... Não entendo mesmo disso — falou, baixando os olhos com ar de culpa.

— Os ovos... os ovos dão lições à galinha... — exclamou o conde entre lágrimas de felicidade e abraçou a esposa, que ficou feliz de esconder o rosto envergonhado no peito do marido.

— Paizinho, mãezinha! Posso cuidar de tudo? Posso? — perguntou Natacha. — E mesmo assim ainda vamos levar tudo o que é mais necessário... — disse Natacha.

O conde balançou afirmativamente a cabeça para ela, e Natacha, com a corrida rápida com que antes brincava de pega-pega, atravessou a sala, passou pela antessala e desceu a escada rumo ao pátio.

Os criados se reuniram ao redor de Natacha e não conseguiram acreditar na ordem estranha que ela estava transmitindo, até que o próprio conde, em nome da esposa, repetiu as ordens de ceder todas as carroças aos feridos e guardar as arcas nos depósitos. Ao compreender as ordens, os criados, com alegria e ansiedade, puseram mãos à obra na nova tarefa. Para os criados, agora, aquilo não só não parecia estranho como, ao contrário, parecia que não podia mesmo ser de outro modo; exatamente da mesma forma que, quatro horas antes, a ninguém parecia estranho que os feridos fossem deixados para trás e que os objetos, sim, fossem levados nas carroças, mas parecia que não podia mesmo ser de outro modo.

Todas as pessoas da casa, como que para compensar o fato de antes não terem se ocupado daquilo, lançaram-se com ansiedade à nova tarefa de acomodar os feridos nas carroças. Os feridos se arrastaram de seus aposentos e, com rosto pálido e alegre, cercaram as carroças. Nas casas vizinhas também se espalhou a notícia de que havia carroças, e os feridos de outras casas começaram a vir para o pátio dos Rostóv. Muitos feridos pediram que não fossem retirados os objetos das carroças e que apenas os acomodassem em cima das bagagens. No entanto, uma vez que a tarefa de descarregar as bagagens havia começado, já não era mais possível parar. Não fazia diferença deixar tudo para trás ou só a metade. No pátio, jaziam de qualquer jeito as arcas com louças, peças de bronze, quadros, espelhos, que tinham sido arrumadas com tanto esforço na noite anterior, e todos ainda continuavam a procurar algum modo de descarregar esta ou aquela bagagem e abrir espaço em mais uma carroça.

— Ainda é possível pegar mais quatro — disse o administrador. — Vou ceder a minha charrete, senão onde vamos transportá-los?

— Sim, cedam a carroça com o meu guarda-roupa — disse a condessa. — Duniacha pode ir comigo na minha carruagem.

Liberaram também a carroça do guarda-roupa e a levaram para os feridos que estavam duas casas adiante. Todos os criados e as pessoas da casa estavam animados e alegres. Natacha se encontrava numa animação entusiasmada e feliz como havia muito não experimentava.

— Onde a gente vai amarrar? — perguntaram os criados, que estavam tentando acomodar uma arca no estreito estribo traseiro de uma carroça. — Vai ter de deixar pelo menos uma carroça.

— O que tem dentro? — perguntou Natacha.

— Os livros do seu conde.

— Pode deixar. Vassílitch, descarregue. Não precisa levar.

A charrete estava lotada de gente; não sabiam onde acomodar Piotr Ilitch.

— Ele vai na boleia. Você não vai na boleia, Pétia? — gritou Natacha.

Sônia também não parava de se movimentar; mas o objetivo de sua agitação era diferente do objetivo de Natacha. Ela arrumava as coisas que era preciso deixar para trás; anotava tudo, conforme o desejo da condessa, e tentava levar consigo o máximo que podia.

XVII

Antes das duas horas, as quatro carruagens dos Rostóv estavam paradas junto à varanda, carregadas e atreladas. As carroças com os feridos saíam do pátio uma após a outra.

O coche em que levavam o príncipe Andrei, ao passar diante do alpendre, chamou a atenção de Sônia, que com uma jovem criada cuidava de arranjar o assento da condessa na sua enorme carruagem alta, que estava parada junto à varanda.

— De quem é esse coche? — perguntou Sônia, pondo a cabeça para fora, pela janela da carruagem.

— A senhora não soube, patroazinha? — respondeu a criada de quarto. — O príncipe está ferido: ele passou a noite na nossa casa e também vai partir com os senhores.

— Mas quem é? Qual o nome dele?

— Aquele mesmo que antes foi o noivo aqui em casa, o príncipe Bolkónski! — respondeu a criada com um suspiro. — Dizem que não vai durar muito.

Sônia saltou da carruagem e correu ao encontro da condessa. A condessa, já vestida para a viagem, com um xale e um chapéu, andava cansada pela sala à espera das pessoas da família para rezarem todos juntos, de portas fechadas, antes da partida. Natacha não estava ali.

— *Maman* — disse Sônia —, o príncipe Andrei está aqui, ferido, à beira da morte. Ele vai conosco.

A condessa arregalou os olhos assustada, agarrou a mão de Sônia e olhou em redor.

— E Natacha? — exclamou.

Para Sônia e para a condessa, aquela notícia teve, no primeiro momento, apenas um significado. As duas conheciam a sua Natacha, e o horror ao pensar no que aconteceria com ela ao saber daquilo abafou, em ambas, qualquer compaixão pelo homem a quem as duas amavam.

— Natacha ainda não sabe. Mas ele vai conosco — disse Sônia.

— Você disse que ele está à beira da morte?

Sônia fez que sim com a cabeça.

A condessa abraçou Sônia e começou a chorar.

"Os caminhos de Deus são inescrutáveis!", pensou ela, sentindo que em tudo o que se passava agora começava a se manifestar a mão todo-poderosa antes oculta ao olhar das pessoas.

— Bem, mamãe, está tudo pronto. O que a senhora tem?... — perguntou Natacha, que entrou correndo, com o rosto animado.

— Não é nada — disse a condessa. — Está tudo pronto, então vamos. — E a condessa inclinou-se na direção da sua bolsinha a fim de esconder o rosto perturbado. Sônia abraçou Natacha e beijou-a.

Natacha dirigiu a ela um olhar interrogativo.

— O que você tem? O que foi que aconteceu?

— Nada... Não...

— Uma coisa muito ruim para mim?... O que é? — perguntou Natacha em tom incisivo.

Sônia deu um suspiro e nada respondeu. O conde, Pétia, Mme Schoss, Mavra Kuzmínichna, Vassílitch entraram na sala e, depois de fecharem as portas, sentaram todos e, em silêncio, sem olhar uns para os outros, ficaram quietos alguns segundos.

O conde levantou primeiro e, após suspirar alto, pôs-se a fazer o sinal da cruz diante dos ícones. Todos fizeram o mesmo. Em seguida o conde abraçou Mavra Kuzmínichna e Vassílitch, que iam ficar em Moscou, e, na hora em que pegaram sua mão e beijaram seu ombro, o conde lhes deu umas pancadinhas nas costas, enquanto lhes dizia alguma coisa vaga, em tom afetuoso e tranquilizador. A condessa saiu para a sala do oratório, e Sônia foi encontrá-la ali, de joelhos, diante dos ícones que tinham restado dispersos pela parede. (Os ícones mais preciosos para as tradições da família estavam sendo levados com eles.)

Na varanda e no pátio, os criados que iam partir, a quem Pétia havia armado com sabres e adagas, com as calças enfiadas no cano alto das botas e cintos e correias muito apertados, despediam-se daqueles que iam ficar.

Como sempre acontecia nas despedidas, muita coisa tinha sido esquecida e estava mal-arrumada, e durante bastante tempo dois lacaios ficaram postados dos dois lados da portinhola aberta e da escadinha da carruagem, prontos para ajudar a condessa a subir, enquanto as criadas não paravam de correr, trazendo almofadas e trouxas, da casa para as carruagens, para a charrete, para a sege, e no sentido contrário.

— Estão sempre esquecendo alguma coisa! — disse a condessa. — Você sabe muito bem que não posso sentar desse jeito. — E Duniacha, com os dentes cerrados e sem nada responder, com uma expressão de censura no rosto, jogou-se dentro da carruagem para rearrumar o assento da condessa.

— Ah, essa gente! — disse o conde, balançando a cabeça.

O velho cocheiro Efim, o único com quem a condessa admitia viajar, sentado bem alto na sua boleia, nem olhava para trás para ver o que estavam fazendo. Com seus trinta anos de experiência, sabia que ainda iria passar um bom tempo até lhe dizerem "Deus nos acompanhe!", que ainda lhe diriam para parar mais duas vezes e iriam buscar coisas que tinham esquecido, e depois disso ainda iriam detê-lo mais uma vez, e a própria condessa poria a cabeça para fora da janela, na sua direção, e lhe pediria em nome de Cristo Deus para ir com mais cuidado nas ladeiras. O cocheiro Efim sabia disso e portanto, com mais paciência do que seus cavalos (em especial o alazão da esquerda — Falcão, que batia a pata no chão e, mordendo, repuxava o freio), esperava o que ia acontecer. Por fim, todos se acomodaram; recolheram a escadinha e guardaram-na dentro da carruagem, fecharam a portinhola, mandaram buscar uma caixa correndo, a condessa pôs a cabeça para fora e disse o que devia dizer. Então Efim lentamente tirou o chapéu da cabeça e se benzeu. O postilhão e todos os criados fizeram o mesmo.

— Deus nos acompanhe! — disse Efim, pondo o chapéu na cabeça. — Em frente! — O postilhão tocou os cavalos adiante. O cavalo da direita fez força contra os arreios, as molas altas estalaram e a carroceria sacudiu. Um lacaio saltou para a boleia com o veículo em movimento. A carruagem saiu do pátio aos solavancos pelo calçamento irregular, as outras carruagens vieram atrás e o comboio se estendeu adiante pela rua. Nas carruagens, na sege e na charrete todos fizeram o sinal da cruz diante da igreja que ficava em frente. Os criados que iam ficar em Moscou caminhavam de ambos os lados das carruagens, acompanhando.

Natacha poucas vezes havia experimentado um sentimento tão alegre como o que experimentava agora, sentada na carruagem ao lado da condessa e olhando para os muros da conturbada e abandonada Moscou, que iam passando lentamente por ela. De vez em quando, punha a cabeça na janela e olhava para trás e para a frente e via o longo comboio de feridos que os precedia. Quase à frente de todos, ela avistou a capota fechada do coche do príncipe Andrei. Natacha não sabia quem estava ali e, toda vez que avaliava a extensão do comboio, seus olhos procuravam aquele coche. Natacha sabia que ele avançava à frente de todos.

Em Kúdrino, das ruas Nikítski, Présnia, Podnovínski, vieram vários comboios semelhantes ao dos Rostóv e, ao passar na rua Sadóvaia, as carruagens e as carroças já formavam duas fileiras.

Ao contornar a torre Súkharev, Natacha, que observava com rapidez e curiosidade o povo que ia a pé ou em carroças, exclamou de repente com alegria e surpresa:

— Paizinho! Mamãe, Sônia, olhem, é ele!

— Quem? Quem?

— Vejam, puxa, é Bezúkhov! — disse Natacha, debruçada na janela da carruagem e olhando para um homem alto e gordo, num cafetã de cocheiro, obviamente um nobre disfarçado, pelo jeito de andar e pela atitude, que ao lado de um velho amarelado e sem barba, num capote frisado, passava embaixo do arco da torre Súkharev.

— Puxa, é Bezúkhov, de cafetã, com um velhinho do lado! Puxa — disse Natacha —, vejam, olhem lá!

— Mas, não, não é ele, não. Será possível, mas que tolice.

— Mamãe — gritou Natacha. — Aposto minha cabeça que é ele! Garanto a vocês. Espere, espere! — gritou para o cocheiro; mas o cocheiro não podia parar, porque da rua Mechánskaia vieram mais carruagens e carroças e gritaram para os veículos de Rostóv que seguissem adiante e não impedissem a passagem dos outros.

De fato, embora já estivessem muito mais à frente do que antes, todos os Rostóv avistaram Pierre, ou um homem extraordinariamente parecido com Pierre, num cafetã de cocheiro, caminhando pela rua com a cabeça curvada e o rosto sério, ao lado de um velhinho pequeno e sem barba, com jeito de lacaio. O velhote notou o rosto voltado para ele na janela da carruagem e, tocando respeitosamente o cotovelo de Pierre, disse-lhe alguma coisa, apontando para a carruagem. Pierre demorou bastante a entender o que ele estava dizendo; a tal ponto parecia imerso nos próprios pensamentos. Por fim, quando compreendeu, olhou para onde ele estava apontando e, ao reconhecer Natacha, no mesmo instante, cedendo ao primeiro impulso, caminhou na direção da carruagem. Porém, depois de dar alguns passos, pareceu lembrar-se de algo e parou.

O rosto de Natacha, que despontava da janela da carruagem, irradiava um carinho jocoso.

— Piotr Kirílitch, venha cá! Viu como a gente reconheceu logo o senhor? Que coisa fantástica! — gritou ela, estendendo a mão para ele. — Como é que o senhor está assim? Para que isso?

Pierre segurou a mão estendida e, andando (pois a carruagem continuou a se movimentar), beijou-a desajeitadamente.

— O que há com o senhor, conde? — perguntou a condessa com voz admirada e condoída.

— O quê? O quê? Por quê? Não me pergunte — disse Pierre e olhou para Natacha, cujo olhar alegre e radiante (ele o sentia, mesmo sem olhar para ela) o dominava com seu encanto.

— O que o senhor vai fazer? Ou vai ficar mesmo em Moscou? — Pierre ficou calado um momento.

— Em Moscou? — disse em tom interrogativo. — Sim, em Moscou. Adeus.

— Ah, quem dera eu fosse homem. Ficaria aqui com o senhor, a todo custo. Ah, como seria bom! — disse Natacha. — Mamãe, deixe, também vou ficar. — Pierre olhou para Natacha com ar distraído e quis dizer alguma coisa, mas a condessa o interrompeu:

— O senhor esteve na batalha, nós soubemos.

— Sim, estive — respondeu Pierre. — Amanhã vai haver outra batalha... — começou, mas Natacha o interrompeu.

— Mas o que há com o senhor, conde? Está diferente...

— Ah, não pergunte, não me pergunte, eu mesmo não sei de nada. Amanhã... mas não! Adeus, adeus — exclamou. — São tempos horríveis! — E, deixando-se ficar para trás, afastou-se pela calçada.

Natacha ainda ficou muito tempo debruçada na janela, com a cabeça para fora, irradiando na direção dele um sorriso carinhoso, alegre e também um pouco jocoso.

XVIII

Pierre, desde quando sumira de casa, morava já fazia dois dias na residência abandonada do falecido Bazdiéiev. Acontecera o seguinte:

Ao despertar no dia seguinte ao seu regresso a Moscou e ao seu encontro com o conde Rostoptchin, Pierre levou muito tempo sem entender onde estava e o que queriam dele. Quando, entre os nomes de outras pessoas que o aguardavam na sala de espera, avisaram que o aguardava também o francês que havia trazido a carta da condessa Hélène Vassílievna, veio-lhe de repente aquele sentimento de perturbação e desespero ao qual ele costumava sucumbir. De súbito lhe pareceu que agora tudo estava acabado, tudo era confusão, tudo era ruína, que não havia o justo, nem o culpado, que não haveria mais nada pela frente e que não existia saída para aquela situação. Sorrindo de maneira estranha e balbuciando algo, Pierre ora sentava no sofá com ar desamparado, ora levantava, ia até a porta e espiava por uma fresta a sala de espera, ora voltava atrás abanando as mãos e agarrava um livro. Mais uma vez o mordomo veio avisar que o francês que trouxera a carta da condessa queria muito falar com ele, ainda que só por um minuto, e também que da parte da viúva de I. A. Bazdiéiev vieram pedir que ele aceitasse ficar com os livros do falecido, pois ela mesma estava de partida para o campo.

— Ah, sim, já vou, espere... Ou melhor... Não, vá dizer que irei logo — disse Pierre ao mordomo.

Porém, assim que o mordomo saiu, Pierre pegou o chapéu que estava sobre a cadeira e saiu pela porta dos fundos do gabinete. No corredor, não havia ninguém. Pierre atravessou todo o comprido corredor até a escada e, com o rosto franzido, apertando a testa com as mãos, desceu até o primeiro patamar. O porteiro estava postado junto à porta principal. Do patamar onde Pierre havia descido, outra escada conduzia à porta dos fundos. Pierre seguiu por aquela escada e saiu para o pátio. Ninguém o viu. Mas na rua, assim que ele saiu pelo portão, o cocheiro que estava junto à carruagem e o porteiro viram o patrão e tiraram o chapéu para ele. Ao sentir olhares dirigidos a ele, Pierre agiu como um avestruz que enfia a cabeça numa moita para não ser visto; baixou a cabeça e, acelerando o passo, seguiu adiante pela rua.

Entre todas as tarefas que se apresentavam a Pierre naquela manhã, a questão dos livros e dos papéis de Ióssif Alekséievitch lhe pareceu a mais premente.

Pegou o primeiro coche de praça que passou e mandou seguir para os Poços do Patriarca, onde ficava a casa da viúva Bazdiéieva.

Enquanto olhava o tempo todo para os veículos de carga que se moviam de todos os lados saindo de Moscou e ajeitava o seu corpo obeso para não escorregar da charrete velha, Pierre, com um sentimento alegre, semelhante ao que experimenta um menino que foge da escola, começou a conversar com o cocheiro de praça.

O cocheiro lhe disse que naquele momento estavam distribuindo armas no Krêmlin e que no dia seguinte o povo iria todo para o portão de Tri Góri e que lá haveria uma grande batalha.

Ao chegar aos Poços do Patriarca, Pierre procurou a casa de Bazdiéiev, aonde fazia muito tempo que não ia. Aproximou-se do portão. Guerássim, o mesmo velhinho amarelo e sem barba que Pierre tinha visto cinco anos antes com Ióssif Alekséievitch em Torjók, veio atender suas batidas na porta.

— Ela está em casa? — perguntou Pierre.

— Por causa das circunstâncias atuais, Sofia Danílovna e seus filhos partiram para a aldeia de Torjók, vossa excelência.

— Mesmo assim vou entrar. Preciso separar os livros — disse Pierre.

— Por favor, tenha a bondade, o irmão do falecido, que esteja no Reino dos Céus, Makar Alekséievitch, está aqui, mas, como o senhor bem sabe, ele tem a cabeça fraca — disse o velho criado.

Makar Alekséievitch, irmão de Ióssif Alekséievitch, como Pierre sabia, era meio louco e bebia sem parar.

— Sim, sim, eu sei. Vamos, vamos... — disse Pierre e entrou na casa. Um velho alto, careca, de roupão, nariz vermelho e galochas nos pés sem meias, estava de pé no vestíbulo; ao ver Pierre, resmungou alguma coisa com irritação e saiu para o corredor.

— Era muito inteligente, mas agora, como o senhor pode ver, ficou fraco do juízo — disse Guerássim. — Gostaria de ir ao escritório? — Pierre fez que sim com a cabeça. — Como ficou trancado, o escritório continuou como estava antes. Sofia Danílovna deu ordem para que, caso o senhor viesse, os livros fossem liberados.

Pierre entrou no mesmo escritório sombrio onde ele, ainda em vida do seu benfeitor, havia entrado com tamanho estremecimento. O escritório, agora empoeirado e intacto desde o momento da morte de Ióssif Alekséievitch, estava ainda mais sombrio.

Guerássim abriu uma veneziana e saiu na ponta dos pés. Pierre deu a volta no escritório, aproximou-se de uma estante em que estavam os manuscritos e pegou um dos mais importantes para a ordem sagrada em outros tempos. Eram as autênticas atas escocesas com comentários e explicações do benfeitor. Pierre sentou-se diante de uma escrivaninha empoeirada e colocou o manuscrito à sua frente, abriu-o, fechou-o e por fim, pondo os papéis de lado, com a cabeça apoiada nas mãos e os cotovelos na mesa, pôs-se a refletir.

Diversas vezes, Guerássim veio cuidadosamente olhar no escritório e viu que Pierre estava sentado na mesma posição. Passaram mais de duas horas. Guerássim se permitiu fazer um barulho na porta a fim de chamar a atenção de Pierre para si. Pierre não o ouviu.

— O senhor quer que dispense o cocheiro?

— Ah, sim — disse Pierre, acordando e levantando afobado. — Escute — disse, segurando Guerássim pelo botão do casaco e olhando de cima para o velhinho, com olhos brilhantes, úmidos e arrebatados. — Escute, você sabe que amanhã vai haver uma batalha?...

— Disseram — respondeu Guerássim.

— Peço que você não diga a ninguém quem sou eu. E faça o que vou dizer...

— Sim, senhor — disse Guerássim. — Quer que mande trazer algo para comer?

— Não, mas preciso de outra coisa. Preciso de uma roupa de camponês e de uma pistola — disse Pierre, e ficou vermelho de repente.

— Sim, senhor — respondeu Guerássim, depois de refletir um momento. Pierre passou o resto daquele dia sozinho no escritório do benfeitor, andando de um canto a outro, com ar inquieto, e falando sozinho, como Guerássim podia ouvir, e pernoitou ali mesmo num leito preparado para ele.

Guerássim, que como um criado experiente tinha visto muita coisa estranha ao longo da vida, encarou a mudança de Pierre sem surpresa e, pelo visto, ficou satisfeito por ter alguém a quem servir. Naquela mesma tarde, sem indagar nem a si mesmo qual a necessidade daquilo, trouxe para Pierre um cafetã e um chapéu e prometeu comprar no dia seguinte a pistola pedida. Makar Alekséievitch por duas vezes naquela tarde, estalando suas galochas no chão, veio até a porta e parou, olhando para Pierre com simpatia. No entanto, assim que Pierre se voltou para ele, nas duas vezes Makar Alekséievitch apertou as abas do roupão em torno do corpo, irritado e encabulado, e retirou-se às pressas. Quando Pierre, vestido no cafetã de cocheiro que Guerássim tinha comprado e desinfetado a vapor especialmente para ele, saiu com o velho criado para comprar uma pistola na torre Súkharev, encontrou os Rostóv.

XIX

Na noite de 1º de setembro, foi transmitida a ordem de Kutúzov para a retirada das tropas russas através de Moscou em direção à estrada de Riazan.

As primeiras tropas se puseram em movimento à noite. As tropas que seguiram à noite não tinham pressa, moviam-se devagar e com tranquilidade; no entanto, ao raiar do dia, ao se aproximar da ponte Dorogomílov, as tropas em movimento avistaram à sua frente tropas que se espremiam e se afobavam para cruzar a ponte e que subiam pelo outro lado, bloqueando ruas e vielas, enquanto atrás delas vinha pressionando uma interminável massa de tropas. E uma inquietação e uma pressa sem motivo dominaram as tropas. Todos se precipitaram à frente, em direção à ponte, na ponte, nos botes e no vau do rio. Kutúzov mandou que o levassem para a outra margem do rio Moskvá através de ruas secundárias.

Às dez horas da manhã do dia 2 de setembro, no bairro de Dorogomílov, só restavam as tropas da retaguarda. O exército já estava na outra margem do rio Moskvá e fora de Moscou.

Nessa mesma altura, às dez horas da manhã do dia 2 de setembro, Napoleão estava com suas tropas na colina Poklónaia e contemplava o espetáculo que se revelava à sua frente. Do dia 26 de agosto ao dia 2 de setembro, desde a batalha de Borodinó até a entrada do inimigo em Moscou, em todos os dias daquela semana agitada, memorável, havia aquele clima outonal extraordinário, que a todos sempre causava admiração, em que um sol baixo arde mais quente do que na primavera, em que tudo cintila no ar rarefeito e puro, a tal ponto que chega a ferir os olhos, um clima em que o peito se anima e se refresca, ao inalar o ar perfumado do outono, em que até as noites são quentes e em que nessas noites, sombreadas e quentes, estrelas douradas tombam do céu o tempo todo, causando espanto e alegria.

No dia 2 de setembro, às dez horas da manhã, fazia um tempo assim. A luminosidade da manhã era mágica. Do alto da colina Poklónaia, Moscou se estendia ampla, com seu rio, seus bosques e igrejas, e parecia viver sua vida, palpitante com suas cúpulas como estrelas sob os raios do sol.

Ante a visão da cidade estranha, com as formas inauditas de uma arquitetura incomum, Napoleão experimentou a curiosidade invejosa e inquieta que sentem as pessoas ao ver uma forma de vida alheia, que por sua vez não as conhece. Era evidente que aquela cidade, com todas as suas forças, vivia sua própria vida. Por aqueles sinais indefiníveis graças aos quais se pode distinguir com precisão, mesmo à distância, um corpo vivo de um corpo morto, Napoleão, da colina Poklónaia, via a palpitação da vida na cidade e como que sentia a respiração daquele corpo grande e belo.

Todo russo, ao contemplar Moscou, sente que ela é uma mãe; todo estrangeiro, ao contemplá-la, ignorando seu significado maternal, não pode deixar de sentir o caráter feminino da cidade, e Napoleão sentiu isso.

— *Cette ville asiatique, aux innombrables églises, Moscou la sainte. La voilà donc enfin, cette fameuse ville! Il était temps*[37] — disse Napoleão e, descendo do cavalo, mandou desdobrar à sua frente o mapa daquela Moscou e chamou o intérprete Lelorgne d'Ideville. "*Une ville occupée par l'ennemi ressemble à une fille qui a perdu son honneur*",[38] pensou ele (como já havia falado para Tutchkóv em Smolensk). E daquele ponto de vista ele contemplava a beldade oriental até então nunca vista e que jazia à sua frente. Para ele mesmo era estranho que, por fim, tivesse realizado seu desejo mais antigo, que lhe parecia impossível. Na luz clara da manhã, Napoleão olhava ora a cidade, ora o mapa, examinando detalhes daquela cidade, e a certeza da posse o perturbava e o assustava.

---

37 Francês: "Esta cidade asiática, de incontáveis igrejas, Moscou, a santa. Enfim, aí está ela, a famosa cidade! Já era tempo".

38 Francês: "Uma cidade ocupada pelo inimigo parece uma jovem que perdeu a honra".

“Mas poderia ser de outro modo?”, pensou. “Aí está ela, essa capital, aos meus pés, à espera do seu destino. Onde está Alexandre agora, e o que pensa ele? Estranha, bela, majestosa cidade! E que estranho e majestoso é este minuto! Sob que luz eles estarão me vendo!”, pensou, referindo-se a suas tropas. “Aí está ela, a recompensa para todos esses homens de pouca fé”, pensou, olhando para sua comitiva e para as tropas que se aproximavam e se punham em forma. “Basta uma palavra minha, um movimento da minha mão, e será destruída a antiga capital *des czars. Mais ma clémence est toujours prompte à descendre sur les vaincus.*[39] Tenho de ser magnânimo e verdadeiramente grande. Mas, não, não é verdade que estou em Moscou”, passou-lhe pela cabeça de repente. “Todavia aí está ela, deitada aos meus pés, rebrilhando e brandindo suas cúpulas douradas e suas cruzes aos raios do sol. Mas vou poupá-la. Nos ancestrais monumentos da barbárie e do despotismo, inscreverei grandiosas palavras de justiça e de misericórdia... É isso o que vai doer mais fundo em Alexandre, eu o conheço. (Napoleão achava que o sentido principal daquilo que se passava se resumia numa disputa pessoal entre ele e Alexandre.) Do alto do Krêmlin, sim, lá está o Krêmlin, sim, darei a eles leis de justiça, mostrarei a eles o sentido verdadeiro da civilização, obrigarei gerações de boiardos[40] a recordar com amor o nome do seu conquistador. Direi aos seus representantes que eu não queria e não quero a guerra; que travei a guerra só contra a política mentirosa da corte, que eu amo e respeito o tsar Alexandre e que vou selar em Moscou condições de paz dignas de mim e de meus povos. Não quero tirar vantagem da sorte na guerra para humilhar um soberano respeitado. Boiardos, eu lhes direi: não quero a guerra, quero a paz e o bem-estar de todos os meus súditos. De resto, sei que a presença deles vai me inspirar e lhes falarei, como sempre falo: com clareza, de modo solene e imponente. Mas será mesmo verdade que estou em Moscou? Sim, lá está ela!”

— *Qu'on m'amène les boyards*[41] — voltou-se para a comitiva. Um general com uma comitiva exuberante prontamente partiu a galope para trazer os boiardos.

Passaram-se duas horas. Napoleão almoçou e ficou de novo no mesmo lugar, na colina Poklónaia, à espera da delegação. Seu discurso para os boiardos já estava claramente traçado em sua imaginação. Ia ser repleto de dignidade e de grandeza, como Napoleão a compreendia.

---

39 Francês: “dos tsares. Mas minha clemência está sempre pronta a baixar sobre os vencidos”.

40 Classe dos senhores feudais na Rússia e nos países eslavos. Quando Napoleão invadiu a Rússia, essa classe já estava extinta havia cem anos.

41 Francês: “Tragam-me os boiardos”.

O tom de magnanimidade com que Napoleão tencionava agir em Moscou acabou por arrebatar o próprio Napoleão. Em sua imaginação, ele marcava um dia de *réunion dans le palais des czars*,[42] onde haviam de se reunir os dignitários russos e os dignitários do imperador francês. Mentalmente, nomeava um governador-geral da cidade capaz de atrair a simpatia da população para Napoleão. Ao saber que em Moscou havia muitas instituições de caridade, ele, em sua imaginação, resolveu que todas aquelas instituições seriam inundadas por suas benesses. Refletiu que, assim como na África fora preciso vestir um albornoz de árabe numa mesquita, também em Moscou teria de ser piedoso, como os tsares. E, a fim de tocar em definitivo o coração dos russos, ele, a exemplo de todos os franceses, que não eram capazes de conceber nada de sensível sem referências a *ma chère, ma tendre, ma pauvre mère*,[43] Napoleão resolveu que mandaria inscrever em todas aquelas instituições, com letras grandes: *Établissement dédié à ma chère mère*.[44] Não, simplesmente: *Maison de ma mère*[45] — resolveu consigo mesmo. "Mas será possível que estou de fato em Moscou? Sim, lá está ela à minha frente. Mas por que está demorando tanto a aparecer uma delegação da cidade?", pensou.

Enquanto isso, nas últimas fileiras da comitiva do imperador, em sussurros, tinha lugar um nervoso conselho entre seus generais e marechais. Os enviados em busca de uma delegação voltaram com a notícia de que Moscou estava vazia, de que todos haviam partido e deixado a cidade. Os rostos dos membros do conselho estavam pálidos e perturbados. Não era o fato de Moscou ter sido abandonada por seus habitantes que os assustava (por mais importante que parecesse aquele fato), mas a forma de comunicar isso ao imperador, a forma de não deixar sua alteza naquela situação terrível, chamada de *ridicule* pelos franceses, comunicar-lhe que durante todo aquele tempo estava esperando os boiardos em vão, que havia uma multidão de bêbados e mais ninguém. Uns diziam que era preciso a todo custo formar uma delegação qualquer, outros contestavam aquela opinião e afirmavam que era preciso, com cuidado e inteligência, preparar o imperador para lhe anunciar a verdade.

— *Il faudra le lui dire tout de même...* — diziam os senhores da comitiva. — *Mais, messieurs...*[46] — A situação era ainda mais penosa porque o imperador, enquanto

---

42 Francês: "reunião no palácio dos tsares".

43 Francês: "minha querida, minha terna, minha pobre mãe".

44 Francês: "Estabelecimento dedicado à minha querida mãe".

45 Francês: "Casa de minha mãe".

46 Francês: "Vai ser preciso lhe dizer, de todo jeito... [...] Mas, senhores...".

refletia sobre seus planos de magnanimidade, andava impaciente de um lado para outro diante do mapa, protegendo de vez em quando os olhos do sol com a mão, ao olhar para a estrada que vinha de Moscou, e sorria com orgulho e alegria.

— *Mais c'est impossible...*[47] — diziam os senhores da comitiva, encolhendo os ombros, sem se decidir a pronunciar a terrível palavra implícita: *le ridicule...*

Enquanto isso, o imperador, cansado da espera vã e sentindo, com seu instinto de ator, que o minuto grandioso estava se prolongando em demasia e começando a perder a grandeza, fez um sinal com a mão. O tiro de um canhão de aviso ressoou, e as tropas, que cercavam Moscou por vários lados, começaram a se deslocar em direção à cidade, pelos portões de Tver, Kaluga e Dorogomílov. Cada vez mais depressa, ultrapassando umas às outras, as tropas se moviam a passo ligeiro e a trote, sumindo nas nuvens de poeira que elas mesmas levantavam e propagando pelo ar o estrondo de seus gritos que se fundiam.

Entusiasmado pelo movimento das tropas, Napoleão chegou aos portões de Dorogomílov com as tropas, mas lá novamente se deteve e, depois de descer do cavalo, ficou andando por muito tempo junto ao platô de Kámmer-Kolléjski, à espera de uma delegação da cidade.

XX

Enquanto isso, Moscou estava vazia. Ainda havia pessoas na cidade, restava ainda a quinquagésima parte de seus habitantes, mas ela estava vazia. Estava vazia assim como fica vazia uma colmeia moribunda sem sua rainha.

Numa colmeia sem rainha já não existe vida, mas a um olhar superficial ela parece tão viva como as outras colmeias.

Assim, aos raios quentes do sol do meio-dia, as abelhas esvoaçam em torno da colmeia sem rainha, tão alegremente como fazem em torno de outras colmeias ainda vivas; também dela vem um cheiro de mel, que se sente de longe, e as abelhas voam para dentro e para fora da colmeia. Mas basta examiná-la com atenção para compreender que na colmeia já não existe vida. As abelhas não voam como nas colmeias vivas, não há o mesmo cheiro nem o mesmo zumbido que impressionam o apicultor. Quando o apicultor bate na parede de uma colmeia doente, em lugar da resposta de antes, o zumbido unânime e imediato de dezenas de milhares de abelhas que levantam ameaçadoramente a parte posterior do corpo e, com a

---

47 Francês: "Mas é impossível...".

batida rápida das asas, produzem aquele som aéreo e cheio de vida — em vez disso, respondem-lhe zunidos dispersos que ressoam de maneira oca em diversos lugares da colmeia vazia. Do buraco da porta, já não vem mais, como antes, o cheiro inebriante, aromático, de mel e de veneno, não vem de lá um cheiro quente de plenitude, mas sim, junto com o cheiro de mel, um cheiro de vazio e de podridão. Na porta não há mais os guardiões prontos a morrer em defesa da colmeia, com os ferrões levantados, trombeteando ameaças. Não há mais aquele som calmo e uniforme da efervescência do trabalho, como o som de água na fervura, e escuta-se o rumor sem harmonia e disperso da desordem. Para dentro e para fora da colmeia, tímidas e ágeis, voam abelhas ladras, pretas, compridas, lambuzadas de mel; elas não picam, mas fogem diante do perigo. Antes, as abelhas só entravam na colmeia com carga e saíam descarregadas; agora saem carregadas. O apicultor abre a parte de baixo da colmeia e observa o que se passa ali dentro. Em lugar de abelhas pretas, polpudas, amansadas pelo trabalho, penduradas em cachos até o assoalho (a parte mais baixa da colmeia), presas às patas umas das outras e segregando cera com um incessante zunido de trabalho, há abelhas sonolentas, encolhidas, que vagam distraídas em direções diferentes, no fundo e nas paredes da colmeia. Em lugar do assoalho limpo, recoberto de cera, soprado pelo ventilador das asas, no fundo jazem migalhas de cera, excrementos de abelhas e abelhas meio mortas, que quase não conseguem mexer as patas, além de outras totalmente mortas, deixadas ali.

O apicultor abre a parte de cima e observa a cabeça da colmeia. Em lugar das compactas fileiras de abelhas, cravadas em todos os espaços dos favos, que mantêm os filhotes aquecidos, ele vê o trabalho engenhoso e complexo dos favos, mas já não com o aspecto de juventude que havia antes. Tudo está desolado e imundo. As ladras — as abelhas pretas — vão e vêm ligeiro, furtivas, em sua labuta; as abelhas, apáticas, miúdas, como se fossem velhas, vagam lentamente, não impedem a entrada de ninguém, não querem nada e perderam o sentimento da vida. Os zangãos, as vespas, os abelhões e as borboletas voam ali dentro e batem atabalhoadamente de encontro às paredes da colmeia. Aqui e ali, entre os alvéolos com filhotes mortos e mel, de vez em quando se ouve de vários lados um ronco zangado; em algum lugar, duas abelhas, por força de um hábito antigo e da memória, limpam o interior da colmeia e, com um esforço que vai além de suas energias, arrastam para fora uma abelha morta, sem saber para que ainda fazem isso. Num outro canto, duas abelhas velhas brigam preguiçosamente, ou se limpam, ou se alimentam uma à outra, sem que se possa saber se fazem isso de maneira hostil ou amistosa. Num outro lugar ainda, uma multidão de abelhas, espremendo-se umas às outras, ataca uma vítima, a espanca e a sufoca. E a abelha, enfraquecida ou morta, devagar, de leve, como uma penugem, tomba sobre um amontoado de cadáveres.

O apicultor abre as duas portas do meio a fim de examinar o ninho. Em lugar dos compactos círculos pretos formados por milhares de abelhas unidas, costas com costas, protegendo o supremo segredo da procriação, ele vê centenas de carcaças de abelhas cansadas, semimortas e adormecidas. Estão quase mortas, sem se dar conta disso, naquele santuário que elas guardavam e que já não existe mais. Delas vem um cheiro de podridão e de morte. Só uma ou outra ainda se mexe, se levanta, voa debilmente e pousa na mão do inimigo, sem forças para morrer, enquanto lhe dá uma ferroada — as outras, mortas, caem com a leveza de escamas de peixe. O apicultor fecha a colmeia, marca com um giz e, na hora escolhida, despedaça e queima a colmeia.

Assim estava vazia Moscou, quando Napoleão, cansado, inquieto e de cara fechada, andava de um lado para outro junto ao platô de Kámmer-Kolléjski esperando a chegada de uma delegação, o que, apesar de mera formalidade, representava no seu modo de ver uma indispensável observação das regras de decoro.

Nos diversos cantos de Moscou, as pessoas se movimentavam sem nenhum sentido, por força de costumes antigos e sem compreender o que estavam fazendo.

Quando Napoleão, com o devido cuidado, foi avisado de que Moscou estava vazia, lançou um olhar irritado para quem lhe veio dar a notícia, virou-se de costas e continuou a andar em silêncio.

— Tragam minha carruagem — disse Napoleão. Tomou seu lugar na carruagem ao lado do ajudante de ordens de serviço e seguiu para o subúrbio da cidade.

"Moscou déserte. Quel événement invraisemblable!",[48] disse consigo.

Napoleão não entrou na cidade, ficou numa estalagem no subúrbio de Dorogomílov.

Le coup de théâtre avait raté.[49]

XXI

As tropas russas tinham atravessado Moscou das duas horas da madrugada até as duas horas da tarde e haviam arrastado consigo os últimos feridos e habitantes que ainda estavam deixando a cidade.

Durante o deslocamento das tropas, as maiores aglomerações se verificaram na ponte de Pedra, na ponte do rio Moskvá e na ponte do rio Iaúza.

---

48 Francês: "Moscou deserta. Que acontecimento inverossímil!".

49 Francês: "O lance teatral não deu certo".

No momento em que as tropas, bifurcando-se em torno do Krêmlin, se comprimiram para cruzar a ponte de Pedra e a ponte do rio Moskvá, um número enorme de soldados, aproveitando a parada e o congestionamento, voltaram das pontes e, furtivamente e em silêncio, passaram pela igreja de Basílio Bem-Aventurado e pelos portões de Borovítski, de volta para o morro, para a praça Vermelha, onde sentiam, por intuição, que poderiam se apoderar de bens alheios sem nenhum esforço. Uma multidão de pessoas, como a que se vê quando são oferecidas mercadorias a preço baixo lotou todas as travessas e as esquinas de Gostíni Dvor, o bairro do mercado popular. Mas não havia as vozes simpáticas, melosas e aliciadoras dos comerciantes, não havia os ambulantes nem a colorida multidão de mulheres compradoras — só havia uniformes e capotes de soldados sem fuzis, soldados que saíam calados das ruazinhas com seus fardos e que tinham entrado ali sem fardo nenhum. Os comerciantes e os vendedores (eram poucos), como que perdidos, andavam no meio dos soldados, abriam e fechavam suas lojas e retiravam eles mesmos as mercadorias, junto com seus ajudantes, e as levavam para qualquer lugar. Na praça de Gostíni Dvor, estavam os tamboreiros, e soou o toque de reunir. Mas o som dos tambores, em vez de, como antes, obrigar os soldados ladrões a correr para atender ao chamado, obrigou-os, ao contrário, a fugir para longe dos tambores. No meio dos soldados, entre os becos e as lojinhas, moviam-se pessoas de cafetãs cinzentos e cabeça raspada.[50] Dois oficiais, um só de cachecol sobre o uniforme, montado num cavalo magro e cinza-escuro, e o outro de capote e a pé, estavam parados numa esquina da rua Ilínka e conversavam. Um terceiro oficial veio a galope até onde os dois estavam.

— O general deu ordens para expulsar todos imediatamente, a todo custo. Disse que nunca se viu nada igual! Metade do contingente debandou.

— Aonde você vai?... Vocês vão para onde?... — gritou ele para três infantes que, sem os fuzis, com as abas dos capotes levantadas, se esgueiraram depressa ao lado dele para as ruazinhas. — Parem, canalhas!

— Pois é, tente só detê-los! — retrucou outro oficial. — Não vai reuni-los; é preciso ir em frente o mais depressa possível, para que os que ainda restaram não fujam, e pronto!

— Ir em frente como? Estão parados lá, houve um congestionamento na ponte, e ninguém anda. Será que não devíamos estender uma corrente para que os últimos não debandem?

— Vá logo! Expulse todos daqui! — gritou o oficial mais velho.

---

50 A cabeça raspada indicava que eram prisioneiros, evadidos dos presídios.

O oficial de cachecol desmontou do cavalo, convocou um tamboreiro e seguiu com ele por baixo das arcadas. Alguns soldados lançaram-se a correr em bandos. Um comerciante com bolhas vermelhas nas bochechas, em torno do nariz, com uma expressão de cálculo inabalável e calma no rosto farto, aproximou-se rapidamente do oficial, com ar sabido, esfregando as mãos uma na outra.

— Vossa excelência — disse ele —, faça a misericórdia de nos defender. Nós não incomodamos com ninharias, estamos à disposição dos senhores! Por favor, leve agora umas roupas, para um homem tão nobre, duas peças não é nada, o prazer é todo nosso! Porque compreendemos muito bem, mas isto aqui já é puro roubo! Por favor! Não poderia pôr guardas, só para que pudéssemos fechar...

Alguns comerciantes se aglomeraram em torno do oficial.

— Eh! Não adianta conversa fiada! — disse um deles, magro, de rosto severo. — Depois de ter a cabeça cortada, não adianta chorar pelos cabelos. Levem o que quiserem! — Abanou o braço com um gesto enérgico, virando-se de lado para o oficial.

— Para você, Ivan Sidóritch, é fácil falar — exclamou irritado o primeiro comerciante. — Por favor, vossa excelência.

— O que está dizendo? — gritou o magricela. — Tenho cem mil mercadorias em três lojas aqui. Por acaso é você quem vai proteger isso depois que as tropas forem embora? Eh, povo, contra o poder de Deus não há braço que aguente!

— Por favor, vossa excelência — disse o primeiro comerciante, curvando-se numa reverência. O oficial continuava perplexo, e no seu rosto se percebia a indecisão.

— E o que eu tenho a ver com isso? — gritou ele de repente e avançou a passos ligeiros pela ruazinha. Numa loja arrombada, ouviam-se socos e xingamentos, e quando o oficial se aproximou um homem de cabeça raspada e casaco cinzento rústico saltou empurrado para fora.

Aquele homem, esgueirando-se curvado, passou ligeiro pelo oficial e pelo comerciante. O oficial se lançou sobre os soldados que estavam dentro da loja. Mas naquele momento soaram gritos terríveis vindos da imensa multidão na ponte do rio Moskvá, e o oficial correu para a praça.

— O que foi? O que foi? — perguntou, mas seu camarada já havia partido e galopava na direção dos gritos, passando pela igreja de Basílio Bem-Aventurado. O oficial montou seu cavalo e partiu atrás dele. Quando se aproximou da ponte, viu dois canhões retirados das carroças, a infantaria atravessando a ponte, várias carroças viradas, vários rostos assustados e rostos de soldados que riam. Ao lado dos canhões, estava uma carroça puxada por uma parelha. Atrás das rodas traseiras da carroça, quatro cães borzói estavam amarrados pela coleira. Na carroça, havia uma montanha de coisas, e por cima de tudo, junto a uma cadeirinha de criança com as pernas voltadas para o alto, estava uma camponesa que berrava de modo desesperado e estridente. Os camaradas contaram ao oficial que os gritos da multidão e os berros da camponesa se deviam ao fato de o general Ermólov, ao saber que os soldados tinham debandado para invadir as lojas enquanto a multidão de habitantes congestionava a ponte, dera ordem para retirar os canhões das carroças e, a fim de dar o exemplo, disparar contra a ponte. As pessoas na multidão, virando as carroças, esmagando-se umas às outras, gritaram em desespero e, aos empurrões, liberaram a ponte, e assim as tropas puderam avançar.

XXII

Enquanto isso, a cidade propriamente dita estava vazia. Pelas ruas não havia quase ninguém. Os portões e as lojas estavam todos trancados; aqui e ali, perto das tabernas, ouviam-se gritos isolados ou canções de bêbados. Ninguém caminhava pelas ruas, e raramente se ouviam passos de pedestres. A rua Povarskaia estava em completo silêncio e deserta. No imenso pátio da casa dos Rostóv, havia restos de feno espalhados, excrementos dos cavalos, e não se via absolutamente ninguém. Dentro da casa dos Rostóv, que ficara com todos os seus pertences, havia duas pessoas na sala principal. Eram o porteiro Ignat e Michka, um menino da criadagem, neto de Vassílitch, que ficara em Moscou junto com o avô. Michka abriu a tampa do clavicórdio e tocou no teclado com um dedo só. O porteiro, sorrindo alegre com as mãos na cintura, estava parado diante de um espelho grande.

— Olhe só que bonito! Hein? Que tal, tio Ignat! — disse o menino, começando de repente a bater nas teclas com as duas mãos.

— Ora, vejam só! — respondeu Ignat, admirando-se do seu rosto cada vez mais sorridente no espelho.

— Seus sem-vergonha! Seus sem-vergonha! — soou atrás deles a voz de Mavra Kuzmínichna, que entrou sem fazer barulho. — Seu cara gorda, para que fica aí arreganhando os dentes desse jeito? Vocês acham que não têm o que fazer? Lá fora está tudo desarrumado, Vassílitch mal se aguenta nas pernas. Vamos logo!

Ignat, depois de parar de sorrir e baixar os olhos com resignação, ajeitou a cintura da calça e se retirou da sala.

— Titia, vou tocar bem de leve — disse o menino.

— Eu é que vou te bater de leve. Seu moleque! — gritou Mavra Kuzmínichna, brandindo a mão para ele. — Vá preparar o samovar para o seu avô.

Mavra Kuzmínichna, depois de sacudir a poeira, fechou a tampa do clavicórdio, deu um suspiro profundo, saiu da sala e trancou a porta principal.

Ao sair para o pátio, Mavra Kuzmínichna se deteve para pensar aonde deveria ir agora: iria para o anexo tomar chá com Vassílitch ou para a despensa arrumar o que ainda não tinha sido arrumado?

Na rua silenciosa, soaram passos ligeiros. Os passos pararam junto ao portão; o ferrolho começou a chacoalhar sob a mão que tentava arrombá-lo.

Mavra Kuzmínichna foi na direção do portão.

— Quer falar com quem?

— O conde, o conde Iliá Andreitch Rostóv.

— E o senhor, quem é?

— Sou um oficial. Tenho de falar com ele — disse uma voz russa, senhorial e agradável.

Mavra Kuzmínichna abriu o portão. E um oficial de dezoito anos, cara redonda, um tipo de rosto parecido com o dos Rostóv, fez menção de entrar no pátio.

— Foram embora, meu caro. Ontem à tardinha eles foram embora — disse Mavra Kuzmínichna em tom afetuoso.

O jovem oficial, parado no portão, como que indeciso entre atravessar o portão ou não, estalou a língua nos dentes.

— Ah, que aborrecimento!... — exclamou. — Estive aqui ontem mesmo... Ah, que pena!...

Mavra Kuzmínichna, enquanto isso, observava com atenção e simpatia as conhecidas feições da família Rostóv no rosto do jovem, bem como o capote esfarrapado e as botas surradas que usava.

— Para que o senhor queria falar com o conde? — perguntou ela.

— Agora... já não adianta! — exclamou o oficial com irritação e recuou do portão, como se tivesse a intenção de ir embora. De novo parou, indeciso. — Veja bem — disse ele, de repente. — Sou parente do conde, e ele sempre foi muito bom comigo. Então, olhe só (com um sorriso bondoso e alegre, apontou para suas botas e para sua capa), usei até acabar, e além do mais também não tenho dinheiro; e assim eu queria pedir ao conde...

Mavra Kuzmínichna não o deixou terminar de falar.

— O senhor espere um minutinho, meu caro. Só um minutinho — disse ela. E assim que o oficial tirou a mão do portão, Mavra Kuzmínichna virou-se e, com seus passinhos ligeiros de velha, foi para o pátio dos fundos, rumo ao seu anexo.

Na hora em que Mavra Kuzmínichna foi para o seu quarto, o oficial, de cabeça baixa e olhando para suas botas esburacadas, sorriu de leve e pôs-se a vagar pelo pátio. "Que pena eu não ter chegado a tempo de ver o titio. E que velhinha formidável! Para onde ela correu? E como é que vou saber por que ruas posso alcançar mais depressa o regimento, que a esta hora já deve estar nos portões Rogójski?", pensava o jovem oficial enquanto isso. Mavra Kuzmínichna, com o rosto assustado e ao mesmo tempo decidido, trazendo nas mãos um lencinho quadrado e dobrado, veio detrás da quina da casa. A alguns passos do oficial, ela desdobrou o lenço, retirou dali uma nota branca de vinte e cinco rublos e entregou-a às pressas ao oficial.

— Se suas excelências estivessem em casa, está claro, eles, por causa do parentesco, receberiam o senhor como se deve, mas o que se pode... agora... — Mavra Kuzmínichna ficou vermelha e confusa. Mas o oficial, sem recusar e sem se apressar, pegou a nota e agradeceu a Mavra Kuzmínichna. — Se o conde estivesse em casa... — Mavra Kuzmínichna continuou a falar, desculpando-se. — Cristo o proteja, meu caro! Que Deus o ajude — disse Mavra Kuzmínichna, curvando-se numa reverência enquanto andava atrás dele. O oficial, como que rindo de si mesmo, balançando a cabeça e sorrindo, partiu quase correndo pelas ruas vazias para alcançar seu regimento na ponte do rio Iaúza.

E Mavra Kuzmínichna, com os olhos molhados, ainda ficou muito tempo na frente do portão aberto, balançando a cabeça com ar pensativo e sentindo um inesperado acesso de ternura e de compaixão maternal por aquele oficial desconhecido.

XXIII

Numa casa ainda inacabada na rua Varvarka, embaixo da qual havia uma loja de bebidas, ouviam-se gritos e canções de bêbados. Em bancos e mesas, numa sala pequena e imunda, estavam sentados uns dez trabalhadores de fábrica. Bêbados, suados, de olhos turvos, abrindo muito a boca e fazendo força, todos eles cantavam uma certa canção. Eles cantavam de modo desencontrado, com dificuldade, com esforço, obviamente não porque estivessem com vontade de cantar, mas só para mostrar que estavam bêbados e que se divertiam. Um deles, um rapaz louro e alto, de casaco azul e limpo, estava de pé junto deles. Seu rosto, de nariz fino e reto, seria bonito se não fossem os lábios finos, comprimidos, que não paravam de mexer, e os olhos turvos, imóveis e contraídos. O rapaz estava junto aos que cantavam e, pelo visto, imaginando ser outra coisa, balançava acima da cabeça deles, de modo solene e incisivo, o braço branco e nu até o cotovelo e se empenhava em manter os dedos estranhamente separados. A manga do casacão a toda hora se desenrolava, descia, e ele, com a mão esquerda, arregaçava a manga de novo com todo o zelo, como se houvesse algo especialmente importante no fato de aquele braço branco e robusto ficar sempre nu. No meio da canção, na saleta da frente e na varanda, ouviram-se gritos de briga e socos. O rapaz alto sacudiu o braço.

— Chega! — gritou em tom imperativo. — Uma briga, pessoal! — E, sem parar de arregaçar a manga do casaco, saiu para a varanda.

Os trabalhadores de fábrica foram atrás. Os trabalhadores de fábrica que estavam bebendo na taberna naquela manhã sob a regência do rapaz alto haviam trazido da fábrica peças de couro para o taberneiro, e por isso lhes serviam bebida. Os ferreiros da ferraria vizinha, ao ouvir a bagunça na taberna, acharam que ela estava sendo saqueada e quiseram entrar ali à força. Na varanda, irrompeu uma briga.

O taberneiro estava brigando com um ferreiro na porta e, quando os trabalhadores de fábrica saíram, o ferreiro se desvencilhou do taberneiro, mas caiu de cara no calçamento da rua.

Outro ferreiro partiu para a porta e, com o peito, jogou o taberneiro no chão.

O rapaz de manga arregaçada, na corrida, deu um soco na cara do ferreiro que irrompera na porta e gritou feito um louco:

— Pessoal! Estão batendo nos nossos!

Naquele momento, o primeiro ferreiro se levantou do chão e, enxugando o sangue no rosto ferido, começou a gritar com voz chorosa:

— Guarda! Mataram!... Mataram um homem! Irmãos!...

— Ai, meu Deus, bateram até matar, mataram um homem! — esganiçava-se uma camponesa que saíra de um portão vizinho. A multidão se aglomerou em torno do ferreiro ensanguentado.

— Será que você já não roubou bastante o povo? Tirou até a camisa da gente — falou uma voz, dirigindo-se ao taberneiro. — Para que ainda foi matar um homem? Seu bandido!

O rapaz alto, parado na varanda, voltava os olhos turvos ora para o taberneiro, ora para o ferreiro, como que resolvendo contra quem devia brigar agora.

— Assassino! — gritou de repente para o taberneiro. — Amarrem esse sujeito, pessoal!

— Essa é boa, quero ver me amarrarem! — gritou o taberneiro, desvencilhou-se das pessoas que o atacaram, tirou o chapéu da cabeça e jogou-o no chão. Como se aquilo tivesse de fato algum significado misteriosamente ameaçador, os trabalhadores de fábrica que rodeavam o taberneiro ficaram parados, indecisos. — Eu conheço muito bem a lei, meu irmão. Vou levar a questão às autoridades. Acha que não vou? Hoje em dia ninguém pode sair por aí roubando, não! — gritou o taberneiro, pegando o chapéu no chão.

— Vamos lá, quero ver! Vamos lá, quero ver! — repetiam um para o outro o taberneiro e o rapaz alto, e os dois juntos seguiram pela rua. O ferreiro ensanguentado foi atrás deles. Os trabalhadores de fábrica e os curiosos foram atrás, entre gritos e falatórios.

Na esquina da rua Marosséika, em frente a uma casa grande de venezianas fechadas, na qual havia a tabuleta de um sapateiro, estavam uns vinte sapateiros de rostos cansados, homens magros, exauridos, de túnicas e casacos em farrapos.

— Ele tem de pagar a gente direito! — disse um artesão magro, de barbicha rala e sobrancelhas franzidas. — Puxa vida, ele sugou o nosso sangue e agora acha que está tudo certo. Ficou uma semana inteira enrolando a gente. Agora que enrolou a gente até o fim ele foi embora.

Ao ver o povo e um homem ensanguentado, o artesão que falava ficou calado, e todos os sapateiros, com uma curiosidade afoita, uniram-se àquela multidão em movimento.

— Para onde está indo essa gente toda?

— Ora, para onde mais? Para a polícia, claro.

— E é mesmo verdade que nossas forças foram derrotadas?

— O que é que você acha? Olhe o que o povo anda dizendo.

Ouviram-se perguntas e respostas. O taberneiro, aproveitando-se do aumento da multidão, afastou-se e voltou para a sua taberna.

O rapaz alto, sem notar o sumiço do seu inimigo taberneiro, não parava de falar, brandindo o braço nu, e assim chamava para si a atenção geral. Era em volta dele sobretudo que o povo se comprimia, supondo que dele viria a solução para as perguntas que a todos preocupavam.

— Ele vai ver só o que é a lei, o que é a ordem, para isso é que a autoridade é nomeada! Não é como estou dizendo, cristãos ortodoxos? — disse o rapaz alto, sorrindo de modo quase imperceptível.

— Ele está pensando que não existem autoridades? E por acaso se pode viver sem as autoridades? Se fosse assim, ia ter ladrão para todo lado.

— Quanta conversa fiada! — reagiram na multidão. — Acha que eles iam abandonar Moscou desse jeito? Contaram essa lorota para você, e você acreditou. Tem tanta tropa da gente andando por aí. Deixe ele ir! Para isso é que existem as autoridades. Gente, vamos ouvir o que aquele ali está falando — diziam, apontando para o rapaz alto.

Junto aos muros de Kitai-Gorod,[51] outra pequena aglomeração de pessoas rodeava um homem de capote frisado, que segurava uma folha de papel na mão.

---

51 Cidade Chinesa, bairro de Moscou.

— Um decreto, estão lendo um decreto! Estão lendo um decreto! — ouviu-se na multidão, e o povo se precipitou na direção do leitor.

O homem de capote frisado estava lendo a proclamação de 31 de agosto. Quando a multidão o rodeou, ele pareceu encabulado, mas, ante a exigência do rapaz alto, que havia aberto caminho até perto dele, começou a ler a proclamação, de início com um ligeiro tremor na voz.

— "Amanhã de manhã irei ao encontro do excelentíssimo" — leu ele. (— O excelentíssimo! — repetiu o rapaz alto, sorrindo e de sobrancelhas franzidas.) — "Para discutir com ele, tomar providências e ajudar as tropas a aniquilar os canalhas; nós também vamos dar um sufoco neles..." — prosseguiu o leitor e parou. (— Viu só? — gritou o rapaz alto em tom de triunfo. — Por causa da gente ele percorre qualquer distância...) — "... Vamos pôr esses visitantes para correr e mandar todos eles para o inferno; vou voltar para o jantar, e aí vamos resolver nosso problema, vamos pôr mãos à obra, vamos agir, trabalhar e acabar com a raça desses canalhas."

As últimas palavras foram pronunciadas pelo leitor em meio a um completo silêncio. O rapaz alto baixou a cabeça com ar tristonho. Estava claro que ninguém havia compreendido aquelas últimas palavras. Em especial as palavras "vou voltar para o jantar" causaram uma evidente aflição, tanto nos ouvintes como no leitor. A percepção do povo estava afinada num tom muito alto de irritabilidade, e aquilo era demasiado simples e desnecessariamente compreensível; era algo que qualquer um deles poderia dizer, e por isso não poderia ser dito num decreto oriundo da mais alta esfera do poder.

Todos ficaram num silêncio abatido. O rapaz alto movia os lábios e se balançava para lá e para cá.

— Era melhor perguntar para ele!... Não é ele, ali?... Vamos lá perguntar!... Como não, vamos logo... Ele vai dizer... — ouviu-se de repente nas fileiras de trás da multidão, e a atenção geral voltou-se para o coche do chefe de polícia, que chegara à praça, acompanhado por dois dragões da cavalaria.

O chefe de polícia, que naquela manhã, por ordem do conde, tinha ido queimar os barcos, e por causa daquela atribuição havia ganhado uma grande soma de dinheiro, que naquele momento se achava dentro do seu bolso, ao ver a multidão que se deslocava na sua direção, ordenou ao cocheiro que parasse.

— O que há com esse povo? — gritou para as pessoas que, dispersas e tímidas, se aproximavam do coche. — O que há com esse povo? Estou perguntando, não estão ouvindo? — repetiu o chefe de polícia, sem receber resposta.

— Eles, vossa excelência — disse o leitor de capote frisado —, eles, vossa excelência, pela proclamação do excelentíssimo conde, sem poupar a própria pele, queriam servir nas tropas, e não é para fazer nenhuma revolta, como está dito pelo excelentíssimo conde...

— O conde não foi embora, está aqui, e vocês vão receber ordens dele — disse o chefe de polícia. — Vamos em frente! — disse para o cocheiro. A multidão se deteve, aglomerada em torno dos que escutaram o que o policial tinha dito, e ficou olhando o coche que se afastava.

O chefe de polícia, naquele momento, olhou para trás assustado, falou algo para o cocheiro, e seus cavalos andaram mais depressa.

— É uma trapaça, pessoal! Vamos à casa dele! — gritou a voz do rapaz alto. — Não vamos deixar ele escapar, pessoal! Ele tem de responder para a gente! Agarrem ele! — começaram a gritar, e o povo abalou a correr no encalço do coche.

A multidão atrás do chefe de polícia, num alarido estrondoso, tomou a direção da rua Lubianka.

— Quer dizer que os nobres e os comerciantes foram embora e deixaram a gente para trás? Por acaso nós somos cachorros, é? — ouvia-se na multidão de maneira cada vez mais constante.

XXIV

No anoitecer do dia 1º de setembro, depois do seu encontro com Kutúzov, o conde Rostoptchin, desgostoso e ofendido por não ter sido convidado para participar do conselho de guerra, por Kutúzov não ter prestado nenhuma atenção em sua proposta de tomar parte na defesa da capital, e surpreso com o novo ponto de vista que foi revelado a ele no acampamento, segundo o qual a questão da tranquilidade da capital e do seu sentimento de patriotismo era não só secundária mas também totalmente supérflua e insignificante — desapontado, ofendido e admirado com tudo aquilo, o conde Rostoptchin voltou para Moscou. Depois de jantar, o conde deitou-se num canapé sem trocar de roupa e, antes da uma hora da madrugada, foi acordado por um mensageiro que lhe trouxe uma carta de Kutúzov. Na carta era dito que, como as tropas estavam se retirando pela estrada de Riazan para trás de Moscou, seria conveniente que o conde mandasse funcionários da polícia para acompanhar a passagem das tropas pela cidade. Aquela notícia não era nenhuma novidade para Rostoptchin. Não só por causa do encontro com Kutúzov na véspera, na colina Poklónaia, como também por causa da própria batalha de Borodinó, depois da qual todos os generais que chegavam a Moscou diziam a uma só voz que era impossível travar outra batalha, e também porque, com permissão do conde, todas as noites, os bens do erário público tinham sido removidos da cidade, e metade dos habitantes havia ido embora, o conde Rostoptchin sabia que Moscou seria abandonada ao inimigo; mas, apesar de tudo isso, o fato de tal notícia ser transmitida em forma de um simples bilhete com uma ordem de Kutúzov e recebida à noite, durante o primeiro sono, surpreendeu e irritou o conde.

Tempos depois, em suas memórias, ao explicar suas ações naquela ocasião, o conde Rostoptchin escreveu várias vezes que, naquele momento, ele tinha dois objetivos principais: *de maintenir la tranquillité à Moscou et d'en faire partir les habitants.*[52] Se acreditarmos nesse duplo objetivo, todas as ações de Rostoptchin se mostram irrepreensíveis. Por que não foram levadas de Moscou as relíquias sagradas, as armas, a munição, a pólvora, os suprimentos de comida, e por que milhares de habitantes foram enganados com a ideia de que Moscou não seria entregue e dessa forma foram levados à ruína? Para preservar a tranquilidade na capital, responde a explicação do conde Rostoptchin. Para que foram removidas pilhas e pilhas de papéis inúteis das repartições do governo, o balão de Leppich, além de muitas outras coisas? Para deixar a cidade vazia, responde a explicação do conde Rostoptchin. Basta apenas admitir que algo ameaça a tranquilidade pública para que qualquer ação se torne justa.

Todos os horrores do Terror se basearam apenas na preocupação com a tranquilidade pública.

Mas em que se baseava o temor do conde Rostoptchin quanto à tranquilidade pública em Moscou, em 1812? Qual era a causa de supor que havia na cidade uma tendência para a convulsão social? Os habitantes haviam partido, as tropas, em retirada, enchiam Moscou. Por que o povo havia de se rebelar por isso?

Não só em Moscou, mas em toda a Rússia, não ocorreu nada semelhante a uma convulsão social por causa da invasão do inimigo. Nos dias 1º e 2 de setembro, mais de dez mil pessoas estavam em Moscou e, exceto pela multidão que se reuniu no pátio da sede do governo, convocada pelo próprio governador-geral, nada aconteceu. É evidente que se devia esperar menos ainda qualquer agitação popular, se, depois da batalha de Borodinó, quando a rendição de Moscou se tornou algo óbvio, ou pelo menos provável — em vez de agitar o povo com distribuição de armas e com panfletos, Rostoptchin houvesse tomado medidas para remover da cidade todas as relíquias sagradas, a pólvora, a munição e o dinheiro e tivesse informado francamente ao povo que a cidade ia se render.

Rostoptchin, homem impulsivo e sanguíneo, sempre voltado para as altas esferas da administração, apesar de ter um sentimento patriótico, não tinha a menor

---

52 Francês: "manter a tranquilidade em Moscou e fazer os habitantes partirem".

noção de como era o povo que ele pensava governar. Desde o início da invasão do inimigo em Smolensk, Rostoptchin, em sua imaginação, atribuiu-se o papel de guia do sentimento popular — o coração da Rússia. Não só lhe parecia (como parece a todo administrador) que ele dirigia as ações externas dos habitantes de Moscou, como também lhe parecia que ele governava o estado de ânimo dos habitantes mediante suas proclamações e seus panfletos, redigidos naquele idioma fanfarrão que o povo despreza em seu próprio meio e que não entende quando o escuta vindo de uma autoridade. O belo papel de guia do sentimento popular agradava tanto a Rostoptchin, ele se apegou de tal modo a esse papel, que a necessidade de deixar aquele papel, a necessidade de abandonar Moscou sem nenhum lance de efeito heroico, o apanhou de surpresa, e de repente seus pés perderam o chão onde ele se mantinha de pé, e o conde ficou decididamente sem saber o que fazer. Embora soubesse daquilo, Rostoptchin, até o último minuto, não acreditou com toda a sua alma no abandono de Moscou e não fez nada com esse objetivo. Os habitantes foram embora contra o desejo do conde. Se as repartições do governo foram evacuadas, isso aconteceu apenas por exigência dos funcionários, com os quais o conde concordou a contragosto. Ele próprio só estava interessado no papel que atribuíra a si mesmo. Como acontece com frequência com pessoas dotadas de uma imaginação impetuosa, ele já sabia desde muito tempo que Moscou seria abandonada, mas só o sabia pelo raciocínio, sem acreditar nisso com toda a sua alma e sem que a imaginação o transportasse para a nova situação.

Toda a sua atividade, diligente e enérgica (em que medida era útil ao povo e se refletia nele, isso é outra questão), toda a sua atividade estava voltada apenas para suscitar nos habitantes o sentimento que o próprio conde experimentava — o ódio patriótico aos franceses e a confiança em si mesmo.

Mas quando os acontecimentos tomaram suas proporções genuínas, históricas, quando pareceu insuficiente apenas por meio de palavras exprimir seu ódio aos franceses, quando se tornou impossível até por meio do combate exprimir aquele ódio, quando a confiança em si se mostrou inútil em relação à única questão pertinente a Moscou, quando toda a população, como um só homem, deixando seus bens para trás, se precipitou para fora de Moscou, mostrando com essa ação negativa toda a força do seu sentimento popular — então o papel escolhido por Rostoptchin de repente se mostrou absurdo. De repente ele se sentiu isolado, fraco e ridículo, sem chão sob os pés.

Ao receber, despertado de seu sono, o bilhete frio e imperativo de Kutúzov, Rostoptchin sentiu-se tanto mais irritado, porquanto se sentia culpado. Tudo aquilo que precisamente tinha sido confiado a ele, todos os bens do erário público que ele deveria ter retirado da cidade continuavam em Moscou. Não era possível retirar tudo.

"Quem é o culpado disso, quem permitiu isso?", pensava ele. "Claro, não sou eu. Eu tinha tudo preparado, eu mantive Moscou sob controle, isso sim! E aí está a que situação eles nos levaram! Miseráveis, traidores!", pensava ele, sem definir bem quem eram os miseráveis e traidores, mas sentindo necessidade de odiar aqueles indefinidos traidores, os culpados da situação falsa e ridícula em que ele se encontrava.

Durante toda aquela noite, o conde Rostoptchin emitiu ordens que, de todos os cantos de Moscou, vinham pedir a ele. Os mais chegados ao governador-geral nunca tinham visto o conde tão sombrio e tão abalado.

"Vossa excelência, vieram do departamento do patrimônio, da parte do diretor, pedir instruções... do consistório,[53] do Senado, da universidade, do asilo de crianças, e o sufragâneo mandou... pergunta... Que ordens o senhor tem para o corpo de bombeiros? O diretor da prisão... O diretor do manicômio..." — a noite inteira, sem cessar, vieram procurar o conde.

A todas as perguntas, o conde dava respostas curtas e zangadas, que demonstravam que suas ordens agora eram desnecessárias, que tudo o que ele havia preparado com tanto zelo agora tinha sido estragado por não se sabia quem, e que a esse alguém caberia toda a responsabilidade por tudo o que viesse a acontecer agora.

— Escute, diga para esse cretino — respondeu o conde a uma pergunta do departamento das heranças — que ele tem de ficar e guardar seus documentos. Mas por que está me perguntando essas besteiras sobre o corpo de bombeiros? Eles têm cavalos, não têm? Então que vão para Vladímir com eles. Não os deixem para os franceses.

— Vossa excelência, chegou o supervisor do manicômio, o que o senhor ordena para ele?

— O que eu ordeno? Que deixe todos ir embora e pronto, acabou-se... Deixem os doidos soltos na cidade. Se doidos estão no comando de nossos exércitos, essa é a vontade de Deus.

À pergunta sobre os prisioneiros que estavam nos calabouços, o conde gritou irritado para o diretor:

— O que quer? Que lhe dê uma escolta de dois batalhões que não existem? Solte-os, solte todos eles!

— Vossa excelência, há presos políticos: Mechkóv, Verecháguin.

— Verecháguin! Ele ainda não foi enforcado? — gritou Rostoptchin. — Tragam-no para cá.

---

53 Instituição eclesiástica com funções jurídicas.

XXV

Pouco antes das dez horas da manhã, quando as tropas já se deslocavam através de Moscou, a ninguém mais ocorria a ideia de pedir instruções ao conde. Todos os que podiam partir haviam partido por conta própria; os que ficaram resolviam sozinhos o que precisavam fazer.

O conde mandou trazer os cavalos para levá-lo a Sokólniki e, soturno, irritado e calado, ele se mantinha em seu gabinete, de braços cruzados.

Em tempos de calma, sem tumulto, a todo administrador parece que é apenas graças aos seus esforços que se movimenta toda a população sob a sua responsabilidade e, nessa consciência da própria necessidade, todo administrador sente uma recompensa importante por seus trabalhos e esforços. É compreensível que, enquanto o mar da história está calmo, o administrador-governante, que se move em seu frágil barquinho preso por uma vara ao navio do povo, tenha a impressão de que são seus esforços que movem o navio a que ele está preso. Porém basta erguer-se a tormenta, o mar agitar-se, que o navio logo se move por si só, e então já é impossível se iludir. O navio segue o próprio curso, imenso, independente, a vara não alcança mais o navio em movimento, e o governante, de repente, passa da posição de soberano, fonte de poder, à posição de um homem insignificante, imprestável e fraco.

Rostoptchin sentia isso, e isso o irritava.

O chefe de polícia, a quem a multidão havia detido, junto com o ajudante de ordens que viera comunicar que os cavalos estavam prontos, foram ao encontro do conde. Ambos estavam pálidos, e o chefe de polícia, depois de informar que havia cumprido sua missão, comunicou que, no pátio do conde, havia uma multidão enorme que desejava vê-lo.

Rostoptchin, sem nada responder, levantou-se e, a passos ligeiros, encaminhou-se para a sua luxuosa e clara sala de visitas, aproximou-se da porta da sacada, empunhou a maçaneta, largou-a e seguiu para uma janela, de onde se podia ver toda a multidão. O rapaz alto estava nas fileiras da frente e, com rosto severo, brandindo o braço no ar, dizia algo. O ferreiro ensanguentado, com ar sombrio, estava ao seu lado. Através da janela, ouvia-se o rumor das vozes.

— A carruagem está pronta? — disse Rostoptchin, afastando-se da janela.

— Está pronta, vossa excelência — respondeu o ajudante de ordens.

Rostoptchin aproximou-se de novo da porta da sacada.

— O que eles querem? — perguntou o conde para o chefe de polícia.

— Vossa excelência, eles dizem que se reuniram para combater os franceses, conforme as suas ordens, e gritaram alguma coisa sobre uma traição. É um bando de desordeiros, vossa excelência. Só a custo consegui escapar. Vossa excelência, tomo a liberdade de sugerir...

— Queira se retirar, sei muito bem o que fazer, sem as sugestões do senhor — gritou Rostoptchin, zangado. Ficou parado junto à porta da sacada, olhando para a multidão. "Aí está o que fizeram com a Rússia! Aí está o que fizeram comigo!", pensou Rostoptchin, sentindo erguer-se na sua alma uma raiva incontrolável, contra qualquer um a quem se pudesse atribuir a causa de tudo o que havia acontecido. Como ocorre muitas vezes com pessoas impulsivas, a raiva já o havia dominado, mas ele ainda procurava um alvo para a raiva. "*La voilà la populace, la lie du peuple*",[54] pensou ele, olhando para a multidão, "*la plèbe qu'ils ont soulevée par leur sottise. Il leur faut une victime*",[55] passou pela sua cabeça, enquanto olhava para o braço que o rapaz alto brandia no ar. E por isso mesmo lhe veio à cabeça que ele próprio precisava daquela vítima, algo que servisse de alvo para sua raiva.

— A carruagem está pronta? — perguntou ele outra vez.

— Está pronta, vossa excelência. O que ordena a respeito de Verecháguin? Ele está aguardando na porta — respondeu o ajudante de ordens.

— Ah! — exclamou Rostoptchin, como que sacudido por uma lembrança inesperada.

E, após abrir a porta rapidamente, saiu a passos resolutos para a sacada. O rumor das vozes cessou de súbito, gorros e bonés foram tirados das cabeças, e todos os olhos se ergueram para o conde que havia surgido.

— Bom dia, minha gente! — disse o conde, rápido e alto. — Obrigado por terem vindo. Daqui a pouco irei ao encontro de vocês, mas antes de tudo temos de acertar as contas com um bandido. Temos de castigar o bandido que levou Moscou à ruína. Esperem-me! — E, da mesma forma ligeira, o conde voltou para a sala, depois de bater a porta com força.

Um murmúrio de contentamento e aprovação percorreu a multidão. "Vocês vão ver como ele acaba com a raça desses bandidos! E você ainda dizia que os franceses... Ele vai mostrar para você como é que se faz!", diziam as pessoas, como se recriminassem umas às outras pela falta de confiança.

Alguns minutos depois, um oficial saiu pela porta da rua, deu uma ordem, e os dragões se perfilaram. A multidão se deslocou sofregamente do pátio diante da sacada para a frente da varanda. Saindo a passos rápidos e raivosos para a varanda, Rostoptchin lançou um olhar afobado à sua volta, como se procurasse alguém.

---

54 Francês: "Aí está a ralé, a escória do povo".

55 Francês: "a plebe que eles sublevaram por causa da sua burrice. Precisam de uma vítima".

— Onde está ele? — disse o conde e, no mesmo instante em que ele falava, avistou, entre dois dragões, um jovem que vinha de trás do prédio, de pescoço fino e com metade da cabeça raspada,[56] onde os cabelos apenas começam a crescer. O jovem estava vestido num casaco esfarrapado de pele de raposa, forrado com um pano azul, que em outros tempos tinha sido elegante, e em calças de prisioneiro sujas, feitas de cânhamo, metidas nos canos de botas surradas, magras e sem graxa. Nas pernas fracas, magras, pendiam pesadas correntes, que tolhiam os passos hesitantes do jovem.

— Ah! — disse Rostoptchin, desviando seu olhar do jovem de casaco de pele de raposa e apontando para o degrau mais baixo da escadinha da varanda. — Coloquem-no aqui! — O jovem, tilintando as correntes, avançou com movimentos pesados para o degrau indicado; enquanto repuxava com o dedo a gola apertada do casaco, virou duas vezes o pescoço fino, suspirou e, com um gesto submisso, entrecruzou na frente da barriga as mãos finas de quem não conhece o trabalho braçal.

Por alguns segundos, enquanto o jovem se instalava no degrau, o silêncio prosseguiu. Só nas fileiras de trás, onde todas as pessoas faziam pressão para se aproximar do mesmo ponto, ouviam-se gemidos, resmungos, empurrões e batidas de pés no chão, quando mudavam de lugar.

Rostoptchin, esperando que Verecháguin parasse no local indicado, franziu as sobrancelhas e esfregou o rosto com a mão.

— Minha gente! — disse Rostoptchin com voz metálica. — Esse homem, Verecháguin, é o miserável que levou Moscou à ruína.

O jovem de casaco de pele de raposa estava parado numa atitude submissa, as mãos cruzadas na frente da barriga, e um pouco torto. Descarnado, com uma fisionomia desesperançada, seu rosto jovem, desfigurado pela cabeça raspada, estava inclinado para baixo. Às primeiras palavras de Rostoptchin, ele ergueu a cabeça devagar e olhou para o conde, de baixo para cima, como se quisesse falar algo para ele, ou pelo menos fitá-lo nos olhos. Mas Rostoptchin não olhou para o jovem. No pescoço fino e comprido do jovem, uma veia se dilatou e ficou azul por trás da orelha, como uma corda, e de repente seu rosto ficou vermelho.

Os olhos de todos estavam voltados para ele. O jovem fitou a multidão e, como que respaldado pela expressão que descobriu no rosto das pessoas, ele sorriu de modo tímido e triste, baixou a cabeça outra vez e ajeitou a posição dos pés no degrau.

— Ele traiu seu tsar e sua pátria, ele se bandeou para Bonaparte, entre todos os russos, só ele desgraçou o nome russo, e por causa dele Moscou vai ser destruí-

---

56 Alguns prisioneiros tinham a cabeça raspada pela metade, a fim de serem logo identificados em caso de fuga.

da — disse Rostoptchin com voz firme, incisiva; mas de repente baixou um olhar rápido para Verecháguin, que continuava na mesma atitude submissa. Como se aquele olhar tivesse inflamado o conde, ele ergueu a mão e quase berrou para o povo: — Castiguem-no conforme o julgamento de vocês! Eu o entrego a vocês!

O povo ficou calado, e todos se limitaram a comprimir-se mais ainda uns contra os outros. O forte aperto de uns contra os outros, o abafamento do ar viciado, a incapacidade de se mexer e a espera de algo desconhecido, incompreensível e terrível criavam uma sensação insuportável. As pessoas que estavam nas primeiras filas, que viam e ouviam tudo o que se passava à sua frente, com os olhos cada vez mais arregalados e assustados e a boca escancarada, reunindo todas as energias, continham em suas costas a pressão dos que estavam atrás.

— Deem uma surra nele!... Deixem o traidor morrer para que aprenda a não envergonhar o nome russo! — gritou Rostoptchin. — Façam o homem em pedaços! Eu ordeno! — Sem entender nenhuma palavra, mas apenas ouvindo o som raivoso da voz de Rostoptchin, a multidão começou a gemer e a se aproximar, mas se deteve outra vez.

— Conde!... — falou, durante um minuto de silêncio que se formou outra vez, a voz tímida e ao mesmo tempo teatral de Verecháguin. — Conde, só Deus está acima de nós... — disse Verecháguin, levantando a cabeça, e de novo a veia grossa se encheu de sangue no seu pescoço fino, e a cor vermelha veio e se foi rapidamente do seu rosto. Ele não terminou de falar o que pretendia.

— Façam o homem em pedaços! Eu ordeno!... — vociferou Rostoptchin, que de repente ficou pálido, assim como Verecháguin.

— Empunhar sabres! — gritou o oficial dos dragões, pegando ele mesmo um sabre.

Outra onda, ainda mais forte, percorreu a multidão e, ao alcançar as primeiras filas, a onda empurrou os que estavam na frente e, oscilando, arrastou-os até bem perto da escadinha da varanda. O rapaz alto, com uma expressão de pedra no rosto e com o braço erguido e parado, pôs-se ao lado de Verecháguin.

— Façam o homem em pedaços! — disse, quase num sussurro, o oficial dos dragões, e um dos soldados, de repente, com o rosto desfigurado pela raiva, golpeou Verecháguin na cabeça com o lado sem fio da espada.

"Ah!", exclamou Verecháguin de modo breve e surpreso, olhando em volta assustado e como que sem entender por que tinham feito aquilo com ele. O mesmo gemido de surpresa e horror percorreu a multidão.

"Ah, meu Deus!", ouviu-se a exclamação triste de alguém.

Mas, depois da exclamação de surpresa, Verecháguin soltou um grito lastimoso de dor, e esse grito foi sua perdição. A barreira do sentimento humano, tensionada ao mais alto grau, e que ainda continha a multidão, rompeu-se no mesmo instante. O crime havia começado, era necessário levá-lo até o fim. O gemido lastimoso de censura foi abafado pelo rugido raivoso e aterrador da multidão. Como a sétima e última onda que rompe o casco de um navio, levantou-se das fileiras de trás a última onda, irresistível, estendeu-se até as fileiras da frente, derrubou-as e engoliu a todos. O dragão que dera o golpe quis repetir o gesto. Verecháguin, com um grito de horror, protegendo-se com as mãos, jogou-se na direção da multidão. O rapaz alto, sobre quem ele foi cair, agarrou entre as mãos o pescoço fino de Verecháguin e, com um grito selvagem, tombou junto com ele aos pés do povo, que se comprimia e urrava.

Uns espancavam e arrastavam Verecháguin, outros, o rapaz alto. E os gritos das pessoas pisoteadas e daquelas que tentavam salvar o rapaz alto só serviam para atiçar a fúria da multidão. Durante muito tempo, os dragões não conseguiram libertar o operário ensanguentado e quase morto de tanto apanhar. E por muito tempo, apesar de toda a afobação impetuosa com que a multidão tentava concluir de uma vez a tarefa iniciada, as pessoas que espancavam, sufocavam e arrastavam Verecháguin não conseguiram matá-lo; a multidão comprimia aquelas pessoas de todos os lados e oscilava de um lado para outro com elas no centro, como uma só massa, sem dar a elas a possibilidade de liquidar Verecháguin, nem de soltá-lo.

"Um machado, batam com um machado, que tal?... pisotearam... Traidor, vendilhão de Cristo!... vivo... está vivo... ladrão tem mesmo de apanhar. Com o machado!... Ainda está vivo?"

Só quando a vítima havia parado de se debater, e seus gritos deram lugar a um estertor prolongado e uniforme, a multidão começou, apressadamente, a abrir espaço em torno do cadáver ensanguentado, estendido no chão. Todos os que se aproximavam e lançavam um olhar para o que tinha sido feito recuavam com ar de horror, censura e surpresa.

"Ah, meu Deus, que fera é essa gente, como é que o rapaz podia ficar vivo?", ouvia-se na multidão. "Tão novo, o rapaz... devia ser filho de um comerciante, mas que gente!... Dizem que não foi ele... Como é que não foi ele?... Ah, meu Deus... Espancaram outro também, dizem que quase morreu... Eh, que gente... Eles não têm medo de pecado...", diziam agora as mesmas pessoas, olhando com expressão dolorosa e patética o corpo morto, com o rosto azulado manchado de sangue e poeira e o pescoço fino e comprido cortado.

Um policial zeloso, julgando indecente a presença do cadáver no pátio de sua excelência, ordenou aos dragões que o puxassem para a rua. Dois dragões agarraram as pernas desfiguradas e arrastaram o corpo. A cabeça ensanguentada, manchada de poeira, raspada e morta, presa ao pescoço comprido, sacolejava de um lado para outro ao ser arrastada pela terra. O povo se comprimia, afastando-se do cadáver.

Na hora em que Verecháguin tombou, e a multidão, com um urro selvagem, se aglomerou à sua volta e começou a espancá-lo, Rostoptchin de repente ficou pálido e, em vez de ir para a saída dos fundos, onde seus cavalos atrelados o aguardavam, seguiu pelo corredor a passos rápidos, de cabeça baixa, sem saber ele mesmo aonde ia nem para quê, andando pelo caminho que ia dar nos aposentos do térreo. O rosto do conde estava pálido, e ele não conseguia deter um tremor no queixo, como se estivesse com febre.

— Vossa excelência, por aqui... aonde o senhor deseja ir?... Por aqui, por favor — dizia atrás dele uma voz trêmula, assustada. O conde Rostoptchin, incapaz de responder qualquer coisa, voltou-se com obediência e seguiu na direção que lhe indicavam. A carruagem estava na saída dos fundos. Dali também se ouvia o alarido distante da multidão furiosa. O conde Rostoptchin sentou-se às pressas na carruagem e mandou seguir para sua casa nos arredores da cidade, em Sokólniki. Ao sair na rua Miasnitskaia e não ouvir mais os gritos da multidão, o conde começou a se arrepender. Agora, com desagrado, lembrava-se da agitação e do medo que ele havia mostrado diante de seus subordinados. "*La populace est terrible, elle est hideuse*",[57] pensou ele em francês. "*Ils sont comme les loups qu'on ne peut apaiser qu'avec de la chair.*"[58] "Conde, só Deus está acima de nós!", lembrou-se de repente das palavras de Verecháguin, e um desagradável sentimento de frio correu pelas costas do conde Rostoptchin. Mas tal sentimento foi passageiro, e o conde Rostoptchin sorriu de si mesmo com desdém. "*J'avais d'autres devoirs*",[59] pensou ele. "*Il fallait apaiser le peuple. Bien d'autres victimes ont péri et périssent pour le bien public*",[60] e passou a pensar nas obrigações comuns que ele tinha com relação à sua família, à sua capital (posta sob sua tutela) e a si mesmo — não como Fiódor Vassílievitch Rostoptchin (ele supunha que Fiódor Vassílievitch Rostoptchin se sacrificava pelo *bien public*), mas como governador-geral, representante do poder e plenipotenciário do tsar. "Se eu fosse apenas Fiódor Vassílievitch, *ma ligne de conduite aurai été tout autrement tracée*,[61] mas eu tinha de salvaguardar a vida e a dignidade do governador-geral."

Balançando de leve nas molas macias da carruagem e sem ouvir mais os

---

57 Francês: "O populacho é terrível, é ignóbil".

58 Francês: "São como lobos a que só se pode aplacar com carne".

59 Francês: "Eu tinha outras obrigações".

60 Francês: "Era preciso aplacar o povo. Muitas outras vítimas pereceram e vão perecer em nome do bem público".

61 Francês: "minha linha de conduta seria traçada de forma completamente distinta".

sons terríveis da multidão, Rostoptchin acalmou-se fisicamente e, como sempre acontece, junto com a tranquilidade física, a razão forjou para ele também motivos para a tranquilidade moral. A ideia que tranquilizou Rostoptchin não era novidade. Desde que o mundo existe e as pessoas se matam umas às outras, jamais um homem cometeu um crime contra um semelhante sem se tranquilizar com essa mesma ideia. Essa ideia é *le bien public*, o que se supõe ser o bem das outras pessoas.

Para um homem não dominado pela paixão, esse bem jamais se dá a conhecer; mas um homem que cometeu um crime sempre sabe com segurança em que consiste esse bem. E Rostoptchin agora sabia o que ele era.

Graças aos seus raciocínios, ele não só não se condenava pelo crime que havia praticado, como ainda achava motivos para se comprazer por ter sabido, de maneira tão hábil, aproveitar-se daquilo *à-propos*[62] — castigar um criminoso e ao mesmo tempo acalmar a multidão.

"Verecháguin foi julgado e condenado à pena de morte", pensou Rostoptchin (embora Verecháguin tivesse sido condenado pelo Senado apenas aos trabalhos forçados). "Ele era um traidor e um renegado; eu não podia deixá-lo impune e por isso *je faisais d'une pierre deux coups*;[63] dei uma vítima para o povo a fim de acalmá-lo e ao mesmo tempo puni um malfeitor."

Depois de chegar à sua casa nos arredores da cidade e de tomar as devidas providências domésticas, o conde se tranquilizou de todo.

Meia hora depois, o conde seguia de carruagem através dos campos de Sokólniki, puxado por seus cavalos velozes, sem pensar mais no que havia ocorrido e pensando e ponderando apenas naquilo que iria acontecer. Agora ele estava indo para a ponte do rio Iaúza, onde lhe disseram que estava Kutúzov. O conde Rostoptchin preparava em pensamento as censuras ferozes e cortantes que diria a Kutúzov por causa do seu embuste. Faria aquela velha raposa da corte sentir que a responsabilidade por toda a desgraça que havia de se produzir em função do abandono da capital, da ruína da Rússia (como pensava Rostoptchin), repousava apenas sobre sua cabeça velha e destituída de razão. Refletindo de antemão naquilo que ia dizer para ele, Rostoptchin se remexia furiosamente dentro da carruagem e olhava para os lados com aparência irada.

Os campos de Sokólniki estavam desertos. Só no fim, no asilo de pobres e no manicômio, viam-se grupos de pessoas de roupas brancas e outras iguais a elas que andavam isoladas pelo campo, gritando algo e sacudindo os braços.

---

62 Francês: "de modo oportuno".

63 Francês: "matei dois coelhos com uma cajadada só".

Uma delas correu para barrar o caminho da carruagem do conde Rostoptchin. E o próprio conde Rostoptchin, seu cocheiro e os dragões, todos olharam com um obscuro sentimento de horror e de curiosidade para aqueles loucos soltos e em especial para um que vinha correndo na direção deles.

Balançando-se em suas pernas magras e compridas, vestido num roupão esvoaçante, o demente corria com ímpeto, sem desviar os olhos de Rostoptchin, gritava algo para ele com voz rouca e fazia sinais para que parasse. Coberto por tufos desiguais de barba, o rosto sombrio e solene do louco era magro e amarelado. Suas pupilas pretas, como ágata, corriam inquietas para baixo, nos olhos amarelo-açafrão.

— Chega! Pare! Estou mandando! — gritava com voz estridente e, de novo, ofegante, gritou algo com gestos e entonação imponentes.

Ele emparelhou com a carruagem e correu ao seu lado.

— Três vezes me mataram, três vezes ressuscitei dos mortos. Me apedrejaram, me crucificaram... Eu vou ressuscitar... vou ressuscitar... vou ressuscitar. Esquartejaram meu corpo. O reino de Deus será destruído... Três vezes vou destruí-lo e três vezes vou reerguê-lo — gritava ele, com a voz cada vez mais alta.

O conde Rostoptchin de repente empalideceu, da mesma forma como havia empalidecido no momento em que se lançaram contra Verecháguin. Virou o rosto.

— Vá... vá mais depressa! — gritou para o cocheiro, com voz trêmula.

A carruagem ganhou mais velocidade, os cavalos se esforçaram ao máximo; porém o conde Rostoptchin ouviu ainda por muito tempo, atrás de si, o grito louco, desesperado, que se afastava, e diante dos seus olhos via apenas o rosto surpreso, assustado e ensanguentado, do traidor de casaco de pele.

Por mais que aquela lembrança fosse recente, Rostoptchin sentia agora que ela se cravara em seu coração a fundo, até sangrar. Ele agora sentia com clareza que o rastro de sangue daquela recordação jamais deixaria de estar vivo e que, ao contrário, quanto mais distante, aquela recordação terrível haveria de viver de modo ainda mais cruel e torturante no seu coração, até o fim da vida. Ele ouvia, assim lhe parecia agora, os sons das próprias palavras: "Façam este homem em pedaços, me obedeçam!". "Por que disse aquelas palavras? Falei por acaso, assim, sem pensar... Podia não ter dito isso (pensou ele): então *nada* teria acontecido." Via o rosto assustado e depois, de repente, ferrenho, implacável, do dragão que deu o golpe de espada, e o olhar mudo, tímido, de censura que o rapaz de casaco de pele de raposa lançou sobre ele... "Mas eu não fiz isso por mim. Tive de agir dessa forma. *La plèbe, le traître... le bien public*",[64] pensou ele.

---

64 Francês: "A plebe, o traidor... o bem público".

Na ponte do rio Iaúza, as tropas continuavam a se comprimir. Fazia calor. Kutúzov, de rosto contraído, desolado, estava sentado num banco perto da ponte e se entretinha riscando a areia com o cabo de um chicote, quando uma carruagem se aproximou a galope com estrondo. Um homem em uniforme de general, chapéu emplumado, com olhos esquivos ora raivosos, ora assustados, aproximou-se de Kutúzov e começou a falar em francês. Era o conde Rostoptchin. Disse a Kutúzov que estava ali porque Moscou e a capital já não existiam mais, e agora só havia o exército.

— Seria diferente se vossa excelência não tivesse me dito que não abandonaria Moscou sem travar mais uma batalha: nada disso teria acontecido! — disse ele.

Kutúzov olhou para Rostoptchin e, como se não compreendesse o significado daquelas palavras, esforçou-se com afinco para ler uma coisa diferente que naquele minuto aparecia escrita no rosto do homem que estava falando com ele. Rostoptchin, embaraçado, calou-se. Kutúzov balançou a cabeça de leve e, sem desviar o olhar inquiridor do rosto de Rostoptchin, falou em voz baixa:

— Sim, eu não vou abandonar Moscou sem travar uma batalha.

Ou Kutúzov pensava em algo completamente distinto ao dizer aquelas palavras ou as disse de propósito, ciente de sua falta de sentido, mas o conde Rostoptchin nada retrucou e afastou-se às pressas de Kutúzov. E, coisa estranha! O governador-geral de Moscou, o orgulhoso conde Rostoptchin, tomando na mão um açoite, seguiu na direção da ponte e, aos gritos, começou a dispersar as carroças que barravam o caminho.

XXVI

Antes das quatro horas da tarde, as tropas de Murat entraram em Moscou. À frente, vinha a brigada de hussardos de Württemberg, e atrás deles, a cavalo, com uma grande comitiva, o rei de Nápoles em pessoa.

Mais ou menos na metade da rua Arbat, perto da igreja de São Nicolau, Murat se deteve, esperando notícias da brigada que seguira na frente, a respeito da situação em que se encontrava a fortaleza da cidade, "*le Kremlin*".

Em redor de Murat, reuniu-se um pequeno grupo de pessoas, alguns dos habitantes que haviam permanecido em Moscou. Todos, com uma perplexidade tímida, fitavam o estranho comandante de cabelos compridos, todo ornamentado de penachos e ouro.

— Que tal, olhe só, não é ele, esse daí, o rei deles? Nada mal! — ouviam-se vozes baixas.

Um intérprete aproximou-se do grupo de pessoas.

— Tire o chapéu... o chapéu — começaram a falar na multidão, dirigindo-se uns aos outros. O intérprete dirigiu-se a um velho porteiro e perguntou se o Krêmlin estava longe. O porteiro, escutando com perplexidade o sotaque polonês, estranho para ele, e sem reconhecer nos sons da fala do intérprete o idioma russo, não compreendeu o que lhe diziam e escondeu-se atrás dos outros.

Murat aproximou-se do intérprete e mandou perguntar onde estavam as tropas russas. Um dos russos entendeu o que lhe perguntavam, e diversas vozes começaram a responder ao intérprete. Um oficial francês das fileiras da frente aproximou-se de Murat e informou que os portões da fortaleza estavam fechados e que, provavelmente, havia ali uma cilada.

— Muito bem — disse Murat e, voltando-se para um dos senhores da sua comitiva, mandou destacar quatro canhões leves e disparar contra os portões.

As peças de artilharia saíram de trás da coluna, levadas a trote, passaram por Murat e avançaram pela rua Arbat. Depois de descer até o fim da rua Vzdvíjenka, a artilharia se deteve, e os canhões foram alinhados na praça. Vários oficiais franceses puseram os canhões em posição, prepararam tudo e ficaram olhando para o Krêmlin através de lunetas.

No Krêmlin, soaram os sinos para as vésperas, e aquele retinir perturbou os franceses. Entenderam que era um sinal para os canhões. Alguns soldados da infantaria correram para os portões Kutafiev. Nos portões, havia barricadas de toras e tábuas. Dois tiros de fuzil soaram por baixo dos portões, assim que um oficial e seu destacamento se aproximaram correndo. O general que estava junto aos canhões gritou algumas palavras para o oficial, que logo voltou correndo com seus soldados.

Ouviram-se ainda mais três disparos vindos dos portões.

Um tiro feriu a perna de um soldado francês e gritos estranhos de algumas vozes ressoaram por trás das barricadas. No rosto do general, dos oficiais e dos soldados franceses, ao mesmo tempo, como que obedecendo a uma ordem, a expressão de alegria e de tranquilidade de antes deu lugar a uma expressão tenaz, concentrada, de presteza para o combate e de sofrimento. Para todos eles, desde o marechal até o último soldado, aquele lugar não era a rua Vzdvíjenka, a rua Mokhovaia, a torre Kutáfia e os portões Tróitsa, era, sim, o novo cenário de um novo campo de batalha, provavelmente sanguinolenta. E todos se preparavam para a batalha. Os gritos que vinham dos portões silenciaram. Os canhões foram deslocados. Os artilheiros sopraram, com a ponta em brasa, as varetas usadas para acender os pavios. O oficial deu o comando "*feu*",[65] e dois sons sibilantes, metálicos, irromperam um

---

65 Francês: "fogo".

depois do outro. Cargas de metralha explodiram contra os portões de pedra e as barricadas de toras; e duas nuvens de fumaça subiram e flutuaram sobre a praça.

Alguns instantes depois, quando o som dos tiros parou de ressoar nas pedras do Krêmlin, ouviu-se um som estranho por cima das vozes dos franceses. Um enorme bando de gralhas se ergueu de detrás dos muros e, grasnando e estalando milhares de asas, puseram-se a rodar pelo ar. Junto com aquele som, irrompeu um grito humano solitário nos portões, e por trás da fumaça, surgiu a figura de um homem sem chapéu, de cafetã. Segurando um fuzil, ele apontou para os franceses. *Feu!* — repetiu o oficial de artilharia, e ao mesmo tempo irromperam um tiro de fuzil e dois tiros de canhão. A fumaça cobriu os portões outra vez.

Por trás das barricadas, nada mais se mexeu, e os infantes franceses, com os oficiais, seguiram na direção dos portões. Nos portões, jaziam três homens feridos e quatro mortos. Dois homens de cafetã fugiram para baixo, ao longo das muralhas, rumo a Známenka.

— *Enlevez-moi ça*[66] — disse o oficial, apontando para as toras e para os cadáveres; e os franceses, depois de matarem os feridos, jogaram os cadáveres por cima do muro. Quem eram aquelas pessoas, ninguém sabia. "*Enlevez-moi ça*", foi a única coisa que se disse a respeito deles. Depois foram retirados e jogados longe, para que seu fedor não empesteasse o ar. Apenas Thiers dedicou à memória deles algumas linhas eloquentes: "*Ces misérables avaient envahi la citadelle sacrée, s'étaient emparés des fusils de l'arsenal, et tiraient* (*ces misérables*) *sur les Français. On en sabra quelques-uns et on purgea le Kremlin de leur présence*".[67]

Murat foi informado de que o caminho estava livre. Os franceses cruzaram os portões e começaram a montar acampamento na praça do Senado. Pelas janelas do Senado, os soldados jogaram as cadeiras para a praça, a fim de fazer fogueiras.

Outros destacamentos atravessaram o Krêmlin e acamparam nas ruas Marosséika, Lubianka e Pokróvka. Outros ainda acamparam nas ruas Vzdvíjenka, Známenka, Nikólskaia, Tvierskaia. Em toda parte, ao não encontrar os donos das casas, os franceses se instalavam não como em aposentos de uma cidade, mas como num acampamento que se alastrava pela cidade.

Embora esfarrapados, esfomeados, exauridos e reduzidos a um terço de seu contingente original, os soldados franceses entraram em Moscou ainda em ordem

---

66 Francês: "Tirem isso daí".

67 Francês: "Aqueles miseráveis tinham invadido a cidadela sagrada, pegaram fuzis no arsenal e atiraram (os miseráveis) contra os franceses. Alguns receberam uns golpes de sabre, e assim se purgou o Krêmlin de sua presença".

e disciplina. Eram tropas exauridas, esgotadas, mas ainda assustadoras e combativas. Mas foram tropas só até o momento em que seus soldados entraram nas casas. Assim que os membros dos regimentos começaram a se dispersar pelas residências vazias e luxuosas, as tropas desapareceram para sempre, e em seu lugar surgiram, não habitantes, nem soldados, mas algo intermediário, denominado saqueadores. Quando, cinco semanas depois, aquelas mesmas pessoas saíram de Moscou, já não constituíam mais uma tropa. Era uma multidão de saqueadores, na qual cada um levava ou arrastava consigo um punhado de objetos que lhe pareciam valiosos e necessários. O objetivo de todas aquelas pessoas ao sair de Moscou não consistia, como antes, em conquistar, mas apenas em manter a posse do que haviam tomado. A exemplo do macaco que, depois de enfiar a mão no gargalo estreito de uma jarra e agarrar um punhado de nozes, não abre o punho cerrado a fim de não deixar cair o que pegou, e assim termina por se perder, os franceses, ao deixarem Moscou, tinham obviamente de encontrar sua perdição, porque arrastavam consigo o que haviam saqueado, e abandonar aquele saque era, para eles, tão impossível quanto, para o macaco, abrir o punho cheio de nozes. Dez minutos depois da invasão de qualquer bairro de Moscou pelas tropas francesas, já não restava mais nenhum soldado e nenhum oficial. Pelas janelas das casas, viam-se pessoas de capotes e de botas com polainas que andavam pelos aposentos às gargalhadas; nos porões, nas adegas, pessoas como aquelas tratavam de se apoderar de provisões; nos pátios, pessoas como aquelas abriam ou arrombavam os portões dos depósitos e dos estábulos; nas cozinhas, acendiam o fogo e, com as mangas arregaçadas, assavam, ferviam, mastigavam, assustavam, faziam rir e acariciavam as mulheres e as crianças. E em toda parte, nas lojas e nas residências, aquelas pessoas eram numerosas; mas as tropas já não existiam.

Naquele mesmo dia, ordens e mais ordens foram reverberadas pelos comandantes franceses no sentido de impedir que as tropas se dispersassem pela cidade, impedir com rigor a violência contra os habitantes e a pilhagem, e com esse fim iria se realizar à noite uma chamada geral; mas, a despeito de tais medidas, as pessoas que antes formavam uma tropa se espalharam pela cidade rica e vazia, abundante de confortos e provisões. Como um rebanho faminto segue de forma compacta por um campo nu, mas se dispersa incontrolavelmente assim que chega a uma pastagem opulenta, também a tropa se dispersou incontrolavelmente pela cidade opulenta.

Em Moscou não havia habitantes, e como água na areia, os soldados se infiltravam na cidade e se alastravam por todos os cantos, na forma de uma estrela incontrolável, a partir do Krêmlin, onde haviam entrado em primeiro lugar. Os soldados da cavalaria, ao entrar numa casa abandonada com todos os pertences e encontrar cocheiras não só para seus cavalos como ainda algumas de sobra, apesar disso iam para uma outra casa vizinha, que lhes parecia melhor. Muitos ocupavam diversas casas, faziam marcas de giz para indicar quem as ocupava, discutiam e até brigavam com outros pelotões. Soldados que ainda não tinham conseguido se instalar corriam pelas ruas para observar a cidade e, ouvindo dizer que tudo estava abandonado, se empenhavam em chegar aonde pudessem pegar de graça coisas de valor. Os comandantes iam até lá para deter os soldados e eles mesmos, sem querer, eram arrastados para as mesmas ações. Na rua Kariétni Riad, havia lojas e carruagens abandonadas, e os generais se aglomeravam ali, escolhendo carruagens e coches para si. Os habitantes que restavam convidavam os comandantes para ficar em suas casas, esperando com isso prevenir-se dos roubos. As riquezas eram um abismo cujo fundo os olhos não alcançavam; em toda parte em torno dos lugares ocupados pelos franceses, havia lugares ainda desconhecidos, não ocupados, onde, assim parecia aos franceses, existiam riquezas ainda maiores. E Moscou os sugava para cada vez mais longe, em seu interior. Da mesma forma que depois que se derrama água na terra seca desaparece a água e também a terra seca, assim também, depois que as tropas esfomeadas entraram na cidade vazia e opulenta, aniquilaram-se as tropas e aniquilou-se a cidade opulenta; e nasceu a imundície, nasceram os incêndios e a pilhagem.

Os franceses atribuíram o incêndio de Moscou *au patriotisme féroce de Rostoptchine*;[68] os russos, ao fanatismo dos franceses. Na realidade, uma causa para o incêndio de Moscou, no sentido de se imputar a responsabilidade do incêndio a esta ou àquela pessoa, uma causa como essa não existiu e não poderia existir. Moscou ardeu porque foi posta numa situação em que qualquer cidade de madeira tinha de pegar fogo, a despeito de haver ou de não haver na cidade cento e trinta bombas contra incêndio defeituosas. Moscou tinha de arder porque seus habitantes a haviam abandonado, da mesma forma como é inevitável que pegue fogo um monte de aparas de madeira sobre o qual, ao longo de vários dias, caem faíscas. Uma cidade de madeira onde, com a presença dos moradores, dos proprietários e da polícia, já havia incêndios quase todos os dias no verão não podia deixar de se incendiar quando nela não estavam seus habitantes, e sim tropas que fumavam cachimbo, faziam fogueiras na praça do Senado com as cadeiras dos senadores e acendiam fogo para comer duas vezes por dia. Basta uma tropa, em tempo de paz, acampar em alojamentos de madeira numa determinada localidade para que o número de incêndios nessa localidade aumente na mesma hora. Em que grau deve aumentar

---

68 Francês: "ao patriotismo feroz de Rostoptchin".

a probabilidade de incêndios numa cidade de madeira vazia onde se instala uma tropa estrangeira? *Le patriotisme féroce de Rostoptchine* e o fanatismo dos franceses aqui não têm culpa. Moscou começou a se incendiar por causa dos cachimbos, das cozinhas, das fogueiras, da negligência dos soldados inimigos, residentes em casas que não lhes pertenciam. Se houve incêndios propositais (o que é mais do que duvidoso, uma vez que ninguém tinha motivo para causar um incêndio, ademais, algo perigoso e problemático de se fazer), não se pode tomar tais incêndios propositais como a causa, pois sem eles o resultado teria sido o mesmo.

Por mais que fosse lisonjeiro aos franceses culpar a selvageria de Rostoptchin, e aos russos culpar o malfeitor Bonaparte, ou mais tarde colocar uma tocha heroica na mão do seu povo, é impossível não enxergar que é impossível existir uma causa imediata para o incêndio, porque Moscou tinha de pegar fogo, como têm de pegar fogo qualquer aldeia, fábrica e qualquer casa cujos donos foram embora e onde pessoas estranhas passam a mandar e a cozinhar para si. Moscou foi incendiada por seus habitantes, é verdade; mas não pelos habitantes que ficaram nela, e sim por aqueles que a abandonaram. Moscou, ocupada pelo inimigo, não ficou intacta, como Berlim, Viena e outras cidades, só porque seus habitantes deram pão e sal e as chaves da cidade para os franceses, mas porque a abandonaram.

XXVII

A absorção dos franceses, que se alastrou por Moscou em forma de estrela no dia 2 de setembro, só ao anoitecer alcançou o bairro onde Pierre morava.

Após os dois últimos dias, passados em solidão e de maneira totalmente fora do comum, Pierre se encontrava num estado próximo à loucura. Uma ideia única e insistente dominava todo o seu ser. Ele mesmo não sabia como e quando lhe havia ocorrido, mas aquela ideia o dominava agora de tal modo que ele não lembrava nada do passado e não compreendia nada do presente; e tudo o que via e escutava se passava à sua frente como num sonho.

Pierre saía de casa só para se desvencilhar da complicada barafunda de exigências da vida, que o enredavam e que ele, no estado em que se encontrava, era incapaz de resolver. Foi à casa de Ióssif Alekséievitch sob o pretexto de organizar os livros e os documentos do falecido, apenas porque procurava um alívio para as preocupações da vida — e em sua alma a lembrança de Ióssif Alekséievitch estava ligada a um mundo de pensamentos tranquilos e solenes, totalmente opostos à barafunda ansiosa para a qual Pierre se sentia arrastado. Procurava um refúgio tranquilo e de fato encontrou-o no escritório de Ióssif Alekséievitch. Quando sentou no silêncio de morte do escritório e descansou a cabeça nos braços sobre a empoeirada escrivaninha do falecido, em sua imaginação, de modo calmo e expressivo, uma após a outra, começaram a surgir as recordações dos últimos dias, em especial da batalha de Borodinó e da sensação, para ele indefinível, de sua insignificância e falsidade na batalha, em face da verdade, da simplicidade e da força daquela categoria de pessoas que tinham ficado gravadas em sua alma sob o rótulo de *eles*. Quando Guerássim veio despertá-lo de seu devaneio, acudiu-lhe a ideia de tomar parte na esperada — como ele sabia — defesa popular de Moscou. E com tal objetivo pediu imediatamente a Guerássim que lhe trouxesse um cafetã e uma pistola e comunicou-lhe a intenção de, escondendo sua identidade, ficar na casa de Ióssif Alekséievitch. Depois, ao longo do primeiro dia passado em solidão e ócio (Pierre tentou várias vezes, sem conseguir, concentrar sua atenção nos manuscritos maçônicos), voltou mais uma vez ao seu pensamento, de forma confusa, a ideia que já lhe ocorrera antes sobre o significado cabalístico do seu nome associado ao nome de Bonaparte; mas a ideia de que ele, *l'Russe Besuhof*, estava predestinado a pôr fim ao poder da *besta* lhe veio apenas como mais um dos devaneios que passavam pela sua imaginação, de forma gratuita e sem deixar vestígios.

Quando, depois de comprar o cafetã (apenas com o objetivo de participar da defesa popular de Moscou), Pierre encontrou os Rostóv, e Natacha lhe disse: "O senhor vai ficar? Ah, que bom!", em sua cabeça cintilou a ideia de que de fato, mesmo que tomassem Moscou, seria bom para ele ficar na cidade e executar aquilo a que estava predestinado.

No dia seguinte, com o único pensamento de não ter piedade de si mesmo e de não ficar de maneira alguma abaixo *deles*, Pierre seguiu com o povo rumo aos portões de Tri Góri. Mas, quando voltou para casa convencido de que não iriam defender Moscou, de repente Pierre sentiu que aquilo que antes lhe parecia apenas uma possibilidade, agora se tornara uma necessidade e algo inevitável. Ocultando sua identidade, ele tinha de ficar em Moscou, encontrar Napoleão e matá-lo, para desse modo ou perecer ou pôr fim à desgraça de toda a Europa, que na opinião de Pierre provinha apenas de Napoleão.

Pierre conhecia todos os detalhes do atentado contra a vida de Bonaparte cometido por um estudante alemão em Viena em 1809 e sabia que o estudante tinha sido fuzilado. E o risco a que ele expunha sua vida a fim de executar seu projeto o estimulava ainda mais.

Dois sentimentos igualmente fortes atraíam Pierre de forma irresistível para a execução do projeto. O primeiro era o sentimento da necessidade de sacrifício e de sofrimento, em face da consciência da desgraça geral, o mesmo sentimento que, no dia 25, havia levado Pierre para Mojáisk e para o calor da batalha, e agora o levava a fugir de sua casa e, em lugar dos luxos e das comodidades habituais, o levava a dormir num sofá duro, sem trocar de roupa, e a comer a mesma refeição que Guerássim; o outro era aquele sentimento vago, exclusivamente russo, de desprezo por tudo o que é convencional, artificial, humano, por tudo aquilo que é tido pela maioria das pessoas como o bem supremo do mundo. Pierre experimentara pela primeira vez aquele sentimento estranho e fascinante no palácio Slobóda, quando sentira de repente que a riqueza, o poder, a vida, tudo aquilo que com tamanho esforço as pessoas constroem e preservam, se tem algum valor, resume-se ao prazer com que podemos pôr tudo isso de lado.

É esse sentimento que leva um recruta-caçador[69] a beber sofregamente até o último copeque, que leva um bêbado a quebrar espelhos e vidros sem nenhum motivo visível, mesmo sabendo que isso vai lhe custar todo o dinheiro que possui; o sentimento que leva um homem a praticar atos loucos (no sentido vulgar), como que para pôr à prova seu poder pessoal e sua força, exprimindo a presença de um juízo supremo sobre a vida, situado fora das circunstâncias humanas.

Desde o dia em que experimentou pela primeira vez esse sentimento no palácio Slobóda, Pierre se viu o tempo todo sob sua influência, mas só agora havia encontrado uma satisfação plena para ele. Além disso, no momento presente, tudo o que Pierre já havia realizado naquela direção respaldava seu propósito e o privava da possibilidade de renunciar a ele. Sua fuga de casa, seu cafetã e a pistola, a declaração feita para os Rostóv de que ia ficar em Moscou — tudo não só perderia o sentido, como se tornaria desprezível e ridículo (algo a que Pierre era sensível), caso ele, depois de tudo, a exemplo de tantos outros, partisse de Moscou.

A condição física de Pierre, como sempre acontece, acompanhava sua condição moral. A comida grosseira a que não estava acostumado e a vodca que bebera naqueles dias, a ausência de vinho e de charutos, a roupa de baixo imunda e que não era trocada, as duas noites que havia dormido só pela metade, deitado num sofá curto e sem roupa de cama — tudo isso impelia Pierre a um estado de irritação próximo da demência.

Já havia passado de uma da tarde. Os franceses já tinham invadido Moscou. Pierre sabia disso, mas em lugar de agir ele só pensava no seu projeto, analisando todos os mínimos detalhes futuros. Pierre, com seus devaneios, não fazia uma ideia clara nem dos procedimentos para a realização do ataque nem da morte de Napoleão, porém, com uma nitidez fora do comum e com um prazer desolado, imaginava a própria morte e sua bravura heroica.

---

69 Falso recruta, que entrou no Exército em lugar de outra pessoa.

"Sim, sozinho por todos, tenho de agir ou perecer!", pensava ele. "Sim, eu irei... então, de repente... com uma pistola ou com uma adaga?", pensava Pierre. "De resto, tanto faz. Não eu, mas a mão da Providência vai executar você, é o que eu digo (Pierre pensava as palavras que iria pronunciar ao matar Napoleão). Muito bem, me prendam, me executem", dizia também Pierre, falando para si mesmo com uma expressão triste mas firme no rosto, baixando a cabeça.

Na hora em que Pierre, de pé no meio do escritório, argumentava dessa forma para si mesmo, a porta se abriu, e na soleira surgiu a figura totalmente transformada do antes tímido Makar Alekséievitch. Seu roupão estava aberto. O rosto estava vermelho e desfigurado. Era óbvio que estava bêbado. Ao ver Pierre, ele se perturbou por um minuto, mas, notando a perturbação também no rosto de Pierre, na mesma hora ganhou ânimo e, com as pernas finas e cambaleantes, avançou até o meio do escritório.

— Eles ficaram com medo — disse com voz rouca e confiante. — Eu digo: não vamos nos render, eu digo... não é isso, cavalheiro? — Refletiu um pouco e de repente, ao ver a pistola sobre a mesa, agarrou-a com uma rapidez inesperada e fugiu para o corredor.

Guerássim e o porteiro, que foram atrás de Makar Alekséievitch, o detiveram no vestíbulo e tentaram tomar a pistola. Pierre, saindo para o corredor, olhava com pena e com repulsa o velho semilouco. Makar Alekséievitch, o rosto contraído com o esforço, segurava a pistola e gritava com voz rouca, visivelmente se imaginando em alguma cena grandiosa.

— Às armas! Abordagem! Mentiroso, não vai tomar isso de mim! — gritava ele.

— Solte, por favor, solte. Tenha a bondade, por favor, largue. Vamos, por favor, patrão... — dizia Guerássim, que tentava cuidadosamente virar Makar Alekséievitch para a porta, segurando-o pelos cotovelos.

— Quem é você? Bonaparte!... — gritou Makar Alekséievitch.

— Isso não é bom, senhor. Por favor, vá para o seu quarto, o senhor deve descansar. Por favor, solte a pistolinha.

— Fora daqui, escravo desprezível! Não me toque! Está vendo? — gritou Makar Alekséievitch, brandindo a pistola. — Abordagem!

— Agarre — sussurrou Guerássim para o porteiro.

Seguraram Makar Alekséitch pelos braços e o arrastaram para a porta.

O vestíbulo se encheu de um alarido horroroso e de sons arquejantes e bêbados de uma voz sem fôlego.

De repente um grito novo, feminino e estridente irrompeu na cozinha, e a cozinheira entrou correndo no vestíbulo.

— São eles! Meu paizinho!... Meu Deus, são eles. Quatro, a cavalo!... — gritava ela.

Guerássim e o porteiro soltaram Makar Alekséievitch e, no corredor silencioso, ouviram-se claramente as batidas de várias mãos na porta da frente.

XXVIII

Pierre, que havia resolvido em seu íntimo que, até a execução do seu projeto, não deveria revelar nem seu nome nem seu conhecimento da língua francesa, ficara de pé na porta entreaberta do corredor com a intenção de esconder-se no instante em que os franceses entrassem. Mas os franceses entraram, e Pierre não se afastou da porta: uma curiosidade irresistível o retinha ali.

Eram dois. Um era oficial, alto, enérgico, bonito, o outro pelo visto era um soldado ou um ordenança, baixote, magro e moreno, com faces encovadas e ar estúpido. O oficial, apoiando-se numa bengala e mancando, avançou. Depois de dar alguns passos, como se tivesse chegado à conclusão de que aquelas acomodações eram boas, parou, virou-se para os soldados que tinham ficado na porta e, com voz alta e autoritária, gritou para eles que trouxessem os cavalos. Feito isso, o oficial, erguendo o cotovelo com um gesto elegante, ajeitou o bigode e tocou no chapéu com a mão.

— *Bonjour la compagnie!*[70] — exclamou, alegre, sorrindo e olhando em volta.

Ninguém respondeu nada.

— *Vous êtes le bourgeois?*[71] — perguntou o oficial para Guerássim.

Guerássim fitou o oficial com ar assustado e interrogativo.

— *Quartire, quartire, logement* — disse o oficial olhando de cima, com um sorriso indulgente e simpático, para o homem baixinho. — *Les Français sont de bons enfants. Que diable! Voyons! Ne nous fâchons pas, mon vieux*[72] — acrescentou, dando um tapa no ombro do assustado e silencioso Guerássim. — *Ah ça! Dites donc, on ne parle donc pas français dans cette boutique?*[73] — acrescentou, olhando em redor e localizando Pierre com os olhos. Pierre recuou para trás da porta.

---

70 Francês: "Bom dia a todos!".

71 Francês: "O senhor é o dono da casa?".

72 Francês: "Alojamento [o oficial parece tentar pronunciar a palavra russa 'kvartira'] [...] Os franceses são bons meninos. Que diabo! Vamos! Nada de ficar aborrecido, meu velho".

73 Francês: "Ora essa! Diga lá, então ninguém fala francês neste lugar?".

O oficial voltou-se de novo para Guerássim. Exigia que Guerássim lhe mostrasse os cômodos da casa.

— Não está o patrão... Não compreendo... O meu do senhor... — disse Guerássim, tentando inverter a ordem das palavras para torná-las mais compreensíveis.

O oficial francês, sorrindo, agitou as mãos na frente do nariz de Guerássim, dando a entender que ele também não o compreendia e, mancando, seguiu para a porta onde Pierre estava. Pierre quis recuar a fim de se esconder, mas no mesmo instante viu a porta da cozinha abrir e surgir Makar Alekséitch com a pistola nas mãos. Com a astúcia de um louco, Makar Alekséitch olhou para o francês e, erguendo a pistola, fez pontaria.

— Abordagem!!! — gritou o bêbado, apertando o gatilho da pistola. O oficial francês virou-se na direção do grito, e no mesmo instante Pierre atirou-se sobre o bêbado. Na hora em que Pierre segurou e levantou a pistola, Makar Alekséitch caiu, com o dedo no gatilho, e ressoou um tiro abafado que envolveu todos na fumaça de pólvora. O francês ficou pálido e atirou-se para trás, na direção da porta.

Esquecido da intenção de não revelar seu conhecimento da língua francesa, Pierre, após tomar a pistola e jogá-la longe, foi correndo para o oficial francês e lhe falou em francês.

— *Vous n'êtes pas blessé?*[74] — disse.

— *Je crois que non* — respondeu o oficial, apalpando-se —, *mais je l'ai manqué belle cette fois-ci* — acrescentou, apontando para o emboço espatifado na parede. — *Quel est cet homme?*[75] — disse o oficial, lançando para Pierre um olhar severo.

— *Ah, je suis vraiment au désespoir de ce qui vient d'arriver* — falou depressa Pierre, totalmente esquecido do seu papel. — *C'est un fou, un malheureux qui ne savait pas ce qu'il faisait.*[76]

O oficial se aproximou de Makar Alekséitch e agarrou-o pela gola.

Makar Alekséitch, com os lábios abertos, como que à beira de dormir, balançou-se, recostando-se na parede.

— *Brigand, tu me la paieras* — disse o francês, afastando a mão. — *Nous autres nous sommes cléments après la victoire: mais nous ne pardonnons pas aux traîtres*[77]

---

74 Francês: "O senhor não está ferido?".

75 Francês: "Creio que não [...] mas desta vez escapei por pouco [...] Quem é esse homem?".

76 Francês: "Ah, estou de fato consternado com o que acabou de acontecer [...] É um louco, um infeliz que não sabia o que estava fazendo".

77 Francês: "Bandido, você me paga [...] Nós somos clementes depois da vitória: mas não perdoamos os traidores".

— acrescentou com uma seriedade sombria no rosto e com um gesto enérgico e bonito.

Pierre, falando em francês, continuou tentando persuadir o oficial a não castigar aquele homem bêbado e louco. O francês escutava em silêncio, sem mudar o aspecto sombrio, e de repente se virou para Pierre com um sorriso. Fitou-o em silêncio por alguns segundos. O rosto bonito ganhou uma expressão trágica e afetuosa, e o homem lhe estendeu a mão.

— *Vous m'avez sauvé la vie! Vous êtes Français*[78] — disse ele. Para o francês, aquela conclusão era incontestável. Só um francês era capaz de praticar um gesto nobre, e salvar a vida dele, *M. Ramballe, capitaine du treizième léger*,[79] era sem dúvida o mais nobre dos gestos.

No entanto, por mais incontestável que fosse tal conclusão, e também a convicção do oficial que nela se baseava, Pierre julgou necessário desapontá-lo.

— *Je suis Russe*[80] — disse Pierre depressa.

— Ti-ti-ti, *à d'autres* — disse o francês, balançando o dedo na frente do nariz e sorrindo. — *Tout à l'heure vous allez me conter tout ça* — disse ele. — *Charmé de rencontrer un compatriote. Eh bien! Qu'allons-nous faire de cet homme?*[81] — acrescentou, voltando-se para Pierre, já como se fosse um irmão. O tom e a expressão do oficial francês diziam que, mesmo que Pierre não fosse francês, tendo recebido tal título, o mais alto do mundo, agora não poderia mais recusá-lo. À última pergunta do francês, Pierre explicou mais uma vez quem era Makar Alekséitch, explicou que, pouco antes da chegada deles, o homem bêbado e louco roubara uma pistola carregada, que ainda não haviam conseguido tomar de suas mãos, e pediu que deixasse o seu ato sem punição.

O francês encheu o peito e fez um gesto majestoso com a mão.

— *Vous m'avez sauvé la vie. Vous êtes Français. Vous me demandez sa grâce? Je vous l'accorde. Qu'on emmène cet homme*[82] — exclamou, rápido e enérgico, o oficial francês, tomou Pierre pelo braço, a quem havia promovido a francês por ter salvado sua vida, e entrou com ele nos outros cômodos da casa.

Os soldados que estavam na porta, ao ouvirem o tiro, entraram no vestíbulo

---

78 Francês: "O senhor salvou minha vida! O senhor é francês".

79 Francês: "Sr. Ramballe, capitão do décimo terceiro ligeiro".

80 Francês: "Sou russo".

81 Francês: "Ora, conte outra [...] Em breve o senhor vai me contar tudo isso [...] Encantado de encontrar um compatriota. Pois bem! E o que vamos fazer com esse homem?".

82 Francês: "O senhor salvou minha vida. O senhor é francês. O senhor me pede um favor? Eu o concedo. Levem esse homem daqui".

perguntando o que havia ocorrido e demonstrando sua disposição de castigar os culpados; mas o oficial os deteve com rigor.

— *On vous demandera quand on aura besoin de vous*[83] — disse ele. Os soldados saíram. O ordenança, que enquanto isso tivera tempo de visitar a cozinha, aproximou-se do oficial.

— *Capitaine, ils ont de la soupe et du gigot de mouton dans la cuisine* — disse. — *Faut-il vous l'apporter?*[84]

— *Oui, et le vin?*[85] — disse o capitão.

XXIX

O oficial francês e Pierre entraram juntos na casa. Pierre julgou que era seu dever assegurar ao capitão que ele não era francês e fez menção de se retirar, mas o oficial francês não quis nem ouvi-lo. Mostrava-se a tal ponto cordial, afável, simpático e sinceramente agradecido por sua vida ter sido salva que Pierre não teve coragem de recusar isto a ele e sentou-se ao seu lado no salão, o primeiro cômodo em que entraram. À declaração de Pierre de que não era francês, o capitão, obviamente sem compreender como era possível recusar um título tão lisonjeiro, encolheu os ombros e disse que, caso Pierre quisesse a todo custo passar por russo, que fosse assim então, mas que ele, apesar disso, continuaria eternamente unido a Pierre por um sentimento de gratidão, por ter salvado sua vida.

Se aquele homem fosse dotado da mínima capacidade de compreender os sentimentos dos outros e adivinhasse as emoções de Pierre, provavelmente Pierre teria se esquivado do capitão; mas a animada impermeabilidade do homem a tudo aquilo que não fosse ele mesmo acabou vencendo Pierre.

— *Français ou prince russe incognito* — disse o francês, lançando um olhar para as roupas imundas, embora finas, de Pierre e para o anel na sua mão —, *je vous dois la vie, je vous offre mon amitié. Un Français n'oublie jamais ni une insulte ni un service. Je vous offre mon amitié. Je ne vous dis que ça.*[86]

---

83 Francês: "Os senhores serão chamados quando forem necessários".

84 Francês: "Capitão, eles têm sopa e um assado de coxa de carneiro na cozinha [...] Devemos trazer para o senhor?".

85 Francês: "Sim, e o vinho?".

86 Francês: "Francês ou príncipe russo incógnito [...] devo minha vida ao senhor, ofereço ao senhor minha amizade. Um francês não esquece jamais nem um insulto nem um favor. Ofereço ao senhor minha amizade. É tudo que tenho a dizer".

Nos sons da voz, na expressão do rosto, nos gestos do oficial, havia tamanha simpatia e gratidão (no sentido francês) que Pierre, respondendo com um sorriso inconsciente ao sorriso do francês, apertou a mão que lhe foi oferecida.

— *Capitaine Ramballe du treizième léger, décoré pour l'affaire du sept* — apresentou-se ele, com um sorriso satisfeito e irreprimível que franzia seus lábios por baixo do bigode. — *Voudrez-vous bien me dire à présent, à qui j'ai l'honneur de parler aussi agréablement au lieu de rester à l'ambulance avec la balle de ce fou dans le corps?*[87]

Pierre respondeu que não podia dizer seu nome e, ruborizado, enquanto tentava inventar um nome, começou a falar sobre os motivos por que não podia dizer aquilo, mas o francês o interrompeu bruscamente.

— *De grâce* — disse ele. — *Je comprends vos raisons, vous êtes officier... officier supérieur, peut-être. Vous avez porté les armes contre nous. Ce n'est pas mon affaire. Je vous dois la vie. Cela me suffit. Je suis tout à vous. Vous êtes gentilhomme?* — acrescentou, com um matiz de pergunta. Pierre inclinou a cabeça. — *Votre nom de baptême, s'il vous plaît? Je ne demande pas davantage. Monsieur Pierre, dites-vous... Parfait. C'est tout ce que je désire savoir.*[88]

Quando serviram carne de cordeiro assada, um omelete e um samovar, e trouxeram vodca e vinho que os franceses tinham levado consigo de uma adega russa, Ramballe pediu a Pierre que tomasse parte naquele almoço e ele mesmo, sem demora, com avidez, como um homem saudável e faminto, começou a comer, mastigando depressa com seus dentes fortes e o tempo todo lambendo os beiços e dizendo *excellent*, *exquis!*[89] Seu rosto ficou vermelho e coberto de suor. Pierre estava faminto e participou do almoço com prazer. Morel, o ordenança, trouxe uma caçarola com água quente e dentro dela colocou uma garrafa de vinho tinto. Além disso, trouxe uma garrafa de *kvás*, que ele pegou na cozinha para experimentar. Aquela bebida já era famosa entre os franceses e havia recebido um nome. Eles a chamavam de *limonade de cochon* (limonada de porco), e Morel enalteceu a *limonade de cochon* que havia encontrado na cozinha. Porém, como o capitão tinha

---

87 Francês: "Capitão Ramballe do décimo terceiro ligeiro, condecorado pelo combate do dia 7" [referência à batalha de Borodinó, que os russos datam segundo o calendário juliano no dia 26 de agosto] [...]O senhor faria a bondade de me dizer agora com quem tenho a honra de falar de maneira tão agradável, em vez de estar deitado na ambulância com a bala daquele louco dentro do corpo?".

88 Francês: "Por favor [...] Compreendo as razões do senhor, o senhor é um oficial... oficial de alto escalão, talvez. O senhor pegou em armas contra nós. Isso não é da minha conta. Eu devo a vida ao senhor. Isso me basta. Estou às suas ordens. O senhor é um nobre? [...] Qual é o seu prenome, por favor? Não peço mais nada. Senhor Pierre, o senhor diz... Perfeito. É tudo que desejo saber".

89 Francês: "excelente, delicioso!".

um vinho que apanhara em seu trajeto por Moscou, ele deixou o *kvás* para Morel e tomou para si a garrafa de bordeaux. Envolveu o gargalo num guardanapo e serviu o vinho para si e para Pierre. A fome saciada e o vinho animaram mais ainda o capitão, e ele falou sem parar durante o almoço.

— *Oui, mon cher monsieur Pierre, je vous dois une fière chandelle de m'avoir sauvé... de cet enragé... J'en ai assez, voyez-vous, de balles dans le corps. En voilà une* (ele mostrou o lado do corpo) *à Wagram, et de deux à Smolensk* — ele mostrou uma cicatriz que tinha na face —, *et cette jambe, comme vous voyez, qui ne veut pas marcher. C'est à la grande bataille du sept, à la Moskowa que j'ai reçu ça. Sacré Dieu, c'était beau. Il fallait voir ça, c'était un déluge de feu. Vous nous avez taillé une rude besogne; vous pouvez vous en vanter, nom d'un petit bonhomme. Et, ma parole, malgré la toux que j'y ai gagnée, je serais prêt à recommencer. Je plains ceux qui n'ont pas vu ça.*[90]

— *J'y ai été*[91] — disse Pierre.

— *Bah, vraiment! Eh bien, tant mieux* — disse o francês. — *Vous êtes de fiers ennemis, tout de même. La grande redoute a été tenace, nom d'une pipe. Et vous nous l'avez fait crânement payer. J'y suis allé trois fois, tel que vous me voyez. Trois fois nous étions sur les canons et trois fois on nous a culbutés et comme des capucins de carte. Oh! c'était beau, monsieur Pierre. Vos grenadiers ont été superbes, tonnerre de Dieu. Je les ai vu six fois de suite serrer les rangs, et marcher comme à une revue. Les beaux hommes! Notre roi de Naples qui s'y connaît a crié: bravo! Ah, ah! soldat comme nous autres!* — disse ele sorrindo, depois de um minuto de silêncio. — *Tant mieux, tant mieux, monsieur Pierre. Terribles en bataille... galants...* — piscou o olho, com um sorriso —, *avec les belles, voilà les Français, monsieur Pierre, n'est-ce pas?*[92]

---

90 Francês: "Sim, meu caro senhor Pierre, tenho de acender uma vela para o senhor, por ter me salvado... daquele enfurecido... Veja, eu já tenho balas demais no corpo. Olhe uma aqui [...] foi em Wagram e essas duas foram em Smolensk [...] e esta perna, como o senhor está vendo, que não quer mais andar. Foi na grande batalha do dia 7, em Moskowa [referência à batalha de Borodinó], que recebi este ferimento. Santo Deus, foi bonito. Só vendo, foi um dilúvio de fogo. Vocês nos obrigaram a pagar um preço alto; podem se vangloriar disso, puxa vida. E, palavra de honra, apesar da tosse que peguei, eu estaria disposto a recomeçar. Tenho pena de quem não viu aquilo".

91 Francês: "Estive lá".

92 Francês: "Ora, é verdade? Ah, melhor ainda [...] Vocês são inimigos ferozes, afinal. O grande reduto foi tenaz, caramba. E vocês nos fizeram pagar muito caro. Fui lá três vezes, este aqui que você está vendo. Três vezes nós chegamos até os canhões e três vezes nos derrubaram como um castelo de cartas. Ah! Foi bonito, senhor Pierre. Os seus granadeiros foram soberbos, palavra. Eu os vi cerrar fileiras seis vezes seguidas e marchar como numa revista de tropas. Que beleza de homens! Nosso rei de Nápoles, que sabe das coisas, gritou: bravo! Ah, ah! Soldados como nós! [...] Melhor assim, melhor assim, senhor Pierre. Terríveis em batalha... garbosos... [...] Com as beldades os franceses são assim, senhor Pierre, não é?".

O capitão estava numa alegria tão inocente e simpática, estava tão pleno de si e tão satisfeito consigo mesmo, que Pierre olhava para ele com alegria e quase sem piscar. É provável que a palavra "galant" tenha levado o capitão a pensar na situação de Moscou.

— *À propos, dites donc, est-ce vrai que toutes les femmes ont quitté Moscou? Une drôle d'idée! Qu'avaient-elles à craindre?*[93]

— *Est-ce que les dames françaises ne quitteraient pas Paris, si les Russes y entraient?*[94] — disse Pierre.

— *Ah, ah, ah!...* — gargalhou o francês, alegre, cordial, dando um tapinha no ombro de Pierre. — *Ah! Elle est forte celle-là* — exclamou. — *Paris? Mais Paris... Paris...*[95]

— *Paris la capitale du monde...*[96] — disse Pierre, concluindo o que queria dizer.

O capitão fitou Pierre. Tinha o costume de parar no meio de uma conversa e olhar fixamente, com olhos zombeteiros e afetuosos.

— *Eh bien, si vous ne m'aviez pas dit que vous êtes Russe, j'aurai parié que vous êtes Parisien. Vous avez ce je ne sais quoi, ce...*[97] — e depois de fazer esse elogio, olhou-o de novo em silêncio.

— *J'ai été à Paris, j'y ai passé des années*[98] — disse Pierre.

— *Oh, ça se voit bien. Paris!... Un homme qui ne connaît pas Paris, est un sauvage. Un Parisien, ça se sent à deux lieues. Paris, c'est Talma, la Duchesnois, Potier, la Sorbonne, les boulevards* — e, ao notar que o desfecho era mais fraco do que o início, acrescentou depressa: — *Il n'y a qu'un Paris au monde. Vous avez été à Paris et vous êtes resté Russe. Eh bien, je ne vous en estime pas moins.*[99]

---

93 Francês: "A propósito, me diga, é verdade que todas as mulheres foram embora de Moscou? Que ideia engraçada! O que tinham elas a temer?".

94 Francês: "Por acaso as mulheres francesas não iriam embora de Paris se os russos entrassem na cidade?".

95 Francês: "Ah! Essa é demais [...] Mas Paris... Paris...".

96 Francês: "Paris, a capital do mundo".

97 Francês: "Ora, se o senhor não tivesse me avisado que é russo, eu teria até apostado que é parisiense. O senhor tem esse não sei o quê, esse...".

98 Francês: "Estive em Paris, passei alguns anos lá".

99 Francês: "Ah, isso se vê logo. Paris!... Um homem que não conhece Paris é um selvagem. Um parisiense a gente sente a duas léguas. Paris é Talma, a Duchesnois, Potier, a Sorbonne, os bulevares [...] Só existe uma Paris no mundo. O senhor esteve em Paris e continuou russo. Pois bem, minha estima não é menor por isso". O capitão Ramballe cita três atores de grande fama na época: François-Joseph Talma (1763-1826); Catherine Joséphine Raffin, a Duchesnois (1777-1835), e o comediante Charles Gabriel Potier (1774-1838).

Sob o efeito do vinho que bebera e depois dos dias passados em solidão, com seus pensamentos sombrios, Pierre experimentava um prazer involuntário na conversa com aquele homem alegre e simpático.

— *Pour en revenir à vos dames, on les dit bien belles. Quelle fichue idée d'aller s'enterrer dans les steppes, quand l'armée française est à Moscou. Quelle chance elles ont manqué celles-lá. Vous moujiks c'est autre chose, mais vous autres gens civilisés, vous deviez nous connaître mieux que ça. Nous avons pris Vienne, Berlin, Madrid, Naples, Rome, Varsovie, toutes les capitales du monde... On nous craint, mais on nous aime. Nous sommes bons à connaître. Et puis l'empereur!*[100] — continuou, mas Pierre o interrompeu.

— *L'empereur* — repetiu Pierre, e seu rosto de repente tomou uma expressão triste e embaraçada. — *Est-ce que l'empereur?...*[101]

— *L'empereur? C'est la générosité, la clémence, la justice, l'ordre, le génie, voilà l'empereur! C'est moi, Ramballe, qui vous le dis. Tel que vous me voyez, j'étais son ennemi il y a encore huit ans. Mon père a été comte émigré... Mais il m'a vaincu, cet homme. Il m'a empoigné. Je n'ai pas pu résister au spectacle de grandeur et de gloire dont il couvrait la France. Quand j'ai compris ce qu'il voulait, quand j'ai vu qu'il nous faisait une litière de lauriers, voyez-vous, je me suis dit: voilà un souverain, et je me suis donné à lui. Eh voilà! Oh, oui, mon cher, c'est le plus grand homme des siècles passés et à venir.*[102]

— *Est-il à Moscou?*[103] — perguntou Pierre, gaguejando e com um rosto culpado.

O francês fitou o rosto culpado de Pierre e riu.

— *Non, il fera son entrée demain*[104] — respondeu e continuou seus relatos.

A conversa foi interrompida pelos gritos de algumas vozes no portão e pela

---

100 Francês: "Voltando a falar das damas de vocês, dizem que são bem bonitas. Que ideia infeliz ir se enterrar nas estepes, quando o exército francês está em Moscou. Que oportunidade elas perderam. Os seus mujiques, isso é outra história, mas vocês, pessoas civilizadas, deveriam nos conhecer melhor. Tomamos Viena, Berlim, Madri, Nápoles, Roma, Varsóvia, todas as capitais do mundo... As pessoas têm medo de nós, mas têm amor por nós. Vale a pena nos conhecer. E, além disso, o imperador!".

101 Francês: "O imperador [...] Será que o imperador?...".

102 Francês: "O imperador? É a generosidade, a clemência, a justiça, a ordem, o gênio, isso é o imperador! Sou eu, Ramballe, quem diz. Olhe para mim, eu também era inimigo dele oito anos atrás. Meu pai era um conde emigrado... Mas ele me venceu, esse homem. Ele me arrebatou. Não pude resistir ao espetáculo de grandeza e de glória com que ele cobriu a França. Quando compreendi o que ele queria, quando percebi que ele construía para nós uma liteira de louros, veja o senhor, eu disse para mim mesmo: isto, sim, é um soberano, e eu me entreguei a ele. Aí está! Ah, sim, meu caro, é o maior homem de todos os séculos, passados e futuros".

103 Francês: "Ele está em Moscou?".

104 Francês: "Não, ele vai chegar amanhã".

entrada de Morel, que veio comunicar ao capitão que haviam chegado uns hussardos de Württemberg e queriam alojar os cavalos no mesmo pátio onde estavam os cavalos do capitão. O problema decorria principalmente do fato de os hussardos não compreenderem o que lhes diziam.

O capitão mandou chamar à sua presença o primeiro-sargento e, com voz severa, perguntou a que regimento ele pertencia, quem era o seu superior e com que fundamento ele se permitia ocupar um alojamento que já estava ocupado. Às duas primeiras perguntas, o alemão, que compreendia mal o francês, disse qual o seu regimento e quem era o seu superior; mas à última pergunta, que ele não havia entendido, respondeu, inserindo pedaços de palavras francesas nas frases em alemão, que estava encarregado de providenciar alojamentos para seu regimento e que seu superior lhe dera ordens para ocupar todas as casas em sequência. Pierre, que sabia alemão, traduziu para o capitão o que o alemão tinha dito e traduziu para a língua alemã a resposta do capitão ao hussardo de Württemberg. Tendo compreendido o que lhe diziam, o alemão desistiu e levou seus homens dali. O capitão saiu para a varanda e, com voz alta, deu algumas ordens.

Quando voltou para a sala, Pierre estava sentado no mesmo lugar onde se sentara antes, a cabeça baixa entre as mãos. Seu rosto exprimia sofrimento. De fato, ele estava sofrendo naquele instante. Quando o capitão saiu, e Pierre ficou só, de repente ele acordou e compreendeu a situação em que se achava. Não que Moscou tinha sido ocupada, nem que os felizes vencedores eram os senhores da cidade e lhe concediam sua proteção — por mais que tais coisas fizessem Pierre sofrer duramente, não era isso o que o atormentava naquele momento. O que o atormentava era a consciência da própria fraqueza. Algumas taças de vinho e a conversa com aquele homem simpático aniquilaram o estado de ânimo intensamente sombrio em que Pierre tinha vivido naqueles últimos dias e que era necessário para a execução do seu projeto. A pistola, o punhal, o casacão de camponês estavam prontos, Napoleão chegaria no dia seguinte. Pierre continuava, como antes, a considerar útil e digno matar o malfeitor; mas sentia que agora ele não faria mais aquilo. Por quê? Ele não sabia, mas tinha uma espécie de pressentimento de que não iria executar o seu projeto. Lutava contra a consciência da própria fraqueza, mas sentia vagamente que não iria vencê-la, que a sequência anterior de pensamentos sombrios a respeito de vingança, assassinato e autossacrifício havia se desmanchado como cinzas, ao contato com o primeiro homem que apareceu.

O capitão entrou mancando de leve e assoviando alguma coisa.

A tagarelice do francês, que antes divertia Pierre, agora lhe pareceu repulsiva. A musiquinha que assoviava, seu jeito de andar, o gesto de torcer o bigode — tudo lhe parecia agora ultrajante.

"Vou embora já e não direi mais nenhuma palavra para ele", pensou Pierre. Pensou assim, mas enquanto isso continuava sentado no mesmo lugar. Um sentimento estranho de fraqueza o acorrentava ao seu lugar: ele queria, mas não conseguia levantar e ir embora.

O capitão, ao contrário, parecia muito alegre. Percorreu a sala duas vezes. Seus olhos rebrilhavam, e o bigode se contorcia de leve, como se ele sorrisse para si mesmo, de alguma anedota divertida.

— *Charmant* — disse ele, de repente —, *le colonel de ces Wurtembourgeois! C'est un Allemand; mais un brave garçon, s'il en fut. Mais Allemand.*[105]

Sentou-se de frente para Pierre.

— *À propos, vous savez donc l'allemand, vous?*[106]

Pierre fitou-o em silêncio.

— *Comment dites-vous asile en allemand?*[107]

— *Asile?* — repetiu Pierre. — *Asile en allemand... Unterkunft.*

— *Comment dites-vous?* — indagou o capitão, depressa e incrédulo.

— *Unterkunft* — repetiu Pierre.

— *Onterkoff* — disse o capitão e fitou Pierre durante alguns segundos, rindo com os olhos. — *Les Allemands sont de fières bêtes. N'est-ce pas, monsieur Pierre?* — concluiu ele. — *Eh bien, encore une bouteille de ce bordeaux moscovite, n'est-ce pas? Morel, va nous chauffer encore une petite bouteille. Morel!*[108] — gritou o capitão com alegria.

Morel trouxe velas e uma garrafa de vinho. O capitão observou Pierre à luz das velas e, era evidente, ficou impressionado pelo rosto transtornado do seu interlocutor. Ramballe, com uma aflição e uma solidariedade sinceras no rosto, chegou mais perto de Pierre e curvou-se na sua direção.

— *Eh bien, nous sommes tristes* — disse ele, tocando na mão de Pierre. — *Vous aurais-je fait de la peine? Non, vrai, avez-vous quelque chose contre moi?* — perguntou de novo. — *Peut-être rapport à la situation?*[109]

Pierre nada respondeu, mas fitou os olhos do francês com afeição. Aquela expressão de solidariedade lhe agradou.

---

105 Francês: "Encantador [...] o coronel dos soldados de Württemberg! É um alemão; mas é um bravo rapaz, de fato. Mas é alemão".

106 Francês: "A propósito, o senhor então sabe alemão, não é?".

107 Francês: "Como se diz asilo em alemão?".

108 Francês: "Os alemães são uns bichos arrogantes. Não é, senhor Pierre? [...] Pois bem, mais uma garrafa desse bordeaux moscovita, não é mesmo? Morel, esquente para nós mais uma garrafinha. Morel!".

109 Francês: "Ora, então estamos tristes [...] Será que fiz o senhor sofrer? Não, de verdade, o senhor tem alguma coisa contra mim? [...] Talvez por causa da situação?".

— *Parole d'honneur, sans parler de ce que je vous dois, j'ai de l'amitié pour vous. Puis-je faire quelque chose pour vous? Disposez de moi. C'est à la vie et à la mort. C'est la main sur le cœur que je vous le dis*[110] — disse, apontando para o peito.

— *Merci*[111] — respondeu Pierre. O capitão fitou Pierre atentamente, como tinha feito pouco antes, ao saber como se dizia asilo em alemão, e seu rosto iluminou-se de repente.

— *Ah, dans ce cas je bois à notre amitié!*[112] — gritou com alegria, e serviu dois copos de vinho. Pierre pegou um e serviu dois copos e bebeu de um só gole. Ramballe também bebeu seu copo até o fim, apertou de novo a mão de Pierre e, com uma pose melancólica e pensativa, apoiou os cotovelos na mesa.

— *Oui, mon cher ami, voilà les caprices de la fortune* — começou. — *Qui m'aurait dit que je serais soldat et capitaine de dragons au service de Bonaparte, comme nous l'appellions jadis. Et cependant me voilà à Moscou avec lui. Il faut vous dire, mon cher* — continuou, com a voz melancólica e ritmada de um homem que se prepara para contar uma história comprida —, *que notre nom est un des plus anciens de la France.*[113]

E, com a franqueza fácil e ingênua de um francês, o capitão contou a Pierre a história de seus ancestrais, sua infância, sua juventude e sua vida de adulto, falou de todos os seus parentes, de suas propriedades, das relações familiares. "*Ma pauvre mère*"[114] desempenhava, é claro, o papel principal naquele relato.

— *Mais tout ça ce n'est que la mise en scène de la vie, le fond c'est l'amour! L'amour! N'est-ce pas, monsieur Pierre?* — disse o capitão, animando-se. — *Encore un verre.*[115]

Pierre bebeu de novo e serviu uma terceira dose.

— *Oh! Les femmes, les femmes!*[116] — e o capitão, fitando Pierre com os olhos brilhantes, começou a falar sobre o amor e sobre os seus casos românticos. Eram muito numerosos, e não era difícil acreditar nisso, vendo o rosto bonito e satis-

---

110 Francês: "Palavra de honra, sem falar do que eu lhe devo, sinto amizade pelo senhor. Posso fazer alguma coisa pelo senhor? Estou à sua disposição. Para a vida e para a morte. Digo isso com a mão no coração".

111 Francês: "Obrigado".

112 Francês: "Ah, nesse caso eu bebo à nossa amizade!".

113 Francês: "É, caro amigo, esses são os caprichos da fortuna [...] Quem diria que eu viria a ser soldado e capitão dos dragões a serviço de Bonaparte, como o chamávamos antigamente. E no entanto aqui estou em Moscou, com ele. Tenho de lhe dizer, meu caro [...] que nosso nome é um dos mais antigos da França".

114 Francês: "Minha pobre mãe".

115 Francês: "Mas tudo isso não passa do cenário da vida, a essência é o amor! O amor! Não é isso, senhor Pierre? [...] Mais um copo".

116 Francês: "Ah! As mulheres, as mulheres!".

feito do oficial e a animação entusiasmada com que ele falava sobre as mulheres. Apesar de todas as histórias de amor de Ramballe terem o toque de obscenidade em que os franceses veem exclusivamente o fascínio e a poesia do amor, o capitão contava suas histórias com uma convicção tão sincera de que só ele havia provado e compreendido todo o fascínio do amor, e descrevia as mulheres de modo tão atraente que Pierre o escutava com curiosidade.

Era evidente que *l'amour* de que o francês tanto gostava não era o tipo de amor simples e rasteiro que Pierre sentira tempos antes pela sua esposa, nem o amor romântico inflado por ele mesmo, que sentia por Natacha (Ramballe desprezava igualmente os dois tipos de amor — um era *l'amour des charretiers*,[117] o outro, *l'amour des nigauds*);[118] *l'amour* que o francês cultuava consistia principalmente na artificialidade das relações com as mulheres e numa mistura de deformidades que conferiam ao sentimento seu encanto principal.

Assim, o capitão contou a comovente história do seu amor por uma marquesa fascinante de trinta e cinco anos e, ao mesmo tempo, por uma criança de dezessete anos, encantadora e inocente, filha da marquesa fascinante. Narrou a batalha de magnanimidade entre a mãe e a filha, cujo desfecho foi que a mãe, sacrificando-se, ofereceu a filha em casamento para o seu amante, e ainda agora, já passado tanto tempo de tais recordações, aquilo comovia o capitão. Depois contou um episódio em que o marido representava o papel de amante, e ele (o amante) o papel de marido, e alguns episódios cômicos dos *souvenirs d'Allemagne*,[119] onde *asile* se diz *Unterkunft*, onde *les maris mangent de la choucroute*[120] e onde *les jeunes filles sont trop blondes*.[121]

Por fim um último episódio na Polônia, ainda fresco na memória do capitão, que ele contou com gestos rápidos e rosto afogueado, consistia em que ele tinha salvado a vida de um polonês (nos relatos do capitão, havia sempre um episódio de salvamento de uma vida), e o tal polonês confiara a ele sua esposa fascinante (*Parisienne de cœur*),[122] enquanto ele mesmo partia para servir no Exército francês. O capitão ficou feliz, a fascinante polonesa quis fugir com ele; porém, movido pela generosidade, o capitão devolveu a esposa ao marido, e lhe disse: "*Je vous ai sauvé la vie et je sauve votre honneur!*".[123] Ao repetir tais palavras, o capitão enxugou os

---

117 Francês: "o amor dos carroceiros".

118 Francês: "o amor dos tolos".

119 Francês: "memórias da Alemanha".

120 Francês: "os maridos comem chucrute".

121 Francês: "as mocinhas são louras demais".

122 Francês: "Parisiense de coração".

123 Francês: "Salvei sua vida e estou salvando sua honra!".

olhos e se refez, sacudindo a cabeça, como que para rechaçar a fraqueza que o dominava diante daquela recordação comovente.

Ao escutar os relatos do capitão, como acontece muitas vezes nas horas tardias da noite e sob o efeito do vinho, Pierre acompanhava tudo o que o capitão dizia, compreendia tudo e, ao mesmo tempo, acompanhava uma série de recordações pessoais, que de repente, ele não sabia o motivo, surgiram em seu pensamento. Enquanto ouvia aqueles casos de amor, de repente seu próprio amor por Natacha lhe veio à memória de forma inesperada e, selecionando na imaginação as cenas daquele amor, Pierre mentalmente as comparava com as histórias de Ramballe. Enquanto acompanhava uma história sobre a luta entre o dever e o amor, Pierre via à sua frente todos os mínimos detalhes de seu último encontro com o objeto do seu amor, perto da torre de Súkharev. Na hora, o encontro não produzira efeito sobre Pierre; não se lembrara dele nenhuma vez. Mas agora lhe parecia que o encontro tinha algo de muito importante e poético.

"Piotr Kirílitch, venha cá, eu reconheci logo", ouvia agora as palavras ditas por ela, via à sua frente os olhos dela, o sorriso, o chapeuzinho de passeio, as tranças bem apertadas... e algo emocionante, comovente, revelava-se para ele em tudo aquilo.

Encerrado o relato sobre a polonesa fascinante, o capitão voltou-se para Pierre e perguntou se ele já havia experimentado sentimentos semelhantes, o impulso de sacrificar-se por amor e a inveja de um marido legítimo.

Instigado por aquela pergunta, Pierre levantou a cabeça e sentiu necessidade de expressar o que ocupava seu pensamento; passou a explicar que ele entendia o amor e a mulher de maneira um pouco diversa. Disse que, em toda a sua vida, tinha amado e amava só uma mulher e que essa mulher nunca poderia pertencer a ele.

— *Tiens!*[124] — exclamou o capitão.

Em seguida, Pierre explicou que amava aquela mulher desde pequeno; mas não se atrevia a pensar nela, porque ela era jovem demais, e ele era um filho ilegítimo e sem bens. Mas depois, quando ganhou nome e fortuna, não se atrevia a pensar nela porque a amava demais, colocava-a numa posição elevada demais, acima de todo o mundo e por isso, mais ainda, acima dele mesmo. Ao chegar a esse ponto do seu relato, Pierre voltou-se para o capitão e perguntou: ele entendia aquilo?

O capitão fez um gesto que dizia que, mesmo se ele não estivesse entendendo, queria que continuasse.

---

124 Francês: "Ora essa!".

— *L'amour platonique, les nuages...*[125] — resmungou ele. Ou o vinho que bebera, ou a exigência de franqueza, ou o pensamento de que aquele homem não conhecia e não ia reconhecer nenhum dos personagens da sua história, ou tudo isso junto, algo desatou a língua de Pierre. E ele, com boca meio mole e olhos turvos, fitando o vazio, contou toda a sua história: seu casamento, a história do amor de Natacha por seu melhor amigo, a traição dela, todas as suas complicadas relações com ela. Instigado pelas perguntas de Ramballe, Pierre contou aquilo que de início estava escondendo — sua posição na sociedade e até revelou seu nome.

O que mais impressionou o capitão no relato era que Pierre era um homem muito rico, que possuía dois palácios em Moscou e que havia abandonado tudo e não fugira de Moscou, ficara na cidade, escondendo o nome e o título.

Já tarde da noite, os dois saíram juntos para a rua. A noite estava quente e clara. À esquerda da casa, brilhava o clarão do primeiro incêndio iniciado em Moscou, na rua Petróvka. À direita, no alto, estava a lua crescente e, no lado oposto, pendia o cometa brilhante que, na alma de Pierre, estava associado ao seu amor. No portão, estavam Guerássim, o cozinheiro e dois franceses. Ouviam-se os risos e a conversa que se passava entre eles, numa língua mutuamente incompreensível. Olhavam para o clarão que se avistava na cidade.

Nada havia de terrível num pequeno incêndio distante, numa cidade enorme.

Olhando o céu alto e estrelado, a lua e o clarão, Pierre experimentou uma ternura alegre. "Puxa, mas que bonito. Puxa, o que mais é preciso?!", pensou. E de repente, quando se lembrou de seu projeto, sua cabeça girou, ele sentiu-se mal, a tal ponto que teve de se apoiar num muro para não cair.

Sem se despedir de seu novo amigo, Pierre afastou-se do portão a passos instáveis e, voltando para seu quarto, deitou no sofá e na mesma hora adormeceu.

XXX

As tropas em retirada e os habitantes em fuga olhavam de diversas ruas, e com diversos sentimentos, o clarão do primeiro incêndio que se manifestou no dia 2 de setembro.

O comboio dos Rostóv, naquela noite, estava parado nos Mitíchi,[126] a vinte verstas de Moscou. No dia 1º de setembro, eles haviam partido tão tarde, a estrada

---

125 Francês: "O amor platônico, as nuvens...".

126 Aqueduto construído no século XVIII.

estava tão atravancada de carroças e de tropas, tantas coisas tinham sido esquecidas, obrigando os criados a voltar para buscá-las, que ficou resolvido que iam pernoitar a cinco verstas de Moscou. Na manhã seguinte partiram tarde, e houve novamente tantas interrupções que só conseguiram chegar até os Grandes Mitíchi. Às dez horas, os srs. Rostóv e os feridos que viajavam com eles se alojaram nos pátios e nas isbás de uma grande aldeia. A criadagem, o cocheiro dos Rostóv e os ordenanças dos feridos, depois de terem cuidado de seus senhores, jantaram, deram forragem aos cavalos e foram para a varanda.

Numa isbá vizinha, estava o ajudante de ordens de Raiévski com a mão fraturada, e a dor terrível que sentia o forçava a gemer queixosamente e sem parar, e tais gemidos ressoavam de maneira terrível na escuridão da noite de outono. Na primeira noite, aquele ajudante de ordens havia pernoitado no mesmo pátio onde ficaram os Rostóv. A condessa disse que não conseguia ficar de olhos fechados com aqueles gemidos e, nos Mitíchi, mudou-se para uma isbá pior só para ficar mais longe do ajudante de ordens ferido.

Na escuridão da noite, por trás de uma volumosa carroça que estava na entrada, um dos criados notou mais um pequeno clarão de incêndio. Fazia tempo que tinham visto um clarão, e todos souberam que os Pequenos Mitíchi estavam em chamas, incêndio ateado pelos cossacos de Mamónov.

— Mas olhem aquilo lá, meus irmãos, outro incêndio — disse o ordenança.

— Pois é, disseram que os cossacos de Mamónov puseram fogo nos Pequenos Mitíchi.

— Foram eles! Mas aquilo não são os Pequenos Mitíchi, fica depois.

— Olhem lá, fica bem em Moscou.

Dois criados desceram da varanda, deram a volta para o outro lado da carroça e subiram nos estribos.

— Fica mais para a esquerda! Puxa, os Mitíchi ficam bem para cá, aquilo está do outro lado.

Alguns criados vieram se unir aos primeiros.

— Puxa, é o maior fogaréu — disse um. — Tem um incêndio em Moscou, minha gente, ou então em Suchévski, ou quem sabe em Rogójski.

Ninguém respondeu àquela observação. Durante muito tempo, os criados ficaram observando em silêncio o fulgor distante das chamas do novo incêndio.

Um velho, o camareiro do conde (como o chamavam), Danilo Teréntitch, chegou perto do grupo e gritou para Michka.

— O que você está olhando, seu conversa-fiada... O conde está lá chamando, e não vem ninguém; vá arrumar as roupas.

— Está bem, só vim pegar água — disse Michka.

— E o senhor, o que acha, Danilo Teréntitch, aquele clarão lá vem de Moscou? — perguntou um dos lacaios.

Danilo Teréntitch nada respondeu, e de novo todos ficaram em silêncio por muito tempo. O clarão se alastrava e cintilava cada vez mais distante.

— Deus me perdoe!... está ventando e está seco... — disse de novo uma voz.

— Olhe só como andou. Meu Deus! Já dá para ver até os corvos. Deus perdoe os nossos pecados!

— Na certa vão apagar.

— Quem vai apagar? — ouviu-se a voz de Danilo Teréntitch, que tinha ficado em silêncio até então. Sua voz era calma e vagarosa. — É Moscou mesmo, irmão — disse ele. — Ela, a mãezinha branquinha... — Sua voz se partiu, e de repente o velho soluçou. E parecia que todos só estavam esperando aquilo para compreender o significado daquele clarão. Ouviram-se suspiros, palavras de prece e os soluços do velho camareiro do conde.

XXXI

O camareiro voltou e comunicou ao conde que Moscou estava em chamas. O conde vestiu o roupão e saiu para olhar. Sônia, que ainda não tinha trocado de roupa, foi junto com ele, e também Mme Schoss. Só Natacha e a condessa ficaram no quarto. (Pétia não estava mais com a família: tinha seguido na frente com seu regimento, em marcha rumo a Tróitsa.)[127]

A condessa começou a chorar ao saber da notícia do incêndio de Moscou. Natacha, pálida, com olhos parados, sentada num banquinho ao pé dos ícones (o mesmo lugar onde estava desde a chegada), não prestava a menor atenção nas palavras do pai. Ela escutava o incessante gemido do ajudante de ordens, a três casas dali.

— Ah, que horror! — disse Sônia, que voltou do pátio assustada e trêmula de frio. — Acho que Moscou inteira está em chamas, é um clarão horrível! Natacha, venha cá olhar, da janela dá para ver — disse para a irmã, visivelmente querendo entreter Natacha com alguma coisa. Mas Natacha olhou para ela como se não entendesse o que estavam lhe pedindo e de novo fixou o olhar num canto da estufa. Natacha se achava naquele estado de apatia desde a manhã, desde o momento em que Sônia, para surpresa e irritação da condessa, não se sabe para quê, achara

---

127 Localidade situada a setenta quilômetros de Moscou, onde fica um famoso mosteiro.

necessário informar Natacha a respeito do ferimento do príncipe Andrei e de sua presença no comboio que os acompanhava. A condessa se zangara com Sônia de um modo que era raro acontecer. Sônia havia chorado, pedira desculpas e agora, como que tentando expiar sua culpa, não parava de dar atenção à irmã.

— Veja, Natacha, que incêndio terrível — disse Sônia.

— O que está pegando fogo? — perguntou Natacha. — Ah, sim, é Moscou.

E, como que para não ofender Sônia com uma negativa e para livrar-se dela, Natacha aproximou a cabeça da janela, olhou fixamente, como se não conseguisse enxergar nada, e de novo foi sentar no mesmo lugar de antes.

— Mas você não viu?

— Sim, claro, vi, sim — respondeu com uma voz que implorava que a deixassem em paz.

A condessa e Sônia entenderam que Moscou, o incêndio de Moscou, ou o que quer que fosse, afinal, não poderia ter importância para Natacha.

O conde foi de novo para trás do biombo e deitou-se. A condessa se aproximou de Natacha, tocou as costas da mão na sua cabeça, como fazia quando a filha estava doente, depois tocou sua testa com os lábios, como que para saber se a filha não estava com febre, e beijou-a.

— Você está com frio. Está tremendo toda. Era melhor deitar — disse ela.

— Deitar? Sim, está certo, vou deitar. Vou deitar agora mesmo — disse Natacha.

Desde que, naquela manhã, contaram para Natacha que o príncipe estava gravemente ferido e que seguia com o comboio dos Rostóv, ela fizera, no primeiro momento, muitas perguntas sobre o príncipe — para onde ia, como estava, se o ferimento era perigoso, se ela podia vê-lo. Mas, depois que lhe disseram que não era possível ver o príncipe Andrei, que ele estava gravemente ferido, mas que sua vida não estava em perigo, Natacha, obviamente sem acreditar no que lhe diziam, mas convencida de que, por mais que ela perguntasse, iriam responder sempre a mesma coisa, havia parado de fazer perguntas e de falar. Durante todo o caminho, com os olhos muito abertos que a condessa conhecia muito bem e cuja expressão ela tanto temia, Natacha se mantinha imóvel, sentada num canto da carruagem, da mesma forma como estava agora, no banco. Refletia sobre alguma coisa, estava decidindo alguma coisa, ou até já havia decidido em seu pensamento — a condessa sabia disso, mas o que Natacha havia decidido a condessa não sabia, e isso a atormentava terrivelmente.

— Natacha, troque de roupa, minha querida, deite na minha cama. (Só haviam feito a cama para a condessa; Mme Schoss e as duas jovens patroas iam dormir no chão, em cima da palha.)

— Não, mamãe, vou deitar aqui no chão — disse Natacha irritada, aproximou-se da janela e abriu-a. Os gemidos do ajudante de ordens eram ouvidos mais fortes ainda através da janela aberta. Natacha pôs a cabeça para fora, no ar úmido da noite, e a condessa viu que os ombros finos dela se sacudiam com os soluços e esbarravam no caixilho da janela. Natacha sabia que não era o príncipe Andrei que estava gemendo. Sabia que o príncipe Andrei estava deitado dentro de uma isbá contígua ao vestíbulo, na mesma propriedade onde elas se encontravam; mas foram aqueles gemidos terríveis e incessantes que levaram Natacha a chorar. A condessa e Sônia se entreolharam.

— Venha deitar, minha querida, venha deitar, minha amiga — disse a condessa, tocando a mão de leve no ombro de Natacha. — Vamos, venha deitar.

— Ah, sim... Já vou, estou indo, já vou deitar — disse Natacha, trocando de roupa às pressas e puxando os cordões da cintura da saia. Depois de baixar o vestido e pôr uma camisola, Natacha, com as pernas dobradas, sentou-se na cama preparada para ela no chão e, puxando para a frente, por cima do ombro, sua trança fina e curta, começou a amarrá-la. Os dedos finos, compridos e habilidosos desmancharam, entrelaçaram e amarraram a trança com rapidez e agilidade. A cabeça de Natacha, com um gesto habitual, girou de um lado para outro, mas os olhos febrilmente abertos fitavam imóveis em frente. Quando os preparativos para a noite terminaram, Natacha baixou o corpo em silêncio sobre o lençol estendido por cima da palha, rente à porta.

— Natacha, deite no meio — disse Sônia.

— Não, vou ficar aqui — falou Natacha. — Deite logo — acrescentou, aborrecida. E afundou o rosto no travesseiro.

A condessa, Mme Schoss e Sônia trocaram de roupa às pressas e se deitaram. Só a lamparina dos ícones ficou acesa no quarto. Mas o pátio estava iluminado pelo incêndio nos Pequenos Mitíchi, a duas verstas dali, e ressoavam os gritos bêbados das pessoas que estavam na taberna, arrombada pelos cossacos de Mamónov, no outro lado da rua, e o tempo todo ouviam-se os gemidos do ajudante de ordens.

Natacha ficou escutando durante muito tempo os sons de dentro e de fora que chegavam até ela e não se mexia. Ouviu de início a prece e os suspiros da mãe, os rangidos da cama debaixo dela, o ronco familiar de Mme Schoss, acompanhado de um assovio, a respiração suave de Sônia. Depois a condessa chamou Natacha. Ela não respondeu.

— Parece que está dormindo, mamãe — disse Sônia em voz baixa. A condessa, depois de ficar calada um instante, chamou de novo, mas dessa vez ninguém respondeu.

Pouco depois, Natacha escutou a respiração ritmada da mãe. Natacha não se mexia, apesar de seu pequeno pé nu, despontando para fora do cobertor, estar encostado no chão frio.

Como que celebrando sua vitória sobre todos, um grilo começou a cantar dentro de uma rachadura na parede. Um galo cantou ao longe, outros mais perto responderam. Na taberna, os gritos silenciaram, só se ouviam os mesmos gemidos do ajudante de ordens. Natacha levantou-se um pouco.

— Sônia? Está dormindo? Mamãe? — sussurrou. Ninguém respondeu. Natacha levantou-se devagar e com cuidado, fez o sinal da cruz e pôs com cuidado a sola estreita e flexível do pé descalço no chão frio e imundo. Uma tábua do piso rangeu. Tateando rapidamente com os pés, Natacha correu alguns passos como um gato e segurou-se na maçaneta fria da porta.

Parecia-lhe que algo pesado batia ritmadamente em todas as paredes da isbá: era seu coração partido que batia, morto de medo, de pavor e de amor.

Ela abriu a porta, atravessou a soleira e pisou na terra fria e molhada do vestíbulo. O frio envolvente refrescou-a. Natacha resvalou o pé num homem que dormia, passou por cima dele e abriu a porta da isbá onde estava o príncipe Andrei. Naquela isbá, estava escuro. Num canto ao fundo, sobre um banco, junto à cama onde havia algo estendido, uma vela de sebo ardia coberta de fuligem, como um cogumelo.

Natacha, desde aquela manhã, quando lhe contaram sobre o ferimento e sobre a presença do príncipe Andrei, resolvera que tinha de vê-lo. Não sabia por que tinha de fazer aquilo, mas sabia que o encontro seria angustiante e por isso mesmo estava ainda mais convencida de que era necessário.

Ela havia passado o dia inteiro na esperança de vê-lo à noite. Mas, agora que chegara o momento, veio-lhe o temor do que iria ver. Estaria ele desfigurado? O que teria sobrado dele? Não estaria como aquele ajudante de ordens que não parava de gemer? Sim, estaria assim mesmo. Na imaginação de Natacha, ele era a personificação daqueles gemidos horríveis. Quando ela avistou um volume indistinto num canto e por engano achou que os joelhos, erguidos debaixo do cobertor, eram os ombros, Natacha visualizou em pensamento um corpo horrível e parou, horrorizada. Mas uma força irresistível a atraiu para a frente. Deu um passo com cuidado, mais um, e se viu no meio de uma isbá pequena, atravancada de bagagens. Na isbá, ao pé dos ícones, um outro homem estava deitado sobre um banco (era Timókhin), e mais dois homens estavam deitados no chão (eram o médico e o camareiro).

O camareiro levantou-se um pouco e sussurrou algo. Timókhin, sofrendo com as dores da perna ferida, não dormia e, de olhos bem abertos, fitava a estranha aparição de uma menina de camisolão branco e touca de dormir. As palavras sonolentas e assustadas do camareiro: "O que foi? O que a senhora quer?", serviram apenas para obrigar Natacha a andar mais depressa na direção daquilo que estava deitado no canto. Por mais estranho que fosse aquele corpo, por mais que não parecesse humano, Natacha tinha de vê-lo. Esquivou-se do camareiro: a fuligem escorreu pelo sebo derretido da vela, e ela viu nitidamente o príncipe Andrei, deitado com os braços largados por cima do cobertor e tal como ela sempre o tinha visto.

Era o mesmo de sempre; mas a cor afogueada de seu rosto, os olhos brilhantes, cravados nela com arrebatamento, e sobretudo o pescoço infantil e delicado que sobressaía da gola do camisolão aberta para o lado conferiam a ele um aspecto especial, inocente, de menino, que no entanto ela jamais tinha visto no príncipe Andrei. Aproximou-se dele e, num movimento ligeiro, flexível, jovem, pôs-se de joelhos.

Ele sorriu e lhe estendeu a mão.

XXXII

Sete dias haviam se passado desde que o príncipe Andrei recobrara os sentidos na enfermaria do campo de batalha de Borodinó. Durante todo aquele tempo, ele estivera num estado de quase constante inconsciência. O estado febril e a inflamação no intestino, causada por um ferimento, na opinião do médico que acompanhava o ferido, iriam com certeza tirar sua vida. Mas no sétimo dia ele comeu com prazer um pedaço de pão com chá, e o médico notou que sua temperatura havia baixado. O príncipe Andrei, pela manhã, voltou à consciência. A primeira noite depois da partida de Moscou estava bastante quente, e o príncipe Andrei foi acomodado para pernoitar no coche; porém, nos Mitíchi, o próprio ferido pediu que o descessem para tomar chá. A dor que lhe causou a transferência para dentro da isbá obrigou o príncipe Andrei a gemer alto, e ele perdeu de novo a consciência. Quando o instalaram num leito de campanha, ficou deitado muito tempo de olhos fechados e sem se mexer. Depois abriu os olhos e sussurrou baixinho: "Onde está o chá?". Aquela lembrança de um pequeno detalhe da vida impressionou o médico. Tomou-lhe o pulso e, para sua surpresa e insatisfação, notou que o pulso havia melhorado. O médico percebeu aquilo com insatisfação porque, pela sua experiência, estava convencido de que o príncipe Andrei não poderia sobreviver e que, caso não morresse agora, morreria algumas semanas depois, só que com mais sofrimento. Junto com o príncipe Andrei, estavam levando o major Timókhin, de nariz vermelho, do seu regimento, e com a perna ferida na mesma batalha de Borodinó, que fora se unir a ele em Moscou. Os dois eram acompanhados pelo médico, pelo camareiro do príncipe, por seu cocheiro e por dois ordenanças. Deram chá para o príncipe Andrei. Bebeu com sofreguidão, enquanto os olhos febris fitavam a porta à sua frente, como que tentando compreender e lembrar algo.

— Não quero mais. Timókhin está aqui? — perguntou. Timókhin arrastou-se sobre o banco em sua direção.

— Estou aqui, vossa excelência.

— Como está o ferimento?

— O meu? Não é nada. E o do senhor? — O príncipe Andrei ficou de novo pensativo, como se recordasse alguma coisa.

— Será que pode conseguir um livro? — disse ele.

— Que livro?

— O Evangelho! Eu não tenho.

O médico prometeu que ia providenciar e pôs-se a perguntar ao príncipe como ele estava se sentindo. O príncipe Andrei respondeu de má vontade, mas de modo razoável, todas as perguntas do médico e depois disse que queria que pusessem uma almofada cilíndrica embaixo do seu corpo, do contrário aumentava o incômodo e a dor. O médico e o camareiro ergueram o capote que o cobria e, torcendo o nariz ante o cheiro pesado de carne pútrida que exalava do ferimento, puseram-se a observar aquele lugar terrível. O médico ficou muito insatisfeito com alguma coisa, modificou algo no curativo, virou o corpo do ferido de modo que ele recomeçou a gemer e, devido à dor que sentiu no instante em que foi virado, perdeu de novo a consciência e começou a falar de modo delirante. Dizia o tempo todo que lhe trouxessem logo o tal livro e o colocassem embaixo dele.

— O que custa a vocês fazerem isso? — dizia ele. — Não tenho o livro, arranjem um, por favor, ponham embaixo de mim só um minutinho — dizia com voz patética.

O médico saiu para o vestíbulo a fim de lavar as mãos.

— Ah, gente sem consciência, francamente — disse o médico para o camareiro, que entornava água nas suas mãos. — Foi só eu ficar um minuto sem olhar e vocês colocaram o homem deitado em cima do ferimento. É tanta dor que até me admiro que ele tenha suportado.

— Achei que tinha de colocar virado para baixo, ah, meu Jesus Cristo — disse o camareiro.

Pela primeira vez, o príncipe entendeu onde estava e o que estava acontecendo com ele e lembrou que estava ferido e que, no instante em que o coche parou nos Mitíchi, ele havia pedido que o levassem para dentro da isbá. Depois de perder de novo a consciência por causa da dor, voltou a si outra vez na isbá, quando tomava chá, e ali novamente, depois de repassar em pensamento tudo o que havia ocorrido com ele, viu, da maneira mais nítida possível, o momento em que, na enfermaria do campo de batalha, ante a visão do sofrimento de um homem que ele detestava, vieram-lhe aqueles pensamentos novos que lhe traziam uma promessa de felicidade. E tais pensamentos, embora de modo vago e obscuro, dominavam agora sua alma outra vez. Lembrou que agora ele tinha uma felicidade nova e que aquela felicidade tinha algo em comum com o Evangelho. Por isso havia pedido o Evangelho. Mas a posição ruim em que tinham colocado o seu ferimento e o modo como viraram seu corpo embaralharam de novo seus pensamentos e, pela terceira vez, o príncipe Andrei voltou para a vida já quando era noite e tudo estava em silêncio. Todos dormiam à sua volta. Um grilo cantava do outro lado do vestíbulo, alguém gritava e cantava na rua, baratas rastejavam pela mesa e pelos ícones e uma mosca gorda de outono esvoaçava perto dele, na cabeceira da cama e em torno da vela de sebo acesa ao seu lado, como um grande cogumelo e coberta de fuligem.

Sua alma não se encontrava num estado normal. Um homem saudável em geral pensa, sente e lembra ao mesmo tempo uma quantidade inumerável de coisas, mas tem o poder e a força de escolher uma sequência de ideias ou de fatos e concentrar toda a sua atenção nessa sequência de fatos. Um homem saudável, num momento de reflexão profunda, se interrompe a fim de dizer uma palavra cordial a uma pessoa que acabou de chegar e depois retorna aos seus pensamentos. Porém, nesse aspecto, a alma do príncipe Andrei não se encontrava num estado normal. Todas as energias de sua alma estavam mais ativas, mais claras do que nunca, mas elas agiam alheias à sua vontade. Os pensamentos e as imagens mais diversas dominavam-no ao mesmo tempo. De quando em quando, seu pensamento de repente começava a trabalhar, e com tamanha força, clareza e profundidade como nunca havia sido capaz em estado saudável; mas de repente, em meio a seus trabalhos, o pensamento se embaralhava, era substituído por alguma imagem inusitada, e não havia forças para voltar para ele.

"Sim, revelou-se para mim uma felicidade nova, inalienável do homem", pensou, deitado na semiescuridão da isbá silenciosa, fitando à sua frente com olhos febris, fixos e muito abertos. "A felicidade se encontra fora das forças materiais, fora das influências materiais exteriores sobre o homem, a felicidade só da alma, a felicidade do amor! Qualquer pessoa pode compreender isso, mas conceber e prescrever isso só é possível para Deus. Mas como Deus prescreveu essa lei? E por que seu filho...?" E de repente a cadeia de pensamentos se embaralhou e o príncipe Andrei ouviu (sem saber se era em seu delírio ou na realidade), ouviu uma voz baixa, sussurrante, que repetia ritmadamente e sem parar: "Piti-piti-piti", e depois "ti-ti", e de novo "piti-piti-piti", e de novo "ti-ti". Ao mesmo tempo, ao som daquela música sussurrante, o príncipe Andrei sentia que, acima do seu rosto, em cima e bem do meio do seu rosto, erguia-se uma espécie de construção estranha, aérea, feita de agulhas ou de lascas finas. Ele sentia (embora isso lhe fosse penoso) que precisava a todo custo manter o equilíbrio para que a construção que se erguia não desabasse; mas a construção, mesmo assim, desabava e novamente se erguia devagar, aos sons da música sussurrante. "Sobe! Sobe! Estica e sobe sem parar!", dizia consigo o príncipe Andrei. Ao mesmo tempo que percebia o sussurro e a sensação daquela construção de agulhas que se erguia e se elevava, o príncipe Andrei também via, a intervalos, uma luz vermelha num círculo em redor da vela e ouvia o rumor das baratas e das moscas que resvalavam no travesseiro e em seu rosto. E toda vez que uma mosca encostava em seu rosto ela produzia uma sensação de queimadura; no entanto, para sua surpresa, apesar de a mosca bater na mesma área em que a construção se erguia no seu rosto, a mosca não a destruía. Mas além disso havia uma coisa importante. Era uma coisa branca na porta, era a estátua de uma esfinge, que também o oprimia.

"Mas talvez seja o meu camisolão de dormir em cima da mesa", pensou o príncipe Andrei, "e aquilo são minhas pernas, e aquilo é a porta; mas por que não para de subir e avançar e piti-piti-piti e ti-ti... e piti-piti-piti... Chega, pare, por favor, basta", pedia penosamente o príncipe Andrei a alguém. E de repente o pensamento e o sentimento de novo voltaram à tona com uma força e uma nitidez extraordinária.

"Sim, o amor (pensou de novo com perfeita clareza), mas não o amor que ama algo, para algo ou por causa de algo, e sim o amor que experimentei na primeira vez, quando, morrendo, vi meu inimigo e mesmo assim o amei. Experimentei o sentimento de amor que é a própria essência da alma e para o qual não é necessário um objeto. Também agora estou experimentando esse sentimento abençoado. Amar o próximo, amar os seus inimigos. Amar todos — amar a Deus em todas as manifestações. Amar uma pessoa querida é possível com um amor humano; mas só é possível amar um inimigo com o amor divino. E por isso eu experimentei tamanha alegria quando senti que amava aquele homem. O que houve com ele? Estará vivo?... Amando com o amor humano, é possível passar do amor ao ódio; mas o amor divino não pode mudar. Nada, nem a morte, nada pode destruí-lo. Ele é a essência da alma. E quantas pessoas odiei na minha vida. E, entre todas as pessoas, não amei e odiei ninguém tanto quanto a ela." E, nitidamente, viu Natacha em pensamento, não como ele a representava antes, só com seu encanto, que lhe dava alegria; mas pela primeira vez representou sua alma. E compreendeu o sentimento de Natacha, seu sofrimento, sua vergonha, seu remorso. Agora pela primeira vez ele compreendia toda a crueldade de sua rejeição, via a crueldade da sua ruptura com ela. "Se eu pudesse ver Natacha de novo, ainda que só uma vez. Uma vez só, olhar aqueles olhos, dizer..."

E piti-piti-piti e ti-ti, e piti-piti — *pam*, uma mosca bateu... E sua atenção de repente foi levada para outro mundo de realidade e de delírio, no qual algo especial estava acontecendo. Naquele mundo, como antes, a construção continuava a se erguer, não desabava, algo continuava a se esticar, o círculo vermelho da vela continuava a arder, o mesmo camisolão-esfinge estava deitado junto à porta; mas, além de tudo isso, algo rangeu, entrou o aroma de uma aragem fresca, e uma nova esfinge branca, de pé, surgiu diante da porta. E na cabeça daquela esfinge havia um rosto branco e os olhos brilhantes da mesma Natacha em que ele estava pensando pouco antes.

"Ah, como é penoso este delírio incessante!", pensou o príncipe Andrei, tentando banir aquele rosto da sua imaginação. O príncipe Andrei quis voltar para o mundo anterior, de pensamento puro, mas não conseguiu, e o delírio arrastou-o para os seus domínios. A voz que sussurrava baixinho continuava seu balbucio cadenciado, algo apertava, puxava, e o rosto estranho estava parado na sua frente. O príncipe Andrei reuniu todas as suas forças para voltar a si; mexeu-se, e de repente algo começou a retinir em seus ouvidos, os olhos ficaram turvos, e ele, como um homem que afunda na água, perdeu a consciência. Quando voltou a si, Natacha, a mesma Natacha viva que ele, entre todas as pessoas do mundo, mais queria amar com aquele amor novo, puro e divino que agora havia se revelado a ele, estava à sua frente, de joelhos. Ele compreendeu que aquela era a Natacha viva, real, e não ficou surpreso, mas alegrou-se em silêncio. Natacha, de joelhos, fitava-o com ar assustado e fixamente (ela não podia se mexer), contendo o choro. Seu rosto estava pálido e imóvel. Só na parte inferior algo palpitava.

O príncipe Andrei suspirou com alívio, sorriu e estendeu a mão.

— A senhora? — disse ele. — Que felicidade!

Natacha, com um movimento rápido, mas cuidadoso, aproximou-se dele, de joelhos, segurou sua mão com cuidado, curvou o rosto sobre ela e pôs-se a beijá-la, quase sem encostar os lábios.

— Perdoe! — disse Natacha num sussurro, de cabeça baixa e lançando para ele um olhar de relance. — Perdoe-me!

— Amo a senhora — disse o príncipe Andrei.

— Perdoe...

— Perdoar o quê? — perguntou o príncipe Andrei.

— Perdoe-me pelo que eu... eu fiz — disse Natacha num sussurro entrecortado, quase inaudível, e pôs-se a beijar a mão dele muitas vezes, quase sem encostar os lábios.

— Amo você mais, melhor do que antes — disse o príncipe Andrei, erguendo o rosto de Natacha com a mão, de modo que pudesse fitá-la nos olhos.

Aqueles olhos, cheios de lágrimas felizes, fitavam-no com timidez, compaixão e com uma alegria amorosa. O rosto magro e pálido de Natacha, com os lábios inchados, mais do que feio, estava horrível. Mas o príncipe Andrei não via aquele rosto, via os olhos radiantes, que eram lindos. Por trás deles, ouviam-se vozes.

O camareiro Piotr, agora totalmente desperto, acordou o médico. Timókhin, que durante todo aquele tempo não tinha dormido por causa da dor na perna, havia muito que estava vendo tudo o que se passava e, esforçando-se para cobrir seu corpo despido com o lençol, encolhia-se no banco.

— O que é isso? — perguntou o médico, levantando-se um pouco. — Senhora, por favor, saia.

Naquele instante, uma jovem criada, enviada pela condessa atrás da filha, bateu à porta.

Como uma sonâmbula despertada no meio do sono, Natacha saiu do quarto, voltou para a sua isbá e, chorando, tombou no leito.

Desde aquele dia, durante a longa viagem dos Rostóv, em todas as pausas e paradas noturnas, Natacha não se afastava do ferido Bolkónski, e o médico teve de reconhecer que ele não esperava encontrar naquela mocinha nem tamanha firmeza, nem tamanha habilidade no trato com o ferido.

Por mais terrível que parecesse para a condessa a ideia de que o príncipe Andrei podia (com toda a probabilidade, segundo as palavras do médico) morrer nos braços da sua filha durante a viagem, ela não podia se opor a Natacha. Por causa da aproximação agora estabelecida entre o ferido príncipe Andrei e Natacha, veio à mente da condessa a ideia de que, no caso de ele se curar, as antigas relações entre o noivo e a noiva seriam retomadas, no entanto, ninguém, e menos ainda Natacha e o príncipe Andrei, falava sobre isso: a questão indefinida e em suspenso da vida ou da morte, não só de Bolkónski, mas da Rússia, mantinha na sombra todas as outras conjeturas.

XXXIII

No dia 3 de setembro, Pierre acordou tarde. Tinha dor de cabeça, havia dormido sem trocar de roupa, e agora a roupa pesava em seu corpo, e no seu espírito havia a confusa sensação de algo vergonhoso que ele havia feito no dia anterior; essa coisa vergonhosa tinha sido a conversa com o capitão Ramballe.

O relógio marcava onze horas, mas lá fora parecia particularmente escuro. Pierre levantou-se, esfregou os olhos e, ao ver a pistola com o cabo entalhado que Guerássim havia colocado de novo sobre a escrivaninha, Pierre lembrou onde estava e o que tinha de fazer exatamente naquele dia.

"Será que não estou atrasado?", pensou Pierre. "Não, na certa *ele* não fará sua entrada em Moscou antes do meio-dia." Pierre não se permitia especular sobre aquilo que o aguardava, mas tratou de agir com a maior rapidez possível.

Depois de ajeitar a roupa, Pierre pegou a pistola e fez menção de sair. Mas então, pela primeira vez, passou-lhe pela cabeça a ideia de que era preciso encontrar um modo de levar a arma, pois não podia sair à rua com ela na mão. Mesmo por baixo do casacão largo, era difícil disfarçar a pistola volumosa. Não era possível fazer a arma passar despercebida nem por trás do cinto, nem debaixo do braço. Além disso, a pistola estava descarregada, e Pierre não tivera tempo de carregá-la. "Tanto faz, uso o punhal", disse Pierre a si mesmo, muito embora, quando havia refletido sobre a execução do seu projeto, ele tivesse concluído que o erro principal do estudante que cometera o atentado em 1809 consistira em querer matar Napoleão com um punhal. Todavia, como o objetivo principal de Pierre não era executar o que havia planejado, e sim mostrar a si mesmo que não havia renunciado ao seu projeto e que estava fazendo tudo para que ele fosse executado, apanhou às pressas o punhal denteado e sem fio, com bainha verde, que havia comprado junto com a pistola ao pé da torre de Súkharev, e escondeu-o por baixo do colete.

Depois de prender o cinto do cafetã e de enfiar o gorro bem fundo na cabeça, Pierre, tentando não fazer barulho nem encontrar o capitão, atravessou o corredor e saiu para a rua.

O incêndio para o qual ele havia olhado com tamanha indiferença na noite da véspera tinha aumentado de maneira notável durante a madrugada. Moscou estava em chamas já em vários locais. Ardiam ao mesmo tempo Kariétni Riad, Zamoskvoriétche, Gostíni Dvor, Povarskaia, as barcas no rio Moskvá e o mercado de madeira na ponte Dorogomílov.

O caminho de Pierre se estendia pelos becos até a rua Povarskaia e de lá para a rua Arbat, rumo à igreja de São Nicolau, que ele já definira em sua imaginação, fazia muito tempo, como o lugar onde havia de executar o seu projeto. Na maioria das casas, os portões e as persianas estavam fechados. As ruas e as esquinas estavam vazias. O ar cheirava a fumaça e a queimado. Vez ou outra, andando pelo meio da rua, apareciam russos de feições inquietas e temerosas e franceses com aspecto de gente não da cidade, mas dos acampamentos militares. E tanto os russos como os franceses olhavam com espanto para Pierre. Além da grande estatura e do corpo volumoso, além da expressão estranha, sombria, concentrada e sofrida do rosto e de toda a sua pessoa, os russos olhavam para Pierre porque não entendiam a que classe social poderia pertencer aquele homem. Já os franceses o seguiam com os olhos, admirados sobretudo porque, ao contrário de todos os outros russos, que olhavam para os franceses com medo ou curiosidade, Pierre não prestava a menor atenção neles. Junto ao portão de uma casa, três franceses explicavam algo para uns russos que não os compreendiam e detiveram Pierre para perguntar se ele não sabia falar francês.

Pierre balançou a cabeça negativamente e seguiu adiante. Em outro beco, uma sentinela que guardava uma caixa verde[128] gritou para ele, e, só quando o grito rude se repetiu e soou o estalo de um fuzil que a sentinela ergueu e apoiou no ombro, Pierre entendeu que tinha de passar para o outro lado da rua. Pierre não escutava nem via nada à sua volta. Com horror e pressa, carregava seu projeto dentro de si, como algo terrível e alheio a ele, receoso — à luz da experiência da noite anterior — de perdê-lo de algum modo. Mas Pierre não estava fadado a levar intacto o seu ânimo até o destino. Mesmo que nada o detivesse em seu caminho, seu projeto não poderia ser executado porque Napoleão, mais de quatro horas antes, havia passado do subúrbio de Dorogomílov para o Krêmlin, através da rua Arbat, e agora, no estado de ânimo mais sombrio possível, se encontrava sentado no gabinete do tsar no palácio do Krêmlin e dava ordens minuciosas e detalhadas sobre as medidas que deviam ser tomadas rapidamente para apagar o incêndio, prevenir as pilhagens e acalmar os habitantes. Mas Pierre não sabia disso; totalmente absorto no que tinha pela frente, atormentava-se como uma pessoa que tenta de modo obstinado realizar algo impossível — não por causa das dificuldades, mas em razão da estranheza do projeto em face da sua natureza pessoal; ele se atormentava com medo de fraquejar no momento decisivo e, desse modo, perder o respeito por si mesmo.

Embora não visse nem ouvisse nada à sua volta, escolhia o caminho por instinto e não se enganou ao tomar os becos que levavam à rua Povarskaia.

À medida que Pierre se aproximava da Povarskaia, a fumaça ficava cada vez mais forte, fazia até calor por causa das chamas do incêndio. De vez em quando saltavam línguas de fogo dos telhados das casas. Havia muita gente na rua, e aquela gente estava aflita. Mas Pierre, embora sentisse que algo fora do comum ocorria à sua volta, não se dava conta de que se aproximava do incêndio. Ao percorrer um atalho que passava por um espaço amplo e vazio, contíguo à rua Povarskaia de um lado, e do outro ao jardim da casa do príncipe Gruzínski, Pierre ouviu de repente, perto dele, o choro desesperado de uma mulher. Ele parou, como se tivesse despertado de um sono, e ergueu a cabeça.

Ao lado do atalho, sobre o capim seco e poeirento, estavam jogados e amontoados os objetos de uma casa: colchões, um samovar, ícones e arcas. Sobre a terra, ao lado das arcas, estava sentada uma mulher magra e não muito jovem, com os dentes superiores compridos e salientes, de casacão preto e gorro. Balançando o corpo e balbuciando alguma coisa, a mulher chorava, soluçando. Duas meninas, de dez e doze anos, com vestidinhos sujos e curtos e de casaquinhos, olhavam para

---

128 Caixa que continha pólvora ou armas.

a mãe com uma expressão de perplexidade nos rostos pálidos e assustados. O menino caçula, de uns sete anos, com um sobretudo e um quepe enorme, emprestado de alguém, chorava nos braços de uma velha babá. Uma criada suja e descalça estava sentada numa arca e, depois de desmanchar a trança esbranquiçada, arrumava os cabelos estorricados, verificando que cheiro tinham. O marido, baixo e atarracado, de uniforme, suíças enroladas e têmporas lisas, que fitava o vazio por baixo de um quepe com o rosto imóvel, puxava as arcas colocadas umas sobre as outras e retirava umas roupas, de debaixo delas.

A mulher quase se jogou aos pés de Pierre, quando o viu.

— Meu irmão, cristão ortodoxo, salve, ajude, meu caro!... Alguém me ajude — exclamou entre soluços. — A menina!... A filha!... Deixaram minha filha menor!... Foi queimada! Ah-ah-aah! Para que foi que cuidei tanto de você... Ah-ah-aah!

— Chega, Mária Nikoláievna — disse o marido em voz baixa, obviamente só para se justificar diante de um desconhecido. — A irmãzinha deve ter levado, senão onde é que ela estaria? — acrescentou.

— Monstro! Bandido! — começou a gritar a mulher com raiva, parando de chorar de repente. — Você não tem coração, não tem pena dos seus filhinhos. Um outro teria apanhado no fogo. Mas isso é um monstro, não é gente, não é um pai. O senhor é um homem nobre — voltou-se a mulher para Pierre, balbuciante, soluçante. — Estava pegando fogo do lado... passou para a nossa casa. A criada gritou: está pegando fogo! Tratamos logo de pegar nossas coisas. A gente correu do jeito que estava... Foi isto o que a gente apanhou... Os ícones e a cama que ganhei de presente, mas todo o resto foi perdido. Pegamos as crianças, mas não a Kátietchka. Ah, meu Deus! Ah-ah-aah! — E de novo desatou a soluçar. — Minha filhinha querida foi queimada! Foi queimada!

— Mas onde, onde foi que a deixaram? — perguntou Pierre. Pela expressão animada do seu rosto, a mulher entendeu que aquele homem podia ajudá-la.

— Meu amigo! Meu pai! — começou a gritar, agarrando-se à perna de Pierre. — Benfeitor, traga paz ao meu coração... Aniska, venha cá, sua nojenta, mostre para ele — gritou para a criada, abrindo a boca com irritação, e com aquele movimento deixou seus dentes compridos mais salientes ainda.

— Leve-me até lá, leve-me até lá, eu... eu... vou fazer, eu... — dizia Pierre com voz afobada e ofegante.

A criada suja veio de detrás de uma arca, ajeitou a trança, suspirou e, com os pés descalços e lerdos, seguiu pelo atalho. Pierre parecia ter acordado de repente para a vida, após um desmaio profundo. Tinha a cabeça bem levantada, os olhos acesos com um brilho de vida e seguiu a criada em passadas ligeiras, ultrapassou-a e saiu na rua Povarskaia. A rua inteira estava coberta por uma nuvem de fumaça preta. Línguas de fogo saltavam aqui e ali no meio da nuvem. Uma grande multidão se comprimia diante do incêndio. No meio da rua estava um general francês, que dizia algo para as pessoas em volta. Pierre, acompanhado da criada, queria se aproximar do lugar onde estava o general; mas os soldados franceses o detiveram.

— *On ne passe pas*[129] — gritou uma voz.

— Por aqui, tio! — exclamou a criada. — Vamos pelo beco, vamos passar por Nikulin.

Pierre deu meia-volta e seguiu a criada, dando pulos de vez em quando, a fim de poder acompanhá-la. A criada atravessou a rua correndo, virou à esquerda num beco e, passando por três casas, entrou num portão à direita.

— Olhe, é aqui — disse ela e, atravessando o pátio correndo, abriu um portãozinho numa cerca de tábuas, parou e indicou para Pierre um pequeno barracão de madeira que estava queimando, quente e brilhante. Um lado tinha desabado, o outro estava em chamas, e as labaredas saltavam cintilantes através de buracos nas janelas e no telhado.

Quando Pierre entrou pelo portãozinho, foi cercado pelo calor e se viu obrigado a parar.

— Qual é, qual é a casa de vocês? — perguntou.

— Ah-ah-aah! — gemeu a criada, apontando para o barracão. — Aquilo ali, era lá que a gente morava. Pegou fogo, queimou, minha Kátietchka, meu tesouro, minha patroazinha adorada, ah-ah! — gemeu Aniska ante a visão do incêndio, sentindo a necessidade de exprimir também seu sentimento.

Pierre precipitou-se na direção do barracão, mas o calor era tão forte que ele foi obrigado a fazer uma curva em torno do barracão e foi sair junto a uma casa grande que ainda ardia só de um lado do telhado e em volta da qual fervilhava uma multidão de franceses. De início, Pierre não entendeu o que estavam fazendo aqueles franceses, que carregavam algumas coisas; porém, ao ver na sua frente um francês bater num mujique com o lado sem fio da espada e tomar dele um casaco de pele de raposa, Pierre compreendeu confusamente que estavam saqueando as casas, mas nem teve tempo de se deter naquele pensamento.

O estalo e o estrondo das paredes e dos tetos que desmoronavam, o assovio e o chiado das chamas, os gritos nervosos das pessoas, a visão das luminosas nuvens de fumaça, oscilantes, espessas e negras, que ora se contraíam, ora se elevavam entre fagulhas brilhantes, e as chamas de um lado vermelhas, concentradas como um feixe, e do outro douradas, em flocos, que atravessavam as paredes, e também

---

129 Francês: "Não pode passar".

a sensação do calor, da fumaça e dos movimentos rápidos produziram em Pierre aquela agitação habitual nos incêndios. Tal agitação era particularmente forte em Pierre porque, de repente, ante a visão do incêndio, ele se sentiu livre do peso de seus pensamentos. Sentiu-se jovem, animado, ágil e resoluto. Contornou o barracão pelo lado da casa e quis correr logo para a parte que continuava de pé, quando bem em cima de sua cabeça ouviram-se algumas vozes gritando e, em seguida, o estalo e o retinir de algo pesado que tombou ao seu lado.

Pierre olhou para cima e, pelas janelas da casa, avistou os franceses, que arrombavam as gavetas de uma cômoda repleta de objetos de metal. Outros soldados franceses que estavam embaixo foram na direção das gavetas.

— *Eh bien, qu'est-ce qu'il veut celui-lá?*[130] — gritou um dos franceses para Pierre.

— *Un enfant dans cette maison. N'avez-vous pas vu un enfant?*[131] — falou Pierre.

— *Tiens, qu'est-ce qu'il chante, celui-lá? Va te promener*[132] — ouviu-se uma voz e um dos soldados, obviamente com medo de que Pierre cismasse de tomar os objetos de prata e de bronze que estavam nas gavetas, aproximou-se dele de modo ameaçador.

— *Un enfant?* — gritou um francês de cima. — *J'ai entendu piailler quelque chose au jardin. Peut-être c'est son moutard au bonhomme. Faut être humain, voyez-vous...*[133]

— *Où est-il? Où est-il?*[134]— perguntou Pierre.

— *Par ici! Par ici!* — gritou o francês, apontando para o jardim que ficava atrás da casa. — *Attendez, je vais descendre.*[135]

E, de fato, um minuto depois, o francês pequeno e de olhos pretos, com uma espécie de mancha na cara e só de camisa, saltou da janela do primeiro andar e, batendo no ombro de Pierre, foi correndo com ele para o jardim.

— *Dépêchez-vous, vous autres* — gritou para seus camaradas. — *Commence à faire chaud.*[136]

Depois de correr para trás da casa por um caminho salpicado de areia, o francês segurou o braço de Pierre e apontou para um canto. Embaixo de um banco, jazia uma menina de três anos, num vestidinho cor-de-rosa.

---

130 Francês: "Ora, o que é que esse daí está querendo?".

131 Francês: "Uma criança dentro desta casa. Não viram uma criança?".

132 Francês: "Ora bolas, que é que esse daí está resmungando? Vá passear".

133 Francês: "Uma criança? [...] Ouvi alguma coisa guinchando no jardim. Vai ver é o pirralho desse sujeito. A gente tem de ser humano, afinal...".

134 Francês: "Onde ele está? Onde ele está?".

135 Francês: "Por aqui! Por aqui! [...] Espere, vou descer".

136 Francês: "Vamos rápido aí, pessoal [...] Está começando a ficar quente".

— *Voilà votre moutard. Ah, une petite, tant mieux* — disse o francês. — *Au revoir, mon gars. Faut être humain. Nous sommes tous mortels, voyez-vous*[137] — e o francês com a mancha na cara voltou correndo na direção de seus camaradas.

Pierre, sufocando de alegria, correu na direção da menina e quis tomá-la nos braços. Mas, ao ver o homem estranho, a menina doentia, escrofulosa, de aspecto desagradável como a mãe, começou a gritar e saiu correndo. Pierre, no entanto, agarrou-a e levantou-a nos braços; ela berrava com voz desesperada e raivosa e, com as mãozinhas miúdas, tentava se desprender dos braços de Pierre e o mordia com a boca babada. Pierre foi dominado por um sentimento de horror e de repulsa, semelhante ao que experimentava ao tocar em qualquer bichinho pequeno. Mas fez um esforço contra si mesmo para não soltar a criança e voltou correndo com ela rumo à casa grande. Porém já era impossível passar por aquele caminho; a criada Aniska não estava mais lá, e Pierre, com um sentimento de compaixão e de repulsa, apertando contra si da maneira mais delicada de que era capaz a menina que sofria, molhada e soluçante, atravessou o jardim correndo, em busca de outra saída.

XXXIV

Quando Pierre, depois de correr por pátios e becos, voltou com seu fardo para o jardim da casa de Gruzínski, na esquina da rua Povarskaia, no primeiro instante não reconheceu o local de onde havia saído pouco antes em busca da criança: estava coalhado de gente e de objetos retirados de dentro das casas. Além das famílias russas com os bens que haviam salvado do incêndio, havia também vários soldados franceses com diversos uniformes. Pierre não prestou atenção neles. Apressou-se em localizar a família do funcionário, a fim de devolver a filha à mãe e voltar logo para salvar mais alguém. Pierre tinha a impressão de que ainda precisava fazer muita coisa, e sem demora. Inflamado pelo calor e pela corrida, Pierre experimentava naquele momento, com mais força do que antes, a sensação de juventude, ânimo e determinação que o havia dominado na hora em que correra para salvar a criança. A menina agora tinha ficado quieta e, com as mãozinhas agarradas ao cafetã de Pierre, estava parada em seus braços e, como um animal selvagem, olhava à sua volta. Pierre de vez em quando olhava para a menina e sorria de leve. Parecia-lhe estar vendo algo de uma inocência comovente e angelical naquele rostinho assustado e doentio.

---

137 Francês: "Aí está o seu pirralho. Ah, uma menina, melhor ainda [...] Adeus, meu gordo. A gente tem de ser humano. Somos todos mortais, afinal".

No lugar de antes, não estavam mais nem o funcionário nem sua esposa. Pierre, a passos ligeiros, seguiu no meio do povo, fitando os diversos rostos com que topava em seu caminho. Não pôde deixar de notar uma família georgiana ou armênia, formada por um homem muito velho, bonito, com um rosto de tipo oriental, num casaco novo forrado de pele de carneiro e botas novas; uma velha do mesmo tipo e uma jovem. Essa mulher muito jovem pareceu a Pierre um primor de beleza oriental, com suas sobrancelhas pretas, finas, desenhadas em arco, o rosto comprido, bonito, extraordinariamente delicado e corado, e sem nenhuma expressão. No meio dos objetos jogados e entre a multidão na praça, ela, no seu requintado casacão de cetim, com um xale lilás-claro cobrindo a cabeça, fazia lembrar uma delicada planta de estufa que fora largada na neve. Estava sentada sobre umas trouxas, um pouco atrás da velha e, com os olhos pretos, grandes, imóveis e puxados, de cílios compridos, olhava para o chão. Era evidente que ela sabia de sua beleza e tinha receio disso. O rosto impressionou Pierre, e ele, em sua afobação, ao passar ao longo de uma cerca, olhou para ela várias vezes. Quando chegou ao fim da cerca e não achou as pessoas que estava procurando, Pierre parou e olhou ao redor.

A figura de Pierre com a criança nos braços era agora ainda mais notável do que antes, e à sua volta juntaram-se algumas pessoas, mulheres e homens russos.

— Perdeu-se de alguém, meu caro? O senhor pertence à nobreza, não é? Que criança é essa? — perguntaram.

Pierre respondeu que a criança pertencia a uma mulher de casacão preto que estava sentada com os filhos naquele local e perguntou se alguém não sabia aonde a mulher tinha ido.

— Puxa, devem ser os Anférov — disse um velho sacristão, dirigindo-se a uma camponesa com marcas de varíola no rosto. — Deus nos ajude, Deus nos ajude — acrescentou, com a voz muito grave que costumava usar.

— Que Anférov nada! — disse a camponesa. — Os Anférov partiram ainda de manhã. Vai ver é de Mária Nikoláievna, ou então dos Ivánov.

— Ele está dizendo que é uma mulher, mas Mária Nikoláievna é uma dama — disse um servo doméstico.

— Sim, vocês a conhecem, tem os dentes para a frente, é magra — disse Pierre.

— Então é a Mária Nikoláievna mesmo. Eles foram para o jardim quando esses lobos atacaram — disse a camponesa, apontando para os soldados franceses.

— Ah, Deus nos ajude — acrescentou de novo o sacristão.

— O senhor pode ir por ali, olhe, eles estão lá. Ela também. Estava chorando, se lamentando — disse de novo a mulher. — Ela está lá. Olhe ali.

Mas Pierre não estava escutando a mulher. Já fazia alguns segundos, sem baixar os olhos, observava algo que acontecia a poucos passos dele. Olhava para a família de armênios e para dois soldados franceses que haviam se aproximado deles. Um dos soldados, homem pequeno e nervoso, estava com um capote azul, preso na cintura por um cordão. Tinha um quepe na cabeça, os pés descalços. O outro, que impressionou particularmente Pierre, era um homem magro, louro, alto, de ombros curvados, movimentos vagarosos e uma expressão idiota no rosto. Vestia um casaco frisado, calças azuis e botas de cano alto esfrangalhadas. O francês pequeno, sem botas, de capote azul, ao aproximar-se dos armênios, perguntou alguma coisa e logo em seguida quis segurar os pés do velho, mas o velho começou a descalçar as botas às pressas. O outro francês, de casaco, parou na frente da bela armênia e, em silêncio, imóvel, com as mãos nos bolsos, ficou olhando para ela.

— Segure aqui, segure a criança — exclamou Pierre, entregando a menina e dirigindo-se à camponesa, afobado e em tom imperativo. — Entregue a menina, vá, entregue! — quase gritou para a mulher, enquanto colocava no chão a menina, que chorava, e voltou os olhos de novo para os franceses e para a família de armênios. O velho já estava descalço. O francês pequeno tomou dele a última bota e bateu uma bota contra a outra. O velho, gemendo, falava algo, mas Pierre só via isso de relance; toda a sua atenção estava voltada para o francês de botas que, naquela altura, balançando o corpo devagar, se aproximara da jovem, tirara as mãos dos bolsos e a havia segurado pelo pescoço.

A bela armênia continuava imóvel, sentada na mesma posição, com os cílios compridos baixados e como se não visse e não percebesse o que o soldado fazia com ela.

Enquanto Pierre percorria ligeiro os poucos passos que o separavam dos franceses, o saqueador alto, de casaco, arrancou um colar do pescoço da jovem, e ela, agarrando o pescoço com as mãos, gritou com voz estridente.

— *Laissez cette femme!*[138] — gritou Pierre com voz rouca, puxou pelo ombro o soldado alto de costas curvadas e jogou-o para o lado. O soldado caiu, levantou-se e correu para trás. Mas seu camarada largou as botas, sacou da baioneta e moveu-se na direção de Pierre com ar terrível.

— *Voyons, pas de bêtises!*[139] — gritou ele.

Pierre estava num daqueles ímpetos de raiva em que não se dava conta de nada e nos quais suas forças se decuplicavam. Atirou-se contra o francês descalço e, antes que o soldado pudesse levantar a baioneta, já o havia jogado no

---

138 Francês: "Deixem essa mulher em paz!".

139 Francês: "Vamos lá, deixe de bobagem!".

chão e o espancava com os punhos cerrados. Ouviu-se um grito de aprovação da multidão em volta, ao mesmo tempo que surgiu da esquina uma patrulha de ulanos franceses a cavalo. Os ulanos, a trote, vieram na direção de Pierre e do francês e cercaram os dois. Pierre não se dava conta de nada do que se passava ao redor. Percebeu que batia em alguém, que batiam nele, e no final sentiu que mãos o seguravam, que um bando de soldados franceses estava de pé à sua volta e vasculhava suas roupas.

— *Il a un poignard, lieutenant*[140] — foram as primeiras palavras que Pierre compreendeu.

— *Ah, une arme!*[141] — disse um oficial e voltou-se para o soldado descalço que tinha sido capturado junto com Pierre.

— *C'est bon, vous direz tout cela au conseil de guerre* — disse o oficial. E em seguida virou-se para Pierre: — *Parlez-vous français, vous?*[142]

Pierre olhou à sua volta com os olhos injetados de sangue e não respondeu. Na certa, seu rosto tinha um aspecto muito terrível, porque o oficial disse algo num sussurro, e mais quatro ulanos separaram-se do pelotão e postaram-se de ambos os lados de Pierre.

— *Parlez-vous français?* — repetiu a pergunta o oficial, mantendo-se afastado dele. — *Faites venir l'interprète.*[143] — Da esquina, veio um homem miúdo, em trajes civis russos. Por sua roupa e modo de falar, Pierre logo reconheceu nele um francês de uma das lojas moscovitas.

— *Il n'as pas l'air d'un homme du peuple*[144] — disse o intérprete, depois de olhar para Pierre.

— *Oh, oh! Ça m'a bien l'air d'un des ces incendiaires* — disse o oficial. — *Demandez-lui ce qu'il est?*[145] — acrescentou.

— Quem é você? — perguntou o intérprete. — Deve responder às autoridades — disse ele.

— *Je ne vous dirai pas qui je suis. Je suis votre prisionnier. Emmenez-moi*[146] — disse Pierre de repente, em francês.

---

140 Francês: "Ele tem um punhal, tenente".

141 Francês: "Ah, uma arma!".

142 Francês: "Muito bem, você vai explicar tudo isso no conselho de guerra [...] O senhor fala francês?".

143 Francês: "O senhor fala francês? [...] Mandem vir o intérprete".

144 Francês: "Ele não tem o aspecto de um homem do povo".

145 Francês: "Ora, ora. Está me parecendo que é um desses incendiários [...] Pergunte a ele, quem ele é?".

146 Francês: "Não vou dizer quem sou eu. Sou seu prisioneiro. Levem-me".

— *Ah, ah!* — exclamou o oficial, franzindo as sobrancelhas. — *Marchons!*[147]

Em torno dos ulanos, havia se formado uma multidão. Entre todos, quem estava mais perto de Pierre era a camponesa com marcas de varíola no rosto e ainda com a menininha nos braços; quando a patrulha se pôs em movimento, ela foi junto.

— Para onde estão levando você, meu amigo? — perguntou ela. — E a menininha, e esta menininha aqui, onde é que vou colocar, se não for deles? — disse a camponesa.

— *Qu'est-ce qu'elle veut, cette femme?*[148] — perguntou o oficial.

Pierre parecia estar embriagado. Sua condição transtornada ficou ainda mais forte ao ver a menina que ele havia salvado.

— *Ce qu'elle dit?* — exclamou ele. — *Elle m'apporte ma fille que je viens de sauver des flammes* — exclamou. — *Adieu!*[149] — E, sem saber como lhe viera aquela mentira gratuita, seguiu adiante entre os franceses, a passos resolutos e solenes.

O pelotão de franceses era um dos que tinham sido enviados pelas ruas de Moscou por ordem de Durosnel a fim de evitar os saques e, sobretudo, prender os incendiários que, segundo a opinião geral que se formara naquele dia no primeiro escalão do comando francês, eram a causa dos incêndios. O pelotão entrou e saiu de algumas ruas, prendeu ainda mais uns cinco russos suspeitos, um lojista, dois seminaristas, um mujique, um servo doméstico, além de diversos saqueadores. Mas, entre todos os suspeitos, o que mais parecia suspeito era Pierre. Quando todos chegaram a um alojamento montado numa casa grande, junto à muralha de Zúbov, que estava sendo usado como prisão, Pierre foi separado dos outros e mantido sob vigilância rigorosa.

---

147 Francês: "Marche!".

148 Francês: "O que quer essa mulher?".

149 Francês: "O que ela está dizendo? [...] Ela está me trazendo minha filha, que acabei de salvar das chamas [...] Adeus!".

TOMO QUATRO
PRIMEIRA PARTE

I

Nas altas esferas de Petersburgo, naquela ocasião, e com mais ardor do que nunca, ocorria uma luta entre o partido de Rumiántsev, dos franceses, e o de Maria Fiódorovna, do tsarévitche e outros, abafada como sempre pelo zumbido dos zangões da corte. Mas a vida tranquila e luxuosa de Petersburgo, preocupada apenas com fantasmas e reflexos da vida, transcorria como antes; e, a julgar pelo transcorrer daquela vida, era preciso fazer um grande esforço para perceber o perigo e a situação difícil em que se encontrava o povo russo. Continuavam as mesmas recepções e bailes, o mesmo teatro francês, os mesmos interesses da corte e das repartições e as mesmas intrigas. Só nas mais altas esferas se faziam esforços para recordar os problemas da situação real. Contava-se em voz baixa como as duas imperatrizes[1] agiam de forma oposta naquelas circunstâncias tão difíceis. A imperatriz Maria Fiódorovna, preocupada com o bem-estar das instituições de caridade e de ensino sob sua proteção, deu ordens para transferir todos os institutos para Kazan, e os objetos daqueles prédios já estavam preparados para o transporte. Já a imperatriz Elizavieta Alekséievna, quando lhe perguntavam quais eram as suas ordens, dignava-se responder, com o patriotismo russo que lhe era peculiar, que não podia dar ordens sobre instituições estatais, pois isso competia ao soberano; quanto ao que se referia a ela pessoalmente, apenas se dignava dizer que seria a última a deixar Petersburgo.

No dia 26 de agosto, no mesmo dia da batalha de Borodinó, houve uma festa à noite na casa de Anna Pávlovna, cuja atração principal deveria ser a leitura de uma carta de sua eminência o metropolita, escrita por ocasião do envio ao soberano de uma imagem do venerável São Sérgio. Aquela carta era considerada um modelo de eloquência patriótica religiosa. Sua leitura seria feita pelo príncipe Vassíli em pessoa, famoso por sua arte da leitura. (Ele lia até para a imperatriz.) O que se con-

---

1 Referência à viúva do tsar Paulo I (Maria Fiódorovna) e à esposa do tsar Alexandre I (Elizavieta Alekséievna).

siderava a arte da leitura era derramar as palavras em voz alta, melodiosa, entre uivos de desespero e murmúrios de ternura, de maneira totalmente independente do seu significado, de modo que, completamente ao acaso, uma palavra se erguia num uivo e outra virava um murmúrio. Tal leitura tinha um significado político, como tudo nas festas noturnas em casa de Anna Pávlovna. Àquela festa deviam comparecer algumas personalidades importantes, nas quais era preciso despertar um sentimento de vergonha por continuarem indo ao teatro francês e inspirar um ânimo patriótico. As pessoas já estavam reunidas fazia muito tempo, mas Anna Pávlovna ainda não estava vendo na sala todos aqueles que tinham de estar ali e por isso conduzia todas as conversas sem dar início à leitura.

A novidade daquele dia em Petersburgo era a doença da condessa Bezúkhova. Alguns dias antes, a condessa havia adoecido inesperadamente, faltara a algumas reuniões das quais era ela o ornamento, e soube-se que não estava recebendo ninguém e que, em lugar dos médicos famosos de Petersburgo que habitualmente a tratavam, ela se confiara aos cuidados de certo médico italiano, que a estava tratando com um método novo e fora do comum.

Todos sabiam muito bem que a doença da encantadora condessa provinha do constrangimento de estar casada com dois maridos ao mesmo tempo e que o tratamento do italiano consistia na eliminação de tal constrangimento; mas, em presença de Anna Pávlovna, não só ninguém se atrevia a pensar naquilo, como parecia que ninguém sequer sabia do assunto.

— *On dit que la pauvre comtesse est très mal. Le médecin dit que c'est l'angine pectorale.*[2]

— *L'angine? Oh, c'est une maladie terrible!*[3]

— *On dit que les rivaux se sont réconciliés grâce à l'angine...*[4]

A palavra "angine" era repetida com grande compaixão.

— *Le vieux comte est touchant à ce qu'on dit. Il a pleuré comme un enfant quand le médecin lui a dit que le cas était dangereux.*[5]

— *Oh, ce serait une perte terrible. C'est une femme ravissante.*[6]

— *Vous parlez de la pauvre comtesse* — disse Anna Pávlovna, que se aproximou. — *J'ai envoyé savoir de ses nouvelles. On m'a dit qu'elle allait un peu mieux. Oh, sans dou-*

---

2 Francês: "Dizem que a pobre condessa está muito mal. O médico diz que é angina do peito".

3 Francês: "Angina? Ah, é uma doença terrível!".

4 Francês: "Dizem que os rivais se reconciliaram graças à angina...".

5 Francês: "Dá pena de ver o velho conde, pelo que dizem. Chorou como uma criança quando o médico lhe disse que o caso é perigoso".

6 Francês: "Ah, será uma perda terrível. É uma mulher deslumbrante".

te, c'est la plus charmante femme du monde — disse Anna Pávlovna, sorrindo do próprio entusiasmo. — *Nous appartenons à des camps différents, mais cela ne m'empêche pas de l'estimer, comme elle le mérite. Elle est bien malheureuse*[7] — acrescentou Anna Pávlovna.

Supondo que com essas palavras Anna Pávlovna levantava ligeiramente a cortina de mistério que encobria a doença da condessa, um jovem descuidado permitiu-se exprimir surpresa com o fato de não terem chamado médicos famosos e de a condessa estar se tratando com um charlatão, que podia usar métodos perigosos.

— *Vos informations peuvent être meilleures que les miennes* — replicou de repente, e em tom venenoso, Anna Pávlovna ao jovem inexperiente. — *Mais je sais de bonne source que ce médecin est un homme très savant et très habile. C'est le médecin intime de la reine d'Espagne.*[8] — E assim, depois de aniquilar o jovem, Anna Pávlovna voltou-se para Bilíbin, que falava sobre os austríacos em outro círculo, tinha contraído a pele do rosto e obviamente se preparava para relaxar a pele outra vez, a fim de dizer *un mot*.

— *Je trouve que c'est charmant!*[9] — disse ele, a respeito de um documento diplomático enviado para Viena junto com bandeiras austríacas tomadas por Wittgenstein, *le héros de Pétropol*[10] (como era chamado em Petersburgo).

— Como era, como era? — voltou-se Anna Pávlovna, provocando um silêncio para que ouvissem o *mot*, que ela já conhecia.

E Bilíbin repetiu literalmente as seguintes palavras escritas por ele no despacho diplomático:

— *L'empereur renvoie les drapeaux autrichiens* — disse Bilíbin —, *drapeaux amis et égarés qu'il a trouvés hors de la route*[11] —, concluiu Bilíbin, relaxando a pele.

— *Charmant, charmant* — disse o príncipe Vassíli.

---

7 Francês: "Vocês estão falando da pobre condessa [...] Mandei alguém saber como ela está. Disseram que estava um pouco melhor. Ah, sem dúvida, é a mulher mais encantadora do mundo [...] Pertencemos a campos diferentes, mas isso não me impede de estimá-la, como ela merece. É muito infeliz".

8 Francês: "As informações do senhor podem ser melhores do que as minhas [...] Mas sei de boa fonte que esse médico é um homem muito preparado e hábil. É o médico particular da rainha da Espanha".

9 Francês: "Acho isso encantador".

10 Francês: "o herói de Petropol".

11 Francês: "O imperador devolve as bandeiras austríacas [...] bandeiras amigas e extraviadas que ele encontrou fora da estrada". A mensagem se refere ao fato de que a Áustria e a Rússia haviam feito uma aliança pouco antes, mas agora, na invasão da Rússia, as tropas da Áustria combatiam ao lado de Napoleão.

— *C'est la route de Varsovie, peut-être*[12] — disse o príncipe Hippolyte de repente e em voz alta. Todos se voltaram para ele, sem compreender o que queria dizer com aquilo. O príncipe Hippolyte também olhou à sua volta com uma surpresa alegre. Assim como os demais, ele também não entendia o que suas palavras significavam. Ao longo de sua carreira diplomática, várias vezes ele havia notado que palavras ditas daquela forma repentina pareciam muito sagazes e, sempre que tinha uma chance, falava daquele modo as primeiras palavras que lhe viessem aos lábios. "Pode ser que dê certo", pensava ele, "e se não der, eles saberão como dar um jeito." De fato, no momento em que um silêncio embaraçoso dominava a todos, entrou no salão aquela pessoa insuficientemente patriótica que Anna Pávlovna estava esperando para transmitir uma advertência, e ela, sorrindo e ameaçando Hippolyte com o dedo, convidou o príncipe Vassíli para a mesa, trouxe para ele duas velas e um manuscrito, e pediu que começasse a leitura. Todos ficaram em silêncio.

— "Misericordiosíssimo soberano imperador!" — exclamou em tom severo o príncipe Vassíli e voltou um olhar para o público, como que perguntando se alguém tinha algo a dizer contra aquilo. Mas ninguém disse nada. — "Moscou, primeira capital do trono, a Nova Jerusalém, vai receber o *seu* Cristo" — e de repente enfatizou a palavra "seu" —, "assim como a mãe acolhe em seus braços os filhos zelosos, e, em meio às trevas que se levantam, contemplando a glória radiante do vosso poder, canta de júbilo: Hosana, bem-aventurado o que chega!" — O príncipe Vassíli pronunciou as últimas palavras com voz chorosa.

Bilíbin observava com atenção as próprias unhas, e muitos, visivelmente, se mostravam intimidados, como que perguntando de que tinham culpa. Anna Pávlovna, como uma velha que reza ao receber a comunhão, repetia antecipadamente as palavras que viriam a seguir: "Que o incauto e insolente Golias...", sussurrou ela.

O príncipe Vassíli prosseguiu:

— "Que o incauto e insolente Golias dos confins da França envolva as plagas da Rússia com seus horrores mortíferos; a fé dócil, a funda do Davi russo, partirá de súbito sua orgulhosa cabeça sequiosa de sangue. Esta imagem do venerável Sérgio, ancestral guardião da felicidade de nossa pátria, será apresentada à vossa alteza imperial. Lamento que minhas forças debilitadas me impeçam de desfrutar a contemplação de vossa magnificência. Ergo fervorosas orações aos céus, para que o Todo-Poderoso engrandeça a estirpe dos justos e leve a bom termo os desejos de vossa majestade."

— *Quelle force! Quel style!*[13] — ouviram-se elogios ao leitor e ao autor. Anima-

---

12 Francês: "É a estrada de Varsóvia, talvez".

13 Francês: "Que força! Que estilo!".

dos pelo discurso, os convidados de Anna Pávlovna ficaram conversando durante muito tempo sobre a situação da pátria e fizeram diversas conjeturas sobre o desfecho da batalha que deveria ser travada dali a alguns dias.

— *Vous verrez*[14] — disse Anna Pávlovna — que amanhã, dia do aniversário do soberano, receberemos uma notícia. Estou com um bom pressentimento.

II

O pressentimento de Anna Pávlovna de fato se cumpriu. No dia seguinte, na hora da missa no palácio em homenagem ao aniversário do soberano, o príncipe Volkónski foi chamado à igreja e recebeu um envelope do príncipe Kutúzov. Era o relato de Kutúzov, escrito em Tatárinova, no dia da batalha. Kutúzov escreveu que os russos não haviam recuado nem um passo, que os franceses tinham sofrido baixas imensamente maiores do que as nossas, que ele estava escrevendo às pressas, do campo de batalha, e que não tivera tempo de reunir as últimas informações. Portanto, era uma vitória. E prontamente, ali mesmo na igreja, deram graças ao Criador por sua ajuda e pela vitória.

O pressentimento de Anna Pávlovna se cumpriu, e na cidade, a manhã toda, reinava um estado de espírito alegre e festivo. Todos julgavam ter sido uma vitória completa, e alguns já falavam da captura do próprio Napoleão, de sua deposição e da escolha de um novo governante para a França.

Longe dos fatos e em meio às condições de vida da corte, era muito difícil que os acontecimentos repercutissem em sua plenitude e com toda a sua força. Os acontecimentos em geral se agrupam, espontaneamente, em torno de algum incidente particular. Desse modo, agora, a principal alegria dos cortesãos se apoiava tanto no fato de termos vencido quanto na circunstância de a notícia da vitória ter chegado justamente no dia do aniversário do soberano. Era como uma surpresa bem oportuna. A mensagem de Kutúzov comunicava também as baixas sofridas pelos russos, entre elas citava Tutchkóv, Bagration, Kutáissov. Também o lado triste dos acontecimentos, ali no ambiente petersburguês, agrupou-se em torno de um fato — a morte de Kutáissov. Todos o conheciam, o soberano o adorava, era jovem e interessante. Naquele dia, todos que se encontravam diziam:

— Que coincidência espantosa. Bem na hora da missa. Que perda, a de Kutáissov! Ah, que pena!

---

14 Francês: "Vocês verão".

— O que foi que eu lhes disse sobre Kutúzov? — dizia agora o príncipe Vassíli, com o orgulho de um profeta. — Sempre disse que era o único capaz de derrotar Napoleão.

Mas no dia seguinte não chegaram notícias do Exército, e a opinião geral começou a ficar inquieta. Os cortesãos sofriam com o sofrimento em que se achava o soberano por causa da falta de informações.

— Que situação, a do soberano! — diziam os cortesãos, e em vez de enaltecerem Kutúzov, como faziam dois dias antes, agora o condenavam por ter sido a causa das inquietações do soberano. O príncipe Vassíli naquele dia já não se vangloriava mais de seu *protégé* Kutúzov, e sim guardava silêncio quando se falava do comandante em chefe. Além disso, ao final daquele dia, como se tudo conspirasse para lançar os habitantes de Petersburgo no abatimento e na inquietação, veio somar-se mais uma notícia terrível. A condessa Elena Bezúkhova morreu subitamente daquela doença terrível sobre a qual era tão agradável conversar. Oficialmente, nas altas esferas, todos diziam que a condessa havia morrido de um terrível ataque de *angine pectorale*, mas os círculos íntimos contavam detalhes de como *le médecin intime de la reine d'Espagne* prescrevera a Hélène pequenas doses de um certo remédio para produzir um determinado efeito; porém, atormentada porque o velho conde a desprezava e porque o marido (o infeliz e depravado Pierre), a quem ela havia escrito, não lhe respondera, Hélène tomara de uma só vez uma dose enorme do remédio prescrito pelo médico e morrera entre tormentos, antes que pudessem socorrê-la. Diziam que o príncipe Vassíli e o velho conde foram tomar satisfações com o italiano; mas o italiano havia mostrado tais escritos da infeliz falecida que eles prontamente o deixaram em paz.

As conversas em geral se concentravam em torno de três acontecimentos tristes: a desinformação do soberano, o perecimento de Kutáissov e a morte de Hélène.

Três dias depois do comunicado de Kutúzov, chegou a Petersburgo um senhor de terras vindo de Moscou, e por toda a cidade espalhou-se a notícia da capitulação de Moscou aos franceses. Era horrível! Em que situação ficaria o soberano? Kutúzov era um traidor, e o príncipe Vassíli, por ocasião das *visites de condoléances*[15] que lhe faziam em razão da morte da filha, dizia a respeito de Kutúzov, antes louvado por ele mesmo (em sua dor, era desculpável que esquecesse o que dissera antes), que era mesmo impossível esperar algo diferente de um velho cego e depravado.

— Só me admiro que tenha sido possível confiar o destino da Rússia a uma pessoa como essa.

---

15 Francês: "visitas de condolências".

Enquanto a notícia não era oficial, podia-se ainda duvidar dela, mas um dia depois chegou o seguinte comunicado do conde Rostoptchin:

> Um ajudante de ordens de Kutúzov me trouxe uma carta na qual exige oficiais de polícia para acompanhar o exército na estrada de Riazan. Diz que, com pesar, vai deixar Moscou. Soberano! O gesto de Kutúzov decide a sorte da capital e do vosso império. A Rússia vai estremecer ao tomar conhecimento da capitulação da cidade onde se concentram os esplendores da Rússia, onde repousam os restos mortais dos vossos antepassados. Seguirei o exército. Removi tudo, resta-me chorar o destino de minha pátria.

Após receber essa mensagem, o soberano mandou, pelo príncipe Volkónski, o seguinte rescrito:

> Príncipe Mikhail Ilariónovitch! Desde o dia 29 de agosto não recebo nenhuma notícia do senhor. Nesse meio-tempo, no dia 1º de setembro, recebi do governador-geral de Moscou, via Iaroslavl, a triste notícia de que o senhor resolveu deixar a cidade com o exército. O senhor mesmo pode imaginar o efeito que tal notícia produziu em mim, e o seu silêncio aumenta meu assombro. Junto com esta, envio o general ajudante de ordens príncipe Volkónski a fim de saber do senhor a respeito da posição do exército e das razões que o levaram a tomar uma resolução tão lamentável.

III

Nove dias depois do abandono de Moscou, chegou a Petersburgo um enviado de Kutúzov com a notícia oficial do fato. O enviado era o francês Michaux, que não sabia russo, mas que *quoique étranger, Russe de cœur et d'âme*,[16] como ele mesmo dizia.

Imediatamente, o soberano recebeu o enviado em seu gabinete, no palácio da Ilha de Pedra. Michaux, que nunca tinha visto Moscou até a campanha militar e que não sabia falar russo, sentiu-se no entanto emocionado ao se ver diante de

---

16 Francês: "embora estrangeiro, era russo de coração e de alma".

notre très gracieux souverain[17] (como ele escreveu), com a notícia do incêndio de Moscou, *dont les flammes éclairaient sa route.*[18]

Embora a fonte de *chagrin*[19] do sr. Michaux devesse mesmo ser outra que não aquela de onde provinha a mágoa dos russos, Michaux tinha o rosto tão desolado, quando foi conduzido ao gabinete do soberano, que o soberano imediatamente lhe perguntou:

— *M'apportez-vous de tristes nouvelles, colonel?*[20]

— *Bien tristes, sire* — respondeu Michaux, baixando os olhos com um suspiro. — *L'abandon de Moscou.*[21]

— *Aurait-on livré mon ancienne capitale sans se battre?*[22] — exclamou o soberano depressa, inflamando-se de repente.

Michaux transmitiu respeitosamente o que Kutúzov lhe havia ordenado — ou seja, que não havia possibilidade de lutar diante de Moscou e que, como restava apenas fazer uma opção — perder o exército e Moscou, ou perder só Moscou —, o marechal teve de escolher a segunda opção.

O soberano escutou em silêncio, sem olhar para Michaux.

— *L'ennemi est-il en ville?*[23] — perguntou.

— *Oui, sire, et elle est en cendres à l'heure qu'il est. Je l'ai laissée toute en flammes*[24] — disse Michaux em tom resoluto; porém, lançando um olhar para o soberano, Michaux horrorizou-se com o que tinha feito. O soberano começou a respirar de modo ofegante, rápido, o lábio inferior começou a tremer e imediatamente os lindos olhos azuis ficaram molhados de lágrimas.

Mas isso durou só um minuto. O soberano franziu as sobrancelhas de repente, como que censurando a si mesmo por sua fraqueza. E, erguendo a cabeça, dirigiu-se a Michaux com voz forte.

— *Je vois, colonel, par tout ce qui nous arrive* — disse ele —, *que la Providence exige de grands sacrifices de nous... Je suis prêt à me soumettre à toutes Ses volontés; mais dites-moi, Michaux, comment avez-vous laissé l'armée, en voyant ainsi,*

---

17 Francês: "nosso muito amável soberano".

18 Francês: "cujas chamas iluminavam sua estrada".

19 Francês: "desgosto".

20 Francês: "O senhor me traz notícias tristes, coronel?".

21 Francês: "Bem tristes, senhor [...] O abandono de Moscou".

22 Francês: "Terão entregado minha antiga capital sem lutar?".

23 Francês: "O inimigo está na cidade?".

24 Francês: "Sim, senhor, e a esta hora ela está feita em cinzas. Quando a deixei, estava totalmente em chamas".

sans coup férir, abandonner mon ancienne capitale? N'avez-vous pas aperçu du découragement?...[25]

Ao ver que seu *très gracieux souverain* havia se acalmado, Michaux também se acalmou, mas ele não teve tempo de preparar uma resposta para a pergunta direta e essencial do soberano, que exigia também uma resposta direta.

— *Sire, me permettez-vous de vous parler franchement en loyal militaire?*[26] — disse, a fim de ganhar tempo.

— *Colonel, je l'exige toujours* — disse o soberano. — *Ne me cachez rien, je veux savoir absolument ce qu'il en est.*[27]

— *Sire!* — disse Michaux com um sorriso sutil e quase imperceptível nos lábios, depois de conseguir preparar sua resposta em forma de um leve e respeitoso *jeu de mots.*[28] — *Sire! J'ai laissé toute l'armée, depuis les chefs jusqu'au dernier soldat, sans exception, dans une crainte épouvantable, effrayante...*[29]

— *Comment ça?* — interrompeu o soberano, franzindo as sobrancelhas com ar severo. — *Mes Russes se laisseront-ils abattre par le malheur... Jamais!...*[30]

Era exatamente o que Michaux esperava para inserir o seu jogo de palavras.

— *Sire* — disse ele, com uma expressão jovial e respeitosa —, *ils craignent seulement que Votre Majesté par bonté de cœur ne se laisse persuader de faire la paix. Ils brûlent de combattre* — disse o delegado do povo russo — *et de prouver à Votre Majesté par le sacrifice de leur vie, combien ils lui sont dévoués...*[31]

— *Ah!* — disse o soberano, com calma e com um brilho afetuoso nos olhos, batendo no ombro de Michaux. — *Vous me tranquillisez, colonel.*[32]

O soberano baixou a cabeça e ficou algum tempo em silêncio.

---

25 Francês: "Entendo, coronel, em vista de tudo o que está acontecendo conosco [...] que a Providência exige de nós grandes sacrifícios... Estou pronto a me submeter a todas as Suas vontades; mas diga-me, Michaux, como o senhor deixou o exército, quando este se viu assim, abandonando minha antiga capital sem disparar um tiro? O senhor não terá percebido algum abatimento?".

26 Francês: "Senhor, me permite falar francamente, como um militar leal?".

27 Francês: "Coronel, é o que eu sempre exijo [...] Não me esconda nada, quero saber absolutamente o que se passa".

28 Francês: "jogo de palavras".

29 Francês: "Senhor! Deixei todo o exército, desde os chefes até o último soldado, sem exceção, num temor assustador, medonho...".

30 Francês: "Como assim? [...] Os meus russos se deixaram abater com a infelicidade... Nunca!...".

31 Francês: "Senhor [...] eles temem apenas que vossa majestade, por bondade de coração, se deixe persuadir a selar um acordo de paz. Eles ardem de vontade de combater [...] e de provar a vossa majestade, pelo sacrifício da própria vida, como são devotados ao seu soberano...".

32 Francês: "O senhor me tranquiliza, coronel".

— *Eh bien, retournez à l'armée* — disse ele, erguendo os ombros outra vez e dirigindo-se a Michaux com um gesto afetuoso e magnânimo —, *et dites à nos braves, dites à tous mes bons sujets partout où vous passerez, que quand je n'aurai plus aucun soldat, je me mettrai, moi-même, à la tête de ma chère noblesse, de mes bons paysans et j'userai ainsi jusqu'à la dernière ressource de mon empire. Il m'en offre encore plus que mes ennemis ne pensent* — disse o soberano, cada vez mais empolgado. — *Mais si jamais il fut écrit dans les décrets de la Divine Providence* — disse, erguendo com emoção seus olhos belos, dóceis e brilhantes — *que ma dynastie dût cesser de régner sur le trône de mes ancêtres, alors, après avoir épuisé tous les moyens qui sont en mon pouvoir, je me laisserai croître la barbe jusqu'ici* (o soberano mostrou com a mão o meio do peito), *et j'irai manger des pommes de terre avec le dernier de mes paysans plutôt que de signer la honte de ma patrie et de ma chère nation, dont je sais apprécier les sacrifices!...*[33] — Depois de dizer essas palavras com voz inflamada, o soberano virou-se de repente, como se desejasse esconder de Michaux as lágrimas que vieram a seus olhos e andou até o fundo de seu gabinete. Ficou lá alguns momentos, voltou na direção de Michaux a passos largos e, com um gesto forte, apertou seu braço um pouco abaixo do cotovelo. O rosto belo e dócil do soberano ficou vermelho, e os olhos arderam com um brilho de determinação e de cólera.

— *Colonel Michaux, n'oubliez pas ce que je vous dis ici; peut-être qu'un jour nous nous le rappellerons avec plaisir... Napoléon ou moi* — disse o soberano, tocando no peito. — *Nous ne pouvons plus régner ensemble. J'ai appris à le connaître, il ne me trompera plus...*[34] — E o soberano ficou em silêncio de sobrancelhas franzidas. Ao ouvir aquelas palavras, ao ver a expressão de firme determinação nos olhos do soberano, Michaux, *quoique étranger, mais Russe de cœur et d'âme*, sentiu-se, naquele momento solene, *enthousiasmé par tout ce qu'il venait d'entendre*[35] (como disse mais tarde), e nas expressões que usou em seguida retratou tanto seus sentimentos quanto os do povo russo, do qual se considerava o representante.

---

33 Francês: "Pois bem, volte para o exército [...] e diga aos nossos bravos, diga a todos os meus bons súditos por toda parte onde o senhor passar, que quando eu já não tiver mais nenhum soldado irei eu mesmo, à frente da minha querida nobreza, dos meus bons camponeses, e usarei até o último recurso do meu império. Ele ainda me oferece mais do que meus inimigos imaginam [...] Mas, se algum dia for escrito nos decretos da Divina Providência [...] que minha dinastia deva cessar de reinar no trono de meus ancestrais, então, depois de ter usado todos os meios que estiverem em meu poder, deixarei a barba crescer até aqui [...] e prefiro comer batatas com o último de meus camponeses a assinar a vergonha de minha pátria e de minha querida nação, cujos sacrifícios eu sei bem avaliar!...".

34 Francês: "Coronel Michaux, não esqueça o que lhe digo aqui; um dia talvez recordemos isto com prazer... Napoleão ou eu [...] Nós não podemos reinar juntos. Aprendi a conhecê-lo, ele não me enganará mais...".

35 Francês: "Entusiasmado por tudo o que tinha acabado de ouvir".

— *Sire!* — disse ele. — *Votre Majesté signe dans ce moment la gloire de la nation et le salut de l'Europe!*[36]

O soberano despediu-se de Michaux com uma inclinação de cabeça.

IV

Ao pensar naquele tempo em que metade da Rússia estava ocupada e os habitantes de Moscou fugiam para províncias distantes, enquanto se formavam milícias e mais milícias para a defesa da pátria, nós, que não vivemos aquele tempo, não podemos deixar de imaginar que todos os russos, dos pequenos aos grandes, estavam ocupados apenas em sacrificar-se, em salvar a pátria ou em chorar sua ruína. Todos os relatos redigidos naquele tempo, sem exceção, falam apenas em autossacrifício, amor à pátria, desespero, tristeza e heroísmo dos russos. Na realidade não era assim. Temos tal impressão só porque vemos no passado apenas o interesse histórico geral daquele tempo e não vemos todos os interesses pessoais, humanos, que tinham as pessoas daquele tempo. Na realidade, porém, os interesses pessoais do momento eram a tal ponto mais importantes do que os interesses gerais que, por causa deles, não se sentia (nem sequer se notava) o interesse geral. A maior parte das pessoas daquele tempo não prestava a menor atenção no curso geral dos acontecimentos e guiava-se apenas pelos interesses pessoais do momento. E eram essas as pessoas cujas ações eram as mais úteis naquele tempo.

Aqueles que tentavam compreender o curso geral dos acontecimentos e, com sacrifício e heroísmo, queriam participar deles, eram os membros mais inúteis da sociedade; viam tudo invertido, e tudo aquilo que faziam como algo útil se revelava um absurdo inútil, a exemplo dos regimentos de Pierre, de Mamónov, que pilhavam as aldeias russas, a exemplo das ataduras de linho preparadas pelas damas da nobreza, que nunca chegavam aos feridos, e assim por diante. Até aqueles que, pelo gosto de se mostrar inteligentes e de dar voz a seus sentimentos, debatiam a situação existente na Rússia, não podiam deixar de pôr em suas palavras a marca do fingimento ou da mentira, ou de uma condenação e de uma raiva inúteis contra pessoas acusadas de algo cuja culpa não podia ser atribuída a ninguém. Nos acontecimentos históricos, é mais evidente do que em qualquer outro caso a proibição de provar o fruto da árvore do conhecimento. Só a ação inconsciente dá frutos, e a

---

36 Francês: "Vossa majestade assina neste momento a glória da nação e a salvação da Europa!".

pessoa que desempenha um papel nos acontecimentos históricos nunca entende seu significado. Se tenta compreendê-lo, dá-se conta de que isso é infrutífero.

O significado dos acontecimentos na Rússia era tanto menos percebido quanto mais próxima fosse a participação da pessoa. Em Petersburgo e nas cidades de província distantes de Moscou, as damas e os homens em uniforme da milícia panteavam a Rússia, a capital, e falavam em autossacrifício etc.; mas no exército, que havia se retirado de Moscou, quase não falavam ou pensavam em Moscou e, ao ver o incêndio da cidade, ninguém jurava vingança contra os franceses, mas sim pensava no próximo terço do soldo que ia ser pago, na próxima parada para descanso, na quitandeira Matriochka e coisas desse tipo...

Nikolai Rostóv, sem nenhum propósito de autossacrifício, e sim por acaso, como a guerra o surpreendeu no serviço militar, tomou parte na defesa da pátria de forma direta e constante, e por isso encarava o que se passava na Rússia sem desespero e sem conclusões sombrias. Se lhe perguntassem o que pensava da situação da Rússia, diria que não pensava nada, que para isso existiam Kutúzov e os outros, e que tinha ouvido dizer que o contingente dos regimentos seria completado, que talvez a luta ainda fosse se prolongar por muito tempo e que, naquelas circunstâncias, não ficaria espantado se dali a uns dois anos lhe dessem um regimento para comandar.

Por encarar as coisas desse modo, ele não só não sentiu nenhum pesar por saber que não ia participar da última batalha, quando recebeu a notícia de que tinha sido designado para ir a VorónIej a fim de comprar montarias para a divisão, como sentiu até um enorme contentamento, que não escondeu de seus camaradas, que compreendiam aquilo perfeitamente.

Poucos dias antes da batalha de Borodinó, Nikolai recebeu dinheiro e documentos e, depois de enviar alguns hussardos na frente, partiu para VorónIej em cavalos de uma estação de muda.

Só quem viveu isso, ou seja, passou vários meses ininterruptos na atmosfera da guerra, da vida militar, pode entender o prazer que Nikolai experimentou quando se afastou da região que as tropas ocupavam com suas operações de juntar forragem, com seus veículos de provisão, com suas enfermarias de campanha; quando, sem os soldados, sem as carroças, marcas infames da presença de um acampamento militar, Nikolai avistou aldeias com mujiques e camponesas, casas senhoriais, campos e gado que pastava e estações de muda com seus vigias adormecidos. Nikolai sentiu uma alegria tão grande como se visse aquilo pela primeira vez. O que o surpreendeu e o alegrou foi ver mulheres, jovens e saudáveis, sem que houvesse dez oficiais fazendo a corte a cada uma delas, mulheres que ficavam contentes e lisonjeadas porque um oficial de passagem lhes dizia uns gracejos.

No estado de ânimo mais alegre possível, Nikolai chegou à noite a uma estalagem em Vorónioj, pediu tudo aquilo de que estava privado no Exército havia muito tempo e, no dia seguinte, muito bem barbeado e limpo, vestido num uniforme de gala que havia muito tempo não usava, foi apresentar-se às autoridades locais.

O chefe da milícia era um general do serviço público civil, homem velho que obviamente estava eufórico com seu cargo e posto militar. Recebeu Nikolai com um aspecto zangado (pensando que aquilo era próprio de um militar), interrogou-o com ar importante e, como se tivesse direito a isso, pareceu avaliar o curso geral dos acontecimentos, aprovando ou desaprovando. Nikolai estava tão alegre que aquilo apenas o divertiu.

Do chefe da milícia, ele seguiu ao encontro do governador. O governador era um homem pequeno e vivaz, totalmente simples e afetuoso. Indicou para Nikolai as cavalariças onde poderia conseguir cavalos, recomendou-lhe um mercador de cavalos na cidade e prometeu toda a assistência.

— O senhor é filho do conde Iliá Andréievitch? Minha esposa foi muito amiga de sua mãe. Às quintas-feiras dou um sarau em minha casa; hoje é quinta-feira, peço o favor de me visitar, sem cerimônia — disse o governador, e despediu-se.

Logo em seguida, Nikolai tomou cavalos de uma estação de muda, chamou o sargento para acompanhá-lo e seguiu a galope rumo a uma cavalariça a dez verstas, que pertencia a um senhor de terras. Todos aqueles primeiros momentos da estadia em Vorónioj foram alegres e fáceis para Nikolai, e, como costuma acontecer quando a pessoa está bem-disposta, tudo andava bem e dava certo.

O senhor de terras que Nikolai foi procurar era um velho solteirão cavalariano, grande entendido em cavalos, caçador, dono de tapetes que pendurava nas paredes, de um licor centenário, de um velho vinho húngaro e de cavalos prodigiosos.

Em duas palavras, Nikolai comprou por seis mil rublos dezessete garanhões escolhidos (como ele dizia) para servirem de modelo para suas montarias. Depois de almoçar e beber um pouco do vinho húngaro, Rostóv trocou dois beijos no rosto com o senhor de terras, a quem já havia passado a tratar por "você", e fez o caminho de volta a galope pela estrada deplorável, no mesmo estado de ânimo alegre, apressando o cocheiro o tempo todo a fim de poder chegar a tempo de comparecer ao sarau na casa do governador.

Nikolai trocou de roupa, perfumou-se, lavou a cabeça com água fria e, embora um pouco tarde, mas com uma expressão já pronta: "*Vaut mieux tard que jamais*",[37] apareceu na casa do governador.

---

37 Francês: "Antes tarde do que nunca".

Não era um baile, e ninguém tinha dito que ia haver dança; mas todos sabiam que Katierina Petróvna ia tocar valsas e escocesas no clavicórdio e que as pessoas iam dançar, e todos, já prevendo isso, foram até lá como se fossem a um baile.

A vida provinciana em 1812 era exatamente como sempre fora, apenas com a diferença de que a cidade estava mais animada por causa da chegada de muitas famílias ricas vindas de Moscou e porque, como em tudo o que acontecia na Rússia naquele tempo, notava-se certo relaxamento — perder os dedos ou perder a mão, tanto faz —, e a conversa trivial, indispensável entre as pessoas, que antes tratava do tempo e dos conhecidos comuns, agora tratava de Moscou, das tropas e de Napoleão.

A sociedade, reunida na casa do governador, era a melhor sociedade de Vorónej.

Havia muitas damas, havia alguns moscovitas conhecidos de Nikolai; mas não havia nenhum homem que pudesse rivalizar com o conde Rostóv, cavaleiro agraciado com a medalha de São Jorge, um hussardo da cavalaria, e além do mais simpático e bem-educado. Entre os homens, havia um prisioneiro italiano — oficial do Exército francês —, e Nikolai sentiu que a presença do prisioneiro fazia sobressair ainda mais a sua importância — um herói russo. Era uma espécie de troféu. Nikolai tinha aquela sensação, parecia-lhe que todos viam o italiano daquela forma, e Nikolai tratou-o com respeito, dignidade e comedimento.

Assim que Nikolai entrou, em seu uniforme de hussardo, exalando à sua volta um aroma de perfume e de vinho, enquanto dizia e também ouvia várias vezes as palavras ditas por ele: *vaut mieux tard que jamais*, as pessoas o rodearam; todos os olhares se voltaram para ele, e na mesma hora Nikolai sentiu que havia ocupado uma posição adequada na província, a posição de favorito universal, algo sempre agradável, mas que agora, após um longo período de privação, o inebriava de prazer. Nas estações, nas estalagens e na casa do senhor de terras com as paredes forradas de tapetes, havia jovens criadas que ficaram lisonjeadas com a sua atenção; mas ali, no sarau do governador (assim parecia a Nikolai), havia uma inesgotável quantidade de jovens damas e mocinhas bonitas que esperavam com impaciência apenas que Nikolai voltasse para elas sua atenção. As damas e as mocinhas flertavam com ele, e as velhas, desde o primeiro dia, conspiravam sobre como casar e pôr no caminho da vida séria aquele jovem hussardo farrista. Entre estas últimas estava a própria esposa do governador, que recebeu Rostóv como se fosse um parente muito chegado e que o chamava de "*Nicolas*" e "você".

Katierina Petróvna de fato pôs-se a tocar valsas e escocesas, e começaram as danças, nas quais Nikolai, com sua perícia, cativou mais ainda toda a sociedade da província. Ele assombrou a todos também pela maneira peculiar e desenvolta de dançar. O próprio Nikolai ficou um pouco admirado com sua maneira de dançar naquela noite. Nunca dançava assim em Moscou e até consideraria indecente e *mauvais genre*[38] uma forma de dançar tão desenvolta; mas ali sentiu necessidade de assombrar a todos com algo extraordinário, algo que deviam tomar como habitual nas capitais, mas ainda desconhecido na província.

Durante a noite inteira, o que mais chamou a atenção de Nikolai foi uma lourinha de olhos azuis, formosa e bem fornida, esposa de um dos funcionários da província. Com a fé ingênua, típica dos rapazes dominados pela alegria, de que as esposas dos outros foram criadas para eles, Rostóv não se afastava daquela dama e tratava seu marido de maneira amigável, ligeiramente conspiratória, como se, embora não falassem disso, soubessem como os dois iriam se entender esplendidamente — isto é, Nikolai e a esposa daquele marido. O marido, contudo, parecia não compartilhar aquela fé e tentava tratar Rostóv de maneira sombria. Mas a ingenuidade simpática de Nikolai era tão ilimitada que às vezes o marido, sem querer, entregava-se ao estado de ânimo alegre de Nikolai. No fim do sarau, no entanto, à medida que o rosto da esposa ficava cada vez mais vermelho e animado, o rosto do marido ficava mais abatido e pálido, como se a cota de animação fosse uma só para os dois e, à medida que ela aumentava na esposa, diminuía no marido.

V

Com um sorriso que não deixava seu rosto, Nikolai estava sentado numa poltrona, ligeiramente curvado para a frente, inclinado para bem perto da lourinha, e lhe dizia elogios mitológicos.

Mudando a posição das pernas de forma muito vistosa, com suas perneiras bem apertadas, propagando um aroma perfumado, admirando ora sua dama, ora a si mesmo e as formas bonitas de suas pernas embaixo das calças de montaria bem justas, Nikolai dizia à lourinha que desejava raptar uma dama ali em VorónIej.

— Qual?

— Ela é fascinante, divina. Tem os olhos (Nikolai fitava sua interlocutora) azuis, a boca de coral, uma brancura... — fitou seus ombros —, o porte... de uma Diana...

O marido aproximou-se e perguntou à esposa, em tom sombrio, sobre o que ela estava falando.

— Ah! Nikita Ivánitch — disse Nikolai, levantando-se de modo cordial. E,

---

38 Francês: “de mau gosto”.

como se quisesse que Nikita Ivánitch tomasse parte de seus gracejos, começou a informá-lo também de sua intenção de raptar uma lourinha.

O marido sorriu com tristeza; a esposa, com alegria. A simpática governadora, com ar desaprovador, aproximou-se.

— Anna Ignátievna quer ver você, *Nicolas* — disse ela, com uma voz que marcou de tal modo as palavras "Anna Ignátievna" que Rostóv imediatamente compreendeu que Anna Ignátievna era uma dama importante. — Vamos, *Nicolas*. Pois você não me permite que o chame assim?

— Ah, sim, *ma tante*. Mas quem é ela?

— Anna Ignátievna Malvíntseva. Ouviu falar de você por intermédio da sobrinha, que você salvou... Não adivinha?...

— Salvei tantas! — disse Nikolai.

— A sobrinha dela é a princesa Bolkónskaia. Está aqui em Vorónie j com a tia. Oh! Como ficou vermelho! Será que...?

— Não, nem pense nisso, *ma tante*.

— Está bem, está bem. Oh! Como você é!

A governadora conduziu-o a uma velha alta e muito gorda, de touca azul, que tinha acabado de jogar uma partida de cartas com as pessoas mais importantes da cidade. Era Malvíntseva, tia da princesa Mária por parte de mãe, viúva rica e sem filhos, que sempre havia morado em Vorónie j. Estava contando as cartas quando Rostóv se aproximou. Com ar severo e importante, entrecerrou os olhos, fitou-o e depois continuou a repreender o general que a vencera no jogo.

— Estou muito contente, meu caro — disse ela, e lhe estendeu a mão. — Peço que faça a bondade de vir à minha casa.

Depois de falar sobre a princesa Mária e sobre o falecimento do pai dela, o qual pelo visto não agradava a Malvíntseva, e depois de perguntar o que Nikolai sabia a respeito do príncipe Andrei, que também, pelo visto, não era objeto de sua estima, a velha importante despediu-se dele, repetindo o convite de vir à sua casa.

Nikolai prometeu ir e ruborizou-se outra vez, quando se despediu de Malvíntseva com uma reverência. Ante a lembrança da princesa Mária, Rostóv experimentou um sentimento de timidez e até de temor, incompreensível para ele mesmo.

Ao se afastar de Malvíntseva, Rostóv quis voltar para as danças, mas a pequena governadora colocou sua mãozinha rechonchuda sobre a manga de Nikolai, disse que precisava falar com ele e levou-o para uma saleta com um divã, de onde os que ali estavam saíram imediatamente a fim de não atrapalhar a governadora.

— Sabe, *mon cher* — disse a governadora com uma expressão séria no rosto pequeno e bondoso. — Esse seria um ótimo partido para você; quer que eu aproxime os dois?

— Quem, *ma tante*? — perguntou Nikolai.

— A princesa. Katierina Petróvna fala de Lili, mas para mim, não: é a princesa. Quer? Estou convencida de que sua *maman* vai ficar feliz. Sinceramente, que moça, que encanto! E ela não é tão feia assim.

— Nem um pouco — disse Nikolai, como que ofendido. — Eu, *ma tante*, como convém a um soldado, nunca faço a corte e também não recuso nada — disse Rostóv, antes que tivesse tempo de pensar no que estava dizendo.

— Então, lembre bem: isso não é nenhuma brincadeira.

— Claro que não!

— Certo, certo — disse a governadora, como se estivesse falando consigo mesma. — E mais uma coisa, *mon cher*, *entre autres. Vous êtes trop assidu auprès de l'autre, la blonde.*[39] O marido já está que dá pena, sinceramente...

— Ah, não, eu e ele somos amigos — disse Nikolai, com espírito inocente: nem passava pela sua cabeça que um entretenimento tão divertido para ele pudesse ser algo sem a menor graça para outra pessoa.

"Mas que tolice fui dizer para a governadora!", deu-se conta Nikolai, de repente, durante o jantar. "Ela está prestes a dar os primeiros passos para acertar um casamento, mas e a Sônia?..." E quando se despedia da governadora, e ela, sorrindo, disse-lhe mais uma vez "Pois bem, não esqueça", ele a levou para o canto:

— Ocorre que a verdade é que tenho de lhe dizer uma coisa, *ma tante*...

— O quê, o quê, meu amigo; vamos sentar ali.

Nikolai de repente sentiu o desejo e a necessidade de contar àquela mulher quase desconhecida todos os seus pensamentos sinceros (que não contaria nem à mãe, nem à irmã, nem a um amigo). Mais tarde, quando se recordou daquele inexplicável arroubo de franqueza, que nada havia provocado e que no entanto trouxe para ele consequências muito importantes, Nikolai teve a impressão (como sempre acontece às pessoas) de que havia tido um súbito acesso de loucura; mas aquele rompante de franqueza, junto com outros fatos menores, teve para ele e para toda a família enormes consequências.

— Veja, *ma tante*. Minha *maman* há muito tempo quer me casar com uma mulher rica, mas essa ideia, casar por dinheiro, me causa repulsa.

— Ah, sim, compreendo — disse a governadora.

— Mas a princesa Bolkónskaia é outra história; em primeiro lugar, digo à senhora com sinceridade, ela me agrada muito, ela me toca o coração, e, além disso, depois que a encontrei numa situação como aquela, tão estranha, me vem muitas

---

39 Francês: "meu caro, entre outras. O senhor se mostra insistente demais com a outra, a loura".

vezes a ideia de que isso é o destino. Entenda bem: *maman* há muito tempo pensava nisso, mas antes não havia calhado de nos encontrarmos, por um ou outro motivo, isso não havia ocorrido: não tínhamos nos encontrado. E enquanto Natacha era noiva do irmão dela era impossível para mim pensar em casar com a princesa. Mas tinha de acontecer de eu me encontrar com ela justamente quando o casamento de Natacha havia se desfeito, e depois de tudo... Pois bem, aí está. Não contei isso para ninguém. Só para a senhora.

A governadora apertou seu cotovelo com gratidão.

— A senhora conhece Sophie, minha prima? Eu a amo, prometi casar com ela, e vou casar... Portanto, entenda bem, senhora, não pode haver nenhuma discussão sobre isso — disse Nikolai, sem jeito e ruborizando-se.

— *Mon cher, mon cher*, como você encara as coisas! Pois afinal Sophie não tem nada, e você mesmo disse que os negócios do seu pai andam de mal a pior. E a sua *maman*? Isso vai matá-la de um só golpe. Além do mais, Sophie, se for uma jovem de bom coração, que vida terá ela? Sua mãe desesperada, os negócios arruinados... Não, *mon cher*, você e Sophie têm de compreender isso.

Nikolai ficou em silêncio. Achou agradável ouvir aqueles argumentos.

— Apesar disso, *ma tante*, não pode ser — disse ele com um suspiro, após um momento de silêncio. — E será que a princesa iria me querer? E ela está de luto outra vez. Será possível pensar nesse assunto?

— Por acaso você acha que vou casar os dois imediatamente? *Il y a manière et manière*[40] — disse a governadora.

— Que casamenteira é a senhora, *ma tante*... — disse *Nicolas*, beijando sua mãozinha rechonchuda.

VI

Ao chegar a Moscou depois de seu encontro com Rostóv, a princesa Mária encontrou lá seu sobrinho com o preceptor e uma carta do príncipe Andrei, indicando o caminho que ela devia seguir para chegar a Vóroniej e encontrar a tia Malvíntseva. Os afazeres da partida, a preocupação com o irmão, a organização da vida numa casa nova, pessoas novas, a educação do sobrinho — tudo isso havia sufocado na alma da princesa Mária aquele sentimento parecido com uma tentação que a atormentava desde o tempo da doença e da morte do pai e sobretudo após

---

40 Francês: "Há maneiras e maneiras".

o encontro com Rostóv. Ela estava triste. Agora, depois de passar um mês em condições tranquilas de vida, a tristeza pela perda do pai, que em sua alma se associava à ruína da Rússia, se tornava cada vez mais forte. Estava angustiada: a ideia dos perigos que rondavam seu irmão — a única pessoa próxima que lhe restava — a atormentava sem cessar. Vivia preocupada com a educação do sobrinho, tarefa para a qual se sentia constantemente incapaz; porém no fundo de sua alma ela estava em paz consigo mesma, uma paz que provinha da consciência de que havia esmagado dentro de si os sonhos e os desejos pessoais ligados ao surgimento de Rostóv.

Quando, no dia seguinte ao seu sarau, a governadora foi à casa de Malvíntseva e, depois de falar com a tia a respeito de seus planos (e ressalvar que, apesar de ser impossível sequer pensar num pedido formal de casamento naquelas circunstâncias, mesmo assim era possível aproximar os jovens, permitir que se conhecessem), e quando, após receber a aprovação da tia, a governadora falou sobre Rostóv em presença da princesa Mária, elogiou-o e contou como ficou vermelho quando ela mencionou a princesa — a princesa Mária não experimentou nenhuma alegria, e sim um sentimento de mal-estar: sua paz interior não existia mais, e de novo se erguiam os desejos, as dúvidas, as acusações e as esperanças.

Nos dois dias seguintes a essa conversa, dias que antecederam a visita de Rostóv, a princesa Mária não parou de pensar em como devia se comportar em relação a Rostóv. Ora decidia que não sairia para a sala quando ele estivesse na casa da tia, que em seu luto fechado seria indecente receber visitas; ora achava que isso era uma grosseria em face do que Rostóv havia feito para ela; ora lhe vinha à cabeça a ideia de que a tia e a governadora tinham feito planos a respeito dela e de Rostóv (os olhares e as palavras das duas pareciam, às vezes, confirmar tal suposição); ora a princesa dizia para si que só ela, com sua depravação, poderia pensar tal coisa sobre as duas: elas não poderiam esquecer que, em sua situação, quando ainda não havia retirado da gola as fitas de luto, uma tal iniciativa matrimonial seria ofensiva para ela e também para a memória de seu pai. Na hipótese de ela vir para a sala ao encontro dele, a princesa Mária imaginava as palavras que ele lhe diria e as que ela lhe diria; e tais palavras lhe pareciam ora injustamente frias, ora dotadas de uma importância excessiva. O que mais temia no caso de encontrar-se com Rostóv era o constrangimento que achava que ia tomar conta dela e que se faria visível tão logo estivesse em presença dele.

Mas quando, no domingo, após a missa, o lacaio veio à sala comunicar que o conde Rostóv havia chegado, a princesa não manifestou nenhum constrangimento; apenas um leve rubor tomou suas faces, e os olhos brilharam com uma luz nova e radiante.

— A senhora esteve com ele, titia? — perguntou a princesa Mária com voz tranquila, sem saber ela mesma como conseguia se mostrar exteriormente tão calma e natural.

Quando Rostóv entrou na sala, a princesa baixou a cabeça por um momento, como que para dar tempo ao visitante de cumprimentar a tia, e depois, na hora em que Nikolai se dirigiu a ela, ergueu a cabeça e, com os olhos brilhantes, encontrou seu olhar. Com um movimento gracioso e cheio de dignidade, ela se ergueu ligeiramente, com um sorriso alegre, estendeu-lhe a mão fina, delicada, e começou a falar com uma voz em que vibraram pela primeira vez sons femininos e novos, que vinham do peito. Mlle Bourienne, que estava na sala, olhou para a princesa Mária com admiração e espanto. Nem a mais hábil sedutora poderia fazer uma manobra melhor num encontro com um homem a quem era preciso agradar.

"Ou o preto lhe cai muito bem, ou de fato ficou mais bonita, e eu não percebi. E acima de tudo, que tato e que graça!", pensou Mlle Bourienne.

Se a princesa Mária estivesse em condições de refletir naquele momento, ficaria ainda mais admirada do que Mlle Bourienne com a transformação que nela ocorria. Desde o minuto em que viu o rosto atraente e querido, uma nova força de vida tomou conta dela e obrigou-a, para além de sua vontade, a falar e a agir. Seu rosto, desde o instante em que Rostóv entrou, transfigurou-se subitamente. Da mesma forma como uma lanterna de vidro pintado e entalhado, quando sua luz interna é acesa, projeta de repente nas paredes, com uma beleza inesperada e fulminante, seu complexo trabalho artístico que antes parecia tosco, escuro e sem sentido, assim também se transfigurou de repente o rosto da princesa Mária. Pela primeira vez, todo o puro trabalho espiritual interior que ela vivenciara até então se manifestou exteriormente. Todo o seu trabalho interior, sua insatisfação consigo, seu sofrimento, a aspiração ao bem, a docilidade, o amor, o autossacrifício — tudo brilhava agora naqueles olhos radiantes, no sorriso sutil, em todos os traços de seu rosto meigo.

Rostóv percebia tudo isso de modo tão claro como se já conhecesse a vida dela inteira. Sentia que a criatura à sua frente era totalmente distinta e melhor do que todas as que havia conhecido até então, e sobretudo melhor do que ele mesmo.

A conversa foi a mais simples e trivial possível. Falaram sobre a guerra e, como todos, não puderam deixar de exagerar sua tristeza com aquele fato, falaram sobre o último encontro, e nesse ponto Nikolai tentou mudar de assunto, falaram da simpática governadora, sobre os familiares de Nikolai e da princesa Mária.

A princesa Mária não falou do irmão, desviou a conversa para outro tema assim que a tia começou a falar sobre Andrei. Era visível que ela podia falar fingidamente sobre os infortúnios da Rússia, mas seu irmão era um assunto demasiado próximo a seu coração, e ela não queria e não podia falar dele de modo leviano. Nikolai percebeu isso, assim como, com uma perspicácia de observação estranha a ele, percebia em geral todas as nuances da personalidade da princesa Mária, as quais só vinham confirmar sua convicção de que ela era uma criatura completamente única e extraordinária. Nikolai, exatamente da mesma forma que a princesa Mária, ficava vermelho e embaraçado quando alguém lhe falava sobre a princesa e até quando pensava nela, mas em sua presença sentia-se perfeitamente livre e falava não o que havia preparado de antemão, mas aquilo que lhe vinha à cabeça no momento, e sempre era algo pertinente.

Durante a breve visita de Nikolai, num momento de silêncio, como sempre acontece onde há crianças, Nikolai voltou-se para o pequeno filho do príncipe Andrei, acariciou-o e perguntou se queria ser um hussardo. Segurou o menino nos braços, pôs-se a sacudi-lo sobre os joelhos e virou-se para a princesa Mária. Um olhar doce, feliz e tímido acompanhava o menino querido nos braços do homem querido. Nikolai também percebeu aquele olhar e, como se tivesse entendido seu significado, ruborizou de prazer e começou a beijar o garoto com alegria e contentamento.

A princesa Mária não saía de casa por estar de luto, e Nikolai não julgava apropriado visitá-la; apesar disso a governadora deu seguimento à sua função de casamenteira, transmitiu a Nikolai o elogio que a princesa Mária fizera a seu respeito, e vice-versa, e insistiu em que Rostóv devia declarar-se à princesa Mária. Com esse fim, ela organizou um encontro entre os jovens na casa do arcipreste antes da missa.

Embora Rostóv dissesse à governadora que não faria nenhuma declaração à princesa Mária, prometeu ir.

Assim como em Tilsit Rostóv não se permitira duvidar de que era bom aquilo que todos julgavam ser bom, também agora, após uma breve mas sincera luta entre a tentativa de construir sua vida segundo a própria razão e a submissão obediente às circunstâncias, ele optou pela última e rendeu-se ao poder que o arrastava não sabia para onde e (ele sentia) de modo irresistível. Nikolai sabia que, depois de ter feito sua promessa a Sônia, declarar seu sentimento à princesa Mária seria o que ele chamava de uma infâmia. E sabia que jamais cometeria uma infâmia. Mas sabia também (e nem tanto sabia como sentia no fundo da alma) que, rendendo-se agora ao poder das circunstâncias e das pessoas que as governavam, ele não só não faria nada de ruim, como faria algo muito importante, mais importante do que qualquer outra coisa que havia feito na vida.

Depois do encontro com a princesa Mária, embora seu modo de vida permanecesse exteriormente o mesmo, todos os prazeres de antes perderam seu encanto, e ele pensava muitas vezes na princesa Mária; mas nunca pensava nela como pensava em todas as jovens, sem exceção, que encontrava na sociedade, nem com o entusiasmo com que ele, tempos antes e por muito tempo, havia pensado em Sônia. Como quase todos os rapazes honestos, Nikolai pensava em todas as jovens da sociedade como futuras esposas e, na imaginação, encaixava-as em todas as circunstâncias de uma vida conjugal: um roupão branco, a esposa junto ao samovar, uma carruagem de mulher, criancinhas, *maman* e *papa*, a relação das crianças com ela etc. etc., e tais imagens do futuro lhe davam prazer; mas, quando pensava na princesa Mária, com quem desejavam casá-lo, Nikolai não conseguia imaginar nada de uma futura vida conjugal. Quando tentava, o resultado era canhestro e falso. Ele apenas se sentia assustado.

VII

A terrível notícia da batalha de Borodinó, de nossas baixas em mortos e feridos, e a notícia ainda mais terrível da perda de Moscou foram recebidas em Vorónieј em meados de setembro. A princesa Mária, que só soube do ferimento do irmão pelos jornais e não tinha nenhuma notícia precisa sobre ele, estava se preparando para partir em busca do príncipe Andrei, pelo que Nikolai tinha ouvido dizer (ele mesmo não se encontrara mais com ela).

Ao receber a notícia da batalha de Borodinó e do abandono de Moscou, Rostóv não experimentou desespero, raiva ou desejo de vingança e sentimentos semelhantes, mas em compensação tudo em Vorónieј se tornou maçante, penoso, tudo parecia vergonhoso e opressivo. Todas as conversas que escutava lhe pareciam falsas; não sabia o que pensar de tudo aquilo e sentia que só quando voltasse ao regimento tudo ficaria claro de novo para ele. Apressou-se em concluir as aquisições dos cavalos e muitas vezes se irritava sem razão com seu criado e com seu sargento.

Alguns dias antes da partida de Rostóv, celebrou-se na catedral uma missa de ação de graças pela vitória alcançada pelas tropas russas, e Nikolai foi à cerimônia. Ficou um pouco atrás do governador e se manteve até o fim com ar de austeridade militar, enquanto refletia sobre os assuntos mais diversos. Quando a cerimônia terminou, a governadora o chamou.

— Você viu a princesa? — perguntou ela, apontando com a cabeça uma dama de preto que estava atrás do coro.

Nikolai reconheceu na mesma hora a princesa Mária, não tanto pelo seu perfil, que se distinguia embaixo do chapéu, mas pelo sentimento de cautela, medo e compaixão que o dominou de pronto. A princesa Mária, obviamente absorta nos próprios pensamentos, persignava-se pelas últimas vezes enquanto saía da igreja.

Nikolai fitou seu rosto com admiração. Era o mesmo rosto que vira antes, havia nele a mesma expressão simples de um sutil trabalho espiritual interior; mas agora estava iluminado de um modo totalmente distinto. Havia nele uma comovente expressão de tristeza, de prece e de esperança. Como acontecera antes com Nikolai em presença da princesa, ele, sem esperar a recomendação da governadora para ir ao encontro dela, sem perguntar a si mesmo se seria bom, apropriado, dirigir-se a ela ali na igreja, aproximou-se da princesa e lhe disse que tinha ouvido falar de seu desgosto e que compartilhava sua dor com toda a alma. Assim que ouviu a voz de Nikolai, uma luz radiosa acendeu no rosto da princesa, iluminando ao mesmo tempo sua tristeza e sua alegria.

— Eu só queria lhe dizer, princesa — falou Rostóv —, que, caso o príncipe Andrei Nikoláievitch não estivesse vivo, como ele é comandante de um regimento, o jornal teria noticiado imediatamente.

A princesa olhou para ele sem compreender suas palavras, mas alegrou-se com a expressão de compaixão que havia em seu rosto.

— E também que, pelos muitos casos de que tenho conhecimento, sei que um ferimento com estilhaços (nos jornais se falava em granada), quando não é mortal de imediato, se revela uma coisa muito ligeira — disse Nikolai. — É preciso esperar pelo melhor, e estou convencido de que...

A princesa Mária interrompeu-o.

— Ah, seria uma coisa terrí... — começou ela e, sem concluir por causa da emoção, com um gesto gracioso (como tudo o que fazia diante dele), inclinou a cabeça, lançou um olhar de gratidão para Nikolai e seguiu na direção da tia.

Naquela noite, Nikolai não foi visitar ninguém e ficou em casa a fim de acertar certas contas com os vendedores de cavalos. Quando terminou essa tarefa, já era tarde para ir a qualquer lugar, mas ainda era cedo para dormir, e Nikolai ficou andando de um lado para outro em seu quarto durante muito tempo, refletindo sobre sua vida, o que raramente acontecia com ele.

A princesa Mária produzira nele uma impressão agradável já em Smolensk. O fato de ter encontrado a princesa em tais circunstâncias e o fato de a mãe, certa vez, ter apontado justamente a princesa Mária como uma noiva rica levaram Nikolai a prestar uma atenção especial nela. Em Vorónie j, por ocasião de sua visita, a impressão também foi não só agradável como forte. Nikolai ficou impressionado com a beleza moral, diferente, que notou na princesa dessa vez. No entanto ele se preparava para partir, e não passava pela sua cabeça a ideia de que iria lamentar deixar Vorónie j e perder a chance de ver a princesa Mária. Mas o encontro com ela na igreja, naquele dia (Nikolai sentia isso), se cravara mais fundo em seu coração do que ele havia previsto, e mais fundo do que ele desejava, para a própria tranquilidade. O rosto pálido, fino, tristonho, o olhar radioso, os movimentos discretos, graciosos e acima de tudo o desgosto profundo e meigo que se exprimia em todas as suas feições o perturbavam e provocavam sua curiosidade. Nos homens, Rostóv não tolerava ver a expressão de uma vida espiritual superior (por esse motivo não gostava do príncipe Andrei), e desdenhosamente chamava isso de filosofia, devaneio; mas na princesa Mária, justamente por causa daquele desgosto que revelava toda a profundidade de um mundo espiritual alheio a Nikolai, ele sentia uma atração irresistível.

"Que moça formidável deve ser! Igual a um anjo!", dizia consigo. "Por que não sou livre? Por que fui tão apressado com a Sônia?" E sem querer fazia uma comparação entre as duas: em uma a pobreza e na outra a riqueza daqueles dons espirituais que Nikolai não tinha e aos quais, por isso mesmo, ele dava um valor tão alto. Experimentou imaginar o que aconteceria se fosse livre. De que modo faria seu pedido de casamento e como ela viria a ser sua esposa? Não, ele não conseguia imaginar isso. Ficava assustado e não conseguia visualizar nenhuma imagem clara. Com Sônia, havia muito que já formara um quadro do futuro, e tudo era simples e claro, justamente porque tudo já tinha sido previsto e ele conhecia tudo o que existia em Sônia; mas com a princesa Mária era impossível imaginar uma vida futura, porque ele não a compreendia, só a amava.

Os devaneios sobre Sônia tinham algo de divertido, algo de jogo. Mas pensar na princesa Mária era sempre difícil e um pouco terrível.

"Como ela reza!", lembrou Nikolai. "Era evidente que estava pondo toda a alma na prece. Sim, essa é a prece que remove montanhas, e estou convencido de que sua prece será atendida. Por que eu não rezo por aquilo de que preciso?", lembrou Nikolai. "Do que preciso? De liberdade, de um rompimento com Sônia. Ela disse a verdade", lembrou-se das palavras da governadora. "O que vou conseguir casando com Sônia é apenas gerar infelicidade. A confusão, a mágoa de *maman*... o dinheiro... a confusão, uma confusão terrível! E eu nem a amo. Sim, eu não a amo como é preciso. Meu Deus! Livre-me desta situação horrível, sem saída!", começou a rezar de repente. "Sim, a prece remove montanhas, mas é preciso acreditar, e não rezar como fazíamos eu e Natacha quando éramos crianças e rezávamos para que a neve virasse açúcar e depois saíamos correndo para fora de casa a fim de provar e ver se a neve tinha virado açúcar. Não, agora eu não estou rezando por essas besteiras", disse ele, colocou de lado o cachimbo e, de mãos juntas, postou-se diante de um ícone. Enternecido com a lembrança da princesa Mária, começou a rezar como havia muito tempo não fazia. Tinha lágrimas nos olhos e na garganta, quando Lavruchka chegou à porta com alguns papéis.

— Idiota! Por que entra assim, se ninguém chamou? — disse Nikolai, rapidamente mudando de posição.

— Da parte do governador — disse Lavruchka, com voz sonolenta. — Chegou o correio e tinha carta para o senhor.

— Está bem, obrigado, agora vá embora!

Nikolai pegou duas cartas. Uma era da mãe, a outra, de Sônia. Reconheceu as duas pela letra e abriu primeiro a carta de Sônia. Mal leu algumas linhas, seu rosto empalideceu, e seus olhos se arregalaram de susto e de alegria.

— Não, não é possível! — exclamou em voz alta. Incapaz de continuar sentado onde estava, pôs-se a andar pelo quarto com a carta nas mãos, lendo-a. Correu os olhos pela carta, depois leu-a até o fim outra vez, mais uma e, de ombros erguidos e braços abertos, parou no meio do quarto, de boca aberta e olhos vidrados. Aquilo pelo qual tinha acabado de rezar, com a confiança em que Deus atenderia sua prece, havia se realizado; mas Nikolai estava espantado como se aquilo fosse algo extraordinário, como se jamais contasse com algo assim e como se justamente o fato de aquilo se realizar tão rapidamente comprovasse que não vinha de Deus, a quem tinha pedido, mas de uma coincidência banal.

O que parecia um nó impossível de desfazer, e que amarrava a liberdade de Nikolai, foi desfeito com aquela carta de Sônia, inesperada (assim parecia a Nikolai) e que nada havia provocado. Ela escrevia que as últimas circunstâncias infelizes, a perda de quase todos os bens dos Rostóv em Moscou, o desejo da condessa, manifestado muitas vezes, de que Nikolai casasse com a princesa Bolkónskaia, e o silêncio e a frieza de Nikolai nos últimos tempos — tudo isso somado a obrigava a decidir pelo cancelamento da promessa dele e a lhe dar plena liberdade.

"Seria muito penoso para mim pensar que posso ser uma causa de desgosto e de discórdia na família que me fez tanto bem", escreveu ela, "e meu amor tem por único propósito a felicidade daqueles a quem amo; por isso imploro ao senhor, *Nicolas*, que se considere livre e saiba que, apesar de tudo, ninguém pode amá-lo com mais força do que sua Sônia."

As duas cartas vinham de Tróitsa. A outra carta era da condessa. Na carta, descrevia os últimos dias em Moscou, a partida, o incêndio e a destruição de todo o patrimônio. Na carta, entre outras coisas, a condessa contava que o príncipe Andrei estava entre os feridos que viajavam junto com eles. Seu estado era muito grave, mas agora o médico dizia haver mais esperança. Sônia e Natacha, como enfermeiras, estavam cuidando dele.

No dia seguinte, com aquela carta, Nikolai foi ao encontro da princesa Mária. Nem Nikolai nem a princesa Mária disseram nenhuma palavra sobre o que poderiam significar as palavras "Natacha está cuidando dele"; mas graças àquela carta Nikolai de repente se aproximou da princesa numa relação quase familiar.

No dia seguinte, Rostóv acompanhou a princesa até Iaroslavl e, dias depois, ele mesmo partiu de volta para o seu regimento.

VIII

A carta de Sônia para Nikolai, que realizou o que ele pedira em sua prece, foi escrita em Tróitsa. O motivo da carta foi o seguinte. A ideia do casamento de Nikolai com uma noiva rica dominava cada vez mais a velha condessa. Ela sabia que Sônia era a principal barreira para isso. E a vida de Sônia na casa da condessa tornara-se cada vez mais penosa ultimamente, sobretudo após a carta de Nikolai que descrevia seu encontro com a princesa Mária em Bogutchárovo. A condessa não perdia uma única chance de lançar a Sônia um insulto ou alguma alusão cruel.

Porém, alguns dias antes da partida de Moscou, transtornada e nervosa com tudo o que se passava, a condessa chamou Sônia a seu quarto e, em vez de acusações e cobranças, com lágrimas nos olhos, dirigiu a ela uma súplica para que fizesse um sacrifício e rompesse sua ligação com Nikolai, pagando desse modo tudo o que tinha sido feito por ela.

— Não ficarei tranquila enquanto você não fizer essa promessa.

Sônia desatou a chorar histericamente, respondeu entre soluços que faria tudo, que estava pronta a fazer qualquer coisa, mas não fez uma promessa direta e, em seu íntimo, não conseguia se decidir quanto àquilo que dela exigiam. Era preciso se sacrificar pela felicidade da família que a havia criado e educado. Sacrificar-se pela felicidade dos outros era um hábito de Sônia. Sua posição na casa era tal que só no caminho do sacrifício ela podia demonstrar sua dignidade, estava habituada a isso e gostava de se sacrificar. Mas antes, em todas as ações de autossacrifício, ela reconhecia com alegria que, ao sacrificar-se, aumentava seu próprio valor aos seus olhos e aos olhos dos outros e se tornava cada vez mais digna de *Nicolas*, que ela amava mais que tudo na vida; mas agora seu sacrifício tinha de consistir em abrir mão daquilo que representava o prêmio por todos os sacrifícios e todo o sentido da vida. Pela primeira vez, Sônia sentiu-se amargurada com aquelas pessoas, que tinham feito tanto bem para ela apenas para martirizá-la de modo ainda mais doloroso; sentiu inveja de Natacha, que nunca havia experimentado nada semelhante, nunca tivera de fazer sacrifícios, antes obrigava os outros a sacrificar-se, e mesmo assim era adorada por todos. Pela primeira vez Sônia sentiu que, do seu amor puro, sereno, por *Nicolas*, de repente começara a crescer um sentimento impetuoso, que estava acima dos princípios, da virtude e da religião; e, sob o efeito de tal sentimento, Sônia, cuja vida dependente dos outros lhe ensinara a arte da discrição, depois de responder à condessa involuntariamente em termos gerais e indefinidos, passou a evitar conversas com ela e resolveu aguardar um encontro com Nikolai, não para liberá-lo, mas, ao contrário, para unir-se a ele para sempre.

As agruras e o horror dos últimos dias que os Rostóv passaram em Moscou sufocaram em Sônia os pensamentos sombrios que a oprimiam. Alegrava-se de encontrar nas questões práticas um alívio para eles. Mas, quando soube da presença do príncipe Andrei em sua casa, apesar de toda a sincera compaixão que sentia por ele e por Natacha, o sentimento alegre e supersticioso de que Deus não queria que ela fosse separada de *Nicolas* dominou-a. Sônia sabia que Natacha amara apenas o príncipe Andrei e que continuava a amá-lo. Sabia que agora, reunidos em circunstâncias tão terríveis, iriam se apaixonar outra vez, e assim, por causa do parentesco entre o príncipe Andrei e a princesa Mária, Nikolai não poderia se casar com ela. Apesar do horror de tudo aquilo que havia se passado nos últimos dias e também durante os primeiros dias da viagem, aquele sentimento, aquela consciência de uma intervenção da Providência em seus assuntos pessoais alegraram Sônia.

No convento de Tróitsa, os Rostóv fizeram a primeira parada de um dia em sua viagem.

Na hospedaria do convento, os Rostóv ocuparam três quartos grandes, um dos quais ficou para o príncipe Andrei. Naquele dia, o ferido estava muito melhor. Natacha estava com ele. No quarto vizinho estavam o conde e a condessa, conversando respeitosamente com o superior do convento, que viera visitar seus antigos conhecidos e benfeitores. Sônia estava ali também, atormentada pela curiosidade sobre o que Natacha e o príncipe Andrei estariam conversando. Através da porta, ela escutava o som da voz deles. A porta do quarto do príncipe Andrei se abriu. Natacha saiu com o rosto emocionado, e sem notar o monge que se levantou e, arregaçando um pouco a manga muito larga, moveu a mão direita na direção dela, foi ao encontro de Sônia e segurou sua mão.

— Natacha, o que foi? Venha cá — disse a condessa.

Natacha aproximou-se para receber a bênção do monge, e o superior recomendou que pedisse a ajuda de Deus e do santo padroeiro do convento.

Logo depois da saída do superior, Natacha segurou a mão da amiga e foi com ela para um cômodo vazio.

— Sônia, será possível? Será que ele vai continuar vivo? — disse ela. — Sônia, como estou feliz e como estou infeliz! Sônia, querida... tudo é como antigamente. É só ele continuar vivo. Ele não pode... porque, porque... — E Natacha desatou a chorar.

— Pronto! Eu sabia disso! Graças a Deus — exclamou Sônia. — Ele vai viver!

Sônia estava tão emocionada quanto a amiga — com seu terror e sua amargura, e com seus pensamentos íntimos, que não revelara a ninguém. Alegre, Sônia beijava e consolava Natacha. "Tomara que continue vivo!", pensava ela. Depois de chorar, conversar e enxugar as lágrimas, as duas amigas foram até a porta do quarto do príncipe Andrei. Natacha abriu a porta com cuidado e olhou para dentro. A seu lado, Sônia ficou junto à porta entreaberta.

O príncipe Andrei estava deitado, o peito erguido, recostado em três travesseiros. Seu rosto pálido estava sereno, os olhos fechados, e via-se que ele respirava ritmadamente.

— Ah, Natacha! — quase gritou Sônia de repente, agarrando o braço da prima e recuando da porta.

— O que foi? O que foi? — perguntou Natacha.

— É aquilo, é aquilo, lembra?... — disse Sônia, com o rosto pálido e a voz trêmula

Natacha fechou a porta sem fazer barulho e foi com Sônia até a janela, ainda sem entender do que ela estava falando.

— Não lembra — disse Sônia com o rosto assustado e muito sério —, não lembra quando olhei para você no espelho, para ver o futuro?... Em Otrádnoie, no Natal... Lembra o que eu vi?...

— Sim, sim! — disse Natacha, arregalando os olhos e lembrando vagamente que, na ocasião, Sônia tinha dito algo sobre o príncipe Andrei, que ela vira deitado.

— Lembra? — prosseguiu Sônia. — Naquela hora eu vi e contei a todos, a você, à Duniacha. Eu vi que ele estava deitado numa cama — disse ela, e a cada detalhe que acrescentava fazia um gesto com a mão e erguia um dedo —, e que ele tinha fechado os olhos, e que ele tinha um cobertor cor-de-rosa, e que estava com as mãos cruzadas — disse Sônia e, à medida que descrevia os pormenores vistos por ela agora, convencia-se de que eram os mesmos que *tinha visto* naquele dia.

Naquele dia, Sônia não tinha visto nada, mas contou o que lhe veio à cabeça; porém aquilo que imaginou naquele dia lhe parecia tão real quanto qualquer outra recordação. Do que ela havia contado naquele dia — que ele se virou para ela, sorriu e que estava coberto por algo vermelho —, Sônia não só se lembrava, como estava firmemente convencida de que ela tinha visto e contado, naquele dia, que ele estava coberto por algo cor-de-rosa, exatamente um cobertor cor-de-rosa, e que ele estava de olhos fechados.

— Sim, sim, era exatamente isso, cor-de-rosa — disse Natacha, que também agora, ao que parecia, lembrava que Sônia tinha dito cor-de-rosa, e exatamente nisso ela via algo extraordinário e da maior importância.

— Mas o que isso quer dizer? — perguntou Natacha, com ar pensativo.

— Ah, não sei, puxa, como tudo isso é extraordinário! — disse Sônia, segurando a cabeça.

Após alguns minutos, o príncipe Andrei chamou, e Natacha foi até ele; e Sônia, experimentando uma agitação e uma ternura que raramente experimentava, ficou junto à janela, refletindo sobre aquelas circunstâncias extraordinárias.

Naquele dia houve a chance de mandar cartas para o exército, e a condessa escreveu uma carta para o filho.

— Sônia — disse a condessa, levantando a cabeça, que estava voltada para a carta, quando a sobrinha passou por ela. — Sônia, você não vai escrever para Nikólienka? — perguntou a condessa em voz baixa e trêmula, e pela expressão de seus olhos cansados que fitavam através dos óculos Sônia entendeu tudo o que a condessa queria dizer com tais palavras. Naquele olhar se exprimia uma súplica, o pavor de uma recusa, a vergonha de ser preciso pedir e a disposição de um ódio implacável, no caso de uma recusa.

Sônia aproximou-se da condessa e, pondo-se de joelhos, beijou sua mão.

— Vou escrever, *maman* — disse ela.

Sônia estava dócil, comovida e submissa devido a tudo o que havia ocorrido naquele dia, em especial devido à misteriosa concretização da profecia que tinha acabado de presenciar. Agora que ela sabia que, por causa da retomada das relações entre Natacha e o príncipe Andrei, Nikolai não podia casar com a princesa Mária, Sônia sentia com alegria o retorno de seu espírito de autossacrifício, com que estava habituada e gostava de viver. Com lágrimas nos olhos e com a alegria da consciência de estar praticando uma ação generosa, rompendo várias vezes em lágrimas, que turvavam seus olhos negros e aveludados, ela escreveu a carta cujo recebimento deixou Nikolai tão impressionado.

IX

No corpo da guarda, para onde Pierre fora levado, o oficial e os soldados que o prenderam tratavam-no com hostilidade, mas ao mesmo tempo com respeito. Com relação a Pierre, ainda havia neles certa dúvida sobre quem ele podia ser (talvez fosse alguém muito importante), e havia também uma hostilidade por causa da luta corporal que travara contra eles, ainda fresca em sua memória.

Mas quando, na manhã do dia seguinte, houve a troca de guarda, Pierre sentiu que para a nova guarda — o oficial e os soldados — ele já não tinha o mesmo significado que tinha para aqueles que o haviam prendido. E, de fato, naquele homem gordo e grande, de cafetã de mujique, os guardas do dia seguinte já não enxergavam o homem vivo que havia lutado tão bravamente com os saqueadores e com os soldados da escolta e que dissera uma frase solene a respeito da criança que salvara, mas viam apenas o décimo sétimo dos prisioneiros russos capturados por algum motivo, por ordem do alto-comando. Se havia algo especial em Pierre era apenas seu aspecto tímido, concentrado e pensativo, e a língua francesa que ele, para admiração dos franceses, falava muito bem. Apesar disso, naquele mesmo dia, Pierre foi levado para junto de outros suspeitos capturados, pois o quarto que ele ocupava foi requisitado por um oficial.

Todos os russos que estavam presos junto com Pierre eram pessoas de classe social inferior. E todos eles, cientes de que Pierre era um nobre, mantinham distância, ainda mais porque falava francês. Com tristeza, Pierre ouvia zombarias a seu respeito.

No dia seguinte, à tarde, Pierre soube que todos aqueles presos (e provavelmente ele também) seriam julgados como incendiários. No outro dia, levaram Pierre e os demais a uma casa onde estavam um general francês de bigode branco, dois coronéis e outros franceses com echarpes enroladas nas mãos. Pierre e os demais foram interrogados com a precisão e a minúcia habituais no trato com os suspeitos e que, supostamente, se destinam a vencer as fraquezas humanas; perguntaram a cada um quem era, de onde vinha, que objetivo tinha etc.

Tais perguntas, que deixavam de lado o essencial do caso vivido e excluíam toda possibilidade de revelação daquilo que era o essencial, a exemplo de todas as perguntas feitas nos julgamentos, não tinham outro objetivo que não o de formar um canal por onde os juízes desejavam que corressem as respostas do acusado e que, desse modo, o levaria ao fim desejado, a saber, a condenação. Assim que Pierre começava a falar algo que não satisfazia o objetivo da condenação, fechavam o canal, e a água podia correr para onde bem entendesse. Além disso, Pierre também experimentava aquilo que todos os acusados experimentam nos tribunais: uma perplexidade quanto ao motivo por que lhe faziam todas aquelas perguntas. Tinha a sensação de que era só por complacência ou cortesia que empregavam aquela astúcia de formar um canal. Sabia que estava sob o poder daquelas pessoas, que só o poder o trouxera ali, que só o poder dava a eles o direito de exigir respostas para as perguntas, que o único objetivo daquela assembleia era condená-lo. Por isso, como havia o poder e o desejo de condenar, não havia necessidade nem da astúcia das perguntas, nem do tribunal. Era evidente que todas as respostas tinham de servir à condenação. Mas, quando lhe perguntaram o que estava fazendo quando foi preso, Pierre respondeu, com um toque trágico, que estava levando para os pais uma criança *qu'il avait sauvé des flammes*.[41] E por que ele havia brigado com os saqueadores? Pierre respondeu que fora defender uma mulher, que a defesa de uma mulher maltratada é dever de todo homem, que... Mandaram que parasse de falar: isso não tinha a ver com o assunto. Por que estava no pátio de uma casa em chamas, onde fora visto por testemunhas? Ele respondeu que tinha ido ver o que estava acontecendo em Moscou. Outra vez, mandaram que parasse de falar: não lhe perguntaram para onde ia, mas por que se encontrava junto a um incêndio. Quem era ele?, repetiram a primeira pergunta, à qual tinha dito que não queria responder. De novo respondeu que não podia falar daquilo.

— Que fique registrado, isso é ruim. Muito ruim — disse-lhe em tom severo o general de bigode branco e cara vermelha, corada.

No quarto dia, começaram os incêndios na muralha de Zúbov.

Pierre e mais treze prisioneiros foram levados ao vau da Crimeia,[42] para a cocheira da casa de um comerciante. Ao passar pelas ruas, Pierre sufocava com a fumaça que parecia pairar sobre a cidade inteira. Viam-se incêndios em várias direções. Pierre não compreendia ainda o significado de Moscou estar em chamas e, com horror, olhava para os incêndios.

Pierre passou mais quatro dias na cocheira da casa no vau da Crimeia e, ao longo desses dias, em conversas com os soldados franceses, soube que todos os presos ali estavam aguardando, para qualquer dia, uma decisão do marechal. Que marechal, Pierre não conseguiu saber dos soldados. Para os soldados, era evidente que o marechal representava um escalão de poder supremo e um tanto misterioso.

Aqueles primeiros dias, até 8 de setembro — dia em que levaram os prisioneiros para um segundo interrogatório —, foram os mais árduos para Pierre.

X

No dia 8 de setembro, na cocheira onde estavam os prisioneiros, entrou um oficial muito importante, a julgar pelo respeito com que os guardas se dirigiam a ele. O oficial, provavelmente do Estado-Maior, com uma lista de nomes nas mãos, procedeu a uma chamada de todos os russos, chamando Pierre de *celui qui n'avoue pas son nom*.[43] E, depois de lançar um olhar indiferente e descuidado a todos os

---

41 Francês: "que ele havia salvado das chamas".

42 Local de Moscou onde mais tarde foi construída a ponte da Crimeia.

43 Francês: "aquele que não confessa seu nome".

prisioneiros, ordenou ao oficial da guarda que vestisse e arrumasse todos de modo conveniente, antes de serem conduzidos ao marechal. Uma hora depois chegou um pelotão de soldados, e Pierre e os outros treze foram levados para o Campo da Virgem.[44] O dia estava claro e ensolarado depois da chuva, e o ar estava extraordinariamente limpo. A fumaça não pairava baixo, como no dia em que levaram Pierre do corpo da guarda na muralha de Zúbov; a fumaça subia em colunas no ar limpo. Não se via o fogo dos incêndios em lugar nenhum, mas colunas de fumaça se erguiam de todos os lados, e Moscou inteira, tudo o que Pierre conseguia avistar, era uma só montanha de cinzas. De todos os lados, viam-se ruínas, com fornos e chaminés que continuavam em pé, e raramente paredes queimadas nas casas de pedra. Pierre observava as ruínas e não reconhecia locais da cidade que conhecia bem. Aqui e ali, viam-se igrejas que tinham sobrevivido. O Krêmlin, que se mantinha intacto, branquejava ao longe com suas torres e o campanário de Ivan, o Grande. Perto, brilhava a cúpula do monastério Novodiévitchi, cujo sino particularmente sonoro se ouvia tocar. O toque do sino fez Pierre lembrar que era domingo, dia da Natividade da Virgem. Mas pelo visto ninguém queria comemorar aquele dia de festa: em toda parte havia ruínas calcinadas e, do povo russo, só se encontrava de vez em quando pessoas assustadas, em andrajos, que se escondiam quando avistavam os franceses.

Era óbvio que o ninho russo fora destruído e aniquilado; mas, a par da destruição da ordem da vida russa, Pierre sentia de forma inconsciente que, por cima do ninho destruído, se estabelecia uma ordem francesa, bem diferente, porém firme. Sentia isso no rosto dos soldados, que caminhavam alegres e animados, em fileiras retas, enquanto escoltavam Pierre e os outros criminosos; sentia isso no aspecto de um importante funcionário francês que veio em sua direção numa carruagem puxada por uma parelha e guiada por um soldado. Pierre sentia isso nos sons alegres da música militar que vinha do lado esquerdo do campo e, sobretudo, sentia e entendia isso na lista que, naquela manhã, o oficial francês viera ler ao fazer a chamada dos prisioneiros. Pierre fora preso por um grupo de soldados, fora levado para lá e para cá com dezenas de outras pessoas; parecia que podiam esquecer-se dele, confundi-lo com outros. Mas não: as respostas que dera ao interrogatório voltaram para Pierre na forma da denominação: *celui qui n'avoue pas son nom*. E, sob tal denominação, terrível para Pierre, levavam-no agora para algum lugar, com a convicção incontestável, estampada em seus rostos, de que Pierre e todos os demais prisioneiros eram exatamente aqueles que eram necessários e de que os levavam para onde

---

44 Localidade de Moscou, perto do monastério Novodiévitchi, mencionado a seguir.

era necessário. Pierre sentia-se uma lasca insignificante que caíra nas rodas de uma máquina desconhecida para ele, mas que trabalhava com eficácia.

Pierre e os outros criminosos foram levados para o lado direito do Campo da Virgem, não longe do mosteiro, para uma casa grande e branca, com um jardim imenso. Era a casa do príncipe Cherbátov, onde Pierre estivera muitas vezes em visita ao dono da casa e onde agora, como soube pela conversa dos soldados, se alojava o marechal, o duque de Eckmühl.[45]

Levaram-nos à varanda e introduziram um por um pela porta da casa. Pierre foi o sexto a entrar. Através da galeria envidraçada, do vestíbulo, da antessala, bem conhecidos de Pierre, levaram-no até o escritório comprido e de teto baixo, à porta do qual estava um ajudante de ordens.

Davout estava sentado no fim do cômodo, diante de uma mesa, com os óculos no nariz. Pierre foi até bem perto dele. Davout, sem erguer os olhos, visivelmente tentava decifrar um documento que estava na sua frente. Sem erguer os olhos, perguntou em voz baixa:

— *Qui êtes-vous?*[46]

Pierre ficou calado, porque não tinha forças para falar. Para Pierre, Davout não era um simples general francês: para Pierre, Davout era um homem famoso por sua crueldade. Enquanto fitava o rosto frio de Davout, que, como um professor severo, aceitava esperar a resposta com paciência até determinado momento, Pierre sentia que cada segundo de demora podia custar sua vida; mas não sabia o que dizer. Falar o mesmo que havia falado no primeiro interrogatório, ele não conseguia; revelar sua classe e posição social era temerário e vergonhoso. Pierre ficou calado. Mas, antes que Pierre pudesse tomar alguma decisão, Davout levantou a cabeça, ergueu os óculos até a testa, entrecerrou os olhos e observou Pierre com atenção.

— Eu conheço esse homem — disse ele com voz fria, medida, obviamente calculada para assustar Pierre. O frio que antes estava correndo pelas costas de Pierre agarrou sua cabeça como uma tenaz.

— *Mon général, vous ne pouvez pas me connaître, je ne vous ai jamais vu...*[47]

— *C'est un espion russe*[48] — interrompeu Davout, voltando-se para outro general que estava no escritório e que Pierre não havia notado. E Davout lhe deu as costas. Com um inesperado rugido na voz, Pierre de repente começou a falar.

---

45 Título atribuído ao marechal Davout.

46 Francês: "Quem é o senhor?".

47 Francês: "Meu general, o senhor não pode me conhecer, eu nunca vi o senhor...".

48 Francês: "É um espião russo".

— *Non, monseigneur* — disse ele, lembrando de modo inesperado que Davout era duque. — *Non, monseigneur, vous n'avez pas pu me connaître. Je suis un officier militionnaire et je n'ai pas quitté Moscou.*[49]

— *Votre nom?*[50] — repetiu Davout.

— *Besouhoff.*

— *Qu'est-ce qui me prouvera que vous ne mentez pas?*[51]

— *Monseigneur!* — exclamou Pierre, não com voz ofendida, mas de súplica.

Davout ergueu os olhos e observou Pierre fixamente. Durante alguns segundos, os dois se fitaram um ao outro, e aquele olhar salvou Pierre. Naquele olhar, alheio a todas as circunstâncias da guerra e do julgamento, estabeleceram-se relações humanas entre aquelas duas pessoas. Naquele único minuto, os dois pressentiram vagamente uma enorme quantidade de coisas e entenderam que os dois eram filhos da humanidade e que eram irmãos.

No primeiro olhar de Davout, que mal havia levantado os olhos de sua lista, onde questões humanas e a vida eram designadas por números, Pierre não passava de uma circunstância; e Davout poderia dar um tiro nele sem o menor peso na consciência; mas agora já via em Pierre um homem. Refletiu um pouco.

— *Comment me prouverez-vous la vérité de ce que vous me dites?*[52] — perguntou Davout com frieza.

Pierre lembrou-se de Ramballe e mencionou seu nome, seu regimento e a rua onde ficava a casa.

— *Vous n'êtes pas ce que vous dites*[53] — falou de novo Davout.

Com voz trêmula e entrecortada, Pierre passou a citar provas da veracidade de sua afirmação.

Mas naquele momento entrou um ajudante de ordens e comunicou algo para Davout.

Davout de repente ficou exultante com a notícia trazida pelo ajudante de ordens e começou a abotoar-se. Era evidente que se esquecera totalmente de Pierre.

Quando o ajudante de ordens o recordou do prisioneiro, Davout franziu as sobrancelhas, inclinou a cabeça na direção de Pierre e disse que o levassem. Mas para onde deviam levá-lo, Pierre não sabia: de volta para o pardieiro ou para o local

---

49 Francês: "Não, monsenhor [...] Não, monsenhor, o senhor não pode me conhecer. Sou oficial das milícias e não saí de Moscou".

50 Francês: "O nome do senhor?".

51 Francês: "E o que me prova que o senhor não está mentindo?".

52 Francês: "Como o senhor vai me provar a verdade do que está dizendo?".

53 Francês: "O senhor não é o que está dizendo".

preparado para as execuções, que seus camaradas lhe haviam mostrado, ao passarem pelo Campo da Virgem.

Ele virou a cabeça e viu que o ajudante de ordens estava perguntando algo outra vez.

— *Oui, sans doute!*[54] — disse Davout, mas a que se referia o "sim" ele não sabia.

Mais tarde, Pierre não lembrava como e por quanto tempo havia caminhado pela rua, nem para onde tinha ido. Ele, num estado de completa inconsciência e estupor, sem nada ver à sua volta, movia as pernas junto com os outros, até que todos pararam, e ele se deteve. Durante todo o tempo, só havia um pensamento na cabeça de Pierre. Era o seguinte: afinal, quem, exatamente quem o condenara à morte? Não foram as pessoas que o interrogaram na comissão: entre elas, nenhuma queria e, estava claro, não podia fazer aquilo. Não fora Davout, que o havia olhado de forma tão humana. Mais um minuto e Davout teria compreendido que eles agiam mal, mas o ajudante de ordens, ao entrar, havia impedido que esse minuto chegasse. E estava claro que o ajudante de ordens não tinha feito aquilo com má intenção, mas também poderia não entrar. Afinal, quem foi que o condenara à morte, o assassinara, retirara sua vida — a vida de Pierre, com todas as suas memórias, aspirações, esperanças, pensamentos? Quem tinha feito aquilo? E Pierre sentiu que não havia sido ninguém.

Era um sistema, um acúmulo de circunstâncias.

Uma espécie de sistema estava assassinando a ele, Pierre — tomava dele a vida, tudo, e o aniquilava.

XI

Da casa do príncipe Cherbátov, levaram os prisioneiros direto para baixo, pelo Campo da Virgem, à esquerda do monastério Diévitchi, e seguiram rumo a uma horta, onde havia um poste fincado na terra. Atrás do poste tinha sido cavada uma vala grande, junto à qual havia um monte de terra recém-escavada, e perto da vala e do poste havia uma grande multidão, num semicírculo. A multidão era formada por um pequeno número de russos e por um grande número de soldados das tropas napoleônicas desmobilizadas: alemães, italianos e franceses em uniformes diferentes. À esquerda e à direita do poste, estavam perfiladas tropas francesas, de uniformes azuis, dragonas vermelhas, botas com perneiras e barretinas.

---

54 Francês: "Sim, sem dúvida".

Os criminosos foram colocados em ordem, conforme a posição dos nomes na lista (Pierre era o sexto), e levados na direção do poste. De repente soaram alguns tambores dos dois lados, e com aquele som Pierre teve a sensação de que uma parte de sua alma lhe escapava. Ele perdeu a capacidade de pensar e de raciocinar. Só conseguia ver e ouvir. Só tinha um desejo — o desejo de que aquela coisa terrível se cumprisse o mais rápido possível e de que fosse feito o que tinha de ser feito. Pierre virou-se para seus camaradas e observou-os.

Os dois homens da ponta eram presidiários de cabeça raspada. Um, alto e magro; o outro, moreno, peludo, musculoso, de nariz achatado. O terceiro era um criado de uns quarenta e cinco anos, de cabelos grisalhos e corpo cheio, bem alimentado. O quarto era um mujique muito bonito com uma barba russa bem farta e olhos pretos. O quinto era um operário, amarelo, magro, pequeno, de uns dezoito anos, de túnica camponesa.

Pierre ouviu que os franceses discutiam sobre como deviam atirar — em um de cada vez ou dois a dois? "Dois a dois", respondeu com frieza e calma o oficial mais graduado. Houve uma movimentação nas fileiras de soldados, e dava para notar que todos tinham pressa — e tinham pressa não como as pessoas se apressam para fazer algo que todos compreendem, e sim como quem tem pressa para terminar algo necessário, mas desagradável e inconcebível.

Um funcionário francês de echarpe se aproximou do lado direito da fila de criminosos e leu a sentença em francês e em russo.

Em seguida, dois pares de franceses aproximaram-se dos criminosos e, segundo a indicação do oficial, seguraram os dois presos que estavam na frente. Os presos pararam ao chegar ao poste e, enquanto sacos eram trazidos, eles olhavam em redor, como um animal ferido olha para o caçador que se aproxima. Um deles não parava de se benzer, o outro coçava as costas e fazia com os dentes movimentos semelhantes a um sorriso. Os soldados, com mãos afobadas, vendaram os olhos de ambos, cobriram a cabeça deles com os sacos e amarraram os dois no poste.

Doze atiradores com fuzis saíram das fileiras com passos medidos, firmes, e pararam a oito passos do poste. Pierre virou o rosto para não ver o que ia acontecer. De repente ouviram-se um estalo e um estrondo, que a Pierre pareceram mais altos do que os trovões mais tenebrosos, e ele voltou o rosto. Havia uma fumaça, e os franceses, com rosto pálido e mãos trêmulas, faziam algo perto da vala. Levaram outros dois. Da mesma forma, com os mesmos olhos, os dois olharam para todos, em vão, pedindo proteção em silêncio, só com os olhos, e obviamente sem entender nem acreditar no que ia acontecer. Não conseguiam acreditar porque só eles sabiam o que era sua vida para eles, e por isso não entendiam e não acreditavam que pessoas pudessem tirar sua vida.

Pierre não queria olhar e de novo virou o rosto; mas de novo uma espécie de explosão tremenda abalou seus ouvidos e, junto com aquele som, ele avistou a fumaça, o sangue de alguém e o rosto pálido e assustado dos franceses, que de novo faziam algo perto do poste, empurrando-se uns aos outros com mãos trêmulas. Pierre, com a respiração arquejante, olhou à sua volta, como que perguntando: o que é isso? A mesma pergunta estava em todos os olhares que cruzavam com o olhar de Pierre.

No rosto de todos os russos, no rosto dos soldados e oficiais franceses, em todos sem exceção, Pierre distinguia o mesmo alarme, o mesmo terror e a mesma luta que havia em seu coração. "Mas, afinal, quem está fazendo isso? Todos eles estão sofrendo como eu. Então, quem é? Quem?", explodiu por um segundo na alma de Pierre.

— *Tirailleurs du quatre-vingt-sixième, en avant!*[55] — gritou alguém.

Levaram o quinto, que estava ao lado de Pierre — só ele. Pierre não compreendeu que estava salvo, que ele e todos os restantes tinham sido levados ali só para presenciar a execução. Com um horror sempre crescente, sem sentir nem alegria nem alívio, Pierre olhava o que faziam. O quinto era o operário de túnica camponesa. Assim que o seguraram, o operário recuou horrorizado e agarrou-se em Pierre (Pierre se sacudiu e se desvencilhou dele). O operário não conseguia andar. Foi arrastado, preso pelas axilas, enquanto gritava alguma coisa. Quando chegaram ao poste, de repente ele se calou. Pareceu compreender algo, de repente. Compreendeu que era inútil gritar, ou que era impossível que pessoas o matassem, mas ficou junto ao poste, esperando que fosse vendado como os outros, e olhava à sua volta com olhos brilhantes, como um animal ferido.

Pierre já não conseguia se obrigar a virar o rosto e a fechar os olhos. Sua curiosidade e sua agitação, assim como de toda a multidão, diante daquele quinto assassinato, haviam chegado ao auge. A exemplo dos outros, o quinto parecia tranquilo: ajeitou a túnica junto ao corpo e coçou um pé descalço com o outro pé descalço.

Quando começaram a vendar seus olhos, ele mesmo ajeitou na nuca o nó que o estava machucando; depois, quando o encostaram no poste ensanguentado, ele se inclinou para trás e, como aquela posição era incômoda, ajeitou-se melhor, pôs os pés juntos e relaxou calmamente. Pierre não tirava os olhos dele, não perdia o menor movimento.

É quase certo que soou uma ordem, é quase certo que depois da ordem soaram tiros de oito fuzis. Mas Pierre, depois, por mais força que fizesse para lembrar,

---

55 Francês: "Atiradores do octogésimo sexto, à frente!".

não ouvia o menor som de tiros. Só via que de repente, por algum motivo, soltavam o operário das cordas, aparecia sangue em dois lugares, e as mesmas cordas, por causa do peso do corpo mole, se desprendiam, e o operário caía sentado, com a cabeça abaixada de modo estranho e a perna dobrada. Pierre correu na direção do poste. Ninguém o conteve. Em torno do operário, pessoas assustadas, pálidas, faziam algo. O maxilar inferior de um francês velho e bigodudo tremeu quando ele retirou as cordas. O corpo caiu. Os soldados arrastaram-no às pressas e desajeitadamente para trás do poste e o jogaram na vala.

Era evidente que todos sabiam, sem sombra de dúvida, que eles eram criminosos e que precisavam esconder rapidamente os vestígios de seu crime.

Pierre lançou um olhar para a vala e viu que o operário jazia lá dentro com os joelhos virados para cima, perto da cabeça, e um ombro mais alto do que o outro. Aquele ombro levantava e abaixava em espasmos ritmados. Mas as pazadas de terra já se espalhavam sobre todo o corpo. Um dos soldados gritou para Pierre, com voz zangada, raivosa e doentia, para que ele voltasse. Mas Pierre não compreendia, continuava junto ao poste, e ninguém veio tirá-lo dali.

Quando a vala já estava toda cheia de terra, soou uma ordem. Levaram Pierre para seu lugar, e os soldados franceses que estavam em fileiras de ambos os lados do poste deram meia-volta e puseram-se a andar a passos ritmados, passando pelo poste. Os vinte e quatro atiradores que estavam no meio do círculo, com os fuzis descarregados, correram para ocupar seus lugares, enquanto as fileiras de soldados iam passando por eles.

Pierre observava agora com olhos apáticos aqueles atiradores que, aos pares, saíam correndo do círculo. Todos, exceto um, se integraram aos pelotões. Um soldado jovem com o rosto mortalmente pálido, a barretina de gala tombada para trás e o fuzil abaixado, continuava parado diante da vala, no mesmo lugar de onde havia atirado. Como um bêbado, ele cambaleava, dava alguns passos para a frente e outros para trás, em busca de um ponto de apoio para o corpo, à beira de cair. Um soldado velho, um sargento, saiu das fileiras, segurou o soldado jovem pelo ombro e puxou-o para o pelotão. A multidão de russos e de franceses começou a se dispersar. Todos caminhavam em silêncio, de cabeça baixa.

— *Ça leur apprendra à incendier*[56] — disse um dos franceses. Pierre virou-se para quem havia falado e viu que era um soldado que queria de alguma forma consolar-se do que tinha sido feito, mas não conseguia. Sem concluir o que havia começado a dizer, ele abanou a mão no ar e foi em frente.

---

56 Francês: "Isso vai ensinar essa gente a pôr fogo".

XII

Depois da execução, separaram Pierre dos outros suspeitos e puseram-no sozinho numa igreja pequena, devastada e incendiada.

Pouco antes da noite, o sargento da guarda e dois soldados entraram na igreja e comunicaram a Pierre que ele fora absolvido e que agora ficaria nas barracas dos prisioneiros de guerra. Sem entender o que lhe diziam, Pierre levantou-se e foi com os soldados. Levaram-no para uns barracões na parte alta do campo, construídos de pranchas, tábuas e ripas queimadas, e o conduziram para dentro de um deles. No escuro, uns vinte homens, de diferentes povos, rodearam Pierre. Pierre olhava para eles sem entender quem eram aquelas pessoas, o que faziam ali e o que queriam dele. Ouvia as palavras que lhe diziam, mas não extraía delas nenhuma conclusão e nenhum nexo: não compreendia seu significado. Respondia ao que lhe perguntavam, mas não sabia nem para quem estava falando, nem como eles interpretavam suas respostas. Olhava para os rostos e para os vultos, e todos lhe pareciam igualmente sem sentido.

Desde o momento em que Pierre viu aquele terrível assassinato, cometido por pessoas que não queriam fazer aquilo, parecia que tinham arrancado de sua alma a mola que tudo sustentava e que fazia tudo parecer vivo, e tudo desmoronou, num absurdo amontoado de destroços. Embora Pierre não se desse conta, dentro dele tinha sido aniquilada a fé no aprimoramento do mundo, na humanidade, na sua própria alma e em Deus. Tal estado já fora experimentado antes por Pierre, mas nunca com tamanha força como agora. Antes, quando aquele tipo de dúvida ocorrera a Pierre, tais dúvidas tinham origem em sua própria culpa. E no fundo da alma Pierre sentiu, na ocasião, que a redenção daquele desespero e daquelas dúvidas estava dentro dele mesmo. Agora, porém, sentia que sua culpa não era a causa, que o mundo desmoronara diante de seus olhos e só restaram escombros sem sentido. Sentia que não estava em seu poder voltar a ter fé na vida.

À sua volta, no escuro, as pessoas estavam paradas: sem dúvida, algo nele lhes interessava muito. Contaram algo, perguntaram sobre alguma coisa, depois o levaram para algum lugar, e ele, afinal, se viu num canto do barracão, entre pessoas que falavam umas com as outras, de vários lados, e riam.

— Pois é, meus irmãos... aquele mesmo príncipe, *que* (com uma ênfase especial na palavra “que”)... — dizia uma voz no canto oposto do barracão.

Sentado sobre a palha, junto à parede, em silêncio e imóvel, Pierre ora fechava, ora abria os olhos. Mas, assim que fechava os olhos, via à sua frente o rosto terrível do operário, terrível acima de tudo por causa de sua simplicidade, e o rosto dos assassinos involuntários, ainda mais terríveis, por causa de sua angústia. E Pierre abria os olhos de novo e fitava, de maneira vazia, o escuro à sua volta.

A seu lado, inclinado, estava sentado um homem miúdo, cuja presença Pierre percebeu de início pelo cheiro forte de suor que dele se desprendia a cada movimento de seu corpo. Esse homem, no escuro, fazia algo com os pés, e, apesar de não enxergar seu rosto, Pierre sentia que o homem olhava fixamente para ele. Observando no escuro, Pierre entendeu que o homem estava tirando o sapato. E Pierre se interessou pela maneira como ele fazia aquilo.

Depois de soltar o cadarço que amarrava um pé, ele enrolou cuidadosamente os cadarços e logo passou a cuidar do outro pé, lançando um olhar para Pierre. Enquanto uma das mãos pendurava o cadarço, a outra mão já tratava de desenrolar o outro pé. Com movimentos circulares igualmente cuidadosos, ágeis, que se seguiam uns aos outros num ritmo contínuo, o homem se descalçou, pendurou o calçado num gancho cravado num ponto acima de sua cabeça, pegou um canivete, cortou alguma coisa, fechou o canivete, colocou embaixo da cabeceira da cama e, sentando-se mais comodamente, abraçou com os dois braços seus joelhos erguidos e fitou Pierre de frente. Pierre teve a sensação de algo agradável, tranquilizador e concentrado naqueles movimentos ágeis, na maneira confortável como ele se acomodou em seu canto e até no cheiro daquele homem, e Pierre o fitava, sem baixar os olhos.

— Tem visto muita desgraça na vida, não é, patrão? — falou de repente o homem miúdo. E na voz cantada do homem havia tal expressão de bondade e franqueza que Pierre quis responder, mas sua mandíbula começou a tremer, e ele sentiu as lágrimas. O homem miúdo, no mesmo instante, sem dar a Pierre tempo para exprimir sua perturbação, começou a falar com a mesma voz simpática. — Ah, meu amigo falcãozinho, não fique triste — disse ele, com a bondade cantada e carinhosa com que falam as velhas camponesas russas. — Não fique triste, amiguinho: uma hora para sofrer, cem anos para viver! Pois é, meu caro. E a gente vai vivendo aqui, graças a Deus, sem ofender ninguém. Nessa gente, também há pessoas boas e pessoas más — disse ele e, ainda falando, flexionou os joelhos com um movimento ágil, levantou-se e, tossindo, foi para algum lugar.

— Ei, seu vira-lata, está aí! — Pierre ouviu a mesma voz carinhosa, na ponta do barracão. — Está aí, seu vira-lata, lembra de mim, não é? Pronto, pronto, agora chega. — E o soldado, enxotando um cachorrinho que pulava nas pernas dele, voltou para seu lugar e sentou-se. Nas mãos, tinha algo enrolado num trapo.

— Tome, coma, patrão — disse ele, voltando ao tom respeitoso de antes, enquanto desenrolava e oferecia a Pierre algumas batatinhas assadas. — Teve sopa no almoço. E umas batatinhas boas demais!

Pierre tinha ficado o dia inteiro sem comer, e o cheiro da batata lhe pareceu extraordinariamente agradável. Agradeceu ao soldado e começou a comer.

— E aí, que tal? — disse o soldado, sorrindo, e pegou uma das batatinhas. — Tome aqui para você. — Pegou de novo o canivete, cortou a batatinha ao meio sobre a palma da mão, salpicou um pouco de sal, que estava enrolado no trapo, e ofereceu a Pierre. — Batatinhas boas demais — repetiu. — Tome, pegue mais um pouco.

Pierre teve a impressão de que jamais havia comido nada tão saboroso.

— Não, para mim isto aqui já está bom — disse Pierre. — Mas para que atiraram naqueles infelizes!... O último tinha uns vinte anos.

— Tsc, tsc... — disse o homem miúdo. — Que pecado, que pecado... — acrescentou depressa e, como se as palavras estivessem sempre prontas em sua boca e voassem dali espontaneamente, ele prosseguiu: — Mas, patrão, como aconteceu de o senhor ficar em Moscou?

— Eu não achava que eles fossem chegar tão depressa. Fiquei por acidente — disse Pierre.

— E como foi que prenderam você, falcãozinho? Na sua casa?

— Não, eu fui a um lugar que estava pegando fogo e ali me prenderam, me julgaram sob a acusação de ser incendiário.

— Onde tem julgamento, tem mentira — afirmou o homem miúdo.

— E você está aqui há muito tempo? — perguntou Pierre, terminando de mastigar a última batatinha.

— Eu? No domingo, me prenderam num hospital em Moscou.

— E quem é você, um soldado?

— Do regimento de Ápcheron. Estava morrendo de febre. Não disseram nada para a gente. Nós éramos uns vinte, todos de cama. E a gente nem imaginava, nem sonhava com nada disso.

— E é triste para você ficar aqui? — perguntou Pierre.

— Como é que não vai ser, meu amigo? Me chamam de Platon; o sobrenome é Karatáiev — acrescentou, obviamente a fim de facilitar a maneira de Pierre se dirigir a ele. — Na tropa, me chamavam de falcãozinho. Como é que não vou ficar triste, meu amigo? Moscou é a mãe das cidades. Como é que não vou ficar triste vendo uma coisa dessas? Mas a minhoca rói o repolho e acaba morrendo antes dele: assim falavam os antigos — acrescentou, depressa.

— Como é, como é que você disse? — perguntou Pierre.

— Eu? — perguntou Karatáiev. — Eu digo: o homem põe e Deus dispõe[57]

---

57 Muitas tiradas deste personagem são rimadas, à maneira de ditos populares.

— disse ele, pensando que repetia o que tinha dito antes. E, logo em seguida, prosseguiu: — Mas e o senhor, patrão, tem terras, não é? E uma casa, não é? Na certa, a despensa bem cheinha, não é? E uma senhora também, não é? E os pais velhos estão vivos, não estão? — continuou perguntando, e, embora Pierre não enxergasse no escuro, sentia que o soldado franzia os lábios num contido sorriso de carinho, enquanto fazia aquelas perguntas. Sua tristeza foi evidente quando soube que Pierre não tinha pais, em especial que não tinha mãe. — Uma esposa para dar conselhos, uma sogra para desejar saúde, mas não tem nada igual à mãezinha querida da gente! — disse ele. — Bem, e filhos, não tem? — continuou a perguntar. A resposta negativa de Pierre obviamente o entristeceu outra vez, e ele acrescentou depressa: — Ora, são gente nova, Deus ainda há de permitir, vão vir, sim. É só viver no juízo...

— Mas agora tanto faz — disse Pierre, sem querer.

— Ah, você é um homem bom — retrucou Platon. — Na miséria e na prisão, nunca diga não. — Sentou-se melhor, tossiu, visivelmente se preparando para um relato comprido. — Pois é, meu caro amigo, eu antigamente morava numa casa boa — começou. — Uma propriedade rica, muita terra, os mujiques viviam bem, e nossa casa era de dar graças a Deus. O paizinho saía para ceifar junto com a gente. Todo mundo vivia bem. Éramos verdadeiros cristaneses.[58] Mas aí aconteceu... — E Platon Karatáiev contou uma história comprida, que ele foi a uma floresta de outra pessoa para pegar lenha e foi apanhado por um vigia, contou que o chicotearam, julgaram e mandaram para o Exército.[59] — Pois é, meu amigo — disse, e sua voz se modificou por causa do sorriso —, acharam que era um castigo, mas foi uma alegria! Se não fosse meu pecado, meu irmão é que teria ido para o Exército. E meu irmão caçula tem cinco filhos pequenos, enquanto eu, veja só, deixei só uma soldada, a minha mulher. A gente teve uma menina, mas Deus levou antes de eu virar soldado. Eu voltei uma vez, de licença, vou contar para você. Chego lá e vejo que estão vivendo melhor do que antes. O terreiro cheio de animais de criação, as mulheres em casa, dois irmãos fora, ganhando salário. Mikhail, o caçula, estava em casa. O paizinho vem e diz: "Para mim, todos os filhos são iguais: qualquer dedo mordido dói do mesmo jeito. E se não tivessem levado Platon, tinha ido o Mikhail". Chamou todos nós, pode crer, pôs a gente diante de um ícone. "Ô Mikhail", diz ele, "vem cá, se inclina aqui até o chão, e você também, mulher, e os netos também,

---

58 Em russo, as palavras "cristão" e "camponês" são muito semelhantes. O personagem faz uma mistura de ambas em sua pronúncia.

59 O serviço militar podia servir de pena jurídica e durava muito tempo. Vinte e cinco anos era o tempo normal, nessa época.

vamos lá. Entenderam?", ele disse. Pois é, meu caro amigo. O destino dá as cartas. E a gente fica julgando tudo: isso não é bom, aquilo não é direito. Nossa felicidade, amiguinho, é feito a água na rede do pescador: a gente puxa, a rede incha, mas quando a gente levanta, não tem nada. Pois é. — E Platon, sentado em cima da palha, mudou de posição.

Depois de ficar calado um pouco, levantou-se.

— Sabe, acho que vou dormir, não quer, não? — disse e logo começou a se benzer, enquanto dizia: — Nosso Senhor Jesus Cristo, São Nicolau abençoado, Frola e Lavra,[60] Nosso Senhor Jesus Cristo, São Nicolau abençoado! Frola e Lavra, Nosso Senhor Jesus Cristo, nos perdoe e nos salve! — concluiu, curvou-se até o chão, levantou-se, deu um suspiro, sentou-se na palha. — Pronto, pois é. Deus, faça a gente dormir que nem uma pedra e acordar que nem um pão fresco — disse e deitou-se, esticando o capote por cima do corpo.

— Que prece foi essa que você fez? — perguntou Pierre.

— Ahn? — exclamou Platon (ele já estava dormindo). — Eu? Rezei para Deus. Ué, você não reza?

— Rezo, sim — disse Pierre. — Mas o que era aquilo que você falou: Frola e Lavra?

— Mas é claro — respondeu Platon depressa —, são os padroeiros dos cavalos. E a gente tem de ter pena dos bichos — disse Karatáiev. — Olhe só, o vira-lata ficou todo enroladinho. Está se esquentando, o filho de uma cadela — disse, apalpando o cachorro que estava aos seus pés; virou-se outra vez e dormiu imediatamente.

Lá fora, soavam gritos e lamentos ao longe e, através das fendas do barracão, via-se o fogo; mas dentro do barracão estava quente e tranquilo. Pierre ficou muito tempo acordado, deitado no escuro, de olhos abertos, no seu lugar, escutando o ronco ritmado de Platon, deitado perto dele, e sentia que o mundo, antes em escombros, agora se erguia na sua alma com uma beleza renovada e fundações novas e sólidas.

XIII

Dentro do barracão em que Pierre foi deixado e onde passou quatro semanas, estavam presos vinte e três soldados, três oficiais e dois funcionários públicos.

Depois, todos eles surgiam na memória de Pierre como que numa névoa, mas Platon Karatáiev permaneceu para sempre na alma de Pierre como uma recorda-

---

60 Santos protetores dos animais domésticos. Os nomes latinos são Florus e Laurus.

ção muito forte e preciosa e como a personificação de tudo o que é russo, bom e redondo. Quando, no dia seguinte, ao amanhecer, Pierre olhou para seu vizinho, a primeira impressão de algo redondo se confirmou inteiramente: toda a figura de Platon, em seu capote francês com uma corda amarrada na cintura, quepe e alpercatas de palha, era redonda, as costas, o peito, os ombros, até os braços, que ele mantinha sempre na posição de quem vai abraçar alguma coisa, eram redondos; o sorriso agradável e os olhos grandes, afetuosos e marrons eram redondos.

Platon Karatáiev devia ter uns cinquenta anos, a julgar por suas histórias sobre as campanhas militares de que havia participado como soldado veterano. Ele mesmo não sabia sua idade, e não havia meios de determinar quantos anos tinha; mas seus dentes brancos, brilhantes e fortes, que sobressaíam em dois semicírculos toda vez que ele ria (o que fazia muitas vezes), estavam todos bonitos e inteiros; não havia nem um fio de cabelo grisalho na barba nem na cabeça, e todo o seu corpo tinha um aspecto de flexibilidade e sobretudo de firmeza e resistência.

Seu rosto, apesar das pequenas rugas redondas, tinha uma expressão de inocência e juventude; sua voz era agradável e melodiosa. Mas a peculiaridade mais importante do seu modo de falar era a espontaneidade e a presteza. Era evidente que ele nunca pensava no que dizia e no que ia dizer; e por isso, na rapidez e na autenticidade de sua entonação, havia uma persuasão fora do comum e irresistível.

Seu vigor físico e sua agilidade nos primeiros tempos de prisão eram tais que ele dava a impressão de não saber o que eram o cansaço e a doença. Todos os dias, de manhã e de noite, ao deitar-se ele dizia: "Deus, faça a gente dormir que nem uma pedra e acordar que nem um pão fresco"; de manhã, ao levantar-se, contraía os ombros sempre do mesmo jeito e dizia: "Deitei, fiquei encolhido, acordei, fiquei erguido". E, de fato, bastava deitar que logo estava dormindo como uma pedra, e bastava acordar que logo, sem perder um segundo, ia se ocupar de alguma tarefa, como as crianças que acordam e na mesma hora vão pegar seus brinquedos. Ele sabia fazer tudo, não muito bem, mas não de todo mal. Assava, cozinhava, costurava, aplainava madeira, remendava botas. Estava sempre ocupado e só à noite se permitia conversar, o que adorava fazer, e cantar. Cantava não como os cantores, que sabem que as pessoas estão escutando, mas como os pássaros, obviamente porque para ele era tão necessário emitir aqueles sons como é necessário espreguiçar-se ou andar para se aquecer; e aqueles sons eram sempre finos, meigos, quase femininos, tristonhos, e seu rosto nessas horas ficava muito sério.

Depois de ser feito prisioneiro e ter deixado a barba crescer, era visível que Platon tinha se desvencilhado de todos os hábitos impostos a um soldado, que lhe eram estranhos, e voltara aos seus costumes populares e camponeses de antes.

— O soldado de licença deixa a camisa para fora da calça — dizia ele. Falava com relutância de seus tempos de soldado, embora não se queixasse, e muitas vezes repetia que durante todo o tempo de serviço nunca havia sido surrado. Em seus relatos, de preferência, contava suas antigas e obviamente queridas recordações de "cristanês", como ele denominava a vida camponesa. Os provérbios que enchiam sua fala não eram, na maioria, indecentes e grosseiros como os provérbios ditos pelos soldados, eram esses adágios populares que, tomados isoladamente, parecem insignificantes, mas que de repente, quando usados a propósito, ganham a importância de uma sabedoria profunda.

Muitas vezes ele dizia exatamente o contrário do que tinha dito antes, mas as duas coisas eram justas. Adorava falar e falava bem, enfeitando seu discurso com expressões afetivas e provérbios que, para Pierre, pareciam inventados pelo próprio Platon; mas o principal encanto de seus relatos residia em que, neles, as ações eram as mais simples possíveis, às vezes as mesmas coisas que Pierre via normalmente sem prestar atenção ganhavam o caráter solene de coisas veneráveis. Platon adorava escutar as lendas que um soldado contava à noite (sempre as mesmas), porém acima de tudo gostava de escutar histórias da vida real. Sorria com alegria ao ouvir tais histórias, interrompia e fazia perguntas destinadas a esclarecer para si mesmo o que havia de importante naquilo que lhe contavam. Afeições, amizades, amores, tal como Pierre os entendia, Karatáiev não tinha nada disso; mas amava e vivia amorosamente com tudo aquilo que a vida punha em seu caminho, em especial com as pessoas — não as pessoas já conhecidas, mas aquelas que por acaso estivessem na frente de seus olhos. Amava seu vira-lata, amava os camaradas, os franceses, amava Pierre, que era seu vizinho; mas Pierre sentia que Karatáiev, apesar de toda a sua ternura carinhosa por ele (por meio da qual, inconscientemente, fazia justiça à vida espiritual de Pierre), não ficaria triste nem por um minuto se os dois se separassem e fossem cada um para um lado. E Pierre começava a experimentar o mesmo sentimento em relação a Karatáiev.

Para todos os demais prisioneiros, Platon Karatáiev era um soldado absolutamente comum; chamavam-no de falcãozinho ou de Platocha, diziam-lhe gracejos amistosos, mandavam-no pegar encomendas. Mas para Pierre ele continuou sempre tal como lhe havia surgido na primeira noite, como uma incompreensível, redonda e eterna personificação do espírito da simplicidade e da verdade.

Platon Karatáiev não sabia nada de cor, a não ser suas orações. Quando falava, parecia começar sem saber como ia terminar.

Quando Pierre, às vezes abalado com o sentido de suas palavras, pedia para ele repetir, Platon não conseguia lembrar o que tinha dito um minuto antes — da mesma forma como não conseguia de jeito nenhum repetir para Pierre as palavras da letra de sua canção predileta. Dizia "minha betulazinha" e "estou com enjoo", mas as palavras acabavam não fazendo nenhum sentido. Ele não entendia e não conseguia entender o significado das palavras tomadas separadamente da fala. Toda palavra e todo ato seu eram a manifestação de um processo que ele ignorava e que vinha a ser a sua vida. Mas sua vida, tal como ele mesmo a via, não tinha sentido como uma vida isolada. Só tinha significado como uma parte do todo, que ele sentia constantemente. Suas palavras e seus atos fluíam dele tal como o perfume sai da flor, direto, necessário e constante. Não conseguia entender o valor nem o sentido dos atos e das palavras tomados isoladamente.

XIV

Depois de receber de Nikolai a notícia de que seu irmão estava com os Rostóv, em Iaroslavl, a princesa Mária, apesar de a tia tentar dissuadi-la, na mesma hora começou a preparar-se para viajar, e ainda quis levar o sobrinho. Ela nem perguntou se era difícil ou fácil, possível ou impossível, não quis saber de nada: sua obrigação era não só estar ao lado do irmão, talvez moribundo, como também fazer todo o possível para levar o filho até ele, e a princesa Mária tratou dos preparativos para a viagem. Se o próprio príncipe Andrei não havia se comunicado com ela, isso significava, no entender da princesa Mária, que ele estava fraco demais para escrever, ou que considerava aquela longa viagem árdua e perigosa demais para ela e para o filho.

Em poucos dias, a princesa Mária estava pronta para partir. Seu comboio consistia numa enorme carruagem principesca, na qual ela havia chegado a Vorónie, carroças e carroções para as bagagens. Com ela, seguiram Mlle Bourienne, Nikóluchka com o preceptor, a velha babá, três criadas jovens, Tíkhon, um jovem lacaio e o heiduque, que a tia mandara com ela.

Nem se podia pensar em seguir pela estrada habitual para Moscou, e por isso o caminho tortuoso pelo qual a princesa Mária tinha de viajar — passando por Lípetsk, Riazan, Vladímir, Chúia — era muito longo, não tinha estações de muda de cavalos, sem falar que era muito árduo e, nas imediações de Riazan, onde diziam que havia franceses, era até perigoso.

Durante aquela viagem difícil, Mlle Bourienne, Dessalles e as criadas da princesa Mária ficaram admirados com sua firmeza de espírito e com sua atividade. Deitava-se depois de todos, levantava-se antes de todos, e nenhuma dificuldade conseguia detê-la. Graças à sua atividade e energia, que estimulavam seus acompanhantes, ao fim do segundo dia eles já estavam perto de Iaroslavl.

Nos últimos dias de sua estada em Vorónie, a princesa Mária havia experimentado a melhor felicidade de sua vida. Seu amor por Rostóv já não a atormentava, não a perturbava. Aquele amor enchia toda a sua alma, tornara-se parte inseparável dela mesma, e a princesa não lutava mais contra ele. Nos últimos dias, a princesa Mária se convencera — embora nunca dissesse isso para si mesma com palavras claras e definidas — de que era amada e amava. Convencera-se disso em seu último encontro com Nikolai, quando ele veio comunicar que seu irmão estava com os Rostóv. Nikolai não fez a menor alusão ao fato de que agora (no caso do restabelecimento do príncipe Andrei) as antigas relações entre ele e Natacha poderiam ser retomadas, mas a princesa Mária viu pelo seu rosto que ele sabia e pensava isso. E no entanto sua atitude para com ela — cautelosa, terna e amorosa — não só não se alterou, como às vezes a princesa Mária chegava a pensar que ele parecia até estar alegre, porque agora o parentesco entre ele e a princesa Mária lhe permitia exprimir mais livremente seu amor-amizade por ela. A princesa Mária sabia que estava amando pela primeira e última vez na vida e sentia que era amada, e estava feliz e tranquila naquela relação.

Mas essa felicidade apenas do lado espiritual não só não impedia que ela sentisse com toda a força o desgosto pela situação em que o irmão se encontrava, como, ao contrário, essa tranquilidade unilateral do espírito lhe dava a grande possibilidade de dar vazão a seus sentimentos pelo irmão. Tal sentimento era tão forte nos primeiros momentos de sua partida de Vorónej que quem passava por ela, ao ver seu rosto esgotado, desolado, se convencia de que ela ia adoecer durante a viagem; mas justamente as dificuldades e os afazeres da viagem, que a princesa enfrentou com tamanha energia, salvaram-na em pouco tempo de sua tristeza e lhe deram forças.

Como sempre acontece durante uma viagem, a princesa Mária só pensava na viagem, esquecida do seu objetivo. Porém, ao aproximar-se de Iaroslavl, quando se revelou novamente o que poderia estar à sua espera, e não mais num intervalo de muitos dias, e sim naquele mesmo fim de tarde, sua agitação chegou ao extremo.

Quando o heiduque, enviado na frente para Iaroslavl, a fim de saber onde estavam os Rostóv e em que situação se encontrava o príncipe Andrei, encontrou diante dos portões a grande carruagem, que estava chegando, ficou horrorizado ao ver a palidez terrível do rosto da princesa, que despontou da janela, voltando-se para ele.

— Já soube de tudo, senhora princesa: os Rostóv estão na praça, na casa do comerciante Brónnikov. Perto daqui, logo acima do Volga — disse o heiduque.

A princesa Mária fitou seu rosto com ar assustado e interrogativo, sem entender o que ele estava dizendo, sem entender por que não respondia à pergunta principal: e o irmão? Mlle Bourienne fez essa pergunta em lugar da princesa Mária.

— E o príncipe? — perguntou ela.

— Sua excelência está com eles, na mesma casa.

"Portanto ele está vivo", pensou a princesa e perguntou em voz baixa:

— Como ele está?

— Os criados disseram que continua na mesma situação.

O que significava "continua na mesma situação" a princesa não se dispôs a perguntar e, com um imperceptível olhar de relance para Nikóluchka, de sete anos, que estava sentado à sua frente e se alegrava por estar numa cidade, ela baixou a cabeça e não a levantou até que a pesada carruagem, sacudindo e rangendo, parou em algum lugar. A escadinha estalou com força ao ser baixada.

As portinholas foram abertas. À esquerda, havia água — um rio grande; à direita, havia uma varanda; na varanda, havia pessoas, uma criada e uma jovem rosada com uma grande trança preta, que sorria de maneira forçada e desagradável, assim pareceu à princesa Mária (era Sônia). A princesa subiu depressa a escada, e a jovem que sorria de maneira forçada falou: "Por aqui! Por aqui!". E a princesa se viu num vestíbulo, diante de uma velha com um rosto de tipo oriental, que veio ao seu encontro com expressão comovida. Era a condessa. Ela abraçou a princesa Mária e pôs-se a beijá-la.

— *Mon enfant!* — exclamou ela. — *Je vous aime et vous connais depuis longtemps.*[61]

Apesar de toda a emoção, a princesa Mária entendeu que era a condessa e que era preciso lhe dizer algo. Sem que ela mesma soubesse como, pronunciou também algumas palavras respeitosas em francês, no mesmo tom das palavras ditas a ela, e perguntou:

— Como está ele?

— O médico disse que não há perigo — respondeu a condessa, mas, ao mesmo tempo que dizia isso, ergueu os olhos com um suspiro, e nesse gesto havia uma expressão contrária a suas palavras.

— Onde ele está? Posso vê-lo, não posso? — perguntou a princesa.

— Agora mesmo, princesa, agora mesmo, minha amiga. Esse é o filho dele? — perguntou a condessa, voltando-se para Nikóluchka, que entrou com Dessalles. — Nós acomodamos todos eles, a casa é grande. Ah, mas que menino encantador!

A condessa conduziu a princesa até a sala. Sônia começou a conversar com Mlle Bourienne. A condessa acariciava o menino. O velho conde entrou e cumprimentou a princesa. O velho conde havia mudado extraordinariamente desde a última vez que a princesa o tinha visto. Antes, era um velhinho animado, alegre, seguro de si; agora, parecia uma pessoa desnorteada, de dar pena. Ao falar com a princesa, ele olhava para trás o tempo todo, como se perguntasse a todos se não estava fazendo

61 Francês: "Minha criança! [...] Amo a senhora e a conheço há muito tempo".

algo inconveniente. Depois da destruição de Moscou e de seu patrimônio, expulso à força de seu círculo rotineiro, ele parecia haver perdido a consciência de sua importância e vivia com a sensação de que não tinha mais um lugar na vida.

Apesar da comoção em que se achava, apesar do desejo único de ver o irmão o mais depressa possível, e apesar do aborrecimento de, naquela hora em que tudo o que desejava era vê-lo, tomarem seu tempo e elogiarem seu sobrinho de modo forçado, a princesa notava tudo o que se passava à sua volta e sentia a necessidade de, por um tempo, submeter-se àquele novo estado de coisas em que ela fora parar. Sabia que tudo aquilo era necessário, e era penoso para ela, mas não ficou aborrecida com eles.

— Esta é minha sobrinha — disse o conde, apresentando Sônia. — A senhora princesa não a conhecia, não é?

A princesa virou-se para ela e, tentando sufocar um sentimento hostil que se ergueu em sua alma em relação àquela moça, beijou-a. Mas era penoso para ela o fato de o estado de ânimo de todos à sua volta ser algo tão distante do que ela trazia no espírito.

— Onde ele está? — perguntou de novo, dirigindo-se a todos.

— Está lá embaixo, Natacha está com ele — respondeu Sônia, ruborizando-se. — Foram avisar. A senhora princesa não está cansada?

Nos olhos da princesa surgiram lágrimas de desgosto. Ela se virou e quis perguntar de novo à condessa por onde devia ir para chegar até ele, quando na porta soaram passos leves, afoitos, que pareciam alegres. A princesa virou-se e viu Natacha, que entrou quase correndo, a mesma Natacha que, num encontro em Moscou muito tempo antes, havia deixado nela uma impressão tão desagradável.

Mas a princesa mal teve tempo de lançar um olhar para o rosto de Natacha e logo compreendeu que ela era sua sincera companheira de sofrimento e por isso sua amiga. Precipitou-se ao seu encontro, abraçou-a e começou a chorar no seu ombro.

Assim que Natacha, que estava sentada à cabeceira do príncipe Andrei, soube da chegada da princesa Mária, saiu do quarto sem fazer barulho, com aqueles passos ligeiros e também alegres, como pareciam à princesa Mária, e foi correndo ao seu encontro.

No rosto comovido de Natacha, quando entrou correndo na sala, havia uma só expressão — uma expressão de amor, de amor ilimitado por ele, por ela, por tudo aquilo que fosse próximo da pessoa amada, uma expressão de pena, de sofrimento pelos outros e de um desejo fervoroso de abrir mão de tudo para ajudá-lo. Era visível que, naquele momento, no espírito de Natacha, não havia nenhum pensamento a respeito de si mesma, nem de suas relações com o príncipe Andrei.

A perspicaz princesa Mária, ao primeiro olhar para o rosto de Natacha, havia compreendido tudo isso e, com um prazer aflitivo, chorava no ombro dela.

— Vamos lá, vamos falar com ele, *Marie* — disse Natacha, levando-a para outro cômodo.

A princesa Mária ergueu o rosto, enxugou os olhos e voltou-se para Natacha. Ela sentiu que, por meio de Natacha, iria entender e saber tudo.

— O que... — começou a perguntar, mas parou de repente. Sentiu que era impossível perguntar ou responder com palavras. O rosto e os olhos de Natacha na certa falavam tudo de modo mais claro e profundo.

Natacha fitou-a, mas pareceu ficar com medo e em dúvida: devia dizer ou não tudo o que sabia? Teve a impressão de que, diante daqueles olhos radiantes que penetravam no mais fundo de seu coração, era impossível não contar tudo, toda a verdade, tal como Natacha tinha visto. O lábio de Natacha de repente começou a tremer, rugas monstruosas se formaram em torno da boca e, rompendo em soluços, Natacha cobriu o rosto com as mãos.

A princesa Mária compreendeu tudo.

Mas, apesar disso, tinha esperança e perguntou com palavras nas quais não acreditava:

— Mas como está seu ferimento? Qual é seu estado geral?

— A senhora, a senhora... vai ver — mal conseguiu dizer Natacha.

As duas ficaram algum tempo ao lado do quarto do príncipe, no térreo, a fim de parar de chorar e poder entrar no quarto dele com o rosto calmo.

— Como a doença tem caminhado? Faz muito que piorou? Quando *isso* aconteceu? — perguntou a princesa Mária.

Natacha contou que no início havia o risco da febre e das dores, mas em Tróitsa aquilo havia passado, e o médico só temia uma coisa — o fogo de Antónov.[62] Mas aquele risco tinha passado. Quando chegaram a Iaroslavl, a ferida começou a supurar (Natacha já conhecia tudo o que dizia respeito à supuração etc.), e o médico disse que a supuração podia melhorar. Veio a febre. O médico disse que aquela febre não era perigosa.

— Mas dois dias atrás — disse Natacha —, de repente, aconteceu *isso*... — Ela reprimiu o choro. — Não sei a causa, mas a senhora vai ver como ele está.

— Ficou fraco? Ficou magro?... — perguntou a princesa.

— Não, não é isso, mas é pior. A senhora vai ver. Ah, *Marie, Marie*, ele é bom demais, ele não pode, não pode viver... porque...

62 Fogo de Antónov: gangrena. Referência a Santo Antônio, da Igreja católica, tido como capaz de curar essa doença.

XV

Quando Natacha abriu a porta, com um gesto já habitual, e fez a princesa entrar na sua frente, a princesa Mária logo sentiu os soluços subirem na garganta. Por mais que tivesse se preparado, por mais que tentasse se acalmar, sabia que não teria forças para vê-lo sem chorar.

A princesa Mária entendeu o que significavam as palavras de Natacha: *dois dias atrás, aconteceu isso*. Entendeu que ela queria dizer que ele havia se acalmado de repente e que essa calma, essa serenidade, eram os sinais da morte. Ao se aproximar da porta, ela já via na imaginação o rosto do Andriucha que ela conhecera nos tempos de infância, meigo, dócil, sereno, mas que depois ele mostraria muito raramente e que por isso produzia um efeito tão forte sobre ela. Sabia que o irmão lhe diria palavras ternas, delicadas, como as que o pai lhe dissera diante da morte, e que ela não suportaria aquilo e desataria a chorar junto a ele. Porém mais cedo ou mais tarde isso teria de acontecer, e ela entrou no quarto. Os soluços contidos pressionavam cada vez mais sua garganta, enquanto com seus olhos míopes ela ia distinguindo o vulto do irmão e reconhecendo suas feições, até que viu o rosto e seu olhar encontrou o dele.

Estava deitado num sofá, escorado em travesseiros, num roupão de pele de esquilo. Estava magro e pálido. A mão magra, branca, transparente, segurava um lenço, a outra mão tocava no bigode fino e crescido, com movimentos tranquilos dos dedos. Seus olhos fitaram as pessoas que entraram.

Ao ver o rosto dele e encontrar seu olhar, a princesa Mária moderou a rapidez de seus passos e sentiu que as lágrimas secaram de repente e que os soluços cessaram. Ao captar a expressão do rosto e do olhar do príncipe Andrei, ela intimidou-se de repente e sentiu-se culpada.

“Mas de que eu sou culpada?”, perguntou para si. “Porque você está viva e pensa na vida, enquanto eu...”, respondeu o olhar frio e severo do irmão.

Em seu olhar profundo, que olhava não para fora, mas para dentro, havia quase uma hostilidade, quando ele se virou para a irmã e para Natacha.

Beijou a irmã, segurando sua mão, como era costume entre os dois.

— Como vai, *Marie*, como conseguiu chegar aqui? — perguntou ele, com uma voz tão sem brilho e alheia como seu olhar. Se ele soltasse um grito estridente e desesperado, esse grito teria causado menos horror à princesa Mária do que aquela voz.

— E o Nikóluchka, você trouxe? — perguntou ele, também com voz lenta e apagada, e com um evidente esforço de memória.

— Como está sua saúde? — disse a princesa Mária, surpresa ela mesma com o que estava falando.

— Minha amiga, isso você deve perguntar ao médico — disse ele e, fazendo um visível esforço para se mostrar carinhoso, falou só com a boca (era evidente que não estava nem de longe pensando no que dizia): — *Merci, chère amie, d'être venue.*[63]

A princesa Mária apertou a mão dele. O príncipe Andrei franziu as sobrancelhas de modo quase imperceptível com aquele aperto de mão. Ficou calado, e ela não sabia o que dizer. Compreendeu o que havia acontecido com ele, dois dias antes. Nas palavras, no tom de voz, sobretudo naquele olhar — um olhar frio, quase hostil —, sentia-se uma indiferença, tão terrível para os vivos, a respeito de tudo o que era mundano. Era evidente que agora ele só compreendia com dificuldade tudo o que era vivo; mas ao mesmo tempo sentia-se que ele não compreendia os vivos não porque estivesse privado das faculdades do entendimento, e sim porque compreendia outra coisa, algo que os vivos não compreendiam e não podiam compreender e que o absorvia por completo.

— Sim, como o destino nos guiou de maneira estranha! — disse ele, rompendo o silêncio e apontando para Natacha. — Ela cuida de mim o tempo todo.

A princesa Mária ouvia e não entendia o que ele estava dizendo. O sensível, o meigo príncipe Andrei, como podia ele falar assim diante daquela que ele amava e que também o amava? Se estivesse pensando em viver, não falaria naquele tom frio e ofensivo. Se ele não soubesse que ia morrer, como poderia não ter pena dela e como poderia falar assim com ela? A única explicação possível era que, para o príncipe Andrei, não fazia mais nenhuma diferença, e isso porque algo muito mais importante tinha sido revelado a ele.

A conversa era fria, incoerente e interrompida a todo instante.

— *Marie* veio por Riazan — disse Natacha. O príncipe Andrei não percebeu que ela chamava sua irmã de *Marie*. Já Natacha, ao chamá-la assim na frente dele, notou isso pela primeira vez.

— Sei, e então? — disse ele.

— Contaram a ela que Moscou inteira ardeu em chamas, que pode ser que...

Natacha parou: era impossível falar. Era evidente que ele fazia esforço para escutar e mesmo assim não conseguia.

— Sim, pegou fogo, é o que dizem — disse ele. — É uma pena — e pôs-se a olhar para a frente, enquanto os dedos repuxavam o bigode distraidamente.

— E você encontrou o conde Nikolai, *Marie*? — perguntou de repente o príncipe Andrei, obviamente com o intuito de ser simpático. — Ele mandou uma carta para cá e disse que gostou muito de você — prosseguiu de modo simples, tranqui-

---

63 Francês: "Obrigado, cara amiga, por ter vindo".

lo, obviamente incapaz de compreender todo o complexo significado que tinham aquelas palavras para as pessoas vivas. — Se você também gostou dele, seria muito bom... que os dois se casassem — acrescentou um pouco mais depressa, como que ficando alegre com as palavras que procurava havia muito tempo e que enfim havia encontrado. A princesa Mária escutava suas palavras, mas não tinham para ela nenhum sentido que não o de comprovarem que ele agora se encontrava estranhamente distante de todos os vivos.

— Mas para que falar de mim? — disse ela em tom calmo e olhou para Natacha. Sentindo o olhar dela, Natacha não olhou para a princesa. De novo, todos ficaram em silêncio.

— *André*, você não quer... — falou de repente a princesa Mária, com voz trêmula. — Você não quer ver o Nikóluchka? Ele se lembra de você o tempo todo.

O príncipe Andrei sorriu de modo quase imperceptível pela primeira vez, mas a princesa Mária, que conhecia tão bem seu rosto, compreendeu com horror que não era um sorriso de alegria, de ternura pelo filho, mas de sereno e suave desdém pelo fato de a princesa Mária ter empregado o que, na opinião dela, seria o último recurso para tocar seus sentimentos.

— Sim, vou ficar muito feliz de ver Nikóluchka. Ele está bem de saúde?

Quando levaram até ele Nikóluchka, que olhava assustado para o pai, mas não chorava, porque ninguém estava chorando, o príncipe Andrei beijou-o, e era evidente que não sabia o que lhe dizer.

Quando Nikóluchka foi retirado do quarto, a princesa Mária aproximou-se de novo do irmão, beijou-o e, incapaz de conter-se mais, desatou a chorar.

Ele olhou fixamente para a irmã.

— Você chora pelo Nikóluchka? — disse ele.

A princesa Mária, chorando, balançou a cabeça afirmativamente.

— *Marie*, você conhece o Evan... — mas calou-se de repente.

— O que você está dizendo?

— Nada. Não é preciso chorar aqui — disse ele, fitando a irmã com o mesmo olhar frio.

Quando a princesa Mária começou a chorar, ele compreendeu que ela estava chorando porque Nikóluchka ia ficar sem pai. Com um grande esforço, ele tentou se virar na direção da vida e adotar o ponto de vista deles.

“Sim, para eles isso deve parecer muito triste!”, pensou. “Mas como isso é simples!”

“Os pássaros do céu não semeiam, não colhem, mas o vosso Pai lhes dá o que comer", disse ele para si, e quis também dizer aquilo para a princesa. "Mas, não, eles compreenderão isso sozinhos, ou não compreenderão nunca! O que não podem compreender é que todos esses sentimentos, a que dão tanto valor, todos os nossos sentimentos, todos esses pensamentos que nos parecem tão importantes — tudo isso é *desnecessário*. Nós não podemos compreender uns aos outros." E ele ficou em silêncio.

O pequeno filho do príncipe Andrei tinha sete anos. Mal sabia ler, não conhecia nada. Depois daquele dia, ele aprendeu muitas coisas ao longo da vida, adquiriu experiência, capacidade de observação; mas, se naquele momento ele possuísse todas as capacidades que veio a adquirir mais tarde, não teria compreendido de maneira melhor e mais profunda do que então compreendeu todo o significado da cena que viu entre o pai, a princesa Mária e Natacha. Ele compreendeu tudo e, sem chorar, saiu do quarto, chegou perto de Natacha, que havia saído atrás dele, e fitou-a de modo humilde, com os belos olhos pensativos; seu rubro lábio superior levantado tremeu, ele encostou a cabeça nela e desatou a chorar.

A partir desse dia, o menino evitava Dessalles, evitava a condessa, que o cercava de carinhos; ou ficava só ou se aproximava timidamente da princesa Mária e de Natacha, a quem ele parecia estimar ainda mais do que a tia, e de modo sereno e tímido se apegava a elas afetuosamente.

A princesa Mária, ao deixar o quarto do príncipe Andrei, compreendeu plenamente tudo o que o rosto de Natacha lhe dissera. Ela não falava mais com Natacha sobre a esperança de salvar a vida do irmão. A princesa revezava com Natacha a cabeceira do sofá e não chorava mais, porém rezava o tempo todo, voltando-se com a alma para o eterno, o inescrutável, cuja presença era agora tão palpável junto ao homem que morria.

XVI

O príncipe Andrei não só sabia que ia morrer como sentia que estava morrendo, que já estava meio morto. Experimentava a consciência de um alheamento em relação a tudo o que era terreno e uma alegre e estranha leveza da existência. Sem se apressar e sem se perturbar, esperava o que tinha de acontecer. Aquela presença terrível, eterna, desconhecida, que ele sentira o tempo todo no decorrer de sua vida agora estava próxima dele e — graças àquela estranha leveza da existência que ele experimentava — estava até quase ao alcance da mão, palpável. . . . .
. . . .

Antes, ele temia o fim. Por duas vezes havia experimentado o sentimento terrível e torturante do medo da morte, do fim, e agora já não compreendia tal sentimento.

A primeira vez que experimentou aquele sentimento foi quando uma granada rodopiou como um pião à sua frente e ele olhou para o restolho, para os arbustos, para o céu, e soube que diante dele estava a morte. Quando voltou a si depois do ferimento e, em sua alma, como que instantaneamente livre da opressão da vida que a tolhia, desabrochou a flor do amor eterno, livre, independente desta vida, ele já não temia a morte e não pensava nela.

Naquelas horas de solidão aflitiva e de semidelírio que vivera após sofrer o ferimento, quanto mais refletia sobre o novo princípio do amor eterno, que havia se revelado a ele, tanto mais rejeitava a vida terrena, sem que ele mesmo se desse conta disso. Amar tudo, todos, sempre se sacrificar pelo amor, significava não amar ninguém, significava não viver essa vida terrena. E, quanto mais ele se impregnava desse princípio do amor, mais rejeitava a vida e derrubava de maneira mais cabal a terrível barreira que, sem amor, se ergue entre a vida e a morte. Quando, naqueles primeiros momentos, o príncipe Andrei lembrou-se de que tinha de morrer, disse para si mesmo: pois bem, tanto melhor.

Mas, depois da noite nos Mitíchi, quando, num semidelírio, apareceu à sua frente aquela que ele desejava, e quando ele, após comprimir os lábios na mão dela, começou a chorar com lágrimas silenciosas e alegres, o amor por uma mulher infiltrou-se imperceptivelmente no seu coração e de novo o amarrou à vida. E pensamentos alegres e ansiosos começaram a lhe ocorrer. Ao recordar o instante em que viu Kuráguin na enfermaria de campanha, ele agora não conseguia reviver aquele sentimento: atormentava-o a questão de saber se estava vivo ou não. E não se atrevia a fazer tal pergunta.

Sua doença seguia seu curso físico, mas aquilo a que Natacha se referia ao dizer *isso aconteceu com ele* tinha ocorrido dois dias antes da chegada da princesa Mária. Foi a última luta moral entre a vida e a morte, na qual a morte conquistara a vitória. Era a consciência inesperada de que ele ainda estimava a vida, que lhe oferecia o amor de Natacha, e o último e débil ataque de horror diante do desconhecido.

Estava entardecendo. Como de costume depois do almoço, ele estava com uma febre suave, e seus pensamentos eram extraordinariamente claros. Sônia estava junto à mesa. Ele cochilava. De repente, uma sensação de felicidade o dominou.

"Ah, foi ela que entrou!", pensou.

De fato, no lugar de Sônia estava Natacha, que havia acabado de entrar, com passos inaudíveis.

Desde o momento em que Natacha passou a cuidar do príncipe Andrei, ele sempre experimentava a sensação física de sua proximidade. Ela estava sentada numa poltrona, de lado para o príncipe Andrei, na frente da luz da vela, fazendo sombra para ele, e tricotava uma meia. (Ela havia aprendido a tricotar meias desde o dia em que o príncipe Andrei lhe dissera que ninguém sabia cuidar tão bem dos doentes como uma velha babá que tricotava meias e também que nessa ocupação havia algo de tranquilizador.) Os dedos finos de Natacha manejavam com rapidez as agulhas, que de vez em quando batiam uma na outra, e ele tinha uma visão clara do perfil pensativo do rosto abaixado de Natacha. Ela fez um movimento — a bola de tricotar escorregou de seus joelhos. Ela teve um sobressalto, olhou para o lado, na direção dele e, protegendo a vela com a mão, curvou-se com um movimento cuidadoso, flexível e preciso, apanhou a bola no chão e retomou a posição anterior.

O príncipe Andrei olhou para Natacha sem se mexer e viu que, depois daquele movimento, ela precisaria respirar fundo e encher o peito, mas evitava fazer isso e só respirava com muito cuidado.

No mosteiro de Tróitsa, tinham falado sobre o passado, e ele disse para Natacha que, se ficasse vivo, seria eternamente grato a Deus por seu ferimento, que o havia levado de volta para ela; mas desde então os dois nunca mais tinham falado sobre o futuro.

"Poderia ser ou não?", pensava ele agora, enquanto olhava para Natacha e escutava o leve ruído de aço das agulhas. "Será possível que o destino me trouxe para perto dela de maneira tão estranha só para morrer?... Será possível que a verdade da vida se revelou para mim só para que eu viva na mentira? Eu a amo mais do que tudo no mundo. Mas o que devo fazer, se eu a amo?", disse consigo, e de repente gemeu sem querer, por força do hábito que havia adquirido com seus sofrimentos.

Ao ouvir o gemido, Natacha guardou a bola de tricotar, curvou-se na direção dele e, de repente, notando seus olhos brilhantes, aproximou-se com um passo leve e debruçou-se.

— O senhor não está dormindo?

— Não, estou há muito tempo olhando para a senhora; percebi quando a senhora entrou. Ninguém como a senhora me proporciona esse silêncio suave... essa luz. Eu quero é chorar de felicidade.

Natacha chegou mais perto dele. Seu rosto brilhava de uma alegria extasiante.

— Natacha, amo a senhora demais. Mais do que tudo no mundo.

— E eu? — Virou-se de costas por um instante. — Mas por que demais? — perguntou.

— Por que demais?... Bem, o que a senhora acha, o que a senhora sente na alma, com toda a alma: eu vou viver? O que lhe parece?

— Tenho certeza, tenho certeza! — quase gritou Natacha, segurando as mãos dele num gesto apaixonado. Ele ficou em silêncio.

— Como seria bom! — E, segurando a mão dela, beijou-a.

Natacha ficou feliz e emocionada; e imediatamente lembrou que era impossível, que ele precisava se acalmar.

— Mas o senhor não dormiu — disse ela, reprimindo sua alegria. — Tente adormecer... por favor.

Ele soltou-a, depois de apertar sua mão, e Natacha foi na direção da vela e sentou-se de novo, na mesma posição de antes. Voltou-se duas vezes para olhar para ele, e os olhos do príncipe Andrei brilharam ao encontrar os dela. Natacha estabeleceu para si uma tarefa a ser cumprida em seu trabalho de tricô e disse para si mesma que, enquanto não a terminasse, não olharia de novo para ele.

De fato, pouco depois ele fechou os olhos e adormeceu. Dormiu um pouco e acordou de repente, suando frio e aflito.

Ao adormecer, pensava sem parar naquilo que vinha pensando durante todo aquele tempo — sobre a vida e a morte. E mais sobre a morte. Sentia-se mais perto dela.

"Amor? O que é o amor?", pensou ele. "O amor atrapalha a morte. O amor é a vida. Tudo, tudo o que entendo, só entendo porque amo. Tudo é, tudo existe só porque eu amo. Tudo está ligado só por ele. O amor é Deus, e morrer significa que eu, uma partícula de amor, vou voltar para a fonte universal e eterna." Tais pensamentos lhe pareciam consoladores. Mas eram só pensamentos. Algo faltava neles, algo neles era unilateralmente pessoal, intelectual — não havia provas. E havia a mesma inquietação e obscuridade. Ele adormeceu.

No sonho, viu que estava deitado naquele mesmo quarto onde estava de fato, só que não estava ferido, mas saudável. Muitas pessoas variadas, insignificantes, indiferentes, aparecem diante do príncipe Andrei. Ele fala com elas, discute sobre algo supérfluo. Elas estão se preparando para ir a algum lugar. O príncipe Andrei recorda de modo vago que tudo aquilo é insignificante e que ele tem outros afazeres muito importantes, mas continua a falar palavras vazias e engenhosas, causando admiração nas pessoas. Aos poucos, de modo imperceptível, todas aquelas pessoas começam a desaparecer, e tudo é substituído por uma só pergunta a respeito do fechamento de uma porta. Ele se levanta e caminha na direção da porta a fim de empurrar o trinco e fechá-la. *Tudo* depende de ele conseguir fechar a porta. Ele caminha, se apressa, seus pés não se movem, e ele sabe que não vai conseguir fechar a porta, mesmo assim, dolorosamente, emprega todas as suas forças. E um temor torturante o domina. Esse temor é o medo da morte: atrás da porta, está *aquilo*. Mas ao mesmo tempo que ele, fraco e sem jeito, se arrasta para a porta, aquela coisa horrorosa, empurrando do outro lado, começa a abrir a porta. Não é algo humano — é a morte que força a porta, e é preciso contê-la. Ele agarra a porta, emprega suas últimas energias — já é impossível trancar — apenas segurá-la; mas suas forças estão debilitadas, abatidas, e, empurrada pelo horror, a porta abre e fecha outra vez.

Novamente, aquilo empurra do outro lado. Os últimos esforços, sobre-humanos, são inúteis, e as duas partes da porta se abrem sem fazer ruído. *Aquilo* entrou, e aquilo é a morte. E o príncipe Andrei morreu.

Mas, no mesmo instante em que morria, o príncipe Andrei lembrou que estava dormindo e, no mesmo instante em que morria, fez um esforço e acordou.

"Sim, era a morte. Eu morri — eu acordei. Sim, a morte é um despertar!", a ideia se acendeu de repente em seu espírito, e a cortina que até então ocultava o desconhecido foi erguida diante de seu olhar espiritual. Naquela leveza que não o abandonou mais a partir de então, ele sentiu como que uma libertação de energias, antes presas dentro dele.

Quando, voltando a si e suando frio, ele se remexeu no sofá, Natacha se aproximou e perguntou o que ele tinha. Ele não respondeu e, sem compreendê-la, fitou-a com um olhar estranho.

Foi isso o que tinha acontecido com ele dois dias antes da chegada da princesa Mária. Desde aquele dia, como disse o médico, a febre debilitante adquiriu outro caráter, mas Natacha não se interessava pelo que o médico dizia: ela via aqueles terríveis sinais morais, para ela mais incontestáveis do que tudo.

A partir daquele dia, teve início para o príncipe Andrei, junto com o despertar do sono, o despertar da vida. E, comparado à duração da vida, aquele despertar não lhe pareceu mais demorado do que o despertar do sono, em comparação com a duração do sonho.

Nada havia de terrível e de brusco naquele despertar, relativamente lento.

Seus últimos dias e horas transcorreram de modo habitual e simples. A princesa Mária e Natacha, que não se afastavam dele, sentiam isso. Não choravam, não se abalavam e, no final, percebendo isso elas mesmas, já não era mais dele que cuidavam (ele já não existia, ele as havia deixado), e sim da recordação mais imediata que tinham dele — o seu corpo. Os sentimentos das duas eram tão fortes que o lado exterior e terrível da morte não as afetava, e elas não julgavam necessário tornar mais amargo seu desgosto. Não choraram nem diante dele, nem sem ele, e entre si nunca falavam sobre ele. Sentiam que não podiam exprimir em palavras o que haviam compreendido.

Ambas viam como ele se desprendia delas e afundava mais e mais, lenta e serenamente, para não se sabe onde, e ambas entendiam que aquilo era o que tinha de acontecer e que assim era bom.

Deram a confissão e a comunhão ao príncipe Andrei; todos foram se despedir dele. Quando lhe trouxeram o filho, tocou nele os lábios e virou o rosto para o outro lado, não porque lhe fosse penoso ou triste (a princesa Mária e Natacha compreenderam isso), mas porque o príncipe Andrei supôs que aquilo era tudo o que exigiam dele; mas, quando lhe disseram para dar a bênção ao filho, ele fez o que exigiam e olhou em volta, como que perguntando se ainda teria de fazer mais alguma coisa.

Quando passaram os últimos estremecimentos do corpo, que o espírito havia deixado, a princesa Mária e Natacha estavam presentes.

— Terminou?! — disse a princesa Mária, depois que o corpo dele ficou imóvel por alguns minutos, esfriando, estirado na frente delas. Natacha aproximou-se, lançou um olhar para os olhos mortos e apressou-se em fechá-los. Fechou-os e não os beijou, mas tocou os lábios naquilo que era a recordação mais imediata dele.

“Para onde foi? Onde está agora?...”

Quando o corpo vestido e lavado jazia dentro do caixão sobre a mesa, todos se aproximaram para se despedir dele, e todos choraram.

Nikóluchka chorava com uma perplexidade dolorosa, que partia seu coração. A condessa e Sônia choravam com pena de Natacha e também porque ele não existia mais. O velho conde chorava porque sentia que em breve ele também daria aquele mesmo passo terrível.

Natacha e a princesa Mária agora também choravam, mas não por causa de sua dor pessoal; choravam devido à comoção reverente que dominara seus espíritos, em face da consciência do simples e solene mistério da morte, que havia se cumprido diante delas.

TOMO QUATRO
SEGUNDA PARTE

I

Para a razão humana, o conjunto das causas dos fenômenos é inalcançável. Mas a exigência de encontrar as causas foi incutida na alma do homem. E a razão humana, que não depreende a infinidade e a complexidade das condições dos fenômenos, das quais cada uma em separado pode ser apresentada como uma causa, agarra-se à primeira e mais compreensível semelhança que encontra e diz: aqui está a causa. Nos acontecimentos históricos (em que o objeto de estudo é a ação das pessoas), a relação mais primitiva é estabelecida com a vontade dos deuses, e em seguida com a vontade das pessoas que se acham na posição histórica mais visível — os heróis históricos. Porém basta penetrar na essência de cada acontecimento histórico, ou seja, na ação de toda a massa de pessoas que tomaram parte dos acontecimentos, para constatar que a vontade do herói histórico não só não dirige as ações das massas, como é ela mesma constantemente dirigida. Tem-se a impressão de que não faz nenhuma diferença compreender o significado de um acontecimento histórico de uma forma ou de outra. Mas, entre uma pessoa que afirma que as nações do Ocidente vieram para o Oriente porque Napoleão quis assim e uma pessoa que afirma que isso aconteceu porque tinha de acontecer, existe a mesma diferença que há entre as pessoas que asseguram que a Terra está parada e os planetas se movem em seu redor e as pessoas que dizem que não sabem por que a Terra se move, mas sabem que existem leis que regem o movimento dela e dos demais planetas. Não há nem pode haver causas dos acontecimentos históricos — exceto a causa única de todas as causas. Mas existem leis que regem os acontecimentos, em parte desconhecidas, em parte alcançadas por nós de modo tateante. A descoberta de tais leis só é possível quando renunciamos completamente à procura das causas na vontade de uma pessoa, assim como a descoberta das leis do movimento dos planetas só se tornou possível quando as pessoas renunciaram ao conceito da imobilidade da Terra.

Depois da batalha de Borodinó, da tomada de Moscou pelo inimigo e do incêndio da cidade, os historiadores consideram que o episódio mais importante da guerra de 1812 foi o deslocamento do exército russo de Riazan para a estrada de Kaluga, rumo ao acampamento de Tarútino — a chamada marcha de flanco, para além de Krásnaia Pakhrá.[1] Os historiadores atribuem a glória desse feito genial a diversas pessoas e discutem na tentativa de determinar a quem ela pertence em particular. Mesmo os historiadores estrangeiros e os franceses reconhecem a genialidade dos chefes militares russos ao comentar essa marcha de flanco. Mas por que os escritores militares, e com eles todos os demais, supõem que essa marcha *de flanco* tenha sido uma invenção arguta de uma pessoa específica, que salvou a Rússia e destruiu Napoleão — é algo muito difícil de entender. Em primeiro lugar, é difícil de entender em que consiste a argúcia e a genialidade de tal deslocamento; pois, para adivinhar que a melhor posição do exército (quando não está sendo atacado) é o local onde houver mais provisões, não é preciso nenhum formidável esforço mental. E qualquer um, até um menino tolo de treze anos, poderia adivinhar sem a menor dificuldade que, no ano de 1812, a posição mais vantajosa para o exército, depois da retirada de Moscou, era a estrada de Kaluga. Portanto é impossível compreender, em primeiro lugar, que raciocínios levaram os historiadores a ver nessa manobra algo tão arguto. Em segundo lugar, é ainda mais difícil de compreender o que exatamente os historiadores viram, nessa manobra, de salvador para os russos e de fatal para os franceses; pois a marcha de flanco, entre outras circunstâncias precedentes, concomitantes e subsequentes, poderia ter sido fatal para os russos e salvadora para as tropas francesas. Se, a partir do momento em que se cumpriu aquele deslocamento, a posição das tropas russas melhorou, isso não quer dizer que a causa de tal melhora foi aquele deslocamento.

A marcha de flanco não só não podia trazer nenhuma vantagem como poderia ter sido a perdição do exército russo, se não houvesse a coincidência de outras condições. O que teria acontecido se Moscou não tivesse ardido em chamas? Se Murat não tivesse perdido os russos de vista?[2] Se Napoleão não tivesse ficado inativo? Se o exército russo, conforme a recomendação de Bennigsen e Barclay, tivesse travado batalha em Krásnaia Pakhrá? O que teria acontecido se os franceses atacassem os russos quando eles cruzaram o rio Pakhrá? O que teria acontecido se Napoleão tivesse atacado os russos quando se aproximavam de Tarútino, ainda que empregasse apenas um décimo da energia com que havia atacado em Smolensk?

---

1 Aldeia situada na outra margem do rio Pakhrá, afluente do rio Moskvá. Ficava na antiga estrada de Kaluga.

2 As tropas comandadas por Murat perseguiram o exército russo, que se retirara de Moscou. Mas, numa bifurcação, em vez de seguir o corpo principal das tropas, foram no encalço de dois regimentos destacados por Kutúzov para prosseguir pela estrada de Riazan e despistar os franceses.

O que teria acontecido se os franceses fossem para Petersburgo?... Em todas essas hipóteses, o salvamento da marcha de flanco poderia se transformar em perdição.

Em terceiro lugar, e mais incompreensível, é o fato de que as pessoas que estudam a história não querem, intencionalmente, enxergar que é impossível atribuir a marcha de flanco a alguém, que ninguém jamais a previu, que tal manobra foi algo exatamente igual à retirada de Fili, que na realidade ninguém nunca imaginou tal manobra em sua integridade, mas passo a passo, acontecimento a acontecimento, minuto a minuto, ela foi nascendo a partir de uma quantidade inumerável de condições as mais diversas, e só se apresentou em sua integridade quando afinal havia se realizado e se tornara passado.

No conselho de guerra em Fili, a ideia predominante no comando russo, ideia que se apresentava por si mesma, era a de uma retirada em linha reta para trás, ou seja, pela estrada de Níjni-Nóvgorod. Prova disso é o fato de que a maioria das opiniões no conselho tinha esse sentido e, acima de tudo, a célebre conversa após o conselho entre o comandante em chefe e Lanskói, o encarregado de obter provisões. Lanskói comunicou ao comandante em chefe que as provisões das tropas tinham sido reunidas sobretudo às margens do rio Oká, nas províncias de Tula e de Kaluga, e que no caso de uma retirada por Níjni as provisões de reserva ficariam separadas do exército pelo grande rio Oká, cuja travessia no início do inverno é impossível. Foi o primeiro sinal da necessidade de evitar um caminho em linha reta para Níjni, que antes se apresentava como o mais natural. O exército se manteve mais ao sul, na estrada de Riazan, e mais próximo das provisões. Mais tarde, a inatividade dos franceses, que haviam até perdido de vista o exército russo, as preocupações com a defesa do arsenal de Tula e sobretudo as vantagens de manter-se próximo de suas reservas de provisões forçaram o exército a se desviar ainda mais para o sul, na estrada de Tula. Ao cruzar o rio Pakhrá para chegar à estrada de Tula, num movimento desesperado, os chefes militares do exército russo pensavam em ficar em Podólsk, e ninguém imaginava tomar posição em Tarútino; mas uma incontável quantidade de circunstâncias e o reaparecimento das tropas francesas, que antes haviam perdido os russos de vista, e os projetos de uma batalha, e sobretudo a abundância de provisões em Kaluga forçaram o nosso exército a se desviar mais ainda para o sul e a atravessar no meio das rotas de seu abastecimento, da estrada de Tula para a estrada de Kaluga, rumo a Tarútino. Só quando as tropas já estavam chegando a Tarútino, devido a inúmeros fatores diferentes, só então as pessoas passaram a acreditar que elas queriam aquilo mesmo e que desde muito tempo tinham planejado assim.

II

A célebre marcha de flanco consistiu apenas em que as tropas russas, que vinham recuando sempre em linha reta na direção contrária à da invasão, depois da interrupção do avanço dos franceses, desviaram-se da linha reta que tomaram de início e, não vendo nenhum perseguidor no seu encalço, de modo muito natural deslocaram-se para o lado onde a fartura de provisões as atraía.

Se no comando do exército russo não houvesse chefes geniais, mas apenas um exército sem comandantes, também esse exército não poderia ter feito outra coisa que não um deslocamento contrário a Moscou, descrevendo um arco no lado onde havia mais provisões e onde a região tinha mais fartura.

Esse deslocamento, da estrada de Níjni-Nóvgorod para a de Riazan, para a de Tula e para a de Kaluga, era a tal ponto natural que foi naquela mesma direção que haviam fugido os saqueadores do exército russo, e também de Petersburgo vieram exigências para que Kutúzov levasse seu exército naquela mesma direção. Em Tarútino, Kutúzov recebeu quase uma repreensão do soberano por ter conduzido o exército pela estrada de Riazan, e lhe foi indicada exatamente a posição diante de Kaluga, onde ele já se encontrava no momento em que recebeu a carta do soberano.

Depois de recuar na direção do impulso que tinha recebido durante toda a campanha, e também na batalha de Borodinó, a bola das tropas russas, com o esgotamento da força daquele impulso, e sem receber novos impulsos, tomou a posição que lhe era natural.

O mérito de Kutúzov não consistiu numa genial, como chamam, manobra estratégica, mas no fato de que só ele compreendeu o significado do acontecimento que se cumpria. Só ele compreendeu o significado da inatividade do exército francês, só ele continuou a sustentar que a batalha de Borodinó tinha sido uma vitória; só ele — que, à primeira vista, por sua posição de comandante em chefe, deveria estar ansioso para convocar um ataque —, só ele empregou toda a sua força para conter o exército russo e evitar batalhas inúteis.

O animal ferido em Borodinó jazia em algum lugar, lá onde o caçador em fuga o havia largado; mas, se estava vivo, se tinha forças, ou se apenas estava escondido, isso o caçador não sabia. De repente, ouviu-se um gemido daquela fera.

Esse gemido do animal ferido, o exército francês, que denotava sua ruína, foi o envio de Lauriston ao acampamento de Kutúzov com uma proposta de paz.

Napoleão, com sua convicção de que o bem não era o bem, e sim aquilo que lhe vinha à cabeça, escreveu para Kutúzov as primeiras palavras que lhe vieram à cabeça, palavras que não tinham nenhum sentido. Ele escreveu:

"*Monsieur le prince Koutouzov*", escreveu ele,

> *j'envoie près de vous un de mes aides de camp généraux pour vous entretenir de plusieurs objets intéressants. Je désire que Votre Altesse ajoute foi à ce qu'il lui dira, surtout lorsqu'il exprimera les sentiments d'estime et de particulière considération que j'ai depuis longtemps pour sa personne... Cette lettre n'étant à autre fin, je prie Dieu, monsieur le prince Koutouzov, qu'il vous ait en Sa sainte et digne garde,*
> *Moscou, le 30 octobre, 1812.*
> *Signé: Napoléon.*[3]

"*Je serais maudit par la postérité si l'on me regardait comme le premier moteur d'un accommodement quelconque. Tel est l'esprit actuel de ma nation*",[4] respondeu Kutúzov, e continuou a empregar todas as suas energias para conter as tropas e evitar que avançassem.

Durante o mês em que o exército francês saqueou Moscou e as tropas russas tiveram uma estadia tranquila junto a Tarútino, ocorreu uma mudança na correlação de forças dos dois exércitos (quanto ao ânimo e ao contingente), em razão da qual a vantagem de forças passou para o lado dos russos. Apesar de a posição das tropas francesas e seu contingente serem ignorados pelos russos, assim que a correlação se alterou, a necessidade de um ataque logo se manifestou numa quantidade inumerável de sinais. Tais sinais eram: o envio de Lauriston, a abundância de provisões em Tarútino, as informações que chegavam de todos os lados dando conta da inatividade e da desordem dos franceses, a vinda de novos recrutas que completaram nossos regimentos, o tempo bom, o contínuo repouso dos soldados russos, a ansiedade para entrar em combate, habitual em tropas descansadas e prontas para a luta, a curiosidade de saber o que tinha acontecido com o exército francês, que os russos tinham perdido de vista havia muito tempo, a audácia com que agora os postos avançados russos rondavam os franceses

---

3 Francês: "Senhor príncipe Kutúzov [...] envio ao senhor um de meus ajudantes de campo para lhe falar sobre vários assuntos interessantes. Desejo que vossa alteza dê fé no que ele lhe dirá, sobretudo quando exprimir os sentimentos de estima e de particular consideração que nutro há longo tempo pela sua pessoa... Como esta carta não tem outra finalidade, rogo a Deus, senhor príncipe Kutúzov, que Ele mantenha o senhor em Sua santa e digna proteção,
"Moscou, 30 de outubro de 1812.
"Assinado: Napoleão."

4 Francês: "Serei amaldiçoado pela posteridade se me encararem como o primeiro motor de qualquer acordo. Tal é o espírito atual de minha nação".

que andavam perto de Tarútino, as notícias das vitórias fáceis dos mujiques e guerrilheiros sobre os franceses, a inveja que isso despertava nas tropas, o sentimento de vingança que havia na alma de todos desde o momento em que os franceses invadiram Moscou, e (acima de tudo) a obscura consciência, formada no espírito de cada soldado, de que agora a correlação de forças havia se alterado e a vantagem passara para o nosso lado. A correlação de forças fundamental havia se alterado, e um ataque se tornara necessário. Assim como o carrilhão no relógio começa a bater e a tocar quando um ponteiro completa uma volta inteira, prontamente ocorreu nas altas esferas do Exército uma intensificação dos movimentos, do alarido e do ressoar dos carrilhões, em conformidade com a alteração essencial de forças.

III

O Exército russo era comandado por Kutúzov e seu Estado-Maior, e também pelo soberano, de Petersburgo. Ainda antes da chegada da notícia do abandono de Moscou, foi traçado em Petersburgo um plano minucioso de toda a guerra, logo enviado para Kutúzov a fim de servir de orientação. Apesar de esse plano ter sido traçado na suposição de que Moscou ainda estava em nossas mãos, o plano foi aprovado pelo Estado-Maior e posto em execução. Kutúzov apenas deixou registrado que era sempre difícil executar manobras planejadas à distância. E, a fim de solucionar as dificuldades que surgissem, eram enviadas novas instruções e novas pessoas, encarregadas de acompanhar as ações de Kutúzov e de fazer relatórios sobre elas.

Além disso, no Exército russo, agora, o Estado-Maior tinha sido inteiramente modificado. Preencheram os postos vagos de Bagration, que morrera, e de Barclay, que se afastara, magoado. Pensavam a sério o que seria melhor: A no lugar de B e B no lugar de D, ou, ao contrário, D no lugar de A, e assim sucessivamente, como se isso pudesse produzir qualquer outra coisa além da satisfação de A e de B.

No Estado-Maior do Exército, por causa da hostilidade de Kutúzov pelo seu chefe do Estado-Maior, Bennigsen, por causa da presença dos enviados do soberano e por causa dessas modificações, havia um jogo de partidos mais complexo do que o habitual; A sabotava B, D sabotava C, e assim sucessivamente, em todas as combinações e permutas possíveis. Em todas essas sabotagens, o objeto da intriga era a operação militar que todas essas pessoas acreditavam comandar; mas tal operação militar transcorria independentemente daquelas pessoas, exatamente da forma como tinha de transcorrer, ou seja, nunca de acordo com o que elas imaginavam, mas fluindo da essência da atitude das massas. Todas aquelas invenções, que se entrecruzavam e se embaralhavam, só nas altas esferas representavam um reflexo fiel daquilo que tinha de acontecer.

"Príncipe Mikhail Ilariónovitch!", escreveu o soberano numa carta do dia 2 de outubro, recebida após a batalha de Tarútino.

> Desde o dia 2 de setembro Moscou está nas mãos dos inimigos. Seu último relatório data do dia 20; e ao longo de todo esse tempo não só nada foi realizado tendo em vista uma ação contra o inimigo e a libertação de nossa antiga capital, como também, pelos seus últimos relatórios, o senhor recuou ainda mais. Sérpukhov já foi ocupada pelo inimigo, e Tula, com seu famoso arsenal, tão necessário para o exército, está em perigo. Segundo os relatórios do general Wintzingerode, vejo que uma tropa inimiga de dez mil homens se desloca pela estrada de Petersburgo. Outra tropa, de alguns milhares de soldados, também se desloca para Dmítrov. Uma terceira tropa se deslocou para a frente, pela estrada de Vladímir. Uma quarta tropa, bastante considerável, estacionou entre Ruja e Mojáisk. O próprio Napoleão estava em Moscou no dia 25. Por todas essas informações, quando o inimigo desmembrou suas forças em destacamentos poderosos, quando o próprio Napoleão ainda está em Moscou, com sua guarda, será possível que as forças inimigas, que se acham diante do senhor, sejam tão consideráveis que não permitam que o senhor tome a ofensiva? Ao contrário, é provável que se deva supor que ele está seguindo o senhor com destacamentos ou, pelo menos, com um corpo de tropa, imensamente mais fraco do que o exército comandado pelo senhor. Tem-se a impressão de que, tirando partido de tais circunstâncias, o senhor poderia, com proveito, atacar um inimigo mais fraco do que o senhor e aniquilá-lo, ou pelo menos forçá-lo a recuar e tomar em nossas mãos a parte principal da província, hoje ocupada pelo inimigo, e também, desse modo, afastar o perigo que ronda Tula e outras de nossas cidades do interior. Caberá ao senhor a responsabilidade se o inimigo ficar em condições de deslocar uma tropa considerável na direção de Petersburgo a fim de ameaçar esta capital, na qual não foi possível manter muitas tropas, pois, com confiança no exército do senhor, agindo com determinação e afinco, o senhor tem todos os meios para rechaçar esse novo infortúnio. Lembre-se de que o senhor já tem de prestar contas à pátria ofendida pela perda de Moscou. O senhor teve a experiência da minha presteza em nomeá-lo. Essa mesma presteza não se debilitou, em mim, mas eu e a Rússia estamos no direito de esperar de sua parte todo o ar-

dor, firmeza e sucesso que sua inteligência, seus talentos militares e a bravura das tropas, comandadas pelo senhor, nos permitem prever.

Mas na ocasião em que essa carta estava a caminho, provando que a alteração da correlação de forças já se refletia também em Petersburgo, Kutúzov já não conseguia mais conter o exército comandado por ele e evitar um avanço, e assim uma batalha já havia sido travada.

No dia 2 de outubro, o cossaco Chapoválov, que estava em patrulha, matou uma lebre com um tiro de fuzil e feriu outra. Ao perseguir a lebre ferida, Chapoválov desgarrou-se para longe, dentro da mata, e acabou topando com o flanco esquerdo do exército de Murat, que se achava estacionado ali, sem nenhuma precaução. O cossaco, rindo, contou aos camaradas como por pouco não tinha caído nas mãos dos franceses. Um subtenente, tendo ouvido aquele relato, contou-o ao comandante.

Chamaram o cossaco, interrogaram-no; os comandantes do cossaco queriam tirar proveito daquele caso a fim de capturar cavalos, mas um dos chefes, que tinha conhecidos nos altos escalões do Exército, comunicou o fato a um general do Estado-Maior. Ultimamente, no Estado-Maior do Exército, a situação era a mais tensa possível. Ermólov, alguns dias antes, encontrara-se com Bennigsen e implorara que usasse sua influência sobre o comandante em chefe para que lançassem um ataque.

— Se eu não conhecesse o senhor, pensaria que não deseja aquilo que me pede. Basta que eu sugira uma coisa para que o excelentíssimo, com toda a certeza, faça o contrário — respondeu Bennigsen.

A notícia dos cossacos, confirmada por patrulhas enviadas ao local, era a prova definitiva de que os acontecimentos estavam maduros. A corda esticada se rompeu, o relógio deu as horas e os carrilhões ressoaram. Apesar de todo o seu suposto poder, inteligência, experiência e conhecimento dos homens, Kutúzov, depois de levar em conta o bilhete de Bennigsen, que havia mandado uma mensagem pessoal ao soberano, depois de levar em conta o suposto desejo do soberano, desejo expresso igualmente por todos os generais, e também a informação trazida pelos cossacos, já não podia mais conter o movimento inevitável e ordenou aquilo que ele julgava inútil e prejudicial — deu sua bênção a um fato consumado.

IV

O bilhete entregue por Bennigsen sobre a necessidade de um ataque e as informações dos cossacos sobre a abertura no flanco esquerdo dos franceses eram só os últimos sinais da necessidade de ordenar o ataque, e o ataque foi marcado para o dia 5 de outubro.

Na manhã de 4 de outubro, Kutúzov assinou a ordem de batalha. Toll leu-a para Ermólov, recomendando que ele se incumbisse das últimas providências.

— Muito bem, muito bem, agora o tempo é curto — disse Ermólov e saiu da isbá. A ordem de batalha traçada por Toll era muito bonita, a exemplo da ordem de batalha de Austerlitz, embora não fosse redigida em alemão, e dizia o seguinte:

"*Die erste Kolonne marschiert*[5] para tal direção, *die zweite Kolonne marschiert*[6] para tal direção", e assim por diante. Todas essas colunas, no papel, chegavam na hora prevista ao seu destino e aniquilavam o inimigo. Como em todas as ordens de batalha, tudo estava lindamente imaginado e, como ocorre com todas as ordens de batalha, nenhuma coluna chegava ao seu destino na hora prevista.

Depois de preparado o devido número de cópias da ordem de batalha, chamaram um oficial para que entregasse as cópias a Ermólov, a quem cabia tomar as providências. O jovem oficial da cavalaria, um ordenança de Kutúzov, satisfeito com a importância da missão que lhe fora atribuída, dirigiu-se aos aposentos de Ermólov.

— Ele saiu — respondeu o ordenança de Ermólov. O oficial da cavalaria foi ao alojamento de um general, para onde Ermólov ia com frequência.

— Não, o general não está.

O oficial da cavalaria montou seu cavalo e foi à casa de outro general.

— Não, ele saiu.

"Tomara que não me culpem pelo atraso! Que aborrecimento!", pensou o oficial. Percorreu o acampamento inteiro. Uns diziam que tinham visto Ermólov ir com outros generais para certo local, outros diziam que ele, com toda a certeza, estava em casa outra vez. O oficial, sem almoçar, ficou procurando-o até as seis horas da tarde. Ermólov não estava em parte alguma, e ninguém sabia onde ele andava. O oficial comeu alguma coisa às pressas na casa de um camarada e foi de novo para os postos avançados, a fim de falar com Miloródovitch. Também Miloródovitch não estava em casa, mas ali lhe disseram que Miloródovitch tinha ido a um baile na casa do general Kíkin e que Ermólov também devia estar lá.

---

5 Alemão: "A primeira coluna marcha".

6 Alemão: "A segunda coluna marcha".

— Mas onde fica?

— Ah, fica lá embaixo, em Étchkino — disse um oficial cossaco, apontando para uma casa senhorial, ao longe.

— Mas como, depois de nossas linhas?

— Mandaram dois regimentos nossos para vigiar, estão fazendo a maior farra lá, logo hoje, que raiva! Dois músicos, três corais de cantores.

O oficial atravessou as linhas e foi a Étchkino. Ainda de longe, enquanto se aproximava da casa, ouvia os sons alegres, festivos, de canções dançantes de soldados.

"Nas campi-i-inas... nas campi-i-inas!...", ele ouvia as vozes, acompanhadas por assovios e por um *torbán*,[7] que às vezes eram abafadas por gritos. O espírito do oficial alegrou-se com aqueles sons, mas ao mesmo tempo ele tinha medo de levar a culpa por ter demorado tanto tempo para entregar a ordem tão importante que lhe havia sido confiada. Já passava de oito horas. Ele desceu do cavalo, entrou na varanda e no vestíbulo da grande casa senhorial, que se mantivera em perfeito estado e se encontrava bem na fronteira entre os russos e os franceses. Na despensa e na antessala, os lacaios se apressavam para servir os vinhos e as comidas. Ao pé das janelas, estavam os cantores. Levaram o oficial para dentro e, de repente, ele viu juntos todos os generais mais importantes do Exército, entre eles a figura volumosa e notável de Ermólov. Todos os generais estavam com as túnicas desabotoadas, de caras vermelhas e animadas, e riam alto, formando um semicírculo. No meio do salão, um general bonito e baixo, de cara vermelha, ensaiava os passos do *trepak*, com audácia e agilidade.

— Ha! Ha! Ha! Muito bem, Nikolai Ivánovitch! Ha! Ha! Ha!

O oficial sentiu que, ao chegar naquele instante com uma ordem importantíssima, ele se tornava duplamente culpado e preferiu esperar um pouco; mas um dos generais o avistou e, ao saber por que estava ali, avisou Ermólov. Com o rosto franzido, Ermólov veio falar com o oficial, escutou-o e pegou os papéis sem lhe dizer nada.

— Você acha que foi por acaso que ele saiu? — perguntou naquela noite um camarada do oficial de cavalaria no Estado-Maior, referindo-se a Ermólov. — Foi um truque, foi tudo de propósito. Para complicar a vida de Konovnítsin. Você vai ver só a confusão que vai ter amanhã!

---

7 Instrumento de cordas ucraniano, com trinta ou quarenta cordas.

V

No dia seguinte, de manhã cedo, o decrépito Kutúzov levantou, fez suas orações, trocou de roupa e, com a desagradável consciência de que devia comandar uma batalha que ele não aprovava, sentou-se na carruagem e saiu de Letachóvka, quatro verstas atrás de Tarútino, local onde deveriam se reunir as colunas incumbidas do ataque. A caminho, Kutúzov cochilava, acordava e escutava, para ver se não havia tiros do lado direito, imaginando que talvez o combate já tivesse começado. Mas tudo estava em silêncio. Era só o amanhecer de um dia cinzento e úmido de outono. Ao aproximar-se de Tarútino, Kutúzov viu cavalarianos que levavam seus cavalos para banhar-se, através da estrada por onde passava sua carruagem. Kutúzov observou com atenção, mandou parar a carruagem e perguntou qual era o regimento deles. Os cavalarianos eram da coluna que deveria estar bem longe dali, prontos para uma emboscada. "Deve ter havido um engano", pensou o velho comandante em chefe. Porém, seguindo mais adiante, Kutúzov avistou regimentos de infantaria, os fuzis ensarilhados, os soldados comendo mingau, levando lenha, em roupas de baixo. Chamou um oficial. O oficial explicou que não haviam recebido nenhuma ordem de atacar.

— Como não... — começou Kutúzov, mas calou-se imediatamente e mandou que chamassem um oficial mais graduado. Ele desceu da carruagem e andou de um lado para outro, de cabeça baixa, a respiração ofegante, enquanto aguardava em silêncio.

Quando apareceu Eíkhen, um oficial do quartel-general, Kutúzov ficou muito vermelho, não porque aquele oficial fosse culpado de algum erro, mas porque era um alvo suficiente para Kutúzov descarregar sua raiva. Trêmulo, ofegante, beirando um estado de cólera em que poderia rolar no chão de tanta raiva, o velho voltou-se contra Eíkhen, ameaçou-o com as mãos, gritou e praguejou, usando palavrões. Outro oficial, o capitão Brózin, que apareceu por acaso e não tinha culpa de nada, sofreu a mesma sina.

— E esse outro canalha, quem é? Fuzilem esse bandido! — gritou Kutúzov com voz rouca, sacudindo os braços e balançando o corpo. Ele experimentava um sofrimento físico. O comandante em chefe, o excelentíssimo, aquele que todos garantiam ter mais poder do que qualquer outra pessoa jamais tivera na Rússia, ver-se colocado naquela situação — ser motivo de riso diante de todo o exército. "Foi à toa que me dei ao trabalho de rezar pelo dia de hoje, foi à toa que fiquei a noite inteira sem dormir, pensando em tudo!", disse para si mesmo. "Quando eu era ainda um oficialzinho de nada, ninguém se atrevia a zombar de mim... Mas agora!" Kutúzov experimentava um sofrimento físico, como um castigo corporal, mas não podia exprimir tal sofrimento com gritos de raiva e de dor; porém, em pouco tempo, suas forças se debilitaram e, olhando para os lados, sentindo que dissera muitas calúnias e muitas coisas ruins, sentou-se na carruagem e voltou em silêncio.

A raiva, já extravasada, não voltou mais, e Kutúzov, piscando os olhos de leve, escutava as explicações e as palavras de desculpa (o próprio Ermólov não apareceu senão no dia seguinte), e também as recomendações insistentes de Bennigsen, Konovnítsin e Toll de que o movimento que havia falhado devia ser executado no dia seguinte. E Kutúzov, de novo, teve de concordar.

VI

No dia seguinte, as tropas se reuniram à tarde nos locais determinados e partiram à noite. Era uma noite de outono, com nuvens pretas e arroxeadas, mas sem chuva. A terra estava molhada, mas não havia lama, e as tropas andavam sem barulho, apenas se ouvia de vez em quando o leve tilintar da artilharia. Estava proibido falar alto, fumar cachimbo, acender fogo; os cavalos eram impedidos de relinchar. O segredo da manobra aumentava seu encanto. As pessoas iam alegres. Algumas colunas paravam, ensarilhavam os fuzis e deitavam na terra fria, supondo que haviam chegado aonde deviam chegar; outras colunas (a maioria) caminharam a noite inteira e obviamente chegaram a locais que não eram aqueles aonde deviam ter chegado.

Só o conde Orlóv-Deníssov e seus cossacos (o destacamento mais insignificante de todos) chegaram ao lugar devido e no horário certo. Esse destacamento estacionou na orla de uma floresta, no caminho da aldeia de Stromílova para Dmítrov.

Antes do raiar do dia, acordaram o conde Orlóv, que estava dormindo. Trouxeram um traidor do acampamento dos franceses. Era um sargento polonês das tropas de Poniatowsky. Em polonês, o sargento explicou que havia fugido porque tinha sido humilhado, que já devia ser oficial havia muito tempo, que ele era o mais corajoso de todos e por isso tinha desertado e queria castigá-los. Disse que Murat estava pernoitando a uma versta de onde estavam e que, se lhe dessem uma escolta de cem homens, ele o traria vivo. O conde Orlóv-Deníssov fez uma reunião com seus camaradas. A proposta era atraente demais para recusar. Todos se apresentaram como voluntários para a missão, todos recomendaram fazer uma tentativa. Depois de muitas discussões e ponderações, o major-general Grékov resolveu ir com o sargento, acompanhado por dois regimentos de cossacos.

— Mas lembre bem — disse o conde Orlóv-Deníssov para o sargento, ao soltá-lo —, se você mentiu, vou mandar enforcá-lo como um cão, mas, se for verdade, vai ganhar cem *tchervónets*.[8]

O sargento, com ar resoluto, não respondeu àquelas palavras, montou seu cavalo e seguiu depressa com Grékov. Penetraram na floresta. O conde Orlóv, encolhendo-se por causa da friagem da manhã que começava a clarear, agitado com a responsabilidade que havia assumido, acompanhou Grékov por um breve tempo, voltou, saiu da floresta e pôs-se a observar o acampamento do inimigo, agora visível de modo vago na luz do início da manhã e das fogueiras que terminavam de queimar. As nossas colunas deveriam aparecer à direita do conde Orlóv-Deníssov, num declive descoberto. O conde Orlóv olhou bem para lá; porém as colunas não estavam à vista, embora devessem ser visíveis, mesmo de longe. No acampamento francês, assim pareceu ao conde Orlóv-Deníssov, e sobretudo ao seu ajudante de ordens, que tinha uma visão muito aguçada, começou uma agitação.

— Ah, já sei, é tarde demais — disse o conde Orlóv, depois de olhar para o acampamento. Como acontece muitas vezes depois que o homem em quem confiamos não está mais diante de nossos olhos, de repente tudo ficou perfeitamente claro para ele, e era óbvio que o sargento era um impostor, estava mentindo, e todo o ataque seria estragado pela ausência daqueles dois regimentos que ele havia conduzido só Deus sabe para onde. Como seria possível capturar um comandante em chefe no meio de tamanha massa de tropas?

— É claro, ele mentiu, aquele patife — disse o conde.

— Podem voltar — disse um dos membros de sua comitiva que, a exemplo do conde Orlóv-Deníssov, duvidou do sucesso daquela empresa ao olhar para o acampamento francês.

— Ah? É mesmo?... O que acha, devem continuar? Ou não?

— O senhor ordena que voltem?

— Voltem, voltem! — exclamou o conde Orlóv, de repente, em tom resoluto, olhando para o relógio. — Vai ficar tarde, já está claro demais.

E o ajudante de ordens galopou para a floresta, atrás de Grékov. Quando Grékov voltou, o conde Orlóv-Deníssov, perturbado com a tentativa inútil e nula, e também com a espera inútil das colunas de infantaria, que continuavam sem aparecer, e também com a proximidade do inimigo (todos no seu destacamento experimentavam a mesma sensação), resolveu atacar.

---

8 Moeda de ouro no valor de três rublos.

Num sussurro, deu a ordem: "Montar!". Tomaram seus lugares, fizeram o sinal da cruz...

— Com Deus!

"Hurraaaaa!", ressoou pela floresta, e, às centenas, uma após a outra, como que derramados de um saco, os cossacos dispararam cheios de alegria, com suas lanças inclinadas, através do riacho e do acampamento.

Um só grito de susto e desespero do primeiro francês que avistou os cossacos — e todos os que estavam no acampamento, ainda sem trocar de roupa, semiadormecidos, largaram para trás os canhões, os fuzis, os cavalos e correram em fuga para qualquer direção.

Se os cossacos tivessem perseguido os franceses, sem prestar atenção no que estava atrás e em volta de si, teriam capturado Murat e todos os que ali estivessem. Os comandantes queriam isso. Mas era impossível pôr os cossacos em movimento, depois que punham as mãos em despojos e em prisioneiros. Ninguém dava ouvidos às ordens. Foram feitos mil e quinhentos prisioneiros, foram apresados trinta e oito canhões, bandeiras e, o mais importante de tudo para os cossacos, cavalos, selas, mantas e grande variedade de objetos. Era preciso organizar tudo isso, pôr os prisioneiros e os canhões em local seguro, dividir os despojos, berrar e até brigar uns com os outros: os cossacos estavam ocupados com tudo isso.

Os franceses, que não estavam mais sendo perseguidos, aos poucos começaram a se refazer, reagruparam os pelotões e passaram a atirar. Orlóv-Deníssov continuava aguardando as colunas e não avançou mais.

Enquanto isso, conforme a ordem de batalha, "*die erste Kolonne marschiert*" etc., as tropas de infantaria das colunas atrasadas, comandadas por Bennigsen e dirigidas por Toll, partiram em perfeita ordem e, como sempre acontece, acabaram chegando a algum lugar que não era aonde deveriam ter ido. E, como também sempre acontece, as pessoas que haviam partido tão alegres começaram a parar; ouviram-se queixas, havia uma sensação de confusão e, por fim, houve um movimento de recuo. Os ajudantes de ordens e os generais rodavam a galope, gritavam irritados, discutiam, diziam que não era absolutamente ali o lugar combinado e se atrasavam, repreendiam alguém etc., e por fim desistiam e continuavam andando, só para chegar a algum lugar, qualquer que fosse. "Vamos lá, para qualquer lugar, mas vamos lá!" E de fato foram, não para um lugar, mas para diversos lugares, porém se atrasaram tanto que não adiantou nada chegarem lá, só serviu para que atirassem contra eles. Toll, que nessa batalha desempenhou o papel de Weyrother em Austerlitz, galopava com afinco de um lugar a outro e em toda parte encontrava tudo ao contrário do que devia ser. Assim ele encontrou a companhia de Baggovut na floresta, quando o dia já estava completamente claro e aquela tropa já devia estar junto à de Orlóv-Deníssov havia muito tempo. Perturbado, aflito com o fracasso e supondo que alguém devia levar a culpa, Toll galopou na direção do comandante da tropa e pôs-se a repreendê-lo com severidade, dizendo que devia ser fuzilado por causa daquilo. Baggovut, militar antigo, general calmo e experiente em combates, também estava cansado de todas aquelas paradas, confusões, contradições e, para surpresa de todos, de um modo totalmente contrário à sua índole, teve um acesso de raiva e esbravejou coisas bem desagradáveis contra Toll.

— Não vou aceitar lições seja lá de quem for e sei morrer com meus soldados tão bem quanto qualquer um — disse e avançou com uma divisão.

Entrando no campo de batalha sob os tiros dos franceses, o abalado e corajoso Baggovut, sem querer saber se era útil ou inútil sua participação no combate agora, avançou em linha reta com uma divisão e conduziu sua tropa debaixo do tiroteio. Perigo, balas de canhão, balas de fuzil, era exatamente disso que ele precisava em seu acesso de raiva. Uma das primeiras balas o matou, as outras mataram muitos soldados. E sua divisão ficou assim, parada sob o fogo inimigo, sem a menor necessidade.

VII

Naquele momento, outra coluna do front devia "atacar" os franceses, mas Kutúzov estava nessa coluna. Ele sabia muito bem que nada, a não ser confusão, resultaria daquela batalha, iniciada contra sua vontade, e retinha as tropas o mais que podia. Ele não se moveu.

Kutúzov andava em silêncio no seu cavalinho cinzento, respondendo preguiçosamente às propostas de atacar.

— O senhor está sempre com a palavra "atacar" na ponta da língua, mas será que não vê que não sabemos fazer manobras complicadas? — disse para Milorádovitch, que pedia para avançar.

— Não fomos capazes de fazer Murat prisioneiro nem de chegar ao lugar certo na hora marcada: agora não há nada a fazer! — respondeu a outro.

Quando informaram a Kutúzov que na retaguarda dos franceses, onde antes, segundo as informações dos cossacos, não havia ninguém, agora havia dois batalhões de poloneses, ele lançou um olhar para trás, na direção de Ermólov (ainda não havia falado com ele, desde o dia anterior).

— Só fazem pedir um ataque, sugerem uma porção de projetos, mas na hora de entrar em ação não tem nada pronto, e o inimigo, já prevenido, tomou suas providências.

Ermólov estreitou os olhos e sorriu de leve, ao ouvir aquelas palavras. Entendeu que, para ele, a tempestade havia passado e que Kutúzov ia se contentar com aquele comentário.

— Ele se diverte à minha custa — disse Ermólov em voz baixa, batendo no joelho de Raiévski, que estava a seu lado.

Logo depois, Ermólov avançou na direção de Kutúzov e informou respeitosamente:

— Ainda não é tarde demais, vossa excelência, o inimigo não foi embora. E se o senhor der ordem de atacar? Do contrário, a guarda não vai ver sequer um pouco de fumaça.

Kutúzov nada disse, mas, quando lhe comunicaram que as tropas de Murat estavam em retirada, ele ordenou o ataque; mas ordenou que a cada cem passos fizessem uma pausa de quarenta e cinco minutos.

A batalha inteira resumiu-se naquilo que os cossacos de Orlóv-Deníssov haviam feito; o resto das tropas apenas perderam à toa centenas de homens.

Por causa dessa batalha, Kutúzov recebeu uma medalha de diamante, Bennigsen também ganhou diamantes e mais cem mil rublos, outros também ganharam muitas homenagens, conforme seu posto, e depois da batalha fizeram novas alterações no Estado-Maior.

"Aí está como sempre fazemos as coisas, tudo ao contrário!", diziam os oficiais e generais russos, depois da batalha de Tarútino — exatamente como falam agora, dando a entender que algum idiota foi lá e fez as coisas ao contrário, mas que nós não fazemos assim. Porém as pessoas que falam desse modo ou não entendem do assunto de que estão falando ou estão enganando a si mesmas de propósito. Toda batalha — de Tarútino, de Borodinó, de Austerlitz — transcorre sempre de modo diferente do que imaginaram seus dirigentes. Isso é uma condição essencial.

Uma incontável quantidade de forças livres influencia os rumos da batalha (pois em parte nenhuma o homem é mais livre do que durante uma batalha, que é uma questão de vida ou morte), e tais rumos nunca podem ser conhecidos antecipadamente e nunca estão de acordo com a direção de uma só força, qualquer que seja.

Se muitas forças, de modo concomitante e diversificado, agem sobre um determinado corpo, a direção do movimento desse corpo não pode coincidir com a de uma dessas forças; mas será sempre uma direção média, aproximada, aquilo que em mecânica se denomina a diagonal do paralelogramo das forças.

Se, nas descrições dos historiadores, em especial dos franceses, vemos que suas guerras e batalhas transcorrem segundo um plano definido de antemão, a única conclusão que podemos extrair disso é que tais descrições não são fiéis.

A batalha de Tarútino obviamente não alcançou o objetivo que Toll tinha em mira: pôr as tropas em ação segundo as determinações definidas na ordem de batalha; nem tampouco o objetivo que o conde Orlóv podia ter em mira: fazer Murat prisioneiro; nem o objetivo de aniquilar a tropa inteira de um só golpe, como podiam querer Bennigsen e outros; nem o objetivo do oficial que desejava entrar em combate e se destacar; nem o objetivo do cossaco, que queria se apoderar de despojos maiores do que aqueles que conseguiu etc. Porém, se o objetivo era aquilo que de fato aconteceu e aquilo que para todos os russos era então o desejo comum (a expulsão dos franceses da Rússia e a aniquilação de seu exército), então ficará perfeitamente claro que a batalha de Tarútino, justamente por causa de suas incongruências, trouxe o que era o mais necessário naquele período da campanha. É difícil e mesmo impossível imaginar, para essa batalha, qualquer desfecho mais conveniente do que o que ocorreu. Com o mínimo de esforço, com uma formidável confusão e com baixas insignificantes, foram alcançados os melhores resultados de toda a campanha, fez-se a transição da retirada para o ataque, foi desmascarada a fraqueza dos franceses e foi dado o empurrão que as tropas napoleônicas apenas aguardavam para iniciar sua debandada.

VIII

Napoleão entra em Moscou depois da brilhante vitória *de la Moskowa*; não pode haver dúvida sobre a vitória, pois o campo de batalha fica sob o domínio dos franceses. Os russos recuam e entregam a capital. Moscou, repleta de provisões, armas, munição e imensas riquezas, está nas mãos de Napoleão. As tropas russas, duas vezes mais fracas do que as francesas, durante um mês não fazem nenhuma tentativa de atacar. A posição de Napoleão é a mais brilhante possível. Seja para lançar-se contra o restante do exército russo com forças duas vezes superiores e aniquilá-lo, seja para negociar um acordo de paz vantajoso ou, no caso de uma recusa, fazer um movimento de ameaça contra Petersburgo, seja até para, no caso de um fracasso, voltar para Smolensk ou para Vilna, ou mesmo ficar em Moscou — seja para, numa palavra, manter a posição brilhante em que se encontravam as tropas francesas naquele momento, tem-se a impressão de que não era preciso nenhuma genialidade especial. Para tanto era preciso fazer o mais simples e o mais fácil: não permitir que as tropas promovessem saques, providenciar roupas para o inverno, que apanharia todo o exército em Moscou, e reunir adequadamente as provisões que havia em Moscou, mais do que o suficiente para abastecer o exército inteiro durante meio ano (segundo as indicações dos historiadores franceses). Napoleão, o maior gênio de todos os gênios, e que tinha o poder de comandar o exército, como asseguram os historiadores, não fez nada disso.

Não só não fez nada disso, como, ao contrário, empregou seu poder para escolher, entre todos os caminhos que se apresentavam, justamente o mais tolo e mais nefasto. De tudo aquilo que Napoleão podia fazer — passar o inverno em Moscou, ir para Petersburgo, ir para Níjni-Nóvgorod, ir para trás, mais para o norte ou mais para o sul, pelo caminho que depois Kutúzov seguiu —, era impossível imaginar algo mais tolo e nefasto do que aquilo que Napoleão acabou fazendo, ou seja, ficar em Moscou até outubro, deixando que as tropas saqueassem a cidade, e depois, em dúvida entre manter ou não uma guarnição em Moscou, sair da cidade, seguir na direção de Kutúzov, não travar batalha, ir para a direita, chegar a Malo Iaroslávets, mais uma vez evitando o risco de um combate, seguir não pela estrada por onde seguia Kutúzov, mas recuar para Mojáisk, pela devastada estrada de Smolensk — era impossível imaginar qualquer coisa mais tola e mais nefasta do que essa para o exército, como as consequências depois comprovaram. Mesmo que os estrategistas mais doutos tivessem suposto que o objetivo de Napoleão era destruir seu próprio exército, não conseguiriam imaginar outra linha de ação que, com tamanha certeza e com tamanha independência de tudo aquilo que as tropas russas pudessem empreender, destruísse o exército francês tão completamente como aquilo que Napoleão fez.

O genial Napoleão fez isso. Mas dizer que Napoleão destruiu seu exército porque quis fazer isso, ou porque era muito tolo, seria uma injustiça tão grande quanto dizer que Napoleão conduziu suas tropas até Moscou porque queria isso e porque era muito inteligente e genial.

Num caso e no outro, sua ação pessoal não tinha mais força do que a ação pessoal de um soldado qualquer, apenas coincidia com as leis que regiam os fenômenos.

Estão totalmente equivocados os historiadores que nos dizem que as energias de Napoleão se debilitaram em Moscou (só porque as consequências não justificam as ações de Napoleão). Tal como antes, e como depois, no ano de 1813, ele empregou toda a sua inteligência e toda a sua energia a fim de fazer o melhor para si e para seu exército. A ação de Napoleão durante aquele tempo não foi menos formidável do que no Egito, na Itália, na Áustria e na Prússia. Não sabemos ao certo qual o grau da genialidade real de Napoleão no Egito, onde quarenta séculos contemplaram sua grandeza,[9] porque todas aquelas façanhas grandiosas nos são descritas apenas por franceses. Não podemos avaliar corretamente

---

9 Expressão atribuída a Napoleão, em sua campanha no Egito.

sua genialidade na Áustria e na Prússia, pois as informações sobre sua ação lá têm de provir de historiadores franceses e alemães; e a incompreensível rendição de tropas inteiras sem combate e de fortalezas sem um sítio devem inclinar os alemães ao reconhecimento de sua genialidade como única explicação para a guerra que ocorreu na Alemanha. Mas nós, graças a Deus, não precisamos reconhecer sua genialidade para esconder nossa vergonha. Nós pagamos caro para ter o direito de encarar a guerra de modo simples e direto e não vamos abrir mão desse direito.

A ação de Napoleão em Moscou foi tão formidável e genial como em toda parte. Ordens após ordens, planos após planos não pararam de emanar de Napoleão, desde seu ingresso em Moscou, até o dia em que saiu da cidade. A ausência dos habitantes e de delegados para negociar um acordo de paz e até o incêndio de Moscou não lhe trouxeram embaraço. Ele não perdia de vista nem o bem-estar de seu exército, nem as ações do inimigo, nem o bem-estar das populações da Rússia, nem os assuntos de governo em Paris, nem as especulações diplomáticas sobre as futuras condições de um acordo de paz.

IX

Quanto às questões militares, assim que invadiu Moscou, Napoleão deu ao general Sébastiani ordens rigorosas para que acompanhasse os movimentos do exército russo, enviando tropas para diversas estradas, e ordenou a Murat que encontrasse Kutúzov. Em seguida tomou providências rigorosas para fortificar o Krêmlin. Depois elaborou o plano genial da campanha futura, no mapa de toda a Rússia. Quanto às questões diplomáticas, Napoleão chamou o espoliado e andrajoso capitão Iákovlev, que não soube como sair de Moscou, explicou-lhe minuciosamente toda a sua política e sua generosidade e, após redigir uma carta para o imperador Alexandre, na qual considerava seu dever comunicar a seu amigo e irmão que Rostoptchin havia se comportado de maneira muito condenável, enviou Iákovlev para Petersburgo. Tendo expressado de forma igualmente minuciosa suas opiniões e sua generosidade a Tutólmin, despachou também aquele velho para Petersburgo, a fim de abrir negociações.

Quanto às questões jurídicas, logo depois dos incêndios, determinou que encontrassem os culpados e os castigassem. E puniu o malfeitor Rostoptchin dando ordens para queimar sua casa.

Quanto às questões administrativas, outorgou uma constituição para Moscou, instituiu um conselho municipal e fez a seguinte proclamação:

Habitantes de Moscou!

Os infortúnios dos senhores são cruéis, mas sua alteza o imperador e rei quer evitar seu prolongamento. Exemplos terríveis ensinaram aos senhores como ele castiga a desobediência e o crime. Medidas severas foram tomadas a fim de interromper a desordem e restabelecer a segurança geral. Uma administração paternal, escolhida entre os senhores, irá formar um conselho municipal ou um governo municipal. Ele irá cuidar dos senhores, de suas necessidades, de seus interesses. Seus membros vão se diferenciar por uma fita vermelha que usarão no ombro, e o chefe da municipalidade usará por cima dela uma faixa branca. Mas, fora do horário de suas obrigações, todos eles usarão apenas uma fita vermelha em torno do braço esquerdo.

A polícia da cidade será instituída conforme o regulamento anterior, e graças à sua atividade já vigora uma ordem melhor. O governo nomeou dois comissários-gerais, ou chefes de polícia, vinte comissários, ou agentes especiais, distribuídos em todas as partes da cidade. Os senhores irão identificá-los por uma fita branca que eles usarão em torno do braço esquerdo. Várias igrejas, de diversas confissões, estão abertas, e nelas o serviço religioso é realizado sem restrições. Seus concidadãos estão voltando todos os dias às suas residências, e demos ordens para que, nelas, encontrem a ajuda e a proteção que devemos prestar no infortúnio. Esses são os meios que o governo adotou a fim de restabelecer a ordem e aliviar a situação dos senhores; porém, a fim de chegar a isso, é preciso que os senhores unam seus esforços aos nossos, que esqueçam, se possível, os infortúnios que acabaram de padecer, que tenham esperança num destino menos cruel, que se convençam de que a morte inevitável e a desonrosa aguarda aqueles que se atreverem a ameaçar a pessoa dos senhores e aquilo que resta de seus bens, e por fim que não tenham dúvida de que estes serão salvaguardados, pois tal é a vontade do mais justo e supremo de todos os monarcas. Soldados e habitantes, qualquer que seja a nação dos senhores! Restabeleçam a confiança pública, fonte de felicidade do soberano, vivam como irmãos, ajudem-se e protejam-se mutuamente, unam-se, a fim de rechaçar as intenções dos malfeitores, obedeçam às autoridades militares e civis, e que suas lágrimas logo parem de correr.

Quanto à questão do abastecimento das tropas, Napoleão decretou que todas as tropas entrassem alternadamente em Moscou *à la maraude*[10] a fim de obter provisões, para que o exército assegurasse suprimentos para o futuro.

---

10 Francês: "como saqueadores".

Quanto às questões religiosas, Napoleão ordenou *ramener les popes*[11] e retomar os serviços religiosos nas igrejas.

Quanto às questões comerciais, e tendo em vista o abastecimento do exército, foi afixado em toda parte o seguinte:

PROCLAMAÇÃO

Os senhores pacíficos habitantes de Moscou, gente trabalhadora e industriosa, a quem os infortúnios afastaram da cidade, e também os senhores lavradores dispersos, a quem temores infundados ainda mantêm afastados nos campos, escutem! A tranquilidade está retornando a esta capital, e a ordem está sendo restabelecida. Seus compatriotas estão corajosamente deixando seus esconderijos, vendo que são respeitados. Todas as agressões contra eles e suas propriedades serão castigadas prontamente. Sua alteza o imperador e rei os protege e não considera ninguém entre os senhores como seu inimigo, exceto aqueles que desobedecem aos seus pedidos. Ele quer que seus infortúnios cessem e que os senhores voltem para seus lares e suas famílias. Assim, correspondam às intenções generosas do imperador e venham ao nosso encontro sem nenhum risco. Habitantes! Voltem para suas residências com confiança: os senhores logo encontrarão meios de satisfazer suas necessidades! Artesãos e artífices industriosos! Voltem às suas manufaturas: casas, lojas, guardas de segurança os esperam, e pelo seu trabalho receberão o dinheiro devido! E, por fim, senhores camponeses, saiam das florestas, onde foram se esconder por medo, voltem sem temor para suas isbás, com a promessa rigorosa de que encontrarão proteção. Foram criadas feiras na cidade, para onde os camponeses podem trazer o excedente de suas provisões e os frutos de sua lavoura. O governo tomou as seguintes medidas a fim de assegurar a eles a liberdade de venda: 1) A partir de hoje, o camponês, o lavrador e o habitante das cercanias de Moscou podem, sem nenhum risco, trazer para a cidade seus suprimentos, de qualquer espécie, e vender nas duas feiras indicadas, ou seja, na rua Mokhovaia e no mercado Okhótni. 2) Esses alimentos serão comprados com eles pelo preço acordado entre o comprador e o vendedor; mas, se o vendedor não receber o valor por ele cobrado de modo justo, ficará livre para levá-los de volta para sua aldeia, sem que ninguém possa impedi-lo sob nenhum pretexto. 3) Semanalmente, todo domingo e toda quarta-feira, haverá feiras; por isso um contingente suficiente de tropas será posto à disposição na terça-feira e no sábado, em todas as maiores cidades e a

11 Francês: "trazer os popes à sua presença".

certa distância das cidades, a fim de proteger os comboios. 4) Medidas semelhantes serão tomadas a fim de que, em seu caminho de volta, os camponeses, com suas carroças e cavalos, não encontrem obstáculos. 5) Medidas urgentes serão tomadas para a reconstrução dos mercados de costume. Habitantes da cidade e das aldeias, e senhores trabalhadores e artesãos, de qualquer nacionalidade! Apelamos aos senhores que cumpram as intenções paternais de sua alteza o imperador e rei e colaborem com ele para o bem-estar geral. Deponham aos pés dele o respeito e a confiança e não demorem a se unir a nós!

Quanto à questão de elevar o moral das tropas e do povo, faziam-se frequentes paradas, distribuíam-se condecorações. O imperador andava a cavalo pelas ruas e consolava os habitantes; e, apesar de toda a preocupação com os negócios de Estado, o próprio imperador comparecia aos teatros, criados por ordens dele.

Quanto à questão da caridade, a melhor virtude dos monarcas coroados, Napoleão também fazia tudo o que dependia dele. Nas instituições beneficentes, mandou inscrever *Maison de ma mère*, associando com esse gesto o afetuoso sentimento filial à grandeza do monarca benfeitor. Visitou o asilo de crianças, ofereceu suas mãos brancas para serem beijadas pelos órfãos que ele salvara, palestrou de modo indulgente com Tutólmin. Depois, segundo o eloquente relato de Thiers, Napoleão mandou distribuir às suas próprias tropas dinheiro russo falso, que ele mesmo mandara fazer. *Relevant l'emploi de ces moyens par un acte digne de lui et de l'armée française, il fit distribuer des secours aux incendiés. Mais les vivres étant trop précieux pour être donnés à des étrangers la plupart ennemis, Napoléon aima mieux leur fournir de l'argent afin qu'ils se fournissent au dehors, et il leur fit distribuer des roubles papiers.*[12]

Quanto à disposição do exército, deu ordens incessantes para aplicar punições rigorosas por falhas no cumprimento do dever e também com o propósito de cessar os saques.

X

No entanto, por estranho que pareça, todas essas ordens, preocupações e planos, em nada piores do que outros adotados em situações semelhantes, não afetavam

---

12 Francês: "Elevando o emprego desses meios por um gesto digno dele e do exército francês, ele mandou distribuir ajuda às vítimas dos incêndios. Mas, como os víveres eram escassos demais para serem dados a estrangeiros, em sua maior parte inimigos, Napoleão preferiu lhes dar dinheiro a fim de que eles se abastecessem fora, e mandou distribuir para eles rublos de papel".

a essência da questão e, assim como os ponteiros no mostrador de um relógio desligados do mecanismo, giravam em vão e de modo aleatório, sem fazer rodar as engrenagens.

Quanto às questões militares, o genial plano da campanha, sobre o qual Thiers diz *que son génie n'avait jamais rien imaginé de plus profond, de plus habile et de plus admirable*,[13] e a respeito do qual Thiers entrou em polêmica com o sr. Fain[14] para provar que aquele plano genial deve ser referido não ao dia 4, e sim ao dia 15 de outubro, tal plano genial não foi executado nem poderia ser, porque não tinha nada a ver com a realidade. A fortificação do Krêmlin, que exigia a demolição de *la Mosquée*[15] (assim Napoleão chamava a igreja de Basílio Bem-Aventurado), revelou-se completamente inútil. A instalação de minas aos pés do Krêmlin apenas serviu para ajudar a cumprir o desejo do imperador de explodir o Krêmlin quando ele fosse embora de Moscou, ou seja, algo semelhante a uma criança que dá pancadas no chão onde ela caiu e se machucou. A perseguição do exército russo, que tanto preocupava Napoleão, produziu um fenômeno nunca visto. Os chefes militares franceses perderam de vista o exército russo de sessenta mil soldados e, segundo as palavras de Thiers, só graças à habilidade e, ao que parece, graças à genialidade de Murat, foi possível localizar, como se fosse um alfinete, aquele exército russo de sessenta mil soldados.

Quanto às questões diplomáticas, todos os argumentos de Napoleão em defesa de sua generosidade e justiça, diante de Tutólmin e diante de Iákovlev, que estava preocupado acima de tudo em conseguir um capote e uma carroça, revelaram-se inúteis: Alexandre não recebeu aqueles enviados e não respondeu às suas embaixadas.

Quanto às questões jurídicas, depois da execução dos supostos incendiários, a outra metade de Moscou ardeu em chamas.

Quanto às questões administrativas, a criação de um conselho municipal não deteve os saques e só teve utilidade para algumas pessoas que participaram desse conselho municipal e que, sob o pretexto de manter a ordem, saquearam Moscou ou protegeram suas propriedades para que não fossem saqueadas.

Quanto às questões religiosas, tão facilmente resolvidas no Egito com uma simples visita de Napoleão a uma mesquita, aqui não se alcançou nenhum resultado. Dois ou três sacerdotes que se encontravam em Moscou tentaram cumprir a

---

13 Francês: "que seu gênio nunca havia imaginado algo mais profundo, mais hábil e mais admirável".

14 Agathon-Jean-François, barão Fain (1778-1837), historiador francês, secretário e arquivista do gabinete de Napoleão e autor de uma série de escritos memorialísticos sobre o período napoleônico.

15 Francês: "a Mesquita".

vontade de Napoleão, mas um deles levou um tapa na cara de um soldado francês durante o serviço religioso, e, a respeito de outro sacerdote, um funcionário francês comunicou o seguinte: "*Le prêtre que j'avais découvert et invité à recommencer à dire la messe, a nettoyé et fermé l'église. Cette nuit on est venu de nouveau enfoncer les portes, casser les cadenas, déchirer les livres et commetre d'autres désordres*".[16]

Quanto às questões comerciais, a proclamação dirigida aos industriosos artesãos e a todos os camponeses não obteve a menor resposta. Não existiam industriosos artesãos, e os camponeses capturaram os comissários, que viajaram longe demais para levar aquela proclamação, e os assassinaram.

Quanto à questão do entretenimento do povo e das tropas com espetáculos teatrais, também não se alcançou nenhum sucesso. Os teatros criados no Krêmlin e na casa de Pozniakóv foram imediatamente fechados, porque os atores e as atrizes foram roubados.

A filantropia também não produziu os resultados esperados. Moscou estava cheia de dinheiro falso e verdadeiro, e o dinheiro não tinha mais valor. Os franceses, ocupados apenas em saquear, só tinham necessidade de ouro. Não só o dinheiro falso que Napoleão distribuiu aos desafortunados de modo tão generoso não tinha nenhum valor, como também a prata era trocada pelo ouro por um valor abaixo do preço.

Porém a manifestação mais impressionante da nulidade das ordens superiores naquela ocasião foi o esforço de Napoleão para deter os saques e restabelecer a disciplina.

Eis o que as autoridades do Exército comunicaram:

"Os saques continuam na cidade, apesar dos apelos para que cessem. A ordem ainda não foi restabelecida, e não há nenhum comerciante que venda mercadorias de forma legal. Apenas os vivandeiros se permitem fazer comércio, e mesmo assim apenas com produtos obtidos de saques."

"*La partie de mon arrondissement continue à être en proie au pillage des soldats du troisième corps, qui, non contents d'arracher aux malheureux réfugiés dans les souterrains le peu qui leur reste, ont même la férocité de les blesser à coups de sabre, comme j'en ai vu plusieurs exemples.*"[17]

---

16 Francês: "O padre, que eu havia descoberto e convidado a celebrar a missa, limpou e fechou a igreja. Esta noite, arrombaram de novo as portas, quebraram os cadeados, rasgaram os livros e praticaram outras desordens".

17 Francês: "Parte do meu bairro continua a ser vítima do saque dos soldados do terceiro corpo, que, não contentes de arrancar dos infelizes refugiados nos subterrâneos o pouco que lhes restou, chegam ao ponto de ter a ferocidade de feri-los a golpes de sabre, como vi muitas vezes".

"*Rien de nouveau outre que les soldats se permettent de voler et de piller. Le 9 octobre.*"[18]

"*Le vol et le pillage continuent. Il y a une bande de voleurs dans notre district qu'il faudra faire arrêter par de fortes gardes. Le 11 octobre.*"[19]

"O imperador está extremamente insatisfeito porque, apesar das ordens rigorosas de cessar os saques, tudo o que se vê chegar ao Krêmlin são destacamentos da guarda formados por saqueadores. Na velha guarda, a desordem e o saque recrudesceram com mais força que nunca na noite de ontem e no dia de hoje. É com desgosto que o imperador vê que soldados seletos, convocados para proteger sua pessoa, que deviam dar um exemplo de obediência, levam a insubordinação a tal ponto que arrombam as adegas e os armazéns reservados para o exército. Outros se rebaixam a ponto de não obedecer às sentinelas e aos guardas dos oficiais, xingam e batem neles."

"*Le grand maréchal du palais se plaint vivement*", escreveu o governador, "*que malgré les défenses réitérées, les soldats continuent à faire leurs besoins dans toutes les cours et même jusque sous les fenêtres de l'empereur.*"[20]

Aquela tropa, como um gado solto que pisoteia o feno que poderia salvá-lo de morrer de fome, se desintegrava e perecia a cada dia que permanecia em Moscou.

Mesmo assim a tropa não se movia.

Só fugiu quando, subitamente, foi tomada pelo pânico produzido pela notícia de que carroções de carga tinham sido capturados na estrada de Smolensk e pela notícia da batalha de Tarútino. Essa mesma notícia sobre a batalha de Tarútino, que Napoleão recebeu de surpresa durante uma parada militar, despertou nele o desejo de castigar os russos, como diz Thiers, e assim ele deu ordens de se pôr em marcha, como a tropa inteira exigia.

Ao fugir de Moscou, os soldados daquela tropa carregaram consigo tudo o que haviam saqueado. Napoleão também levou consigo um *trésor*[21] particular. Ao ver as carroças de carga que tolhiam o movimento do exército, Napoleão se horrorizou (como diz Thiers). Porém, com toda a sua experiência militar, ele não mandou queimar todas as carroças excedentes, como tinha feito com as carroças de certo

---

18 Francês: "Nada de novo, senão que os soldados se permitem roubar e saquear. 9 de outubro".

19 Francês: "O roubo e o saque prosseguem. Existe um bando de ladrões em nosso distrito, os quais é preciso capturar usando guardas bem armados. 11 de outubro".

20 Francês: "O grande marechal do palácio se lamenta intensamente [...] de que, apesar das reiteradas proibições, os soldados continuam a fazer suas necessidades em todos os locais e até embaixo das janelas do imperador".

21 Francês: "tesouro".

marechal quando se aproximava de Moscou, em vez disso observou aquelas carroças e carretas, nas quais iam os soldados, e disse que estava tudo muito bem, que aquelas carroças seriam usadas para as provisões, para os feridos e para os doentes.

A situação de toda a tropa era semelhante à de um animal ferido que pressente sua perdição e não sabe o que fazer. Estudar as manobras engenhosas de Napoleão e de sua tropa é a mesma coisa que estudar o significado dos pinotes e dos espasmos de um animal mortalmente ferido e agonizante. Muitas vezes um animal ferido, ao ouvir um rumor qualquer, precipita-se exatamente na direção da arma do caçador, corre para a frente, para trás, e assim apressa seu próprio fim. O mesmo fez Napoleão sob a pressão de toda a sua tropa. O rumor da batalha de Tarútino assustou a fera, e ela se precipitou para a frente, na direção da arma, correu até o caçador, voltou atrás, de novo foi para a frente, de novo para trás e, por fim, como todo animal, correu pelo caminho mais desvantajoso e perigoso para si, que no entanto era uma trilha antiga e já conhecida.

Napoleão, que nos parece o regente de todos esses movimentos (assim como, aos selvagens, a figura esculpida na proa de um barco parece ser a força que conduz o barco), Napoleão, durante todo esse tempo, em toda a sua atividade, assemelha-se a uma criança que, segurando barbantes amarrados dentro de uma carroça, imagina que a está dirigindo.

XI

No dia 6 de outubro, de manhã cedo, Pierre saiu do barracão e, voltando para trás, parou na porta e ficou brincando com o cachorrinho comprido, avermelhado, de pernas tortas, que rodopiava à sua volta. O cachorrinho vivia com eles no barracão e passava a noite com Karatáiev, mas às vezes ia para algum canto da cidade e depois voltava. Seguramente, nunca tivera um dono, e agora não era de ninguém e não tinha nome. Os franceses o chamavam de Azor, o soldado que adorava contar histórias o chamava de Femgalka, Karatáiev e outros o chamavam de Cinzento, às vezes de *Vísli*.[22] O fato de não pertencer a ninguém e de não ter nome, nem sequer uma raça, e pelo visto nem mesmo uma cor definida, nada disso parecia perturbar o cachorrinho avermelhado. O rabo cheio e felpudo ficava levantado, feito um capacete, firme e redondo, as pernas tortas o serviam tão bem que muitas vezes, como que desdenhando o emprego das quatro patas, le-

---

22 "De orelhas caídas."

vantava graciosamente uma pata traseira e, com muita destreza e rapidez, corria usando só três patas. Para ele, tudo era motivo de alegria. Ora ganindo de alegria, o cachorrinho se espojava de costas no chão, ora ficava assando debaixo do sol, com ar pensativo e importante, ora saltitava, brincando com lascas de madeira ou pedaços de palha.

A roupa de Pierre agora consistia numa camisa imunda e rasgada, a única peça que restara de sua indumentária anterior, calças de soldado, amarradas com barbante nos tornozelos por recomendação de Karatáiev, a fim de aumentar o calor, um cafetã e um chapéu de mujique. Durante aquele tempo, Pierre havia mudado muito fisicamente. Já não parecia gordo, embora tivesse o mesmo aspecto de volume e de força, hereditário em sua família. A barba e o bigode se avolumavam na parte de baixo do rosto; o cabelo crescido, revolto sobre a cabeça, cheio de piolhos, agora se enroscava como um gorro. A expressão dos olhos era firme, serena e animadamente madura, um olhar que Pierre nunca tivera até então. O seu relaxamento anterior, que se exprimia também no olhar, agora dera lugar a uma presteza enérgica para a ação e a resistência. Seus pés estavam descalços.

Pierre olhava ora para o campo mais abaixo, onde naquela manhã passavam carroças e homens a cavalo, ora para além do rio, ao longe, ora para o cachorrinho que de brincadeira fingia querer mordê-lo, ora para seus pés descalços, que ele com prazer mudava a toda hora de posição, remexendo os dedos imundos, grossos e grandes. E toda vez que olhava para os pés descalços, um sorriso de animação e de contentamento atravessava seu rosto. O aspecto daqueles pés descalços trouxe à sua memória tudo o que Pierre tinha vivido e compreendido naquele tempo, e tais recordações lhe deram prazer.

Já fazia alguns dias que o tempo andava claro e calmo, com ligeiras geadas pela manhã — o chamado verão da camponesa.

No ar, no sol, havia um calor, e esse calor, com o frescor revigorante da geada matinal, que ainda se fazia sentir no ar, era especialmente agradável.

Em tudo, nas coisas próximas e nas distantes, havia aquele brilho cristalino e mágico que só existe nessa época do outono. Ao longe, viam-se os montes Vorobióv, com uma aldeia, uma igreja e uma grande casa branca. Árvores nuas, areia, pedras, telhados de casas, a ponta verde da torre de uma igreja, os ângulos de uma casa branca e distante — tudo isso recortado com linhas finas e com uma nitidez incrível no ar translúcido. Perto, viam-se os conhecidos detritos de uma casa senhorial semidesmoronada, ocupada pelos franceses, com arbustos de lilases ainda verde-escuros, que cresciam ao longo da cerca. E até aquela casa destroçada e emporcalhada de fezes, repulsiva com sua feiura nos dias escuros, agora, no brilho claro e imóvel, parecia algo belo e tranquilizador.

Um cabo francês, de roupa desabotoada e ar de quem está em casa, de gorro e cachimbinho curto entre os dentes, saiu de trás do canto do barracão e, piscando o olho com ar amistoso, aproximou-se de Pierre.

— *Quel soleil, hein, monsieur Kiril?* (assim os franceses chamavam Pierre). *On dirait le printemps.*[23] — E o cabo encostou-se na porta e ofereceu o cachimbo a Pierre, apesar de Pierre sempre recusar, toda vez que ele oferecia. — *Si l'on marchait par un temps comme celui-là...*[24] — começou ele.

Pierre perguntou-lhe se tinha ouvido falar de um movimento das tropas, e o cabo contou que quase todas as tropas estavam indo embora, e que naquele dia deveria chegar alguma ordem acerca dos prisioneiros. No barracão onde estava Pierre, um dos soldados, Sokolóv, estava doente, à beira da morte, e Pierre disse ao cabo que era preciso cuidar daquele soldado. O cabo falou que Pierre podia ficar sossegado, que tinham enfermarias ambulantes e hospitais fixos e que viriam ordens acerca dos doentes, e que, no geral, tudo o que podia acontecer seria previsto pelos superiores.

— *Et puis, monsieur Kiril, vou n'avez qu'à dire un mot au capitaine, vous savez. Oh, c'est un... qui n'oublie jamais rien. Dites au capitaine quand il fera sa tournée, il fera tout pour vous.*[25]

O capitão do qual o cabo estava falando conversava muitas vezes e demoradamente com Pierre e lhe fazia toda sorte de concessões.

— *Vois-tu, Saint-Thomas, qu'il me disait l'autre jour: Kiril c'est un homme qui a de l'instruction, qui parle français; c'est un seigneur russe, qui a eu des malheurs, mais c'est un homme. Et il s'y entend le... S'il demande quelque chose, qu'il me dise, il n'y a pas de refus. Quand on a fait ses études, voyez-vous, on aime l'instruction et les gens comme il faut. C'est pour vous que je dis cela, monsieur Kiril. Dans l'affaire de l'autre jour, si ce n'était grâce à vous, ça aurait fini mal.*[26]

E, depois de conversar durante mais um tempo, o cabo saiu. (O caso ocorrido dias antes, a que o cabo se referia, foi uma briga entre os prisioneiros e os franceses, na qual Pierre conseguiu apaziguar seus camaradas.) Alguns prisioneiros es-

---

23 Francês: "Que sol, hein, senhor Kiril? [...] Até parece primavera".

24 Francês: "Se a gente pudesse marchar com um tempo feito este...".

25 Francês: "E, depois, senhor Kiril, basta o senhor dizer uma palavra ao capitão, o senhor sabe. Ah, é uma pessoa... que não esquece nada. Diga ao capitão quando ele vier fazer a ronda, ele fará tudo pelo senhor".

26 Francês: "Veja, São Tomás, o que ele me disse outro dia mesmo: Kiril é um homem com instrução, fala francês; é um nobre russo que sofreu infelicidades, mas é um homem. E ele entende o... Se ele pedir alguma coisa, pode me dizer, não há por que recusar. Quando a pessoa faz seus estudos, veja bem, ela gosta de instrução e de pessoas decentes. É para o senhor que digo isso, senhor Kiril. Naquela história do outro dia, se não fosse o senhor, o caso teria terminado mal".

cutaram a conversa entre Pierre e o cabo e logo depois vieram perguntar o que ele tinha dito. Na hora em que Pierre estava contando a seus camaradas o que o cabo tinha dito sobre o movimento das tropas, um soldado francês, magricela, amarelo e andrajoso, chegou à porta do barracão. Com um movimento rápido e tímido, levantou os dedos até a testa, num sinal de continência, voltou-se para Pierre e lhe perguntou se estava no barracão o soldado *Platoche*, com quem ele tinha deixado uma camisa para costurar.

Uma semana antes, os franceses tinham recebido peças de pano e material para fazer calçados e entregaram tudo aos soldados prisioneiros, para que costurassem botas e camisas.

— Está pronto, está pronto, meu amigo! — disse Karatáiev, trazendo uma camisa cuidadosamente dobrada.

Por causa do calor e para trabalhar mais confortavelmente, Karatáiev estava só de calça e com uma camisa rasgada preta feito terra. Seu cabelo, como fazem os artesãos, estava amarrado com uma tira de casca de árvore e seu rosto redondo parecia ainda mais redondo e mais simpático.

— Prometer é irmão de sangue de fazer. Como falei que ficava pronto na sexta-feira, está pronto — disse Platon, sorrindo e abrindo a camisa que havia costurado.

O francês olhou para trás inquieto e, como que vencendo sua dúvida, desfez-se rapidamente do uniforme e vestiu a camisa. Debaixo do uniforme, o francês não tinha camisa e, sobre o corpo nu, amarelo e magro, vestia um colete comprido, de seda, seboso, com florzinhas. O francês, obviamente, temia que os prisioneiros, ao vê-lo daquele modo, começassem a rir e enfiou a cabeça às pressas na camisa. Nenhum dos prisioneiros disse nenhuma palavra.

— Olhe só, como ficou bem — exclamou Platon, ajeitando a camisa. O francês, depois de enfiar a cabeça e os braços, levantou os olhos, deu uma olhada na camisa e examinou a costura. — Pois é, meu amigo, isto aqui não é nenhuma alfaiataria e não tem ferramentas de verdade por aqui; é como dizem: sem nada na mão, não se mata nem uma pulga — disse Platon, com um sorriso na cara redonda e bastante contente com o próprio trabalho.

— *C'est bien, c'est bien, merci: mais vous devez avoir de la toile de reste?*[27] — disse o francês.

— Vai ficar ainda melhor quando você vestir direito no corpo — disse Karatáiev, que continuava a alegrar-se com sua criação. — Olhe só como está bom, e vai ficar confortável.

---

27 Francês: "Está bem, está bem, obrigado: mas o senhor deve ter uma sobra de pano, não é?".

— *Merci, merci, mon vieux, le reste?...* — repetiu o francês, sorrindo e, pegando uma nota de dinheiro, entregou-a para Karatáiev. — *Mais le reste?...*[28]

Pierre viu que Platon não queria entender o que o francês estava dizendo e, sem se intrometer, olhava para os dois. Karatáiev agradeceu pelo dinheiro e continuou a se admirar do próprio trabalho. O francês insistia nas sobras de pano e pediu a Pierre para traduzir o que estava dizendo.

— Mas para que ele quer as sobras? — perguntou Karatáiev. — Vai dar para fazer umas bonitas perneiras para a gente. Ora, que Deus o abençoe. — E Karatáiev, numa transformação brusca, com o rosto desgostoso, tirou do peito um bolinho de trapos e, sem olhar para ele, entregou ao francês. — Droga! — exclamou Karatáiev, e foi para trás. O francês olhou para os panos, pensou um pouco, lançou um olhar pensativo para Pierre, e a fisionomia de Pierre pareceu lhe dizer alguma coisa.

— *Platoche, dites donc, Platoche* — gritou com voz estridente o francês, que de repente ficou muito vermelho. — *Gardez pour vous*[29] — disse ele, devolveu os trapos, virou-se e foi embora.

— Olhe só como é que são as coisas — disse Karatáiev, balançando a cabeça. — Dizem que eles não são cristãos, mas também têm alma. Antigamente diziam: a mão suada é branda, a mão seca é severa. Ele mesmo anda nu, e ainda devolveu. — Karatáiev sorriu com ar pensativo e, olhando para os trapos, ficou um tempo calado. — Pois é, amiguinho, isto aqui vai dar para fazer umas perneiras muito boas — disse e voltou para o barracão.

XII

Haviam passado quatro semanas desde o dia em que Pierre fora feito prisioneiro. Apesar de os franceses terem proposto transferi-lo do barracão dos soldados para o dos oficiais, Pierre ficou mesmo no barracão onde tinha sido deixado no primeiro dia.

Na Moscou devastada e incendiada, Pierre experimentou quase o máximo de privação que um homem pode suportar; porém, graças à sua constituição forte e à sua saúde, da qual até então ele não tinha consciência, e sobretudo graças ao fato de tais privações terem vindo de maneira tão imperceptível que era impossível dizer quando tinham começado, ele suportou sua situação não só com facili-

---

28 Francês: "Obrigado, obrigado, meu velho, e o resto? [...] Mas, o resto?".
29 Francês: "Platocha, escute aqui, Platocha [...] Fique para o senhor".

dade, mas até com alegria. E justamente naquele momento ele havia adquirido a tranquilidade e a satisfação consigo mesmo a que antes aspirava sem sucesso. Em sua vida, Pierre procurara por muito tempo, em várias direções, aquela tranquilidade, aquela concordância consigo mesmo, aquilo que tanto o impressionara nos soldados na batalha de Borodinó — havia procurado aquilo na filantropia, na maçonaria, na dispersão da vida mundana, no vinho, nas proezas heroicas do autossacrifício, no amor romântico por Natacha; havia procurado aquilo por meio do pensamento, e todas as buscas e experiências o frustraram. E, sem sequer pensar nisso, acabou adquirindo aquela tranquilidade e aquela concordância consigo mesmo apenas por meio do horror da morte, por meio das privações e por meio do que havia compreendido em Karatáiev. Os minutos terríveis que padecera na hora da execução dos prisioneiros como que varreram para sempre de sua imaginação e de suas memórias os pensamentos e sentimentos aflitos que antes lhe pareciam tão importantes. Não lhe vinham mais pensamentos sobre a Rússia, nem sobre a guerra, nem sobre política, nem sobre Napoleão. Era evidente para ele que tudo aquilo não lhe dizia respeito, que ele não fora chamado a julgar nada daquilo e por isso não podia fazê-lo. "A Rússia e o verão não fazem união", repetia Pierre as palavras de Karatáiev, e aquelas palavras, estranhamente, o tranquilizavam. Agora lhe parecia incompreensível e até ridícula sua intenção de assassinar Napoleão e também seus cálculos sobre números cabalísticos e sobre a besta do Apocalipse. Sua exasperação com a esposa e sua preocupação com a possibilidade de seu nome ser desonrado agora lhe pareciam não só insignificantes como também cômicas. O que podia lhe importar o fato de aquela mulher levar a vida que lhe agradasse, onde bem entendesse? O que podia importar a qualquer um, muito menos a ele, o fato de os franceses saberem ou não saberem que o nome do prisioneiro deles era conde Bezúkhov?

Agora ele recordava muitas vezes sua conversa com o príncipe Andrei e concordava inteiramente com ele; apenas compreendia o pensamento do príncipe Andrei de forma ligeiramente diversa. O príncipe Andrei achava e dizia que a felicidade só existe de forma negativa, mas ele o dizia com uma pitada de amargura e de ironia. Como se, ao dizê-lo, exprimisse outro pensamento — o de que todos os anseios de uma felicidade positiva incutidos em nós têm o único propósito de nos atormentar, por nunca serem satisfeitos. Mas Pierre, sem nenhuma segunda intenção, reconhecia a justiça de tal pensamento. A ausência de sofrimento, a satisfação das necessidades e por conta disso a liberdade de escolha de uma ocupação, ou seja, de uma forma de vida, agora pareciam a Pierre a felicidade incontestável e suprema do ser humano. Aqui, só agora, pela primeira vez, Pierre apreciava plenamente o prazer da comida quando queria comer, da bebida quando queria beber, do sono quando queria dormir, do calor quando sentia frio, da conversa com as pessoas quando tinha vontade de falar e de ouvir a voz humana. A satisfação das necessidades — a boa comida, a limpeza, a liberdade —, agora, quando estava privado de tudo isso, parecia a Pierre a felicidade perfeita, e a escolha de uma ocupação, ou seja, de uma vida, agora, quando tal escolha se mostrava tão limitada, parecia-lhe uma coisa tão fácil que ele até esquecia que o excesso dos confortos de uma vida destrói toda a felicidade da satisfação das necessidades, e a grande liberdade da escolha de uma ocupação, essa liberdade que, em sua vida, lhe fora dada pela educação, pela riqueza, pela posição social, essa mesma liberdade torna a escolha de uma ocupação insoluvelmente difícil e aniquila a própria necessidade e a possibilidade de uma ocupação.

Todos os devaneios de Pierre, agora, se voltavam para o tempo em que fora livre. E, no entanto, desde então e por toda a vida, Pierre pensou e falou com emoção sobre aquele mês em que fora prisioneiro, sobre aquelas sensações indeléveis, fortes e alegres, e acima de tudo sobre aquela tranquilidade espiritual plena, aquela perfeita liberdade interior que ele experimentou apenas naquela ocasião.

Quando ele, no primeiro dia, levantou bem cedo, saiu do barracão ao amanhecer e avistou de início as cúpulas e as cruzes escuras do mosteiro de Novodiévitchi, viu o orvalho congelado no capim poeirento, viu as colinas Vorobióv e as margens cobertas de florestas que serpenteavam ao longo do rio e se ocultavam na distância lilás, quando sentiu o toque do ar fresco e ouviu os sons das gralhas que vinham voando de Moscou através do campo e quando, depois, ergueu-se de repente uma luz no oriente, e a borda do sol emergiu com ar festivo de trás das nuvens, e as cúpulas, as cruzes, o orvalho, a distância, o rio, tudo começou a cintilar na luz alegre — Pierre provou um sentimento novo, nunca experimentado antes, e uma força de vida.

E tal sentimento não só não o deixou durante todo o tempo em que ficou preso, como, ao contrário, aumentou à medida que recrudesciam as dificuldades de sua situação.

Tal sentimento de prontidão para tudo e de uma consolidação moral reforçou mais ainda a opinião elevada que se formara acerca de Pierre entre seus camaradas, desde que ele chegara ao barracão. Com seu conhecimento de idiomas, com o respeito que os franceses lhe demonstravam, com sua simplicidade, que o levava a ceder tudo o que lhe pediam (ele recebia os três rublos semanais concedidos aos oficiais), com sua força, que ele demonstrava aos soldados enterrando pregos com as mãos na parede do barracão, com a docilidade que ele demonstrava na maneira de tratar seus camaradas, com sua capacidade, incompreensível para eles, de ficar sentado e imóvel, sem fazer nada, e de pensar, Pierre aparecia aos olhos dos soldados como uma espécie de criatura misteriosa e superior. Essas mesmas qualidades que, no mundo onde ele vivera antes, eram para ele, se não prejudiciais, pelo menos vexatórias — sua força, seu desdém pelos confortos da vida, o jeito distraído, a simplicidade —, aqui, entre aquelas pessoas, lhe conferiam a posição quase de um herói. E Pierre sentia que aquele olhar punha em seus ombros certas obrigações.

XIII

Na noite de 6 para 7 de outubro, teve início o movimento de retirada dos franceses: demoliram cozinhas, barracões, carregaram carretas, e as tropas e os carroções se puseram em movimento.

Às sete da manhã, um comboio de franceses em uniforme de combate, com barretinas emplumadas, fuzis, mochilas e bolsas imensas, estava parado diante dos barracões, e vozes francesas animadas, entremeadas por xingamentos, rolavam por todas as fileiras.

No barracão, todos estavam prontos, vestidos, com cintos afivelados, de pés calçados, e só aguardavam as ordens para partir. O soldado doente Sokolóv, pálido, magro, com círculos azuis em volta dos olhos, sozinho, descalço e despido, estava sentado em seu canto e, com os olhos saltados por causa da magreza, fitava de modo interrogativo os camaradas, que não prestavam atenção nele, e gemia baixo e ritmado. Obviamente, era menos o sofrimento — estava doente, com diarreia hemorrágica — do que o medo e o desgosto de ficar sozinho o que o obrigava a gemer.

Pierre, com uma corda em lugar do cinto, calçado em botinas que Karatáiev havia costurado para ele com pedaços de couro não curtido que um francês havia arrancado de uma caixa de chá a fim de remendar suas botas, aproximou-se do doente e ficou de cócoras na frente dele.

— Sabe, Sokolóv, eles não estão indo todos embora! Tem um hospital deles aqui. Quem sabe você vai ficar ainda melhor do que a gente — disse Pierre.

— Ah, meu Deus! Ah, minha morte! Ah, meu Deus! — desatou a gemer o soldado, bem alto.

— Pois vou pedir para eles agora mesmo — disse Pierre e, ficando de pé, foi até a porta do barracão. Na hora em que Pierre chegou à porta, veio de fora, com dois soldados, o mesmo cabo que no dia anterior havia oferecido um cachimbo a Pierre. E o cabo e os soldados estavam em uniformes de combate, com mochilas e barretinas emplumadas, presas por tiras que passavam embaixo do queixo e enfeitadas com botões de bronze, o que dava um aspecto diferente a seus rostos bem conhecidos.

O cabo foi até a porta a fim de fechá-la, segundo a ordem do seu superior. Antes de serem soltos, os prisioneiros tinham de ser contados.

— *Caporal, que fera-t-on du malade?...*[30] — começou Pierre; mas, no instante em que dizia aquilo, teve dúvidas de que aquele era o cabo seu conhecido e não outro, uma pessoa desconhecida, tão diferente estava o cabo naquele momento.

Além do mais, no instante em que Pierre dizia aquilo, ouviu-se de repente, dos dois lados, um rufar de tambores que abafou os gemidos do doente.

"Aí está ela!... De novo, ela!", disse Pierre para si mesmo, e um calafrio inesperado correu por sua espinha. No rosto transformado do cabo, no som de sua voz, no ensurdecedor e aflitivo rufar dos tambores, Pierre reconheceu aquela força misteriosa e impassível que obrigava as pessoas, contra sua vontade, a massacrar seus semelhantes, a força cujo efeito ele tinha visto na hora da execução dos prisioneiros. Ter medo, tentar fugir daquela força, dirigir apelos ou argumentos às pessoas que serviam de instrumentos para aquela força era inútil. Pierre agora sabia disso. Era preciso esperar e suportar. Pierre não se aproximou mais do doente nem voltou os olhos para ele. Em silêncio, de sobrancelhas franzidas, Pierre ficou parado junto à porta do barracão.

Quando as portas do barracão foram abertas e os prisioneiros, como um rebanho de carneiros, espremendo-se uns aos outros, se amontoaram na saída, Pierre abriu caminho no meio deles e se aproximou do mesmo capitão que, segundo a opinião do cabo, estava pronto a fazer qualquer coisa por Pierre. O capitão também estava em uniforme de combate, e do seu rosto frio "ela" também olhava, a mesma coisa que Pierre havia identificado nas palavras do cabo e no rufar dos tambores.

— *Filez, filez*[31] — exclamou o capitão, de rosto carrancudo e olhando com ar severo para os prisioneiros, que passavam aglomerados na sua frente.

— *Eh bien, qu'est-ce qu'il y a?*[32] — perguntou o oficial, olhando para trás com ar frio, como se não soubesse. Pierre lhe falou sobre o doente.

— *Il pourra marcher, que diable!*[33] — disse o capitão. — *Filez, filez!* — continuou a exclamar, sem olhar para Pierre.

— *Mais non, il est à l'agonie...*[34] — Pierre fez menção de explicar.

---

30 Francês: "Cabo, o que vai ser do doente?...".

31 Francês: "Andando, andando".

32 Francês: "Então, qual é o problema?".

33 Francês: "Que diabo, ele vai poder andar!".

34 Francês: "Claro que não, ele está agonizante".

— *Voulez-vous bien?!*[35] — gritou o capitão com raiva e carrancudo.

Dram da da dam, dam, dam, rufaram os tambores. E Pierre entendeu que a força misteriosa já se apoderara completamente daquelas pessoas e que agora seria inútil falar qualquer outra coisa.

Os prisioneiros oficiais foram separados dos prisioneiros soldados e lhes foi ordenado que seguissem na frente. Os oficiais, entre os quais estava Pierre, eram uns trinta homens, os soldados eram uns trezentos.

Os prisioneiros oficiais, retirados de outros barracões, eram todos desconhecidos, estavam muito mais bem-vestidos do que Pierre e olhavam para ele, para seus sapatos toscos, com desconfiança e má vontade. Perto de Pierre caminhava um major gordo, de túnica de Kazan, cingida por uma toalha, de cara gorducha, amarela e zangada, que obviamente gozava do respeito geral de seus camaradas prisioneiros. Trazia a mão no peito, segurando uma bolsinha de tabaco, e com a outra mão sustentava um cachimbo. Bufando e arquejando, o major ralhava com todos, porque achava que o estavam empurrando, porque todos andavam apressados, quando não havia por que se apressar, e porque todos se admiravam, quando não havia nada de que se admirar. Outro oficial, pequeno e magro, conversava com todos, sugeria hipóteses de lugares para onde eles estavam sendo levados agora e uma estimativa da distância que conseguiriam percorrer naquele dia. Um funcionário de botas de feltro e uniforme da intendência andava correndo de um lado para outro, observava Moscou incendiada, comunicava em voz alta suas observações sobre o que havia sido queimado e qual era essa ou aquela parte de Moscou que se avistava dali. Outro oficial, um polonês, a julgar pelo sotaque, discutia com o funcionário da intendência, mostrando a ele que estava enganado na identificação dos bairros de Moscou.

— Por que estão discutindo? — disse o major, irritado. — Seja São Nicolau, seja São Vlás, não faz diferença. Vejam, tudo pegou fogo, acabou-se... Por que ficam empurrando, será que a estrada é pequena demais para vocês? — voltou-se zangado para alguém que vinha atrás e não estava empurrando nem um pouco.

— Ai, ai, ai, o que foi que fizeram? — ouviam-se, entretanto, de um lado e de outro, as vozes dos prisioneiros que olhavam para o incêndio. — A outra margem do Moskvá, e Zúbova, e o Krêmlin, olhem lá, não sobrou nem metade... Eu bem que disse, a outra margem do rio Moskvá inteirinha, olhem só.

— Está certo, todo mundo sabe que pegou fogo, então para que ficar discutindo? — falou o major.

35 Francês: "Quer fazer o favor?!".

Ao chegar a Khamóvniki (um dos poucos bairros de Moscou que não tinha sido incendiado) e ao passar pela igreja, toda a multidão de prisioneiros de repente se comprimiu de um lado e ouviram-se exclamações de horror e de repulsa.

— Ah, que canalhas! Não são cristãos! Está morto, está morto, sim... E ainda sujaram com alguma coisa.

Pierre também se aproximou da igreja, junto à qual estava aquilo que provocara as exclamações, e avistou confusamente algo apoiado no muro da igreja. Pelas palavras dos camaradas que podiam ver melhor do que ele, Pierre soube que era o cadáver de um homem, colocado na vertical junto ao muro, e com o rosto sujo de fuligem...

— *Marchez, sacré nom... Filez... trente mille diables...*[36] — ouviram-se xingamentos dos membros da escolta, e os soldados franceses, com uma exasperação nova, dispersaram com golpes do lado cego da lâmina das espadas a multidão de prisioneiros que observava o homem morto.

XIV

Pelos becos de Khamóvniki, os prisioneiros caminhavam seguidos apenas pela sua escolta e pelas carroças e carroções que pertenciam à escolta e iam atrás; porém, ao chegar aos armazéns de provisões, toparam com um imenso comboio de carga da artilharia, que se deslocava com dificuldade, tolhido por carroças particulares.

Bem na ponte, todos pararam e ficaram esperando que os que iam na frente afinal passassem. Da ponte, os prisioneiros puderam ver que, atrás e na frente, havia filas intermináveis de outros comboios de carga em movimento. À direita, lá onde a estrada de Kaluga faz uma curva na frente de Neskútchni, sumindo ao longe, estendiam-se filas intermináveis de tropas e de carroções. Eram as tropas de Beauharnais, que tinham saído antes de todos; atrás, ao longo do cais e na ponte de Pedra, estendiam-se as tropas e as carroças de Ney.

As tropas de Davout, nas quais estavam os prisioneiros, seguiam através do vau da Crimeia e em parte já haviam chegado à rua Kaluga. Mas as filas de comboios se estendiam tanto que os últimos carroções de Beauharnais ainda não haviam deixado Moscou pela rua Kaluga quando a cabeça das tropas de Ney já estava saindo da Grande Ordinka.

---

36 Francês: "Andem, que inferno... Em frente... com trinta mil diabos...".

Depois de passar pelo vau da Crimeia, os prisioneiros avançaram alguns passos e se detiveram, e de novo avançaram, e de todos os lados os veículos e as pessoas, cada vez mais, tolhiam a passagem uns dos outros. Depois de demorar mais de uma hora para atravessar as poucas centenas de passos que separavam a ponte da rua Kaluga e chegar à praça, para onde convergiam as ruas da outra margem do rio Moskvá e a rua Kaluga, os prisioneiros, comprimidos num bolo, detiveram-se e ficaram algumas horas naquele entroncamento. De vários lados, ouvia-se o incessante rumor das rodas das carroças, que parecia o barulho do mar, e também a batida dos pés, os xingamentos e os gritos irritados e incessantes. Pierre estava espremido no muro de uma casa incendiada, escutando aquele barulho, que se fundia na sua imaginação com o som dos tambores.

Alguns prisioneiros oficiais, a fim de enxergar melhor, subiram no muro da casa incendiada, junto ao qual estava Pierre.

— Quanta gente! É gente que não acaba mais!... Subiram até nos canhões! Olhe: as peles... — diziam. — Veja só que canalhas, roubaram tudo... Olhe aquele ali atrás, em cima da telega... Puxa, aquilo foi arrancado dos ícones, meu Deus!... São alemães, só podem ser. E os nossos mujiques, por onde andam?... Ah, patifes!... Olhe ali, pegou tanta coisa que mal consegue andar! Olhe lá, roubaram até uma sege!... Olhe aquele ali, sentado em cima dos baús. Meu Deus!... Até se atracaram uns com os outros!...

— É isso mesmo, dá um murro no focinho dele, no focinho! Desse jeito a gente só sai daqui de tarde. Olhe, olhe lá... Na certa é o próprio Napoleão. Puxa, que cavalos! Têm monogramas com uma coroa e tudo. É uma verdadeira casa desmontável. O outro deixou cair o saco no caminho e nem notou. De novo começaram a se atracar... Tem uma mulher com uma criancinha, e não é feia. Claro, essa eles vão deixar passar... Olhem, isso não acaba mais. Moças russas, meu Deus, são meninas! Olhe como vão calmamente empoleiradas em cima das carretas!

A exemplo do que havia acontecido em torno da igreja de Khamóvniki, uma nova onda de curiosidade geral arrastou todos os prisioneiros para a estrada, e Pierre, graças à sua estatura, avistou por cima das cabeças dos demais aquilo que tanto atraía a curiosidade dos prisioneiros. Em três carroças, misturadas nas caixas de munição, sentadas muito juntas umas das outras, iam mulheres muito enfeitadas, em roupas coloridas, de ruge na cara, gritando algo com voz estridente.

Desde o momento em que Pierre tomou consciência do surgimento da força misteriosa, nada mais lhe pareceu estranho ou terrível: nem o cadáver, que haviam sujado com fuligem só para se divertir, nem aquelas mulheres que se apressavam para ir a algum lugar, nem o incêndio de Moscou. Tudo o que Pierre via agora não deixava nele quase nenhuma impressão — como se sua alma estivesse se preparando para uma luta difícil e por isso se recusasse a guardar impressões que pudessem enfraquecê-la.

Os veículos das mulheres passaram. Atrás, arrastavam-se mais telegas, soldados, carretas, soldados, carroças, carroções, soldados, caixas, soldados, raramente mulheres.

Pierre não enxergava as pessoas individualmente, mas via o movimento delas.

Todas aquelas pessoas e aqueles cavalos pareciam acossados por uma força invisível. Todas elas, durante a hora em que Pierre as observou, se derramavam de várias ruas com o mesmo desejo de passar o mais depressa possível; todas se empurravam umas às outras da mesma forma, começavam a se irritar, a brigar; arreganhavam os dentes brancos, franziam as sobrancelhas, berravam todas elas os mesmos xingamentos, e em todos os rostos havia a mesma expressão corajosamente resoluta e friamente cruel que, de manhã, havia impressionado Pierre no rosto do cabo, ao som dos tambores.

Já quase ao anoitecer, o comandante da escolta reuniu seus homens, e com gritaria e discussões eles se misturaram à força com os comboios de carga, e os prisioneiros, agora cercados de soldados por todos os lados, tomaram a estrada de Kaluga.

Andaram muito ligeiro, sem descansar, e só pararam quando o sol começou a se pôr. As carroças encostaram-se umas nas outras, e as pessoas começaram a se preparar para acampar durante a noite. Todos pareciam irritados e insatisfeitos. Por muito tempo, e de vários lados, ouviam-se xingamentos, gritos raivosos e brigas. Uma carreta que vinha atrás dos soldados da escolta bateu numa carroça da escolta e perfurou-a com seu varal. De várias direções, soldados correram na direção da carroça; uns bateram na cabeça dos cavalos atrelados à carreta e os derrubaram, outros brigaram entre si, e Pierre viu que bateram brutalmente com uma espada na cabeça de um alemão.

Agora, ao se deterem no meio do campo, no frio crepúsculo de outono, parecia que todas aquelas pessoas experimentavam o mesmo sentimento de um desagradável despertar daquela afobação e daquele movimento irrefletido sem nem saber para onde, que a todos havia dominado na saída de Moscou. Ao pararem, tinha-se a impressão de que todos haviam compreendido que ainda ignoravam para onde estavam indo e que muita coisa penosa e difícil os aguardava naquele caminho.

No acampamento, os soldados da escolta trataram os prisioneiros ainda pior do que na hora da partida. No acampamento, pela primeira vez, deram carne de cavalo para os prisioneiros comerem.

Dos oficiais até o último soldado, notava-se em cada um deles uma espécie de exasperação pessoal contra todos os prisioneiros, a qual, de modo muito inesperado, havia tomado o lugar das relações amistosas de antes.

Essa exasperação aumentou mais ainda quando, na hora da chamada dos prisioneiros, descobriu-se que, na confusão da saída de Moscou, um soldado russo, fingindo estar com dor de barriga, havia escapado. Pierre viu que um francês espancou um soldado russo por ter se afastado da estrada e ouviu como o capitão, o seu amigo, repreendeu o sargento por causa da fuga do soldado russo e ameaçou-o com a corte marcial. À desculpa do sargento, que alegou que o soldado estava doente e não conseguia andar, o oficial retrucou que a ordem era fuzilar os que ficassem para trás. Pierre sentia que aquela força fatal que o havia esmagado na hora da execução dos prisioneiros e que não se fizera notar durante o tempo de cativeiro, agora dominava outra vez sua existência. Pierre sentia um terror; mas sentia também que, graças às investidas daquela força para esmagá-lo, crescia e se fortificava em sua alma uma força de vida independente dela.

Pierre jantou um caldo de farinha de centeio com carne de cavalo e conversou um pouquinho com os camaradas.

Nem Pierre nem nenhum de seus camaradas falavam do que tinham visto em Moscou, nem da brutalidade dos franceses, nem da ordem de fuzilamento que tinha sido proclamada contra eles: como que numa recusa da piora da situação, todos estavam especialmente animados e alegres. Falavam de recordações pessoais, de cenas engraçadas que tinham visto durante a campanha, e evitavam conversas sobre a situação presente.

Fazia tempo que o sol havia se posto. Estrelas brilhantes queimavam em vários pontos do céu; o fulgor vermelho da lua cheia, que subia, semelhante a um incêndio, se derramava pela orla do céu, e a imensa bola vermelha boiava de modo espantoso no nevoeiro acinzentado. Clareou. O entardecer havia terminado, mas a noite ainda não começara. Pierre levantou-se, afastou-se de seus novos camaradas e seguiu entre as fogueiras rumo ao outro lado da estrada, onde tinha a impressão de que estavam os prisioneiros soldados. Sentia vontade de conversar com eles. Na estrada, um guarda francês o deteve e o mandou dar meia-volta.

Pierre voltou, mas não para a fogueira, para os camaradas, e sim para uma carroça desatrelada, onde não havia ninguém. Sentado sobre as pernas dobradas e de cabeça baixa, Pierre acomodou-se na terra fria, junto à roda da carroça, e ficou imóvel por muito tempo, pensando. Passou mais de uma hora. Ninguém incomodou Pierre. De repente, ele soltou uma gargalhada, com seu riso grosso, alegre, tão alto que, de vários lados e com surpresa, pessoas se viraram para olhar aquele riso estranho e obviamente solitário.

— Ha, ha, ha! — riu Pierre. E exclamou bem alto para si mesmo: — O soldado não me deixou passar. Me prenderam, me trancafiaram. Me fizeram prisioneiro. A quem, a mim? A mim? A minha alma imortal! Ha, ha, ha!... Ha, ha, ha!... — gargalhou, com lágrimas nos olhos.

Um homem se levantou e veio ver de perto do que ria aquele homem grande e estranho. Pierre parou de rir, levantou-se, afastou-se para longe do curioso e olhou à sua volta.

O acampamento enorme, interminável, antes tão ruidoso com os estalidos das fogueiras e com as conversas das pessoas, agora estava em silêncio; as chamas vermelhas das fogueiras se extinguiam e empalideciam. Alta, no céu luminoso, pairava a lua cheia. As florestas e os campos, que antes não se avistavam do acampamento, agora surgiam ao longe. E, além daquelas matas e daqueles campos, avistava-se a vastidão remota, luminosa, flutuante, infinita, que atraía e chamava para si. Pierre lançou um olhar para o céu, para a profundeza onde as estrelas cintilavam e fugiam. "E tudo isso é meu, e tudo isso está em mim, e tudo isso sou eu!", pensou Pierre. "E tudo isso eles apanharam e puseram dentro de um barracão, fechado com tábuas!" Pierre sorriu e foi se ajeitar para dormir, junto com seus camaradas.

XV

Nos primeiros dias de outubro, Kutúzov recebeu mais um mensageiro com uma carta de Napoleão e uma proposta de um acordo de paz, falsamente datada de Moscou, quando Napoleão já se encontrava não muito distante de Kutúzov, à sua frente, na estrada velha de Kaluga. Kutúzov respondeu àquela carta da mesma forma que à primeira, trazida por Lauriston: disse que não podia haver negociações de paz.

Pouco depois, chegou uma mensagem do destacamento de guerrilheiros de Dórokhov, que andava à esquerda de Tarútino, dizendo que haviam descoberto tropas em Fomínski, que se tratava da divisão de Broussier, e que aquela divisão, separada de outras tropas, podia ser facilmente aniquilada. Os soldados e os oficiais de novo exigiram um ataque. Os generais do Estado-Maior, agitados com a lembrança da vitória fácil em Tarútino, insistiram com Kutúzov para que se executasse a sugestão de Dórokhov. Kutúzov não achava necessário nenhum ataque. O resultado foi um meio-termo, o que tinha de acontecer; um pequeno destacamento foi enviado para Fomínski, a fim de atacar Broussier.

Por um estranho acaso, essa missão — a mais difícil e a mais importante de todas, como mais tarde se descobriu — coube a Dokhtúrov; o mesmo modesto e pequeno Dokhtúrov, que ninguém nos retratou como o autor de complexos planos de batalha, nem como alguém que se lança à frente dos regimentos ou atira condecorações da Cruz de São Jorge para as baterias de canhões etc.,[37] o mesmo Dokhtúrov a quem consideravam indeciso e homem de visão curta, e que assim era chamado, o mesmo Dokhtúrov que, em todas as guerras russo-francesas, a partir de Austerlitz, por treze anos seguidos, encontramos em posições de comando onde quer que haja uma situação difícil. Em Austerlitz, ele foi o último a deixar o açude de Auguesd, reunindo os regimentos, salvando o que era possível, enquanto todos corriam, afundavam e não havia nenhum general na retaguarda. Doente e febril, ele foi a Smolensk com vinte mil soldados para defender a cidade contra todo o exército napoleônico. Em Smolensk, nos portões Molókhovski, ele mal havia pegado no sono, num paroxismo de febre, quando foi acordado por um canhoneio sobre Smolensk, e Smolensk resistiu o dia inteiro. No dia da batalha de Borodinó, quando Bagration foi morto e nove décimos de nossas tropas do flanco esquerdo foram destruídos, e toda a força da artilharia francesa foi direcionada para lá — não mandaram nenhum outro que não exatamente o indeciso Dokhtúrov, de vista curta, e dessa forma Kutúzov se apressava em corrigir seu próprio erro, por ter inicialmente pensado em mandar para lá um outro. E o pequeno e mansinho Dokhtúrov foi para lá, e Borodinó foi a maior glória das tropas russas. Em versos e em prosa, muito se escreveu sobre vários heróis, mas sobre Dokhtúrov não há quase nenhuma palavra.

Mais uma vez, mandaram Dokhtúrov, dessa vez para Fomínski e depois para Malo Iaroslávets, o local onde ocorreu a última batalha contra os franceses, o local onde obviamente teve início a derrocada dos franceses, e de novo são muitos os heróis e os gênios retratados para nós nesse período da campanha, mas sobre Dokhtúrov não há nenhuma palavra, ou falam muito pouco, ou de forma dúbia. Tal silêncio sobre Dokhtúrov é a prova mais evidente de seu mérito.

É natural que um homem que não entende o funcionamento de uma máquina, ao vê-la em movimento, tenha a impressão de que a parte mais importante de todo o mecanismo seja um estilhaço que por acaso caiu dentro dele e, atrapalhando seu funcionamento, faz a máquina se sacudir. O homem que não conhece a estrutura da máquina não pode compreender que aquele estilhaço perdido que atrapalha seu funcionamento não é uma das partes essenciais da máquina, mas sim aquela pequenina roda de transmissão que gira sem fazer barulho nenhum.

No dia 10 de outubro, o mesmo dia em que Dokhtúrov percorreu a metade do caminho até Fomínski e se deteve na aldeia de Aristovo, preparando-se para cum-

---

37 Referência ao episódio protagonizado pelo general Ermólov, citado no tomo III, segunda parte, capítulo XXXII.

prir com exatidão a ordem que recebera, toda a tropa francesa, em seu movimento convulsivo, alcançou a posição de Murat, aparentemente a fim de travar batalha, e, de repente, sem nenhum motivo, virou à esquerda na estrada nova de Kaluga e passou a seguir rumo a Fomínski, onde antes estava apenas Broussier. Nesse momento Dokhtúrov tinha sob seu comando, além do destacamento de Dórokhov, dois destacamentos pequenos, de Figner e de Seslávin.

No entardecer do dia 11 de outubro, Seslávin chegou a Aristovo e conduziu ao comando um prisioneiro francês da guarda. O prisioneiro disse que as tropas que tinham entrado em Fomínski naquele dia eram formadas pela vanguarda de todo o grande exército, que Napoleão estava lá, que já fazia cinco dias que o exército inteiro havia saído de Moscou. Naquela mesma tarde, um criado doméstico que chegara de Boróvski contou que tinha visto a chegada de uma tropa imensa na cidade. Os cossacos do destacamento de Dórokhov comunicaram que tinham visto a guarda francesa andando pela estrada rumo a Boródsk. Todas aquelas notícias deixavam claro que, no lugar onde pensavam estar apenas uma divisão, agora se encontrava todo o exército francês, que ia de Moscou para uma direção inesperada — pela estrada velha de Kaluga. Dokhtúrov não quis tomar nenhuma medida, pois agora não estava claro para ele qual era sua obrigação. Suas ordens eram para atacar Fomínski. Mas antes, em Fomínski, estava apenas Broussier, e agora estava todo o exército francês. Ermólov queria agir segundo seu próprio juízo, mas Dokhtúrov insistia em que era preciso receber ordens do excelentíssimo. Resolveram mandar uma mensagem ao Estado-Maior.

Para tanto escolheram o sensato oficial Bolkhovítinov, que além de uma mensagem escrita deveria relatar todo o problema com sua própria voz. À meia-noite, Bolkhovítinov, depois de receber um envelope e uma ordem oral, partiu a galope rumo ao Estado-Maior, acompanhado por um cossaco e com cavalos de reserva.

XVI

Era uma noite escura, quente, outonal. Fazia quatro dias que chovia de leve. Depois de mudar de cavalos duas vezes e de galopar trinta verstas em uma hora e meia pela estrada lamacenta e pesada, Bolkhovítinov chegou a Letachóvka depois da uma hora da madrugada. Desmontou do cavalo diante de uma isbá, onde uma tabuleta na cerca viva indicava "Estado-Maior", deixou as rédeas soltas e entrou no vestíbulo escuro.

— Rápido, o general de serviço! É muito importante! — exclamou para alguém que se levantou e fungou o nariz no vestíbulo escuro.

— Ele está passando muito mal desde a tarde, faz três noites que não consegue dormir — sussurrou em tom de desculpa a voz do ordenança. — O senhor podia acordar o capitão primeiro.

— É muito importante, uma mensagem do general Dokhtúrov — disse Bolkhovítinov, enquanto abria a porta e entrava, tateando no escuro. O ordenança tomou a sua frente e passou a acordar alguém:

— Vossa excelência, vossa excelência, um correio.

— Como, o quê? Da parte de quem? — exclamou uma voz sonolenta.

— Da parte de Dokhtúrov e de Aleksei Petróvitch.[38] Napoleão está em Fomínski — disse Bolkhovítinov, sem enxergar no escuro quem lhe fizera a pergunta, mas supondo, pelo som da voz, que não era Konovnítsin.

O homem que acordara bocejou e espreguiçou-se.

— Não estou com vontade de acordá-lo — disse ele, enquanto tateava alguma coisa. — Está doente demais! Talvez seja só um boato.

— Aqui está a mensagem — disse Bolkhovítinov —, acabei de receber a ordem de entregá-la ao general de serviço.

— Espere, vou acender a luz. Onde é que você se mete toda vez que a gente precisa de você, seu bandido? — falou o homem que se espreguiçava, dirigindo-se ao ordenança. Era Cherbínin, ajudante de ordens de Konovnítsin. — Achei, achei — exclamou ele.

O ordenança riscou a pederneira, Cherbínin tateava em busca de um castiçal.

— Ah, canalhas — disse ele com ódio.

À luz da fagulha, Bolkhovítinov reconheceu o rosto jovem de Cherbínin, com uma vela, e num canto à frente viu também um homem dormindo. Era Konovnítsin.

Quando as lascas de madeira com enxofre inflamável arderam, de início com uma chama azul e depois vermelha, Cherbínin acendeu uma vela de sebo, de cujo castiçal fugiram correndo as baratas que o estavam roendo, e observou o mensageiro. Bolkhovítinov estava todo enlameado e, ao enxugar-se com a manga, enlameou também o rosto.

— Mas quem deu a informação? — perguntou Cherbínin, segurando o envelope.

— A informação é fidedigna — disse Bolkhovítinov. — Os prisioneiros, os cossacos, os espiões, todos são unânimes, dizem a mesma coisa.

— Não há nada a fazer, vamos ter de acordar — disse Cherbínin, levantando-se e aproximando-se do homem com touca de dormir, coberto por um capote. — Piotr Petróvitch! — exclamou. Konovnítsin nem se mexeu. — É para o Estado-

38 Referência a Ermólov.

-Maior! — exclamou e sorriu, sabendo que aquelas palavras seguramente iriam acordá-lo. E, de fato, a cabeça metida na touca de dormir levantou-se imediatamente. No rosto bonito e firme de Konovnítsin, com as faces febrilmente ruborizadas, demorou-se ainda por um instante a expressão dos devaneios de um sonho, distante da situação real, mas logo em seguida, de repente, ele teve um sobressalto: seu rosto tomou a expressão firme e serena de costume.

— Puxa, o que foi? Quem mandou? — perguntou sem pressa, mas com presteza, piscando os olhos por causa da luz. Enquanto escutava a mensagem do oficial, Konovnítsin tirou o lacre do envelope e leu a mensagem. Mal terminou de ler, baixou os pés, enfiou-os nas meias de lã sobre o chão de terra e tratou de calçar-se. Depois tirou a touca, penteou as suíças e vestiu o quepe.

— Você veio depressa? Vamos falar com o excelentíssimo.

Konovnítsin entendeu imediatamente que a notícia tinha grande importância e que não podia perder tempo. Se era bom ou se era mau, nisso ele nem pensava e nem sequer formulava a pergunta. Não lhe interessava. Ele avaliava toda a questão da guerra não com o intelecto, não com o raciocínio, mas com algo bem diferente. Em sua alma, havia uma convicção profunda, tácita, de que tudo daria certo; mas também de que não era preciso confiar nisso, menos ainda falar sobre isso, somente era preciso fazer a sua parte. E a sua parte era o que ele tratava de fazer, empenhando todas as suas energias.

Piotr Petróvitch Konovnítsin, a exemplo de Dokhtúrov, parece ser incluído por mera formalidade na lista dos chamados heróis do ano de 1812 — os Barclay, os Raiévski, os Ermólov, os Plátov, os Milorádovitch — e, também a exemplo de Dokhtúrov, gozava da reputação de um homem de capacidade e de cultura absolutamente limitadas e, também a exemplo de Dokhtúrov, Konovnítsin nunca elaborou projetos de batalha, mas sempre se encontrava onde a situação era a mais difícil; desde o momento em que fora nomeado general de serviço, sempre dormia de porta aberta, deixando ordens para que todo mensageiro pudesse acordá-lo; sempre se colocava sob o fogo na hora da batalha, tanto assim que Kutúzov o repreendia por isso e temia enviá-lo para o combate, e era, a exemplo de Dokhtúrov, uma dessas rodas de engrenagem imperceptíveis, que, sem estalar e sem fazer barulho, constituem a parte essencial da máquina.

Ao sair da isbá na noite escura e úmida, Konovnítsin franziu as sobrancelhas, em parte por causa da dor de cabeça, que havia aumentado, em parte por causa de um pensamento desagradável que lhe veio à cabeça, a ideia de como, dali a pouco, todo aquele covil de pessoas influentes do Estado-Maior ficaria agitado com a notícia, sobretudo Bennigsen, que depois de Tarútino vivia às turras com Kutúzov; como iriam dar sugestões, discutir, ordenar, voltar atrás. E tal pressentimento lhe era desagradável, embora ele também soubesse que sem aquilo era impossível.

De fato, Toll, a quem ele foi comunicar a novidade, imediatamente pôs-se a explicar suas ideias ao general que coabitava com ele, e Konovnítsin, escutando em silêncio e cansado, fez ver a Toll que era preciso avisar ao excelentíssimo.

XVII

Kutúzov, como todos os velhos, dormia pouco à noite. De dia, muitas vezes cochilava de modo inesperado; mas de noite, sem trocar de roupa, ficava na maior parte do tempo deitado em sua cama sem dormir e apenas pensava.

Assim estava deitado na sua cama agora, a cabeça grande, pesada, desfigurada, apoiada na mão gorducha, e pensava, enquanto olhava para a escuridão com seu único olho aberto.

Desde que Bennigsen, que se correspondia com o soberano e tinha mais poder do que qualquer outro no Estado-Maior, passara a evitá-lo, Kutúzov estava mais tranquilo quanto à possibilidade de que viessem obrigar a ele e a suas tropas a participar novamente de ações ofensivas inúteis. A lição da batalha de Tarútino e do dia anterior a ela, dolorosamente memorável para Kutúzov, também havia de influenciar os outros, pensava ele.

"Eles têm de compreender que nós só podemos perder se agirmos ofensivamente. Paciência e tempo, eis os meus heróis de guerra!", pensava Kutúzov. Ele sabia que não era preciso arrancar a maçã enquanto ela estava verde. Ela cairia sozinha quando ficasse madura, mas colher a maçã verde só serviria para estragar a maçã e também a árvore, além de nos deixar com um travo na boca. Como um caçador experiente, ele sabia que a fera estava ferida, e ferida a tal ponto como só a força russa toda poderia feri-la, mas, se estava ferida mortalmente ou não, ainda era uma questão em aberto. Agora, pelas informações de Lauriston e de Berthélemi e pelos comunicados dos guerrilheiros, Kutúzov tinha quase certeza de que a fera estava ferida mortalmente. Mas ainda era preciso uma comprovação, era preciso esperar.

"Eles sempre têm vontade de correr para ver se mataram o animal. Esperem que vão ver. Só sabem falar em manobras, só sabem falar em atacar!", pensava ele. "Para quê? Vivem querendo sobressair! Como se houvesse alguma coisa muito agradável em lutar. São como crianças que nem conseguem contar como as coisas se passaram, porque só pensam em mostrar como sabem lutar bem. Mas agora a questão não é essa.

“E que manobras engenhosas todos ficam me sugerindo! Eles acham que, por terem imaginado duas ou três possibilidades (Kutúzov se lembrava do plano geral que mandaram de Petersburgo), já imaginaram todas. Só que as possibilidades são inumeráveis!”

Já fazia um mês que a questão do ferimento sofrido pelo exército francês em Borodinó ser mortal ou não pairava suspensa sobre a cabeça de Kutúzov. De um lado, os franceses ocupavam Moscou. De outro, Kutúzov, de modo seguro e com todo o seu ser, sentia que o golpe terrível, em que ele e todos os russos empregaram todas as suas forças, devia ser mortal. No entanto, pelo sim, pelo não, era necessário ter provas, e já fazia um mês que estava esperando, e quanto mais o tempo passava, mais impaciente ele ficava. Deitado em sua cama nas noites insones, fazia o mesmo que faziam os generais jovens, aquilo mesmo por que Kutúzov os repreendia. Kutúzov ficava imaginando todas as circunstâncias possíveis em que se tornaria patente a já certa, a já consumada derrocada de Napoleão. Ficava imaginando possibilidades, assim como os jovens, apenas com a diferença de que não usava tais hipóteses para fundamentar coisa alguma e de que não vislumbrava duas ou três, mas milhares. Quanto mais tempo pensava, maior o número de tais hipóteses. Fantasiava todos os tipos de movimento do exército napoleônico, de todo ele ou só de uma parte — rumo a Petersburgo, rumo ao próprio Kutúzov, contornando-o —, e imaginava (aquilo que ele mais temia) a possibilidade de Napoleão passar a lutar com a mesma arma que ele, ou seja, que Napoleão ficasse em Moscou, esperando por ele. Kutúzov imaginou até um movimento da tropa napoleônica para trás, rumo a Medin e Iúkhnov; mas a única possibilidade que ele não pôde prever foi o que de fato aconteceu e, a louca e convulsiva arremetida da tropa napoleônica, ao longo dos primeiros onze dias após a partida de Moscou — arremetida que tornou possível aquilo que, apesar de tudo, Kutúzov ainda não se atrevera a pensar: a aniquilação cabal dos franceses. A informação de Dórokhov sobre a divisão de Broussier, as notícias dos guerrilheiros sobre as desgraças do exército de Napoleão, os boatos sobre os preparativos para a partida de Moscou — tudo confirmava a hipótese de que o exército francês estava desbaratado e se preparava para fugir; mas eram só hipóteses, que pareciam importantes para os jovens, mas não para Kutúzov. Com sua experiência de sessenta anos, ele sabia que peso devia dar a boatos, sabia como as pessoas que desejam algo são capazes de organizar todas as notícias de modo que pareçam confirmar o que desejam, e sabia como, naquele caso, elas omitiam, com satisfação, qualquer coisa que contradissesse o seu desejo. E, quanto mais Kutúzov o desejava, menos se permitia acreditar naquilo. Tal questão absorvia todas as suas forças mentais. Todo o resto era para ele apenas o cumprimento da rotina da vida. Tal cumprimento e tal subordinação à rotina da vida eram suas conversas com o Estado-Maior, as cartas para Madame de Staël,[39] que ele escrevia de Tarútino, a leitura de romances, a distribuição de condecorações, a correspondência com Petersburgo etc. Mas a derrocada dos franceses, prevista só por ele, era o seu único desejo sincero.

Na noite de 11 de outubro, Kutúzov estava deitado, apoiado nos braços, e pensava nisso.

No cômodo contíguo, havia uma agitação, e ouviam-se os passos de Toll, de Konovnítsin e de Bolkhovítinov.

— Ei, quem é você? Entre, entre! Qual é a novidade? — gritou o marechal para eles.

Enquanto o lacaio acendia uma vela, Toll transmitia o conteúdo da notícia.

— Quem trouxe? — perguntou Kutúzov com um rosto que, quando a vela foi acesa, impressionou Toll por sua severidade fria.

— Não pode haver dúvida, vossa excelência.

— Mande vir aqui, traga-o para cá!

Kutúzov sentou, com uma perna pendente da cama, e com a barriga grande escorada na outra perna, dobrada. Estreitou o olho são a fim de examinar melhor o mensageiro, como se quisesse enxergar nas feições do homem aquilo que o preocupava.

— Fale, fale, meu amigo — disse para Bolkhovítinov, com sua voz suave de velho, fechando a camisa aberta no peito. — Venha cá, chegue mais perto. Que novidadezinhas você me trouxe? Hein? Napoleão saiu de Moscou? É mesmo verdade? Hein?

Bolkhovítinov, de início, informou em minúcias tudo aquilo que lhe fora ordenado.

— Fale, fale logo, não torture minha alma assim — interrompeu-o Kutúzov.

Bolkhovítinov contou tudo e calou-se, à espera das ordens. Toll fez menção de falar, mas Kutúzov o interrompeu. Ia dizer algo, mas de repente seu rosto se contraiu, enrugou-se; ele acenou para Toll, virou-se para o outro lado, na direção do oratório da isbá, ensombrecido pelos ícones.

— Senhor, meu Criador! Ouviste nossas preces... — disse ele com voz trêmula e de mãos postas. — A Rússia está salva. Agradeço a Ti, meu Deus! — E começou a chorar.

---

39 Anne-Louise Germaine Necker, baronesa de Staël-Holstein (1766-1817), escritora francesa opositora de Napoleão. Exilou-se na Rússia e, em 1812, estava em São Petersburgo.

XVIII

Desde a chegada daquela notícia até o final da campanha, toda a atividade de Kutúzov concentrou-se apenas, com autoridade, astúcia e apelos, em conter suas tropas e evitar ataques, manobras e conflitos inúteis com um inimigo moribundo. Dokhtúrov foi a Malo Iaroslávets, é verdade, mas Kutúzov retardou o passo de seu exército e deu ordem para evacuar Kaluga, pois lhe parecia perfeitamente possível uma retirada para trás daquela cidade.

Em toda parte, Kutúzov recuava, mas o inimigo, sem esperar seu recuo, fugiu para trás, na direção oposta.

Os historiadores de Napoleão nos descrevem suas engenhosas manobras em Tarútino e Malo Iaroslávets e formulam hipóteses do que aconteceria se Napoleão tivesse conseguido penetrar nas ricas províncias meridionais.

Mas, sem falar que ninguém impedia Napoleão de ir para aquelas províncias meridionais (pois o exército russo não lhe barrava o caminho), os historiadores esquecem que nada poderia salvar o exército de Napoleão, porque ele já levava consigo, então, as condições da catástrofe inevitável. Por que aquele exército, que em Moscou tinha encontrado fartura de provisões e, em vez de conservá-las, esmagou-as sob os próprios pés, por que aquele exército, que, ao chegar a Smolensk, em vez de organizar as provisões, promoveu a pilhagem, por que aquele mesmo exército poderia se recuperar na província de Kaluga, habitada pelos mesmos russos que habitavam Moscou, e onde o fogo tinha a mesma capacidade de queimar aquilo que incendiassem?

O exército não podia se recuperar em parte alguma. Desde a batalha de Borodinó e a pilhagem de Moscou, o exército trazia em si como que os fatores químicos da sua derrocada.

As pessoas daquele ex-exército fugiam com seus comandantes, sem saber para onde, desejando (Napoleão e cada um dos soldados) apenas uma coisa: desvencilhar-se pessoalmente, o mais depressa possível, daquela situação sem saída, de que todos tinham consciência, embora de forma vaga.

Só por isso, no conselho de guerra em Malo Iaroslávets, quando eles, os generais, fingiram fazer um conselho e deram diversas opiniões, a última opinião, a de Mouton, um simples soldado que disse aquilo que todos estavam pensando, ou seja, que era preciso apenas fugir o mais depressa possível, fez calar todas as bocas, e ninguém, nem Napoleão, pôde dizer nada contra tal verdade, sabida de todos.

Mas, apesar de todos saberem que era preciso fugir, restava ainda a vergonha de saber que era preciso fugir. E era necessário um impulso externo que sobrepujasse a vergonha. E tal impulso apareceu na hora certa. Foi o que os franceses chamaram de *le Hourra de l'empereur*.[40]

No dia seguinte, depois do conselho, de manhã cedo, Napoleão, com o pretexto de que queria observar as tropas e o campo da batalha passada e da batalha futura, com os marechais da comitiva e sua escolta, seguiu pelo meio das linhas das tropas. Uns cossacos, à espreita, em busca de possíveis saques, deram de cara com o próprio imperador e por pouco não o capturaram. Se os cossacos não capturaram Napoleão daquela vez, o que o salvou foi aquilo mesmo que estava matando os franceses: em Tarútino e também ali, os cossacos apanhavam o saque e deixavam de lado as pessoas. Sem prestar atenção em Napoleão, eles se atiraram ao saque, e Napoleão conseguiu escapar.

Se por pouco *les enfants du Don*[41] não puderam capturar o próprio imperador no meio do seu exército, estava claro que não havia mais nada a fazer, apenas fugir o mais depressa possível, pelo caminho mais próximo e conhecido. Napoleão, com sua barriga de quarenta anos, sem sentir em si a agilidade e a audácia de outros tempos, compreendeu aquele sinal. E, sob a influência do medo incutido pelos cossacos, concordou imediatamente com Mouton e, segundo os historiadores, deu ordem de retirada pela estrada de Smolensk. O fato de Napoleão ter concordado com Mouton e de o exército ter recuado não prova que ele deu tal ordem, mas que as forças que agiam sobre todo o exército e o encaminhavam para estrada de Mojáisk agiam ao mesmo tempo sobre Napoleão.

XIX

Quando uma pessoa está em movimento, sempre imagina uma finalidade para esse movimento. A fim de percorrer mil verstas, é indispensável pensar que há algo muito bom no fim das mil verstas. É necessária a imagem de uma terra prometida, a fim de se ter forças para mover-se.

A terra prometida no ataque dos franceses era Moscou; na retirada, era sua terra natal. Mas a terra natal estava longe demais, e uma pessoa que percorre mil verstas precisa dizer para si mesma, esquecendo seu objetivo final: "Hoje vou andar quarenta verstas até o local onde vou descansar e passar a noite", e na primeira marcha esse local de descanso encobre o objetivo final e concentra todos os dese-

40 Francês: "o Hurra do imperador".

41 Francês: "os filhos do Don".

jos e esperanças. As aspirações que se manifestam num indivíduo isolado sempre se tornam mais fortes na multidão.

Para os franceses que recuavam pela estrada velha de Smolensk, o objetivo final, sua pátria, estava distante demais, e o objetivo próximo, aquele para o qual se voltavam todos os desejos e esperanças, que ficaram imensamente mais fortes na multidão, era Smolensk. Não porque as pessoas soubessem que em Smolensk havia muitas provisões e tropas descansadas, não porque lhes houvessem dito isso (ao contrário, as altas autoridades do Exército e o próprio Napoleão sabiam que lá havia pouca provisão), mas porque só aquilo lhes podia dar forças para mover-se e suportar as privações de então. Eles, os que sabiam, e também os que não sabiam se iludiam igualmente ao procurar Smolensk como se fosse a terra prometida.

Ao chegar à estrada principal, os franceses, com uma energia incrível, com uma rapidez nunca vista, correram para seu objetivo imaginário. Além dessa causa do anseio geral, que os unia em uma multidão coesa de franceses e lhes dava alguma energia, havia ainda outro fator que os unia. Tal fator era a quantidade deles. A própria massa enorme que formavam, como na lei da atração dos corpos, atraía para si os átomos de pessoas isoladas. Elas se moviam, com sua massa de cem mil pessoas, como um Estado inteiro em marcha.

Cada uma daquelas pessoas desejava a mesma coisa — render-se, ser feita prisioneira, livrar-se de todos os horrores e infortúnios. Porém, de um lado, a força da aspiração geral de chegar a Smolensk arrastava todos para a mesma direção; de outro lado, era impossível todo um corpo de exército entregar-se como prisioneiro a uma simples companhia, e apesar de os franceses aproveitarem toda oportunidade para se separar uns dos outros e diante do mais ínfimo pretexto se entregar como prisioneiros, tais pretextos nem sempre apareciam. Seu grande número e seu movimento rápido e compacto privavam as tropas de tais oportunidades e tornavam não só difícil, mas também impossível, para os russos, deter aquele movimento, para o qual estava dirigida toda a energia da massa de franceses. A dilaceração mecânica do corpo não podia acelerar, além de determinado limite, o processo de putrefação já em andamento.

É impossível derreter uma bola de neve instantaneamente. Existe um determinado limite de tempo antes do qual nenhum aumento de calor pode derreter a neve. Ao contrário, quanto maior o calor, mais coesa fica a neve.

Entre os comandantes militares russos, ninguém, além de Kutúzov, compreendia isso. Quando ficou bem definido que a fuga do exército francês se fazia pela estrada de Smolensk, começou a se realizar aquilo que Konovnítsin havia previsto na noite de 11 de outubro. Todos os altos comandantes do Exército quiseram se destacar, interceptar, bloquear, aprisionar, aniquilar os franceses, e todos exigiam ataques.

Só Kutúzov empregava todas as suas forças (forças muito pequenas em qualquer comandante em chefe) para combater a ideia de um ataque.

Não podia lhes dizer o que agora dizemos: para que uma batalha, o bloqueio das estradas, a perda de soldados, a matança cruel de infelizes? Para que tudo isso, quando, de Moscou até Viazma, sem nenhuma batalha, um terço daquelas tropas havia se dissolvido? Mas Kutúzov, extraindo de sua sabedoria de velho aquilo que eles podiam entender, falou-lhes da ponte de ouro,[42] e eles, rindo de Kutúzov, o caluniavam, se exaltavam, se desvairavam e se vangloriavam, montados sobre uma fera morta.

Perto de Viazma, Ermólov, Milorádovitch, Plátov e outros ficaram próximos dos franceses e não conseguiram conter o desejo de interceptá-los e abater dois corpos de tropas francesas. A fim de comunicar sua intenção a Kutúzov, enviaram-lhe, dentro de um envelope, em lugar de uma mensagem, uma folha de papel em branco.

E, por mais que Kutúzov tentasse conter o exército, nossas tropas atacavam, tentavam barrar o caminho do inimigo. Regimentos de infantaria, segundo contam, atacaram com tambores e música, matando e perdendo milhares de pessoas.

Mas barrar o caminho — não barraram o caminho de ninguém, nem aniquilaram ninguém. E as tropas francesas, mais fortes em virtude do perigo, porém se dissolvendo pouco a pouco, continuaram sua marcha fatal para Smolensk.

---

42 Alusão a um provérbio francês: "É preciso fazer uma ponte de ouro para o inimigo em fuga". Kutúzov gostava de citá-lo.

TOMO QUATRO
TERCEIRA PARTE

I

A batalha de Borodinó, com a subsequente ocupação de Moscou e a fuga dos franceses, sem outras batalhas, é um dos fenômenos mais instrutivos da história.

Todos os historiadores concordam que a ação externa dos Estados e das nações, em seus confrontos entre si, se exprime por meio de guerras; e que, em consequência dos grandes ou pequenos sucessos militares, a força política dos Estados e das nações aumenta ou diminui imediatamente.

Por mais estranhas que sejam as descrições históricas de como certo rei ou imperador, depois de se desentender com outro rei ou imperador, convocou as tropas, bateu-se contra as tropas inimigas, conquistou a vitória, matou três, cinco, dez mil pessoas e, em consequência, subjugou um Estado e um povo inteiro, formado por alguns milhões de pessoas; por mais incompreensível que seja que a derrota de um exército, um centésimo de todas as forças de um povo, obrigue um povo a se subjugar — todos os fatos históricos (até onde os conhecemos) confirmam a veracidade de que os grandes ou pequenos êxitos das tropas de um povo contra as tropas de outro povo constituem a causa ou, pelo menos, os sinais decisivos do aumento ou da diminuição da força dos povos. Assim que uma tropa consegue uma vitória, logo aumentam os direitos do povo vitorioso em detrimento do povo vencido. Uma tropa é derrotada, e imediatamente, na proporção da derrota, seu povo perde direitos e, no caso de uma derrota completa de suas tropas, submete-se completamente.

Assim foi (segundo os historiadores) desde os primórdios dos tempos até o presente. Todas as guerras de Napoleão servem para confirmar essa regra. Na proporção da derrota das tropas austríacas, a Áustria perdeu seus direitos, e aumentaram os direitos e as forças da França. A vitória dos franceses em Iena e em Austerlitz aniquilou a existência independente da Prússia.

Porém, de repente, em 1812, a vitória foi alcançada pelos franceses nos arredores de Moscou, Moscou foi ocupada e, em seguida, sem outras batalhas, não foi a Rússia que deixou de existir, e sim o exército de seiscentos mil homens, e depois a França napoleônica. Forçar os fatos para que encaixem nas leis históricas, dizer que o campo de batalha em Borodinó ficou sob o domínio dos russos, que depois de Moscou houve batalhas que aniquilaram o exército de Napoleão, é impossível.

Depois da vitória dos franceses em Borodinó, não só não ocorreu nenhuma batalha geral, como também não ocorreu nenhuma batalha importante, e assim mesmo o exército francês deixou de existir. O que isso significa? Se fosse um exemplo retirado da história da China, poderíamos dizer que tal fenômeno não é histórico (escapatória dos historiadores quando algo não se enquadra nos seus moldes); se fosse o caso de um confronto descontínuo, do qual participassem pequenas porções das tropas, poderíamos tomar o fenômeno como uma exceção; mas esse acontecimento se passou sob os olhos de nossos pais, para quem a vida e a morte da pátria estavam em jogo, e aquelas tropas eram as maiores já vistas, em todas as guerras conhecidas...

O período da campanha de 1812 que vai da batalha de Borodinó até a expulsão dos franceses provou que uma batalha vencida não só não é causa de uma conquista, como também não é um sinal evidente de uma conquista; provou que a força que decide a sorte dos povos não repousa nos conquistadores, nem nos exércitos, nem nas batalhas, mas em outra coisa.

Os historiadores franceses, ao descrever a situação das tropas francesas antes da retirada de Moscou, afirmam que todo o Grande Exército estava em ordem, exceto a cavalaria, a artilharia e os transportes de carga, e que não havia forragem para alimentar os cavalos e o gado. Tal desastre nada poderia remediar, pois os mujiques dos arredores queimavam seu feno, mas não o davam aos franceses.

A batalha vencida não trouxe os resultados de costume, porque os mujiques Karp e Vlas, que depois da retirada dos franceses foram com suas carroças para Moscou, a fim de saquear a cidade, e que, no geral, não demonstraram nenhum sentimento heroico, a exemplo de toda uma incontável quantidade de mujiques, não levaram seu feno para Moscou a fim de vendê-lo pelo preço alto que lhes foi oferecido pelos franceses, em vez disso queimaram o próprio feno.

Imaginemos duas pessoas que vão duelar com espadas de acordo com todas as regras da arte da esgrima; a luta se prolonga por muito tempo; de súbito, um dos oponentes sente que foi ferido e, dando-se conta de que aquilo não era uma brincadeira e que sua vida estava em jogo, larga a espada, pega o primeiro sarrafo que vê no chão e começa a brandi-lo no ar. Mas vamos imaginar que o duelista que empregou de forma tão sensata os melhores e mais simples meios para alcançar seu objetivo fosse inspirado pela tradição da nobreza e, querendo esconder os fatos, insistisse em dizer que havia ganhado o duelo segundo todas as regras da arte da luta de espadas. Podemos imaginar que confusão e que obscuridade resultaria de tal descrição do duelo.

O esgrimista que exigiu um combate segundo as regras da arte da esgrima foram os franceses; seu oponente, que largou a espada e pegou um sarrafo no chão, foram os russos; as pessoas que se esforçam para explicar tudo dentro das regras da esgrima são os historiadores que escreveram sobre tal acontecimento.

Desde o tempo do incêndio de Smolensk, teve início uma guerra que não se adapta a nenhuma das tradições bélicas anteriores. O incêndio das cidades e das aldeias, o recuo depois das batalhas, o golpe infligido em Borodinó e seguido por uma nova retirada, o abandono e o incêndio de Moscou, a prisão dos saqueadores, a captura dos transportes, a guerra de guerrilha — tudo isso se desviava das regras.

Napoleão sentiu isso e, desde o momento em que, na pose correta do esgrimista, ficou em Moscou e, em lugar da espada de seu oponente, avistou um sarrafo erguido contra si, Napoleão não parou de se queixar a Kutúzov e ao imperador Alexandre de que a guerra estava sendo conduzida de forma contrária a todas as regras (como se existissem regras para matar pessoas). Apesar das queixas dos franceses sobre regras não cumpridas, apesar de russos situados em altos cargos acharem vergonhoso, por algum motivo, combater com um sarrafo e desejarem, conforme todas as regras, manter-se em posição *en quarte* ou *en tierce*, fazer uma hábil estocada em *prime*[1] etc. — o sarrafo da guerra popular foi erguido com toda a sua força assustadora e grandiosa e, sem querer saber de gostos nem de regras, com tola simplicidade, mas com total senso prático, sem analisar nada, foi levantado, baixado, e golpeou os franceses até que toda a invasão fosse destruída.

Feliz do povo que não age como os franceses em 1813, que, depois de fazer a saudação conforme todas as regras da arte da esgrima e depois de girar a espada pelo punho, de modo gracioso e respeitoso, a entregaram ao seu magnânimo conquistador, e feliz do povo que, no momento de provação, sem querer saber se outros, em situações semelhantes, agiram conforme as regras, levanta com simplicidade e ligeireza o primeiro sarrafo que encontra à mão e com ele desfere seus golpes até que, em sua alma, o sentimento de ofensa e de vingança tenha dado lugar ao sentimento de desprezo e de compaixão.

---

1 Francês: "Em quarta [...] em terça [...] em primeira." Referência às posições da esgrima.

II

Uma das mais tangíveis e proveitosas transgressões das chamadas regras da guerra é a ação de pessoas dispersas contra pessoas aglomeradas em massa. Tal tipo de ação sempre foi praticado nas guerras que adquiriram um caráter popular. Essa ação consiste em que, em lugar de lançar uma multidão contra outra, as pessoas se espalham, atacam isoladamente e fogem de imediato quando são atacadas por forças superiores, e depois atacam outra vez, quando surge a oportunidade. Assim fizeram os guerrilheiros na Espanha; assim fizeram os montanheses no Cáucaso; assim fizeram os russos em 1812.

Esse tipo de guerra é chamado de guerrilha, e supunham que, chamando-a por esse nome, explicavam seu significado. Contudo esse tipo de guerra não só não segue nenhuma regra, como se opõe frontalmente a uma regra tática famosa, tida como infalível. Tal regra diz que o atacante deve concentrar suas tropas a fim de que, no momento do combate, esteja mais forte do que seu oponente.

A guerra de guerrilha (sempre bem-sucedida, como a história demonstra) contradiz frontalmente essa regra.

Tal contradição resulta do fato de que a ciência militar avalia a força das tropas na exata medida do seu contingente. A ciência militar diz que, quanto mais tropas, maior a força. *Les gros bataillons ont toujours raison.*[2]

Ao dizer isso, a ciência militar se assemelha à mecânica, que, apoiando-se na avaliação das forças apenas com relação à massa, diria que as forças são iguais ou desiguais entre si porque a massa é igual ou desigual.

A força (a quantidade de movimento) é o produto da massa vezes a velocidade.

Na guerra, a força das tropas é também o produto da massa vezes algo, uma incógnita x.

Vendo na história a incontável quantidade de exemplos em que a massa das tropas não concorda com a força, e em que pequenos destacamentos vencem grandes, a ciência admite confusamente a existência desse fator desconhecido e tenta descobri-lo ora numa construção geométrica, ora nos armamentos, ora — o mais habitual — na genialidade dos comandantes militares. Mas a substituição do fator desconhecido por todos esses valores não produz nenhum resultado em conformidade com os fatos históricos.

Entretanto basta renunciar ao olhar ilusório, tão conveniente para os heróis,

2 Francês: "Os grandes batalhões têm sempre razão".

que atribui eficácia às ordens das altas autoridades em tempo de guerra para descobrir a incógnita *x*.

Esse *x* é o ânimo das tropas, ou seja, o maior ou menor desejo de lutar e de sujeitar-se aos perigos, da parte de todos os que constituem as tropas, de forma completamente independente de estar lutando sob o comando de gênios ou não, em duas ou em três linhas, com sarrafos ou com fuzis que disparam trinta tiros por minuto. As pessoas que têm maior desejo de lutar sempre se colocam nas condições mais vantajosas para o combate.

O ânimo das tropas é o fator que, multiplicado pela massa, dá como resultado a força. Determinar e exprimir o valor do ânimo das tropas, o fator incógnito, é a tarefa da ciência.

Essa tarefa só será possível quando pararmos de pôr arbitrariamente no lugar do valor de toda incógnita *x* aquelas condições em que a força se manifesta, como por exemplo as ordens de um comandante, os armamentos etc., tomando-as pelo valor do fator, e quando reconhecermos essa incógnita em toda a sua integridade, ou seja, como o desejo maior ou menor de lutar e de se expor ao perigo. Só então, exprimindo os fatos históricos conhecidos em forma de equações e comparando o valor relativo dessa incógnita, pode-se esperar a determinação da própria incógnita.

Dez homens, batalhões ou divisões combatendo quinze homens, batalhões ou divisões venceram os quinze, ou seja, mataram e fizeram prisioneiros a todos, sem sobrar nenhum, e perderam quatro; vale dizer, foram aniquilados de um lado quatro e de outro lado quinze. Portanto, quatro foram iguais a quinze e, portanto, $4x = 15y$. Portanto $x:y = 15:4$. Essa equação não dá o valor da incógnita, mas dá a relação entre as duas incógnitas. E, da aplicação de tais equações às unidades históricas tomadas individualmente (as batalhas, as campanhas, as fases de uma guerra), obtém-se uma série de números, nos quais devem existir certas leis, que podem ser descobertas.

A regra tática de que é preciso agir com massas compactas nos ataques e de modo disperso na retirada apenas confirma, de forma inconsciente, a verdade de que a força das tropas depende do seu ânimo. A fim de levar pessoas a se expor a balas de canhão é preciso mais disciplina, obtida apenas por meio do movimento de massas compactas, do que para resistir aos ataques. Mas essa regra, que deixa de fora o ânimo das tropas, constantemente se mostra incorreta e, acima de tudo, contradiz de modo chocante a realidade de todas as guerras populares, nas quais se manifesta uma forte ascensão ou um forte declínio do ânimo das tropas.

Os franceses, ao recuarem em 1812, embora segundo a tática devessem se defender isoladamente, aglomeraram-se em um bloco, porque o ânimo das tropas decaíra a tal ponto que só a massa podia manter a tropa unida. Os russos, ao contrário, segundo a tática, deveriam atacar em massa, mas se dispersaram porque o ânimo havia subido a tal ponto que os homens separadamente golpeavam os franceses sem receber nenhuma ordem e não precisavam de coerção para se sujeitar aos rigores e aos perigos.

III

A chamada guerra de guerrilha teve início com a entrada do inimigo em Smolensk.

Antes que a guerra de guerrilha fosse oficialmente assumida por nosso governo, milhares de pessoas do exército inimigo — saqueadores retardatários, soldados desgarrados em busca de comida — foram aniquiladas por cossacos e por mujiques, que espancavam essas pessoas da mesma forma inconsciente como cães matam a dentadas um cão atacado pela raiva. Denis Davídov, com seu faro russo, entendeu antes de qualquer pessoa o significado desse terrível sarrafo, que sem querer saber das regras da arte da guerra, aniquilou os franceses, e cabe a ele a glória de ter dado o primeiro passo para legitimar esse método de guerra.

No dia 24 de agosto, foi criado o primeiro destacamento de guerrilheiros de Davídov e, depois desse destacamento, foram criados outros. Quanto mais a campanha avançava, mais aumentava o número de tais destacamentos.

Os guerrilheiros aniquilaram o Grande Exército em partes. Eles recolhiam as folhas que caíam, que se desprendiam por conta própria da árvore seca que era o exército francês, e às vezes até sacudiam seu tronco. Em outubro, na ocasião em que os franceses fugiam para Smolensk, existiam centenas desses bandos, de diversos tamanhos e espécies. Havia bandos de guerrilheiros que adotavam todos os procedimentos de um exército, com infantaria, artilharia, Estado-Maior e as comodidades da vida; existiam bandos só de cossacos, cavalarianos; havia bandos pequenos, que misturavam infantes e cavalarianos, havia bandos de mujiques e de proprietários, que ninguém conhecia. Havia um sacristão que era o comandante de um bando de guerrilheiros e que, num mês, fez centenas de prisioneiros. Houve uma certa Vassílissa, esposa de um estaroste, que dizimou centenas de franceses.

Nos últimos dias de outubro, a guerra de guerrilha chegou ao auge. Já chegara ao fim a primeira fase dessa guerra, fase em que os guerrilheiros, espantados com o próprio atrevimento, temiam a todo instante ser apanhados e cercados pelos franceses e, sem tirar os arreios dos cavalos e quase sem desmontar, ficavam escondidos nas matas, esperando a todo instante que viessem no seu encalço. Agora aquela guerra já estava estabelecida, para todos estava claro o que era possível e o que não era possível fazer contra os franceses. Agora, só os chefes dos destacamentos, que, acompanhados por membros do Estado-Maior e obedientes aos regulamentos andavam longe dos franceses, ainda achavam que não era possível fazer grande coisa. Já os pequenos bandos de guerrilheiros, que tinham começado suas atividades desde muito tempo e que observavam os franceses de perto, achavam possível aquilo que os chefes dos grandes destacamentos nem se atreviam a pensar. Os cossacos e os mujiques, que se enfiavam no meio dos franceses, achavam que agora qualquer coisa era possível.

No dia 22 de outubro, Deníssov, que era um dos guerrilheiros, estava com seu bando no auge do fervor guerrilheiro. Desde manhã cedo, ele e seu bando estavam em marcha. Avançando por dentro das matas que margeavam a estrada principal, eles vinham seguindo o dia inteiro um grande comboio que transportava carga da cavalaria francesa e prisioneiros russos, um comboio separado de outras tropas, mas sob forte escolta, e que, como tinham sabido por meio de espiões e de prisioneiros, se dirigia a Smolensk. Sabiam daquele comboio não só Deníssov e Dólokhov (também chefe de um pequeno grupo de guerrilheiros), que andava perto de Deníssov, mas também os chefes de grandes destacamentos acompanhados por membros do Estado-Maior: todos sabiam daquele comboio e, como dizia Deníssov, afiavam os dentes. Dois comandantes de grandes destacamentos — um polonês e outro alemão —, quase ao mesmo tempo, mandaram para Deníssov um chamado para que viesse se unir ao seu destacamento, com o propósito de atacar o comboio.

— Não, meu irmão, confio no meu bigode — disse Deníssov, ao ler as mensagens, e escreveu ao alemão que, apesar do desejo sincero que tinha de servir sob o comando de um general tão famoso e bravo, ele tinha de se privar daquela felicidade, porque já tinha aceitado ficar sob o comando do general polonês. Ao general polonês, escreveu a mesma coisa, avisando que já estava sob o comando do alemão.

Ao tomar tal atitude, Deníssov tencionava, sem comunicar nada disso a seus superiores, atacar o comboio junto com Dólokhov e se apoderar de sua carga, usando para tal fim suas forças reduzidas. No dia 22 de outubro, o comboio seguia da cidade de Mikúlino para Chámchevo. Do lado esquerdo da estrada de Mikúlino para Chámchevo havia grandes florestas, com locais em que a mata chegava à beira da estrada, e locais em que a mata se afastava da estrada uma versta ou mais. Por dentro daquelas matas, o dia inteiro, ora indo mais para o fundo, ora chegando até a margem da estrada, marchavam Deníssov e seu bando de guerrilheiros, sem nunca perder os franceses de vista. De manhã, não longe de Mikúlino, num ponto em que a mata se aproximava da beira da estrada, os cossacos do bando de Deníssov se apoderaram de duas carroças francesas que tinham atolado na lama, cheias de selas de cavalaria, e as levaram para dentro da mata. Desde então até a noite, o bando de guerrilheiros seguiu o movimento dos franceses, sem atacar. Era preciso deixar que fossem tranquilamente até Chámchevo, sem assustá-los, e lá, unindo-se com o bando de Dólokhov, que ao anoitecer deveria chegar a um posto de vigia na mata para receber instruções (a uma versta de Chámchevo), atacar de dois lados, ao raiar do dia, como se fosse uma avalanche de neve que cai em cima da cabeça, e de um só golpe dizimar e apossar-se de tudo.

Na retaguarda, a duas verstas de Mikúlino, num ponto em que a floresta chegava à beira da estrada, foram deixados para trás seis cossacos, encarregados de avisar assim que aparecessem novas colunas de franceses.

Para além de Chámchevo, Dólokhov devia explorar a estrada exatamente da mesma forma, a fim de saber a que distância haveria outras tropas francesas. No comboio, calculavam haver mil e quinhentos homens. Deníssov contava com duzentos homens, Dólokhov poderia ter outros tantos. Mas a desvantagem numérica não detinha Deníssov. Ele só precisava saber de mais uma coisa: que tropas exatamente eram aquelas; para tanto, Deníssov tinha de capturar um "língua" (ou seja, um homem da coluna inimiga). O ataque às carroças pela manhã foi feito com tamanha pressa que os franceses foram todos mortos e só foi capturado vivo um garoto tamboreiro retardatário, que por isso nada podia dizer com certeza a respeito das tropas daquela coluna.

Deníssov achava perigoso atacar de novo, o que poderia alarmar a coluna inteira, por isso enviou na frente, para Chámchevo, o mujique Tíkhon Cherbáti, que fazia parte de seu bando, incumbido de capturar, se possível, pelo menos um sargento francês que estivesse nas linhas de frente.

IV

Era um dia quente e chuvoso de outono. O céu e o horizonte estavam da cor de água turva. Ora uma névoa parecia baixar, ora batia de repente uma chuva forte e oblíqua.

Num cavalo puro-sangue, magro, de flancos encolhidos, avançava Deníssov, de *burka*[3] e gorro de pele, dos quais a água da chuva escorria. A exemplo de seu cavalo, ele balançava a cabeça e encolhia as orelhas, franzia as sobrancelhas por causa da chuva oblíqua e olhava preocupado para a frente. Mais magro e mais escurecido por causa da barba densa, curta e preta, seu rosto parecia zangado.

---

3 Casaco caucasiano de feltro.

Ao lado de Deníssov, também de *burka* e gorro de pele, montado num cavalo do Don, bem nutrido e forte, vinha um *essaul*[4] cossaco, colaborador de Deníssov.

O *essaul* Lováiski Terceiro, também de *burka* e gorro de pele, era um homem alto, reto e chato feito uma tábua, pálido e louro, de olhos estreitos e radiantes, e expressão tranquila e satisfeita no rosto e no porte. Embora fosse impossível dizer em que consistia a singularidade do cavalo e do cavaleiro, ao primeiro olhar para o *essaul* e para Deníssov, era evidente que Deníssov estava encharcado e incomodado — era evidente que Deníssov era um homem montado num cavalo; ao passo que olhando para o *essaul* via-se que ele estava tranquilo e confortável, como sempre, e que não era um homem montado num cavalo, mas um homem que formava uma criatura só com o cavalo, ampliada por uma força em dobro.

Um pouco à frente deles, todo ensopado, ia um mujique que servia de guia, num cafetã cinzento e de gorro branco.

Um pouco atrás, num cavalinho magro, franzino, da Quirguízia, de cauda e crina imensas e lábios rasgados e sangrentos, ia um jovem oficial, num capote azul francês.

A seu lado, ia um hussardo, levando consigo, na garupa do cavalo, um garoto num uniforme francês rasgado e de gorro azul. O garoto segurava-se ao hussardo com as mãos vermelhas de frio, balançava os pés descalços para aquecê-los e, de sobrancelhas levantadas, olhava em volta com ar admirado. Era o tamboreiro francês capturado pela manhã.

Atrás, em filas de três e de quatro, pela estrada da floresta, estreita, encharcada e esburacada, iam devagar os hussardos, depois os cossacos, uns de *burka*, outros de capotes franceses, outros com um xairel sobre a cabeça. Os cavalos, baios e alazões, pareciam todos pretos cor de azeviche, por causa da chuva que escorria sobre eles. Os pescoços dos cavalos pareciam estranhamente finos, por causa das crinas encharcadas. Um vapor se erguia dos cavalos. As roupas, as selas, as rédeas — tudo estava molhado, escorregadio, pegajoso, assim como a terra e as folhas que tinham caído e recobriam a estrada. Os homens ficavam encolhidos sobre as selas, tentando não se mexer, a fim de aquecer a água que espirrava no corpo e também para não deixar que entrasse a água fria e nova que escorria sob a sela, pelos joelhos e por trás do pescoço. No meio dos cossacos espalhados, duas carroças, puxadas por cavalos franceses e por cavalos cossacos selados, rangiam por cima de tocos de árvore e de galhos e borbulhavam nos sulcos cheios de água da estrada.

---

4 Capitão dos cossacos.

O cavalo de Deníssov, ao desviar de uma poça na estrada, resvalou para o lado, e o joelho de Deníssov esbarrou numa árvore.

— Eh, diabo! — gritou Deníssov com raiva e, arreganhando os dentes, bateu três vezes com o açoite no cavalo, respingando de lama a si e os camaradas. Deníssov não estava de bom humor: por causa da chuva, por causa da fome (não tinha comido nada desde a manhã) e, acima de tudo, porque até aquele momento Dólokhov não mandara notícias, e o homem enviado para trazer um "língua" não tinha voltado.

"Vai ser difícil aparecer outra oportunidade como a de hoje para atacar um comboio de carga. Atacar sozinho é arriscado demais, só que, se eu adiar por mais um dia, algum bando maior de guerrilheiros vai acabar tomando de mim a presa, bem embaixo do meu nariz", pensava Deníssov, enquanto olhava mais à frente o tempo todo, achando que tinha visto o esperado mensageiro mandado por Dólokhov.

Ao chegar a uma clareira de onde se podia avistar uma grande distância, do lado direito, Deníssov parou.

— Alguém está vindo — disse ele.

O *essaul* olhou na direção apontada por Deníssov.

— Estão vindo dois... um oficial e um cossaco. Mas *presumivelmente* não é o tenente-coronel — disse o *essaul*, que adorava empregar palavras desconhecidas dos cossacos.

Ao descer pela encosta, os dois homens que se aproximavam sumiram de vista e reapareceram depois de alguns minutos. Na frente, num galope cansado, brandindo a *nagaica*,[5] vinha o oficial — desgrenhado, todo ensopado e com as calças arregaçadas acima do joelho. Atrás, de pé sobre os estribos, trotava o cossaco. O oficial, rapaz muito jovem, de rosto largo e avermelhado, olhos ligeiros e alegres, veio a galope na direção de Deníssov e lhe entregou um envelope molhado.

— Do general — disse o oficial. — Desculpe por não estar muito seco...

Deníssov, de cara feia, pegou o envelope e começou a abrir.

— Olhe, todos estão dizendo que é perigoso, perigoso — falou o oficial, dirigindo-se ao *essaul*, enquanto Deníssov lia a mensagem que lhe fora enviada. — De resto, eu e Komárov — apontou para o cossaco — estamos preparados. Temos duas pisto... Mas o que é isso? — perguntou ao ver o tamboreiro francês. — Um prisioneiro? Já travaram batalha? Posso falar com ele?

— Rostóv! Pétia! — gritou Deníssov no mesmo instante, depois de ler depres-

---

5 Chicote curto, grosso, de couro, usado pelos cossacos.

sa a mensagem. — Mas por que não disse logo que é você? — E Deníssov, com um sorriso, virou-se e estendeu a mão para o oficial.

O oficial era Pétia Rostóv.

Durante todo o caminho, Pétia havia planejado a maneira como iria se comportar diante de Deníssov, a maneira como um adulto e oficial devia se comportar, sem fazer a menor alusão ao conhecimento prévio que existia entre os dois. Porém, assim que Deníssov sorriu para ele, Pétia logo ficou radiante, vermelho de alegria e, esquecido da postura de oficial que planejara adotar, começou a contar como havia passado perto dos franceses, como estava contente de ter recebido aquela missão e que já estivera numa batalha, perto de Viazma, e que lá um certo hussardo havia se distinguido no combate.

— Puxa, estou contente de ver você — interrompeu Deníssov, e seu rosto ficou de novo com uma expressão preocupada. — Mikhail Feóklitch — voltou-se para o *essaul* —, olhe só, mais uma do alemão. Ele está servindo com o alemão. — E Deníssov contou ao *essaul* que o conteúdo do papel trazido naquele instante consistia na repetida exigência do general alemão de unirem-se a ele, para atacarem juntos o comboio. — Se nós não tomarmos o comboio amanhã, ele vai tirá-lo de nós, bem debaixo de nosso nariz — concluiu Deníssov.

No momento em que Deníssov falava com o *essaul*, Pétia, confundido pelo tom frio de Deníssov e supondo que a causa daquele tom de voz fosse o estado de sua calça, desdobrou as pernas da calça por baixo do capote, a fim de que ninguém reparasse, tentando o mais possível adotar um aspecto militar.

— Não haverá nenhuma ordem de vossa excelência? — perguntou Pétia para Deníssov, tocando a mão na viseira do chapéu e voltando a representar o papel de ajudante de ordens do general, que ele antes havia planejado representar. — Ou devo ficar à disposição de vossa excelência?

— Ordens?... — disse Deníssov, com ar pensativo. — Mas você não pode ficar até amanhã?

— Ah, por favor... Posso ficar com o senhor? — exclamou Pétia.

— Mas o que foi que o general mandou você fazer, mandou voltar logo? — perguntou Deníssov. Pétia ruborizou-se.

— Ele não deu nenhuma ordem. Acho que eu podia, não é? — disse Pétia, em tom interrogativo.

— Então está certo — disse Deníssov. Virou-se para seus subordinados e ordenou que um grupo seguisse para o local de descanso combinado, perto do posto de vigia, na floresta, e que o oficial no cavalo da Quirguízia (oficial que cumpria a função de ajudante de ordens) fosse procurar Dólokhov, saber onde ele estava e se viria mesmo ao anoitecer. O próprio Deníssov, com o *essaul* e Pétia, pretendia se aproximar da orla da floresta, vizinha a Chámchevo, a fim de observar o local em que estavam os franceses, para onde devia ser dirigido o ataque do dia seguinte.

— Muito bem, seu barbudo — virou-se para o mujique que servia de guia —, leve a gente para Chámchevo.

Deníssov, Pétia e o *essaul*, acompanhados por alguns cossacos e pelo hussardo que levava o prisioneiro, seguiram para a esquerda, por uma ravina, rumo à orla da floresta.

V

O chuvisco tinha parado, só caíam uma neblina e umas gotinhas de água dos ramos das árvores. Deníssov, o *essaul* e Pétia iam em silêncio atrás do mujique de gorro que, batendo de leve e sem ruído seus pés enfiados em alpercatas de palha, sobre as folhas e as ervas molhadas, os guiava rumo à orla da floresta.

Ao chegar a um declive, o mujique parou, olhou em redor e dirigiu-se para uma barreira de árvores bem esparsa. Perto de um grande carvalho que ainda não perdera as folhas, ele parou e chamou com um aceno misterioso.

Deníssov e Pétia aproximaram-se dele. Do local onde o mujique havia parado, era possível avistar os franceses. Logo depois da floresta, num pequeno declive, havia uma plantação de trigo de primavera. À direita, do outro lado de um barranco íngreme, via-se um pequeno vilarejo e uma casinha senhorial destelhada. Naquele vilarejo e na casa senhorial, bem como em toda a colina, no pomar, no poço e no lago, e também em todo o caminho que ia da ponte até a aldeia, passando por um morro, numa distância de não mais de duzentas braças, via-se, no meio da neblina oscilante, uma multidão de pessoas. Dava para ouvir nitidamente seus gritos, numa língua que não era o russo, dirigidos aos cavalos que, atrelados a carroças, subiam o morro com esforço, e também chamando uns aos outros.

— Traga o prisioneiro aqui — disse Deníssov em voz baixa, sem afastar os olhos dos franceses.

Um cossaco desceu do cavalo, desmontou o garoto e foi com ele para junto de Deníssov. Deníssov, apontando para os franceses, perguntou que tropas eram aquelas. O garoto, com as mãos enregeladas metidas nos bolsos e as sobrancelhas erguidas, olhava assustado para Deníssov e, apesar do evidente desejo de falar tudo o que sabia, confundia-se nas respostas e apenas confirmava aquilo que Deníssov perguntava. Deníssov, de cara franzida, deu as costas para o garoto e voltou-se para o *essaul*, transmitindo a ele suas conjeturas.

Balançando a cabeça com movimentos rápidos, Pétia olhava ora para o tamboreiro, ora para Deníssov, ora para o *essaul*, ora para os franceses na aldeia e na estrada, tentando não deixar escapar nada de importante.

— Quer venha o Dólokhov, quer não venha, é preciso atacar!... Hein? — disse Deníssov, com os olhos alegres e cintilantes.

— O lugar é conveniente — disse o *essaul*.

— A infantaria vai por baixo, pelos brejos — prosseguiu Deníssov. — Eles vão se infiltrar pelo pomar; você e os cossacos vão por lá. — E Deníssov apontou para a floresta, além da aldeia. — E eu vou dali, com meus hussardos. E ao tiro de aviso...

— Não vai dar para passar na ravina, tem um pântano — disse o *essaul*. — Os cavalos vão afundar, tem de dar a volta pela esquerda...

Na hora em que estavam conversando a meia-voz, lá embaixo, na ravina perto do lago, soou um tiro, uma baforada de fumaça branquejou, soou mais um tiro e ouviu-se o grito uníssono, aparentemente alegre, de centenas de vozes dos franceses que estavam no declive. No primeiro momento, Deníssov e o *essaul* recuaram. Estavam tão perto que tiveram a impressão de que eram eles a causa dos tiros e dos gritos. Mas os tiros e os gritos não tinham relação com eles. Embaixo, nos brejos, corria um homem com algo vermelho. Era óbvio que os franceses estavam atirando nele e para ele gritavam.

— Olhe, é o nosso Tíkhon — disse o *essaul*.

— Puxa, é ele mesmo!

— Bandido — disse Deníssov.

— Vai escapar! — disse o *essaul*, estreitando os olhos.

O homem que eles chamavam de Tíkhon, depois de chegar correndo a um riacho, mergulhou de tal modo que a água espirrou e, depois de ficar oculto por um momento, todo preto por causa da água, saiu engatinhando e correu mais para longe. Os franceses que corriam atrás dele pararam.

— Puxa, é esperto — disse o *essaul*.

— Que malandro! — exclamou Deníssov, com a mesma expressão de raiva. — Mas o que ele andou fazendo esse tempo todo?

— Quem é? — perguntou Pétia.

— É o nosso batedor. Mandei que ele nos trouxesse um "língua".

— Ah, sim — disse Pétia, desde a primeira palavra de Deníssov, balançando a cabeça, como se entendesse tudo, embora não tivesse compreendido absolutamente nada.

Tíkhon Cherbáti era um dos homens mais necessários ao bando. Era um mujique de Pokróvskoie, à margem do rio Gjat. Quando, no início de suas atividades, Deníssov chegou a Pokróvskoie e, como sempre, chamou o estaroste e perguntou o que ele sabia dos franceses, o estaroste respondeu, como sempre respondiam todos os estarostes, como que para se defender, que não sabia nada de nada, não tinha visto nada de nada. Porém, quando Deníssov lhe explicou que seu objetivo era arrasar os franceses e quando perguntou se os franceses não andavam por ali, o estaroste disse que de fato uns saqueadores andavam por ali, mas que na aldeia só Tíkhon Cherbáti cuidava daqueles assuntos. Deníssov mandou chamar Tíkhon e, depois de elogiá-lo por suas ações, disse diante do estaroste algumas palavras sobre a lealdade ao tsar e à pátria e sobre o ódio aos franceses que os filhos da pátria deviam nutrir.

— A gente não faz mal nenhum aos franceses — disse Tíkhon, obviamente intimidado com as palavras de Deníssov. — A gente só fez umas bobagens por aí, com a turma, sabe, por diversão, mais nada. Só pegamos umas duas dezenas de saqueadores, mas a gente não fez mal nenhum... — No dia seguinte, quando Deníssov deixava Pokróvskoie, totalmente esquecido daquele mujique, vieram lhe comunicar que Tíkhon estava junto ao bando e pedia que o deixassem ficar com eles. Deníssov mandou que o deixassem ficar.

Tíkhon, que de início fora encarregado de serviços inferiores, acender fogueiras, trazer água, esfolar os cavalos mortos etc., logo demonstrou grande ânimo e capacidade para a guerra de guerrilha. À noite, saía para buscar presas de guerra e sempre trazia roupas e armas francesas, mas quando lhe ordenavam trazia também prisioneiros. Deníssov afastou Tíkhon do trabalho inferior, passou a levá-lo consigo nas patrulhas e designou-o para ficar entre os cossacos.

Tíkhon não gostava de andar a cavalo e sempre ia a pé, sem nunca ficar para trás da cavalaria. Suas armas eram um bacamarte, que levava mais por diversão, uma lança e um machado, que ele manejava como um lobo usa os dentes, ou seja, serviam tanto para catar uma pulga enfiada na roupa de lã como para esmigalhar grossos pedaços de osso. Com a mesma precisão, Tíkhon tanto rachava lenha de um só golpe com o machado, como, segurando o machado pela cabeça, aparava varetas finas e entalhava colherzinhas de pau. No bando de Deníssov, Tíkhon ocupava um lugar especial, exclusivo. Quando era preciso fazer algo particularmente difícil e brutal — empurrar com o ombro uma carroça atolada na lama, tirar um cavalo preso no pântano, puxando-o pelo rabo, esfolar um cavalo, infiltrar-se bem no meio dos franceses, percorrer cinquenta verstas num dia —, todos, rindo, sempre indicavam Tíkhon.

— O que esse diabo não faz? Tem uma saúde de ferro — diziam sobre ele.

Certa vez, um francês que Tíkhon havia capturado lhe deu um tiro de pistola e acertou na parte carnuda das costas. Aquele ferimento, que Tíkhon tratou só com água, interna e externamente, foi motivo das mais divertidas brincadeiras em todo o destacamento e de piadas que Tíkhon aceitava de bom grado.

— E aí, irmão, não vai mais? Pôs o rabo entre as pernas? — diziam-lhe os cossacos entre risadas, e Tíkhon, de cara feia e rosto franzido de propósito, fingindo estar zangado, xingava os franceses com os palavrões mais engraçados. A única influência que aquele caso teve sobre Tíkhon foi que, depois do ferimento, ele raramente fazia prisioneiros.

Tíkhon era o mais útil e corajoso membro do bando. Ninguém mais do que ele descobria oportunidades para atacar, ninguém capturava e matava mais franceses do que ele; e por isso era motivo de gozação de todos os cossacos e hussardos e se prestava de muito bom grado a esse papel. Daquela vez, Tíkhon foi enviado por Deníssov, ainda à noite, para Chámchevo a fim de capturar um "língua". Mas, ou porque não se contentou só com um francês, ou porque dormiu demais à noite e foi se infiltrar de dia entre os arbustos, bem no meio dos franceses, acabou sendo descoberto por eles, como Deníssov tinha visto do alto do morro.

VI

Depois de conversar por um tempo com o *essaul* sobre o ataque do dia seguinte, que agora, vendo a proximidade dos franceses, Deníssov parecia ter finalmente tomado a decisão de executar, ele virou o cavalo e voltou para trás.

— Pois é, amigo, agora a gente tem de se enxugar — disse para Pétia.

Chegando ao posto de vigia na floresta, Deníssov se deteve, observando o interior da mata. Na mata, entre as árvores, um homem de braços compridos e oscilantes, jaqueta, alpercatas de palha e um chapéu de Kazan, caminhava a passos largos e ágeis, em suas pernas compridas, com um fuzil pendurado nos ombros e um machado na cintura. Ao ver Deníssov, o homem jogou algo dentro de uma moita, tirou o chapéu molhado, de abas caídas, e aproximou-se de seu superior. Era Tíkhon. Seu rosto, furado pela varíola, cheio de rugas, de olhos pequenos e estreitos, brilhava com uma alegria satisfeita. Depois de levantar a cabeça bem alto, e como que contendo a vontade de rir, encarou Deníssov.

— Puxa, onde foi que você se meteu? — perguntou Deníssov.

— Onde me meti? Fui atrás dos franceses — respondeu Tíkhon com audácia e sem demora, numa voz rouca, mas melodiosa e em tom de baixo.

— Para que foi se meter lá em plena luz do dia? Sua besta! E aí, não pegou nenhum?...

— Pegar eu peguei — disse Tíkhon.

— E onde está?

— Pois é, eu peguei um logo de cara, antes do sol subir — prosseguiu Tíkhon, afastando mais um pouco os pés chatos, enfiados nas alpercatas de palha. — E fugi para dentro da floresta. Aí vi que ele não servia. Pensei, vou lá pegar outro, mas vou escolher melhor.

— Ah, então foi isso, que sem-vergonha — disse Deníssov para o *essaul*. — Por que não trouxe esse, então?

— E para que eu ia trazer? — cortou Tíkhon, depressa e irritado. — Não servia para nada. Acha que não sei do que o senhor precisa?

— Que animal!... E aí?...

— Fui atrás de outro — continuou Tíkhon. — Fui rastejando assim pela mata, deitado. — De modo flexível e inesperado, Tíkhon deitou de bruços no chão e fazia as caras que tinha feito na hora. — E lá veio um — prosseguiu ele. — Agarrei ele desse jeito aqui. — Tíkhon se levantou com rapidez e agilidade. — Vamos lá falar com o coronel, eu disse. Ele desandou a berrar. Aí apareceram mais quatro. Pularam em cima de mim com aquelas espadinhas. Mandei o machado em cima deles desse jeito: o que é que estão pensando, Cristo tenha pena de vocês — gritou Tíkhon, brandindo os braços no ar e franzindo o rosto com ar ameaçador, erguendo o peito.

— Sei, sei, a gente viu lá do morro como você saiu correndo feito um louco pelo pântano — disse o *essaul*, estreitando os olhos cintilantes.

Pétia sentiu muita vontade de rir, mas via que todos continham o riso. Rapidamente, desviou o olhar do rosto de Tíkhon para o rosto do *essaul* e de Deníssov, sem entender o que significava tudo aquilo.

— Escute aqui, não se faça de bobo comigo — disse Deníssov, tossindo irritado. — Por que não trouxe logo o primeiro?

Tíkhon pôs-se a coçar as costas com a mão e a cabeça com a outra mão, e de repente toda a sua fisionomia se distendeu num sorriso tolo e radiante, deixando à mostra um dente que faltava (razão por que era chamado de Cherbáti).[6] Deníssov sorriu, e Pétia soltou uma risada alegre, à qual se uniu o próprio Tíkhon.

— Puxa, não dava para confiar nele — disse Tíkhon. — Tinha uma roupinha muito da ruim, para que eu ia trazer? Além do mais, era um mal-educado, vossa excelência. Foi logo dizendo: como é que pode, eu sou filho de um *anaral*, não vou não, ele disse.

— Que besta você é! — disse Deníssov. — Eu preciso interrogar...

— Ah, mas eu interroguei — disse Tíkhon. — Ele disse: sei pouco. Tem muitos

---

6 "Que tem uma lacuna", em russo.

dos nossos por aí, ele disse, mas estão muito ruinzinhos; é só dar um grito. É só você dar um berro, disse ele, e vai pôr todo mundo para correr — concluiu Tíkhon, olhando alegre e decidido nos olhos de Deníssov.

— Olhe aqui, vou ter de mandar dar cem chicotadas no seu lombo se você não parar de se fazer de bobo comigo — disse Deníssov, com severidade.

— Mas para que se zangar? — disse Tíkhon. — Então eu não fui lá e vi os seus franceses? Olhe, deixe escurecer um pouco que eu trago quantos você quiser, até três de uma vez só.

— Vamos indo — disse Deníssov e seguiu a cavalo para o posto de vigia, calado e com a cara irritada.

Tíkhon foi andando atrás, e Pétia ouvia como os cossacos riam junto com ele e como zombavam dele por causa de umas botas que ele jogou dentro da moita.

Quando passou o riso que o dominara por causa das palavras e do sorriso de Tíkhon, Pétia num estalo compreendeu que Tíkhon havia matado o homem e sentiu-se incomodado. Olhou para trás, para o tamboreiro preso, e alguma coisa apertou seu peito. Mas aquele incômodo só durou um instante. Pétia sentiu uma necessidade mais forte de erguer a cabeça, mostrar um jeito atrevido e perguntou ao *essaul*, com ar de importância, sobre a operação do dia seguinte, para não parecer indigno da companhia em que se encontrava.

O oficial enviado encontrou Deníssov na estrada com a notícia de que Dólokhov viria em pessoa dali a pouco e que, do seu lado, estava tudo correndo bem.

Deníssov alegrou-se de repente e chamou Pétia.

— Pronto, agora me conte o que anda fazendo — disse ele.

VII

Pétia, ao partir de Moscou, onde deixara seus familiares, integrou-se ao seu regimento e logo depois foi escolhido para ser ordenança de um general que comandava um grande destacamento. Desde sua promoção a oficial e sobretudo desde seu ingresso nas tropas ativas, com as quais participara da batalha de Viazma, Pétia estava sempre num constante estado de felicidade e de empolgação, por ser agora um adulto, e numa constante e fervorosa ansiedade para não perder nenhuma chance de se comportar como um verdadeiro herói. Estava muito feliz com o que via e experimentava no Exército, mas ao mesmo tempo tinha a impressão de que era sempre em algum outro lugar, e não onde ele estava, que praticavam os mais autênticos atos heroicos. E vivia numa ânsia de ir para onde ele não estava.

Quando seu general, no dia 21 de outubro, expressou o desejo de enviar alguém ao destacamento de Deníssov, Pétia pediu de modo tão patético para ser o escolhido que o general não pôde negar. Porém, ao despedir-se dele, o general, lembrando-se da loucura cometida por Pétia na batalha de Viazma, na qual, em vez de seguir pelo caminho que lhe fora indicado, ele havia galopado direto contra a linha de frente do inimigo, debaixo dos tiros dos franceses, e tinha dado dois tiros com a sua pistola — ao despedir-se, o general proibiu Pétia expressamente de participar de quaisquer ações praticadas por Deníssov. Por isso Pétia ficou ruborizado e confuso quando Deníssov perguntou se ele podia ficar. Antes de chegar à orla da floresta, Pétia achava que devia voltar imediatamente, cumprindo as ordens à risca. Mas, quando viu os franceses, viu Tíkhon, soube que à noite seguramente iriam atacar, Pétia, com a rapidez que têm os jovens para mudar de opinião, resolveu por conta própria que seu general, a quem até então ele respeitava muito, era um lixo, um alemão, e que Deníssov era um herói, o *essaul* era um herói e Tíkhon era um herói, e que era vergonhoso se afastar deles naquele momento de dificuldade.

Já havia escurecido quando Deníssov, Pétia e o *essaul* chegaram ao posto de vigia. Na penumbra, viam-se cavalos com selas, cossacos e hussardos, que armavam barracas numa clareira e (para que os franceses não vissem a fumaça) acendiam fogueiras avermelhadas no fundo de uma ravina, na floresta. Na entrada de uma pequena isbá, um cossaco de mangas arregaçadas trinchava a carne de um cordeiro. Na mesma isbá, havia três oficiais do bando de Deníssov que estavam transformando uma porta em tampo de mesa. Pétia tirou a roupa molhada, pôs para secar e logo tratou de se unir aos oficiais na tarefa de preparar a mesa de jantar.

Em dez minutos, a mesa ficou pronta, coberta de guardanapos. Sobre a mesa, havia vodca, um pequeno frasco de rum, pão branco, cordeiro assado e sal.

Sentado à mesa com os oficiais, partindo o aromático cordeiro assado com as mãos, pelas quais a gordura escorria, Pétia se encontrava num estado de empolgação infantil, cheio de um amor afetuoso por todos e, por isso mesmo, convicto de que todos o amavam da mesma forma.

— Então, o que você acha, Vassíli Fiódorovitch? — voltou-se para Deníssov. — Não tem importância se eu ficar só um diazinho com vocês? — E, sem esperar a resposta, ele mesmo respondeu: — Mandaram que eu viesse me informar. Pois bem, estou me informando... Só quero que o senhor me deixe ir para o mais... para o principal. Não preciso de condecoração... E que tenho vontade de... — Pétia cerrou os dentes e olhou em redor, sacudindo a cabeça para cima e brandindo as mãos no ar.

— Para o principal... — repetiu Deníssov, sorrindo.

— Por favor, queria só que me desse o comando de alguma coisa, para eu comandar — prosseguiu Pétia —, e o que isso custa ao senhor? Ah, quer uma faca?

— voltou-se para um oficial que queria cortar a carne de cordeiro. E deu sua faquinha dobrável.

O oficial elogiou a faca.

— Por favor, fique para você. Tenho muitas iguais... — disse Pétia, corando. — Puxa vida! Eu tinha esquecido completamente — exclamou de súbito. — Tenho aqui umas passas maravilhosas, sabe, daquelas sem caroço. Temos um novo mascate lá na tropa, e ele tem cada coisa linda. Comprei dez libras. Estou acostumado a comer coisas doces. Quer?... — E Pétia correu para o seu cossaco, na entrada da isbá, e trouxe umas sacolas nas quais havia umas cinco libras de passas. — Comam, senhores, comam. E será que o senhor não precisa de uma cafeteira? — perguntou para o *essaul*. — Comprei uma com o nosso mascate, é uma maravilha! Ele tem coisas lindas. E é muito honesto. Isso é que é importante. Vou trazer uma para vocês, sem falta. E talvez suas pederneiras estejam gastas, isso acontece, sabe? Trouxe umas comigo, olhem, estão aqui... — Mostrou uma sacola. — Cem pederneiras. Comprei muito barato. Por favor, tenham a bondade, quantas precisarem, podem pegar todas... — E de súbito, com medo de ter falado demais, Pétia parou e ficou vermelho.

Puxou pela memória para ver se não tinha feito alguma bobagem. E, interrompendo as recordações daquele dia, veio a lembrança do tamboreiro francês. "Para nós, está tudo bem, mas o que será dele? Para onde o levaram? Deram comida a ele? Será que o machucaram?", pensava. Mas, ao notar que tinha falado demais das pederneiras, ele agora tinha medo.

"Podia perguntar", pensou Pétia, "mas aí vão dizer: ele também é um menino e tem pena do outro menino. Amanhã vou mostrar a eles se sou menino! Será que é uma vergonha perguntar?", pensou Pétia. "Ora, tanto faz." E imediatamente, ruborizado e olhando assustado para os oficiais, para ver se no rosto deles não havia zombaria, falou:

— Eu posso chamar aquele menino que foi feito prisioneiro? Para lhe dar alguma coisa para comer... será que pode...

— Claro, coitado do menino — disse Deníssov, que obviamente não via nada de vergonhoso naquela lembrança. — Mande vir aqui. Vincent Bosse é o nome dele. Mande chamar.

— Eu vou chamar — disse Pétia.

— Chame, sim, coitado do menino — repetiu Deníssov.

Pétia estava de pé junto à porta quando Deníssov falou aquilo. Pétia esgueirou-se entre os oficiais e chegou bem perto de Deníssov.

— Permita que eu beije o senhor, meu caro — disse ele. — Ah, que ótimo! Que bom! — Depois de beijar Deníssov, foi correndo para fora.

— Bosse! Vincent! — começou a gritar Pétia, parando depois da porta.

— O senhor quer falar com quem? — disse uma voz na escuridão. Pétia respondeu que era com o menino francês que tinha sido pego naquele dia.

— Ah! O Vessiéni? — disse um cossaco.

Já haviam transformado o nome Vincent: os cossacos, em Vessiéni, e os mujiques e os soldados, em Vissiénia. Em ambas as transformações, a lembrança da primavera, *viesná*, combinava com a evidente juventude do menino.

— Ele foi se esquentar perto da fogueira. Ei, Vissiénia! Vissiénia! Vissiénii! — ouviam-se no escuro vozes e risos que se comunicavam.

— É um garoto esperto — disse um hussardo que estava perto de Pétia. — A gente deu comida para ele há pouco tempo. Estava morto de fome!

No escuro, ouviram-se passos, e, estalando os pés descalços na lama, o tamboreiro veio até a porta.

— *Ah, c'est vous!* — disse Pétia. — *Voulez-vous manger? N'ayez pas peur, on ne vous fera pas de mal* — acrescentou, tocando com timidez e afeição a mão do menino. — *Entrez, entrez.*[7]

— *Merci, monsieur* — respondeu o tamboreiro com voz trêmula, quase infantil, e esfregou os pés enlameados na soleira da porta. Pétia tinha muita vontade de falar com o tamboreiro, mas não se atrevia. Mudando a posição dos pés, ele ficou parado perto do menino, na entrada da isbá. Em seguida, no escuro, pegou a mão dele e apertou.

— *Entrez, entrez* — repetiu, num sussurro delicado.

"Ah, o que será que posso fazer por ele?", pensou Pétia e, após fechar a porta, deixou o menino passar na sua frente.

Quando o tamboreiro entrou na pequena isbá, Pétia sentou-se um pouco afastado dele, julgando humilhante lhe dar atenção. Apenas apalpava um dinheiro que tinha no bolso e ficava em dúvida se não seria vergonhoso dar o dinheiro a ele.

VIII

A entrada de Dólokhov na isbá desviou a atenção de Pétia, voltada até então para o tamboreiro, a quem Deníssov ordenara dar vodca, carne de cordeiro e a quem ordenara vestir com um cafetã russo, a fim de manter o menino junto ao seu bando e não confundi-lo com os demais prisioneiros. No Exército, Pétia ouvira falar muito

---

7 Francês: "Ah, é você! [...] Não quer comer? Não tenha medo, ninguém vai lhe fazer mal [...] Entre, entre".

da extraordinária bravura e crueldade de Dólokhov com os franceses e por isso, no instante em que Dólokhov entrou na isbá, Pétia fitou-o, sem desviar os olhos, e, enchendo-se cada vez mais de coragem, retesou a cabeça bem erguida, a fim de não se mostrar indigno da companhia de alguém como Dólokhov.

A aparência de Dólokhov impressionou Pétia de forma estranha.

Deníssov estava de *tchekmién*,[8] tinha o rosto barbado, no peito trazia uma imagem de Nicolau Milagreiro e no jeito de falar e em todas as suas maneiras demonstrava a peculiaridade de sua situação. Já Dólokhov, ao contrário, que antes, em Moscou, vestia roupas persas, agora tinha o aspecto mais esmerado de um oficial da guarda. Tinha o rosto bem barbeado, vestia a sobrecasaca estofada da guarda, com a condecoração de São Jorge na lapela, e um quepe simples, bem reto, na cabeça. No canto, tirou a *burka* molhada e, aproximando-se de Deníssov, sem cumprimentar ninguém, começou logo a fazer perguntas sobre o que interessava. Deníssov lhe contou dos planos que os destacamentos maiores alimentavam acerca do comboio de carga, contou sobre a mensagem trazida por Pétia e também falou da forma como havia respondido aos dois generais. Depois Deníssov contou tudo o que sabia sobre a situação do destacamento francês.

— Pois é, mas é preciso saber que tropas são essas e quantos são — disse Dólokhov —, é preciso ir lá e ver. Sem saber com certeza quantos são, não é possível entrar em combate. Gosto de fazer as coisas com exatidão. Escute, será que algum dos senhores não quer ir comigo ao acampamento deles? Tenho um uniforme aqui comigo.

— Eu, eu... eu vou com o senhor! — exclamou Pétia.

— Não tem a menor necessidade de ir — disse Deníssov, voltando-se para Dólokhov —, e além do mais não vou deixar ele ir de jeito nenhum.

— Mas que loucura! — exclamou Pétia. — Por que não posso ir?...

— Porque não há motivo nenhum.

— Puxa, o senhor me desculpe, porque... porque... eu vou, e pronto, acabou. O senhor vai me levar? — voltou-se para Dólokhov.

— Por que... — respondeu Dólokhov, distraído, olhando para o rosto do tamboreiro francês. — Esse pirralho está com vocês há muito tempo? — perguntou para Deníssov.

— Pegamos hoje, mas não sabe de nada. Fiquei com ele perto de mim.

— Sei, mas e o resto, para onde levou? — perguntou Dólokhov.

— Como para onde? Eu despacho e pego o recibo! — gritou Deníssov, verme-

---

8 Casaco curto, típico de povos do Cáucaso e do sul da Sibéria.

lho de repente. — E me atrevo a dizer que não tenho a vida de nenhum homem na minha consciência. Falando francamente, por acaso é mais difícil para você mandar trinta ou trezentos homens sob escolta para a cidade do que manchar nossa honra de soldado?

— Para este condezinho rapazola aqui de dezesseis anos, até que podia ficar bem dizer essas amabilidades — disse Dólokhov, com frio desdém —, mas já passou da hora de você parar com essas histórias.

— Puxa, não estou dizendo nada, só estou dizendo que irei com você de qualquer jeito — disse Pétia timidamente.

— Mas para nós dois, irmão, já está na hora de deixar de lado essas amabilidades — continuou Dólokhov, como se encontrasse um prazer especial em falar sobre aquele assunto, que irritava Deníssov. — Agora, por que foi que ficou com esse aí? — perguntou, balançando a cabeça. — Teve pena dele? Afinal, a gente conhece esses seus recibos. Você mandou cem homens, mas só trinta vão chegar. Vão morrer de fome, ou vão ser mortos. No final, não dá na mesma, irmão?

O *essaul*, estreitando os olhos brilhantes, mexeu a cabeça em sinal de aprovação.

— Não interessa, não vou discutir nada aqui. Não quero levar esse peso na minha alma. Você está dizendo que vão morrer. Pois bem, está certo. Só que não vai ser por minha causa.

Dólokhov começou a rir.

— Quem foi que mandou eles não me capturarem nas vinte vezes que tentaram? Mas quando capturarem, a mim e a você, com sua nobreza, vão nos enforcar numa árvore do mesmo jeito. — Ficou em silêncio um instante. — Mas temos de fazer nosso trabalho. Mande o meu cossaco pegar minha trouxa! Tenho dois uniformes franceses. E aí, vai comigo? — perguntou para Pétia.

— Eu? Sim, sim, claro — exclamou Pétia, ruborizando-se quase até as lágrimas e lançando um olhar para Deníssov.

Enquanto Dólokhov começava a discutir com Deníssov a respeito do que era preciso fazer com os prisioneiros, Pétia sentiu de novo um incômodo e uma premência; mas novamente não conseguiu entender direito do que estavam falando. "Se os adultos, as pessoas famosas, pensam que tem de ser desse jeito, então tem de ser desse jeito, e está certo", pensou ele. "O importante é que Deníssov não se atreva a pensar que vou obedecer a ele, que ele pode me dar ordens. Vou com Dólokhov a todo custo para o acampamento dos franceses. Ele pode, então eu também posso."

A todos os apelos de Deníssov para que Pétia não fosse, ele respondia que também estava acostumado a fazer tudo com exatidão, e não feito um desmiolado, e que de resto nunca pensava nos perigos que corria.

— Porque, o senhor há de admitir, se não soubermos exatamente quantos estão lá, isso pode pôr em risco a vida de centenas de pessoas, e aqui vamos nós dois sozinhos, e além do mais eu quero muito ir, e irei, a todo custo, a todo custo, e o senhor não vai me impedir — disse ele —, que isso só vai piorar as coisas...

IX

Com capotes e barretinas dos franceses, Pétia e Dólokhov seguiram pelo atalho de onde Deníssov havia espiado o acampamento e, depois de sair da mata na escuridão completa, desceram a ravina. Ao chegar lá embaixo, Dólokhov mandou os cossacos que o acompanhavam esperarem ali e avançou a trote acelerado pelo caminho rumo à ponte. Pétia, quase desmaiando de emoção, seguia a seu lado.

— Se formos apanhados, não vou me entregar vivo, trago uma pistola comigo — sussurrou Pétia.

— Não fale russo — disse Dólokhov num rápido sussurro, e naquele instante, na escuridão, ouviu-se uma saudação: "*Qui vive?*"[9] e o barulho de um fuzil sendo empunhado.

— *Lanciers du sixième*[10] — exclamou Dólokhov, sem acelerar nem reduzir o passo do cavalo. O vulto escuro da sentinela estava parado na ponte.

— *Mot d'ordre?*[11] — Dólokhov refreou o cavalo e avançou a passo lento.

— *Dites donc, le colonel Gérard est-il ici?*[12] — disse ele.

— *Mot d'ordre!* — falou a sentinela, sem responder à pergunta, bloqueando o caminho.

— *Quand un officier fait sa ronde, les sentinelles ne demandent pas le mot d'ordre...* — gritou Dólokhov, exaltando-se de repente e guiando o cavalo na direção da sentinela. — *Je vous demande si le colonel est ici.*[13]

E, sem esperar a resposta da sentinela, que dera um passo para o lado, Dólokhov seguiu para o morro a passo lento.

Ao notar o vulto negro de um homem que se movia pela estrada, Dólokhov o deteve e perguntou onde estavam o comandante e os oficiais. O homem, um soldado com um saco no ombro, parou, veio para perto do cavalo de Dólokhov até tocar

---

9 Francês: "Quem vem lá?".

10 Francês: "Lanceiros do sexto".

11 Francês: "Senha?".

12 Francês: "Diga lá, o coronel Gérard está aqui?".

13 Francês: "Quando um oficial faz sua ronda, as sentinelas não pedem a senha... [...] Estou perguntando se o coronel está aqui".

em seu braço e, com voz simples e amistosa, disse que o comandante e os oficiais estavam no alto do morro, do lado direito, no pátio da granja (assim ele chamou o terreno da casa senhorial).

Depois de passar pela estrada, ouvindo de ambos os lados vozes que falavam francês junto às fogueiras, Dólokhov virou na direção do pátio da casa senhorial. Atravessou o portão, desceu do cavalo e se aproximou de uma grande fogueira que ardia, em torno da qual estavam sentados alguns homens conversando em altas vozes. Na beirada do fogo, algo cozinhava num caldeirão, e um soldado de boné e capote azul estava de joelhos, claramente iluminado pelo fogo, e mexia o caldeirão com uma vareta de limpar fuzil.

— *Oh, c'est un dur à cuire*[14] — disse um dos oficiais sentados na sombra, do lado oposto da fogueira.

— *Il les fera marcher, les lapins...*[15] — disse outro com uma risada. Os dois ficaram calados, olhando para o escuro, na direção dos passos de Dólokhov e de Pétia, que iam rumo à fogueira em seus cavalos.

— *Bonjour, messieurs!*[16] — exclamou Dólokhov em voz alta e clara.

Os oficiais se remexeram na sombra da fogueira, e um oficial alto, de pescoço comprido, aproximou-se de Dólokhov contornando o fogo.

— *C'est vous, Clément?* — disse ele. — *D'où diable...*[17] — Mas não terminou, pois se deu conta de seu engano, e franzindo as sobrancelhas de leve cumprimentou Dólokhov como um desconhecido, perguntando em que poderia ajudá-lo. Dólokhov contou que ele e seu camarada estavam tentando alcançar seu regimento e perguntou, voltando-se para todos em geral, se sabiam de algum oficial do sexto regimento. Ninguém sabia; e Pétia teve a impressão de que os oficiais passaram a olhar com hostilidade para ele e para Dólokhov. Todos ficaram em silêncio por alguns segundos.

— *Si vous comptez sur la soupe du soir, vous tenez trop tard*[18] — disse com um riso contido uma voz que veio de trás da fogueira.

Dólokhov respondeu que não tinham fome e que ainda precisavam viajar naquela noite.

Entregou os cavalos ao soldado que estava mexendo no caldeirão e sentou-se de cócoras junto à fogueira, ao lado do oficial de pescoço comprido. Esse oficial,

---

14 Francês: "Ah, ele é duro de roer".

15 Francês: "Ele vai pôr os coelhos para correr...".

16 Francês: "Bom dia, senhores!".

17 Francês: "É você, Clément? [...] Em que diabo de lugar...".

18 Francês: "Se vocês estão contando com a sopa da noite, chegaram tarde".

sem desviar os olhos, observava Dólokhov e perguntou mais uma vez: qual era seu regimento? Dólokhov não respondeu, como se não tivesse escutado a pergunta, e, fumando um cachimbo curto francês que tirou do bolso, perguntou aos oficiais até que altura a estrada à sua frente estava a salvo do ataque de cossacos.

— *Les brigands sont partout*[19] — respondeu um oficial do outro lado da fogueira.

Dólokhov disse que os cossacos eram temíveis só para os retardatários avulsos, como ele e seu camarada, mas que os cossacos seguramente não se atreviam a atacar os grandes destacamentos, acrescentou em tom interrogativo. Ninguém respondeu nada.

"Bem, agora ele vai embora", pensava Pétia a cada minuto, parado na frente da fogueira, enquanto ouvia a conversa.

Mas Dólokhov recomeçou a conversa que havia cessado e passou a perguntar de forma direta quantos soldados havia no batalhão, quantos eram os batalhões, quantos eram os prisioneiros. Ao perguntar sobre os prisioneiros russos que havia no destacamento, Dólokhov disse:

— *La vilaine affaire de traîner ces cadavres après soi. Vaudrait mieux fusiller cette canaille*[20] — e desatou a rir bem alto, um riso tão estranho que Pétia teve a impressão de que os franceses agora iriam descobrir o engodo, e ele, sem pensar no que estava fazendo, recuou um passo, afastando-se da fogueira. Ninguém respondeu às palavras e ao riso de Dólokhov, e um oficial francês que não se podia ver (estava deitado, enrolado num capote) ergueu-se um pouco e sussurrou algo para um camarada. Dólokhov levantou-se e chamou o soldado que estava com os cavalos.

"Será que vão nos entregar os cavalos?", pensou Pétia, aproximando-se de Dólokhov involuntariamente.

Entregaram os cavalos.

— *Bonjour, messieurs* — disse Dólokhov.

Pétia quis dizer *bonsoir*,[21] e não conseguiu pronunciar as palavras. Os oficiais falaram algo entre si, em sussurros. Dólokhov demorou a montar em seu cavalo, que não queria ficar parado; em seguida foi a passo lento para fora do portão. Pétia ia a seu lado, queria mas não ousava olhar para trás, a fim de ver se os franceses vinham correndo atrás deles.

---

19 Francês: "Os bandidos estão em toda parte".

20 Francês: "Coisa mais detestável, ter de arrastar esses cadáveres a reboque. Era melhor fuzilar essa escória".

21 Francês: "boa-noite".

Ao chegar à estrada, Dólokhov não voltou para o campo, mas seguiu ao longo da aldeia. Num determinado local, parou, escutando com atenção.

— Está ouvindo? — disse ele.

Pétia reconheceu o som de vozes russas, avistou junto às fogueiras os vultos escuros dos prisioneiros russos. Ao descer até a ponte, Pétia e Dólokhov passaram pela sentinela, que, sem dizer nenhuma palavra, caminhava com ar soturno pela ponte, e foram dar na ravina, onde os cossacos aguardavam.

— Bem, agora adeus. Diga ao Deníssov que vai ser ao raiar do dia, ao soar do primeiro tiro — Dólokhov disse e quis ir embora, mas Pétia segurou-o pelo braço.

— Não! — gritou ele. — O senhor é um herói. Ah, que bom! Que ótimo! Como gosto do senhor.

— Está bem, está bem — disse Dólokhov, mas Pétia não o largava, e no escuro Dólokhov percebeu que ele estava curvado na sua direção. Queria beijá-lo. Dólokhov beijou-o, começou a rir, virou o cavalo e sumiu na escuridão.

X

De volta ao posto de vigia, Pétia encontrou Deníssov na entrada. Deníssov o esperava, emocionado, inquieto e aborrecido consigo mesmo por ter deixado Pétia ir.

— Graças a Deus! — gritou ele. — Puxa, graças a Deus! — repetiu, enquanto ouvia o relato comovido de Pétia. — E que o diabo carregue você, por sua causa eu nem dormi! — exclamou Deníssov. — Puxa vida, graças a Deus, agora vá deitar e dormir. Ainda vamos dar uma cochilada até de manhã.

— Sim... Não — disse Pétia. — Não estou com vontade de dormir. Mas eu me conheço, se eu dormir, não paro mais. Além disso, estou acostumado a não dormir antes de uma batalha.

Pétia ficou sentado algum tempo na isbá, recordando com alegria detalhes de sua incursão e imaginando de forma vivaz o que iria acontecer no dia seguinte. Depois, ao notar que Deníssov havia adormecido, levantou-se e foi para fora.

Lá fora, ainda estava totalmente escuro. A garoa tinha passado, mas algumas gotas ainda caíam das árvores. Perto do posto de vigia, viam-se os vultos negros das cabanas cossacas e dos cavalos amarrados uns aos outros. Por trás de um casebre, via-se a sombra de dois carroções junto aos quais estavam os cavalos, e na ravina rebrilhava vermelho o fogo quase extinto. Nem todos os cossacos e hussardos dormiam: aqui e ali, junto ao barulho dos pingos que caíam e ao som próximo da ruminação dos cavalos, ouviam-se umas vozes baixas, como que sussurradas.

Pétia saiu, olhou em redor no escuro e se aproximou dos carroções. Debaixo dos carroções, alguém roncava, e em volta havia cavalos selados que mastigavam aveia. No escuro, Pétia reconheceu seu cavalo, que ele chamava de Karabákh,[22] embora fosse um cavalo da Ucrânia, e chegou perto dele.

— Pois é, Karabákh, amanhã vamos ter trabalho — disse Pétia, cheirando e beijando as narinas do cavalo.

— Puxa, patrão, não está dormindo? — disse um cossaco, sentado debaixo do carroção.

— Não. Mas... Seu nome é Likhatchióv, não é? Pois é, acabei de chegar agorinha. Fomos lá onde estão os franceses. — E Pétia contou em detalhes para o cossaco não só sua incursão, como também por que ele foi e por que achava que era melhor arriscar a vida do que fazer as coisas de qualquer jeito.

— Puxa, mas devia dormir — disse o cossaco.

— Não, eu estou acostumado — respondeu Pétia. — E então, as pederneiras nas suas pistolas não estão gastas? Tenho umas aqui comigo. Não está precisando? Pode pegar.

O cossaco esticou a cabeça por baixo do carroção a fim de observar Pétia mais de perto.

— É porque estou habituado a fazer tudo com exatidão — disse Pétia. — Tem gente que é assim, não se prepara, depois se arrepende. Não gosto disso.

— Está mais do que certo — disse o cossaco.

— Escute uma coisa, meu amigo, por favor, afie meu sabre; está cego... (mas Pétia tinha medo de mentir) é que ele nunca foi afiado. Pode fazer isso?

— Posso, como não?

Likhatchióv levantou-se, remexeu na sua bagagem, e Pétia logo ouviu o som marcial do aço raspando na pedra de amolar. Pétia subiu no carroção e sentou-se na beirada. O cossaco que estava embaixo do carroção amolava o sabre.

— E então, os rapazes estão dormindo? — disse Pétia.

— Uns dormem, outros ficam assim.

— E o garoto, o que está fazendo?

— O tal Vessiéni? Está lá, se enfiou lá pela porta. Depois de ficar morto de medo, pegou no sono. Estava muito contente.

Depois disso, por muito tempo, Pétia ficou em silêncio, escutando atentamente. No escuro, ouviam-se passos e surgiu um vulto negro.

— O que está afiando? — perguntou o homem, aproximando-se do carroção.

— Este patrão aqui mandou amolar o sabre.

---

22 Região do Cáucaso famosa por seus cavalos.

— Muito bem — disse o homem, que a Pétia pareceu um hussardo. — Vocês não têm uma xícara aí?

— Lá, olhe, pertinho da roda.

O hussardo pegou a xícara.

— Deve faltar pouco para o dia clarear — exclamou ele, bocejando, e foi para algum lugar.

Pétia tinha de saber que estava na mata, no bando de Deníssov, a uma versta da estrada, que estava sentado num carroção tomado dos franceses, em torno do qual havia cavalos amarrados, e que embaixo dele estava sentado o cossaco Likhatchióv, que amolava o sabre para ele, que a grande mancha negra à direita era o posto de vigia e a mancha vermelha e clara embaixo e à esquerda era uma fogueira que se apagava, tinha de saber que o homem que viera buscar uma xícara era um hussardo que estava com sede; mas Pétia não queria saber de nada disso. Estava no reino da fantasia, onde não havia nada parecido com a realidade. A grande mancha negra podia ser de fato o posto de vigia, mas também podia ser uma caverna que ia dar nas profundezas da terra. A mancha avermelhada podia ser uma fogueira, mas podia ser o olho de um monstro imenso. Talvez ele estivesse apenas sentado no carroção, mas podia muito bem acontecer de ele não estar sentado num carroção, e sim numa torre tremendamente alta, de onde, se caísse, teria de voar um dia inteiro para alcançar a terra, um mês inteiro — ia voar a vida toda e nunca ia pousar. Talvez embaixo do carroção estivesse apenas o cossaco Likhatchióv, mas podia muito bem acontecer que aquela fosse a pessoa mais bondosa, destemida, a pessoa mais fantástica e mais sublime que existia no mundo e que ninguém conhecia. Talvez aquele fosse só um hussardo que tinha vindo buscar água para beber e que depois fora para a ravina, mas podia acontecer de aquele homem, assim que sumiu no escuro, ter sumido de verdade e não existir mais.

Qualquer coisa que Pétia visse naquele momento não o deixaria nem um pouco espantado. Ele estava no reino da fantasia, onde tudo era possível.

Olhou para o céu. E o céu estava tão mágico quanto a terra. O céu estava limpando, e acima do cume das árvores as nuvens corriam ligeiro, pareciam desvelar as estrelas. Às vezes dava a impressão de que o céu limpava e revelava um céu negro e limpo. Às vezes parecia que aquelas manchas negras eram nuvens. Às vezes parecia que o céu se erguia alto, alto, acima de sua cabeça; às vezes o céu descia muito, como se fosse possível tocá-lo com a mão.

Pétia fechou os olhos e balançou a cabeça.

Gotas caíam. Ouviam-se vozes suaves. Os cavalos começavam a relinchar e a se sacudir. Alguém roncava.

— Ojig, jig, ojig, jig... — assoviava o sabre ao ser amolado. E de repente Pétia ouviu um harmonioso coro de instrumentos musicais, que executava um hino desconhecido, solenemente doce. Pétia era amante da música, como Natacha, e mais ainda do que Nikolai, mas nunca estudara música, não pensava em música, e por isso as melodias que lhe vinham de surpresa à cabeça eram para ele algo especialmente novo e encantador. A música era cada vez mais audível. O canto se expandia, passava de um instrumento a outro. Teve início aquilo que chamam de fuga, embora Pétia não tivesse a menor ideia do que era uma fuga. Cada instrumento, ora um parecido com um violino, ora outro parecido com um trompete — mas melhores e mais claros do que um violino e um trompete —, cada instrumento tocava sua parte e, ainda antes de terminar a melodia, fundia-se com outro que havia começado a tocar quase a mesma melodia, e com um terceiro e com um quarto, e todos eles se fundiam em um só e de novo se dispersavam rapidamente, e de novo se fundiam, ora com uma solenidade litúrgica, ora de modo brilhante e triunfal.

"Ah, puxa, mas parece que estou no céu", disse Pétia consigo, inclinando-se para a frente. "Está nos meus ouvidos. Quem sabe essa música é minha? Vamos, de novo. Toque, minha música! Vamos!..."

Fechou os olhos. E de vários lados, como se viessem de longe, palpitaram sons, começaram a se ordenar, a se dispersar, a se fundir, e de novo tudo se uniu no mesmo hino doce e solene. "Ah, mas que maravilha! Quanta coisa eu quero e como eu quero!", disse Pétia consigo. Experimentou reger aquele imenso coro de instrumentos.

"Pronto, mais baixo, mais baixo, agora não se ouve nada." E os sons obedeciam a ele. "Isso, agora mais forte, mais forte, mais alegre. Mais, mais festivo." E de uma profundeza desconhecida ergueram-se e intensificaram-se os sons triunfantes. "Pronto, vozes, venham se juntar!", ordenou Pétia. E de início ouviram-se de longe vozes masculinas, depois femininas. As vozes aumentaram, aumentaram num ímpeto ritmado e festivo. Para Pétia, era terrível e alegre sorver aquela beleza extraordinária.

Uma canção se fundiu com a marcha triunfal e festiva, e gotas caíam, e ojig, jig, jig... o sabre assoviava, e de novo os cavalos relincharam e se sacudiram, sem perturbar o coro, mas juntando-se a ele.

Pétia não soube quanto tempo aquilo durou: ele se deleitava, o tempo todo admirado com seu prazer, e lamentava não ter ninguém com quem compartilhar aquilo. A voz carinhosa de Likhatchióv despertou-o.

— Pronto, vossa excelência, vai partir um francês em dois.

Pétia acordou.

— Puxa, o dia já está clareando, está clareando! — exclamou.

Os cavalos antes invisíveis ficaram visíveis da cabeça até a cauda, e através dos galhos nus via-se uma luz fluida. Pétia animou-se, deu um pulo, tirou do bolso uma moeda de um rublo e deu para Likhatchióv, e depois brandiu o sabre, experimentou-o e enfiou-o na bainha. Os cossacos estavam soltando os cavalos e apertavam as barrigueiras das selas.

— Olhe lá o comandante — disse Likhatchióv.

Do posto de vigia, veio Deníssov e, depois de chamar Pétia com um grito, deu ordem para ele se preparar.

XI

Na penumbra, rapidamente pegaram os cavalos, apertaram as barrigueiras e formaram-se divididos em pelotões. Deníssov estava no posto de vigia, dando as últimas ordens. Os infantes do bando passaram à frente pela estrada, centenas de pés estalando na lama, e rapidamente sumiram no meio das árvores na escuridão que antecede a alvorada. O *essaul* ordenou algo aos cossacos. Pétia segurava seu cavalo pelo cabresto, esperando com impaciência as ordens de montar. Lavado com água fria, seu rosto e sobretudo seus olhos brilhavam como fogo, um frio corria por suas costas, e em todo o corpo algo estremecia, depressa e ritmado.

— E então, está tudo pronto? — disse Deníssov. — Tragam os cavalos.

Trouxeram os cavalos. Deníssov irritou-se com um cossaco porque a barrigueira estava frouxa e, depois de xingá-lo, montou. Pétia subiu no estribo. O cavalo, como de hábito, quis morder seu pé, mas Pétia, sem sentir o próprio peso, rapidamente saltou sobre a sela e, olhando para trás, para os hussardos que se moviam no escuro, aproximou-se de Deníssov.

— Vassíli Fiódorovitch, o senhor não pode me dar uma missão? Por favor... pelo amor de Deus... — disse Pétia. Deníssov parecia ter se esquecido da existência de Pétia. Virou-se para ele.

— Vou pedir uma coisa para você — disse ele em tom severo. — Me obedeça e não meta o nariz onde não é chamado.

Desde a partida, durante todo o tempo, Deníssov não falou mais nenhuma palavra para Pétia e seguia calado. Quando se aproximaram da orla da floresta, já se começava a ver o dia clarear no campo. Deníssov disse algo num sussurro ao *essaul*, e os cossacos começaram a passar por Pétia e por Deníssov. Quando todos eles tinham passado, Deníssov atiçou seu cavalo e desceu o morro. Escorregando e baixando a garupa até o chão, os cavalos desciam para a ravina com seus cavaleiros nas costas. Pétia seguia ao lado de Deníssov. O tremor no corpo ficava cada vez mais forte. O dia clareava cada vez mais, só uma neblina encobria as formas distantes. Ao chegar lá embaixo, Deníssov virou-se e inclinou a cabeça para um cossaco que estava a seu lado.

— O sinal! — exclamou ele.

O cossaco ergueu o braço, um tiro ressoou. E no mesmo instante ouviram-se o tropel de cavalos que avançaram a galope, gritos de vários lados e outros tiros.

No mesmo instante, assim que soaram os primeiros sons do tropel e dos gritos, Pétia esporeou seu cavalo, soltou as rédeas e, sem dar ouvidos a Deníssov, que gritava para ele, galopou para a frente. Pétia teve a impressão de que, no exato instante em que se ouviu o tiro, de modo totalmente repentino, o dia clareou como se fosse meio-dia. Ele galopou na direção da ponte. À frente, pela estrada, galopavam os cossacos. Na ponte, Pétia chocou-se com um cossaco retardatário e continuou a galopar. À frente, algumas pessoas — na certa eram franceses — corriam do lado direito para o lado esquerdo da estrada. Um caiu na lama aos pés do cavalo de Pétia.

Junto a uma isbá, os cossacos se aglomeraram, fazendo alguma coisa. Do meio da multidão, soou um grito terrível. Pétia galopou para aquela multidão e a primeira coisa que viu foi o rosto pálido de um francês, com a mandíbula trêmula, segurando a haste de uma lança atirada contra ele.

— Hurra!... Camaradas... são nossos... — gritou Pétia, deu rédea solta ao cavalo afogueado e galopou em frente pela rua.

Ouviram-se tiros à frente. Cossacos, hussardos e prisioneiros russos esfarrapados correram de ambos os lados da estrada, grita algo cada vez mais alto e de forma cada vez mais rude. Um francês robusto, sem chapéu, de capote azul e rosto vermelho e contraído, enfrentava os hussardos com uma baioneta. Quando Pétia chegou a galope, o francês já havia caído. Cheguei tarde outra vez, passou pela cabeça de Pétia, e ele partiu a galope para o lugar de onde se ouviam tiros constantes. Os tiros ressoavam no pátio da casa senhorial onde ele havia estado com Dólokhov na noite anterior. Os franceses se abrigaram ali, no jardim, atrás de uma sebe espessa de moitas crescidas, e atiravam nos cossacos que se aglomeravam no portão. Ao chegar ao portão, Pétia avistou Dólokhov no meio da fumaça de pólvora, com o rosto pálido, esverdeado, gritando algo para os soldados. "Vamos dar a volta! Vamos esperar a infantaria!", gritava, na hora em que Pétia chegou perto dele.

— Esperar?... Hurraaaa!... — começou a gritar Pétia e, sem hesitar nem um minuto, partiu a galope rumo ao local de onde se ouviam os tiros e onde era mais densa a fumaça de pólvora. Ouviu-se uma descarga, assoviaram balas que passavam em branco e outras que se chocaram com alguma coisa. Os cossacos e Dólokhov galoparam atrás de Pétia para dentro do portão da casa. Alguns franceses, na densa fumaça que pairava no ar, apenas largaram as armas e correram das moitas ao encontro dos cossacos, outros correram para baixo do morro, rumo ao poço. Pétia galopou em seu cavalo ao longo do pátio senhorial e, em vez de segurar a rédea, abanava estranhamente os braços no ar e escorregava mais e mais para um lado sobre a sela. O cavalo correu na direção de uma fogueira quase extinta sob a luz da manhã, estacou, e Pétia tombou com violência na terra molhada. Os cossacos viram como suas pernas e seus braços se contorceram por um momento, embora a cabeça não se mexesse. Uma bala acertara sua cabeça.

Depois de trocar algumas palavras com um oficial francês que veio de trás da casa ao seu encontro com um lenço preso na espada e comunicou que estavam se rendendo, Dólokhov desmontou e aproximou-se de Pétia, que jazia imóvel, de braços abertos.

— Bateu as botas — disse, de sobrancelhas franzidas, e foi para o portão, ao encontro de Deníssov, que vinha em sua direção.

— Morreu?! — gritou Deníssov, ao ver Pétia ainda de longe na posição, que conhecia bem, de um corpo obviamente sem vida.

— Bateu as botas — repetiu Dólokhov, como se pronunciar aquelas palavras lhe desse prazer, e rapidamente foi até os prisioneiros, que os cossacos se apressaram em cercar. — Não vamos levar ninguém! — gritou ele para Deníssov.

Deníssov não respondeu; aproximou-se de Pétia, desceu do cavalo e, com as mãos trêmulas, virou para si o rosto de Pétia, já empalidecido e manchado de sangue e de lama.

"Estou acostumado a comer coisas doces. Tenho aqui umas passas ótimas, podem pegar todas", lembrou-se. E os cossacos, com surpresa, viraram-se ao ouvir o som, semelhante a latidos de cachorro, com o qual Deníssov rapidamente se voltou, foi até a sebe e agarrou-se a ela.

Entre os prisioneiros russos resgatados por Deníssov e Dólokhov estava Pierre Bezúkhov.

XII

Não houve nenhuma nova ordem do comando francês acerca do grupo de prisioneiros de que Pierre fazia parte, durante todo o tempo em que foram levados desde Moscou. No dia 22 de outubro, aquele grupo não estava mais com as tropas e com os comboios de carga com que havia saído de Moscou. Metade do comboio com pão seco, que seguira atrás deles nas primeiras marchas, fora tomada pelos cossacos, a outra metade se adiantou e foi na frente; dos cavalarianos a pé, que iam na frente, nenhum havia sobrado; todos desapareceram. A artilharia, que nas primeiras marchas era sempre vista à frente, tinha sido substituída pelo imenso comboio de carga do marechal Junot, escoltado por tropas da Vestfália. Atrás dos prisioneiros ia um comboio com bagagens da cavalaria.

Desde Viazma, as tropas francesas, que antes marchavam em três colunas, seguiam agora em um só amontoado. Os sinais de desordem que Pierre havia notado na primeira parada, depois de sair de Moscou, agora tinham chegado ao nível mais alto.

A estrada pela qual viajavam, de ambos os lados, estava coalhada de cavalos mortos; soldados esfarrapados, retardatários de diversas companhias, que se sucediam sem cessar, ora se uniam às tropas, ora de novo ficavam para trás das colunas em marcha.

Várias vezes durante a marcha aconteceram rebates falsos, e os soldados da escolta erguiam os fuzis, atiravam e fugiam às pressas, empurrando-se uns aos outros, mas depois de novo se reuniam e se xingavam uns aos outros pelo susto à toa.

Os três amontoados de gente que iam juntos — a bagagem dos cavalarianos, o grupo de prisioneiros e o comboio de carga de Junot — ainda continuavam a constituir algo definido e coeso, embora tanto o primeiro como o segundo e o terceiro estivessem se dissolvendo rapidamente.

No comboio da bagagem dos cavalarianos, no qual havia no início cento e vinte carroças, agora sobravam não mais de sessenta; as demais tinham sido tomadas ou abandonadas. Do comboio de carga de Junot, também tinham sido tomadas e abandonadas várias carroças. Três carroças foram saqueadas por soldados retardatários das tropas de Davout. Pela conversa dos alemães, Pierre soube que aquele comboio de carga contava com uma vigilância maior do que o grupo de prisioneiros e que, entre eles mesmos, um soldado alemão tinha sido fuzilado por ordem do próprio marechal, porque encontraram com o soldado uma colherzinha de prata que pertencia ao marechal.

Porém, entre aqueles três amontoados de gente, o que mais se dissolvia era o grupo de prisioneiros. Dos trezentos e trinta homens que tinham saído de Moscou, agora restavam menos de cem. Para os soldados da escolta, os prisioneiros davam ainda mais trabalho do que as selas da bagagem da cavalaria e do que o comboio de carga de Junot. As selas da cavalaria e as colheres de Junot, isso eles entendiam, era algo que podia servir a alguém, mas para que os soldados famintos e enregelados da escolta deviam vigiar e controlar russos igualmente famintos e enregelados, que congelavam e ficavam largados pela estrada, contra os quais, neste caso, os soldados tinham ordem para atirar — isso era não só incompreensível, como também ultrajante. E os soldados da escolta, como se temessem, na condição deplorável em que estavam, ceder a um sentimento de pena dos prisioneiros e com isso piorar ainda mais sua situação, tratavam-nos de forma especialmente rigorosa e amarga.

Em Dorogobuj, na hora em que os soldados da escolta, depois de trancarem os prisioneiros numa cocheira, foram saquear seus próprios armazéns, alguns soldados prisioneiros enfiaram-se por baixo da parede e fugiram, mas foram apanhados pelos franceses e fuzilados.

A organização anterior, adotada na partida de Moscou, em que os oficiais prisioneiros seguiam separados dos soldados, tinha sido abolida já fazia muito tempo; todos aqueles que podiam caminhar andavam juntos, e Pierre, desde a terceira marcha, voltara a se unir a Karatáiev e ao cachorro avermelhado de pernas tortas que havia escolhido Karatáiev como dono.

No terceiro dia após a partida de Moscou, Karatáiev voltou a ter a mesma febre que o deixara de cama num hospital de Moscou, e à medida que Karatáiev enfraquecia Pierre se afastava dele. Pierre não sabia por quê, mas, desde o momento em que Karatáiev começara a enfraquecer, Pierre tinha de fazer um grande esforço para se aproximar dele. E ao se aproximar e ouvir os gemidos baixos com que Karatáiev em geral se deitava nos acampamentos e sentir o cheiro agora mais forte que Karatáiev exalava, Pierre afastava-se e não pensava nele.

No cativeiro, no barracão, Pierre aprendera não com a razão, mas com todo o seu ser, com a vida, que o homem foi criado para a felicidade, que a felicidade estava dentro dele mesmo, na satisfação das necessidades humanas naturais, e que toda infelicidade advém menos da falta do que do excesso; mas agora, naquelas últimas três semanas de marcha, ele aprendera uma verdade nova e consoladora — aprendera que no mundo não existia nada de terrível. Aprendera que, assim como não existia uma situação em que um homem fosse feliz e inteiramente livre, também não existia uma situação em que ele fosse infeliz e sem liberdade. Pierre aprendera que existia um limite para o sofrimento e um limite para a liberdade e que esses limites ficavam muito próximos; que um homem que sofria porque, deitado em seu leito de rosas, havia uma folhinha dobrada, sofria como ele, que agora dormia na terra nua, úmida, com um lado do corpo frio e outro aquecido; que quando ele, antigamente, calçava seus finos sapatos de baile, sofria como agora, andando totalmente descalço (seus sapatos tinham se desmanchado fazia muito tempo), com os pés cobertos por chagas. Pierre aprendera que, quando ele, assim lhe parecia, havia casado com sua esposa por livre e espontânea vontade, não era mais livre do que agora, quando o trancavam numa cocheira para passar a noite. De tudo aquilo que, depois, também ele iria chamar de sofrimento, mas que agora quase não sentia, o principal eram os pés descalços, esfolados, cobertos de feridas. (A carne de cavalo era gostosa e nutritiva, o sabor de salitre da pólvora, usada em lugar do sal, era até agradável; não fazia muito frio, e durante o dia, em marcha, fazia calor, e à noite acendiam fogueiras; os piolhos que picavam o corpo aqueciam de forma agradável.) Só havia uma coisa penosa naqueles primeiros dias — os pés.

No segundo dia de marcha, ao examinar suas feridas junto à fogueira, Pierre achou que seria impossível pisar nelas; mas, quando todos se levantaram, ele caminhou mancando e, depois, quando esquentou, andou sem dor, embora à tarde tenha olhado para os pés e achado mais terrível ainda. Mas Pierre não olhava para os pés e pensava em outras coisas.

Só agora Pierre entendia toda a força da vitalidade humana e o poder redentor do deslocamento da atenção de que o homem é dotado, a exemplo da válvula de segurança de uma máquina a vapor, que deixa escapar o excesso de vapor quando sua densidade ultrapassa determinado nível.

Pierre não via e não ouvia que fuzilavam os prisioneiros retardatários, embora mais de cem já tivessem sido mortos daquela maneira. Não pensava em Karatáiev, que enfraquecia mais e mais a cada dia e, era evidente, em breve teria o mesmo destino. Menos ainda, Pierre pensava em si mesmo. Quanto mais difícil era sua situação, quanto mais terrível era o futuro, vinham-lhe, de modo ainda mais independente da situação em que se encontrava, pensamentos, recordações e ideias alegres e tranquilizadoras.

XIII

No dia 22 de outubro, ao meio-dia, Pierre andava num morro por uma estrada lamacenta e escorregadia, olhando para os pés e para as irregularidades do caminho. De vez em quando lançava um olhar para a multidão conhecida que o rodeava e olhava de novo para os pés. Tanto uma coisa quanto a outra eram igualmente bem conhecidas dele. O cachorro chamado Cinzento, avermelhado e de pernas tortas, corria num lado da estrada e de vez em quando, a fim de demonstrar sua agilidade e seu contentamento, encolhia a pata traseira e saltava apoiado só em três patas e depois disparava de novo nas quatro patas, latindo para os corvos pousados sobre corpos putrefatos. Cinzento estava mais alegre e mais rechonchudo do que em Moscou. Em todos os lados, pelo chão, havia carne de vários animais — de homens até cavalos, em vários graus de decomposição; e os lobos não se aproximavam por causa das pessoas que andavam por perto; assim Cinzento podia se empanturrar o quanto quisesse.

Caía uma garoa desde a manhã, e parecia que logo ela ia passar e o céu ia limpar, mas depois de uma parada rápida para um descanso a chuva caiu com ainda mais força. A estrada encharcada pela chuva já não absorvia mais a água, e pequenos regatos corriam pelos sulcos.

Pierre andava olhando para os lados, contava nos dedos seus passos, de três em três. Dirigindo-se à chuva, dizia interiormente: vamos, vamos lá, caia mais.

Parecia-lhe que não estava pensando em nada; porém, bem longe e no fundo, em algum canto, sua alma pensava algo importante e consolador. Era uma passagem muito sutil e espiritual que extraíra da conversa com Karatáiev no dia anterior.

Na véspera, na parada noturna, enregelado junto a uma fogueira quase apagada, Pierre levantara-se e seguira rumo a uma fogueira que ardia mais forte ali perto. Junto ao fogo a que Pierre se dirigira, Platon estava sentado, abrigado num capote que levava sobre a cabeça, como uma casula de padre, e contava aos soldados, com sua voz agradável, rápida, mas fraca, doente, uma história que Pierre já conhecia. Já passava de meia-noite. Era a hora em que Karatáiev costumava se animar por causa do acesso de febre e ficava especialmente agitado. Ao chegar perto da fogueira e ouvir a voz fraca e doente de Platon, e ao ver, claramente iluminado pelo fogo, seu rosto de dar pena, o coração de Pierre se apertou de modo desagradável. Assustou-se com a pena que sentiu daquele homem e quis ir embora, mas não havia outra fogueira, e Pierre, tentando não olhar para Platon, agachou-se junto à fogueira.

— E aí, como vai a saúde? — perguntou ele.

— O que tem a saúde? Se a gente fica choramingando na doença, Deus não dá a morte — disse Karatáiev, e logo voltou ao relato já iniciado.

— ... Pois é isso, meu irmão — prosseguiu Platon com um sorriso no rosto magro e pálido e com um brilho diferente e alegre nos olhos —, pois é isso, meu irmão...

Pierre conhecia aquela história fazia muito tempo, Karatáiev tinha contado umas seis vezes aquela mesma história só para ele e sempre com um sentimento especial e alegre. Porém, por mais que Pierre conhecesse a história, agora ele a escutava como algo novo, e aquele entusiasmo sereno que, ao contar, Karatáiev obviamente sentia contagiou Pierre também. Era a história de um velho mercador, bonito e temente a Deus, que morava com a família e que certa vez viajou para Makar,[23] em companhia de um amigo mercador rico.

Os dois mercadores pararam numa estalagem de muda de cavalos e adormeceram, e no dia seguinte o camarada do mercador foi encontrado assassinado e roubado. Uma faca ensanguentada foi achada embaixo do travesseiro do velho mercador. Julgaram o mercador, castigaram-no com chicotadas e, depois de arrancarem suas narinas — como se deve fazer, disse Karatáiev —, baniram-no para os trabalhos forçados.

— Pois é, meu irmão (nesse ponto Pierre começou a ouvir o relato de Karatáiev), e assim passam dez anos ou mais. O velhinho está vivendo nos trabalhos

---

23 Nome da feira da cidade de Níjni-Nóvgorod.

forçados. Como deve ser, ele obedece, não faz mal nenhum. Só reza a Deus e pede a morte. Muito bem. Aí eles se reúnem, certa noite, os condenados aos trabalhos forçados, assim como a gente está aqui agora, e o velhinho está junto. E aí começam a falar por que cada um está sofrendo, de que cada um é culpado perante Deus. Começaram a contar, um tirou a vida de uma pessoa, outro de duas, outro é um incendiário, outro é um fugitivo, outro não tinha feito nada. Começaram a perguntar ao velhinho: e você, vovô, por que foi castigado? Eu, irmãos, meus caros, estou pagando pelos meus pecados e pelos pecados dos outros. Não tirei a vida de ninguém, não tomei nada dos outros, na verdade compartilhava o que tinha com meus irmãos mais pobres. Eu, meus caros, sou um mercador; e possuo uma grande riqueza. E assim vai falando. E conta para eles como tudo aconteceu, assim, sabe, na ordem. Eu, diz ele, não me aflijo por mim. Quero dizer, Deus foi me buscar. Tenho pena é da minha velha e dos filhos, diz ele. E o velhinho começou a chorar. Aconteceu que entre eles estava aquele mesmo homem, quer dizer, o que matou o outro mercador. Pergunta: onde foi que aconteceu isso, vovô? Quando, em que mês? Perguntou tudo. Seu coração começou a doer. Chega perto do velhinho desse jeito, assim, e se joga nos pés dele. Velhinho, você está perecendo por minha causa, diz ele. É a verdade verdadeira; este homem está sendo torturado, diz, sem culpa nenhuma, à toa. Fui eu mesmo que fiz isso, diz ele, e pus a faca embaixo da cabeça adormecida. Me perdoe, vovô, diz ele, pelo amor de Cristo.

Karatáiev calou-se, sorrindo alegre, olhando para o fogo, e ajeitou um pedaço de lenha.

— Aí o velhinho vem e diz: Deus na certa vai perdoar você, e a nós todos também, diz, pecadores perante Deus, mas eu estou sofrendo por causa dos meus pecados. Ele mesmo começa a chorar com lágrimas ardentes. O que você acha, meu amigo — disse Karatáiev, com um sorriso comovido e cada vez mais luminoso, como se naquilo que tinha para contar agora se encerrasse o principal encanto e todo o sentido da história —, o que você acha, meu amigo, pois aquele assassino foi lá e se confessou às autoridades. Eu, diz ele, tirei a vida de seis pessoas (era um grande malfeitor), mas o que mais lamento é aquele velhinho. Soltem o homem para que não chore por minha causa. Confessou: anotaram, mandaram o papel, como deve ser. O lugar ficava longe, e o tempo ia passando enquanto julgavam, enquanto escreviam os papéis como deve ser, as autoridades, quero dizer. Chegou até o tsar. Então veio uma ordem do tsar: soltar o mercador, dar a ele uma indenização, o quanto julgassem correto. Chegou o papel, foram buscar o velhinho. Onde está aquele velhinho que sofre sem culpa e à toa? O papel veio do tsar. Foram procurar. — A mandíbula de Karatáiev tremia. — Mas Deus já tinha perdoado... Ele tinha morrido. Pois é, meu amigo — concluiu Karatáiev e ficou olhando para a frente, sorrindo, durante muito tempo.

Não era aquele conto propriamente, mas seu sentido misterioso, aquela alegria comovida que brilhava no rosto de Karatáiev depois de contar a história, o sentido misterioso daquela alegria, era isso o que enchia agora a alma de Pierre de um modo vago e alegre.

XIV

— *A vos places!*[24] — gritou de repente uma voz.

Entre os prisioneiros e os soldados da escolta produziram-se uma confusão alegre e uma expectativa de algo feliz e festivo. De todos os lados ouviram-se gritos de comando, e do lado esquerdo cavalarianos contornaram os prisioneiros, passando a trote, bem-vestidos, em bons cavalos. Havia em todos os rostos a expressão de tensão que se vê nas pessoas diante da aproximação de autoridades supremas. Os prisioneiros se aglomeraram, foram empurrados para fora da estrada; os soldados da escolta puseram-se em forma.

— *L'empereur! L'empereur! Le maréchal! Le duc!*[25] — E mal haviam passado os garbosos soldados da escolta quando chegou com estrépito uma carruagem puxada por cavalos cinzentos. De relance, Pierre avistou um rosto calmo, bonito, gordo e branco de um homem com um chapéu de três pontas. Era um dos marechais. O olhar do marechal voltou-se para o vulto volumoso e chocante de Pierre e, na expressão com que o marechal franziu as sobrancelhas e virou o rosto, Pierre pareceu ver compaixão e o desejo de escondê-la.

O general no comando do comboio das bagagens, com o rosto vermelho e assustado, conduzindo seu cavalo magro, galopou atrás da carruagem. Alguns oficiais foram junto, os soldados os cercaram. Todos tinham o rosto perturbado e tenso.

— *Qu'est-ce qu'il a dit? Qu'est-ce qu'il a dit?...*[26] — ouviu Pierre.

Na hora em que o marechal passou, os prisioneiros tinham se aglomerado, muito juntos, e Pierre viu Karatáiev, que ainda não tinha visto desde a manhã. Com seu capote, Karatáiev estava sentado, recostado numa bétula. Em seu rosto, além da expressão da emoção alegre do dia anterior, quando contara a história dos sofrimentos do mercador inocente, reluzia também uma expressão de serena solenidade.

---

24 Francês: "A seus lugares!".

25 Francês: "O imperador! O imperador! O marechal! O duque!".

26 Francês: "O que foi que ele disse? O que foi que ele disse?...".

Karatáiev olhou para Pierre com seus olhos bondosos e redondos, agora encobertos por lágrimas, e obviamente chamava Pierre para perto de si, queria dizer algo. Mas Pierre sentiu um medo terrível de si mesmo. Fingiu que não viu o olhar de Karatáiev e afastou-se depressa.

Quando os prisioneiros foram postos em movimento outra vez, Pierre olhou para trás. Karatáiev estava sentado na beira da estrada, junto à bétula, e dois franceses falavam algo perto dele. Pierre não se virou mais para olhar. Caminhava mancando pelo morro.

Atrás, no local onde estava Karatáiev, soou um tiro. Pierre ouviu nitidamente aquele tiro, mas no instante em que o ouviu Pierre lembrou-se de que ele não havia terminado o cálculo, iniciado ainda antes da passagem do marechal, de quantos dias de marcha faltavam para chegar a Smolensk. E começou a calcular. Dois soldados franceses, um deles com um fuzil fumegante nas mãos, passaram por Pierre. Os dois estavam pálidos, e a expressão em seus rostos — um deles olhou timidamente para Pierre — era semelhante à que ele tinha visto naquele soldado jovem na hora da execução. Pierre observou o soldado e lembrou que dois dias antes aquele mesmo soldado, ao tentar secar a camisa na fogueira, tinha deixado que ela pegasse fogo e rira de si mesmo.

O cachorro começou a uivar lá atrás, no lugar onde estava Karatáiev. "Que tolo, para que está uivando?", pensou Pierre.

Os camaradas soldados que andavam ao lado de Pierre, assim como ele, não olharam para trás, para o lugar de onde tinham ouvido o tiro e depois o uivo do cachorro; mas havia uma fisionomia severa em todos os rostos.

XV

O comboio de bagagens da cavalaria, os prisioneiros e o comboio de carga do marechal pararam na aldeia de Chámchevo. Todos se aglomeraram em torno das fogueiras. Pierre aproximou-se de uma fogueira, comeu carne de cavalo cozida, deitou-se de costas para o fogo e logo adormeceu. Dormiu de novo com o mesmo sono que havia dormido em Mojáisk, depois da batalha de Borodinó.

De novo os acontecimentos da realidade se uniram com os do sonho e de novo alguém, ele mesmo ou outra pessoa, disse-lhe uns pensamentos, na verdade os mesmos pensamentos que ele tinha ouvido no sonho em Mojáisk.

"A vida é tudo. A vida é Deus. Tudo muda e se movimenta, e esse movimento é Deus. E enquanto existe vida, existe o prazer da consciência da divindade. Amar a vida é amar a Deus. O mais difícil e o mais sagrado de tudo é amar esta vida em seus sofrimentos, nos sofrimentos da inocência."

"Karatáiev!", lembrou-se Pierre.

E de súbito Pierre viu mentalmente, como se estivesse vivo, o gentil professor velhinho, esquecido havia muito tempo, que lhe dava aulas de geografia na Suíça. "Espere", disse o velhinho. E mostrou para Pierre o globo terrestre. O globo era uma esfera viva, oscilante, que não tinha limites definidos. Toda a superfície da esfera era formada por gotas compactamente comprimidas umas às outras. Todas aquelas gotas se moviam, se transformavam, e ora muitas se fundiam em uma só, ora uma só se desmembrava em muitas. Cada gota se empenhava em transbordar, ocupar um espaço maior, mas as outras se empenhavam da mesma forma, a espremiam, às vezes a aniquilavam, outras vezes se fundiam com ela.

— Isto é a vida — disse o velhinho professor.

"Como é simples e claro", pensou Pierre. "Como pude ignorar isso antes?"

— No meio está Deus, e cada gota luta para se expandir a fim de refletir Deus em dimensões maiores. E cresce, funde-se, comprime-se, desmancha-se na superfície, vai embora para o fundo e de novo emerge. Lá está ele, Karatáiev, veja, transbordou e desapareceu. *Vous avez compris, mon enfant*[27] — disse o professor.

— *Vous avez compris, sacré nom*[28] — começou a gritar uma voz, e Pierre acordou.

Ergueu-se nos cotovelos e sentou-se. Junto à fogueira, de cócoras, estava um francês que acabara de empurrar um soldado russo para o lado e assava uma carne enfiada numa vareta de fuzil. Suas mangas estavam arregaçadas, e as mãos gordurosas, vermelhas, cobertas de pelos, com dedos curtos, giravam com agilidade a vareta de fuzil. Via-se claramente na luz das brasas o rosto sombrio, marrom, de sobrancelhas grossas e pretas.

— *Ça lui est bien égal* — resmungou, voltando-se rapidamente para o soldado que estava de pé atrás dele — *... brigand. Va!*[29]

E o soldado que girava a vareta de fuzil lançou um olhar soturno para Pierre. Pierre virou-se, olhou para a sombra. Um soldado russo prisioneiro, aquele que o francês havia empurrado, sentou-se junto à fogueira e afagava algo com a mão. Pierre olhou mais de perto e reconheceu o cachorrinho avermelhado que, sacudindo o rabo, estava sentado junto ao soldado.

— Ah, ele veio? — disse Pierre. — Ah, o Pla... — começou e não terminou de falar. De repente, em sua imaginação, misturando-se todas ao mesmo tempo, vieram as lembranças do olhar com que Platon o fitara sentado ao pé da bétula, do tiro

---

27 Francês: "Você compreendeu, meu menino".

28 Francês: "Você compreendeu, que diabo".

29 Francês: "Para ele tanto faz [...] bandido. Ora!".

que ouvira naquele lugar, do uivo do cachorro, dos rostos culpados dos dois franceses que passaram por ele correndo, do fuzil fumegante, da ausência de Karatáiev naquele acampamento, e Pierre já estava à beira de compreender que Karatáiev tinha sido morto, mas naquele exato instante, em sua alma, vinda só Deus sabe de onde, acudiu a recordação de uma noite de verão que ele havia passado com uma linda jovem polonesa na sacada de sua casa em Kíev. E, mesmo sem estabelecer nenhuma relação com as lembranças daquele dia e sem tirar dali nenhuma conclusão, Pierre fechou os olhos, e a imagem da natureza de verão misturou-se com a lembrança de um banho, de uma esfera líquida oscilante, e ele afundou naquela água de tal modo que a água se fechou por cima de sua cabeça.

Antes do nascer do sol, gritos e tiros altos e repetidos acordaram Pierre. Franceses passaram correndo por ele.

— *Les cosaques!*[30] — gritou um dos franceses, e um minuto depois uma multidão de rostos russos rodeou Pierre.

Pierre demorou muito tempo até entender o que estava acontecendo. De todos os lados, ouvia brados de alegria dos camaradas.

— Irmãos! Minha gente, queridos! — gritavam chorando os velhos soldados, enquanto abraçavam os cossacos e os hussardos. Os hussardos e os cossacos rodearam os prisioneiros e se apressaram em oferecer roupas a uns, a outros sapatos, a outros pão. Pierre chorava, sentado no meio deles, e não conseguia pronunciar nenhuma palavra; abraçou o primeiro soldado que se aproximou e, chorando, beijou-o.

Dólokhov estava de pé junto ao portão da casa arruinada, deixando passar na sua frente uma multidão de franceses desarmados. Os franceses, abalados com tudo o que havia ocorrido, falavam alto entre si; mas quando passavam por Dólokhov, que batia de leve com o chicote nas próprias botas e olhava para eles com seu olhar frio, vidrado, que nada prometia de bom, suas vozes silenciavam. Do outro lado estava um cossaco de Dólokhov que contava os prisioneiros, marcando cada centena com um risco de giz preto no portão.

— Quantos? — perguntou Dólokhov ao cossaco que contava os prisioneiros.

— É a segunda centena — respondeu o cossaco.

— *Filez, filez* — exclamava Dólokhov, que havia aprendido aquela expressão com os franceses, e, quando seus olhos cruzavam com os dos franceses que passavam, seu olhar chamejava com um brilho cruel.

---

30 Francês: "Os cossacos!".

Deníssov, de rosto sombrio, havia tirado da cabeça o gorro alto de pele e caminhava ao lado de uns cossacos que carregavam para uma cova, escavada no jardim, o corpo de Pétia Rostóv.

XVI

Desde o dia 28 de outubro, quando os saques tiveram início, a fuga dos franceses adquiriu um caráter ainda mais trágico, com homens que congelavam ou assavam até morrer perto das fogueiras, enquanto pessoas em casacos de pele e em carruagens continuavam a passar, com os despojos tomados pelo imperador, pelos reis e pelos duques; mas na realidade o processo da fuga e da desintegração do exército francês, desde a saída de Moscou, não sofreu nenhuma alteração.

De Moscou até Viazma, do exército francês de setenta e três mil soldados, sem contar a guarda (que durante toda a guerra nada fez a não ser saquear) — de setenta e três mil, restavam trinta e seis mil (daquele contingente, não mais de cinco mil morreram em batalha). Esse é o primeiro termo de uma progressão, a partir do qual os termos seguintes são matematicamente determinados com precisão.

O exercito francês se desfazia e se destruía, nessa mesma proporção, no percurso de Moscou a Viazma, de Viazma a Smolensk, de Smolensk a Berezina, de Berezina a Vilna, independentemente do maior ou menor grau do frio, da perseguição, dos empecilhos do caminho e de todas as demais condições, tomadas isoladamente. Depois de Viazma, as tropas francesas, em lugar de marchar em três colunas, se amontoaram em um bando e assim continuaram até o fim. Berthier escreveu para seu soberano (é sabido como os comandantes se permitem afastar-se da verdade quando descrevem a situação do exército). Berthier escreveu:

> *Je crois devoir faire connaître à Votre Majesté l'état de ses troupes dans les différents corps d'armée que j'ai été à même d'observer depuis deux ou trois jours dans différents passages. Elles sont presque débandées. Le nombre des soldats qui suivent les drapeaux est en proportion du quart au plus dans presque tous les régiments; les autres marchent isolément dans différentes directions et pour leur compte, dans l'espérance de trouver des subsistances et pour se débarrasser de la discipline. En général ils regardent Smolensk comme le point où ils doivent se refaire. Ces derniers jours on a remarqué que beaucoup de soldats jettent leurs cartouches et leurs armes. Dans cet état de choses, l'intérêt du service de Votre Majesté exige, quelles que soient ses vues ultérieures, qu'on rallie l'armée à Smolensk en commençant à la débarrasser des non-combattants, tels que les hommes*

démontés, et des bagages inutiles et du matériel de l'artillerie, qui n'est plus en proportion avec les forces actuelles. En outre, les jours de repos, des subsistances sont nécessaires aux soldats qui sont exténués par la faim et la fatigue; beaucoup sont morts ces derniers jours sur la route et dans les bivouacs. Cet état de choses va toujours en augmentant et donne lieu de craindre que, si l'on n'y prête un prompt remède, on ne soit plus maître des troupes dans un combat. Le 9 novembre, à trente verstes de Smolensk.[31]

Ao irromper em Smolensk, que a eles parecia ser a terra prometida, os franceses se mataram uns aos outros em luta pelas provisões, pilharam seus próprios armazéns e, quando tudo estava saqueado, continuaram a fugir.

Todos andavam sem saber para onde nem para quê. Menos ainda do que os demais, sabia-o o gênio de Napoleão, porque a ele ninguém dava ordens. No entanto Napoleão e os que o rodeavam mantiveram seus hábitos antigos: redigiam ordens, cartas, relatórios, *ordres du jour*,[32] chamavam-se uns aos outros de "*sire, mon cousin, prince d'Ekmühl, roi de Naples*" etc. Mas as ordens e os relatórios ficavam só no papel, nada se concretizava, porque não podia se concretizar, e, apesar de tratarem-se uns aos outros por majestades, altezas e primos-irmãos, todos eles sentiam que eram pessoas patéticas e torpes, que tinham causado muita desgraça pela qual agora teriam de pagar. E, apesar de fingirem estar muito ocupados com o exército, cada um só pensava em si e em como fugir e salvar-se o mais depressa possível.

---

31 Francês: "Creio ser meu dever dar a conhecer a vossa majestade o estado de suas tropas nos diversos corpos do exército, como pude verificar nos últimos dois ou três dias, em diferentes ocasiões. As tropas quase debandaram. O número de soldados que seguem as bandeiras mal chega à proporção de um quarto em quase todos os regimentos, os demais marcham isoladamente em direções diferentes e por conta própria, na esperança de encontrar meios de subsistência e a fim de se desvencilhar da disciplina. No geral, encaram Smolensk como o ponto onde deverão se refazer. Nos últimos dias, viu-se que muitos soldados abandonam sua munição e suas armas. Em tal estado de coisas, o interesse do serviço a vossa majestade exige, quaisquer que sejam suas providências ulteriores, que o exército seja reagrupado em Smolensk e que comecemos a nos desvencilhar dos não combatentes, tais como de homens sem montaria, de bagagens inúteis e de material de artilharia que não guarda mais proporção com as forças atuais. Além de dias de repouso, são necessários meios de subsistência para os soldados que se encontram extenuados pela fome e pela fadiga; muitos morreram nos últimos dias, na estrada e nos acampamentos. Tal estado de coisas se agrava continuamente e dá lugar ao medo de que, se não lhe dermos pronto remédio, não será mais possível manter o comando das tropas num combate. 9 de novembro, a trinta verstas de Smolensk".

32 Francês: "ordens do dia".

XVII

Os movimentos das tropas russas e francesas na campanha do retorno de Moscou para o Niemen pareciam um jogo de cabra-cega em que dois jogadores vendam os olhos e um deles de vez em quando toca uma sineta a fim dar notícia de si ao jogador que o persegue. De início, aquele que é perseguido toca a sineta sem temer o inimigo, mas quando sua situação piora ele se esforça para andar sem ser ouvido, foge do inimigo e muitas vezes, pensando que foge, corre direto para as mãos dele.

No início as tropas napoleônicas ainda avisavam de sua presença — foi na primeira fase do deslocamento pela estrada de Kaluga, mas, depois que optaram pela estrada de Smolensk, passaram a correr segurando na mão o badalo da sineta e, muitas vezes, pensando que fugiam, corriam direto para os russos.

Graças à rapidez da fuga dos franceses, à rapidez dos russos no seu encalço e, por conta disso, graças à exaustão dos cavalos, o principal meio de conhecer de modo aproximado a situação do inimigo — as patrulhas de cavalaria — não existia. Além disso, por causa das constantes e rápidas mudanças de posição de ambos os exércitos, as informações que se obtinham não podiam ser entregues em tempo hábil. Se num dia chegava a informação de que no dia anterior o exército inimigo estava em determinado local, no terceiro dia, quando enfim era possível fazer alguma coisa, aquelas tropas já tinham feito dois dias de marcha e estavam numa localização completamente distinta.

Um exército fugia, o outro perseguia. A partir de Smolensk, ofereciam-se aos franceses muitas estradas diferentes; e pode parecer que, depois de ficarem ali quatro dias, os franceses teriam condições de saber onde estava o inimigo, planejar alguma ação proveitosa e realizar algo novo. Porém, depois de uma estada de quatro dias, seus bandos de novo saíram em debandada, não para a direita, nem para a esquerda, mas, sem nenhuma manobra e sem nenhuma razão, por uma estrada velha, a pior de todas, que passava por Krásnoie e Orchá — onde eles já haviam deixado suas pegadas.

Como esperavam o inimigo por trás, e não pela frente, os franceses corriam, ultrapassavam-se e afastavam-se uns dos outros, abrindo distâncias de até vinte e quatro horas de marcha. À frente de todos, corria o imperador, depois os reis, depois os duques. O exército russo, pensando que Napoleão seguiria para o lado direito depois do rio Dniepr, a única coisa razoável a fazer, também seguiu para a direita e foi dar na grande estrada para Krásnoie. Lá, como num jogo de cabra-cega, os franceses deram de cara com a nossa vanguarda. Ao ver inesperadamente o inimigo, os franceses se confundiram, pararam com a surpresa do susto, mas depois correram de novo, largando para trás seus camaradas que os seguiam. Ali, como se percorressem um corredor polonês formado pelas tropas russas, durante três dias as várias partes do exército francês passaram separadamente, de início as tropas do vice-rei, depois as de Davout, depois as de Ney. Todas abandonaram umas às outras, abandonaram toda a sua carga, a artilharia, a metade do seu contingente e fugiram, desviando-se dos russos à noite com semicírculos para a direita.

Ney, que ia por último (porque, apesar da situação infeliz dos franceses, ou justamente por causa disso, eles queriam castigar o solo que os havia ultrajado, e Ney havia se ocupado com a demolição das muralhas de Smolensk, que não estavam atrapalhando ninguém) — Ney, por último, com seu corpo de tropa de dez mil soldados, chegou às pressas a Orchá, ao encontro de Napoleão, apenas com mil homens, depois de ter abandonado todos os outros e todos os canhões e depois de ter cruzado o rio Dniepr furtivamente à noite, por dentro da floresta.

De Orchá continuaram a correr pela estrada para Vilna, como se brincassem de cabra-cega com o exército que os perseguia. Em Bereziná de novo se confundiram, muitos se afogaram, muitos se renderam, mas aqueles que atravessaram o rio continuaram a correr. Seu principal comandante estava de casaco de pele e, sentado num trenó, galopava sozinho, depois de deixar seus camaradas para trás. Quem podia fugiu também, quem não podia rendeu-se ou morreu.

XVIII

Tinha-se a impressão, na campanha da fuga dos franceses, quando eles mesmos faziam todo o possível para se destruir, quando nenhum movimento daquela multidão, desde a curva para a estrada de Kaluga até a fuga do comandante do exército, fazia o menor sentido — tinha-se a impressão de que, naquela fase da campanha, seria impossível para os historiadores, que atribuem a ação da massa humana à vontade de uma pessoa, descrever tal retirada segundo suas teorias. Mas não. Montanhas de livros foram escritas pelos historiadores a respeito daquela campanha, e em toda parte foram analisadas as ordens de Napoleão e seus planos argutos — as manobras executadas pelas tropas e as ordens geniais de seus marechais.

A retirada de Malo Iaroslávets, quando ele tinha caminho livre rumo a uma região de fartura e quando tinha caminho aberto por uma estrada paralela, pela qual Kutúzov depois o seguiu, a retirada desnecessária por uma estrada devastada, tudo isso nos é explicado por meio de diversas considerações argutas. Por meio das mesmas considerações argutas, é explicada sua retirada de Smolensk para Orchá. Depois ele é descrito de forma heroica em Krásnoie, onde pelo que dizem ele estava pronto para travar batalha e comandá-la pessoalmente, enquanto andava com uma bengala feita de bétula na mão e dizia:

— *J'ai assez fait l'empereur, il est temps de faire le général*[33] — e, apesar disso, logo depois continuou a fugir, abandonando à sanha do destino os pedaços dispersos do exército que estavam mais atrás.

Em seguida nos descrevem os grandes espíritos dos marechais, em especial de Ney, grandeza de espírito que consistiu em que, à noite, ele tomou um desvio pela floresta, cruzou o rio Dniepr e, sem bandeiras nem artilharia, chegou a Orchá, sem nove décimos de suas tropas.

E por fim a última despedida do grande imperador do seu exército heroico nós é apresentada pelos historiadores como algo grandioso e genial. Até esse último ato de fuga, que na linguagem humana recebe o nome de último grau da infâmia, algo de que toda criança aprende a ter vergonha, esse mesmo ato na linguagem dos historiadores recebe uma justificação.

Nessa altura, quando já é impossível esticar ainda mais os fios tão elásticos dos raciocínios históricos, quando as ações já se mostram claramente contrárias àquilo que toda a humanidade chama de bem e até de justiça, ocorre aos historiadores a noção redentora de grandeza. A grandeza parece excluir a possibilidade de um padrão do bom e do mau. Para o grande, não existe o mau. Não há horror que possa ser atribuído à responsabilidade de quem é grande.

"*C'est grand!*",[34] dizem os historiadores, e então já não existe bom nem mau, existe o "*grand*" e o "não *grand*". *Grand* é bom, não *grand* é ruim. *Grand* é, no entendimento deles, a característica de alguns animais especiais, a que eles chamam de heróis. E Napoleão, escapulindo às pressas para casa, envolto num quente casaco de pele, deixando para trás, para perecer, não só seus camaradas como também pessoas (no seu modo de ver) levadas até lá por ele mesmo, sente *que c'est grand*, e sua alma fica tranquila.

"*Du sublime* (ele vê em si algo de *sublime*) *au ridicule il n'y a qu'un pas*",[35] diz ele. E o mundo todo repete durante cinquenta anos: "*Sublime! Grand! Napoléon le Grand! Du sublime au ridicule il n'y a qu'un pas*".

E não passa pela cabeça de ninguém que admitir que a grandeza é imensurável pela medida do bom e do mau é apenas admitir sua insignificância e imensurável pequenez.

Para nós, com a medida do bom e do mau que Cristo nos deu, não é imensurável. E não existe grandeza onde não existem a simplicidade, o bem e a verdade.

---

33 Francês: "Já estou farto de fazer o papel de imperador, está na hora de fazer o papel de general".

34 Francês: "É grande!".

35 Francês: "Do sublime [...] ao ridículo é só um passo".

XIX

Quem entre os russos, ao ler as descrições da última fase da campanha de 1812, não experimentou uma penosa sensação de irritação, de descontentamento e de incerteza? Quem não se fez a pergunta: como não capturaram, não aniquilaram todos os franceses, quando três exércitos inteiros os cercavam, em vantagem numérica, quando os franceses, em desordem, passando fome e congelando, rendiam-se em multidões, e quando (como nos conta a história) o objetivo dos russos era justamente deter, cortar o caminho e aprisionar todos os franceses?

De que forma o exército russo, que, quando em desvantagem numérica em relação aos franceses, travou a batalha de Borodinó, de que forma esse exército que cercava os franceses por três lados e tinha o objetivo de capturá-los não alcançou seu propósito? Será que os franceses tinham tamanha superioridade sobre nós que nossas tropas, que os haviam cercado com forças superiores, não podiam vencê-los? Como isso pôde acontecer?

A história (aquilo que é designado por tal palavra), em resposta a essas perguntas, diz que aquilo aconteceu porque Kutúzov, Tormássov, Tchitchagóv, e fulano e sicrano não fizeram tais e tais manobras.

Mas por que não fizeram todas aquelas manobras? Por que, se eram culpados por não ter sido atingido o objetivo traçado de antemão — por que não foram julgados e condenados? Porém, mesmo se admitirmos que a culpa pelo *fracasso* dos russos foi de Kutúzov, Tchitchagóv etc., mesmo assim é impossível compreender por que, nas condições em que se encontravam as tropas russas em Krásnoie e Bereziná (em ambos os casos os russos contavam com forças superiores), por que as tropas francesas não foram feitas prisioneiras com seus marechais, reis e imperadores, quando era esse o objetivo dos russos.

A explicação dada para esse estranho fenômeno (explicação apresentada pelos historiadores militares russos), a saber, que Kutúzov impediu o ataque, não tem fundamento, porque sabemos que a vontade de Kutúzov não pôde conter as tropas nos ataques em Viazma e em Tarútino.

Por que as tropas russas, que, com forças inferiores, tinham alcançado a vitória em Borodinó sobre um inimigo que então contava com sua força máxima, dessa vez, em Krásnoie e em Bereziná, com forças superiores, foram batidas por bandos de franceses desorganizados?

Se o objetivo dos russos consistia em cortar o caminho e aprisionar Napoleão e os marechais, e tal objetivo não só não foi atingido como todas as tentativas de atingi-lo foram derrotadas da maneira mais vergonhosa, é totalmente justo que essa última fase da campanha seja apresentada pelos franceses como uma série de vitórias, e é totalmente injusto que seja apresentada pelos historiadores russos como vitoriosa.

Os historiadores militares russos, na medida em que se sujeitam à lógica, são obrigados a chegar a tal conclusão e, apesar do apelo lírico à bravura, à abnegação etc., são obrigados a reconhecer que a retirada dos franceses de Moscou é uma série de vitórias de Napoleão e de derrotas de Kutúzov.

Porém, deixando totalmente de lado o orgulho nacional, percebe-se que essa mesma conclusão encerra em si uma contradição, pois a série de vitórias dos franceses resultou no seu completo aniquilamento, ao passo que a série de derrotas dos russos resultou, para eles, no total aniquilamento do inimigo e na libertação de sua pátria.

A fonte de tal contradição repousa em que os historiadores, que têm notícia dos acontecimentos por meio das cartas dos soberanos e dos generais, por meio de comunicados, relatórios, planos etc., atribuíram à última fase da guerra de 1812 um objetivo falso, que jamais existiu — o objetivo de cortar o caminho e aprisionar Napoleão, os marechais e o exército.

Tal objetivo nunca existiu e não poderia existir, porque ele não tem sentido e atingi-lo seria totalmente impossível.

Tal objetivo não tinha nenhum sentido, primeiro, porque o exército desorganizado de Napoleão fugia da Rússia com a maior rapidez possível, ou seja, estava fazendo exatamente aquilo que todo russo podia desejar. Para que realizar diversas operações contra os franceses, que estavam fugindo o mais depressa que podiam?

Em segundo lugar, era um absurdo barrar o caminho de pessoas que empenhavam todas as suas energias em fugir.

Em terceiro lugar, era um absurdo sacrificar suas tropas para aniquilar os exércitos franceses, já aniquilados sem a ajuda de fatores externos, e em tal escala progressiva que, mesmo sem nenhum obstáculo em seu caminho, não conseguiram cruzar a fronteira mais do que aqueles que a atravessaram no mês de dezembro, ou seja, a centésima parte do exército inteiro.

Em quarto lugar, seria um absurdo querer tomar como prisioneiro o imperador, os reis, os duques — pessoas que, presas, trariam gravíssimas dificuldades para as ações dos russos, como admitiam os diplomatas mais experientes da época (J. Maistre e outros).[36] Ainda mais absurdo seria o desejo de capturar as tropas francesas quando as próprias tropas russas haviam se dissolvido até a metade do

---

36 Referência a Joseph de Maistre (1753-1821), embaixador da Sardenha em Petersburgo e escritor de ideias ultraconservadoras, que viveu quinze anos na Rússia.

que eram, ainda antes de chegarem a Krásnoie, quando seria preciso destacar uma divisão para escoltar as tropas capturadas e quando, além disso, os soldados russos nem sempre recebiam provisões completas e os prisioneiros já capturados estavam morrendo de fome.

Todo esse plano engenhoso de cortar o caminho e capturar Napoleão e o exército se assemelhava ao plano do hortelão que, para manter afastada da horta uma vaca que pisoteava seus canteiros, corria até o portão e começava a bater na cabeça do animal. A única coisa que se poderia dizer para justificar o hortelão é que estava muito irritado. Mas nem isso é possível dizer a respeito dos criadores do projeto, porque não foram eles que tiveram a horta pisoteada.

Porém, além de ser absurdo, cortar o caminho de Napoleão e de seu exército era algo impossível.

Era impossível em primeiro lugar porque, assim como a experiência demonstra que em uma batalha o movimento de colunas de soldados ao longo de três verstas jamais coincide com os planos, a probabilidade de Tchitchagóv, Kutúzov e Wittgenstein conseguirem reunir suas tropas num determinado local num horário marcado era tão insignificante que se equiparava à impossibilidade, como já pensava Kutúzov, que na hora mesma em que recebeu o plano disse que manobras diversionistas em distâncias muito grandes não produziam os resultados desejados.

Em segundo lugar era impossível porque, a fim de deter a força de inércia com que se moviam para trás as tropas de Napoleão, seriam necessárias tropas incomparavelmente maiores do que aquelas de que os russos dispunham.

Em terceiro lugar, era impossível porque o termo militar "cortar o caminho" não tem nenhum sentido. É possível cortar um pedaço de pão, mas não um exército. Cortar o exército — cortar seu caminho — é totalmente impossível, porque sempre existem muitos lugares em redor por onde é possível desviar-se, e existe a noite, horário em que nada se enxerga, fato de que os sábios militares poderiam se convencer, com a ajuda dos exemplos de Krásnoie e de Bereziná. É totalmente impossível tomar prisioneiros se aqueles que serão feitos prisioneiros não concordarem com isso, assim como é impossível apanhar uma andorinha, a menos que ela pouse em nossa mão. É possível fazer prisioneiros aqueles que, como os alemães, se rendem conforme as regras da tática e da estratégia. Mas as tropas francesas, com total razão, não achavam isso conveniente, porque a mesma morte de fome e de frio os aguardava tanto na fuga quanto no cativeiro.

Em quarto lugar, e o mais importante, era impossível porque, desde que o mundo existe, nunca houve uma guerra em condições tão terríveis como foi a do ano de 1812, e as tropas russas empenharam todas as suas energias na perseguição dos franceses e não poderiam fazer mais do que fizeram sem aniquilar a si mesmas.

No deslocamento do exército russo de Tarútino até Krásnoie, foram abandonados cinquenta mil doentes e retardatários, ou seja, um número igual ao da população de uma grande cidade de província. Metade do contingente russo ficou fora de combate sem travar batalha.

E é sobre tal fase da campanha, quando o exército, sem botas e sem casacos de pele, com provisões escassas, sem vodca, dormindo sobre a neve durante meses, num frio de quinze graus negativos; quando o dia tinha apenas sete ou oito horas de duração, e o resto era noite, horário em que não se podia exercer a influência da disciplina; quando as pessoas lutavam a cada minuto contra a morte pela fome e pelo frio e assim estavam vivendo havia meses, à diferença do que ocorre numa batalha, ocasião em que só por algumas horas as pessoas adentram o território da morte, onde não existe disciplina; quando em um mês pereceu metade do exército — é sobre essa fase da campanha que os historiadores nos explicam como Milorádovitch deveria ter feito uma marcha de flanco em tal direção, e Tormássov em tal direção, e como Tchitchagóv deveria ter se deslocado para tal lugar (deslocar-se com a neve acima dos joelhos), e como assim apanhariam de surpresa e cortariam o caminho etc. etc.

Os russos, metade dos quais morreu, fizeram tudo o que era possível e tudo o que se devia fazer para atingir um objetivo digno do povo, e não têm culpa de que russos sentados em cômodos aquecidos achem que se devia fazer algo que era impossível.

Toda essa contradição, agora estranha e incompreensível, entre os fatos e a descrição da história ocorre apenas porque os historiadores que escreveram sobre tal acontecimento redigiram a história dos lindos sentimentos e palavras de alguns generais, e não a história dos acontecimentos.

Para eles, parecem muito notáveis as palavras de Milorádovitch, as condecorações recebidas por este ou aquele general, bem como suas conjeturas; mas a questão daqueles cinquenta mil que ficaram nos hospitais e nas sepulturas nem interessa a eles, porque não dizem respeito a seu estudo.

Todavia basta apenas dar as costas para o estudo dos relatórios e dos planos dos generais e embrenhar-se no movimento das centenas de milhares de pessoas que tomaram parte direta, imediata, nos acontecimentos, para que tudo o que antes parecia insolúvel, de repente, com uma facilidade e simplicidade extraordinárias, receba uma solução incontestável.

O objetivo de cortar o caminho de Napoleão e do exército nunca existiu, a não ser na imaginação de uma dezena de pessoas. Nem poderia existir, porque era absurdo e sua realização era impossível.

O objetivo do povo era um só: libertar da invasão a terra toda. Tal objetivo foi alcançado em primeiro lugar por si mesmo, pois os franceses fugiram, e portanto cumpria apenas não interromper esse movimento. Em segundo lugar, tal objetivo foi alcançado por meio das ações da guerra popular, que foi aniquilando os franceses, e em terceiro lugar pelo fato de que um grande exército russo foi atrás dos franceses, pronto para empregar a força, no caso de uma interrupção do movimento dos franceses.

O exército russo tinha de agir como um chicote contra um animal que corre. E um carroceiro experiente sabe que é mais vantajoso manter o chicote erguido e ameaçador do que fustigar a cabeça do animal que corre.

TOMO QUATRO
QUARTA PARTE

I

Quando uma pessoa vê um animal que morre, um horror a domina: aquilo que é ela mesma deixa de existir — sua essência está obviamente sendo aniquilada diante de seus olhos. Mas quando o que morre é uma pessoa — e uma pessoa querida — experimenta-se então, além do horror diante do aniquilamento da vida, uma sensação de dilaceramento e de uma ferida espiritual que, a exemplo de uma ferida corporal, às vezes mata, às vezes cicatriza, mas sempre dói e receia qualquer toque externo que a irrite.

Depois da morte do príncipe Andrei, Natacha e a princesa Mária sentiram isso em igual medida. Moralmente prostradas e de olhos semicerrados em face da aterradora nuvem da morte que pairava acima delas, as duas não se atreviam a olhar a vida de frente. Com zelo, protegiam suas feridas abertas dos toques ofensivos e dolorosos. Tudo: uma carruagem que passava depressa na rua, um chamado para jantar, uma pergunta de uma criada sobre um vestido que era preciso consertar; pior ainda, uma palavra fraca e insincera de simpatia irritava a ferida, parecia uma afronta e perturbava o silêncio indispensável em que as duas tentavam escutar o coro terrível, severo, que ainda não se calara em sua imaginação, e também as impedia de perscrutar as distâncias misteriosas e infinitas que, por um momento, se revelaram diante delas.

Só quando as duas ficavam sozinhas uma com a outra não sentiam ofensa nem dor. Pouco falavam uma com a outra. Se falavam, era sobre os assuntos mais insignificantes. Uma e outra evitavam da mesma forma qualquer menção a coisas relacionadas ao futuro.

Reconhecer a possibilidade de um futuro lhes parecia um ultraje à memória dele. Com mais cuidado ainda, esquivavam-se em suas conversas de tudo aquilo que pudesse ter relação com o falecido. Parecia-lhes que o que haviam sofrido e o que sentiam não podia ser expresso por meio de palavras. Parecia-lhes que qualquer menção, por meio de palavras, a pormenores da vida dele transgredia a grandeza e a santidade do mistério que havia se celebrado diante de seus olhos.

A permanente abstinência de palavras, a maneira cansativa e constante de evitar tudo aquilo que pudesse conduzir a falar sobre ele: as barreiras que encontravam em várias direções quando chegavam à fronteira do que não se podia falar expunham de modo ainda mais claro e mais puro, diante de sua imaginação, aquilo que as duas sentiam.

Mas uma tristeza pura, total, é tão impossível quanto uma alegria pura e total. A princesa Mária, em sua condição de senhora única e soberana do próprio destino, tutora e educadora de seu sobrinho, foi a primeira a ser chamada pela vida a sair do mundo de tristeza no qual vivera nas duas primeiras semanas. Ela recebeu uma carta de parentes à qual era preciso responder; o quarto em que haviam instalado Nikólienka era úmido, e ele tinha começado a tossir. Alpátitch chegou a Iaroslavl com notícias sobre as finanças e também com propostas e conselhos sobre mudar para Moscou, para a casa da rua Vzdvíjenka, que se mantivera íntegra e demandava apenas pequenos reparos. A vida não parava, e era preciso viver. Por mais penoso que fosse para a princesa Mária sair daquele mundo de contemplação solitária em que vivia até então, por mais que fosse lastimável, e como que vergonhoso, deixar Natacha sozinha, os afazeres da vida exigiam sua participação, e a princesa Mária teve de se dedicar a eles. Conferiu as contas com Alpátitch, pediu conselhos a Dessalles acerca do sobrinho, deu ordens e fez preparativos para sua mudança para Moscou.

Natacha ficou sozinha e, desde o momento em que a princesa Mária passou a se ocupar dos preparativos para a partida, evitava também a ela.

A princesa Mária propôs à condessa levar Natacha consigo para Moscou, e a mãe e o pai aceitaram com alegria aquela proposta, pois notavam a cada dia o declínio das forças físicas da filha e supunham que seria benéfico para ela uma mudança de ambiente bem como a ajuda dos médicos moscovitas.

— Não irei nunca — respondeu Natacha, quando lhe fizeram a proposta. — Só me deixem em paz, por favor — disse ela e saiu do quarto, contendo com dificuldade as lágrimas, menos de tristeza do que de irritação e despeito.

Depois que se sentiu abandonada pela princesa Mária e solitária em sua tristeza, Natacha ficava a maior parte do tempo sozinha em seu quarto, sentada num canto do sofá, com as pernas encolhidas, e enquanto rasgava ou retorcia algo em seus dedos finos e tensos, fitava com um olhar imóvel e obstinado qualquer coisa em que seus olhos se detivessem. Aquela solidão a esgotava, a atormentava; mas era necessária para Natacha. Assim que alguém entrava para falar com ela, Natacha se levantava rapidamente, mudava a posição do corpo e a expressão do olhar e se apegava a um livro ou a um trabalho de costura, enquanto esperava com evidente impaciência a saída da pessoa que a incomodava.

Sempre lhe parecia que estava prestes a entender, a penetrar naquilo para onde seu olhar espiritual se dirigia com uma pergunta terrível e opressiva.

No fim de dezembro, num vestido preto de lã, com uma trança precariamente presa num coque, magra e pálida, Natacha estava sentada com as pernas encolhidas sobre o sofá, amassando e soltando de modo tenso a ponta do cinto, enquanto olhava para o canto onde ficava a porta.

Olhava para onde ele tinha partido para o outro mundo. E aquele outro mundo, no qual ela antes nunca havia pensado, que antes lhe parecia algo muito remoto e inacreditável, agora era algo próximo e mais afim, mais compreensível do que este mundo, em que tudo era ou vazio e destruição, ou sofrimento e humilhação.

Natacha olhava para onde sabia que ele estava; mas não conseguia vê-lo senão como ele tinha sido aqui. Ela o via de novo como ele era nos Mitíchi, em Tróitsa, em Iaroslavl.

Via seu rosto, ouvia sua voz e repetia suas palavras e também as palavras que ela mesma dissera para ele, e às vezes inventava para si e para ele palavras novas, que poderiam ter sido ditas naquela ocasião.

Aí está ele na poltrona, em seu casaco de veludo, a cabeça apoiada na mão magra e pálida. O peito terrivelmente afundado e os ombros erguidos. Lábios fortemente comprimidos, olhos brilhantes, rugas saltam e desaparecem na testa pálida. Uma perna estremece rapidamente, de modo quase imperceptível. Natacha sabe que ele luta contra uma dor torturante. "O que é essa dor? Para que a dor? O que ele sente? Como é a dor dele?", pensa Natacha. Ele percebeu a atenção de Natacha, levantou os olhos e, sorrindo, começou a falar.

"Uma coisa horrível", disse ele, "é unir-se para sempre a alguém que sofre. É um tormento eterno." E fitou-a com um olhar perscrutador — Natacha via agora aquele olhar. Como sempre, ela respondeu antes de ter tempo de pensar no que ia responder; disse: "Isso não pode continuar assim, não vai ser assim, o senhor vai se curar... totalmente".

Agora ela o via de novo e sofria tudo o que sentira então. Lembrou-se de seu olhar insistente, triste, severo, ao dizer aquelas palavras e entendeu o sentido de censura e de desespero daquele olhar insistente.

"Eu concordei", disse agora Natacha para si mesma, "que seria horrível se ele ficasse sempre sofrendo. Falei assim na hora só porque, para ele, aquilo seria horrível, mas ele entendeu de outro modo. Pensou que aquilo seria horrível *para mim*. Naquele momento, ele ainda queria viver... temia a morte. E eu lhe falei de modo tão bruto, tão estúpido. Não pensei nisso. Eu estava pensando numa coisa muito diferente. Se eu dissesse aquilo que estava pensando, diria: não importa que ele fique morrendo, que ele fique o tempo todo morrendo diante dos meus olhos. Eu ficaria feliz, em comparação com o que sinto agora. Agora... Não existe nada, ninguém. Será que ele sabia disso? Não. Ele não sabia e nunca vai saber. E agora nunca mais, nunca, já é impossível corrigir isso." E de novo ele disse para Natacha as mesmas palavras, mas agora, em sua imaginação, Natacha lhe respondia de outra forma. Ela o interrompeu e disse: "Horrível para o senhor, mas não para mim. O senhor sabe que, sem o senhor, para mim não existe nada na vida, e sofrer com o senhor é para mim a melhor felicidade". E ele segurou a mão de Natacha, apertou-a como a havia apertado naquela noite terrível, quatro dias antes de sua morte. E em sua imaginação, Natacha lhe disse também outras palavras ternas, amorosas, que poderia ter dito então, e que disse agora. "Amo você... você... amo, amo...", disse ela, apertando as mãos convulsivamente, cerrando os dentes com um esforço encarniçado.

E uma tristeza doce a dominou, e lágrimas já surgiam em seus olhos, mas de repente ela disse para si: para quem ela está dizendo isso? Onde está ele e *quem* é ele agora? E de novo tudo ficou encoberto por uma perplexidade árida e cruel, e, de novo, com um movimento tenso das sobrancelhas, Natacha lançou um olhar para onde ele estava. E lhe pareceu que estava prestes a penetrar no mistério... Mas, no instante em que lhe parecia que o incompreensível ia se revelar, um golpe violento na fechadura da porta feriu dolorosamente sua audição. De modo rápido e descuidado, com uma fisionomia de susto e também de despreocupação com Natacha, a criada Duniacha entrou no quarto.

— Por favor, vá falar com o papaizinho, depressa — disse Duniacha com uma expressão diferente e vivaz. — Uma desgraça, com o Piotr Ilitch... uma carta — falou, entre soluços.

II

Além do sentimento geral de um alheamento de toda gente, Natacha experimentava na ocasião um sentimento diferente pelas pessoas da própria família. Todos eles: o pai, a mãe, Sônia, lhe eram tão próximos, habituais, tão corriqueiros que todas as palavras e sentimentos deles lhe pareciam ofensivos quando vistos daquele mundo em que ela vivia ultimamente, e Natacha não só se mostrava indiferente como os encarava de maneira hostil. Ouviu as palavras de Duniacha sobre Piotr Ilitch, sobre uma desgraça, mas não compreendeu.

"Que desgraça pode acontecer com eles, que desgraça pode ser essa? Estão sempre levando sua velha vida, rotineira e parada", disse Natacha para si.

Quando entrou no salão, o pai estava saindo rapidamente do quarto da condessa. Tinha o rosto enrugado e molhado de lágrimas. Era evidente que tinha saído às pressas daquele quarto a fim de dar vazão aos soluços que o oprimiam. Ao ver

Natacha, abanou os braços no ar em desespero e irrompeu num pranto espasmódico e doloroso que desfigurou seu rosto redondo e mole.

— Pé... Pétia... Vá, vá, ela... ela... está chamando... — E, soluçando como uma criança, em passinhos curtos e ligeiros de suas pernas fracas, aproximou-se de uma cadeira e quase caiu sobre ela, cobrindo o rosto com as mãos.

De súbito, uma espécie de choque elétrico percorreu todo o corpo de Natacha. Algo terrivelmente doloroso golpeou seu coração. Sentiu uma dor terrível; pareceu-lhe que algo havia se rompido dentro dela e que estava morrendo. Mas, depois da dor, imediatamente Natacha sentiu que tinha se libertado da interdição de viver que pesava sobre ela. Ao ver o pai e ouvir, por trás da porta, o grito terrível e brutal da mãe, imediatamente Natacha se esqueceu de si e de sua tristeza. Correu para o pai, mas ele, abanando o braço sem forças, apontou para a porta da mãe. A princesa Mária, pálida, com o queixo trêmulo, saiu de trás da porta e segurou a mão de Natacha, dizendo-lhe algo. Natacha não a via, não a ouvia. A passos rápidos, entrou no quarto, parou um instante como se lutasse consigo mesma, e correu para junto da mãe.

A condessa jazia numa poltrona, sacudia-se de um jeito estranho e desajeitado e batia com a cabeça na parede. Sônia e uma criada a seguravam pelos braços.

— Chamem Natacha, chamem Natacha!... — gritava a condessa. — Não é verdade, não é verdade... Ele está mentindo... Chamem Natacha! — gritava, repelindo as pessoas que a cercavam. — Vão todos embora daqui, não é verdade! Mataram!... ha-ha-ha-ha!... não é verdade!

Natacha ajoelhou-se na beira da poltrona, debruçou-se sobre a mãe, abraçou-a, ergueu-a com uma força inesperada, virou o rosto dela para si e aninhou-se no corpo da mãe.

— Mamãezinha!... Querida!... Estou aqui, minha amiga. Mamãezinha — sussurrou, sem calar-se nem por um segundo.

Não soltava a mãe, lutava carinhosamente com ela, exigiu travesseiros, água, desabotoou e rasgou a roupa da mãe.

— Minha amiga, querida... mãezinha, meu anjo — sussurrava ela sem parar, enquanto beijava sua cabeça, suas mãos, seu rosto e sentia que as lágrimas, de modo incontrolável, comichando em seu nariz e em suas faces, escorriam como gotas de chuva.

A condessa apertou a mão da filha, fechou os olhos e sossegou por um momento. De repente se levantou com uma rapidez fora do comum, olhou em redor com ar desnorteado e, ao ver Natacha, pôs-se a apertar a cabeça da filha com todas as suas forças. Depois virou para si o rosto da filha, enrugado de dor, e perscrutou-o demoradamente.

— Natacha, você me ama — disse ela num sussurro suave, confiante. — Natacha, você não vai me enganar? Vai me contar toda a verdade?

Natacha fitou-a com os olhos cheios de lágrimas, e em seu rosto só havia um desejo ardente de perdão e de amor.

— Minha amiga, mãezinha — repetia, enquanto empregava toda a força de seu amor para tomar da mãe para si o excesso de dor que a oprimia.

E de novo, numa luta impotente contra a realidade, a mãe, recusando-se a acreditar que pudesse viver quando tinha sido morta a vida em botão de seu menino querido, salvava-se da realidade indo para o mundo da loucura.

Natacha não lembrava como haviam passado aquele dia, a noite, o dia seguinte, a noite seguinte. Ela não dormiu e não se afastou da mãe. O amor de Natacha, obstinado, paciente, parecia abraçar a condessa de todos os lados, a cada segundo, não como uma explicação, nem como um consolo, mas como um apelo à vida. Na terceira noite, a condessa aquietou-se por alguns minutos, e Natacha fechou os olhos, a cabeça apoiada no braço da poltrona. A cama rangeu. Natacha abriu os olhos. A condessa estava sentada na cama e falava em voz baixa.

— Como estou contente por você ter vindo para casa. Está cansado, quer chá?

Natacha aproximou-se da mãe.

— Você ficou mais bonito e mais crescido — prosseguiu a condessa, segurando a mão da filha.

— Mãezinha, não é ele, ele não existe mais! — E, abraçando a filha, a condessa pela primeira vez começou a chorar.

III

A princesa Mária adiou sua partida. Sônia e o conde tentaram substituir Natacha, mas não conseguiram. Viam que só ela podia evitar que a mãe caísse num desespero louco. Por três semanas, Natacha viveu tenazmente ao lado da mãe, dormia na poltrona em seu quarto, dava-lhe de comer e de beber e não parava de conversar com ela — falava, porque só sua voz terna, carinhosa, tranquilizava a condessa.

A ferida espiritual da mãe não conseguia sarar. A morte de Pétia lhe havia arrancado metade da vida. Um mês depois da notícia da morte de Pétia, que a apanhara de surpresa como uma mulher bem-disposta e animada, de cinquenta anos, a condessa saiu do seu quarto como uma velha semimorta, que não tomava parte na vida. Mas aquela mesma ferida que matou metade da condessa, aquela ferida nova, despertou Natacha para a vida.

Uma ferida espiritual, decorrente da ruptura do corpo espiritual, por mais estranho que pareça, tal como uma profunda ferida corporal, que depois cicatriza e parece estar fechada, também vai cicatrizar só por meio da força da vida que age a partir de dentro.

Assim cicatrizou a ferida de Natacha. Ela achou que sua vida estava acabada. Mas de repente o amor pela mãe lhe mostrou que a essência de sua vida — o amor — ainda vivia dentro dela. O amor despertou, e a vida também despertou.

Os últimos dias do príncipe Andrei tinham unido Natacha à princesa Mária. Uma nova infelicidade as aproximou ainda mais. A princesa Mária adiou sua partida e nas últimas três semanas cuidava de Natacha como se fosse uma criança doente. As últimas semanas que Natacha passara no quarto da mãe esgotaram suas forças físicas.

Certa vez, no meio do dia, a princesa Mária notou que Natacha tremia num calafrio de febre, levou-a para o próprio quarto e deitou-a em sua cama. Natacha ficou deitada, mas, quando a princesa Mária baixou a persiana e fez menção de sair, Natacha chamou-a.

— Não tenho vontade de dormir. Mária, fique comigo.

— Você está cansada... tente dormir.

— Não, não. Por que me trouxe para cá? Ela vai me chamar.

— Ela está muito melhor. Hoje falou muito bem — disse a princesa Mária.

Natacha estava deitada na cama e, na penumbra do quarto, observava o rosto da princesa Mária.

"Ela parece com ele?", pensou Natacha. "Sim, parece e não parece. Mas ela é distinta, diferente, totalmente nova, desconhecida. E me ama. O que ela tem no espírito? Tudo de bom. Mas como? O que ela pensa? Como ela me vê? Sim, é linda."

— Macha — disse Natacha, puxando timidamente a mão dela para si. — Macha, você não acha que sou ruim, não é? Macha, querida. Como eu amo você. Vamos ser muito, muito amigas.

E Natacha abraçou a princesa Mária, beijou seu rosto e suas mãos. A princesa Mária encabulou-se e alegrou-se com aquela manifestação dos sentimentos de Natacha.

Desde aquele dia, entre a princesa Mária e Natacha, estabeleceu-se essa amizade apaixonada e terna que só existe entre mulheres. Beijavam-se sem cessar, diziam uma à outra palavras ternas e passavam juntas boa parte do tempo. Se uma saía, a outra ficava inquieta e apressava-se em estar de novo em sua companhia. As duas sentiam uma harmonia maior consigo mesmas quando estavam juntas do que quando ficavam sozinhas. Entre elas se estabeleceu um sentimento mais forte do que a amizade: era o sentimento particular de que a vida só era possível se uma estivesse na presença da outra.

Às vezes ficavam em silêncio durante uma hora inteira; às vezes, já deitadas em suas camas, elas começavam a conversar, e conversavam até amanhecer. Em geral, falavam sobre o passado remoto. A princesa Mária falava de sua infância, de sua mãe, de seu pai, dos próprios sonhos; e Natacha, que antes, com a mais pacífica incompreensão, dava as costas para aquela vida de devoção, de obediência, para a poesia da abnegação cristã, agora, sentindo-se unida à princesa Mária pelo amor, amava o passado da princesa Mária e compreendia um lado da vida antes incompreensível para ela. Natacha não pensava em adotar a obediência e a abnegação em sua própria vida, porque estava acostumada a procurar outras alegrias, mas compreendia e amava na outra aquela virtude antes incompreensível. Para a princesa Mária, que ouvia as histórias de infância e de adolescência de Natacha, também se revelara um lado da vida antes incompreensível, a crença na vida, no prazer da vida.

Da mesma forma que antes, nunca falavam sobre *ele*, a fim de não violar com palavras, assim lhes parecia, a elevação de sentimento que existia nelas, porém tal silêncio a respeito dele fez com que, aos poucos, e sem acreditarem nisso, as duas se esquecessem dele.

Natacha emagreceu, ficou mais pálida, e seu corpo ficou tão fraco que todos não paravam de falar de sua saúde, e isso lhe agradava muito. Mas às vezes lhe ocorria inesperadamente não só um temor da morte, como um temor da doença, da fraqueza, da perda da beleza, e às vezes, sem querer, observava com atenção seu braço nu, espantando-se com sua magreza, ou então, de manhã, mirava no espelho o próprio rosto, que lhe parecia repuxado e digno de pena. Parecia-lhe que tinha de ser assim, e ao mesmo tempo era triste e terrível.

Certa vez ela subiu a escada correndo e sentiu uma forte falta de ar. Imediatamente, sem pensar, inventou um motivo para descer e depois subir de novo a escada, a fim de experimentar suas forças e observar-se.

De outra vez, chamou Duniacha, e sua voz estremeceu. Gritou para ela de novo e, apesar de ouvir seus passos chegando, gritou com a voz de peito com que antes cantava e escutou-a com atenção.

Natacha não sabia daquilo, e nem acreditaria, mas, por baixo do que lhe parecia a camada de lodo impenetrável que toldava sua alma, já rompiam as pontinhas finas e tenras das folhas de grama que teriam de se enraizar e assim recobrir, com seus brotos de vida, a tristeza que a oprimia e que em breve não seria mais visível nem perceptível. A ferida estava cicatrizando por dentro. No fim de janeiro, a princesa Mária partiu para Moscou, e o conde fez questão de que Natacha fosse com ela a fim de consultar-se com os médicos.

IV

Depois do combate em Viazma, onde Kutúzov não conseguiu frear o desejo de suas tropas de atacar, cortar o caminho etc., a continuação do deslocamento dos franceses em fuga e também dos russos em seu encalço, até Krásnoie, transcorreu sem batalhas. A fuga foi tão acelerada que o exército russo que corria atrás do francês não conseguia acompanhá-lo, os cavalos da cavalaria e da artilharia paravam, e as informações sobre os movimentos dos franceses eram sempre incorretas.

Os soldados do exército russo estavam tão esgotados com aquele deslocamento incessante de quarenta verstas por dia que não conseguiam andar mais depressa.

Para se ter uma ideia do grau de exaustão do exército russo, basta apenas compreender claramente o fato de que, depois de perder não mais de cinco mil homens entre feridos e mortos durante todo o tempo do seu deslocamento a partir de Tarútino, tendo perdido apenas uma centena de prisioneiros, o exército russo, que havia partido de Tarútino com cem mil soldados, chegou a Krásnoie com um contingente de cinquenta mil.

O rápido deslocamento dos russos no encalço dos franceses produzia no exército russo um efeito tão destrutivo quanto a fuga nos franceses. A diferença era apenas que o exército russo se movia livremente, sem a ameaça de aniquilamento que pesava sobre o exército francês, e também que os doentes retardatários dos franceses caíam nas mãos do inimigo, ao passo que os retardatários russos ficavam em sua terra natal. A causa principal da redução do exército de Napoleão foi a rapidez do deslocamento, e a prova incontestável disso é a redução correspondente das tropas russas.

Toda a atividade de Kutúzov, como havia ocorrido em Tarútino e em Viazma, foi direcionada — na medida de suas possibilidades — não para deter aquele deslocamento mortífero para os franceses (como desejavam em Petersburgo e também os generais no exército russo), mas para favorecê-lo e ao mesmo tempo para tornar menos oneroso o deslocamento das tropas russas.

No entanto, além do cansaço e dos enormes estragos evidentes nas tropas desde algum tempo, causados pela rapidez do deslocamento, Kutúzov via outro motivo para reduzir o ritmo do deslocamento das tropas e para ganhar tempo. O objetivo das tropas russas era a perseguição dos franceses. O caminho dos franceses era desconhecido, e por isso, quanto mais de perto nossas tropas seguissem as pegadas dos franceses, maior a distância que teriam de percorrer. Apenas seguindo a certa distância seria possível cortar o zigue-zague dos franceses e assim perfazer um caminho mais curto. Todas as manobras engenhosas que os generais propunham se apoiavam em deslocamentos de tropas, no aumento dos percursos, ao passo que o único objetivo razoável era diminuir aqueles percursos. E foi para tal objetivo, durante toda a campanha de Moscou até Vilna, que Kutúzov direcionou sua atividade — não de maneira fortuita nem eventual, mas de forma tão coerente que não a modificou nem uma vez.

Kutúzov sabia, não com a razão nem com a ciência, mas com toda a sua essência russa, sabia e sentia aquilo que cada soldado russo sentia, ou seja, que os franceses estavam derrotados, que o inimigo estava em fuga e que era preciso levá-lo embora; mas ao mesmo tempo sentia, em sintonia com os soldados, todo o peso daquela marcha, algo nunca visto, pela rapidez e pela época do ano em que ocorria.

Porém, para os generais, em especial para os que não eram russos, que desejavam se distinguir, chamar a atenção para si e, não se sabe por que razão, fazer prisioneiro algum duque ou rei — para aqueles generais parecia agora, quando toda e qualquer batalha seria algo cruel e estúpido, para eles parecia que era o momento perfeito para travar batalha e derrotar quem quer que fosse. Kutúzov se limitava a encolher os ombros quando lhe apresentavam, um depois do outro, os planos de manobras com aqueles soldados mal calçados, sem agasalhos, semiesfomeados, que em um mês, sem batalhas, haviam se reduzido à metade e com os quais, se aquela fuga continuasse, teriam de chegar à fronteira nas melhores condições possíveis, percorrendo uma distância maior do que a distância que já haviam percorrido.

Aquele empenho para se distinguir, para manobrar, para rechaçar ou cortar o caminho do inimigo se manifestava em especial nas horas em que as tropas russas se viam face a face com as tropas francesas.

Assim aconteceu em Krásnoie, quando acharam que tinham encontrado uma das três colunas dos franceses e deram de cara com o próprio Napoleão, com dezesseis mil soldados. Apesar de todos os meios empregados por Kutúzov para evitar aquele confronto funesto e para salvar suas tropas, durante três dias transcorreu o massacre do bando de franceses alquebrados pelas tropas russas exaustas.

Toll redigiu um dispositivo: *die erste Kolonne marschiert* etc. E, como sempre, não se fez nada do que dizia o dispositivo. O príncipe Evguéni Württemberg atirava de um morro ao lado de onde estavam passando em fuga os bandos de franceses e exigiu reforços, que não vieram. Os franceses, desviando-se dos russos durante as noites, espalharam-se, esconderam-se na mata e foram em frente, como podiam.

Milorádovitch, que dizia que não queria saber de nada a respeito das questões de intendência do seu destacamento, e que ninguém conseguia localizar quando era preciso, "*chevalier sans peur et sans reproche*",[1] como ele mesmo se denominava,

---

1 Francês: "cavaleiro sem medo e sem defeitos".

e apreciador das negociações com os franceses, mandava negociadores que exigiam a rendição, perdia tempo e não fazia o que lhe ordenavam.

— Entregarei essa coluna a vocês, meus jovens — disse ele, cavalgando até seus cavalarianos, e apontou para os franceses. E os cavalarianos, em seus cavalos magros, estropiados, que mal conseguiam andar, atiçando-os com esporas e sabres, a trote curto, após esforços prementes, partiram na direção da coluna indicada, ou seja, um bando de franceses cobertos de queimaduras causadas pelo frio, enregelados e famintos; e a coluna indicada abandonou as armas e rendeu-se, aquilo que mais desejavam fazer havia muito tempo.

Em Krásnoie, foram capturados vinte e seis mil prisioneiros, centenas de canhões e um pedaço de pau, que chamavam de bastão de marechal,[2] e discutiram sobre quem havia se destacado mais ali, e ficaram contentes com isso, porém lamentaram muito não terem capturado Napoleão ou pelo menos algum herói ou um marechal qualquer, e por causa disso se acusaram uns aos outros e sobretudo acusaram Kutúzov.

Tais pessoas, fascinadas por suas paixões, eram apenas cegos instrumentos da mais lamentável lei da necessidade; mas se consideravam heróis e imaginavam que aquilo que faziam era a coisa mais digna e mais nobre do mundo. Acusavam Kutúzov e diziam que, desde o início da campanha, ele os impedia de vencer Napoleão, que ele só pensava em satisfazer suas paixões e que não queria sair de Polotniáni Zavódi[3] porque ali ele podia ficar sossegado; que ele, em Krásnoie, detivera o movimento das tropas só porque, ao saber da presença de Napoleão, ficara completamente desnorteado; que era possível supor que ele estava travando contatos secretos com Napoleão, que ele tinha sido subornado por Napoleão[4] etc. etc.

Não apenas seus contemporâneos, arrebatados pelas paixões, falavam assim — a posteridade e a história declararam que Napoleão era *grand*, já Kutúzov, para os estrangeiros, era um velhote cortesão, astuto, lascivo e fraco; para os russos, era algo indefinido — uma espécie de fantoche, útil apenas por causa do seu nome russo...

---

2 Referência ao bastão do marechal Davout, um dos símbolos de sua autoridade.

3 Povoado situado na província de Kaluga, onde Kutúzov se manteve com boa parte do exército russo.

4 Diário de Wilson. (N. A.) [Robert Thomas Wilson (1777-1849) foi um general britânico destacado para o Estado-Maior de Kutúzov em 1812. Seu relato sobre o período, *Private Diary*, foi publicado postumamente, em 1861.]

V

Nos anos de 1812 e 1813, culparam Kutúzov diretamente pelos erros. O soberano ficou aborrecido com ele. E numa história escrita há pouco tempo, por ordem de sua majestade, diz-se que Kutúzov era um cortesão farsante e astuto, que temia até o nome de Napoleão e que, com seus erros em Krásnoie e Berezina, privou o exército russo de uma glória — a vitória completa sobre os franceses.[5]

Tal destino não é o dos grandes homens, não é o destino de um *grand homme* que a mente russa não reconhece, mas o destino de pessoas raras e sempre solitárias que, compreendendo a vontade da Providência, subordinam a ela sua vontade pessoal. O ódio e o desprezo da multidão castigam tais pessoas pela clarividência com que entendem as leis superiores.

Para os historiadores russos — é terrível e estranho dizer isso —, Napoleão — esse instrumento insignificante da história —, que nunca e em parte nenhuma, nem no exílio, deu provas de dignidade humana —, Napoleão é objeto de admiração e de entusiasmo; ele é *grand*. Já Kutúzov, o homem que do início ao fim de sua atividade em 1812, de Borodinó até Vilna, nenhuma vez, em nenhuma palavra e em nenhum gesto traiu a si mesmo, e que oferece na história um exemplo extraordinário de abnegação e de consciência no presente da importância futura dos acontecimentos — Kutúzov é apresentado por eles como algo indefinido e digno de pena, e quando se referem ao Kutúzov de 1812 sempre parecem um pouquinho envergonhados.

Todavia é difícil conceber um personagem histórico cuja ação tenha sido, de modo tão invariável e constante, direcionada para um único objetivo. É difícil conceber um objetivo mais digno e mais de acordo com a vontade de todo um povo. Mais difícil ainda é encontrar na história outro exemplo em que um objetivo estabelecido para si por um personagem histórico tenha sido alcançado de forma tão cabal quanto o objetivo para o qual foi direcionada toda a atividade de Kutúzov em 1812.

Kutúzov nunca falou dos quarenta séculos que nos contemplam do alto das pirâmides, nem dos sacrifícios que ia fazer pela pátria, nem do que pretendia realizar ou tinha realizado: no geral, não falava nada sobre si mesmo, não representava nenhum papel, parecia sempre o homem mais simples e mais comum possível e só dizia as coisas mais simples e rotineiras. Escrevia cartas para as filhas e para Madame de Staël, lia romances, gostava da companhia de mulheres bonitas, dizia brincadeiras para os generais, oficiais e soldados e jamais contradizia as pessoas que queriam

---

5 *História do ano de 1812*, de Bogdánovitch: retrato de Kutúzov e considerações sobre os resultados insatisfatórios da batalha de Krásnoie. (N. A.)

provar alguma coisa para ele. Quando o conde Rostoptchin, na ponte do rio Iaúza, foi a galope ao encontro de Kutúzov com acusações pessoais sobre quem era o culpado pela destruição de Moscou e disse: "O senhor não prometeu que não ia abandonar Moscou sem travar uma batalha?", Kutúzov respondeu: "E não vou abandonar Moscou sem travar uma batalha", apesar de Moscou já ter sido abandonada. Quando Araktchéiev o procurou, em nome do soberano, e disse que era preciso nomear Ermólov comandante da artilharia, Kutúzov respondeu: "Sim, eu mesmo acabei de falar sobre isso", embora um minuto antes tivesse dito algo totalmente distinto. O que importava para ele, o único que então havia compreendido toda a enorme significação do acontecimento, em meio à multidão de tolos que o cercava, o que lhe importava que o conde Rostoptchin atribuísse a catástrofe da capital a si mesmo ou a ele? Menos ainda podia lhe importar quem seria nomeado comandante da artilharia.

Não só nesses casos, mas continuamente, aquele velho, a quem a experiência de vida levara à convicção de que os pensamentos e as palavras que lhes servem de expressão não são os motores das pessoas, dizia palavras totalmente sem sentido — as primeiras palavras que lhe vinham à cabeça.

Mas esse mesmo homem, tão indiferente às próprias palavras, nenhuma vez em toda a sua atividade falou alguma palavra que não estivesse de acordo com aquele único objetivo cuja realização ele perseguiu durante todo o tempo da guerra. É claro, contra sua vontade, com a penosa certeza de que não seria compreendido, ele exprimiu seu pensamento repetidas vezes e nas circunstâncias mais diversas. Já na batalha de Borodinó, quando teve início sua discórdia com os que o rodeavam, só ele disse que *a batalha de Borodinó é uma vitória*, e repetiu isso em conversas e em relatórios e comunicados, até sua morte. Só ele disse que *perder Moscou não é perder a Rússia*. Em resposta a Lauriston, que propôs assinar um acordo de paz, respondeu que *não pode haver paz, porque essa é a vontade do povo*; por ocasião da retirada dos franceses, só ele disse que *todas as nossas manobras são desnecessárias, tudo o que acontecer por si mesmo será melhor do que aquilo que podemos desejar, que é preciso oferecer uma ponte de ouro para o inimigo, que nem a batalha de Tarútino, nem a de Viazma, nem a de Krásnoie são necessárias, que é preciso guardar energias para chegar à fronteira, que não daria um russo em troca de dez franceses*.

E só ele, esse cortesão, como nos é retratado, o homem que mentiu para Araktchéiev com o objetivo de agradar ao soberano — só ele, esse cortesão, e por isso mereceu a desaprovação do soberano, disse em Vilna que *levar a guerra além da fronteira é prejudicial e inútil*.

Mas as palavras sozinhas não provariam que ele, então, havia compreendido o significado dos acontecimentos. Suas ações — sempre sem o menor desvio — foram direcionadas para o mesmo objetivo, que se traduzia em três ações: 1) concentrar todas as suas forças para enfrentar os franceses, 2) vencê-los e 3) expulsá-los da Rússia, aliviando o mais possível os sofrimentos do povo e do exército.

Ele, o procrastinador Kutúzov, cujo lema era paciência e tempo, o inimigo das ações definitivas, travou batalha em Borodinó, revestindo os preparativos da batalha de uma solenidade inigualável. Ele, esse Kutúzov, que antes do início da batalha de Austerlitz disse que ela seria perdida, só ele afirmou até a morte, em contradição com todos, que a batalha de Borodinó foi uma vitória, apesar do exemplo inédito na história de um exército se retirar depois de vencer uma batalha. Só ele, durante todo o tempo da retirada, persistiu na ideia de não travar batalhas, que então eram inúteis, de não começar uma nova guerra e de não cruzar as fronteiras da Rússia.

Agora é fácil compreender o significado dos acontecimentos, contanto que não queiramos atribuir à ação da massa objetivos que só existiam na cabeça de uma dezena de pessoas, pois todos os acontecimentos e suas consequências estão na nossa frente.

Mas de que forma, na época, aquele velho, sozinho, em contradição com a opinião de todos, pôde deduzir, e deduzir de modo tão seguro, o sentido da percepção popular dos acontecimentos e nem uma vez em todas as suas ações o trair?

A fonte dessa extraordinária força de discernir o significado do fenômeno que estava em curso se baseava no sentimento popular que ele trazia dentro de si, em toda a sua pureza e força.

Apenas a percepção de tal sentimento em Kutúzov compeliu o povo, por caminhos tão estranhos e contra a vontade do tsar, a escolher a ele, um velho que se encontrava em desgraça, como seu representante na guerra popular. E foi só aquele sentimento que o colocou na altura humana suprema de onde ele, o comandante em chefe, direcionou todas as suas forças não para matar e massacrar pessoas, mas para salvar e apiedar-se delas.

Essa figura simples, humilde e por isso verdadeiramente grande não podia se adaptar à forma mentirosa do herói europeu, que supostamente comanda as pessoas e que a história inventou.

Para um criado, não pode existir um grande homem, porque um criado tem sua própria ideia da grandeza.

VI

Cinco de novembro foi o primeiro dia da chamada batalha de Krásnoie. Antes do entardecer, quando depois de muitas discussões e equívocos dos generais, que não foram para onde deveriam ir; depois do envio de ajudantes de ordens com contraordens, quando já estava claro que o inimigo estava em fuga por toda parte e que não poderia haver nem haveria batalha nenhuma, Kutúzov saiu de Krásnoie e foi para Dóbroie, para onde o quartel-general fora transferido naquele dia.

O tempo estava claro, fazia um frio glacial. Kutúzov, acompanhado de uma imensa comitiva de generais, que o aborreciam e sussurravam em seus ouvidos, andava em seu cavalo gordo e branco rumo a Dóbroie. A estrada estava toda atravancada por bandos de prisioneiros franceses que se aglomeravam junto às fogueiras, capturados naquele mesmo dia (sete mil foram apanhados naquele dia). Não longe de Dóbroie, uma enorme multidão de prisioneiros esfarrapados, amarrados e agasalhados com qualquer coisa em que pudessem pôr as mãos, erguiam o rumor de suas conversas, parados na estrada ao lado de uma longa fila de canhões franceses desatrelados. Ante a aproximação do comandante em chefe, as conversas cessaram, e todos os olhos se fixaram em Kutúzov, que com seu gorro de fita vermelha e seu capote acolchoado, que formava uma corcunda em seus ombros arqueados, aproximava-se lentamente pela estrada. Um dos generais informou a Kutúzov onde tinham sido capturados os canhões e os prisioneiros.

Kutúzov parecia preocupado com alguma outra coisa e não escutava as palavras do general. Sem querer, piscava os olhos e fitava com atenção e insistência os vultos dos prisioneiros, que apresentavam um aspecto tão lamentável. Grande parte dos rostos dos soldados franceses tinha o nariz e as faces desfigurados pelas queimaduras do frio e quase todos tinham os olhos vermelhos, inchados e supurados.

Um grupo de franceses estava parado perto da estrada, e dois soldados — o rosto de um deles estava coberto de chagas — rasgavam com as mãos um pedaço de carne crua. Havia algo de terrível e de animalesco no olhar esquivo que lançaram para os militares que passavam na estrada e também na expressão malévola com que o soldado com as chagas no rosto, depois de olhar para Kutúzov, lhe deu as costas e prosseguiu em sua atividade.

Kutúzov se demorou a observar com atenção aqueles dois soldados; com o rosto ainda mais enrugado, contraiu os olhos e balançou a cabeça com ar pensativo. Em outro local, notou um soldado russo que, rindo e dando tapinhas no ombro de um francês, lhe dizia algo em tom amistoso. Kutúzov, outra vez com a mesma expressão, balançou a cabeça.

— O que é que você está dizendo? O que é? — perguntou ao general, que continuava a informá-lo e a chamar a atenção do comandante em chefe para as bandeiras francesas capturadas, que estavam à frente do regimento de Preobrajénski.

— Ah, as bandeiras! — disse Kutúzov, desvencilhando-se com visível dificuldade do assunto que ocupava seu pensamento. Olhou em volta com ar distraído. De todos os lados, mil olhos o fitavam, à espera de resposta.

À frente do regimento de Preobrajénski, ele se deteve, suspirou profundamente e fechou os olhos. Alguém na comitiva fez um sinal para que os soldados que seguravam as bandeiras se aproximassem e cravassem na terra os mastros das bandeiras, em torno do comandante em chefe. Kutúzov ficou em silêncio alguns segundos e, visivelmente a contragosto, curvando-se à necessidade de sua posição, ergueu a cabeça e começou a falar. A multidão de oficiais o rodeava. Percorreu com um olhar atento o círculo de oficiais e reconheceu alguns deles.

— Agradeço a todos! — disse ele, dirigindo-se aos soldados e de novo aos oficiais. No silêncio que reinava em seu redor, ouviam-se com clareza suas palavras, pronunciadas com lentidão. — Agradeço a todos por seu serviço difícil e leal. A vitória é completa, e a Rússia não esquecerá os senhores. Glória aos senhores, para sempre!

Calou-se, olhando em redor.

— Abaixe, abaixe a cabeça dela — disse Kutúzov para um soldado que segurava uma águia francesa e, sem querer, a havia abaixado na frente da bandeira do regimento de Preobrajénski. — Mais baixo, mais baixo, assim. Hurra, minha gente! — exclamou com um rápido movimento do queixo, voltando-se para os soldados.

— Hurra-ra-ra! — bradaram milhares de vozes.

Enquanto os soldados gritavam, Kutúzov inclinou-se na sela, curvou a cabeça, e seu olho se acendeu num brilho suave, como que zombeteiro.

— Vejam só, irmãos — disse ele quando as vozes silenciaram...

E de repente a sua voz e a expressão de seu rosto modificaram-se: parou de falar o comandante em chefe e começou a falar um velho simples, e parecia haver algo muito importante que ele desejava comunicar agora a seus camaradas.

Na multidão de oficiais e nas fileiras de soldados, houve um movimento geral, a fim de escutar melhor o que ele ia falar agora.

— Vejam só, irmãos. Eu sei que para vocês é difícil, mas o que se vai fazer? Tenham paciência; falta pouco tempo. Vamos mandar embora nossos visitantes, aí então descansaremos. O serviço de vocês, o tsar não esquecerá. É difícil para vocês, mas pelo menos estão na sua terra; já eles... vejam a que ponto chegaram — disse Kutúzov, apontando para os prisioneiros. — Estão piores do que os mendigos mais miseráveis. Enquanto estavam fortes, nós não nos poupamos, mas agora podemos ter pena deles. Também são gente. Não é isso, minha gente?

Olhou à sua volta e nos olhares obstinados, respeitosamente perplexos, dirigidos a ele, Kutúzov leu a simpatia pelas suas palavras: seu rosto ficou cada vez mais radiante, com um sorriso dócil de velho, que se enrugou com estrelas nos cantos dos lábios e dos olhos. Ficou em silêncio e baixou a cabeça como que em dúvida.

— Mas, é preciso dizer, afinal quem foi que os convidou para vir aqui? É bem feito para esses desgraçados, safados e filhos da mãe — exclamou de repente, levantando a cabeça. E, depois de brandir o chicote no ar, partiu a galope, pela primeira vez em toda a campanha, deixando para trás as fileiras de soldados desfeitas, que riam alegremente e davam hurras.

As palavras ditas por Kutúzov mal foram compreendidas pelas tropas. Ninguém conseguiria reproduzir o conteúdo do discurso do marechal de campo, de início solene e no final de uma ingenuidade de velho; mas o significado crucial daquele discurso foi não apenas compreendido como também aquele sentimento, o sentimento de um triunfo magnífico unido à piedade pelo inimigo e à consciência da própria justiça expressos por aquele, e logo por aquele, velhote simpático que falava grosserias — o mesmo sentimento habitava a alma de todos os soldados e se exprimiu com um grito alegre que demorou muito tempo para silenciar. Depois disso, quando um dos generais se voltou para o comandante em chefe e perguntou se não daria ordens para trazerem sua caleche, Kutúzov, ao responder, desatou a soluçar de modo inesperado, visivelmente dominado pela força da emoção.

VII

Oito de novembro foi o último dia da batalha de Krásnoie; já havia escurecido quando as tropas chegaram ao lugar onde iam passar a noite. O dia inteiro tinha sido calmo, gelado, com uma neve que caía leve e rala; à noite, o tempo começou a limpar. Por entre os flocos de neve, via-se o céu estrelado negro lilás, e a friagem começou a ficar mais forte.

Um regimento de mosqueteiros que deixara Tarútino com três mil soldados, agora com um contingente de novecentos homens, foi um dos primeiros a chegar ao local combinado para o acampamento noturno, numa aldeia na estrada principal. Os militares incumbidos de preparar os alojamentos vieram comunicar que todas as isbás estavam ocupadas por franceses doentes e mortos, por cavalarianos e por membros do Estado-Maior. Só restara uma isbá para o comandante do regimento.

O comandante do regimento seguiu para a sua isbá. O regimento atravessou a aldeia, e os soldados ensarilharam seus fuzis na estrada junto às isbás.

Como um animal imenso e de muitas pernas e braços, o regimento se lançou ao trabalho de construir a própria toca e de preparar o próprio alimento. Uma parte dos soldados, com a neve chegando aos joelhos, se dispersou dentro da floresta de bétulas que ficava à direita da aldeia, e logo se ouviu na mata a batida de machados, de facões, o estalo de galhos partidos e vozes alegres; outra parte formou um grupo em torno do centro onde estavam as carroças e os cavalos do regimento, ficou às voltas com caçarolas e bolachas e dava capim para os cavalos; uma terceira parte dos soldados se dispersou pela aldeia, arrumando as acomodações dos membros do Estado-Maior, retirando os corpos dos franceses mortos que jaziam dentro das isbás, arrancando tábuas, apanhando lenha seca e tirando a palha dos telhados para as fogueiras e arrancando tapumes das cercas para fazer abrigos.

Uns quinze soldados, atrás das isbás e nos arredores da aldeia, com gritos alegres, sacudiam um tapume alto de um telheiro do qual já fora retirado o telhado.

— Vamos, vamos, todos juntos, força! — gritavam as vozes, e na noite escura a imensa tela do tapume polvilhado de neve sacudia entre estalos de gelo. As estacas de baixo estalavam cada vez mais, e por fim o tapume tombou junto com os soldados que o puxavam. Ouviu-se um grito alto, rude e alegre e uma gargalhada.

— Vamos segurar dois de cada lado! Traga uma alavanca! Vamos, isso. Para que lado está empurrando?

— Vamos, todos juntos... Esperem aí, minha gente!... Vamos cantar!

Todos se calaram, e uma voz baixa, aveludada e agradável entoou uma canção. No fim da terceira estrofe, na hora em que a última nota terminou, vinte vozes bradaram em harmonia: "Uuuu! Agora vai! Todos juntos! Empurra, gente!...". Mas, apesar dos esforços conjuntos, o tapume pouco se mexeu, e no silêncio cansado ouvia-se uma respiração ofegante.

— Ei, vocês aí da sexta companhia! Demônios do diabo! Venham cá dar uma mão... A gente depois ajuda em outra coisa.

Uns vinte soldados da sexta companhia que estavam entrando na aldeia uniram-se aos que faziam força; o tapume de cinco braças de comprimento e de uma braça de largura arqueou-se e, espremendo e cortando os ombros dos soldados ofegantes, foi carregado para a frente, pelas ruas da aldeia.

— Vamos lá, vamos lá... Olha aí, está caindo... Parou por quê? Vai...

Os palavrões alegres e feios não cessavam.

— O que estão fazendo aí? — ouviu-se de repente a voz autoritária de um soldado que veio correndo até os carregadores.

— Os patrões estão aí; na isbá tem até um general, e vocês, seus diabos, seus demônios, boçais. Vou mostrar para vocês! — gritou o sargento e deu um soco nas costas do primeiro soldado que passou. — Será que não podem ficar sem fazer barulho?

Os soldados se calaram. O soldado que levou o murro do sargento ficou gemendo e esfregando a cara, que tinha sido cortada e começou a sangrar quando ele caiu em cima do tapume.

— Está vendo, diabo, o que dá bater! Fiquei todo sujo de sangue — disse ele num sussurro tímido, quando o sargento se afastava.

— Não gostou, não? — disse uma voz que ria; e, moderando o som das vozes, os soldados seguiram em frente. Saíram da aldeia e de novo começaram a falar tão alto como antes, entremeando as conversas com os mesmos palavrões sem nenhum propósito.

Na isbá junto à qual os soldados haviam passado, reunia-se o alto-comando, e durante o chá houve uma conversa animada sobre o dia anterior e sobre hipotéticas manobras futuras. Planejavam fazer uma marcha de flanco à esquerda, cortar o caminho do vice-rei e capturá-lo.

Quando os soldados terminaram de arrastar o tapume, já de vários lados chamejavam as fogueiras das cozinhas. A lenha estalava, a neve derretia, e as sombras negras dos soldados agitavam-se para lá e para cá em toda a área ocupada, coberta de neve pisada.

Machados e facões trabalhavam em todos os lados. Tudo era feito sem que ninguém desse nenhuma ordem. Traziam lenha para abastecer as fogueiras durante a noite, montavam barracas para os comandantes, as panelas ferviam, os fuzis e a munição eram limpos.

O tapume arrastado pela oitava companhia foi colocado num semicírculo no lado norte, escorado em varas, e à frente dele acenderam uma fogueira. Deram o toque de recolher, fizeram a chamada, jantaram e se acomodaram junto às fogueiras para passar a noite — um consertava a bota, outro fumava o cachimbo, outro tirava a roupa para catar piolhos.

VIII

Era de supor que, nas condições de vida inconcebivelmente penosas em que se achavam os soldados russos naquela ocasião — sem botas quentes, sem casacos de pele de carneiro, sem um teto sobre a cabeça, sob a neve e um frio de dezoito graus abaixo de zero, até sem a quantidade completa de provisões, que nem sempre chegavam a tempo ao exército —, era de supor que os soldados apresentassem o espetáculo mais lamentável e desolador.

Ao contrário, nunca, mesmo nas melhores condições materiais, as tropas apresentaram um espetáculo mais alegre e animado. Isso acontecia porque a cada dia desapareciam das tropas todos aqueles que desanimavam ou perdiam as forças. Todos aqueles que estavam enfraquecidos, física e moralmente, tinham ficado para trás havia muito tempo: só restara a flor das tropas — pela força do espírito e do corpo.

Atrás do tapume montado pela oitava companhia, reunia-se o maior grupo. Dois sargentos se sentaram com eles, e sua fogueira ardia mais brilhante do que as outras. Pelo direito de ficar junto ao tapume, exigiam uma doação de lenha.

— Ei, Makéiev, o que foi que houve com você?... Se perdeu ou foi comido pelos lobos? Traga uma lenha aí — gritou um soldado ruivo, de cara vermelha, que contraía e piscava os olhos por causa da fumaça, mas não se afastava um palmo da fogueira. — Vamos lá, corvo, traga uma lenha aí — disse o mesmo soldado para o outro. O ruivo não era sargento, nem cabo, mas um soldado saudável, e por isso tiranizava os que estavam mais fracos do que ele. O soldado magricela, miúdo, com um narizinho pontudo, a quem chamavam de corvo, levantou-se obediente e fez menção de ir cumprir a ordem, mas naquele momento, na luz da fogueira, surgiu o vulto esguio e bonito de um soldado jovem, que trazia uma braçada de lenha.

— Me dê aqui. Assim é que se faz!

Partiram a lenha, comprimiram a lenha na fogueira, sopraram com a boca e abanaram com a aba dos capotes, e as chamas chiaram e irromperam. Os soldados chegaram mais perto e começaram a fumar seus cachimbos. O soldado jovem e bonito que havia trazido a lenha pôs as mãos na cintura e, depressa e com agilidade, pôs-se a pisotear o seu lugar.

— Ah, mãezinha, que orvalho mais gelado, mas é bonito ser um mosqueteiro... — cantarolava, como que soluçando a cada sílaba da canção.

— Ei, vai soltar a sola! — gritou o ruivo ao notar que a sola da bota do dançarino estava pendurada. — Essa dança é de matar!

O dançarino parou, arrancou o couro solto e jogou no fogo.

— Pois é, irmão — disse ele; sentou-se, tirou da mochila um pedaço de pano azul francês e começou a enrolar o pé com ele. — É o vapor que estraga elas assim — acrescentou, estendendo os pés na direção do fogo.

— Logo vão dar umas novas. Dizem que, quando a gente der cabo deles, vão dar para a gente couro cortado para fazer dois pares de botas.

— Está vendo só, e o filho da mãe do Petrov que ficou para trás — disse o sargento.

— Eu estava de olho nele faz muito tempo — falou outro.

— Mas, também, uns soldadinhos de papel...

— É, mas na terceira companhia disseram que ontem faltaram nove homens na chamada.

— Também, pense só, com os pés congelados como é que se pode andar?

— Eh, conversa fiada! — disse o sargento.

— Por acaso queria que acontecesse isso com você? — perguntou um soldado velho, em tom de censura, dirigindo-se ao que tinha falado dos pés congelados.

— E o que é que você acha? — de repente, levantando-se de trás da fogueira, falou com voz estridente e trêmula o soldado de nariz pontudo que chamavam de corvo. — Quem é gorducho está emagrecendo, e magreza é morte. Olhe só para mim. Estou que não me aguento mais — disse ele de repente em tom resoluto, dirigindo-se ao sargento. — Me mande para o hospital, o reumatismo está me matando; senão vou acabar ficando para trás e sozinho...

— Ora, vai conseguir, vai conseguir — disse o sargento, tranquilo.

O soldadinho calou-se, e a conversa prosseguiu.

— Hoje até que pegaram um bocado de franceses; mas bota que é bom não apareceu nenhuma que a gente pode chamar de bota — um dos soldados começou uma nova conversa.

— Os cossacos pegaram tudo. Limparam a isbá para o coronel, levaram embora os franceses. Dava pena de ver, minha gente — disse o dançarino. — Enquanto reviravam os franceses, tinha um ainda vivo, acreditem, e resmungou alguma coisa lá na língua dele.

— Mas é um povo limpo, minha gente — disse o primeiro. — Branco, branco feito uma bétula, e tem uns corajosos, até parecem uns nobres.

— E o que é que você queria? São recrutados em todas as classes.

— Mas não sabem nada da nossa língua — disse o dançarino com um sorriso perplexo. — Eu falo para ele: "De que coluna você vem?", e ele balbucia lá na língua dele. Um povo esquisito!

— Vejam só que coisa mais estranha, meus irmãos — continuou o que estava admirado com a brancura deles —, os mujiques disseram que, em Mojáisk, quando começaram a retirar os mortos, lá onde teve aquela batalha, sabe, pois é, os mortos já estavam lá jogados fazia um mês. E aí, veja só, um mujique disse que eles estavam lá deitados, branquinhos feito papel, limpos, e nem sombra de fedor.

— Quem sabe não é por causa do frio? — perguntou um.

— Como você é inteligente! Por causa do frio! Só que estava quente. Se fosse por causa do tempo gelado, os nossos também não fediam. Mas disseram que, quando chegavam perto dos nossos, estavam cheios de minhocas. Disseram que tinham de amarrar um lenço na cara e virar o focinho, para poder arrastar; não dava para aguentar. Mas já eles estavam brancos feito papel, nem sombra de fedor.

Todos ficaram calados.

— Quem sabe é por causa do que eles comem — disse o sargento. — Se entopem com a comida dos patrões.

Ninguém respondeu.

— O tal mujique lá de Mojáisk, onde teve a tal batalha, disse que tiraram os mortos de dez aldeias, levaram em carroças por vinte dias, mas nem tiraram todos os mortos. Disse que tinha por lá cada lobo...

— Aquilo é que foi uma batalha de verdade — disse o soldado velho. — A única que vale a pena lembrar; tudo o que veio depois... É só para fazer o povo sofrer.

— Pois é, vovô. Anteontem a gente correu para cima deles, mas nem deixaram a gente se aproximar. Na mesma hora puseram os fuzis no chão. Ficaram de joelhos. *Pardon*, disseram. E isso é só um exemplo. Contaram que o Plátov por duas vezes pegou o próprio Poleão. Ele não sabe as palavras mágicas. Aí, pegar ele pegou: mas quando estava ali nas mãos dele, virou um passarinho, saiu voando e foi embora. E também não tem jeito de matar.

— Puxa, mentir é com você mesmo, hein, Kisseliόv? Não sou bobo, não.

— Que mentira? É a mais pura verdade.

— Pois se fosse comigo, na hora em que eu pegasse, eu tratava logo de enterrar e pronto. E cravava uma estaca de choupo em cima. Quanta gente ele matou.

— De todo jeito, a gente vai dar fim nisso, ele não vai escapar — disse o soldado velho, bocejando.

A conversa cessou, os soldados começaram a se acomodar.

— Olhe só as estrelas, que maravilha, como brilham forte! Até parece que as mulheres estenderam os lençóis de linho para secar — disse um soldado, admirando a Via Láctea.

— Pois é, minha gente, este ano a colheita vai ser farta.

— Ainda tem de pegar mais um pouquinho de lenha.

— As costas estão quentes, mas a barriga está geladinha. Que coisa.

— Ah, meu Deus!

— Por que está empurrando aí? Acha que o fogo é só para você, é? Olhe só... está espalhando tudo.

Por trás do silêncio que se estabeleceu, ouvia-se o ronco de alguns soldados que dormiam; os outros se reviravam e se esquentavam, de vez em quando trocavam algumas palavras. De uma fogueira distante, a uns cem passos, ouviu-se uma risada alegre, amiga.

— Olhe só, estão dando risada lá na quinta companhia — disse um soldado. — E quanta gente tem lá, nossa!

Um soldado levantou-se e foi para a quinta companhia.

— É mesmo para rir — disse ele quando voltou. — Apareceram dois franceses. Um está todo congelado, mas o outro é um tremendo gaiato, um gozador! Fica lá cantando.

— Ah, puxa! Vamos lá ver... — Alguns soldados foram na direção da quinta companhia.

IX

A quinta companhia estava bem na beira da mata. Uma fogueira enorme ardia brilhante no meio da neve, iluminando os galhos das árvores, pesados de gelo.

No meio da noite, os soldados da quinta companhia tinham escutado, dentro da mata, passos sobre a neve e o estalido de galhos.

— Minha gente, tem um urso aí — disse um soldado. Todos levantaram a cabeça, escutaram com atenção e, da mata, na luz clara da fogueira, saíram dois vultos humanos vestidos de um jeito estranho e apoiando-se um no outro.

Eram dois franceses que haviam se escondido na floresta. Falando algo em voz rouca numa língua desconhecida dos soldados, aproximaram-se da fogueira. Um era de estatura elevada, chapéu de oficial e parecia completamente debilitado. Ao se aproximar da fogueira, fez menção de sentar, mas caiu na terra. O outro, um soldado miúdo, troncudo, com um lenço enrolado nas faces, era mais forte. Levantou seu camarada e, apontando para a boca, disse algo. Os soldados rodearam os franceses, estenderam um capote para o doente e trouxeram mingau e vodca para os dois.

O oficial francês debilitado era Ramballe; o que tinha o lenço enrolado era seu ordenança, Morel.

Quando Morel terminou de beber a vodca e de comer o mingau, de repente se alegrou de modo doentio e desatou a falar algo que os soldados não compreendiam. Ramballe não quis comer e ficou deitado em silêncio, apoiado no cotovelo, junto ao fogo, enquanto fitava os soldados russos com os olhos vermelhos e perplexos. De vez em quando soltava um gemido desolado e de novo ficava em silêncio.

Morel, apontando para os ombros, sugeriu aos soldados que o outro era um oficial e que precisava se aquecer. Um oficial russo que se aproximara da fogueira mandou alguém perguntar ao coronel se ele não permitia que o oficial francês fosse para a sua isbá a fim de se aquecer; e, quando voltaram dizendo que o coronel mandara levar o oficial, disseram para Ramballe ir para lá. Ramballe levantou-se e quis andar, mas vacilou e teria caído se o soldado ao seu lado não o tivesse segurado.

— O que é que foi? Não quer ir, não? — disse um soldado, piscando o olho com ar zombeteiro e abraçando Ramballe.

— Eh, sua besta! Fica aí falando bobagem, seu animal! Você é um mujique mesmo, não passa de um mujique — ouviram-se de vários lados as censuras contra o soldado zombeteiro. Cercaram Ramballe, dois soldados o levantaram nos braços, ergueram-no do chão e o levaram para a isbá. Ramballe abraçou-se àqueles soldados e, enquanto o levavam, disse em tom lastimoso:

— *Oh, mes braves, oh, mes bons, mes bons amis! Voilà des hommes! Oh, mes braves, mes bons amis!*[6] — e, como uma criança, inclinou a cabeça ao ombro de um soldado.

---

6 Francês: "Oh, meus bravos, oh, meus bons, meus bons amigos! Isso é que são homens! Oh, meus bravos, meus bons amigos!".

Enquanto isso, Morel sentou-se no melhor lugar, cercado pelos soldados.

Morel, um francês pequeno e troncudo, de olhos inflamados e lacrimosos, com um lenço amarrado por cima do quepe como uma camponesa, vestia um casaquinho feminino, feito de pele de carneiro. Obviamente já um pouco embriagado, com o braço em volta do soldado a seu lado, ele cantava com voz rouca e vacilante uma canção francesa. Os soldados olhavam para ele, com as mãos na cintura.

— Puxa, vamos lá, vamos aprender também, que tal? Eu vou imitar direitinho. Como é que é mesmo?... — disse o cantor zombeteiro que Morel abraçava.

Vive Henri Quatre,
Vive ce roi vaillant![7]

cantou Morel, piscando o olho.

Ce diable à quatre...[8]

— Vivariká! Vif seruvaru! Sidiabliaká... — repetiu o soldado, sacudindo a mão no ar e, de fato, repetindo a melodia.

— Olhe só, muito bom! Ho-ho-ho-ho-ho! — um riso alegre e bruto ergueu-se de vários lados. Morel, de cara enrugada, riu também.

— Vai, fala mais, fala mais!

Qui eut le triple talent,
De boire, de battre,
E d'être un vert-galant...[9]

— Puxa, isso também é bonito. Vai, vai, Zaletáiev...

— Kiu... — disse Zaletáiev com esforço. — Kiu-iu-iu... — continuou, torcendo os lábios com capricho. — Letriptalá die bu die ba e dietravagalá — cantou ele.

— Ah, muito bem! É um francês sem tirar nem pôr! Ah... ho-ho-ho-ho!.. E então, não quer comer mais?

— Dá um mingau para ele; com a fome que tem, não vai ficar satisfeito tão depressa assim.

---

7 Francês: "Viva Henrique IV/ Viva esse rei valente!".

8 Francês: "Esse diabo a quatro...".

9 Francês: "Quem tem o triplo talento/ De beber, de lutar,/ E de ser um grande galanteador...".

De novo, deram-lhe mingau; e Morel, rindo, partiu logo para a terceira tigela. Havia um sorriso alegre no rosto de todos os soldados jovens que olhavam para Morel. Os soldados velhos, que julgavam indecoroso se ocupar com tais bobagens, estavam deitados do outro lado da fogueira, mas de vez em quando se erguiam um pouco, apoiados num cotovelo, e com um sorriso lançavam um olhar para Morel.

— Também são gente — disse um deles, enrolando-se no capote. — Até o absinto cria raízes e cresce.

— Ooh! Meu Deus, meu Deus! Olhe como está estrelado, que coisa incrível! Vai vir a maior friagem... — E tudo ficou em silêncio.

As estrelas, como se soubessem que agora ninguém as observava, começaram a brincar no céu negro. Ora chamejavam, ora apagavam, ora tremeluziam, enquanto sussurravam afoitas umas para as outras algo alegre, mas misterioso.

X

As tropas francesas se dissolviam de maneira contínua, segundo uma progressão matemática precisa. E a travessia do rio Bereziná, sobre a qual se escreveu tanta coisa, foi apenas um dos passos intermediários da destruição do exército francês e de maneira nenhuma foi o episódio decisivo da campanha. Se tanta coisa foi escrita e ainda se escreve sobre Bereziná, é só porque, do lado dos franceses, as desgraças sofridas até então de maneira uniforme pelo exército francês, de repente, na ponte tombada do Bereziná, se concentraram com mais força em um só momento e num só espetáculo trágico, que ficou na memória de todos. Já do lado dos russos, só falaram e escreveram tanto sobre Bereziná porque em Petersburgo, longe do teatro de guerra, foi traçado um plano (pelo mesmo Pfuhl) para capturar Napoleão numa armadilha estratégica no rio Bereziná. Todos estavam convencidos de que tudo havia de acontecer na realidade tal como estava descrito no plano e por isso insistiam que a travessia do rio Bereziná foi a causa da destruição dos franceses. Na verdade, os resultados da travessia do Bereziná foram muito menos danosos para os franceses, em termos de perda de canhões e de prisioneiros, do que aquilo que ocorreu em Krásnoie, como provam os números.

A única importância da travessia do Bereziná consiste em que essa travessia, de forma óbvia e incontestável, provou a balela de todos os planos para cortar o caminho do inimigo e a justeza da única forma possível de agir, exigida por Kutúzov e por todas as tropas (a massa) — apenas seguir o inimigo. A multidão de franceses fugia numa celeridade cada vez maior, com toda a sua energia voltada para alcançar seu objetivo. Ela fugia como uma fera ferida e não podia parar no caminho. Isso ficou provado não tanto pela organização da travessia, quanto pela movimentação nas pontes. Quando as pontes foram destruídas, soldados desarmados, habitantes de Moscou, mulheres com crianças que estavam nos carroções de carga dos franceses — todos, por força da inércia, não se deram por vencidos e correram para a frente, rumo aos botes, sobre a água coberta de gelo.

Aquele impulso fazia sentido. A situação dos que fugiam e dos que perseguiam era igualmente ruim. Enquanto estavam com os seus iguais, cada um em sua desgraça podia esperar ajuda de algum camarada, de acordo com a posição determinada que ocupava entre os seus. Quem se entregava aos russos ficava na mesma situação de desgraça que antes, só que no último lugar da fila para a partilha dos bens necessários à vida. Para os franceses, não era preciso ter informações corretas sobre o fato de que metade dos prisioneiros, com os quais os russos não sabiam o que fazer, apesar de todo o desejo dos russos de salvá-los, haviam morrido de frio e de fome; eles sentiam que não podia ser de outro modo. Os comandantes russos mais compassivos e simpáticos aos franceses, e mesmo os franceses que haviam se incorporado ao exército russo, nada podiam fazer pelos prisioneiros. A desgraça em que o exército russo se encontrava estava destruindo os franceses. Era impossível tirar o alimento e a roupa de soldados famintos e necessitados para dar aos franceses, que não eram prejudiciais, nem detestáveis, nem culpados, mas simplesmente inúteis. Alguns até fizeram isso; mas foram apenas exceções.

Para trás, havia a perdição certa; para a frente, havia a esperança. Os barcos tinham sido incendiados; não havia outra salvação senão a fuga coletiva, e todas as forças dos franceses se concentraram na fuga coletiva.

Quanto mais os franceses fugiam, mais lamentável era aquilo que restava deles, sobretudo depois de Berezina, onde, segundo o plano de Petersburgo, depositavam-se grandes esperanças e por isso ardiam mais fortes ainda as paixões dos comandantes russos, que punham a culpa uns nos outros, e sobretudo em Kutúzov. Supondo que o fracasso do plano de Petersburgo para Berezina seria atribuído a Kutúzov, o descontentamento com ele, o desprezo por ele e a galhofa de que ele era alvo se manifestaram com força cada vez maior. A galhofa e o desprezo, bem entendido, eram expressos de forma respeitosa, de uma forma que Kutúzov não pudesse nem questionar de que e por que o acusavam. Não falavam com ele a sério; ao lhe apresentar um relatório ou ao pedir uma decisão sua, fingiam estar cumprindo uma formalidade lúgubre, mas pelas costas piscavam o olho e faziam de tudo para enganá-lo a cada passo.

Todas aquelas pessoas, exatamente porque não conseguiam compreendê-lo, acreditavam que não adiantava falar com o velho; que ele jamais entenderia toda a profundidade dos seus planos; que ele iria responder com seus provérbios (a eles, pareciam meros provérbios) sobre a ponte de ouro, sobre ser impossível ir além da fronteira com um bando de mendigos etc. Já haviam escutado tudo isso dito por ele. E tudo o que Kutúzov dizia — por exemplo, que era preciso esperar as provisões, que os soldados não tinham botas —, tudo isso era tão simples, ao passo que tudo aquilo que eles propunham era tão complexo e inteligente que, para eles, estava muito claro que Kutúzov era um tolo e um velho, enquanto eles eram comandantes geniais, mas sem poder.

Sobretudo depois da união com o exército do formidável almirante e herói de Petersburgo, Wittgenstein, essa atitude e as intrigas no Estado-Maior alcançaram o nível mais alto. Kutúzov percebia isso e, suspirando, apenas encolhia os ombros. Só uma vez, depois de Berezina, ele se irritou e escreveu a seguinte carta para Bennigsen, que mantinha contatos em separado com o soberano:

> Por causa das crises causadas por sua saúde precária, peço a vossa excelência que, ao receber esta carta, se dirija para Kaluga, onde irá aguardar novas ordens e instruções de sua alteza o imperador.

Mas, depois do afastamento de Bennigsen, chegou ao exército o grão-duque Konstantin Pávlovitch, que havia participado do início da campanha e fora afastado do exército por Kutúzov. Agora, o grão-duque, ao chegar ao exército, comunicou a Kutúzov a insatisfação do soberano imperador com os fracos êxitos de nossas tropas e com a lentidão do movimento. O próprio soberano imperador tinha a intenção de unir-se ao exército em poucos dias.

O velho, tão experiente em assuntos da corte quanto em assuntos militares, o mesmo Kutúzov que em agosto daquele mesmo ano tinha sido escolhido para o cargo de comandante em chefe contra a vontade do soberano, aquele Kutúzov que afastara do exército o grão-duque e herdeiro do trono e determinara o abandono de Moscou, o mesmo Kutúzov agora compreendeu de imediato que seu tempo havia terminado, que seu papel havia chegado ao fim e que o suposto poder que detinha já não existia mais. E compreendeu isso não apenas pela atitude da corte. De um lado, viu que os assuntos militares em que ele desempenhava seu papel estavam encerrados e sentiu que sua missão tinha sido cumprida. De outro lado, ao mesmo tempo, começava a sentir um cansaço físico em seu corpo velho e a necessidade de um repouso físico.

No dia 29 de novembro, Kutúzov entrou em Vilna — sua boa Vilna, como ele dizia. Duas vezes em seu tempo de serviço, Kutúzov fora governador de Vilna. Na rica Vilna, que havia sobrevivido à guerra, além dos confortos da vida dos quais ele estava privado havia tanto tempo, Kutúzov encontrou velhos amigos e recordações. E ele, de repente pondo de lado todas as preocupações militares e de governo, mergulhou numa vida sossegada, rotineira, ao menos na medida em que as paixões que ardiam à sua volta lhe davam repouso, como se tudo o que acontecia agora, e o que tinha de acontecer no mundo histórico, não lhe dissesse o menor respeito.

Tchitchagóv, um dos mais fervorosos defensores de cortar o caminho dos franceses e desbaratar o inimigo, Tchitchagóv, que no início queria fazer uma manobra diversionista na Grécia e depois em Varsóvia, mas nunca queria ir para onde o mandavam, Tchitchagóv, conhecido por seu destemor ao falar com o soberano, Tchitchagóv, que considerava que Kutúzov lhe devia favores porque, quando foi enviado em 1811 para assinar a paz com a Turquia, sem a participação de Kutúzov, ele, convencido de que a paz já fora selada, admitiu diante do soberano que o mérito de selar a paz cabia a Kutúzov; o mesmo Tchitchagóv foi o primeiro a receber Kutúzov em Vilna, no palacete onde Kutúzov devia se instalar. Tchitchagóv, em uniforme da Marinha, com um punhal na cintura, o quepe preso embaixo do braço, entregou a Kutúzov um relatório sobre a guarnição e as chaves da cidade. Aquela atitude de desprezo respeitoso da juventude, em relação a um velho cuja cabeça já não funciona muito bem, se manifestava no mais alto grau em todas as maneiras de Tchitchagóv, que já sabia das acusações levantadas contra Kutúzov.

Ao conversar com Tchitchagóv, Kutúzov lhe disse, entre outras coisas, que as carroças que lhe haviam sido tomadas em Boríssov estavam com todas as peças de porcelana intactas e lhe seriam entregues.

— *C'est pour me dire que je n'ai pas sur quoi manger... Je puis au contraire vous fournir de tout dans le cas même où vous voudriez donner des dîners*[10] — falou Tchitchagóv, que se exaltou e quis, em cada palavra, comprovar sua retidão e por isso mesmo supôs que também Kutúzov tinha a mesma preocupação. Kutúzov abriu seu sorriso sutil, perspicaz e, encolhendo os ombros, respondeu:

— *Ce n'est que pour vous dire ce que je vous dis.*[11]

Em Vilna, Kutúzov, contra a vontade do soberano, reteve a maior parte das tropas. Como diziam as pessoas próximas a ele, Kutúzov ficou extremamente abatido e fisicamente debilitado naquela estadia em Vilna. Cuidava com relutância dos assuntos militares, entregando tudo a seus generais, e, enquanto esperava o soberano, levava uma vida dissipada.

---

10 Francês: "Está querendo dizer que eu certamente não tenho o que comer... Ao contrário, posso fornecer de tudo ao senhor, mesmo que queira oferecer banquetes".

11 Francês: "Não quis dizer senão aquilo que eu disse ao senhor".

No dia 7 de dezembro, o soberano saiu de Petersburgo com sua comitiva — o conde Tolstói, o príncipe Volkónski, Araktchéiev e outros — e chegou a Vilna no dia 11 de dezembro, onde logo se dirigiu para o palacete, em seu trenó de viagem. Diante do palacete, apesar da violenta friagem, aguardavam-no cerca de cem generais e oficiais do Estado-Maior em uniformes de gala, além da guarda de honra do regimento de Semiónov.

O correio, que numa troica suada chegara ao palacete antes do soberano, exclamou: "Está vindo!". Konovnítsin precipitou-se no vestíbulo a fim de avisar Kutúzov, que aguardava no pequeno quartinho do porteiro.

Um minuto depois, o vulto grande e gordo do velho, em uniforme de gala, com todas as condecorações cobrindo o peito e uma faixa amarrada na barriga, saiu cambaleante para a varanda. Kutúzov estava de chapéu virado para a frente e segurava as luvas na mão, desceu com dificuldade e meio de lado a escadinha até o último degrau e pegou o relatório que havia preparado para entregar ao soberano.

Uma correria, um sussurro, a passagem de uma troica numa pressa louca, e todos os olhos se lançaram para o trenó que se aproximava a galope, no qual já se avistavam as figuras do soberano e de Volkónski.

Apesar dos cinquenta anos de experiência, tudo aquilo produziu um efeito fisicamente perturbador no velho general; ele se apalpou às pressas e, preocupado, ajeitou o chapéu e, no minuto em que o soberano desceu do trenó e ergueu os olhos para ele, esticou-se, animou-se, entregou o relatório e começou a falar com sua voz cadenciada e insinuante.

O soberano lançou um olhar rápido para Kutúzov, da cabeça aos pés, no mesmo instante franziu as sobrancelhas, mas logo se controlou, aproximou-se, estendeu os braços e abraçou o velho general. Aquele abraço, por força de uma antiga impressão e de seus pensamentos íntimos, produziu em Kutúzov o efeito de costume: ele começou a chorar.

O soberano saudou os oficiais, a guarda de honra do regimento de Semiónov, apertou mais uma vez a mão do velho e entrou com ele no palacete.

A sós com o marechal de campo, o soberano expressou seu descontentamento com a demora na perseguição, com os erros cometidos em Krásnoie e no rio Bereziná, e comunicou suas considerações sobre a futura campanha no estrangeiro. Kutúzov não fez objeções nem comentários. A mesma expressão obediente e vazia com que ele, sete anos antes, escutara as ordens do soberano no campo de batalha de Austerlitz instalou-se então em seu rosto.

Quando Kutúzov saiu do gabinete e, em seu passo pesado e cambaleante, de cabeça baixa, passou pela sala, uma voz o deteve.

— Vossa excelência — disse alguém.

Kutúzov ergueu a cabeça e fitou demoradamente os olhos do conde Tolstói, que estava parado na sua frente, com uma bandeja de prata, na qual havia uma coisinha miúda. Kutúzov pareceu não compreender o que queriam dele.

De repente, pareceu entender: um sorriso quase imperceptível lampejou no seu rosto rechonchudo, e ele, curvando-se respeitosamente, apanhou o objeto que estava na bandeja. Era a medalha da Ordem de São Jorge de primeira classe.

XI

No dia seguinte houve um jantar na casa do marechal de campo e também um baile que o soberano honrou com sua presença. A Ordem de São Jorge de primeira classe tinha sido concedida a Kutúzov; o soberano lhe conferia a mais alta distinção; mas a insatisfação do soberano com o marechal de campo era conhecida de todos. Mantinham-se as aparências, e o próprio soberano era o primeiro a dar o exemplo; mas todos sabiam que o velhote era culpado e que não servia mais para nada. No baile, quando Kutúzov, segundo um antigo costume dos tempos da tsarina Catarina, no momento da entrada do soberano no salão, mandou estender aos seus pés as bandeiras tomadas dos franceses, o soberano franziu o rosto e disse palavras que só alguns ouviram: "Velho comediante".

A insatisfação do soberano com Kutúzov aumentou em Vilna sobretudo porque Kutúzov obviamente não queria ou não conseguia entender a importância da campanha futura.

Quando, no dia seguinte pela manhã, o soberano disse para os oficiais reunidos à sua volta: "Os senhores salvaram não só a Rússia; salvaram a Europa", todos já haviam entendido que a guerra não havia terminado.

Só Kutúzov não queria entender aquilo e manifestava abertamente sua opinião de que uma nova guerra não poderia melhorar a situação e aumentar a glória da Rússia, mas poderia apenas piorar a situação e rebaixar a glória suprema que, a seu ver, a Rússia então havia alcançado. Tentou mostrar ao soberano a impossibilidade de convocar tropas novas; falou da situação penosa da população, da possibilidade de um fracasso etc.

Como é natural, em tal estado de espírito, o marechal de campo só podia representar um estorvo e um empecilho à guerra vindoura.

Para evitar confrontos com o velho, encontrou-se espontaneamente uma saída que, tal como ocorrera em Austerlitz e com Barclay no início da campanha, consistia em retirar a base de poder em que o comandante em chefe se mantinha de pé, sem alarmá-lo e sem comunicar-lhe o assunto, e transferi-la para o próprio imperador.

Com tal objetivo, o Estado-Maior foi reformulado aos poucos, e todo o núcleo do poder do Estado-Maior de Kutúzov foi suprimido e transferido para o soberano. Toll, Konovnítsin, Ermólov receberam novas atribuições. Falavam cada vez mais alto que o marechal de campo estava muito enfraquecido e com a saúde abalada.

Ele só podia mesmo estar com a saúde abalada para transmitir seu posto para aquele que o substituiu. E, de fato, sua saúde estava debilitada.

De modo tão natural, simples e gradual como Kutúzov tinha vindo da Turquia para o palácio do Tesouro em Petersburgo, a fim de formar as milícias, e depois fora para o Exército, justamente na hora em que ele era indispensável, de modo igualmente natural, gradual e simples, agora, quando o papel de Kutúzov já havia se esgotado, surgia em seu lugar o ator novo que se requeria.

A guerra de 1812, além de seu significado, caro ao coração do povo russo, deveria ter outro significado — europeu.

Após o movimento dos povos do Ocidente para o Oriente, deveria se seguir outro, do Oriente para o Ocidente, e para aquela nova guerra era necessário um ator novo, com características e opiniões diferentes de Kutúzov e guiado por outras motivações.

Para o movimento dos povos do Oriente para o Ocidente e para a restauração das fronteiras nacionais, Alexandre I era tão necessário quanto tinha sido Kutúzov para a salvação e a glória da Rússia.

Kutúzov não entendia o que significava a Europa, o equilíbrio, Napoleão. Não conseguia compreender isso. Para o representante do povo russo, depois que o inimigo fora aniquilado, a Rússia estava liberta e se alçara à sua glória suprema; para um russo, enquanto russo, não tinha sentido fazer ainda algo mais. Para o representante da guerra popular, não restava outra coisa senão a morte. E ele morreu.

XII

Como acontece na maior parte das vezes, Pierre só sentiu todo o peso das privações físicas e das pressões que havia sofrido no cativeiro quando aquelas pressões e privações terminaram. Após sua libertação do cativeiro, Pierre foi para Oriol e, no terceiro dia em que estava lá, quando se preparava para partir rumo a Kíev, adoeceu e ficou adoentado em Oriol durante três meses; tinha, como diziam os médicos, uma febre biliosa. Apesar de os médicos o terem tratado, terem tirado seu sangue e lhe dado remédios para beber, mesmo assim Pierre recobrou a saúde.

Tudo o que havia ocorrido com Pierre desde sua libertação até a doença não deixara nele quase nenhuma impressão. Só lembrava o tempo cinzento, sombrio, ora chuvoso, ora nevoso, uma aflição física interior, a dor nas pernas, no quadril; lembrava uma sensação geral de infelicidade, de sofrimento das pessoas; lembrava a curiosidade dos oficiais, dos generais que o importunavam com interrogatórios, a preocupação que tinham de encontrar um comboio de carga e cavalos, e também, acima de tudo, Pierre lembrava sua incapacidade de pensamento e de sentimento durante aquele tempo. No dia de sua libertação, viu o cadáver de Pétia Rostóv. No mesmo dia soube que o príncipe Andrei ainda estava vivo mais de um mês após a batalha de Borodinó e que só havia morrido pouco antes, em Iaroslavl, na casa dos Rostóv. E também no mesmo dia Deníssov, que dera aquelas notícias a Pierre, mencionou de passagem, no meio de uma conversa, a morte de Hélène, supondo que Pierre já soubesse do fato havia muito tempo. Tudo aquilo pareceu então a Pierre apenas estranho. Sentiu que não podia entender o significado de todas aquelas notícias. Na ocasião, só pensava em ir embora daqueles lugares bem depressa, o mais rápido possível, lugares onde pessoas se matavam umas às outras, ir para algum refúgio sossegado e lá pôr os pensamentos em ordem, repousar e refletir sobre todas as coisas estranhas e novas que ele havia aprendido durante aquele tempo. Porém, assim que chegou a Oriol, adoeceu. Quando voltou a si após a doença, Pierre viu ao seu redor seus dois criados, que haviam chegado de Moscou — Terénti e Vaska —, e a princesa mais velha, que, morando em Eliéts, numa propriedade de Pierre, e tendo sabido de sua libertação e de sua doença, viera para junto dele a fim de ajudá-lo.

Durante sua convalescença, só aos poucos Pierre se desfez das impressões dos últimos meses, impressões que para ele haviam se tornado habituais, e acostumou-se ao fato de que ninguém o açoitaria para continuar a andar no dia seguinte, de que ninguém viria tomar sua cama quente, e de que era seguro que teria o que comer no almoço, no chá e no jantar. Mas em sonho ele por muito tempo ainda se via nas condições de prisioneiro. Da mesma forma, só aos poucos Pierre compreendeu as notícias que lhe tinham chegado após a saída do cativeiro: a morte do príncipe Andrei, a morte da esposa, o aniquilamento dos franceses.

Um sentimento alegre de liberdade — daquela liberdade inalienável, inerente ao homem —, a consciência que ele experimentara pela primeira vez no primeiro acampamento após sair de Moscou, enchia a alma de Pierre durante sua convalescença. Ele se admirava ao ver que tal liberdade interior, independente das circunstâncias exteriores, agora se cercava também de uma liberdade exterior que parecia demasiada, ostentosa. Estava sozinho numa cidade estranha, sem conhecidos. Ninguém exigia nada dele; ninguém o mandava para nenhum lugar. Tinha tudo o que queria; os pensamentos sobre a esposa, que antes o atormentavam sem cessar, não existiam mais, pois ela mesma já não existia mais.

— Ah, como é bom! Que agradável! — dizia para si, quando empurravam para junto dele uma mesa limpa, bem-arrumada, com uma sopa fumegante, ou quando se deitava à noite numa cama limpa e macia, ou quando lembrava que a esposa e os franceses não existiam mais. — Ah, como é bom, que agradável! — E, por força de um antigo costume, ele se fazia a pergunta: muito bem, mas e agora? O que vou fazer? E de pronto respondia: nada. Vou viver. Ah, como é agradável!

A mesma coisa que antes o atormentava, aquilo que ele procurava o tempo todo, um objetivo para a vida, agora não existia para ele. Aliás, para Pierre, não era só naquele momento que o procurado objetivo da vida não existia; Pierre sentia que tal objetivo não existia nem poderia nunca existir. E tal ausência de objetivo lhe dava a plena e alegre consciência da liberdade que, naquela ocasião, constituía sua felicidade.

Pierre não podia ter um objetivo porque agora ele tinha uma fé — não a fé em algum princípio, ou em palavras, ou em ideias, mas a fé num Deus vivo e sempre percebido. Antes ele o procurava em objetivos que traçava para si. Aqueles objetivos procurados eram apenas a busca de Deus; e de repente ele aprendera em seu cativeiro, não por meio de palavras nem de raciocínios, mas por um sentimento imediato, aquilo que sua babá lhe dizia muito tempo antes: que Deus está bem junto, aqui, em toda parte. No cativeiro, ele descobrira que o Deus de Karatáiev era maior, mais infinito e inapreensível do que o Arquiteto do Universo concebido pelos maçons. Pierre experimentava o sentimento de um homem que encontra bem junto aos pés aquilo que procurava, depois de forçar os olhos ao máximo a fim de avistar ao longe. Por toda a vida, Pierre havia olhado para outros lugares, por cima da cabeça das pessoas à sua volta, quando não havia necessidade de forçar os olhos, mas apenas olhar bem na sua frente.

Antes, Pierre não conseguia enxergar o grandioso, o inapreensível e o infinito em nada. Apenas sentia que aquilo devia estar em algum lugar e o procurava. Em tudo que estava perto e era compreendido, ele só enxergava o limitado, o pequeno, o mundano, o absurdo. Ele se munia de uma luneta mental e olhava ao longe, lá onde aquele pequeno e mundano, oculto num nevoeiro distante, lhe parecia grande e infinito só porque não se via com clareza. Assim ele representava a vida europeia, a política, a maçonaria, a filosofia, a filantropia. Mas mesmo então, em momentos que ele considerava de fraqueza, seu pensamento penetrava também naquela distância e lá ele via também o pequeno, o mundano e o absurdo. Agora ele aprendera a enxergar em tudo o grande, o eterno e o infinito, e portanto, a fim de enxergá-lo, a fim de deleitar-se com a consciência disso, Pierre pôs de lado com toda a naturalidade a luneta em que até então olhava por cima da cabeça das pessoas e com alegria passara a contemplar à sua volta a vida eternamente mutável, grandiosa, inapreensível e infinita. E, quanto mais olhava para o que estava perto, mais ficava tranquilo e feliz. A terrível pergunta "para quê?", que antes destruía todas as suas construções mentais, agora não existia mais para Pierre. Agora, para a pergunta "para quê?", havia sempre pronta em sua alma uma resposta simples: porque existe Deus, o Deus sem cuja vontade não cai um fio de cabelo da cabeça de um homem.

XIII

Pierre quase não mudara em suas maneiras exteriores. Na aparência, era exatamente o mesmo de antes. Tal como antes, vivia distraído e parecia ocupado não com o que tinha diante dos olhos, mas com algo próprio, particular. A diferença entre sua situação anterior e a atual consistia em que antes, quando ele esquecia o que tinha à sua frente ou aquilo que lhe diziam, Pierre franzia com força a testa, como se tentasse e não conseguisse enxergar algo distante e fora de seu alcance. Agora, da mesma forma esquecia o que lhe diziam e o que estava na sua frente; porém agora, com um sorriso aberto e quase jocoso, ele observava o que estava à sua frente, escutava o que lhe diziam, embora obviamente visse e escutasse algo totalmente distinto. Antes, parecia um homem bom, mas infeliz; e por isso as pessoas, sem querer, afastavam-se dele. Agora, um sorriso de alegria com a vida sempre pairava em torno da sua boca, e em seus olhos brilhava uma simpatia pelas pessoas — e a pergunta: será que elas estão satisfeitas como eu? E as pessoas sentiam-se bem em sua presença.

Antes ele falava muito, exaltava-se quando falava e escutava pouco; agora era raro deixar-se arrebatar por uma discussão e conseguia escutar, por isso as pessoas lhe contavam de bom grado seus segredos mais íntimos.

A princesa, que jamais gostara de Pierre e tinha por ele um particular sentimento de hostilidade desde a morte do velho conde, quando se sentira em dívida com ele agora, depois da breve estadia em Oriol, para onde ela fora com a intenção de mostrar a Pierre que, apesar de sua ingratidão, considerava seu dever ir cuidar dele, a princesa, para sua vergonha e surpresa, em pouco tempo sentiu que o amava. Pierre nada fazia para tentar ganhar a simpatia da princesa. Apenas a fitava com curiosidade. Antes a princesa sentia que no olhar de Pierre havia indiferença e zombaria, e ela, como fazia também diante de outras pessoas, se retraía diante de Pierre e só mostrava seu lado agressivo; agora, ao contrário, sentia que Pierre parecia alcançar até os pontos mais íntimos de sua vida; e ela, de início com incredulidade, depois com gratidão, mostrava-lhe os lados bondosos e secretos de seu caráter.

As pessoas mais astutas não conseguiriam se insinuar e ganhar a confiança da princesa daquele modo, evocando as melhores lembranças de seus tempos de juventude e mostrando-lhe compaixão. Por sua vez, toda a astúcia de Pierre consistia apenas em demonstrar o próprio prazer, suscitando um sentimento humano na princesa rancorosa, seca e orgulhosa à sua maneira.

— Sim, ele é um homem muito, muito bondoso, quando não está sob a influência de outras pessoas, mas só de pessoas como eu — dizia a princesa para si.

A transformação ocorrida em Pierre era notada também, à sua maneira, por seus criados — Terénti e Vaska. Eles achavam que Pierre tinha ficado muito mais simples. Muitas vezes, depois de ajudar o patrão a trocar de roupa antes de dormir, com os sapatos e a roupa de Pierre na mão, Terénti lhe desejava boa-noite e demorava a sair, esperando para ver se o patrão não começava uma conversa. E em geral Pierre retinha Terénti, notando que ele estava com vontade de conversar.

— E então, me conte... como é que vocês conseguiam arranjar comida? — perguntava. E Terénti começava a falar sobre a devastação de Moscou, sobre o falecido conde, e ficava muito tempo com a roupa na mão, contando, e de vez em quando escutava as histórias de Pierre e, com a consciência satisfeita da proximidade que havia entre ele e o patrão e da amizade por ele, saía para o corredor.

O médico que tratava de Pierre e o visitava todos os dias, apesar de, por sua condição de médico, se julgar no dever de ter o aspecto de um homem para quem cada minuto é precioso para a humanidade sofredora, se demorava horas com Pierre, contava-lhe suas histórias prediletas e suas observações sobre os costumes dos pacientes em geral e, em especial, das senhoras.

— Pois é, é difícil achar na província um homem com quem se possa conversar de forma tão agradável como faço com o senhor — dizia ele.

Em Oriol, viviam alguns oficiais do Exército francês prisioneiros, e o médico trouxe um deles, um jovem oficial italiano.

Aquele oficial passou a visitar a casa de Pierre, e a princesa ria dos sentimentos de ternura que o italiano exprimia a Pierre.

Era evidente que o italiano só se sentia feliz quando podia ir à casa de Pierre conversar com ele e contar-lhe seu passado, sua vida em sua terra, seus amores, e extravasar sua indignação com os franceses e em especial com Napoleão.

— Se todos os russos fossem pelo menos um pouco parecidos com o senhor — dizia para Pierre —, *c'est un sacrilège de faire la guerre à un peuple comme le vôtre.*[12] Vocês que sofreram tanto com os franceses não têm nenhum rancor deles.

---

12 Francês: "é um sacrilégio fazer a guerra a um povo como o do senhor".

E o amor apaixonado do italiano por Pierre agora se devia apenas ao fato de ele ter suscitado no italiano os melhores aspectos de sua alma e de ter se admirado com eles.

Nos últimos dias da estada de Pierre em Oriol, vinha à sua casa um velho conhecido maçom — o conde Villárski —, o mesmo que o havia introduzido na loja maçônica em 1807. Villárski era casado com uma russa rica, dona da maior propriedade rural da província de Oriol, e ocupava na cidade um cargo provisório no departamento encarregado da distribuição de alimentos.

Ao saber que Bezúkhov estava em Oriol, Villárski, embora nunca tivesse sido muito próximo a ele, foi visitá-lo com as declarações de amizade e de afinidade que em geral manifestam mutuamente as pessoas que se encontram no meio de uma vastidão deserta. Villárski sentia-se entediado em Oriol e ficou feliz por encontrar um homem do mesmo círculo que o seu e, assim supunha, com os mesmos interesses.

Porém, para sua surpresa, Villárski notou logo que Pierre se afastara muito da vida real e caíra na apatia e no egoísmo, como dizia para si mesmo.

— *Vous vous encroûtez, mon cher*[13] — disse para Pierre. Apesar disso, Villárski agora se sentia melhor do que antes com Pierre e ia à sua casa todo dia. Já Pierre, quando olhava para Villárski e o escutava, achava estranho e incrível pensar que pouco tempo antes ele mesmo tinha sido daquele jeito.

Villárski era um homem casado e de família, ocupado com os assuntos da propriedade da esposa, com seu trabalho no serviço público, com a família. Achava que todos aqueles afazeres eram obstáculos para a vida e que todos eram desprezíveis, porque tinham por objetivo o bem-estar pessoal e da família. Considerações militares, administrativas, políticas e da maçonaria absorviam suas atenções o tempo todo. E Pierre, sem tentar modificar o ponto de vista de Villárski, sem criticá-lo, com o seu agora constante ar de ironia alegre e serena, se deliciava com aquele fenômeno estranho e tão conhecido dele.

Em suas relações com Villárski, com a princesa, com o médico, com todos aqueles que agora encontrava, havia em Pierre um traço novo que o levava a ganhar a simpatia de todos: era o reconhecimento da possibilidade de cada pessoa pensar, sentir e ver as coisas à sua maneira; o reconhecimento da impossibilidade de dissuadir uma pessoa por meio de palavras. Aquela peculiaridade legítima de toda pessoa, que antes perturbava e irritava Pierre, agora constituía a nova simpatia e o novo interesse que ele sentia pelas pessoas. A diferença e, às vezes, a completa

---

13 Francês: "O senhor está se fechando numa casca, meu caro".

contradição entre os pontos de vista das pessoas e a vida delas, e também entre as próprias pessoas, alegravam Pierre e provocavam nele um sorriso irônico e manso.

Nas questões práticas, Pierre inesperadamente sentia que agora tinha um centro de gravidade, o que antes não existia. Antes, toda questão de dinheiro e em especial os pedidos de dinheiro, aos quais ele, na condição de homem muito rico, estava sujeito com muita frequência, o levavam a perturbações e incertezas inextricáveis. "Dar ou não dar?", perguntava-se. "Eu tenho e ele precisa. Mas outro precisa mais ainda. Quem precisa mais? E quem sabe não são ambos impostores?" E para todas essas hipóteses ele antes não encontrava nenhuma saída e dava dinheiro para todos, enquanto tinha o que dar. Antes ele se achava exatamente no mesmo embaraço em face de qualquer questão relativa à sua fortuna, quando alguém lhe dizia que era preciso agir de um modo, e outra pessoa, de modo diferente.

Agora, para sua surpresa, Pierre descobriu que em todas aquelas questões não havia mais dúvidas nem embaraço. Dentro dele surgira agora um juiz que, segundo certas leis desconhecidas dele mesmo, resolvia o que era preciso e o que não era preciso fazer.

Tal como antes, Pierre era indiferente a assuntos de dinheiro; mas agora sabia de modo inquestionável o que devia e o que não devia fazer. A primeira intervenção daquele novo juiz ocorreu no pedido de um coronel francês prisioneiro que veio à sua casa, falou muito de suas façanhas e no final reivindicou quase como uma exigência que Pierre lhe desse quatro mil francos para mandar para a esposa e para os filhos. Pierre, sem o menor esforço e embaraço, recusou, admirando-se mais tarde de como tinha sido fácil e simples o que antes parecia uma dificuldade insolúvel. Ao mesmo tempo que recusou o pedido do coronel, resolveu que era necessário usar de astúcia para, ao partir de Oriol, obrigar o oficial italiano a aceitar algum dinheiro, do qual obviamente precisava. Uma nova prova para Pierre de sua forma renovada de encarar os assuntos práticos foi sua decisão sobre a questão das dívidas da esposa e sobre a reconstrução ou não de suas casas e *datchas* em Moscou.

Seu principal administrador foi a seu encontro em Oriol, e com ele Pierre calculou seus prejuízos. O incêndio de Moscou custara a Pierre, pelas contas do administrador, cerca de dois milhões.

O administrador, a título de consolo por tais prejuízos, apresentou a Pierre um cálculo que mostrava que, apesar dos prejuízos, suas receitas não só não diminuiriam como até aumentariam, caso ele se recusasse a pagar as dívidas deixadas pela condessa, das quais ele não podia ser responsabilizado, e caso ele não reconstruísse as casas de Moscou e dos arredores de Moscou, que custavam oitenta mil por ano e não lhe traziam nada.

— Sim, sim, é verdade — disse Pierre, sorrindo com alegria. — Sim, sim, não preciso mesmo de nada disso. A ruína acabou me deixando ainda muito mais rico.

Mas em janeiro Savélitch chegou de Moscou, contou-lhe como andava a situação por lá, apresentou a estimativa feita pelo arquiteto para a reconstrução das casas em Moscou e nos arredores da cidade, falando sobre isso como se fosse algo já decidido. Ao mesmo tempo Pierre recebeu cartas do príncipe Vassíli e de outros conhecidos de Petersburgo. Nas cartas, falava-se das dívidas da esposa. E Pierre resolveu que os planos do administrador, que ele tanto havia apreciado, estavam errados e que tinha de ir a Petersburgo liquidar os negócios da esposa e reconstruir as casas de Moscou. Por que aquilo era necessário, ele não sabia; mas sabia sem sombra de dúvida que era necessário. Suas receitas, por causa de tal decisão, se reduziram em três quartos. Mas aquilo era necessário. Pierre o sentia.

Villárski ia para Moscou, e os dois resolveram partir juntos.

Durante todo o tempo de sua convalescença em Oriol, Pierre experimentara um sentimento de alegria, de liberdade, de vida; mas quando ele, por ocasião de sua viagem, se viu na amplidão do mundo e encontrou centenas de pessoas novas, aquele sentimento ficou ainda mais forte. Durante todo o tempo da viagem, Pierre experimentou a alegria de um estudante em férias. Todas as pessoas: o cocheiro, o zelador, os mujiques na estrada ou na aldeia — todos tinham um significado novo para ele. A presença e as observações de Villárski, que o tempo todo lastimava a pobreza e a ignorância da Rússia, seu atraso em relação à Europa, apenas despertavam a alegria de Pierre. Lá onde Villárski enxergava mortandade, Pierre via uma extraordinária e poderosa força vital, a força que na neve, naquela vastidão, sustentava a vida daquele povo completo, único, especial. Pierre não contradizia Villárski e parecia concordar com ele (pois a concordância fingida era o meio mais curto de esquivar-se de discussões, das quais nada poderia sair), e sorria com ar alegre, enquanto o escutava.

XIV

Da mesma forma que é difícil explicar para que e para onde correm as formigas cujo formigueiro foi arrasado, umas carregando para fora restos do monte de terra, larvas e corpos mortos, outras voltando para o formigueiro — e para que se esbarram, passam por cima umas das outras e brigam entre si —, também seria difícil explicar as causas que obrigaram os russos, após a partida dos franceses, a se aglomerar no lugar antes conhecido pelo nome de Moscou. Mas, da mesma forma como, quando olhamos as formigas dispersas em redor do formigueiro destruído, apesar da completa devastação do formigueiro, é visível pela tenacidade, pela energia, pelo número incontável dos insetos fervilhantes, que tudo foi devastado exceto algo indestrutível, imaterial, que constitui toda a força do formigueiro — assim também Moscou, no mês de outubro, apesar de não haver nem autoridades, nem igrejas, nem religião, nem riquezas, nem casas, continuava a ser a mesma Moscou que tinha sido em agosto. Tudo estava destruído, exceto algo imaterial, mas poderoso e indestrutível.

As motivações das pessoas que acudiam ansiosas a Moscou, vindas de todos os lados, depois que os inimigos foram embora, eram as mais diversas, particulares e, no início, na maior parte, eram motivações selvagens, brutais. Só uma motivação era comum a todos — o impulso de ir para lá, o lugar que antes era chamado de Moscou, a fim de executar lá suas atividades.

Uma semana depois, em Moscou, já havia quinze mil habitantes, em duas semanas já eram vinte e cinco mil, e assim por diante. Aumentando cada vez mais, a população alcançou, no outono de 1813, um número superior ao do ano de 1812.

Os primeiros russos que voltaram a Moscou foram os cossacos do destacamento de Wintzingerode, mujiques de aldeias vizinhas e habitantes que tinham fugido de Moscou e se escondido nas cercanias. Os russos que entraram na Moscou destruída, ao encontrá-la saqueada, saquearam-na também. Continuaram o que os franceses tinham feito. As carroças dos mujiques foram a Moscou a fim de levar para as aldeias tudo o que estava abandonado nas casas e nas ruas destruídas de Moscou. Os cossacos levaram o que podiam para seus acampamentos; os proprietários de imóveis apanharam tudo o que acharam em outras casas e levavam para suas casas sob o pretexto de que era de sua propriedade.

Mas depois dos primeiros saqueadores vieram outros, e vieram os terceiros e, à medida que os saqueadores aumentavam, a pilhagem se tornava mais difícil a cada dia e tomava formas mais definidas.

Os franceses encontraram Moscou vazia, porém com todas as formas organizadas de governo de uma cidade viva, com suas distintas atribuições de comércio, luxo, administração pública, religião. Tais formas estavam sem vida, mas ainda existiam. Havia feiras, oficinas, lojas, galerias, bazares — em geral, ainda com suas mercadorias; havia fábricas, centros de manufatura; havia palácios, mansões ricas, repletas de objetos de luxo; havia hospitais, prisões, repartições do governo, igrejas, catedrais. Quanto mais tempo os franceses ficavam, mais eram destruídas aquelas formas de vida citadina, e no final tudo se fundiu num único e indivisível campo de pilhagem, sem vida.

O saque dos franceses, quanto mais se prolongava, mais devastava as riquezas de Moscou e consumia as forças dos saqueadores. O saque dos russos, com o qual teve início a reocupação da cidade pelos russos, quanto mais se prolongava, quanto mais pessoas dele participavam, mais depressa restabelecia a riqueza de Moscou e a vida normal da cidade.

Além dos saqueadores, pessoas as mais variadas, atraídas umas pela curiosidade, outras pela obrigação do serviço público, outras por interesse — proprietários de imóveis, membros do clero, funcionários de alto e baixo escalão, comerciantes, artesãos, mujiques —, afluíam para Moscou de várias direções, como o sangue aflui para o coração.

Em uma semana, os mujiques que haviam chegado com as carroças vazias a fim de levar objetos consigo já eram detidos pelas autoridades e coagidos a levar os cadáveres para fora da cidade. Outros mujiques, tendo sabido do fracasso de seus camaradas, foram para a cidade com trigo, aveia, feno, e abaixavam o preço cada um mais que o outro, até o preço baixar ao mesmo valor de antes. Grupos de carpinteiros chegavam a Moscou todos os dias na esperança de receber altos salários, e por todo lado erguiam-se casas novas e restauravam-se casas incendiadas. Comerciantes abriam pontos de venda em barracas. Restaurantes e estalagens eram montados em casas incendiadas. O clero reiniciou os serviços religiosos nas muitas igrejas que não haviam pegado fogo. Os benfeitores trouxeram bens que tinham sido saqueados da Igreja. Funcionários públicos improvisaram em pequenas saletas suas mesas com panos e seus arquivos de papéis. As altas autoridades e a polícia controlavam a distribuição do que os franceses haviam deixado para trás. Os donos das casas onde tinham sido abandonadas muitas coisas retiradas de outras casas reclamaram da injustiça que havia na remoção de todos os objetos para o palácio Facetado;[14] outros enfatizavam que os franceses tinham removido coisas de várias casas para um só lugar e que por isso era injusto entregar ao dono de uma casa as coisas que ela continha. Acusavam a polícia; subornavam policiais; decuplicavam as estimativas do valor dos bens do tesouro que tinham sido queimados; exigiam auxílios pecuniários. O conde Rostoptchin redigia seus decretos.

XV

No fim de janeiro, Pierre chegou a Moscou e instalou-se numa ala da casa que havia sobrevivido. Foi visitar o conde Rostoptchin e alguns conhecidos que haviam regressado a Moscou e preparou-se para partir para Petersburgo dali a dois dias.

---

14 Situado no Krêmlin.

Todos comemoravam a vitória; tudo fervia de vida na capital devastada e renascida. Todos se mostravam alegres com Pierre; todos queriam vê-lo e todos lhe perguntavam acerca do que tinha visto. Pierre sentia uma disposição particularmente amistosa com relação a todos que encontrava; no entanto, agora, sem querer, mantinha-se em guarda diante de todos a fim de não se prender a nada. A todas as perguntas que lhe faziam — as importantes e também as mais insignificantes —, ele respondia da mesma forma vaga; se lhe perguntavam onde ele ia morar, se ia construir uma casa, quando iria para Petersburgo e se não se importaria de levar consigo uma caixinha, Pierre respondia: sim, pode ser, acho que sim etc.

Sobre os Rostóv, tinha ouvido dizer que estavam em Kostromá, e raramente lhe vinham pensamentos sobre Natacha. Se vinha algum pensamento, era apenas como uma lembrança agradável de um passado distante. Pierre sentia-se livre não só das condições mundanas como também do sentimento que, assim lhe parecia, ele havia intencionalmente alimentado em si mesmo.

No terceiro dia após sua chegada a Moscou, soube por intermédio dos Drubétskoi que a princesa Mária estava em Moscou. A morte, os sofrimentos, os últimos dias do príncipe Andrei muitas vezes ocupavam o pensamento de Pierre e agora, com renovada vivacidade, lhe vinham à cabeça. Ao saber durante o jantar que a princesa Mária estava em Moscou e morava em sua própria casa, que não pegara fogo, na rua Vzdvíjenka, foi visitá-la naquela mesma noite.

A caminho da casa da princesa Mária, Pierre não parava de pensar no príncipe Andrei, em sua amizade por ele, nos diversos encontros que tiveram e em especial no último, em Borodinó.

"Será que ele morreu no estado de ânimo rancoroso em que estava naquele dia? Será que, em face da morte, não se revelou para ele a explicação da vida?", pensava Pierre. Lembrou-se de Karatáiev, de sua morte e, sem querer, passou a comparar as duas mortes, tão distintas e ao mesmo tempo tão semelhantes por causa do amor que Pierre tinha por ambos, e também por ambos terem vivido e morrido.

Na disposição de espírito mais séria possível, Pierre se aproximou da casa do velho príncipe. A casa tinha sobrevivido. Nela, viam-se vestígios da devastação, mas o caráter da casa havia perdurado. Ao encontrar Pierre, o velho copeiro de rosto severo, como se quisesse dar a entender à visita que a ausência do príncipe não iria perturbar a ordem da casa, disse que a princesa tinha se dignado a retirar-se a seus aposentos e que ela recebia aos domingos.

— Avise a ela; talvez me receba — disse Pierre.

— Sim, senhor — respondeu o copeiro. — Tenha a bondade de vir para a sala dos retratos.

Alguns minutos depois, o copeiro e Dessalles vieram ao encontro de Pierre. Dessalles, em nome da princesa, comunicou a Pierre que ela estava muito contente em vê-lo e pedia que lhe perdoasse pela falta de cerimônia e subisse para o seu quarto no primeiro andar.

No quarto de teto baixo, iluminado por uma vela, estava a princesa e mais alguém, de vestido preto. Pierre lembrou que a princesa estava sempre com damas de companhia. Quem eram e como eram aquelas damas de companhia Pierre não sabia e não lembrava. "Essa é uma de suas damas de companhia", pensou ele, lançando um olhar ligeiro para a dama de vestido preto.

A princesa ergueu-se depressa, foi ao encontro dele e lhe estendeu a mão.

— Sim — disse ela, observando seu rosto tão mudado, depois que Pierre beijou sua mão —, veja em que circunstâncias voltamos a nos encontrar. Nos últimos dias, ele falava do senhor com frequência — disse, desviando os olhos de Pierre para a dama de companhia com uma timidez que impressionou Pierre por um momento. — Fiquei muito contente ao saber que o senhor fora salvo. Foi a única notícia feliz que recebemos em muito tempo. — De novo, de modo ainda mais inquieto, a princesa virou-se para a dama de companhia e fez menção de falar algo; mas Pierre a interrompeu.

— A senhora imagine que eu não soube nada a respeito dele — disse Pierre. — Julguei que tinha sido morto. Tudo o que eu soube foi por outros, por meio de terceiros. Só soube que ele foi parar na casa dos Rostóv... Mas que destino!

Pierre falava depressa, animado. Olhou uma vez de relance para o rosto da dama de companhia, percebeu um olhar curioso, atento, afetuoso, voltado para ele e, como acontece muitas vezes durante uma conversa, Pierre por algum motivo teve a sensação de que a dama de companhia de vestido preto era uma criatura bondosa, encantadora, excelente, que não representava nenhum obstáculo para sua conversa com a princesa Mária.

Mas, quando falou as últimas palavras a respeito dos Rostóv, o embaraço no rosto da princesa Mária se exprimiu com mais força ainda. De novo ela desviou seu olhar do rosto de Pierre para o rosto da dama de vestido preto e disse:

— Será que o senhor não a está reconhecendo?

Pierre lançou mais um olhar para o rosto pálido, fino, de olhos pretos e boca estranha da dama de companhia. Algo querido, esquecido havia muito tempo, e mais do que meigo o fitava naqueles olhos atentos.

"Não, não é possível", pensou ele. "Esse rosto severo, magro, pálido e envelhecido? Não pode ser ela. É só uma lembrança que estou tendo." Mas naquele momento a princesa Mária falou: "Natacha". E o rosto de olhos atentos, com dificuldade, com esforço, como se abrisse uma porta enferrujada, sorriu, e daquela porta aberta, de repente, soprou e envolveu Pierre uma baforada daquela felicidade esquecida havia muito tempo, sobre a qual ele não pensava, muito menos agora. Bafejou, dominou e absorveu Pierre completamente. Quando ela sorriu, já não podia haver dúvida: era Natacha, e ele a amava.

Já no primeiro minuto, Pierre sem querer revelou a ela, à princesa Mária e sobretudo a si mesmo um segredo que ele mesmo desconhecia. Ficou ruborizado de modo alegre e dolorosamente sofrido. Quis ocultar sua perturbação. Porém, quanto mais queria esconder, de modo tanto mais claro — mais claro do que as palavras mais exatas —, dizia, para si, para ela e para a princesa Mária, que a amava.

"Não, isto é só fruto da surpresa", pensou Pierre. Mas, assim que tentou prosseguir a conversa iniciada com a princesa Mária, olhou de novo para Natacha, e um rubor ainda mais forte cobriu seu rosto, e uma agitação de alegria e de terror dominou sua alma com mais força ainda. Embaralhou-se com as palavras e parou no meio da fala.

Pierre não havia notado Natacha porque não esperava nem de longe vê-la ali, mas não a reconhecera porque a transformação ocorrida com ela, desde a última vez que a vira, tinha sido enorme. Tinha emagrecido e ficado pálida. Mas também não era aquilo que a tornara irreconhecível: foi impossível reconhecê-la no primeiro minuto, assim que entrou, porque naquele rosto, nos olhos em que antes sempre cintilava o furtivo sorriso da alegria da vida, agora, na hora em que Pierre entrou e olhou para ela pela primeira vez, não havia nem sombra daquele sorriso; só havia os olhos atentos, bondosos e tristemente interrogativos.

A perturbação de Pierre não se refletia como perturbação em Natacha, e sim apenas como uma satisfação que iluminava o rosto dela inteiro de modo quase imperceptível.

XVI

— Ela veio se hospedar em minha casa — disse a princesa Mária. — O conde e a condessa virão daqui a alguns dias. A condessa se encontra num estado horrível. Mas a própria Natacha precisava consultar um médico. Eles a forçaram a vir comigo.

— Sim, e haverá alguma família sem os seus desgostos? — disse Pierre, dirigindo-se a Natacha. — A senhora sabe que aquilo aconteceu no mesmo dia em que fomos libertados? Eu o vi. Que rapaz encantador era ele.

Natacha o fitava e, em resposta às palavras de Pierre, seus olhos apenas se abriram e se iluminaram ainda mais.

— O que se pode dizer ou pensar que sirva de consolo? — disse Pierre. — Nada. Para que havia de morrer aquele garoto tão amável e cheio de vida?

— Sim, em nosso tempo, seria difícil viver sem fé... — disse a princesa Mária.

— Sim, sim. É a mais pura verdade — interrompeu Pierre às pressas.

— Por quê? — perguntou Natacha, olhando atenta para os olhos de Pierre.

— Como por quê? — disse a princesa Mária. — Só a ideia do que nos espera...

Natacha, sem escutar as palavras da princesa Mária, fitou Pierre de novo com atenção.

— E também porque — prosseguiu Pierre — só quem acredita que existe um Deus que nos governa consegue suportar tamanha perda, como a dela e... a da senhora — disse Pierre.

Natacha já estava abrindo a boca a fim de dizer algo, mas de repente parou. Pierre se apressou em virar-se de novo para a princesa Mária e lhe perguntou acerca dos últimos dias de vida de seu irmão. A perturbação de Pierre agora havia quase desaparecido; mas ao mesmo tempo ele sentia que havia desaparecido toda a sua liberdade anterior. Sentia que acima de toda palavra ou ação sua agora havia um juiz, cujo julgamento lhe era mais precioso do que o julgamento de todas as pessoas no mundo. Agora ele falava e, junto com suas palavras, imaginava a impressão que suas palavras produziriam em Natacha. Não falava intencionalmente aquilo que poderia agradar a ela; mas, em tudo o que falava, Pierre se julgava pelo ponto de vista de Natacha.

A princesa Mária, com relutância, como sempre acontece, começou a contar a situação em que encontrou o príncipe Andrei. Mas as perguntas de Pierre, seu olhar inquieto e animado, seu rosto trêmulo de emoção aos poucos obrigaram a princesa a entrar em detalhes que ela, em seu íntimo, temia trazer à memória.

— Sim, sim, pois é... — dizia Pierre, curvado com todo o corpo para a frente, na direção da princesa Mária, escutando com avidez seu relato. — Sim, sim; então ele se acalmou? Ficou tranquilo? Com todas as forças da alma ele procurou sempre uma só coisa: ser plenamente bom, assim ele podia não ter medo da morte. Os defeitos que tinha, se é que tinha algum defeito, não vinham dele mesmo. Então ele se acalmou, não é? — disse Pierre. — Que felicidade ele ter reencontrado a senhora — disse para Natacha, virando-se de súbito para ela e fitando-a com os olhos cheios de lágrimas.

O rosto de Natacha estremeceu. Ela franziu as sobrancelhas e baixou os olhos por um momento. Hesitou um minuto: falar ou não falar?

— Sim, foi uma felicidade — disse ela com voz baixa e triste. — Para mim sem dúvida foi uma felicidade. — Calou-se um momento. — E ele... ele... ele disse que desejava aquilo, no momento em que vim para perto dele... — A voz de Natacha se desfez. Ela ficou ruborizada, apertou as mãos nos joelhos e de repente, fazendo um visível esforço sobre si mesma, ergueu a cabeça e começou a falar depressa. — Nós não sabíamos de nada quando saímos de Moscou. Eu não me atrevia a perguntar sobre ele. E de repente Sônia me contou que ele estava conosco. Não pensei nada, não podia imaginar em que situação ele estava; só precisava vê-lo, estar com ele — disse ela, tremendo e sufocando. E, sem deixar que fosse interrompida, contou aquilo que nunca havia contado a ninguém: tudo o que havia suportado naquelas três semanas da viagem deles e da vida em Iaroslavl.

Pierre escutava de boca aberta e sem desviar dela os olhos, cheios de lágrimas. Enquanto a escutava, não pensava nem no príncipe Andrei, nem na morte, nem naquilo que Natacha estava contando. Escutava-a e apenas tinha pena dela pelo sofrimento que padecia agora, ao contar.

A princesa, com os olhos semicerrados no esforço de conter as lágrimas, estava sentada ao lado de Natacha e pela primeira vez escutava a história daqueles últimos dias do amor de seu irmão e de Natacha.

Aquele relato cruel e alegre era obviamente algo necessário para Natacha.

Ela falava, misturando detalhes insignificantes com os segredos mais íntimos, e parecia que jamais conseguiria terminar. Diversas vezes, repetia a mesma coisa.

Por trás da porta, ouviu-se a voz de Dessalles, perguntando se Nikóluchka podia entrar para dar boa-noite.

— Pois é, isso é tudo, tudo... — falou Natacha. Levantou-se depressa no mesmo instante que Nikóluchka entrou e quase correu na direção da porta encoberta por uma cortina, bateu com a cabeça na porta e, com um gemido de dor ou de tristeza, saiu do quarto.

Pierre ficou olhando para a porta por onde ela havia saído e não entendia por que, de repente, havia ficado tão sozinho no mundo.

A princesa Mária retirou Pierre de seu alheamento, chamando a atenção dele para o sobrinho, que entrara no quarto.

O rosto de Nikóluchka, parecido com o do pai, no momento de brandura de espírito em que Pierre agora se encontrava, produziu nele um efeito tão forte que, depois de dar um beijo em Nikóluchka, levantou-se depressa, pegou um lenço e se afastou na direção da janela. Quis se despedir da princesa Mária, mas ela o deteve.

— Não, eu e Natacha às vezes só vamos dormir às três horas; por favor, fique mais um pouco. Vou mandar servir a ceia. Desça para o térreo; nós iremos em seguida.

Antes de Pierre sair, a princesa lhe disse:

— Foi a primeira vez que ela falou sobre ele.

XVII

Conduziram Pierre a uma grande sala de jantar iluminada; alguns minutos depois, ouviram-se passos, e a princesa e Natacha entraram no cômodo. Natacha estava calma, embora com ar austero, sem nenhum sorriso, a expressão no rosto de novo controlada. A princesa Mária, Natacha e Pierre experimentavam o mesmo sentimento de desconforto que em geral se segue a uma conversa séria e íntima. Era impossível prosseguir a conversa anterior; falar de banalidades daria vergonha, e calar-se era desagradável porque tinham vontade de falar, e aquele silêncio parecia forçado. Em silêncio, aproximaram-se da mesa. Os copeiros puxaram e empurraram as cadeiras. Pierre desdobrou um guardanapo frio e, decidido a romper o silêncio, lançou um olhar para Natacha e para a princesa Mária. As duas, pelo visto, haviam tomado a mesma decisão naquele momento: nos olhos de ambas brilhavam uma satisfação com a vida e o reconhecimento de que, além da dor, existe também a alegria.

— O senhor bebe vodca, conde? — perguntou a princesa Mária, e tais palavras desmancharam de repente as sombras do passado. — Fale sobre o senhor — disse ela. — Contam a seu respeito prodígios inacreditáveis.

— Pois é — respondeu Pierre, agora com seu habitual sorriso manso de ironia. — Até para mim já vieram contar prodígios que não vi nem em sonho. Mária Abrámovna convidou-me à sua casa e contou-me tudo o que aconteceu comigo, ou que devia ter acontecido. Stiepán Stiepánitch também me ensinou como eu tinha de contar. No geral, notei que é muito fácil ser uma pessoa interessante (agora sou uma pessoa interessante); me chamam e me contam tudo.

Natacha sorriu e fez menção de dizer algo.

— Contaram-nos — a princesa Mária a interrompeu — que o senhor perdeu dois milhões em Moscou. É verdade?

— Mas na verdade eu fiquei duas vezes mais rico — disse Pierre. Apesar de as dívidas da esposa e a necessidade das reconstruções terem afetado suas finanças, Pierre continuava a dizer que tinha ficado duas vezes mais rico. — Porém o que ganhei mesmo, sem sombra de dúvida — disse ele —, foi a liberdade... — E ia começar a falar em tom sério; mas resolveu não prosseguir ao notar que era um tema de conversa demasiado egoísta.

— E o senhor vai reconstruir as casas?

— Sim, o Savélitch mandou.

— Diga-me, o senhor ainda não sabia do falecimento da condessa quando estava em Moscou? — perguntou a princesa Mária e imediatamente se ruborizou, ao notar que, ao fazer tal pergunta após as palavras de Pierre sobre sua liberdade, atribuía às palavras dele um significado que talvez não tivessem.

— Não — respondeu Pierre, que obviamente não achara constrangedora a interpretação que a princesa Mária tinha dado ao comentário sobre sua liberdade. — Eu soube disso em Oriol, e a senhora nem pode imaginar como fiquei chocado. Não éramos cônjuges exemplares — disse rapidamente, lançando um olhar para Natacha e notando em seu rosto uma curiosidade para saber de que forma ele iria se referir à esposa. — Mas essa morte me chocou de forma tremenda. Quando duas pessoas brigam, as duas sempre são culpadas. E a culpa de repente se torna terrivelmente pesada diante de uma pessoa que já não existe mais. E além disso uma morte como aquela... sem amigos, sem consolo. Tenho muita, muita pena dela — concluiu Pierre e, com satisfação, notou uma aprovação alegre no rosto de Natacha.

— Sim, e agora o senhor está de novo solteiro e livre para casar — disse a princesa Mária.

Pierre de repente se ruborizou muito e tentou ficar muito tempo sem olhar para Natacha. Quando decidiu lançar um olhar para ela, o rosto de Natacha estava frio, severo e até desdenhoso, ou assim lhe pareceu.

— Mas é verdade que o senhor viu Napoleão e falou com ele, como nos contaram? — perguntou a princesa Mária. Pierre deu uma gargalhada.

— Nem de longe, nunca. Sempre acham que estar preso é o mesmo que ser um hóspede na casa de Napoleão. Não só não vi Napoleão como nem ouvi falar dele. Estive em companhia muito inferior.

A ceia chegou ao fim, e Pierre, que de início se recusara a falar de seu cativeiro, aos poucos foi levado para aquele assunto.

— Mas é mesmo verdade que o senhor ficou em Moscou a fim de assassinar Napoleão? — perguntou Natacha, com um ligeiro sorriso. — Eu adivinhei logo, quando nos vimos perto da torre Súkharev; lembra?

Pierre confessou que era verdade e, a partir daquela pergunta, aos poucos, guiado pelas perguntas da princesa Mária e sobretudo de Natacha, foi levado a fazer relatos detalhados de suas aventuras.

De início contava com aquele olhar irônico e manso com que agora encarava as pessoas e em especial a si mesmo; porém, depois, quando chegou aos relatos dos horrores e dos sofrimentos que presenciara, mesmo sem se dar conta disso, Pierre se empolgou e passou a falar com a emoção contida de um homem que revive na lembrança impressões muito fortes.

A princesa Mária, com um sorriso dócil, olhava ora para Pierre, ora para Natacha. Em todo aquele relato, ela só enxergava Pierre e sua bondade. Natacha, apoiada no cotovelo, com uma expressão no rosto que não parava de se alterar conforme o relato, acompanhava Pierre sem desviar-se nem por um minuto, obviamente experimentando junto com ele tudo o que ele contava. Não só seu olhar como também suas exclamações e as breves perguntas que fazia mostravam para Pierre que, de tudo o que ele contava, Natacha compreendia exatamente o que ele queria transmitir. Era evidente que Natacha compreendia não só o que ele contava como também o que queria e não conseguia exprimir por meio de palavras. O episódio em que quis defender a criança e a mulher, e por isso foi preso, Pierre contou da seguinte forma:

— Era um espetáculo horrível, crianças abandonadas, algumas nas chamas... Arrastaram uma criança bem na minha frente... Havia mulheres das quais roubavam tudo o que tinham, arrancavam até os brincos...

Pierre ruborizou-se e hesitou.

— Então apareceu uma patrulha e levaram todos os que não estavam saqueando, todos os homens. E também a mim.

— O senhor certamente não está contando tudo; certamente o senhor fez alguma coisa... — disse Natacha e calou-se um instante — ... boa.

Pierre continuou a contar. Quando falou da execução dos condenados à morte, quis contornar os detalhes terríveis; mas Natacha exigiu que ele não deixasse nada de lado.

Pierre começou a falar sobre Karatáiev (já havia se levantado da mesa e andava pela sala, enquanto Natacha o seguia com os olhos), mas parou.

— Não, as senhoras não podem compreender quanta coisa aprendi com aquele homem analfabeto... simplório.

— Não, não, conte — disse Natacha. — Onde ele está?

— Assassinaram-no quase diante de meus olhos. — E Pierre passou a contar os últimos dias da retirada, a doença de Karatáiev (sua voz tremia sem parar) e sua morte.

Pierre contava suas aventuras como nunca havia contado a ninguém, como ele mesmo nunca as recordava em seu íntimo. Agora parecia enxergar um significado novo em tudo o que tinha vivido. Agora, quando contava aquilo tudo para Natacha, Pierre experimentava o raro prazer que as mulheres proporcionam a um homem quando o escutam — não as mulheres *inteligentes* que, ao escutar, ou tentam memorizar o que lhes dizem a fim de enriquecer seu intelecto e, se houver oportunidade, recontar tudo de novo, ou tentam adaptar a seu próprio modo de ver aquilo que lhes dizem e exprimir bem depressa seus comentários inteligentes, elaborados em sua pequena morada mental; mas sim o prazer que proporcionam as mulheres verdadeiras, dotadas da capacidade de selecionar e de absorver tudo o que há de melhor naquilo que um homem manifesta. Natacha, sem se dar conta disso, era toda atenção: não perdia nenhuma palavra, nenhuma oscilação da voz, nenhum olhar, nenhuma palpitação de um músculo do rosto, nenhum gesto de

Pierre. Apanhava ainda no ar uma palavra que ele não havia sequer terminado de pronunciar e no mesmo instante a levava para dentro de seu coração aberto, adivinhando o sentido secreto de toda a elaboração mental de Pierre.

A princesa Mária compreendia o relato, compadecia-se de Pierre, mas agora via outra coisa, que absorvia toda a sua atenção; via a possibilidade do amor e da felicidade entre Natacha e Pierre. E tal pensamento, que lhe ocorria pela primeira vez, encheu sua alma de alegria.

Eram três horas da madrugada. Os copeiros, com rostos tristes e severos, vieram trocar as velas, mas ninguém reparou neles.

Pierre terminou seu relato. Natacha, com olhos radiantes, animados, continuava a fitar Pierre com atenção e insistência, como se desejasse compreender o que talvez ainda restasse, o que ele talvez ainda não tivesse dito. Pierre, num constrangimento encabulado e feliz, de vez em quando lançava um olhar para Natacha, tentando inventar alguma coisa para dizer, a fim de desviar a conversa para outro assunto. A princesa Mária se mantinha calada. Não passava pela cabeça de ninguém que já eram três da madrugada e que estava na hora de dormir.

— Dizem: desgraças, sofrimentos — começou Pierre. — Mas se agora, neste instante, me dissessem: você quer permanecer como era antes do cativeiro ou viver tudo aquilo outra vez desde o início? Pelo amor de Deus, prefiro ser prisioneiro de novo e comer carne de cavalo. Achamos que quando nos arrancam de nossas trilhas rotineiras tudo está perdido; mas é só então que começa algo novo e bom. Enquanto existe vida, existe felicidade. Há muita coisa pela frente, muita coisa. Garanto isso à senhora — falou, dirigindo-se a Natacha.

— Sim, sim — disse Natacha, respondendo a uma coisa totalmente distinta. — Eu também não queria outra coisa, senão viver tudo outra vez desde o início.

Pierre fitou-a com atenção.

— Sim, e mais nada — confirmou Natacha.

— Não é verdade, não é verdade — gritou Pierre. — Não tenho culpa de estar vivo e querer viver; e tampouco a senhora.

De repente, Natacha baixou a cabeça nas mãos e começou a chorar.

— O que foi, Natacha? — perguntou a princesa Mária.

— Nada, nada. — Ela sorriu para Pierre, entre as lágrimas. — Boa noite, está na hora de dormir.

Pierre levantou-se e despediu-se.

A princesa Mária e Natacha, como sempre, subiram juntas para o quarto. Conversaram sobre o que Pierre havia contado. A princesa Mária não disse sua opinião a respeito de Pierre. Natacha também não falou sobre ele.

— Bem, boa noite, *Marie* — disse Natacha. — Sabe, muitas vezes tenho receio de que, já que nunca falamos sobre *ele* (o príncipe Andrei), como se tivéssemos medo de rebaixar nosso sentimento, vamos acabar esquecendo-o.

A princesa Mária suspirou profundamente e, no suspiro, reconheceu a verdade das palavras de Natacha; mas, em suas palavras, não concordou com ela.

— Será possível esquecer? — perguntou.

— Hoje, me fez muito bem contar tudo o que aconteceu; foi difícil, doloroso e bom. Foi muito bom — disse Natacha. — Estou convencida de que ele o amava de fato. Por isso contei para ele... Será que fiz mal em contar para ele? — perguntou Natacha, ruborizada de repente.

— Para Pierre? Ah, não! Como ele é encantador — disse a princesa Mária.

— Sabe, Mária — falou Natacha de repente, com um sorriso travesso que a princesa Mária não via em seu rosto havia muito tempo. — Ele ficou todo limpo, arrumado, fresco; parece que saiu do banho, entende? Um banho moral. Não é?

— Sim — respondeu a princesa Mária. — Ele melhorou muito.

— Uma sobrecasaca curtinha, cabelos curtos; como se tivesse saído de um banho, sem tirar nem pôr... igual ao papai, antigamente...

— Compreendo por que *ele* (o príncipe Andrei) gostava dele mais do que de qualquer outra pessoa — disse a princesa Mária.

— Sim, e é tão diferente dele. Dizem que os homens são amigos quando são muito diferentes. Deve ser verdade. Na realidade, Pierre não tem nada parecido com ele, não é?

— Sim, mas é maravilhoso.

— Bem, boa noite — respondeu Natacha. E o mesmo sorriso travesso permaneceu muito tempo em seu rosto, como que por um esquecimento.

XVIII

Pierre demorou muito tempo para dormir naquele dia; caminhava de um lado para outro dentro do quarto, ora franzia as sobrancelhas, refletindo sobre algo difícil, encolhendo os ombros e estremecendo de repente, ora sorria feliz.

Pensava no príncipe Andrei, em Natacha, no amor deles, e ora sentia ciúmes do falecido, ora se condenava ou então se perdoava por aquilo. Já eram seis horas da manhã, e ele continuava a andar dentro do quarto.

"Bem, o que fazer? Não é possível evitar! O que fazer? Se é assim, tem de ser", disse para si e, trocando de roupa às pressas, deitou-se na cama, feliz e emocionado, mas sem dúvidas e indecisões.

“É preciso, por mais estranha e por mais impossível que seja essa felicidade, é preciso fazer tudo para que eu e ela sejamos marido e esposa”, disse para si.

Alguns dias antes disso, Pierre tinha marcado para sexta-feira sua partida para Petersburgo. Quando acordou na quinta-feira, Savélitch veio ao seu quarto pedir instruções sobre a bagagem que devia levar na viagem.

“Como assim, Petersburgo? Para que Petersburgo? Quem está em Petersburgo?”, perguntou Pierre sem querer, embora para si mesmo. “Sim, mas isso faz muito tempo, muito tempo, foi antes de ter acontecido, por algum motivo eu queria ir para Petersburgo”, lembrou Pierre. “Para quê? Mas talvez eu vá. Como ele é bom, atento, como se lembra de tudo!”, pensou Pierre, fitando o rosto velho de Savélitch. “E que sorriso simpático!”, pensou.

— E então, Savélitch, continua sem querer sua liberdade? — perguntou Pierre.

— Para que serve a liberdade, vossa excelência? Vivemos sob o falecido conde, que Deus o guarde no Reino dos Céus, e sob o senhor, e não vemos nada de mau.

— Mas e os filhos?

— Os filhos vão viver, vossa excelência: com senhores assim, pode-se viver.

— Bem, e os meus herdeiros? — disse Pierre. — De repente eu me caso... Afinal, pode acontecer — acrescentou com um sorriso involuntário.

— E me atrevo a dizer: isso seria muito bom, vossa excelência.

“Como ele pensa que é fácil”, refletiu Pierre. “Não sabe como é terrível, como é perigoso. Pode ser cedo demais ou tarde demais... Que terrível!”

— Como o senhor quer que faça? O senhor gostaria mesmo de partir amanhã? — perguntou Savélitch.

— Não; vou adiar um pouquinho. Na hora eu aviso. Você me desculpe a confusão — disse Pierre e, olhando para o sorriso de Savélitch, pensou: “Mas como é estranho que ele não saiba que agora Petersburgo não me interessa nem um pouco e que antes de tudo é preciso resolver esse assunto. Pensando bem, ele na certa já sabe, apenas está fingindo. Vou dizer a ele? Perguntar o que ele acha?”, pensou Pierre. “Não, depois, mais tarde.”

No café da manhã, Pierre comunicou à princesa que na noite anterior tinha estado na casa da princesa Mária e que — a senhora nem imagina quem estava lá — havia encontrado Natália Rostova.

A princesa fingiu não ver naquela notícia nada de extraordinário, e era como se Pierre tivesse encontrado Anna Semiónovna.

— A senhora a conhece? — perguntou Pierre.

— Vi a princesa — respondeu ela. — Soube que querem casá-la com o jovem Rostóv. Seria muito bom para os Rostóv; dizem que estão totalmente arruinados.

— Não, é a Rostova, a senhora a conhece?

— Apenas soube daquela história de tempos atrás. Muito triste.

"Não, ela não compreende, ou está fingindo", pensou Pierre. "É melhor até nem dizer a ela."

A princesa havia preparado provisões para Pierre levar na viagem.

"Como todos são bons", pensou Pierre. "E como todos se interessam por isso agora, quando seguramente o assunto não pode ter para eles o menor interesse. E tudo é para mim; isso é que é de admirar."

Naquele mesmo dia Pierre recebeu a visita do chefe de polícia, que veio propor que Pierre mandasse um representante para o palácio Facetado a fim de reaver objetos que naquele dia seriam devolvidos a seus proprietários.

"Até esse homem", pensou Pierre, olhando para o rosto do chefe de polícia, "que oficial simpático e bonito, e como é bondoso! *Agora* se ocupa de tais ninharias. E ainda dizem que ele é desonesto e que se aproveita da situação. Que absurdo! Mas, de resto, por que não haveria de se aproveitar? Foi educado desse modo. E todo mundo faz isso. Mas que rosto agradável, bondoso, e como sorri enquanto olha para mim."

Pierre foi jantar na casa da princesa Mária.

Ao passar pelas ruas, entre as casas incendiadas, Pierre se admirava com a beleza daquelas ruínas. As chaminés das casas, as paredes desmoronadas, recordações vivas do Reno e do Coliseu,[15] iam passando devagar, ocultando-se umas às outras nos quarteirões queimados. Os cocheiros das carruagens de aluguel e os passageiros que ele encontrava, os carpinteiros que serravam vigas, os comerciantes e os merceeiros, todos com rostos alegres, radiantes, olhavam para Pierre e pareciam dizer: "Oh, lá está ele! Vamos ver no que vai dar".

Ao entrar na casa da princesa Mária, veio a Pierre uma dúvida a respeito da ideia de ter estado ali no dia anterior, ter visto Natacha e falado com ela. "Quem sabe não imaginei tudo isso? Quem sabe eu vou entrar e não vou encontrar ninguém na casa?" Porém mal teve tempo de entrar na sala e logo, com todo o seu ser, por meio da perda instantânea da liberdade, sentiu a presença dela. Estava com o mesmo vestido preto de pregas fofas e penteada da mesma forma que no dia anterior, todavia estava muito diferente. Se estivesse assim na véspera, quando Pierre entrou na sala, ele não poderia deixar de reconhecê-la imediatamente.

Ela estava igual ao que era quando Pierre a conhecera, quase criança, e depois, quando era noiva do príncipe Andrei. Um fulgor alegre e interrogativo brilhava em seus olhos; no rosto havia uma expressão carinhosa e estranhamente travessa.

---

15 Às margens do Reno, restaram ruínas de castelos medievais.

Pierre jantou e teria ficado a noite inteira; mas a princesa Mária foi à missa das vésperas, e Pierre saiu com elas.

No dia seguinte, Pierre chegou cedo, jantou e ficou muito tempo. Apesar de a princesa Mária e Natacha estarem obviamente alegres com a visita; apesar de todo o interesse da vida de Pierre estar concentrado agora naquela casa, chegou um momento em que eles já haviam falado de tudo, e a conversa passava de um assunto banal para outro e muitas vezes se interrompia. Pierre, naquela noite, ficou até tão tarde que a princesa Mária e Natacha se entreolhavam, pelo visto esperando que ele saísse logo. Pierre percebia aquilo, mas não conseguia ir embora. Sentia-se confuso, desconfortável, mas continuava ali, porque *não conseguia* se levantar e ir embora.

A princesa Mária, sem vislumbrar um fim para aquilo, levantou-se primeiro e, queixando-se de uma enxaqueca, começou a se despedir.

— Então o senhor amanhã vai partir para Petersburgo? — perguntou.

— Não, não vou mais — falou Pierre às pressas, com surpresa e como que ofendido com tal ideia. — Sim, não, para Petersburgo? Amanhã; mas não vou me despedir agora. Virei ver se a senhora quer alguma coisa de lá — disse, pondo-se de pé diante da princesa Mária, vermelho, mas não fez menção de sair.

Natacha lhe estendeu a mão e saiu da sala. A princesa Mária, ao contrário, em vez de sair, sentou-se na poltrona e, com seu olhar radioso, profundo, fitou Pierre com ar severo e atento. O cansaço, que ela havia demonstrado antes, agora havia sumido de todo. Deu um suspiro profundo e demorado, como que se preparando para uma longa conversa.

Todo o embaraço de Pierre no momento da saída de Natacha desaparecera instantaneamente e se transformara numa vivacidade agitada. Rapidamente puxou uma poltrona para bem perto da princesa Mária.

— Sim, eu queria mesmo falar com a senhora — disse ele, em resposta ao olhar dela, como se houvesse falado. — Princesa, me ajude. O que devo fazer? Posso ter esperança? Princesa, minha amiga, me escute. Sei de tudo. Sei que não estou à altura dela; sei que agora é impossível falar sobre isso. Mas quero ser um irmão para ela. Não, eu não posso... não posso...

Deteve-se e esfregou o rosto e os olhos com as mãos.

— Bem, veja — prosseguiu, obviamente fazendo um esforço a fim de falar de modo coerente. — Não sei desde quando eu a amo. Mas apenas a ela e só a ela eu amei em toda a minha vida, e amo de tal modo que não consigo nem imaginar a vida sem ela. Não acho adequado pedir a mão dela agora; mas a ideia de que talvez ela possa vir a ser minha e de que eu posso perder essa possibilidade... a possibilidade... é horrível. Diga, posso ter esperança? Diga o que devo fazer, querida princesa — falou Pierre e, depois de ficar um momento calado, tocou sua mão, porque ela demorava a responder.

— Estou pensando no que o senhor me disse — respondeu a princesa Mária. — Vou explicar ao senhor. O senhor está certo ao dizer que falar agora com ela sobre amor... — A princesa se deteve. Queria dizer: falar com ela agora sobre amor é impossível; mas parou, porque nos três últimos dias observava uma mudança repentina em Natacha e via que Natacha não só não se ofenderia se Pierre lhe declarasse seu amor, como ela não desejava mesmo outra coisa.

— Falar com ela agora... é impossível — disse a princesa Mária, apesar de tudo.

— Mas o que devo fazer?

— Confie em mim — disse a princesa Mária. — Eu sei...

Pierre fitou os olhos da princesa Mária.

— E então, e então... — disse ele.

— Eu sei que ela ama... vai amar o senhor — emendou-se a princesa Mária.

Mal ela terminou de falar aquelas palavras, Pierre levantou-se de um pulo e, com o rosto assustado, agarrou a mão da princesa Mária.

— Por que a senhora acha? A senhora acha então que posso ter esperança? A senhora acha mesmo?!

— Sim, é o que penso — respondeu sorrindo a princesa Mária. — Escreva para os pais dela. E confie em mim. Vou falar com ela, quando for possível. Eu desejo isso. E meu coração sente que vai acontecer.

— Não, não é possível! Como estou feliz! Mas não é possível... Como estou feliz! Não, não é possível! — disse Pierre, beijando as mãos da princesa Mária.

— Viaje para Petersburgo; é melhor assim. Eu vou escrever para o senhor — disse ela.

— Para Petersburgo? Viajar? Está bem, sim, eu vou. Mas posso vir aqui amanhã?

No dia seguinte, Pierre veio se despedir. Natacha estava menos animada do que nos dias anteriores; mas naquele dia, ao olhar para os olhos dela de vez em quando, Pierre sentia que ele estava desaparecendo, que ele não existia mais, nem ela, e que só existia o sentimento de felicidade. "Será mesmo? Não, não pode ser", dizia consigo a cada olhar dela, a cada gesto, a cada palavra, que enchiam sua alma de alegria.

Quando Pierre, ao despedir-se, pegou sua mão magra, fina, sem querer ficou segurando a mão de Natacha na sua por um tempo um pouco mais longo.

"Será possível que esta mão, este rosto, estes olhos, todo este tesouro de encanto feminino tão estranho a mim, será possível que tudo isso será meu para sempre, será tão familiar a mim como sou eu mesmo? Não, é impossível!..."

— Adeus, conde — ela falou alto. — Vou esperar o senhor com muita ansiedade — acrescentou num sussurro.

E aquelas palavras simples, o olhar e a expressão do rosto que as acompanharam, constituíram ao longo de dois meses o objeto das inesgotáveis recordações, interpretações e devaneios felizes de Pierre. "Vou esperar o senhor com muita ansiedade... Sim, sim, como foi mesmo que ela falou? Sim, vou esperar o senhor com muita ansiedade. Ah, como sou feliz! Como é que pode uma coisa assim, eu ser tão feliz?!", dizia Pierre consigo.

XIX

Na alma de Pierre, agora, não acontecia nada parecido com o que havia ocorrido em circunstâncias semelhantes, na época de seu casamento com Hélène.

Ele não ficava repetindo com vergonha doentia as palavras ditas por ele, como fizera então, nem dizia para si: "Ah, por que não falei isso, por quê, por que então fui dizer *je vous aime*?". Agora, ao contrário, Pierre repetia na imaginação cada palavra dela e dele, com todos os detalhes do rosto, do sorriso, e não queria suprimir nada nem acrescentar nada: queria apenas repetir. Quanto à dúvida sobre ser bom ou ruim aquilo que estava fazendo — agora não havia nem sombra disso. Só de vez em quando lhe vinha à cabeça outra dúvida terrível. Será que tudo isso não é um sonho? Será que a princesa Mária não está enganada? Será que não estou sendo orgulhoso e presunçoso demais? Acredito; mas de repente quem sabe se não vai acontecer de a princesa Mária contar para ela e ela sorrir e responder: "Que estranho! Sem dúvida ele entendeu mal. Será que ele não percebe que é apenas um homem, um homem e mais nada, enquanto eu... Eu sou muito diferente, superior".

Só essa dúvida vinha à cabeça de Pierre muitas vezes. Ele também não fazia nenhum plano, agora. Parecia-lhe tão incrível a felicidade atual que bastaria aquilo se realizar para que nada mais pudesse existir. Acabaria tudo.

Dominava-o uma loucura alegre e inesperada, da qual Pierre se julgava incapaz. Todo o sentido da vida, não só para ele, mas para o mundo inteiro, lhe parecia estar contido apenas em seu amor e na possibilidade do amor dela por ele. Às vezes tinha a impressão de que todos estavam ocupados só com uma coisa — a felicidade futura dele próprio. Às vezes tinha a impressão de que todos estavam alegres como ele e apenas tentavam esconder aquela alegria, fingindo que estavam voltados para outros interesses. Em todas as palavras e movimentos, ele via sinais de sua própria alegria. Muitas vezes causava admiração nas pessoas que encontrava, com seus notáveis sorrisos e olhares de felicidade, que exprimiam uma harmonia misteriosa. Mas, quando ele compreendia que as pessoas podiam não saber daquela felicidade, Pierre sentia pena das pessoas, com toda a sua alma, e experimentava o desejo de lhes explicar de algum jeito que tudo aquilo com que elas se ocupavam tanto era um completo absurdo, meras bobagens, que não mereciam atenção.

Quando lhe sugeriam entrar para o serviço público ou quando debatiam sobre algum assunto geral, sobre questões de governo e sobre a guerra, sugerindo que de um determinado efeito de uma determinada ação dependia a felicidade de todos, Pierre escutava com um sorriso manso e compassivo, e causava admiração nos interlocutores com suas observações estranhas. Porém, tanto as pessoas que a Pierre pareciam compreender o verdadeiro sentido da vida, ou seja, o sentimento de Pierre, como também aqueles infelizes que pelo visto não o compreendiam — todas as pessoas naquele período lhe surgiam sob a luz de um sentimento que brilhava dentro dele com tamanha clareza que, sem o menor esforço, de uma só vez, ao encontrar-se com qualquer pessoa que fosse, via nela tudo o que era belo e digno de amor.

Ao examinar os negócios e os documentos de sua falecida esposa, Pierre não experimentou nenhum sentimento ao se lembrar dela, exceto pena por ela não ter conhecido a felicidade que ele agora experimentava. O príncipe Vassíli, agora especialmente orgulhoso por ter ganhado novas condecorações e um novo posto, pareceu a Pierre um velho comovente, bondoso e patético.

Tempos depois, muitas vezes Pierre recordava aquele tempo de loucura feliz. Todas as opiniões que formulou para si acerca das pessoas e das circunstâncias durante aquela fase permaneceram para sempre corretas para ele. Não só não rejeitou posteriormente aquelas opiniões sobre pessoas e coisas como, ao contrário, quando tinha dúvidas e questionamentos íntimos, recorria à opinião que havia formulado durante aquele tempo de loucura, e tal opinião sempre se revelava correta.

"Pode ser", pensava ele, "que eu então parecesse estranho e ridículo; mas eu não estava tão louco quanto parecia. Ao contrário, naquela época eu estava mais inteligente e lúcido do que nunca e compreendia tudo o que vale a pena compreender na vida, porque... eu estava feliz."

A loucura de Pierre consistia em que ele não esperava, como antes, motivos pessoais, que ele chamava de virtudes, para amar as pessoas, mas o amor enchia completamente seu coração, e ele, ao amar as pessoas sem nenhum motivo, acabava encontrando motivos inquestionáveis para amar as pessoas.

XX

Desde aquela primeira noite, quando Natacha, após a partida de Pierre, com um sorriso alegre e zombeteiro disse para a princesa Mária que ele parecia ter saído do banho, com sua sobrecasaca curta e seu cabelo bem cortado, desde aquele minuto despertara na alma de Natacha algo oculto, totalmente desconhecido para ela e irresistível.

Tudo: o rosto, o modo de andar, o olhar, a voz — tudo em Natacha se modificou de repente. Inesperadas para ela mesma, a força da vida e as esperanças de felicidade subiram à superfície e exigiram uma satisfação. Desde a primeira noite, Natacha parecia ter esquecido tudo o que tinha acontecido antes. Desde então, ela não se queixou nenhuma vez de sua situação, não falou nenhuma palavra sobre o passado e já não receava fazer planos alegres para o futuro. Pouco falava sobre Pierre, mas, quando a princesa Mária o lembrava, um brilho extinto havia muito tempo reacendia em seus olhos, e os lábios se contraíam num sorriso estranho.

A mudança ocorrida em Natacha de início surpreendeu a princesa Mária; mas, quando entendeu seu significado, aquela mudança deixou-a entristecida. "Será que ela amava meu irmão tão pouco assim para esquecê-lo tão depressa?", pensava a princesa Mária quando estava sozinha e refletia sobre a transformação ocorrida. Mas quando estava com Natacha não se zangava com ela nem a censurava. A força da vida que despertara e dominara Natacha era, obviamente, tão irresistível, tão inesperada para ela mesma que a princesa Mária, em presença de Natacha, sentia não ter o direito de censurá-la nem em sua alma.

Natacha se rendera tão inteiramente e com tamanha sinceridade ao novo sentimento que nem tentava esconder que agora não estava amargurada, mas alegre e contente.

Na noite em que a princesa Mária conversou a sós com Pierre, quando ela terminou a conversa e voltou para o quarto, Natacha foi ao seu encontro na soleira da porta.

— Ele falou? Foi? Ele falou? — repetia Natacha. E uma expressão alegre e ao mesmo tempo patética, que pedia desculpas por sua alegria, se instalou no rosto de Natacha.

— Eu queria escutar por trás da porta; mas eu sabia que você ia me contar.

Por mais incompreensível, por mais comovente que fosse para a princesa Mária o olhar com que Natacha a fitava, por mais que lhe desse pena ver sua emoção, as palavras de Natacha, num primeiro momento, ofenderam a princesa Mária. Lembrou-se do irmão, do amor dele.

"Mas o que fazer? Ela não pode agir de outro modo", pensou a princesa Mária; e com o rosto tristonho e um pouco severo transmitiu a Natacha tudo o que Pierre dissera. Ao saber que ele estava de partida para Petersburgo, Natacha ficou espantada.

— Para Petersburgo? — repetia, como se não entendesse. Mas, ao lançar um olhar para a expressão tristonha no rosto da princesa Mária, Natacha adivinhou a causa daquela tristeza e de repente começou a chorar. — *Marie* — disse ela —, me diga o que devo fazer. Tenho medo de ser má. O que você disser eu farei; me diga...

— Você o ama?

— Sim — sussurrou Natacha.

— Então por que está chorando? Estou feliz por você — disse a princesa Mária, que com aquelas lágrimas já desculpara inteiramente a alegria de Natacha.

— Não vai ser logo, logo, mas um dia. Pense só que felicidade quando eu for esposa dele e você casar com *Nicolas*.

— Natacha, já pedi a você que não falasse sobre isso. Vamos falar sobre você.

Ficaram em silêncio alguns momentos.

— Mas para que ele tem de ir a Petersburgo? — falou Natacha de repente e ela mesma respondeu depressa: — Não, não, tem de ser assim... Sim, *Marie*. Tem de ser assim.

EPÍLOGO PRIMEIRA PARTE

I

Sete anos se passaram, após 1812. O turbulento mar histórico da Europa havia retrocedido às suas margens. Parecia ter sossegado; mas as forças misteriosas que movem a humanidade (misteriosas porque desconhecemos as leis que determinam seus movimentos) continuavam a agir.

Apesar de a superfície do mar histórico parecer imóvel, a humanidade se movimentava sem cessar, a exemplo do movimento do tempo. Diversos grupos de pessoas se formavam e se desfaziam; preparavam-se as causas da formação e da dissolução dos Estados e do deslocamento dos povos.

O mar histórico não arremetia mais em ondas de uma margem à outra, como antes: ele borbulhava no fundo. Os personagens históricos não flutuavam mais nas ondas de uma margem à outra; agora pareciam dar voltas num lugar só. Os personagens históricos, que antes, à frente de exércitos, por meio de ordens de guerra, de campanhas, de batalhas, refletiam os movimentos das massas, agora refletiam o movimento borbulhante por meio de considerações políticas, diplomáticas, por meio de leis, tratados...

Tal atividade dos personagens históricos é chamada pelos historiadores de reação.[1]

Ao descrever as ações dos personagens históricos que, na opinião deles, foram a causa do que chamam de *reação*, os historiadores os condenam com severidade. Todas as pessoas conhecidas daquele tempo, desde Alexandre e Napoleão até Madame de Staël, Fótius,[2] Schelling, Fichte, Chateaubriand e outros, são levadas para diante do seu severo tribunal e absolvidas ou condenadas conforme tenham cooperado com o *progresso* ou com a *reação*.

---

1 Referência à Santa Aliança, formada por Prússia, Áustria e Rússia, após o fim do império napoleônico, em 1815.

2 Fótius (1792-1838) foi diretor do convento de Nóvgorod e destacado militante religioso da Igreja ortodoxa.

Na Rússia, naquele período, segundo os relatos deles, também ocorreu a reação, e o principal responsável por tal reação foi Alexandre I — o mesmo Alexandre I que, segundo os relatos dos mesmos historiadores, foi o principal responsável pelas iniciativas liberais do início de seu reinado e também pela salvação da Rússia.

Na literatura russa atual, desde a dos estudantes até a dos historiadores eruditos, não há ninguém que não tenha jogado sua pedrinha contra Alexandre I por seus atos injustos naquele período de seu reinado.

"Ele deveria agir assim e assado. No caso tal ele agiu bem, nesse outro agiu mal. Comportou-se de modo excelente no início do reinado e no ano de 1812; mas agiu mal ao dar uma Constituição para a Polônia, ao formar a Santa Aliança, ao dar poder para Araktchéiev, ao incentivar Golítsin e o misticismo e depois ao incentivar Chichkóv e Fótius. Agiu mal ao ocupar-se da linha de frente do exército; agiu mal ao dissolver o regimento de Semiónov etc."[3]

Seria preciso consumir dezenas de páginas para enumerar todas as acusações feitas pelos historiadores contra Alexandre, com base na noção que eles têm do que é o bem da humanidade.

O que significam tais acusações?

As mesmas ações que levam os historiadores a aprovar Alexandre I — por exemplo, as iniciativas liberais de seu reinado, a guerra contra Napoleão, a firmeza demonstrada em 1812 e a campanha de 1813 — não decorrem afinal das mesmas fontes — as condições de sangue, de educação, de vida que fizeram da personalidade de Alexandre aquilo que era — das quais decorrem também as ações pelas quais os historiadores o criticam, como, por exemplo, a Santa Aliança, a restauração da Polônia, a reação na década de 20?

Em que consiste a essência de tais acusações?

Consiste em que um personagem histórico como Alexandre I, que ocupava o nível mais alto possível do poder humano, que parecia estar no foco da luz ofuscante de todos os raios históricos, concentrados sobre ele; um personagem sujeito às mais fortes influências que existem, das intrigas, dos engodos, da bajulação, das ilusões consigo mesmo, inerentes ao exercício do poder; um personagem que, em todos os minutos da vida, sentia sobre si a responsabilidade de tudo o que acontecia na Europa; um personagem que não era imaginário, mas

---

3 Em 1820, o regimento de Semiónov recusou-se a obedecer às ordens de seu comandante alemão, Schwartz, em protesto contra sua brutalidade. Por isso o tsar desfez o regimento, dispersando seu contingente em outras tropas.

vivo, como qualquer pessoa, com seus costumes, paixões, com suas aspirações do bem, da beleza, da verdade — consiste em que tal personagem, cinquenta anos atrás, não que não tenha sido um homem virtuoso (nisso os historiadores não o condenam), mas que não tenha tido as mesmas ideias do bem da humanidade que agora tem um professor que desde a mocidade se ocupa com a ciência, ou seja, com a leitura de livros, com palestras, e em fazer anotações de tais livros e palestras num caderninho.

Porém se supusermos que, cinquenta anos atrás, Alexandre I enganou-se na visão que tinha do que era o bem da humanidade, também somos obrigados a supor que o historiador que agora julga Alexandre, com o decorrer do tempo, vá se revelar incorreto em sua visão sobre o que é o bem da humanidade. Tal suposição é tanto mais natural e necessária porquanto, ao observarmos o desenvolvimento da história, vemos que a cada ano, a cada novo escritor, se modifica a opinião sobre o que é o bem da humanidade; assim, aquilo que um dia parecia ser o bem dez anos depois parece ser um mal; e o contrário também. Além disso, encontramos ao mesmo tempo na história visões totalmente opostas sobre o que é o bem e o que é o mal: alguns sustentam que a Constituição outorgada à Polônia e a Santa Aliança são um mérito, outros acham que são um motivo de censura para Alexandre.

Sobre a atividade de Alexandre e Napoleão, é impossível dizer se foi útil ou prejudicial, pois não podemos dizer para que foi útil e para que foi prejudicial. Se tal atividade desagrada a alguém, ela desagrada apenas por causa do desacordo entre aquela atividade e o entendimento limitado de tal pessoa sobre o que é o bem. Ainda que imaginemos que para mim, em 1812, o bem era a conservação da casa do meu pai em Moscou, ou a glória das tropas russas, ou a prosperidade da Universidade de Petersburgo e de outras, ou a liberdade da Polônia, ou o poder da Rússia, ou o equilíbrio da Europa, ou este famoso tipo de ilustração europeia — o progresso —, tenho de admitir que a atividade de todo personagem histórico, além de tais objetivos, tinha outros objetivos, mais gerais e inacessíveis para mim.

No entanto, vamos supor que a chamada ciência tem a possibilidade de conciliar todas as contradições e possui, para os personagens históricos e para os acontecimentos históricos, um critério invariável do bem e do mal.

Vamos supor que Alexandre podia fazer tudo diferente. Vamos supor que, sob a orientação daqueles que o condenam, daqueles que professam um conhecimento dos objetivos últimos do movimento da humanidade, Alexandre pudesse governar segundo o programa da nacionalidade, da liberdade, da igualdade e do progresso (não há outro, ao que parece), que lhe oferecem os acusadores atuais. Vamos supor que tal programa fosse possível, fosse adotado, e que Alexandre o seguisse. O que seria então da atividade de todas aquelas pessoas que contrariavam os ditames do governo da época — daquela atividade que, segundo a opinião dos historiadores, é boa e útil? Tal atividade nem existiria; não existiria vida; não existiria nada.

Se admitirmos que a vida humana pode ser governada pela razão, a possibilidade da vida é aniquilada.

II

Se admitirmos, como fazem os historiadores, que as pessoas grandes conduzem a humanidade rumo a determinados objetivos, sejam eles a grandeza da Rússia e da França, ou o equilíbrio da Europa, ou a difusão de ideias revolucionárias, ou o progresso geral, ou o que quer que seja, então é impossível explicar os fenômenos da história sem o conceito do *acaso* e do *gênio*.

Se o objetivo das guerras europeias do início do século atual consistia na grandeza da Rússia, tal objetivo poderia ser alcançado sem todas as guerras precedentes e sem invasões. Se o objetivo era a grandeza da França, tal objetivo poderia ser alcançado sem revolução e sem império. Se o objetivo era a difusão de ideias, a impressão de livros teria alcançado isso de forma imensamente melhor do que o emprego de soldados. Se o objetivo era o progresso da civilização, seria muito fácil supor que, a par do extermínio de pessoas e de suas riquezas, existem outros caminhos mais práticos para desenvolver a civilização.

Por que então aconteceu desse modo, e não de outro?

Porque aconteceu desse modo. "O *acaso* criou a condição; o *gênio* a aproveitou", diz a história.

Mas o que é o *acaso*? O que é o *gênio*?

As palavras "acaso" e "gênio" não designam nada de fato existente e por isso não podem ser definidas. Tais palavras designam apenas um determinado nível de compreensão dos fenômenos. Não sei por que ocorre um determinado fenômeno; acho que não posso saber; por isso não quero saber e digo: *acaso*. Vejo uma força que produz um efeito incomensurável com os atributos comuns à humanidade; não entendo por que isso acontece e digo: *gênio*.

Para um rebanho de ovelhas, a ovelha que o pastor separa toda noite num cercado especial para ser alimentada e assim fica duas vezes mais gorda do que as outras deve parecer um gênio. E a circunstância de que toda noite exatamente aquela mesma ovelha não fica no curral comum, mas num cercado especial para comer aveia, e o fato de que a ovelha, exatamente aquela ovelha, inchada de gordura, é morta para se extrair a carne deve parecer um impressionante elo entre a genialidade e toda uma série de acasos extraordinários.

Mas para as ovelhas basta apenas que parem de pensar que tudo o que acontece com elas ocorre apenas para o cumprimento de seus objetivos de ovelha; basta admitirem que os fatos que se passam com elas podem ter objetivos incompreensíveis para elas — e imediatamente verão uma unidade, uma coerência, naquilo que acontece com a ovelha cevada. Se elas não vão saber para que fim a ovelha foi cevada, pelo menos saberão que tudo o que aconteceu com a ovelha não foi por acidente e não terão mais necessidade dos conceitos de "acaso" e de "gênio".

Só quando renunciarmos ao conhecimento de um objetivo imediato e compreensível e admitirmos que o objetivo final nos é inacessível, veremos a coerência e a pertinência na vida dos personagens históricos; irá se revelar para nós a causa daquela desproporção entre o efeito que tais personagens produzem e seus atributos humanos comuns, e não precisaremos mais das palavras "acaso" e "gênio".

Basta apenas reconhecer que o objetivo das turbulências dos povos da Europa nos é desconhecido e que só conhecemos os fatos, que consistem nos morticínios, primeiro na França, depois na Itália, na África, na Prússia, na Áustria, na Espanha, na Rússia, e que os deslocamentos de povos do Ocidente para o Oriente e do Oriente para o Ocidente constituem a essência e o objetivo de tais acontecimentos, e que nós não só não precisaremos mais ver nada de excepcional nem de *genial* nos caracteres de Napoleão e de Alexandre, como também será impossível conceber tais personagens de outro modo que não como pessoas iguais, como todas as outras; e não só não será preciso explicar o *acaso* dos acontecimentos pequenos que fizeram de tais pessoas aquilo que elas foram, como ficará claro que todos aqueles acontecimentos pequenos eram necessários.

Tendo renunciado ao conhecimento do objetivo final, compreenderemos com clareza que, da mesma forma como é impossível imaginar para uma planta outras flores e sementes mais adequadas do que as que ela mesma produz, também será impossível imaginar outras duas pessoas, com todo o seu passado, que correspondam a tal ponto, em todos os ínfimos pormenores, à função que os dois tinham de cumprir.

III

O significado básico, essencial, dos acontecimentos europeus do início do século atual é o deslocamento militar de massas de povos europeus do Ocidente para o Oriente e depois do Oriente para o Ocidente. O primeiro instigador de tal deslocamento foi o deslocamento do Ocidente para o Oriente. Para que os povos do Ocidente pudessem realizar o deslocamento militar até Moscou era necessário: 1) que eles formassem um grupamento militar de tal grandeza que lhes permitisse resistir ao conflito com o grupamento militar do Oriente; 2) que eles renunciassem a todas as tradições e hábitos estabelecidos; e 3) que, ao executar seu deslocamento militar, tivessem no comando um homem capaz de justificar, para si e para eles, as fraudes, os roubos e os assassinatos que tinham de se realizar durante aquele deslocamento.

E o primeiro grupamento, de tamanho insuficiente, oriundo da Revolução Francesa, foi dissolvido; as antigas tradições e hábitos foram destruídos; passo a passo, desenvolveram-se grupamentos de novas dimensões, novas tradições e novos hábitos, e preparou-se o homem que devia estar no comando do futuro deslocamento e que deveria atribuir a si toda a responsabilidade daquilo que tinha de se cumprir.

Um homem sem convicções, sem hábitos, sem tradições, sem nome, e que nem era francês, se destaca, por força do que parecem ser os acasos mais estranhos, entre todos os partidos que se agitam na França e, sem aderir a nenhum deles, é alçado a uma posição de proeminência.

A ignorância de seus camaradas, a fraqueza e a insignificância dos opositores, a sinceridade na mentira e a estreiteza mental inflamada e autoconfiante daquele homem conduziram-no ao comando do Exército. O excelente conjunto de soldados do Exército italiano, a falta de vontade de lutar que tinham os oponentes, a audácia e a autoconfiança infantis lhe trouxeram a glória militar. Uma incontável quantidade de assim chamados acasos o acompanha em toda parte. A desgraça em que ele cai junto ao governo da França acaba lhe sendo útil. Suas tentativas de mudar o caminho determinado para ele são infrutíferas; seus serviços não são aceitos na Rússia, e ele não consegue uma nomeação na Turquia. Na época da guerra na Itália, ele se vê diversas vezes à beira da morte e sempre se salva de forma inesperada. Por força de várias considerações diplomáticas, as tropas russas, que podem destruir sua glória, não avançam para a Europa senão quando ele já não se encontra mais lá.[4]

Ao voltar da Itália, ele encontra o governo em Paris num processo de decomposição tão grande que as pessoas que ocupam o governo são inevitavelmente eliminadas e destruídas. E do nada surge para ele uma forma de escapar

---

4 As tropas russas comandadas por Suvórov entraram na Itália em 1799. Napoleão tinha ido para o Egito no ano anterior.

daquela situação perigosa, numa absurda e despropositada expedição à África. Mais uma vez, os mesmos assim chamados acasos o acompanham. A inexpugnável Malta se rende sem um tiro; as ordens mais imprudentes são coroadas de sucesso. A armada inimiga, que depois não permitirá a passagem de nenhum barco, deixa caminho aberto para um exército inteiro.[5] Na África, em face de habitantes quase desarmados, comete-se uma série de atrocidades. E as pessoas que praticaram tais atrocidades, em especial seu líder, se convencem de que aquilo é belo, de que aquilo é a glória, semelhante a César e Alexandre da Macedônia, e de que aquilo é bom.

Tal ideal de *glória* e de *grandeza* consiste não só em não considerar ruim nada que a pessoa faça, como também em orgulhar-se de todos os seus crimes, atribuindo a eles um significado sobrenatural e inexplicável — tal ideal, destinado a guiar essa pessoa e as pessoas ligadas a ela, é posto em prática com toda a liberdade na África. Qualquer coisa que ele faça dá certo. A peste não o abala. A crueldade do assassinato dos prisioneiros não é imputada a ele. O atrevimento infantil de sua ignóbil e arbitrária partida da África, abandonando seus camaradas em desgraça, é tida como um mérito seu, e mais uma vez a armada inimiga o deixa passar duas vezes. Na ocasião em que, já totalmente intoxicado pelos crimes bem-sucedidos praticados por ele e pronto para representar o seu papel, ele chega a Paris sem nenhum objetivo, a decomposição do governo republicano, que poderia tê-lo destruído um ano antes, tinha chegado agora ao extremo, e a presença dele, um homem alheio aos partidos, agora só pode servir para a sua elevação.

Ele não tem nenhum plano; tem medo de tudo; mas os partidos se apegam a ele e exigem sua participação.

Só ele, com seu ideal de glória e de grandeza elaborado na Itália e no Egito, com sua louca admiração por si mesmo, com sua audácia nos crimes, com sua sinceridade na mentira — só ele pode justificar aquilo que tem de acontecer.

Ele é necessário para a função que o aguarda e por isso, de forma quase independente de sua vontade e apesar de sua indecisão, da ausência de um plano e de todos os erros que comete, ele se envolve numa conspiração cujo objetivo é a tomada do poder, e a conspiração alcança sucesso.

Levam-no à força para uma reunião do governo. Assustado, quer fugir, julgando-se perdido; finge ter um desmaio; fala coisas absurdas que deveriam ser sua perdição. Mas os governantes da França, antes sagazes e orgulhosos, agora,

---

5 Referência à esquadra inglesa, no Mediterrâneo, sob o comando do almirante Nelson.

sentindo que seu papel terminou, ficam ainda mais confusos do que ele e não falam as palavras que teriam de falar para manter o poder e aniquilá-lo.

O *acaso*, um milhão de *acasos* lhe dão o poder, e todas as pessoas, como que numa conspiração, colaboram para ratificar esse poder. Os *acasos* criam o caráter dos governantes da França de então, subordinados a ele; os *acasos* criam o caráter do tsar Paulo I, que reconhece a autoridade dele; o *acaso* cria contra ele uma conspiração que não só não o abala como reforça seu poder. O *acaso* põe nas suas mãos o duque d'Enghien e por acidente o obriga a matá-lo, com o que convence a multidão, de maneira mais forte do que qualquer outra, de que ele tem o direito, pois tem a força. O *acaso* o leva a dirigir todas as forças para uma expedição contra a Inglaterra que, obviamente, teria sido sua perdição, mas ele nunca leva a efeito tal intento e, por acidente, ataca Mack e os austríacos, que se rendem sem travar batalha. O *acaso* e o *gênio* lhe dão a vitória em Austerlitz, e por *acaso* todas as pessoas, não só os franceses, mas a Europa inteira, exceto a Inglaterra, que não tomará parte nos acontecimentos que vão se realizar, todas as pessoas, apesar do horror anterior e da repulsa por seus crimes, agora reconhecem nele a autoridade, o título que conferiu a si mesmo, e também seu ideal de grandeza e de glória, que parece a todos algo belo e razoável.

Como que para se pôr à prova e se preparar para o deslocamento vindouro, as forças do Ocidente, várias vezes, em 1805, 1806, 1807 e 1809, voltam-se para o Oriente, cada vez maiores e mais poderosas. Em 1811, o grupo de pessoas que se formou na França se funde num imenso grupo com os povos da Europa Central. Com o aumento do grupo de pessoas, expande-se mais ainda a capacidade justificadora do homem que está na liderança do deslocamento. No período de dez anos de preparação que precedeu o grande deslocamento, esse homem rebaixa todas as figuras coroadas da Europa. Os reis nus do mundo não podem se contrapor ao ideal napoleônico de *glória* e de *grandeza*, não possuem um sentido, nenhum ideal razoável. Um depois do outro, todos se empenham para mostrar-lhe a própria insignificância. O rei prussiano manda a esposa para conquistar a clemência do grande homem; o imperador da Áustria considera um favor que tal homem tenha recebido em seu leito a filha dos Césares; o papa, o guardião do santuário dos povos, põe sua religião a serviço da glorificação do grande homem. É menos Napoleão que se preparara para representar seu papel do que todos aqueles que o cercam que o preparam para assumir todas as responsabilidades daquilo que está se realizando e tem de se realizar. Não existe nenhuma ação, nenhuma atrocidade, nenhuma fraude insignificante que ele tenha praticado e que logo não tenha se refletido, na boca das pessoas que o rodeiam, na forma de uma façanha grandiosa. A melhor festividade que os alemães conseguem imaginar para ele é a celebração de Iena e de Auerstadt. Não só ele é grande, como são grandes também seus ancestrais, seus irmãos, seus enteados, seus cunhados. Tudo é feito para privá-lo das últimas forças da razão e prepará-lo para um papel terrível. Quando estiver pronto, as forças também estarão prontas.

A invasão precipita-se para o Oriente, alcança o objetivo final — Moscou. A capital é ocupada; as tropas russas são destroçadas, mais do que foram as tropas inimigas em todas as guerras anteriores, de Austerlitz a Wagram. Mas de repente, em lugar dos *acasos* e da *genialidade* que o conduziam até então de maneira tão persistente numa série ininterrupta de êxitos rumo ao objetivo traçado, surge uma quantidade inumerável de *acasos* adversos, desde o resfriado em Borodinó até as geadas e as fagulhas que puseram fogo em Moscou; e em lugar da *genialidade* surgem uma tolice e uma infâmia sem precedentes.

A invasão foge, volta atrás, foge de novo, e todos os acasos agora já não são mais sempre a favor, e sim contra ele.

Ocorre um deslocamento contrário do Oriente para o Ocidente, com uma notável semelhança com o deslocamento precedente, do Ocidente para o Oriente. As tentativas de deslocamento do Oriente para o Ocidente em 1805, 1807 e 1809 precedem o grande deslocamento; também há uma aglutinação num grupo de enormes proporções; também há a adesão dos povos centrais ao deslocamento; também há uma hesitação no meio do caminho e uma aceleração à medida que o objetivo se mostra mais próximo.

Paris, o objetivo final, é alcançada. O governo napoleônico e as tropas são destruídos. O próprio Napoleão não tem mais nenhum significado; todas as suas ações são obviamente lastimáveis e repulsivas; mas de novo ocorre um acaso inexplicável: os aliados odeiam Napoleão, no qual veem a causa de suas desgraças; despojado de poder e de autoridade, desmascarado em suas vilanias e trapaças, ele devia surgir aos olhos deles da mesma forma como era dez anos antes e um ano depois — um bandido fora da lei. No entanto, por algum acaso estranho, ninguém enxerga assim. Seu papel ainda não terminou. O homem que, dez anos antes e um ano depois, eles consideravam um bandido fora da lei é despachado para uma ilha a dois dias de viagem da França, a ele é conferido o poder sobre a ilha, uma guarda própria e milhões, que lhe pagam por não se sabe que razão.

IV

O deslocamento das populações começa a se assentar em suas margens. As ondas do grande deslocamento refluem, e no mar apaziguado formam-se círculos nos quais flutuam os diplomatas, que imaginam que eles mesmos produziram tal apaziguamento.

Mas o mar apaziguado de súbito se agita. Os diplomatas têm a impressão de que eles, suas discordâncias, são a causa dessa nova pressão de forças; eles esperam a guerra entre seus soberanos; a situação lhes parece insolúvel. Mas a onda cuja ascensão eles pressentem não vem do lado que eles esperam. Tal onda se ergue justamente do ponto inicial do deslocamento — Paris. Ocorre a última contracorrente do deslocamento, que vem do Oriente; essa contracorrente deve solucionar as dificuldades diplomáticas que parecem insolúveis e pôr um fim no deslocamento militar do período.

O homem que devastou a França, sozinho, sem um plano, sem soldados, volta para a França. Todos os guardas podem prendê-lo; mas, por uma estranha casualidade, não só ninguém o prende como todos recebem com entusiasmo o homem que haviam amaldiçoado um dia antes e que vão amaldiçoar um mês depois.

Esse homem ainda é necessário para justificar um último ato coletivo.

O ato é executado. O último papel é desempenhado. O ator é obrigado a despir-se e a lavar a maquiagem e o ruge: ele não é mais necessário.

E passam alguns anos durante os quais esse homem, no isolamento de sua ilha, representa para si mesmo uma comédia lamentável, mente e faz intrigas de maneira banal para justificar seus atos, quando tal justificação já não é necessária, e mostra a todo mundo o que era aquilo que as pessoas tomavam como o poder, quando uma mão invisível o conduzia.

O diretor de cena, terminado o drama e despido o ator, mostra-o para nós.

— Vejam em que vocês acreditaram! Aqui está ele! Estão vendo agora que não era ele, mas sim Eu que movi vocês?

Porém, cegas por causa da força do deslocamento, as pessoas ficaram muito tempo sem compreender aquilo.

Uma coerência e uma necessidade ainda maiores se manifestam na vida de Alexandre I, a pessoa que estava à frente do contradeslocamento do Oriente para o Ocidente.

O que era necessário para a pessoa que, eclipsando os demais, se achava à frente daquele deslocamento do Oriente para o Ocidente?

Era preciso um sentimento de justiça, um envolvimento nos assuntos da Europa, mas a certa distância, para que tal envolvimento não fosse obscurecido por interesses mesquinhos; era preciso uma preponderância na estatura moral sobre seus confrades — os soberanos daquela época; era preciso uma personalidade dócil e cativante; era preciso um sentimento de afronta pessoal a Napoleão. E tudo isso havia em Alexandre I; tudo isso fora preparado pelas inúmeras assim chamadas *casualidades* de toda a sua vida passada: a educação, as inovações liberais, os conselheiros que o rodeavam, Austerlitz, Tilsit e Erfurt.

No tempo da guerra popular, tal personagem ficou inativo, pois não era necessário. Porém, assim que surge a necessidade de uma guerra europeia geral, esse personagem de repente aparece em seu lugar e, unindo os povos europeus, os conduz rumo ao objetivo.

O objetivo é alcançado. Após a última guerra de 1815, Alexandre se encontra no cume do poder humano possível. Como ele o emprega?

Alexandre I, o pacificador da Europa, o homem que desde a mocidade se empenha apenas em obter o bem para seus povos, o primeiro defensor das inovações liberais em sua pátria, agora, quando parece exercer o poder máximo e por isso tem a possibilidade de fazer o bem para seus povos, na hora em que Napoleão no exílio elabora planos infantis e ilusórios de como faria a humanidade feliz se tivesse o poder, Alexandre I, tendo cumprido sua missão e sentindo sobre si a mão de Deus, de súbito reconhece a insignificância daquele poder imaginário e desfaz-se dele, entrega-o nas mãos de pessoas que ele despreza e que são desprezíveis e diz apenas:

— "Não é por nós, não é por nós, mas em Teu nome!"[6] Também sou um homem, como vocês; deixem-me viver como um homem e pensar em minha alma e em Deus.

Assim como o Sol e cada átomo do éter são uma esfera fechada em si mesma e ao mesmo tempo são só um átomo de um todo inacessível ao homem por sua enormidade — assim também cada personalidade carrega consigo seus objetivos e ao mesmo tempo carrega seus objetivos a fim de servir a objetivos gerais, inacessíveis ao homem.

Uma abelha, depois de pousar numa flor, pica uma criança. A criança teme a abelha e diz que o objetivo da abelha é picar as pessoas. Um poeta admira a abelha que chupa o cálice de uma flor e diz que o objetivo da abelha é chupar os aromas das flores. O apicultor, ao notar que a abelha recolhe o pólen das flores e o leva para a colmeia, diz que o objetivo da abelha é a coleta do mel. Outro apicultor, que estudou a vida da colmeia mais detidamente, diz que a abelha coleta o pólen para a nutrição das abelhas jovens e para incubação de uma mãe e que o objetivo da abelha é a continuação da espécie. Um botânico observa que, ao voar com pólen de uma flor dioica para um pistilo, a abelha o fertiliza, e o botânico vê nisso o objetivo da abelha. Outro, ao observar a migração das plantas, vê que a abelha contribui para essa migração, e esse novo observador pode dizer que nisso reside o objetivo da abelha. Mas o objetivo final da abelha não se esgota no primeiro, no segundo nem

---

6 Sl 113 (Bíblia ortodoxa; 115 da Bíblia ocidental).

no terceiro objetivo que a razão humana está em condições de descobrir. Quanto mais alto se ergue a razão humana na descoberta de tais objetivos, mais fica evidente para ela a inacessibilidade do objetivo final.

Ao homem só é acessível a observação da correlação entre a vida da abelha e outros fenômenos da vida. O mesmo se passa com os objetivos dos personagens históricos e dos povos.

V

O casamento de Natacha com Bezúkhov, em 1813, foi o último acontecimento alegre na antiga família dos Rostóv. No mesmo ano, o conde Iliá Andréievitch morreu e, como sempre acontece, com sua morte desintegrou-se a antiga família.

Os acontecimentos do ano anterior: o incêndio de Moscou e a fuga da cidade, a morte do príncipe Andrei e o desespero de Natacha, a morte de Pétia, o desgosto da condessa — tudo isso, como um golpe após o outro, atingiu a cabeça do velho conde. Ele parecia não compreender e sentia-se sem forças para entender o significado de todos esses acontecimentos e, com a velha cabeça moralmente curvada, parecia já esperar e pedir novos golpes que lhe dessem um fim. Parecia ora temeroso, ora constrangido, ora anormalmente ativo e animado.

O casamento de Natacha, por um tempo, o manteve ocupado, em seu lado exterior. Ele marcava almoços, jantares, e visivelmente queria parecer alegre; mas sua alegria não contagiava como antes, ao contrário, despertava compaixão nas pessoas que o conheciam e o amavam.

Após a partida de Pierre e da esposa, ele se aquietou e passou a se queixar de melancolia. Alguns dias depois, adoeceu e ficou de cama. Desde os primeiros dias de sua doença, apesar do consolo dos médicos, ele compreendeu que não ia se levantar. A condessa, sem trocar de roupa, passou duas semanas numa poltrona à cabeceira do conde. Toda vez que ela lhe dava um remédio, ele, soluçando, beijava em silêncio a mão da condessa. No último dia, chorando, pediu perdão à esposa e ao filho ausente pelo desperdício do patrimônio — cuja responsabilidade principal o conde sentia caber a si mesmo. Depois de receber a comunhão e a extrema-unção, morreu em silêncio, e no dia seguinte a multidão dos conhecidos que vieram lhe prestar as últimas homenagens lotou a residência alugada onde moravam os Rostóv. Todos aqueles conhecidos que tantas vezes jantaram e dançaram na casa do conde, que tantas vezes riram dele, todos agora, com o mesmo sentimento de acusação interior e de ternura, como se quisessem se justificar diante de alguém, diziam: "Sim, apesar de tudo, era uma pessoa maravilhosa.

Não se encontram mais pessoas assim... E afinal, quem é que não tem suas fraquezas?".

Exatamente na hora em que as finanças do conde se emaranharam de tal modo que era impossível imaginar como aquilo iria terminar, caso a situação continuasse do mesmo jeito por mais um ano, ele morreu de repente.

Nikolai estava com as tropas russas em Paris quando recebeu a notícia da morte do pai. Imediatamente pediu seu desligamento e, sem esperar a resposta, tirou folga e foi para Moscou. Um mês depois da morte do conde, a situação das finanças veio à luz por completo e surpreendeu a todos pela imensidade da soma de diversas dívidas miúdas, de cuja existência ninguém desconfiava. As dívidas eram duas vezes maiores do que o patrimônio.

Familiares e amigos aconselharam Nikolai a renunciar à herança. Mas Nikolai via nisso a manifestação de uma censura à memória do pai, para ele sagrada, e portanto não quis saber de renunciar à herança e recebeu-a junto com a obrigação de saldar as dívidas.

Os credores, que se mantiveram em silêncio por tanto tempo, tolhidos durante a vida do conde pela influência vaga, mas poderosa, que o conde exercia sobre eles com sua benignidade desenfreada, de repente passaram todos a exigir o rigoroso pagamento das dívidas. Como sempre acontece, ocorreu uma competição — quem ia receber primeiro —, e exatamente aquelas pessoas que, como Mítienka e outros, possuíam notas promissórias recebidas como presentes mostravam-se agora os credores mais exigentes. Não davam para Nikolai nem tempo, nem descanso, e aqueles que pareciam ter pena do velho, o culpado dos prejuízos deles (se é que tinha havido prejuízos), agora atacavam sem nenhum remorso o jovem herdeiro, que obviamente não tinha nenhuma culpa do que lhes havia ocorrido e que voluntariamente assumira as dívidas.

Nenhuma das transações propostas por Nikolai deu certo; o patrimônio foi vendido em leilão pela metade do valor, mas ainda assim metade das dívidas continuava sem ser paga. Nikolai aceitou os trinta mil rublos oferecidos por seu cunhado Bezúkhov para o pagamento da parte das dívidas que ele reconhecia como dívidas reais, feitas em dinheiro. E para não ser posto na cadeia por causa das dívidas restantes, como ameaçavam fazer os credores, Nikolai ingressou de novo no serviço público.

Ir para o Exército, onde ele era o primeiro da fila para a vaga de comandante do regimento, seria impossível, porque a mãe agora se aferrava ao filho como a última coisa que a prendia à vida; e por isso, apesar da relutância em ficar em Moscou, no círculo de pessoas que o conheciam antes, apesar de sua aversão ao serviço público civil, ele aceitou um emprego público em Moscou e, após tirar o seu adorado uniforme, instalou-se com Sônia e a mãe num pequeno apartamento na rua Sívtsev Vrajók.

Naquela ocasião, Natacha e Pierre estavam morando em Petersburgo, sem ter uma ideia clara da situação de Nikolai. Ao receber o dinheiro do cunhado, Nikolai esforçou-se para esconder sua situação de penúria. A situação de Nikolai era especialmente difícil porque, com seus mil e duzentos rublos de salário, ele tinha não só de sustentar a si, Sônia e a mãe, como devia também sustentar a mãe de modo que ela não percebesse que estavam pobres. A condessa não conseguia entender a possibilidade da vida sem as condições de luxo a que estava acostumada desde a infância e exigia constantemente, sem entender como aquilo era difícil para o filho, ora uma carruagem — que eles não possuíam — para mandar trazer uma conhecida, ora uma comida cara para si e vinho para o filho, ora dinheiro para dar um presente de surpresa para Natacha, para Sônia e para o próprio Nikolai.

Sônia tratava dos assuntos da casa, cuidava da tia, lia para ela em voz alta, suportava seus caprichos e sua enraizada antipatia e ajudava Nikolai a esconder da velha condessa a situação de penúria em que se encontravam. Nikolai sentia-se com uma impagável dívida de gratidão em relação a Sônia por tudo o que ela fazia por sua mãe, maravilhava-se com a paciência e a dedicação de Sônia, mas se esforçava para manter-se distante dela.

Bem no fundo, parecia censurar Sônia por ser tão perfeita e por não haver motivo para censurá-la. Nela, havia tudo o que se estima numa pessoa; mas havia pouco daquilo que levaria Nikolai a amá-la. E ele sentia que, quanto mais a estimava, menos a amava. Tomara Sônia ao pé da letra na carta em que ela lhe dera liberdade e agora se portava com ela como se tudo o que tinha ocorrido entre os dois já fosse algo esquecido havia muito tempo e que não podia se repetir em nenhuma hipótese.

A situação de Nikolai se tornava cada vez pior. A ideia de economizar uma parte do salário revelou-se uma fantasia. Não só não economizava como, ao satisfazer as exigências da mãe, contraía pequenas dívidas. Nikolai não enxergava nenhuma saída para sua situação. A ideia de casar com uma herdeira rica, que algumas parentas lhe propuseram, repugnava-lhe. A outra saída para sua situação — a morte da mãe — nunca lhe passava pela cabeça. Nikolai não desejava nada, nem tinha esperança nenhuma; no fundo da alma, experimentava um prazer sombrio e severo na sujeição sem queixas à sua situação. Tentava se esquivar dos antigos conhecidos, de sua comiseração e de suas humilhantes propostas de ajuda, evitava todo gasto supérfluo e diversão, e mesmo em casa não fazia nada, senão jogar cartas com a mãe, andar em silêncio dentro do quarto e fumar um cachimbo depois do outro. Parecia alimentar cuidadosamente dentro de si um estado de ânimo sombrio, a única forma de conseguir suportar sua situação.

VI

No início do inverno, a princesa Mária chegou a Moscou. Por rumores que corriam na cidade, soube da situação dos Rostóv e de como "o filho se sacrificava pela mãe" — assim diziam na cidade.

"Dele eu não esperava outra coisa", disse para si a princesa Mária, sentindo a alegre confirmação de seu amor por ele. Ao recordar suas relações amigáveis e quase familiares com toda a família, sentiu-se obrigada a visitá-los. Porém, ao recordar sua relação com Nikolai em Voróniej, teve medo. Todavia, fazendo um grande esforço, algumas semanas após sua chegada à cidade foi à casa dos Rostóv.

Nikolai foi o primeiro a recebê-la, pois para chegar ao quarto da condessa era preciso atravessar o quarto dele. Ao primeiro olhar para o rosto de Nikolai, em lugar da expressão de alegria que a princesa Mária esperava ver nele, havia uma expressão de frieza, secura e orgulho, que a princesa não vira até então. Nikolai perguntou sobre sua saúde, levou-a ao quarto da mãe e, depois de ficar uns cinco minutos, retirou-se.

Quando a princesa saiu do quarto da condessa, Nikolai recebeu-a de novo e conduziu-a de modo bastante seco e cerimonioso até a antessala. Não respondeu nenhuma palavra aos comentários da princesa sobre a saúde da condessa. "O que a senhora tem a ver com isso? Deixe-me em paz", dizia seu olhar.

— Para que ela vem se meter? O que ela quer? Não consigo suportar essas fidalgas e todas essas amabilidades! — disse em voz alta para Sônia, visivelmente incapaz de conter sua mágoa, logo depois que a carruagem da princesa se afastou da casa.

— Ah, como pode falar assim, *Nicolas*? — disse Sônia, que mal conseguia esconder sua alegria. — Ela é tão boa, e *maman* gosta muito dela.

Nikolai nada respondeu e gostaria de não falar mais nada a respeito da princesa. Porém, desde aquela visita, a velha condessa, todos os dias e por qualquer motivo, falava sobre ela.

Nikolai fazia força para ficar calado quando a mãe falava sobre a princesa, mas seu silêncio irritava a condessa.

— É uma jovem muito digna e encantadora — dizia ela. — E você precisa ir visitá-la. Você devia visitar os outros; afinal acho que deve ser maçante para você ficar sempre conosco.

— Mas não tenho a menor vontade, mamãe.

— Antes queria, mas agora não tem vontade. Meu querido, sinceramente, não compreendo você. Ora acha maçante, ora, de repente, não quer ver ninguém.

— Mas eu não disse que achava maçante.

— Como não, você mesmo falou que não tem vontade de vê-la. É uma jovem muito digna, e você sempre gostou dela; agora de repente aparecem não sei que razões. Escondem tudo de mim.

— Nada disso, mamãe.

— Se eu ainda estivesse pedindo para você fazer algo desagradável, mas só estou pedindo para você fazer uma visita. Além do mais, parece que a cortesia exige... Eu já pedi a você e agora não vou mais me intrometer, pois você tem segredos para sua mãe.

— Está bem, eu vou, se a senhora quer.

— Para mim, tanto faz; quero isso por você.

Nikolai suspirou, mordendo o bigode, e pôs as cartas sobre a mesa na tentativa de desviar a atenção da mãe para outro assunto.

No dia seguinte, no outro e no outro ainda, repetiu-se a mesma conversa.

Após sua visita aos Rostóv e a recepção inesperada e fria de Nikolai, a princesa Mária reconheceu que estava com a razão quando pensara antes em não ir à casa dos Rostóv.

"Eu não esperava mesmo outra coisa", dizia consigo, apelando ao orgulho para ajudá-la. "Nada tenho a ver com ele, e eu só queria ver a velha, que sempre foi boa comigo e a quem sou muito agradecida."

Mas não conseguia se acalmar com tais raciocínios: um sentimento semelhante ao remorso a afligia, quando recordava sua visita. Apesar de estar firmemente resolvida a não ir mais à casa dos Rostóv e a esquecer tudo aquilo, ela se sentia o tempo todo numa situação indefinida. E, quando se perguntava o que era aquilo que a afligia, tinha de reconhecer que eram suas relações com Rostóv. O tom frio e respeitoso dele não provinha de seus sentimentos por ela (disso a princesa sabia), mas escondia algo. Era o que a princesa precisava esclarecer; e não conseguiria se acalmar antes disso.

Em meados do inverno, ela estava no quarto de estudos, tomando a lição do sobrinho, quando vieram lhe comunicar a chegada de Rostóv. Com a firme resolução de não trair seu segredo e de não demonstrar sua perturbação, chamou Mlle Bourienne e com ela foi para a sala de visitas.

Ao primeiro olhar para o rosto de Nikolai, ela percebeu que tinha vindo apenas para cumprir um dever de cortesia e resolveu com firmeza responder no mesmo tom em que ele lhe falasse.

Começaram a conversar sobre a saúde da condessa, sobre conhecidos comuns, sobre as últimas notícias da guerra e, quando haviam se passado os dez minutos exigidos pelo decoro, depois dos quais a visita deve se levantar, Nikolai levantou-se para se despedir.

Com a ajuda de Mlle Bourienne, a princesa Mária suportou muito bem a conversa; mas no último minuto, na hora em que ele se levantou, ela se sentiu tão cansada de falar sobre coisas que não lhe interessavam, e tanto lhe pesou o pensamento de que só a ela eram dadas tão poucas alegrias na vida, que a princesa, num acesso de distração, com seus olhos radiosos fixos à sua frente, ficou sentada e imóvel, sem notar que ele se levantara.

Nikolai fitou-a e, querendo dar a impressão de que não percebera a distração da princesa, disse algumas palavras a Mlle Bourienne e de novo lançou um olhar para a princesa. Ela continuava sentada e imóvel e, no rosto meigo, exprimia-se um sofrimento. De repente, Nikolai sentiu pena dela e lhe pareceu, de maneira confusa, que talvez fosse ele a causa da tristeza que se exprimia em seu rosto. Teve vontade de ajudá-la, dizer-lhe algo agradável; mas não conseguiu inventar algo para lhe dizer.

— Adeus, princesa — disse. Ela voltou a si, ruborizou-se e suspirou.

— Ah, me desculpe — disse ela, como se tivesse acordado. — O senhor já está indo, conde; bem, adeus! Mas e a almofada para a condessa?

— Espere, vou buscar agora mesmo — disse Mlle Bourienne e saiu.

Os dois ficaram em silêncio, olhando um para o outro de vez em quando.

— Pois é, princesa — disse por fim Nikolai, sorrindo com tristeza —, parece que faz muito pouco tempo, mas quanta água passou por baixo da ponte desde quando nos vimos pela primeira vez em Bogutchárovo. Como todos parecíamos infelizes... e, no entanto, eu daria tudo para aquele tempo voltar... mas ele não volta.

A princesa fitou-o nos olhos fixamente, com seu olhar radioso, enquanto ele falava. Ela parecia fazer força para entender o significado secreto de suas palavras, que explicaria o sentimento de Nikolai por ela.

— Sim, sim — disse a princesa —, mas o senhor não tem nada para lamentar em seu passado, conde. Do modo como entendo sua vida agora, o senhor sempre irá recordar sua vida com prazer, porque a abnegação com que tem vivido agora...

— Não concordo com seus elogios — apressou-se em interrompê-la. — Ao contrário, eu me censuro o tempo todo; mas isso não tem nenhum interesse e é uma conversa triste.

E de novo seu olhar tomou a expressão fria e seca de antes. Mas a princesa já tinha percebido nele de novo o mesmo homem que ela conhecia e amava e agora falava só com aquele homem.

— Pensei que o senhor me permitiria falar sobre isso — disse ela. — Estive tão próxima do senhor... e de sua família, e pensei que o senhor não julgaria impertinente meu interesse; mas me enganei — disse ela. Sua voz de repente estremeceu. — Não sei por quê — prosseguiu, recuperando-se —, o senhor antes era diferente e...

— Existem mil razões *por quê* (ele deu uma ênfase especial às palavras "por quê"). Agradeço à senhora, princesa — disse em voz baixa. — Às vezes é penoso.

"Pronto, aí está por quê! Aí está por quê!", falou uma voz interior na alma da princesa Mária. "Não, eu não me apaixonei só por aquele olhar alegre, bondoso e franco, por aquela bela aparência que ele tinha; eu adivinhei seu espírito nobre, firme, abnegado", disse ela consigo. "Sim, ele agora é pobre, e eu sou rica... Sim, é só por isso... Sim, e se isso não existisse..." E, recordando sua antiga ternura e vendo agora o rosto bondoso e triste de Nikolai, a princesa de súbito compreendeu a causa de sua frieza.

— Por quê, conde, por quê? — quase exclamou de súbito e, inconscientemente, chegou mais perto dele. — Por quê, me diga? O senhor deve dizer. — Ele ficou em silêncio. — Não conheço, conde, o seu *porquê* — prosseguiu a princesa. — Mas para mim é doloroso, para mim... Confesso isso ao senhor. Por algum motivo, o senhor quer privar-me da amizade de antes. E isso me dói. — A princesa tinha lágrimas nos olhos e na voz. — Tenho tão poucas alegrias na vida que qualquer perda me é muito dolorosa... Perdoe-me, adeus. — De repente começou a chorar e andou para sair da sala.

— Princesa! Espere, pelo amor de Deus — exclamou ele, tentando detê-la. — Princesa!

Ela olhou para trás. Por alguns segundos, fitaram-se em silêncio nos olhos um do outro, e o que era distante, impossível, de súbito tornou-se próximo, possível e inevitável.

VII

No outono de 1814, Nikolai casou-se com a princesa Mária e partiu com a esposa, a mãe e Sônia para a casa de Montes Calvos.

Em três anos, sem tocar no patrimônio da esposa, ele saldou as dívidas restantes e, após receber uma pequena herança pela morte de um primo, saldou também a dívida com Pierre.

Três anos depois, em 1820, Nikolai havia administrado tão bem suas finanças que comprou uma pequena propriedade vizinha a Montes Calvos e começou as negociações para comprar Otrádnoie, a propriedade paterna, que era seu sonho mais acalentado.

Tendo começado a cuidar dos assuntos agrícolas por necessidade, logo se afeiçoou de tal modo à agricultura que ela se tornou sua atividade predileta e quase sua ocupação exclusiva. Nikolai era um administrador simples, não gostava de inovações, em especial das inovações inglesas, que na época tinham entrado na moda, ria dos livros teóricos sobre agricultura, não gostava de fábricas, de produtos caros, do cultivo de sementes caras de cereais e, no geral, não se interessava por uma parte da propriedade separada do resto. Diante dos olhos, tinha sempre e apenas uma única *propriedade rural*, e não alguma parte dela em separado. Na propriedade rural, o principal não era o nitrogênio nem o oxigênio nem o adubo nem o arado — era o trabalhador mujique. Quando Nikolai passou a cuidar da propriedade e a observar a fundo suas diversas partes, o mujique em especial chamou a sua atenção; o mujique surgiu diante dele não só como um instrumento, mas como um objetivo e um juiz. De início, ele observava o mujique, esforçava-se para compreender do que ele precisava, o que ele considerava ruim e bom, e apenas fingia dar ordens e instruções, pois no fundo estava apenas aprendendo com os mujiques, aprendendo os métodos, o linguajar e os juízos sobre o que é bom e o que é ruim. E só quando entendeu os gostos e as aspirações do mujique, quando aprendeu a falar sua linguagem e conseguiu entender o sentido secreto de seu linguajar, só quando se sentiu unido ao mujique, só então começou a chefiá-los sem timidez, ou seja, a cumprir em relação ao mujique a mesma obrigação cujo cumprimento exigiam dele. E a administração de Nikolai obteve os resultados mais notáveis.

Ao assumir a direção da propriedade, Nikolai prontamente, sem engano, graças a algum dom de clarividência, nomeou como intendente, como estaroste e como representante as mesmas pessoas que teriam sido escolhidas pelos próprios mujiques, caso pudessem escolher, e seus chefes nunca eram trocados. Antes de investigar as propriedades químicas do adubo, antes de entrar nas questões do *dever* e *haver* (como gostava de dizer com ironia), ele verificava o número de cabeças de gado dos camponeses e aumentava essa quantidade de todas as formas possíveis. Ele mantinha as famílias camponesas com o maior contingente possível e não permitia que se dividissem. Os preguiçosos, os libertinos e os fracos, ele os perseguia igualmente e tentava afastá-los da comunidade.

Nas colheitas e na ceifa do feno e dos cereais, ele observava exatamente com o mesmo cuidado seus próprios campos e os dos mujiques. E eram raros os senhores de terra cujos campos eram ceifados e colhidos tão cedo e tão bem, e com um rendimento tão alto, como os campos de Nikolai.

Com os servos domésticos, ele não gostava de ter nenhuma relação, chamava-os de *parasitas* e, como todos diziam, os deixava na indolência e os estragava; quando era necessário tomar alguma decisão com respeito a um servo doméstico, sobretudo quando era necessário castigar, ele ficava indeciso e pedia o conselho de todos em casa; só quando era possível alistar no Exército um servo doméstico em vez de um mujique, ele agia sem nenhuma hesitação. Em todas as medidas relativas aos mujiques, ele nunca experimentava a menor dúvida. Todas as suas medidas — ele sabia disso — seriam aprovadas por todos, com exceção de um ou de alguns poucos.

Da mesma forma, ele não se permitia atormentar ou punir um homem só porque tinha vontade de fazer aquilo, nem se permitia aliviar ou premiar um homem porque era esse o seu desejo pessoal. Não saberia dizer em que consistia o critério para decidir o que se devia e o que não se devia fazer; mas tal critério se encontrava firme e inabalável em sua alma.

Muitas vezes, ao falar com desgosto de algum insucesso ou desordem, dizia: "*Com o nosso povo russo...*", e imaginava que não conseguiria suportar o mujique.

No entanto, com todas as forças da alma, ele amava o *nosso povo russo* e seu modo de vida e só por isso entendera e assimilara aquele caminho e aquele método peculiar de trabalho agrícola, que produziam tão bons resultados.

A condessa Mária tinha ciúmes do marido por causa daquele seu amor e lamentava não poder compartilhar tal amor, porém não conseguia entender as alegrias e as aflições que aquele mundo remoto, alheio a ela, proporcionava ao marido. Não conseguia entender por que ele se mostrava tão empolgado e feliz quando, depois de sair da cama ao raiar do dia e passar a manhã inteira na lavoura ou no curral do estábulo, voltava da semeadura, da ceifa ou da colheita para tomar chá com ela. Não compreendia com que ele tanto se entusiasmava ao falar com animação sobre o parcimonioso e rico mujique Matviei Ermíchin, que, junto com a família, carregara feixes a noite inteira e, enquanto ninguém havia sequer começado a colher, ele já juntara uma meda inteira. A condessa não entendia por que o marido, ao passar da janela para a varanda, sorria com tanta alegria por baixo do bigode e piscava os olhos quando uma garoa morna e constante caía sobre os brotos de aveia que estavam começando a murchar, ou por que, quando na ceifa ou na limpa o vento carregava para longe uma nuvem ameaçadora, o marido voltava do celeiro de rosto vermelho, queimado de sol e suado, com um odor de absinto e de genciana nos cabelos, esfregando as mãos com alegria, e dizia: "Muito bem, mais um diazinho só e toda a colheita, minha e dos camponeses, vai estar no celeiro".

E menos ainda conseguia entender por que ele, com seu bom coração, com sua constante presteza para prever os desejos dela, chegava quase ao desespero quando a esposa lhe transmitia quaisquer pedidos que camponesas ou mujiques tivessem feito a ela para liberá-los do trabalho, e por que ele, o bom *Nicolas*, lhe negava obstinadamente e implorava com irritação que não se intrometesse em seus assuntos. Ela sentia que o marido possuía um mundo especial, que ele amava apaixonadamente, um mundo com certas leis que ela não compreendia.

Quando às vezes, no esforço para compreendê-lo, ela lhe falava sobre seu mérito, que consistia em promover o bem a seus súditos, ele se irritava e respondia: "Não é nada disso: nunca passou pela minha cabeça; e não faço isso pelo bem deles. Toda essa história é poesia e conversa para mulheres... toda essa história de fazer bem ao próximo. Eu preciso é que nossos filhos não tenham de pedir esmola; preciso é construir nossa fortuna enquanto estou vivo; é só isso. E para isso é preciso ordem, é preciso rigor... E pronto!", dizia ele, cerrando seu punho sanguíneo. "E justiça, está claro", acrescentava, "pois se o camponês está faminto e nu, e só tem um pangaré, ele não serve de nada, nem para ele nem para mim."

E, na certa porque Nikolai não se permitia pensar que fazia algo pelo bem dos outros ou por alguma virtude, tudo o que fazia era frutífero; a fortuna rapidamente aumentou: os mujiques vizinhos vinham lhe pedir que os comprasse, e muito tempo depois de sua morte o povo ainda guardava uma memória devota de sua maneira de administrar. "Aquilo é que era um patrão... Primeiro a parte do mujique, depois a minha. Está certo que não dava moleza. Numa palavra, um patrão!"

VIII

A única coisa que afligia Nikolai em relação a sua atividade agrícola era seu temperamento irascível, junto com o antigo hábito de hussardo de dar livre uso às mãos. No início não viu naquilo nada de repreensível, mas no segundo ano de seu casamento sua visão a respeito de tal tipo de represália se modificou.

Certa vez, no verão, mandou chamar o estaroste de Bogutchárovo, que tomara o lugar do falecido Dron e era acusado de diversas fraudes e negligências. Nikolai foi ao seu encontro na varanda e, logo às primeiras respostas do estaroste na entrada da casa, ressoaram gritos e pancadas. Ao voltar para casa, para o almoço, Nikolai aproximou-se da esposa, sentada com a cabeça curvada sobre o bastidor, e começou a lhe contar, como de costume, tudo o que havia feito naquela manhã e, entre outras coisas, contou a respeito do estaroste de Bogutchárovo. A condessa Mária ruborizou-se, empalideceu, contraiu os lábios e continuou na mesma posição, de cabeça baixa, e nada respondeu às palavras do marido.

— Que patife descarado — disse ele, exaltando-se ao recordar. — Ora, se ele tivesse me dito que estava bêbado e que não viu... Mas o que há com você, *Marie*? — perguntou de repente.

A condessa Mária levantou a cabeça, quis dizer algo, mas abaixou-se de novo e cerrou os lábios.

— O que foi? O que você tem, minha amiga?...

A feia condessa Mária sempre ficava mais bonita quando chorava. Nunca chorava de dor nem de despeito, mas sempre por causa de tristeza e de compaixão. E, quando chorava, os olhos radiosos adquiriam um encanto irresistível.

Assim que Nikolai segurou sua mão, ela não teve forças para se conter e desatou a chorar.

— *Nicolas*, eu vi... ele agiu mal, mas você, por que você fez aquilo? *Nicolas!*... — E cobriu o rosto com as mãos.

Nikolai nada disse, ruborizou-se muito e, afastando-se dela, pôs-se a andar em silêncio pelo quarto. Ele compreendeu por que ela estava chorando; mas não conseguiu em sua alma de uma hora para a outra concordar com a esposa que aquilo com que ele estava habituado desde a infância e que ele considerava a coisa mais rotineira era algo ruim.

"Essas gentilezas todas são lorotas de mulheres, ou será que ela tem razão?", perguntou a si mesmo. Sem chegar a uma resposta, lançou mais um olhar para o rosto sofrido e amado da mulher e de súbito compreendeu que a esposa tinha razão e que ele havia muito se sentia culpado perante si mesmo.

— *Marie* — disse em voz baixa, chegando perto dela —, isso não vai acontecer nunca mais; dou minha palavra. Nunca mais — repetiu com voz trêmula, como um menino que pede perdão.

As lágrimas escorreram mais ainda dos olhos da condessa. Segurou a mão do marido e beijou-a.

— *Nicolas*, quando você quebrou o camafeu? — disse ela a fim de mudar de assunto, observando a mão do marido, na qual havia um anel com a cabeça de Laocoonte.

— Hoje; foi naquela hora. Ah, *Marie*, não me lembre mais isso. — Ele se ruborizou outra vez. — Dou a você minha palavra de honra que não vai acontecer mais. E que isto sirva para eu me lembrar sempre — disse, apontando para o anel quebrado.

A partir de então, nas discussões com os estarostes e com os feitores, quando o sangue subia ao seu rosto, e os punhos começavam a cerrar-se, Nikolai girava o anel quebrado no dedo e baixava os olhos diante do homem que o irritara. No entanto, duas vezes por ano ele se esquecia e então procurava a esposa, confessava-se e de novo prometia que tinha sido a última vez.

— *Marie*, você deve me desprezar, não é? — dizia Nikolai. — Eu mereço.

— Você deve afastar-se, afastar-se depressa, se sentir que não é capaz de se conter — dizia a condessa Mária com tristeza, tentando consolar o marido.

Entre os nobres, a administração de Nikolai era respeitada, mas não estimada. Os interesses da nobreza não o preocupavam. E só por isso alguns o julgavam orgulhoso, e outros, um tolo. Todo o seu tempo no verão, do plantio da primavera até a colheita, transcorria nos afazeres agrícolas. No outono, com a mesma seriedade compenetrada com que se ocupava da agricultura, dedicava-se à caça, ficava fora de casa durante um mês ou dois, com seu grupo de caça. No inverno, ia para outras aldeias e ocupava-se com leituras. Suas leituras consistiam sobretudo em livros de história, com os quais gastava uma determinada soma todos os anos. Assim formou para si, como dizia, uma biblioteca séria e tinha como regra ler todos os livros que comprava. Em seu gabinete, instalava-se com um ar grave para aquelas leituras, que de início considerava uma obrigação, mas que depois se tornaram uma ocupação rotineira, que lhe proporcionava um tipo especial de prazer e a consciência de que se ocupava com assuntos sérios. Exceto pelas viagens de negócios, ele passava a maior parte do inverno em casa, junto à família, e participando dos pormenores das relações entre a mãe e os filhos. Tornou-se cada vez mais apegado à esposa, todo dia se revelavam nela novos tesouros íntimos.

Sônia, desde o casamento de Nikolai, morava na casa dele. Ainda antes de seu casamento, Nikolai, censurando a si mesmo e louvando Sônia, contou para sua noiva tudo o que houvera entre ele e Sônia. Pediu à princesa Mária que fosse carinhosa e boa com sua prima. A condessa Mária percebeu perfeitamente a culpa do marido; percebeu também sua própria culpa perante Sônia; pensou que sua fortuna tivera influência na escolha de Nikolai; não podia censurar Sônia por nada e desejava amá-la; mas não só não a amava como muitas vezes descobria na própria alma sentimentos malévolos contra ela e não conseguia dominá-los.

Certa vez conversou com sua amiga Natacha a respeito de Sônia e de sua antipatia por ela.

— Sabe — disse Natacha —, você leu muito o Evangelho, não foi? Lá tem um trecho exatamente sobre a Sônia.

— Qual é? — perguntou a condessa Mária com surpresa.

— "A quem tem será dado, e de quem não tem será tirado",[7] lembra? Ela é a que não tem: por quê? Não sei; nela não existe egoísmo, talvez... Não sei, mas dela é tirado, e tudo foi tirado. Às vezes sinto uma pena horrível dela; antigamente, eu tinha uma vontade tremenda de que *Nicolas* se casasse com ela; mas sempre parecia pressentir que não ia acontecer. Ela é uma *flor estéril*, sabe, como aquela que dá no meio dos morangos? Às vezes sinto pena dela, mas às vezes eu penso que ela não sente isso como nós sentiríamos.

E, apesar de a condessa Mária dizer para Natacha que tais palavras do Evangelho deviam significar outra coisa, ao olhar para Sônia, concordava com a inter-

---

7 Lc 19,26.

pretação de Natacha. De fato, parecia que Sônia não se sentia oprimida pela sua situação e se resignara inteiramente à sua função de *flor estéril*. Parecia prezar não tanto as pessoas, mas a família inteira. Como um gato, ela se apegava não às pessoas, mas à casa. Cuidava da velha condessa, mimava as crianças de carinhos, estava sempre pronta a prestar os menores serviços para os quais estivesse apta; mas tudo isso era automaticamente recebido com uma gratidão demasiado fraca...

A casa senhorial de Montes Calvos foi reconstruída, mas já não no mesmo padrão que na época do falecido príncipe.

As construções, iniciadas em tempos de dificuldades, eram mais do que simples. A enorme casa, sobre os antigos alicerces de pedra, era de madeira, revestida de estuque apenas por dentro. A grande casa espaçosa, com piso de tábuas nuas, era mobiliada com sofás e poltronas mais simples e duros, cadeiras e mesas feitas com a madeira de suas próprias bétulas e pelos seus próprios marceneiros. A casa era espaçosa, com quartos para os criados e seções para hóspedes. Os parentes dos Rostóv e dos Bolkónski às vezes se hospedavam em Montes Calvos com seus familiares, seus dezesseis cavalos e dezenas de criados, e ali ficavam durante meses. Além disso, quatro vezes por ano, no aniversário e nos dias dos santos padroeiros dos donos da casa, chegava a haver cem hóspedes durante um ou dois dias. No resto do ano, a vida normal transcorria sem abalos, com as ocupações de costume, os chás, os desjejuns, os almoços, os jantares, feitos com os alimentos produzidos na propriedade.

IX

Era inverno, dia 5 de dezembro de 1820, véspera do dia de São Nicolau. Naquele ano, Natacha, os filhos e o marido estavam hospedados na casa do irmão desde o início do outono. Pierre tinha ido para Petersburgo, aonde fora tratar de um assunto particular, como disse, por três semanas, e onde havia ficado por quase sete semanas. Aguardavam-no a qualquer minuto.

No dia 5 de dezembro, além da família dos Bezúkhov, também estava hospedado ali o velho amigo de Nikolai, o general da reserva Vassíli Fiódorovitch Deníssov.

Nikolai sabia que no dia 6, dia da cerimônia da qual os hóspedes iriam participar, tinha de tirar o *bechmiét*,[8] vestir a sobrecasaca e, com meias apertadas, calçar as botas estreitas e ir para a nova igreja construída por ele, e depois receber as con-

---

8 Túnica usada por turcos, mongóis e tártaros.

gratulações, e oferecer petiscos e falar sobre as eleições dos nobres e sobre a colheita; mas, quanto à véspera, ele ainda se julgava no direito de passar esse dia como de costume. Antes do jantar, Nikolai conferiu as contas do administrador de uma aldeia de Riazan, de propriedade do sobrinho da esposa, redigiu duas cartas de negócios e foi ao celeiro, ao curral do gado e dos cavalos. Após tomar as providências para evitar a já esperada bebedeira geral no dia seguinte, por que era um feriado religioso, foi jantar e, sem que tivesse tempo de falar com a esposa em particular, sentou-se à mesa comprida servida para vinte pessoas, na qual estavam reunidas todas as pessoas de casa. À mesa, estavam a mãe, a velha Belova, que estava sempre com ela, a esposa, os três filhos, a preceptora, o preceptor, o sobrinho com o seu preceptor, Sônia, Deníssov, Natacha, seus três filhos, a preceptora deles e o velhinho Mikhail Ivánitch, arquiteto do príncipe, que morava em Montes Calvos.

A condessa Mária sentou-se na extremidade oposta da mesa. Assim que o marido se sentou em seu lugar, pelo gesto com que ele puxou o guardanapo e moveu rapidamente o copo e a taça que estavam à sua frente, a condessa Mária logo concluiu que o marido estava de mau humor, como às vezes lhe acontecia, sobretudo antes da sopa e quando vinha direto do trabalho no campo para a mesa. Ela conhecia muito bem aquele seu estado de ânimo e, quando ela mesma estava de bom humor, esperava tranquilamente que ele tomasse a sopa e só depois começava a falar com ele e o obrigava a admitir que estava irritado à toa; mas naquele dia ela esqueceu completamente sua cautela; ficou incomodada por ele estar irritado com ela sem nenhum motivo e sentiu-se infeliz. Perguntou-lhe onde estivera. Ele respondeu. Perguntou também se estava tudo em ordem na propriedade. Ele franziu as sobrancelhas com ar desagradável diante do tom de voz forçado da esposa e respondeu às pressas.

"Então eu não estou enganada", pensou a condessa Mária. "E por que está irritado comigo?" No tom de voz com que o marido respondeu, a condessa Mária ouviu um rancor contra ela e o desejo de encerrar a conversa. Sentiu que suas palavras eram forçadas; mas não conseguiu se conter e fez mais algumas perguntas.

Graças a Deníssov, a conversa durante o jantar logo envolveu a todos e se tornou animada, e a condessa Mária não falou com o marido. Quando se levantaram da mesa e foram dar seus agradecimentos à velha condessa,[9] a condessa Mária beijou o marido, lhe estendeu a mão e perguntou por que estava irritado com ela.

— Você tem sempre ideias estranhas; não estou nada irritado — disse ele.

---

9 Era costume na Rússia, após as refeições, as pessoas agradecerem a dona da casa ou a mulher mais velha da família, beijando sua mão.

Mas a palavra "sempre" respondia à condessa Mária: sim, estava irritado e não queria falar.

Nikolai vivia tão bem com a esposa que até Sônia e a velha condessa, que por ciúme desejavam que houvesse desavenças entre os dois, não conseguiam encontrar nenhum pretexto para censuras; mas entre eles havia minutos de hostilidade. Às vezes, justamente após os períodos mais felizes, vinha-lhes de repente um sentimento de estranheza e de hostilidade; tal sentimento surgia sobretudo durante os períodos de gravidez da condessa Mária. Agora ela estava num daqueles períodos.

— Bem, *messieurs et mesdames*[10] — Nikolai falou alto e como que alegre (a condessa Mária teve a impressão de que aquilo era de propósito, para ofendê-la) —, estou de pé desde as seis horas. Amanhã vou ter de sofrer, portanto hoje vou descansar. — E, sem dizer mais nada para a condessa Mária, saiu para a saleta de repouso e deitou-se no sofá.

"Pronto, é *sempre* assim", pensou a princesa Mária. "Fala com todos, menos comigo. Vejo, vejo que sou repulsiva para ele. Sobretudo nesta situação." Olhou sua barriga alta e, no espelho, para seu rosto emagrecido, pálido e amarelado, de olhos maiores do que nunca.

E tudo para ela tornou-se desagradável: o grito e a risada de Deníssov, a conversa de Natacha e sobretudo o olhar apressado que Sônia lhe dirigiu.

Sônia era sempre o primeiro pretexto que a condessa escolhia para descarregar sua fúria.

Sentada com as visitas e sem entender nada do que diziam, ela se retirou em silêncio e foi para o quarto das crianças.

Nas cadeiras, as crianças brincavam de viajar para Moscou e convidaram-na para viajar com elas. A condessa Mária sentou-se, brincou com as crianças, mas o pensamento no marido e a sua irritação sem motivo não paravam de atormentá-la. Levantou-se e, caminhando com dificuldade na ponta dos pés, andou na direção da saleta de repouso.

"Talvez ele não esteja dormindo; vou conversar com ele", disse consigo. Andriucha, o menino mais velho, imitando a mãe, foi atrás dela na ponta dos pés. A condessa Mária não percebeu.

— *Chère Marie, il dort, je crois; il est si fatigué*[11] — disse Sônia na sala maior (e a condessa tinha a impressão de que vivia se encontrando com ela em toda parte). — Andriucha, não vá acordá-lo.

---

10 Francês: "senhores e senhoras".

11 Francês: "Cara Marie, ele está dormindo, eu acho; está tão cansado".

A condessa Mária virou-se, viu Andriucha atrás de si, sentiu que Sônia tinha razão e justamente por isso exasperou-se e, visivelmente, só a custo conteve uma palavra rude. Não disse nada e, para não obedecer a Sônia, fez um sinal com a mão para Andriucha não fazer barulho, mas para mesmo assim vir atrás dela, e aproximou-se da porta. Sônia foi para a outra porta. Do cômodo onde Nikolai dormia, ouvia-se a sua respiração ritmada, conhecida da esposa até em seus mínimos matizes. Ouvindo aquela respiração, ela via à sua frente a testa bonita e lisa, o bigode, o rosto inteiro, que ela tantas vezes mirava demoradamente enquanto o marido dormia, no silêncio da noite. Nikolai de repente teve um sobressalto e gritou. Naquele instante, Andriucha, de trás da porta começou a gritar:

— Papai, mamãe está aqui.

A condessa Mária empalideceu e começou a fazer sinais para o filho. Ele ficou em silêncio, e então se passou um terrível minuto de silêncio para a condessa Mária. Ela sabia que Nikolai não gostava de ser acordado. De súbito, atrás da porta, ouviu-se uma tosse, um movimento, e a voz descontente de Nikolai falou:

— Não me dão nem um minuto de sossego. *Marie*, é você? Para que o trouxe aqui?

— Vim só para ver, eu não tinha visto que... desculpe...

Nikolai tossiu e ficou calado. A condessa Mária afastou-se da porta e levou o filho para o quarto das crianças. Cinco minutos depois, a pequena Natacha, de três anos e de olhos negros, a predileta do pai, ao saber pelo irmão que o pai estava dormindo na saleta de repouso, foi para onde o pai estava, sem que a mãe notasse. A menina de olhos negros empurrou atrevidamente a porta, que rangeu, aproximou-se do sofá com os passos enérgicos de seus pezinhos duros e, depois de observar a posição do pai, que dormia de costas para ela, ergueu-se na ponta dos pés e beijou a mão do pai, embaixo de sua cabeça. Nikolai virou-se com um sorriso de ternura no rosto.

— Natacha, Natacha! — ouviu-se por trás da porta o sussurro assustado da condessa Mária. — Papai quer dormir.

— Não, mamãe, ele não quer dormir — respondeu com toda a convicção a pequena Natacha. — Ele está rindo.

Nikolai baixou as pernas, levantou-se e tomou a filha nos braços.

— Entre, Macha — falou para a esposa. A condessa Mária entrou e sentou-se ao lado do marido.

— Eu não vi que ele estava vindo atrás de mim — disse ela, timidamente. — Eu estava tão...

Nikolai, segurando a mão da filha, olhou para a esposa, notou a expressão de culpa em seu rosto e, com o outro braço, abraçou-a e beijou seu cabelo.

— Posso beijar a mamãe? — perguntou para Natacha.

Natacha sorriu, tímida.

— De novo — disse ela, apontando com um gesto imperativo para o local onde Nikolai havia beijado a esposa.

— Não sei por que você acha que estou de mau humor — disse Nikolai, respondendo à pergunta que ele sabia estar na mente da esposa.

— Você nem pode imaginar como fico infeliz, solitária, quando você está assim. Parece que...

— *Marie*, chega de bobagem. Como é que você não se envergonha? — disse ele, alegre.

— Parece que você não pode me amar, que sou tão feia... e sempre... e agora... nesta si...

— Ah, como você é ridícula! Não amamos porque é belo, mas é belo porque amamos. Só a Malvina[12] e outras como ela são amadas porque são bonitas; mas minha esposa, será que eu amo? Eu não amo, mas não sei como lhe dizer. Sem você, e quando alguma coisa ocorre entre nós, como agora, tenho a impressão de que estou perdido e não consigo fazer nada. Ora, será que amo o meu dedo? Não amo, mas tente só cortá-lo...

— Não, eu não sou assim, mas eu entendo. Então, não está zangado comigo?

— Estou horrivelmente zangado — disse ele, sorrindo, levantou-se, ajeitou o cabelo e começou a andar pela sala. — Sabe, *Marie*, no que é que estou pensando? — e agora, quando haviam feito as pazes, começou logo a pensar em voz alta diante da esposa. Não perguntou se ela estava disposta a escutar; para ele era indiferente. Um pensamento lhe veio à cabeça, portanto era um pensamento dela também. E contou-lhe sua intenção de convencer Pierre a ficar com eles até a primavera.

A condessa Mária escutou-o, fez um comentário e, por seu turno, pôs-se a pensar em voz alta. Seus pensamentos eram sobre os filhos.

— Já está parecida com uma mulher — disse em francês, apontando para Natacha. — Vocês acusam a nós, as mulheres, de falta de lógica. Aí está ela, a nossa lógica. Eu digo: papai quer dormir, e ela diz: não, ele está rindo. E ela tem razão — disse a condessa Mária, sorrindo feliz.

— Sim, sim! — E Nikolai, pegando a filha em seu braço forte, ergueu-a e colocou-a sobre os ombros, segurou-a pelas perninhas e começou a andar pela sala. Os rostos do pai e da filha ficaram ambos loucamente felizes.

— Sabe, talvez você não esteja sendo justo. Você gosta demais dessa aí — disse a condessa em francês e num sussurro.

---

12 Referência à personagem do romance homônimo de Sophie Cottin, publicado em 1801.

— Sim, mas o que vou fazer?... Tento não demonstrar...

Naquele instante, na entrada e no vestíbulo, ouviram-se os sons da mola da porta e de passos, semelhantes aos ruídos da chegada de alguém.

— Alguém chegou.

— Aposto que é o Pierre. Vou lá ver — disse a condessa Mária e saiu.

Na ausência da esposa, Nikolai se permitiu andar a galope pela saleta com a filha sobre os ombros. Sem fôlego, rapidamente livrou-se da menina, que ria, e apertou-a contra o peito. Seu galope lhe fez lembrar uma dança e, olhando para o rostinho feliz, redondo e infantil, pensou em como seria a filha quando ele, já envelhecido, a levasse para dançar a mazurca pelo salão, como seu falecido pai dançara com a filha o Danilo Cooper.

— É ele, é ele, *Nicolas* — falou a condessa Mária entrando na saleta alguns minutos depois. — Agora a nossa Natacha ganhou vida nova. Tem de ver a animação dela e como está repreendendo o marido por ter demorado demais a voltar. Vamos lá, vamos logo! Vamos, separem-se agora — disse ela, sorrindo e olhando para a menina, que se agarrava ao pai. Nikolai saiu, segurando a filha pela mão.

A condessa Mária ficou na saleta de repouso.

— Eu nunca, nunca acreditaria — sussurrou sozinha — que fosse possível ser tão feliz. — Seu rosto iluminou-se com um sorriso; mas no mesmo instante ela suspirou, e uma tristeza muda exprimiu-se em seu olhar profundo. Parecia que, além da felicidade que ela experimentava, havia outra felicidade, inalcançável nesta vida, que sem querer ela recordara naquele momento.

X

Natacha casou-se no início da primavera de 1813 e em 1820 já tivera três filhas e também um filho, que ela tanto quisera ter e que estava amamentando. Ficara mais gorda e mais larga, e era difícil reconhecer naquela mãe robusta a antiga Natacha, fina e ágil. Os traços de seu rosto estavam mais delineados e tinham uma expressão de serena suavidade e clareza. Em seu rosto não havia, como antes, aquele fogo de animação que ardia sem cessar e que constituía seu encanto. Agora muitas vezes viam-se apenas seu rosto e seu corpo, mas o espírito não se via de maneira nenhuma. Via-se uma fêmea forte, bonita e fecunda. Muito raramente se acendia nela agora a antiga chama. Isso só acontecia quando, como naquele momento, o marido voltava, quando o bebê melhorava de saúde, ou quando ela e a condessa Mária lembravam-se do príncipe Andrei (ela nunca falava com o marido sobre o príncipe Andrei, supondo que teria ciúmes de suas lembranças), e quando, muito raramente, algo por acaso a levava a cantar, o que ela havia deixado completamente de fazer depois do casamento. E naqueles raros momentos em que a antiga chama se acendia em seu corpo bonito, que amadurecera, Natacha se mostrava ainda mais encantadora do que antes.

Desde o tempo de seu casamento, Natacha morava com o marido em Moscou, em Petersburgo, na aldeia nos arredores de Moscou e na casa da mãe, ou seja, na casa de Nikolai. A jovem condessa Bezúkhova era pouco vista na sociedade, e os que a viam ficavam insatisfeitos. Não era nem meiga, nem afável. Não que Natacha gostasse da solidão (não sabia se gostava disso ou não; até lhe parecia que não), mas ela, gerando, dando à luz, amamentando os filhos e participando de cada minuto da vida do marido, não podia atender tais necessidades sem abster-se da sociedade. Todos que conheceram Natacha antes do casamento se admiravam com a transformação que nela ocorrera como se fosse algo extraordinário. Só a velha condessa, que com o faro maternal compreendia que todos os antigos arroubos de Natacha tinham por origem apenas a necessidade de ter uma família, de ter um marido, assim como ela gritava em Otrádnoie, não de brincadeira, mas a sério, a mãe se admirava com o espanto das pessoas, que não compreendiam Natacha, e repetia que ela sempre soubera que Natacha seria uma esposa e uma mãe exemplar.

— Ela apenas leva seu amor pelo marido e pelos filhos a tais extremos — dizia a condessa — que chega a parecer uma coisa tola.

Natacha não seguia a regra de ouro preconizada por pessoas inteligentes, em especial pelos franceses, que consiste em que uma jovem, ao casar, não deve relaxar, não deve abandonar seus talentos, deve, mais ainda do que as mocinhas, ocupar-se de sua aparência, deve seduzir o marido como antes seduzia aqueles que não eram seu marido. Natacha, ao contrário, abandonou de uma só vez todos os seus feitiços, entre os quais ela possuía um especialmente poderoso — o canto. Abandonou-o justamente porque era um feitiço poderoso. Ela, como dizem, relaxou. Natacha não se preocupava nem com suas maneiras, nem com a delicadeza da fala, nem em se mostrar diante do marido nas poses mais favoráveis, nem com sua toalete, nem em não incomodar o marido com suas exigências. Fazia tudo em contradição com tais regras. Sentia que os feitiços que seu instinto, em outros tempos, lhe ensinara a usar agora seriam meramente ridículos aos olhos do marido, a quem ela desde o primeiro minuto se rendera de todo — ou seja, com toda a alma, sem deixar nenhum recanto encoberto para ele. Sentia que seu vínculo com o marido não se baseava nos sentimentos poéticos que o atraíram para ela, baseava-se, sim, em outra coisa, indeterminada, mas firme, como o vínculo entre sua própria alma e seu corpo.

Fazer cachinhos no cabelo, usar anquinhas e cantar romanças com a intenção de atrair o marido lhe pareceria tão estranho como enfeitar-se para ficar mais satisfeita consigo mesma. Enfeitar-se para agradar aos outros — quem sabe agora isso lhe seria agradável — Natacha não sabia —, mas não tinha tempo para isso. O motivo principal pelo qual ela não se interessava nem pelo canto, nem pela toalete, nem pela escolha cuidadosa de suas palavras era que não tinha tempo nenhum para se preocupar com isso.

Sabemos que as pessoas têm a capacidade de ficar totalmente absorvidas por um assunto, por mais insignificante que pareça. E sabemos que não existe um assunto tão insignificante que não se expanda ao infinito, quando concentramos nele toda a nossa atenção.

O assunto que absorvia Natacha inteiramente era a família, ou seja, o marido, que era necessário segurar de modo que pertencesse a ela de forma indivisível, a casa e os filhos, que era preciso gerar, dar à luz, amamentar, educar.

E, quanto mais ela observava, não com a razão, mas com toda a alma, com todo o seu ser, o assunto que lhe interessava, mais aquele assunto se expandia sob sua atenção, e mais fracas e mais insignificantes lhe pareciam suas forças, e assim ela as concentrava por inteiro numa coisa só, e mesmo assim não conseguia fazer tudo o que lhe parecia necessário.

Discussões e argumentos sobre os direitos da mulher, sobre as relações dos cônjuges, sobre a liberdade e seus direitos, embora ainda não fossem denominados *questões*, como agora, já eram exatamente a mesma coisa que são hoje; mas tais questões não só não interessavam Natacha, como ela decididamente não as compreendia.

Tais questões na época, como agora, só existiam para as pessoas que viam no casamento apenas o prazer que os cônjuges recebiam um do outro, ou seja, só o início do casamento, e não toda a sua significação, que consiste na família.

Os argumentos e as questões atuais são semelhantes à questão sobre de que forma obter a maior satisfação possível num jantar e, agora como naquela época, eles não existem para quem o objetivo do jantar é a nutrição e o objetivo do casamento é a família.

Se o objetivo do jantar é a nutrição do corpo, aquele que come de uma só vez dois jantares alcança, talvez, uma grande satisfação, mas não alcança o objetivo, porque os dois jantares não serão digeridos pelo estômago.

Se o objetivo do casamento é a família, quem quiser ter muitas esposas e maridos receberá, talvez, muita satisfação, mas em nenhuma hipótese terá uma família.

Se o objetivo do jantar é a nutrição e o objetivo do casamento é a família, toda a questão se resolve em não comer mais do que o estômago pode digerir e em não ter mais esposas e maridos do que o necessário para uma família, ou seja, uma só e um só. Natacha precisava de um marido. O marido lhe foi dado. E o marido deu a ela uma família. E ela não só não via necessidade de outro marido, de um marido melhor, como também todas as suas forças espirituais estavam voltadas para servir aquele marido e aquela família, e além disso ela não conseguia imaginar, nem via nenhum interesse em imaginar, como seria se as coisas fossem diferentes.

Natacha não gostava nem um pouco da sociedade, mas prezava com mais razão ainda o convívio da família — a condessa Mária, o irmão, a mãe e Sônia. Prezava o convívio com as pessoas diante das quais ela podia sair do quarto das crianças despenteada, de roupão, com o rosto alegre e a passos largos e mostrar uma fralda com uma mancha amarela, em vez de verde, e de quem ouviria um consolo ao dizer que agora o bebê estava muito melhor.

Natacha havia relaxado a tal ponto que suas roupas, seu penteado, suas palavras descuidadas, seus ciúmes — tinha ciúmes de Sônia, da preceptora, de toda e qualquer mulher, bonita ou feia — eram motivo rotineiro de piadas entre as pessoas próximas. A opinião geral era de que Pierre vivia sob o tacão da bota da esposa, e de fato era assim. Desde os primeiros dias do casamento, Natacha declarou suas exigências. Pierre admirou-se com as exigências da esposa, mas ficou lisonjeado com elas e acatou-as.

A submissão de Pierre consistia em que ele não se atrevia não só a cortejar, como nem se atrevia a falar com um sorriso a outra mulher, não se atrevia a ir a jantares no clube para passar o tempo, não se atrevia a gastar dinheiro com caprichos, não se atrevia a viajar por um tempo mais longo, exceto para tratar de negócios, entre os quais a esposa incluía seus interesses científicos, dos quais ela nada entendia, mas a que atribuía grande importância. Em troca, Pierre em sua casa tinha todo o direito de tomar as decisões que quisesse, não só quanto a si mesmo como também quanto a toda a família. Em casa, Natacha se colocava na posição de escrava do marido; e todos na casa andavam na ponta dos pés quando Pierre estava ocupado — lendo ou escrevendo em seu gabinete. Bastava Pierre demonstrar alguma predileção para que aquilo de que ele gostava sempre se realizasse. Bastava ele exprimir algum desejo para Natacha erguer-se de um salto e correr para satisfazê-lo.

A casa inteira era governada apenas pelos supostos pedidos do marido, ou seja, pelos desejos de Pierre, que Natacha se esforçava para adivinhar. A forma e o lugar de viver, os conhecidos, as relações, as ocupações de Natacha, a educação dos filhos — tudo não só se cumpria segundo a vontade expressa de Pierre, como também Natacha se empenhava para adivinhar o que poderia ser deduzido dos pensamentos de Pierre, expressos em conversas. E de fato adivinhava corretamente aquilo que constituía a essência dos desejos de Pierre e, depois de adivinhá-lo, Natacha se aferrava à escolha que havia feito. Quando o próprio Pierre queria mudar seu desejo, ela voltava contra ele sua artilharia.

Foi assim na época difícil, sempre lembrada por Pierre, após o nascimento do primeiro e debilitado bebê, quando eles tiveram de trocar de ama de leite três vezes e Natacha adoeceu de desespero; Pierre um dia comunicou a ela os pensamentos de Rousseau, com os quais ele estava plenamente de acordo, sobre a falta de naturalidade e os perigos de recorrer às amas de leite. No filho seguinte, apesar da opinião contrária da mãe, dos médicos e do próprio marido, que se opunham a que ela amamentasse, algo tido como inconcebível e prejudicial na época, Natacha fincou pé e desde então amamentou ela mesma seus filhos.

Com muita frequência, em momentos de irritação, ouvia-se o marido e a esposa discutirem demoradamente, e mais tarde, após a discussão, para sua alegria e surpresa, Pierre descobria não só nas palavras como também nas ações da esposa suas próprias ideias, contra as quais ela havia discutido. E Pierre não só encontrava aquelas ideias, como descobria também que a esposa as expurgara de tudo aquilo que era supérfluo e que o conflito e a discussão haviam se introduzido sem querer na expressão dos pensamentos de Pierre.

Após sete anos de matrimônio, Pierre sentia a consciência alegre, firme, de que não era uma pessoa ruim, e sentia isso porque se via refletido na esposa. Sentia que, dentro de si, tudo de bom e de ruim se misturava e se obscurecia mutuamente. Mas na esposa ele só se refletia no que era verdadeiramente bom: tudo o que não fosse totalmente bom era descartado. E tal reflexo não decorria do pensamento lógico, mas vinha por outro caminho — era um reflexo misterioso, imediato.

XI

Dois meses antes, Pierre, já hóspede dos Rostóv, recebera uma carta do príncipe Fiódor, convidando-o para ir a Petersburgo debater questões importantes, do interesse dos membros de uma sociedade em Petersburgo da qual Pierre era um dos principais fundadores.

Ao ler aquela carta, Natacha, que lia todas as cartas do marido, apesar de sofrer muito com a ausência do marido, propôs ela mesma que ele fosse a Petersburgo. A tudo o que dizia respeito aos assuntos intelectuais e abstratos do marido, ela atribuía uma enorme importância, mesmo sem compreendê-los, e sempre tinha medo de ser um empecilho para aquelas atividades do marido. Ao olhar tímido e interrogativo de Pierre após a leitura da carta, Natacha respondeu com o pedido de que ele viajasse para lá, porém determinasse com exatidão a data do regresso. E lhe foram dadas cinco semanas de férias.

Desde o momento em que se expirara o prazo das férias de Pierre, duas semanas antes, Natacha se encontrava num constante estado de horror, melancolia e irritação.

Deníssov, general da reserva, descontente com a situação atual, havia chegado naquelas duas últimas semanas e olhara para Natacha com surpresa e lástima, como se olhasse para um retrato irreconhecível da mocinha antes adorada. O olhar cansado, entediado, as respostas despropositadas e as conversas sobre os filhos eram tudo o que ele via e ouvia da feiticeira de outros tempos.

Naquela ocasião, Natacha andava sempre melancólica e irritadiça, sobretudo quando, para consolá-la, a mãe, o irmão ou a condessa Mária tentavam desculpar Pierre e inventar motivos para seu atraso.

— É tudo bobagem, tudo besteira — dizia Natacha —, todas essas especulações dele que não levam a nada, e toda aquela sociedade idiota — dizia a respeito dos mesmos assuntos em cuja alta relevância ela acreditava firmemente. E saía para o quarto das crianças a fim de amamentar seu único filho homem, Pétia.

Ninguém conseguia lhe dizer nada tão tranquilizador, tão razoável, quanto aquela pequena criatura de três meses de vida, quando estava no peito de Natacha e quando ela sentia o movimento de sua boca e o fungar de seu narizinho. Aquela criatura dizia: "Você se irrita, tem ciúmes, queria se vingar, você tem medo, mas eu sou ele. Eu sou ele...". E não havia o que responder. Era mais do que verdade.

Naquelas duas semanas de inquietação, Natacha corria tantas vezes para junto do bebê atrás de consolo, tanto o cercava de atenções que o alimentou demais, e o bebê adoeceu. Natacha ficou horrorizada com a doença, no entanto era disso que ela precisava. Enquanto cuidava do bebê, suportava com mais facilidade a inquietação a respeito do marido.

Estava amamentando quando em frente da casa ouviu-se o barulho do trenó de Pierre, e a babá, que sabia como alegrar a patroa, atravessou a porta depressa e sem fazer barulho, com o rosto radiante.

— Chegou? — perguntou Natacha num sussurro ligeiro, com receio de mexer-se e acordar o bebê, que dormia.

— Chegou, sim, minha cara — sussurrou a babá.

O sangue abandonou o rosto de Natacha, e as pernas se moveram sem ela querer; mas era impossível erguer-se de um pulo e sair correndo. O bebê abriu os olhinhos de novo, lançou um olhar. "Você está aqui", pareceu dizer e de novo mexeu os lábios como se desse uns beijinhos preguiçosos.

Tirando o peito cuidadosamente, Natacha embalou o menino, entregou-o à babá e seguiu a passos rápidos rumo à porta. Mas na porta ela parou, como se tivesse sentido uma censura da consciência por ter, em sua alegria, deixado de lado a criança depressa demais, e olhou para trás. A babá, de cotovelos erguidos, estava colocando o bebê no berço.

— Vamos, vá logo, minha cara, pode ficar sossegada, vá — sussurrou a babá, sorrindo com a familiaridade que se formara entre a babá e a patroa.

E Natacha correu para a entrada em passos ágeis.

Deníssov, com um cachimbo, saiu do gabinete para a sala e ali pela primeira vez reconheceu Natacha. Uma luz clara, radiante, alegre se derramava em jatos de seu rosto transfigurado.

— Ele chegou! — exclamou ela para Deníssov, enquanto corria, e Deníssov sentiu que ele mesmo estava entusiasmado com o regresso de Pierre, de quem não gostava muito. Ao entrar correndo no vestíbulo, Natacha viu um vulto alto, de casaco de pele, que tirava uma echarpe do pescoço.

"É ele! É ele! É verdade! Ele está aqui!", exclamou para si mesma e, voando na direção de Pierre, abraçou-o, apertou-se a ele, a cabeça contra o peito, e depois se afastou um pouco e fitou o rosto de Pierre, avermelhado, feliz e coberto de geada. "Sim, é ele; feliz, satisfeito..."

E de repente se lembrou de todos os tormentos da espera que havia padecido nas últimas duas semanas: a alegria que reluzia em seu rosto se apagou; ela franziu as sobrancelhas, e um fluxo de censuras e de palavras rudes derramou-se sobre Pierre.

— Pois é, você está bem! Está muito alegre, divertiu-se... Mas e quanto a mim? Pelo menos devia mostrar consideração pelos filhos. Estou amamentando, meu leite se estragou. Pétia esteve à beira da morte. E você aí, todo alegre. Pois é, você está muito alegre.

Pierre sabia que não tinha culpa porque era impossível ter vindo antes; sabia que aquela explosão da parte dela não tinha sentido e sabia que dali a dois minutos aquilo iria passar; sabia, acima de tudo, que ele mesmo estava alegre e contente. Tinha vontade de sorrir, mas nem se atrevia a pensar naquilo. Fez uma cara assustada, sentida, e inclinou a cabeça.

— Não pude, por Deus! O que há com o Pétia?

— Agora está bem, vamos. Como você não se envergonha? Se pudesse ver como eu fico sem você, como eu sofri...

— Você está bem de saúde?

— Vamos, vamos — disse ela, sem soltar as mãos dele. E os dois entraram em seus aposentos.

Quando Nikolai e a esposa foram ao encontro de Pierre, ele estava no quarto das crianças e segurava na enorme palma da mão direita o bebê, que havia acordado, e fazia brincadeiras com a criança. No rosto largo do bebê, detinha-se um sorriso alegre na boca sem dentes. A tempestade havia passado já fazia algum tempo, um sol claro e alegre reluzia no rosto de Natacha, que fitava com ternura o marido e o filho.

— E você e o príncipe Fiódor conversaram tudo direitinho? — perguntou Natacha.

— Sim, foi ótimo.

— Olhe, ele segura (Natacha se referia à cabeça do bebê). Puxa, como ele me deixou assustada! E a princesa, você viu? É verdade que está apaixonada por aquele...?

— Sim, imagine só...

Naquele momento, entraram Nikolai e a condessa Mária. Pierre, sem tirar o filho da mão, curvou-se, beijou-os e respondeu às suas perguntas. Mas, estava claro, por mais interessante que fosse aquilo que tinham de conversar, toda a atenção de Pierre era absorvida pela criança de gorrinho, que balançava a cabeça.

— Que graça! — disse a condessa Mária, olhando para o bebê e brincando com ele. — Veja, isto é uma coisa que não compreendo, *Nicolas* — voltou-se para o marido —, como você não entende o encanto desses milagres graciosos.

— Não entendo, não consigo — disse Nikolai, olhando com frieza para a criança. — É um pedaço de carne. Vamos, Pierre.

— O importante é que ele é um pai muito carinhoso — disse a condessa Mária, justificando o marido. — Mas só depois de um ano, mais ou menos...

— Não, o Pierre sabe bancar a babá direitinho — disse Natacha. — Ele diz que sua mão parece feita sob medida para o traseiro do bebê. Olhem só.

— Ora, mas não é só para isso — disse Pierre, rindo e, de repente, segurou o bebê e entregou-o para a babá.

XII

Como em todas as famílias de verdade, em Montes Calvos viviam juntos vários mundos perfeitamente distintos, que ao mesmo tempo que mantinham, cada um deles, sua singularidade e faziam concessões uns aos outros, fundiam-se em um todo harmonioso. Todo fato que acontecia na casa era — de maneira alegre ou triste — igualmente importante para todos aqueles mundos; mas cada mundo tinha causas totalmente próprias, independentes dos demais, para alegrar-se ou para entristecer-se com um fato ou outro.

Desse modo a chegada de Pierre foi um fato alegre, importante, e assim se refletia em todos.

Os criados, os juízes mais leais dos senhores, porque julgam não por conversas e por expressões de sentimentos, mas pelas ações e pela forma de vida, estavam alegres com a chegada de Pierre, porque com sua presença ali, eles sabiam, o conde Nikolai ia parar de ir todo dia cuidar da propriedade e ficaria mais alegre e mais bondoso, e também porque todos eles iriam ganhar ótimos presentes nas festas.

As crianças e as preceptoras se alegravam com a chegada de Pierre porque ninguém os envolvia tanto como Pierre na vida comum. Só ele sabia tocar aquela escocesa no clavicórdio (a única música que sabia tocar), ao som da qual podiam dançar, como ele dizia, umas danças incríveis, e ele seguramente havia trazido presentes para todos.

Nikólienka, que agora era um menino de quinze anos, magro, de cabelos louros e encaracolados, de olhos lindos, inteligente e doentio, estava alegre porque o tio Pierre, como ele o chamava, era objeto de sua admiração e de um amor apaixonado. Ninguém incutira nele um amor especial por Pierre, e Nikólienka só o via raramente. Sua tutora, a condessa Mária, empregava todas as suas energias para obrigar Nikólienka a amar seu marido da mesma forma como ela o amava, e de fato Nikólienka amava o tio; só que o amava com um toque quase imperceptível de desprezo. Pierre, todavia, ele adorava. Não queria ser nem hussardo, nem herói da cavalaria, como o tio Nikolai, queria ser sábio, inteligente e bondoso, como Pierre. Em presença de Pierre, havia sempre em seu rosto um brilho alegre, e ele ficava vermelho e ofegante quando Pierre falava com ele. Não perdia nenhuma palavra dita por Pierre e depois, com Dessalles e até sozinho, recordava e analisava o significado de cada palavra de Pierre. A vida passada de Pierre, suas agruras em 1812 (sobre as quais, a partir das palavras que ouvira, Nikólienka havia composto uma imagem poética e confusa), suas aventuras em Moscou, a prisão, Platon Karatáiev (sobre o qual Pierre lhe contara), seu amor por Natacha (que o menino também amava de maneira especial) e sobretudo sua amizade pelo pai, de quem Nikólienka não se lembrava — tudo isso tornava Pierre, aos seus olhos, um herói e um santo.

Das palavras que irrompiam às vezes sobre seu pai e Natacha, da emoção com que Pierre lhe falava sobre o falecido, da ternura cuidadosa e devotada com que Natacha falava sobre ele, o menino, que apenas começava a adivinhar o que era o amor, ele formara a ideia de que o pai amava Natacha e, ao morrer, a deixara para o amigo. Aquele pai, do qual o menino não se lembrava, lhe parecia uma divindade que era impossível retratar e em quem ele nunca pensava sem o coração se abater, sem lágrimas de tristeza e sem emoção. E o menino estava feliz por causa da chegada de Pierre.

Os hóspedes estavam felizes com Pierre, porque era alguém que sempre animava e integrava as pessoas.

Os adultos da casa, para não falar da esposa, estavam alegres porque ele era um amigo que tornava a vida mais leve e mais tranquila.

As velhas ficavam contentes com os presentes que ele trazia e sobretudo porque Natacha ficaria alegre outra vez.

Pierre sentia tais diferenças na maneira como era visto pelos mundos distintos e se apressava em dar o que todos esperavam.

Pierre, o homem mais distraído e esquecido que havia, agora comprava tudo segundo uma lista preparada pela esposa, sem esquecer as encomendas da mãe e do irmão, o presente para o vestido de Belova, os brinquedos dos sobrinhos. No início de seu casamento, parecia-lhe terrível aquela exigência da esposa — que ele não esquecesse nada daquilo tudo que tinha de comprar, e ficara seriamente impressionado com a mágoa da esposa quando, em sua primeira viagem, ele esquecera tudo. Mas depois se habituou àquilo. Sabendo que Natacha não pedia nada para si, e para os outros só pedia quando ele mesmo se oferecia, Pierre agora descobria um prazer infantil, inesperado para ele mesmo, naquelas compras de presentes para todos da casa e nunca esquecia nada. Se merecia repreensões de Natacha, era só porque comprara demais e coisas muito caras. A todos os seus defeitos, na opinião da maioria — aparência desleixada, falta de vaidade —, ou qualidades, na opinião de Pierre, Natacha acrescentara mais uma, a avareza.

Desde o tempo em que Pierre começara a viver na casa grande, em família, o que demandava grandes despesas, ele, para sua surpresa, notara que estava gastando duas vezes menos do que antes e que seus negócios, tão confusos nos últimos tempos, em especial por causa das dívidas da primeira esposa, tinham começado a melhorar.

A vida se tornara mais barata porque sua existência estava bem delimitada: os luxos caríssimos, que constituem um tipo de vida em que tudo podia mudar a cada minuto, Pierre já não tinha e não queria ter. Sentia que sua forma de vida estava agora determinada de uma vez por todas, até a morte, que não estava a seu alcance mudá-la, e por isso aquela forma de vida era barata.

Com o rosto alegre e sorridente, Pierre ia separando os presentes.

— Olhe só isto! — disse ele, como um vendedor, enquanto desembrulhava um corte de chita. Natacha, segurando sobre os joelhos a filha mais velha e rapidamente desviando os olhos do rosto do marido para aquilo que ele mostrava, estava sentada à sua frente.

— É para Belova? Que ótimo. — E apalpou o tecido. — Custou um rublo, não foi?

Pierre disse o preço.

— É caro — disse Natacha. — Bem, as crianças vão ficar contentes, e *maman* também. Só que não precisava comprar isso para mim — acrescentava ela, incapaz de conter um sorriso, enquanto admirava um pente de ouro com pérolas, que acabara de entrar na moda.

— Adelle insistiu comigo: compre, compre — disse Pierre.

— Mas quando é que vou usar? — Natacha prendeu-o na trança. — Vai ficar para Máchenka usar; quem sabe nessa época tenha voltado a ficar na moda? Bem, vamos lá.

E, depois de separar os presentes, foram primeiro para o quarto das crianças e depois ao quarto da condessa.

A condessa, como de costume, estava com Belova, jogando paciência, quando Pierre e Natacha entraram no quarto com os embrulhos embaixo dos braços.

A condessa já tinha sessenta anos. Estava totalmente grisalha e usava uma touca com uma fita que contornava todo o seu rosto. Tinha o rosto enrugado, o lábio inferior murcho e os olhos turvos.

Depois das mortes seguidas do filho e do marido, ela se sentia uma criatura esquecida por acidente naquele mundo, sem propósito nem sentido. Comia, bebia, dormia, acordava, mas não vivia. A vida não lhe dava nenhuma sensação. Ela não precisava de nada da vida, exceto tranquilidade, e tal tranquilidade ela só poderia encontrar na morte. Mas, enquanto a morte não chegava, ela precisava viver, ou seja, empregar seu tempo, suas energias de vida. Nela se percebia no mais alto grau aquilo que se percebe em crianças muito pequenas e em pessoas muito velhas. Em sua vida não se avistava nenhum propósito exterior, só se percebia a necessidade de exercitar suas diversas tendências e capacidades. Ela precisava beliscar petiscos, cochilar, pensar um pouco, conversar um pouco, chorar um pouco, trabalhar um pouco, zangar-se um pouco etc. Só porque tinha estômago, tinha cérebro, tinha músculos, nervos e fígado. Tudo aquilo ela fazia sem ser estimulada por algo exterior, como fazem as pessoas em pleno vigor da vida, quando não se percebe, por trás do objetivo que almejam, o outro objetivo — de exercitar suas forças. Ela falava só porque tinha uma necessidade física de exercitar os pulmões e a língua. Chorava como um bebê, porque precisava assoar o nariz etc. Aquilo que para pessoas em pleno vigor da vida representava um objetivo, para ela era obviamente um pretexto.

Assim, de manhã, sobretudo se na véspera havia comido algo gorduroso, ela sentia necessidade de zangar-se e então escolhia o pretexto mais próximo que havia — a surdez de Belova.

Do outro lado do quarto, ela começava a falar algo em voz baixa.

— Hoje parece mais quente, minha querida — dizia ela num sussurro. E quando Belova respondia: "Pois é, ele chegou", ela se irritava e exclamava: — Meu Deus, como é surda e burra.

Outro pretexto era o rapé, que ora lhe parecia seco, ora úmido, ora mal triturado. Depois daquelas irritações, a amargura se derramava em seu rosto, e suas criadas sabiam pelos primeiros sinais quando seria de novo a vez da surda Belova, e de novo o rapé estaria úmido, e quando o rosto da condessa ficaria tomado de amargura. E assim como ela precisava dar vazão à sua bile, também precisava às vezes exercitar as faculdades de pensar que lhe restavam, e para isso o pretexto era o jogo de paciência. Quando era preciso chorar, o pretexto era o falecido conde. Quando era preciso se preocupar, o pretexto era Nikolai e sua saúde; quando era preciso dizer coisas sarcásticas, o pretexto era a condessa Mária. Quando era preciso exercitar os órgãos vocais — isso acontecia em geral às sete horas, depois do repouso após a refeição, no quarto escuro —, então o pretexto eram os relatos sempre das mesmas histórias e sempre para os mesmos ouvintes.

Todos na casa compreendiam a situação da velha, embora ninguém jamais falasse sobre o assunto e todos fizessem o maior esforço possível para satisfazer as necessidades dela. Apenas num olhar ocasional e num meio sorriso tristonho que Nikolai, Pierre, Natacha e Mária dirigiam um ao outro, exprimia-se aquela compreensão mútua da situação da condessa.

Mas aqueles olhares, além disso, diziam também outra coisa: diziam que ela já havia cumprido seu papel na vida, que ela já não estava presente de fato naquilo que dela se via, que todos nós um dia seremos assim também, e que era com alegria que se resignavam à condessa, que se continham em favor daquela criatura outrora preciosa, outrora plena de vida, como nós, e agora digna de pena. *Memento mori*[13] — diziam aqueles olhares.

Só as pessoas totalmente maldosas e tolas, e as crianças pequenas, entre todos na casa, não compreendiam aquilo e evitavam a condessa.

XIII

Quando Pierre e a esposa entraram na sala, a condessa se achava naquele estado costumeiro em que precisava se ocupar com o trabalho intelectual do jogo de paciência, e por isso, apesar de ela, como de costume, dizer as palavras que sempre dizia quando Pierre ou o filho voltavam: "Já não era sem tempo, não era sem tempo, meu querido: estávamos cansados de tanto esperar. Que bom, graças a Deus", e apesar de dizer também na hora da entrega dos presentes outras palavras de cos-

---

13 Latim: "Lembrem-se da morte".

tume: "Não é o presente que tem valor, meu caro... obrigada por presentear a mim, uma velha..." — apesar disso, era visível que não lhe agradava a chegada de Pierre naquele minuto, porque a desviava do jogo ainda não terminado. Ela terminou seu jogo de paciência e só então foi tratar dos presentes. Os presentes eram um lindo estojo trabalhado para guardar baralhos, uma linda chávena azul-clara de Sèvres, com uma tampinha e a imagem de pastores estampada, e uma tabaqueira de ouro com um retrato do falecido conde, que Pierre havia encomendado a um miniaturista em Petersburgo. (Havia muito que a condessa desejava aquilo.) Agora ela não estava com vontade de chorar e por isso fitou o retrato com indiferença e ficou mais interessada no estojo para cartas.

— Muito obrigada, meu amigo, você me consola — disse ela, como sempre dizia. — Mas o melhor de tudo é que você tenha chegado. As coisas aqui não são as mesmas quando você está longe de casa; você devia repreender sua esposa. Como é que pode? Sem você, ela parece uma louca. Não enxerga mais nada, não compreende nada — disse a condessa as palavras de costume. — Veja, Anna Timoféievna — acrescentou —, que estojo o nosso filho trouxe para nós.

Belova elogiou os presentes e admirou-se com a chita que ganhara.

Embora Pierre, Natacha, Nikolai, Mária e Deníssov tivessem necessidade de conversar a respeito de muitas coisas, não tratavam daquilo diante da condessa, não porque quisessem esconder algo, mas porque ela perdia tanta coisa do que se dizia que, em sua presença, era necessário responder às perguntas fora de propósito que ela fazia e repetir de novo palavras que tinham sido ditas várias vezes: contar que fulano tinha morrido, sicrano tinha casado, coisas que ela não conseguia guardar na memória; mas eles, por costume, sentavam-se juntos na sala em torno do samovar para tomar chá, e Pierre respondia às perguntas da condessa, perguntas supérfluas para ela e sem interesse para ninguém: se o príncipe Vassíli tinha envelhecido, se a condessa Mária Alekséievna mandara cumprimentos e lembranças etc.

Tal conversa não interessava a ninguém, mas era necessária e se estendia durante todo o tempo do chá. Em torno da mesa redonda e do samovar, junto ao qual estava Sônia, reuniam-se todos os adultos da família. As crianças, os preceptores e as preceptoras já haviam tomado o chá, e suas vozes soavam no cômodo vizinho. Durante o chá, todos ficavam sentados em seus lugares de costume; Nikolai ficava junto à estufa, diante de uma mesinha, onde lhe serviam o chá. A velha cadela borzói Milka, com o rosto completamente grisalho, do qual apontavam ainda mais aguçados os olhos grandes e pretos, filha da primeira Milka, estava deitada perto dele numa poltrona. Deníssov, com os cabelos crespos, os bigodes e as costeletas grisalhos até a metade, num dólmã de general desabotoado, sentava-se ao lado da condessa Mária. Pierre sentava-se entre a esposa e a velha condessa. Falava daquilo que — ele sabia — podia interessar à mulher idosa e ser por ela compreendido. Falava de acontecimentos exteriores, sociais, e sobre as pessoas que no passado tinham formado o círculo de contemporâneos da velha condessa, que no passado tinham constituído um círculo real, vivo e distinto, mas que agora, na maior parte, estavam dispersas pelo mundo, assim como ela, e terminavam de viver os seus dias colhendo os últimos frutos daquilo que haviam semeado ao longo da vida. Mas eles, aqueles contemporâneos da velha condessa, pareciam aos seus olhos a única coisa séria e real no mundo. Pela animação de Pierre, Natacha percebia que a viagem tinha sido interessante, que ele tinha muito o que contar, mas que não se atrevia a dizê-lo em presença da condessa. Deníssov, por não ser membro da família, não compreendia os cuidados de Pierre e, além disso, como vivia interessado pelo que se passava em Petersburgo, mostrava-se descontente e a toda hora pedia a Pierre que falasse ora do que ocorrera com o regimento de Semiónov, ora sobre Araktchéiev, ora sobre a Sociedade Bíblica. Pierre às vezes cedia e passava a falar daquilo, mas Nikolai e Natacha sempre o faziam retornar à saúde do príncipe Ivan e da condessa Mária Antónovna.

— Ora, mas o que são todas essas loucuras desses tais Gossner e Tatárinova?[14] — perguntou Deníssov. — Será possível que tudo isso continue?

— Claro que continua — exclamou Pierre. — E mais forte que nunca. A Sociedade Bíblica ocupa agora todo o governo.

— Como assim, *mon cher ami*? — perguntou a condessa, parando de tomar seu chá e, visivelmente, desejando encontrar um pretexto para irritar-se após a refeição. — O que é que tem o governo? Não compreendo.

— Pois é, sabe, *maman* — interveio Nikolai, ciente de que era preciso traduzir para a linguagem da mãe —, o príncipe Aleksandr Nikoláievitch Golítsin organizou uma sociedade, e assim dizem que tem um grande poder.

— Araktchéiev e Golítsin — falou Pierre com descuido —, agora eles controlam todo o governo. E que governo! Veem conspirações em todo canto, têm medo de tudo.

— Como assim? O príncipe Aleksandr Nikoláievitch tem alguma culpa? É um homem muito honrado. Eu o encontrei uma vez na casa de Mária Antónovna — disse a condessa, ofendida, e ainda mais ofendida porque todos ficaram em

---

14 Johannes Gossner (1773-1858) foi um padre e místico alemão. Expulso de Munique, fundou um grupo em Petersburgo ligado à Sociedade Bíblica. Também foi banido da Rússia. Ekaterina Filippovna Tatárinova (1783-1856) fundou uma seita mística em Petersburgo em 1817. Teve certa influência sobre o tsar Alexandre I.

silêncio, prosseguiu: — Hoje em dia todo mundo se acha no direito de criticar. Uma sociedade evangélica... ora, que mal há nisso? — Levantou-se (todos se levantaram também) e, com a fisionomia severa, deslizou rumo à sua mesa na sala de repouso.

Em meio ao silêncio tristonho que se estabeleceu, ouviram-se no cômodo vizinho os risos e as vozes das crianças. Obviamente, havia uma agitação alegre entre as crianças.

— Pronto! Pronto! — ouviu-se a voz da pequena Natacha, mais alta que todo o alegre alvoroço. Pierre trocou olhares com a condessa Mária e com Nikolai (para Natacha ele olhava o tempo todo) e sorriu feliz.

— É uma música maravilhosa! — disse ele.

— É que a Anna Makárovna terminou as meias — disse a condessa Mária.

— Ah, vou ver — disse Pierre, rindo. — Sabe — disse ele, detendo-se na porta — por que eu gosto tanto dessa música? Porque são eles os primeiros a me avisar de que tudo está bem. Hoje, quando eu estava chegando, quanto mais perto da casa, maior o meu medo. Assim que entrei e ouvi o Andriucha dar risada, logo soube que tudo estava bem...

— Eu conheço, sim, conheço essa sensação — confirmou Nikolai. — Não posso ir lá, pois as meias são uma surpresa para mim.

Pierre entrou no quarto das crianças, e os risos e os gritos ressoaram ainda mais fortes.

— E então, Anna Makárovna — ouviu-se a voz de Pierre —, venha aqui no meio, ao meu comando. Um, dois, e quando eu disser três, você fica bem aqui. E pego você nos braços. Muito bem, um, dois... — exclamou a voz de Pierre; fez-se um silêncio. — Três! — E o brado de empolgação das vozes infantis ergueu-se no quarto.

— Duas, duas! — gritaram as crianças.

Eram as duas meias que, por um método secreto que só ela conhecia, Anna Makárovna tinha feito ao mesmo tempo com as agulhas e que ela, sempre com ar solene e diante das crianças, retirava uma de dentro da outra quando as meias ficavam prontas.

XIV

Pouco depois disso, as crianças vieram dar boa-noite. As crianças beijaram todos, os preceptores e as preceptoras fizeram uma reverência e saíram. Só restou Dessalles com seu pupilo. O preceptor, num sussurro, convidou seu pupilo para descer.

— *Non, monsieur Dessalles, je demanderai à ma tante de rester*[15] — respondeu Nikólienka Bolkónski, também num sussurro.

— *Ma tante,* permita que eu fique — disse Nikólienka, aproximando-se da tia. Seu rosto exprimia súplica, emoção e entusiasmo. A condessa Mária fitou-o e voltou-se para Pierre.

— Quando o senhor está aqui, ele não quer se afastar... — disse ela.

— *Je vous le ramènerai tout à l'heure, monsieur Dessalles; bonsoir*[16] — disse Pierre, estendendo a mão para o suíço e, sorrindo, voltou-se para Nikolai. — De fato, eu ainda não tinha falado com você. *Marie*, como ele está ficando parecido — acrescentou, voltando-se para a condessa Mária.

— Com meu pai? — perguntou o menino, muito vermelho, e olhando para Pierre de baixo para cima, com olhos extasiados e brilhantes. Pierre fez que sim com a cabeça e prosseguiu o relato interrompido pelas crianças. A condessa Mária estava bordando no bastidor; Natacha olhava para o marido sem desviar os olhos. Nikolai e Deníssov levantaram-se, pediram os cachimbos, fumaram, pegaram chá com Sônia, que estava tristonha e obstinadamente sentada ao lado do samovar, e faziam perguntas para Pierre. O menino doentio e de cabelos cacheados, com seus olhos brilhantes, estava sentado num canto, sem que ninguém desse por ele, e só de vez em quando, virando na direção de Pierre a cabeça encaracolada sobre o pescoço fino, que se projetava do colarinho dobrado, ele estremecia e sussurrava algo consigo mesmo, pelo visto experimentando um sentimento novo e forte.

A conversa girava sobre os mexericos a respeito de pessoas das altas esferas do governo, aquilo em que a maioria das pessoas vê o principal interesse da política interna. Deníssov, descontente com o governo por causa de seus fracassos no serviço militar, recebia com alegria a notícia de qualquer tolice que, na sua opinião, se fazia então em Petersburgo, e com expressões fortes e ríspidas fazia seus comentários às palavras de Pierre.

— Antes era preciso ser alemão, agora é preciso dançar com Tatárinova e com Madame Krüdener,[17] ler... Eckartshausen[18] e companhia. Ah! Se soltassem de novo o nosso bravo Bonaparte! Ele ia dar cabo de toda essa bobagem. Afinal,

---

15 Francês: "Não, senhor Dessalles, vou pedir à minha tia que me deixe ficar".

16 Francês: "Vou devolvê-lo ao senhor daqui a pouco, senhor Dessalles; boa noite".

17 Juliane Krüdener (1764-1824) foi uma mística russa, com duradoura influência sobre o tsar Alexandre I.

18 Karl von Eckartshausen (1752-1803), escritor místico traduzido e muito lido na Rússia.

onde é que já se viu, dar ao soldado Schwartz o regimento de Semiónov?— gritou ele.

Nikolai, embora não tivesse o impulso de achar tudo ruim, como era o caso de Deníssov, julgava também inteiramente justo e relevante criticar o governo e analisar a nomeação de A para o cargo de ministro e de B para o de governador-geral de determinado lugar, analisar o que o soberano dissera, o que um ministro dissera, e achava todos esses assuntos muito importantes. Nikolai julgava necessário interessar-se por aquilo e fazia perguntas a Pierre. As perguntas feitas pelos dois interlocutores impediam que a conversa se afastasse daquele caráter habitual de mexericos das altas esferas do governo.

Mas Natacha, que conhecia todas as maneiras e os pensamentos do marido, percebia que Pierre havia muito tempo que desejava e não conseguia conduzir a conversa para outro rumo e expressar seu pensamento mais íntimo, o próprio motivo de sua viagem a Petersburgo: ouvir os conselhos de um novo amigo, o príncipe Fiódor; e Natacha ajudou-o com a pergunta: e como andava aquela questão com o príncipe Fiódor?

— Do que se trata? — perguntou Nikolai.

— O mesmo de sempre — disse Pierre, lançando um olhar à sua volta. — Todos estão vendo que as coisas andam tão mal que é impossível deixar que fiquem assim, e a obrigação de todas as pessoas honradas é reagir na medida de suas forças.

— O que podem fazer as pessoas honradas? — perguntou Nikolai, franzindo de leve as sobrancelhas. — O que se pode fazer?

— Veja, é o seguinte...

— Vamos para o meu escritório — disse Nikolai.

Natacha, que já adivinhara havia muito tempo que iriam chamá-la para amamentar, ouviu o chamado da babá e foi para o quarto das crianças. A condessa Mária foi com ela. Os homens seguiram para o escritório, e Nikólienka Bolkónski, sem que o tio notasse, foi até lá e ficou sentado, na sombra, junto à janela, diante da escrivaninha.

— Então, o que você vai fazer? — perguntou Deníssov.

— Sempre essas fantasias — disse Nikolai.

— Vejam — começou Pierre, sem se sentar, e andava pelo escritório, às vezes parava, ciciava entre os dentes e fazia gestos bruscos com as mãos, ao mesmo tempo que falava. — Vejam do que se trata. A situação em Petersburgo é a seguinte: o soberano não quer mais saber de nada. Está totalmente voltado para esse misticismo (agora Pierre não perdoava a ninguém o misticismo). Ele só procura a serenidade, e a serenidade só lhe podem dar essas pessoas *sans foi ni loi*, que destroem e sufocam tudo: Magnítski, Araktchéiev e *tutti quanti*...[19] Você concorda em que, caso você não se interessasse pela propriedade e só quisesse a serenidade e mais nada, quanto mais cruel fosse seu administrador, mais depressa você alcançaria seu objetivo? — perguntou para Nikolai.

— Bem, mas para que você está dizendo isso? — perguntou Nikolai.

— Veja, tudo vai afundar. Nos tribunais, é a roubalheira, no Exército, só há a pancadaria: exercícios de marcha forçada, os assentamentos...[20] Torturam o povo, sufocam a instrução. Aquilo que é jovem e honrado, eles aniquilam! Todos estão vendo que isso não pode continuar assim. A corda está esticada demais e vai ter de arrebentar — disse Pierre (da maneira como sempre falam as pessoas quando examinam as ações de qualquer governo, desde que passou a existir governo). — Eu só lhes disse uma coisa em Petersburgo.

— Para quem? — perguntou Deníssov.

— Bem, vocês sabem para quem — respondeu Pierre, olhando de soslaio, com ar revelador. — Para o príncipe Fiódor e todos eles. Fomentar a instrução e a beneficência, tudo isso é muito bom, está claro. É um belo propósito e tudo mais; porém, nas circunstâncias concretas, é preciso outra coisa.

Naquele momento, Nikolai notou a presença do sobrinho. Seu rosto se tornou sombrio; aproximou-se dele.

— O que está fazendo aqui?

— O que tem? Deixe-o ficar — disse Pierre, segurando Nikolai pelo braço, e prosseguiu: — Isso é pouco, e eu lhes disse: agora é preciso outra coisa. Enquanto ficam parados e esperam que essa corda esticada arrebente; enquanto todos esperam a revolta inevitável, é preciso que o povo esteja de mãos dadas, mais unido e em número maior, a fim de reagir à catástrofe geral. Tudo o que é jovem e forte está sendo atraído e corrompido. Um é seduzido por mulheres, outro por honrarias, um terceiro pela vaidade, pelo dinheiro, e eles passam para o outro lado. De pessoas independentes, livres, como os senhores e eu, já não resta ninguém. Eu digo o seguinte: ampliem o âmbito da sociedade; que o *mot d'ordre*[21] não seja apenas a virtude, mas a independência e a ação.

Nikolai, que deixara de lado o sobrinho, moveu irritado a poltrona, sentou-

---

19 Francês: "sem fé nem lei"; italiano: "todos do mesmo tipo".

20 Uma das reformas de Araktchéiev obrigava os soldados a cultivar a terra vizinha aos acampamentos, para que as tropas se sustentassem. Esse regime, vizinho da escravidão, foi causa de revoltas no Exército.

21 Francês: "palavra de ordem".

-se nela e, enquanto escutava Pierre, tossia descontente e franzia as sobrancelhas cada vez mais.

— Mas qual é a finalidade dessa ação? — exclamou ele. — E que relações vocês têm com o governo?

— Vou lhe dizer quais são! As relações de colaboradores. A sociedade pode deixar de ser secreta, se o governo autorizá-la. Ela não só não é inimiga do governo, como é uma sociedade de autênticos conservadores. Uma sociedade de *gentlemen*, no pleno sentido dessa palavra. Só queremos que amanhã não apareça um Pugatchóv[22] para massacrar meus filhos e os seus, e que Araktchéiev não me mande trabalhar num assentamento militar... Só nos unimos, de braços dados, com o objetivo de alcançar o bem comum e a segurança geral.

— Certo; mas se uma sociedade é secreta é por consequência hostil e prejudicial e pode apenas trazer malefícios — disse Nikolai, elevando a voz.

— Por quê? Por acaso a Tugendbund,[23] que salvou a Europa (na época, ainda não se atreviam a pensar que a Rússia tinha salvado a Europa), produziu algo prejudicial? A Tugendbund é uma liga da virtude, é o amor, a assistência mútua; é o que Cristo pregou na cruz.

Natacha, que entrara no meio da conversa, fitava o marido com alegria. Não estava alegre por causa daquilo que ele dizia. Nem mesmo lhe interessava, pois achava que tudo aquilo era extremamente simples e achava que já sabia de tudo aquilo havia muito tempo (Natacha tinha tal impressão porque conhecia a fonte de onde tudo aquilo provinha: a alma inteira de Pierre). Mas ela se alegrou, olhando para a figura animada e entusiasmada do marido.

Quem fitava Pierre ainda mais alegre e entusiasmado, e ali esquecido de todos, era o menino com o pescoço fino que se projetava do colarinho dobrado. Cada palavra de Pierre incendiava seu coração e, com um movimento nervoso dos dedos, ele quebrava — sem reparar nisso — os lacres e as penas da mesa do tio que lhe caíam nas mãos.

— Não é nada do que vocês estão pensando, mas vejam bem o que era a Tugendbund alemã e aquilo que estou propondo.

— Ora, meu amigo, a Tugendbund pode ser muito boa para aqueles comedores de salsicha. Só que eu não entendo essa história e não consigo nem pronunciar

---

22 Líder cossaco de uma grande revolta camponesa no século XVIII.

23 Liga da Virtude, associação criada na Alemanha em 1808 para educar a juventude no espírito das tradições nacionais; teve influência política em vários países. Proibida por Napoleão, continuou a existir clandestinamente.

a palavra — ressoou a voz alta e decidida de Deníssov. — Tudo está corrompido e estragado, eu concordo, só que a Tugendbund eu não entendo e não gosto... Se é um *bunt*,[24] que seja! *Je suis votre homme!*[25]

Pierre sorriu, Natacha riu, mas Nikolai contraiu as sobrancelhas ainda mais e passou a mostrar para Pierre que não havia perspectiva de nenhuma revolta e que todo o perigo de que ele estava falando só existia em sua imaginação. Pierre mostrou o contrário e, como sua capacidade intelectual era mais forte e mais ágil, Nikolai sentiu-se num beco sem saída. Isso o deixou ainda mais irritado, pois no fundo de seu espírito, não por meio do raciocínio, mas de algo mais forte que o raciocínio, ele sabia da justeza inquestionável de sua opinião.

— Vou lhe dizer uma coisa — prosseguiu Nikolai, erguendo-se e, com movimentos nervosos, tentando colocar o cachimbo num canto, até que afinal o largou de lado. — Não posso provar para você. Diz que tudo vai muito mal e que vai haver uma revolta; mas não vejo nada disso; você diz que o juramento de lealdade é uma questão convencional, e a isso eu digo que você é meu melhor amigo, você sabe disso, mas se vocês criarem uma sociedade secreta e começarem a agir contra o governo, qualquer que seja, eu sei que meu dever é obedecer a ele. E se Araktchéiev me mandasse atacar vocês com um esquadrão e fazer todos em pedaços eu iria sem titubear nem um segundo. E você pode falar o que quiser.

Depois daquelas palavras, houve um silêncio incômodo. Natacha foi a primeira a falar, defendendo o marido e atacando o irmão. Sua defesa foi fraca e desajeitada, mas seu objetivo foi alcançado. A conversa reanimou-se outra vez e já não mais no tom hostil em que foram ditas as últimas palavras de Nikolai.

Quando todos se levantaram para jantar, Nikólienka Bolkónski aproximou-se de Pierre, pálido, com olhos brilhantes e radiosos.

— Tio Pierre... o senhor... não... Se o papai fosse vivo... ele concordaria com o senhor? — perguntou.

De repente Pierre entendeu que trabalho de sentimento e de pensamento complexo, especial, independente e forte devia ter se processado naquele menino durante sua conversa e, lembrando-se de tudo o que tinha dito, ficou aborrecido com o fato de o menino ter escutado. No entanto era preciso lhe dar uma resposta.

— Acho que sim — respondeu com relutância e saiu do escritório.

O menino inclinou a cabeça e pela primeira vez pareceu notar o que havia feito na mesa. Ficou vermelho e aproximou-se de Nikolai.

---

24 Trocadilho com *Bund* ("Liga" em alemão) e *bunt* ("revolta" em russo).

25 Francês: "Estou com vocês".

— Titio, me desculpe, fiz isso sem querer — disse ele, mostrando os lacres e as penas quebradas.

Nikolai, irritado, teve um sobressalto.

— Está bem, está bem — disse ele, jogando para debaixo da mesa os pedaços dos lacres e das penas. E, contendo obviamente com esforço a raiva que se erguera dentro dele, lhe deu as costas. — Você nem mesmo devia ter ficado aqui — disse ele.

XV

Durante o jantar, a conversa não tratou mais de política e de sociedades, mas, ao contrário, de algo muito mais agradável para Nikolai — as recordações do ano de 1812, evocadas por Deníssov, assunto em que Pierre se mostrava especialmente cordial e divertido. E os parentes se separaram com o ânimo mais amigável possível.

Depois do jantar, Nikolai trocou de roupa no escritório, deu ordens ao seu administrador que o esperava havia muito tempo, seguiu de roupão para o quarto de dormir e encontrou a esposa ainda na escrivaninha: estava escrevendo algo.

— O que está escrevendo, Mária? — perguntou Nikolai. A condessa Mária ruborizou-se. Temia que aquilo que estava escrevendo não fosse compreendido e aprovado pelo marido.

Gostaria de esconder dele o que estava escrevendo, mas ao mesmo tempo estava contente por ele ter chegado naquela hora e por ser necessário mostrar para ele.

— É um diário, *Nicolas* — respondeu, entregando para ele um caderno azulado, escrito com sua letra firme e grande.

— Um diário?... — falou Nikolai, com um toque de ironia, e segurou o caderno. Estava escrito em francês:

> 4 de dezembro. Hoje Andriucha, o filho mais velho, acordou e não quis trocar de roupa, e Mlle Louise mandou me chamar. Ele estava de birra e teimava. Tentei ameaçar, mas só serviu para ele ficar ainda mais irritado. Então me controlei, deixei-o de lado e fui com a babá cuidar das outras crianças, e disse ao Andriucha que eu não gostava dele. Andriucha ficou muito tempo em silêncio, como que surpreso; depois, só de camisolão, pulou na minha direção e desatou a chorar de tal maneira que demorei muito tempo para acalmá-lo. Era evidente que o que mais o afligia era ter me causado dor; depois, ao anoitecer, quando lhe entreguei seu boletim, ele desatou a chorar outra vez de

um modo que causava pena, enquanto me dava beijos. Com ele, consegue-se tudo por meio da ternura.

— Que boletim é esse? — perguntou Nikolai.

— Passei a dar aos mais velhos, no fim do dia, uma nota de comportamento diária.

Nikolai lançou um olhar para os olhos radiantes que o fitavam e continuou a folhear e ler. O diário registrava tudo aquilo que, para a mãe, parecia digno de nota na vida dos filhos, expressava o caráter dos filhos ou indicava ideias gerais sobre métodos educacionais. Na maior parte, eram as bagatelas mais triviais; porém não pareciam assim nem à mãe nem ao pai, quando ele agora, pela primeira vez, lia aquele diário infantil.

No dia 5 de dezembro, estava escrito:

> Mítia pulou por cima da mesa. Papai mandou não dar a ele a sobremesa. Não deram; mas ele ficou olhando para os outros de um jeito tão faminto e angustiado enquanto comiam! Acho que castigar, não dando um doce, desenvolve a gula. Falar com *Nicolas*.

Nikolai pôs de lado o caderno e olhou para a esposa. Os olhos radiantes o fitavam com ar indagador (ele aprovava ou não o diário?). Não podia haver dúvida não só da aprovação, como também do encantamento de Nikolai com sua esposa.

"Talvez não seja necessário fazer isso de maneira tão pedante; talvez nem precise ser feito", pensou Nikolai; mas aquela tensão espiritual incansável e constante, que tinha por objetivo apenas o bem moral dos filhos — aquilo o deixava embevecido. Se Nikolai conseguisse tomar consciência de seu sentimento, veria que o fundamento principal de seu amor firme, terno e orgulhoso pela esposa sempre tivera como alicerce aquele sentimento de espanto diante da benevolência da esposa, diante daquele mundo moral elevado, quase inalcançável para Nikolai, no qual a esposa sempre vivia.

Nikolai se orgulhava por ela ser tão inteligente e boa, reconhecia sua insignificância diante dela no mundo espiritual e se alegrava ainda mais porque ela, com sua alma, não só pertencia a ele, como era até uma parte dele mesmo.

— Aprovo muito, muito mesmo, minha cara — disse ele com um ar sério. E, depois de um breve silêncio, acrescentou: — Hoje eu me comportei mal. Você não estava no escritório. Eu e Pierre discutimos, e eu me exaltei. Mas é impossível. É tão infantil. Não sei o que seria dele se Natacha não segurasse suas rédeas. Você nem imagina por que ele foi a Petersburgo... Eles organizaram...

— Sim, eu sei — disse a condessa Mária. — Natacha me contou.

— Bem, então você sabe — prosseguiu Nikolai, agitando-se com a lembrança da discussão. — Ele quer me convencer de que a obrigação de todo homem honrado é opor-se ao governo, quando o dever e o juramento de lealdade... Lamento que você não estivesse lá. Porque todos foram contra mim, Natacha, Deníssov... Natacha é cômica. Pois ela o mantém debaixo do tacão de sua bota, mas, quando a questão envolve algum raciocínio, ela não tem palavras próprias, pega as palavras dele e repete — acrescentou Nikolai, cedendo à tendência inexorável que nos incita a criticar as pessoas mais queridas e mais próximas. Nikolai esquecia que aquilo que ele dizia a respeito de Natacha podia ser dito, palavra por palavra, a respeito dele em relação à esposa.

— Sim, já notei isso — disse a condessa Mária.

— Quando eu lhe disse que o dever e o juramento estavam acima de tudo, ele quis provar sei lá o quê. É pena que você não estivesse lá; o que você diria?

— Para mim, você tem toda a razão. Foi o que eu disse para Natacha. Pierre diz que todos sofrem, se afligem, se depravam, e que nosso dever é ajudar o próximo. Claro, ele está certo — disse a condessa Mária —, mas esquece que temos outras obrigações mais imediatas, que Deus mesmo nos indicou, e esquece que podemos nos arriscar, mas não podemos pôr em risco nossos filhos.

— Pronto, aí está, foi isso mesmo o que eu disse para ele — cortou Nikolai, que de fato tinha a impressão de ter dito exatamente aquilo. — E ele insistiu: o amor ao próximo, o cristianismo, e tudo isso na frente de Nikólienka, que se enfiou ali no escritório e quebrou uma porção de coisas.

— Ah, sabe, *Nicolas*, Nikólienka muitas vezes me deixa aflita — disse a condessa Mária. — É um menino extraordinário. E receio que eu o deixe um pouco de lado, para cuidar de meus filhos. Todos nós temos filhos, todos temos familiares. Mas ele não tem ninguém. Está sempre sozinho com seus pensamentos.

— Bem, mas me parece que você não tem por que se recriminar. Tudo o que a mãe mais afetuosa pode fazer por seu filho você fez por ele. E eu, é claro, estou contente com isso. Ele é um menino formidável, formidável. Hoje mesmo ele escutou Pierre com tanta concentração. E imagine só: nós saímos de lá para jantar; quando olhei, vi que ele havia quebrado em pedacinhos todas as minhas coisas na escrivaninha, e na mesma hora ele me disse que tinha feito aquilo. Nunca vi Nikólienka dizer uma mentira. Um menino formidável, formidável! — repetiu Nikolai, que no fundo não gostava de Nikólienka, mas sempre estava pronto a admitir que era um menino formidável.

— Mesmo assim, não sou o mesmo que uma mãe — disse a condessa Mária. — Sinto que é assim, e isso me aflige. É um menino maravilhoso; mas tenho receios terríveis por ele. Vai ser bom para ele viver com mais gente.

— Mas já não falta muito tempo; no verão que vem, vou levá-lo para Petersburgo — disse Nikolai. — Sim, Pierre sempre foi e continua a ser um sonhador — prosseguiu, voltando a falar da conversa no escritório, que obviamente o havia perturbado. — Mas o que eu tenho a ver com tudo o que acontece lá, com o fato de Araktchéiev não ser bom e tudo o mais, o que eu tinha a ver com isso, quando me casei e estava com tantas dívidas que pouco faltava para me jogarem na cadeia, e minha mãe não conseguia enxergar nem compreender nada disso. E depois, você, os filhos, os negócios. Por acaso é para o meu prazer que trabalho de manhã até a noite no escritório e cuido dos negócios? Não, eu sei que devo trabalhar, acalmar a mamãe, pagar minha dívida com você e não deixar os filhos numa penúria tão grande como aquela em que eu estive.

A condessa Mária teve vontade de dizer que não é só com o pão que o homem mata sua fome, que Nikolai atribuía uma importância excessiva àqueles *negócios*; mas sabia que dizer aquilo era desnecessário e inútil. Ela apenas pegou a mão do marido e beijou-a. Nikolai tomou o gesto da esposa como uma aprovação e uma confirmação de seus pensamentos e, após refletir um pouco em silêncio, continuou a expressar seus pensamentos em voz alta.

— Sabe, Mária — disse ele —, hoje chegou Iliá Mitrofánitch (era o administrador das finanças), veio da aldeia de Tambóv e contou que já estão oferecendo oitenta mil pela floresta. — E Nikolai, com o rosto animado, passou a falar da possibilidade de comprar Otrádnoie dali a muito pouco tempo. — Só mais dez anos de vida e vou deixar os filhos em excelente situação.

A condessa Mária escutava o marido e compreendia tudo o que dizia. Ela sabia que, quando ele ficava pensando assim em voz alta, de vez em quando lhe perguntava o que estava dizendo e se irritava ao notar que a esposa estava pensando em outra coisa. Mas ela fazia um grande esforço para escutá-lo, pois não tinha o menor interesse pelo que o marido estava dizendo. Ela o fitava e, mais do que pensar em outra coisa, ela sentia outra coisa. Sentia um amor terno e submisso por aquele homem que nunca entenderia tudo o que ela entendia e parecia que por isso mesmo ela o amava com uma ternura ainda mais forte e com um toque de paixão. Além de tal sentimento que a absorvia por completo e a impedia de penetrar nos detalhes dos planos do marido, em sua cabeça moviam-se outros pensamentos, que nada tinham a ver com o que ele dizia. Ela pensava no sobrinho (o relato do marido sobre o entusiasmo do menino ao ouvir a explanação de Pierre impressionara a condessa Mária), recordou determinados traços do caráter terno e sensível do sobrinho; e ela, ao pensar no sobrinho, pensava também nos próprios filhos. Não comparava o sobrinho com os filhos, mas comparava seu sentimento por eles e, com tristeza, descobria que faltava algo em seu sentimento por Nikólienka.

Às vezes lhe vinha a ideia de que a diferença decorria da idade; mas sentia-se culpada diante dele e, em sua alma, prometia se corrigir e fazer o impossível — ou seja, naquela vida, amar o marido, os filhos, Nikólienka e todos os próximos, assim como Cristo amava a humanidade. A alma da condessa Mária sempre aspirava ao infinito, ao eterno e ao perfeito, e por isso jamais conseguia ficar tranquila. Em seu rosto surgiu a expressão severa do profundo e enraizado sofrimento da alma oprimida pelo corpo. Nikolai estava observando a esposa.

"Meu Deus! O que será de nós se ela morrer, o que sempre me parece que vai acontecer quando ela fica com o rosto assim?", pensou ele e, pondo-se diante do ícone, começou a fazer as orações da noite.

XVI

Natacha, ao ficar a sós com o marido, também conversou como só uma esposa e um marido conversam, ou seja, com uma clareza e uma rapidez extraordinárias, enquanto davam a conhecer seus pensamentos um para o outro, de maneira contrária a todas as regras da lógica, sem ajuda de juízos, de deduções e de conclusões, mas de um modo totalmente especial. Natacha estava a tal ponto habituada a conversar com o marido daquele modo que, para ela, um sinal seguro de que algo não estava bem entre ambos era o fato de os pensamentos de Pierre seguirem um caminho lógico. Quando ele começava a argumentar, a falar de maneira raciocinada e tranquila, e quando ela, induzida pelo exemplo do marido, começava a fazer o mesmo, Natacha sabia que era certo acabarem brigando.

A partir do momento em que ficaram a sós e Natacha, com os olhos muito abertos e felizes, aproximou-se dele sem fazer barulho e, de repente, agarrou depressa sua cabeça, apertou-a contra o peito e disse: "Agora é todo, todo meu, meu! Não vai fugir!" — a partir desse momento teve início aquela conversa contrária a todas as leis da lógica, contrária porque se falava ao mesmo tempo sobre os assuntos mais diversos. Aquela discussão concomitante de muitos assuntos não prejudicava a clareza do entendimento, mas, ao contrário, era um sinal seguro de que eles se compreendiam mutuamente.

Assim como num sonho tudo é enganoso, absurdo e contraditório, exceto o sentimento que guia o sonho, também naquele diálogo, contrário a todas as regras da razão, a coerência e a clareza não estavam nas palavras, mas apenas no sentimento que as guiava.

Natacha falava com Pierre sobre o modo de vida do irmão, sobre como ela sofria e não conseguia viver sem o marido, sobre como amava Mária ainda mais, e sobre como Mária era melhor do que ela em todos os aspectos. Ao dizer aquilo, Natacha reconhecia sinceramente que via a superioridade de Mária, porém, ao mesmo tempo, ao dizer aquilo, exigia de Pierre que a preferisse a Mária e a todas as outras mulheres, e então mais uma vez, em especial depois de ele ter visto muitas mulheres em Petersburgo, queria que repetisse aquilo para ela.

Em resposta às palavras de Natacha, Pierre lhe contou como era insuportável para ele estar com as damas em jantares e em festas de Petersburgo.

— Eu desaprendi completamente a conversar com as damas — disse ele —, é simplesmente maçante. Ainda mais porque eu estava muito ocupado.

Natacha o observou atentamente e prosseguiu:

— *Marie* é tão encantadora! — disse. — Como ela sabe compreender as crianças. Parece até enxergar a alma delas. Ontem, por exemplo, Mítienka começou com uma birra...

— Ah, e como ele é parecido com o pai — cortou Pierre.

Natacha entendeu por que Pierre tinha feito aquela observação sobre a semelhança entre Mítienka e Nikolai: incomodava-o a recordação da discussão com o cunhado e queria saber a opinião de Natacha sobre o assunto.

— Nikólienka tem a fraqueza de só concordar com aquilo que agrada a todos. Mas eu compreendo que você dá muito valor ao que pode *ouvrir une carrière*[26] — disse, repetindo as palavras ditas por Pierre certa vez.

— Não, o principal é que para Nikolai — disse Pierre — as ideias e os argumentos são uma diversão, quase um passatempo. Veja, ele está formando uma biblioteca e estabeleceu a regra de não comprar um livro novo sem haver terminado o livro anterior, e lá vão Sismondi, e Rousseau, e Montaigne — acrescentou Pierre com um sorriso. — De resto, você sabe como eu o... — Pierre fez menção de atenuar suas palavras; mas Natacha o interrompeu, dando a entender que aquilo não era necessário.

— Então você está dizendo que para ele as ideias são uma diversão...

— Sim, mas para mim tudo o mais é que é diversão. O tempo todo em Petersburgo, eu parecia ver tudo como num sonho. Quando uma ideia me interessa, tudo o mais vira diversão.

— Ah, que pena que eu não estava presente na hora em que você encontrou as crianças — disse Natacha. — Qual delas mais se alegrou? Liza, não foi?

— Sim — respondeu Pierre e continuou aquilo que o preocupava. — Nikolai diz que não devemos pensar. Mas eu não consigo. Sem falar que em Petersburgo

---

26 Francês: "abrir um caminho".

eu sentia (para você eu posso dizer) que sem mim tudo aquilo se desintegraria, pois cada um puxava para seu lado. Mas consegui unir todos, e depois minha ideia é tão simples e tão clara. Pois eu não digo que temos de reagir a isso e àquilo. Podemos nos enganar. O que digo é: vamos nos unir, de braços dados, as pessoas que amam o bem, e que exista só uma bandeira: a da virtude atuante. O príncipe Serguei é um homem honrado e inteligente.

Natacha não tinha dúvida de que a ideia de Pierre era uma grande ideia, mas só uma coisa a perturbava. Era o fato de ele ser seu marido. "Será possível que esse homem tão importante e necessário para a sociedade seja ao mesmo tempo meu marido? Por que isso aconteceu?" Teve vontade de exprimir ao marido sua dúvida. "Afinal quem são essas pessoas capazes de decidir se de fato ele é tão mais inteligente do que todos?", perguntava-se Natacha e, na imaginação, selecionava as pessoas mais respeitadas por Pierre. A julgar pelos relatos do marido, nenhuma daquelas pessoas ele respeitava mais do que Platon Karatáiev.

— Sabe no que estou pensando? — disse ela. — Em Platon Karatáiev. O que ele iria achar? Aprovaria você agora?

Pierre não ficou nem um pouco surpreso com a pergunta. Compreendia os passos do pensamento da esposa.

— Platon Karatáiev? — disse ele e pensou um pouco, tentando sinceramente deduzir o juízo de Karatáiev a respeito daquele assunto. — Ele não compreenderia, mas, na verdade, acho que aprovaria, sim.

— Amo você tremendamente! — exclamou Natacha de repente. — Tremendamente. Tremendamente!

— Não, ele não aprovaria — disse Pierre, depois de pensar mais um pouco. — O que ele aprovaria é a nossa vida em família. Ele queria tanto ver em tudo a bondade, a felicidade, a tranquilidade, e eu com orgulho lhe mostraria a nossa vida. Veja, você sempre fala do tempo em que ficamos afastados. Mas não pode imaginar que sentimento especial tenho por você depois de uma separação...

— Ora, veja só... — Natacha começou a dizer.

— Não, não é isso. Eu nunca vou deixar de amar você. E não é possível amar mais; só que isso é diferente... Bem, sim... — Não terminou de falar porque os olhares de ambos, ao se encontrar, disseram o resto.

— Quanta tolice — falou Natacha de repente — falam sobre a lua de mel e que o tempo melhor é no início. Ao contrário, agora é muito melhor. E se pelo menos você não viajasse tanto... Lembra como nós brigávamos? E eu sempre era a culpada. Sempre eu. E por que brigávamos? Eu nem lembro mais.

— Era sempre o mesmo motivo — disse Pierre, sorrindo. — Ciúmes...

— Não fale, não consigo suportar — exclamou Natacha. E um brilho frio, cruel, acendeu-se em seus olhos. — Você a viu? — acrescentou, após um breve silêncio.

— Não, mas se visse nem reconheceria.

Ficaram em silêncio.

— Ah, sabe? Enquanto você estava conversando no escritório, observei você — começou Natacha, obviamente tentando afastar a nuvem que surgira. — Pois é, vocês dois são iguaizinhos, feito duas gotas de água, você e o menino. (Ela chamava assim o filho.) Ah, está na hora de ir vê-lo... Está na hora... Mas dá pena sair.

Ficaram em silêncio alguns segundos. Depois, de repente, ao mesmo tempo, voltaram-se um para o outro e começaram a falar algo. Pierre começou com ardor e satisfação; Natacha, com um sorriso feliz e tranquilo. Como tinham começado a falar ao mesmo tempo, os dois pararam e deram a vez um ao outro.

— Não, o que você acha? Diga, diga.

— Não, fale você, eu digo tanta bobagem — disse Natacha.

Pierre falou o que havia começado. Era a continuação de seus raciocínios satisfeitos com seu sucesso em Petersburgo. Naquele momento, tinha a impressão de que fora chamado a dar um rumo novo a toda a sociedade russa e ao mundo inteiro.

— Eu só queria dizer que todas as ideias que têm consequências enormes são sempre simples. Toda a minha ideia se resume em que, se as pessoas sórdidas estão unidas e constituem uma força, as pessoas honradas precisam fazer o mesmo. Veja como é simples.

— Sim.

— E você, o que queria dizer?

— Eu? Era uma bobagem.

— Não, fale assim mesmo.

— Mas não é nada, bobagens — disse Natacha, ainda mais radiante com um sorriso no rosto. — Eu só queria falar sobre o Pétia: hoje a babá veio tomá-lo de mim, ele começou a rir, semicerrou os olhos e agarrou-se a mim... com certeza achou que estava se escondendo. É tremendamente meigo. Ouça, ele está gritando. Bem, até logo! — E saiu do quarto.

Enquanto isso, no térreo, nos aposentos de Nikólienka Bolkónski, em seu quarto, como sempre, ardia uma lamparina (o menino tinha medo do escuro, e não conseguiam livrá-lo daquela fraqueza). Dessalles dormia profundamente com seus quatro travesseiros, e seu nariz aquilino emitia sons de roncos ritmados. Nikólienka, que acabara de acordar, suando frio, com os olhos muito abertos, estava sentado em sua cama e olhava para a frente. Um sonho terrível o havia despertado. No sonho, via Pierre e a si mesmo de capacetes — como os que vinham desenhados em sua edição de Plutarco. Ele e o tio marchavam à frente de um enorme exército. Tal exército era formado por linhas brancas oblíquas, que enchiam o ar, à semelhança das teias de aranha que flutuam no outono e que Dessalles chamava de *le fil de la Vierge*.[27] À frente estava a glória, igual àqueles fios, apenas um pouco mais compacta. Eles — Nikólienka e Pierre — precipitavam-se com agilidade e alegria, chegavam cada vez mais perto do objetivo. De repente os fios que os movimentavam começaram a enfraquecer, a emaranhar-se; ficou difícil andar. E o tio Nikolai Ilitch parou na frente deles, numa atitude terrível e severa.

— Vocês fizeram isso? — disse ele, apontando para os lacres e para as penas quebrados. — Amo vocês, mas Araktchéiev me deu ordens, e vou matar o primeiro que avançar. — Nikólienka virou-se para Pierre; mas Pierre não estava ali. Pierre era seu pai, o príncipe Andrei, e o pai não tinha imagem nem forma, porém era ele, e ao vê-lo Nikólienka sentiu a fraqueza do amor: sentiu-se sem forças, sem ossos, fluido. O pai o acariciava e tinha pena dele. Mas o tio Nikolai Ilitch chegava cada vez mais perto deles. Um horror dominou Nikólienka, e ele acordou.

"O pai", pensou, "o pai (apesar de haver em casa dois retratos bem parecidos com ele, Nikólienka nunca imaginava o príncipe Andrei em forma humana), o pai estava comigo e me fazia carinhos. Ele me aprovava, ele aprovava o tio Pierre. O que ele disser para fazer, eu farei. Mucius Scaevola queimou a mão no fogo. Então por que a mesma coisa não pode acontecer na minha vida? Eu sei, eles querem que eu estude. E vou estudar. Mas um dia vou parar; e aí vou agir. Só peço a Deus uma coisa: que aconteça comigo o que acontece com as pessoas nos livros de Plutarco, e aí vou agir do mesmo jeito. Vou agir ainda melhor. Todos vão me reconhecer, todos vão me admirar, todos vão ficar deslumbrados comigo." E de repente Nikólienka sentiu os soluços que apertavam seu peito e desatou a chorar.

— *Êtes-vous indisposé?*[28] — ouviu-se a voz de Dessalles.

— *Non* — respondeu Nikólienka e deitou-se no travesseiro. "Ele é bondoso e gentil, eu gosto dele", pensou a respeito de Dessalles. "E o tio Pierre! Ah, que homem incrível! E o pai? O pai! O pai! Sim, eu farei coisas que até *ele* iria admirar..."

---

27 Francês: "o fio da Virgem".

28 Francês: "O senhor está se sentindo mal?".

EPÍLOGO SEGUNDA PARTE

I

O objeto da história é a vida dos povos e da humanidade. Captar e explicar de forma direta, por meio de palavras — descrever a vida não só da humanidade como também de um único povo é tido como algo impossível.

Todos os historiadores antigos empregaram o mesmo método para isso, descrever e captar algo que parece inapreensível — a vida de um povo. Eles descreveram a atividade de pessoas individuais que guiavam um povo; e tal atividade, para eles, exprimia a realidade de todo um povo.

Às perguntas sobre de que forma pessoas individuais forçavam um povo a agir conforme a vontade delas e o que guiava a própria vontade de tais pessoas, os antigos respondiam: à primeira pergunta — com o reconhecimento da vontade de uma divindade, que submete os povos à vontade de uma pessoa escolhida; à segunda pergunta — com o reconhecimento da mesma divindade, que guia a vontade dessa pessoa escolhida para um objetivo determinado.

Para os antigos, essas perguntas se resolviam por meio da fé na participação direta da divindade nos assuntos da humanidade.

A nova ciência da história nova, em sua teoria, rejeitou as duas teses.

Tem-se a impressão de que, ao rejeitar a crença dos antigos na submissão das pessoas à divindade e num objetivo determinado rumo ao qual os povos são conduzidos, a história nova deveria investigar não as manifestações do poder, mas os fatores que o constituem. No entanto a história nova não fez isso. Ao rejeitar em teoria a opinião dos antigos, na prática ela os acompanha.

No lugar de pessoas dotadas de um poder divino e diretamente guiadas pela vontade de uma divindade, a história nova colocou ou heróis dotados de faculdades extraordinárias, não humanas, ou simplesmente pessoas de atributos os mais diversos, desde monarcas até jornalistas, que conduzem as massas. No lugar dos antigos objetivos dos povos agradáveis a uma divindade, o povo judeu, o grego, o romano, que os antigos concebiam como o objetivo da marcha da humanidade inteira, a história nova colocou seus próprios objetivos — o bem do povo francês, alemão, inglês e, em sua suprema abstração, o bem da civilização de toda a humanidade, palavras com o que em geral se designam os povos que ocupam um pequeno recanto a noroeste do grande continente.

A história nova rejeitou as crenças dos antigos, sem pôr em seu lugar um novo conceito, e a lógica da situação forçou os historiadores, que supostamente teriam rejeitado o poder divino dos reis e o *fatum* dos antigos, a chegar por outro caminho ao mesmo destino: o reconhecimento de que: 1) os povos são guiados por pessoas individuais; e 2) existe um objetivo conhecido rumo ao qual os povos e a humanidade se movimentam.

Em todas as obras dos novos historiadores, de Gibbon a Buckle,[1] a despeito do aparente desacordo entre eles e da aparente renovação de pontos de vista, na base repousam essas duas teses antigas e inevitáveis.

Em primeiro lugar, o historiador descreve a atividade de pessoas individuais que, na sua opinião, guiaram a humanidade (um considera assim apenas os monarcas, os comandantes militares, os ministros; o outro — além de monarcas e oradores — sábios, reformadores, filósofos e poetas). Em segundo lugar, o objetivo rumo ao qual a humanidade é conduzida é conhecido pelo historiador (para um, o objetivo é a grandeza dos soberanos romanos, espanhóis e franceses; para o outro, é a liberdade, a igualdade, um conhecido tipo de civilização de um pequeno recanto do mundo chamado Europa).

Em 1789, a fermentação se levanta em Paris; ela cresce, transborda e se exprime por meio do movimento dos povos do Ocidente para o Oriente. Várias vezes, esse movimento se dirige para o Oriente, entra em choque com um movimento contrário, do Oriente para o Ocidente; em 1812, ele alcança seu limite máximo — Moscou —, e com uma simetria notável ocorre um movimento contrário, do Oriente para o Ocidente, carregando consigo os povos centrais, exatamente como ocorrera no primeiro movimento. O movimento contrário alcança, no Ocidente, o ponto de partida do primeiro movimento — Paris — e se aquieta.

Naquele período de vinte anos, uma enorme quantidade de campos não é lavrada; casas são incendiadas; a direção do comércio muda; milhões de pessoas empobrecem, enriquecem, migram, e milhões de pessoas cristãs, que professam a lei do amor ao próximo, assassinam umas às outras.

O que tudo isso quer dizer? Por que isso aconteceu? O que obrigou tais pessoas a incendiarem casas e a assassinarem seus semelhantes? Quais as causas de

1 Edward Gibbon (1737-94) e Henry Thomas Buckle (1821-62), historiadores ingleses do século XIX, autores, respectivamente, de *Declínio e queda do Império Romano* (1776-78) e *História da civilização na Inglaterra* (1857-61).

tais acontecimentos? Que força obrigou as pessoas a se comportar de tal forma? Aí estão perguntas espontâneas, inocentes e totalmente legítimas que a humanidade se propõe, ao deparar com os monumentos e as tradições do período do movimento que passou.

Para a solução de tais perguntas, o bom senso da humanidade se volta para a ciência da história, que tem por objetivo o autoconhecimento dos povos e da humanidade.

Se a história retivesse o ponto de vista dos antigos, diria: a divindade, em prêmio ou recompensa a seu povo, deu a Napoleão o poder e guiou a vontade dele a fim de que fossem alcançados os objetivos divinos. E a resposta seria completa e clara. Seria possível acreditar ou não acreditar no significado divino de Napoleão; mas, para quem acreditasse nisso, tudo estaria entendido em toda a história daquele tempo, e não poderia haver nenhuma contestação.

Porém a história nova não pode responder dessa forma. A ciência não reconhece o ponto de vista dos antigos sobre a participação direta de uma divindade nos assuntos da humanidade e por isso tem de dar outra resposta.

A história nova, ao responder a tais perguntas, diz: vocês querem saber o que significa esse movimento, por que aconteceu e que força produziu tais fatos? Escutem:

"Luís XIV era muito orgulhoso e arrogante; tinha tais e tais amantes e tais e tais ministros e governou mal a França. Os herdeiros de Luís também eram fracos e também governaram mal a França. E tinham tais e tais favoritos e tais e tais amantes. Além disso, algumas pessoas escreveram livros naquela época. No final do século XVIII, em Paris, reuniram-se duas dezenas de pessoas que começaram a dizer que todas as pessoas eram iguais e livres. Com isso, em toda a França as pessoas passaram a furar e trucidar umas às outras. Essas pessoas mataram os reis e muitos outros. Ao mesmo tempo, na França, havia um homem genial — Napoleão. Ele derrotou todos e em toda parte, ou seja, assassinou muita gente, porque ele era muito genial. E por algum motivo foi assassinar os africanos e os assassinou tão bem e se mostrou tão astuto e inteligente que, ao chegar de volta à França, mandou que todos obedecessem a ele. E todos obedeceram. Depois de se fazer imperador, ele foi de novo assassinar o povo na Itália, na Áustria e na Prússia. E lá assassinou muitos. Na Rússia, porém, havia o imperador Alexandre, que resolveu restaurar a ordem na Europa e por isso travou guerra contra Napoleão. Mas em 1807 ele de repente ficou amigo de Napoleão, só que em 1811 brigou outra vez, e de novo eles começaram a assassinar muita gente. E Napoleão levou seiscentas mil pessoas para a Rússia e conquistou Moscou; depois, de repente, ele fugiu de Moscou, e aí o imperador Alexandre, com a ajuda dos conselhos de Stein e de outros, uniu a Europa para a resistência ao infrator de sua tranquilidade. Todos os aliados de Napoleão de repente viraram seus inimigos; e tal resistência marchou contra as novas forças que Napoleão reunira. Os aliados derrotaram Napoleão, invadiram Paris, obrigaram Napoleão a renunciar ao trono e mandaram-no para a ilha de Elba, sem privá-lo do título de imperador e demonstrando todo o respeito por ele, e, no entanto, cinco anos antes e um ano depois disso, todos o consideravam um bandido fora da lei. Quem passou a reinar foi Luís XVIII, de quem até então os franceses e os aliados apenas escarneciam. Napoleão, derramando lágrimas diante de sua velha guarda, renunciou ao trono e partiu para o exílio. Depois, engenhosos políticos e diplomatas (em especial Talleyrand, que conseguira sentar-se antes de qualquer um numa determinada poltrona e com isso ampliara as fronteiras da França) confabularam em Viena e mediante tais conversações deixaram os povos felizes ou infelizes. De repente os diplomatas e os monarcas ficaram à beira de brigar uns com os outros; já estavam prontos para ordenar a seus exércitos que assassinassem uns aos outros; mas naquele momento Napoleão chegou à França com um batalhão, e os franceses, que o odiavam, na mesma hora se submeteram a ele. Mas os monarcas aliados se zangaram com isso e foram de novo guerrear contra os franceses. E derrotaram o genial Napoleão e o mandaram para a ilha de Santa Helena, reconhecendo de repente que era um bandido. E lá, exilado, separado dos que eram queridos ao seu coração e de sua adorada França, morreu uma morte lenta naquele rochedo e legou à posteridade seus grandes feitos. Mas na Europa ocorreu uma reação, e todos os soberanos passaram outra vez a oprimir seus povos."

Seria fútil pensar que isso é uma zombaria, uma caricatura das descrições históricas. Ao contrário, é a expressão mais suave das respostas contraditórias, e que não respondem às perguntas, oferecidas por *toda* a história, desde os compiladores de memórias e das histórias de cada uma das nações, até os autores de histórias gerais e do novo tipo de história da *cultura* daquela época.

A estranheza e a comicidade de tais respostas decorrem do fato de que a nova história é semelhante a um homem surdo que responde a perguntas que ninguém lhe faz.

Se o objetivo da história é a descrição do movimento da humanidade e dos povos, então a primeira pergunta, sem cuja resposta nada do que resta se pode compreender, é a seguinte: que força move os povos? A essa pergunta, a nova história responde com presteza ou que Napoleão era muito genial, ou que Luís XIV era muito orgulhoso, ou ainda que tais e tais escritores escreveram tais e tais livros.

Tudo isso é muito possível, e a humanidade está pronta a concordar; porém não é isso o que ela pergunta. Tudo isso poderia ser interessante, se admitíssemos um poder divino, fundado em si mesmo e sempre igual a si mesmo, que guiasse seus povos por meio de Napoleões, Luíses e escritores; mas não admitimos tal poder e, portanto, antes de falar sobre Napoleões, Luíses e escritores, é preciso mostrar o vínculo existente entre essas pessoas e o movimento dos povos.

Se, em vez de um poder divino houvesse outra força, seria preciso explicar em que consiste essa nova força, pois exatamente nessa força se encerra todo o interesse da história.

A história parece supor que essa força explica a si mesma e é conhecida de todos. Mas, apesar de todo o desejo de admitir que essa nova força é conhecida, quem ler muitas obras de história não poderá deixar de duvidar de que essa nova força, entendida de formas diversas pelos próprios historiadores, seja perfeitamente conhecida de todos.

II

Que força move os povos?

Os historiadores de biografias particulares e os historiadores de povos tomados isoladamente entendem essa força como um poder imanente aos heróis e aos chefes. Segundo suas descrições, os acontecimentos se produzem exclusivamente pela vontade de Napoleões, de Alexandres ou das pessoas em geral que o historiador particular descreve. As respostas dadas por historiadores desse tipo à pergunta a respeito da força que move os acontecimentos são satisfatórias, mas só na condição de que exista um só historiador para cada acontecimento. Porém, assim que historiadores de nacionalidades e pontos de vista diferentes começam a descrever os mesmos acontecimentos, as respostas dadas por eles imediatamente perdem todo o sentido, pois cada um entende essa força não só de maneira diferente, como muitas vezes de forma totalmente contrária. Um historiador afirma que um acontecimento foi produzido pelo poder de Napoleão; outro afirma que foi produzido pelo poder de Alexandre; um terceiro, que foi pelo poder de algum terceiro personagem. Além disso, os historiadores desse tipo se contradizem uns aos outros até mesmo nas explicações da força em que se baseia o poder de um mesmo personagem. Thiers, bonapartista, diz que o poder de Napoleão se baseava em sua virtude e em sua genialidade. Lanfrey,[2] republicano, diz que se baseava em sua impostura e na ilusão do povo. Assim, os historiadores desse tipo, ao aniquilar mutuamente a

---

2 Pierre Lanfrey (1828-77), historiador francês, autor de *Histoire de Napoléon I*.

tese uns dos outros, aniquilam da mesma forma o conceito de uma força que produz os acontecimentos e não dão nenhuma resposta à pergunta essencial da história.

Os historiadores gerais, que se ocupam de todos os povos, parecem admitir o erro da opinião dos historiadores particulares sobre a força que produz os acontecimentos. Eles não reconhecem essa força como um poder imanente aos heróis e aos chefes, mas a reconhecem como o resultado de muitas forças diferentemente direcionadas. Ao descrever uma guerra ou a sujeição de um povo, o historiador geral procura a causa do acontecimento não no poder de uma pessoa, mas na ação recíproca de muitas pessoas relacionadas com o acontecimento.

Segundo essa tese, o poder dos personagens históricos, tido como fruto de muitas forças, já não poderia ser visto, ao que parece, como uma força que por si só produz os acontecimentos. No entanto, os historiadores gerais, na maioria dos casos, usam a noção do poder de novo como uma força que por si só produz os acontecimentos e que tem com eles uma relação de causa. Segundo sua explicação, ora o personagem histórico é produto do seu tempo, e seu poder é apenas um produto de causas diversas; ora seu poder é uma força que produz os acontecimentos. Gervinus, Schlosser,[3] por exemplo, e outros ora provam que Napoleão é um produto da revolução e das ideias de 1789 etc., ora dizem de forma direta que a campanha de 1812 e outros acontecimentos de que eles não gostaram são apenas produtos da vontade de Napoleão erroneamente direcionada e que as próprias ideias de 1789 tiveram seu desenvolvimento barrado por causa da tirania de Napoleão. O próprio poder de Napoleão suprimiu as ideias da revolução e o estado de ânimo geral.

Essa estranha contradição não existe por acaso. Ela não só se encontra em cada passo, como todas as descrições dos historiadores gerais são formadas por uma coerente sucessão de tais contradições. Essa contradição ocorre porque, ao entrar no terreno da análise, os historiadores gerais param no meio do caminho.

Para encontrar forças componentes iguais ao composto ou à resultante, é necessário que a soma dos componentes seja igual ao composto. Tal condição jamais é observada pelos historiadores gerais e, por isso, a fim de explicar a resultante, eles necessariamente têm de admitir, além de componentes insuficientes, uma força não explicada que age sobre o composto.

O historiador particular, ao descrever a campanha de 1813 ou a restauração dos Bourbon, diz de forma direta que tais acontecimentos foram produzidos pela vontade de Alexandre. Mas o historiador geral Gervinus, para refutar essa tese do

---

3 Georg Gottfried Gervinus (1805-71) e Friedrich Christoph Schlosser (1776-1861), historiadores alemães do século XIX.

historiador particular, empenha-se em demonstrar que a campanha de 1813 e a restauração dos Bourbon tiveram como causas, além da vontade de Alexandre, a ação de Stein, Metternich, Madame de Staël, Talleyrand, Fichte, Chateaubriand e outros. O historiador obviamente decompôs o poder de Alexandre em componentes: o de Talleyrand, o de Chateaubriand etc.; a soma desses componentes, ou seja, a influência recíproca de Chateaubriand, Talleyrand, Madame de Staël e outros, obviamente, não é igual a toda a resultante, ou seja, o fato de milhões de franceses terem se sujeitado aos Bourbon. Da circunstância de Chateaubriand, Madame de Staël e outros dizerem uns para os outros tais e tais palavras resultaram apenas as relações que eles tiveram uns com os outros, mas não a sujeição de milhões de pessoas. E portanto, a fim de explicar de que forma a sujeição de milhões de pessoas resultou das relações entre eles, ou seja, como de componentes iguais a um A decorreu uma resultante igual a A vezes mil, o historiador deve necessariamente admitir de novo a mesma força de poder que ele nega, reconhecendo nela um resultado de forças, ou seja, ele deve admitir uma força não explicada que age por meio de um componente. É o que fazem os historiadores gerais. E em consequência contradizem não só aos historiadores particulares, como também a si mesmos.

A gente do campo, que não tem uma ideia clara das causas da chuva, conforme prefira que chova ou que faça tempo seco, diz: o vento dispersou as nuvens, e o vento juntou as nuvens. Exatamente o mesmo fazem os historiadores gerais: às vezes, quando eles assim preferem, quando isso concorda com suas teorias, dizem que o poder é resultado dos acontecimentos; e às vezes, quando é preciso provar o contrário, dizem que o poder produz os acontecimentos.

Outros historiadores, chamados de historiadores *da cultura*, seguindo pelo caminho aberto pelos historiadores gerais, que às vezes admitem escritores e damas como forças que produzem acontecimentos, entendem essa força de uma forma ainda totalmente distinta. Eles a veem na chamada cultura, na atividade intelectual.

Os historiadores da cultura são perfeitamente coerentes com respeito a seus antecessores — os historiadores gerais —, pois, se é possível explicar os acontecimentos históricos pela circunstância de algumas pessoas terem se relacionado umas com as outras desta ou daquela forma, então por que não explicá-los pela circunstância de algumas pessoas terem escrito tais e tais livros? Entre o enorme número de traços associados a qualquer fenômeno vivo, aqueles historiadores escolhem o traço da atividade intelectual e dizem que esse traço é a causa. Porém, apesar de todos os seus esforços para provar que a causa do acontecimento reside na atividade intelectual, só com grande complacência é possível concordar que existe algo de comum entre a atividade intelectual e o movimento dos povos, mas não é possível, em nenhuma hipótese, admitir que a atividade intelectual guia a ação das pessoas, pois fenômenos como os cruéis assassinatos da Revolução Francesa, decorrentes das pregações a respeito da igualdade do homem, e as atrozes guerras e execuções decorrentes das pregações a respeito do amor não confirmam essa hipótese.

No entanto, mesmo admitindo que são justos todos os argumentos capciosos que enchem essas histórias; mesmo admitindo que os povos são usados por certa força indefinível, chamada *ideia* — ainda assim a pergunta essencial da história continua sem resposta, e ao antigo poder dos monarcas e à influência dos conselheiros e de outras pessoas, introduzida pelos historiadores gerais, acrescenta-se a nova força da *ideia*, cuja relação com as massas exige, por sua vez, uma explicação. É possível entender que Napoleão tinha o poder e por isso o acontecimento se deu; com alguma complacência é possível ainda entender que Napoleão, junto com outras influências, tenha sido a causa do que aconteceu; mas de que forma o livro *Contrat social* fez com que os franceses se trucidassem uns aos outros — eis o que não se pode compreender sem uma explicação da relação de causa que existe entre essa força nova e o acontecimento.

Sem dúvida, existe uma ligação entre todos os que vivem num mesmo tempo e por isso existe a possibilidade de encontrar alguma ligação entre a atividade intelectual das pessoas e seu movimento histórico, assim como é possível encontrar uma ligação entre o movimento da humanidade e o comércio, a indústria, a horticultura e o que mais quiserem. Porém, por que razão a atividade intelectual das pessoas é apresentada pelos historiadores da cultura como a causa ou a expressão de todo o movimento histórico — é difícil entender isso. Só as seguintes razões poderiam levar os historiadores a tal conclusão: 1) a história é escrita por intelectuais e por isso é natural e agradável para eles pensar que a atividade de sua classe é a base do movimento de toda a humanidade, assim como é natural e agradável aos comerciantes, agricultores e soldados pensar da mesma forma (isso só não é declarado porque os comerciantes e os soldados não escrevem a história); e 2) a atividade espiritual, a instrução, a civilização, a cultura, a ideia — todas essas noções são obscuras e indefinidas, sob sua bandeira é imensamente cômodo usar palavras cujo significado é ainda menos claro, e por isso elas se adaptam facilmente a qualquer teoria.

Porém, sem falar no valor intrínseco desse tipo de histórias (talvez elas sejam úteis para alguém ou para alguma coisa), as histórias da cultura, com as quais as histórias gerais começam a se identificar cada vez mais, são reveladoras pelo fato de que, analisando com seriedade e minúcia diversas doutrinas religiosas, filosóficas, políticas, como causas dos acontecimentos, toda vez que precisam descrever um fato histórico real, como, por exemplo, a campanha de 1812, descrevem-no involuntariamente como o produto de uma força e dizem de forma direta que aquela campanha é produto da vontade de Napoleão. Ao falar assim, os historiadores da cultura involuntariamente contradizem a si mesmos ou comprovam que essa força nova que eles inventaram não expressa os acontecimentos históricos, e que o único meio de entender a história está no poder que eles parecem não reconhecer.

III

Uma locomotiva anda. Pergunta-se: por que ela se movimenta? Um mujique diz: é o diabo que a movimenta. Outro diz que a locomotiva anda porque tem rodas que se movimentam. Um terceiro afirma que a causa do movimento reside na fumaça que o vento arrasta para trás.

O mujique é irrefutável. Para refutá-lo, é preciso provar para ele que o diabo não existe, ou que outro mujique lhe explique que não é o diabo, e sim um alemão que movimenta a locomotiva. Só então, graças a tais contradições, eles se dariam conta de que os dois estão errados. Porém quem diz que a causa é o movimento das rodas refuta a si mesmo, pois, se ele entrou no terreno da análise, tem de ir sempre em frente: tem de explicar a causa do movimento das rodas. E enquanto não chegar à última causa do movimento da locomotiva, ao vapor comprimido dentro da caldeira, não terá o direito de parar na busca da causa. Já aquele que explicou o movimento da locomotiva pela fumaça arrastada para trás, ao notar que a explicação sobre as rodas não fornece as causas, tomou o primeiro traço que viu na sua frente e, por sua vez, encarou-o como a causa.

A única noção capaz de explicar o movimento da locomotiva é a noção de uma força igual ao movimento que se vê.

A única noção por meio da qual se pode explicar o movimento dos povos é a noção de uma força igual a todo o movimento dos povos.

No entanto essa noção é entendida por diferentes historiadores como forças totalmente diferentes e nunca iguais ao movimento que se vê. Nela, os historiadores veem uma força inerente aos heróis de forma imediata — assim como o mujique vê o diabo na locomotiva; outros veem uma força produzida por algumas outras forças, como o movimento das rodas; e outros ainda veem a influência intelectual — como a fumaça arrastada para trás.

Enquanto se escrever a história de pessoas individuais — sejam elas Césares, Alexandres ou Luteros ou Voltaires, e não a história de *todos*, de *todas* as pessoas, sem exceção, que tomaram parte no acontecimento —, não existe nenhuma possibilidade de se descrever o movimento da humanidade sem a noção da força que obriga as pessoas a dirigir sua atividade para um objetivo. E a única noção desse tipo conhecida pelos historiadores é a de poder.

Essa noção é a única ferramenta por meio da qual é possível dominar o material da história em sua disposição atual, e quem quis quebrar essa ferramenta, como fez Buckle, sem reconhecer outro modo de tratar o material histórico, apenas se privou da última possibilidade de lidar com ele. A inevitabilidade da noção de poder para a explicação dos fenômenos históricos é comprovada acima de tudo pelos próprios historiadores gerais e pelos historiadores da cultura, que supostamente renunciaram à noção de poder, mas inevitavelmente a empregam a cada passo.

Com relação às perguntas da humanidade, a ciência histórica, até agora, assemelha-se ao dinheiro circulante — cédulas e moedas sonantes. As histórias biográficas e nacionais são semelhantes às cédulas. Podem andar e circular, cumprindo sua função, sem prejuízo para ninguém, e até com algum proveito, contanto que não surja a questão sobre o que garante as cédulas. Basta apenas esquecer a questão sobre de que forma a vontade dos heróis produz os acontecimentos que logo as histórias dos Thiers se tornarão interessantes, instrutivas e, além disso, terão um toque de poesia. Porém, assim como logo surge a dúvida sobre o valor real das cédulas, ou porque fazê-las é fácil e começam a fazê-las em quantidade excessiva, ou porque querem trocá-las por ouro — assim também surge a dúvida sobre o significado real das histórias desse tipo — ou porque elas aparecem em número excessivo, ou porque alguém, em sua simplicidade de espírito, pergunta: mas por meio de que força Napoleão fez isso? — ou seja, quer trocar uma cédula corrente pelo ouro puro da noção real.

Já os historiadores gerais e os historiadores da cultura são semelhantes a pessoas que, tendo reconhecido a inconveniência do papel-moeda, resolveram, em lugar de uma cédula, fazer uma moeda sonante de um metal que não tem a densidade do ouro. E a moeda de fato ficaria *sonante*, mas apenas *sonante*. A cédula ainda podia enganar os ignorantes; já a moeda sonante, mas sem valor, não pode enganar ninguém. Assim como o ouro só é ouro quando pode ser usado não só para troca, mas também como matéria-prima, também os historiadores gerais não serão ouro senão quando tiverem a capacidade de responder à pergunta essencial da história: o que é o poder? Os historiadores gerais respondem a essa pergunta de forma contraditória, mas os historiadores da cultura em geral se afastam dela, respondem a algo totalmente distinto. E, assim como medalhas que parecem ser de ouro só podem ser usadas no âmbito de um grupo de pessoas que concordam em aceitá-las como ouro e de pessoas que ignoram as características do ouro, também os historiadores gerais e os historiadores da cultura, sem responder às perguntas essenciais da humanidade, servem para alguns objetivos próprios como moeda corrente na universidade e entre a clientela de professores — apreciadores de livros sérios, como eles chamam.

IV

Tendo renunciado à tese dos antigos da sujeição divina da vontade de um povo a alguém escolhido e da sujeição dessa vontade à divindade, a história não pode dar nenhum passo sem uma contradição, caso não escolha uma das duas opções: ou voltar à crença antiga na participação imediata da divindade nos assuntos da humanidade, ou explicar de forma definida o significado da força que produz os acontecimentos históricos e que é chamada de poder.

Voltar ao ponto de vista anterior é impossível: a crença foi destruída e por isso é necessário explicar o significado do poder.

Napoleão deu ordem para reunir as tropas e partir para a guerra. Estamos a tal ponto habituados a essa ideia, a tal ponto nos acostumamos a essa visão que a questão de saber por que seiscentos mil homens vão para a guerra quando Napoleão diz tais palavras nos parece um absurdo. Ele tinha o poder e por isso o que ele ordenava era cumprido.

Essa resposta é perfeitamente satisfatória, se acreditarmos que o poder foi dado a ele por Deus. No entanto, assim que deixamos de reconhecer isso, é necessário determinar o que é esse poder de um homem sobre os outros.

Esse poder não pode ser o poder imediato da predominância física de uma criatura forte sobre as fracas, predominância baseada na aplicação, ou na ameaça de aplicação, da força física — como o poder de um Hércules; também não pode ser baseado na predominância da força moral, como pensam alguns historiadores, em sua simplicidade de espírito, dizendo que os atores históricos são os heróis, ou seja, pessoas dotadas de uma força de espírito e de intelecto especial, que chamam de genialidade. Esse poder não pode ser baseado na predominância da força moral, pois, para não falar das pessoas-heróis como os Napoleões, cujos méritos morais são avaliados das maneiras mais discrepantes, a história nos mostra que nem os Luíses XI, nem os Metternich, que governaram milhões de pessoas, tinham quaisquer atributos especiais de força moral; ao contrário, eram em sua maioria moralmente mais fracos do que qualquer um dos milhões de pessoas governadas por eles.

Se a fonte do poder não reside nos atributos físicos nem morais da pessoa que detém o poder, é evidente que a fonte desse poder deve se encontrar fora da pessoa — nas relações com as massas, no interior das quais se encontra a pessoa que detém o poder.

Exatamente assim o poder é entendido pela ciência do direito, essa caixa bancária da história, que promete trocar a noção histórica de poder por ouro puro.

O poder é a totalidade das vontades das massas transferida, por meio de um acordo tácito ou declarado, a governantes escolhidos pelas massas.

No domínio da ciência do direito, constituída por raciocínios sobre como se pode organizar um Estado e o poder, se é que é mesmo possível organizar tal coisa, tudo isso está muito claro, mas quando aplicado à história essa definição de poder exige esclarecimentos.

A ciência do direito encara o Estado e o poder como os antigos encaravam o fogo — como algo que existe de forma absoluta. Já para a história, o Estado e o poder são apenas fenômenos, assim como para a física de nosso tempo o fogo não é um elemento, mas um fenômeno.

Dessa diferença básica entre a concepção da história e a da ciência do direito decorre que a ciência do direito pode explicar em pormenores como, no seu modo de ver, é preciso organizar o poder e o que é o poder, o qual existe de modo estático e fora do tempo; mas, quanto às perguntas históricas sobre o significado do poder que se modifica no correr do tempo, ela nada pode responder.

Se o poder é a totalidade das vontades transferida para o governante, então Pugatchóv era um representante das vontades das massas? Se não era, por que Napoleão I é um representante? Por que Napoleão III, quando o prenderam em Bolonha, era um criminoso, e depois foram criminosos aqueles que o haviam prendido?

Nas revoluções palacianas, das quais às vezes participam duas ou três pessoas, a vontade da massa também é transferida para um personagem novo? Nas relações internacionais, a vontade da massa de um povo é também transferida para o seu conquistador? Em 1808, a vontade da Confederação do Reno foi transferida para Napoleão? A vontade da massa do povo russo foi transferida para Napoleão em 1809, quando nossas tropas, em aliança com as tropas francesas, travaram guerra contra a Áustria?

A tais perguntas é possível responder de três maneiras:

Ou 1) reconhecer que a vontade das massas é sempre transmitida de forma incondicional àquele ou àqueles governantes que elas escolheram, e por isso todo surgimento de um poder novo e toda luta contra um poder conferido anteriormente devem ser encarados apenas como uma infração ao poder verdadeiro.

Ou 2) reconhecer que a vontade das massas é transmitida aos governantes de forma condicional, sob condições determinadas e conhecidas, e mostrar que toda limitação, todo conflito e mesmo todo aniquilamento do poder decorrem da desobediência às regras das condições sob as quais o poder foi conferido a eles.

Ou 3) reconhecer que a vontade das massas é transferida aos governantes de forma condicional, mas sob condições desconhecidas, indeterminadas, e que o surgimento de muitos poderes, a luta deles e sua queda decorrem apenas do maior ou menor cumprimento das regras daquelas condições desconhecidas, sob as quais a vontade das massas é transferida de algumas pessoas para outras.

Dessas três maneiras, os historiadores explicam as relações das massas com os governantes.

Alguns historiadores que, em sua simplicidade de espírito, não entendem as questões sobre o significado do poder, aqueles mesmos historiadores particulares e biográficos de que falamos acima, parecem reconhecer que a totalidade das vontades das massas é transferida para os personagens históricos de forma incondicional e por isso, ao descrever algum poder individual, esses historiadores supõem que esse mesmo poder é o poder absoluto e verdadeiro, e que qualquer outra força que se oponha a esse poder verdadeiro não é um poder, e sim uma violação do poder — um crime.

A teoria deles, adequada para períodos da história primitivos e pacíficos, quando aplicada a períodos complexos e turbulentos da vida dos povos, durante os quais diversos poderes se levantam e lutam entre si, tem o inconveniente de que um historiador legitimista poderá demonstrar que a Convenção, o Diretório e Bonaparte foram apenas violações do poder, ao passo que um republicano e um bonapartista poderão demonstrar: um que a Convenção e o outro que o Império eram o poder verdadeiro e que todo o restante foi uma violação do poder. É óbvio que, dessa forma, refutando-se mutuamente, as explicações do poder de tais historiadores podem satisfazer apenas pessoas da mais tenra idade.

Reconhecendo a falsidade dessa visão da história, outro tipo de historiador diz que o poder se baseia na condição da transmissão aos governantes da totalidade das vontades das massas e que os personagens históricos só têm o poder sob a condição de concretizar os programas que a vontade do povo, mediante um acordo tácito, prescreveu a eles. Porém, em que consistem essas condições, isso os historiadores não nos dizem, ou, se o dizem, sempre se contradizem uns aos outros.

Cada historiador, ao examinar de seu ponto de vista aquilo que constitui o objetivo do movimento de um povo, vê tais condições na riqueza, na grandeza, na liberdade, na instrução dos cidadãos da França ou de outra nação. Porém, mesmo sem falar da contradição dos historiadores a respeito do que seriam tais condições, e até admitindo que exista de fato um programa de tais condições comum a todos, veremos que os fatos históricos quase sempre contradizem essa teoria. Se as condições sob as quais o poder é transferido consistem na riqueza, na liberdade, na instrução de um povo, então por que os Luíses XIV e os Ivans IV[4] vivem tranquilos até o fim de seus reinados, e os Luíses XVI e os Carlos I são executados pelo povo? A tal pergunta esses historiadores respondem que a atividade de Luís XIV, contrária ao programa, refletiu-se em Luís XVI. Mas por que então ela não se refletiu em Luís XIV e em Luís XV, por que tinha exatamente de se refletir em Luís XVI? E qual é o prazo de tal reflexo? Para essas perguntas não existem nem podem existir respostas. Da mesma forma, essa concepção pouco explica por que razão durante vários séculos a totalidade das vontades não é retirada de seus governantes e de seus herdeiros e então, de repente, num intervalo de cinquenta anos, é transferida para a Convenção, para o Diretório, para Napoleão, para Alexandre, para Luís XVIII, de novo para Napoleão, para Carlos X, para Luís Filipe, para o governo republicano, para Napoleão III. A fim de explicar essas transferências de vontades, cumpridas tão rapidamente, de uma pessoa para a outra, sobretudo em face das relações internacionais, das conquistas, das alianças, esses historiadores não podem deixar de reconhecer que uma parte de tais fenômenos já não são transferências normais das vontades, mas acasos que dependem ora de uma astúcia, ora de um erro, ou então de uma fraude ou da fraqueza de um diplomata, ou de um monarca, ou de um líder de um partido. Assim, a maior parte dos fenômenos da história — guerras civis, revoluções, conquistas — é apresentada por esses historiadores não como resultados da transferência de vontades livres, mas como o resultado da vontade de uma ou de várias pessoas erroneamente direcionada, ou seja, de novo são violações do poder. E por isso os acontecimentos históricos são concebidos pelos historiadores desse tipo como transgressões da teoria.

Tais historiadores assemelham-se ao botânico que, ao notar que alguns vegetais brotam da semente com duas folhazinhas unidas, deduzem que tudo o que brota também nasce com duas folhazinhas; e que a palmeira, o cogumelo e até o carvalho, que se ramifica quando plenamente desenvolvido e não tem mais semelhança com a forma de duas folhazinhas, escapam à teoria.

Um terceiro tipo de historiador reconhece que a vontade das massas é transferida para os personagens históricos condicionalmente, mas que não conhecemos essas condições. Eles dizem que os personagens históricos têm o poder apenas porque atendem a vontade da massa transferida para eles.

Porém, nesse caso, se a força que movimenta os povos não reside nos personagens históricos, mas nos próprios povos, então em que consiste a importância daqueles personagens históricos?

---

4 O tsar Ivan, o Terrível (1530-84).

Os personagens históricos, dizem esses historiadores, exprimem a própria vontade das massas; a atividade dos personagens históricos serve como um representante da atividade das massas.

Mas nesse caso surge a pergunta: toda a atividade dos personagens históricos serve como expressão da vontade das massas ou é apenas o seu lado conhecido? Se toda a atividade dos personagens históricos serve como expressão da vontade das massas, como pensam alguns, então as biografias dos Napoleões, das Catarinas, com todos os pormenores dos mexericos da corte, servem como expressão da vida dos povos, o que é um evidente absurdo; se, porém, só um lado da atividade de um personagem histórico serve como expressão da vida dos povos, como pensam outros, os supostos filósofos-historiadores, então, para determinar que lado da atividade de um personagem histórico exprime a vida de um povo, é preciso antes saber em que consiste a vida de um povo.

Ao deparar com tais dificuldades, os historiadores desse tipo inventam uma abstração muito obscura, intangível e geral, sob a qual é possível abrigar o maior número de acontecimentos, e dizem que essa abstração constitui o objetivo do movimento da humanidade. As abstrações gerais mais costumeiras, aceitas por quase todos os historiadores, são: liberdade, igualdade, instrução, progresso, civilização, cultura. Tendo fixado alguma dessas abstrações como o objetivo do movimento da humanidade, os historiadores estudam as pessoas que deixaram para trás o maior número de registros — reis, ministros, comandantes militares, escritores, reformadores, papas, jornalistas —, na medida em que todos esses personagens, na opinião deles, agiram a favor ou contra uma determinada abstração. Porém, como não está provado de forma alguma que o objetivo da humanidade consiste na liberdade, na igualdade, na instrução ou na civilização, e como a ligação das massas com os governantes e com os propagadores da instrução da humanidade se baseia apenas na suposição arbitrária de que a totalidade das vontades das massas é sempre transferida para pessoas notáveis para nós, assim a atividade de milhões de pessoas que migram, incendeiam casas, abandonam a lavoura, aniquilam-se umas às outras nunca se expressa na descrição da atividade de uma dezena de pessoas que não incendiaram casas, não trabalharam na lavoura, não assassinaram seus semelhantes.

A história prova isso a cada passo. A agitação dos povos do Ocidente no final do século passado e seu afã de ir para o Oriente se explicam, por acaso, pela atividade dos Luíses XIV, XV e XVI, de suas amantes, de seus ministros, pela vida de Napoleão, de Rousseau, de Diderot, de Beaumarchais e outros?

O movimento do povo russo para o Oriente, para Kazan e para a Sibéria, expressa-se, por acaso, nos pormenores do caráter doentio de Ivan IV e em sua correspondência com Kúrbski?[5]

O movimento dos povos no tempo das Cruzadas se explica, por acaso, pelo estudo dos Godofredos[6] e dos Luíses e de suas senhoras? Para nós, continua incompreensível o movimento dos povos do Ocidente para o Oriente, sem nenhum objetivo, sem liderança, com uma multidão de mendigos, com Pedro, o Eremita.[7] E continua mais incompreensível ainda a interrupção desse movimento, quando os atores históricos determinaram com clareza o objetivo lógico e sagrado das Cruzadas — a libertação de Jerusalém. Papas, reis e cavaleiros incitaram o povo para a libertação da Terra Santa; mas o povo não foi, porque a causa desconhecida que antes o incitava ao movimento já não mais existia. A história dos Godofredos e dos menestréis, obviamente, não pode conter em si a vida dos povos. E a história dos Godofredos e dos menestréis continuou sendo a história dos Godofredos e dos menestréis, mas a história da vida dos povos e de sua motivação continuou desconhecida.

A história dos escritores e dos reformadores nos explica ainda menos a vida dos povos.

A história da cultura nos explica as motivações, as condições da vida e do pensamento de um escritor ou reformador. Sabemos que Lutero tinha um caráter irascível e fez tais e tais discursos, sabemos que Rousseau era um incrédulo e escreveu tais e tais livros. Mas não sabemos por que, depois da Reforma, os povos se massacraram entre si e por que no tempo da Revolução Francesa executaram uns aos outros.

Se unirmos essas duas histórias, como fazem os novos historiadores, teremos as histórias dos monarcas e dos escritores, mas não a história da vida dos povos.

V

A vida dos povos não cabe na vida de algumas pessoas, pois não foi encontrada a relação entre essas pessoas e os povos. A teoria de que tal relação está baseada na transferência da totalidade das vontades para um personagem histórico é uma hipótese não confirmada pela experiência da história.

A teoria da transferência da totalidade das vontades das massas para um

---

5 Andrei Kúrbski (1528-83), um dos boiardos que se opuseram às reformas de Ivan, o Terrível.

6 Godofredo de Bulhão (1060-1100), líder da primeira Cruzada.

7 Ou Pedro de Amiens (1053-1115), líder do ramo extraoficial da primeira Cruzada, chamada de Cruzada dos Mendigos.

personagem histórico talvez possa explicar muita coisa no domínio da ciência do direito e talvez seja necessária para seus objetivos; porém em sua aplicação à história, assim que têm início as revoluções, as conquistas, as guerras civis, assim que tem início a história — essa teoria não explica nada.

Essa teoria parece incontestável justamente porque o ato da transferência das vontades de um povo não pode ser verificado, pois ele nunca existiu.

Qualquer que seja o acontecimento, quem quer que esteja à frente do acontecimento, a teoria sempre poderá dizer que tal e tal pessoa estava à frente do acontecimento porque a totalidade das vontades foi transferida para ela.

As respostas dadas por tal teoria às questões históricas assemelham-se às respostas de um homem que, olhando para um rebanho que se move, sem prestar atenção nem nas diferentes qualidades da pastagem em diversos pontos do campo, nem nos gestos do pastor que tange o rebanho, julga que as causas desta ou daquela direção do rebanho estão no animal que caminha à frente dele.

"O rebanho caminha por aquela direção porque o animal que vai à frente o conduz, e a totalidade das vontades de todos os demais animais é transferida para aquele governante do rebanho." Assim responde a primeira categoria de historiadores, que reconhecem a transmissão tácita do poder.

"Se os animais que vão à frente do rebanho são substituídos, isso ocorre porque a totalidade das vontades de todos os animais é transferida de um governante para o outro, conforme aquele animal siga ou não na direção escolhida por todo o rebanho." Assim respondem os historiadores que reconhecem que a totalidade das vontades das massas é transmitida para um governante sob condições que eles consideram conhecidas. (Com tal método de observação, muitas vezes acontece que o observador, conforme a direção por ele escolhida, considera líderes aqueles que, por causa da mudança de direção das massas, já não estão à frente, e sim ao lado e às vezes atrás.)

"Se os animais que estão à frente mudam constantemente, e a direção de todo o rebanho muda constantemente, isso acontece porque, a fim de avançar numa direção conhecida por nós, os animais transmitem sua vontade aos animais por nós percebidos, e, a fim de estudar o movimento do rebanho, é preciso observar todos os animais percebidos por nós que andam em todos os lados do rebanho." Assim dizem os historiadores da terceira categoria, que reconhecem como expressões de seu tempo todos os personagens históricos, de monarcas a jornalistas.

A teoria da transferência das vontades das massas para personagens históricos é apenas uma perífrase — apenas a expressão, com outras palavras, das mesmas palavras da pergunta.

Qual é a causa dos acontecimentos históricos? — O poder. O que é o poder?

— O poder é a totalidade das vontades transferida para uma pessoa. Em que condições as vontades das massas são transmitidas para uma pessoa? — Na condição de que uma pessoa exprima a vontade de todos. Ou seja, o poder é o poder. Ou seja, o poder é uma palavra cujo significado não compreendemos.

Se o domínio do conhecimento humano se limitasse a um conceito abstrato, então, tendo submetido à crítica a explicação do poder que nos dá a *ciência*, a humanidade chegaria à conclusão de que o poder é apenas uma palavra e não existe de fato. Porém, para o conhecimento dos fenômenos, além dos conceitos abstratos, o homem possui a arma da experiência, com a qual ele verifica os resultados do pensamento. E a experiência diz que o poder não é uma palavra, mas um fenômeno de fato existente.

Sem falar que não se pode entender nenhuma descrição da totalidade da atividade das pessoas sem a noção do poder, a existência do poder é comprovada tanto pela história quanto pela observação dos acontecimentos contemporâneos.

Sempre que ocorre um acontecimento, surge uma pessoa ou surgem pessoas por cuja vontade o acontecimento parece ter se realizado. Napoleão III dá uma ordem, e os franceses vão para o México. O rei da Prússia e Bismarck dão uma ordem, e as tropas vão para a Boêmia. Napoleão I ordena, e as tropas marcham para a Rússia. Alexandre I ordena, e os franceses coroam os Bourbon. A experiência demonstra que todo acontecimento sempre está ligado à vontade de alguma ou de algumas pessoas que o ordenaram.

Os historiadores, em função do antigo costume de admitir a participação divina nos assuntos humanos, querem ver a causa de um acontecimento na expressão da vontade de uma pessoa investida de poder; mas tal conclusão não é confirmada nem pelo raciocínio, nem pela experiência.

De um lado, o raciocínio demonstra que a expressão da vontade de um homem — sua palavra — é apenas uma parte da atividade geral expressa no acontecimento, como, por exemplo, numa guerra ou numa revolução; e por isso, sem a admissão de uma força incompreensível e sobrenatural — um milagre —, é impossível admitir que as palavras possam ser a causa imediata do movimento de milhões de pessoas; de outro lado, mesmo se aceitarmos que palavras podem ser a causa de um acontecimento, a história demonstra que a expressão da vontade de personagens históricos, na maior parte dos casos, não produz nenhuma ação, ou seja, que as ordens deles muitas vezes não só não se concretizam, como às vezes até acontece algo totalmente contrário ao que eles ordenaram.

Sem admitir a participação divina nos assuntos da humanidade, não podemos aceitar o poder como causa dos acontecimentos.

O poder, do ponto de vista da experiência, é apenas a dependência que existe entre a expressão da vontade de uma pessoa e a concretização dessa vontade por outras pessoas.

A fim de explicar para nós mesmos as condições de tal dependência, temos, antes de tudo, de restabelecer o conceito de expressão da vontade, remetendo-o para o homem, e não para uma divindade.

Se uma divindade emite uma ordem e expressa sua vontade, como nos mostra a história dos antigos, a expressão dessa vontade não depende do tempo e não é provocada por nada, pois nada liga uma divindade a um acontecimento. No entanto, ao falar sobre ordens que são expressões da vontade das pessoas, que agem no tempo, ligadas umas às outras, nós, a fim de explicar a relação entre a ordem e os acontecimentos, temos de restabelecer: 1) as condições de tudo o que ocorre: do movimento ininterrupto no tempo tanto do acontecimento quanto da pessoa que dá a ordem; e 2) as condições da relação necessária existente entre a pessoa que dá a ordem e as pessoas que cumprem sua ordem.

VI

Só a expressão da vontade de uma divindade, que não depende do tempo, pode referir-se a toda uma série de acontecimentos que têm de se realizar ao longo de alguns anos ou séculos, e só uma divindade, que não tem causa nenhuma, pode determinar por sua vontade própria a direção do movimento da humanidade; por sua vez, o homem age no tempo e participa dos acontecimentos.

Restabelecendo a primeira condição negligenciada — a condição do tempo —, vemos que nenhuma ordem pode ser concretizada sem que haja uma ordem anterior, que torna possível a concretização da última ordem.

Nunca uma ordem surge de forma espontânea e tampouco encerra em si uma série inteira de acontecimentos, mas toda ordem decorre de outra e nunca se refere a toda uma série de acontecimentos, mas sempre apenas a um momento de um acontecimento.

Quando dizemos, por exemplo, que Napoleão ordenou às tropas que fossem para a guerra, estamos unindo numa ordem expressa uma vez só uma série de ordens consecutivas, que dependem umas das outras. Napoleão não podia ordenar a campanha na Rússia e jamais ordenou tal coisa. Ele ordenou, hoje, escrever tais e tais documentos para Viena, para Berlim e para Petersburgo; amanhã, tais e tais decretos e comandos para os exércitos, para a frota e para a intendência etc. etc. — milhões de ordens, das quais se formou uma série de ordens, que por sua vez correspondem a uma série de acontecimentos que trouxeram as tropas francesas para a Rússia.

Se Napoleão, durante todo o seu reinado, dá ordens para uma expedição para a Inglaterra e em nenhuma de suas iniciativas despende mais esforços e mais tempo do que faz para esse projeto e, apesar disso, em todo o seu reinado, nenhuma vez tenta executar sua intenção, e em troca promove uma expedição à Rússia, com a qual ele, segundo uma convicção repetidamente manifesta, se julga orgulhoso de estar em aliança, isso ocorre porque as primeiras ordens não corresponderam a uma série de acontecimentos, mas as segundas, sim.

Para que uma ordem seja concretizada de modo seguro, é preciso que uma pessoa exprima uma ordem que possa ser concretizada. Saber o que pode e o que não pode ser concretizado é impossível não só para a campanha napoleônica na Rússia, da qual milhões de pessoas tomaram parte, mas também para o acontecimento mais simples, pois para a concretização tanto de uma coisa como de outra sempre podem surgir milhões de obstáculos. Toda ordem concretizada é sempre uma em meio a uma enorme quantidade de outras não concretizadas. Todas as ordens impossíveis não estão ligadas a um acontecimento e não são concretizadas. Só as que são possíveis se ligam a séries de ordens consecutivas, que correspondem a séries de acontecimentos, e são concretizadas.

Nosso conceito ilusório de que a ordem que precede o acontecimento é a causa do acontecimento existe porque, quando o acontecimento se verifica e, entre milhares de ordens, só aquelas ordens que se ligaram aos acontecimentos se concretizaram, nós esquecemos as ordens que não se concretizaram porque não podiam se concretizar. Além disso, a fonte principal de nossa ilusão nesse aspecto decorre do fato de que, na narração histórica, toda uma série de acontecimentos inumeráveis, variados, ínfimos, como, por exemplo, tudo aquilo que conduziu as tropas francesas para a Rússia, sintetiza-se em um só acontecimento, de acordo com o resultado que toda aquela série de acontecimentos produziu, e, em conformidade com essa síntese, sintetiza-se também toda uma série de ordens numa única expressão da vontade.

Dizemos: Napoleão quis e fez a campanha na Rússia. Na realidade, nunca encontraremos em toda a atividade de Napoleão nada parecido com uma expressão dessa vontade, mas veremos uma série de ordens ou de expressões de sua vontade, dirigidas da maneira mais variada e indefinida. Em meio à inumerável série de ordens napoleônicas não concretizadas, formou-se uma série de ordens concretizadas para a campanha de 1812, não porque tais ordens diferissem de alguma forma das ordens não concretizadas, mas porque a série dessas ordens correspondia à série de acontecimentos que levaram as tropas francesas para a Rússia; da mesma forma, num clichê de impressão se desenha esta ou aquela figura não porque as tintas foram passadas só de um certo modo e num certo lado, mas porque a tinta foi passada em todos os lados sobre a figura riscada no clichê.

Assim, ao examinar no tempo as relações entre as ordens e os acontecimentos, descobrimos que uma ordem não pode, em nenhuma hipótese, ser a causa de um acontecimento, mas que existe entre uma coisa e outra uma dependência definida e clara.

A fim de entender em que consiste tal dependência, é necessário restabelecer outra negligenciada condição de qualquer ordem emanada não de uma divindade, mas de um homem, e que consiste em que o próprio homem que dá a ordem participa do acontecimento.

Isso é a relação de quem ordena com aqueles a quem ordena, e é exatamente isso o que se chama de poder. Tal relação consiste no seguinte:

Para uma atividade comum, as pessoas sempre se unem em determinadas combinações, nas quais, apesar da diferença dos objetivos fixados para a ação coletiva, a relação entre as pessoas que participam da ação é sempre a mesma.

Ao se unir em tais combinações, as pessoas sempre formam entre si uma tal relação em que a maioria das pessoas participa de modo mais direto e a minoria das pessoas participa de modo menos direto da ação coletiva para a qual elas se combinam.

De todas as combinações em que as pessoas se unem a fim de concretizar as ações coletivas, uma das mais incisivas e definidas é o Exército.

Todas as tropas são constituídas pelos membros situados no nível mais baixo da hierarquia militar: soldados rasos, que são sempre em maior quantidade; pelos membros seguintes, subindo na hierarquia militar — cabos, sargentos, que existem em número menor do que os primeiros; e pelos membros de um nível ainda mais alto, que são em número ainda menor, e assim por diante, até chegar ao poder militar supremo, que se concentra numa só pessoa.

A organização militar pode ser representada com perfeição pela figura de um cone, no qual a base, com o diâmetro maior, é constituída pelos soldados rasos; a parte menor, acima da base, por membros superiores do Exército, e assim por diante, até o cume do cone, ponto que representa o comandante-geral.

Os soldados, que são a maioria, constituem a extremidade inferior do cone e sua base. O próprio soldado é quem, diretamente, fura, corta, incendeia, rouba e sempre em tais ações recebe a ordem dos superiores; ele mesmo nunca ordena nada. O sargento (o número dos sargentos já é menor) executa ele mesmo a ação com menos frequência do que o soldado; mas já ordena. O oficial executa a ação com ainda menos frequência e ordena com mais frequência. O general, por sua vez, apenas ordena que as tropas avancem, aponta o objetivo e quase nunca usa armas. Já o comandante-geral nunca pode tomar parte direta da própria ação e apenas dá ordens gerais sobre o movimento das massas. Essa mesma relação entre as pessoas se verifica em qualquer união de pessoas para uma atividade comum — na agricultura, no comércio e em qualquer governo.

Assim, sem separar artificialmente todas as partes unidas de um cone e as patentes dos membros do Exército, ou a hierarquia ou os postos de qualquer governo ou da administração pública, desde os mais inferiores aos superiores, surge a lei segundo a qual as pessoas, a fim de concretizar as ações coletivas, se associam em uma relação tal que, quanto mais imediatamente participam na concretização da ação, menos podem dar ordens, e tanto maior é o seu número; e quanto menor sua participação direta na ação propriamente dita, mais dão ordens e tanto menor é o seu número; e seguiremos dessa forma, partindo das camadas mais baixas até chegarmos ao último homem, que tem a participação menos direta de todos no acontecimento e que, mais do que todos, conduz sua atividade para dar ordens.

Essa é a relação entre as pessoas que dão ordens e as que recebem suas ordens e constitui a essência do conceito denominado poder.

Depois de restabelecer as condições do tempo, nas quais se cumprem todos os acontecimentos, descobrimos que uma ordem só se concretiza quando remete a uma série correspondente de acontecimentos. Ao restabelecer a condição necessária da ligação entre os que ordenam e os que executam, descobrimos que, por sua própria característica, os que ordenam tomam a menor parte possível no próprio acontecimento e que a atividade deles está dirigida exclusivamente para dar ordens.

VII

Quando algum acontecimento se concretiza, as pessoas expressam suas intenções, seus desejos a respeito do acontecimento, e, assim como o acontecimento decorre da ação coletiva de muitas pessoas, uma das intenções ou um dos desejos expressos terá por força de se concretizar, ainda que só aproximadamente. Quando uma das intenções expressas é concretizada, essa intenção se liga ao acontecimento como uma ordem que o precedeu.

Pessoas arrastam um tronco. Cada uma exprime sua opinião sobre como e para onde arrastar o tronco. As pessoas terminam de arrastar o tronco e se verifica que isso foi feito do modo como um deles havia falado. Ele deu a ordem. Aí está a ordem e o poder em seu aspecto primordial.

Aquele que trabalhou mais com as mãos menos pôde refletir sobre o que estava fazendo e especular o que poderia resultar da atividade comum, e menos pôde dar ordens. Aquele que mais ordenou, por causa de sua atividade com as palavras, obviamente menos pôde agir com as mãos. Quando um grande agrupamento de pessoas dirige uma atividade para um objetivo, separa-se de modo ainda mais incisivo a classe de pessoas que participam tanto menos diretamente na atividade comum, quanto mais sua atividade é direcionada para dar ordens.

Um homem, quando age sozinho, sempre carrega consigo uma determinada série de ideias que, assim lhe parece, guiaram sua atividade passada, serviram para justificar sua atividade presente e o guiaram nas conjeturas sobre as realizações futuras.

Exatamente o mesmo fazem os agrupamentos de pessoas quando permitem àqueles que não participam dos acontecimentos inventar ideias, justificativas e hipóteses sobre sua atividade coletiva.

Por motivos conhecidos ou desconhecidos para nós, os franceses começaram a queimar e cortar uns aos outros. E, em correspondência com o acontecimento, segue-se sua justificação na vontade expressa da pessoa de que aquilo é necessário para o bem da França, para a liberdade, para a igualdade. As pessoas param de cortar umas às outras e tal acontecimento é seguido pela justificativa da necessidade de um poder unificado, da resistência à Europa etc. As pessoas vão do Ocidente para o Oriente, assassinando seus semelhantes, e esse acontecimento é seguido por palavras sobre a glória da França, a baixeza da Inglaterra etc. A história nos mostra que tais justificativas do acontecimento não têm nenhum sentido geral, contradizem a si mesmas, como o assassinato de uma pessoa devido ao reconhecimento de seus direitos, e o assassinato de milhões na Rússia a fim de humilhar a Inglaterra. Mas essas justificativas, no sentido contemporâneo, têm uma significação necessária.

Essas justificativas retiram a responsabilidade moral das pessoas que produzem os acontecimentos. Esses objetivos temporários são como as escovas fixadas à frente de um trem para a limpeza dos trilhos: limpam e retiram do caminho a responsabilidade moral das pessoas. Sem tais justificativas, não poderia ser explicada nem a mais simples questão que surge ao observarmos qualquer acontecimento: de que forma milhões de pessoas praticam crimes coletivos, guerras, assassinatos etc.?

Nas complexas formas atuais da vida política e social na Europa, seria possível imaginar algum acontecimento que não fosse prescrito, indicado, ordenado por soberanos, ministros, parlamentos, jornais? Será que existe alguma ação coletiva que não encontraria sua justificativa na unidade de governo, na nacionalidade, no equilíbrio da Europa, na civilização? Assim, qualquer acontecimento que se cumpra é inevitavelmente acompanhado por algum desejo expresso e, ao receber sua justificativa, é apresentado como um produto da vontade de uma pessoa ou de várias pessoas.

Para onde quer que um barco se dirija, à sua frente sempre veremos o fluxo das ondas que ele ergue na superfície. Para as pessoas que estão no barco, o movimento desse fluxo será o único movimento percebido.

Apenas acompanhando mais de perto, um momento após o outro, o movimento desse fluxo e comparando esse movimento com o movimento do barco, ficaremos convencidos de que cada momento do movimento do fluxo é determinado pelo movimento do barco, e que o que nos ilude é o fato de nós mesmos nos movermos sem perceber isso.

O mesmo veremos ao acompanhar, momento a momento, o movimento dos personagens históricos (ou seja, restabelecendo a condição necessária de tudo o que ocorre — a condição da continuidade do movimento no tempo), sem perder de vista a necessidade da relação entre os personagens históricos e as massas.

Quando o barco vai numa só direção, à sua frente está o mesmo fluxo; quando ele muda de direção muitas vezes, os fluxos à sua frente mudam e desviam muitas vezes. Porém, para onde quer que ele tenha virado, sempre haverá um fluxo que precede seu deslocamento.

O que quer que ocorra, sempre parece que foi previsto e ordenado. Para onde quer que o barco se volte, o fluxo, que não guia, não força seu movimento, borbulha à sua frente e, de longe, vai nos parecer que não só movimenta o barco arbitrariamente, como também guia seu movimento.

Observando apenas as expressões da vontade dos personagens históricos que se relacionam aos acontecimentos como aqueles que ordenam, os historiadores supõem que os acontecimentos se encontram na dependência de ordens. Observando os mesmos acontecimentos e a relação com as massas nas quais estão os personagens históricos, achamos que os personagens históricos e suas ordens se encontram na dependência dos acontecimentos. Serve como uma demonstração indiscutível dessa conclusão o fato de que, haja quantas ordens houver, o acontecimento não se concretizará se não houver outras causas para isso; no entanto, assim que o acontecimento se concretizar — qualquer que seja ele —, então, entre todas as vontades, continuamente expressas por diferentes pessoas, iremos encontrar algumas que, pelo sentido e pelo tempo, se relacionam com o acontecimento como ordens.

Ao chegar a tal conclusão, podemos responder de forma direta e positiva às seguintes duas questões essenciais da história:

1) O que é o poder?

2) Que força produz o movimento dos povos?

1) O poder é a relação entre uma pessoa determinada e outras pessoas, na qual a pessoa em questão participa tanto menos da ação, quanto mais exprime opiniões, hipóteses e justificativas da ação coletiva que se concretizou.

2) O movimento dos povos é produzido não pelo poder, nem pela atividade intelectual, nem mesmo pela união das duas coisas, como pensavam os historiadores, mas pela atividade de *todas* as pessoas que participam do acontecimento e que sempre se unem de tal forma que aqueles que participam mais diretamente do acontecimento atribuem a si a menor responsabilidade; e vice-versa.

Do ponto de vista moral, o poder é apresentado como a causa do acontecimento; do ponto de vista físico, a causa são aqueles que se submetem ao poder. Porém, como a atividade moral é inconcebível sem a atividade física, a causa do acontecimento não se encontra nem numa coisa nem na outra, e sim na união das duas.

Ou, em outras palavras, a noção de causa é inaplicável para o fenômeno que estamos examinando.

Em última análise, chegamos ao círculo da eternidade, à última fronteira que a razão humana alcança no domínio do pensamento, quando não está brincando com seu assunto. A eletricidade produz o calor, o calor produz a eletricidade. Os átomos se atraem. Os átomos se repelem.

Ao falar sobre a ação recíproca do calor e da eletricidade e sobre os átomos, não podemos dizer por que isso acontece e dizemos que é assim porque é inconcebível de outra forma, porque tem de ser assim, que isso é uma lei. O mesmo se aplica aos fenômenos históricos. Por que ocorre a guerra ou a revolução? Não sabemos; só sabemos que, para concretizar uma ou outra ação, as pessoas se combinam numa determinada relação, e todos participam; e dizemos que é assim porque é inconcebível de outra forma, que isso é uma lei.

VIII

Se a história tivesse a ver com os fenômenos exteriores, bastaria um decreto dessa lei simples e evidente e poríamos fim à nossa discussão. Mas a lei da história tem a ver com o ser humano. Uma partícula de matéria não pode nos dizer que ela não sente de forma alguma a necessidade de atração e de repulsão e que isso é falso; já a pessoa, que é o objeto da história, diz de forma direta: eu sou livre e por isso não estou sujeito às leis.

Embora não declarada, a presença da questão do livre-arbítrio do homem é sentida a cada passo da história.

Todos os historiadores que refletiram a sério, querendo ou não, chegaram a tal questão. Todas as contradições, as obscuridades da história e o caminho falso trilhado por essa ciência têm por base apenas a falta de solução para essa questão.

Se a vontade de cada pessoa fosse livre, ou seja, se cada pessoa pudesse agir como quisesse, a história inteira seria uma série de acasos desconexos.

Mesmo se uma pessoa entre milhões num período de milhares de anos tivesse a possibilidade de agir de forma livre, ou seja, como quisesse, é evidente que um ato livre de tal pessoa, contrário às leis, aniquilaria a possibilidade da existência de quaisquer leis para toda a humanidade.

Se existir ainda que só uma lei regendo as ações das pessoas, então não pode existir vontade livre, pois a vontade das pessoas tem de estar sujeita a essa lei.

Nessa contradição se encerra a questão sobre o livre-arbítrio, da qual se ocuparam, desde os tempos mais antigos, as melhores inteligências da humanidade e que, desde os tempos mais antigos até hoje, conservou toda a sua enorme relevância.

A questão consiste em que, encarando o homem como objeto de observação de qualquer ponto de vista — teológico, histórico, ético, filosófico —, descobrimos a lei geral da necessidade, à qual ele está sujeito, como todas as criaturas. Já encarando o homem a partir de nós mesmos, como aquilo de que temos consciência, nos sentimos livres.

Tal consciência é uma fonte de autoconhecimento totalmente separada e independente da razão. Por meio da razão, o homem observa a si mesmo; porém só se conhece por meio da consciência.

Sem a consciência de si é inconcebível qualquer observação e qualquer aplicação da razão.

A fim de compreender, observar, concluir, o homem precisa antes ter consciência de si como uma pessoa viva. Uma pessoa não se reconhece a não ser como alguém que quer, ou seja, que tem consciência de sua vontade. E essa vontade, que constitui a essência de sua vida, a pessoa a entende e só pode entendê-la como livre.

Se, ao sujeitar-se à observação, a pessoa vê que sua vontade é sempre dirigida por uma única lei (se a pessoa observa a necessidade de se alimentar, ou a atividade do cérebro, ou o que quer que seja), ela não consegue entender essa direção sempre única de sua vontade senão como uma restrição de sua vontade. O que é livre não pode sofrer restrição. A vontade da pessoa lhe parece restrita exatamente porque a pessoa tem consciência de sua vontade apenas como livre.

Você diz: eu não sou livre. Mas eu levanto e abaixo o braço. Todos entendem que essa resposta ilógica é uma demonstração incontestável de liberdade.

Tal resposta é uma expressão da consciência não sujeita à razão.

Se a consciência da liberdade não fosse uma fonte de autoconhecimento separada e independente da razão, ela estaria subordinada à razão e à experiência; mas na realidade tal subordinação nunca existe e é inconcebível.

Uma série de experiências e de raciocínios prova para cada pessoa que, como objeto de observação, ela está sujeita a determinadas leis, e a pessoa se submete a elas e nunca luta contra a lei da gravidade ou da impenetrabilidade da matéria, uma vez que as aprendeu. No entanto, a mesma série de experiências e de raciocínios prova para a pessoa que a liberdade completa, que ela reconhece em si, é impossível, que todas as suas ações dependem de sua organização, de seu caráter e dos motivos que agem sobre ela; mas a pessoa nunca se submete às deduções de tais experiências e raciocínios.

Tendo aprendido pela experiência e pelo raciocínio que uma pedra cai, a pessoa acredita nisso de modo indiscutível e em todos os casos espera o cumprimento da lei que ela aprendeu.

Porém, tendo aprendido também de modo indiscutível que sua vontade está sujeita a leis, a pessoa não acredita nisso e não consegue acreditar.

Por mais vezes que a experiência e o raciocínio demonstrem para a pessoa que, nas mesmas condições, com o mesmo caráter, ela fará o mesmo que fez antes, a pessoa, mesmo empreendendo mil vezes nas mesmas condições, com o mesmo caráter, uma ação que sempre termina da mesma forma, sente-se incontestavelmente segura de que pode agir da maneira que quiser, como era antes da experiência. Toda pessoa, um selvagem e um pensador, por mais que a experiência e o raciocínio lhe demonstrem de forma irresistível que é impossível conceber duas ações exatamente nas mesmas condições, sente que sem essa noção absurda (que constitui a essência da liberdade) ela não consegue conceber a vida. Sente que, por mais que seja impossível, isso existe; pois sem tal noção de liberdade ela não só não entenderia a vida como não poderia viver nenhum momento sequer.

E não poderia porque todos os esforços das pessoas, todas as motivações para a vida, são apenas esforços de um aumento da liberdade. A riqueza e a pobreza, a glória e a obscuridade, o poder e a servidão, a força e a fraqueza, a saúde e a doença, a instrução e a ignorância, o trabalho e o ócio, a saciedade e a fome, a bondade e a maldade são apenas graus maiores ou menores de liberdade.

Para uma pessoa, imaginar a si mesma sem liberdade é o mesmo que se imaginar alguém privado de vida.

Se a noção de liberdade se apresenta à razão como uma contradição absurda, tal como a possibilidade de executar dois atos num mesmo momento do tempo ou uma ação sem causa, isso apenas prova que a consciência não está sujeita à razão.

Essa consciência da liberdade, inabalável, incontestável, não sujeita à experiência nem ao raciocínio, identificada por todos os pensadores e sentida por todas as pessoas, sem exceção, a consciência sem a qual é inconcebível qualquer imagem de um ser humano, constitui o outro lado da questão.

O ser humano é uma criação de um Deus Todo-Poderoso, benevolente e onisciente. Então o que vem a ser o pecado, conceito que deriva da consciência da liberdade da pessoa? Eis a questão da teologia.

Os atos das pessoas estão sujeitos a leis gerais invariáveis, expressas pela estatística. Então em que consiste a responsabilidade da pessoa perante a sociedade, conceito que deriva da consciência da liberdade? Eis a questão do direito.

As ações de uma pessoa decorrem do caráter congênito e dos motivos que agem sobre ela. O que é a consciência e o sentido do bem e do mal das ações decorrentes da consciência da liberdade? Eis a questão da ética.

A pessoa, em ligação com a vida geral da humanidade, vê-se sujeita às leis que determinam esta vida. Mas essa mesma pessoa, independentemente de tal ligação, se imagina livre. Como se deve encarar a vida passada dos povos e da humanidade — como um fruto da ação livre ou não livre das pessoas? Eis a questão da história.

Só em nossa época autoconfiante, de popularização do conhecimento, graças à arma poderosa da ignorância que é a difusão de textos impressos, a questão do livre-arbítrio foi conduzida para um terreno onde a questão nem sequer pode ser formulada. Em nossa época, a maioria das chamadas pessoas avançadas, ou seja, um bando de ignorantes, tomou os trabalhos dos naturalistas, que se ocuparam só de um lado da questão, como a solução da questão em seu todo.

Não existe alma nem liberdade, porque a vida da pessoa se exprime pelos movimentos musculares, mas os movimentos musculares são condicionados pela atividade nervosa; a alma e a liberdade não existem porque nós, num período indeterminado de tempo, viemos do macaco — falam, escrevem e imprimem eles, sem desconfiar sequer por um instante que, milhares de anos atrás, essa mesma lei da necessidade que com tamanho esforço eles se empenham em demonstrar agora, por meio da fisiologia e da zoologia comparada, não só era reconhecida por todas as religiões e por todos os pensadores, como nunca foi contestada. Não veem que o papel das ciências naturais nessa questão consiste apenas em servir de instrumento para esclarecer de um lado do problema. Pois supor que, do ponto de vista da observação, a razão e a vontade são apenas uma secreção (*sécrétion*) do cérebro e que a pessoa, segundo a lei geral, pôde evoluir de animais inferiores num período indeterminado de tempo, não faz mais do que explicar de um ângulo novo a verdade reconhecida por todas as religiões e teorias filosóficas milênios atrás, a saber, que do ponto de vista da razão o homem está sujeito às leis da necessidade, mas não avança nem um fio de cabelo rumo à solução da questão, que tem outro lado oposto a esse, fundado na consciência da liberdade.

Se os homens evoluíram do macaco num período indeterminado de tempo, isso é tão compreensível quanto terem os homens evoluído de um punhado de terra num determinado período de tempo (no primeiro caso, X é o tempo; no segundo, origem), e a questão sobre de que forma a consciência da liberdade do homem se une à lei da necessidade, à qual o homem está sujeito, não pode ser resolvida pela fisiologia comparada e pela zoologia, pois na rã, no coelho e no macaco podemos observar apenas a atividade muscular e nervosa, ao passo que no homem podemos observar a atividade muscular e nervosa e também a consciência.

Os naturalistas e seus adeptos, que julgam resolver essa questão, assemelham-se a estucadores a quem mandaram estucar um lado da parede de uma igreja e que, aproveitando a ausência do mestre de obras, num ímpeto de zelo, recobriram com seu estuque também as janelas, as imagens, os andaimes e as paredes ainda não devidamente consolidadas e se alegraram com isso, pois, do seu ponto de vista de estucadores, tudo ficou bem nivelado e liso.

IX

A solução da questão da liberdade e da necessidade, para a história — diante de outros ramos do conhecimento, nos quais a mesma questão é debatida —, tem a vantagem de que, para a história, essa questão diz respeito não à própria essência da vontade da pessoa, mas à representação da manifestação dessa vontade no passado e em determinadas condições.

A história, na solução dessa questão, encontra-se, em relação às demais ciências, na posição de uma ciência experimental em face das ciências especulativas.

A história tem por objeto não a própria vontade da pessoa, mas nossa representação dessa vontade.

E por isso, para a história, não existe, como para a teologia, para a ética e para a filosofia, um mistério insolúvel sobre a união das duas contradições, a liberdade e a necessidade. A história examina a representação da vida do ser humano, em que a união daquelas duas contradições já se efetuou.

Na vida real, todo acontecimento histórico, toda ação do homem é entendida de forma totalmente clara e determinada, sem a sensação da mais ínfima contradição, apesar de todo acontecimento ser representado como parcialmente livre, parcialmente necessário.

Para a solução da questão de como se unem a liberdade e a necessidade e em que consistem esses dois conceitos, a filosofia da história pode e deve seguir o caminho contrário ao seguido pelas outras ciências. Em lugar de definir em si mesmos os conceitos de liberdade e de necessidade e submeter os fenômenos da vida às definições estabelecidas, a história deve extrair uma definição dos conceitos de liberdade e de necessidade a partir da imensa quantidade de fenômenos que a ela se oferecem, sempre representados em dependência da liberdade e da necessidade.

Qualquer que seja a representação que examinemos da ação de muitas pessoas ou de uma só pessoa, nós não a entendemos senão como resultado em parte da liberdade da pessoa, em parte das leis da necessidade.

Quer falemos das migrações dos povos, ou das incursões dos bárbaros, ou das ordens de Napoleão III, ou de um ato de uma pessoa executado uma hora atrás e que consistiu em que, entre várias direções para um passeio, ela optou por uma direção — nós não vemos a menor contradição. A medida de liberdade e de necessidade que guiou os atos de tais pessoas está claramente definida para nós.

Com muita frequência, a representação da maior ou menor liberdade difere, conforme os diferentes pontos de vista de onde observamos o fenômeno; porém — sempre de maneira igual — toda ação do ser humano não se apresenta a nós senão como uma determinada união da liberdade e da necessidade. Em todo ato examinado, vemos uma determinada parcela de liberdade e uma determinada parcela de necessidade. E, sempre, quanto mais liberdade vemos num ato, tanto menos necessidade vemos nele; e quanto mais necessidade, tanto menos liberdade.

A relação da liberdade com a necessidade diminui e aumenta conforme o ponto de vista de onde se examina a ação; mas essa relação sempre permanece inversamente proporcional.

O homem que está se afogando e se agarra a outro e o afunda, ou a mãe que, esfomeada e esgotada pela amamentação do filho, rouba, ou o homem que, habituado à disciplina, por força da ordem de um superior mata um homem indefeso — tais pessoas se apresentam como menos culpadas, ou seja, menos livres e mais sujeitas à lei da necessidade para aquele que conhece as condições em que se encontram essas pessoas, e mais livres para quem não sabe que o próprio homem estava afundando, que a mãe estava faminta, que o soldado estava submetido à hierarquia etc. Da mesma forma, um homem que vinte anos atrás cometeu um assassinato, e depois disso viveu de modo tranquilo e inofensivo na sociedade, é representado como menos culpado; seu ato está mais sujeito à lei da necessidade para quem o observa da perspectiva de vinte anos, e mais livre para quem observa o mesmo ato um dia após sua execução. Assim também todo ato de um homem louco, bêbado ou fortemente perturbado é representado como menos livre e mais necessário por quem conhece o estado mental da pessoa que praticou o ato, e mais livre e menos necessário por quem não sabe disso. Em todos esses casos, aumentou ou diminuiu o conceito de liberdade e, de maneira correspondente, diminuiu ou aumentou o conceito de necessidade — conforme o ponto de vista do qual se observa o ato. E, assim, quanto maior se representa a necessidade, tanto menor se representa a liberdade. E vice-versa.

A religião, o bom senso da humanidade, a ciência do direito e a própria história entendem da mesma forma essa relação entre a necessidade e a liberdade.

Todos os casos, sem exceção, em que aumenta ou diminui nossa representação da liberdade e da necessidade têm apenas três fundamentos:

1) A relação do homem que praticou uma ação com o mundo exterior;

2) com o tempo;

3) com as causas que produziram o ato.

1) O primeiro fundamento é a relação, mais visível ou menos visível para nós, do homem com o mundo exterior, a ideia mais clara ou menos clara sobre o lugar determinado que cada homem ocupa com relação a tudo o que existe ao mesmo tempo que ele. Esse é o fundamento devido ao qual é evidente que o homem que se afoga é menos livre e mais sujeito à necessidade do que o homem que está em terra firme; é o fundamento devido ao qual as ações do homem que vive em estreita ligação com outras pessoas em locais densamente povoados, as ações do homem ligado à família, ao serviço militar, aos negócios, são representadas como incontestavelmente menos livres e mais sujeitas à necessidade do que as ações de um homem solitário e isolado.

Se observamos um homem isolado, sem sua relação com tudo o que o cerca, qualquer ato seu nos parece livre. Porém, se observarmos qualquer relação dele com o que o cerca, se observarmos seu vínculo com o que quer que seja — com um homem que fala com ele, com um livro que ele lê, com o trabalho a que ele se dedica, até mesmo com o ar que o rodeia, até mesmo com a luz que ilumina os objetos que o cercam —, veremos que cada uma dessas condições tem influência sobre ele e dirigem pelo menos um aspecto de sua atividade. E quanto mais observarmos tais influências, tanto menor será nossa representação de sua liberdade, e tanto maior será a representação da necessidade a que ele está sujeito.

2) O segundo fundamento é: as maiores ou menores relações temporárias visíveis do homem com o mundo; a ideia mais clara ou menos clara do lugar que a ação do homem ocupa no tempo. Esse é o fundamento devido ao qual a queda do primeiro homem, que teve por consequência o surgimento da espécie humana, é obviamente representada como menos livre do que uma pessoa que contrai matrimônio hoje em dia. É esse o fundamento devido ao qual a vida e a atividade das pessoas que vive-

ram séculos atrás e estão ligadas comigo no tempo não podem me parecer tão livres quanto a vida contemporânea, cujas consequências me são ainda desconhecidas.

O grau da representação da maior ou menor liberdade e necessidade nessa relação depende do maior ou menor intervalo de tempo entre a execução do ato e seu julgamento.

Se examino um ato executado por mim um minuto atrás, aproximadamente nas mesmas condições em que me encontro agora, meu ato se apresenta a mim como incontestavelmente livre. Porém, se considero um ato praticado um mês atrás, então, como me encontro em outras condições, tenho de reconhecer que, se aquele ato não fosse praticado, muitas coisas úteis, agradáveis e até desnecessárias decorrentes daquele ato não existiriam. Se me transporto pela memória a um ato ainda mais remoto no tempo, de dez anos atrás ou mais, as consequências do meu ato me parecem ainda mais evidentes; e será difícil para mim imaginar o que teria ocorrido se não houvesse tal ato. Quanto mais eu recuar no tempo em minha memória, ou então, o que vem a dar na mesma, quanto mais eu projetar meu juízo para o futuro, tanto mais duvidoso me parecerá meu raciocínio sobre a liberdade do ato.

É exatamente o mesmo progresso da convicção sobre a participação do livre-arbítrio nos assuntos gerais da humanidade que encontramos também na história. Um acontecimento contemporâneo nos parece indiscutivelmente uma criação de todas as pessoas conhecidas; no entanto, num acontecimento mais afastado, vemos já suas inevitáveis consequências, a par das quais não conseguimos imaginar nada diferente. E quanto mais nos transportamos para o passado na observação dos acontecimentos, tanto menos eles nos parecem aleatórios.

A Guerra Austro-Prussiana nos parece uma consequência indiscutível da ação do astuto Bismarck etc.

As guerras napoleônicas, embora já de forma duvidosa, ainda nos parecem a criação da vontade de heróis; mas nas Cruzadas já vemos um acontecimento que ocupa seu lugar de forma bem determinada e sem o qual a nova história da Europa seria inconcebível, e, no entanto, para os cronistas das Cruzadas, aquele acontecimento parecia também a mera criação da vontade de algumas pessoas. No caso da migração dos povos, não passa pela cabeça de ninguém em nosso tempo que a renovação do mundo europeu dependia das atrocidades de Átila. Quanto mais recuado na história for o nosso objeto de observação, tanto mais duvidosa se torna a liberdade das pessoas que produziram os acontecimentos e tanto mais evidente se torna a lei da necessidade.

3) O terceiro fundamento é o maior ou menor acesso que temos à infinita cadeia de causas, que constitui uma exigência inevitável da razão e na qual cada fenômeno é entendido, e também na qual, por isso, cada ato do homem deve ter seu

lugar determinado como uma consequência para os que o antecedem e como uma causa para os que o sucedem.

Esse é o fundamento devido ao qual nossas ações e as ações das demais pessoas nos são representadas, de um lado, tanto menos livres e mais sujeitas à necessidade quanto mais conhecidas por nós forem as leis fisiológicas, psicológicas e históricas extraídas da observação, leis a que o homem está sujeito, e quanto mais exata for a causa fisiológica, psicológica ou histórica da ação observada por nós; e, de outro lado, quanto mais simples for a própria ação observada e quanto mais complexo o caráter e a mente do homem cuja ação observamos.

Quando não compreendemos de maneira alguma as causas de um ato — se é um crime, uma virtude ou até algo indiferente ao bem e ao mal — nós, em tal ato, reconhecemos uma parcela maior de liberdade. No caso de um crime, acima de tudo exigimos um castigo para esse ato; no caso de uma virtude, valorizamos ao máximo tal ato. No caso de algo indiferente, reconhecemos uma maior individualidade, originalidade, liberdade. Se, porém, ainda que apenas uma das inúmeras causas for conhecida por nós, logo reconhecemos uma determinada parcela de necessidade e exigimos uma retaliação menor pelo delito, reconhecemos menos méritos no ato virtuoso, menos liberdade no ato que parecia original. O fato de o criminoso ter sido educado entre facínoras já atenua sua culpa. Os sacrifícios de um pai, de uma mãe, sacrifícios que compreendem a possibilidade de uma recompensa, são mais compreensíveis do que um sacrifício sem causa e por isso são representados como menos merecedores de compaixão, menos livres. Um fundador de uma seita, de um partido, um inventor nos causa menos admiração quando sabemos como e com que foi preparada sua atividade. Se tomarmos uma grande série de experiências, se nossa observação for constantemente dirigida para a busca da correlação entre causas e efeitos nas ações das pessoas, as ações das pessoas são representadas por nós como tanto mais necessárias e tanto menos livres quanto mais exatamente associarmos as consequências com as causas. Se as ações observadas forem simples e se nós, para a observação, tivermos uma enorme quantidade de tais ações, nossa representação da necessidade de tais ações será ainda mais completa. Um ato desonroso do filho de um pai desonroso, o comportamento impróprio de uma mulher que calhou de viver num determinado ambiente, um bêbado que volta a beber etc. são atos que representamos como tanto menos livres quanto mais compreensível para nós for sua causa. Já se a mesma pessoa cuja ação observamos se encontra no nível mais baixo do desenvolvimento mental, como um bebê, um louco, um idiota, nós, cientes da causa da ação e da simplicidade do caráter e da mente, já vemos uma parcela tão grande de necessidade e uma parcela tão pequena de liberdade que, tão logo conhecemos a causa que produz a ação, podemos prever o ato.

Só sobre esses três fundamentos se alicerçam a irresponsabilidade pelos crimes e a redução da culpa à luz das circunstâncias, que figuram em todas as legislações. A responsabilidade é representada como maior ou menor conforme o maior ou menor conhecimento das condições em que se encontrava a pessoa cujo ato está em julgamento, conforme o maior ou menor intervalo de tempo entre a execução do ato e seu julgamento, e conforme a maior ou menor compreensão das causas do ato.

X

Assim, nossa representação da liberdade e da necessidade diminui e aumenta gradualmente conforme a maior ou menor ligação com o mundo exterior, conforme a maior ou menor distância no tempo e a maior ou menor dependência das causas, nas quais observamos o fenômeno da vida de uma pessoa.

Assim, se observarmos uma situação em que a ligação de um homem com o mundo exterior é conhecida ao máximo, em que o período de tempo entre o julgamento e a execução do ato é o mais longo possível, e em que as causas do ato são acessíveis ao máximo, obteremos uma representação de uma necessidade máxima e de uma liberdade mínima. Porém, se observarmos um homem numa dependência mínima das condições exteriores; se sua ação foi praticada no momento mais próximo do presente e se a causa de seu ato não nos é acessível, obteremos a representação de uma necessidade mínima e de uma liberdade máxima.

Mas tanto num caso como no outro, por mais que mudemos nosso ponto de vista, por mais que esclareçamos a relação em que a pessoa se encontra com o mundo exterior, ou ainda por mais que elas nos pareçam acessíveis, por mais que o período de tempo se alongue ou se encurte, por mais que as causas sejam compreendidas ou inescrutáveis para nós, nunca conseguimos conceber nem a liberdade total, nem a necessidade total.

1) Por mais que representemos o homem como isento das influências do mundo exterior, jamais obtemos um entendimento da liberdade no espaço. Toda ação do homem é inevitavelmente condicionada por aquilo que o cerca, e até pelo próprio corpo. Eu levanto e abaixo o braço. Minha ação parece-me livre; porém, quando eu me digo: será que eu poderia levantar o braço em todas as direções?, vejo que levantei o braço na direção em que havia menos obstáculos para tal ato, obstáculos que se encontram nos corpos que me cercam e também na constituição de meu corpo. Se, entre todas as possíveis direções, escolhi aquela, eu a escolhi porque naquela direção havia menos obstáculos. Para que meu ato fosse livre, era necessário que

não encontrasse nenhum obstáculo. Para representarmos um homem como livre, temos de representá-lo fora do espaço, o que obviamente é impossível.

2) Por mais que aproximemos o tempo do julgamento do tempo do ato, jamais obteremos o conceito da liberdade no tempo. Pois, se eu observo um ato praticado um segundo antes, apesar de tudo tenho de reconhecer que é um ato sem liberdade, porque o ato está contido no momento de tempo em que ele é praticado. Será que posso erguer o braço? Eu o levanto; mas me pergunto: será que posso não levantar o braço naquele momento de tempo já passado? A fim de me convencer disso, no momento seguinte não levanto o braço. Mas quando não levanto o braço não é mais aquele primeiro momento quando me fiz a pergunta sobre a liberdade. Passou o tempo, cuja passagem não posso conter, e o braço que então eu levantei, e o ar no qual eu fiz aquele movimento, já não são o ar que agora me rodeia, nem o braço com o qual não faço nenhum movimento. Aquele momento em que o primeiro movimento foi executado não pode voltar, e naquele momento eu só pude fazer um movimento, e qualquer movimento que eu tenha feito só pode ser apenas um. O fato de eu, no minuto seguinte, não ter levantado o braço não provou que posso não levantá-lo. E como meu movimento só podia ser um num momento do tempo, então ele não poderia ser nenhum outro. A fim de representá-lo como livre, é preciso representá-lo no presente, na fronteira entre o passado e o futuro, ou seja, fora do tempo. O que é impossível, e:

3) Por maior que seja a dificuldade de acesso às causas, jamais chegaremos à representação da liberdade completa, ou seja, à ausência de uma causa. Por mais que nos seja inacessível a causa da expressão de uma vontade em qualquer ato, próprio ou alheio, a primeira exigência da razão é a suposição e a busca de uma causa, sem a qual é inconcebível qualquer fenômeno. Eu levanto o braço a fim de praticar um ato independente de qualquer causa, porém o fato de eu querer praticar um ato sem causa é a causa de meu ato.

No entanto, ainda que representássemos um homem completamente isento de todas as influências, observando apenas seu ato instantâneo no presente e não provocado por nenhuma causa, teríamos de admitir um resíduo de necessidade infinitamente pequeno, igual a zero, e nem chegaríamos então ao conceito da liberdade completa de um homem; pois uma criatura que não recebe influências do mundo exterior e que se encontra fora do tempo e independente de causas já não é um ser humano.

Da mesma forma, jamais podemos representar a ação de um homem sem a participação da liberdade e sujeita apenas à lei da necessidade.

1) Por mais que aumente nosso conhecimento das condições espaciais em que se encontra uma pessoa, tal conhecimento jamais pode ser completo, porque o

número de tais condições é infinitamente grande, da mesma forma como o espaço é infinitamente grande. E por isso, já que não estão determinadas todas as condições e as influências sobre uma pessoa, não existe uma necessidade completa, mas existe uma determinada parcela de liberdade.

2) Por mais que alonguemos o período de tempo do fenômeno que observamos até o tempo de seu julgamento, esse período será finito, ao passo que o tempo é infinito, e por isso também nessa relação não pode haver uma necessidade completa.

3) Por mais que seja acessível a cadeia de causas de um ato qualquer, jamais podemos conhecer toda a cadeia, pois ela é infinita, e de novo nunca obteremos uma necessidade completa.

Porém, além disso, mesmo se admitíssemos um ínfimo resíduo de liberdade igual a zero, reconheceríamos em certos casos, como, por exemplo, num homem moribundo, num feto, num idiota, a ausência completa de liberdade, e dessa forma aniquilaríamos o próprio conceito de ser humano, aquilo mesmo que estamos observando; pois, se não há liberdade, não existe o ser humano. E por isso a representação da ação do homem como sujeita apenas à lei da necessidade, sem o menor resíduo de liberdade, é tão impossível quanto a representação da ação humana completamente livre.

Assim, a fim de representar a ação do homem como sujeita apenas à lei da necessidade, sem liberdade, temos de admitir o conhecimento de uma quantidade *infinita* de condições espaciais, de um período de tempo *infinito* e de uma série de causas *infinita*.

A fim de representar o homem como totalmente livre, não sujeito à lei da necessidade, temos de representá-lo sozinho, *fora do espaço, fora do tempo* e *fora da dependência das causas*.

No primeiro caso, se fosse possível a necessidade sem a liberdade, chegaríamos à definição de uma lei da necessidade por meio dessa mesma necessidade, ou seja, a uma forma sem conteúdo.

No segundo caso, se fosse possível a liberdade sem a necessidade, nós chegaríamos a uma liberdade absoluta, fora do espaço, do tempo e das causas, que pelo fato mesmo de ser incondicional e não ser delimitada por nada não seria outra coisa que não um conteúdo sem forma.

Chegaríamos, em suma, aos dois fundamentos dos quais decorrem toda a concepção de mundo do homem — chegaríamos à inescrutável essência da vida e à lei que determina tal essência.

A razão diz: 1) o espaço e todas as formas que lhe dão visibilidade — a matéria — são infinitos e não podem ser concebidos de outro modo; 2) o tempo é um movimento infinito sem um momento de pausa e não pode ser concebido de outro modo; e 3) a relação entre a causa e o efeito não tem início e não pode ter fim.

A consciência diz: 1) só eu existo e tudo sou eu; portanto eu contenho o espaço; 2) eu meço o tempo que corre pelo momento imóvel do presente, o único em que tomo consciência de mim como vivo; portanto estou fora do tempo; e 3) estou fora das causas, pois sinto-me como a causa de qualquer manifestação de minha vida.

A razão exprime as leis da necessidade. A consciência exprime a essência da liberdade.

A liberdade, que nada delimita, é a essência da vida na consciência do ser humano. A necessidade sem conteúdo é a razão do ser humano em suas três formas.

A liberdade é aquilo que é observado. A necessidade é aquilo que observa. A liberdade é o conteúdo. A necessidade é a forma.

Só com a separação das duas fontes de conhecimento, relacionadas uma à outra como forma e conteúdo, alcançam-se os conceitos, mutuamente excludentes e separadamente incompreensíveis, de liberdade e de necessidade.

Só com a união deles se alcança uma representação clara da vida do ser humano.

Fora desses dois conceitos, que se determinam mutuamente em sua ligação — como forma e conteúdo —, é impossível qualquer representação da vida.

Tudo o que sabemos sobre a vida das pessoas é apenas uma determinada relação entre a liberdade e a necessidade, ou seja, entre a consciência e as leis da razão.

Tudo o que sabemos sobre o mundo exterior da natureza é apenas uma determinada relação entre as forças da natureza e a necessidade, ou entre a essência da vida e as leis da razão.

As forças da vida da natureza se acham fora de nós, não temos consciência delas, e chamamos tais forças de gravidade, inércia, eletricidade, força animal etc.; porém temos consciência das forças da vida do ser humano e as chamamos de liberdade.

Mas, assim como a força da gravidade, sentida por qualquer pessoa, é incompreensível em si mesma e só nos é compreensível se conhecemos as leis da necessidade a que ela está sujeita (desde o primeiro conhecimento de que todo corpo é pesado até a lei de Newton), assim também é incompreensível em si mesma a força da liberdade, de que qualquer pessoa tem consciência, e que só nos é compreensível se conhecermos as leis da necessidade, às quais ela está sujeita (desde o fato de que todo homem morre até o conhecimento das mais complexas leis econômicas ou históricas).

Todo saber é apenas a submissão da essência da vida às leis da razão.

A liberdade do ser humano difere de qualquer outra força porque é uma força da qual o ser humano tem consciência; mas para a razão ela não difere em nada de qualquer outra força. A força da gravidade, da eletricidade ou dos processos químicos só diferem umas das outras porque tais forças são definidas de formas diferentes pela razão. Assim também, para a razão, a força da liberdade do ser humano difere das demais forças da natureza só pela definição que a razão lhe dá. Já a liberdade sem necessidade, ou seja, sem as leis da razão que a determinam, não difere em nada da gravidade, ou do calor, ou da força do crescimento vegetativo — ela é, para a razão, apenas uma indeterminada e passageira sensação de vida.

E, assim como a essência indeterminada da força que move os corpos celestes, a essência da força do calor, da eletricidade ou a essência da força dos processos químicos, ou da força vital constituem o conteúdo da astronomia, da física, da química, da botânica, da zoologia etc., assim também a essência da força da liberdade constitui o conteúdo da história. Porém, da mesma forma como o objeto de qualquer ciência é uma manifestação dessa desconhecida essência de vida, essa mesma essência só pode ser objeto da metafísica — e assim também uma manifestação da força da liberdade das pessoas no espaço, no tempo e na dependência de causas constitui o objeto da história; a própria liberdade é objeto da metafísica.

Nas ciências experimentais, chamamos de leis da necessidade aquilo que conhecemos; o que desconhecemos, chamamos de força vital. A força vital é apenas uma expressão do resíduo desconhecido daquilo que sabemos sobre a essência da vida.

Assim também ocorre na história: aquilo que conhecemos, chamamos de leis da necessidade; o que desconhecemos, chamamos de liberdade. A liberdade, para a história, é apenas a expressão de um resíduo desconhecido daquilo que sabemos sobre as leis da vida do ser humano.

XI

A história examina as manifestações da liberdade do ser humano em relação com o mundo exterior, no tempo e na dependência das causas, ou seja, define essa liberdade por meio das leis da razão, e por isso a história só é uma ciência na medida em que a liberdade é determinada por tais leis.

Para a história, a admissão da liberdade das pessoas como uma força capaz de influenciar os acontecimentos históricos, ou seja, que não está sujeita às leis — é o mesmo que, para a astronomia, a admissão de uma força livre que move os corpos celestes.

Admitir tal coisa aniquila a possibilidade da existência de leis, ou seja, de todo e qualquer saber. Se existir ainda que seja um só corpo que se movimenta com liberdade, não existem mais as leis de Kepler e de Newton e não existe mais nenhuma representação dos movimentos dos corpos celestes. Se existir um ato humano livre, não existe mais nenhuma lei histórica e nenhuma representação dos acontecimentos históricos.

Para a história, existem linhas do movimento das vontades humanas, das quais uma extremidade se esconde no desconhecido e a outra extremidade — a consciência da liberdade das pessoas no presente — se estende no espaço, no tempo e na dependência das causas.

Quanto mais se alastra, diante de nossos olhos, essa área de movimento, tanto mais evidentes são as leis desse movimento. Apreender e determinar tais leis é a tarefa da história.

Do ponto de vista do qual a ciência encara hoje seu objeto, pelo caminho que ela hoje segue ao procurar a causa dos fenômenos na vontade livre das pessoas, é impossível a formulação de leis para a ciência, pois, por mais que delimitemos a liberdade das pessoas, assim que a reconhecemos como uma força que não está sujeita a leis, é impossível a existência de uma lei.

Só delimitando tal liberdade até o infinito, ou seja, examinando-a como uma grandeza infinitamente pequena, nos convenceremos da total inacessibilidade das causas, e então, em vez da procura das causas, a história se atribuirá a tarefa de procurar leis.

A pesquisa de tais leis já começou há muito tempo, e os novos métodos de pensamento que a história tem de adotar são elaborados ao mesmo tempo que ocorre a autodestruição rumo à qual a história antiga avança, quando subdivide cada vez mais as causas dos fenômenos.

Todas as ciências humanas seguiram também tal caminho. Ao chegar ao infinitamente pequeno, a matemática, a mais exata das ciências, abandona o processo de subdivisão e marcha rumo a um novo processo de soma de incógnitas infinitamente pequenas. Renunciando ao conceito de causa, a matemática procura a lei, ou seja, a propriedade comum a todas as incógnitas infinitamente pequenas.

Embora numa outra forma, mas pelo mesmo caminho de pensamento, também seguiram as demais ciências. Quando Newton formulou a lei da gravidade, não disse que o Sol ou a Terra tinham a faculdade da gravidade; disse que todos os corpos, desde o maior até o mais ínfimo, têm a faculdade de atrair uns aos outros, ou seja, deixando de lado a questão da causa do movimento dos corpos, ele formulou uma faculdade comum a todos os corpos, desde os infinitamente grandes até os infinitamente pequenos. O mesmo fazem as ciências naturais: deixando de lado a questão da causa, elas procuram leis. No mesmo caminho se encontra a história. E, se a história tem por objeto a pesquisa do movimento dos povos e da humanidade, e não a descrição de episódios da vida das pessoas, ela deve deixar de lado o conceito de causa e procurar as leis comuns a todos os elementos de liberdade infinitamente pequenos, iguais e indissoluvelmente ligados entre si.

XII

Desde que foi descoberta e provada a lei de Copérnico, a simples admissão de que não é o Sol que se move, e sim a Terra, aniquilou toda a cosmografia dos antigos. Talvez fosse possível, uma vez refutada a lei, conservar o antigo conceito do movimento dos corpos, porém, como ela não foi refutada, seria impossível, pelo visto, prosseguir o estudo dos mundos ptolomaicos. No entanto, mesmo após a descoberta da lei de Copérnico, os mundos ptolomaicos continuaram a ser estudados por muito tempo.

Desde que o primeiro homem disse e provou que a quantidade de nascimentos ou de crimes está subordinada a leis matemáticas, e que determinadas condições geográficas e político-econômicas determinam esta ou aquela forma de governo, e que determinadas relações da população com a terra produzem os movimentos dos povos — desde então, foram destruídas, a rigor, as bases sobre as quais se edificou a história.

Talvez fosse possível, uma vez refutadas as novas leis, conservar o conceito anterior de história, no entanto, como ele não foi refutado, pareceu impossível continuar a estudar os acontecimentos históricos como frutos da vontade livre das pessoas. Pois, se tal forma de governo se estabeleceu ou se tal movimento de um povo se executou devido a determinadas condições geográficas, etnográficas ou econômicas, a vontade das pessoas que representamos como as determinantes da forma de governo ou como os motores do movimento de um povo já não pode ser vista como uma causa.

E, no entanto, a história antiga continua a ser estudada em pé de igualdade com as leis da estatística, da geografia, da economia política, da filologia comparada e da geologia, frontalmente opostas aos seus postulados.

Na filosofia física, houve por muito tempo e de modo obstinado uma luta entre a visão antiga e a nova. A teologia pôs-se em guarda na defesa da visão antiga e acusou a nova de destruir a revelação. Mas, quando a verdade venceu, a teologia edificou-se de forma igualmente firme sobre o solo novo.

Assim também, em nossa época, existe há muito tempo e de forma obstinada uma luta entre a visão antiga e a visão nova da história, e a teologia também se põe na defesa da visão antiga e acusa a nova de destruir a revelação.

Num caso e no outro, de ambas as partes, a luta desperta paixões e sufoca a verdade. De um lado, aparecem o medo e a compaixão por todas as construções erguidas pelos séculos; de outro lado, existe a luta da paixão de destruir.

Para as pessoas que lutaram contra a verdade suscitada pela filosofia física, parecia que, se reconhecessem aquela verdade, seria destruída a fé em Deus, na criação do firmamento, no milagre de Josué, filho de Naum. Para os defensores da lei de Copérnico e de Newton, para Voltaire, por exemplo, parecia que as leis da astronomia demoliam a religião e ele usou a lei da gravidade como uma arma contra a religião.

Da mesma forma parece ocorrer hoje em dia: basta reconhecer a lei da necessidade, e se destrói o conceito da alma, do bem e do mal e todas as instituições governamentais e eclesiásticas construídas com base nesses conceitos.

Da mesma forma, assim como Voltaire em sua época, hoje em dia os defensores não declarados da lei da necessidade empregam a lei da necessidade como uma arma contra a religião; da mesma forma que a lei de Copérnico na astronomia, a lei da necessidade na história não só não destrói como até reforça o solo sobre o qual são construídas as instituições governamentais e eclesiásticas.

Tal como na questão da astronomia antigamente, também agora na questão da história toda a diferença de opinião está fundamentada na admissão ou na rejeição da unidade absoluta que serve de medida aos fenômenos visíveis. Na astronomia, era a imobilidade da Terra; na história, é a independência da personalidade — a liberdade.

Assim como para a astronomia a dificuldade da admissão do movimento da Terra consistia em ter de renunciar à sensação do movimento dos planetas, também para a história a dificuldade da admissão da subordinação da personalidade às leis do espaço, do tempo e das causas consiste em ter de renunciar ao sentimento imediato da independência da própria personalidade. No entanto, assim como na astronomia a opinião nova dizia: "De fato, não sentimos o movimento da Terra, porém, ao admitir sua imobilidade, chegamos a um absurdo; mas ao admitir o movimento, que nós não sentimos, chegamos às leis" — também na história a opinião nova diz: "De fato, não sentimos nossa independência, porém ao admitir nossa liberdade chegamos a um absurdo; ao admitir a própria independência em face do mundo exterior, do tempo e das causas, chegamos às leis".

No primeiro caso, era preciso renunciar à consciência de uma inexistente imobilidade no espaço e reconhecer um movimento que nós não sentimos; no caso presente, é igualmente necessário renunciar a uma liberdade inexistente e reconhecer uma dependência que não sentimos.

FIM

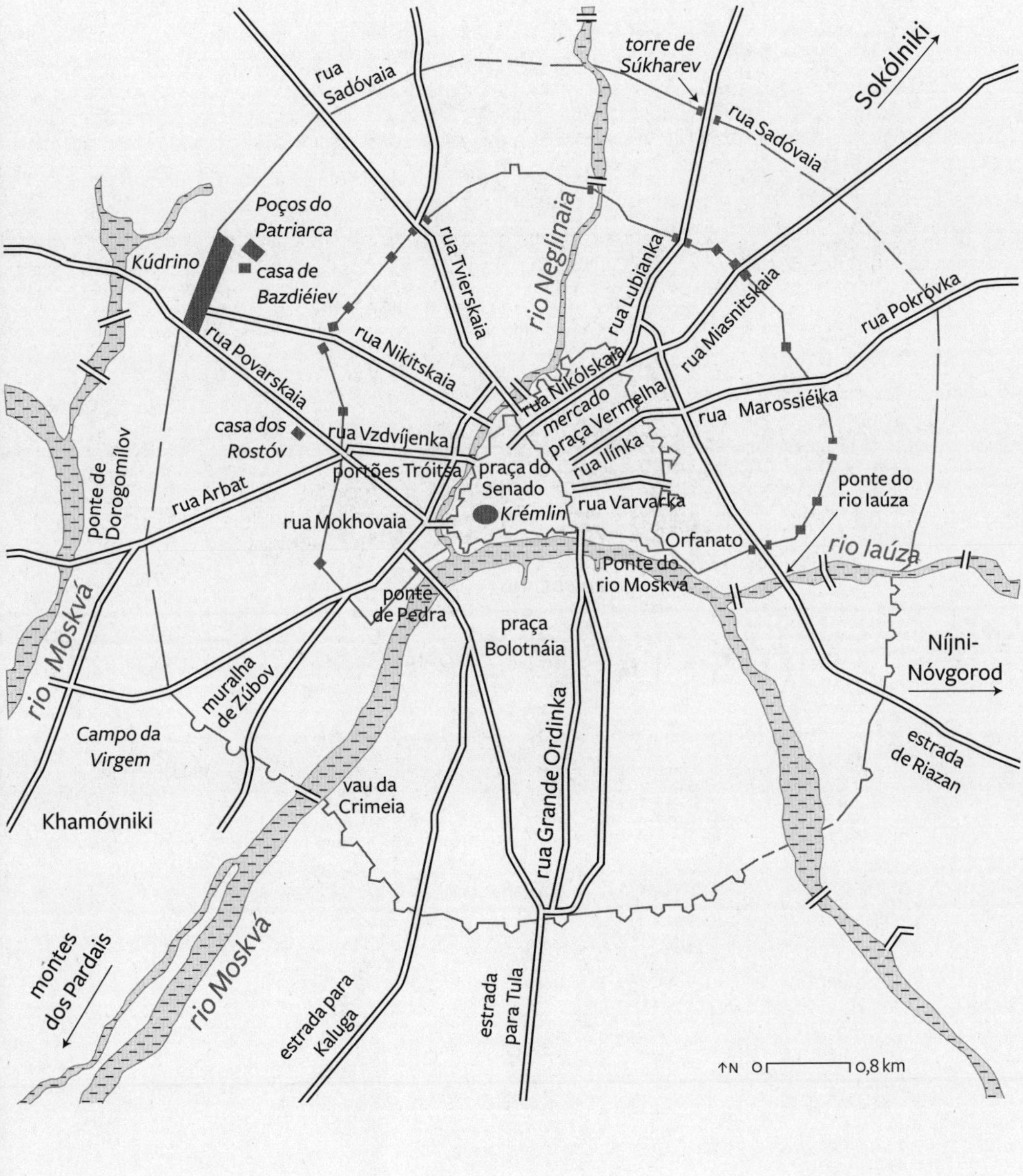
rua Sadóvaia
torre de Súkharev
Sokólniki
rua Sadóvaia
Poços do Patriarca
Kúdrino
casa de Bazdiéiev
rua Tvierskaia
rio Neglinaia
rua Lubianka
rua Miasnitskaia
rua Pokróvka
rua Nikitskaia
rua Povarskaia
rua Nikólskaia
mercado
praça Vermelha
rua Marossiéika
casa dos Rostóv
rua Vzdvíjenka
portões Tróitsa
praça do Senado
rua Ilínka
rua Varvarka
ponte do rio Iaúza
ponte de Dorogomílov
rua Arbat
rua Mokhovaia
Krémlin
Orfanato
rio Iaúza
Ponte do rio Moskva
ponte de Pedra
praça Bolotnáia
Níjni-Nóvgorod
rio Moskvá
muralha de Zúbov
Campo da Virgem
estrada de Riazan
vau da Crimeia
Khamóvniki
rua Grande Ordinka
montes dos Pardais
rio Moskvá
estrada para Kaluga
estrada para Tula
N 0 0,8 km

MAR BÁLTICO
RIGA
rio Dvina
DRISSA
POL
MEMEL
TAUROGGEN
rio Vília
TILSIT
KOVNO
VILNA
KONIGSBERG
DANTZIG
FRIEDLAND
STUDIANK
rio Niemen
BORÍSSO
GRODNO
PRÚSSIA
WILCOWYSKI
POSEN
↑N

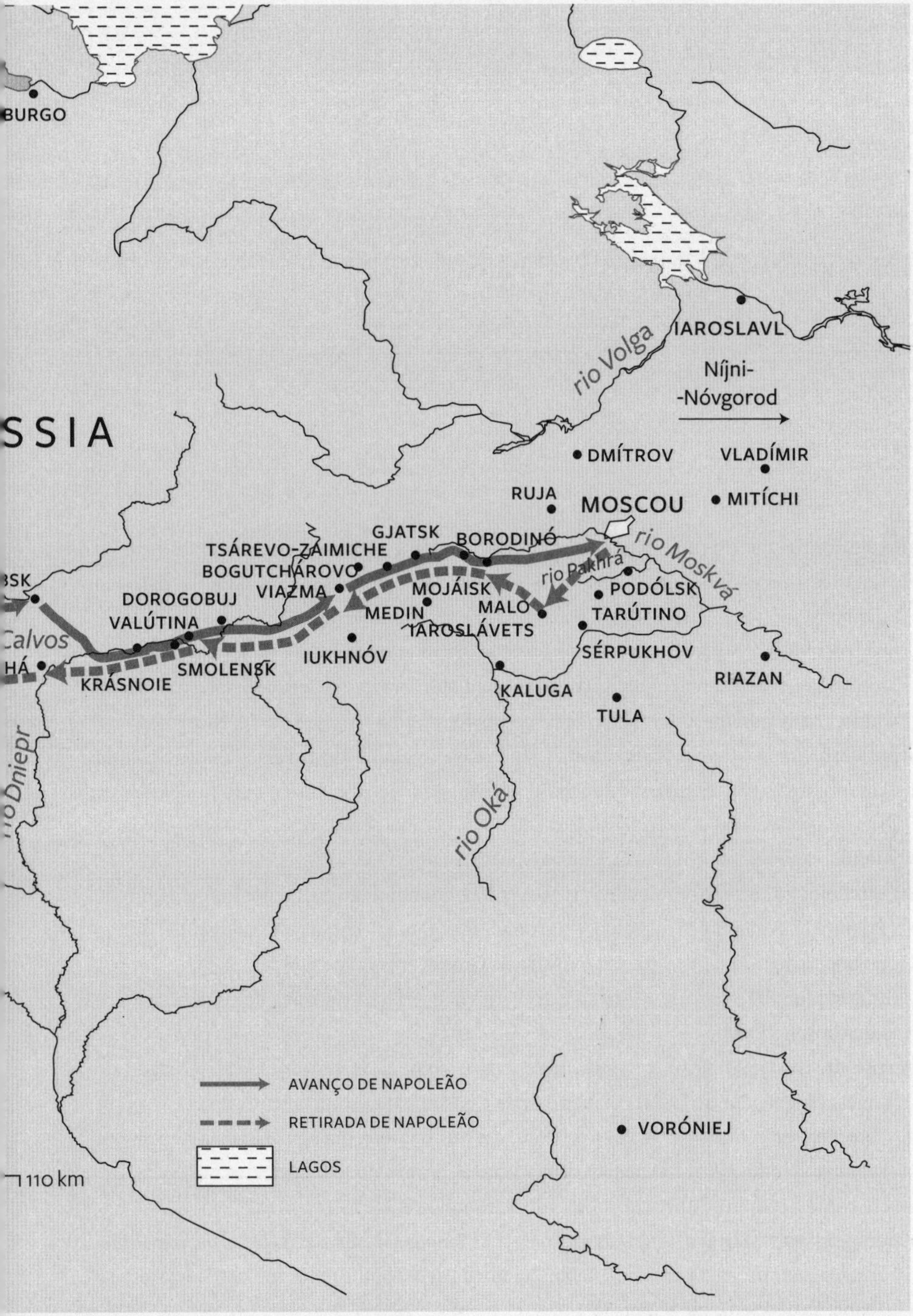

BURGO
SSIA
IAROSLAVL
rio Volga
Níjni-
-Nóvgorod
DMÍTROV
VLADÍMIR
RUJA
MOSCOU
MITÍCHI
GJATSK
BORODINÓ
TSÁREVO-ZAIMICHE
BOGUTCHÁROVO
rio Moskvá
rio Pakhrá
BSK
DOROGOBUJ
VIAZMA
MOJÁISK
PODÓLSK
VALÚTINA
MEDIN
MALO
IAROSLÁVETS
TARÚTINO
Calvos
HÁ
SMOLENSK
IUKHNÓV
SÉRPUKHOV
RIAZAN
KRÁSNOIE
KALUGA
TULA
rio Dniepr
rio Oká
AVANÇO DE NAPOLEÃO
RETIRADA DE NAPOLEÃO
LAGOS
110 km
VORÓNIEJ

LISTA DE PERSONAGENS E FATOS HISTÓRICOS

Alexandre I (1777-1825): imperador da Rússia de 1801 a 1825. Filho de Paulo I e neto de Catarina II, a Grande, que o enviou ao exterior para que fosse educado e fez dele seu herdeiro em 1796. Seu reinado foi marcado por uma política externa flutuante e pelas lutas com Napoleão. A partir de 1818 seu governo assume uma postura política considerada retrógrada, favorecendo o surgimento de sociedades secretas. Morto por conta da malária que contraiu durante uma viagem de inspeção, foi sucedido por seu irmão, Nicolau I.

Apráksin, conde Stiepan Stiepánovitch (1757-1827): general de cavalaria. Participou da Guerra Russo-Turca entre 1787 e 1791. Foi governador de Smolensk de 1803 a 1807. Entre 1807 e 1808 retornou ao Exército para, de novo, combater os turcos. Em 1809 retirou-se definitivamente para Moscou, onde passou o resto da vida.

Araktchéiev, Aleksei Andréievitch (1769-1834): comandou um batalhão do regimento de Preobrajénski na época de Paulo I, que também o nomeou como general e conde. Amigo do imperador Alexandre, foi seu ministro da Guerra entre 1808 e 1825.

Arkhárov: família nobre de Moscou. Ivan Petróvitch Arkhárov gozava de renome por sua larga hospitalidade.

Armfeldt, Gustaf Mauritz (1757-1814): general e homem de Estado sueco. Acusado de traição, fugiu para a Rússia. Foi membro do Conselho de Estado a partir de 1811. Depois de conspirar contra Speránski, tornou-se um dos homens mais próximos a Alexandre, acompanhando-o em 1812, na ocasião em que ele esteve no Exército.

Asch, barão Kazímir Ivánovitch: governador de Smolensk, de 1807 a 1822.

Auersperg von Mattern (1740-1822): marechal de campo austríaco. Caiu na armadilha armada por Murat na ponte de Thabor. A tomada dessa ponte pelos franceses acarretou a ocupação de Viena por Napoleão.

Austerlitz, batalha de: travada no dia 2 de dezembro de 1805 (20 de novembro no calendário juliano), é considerada uma das maiores vitórias de Napoleão. A derrota sofrida pelo exército austro-russo, liderado pelo imperador Alexandre, é justificada pela tática militar do imperador francês, que atraiu e derrotou seus inimigos simulando que batia em retirada.

Baggovut, Karl Fiódorovitch (1761-1812): general do Exército russo. Participou na Guerra Russo-Turca, em 1787. Juntou-se às tropas de Bennigsen, em 1806, lutando em Pultusk, em dezembro daquele ano. Destacou-se em Borodinó por mover-se do flanco direito do exército russo até o esquerdo para reforçar as tropas de Bagration. Morto na batalha de Tarútino, em 1812.

Bagration, príncipe Piotr Ivánovitch (1765-1812): general russo. Participou de quase todas as batalhas das campanhas de 1805 a 1807, destacando-se em Austerlitz, onde combateu os batalhões comandados por Lannes e Murat. Em 1812, comandou o segundo exército ocidental. Ferido gravemente durante a batalha de Borodinó, morreu dias depois.

Balachov, Aleksandr Dimítrievitch (1770-1837): estadista russo. Foi chefe da polícia de Moscou entre 1805 e 1807 e governador militar de Petersburgo entre 1809 e 1810. Tornou-se membro do Conselho de Estado em 1810. Acompanhou Alexandre em Vilna, em 1812, levando a carta do imperador a Napoleão. A partir de 1819, foi governador de várias cidades, entre elas Tula e Riazan.

Barclay de Tolly, príncipe Mikhail Bogdánovitch (1761-1818): marechal de campo russo, de origem escocesa. Participou da Guerra Russo-Turca entre 1788 e 1789 e da campanha da Polônia, onde recebeu a Cruz de São Jorge. Foi general em chefe do Exército russo em 1809, durante a campanha da Finlândia, e ministro da Guerra a partir de 1810. No início de 1812 foi general em chefe do Exército novamente, até Alexandre substituí-lo por Kutúzov.

Bassano, duque Hugues-Bernard Maret (1763-1839): estadista francês e jornalista. Em 1800 assumiu o comando do *Moniteur*, o jornal oficial do Estado francês. Tornou-se ministro do Exterior em 1811.

Beauharnais, Eugène Rose de (1781-1824): vice-rei da Itália, duque de Lichtenberg, príncipe do Império e enteado de Napoleão I, que o adotou em 1806. Participou da batalha de Borodinó e de Malo Iaroslávets. Comandava, em 1812, o quarto corpo do exército francês.

Beausset, Louis-François-Joseph (1770-1835): escritor e cortesão francês. Em 1805, tornou-se prefeito do palácio de Napoleão e acompanhou o imperador em suas campanhas até 1812. Seu livro *Mémoires anecdotiques sur l'intérieur du palais* é um interessante registro desse período.

Belliard, Augustin-Daniel (1769-1832): general francês, embaixador em Viena e Bruxelas. Chefe do Estado-Maior dos exércitos de Murat entre 1805 e 1808, lutou contra a Áustria, a Rússia e a Prússia, sendo recompensado com o governo de Madri. Participou da campanha na Rússia em 1812, novamente sob o comando de Murat.

Bennigsen, conde Leónti Leóntievitch (1745-1826): tenente-geral no governo de Paulo I, foi um dos líderes da conspiração que pretendia tirá-lo do poder. Não sofreu, contudo, represálias durante o governo de Alexandre, tornando-se governador militar de Vilna em 1801. Como general da cavalaria, em 1806 conquistou uma vitória sobre os franceses em Pultusk. Em 1807, tornou-se comandante em chefe do Exército russo, mas perdeu o cargo devido às derrotas sofridas pelo Exército em Friedland. Exilado até 1812, voltou ao exército e foi contra o abandono de Moscou pelas tropas russas. Por conta dos desentendimentos com Kutúzov foi afastado do Exército no mesmo ano.

Berlim, entrevista de: entre Alexandre I e o rei da Prússia, Frederico III, no momento da coligação contra a França, em 1805.

Bernadotte, Jean-Baptiste (1764-1844): marechal francês. Participou da batalha de Austerlitz e foi eleito em 1810 o sucessor de Carlos XII no trono sueco. Aliou-se à Rússia contra a França em 1813. Tornou-se rei da Suécia e da Noruega (1818-44), sob o nome de Carlos XIV ou Carlos João.

Berthier, Louis-Alexandre (1753-1815): marechal francês. Foi comandante do Estado-Maior dos exércitos de Napoleão, nas guerras de 1794 a 1814, destacando-se nas campanhas de Austerlitz, de Iena e de Friedland. Depois da queda de Napoleão, aliou-se a Luís XVIII e, em 1814, acompanhou-o em sua entrada em Paris.

Bessières, Jean-Baptiste, duque da Istria (1768-1813): marechal francês. Em 1796 foi capitão de Napoleão na campanha da Itália. Comandou a cavalaria da guarda entre 1805 e 1807 e a guarda e o corpo de cavalaria em 1812, durante a batalha de Borodinó e a retirada de Moscou.

Borodinó, batalha de: batalha travada entre o exército francês comandado por Napoleão e o exército russo, comandado por Kutúzov, na aldeia de Borodinó, no dia 7 de setembro de 1812 (26 de agosto no calendário juliano). Considerada, do ponto de vista militar, uma batalha sem grandes manobras táticas e sem vencedores, ainda assim é vista como a mais importante da campanha de 1812 por causa do grande número de baixas dos exércitos e pelas suas consequências imediatas. Após o confronto, o exército russo bateu em retirada para Moscou, abandonando-a, em seguida, aos franceses, que depois de ocupá-la acabaram se retirando da Rússia.

Broussier, Jean-Baptiste (1766-1814): general francês. Participou de numerosas batalhas na campanha da Rússia, entre elas a de Borodinó e de Malo Iaroslávets.

Buxhöwden, conde Fiódor Fiódorovitch (1750-1811): general do Exército russo, participou da Guerra Russo-Sueca (1788-90). Comandou um corpo do Exército no início da campanha de 1806-7 e tomou parte na batalha de Austerlitz. Rival de Bennigsen, retirou-se para Riga depois que este se tornou comandante em chefe do Exército, em 1807.

Catarina II, a Grande (1729-96): imperatriz russa entre 1762 e 1796. Seu reinado revitalizou a Rússia, que se expandiu e se modernizou, tornando-se uma das maiores potências da Europa.

Caulaincourt, Armand-Augustin-Louis (1772-1821): general e diplomata francês. Enviado por Napoleão, foi embaixador em Petersburgo, de 1807 a 1811, com o objetivo de manter em vigor o tratado de Tilsit e espionar o governo russo. Acompanhou Napoleão durante a campanha de 1812.

Chevardinó, batalha de: primeiro grande combate entre franceses e russos na campanha de 1812, ocorrido em 5 de setembro de 1812 (24 de agosto no calendário juliano), na aldeia de Chevardinó. Nessa batalha, com muitas perdas para os dois exércitos, os franceses conquistaram a fortificação erguida pelos russos na colina de Chevardinó.

Chichkóv, Aleksandr Semiónovitch (1754-1841): estadista russo, sucedeu Speránski como secretário de Estado. Autor da carta que sugeria ao tsar o afastamento das tropas e a volta para Moscou, em 1812.

Claparède, Michel Marie (1774-1841): general francês. Participou das batalhas de Ulm, Austerlitz e Pultusk. Chefe de um corpo do Exército polonês durante a campanha de 1812, esteve na batalha de Borodinó.

Clausewitz, Karl von (1780-1831): considerado um dos grandes estrategistas militares e teóricos da guerra. Em 1804 tornou-se ajudante de ordens do príncipe Augusto da Prússia. Demitiu-se do cargo que ocupava em 1811 como forma de protesto quando Napoleão forçava a Prússia a dar passagem a seu exército para invadir a Rússia. Esteve a serviço da Rússia entre 1812 e 1814. Escreveu *Vom Kriege* [Da guerra], obra publicada postumamente.

Clube Inglês: clube aristocrático de Moscou, fundado em 1770.

Compan, Jean Dominique (1769-1845): general francês. Logo após ser promovido a general, feriu-se na batalha de Austerlitz. Na campanha de 1812, lutou em Smolensk, Borodinó e Malo Iaroslávets.

Corvisart des Marets, barão Jean-Nicolas (1755-1821): professor, em 1797, no Collège de France, fez renome como cardiologista. Em 1804 foi nomeado médico de Napoleão e o acompanhou em todas as suas campanhas, inclusive em seu exílio em Santa Helena.

Czartoryski, príncipe Adam (1770-1861): estadista polonês. Íntimo de Alexandre no início de seu governo, tornou-se ministro do Exterior da Rússia entre 1804 e 1806. Acompanhou o imperador russo no Congresso de Viena.

Davídov: célebre família de nobres de Moscou.

Davout, Louis Nicolas, duque de Eckmühl (1770-1824): marechal francês. Homem de confiança de Napoleão. Célebre pela crueldade com seus subordinados.

Dessaix, Joseph Marie (1764-1834): general francês. Comandava uma divisão do Exército francês na campanha de 1812. Participou da batalha de Borodinó, foi ferido e passou o comando ao general Rapp.

Dezoito de Brumário: golpe de Estado que iniciou a ditadura napoleônica na França. Ao derrubarem o Diretório, os idealizadores do golpe criaram o Consulado, estabelecendo um novo governo no país. O general Napoleão Bonaparte assumiu o cargo de primeiro-cônsul.

Dokhtúrov, Dmítri Serguéievitch (1759-1816): general do Exército russo. Participou da Guerra Russo-Sueca (1788-90). Durante a campanha de 1805, comandou uma das colunas do Exército russo, destacando-se nas batalhas de Krems e de Austerlitz. Durante a campanha de 1812, defendeu Smolensk e destacou-se em Borodinó, liderando o segundo exército ocidental no lugar de Bagration.

Dolgorúkov, príncipe Iúri Vladímirovitch (1740-1830): general russo. Aristocrata dignitário na época da imperatriz Catarina II, foi membro do Conselho de Estado sob Paulo I, em 1799, e ajudante de ordens de Alexandre I.

Dórokhov, Ivan Semiónovitch (1762-1815): general russo e famoso guerrilheiro. Tomou parte nas campanhas da Turquia, de 1806 a 1807. Comandou, em 1812, uma das brigadas do primeiro exército e depois um destacamento de guerrilheiros, que se distinguiu durante a retirada dos franceses.

Duque d'Enghien, Louis Antoine Henri de Bourbon-Condé (1772 -1804): príncipe e militar francês. Em 1804, tem seu nome ligado a um grupo de conspiradores, entre eles Jean-Victor Moreau, e é aprisionado em território germânico. Foi executado por ordem de Napoleão, ato que prejudicou a relação do imperador com o papa Pio VII e com a maior parte dos monarcas europeus.

Duroc, duque Gérard Christophe Miche (1772-1813): marechal francês. Considerado um dos poucos amigos de Napoleão, acompanhou-o em todas as suas campanhas, de 1805 a 1813.

Elizavieta Alekséievna (1779-1826): imperatriz da Rússia, mulher de Alexandre I.

Ermólov, Aleksei Petróvitch (1772-1861): general russo. Preso em 1799, sob acusação de conspiração contra o tsar, passou dois anos exilado até que Alexandre o restituiu ao Exército, em 1801. Durante a campanha de 1805 distinguiu-se em Amstetten e Austerlitz, e foi promovido a coronel em 1806. Tornou-se chefe do Estado-Maior do Exército na campanha de 1812.

Finlândia, guerra da: também conhecida como Guerra Russo-Sueca, foi um conflito ocorrido entre a Suécia e o Império russo em 1808-9. O território da Finlândia, até então pertencente à Suécia, tornou-se, em teoria, um grão-ducado autônomo ligado à Rússia. A ocupação da Finlândia interessava à Rússia pois afastaria Petersburgo da fronteira com outros países.

Francisco I (1768-1835): filho de Leopoldo II e de Maria Luísa de Bourbon, Francisco I da Áustria foi o último imperador do Sacro Império Romano-Germânico, desintegrado em 1806 em consequência das guerras napoleônicas. Sogro de Napoleão, aliou-se à Inglaterra e à Rússia contra ele. Depois da derrota de Napoleão em 1814 e, após o Congresso de Viena em 1815, Francisco recobrou grande parte de seus territórios.

Friedland, batalha de: travada em 1807 entre o exército de Napoleão e o russo, sob o comando de Bennigsen. Depois da vitória em Austerlitz, Napoleão enfrentou e derrotou o exército da Prússia na batalha de Iena, em 1806, e em 1807 os russos rumaram em direção à Prússia para juntar forças contra Napoleão, sendo interceptados e derrotados pelos franceses em Friedland. O tratado de Tilsit foi assinado, estabelecendo a paz entre franceses e russos e a promessa de Napoleão de não interferir no caso de uma invasão russa à Finlândia. A invasão ocorreu no ano seguinte, causando a guerra da Finlândia.

Gazeta de Hamburgo: periódico fundado em 1792, que informava o público russo a respeito dos principais acontecimentos europeus.

Glinka, Serguei Nikoláievitch (1775-1847): fundador de *O Mensageiro Russo*, publicação de tendência patriótica editada em Moscou de 1808 a 1822. Em 1812, quando Napoleão invadiu a Rússia, Glinka tornou-se um dos mais ativos e influentes oradores públicos, incentivando o povo a erguer-se contra os franceses.

Golítsin, príncipe Aleksandr Nikoláievitch (1773-1844): estadista russo, foi procurador-geral do Santo Sínodo em 1803 e ministro da Instrução Pública de 1816 a 1824.

Hardenberg, Karl August von Hardenberg (1750-1822): estadista prussiano, foi ministro do Exterior entre 1803 e 1806. Odiado por Napoleão, uma das condições dos termos de concessão para a Prússia pelo Tratado de Tilsit foi justamente a demissão de Hardenberg.

Haugwitz, conde Christian August Heinrich Curt von (1752-1832): estadista prussiano, foi ministro do Exterior em 1802. Indicou Hardenberg como seu sucessor.

Iena, batalha de: travada em 14 de outubro de 1806, em Iena, na Prússia, entre o exército de Napoleão e o da Prússia. A Prússia ficou sob o domínio de Napoleão até 1812.

Ismail: fortaleza turca no rio Danúbio. Durante a Guerra Russo-Turca de 1787-91, travada pelo Império Otomano na tentativa de recuperar os territórios perdidos para a Rússia na Guerra Russo-Turca de 1768-74, foi tomada de assalto pelo Exército russo em 1791, sob o comando de Suvórov e com a participação de Kutúzov.

Junot, Jean-Andoche, duque de Abrantès (1771-1813): general francês. Próximo a Napoleão desde 1793, foi afastado do Exército por este, em 1812, acusado de permitir a retirada do exército russo após a batalha de Smolensk.

Kaissárov, Paíssi Serguéievitch (1783-1844): general russo. Foi ajudante de ordens de Kutúzov durante a campanha e chefe de um destacamento de guerrilheiros em 1813.

Kamiénski, conde Nikolai Mikháilovitch (1777-1811): general russo. Na campanha de 1805 lutou sob as ordens de Buxhöwden. Distinguiu-se em Austerlitz, onde seu regimento sofreu enormes baixas e onde sobreviveu a uma bala de canhão que acertou seu cavalo. Em 1807, participou da campanha da Polônia. Em 1810, substituiu Bagration como comandante do Exército na Moldávia, na campanha contra os turcos.

Kamiénski, Mikhail Fedótovitch (1738-1809): marechal de campo russo. Destacou-se na Guerra Russo-Turca de 1769-74. Foi nomeado governador militar de Petersburgo em 1802 e demitido no mesmo ano. Por causa das divergências entre Buxhöwden e Bennigsen, Alexandre nomeou-o general em chefe do Exército russo, em 1806. Kamiénski serviu apenas por poucos dias devido a problemas de saúde. Morreu assassinado por seus servos.

Karamzin, Nikolai Mikháilovitch (1766-1826): escritor russo, autor de novelas sentimentais, das quais a mais célebre é *Pobre Liza*.

Kliutchariów, Fiódor Petróvitch (1754-1820): escritor de tendência mística e franco-maçom. Funcionário dos correios a partir de 1799, indispôs-se com Rostoptchin por interceder em favor de Verecháguin e foi demitido sob acusação de difundir ideias martinistas. Alexandre I o nomeou senador em 1815.

Konovnítsin, Piotr Petróvitch (1764-1822): general russo. Na campanha de 1812 comandou uma divisão e depois a retaguarda do Exército russo, combatendo junto a Kutúzov em Tarútino, Malo Iaroslávets e Viazma. Foi ministro da Guerra de 1815 a 1819.

Konstantin Pavlovítch, grão-duque (1779-1822): irmão de Alexandre I. Comandante da guarda em 1805, participou da batalha de Austerlitz, regressando depois a Petersburgo. Esteve no início da campanha de 1812, mas foi afastado por Kutúzov.

Kotchubei, conde Viktor Pavlovítch (1768-1834): estadista russo. De 1802 a 1807, colaborou na elaboração das amplas reformas na administração pública do Império russo e foi ministro do Interior. Protetor de Speránski, em 1810 foi membro do Conselho de Estado.

Kozlóvski, Mikhail Timofiéievitch: comandante de um batalhão do regimento de Preobrajénski entre 1807 e 1819.

Krems, batalha de: vencida pelos russos, comandados por Kutúzov, em 11 de novembro de 1805 (30 de outubro no calendário juliano), a batalha conteve o avanço de Napoleão sobre Viena. Conhecida também como batalha Dürrestein.

Kurákin, Aleksandr Boríssovitch (1752-1818): diplomata russo, embaixador em Viena, de 1806 a 1808, depois em Paris, de 1808 a 1812.

Kutáissov, Aleksandr Ivánovitch (1784-1812): general russo. Destacou-se nas batalhas de 1806 a 1807. Entre 1809 e 1811 viajou pela Europa, aprendendo seis línguas e estudando artilharia. Em 1812, retornou ao Exército e foi comandante de artilharia. Morreu na batalha de Borodinó.

Kutúzov, príncipe Mikhail Ilariónovitch (1747-1813): figura central da resistência russa à invasão napoleônica. Filho de um general e senador, Kutúzov ingressou ainda jovem no Exército, lutando na Polônia, de 1764 a 1769. Entre 1770 e 1774, combateu os turcos e foi promovido a tenente-coronel, após perder um dos olhos durante uma batalha. Participou da Guerra Russo-Turca de 1787-91 e foi governador militar de Petersburgo entre 1801 e 1802. Nomeado comandante em chefe em 1805, foi ferido levemente na batalha de Austerlitz e culpado pela derrota russa. Em 1812, Alexandre nomeou-o general em chefe do Exército. Depois da batalha de Borodinó, abandonou Moscou aos franceses, mesmo contra a pressão pública. Reorganizou o Exército e combateu os franceses em Tarútino, Malo Iaroslávets e Viazma. No início de 1813 foi contra a decisão de Alexandre de continuar a guerra na Alemanha.

Langeron, conde Alexandre Louis Andrault (1763-1831): após ter servido no Exército francês e emigrado por conta da Revolução Francesa, passou a servir na Rússia em 1790. Participou da batalha de Austerlitz.

Lannes, Jean, duque de Montebello (1769-1809): marechal francês. Apesar da origem humilde, teve grande ascensão no Exército francês, participando das batalhas de 1805--6, contra a Prússia e a Áustria, e da batalha de Pultusk. Morreu na batalha de Essling.

Larrey, Dominique-Jean (1766-1842): médico e cirurgião, acompanhou Napoleão em todas as campanhas da República e do Império.

Lauriston, conde Jacques Jean Alexandre Bernard Law de (1768-1828): marechal francês. Napoleão escolheu-o como ajudante de campo, em 1800. Participou das campanhas de 1805 e de 1809. Em 1811 foi nomeado embaixador em Petersburgo.

Lemarrois, Jean-Leonard-François (1776-1836): general francês. Ajudante de campo de Napoleão até 1814.

Leppich, Franz: holandês que, em 1812, construiu um grande balão de ar com o intuito de destruir o exército de Napoleão.

Lichtenstein, príncipe Johann-Joseph de (1769-1836): marechal de campo austríaco. Liderou as forças austríacas na batalha de Austerlitz. Comandante de um corpo do Exército em 1809, lutou nas batalhas de Essling e Wagram. Participou da assinatura do tratado de Schönbrunn.

Ligne, Charles Joseph, príncipe de (1735-1814): político e escritor belga a serviço da Áustria. Morou na Rússia no tempo de Catarina II.

Lopukhin, príncipe Piotr Vassílievitch (1753-1827): governador de Iaroslavl e de Vologda, no reinado de Catarina II; ministro da Justiça no reinado de Alexandre I, de 1803 a 1810; presidente do Conselho de Estado e do Conselho de Ministros.

Mack von Leiberich, Karl (1752-1828): general austríaco, rendeu-se a Napoleão quando se viu cercado pelo Exército francês em Ulm. Essa derrota fez com que fosse levado à corte marcial e condenado a dois anos de prisão.

Magnítski, Mikhail Leontievitch (1778-1855): diretor do comitê do estatuto militar e amigo de Sperânski. Fez sua carreira graças à proteção de Araktchéiev e do príncipe Golítsin.

Malo Iaroslávets, batalha de: travada entre russos e franceses em 24 de outubro de 1812 (12 de outubro no calendário juliano), em Malo Iaroslávets, distrito da província de Kaluga, durante a retirada do Exército francês. A cidade ficou em poder dos franceses, que depois tiveram que bater em retirada pela antiga estrada de Smolensk.

Mamónov, conde Aleksandr Matviéievitch Dmítriev (1758-1803): franco-maçom. Montou por conta própria, em 1812, um regimento de cavalaria. O regimento de Mamónov se distinguiu nos combates de Tarútino e de Malo Iaroslávets.

Maria Fiódorovna (1759-1828): imperatriz-mãe da Rússia. Nascida princesa de Würt-temberg, foi a segunda esposa do imperador Paulo I e mãe do imperador Alexandre I.

Markóv, conde Arkádi Ivánovitch (1747-1827): diplomata russo, foi embaixador em Haia, Estocolmo e Paris; de onde foi revocado a pedido de Napoleão.

Metternich, Klemens Wenzel von (1773-1859): diplomata e estadista austríaco, foi ministro do Exterior de 1809 a 1847. Presidiu o Congresso de Viena e, após a queda de Napoleão, foi um dos grandes apoiadores dos Bourbon na França.

Michaux, Alexandre, conde de Beauretour (1771-1841): coronel francês, passou do serviço da Sardenha ao da Rússia em 1805. Em 1812, foi enviado por Kutúzov para anunciar a Alexandre I o abandono de Moscou.

Milorádovitch, Mikhail Andréievitch (1771-1825): general russo, participou das batalhas de 1805 e 1806, distinguindo-se em Amstetten e na batalha de Krems. Foi governador militar de Kiev, em 1810-2, e comandou ora a vanguarda, ora a retaguarda russa, em 1812-3. Em seguida tornou-se governador de Petersburgo (1813) e foi membro do Conselho de Estado (1818).

Moreau, Jean-Victor (1763-1813): general francês. Inicialmente aliado de Napoleão, auxiliou-o durante o golpe de Estado e lutou na campanha da Itália. Tornou-se seu rival e foi exilado nos Estados Unidos. Regressou à Europa em 1813, foi apresentado por Bernadotte ao tsar e tomou parte nas derradeiras campanhas contra os franceses.

Mortier, Edouard-Adolphe Casimir, duque de Treviso (1768-1835): marechal da França. Participou de quase todas as campanhas da Revolução e do Império. Comandava uma divisão na batalha de Krems, que foi vencida por Kutúzov. Entre 1812 e 1813, comandou a guarda imperial francesa.

Mouton-Duvernet, Régis Barthélemy (1770-1816): general francês. Participou de todas as guerras da Revolução e do Império, distinguindo-se na campanha da Itália. No conselho de guerra realizado após a batalha de Malo Iaroslávets, apoiou a retirada imediata do Exército francês. Foi fuzilado em 1816, na época da Restauração.

Murat, Joachim (1767-1815): general francês, nomeado rei de Nápoles por Napoleão. Casou-se com Caroline Bonaparte, irmã mais nova do imperador.

Naríchkin, Aleksandr Lvóvitch (1760-1826): diretor dos teatros imperiais da Rússia, de 1799 a 1819.

Ney, Michel, duque de Elchingen (1769-1815): marechal francês. Apelidado de "o bravo dos bravos" por Napoleão, participou de inúmeras batalhas, entre elas Iena, Friedland e Ulm. Na campanha de 1812 lutou em Borodinó. Durante a retirada de Moscou comandou a retaguarda francesa, recebendo a alcunha de "o último francês em solo russo".

Novossíltsev, conde Nikolai Nikoláievitch (1761-1836): estadista russo. Curador do distrito escolar de Petersburgo, de 1803 a 1804, e presidente da Academia das Ciências. Executou várias missões diplomáticas, de 1805 a 1806. Foi nomeado, em 1813, presidente do Conselho Provisório, criado para administração do grão-ducado de Varsóvia. Membro, e depois presidente, do Conselho de Estado e do Conselho de Ministros.

O mensageiro russo: *ver* Glinka, Serguei Nikoláievitch.

Oldenburg, duque Jorge de (1784-1812): nobre alemão. Em janeiro de 1811, Napoleão apropriou-se do ducado de Oldenburg. Como o duque era casado com a irmã de Alexandre I, o ato foi visto como uma grande afronta pelos russos, sendo um dos muitos fatores que levaram ao desentendimento do tsar russo com o imperador francês. O ducado foi devolvido à família após a derrota de Napoleão.

Orlóv-Deníssov, Vassíli Vassílievitch, (1775-1843): general russo. Filho do primeiro general cossaco a receber o título de conde na Rússia, entrou para o Exército em 1789. Tornou-se coronel em 1799. Participou da campanha da Polônia em 1807 e das operações na Finlândia em 1808-9. Lutou em quase todas as batalhas da campanha de 1812, destacando-se em Tarútino.

Osterman-Tolstói, conde Aleksandr Ivánovitch (1772-1857): general russo. Entrou para o regimento de Preobrajénski em 1774. Participou da Guerra Russo-Turca de 1787-91 e das principais batalhas de 1805-9. Em 1812, comandou o quarto corpo do primeiro exército ocidental. Participou da batalha de Borodinó, onde foi seriamente ferido, retornando ao Exército em 1813.

Otchákov, sítio de: tomada da fortaleza turca de Otchákov, na embocadura do Dniepr, pelo exército russo sob o comando de Suvórov, em 1788, durante a Guerra Russo-Turca de 1787-91.

Oudinot, Nicolas Charles Marie, duque de Reggio (1767-1847): marechal francês. Comandava um corpo de granadeiros nas campanhas de 1805 e 1806.

Pahlen, conde Fiódor Petróvitch (1780-1863): diplomata russo e conselheiro secreto. Foi embaixador da Rússia em Washington e membro do Conselho de Estado.

Paulo I, Pável Petróvitch (1754-1801): pai de Alexandre I e filho de Catarina II, foi imperador da Rússia entre 1796 e 1801. Considerado autoritário, foi assassinado por um grupo de oficiais descontentes.

Paulucci, Filippo Ossípovitch, marquês (1779-1849): general ajudante de campo. Nascido em uma família de marqueses em Modena, lutou contra os franceses em 1794. Entre 1801 e 1806 serviu em Nápoles e juntou-se, brevemente, ao Exército francês em 1806. Em 1807, entrou para o Exército russo. Em 1812, foi chefe do Estado-Maior do primeiro exército. Retornou à Itália em 1830.

Pfuhl, Karl Ludwig August Friedrich von (1757-1826): general e teórico militar prussiano. Serviu no Exército da Prússia, de 1779 a 1806, e foi um dos autores do plano de guerra que culminou com a derrota do Exército prussiano para Napoleão em Iena e Auerstadt. Passou para o serviço da Rússia em 1807 e traçou, em 1812, a pedido de Alexandre I, o plano das operações contra Napoleão.

Plátov, Matviei Ivánovitch (1753-1818): general russo. Nascido em uma família de cossacos, lutou na Guerra Russo-Turca de 1787-91 e nas campanhas de 1806 e 1807, na Polônia.

Em 1812 comandou um exército de cossacos e apoiou o general Bagration durante as batalhas. Em Borodinó liderou um ataque da cavalaria contra o flanco esquerdo dos franceses. Distinguiu-se ao liderar as tropas cossacas durante a retirada francesa.

Poniatowsky, príncipe Józef (1763-1813): general polonês. Sobrinho do rei da Polônia, foi ministro da Guerra do grão-ducado de Varsóvia em 1807. Participou da campanha de Napoleão na Rússia, em 1812, como comandante de um corpo do Exército polonês.

Potiómkin, Grigóri Aleksándrovitch (1739-91): general e político russo. Muito influente no reinado da tsarina Catarina II, a Grande, de quem foi amante por muitos anos. Participou da Guerra Russo-Turca de 1768-74.

Preobrajénski, regimento de: um dos dois primeiros regimentos de infantaria da guarda russa, ao lado do regimento de Semiónov. Formado em 1687 por Pedro, o Grande.

Pultusk, batalha de: travada entre os russos, sob o comando de Bennigsen, e os franceses, sob o comando de Lannes, em 26 de dezembro de 1806 (13 de dezembro no calendário juliano), perto da cidade de Pultusk, na Polônia. Os russos resistiram aos ataques franceses e se retiraram no dia seguinte.

Raiévski, Nikolai Nikoláievitch (1771-1829): general russo. Comandou o sétimo corpo de infantaria do exército de Bagration, no início da campanha de 1812. Na batalha de Borodinó, comandava o reduto no centro da posição russa, que recebeu o nome de reduto Raiévski. Participou das batalhas de Tarútino e Malo Iaroslávets.

Rapp, conde Jean (1773-1821): general francês. Destacou-se na campanha do Egito, em 1798, e tornou-se ajudante de campo de Napoleão em 1800 (posto que ocupou até 1814). Destacou-se na batalha de Austerlitz e salvou Napoleão de um atentado em 1809, em Viena, durante a assinatura do tratado de Schönbrunn. Participou da campanha de 1812 e foi ferido na batalha de Borodinó. Salvou a vida de Napoleão uma segunda vez, repelindo um ataque de cossacos durante a retirada francesa, e feriu-se novamente na travessia do rio Bereziná.

Razumóvski, príncipe Andrei Kirílovitch (1752-1836): diplomata russo. Em 1792, foi nomeado embaixador russo em Viena, um dos postos diplomáticos mais importantes durante a era napoleônica. Teve papel fundamental no Congresso de Viena, assegurando os direitos da Rússia sobre a Polônia. Ficou conhecido em Viena por encomendar a Beethoven, em 1806, a composição de três quartetos de corda com temas russos. Beethoven, em vez disso, incluiu temas ucranianos nos dois primeiros da série *Quartetos de Corda 7-9, Opus 59 — "Razumovsky"*.

Repnin, Nikolai Grigoriévitch Repnin-Volkónski, príncipe (1778-1845): general russo. Em 1805 liderou um esquadrão em Austerlitz onde foi seriamente ferido e capturado. Libertado semanas depois foi condecorado por sua bravura nessa batalha. Em 1812 liderou a nona divisão de cavalaria. Em 1815 participou do Congresso de Viena.

Rostoptchin, Fiódor Vassílievitch (1763-1826): estadista russo. Favorito de Paulo I, teve grande influência sobre o imperador, que o nomeou ministro do Exterior. Em 1799, recebeu o título de conde. Foi governador-geral de Moscou, de 1812 a 1814, e mandou imprimir, em 1812, panfletos patrióticos que ele próprio redigia, incitando a população de Moscou a defender a cidade dos franceses. Em 1815 acompanhou o imperador Alexandre I no Congresso de Viena. Foi culpado pelos incêndios de Moscou e exilado, logo após o Congresso, retornando à Rússia somente em 1825.

Ruchuk: fortaleza turca situada na margem direita do rio Danúbio. Durante a Guerra Russo-Turca de 1806-12, foi sitiada pelas tropas russas. Em julho de 1810, Kamiénski finalmente conquistou-a, trazendo grandes perdas para o Exército russo.

Rumiántsev, Nikolai Petróvitch (1754-1826): estadista russo. Senador e ministro do Comércio no reinado de Paulo I, foi depois ministro do Exterior e chanceler no reinado de Alexandre I.

Santa Aliança: aliança realizada, em 1815, entre Rússia, Prússia e Áustria com o intuito de assegurar a realização das medidas aprovadas no Congresso de Viena (1815), bem como impedir o avanço das ideias nacionalistas e constitucionalistas e combater as revoltas liberais.

Santo Sínodo: colegiado eclesiástico, criado por Pedro, o Grande, em 1721, que tinha sob sua alçada todos os assuntos espirituais. Composto de metropolitas, arcebispos e bispos designados pelo tsar. Tolstói foi excomungado por ele em 1901.

Savary, Anne-Jean-Marie-René, duque de Rovigo (1774-1833): general francês. Ajudante de campo e homem de confiança de Napoleão, a partir de 1800. Participou das campanhas de 1805 e 1807 como general de divisão.

Schmidt, general Heinrich (1743-1805): militar austríaco. Foi ajudante de Kutúzov em 1805. Morreu na batalha de Krems.

Schwartz, Fiódor Efimovitch: coronel alemão, comandante do regimento de Semiónov. Os castigos corporais e as humilhações que impunha aos soldados culminaram numa revolta, em 1820, e na consequente dissolução do regimento.

Schönbrunn, tratado de: tratado assinado pela França e pela Áustria em 14 de outubro de 1809, em Viena. Nele, a Áustria reconhecia as conquistas anteriores de Napoleão sobre outros países.

Schwartzenberg, Karl Philipp (1771-1820): marechal de campo austríaco. Em 1805 lutou em Ulm, sob as ordens de Mack. Foi embaixador em Petersburgo em 1808. Comandou um corpo do Exército austríaco em 1812. Em 1813, quando a Áustria ficou do lado dos aliados contra Napoleão, Schwartzenberg foi nomeado comandante em chefe do Exército da Boêmia.

Sébastiani, Horace (1775-1851): conde e marechal francês. Participou da batalha de Austerlitz e foi nomeado embaixador em Constantinopla, em 1806. Comandou uma divisão de cavalaria na batalha de Borodinó e foi um dos primeiros comandantes franceses a entrar em Moscou.

Semiónov, regimento de: um dos primeiros regimentos de infantaria da guarda russa, criado por Pedro, o Grande, ao lado do regimento de Preobrajénski. Revoltou-se em 1820, para protestar contra os castigos corporais infligidos pelo coronel Schwartz.

Seslávin, Alexander Nikítitch (1780-1858): general russo. Durante a campanha de 1805, serviu no exército do conde Tolstói. Em 1807, participou da campanha da Polônia. Combateu os turcos em 1810; em 1812 participou das batalhas em Smolensk e Borodinó e comandou um destacamento independente de guerrilheiros. Descobriu que os franceses haviam deixado Moscou tomando a estrada de Kaluga e os perseguiu com seu grupo.

Sociedade Bíblica: sociedade para difusão da Bíblia, fundada em Petersburgo em 1813, com numerosas ramificações em outras cidades russas. Sua atividade foi encorajada por Alexandre I, que dela era membro. Em 1824 o governo mudou subitamente de atitude e ela foi interditada por decreto de Nicolau I.

Speránski, conde Mikhail Mikháilovitch (1772-1839): estadista russo de ideias reformistas, considerado o pai do liberalismo russo. Foi encarregado por Alexandre I de redigir um projeto de Constituição. Durante muito tempo foi o principal conselheiro de Alexandre até que, em 1812, acusado de traição por pessoas próximas ao imperador, como Armfeldt e Rostoptchin, foi exilado em Níjni-Nóvgorod.

Stein, Heinrich-Friedrich-Karl (1757-1831): ministro e reformador prussiano, exilado da Alemanha por Napoleão.

Strógonov, Pável Aleksándrovitch (1774-1817): general e senador russo. Entrou para o Exército em 1779 e entre 1781 e 1790 viajou pela Rússia e pela França, onde testemunhou os eventos da Revolução Francesa. Em 1790 frequentou o Clube Jacobino e, por esse motivo, foi chamado à Rússia onde ficou sob vigilância em uma propriedade próxima a Moscou. Sob Paulo I, em 1792, tornou-se *junker*. Quando Alexandre assumiu o trono, Strógonov tornou-se seu confidente e convenceu-o da urgência de outorgar uma Constituição. Tornou-se senador em 1802. Durante a campanha de 1805, acompanhou Alexandre em Austerlitz e em 1812 lutou em Borodinó.

Suvórov, Aleksandr Vassílievitch (1729-1800): generalíssimo do Exército russo. Participou da Guerra dos Sete Anos, entre 1757 e 1763, e da guerra contra os turcos em 1773-4. Em 1799, esteve nas campanhas da Itália e da Suíça contra a França, à frente do exército austro-russo. Cercado nos Alpes, realizou a travessia destes, fato que o tornaria um dos mais famosos militares russos. Morreu em 1800, em Petersburgo.

Tarútino, batalha de: após a retirada de Moscou, o exército russo estabeleceu um acampamento em Tarútino, na província de Kaluga. Nesse mesmo local, no dia 18 de outubro de 1812 (6 de outubro no calendário juliano), travou-se uma batalha entre a vanguarda do exército francês, sob o comando de Murat, e o exército russo, sob o comando de Bennigsen.

Tcherníchev, Alexander Ivánovitch (1786-1857): general e estadista russo. Participou das campanhas de 1805 e 1807, distinguindo-se em Austerlitz e Friedland. Em 1808 foi enviado à França para uma série de missões diplomáticas e tornou-se próximo de Napoleão, para quem serviu em numerosas missões diplomáticas entre 1810 e 1811, tornando-se o principal espião russo em Paris. Obteve alguns dos planos franceses de invasão à Rússia e deixou a França em 1811, quando foi descoberto. Em 1812 comandou um destacamento de cavalaria na perseguição aos franceses. Foi ministro da Guerra, de 1827 a 1852, e presidente do Conselho de Estado em 1848.

Tchitchagóv, Pável Vassílievitch (1767-1849): ministro da Marinha e membro do Conselho de Estado no reinado de Alexandre I. Comandante da frota do mar Negro, em 1811. Encarregado por Alexandre I de perseguir o exército francês em retirada, permitiu que os franceses atravessassem o Bereziná, em novembro de 1812. Apesar de Kutúzov e Wittgenstein terem assumido parte da culpa, foi quase acusado de crime de alta traição por conta do fracasso da operação.

Tilsit, tratado de: assinado em 7 de julho de 1807 (25 de junho no calendário juliano), por Napoleão e Alexandre, estabeleceu a paz entre os dois países após a batalha de Friedland. Em 9 de julho (27 de junho no calendário juliano), o governo da Prússia assinou com o governo francês o mesmo tratado e perdeu quase metade de seu território.

Toll, capitão Karl Fiódorovitch (1777-1842): general russo. Participou da campanha de 1805 e de ações contra os turcos em 1806. Combateu em Borodinó, apoiou a decisão de abandonar Moscou e lutou em várias das batalhas seguintes, como Tarútino e Malo Iaroslávets. Tornou-se membro do Conselho de Estado e chefe do Exército, em 1830.

Tolstói, conde: general russo. Participou das campanhas de 1805.

Tormássov, Aleksandr Petróvitch (1752-1819): participou da Guerra Russo-Turca, de 1787-91. Em 1799, foi afastado do Exército pelo imperador Paulo I, voltando a servir um ano depois. Em 1812, comandou o terceiro exército ocidental, e em 1814 foi nomeado governador-geral de Moscou, no lugar de Rostoptchin.

Uvárov, Fiódor Petróvitch (1773-1824): general russo. Destacou-se liderando a cavalaria russa durante a batalha de Austerlitz, em 1805. Em 1807 participou da batalha de Friedland. Em 1812, durante a batalha de Borodinó, atacou, junto com Plátov, o flanco esquerdo do exército de Napoleão.

Verecháguin, Mikhail Nikoláievitch (1790-1812): filho de um negociante de Moscou, traduziu para o russo dois artigos da *Gazeta de Hamburgo* a respeito de Napoleão e foi acusado por Rostoptchin de crime de alta traição. Condenado a trabalhos forçados por toda a vida, foi entregue à multidão no dia da entrada dos franceses em Moscou e morto por ela.

Viázemski, príncipe Andrei Ivánovitch (1750-1807): conselheiro de Estado moscovita, frequentador do Clube Inglês e pai do escritor Piotr Andréievitch Viázemski.

Viazma, batalha de: travada em outubro de 1812, em Viazma, sede de distrito da província de Smolensk, entre o exército francês, que batia em retirada de Moscou, e a vanguarda do exército russo, comandada por Milorádovicth e Plátov.

Viazmitínov, conde Serguei Kuzmitch (1749-1819): administrador russo e governador-geral de Petersburgo em 1805, 1812 e 1816. Foi presidente do Conselho de Ministros.

Villiers: famoso médico de origem escocesa. Acompanhou Alexandre I em todas as suas campanhas, viagens e congressos.

Vinesse: célebre miniaturista. Vivia em Petersburgo em 1812.

Volkónski, príncipe Piotr Mikháilovitch (1776-1852): marechal de campo russo. Foi general ajudante de campo em 1805, primeiro no exército de Buxhöwden, depois no de Kutúzov, destacando-se em Austerlitz. Fez parte da escolta de Alexandre I, em 1812, quando o tsar esteve no Exército.

Weyrother, Franz von (1755-1806): general austríaco e teórico militar. Graças à intervenção de Kutúzov, foi nomeado chefe do Estado-Maior do Exército austríaco. Redigiu o plano da batalha de Austerlitz.

Wimpfen, Max (1770-1851): general austríaco. Participou da campanha de 1805, sob as ordens de Kutúzov.

Wintzingerode, Ferdinand Fiódorovitch (1770-1818): general e diplomata austríaco a serviço dos russos. Na campanha de 1805 distinguiu-se na batalha de Krems. Em 1812, durante a ocupação francesa, foi a Moscou para negociar com os franceses e tentar impedir que destruíssem o Krêmlin. Foi detido por eles e resgatado por cossacos perto de Vilna.

Wittgenstein, Piotr Khristiánovitch (1769-1843): marechal de campo russo, de origem prussiana. Participou da campanha de 1805, lutando em Amstetten e Austerlitz. Participou do início da Guerra Russo-Turca de 1806-12. Na campanha de 1812, comandou um corpo do Exército que defendia as estradas para Petersburgo, tornando-se conhecido como o "herói de Petropol". Assumiu, por um breve período, o comando do exército russo, após a morte de Kutúzov, sendo substituído por Barclay de Tolly.

Woltzogen, Ludwig-Justus, barão de (1774-1845): general prussiano. Teórico militar, passou ao serviço da Rússia em 1807. Traçou, junto com Pfuhl, o plano da campanha de 1812. Acusado de traição pelos círculos militares russos.

Wrbna, conde Rudolph (1761-1823): estadista austríaco. Serviu de intermediário nas negociações entre o governo austríaco e o francês quando Viena foi tomada por Napoleão.

Württemberg, duque Aleksandr Friedrich von (1771-1833): irmão de Maria Fiódorovna e primeiro rei de Württemberg. Na campanha de 1812, lutou em Smolensk, Borodinó, Tarútino, Malo Iaroslávets e outras batalhas.

Zúbov, conde Platon Aleksándrovitch (1767-1822): favorito de Catarina II.

ALGUMAS PALAVRAS SOBRE O LIVRO *GUERRA E PAZ*[1]

Liev Tolstói

Ao publicar esta obra, na qual empenhei cinco anos de trabalho ininterrupto e exclusivo, nas melhores condições de vida, eu pretendia escrever uma introdução para explicar minha visão a seu respeito e, desse modo, evitar as incompreensões que pudessem surgir entre os leitores. Eu não desejava que os leitores vissem e procurassem em meu livro aquilo que eu não quis ou não soube expressar; gostaria que voltassem sua atenção justamente para aquilo que eu queria expressar, mas em que não julguei conveniente me deter (em razão das condições do trabalho). Nem o tempo nem minha capacidade me permitiram fazer, plenamente, aquilo que eu pretendia, e aproveito a acolhida de uma revista especializada[2] para, ainda que de forma incompleta e sucinta, explicar a visão do autor sobre sua obra, para os leitores a quem isso possa interessar.

1) O que é *Guerra e paz*? Não é um romance, muito menos uma epopeia, menos ainda uma crônica histórica. *Guerra e paz* é aquilo que o autor quis e conseguiu expressar, na forma em que a obra foi expressa. Tal declaração sobre o descaso do autor com respeito às formas convencionais da produção artística em prosa poderia parecer presunção, se fosse premeditada e não contasse com exemplos anteriores. A história da literatura russa, desde o tempo de Púchkin, não só apresenta

---

1 Texto original russo utilizado: НЕСКОЛЬКО СЛОВ ПО ПОВОДУ КНИГИ "ВОЙНА И МИР", no tomo 16 das *Obras completas* de Tolstói em noventa volumes (Moscou: Gossudárstvennoie Izdátielstvo Khudojestvenói Literaturi, 1955). (N. T.)

2 Trata-se da revista russa *Russki Arkhiv* [Arquivo Russo], em que o texto foi publicado, em 1868. (N. T.)

muitos exemplos desse desvio das formas europeias, como não fornece sequer um exemplo contrário. Desde *Almas mortas*, de Gógol, até *Memórias da casa dos mortos*, de Dostoiévski, entre as obras artísticas em prosa que se destacam um pouco da mediocridade no período novo da literatura russa, não existe nenhuma que se enquadre totalmente na forma de romance, poema ou novela.

2) *O caráter do tempo* não está definido de modo suficiente em minha obra, como alguns leitores me disseram na época da publicação da primeira parte. Eu sei em que consiste esse caráter do tempo que não se encontra em meu romance: são os horrores do regime da servidão, as esposas emparedadas, os filhos adultos vergastados, Saltitchíkha[3] etc.; mas esse caráter do tempo que vive em nossa mente, para mim, não é verdadeiro e eu não desejava expressá-lo. Ao estudar cartas, diários, lendas, não encontrei todos os horrores dessa violência num grau maior do que encontro hoje ou em qualquer época. Naquele tempo, as pessoas também amavam, invejavam, buscavam as verdades, as virtudes, também eram arrebatadas pelas paixões; existia a mesma complexa vida moral e mental, às vezes até mais refinada do que hoje, na classe social superior. Se em nosso entendimento se formou uma opinião sobre o caráter de arbitrariedade e a força bruta daquele tempo, é só porque, nas lendas, relatos, novelas e romances que chegaram até nós só se apresentam casos de crimes e violência. Concluir que a característica predominante daquele tempo era a violência é tão injusto quanto seria alguém que viu o topo de árvores por trás de um monte concluir que, em tal lugar, não existe nada senão árvores. Aquele tempo tem seu caráter (como qualquer outra época tem o seu), que decorre da grande alienação da esfera social superior em relação às demais classes, da filosofia dominante, das peculiaridades da educação, do hábito de usar a língua francesa etc. Tentei exprimir esse caráter o melhor que pude.

3) *O emprego da língua francesa numa obra russa.* Por que, em minha obra, não só os russos, mas também os franceses, falam em parte russo e em parte francês? A objeção de que as pessoas falam e escrevem em francês num livro russo se assemelha à objeção que faria um homem que olha para um quadro e nota manchas pretas (sombras) que na verdade não existem. O pintor não tem culpa se, para algumas pessoas, uma sombra que ele fez no rosto de um quadro é percebida como uma mancha preta que não existe na realidade; o pintor será culpado apenas se essas sombras forem dispostas de modo incorreto e tosco. Ao examinar a época do início do século atual, ao retratar pessoas russas de determinada sociedade e tam-

---

3 Apelido de Dária Nikoláievna Saltikóva (1730-1801), senhora de terras que torturou e matou dezenas de servos. Foi presa, condenada e confinada num convento até o fim da vida. (N. T.)

bém Napoleão e os franceses, que tiveram uma participação muito direta na vida daquele tempo, sem perceber, acabei me deixando levar, mais do que o necessário, pela forma de expressão daquela modalidade do pensamento francês. Por isso, sem negar que as sombras que pus no quadro sejam provavelmente incorretas e toscas, eu desejaria apenas que aqueles que acharem muito ridículo que Napoleão fale ora em russo, ora em francês, soubessem que assim lhes parece só porque, a exemplo da pessoa que olha para um retrato, eles estão vendo não um rosto com luz e sombra, mas uma mancha preta embaixo do nariz.

4) *Os nomes dos personagens.* Bolkónski, Drubetskói, Bilíbin, Kuráguin e outros lembram nomes russos conhecidos. Ao justapor personagens não históricos a outros que são históricos, senti um incômodo no ouvido, quando obrigava o conde Rostoptchin a conversar com o príncipe Prónski, com Striélski ou quaisquer outros príncipes ou condes de sobrenomes de família inventados, simples ou compostos. Bolkónski ou Drubetskói, embora não sejam nem Volkónski nem Trubetskói, soam como algo conhecido e natural, na esfera da aristocracia russa. Eu não soube inventar, para todos os personagens, nomes que não me parecessem falsos ao ouvido, como Bezúkhov ou Rostóv, e também não soube contornar essa dificuldade de outro modo que não tomando ao acaso nomes mais familiares ao ouvido russo e substituindo algumas letras. Eu lamentaria muito se a semelhança entre os nomes inventados e os reais pudesse dar a alguém a ideia de que eu quis descrever esta ou aquela pessoa real; sobretudo porque a atividade literária que consiste na descrição de pessoas que existem ou existiram na realidade não tem nada em comum com a atividade a que me dediquei.

M. D. Akhrossímova e Deníssov: aí estão os únicos personagens a quem, de forma involuntária e impensada, dei nomes estreitamente semelhantes aos de dois personagens bastante representativos e queridos da sociedade daquele tempo. Foi um erro meu, decorrente da característica especial daquelas duas figuras, porém meu erro, nesse caso, limitou-se à apresentação desses dois personagens; e é provável que os leitores concordarão que nada semelhante à realidade aconteceu com eles. Todos os demais personagens são completamente fictícios e não têm, nem mesmo para mim, modelos específicos, nas lendas ou na realidade.

5) *A divergência entre minha descrição dos eventos históricos e os relatos dos historiadores.* Isso não foi acidental, mas inevitável. O historiador e o artista, ao descrever uma época histórica, têm dois temas completamente distintos. Assim como o historiador estaria errado se tentasse representar um personagem histórico em toda a sua inteireza, em toda a complexidade de relações com todos os aspectos da vida, também o artista não cumpriria sua tarefa se representasse uma pessoa sempre em sua significação histórica. Kutúzov nem sempre estava com a luneta,

apontando para os inimigos, montado num cavalo branco. Rostoptchin nem sempre estava com uma tocha, ateando fogo à casa de Vorontsóvski (aliás, ele nunca fez isso), e a imperatriz Maria Fiódorovna nem sempre estava com um manto de arminho, com a mão apoiada sobre um código de leis; mas é assim que a imaginação popular os representa.

Para o historiador, na medida em que se refere à colaboração de uma pessoa, tendo em vista algum objetivo, existem heróis; para o artista, na medida em que se refere à relação dessa pessoa com todos os aspectos da vida, não podem e não devem existir heróis, mas sim gente.

O historiador, às vezes, torcendo a verdade, é obrigado a subordinar toda a ação de um personagem histórico a uma ideia que ele introduziu nesse personagem. O artista, ao contrário, vê no próprio caráter unilateral dessa ideia uma incompatibilidade com sua tarefa e tenta apenas entender e mostrar, não uma figura famosa, mas uma pessoa.

Na descrição dos próprios eventos, a diferença é ainda mais aguda e essencial.

O historiador tem em vista os resultados do evento; o artista, o próprio fato em si. Ao descrever uma batalha, o historiador diz: "o flanco esquerdo de tal tropa foi deslocado contra tal aldeia, expulsou o inimigo, mas foi obrigado a recuar; então a cavalaria, que se lançou ao ataque, derrotou..." etc. O historiador não pode falar de outro modo. Enquanto isso, para o artista, tais palavras não têm nenhum sentido nem mesmo chegam a tocar no que aconteceu. A partir de sua própria experiência ou de cartas, memórias e relatos, o artista deduz sua representação de como se deu o evento e, com muita frequência (para ficarmos no exemplo da batalha), a dedução que o historiador se permite fazer sobre a ação de tais e tais tropas se revela exatamente o contrário da dedução do artista. A diferença dos resultados alcançados se explica, também, pelas fontes das quais um e outro extraem seus dados. Para o historiador (continuemos com o exemplo da batalha), a fonte principal são os relatórios dos comandantes secundários e do comandante-geral. De tais fontes, o artista não pode extrair nada; para ele, nada dizem, nada explicam. Mais ainda, o artista dá as costas para tais fontes, pois vê nelas uma mentira necessária. Sem falar que, em qualquer batalha, os dois lados inimigos sempre descrevem o combate de maneira totalmente oposta; em toda descrição de uma batalha, é inevitável que exista uma mentira, decorrente da necessidade de, por meio de algumas palavras, descrever as ações de milhares de pessoas, que se espalham por várias verstas[4] e se encontram na mais forte exasperação moral, sob o efeito do medo, da vergonha e da morte.

---

4 Uma versta equivale a 1,067 quilômetro. (N. T.)

Nas descrições de batalhas, em geral, se diz que tais tropas foram lançadas ao ataque em tal ponto e depois receberam ordem de recuar etc., como se houvesse o pressuposto de que a mesma disciplina que, numa parada militar, subjuga a vontade de dezenas de milhares de pessoas à vontade de uma só produzisse o mesmo efeito numa batalha, onde o que está em jogo é uma questão de vida ou morte. Qualquer um que esteve numa guerra sabe como isso é inexato;[5] entretanto, é nesse pressuposto que se baseiam os relatórios oficiais e, por sua vez, é nos relatórios que se baseiam as descrições militares. Visite todas as tropas logo depois de uma batalha, ou até um ou dois dias mais tarde, enquanto ainda não foram escritos os relatórios oficiais, e pergunte a todos os soldados, aos oficiais mais graduados e menos graduados, como se deu a ação; todas essas pessoas contarão o que experimentaram e viram, e se formará em você uma impressão grandiosa, complexa, infinitamente diversificada, penosa e obscura; e de ninguém, muito menos do comandante-geral, você saberá como se deu toda a ação. Porém, passados dois ou três dias, os relatórios começam a ser distribuídos, os tagarelas começam a contar como aconteceu aquilo que não viram; por fim, compõe-se uma narrativa geral e, por meio dessa narrativa, se forma a opinião geral do Exército. Para todos, é um alívio substituir suas dúvidas e perguntas por aquela representação mentirosa, mas clara e sempre lisonjeira. Um ou dois meses mais tarde, pergunte a um homem que tomou parte na batalha — você já não sentirá, em seu relato, aquela matéria viva e crua que havia antes; ele contará segundo o relatório oficial. Foi assim que me contaram, acerca da batalha de Borodinó, muitas pessoas inteligentes que participaram dos combates. Todos disseram a mesma coisa, segundo a descrição incorreta de Mikhailóvski-Danílevski, de Glinka etc.; até os pormenores que contaram eram os mesmos, apesar de essas pessoas se encontrarem a verstas de distâncias umas das outras.

Depois da queda de Sebastopol, o comandante da artilharia, Krijanóvski, me entregou os relatos dos oficiais de artilharia de todos os bastiões e pediu que eu, a partir de mais de vinte relatos, compusesse um só. Lamento não tê-los copiado. Era o melhor exemplo da mentira militar ingênua e inevitável com que se formam as descrições de batalhas. Suponho que muitos daqueles meus camaradas de tropa que, então, redigiram tais relatos, ao lerem estas linhas, rirão com a lembrança de como, por ordem de seu superior, escreveram aquilo que não poderiam saber. To-

---

5 Depois da publicação da primeira parte de meu livro, em que figura a descrição da batalha de Schöngraben, me foram transmitidas as palavras de Nikolai Nikoláievitch Muraviόv-Kárski a respeito daquela descrição, e isso confirmou minha convicção. N. N. Muraviόv, o comandante-geral, declarou que nunca leu uma descrição de batalha mais fiel e que sua experiência o convenceu de que, durante uma batalha, é impossível cumprir as ordens de um comandante-geral.

dos que experimentaram a guerra sabem como os russos são capazes de cumprir seu dever militar e sabem, também, como são pouco aptos a descrevê-la com a mentira lisonjeira, indispensável em tais casos. Todos sabem que, em nossos exércitos, a tarefa de redigir os relatórios e as narrativas oficiais é atribuída a estrangeiros.

Digo tudo isso para mostrar a inevitabilidade da mentira nas descrições militares, que servem de material para os historiadores, e assim mostrar a inevitabilidade das divergências parciais entre o artista e o historiador no entendimento dos eventos históricos. Contudo, além da inevitabilidade da mentira na narração dos eventos históricos, encontrei, entre os historiadores da época de que me ocupei (talvez em consequência do costume de agrupar os fatos, exprimi-los de modo sucinto e adaptar-se ao seu tom trágico), uma forma especial de linguagem bombástica, na qual, não raro, a mentira e a distorção envolvem não só o evento, mas também a compreensão de seu significado. Muitas vezes, ao examinar as duas principais obras históricas daquela época, a de Thiers e a de Mikhailóvski-Danílevski, cheguei a ficar perplexo com o fato de que tais livros pudessem ser publicados e lidos. Além do fato de que as narrações dos mesmos acontecimentos, feitas num tom sério e solene, com referências a fontes, são diametralmente opostas em um e no outro, encontrei também nesses historiadores tais descrições que não sei se é o caso de rir ou chorar, quando lembro que os dois livros constituem a única memória daquela época e contam com milhões de leitores. Citarei um só exemplo do livro do célebre historiador Thiers. Depois de contar que Napoleão havia trazido consigo notas falsas de dinheiro, ele diz: "*Relevant l'emploi de ces moyens par un acte de bienfaisance* digne de lui et de l'armée française, *il fit distribuer de secours aux incendiés. Mais les vivres étant trop précieux pour être donnés longtemps à des étrangers, la plupart ennemis, Napoléon aima mieux leur fournir de l'argent, et il leur fit distribuer de roubles papier*".[6]

Esse trecho, tomado de forma isolada, impressiona por sua clamorosa, nem se pode dizer imoralidade, mas simples idiotice; entretanto, no livro em conjunto, isso já não impressiona, porque corresponde inteiramente ao tom geral da linguagem, bombástica, solene e sem nenhum sentido direto.

Portanto, a tarefa do artista e a do historiador são muito distintas e a discordância com o historiador presente nas descrições de eventos e pessoas em meu livro não deve impressionar o leitor.

---

6 Francês: "Engrandecendo o emprego de tais meios por um gesto de caridade *digno dele e do exército francês*, mandou distribuir ajuda às vítimas dos incêndios. Porém, como os víveres eram preciosos demais para ser dados, por muito tempo, a estrangeiros, em sua maior parte inimigos, Napoleão preferiu lhes dar dinheiro e mandou distribuir entre eles cédulas de rublos."

Mas o artista não deve esquecer que a representação de pessoas e fatos históricos que se formou no povo se baseia não na fantasia, mas sim em documentos históricos, na forma como os historiadores conseguiram agrupá-los; por isso, ao entender e representar de modo distinto essas pessoas e eventos, o artista deve, assim como o historiador, orientar-se por materiais históricos. *Em meu romance, em todas as partes nas quais personagens históricos reais falam e agem, eu não inventei, mas sim utilizei o material histórico do qual, durante o tempo de meu trabalho, formei uma biblioteca completa, com livros cujos títulos não vejo necessidade de reproduzir aqui, mas a que sempre posso me remeter.*

6) Por fim, a sexta e mais importante consideração diz respeito à pouca relevância que, em meu modo de ver, têm os chamados grandes homens nos eventos históricos.

Ao estudar uma época tão trágica, tão rica de acontecimentos grandiosos e tão próxima de nós, e sobre a qual continuam vivas tradições tão diversificadas, cheguei à compreensão evidente de que as causas dos eventos históricos são inacessíveis à nossa mente. Dizer (o que parece muito simples, para todos) que as causas dos acontecimentos de 1812 residem no espírito de conquista de Napoleão e na firmeza patriótica do imperador Alexandre Pávlovitch é tão absurdo quanto dizer que as causas da queda do Império Romano se encerram na circunstância de certo bárbaro ter guiado seus povos para o Ocidente e de certo imperador romano ter governado mal, ou que um enorme morro escavado por mineradores desmoronou porque o último operário bateu na terra com sua pá.

Um evento dessa ordem, em que milhões de pessoas tentaram matar umas às outras, e mataram meio milhão, não pode ter sua causa na vontade de um indivíduo: assim como um homem não pode, sozinho, solapar um morro, tampouco pode uma pessoa assassinar 500 mil. Mas então quais são as causas? Alguns historiadores dizem que a causa foi o espírito de conquista dos franceses, o patriotismo da Rússia. Outros falam do elemento democrático que as hostes de Napoleão disseminavam e da necessidade que a Rússia tinha de estabelecer relações com a Europa etc. Mas como milhões de pessoas começaram a matar umas às outras, quem lhes deu essa ordem? Parece que todos tinham claro que aquilo não poderia ser bom para ninguém, e que seria até pior para todos; então, por que fizeram isso? É possível tirar, e tiram de fato, inumeráveis conclusões retrospectivas sobre as causas desse evento absurdo; porém, a enorme quantidade de explicações e a convergência de todas elas para um mesmo objetivo apenas demonstram que tais causas são de uma quantidade inumerável e que nenhuma delas pode ser chamada de causa.

Por que milhões de pessoas mataram umas às outras, quando, desde a criação do mundo, se sabe que isso é física e moralmente ruim? Porque isso era tão inexoravelmente necessário que, ao fazê-lo, as pessoas cumpriam a lei zoológica elementar que as abelhas cumprem quando matam umas às outras no outono, ou os animais machos quando se matam entre si. Não é possível dar outra resposta a essa pergunta terrível.

Essa verdade não só é evidente como é tão inata em cada pessoa que nem seria preciso demonstrá-la, se não existisse no homem outro sentimento e também a consciência que o persuade de que ele é livre sempre que pratica alguma ação.

Ao examinar a história de um ponto de vista geral, nos convencemos, sem dúvida nenhuma, da existência de uma lei eterna, segundo a qual os eventos ocorrem. Olhando do ponto de vista pessoal, nos persuadimos do contrário.

A pessoa que mata outra, Napoleão, que dá a ordem de atravessar o rio Niemen, você e eu, quando apresentamos um pedido para ingressar no Exército, quando levantamos e baixamos a mão, estamos todos convencidos, sem dúvida nenhuma, de que cada gesto nosso tem base em causas racionais e em nosso arbítrio, e que depende de nós agir desse ou daquele modo, e tal convicção é tão inerente e cara a todos nós que, apesar das razões da história e das estatísticas criminais nos convencerem da ausência de arbítrio na ação das outras pessoas, estendemos a consciência de nossa liberdade para todas as nossas ações.

A contradição parece insolúvel: ao praticar uma ação, estou convencido de que eu a executo por meu arbítrio; ao examinar essa ação no sentido de seu envolvimento na vida geral da humanidade (em seu significado histórico), eu me convenço de que essa ação foi predeterminada e inevitável. Onde está o erro?

As observações psicológicas sobre a capacidade humana de, em retrospectiva e de modo instantâneo, insinuar num fato uma série de conclusões supostamente livres (tenho intenção de explicar isso em mais detalhes em outro lugar) confirmam a hipótese de que a consciência da liberdade da pessoa, ao praticar determinado tipo de ação, é enganosa. Porém as mesmas observações psicológicas demonstram que existe outro tipo de ação, em que a consciência da liberdade não é retrospectiva, mas imediata e incontestável. Eu posso, sem dúvida nenhuma, digam o que disserem os materialistas, praticar uma ação ou dela me abster, contanto que a ação diga respeito só a mim. Com toda a certeza, é apenas por minha vontade que, agora, levanto e abaixo o braço. Eu posso, agora, parar de escrever. Você, agora, pode parar de ler. Sem dúvida nenhuma, é só por minha vontade, livre de quaisquer obstáculos, que eu, agora, transporto meu pensamento para a América ou para qualquer questão matemática. Experimentando minha liberdade, eu posso erguer e baixar a mão com força, no ar. Fiz isso. Mas a meu lado está uma criança, eu ergo a mão acima dela e, com a mesma força, quero baixar a mão na criança. Eu *não posso* fazer isso. Um cachorro se joga sobre a criança e eu *não posso* deixar de erguer a mão para o cachorro. Estou na frente de batalha e não posso deixar de seguir os movimentos da tropa. Numa batalha, não posso deixar de atacar com minha tropa nem deixar de fugir quando todos à minha volta estão em fuga. Quando estou num tribunal e sou advogado de defesa, não posso deixar de falar nem deixar de saber o que vou falar. Não posso deixar de piscar quando um golpe se dirige contra meu olho.

Portanto, existem dois tipos de ação. Um depende da minha vontade, o outro não. E o erro que produz a contradição decorre apenas do fato de que a consciência da liberdade, que legitimamente acompanha toda ação relacionada com meu eu, até a mais alta abstração de meu ser, é por mim transferida, de modo errôneo, para meus atos praticados em conjunto com outras pessoas e que dependem da conjunção de outros arbítrios com o meu. Determinar a fronteira entre o território da liberdade e o da dependência é extremamente difícil e constitui a tarefa essencial e única da psicologia; porém, ao observar as condições em que se manifestam nossa máxima liberdade e nossa máxima dependência, é impossível deixar de ver que, quanto mais abstrata e, portanto, quanto menos nossa ação está ligada à ação de outras pessoas, tanto mais ela é livre e, ao contrário, quanto mais nossa ação está ligada à de outras pessoas, tanto menos livre ela é.

A ligação mais forte, indissolúvel, opressiva e constante com outras pessoas é o chamado poder sobre os outros, o qual, em seu verdadeiro sentido, não é nada mais do que a máxima dependência em relação a outrem.

Errado ou não, porém inteiramente convencido disso no curso de meu trabalho, eu, de forma natural, ao descrever os eventos históricos de 1807 e, em especial, de 1812, em que essa lei da predeterminação atua de modo mais saliente,[7] não pude atribuir importância à ação das pessoas que pareciam ter o controle dos acontecimentos, mas que, menos do que todos os outros participantes, introduziram neles alguma atividade humana livre. A ação dessas pessoas foi notável, para mim, apenas no sentido de ilustrar a lei de predeterminação, que, em minha convicção, dirige a história, e a lei psicológica, que obriga a pessoa que pratica o ato menos livre que existe a insinuar, em sua imaginação, toda uma série de conclusões retrospectivas, cujo objetivo é provar, para ela mesma, sua liberdade.

---

7 Vale a pena observar que quase todos os autores que escreveram sobre o ano de 1812 viram nesse evento algo de extraordinário e fatal.

O PORCO-ESPINHO E A RAPOSA*
Isaiah Berlin

> Uma combinação esquisita: o cérebro de um químico inglês
> e a alma de um budista indiano.
> E. M. de Vogüé[1]

I

Há um verso entre os fragmentos do poeta grego Arquíloco que diz: "A raposa conhece muitas coisas, mas o porco-espinho conhece uma grande coisa".[2] Os estudiosos divergem sobre a interpretação correta dessas palavras obscuras, que talvez signifiquem apenas que a raposa, mesmo com toda sua astúcia, é derrotada pela única defesa do porco-espinho. No entanto, tomadas figuradamente, tais palavras

---

* Tradução de Carlos Eugênio Marcondes de Moura (*Pensadores russos*, São Paulo: Companhia das Letras, 1988), atualizada para este volume com base na edição revista *The Hedgehog and the Fox* (Londres: Weidenfeld & Nicolson, 2014).

1 "*On dirait l'espirit d'un chimiste anglais dans l'âme d'un bouddhiste hindou; se charge qui pourra d'expliquer cet étrange accouplment*". E. M. de Vogüé, *Le Roman russe*. Paris: Plon, 1886.

2 "πόλλ' οἶδ' ἀλώπηξ, ἀλλ' ἐχῖνος ἓν μέγα." "Archilochus", frag. 201. In: M. L. West (Org.), *Iambi et elegi graeci ante Alexandrum cantata*. 2. ed. Oxford: Oxford University Press, 1971. v. 1. [O fragmento foi preservado numa coleção de provérbios do sofista grego Zenóbio (5. 68), que declara que o encontrou tanto em Arquíloco como em Homero — "Homerus", frag. 5. In: M. L. West, op. cit., v. 2. Como o metro é iâmbico em vez de datílico, pode ter sido atribuído a Homero porque apareceu no (agora considerado pseudo-homérico) poema épico cômico *Margites*, provavelmente escrito depois do poema de Arquíloco. Ver C. M. Bowra, "The Fox and the Hedgehog", *Classical Quarterly*, n. 34, pp. 26-9 (ver 26), 1940, artigo reimpresso com revisões em C. M. Bowra, *On Greek Margins*. Oxford: Oxford University Press, 1970, pp. 59-66 (ver p. 59), e evidentemente desconhecido a Berlin. Em todo caso, pode ser um provérbio empregado por ambos os autores; entretanto, como imagens de animais são frequentes em Arquíloco, a tendência é pensar que ele foi o primeiro a usá-lo e deu-lhe a métrica. (N. E.)]

podem encerrar um sentido que caracteriza uma das mais profundas diferenças que dividem escritores e pensadores e, talvez, os seres humanos em geral. Existe um fosso profundo entre os que, de um lado, relacionam tudo a uma única visão central, a um sistema mais ou menos coerente e articulado, por meio do qual compreendem, pensam e sentem — um princípio organizador único e universal, em função do qual tudo o que são e dizem possui significado — e, de outro lado, aqueles que perseguem vários fins, muitas vezes desconectados e até mesmo contraditórios, ligados — se é que o são — apenas de facto, por algum motivo psicológico ou fisiológico, cujo relacionamento não obedece a nenhum princípio moral ou estético. Estes últimos vivem vidas, realizam atos e cultivam ideias mais centrífugas que centrípetas. Seu pensamento é difuso ou disperso, movem-se em muitos níveis, apreendem a essência de uma ampla variedade de experiências e objetos pelo que são em si mesmos, sem tentar, consciente ou inconscientemente, encaixá-los ou excluí-los de uma visão interior unitária, inalterável, que a tudo abrange e que às vezes mostra-se contraditória, incompleta e fanática. O primeiro tipo de personalidade intelectual e artística pertence aos porcos-espinhos, o segundo, às raposas; e, sem insistir numa classificação rígida, poderemos, sem grande receio de nos contradizer, afirmar que nesse sentido Dante pertence à primeira categoria, Shakespeare à segunda; Platão, Lucrécio, Pascal, Hegel, Dostoiévski, Nietzsche, Ibsen e Proust são, em variados graus, porcos-espinhos; Heródoto, Aristóteles, Montaigne, Erasmo, Molière, Goethe, Púchkin, Balzac e Joyce são raposas.

É claro que, como em todas as classificações excessivamente simples, a dicotomia, quando forçada, torna-se artificial, escolástica e, em última análise, absurda. Mas se ela não auxilia a crítica séria, nem por isso deveria ser rejeitada como algo meramente superficial ou frívolo: como todas as distinções que encerram algum grau de verdade, ela oferece um ponto de vista a partir do qual podemos olhar e comparar, um ponto de partida para uma investigação genuína. Assim, não temos dúvidas da violência do contraste entre Púchkin e Dostoiévski. O célebre discurso deste último sobre o primeiro, a despeito de toda sua eloquência e profundidade emotiva, raramente foi considerado por qualquer leitor atento como algo que iluminasse o gênio de Púchkin, mas sim o do próprio Dostoiévski, precisamente por representar Púchkin com obstinação — uma arquirraposa, a maior de todo o século XIX — à semelhança de Dostoiévski, que não passa de um porco-espinho. E assim transforma, e até distorce, Púchkin num profeta dedicado, portador de uma mensagem única e universal, a qual, na verdade, constituía o centro do próprio universo de Dostoiévski, mas excessivamente distante dos muitos e variados domínios do proteiforme gênio de Púchkin. Não seria absurdo afirmar que a literatura russa está balizada por essas figuras gigantescas — num polo Púchkin, no outro Dostoiévski —, e que as características dos outros escritores russos podem, até certo ponto, ser definidas em relação a esses grandes opostos, por aqueles que acham útil ou divertido fazer tal tipo de indagação. Perguntar como Gógol, Turguêniev, Tchékhov, Blok se comportam em relação a Púchkin e Dostoiévski leva — ou pelo menos levou — a críticas férteis e esclarecedoras. Quando, porém, nos deparamos com o conde Liev Nikoláievitch Tolstói e lhe formulamos essa pergunta — se pertence à primeira ou à segunda categoria, se é monista ou pluralista, se sua visão é una ou diversa, se é feito de uma única substância ou composto de elementos heterogêneos —, não obtemos uma resposta clara e imediata. A pergunta, de certo modo, não parece totalmente cabível: parece mais alimentar a obscuridade do que dissipá-la. Mas não é a falta de informação que nos faz hesitar. Tolstói nos disse mais a respeito de si e de suas opiniões e atitudes do que qualquer outro escritor russo, talvez mais do que qualquer outro escritor europeu. Sua arte tampouco pode ser considerada obscura, no sentido comum da palavra: seu universo não possui cantos sombrios, seus romances são luminosos como a luz do dia. Ele explicou seus trabalhos, bem como a si mesmo, discutiu a respeito deles e dos métodos pelos quais são construídos, demonstrando maior clareza, vigor, sanidade e lucidez do que qualquer outro escritor. Seria ele uma raposa ou um porco-espinho? O que devemos dizer? Por que é tão curiosamente difícil encontrar uma resposta? Ele se parece mais com Shakespeare e Púchkin ou com Dante e Dostoiévski? Ou seria ele totalmente diferente deles, e a pergunta se torna assim irrespondível, por ser absurda? O que é esse misterioso obstáculo com que nossa indagação parece se defrontar?

Não me proponho, neste ensaio, a formular uma resposta a tal questão, pois ela envolveria nada menos do que um exame crítico da arte e do pensamento de Tolstói como um todo. Limitar-me-ei a sugerir que, pelo menos em parte, a dificuldade pode estar no fato de que o próprio Tolstói não deixava de ter consciência do problema, e fez o que estava a seu alcance para falsificar a resposta. A hipótese que desejo levantar é que Tolstói, por natureza, era uma raposa, mas se julgava um porco-espinho; que seu talento e sua obra são uma coisa, e suas crenças — e, por conseguinte, o modo como interpretava a própria obra — outra. Por isso, seus ideais o levaram, juntamente com os que se deixaram envolver por sua genial capacidade de persuasão, a um erro sistemático de interpretação sobre o que ele e outros estavam ou deveriam estar fazendo. Ninguém pode se queixar de que tenha deixado aos leitores qualquer dúvida sobre o que pensava a respeito desse assunto. Suas opiniões permeiam todos os seus textos discursivos: diários, *obiter dicta* anotadas, ensaios e contos autobiográficos, panfletos sociais e religiosos, crítica literária, cartas a correspondentes particulares e públicos. No entanto, o conflito entre o que era e o que acreditava em nenhum momento surge com maior clareza do que quando expõe seu conceito sobre a história, ao qual são dedicadas algumas de suas páginas mais brilhantes e paradoxais. Este ensaio é uma tentativa de abordar suas doutrinas históricas, de refletir sobre os motivos que o levaram a manter determinados conceitos e de esmiuçar algumas de suas prováveis fontes. Em resumo, é uma tentativa de encarar a atitude de Tolstói em relação à história com a mesma seriedade que ele pretendia que seus leitores a encarassem, ainda que por uma razão um tanto diversa: pela luz que ela projeta sobre um homem de gênio, mais que sobre o destino de todo o gênero humano.

II

De modo geral, a filosofia da história de Tolstói não recebeu a atenção que merece, seja como visão intrinsecamente interessante ou como episódio na história das ideias, ou mesmo como um dado no desenvolvimento do próprio Tolstói.[3] Aqueles que o trataram basicamente como romancista por vezes consideram as passagens históricas e filosóficas presentes em *Guerra e paz* como uma interrupção impertinente da narrativa, como uma disposição lastimável para digressões irrelevantes, característica desse grande mas excessivamente obstinado escritor, como uma metafísica capenga, tosca, de pouco ou nenhum interesse intrínseco, profundamente não artística e totalmente alheia ao propósito e à estrutura da obra de arte como um todo. Turguêniev, que considerava antipáticas a personalidade e a arte de Tolstói, embora, em anos posteriores, reconhecesse generosamente e de bom grado seu talento literário, liderou o ataque. Em cartas a Pavel Annenkov,[4] Turguêniev refere-se ao "charlatanismo" de Tolstói, a suas pesquisas históricas como "farsescas", "trapaças" que enganam os incautos, introduzidas em sua obra por um "autodidata" como um substituto inadequado do verdadeiro conhecimento. Apressa-se em acrescentar que Tolstói, é claro, compensa tudo isso com o seu maravilhoso gênio artístico. Acusa-o, em seguida, de inventar "um sistema que parece resolver tudo de modo muito simples. Tome-se, por exemplo, o fatalismo histórico: ele entra na dança e vai em frente! Somente ao tocar no solo é que ele, a

---

3 Tendo em vista os objetivos deste ensaio, proponho limitar-me quase que inteiramente à filosofia da história explícita contida em *Guerra e paz* e ignorar, por exemplo, *Contos de Sebastopol*, *Os cossacos*, os fragmentos do romance inédito sobre os dezembristas e as reflexões dispersas de Tolstói sobre o tema, a menos que se baseiem em concepções expressas em *Guerra e paz*.

4 Cartas de 14 de fevereiro e 13 de abril de 1868. I. S. Turguêniev, *Polnoe sobranie sochinenii i pisem*. Moscou, Leningrado, 1960-8, *Pis'ma*, vii 64, p. 122.

exemplo de Anteu, recobra sua verdadeira força".[5] O mesmo tom se encontra na célebre e tocante súplica de Turguêniev em seu leito de morte, dirigida ao velho amigo e inimigo, implorando-lhe que não mais se abrigue sob o manto de profeta e retorne à sua verdadeira vocação — a de "o grande escritor da terra russa".[6] Flaubert, a despeito de seus "protestos de admiração" provocados por passagens de *Guerra e paz*, sente-se igualmente horrorizado: "*il se répète et il philosophise*",[7] escreve numa carta a Turguêniev, que lhe enviara a versão francesa daquela obra-prima, então quase desconhecida fora da Rússia. Na mesma veia, o amigo íntimo e correspondente de Bielinski, o filósofo comerciante de chá Vassili Botkin, simpático a Tolstói, escreve ao poeta Afanasii Fet:

> Os especialistas literários [...] acham que o elemento intelectual do romance é muito fraco, a filosofia da história é trivial e superficial, a negação da influência decisiva das personalidades individuais sobre os acontecimentos não passa de um amontoado de sutilezas místicas, mas, afora isso, o dote artístico do autor é inquestionável. Ontem ofereci um jantar e Tiuttchev esteve presente. Repito o que todo mundo disse.[8]

Os historiadores contemporâneos e os especialistas militares, entre os quais pelo menos um combatera em 1812,[9] queixaram-se indignados da inexatidão dos fatos. Desde então, foram acrescentadas provas comprometedoras da falsificação de detalhes históricos pelo autor de *Guerra e paz*,[10] aparentemente feita com propósitos deliberados, com pleno conhecimento das fontes originais disponíveis e reconhecida inexistência de quaisquer provas em contrário. A falsificação teria sido cometida, ao que parece, com vistas a uma finalidade não tanto artística, mas sim "ideológica".

---

5 Ibid.

6 Carta a Tolstói, 29 de junho de 1883. Ibid., xiii 180.

7 Francês: "ele se repete e filosofa". Carta de 21 de janeiro de 1880. Gustave Flaubert, *Lettres inédites à Tourguéneff*. Mônaco: Éditions du Rocher, 1946, p. 218.

8 A. A. Fet, *Moi vospominaniya*. Moscou: [s.n.], 1890, 2ª parte, p. 175.

9 Ver as severas observações de A. Vitmer, historiador militar muito respeitável, em *1812 gad v "Voine i mire"* (São Petersburgo: [s.n.], 1869), e o tom de crescente indignação nas notas críticas contemporâneas de A. S. Norov, A. P. Piatkovski e S. Navalikhin. O primeiro serviu na campanha de 1812 e, apesar de alguns erros fatuais, faz críticas ponderáveis. Os dois últimos, enquanto críticos literários, não têm quase nenhum valor, mas parecem ter se dado ao trabalho de verificar alguns fatos pertinentes.

10 Ver V. B. Chklovski, *Mater'ial i stil' v romane L'va Tolstogo "Voina i mir"*. Moscou: [s.n.], 1928, passim, mas sobretudo os caps. 7 e 8. Ver adiante, p. 1487.

Esse consenso da crítica histórica e estética parece ter dado o tom a praticamente todas as avaliações posteriores do conteúdo "ideológico" de *Guerra e paz*. Pelo menos Tchelgunov o homenageou com um ataque direto pelo seu quietismo social, que chamou de "filosofia do pântano";[11] outros, em sua maioria, ou ignoraram-no polidamente ou trataram-no como uma típica aberração, que atribuíam a uma combinação entre a conhecida tendência russa de pregar sermões (e com isso estragar obras de arte) e o fascínio simplório por ideias gerais, próprio dos jovens intelectuais de países afastados dos centros de civilização. "É uma sorte para nós que o autor seja melhor artista que pensador", pronunciou-se o crítico Nicolai Akhcharumov.[12] Por mais de três quartos de século, esse sentimento repercutiu entre a maioria dos críticos de Tolstói, russos e estrangeiros, pré-revolucionários e soviéticos, "reacionários" e "progressistas", entre quase todos os que o encaram basicamente como escritor e artista, e aqueles para quem ele é um profeta e professor, um mártir, uma influência social ou um "caso" sociológico ou psicológico. A teoria da história de Tolstói apresenta igualmente pouco interesse para Vogüé e Merejkovski, Stefan Zweig e Percy Lubbock, Biriukov e E. J. Simmons, para não mencionar nomes de menor importância. Os historiadores do pensamento russo[13] tendem a rotular esse aspecto de Tolstói como "fatalismo", e dedicam-se às teorias históricas mais interessantes de Leontiev ou Danilevski. Os críticos dotados de maior cautela ou humildade não vão tão longe, mas tratam a "filosofia" com respeito tenso. Até mesmo Derrick Leon, que trata os conceitos de Tolstói dessa época com um cuidado maior do que a maioria de seus biógrafos, após apresentar um elaborado relato das reflexões do escritor sobre as forças que dominam a história, particularmente na segunda parte do longo epílogo que vem após o final da parte narrativa de *Guerra e paz*, segue Aylmer Maude ao não fazer a menor tentativa de avaliar sua teoria ou de relacioná-la com o restante da vida ou do pensamento de Tolstói, e ainda assim é um caso quase único.[14] Aqueles que se interessam por Tols-

---

11 N. V. Tchelgunov, "Filosofiya zastoya" (resenha de *Guerra e paz*), *Delo*, n. 1, pp. 1-29, 1870.

12 [Literalmente: "Felizmente, o autor [...] é dez mil vezes mais poeta e artista do que filósofo".] N. D. Akhcharumov, *Voina i mir, sochnenie grafa L. N. Tolstogo, chasti 1-4: razbor*. São Petersburgo: [s.n.], 1868.

13 Por exemplo, os professores Ilin, Iakovenko, Zencovski e outros.

14 As exceções honrosas cabem aos textos dos escritores russos N. L Kareiev e B. M. Eikhenbaum, bem como aos dos pesquisadores franceses E. Haumant e Albert Sorel. Entre as monografias dedicadas ao tema, conheço apenas duas que apresentam mérito. A primeira delas, "Filosofiya istorii L. N. Tolstogo", de autoria de V. N. Pertsev, em "*Voina i mir*"*: sbornik pamyati L. N. Tolstogo*, org. de T. I. Polner e V. P. Obninski (Moscou, 1912), após censurar brandamente Tolstói pelas suas obscuridades, exageros e incoerências, descamba rapidamente em generalidades inócuas. A outra,

tói principalmente como profeta e professor concentram-se nas últimas doutrinas do mestre, apregoadas após sua conversão, quando deixou de se considerar basicamente um escritor e se firmou como professor da humanidade, objeto de veneração e peregrinação. Normalmente representa-se a vida de Tolstói como se fosse constituída de duas partes distintas: em primeiro lugar vem o autor de obras-primas imortais, em segundo, o profeta da regeneração pessoal e social; primeiro, o escritor aristocrático, o conturbado romancista genial, difícil, um tanto inacessível, em seguida o sábio — dogmático, intratável, exagerado, mas com vasta influência, sobretudo em seu próprio país —, uma instituição mundial de importância única. De vez em quando tenta-se ligar este último período às suas raízes na fase anterior, carregada de prenúncios de uma vida posterior de renúncia a si mesmo. É este último período que é considerado importante; existem estudos filosóficos, teológicos, éticos, psicológicos, políticos e econômicos sobre o Tolstói da última fase, sob todos seus aspectos.

No entanto, há aí um claro paradoxo. O interesse de Tolstói pela história e pelo problema da verdade histórica era apaixonado, quase obsessivo, antes e durante o período em que escreveu *Guerra e paz*. Ninguém que leia seus diários e cartas, ou mesmo o próprio romance, poderá duvidar de que pelo menos o autor considerava esse problema como o âmago de todo o assunto, a questão central em torno da qual é construído o romance. "Charlatanismo", "superficialidade", "debilidade intelectual" — certamente Tolstói é o último dos escritores a quem se possam aplicar semelhantes epítetos. Parcialidade, obstinação, arrogância, talvez; autoengano, falta de moderação, possivelmente; inadequação moral ou espiritual — disso ele tinha mais consciência do que seus inimigos; mas deficiência intelectual, falta de capacidade crítica, tendência à vacuidade, propensão a embarcar em alguma doutrina patentemente absurda e superficial, em detrimento da descrição ou análise realista da vida, fascínio por alguma teoria da moda, que Botkin ou Fet facilmente perceberiam — o que, infelizmente, não seria o caso de Tolstói —, tais acusações parecem grotescas e implausíveis. Nenhum homem em seu perfeito juízo, pelo menos

---

"Filosofiya istorii v romane L. N. Tolstogo, 'Voina i mir'", de M. M. Rubinshtein, em *Russkaya mysl* (julho de 1911), pp. 78-103, é muito mais elaborada, mas no final parece-me não estabelecer nada. (Muito diferente é o juízo de Arnold Bennett, do qual tomei conhecimento após escrever estas linhas: "A última parte do epílogo é repleta de boas ideias, que o leitor ocioso não consegue acompanhar. É claro que, no fraseado dos críticos, melhor seria que tivessem ficado de fora. Seria, só que Tolstói não poderia fazê-lo. Foi para isso que ele escreveu o livro". Newman Flower (Org.), *The Journals of Arnold Bennett*, 3 v. Londres: Cassell & Co., 1932-3; v. 2, 1911-21, p. 62). Quanto aos inevitáveis esforços para relacionar os conceitos históricos de Tolstói aos de vários marxistas posteriores — Kautski, Lênin, Stálin etc. —, eles pertencem mais às curiosidades da política ou da teologia do que às da literatura.

durante este século, jamais sonharia em negar a capacidade intelectual de Tolstói, seu espantoso talento para desmascarar quaisquer disfarces convencionais, aquele ceticismo corrosivo que lhe valeu, por parte do príncipe Viazemski, o estranho termo russo "netovschtchik"[15] ("negativista") — primitiva versão do niilismo que, posteriormente, Vogüé e Albert Sorel lhe atribuíram com absoluta naturalidade. Com toda certeza, algo está errado: a rejeição violentamente a-histórica, e até anti-histórica, de Tolstói a todas as tentativas de explicar ou justificar a ação ou a natureza humana em termos de um crescimento individual ou social ou de um "enraizamento" no passado, paralelamente a um interesse absorvente e duradouro pela história, que levou a resultados artísticos e filosóficos que provocaram comentários tão depreciativos e duvidosos da parte de críticos habitualmente equilibrados e acolhedores — eis algo que, sem dúvida, merece atenção.

III

A inclinação de Tolstói pela história manifestou-se muito cedo em sua vida. Ao que parece, surgiu não como um interesse pelo passado enquanto tal, mas do desejo de descobrir as causas primeiras, de compreender por que e como as coisas acontecem de determinada maneira e não de outra, pela insatisfação com aquelas explicações habituais que nada explicam e não satisfazem a mente, de uma tendência a duvidar, colocar sob suspeita e, se necessário, rejeitar tudo o que não responda inteiramente às indagações, penetrar no cerne de todas as questões a qualquer preço. Foi esta a atitude de Tolstói durante toda a vida, e dificilmente seria um sintoma de "impostura" ou "superficialidade". Ao lado disso, manifestava-se um amor incurável pelo concreto, pelo empírico, pelo verificável, e uma desconfiança instintiva pelo abstrato, pelo impalpável, pelo sobrenatural. Tratava-se, em suma, de uma tendência básica a uma abordagem científica e positivista, hostil ao romantismo, a formulações abstratas e à metafísica. Sempre e em todas as situações, ele procurava fatos "sólidos", que pudessem ser apreendidos e verificados pelo intelecto normal, que não se deixa corromper por teorias intrincadas, divorciadas das realidades tangíveis, ou por mistérios sobrenaturais, teológicos, poéticos e metafísicos. Tolstói era atormentado pelas questões últimas com que se deparam os jovens de todas as gerações — o bem e o mal, a origem e a finalidade do universo

---

15 P. A. Viazemski, "Vospominaniya o 1812 god". *Russkii arkhiv*, n. 7, colunas 181-92, 01-016, esp. 185-7, 1869.

e seus habitantes, as causas de tudo o que acontece. Mas as respostas oferecidas pelos teólogos e metafísicos lhe pareciam absurdas, quando menos pelos termos em que eram formuladas, termos sem nenhuma referência visível ao mundo cotidiano do habitual senso comum, ao qual se aferrava obstinadamente, mesmo antes de ter consciência do que fazia, como sendo a única coisa real. A história, e só a história — apenas a soma dos acontecimentos concretos no tempo e no espaço, a soma da real experiência de homens e mulheres reais, em relação mútua e com um meio físico real, tridimensional, empiricamente vivenciado —, apenas ela continha a verdade, o material a partir do qual seria possível chegar a respostas autênticas, que, para sua apreensão, não exigiriam sentidos ou faculdades especiais que os seres humanos normais não possuíssem.

Este, claro, era o espírito de investigação empírica que animava os grandes pensadores antiteológicos e antimetafísicos do século XVIII. O realismo e a incapacidade de Tolstói em se deixar iludir por fantasmas tornaram-no o discípulo natural desses pensadores, antes que tomasse conhecimento de suas doutrinas. A exemplo de M. Jourdain, ele fazia prosa muito antes de saber, e manteve-se inimigo do transcendentalismo desde o início até o final de sua vida. Tolstói cresceu durante o apogeu da filosofia hegeliana, que procurava explicar todas as coisas em termos do desenvolvimento histórico, mas concebia esse processo como sendo, em última análise, inacessível pelos métodos da investigação empírica. O historicismo de sua época sem dúvida influenciou o jovem Tolstói, assim como influenciara todas as pessoas questionadoras de seu tempo. Mas ele rejeitava instintivamente seu conteúdo metafísico e, em uma de suas cartas, descreveu os textos de Hegel como uma algaravia ininteligível, entremeada de lugares-comuns. Somente a história, a soma de dados passíveis de ser empiricamente descobertos, detinha a chave do mistério que explicava por que aquilo que acontecia se dava de determinada maneira e não de outra; e, por conseguinte, apenas a história poderia iluminar os problemas éticos fundamentais que o obcecavam, a exemplo do que aconteceu a todos os pensadores russos do século XIX. O que deve ser feito? Como uma pessoa deve viver? Por que estamos aqui? O que devemos ser e fazer? O estudo dos nexos históricos e a exigência de respostas empíricas a essas *prokliatie voprossi*[16]

---

16 "Malditas questões" — expressão que se tornou um clichê na Rússia do século XIX, referente àquelas questões morais e sociais fundamentais de que todo homem honesto, sobretudo cada escritor, deverá se conscientizar mais cedo ou mais tarde. Então enfrentará uma dupla escolha: ou entrar na luta ou dar as costas aos seus semelhantes, consciente da responsabilidade de seu gesto. [Embora "*voprossi*" tenha sido amplamente usado na década de 1830 para se referir a essas questões, parece que a frase específica "*prokliatie voprossi*" foi cunhada em 1858 por Mikhail L. Mikhai-

fundiram-se na mente de Tolstói, conforme atestam muito eloquentemente seus primeiros diários e cartas.

Em seus primeiros diários encontramos referências a suas tentativas de comparar as *Nakaz*[17] de Catarina, a Grande, com as passagens de Montesquieu, em que ela afirmava tê-las fundamentado.[18] Tolstói lê Hume e Thiers,[19] bem como Rousseau, Sterne e Dickens.[20] Obseda-o a ideia de que os princípios filosóficos só podem ser compreendidos em sua expressão concreta na história.[21] "Escrever a verdadeira história da Europa de nossos dias: eis aí um projeto para toda uma vida."[22] Ou então: "As folhas de uma árvore nos encantam mais do que as raízes",[23] querendo dizer com isso que, na verdade, tal observação não passa de uma visão superficial do mundo. Paralelamente, nota-se aqui o início de um sentimento nítido de decepção, a sensação de que a história, conforme é escrita pelos historiadores, faz exigências que ela não consegue satisfazer, porque, a exemplo da filosofia metafísica, pretende ser algo que não é — uma ciência capaz de chegar a conclusões corretas. Como os homens não conseguem resolver as indagações filosóficas através dos princípios da razão, eles tentam fazê-lo historicamente. A história é, porém, "uma das ciências mais atrasadas — uma ciência que perdeu seu objetivo". A razão disso é que a história não resolverá, por não dispor de meios próprios, as grandes interrogações que atormentaram os homens de todas as gerações. No processo de procurar responder a tais questões, os homens acumulam um conhecimento dos fatos conforme se sucedem no tempo. Trata-se, porém, de um mero subproduto, uma espécie de "questão lateral", estudada como um fim em si mesma — e é aí que está o erro.

---

lov, quando ele a usou para verter "*die verdammten Fragen*" em sua tradução do poema de Heinrich Heine "Zum Lazarus" (1853-4): ver 'Stikhotvoreniya Geine'. *Sovremennik*, n. 3, p. 125, 1858; e Oskar Walzel (Org.). *Heinrich Heines Sämtliche Werke*. Leipzig: Insel, 1911-20, v. 3, p. 225. Outra possibilidade é que Mikhailov tenha aproveitado o fato de que uma expressão russa existente caía como uma luva para as palavras de Heine, mas ainda não a vi publicada anteriormente.]

17 Instruções dadas a seus especialistas em legislação.

18 L. N. Tolstói, *Polnoe sobranie sochinenii*. Org. de V. G. Tchertkov. Moscou: [s.n.], 1934, v. 46, pp. 4-28.

19 Ibid., Hume: pp. 113-4, 117, 123-4, 127 (11-27 jun. 1852); Thiers: pp. 97, 124 (20 mar., 17 jun. 1854).

20 Ibid., Rousseau: pp. 126-7, 130, 132-4, 167, 176 (24 jun. 1852-28 set. 1853), p. 249 (*Journal of Daily Tasks*, 3 mar. 1847); Sterne: p. 82 (10 ago. 1851), p. 110 (14 abr. 1852); Dickens: p. 140 (1 set. 1852).

21 Ibid., p. 123 (11 jun. 1852).

22 Ibid., pp. 141-2 (22 set. 1852).

23 "Filosoficheskie zamechaniya na rechi Zh. Zh. Russo" (1847), T i 222, onde as duas próximas citações também aparecem.

> A história jamais nos revelará em que momento e que ligações existem entre a ciência, a arte e a moral, entre o bem e o mal, a religião e as virtudes cívicas. [...] O que ela nos dirá, sim, e incorretamente, é de onde vieram os hunos, quando viveram, quem fundou os alicerces do seu poder etc.

Segundo seu amigo Nazariev, Tolstói disse-lhe no inverno de 1846:

> A história nada mais é do que uma coleção de fábulas e ninharias inúteis, amontoadas desordenadamente com um enorme conjunto de números e nomes próprios desnecessários. A morte de Igor, a serpente que picou Oleg — o que é isso, a não ser conversa fiada de velhas comadres? Quem quer saber que o segundo casamento de Ivan com a filha de Temriuk realizou-se em 21 de agosto de 1562, e o quarto, com Anna Alekseievna Koltovskaia, ocorreu em 1572...?[24]

A história não revela causas; apresenta apenas uma sucessão inexpressiva de acontecimentos inexplicados.

> Tudo é encaixado dentro de um molde padronizado, inventado pelos historiadores: o tsar Ivan, o Terrível, sobre o qual o professor Ivánov dá cursos no momento, transforma-se subitamente, após 1560, de homem sábio e virtuoso que era, num tirano louco e cruel. Como? Por quê? Eis aí uma pergunta que não se deve fazer...[25]

Meio século mais tarde, em 1908, ele declara a Gusev: "A história seria algo excelente, se fosse verdadeira".[26] A proposição de que a história poderia e deveria se tornar científica é um lugar-comum no século XIX; não é grande, porém, o número daqueles que interpretaram o termo "ciência" com o significado de ciência natural, a seguir perguntando se a história coletiva poderia ser transformada em ciência nesse sentido específico. A postura mais intransigente foi a de Auguste Comte, que, segundo seu mestre Saint-Simon, tentou transformar a história em sociologia, com as fantásticas consequências que não precisamos aqui enumerar. Entre todos os pensadores, Karl Marx foi talvez o homem que encarou seu programa com maior

---

24 V. N. Nazariev, "Liudi bylogo vremeni", *L. N. Tolstoi v vospominaniyakh sovremennikov*. Moscou: [s.n.], 1955, v. I, p. 52.

25 Ibid., pp. 52-3.

26 N. N. Gusev, *Dva goda s L. N. Tolstym*. Moscou: Moskva, 1973, p. 188.

seriedade, e fez a mais corajosa tentativa — mesmo que das menos bem-sucedidas — de descobrir as leis gerais que governam a evolução histórica, concebida segundo a analogia, então sedutora, entre a biologia e a anatomia, tão triunfalmente transformada pelas novas teorias evolucionistas de Darwin. A exemplo de Marx, sobre quem ele aparentemente nada sabia à época em que escreveu *Guerra e paz*, Tolstói percebeu claramente que, se a história era uma ciência, deveria ser possível descobrir e formular um conjunto das verdadeiras leis da história que, aliado aos dados da observação empírica, tornaria a predição do futuro (e a "retrodição" do passado) tão factível quanto se tornara, digamos, na geologia ou na astronomia. Ele viu porém, mais claramente do que Marx e seus seguidores, que isso não fora de fato alcançado, e expressou-o com sua habitual franqueza dogmática, reforçando sua tese com argumentos destinados a demonstrar que a perspectiva de alcançar essa meta era inexistente. Encerrou o assunto observando que a realização dessa esperança científica poria um fim à vida humana tal como a conhecíamos: "Se admitirmos que a vida humana pode ser governada pela razão, a possibilidade da vida [isto é, de uma atividade espontânea que envolve a consciência do livre-arbítrio] é aniquilada".[27]

No entanto, o que oprimia Tolstói não era simplesmente a natureza "não científica" da história, nem o fato de que, por mais escrupulosa que fosse a técnica da pesquisa histórica, não se poderia descobrir nenhuma lei confiável do tipo exigido mesmo pelas ciências naturais menos desenvolvidas. Ele pensava, além do mais, que não poderia justificar para si mesmo a seleção visivelmente arbitrária do material e a escolha não menos arbitrária da ênfase, às quais todos os escritos históricos pareciam condenados. Ele deplora que, embora os fatores que determinam a vida da humanidade sejam muito variados, os historiadores selecionam entre eles apenas alguns aspectos isolados, digamos o político ou o econômico, e apresentam-no como a causa primordial e eficiente da mudança social. Mas então o que dizer da religião, dos fatores "espirituais" e muitos outros aspectos — uma multiplicidade literalmente incontável — de que se revestem todos os acontecimentos? Como podemos escapar à conclusão de que as histórias existentes representam aquilo que Tolstói declara ser "talvez apenas 0,001% dos elementos que efetivamente constituem a história real dos povos"? A história, tal como é normalmente escrita, costuma representar os acontecimentos públicos — "políticos" — como os mais importantes, enquanto os acontecimentos espirituais — "íntimos" — são largamente esquecidos. No entanto, prima facie, eles, os acontecimentos "íntimos", são a experiência mais real e imediata dos seres humanos; eles e somente eles são

---

27 *Guerra e paz*, epílogo, primeira parte, cap. I, p. 1343.

aquilo de que, em última análise, é feita a vida. Portanto, os historiadores políticos usuais estão dizendo tolices vazias.

Durante a década de 1850, Tolstói sentia-se obsedado pelo desejo de escrever um romance histórico. Um de seus principais objetivos era contrastar a substância "real" da vida, a dos indivíduos e a das comunidades, com o quadro "irreal" apresentado pelos historiadores. Repetidas vezes, nas páginas de *Guerra e paz*, notamos uma nítida justaposição da "realidade" — o que aconteceu "realmente" — ao meio distorcido através do qual o fato será apresentado mais tarde, nos relatos oficiais oferecidos ao público, e evocado pelos próprios atores que dele participaram. As lembranças originais agora foram retocadas por suas mentes traiçoeiras, inevitavelmente traiçoeiras por serem automaticamente racionalizantes e formalizantes. Tolstói insere constantemente os heróis de *Guerra e paz* em situações onde isso se torna particularmente evidente.

Nikolai Rostóv, na batalha de Austerlitz, vê aquele grande soldado, o príncipe Bagration, a cavalgar com seu séquito rumo à aldeia de Schöngraben, de onde avança o inimigo. Nem ele, nem seus homens, nem os oficiais que se aproximam a galope trazendo mensagens, nem mais ninguém está ou pode estar consciente do que acontece exatamente, nem onde, nem por quê; e o caos da batalha não se torna de forma nenhuma mais claro, seja nos fatos, seja na mente dos oficiais russos, com o aparecimento de Bagration. No entanto, sua chegada infunde ânimo a seus subordinados; sua coragem, sua calma, sua mera presença criam a ilusão da qual ele mesmo se torna a primeira vítima, isto é, de que aquilo que está acontecendo está de certa forma ligado à *sua* capacidade, aos *seus* planos, ao fato de que é a *sua* autoridade que, de certo modo, conduz o rumo da batalha; isso, por sua vez, exerce um efeito marcante sobre o moral de todos que se encontram à sua volta. Os despachos escritos mais tarde inevitavelmente creditarão a ele e a suas disposições todos os gestos e acontecimentos ocorridos no lado russo; o crédito ou o descrédito, a vitória ou a derrota pertencerão ao príncipe, embora esteja claro para todos que ele terá menos a ver com a conduta e o desfecho da batalha do que aqueles soldados humildes e desconhecidos que, no mínimo, participam de algum combate real, isto é, atiram uns nos outros, ferem, matam, avançam, recuam etc.

O príncipe Andrei também sabe disso, e com mais clareza em Borodinó, onde é mortalmente ferido. Começa a compreender a verdade um pouco antes, quando está empenhado em se encontrar com as pessoas "importantes" que parecem estar conduzindo os destinos da Rússia. Aos poucos, convence-se de que o principal conselheiro de Alexandre, o famoso reformador Sperânski, e seus amigos, além do próprio Alexandre, iludem-se sistematicamente ao supor que suas atividades, palavras, memorandos, decretos, resoluções, leis etc., são os fatores motivadores que provocam a mudança histórica e determinam os destinos dos homens e das nações, ao passo que, na realidade, não são nada: apenas um presunçoso girar no vazio. Assim Tolstói chega a um de seus célebres paradoxos: quanto mais alto os soldados e estadistas se encontram na pirâmide da autoridade, mais distantes estão de sua base, formada por aqueles homens e mulheres comuns, cujas vidas constituem a verdadeira matéria da história. Por conseguinte, tanto menor será o efeito das palavras e ações daqueles personagens tão distantes sobre essa história, apesar de toda a sua teórica autoridade.

Numa passagem famosa, em que aborda o estado em que se encontra Moscou em 1812, Tolstói observa que, a partir dos feitos heroicos da Rússia após o incêndio daquela cidade, seria possível inferir que seus habitantes estavam totalmente entregues a atos de autossacrifício — salvando seu país ou lamentando sua destruição —, ao heroísmo, ao martírio, ao desespero etc. Na realidade, não era bem assim. As pessoas se preocupavam com seus interesses próprios. Os que continuavam com seus afazeres costumeiros, sem experimentar emoções trágicas ou pensar que eram atores no palco iluminado da história, revelaram-se os mais úteis para seu país e sua comunidade, enquanto os que tentavam apreender o rumo geral dos acontecimentos e queriam tomar parte na história, os que desempenhavam atos de autossacrifício ou heroísmo inauditos e participavam dos grandes eventos, foram os mais inúteis. O pior de todos, aos olhos de Tolstói, eram os incessantes faladores que se acusavam mutuamente daquele tipo de coisa "pela qual ninguém, na verdade, poderia ter sido responsável". E isso porque

> Nos acontecimentos históricos, é mais evidente do que em qualquer outro caso a proibição de provar o fruto da árvore do conhecimento. Só a ação inconsciente dá frutos, e a pessoa que desempenha um papel nos acontecimentos históricos nunca entende seu significado. Se tenta compreendê-lo, dá-se conta de que isso é infrutífero.[28]

Tentar "entender" algo através de meios racionais é garantir o fracasso. Pierre Bezúkhov perambula "perdido" no campo de batalha de Borodinó, e procura o que imagina ser uma espécie de cenário, uma batalha tal como é representada pelos historiadores ou pintores. Depara-se, porém, com a confusão normal de pessoas satisfazendo casualmente esta ou aquela necessidade humana.[29] Pelo me-

---

28 Ibid., v. 2, tomo IV, primeira parte, cap. 4, pp. 1127-8.

29 Sobre a sua ligação com *A cartuxa de Parma*, de Stendhal, ver *Paul Boyer (1864-1949) chez Tolstoï: entretiens à la Iasnaïa Poliana*. Paris: Institut d'Études Slaves de l'Université de Paris, 1950, p. 40.

nos isso é concreto, não se deixa contaminar por teorias e abstrações. Pierre está, portanto, mais próximo da verdade sobre o decorrer dos acontecimentos — pelo menos como os homens os veem — do que os que acreditavam que eles obedecem a um conjunto de leis ou regras a serem descobertas. Pierre enxerga apenas uma sucessão de "acidentes", cujas origens e consequências são, de modo geral, inapreensíveis e imprevisíveis; vê diante de si apenas uma série de eventos frouxamente ligados, que formam uma configuração sempre cambiante e não seguem nenhuma ordem visível. Qualquer pretensão de perceber modelos suscetíveis a fórmulas "científicas" deve ser enganosa.

O escárnio mais amargo e a ironia mais corrosiva de Tolstói são reservados àqueles que posam de especialistas oficiais na administração dos assuntos humanos, neste caso os teóricos militares ocidentais, um general Pfuhl ou os generais Bennigsen e Paulucci, que aparecem proferindo os mesmos absurdos no Conselho de Drissa, quer defendam ou se oponham a determinada teoria estratégica ou tática. Esses homens devem ser impostores, já que nenhuma teoria pode ajustar-se à imensa variedade de um possível comportamento humano, à vasta multiplicidade dos efeitos e causas diminutas e indiscerníveis que compõem a interação do homem com a natureza que a história pretende registrar. Os que afetam ser capazes de encerrar essa infinita multiplicidade em suas leis "científicas" devem ser charlatães deliberados ou líderes cegos de quem é cego. Em consonância com isso, o julgamento mais rigoroso é reservado para o próprio teórico-mor, o grande Napoleão, que hipnotiza os outros, levando-os a crer na premissa de que ele compreende e controla os acontecimentos graças a seu intelecto superior, ou por lampejos de intuição, ou ainda por conseguir responder corretamente aos problemas colocados pela história. Quanto maior a pretensão, maior a mentira: em consequência, Napoleão é o mais deplorável, o mais desprezível de todos os atores da grande tragédia.

Esta é, pois, a grande ilusão que Tolstói se propõe expor: que os indivíduos, por meio de seus próprios recursos, podem entender e controlar o rumo dos acontecimentos. Os que acreditam nisso revelam-se terrivelmente equivocados. E ao lado desses rostos públicos — esses homens vazios, em parte autoiludidos, em parte conscientes de serem fraudulentos, que escrevem e falam desesperadamente e sem propósito para manter as aparências e evitar encarar as desoladoras verdades —, ao lado de toda essa elaborada maquinaria para escamotear o espetáculo da impotência, irrelevância e cegueira humanas, situa-se o mundo real, a corrente da vida que os homens compreendem, os cuidados com os detalhes comuns da existência cotidiana. Quando Tolstói contrasta essa vida real — a experiência efetiva, diária, "viva" dos indivíduos — com a visão panorâmica evocada pelos historiadores, torna-se claro para ele o que é real e o que é uma construção coerente, às vezes refinadamente elaborada, mas sempre fictícia. Totalmente diverso de Virginia Woolf sob quase todos os demais aspectos, Tolstói é talvez o primeiro a propor a famosa acusação que a escritora, meio século mais tarde, levantou contra os profetas públicos de sua própria geração, Shaw, Wells e Arnold Bennett, materialistas cegos que nem sequer começaram a entender em que consiste verdadeiramente a vida, que confundiram seus acidentes externos, os aspectos pouco importantes que se situam fora da alma do indivíduo — as chamadas realidades sociais, econômicas e políticas — com a única coisa que é autêntica, isto é, a experiência individual, a relação específica dos indivíduos uns com os outros, as cores, odores, gostos, sons e movimentos, os ciúmes, amores, ódios, paixões, os raros lampejos das percepções interiores, os momentos transformadores, a sucessão cotidiana comum de dados pessoais que constituem tudo o que existe, que são a realidade.

Qual seria então a tarefa do historiador? Descrever os dados últimos da experiência subjetiva, a vida pessoal vivida pelos homens, "com seus interesses no pensamento, na ciência, na poesia, na música, no amor, na amizade, na inveja, nas paixões"[30] de que, para Tolstói, compõe-se a vida "real", e apenas isso? Era a tarefa para a qual Turguêniev convocava Tolstói o tempo inteiro — ele e todos os escritores, mas ele em particular, pois aí residia seu verdadeiro gênio, seu destino de grande escritor russo. Essa tarefa ele rejeitou com violenta indignação, até mesmo durante os anos da maturidade, antes da fase religiosa final. Pois isso não responderia a certas questões: o que existe, por quê, como vem a ser e desaparece? Significava dar as costas a essas mesmas questões, abafar o desejo de descobrir como os homens vivem em sociedade, como são afetados mutuamente e pelo que os rodeia, e para que finalidade. Essa espécie de purismo artístico, pregado em seus dias por Flaubert, de preocupação com a análise e a descrição da experiência, dos relacionamentos, problemas e vida interior dos indivíduos — mais tarde advogado e praticado por Gide e os escritores a quem influenciou, na França e na Inglaterra —, chocava Tolstói como algo trivial e falso. Ele não tinha a menor dúvida sobre o altíssimo talento com que exercia essa mesma arte, e que era admirado precisamente por isso, mas condenava-a definitivamente.

Em carta escrita quando elaborava *Guerra e paz*, declarou com amargura que não tinha dúvidas de que aquilo que o público mais admiraria seriam as cenas da vida social e pessoal, suas damas e cavalheiros, com suas intrigas mesquinhas, suas conversas divertidas e suas pequenas idiossincrasias, maravilhosamente des-

---

30 *Guerra e paz*, v. 1, tomo II, terceira parte, cap. I, p. 496.

critas.[31] Estas são, porém, as "flores" triviais da vida, não suas "raízes". O propósito de Tolstói é a descoberta da verdade e, portanto, é preciso descobrir em que consiste a história, para recriar apenas a ela. A história simplesmente não é uma ciência, e a sociologia, que pretende sê-lo, é um embuste. Não se descobriu nenhuma lei autêntica da história, e os conceitos de emprego corrente — "causa", "acaso", "gênio" — nada explicam. Não passam de tênues disfarces para a ignorância. Por que os acontecimentos, cuja totalidade denominamos história, ocorrem de determinada maneira? Alguns historiadores os atribuem às ações dos indivíduos, mas isso não é resposta. Esses historiadores não explicam como tais ações "causam" os acontecimentos que alegadamente "causam" ou "originam".

Existe uma passagem de selvagem ironia, na qual Tolstói pretende parodiar as histórias escolares comuns de sua época, suficientemente típica para que valha a pena reproduzi-la na íntegra:

> Luís XIV era muito orgulhoso e arrogante; tinha tais e tais amantes e tais e tais ministros e governou mal a França. Os herdeiros de Luís também eram fracos e também governaram mal a França. E tinham tais e tais favoritos e tais e tais amantes. Além disso, algumas pessoas escreveram livros naquela época. No final do século XVIII, em Paris, reuniram-se duas dezenas de pessoas que começaram a dizer que todas as pessoas eram iguais e livres. Com isso, em toda a França as pessoas passaram a furar e trucidar umas às outras. Essas pessoas mataram os reis e muitos outros. Ao mesmo tempo, na França, havia um homem genial — Napoleão. Ele derrotou todos e em toda parte, ou seja, assassinou muita gente, porque ele era muito genial. E por algum motivo foi assassinar os africanos e os assassinou tão bem e se mostrou tão astuto e inteligente que, ao chegar de volta à França, mandou que todos obedecessem a ele. E todos obedeceram. Depois de se fazer imperador, ele foi de novo assassinar o povo na Itália, na Áustria e na Prússia. E lá assassinou muitos. Na Rússia, porém, havia o imperador Alexandre, que resolveu restaurar a ordem na Europa e por isso travou guerra contra Napoleão. Mas em 1807 ele de repente ficou amigo de Napoleão, só que em 1811 brigou outra vez, e de novo eles começaram a assassinar muita gente. E Napoleão levou seiscentas mil pessoas para a Rússia e conquistou Moscou; depois, de repente, ele fugiu de Moscou, e aí o imperador Alexandre, com a ajuda dos conselhos de Stein e de outros,

---

31 Ver a profissão de fé em sua conhecida e militantemente moralista introdução a uma edição de Maupassant, cujo gênio, a despeito de tudo, ele admira ["Predislovie k sochineniyam Gyui de Mopassana", *Polnoe sobranie sochinenii*, op. cit., v. 30, pp. 3-24]. Ele tem Bernard Shaw em muito menor conta e acha sua retórica social gasta e cheia de banalidades (registro em seu diário, 31 jan. 1908, ibid., v. 56, pp. 97-8).

uniu a Europa para a resistência ao infrator de sua tranquilidade. Todos os aliados de Napoleão de repente viraram seus inimigos; e tal resistência marchou contra as novas forças que Napoleão reunira. Os aliados derrotaram Napoleão, invadiram Paris, obrigaram Napoleão a renunciar ao trono e mandaram-no para a ilha de Elba, sem privá-lo do título de imperador e demonstrando todo o respeito por ele, e, no entanto, cinco anos antes e um ano depois disso, todos o consideravam um bandido fora da lei. Quem passou a reinar foi Luís xviii, de quem até então os franceses e os aliados apenas escarneciam. Napoleão, derramando lágrimas diante de sua velha guarda, renunciou ao trono e partiu para o exílio. Depois, engenhosos políticos e diplomatas (em especial Talleyrand, que conseguira sentar-se antes de qualquer um numa determinada poltrona[32] e com isso ampliara as fronteiras da França) confabularam em Viena e mediante tais conversações deixaram os povos felizes ou infelizes. De repente os diplomatas e os monarcas ficaram à beira de brigar uns com os outros; já estavam prontos para ordenar a seus exércitos que assassinassem uns aos outros; mas naquele momento Napoleão chegou à França com um batalhão, e os franceses, que o odiavam, na mesma hora se submeteram a ele. Mas os monarcas aliados se zangaram com isso e foram de novo guerrear contra os franceses. E derrotaram o genial Napoleão e o mandaram para a ilha de Santa Helena, reconhecendo de repente que era um bandido. E lá, exilado, separado dos que eram queridos ao seu coração e de sua adorada França, morreu uma morte lenta naquele rochedo e legou à posteridade seus grandes feitos. Mas na Europa ocorreu uma reação, e todos os soberanos passaram outra vez a oprimir seus povos.

Tolstói continua:

[...] a nova história é semelhante a um homem surdo que responde a perguntas que ninguém lhe faz. [...] a primeira pergunta [...] é a seguinte: que força move os povos? [...] A história parece supor que essa força explica a si mesma e é conhecida de todos. Mas, apesar de todo o desejo de admitir que essa nova força é conhecida, quem ler muitas obras de história não poderá deixar de duvidar de que essa nova força, entendida de formas diversas pelos próprios historiadores, seja perfeitamente conhecida de todos.[33]

Ele prossegue afirmando que os historiadores políticos que escrevem dessa

---

32 Poltronas imperiais de certo formato são até hoje denominadas na Rússia "poltronas Talleyrand".

33 *Guerra e paz*, epílogo, segunda parte, cap. 1, pp. 1401-2.

maneira nada explicam. Simplesmente atribuem os acontecimentos ao "poder" que os indivíduos importantes exercem — ao que se diz — sobre outros, mas não nos informam o que significa o termo "poder". No entanto, este é o âmago da questão. O problema do movimento histórico se acha diretamente ligado ao "poder" exercido por alguns homens sobre outros: mas o que é o "poder"? Como é possível adquiri-lo? Pode ele ser transferido de um homem para outro? Acaso aquilo a que se quer aludir não seria simplesmente a força física? Ou moral? Napoleão possuiria uma ou outra?

Os historiadores gerais, em oposição aos nacionais, segundo Tolstói, simplesmente ampliam essa categoria, sem elucidá-la. Em vez de um país ou uma nação, introduzem-se diversas, mas o espetáculo da interação de "forças" misteriosas não torna mais claro por que alguns homens ou nações obedecem a outras, por que as guerras são feitas, as vitórias alcançadas, por que homens inocentes, que acreditam que o assassinato é um mal, matam uns aos outros com entusiasmo e orgulho, sendo glorificados por isso; por que ocorrem grandes movimentos de massas humanas, às vezes do Ocidente para o Oriente, às vezes no sentido contrário. Tolstói irrita-se particularmente com as referências à influência dominante dos grandes homens ou das grandes ideias. Afirma-se que os grandes homens são típicos dos movimentos de sua época; por isso, o estudo de suas personalidades "explica" tais movimentos. As personalidades de Diderot ou Beaumarchais "explicam" o avanço do Ocidente sobre o Oriente? As cartas de Ivan, o Terrível, ao príncipe Kurbski "explicam" a expansão russa em direção ao Ocidente? Os historiadores da cultura não se saem melhor, pois simplesmente acrescentam como fator adicional algo chamado de "força" das ideias ou dos livros, embora ainda não tenhamos noção do significado de palavras como "força". Mas por que Napoleão, Mme de Staël, o barão Stein ou o tsar Alexandre, ou todos eles, mais o *Contrat social*, deveriam "levar" os franceses a se decapitarem ou se afogarem mutuamente? Por que isso é chamado de "explicação"? Quanto à importância que os historiadores da cultura atribuem às ideias, sem dúvida todos os homens são capazes de exagerar a importância de suas próprias mercadorias. As ideias são o artigo com que os intelectuais negociam — para um sapateiro não existe nada melhor que o couro. Os professores simplesmente tendem a exagerar a importância de suas atividades pessoais, como se fossem a "força" central que impele o mundo. Tolstói acrescenta que uma obscuridade ainda maior é lançada à questão pelos teóricos políticos, moralistas e metafísicos. O celebrado conceito de contrato social, por exemplo, apregoado por alguns liberais, refere-se ao "investir" das vontades, isto é, do poder, de muitos homens sobre um indivíduo ou um grupo de indivíduos; mas que espécie de ato é essa "investidura"? Talvez possua um significado legal ou ético, talvez seja pertinente em relação ao que deve ser considerado permitido ou proibido, ao mundo dos direitos e deveres, ou do bem e do mal, mas nada significa enquanto explicação factual da maneira como um soberano acumula suficiente "poder" — como se fosse uma mercadoria — que o capacita a efetuar este ou aquele resultado. Tal conceito declara que conferir o poder a alguém o torna poderoso, mas essa tautologia é excessivamente obscura. O que é "poder" e o que é "conferir"? E quem o confere, e como realiza esse ato?[34] Parece ser um processo muito diverso daquilo que constitui o objeto de discussão nas ciências físicas. Conferir é um ato, mas ininteligível; conferir poder, adquiri-lo, usá-lo não se assemelha em absoluto a comer, beber, pensar ou andar. Permanecemos na obscuridade: *obscurum per obscurius*.

Após demolir os juristas, moralistas e filósofos políticos — entre eles seu amado Rousseau —, Tolstói empenha-se em demolir a teoria liberal da história, de acordo com a qual tudo pode girar em torno de algo que talvez pareça um acaso insignificante. Daí as páginas em que tenta obstinadamente provar que Napoleão sabia tão pouco do que realmente acontecia durante a batalha de Borodinó quanto o mais raso de seus soldados, e que, portanto, seu resfriado na véspera da batalha, a que os historiadores deram tanta ênfase, poderia não ter feito uma diferença apreciável. Com grande vigor argumenta que apenas as ordens ou decisões dos comandantes agora nos parecem decisivas (e nelas se concentram os historiadores), o que acabou coincidindo com o que de fato ocorreu mais tarde; ao passo que muitas outras ordens e decisões, exatamente idênticas e perfeitamente corretas, que não pareciam menos decisivas e vitais para os que as davam naquele momento, caem no esquecimento pois, tendo sido frustradas pelo rumo desfavorável dos acontecimentos, não foram cumpridas (pois não podiam ser). Por isso, elas agora parecem-nos historicamente irrelevantes.

Após descartar-se da teoria heroica da história, Tolstói volta-se com virulência ainda maior contra a sociologia científica, que pretende ter descoberto as leis da história, mas que, na verdade, não encontrou nenhuma, pois o número de causas em torno das quais giram os acontecimentos é grande demais para o conhecimento ou o cálculo humano. Conhecemos pouquíssimos fatos e os selecionamos ao acaso, de acordo com nossas inclinações subjetivas. Não resta a menor dúvida

---

34 Um dos críticos russos de Tolstói, M. M. Rubinshtein (op. cit.), diz que cada ciência emprega alguns conceitos não analisados, para explicar o que é o objetivo de outras ciências, e que o "poder" vem a ser o conceito inexplicado central da história. Mas a colocação de Tolstói é que nenhuma outra ciência pode "explicá-lo", já que se trata de um termo desprovido de significado, tal como os historiadores o empregam. Não é um conceito, mas absolutamente nada — *vox nihili*.

de que, se fôssemos oniscientes, seríamos capazes, como o observador ideal de Laplace, de traçar a trajetória de cada gota de que é feita a torrente da história. É claro, porém, que somos pateticamente ignorantes e as áreas de nosso conhecimento são incrivelmente pequenas, em comparação ao que é desconhecido e (Tolstói insiste nisso) incognoscível. A liberdade da vontade é uma ilusão que não pode ser descartada, mas, como afirmaram os grandes filósofos, ainda assim é uma ilusão, que deriva unicamente da ignorância das verdadeiras causas. Quanto mais conhecemos as circunstâncias de um ato, mais distanciado no tempo esse ato se encontra de nós, e mais difícil se torna cogitar suas consequências a longo prazo. Quanto mais solidamente se acha incrustado um fato no mundo real em que vivemos, menos poderemos imaginar como as coisas teriam se tornado, se algo diferente tivesse acontecido. Pois agora ele parece inevitável, e pensar de outro modo perturbaria demais a ordem de nosso mundo. Quanto mais estreitamente relacionamos um ato ao seu contexto, menos livre parece o ator, menos responsável por seu ato, e menos dispostos nos mostramos em considerá-lo responsável ou censurável. O fato de que jamais identificaremos todas as causas e relacionaremos todos os atos humanos às circunstâncias que os condicionam, não implica que eles sejam livres, mas apenas que nunca saberemos como eles se tornam necessários.

A tese central de Tolstói que, sob certos aspectos, não difere da teoria da inevitável "autoilusão" da burguesia, defendida por seu contemporâneo Karl Marx — só que o que Marx reserva para uma classe, Tolstói enxerga em quase toda a humanidade —, é que existe uma lei natural pela qual as vidas dos seres humanos, tanto quanto a natureza, são determinadas; mas que os homens, incapazes de enfrentar esse processo inexorável, procuram representá-lo como uma sucessão de escolhas livres, atribuindo a responsabilidade pelo que acontece a pessoas por eles revestidas de virtudes ou vícios heroicos, a quem chamam de "grandes homens". O que são os grandes homens? São seres humanos comuns, suficientemente ignorantes e vaidosos para aceitar a responsabilidade pela vida da sociedade, indivíduos que preferem assumir a culpa por todas as crueldades, injustiças, infortúnios justificados em seu nome, em vez de reconhecer a própria insignificância e impotência no fluxo cósmico, que prossegue sua trajetória independentemente de suas vontades e ideais. É este o ponto central das passagens onde o curso real dos acontecimentos é descrito (e Tolstói superou-se em tais descrições), ao lado das explicações absurdas e egocêntricas que as pessoas infladas com a sensação da sua própria importância necessariamente lhes conferem. É também o ponto central daquelas maravilhosas descrições dos momentos de iluminação, nos quais a verdade sobre a condição humana desponta para os que possuem a humildade de reconhecer a sua irrelevância e falta de importância. É esse também o propósito daquelas passagens filosóficas em que, com uma linguagem mais feroz que a de Spinoza, mas com intenções semelhantes, são expostos os erros das pseudociências.

Há uma analogia particularmente eloquente,[35] segundo a qual um grande homem é comparável à ovelha que o pastor ceva para mais tarde matar. O animal, como não poderia deixar de ser, engorda cada vez mais e, como talvez seja usado para guiar todo o rebanho, pode facilmente imaginar que é o líder, e que as demais ovelhas a seguem, obedecendo unicamente à vontade dela. Ela pensa assim e o rebanho poderá pensar o mesmo. No entanto, a finalidade da escolha não se refere ao papel que ela julga desempenhar, mas à morte, finalidade concebida por seres cujos objetivos nem ela, nem as demais ovelhas podem imaginar. Para Tolstói, Napoleão é apenas essa ovelha. Até certo ponto, o mesmo acontece com Alexandre e todos os grandes homens da história. Com efeito, conforme assinalou um perspicaz historiador da literatura,[36] Tolstói de vez em quando parece ignorar quase deliberadamente as evidências históricas e, mais de uma vez, distorce conscientemente os fatos, a fim de sustentar sua tese preferida.

A personalidade de Kutúzov é um exemplo. Heróis como Pierre Bezúkhov ou Karatáiev são pelo menos imaginários, e Tolstói tinha o inegável direito de dotá-los de todos os atributos que admirava — humildade, despojamento de qualquer tipo racionalista de cegueira, burocrática, científica ou outras. Mas Kutúzov era uma pessoa real, e é extremamente instrutivo observar os procedimentos com que o autor o transforma. O cortesão dissimulado, idoso, entregue às fraquezas da carne, corrupto e um tanto velhaco dos primeiros esboços de *Guerra e paz*, baseados em fontes autênticas, converte-se no símbolo inesquecível do povo russo em toda sua simplicidade e intuitiva sabedoria. Ao chegarmos à célebre passagem, uma das mais comoventes de toda a literatura, onde Tolstói descreve o momento em que o velho é despertado no seu acampamento em Fili e comunicam-lhe que o exército francês bate em retirada, deixamos os fatos para trás e entramos num reino imaginário, numa atmosfera histórica e emocional que carece de provas palpáveis, mas artisticamente indispensável ao projeto de Tolstói. A apoteose final de Kutúzov é totalmente a-histórica, apesar dos repetidos protestos de Tolstói sobre sua inflexível dedicação à sagrada causa da verdade.

Em *Guerra e paz*, Tolstói trata os fatos com arrogância quando isso lhe convém, pois, acima de tudo, está obcecado por sua tese — o contraste entre a experiência

---

35 *Guerra e paz*, epílogo, primeira parte, cap. II, p. 1343-4.

36 Ver V. B. Chklovski, op. cit., caps. 7-9, e também K. V. Pokrovski, "Istochniki romana 'Voina i mir'". In: Polner e Obninski, op. cit.

universal do livre-arbítrio, extremamente importante mas ilusória, o senso de responsabilidade, os valores da vida privada em geral, por um lado; e, por outro, a realidade do determinismo histórico inexorável, que de fato não é experimentado diretamente, mas sabe-se ser verdadeiro por razões teóricas irrefutáveis. Isso corresponde, por sua vez, a um conflito interno atormentador, um dos muitos que ocorrem com o próprio Tolstói, entre os dois sistemas de valor, o público e o privado. Por um lado, se tais sentimentos e experiências imediatas, sobre os quais em última instância repousam os valores comuns dos indivíduos privados e dos historiadores, não passam de uma enorme ilusão, o fato deve ser apresentado cruamente, em nome da verdade, e os valores e explicações que derivam dessa ilusão precisam ser desmascarados e desacreditados. Num certo sentido Tolstói tenta fazê-lo, sobretudo quando está filosofando, como nas grandes cenas públicas do próprio romance, nas passagens das batalhas, nas descrições dos deslocamentos dos povos, nas dissertações metafísicas. Por outro lado, ele faz exatamente o oposto, ao contrastar com este panorama de vida pública o valor superior da experiência pessoal, "pensamento, ciência, poesia, música, amor, amizades, inveja, paixões", de que é composta a vida real, ao contrastar a realidade concreta e multicolorida das vidas individuais com as pálidas abstrações dos cientistas ou historiadores, sobretudo destes últimos, "de Gibbon a Buckle", a quem denuncia tão asperamente por confundirem suas próprias categorias vazias com os fatos reais. E, no entanto, a primazia dessas experiências, relacionamentos e virtudes pessoais pressupõe aquela visão da vida, com seu senso de responsabilidade pessoal, aquela crença na liberdade e na possibilidade de uma ação espontânea, a que são dedicadas as melhores páginas de *Guerra e paz*, e que são a própria ilusão a ser exorcizada, caso se deva encarar a verdade.

Esse terrível dilema jamais é definitivamente resolvido. Às vezes Tolstói vacila, como durante a exposição de suas intenções, que publicou antes do aparecimento da parte final de *Guerra e paz*.[37] O indivíduo, "num certo sentido", é livre quando apenas ele está envolvido; assim, ao erguer o braço, ele está livre dentro de limites físicos. Quando, porém, envolve-se em relacionamentos com outros, deixa de ser livre, torna-se parte do fluxo inexorável. A liberdade é real, mas está confinada a atos triviais. Em outros momentos, mesmo esse tênue raio de esperança se extingue. Tolstói declara que não consegue admitir sequer pequenas exceções à lei universal; o determinismo causal ou invade tudo ou nada é, e então reina o caos. As ações humanas podem parecer livres do nexo social, mas não são livres,

---

37 "Neskol'ko slov po povodu knigi: 'Voina i mir'". *Russkii arkhiv*, n. 6, colunas 515-28, 1868.

não podem sê-lo, fazem parte dele. A ciência não consegue destruir a consciência da liberdade, sem a qual a moral e a arte não existem, mas pode refutá-la. "Poder" e "acaso" não passam de nomes para a ignorância das cadeias causais, mas essas cadeias existem, quer as sintamos ou não. Felizmente tal não se dá, pois, se acaso sentíssemos seu peso, dificilmente sequer poderíamos agir. A perda da ilusão haveria de paralisar a vida, que é vivida na base de nossa feliz ignorância. Tudo, porém, está bem, pois jamais descobriremos todas as cadeias causais que operam. O número de tais causas é infinitamente grande e as próprias causas infinitamente pequenas. Os historiadores selecionam, dentre elas, uma fração absurdamente diminuta, e tudo atribuem a esse minúsculo segmento arbitrariamente escolhido. Como operaria uma ciência histórica ideal? Recorrendo a uma espécie de cálculo por meio do qual esse "diferencial", os infinitésimos — ações e eventos humanos e não humanos infinitamente pequenos — se integrariam. Desse modo, o continuum da história não mais seria distorcido, ao ser fragmentado em segmentos arbitrários.[38] Tolstói expressa essa ideia de cálculo dos infinitésimos com muita clareza, mediante o uso preciso das palavras, como de hábito simples e vívido. Henri Bergson, que se tornou conhecido graças à teoria da realidade encarada como um fluxo fragmentado artificialmente pelas ciências naturais e, portanto, distorcido e privado de continuidade e vida, desenvolveu um conceito bastante semelhante, elaborando-o numa extensão infinitamente maior, com menor clareza e plausibilidade, recorrendo a uma ostentação terminológica desnecessária.

Não se trata de uma visão mística ou intuicionista da vida. Nossa ignorância sobre a forma como as coisas acontecem não se deve a alguma intrínseca inacessibilidade das primeiras causas, mas apenas à sua multiplicidade, à pequenez das unidades últimas e à nossa própria incapacidade de ver, ouvir, lembrar, registrar e coordenar o suficiente entre o material disponível. A onisciência, em princípio, é possível até para os seres empíricos, mas é claro que é inatingível na prática. Apenas isso, e nada mais profundo ou interessante, constitui a fonte da megalomania humana e de todas as nossas absurdas ilusões. Já que não somos livres de fato — mas não conseguiríamos viver sem a ilusão de que o somos —, o que devemos fazer? Tolstói não chega a nenhuma conclusão clara, apenas à opinião, em certo sentido semelhante à de Burke, de que é melhor nos darmos conta de que compreendemos o que está acontecendo como de fato compreendemos — da mesma forma que as pessoas espontâneas, normais, simples, que não se deixam corromper por teorias ou cegar pela poeira levantada pelas autoridades científicas, realmente compreen-

38 *Guerra e paz*, v. 2, tomo III terceira parte, cap. I, p. 990.

dem a vida — do que procurarmos subverter tais crenças do senso comum que, pelo menos, possuem o mérito de terem sido testadas pela longa experiência, a favor das pseudociências, as quais, baseando-se em dados absurdamente inadequados, não passam de engodo e ilusão. É esse o argumento de Tolstói contra todas as formas de racionalismo otimista, as ciências naturais, as teorias liberais do progresso, a especialização militar alemã, a sociologia francesa, a engenharia social confiante, seja de que tipo for. E foi essa a razão para criar um Kutúzov que seguia seu instinto russo, simples, sem peias, e desprezava ou ignorava os especialistas alemães, franceses e italianos, conferindo-lhe o estatuto de herói nacional que, em parte devido à descrição de Tolstói, ele manteve desde então.

"Seus personagens", disse Akhcharumov em 1868, imediatamente após o lançamento da última parte de *Guerra e paz*, "são reais e não meros joguetes nas mãos de um destino ininteligível";[39] a teoria do autor, por outro lado, era engenhosa, mas inaplicável. Essa opinião geral dos críticos literários russos e da maioria dos críticos estrangeiros persistiu. Os intelectuais russos de esquerda atacaram Tolstói devido à sua "indiferença social", por depreciar todos os nobres impulsos sociais como um misto de ignorância e tola monomania e um ceticismo "aristocrático" em relação à vida, encarada como um pântano que não pode ser recuperado. Como vimos, Flaubert e Turguêniev consideravam sua tendência a filosofar como algo infeliz em si mesmo. O único crítico que encarou seriamente a doutrina e tentou apresentar uma refutação racional foi o historiador Kareiev.[40] Com brandura e paciência, ele assinalou que, por mais fascinante que fosse o contraste entre a realidade da vida pessoal e a vida social de um formigueiro, daí não se deduziam as conclusões de Tolstói. É bem verdade que o homem é, ao mesmo tempo, um átomo que vive a sua vida consciente "por si mesma" e, simultaneamente, o agente inconsciente de certa corrente histórica, um elemento relativamente insignificante no vasto todo composto de um enorme número de tais elementos. *Guerra e paz*, diz-nos Kareiev, "é um poema histórico sobre o tema filosófico da dualidade" — "as duas vidas vividas pelos homens", e Tolstói estava perfeitamente certo ao objetar que a história não se faz acontecer devido à conjunção de entidades tão obscuras como o "poder" ou a "atividade mental", pressupostas por historiadores ingênuos. Na realidade, segundo a apreciação de Kareiev, ele alcançava seus melhores momentos ao denunciar a tendência dos

---

39 N. D. Akhcharumov, op. cit., pp. 34, 40.

40 N. I. Kareiev, "Istoricheskaia filosofiya v 'Voina i mir'". *Vestnik evropi*, v. 22, n. 4, pp. 227-69, jul.-ago. 1887.

escritores de orientação metafísica a atribuir eficácia causal ou idealizar entidades tão abstratas como os "heróis", "forças históricas", "forças morais", "nacionalismo", "razão" e assim por diante, com isso cometendo simultaneamente dois pecados mortais: o de inventar entidades inexistentes para explicar acontecimentos concretos, e o de dar livre curso a preconceitos pessoais, nacionais, classistas ou metafísicos.

Até aqui, tudo bem, e Tolstói teria demonstrado um discernimento mais profundo — "maior realismo" — do que a maioria dos historiadores. Ele também tinha razão ao exigir que se integrassem os infinitésimos da história. Mas a seguir ele mesmo agira assim, criando em seu romance indivíduos que não são triviais, precisamente na medida em que, em suas personalidades e ações, eles "somam" inúmeros outros que, entre esses dois lados, realmente "movem a história". É *nisso* que consiste a integração de infinitésimos, que se dá, é claro, não por meios científicos, mas através de meios "artístico-psicológicos". Tolstói tinha razão ao abominar as abstrações, mas isso levou-o longe demais, de modo que terminou por negar não só que a história fosse uma ciência natural como a química — o que era correto —, mas que fosse simplesmente uma ciência, uma atividade com seus próprios conceitos e generalizações, o que, se fosse verdade, aboliria toda a história enquanto tal. Tolstói tinha razão ao afirmar que as "forças" e "finalidades" impessoais dos historiadores mais antigos eram mitos, e mitos perigosamente enganosos. Mas, a menos que possamos indagar o que levou este ou aquele grupo de indivíduos — que afinal, é claro, são os únicos reais — a se comportar desta ou daquela maneira, sem antes precisar proceder a análises psicológicas de cada membro do grupo e, em seguida, "integrá-los" todos, não poderíamos absolutamente pensar em história ou sociedade. No entanto é assim que agimos, e com proveito. Negar que possamos descobrir muitas coisas através da observação social, da inferência histórica e meios semelhantes equivaleria, para Kareiev, a negar que dispúnhamos de critérios mais ou menos confiáveis para distinguir entre a verdade e a falsidade histórica. Isso, com toda certeza, não passava de mero preconceito e obscurantismo fanático.

Kareiev declara que são inquestionavelmente os homens que fazem as formas sociais, mas essas formas — os modos como os homens vivem — por sua vez afetam os que nelas nasceram; as vontades individuais talvez não sejam onipotentes, mas tampouco são totalmente impotentes, e algumas se mostram mais eficazes do que outras. Talvez Napoleão não seja um semideus, mas também não é um mero epifenômeno de um processo que, sem ele, teria ocorrido sem nenhuma alteração; as "pessoas importantes" são menos importantes do que elas ou os historiadores mais tolos podem supor, mas tampouco são meras sombras. Os indivíduos, além de suas íntimas vidas interiores, que são as únicas a parecerem reais a Tolstói, têm propósitos sociais e alguns também têm vontades poderosas. Estes, de vez em quando, transformam as vidas das comunidades. O conceito de Tolstói sobre leis inexoráveis que funcionam por si sós, a despeito de tudo o que os homens possam pensar ou desejar, é, em si, um mito opressivo; as leis são apenas probabilidades estatísticas, pelo menos nas ciências sociais, e não "forças" abomináveis e inexoráveis — um conceito cuja obscuridade, segundo Kareiev assinala, o próprio Tolstói, em outros contextos, desmascarou com grande brilho e malícia, quando seu adversário lhe parecia excessivamente ingênuo ou esperto, ou sob o domínio de alguma metafísica grotesca. Afirmar porém que, a menos que os homens façam a história, eles não passam, sobretudo os "grandes" homens, de meros "rótulos" porque a história se faz a si mesma, e apenas a vida inconsciente da colmeia social, o formigueiro humano, possui significado ou valor e "realidade" autênticos — o que significa isso, a não ser um ceticismo ético, inteiramente dogmático e a-histórico? Por que deveríamos aceitá-lo, quando a evidência empírica aponta em outra direção?

As objeções de Kareiev, muito razoáveis, são as mais sensatas e mais claramente formuladas entre todas as que se levantaram contra a visão da história de Tolstói. Mas, num certo sentido, ele se equivocou. Tolstói não estava basicamente empenhado em denunciar as falácias das histórias baseadas neste ou naquele esquematismo metafísico, ou daquelas que procuravam explicar demais em termos de algum elemento determinado, particularmente caro ao autor (e Kareiev aprova-as todas), ou em contestar a possibilidade de uma ciência empírica da sociologia (o que Kareiev julga irracional da parte dele), com o fito de estabelecer uma teoria rival própria. A preocupação de Tolstói com a história deriva de uma fonte mais profunda do que o interesse abstrato pelo método histórico ou as objeções filosóficas a determinados tipos de prática histórica. Ela parece brotar de algo mais pessoal, um amargo conflito interior entre sua experiência real e suas crenças, entre sua visão da vida e sua teoria do que essa vida e ele próprio deveriam ser, se afinal tivesse de sustentar tal visão; entre os dados imediatos, que ele era honesto e inteligente demais para ignorar, e a necessidade de uma interpretação sua que não levasse aos absurdos infantis de todas as visões precedentes. Pois a única convicção a que seu temperamento e seu intelecto foram fiéis durante toda a vida era a de que todas as tentativas prévias de uma teodiceia racional — explicar como e por que aquilo que ocorreu, ocorreu daquela forma e naquele momento, e por que foi bom ou mau que tivesse ou não ocorrido assim —, todos esses esforços não passavam de absurdos grotescos, reles enganos que uma única palavra, incisiva e honesta, teria o poder de afastar para longe.

Boris Eikhenbaum, o crítico russo, autor do melhor trabalho crítico sobre Tolstói escrito em qualquer língua,[41] nele desenvolve a tese de que o que mais oprimia Tolstói era sua falta de convicções positivas: a famosa passagem de *Anna Kariênina*, na qual o irmão de Liévin lhe diz que ele — Liévin — não tem crenças positivas, que mesmo o comunismo, com sua simetria artificial, "geométrica", é melhor do que o tal ceticismo dele, na realidade está se referindo ao próprio Liev Nikoláievitch e aos ataques que recebeu do seu irmão Nikolai Nikoláievitch. Seja ou não essa passagem literalmente autobiográfica — e há pouca coisa nos escritos de Tolstói que, de um modo ou de outro, não o seja —, a teoria de Eikhenbaum parece de modo geral válida. Tolstói, por natureza, não era um visionário; enxergava os múltiplos objetos e situações na Terra em sua plena multiplicidade; apreendia suas essências individuais, e o que as separava do que não eram, com uma clareza sem par. Qualquer teoria consoladora que tentasse coligir, relacionar, "sintetizar", revelar substratos ocultos e conexões internas encobertas, os quais, embora não sendo visíveis a olho nu, ainda assim garantiam a unidade de todas as coisas, o fato de que, "em última análise", eles faziam parte uns dos outros sem pontas soltas — o ideal do todo inconsútil —, todas essas doutrinas Tolstói demoliu com desprezo e sem dificuldades. Seu talento consistia na percepção de propriedades específicas, a qualidade individual quase inexprimível, em virtude da qual um determinado objeto é inteiramente diverso de todos os demais. Ele, no entanto, ansiava por um princípio explicativo universal, isto é, a percepção de semelhanças, origens comuns, uma única finalidade ou uma unidade na aparente variedade dos fragmentos e partes mutuamente excludentes, que compunham o recheio do mundo.[42] Como todos os analistas muito penetrantes, muito imaginativos, muito perspicazes, que dissecam ou pulverizam com o intuito de atingir o âmago indestrutível e justificar suas próprias atividades aniquiladoras (das quais em nenhum caso conseguem se abster) pela crença de que existe tal âmago, Tolstói continuou a derrubar as frágeis construções de seus rivais com um frio desprezo, considerando-as indignas de homens inteligentes, sempre com a esperança de que a unidade "real", procurada com tamanho desespero, acabaria por emergir da destruição das imposturas e fraudes — o exército cambaio das filosofias da história dos séculos XVIII e XIX. Quanto mais obsessiva a desconfiança de que talvez a procura fosse vã, de que

---

41 B. M. Eikhenbaum, *Liev Tolstoi*. Leningrado: [s.n.], 1928-60, v. I, pp. 123-4.

42 Aqui surge uma vez mais o paradoxo, pois os "infinitésimos", cuja integração constitui a tarefa do historiador ideal, precisam ser razoavelmente uniformes, a fim de permitir tal operação. No entanto, o sentido de "realidade" consiste na percepção de suas diferenças específicas.

nenhum cerne, nenhum princípio unificador jamais seria descoberto, mais ferozes as medidas para afugentar tal pensamento, com eliminações cada vez mais impiedosas e engenhosas daqueles falsos pretendentes ao título da verdade, em número cada vez maior. À medida que Tolstói se afastou da literatura e entregou-se aos escritos polêmicos, essa tendência se tornou cada vez mais preponderante. A irritada percepção, em seu íntimo, de que em princípio nunca se poderia encontrar uma solução final, levou-o a atacar as soluções espúrias, tanto mais furiosamente devido ao falso consolo que elas proporcionavam, e também por constituírem um insulto à inteligência.[43] A capacidade puramente intelectual de Tolstói para esse tipo de atividade letal era enorme, até mesmo excepcional e, durante toda sua vida, ele procurou algum edifício suficientemente forte para resistir à sua maquinaria de destruição, às suas minas e às investidas de seus aríetes. Queria ser detido por um obstáculo irremovível, desejava que seus violentos projéteis fossem barrados por fortificações inexpugnáveis. A profunda sensatez e os métodos experimentais do professor Kareiev, sua branda censura acadêmica, eram por demais diferentes daquele sólido alicerce da verdade, impenetrável e irredutível, o único sobre o qual se poderia erguer aquela firme interpretação da vida que ele desejou encontrar durante toda sua existência.

A tênue doutrina "positiva" da mudança histórica, presente em *Guerra e paz*, é tudo o que resta dessa busca desesperada, e é a imensa superioridade das suas armas ofensivas sobre as defensivas que sempre fez com que sua filosofia da história — a teoria das minúsculas partículas que requerem integração — parecesse tão gasta e artificial para o leitor médio do romance, razoavelmente crítico e moderadamente sensível. Daí a tendência da maioria dos que escreveram a respeito de *Guerra e paz*, imediatamente após seu lançamento e em anos posteriores, de manter a tese de Akhcharumov, segundo a qual o gênio de Tolstói se encontrava em sua qualidade como escritor, como criador de um mundo mais real do que a própria vida; ao passo que as dissertações teóricas — embora o próprio Tolstói possa tê-las encarado como o ingrediente mais importante do livro — na verdade não iluminavam o caráter ou o valor do próprio trabalho, e tampouco o processo criativo através do qual ele foi realizado. Isso antecipava a abordagem daqueles críticos psicológicos que sustentam que o autor raramente conhece as fontes da sua

43 Em nossos dias, os existencialistas franceses, por razões psicológicas semelhantes, insurgiram-se violentamente contra todas as explicações enquanto tais, pois não passam de mero paliativo para questões ainda sérias, remédios efêmeros para ferimentos insuportáveis, mas que têm de ser suportados, e acima de tudo não devem ser negados nem "explicados", pois toda explicação é vã e nega o dado — o existente —, os fatos brutos.

própria atividade: as nascentes do gênio lhe são invisíveis, o próprio processo é em sua maior parte inconsciente, e seu propósito expresso não passa de mera racionalização mental dos verdadeiros motivos e métodos, praticamente não conscientes, envolvidos no ato da criação. Em consequência, muitas vezes não passam de mero estorvo para aqueles desinteressados estudiosos da arte e da literatura que se entregam à análise "científica", isto é, naturalista, de suas origens e evolução.

Independentemente do que possamos pensar sobre a validade geral de tal visão, até certo ponto não deixa de ser uma ironia histórica o fato de que Tolstói tenha sido tratado dessa maneira, pois é praticamente a sua própria atitude em relação aos historiadores acadêmicos, de quem zomba com ironia tão voltairiana. E, no entanto, existe aí uma grande justiça poética, pois a proporção desigual entre elementos críticos e construtivos em sua própria filosofia parece se dever ao fato de que seu sentido de realidade — uma realidade que reside unicamente nos indivíduos e em seus relacionamentos — serviu para mandar pelos ares todas as vastas teorias que ignoravam as descobertas daquele realismo, mas se revelou insuficiente por si só para fornecer a base de uma apresentação geral mais satisfatória dos fatos. E não há prova alguma de que o próprio Tolstói jamais tenha julgado possível que ali estivesse a raiz do dualismo, o fracasso em reconciliar as duas vidas vividas pelo homem.

O conflito irresolvido entre a crença de Tolstói de que apenas os atributos da vida pessoal eram reais e sua doutrina de que a análise deles é insuficiente para explicar o curso da história (isto é, o comportamento das sociedades) encontra paralelo, em um nível mais profundo e pessoal, no conflito entre, por um lado, seus próprios dotes de escritor e homem e, por outro, seus ideais, aquilo que ele, de vez em quando, acreditava ser, e no que acreditava profundamente em todos os momentos, desejando sê-lo.

Se pudermos retomar uma vez mais nossa divisão dos artistas entre raposas e porcos-espinhos, diremos que Tolstói percebeu a realidade em sua multiplicidade, como um conjunto de entidades separadas, em torno e dentro das quais enxergava com uma clareza e uma penetração raramente sequer igualadas. Ele acreditava, porém, em um todo vasto e unitário. Até hoje não existiu nenhum autor que tenha demonstrado tamanha percepção da multiplicidade da vida — as diferenças, os contrastes, as colisões das pessoas, coisas e situações, cada uma delas apreendida em sua absoluta singularidade e traduzida com um grau de integridade e precisão de imagens concretas que não se encontra em nenhum outro escritor. Ninguém jamais sobrepujou Tolstói ao expressar o sabor específico, a qualidade exata de um sentimento — o grau de sua "oscilação", a montante e a vazante, os movimentos mínimos (dos quais Turguêniev zombava, considerando-os uma simples brincadeira do autor) —, a textura interna e externa e o "tato" de um olhar, de um pensamento, da manifestação de um sentimento, assim como de uma situação específica, de um período completo, das vidas de indivíduos, famílias, comunidades e nações inteiras. Em seu mundo, a conhecida semelhança com a vida de cada objeto, de cada pessoa deriva dessa espantosa capacidade de apresentar cada ingrediente em sua mais plena essência individual, em todas suas múltiplas dimensões, por assim dizer. Não se trata jamais de um mero dado, por mais vívido que seja, no interior de algum fluxo de consciência, com margens indefinidas, de um esboço, uma sombra, uma representação impressionista; também não busca, nem depende de nenhum processo de raciocínio na mente do leitor, mas sempre se apresenta como um objeto sólido, visto simultaneamente de longe e de perto, à luz natural e inalterável do dia, encarado de todos os possíveis ângulos de visão, situado num contexto absolutamente específico no tempo e no espaço — um acontecimento plenamente presente aos sentidos ou à imaginação em todas suas facetas, com cada matiz expresso de modo firme e penetrante.

E, no entanto, Tolstói acreditava no contrário. Ele advogava uma única visão abrangente; apregoava não a variedade, mas a simplicidade, não muitos níveis de consciência, mas a redução a algum nível simples — em *Guerra e paz*, ao modelo do homem bom, da alma singela, espontânea, aberta: como posteriormente o modelo dos camponeses ou de uma ética cristã simples, divorciada de qualquer teologia ou metafísica complexa, um critério simples de feitio utilitário, por meio do qual tudo se inter-relaciona diretamente e todos os componentes podem ser avaliados em relação uns aos outros com alguma régua simples. O gênio de Tolstói se encontra na capacidade de reproduzir o irreprodutível com maravilhosa precisão, de evocar quase milagrosamente a plena e intraduzível individualidade do indivíduo, que induz no leitor uma aguda consciência da presença do próprio objeto, e não de uma simples descrição sua. Tendo em vista essa finalidade, ele recorre a metáforas que fixam a qualidade de uma determinada experiência enquanto tal, evitando aqueles termos gerais que a relacionam com casos semelhantes e ignoram as diferenças individuais — "as oscilações do sentimento" — em favor daquilo que é comum a todas elas. No entanto, este mesmo escritor advoga e até chega a apregoar com grande veemência, sobretudo em sua derradeira fase, a religiosa, exatamente o oposto: a necessidade de expulsar tudo o que não se submete a algum modelo muito geral e simples, digamos, aquilo de que os camponeses gostam ou não gostam, ou aquilo que os evangelhos declaram ser bom.

Essa violenta contradição entre os dados da experiência, da qual Tolstói não conseguia se libertar e que, é claro, durante toda a vida soube ser real, e sua crença profundamente metafísica na existência de um sistema ao qual elas *devem* pertencer, independentemente de parecer fazê-lo ou não, esse conflito entre o julgamento instintivo e a convicção teórica, entre seus talentos e suas opiniões, espelha o conflito irresolvido entre a realidade da vida moral, com seu senso de responsabilidade, alegrias, pesares, sentimento de culpa e sentimento de realização — todos os quais aliás, não passam de ilusão — e as leis que tudo governam, embora não possamos conhecer delas nada além de uma porção negligenciável — de modo que mentem e enganam todos os cientistas e historiadores que afirmam que as conhecem e são por elas guiados —, mas que no entanto são as únicas que são reais. Em comparação a ele, Gógol e Dostoiévski, cuja anormalidade é tão frequentemente contraposta à "sanidade" de Tolstói, são personalidades bem integradas, com um ponto de vista coerente e uma visão única. No entanto, desse violento conflito nasceu *Guerra e paz*. Sua maravilhosa solidez não nos deve cegar para a profunda fenda que se rasga a cada vez que Tolstói recorda, ou melhor, se lembra — não consegue esquecer — do que e por que está fazendo.

IV

As teorias raramente nascem do vazio, e a questão das raízes da visão da história de Tolstói é, portanto, razoável. Tudo o que Tolstói escreve sobre a história traz o selo de sua personalidade original, uma qualidade de primeira mão negada à maior parte dos autores que abordam tópicos abstratos. Sobre tais temas ele escreveu como um amador, não como um profissional. É preciso lembrar, porém, que ele pertencia ao mundo dos grandes negócios; era membro da classe dirigente de seu país e de sua época, conhecia-a e compreendia-a plenamente; viveu num ambiente excepcionalmente povoado de teorias e ideias, examinou muito material tendo em vista *Guerra e paz* (embora, conforme vários estudiosos russos demonstraram, não tanto quanto se supõe algumas vezes),[44] viajou muito e conheceu várias personalidades públicas notáveis na Alemanha e na França.

Não pode haver a menor dúvida de que lia muito e foi influenciado por suas leituras. É corrente afirmar que devia muito a Rousseau e provavelmente desse autor, tanto quanto de Diderot e do Iluminismo francês, derivaram seus métodos analíticos e anti-históricos de abordar os problemas sociais, em particular a tendência de tratá-los em termos de categorias intemporais, lógicas, morais e metafísicas, e não de procurar sua essência, conforme preconizava a escola histórica alemã, em termos de crescimento e resposta a um ambiente histórico em

---

44 Por exemplo, V. B. Chklovski, op. cit., passim; e B. M. Eikhenbaum, op. cit., v. I, pp. 259-60.

transformação. Permaneceu admirador de Rousseau e, avançado em anos, ainda recomendava *Émile* como o melhor livro jamais escrito sobre educação.[45] Rousseau deve ter fortalecido, se é que de fato não a gerou, sua tendência crescente a idealizar a terra e seus cultivadores — o camponês simples que, para Tolstói, é o repositório de um cabedal de virtudes "naturais" quase tão rico quanto o bom selvagem de Rousseau. Este também deve ter reforçado o camponês rude e grosseiro em Tolstói, com sua tendência fortemente moralista, puritana, sua desconfiança e antipatia em relação aos ricos, aos poderosos, aos felizes enquanto tais, seus traços de autêntico vandalismo e as ocasionais explosões de uma raiva cega e muito russa contra o artificialismo e o refinamento ocidentais, além daquela adulação da "virtude" e dos gostos simples, da vida moral "saudável", do militante barbarismo antiliberal, que é uma das contribuições específicas de Rousseau ao sortimento das ideias jacobinas. Talvez Rousseau o tenha influenciado também ao atribuir um valor tão grande à vida familiar, e em sua doutrina da superioridade do coração em relação à cabeça, ou da moral em relação às virtudes intelectuais e estéticas. Isso foi notado antes, e é verdadeiro e esclarecedor, mas não explica a teoria da história de Tolstói, da qual poucos traços se encontram em Rousseau, profundamente a-histórico. Com efeito, quando Rousseau procura derivar o direito de alguns homens a exercer autoridade sobre outros de uma teoria da transferência do poder, de acordo com o Contrato Social, Tolstói o contesta desdenhosamente.

Estaremos um pouco mais próximos da verdade se considerarmos a influência que os eslavófilos contemporâneos, românticos e conservadores, exerceram sobre ele. O escritor era próximo de alguns deles, sobretudo de Pogodin e Samarin, em meados da década de 1860, quando escrevia *Guerra e paz*, e certamente opunha-se como eles às teorias científicas da história então em voga, quer se tratasse do positivismo metafísico de Comte e seus seguidores ou dos conceitos mais materialistas de Tchernichevski e Pissarev, ou os de Buckle, Mill e Herbert Spencer, além da tradição empírica inglesa em geral, com tintas do materialismo científico francês e alemão, à qual todos esses autores, muito diferentes em suas várias tendências, pertenciam. Os eslavófilos — e talvez especialmente Tiuttchev, cuja poesia Tolstói tanto admirava — podem ter contribuído para que ele desacre-

---

45 "*On n'a pas rendu justice à Rousseau.* [...] *J'ai lu tout Rousseau, oui, tous les vingt volumes, y compris le* Dictionnaire de musique. *Je faisais mieux que l'admirer; je lui rendais une culte véritable* [...]." (Não se fez justiça a Rousseau. [...] Li-o inteiro, todos os vinte volumes, incluindo o *Dicionário de música*. Mais do que admirá-lo, prestava-lhe um verdadeiro culto.) *Paul Boyer (1864-1949) chez Tolstoï*, op. cit., p. 40.

ditasse das teorias históricas que tomavam como modelo as ciências naturais, as quais, para Tolstói assim como para Dostoiévski, não conseguiam apresentar uma verdadeira explicação sobre o que faziam e sofriam os homens. Essas teorias históricas se mostravam insuficientes, quanto mais não fosse por ignorarem a experiência "interior" do homem, tratando-o como um objeto natural manipulado pelas mesmas forças que regiam todos os outros componentes do mundo material. Adotando a posição dos enciclopedistas franceses, eles tentavam estudar o comportamento social como se estudaria uma colmeia ou um formigueiro, e então se queixavam porque as leis que formulavam não conseguiam explicar o comportamento vivo dos homens e das mulheres. Esses medievalistas românticos, além do mais, podem ter fortalecido o natural anti-intelectualismo e antiliberalismo de Tolstói, bem como sua visão profundamente cética e pessimista sobre a força dos motivos não racionais no comportamento humano, que ao mesmo tempo dominam os homens e os iludem em relação a si mesmos. Tratava-se, em resumo, daquela perspectiva congenitamente conservadora que, desde muito cedo, tornou Tolstói uma figura profundamente suspeita à intelligentsia russa radical dos anos 1850 e 1860, levando-a a considerar, constrangida, que afinal de contas ele não passava de um conde, um oficial e um reacionário, não alguém como eles, nem de forma alguma autenticamente esclarecido ou *révolté*, a despeito de seus mais corajosos protestos contra o sistema político, suas heterodoxias e seu niilismo destrutivo.

Embora Tolstói e os eslavófilos tenham talvez lutado contra um inimigo comum, seus conceitos positivos divergiam profundamente. A doutrina eslavófila derivava principalmente do idealismo alemão, sobretudo da formulação de Schelling, apesar dos falsos protestos de admiração por Hegel e seus intérpretes, segundo a qual o verdadeiro conhecimento não poderia ser obtido pelo uso da razão, mas apenas por uma espécie de autoidentificação imaginativa com o princípio central do universo — a alma do mundo, de que os artistas e pensadores se apoderam em momentos de inspiração divina. Alguns dos eslavófilos identificavam essa visão com as verdades reveladas da religião ortodoxa e a tradição mística da Igreja russa, e legaram-na aos poetas e filósofos simbolistas de uma geração posterior. Tolstói situava-se no polo oposto. Acreditava que unicamente pela observação empírica paciente seria possível obter qualquer conhecimento; que esse conhecimento sempre é falho, que as criaturas simples muitas vezes conhecem melhor a verdade do que as pessoas ilustradas, pois sua observação dos homens e da natureza é menos toldada por teorias vazias, e não por serem veículos privilegiados da inspiração divina. Há um lado marcante de senso comum em tudo o que Tolstói escreveu, que automaticamente expulsa fantasias metafísicas e tendências indisciplinadas à experiência esotérica ou às interpretações poéticas e teológicas da vida, que constituem o cerne da visão eslavófila e que, como no caso análogo do romantismo anti-industrial do Ocidente, determinaram ao mesmo tempo seu ódio à política e à economia, no sentido comum, e seu nacionalismo místico. Além do mais, os eslavófilos eram cultores do método histórico, como o único capaz de desvendar a verdadeira natureza das instituições individuais, revelada apenas em seu impalpável desenvolvimento no tempo, bem como das ciências abstratas.

Nada disso poderia ter encontrado uma ressonância positiva naquele Tolstói muito obstinado e muito prático, sobretudo o Tolstói realista dos anos intermediários. Se o camponês Platon Karatáiev possui algo em comum com o espírito agrário dos ideólogos eslavófilos e mesmo pan-eslavos — a sabedoria rural simples que se opõe aos absurdos do Ocidente excessivamente inteligente —, já Pierre Bezúkhov, nos primeiros esboços de *Guerra e paz*, termina a vida como dezembrista, exilado na Sibéria, e não é possível concebê-lo, em suas perambulações espirituais, como alguém que acaba por encontrar consolo em algum sistema metafísico, muito menos no seio da Igreja ortodoxa ou de qualquer outra igreja estabelecida. Os eslavófilos não aceitavam as pretensões da ciência social e psicológica ocidental, e Tolstói encarava tal fato com simpatia, mas suas doutrinas positivas pouco o interessavam. Ele se colocava contra todos os mistérios ininteligíveis, contra as névoas da Antiguidade, contra qualquer tipo de recurso à superstição. A descrição hostil que faz dos maçons em *Guerra e paz* é sintomática da atitude que ele manteve até o fim. Isso só se reforçaria com o seu interesse pelos escritos do exilado Proudhon, a quem visitou em 1861. Era evidente que lhe agradavam o irracionalismo confuso, o puritanismo, o ódio à autoridade e aos intelectuais burgueses, além do apego a Rousseau e a violência de tom que constituíam a marca daquele autor. É mais do que possível que Tolstói tenha recorrido a *La Guerre et la paix* de Proudhon, publicado no mesmo ano, para dar o título a seu romance.

Se os idealistas alemães clássicos não exerceram efeito direto sobre Tolstói, houve pelo menos um filósofo alemão por quem ele exprimiu admiração. Com efeito, não é difícil perceber por que achava Schopenhauer atraente. Aquele pensador solitário desenhou um quadro melancólico da vontade humana impotente, que se debate desesperadamente contra as leis rigidamente determinadas do universo. Referia-se à vaidade de todas as paixões humanas, ao absurdo dos sistemas racionais, ao fracasso universal em compreender as fontes não racionais da ação e do sentimento, ao sofrimento a que toda carne está sujeita, com a conclusão de que seria desejável reduzir a vulnerabilidade humana reduzindo o próprio homem à condição de máxima passividade, em que, desprovido de paixões, não poderá ser frustrado, humilhado ou ferido. Essa famosa doutrina refletia os posteriores conceitos de Tolstói — de que o homem muito sofre por procurar demais, é tolamente ambicioso e superestima grotescamente suas capacidades. Também de Schopenhauer deriva talvez a amarga ênfase que ele atribui ao conhecido contraste entre a ilusão do livre-arbítrio e a realidade das leis férreas que governam o mundo, e sobretudo à explicação do sofrimento inevitável que essa ilusão deve necessariamente provocar, já que não é possível fazê-la desaparecer. Isso, para Schopenhauer e Tolstói, é a tragédia central da vida humana: se pelo menos os homens soubessem quão pouco os mais inteligentes e dotados entre eles podem controlar, quão pouco podem conhecer da multiplicidade de fatores, cujo movimento ordenado constitui a história do mundo; e, acima de tudo, que insensatez presunçosa é pretender perceber uma ordem, unicamente pelo fato de acreditar desesperadamente que tal ordem deve existir, quando, na verdade, tudo o que se pode *detectar* é um caos desprovido de sentido — um caos cujo ponto culminante é a guerra, microcosmo onde a desordem da vida humana se reflete em intenso grau.

De todas as dívidas literárias de Tolstói, a mais óbvia, evidentemente, é aquela que se refere a Stendhal. Em sua conhecida entrevista com Paul Boyer em 1901,[46] Tolstói citava Stendhal e Rousseau como os dois escritores a quem mais devia, acrescentando que tudo o que aprendera sobre a guerra fora através da descrição que Stendhal faz da batalha de Waterloo em *A cartuxa de Parma*, quando Fabrice vagueia pelo campo de batalha "sem nada entender". Acrescentou que essa concepção — a de uma guerra "sem *panache*" ou "embelezamentos" —, de que lhe falara seu irmão Nikolai, foi por ele verificada mais tarde, ao servir durante a Guerra da Crimeia. Nada recebeu tantos elogios dos soldados na ativa quanto as *vignettes* de Tolstói sobre os episódios da guerra, suas descrições de como as batalhas se mostram para os que delas realmente participam.

Sem dúvida, Tolstói tinha razão ao declarar que muito devia a Stendhal por essa visão tão despojada. No entanto, por trás de Stendhal, há uma figura ainda mais despojada e destrutiva, à qual o próprio Stendhal pode ter emprestado, pelo menos em parte, seu novo método de interpretar a vida social. Trata-se de um célebre escritor, com cuja obra Tolstói certamente se achava familiarizado e à qual devia mais do que se supõe comumente. A surpreendente semelhança entre as concepções de ambos dificilmente poderá ser atribuída ao acaso ou às misteriosas operações do *Zeitgeist*. Essa figura foi o famoso Joseph de Maistre. A história completa de sua influência sobre Tolstói, embora notada por aqueles que estudaram este último e pelo menos por um crítico de Maistre,[47] ainda está para ser escrita.

---

46 Ver *Paul Boyer (1864-1949) chez Tolstoï*, op. cit., p. 40.

47 Ver Adolfo Omodeo, *Un reazionario*. Bari: Laterza, 1939, p. 112, nota 2.

V

No dia 1º de novembro de 1865, quando chegava à metade de *Guerra e paz*, Tolstói anotou em seu diário: "Estou lendo Maistre"[48] e, no dia 7 de setembro de 1866, escreveu ao editor Barteniev, que atuava como uma espécie de assistente-geral, solicitando-lhe que enviasse o "arquivo Maistre", isto é, suas cartas e anotações. Havia todos os motivos para Tolstói ler aquele autor, agora relativamente pouco consultado. O conde Joseph de Maistre era um defensor da casa real de Savoia que, no início de sua carreira, fez-se conhecido por escrever panfletos antirrevolucionários durante os últimos anos do século XVIII. Embora normalmente classificado como um escritor católico, reacionário e ortodoxo, um pilar da restauração dos Bourbon e um defensor do status quo pré-revolucionário, sobretudo da autoridade papal, ele era muito mais do que isso. Tinha opiniões implacavelmente não convencionais e misantrópicas sobre a natureza dos indivíduos e das sociedades, e escreveu com seca e irônica violência sobre a natureza do homem, incuravelmente selvagem e perversa, a inevitabilidade do morticínio perpétuo, o caráter divinamente instituído das guerras e o papel esmagador desempenhado nos assuntos humanos pela paixão da autoimolação, a qual, mais do que a socialidade natural ou os acordos artificiais, cria exércitos e também as sociedades civis. Enfatizava a necessidade de uma autoridade absoluta, a punição e a contínua repressão para a sobrevivência da civilização e da ordem. O conteúdo e o tom de seus textos estão mais próximos de Nietzsche, D'Annunzio e os arautos do fascismo moderno do que dos respeitáveis realistas de sua época, e provocaram sensação entre os legitimistas e na França napoleônica. Em 1803, Maistre foi enviado por seu soberano, o rei de Savoia, então exilado em Roma como vítima de Napoleão — em breve ver-se-ia forçado a mudar-se para a Sardenha —, como seu representante semioficial na corte de São Petersburgo. Maistre, dotado de um considerável encanto mundano, bem como de uma aguçada percepção do que o rodeava, provocou forte impressão na sociedade da capital russa como cortesão polido e observador político espirituoso e sagaz. Permaneceu em São Petersburgo de 1803 a 1817, e seus despachos e cartas diplomáticas, escritos com requinte e muitas vezes extraordinariamente penetrantes e proféticos, bem como sua correspondência particular e várias notas dispersas sobre a Rússia e seus habitantes, enviadas a seu governo, a amigos e consultores entre a nobreza russa, constituem valiosa e excepcional fonte de informação sobre a vida e as opiniões dos círculos dirigentes do Império russo durante e imediatamente após o período napoleônico.

---

48 "Chitayu Maistre", citado por B. M. Eikhenbaum, op. cit., v. 2, pp. 309-17.

Maistre morreu em 1821, autor de vários ensaios teológico-políticos, mas a edição definitiva de sua obra, em particular as festejadas *Soirées de Saint-Pétersbourg*, que, sob a forma de um diálogo platônico, tratavam da natureza e sanções do governo humano e outros problemas políticos e filosóficos, além de sua *Correspondance diplomatique* e suas cartas, foi publicada na íntegra somente na década de 1850 e no início da de 1860, graças a seu filho Rodolphe e outros. O ódio declarado de Maistre contra a Áustria, seu antibonapartismo, assim como a crescente importância do reino piemontês antes e depois da Guerra da Crimeia naturalmente intensificaram o interesse por sua personalidade e seu pensamento, naquele momento. Começaram a aparecer livros sobre ele, despertando muitas discussões nos círculos literários e históricos russos. Tolstói tinha as *Soirées*, bem como a correspondência e as cartas diplomáticas de Maistre, cujos exemplares seriam um dia encontrados na biblioteca de Iásnaia Poliana. Em todo caso, é absolutamente claro que Tolstói recorreu amplamente a elas para *Guerra e paz*.[49] Assim, a famosa descrição da intervenção de Paulucci no debate do Estado-Maior geral russo em Drissa é reproduzida quase integralmente a partir de uma carta de Maistre. Do mesmo modo, o diálogo do príncipe Vassili, por ocasião da recepção na casa de Mme Scherer, com o "*homme de beaucoup de mérite*" a respeito de Kutúzov, baseia-se obviamente numa carta de Maistre, onde se encontram todas as expressões em francês de que é recheada essa conversa. Além do mais, existe nos primeiros esboços de Tolstói uma nota relativa a "Maistre — Visconde — em casa de Anna Pávlovna", que se refere ao *raconteur* que conta à bela Hélène e a um círculo de ouvintes admiradores a tola anedota sobre o encontro de Napoleão com o duque d'Enghien, por ocasião de uma ceia com a célebre atriz Mlle Georges. E o hábito do velho príncipe Bolkónski de mudar sua cama de um aposento para outro foi provavelmente extraído de uma história narrada por Maistre, sobre o idêntico hábito do conde Stroganov. Finalmente, o nome de Maistre surge no próprio romance, como um daqueles que concordam que seria incômodo e inútil capturar os mais eminentes príncipes e marechais do exército de Napoleão, já que isso simplesmente criaria dificuldades diplomáticas. Jikharev, a cujas memórias, conforme se sabe, Tolstói recorreu, conheceu Maistre em 1817 e descreveu-o com cores brilhantes.[50] Parte da atmosfera que se encontra nessas memórias integra a descrição que Tolstói faz dos ilustres *émigrés* presentes na sala de visitas da Anna Pávlovna Scherer, com que se abre *Guerra*

---

49 Ver Eikhenbaum, op. cit., v. 1, pp. 308-17.

50 S. P. Jikharev, *Zapiski sovremennika*. Moscou: [s.n.], 1934, v. 2, pp. 112-3.

e Paz, além das outras referências do autor à elegante sociedade de São Petersburgo daquela época. Esses ecos e paralelos foram cuidadosamente cotejados pelos estudiosos de Tolstói, e não deixam a menor dúvida sobre a extensão dos empréstimos a que recorreu o autor.

Entre esses paralelos existem semelhanças ainda mais importantes. Maistre explica que a vitória dos lendários Horácios sobre os Curiácios — como todas as vitórias em geral — foi devida ao intangível fator do ânimo moral e Tolstói, do mesmo modo, refere-se à suprema importância dessa desconhecida quantidade na determinação do desfecho das batalhas, o "espírito" impalpável das tropas e de seus comandantes. Semelhante ênfase sobre o imponderável e o incalculável é parte e parcela do irracionalismo geral de Maistre. Com mais clareza e ousadia do que qualquer escritor antes dele, Maistre declarou que o intelecto humano não passava de um débil instrumento, quando competia com o poder das forças naturais; que as explicações racionais da conduta humana raramente explicavam o que quer que fosse. Sustentava que apenas o irracional, exatamente porque desafiava as explicações e, portanto, não podia ser minado pelas atividades críticas da razão, era capaz de persistir e ser forte. E dava exemplos de instituições irracionais, como a monarquia hereditária e o casamento, que sobreviveram de uma era para a outra, ao passo que instituições racionais como a monarquia eletiva ou os relacionamentos pessoais "livres" fracassaram rapidamente, sem nenhuma "razão" óbvia, em todos os lugares em que foram introduzidos. Maistre concebia a vida como uma batalha selvagem em todos os níveis, entre as plantas e os animais, tanto quanto entre os indivíduos e as nações, uma batalha da qual nenhum proveito era de esperar, mas que se originava de algum anseio primitivo de autoimolação, misterioso e sanguinário, implantado por Deus. Esse instinto era muito mais poderoso do que os débeis esforços dos homens racionais, que tentavam alcançar a paz e a felicidade — o que, em todo caso, não constituía o desejo mais profundo do coração humano, somente de sua caricatura, o intelecto liberal —, planejando a vida da sociedade sem levar em conta as violentas forças que, mais cedo ou mais tarde, inevitavelmente fariam com que suas frágeis estruturas desmoronassem como tantos castelos de cartas. Maistre encarava o campo de batalha como típico da vida sob todos seus aspectos, e escarnecia dos generais que pensavam que estavam realmente controlando os movimentos de suas tropas e dirigindo o curso da luta. Declarava que ninguém, no verdadeiro calor da batalha, pode sequer começar a dizer o que está acontecendo:

> Neste mundo muito se fala das batalhas sem que se saiba o que são; sobretudo mostramo-nos muito inclinados a considerá-las como pontos localizados, ao passo

que elas cobrem duas ou três léguas de terreno. Dizem-nos com gravidade: Como não sabeis o que se passou no combate, já que dele participastes?, mas é precisamente o contrário que se poderia afirmar com frequência. Aquele que se encontra à direita saberá o que se passa à esquerda? Saberá sequer o que acontece a dois passos dele? Imagino facilmente uma dessas cenas aterrorizantes: sobre um vasto terreno coberto com todos os preparativos para uma carnificina e que parece abalar-se sob os passos dos homens e dos cavalos, no meio do fogo e dos turbilhões de fumaça, atordoado, envolvido pelo tinir das armas de fogo e dos instrumentos militares, pelas vozes que comandam, vociferam ou se apagam, rodeado de mortos, de agonizantes, de cadáveres mutilados, possuído sucessivamente pelo temor, pela esperança, pela raiva, por cinco ou seis diferentes formas de embriaguez, em que se transforma o homem? O que ele vê? O que sabe ele, decorridas algumas horas? Que pode ele, em relação a si mesmo e aos outros? Entre essa multidão de guerreiros que combateram o dia inteiro, frequentemente não existe um só, nem mesmo o general, que saiba onde se encontra o vencedor. Só dependeria de mim citar-vos batalhas modernas, batalhas famosas, cuja memória jamais se extinguirá, batalhas que modificaram a face dos negócios na Europa, e que só foram perdidas porque um ou outro homem assim acreditou; de tal modo que, admitindo a igualdade de condições e que nenhuma gota de sangue a mais foi derramada de um e de outro lado, um outro general faria cantar o *Te Deum* em seus domínios, forçando a história a dizer o contrário do que ela dirá.[51]

---

51 "*On parle beaucoup de batailles dans le monde sans savoir ce que c'est; on est surtout assez sujet à les considérer comme des points, tandis qu'elles couvrent deux ou trois lieues de pays; on vous dit gravement: Comment ne savez-vous pas ce qui s'est passé dans ce combat puisque vous y étiez? tandis que c'est précisément le contraire qu'on pourrait dire assez souvent. Celui qui est à la droite sait-il ce qui se passe à la gauche? sait-il seulement ce qui se passe à deux pas de lui? Je me représente aisément une de ces scènes épouvantables: sur un vaste terrain couvert de tous les apprêts du carnage, et qui semble s'ébranler sous les pas des hommes et des chevaux; au milieu du feu et des tourbillons de fumée; étourdi, transporté par le retentissement des armes à feu et des instruments militaires, par des voix qui commandent, qui hurlent ou qui s'éteignent; environné de morts, de mourants, de cadavres mutilés; possédé tour à tour par la crainte, par l'espérance, par la rage, par cinq ou six ivresses différentes, que devient l'homme? que voit-il? que sait-il au bout de quelques heures? que peut-il sur lui et sur les autres? Parmi cette foule de guerriers qui ont combattu tout le jour, il n'y en a souvent pas un seul, et pas même le général, qui sache où est le vainqueur. Il ne tiendrait qu'à moi de vous citer des batailles modernes, des batailles fameuses dont la mémoire ne périra jamais; des batailles qui ont changé la face des affaires en Europe, et qui n'on été perdues que parce que tel ou tel homme a cru qu'elles l'étaient; de manière qu'en supposant toutes les circonstances égales, et pas une goutte de sang de plus versée de part et d'autre, un autre général aurait fait chanter le* Te Deum *chez lui, et forcé l'histoire de dire tout le contraire de ce qu'elle dira.*" J. de Maistre, *Les Soirées de Saint-Pétersbourg* (1821). *Œuvres complètes de J. de Maistre*. Lyon; Paris: Librairie Générale Catholique, 1884-7, diálogo 7, v. 5, pp. 33-4.

E posteriormente: "Não acabamos até mesmo por ver perder as batalhas ganhas? [...] Acredito em geral que de forma alguma as batalhas se ganham ou se perdem fisicamente".[52]

E, mais uma vez, seguindo o mesmo raciocínio:

> Assim, um exército de 40 mil homens é fisicamente inferior a um outro de 60 mil: mas se o primeiro tiver mais coragem, experiência e disciplina, poderá derrotar o segundo, pois ele desenvolve mais ação com menos massa, e é o que observamos em cada página da história. [53]

E finalmente: "É a opinião que perde as batalhas e é a opinião que as ganha". [54]

A vitória é uma questão moral ou psicológica, não física:

> O que é uma batalha perdida? [...] *É uma batalha que se acredita ter perdido. Nada é mais verdadeiro.* Um homem que combate com outro é vencido quando morre ou é arremessado ao chão, e o outro permanece de pé. O mesmo não se dá com dois exércitos: um não pode ser morto, enquanto o outro fica de pé. As forças se equilibram, assim como os mortos, e sobretudo depois que a invenção da pólvora introduziu maior igualdade nos meios de destruição, uma batalha não mais se perde materialmente, isto é, por haver mais mortos de um lado que de outro. Frederico II, que entendia um pouco disso, afirmava: *Vencer é avançar.* Mas quem é que avança? Aquele cuja consciência e capacidade fazem o outro recuar. [55]

---

52 "*N'avons-nous pas fini même par voir perdre des batailles gagnées?* [...] *Je crois en général que les batailles ne se gagnent ni ne se perdent point physiquement.*" Ibid., p. 35.

53 "*De même une armée de 40.000 hommes est inférieure physiquement à une autre armée de 60.000: mais si la première a plus de courage, d'expérience et de discipline, elle pourra battre la seconde; car elle a plus d'action avec moins de masse, et c'est ce que nous voyons à chaque page de l'histoire.*" Ibid., p. 29.

54 "*C'est l'opinion qui perd les batailles, et c'est l'opinion qui les gagne.*" Ibid., p. 31.

55 "*Qu'est ce qu'une bataille perdue?* [...] C'est une bataille qu'on croit avoir perdue. Rien n'est plus vrai. *Un homme qui se bat avec un autre est vaincu lorsqu'il est tué ou terrassé, et que l'autre est debout; il n'en est pas ainsi de deux armées: l'une ne peut être tuée, tandis que l'autre reste en pied. Les forces se balancent ainsi que les morts, et depuis surtout que l'invention de la poudre a mis plus d'égalité dans les moyens de destruction, une bataille ne se perd plus matériellement; c'est-à-dire parce qu'il y a plus de morts d'un côté que de l'autre: aussi Frédéric II, qui s'y entendait un peu, disait:* Vaincre, c'est avancer. *Mais quel est celui qui avance? C'est celui dont la conscience et la contenance font reculer l'autre.*" Ibid., p. 32.

Não existe e nem pode existir uma ciência militar, pois "é a imaginação que perde as batalhas" [56] e "poucas batalhas são perdidas fisicamente — vós atirais, eu atiro [...] o verdadeiro vencedor, como o verdadeiro vencido, é aquele que o acredita ser". [57]

É essa a lição que Tolstói afirma dever a Stendhal, mas as palavras do príncipe Andrei em relação a Austerlitz — "Perdemos por dizer a nós mesmos que perdemos" —,[58] assim como a atribuição da vitória russa sobre Napoleão à intensidade do desejo russo em sobreviver, fazem lembrar Maistre e não Stendhal.

Esse estreito paralelismo entre as visões de Maistre e Tolstói sobre o caos e a impossibilidade de controlar as batalhas e as guerras, com suas implicações mais amplas para a vida humana em geral, juntamente com o desprezo de ambos pelas ingênuas explicações fornecidas pelos historiadores acadêmicos para a violência humana e o apetite pela guerra, foi notado pelo eminente historiador francês Albert Sorel, numa conferência pouco conhecida, feita na École des Sciences Politiques em 7 de abril de 1888.[59] Ele estabeleceu um paralelo entre Maistre e Tolstói observando que, embora Maistre fosse um teocrata e Tolstói um "niilista", ainda assim ambos encaravam as causas primordiais dos eventos como algo misterioso, que envolve a redução das vontades humanas à nulidade. "A distância que separa um teocrata de um místico e este de um niilista é menor do que a que separa a borboleta da larva, a larva da crisálida e esta da borboleta." Tolstói assemelha-se a Maistre ao se mostrar acima de tudo curioso em relação às causas primeiras, ao formular indagações como as de Maistre — "Explicai por que o que existe de mais honroso no mundo, aos olhos de todo o gênero humano sem exceção, é o direito de derramar inocentemente o sangue inocente?" —,[60] ao rejeitar todas as respostas naturalistas

---

56 "*C'est l'imagination qui perd les batailles.*" Ibid., p. 33.

57 "*Peu de batailles sont perdues physiquement — vous tirez, je tire* [...] *le véritable vainqueur, comme le véritable vaincu, c'est celui qui croit l'être.*" Carta de 14 de setembro 1812. Ibid., v. 12, pp. 220-1.

58 [Literalmente: "mas muito cedo dissemos a nós mesmos que tínhamos perdido a batalha... e perdemos.] *Guerra e paz*, v. 2, tomo III, segunda parte, cap. XXV, p. 934.

59 A. Sorel, "Tolstoï-historien". *Revue Bleue*, n. 41, pp. 460-9, jan.-jun. 1888. Essa conferência, não reproduzida nas obras reunidas de Sorel, foi injustamente negligenciada pelos estudiosos de Tolstói. É de grande valia para corrigir as opiniões daqueles que omitem todas as referências a Maistre [por exemplo, P. I. Biriukov, *Lev Nicolaevich Tolstoi: biografiya*. Moscou: [s.n.], 1906-8; e K. V. Pokrovski, op. cit.; para não mencionar os posteriores críticos e historiadores literários que, quase todos, se apoiam em sua autoridade]. E. Haumant é quase o único, entre os primeiros estudiosos, a ignorar autoridades secundárias e a descobrir a verdade por si mesmo. Ver, de sua autoria, *La Culture française en Russie (1700-1900)*. Paris: Hachette, 1910, pp. 490-2.

60 "*Expliquez-moi pourquoi ce, qu'il y a de plus honorable dans le monde, au jugement de tout le genre humain sans exception, est le droit de verser innocemment le sang innocent?*" J. de Maistre, op. cit., diálogo 7, v. 5, p. 10.

ou racionalistas, ao enfatizar intangíveis fatores psicológicos, "espirituais" e, algumas vezes, "zoológicos" como determinantes para os acontecimentos, às expensas de análises estatísticas do poderio militar, muito a exemplo do que fazia Maistre nos despachos que enviava, a seu governo em Cagliari. Com efeito, o relato que Tolstói faz dos movimentos das massas — na batalha, na fuga dos russos de Moscou, ou na dos franceses quando se retiram da Rússia — quase poderia caber como ilustração concreta da teoria de Maistre sobre o caráter não planejado e implanejável de todos os grandes acontecimentos. O paralelo, porém, vai ainda mais longe. O conde saboiano e o russo reagem, e reagem violentamente, ao otimismo liberal sobre a bondade humana, à razão humana e ao valor ou à inevitabilidade do progresso material. Ambos denunciam furiosamente a ideia de que a humanidade pode tornar-se eternamente feliz e virtuosa através de meios científicos e racionais.

A primeira grande onda de racionalismo otimista, que se seguiu às guerras de religião, defrontou-se contra a violência da grande Revolução Francesa, do despotismo político e da miséria social e econômica que viera em seguida. Na Rússia, uma situação semelhante foi abalada pela longa sucessão de medidas repressivas adotadas por Nicolau I com o objetivo de contrapor-se principalmente aos efeitos da revolta dezembrista e, quase um quarto de século mais tarde, à influência das revoluções europeias de 1848-9; a isso deve-se acrescentar, uma década mais tarde, o efeito material e moral da derrota na Crimeia. Em ambos os casos, a emergência da força bruta eliminou grande parte de um idealismo compassivo e resultou em vários tipos de realismo e brutalidade — entre outros, o socialismo materialista, o neofeudalismo autoritário, o nacionalismo implantado a ferro e fogo, bem como outros movimentos asperamente antiliberais. Nos casos de Maistre e de Tolstói, a despeito de todas as suas diferenças religiosas, culturais, sociais e psicológicas profundas e intransponíveis, a desilusão assumiu a forma de um agudo ceticismo em relação ao método científico enquanto tal, de uma desconfiança de todo racionalismo, liberalismo, positivismo e todas as formas daquele secularismo arrogante que então gozava de influência na Europa ocidental. Esse ceticismo levou a uma ênfase deliberada sobre os aspectos "desagradáveis" da história humana, da qual os românticos sentimentais, os historiadores humanistas e os teóricos sociais otimistas pareciam desviar os olhos com tamanha determinação.

Maistre e Tolstói referiam-se aos reformadores políticos (em um exemplo interessante, ao mesmo indivíduo que representava esses reformadores, o estadista russo Speránski) com o mesmo tom de amarga e desdenhosa ironia. Maistre era suspeito de ter contribuído ativamente para a queda e o exílio de Speránski; Tolstói, através dos olhos do príncipe Andrei, descreve o pálido semblante daquele que, em certa época, fora o favorito de Alexandre, suas mãos macias, seus modos meticulosos e enfatuados, a artificialidade e vacuidade de seus movimentos, como se, de certo modo, eles indicassem a irrealidade de sua pessoa e de suas atividades liberais, com um estilo que Maistre só teria aplaudido. Ambos se referem aos intelectuais com desprezo e hostilidade. Maistre encara-os não só como casualidades grotescas do processo histórico — horrendas advertências criadas pela Providência a fim de assustar a humanidade e fazê-la retornar à antiga fé católica —, mas como seres perigosos para a sociedade, uma seita pestilenta de questionadores e corruptores da juventude. Todos os dirigentes prudentes deveriam tomar medidas contra sua atividade corrosiva. Tolstói trata-os com mais desprezo do que ódio e apresenta-os como criaturas pobres, desarvoradas, de mente fraca, com ilusões de grandeza. Maistre os vê como um bando de gafanhotos políticos e sociais, um cancro no seio da civilização cristã, a qual, de tudo o que existe, é o que há de mais sagrado e que somente será preservada pelos esforços heroicos do papa e de sua Igreja. Tolstói encara-os como tolos astuciosos, urdidores de sutilezas vazias, cegos e surdos às realidades que os corações mais simples conseguem apreender, e de vez em quando ataca-os com a violência brutal de um velho camponês anárquico e carrancudo, vingando-se, após anos de silêncio, daqueles tolos símios loquazes, criados nas cidades, tão sabichões, cheios de palavras que tudo explicam, superiores, impotentes e vazios. Ambos descartam qualquer interpretação da história que não situe em primeiro plano a questão da natureza do poder, e ambos se referem com grande desdém às tentativas de uma explicação racionalista. Maistre diverte-se às custas dos enciclopedistas, com suas engenhosas superficialidades, suas categorias concisas, porém vazias, muito ao estilo adotado por Tolstói em relação a seus descendentes, um século mais tarde — os historiadores e sociólogos científicos. Ambos professam a crença na profunda sabedoria do povo simples que não se deixa corromper, embora os mordazes *obiter dicta* de Maistre sobre a barbárie, a venalidade e a ignorância irremediáveis dos russos não devam ter sido ao gosto de Tolstói, se é que ele os leu.

Maistre e Tolstói encaram o mundo ocidental como se, de certo modo, estivesse "apodrecendo", entregue a uma rápida decadência. Era essa a doutrina que os contrarrevolucionários católicos apostólicos romanos praticamente inventaram na virada do século, e que integrava a visão que tinham da Revolução Francesa, encarando-a como um castigo divino infligido aos que se desgarraram da fé cristã e, em particular, da Igreja de Roma. A partir da França, essa denúncia do secularismo passou por muitas rotas tortuosas, sobretudo graças a jornalistas de segunda categoria e seus leitores acadêmicos, chegando à Alemanha e à Rússia (a este país, tanto por via direta como através de versões alemãs), onde encontrou solo fértil entre aqueles que, tendo evitado os levantes revolucionários, achavam lisonjeiro para seu *amour propre* acreditar que, em todo caso, ainda poderiam estar a caminho de um poder e glória maiores, enquanto o Ocidente, destruído pela derrota de sua antiga fé, desintegrava-se rapidamente, no plano moral e político. Sem dúvida, Tolstói devia esse elemento de sua visão tanto aos eslavófilos e outros chauvinistas russos quanto a Maistre, mas vale a pena notar que essa crença é excepcionalmente vigorosa nesses dois observadores secos e aristocráticos, regendo suas visões estranhamente semelhantes. Os dois, *au fond*, eram pensadores obstinadamente pessimistas, cuja impiedosa destruição das ilusões correntes assustavam seus contemporâneos, mesmo quando eles concordavam relutantes em reconhecer a verdade do que era dito. Apesar de Maistre ser um fanático ultramontano e apoiar as instituições estabelecidas, enquanto Tolstói, apolítico no período inicial de sua obra, não dava provas de um sentimento radical, sentia-se obscuramente que ambos eram niilistas. Os valores humanos do século XIX foram por eles reduzidos a pó. Ambos procuraram escapar de alguma forma a seu inelutável e irrespondível ceticismo, procurando uma verdade ampla e inexpugnável que os protegesse dos efeitos de suas próprias inclinações naturais e de seu temperamento: Maistre na Igreja, Tolstói no coração humano incorruptível e no amor simples e fraterno — estado que ele deve ter conhecido apenas raramente, um ideal perante o qual toda sua capacidade descritiva o abandona e, em geral, resulta em algo pouco artístico, rígido e ingênuo, dolorosamente tocante, dolorosamente não convincente e visivelmente distante de sua própria experiência.

No entanto, não se deve exagerar a analogia. É verdade que Maistre e Tolstói atribuem a maior importância possível à guerra e ao conflito, mas Maistre, como Proudhon posteriormente,[61] glorifica a guerra, declara-a misteriosa e divina, ao passo que Tolstói a detesta e a considera explicável em princípio, mas apenas se conhecêssemos um número suficiente das pequenas causas, o conhecido "diferencial" da história. Maistre acreditava na autoridade por se tratar de uma força irracional, acreditava na necessidade da submissão, na inevitabilidade do crime e na suprema importân-

---

61 Tolstói visitou Proudhon em Bruxelas em 1861, no mesmo ano em que este publicou um livro intitulado *La Guerre et la paix*, traduzido para o russo três anos depois. A partir desse fato, Eikhenbaum tenta deduzir a influência de Proudhon sobre o romance de Tolstói. Proudhon segue Maistre, ao considerar as origens das guerras como um mistério sombrio e sagrado, e em toda sua obra há muito de irracionalismo confuso, puritanismo, amor ao paradoxo e um rousseauísmo geral. Essas características, porém, são muito difundidas no pensamento radical francês, e é difícil encontrar algo especificamente proudhonista em *Guerra e paz* de Tolstói, além do título. A extensão da influência geral exercida por Proudhon sobre todos os tipos de intelectuais russos durante esse período era muito grande, como não poderia deixar de ser. Afirmar que Dostoiévski ou Máximo Górki eram *proudhonisants* seria tão ou até mais fácil do que dizer o mesmo de Tolstói. Isso, porém, não passaria de um exercício gratuito de engenhosidade crítica, pois as semelhanças são vagas e gerais, enquanto as diferenças são muito mais profundas, numerosas e mais específicas.

cia dos inquéritos e do castigo. Considerava o carrasco a pedra angular da sociedade, e não foi por acaso que Stendhal o chamou de *l'ami du bourreau*, e que Lamennais disse que, para ele, existiam apenas duas realidades — o crime e o castigo. "Até parece que suas obras foram escritas no cadafalso."[62] A visão de mundo de Maistre é a de um universo de criaturas selvagens estraçalhando-se mutuamente, membro por membro, matando pelo prazer de matar, com violência e sangue, que encara como a condição normal de toda vida animada. Tolstói está muito distante de tamanho horror, crime e sadismo.[63] *Pace* Albert Sorel e Vogüé, ele não é de modo algum um místico. Não receia questionar o que quer que seja, e acredita que deve existir uma resposta singela, se simplesmente não insistirmos em nos atormentar, procurando-a em lugares estranhos e remotos, quando, o tempo todo, ela se encontra junto a nós.

Maistre defendia o princípio da hierarquia e acreditava numa aristocracia voltada para o autossacrifício, no heroísmo, na obediência e no mais rígido controle das massas por parte de seus superiores sociais e teológicos. Advogava da mesma forma que a educação na Rússia deveria ser entregue aos jesuítas; estes, pelo menos, inculcariam nos bárbaros citas a língua latina, que era a língua sagrada da humanidade quando menos por incorporar os preconceitos e as superstições de eras anteriores — crenças que tinham passado pelo teste da história e da experiência —, a única capaz de erguer uma barreira suficientemente forte para deter os terríveis corrosivos do ateísmo, do liberalismo e da liberdade de pensamento. Acima de tudo, ele encarava a ciência natural e a literatura secular como mercadorias perigosas nas mãos daqueles que não tinham sido completamente doutrinados contra elas, um vinho embriagante que poderia excitar perigosamente qualquer sociedade que não estivesse acostumada a ele, acabando por destruí-la.

Durante a vida inteira, Tolstói lutou contra o obscurantismo declarado e a repressão artificial do anseio pelo conhecimento. Suas palavras mais duras eram dirigidas àqueles estadistas e publicistas russos do último quartel do século XIX — Pobedonostsev e seus amigos e apaniguados — que praticavam exatamente essas máximas do grande reacionário católico. O autor de *Guerra e paz* odiava claramente os jesuítas e, sobretudo, detestava seu sucesso em converter as damas russas da sociedade, durante o reinado de Alexandre. Os acontecimentos finais ocorridos na

---

62 Carta de 8 de outubro de 1834 a Gräfin Senfft von Pilsach. Félicité de Lamennauis, *Correspondance générale*. Org. de Louis le Guillou. Paris: A. Colin, 1971-81, carta 2338, v. 6, p. 307.

63 No entanto, Tolstói também afirma que milhões de homens se matam, sabendo que é um mal físico e moral, porque é "necessário", porque, ao fazê-lo, eles "obedeciam [...] a uma lei elementar, zoológica". Trata-se do mais puro Maistre, e estamos muito distantes de um Stendhal ou de um Rousseau.

vida da indigna esposa de Pierre, Hélène, quase podem ter se baseado nas atividades de Maistre como missionário junto à aristocracia de São Petersburgo. Com efeito, há todas as razões para se supor que os jesuítas foram expulsos da Rússia, e Maistre foi praticamente cassado quando o próprio imperador passou a julgar sua interferência excessivamente aberta e eficiente.

Nada, portanto, chocaria e irritaria tanto Tolstói quanto ouvir que tinha muito em comum com esse apóstolo das trevas, defensor da ignorância e da servidão. Mas, entre todos os que escreveram sobre questões sociais, o tom de Maistre é o que mais se aproxima do de Tolstói. Ambos preservam a mesma descrença sardônica, quase cáustica, no aperfeiçoamento da sociedade por meios racionais, pela promulgação de boas leis ou pela difusão do conhecimento científico. Ambos se referem com a mesma ironia raivosa a todas as explicações em voga, a toda panaceia social, sobretudo à ordenação e ao planejamento da sociedade de acordo com algumas fórmulas humanas. Em Maistre existe abertamente — o que em Tolstói é menos óbvio — uma atitude profundamente cética em relação a todos os especialistas e a todas as técnicas, a todas as presunçosas profissões de fé secular e esforços de melhoria social feitos por pessoas bem-intencionadas, mas infelizmente idealistas. Existe neles a mesma aversão por quem quer que lide com ideias e acredite em princípios abstratos. Ambos se mostram profundamente atingidos pelo talento de Voltaire e rejeitam asperamente suas concepções. Ambos, em última análise, apelam para uma fonte elementar oculta nas almas dos homens, Maistre mesmo quando denuncia Rousseau como falso profeta, e Tolstói, com sua atitude mais ambígua em relação a ele. Ambos, acima de tudo, rejeitam o conceito de liberdade política individual, de direitos civis garantidos por algum sistema impessoal de justiça. Maistre, por considerar qualquer desejo de liberdade pessoal — política, econômica, social, cultural ou religiosa — como uma indisciplina obstinada e uma insubordinação estúpida, defendia a tradição em suas formas mais obscuramente irracionais e repressivas, pois somente ela propiciava a energia que dava vida, continuidade e ancoradouro seguro às instituições sociais. Tolstói rejeitava a reforma política por acreditar que a regeneração final poderia vir apenas de dentro, e que a vida interior só era vivida verdadeiramente nas profundezas intocadas da massa do povo.

VI

Existe, porém, um paralelo ainda maior e mais importante entre a interpretação da história de Tolstói e as ideias de Maistre, que levanta questões de princípio fundamentais, relativas ao conhecimento do passado. Um dos elementos que mais chamam a atenção, comuns ao pensamento desses *penseurs* distintos e até mesmo antagônicos, é sua preocupação com o caráter "inexorável", a "marcha" dos acontecimentos. Tolstói e Maistre pensam o mundo como uma teia espessa, opaca, inextricavelmente complexa de acontecimentos, objetos e características, ligados e divididos por elos literalmente incontáveis e inidentificáveis, além de lacunas e súbitas descontinuidades, visíveis e invisíveis. É uma visão da realidade que faz com que todas as construções claras, lógicas e científicas — os padrões simétricos e bem definidos da razão humana — pareçam gastas, tênues, vazias, "abstratas" e totalmente insuficientes como meios de descrição ou análise de tudo o que vive ou jamais viveu. Maistre atribui esse fato à incurável impotência das capacidades humanas de observação e raciocínio, pelo menos quando funcionam sem o auxílio das fontes sobre-humanas do conhecimento — a fé, a revelação, a tradição e, acima de tudo, a visão mística dos grandes santos e doutores da Igreja, seu especial sentido de realidade, que não é passível de análise e para o qual a ciência natural, a crítica livre e o espírito secular se apresentam como algo fatal. Os gregos mais sábios, muitos entre os romanos eminentes e, depois deles, os eclesiásticos e estadistas ilustres da Idade Média, segundo nos diz Maistre, possuíam essa percepção; dela derivavam seu poder, dignidade e sucesso. Os inimigos naturais desse espírito são a destreza e a especialização; daí o desprezo tão diretamente demonstrado no mundo romano pelos especialistas e técnicos — os *Graeculus esuriens* —,[64] remotos mas inconfundíveis ancestrais daquelas figuras encarquilhadas e manhosas da moderna era alexandrina, aquele terrível século XVIII, com toda a *écrivasserie et avocasserie*,[65] a miserável caterva de escrevinhadores e advogados, tendo à frente a figura de Voltaire, arreganhando os dentes, sórdida e predatória, destrutiva e autodestrutiva, por ser cega e surda à verdadeira Palavra de Deus. Apenas a Igreja compreende os ritmos "interiores", as correntes "mais profundas" do mundo, a marcha silenciosa das coisas; *non in commotione Dominus*,[66] não em ruidosos manifestos democráticos, nem na agitação de fórmulas constitucionais ou na violência revolucionária, mas na ordem natural eterna, governada pela lei "natural". Somente os que a compreendem sabem o que pode e o que não pode ser alcançado, o que deve e não deve ser tentado. Eles, e somente eles, detêm a chave do êxito se-

---

64 Juvenal Satire 3.78: "*Graeculus esuriens in caelum jusseris, ibit*" [Se você ordenar ao grego faminto que vá ao céu, ele irá].

65 "Escrevinhando" e "esquivando". Ver Saint-Simons, "Catéchisme politique des industriels" (1823-4). In: *Œuvres de Saint-Simon & d'Enfantin*. Paris: Librarie de la Société des Gens de Lettres, 1865-78, v. 37, pp. 131-2.

66 1º Reis 19,11, Vulgata (King James: "o Senhor não estava no terremoto").

cular e da salvação espiritual. A onisciência pertence unicamente a Deus, mas somente ao mergulharmos em Sua Palavra, em Seus princípios teológicos ou metafísicos, encarnados da maneira mais baixa nos instintos e antigas superstições, que não passam de modos primitivos, testados pelo tempo, de adivinhar e obedecer às Suas leis — ao passo que o raciocínio é um esforço de substituí-las por nossas regras pessoais arbitrárias —, é que ousaremos ter a esperança da sabedoria. A sabedoria prática é, em ampla medida, o conhecimento do inevitável, daquilo que, dada a ordem do nosso mundo, não pode deixar de acontecer e, inversamente, de como às coisas não podem ou não poderiam ter sido feitas; é o conhecimento daquilo que faz com que alguns planos devam inevitavelmente redundar em fracasso, embora não se possa invocar para isso nenhuma razão demonstrativa ou científica. À rara capacidade de enxergar esse fato denominamos "sentido de realidade": é um sentido sobre o que se adapta a quê, sobre o que não pode coexistir com outra coisa. Ela atende por muitos nomes: discernimento, sabedoria, talento prático, sentido do passado, compreensão da vida e do caráter humano.

A visão de Tolstói não é muito diferente, mas, para ele, a causa da insensatez de nossas exageradas pretensões em compreender ou determinar acontecimentos nada insensatos, de nossos esforços blasfemos em agirmos sem um conhecimento especial, isto é, sobrenatural, deve-se unicamente à ignorância do imenso número de inter-relações, das minúsculas causas que determinam os acontecimentos. Se começássemos a conhecer a rede causal em sua infinita variedade, deixaríamos de elogiar e censurar, de nos vangloriar e nos arrepender, de encarar os seres humanos como heróis ou vilões, e nos submeteríamos com a devida humildade à necessidade inevitável. No entanto, dizer apenas isso é caricaturar as crenças de Tolstói. Com efeito, sua explícita doutrina em *Guerra e paz* é que toda a verdade se encontra na ciência, no conhecimento das causas materiais, e que nós, por conseguinte, tornamo-nos ridículos ao chegarmos a conclusões baseados em provas demasiado insuficientes. A esse respeito, ele nos compara desfavoravelmente aos camponeses e selvagens que, não sendo muito mais ignorantes, pelo menos alimentam pretensões mais modestas. Não é essa, porém, a visão do mundo que de fato atravessa *Guerra e paz*, *Anna Kariênina* ou qualquer outra obra desse período da vida de Tolstói. Kutúzov é sábio e não simplesmente esperto como o oportunista Drubetskói ou Bilíbin. Ele não é uma vítima de teorias ou dogmas abstratos, ao contrário dos especialistas militares alemães. É diferente deles, mais sábio do que eles, mas não por conhecer mais fatos, nem por saber na ponta da língua um número maior das "pequenas causas" dos acontecimentos do que seus conselheiros ou seus adversários — do que Pfuhl, Paulucci, Berthier ou o rei de Nápoles. Karatáiev traz esclarecimentos a Pierre, coisa que os maçons não fizeram, mas não porque tenha informação científica superior à das lojas maçônicas de Moscou. Liévin passa por uma experiência durante seu trabalho nos campos, e o mesmo acontece com o príncipe Andrei, enquanto está ferido no campo de batalha de Austerlitz, mas em nenhum dos dois casos ocorreu uma descoberta de fatos novos ou novas leis em qualquer sentido comum. Ao contrário, quanto mais uma pessoa acumula fatos, mais fútil se torna sua atividade, mais inevitável é seu fracasso, como demonstra o grupo de reformistas que rodeiam Alexandre. Eles, e os homens como eles, só são salvos do desespero faustiano por estupidez (como os alemães, os especialistas militares e os especialistas em geral), por vaidade (como Napoleão), por frivolidade (como Oblónski) ou por falta de coração (como Kariênin).

O que Pierre, o príncipe Andrei e Liévin descobrem? O que buscam eles, o que é o centro e o clímax da crise espiritual resolvida pela experiência que transforma suas vidas? Não é a mortificadora percepção de quão pouco é o que eles — Pierre, Liévin e os outros — podem pretender ter descoberto, em comparação à totalidade dos fatos e leis, conhecidos pelo onisciente observador que era Laplace; não é um mero reconhecimento de uma ignorância socrática. E menos ainda consiste naquilo que se situa quase no polo oposto, numa percepção nova e mais precisa das "leis férreas" que governam nossas vidas, numa visão da natureza como máquina ou fábrica, na cosmologia dos grandes materialistas, Diderot, Lamettrie ou Cabanis, ou dos escritores científicos de meados do século XIX idolatrados pelo "niilista" Bazarov em *Pais e filhos*, de Turguêniev; e tampouco em algum sentido transcendental da inexprimível unicidade da vida, que os poetas, místicos e metafísicos testemunharam em todas as eras. Algo, porém, é realmente percebido; há uma visão ou, pelo menos, um vislumbre, um momento de revelação que, em certo sentido, explica e reconcilia, uma teodiceia, uma justificação e elucidação do que existe e acontece. E em que consiste isso? Tolstói não nos diz em muitas palavras, pois quando se dispõe a fazê-lo, em seus trabalhos posteriores, explicitamente didáticos, sua doutrina já não é mais a mesma. No entanto, nenhum leitor de *Guerra e paz* pode ficar inteiramente inconsciente do que lhe está sendo dito. E não apenas nas cenas em que aparecem Kutúzov ou Karatáiev, ou em outras passagens de perfil teológico ou metafísico, mas ainda mais, por exemplo, na parte narrativa, e não filosófica, do epílogo, onde Pierre, Natacha, Nikolai Rostóv e a princesa Mária aparecem assentados em suas novas vidas sólidas e sóbrias, com sua rotina cotidiana estabelecida. O que se pretende claramente é que vejamos que esses "heróis" do romance — a gente "boa" —, após as tempestades e angústias de dez anos ou mais, alcançaram uma espécie de paz, baseada em algum grau de compreensão. Mas compreensão de quê? Da necessidade de se submeter. A quê? Não simplesmente à vontade de Deus (certamente não na época em que eram escritos os grandes romances, na década de 1860 ou 1870) ou às "leis férreas" das ciências, mas às permanentes relações entre as coisas,[67] à substância universal da vida humana, onde, e apenas aí, podem se encontrar a verdade e a justiça, através de uma espécie de conhecimento "natural", de certo modo aristotélico.

Compreendê-lo é, acima de tudo, captar o que a vontade e a razão humanas podem realizar ou não. E como é possível sabê-lo? Não através de uma indagação e descoberta específica, mas por uma consciência, não necessariamente explícita ou lúcida, de certas características gerais da vida e da experiência humanas. A mais importante e penetrante dessas características é a linha decisiva que divide a "superfície" e as "profundezas" — de um lado, o mundo dos dados perceptíveis, descritíveis, analisáveis, tanto físicos como psicológicos, "externos" e "internos", públicos e privados, com os quais as ciências podem lidar, embora em alguns campos — a física exterior — tenham feito tão poucos progressos; e, por outro lado, a ordem que, por assim dizer, "contém" e determina a estrutura da experiência, o quadro no qual ela — isto é, nós e tudo aquilo que vivenciamos — deve ser concebida, que faz parte de nossos hábitos de pensamento, ação, sentimento, nossas emoções, esperanças, desejos, nossos modos de falar, acreditar, reagir, ser. Nós, criaturas conscientes, em parte vivemos num mundo cujos componentes podemos descobrir, classificar e neles atuar através de métodos racionais, científicos, deliberadamente planejados; mas em parte (Tolstói e Maistre, além de vários pensadores, afirmam que é, de longe, a maior parte) estamos imersos e submersos num meio que não observamos, nem podemos observar como se estivéssemos fora dele, precisamente na medida em que, inevitavelmente, o assumimos como parte de nós mesmos. Não podemos identificar, medir e tentar manipular esse meio. Não podemos sequer estar inteiramente conscientes dele, visto que ele participa com demasiada intimidade de toda a nossa experiência, está por demais entrelaçado com tudo o que somos e fazemos, para que possamos retirá-lo do fluxo — ele *é* o fluxo — e observá-lo com afastamento científico, como um objeto. Ele — o meio em que estamos — determina nossas mais permanentes categorias, nossos modelos de verdade e falsidade, de realidade e aparência, do bem e do mal, do central e do periférico, do subjetivo e do objetivo, do belo e do feio, do movimento e do repouso, do presente, passado e futuro, do uno e do plural; portanto, nem essas nem quaisquer outras categorias ou conceitos explicitamente concebidos podem

---

67 Quase no sentido em que esta expressão é empregada por Montesquieu na frase "relações necessárias que derivam da natureza das coisas" ("*les rapports nécessaires qui dérivent de la nature des choses*"), que abre *O espírito das leis*.

ser aplicados a ele, já que, em si mesmo, não passa de um nome vago para a totalidade que inclui essas categorias e conceitos, a estrutura última, os pressupostos básicos a partir dos quais funcionamos.

No entanto, embora não possamos analisar o meio sem o auxílio de alguma (impossível) posição privilegiada situada em seu exterior (pois o "exterior" não existe), ainda assim alguns seres humanos estão mais conscientes — embora não as possam descrever — da composição e direção dessas porções "submersas" de sua própria vida e da vida de todos os demais; mais conscientes desse fato do que outras pessoas que, ou ignoram a existência desse meio difuso que tudo impregna (o "fluxo da vida") e são com razão consideradas superficiais, ou então tentam aplicar a esse meio instrumentos — científicos, metafísicos etc. — adaptados unicamente a objetos acima da superfície, isto é, a parcela relativamente consciente e manipulável da nossa experiência, e assim realizam absurdos em suas teorias e malogros humilhantes em suas práticas. A sabedoria é a capacidade de fazer concessões ao meio inalterável (pelo menos por nós) no qual agimos, do mesmo modo que concedemos, digamos, ao caráter impregnante do tempo e do espaço, que caracteriza todas nossas experiências; e de levar em conta, mais ou menos conscientemente, as "correntes inevitáveis", os "imponderáveis", o "modo como as coisas caminham". Não se trata de um conhecimento científico, mas de uma sensibilidade especial para os contornos das circunstâncias em que nos encontramos; é uma capacidade de vivermos sem colidir com alguma condição ou fator permanente que não pode ser alterado, e nem mesmo plenamente descrito ou calculado; é uma capacidade de sermos guiados por regras práticas — a "sabedoria imemorial" que, ao que se diz, encontra-se nos camponeses e em outras "pessoas simples" — quando as regras da ciência, em princípio, não se aplicarem. Esse inexprimível senso de orientação cósmica é o "sentido de realidade", "o conhecimento" de como viver.

Algumas vezes Tolstói fala como se a ciência pudesse em princípio, se não na prática, tudo penetrar e tudo conquistar. Nesse caso, então conheceríamos as causas de tudo o que existe, saberíamos que não somos livres, mas totalmente determinados — e isso é tudo o que os mais sábios podem saber. Maistre também se expressa como se os mestres conhecessem mais do que nós, através de suas técnicas superiores. Mas o que eles conheciam ainda era, num certo sentido, os "fatos", o tema das ciências. São Tomás conhecia incomparavelmente mais do que Newton, e com maior precisão e certeza, mas aquilo que conhecia era da mesma espécie. Mas, apesar desse falso protesto de admiração pela capacidade da ciência natural ou da teologia em detectar a verdade, eles se mantêm puramente formais, e uma crença muito diferente encontra expressão nas doutrinas positivas de Maistre e Tolstói. São Tomás de Aquino é elogiado por Maistre não por ser melhor matemático do que D'Alembert ou Monge; de acordo com Tolstói, a virtude de Kutúzov não consiste no fato de ser um teórico da guerra melhor e mais científico do que Pfuhl ou Paulucci. Estes grandes homens são mais sábios, não mais instruídos; não é seu raciocínio indutivo ou dedutivo que os faz mestres; sua visão é "mais profunda", veem algo que os outros não conseguem enxergar; observam como o mundo caminha, como as coisas se encaixam e as coisas que nunca se reunirão; veem o que pode e o que não pode ser; como os homens vivem, com que finalidades, o que fazem e sofrem, como e por que agem e deveriam agir de determinada maneira e não de outra.

Esse "modo de ver", num certo sentido, não traz novas informações sobre o universo; trata-se de uma consciência da inter-relação do imponderável com o ponderável, da "forma" das coisas em geral, de uma situação ou de um caráter específico, precisamente aquilo que não se pode deduzir ou sequer formular em termos das leis da natureza, exigidas pelo determinismo científico. Os cientistas conseguem lidar com tudo o que possa ser subordinado a tais leis, e isso não requer "sabedoria". Negar à ciência seus direitos, devido à existência dessa "sabedoria" superior, é uma invasão irrefletida do território científico e uma confusão de categorias. Tolstói, pelo menos, não chega ao extremo de negar a eficácia da física em sua própria esfera. Julga, porém, tal esfera insignificante, em comparação ao que se encontra permanentemente fora do alcance da ciência — os mundos social, moral, político e espiritual, que não podem ser classificados, descritos e previstos por qualquer ciência, pois neles a proporção da vida "submersa", não analisável, é alta demais. A percepção que desvenda a natureza e a estrutura desses mundos não é um mero substituto temporário, um *pis aller* a que se recorre apenas enquanto as técnicas científicas adequadas não estão suficientemente refinadas. Sua esfera de ação é totalmente diferente: ela faz o que ciência alguma pode pretender fazer; ela distingue o real do simulacro, o que vale a pena daquilo que é inútil; o que pode ser feito ou criado do que não o pode; e age assim sem oferecer explicações racionais para seus pronunciamentos, quanto mais não seja porque "racional" e "irracional" são termos que adquirem seus significados e usos em relação a essa mesma percepção, ao "se originarem" dela, e não ao contrário. Pois o que são os dados de tal compreensão senão o terreno último, a estrutura, a atmosfera, o contexto, o meio — para empregarmos a metáfora que for mais expressiva — em que todos nossos pensamentos e atos são sentidos, avaliados e julgados das maneiras inevitáveis como o são?

É o sentido sempre presente dessa estrutura, desse movimento dos acontecimentos ou padrão mutável das características, como algo "inexorável", universal, impregnante, que não é alterável por nós, que não está em nosso poder (na acepção de "poder" segundo a qual o progresso do conhecimento científico nos concedeu poder sobre a natureza), é isso que se encontra na raiz do determinismo de Tolstói, de seu realismo e pessimismo, de seu desprezo — e o de Maistre — pela fé que a ciência e o senso comum mundano depositam na razão. "Lá" está — a estrutura, o alicerce de tudo —, e apenas o homem sábio o percebe. Pierre o procura às apalpadelas; Kutúzov o sente em seus ossos; Karatáiev está em harmonia com ele. Todos os heróis de Tolstói alcançam pelo menos vislumbres intermitentes seus, e é isso que faz com que todas as explicações convencionais, científicas, históricas, bem como as do "bom senso" irrefletido, pareçam tão vazias e, entre as mais pretensiosas, tão vergonhosamente falsas. O próprio Tolstói também sabe que a verdade está lá e não "aqui", não nas regiões acessíveis à observação, à discriminação e à imaginação construtiva, nem no poder da percepção e análise microscópica, em que ele é, em tão larga medida, o maior mestre do nosso tempo. Porém, ele mesmo não a viu frente a frente, pois, independentemente do que pudesse ter feito, não possuía a visão do todo. Ele não é, e está longe de ser um porco-espinho. O que ele vê não é o uno, mas, sempre com uma minúcia cada vez maior, em toda sua prolífica individualidade, com uma lucidez obsessiva, inelutável, incorruptível, que tudo penetra e o enlouquece, é o múltiplo.

VII

Fazemos parte de um sistema de coisas mais amplo do que nossa compreensão pode alcançar. Não temos condição de descrevê-lo do mesmo modo que os objetos externos ou as personalidades das outras pessoas, isolando-os de certa forma do "fluxo" histórico em que têm seu ser, e das suas próprias porções "submersas", insondáveis, nas quais os historiadores profissionais, de acordo com Tolstói, prestaram tão pouca atenção. Nós mesmos vivemos nesse todo e por ele, e somos sábios apenas na medida em que nos pacificamos com ele. Pois, a menos e até que assim o façamos — somente após muito sofrimento amargo, a crer em Ésquilo e no Livro de Jó —, protestaremos e sofreremos em vão, fazendo-nos de pobres bobos, como Napoleão, nessa tentativa de acordo. Esse sentido de uma corrente circundante, cuja natureza, se for desafiada pela estupidez ou por um egoísmo arrogante, fará malograr nossos atos e pensamentos, é a visão da unidade da experiência, o sentido da história, o verdadeiro conhecimento da realidade, a crença na intransmissível sabedoria do sábio (ou do santo) que, mutatis mutandis, é comum a Tolstói e a Maistre. Seu realismo é semelhante: inimigo natural do romantismo, do sentimentalismo e do "historicismo", bem como de um "cientificismo" ativo. O propósito de ambos não é distinguir o pouco que se sabe ou se faz daquele ilimitado oceano que abrange, em princípio, tudo o que poderia ou, um dia, viria a ser conhecido e feito, seja pelo avanço no conhecimento das ciências naturais, da metafísica ou das ciências históricas, seja por um retorno ao passado ou algum outro método. O que eles procuram delimitar são as fronteiras eternas de nosso conhecimento e poder, demarcando-as em relação àquilo que, em princípio, jamais poderá ser conhecido ou alterado pelos homens. De acordo com Maistre, nosso destino se encontra no pecado original, no fato de sermos humanos, finitos, falíveis, viciosos, vaidosos, e nosso conhecimento empírico, em contraposição aos ensinamentos da Igreja, encontra-se contaminado pelo erro e pela monomania. De acordo com Tolstói, todo nosso conhecimento é necessariamente empírico — não existe outro —, mas ele jamais nos conduzirá à verdadeira compreensão, apenas a um acúmulo de pedaços e fragmentos de informação arbitrariamente abstraídos. Ainda assim, isso lhe parece — como a qualquer metafísico da escola idealista que ele tanto desprezava — inútil e ininteligível, exceto na medida em que deriva e aponta para aquela espécie muito palpável, mas inexprimível, de compreensão superior, a única que me parece ser buscada.

Algumas vezes, Tolstói parece perto de dizer do que se trata. Ele afirma que, quanto mais sabemos a respeito de uma dada ação humana, mais inevitável e determinada ela nos parece. Por quê? Porque quanto mais sabemos a respeito de todas as condições e antecedentes respectivos, mais difícil achamos refletir sobre as várias circunstâncias e conjeturar o que poderia ter ocorrido sem elas. À medida que eliminamos em nossa imaginação o que sabemos ser verdade, fato após fato, isso se torna não simplesmente difícil, mas impossível. O que Tolstói quer dizer não é obscuro. Somos o que somos, e vivemos numa determinada situação que tem as características — físicas, psicológicas, sociais etc. — que tem. O que pensamos, sentimos, fazemos é condicionado por ela, inclusive nossa capacidade de conceber alternativas possíveis, seja no presente, no futuro ou no passado. Nossa imaginação e capacidade de calcular, nosso poder de conceber, digamos, o que poderia ter sido, caso o passado, neste ou naquele pormenor, fosse diferente, logo alcançam seus limites naturais, criados ao mesmo tempo pela insuficiência de nossa capacidade em calcular alternativas — os "poderiam-ter-sido" — e (podemos acrescentar como extensão lógica do argumento de Tolstói) ainda mais pelo fato de que nossos pensamentos, os termos em que eles ocorrem, os próprios símbolos, são o que são, acham-se determinados pela estrutura real de nosso mundo. Nossas imagens e poderes de concepção são limitados pelo fato de que nosso mundo possui certas características e não outras. Um mundo diferente demais não é (empiricamente) concebível. Algumas mentes são mais imaginativas do que outras, mas todas se detêm em algum ponto.

O mundo é um sistema e uma rede. Conceber os homens como "livres" é pensar neles como capazes de terem agido, em algum momento do passado, de algum outro modo que não aquele como realmente agiram. É pensar quais as consequências que teriam resultado de tais possibilidades irrealizadas, e sob quais aspectos o mundo teria sido diferente do que é hoje, em decorrência disso. Já é bastante difícil fazê-lo no caso de sistemas artificiais, puramente dedutivos, como por exemplo no xadrez, onde as permutações são de número finito e tipo definido, dispostas por nós dessa forma artificial, de modo que as combinações são calculáveis. Mas, se aplicamos esse método à rica e indefinida substância do mundo real e tentamos formular as implicações deste ou daquele plano irrealizado ou ação não executada, seu efeito sobre a totalidade de eventos posteriores, baseando-nos no conhecimento das leis causais, das probabilidades etc. de que dispomos, acabamos por descobrir que, quanto maior é o número de causas "diminutas" que isolamos, mais assombrosa se torna a tarefa de "deduzir" qualquer consequência do "desconjuntamento" dessas causas, uma por uma. Isso porque cada uma das consequências afeta o restante da incontável totalidade das coisas e dos acontecimentos, a qual, ao contrário do xadrez, não se define em termos de um conjunto finito e arbitrariamente escolhido de conceitos e regras. E se, na vida real ou mesmo no xadrez, começamos a nos envolver com noções básicas — a continuidade do espaço, a divisibilidade do tempo e coisas que tais —, em breve alcançamos um estágio onde os símbolos deixam de funcionar e nossos pensamentos se confundem e se paralisam. Em consequência, quanto mais amplo o nosso conhecimento dos fatos e suas ligações, mais difícil é conceber alternativas; quanto mais claros e exatos os termos — ou categorias — através das quais concebemos e descrevemos o mundo, tanto mais rígida é nossa estrutura do mundo, menos "livres" parecem os atos. Conhecer esses limites da imaginação e, em última análise, do próprio pensamento, significa defrontar-se com o padrão unificador "inexorável" do mundo; perceber nossa identidade com ele, submeter-se a ele é encontrar a verdade e a paz. Não se trata meramente de fatalismo oriental, nem do determinismo mecanicista dos celebrados materialistas alemães daquela época, Büchner, Vogt ou Moleschott, tão profundamente admirados pelos "niilistas" revolucionários da geração de Tolstói na Rússia. Não se trata tampouco de um anseio por iluminação ou integração mística. É algo escrupulosamente empírico, racional, enérgico e realista. Mas sua causa emocional é o desejo apaixonado de uma visão monista da vida por parte de uma raposa amargamente decidida a enxergar à maneira de um porco-espinho.

Isso se encontra notavelmente próximo das afirmações dogmáticas de Maistre: devemos alcançar uma atitude de concordância com as exigências da história, que são a voz de Deus falando através de Seus servos e de Suas instituições divinas, que não foram feitas pelas mãos do homem e não podem ser destruídas por elas. Devemos nos sintonizar com a verdadeira palavra de Deus, o "andamento" interno das coisas. No entanto, o que isso significa em casos concretos, como devemos conduzir nossas vidas privadas ou nossas ações públicas, pouco nos dizem esses dois críticos do liberalismo otimista. E nem podemos esperar que nos digam, pois escapa-lhes a visão positiva. A linguagem de Tolstói, bem como a de Maistre, está adaptada à atividade oposta. É ao analisar, identificar com precisão, marcar as diferenças, isolar exemplos concretos, chegar ao âmago de cada entidade individual per se, que Tolstói atinge o ápice de seu gênio. Do mesmo modo, Maistre obtém seus efeitos brilhantes ao denunciar e oferecer à condenação pública, através de um *montage sur l'épingle*, os absurdos cometidos por seus adversários. Ambos são observadores agudos das variedades da experiência. Cada tentativa de representá-las falsamente, ou de oferecer explicações enganosas sobre elas, é imediatamente detectada e ridicularizada com violência. No entanto, os dois sabem que é numa visão sinóptica que se encontra a verdade completa, isto é, a base última da correlação mútua de todos os ingredientes do universo, o único contexto no qual poderá ser verdadeiro ou falso, insignificante ou importante tudo aquilo que eles ou outros possam afirmar. Por não possuírem essa visão, não conseguem expressá-la.

O que foi que Pierre descobriu — e o casamento da princesa Marie é uma aceitação disso — e que o príncipe Andrei procurou a vida inteira com tamanha angústia? A exemplo de Santo Agostinho, Tolstói só pode dizer o que não é. Seu talento é arrasadoramente destrutivo. Ele pode apenas tentar apontar para seu objetivo denunciando as falsas indicações, só lhe é possível isolar a verdade aniquilando o que não é verdadeiro, isto é, tudo o que pode ser dito na linguagem clara, analítica, que corresponde à visão das raposas, extremamente precisa, mas necessariamente limitada. Como Moisés, ele precisa deter-se nas fronteiras da Terra Prometida. Sem ela, sua jornada carece de sentido, mas ele não pode aí entrar. No entanto, sabe que ela existe e tem condições de nos dizer, como ninguém jamais nos disse, tudo o que ela não é: acima de tudo, nada que a arte, a ciência, a civilização ou a crítica racional possam alcançar.

O mesmo se dá com Joseph de Maistre. Ele é o Voltaire da reação. Toda nova doutrina, desde os tempos da fé, é reduzida a frangalhos com uma habilidade e uma malícia ferozes. Os pretendentes são denunciados e abatidos um por um; o arsenal de armas empregadas contra as doutrinas liberais e humanitárias é o mais eficaz que já se montou. Porém o trono permanece vago, e a doutrina positiva é muito pouco convincente. Maistre suspira pela Idade das Trevas, mas basta que seus companheiros exilados sugiram planos para desfazer a Revolução Francesa — um retorno ao status quo —, e ele os denuncia como insensatez infantil, uma tentativa de se comportar como se o que ocorreu e nos modificou irremediavelmente jamais tivesse existido. Tentar reverter a Revolução, escreveu ele, seria o mesmo que convidar alguém a secar o lago de Genebra engarrafando suas águas numa adega de vinhos.[68]

Não há nenhum parentesco entre ele e os que acreditavam realmente na possibilidade de algum tipo de retorno — os neomedievalistas desde Wackenroder, Görres e Cobbett a G. K. Chesterton, eslavófilos, distribucionistas, pré-rafaelistas e outros românticos nostálgicos. A exemplo de Tolstói, Maistre acreditava exatamente no oposto, isto é, no poder "inexorável" do momento presente, em nossa incapacidade de lidar com a soma de condições que determinam cumulativamente nossas categorias básicas, uma ordem que nunca poderemos descrever plenamente ou, exceto por uma sua percepção imediata, chegar a conhecer.

É muito antiga a disputa entre esses tipos antagônicos de conhecimento — o que resulta de uma investigação metódica e aquele, mais impalpável, que consiste no "sentido de realidade", na "sabedoria". Reconhece-se, em geral, que as pretensões de ambos têm uma certa validade. Os confrontos mais ásperos se referiam à linha precisa que delimita a fronteira entre seus territórios. Os que faziam a ampla defesa do conhecimento não científico foram acusados por seus adversários de irracionalismo e obscurantismo, de rejeitar deliberadamente, em favor das emoções ou de preconceitos cegos, os critérios públicos confiáveis de verificação da verdade. Eles, por sua vez, atacavam seus opositores, os ambiciosos paladinos da ciência, acusando-os de reivindicações absurdas, de prometer o impossível, apresentar falsas perspectivas, propor-se a explicar a história, as artes, os estados da alma — e também a modificá-los — quando, na verdade, é patente que ainda nem começaram a entender o que são, quando o resultado de seus empreendimentos, mesmo quando não são insignificantes, tende a trilhar caminhos imprevisíveis e frequentemente catastróficos. Tudo isso se deve ao fato de que eles, por vaidade e teimosia, não admitem que muitos fatores, em muitas situações, são sempre desconhecidos e não podem ser descobertos através dos métodos da ciência natural. O melhor, com certeza, é não pretender calcular o incalculável, não imaginar que existe fora do mundo um ponto de Arquimedes a partir do qual tudo é mensurável e alterável. É preferível empregar em cada contexto os métodos que melhor parecem se adaptar e dão os resultados pragmaticamente melhores, é preferível resistir às tentações de Procusto, e, acima de tudo, distinguir o que é isolável, classificável, passível de um estudo objetivo e, algumas vezes, de medição e manipulação

---

68 Carta a Vignet des Étoles, 9 dez. 1793. J. de Maistre, op. cit., v. 9, p. 58.

precisas, daquilo que constitui os traços mais permanentes, ubíquos, inelutáveis e intimamente presentes em nosso mundo. Além do mais, esses traços são extremamente familiares, de modo que sua "inexorável" pressão, ao nos acompanhar excessivamente, mal é sentida, dificilmente é notada, e é inimaginável que possa ser observada em perspectiva e convertida em objeto de estudo.

Tal é a distinção que permeia o pensamento de Pascal e Blake, Rousseau e Schelling, Goethe e Coleridge, Chateaubriand e Carlyle, enfim, de todos os que falam das razões do coração, da natureza moral ou espiritual do homem, do sublime e da profundidade, da percepção "mais intensa" dos poetas e profetas, de tipos especiais de compreensão, de entendimento interior ou de unificação com o mundo. Tolstói e Maistre se incluem entre esses pensadores. Tolstói atribui tudo à nossa ignorância das causas empíricas, e Maistre ao abandono da lógica tomística ou da teologia da Igreja católica. Mas essa fé expressa é desmentida pelo tom e pelo conteúdo daquilo que os dois grandes críticos afirmam de fato. Ambos enfatizam reiteradamente o contraste entre o "interior" e o "exterior", a "superfície", a única a ser iluminada pelos raios da ciência e da razão, e as "profundezas" — "a vida real vivida pelos homens". Para Maistre, e mais tarde para Barrès, o verdadeiro conhecimento — a sabedoria — está na compreensão e na comunhão com *la terre et les morts*[69] (o que tem isso a ver com a lógica tomística?), o grande movimento inalterável criado pelos laços entre os vivos, os mortos, os que ainda não nasceram e a terra em que vivem. Talvez seja isso, ou algo próximo, que, à sua maneira, Burke, Taine e seus muitos imitadores tentaram transmitir.

Quanto a Tolstói, considerava esse conservadorismo místico particularmente detestável, já que lhe parecia fugir à questão central simplesmente reformulando-a, oculta por uma nuvem de retórica pomposa, e apresentando-a como a própria resposta. No entanto, ele também acaba por nos apresentar a visão, vagamente percebida por Kutúzov e Pierre, da Rússia em sua imensidão, do que ela podia e não podia fazer ou sofrer, como e quando isso se daria — tudo o que Napoleão e seus conselheiros, que conheciam muitas coisas, mas não o que se referia à questão, não perceberam. Por isso, foram devidamente levados à ruína, embora seu conhecimento da história, da ciência e das minúsculas causas fosse talvez maior do que o de Kutúzov ou Pierre. Os louvores de Maistre à ciência superior dos grandes soldados cristãos do passado e os lamentos de Tolstói sobre nossa ignorância

---

69 ["A terra e os mortos", recorrente leitmotiv nacionalista usado por Barrès (e por autores posteriores que seguiam suas ideias). Ver Maurice Barrès, "La Terre et le morts (sur quelles réalités fonder la conscience française"), [Ligue de] La Patrie Française, Troisième Conférence, Paris, [1899].]

científica não devem iludir ninguém quanto à natureza do que de fato defendem: a percepção das "correntes profundas", as *raisons de cœur*, que na verdade eles próprios não conheciam por experiência direta. Estavam, porém, convencidos de que, ao lado dela, os expedientes da ciência não passavam de armadilha e ilusão.

A despeito da sua profunda dessemelhança e, na verdade, da violenta oposição mútua, o realismo cético de Tolstói e o autoritarismo dogmático de Maistre são irmãos de sangue. Ambos nascem de uma crença agonizante numa visão simples e serena, através da qual todos os problemas se resolvem, todas as dúvidas se aquietam, a paz e a compreensão finalmente são alcançadas. Privados dessa visão, dedicaram todos os formidáveis recursos de suas posições muito diferentes, e mesmo muitas vezes incompatíveis, à eliminação de todos os possíveis adversários e críticos daquela visão. Os credos por cuja mera possibilidade abstrata eles lutaram, de fato não eram iguais. É a difícil situação em que ambos se encontravam e que os levou a consagrar sua energia a uma tarefa de destruição por toda a vida, são seus inimigos comuns e a grande semelhança entre seus temperamentos que os tornam díspares, mas inconfundíveis aliados numa guerra que ambos tinham consciência de travar até o último dia de suas vidas.

VIII

Por maior que fosse a oposição entre Tolstói e Maistre — um, o apóstolo do evangelho segundo o qual todos os homens são irmãos, o outro, frio defensor das pretensões de violência, sacrifício cego e sofrimento eterno —, ambos estavam unidos pela incapacidade de se subtrair ao mesmo trágico paradoxo. Eram ambos, por natureza, duas raposas de olhar penetrante, inelutavelmente conscientes das absolutas diferenças de facto que dividem e das forças que dilaceram o mundo humano, observadores totalmente incapazes de ser iludidos pelos muitos estratagemas sutis, pelos sistemas, fés e ciências unificadores, com os quais os superficiais ou os desesperados procuravam ocultar o caos a si e aos outros. Ambos buscavam um universo harmonioso, mas em todos os lugares encontraram a guerra e a desordem, fato que não poderia ser escondido, por mais disfarçada que fosse a tentativa de burlá-lo. Assim, num estado de desespero final, dispuseram-se a lançar fora as terríveis armas da crítica de que ambos, sobretudo Tolstói, eram mais que generosamente dotados, em favor da grande visão única, algo indivisivelmente simples demais e demasiado afastado dos processos intelectuais normais para que fosse alcançado pelos instrumentos da razão, e que, portanto, talvez oferecesse um caminho para a paz e a salvação.

Maistre começou como liberal moderado e terminou pulverizando o novo mundo do século XIX, na cidadela solitária da sua variedade pessoal de catolicismo ultramontano. Tolstói começou com uma visão da vida humana e da história que contradizia todo seu conhecimento, todos seus dotes e inclinações. Por isso, dificilmente se poderia dizer que a adotou, no sentido de tê-la posto em prática, seja como escritor ou como homem. Em sua velhice, passou para uma forma de vida em que tentou resolver a evidente contradição entre o que acreditava sobre os homens e os acontecimentos, e o que imaginava acreditar ou dever acreditar, comportando-se, no final, como se as questões factuais desse tipo não fossem os assuntos realmente fundamentais, mas apenas preocupações corriqueiras de uma vida ociosa e mal conduzida, ao passo que as verdadeiras questões eram totalmente diferentes. De nada adiantou, porém: a musa não se deixa enganar. Tolstói era o menos superficial dos homens. Não conseguia nadar a favor da corrente sem ser atraído irresistivelmente da superfície para o fundo, a fim de investigar as profundezas mais sombrias. Não conseguia deixar de ver o que via e até de duvidar disso. Conseguia fechar os olhos, mas não esquecer que o fazia. Sua assombrosa e destrutiva percepção do que era falso frustrou seu esforço final de autoilusão, como sucedeu com todos os esforços anteriores. Morreu angustiado, oprimido pelo fardo de sua infalibilidade intelectual e seu senso de eterno erro moral, o maior entre os que não podem reconciliar, nem deixar irreconciliado o conflito entre o que é e o que deveria ser.

O sentido de realidade de Tolstói foi, até o fim, arrasador demais para se mostrar compatível com qualquer ideal moral que fosse capaz de construir a partir dos fragmentos em que seu intelecto despedaçou o mundo. Ele dedicou toda sua enorme força de espírito e de vontade à negação, por toda a vida, desse fato. Ao mesmo tempo insanamente orgulhoso e cheio de ódio por si mesmo, onisciente e duvidando de tudo, frio e violentamente apaixonado, desdenhoso e pronto a se humilhar, atormentado e desapegado, rodeado por uma família que o adorava, por seguidores dedicados, pela admiração de todo o mundo civilizado e, ainda assim, quase totalmente isolado, ele é o mais trágico entre os grandes escritores, um velho desesperado, além do auxílio humano, perambulando semicego por Colona.

SOBRE O AUTOR

Liev Nikoláievitch Tolstói nasceu no dia 28 de agosto de 1828 (9 de setembro, pelo calendário atual), em Iásnaia Poliana, propriedade rural de sua família, na Rússia. Tinha três irmãos mais velhos e uma irmã mais nova — Nikolai, Serguei, Dmítri e Mária. Embora tivesse boas relações com todos eles, foi Nikolai quem lhe marcou mais profundamente o temperamento. De um lado, era seu modelo de homem, belo, elegante, forte e corajoso. De outro, estimulava sua imaginação, afirmando possuir um segredo capaz de instaurar no mundo uma nova Idade de Ouro, sem doenças, miséria e ódio, e na qual toda a humanidade seria feliz. Nikolai alegava ter gravado este segredo num graveto verde, o qual enterrara numa ravina da floresta de Zakaz.

Nascido num meio aristocrático, a infância de Tolstói, entretanto, foi bastante sofrida. Antes de completar dois anos, perdeu a mãe. Sete anos depois, sua família mudou-se para Moscou, onde Tolstói encontrou uma nova realidade. Então, durante uma viagem de trabalho para Tula, em 1837, seu pai morreu. Além de órfãos, Liev e seus irmãos encontraram-se em situação financeira precária. Logo em seguida, morreu sua avó, e Tolstói viu-se abrigado na casa de uma tia, na região de Kazan.

Ingressando na universidade, em 1844, para estudar línguas e leis, Tolstói de início entusiasmou-se com a vida de estudos. Porém, decepcionou-se com os métodos tradicionais de ensino e, por fim, abandonou a escola.

Herdando sua parte da herança familiar, retornou a Moscou e iniciou um período de vida boêmia e dívidas de jogo, que o obrigaram a vender algumas de suas propriedades. Ingressou no Exército em 1852, fascinado com as experiências militares de um irmão. Como soldado, foi logo transferido para o Cáucaso, e data dessa época a composição do livro *Infância*, que marca sua estreia na literatura.

Em 1856, já fora do Exército, Tolstói libertou seus servos e doou-lhes as terras onde trabalhavam. Estes, porém, desconfiados, devolveram-lhe as propriedades. No ano seguinte, viajou para a Alemanha, a Suíça e a França. Ao voltar, fundou uma escola para crianças e adultos, empregando novos métodos pedagógicos, nos quais eram abolidos os testes, as notas e os castigos físicos.

Em 1862, casou-se com Sônia Andréievna Behrs, então com dezessete anos, e fundou uma revista pedagógica. No ano seguinte, teve início a redação do romance *Guerra e paz*, cujo pano de fundo é a invasão napoleônica da Rússia, ocorrida no princípio do século XIX. Concluído em 1869, o livro trouxe para Tolstói a consagração como escritor.

Entre o ano de seu casamento e 1888, Tolstói teria doze filhos. Entre 1873 e 1877, escreveu *Anna Kariênina*. Sua recorrente inclinação a desfazer-se de seus bens materiais produziu, a partir de 1883, uma disputa ferrenha entre sua esposa e Tchértkov, militar que se tornou um abnegado paladino das ideias de Tolstói e em quem o escritor tinha grande confiança. A partir dessa época o distanciamento entre marido e mulher só fez crescer.

Sua desconfiança em relação à justiça, ao governo, à propriedade, ao dinheiro e à própria cultura ocidental gerou o que passou a ser chamado de "tolstoísmo", de todo hostil à Igreja ortodoxa russa.

Finalmente, devido ao apoio dado pelo escritor a um grupo religioso de camponeses que se recusara a servir o Exército em nome de uma vida comunitária de base cristã, Tolstói viu-se excomungado pelo sínodo da Igreja ortodoxa de 1901.

Escreveu ele, a respeito da decisão:

> Dizer que eu reneguei a Igreja que se chama Ortodoxa, isso é inteiramente justo. Porém eu a reneguei não porque tenha me insurgido contra o Senhor, mas, ao contrário, apenas porque queria servi-lo com todas as forças de minha alma. Antes de renegar a Igreja e a unidade com o povo, que me era inexprimivelmente cara, e diante de certos sinais tendo duvidado da correção da Igreja, dediquei alguns anos a pesquisar a teoria e a prática de seu ensinamento: na parte teórica, li tudo o que pude sobre o ensinamento da Igreja, estudei e analisei criticamente a teologia dogmática; na prática, obedeci com rigor, no decorrer de mais de um ano, todas as ordens da Igreja, observando todos os jejuns e frequentando todas as cerimônias religiosas. E então me convenci de que o ensinamento da Igreja é, em sua teoria, uma mentira pérfida e maléfica e, em sua

> prática, a reunião das superstições mais grosseiras e de sortilégios que ocultam completamente todo o sentido do ensinamento cristão.*

Finalmente, em 1910, aos 82 anos, Tolstói fugiu de casa. No entanto, durante a viagem, sua saúde debilitada obrigou-o a saltar do trem na aldeia de Astápovo, onde viria a morrer no dia 7 de novembro de 1910.

Dois anos antes de sua morte, Tolstói ditara as seguintes palavras, que remetem ao segredo que seu irmão Nikolai teria enterrado na floresta de Zakaz:

> Embora seja um assunto desimportante, quero dizer algo que eu gostaria que fosse observado após a minha morte. Mesmo sendo a desimportância da desimportância: que nenhuma cerimônia seja realizada na hora em que meu corpo for enterrado. Um caixão de madeira, e quem quiser que o carregue, ou o remova, a Zakaz, em frente a uma ravina, no lugar do "graveto verde". Ao menos, há uma razão para escolher aquele e não qualquer outro lugar.

---

* Liev Tolstói, "Resposta à determinação do Sínodo de excomunhão, de 20-22 de fevereiro, e às cartas recebidas por mim a esse respeito". In: Id., *Os últimos dias*. Coord. de Elena Vássina. Sel e intr. de Jay Parini. Trad. do trecho de Denise Regina de Sales. São Paulo: Companhia das Letras, 2011.

SUGESTÕES DE LEITURA

TEXTOS DE ESCRITORES SOBRE TOLSTÓI

COETZEE, J. M. "Confession and Double Thoughts: Tolstoy, Rousseau, Dostoevsky" [1985]. *Doubling the Point: Essays and Interviews*, org. David Atwell. Harcard: Harvard University Press, 1992.

GINZBURG, Natalia. "Prefazione" a Lev Tolstoj. *Resurrezione*, trad. Clara Coisson. Turim: Einaudi, 1982. / *Serrote*, n. 5, trad. Maurício Santana Dias, jul. 2010.

GÓRKI, Máximo. *Leão Tolstói*, trad. Rubens Pereira dos Santos. São Paulo: Perspectiva, 1983.

MANN, Thomas. "Goethe e Tolstói: Fragmentos sobre o Problema da Humanidade" [1922]. *Ensaios*, sel. Anatol Rosenfeld, trad. Natan Robert Zins. São Paulo: Perspectiva, 1998, pp. 59-135.

NABOKOV, Vladimir. "*Anna Karenin*" e "*The Death of Ivan Ilych*". *Lectures on Russian Literature*, org. e intr. Fredson Bowers. Nova York: Harcourt, 1981.

PIGLIA, Ricardo. "O lampião de Anna Kariênina". *O último leitor*, trad. Heloisa Jahn. São Paulo: Companhia das Letras, 2006, pp. 132-56.

ESTUDOS SOBRE TOLSTÓI

BERLIN, Isaiah. "O porco-espinho e a raposa" e "Tolstói e o Iluminismo". *Pensadores russos*, org. Henry Hardy e Aileen Kelly, trad. Carlos Eugênio Marcondes de Moura. São Paulo: Companhia das Letras, São Paulo, 1988.

CHKLÓVSKI, Victor. "A arte como procedimento", in D. Toledo (org.). *Teoria da literatura: Formalistas russos*. Porto Alegre: Globo, 1972.

____. "Os paralelos em Tolstói", in *O diabo e outras histórias*, trad. André Pinto Pacheco. São Paulo: Cosac Naify, Col. Prosa do Mundo, 2000; 2. ed., 2010.

EIKHENBAUM, Boris. *The Young Tolstoy*. Michigan: Ardis Publishing House, 1972.

____. *Tolstoy in the Sixties*. Michigan: Ardis Publishing House, 1982.

____. *Tolstoy in the Seventies*. Michigan: Ardis Publishing House, 1982a.

GINZBURG, Carlo. "Estranhamento: Pré-história de um procedimento literário" [1998]. *Olhos de madeira: Nove reflexões sobre a distância*, trad. Eduardo Brandão. São Paulo: Companhia das Letras, 2001, pp. 15-42.

GOURFINKEL, Nina. *Tolstoï sans tolstoïsme*. Paris: Seuil, 1946.

HAMBURGER, Käte. *Tolstoi, Gestalt und Problem*. Göttingen: Vandenhoeck & Ruprecht, 1963.

LUKÁCS, Georg. "Narrar ou descrever?". *Ensaios sobre literatura*, org. Leandro Konder, trad. Giseh Vianna Konder. Rio de Janeiro: Civilização Brasileira, 1968, pp. 47-99.

____. "Tolstói e extrapolação das formas sociais de vida". *A teoria do romance* [1914-5], trad. José Marcos Mariani de Macedo. São Paulo: Editora 34/Duas Cidades, 2000, pp. 150-62.

____. "Tolstoy and the Development of Realism" e "Leo Tolstoy and Western European Literature". *Studies in European Realism*, intr. Alfred Kazin, trad. Edith Bone. Nova York: Grosset and Dunlap, 1964, pp. 126-205 e 242-64, respectivamente.

ORWIN, Donna T. *Tolstoy's art and Thought, 1847-1880*. Princeton: Princeton University Press, 1993.

SCHNAIDERMAN, Boris. *Leão Tolstói: Antiarte e rebeldia*. São Paulo: Brasiliense, 1983.

STEINER, George. *Tolstói ou Dostoiévski: Um ensaio sobre o velho criticismo*, trad. Isa Kopelman. São Paulo: Perspectiva, 2006.

VERÍSSIMO, José. "Tolstói". *Homens e coisas estrangeiras: 1899-1908*, prefácio João Alexandre Barbosa. Rio de Janeiro: ABL/Topbooks, 2003. Texto sobre tradução francesa de *Ressurreição*.

MATERIAIS BIOGRÁFICOS

CITATI, Pietro. *Tolstoj* [1983]. Milão: Adelphi, 1996.

PARINI, Jay. *A última estação*. Rio de Janeiro: Editorial Presença, 2007.

QUINTERO ERASSO, Natalia Cristina. *Os diários de juventude de Liev Tolstói: Tradução e questões sobre o gênero de diário*. Dissertação de mestrado. São Paulo:

Departamento de Letras Orientais; Faculdade de Filosofia, Letras e Ciências Humanas da Universidade de São Paulo, 2011.

TOLSTOY, Sofia. *The Diaries of Sofia Tolstoy*, intr. Doris Lessing, trad. Cathy Porter. Nova York: Harper Collins, 2010.

TOLSTÓI, Liev. *Diarios (1847-1894)*, sel., ed. e trad. Selma Ancira. Barcelona: Editorial Acantilado, 2003.

____. *Diarios (1895-1910)*, sel., ed. e trad. Selma Ancira. Barcelona: Editorial Acantilado, 2004.

____. *Correspondencia*, sel., ed. e trad. Selma Ancira. Barcelona: Editorial Acantilado, 2008.

SOBRE *GUERRA E PAZ*

BLOOM, Harold (org.). *Leo Tolstoy's "War and Peace"*. Nova York: Chelsea House, Col. Modern Critical Interpretations, 1988.

CANDIDO, Antonio. "Batalhas". *O albatroz e o chinês*. Rio de Janeiro: Ouro sobre Azul, 2010, pp. 71-9.

FEUER, Kathryn B. *Tolstoy and the Genesis of War and Peace*, org. Robin Feuer Miller e Donna Tussing Orwin. Nova York: Cornell University Press, 1996.

GINZBURG, Leone. "Prefazione" [1942] a Lev Tolstoj. *Guerra e pace*, trad. Enrichetta Carafa d'Andria. Turim: Einaudi, 2005.

JAMESON, Fredric. "O romance histórico ainda é possível?". *Novos Estudos Cebrap*, São Paulo, n. 77, pp. 185-203, mar. 2007.

MITCHELL, Juliet. "Nataša ed Hélène", in F. Moretti (org.). *Il romanzo: Temi*, v. IV. Turim: Einaudi, 2003, pp. 705-13.

RANCIÈRE, Jacques. "Sur Le Champ de bataille". *Politique de la littérature*. Paris: Éditions Galilée, 2007.

WHITE, Hayden. "Contro il realismo storico", in F. Moretti (org.). *Il romanzo: Lezioni*, v. V. Turim: Einaudi, 2003, pp. 221-37.

GUERRA E PAZ NO CINEMA

War and Peace. Dir. King Vidor. Color, 208 min. Paramount Pictures/ Ponti-De Laurentiis, EUA / ITA, 1956. Com Audrey Hepburn e Henry Fonda.

War and Peace/Voina i mir. Dir. Serguei Bondarchuk. Color, 403 min. Mosfilm, URSS, 1965-7.

War and Peace. Dir. Robert Dornhelm. Color, 394 min. Lux Vide / EOS Entertainment / Pampa Production e outros, ITA / FRA / ALE / RUS/ POL, 2007.

1ª EDIÇÃO [2017] 10 reimpressões

ESTA OBRA FOI COMPOSTA PELA SPRESS EM LYON E IMPRESSA EM OFSETE PELA GEOGRÁFICA SOBRE PAPEL PÓLEN DA SUZANO S.A. PARA A EDITORA SCHWARCZ EM JUNHO DE 2025

Она подошла ближе и съ невольнымъ любопытствомъ остановилась у крыльца. Три человѣка выносили какое то безжизненное тѣло. Какъ ни страшно было Сони, она не могла не подвинуться, чтобы поглядѣть въ лицо выносимому человѣку. Она увидала мертвое лицо человѣка съ закрытыми глазами, какъ рыба дышащаго, отворяющаго и закрывающаго ротъ, и человѣкъ этотъ былъ страшно близкій знакомый человѣкъ. Она ухватилась за плечо Мавры Кузминишны, стоявшей передъ ней и рыдая проговорила:

— Кто это?

— Самый нашъ женихъ бывшій. Князь, вздыхая отвѣтила Мавра Кузминишна.

Соня заглянула еще разъ въ лицо князя Андрея и помертвѣла также какъ и лицо раненнаго. Она побѣжала къ графинѣ.

— Maman, сказала она, — князь Андрей здѣсь, раненный. Онъ ѣдетъ съ нами.

Наташа не знаетъ еще.

Графиня ничего не отвѣчала и опустила голову. — Что намъ дѣлать, maman?

— Это, что во флигелѣ?

— Да.

Графиня обняла Соню и заплакала.

— Пути Господни неисповѣдимы, думала она, чувствуя что во всемъ, что дѣлалось теперь, начинала выступать это всемогущая рука, скрывавшаяся прежде отъ взгляда людей.

— Ну, мама, все готово. О чемъ вы?.. спросила съ оживленнымъ лицомъ Наташа вбѣгая въ комнату.

— Ни о чемъ, сказала графиня. — Готово, такъ поѣдемъ. — Графиня встала и вмѣстѣ съ домашними пошла черезъ опустѣвшія комнаты въ образную. Соня обняла Наташу и поцѣловала ее.

Наташа вопросительно взглянула на нее.

— Что ты? Что такое случилось?

— Ничего... нѣтъ...

— Очень дурное для меня?... Что такое?

Соня вздохнула и ничего не отвѣчала. Графъ и Петя вошли въ образную и когда графиня встала съ земнаго поклона, она заплакала и графъ тоже.

На крыльцѣ и на дворѣ люди уѣзжавшіе съ кинжалами и саблями, которыми ихъ вооружилъ Петя, прощались съ тѣми, которые оставались.

Поѣздъ съ раненными частью выѣхалъ, частью съѣзжалъ со двора.

Коляска съ княземъ Андреемъ ѣхала впереди.

Странно сказать, Наташа рѣдко испытывала столь радостное чувство какъ то, которое она испытывала теперь, сидя въ каретѣ подлѣ графини и глядя на медленно продвигавшіяся мимо ея сцены оставляемой, встревоженной Москвы. Она изрѣдка высовывалась въ окно кареты и глядѣ-